CW00937682

BIBLIOTHÈQUE

DE LA PLÉIADE

MARCEL PROUST

À la recherche du temps perdu

IV

ÉDITION PUBLIÉE SOUS LA DIRECTION
DE JEAN-YVES TADIÉ
AVEC, POUR CE VOLUME, LA COLLABORATION
D'YVES BAUDELLE, ANNE CHEVALIER,
EUGÈNE NICOLE, PIERRE-LOUIS REY,
PIERRE-EDMOND ROBERT, JACQUES ROBICHEZ
ET BRIAN ROGERS

GALLIMARD

CE VOLUME CONTIENT :

Albertine disparue

Texte présenté, établi et annoté par Anne Chevalier
Relevé de variantes par Anne Chevalier

Le Temps retrouvé

Texte présenté par Pierre-Louis Rey et Brian Rogers,
établi par Pierre-Edmond Robert et Brian Rogers,
et annoté par Jacques Robichez et Brian Rogers
Relevé de variantes
par Pierre-Edmond Robert et Brian Rogers

ESQUISSES

Albertine disparue

Texte établi et annoté par Anne Chevalier
Relevé de variantes par Anne Chevalier

Le Temps retrouvé

Texte établi et annoté
par Eugène Nicole et Brian Rogers
Relevé de variantes
par Eugène Nicole et Brian Rogers

Notices,
Notes et variantes
Résumé
Table de concordance

Note bibliographique
par Pierre-Edmond Robert

Index des noms de personnes,
Index des noms de lieux,
Index des œuvres littéraires et artistiques,
par Yves Baudelle et Eugène Nicole

ALBERTINE DISPARUE

CHAPITRE PREMIER

LE CHAGRIN ET L'OUBLI[a]

« Mademoiselle Albertine est partie[b1] ! » Comme la souffrance va plus loin en psychologie que la psychologie ! Il y a un instant, en train de m'analyser, j'avais cru[c] que cette séparation sans s'être revus était justement ce que je désirais, et comparant la médiocrité des plaisirs que me donnait Albertine à la richesse des désirs qu'elle me privait de réaliser, je m'étais trouvé[d] subtil, j'avais conclu que je ne voulais plus la voir, que je ne l'aimais plus. Mais ces mots : « Mademoiselle Albertine est partie » venaient de produire dans mon cœur[e] une souffrance telle que je sentais que je ne pourrais pas y résister plus longtemps. Ainsi ce que j'avais cru n'être rien pour moi, c'était tout simplement toute ma vie. Comme on s'ignore. Il fallait[f] faire cesser immédiatement ma souffrance ; tendre pour moi-même comme ma mère pour ma grand-mère mourante, je me disais, avec cette même bonne volonté qu'on a de ne pas laisser souffrir ce qu'on aime : « Aie une seconde de patience, on va te trouver un remède, sois tranquille, on ne va pas te laisser souffrir comme cela. » Ce fut dans cet ordre d'idées que mon instinct de conservation chercha pour les mettre sur ma blessure ouverte les premiers calmants : « Tout cela n'a aucune importance parce que je vais la faire revenir tout de suite. Je vais examiner les moyens, mais de toute façon elle sera ici ce soir. Par conséquent inutile de me tracasser. » « Tout cela n'a aucune importance », je ne m'étais pas contenté de me le dire, j'avais tâché d'en donner l'impression à Françoise en ne laissant pas paraître devant elle ma souffrance, parce que, même au moment où je l'éprouvais avec une telle violence, mon amour n'oubliait pas[a] qu'il lui importait de sembler un amour heureux, un amour partagé, surtout aux yeux de Françoise qui n'aimant pas Albertine avait toujours douté de sa sincérité. Oui, tout à l'heure, avant l'arrivée de Françoise, j'avais cru que je n'aimais plus Albertine, j'avais cru ne rien laisser de côté ; en exact analyste, j'avais cru bien connaître le fond de[b] mon cœur. Mais notre intelligence, si grande soit-elle, ne peut apercevoir les éléments qui le composent et qui restent insoupçonnés tant que, de l'état volatil où ils subsistent la plupart du temps, un phénomène capable de les isoler ne leur a pas fait subir un commencement de solidification. Je m'étais trompé en croyant voir clair dans mon cœur. Mais cette connaissance que ne m'avaient pas donnée[c] les plus fines perceptions de l'esprit, venait de m'être apportée, dure, éclatante, étrange, comme un sel cristallisé, par la brusque réaction de la douleur. J'avais une telle habitude d'avoir Albertine auprès de moi, et je voyais soudain un nouveau visage de l'Habitude. Jusqu'ici[d] je l'avais considérée surtout comme un pouvoir annihilateur qui supprime l'originalité et jusqu'à la conscience des perceptions ; maintenant je la voyais comme une divinité redoutable, si rivée à nous, son visage insignifiant si incrusté dans notre cœur que si elle se détache, si elle se détourne de nous, cette déité que nous ne distinguions presque pas nous inflige des souffrances plus terribles qu'aucune et qu'alors elle est aussi cruelle que la mort.

Le plus pressé[e] était de lire la lettre d'Albertine puisque je voulais aviser aux moyens de la faire revenir. Je les sentais en ma possession, parce que, comme l'avenir est ce qui n'existe encore que dans notre pensée, il nous semble encore modifiable par l'intervention in extremis de notre volonté. Mais en même temps je me rappelais[f] que j'avais vu agir sur lui d'autres forces que la mienne et contre lesquelles, plus de temps m'eût-il été donné, je n'aurais rien pu. À quoi sert que l'heure n'ait pas sonné encore si nous ne pouvons rien sur ce qui s'y produira. Quand Albertine était à la maison j'étais bien décidé à garder l'initiative[g] de notre séparation. Et puis elle était partie. J'ouvris la lettre d'Albertine. Elle était ainsi conçue :

Mon ami, pardonnez-moi de ne pas avoir osé vous dire de vive voix les quelques mots qui vont suivre, mais je suis si lâche, j'ai toujours eu si peur devant vous, que, même en me forçant[a], *je n'ai pas eu le courage de le faire. Voici ce que j'aurais dû vous dire : « Entre nous, la vie est devenue impossible, vous avez d'ailleurs vu par votre algarade de l'autre soir qu'il y avait quelque chose de changé dans nos rapports. Ce qui a pu s'arranger cette nuit-là deviendrait irréparable dans quelques jours. Il vaut donc mieux, puisque nous avons eu la chance de nous réconcilier, nous quitter bons amis » ; c'est pourquoi, mon chéri, je vous envoie ce mot, et je vous prie d'être assez bon pour me pardonner si je vous fais un peu de chagrin, en pensant à l'immense que j'aurai. Mon cher grand, je ne veux pas devenir votre ennemie, il me sera déjà assez dur de vous devenir peu à peu, et bien vite, indifférente ; aussi ma décision étant irrévocable, avant de vous faire remettre cette lettre par Françoise, je lui aurai demandé mes malles. Adieu, je vous laisse le meilleur de moi-même. Albertine.*

Tout cela ne signifie rien me dis-je, c'est même meilleur que je ne pensais, car comme elle ne pense rien de tout cela, elle ne l'a évidemment écrit que pour frapper un grand coup, afin que je prenne peur[1], que je ne sois plus insupportable avec elle. Il faut aviser[b] au plus pressé qu'Albertine soit rentrée ce soir. Il est triste de penser que les Bontemps sont des gens véreux qui se servent de leur nièce pour m'extorquer de l'argent. Mais qu'importe ? Dussé-je pour qu'Albertine soit ici ce soir donner la moitié de ma fortune à Mme Bontemps, il nous restera assez à Albertine et à moi pour vivre agréablement. Et en même temps je calculais si j'aurais le temps d'aller ce matin commander le yacht et la Rolls Royce qu'elle désirait, ne songeant même plus, toute hésitation ayant disparu, que j'avais pu trouver peu sage de les lui donner. Même si l'adhésion de Mme Bontemps ne suffit pas, si Albertine ne veut pas obéir à sa tante et pose comme condition de son retour qu'elle aura désormais sa pleine indépendance, eh bien ! quelque chagrin que cela me fasse, je la lui laisserai ; elle sortira seule, comme elle voudra ; il faut savoir consentir des sacrifices, si douloureux qu'ils soient, pour la chose à laquelle on tient le plus et qui, malgré ce que je croyais ce matin d'après mes raisonnements exacts et absurdes, est qu'Albertine vive ici. Puis-je dire du reste que lui laisser cette liberté m'eût été tout à fait douloureux ? Je mentirais. Souvent déjà j'avais senti que la souffrance de la laisser libre de faire le mal loin de moi était peut-être moindre encore que ce genre de tristesse qu'il m'arrivait d'éprouver à la sentir s'ennuyer avec moi, chez moi. Sans doute au moment même où elle m'eût demandé à partir quelque part, la laisser faire, avec l'idée qu'il y avait des orgies organisées, m'eût été atroce. Mais lui dire : « Prenez notre bateau, ou le train, partez pour un mois dans tel pays que je ne connais pas, où je ne saurai rien de ce que vous ferez », cela m'avait souvent plu par l'idée que par comparaison, loin de moi, elle me préférerait, et serait heureuse au retour. D'ailleurs elle-même le désire sûrement ; elle n'exige nullement cette liberté[a] à laquelle d'ailleurs, en lui offrant chaque jour des plaisirs nouveaux, j'arriverais aisément à obtenir jour par jour quelque limitation. Non, ce qu'Albertine a voulu, c'est que je ne fusse plus insupportable avec elle, et surtout — comme autrefois Odette avec Swann — que je me décide à l'épouser. Une fois épousée, son indépendance, elle n'y tiendra pas ; nous resterons tous les deux ici, si heureux ! Sans doute, c'était renoncer à Venise. Mais que les villes les plus désirées comme Venise — à plus forte raison les maîtresses de maison comme la duchesse de Guermantes, les distractions comme le théâtre — deviennent pâles[b], indifférentes, mortes, quand nous sommes liés à un autre cœur par un lien si douloureux qu'il nous empêche de nous éloigner ! Albertine a d'ailleurs parfaitement raison dans cette question de mariage. Maman elle-même trouvait tous ces retards ridicules. L'épouser, c'est ce que j'aurais dû faire depuis longtemps, c'est ce qu'il faudra que je fasse, c'est cela qui lui a fait écrire sa lettre dont elle ne pense pas un mot ; c'est pour faire réussir cela qu'elle a renoncé pour quelques heures à ce qu'elle doit désirer autant que je désire qu'elle le fasse : revenir ici. Oui, c'est cela qu'elle a voulu, c'est cela l'intention de son acte, me disait ma raison compatissante ; mais je sentais qu'en me le disant ma raison se plaçait toujours dans la même hypothèse qu'elle avait adoptée depuis le début. Or je sentais bien que c'était l'autre hypothèse qui n'avait jamais cessé d'être vérifiée. Sans doute, cette deuxième hypothèse n'aurait jamais été assez hardie pour formuler expressément qu'Albertine eût pu être liée avec Mlle Vinteuil et son amie. Et pourtant, quand j'avais été submergé par l'envahissement de cette nouvelle terrible, au moment où nous entrions en gare d'Incarville[1], c'était la seconde hypothèse qui s'était trouvée vérifiée. Celle-ci n'avait pas ensuite conçu jamais qu'Albertine pût me quitter d'elle-même, de cette façon, sans me prévenir et me donner le temps de l'en empêcher. Mais tout de même si après le nouveau bond immense que la vie venait de me faire faire, la réalité qui s'imposait à moi m'était aussi nouvelle que celle en face de quoi nous mettent la découverte d'un physicien, les enquêtes d'un juge d'instruction ou les trouvailles d'un historien sur les dessous d'un crime ou d'une révolution, cette réalité[a] dépassait les chétives prévisions de ma deuxième hypothèse, mais pourtant les accomplissait. Cette deuxième hypothèse n'était pas celle de l'intelligence, et la peur panique que j'avais eue le soir où Albertine ne m'avait pas embrassé, la nuit où j'avais entendu le bruit de la fenêtre, cette peur n'était pas raisonnée. Mais — et la suite le montrera davantage, comme bien des épisodes ont pu déjà l'indiquer — de ce que l'intelligence n'est pas l'instrument le plus subtil, le plus puissant, le plus approprié pour saisir le vrai, ce n'est qu'une raison de plus pour commencer par l'intelligence et non par un intuitivisme de l'inconscient, par une foi aux pressentiments toute faite. C'est la vie qui, peu à peu, cas par cas, nous permet de remarquer que ce qui est le plus important pour notre cœur, ou pour notre esprit, ne nous est pas appris par le raisonnement, mais par des puissances autres. Et alors, c'est l'intelligence elle-même qui, se rendant compte de leur supériorité, abdique par raisonnement devant elles, et accepte de devenir leur collaboratrice et leur servante. C'est la foi expérimentale. Le malheur imprévu avec lequel je me trouvais aux prises, il me semblait l'avoir lui aussi (comme l'amitié d'Albertine avec deux lesbiennes) déjà connu pour l'avoir lu dans tant de signes où (malgré les affirmations contraires de ma raison, s'appuyant sur les dires d'Albertine elle-même) j'avais discerné la lassitude, l'horreur qu'elle avait de vivre ainsi en esclave, signes tracés comme avec de l'encre invisible, à l'envers des prunelles tristes et soumises d'Albertine, sur ses joues brusquement enflammées par une inexplicable rougeur, dans le bruit de la fenêtre qui s'était brusquement ouverte ! Sans doute je n'avais pas osé[b] les interpréter jusqu'au bout et former expressément l'idée de son départ subit. Je n'avais pensé, d'une âme équilibrée par la présence d'Albertine, qu'à un départ arrangé par moi à une date indéterminée, c'est-à-dire situé dans un temps inexistant ; par conséquent j'avais eu seulement l'illusion de penser à un départ, comme les gens se figurent qu'ils ne craignent pas la mort quand ils y pensent pendant qu'ils sont bien portants, et ne font en réalité qu'introduire une idée purement négative au sein d'une bonne santé que l'approche de la mort précisément altérerait. D'ailleurs l'idée du départ d'Albertine voulu par elle-même eût pu me venir mille fois à l'esprit, le plus clairement, le plus nettement du monde, que je n'aurais pas soupçonné davantage ce que serait relativement à moi, c'est-à-dire en réalité, ce départ, quelle chose originale, atroce, inconnue, quel mal entièrement nouveau. À ce départ, si je l'eusse prévu, j'aurais pu songer sans trêve pendant des années, sans que, mises bout à bout, toutes ces pensées eussent eu le plus faible rapport, non seulement d'intensité mais de ressemblance, avec l'inimaginable enfer dont Françoise m'avait levé le voile en me disant : « Mademoiselle Albertine est partie ». Pour se représenter une situation inconnue l'imagination emprunte des éléments connus et à cause de cela ne se la représente pas. Mais la sensibilité, même la plus physique, reçoit comme le sillon de la foudre, la signature originale et longtemps indélébile de l'événement nouveau. Et j'osais à peine[a] me dire que, si j'avais prévu ce départ, j'aurais peut-être été incapable de me le représenter dans son horreur, et même Albertine me l'annonçant, moi la menaçant, la suppliant, de l'empêcher ! Que le désir de Venise était loin de moi maintenant ! Comme autrefois à Combray celui de connaître Mme de Guermantes, quand venait l'heure où je ne tenais plus qu'à une seule chose, avoir maman dans ma chambre. Et c'était bien en effet toutes les inquiétudes éprouvées depuis mon enfance qui, à l'appel de l'angoisse nouvelle, avaient accouru la renforcer, s'amalgamer à elle en une masse homogène qui m'étouffait.

Certes, ce coup physique au cœur que donne une telle séparation et qui, par cette terrible puissance d'enregistrement qu'a le corps, fait de la douleur quelque chose de contemporain à toutes les époques de notre vie où nous avons souffert, — certes, ce coup au cœur sur lequel spécule peut-être un peu — tant on se soucie peu de la douleur des autres — celle qui désire donner au regret son maximum d'intensité, soit que la femme n'esquissant qu'un faux départ veuille seulement demander des conditions meilleures, soit que, partant pour toujours — pour toujours ! — elle désire frapper, ou pour se venger, ou pour continuer d'être aimée, ou dans l'intérêt de la qualité du souvenir qu'elle laissera briser violemment ce réseau de lassitudes, d'indifférences, qu'elle avait senti se tisser, — certes, ce coup au cœur, on s'était promis de l'éviter, on s'était dit qu'on se quitterait bien. Mais il est enfin vraiment rare qu'on se quitte bien, car si on était bien on ne se quitterait pas. Et puis la femme avec qui on se montre le plus indifférent sent tout de même obscurément qu'en se fatiguant d'elle, en vertu d'une même habitude, on s'est attaché de plus en plus à elle, et elle songe que l'un des éléments essentiels pour se quitter bien est de partir en prévenant l'autre. Or elle a peur en prévenant d'empêcher. Toute femme sent que, plus son pouvoir sur un homme est grand, le seul moyen de s'en aller, c'est de fuir. Fugitive parce que reine, c'est ainsi. Certes, il y a un intervalle inouï entre cette lassitude qu'elle inspirait il y a un instant et, parce qu'elle est partie, ce furieux besoin de la ravoir. Mais à cela, en dehors de celles données au cours de cet ouvrage et d'autres qui le seront plus loin, il y a des raisons. D'abord le départ a lieu souvent dans le moment où l'indifférence — réelle ou crue — est la plus grande, au point extrême de l'oscillation du pendule. La femme se dit : « Non, cela ne peut plus durer ainsi », justement parce que l'homme ne parle que de la quitter, ou y pense ; et c'est elle qui quitte. Alors, le pendule revenant à son autre point extrême, l'intervalle est le plus grand. En une seconde il revient à ce point ; encore une fois, en dehors de toutes les raisons données, c'est si naturel ! Le cœur bat ; et d'ailleurs la femme qui est partie n'est plus la même que celle qui était là. Sa vie auprès de nous, trop connue, voit tout d'un coup s'ajouter à elle les vies auxquelles elle va inévitablement se mêler, et c'est peut-être pour se mêler à elles qu'elle nous a quitté. De sorte que cette richesse nouvelle de la vie de la femme en allée rétroagit sur la femme qui était auprès de nous et peut-être préméditait son départ. À la série des faits psychologiques que nous pouvons déduire et qui font partie de sa vie avec nous, de notre lassitude trop marquée pour elle, de notre jalousie aussi (et qui fait que les hommes qui ont été quittés par plusieurs femmes l'ont été presque toujours de la même manière à cause de leur caractère et de réactions toujours identiques qu'on peut calculer : chacun a sa manière propre d'être trahi, comme il a sa manière de s'enrhumer), à cette série pas trop mystérieuse pour nous correspondait sans doute une série de faits que nous avons ignorés. Elle devait depuis quelque temps entretenir des relations écrites, ou verbales, par messagers, avec tel homme, ou telle femme, attendre tel signal que nous avons peut-être donné nous-même sans le savoir en lui disant : « M. X est venu hier pour me voir », si elle avait convenu avec M. X que la veille du jour où elle devrait rejoindre M. X, celui-ci viendrait me voir. Que d'hypothèses possibles ! Possibles seulement. Je construisais si bien la vérité, mais dans le possible seulement, qu'ayant un jour ouvert par erreur une lettre pour une de mes maîtresses[1], lettre écrite[a] en style convenu et qui disait : *Attends toujours signe pour aller chez le marquis de Saint-Loup, prévenez demain par coup de téléphone*, je reconstituai une sorte de fuite projetée ; le nom du marquis de Saint-Loup n'était là que pour signifier autre chose, car ma maîtresse ne connaissait pas Saint-Loup mais m'avait entendu parler de lui et d'ailleurs la signature était une espèce de surnom, sans aucune forme de langage. Or la lettre n'était pas adressée à ma maîtresse, mais à une personne de la maison qui portait un nom différent mais qu'on avait mal lu. La lettre n'était pas en signes convenus mais en mauvais français parce qu'elle était d'une Américaine, effectivement amie de Saint-Loup comme celui-ci me l'apprit. Et la façon étrange dont cette Américaine formait certaines lettres avait donné l'aspect d'un surnom à un nom parfaitement réel mais étranger. Je m'étais donc ce jour-là trompé du tout au tout dans mes soupçons. Mais l'armature intellectuelle qui chez moi avait relié ces faits, tous faux, était elle-même la forme si juste, si inflexible de la vérité que quand, trois mois plus tard, ma maîtresse (qui alors songeait à passer toute sa vie avec moi) m'avait quitté, ç'avait été d'une façon absolument identique à celle que j'avais imaginée la première fois. Une lettre vint, ayant les mêmes particularités que j'avais faussement attribuées à la première lettre, mais cette fois-ci ayant bien le sens du signal et Albertine avait-elle ainsi prémédité depuis longtemps sa fuite. Ce malheur était le plus grand de toute ma vie. Et malgré tout, la souffrance qu'il me causait était peut-être dépassée encore par la curiosité de connaître les causes de ce malheur : qui Albertine avait désiré, retrouvé. Mais les sources de ces grands événements sont comme celles des fleuves, nous avons beau parcourir la surface de la terre, nous ne les trouvons pas. Je n'ai pas dit (parce qu'alors cela m'avait paru seulement du maniérisme et de la mauvaise humeur, ce qu'on appelait pour Françoise « faire la tête ») que du jour où elle avait cessé de m'embrasser, elle avait eu un air de porter le diable en terre, toute droite, figée, avec une voix triste dans les plus simples choses, lente en ses mouvements, ne souriant plus jamais. Je ne peux pas dire qu'aucun fait prouvât aucune connivence avec le dehors. Françoise me raconta bien ensuite qu'étant entrée l'avant-veille du départ dans sa chambre, elle n'y avait trouvé personne, les rideaux fermés, mais sentant à l'odeur de l'air et au bruit que la fenêtre était ouverte. Et, en effet, elle avait trouvé Albertine sur le balcon. Mais on ne voit pas avec qui elle eût pu, de là, correspondre, et d'ailleurs les rideaux fermés sur la fenêtre ouverte s'expliquaient sans doute parce qu'elle savait que je craignais les courants d'air et que même si les rideaux m'en protégeaient peu, ils eussent empêché Françoise de voir du couloir que les volets étaient ouverts aussi tôt. Non je ne vois rien sinon un petit fait qui prouve seulement que la veille elle savait qu'elle allait partir. La veille en effet elle prit dans ma chambre sans que je m'en aperçusse une grande quantité de papier et de toile d'emballage qui s'y trouvait, et à l'aide desquels elle emballa ses innombrables peignoirs et sauts de lit toute la nuit afin de partir le matin. C'est le seul fait, ce fut tout. Je ne peux pas attacher d'importance à ce qu'elle me rendit presque de force ce soir-là mille francs qu'elle me devait, cela n'a rien de spécial, car elle était d'un scrupule extrême dans les choses d'argent.

Oui, elle prit le papier d'emballage la veille, mais ce n'était pas de la veille seulement qu'elle savait qu'elle partirait ! Car ce n'est pas le chagrin qui la fit partir, mais la résolution prise de partir, de renoncer à la vie qu'elle avait rêvée, qui lui donna cet air chagrin. Chagrin, presque solennellement froid avec moi, sauf le dernier soir, où, après être restée chez moi plus tard qu'elle ne voulait — ce qui m'étonnait d'elle qui voulait toujours prolonger —, elle me dit de la porte : « Adieu, petit, adieu, petit. » Mais je n'y pris pas garde au moment. Françoise m'a dit que le lendemain matin, quand elle lui dit qu'elle partait (mais, du reste, c'est explicable aussi par la fatigue, car elle ne s'était pas déshabillée et avait passé toute la nuit à emballer, sauf les affaires qu'elle avait à demander à Françoise et qui n'étaient pas dans sa chambre et son cabinet de toilette), elle était encore tellement triste, tellement plus droite, tellement plus figée que les jours précédents, que Françoise crut, quand elle lui dit : « Adieu, Françoise », qu'elle allait tomber. Quand on apprend ces choses-là, on comprend que la femme qui vous plaisait tellement moins maintenant que toutes celles qu'on rencontre si facilement dans les plus simples promenades, à qui on en voulait de les sacrifier pour elle, soit au contraire celle qu'on préférerait maintenant mille fois. Car la question ne se pose plus entre un certain plaisir — devenu par l'usage, et peut-être par la médiocrité de l'objet, presque nul — et d'autres plaisirs, ceux-là tentants, ravissants, mais entre ces plaisirs-là et quelque chose de bien plus fort qu'eux, la pitié pour la douleur.

En me promettant à moi-même qu'Albertine serait ici ce soir, j'avais couru au plus pressé et pansé d'une croyance nouvelle l'arrachement de celle avec laquelle j'avais vécu jusqu'ici. Mais si rapidement qu'eût agi mon instinct de conservation, j'étais, quand Françoise m'avait parlé, resté une seconde sans secours, et j'avais beau savoir[a] maintenant qu'Albertine serait là ce soir, la douleur que j'avais ressentie pendant l'instant où je ne m'étais pas encore appris à moi-même ce retour (l'instant qui avait suivi les mots : « Mademoiselle Albertine a demandé ses malles, mademoiselle Albertine est partie »), cette douleur renaissait d'elle-même en moi, pareille à ce qu'elle avait été, c'est-à-dire comme si j'avais ignoré encore le prochain retour d'Albertine. D'ailleurs il fallait[b] qu'elle revînt, mais d'elle-même. Dans toutes les hypothèses, avoir l'air[c] de faire faire une démarche, de la prier de revenir irait à l'encontre du but. Certes je n'avais plus la force de renoncer à elle comme je l'avais eue pour Gilberte. Plus même que revoir Albertine, ce que je voulais c'était mettre fin à l'angoisse physique[d] que mon cœur plus mal portant que jadis ne pouvait plus tolérer. Puis à force de m'habituer à ne pas vouloir, qu'il s'agit de travail ou d'autre chose, j'étais devenu plus lâche. Mais surtout cette angoisse était incomparablement plus forte pour bien des raisons dont la plus importante n'était peut-être pas que je n'avais jamais goûté de plaisir sensuel avec Mme de Guermantes[a] et avec Gilberte, mais que ne les voyant pas chaque jour, à toute heure, n'en ayant pas la possibilité et par conséquent pas le besoin, il y avait en moins, dans mon amour pour elles, la force immense de l'Habitude. Peut-être, maintenant que mon cœur incapable de vouloir, et de supporter de son plein gré la souffrance, ne trouvait qu'une seule solution possible, le retour à tout prix d'Albertine, peut-être la solution opposée (le renoncement volontaire, la résignation progressive) m'eût-elle paru une solution de roman, invraisemblable dans la vie, si je n'avais moi-même autrefois opté pour celle-là quand il s'était agi de Gilberte. Je savais donc que cette autre solution pouvait être acceptée aussi, et par un même homme, car[b] j'étais resté à peu près le même. Seulement le temps avait joué son rôle, le temps qui m'avait vieilli, le temps aussi qui avait mis Albertine perpétuellement auprès de moi quand nous menions notre vie commune. Mais du moins, sans renoncer à elle, ce qui me restait de ce que j'avais éprouvé pour Gilberte, c'était la fierté de ne pas vouloir être pour Albertine un jouet dégoûtant en lui faisant demander de revenir, je voulais qu'elle revînt sans que j'eusse l'air d'y tenir[c]. Je me levai pour ne pas perdre de temps, mais la souffrance m'arrêta : c'était la première fois que je me levais depuis qu'Albertine était partie. Pourtant il fallait vite m'habiller afin d'aller m'informer chez son concierge[1].

La souffrance, prolongement d'un choc moral imposé, aspire à changer de forme ; on espère la volatiliser en faisant des projets, en demandant des renseignements ; on veut qu'elle passe par ses innombrables métamorphoses, cela demande moins de courage que de garder sa souffrance franche ; ce lit paraît si étroit, si dur, si froid, où l'on se couche avec sa douleur. Je me remis donc sur mes jambes ; je n'avançais dans la chambre qu'avec une prudence infinie, je me plaçais de façon à ne pas apercevoir la chaise d'Albertine, le pianola sur les pédales duquel elle appuyait ses mules d'or, un seul des objets dont elle avait usé et qui tous, dans le langage particulier que leur avaient enseigné mes souvenirs, semblaient vouloir me donner une traduction, une version différente, m'annoncer une seconde fois la nouvelle, de son départ. Mais sans les regarder, je les voyais ; mes forces m'abandonnèrent, je tombai assis dans un de ces fauteuils de satin bleu dont une heure plus tôt, dans le clair-obscur de la chambre anesthésiée par un rayon de jour, le glacis m'avait fait faire des rêves passionnément caressés alors, si loin de moi maintenant. Hélas ! je ne m'y étais jamais assis avant cette minute, que quand Albertine était encore là. Aussi je ne pus y rester, je me levai ; et ainsi à chaque instant, il y avait quelqu'un des innombrables et humbles moi qui nous composent qui était ignorant encore du départ d'Albertine et à qui il fallait le notifier ; il fallait — ce qui était plus cruel[a] que s'ils avaient été des étrangers et n'avaient pas emprunté ma sensibilité pour souffrir — annoncer le malheur qui venait d'arriver à tous ces êtres, à tous ces moi qui ne le savaient pas encore ; il fallait que chacun d'eux à son tour entendît pour la première fois ces mots : « Albertine a demandé ses malles » — ces malles en forme de cercueil que j'avais vu charger à Balbec à côté de celles de ma mère —, « Albertine est partie[b] ». À chacun j'avais à apprendre mon chagrin, le chagrin qui n'est nullement une conclusion pessimiste librement tirée d'un ensemble de circonstances funestes, mais la reviviscence intermittente et involontaire d'une impression spécifique, venue du dehors, et que nous n'avons pas choisie. Il y avait quelques-uns de ces moi que je n'avais pas revus depuis assez longtemps. Par exemple (je n'avais pas songé que c'était le jour du coiffeur) le moi que j'étais quand je me faisais couper les cheveux. J'avais oublié ce moi-là, son arrivée fit éclater mes sanglots, comme, à un enterrement, celle d'un vieux serviteur retraité qui a connu celle qui vient de mourir. Puis je me rappelai tout d'un coup que, depuis huit jours, j'avais par moments été pris de peurs paniques que je ne m'étais pas avouées. À ces moments-là je discutais pourtant en me disant : « Inutile, n'est-ce pas, d'envisager l'hypothèse où elle partirait brusquement. C'est absurde. Si j'avais soumis cette hypothèse à un homme sensé et intelligent (et je l'aurais fait pour me tranquilliser, si la jalousie ne m'eût empêché de faire des confidences), il m'aurait sûrement répliqué : "Mais vous êtes fou. C'est impossible." Et en effet ces derniers jours nous n'avions pas eu une seule querelle. On part pour un motif. On le dit. On vous donne le droit de répondre. On ne part pas comme cela. Non, c'est un enfantillage. C'est la seule hypothèse absurde. » Et pourtant, tous les jours, en la retrouvant là le matin quand je sonnais, j'avais poussé un immense soupir de soulagement. Et quand Françoise m'avait remis la lettre d'Albertine, j'avais tout de suite été sûr qu'il s'agissait de la chose qui ne pouvait pas être, de ce départ en quelque sorte perçu plusieurs jours d'avance, malgré les raisons logiques d'être rassuré. Je me l'étais dit presque avec une satisfaction de perspicacité dans mon désespoir, comme un assassin qui sait ne pouvoir être découvert mais qui a peur et qui tout d'un coup voit le nom de sa victime écrit en tête d'un dossier chez le juge d'instruction qui l'a fait mander. Tout mon espoir était qu'Albertine fût partie en Touraine, chez sa tante où en somme elle était assez surveillée et ne pourrait faire grand-chose jusqu'à ce que je l'en ramenasse. Ma pire crainte avait été qu'elle fût restée à Paris, partie à Amsterdam ou à Montjouvain, c'est-à-dire qu'elle se fût échappée pour se consacrer à quelque intrigue dont les préliminaires m'avaient échappé. Mais en réalité en me disant Paris, Amsterdam, Montjouvain, c'est-à-dire plusieurs lieux, je pensais à des lieux qui n'étaient que possibles ; aussi, quand le concierge d'Albertine répondit qu'elle était partie en Touraine, cette résidence[a] que je croyais désirer me sembla la plus affreuse de toutes, parce que celle-là était réelle et que pour la première fois, torturé par la certitude du présent et l'incertitude de l'avenir, je me représentais Albertine commençant une vie qu'elle avait voulue séparée de moi[b], peut-être pour longtemps, peut-être pour toujours, et où elle réaliserait cet inconnu qui autrefois m'avait si souvent troublé, alors que pourtant j'avais le bonheur de posséder, de caresser ce qui en était le dehors, ce doux visage impénétrable et capté. C'était cet inconnu[c] qui faisait le fond de mon amour.

Devant la porte d'Albertine, je trouvai une petite fille pauvre qui me regardait avec de grands yeux et qui avait l'air si bon que je lui demandai si elle ne voulait pas venir chez moi, comme j'eusse fait d'un chien au regard fidèle. Elle en eut l'air content. À la maison je la berçai quelque temps sur mes genoux, mais bientôt sa présence, en me faisant trop sentir l'absence d'Albertine, me fut insupportable. Et je la priai de s'en aller, après lui avoir remis un billet de cinq cents francs. Et pourtant, bientôt après, la pensée d'avoir quelque autre petite fille près de moi, mais de ne jamais être seul sans le secours d'une présence innocente fut le seul rêve qui me permit de supporter l'idée que peut-être Albertine resterait quelque temps sans revenir. Pour Albertine elle-même, elle n'existait guère en moi que sous la forme de son nom, qui, sauf quelques rares répits au réveil, venait s'inscrire dans mon cerveau et ne cessait plus de le faire. Si j'avais pensé tout haut, je l'aurais répété sans cesse et mon verbiage eût été aussi monotone, aussi limité que si j'eusse été changé en oiseau, en un oiseau pareil à celui de la fable dont le cri redisait sans fin le nom de celle qu'homme, il avait aimée. On se le dit et, comme on le tait, il semble qu'on l'écrive en soi, qu'il laisse sa trace dans le cerveau et que celui-ci doive finir par être, comme un mur où quelqu'un s'est amusé à crayonner, entièrement recouvert par le nom[a] mille fois récrit de celle qu'on aime. On le récrit tout le temps dans sa pensée tant qu'on est heureux, plus encore quand on est malheureux. Et de redire ce nom qui ne nous donne rien de plus que ce qu'on sait déjà, on éprouve le besoin sans cesse renaissant, mais à la longue, une fatigue. Au plaisir charnel je ne pensais même pas en ce moment ; je ne voyais même pas devant ma pensée l'image de cette Albertine, cause pourtant d'un tel bouleversement dans mon être, je n'apercevais pas son corps, et si j'avais voulu isoler l'idée qui était liée — car il y en a bien toujours quelqu'une — à ma souffrance, ç'aurait été alternativement, d'une part le doute sur les dispositions dans lesquelles elle était partie, avec ou sans esprit de retour, d'autre part les moyens de la ramener. Peut-être y a-t-il un symbole et une vérité dans la place infime tenue dans notre anxiété par celle à qui nous la rapportons. C'est qu'en effet sa personne même y est pour peu de chose ; pour presque tout, le processus d'émotions, d'angoisses que tels hasards nous ont fait jadis éprouver à propos d'elle et que l'habitude a attaché à elle. Ce qui le prouve bien, c'est (plus encore que l'ennui qu'on éprouve dans le bonheur) combien voir ou ne pas voir cette même personne, être estimé ou non d'elle, l'avoir ou non à notre disposition, nous paraîtra quelque chose d'indifférent quand nous n'aurons plus à nous poser le problème (si oiseux que nous ne nous le poserons même plus) que relativement à la personne elle-même — le processus d'émotions et d'angoisses étant oublié, au moins en tant que se rattachant à elle, car il a pu se développer à nouveau, mais transféré à une autre. Avant cela, quand il était encore attaché à elle, nous croyions que notre bonheur dépendait de sa personne : il dépendait[a] seulement de la terminaison de notre anxiété. Notre inconscient était donc plus clairvoyant que nous-même à ce moment-là, en faisant si petite la figure de la femme aimée, figure que nous avions même peut-être oubliée, que nous pouvions connaître mal et croire médiocre, dans l'effroyable drame où de la retrouver pour ne plus l'attendre pouvait dépendre jusqu'à notre vie elle-même. Proportions minuscules de la figure de la femme, effet logique et nécessaire de la façon dont l'amour se développe, claire allégorie de la nature subjective de cet amour.

L'esprit dans lequel Albertine était partie était semblable sans doute à celui des peuples qui font préparer par une démonstration de leur armée l'œuvre de leur diplomatie. Elle n'avait dû partir que pour obtenir de moi de meilleures conditions, plus de liberté, de luxe. Dans ce cas, celui qui l'eût emporté de nous deux, c'eût été moi, si j'eusse eu la force d'attendre, d'attendre le moment où, voyant qu'elle n'obtenait rien, elle fût revenue d'elle-même. Mais si aux cartes, à la guerre, où il importe seulement de gagner, on peut résister au bluff, les conditions ne sont point les mêmes que font l'amour et la jalousie, sans parler de la souffrance. Si pour attendre, pour « durer », je laissais Albertine rester loin de moi plusieurs jours, plusieurs semaines peut-être, je ruinais ce qui avait été mon but pendant plus d'une année, ne pas la laisser libre une heure. Toutes mes précautions se trouvaient devenues inutiles, si je lui laissais le temps, la facilité de me tromper tant qu'elle voudrait ; et si à la fin elle se rendait, je ne pourrais plus oublier le temps où elle aurait été seule, et même l'emportant à la fin, tout de même dans le passé, c'est-à-dire irréparablement, je serais le vaincu.

Quant aux moyens de ramener Albertine, ils avaient d'autant plus de chance de réussir que l'hypothèse où elle ne serait partie que dans l'espoir d'être rappelée avec de meilleures conditions paraîtrait plus plausible. Et sans doute pour les gens qui ne croyaient pas à la sincérité d'Albertine, certainement pour Françoise par exemple, cette hypothèse l'était. Mais pour ma raison, à qui la seule explication de certaines mauvaises humeurs, de certaines attitudes avait paru, avant que je sache rien, le projet formé par elle d'un départ définitif, il était difficile de croire que, maintenant que ce départ s'était produit, il n'était qu'une simulation. Je dis pour ma raison, non pour moi. L'hypothèse de la simulation me devenait d'autant plus nécessaire qu'elle était plus improbable et gagnait en force ce qu'elle perdait en vraisemblance. Quand on se voit au bord de l'abîme et qu'il semble que Dieu vous ait abandonné, on n'hésite plus à attendre de lui un miracle. Je[a] reconnais que dans tout cela je fus le plus apathique quoique le plus douloureux des policiers. Mais sa fuite ne m'avait pas rendu les qualités que l'habitude de la faire surveiller par d'autres m'avait enlevées. Je ne pensais qu'à une chose : charger un autre de cette recherche. Cet autre fut Saint-Loup, qui consentit. L'anxiété de tant de jours remise à un autre me donna de la joie et je me trémoussai, sûr du succès, les mains redevenues brusquement sèches comme autrefois et n'ayant plus cette sueur dont Françoise m'avait mouillé en me disant : « Mademoiselle Albertine est partie ». On se souvient que quand je résolus de vivre avec Albertine et même de l'épouser, c'était pour la garder, savoir ce qu'elle faisait, l'empêcher de reprendre ses habitudes avec Mlle Vinteuil. Ç'avait été, dans le déchirement atroce de sa révélation à Balbec, quand elle m'avait dit comme une chose toute naturelle et que je réussis, bien que ce fût le plus grand chagrin que j'eusse encore éprouvé dans ma vie, à sembler trouver toute naturelle, la chose que dans mes pires suppositions je n'aurais jamais été assez audacieux pour imaginer. (C'est étonnant comme la jalousie, qui passe son temps à faire des petites suppositions dans le faux, a peu d'imagination quand il s'agit de découvrir le vrai.) Or cet amour, né surtout d'un besoin d'empêcher Albertine de faire le mal, cet amour avait gardé dans la suite la trace de son origine. Être avec elle m'importait peu, pour peu que je pusse empêcher « l'être de fuite » d'aller ici ou là. Pour l'en empêcher je m'en étais remis aux yeux, à la compagnie de ceux qui allaient avec elle et, pour peu qu'ils me fissent le soir un bon petit rapport bien rassurant, mes inquiétudes s'évanouissaient en bonne humeur.

M'étant donné[a] à moi-même l'affirmation que, quoi que je dusse faire, Albertine serait de retour à la maison le soir même, j'avais suspendu la douleur que Françoise m'avait causée en me disant qu'Albertine était partie (parce qu'alors mon être pris de court avait cru un instant que ce départ était définitif). Mais après une interruption, quand d'un élan de sa vie indépendante, la souffrance initiale revenait spontanément en moi, elle était toujours aussi atroce parce qu'antérieure[b] à la promesse consolatrice que je m'étais faite de ramener le soir même Albertine. Cette phrase qui l'eût calmée, ma souffrance l'ignorait. Pour mettre en œuvre les moyens d'amener ce retour, une fois encore, non pas qu'une telle attitude m'eût jamais très bien réussi, mais parce que je l'avais toujours prise depuis que j'aimais Albertine, j'étais condamné à faire comme si je ne l'aimais pas, ne souffrais pas de son départ, j'étais condamné à continuer de lui mentir. Je pourrais être d'autant plus énergique dans les moyens de la faire revenir que personnellement j'aurais l'air d'avoir renoncé à elle. Je me proposais d'écrire à Albertine une lettre d'adieux où je considérerais son départ comme définitif, tandis que j'enverrais Saint-Loup exercer sur Mme Bontemps, et comme à mon insu, la pression la plus brutale[c] pour qu'Albertine revienne au plus vite. Sans doute j'avais expérimenté avec Gilberte le danger des lettres d'une indifférence qui, feinte d'abord, finit par devenir vraie. Et cette expérience aurait dû m'empêcher d'écrire à Albertine des lettres du même caractère que celles que j'avais écrites à Gilberte. Mais ce qu'on appelle expérience n'est que la révélation à nos propres yeux d'un trait de notre caractère, qui naturellement reparaît, et reparaît d'autant plus fortement que nous l'avons déjà mis en lumière pour nous-même une fois, de sorte que le mouvement spontané qui nous avait guidé la première fois se trouve renforcé par toutes les suggestions du souvenir. Le plagiat humain auquel il est le plus difficile d'échapper, pour les individus (et même pour les peuples qui persévèrent dans leurs fautes et vont les aggravant), c'est le plagiat de soi-même.

Saint-Loup, que je savais à Paris, avait été mandé par moi à l'instant même ; il accourut, rapide et efficace comme il était jadis à Doncières, et consentit à partir aussitôt pour la Touraine. Je lui soumis[d] la combinaison suivante. Il devait descendre à Châtellerault[a1], se faire indiquer la maison de Mme Bontemps, attendre qu'Albertine fût sortie car elle aurait pu le reconnaître. « Mais la jeune fille dont tu parles me connaît donc ? » me dit-il. Je lui dis que je ne le croyais pas. Le projet[b] de cette démarche me remplit d'une joie infinie. Elle était pourtant en contradiction absolue avec ce que je m'étais promis au début : m'arranger à ne pas avoir l'air de faire chercher Albertine ; et cela en aurait l'air inévitablement ; mais elle avait sur « ce qu'il aurait fallu » l'avantage inestimable qu'elle me permettait de me dire que quelqu'un envoyé par moi allait voir Albertine, sans doute la ramener. Et si j'avais su voir clair dans mon cœur au début, c'est cette solution cachée dans l'ombre et que je trouvais déplorable, que j'aurais pu prévoir qui prendrait le pas sur les solutions de patience et que j'étais décidé à vouloir, par manque de volonté. Comme Saint-Loup avait déjà l'air un peu surpris qu'une jeune fille eût habité chez moi tout un hiver sans que je lui en eusse rien dit, comme d'autre part il m'avait souvent reparlé de la jeune fille de Balbec et que je ne lui avais jamais répondu : « Mais elle habite ici », il eût pu être froissé de mon manque de confiance. Il est vrai que peut-être Mme Bontemps lui parlerait de Balbec. Mais j'étais trop impatient de son départ, de son arrivée, pour vouloir[c], pour pouvoir penser aux conséquences possibles de ce voyage. Quant à ce qu'il reconnût Albertine (qu'il avait d'ailleurs systématiquement évité de regarder quand il l'avait rencontrée à Doncières), elle avait, au dire de tous, tellement changé et grossi que ce n'était guère probable. Il me demanda si je n'avais pas un portrait d'Albertine. Je répondis d'abord que non, pour qu'il n'eût pas, d'après ma photographie, faite à peu près du temps de Balbec, le loisir de reconnaître Albertine, que pourtant il n'avait qu'entrevue dans le wagon. Mais je réfléchis que sur la dernière elle serait déjà aussi différente de l'Albertine de Balbec que l'était maintenant l'Albertine vivante, et qu'il ne la reconnaîtrait pas plus sur la photographie que dans la réalité. Pendant que je la lui cherchais, il me passait doucement la main sur le front, en manière de me consoler. J'étais ému[d] de la peine que la douleur qu'il devinait en moi lui causait. D'abord il avait beau s'être séparé de Rachel, ce qu'il avait éprouvé alors n'était pas encore si lointain qu'il n'eût une sympathie, une pitié particulière pour ce genre de souffrances, comme on se sent plus voisin de quelqu'un qui a la même maladie que vous. Puis il avait tant d'affection pour moi que la pensée de mes souffrances lui était insupportable. Aussi en concevait-il pour celle qui me les causait un mélange de rancune et d'admiration. Il se figurait que j'étais un être si supérieur qu'il pensait que pour que je fusse soumis à une autre créature il fallait que celle-là fût tout à fait extraordinaire. Je pensais bien qu'il trouverait la photographie d'Albertine jolie, mais comme tout de même je ne m'imaginais pas qu'elle produirait sur lui l'impression d'Hélène sur les vieillards troyens, tout en cherchant je disais modestement : « Oh ! tu sais, ne te fais pas d'idées, d'abord la photo est mauvaise, et puis elle n'est pas étonnante, ce n'est pas une beauté, elle est surtout bien gentille. — Oh ! si, elle doit être merveilleuse », dit-il avec un enthousiasme naïf et sincère en cherchant à se représenter l'être qui pouvait me jeter dans un désespoir et une agitation pareils. « Je lui en veux de te faire mal, mais aussi c'était bien à supposer qu'un être artiste jusqu'au bout des ongles comme toi, toi qui aimes en tout la beauté et d'un tel amour, tu étais prédestiné[a] à souffrir plus qu'un autre quand tu la rencontrerais dans une femme. » Enfin je venais de trouver la photographie. « Elle est sûrement merveilleuse », continuait à dire Robert, qui n'avait pas vu que je lui tendais la photographie. Soudain il l'aperçut, il la tint un instant dans ses mains. Sa figure exprimait une stupéfaction qui allait jusqu'à la stupidité. « C'est ça, la jeune fille que tu aimes ? » finit-il par me dire d'un ton où l'étonnement était maté par la crainte de me fâcher. Il ne fit aucune observation, il avait pris l'air raisonnable, prudent, forcément un peu dédaigneux qu'on a devant un malade — eût-il été jusque-là un homme remarquable et votre ami — mais qui n'est plus rien de tout cela, car, frappé de folie furieuse, il vous parle d'un être céleste qui lui est apparu et continue à le voir à l'endroit où vous, homme sain, vous n'apercevez qu'un édredon. Je compris tout de suite l'étonnement de Robert, et que c'était celui où m'avait jeté la vue de sa maîtresse, avec la seule différence que j'avais trouvé en elle une femme que je connaissais déjà, tandis que lui croyait n'avoir jamais vu Albertine. Mais sans doute la différence entre ce que nous voyions l'un et l'autre d'une même personne était aussi grande. Le temps était loin où j'avais bien petitement commencé à Balbec par ajouter aux sensations visuelles quand je regardais Albertine, des sensations de saveur, d'odeur, de toucher. Depuis, des sensations plus profondes[a], plus douces, plus indéfinissables s'y étaient ajoutées, puis des sensations douloureuses. Bref Albertine n'était, comme une pierre autour de laquelle il a neigé, que le centre générateur d'une immense construction qui passait[b] par le plan de mon cœur. Robert, pour qui était invisible toute cette stratification de sensations, ne saisissait qu'un résidu qu'elle m'empêchait au contraire d'apercevoir. Ce qui avait décontenancé Robert quand il avait aperçu la photographie d'Albertine était non le saisissement des vieillards troyens voyant passer Hélène et disant :

Notre mal ne vaut pas un seul de ses regards[1],

mais celui exactement inverse et qui fait dire[c] : « Comment, c'est pour ça qu'il a pu se faire tant de bile, tant de chagrin, faire tant de folies ! » Il faut bien avouer que ce genre de réaction à la vue de la personne qui a causé les souffrances, bouleversé la vie, quelquefois amené la mort, de quelqu'un que nous aimons, est infiniment plus fréquent que celui des vieillards troyens, et pour tout dire[d], l'habituel. Ce n'est pas seulement parce que l'amour est individuel, ni parce que, quand nous ne le ressentons pas, le trouver évitable et philosopher sur la folie des autres nous est naturel. Non, c'est que, quand il est arrivé au degré où il cause de tels maux, la construction des sensations interposées entre le visage de la femme et les yeux de l'amant, l'énorme œuf douloureux qui l'engaine et le dissimule autant qu'une couche de neige une fontaine sont déjà poussés assez loin pour que le point où s'arrêtent les regards de l'amant, le point où il rencontre son plaisir et ses souffrances, soit aussi loin du point où les autres le voient qu'est loin le soleil véritable de l'endroit où sa lumière condensée nous le fait apercevoir[e] dans le ciel. Et de plus, pendant ce temps, sous la chrysalide de douleurs et de tendresses qui rend invisibles à l'amant les pires métamorphoses de l'être aimé, le visage a eu le temps de vieillir et de changer. De sorte que si le visage que l'amant a vu la première fois est fort loin de celui qu'il voit depuis qu'il aime et souffre, il est, en sens inverse, tout aussi loin de celui que peut voir maintenant le spectateur indifférent. (Qu'aurait-ce été si, au lieu de la photographie de celle qui était une jeune fille, Robert avait vu la photographie d'une vieille maîtresse ?) Et même nous n'avons pas besoin de voir pour la première fois celle qui a causé tant de ravages pour avoir cet étonnement. Souvent nous la connaissions comme mon grand-oncle connaissait Odette. Alors la différence d'optique s'étend non seulement à l'aspect physique, mais au caractère, à l'importance individuelle. Il y a beaucoup de chances pour que la femme qui fait souffrir celui qui l'aime ait toujours été bonne fille avec quelqu'un qui ne se souciait pas d'elle, comme Odette, si cruelle pour Swann, avait été la prévenante « dame en rose » de mon grand-oncle, ou bien[a] que l'être dont chaque décision est supputée d'avance, avec autant de crainte que celle d'une divinité, par celui[b] qui l'aime, apparaisse comme une personne sans conséquence, trop heureuse de faire tout ce qu'on veut, aux yeux de celui qui ne l'aime pas, comme la maîtresse de Saint-Loup pour moi qui ne voyais en elle que cette « Rachel quand du Seigneur » qu'on m'avait tant de fois proposée[1]. Je me rappelais, la première fois que je l'avais vue avec Saint-Loup, ma stupéfaction à la pensée qu'on pût être torturé de ne pas savoir ce qu'une telle femme avait fait tel soir, ce qu'elle avait pu dire tout bas à quelqu'un, pourquoi elle avait eu un désir de rupture. Or, je sentais que, tout ce passé, mais d'Albertine, vers lequel chaque fibre de mon cœur, de ma vie, se dirigeait avec une souffrance vibratile et maladroite, devait paraître tout aussi insignifiant à Saint-Loup qu'il me le deviendrait peut-être un jour à moi-même ; que je passerais peut-être peu à peu, touchant l'insignifiance ou la gravité du passé d'Albertine, de l'état d'esprit que j'avais en ce moment à celui qu'avait Saint-Loup, car je ne me faisais pas d'illusions sur ce que Saint-Loup pouvait penser, sur ce que tout autre que l'amant peut penser. Et je n'en souffrais pas trop. Laissons les jolies femmes aux hommes sans imagination. Je me rappelais cette tragique explication de tant de vies qu'est un portrait génial et pas ressemblant comme celui d'Odette par Elstir[2] et qui est moins le portrait d'une amante que du déformant amour. Il n'y manquait — ce que tant de portraits ont — que d'être à la fois d'un grand peintre et d'un amant (et encore disait-on qu'Elstir l'avait été d'Odette). Cette dissemblance, toute la vie d'un amant, d'un amant dont personne ne comprend les folies, toute la vie d'un Swann la prouvent. Mais que l'amant se double d'un peintre comme Elstir et alors le mot de l'énigme est proféré, vous avez enfin sous les yeux ces lèvres que le vulgaire n'a jamais aperçues dans cette femme, ce nez que personne ne lui a connu, cette allure insoupçonnée. Le portrait dit : « Ce que j'ai aimé, ce qui m'a fait souffrir, ce que j'ai sans cesse vu, c'est ceci. » Par une gymnastique inverse, moi qui avais essayé par la pensée d'ajouter à Rachel tout ce que Saint-Loup lui avait ajouté de lui-même, j'essayais d'ôter mon apport cardiaque et mental dans la composition d'Albertine et de me la représenter telle qu'elle devait apparaître à Saint-Loup, comme à moi Rachel. Ces différences-là, quand même nous les verrions nous-même, quelle importance y ajouterions-nous ? Et quand autrefois, à Balbec, Albertine m'attendait sous les arcades d'Incarville et sautait dans ma voiture, non seulement elle n'avait pas encore « épaissi », mais à la suite d'excès d'exercice elle avait trop fondu ; maigre, enlaidie par un vilain chapeau qui ne laissait dépasser qu'un petit bout de vilain nez et voir de côté que des joues blanches comme des vers blancs, je retrouvais bien peu d'elle, assez cependant pour qu'au saut qu'elle faisait dans ma voiture je susse que c'était elle, qu'elle avait été exacte au rendez-vous et n'était pas allée ailleurs ; et cela suffit ; ce qu'on aime est trop dans le passé, consiste trop dans le temps perdu ensemble pour qu'on ait besoin de toute la femme ; on veut seulement être sûr que c'est elle, ne pas se tromper sur l'identité, autrement importante que la beauté pour ceux qui aiment ; les joues peuvent se creuser, le corps s'amaigrir, même pour ceux qui ont été d'abord le plus orgueilleux, aux yeux des autres, de leur domination sur une beauté, ce petit bout de museau, ce signe où se résume la personnalité permanente d'une femme, cet extrait algébrique, cette constante, cela suffit pour qu'un homme attendu dans le plus grand monde et qui l'aimait, ne puisse disposer d'une seule de ses soirées parce qu'il passe son temps à peigner et à dépeigner, jusqu'à l'heure de s'endormir, la femme qu'il aime, ou simplement à rester auprès d'elle, pour être avec elle, ou pour qu'elle soit avec lui, ou seulement pour qu'elle ne soit pas avec d'autres.

« Tu es sûr, me dit Robert, que je puisse offrir comme cela à cette femme trente mille francs pour le comité électoral de son mari ? Elle est malhonnête à ce point-là ? Si tu ne te trompes pas, trois mille francs suffiraient. — Non, je t'en prie, n'économise pas pour une chose qui me tient tant à cœur. Tu dois dire ceci, où il y a du reste une part de vérité : “Mon ami avait demandé ces trente mille francs à un parent pour le comité de l'oncle[a] de sa fiancée. C'est à cause de cette raison de fiançailles qu'on les lui avait donnés. Et il m'avait prié de vous les porter pour qu'Albertine n'en sût rien. Et puis voici qu'Albertine le quitte. Il ne sait plus que faire. Il est obligé de rendre les trente mille francs s'il n'épouse pas Albertine. Et s'il l'épouse, il faudrait qu'au moins pour la forme elle revînt immédiatement, parce que cela ferait trop mauvais effet si la fugue se prolongeait.” Tu crois que c'est inventé exprès ? — Mais non », me répondit Saint-Loup par bonté, par discrétion et puis parce qu'il savait que les circonstances sont souvent plus bizarres qu'on ne croit. Après tout, il n'y avait aucune impossibilité à ce que dans cette histoire des trente mille francs il y eût, comme je le lui disais, une grande part de vérité. C'était possible, mais ce n'était pas vrai et cette part de vérité était justement un mensonge. Mais nous nous mentions, Robert et moi, comme dans tous les entretiens où un ami désire sincèrement aider son ami en proie à un désespoir d'amour. L'ami conseil, appui, consolateur, peut plaindre la détresse de l'autre, non la ressentir, et meilleur il est pour lui, plus il ment. Et l'autre lui avoue ce qui est nécessaire pour être aidé, mais, justement peut-être pour être aidé, cache bien des choses. Et l'heureux est tout de même celui qui prend de la peine, qui fait un voyage, qui remplit une mission, mais qui n'a pas de souffrance intérieure. J'étais en ce moment celui qu'avait été Robert à Doncières quand il s'était cru quitté par Rachel. « Enfin, comme tu voudras ; si j'ai une avanie, je l'accepte d'avance pour toi. Et puis cela a beau me paraître un peu drôle, ce marché si peu voilé, je sais bien que dans notre monde, il y a des duchesses, et même des plus bigotes, qui feraient pour trente mille francs des choses plus difficiles que de dire à leur nièce de ne pas rester en Touraine. Enfin je suis doublement content de te rendre service, puisqu'il faut cela pour que tu consentes à me voir. Si je me marie, ajouta-t-il, est-ce que nous ne nous verrons pas davantage, est-ce que tu ne feras pas un peu de ma maison la tienne ?... » Il s'arrêta tout à coup, ayant pensé, supposai-je alors, que si moi aussi je me mariais, Albertine ne pourrait pas être pour sa femme une relation intime. Et je me rappelai ce que les Cambremer m'avaient dit de son mariage probable avec la fille[1] du prince de Guermantes.

L'indicateur consulté, il vit qu'il ne pourrait partir que le soir. Françoise[a] me demanda : « Faut-il ôter du cabinet de travail le lit de Mlle Albertine ? — Au contraire, dis-je, il faut le faire. » J'espérais qu'elle reviendrait d'un jour à l'autre et je ne voulais même pas que Françoise pût supposer qu'il y avait doute. Il fallait que le départ d'Albertine eût l'air d'une chose convenue entre nous, qui n'impliquait nullement qu'elle m'aimât moins. Mais Françoise me regarda avec un air, sinon d'incrédulité, du moins de doute. Elle aussi avait ses deux hypothèses. Ses narines se dilataient, elle flairait la brouille, elle devait la sentir depuis longtemps. Et si elle n'en était pas absolument sûre, c'est peut-être seulement parce que, comme moi, elle se défiait de croire entièrement ce qui lui aurait fait trop de plaisir. Maintenant le poids de l'affaire ne reposait plus sur mon esprit surmené mais sur Saint-Loup. Une allégresse me soulevait parce que j'avais pris une décision, parce que je me disais : « J'ai répondu du tac au tac. »

Saint-Loup devait être à peine dans le train que je me croisai dans mon antichambre avec Bloch que je n'avais pas entendu sonner, de sorte que force me fut de le recevoir un instant. Il m'avait dernièrement rencontré avec Albertine (qu'il connaissait de Balbec) un jour où elle était de mauvaise humeur. « J'ai dîné avec M. Bontemps, me dit-il, et comme j'ai une certaine influence sur lui, je lui ai dit que je m'étais attristé que sa nièce ne fût pas plus gentille avec toi, qu'il fallait qu'il lui adressât des prières en ce sens. » J'étouffais de colère : ces prières et ces plaintes détruisaient tout l'effet de la démarche de Saint-Loup et me mettaient directement en cause auprès d'Albertine que j'avais l'air d'implorer. Pour comble de malheur Françoise restée dans l'antichambre entendait tout cela. Je fis tous les reproches possibles à Bloch, lui disant que je ne l'avais nullement chargé d'une telle commission, et que du reste le fait était faux. Bloch à partir de ce moment-là ne cessa plus de sourire, moins, je crois, de joie que de gêne de m'avoir contrarié. Il s'étonnait en riant de soulever une telle colère. Peut-être le disait-il pour ôter à mes yeux de l'importance à son indiscrète démarche, peut-être parce qu'il était d'un caractère lâche et vivant gaiement et paresseusement dans les mensonges, comme les méduses à fleur d'eau, peut-être parce que, même eût-il été d'une autre race d'hommes, les autres, ne pouvant jamais se placer au même point de vue que nous, ne comprennent pas l'importance du mal que leurs paroles dites au hasard peuvent nous faire. Je venais de le mettre à la porte, ne trouvant aucun remède à apporter à ce qu'il avait fait, quand on sonna de nouveau et Françoise me remit une convocation chez le chef de la Sûreté. Les parents de la petite fille que j'avais amenée une heure chez moi avaient voulu déposer contre moi une plainte en détournement de mineure. Il y a des moments de la vie où une sorte de beauté naît de la multiplicité des ennuis qui nous assaillent, entrecroisés comme des motifs wagnériens[a], de la notion aussi, émergente alors, que les événements ne sont pas situés dans l'ensemble des reflets peints dans le pauvre petit miroir que porte devant elle l'intelligence et qu'elle appelle l'avenir, qu'ils sont en dehors et surgissent aussi brusquement que quelqu'un qui vient constater un flagrant délit. Déjà, laissé à lui-même, un événement se modifie, soit que l'échec nous l'amplifie ou que la satisfaction le réduise. Mais il est rarement seul. Les sentiments excités par chacun se contrarient, et c'est dans une certaine mesure, comme je l'éprouvai en allant chez le chef de la Sûreté, un révulsif au moins momentané et assez agissant des tristesses sentimentales que la peur. Je trouvai à la Sûreté les parents qui m'insultèrent, en me disant : « Nous ne mangeons pas de ce pain-là », me rendirent les cinq cents francs que je ne voulais pas reprendre, et le chef de la Sûreté qui, se proposant comme inimitable exemple la facilité des présidents d'assises à « reparties », prélevait un mot de chaque phrase que je disais, mot qui lui servait à en faire une spirituelle et accablante réponse. De mon innocence dans le fait il ne fut même pas question, car c'est la seule hypothèse que personne ne voulut admettre un instant. Néanmoins les difficultés de l'inculpation firent que je m'en tirai avec ce savon, extrêmement violent, tant que les parents furent là. Mais dès qu'ils furent partis, le chef de la Sûreté qui aimait les petites filles changea de ton et me réprimandant comme un compère : « Une autre fois, il faut être plus adroit. Dame, on ne fait pas des levages aussi brusquement que ça, ou ça rate. D'ailleurs vous trouverez partout des petites filles mieux que celle-là et pour bien moins cher. La somme était follement exagérée. » Je sentais tellement qu'il ne me comprendrait pas si j'essayais de lui expliquer la vérité que je profitai sans mot dire de la permission qu'il me donna de me retirer. Tous les passants, jusqu'à ce que je fusse rentré, me parurent des inspecteurs chargés d'épier mes faits et gestes. Mais ce leitmotiv-là, de même que celui de la colère contre Bloch, s'éteignirent pour ne plus laisser place qu'à celui du départ d'Albertine. Or celui-là reprenait, mais sur un mode presque joyeux depuis que Saint-Loup était parti. Depuis qu'il s'était chargé d'aller voir Mme Bontemps, mes souffrances[a] avaient été dispersées. Je croyais que c'était pour avoir agi, je le croyais de bonne foi, car on ne sait jamais ce qui se cache dans notre âme. Au fond, ce qui me rendait heureux, ce n'était pas de m'être déchargé de mes indécisions sur Saint-Loup, comme je le croyais. Je ne me trompais pas du reste absolument ; le spécifique pour guérir un événement malheureux (les trois quarts des événements le sont) c'est une décision ; car elle a pour effet, par un brusque renversement de nos pensées, d'interrompre le flux de celles qui viennent de l'événement passé et prolongent[b] la vibration, de le briser par un flux inverse de pensées inverses, venu du dehors, de l'avenir. Mais ces pensées nouvelles nous sont surtout bienfaisantes (et c'était le cas pour celles qui m'assiégeaient en ce moment) quand du fond de cet avenir c'est une espérance qu'elles nous apportent. Ce qui au fond me rendait si heureux, c'était la certitude secrète que, la mission de Saint-Loup ne pouvant échouer, Albertine ne pouvait manquer de revenir. Je le compris ; car n'ayant pas reçu dès le premier jour de réponse de Saint-Loup, je recommençai à souffrir. Ma décision, ma remise à lui de mes pleins pouvoirs n'étaient donc pas la cause de ma joie qui sans cela eût duré, mais le « La réussite est sûre » que j'avais pensé quand je disais « Advienne que pourra ». Et la pensée, éveillée par son retard, qu'en effet autre chose que la réussite pouvait advenir, m'était si odieuse que j'avais perdu ma gaieté. C'est en réalité notre prévision, notre espérance d'événements heureux qui nous gonfle d'une joie que nous attribuons à d'autres causes et qui cesse pour nous laisser retomber dans le chagrin, si nous ne sommes plus si assurés que ce que nous désirons se réalisera. C'est toujours cette invisible croyance qui soutient l'édifice de notre monde sensitif, et c'est privé d'elle qu'il chancelle[a]. Nous avons vu qu'elle faisait pour nous la valeur ou la nullité des êtres, l'ivresse ou l'ennui de les voir. Elle fait de même la possibilité de supporter un chagrin qui nous semble médiocre simplement parce que nous sommes persuadés qu'il va y être mis fin, ou son brusque agrandissement jusqu'à ce qu'une présence vaille autant, parfois même plus que notre vie. Une chose, du reste, acheva de rendre ma douleur[b] au cœur aussi aiguë qu'elle avait été la première minute et qu'il faut bien avouer qu'elle n'était plus. Ce fut de relire une phrase de la lettre d'Albertine. Nous avons beau aimer les êtres, la souffrance de les perdre, quand dans l'isolement nous ne sommes plus qu'en face d'elle à qui notre esprit donne dans une certaine mesure la forme qu'il veut, cette souffrance est supportable et différente de celle moins humaine, moins nôtre, aussi imprévue et bizarre qu'un accident dans le monde moral et dans la région du cœur — qui a pour cause moins directement les êtres[c] eux-mêmes que la façon dont nous avons appris que nous ne les verrions plus. Albertine, je pouvais penser à elle, en pleurant doucement, en acceptant de ne pas plus la voir ce soir qu'hier ; mais relire *ma décision est irrévocable*, c'était autre chose, c'était comme prendre un médicament dangereux, qui m'eût donné une crise cardiaque à laquelle on peut ne pas survivre. Il y a dans les choses, dans les événements, dans les lettres de rupture, un péril particulier qui amplifie et dénature la douleur même que les êtres peuvent nous causer. Mais cette souffrance dura peu. J'étais malgré tout si sûr du succès de l'habileté de Saint-Loup, le retour d'Albertine me parut une chose si certaine, que je me demandai si j'avais eu raison de le souhaiter. Pourtant je m'en réjouissais. Malheureusement, pour moi qui croyais l'affaire de la Sûreté finie, Françoise vint m'annoncer qu'un inspecteur était venu s'informer si je n'avais pas l'habitude d'avoir des jeunes filles chez moi, que le concierge, croyant qu'on parlait d'Albertine, avait répondu que si, et que, depuis ce moment, la maison semblait surveillée. Dès lors il me serait à jamais impossible de faire venir une petite fille dans mes chagrins pour me consoler, sans risquer d'avoir la honte devant elle qu'un inspecteur surgît et qu'elle me prît pour un malfaiteur. Et du même coup je compris combien on vit plus pour certains rêves qu'on ne croit, car cette impossibilité de bercer jamais une petite fille me parut ôter à la vie toute valeur, mais de plus je compris combien il est compréhensible que les gens aisément refusent la fortune et risquent la mort, alors qu'on se figure que l'intérêt et la peur de mourir mènent le monde. Car si j'avais pensé que même une petite fille inconnue pût avoir, par l'arrivée d'un homme de la police, une idée honteuse de moi, combien j'aurais mieux aimé me tuer ! Il n'y avait même pas de comparaison possible entre les deux souffrances. Or dans la vie les gens ne réfléchissent jamais que ceux à qui ils offrent de l'argent, qu'ils menacent de mort, peuvent avoir une maîtresse, ou même simplement un camarade, à l'estime de qui ils tiennent, même si ce n'est pas à la leur propre. Mais tout à coup, par une confusion dont je ne m'avisai pas (je ne songeai pas en effet qu'Albertine, étant majeure, pouvait habiter chez moi et même être ma maîtresse), il me sembla que le détournement de mineures pouvait s'appliquer aussi à Albertine. Alors la vie me parut barrée de tous les côtés. Et en pensant que je n'avais pas vécu chastement avec elle, je trouvai dans la punition qui m'était infligée pour avoir bercé une petite fille inconnue, cette relation qui existe presque toujours dans les châtiments humains et qui fait qu'il n'y a presque jamais ni condamnation juste, ni erreur judiciaire, mais une espèce d'harmonie entre l'idée fausse que se fait le juge d'un acte innocent et les faits coupables qu'il a ignorés. Mais alors, en pensant que le retour d'Albertine pouvait amener pour moi une condamnation infamante qui me dégraderait à ses yeux et peut-être lui ferait à elle-même un tort qu'elle ne me pardonnerait pas, je cessai de souhaiter ce retour, il m'épouvanta. J'aurais voulu lui télégraphier de ne pas revenir. Et aussitôt, noyant tout le reste, le désir passionné qu'elle revînt m'envahit. C'est qu'ayant envisagé un instant la possibilité de lui dire de ne pas revenir et de vivre sans elle, tout d'un coup je me sentis au contraire prêt à sacrifier tous les voyages, tous les plaisirs, tous les travaux, pour qu'Albertine revînt ! Ah ! combien mon amour[a] pour Albertine, dont j'avais cru que je pourrais prévoir le destin d'après celui que j'avais eu pour Gilberte, s'était développé en parfait contraste avec ce dernier ! Combien rester sans la voir[a] m'était impossible ! Et pour chaque acte, même le plus minime, mais qui baignait auparavant dans l'atmosphère heureuse qu'était la présence d'Albertine, il me fallait chaque fois, à nouveaux frais, avec la même douleur, recommencer l'apprentissage de la séparation. Puis la concurrence[b] des autres formes de la vie rejetait dans l'ombre cette nouvelle douleur, et pendant ces jours-là, qui furent les premiers du printemps, j'eus même, en attendant que Saint-Loup pût voir Mme Bontemps, à imaginer Venise et de belles femmes inconnues, quelques moments de calme agréable. Dès que je m'en aperçus, je sentis en moi une terreur[c] panique. Ce calme que je venais de goûter, c'était la première apparition de cette grande force intermittente, qui allait lutter en moi contre la douleur, contre l'amour, et finirait par en avoir raison. Ce dont je venais d'avoir l'avant-goût et d'apprendre le présage, c'était pour un instant seulement ce qui plus tard serait chez moi un état permanent, une vie où je ne pourrais plus souffrir pour Albertine, où je ne l'aimerais plus. Et mon amour qui venait de reconnaître le seul ennemi par lequel il pût être vaincu, l'oubli, se mit à frémir, comme un lion qui dans la cage où on l'a enfermé a aperçu tout d'un coup le serpent python qui le dévorera[d].

Je pensais tout le temps à Albertine, et jamais Françoise en entrant dans ma chambre ne me disait assez vite : « Il n'y a pas de lettres », pour abréger l'angoisse. Mais de temps en temps, je parvenais, en faisant passer tel ou tel courant d'idées au travers de mon chagrin, à renouveler, à aérer un peu l'atmosphère viciée de mon cœur. Mais le soir, si je parvenais à m'endormir, alors c'était comme si le souvenir d'Albertine avait été le médicament qui m'avait procuré le sommeil, et dont l'influence en cessant m'éveillerait. Je pensais tout le temps à Albertine en dormant. C'était un sommeil spécial à elle qu'elle me donnait et où du reste je n'aurais plus été libre comme pendant la veille de penser à autre chose. Le sommeil, son souvenir, c'étaient les deux substances mêlées qu'on nous fait prendre à la fois pour dormir. Réveillé, du reste, ma souffrance allait en augmentant chaque jour au lieu de diminuer. Non que l'oubli n'accomplît son œuvre, mais là même il favorisait l'idéalisation de l'image regrettée, et par là l'assimilation de ma souffrance initiale à d'autres souffrances analogues qui la renforçaient. Encore cette image était-elle supportable. Mais si tout d'un coup je pensais à sa chambre, à sa chambre où le lit restait vide, à son piano, à son automobile, je perdais toute force, je fermais les yeux, j'inclinais ma tête sur l'épaule gauche comme ceux qui vont défaillir. Le bruit des portes me faisait presque aussi mal parce que ce n'était pas elle qui les ouvrait.

Quand il put y avoir un télégramme de Saint-Loup, je n'osai pas demander : « Est-ce qu'il y a un télégramme ? » Il en vint un enfin, mais qui ne faisait que tout reculer, me disant : CES DAMES SONT PARTIES POUR TROIS JOURS. Sans doute, si j'avais supporté les quatre jours qu'il y avait déjà depuis qu'elle était partie, c'était parce que je me disais : « Ce n'est qu'une affaire de temps, avant la fin de la semaine elle sera là. » Mais cette raison n'empêchait pas que pour mon cœur, pour mon corps, l'acte à accomplir était le même : vivre sans elle[a], rentrer chez moi sans la trouver, passer devant la porte de sa chambre — l'ouvrir, je n'avais pas encore le courage — en sachant qu'elle n'y était pas, me coucher sans lui avoir dit bonsoir, voilà des choses que mon cœur avait dû accomplir dans leur terrible intégralité et tout de même que si je n'avais pas dû revoir Albertine. Or qu'il l'eût accompli déjà quatre fois prouvait qu'il était maintenant capable de continuer à l'accomplir. Et bientôt peut-être la raison qui m'aidait à continuer ainsi à vivre — le prochain retour d'Albertine —, je cesserais d'en avoir besoin (je pourrais me dire : « Elle ne reviendra jamais », et vivre tout de même comme j'avais déjà fait pendant quatre jours) comme un blessé qui a repris l'habitude de la marche et peut se passer de ses béquilles. Sans doute le soir en rentrant je trouvais encore, m'ôtant la respiration, m'étouffant du vide de la solitude, les souvenirs, juxtaposés en une interminable série, de tous les soirs où Albertine m'attendait ; mais déjà je trouvais aussi le souvenir de la veille, de l'avant-veille et des deux soirs précédents, c'est-à-dire le souvenir des quatre soirs écoulés depuis le départ d'Albertine, pendant lesquels j'étais resté sans elle, seul, où cependant j'avais vécu, quatre soirs déjà faisant une bande de souvenirs bien mince à côté de l'autre, mais que chaque jour qui s'écoulerait allait peut-être étoffer. Je ne dirai rien de la lettre de déclaration que je reçus à ce moment-là d'une nièce de Mme de Guermantes, qui passait pour la plus jolie jeune fille de Paris, ni de la démarche que fit auprès de moi le duc de Guermantes de la part des parents résignés pour le bonheur de leur fille à l'inégalité du parti, à une semblable mésalliance. De tels incidents qui pourraient être sensibles à l'amour-propre sont trop douloureux quand on aime. On aurait le désir et on n'aurait pas l'indélicatesse de les faire connaître à celle qui porte sur nous un jugement moins favorable, qui ne serait du reste pas modifié si elle apprenait qu'on peut être l'objet d'un tout différent. Ce que m'écrivait la nièce du duc n'eût pu qu'impatienter Albertine.

Depuis le moment où j'étais éveillé et où je reprenais mon chagrin à l'endroit[a] où j'en étais resté avant de m'endormir, comme un livre un instant fermé et qui ne me quitterait plus jusqu'au soir, ce ne pouvait jamais être qu'à une pensée concernant Albertine que venait se raccorder pour moi toute sensation, qu'elle me vînt du dehors ou du dedans. On sonnait : c'est une lettre d'elle, c'est elle-même peut-être ! Si je me sentais bien portant, pas trop malheureux, je n'étais plus jaloux, je n'avais plus de griefs contre elle, j'aurais voulu vite la revoir, l'embrasser, passer gaiement toute ma vie avec elle. Lui télégraphier : VENEZ VITE me semblait devenu une chose toute simple comme si mon humeur nouvelle avait changé non pas seulement mes dispositions, mais les choses hors de moi, les avait rendues plus faciles. Si j'étais d'humeur sombre, toutes mes colères contre elle renaissaient, je n'avais plus envie de l'embrasser, je sentais l'impossibilité d'être jamais heureux par elle, je ne voulais plus que lui faire du mal et l'empêcher d'appartenir aux autres. Mais de ces deux humeurs opposées le résultat était identique, il fallait qu'elle revînt au plus tôt. Et pourtant, quelque joie que pût me donner au moment même ce retour, je sentais que bientôt les mêmes difficultés se présenteraient et que la recherche du bonheur dans la satisfaction du désir moral était quelque chose d'aussi naïf que l'entreprise d'atteindre l'horizon en marchant devant soi. Plus le désir avance, plus la possession véritable s'éloigne. De sorte que si le bonheur ou du moins l'absence de souffrances peut être trouvé, ce n'est pas la satisfaction mais la réduction progressive, l'extinction finale du désir qu'il faut chercher. On cherche à voir ce qu'on aime, on devrait chercher à ne pas le voir, l'oubli seul finit par amener l'extinction du désir. Et j'imagine que si un écrivain émettait des vérités de ce genre, il dédierait le livre qui les contiendrait à une femme dont il se plairait ainsi à se rapprocher, lui disant : « Ce livre est le tien. » Et ainsi, disant des vérités dans son livre, il mentirait dans sa dédicace, car il ne tiendra à ce que le livre soit à cette femme que comme à lui cette pierre qui vient d'elle et qui ne lui sera chère qu'autant qu'il aimera la femme[1]. Les liens entre un être et nous n'existent que dans notre pensée. La mémoire en s'affaiblissant les relâche, et, malgré l'illusion dont nous voudrions être dupes et dont, par amour, par amitié, par politesse, par respect humain, par devoir, nous dupons les autres, nous existons seuls. L'homme est l'être qui ne peut sortir de soi, qui ne connaît les autres qu'en soi, et, en disant le contraire, ment. Et j'aurais eu si peur[a], si on avait été capable de le faire, qu'on m'ôtât ce besoin d'elle, cet amour d'elle, que je me persuadais qu'il était précieux pour ma vie. Pouvoir entendre prononcer sans charme et sans souffrance les noms des stations par où le train passait pour aller en Touraine m'eût semblé une diminution de soi-même (simplement au fond parce que cela eût prouvé qu'Albertine me devenait indifférente). Il était bien, me disais-je, qu'en me demandant sans cesse ce qu'elle pouvait faire, penser, vouloir, à chaque instant, si elle comptait, si elle allait revenir, je tinsse ouverte cette porte de communication que l'amour avait pratiquée en moi, et sentisse la vie d'une autre submerger, par des écluses ouvertes, le réservoir qui n'aurait pas voulu redevenir stagnant. Bientôt, le silence de Saint-Loup se prolongeant, une anxiété secondaire — l'attente d'un télégramme, d'un téléphonage de Saint-Loup — masqua la première, l'inquiétude du résultat, savoir si Albertine reviendrait. Épier chaque bruit dans l'attente du télégramme me devenait si intolérable qu'il me semblait que, quel qu'il fût, l'arrivée de ce télégramme, qui était la seule chose à laquelle[b] je pensais maintenant, mettrait fin à mes souffrances. Mais, quand j'eus reçu enfin un télégramme de Robert où il me disait qu'il avait vu Mme Bontemps, mais, malgré toutes ses précautions, avait été vu par Albertine, que cela avait fait tout manquer, j'éclatai de fureur et de désespoir, car c'était là ce que j'avais voulu avant tout éviter. Connu d'Albertine, le voyage de Saint-Loup me donnait un air de tenir à elle qui ne pouvait que l'empêcher de revenir et dont l'horreur d'ailleurs était tout ce que j'avais gardé de la fierté que mon amour avait au temps de Gilberte et qu'il avait perdue. Je maudissais Robert, puis me dis que si ce moyen avait échoué, j'en prendrais un autre. Puisque l'homme peut agir sur le monde extérieur, comment en faisant jouer la ruse, l'intelligence, l'intérêt, l'affection, n'arriverais-je pas à supprimer cette chose atroce : l'absence d'Albertine ? On croit que selon son désir on changera autour de soi les choses, on le croit parce que, hors de là, on ne voit aucune solution favorable. On ne pense pas à celle qui se produit le plus souvent et qui est favorable aussi : nous n'arrivons pas à changer les choses selon notre désir, mais peu à peu notre désir change. La situation que nous espérions changer parce qu'elle nous était insupportable, nous devient indifférente. Nous n'avons pas pu surmonter l'obstacle, comme nous le voulions absolument, mais la vie nous l'a fait tourner, dépasser, et c'est à peine alors si en nous retournant vers le lointain du passé nous pouvons l'apercevoir, tant il est devenu imperceptible. J'entendis à l'étage au-dessus du nôtre des airs de *Manon*[1] joués par une voisine. J'appliquais leurs paroles, que je connaissais, à Albertine et à moi, et je fus rempli d'un sentiment si profond que je me mis à pleurer. C'était :

Hélas, l'oiseau qui fuit ce qu'il croit l'esclavage,
Le plus souvent, la nuit d'un vol désespéré revient battre au vitrage

et la mort de Manon :

« Manon réponds-moi donc ! — Seul amour de mon âme,
Je n'ai su qu'aujourd'hui la bonté de ton cœur. »

Puisque Manon revenait à Des Grieux, il me semblait que j'étais pour Albertine le seul amour de sa vie. Hélas, il est probable que si elle avait entendu en ce moment le même air, ce n'eût pas été moi qu'elle eût chéri sous le nom de Des Grieux, et, si elle en avait eu seulement l'idée, mon souvenir l'eût empêchée de s'attendrir en écoutant cette musique qui rentrait pourtant bien, quoique mieux écrite et plus fine, dans le genre de celle qu'elle aimait.

Pour moi je n'eus pas le courage de m'abandonner à la douceur de penser qu'Albertine m'appelait « seul amour de mon âme » et avait reconnu qu'elle s'était méprise sur ce qu'elle « avait cru l'esclavage ». Je savais qu'on ne peut lire un roman sans donner à l'héroïne les traits de celle qu'on aime. Mais la fin du livre a beau être heureuse, notre amour n'a pas fait un pas de plus et, quand nous l'avons fermé, celle que nous aimons et qui est enfin venue à nous dans le roman, ne nous aime pas davantage dans la vie. Furieux, je télégraphiai à Saint-Loup de revenir au plus vite à Paris, pour éviter au moins l'apparence de mettre une insistance[a] aggravante dans une démarche que j'aurais tant voulu cacher. Mais avant même[b] qu'il fût revenu selon mes instructions, c'est d'Albertine elle-même que je reçus ce télégramme :

MON AMI, VOUS AVEZ ENVOYÉ VOTRE AMI SAINT-LOUP À MA TANTE, CE QUI ÉTAIT INSENSÉ. MON CHER AMI, SI VOUS AVIEZ BESOIN DE MOI, POURQUOI NE PAS M'AVOIR ÉCRIT DIRECTEMENT ? J'AURAIS ÉTÉ TROP HEUREUSE DE REVENIR ; NE RECOMMENCEZ PLUS CES DÉMARCHES ABSURDES. « J'aurais été trop heureuse de revenir ! » Si elle disait cela, c'est donc qu'elle regrettait d'être partie, qu'elle ne cherchait qu'un prétexte pour revenir. Donc je n'avais qu'à faire ce qu'elle me disait, à lui écrire que j'avais besoin d'elle, et elle reviendrait. J'allais donc la revoir[c], elle, l'Albertine de Balbec (car, depuis son départ, elle l'était redevenue pour moi. Comme un coquillage auquel on ne fait plus attention quand on l'a toujours sur sa commode, une fois qu'on s'en est séparé pour le donner ou l'ayant perdu et qu'on pense à lui, ce qu'on ne faisait plus, elle me rappelait toute la beauté joyeuse des montagnes bleues de la mer). Et ce n'est pas seulement elle qui était devenue un être d'imagination c'est-à-dire désirable, mais la vie avec elle qui était devenue une vie imaginaire c'est-à-dire affranchie de toutes difficultés, de sorte que je me disais : « Comme nous allons être heureux ! » Mais, du moment que j'avais l'assurance de ce retour, il ne fallait pas avoir l'air de le hâter, mais au contraire effacer le mauvais effet de la démarche de Saint-Loup que je pourrais toujours plus tard désavouer en disant qu'il avait agi de lui-même, parce qu'il avait toujours été partisan de ce mariage.

Cependant, je relisais sa lettre et j'étais tout de même déçu du peu qu'il y a d'une personne dans une lettre. Sans doute les caractères tracés expriment notre pensée, ce que font aussi nos traits ; c'est toujours en présence d'une pensée que nous nous trouvons. Mais tout de même, dans la personne, la pensée ne nous apparaît qu'après s'être diffusée dans cette corolle du visage épanouie comme un nymphéa. Cela la modifie tout de même beaucoup. Et c'est peut-être une des causes de nos perpétuelles déceptions en amour que ces perpétuelles déviations qui font qu'à l'attente de l'être idéal que nous aimons, chaque rendez-vous nous apporte une personne de chair qui tient déjà si peu de notre rêve. Et puis quand nous réclamons quelque chose de cette personne, nous recevons d'elle une lettre où même de la personne il reste très peu, comme dans les lettres de l'algèbre il ne reste plus la détermination des chiffres de l'arithmétique, lesquels déjà ne contiennent plus les qualités des fruits ou des fleurs additionnés. Et pourtant, l'amour, être aimé, ses lettres, c'est peut-être tout de même des traductions — si insatisfaisant qu'il soit de passer de l'un à l'autre — de la même réalité, puisque la lettre ne nous semble insuffisante qu'en la lisant, mais que nous suons mort et passion tant qu'elle n'arrive pas, et qu'elle suffit à calmer notre angoisse, sinon à remplir avec ses petits signes noirs notre désir qui sent qu'il n'y a là tout de même que l'équivalence d'une parole, d'un sourire, d'un baiser, non ces choses mêmes.

J'écrivis[a] à Albertine :

Mon amie, j'allais justement vous écrire et je vous remercie de me dire que si j'avais eu besoin de vous, vous seriez accourue ; c'est bien de votre part de comprendre d'une façon aussi élevée le dévouement à un ancien ami et mon estime pour vous ne peut qu'en être accrue. Mais non, je ne vous l'avais pas demandé et ne vous le demanderai pas ; nous revoir, au moins d'ici bien longtemps, ne vous serait peut-être pas pénible, jeune fille insensible. À moi, que vous avez cru parfois[b] *si indifférent, cela le serait beaucoup. La vie nous a séparés. Vous avez pris une décision que je crois très sage et que vous avez prise au moment voulu, avec un pressentiment merveilleux, car vous êtes partie le lendemain du jour*[1] *où je venais de recevoir l'assentiment de ma mère à demander votre main. Je vous l'aurais dit*[c] *à mon réveil, quand j'ai eu sa lettre (en même temps que la vôtre !). Peut-être auriez-vous eu peur de me faire de la peine en partant là-dessus. Et nous aurions peut-être lié nos vies par ce qui aurait été pour nous, qui sait ? le malheur. Si cela avait dû être, soyez bénie pour votre sagesse. Nous en perdrions tout le fruit en nous revoyant. Ce n'est pas que ce ne serait pas pour moi une tentation. Mais je n'ai pas grand mérite à y résister. Vous savez l'être inconstant que je suis et comme j'oublie vite. Ainsi je ne suis pas bien à plaindre. Vous me l'avez dit souvent, je suis surtout un homme d'habitudes. Celles que je commence à prendre sans vous ne sont pas encore bien fortes. Évidemment, en ce moment, celles que j'avais avec vous et que votre départ a troublées sont encore les plus fortes. Elles ne le seront plus bien longtemps. Même, à cause de cela, j'avais pensé à profiter de ces quelques derniers jours où nous voir ne serait pas encore pour moi ce qu'il sera dans une quinzaine, plus tôt peut-être, (pardonnez-moi ma franchise) un dérangement, — j'avais pensé à en profiter avant l'oubli final, pour régler avec vous de petites questions matérielles où vous auriez pu, bonne et charmante amie, rendre service à celui qui s'est cru cinq minutes votre fiancé. Comme je ne doutais pas de l'approbation de ma mère, comme d'autre part je désirais que nous ayons chacun toute cette liberté dont vous m'aviez trop gentiment et abondamment fait un sacrifice qui se pouvait admettre pour une vie en commun de quelques semaines, mais qui serait devenu aussi odieux à vous qu'à moi maintenant que nous devions passer toute notre vie ensemble (cela me fait presque de la peine en vous écrivant de penser que cela a failli être, qu'il s'en est fallu de quelques secondes), j'avais pensé à organiser notre existence de la façon la plus indépendante possible, et pour commencer j'avais voulu que vous eussiez ce yacht où vous auriez pu voyager pendant que, trop souffrant, je vous eusse attendue au port ; j'avais écrit à Elstir pour lui demander conseil, comme vous aimez son goût. Et pour la terre, j'avais voulu que vous eussiez votre automobile à vous, rien qu'à vous[a], dans laquelle vous sortiriez, voyageriez, à votre fantaisie. Le yacht était déjà presque prêt, il s'appelle, selon votre désir exprimé à Balbec, le* Cygne. *Et, me rappelant que vous préfériez à toutes les autres les voitures Rolls, j'en avais commandé une. Or, maintenant[b] que nous ne nous verrons plus jamais, comme je n'espère pas de vous faire accepter le bateau ni la voiture (pour moi ils ne pourraient servir à rien) j'avais donc pensé — comme je les avais commandés à un intermédiaire mais en donnant votre nom — que vous pourriez peut-être en les décommandant, vous, m'éviter ce yacht et cette voiture inutiles. Mais pour cela et pour bien d'autres choses il aurait fallu causer. Or je trouve que tant que je serai susceptible de vous réaimer, ce qui ne durera plus longtemps, il serait fou, pour un bateau à voiles et une Rolls-Royce, de nous voir et de jouer le bonheur de votre vie, puisque vous estimez qu'il est de vivre loin de moi. Non, je préfère garder la Rolls et même le yacht. Et comme je ne me servirai pas d'eux et qu'ils ont chance de rester toujours, l'un au port désarmé, l'autre à l'écurie, je ferai graver sur le yacht (mon Dieu*[a]*, je n'ose pas mettre un nom de pièce inexact et commettre une hérésie qui vous choquerait) ces vers de Mallarmé que vous aimiez :*

Un cygne d'autrefois se souvient que c'est lui
Magnifique mais qui sans espoir se délivre
Pour n'avoir pas chanté la région où vivre
Quand du stérile hiver a resplendi l'ennui.

Vous vous rappelez[b]*, — c'est la poésie qui commence par*[1] *:* Le vierge, le vivace et le bel aujourd'hui. *Hélas, aujourd'hui n'est plus ni vierge, ni beau. Mais ceux qui, comme moi, savent qu'ils en feront bien vite un « demain » supportable, ne sont guère supportables. Quant à la Rolls, elle eût mérité plutôt ces autres vers du même poète, que vous disiez ne pas pouvoir comprendre :*

Dis si je ne suis pas joyeux
Tonnerre et rubis aux moyeux
De voir en l'air que ce feu troue

Avec des royaumes épars
Comme mourir pourpre la roue
Du seul vespéral de mes chars[2].

Adieu pour toujours, ma petite Albertine, et merci encore de la bonne promenade que nous fîmes ensemble la veille de notre séparation. J'en garde un bien bon souvenir.

P.-S. — Je ne réponds pas à ce que vous me dites de prétendues propositions que Saint-Loup (que je ne crois d'ailleurs nullement en Touraine) aurait faites à votre tante. C'est du Sherlock Holmes[3]*. Quelle idée vous faites-vous de moi ?*

Sans doute, de même que j'avais dit autrefois à Albertine : « Je ne vous aime pas », pour qu'elle m'aimât, « J'oublie quand je ne vois pas les gens » pour[d] qu'elle me vît très souvent, « J'ai[e] décidé de vous quitter » pour prévenir toute idée de séparation, maintenant c'était parce que je voulais absolument qu'elle revînt dans les huit jours que je lui disais : « Adieu pour toujours » ; c'est parce que je voulais la revoir que je lui disais : « Je trouverais dangereux de vous voir » ; c'est parce que vivre séparé d'elle me semblait pire que la mort que je lui écrivais : *Vous avez eu raison, nous serions malheureux ensemble.* Hélas, cette lettre feinte[a], en l'écrivant pour avoir l'air de ne pas tenir à elle (seule fierté qui restât de mon ancien amour pour Gilberte dans mon amour pour Albertine) et aussi pour la douceur de dire certaines choses qui ne pouvaient émouvoir que moi et non elle, j'aurais dû d'abord prévoir qu'il était possible qu'elle eût pour effet une réponse négative, c'est-à-dire consacrant ce que je disais ; qu'il était même probable que ce serait, car, Albertine eût-elle été moins intelligente qu'elle n'était, elle n'eût pas douté un instant que ce que je disais était faux. Sans s'arrêter en effet aux intentions que j'énonçais dans cette lettre, le seul fait que je l'écrivisse, n'eût-il même pas succédé à la démarche de Saint-Loup, suffisait pour lui prouver que je désirais qu'elle revînt et pour lui conseiller de me laisser m'enferrer dans l'hameçon de plus en plus. Puis après avoir[b] prévu la possibilité d'une réponse négative, j'aurais dû toujours prévoir que brusquement cette réponse me rendrait dans sa plus extrême[c] vivacité mon amour pour Albertine. Et j'aurais dû, toujours avant d'envoyer ma lettre, me demander[d] si, au cas où Albertine répondrait sur le même ton et ne voudrait pas revenir, je serais assez maître[e] de ma douleur pour me forcer à rester silencieux, à ne pas lui télégraphier : REVENEZ ou à ne pas lui envoyer quelque autre émissaire, ce qui, après lui avoir écrit que nous ne nous reverrions pas, était lui montrer avec la dernière évidence que je ne pouvais me passer d'elle, et aboutirait à ce qu'elle refusât plus énergiquement encore, à ce que, ne pouvant plus supporter mon angoisse, je partisse chez elle, qui sait ? peut-être à ce que je ne fusse pas reçu. Et sans doute c'eût été, après trois énormes maladresses[f], la pire de toutes, après laquelle il n'y avait plus qu'à me tuer devant sa maison. Mais la manière désastreuse dont est construit l'univers psychopathologique veut que l'acte maladroit, l'acte qu'il faudrait avant tout éviter, soit justement l'acte calmant, l'acte qui, ouvrant pour nous, jusqu'à ce que nous en sachions le résultat, de nouvelles perspectives d'espérance, nous débarrasse momentanément de la douleur intolérable que le refus a fait naître en nous. De sorte que quand la douleur est trop forte, nous nous précipitons dans la maladresse qui consiste à écrire, à faire prier par quelqu'un, à aller voir, à prouver qu'on ne peut se passer de celle qu'on aime.

Mais je ne prévis[a] rien de tout cela. Le résultat de cette lettre me paraissait être au contraire de faire revenir Albertine au plus vite. Aussi, en pensant à ce résultat, avais-je eu une grande douceur[b] à écrire la lettre. Mais[c] en même temps je n'avais cessé en écrivant de pleurer ; d'abord un peu de la même manière que le jour où j'avais joué la fausse séparation, parce que ces mots me représentant l'idée qu'ils m'exprimaient quoiqu'ils tendissent à un but contraire (prononcés mensongèrement pour ne pas, par fierté, avouer que j'aimais), portaient en eux leur tristesse, mais aussi parce que je sentais que cette idée avait de la vérité.

Le résultat de cette lettre me paraissant certain, je regrettai de l'avoir envoyée. Car en me représentant le retour en somme si aisé d'Albertine, brusquement toutes les raisons qui rendaient notre mariage une chose mauvaise pour moi revinrent avec toute leur force. J'espérais qu'elle refuserait de revenir. J'étais en train de calculer que ma liberté, tout l'avenir de ma vie étaient suspendus à son refus ; que j'avais fait une folie d'écrire ; que j'aurais dû reprendre ma lettre hélas partie, quand Françoise, en me donnant aussi le journal qu'elle venait de monter, me la rapporta. Elle ne savait pas avec combien de timbres elle devait l'affranchir. Mais aussitôt je changeai d'avis ; je souhaitais qu'Albertine ne revînt pas, mais je voulais que cette décision vînt d'elle pour mettre fin à mon anxiété, et je voulus rendre la lettre à Françoise. J'ouvris le journal. Il annonçait la mort de la Berma[d]. Alors je me souvins des deux façons différentes dont j'avais écouté *Phèdre*[1], et ce fut maintenant d'une troisième que je pensai à la scène de la déclaration. Il me semblait que ce que je m'étais si souvent récité à moi-même et que j'avais écouté au théâtre, c'était l'énoncé des lois que je devais expérimenter dans ma vie. Il y a dans notre âme des choses auxquelles nous ne savons pas combien nous tenons. Ou bien, si nous tenons à elles[e], c'est parce que nous remettons de jour en jour, par peur d'échouer, ou de souffrir, d'entrer en leur possession. C'est ce qui m'était arrivé pour Gilberte, quand j'avais cru renoncer à elle. Qu'avant le moment où nous sommes tout à fait détachés de ces choses, moment bien postérieur à celui où nous nous en croyons détachés, la jeune fille que nous aimons, par exemple, se fiance[f], nous sommes fous, nous ne pouvons plus supporter la vie qui nous paraissait si mélancoliquement calme. Ou bien, si la chose est en notre possession, nous croyons qu'elle nous est à charge, que nous nous en déferions volontiers ; c'est ce qui m'était arrivé pour Albertine. Mais que par un départ l'être indifférent nous soit retiré, et nous ne pouvons plus vivre. Or l'« argument » de *Phèdre* ne réunissait-il pas les deux cas ? Hippolyte va partir. Phèdre qui jusque-là a pris soin de s'offrir à son inimitié, par scrupule dit-elle ou plutôt lui fait dire le poète, parce qu'elle[a] ne voit pas à quoi elle arriverait et qu'elle ne se sent pas aimée, Phèdre n'y tient plus. Elle vient lui avouer son amour, et c'est la scène que je m'étais si souvent récitée :

On dit qu'un prompt départ vous éloigne de nous[1].

Sans doute cette raison du départ d'Hippolyte est accessoire, peut-on penser, à côté de celle de la mort de Thésée. Et de même quand, quelques vers plus loin, Phèdre fait[b] un instant semblant d'avoir été mal comprise :

... Aurais-je perdu tout le soin de ma gloire[2],

on peut croire que c'est parce qu'Hippolyte a repoussé sa déclaration :

Madame, oubliez-vous
Que Thésée est mon père, et qu'il est votre époux[3] *?*

Mais il n'aurait pas eu cette indignation, que, devant le bonheur atteint, Phèdre aurait pu avoir le même sentiment qu'il valait peu de chose. Mais dès qu'elle voit qu'il n'est pas atteint, qu'Hippolyte croit avoir mal compris et s'excuse, alors, comme moi venant de rendre à Françoise ma lettre, elle veut que le refus vienne de lui, elle veut pousser jusqu'au bout sa chance :

Ah ! cruel, tu m'as trop entendue[4].

Et il n'y a pas jusqu'aux duretés qu'on m'avait racontées de Swann envers Odette, ou de moi à l'égard d'Albertine, duretés qui substituent à l'amour antérieur un nouveau, fait de pitié, d'attendrissement, de besoin d'effusion et qui ne fait que varier le premier, qui ne se trouvent aussi dans cette scène :

Tu me haïssais plus, je ne t'aimais pas moins.
Tes malheurs te prêtaient encor de nouveaux charmes[1].

La preuve que le *soin de sa gloire* n'est pas ce à quoi[a] tient le plus Phèdre, c'est qu'elle pardonnerait à Hippolyte et s'arracherait aux conseils d'Œnone, si elle n'apprenait à ce moment qu'Hippolyte aime Aricie. Tant la jalousie, qui en amour équivaut à la perte de tout bonheur, est plus sensible que la perte de la réputation. C'est alors qu'elle laisse Œnone (qui n'est que le nom de la pire partie d'elle-même) calomnier Hippolyte sans se charger *du soin de le défendre* et envoie ainsi celui qui ne veut pas d'elle à un destin dont les calamités ne la consolent d'ailleurs nullement elle-même, puisque sa mort volontaire suit de près la mort d'Hippolyte. C'est du moins ainsi, en réduisant la part de tous les scrupules « jansénistes », comme eût dit Bergotte, que Racine a donnés à Phèdre pour la faire paraître moins coupable, que m'apparaissait cette scène, sorte de prophétie des épisodes[b] amoureux de ma propre existence. Ces réflexions n'avaient d'ailleurs rien changé à ma détermination, et je tendis ma lettre à Françoise pour qu'elle la mît enfin à la poste, afin de réaliser auprès d'Albertine cette tentative qui me paraissait indispensable depuis que j'avais appris qu'elle ne s'était pas effectuée. Et sans doute, nous avons tort de croire que l'accomplissement de notre désir soit peu de chose, puisque dès que nous croyons qu'il peut ne pas l'être, nous y tenons de nouveau, et ne trouvons qu'il ne valait pas la peine de le poursuivre que quand nous sommes bien sûrs de ne le manquer pas. Et pourtant on a raison aussi. Car si cet accomplissement, si le bonheur ne paraissent petits que par la certitude, cependant ils sont quelque chose d'instable d'où ne peuvent sortir que des chagrins. Et les chagrins seront d'autant plus forts que le désir aura été plus complètement accompli, plus impossibles à supporter que le bonheur aura été, contre la loi de nature, quelque temps prolongé, qu'il aura reçu la consécration de l'habitude. Dans un autre sens aussi, les deux tendances, dans l'espèce celle qui me faisait tenir à ce que ma lettre partît, et, quand je la croyais partie, à le regretter, ont l'une et l'autre en elles leur vérité. Pour la première, il est trop compréhensible que nous courions après notre bonheur — ou notre malheur — et qu'en même temps nous souhaitions de placer devant nous, par cette action nouvelle qui va commencer à dérouler ses conséquences, une attente qui ne nous laisse pas dans le désespoir absolu, en un mot que nous cherchions à faire passer par d'autres formes que nous nous imaginons devoir nous être moins cruelles le mal dont nous souffrons. Mais l'autre tendance n'est pas moins importante, car, née de la croyance au succès de notre entreprise, elle est tout simplement le commencement, le commencement anticipé de la désillusion que nous éprouverions bientôt en présence de la satisfaction du désir, le regret d'avoir fixé pour nous, aux dépens des autres qui se trouvent exclues, cette forme du bonheur. J'avais donné la lettre à Françoise en lui disant d'aller vite la mettre à la poste. Dès que ma lettre fut partie, je conçus de nouveau le retour d'Albertine comme imminent. Il ne laissait pas de mettre dans ma pensée de gracieuses images qui neutralisaient bien un peu par leur douceur les dangers que je voyais à ce retour. La douceur, perdue depuis si longtemps, de l'avoir auprès de moi m'enivrait.

Le temps passe, et peu à[a] peu tout ce qu'on disait par mensonge devient vrai, je l'avais trop expérimenté avec Gilberte ; l'indifférence que j'avais feinte quand je ne cessais de sangloter avait fini par se réaliser ; peu à peu la vie, comme je le disais à Gilberte en une formule mensongère et qui rétrospectivement était devenue vraie, la vie nous avait séparés. Je me le rappelais, je me disais : « Si Albertine laisse passer quelques mois, mes mensonges deviendront une vérité. Et maintenant que le plus dur est passé, ne serait-il pas à souhaiter qu'elle laissât passer ce mois ? Si elle revient, je renoncerai à la vie véritable que certes je ne suis pas en état de goûter encore, mais qui progressivement pourra commencer à présenter pour moi des charmes tandis que le souvenir d'Albertine ira en s'affaiblissant. » Je ne dis pas[b] que l'oubli ne commençait pas à faire son œuvre. Mais un des effets de l'oubli était précisément — en faisant que beaucoup des aspects déplaisants d'Albertine, des heures ennuyeuses que je passais avec elle, ne se représentaient plus à ma mémoire, cessaient donc d'être des motifs à désirer qu'elle ne fût plus là comme je le souhaitais quand elle y était encore, — de me donner d'elle une image sommaire, embellie de tout ce que j'avais éprouvé d'amour pour d'autres. Sous cette forme particulière, l'oubli, qui pourtant travaillait à m'habituer à la séparation, me faisait, en me montrant Albertine plus douce, plus belle, souhaiter davantage son retour.

Depuis qu'elle était partie, bien souvent, quand il me semblait[a] qu'on ne pouvait pas voir que j'avais pleuré, je sonnais Françoise et je lui disais : « Il faudra voir si mademoiselle Albertine n'a rien oublié. Pensez à faire sa chambre pour qu'elle soit bien en état quand elle viendra. » Ou simplement : « Justement, l'autre jour, mademoiselle Albertine me disait, tenez justement la veille de son départ... » Je voulais diminuer chez Françoise le détestable plaisir que lui causait le départ d'Albertine en lui faisant entrevoir qu'il serait court ; je voulais[b] aussi montrer à Françoise que je ne craignais pas de parler de ce départ, le montrer — comme font certains généraux qui appellent des reculs forcés une retraite stratégique et conforme à un plan préparé — comme voulu, comme constituant un épisode dont je cachais momentanément la vraie signification, nullement comme la fin de mon amitié avec Albertine. En la nommant sans cesse, je voulais enfin faire rentrer, comme un peu d'air, quelque chose d'elle dans cette chambre où son départ avait fait le vide et où je ne respirais plus. Puis on cherche à diminuer les proportions de sa douleur en la faisant entrer dans le langage parlé entre la commande d'un costume et des ordres pour le dîner.

En faisant la chambre d'Albertine, Françoise, curieuse, ouvrit le tiroir d'une petite table en bois de rose où mon amie mettait les objets intimes qu'elle ne gardait pas pour dormir. « Oh ! Monsieur, mademoiselle Albertine a oublié de prendre ses bagues, elles sont restées dans le tiroir. » Mon premier mouvement fut de dire : « Il faut les lui renvoyer. » Mais cela avait l'air de ne pas être certain qu'elle reviendrait. « Bien », répondis-je après un instant de silence, « cela ne vaut guère la peine pour le peu de temps qu'elle doit être absente. Donnez-les moi, je verrai. » Françoise me les remit avec une certaine méfiance. Elle détestait Albertine, mais, me jugeant d'après elle-même, elle se figurait qu'on ne pouvait me remettre une lettre écrite par mon amie sans craindre que je l'ouvrisse. Je pris les bagues. « Que Monsieur y fasse attention de ne pas les perdre, dit Françoise, on peut dire[a] qu'elles sont belles ! Je ne sais pas qui les lui a données, si c'est Monsieur ou un autre, mais je sais bien que c'est quelqu'un de riche et qui a du goût ! — Ce n'est pas moi, répondis-je à Françoise, et d'ailleurs ce n'est pas de la même personne que viennent les deux, l'une lui a été donnée par sa tante et elle a acheté l'autre. — Pas de la même personne ! s'écria Françoise, Monsieur veut rire, elles sont pareilles, sauf le rubis qu'on a ajouté sur l'une, il y a le même aigle sur les deux, les mêmes initiales à l'intérieur. » Je ne sais pas si Françoise sentait le mal qu'elle me faisait, mais elle commença à ébaucher un sourire qui ne quitta plus ses lèvres. « Comment, le même aigle ? Vous êtes folle. Sur celle qui n'a pas de rubis il y a bien un aigle, mais sur l'autre c'est une espèce de tête d'homme qui est ciselée. — Une tête d'homme ? Où Monsieur a vu ça ? Rien qu'avec mes lorgnons j'ai tout de suite vu que c'était une des ailes de l'aigle ; que Monsieur prenne sa loupe, il verra l'autre aile sur l'autre côté, la tête et le bec au milieu. On voit chaque plume. Ah ! c'est un beau travail. » L'anxieux besoin de savoir si Albertine m'avait menti me fit oublier que j'aurais dû garder quelque dignité envers Françoise et lui refuser le plaisir méchant qu'elle avait sinon à me torturer, du moins à nuire à mon amie. Je haletais tandis que Françoise allait chercher ma loupe, je la pris, je demandai à Françoise de me montrer l'aigle sur la bague au rubis, elle n'eut pas de peine à me faire reconnaître les ailes, stylisées de la même façon que dans l'autre bague, le relief de chaque plume, la tête. Elle me fit remarquer aussi des inscriptions semblables, auxquelles, il est vrai, d'autres étaient jointes dans la bague au rubis. Et à l'intérieur des deux le chiffre d'Albertine. « Mais cela m'étonne que Monsieur ait eu besoin de tout cela pour voir que c'était la même bague, me dit Françoise. Même sans les regarder de près, on sent bien la même façon, la même manière de plisser l'or, la même forme. Rien qu'à les apercevoir j'aurais juré qu'elles venaient du même endroit. Ça se reconnaît comme la cuisine d'une bonne cuisinière. » Et en effet, à sa curiosité de domestique attisée par la haine et habituée à noter des détails avec une effrayante précision, s'était joint, pour l'aider dans cette expertise, ce goût qu'elle avait, ce même goût, en effet, qu'elle montrait dans la cuisine et qu'avivait peut-être, comme je m'en étais aperçu en partant pour Balbec dans sa manière de s'habiller, sa coquetterie de femme qui a été jolie, qui a regardé les bijoux et les toilettes des autres. Je me serais trompé de boîte de médicament et, au lieu de prendre quelques cachets de véronal un jour où je sentais que j'avais bu trop de tasses de thé, j'aurais pris autant de cachets de caféine, que mon cœur n'eût pas pu battre plus violemment. Je demandai à Françoise de sortir de la chambre. J'aurais voulu voir Albertine immédiatement. À l'horreur de son mensonge, à la jalousie pour l'inconnu, s'ajoutait la douleur qu'elle se fût laissé ainsi faire des cadeaux. Je lui en faisais plus, il est vrai, mais une femme que nous entretenons ne nous semble pas une femme entretenue tant que nous ne savons pas qu'elle l'est par d'autres. Et pourtant puisque je n'avais cessé de dépenser pour elle tant d'argent, je l'avais prise malgré cette[a] bassesse morale ; cette bassesse je l'avais maintenue en elle, je l'avais peut-être accrue, peut-être créée. Puis comme nous avons le don d'inventer des contes pour bercer notre douleur, comme nous arrivons, quand nous mourons de faim, à nous persuader qu'un inconnu va nous laisser une fortune de cent millions, j'imaginai Albertine dans mes bras, m'expliquant d'un mot que c'était à cause de la ressemblance de la fabrication qu'elle avait acheté l'autre bague, que c'était elle qui y avait fait mettre ses initiales. Mais cette explication était encore fragile, elle n'avait pas encore eu le temps d'enfoncer dans mon esprit ses racines bienfaisantes, et ma douleur ne pouvait être si vite apaisée. Et je songeais que tant d'hommes qui disent aux autres que leur maîtresse est bien gentille souffrent de pareilles tortures. C'est ainsi qu'ils mentent aux autres et à eux-mêmes. Ils ne mentent pas tout à fait ; ils ont avec cette femme des heures vraiment douces ; mais songez à tout ce que cette gentillesse qu'elles ont pour eux devant leurs amis et qui leur permet de se glorifier, et à tout ce que cette gentillesse qu'elles ont seules avec leurs amants et qui leur permet de les bénir, recouvrent d'heures inconnues où l'amant a souffert, douté, fait partout d'inutiles recherches pour savoir la vérité ! C'est à de telles souffrances qu'est liée la douceur d'aimer, de s'enchanter des propos les plus insignifiants d'une femme, qu'on sait insignifiants, mais qu'on parfume de son odeur. En ce moment, je ne pouvais plus me délecter à respirer par le souvenir celle d'Albertine. Atterré, les deux bagues à la main, je regardais cet aigle impitoyable dont le bec me tenaillait le cœur, dont les ailes aux plumes en relief avaient emporté la confiance que je gardais dans mon amie, et sous les serres duquel mon esprit meurtri ne pouvait pas échapper un instant aux questions posées sans cesse relativement à cet inconnu dont l'aigle symbolisait sans doute le nom sans pourtant me le laisser lire, qu'elle avait aimé sans doute autrefois, et qu'elle avait revu sans doute il n'y avait pas longtemps, puisque c'est le jour si doux, si familial, de la promenade ensemble au Bois, que j'avais vu pour la première fois la seconde bague, celle où l'aigle avait l'air de tremper son bec dans la nappe de sang clair du rubis.

Du reste si, du matin au soir, je ne cessais de souffrir du départ d'Albertine, cela ne signifiait pas que je ne pensais qu'à elle. D'une part, son charme ayant depuis longtemps gagné de proche en proche des objets qui finissaient par en être très éloignés, mais n'étaient pas moins électrisés par la même émotion qu'elle me donnait, si quelque chose me faisait penser à Incarville, ou aux Verdurin, ou à un nouveau rôle de Léa, un flux de souffrance venait me frapper. D'autre[a] part, moi-même, ce que j'appelais penser à Albertine, c'était penser aux moyens de la faire revenir, de la rejoindre, de savoir ce qu'elle faisait. De sorte que si pendant ces heures de martyre incessant, un graphique avait pu représenter les images qui accompagnaient ma souffrance, on eût aperçu celles de la gare d'Orsay[1], des billets de banque offerts à Mme Bontemps, de Saint-Loup penché sur le pupitre incliné d'un bureau de télégraphe où il remplissait une formule de dépêche pour moi, jamais l'image d'Albertine. De même que dans tout le cours de notre vie notre égoïsme voit tout le temps devant lui les buts précieux pour notre moi, mais ne regarde jamais ce *je* lui-même qui ne cesse de les considérer, de même le désir[b] qui dirige nos actes descend vers eux, mais ne remonte pas à soi, soit que, trop utilitaire, il se précipite dans l'action et dédaigne la connaissance, soit nous recherchons l'avenir pour corriger les déceptions du présent, soit que la paresse de l'esprit le pousse à glisser sur la pente aisée de l'imagination plutôt qu'à remonter la pente abrupte de l'introspection. En réalité, dans ces heures de crise où nous jouerions toute notre vie, au fur et à mesure que l'être dont elle dépend révèle mieux l'immensité de la place qu'il occupe[a] pour nous, en ne laissant rien dans le monde qui ne soit bouleversé par lui, proportionnellement l'image de cet être décroît jusqu'à ne plus être perceptible. En toutes choses nous trouvons l'effet de sa présence par l'émotion que nous ressentons ; lui-même, la cause, nous ne le trouvons nulle part. Je fus pendant ces jours-là si incapable de me représenter Albertine que j'aurais presque pu croire que je ne l'aimais pas, comme ma mère, dans les moments de désespoir où elle fut incapable de se représenter jamais ma grand-mère (sauf une fois dans la rencontre fortuite d'un rêve dont elle sentit tellement le prix, quoique endormie, qu'elle s'efforça, avec ce qui lui restait de forces dans le sommeil, de le faire durer), aurait pu s'accuser et s'accusait en effet de ne pas regretter sa mère dont la mort la tuait, mais dont les traits se dérobaient à son souvenir.

Pourquoi eussé-je cru qu'Albertine n'aimait pas les femmes ? Parce qu'elle avait dit, surtout les derniers temps, ne pas les aimer ; mais notre vie ne reposait-elle pas sur un perpétuel mensonge ? Jamais elle ne m'avait dit une fois : « Pourquoi est-ce que je ne peux pas sortir librement ? pourquoi demandez-vous aux autres ce que je fais ? » Mais c'était en effet une vie trop singulière pour qu'elle ne me l'eût pas demandé si elle n'avait pas compris pourquoi. Et à mon silence sur les causes de sa claustration n'était-il pas compréhensible que correspondît de sa part un même et constant silence sur ses perpétuels désirs, ses souvenirs innombrables, ses innombrables désirs et espérances ? Françoise avait l'air[b] de savoir que je mentais quand je faisais allusion au prochain retour d'Albertine. Et sa croyance semblait fondée sur un peu plus que sur cette vérité qui guidait d'habitude notre domestique, que les maîtres n'aiment pas à être humiliés vis-à-vis de leurs serviteurs et ne leur font connaître de la réalité que ce qui ne s'écarte pas trop d'une fiction flatteuse, propre à entretenir le respect. Cette fois-ci, la croyance de Françoise avait l'air fondée sur autre chose, comme si elle eût elle-même éveillé, entretenu la méfiance dans l'esprit d'Albertine, surexcité sa colère, bref l'eût poussée au point où elle aurait pu prédire comme inévitable son départ. Si c'était vrai, ma version d'un départ momentané, connu et approuvé par moi, n'avait pu rencontrer qu'incrédulité chez Françoise. Mais l'idée qu'elle se faisait de la nature intéressée d'Albertine, l'exagération avec laquelle, dans sa haine, elle grossissait le « profit » qu'Albertine était censée tirer de moi, pouvaient dans une certaine mesure faire échec à sa certitude. Aussi quand devant elle je faisais allusion, comme à une chose toute naturelle, au retour prochain d'Albertine, Françoise regardait-elle ma figure (de la même façon que, quand le maître d'hôtel pour l'ennuyer lui lisait, en changeant les mots, une nouvelle politique qu'elle hésitait à croire, par exemple la fermeture des églises et la déportation des curés, Françoise, même du bout de la cuisine et sans pouvoir lire, regardait instinctivement et avidement le journal), comme si elle eût pu voir si c'était vraiment écrit, si je n'inventais pas.

Mais quand Françoise vit qu'après avoir écrit une longue lettre j'y mettais l'adresse de Mme Bontemps, cet effroi jusque-là si vague qu'Albertine revînt grandit chez elle. Il se doubla d'une véritable consternation quand un matin, elle dut[a] me remettre dans mon courrier une lettre sur l'enveloppe de laquelle elle avait reconnu l'écriture d'Albertine. Elle se demandait[b] si le départ d'Albertine n'avait pas été une simple comédie, supposition qui la désolait doublement, comme assurant[c] définitivement pour l'avenir la vie d'Albertine à la maison et comme constituant pour moi, c'est-à-dire, en tant que j'étais le maître de Françoise, pour elle-même, l'humiliation d'avoir été joué par Albertine. Quelque impatience que j'eusse de lire la lettre de celle-ci, je ne pus m'empêcher de considérer un instant les yeux de Françoise d'où tous les espoirs s'étaient enfuis, en induisant de ce présage l'imminence du retour d'Albertine, comme un amateur de sports d'hiver conclut avec joie que les froids sont proches en voyant le départ des hirondelles. Enfin Françoise partit et quand je me fus assuré qu'elle avait refermé la porte, j'ouvris sans bruit pour n'avoir pas l'air anxieux, la lettre que voici : *Mon ami, merci de toutes les bonnes choses que vous me dites, je suis à vos ordres pour décommander la Rolls si vous croyez que j'y puisse quelque chose et je le crois. Vous n'avez qu'à m'écrire le nom de votre intermédiaire. Vous vous laisseriez monter le coup par ces gens qui ne cherchent qu'une chose, c'est à vendre ; et que feriez-vous d'une auto, vous qui ne sortez jamais ? Je suis très touchée que vous ayez gardé un bon souvenir de notre dernière promenade. Croyez que de mon côté je n'oublierai pas cette promenade deux fois crépusculaire*[1] *(puisque la nuit venait et que nous allions nous quitter) et qu'elle ne s'effacera de mon esprit qu'avec la nuit complète.*

Je sentis bien[a] que cette dernière phrase n'était qu'une phrase et qu'Albertine n'aurait pas pu garder pour jusqu'à sa mort un si doux souvenir de cette promenade où elle n'avait certainement eu aucun plaisir puisqu'elle était impatiente de me quitter. Mais j'admirai aussi comme la cycliste, la golfeuse de Balbec, qui n'avait rien lu qu'*Esther* avant de me connaître, était douée et combien j'avais eu raison de trouver qu'elle s'était chez moi enrichie de qualités nouvelles qui la faisaient différente et plus complète. Et ainsi, la phrase que je lui avais dite à Balbec : « Je crois que mon amitié vous serait précieuse, que je suis justement la personne qui pourrait vous apporter ce qui vous manque » — je lui avais mis comme dédicace sur une photographie : *Avec la certitude d'être providentiel*, — cette phrase, que je disais sans y croire et uniquement pour lui faire trouver bénéfice à me voir et passer sur l'ennui qu'elle y pouvait trouver, cette phrase se trouvait elle aussi avoir été vraie ; comme en somme, quand je lui avais dit que je ne voulais pas la voir par peur de l'aimer. J'avais dit cela parce qu'au contraire je savais que dans la fréquentation constante mon amour s'amortissait et que la séparation l'exaltait ; mais en réalité la fréquentation constante avait fait naître un besoin d'elle infiniment plus fort que l'amour des premiers temps de Balbec.

Mais en somme[b] la lettre d'Albertine n'avançait en rien les choses. Elle ne me parlait que d'écrire à l'intermédiaire. Il fallait sortir[c] de cette situation, brusquer les choses, et j'eus l'idée suivante. Je fis immédiatement porter à Andrée une lettre où je lui disais qu'Albertine était chez sa tante, que je me sentais bien seul, qu'elle me ferait un immense plaisir en venant s'installer chez moi pour quelques jours et que comme je ne voulais faire aucune cachotterie, je la priais d'en avertir Albertine. Et en même temps j'écrivis à Albertine comme si je n'avais pas encore reçu sa lettre :

Mon amie, pardonnez-moi ce que vous comprendrez si bien, je déteste tant les cachotteries que j'ai voulu que vous fussiez avertie par elle et par moi. J'ai, à vous avoir eue si doucement chez moi, pris la mauvaise habitude[d] *de ne pas être seul. Puisque nous avons décidé que vous ne reviendriez pas, j'ai pensé que la personne qui vous remplacerait le mieux, parce que c'est celle qui me changerait le moins, qui vous rappellerait le plus, c'était Andrée, et je lui ai demandé de venir. Pour que tout cela*[a] *n'eût pas l'air trop brusque, je ne lui ai parlé que de quelques jours, mais entre nous je pense bien que cette fois-ci c'est une chose de toujours. Ne croyez-vous pas que j'aie raison ? Vous savez que votre petit groupe de jeunes filles de Balbec a toujours été la cellule sociale qui a exercé sur moi le plus grand prestige, auquel j'ai été le plus heureux d'être un jour agrégé. Sans doute c'est ce prestige qui se fait encore sentir. Puisque la fatalité de nos caractères et la malchance de la vie a voulu que ma petite Albertine ne pût pas être ma femme, je crois que j'aurai tout de même une femme — moins charmante qu'elle, mais à qui des conformités plus grandes de nature permettront peut-être d'être plus heureuse avec moi — dans Andrée.*

Mais après avoir fait partir cette lettre, le soupçon me vint tout à coup que, quand Albertine m'avait écrit : *J'aurais été trop heureuse de revenir si vous me l'aviez écrit directement*, elle ne me l'avait dit que parce que je ne le lui avais pas écrit directement et que, si je l'avais fait, elle ne serait pas revenue tout de même, qu'elle serait contente de savoir Andrée chez moi, puis ma femme, pourvu qu'elle, Albertine, fût libre, parce qu'elle pouvait maintenant, depuis déjà huit jours, détruisant les précautions de chaque heure que j'avais prises pendant plus de six mois à Paris, se livrer à ses vices, et faire ce que minute[b] par minute j'avais empêché. Je me disais que probablement elle usait mal, là-bas, de sa liberté, et sans doute cette idée que je formais me semblait triste mais restait générale, ne me montrant rien de particulier, et, par le nombre indéfini des amantes possibles qu'elle me faisait supposer, ne me laissant m'arrêter à aucune, entraînait mon esprit dans une sorte de mouvement perpétuel non exempt de douleur, mais d'une douleur qui par le défaut d'image concrète était supportable. Mais elle cessa de le demeurer et devint atroce quand Saint-Loup arriva[c]. Avant de dire pourquoi les paroles qu'il me dit me rendirent si malheureux, je dois relater un incident qui se place immédiatement avant sa visite et dont le souvenir me troubla ensuite tellement qu'il affaiblit, sinon l'impression pénible que me produisit ma conversation avec Saint-Loup, du moins la portée pratique de cette conversation. Cet incident consista en ceci. Brûlant d'impatience de voir Saint-Loup, je l'attendais sur l'escalier (ce que je n'aurais pu faire si ma mère avait été là, car c'est ce qu'elle détestait le plus au monde après « parler par la fenêtre »), quand j'entendis les paroles suivantes : « Comment ! vous ne savez pas faire renvoyer quelqu'un qui vous déplaît ? Ce n'est pas difficile. Vous n'avez, par exemple, qu'à cacher les choses qu'il faut qu'il apporte ; alors, au moment où ses patrons sont pressés, l'appellent, il ne trouve rien, il perd la tête ; ma tante vous dira, furieuse après lui : "Mais qu'est-ce qu'il fait ?" Quand il arrivera, en retard, tout le monde sera en fureur et il n'aura pas ce qu'il faut. Au bout de quatre ou cinq fois vous pouvez être sûr qu'il sera renvoyé, surtout si vous avez soin de salir en cachette ce qu'il doit apporter de propre, et mille autres trucs comme cela. » Je restais muet de stupéfaction[a], car ces paroles machiavéliques et cruelles étaient prononcées par la voix de Saint-Loup. Or je l'avais toujours considéré comme un être si bon, si pitoyable aux malheureux, que cela me faisait l'effet comme s'il récitait un rôle de Satan ; mais ce ne pouvait être en son nom qu'il parlait. « Mais il faut bien que chacun gagne sa vie », dit son interlocuteur que j'aperçus alors et qui était un des valets de pied de la duchesse de Guermantes. « Qu'est-ce que ça vous fiche du moment que vous serez bien ? répondit méchamment Saint-Loup. Vous aurez en plus le plaisir d'avoir un souffre-douleur. Vous pouvez très bien renverser des encriers sur sa livrée au moment où il viendra servir un grand dîner, enfin ne pas lui laisser une minute de repos, qu'il finisse par préférer s'en aller. Du reste, moi je pousserai à la roue, je dirai à ma tante que j'admire votre patience de servir avec un lourdaud pareil et aussi mal tenu. » Je me montrai, Saint-Loup vint à moi, mais ma confiance en lui était ébranlée depuis que je venais de l'entendre tellement différent de ce que je le connaissais. Et je me demandais si quelqu'un qui était capable d'agir aussi cruellement envers un malheureux n'avait pas joué le rôle d'un traître vis-à-vis de moi, dans sa mission auprès de Mme Bontemps. Cette réflexion servit surtout à ne pas me faire considérer son insuccès comme une preuve que je ne pouvais pas réussir, une fois qu'il m'eut quitté. Mais pendant qu'il fut auprès de moi, c'était pourtant au Saint-Loup d'autrefois, et surtout à l'ami qui venait de quitter Mme Bontemps, que je pensais. Il me dit d'abord : « Tu trouves[a] que j'aurais dû te téléphoner davantage, mais on disait toujours que tu n'étais pas libre. » Mais où ma souffrance devint insupportable, ce fut quand il me dit : « Pour commencer par où ma dernière dépêche t'a laissé, après avoir passé par une espèce de hangar, j'entrai dans la maison, et au bout d'un long couloir on me fit entrer dans un salon. » À ces mots de hangar, de couloir, de salon, et avant même qu'ils eussent fini[b] d'être prononcés, mon cœur fut bouleversé avec plus de rapidité que n'eût mis un courant électrique, car la force qui fait le plus de fois le tour de la terre en une seconde, ce n'est pas l'électricité, c'est la douleur. Comme je les répétai, renouvelant le choc à plaisir, ces mots de hangar, de couloir, de salon, quand Saint-Loup fut parti ! Dans un hangar, on peut se cacher avec une amie. Et dans ce salon, qui sait ce qu'Albertine faisait quand sa tante n'était pas là ? Eh quoi ? Je m'étais donc représenté la maison où habitait Albertine comme ne pouvant posséder ni hangar[c], ni salon ? Non, je ne me l'étais pas représentée du tout, ou comme un lieu vague. J'avais souffert une première fois quand s'était individualisé géographiquement le lieu où elle était, quand j'avais appris qu'au lieu d'être dans deux ou trois endroits possibles, elle était en Touraine ; ces mots de sa concierge avaient marqué dans mon cœur comme sur une carte la place où il fallait enfin souffrir. Mais une fois habitué à cette idée qu'elle était dans une maison de Touraine, je n'avais pas vu la maison ; jamais ne m'était venue à l'imagination cette affreuse idée de salon, de hangar, de couloir, qui me semblaient maintenant, face à moi sur la rétine de Saint-Loup qui les avait vues, ces pièces dans lesquelles Albertine allait, passait, vivait, ces pièces-là en particulier et non une infinité de pièces possibles qui s'étaient détruites l'une l'autre. Avec les mots de hangar, de couloir, de salon, ma folie m'apparut d'avoir laissé Albertine huit jours dans ce lieu maudit dont l'*existence* (et non la simple possibilité) venait de m'être révélée. Hélas ! quand Saint-Loup me dit aussi que dans ce salon il avait entendu chanter à tue-tête d'une chambre voisine et que c'était Albertine qui chantait, je compris[d] avec désespoir que, débarrassée enfin de moi, elle était heureuse ! Elle avait reconquis sa liberté. Et moi qui pensais qu'elle allait venir prendre la place d'Andrée ! Ma douleur se changea en colère contre Saint-Loup. « C'est tout ce que je t'avais demandé d'éviter, qu'elle sût que tu venais. — Si tu crois que c'était facile ! On m'avait assuré qu'elle n'était pas là. Oh ! je sais bien que tu n'es pas content de moi, je l'ai bien senti dans tes dépêches. Mais tu n'es pas juste, j'ai fait[a] ce que j'ai pu. » Lâchée de nouveau, ayant quitté la cage d'où, chez moi, je restais des jours entiers sans la faire venir dans ma chambre, elle avait repris pour moi toute sa valeur, elle était redevenue celle que tout le monde suivait, l'oiseau merveilleux des premiers jours[b]. « Enfin résumons-nous. Pour la question argent, je ne sais que te dire, j'ai parlé à une femme qui m'a paru si délicate que je craignais de la froisser. Or, elle n'a pas fait ouf quand j'ai parlé de l'argent. Même, un peu plus tard, elle m'a dit qu'elle était touchée de voir que nous nous comprenions si bien. Pourtant tout ce qu'elle a dit ensuite était si délicat, si élevé, qu'il me semblait impossible qu'elle eût dit pour l'argent que je lui offrais : "Nous nous comprenons si bien", car au fond j'agissais en mufle. — Mais peut-être n'a-t-elle pas compris, elle n'a peut-être pas entendu, tu aurais dû le lui répéter, car c'est cela sûrement qui aurait fait tout réussir. — Mais comment veux-tu qu'elle n'ait pas entendu ? Je le lui ai dit comme je te parle là, elle n'est ni sourde, ni folle. — Et elle n'a fait aucune réflexion ? — Aucune. — Tu aurais dû lui redire une fois. — Comment voulais-tu que je lui redise ? Dès qu'en entrant[c] j'eus vu l'air qu'elle avait, je me suis dit que tu t'étais trompé, que tu me faisais faire une immense gaffe, et c'était terriblement difficile de lui offrir cet argent ainsi. Je l'ai fait pourtant pour t'obéir, persuadé qu'elle allait me faire mettre dehors. — Mais elle ne l'a pas fait. Donc, ou elle n'avait pas entendu et il fallait recommencer, ou vous pouviez continuer sur ce sujet. — Tu dis : "Elle n'avait pas entendu" parce que tu es ici, mais je te répète, si tu avais assisté à notre conversation, il n'y avait aucun bruit, je l'ai dit brutalement, il n'est pas possible qu'elle n'ait pas compris. — Mais enfin elle est bien persuadée que j'ai toujours voulu épouser sa nièce ? — Non, ça, si tu veux mon avis, elle ne croyait pas que tu eusses du tout l'intention d'épouser. Elle m'a dit que tu avais dit toi-même à sa nièce que tu voulais la quitter. Je ne sais même pas si maintenant elle est bien persuadée que tu veuilles épouser. » Ceci me rassurait un peu en me montrant que j'étais moins humilié, donc plus capable d'être encore aimé, plus libre de faire une démarche décisive. Pourtant j'étais tourmenté. « Je suis ennuyé parce que je vois que tu n'es pas content. — Si, je suis touché, reconnaissant de ta gentillesse, mais il me semble que tu aurais pu... — J'ai fait de mon mieux. Un autre n'eût pu faire davantage ni même autant. Essaie d'un autre. — Mais non justement, si j'avais su je ne t'aurais pas envoyé, mais ta démarche avortée m'empêche d'en faire une autre. » Je lui faisais des reproches : il avait cherché à me rendre service et n'avait pas réussi. Saint-Loup en s'en allant avait croisé des jeunes filles qui entraient. J'avais déjà fait souvent la supposition qu'Albertine connaissait des jeunes filles dans le pays, mais c'était la première fois que j'en ressentais la torture. Il faut vraiment croire que la nature a donné à notre esprit de sécréter un contre-poison naturel qui annihile les suppositions que nous faisons à la fois sans trêve et sans danger ; mais rien ne m'immunisait contre ces jeunes filles que Saint-Loup avait rencontrées. Mais tous ces détails, n'était-ce pas justement ce que j'avais cherché à obtenir de chacun sur Albertine ? N'était-ce pas moi qui, pour les connaître plus précisément, avais demandé à Saint-Loup, rappelé par son colonel[1], de passer coûte que coûte chez moi ? N'était-ce donc pas moi qui les avais souhaités, moi, ou plutôt ma douleur affamée, avide de croître et de se nourrir d'eux ? Enfin Saint-Loup m'avait dit avoir eu la bonne surprise de rencontrer tout près de là, seule figure de connaissance et qui lui avait rappelé le passé, une ancienne amie de Rachel, une jolie actrice qui villégiaturait dans le voisinage. Et le nom de cette actrice suffit pour que je me dise : « C'est peut-être avec celle-là » ; cela suffisait pour que je visse, dans les bras mêmes d'une femme que je ne connaissais pas, Albertine souriante et rouge de plaisir. Et au fond, pourquoi cela n'eût-il pas été ? M'étais-je fait faute de penser à des femmes depuis que je connaissais Albertine ? Le soir où j'avais été pour la première fois chez la princesse de Guermantes, quand j'étais rentré, n'était-ce pas beaucoup moins en pensant à cette dernière qu'à la jeune fille dont Saint-Loup m'avait parlé et qui allait dans les maisons de passe, et à la femme de chambre de Mme Putbus ? N'est-ce pas pour cette dernière que j'étais

retourné à Balbec[1] ? Plus récemment[a], j'avais bien eu envie d'aller à Venise, pourquoi Albertine n'eût-elle pas eu envie d'aller en Touraine ? Seulement, au fond, je m'en apercevais maintenant, je ne l'aurais pas quittée, je ne serais pas allé à Venise. Même au fond de moi-même, tout en me disant : « Je la quitterai bientôt », je savais que je ne la quitterais plus, tout aussi bien que je savais que je ne me mettrais plus à travailler, ni à vivre d'une vie hygiénique, enfin tout ce que chaque jour je me promettais pour le lendemain. Seulement, quoi que je crusse au fond, j'avais trouvé plus habile de la laisser vivre sous la menace d'une perpétuelle séparation. Et sans doute, grâce à ma détestable habileté, je l'avais trop bien convaincue. En tout cas, maintenant cela ne pouvait pas durer ainsi, je ne pouvais pas la laisser en Touraine avec ces jeunes filles, avec cette actrice ; je ne pouvais supporter la pensée de cette vie qui m'échappait. J'attendrais sa réponse à ma lettre : si elle faisait le mal, hélas ! un jour de plus ou de moins ne faisait rien (et peut-être je me disais cela parce que, n'ayant plus l'habitude de me faire rendre compte de chacune de ses minutes, dont une seule où elle eût été libre m'eût affolé, ma jalousie n'avait plus la même division du temps). Mais aussitôt sa réponse reçue, si elle ne revenait pas j'irais la chercher ; de gré ou de force je l'arracherais à ses amies. D'ailleurs ne valait-il pas mieux que j'y allasse moi-même, maintenant que j'avais découvert la méchanceté, jusque-là insoupçonnée de moi, de Saint-Loup ? Qui sait s'il n'avait pas organisé tout un complot pour me séparer d'Albertine ? Est-ce parce que j'avais changé, est-ce parce que je n'avais pu supposer alors que des causes naturelles m'amèneraient un jour à cette situation exceptionnelle, mais comme j'aurais menti[b] maintenant si je lui avais écrit, comme je le lui disais à Paris, que je souhaitais qu'il ne lui arrivât aucun accident ! Ah ! s'il lui en était arrivé un, ma vie, au lieu d'être à jamais empoisonnée par cette jalousie incessante, eût aussitôt retrouvé[c] sinon le bonheur, du moins le calme par la suppression de la souffrance.

La suppression de la souffrance ? Ai-je pu jamais vraiment le croire, croire que la mort ne fait que biffer ce qui existe et laisser le reste en état, qu'elle enlève la douleur dans le cœur de celui pour qui l'existence de l'autre n'est plus qu'une cause de douleurs, qu'elle enlève

la douleur et n'y met rien à la place ? La suppression de la douleur ! Parcourant[a] les faits divers des journaux, je regrettais de ne pas avoir le courage de former le même souhait que Swann. Si Albertine avait pu être victime d'un accident, vivante j'aurais eu un prétexte pour courir auprès d'elle, morte j'eusse retrouvé, comme disait Swann, la liberté de vivre. Je le croyais ? Il l'avait cru, cet homme si fin et qui croyait se bien connaître. Comme on sait peu ce qu'on a dans le cœur ! Comme, un peu plus tard, s'il avait été encore vivant, j'aurais pu lui apprendre que son souhait autant que criminel, était absurde, que la mort de celle qu'il aimait ne l'eût délivré de rien !

Je laissai toute fierté vis-à-vis d'Albertine, je lui envoyai un télégramme désespéré lui demandant de revenir à n'importe quelles conditions, qu'elle ferait tout ce qu'elle voudrait, que je demandais seulement à l'embrasser une minute trois fois par semaine avant qu'elle se couche. Et elle eût dit : « Une fois seulement », que j'eusse accepté une fois. Elle ne revint jamais[1]. Mon télégramme venait de partir que j'en reçus un. Il était de Mme Bontemps. Le monde n'est pas créé une fois pour toutes pour chacun de nous. Il s'y ajoute au cours de la vie des choses que nous ne soupçonnions pas. Ah ! ce ne fut pas la suppression de la souffrance que produisirent en moi les deux premières lignes du télégramme : MON PAUVRE AMI, NOTRE PETITE ALBERTINE N'EST PLUS, PARDONNEZ-MOI DE VOUS DIRE CETTE CHOSE AFFREUSE, VOUS QUI L'AIMIEZ TANT. ELLE A ÉTÉ JETÉE PAR SON CHEVAL CONTRE UN ARBRE PENDANT UNE PROMENADE. TOUS NOS EFFORTS[b] N'ONT PU LA RANIMER. QUE NE SUIS-JE MORTE À SA PLACE ! Non, pas la suppression de la souffrance, mais une souffrance inconnue, celle d'apprendre qu'elle ne reviendrait pas. Mais ne m'étais-je pas[c] dit plusieurs fois qu'elle ne reviendrait peut-être pas ? Je me l'étais dit, en effet, mais je m'apercevais maintenant que pas un instant je ne l'avais cru. Comme j'avais besoin de sa présence, de ses baisers[d] pour supporter le mal que me faisaient mes soupçons, j'avais pris depuis Balbec l'habitude d'être toujours avec elle. Même quand elle était sortie, quand j'étais seul, je l'embrassais encore. J'avais continué depuis qu'elle était en Touraine. J'avais[e] moins besoin de sa fidélité que de son retour. Et si ma raison pouvait impunément le mettre quelquefois en doute, mon imagination ne cessait pas un

instant de me le représenter. Instinctivement je passai ma main sur mon cou, sur mes lèvres qui se voyaient embrassés par elle depuis qu'elle était partie, et qui ne le seraient jamais plus ; je passai ma main sur eux, comme maman m'avait caressé à la mort de ma grand-mère en me disant : « Mon pauvre petit, ta grand-mère qui t'aimait tant ne t'embrassera plus. » Toute ma vie[a] à venir se trouvait arrachée de mon cœur. Ma vie à venir ? Je n'avais donc pas pensé quelquefois à la vivre sans Albertine ? Mais non ! Depuis longtemps je lui avais donc voué toutes les minutes de ma vie jusqu'à ma mort ? Mais bien sûr ! Cet avenir indissoluble d'elle, je n'avais pas su l'apercevoir, mais maintenant qu'il venait d'être descellé, je sentais la place qu'il tenait dans mon cœur béant. Françoise[b] qui ne savait encore rien entra dans ma chambre ; d'un air furieux, je lui criai : « Qu'est-ce qu'il y a ? » Alors (il y a quelquefois des mots qui mettent une réalité différente à la même place que celle qui est près de nous, ils nous étourdissent tout autant qu'un vertige) elle me dit : « Monsieur[c] n'a pas besoin d'avoir l'air fâché. Il va être au contraire bien content. Ce sont deux lettres de mademoiselle Albertine. » Je sentis après que j'avais dû avoir les yeux de quelqu'un dont l'esprit perd l'équilibre. Je ne fus même pas heureux, ni incrédule. J'étais comme quelqu'un qui voit la même place de sa chambre occupée par un canapé et par une grotte. Rien ne lui paraissant plus réel, il tombe par terre. Les deux lettres d'Albertine avaient dû être écrites peu de temps avant la promenade[d] où elle était morte. La première disait : *Mon ami, je vous remercie de la preuve de confiance que vous me donnez en me disant votre intention de faire venir Andrée chez vous. Je suis sûre qu'elle acceptera avec joie et je crois que ce sera très heureux pour elle. Douée comme elle est, elle saura profiter de la compagnie d'un homme tel que vous et de l'admirable influence que vous savez prendre sur un être. Je crois que vous avez eu là une idée d'où peut naître autant de bien pour elle que pour vous. Aussi, si elle faisait l'ombre d'une difficulté (ce que je ne crois pas), télégraphiez-moi, je me charge d'agir sur elle.* La seconde était datée d'un jour plus tard. En réalité, elle avait dû les écrire à peu d'instants l'une de l'autre, peut-être ensemble, et antidater la première. Car tout le temps j'avais imaginé dans l'absurde ses intentions qui n'avaient été que de revenir auprès de moi et que quelqu'un de désintéressé dans la chose, un homme sans imagination, le négociateur d'un traité de paix, le marchand qui examine une transaction, eussent mieux jugées que moi. Elle ne contenait que ces mots : *Serait-il trop tard pour que je revienne chez vous ? Si vous n'avez pas encore écrit à Andrée, consentiriez-vous à me reprendre ? Je m'inclinerai devant votre décision, je vous supplie de ne pas tarder à me la faire connaître, vous pensez avec quelle impatience je l'attends. Si c'était que je revienne, je prendrais le train immédiatement. De tout cœur à vous, Albertine.*

Pour que la mort d'Albertine eût pu supprimer mes souffrances, il eût fallu que le choc l'eût tuée non seulement en Touraine, mais en moi. Jamais elle n'y avait été plus vivante. Pour entrer en nous, un être a été obligé de prendre la forme, de se plier au cadre du temps ; ne nous apparaissant que par minutes successives, il n'a jamais pu nous livrer de lui qu'un seul aspect à la fois, nous débiter de lui qu'une seule photographie. Grande faiblesse sans doute pour un être, de consister en une simple collection[a] de moments ; grande force aussi ; il relève de la mémoire, et la mémoire d'un moment n'est pas instruite de tout ce qui s'est passé depuis ; ce moment qu'elle a enregistré dure encore, vit encore, et avec lui l'être qui s'y profilait. Et puis cet émiettement ne fait pas seulement vivre la morte, il la multiplie. Pour me consoler, ce n'est pas une, c'est d'innombrables Albertine que j'aurais dû oublier. Quand j'étais arrivé à supporter le chagrin d'avoir perdu celle-ci, c'était à recommencer avec une autre, avec cent autres.

Alors ma vie fut entièrement changée. Ce qui en avait fait, et non à cause d'Albertine, parallèlement à elle, quand j'étais seul, la douceur, c'était justement, à l'appel de moments identiques, la perpétuelle renaissance de moments anciens. Par le bruit[b] de la pluie m'était rendue l'odeur des lilas de Combray ; par la mobilité du soleil sur le balcon, les pigeons des Champs-Élysées ; par l'assourdissement des bruits dans la chaleur de la matinée, la fraîcheur des cerises ; le désir de la Bretagne ou de Venise par le bruit du vent et le retour de Pâques. L'été venait, les jours étaient longs, il faisait chaud. C'était le temps où de grand matin élèves et professeurs vont dans les jardins publics préparer les derniers concours sous les arbres, pour recueillir la seule goutte de fraîcheur que laisse tomber un ciel moins enflammé que dans l'ardeur du jour, mais déjà aussi stérilement pur. De ma chambre obscure, avec un pouvoir[a] d'évocation égal à celui d'autrefois mais qui ne me donnait plus que de la souffrance, je sentais que dehors, dans la pesanteur de l'air, le soleil déclinant mettait sur la verticalité des maisons, des églises, un fauve badigeon. Et si Françoise en revenant dérangeait sans le vouloir les plis des grands rideaux, j'étouffais un cri à la déchirure que venait de faire en moi ce rayon de soleil ancien qui m'avait fait paraître belle la façade neuve de Bricqueville l'Orgueilleuse, quand Albertine m'avait dit : « Elle est restaurée. » Ne sachant comment expliquer mon soupir à Françoise, je lui disais : « Ah ! j'ai soif. » Elle sortait, rentrait, mais je me détournais violemment, sous la décharge douloureuse d'un des mille souvenirs invisibles qui à tout moment éclataient autour de moi dans l'ombre : je venais de voir qu'elle avait apporté du cidre et des cerises, ce cidre et ces cerises qu'un garçon de ferme nous avait apportés dans la voiture, à Balbec, espèces sous lesquelles j'aurais communié le plus parfaitement, jadis, avec l'arc-en-ciel des salles à manger obscures par les jours brûlants. Alors je pensai pour la première fois à la ferme des Ecorres, et je me dis que certains jours où Albertine me disait à Balbec ne pas être libre, être obligée de sortir avec sa tante, elle était peut-être avec telle de ses amies dans une ferme où elle savait que je n'avais pas mes habitudes et que pendant qu'à tout hasard je m'attardais à Marie-Antoinette où on m'avait dit : « Nous ne l'avons pas vue aujourd'hui », elle usait avec son amie des mêmes mots qu'avec moi quand nous sortions tous les deux : « Il n'aura pas l'idée de nous chercher ici et comme cela nous ne serons pas dérangées. » Je disais à Françoise de refermer les rideaux pour ne plus voir ce rayon de soleil. Mais il continuait à filtrer, aussi corrosif, dans ma mémoire. « Elle ne me plaît pas, elle est restaurée, mais nous irons demain à Saint-Martin-le-Vêtu, après-demain à... » Demain, après-demain, c'était un avenir de vie commune, peut-être pour toujours, qui commence, mon cœur s'élançait vers lui, mais il n'était plus là, Albertine était morte.

Je demandai l'heure à Françoise. 6 heures. Enfin, Dieu merci, allait disparaître cette lourde chaleur dont autrefois je me plaignais avec Albertine, et que nous aimions tant. La journée prenait fin. Mais qu'est-ce que j'y gagnais ? La fraîcheur du soir se levait, c'était le coucher du soleil ; dans ma mémoire, au bout d'une route que nous prenions ensemble pour rentrer, j'apercevais, plus loin que le dernier village, comme une station distante, inaccessible pour le soir même où nous nous arrêterions à Balbec, toujours ensemble. Ensemble alors, maintenant il fallait s'arrêter court devant ce même abîme, elle était morte. Ce n'était plus assez de fermer les rideaux, je tâchais de boucher les yeux et les oreilles de ma mémoire, pour ne pas revoir cette bande orangée du couchant, pour ne pas entendre ces invisibles oiseaux qui se répondaient d'un arbre à l'autre de chaque côté de moi qu'embrassait alors si tendrement celle qui maintenant était morte. Je tâchais d'éviter ces sensations que donnent l'humidité des feuilles dans le soir, la montée et la descente des routes en dos d'âne. Mais déjà ces sensations m'avaient ressaisi, ramené assez loin du moment actuel, afin qu'eût tout le recul, tout l'élan nécessaire pour me frapper de nouveau, l'idée qu'Albertine était morte. Ah ! jamais je n'entrerais plus dans une forêt, je ne me promènerais plus entre des arbres. Mais les grandes plaines me seraient-elles moins cruelles ? Que de fois j'avais traversé pour aller chercher Albertine, que de fois j'avais repris, au retour avec elle, la grande plaine de Cricqueville[1], tantôt par des temps brumeux où l'inondation du brouillard nous donnait l'illusion[a] d'être entourés d'un lac immense, tantôt par des soirs limpides où le clair de lune, dématérialisant la terre, la faisant paraître à deux pas céleste, comme elle n'est, pendant le jour, que dans les lointains, enfermait les champs, les bois, avec le firmament auquel il les avait assimilés, dans l'agate arborisée d'un seul azur !

Françoise devait être heureuse de la mort d'Albertine, et il faut lui rendre la justice que par une sorte de convenance et de tact elle ne simulait pas la tristesse. Mais les lois non écrites de son antique code et sa tradition de paysanne médiévale qui pleure comme aux chansons de geste étaient plus anciennes que sa haine d'Albertine et même d'Eulalie. Aussi une de ces fins d'après-midi-là, comme je ne cachais pas assez rapidement ma souffrance, elle aperçut mes larmes, servie par son instinct d'ancienne petite paysanne qui autrefois lui faisait capturer et faire souffrir les animaux, n'éprouver que de la gaieté à étrangler les poulets et à faire cuire vivants les homards, et quand j'étais malade à observer, comme les blessures qu'elle eût infligées à une chouette, ma mauvaise mine qu'elle annonçait ensuite sur un ton funèbre et comme un présage de malheur. Mais son « coutumier[a] » de Combray ne lui permettait pas de prendre légèrement les larmes, le chagrin, choses qu'elle jugeait comme aussi funestes que d'ôter sa flanelle ou de manger à contre-cœur. « Oh ! non, Monsieur, il ne faut pas pleurer comme cela, cela vous ferait du mal ! » Et en voulant arrêter mes larmes elle avait l'air aussi inquiet que si c'eût été des flots de sang. Malheureusement je pris un air froid qui coupa court aux effusions qu'elle espérait et qui du reste eussent peut-être été sincères. Il en était peut-être pour elle d'Albertine comme d'Eulalie et maintenant que mon amie ne pouvait plus tirer de moi aucun profit, Françoise avait-elle cessé de la haïr. Elle tint à me montrer pourtant qu'elle se rendait bien compte que je pleurais et que, suivant seulement le funeste exemple des miens, je ne voulais pas « faire voir ». « Il ne faut pas pleurer, Monsieur », me dit-elle d'un ton cette fois plus calme, et plutôt pour me montrer sa clairvoyance que pour me témoigner sa pitié. Et elle ajouta : « Ça devait arriver, elle était trop heureuse, la pauvre, elle n'a pas su connaître son bonheur. »

Que le jour est lent à mourir par ces soirs démesurés de l'été ! Un pâle fantôme de la maison d'en face continuait indéfiniment à aquareller sur le ciel sa blancheur persistante. Enfin il faisait nuit dans l'appartement, je me cognais aux meubles de l'antichambre, mais dans la porte de l'escalier, au milieu du noir que je croyais total, la partie vitrée était translucide et bleue, d'un bleu de fleur, d'un bleu d'aile d'insecte, d'un bleu qui m'eût semblé beau si je n'avais senti qu'il était un dernier reflet, coupant comme un acier, un coup suprême que dans sa cruauté infatigable me portait encore le jour.

L'obscurité complète[b] finissait pourtant par venir, mais alors il suffisait d'une étoile vue à côté de l'arbre de la cour pour me rappeler nos départs en voiture, après le dîner, pour les bois de Chantepie, tapissés par le clair de lune. Et même dans les rues, il m'arrivait d'isoler sur le dos d'un banc, de recueillir la pureté naturelle d'un rayon de lune au milieu[a] des lumières artificielles de Paris, de Paris sur lequel il faisait régner, en faisant rentrer un instant pour mon imagination la ville dans la nature, avec le silence infini des champs évoqués, le souvenir douloureux des promenades que j'y avais faites avec Albertine. Ah ! quand la nuit finirait-elle ? Mais à la première fraîcheur de l'aube je frissonnais, car celle-ci avait ramené en moi la douceur de cet été où de Balbec à Incarville[1], d'Incarville à Balbec, nous nous étions tant de fois reconduits l'un l'autre jusqu'au petit jour. Je n'avais plus qu'un espoir pour l'avenir — espoir bien plus déchirant qu'une crainte —, c'était d'oublier Albertine. Je savais que je l'oublierais un jour, j'avais bien oublié Gilberte, Mme de Guermantes, j'avais bien oublié ma grand-mère. Et c'est notre plus juste et plus cruel châtiment de l'oubli si total, paisible comme ceux des cimetières, par quoi nous nous sommes détachés de ceux que nous n'aimons plus, que nous entrevoyions ce même oubli comme inévitable à l'égard de ceux que nous aimons encore. À vrai dire nous savons qu'il est un état non douloureux, un état d'indifférence. Mais ne pouvant penser à la fois à ce que j'étais et à ce que je serais, je pensais avec désespoir à tout ce tégument de caresses, de baisers, de sommeils amis, dont il faudrait bientôt me laisser dépouiller pour jamais. L'élan de ces souvenirs si tendres, venant se briser contre l'idée qu'Albertine était morte, m'oppressait par l'entrechoc de flux si contrariés que je[b] ne pouvais rester immobile ; je me levais, mais tout d'un coup je m'arrêtais, terrassé ; le même petit jour que je voyais au moment où je venais de quitter Albertine, encore radieux et chaud de ses baisers, venait tirer au-dessus des rideaux sa lame maintenant sinistre dont la blancheur froide, implacable et compacte entrait me donnant comme un coup de couteau[c2].

Bientôt les bruits de la rue allaient commencer, permettant de lire à l'échelle qualitative de leurs sonorités[d] le degré de la chaleur sans cesse accrue où ils retentiraient. Mais dans cette chaleur qui quelques heures plus tard s'imbiberait de l'odeur des cerises, ce que je trouvais (comme dans un remède que le remplacement d'une des parties composantes par une autre suffit pour rendre, d'un euphorique et d'un excitatif qu'il était, un déprimant), ce n'était plus le désir des femmes mais l'angoisse du départ

de jours plus tardifs, mais dans des années antérieures ; les dimanches de mauvais temps, où pourtant tout le monde était sorti, dans le vide de l'après-midi, où le bruit du vent et de la pluie m'eût invité jadis à rester à faire le « philosophe sous les toits[a1] », avec quelle anxiété je verrais approcher l'heure où Albertine, si peu attendue, était venue me voir, m'avait caressé pour la première fois, s'interrompant pour Françoise qui avait apporté la lampe, en ce temps deux fois mort où c'était Albertine qui était curieuse de moi, où ma tendresse pour elle pouvait légitimement avoir tant d'espérance ! Même, à une saison plus avancée, ces soirs glorieux où les offices, les pensionnats entrouverts comme des chapelles, baignés d'une poussière dorée, laissent la rue se couronner de ces demi-déesses qui, causant non loin de nous avec leurs pareilles, nous donnent la fièvre de pénétrer dans leur existence mythologique, ne me rappelaient plus que la tendresse d'Albertine qui à côté de moi m'était un empêchement à m'approcher d'elles[b].

D'ailleurs, au souvenir des heures même purement naturelles s'ajouterait forcément le paysage moral qui en fait quelque chose d'unique. Quand j'entendrais plus tard le cornet à bouquin du chevrier, par un premier beau temps, presque italien, le même jour mélangerait tour à tour à sa lumière l'anxiété de savoir Albertine au Trocadéro, peut-être avec Léa et les deux jeunes filles, puis la douceur familiale et domestique, presque commune, d'une épouse qui me semblait alors embarrassante et que Françoise allait me ramener. Ce message téléphonique de Françoise qui m'avait transmis l'hommage obéissant d'Albertine revenant avec elle, j'avais cru qu'il m'enorgueillissait. Je m'étais trompé. S'il m'avait enivré, c'est parce qu'il m'avait fait sentir que celle que j'aimais était bien à moi, ne vivait que pour moi, et même à distance, sans que j'eusse besoin de m'occuper d'elle, me considérait comme son époux et son maître, revenant sur un signe de moi. Et ainsi ce message téléphonique avait été une parcelle de douceur, venant de loin, émise de ce quartier du Trocadéro où il se trouvait y avoir pour moi des sources de bonheur dirigeant vers moi d'apaisantes molécules, des baumes calmants, me rendant enfin[c] une si douce liberté d'esprit que je n'avais plus eu — me livrant sans la restriction d'un seul souci à la musique de Wagner — qu'à attendre l'arrivée certaine d'Albertine, sans fièvre, avec un manque entier d'impatience où je n'avais pas su reconnaître le bonheur. Et ce bonheur qu'elle revînt, qu'elle m'obéît et m'appartînt, la cause en était dans l'amour, non dans l'orgueil. Il m'eût été bien égal maintenant d'avoir à mes ordres cinquante femmes revenant sur un signe de moi, non pas du Trocadéro mais des Indes. Mais, ce jour-là, en sentant Albertine qui, tandis que j'étais seul dans ma chambre à faire de la musique, venait docilement vers moi, j'avais respiré, disséminée comme un poudroiement dans le soleil, une de ces substances qui, comme d'autres sont salutaires au corps, font du bien à l'âme. Puis ç'avait été une demi-heure après l'arrivée d'Albertine, puis la promenade avec Albertine, arrivée et promenade que j'avais cru ennuyeuses parce qu'elles étaient pour moi accompagnées de certitude, mais qui à cause de cette certitude même avaient, à partir du moment[a] où Françoise m'avait téléphoné qu'elle la ramenait, coulé un calme d'or dans les heures qui avaient suivi, en avaient fait comme une seconde journée bien différente de la première, parce qu'elle avait un tout autre dessous moral, un dessous moral qui en faisait une journée originale, qui venait s'ajouter à la variété de celles que j'avais connues jusque-là, journée que je n'eusse jamais pu imaginer — comme nous ne pourrions imaginer le repos d'un jour d'été si de tels jours n'existaient pas dans la série de ceux que nous avons vécus —, journée dont[b] je ne pouvais pas dire absolument que je me la rappelais, car à ce calme s'ajoutait maintenant[c] une souffrance que je n'avais pas ressentie alors. Mais bien plus tard, quand je retraversai peu à peu, en sens inverse, les temps par lesquels j'avais passé avant d'aimer tant Albertine, quand mon cœur cicatrisé put se séparer[d] sans souffrance d'Albertine morte, alors, quand je pus me rappeler enfin sans souffrance ce jour où Albertine avait été faire des courses avec Françoise au lieu de rester au Trocadéro[1], je me rappelai avec plaisir ce jour[e] comme appartenant à une saison morale que je n'avais pas connue jusqu'alors ; je me le rappelai enfin exactement sans plus y ajouter de souffrance et au contraire comme on se rappelle certains jours d'été qu'on a trouvés trop chauds quand on les a vécus, et dont, après coup seulement, on extrait le titre sans alliage d'or fixe et d'indestructible azur.

De sorte que ces quelques années n'imposaient pas seulement au souvenir d'Albertine, qui les rendait si douloureuses, les couleurs successives, les modalités différentes, la cendre de leurs saisons ou de leurs heures, des fins d'après-midi de juin aux soirs d'hiver, des clairs de lune sur la mer à l'aube en rentrant à la maison, de la neige de Paris aux feuilles mortes de Saint-Cloud, mais encore de l'idée particulière que je me faisais successivement d'Albertine, de l'aspect physique sous lequel je me la représentais à chacun de ces moments, de la fréquence plus ou moins grande avec laquelle je la voyais cette saison-là, laquelle s'en trouvait comme plus dispersée ou plus compacte, des anxiétés qu'elle avait pu m'y causer par l'attente, du désir que j'avais[a] à tel moment pour elle, d'espoirs formés, puis perdus ; tout cela modifiait le caractère de ma tristesse rétrospective tout autant que les impressions de lumière ou de parfums qui lui étaient associées, et complétait chacune des années solaires que j'avais vécues et qui rien qu'avec leurs printemps, leurs automnes, leurs hivers, étaient déjà si tristes à cause du souvenir inséparable d'elle, en la doublant d'une sorte d'année sentimentale[b] où les heures n'étaient pas définies par la position du soleil mais par l'attente d'un rendez-vous ; où la longueur des jours ou les progrès de la température, étaient mesurés par l'essor[c] de mes espérances, le progrès de notre intimité, la transformation progressive de son visage, les voyages qu'elle avait faits, la fréquence et le style des lettres qu'elle m'avait adressées pendant une absence, sa précipitation[d] plus ou moins grande à me voir au retour. Et enfin, ces changements de temps, ces jours différents, s'ils me rendaient chacun une autre Albertine, ce n'était pas seulement par l'évocation des moments semblables. Mais l'on se rappelle que toujours, avant même que j'aimasse, chacune avait fait de moi un homme différent, ayant d'autres désirs parce qu'il avait d'autres perceptions et qui, de n'avoir rêvé que tempêtes et falaises la veille, si le jour indiscret du printemps avait glissé une odeur de roses dans la clôture mal jointe de son sommeil entrebâillé, s'éveillait en partance pour l'Italie. Même dans mon amour l'état changeant de mon atmosphère morale, la pression modifiée de mes croyances n'avaient-ils pas, tel jour, diminué la visibilité de mon propre amour, ne l'avaient-ils pas, tel jour, indéfiniment étendue, tel jour embellie jusqu'au sourire, tel jour contractée jusqu'à l'orage ? On n'est que par ce qu'on possède, on ne possède que ce qui vous est réellement présent, et tant de nos souvenirs, de nos humeurs, de nos idées partent faire des voyages loin de nous-même, où nous les perdons de vue ! Alors nous ne pouvons plus les faire entrer en ligne de compte dans ce total qui est notre être. Mais ils ont des chemins secrets pour rentrer en nous. Et certains soirs, m'étant endormi sans presque plus regretter Albertine — on ne peut regretter que ce qu'on se rappelle — au réveil je trouvais toute une flotte de souvenirs qui étaient venus croiser en moi dans ma plus claire conscience, que je distinguais à merveille. Alors je pleurais ce que je voyais si bien et qui la veille n'était pour moi que néant. Le nom d'Albertine, sa mort avaient changé de sens ; ses trahisons avaient soudain repris toute leur importance.

Comment[a] m'a-t-elle paru morte, quand maintenant pour penser à elle je n'avais à ma disposition que les mêmes images dont, quand elle était vivante, je revoyais l'une ou l'autre : rapide et penchée sur la roue mythologique de sa bicyclette, sanglée les jours de pluie sous la tunique guerrière de caoutchouc qui faisait bomber ses seins, la tête enturbannée et coiffée de serpents, elle semait la terreur dans les rues de Balbec ; les soirs où nous avions emporté du champagne dans les bois de Chantepie[1], la voix provocante et changée, elle avait au visage cette chaleur blême rougissant seulement aux pommettes que, la distinguant mal dans l'obscurité de la voiture, j'approchais du clair de lune pour la mieux voir et que j'essayais maintenant en vain de me rappeler, de revoir dans une obscurité qui ne finirait plus. Petite statuette dans la promenade vers l'île, calme figure grosse à gros grains près du pianola, elle était ainsi tour à tour pluvieuse et rapide, provocante et diaphane, immobile et souriante, ange de la musique. Chacune[b] était ainsi attachée à un moment, à la date duquel je me trouvais replacé quand je la revoyais. Et ces moments[c] du passé ne sont pas immobiles ; ils gardent dans notre mémoire le mouvement qui les entraînait vers l'avenir, — vers un avenir devenu lui-même le passé, — nous y entraînant nous-même. Jamais je n'avais caressé l'Albertine encaoutchoutée[d] des jours de pluie, je voulais lui demander d'ôter cette armure, ce serait connaître avec elle l'amour des camps, la fraternité du voyage. Mais ce n'était plus possible, elle était morte. Jamais non plus, par peur de la dépraver, je n'avais fait semblant de comprendre, les soirs où elle semblait m'offrir des plaisirs que sans cela elle n'eût peut-être pas demandés à d'autres et qui excitaient maintenant[a] en moi un désir furieux. Je ne les aurais pas éprouvés semblables auprès d'une autre, mais celle qui me les aurait donnés, je pouvais courir le monde sans la rencontrer, puisque Albertine était morte. Il semblait que je dusse choisir entre deux faits, décider quel était le vrai, tant celui de la mort d'Albertine — venu pour moi d'une réalité que je n'avais pas connue, sa vie en Touraine — était en contradiction avec toutes mes pensées relatives à elle, mes désirs, mes regrets, mon attendrissement, ma fureur, ma jalousie. Une telle richesse[b] de souvenirs empruntés au répertoire de sa vie, une telle profusion de sentiments évoquant, impliquant sa vie, semblaient rendre incroyable qu'Albertine fût morte. Une telle profusion de sentiments, car ma mémoire en conservant ma tendresse lui laissait toute sa variété. Ce n'était pas Albertine seule qui n'était qu'une succession de moments, c'était aussi moi-même. Mon amour pour elle n'avait pas été simple : à la curiosité de l'inconnu s'était ajouté un désir sensuel, et à un sentiment d'une douceur presque familiale, tantôt l'indifférence, tantôt une furieuse jalousie. Je n'étais pas[c] un seul homme, mais le défilé d'une armée composite où il y avait selon le moment des passionnés, des indifférents, des jaloux — des jaloux dont pas un n'était jaloux de la même femme. Et sans doute ce serait de là qu'un jour viendrait la guérison que je ne souhaiterais pas. Dans une foule, les éléments peuvent un par un, sans qu'on s'en aperçoive, être remplacés par d'autres, que d'autres encore éliminent ou renforcent, si bien qu'à la fin un changement s'est accompli qui ne se pourrait concevoir si l'on était un. La complexité de mon amour, de ma personne, multipliait, diversifiait mes souffrances. Pourtant elles pouvaient se ranger toujours sous les deux groupes dont l'alternance avait fait toute la vie de mon amour pour Albertine, tour à tour livré à la confiance et au soupçon jaloux.

Si j'avais peine[d] à penser qu'Albertine, si vivante en moi (portant comme je faisais le double harnais du présent et du passé), était morte, peut-être était-il aussi contradictoire que ce soupçon de fautes dont Albertine, aujourd'hui dépouillée de la chair qui en avait joui, de l'âme qui avait pu les désirer, n'était plus capable ni responsable, excitât en moi une telle souffrance, que j'aurais seulement bénie si j'avais pu y voir le gage de la réalité morale d'une personne matériellement inexistante, au lieu du reflet destiné à s'éteindre lui-même d'impressions qu'elle m'avait autrefois causées. Une femme qui ne pouvait plus éprouver de plaisirs avec d'autres n'aurait plus dû exciter ma jalousie, si seulement ma tendresse avait pu se mettre à jour. Mais c'est ce qui était impossible, puisqu'elle ne pouvait trouver son objet, Albertine, que dans des souvenirs où celle-ci était vivante. Puisque rien qu'en pensant à elle, je la ressuscitais, ses trahisons ne pouvaient jamais être celles d'une morte, l'instant où elle les avait commises devenant l'instant actuel, non pas seulement pour Albertine mais pour celui de mes moi subitement évoqué qui la contemplait. De sorte qu'aucun anachronisme ne pouvait jamais séparer le couple indissoluble où à chaque coupable nouvelle s'appariait aussitôt un jaloux lamentable et toujours contemporain. Je l'avais, les derniers mois, tenue enfermée dans ma maison. Mais dans mon imagination maintenant, Albertine était libre ; elle usait mal de cette liberté, elle se prostituait aux unes, aux autres. Jadis je songeais sans cesse à l'avenir incertain qui était déployé devant nous, j'essayais d'y lire. Et maintenant ce qui était en avant de moi comme un double de l'avenir — aussi préoccupant qu'un avenir, puisqu'il était aussi incertain, aussi difficile à déchiffrer, aussi mystérieux, plus cruel encore parce que je n'avais pas comme pour l'avenir la possibilité, ou l'illusion, d'agir sur lui, et aussi parce qu'il se déroulerait aussi loin que ma vie elle-même, sans que ma compagne fût là pour calmer les souffrances qu'il me causait —, ce n'était plus l'avenir d'Albertine, c'était son passé. Son passé ? C'est mal dire puisque pour la jalousie il n'est ni passé ni avenir et que ce qu'elle imagine est toujours le présent.

Les changements de l'atmosphère en provoquent d'autres dans l'homme intérieur, réveillent des moi oubliés, contrarient l'assoupissement de l'habitude, redonnent de la force à tels souvenirs, à telles souffrances. Combien plus encore pour moi si ce temps nouveau qu'il faisait me rappelait[a] celui par lequel Albertine était, à Balbec, sous la pluie menaçante, par exemple, allée faire[a], Dieu sait pourquoi, de grandes promenades, dans le maillot collant de son caoutchouc ! Si elle avait vécu, sans doute aujourd'hui, par ce temps si semblable, partirait-elle faire en Touraine une excursion analogue. Puisqu'elle ne le pouvait plus, je n'aurais pas dû souffrir de cette idée ; mais, comme aux amputés, le moindre changement de temps renouvelait mes douleurs dans le membre qui n'existait plus.

Tout d'un coup c'était un souvenir que je n'avais pas revu depuis bien longtemps, car il était resté dissous dans la fluide et invisible étendue de ma mémoire, qui se cristallisait. Ainsi il y avait plusieurs années, comme on parlait de son peignoir[b] de douche, Albertine avait rougi. À cette époque-là je n'étais pas jaloux d'elle. Mais depuis j'avais voulu lui demander si elle pouvait se rappeler cette conversation et me dire pourquoi elle avait rougi. Cela m'avait d'autant plus préoccupé qu'on m'avait dit que les deux jeunes filles amies de Léa allaient à cet établissement balnéaire de l'hôtel et, disait-on, pas seulement pour prendre des douches. Mais par peur[c] de fâcher Albertine, ou attendant une époque meilleure, j'avais toujours remis de lui en parler, puis je n'y avais plus pensé. Et tout d'un coup, quelque temps après la mort d'Albertine, j'aperçus ce souvenir, empreint de ce caractère à la fois irritant et solennel qu'ont les énigmes laissées à jamais insolubles par la mort du seul être qui eût pu les éclaircir. Ne pourrais-je pas du moins tâcher de savoir si Albertine n'avait jamais ou rien fait de mal ou seulement paru suspecte dans cet établissement de douches ? En envoyant quelqu'un à Balbec, j'y arriverais peut-être. Elle vivante, je n'eusse sans doute pu rien apprendre. Mais les langues se délient étrangement et racontent facilement une faute quand on n'a plus à craindre la rancune de la coupable. Comme la constitution de l'imagination, restée rudimentaire, simpliste (n'ayant pas passé par les innombrables transformations qui remédient aux modèles primitifs des inventions humaines, à peine reconnaissables, qu'il s'agisse de baromètre, de ballon, de téléphone, etc., dans leurs perfectionnements ultérieurs), ne nous permet de voir que fort peu de choses à la fois, ce souvenir de l'établissement de douches occupait tout le champ de ma vision intérieure.

Parfois je me heurtais, dans les rues obscures du sommeil, à un de ces mauvais rêves qui ne sont pas bien graves pour une première raison, c'est que la tristesse qu'ils engendrent ne se prolonge guère qu'une heure après le réveil, pareille à ces malaises que cause une manière d'endormir artificielle ; pour une autre raison aussi, c'est qu'on ne les rencontre que très rarement, à peine tous les deux ou trois ans. Encore reste-t-il incertain qu'on les ait déjà rencontrés — et qu'ils n'aient pas plutôt cet aspect de ne pas être vus pour la première fois que projette sur eux une illusion, une subdivision (car dédoublement ne serait pas assez dire).

Sans[a] doute, puisque j'avais des doutes sur la vie, sur la mort d'Albertine, j'aurais dû depuis bien longtemps me livrer à des enquêtes. Mais la même fatigue, la même lâcheté qui m'avaient fait me soumettre à Albertine quand elle était là, m'empêchaient de rien entreprendre depuis que je ne la voyais plus. Et pourtant de la faiblesse traînée pendant des années, un éclair d'énergie surgit parfois. Je me décidai à cette enquête au moins, toute partielle. On eût dit qu'il n'y avait rien eu d'autre[1] dans toute la vie d'Albertine. Je me demandais qui je pourrais bien envoyer tenter une enquête sur place, à Balbec. Aimé me parut bien choisi. Outre qu'il connaissait admirablement les lieux, il appartenait à cette catégorie de gens du peuple soucieux de leur intérêt, fidèles à ceux qu'ils servent, indifférents à toute espèce de morale et dont — parce que si nous les payons bien, dans leur obéissance à notre volonté, ils suppriment[b] tout ce qui l'entraverait car ils se montrent aussi incapables d'indiscrétion, de mollesse ou d'improbité que dépourvus de scrupules — nous disons : « Ce sont de braves gens. » En ceux-là nous pouvons avoir une confiance absolue. Quand Aimé fut parti, je pensai combien il eût mieux valu que ce qu'il allait essayer d'apprendre là-bas, je pusse le demander maintenant[c] à Albertine elle-même. Et aussitôt l'idée de cette question que j'aurais voulu, qu'il me semblait que j'allais lui poser, ayant amené Albertine à mon côté, non grâce à un effort de résurrection mais comme par le hasard d'une de ces rencontres qui — comme cela se passe dans les photographies qui ne sont pas « posées », dans les instantanés — laissent toujours la personne plus vivante, en même temps que j'imaginais notre conversation, j'en sentais l'impossibilité ; je venais d'aborder par une nouvelle face cette idée qu'Albertine était morte, Albertine qui m'inspirait cette tendresse qu'on a pour les absentes dont la vue ne vient pas rectifier l'image embellie, inspirant aussi la tristesse que cette absence fût éternelle et que la pauvre petite fût privée à jamais de la douceur de la vie. Et aussitôt, par un brusque déplacement, de la torture de la jalousie je passais au désespoir de la séparation.

Ce qui remplissait mon cœur maintenant c'était, au lieu de haineux soupçons, le souvenir attendri des heures de tendresse confiante passées avec la sœur que sa mort m'avait réellement fait perdre, puisque mon chagrin se rapportait, non à ce qu'Albertine avait été pour moi, mais à ce que mon cœur, désireux de participer aux émotions les plus générales de l'amour, m'avait peu à peu persuadé qu'elle était ; alors je me rendais compte que cette vie qui m'avait tant ennuyé — du moins je le croyais — avait, au contraire, été délicieuse ; aux moindres moments passés à parler[a] avec elle de choses même insignifiantes, je sentais maintenant qu'était ajoutée, amalgamée une volupté qui alors n'avait[b], il est vrai, pas été perçue par moi, mais était déjà cause que, ces moments-là, je les avais toujours si persévéramment recherchés et à l'exclusion de tout le reste ; les moindres incidents que je m'en rappelais, un mouvement qu'elle avait fait en voiture auprès de moi, ou pour s'asseoir à table en face de moi dans sa chambre, propageaient dans mon âme un remous de douceur et de tristesse qui de proche en proche la gagnait tout entière.

Cette chambre où nous dînions ne m'avait jamais paru jolie, je disais seulement qu'elle l'était à Albertine pour que mon amie fût contente d'y vivre. Maintenant les rideaux, les sièges, les livres avaient cessé de m'être indifférents. L'art n'est pas seul à mettre du charme et du mystère dans les choses les plus insignifiantes ; ce même pouvoir de les mettre en rapport intime avec nous est dévolu aussi à la douleur. Au moment même je n'avais prêté aucune attention à ce dîner que nous avions fait ensemble au retour du Bois, avant que j'allasse chez les Verdurin, et vers la beauté, la grave douceur duquel je tournais maintenant des yeux pleins de larmes. Une impression de l'amour est hors de proportion avec les autres impressions de la vie, mais ce n'est pas perdue au milieu d'elles qu'on peut s'en rendre compte. Ce n'est pas d'en bas, dans le tumulte de la rue et la cohue des maisons avoisinantes, c'est quand on s'est éloigné que des pentes d'un coteau voisin, à une distance où toute la ville a disparu ou ne forme plus au ras de terre qu'un amas confus, on peut, dans le recueillement de la solitude et du soir, évaluer, unique, persistante et pure, la hauteur d'une cathédrale[a]. Je tâchais d'embrasser l'image d'Albertine à travers mes larmes en pensant à toutes les choses sérieuses et justes qu'elle avait dites ce soir-là. Un matin, je crus voir la forme oblongue d'une colline dans le brouillard, sentir la chaleur d'une tasse de chocolat, pendant que m'étreignait horriblement le cœur ce souvenir de l'après-midi où Albertine était venue me voir et où je l'avais embrassée pour la première fois : c'est que je venais d'entendre le hoquet du calorifère à eau qu'on venait de rallumer. Et je jetai avec colère une invitation que Françoise m'apporta de Mme Verdurin. Combien l'impression que j'avais eue en allant dîner pour la première fois à La Raspelière, que la mort ne frappe pas tous les êtres au même âge, s'imposait à moi avec plus de force maintenant qu'Albertine était morte, si jeune, et que Brichot continuait à dîner chez Mme Verdurin qui recevait toujours et recevrait peut-être pendant beaucoup d'années encore ! Aussitôt ce nom de Brichot me rappela la fin de cette même soirée où il m'avait reconduit, où j'avais vu d'en bas la lumière de la lampe d'Albertine. J'y avais déjà repensé d'autres fois, mais je n'avais pas abordé ce souvenir par le même côté. Car, si nos souvenirs sont bien à nous, c'est à la façon de ces propriétés qui ont de petites portes cachées que nous-même souvent ne connaissons pas et que quelqu'un du voisinage nous ouvre, si bien que par un côté du moins où cela ne nous était pas encore arrivé, nous nous trouvons rentré chez nous. Alors, en pensant au vide que je trouverais maintenant en rentrant chez moi, que je ne verrais plus d'en bas la chambre d'Albertine d'où la lumière s'était éteinte à jamais, je compris combien, ce soir où en quittant Brichot, j'avais cru éprouver de l'ennui, du regret de ne pouvoir aller me promener et faire l'amour ailleurs, je compris combien je m'étais trompé, et que c'était seulement parce que, le trésor dont les reflets venaient d'en haut jusqu'à moi, je m'en croyais la possession entièrement assurée, que j'avais négligé d'en calculer la valeur, ce qui faisait qu'il me paraissait forcément inférieur à des plaisirs, si petits qu'ils fussent, mais que, cherchant à les imaginer, j'évaluais. Je compris combien cette lumière qui me semblait venir d'une prison contenait pour moi de plénitude de vie et de douceur, et qui n'était que la réalisation de ce qui m'avait un instant enivré, puis paru à jamais impossible le soir où Albertine avait couché sous le même toit que moi, à Balbec ; je comprenais que cette vie que j'avais menée à Paris dans un chez-moi qui était son chez-elle, c'était justement la réalisation de cette paix profonde que j'avais rêvée.

La conversation[a] que j'avais eue avec Albertine en rentrant du Bois avant cette dernière soirée Verdurin, je ne me fusse pas consolé qu'elle n'eût pas eu lieu, cette conversation qui avait un peu mêlé Albertine à la vie de mon intelligence et, en certaines parcelles, nous avait faits identiques l'un à l'autre. Car sans doute son intelligence, sa gentillesse pour moi, si j'y revenais avec attendrissement, ce n'est pas qu'elles eussent été plus grandes que celles d'autres personnes que j'avais connues ; Mme de Cambremer ne m'avait-elle pas dit à Balbec : « Comment ! vous pourriez passer vos journées avec Elstir qui est un homme de génie et vous les passez avec votre cousine ! » L'intelligence d'Albertine me plaisait parce que, par association, elle éveillait en moi ce que j'appelais sa douceur, comme nous appelons douceur d'un fruit une certaine sensation qui n'est que dans notre palais. Et de fait, quand je pensais à l'intelligence d'Albertine, mes lèvres s'avançaient instinctivement et goûtaient un souvenir dont j'aimais mieux que la réalité me fût extérieure et consistât dans la supériorité objective d'un être. Il est certain que j'avais connu des personnes d'intelligence plus grande. Mais l'infini de l'amour, ou son égoïsme, fait que les êtres que nous aimons sont ceux dont la physionomie intellectuelle et morale est pour nous le moins objectivement définie, nous les retouchons sans cesse au gré de nos désirs et de nos craintes, nous ne les séparons pas de nous, ils ne sont qu'un lieu immense et vague où extérioriser nos tendresses. Nous n'avons pas de notre propre corps, où affluent perpétuellement tant de malaises et de plaisirs, une silhouette aussi nette que celle d'un arbre ou d'une maison ou d'un passant. Et ç'avait peut-être été mon tort de ne pas chercher davantage à connaître Albertine en elle-même. De même qu'au point de vue de son charme, je n'avais longtemps considéré que les positions différentes qu'elle occupait dans mon souvenir dans le plan des années, et que j'avais été surpris de voir qu'elle s'était spontanément enrichie de modifications qui ne tenaient pas qu'à la différence des perspectives, de même j'aurais dû chercher à comprendre son caractère comme celui d'une personne quelconque et peut-être, m'expliquant alors pourquoi elle s'obstinait à me cacher son secret, j'aurais évité de prolonger, entre nous avec cet acharnement étrange ce conflit[a] qui avait amené la mort d'Albertine. Et j'avais alors, avec une grande pitié d'elle, la honte de lui survivre. Il me semblait, en effet, dans les heures où je souffrais le moins, que je bénéficiais en quelque sorte de sa mort, car une femme[b] est d'une plus grande utilité pour notre vie, si elle y est, au lieu d'un élément de bonheur, un instrument de chagrin, et il n'y en a pas une seule dont la possession soit aussi précieuse que celle des vérités qu'elle nous découvre en nous faisant souffrir. Dans ces moments-là, rapprochant la mort de ma grand-mère et celle d'Albertine, il me semblait que ma vie était souillée d'un double assassinat que seule la lâcheté du monde pouvait me pardonner. J'avais rêvé d'être compris d'Albertine, de ne pas être méconnu par elle, croyant que c'était pour le grand bonheur d'être compris, de ne pas être méconnu, alors que tant d'autres eussent mieux pu le faire. On désire être compris parce qu'on désire être aimé, et on désire être aimé parce qu'on aime. La compréhension des autres est indifférente et leur amour importun. Ma joie d'avoir possédé un peu de l'intelligence d'Albertine et de son cœur ne venait pas de leur valeur intrinsèque, mais de ce que cette possession était un degré de plus dans la possession totale d'Albertine, possession qui avait été mon but et ma chimère depuis le premier jour où je l'avais vue. Quand nous parlons de la « gentillesse » d'une femme, nous ne faisons peut-être que projeter hors de nous le plaisir que nous éprouvons à la voir, comme les enfants[c] quand ils disent : « Mon cher petit lit, mon cher petit oreiller, mes chères petites aubépines. » Ce qui explique par ailleurs que les hommes ne disent jamais d'une femme qui ne les trompe pas : « Elle est si gentille », et le disent si souvent d'une femme par qui ils sont trompés. Mme de Cambremer trouvait avec raison que le charme spirituel d'Elstir était plus grand. Mais nous ne pouvons pas juger de la même façon celui d'une personne qui est, comme toutes les autres, extérieure à nous, peinte à l'horizon de notre pensée, et celui d'une personne qui par suite d'une erreur de localisation consécutive à certains accidents mais tenace, s'est logée dans notre propre corps, au point que de nous demander rétrospectivement si elle n'a pas regardé une femme un certain jour dans le couloir d'un petit chemin de fer maritime nous fait éprouver les mêmes souffrances qu'un chirurgien qui chercherait une balle dans notre cœur. Un simple croissant, mais que nous mangeons, nous fait éprouver plus de plaisir que tous les ortolans, lapereaux et bartavelles qui furent servis à Louis XV, et la pointe de l'herbe qui à quelques centimètres frémit devant notre œil, tandis que nous sommes couchés sur la montagne, peut nous cacher la vertigineuse aiguille d'un sommet si celui-ci est distant de plusieurs lieues. D'ailleurs[a] notre tort n'est pas de priser l'intelligence, la gentillesse d'une femme que nous aimons, si petites que soient celles-ci. Notre tort est de rester indifférent à la gentillesse, à l'intelligence des autres. Le mensonge ne recommence à nous causer l'indignation, et la bonté la reconnaissance qu'ils devraient toujours exciter en nous, que s'ils viennent d'une femme que nous aimons, et le désir physique a ce merveilleux pouvoir de rendre son prix à l'intelligence et des bases solides à la vie morale. Jamais je ne retrouverais cette chose divine : un être avec qui je pusse causer de tout, à qui je pusse me confier. Me confier ? Mais d'autres êtres ne me montraient-ils[b] pas plus de confiance qu'Albertine ? Avec d'autres n'avais-je pas des causeries plus étendues ? C'est que la confiance, la conversation, choses médiocres, qu'importe qu'elles soient plus ou moins imparfaites, si s'y mêle seulement l'amour, qui seul est divin ? Je revoyais Albertine s'asseyant à son pianola, rose sous ses cheveux noirs ; je sentais, sur mes lèvres qu'elle essayait d'écarter, sa langue, sa langue maternelle, incomestible, nourricière et sainte, dont la flamme et la rosée secrètes faisaient que, même quand Albertine la faisait seulement glisser à la surface de mon cou, de mon ventre, ces caresses[c] superficielles mais en quelque sorte faites par l'intérieur de sa chair, extériorisé comme une étoffe qui montrerait sa doublure, prenaient, même dans les attouchements les plus externes, comme la mystérieuse douceur d'une pénétration.

Tous ces instants si doux que rien[a] ne me rendrait jamais, je ne peux même pas dire que ce que me faisait éprouver leur perte fût du désespoir. Pour être désespéré, cette vie qui ne pourra plus être que malheureuse, il faut encore y tenir. J'étais désespéré à Balbec quand j'avais vu se lever le jour et que j'avais compris que plus un seul ne pourrait être heureux pour moi. J'étais resté aussi égoïste depuis lors, mais le moi auquel j'étais attaché maintenant, le moi qui constituait ces vives réserves qui mettent en jeu l'instinct de conservation, ce moi n'était plus dans la vie ; quand je pensais à mes forces, à ma puissance vitale, à ce que j'avais de meilleur, je pensais à certain trésor que j'avais possédé (que j'avais été seul à posséder puisque les autres ne pouvaient connaître exactement le sentiment, caché en moi, qu'il m'avait inspiré) et que personne ne pouvait plus m'enlever puisque je ne le possédais plus. Et à vrai dire je ne l'avais jamais possédé que parce que j'avais voulu me figurer que je le possédais. Je n'avais pas commis seulement l'imprudence, en regardant Albertine avec mes lèvres et en la logeant dans mon cœur, de la faire vivre au-dedans de moi, ni cette autre imprudence de mêler un amour familial au plaisir des sens. J'avais voulu aussi me persuader que nos rapports étaient l'amour, que nous pratiquions mutuellement les rapports appelés amour, parce qu'elle me rendait docilement les baisers que je lui donnais. Et pour avoir pris l'habitude de le croire, je n'avais pas perdu seulement une femme que j'aimais, mais une femme qui m'aimait, ma sœur, mon enfant, ma tendre maîtresse. Et en somme j'avais eu un bonheur et un malheur que Swann n'avait pas connus, car justement, tout le temps qu'il avait aimé Odette et en avait été si jaloux, il l'avait à peine vue, pouvant si difficilement, à certains jours où elle le décommandait au dernier moment, aller chez elle. Mais après il l'avait eue à lui, devenue sa femme, et jusqu'à ce qu'il mourût. Moi, au contraire, tandis que j'étais si jaloux d'Albertine, plus heureux que Swann, je l'avais eue chez moi. J'avais réalisé en vérité ce que Swann avait rêvé si souvent et qu'il n'avait réalisé que matériellement quand cela lui était indifférent. Mais enfin Albertine, je ne l'avais pas gardée comme il avait gardé Odette. Elle s'était enfuie, elle était morte. Car jamais rien ne se répète exactement, et les existences les plus analogues, et que grâce à la parenté des caractères et à la similitude des circonstances, on peut choisir pour les présenter comme symétriques l'une à l'autre, restent en bien des points opposées. En perdant[a] la vie je n'aurais pas perdu grand-chose ; je n'aurais plus perdu qu'une forme vide, le cadre vide d'un chef-d'œuvre. Indifférent à ce que je pouvais désormais y faire entrer, mais heureux et fier de penser à ce qu'il avait contenu, je m'appuyais au souvenir de ces heures si douces, et ce soutien moral me communiquait un bien-être que l'approche même de la mort n'aurait pas rompu.

Comme elle accourait vite me voir à Balbec quand je la faisais chercher, se retardant seulement à verser de l'odeur dans ses cheveux pour me plaire ! Ces images de Balbec et de Paris que j'aimais ainsi à revoir, c'étaient les pages encore si récentes, et si vite tournées, de sa courte vie. Tout cela qui n'était pour moi que souvenir avait été pour elle action, action précipitée, comme celle d'une tragédie, vers une mort rapide. Les êtres[b] ont un développement en nous, mais un autre hors de nous (je l'avais bien senti dans ces soirs où je remarquais en Albertine un enrichissement de qualités qui ne tenait pas qu'à ma mémoire) et qui ne laissent pas d'avoir des réactions l'un sur l'autre. J'avais eu beau, en cherchant à connaître Albertine, puis à la posséder tout entière, n'obéir qu'au besoin de réduire par l'expérience à des éléments mesquinement semblables à ceux de notre moi, le mystère de tout être, je ne l'avais pu[c] sans influer à mon tour sur la vie d'Albertine. Peut-être ma fortune, les perspectives d'un brillant mariage l'avaient attirée ; ma jalousie l'avait retenue ; sa bonté, ou son intelligence, ou le sentiment de sa culpabilité, ou les adresses de sa ruse, lui avaient fait accepter, et m'avaient amené à rendre de plus en plus dure une captivité forgée simplement par le développement interne de mon travail mental, mais qui n'en avait pas moins eu sur la vie d'Albertine des contrecoups, destinés eux-mêmes à poser par choc en retour des problèmes nouveaux et de plus en plus douloureux à ma psychologie, puisque de ma prison elle s'était évadée pour aller se tuer sur un cheval que sans moi elle n'eût pas possédé, et me laissant, même morte, des soupçons dont la vérification, si elle devait venir, me serait peut-être plus cruelle que la découverte à Balbec qu'Albertine avait connu Mlle Vinteuil, puisque Albertine ne serait plus là pour m'apaiser. Si bien que cette longue plainte de l'âme qui croit vivre enfermée en elle-même n'est un monologue qu'en apparence, puisque les échos de la réalité la font dévier, et que telle vie est comme un essai de psychologie subjective spontanément poursuivi, mais qui fournit à quelque distance son « action » au roman purement réaliste, d'une autre réalité, d'une autre existence, dont à leur tour[a] les péripéties viennent infléchir la courbe et changer la direction de l'essai psychologique. Comme l'engrenage avait été serré, comme l'évolution de notre amour avait été rapide, et, malgré quelques retardements, interruptions et hésitations du début, comme dans certaines nouvelles de Balzac ou quelques ballades de Schumann[1], le dénouement précipité ! C'est dans le cours de cette dernière année, longue pour moi comme un siècle, tant Albertine avait changé de positions par rapport à ma pensée depuis Balbec jusqu'à son départ de Paris, et aussi indépendamment de moi et souvent à mon insu, changé en elle-même, qu'il fallait placer toute cette bonne vie de tendresse qui avait si peu duré et qui pourtant m'apparaissait avec une plénitude, presque une immensité, à jamais impossible et pourtant qui m'était indispensable. Indispensable sans avoir peut-être été en soi et tout d'abord quelque chose de nécessaire, puisque je n'aurais pas connu Albertine[b] si je n'avais pas lu dans un traité d'archéologie la description de l'église de Balbec ; si Swann, en me disant que cette église était presque persane, n'avait pas orienté mes désirs vers le normand byzantin ; si une société de palaces, en construisant à Balbec un hôtel hygiénique et confortable, n'avait pas décidé mes parents à exaucer mon souhait et à m'envoyer à Balbec. Certes, en ce Balbec depuis si longtemps désiré, je n'avais pas trouvé l'église persane que je rêvais, ni les brouillards éternels. Le beau train d'1 h 35[2] lui-même n'avait pas répondu à ce que je m'en figurais. Mais, en échange de ce que l'imagination laisse attendre et que nous nous donnons inutilement tant de peine pour essayer de découvrir, la vie nous donne quelque chose que nous étions bien loin d'imaginer. Qui m'eût dit à Combray, quand j'attendais le bonsoir de ma mère avec tant de tristesse, que ces anxiétés guériraient, puis renaîtraient un jour non pour ma mère, mais pour une jeune fille qui ne serait d'abord, sur l'horizon de la mer, qu'une fleur que mes yeux seraient chaque jour sollicités de venir regarder, mais une fleur pensante et dans l'esprit de qui je souhaitais si puérilement de tenir une grande place, que je souffrais qu'elle ignorât que je connaissais Mme de Villeparisis ? Oui, c'est le bonsoir, le baiser d'une telle étrangère pour lequel je devais, au bout de quelques années, souffrir autant qu'enfant quand ma mère ne devait pas venir me voir. Or cette Albertine si nécessaire, de l'amour de qui mon âme était maintenant presque uniquement composée, si Swann ne m'avait pas parlé de Balbec je ne l'aurais jamais connue. Sa vie eût peut-être été plus longue, la mienne aurait été dépourvue de ce qui en faisait maintenant le martyre. Et ainsi il me semblait que par ma tendresse uniquement égoïste j'avais laissé mourir Albertine comme j'avais assassiné ma grand-mère. Même plus tard, même l'ayant déjà connue à Balbec, j'aurais pu ne pas l'aimer comme je fis ensuite. Car, quand je renonçais à Gilberte et savais que je pourrais aimer un jour une autre femme, j'osais à peine avoir un doute si, en tout cas pour le passé, je n'eusse pu aimer que Gilberte. Or, pour Albertine je n'avais même plus de doute, j'étais sûr que ç'aurait pu ne pas être elle que j'eusse aimée, que c'eût pu être une autre. Il eût suffi pour cela que Mlle de Stermaria, le soir où je devais dîner avec elle dans l'île du Bois, ne se fût pas décommandée. Il était encore temps alors, et c'eût été pour Mlle de Stermaria que se fût exercée cette activité de l'imagination qui nous fait extraire d'une femme une telle notion de l'individuel qu'elle nous paraît unique en soi et pour nous prédestinée et nécessaire. Tout au plus, en me plaçant à un point de vue presque physiologique, pouvais-je[a] dire que j'aurais pu avoir ce même amour exclusif pour une autre femme, mais non pour toute autre femme. Car Albertine, grosse et brune, ne ressemblait pas à Gilberte, élancée et rousse, mais pourtant elles avaient la même étoffe de santé, et dans les mêmes joues sensuelles toutes les deux un regard dont on saisissait difficilement la signification. C'étaient de ces femmes que n'auraient pas regardées des hommes qui de leur côté auraient fait des folies pour d'autres qui ne me « disaient rien ». Je pouvais[b] presque croire que la personnalité sensuelle et volontaire de Gilberte avait émigré dans le corps d'Albertine, un peu différent il est vrai, mais présentant, maintenant que j'y réfléchissais après coup, des analogies profondes. Un homme a presque toujours la même manière de s'enrhumer, de tomber malade, c'est-à-dire qu'il lui faut pour cela un certain concours de circonstances ; il est naturel que, quand il devient amoureux, ce soit à propos d'un certain genre de femmes, genre d'ailleurs très étendu. Les premiers regards d'Albertine qui m'avaient fait rêver n'étaient pas absolument différents des premiers regards de Gilberte. Je pouvais presque croire que l'obscure personnalité, la sensualité, la nature volontaire et rusée de Gilberte étaient revenues me tenter, incarnées[a] cette fois dans le corps d'Albertine, tout autre et non pourtant sans analogies. Pour Albertine, grâce à une vie toute différente ensemble et où n'avait pu se glisser, dans un bloc de pensées où une douloureuse préoccupation maintenait une cohésion permanente, aucune fissure de distraction et d'oubli, son corps vivant n'avait point, comme celui de Gilberte, cessé un jour d'être celui où je trouvais ce que je reconnaissais après coup être pour moi (et qui n'eût pas été pour d'autres) les attraits féminins. Mais elle était morte. Je l'oublierais. Qui sait si alors les mêmes qualités de sang riche, de rêverie inquiète ne reviendraient pas un jour jeter le trouble en moi ? Mais incarnées cette fois en quelle forme féminine, je ne pouvais le prévoir. À l'aide de Gilberte j'aurais pu aussi peu me figurer Albertine et que je l'aimerais, que le souvenir de la sonate de Vinteuil ne m'eût permis de me figurer son septuor. Bien plus[b], même les premières fois où j'avais vu Albertine, j'avais pu croire que c'était d'autres que j'aimerais. D'ailleurs elle eût même pu me paraître, si je l'avais connue une année plus tôt, aussi terne qu'un ciel gris où l'aurore n'est pas levée. Si j'avais changé à son égard, elle-même avait changé aussi, et la jeune fille qui était venue vers mon lit le jour où j'avais écrit à Mlle de Stermaria[c] n'était plus la même que j'avais connue à Balbec, soit simple explosion de la femme qui apparaît au moment de la puberté, soit par suite de circonstances que je n'ai jamais pu connaître. En tout cas, même si celle que j'aimerais un jour devait dans une certaine mesure lui ressembler, c'est-à-dire si mon choix d'une femme n'était pas entièrement libre, cela faisait tout de même que, dirigé d'une façon peut-être nécessaire, il l'était sur quelque chose de plus vaste qu'un individu, sur un genre de femmes, et cela ôtait toute nécessité à mon amour pour Albertine. La femme[a] dont nous avons le visage devant nous plus constamment que la lumière elle-même, puisque même les yeux fermés nous ne cessons pas un instant de chérir ses beaux yeux, son beau nez, d'arranger tous les moyens pour les revoir, cette femme unique, nous savons bien que c'eût été une autre qui l'eût été pour nous, si nous avions été dans une autre ville que celle où nous l'avons rencontrée, si nous nous étions promenés dans d'autres quartiers, si nous avions fréquenté un autre salon. Unique, croyons-nous ? elle est innombrable. Et pourtant elle est compacte, indestructible devant nos yeux qui l'aiment, irremplaçable pendant très longtemps par une autre. C'est que cette femme n'a fait que susciter par des sortes d'appels magiques mille éléments de tendresse existant en nous à l'état fragmentaire et qu'elle a assemblés, unis, effaçant toute lacune entre eux, c'est nous-même qui en lui donnant ses traits avons fourni toute la matière solide de la personne aimée. De là vient que, même si nous ne sommes qu'un entre mille pour elle et peut-être le dernier de tous, pour nous elle est la seule et vers qui tend toute notre vie. Certes même j'avais bien senti que cet amour n'était pas nécessaire, non seulement parce qu'il eût pu se former avec Mlle de Stermaria, mais même sans cela, en le connaissant lui-même, en le retrouvant trop pareil à ce qu'il avait été pour d'autres, et aussi en le sentant plus vaste qu'Albertine, l'enveloppant, ne la connaissant pas, comme une marée autour d'un mince brisant. Mais, peu à peu à force de vivre avec Albertine, les chaînes que j'avais forgées moi-même, je ne pouvais plus m'en dégager ; l'habitude d'associer la personne d'Albertine au sentiment qu'elle n'avait pas inspiré me faisait pourtant croire qu'il était spécial à elle, comme l'habitude donne à la simple association d'idées entre deux phénomènes, à ce que prétend une certaine école philosophique, la force, la nécessité illusoires d'une loi de causalité. J'avais cru que mes relations, ma fortune, me dispenseraient de souffrir, et peut-être trop efficacement puisque cela me semblait me dispenser de sentir, d'aimer, d'imaginer ; j'enviais une pauvre fille de campagne à qui l'absence de relations, même de télégraphe, donne de longs mois de rêve après un chagrin qu'elle ne peut artificiellement endormir. Or je me rendais compte maintenant que si pour Mme de Guermantes comblée de tout ce qui pouvait rendre infinie la distance entre elle et moi, j'avais vu cette distance brusquement supprimée par l'opinion, l'idée, pour qui les avantages sociaux ne sont que matière inerte et transformable, d'une façon[a] semblable, quoique inverse, mes relations, ma fortune, tous les moyens matériels dont tant ma situation que la civilisation de mon époque me faisaient profiter, n'avaient fait que reculer l'échéance de la lutte corps à corps avec la volonté contraire, inflexible d'Albertine, sur laquelle aucune pression n'avait agi. Sans doute[b] j'avais pu échanger des dépêches, des communications téléphoniques avec Saint-Loup, être en rapports constants avec le bureau de Tours, mais leur attente n'avait-elle pas été inutile, leur résultat nul ? Et les filles de la campagne, sans avantages sociaux, sans relations, ou les humains avant ces perfectionnements de civilisation ne souffrent-ils pas moins, parce qu'on désire moins, parce qu'on regrette moins ce qu'on a toujours su inaccessible et qui est resté[c] à cause de cela comme irréel ? On désire plus la personne qui va se donner, l'espérance anticipe la possession ; mais le regret aussi est un amplificateur du désir. Le refus de Mme de Stermaria de venir dîner à l'île du Bois est ce qui avait empêché que ce fût elle que j'aimasse. Cela eût pu suffire aussi à me la faire aimer, si ensuite je l'avais revue à temps. Aussitôt que j'avais su qu'elle ne viendrait pas, envisageant l'hypothèse invraisemblable — et qui s'était réalisée — que peut-être, quelqu'un étant jaloux d'elle et l'éloignant des autres, je ne la reverrais[d] jamais, j'avais tant souffert que j'aurais tout donné pour la voir, et c'est une des plus grandes angoisses que j'eusse connues que l'arrivée de Saint-Loup avait apaisée. Or à partir d'un certain âge nos amours, nos maîtresses sont filles de notre angoisse ; notre passé, et les lésions physiques où il s'est inscrit, déterminent notre avenir. Pour Albertine en particulier, qu'il ne fût pas nécessaire que ce fût elle que j'aimasse était, même sans ces amours voisines, inscrit dans l'histoire de mon amour pour elle, c'est-à-dire pour elle et ses amies. Car ce n'était même pas un amour comme celui pour Gilberte, mais créé par division entre plusieurs jeunes filles. Que ce fût à cause d'elle et parce qu'elles me paraissaient quelque chose d'analogue à elle que je me fusse plu[a] avec ses amies, il était possible. Toujours est-il que pendant bien longtemps l'hésitation entre toutes fut possible, mon choix se promenait de l'une à l'autre, et quand je croyais préférer celle-ci, il suffisait que celle-là me laissât attendre, refusât de me voir, pour que j'eusse pour elle un commencement d'amour. Bien des fois il eût pu se faire qu'Andrée devant venir me voir à Balbec, un peu avant la visite d'Andrée, si Albertine me manquait de parole[b], mon cœur ne cessait plus de battre, je croyais ne jamais la revoir et c'était elle que j'aimais. Et quand Andrée venait, c'était véridiquement que je lui disais (comme je le lui dis à Paris, après que j'eus appris qu'Albertine avait connu Mlle Vinteuil) ce qu'elle pouvait croire dit exprès, sans sincérité, ce qui aurait été dit en effet ainsi et dans les mêmes termes, si j'avais été heureux la veille avec Albertine : « Hélas, si vous étiez venue plus tôt, maintenant j'en aime une autre. » Encore dans ce cas d'Andrée remplacée par Albertine quand j'avais appris que[c] celle-ci avait connu Mlle Vinteuil, l'amour avait été alternatif et par conséquent, en somme, il n'y en avait eu qu'un à la fois. Mais il s'était produit tels cas auparavant où je m'étais à demi brouillé avec deux des jeunes filles. Celle qui ferait les premiers pas me rendrait le calme, c'est l'autre que j'aimerais si elle restait brouillée, ce qui ne veut pas dire que ce n'est pas avec la première que je me lierais définitivement, car elle me consolerait, bien qu'inefficacement, de la dureté de la seconde, de la seconde que je finirais par oublier si elle ne revenait plus. Or il arrivait que persuadé que l'une ou l'autre au moins allait revenir à moi, aucune des deux pendant quelque temps ne le faisait. Mon angoisse était donc double, et double mon amour, me réservant de cesser d'aimer celle qui reviendrait, mais souffrant jusque-là par toutes les deux. C'est le lot d'un certain âge, qui peut venir très tôt, qu'on soit rendu moins amoureux par un être que par un abandon, où de cet être on finisse par ne plus[d] savoir qu'une chose, sa figure étant obscurcie, son âme inexistante, votre préférence toute récente et inexpliquée : c'est qu'on aurait besoin pour ne plus souffrir qu'il vous fît dire : « Me recevriez-vous ? » Ma séparation d'avec Albertine, le jour où Françoise m'avait dit : « Mademoiselle Albertine est partie », était comme une allégorie de tant[a] d'autres séparations. Car bien souvent, pour que nous découvrions que nous sommes amoureux, peut-être même pour que nous le devenions, il faut qu'arrive le jour de la séparation.

Dans ces cas, où c'est une attente vaine, un mot de refus qui fixe un choix, l'imagination[b] fouettée par la souffrance va si vite dans son travail, fabrique avec une rapidité si folle un amour à peine commencé et qui restait informe, destiné à rester à l'état d'ébauche depuis des mois, que par instants l'intelligence qui n'a pu rattraper le cœur s'étonne, s'écrie : « Mais tu es fou, dans quelles pensées nouvelles vis-tu si douloureusement ? Tout cela n'est pas la vie réelle. » Et en effet à ce moment-là, si on n'était pas relancé par l'infidèle, de bonnes distractions qui vous calmeraient physiquement le cœur suffiraient pour faire avorter l'amour. En tout cas, si cette vie avec Albertine n'était pas, dans son essence, nécessaire, elle m'était devenue indispensable. J'avais tremblé quand j'avais aimé Mme de Guermantes parce que je me disais qu'avec ses trop grands moyens de séduction, non seulement de beauté mais de situation, de richesse, elle serait trop libre d'être à trop de gens, que j'aurais trop peu de prise sur elle. Albertine étant pauvre, obscure, devait être désireuse de m'épouser. Et pourtant je n'avais pas pu la posséder pour moi seul. Que ce soient les conditions sociales, les prévisions de la sagesse, en vérité, on n'a pas de prises sur la vie d'un autre être. Pourquoi ne m'avait-elle pas dit : « J'ai ces goûts » ? J'aurais cédé, je lui aurais permis de les satisfaire. Dans un roman que j'avais lu[c] il y avait une femme qu'aucune objurgation de l'homme qui l'aimait ne pouvait décider à parler. En le lisant j'avais trouvé cette situation absurde ; j'aurais, moi, me disais-je, forcé la femme à parler d'abord, ensuite nous nous serions entendus. À quoi bon ces malheurs inutiles ? Mais je voyais maintenant que nous ne sommes pas libres de ne pas nous les forger et que nous avons beau connaître notre volonté, les autres êtres ne lui obéissent[d] pas. Et pourtant ces douloureuses, ces inéluctables vérités qui nous dominaient et pour lesquelles nous étions aveugles, vérité de nos sentiments, vérité de notre destin, combien de fois sans le savoir, sans le vouloir, nous les avions dites en des paroles[e] crues sans doute mensongères par nous mais auxquelles l'événement avait donné après coup leur valeur prophétique. Je me rappelais bien des mots que l'un et l'autre nous avions prononcés sans savoir alors la vérité qu'ils contenaient, même que nous avions dits en croyant nous jouer la comédie et dont la fausseté était bien mince, bien peu intéressante, toute confinée dans notre pitoyable insincérité, auprès de ce qu'ils contenaient à notre insu. Mensonges[a], erreurs, en deçà de la réalité profonde que nous n'apercevions pas, vérité au-delà[1], vérité de nos caractères dont les lois essentielles nous échappaient et demandent le Temps pour se révéler, vérité de nos destins aussi. J'avais cru mentir quand je lui avais dit, à Balbec : « Plus je vous verrai, plus je vous aimerai » (et pourtant c'était cette intimité de tous les instants qui, par le moyen de la jalousie, m'avait tant attaché à elle), « je sens que je pourrais être utile à votre esprit » ; à Paris : « Tâchez d'être prudente. Pensez, s'il vous arrivait un accident je ne m'en consolerais pas » (et elle : « Mais il peut m'arriver un accident ») ; à Paris, le soir où j'avais fait semblant de vouloir la quitter : « Laissez-moi vous regarder encore puisque bientôt je ne vous verrai plus, et que ce sera pour jamais » ; et elle, quand ce même soir elle avait regardé autour d'elle : « Dire que je ne verrai plus cette chambre, ces livres, ce pianola, toute cette maison, je ne peux pas le croire et pourtant c'est vrai » ; dans ses dernières lettres enfin, quand elle avait écrit probablement en se disant « je fais du chiqué » : *Je vous laisse le meilleur de moi-même* (et n'était-ce pas en effet maintenant à la fidélité, aux forces, fragiles hélas aussi, de ma mémoire, qu'étaient confiées son intelligence, sa bonté, sa beauté ?) et : *Cet instant, deux fois crépusculaire puisque le jour tombait et que nous allions nous quitter, ne s'effacera de mon esprit que quand il sera envahi par la nuit complète*, cette phrase écrite la veille du jour où en effet son esprit avait été envahi par la nuit complète et où peut-être, dans ces dernières lueurs si rapides mais que l'anxiété du moment divise jusqu'à l'infini, elle avait peut-être bien revu notre dernière promenade, et dans cet instant où tout nous abandonne et où on se crée une foi, comme les athées deviennent chrétiens sur le champ de bataille, elle avait peut-être appelé au secours[b] l'ami si souvent maudit mais si respecté par elle, qui lui-même — car toutes les religions se ressemblent — avait la cruauté de souhaiter qu'elle eût eu aussi le temps de se reconnaître, de lui donner sa dernière pensée, de se confesser enfin à lui, de mourir en lui. Mais à quoi bon, puisque si même, alors, elle avait eu le temps de se reconnaître, nous n'aurions compris l'un et l'autre où était notre bonheur, ce que nous aurions dû faire, que quand ce bonheur, que parce que ce bonheur n'était plus possible, que nous ne pouvions plus le réaliser. Tant que les choses sont possibles, on les diffère, et elles ne peuvent prendre[a] cette puissance d'attraits et cette apparente aisance de réalisation que quand projetées dans le vide idéal de l'imagination, elles sont soustraites à la submersion alourdissante, enlaidissante du milieu vital. L'idée qu'on mourra est plus cruelle que mourir, mais moins que l'idée qu'un autre est mort, que, redevenue plane après avoir englouti un être, s'étend, sans même un remous à cette place-là, une réalité d'où cet être est exclu, où n'existe plus aucun vouloir, aucune connaissance et de laquelle il est aussi difficile de remonter à l'idée que cet être a vécu, qu'il est difficile, du souvenir encore tout récent de sa vie, de penser qu'il est assimilable aux images sans consistance[b], aux souvenirs laissés par les personnages d'un roman qu'on a lu.

Du moins[c] j'étais heureux qu'avant de mourir elle m'eût écrit cette lettre, et surtout envoyé la dernière dépêche qui me prouvait qu'elle fût revenue si elle eût vécu. Il me semblait que c'était non seulement plus doux, mais plus beau ainsi, que l'événement eût été incomplet sans ce télégramme, eût eu moins figure d'art et de destin. En réalité il l'eût eue tout autant s'il eût été autre ; car tout événement est comme un moule d'une forme particulière, et, quel qu'il soit, il impose à la série des faits qu'il est venu interrompre, et semble en conclure, un dessin que nous croyons le seul possible parce que nous ne connaissons pas celui qui eût pu lui être substitué. Je me répétais : « Pourquoi[d] ne m'avait-elle pas dit : “J'ai ces goûts” ? J'aurais cédé, je lui aurais permis de les satisfaire[1], en ce moment je l'embrasserais encore. » Quelle tristesse d'avoir à me rappeler qu'elle m'avait ainsi menti en me jurant, trois jours avant de me quitter, qu'elle n'avait jamais eu avec l'amie de Mlle Vinteuil ces relations qu'au moment où Albertine me le jurait sa rougeur avait confessées ! Pauvre petite, elle avait eu[e] du moins l'honnêteté de ne pas vouloir jurer que le plaisir de revoir Mlle Vinteuil et son amie n'entrait pour rien dans son désir d'aller ce jour-là chez les Verdurin. Pourquoi n'était-elle pas allée jusqu'au bout de son aveu et avait-elle inventé alors ce roman inimaginable ? Peut-être du reste était-ce un peu ma faute si elle n'avait jamais, malgré toutes mes prières qui venaient se briser à sa dénégation, voulu me dire : « J'ai ces goûts. » C'était peut-être un peu ma faute parce qu'à Balbec, le jour où après la visite de Mme de Cambremer j'avais eu ma première explication avec Albertine et où j'étais si loin de croire qu'elle pût avoir en tout cas autre chose qu'une amitié trop passionnée avec Andrée, j'avais exprimé avec trop de violence mon dégoût pour ce genre de mœurs, je les avais condamnées d'une façon trop catégorique. Je ne pouvais me rappeler si Albertine avait rougi quand j'avais naïvement proclamé mon horreur de cela, je ne pouvais me le rappeler, car ce n'est souvent que longtemps après que nous voudrions bien savoir quelle attitude eut une personne à un moment où nous n'y fîmes nullement attention et qui, plus tard, quand nous repensons à notre conversation, éclaircirait une difficulté poignante. Mais dans notre mémoire il y a une lacune, il n'y a pas trace de cela. Et bien souvent nous n'avons pas fait assez attention, au moment même, aux choses qui pouvaient déjà nous paraître importantes, nous n'avons pas bien entendu une phrase, nous n'avons pas noté un geste, ou bien nous les avons oubliés. Et quand plus tard avides de découvrir une vérité nous remontons de déduction en déduction, feuilletant notre mémoire comme un recueil de témoignages, quand nous arrivons à cette phrase, à ce geste, impossible de nous rappeler, nous recommençons vingt fois le même trajet, mais inutilement, mais le chemin ne va pas plus loin. Avait-elle rougi ? Je ne sais si elle avait rougi, mais elle n'avait pas pu ne pas entendre, et le souvenir de ces paroles l'avait plus tard arrêtée quand peut-être elle avait été sur le point de se confesser à moi. Et maintenant[a] elle n'était plus nulle part, j'aurais pu parcourir la terre d'un pôle à l'autre sans rencontrer Albertine ; la réalité, qui s'était refermée sur elle, était redevenue unie, avait effacé jusqu'à la trace de l'être qui avait coulé à fond. Elle n'était plus qu'un nom, comme cette Mme de Charlus dont disaient avec indifférence : « Elle était délicieuse » ceux qui l'avaient connue. Mais je ne pouvais pas concevoir plus d'un instant l'existence de cette réalité dont Albertine n'avait pas conscience, car en moi mon amie existait trop, en moi où tous les sentiments, toutes les pensées se rapportaient à sa vie. Peut-être si elle l'avait su, eût-elle été touchée de voir que son ami ne l'oubliait pas, maintenant que sa vie à elle était finie, et elle eût été sensible à des choses qui auparavant l'eussent laissée indifférente. Mais comme on voudrait s'abstenir d'infidélités, si secrètes fussent-elles, tant on craint que celle qu'on aime ne s'en abstienne pas, j'étais effrayé de penser que si les morts vivent quelque part, ma grand-mère connaissait aussi bien mon oubli qu'Albertine mon souvenir. Et tout compte fait, même pour une même morte, est-on sûr que la joie qu'on aurait d'apprendre qu'elle sait certaines choses balancerait l'effroi de penser qu'elle les sait *toutes* ? et, si sanglant que soit le sacrifice, ne renoncerions-nous pas quelquefois à les garder après leur mort comme amis, de peur de les avoir aussi pour juges[a] ?

Mes curiosités jalouses de ce qu'avait pu faire Albertine étaient infinies. J'achetai combien de femmes qui ne m'apprirent rien. Si ces curiosités étaient si vivaces, c'est que l'être ne meurt pas tout de suite pour nous, il reste baigné d'une espèce d'aura de vie qui n'a rien d'une immortalité véritable mais qui fait qu'il continue à occuper nos pensées de la même manière que quand il vivait. Il est comme en voyage. C'est une survie très païenne. Inversement, quand on a cessé d'aimer, les curiosités que l'être excite meurent avant que lui-même soit mort. Ainsi je n'eusse plus fait un pas pour savoir avec qui Gilberte se promenait un certain soir dans les Champs-Élysées[1]. Or je sentais bien que ces curiosités étaient absolument pareilles, sans valeur en elles-mêmes, sans possibilité de durer. Mais je continuais à tout sacrifier à la cruelle satisfaction de ces curiosités passagères, bien que je susse d'avance que ma séparation forcée d'avec Albertine, du fait de sa mort, me conduirait à la même indifférence qu'avait fait ma séparation volontaire d'avec Gilberte. Si elle avait pu[b] savoir ce qui allait arriver, elle serait restée auprès de moi. Mais cela revenait à dire qu'une fois qu'elle se fût vue morte, elle eût mieux aimé, auprès de moi, rester en vie. Par la contradiction même qu'elle impliquait, une telle supposition était absurde. Mais elle n'était pas inoffensive, car en imaginant combien Albertine, si elle pouvait savoir, si elle pouvait rétrospectivement comprendre, serait heureuse de revenir auprès de moi, je l'y voyais, je voulais l'embrasser, et hélas c'était impossible, elle ne reviendrait jamais, elle était morte. Mon imagination la cherchait dans le ciel, par les soirs où nous l'avions regardé encore ensemble ; au-delà de ce clair de lune qu'elle aimait, je tâchais de hausser jusqu'à elle ma tendresse pour qu'elle lui fût une consolation de ne plus vivre, et cet amour pour un être devenu si lointain était comme une religion, mes pensées montaient vers elle comme des prières. Le désir est bien fort, il engendre la croyance ; j'avais cru qu'Albertine ne partirait pas parce que je le désirais ; parce que je le désirais je crus qu'elle n'était pas morte ; je me mis à lire des livres sur les tables tournantes, je commençai à croire possible l'immortalité de l'âme. Mais elle ne me suffisait pas. Il fallait qu'après ma mort[a] je la retrouvasse avec son corps, comme si l'éternité ressemblait à la vie. Que dis-je « à la vie » ? J'étais plus exigeant encore. J'aurais voulu ne pas être à tout jamais privé par la mort des plaisirs que[b] pourtant elle n'est pas seule à nous ôter. Car sans elle ils auraient fini par s'émousser, ils avaient déjà commencé de l'être par l'action de l'habitude ancienne, des nouvelles curiosités. Puis, dans la vie, Albertine, même physiquement, eût peu à peu changé, jour par jour je me serais adapté à ce changement. Mais mon souvenir, n'évoquant d'elle que des moments, demandait de la revoir[c] telle qu'elle n'aurait déjà plus été si elle avait vécu ; ce qu'il voulait[d] c'était un miracle qui satisfît aux limites naturelles et arbitraires de la mémoire, qui ne peut sortir du passé. Pourtant cette créature vivante, je l'imaginais avec la naïveté des théologiens antiques, m'accordant les explications, non pas même qu'elle eût pu me donner mais, par une contradiction dernière, celles qu'elle m'avait toujours refusées pendant sa vie. Et ainsi sa mort[e] étant une espèce de rêve, mon amour lui semblerait un bonheur inespéré ; je ne retenais de la mort que la commodité et l'optimisme d'un dénouement qui simplifie, qui arrange tout.

Quelquefois ce n'était pas si loin, ce n'était pas dans un autre monde que j'imaginais notre réunion. De même qu'autrefois, quand je ne connaissais Gilberte que pour jouer avec elle aux Champs-Élysées, le soir à la maison je me figurais que j'allais recevoir une lettre d'elle où elle m'avouerait son amour, qu'elle allait entrer, une même force de désir, ne s'embarrassant pas plus des lois physiques qui le contrarieraient que la première fois au sujet de Gilberte où, en somme, il n'avait pas eu tort puisqu'il avait eu le dernier mot, me faisait penser maintenant que j'allais recevoir un mot d'Albertine, m'apprenant qu'elle avait bien eu un accident de cheval, mais que pour des raisons romanesques (et comme en somme il est quelquefois arrivé pour des personnages qu'on a cru longtemps morts) elle n'avait pas voulu que j'apprisse qu'elle avait guéri et, maintenant repentante, demandait à venir vivre pour toujours avec moi[1]. Et, me faisant très bien comprendre ce que peuvent être certaines folies douces de personnes qui par ailleurs semblent raisonnables, je sentais coexister en moi la certitude qu'elle était morte, et l'espoir incessant de la voir entrer.

Je n'avais pas encore reçu de nouvelles d'Aimé[2] qui pourtant devait être arrivé à Balbec. Sans doute mon enquête portait sur un point secondaire et bien arbitrairement choisi. Si la vie d'Albertine avait été vraiment coupable, elle avait dû contenir bien des choses autrement importantes, auxquelles le hasard ne m'avait pas permis de toucher comme il avait fait pour cette conversation sur le peignoir grâce à la rougeur d'Albertine[a]. Mais précisément ces choses n'existaient pas pour moi puisque je ne les voyais pas. Mais c'était tout à fait arbitrairement que j'avais fait un sort à cette journée-là, que[b], plusieurs années après, je tâchais de la reconstituer. Si Albertine avait aimé les femmes, il y avait des milliers d'autres journées de sa vie dont je ne connaissais pas l'emploi et qui pouvaient être aussi intéressantes pour moi à connaître ; j'aurais pu envoyer Aimé dans bien d'autres endroits de Balbec, dans bien d'autres villes que Balbec. Mais précisément ces journées-là, parce que je n'en savais pas l'emploi, elles ne se représentaient pas à mon imagination, elles n'y avaient pas d'existence. Les choses[c], les êtres ne commençaient à exister pour moi que quand ils prenaient dans mon imagination une existence individuelle. S'il y en avait des milliers d'autres pareils, ils devenaient pour moi représentatifs du reste. Si j'avais désiré depuis longtemps savoir[d], en fait de soupçons à l'égard d'Albertine, ce qu'il en était pour la douche, c'est de la même manière que, en fait de désirs de femmes, et quoique je susse qu'il y avait un grand nombre de jeunes filles et de femmes de chambre qui pouvaient les valoir et dont le hasard aurait tout aussi bien pu me faire entendre parler, je voulais connaître — puisque c'était celles-là dont Saint-Loup m'avait parlé, celles-là qui existaient individuellement pour moi — la jeune fille qui allait dans les maisons de passe et la femme de chambre de Mme Putbus. Les difficultés que ma santé, mon indécision, ma « procrastination », comme disait Saint-Loup[1], mettaient à réaliser n'importe quoi, m'avaient fait remettre de jour en jour, de mois en mois, d'année en année, l'éclaircissement de certains soupçons comme l'accomplissement de certains désirs. Mais je les gardais dans ma mémoire en me promettant de ne pas oublier d'en connaître la réalité, parce que seuls[a] ils m'obsédaient (puisque les autres n'avaient pas de forme à mes yeux, n'existaient pas), et aussi parce que le hasard même qui les avait choisis[b] au milieu de la réalité m'était un garant que c'était bien en eux, avec un peu de la réalité, de la vie véritable et convoitée, que j'entrerais en contact. Et puis, un seul petit fait, s'il est bien choisi, ne suffit-il pas à l'expérimentateur pour décider d'une loi générale qui fera connaître la vérité sur des milliers de faits analogues ? Albertine avait beau n'exister dans ma mémoire qu'à l'état où elle m'était successivement apparue au cours de la vie, c'est-à-dire subdivisée suivant une série de fractions de temps, ma pensée, rétablissant en elle l'unité, en refaisait un être, et c'est sur cet être que je voulais porter un jugement général, savoir si elle m'avait menti, si elle aimait les femmes, si c'est pour en fréquenter librement qu'elle m'avait quitté. Ce que dirait la doucheuse pourrait[c] peut-être trancher à jamais mes doutes sur les mœurs d'Albertine.

Mes doutes ! Hélas, j'avais cru qu'il me serait indifférent, même agréable de ne plus voir Albertine, jusqu'à ce que son départ m'eût révélé mon erreur. De même sa mort m'avait appris combien je me trompais en croyant souhaiter quelquefois sa mort et supposer qu'elle serait ma délivrance. Ce fut de même que, quand je reçus la lettre d'Aimé, je compris que, si je n'avais pas jusque-là souffert trop cruellement de mes doutes sur la vertu d'Albertine, c'est qu'en réalité ce n'était nullement des doutes. Mon bonheur, ma vie avaient besoin qu'Albertine fût vertueuse, ils avaient posé une fois pour toutes qu'elle l'était. Muni de cette croyance préservatrice, je pouvais sans danger laisser mon esprit jouer tristement avec des suppositions auxquelles il donnait une forme mais n'ajoutait pas foi. Je me disais : « Elle aime peut-être les femmes », comme on se dit : « Je peux mourir ce soir » ; on se le dit, mais on ne le croit pas, on fait des projets pour le lendemain. C'est ce qui explique[a] que me croyant à tort incertain si Albertine aimait ou non les femmes, et croyant par conséquent qu'un fait coupable à l'actif d'Albertine ne m'apporterait rien que je n'eusse souvent envisagé, j'aie pu éprouver devant les images, insignifiantes pour d'autres, que m'évoquait la lettre d'Aimé, une souffrance inattendue, la plus cruelle que j'eusse ressentie encore, et qui formait avec ces images, avec l'image, hélas ! d'Albertine elle-même, une sorte de précipité comme on dit en chimie, où tout était indivisible et dont le texte de la lettre d'Aimé, que j'ai séparé d'une façon[b] toute conventionnelle, ne peut donner aucunement l'idée, puisque chacun des mots qui la composent était aussitôt transformé, coloré à jamais par la souffrance qu'il venait d'exciter.

Monsieur,

Monsieur voudra bien me pardonner si je n'ai pas plus tôt écrit à Monsieur. La personne que Monsieur m'avait chargé de voir s'était absentée pour deux jours et, désireux de répondre à la confiance que Monsieur avait mise en moi, je ne voulais pas revenir les mains vides. Je viens de causer enfin avec cette personne qui se rappelle très bien (Mlle A.).

Aimé qui avait un certain commencement de culture, voulait mettre Mlle A. en italique ou entre guillemets. Mais quand il voulait mettre des guillemets il traçait une parenthèse, et quand il voulait mettre quelque chose entre parenthèses il le mettait entre guillemets. C'est ainsi que Françoise disait que quelqu'un restait dans ma rue pour dire qu'il y demeurait, et qu'on pouvait demeurer deux minutes pour rester, les fautes des gens du peuple consistant seulement très souvent à interchanger — comme a fait d'ailleurs la langue française — des termes qui au cours des siècles ont pris réciproquement la place l'un de l'autre.

D'après elle la chose que supposait Monsieur est absolument certaine. D'abord c'était elle qui soignait (Mlle A.) chaque fois que celle-ci venait aux bains. (Mlle A.) venait très souvent prendre sa douche avec une grande femme plus âgée qu'elle, toujours habillée en gris, et que la doucheuse sans savoir son nom connaissait pour l'avoir vue souvent rechercher des jeunes filles. Mais elle ne faisait plus attention aux autres depuis qu'elle connaissait (Mlle A.). Elle et (Mlle A.) s'enfermaient toujours dans la cabine, restaient très longtemps, et la dame en gris donnait au moins dix francs de pourboire à la personne avec qui j'ai causé. Comme m'a dit cette personne, vous pensez bien que si elles n'avaient fait qu'enfiler des perles elles ne m'auraient pas donné dix francs de pourboire. (Mlle A.) venait aussi quelquefois avec une femme très noire de peau, qui avait un face-à-main. Mais (Mlle A.) venait[a] *le plus souvent avec des jeunes filles plus jeunes qu'elle, surtout une très rousse. Sauf la dame en gris, les personnes que (Mlle A.) avait l'habitude d'amener n'étaient pas de Balbec et devaient même souvent venir d'assez loin. Elles n'entraient jamais ensemble, mais (Mlle A.) entrait, en disant de laisser*[b] *la porte de la cabine ouverte, qu'elle attendait une amie, et la personne avec qui j'ai parlé savait ce que cela voulait dire. Cette personne n'a pu me donner d'autres détails ne se rappelant pas très bien, « ce qui est facile à comprendre après si longtemps ». Du reste cette personne ne cherchait pas à savoir, parce qu'elle est très discrète et que c'était son intérêt car (Mlle A.) lui faisait gagner gros. Elle a été très sincèrement touchée d'apprendre qu'elle était morte. Il est vrai que si jeune c'est un grand malheur pour elle et pour les siens. J'attends*[c] *les ordres de Monsieur pour savoir si je peux quitter Balbec où je ne crois pas que j'apprendrai rien davantage. Je remercie encore Monsieur du petit voyage que Monsieur m'a ainsi procuré et qui m'a été très agréable d'autant plus que le temps est on ne peut plus favorable. La saison s'annonce bien pour cette année. On espère que Monsieur viendra faire cet été une petite apparission*[d].

Je ne vois plus rien d'intéressant à dire à Monsieur, etc.

Pour comprendre à quelle profondeur ces mots entraient en moi, il faut se rappeler que les questions que je me posais à l'égard d'Albertine n'étaient pas des questions accessoires, indifférentes, des questions de détail, les seules en réalité que nous nous posions à l'égard de tous les êtres qui ne sont pas nous, ce qui nous permet de cheminer, revêtus d'une pensée imperméable, au milieu de la souffrance, du mensonge, du vice et de la mort. Non, pour Albertine c'était une question d'essence : en son fond qu'était-elle, à quoi pensait-elle, qu'aimait-elle, me mentait-elle, ma vie avec elle avait-elle été aussi lamentable que celle de Swann avec Odette ? Aussi ce qu'atteignait la réponse d'Aimé, bien qu'elle ne fût pas une réponse générale, mais particulière — et justement à cause de cela —, c'était bien, en Albertine, en moi, les profondeurs.

Enfin je voyais devant moi, dans cette arrivée d'Albertine à la douche par la petite rue avec la dame en gris, un fragment de ce passé qui ne me semblait[a] pas moins mystérieux, moins effroyable que je ne le redoutais quand je l'imaginais enfermé dans le souvenir, dans le regard d'Albertine. Sans doute, tout autre que moi eût pu trouver insignifiants ces détails auxquels l'impossibilité où j'étais, maintenant qu'Albertine était morte, de les faire réfuter par elle conférait l'équivalent d'une sorte de probabilité. Il est même probable que pour Albertine, même s'ils avaient été vrais, si elle les avait avoués, ses propres fautes[b] — que sa conscience les eût trouvées innocentes ou blâmables, que sa sensualité les eût trouvées délicieuses ou assez fades — eussent été dépourvues de cette inexprimable impression d'horreur dont je ne les séparais pas. Moi-même à l'aide de mon amour des femmes et quoiqu'elles ne dussent pas avoir été pour Albertine la même chose, je pouvais un peu imaginer ce qu'elle éprouvait. Et certes c'était déjà un commencement de souffrance que de me la représenter désirant comme j'avais si souvent désiré, me mentant comme je lui avais si souvent menti, préoccupée par telle ou telle jeune fille, faisant des frais pour elle, comme moi pour Mlle de Stermaria, pour[c] tant d'autres, ou pour les paysannes que je rencontrais dans la campagne. Oui, tous mes désirs m'aidaient dans une certaine mesure à comprendre les siens ; c'était déjà une grande souffrance où tous les désirs, plus ils avaient été vifs, étaient changés en tourments d'autant plus cruels ; comme si dans cette algèbre de la sensibilité ils reparaissaient avec le même coefficient mais avec le signe moins au lieu du signe plus. Pour Albertine, autant que je pouvais en juger par moi-même, ses fautes, quelque volonté qu'elle eût eu de me les cacher — ce qui me faisait supposer qu'elle se jugeait coupable ou avait peur de me chagriner —, ses fautes, parce qu'elle les avait préparées à sa guise dans la claire lumière de l'imagination où se joue le désir, lui paraissaient tout de même des choses de même nature que le reste de la vie, des plaisirs pour elle qu'elle n'avait pas eu le courage de se refuser, des peines pour moi qu'elle avait cherché à éviter de me faire en me les cachant, mais des plaisirs et des peines qui pouvaient figurer au milieu des autres plaisirs et peines de la vie. Mais moi, c'est du dehors, sans que je fusse prévenu, sans que je pusse moi-même les élaborer, c'est de la lettre d'Aimé que m'étaient venues ces images d'Albertine arrivant à la douche et préparant son pourboire.

Sans doute[a] c'est parce que dans cette arrivée silencieuse et délibérée d'Albertine avec la femme en gris, je lisais le rendez-vous qu'elles avaient pris, cette convention de venir faire l'amour dans un cabinet de douches, qui impliquait une expérience de la corruption, l'organisation bien dissimulée de toute une double existence, c'est parce que ces images m'apportaient la terrible nouvelle de la culpabilité d'Albertine qu'elles m'avaient immédiatement causé une douleur physique dont elles ne se sépareraient plus. Mais aussitôt, la douleur avait réagi sur elles ; un fait objectif, tel qu'une image, est différent selon l'état intérieur avec lequel on l'aborde. Et la douleur est un aussi puissant modificateur de la réalité qu'est l'ivresse[1]. Combinée avec ces images, la souffrance en avait fait aussitôt quelque chose d'absolument différent de ce que peuvent[2] être pour toute autre personne une dame en gris, un pourboire, une douche, la rue où avait lieu l'arrivée délibérée d'Albertine avec la dame en gris. Toutes ces images — échappée sur une vie de mensonges et de fautes telle que je ne l'avais jamais conçue — ma souffrance les avait immédiatement altérées en leur matière même, je ne les voyais pas dans la lumière qui éclaire les spectacles de la terre, c'était le fragment d'un autre monde, d'une planète inconnue et maudite, une vue de l'enfer. L'enfer c'était tout ce Balbec, tous ces pays avoisinants d'où d'après la lettre d'Aimé elle faisait venir souvent les filles plus jeunes qu'elle amenait à la douche. Ce mystère que j'avais jadis imaginé dans le pays de Balbec et qui s'y était dissipé quand j'y avais vécu, que j'avais ensuite espéré ressaisir en connaissant Albertine parce que, quand je la voyais passer sur la plage, quand j'étais assez fou pour désirer qu'elle ne fût pas vertueuse, je pensais qu'elle devait l'incarner, comme maintenant tout ce qui touchait à Balbec s'en imprégnait affreusement ! Les noms de ces stations,

Toutainville, Épreville, Incarville, devenus[a] si familiers, si tranquillisants, quand je les entendais le soir en revenant de chez les Verdurin, maintenant que je pensais qu'Albertine avait habité l'une, s'était promenée jusqu'à l'autre, avait pu souvent aller en bicyclette à la troisième, ils excitaient en moi une anxiété plus cruelle que la première fois, où je les voyais avec tant de trouble du petit chemin de fer d'intérêt local, avec ma grand-mère, avant d'arriver à Balbec que je ne connaissais pas encore.

C'est un des pouvoirs de la jalousie de nous découvrir combien la réalité des faits extérieurs et les sentiments de l'âme sont quelque chose d'inconnu qui prête à mille suppositions. Nous croyons savoir exactement les choses, et ce que pensent les gens, pour la simple raison que nous ne nous en soucions pas. Mais dès que nous avons le désir de savoir, comme a le jaloux, alors c'est un vertigineux kaléidoscope où nous ne distinguons plus rien. Albertine m'avait-elle trompé, avec qui, dans quelle maison, quel jour, celui où elle m'avait dit telle chose, où je me rappelais que j'avais dans la journée dit ceci ou cela ? je n'en savais rien. Je ne savais pas davantage quels étaient ses sentiments pour moi, s'ils étaient inspirés par l'intérêt, par la tendresse. Et tout d'un coup je me rappelais tel incident insignifiant, par exemple qu'Albertine avait voulu aller à Saint-Martin-le-Vêtu[1], disant que ce nom l'intéressait, et peut-être simplement parce qu'elle avait fait la connaissance de quelque paysanne qui était là-bas. Mais ce n'était rien qu'Aimé m'eût appris cela pour la doucheuse, puisque Albertine devait éternellement ignorer qu'il me l'avait appris, le besoin de savoir ayant toujours été surpassé, dans mon amour pour Albertine, par le besoin de lui montrer que je savais ; car cela faisait tomber entre nous la séparation d'illusions différentes, tout en n'ayant jamais eu pour résultat de me faire aimer d'elle davantage, au contraire. Or voici que depuis qu'elle était morte, le second de ces besoins était amalgamé à l'effet du premier : me représenter l'entretien où j'aurais voulu lui faire part de ce que j'avais appris, aussi vivement que l'entretien où je lui aurais demandé ce que je ne savais pas ; c'est-à-dire la voir près de moi, l'entendre me répondant avec bonté, voir ses joues redevenir grosses, ses yeux perdre leur malice et prendre de la tristesse, c'est-à-dire l'aimer encore et oublier la fureur de ma jalousie dans le désespoir de mon isolement. Le douloureux mystère de cette impossibilité de jamais lui faire savoir ce que j'avais appris et d'établir nos rapports sur la vérité de ce que je venais seulement de découvrir (et que je n'avais peut-être pu découvrir que parce qu'elle était morte) substituait sa tristesse au mystère plus douloureux de sa conduite. Quoi ? Avoir[a] tant désiré qu'Albertine sût que j'avais appris l'histoire de la salle de douches, Albertine qui n'était plus rien ! C'était là encore une des conséquences de cette impossibilité où nous sommes, quand nous avons à raisonner sur la mort, de nous représenter autre chose que la vie. Albertine n'était plus rien ; mais pour moi, c'était la personne qui m'avait caché qu'elle eût des rendez-vous avec des femmes à Balbec, qui s'imaginait avoir réussi à me le faire ignorer. Quand nous raisonnons sur ce qui se passera après notre propre mort, n'est-ce pas encore nous vivant que par erreur nous projetons à ce moment-là ? Et est-il beaucoup plus ridicule en somme de regretter qu'une femme qui n'est plus rien ignore que nous avons appris ce qu'elle faisait il y a six ans, que de désirer que de nous-même[b] qui serons mort, le public parle encore avec faveur dans un siècle ? S'il y a plus de fondement réel dans la seconde que dans la première, les regrets de ma jalousie rétrospective n'en procédaient pas moins de la même erreur d'optique que chez les autres hommes le désir de la gloire posthume. Pourtant cette impression de ce qu'il y avait de solennellement définitif dans ma séparation d'avec Albertine, si elle s'était substituée un moment à l'idée de ces fautes, ne faisait qu'aggraver celles-ci en leur conférant un caractère irrémédiable. Je me voyais perdu dans la vie comme sur une plage illimitée où j'étais seul et où, dans quelque sens que j'allasse, je ne la rencontrerais jamais. Heureusement je trouvai fort à propos dans ma mémoire — comme il y a toujours toute espèce de choses, les unes dangereuses, les autres salutaires, dans ce fouillis où les souvenirs ne s'éclairent qu'un à un — je découvris, comme un ouvrier l'objet qui pourra servir à ce qu'il veut faire, une parole de ma grand-mère[c]. Elle m'avait dit à propos d'une histoire invraisemblable que la doucheuse avait racontée à Mme de Villeparisis : « C'est une femme qui doit avoir la maladie du mensonge. » Ce souvenir me fut d'un grand secours. Quelle portée pouvait avoir ce qu'avait dit la doucheuse à Aimé ? D'autant plus qu'en somme elle n'avait rien vu. On peut venir prendre des douches avec des amies sans penser à mal pour cela. Peut-être, pour se vanter, la doucheuse exagérait-elle le pourboire. J'avais bien entendu[a] Françoise soutenir une fois que ma tante Léonie avait dit devant elle qu'elle avait « un million à manger par mois », ce qui était de la folie ; une autre fois qu'elle avait vu ma tante Léonie donner à Eulalie quatre billets de mille francs[1], alors qu'un billet de cinquante francs plié en quatre me paraissait déjà peu vraisemblable. Et ainsi je cherchais, et je réussis peu à peu, à me défaire[b] de la douloureuse certitude que je m'étais donné tant de mal à acquérir, ballotté que j'étais toujours entre le désir de savoir et la peur de souffrir. Alors ma tendresse put renaître, mais aussitôt avec cette tendresse, une tristesse d'être séparé d'Albertine durant laquelle j'étais peut-être encore plus malheureux qu'aux heures récentes où c'était par la jalousie que j'étais torturé. Mais cette dernière renaquit soudain en pensant à Balbec, à cause de l'image soudain revue (et qui jusque-là ne m'avait jamais fait souffrir et me paraissait même une des plus inoffensives de ma mémoire), l'image revue par hasard de la salle à manger de Balbec le soir, avec, de l'autre côté du vitrage, toute cette population, entassée dans l'ombre comme devant le vitrage lumineux d'un aquarium, faisant se frôler[c] (je n'y avais jamais pensé) dans sa conglomération les pêcheuses et les filles du peuple contre les petites bourgeoises jalouses de ce luxe nouveau à Balbec, ce luxe que sinon la fortune, du moins l'avarice et la tradition interdisaient à leurs parents, petites-bourgeoises parmi lesquelles il y avait sûrement presque chaque soir Albertine, que je ne connaissais pas encore et qui sans doute levait là quelque fillette qu'elle rejoignait quelques minutes plus tard dans la nuit, sur le sable, ou bien dans une cabine abandonnée, au pied de la falaise[2]. Puis c'était ma tristesse qui renaissait, je venais d'entendre comme une condamnation à l'exil le bruit de l'ascenseur qui, au lieu de s'arrêter à mon étage, montait au-dessus. Pourtant la seule personne dont j'eusse pu souhaiter la visite ne viendrait plus jamais, elle était morte. Et malgré cela, quand l'ascenseur s'arrêtait à mon étage mon cœur battait, un instant je me disais : « Si tout de même tout cela n'était qu'un rêve ! C'est peut-être elle, elle va sonner, elle revient, Françoise va entrer me dire avec plus d'effroi que de colère, car elle est plus superstitieuse encore que vindicative, et craindrait moins la vivante que ce qu'elle croira peut-être un revenant : "Monsieur ne devinera jamais qui est là." » J'essayais de ne penser à rien, de prendre un journal. Mais la lecture m'était insupportable de ces articles écrits par des gens qui n'éprouvaient pas de réelle douleur. D'une chanson insignifiante l'un disait : « C'est à *pleurer* » tandis que moi je l'aurais écoutée avec tant d'allégresse si Albertine avait vécu. Un autre, grand écrivain cependant, parce qu'il avait été acclamé à sa descente d'un train, disait qu'il avait reçu là des témoignages *inoubliables*, alors que moi, si maintenant je les avais reçus, je n'y aurais même pas pensé un instant. Et un troisième assurait que sans la fâcheuse politique la vie de Paris serait « tout à fait délicieuse », alors que je savais bien que même sans politique cette vie ne pouvait m'être qu'atroce, et m'eût semblé délicieuse, même avec la politique, si j'eusse retrouvé Albertine. Le chroniqueur cynégétique disait (on était au mois de mai) : « Cette époque est vraiment douloureuse, disons mieux, sinistre, pour le vrai chasseur, car il n'y a rien, absolument rien à tirer » et le chroniqueur du « Salon » : « Devant[a] cette manière d'organiser une exposition on se sent pris d'un immense découragement, d'une tristesse infinie... » Si la force de ce que je sentais me faisait paraître mensongères et pâles les expressions de ceux qui n'avaient pas de vrais bonheurs ou malheurs, en revanche les lignes les plus insignifiantes qui, de si loin que ce fût, pouvaient se rattacher[b] ou à la Normandie, ou à Nice[1], ou aux établissements hydrothérapiques, ou à la Berma, ou à la princesse de Guermantes, ou à l'amour, ou à l'absence, ou à l'infidélité, remettaient brusquement devant moi, sans que j'eusse eu le temps de me détourner, l'image d'Albertine, et je me remettais à pleurer. D'ailleurs, d'habitude, ces journaux je ne pouvais même pas les lire, car le simple geste d'en ouvrir un me rappelait à la fois que j'en accomplissais de semblables quand Albertine vivait, et qu'elle ne vivait plus ; je les laissais retomber sans avoir la force de les déplier jusqu'au bout. Chaque impression évoquait une impression identique mais blessée parce qu'en avait été retranchée l'existence d'Albertine, de sorte que je n'avais jamais le courage de vivre jusqu'au bout ces minutes mutilées. Même quand[c] peu à peu elle cessa d'être présente à ma pensée et toute-puissante sur mon cœur, je souffrais tout d'un coup s'il me fallait, comme au temps où elle était là, entrer dans sa chambre, chercher de la lumière, m'asseoir près du pianola[a]. Divisée en petits dieux familiers, elle habita longtemps la flamme de la bougie, le bouton de la porte, le dossier d'une chaise, et d'autres domaines plus immatériels, comme une nuit d'insomnie ou l'émoi que me donnait la première visite d'une femme qui m'avait plu. Malgré cela, le peu de phrases que mes yeux lisaient dans une journée ou que ma pensée se rappelait avoir lues, excitait souvent en moi une jalousie cruelle. Pour cela elles avaient moins besoin de me fournir un argument valable en faveur de l'immoralité des femmes que de me rendre une impression ancienne liée à l'existence d'Albertine. Transportées alors dans un moment oublié dont l'habitude d'y penser n'avait pas pour moi émoussé la force, et où Albertine vivait encore, ses fautes prenaient quelque chose de plus voisin, de plus angoissant, de plus atroce. Alors je me redemandais s'il était certain que les révélations de la doucheuse fussent fausses. Une bonne manière de savoir la vérité serait d'envoyer Aimé en Touraine, passer[b] quelques jours dans le voisinage de la villa de Mme Bontemps. Si Albertine aimait les plaisirs qu'une femme prend avec les femmes, si c'est pour n'être pas plus longtemps privée d'eux qu'elle m'avait quitté, elle avait dû, aussitôt libre, essayer de s'y livrer et y réussir, dans un pays qu'elle connaissait et où elle n'aurait pas choisi de se retirer si elle n'avait pas pensé y trouver plus de facilités que chez moi. Sans doute il n'y avait rien d'extraordinaire à ce que la mort d'Albertine eût si peu changé mes préoccupations. Quand notre maîtresse est vivante, une grande partie des pensées qui forment ce que nous appelons notre amour nous viennent pendant les heures où elle n'est pas à côté de nous. Ainsi l'on prend l'habitude d'avoir pour objet de sa rêverie un être absent, et qui, même s'il ne le reste[c] que quelques heures, pendant ces heures-là n'est qu'un souvenir. Aussi la mort ne change-t-elle pas grand-chose. Quand Aimé[d] revint, je lui demandai de partir pour Châtellerault, et ainsi non seulement par mes pensées, mes tristesses, l'émoi que me donnait un nom relié de si loin que ce fût à un certain être, mais encore par toutes mes actions, par les enquêtes auxquelles je procédais, par l'emploi que je faisais de mon argent, tout entier destiné à connaître les actions d'Albertine, je peux dire que toute cette année-là ma vie resta remplie par un amour, par une véritable liaison. Et celle qui en était l'objet était une morte. On dit quelquefois qu'il peut subsister quelque chose d'un être après sa mort, si cet être était un artiste et mit un peu de soi dans son œuvre. C'est peut-être de la même manière qu'une sorte de bouture prélevée sur un être et greffée au cœur d'un autre, continue à y poursuivre sa vie même quand l'être d'où elle avait été détachée a péri.

Aimé alla loger à côté de la villa de Mme Bontemps ; il fit la connaissance d'une femme de chambre, d'un loueur de voitures chez qui Albertine allait souvent en prendre une pour la journée. Ces gens n'avaient rien remarqué. Dans une seconde lettre, Aimé me disait avoir appris d'une petite blanchisseuse de la ville qu'Albertine avait une manière particulière de lui serrer le bras quand celle-ci lui rapportait le linge. *Mais, disait-elle, cette demoiselle ne lui avait jamais fait autre chose.* J'envoyai à Aimé l'argent qui payait son voyage, qui payait le mal[a] qu'il venait de me faire par sa lettre, et cependant je m'efforçais de le guérir en me disant que c'était là une familiarité qui ne prouvait aucun désir vicieux, quand je reçus un télégramme d'Aimé : AI APPRIS LES CHOSES LES PLUS INTÉRESSANTES. AI PLEIN DE NOUVELLES POUR MONSIEUR. LETTRE SUIT. Le lendemain[b] vint une lettre dont l'enveloppe suffit à me faire frémir ; j'avais reconnu qu'elle était d'Aimé, car chaque personne, même la plus humble, a sous sa dépendance ces petits êtres familiers, à la fois vivants et couchés dans une espèce d'engourdissement sur le papier, les caractères de son écriture que lui seul possède[c].

D'abord la petite blanchisseuse n'a rien voulu me dire, elle assurait que Mlle Albertine n'avait jamais fait que lui pincer le bras. Mais pour la faire parler je l'ai emmenée dîner, je l'ai fait boire. Alors elle m'a raconté que Mlle Albertine la rencontrait souvent au bord de la Loire quand[d] elle allait se baigner ; que Mlle Albertine, qui avait l'habitude de se lever de grand matin pour aller se baigner, avait l'habitude de la retrouver au bord de l'eau, à un endroit[e] où les arbres sont si épais que personne ne peut vous voir, et d'ailleurs il n'y a personne qui peut vous voir à cette heure-là. Puis la blanchisseuse amenait ses petites amies et elles se baignaient, et après, comme il faisait très chaud déjà là-bas et que ça tapait dur[f] même sous les arbres, restaient dans l'herbe à se sécher, à se caresser, à se chatouiller, à jouer. La petite blanchisseuse m'a avoué qu'elle aimait beaucoup à s'amuser avec ses petites amies, et que voyant Mlle Albertine qui se frottait toujours contre elle dans son peignoir, elle le lui avait fait enlever et lui faisait des caresses avec sa langue le long du cou et des bras, même sur la plante des pieds que Mlle Albertine lui tendait. La blanchisseuse se déshabillait aussi, et elles jouaient à se pousser dans l'eau. Ce soir-là[a] *elle ne m'a rien dit de plus. Mais tout dévoué à vos ordres et voulant faire n'importe quoi pour vous faire plaisir, j'ai emmené coucher avec moi la petite blanchisseuse. Elle m'a demandé si je voulais qu'elle me fît ce qu'elle faisait à Mlle Albertine quand celle-ci ôtait son costume de bain. Et elle m'a dit : (Si vous aviez vu comme elle frétillait, cette demoiselle, elle me disait : (Ah ! tu me mets aux anges) et elle était si énervée qu'elle ne pouvait*[b] *s'empêcher de me mordre.) J'ai vu encore la trace sur le bras de la petite blanchisseuse. Et je comprends le plaisir de Mlle Albertine car cette petite-là est vraiment très habile.*

J'avais bien souffert[c] à Balbec quand Albertine m'avait dit son amitié pour Mlle Vinteuil[1]. Mais Albertine était là pour me consoler. Puis quand, pour avoir trop cherché à connaître les actions d'Albertine, j'avais réussi à la faire partir de chez moi, quand Françoise m'avait annoncé qu'elle n'était plus là et que je m'étais trouvé seul, j'avais souffert davantage. Mais du moins, l'Albertine que j'avais aimée restait dans mon cœur. Maintenant, à sa place — pour ma punition d'avoir poussé plus loin[d] une curiosité à laquelle, contrairement à ce que j'avais supposé, la mort n'avait pas mis fin — ce que je trouvais[e] c'était une jeune fille différente, multipliant les mensonges et les tromperies là où l'autre m'avait si doucement rassuré en me jurant n'avoir jamais connu ces plaisirs que, dans l'ivresse de sa liberté reconquise, elle était partie goûter jusqu'à la pamoison, jusqu'à mordre cette petite blanchisseuse qu'elle retrouvait au soleil levant, sur le bord de la Loire, et à qui elle disait : « Tu me mets aux anges. » Une Albertine différente, non pas seulement dans le sens où nous entendons le mot différent quand il s'agit des autres. Si les autres sont différents de ce que nous avons cru, cette différence ne nous atteignant pas profondément, et le pendule de l'intuition ne pouvant projeter hors de lui qu'une oscillation égale à celle qu'il a exécutée dans le sens intérieur, ce n'est que dans des régions superficielles d'eux-mêmes que nous situons ces différences. Autrefois, quand j'apprenais qu'une femme aimait les femmes, elle ne me paraissait pas pour cela une femme autre, d'une essence particulière[a]. Mais s'il s'agit d'une femme qu'on aime, pour se débarrasser de la douleur qu'on éprouve à l'idée que cela peut être, on cherche à savoir non seulement ce qu'elle a fait, mais ce qu'elle ressentait en le faisant, quelle idée elle avait de ce qu'elle faisait ; alors, descendant de plus en plus avant, par la profondeur de la douleur on atteint au mystère, à l'essence. Je souffrais jusqu'au fond de moi-même, jusque dans mon corps, dans mon cœur, bien plus que ne m'eût fait souffrir la peur de perdre la vie, de cette curiosité à laquelle collaboraient toutes les forces de mon intelligence et de mon inconscient ; et ainsi c'est dans les profondeurs mêmes d'Albertine que je projetais maintenant tout ce que j'apprenais d'elle. Et la douleur qu'avait ainsi fait pénétrer en moi à une telle profondeur la réalité du vice d'Albertine me rendit bien plus tard un dernier office. Comme le mal que j'avais fait à ma grand-mère[1], le mal que m'avait fait Albertine fut un dernier lien entre elle et moi et qui survécut même au souvenir car, avec la conservation d'énergie que possède tout ce qui est physique, la souffrance n'a même pas besoin des leçons de la mémoire : ainsi un homme qui a oublié les belles nuits passées au clair de lune dans les bois, souffre encore des rhumatismes qu'il y a pris.

Ces goûts niés[b] par elle et qu'elle avait, ces goûts dont la découverte était venue à moi, non dans un froid raisonnement, mais dans la brûlante souffrance ressentie à la lecture de ces mots : « Tu me mets aux anges », souffrance qui leur donnait une particularité qualitative, ces goûts ne s'ajoutaient pas seulement à l'image d'Albertine comme s'ajoute au bernard-l'ermite la coquille nouvelle qu'il traîne après lui, mais bien plutôt comme un sel qui entre en contact avec un autre sel, en change la couleur, bien plus, la nature[c2]. Quand la petite blanchisseuse avait dû dire à ses petites amies : « Imaginez-vous, je ne l'aurais pas cru, eh bien la demoiselle, c'en est une aussi », pour moi ce n'était pas seulement un vice d'abord insoupçonné d'elles qu'elles ajoutaient à la personne d'Albertine, mais la découverte qu'elle était une autre personne, une personne comme elles, parlant la même langue, ce qui en la faisant compatriote d'autres, me la rendait encore plus étrangère à moi, prouvait que ce que j'avais eu d'elle, ce que je portais dans mon cœur, ce n'était qu'un tout petit peu d'elle et que le reste, qui prenait tant d'extension de ne pas être seulement cette chose déjà si mystérieusement importante, un désir individuel, mais de lui être commune avec d'autres, elle me l'avait toujours caché, elle m'en avait tenu à l'écart, comme une femme qui m'eût caché qu'elle était d'un pays ennemi et espionne, et qui même eût agi plus traîtreusement encore qu'une espionne[a], car celle-ci ne trompe que sur sa nationalité, tandis qu'Albertine c'était sur son humanité la plus profonde, sur ce qu'elle n'appartenait pas à l'humanité commune, mais à une race étrange qui s'y mêle, s'y cache et ne s'y fond jamais. J'avais justement vu deux peintures d'Elstir où dans un paysage touffu il y a des femmes nues. Dans l'une d'elles, l'une des jeunes filles lève le pied comme Albertine devait faire quand elle l'offrait à la blanchisseuse. De l'autre elle pousse à l'eau l'autre jeune fille qui gaiement résiste, la cuisse levée, son pied trempant à peine dans l'eau bleue. Je me rappelais maintenant que la levée de la cuisse y faisait le même méandre de cou de cygne avec l'angle du genou, que faisait la chute de la cuisse d'Albertine quand elle était à côté de moi sur le lit, et j'avais voulu souvent lui dire qu'elle me rappelait ces peintures. Mais je ne l'avais pas fait pour ne pas éveiller en elle l'image de corps nus de femmes. Maintenant je la voyais à côté de la blanchisseuse[1] et de ses amies, recomposer le groupe que j'avais tant aimé quand j'étais assis au milieu des amies d'Albertine à Balbec. Et si j'avais été un amateur sensible à la seule beauté, j'aurais reconnu qu'Albertine le recomposait mille fois plus beau maintenant que les éléments en étaient les statues nues de déesses comme celles que les grands sculpteurs éparpillaient à Versailles sous les bosquets ou donnaient dans les bassins à laver et à polir aux caresses du flot. Maintenant, à côté de la blanchisseuse, je la voyais jeune fille au bord de l'eau, dans leur double[b] nudité de marbres féminins, au milieu des touffeurs, des végétations et trempant dans l'eau comme des bas-reliefs nautiques. Me souvenant de ce qu'Albertine était sur mon lit, je croyais voir sa cuisse recourbée, je la voyais, c'était un col de cygne, il cherchait la bouche de l'autre jeune fille. Alors je ne voyais même plus une cuisse, mais le col hardi d'un cygne, comme celui qui dans une étude frémissante[1] cherche la bouche d'une Léda qu'on voit dans toute la palpitation spécifique du plaisir féminin, parce qu'il n'y a qu'un cygne, qu'elle semble plus seule, de même qu'on découvre au téléphone les inflexions d'une voix qu'on ne distingue pas tant qu'elle n'est pas dissociée d'un visage où on objective son expression. Dans cette étude le plaisir au lieu d'aller vers la femme qui l'inspire et qui est absente, remplacée par un cygne inerte, se concentre dans celle qui le ressent. Par instants la communication était interrompue entre mon cœur et ma mémoire. Ce qu'Albertine avait fait avec la blanchisseuse ne m'était plus signifié que par des abréviations quasi algébriques qui ne me représentaient plus rien ; mais cent fois par heure le courant interrompu était rétabli et mon cœur était brûlé sans pitié par un feu d'enfer, tandis que je voyais Albertine ressuscitée par ma jalousie, vraiment vivante, se raidir sous les caresses de la petite blanchisseuse à qui elle disait : « Tu me mets aux anges. » Comme elle était vivante au moment où elle commettait sa faute, c'est-à-dire au moment où moi-même je me trouvais, il ne me suffisait pas de connaître cette faute, j'aurais voulu qu'elle sût que je la connaissais. Aussi, si dans ces moments-là je regrettais de penser que je ne la reverrais jamais, ce regret portait la marque de ma jalousie et tout différent du regret déchirant des moments où je l'aimais, n'était que le regret de ne pas pouvoir lui dire : « Tu croyais que je ne saurais jamais ce que tu as fait après m'avoir quitté, eh bien je sais tout, la blanchisseuse au bord de la Loire, tu lui disais : “Tu me mets aux anges”, j'ai vu la morsure. » Sans doute[a] je me disais : « Pourquoi me tourmenter ? Celle qui a eu du plaisir avec la blanchisseuse n'est plus rien, donc n'était pas une personne dont les actions gardent de la valeur. Elle ne se dit pas que je sais. Mais elle ne se dit pas non plus que je ne sais pas, puisqu'elle ne se dit rien. » Mais ce raisonnement me persuadait moins que la vue de son plaisir qui me ramenait au moment où elle l'avait éprouvé. Ce que nous sentons[b] existe seul pour nous et nous le projetons dans le passé, dans l'avenir, sans nous laisser arrêter par les barrières fictives de la mort. Si mon regret qu'elle fût morte subissait dans ces moments-là l'influence de ma jalousie et prenait cette forme si particulière, cette influence s'étendit naturellement à mes rêves d'occultisme, d'immortalité qui n'étaient qu'un effort pour tâcher de réaliser ce que je désirais. Aussi à ces moments-là, si j'avais pu réussir à l'évoquer en faisant tourner une table, comme autrefois Bergotte croyait que c'était possible, ou à la rencontrer dans l'autre vie, comme le pensait l'abbé X***, je ne l'aurais souhaité que pour lui répéter : « Je sais pour la blanchisseuse. Tu disais : "Tu me mets aux anges" ; j'ai vu la morsure. » Ce qui vint à mon secours contre cette image de la blanchisseuse, ce fut — certes quand elle eut un peu duré — cette image elle-même, parce que nous ne connaissons vraiment que ce qui est nouveau, ce qui introduit brusquement dans notre sensibilité un changement de ton qui nous frappe, ce à quoi l'habitude n'a pas encore substitué ses pâles fac-similés. Mais ce fut surtout ce fractionnement d'Albertine en de nombreuses parts, en de nombreuses Albertines, qui était son seul mode d'existence en moi. Des moments[a] revinrent où elle n'avait été que bonne, ou intelligente, ou sérieuse, ou même aimant plus que tout les sports. Et ce fractionnement, n'était-il pas au fond juste qu'il me calmât ? Car s'il n'était pas en lui-même quelque chose[b] de réel, s'il tenait à la forme successive des heures où elle m'était apparue, forme qui restait celle de ma mémoire, comme la courbure des projections de ma lanterne magique tenait à la courbure des verres colorés, ne représentait-il pas à sa manière une vérité bien objective celle-là, à savoir que chacun de nous n'est pas un, mais contient de nombreuses personnes qui n'ont pas toutes la même valeur morale et que si l'Albertine vicieuse avait existé, cela n'empêchait pas qu'il y en eût eu d'autres, celle qui aimait à causer avec moi de Saint-Simon dans sa chambre ; celle qui le soir où je lui avais dit qu'il fallait nous séparer avait dit si tristement : « Ce pianola, cette chambre, penser que je ne reverrai jamais tout cela » et quand elle avait vu l'émotion que mon mensonge avait fini par me communiquer s'était écriée avec une pitié si sincère : « Oh ! non, tout plutôt que de vous faire de la peine, c'est entendu, je ne chercherai pas à vous revoir. » Alors je ne fus plus seul ; je sentis disparaître cette cloison qui nous séparait. Du moment[c] que cette Albertine bonne était revenue, j'avais retrouvé la seule personne à qui je pusse demander l'antidote des souffrances qu'Albertine me causait. Certes je désirais toujours lui parler de l'histoire de la blanchisseuse, mais ce n'était plus en manière de cruel triomphe et pour lui montrer méchamment que je la savais. Comme j'aurais fait si Albertine avait été vivante, je lui demandai tendrement si l'histoire de la blanchisseuse était vraie. Elle me jura que non, qu'Aimé n'était pas très véridique et que voulant paraître avoir bien gagné l'argent que je lui avais donné, il n'avait pas voulu revenir bredouille et avait fait dire ce qu'il avait voulu à la blanchisseuse. Sans doute Albertine n'avait cessé de me mentir. Pourtant, dans le flux et le reflux de ses contradictions, je sentais qu'il y avait eu une certaine progression à moi due. Qu'elle ne m'eût même pas fait au début des confidences (peut-être, il est vrai, involontaires, dans une phrase qui échappe) je n'en eusse pas juré : je ne me rappelais plus. Et puis elle avait de si bizarres façons d'appeler certaines choses que cela pouvait signifier cela ou non. Mais le sentiment qu'elle avait eu de ma jalousie l'avait ensuite portée à rétracter avec horreur ce qu'elle avait d'abord complaisamment avoué. D'ailleurs Albertine n'avait même pas besoin de me dire cela. Pour être persuadé de son innocence il me suffisait de l'embrasser, et je le pouvais maintenant qu'était tombée la cloison qui nous séparait, pareille à celle impalpable et résistante qui après une brouille s'élève entre deux amoureux et contre laquelle se briseraient les baisers. Non, elle n'avait besoin de rien me dire. Qu'elle eût fait ce qu'elle eût voulu la pauvre petite, il y avait des sentiments en lesquels, par-dessus ce qui nous divisait, nous pouvions nous unir. Si l'histoire était vraie, et si Albertine m'avait caché ses goûts, c'était pour ne pas me faire de chagrin. J'eus la douceur de l'entendre dire à cette Albertine-là. D'ailleurs en avais-je jamais connu une autre ? Les deux plus grandes causes d'erreurs dans nos rapports avec un autre être sont, avoir soi-même bon cœur, ou bien, cet autre être, l'aimer. On aime sur un sourire, sur un regard, sur une épaule. Cela suffit ; alors dans les longues heures d'espérance ou de tristesse, on fabrique une personne, on compose un caractère. Et quand plus tard on fréquente la personne aimée, on ne peut pas plus, devant quelques cruelles réalités qu'on soit placé, ôter ce caractère bon, cette nature de femme nous aimant, à l'être qui a tel regard, telle épaule, que nous ne pouvons quand elle vieillit, ôter son premier visage à une personne que nous connaissons depuis sa jeunesse. J'évoquai le beau regard bon et pitoyable de cette Albertine-là, ses grosses joues, son cou aux larges grains. C'était l'image d'une morte, mais, comme cette morte vivait, il me fut aisé de faire immédiatement ce que j'eusse fait infailliblement si elle avait été auprès de moi de son vivant (ce que je ferais si je devais jamais la retrouver dans une autre vie), je lui pardonnai.

Les instants que j'avais vécus auprès de cette Albertine-là m'étaient si précieux que j'eusse voulu n'en avoir laissé échapper aucun. Or parfois, comme on rattrape les bribes d'une fortune dissipée, j'en retrouvais qui avaient semblé perdus : en nouant un foulard derrière mon cou au lieu de devant, je me rappelai une promenade à laquelle je n'avais jamais repensé et où, pour que l'air froid ne pût pas venir sur ma gorge, Albertine me l'avait arrangé de cette manière après m'avoir embrassé. Cette promenade si simple, restituée à ma mémoire par un geste si humble, me fit le plaisir de ces objets intimes ayant appartenu à une morte chérie, que nous rapporte sa vieille femme de chambre et qui ont tant de prix pour nous ; mon chagrin s'en trouvait enrichi, et d'autant plus que ce foulard, je n'y avais jamais repensé.

Maintenant Albertine, lâchée de nouveau, avait repris son vol ; des hommes, des femmes la suivaient. Elle vivait en moi. Je me rendais compte que ce grand amour prolongé pour Albertine était comme l'ombre du sentiment que j'avais eu pour elle, en reproduisait les diverses parties et obéissait aux mêmes lois que la réalité sentimentale qu'il reflétait au-delà de la mort. Car je sentais bien que, si je pouvais entre mes pensées pour Albertine mettre quelque intervalle, si j'en avais mis trop je ne l'aurais plus aimée ; elle me fût par cette coupure devenue indifférente, comme me l'était maintenant ma grand-mère. Trop de temps passé sans penser à elle eût rompu dans mon souvenir la continuité qui est le principe même de la vie, qui pourtant peut se ressaisir après un certain intervalle de temps. N'en avait-il pas été ainsi de mon amour pour Albertine quand elle vivait, lequel avait pu se renouer après un assez long intervalle pendant lequel j'étais resté sans penser à elle ? Or mon souvenir devait obéir aux mêmes lois, ne pas pouvoir supporter de plus longs intervalles, car il ne faisait, comme une aurore boréale, que refléter après la mort d'Albertine le sentiment que j'avais eu pour elle, il était comme l'ombre de mon amour.

D'autres fois mon chagrin prenait tant de formes[a] que parfois je ne le reconnaissais plus ; je souhaitais d'avoir un grand amour, je voulais chercher une personne qui vivrait auprès de moi, cela me semblait le signe que je n'aimais plus Albertine quand c'était celui que je l'aimais toujours ; car ce besoin d'éprouver un grand amour n'était, tout autant que le désir d'embrasser les grosses joues d'Albertine, qu'une partie de mon regret. C'est quand je l'aurais oubliée que je pourrais trouver plus sage, plus heureux de vivre sans amour. Ainsi le regret d'Albertine, parce que c'était lui qui faisait naître en moi le besoin d'une sœur, le rendait inassouvissable. Et au fur et à mesure que mon regret d'Albertine s'affaiblirait, le besoin d'une sœur, lequel n'était qu'une forme inconsciente de ce regret, deviendrait moins impérieux. Et pourtant ces deux reliquats de mon amour ne suivirent pas dans leur décroissance une marche également rapide. Il y avait des heures où j'étais décidé à me marier, tant le premier subissait une profonde éclipse, le second au contraire gardant une grande force. Et en revanche, plus tard mes souvenirs jaloux s'étant éteints, tout d'un coup parfois une tendresse me remontait au cœur pour Albertine, et alors, pensant à mes amours pour d'autres femmes, je me disais qu'elle les aurait compris, partagés et son vice devenait comme une cause d'amour. Parfois ma jalousie renaissait dans des moments où je ne me souvenais plus d'Albertine, bien que ce fût d'elle alors que j'étais jaloux. Je croyais l'être d'Andrée à propos de qui on m'apprit à ce moment-là une aventure qu'elle avait. Mais Andrée n'était pour moi qu'un prête-nom, qu'un chemin de raccord, qu'une prise de courant qui me reliait indirectement à Albertine. C'est ainsi qu'en rêve on donne un autre visage, un autre nom, à une personne sur l'identité profonde de laquelle on ne se trompe pas pourtant. En somme malgré les flux et les reflux qui contrariaient dans ces cas particuliers cette loi générale, les sentiments que m'avait laissés Albertine eurent plus de peine à mourir que le souvenir de leur cause première. Non seulement les sentiments, mais les sensations. Différent en cela de Swann qui lorsqu'il avait commencé à ne plus aimer Odette, n'avait même plus pu recréer en lui la sensation de son amour, je me sentais encore revivant un passé qui n'était plus que l'histoire d'un autre ; mon moi en quelque sorte mi-partie, tandis que son extrémité supérieure était déjà dure et refroidie, brûlait encore à sa base chaque fois qu'une étincelle y refaisait passer l'ancien courant, même quand depuis longtemps mon esprit avait cessé de concevoir Albertine. Et aucune image d'elle n'accompagnant les palpitations cruelles qu'y suppléait, les larmes qu'apportait à mes yeux un vent froid soufflant comme à Balbec sur les pommiers[a] déjà roses[1], j'en arrivais à me demander si la renaissance de ma douleur n'était pas due à des causes toutes pathologiques et si ce que je prenais pour la reviviscence d'un souvenir et la dernière période d'un amour n'était pas plutôt le début d'une maladie de cœur.

Il y a dans certaines affections des accidents secondaires que le malade est trop porté à confondre avec la maladie elle-même. Quand ils cessent, il est étonné de se trouver moins éloigné de la guérison qu'il n'avait cru. Telle avait été la souffrance causée — la « complication » amenée — par les lettres d'Aimé relativement à l'établissement de douches et aux blanchisseuses. Mais un médecin de l'âme qui m'eût visité eût trouvé que pour le reste, mon chagrin lui-même allait mieux. Sans doute en moi, comme j'étais un homme, un de ces êtres amphibies qui sont simultanément plongés dans le passé et dans la réalité actuelle, il existait toujours une contradiction entre le souvenir vivant d'Albertine et la connaissance que j'avais de sa mort. Mais cette contradiction était en quelque sorte l'inverse de ce qu'elle était autrefois. L'idée qu'Albertine était morte, cette idée qui, les premiers temps, venait battre si furieusement en moi l'idée qu'elle était vivante, que j'étais obligé de me sauver devant elle comme les enfants à l'arrivée de la vague, cette idée de sa mort, à la faveur même de ces assauts incessants, avait fini par conquérir en moi la place qu'y occupait récemment encore l'idée de sa vie. Sans que je m'en rendisse compte, c'était maintenant cette idée de la mort d'Albertine — non plus le souvenir présent de sa vie — qui faisait pour la plus grande partie le fond de mes inconscientes songeries, de sorte que si je les interrompais tout à coup pour réfléchir sur moi-même, ce qui me causait de l'étonnement, ce n'était pas comme les premiers jours qu'Albertine si vivante en moi pût n'exister plus sur la terre, pût être morte, mais qu'Albertine, qui n'existait plus sur la terre, qui était morte, fût restée si vivante en moi. Maçonné par la contiguïté des souvenirs qui se suivent l'un l'autre, le noir tunnel sous lequel ma pensée rêvassait depuis trop longtemps pour qu'elle prît même plus garde à lui, s'interrompait brusquement d'un intervalle[a] de soleil, berçant au loin un univers souriant et bleu où Albertine n'était plus qu'un souvenir indifférent et plein de charme. Est-ce celle-là, me disais-je, qui est la vraie, ou bien l'être qui, dans l'obscurité où je roulais depuis si longtemps, me semblait la seule réalité ? Le personnage que j'avais été il y a si peu de temps encore et qui ne vivait que dans la perpétuelle attente du moment où Albertine viendrait lui dire bonsoir et l'embrasser, une sorte de multiplication de moi-même me faisait paraître ce personnage comme n'étant plus qu'une faible partie, à demi dépouillée, de moi, et comme une fleur qui s'entrouvre j'éprouvais[b] la fraîcheur rajeunissante d'une exfoliation. Au reste ces brèves illuminations ne me faisaient peut-être que mieux prendre conscience de mon amour pour Albertine, comme il arrive pour toutes les idées trop constantes, qui ont besoin d'une opposition pour s'affirmer. Ceux qui ont vécu pendant la guerre de 1870, par exemple, disent que l'idée de la guerre avait fini par leur sembler naturelle, non pas parce qu'ils ne pensaient pas assez à la guerre, mais parce qu'ils y pensaient toujours[c]. Et pour comprendre combien c'est un fait étrange et considérable que la guerre, il fallait, quelque chose les arrachant à leur obsession permanente, qu'ils oubliassent un instant que la guerre régnait, se retrouvassent pareils à ce qu'ils étaient quand on était en paix, jusqu'à ce que tout à coup sur ce blanc momentané se détachât, enfin distincte, la réalité monstrueuse que depuis longtemps ils avaient cessé de voir, ne voyant[d] pas autre chose qu'elle.

Si encore ce retrait en moi des différents souvenirs d'Albertine s'était au moins fait, non pas par échelons, mais simultanément, également[e], de front, sur toute la ligne de ma mémoire, les souvenirs de ses trahisons s'éloignant en même temps que ceux de sa douceur, l'oubli m'eût apporté de l'apaisement. Il n'en était pas ainsi. Comme sur une plage où la marée descend irrégulièrement, j'étais assailli par la morsure de tel de mes soupçons quand déjà l'image de sa douce présence était retirée trop loin de moi pour pouvoir m'apporter son remède. Pour les trahisons j'en avais souffert parce qu'en quelque année lointaine qu'elles eussent eu lieu, pour moi elles n'étaient pas anciennes ; mais j'en souffrais moins quand elles le devinrent, c'est-à-dire quand je me les représentai moins vivement, car l'éloignement d'une chose est proportionné plutôt à la puissance visuelle de la mémoire qui regarde qu'à la distance réelle des jours écoulés, comme le souvenir d'un rêve de la dernière nuit qui peut nous paraître plus lointain dans son imprécision et son effacement, qu'un événement qui date de plusieurs années. Mais bien que l'idée de la mort d'Albertine fît des progrès en moi, le reflux de la sensation qu'elle était vivante, s'il ne les arrêtait pas, les contrecarrait cependant et empêchait qu'ils fussent réguliers. Et je me rends compte maintenant que pendant cette période-là (sans doute à cause de cet oubli des heures où elle avait été cloîtrée chez moi et qui, à force d'effacer chez moi la souffrance de fautes qui me semblaient presque indifférentes parce que je savais qu'elle ne les commettait pas, étaient devenues comme autant de preuves d'innocence), j'eus le martyre de vivre habituellement avec une idée tout aussi nouvelle que celle qu'Albertine était morte (jusque-là je partais toujours de l'idée qu'elle était vivante), avec une idée que j'aurais crue tout aussi impossible à supporter et qui sans que je m'en aperçusse, formant peu à peu le fond de ma conscience, s'y substituait à l'idée qu'Albertine était innocente : c'était l'idée qu'elle était coupable. Quand je croyais douter d'elle, je croyais au contraire en elle ; de même je pris pour point de départ de mes autres idées la certitude — souvent démentie comme l'avait été l'idée contraire — la certitude de sa culpabilité, tout en m'imaginant que je doutais encore. Je dus souffrir beaucoup pendant cette période-là, mais je me rends compte qu'il fallait que ce fût ainsi. On ne guérit d'une souffrance qu'à condition de l'éprouver pleinement. En protégeant Albertine de tout contact, en me forgeant l'illusion qu'elle était innocente, aussi bien que plus tard en prenant pour base de mes raisonnements la pensée qu'elle vivait, je ne faisais que retarder l'heure de la guérison, parce que je retardais les longues heures qui devaient se dérouler préalablement à la fin des souffrances[a] nécessaires. Or sur ces idées[a] de la culpabilité d'Albertine, l'habitude, quand elle s'exercerait, le ferait suivant les mêmes lois que j'avais déjà éprouvées au cours de ma vie. De même que le nom de Guermantes avait perdu la signification et le charme d'une route bordée de nymphéas et du vitrail[b] de Gilbert le Mauvais, la présence d'Albertine celle des vallonnements bleus de la mer, les noms[c] de Swann, du lift, de la princesse de Guermantes et de tant d'autres, tout ce qu'ils avaient signifié pour moi, ce charme et cette signification laissant en moi un simple mot qu'ils trouvaient assez grand pour vivre tout seul, comme quelqu'un qui vient mettre en train son serviteur le mettra au courant et après quelques semaines se retire, de même la puissance[d] douloureuse de la culpabilité d'Albertine serait renvoyée hors de moi par l'habitude. D'ailleurs d'ici là, comme au cours d'une attaque faite de deux côtés à la fois, dans cette action de l'habitude deux alliés se prêteraient réciproquement main-forte. C'est parce que cette idée de la culpabilité d'Albertine deviendrait pour moi une idée plus probable, plus habituelle, qu'elle deviendrait moins douloureuse. Mais d'autre part parce qu'elle serait moins douloureuse, les objections faites à la certitude de cette culpabilité et qui n'étaient inspirées à mon intelligence que par mon désir de ne pas trop souffrir tomberaient une à une ; et chaque action précipitant l'autre, je passerais assez rapidement de la certitude de l'innocence d'Albertine à la certitude de sa culpabilité. Il fallait que je vécusse avec l'idée de la mort d'Albertine, avec l'idée de ses fautes, pour que ces idées me devinssent habituelles, c'est-à-dire pour que je pusse oublier ces idées et enfin oublier Albertine elle-même.

Je n'en étais pas encore là. Tantôt c'était ma mémoire, rendue plus claire par une excitation intellectuelle, telle une lecture, qui renouvelait mon chagrin ; d'autres fois c'était au contraire mon chagrin, soulevé par exemple par l'angoisse d'un temps orageux, qui portait plus haut, plus près de la lumière, quelque souvenir de notre amour. D'ailleurs ces reprises de mon amour pour Albertine morte pouvaient se produire après un intervalle d'indifférence semé d'autres curiosités, comme, après le long intervalle qui avait commencé après le baiser refusé de Balbec[1] et pendant lequel je m'étais bien plus soucié de Mme de Guermantes, d'Andrée, de Mlle de

Stermaria, il avait repris quand j'avais recommencé à la voir souvent. Or même maintenant des préoccupations différentes pouvaient réaliser une séparation — d'avec une morte, cette fois — où elle me devenait plus indifférente. Tout cela pour la même raison, qu'elle était une vivante pour moi. Et même plus tard quand je l'aimai moins, cela resta pour moi pourtant un de ces désirs dont on se fatigue vite, mais qui reprennent quand on les a laissé reposer quelque temps. Je poursuivais une vivante, puis une autre, puis je revenais à ma morte. Souvent c'était dans les parties les plus obscures de moi-même, quand je ne pouvais plus me former aucune idée nette d'Albertine, qu'un nom venait par hasard exciter chez moi des réactions douloureuses que je ne croyais plus possibles, comme ces mourants chez qui le cerveau ne pense plus et dont on fait se contracter un membre en y enfonçant une aiguille. Et pendant de longues périodes, ces excitations se trouvaient m'arriver si rarement que j'en venais à rechercher de moi-même les occasions d'un chagrin, d'une crise de jalousie, pour tâcher de me rattacher au passé, de mieux me souvenir d'elle. Car comme le regret d'une femme n'est qu'un amour reviviscent et reste soumis aux mêmes lois que lui, la puissance de mon regret était accrue par les mêmes causes qui du vivant d'Albertine eussent augmenté mon amour pour elle et au premier rang desquelles avaient toujours figuré la jalousie et la douleur. Mais le plus souvent ces occasions — car une maladie, une guerre, peuvent durer bien au delà de ce que la sagesse la plus prévoyante avait supputé — naissaient à mon insu et me causaient des chocs si violents que je songeais bien plus à me protéger contre la souffrance qu'à leur demander un souvenir.

D'ailleurs un mot n'avait même pas besoin, comme Chaumont[1] (et même une syllabe commune à deux noms différents suffisait à ma mémoire — comme à un électricien qui se contente du moindre corps bon conducteur — pour rétablir le contact entre Albertine et mon cœur) de se rapporter à un soupçon pour qu'il le réveillât, pour être le mot de passe, le magique Sésame entrouvrant la porte d'un passé[a] dont on ne tenait plus compte parce qu'ayant assez de le voir, à la lettre on ne le possédait plus ; on avait été diminué de lui, on avait cru de par cette ablation sa propre personnalité changée en sa forme, comme une figure qui perdrait avec un angle un côté ; certaines phrases, par exemple, où il y avait le nom d'une rue, d'une route où Albertine avait pu se trouver, suffisaient pour incarner une jalousie virtuelle, inexistante, à la recherche d'un corps, d'une demeure, de quelque fixation matérielle, de quelque réalisation particulière. Souvent c'était tout simplement pendant mon sommeil que ces « reprises », ces *da capo*[1] du rêve tournant d'un seul coup plusieurs pages de la mémoire, plusieurs feuillets du calendrier, me ramenaient, me faisaient rétrograder à une impression douloureuse mais ancienne[a], qui depuis longtemps avait cédé la place à d'autres et qui redevenait présente. D'habitude elle s'accompagnait de toute une mise en scène maladroite mais saisissante, qui me faisant illusion mettait sous mes yeux, faisait entendre à mes oreilles ce qui désormais datait de cette nuit-là. D'ailleurs, dans l'histoire d'un amour et de ses luttes contre l'oubli, le rêve ne tient-il pas une place plus grande même que la veille, lui qui ne tient pas compte des divisions infinitésimales du temps, supprime les transitions, oppose les grands contrastes, défait en un instant le travail de consolation si lentement tissé pendant le jour et nous ménage, la nuit, une rencontre avec celle que nous aurions fini par oublier à condition toutefois de ne pas la revoir ? Car quoi qu'on dise, nous pouvons avoir parfaitement en rêve l'impression que ce qui s'y passe est réel. Cela ne serait impossible que pour des raisons tirées de notre expérience de la veille, expérience qui à ce moment-là nous est cachée. De sorte que cette vie invraisemblable nous semble vraie. Parfois par un défaut d'éclairage intérieur lequel, vicieux, faisait manquer la pièce, mes souvenirs bien mis en scène me donnant l'illusion de la vie[b], je croyais vraiment avoir donné rendez-vous à Albertine, la retrouver ; mais alors je me sentais incapable de marcher vers elle, de proférer les mots que je voulais lui dire, de rallumer pour la voir le flambeau qui s'était éteint : impossibilités qui étaient simplement dans mon rêve l'immobilité, le mutisme, la cécité du dormeur, comme brusquement on voit dans la projection manquée d'une lanterne magique une grande ombre qui devrait être cachée, effacer la silhouette des personnages et qui est celle[c] de la lanterne elle-même, ou celle de l'opérateur. D'autres fois Albertine se trouvait dans mon rêve, et voulait de nouveau me quitter, sans que sa résolution parvînt à m'émouvoir. C'est que de ma mémoire avait pu filtrer dans l'obscurité de mon sommeil un rayon avertisseur, et ce qui, logé en Albertine, ôtait à ses actes futurs, au départ qu'elle annonçait toute importance, c'était l'idée qu'elle était morte. Mais souvent même plus clair, ce souvenir qu'Albertine était morte se combinait sans la détruire avec la sensation qu'elle était vivante. Je causais avec elle, pendant que je parlais, ma grand-mère allait et venait dans le fond de la chambre. Une partie de son menton était tombée en miettes comme un marbre rongé, mais je ne trouvais à cela rien d'extraordinaire. Je disais à Albertine que j'aurais des questions à lui poser relativement à l'établissement de douches de Balbec et à une certaine blanchisseuse de Touraine, mais je remettais cela à plus tard puisque nous avions tout le temps et que rien ne pressait plus. Elle me promettait qu'elle ne faisait rien de mal et qu'elle avait seulement la veille embrassé sur les lèvres Mlle Vinteuil[a]. « Comment ? elle est ici ? — Oui, il est même temps que je vous quitte, car je dois aller la voir tout à l'heure. » Et comme depuis qu'Albertine était morte je ne la tenais plus prisonnière chez moi comme dans les derniers temps de sa vie, sa visite à Mlle Vinteuil[b] m'inquiétait. Je ne voulais pas le laisser voir, Albertine me disait qu'elle n'avait fait que l'embrasser, mais elle devait recommencer à mentir comme au temps où elle niait tout. Tout à l'heure elle ne se contenterait probablement pas d'embrasser Mlle Vinteuil. Sans doute à un certain point de vue j'avais tort de m'en inquiéter ainsi, puisque, à ce qu'on dit, les morts ne peuvent rien sentir, rien faire. On le dit, mais cela n'empêchait pas que ma grand-mère qui était morte continuait pourtant à vivre depuis plusieurs années, et en ce moment allait et venait dans la chambre. Et sans doute une fois que j'étais réveillé cette idée d'une morte qui continue à vivre aurait dû me devenir aussi impossible à comprendre qu'elle me l'est à l'expliquer. Mais je l'avais déjà formée tant de fois, au cours de ces périodes passagères de folie que sont nos rêves, que j'avais fini[c] par me familiariser avec elle ; la mémoire des rêves peut devenir durable, s'ils se répètent assez souvent. Et j'imagine que, même s'il est aujourd'hui guéri et revenu à la raison, cet homme doit comprendre un peu mieux que les autres ce qu'il voulait dire au cours d'une période pourtant révolue de sa vie mentale, qui voulant expliquer à des visiteurs d'un hôpital d'aliénés qu'il n'était pas lui-même déraisonnable, malgré ce que prétendait le docteur, mettait en regard de sa saine mentalité les folles chimères de chacun des malades, concluant : « Ainsi celui-là qui a l'air pareil à tout le monde, vous ne le croiriez pas fou, eh bien ! il l'est, il croit qu'il est Jésus-Christ, et cela ne peut pas être, puisque Jésus-Christ c'est moi[a] ! » Et longtemps après mon rêve fini, je restais tourmenté de ce baiser qu'Albertine m'avait dit avoir donné en des paroles que je croyais entendre encore. Et en effet elles avaient dû passer bien près de mes oreilles puisque c'était moi-même qui les avais prononcées. Toute la journée je continuais à causer avec Albertine, je l'interrogeais, je lui pardonnais, je réparais l'oubli de choses que j'avais toujours voulu lui dire pendant sa vie. Et tout d'un coup j'étais effrayé de penser qu'à l'être évoqué par la mémoire, à qui s'adressaient[b] tous ces propos, aucune réalité ne correspondait plus, qu'étaient détruites les différentes parties du visage auxquelles la poussée continue de la volonté de vivre, aujourd'hui anéantie, avait seule donné l'unité d'une personne. D'autres fois, sans que j'eusse rêvé, dès mon réveil je sentais que le vent avait tourné en moi ; il soufflait froid et continu d'une autre direction venue du fond du passé, me rapportant la sonnerie d'heures lointaines, des sifflements de départ que je n'entendais pas d'habitude. J'essayai un jour de prendre un livre, un roman de Bergotte que j'avais particulièrement[c] aimé. Les personnages sympathiques m'y plaisaient beaucoup, et, bien vite repris par le charme du livre, je me mis à souhaiter comme un plaisir personnel que la femme méchante fût punie ; mes yeux se mouillèrent quand le bonheur des fiancés fut assuré. « Mais alors, m'écriai-je avec désespoir, de ce que j'attache tant d'importance à ce qu'a pu faire Albertine je ne peux pas conclure que sa personnalité est quelque chose de réel qui ne peut être aboli, que je la retrouverai un jour pareille au ciel, si j'appelle de tant de vœux, attends avec tant d'impatience, accueille avec des larmes le succès d'une personne qui n'a jamais existé que dans l'imagination de Bergotte, que je n'ai jamais vue, dont je suis libre de me figurer à mon gré le visage ! » D'ailleurs dans ce roman il y avait des jeunes filles séduisantes, des correspondances amoureuses, des allées désertes où l'on se rencontre, cela me rappelait qu'on peut aimer clandestinement, cela réveillait ma jalousie, comme si Albertine avait encore pu se promener dans des allées désertes. Et il y était aussi question d'un homme qui revoit après cinquante ans une femme qu'il a aimée jeune, ne la reconnaît pas, s'ennuie auprès d'elle. Et cela me rappelait que l'amour ne dure pas toujours et me bouleversait comme si j'étais destiné à être séparé d'Albertine et à la retrouver avec indifférence dans mes vieux jours. Et si j'apercevais[a] une carte de France mes yeux effrayés s'arrangeaient à ne pas rencontrer la Touraine pour que je ne fusse pas jaloux, et, pour que je ne fusse pas malheureux, la Normandie où étaient marqués au moins Balbec et Doncières, entre lesquels je situais tous ces chemins que nous avions couverts tant de fois ensemble. Au milieu d'autres noms de villes ou de villages de France, noms qui n'étaient que visibles ou audibles, le nom de Tours, par exemple, semblait composé différemment, non plus d'images immatérielles, mais de substances vénéneuses qui agissaient de façon immédiate sur mon cœur dont elles accéléraient et rendaient douloureux les battements. Et si cette force s'étendait jusqu'à certains noms, devenus par elle si différents[b] des autres, comment, en restant plus près de moi, en me bornant à Albertine elle-même, pouvais-je m'étonner que cette force irrésistible sur moi, et pour la production de laquelle n'importe quelle autre femme eût pu servir, eût été le résultat d'un enchevêtrement et de la mise en contact de rêves, de désirs, d'habitudes, de tendresses, avec l'interférence requise de souffrances et de plaisirs alternés ? Et cela continuait après sa mort, la mémoire suffisant à entretenir la vie réelle, qui est mentale. Je me rappelais Albertine descendant de wagon et me disant qu'elle avait envie d'aller à Saint-Martin-le-Vêtu, et je la revoyais aussi avant, avec son polo abaissé sur ses joues ; je retrouvais des possibilités de bonheur, vers lesquelles je m'élançais, me disant : « Nous aurions pu aller ensemble jusqu'à Infreville, jusqu'à Doncières[1]. » Il[c] n'y avait pas une station près de Balbec où je ne la revisse, de sorte que cette terre, comme un pays mythologique conservé, me rendait vivantes et cruelles les légendes les plus anciennes, les plus charmantes, les plus effacées par ce qui avait suivi, de mon amour. Ah ! quelle souffrance s'il me fallait jamais coucher à nouveau dans ce lit de Balbec, autour du cadre de cuivre duquel, comme autour d'un pivot immuable, de barres fixes, s'était déplacée, avait évolué ma vie, appuyant successivement à lui de gaies conversations avec ma grand-mère, l'horreur de sa mort, les douces caresses d'Albertine, la découverte de son vice, et maintenant une vie nouvelle où, apercevant les bibliothèques vitrées où se reflétait la mer, je savais qu'Albertine n'entrerait jamais plus ! N'était-il pas, cet hôtel de Balbec, comme cet unique décor de maison de théâtres de province, où l'on joue depuis des années les pièces les plus différentes, qui a servi pour une comédie, pour une première tragédie, pour une deuxième, pour une pièce purement poétique, cet hôtel qui remontait déjà assez loin dans mon passé. Le fait que cette seule partie restât toujours la même, avec ses murs, sa bibliothèque, sa glace, au cours de nouvelles époques de ma vie, me faisait mieux sentir que dans le total, c'était le reste, c'était moi-même qui avais changé, et me donnait ainsi cette impression que les mystères de la vie, de l'amour, de la mort, auxquels les enfants croient dans leur optimisme ne pas participer, ne sont pas des parties réservées, mais qu'on aperçoit avec une douloureuse fierté qu'ils ont fait corps au cours des années avec notre propre vie[a].

J'essayais parfois de prendre les journaux. Mais la lecture m'en était odieuse, et de plus elle n'est pas inoffensive. En effet[b] en nous, de chaque idée comme d'un carrefour dans une forêt, partent tant de routes différentes, qu'au moment où je m'y attendais le moins je me trouvais devant un nouveau souvenir. Le titre de la mélodie de Fauré, *Le Secret,* m'avait mené au *Secret du roi* du duc de Broglie, le nom de Broglie à celui de Chaumont[1]. Ou bien le mot de Vendredi saint m'avait fait penser au Golgotha, le Golgotha à l'étymologie de ce mot qui, lui, paraît l'équivalent de *Calvus mons*[2], Chaumont. Mais par quelque chemin que je fusse arrivé à Chaumont, à ce moment j'étais frappé d'un choc si cruel que[c] dès lors je pensais bien plus à me garer contre la douleur qu'à lui demander des souvenirs. Quelques instants après le choc, l'intelligence qui, comme le bruit du tonnerre, ne voyage pas aussi vite, m'en apportait la raison. Chaumont m'avait fait penser aux Buttes-Chaumont où Mme Bontemps m'avait dit qu'Andrée allait souvent avec Albertine, tandis qu'Albertine m'avait dit n'avoir jamais vu les Buttes-Chaumont[1]. À partir d'un certain âge nos souvenirs sont tellement entre-croisés les uns sur les autres que la chose à laquelle on pense, le livre qu'on lit n'a presque plus d'importance. On a mis de soi-même partout, tout est fécond, tout est dangereux, et on peut faire d'aussi précieuses découvertes que dans les *Pensées* de Pascal dans une réclame pour un savon.

Sans doute un fait comme celui des Buttes-Chaumont, qui à l'époque m'avait paru futile, était en lui-même, contre Albertine, bien moins grave, moins décisif que l'histoire de la doucheuse ou de la blanchisseuse. Mais d'abord, un souvenir qui vient fortuitement à nous trouve en nous une puissance intacte d'imaginer, c'est-à-dire dans ce cas de souffrir, que nous avons usée en partie quand c'est nous au contraire qui avons volontairement appliqué notre esprit à recréer un souvenir. Et puis ces derniers (la doucheuse, la blanchisseuse), toujours présents quoique obscurcis[a] dans ma mémoire, comme ces meubles placés dans la pénombre d'une galerie et auxquels, sans les distinguer on évite pourtant de se cogner, je m'étais habitué à eux. Au contraire il y avait longtemps que je n'avais pensé aux Buttes-Chaumont, ou par exemple au regard d'Albertine dans la glace du casino de Balbec, ou au retard inexpliqué d'Albertine le soir où je l'avais tant attendue après la soirée Guermantes, toutes ces parties[2] de sa vie qui restaient hors de mon cœur et que j'aurais voulu connaître pour qu'elles pussent s'assimiler, s'annexer à lui, y rejoindre les souvenirs plus doux qu'y formait une Albertine intérieure et vraiment possédée. Soulevant un coin du voile lourd de l'habitude (l'habitude abêtissante qui pendant tout le cours de notre vie nous cache à peu près tout l'univers et dans une nuit profonde, sous leur étiquette inchangée, substitue aux poisons les plus dangereux ou les plus enivrants de la vie quelque chose d'anodin qui ne procure pas de délices), ils me revenaient comme[b] au premier jour, avec cette fraîche et perçante nouveauté d'une saison reparaissante, d'un changement dans la routine de nos heures, qui, dans le domaine des plaisirs aussi, si nous montons en voiture par un premier beau jour de printemps ou sortons de chez nous au lever du soleil, nous font remarquer nos actions insignifiantes avec une exaltation lucide qui fait prévaloir cette intense minute sur le total des jours antérieurs. Les jours[c] anciens recouvrent peu à peu ceux qui les ont précédés, et sont eux-mêmes ensevelis sous ceux qui les suivent. Mais chaque jour ancien est resté déposé en nous comme dans une bibliothèque immense où il y a des plus vieux livres un exemplaire que sans doute personne n'ira jamais demander. Pourtant que ce jour ancien, traversant la translucidité des époques suivantes, remonte à la surface et s'étende en nous qu'il couvre tout entier, alors pendant un moment, les noms reprennent leur ancienne signification, les êtres leur ancien visage, nous notre âme d'alors et nous sentons avec une souffrance vague mais devenue supportable et qui ne durera pas, les problèmes devenus depuis longtemps insolubles qui nous angoissaient tant alors. Notre moi est fait de la superposition de nos états successifs. Mais cette superposition n'est pas immuable comme la stratification d'une montagne. Perpétuellement des soulèvements font affleurer à la surface des couches anciennes. Je me retrouvais après la soirée chez la princesse de Guermantes, attendant l'arrivée d'Albertine[1]. Qu'avait-elle fait cette nuit-là ? M'avait-elle trompé ? Avec qui ? Les révélations d'Aimé, même si je les acceptais, ne diminuaient en rien pour moi l'intérêt anxieux, désolé, de cette question inattendue, comme si chaque Albertine différente, chaque souvenir nouveau, posait un problème de jalousie particulier auquel les solutions des autres ne pouvaient pas s'appliquer.

Mais je n'aurais pas voulu savoir seulement avec quelle femme elle avait passé cette nuit-là, mais quel plaisir particulier cela lui représentait, ce qui se passait à ce moment-là en elle. Quelquefois à Balbec, Françoise, étant allée la chercher, m'avait dit l'avoir trouvée penchée à sa fenêtre, l'air inquiet, chercheur, comme si elle attendait quelqu'un. Mettons que j'apprisse que la jeune fille attendue était Andrée, quel était l'état d'esprit dans lequel Albertine l'attendait, cet état d'esprit caché derrière le regard inquiet et chercheur ? Ce goût, quelle importance avait-il pour Albertine, quelle place tenait-il dans ses préoccupations ? Hélas, en me rappelant mes propres agitations chaque fois que j'avais remarqué une jeune fille qui me plaisait, quelquefois seulement quand j'avais entendu parler d'elle sans l'avoir vue, mon souci de me faire beau, d'être avantagé, mes sueurs froides, je n'avais pour me torturer qu'à imaginer ce même voluptueux émoi chez Albertine, comme grâce à l'appareil dont, après la visite de certain praticien lequel s'était montré sceptique devant la réalité de son mal, ma tante Léonie avait souhaité l'invention, et qui permettrait de faire éprouver au médecin, pour qu'il se rendît mieux compte, toutes les souffrances de son malade. Et déjà[a] c'était assez pour me torturer, pour me dire qu'à côté de cela des conversations sérieuses avec moi sur Stendhal et Victor Hugo[1] avaient dû bien peu peser pour elle, pour sentir son cœur attiré vers d'autres êtres, se détacher du mien, s'incarner ailleurs. Mais l'importance même que ce désir devait avoir pour elle et les réserves qui se formaient autour de lui ne pouvaient pas me révéler ce que, qualitativement, il était, bien plus, comment elle le qualifiait quand elle s'en parlait à elle-même. Dans la souffrance physique au moins nous n'avons pas à choisir nous-même notre douleur. La maladie la détermine et nous l'impose. Mais dans la jalousie il nous faut essayer en quelque sorte des souffrances de tout genre et de toute grandeur, avant de nous arrêter à celle qui nous paraît pouvoir convenir. Et quelle difficulté plus grande quand il s'agit d'une souffrance comme celle-ci, celle de sentir celle qu'on aimait éprouvant du plaisir avec des êtres différents de nous, lui donnant des sensations que nous ne sommes pas capables de lui donner, ou du moins par leur configuration, leur image, leurs façons, lui représentant tout autre chose que nous[b] ! Ah ! qu'Albertine n'avait-elle aimé Saint-Loup ! comme il me semble que j'eusse moins souffert !

Certes nous ignorons la sensibilité particulière de chaque être, mais d'habitude nous ne savons même pas que nous l'ignorons, car cette sensibilité des autres nous est indifférente. Pour ce qui concernait Albertine, mon malheur ou mon bonheur eût dépendu de ce qu'était cette sensibilité ; je savais bien qu'elle m'était inconnue, et qu'elle me fût inconnue m'était déjà une douleur. Les désirs, les plaisirs inconnus que ressentait Albertine, une fois j'eus l'illusion de les voir, une autre de les entendre. Les voir quand, quelque temps après la mort d'Albertine, Andrée vint[c] chez moi. Pour la première fois elle me sembla belle, je me disais que ces cheveux presque crépus, ces yeux sombres et cernés, c'était sans doute ce qu'Albertine avait tant aimé, la matérialisation devant moi de ce qu'elle portait dans sa rêverie amoureuse, de ce qu'elle voyait par les regards anticipateurs du désir le jour où elle avait voulu si précipitamment revenir de Balbec[1]. Comme une sombre fleur inconnue qui m'était par-delà le tombeau rapportée[2] d'un être où je n'avais pas su la découvrir, il me semblait, exhumation[a] inespérée d'une relique inestimable, voir devant moi le Désir incarné d'Albertine qu'Andrée était pour moi, comme Vénus était le désir de Jupiter. Andrée regrettait Albertine, mais je sentis tout de suite que son amie ne lui manquait pas. Éloignée de force de son amie par la mort, elle semblait avoir pris aisément son parti d'une séparation définitive que je n'eusse pas osé lui demander quand Albertine était vivante, tant j'aurais craint de ne pas arriver à obtenir le consentement d'Andrée. Elle semblait au contraire accepter sans difficulté ce renoncement, mais précisément au moment où il ne pouvait plus me profiter. Andrée m'abandonnait Albertine, mais morte, et ayant perdu pour moi non seulement sa vie mais rétrospectivement un peu de sa réalité, puisque je voyais qu'elle n'était pas indispensable, unique pour Andrée qui avait pu la remplacer par d'autres.

Du vivant d'Albertine je n'eusse pas osé demander à Andrée des confidences sur le caractère de leur amitié entre elles et avec l'amie de Mlle Vinteuil, n'étant pas certain sur la fin qu'Andrée ne répétât pas à Albertine tout ce que je lui disais. Maintenant un tel interrogatoire, même s'il devait être sans résultat, serait au moins sans dangers. Je parlai à Andrée, non sur un ton interrogatif mais comme si je le savais de tout temps, peut-être par Albertine, du goût qu'elle-même Andrée avait pour les femmes et de ses propres relations avec Mlle Vinteuil. Elle avoua tout cela sans aucune difficulté, en souriant. De cet aveu je pouvais tirer de cruelles conséquences ; d'abord parce qu'Andrée, si affectueuse et coquette avec bien des jeunes gens à Balbec, n'aurait donné lieu pour personne à la supposition d'habitudes[b] qu'elle ne niait nullement, de sorte que par voie d'analogie, en découvrant cette Andrée nouvelle je pouvais penser qu'Albertine les eût confessées avec la même facilité à tout autre qu'à moi, qu'elle sentait jaloux. Mais d'autre part Andrée ayant été la meilleure amie d'Albertine et pour laquelle celle-ci était probablement revenue exprès de Balbec, maintenant qu'Andrée avouait ces goûts, la conclusion qui devait s'imposer[c] à mon esprit était qu'Albertine et Andrée avaient toujours eu des relations ensemble. Certes comme en présence d'une personne étrangère, on n'ose pas toujours prendre connaissance du présent qu'elle vous remet et dont on ne défera l'enveloppe que quand ce donataire sera parti, tant qu'Andrée fut là je ne rentrai pas en moi-même pour y examiner la douleur qu'elle m'apportait et que je sentais bien causer déjà à mes serviteurs physiques, les nerfs, le cœur, de grands troubles dont par bonne éducation je feignais de ne pas m'apercevoir, causant au contraire le plus gracieusement du monde avec la jeune fille que j'avais pour hôte sans détourner mes regards vers ces incidents intérieurs. Il me fut particulièrement pénible d'entendre Andrée me dire en parlant d'Albertine : « Ah ! oui, elle aimait bien qu'on aille se promener dans la vallée de Chevreuse. » À l'univers vague et inexistant où se passaient les promenades d'Albertine et d'Andrée, il me semblait que celle-ci venait par une création postérieure et diabolique, d'ajouter une vallée[a] maudite. Je sentais qu'Andrée allait me dire tout ce qu'elle faisait avec Albertine, et tout en essayant par politesse, par habileté, par amour-propre, peut-être par reconnaissance, de me montrer de plus en plus affectueux, tandis que l'espace que j'avais pu concéder encore à l'innocence d'Albertine se rétrécissait de plus en plus, il me semblait m'apercevoir que malgré mes efforts, je gardais l'aspect figé[b] d'un animal autour duquel un cercle progressivement resserré est lentement décrit par l'oiseau fascinateur, qui ne se presse pas parce qu'il est sûr d'atteindre quand il le voudra la victime qui ne lui échappera plus. Je la regardais pourtant, et avec ce qui reste d'enjouement, de naturel et d'assurance aux personnes qui veulent faire semblant de ne pas craindre qu'on les hypnotise en les fixant, je dis à Andrée cette phrase incidente : « Je ne vous en avais jamais parlé de peur de vous fâcher, mais maintenant qu'il nous est doux de parler d'elle, je peux bien vous dire que je savais depuis bien longtemps les relations de ce genre que vous aviez avec Albertine ; d'ailleurs, cela vous fera plaisir quoique vous le sachiez déjà : Albertine vous adorait. » Je dis à Andrée que c'eût été une grande curiosité pour moi si elle avait voulu me laisser la voir (même simplement en se bornant à des caresses[c] qui ne la gênassent pas trop devant moi) faire cela avec celles des amies d'Albertine qui avaient ces goûts, et je nommai

Rosemonde, Berthe[1], toutes les amies d'Albertine, pour savoir. « Outre que pour rien au monde je ne ferais ce que vous dites devant vous, me répondit Andrée, je ne crois pas qu'aucune de celles que vous dites ait ces goûts. » Me rapprochant malgré moi du monstre qui m'attirait je répondis : « Comment ! vous n'allez pas me faire croire que de toute votre bande il n'y avait qu'Albertine avec qui vous fissiez cela ! — Mais je ne l'ai jamais fait avec Albertine. — Voyons, ma petite Andrée, pourquoi nier des choses que je sais depuis au moins trois ans ? Je n'y trouve rien de mal, au contraire. Justement à propos du soir où elle voulait tant aller le lendemain avec vous chez Mme Verdurin[2], vous vous souvenez peut-être... » Avant que j'eusse continué ma phrase, je vis dans les yeux d'Andrée, qu'il faisait pointus comme ces pierres qu'à cause de cela les joailliers ont de la peine à employer, passer un regard préoccupé, comme ces têtes de privilégiés[a] qui soulèvent un coin du rideau avant qu'une pièce soit commencée et qui se sauvent aussitôt pour ne pas être aperçus. Ce regard inquiet disparut, tout était rentré dans l'ordre, mais je sentais que tout ce que je verrais maintenant ne serait plus qu'arrangé facticement pour moi. À ce moment je m'aperçus dans la glace ; je fus frappé d'une certaine ressemblance entre moi et Andrée. Si je n'avais pas cessé depuis longtemps de raser ma moustache et si je[b] n'en avais eu qu'une ombre, cette ressemblance[3] eût été presque complète. C'était peut-être en regardant, à Balbec, ma moustache qui repoussait à peine qu'Albertine avait subitement eu ce désir impatient, furieux, de revenir à Paris. « Mais je ne peux pourtant pas dire ce qui n'est pas vrai pour la simple raison que vous ne le trouvez pas mal. Je vous jure que je n'ai jamais rien fait avec Albertine et j'ai la conviction qu'elle détestait ces choses-là. Les gens qui vous ont dit cela vous ont menti, peut-être dans un but intéressé », me dit-elle d'un air interrogateur et méfiant. « Enfin soit, puisque vous ne voulez pas me le dire », répondis-je, préférant avoir l'air de ne pas vouloir donner[c] une preuve que je ne possédais pas. Pourtant je prononçai vaguement et à tout hasard le nom des Buttes-Chaumont. « J'ai pu aller aux Buttes-Chaumont avec Albertine, mais est-ce un endroit qui a quelque chose de particulièrement mal ? » Je lui demandai si elle ne pourrait pas en parler à Gisèle qui à une certaine époque avait particulièrement connu Albertine. Mais Andrée me déclara qu'après une infamie que venait de lui faire dernièrement Gisèle, lui demander un service était la seule chose qu'elle refuserait toujours de faire pour moi. « Si vous la voyez, ajouta-t-elle, ne lui dites pas ce que je vous ai dit d'elle, inutile de m'en faire une ennemie. Elle sait ce que je pense d'elle mais j'ai toujours mieux aimé éviter avec elle les brouilles violentes qui n'amènent que des raccommodements. Et puis elle est dangereuse. Mais vous comprenez que quand on a lu la lettre que j'ai eue il y a huit jours sous les yeux et où elle mentait avec une telle perfidie, rien, les plus belles actions du monde, ne peuvent effacer le souvenir de cela. » En somme, si, Andrée ayant ces goûts au point de ne s'en cacher nullement et Albertine ayant eu pour elle la grande affection que bien certainement elle avait, malgré cela Andrée n'avait jamais eu de relations charnelles avec Albertine et avait toujours ignoré qu'Albertine eût de tels goûts, c'est qu'Albertine ne les avait pas, et n'avait eu avec personne les relations que plus qu'avec aucune autre elle aurait eues avec Andrée. Aussi quand Andrée fut partie, je m'aperçus que son affirmation si nette m'avait apporté du calme. Mais peut-être était-elle dictée par le devoir[a] auquel Andrée se croyait obligée envers la morte dont le souvenir existait encore en elle, de ne pas laisser croire ce qu'Albertine lui avait sans doute, pendant sa vie, demandé de nier.

Ces plaisirs d'Albertine qu'après avoir si souvent cherché à me les imaginer, j'avais cru un instant voir en contemplant Andrée, une autre fois je crus surprendre leur présence autrement que par les yeux, je crus les entendre. Dans une maison de passe j'avais fait venir deux petites blanchisseuses d'un quartier où allait souvent Albertine[1]. Sous les caresses de l'une, l'autre commença tout d'un coup à faire entendre ce dont je ne pus distinguer d'abord ce que c'était, car on ne comprend jamais exactement la signification d'un bruit original, expressif d'une sensation que nous n'éprouvons pas. Si on l'entend d'une pièce voisine et sans rien voir, on peut prendre pour du fou rire ce que la souffrance arrache à un malade qu'on opère sans l'avoir endormi ; et quant au bruit qui sort d'une mère à qui on apprend que son enfant vient de mourir, il peut nous sembler, si nous ne savons de quoi il s'agit, aussi difficile de lui appliquer[a] une traduction humaine, qu'au bruit qui s'échappe d'une bête, ou d'une harpe. Il faut un peu de temps pour comprendre que ces deux bruits-là expriment ce que, par analogie avec ce que nous avons nous-mêmes pu ressentir de pourtant bien différent, nous appelons souffrance, et il me fallut du temps aussi pour comprendre que ce bruit-ci exprimait ce que, par analogie également avec ce que j'avais moi-même ressenti de fort différent, j'appelai plaisir ; et celui-ci devait être bien fort pour bouleverser à ce point l'être qui le ressentait et tirer de lui ce langage inconnu qui semble désigner et commenter toutes les phases du drame délicieux[b] que vivait la petite femme et que cachait à mes yeux le rideau baissé à tout jamais pour les autres qu'elle-même sur ce qui se passe dans le mystère intime de chaque créature. Ces deux petites ne purent d'ailleurs rien me dire, elles ne savaient pas qui était Albertine[c].

Les romanciers prétendent souvent dans une introduction qu'en voyageant dans un pays ils ont rencontré quelqu'un qui leur a raconté la vie d'une personne. Ils laissent alors la parole à cet ami de rencontre et le récit qu'il leur fait c'est précisément leur roman. Ainsi la vie de Fabrice del Dongo fut racontée à Stendhal par un chanoine de Padoue[1]. Combien nous voudrions quand nous aimons, c'est-à-dire quand l'existence d'une autre personne nous semble mystérieuse, trouver un tel narrateur informé ! Et certes il existe. Nous-même, ne racontons-nous pas souvent, sans aucune passion, la vie de telle ou telle femme à un de nos amis ou à un étranger qui ne connaissaient rien de ses amours et nous écoutent avec curiosité ? L'homme que j'étais quand je parlais à Bloch de la princesse de Guermantes, de Mme Swann, cet être-là existait qui eût pu me parler d'Albertine, cet être-là existe toujours... mais nous ne le rencontrons jamais. Il me semblait que si j'avais pu trouver des femmes qui l'eussent connue, j'eusse appris tout ce que j'ignorais. Pourtant, à des étrangers il eût dû sembler que personne autant que moi ne pouvait connaître sa vie. Même ne connaissais-je pas sa meilleure amie, Andrée ? C'est ainsi que l'on croit que l'ami d'un ministre doit savoir la vérité sur certaines affaires ou ne pourra pas être impliqué dans un procès. Seul, à l'user, l'ami a appris que chaque fois qu'il parlait politique au ministre, celui-ci restait dans des généralités et lui disait tout au plus ce qu'il y avait dans les journaux, ou que s'il a eu quelque ennui, ses démarches multipliées auprès du ministre ont abouti chaque fois à un « ce n'est pas en mon pouvoir » sur lequel l'ami est lui-même sans pouvoir. Je me disais : « Si j'avais pu connaître tels témoins ! » desquels, si je les avais connus, je n'aurais pu rien obtenir plus que d'Andrée[a], dépositaire elle-même d'un secret qu'elle ne voulait pas livrer. Différant en cela encore de Swann qui, quand il ne fut plus jaloux, cessa d'être curieux de ce qu'Odette avait pu faire avec Forcheville, même après ma jalousie passée, connaître la blanchisseuse d'Albertine, des personnes de son quartier, y reconstituer sa vie, ses intrigues, cela seul avait du charme pour moi. Et comme le désir vient toujours d'un prestige préalable, comme il était advenu pour Gilberte, pour la duchesse de Guermantes, ce furent dans ces quartiers où avait autrefois vécu Albertine, des femmes de son milieu que je recherchai et dont seules j'eusse pu désirer la présence. Même sans rien pouvoir m'apprendre, c'étaient les seules femmes vers lesquelles je me sentais attiré étant celles qu'Albertine avait connues ou qu'elle aurait pu connaître, femmes de son milieu ou des milieux où elle se plaisait, en un mot celles qui avaient pour moi le prestige de lui ressembler ou d'être de celles qui lui eussent plu. Me rappelant ainsi soit Albertine elle-même, soit le type pour lequel elle avait sans doute une préférence, ces femmes éveillaient en moi un sentiment cruel, de jalousie ou de regret, qui plus tard, quand mon chagrin s'apaisa, se mua en une curiosité non exempte de charme. Et parmi ces dernières, surtout les filles du peuple, à cause de cette vie si différente de celle que je connaissais, et qui est la leur. Sans doute, c'est seulement par la pensée qu'on possède des choses et on ne possède pas un tableau parce qu'on l'a dans sa salle à manger si on ne sait pas le comprendre, ni un pays parce qu'on y réside sans même le regarder. Mais enfin j'avais autrefois l'illusion de ressaisir Balbec, quand, à Paris, Albertine venait me voir et que je la tenais dans mes bras ; de même que je prenais un contact bien étroit et furtif d'ailleurs, avec la vie d'Albertine, l'atmosphère des ateliers, une conversation de comptoir, l'âme des taudis, quand j'embrassais une ouvrière. Andrée, ces autres femmes, tout cela par rapport à Albertine — comme Albertine avait été elle-même par rapport à Balbec — étaient de ces substituts de plaisirs se remplaçant l'un l'autre en dégradation successive, qui nous permettent de nous passer de celui que nous ne pouvons plus atteindre, voyage à Balbec ou amour d'Albertine, de ces plaisirs (comme celui d'aller voir au Louvre un Titien qui y fut jadis, console de ne pouvoir aller à Venise) qui séparés les uns des autres par des nuances indiscernables, font de notre vie comme une suite de zones concentriques, contiguës, harmoniques et dégradées, autour d'un désir premier qui a donné le ton, éliminé ce qui ne se fond pas avec lui, répandu la teinte maîtresse (comme cela m'était arrivé aussi par exemple pour la duchesse de Guermantes et pour Gilberte). Andrée, ces femmes, étaient pour le désir que je savais ne plus pouvoir exaucer d'avoir auprès de moi Albertine ce qu'un soir, avant que je connusse Albertine autrement que de vue avait été l'ensoleillement tortueux et frais d'une grappe de raisin[1].

Associées maintenant[a] au souvenir de mon amour, les particularités physiques et sociales d'Albertine, malgré lesquelles je l'avais aimée, orientaient au contraire mon désir vers ce qu'il eût autrefois le moins naturellement choisi : des brunes de la petite bourgeoisie. Certes ce qui commençait partiellement à renaître en moi, c'était cet immense désir que mon amour pour Albertine n'avait pu assouvir, cet immense désir de connaître la vie que j'éprouvais autrefois sur les routes de Balbec, dans les rues de Paris, ce désir qui m'avait fait tant souffrir quand, supposant qu'il existait aussi au cœur d'Albertine, j'avais voulu la priver des moyens de le contenter avec d'autres que moi. Maintenant que je pouvais supporter l'idée de son désir, comme cette idée était aussitôt éveillée par le mien, ces deux immenses appétits coïncidaient, j'aurais voulu que nous pussions nous y livrer ensemble, je me disais : « Cette fille lui aurait plu », et par ce brusque détour, pensant à elle et à sa mort, je me sentais trop triste pour pouvoir poursuivre plus loin mon désir. Comme autrefois le côté de Méséglise et de Guermantes avaient établi les assises de mon goût pour la campagne et m'eussent empêché de trouver un charme profond dans un pays où il n'y aurait pas eu de vieille église, de bleuets, de boutons d'or, c'est de même en les rattachant en moi à un passé plein de charme que mon amour pour Albertine me faisait exclusivement rechercher un certain genre de femmes ; je recommençais comme avant de l'aimer à avoir besoin d'harmoniques d'elle qui fussent interchangeables avec mon souvenir devenu peu à peu moins exclusif. Je n'aurais pu me plaire maintenant auprès d'une blonde et fière duchesse parce qu'elle n'eût éveillé en moi aucune des émotions qui partaient d'Albertine, de mon désir d'elle, de la jalousie que j'avais eue de ses amours, de mes souffrances de sa mort. Car nos sensations pour être fortes ont besoin de déclencher en nous quelque chose de différent d'elles, un sentiment qui ne pourra pas trouver dans le plaisir sa satisfaction mais qui s'ajoute au désir, l'enfle, le fait s'accrocher désespérément au plaisir. Au fur et à mesure que l'amour qu'avait pu éprouver Albertine pour certaines femmes ne me faisait plus souffrir, il rattachait ces femmes à mon passé, leur donnait quelque chose de plus réel, comme aux boutons d'or, aux aubépines le souvenir de Combray donnait plus de réalité qu'aux fleurs nouvelles. Même d'Andrée je ne me disais plus avec rage : « Albertine l'aimait », mais au contraire pour m'expliquer à moi-même mon désir, d'un air attendri : « Albertine l'aimait bien. » Je comprenais maintenant les veufs qu'on croit consolés et qui prouvent au contraire qu'ils sont inconsolables, parce qu'ils se remarient avec leur belle-sœur.

Ainsi mon amour finissant semblait rendre possibles pour moi de nouvelles amours, et Albertine, comme ces femmes longtemps aimées pour elles-mêmes qui plus tard, sentant le goût de leur amant s'affaiblir, conservent leur pouvoir en se contentant du rôle d'entremetteuses, parait pour moi, comme la Pompadour pour Louis XV, de nouvelles fillettes. Autrefois, mon temps était divisé par périodes où je désirais telle femme, ou telle autre. Quand les plaisirs violents donnés par l'une étaient apaisés, je souhaitais celle qui donnait une tendresse presque pure jusqu'à ce que le besoin de caresses plus savantes ramenât le désir de la première. Maintenant ces alternances avaient pris fin, ou du moins l'une des périodes se prolongeait indéfiniment. Ce que j'aurais voulu, c'est que la nouvelle venue vînt habiter chez moi, et me donnât le soir, avant de me quitter, un baiser familial de sœur. De sorte que j'aurais pu croire — si je n'avais fait l'expérience de la présence insupportable d'une autre — que je regrettais plus un baiser que certaines lèvres, un plaisir qu'un amour, une habitude qu'une personne. J'aurais voulu aussi que la nouvelle venue pût me jouer du Vinteuil comme Albertine, causer comme elle avec moi d'Elstir. Tout cela était impossible. Leur amour[a] ne vaudrait pas le sien, pensais-je ; soit qu'un amour auquel s'annexaient tous ces épisodes, des visites aux musées, des soirées au concert, toute une vie compliquée qui permet des correspondances, des conversations, un flirt préliminaire aux relations[b] elles-mêmes, une amitié grave après, possède plus de ressources qu'un amour pour une femme qui ne sait que se donner, comme un orchestre plus qu'un piano ; soit que, plus profondément, mon besoin du même genre de tendresse que me donnait Albertine, la tendresse d'une fille assez cultivée et qui fût en même temps une sœur, ne fût — comme le besoin de femmes du même milieu qu'Albertine — qu'une reviviscence du souvenir d'Albertine, du souvenir de mon amour pour elle. Et j'éprouvais une fois de plus d'abord que le souvenir n'est pas inventif, qu'il est impuissant à désirer rien d'autre, même rien de mieux que ce que nous avons possédé ; ensuite qu'il est spirituel, de sorte que la réalité ne peut lui fournir l'état qu'il recherche ; enfin que, dérivant d'une personne morte, la renaissance qu'il incarne est moins celle du besoin[c] d'aimer, auquel il fait croire, que celle du besoin de l'absente. De sorte que même la ressemblance de la femme que j'avais choisie avec Albertine, la ressemblance, si j'arrivais à l'obtenir, de sa tendresse avec celle d'Albertine, ne me faisaient que mieux sentir l'absence de ce que j'avais sans le savoir cherché et qui était indispensable pour que renaquît mon bonheur, ce que j'avais cherché c'est-à-dire Albertine elle-même, le temps que nous avions vécu ensemble, le passé à la recherche duquel j'étais sans le savoir. Certes par les jours clairs Paris m'apparaissait innombrablement fleuri de toutes les fillettes non que je désirais mais qui plongeaient leurs racines dans l'obscurité du désir et des soirées inconnues d'Albertine. C'était telle de celles dont elle m'avait dit tout au début, quand elle ne se méfiait pas de moi : « Elle est ravissante, cette petite, comme elle a de jolis cheveux ! » Toutes les curiosités que j'avais eues autrefois de sa vie quand je ne la connaissais encore que de vue, et d'autre part tous mes désirs de la vie se confondaient en cette seule curiosité, la manière dont Albertine éprouvait du plaisir, la voir avec d'autres femmes, peut-être parce qu'ainsi, elles parties, je serais resté seul avec elle, le dernier et le maître. Et en voyant ses hésitations s'il valait la peine de passer la soirée avec telle ou telle, sa satiété quand l'autre était partie, peut-être sa déception, j'eusse éclairé, j'eusse ramené à de justes proportions la jalousie que m'inspirait Albertine, parce que la voyant ainsi les éprouver, j'aurais pris la mesure et découvert la limite de ses plaisirs.

De combien de plaisirs, de quelle douce vie elle nous a privés, me disais-je, par cette farouche obstination à nier son goût[1] ! Et comme une fois de plus je cherchais quelle avait pu être la raison de cette obstination, tout d'un coup le souvenir me revint d'une phrase que je lui avais dite à Balbec le jour où elle m'avait donné un crayon. Comme je lui reprochais de ne pas m'avoir laissé l'embrasser, je lui avais dit que je trouvais cela aussi naturel que je trouvais ignoble qu'une femme eût des relations avec une autre femme. Hélas, peut-être Albertine s'était rappelé.

Je ramenais avec moi les filles qui m'eussent le moins plu, je lissais des bandeaux à la vierge, j'admirais un petit nez bien modelé, une pâleur espagnole. Certes autrefois, même pour une femme que je ne faisais qu'apercevoir sur une route de Balbec, dans une rue de Paris, j'avais senti ce que mon désir avait d'individuel, et que c'était le fausser que de chercher à l'assouvir avec un autre objet. Mais la vie, en me découvrant peu à peu la permanence de nos besoins, m'avait appris que faute d'un être il faut se contenter avec un autre et je sentais que ce que j'avais demandé à Albertine, une autre, Mlle de Stermaria[a], eût pu me le donner. Mais ç'avait été Albertine ; et entre la satisfaction de mes besoins de tendresse et les particularités de son corps un entrelacement de souvenirs s'était fait tellement inextricable[b] que je ne pouvais plus arracher à un désir de tendresse toute cette broderie des souvenirs du corps d'Albertine. Elle seule pouvait me donner ce bonheur. L'idée de son unicité n'était plus un *a-priori* métaphysique puisé dans ce qu'Albertine avait d'individuel, comme jadis pour les passantes, mais un *a-posteriori* constitué par l'imbrication contingente mais indissoluble de mes souvenirs. Je ne pouvais plus désirer une tendresse sans avoir besoin d'elle, sans souffrir de son absence. Aussi la ressemblance même de la femme choisie, de la tendresse demandée, avec le bonheur que j'avais connu, ne me faisait que mieux sentir tout ce qui leur manquait pour qu'il pût renaître. Ce même vide que je sentais dans ma chambre depuis qu'Albertine était partie et que j'avais cru combler en serrant des femmes contre moi, je le retrouvais en elles. Elles ne m'avaient jamais parlé, elles, de la musique de Vinteuil, des *Mémoires* de Saint-Simon, elles n'avaient pas mis un parfum trop fort pour venir me voir, elles n'avaient pas joué à mêler leurs cils aux miens, toutes choses importantes parce qu'elles permettent, semble-t-il, de rêver autour de l'acte sexuel lui-même et de se donner l'illusion de l'amour, mais en réalité parce qu'elles faisaient partie du souvenir d'Albertine et que c'était elle que j'aurais voulu trouver. Ce que ces femmes avaient d'Albertine me faisait mieux ressentir ce que d'elle il leur manquait, et qui était tout, et qui ne serait plus jamais puisque Albertine était morte. Et ainsi mon amour pour Albertine, qui m'avait attiré vers ces femmes, me les rendait indifférentes, et mon regret[a] d'Albertine et la persistance de ma jalousie, qui avaient déjà dépassé par leur durée mes prévisions les plus pessimistes, n'auraient sans doute jamais changé beaucoup si leur existence, isolée du reste de ma vie, avait seulement été soumise au jeu de mes souvenirs, aux actions et réactions d'une psychologie applicable à des états immobiles, et n'avait pas été entraînée vers un système plus vaste où les âmes se meuvent dans le temps comme les corps dans l'espace. Comme il y a une géométrie dans l'espace, il y a une psychologie dans le temps, où les calculs d'une psychologie plane ne seraient plus exacts parce qu'on n'y tiendrait pas compte du Temps et d'une des formes qu'il revêt, l'oubli ; l'oubli dont je commençais à sentir la force et qui est un si puissant instrument d'adaptation à la réalité parce qu'il détruit peu à peu en nous le passé survivant qui est en constante contradiction avec elle. Et j'aurais vraiment bien pu deviner plus tôt qu'un jour je n'aimerais plus Albertine. Quand par la différence[b] qu'il y avait entre ce que l'importance de sa personne et de ses actions était pour moi et pour les autres, j'avais compris que mon amour était moins un amour pour elle qu'un amour en moi, j'aurais pu déduire diverses conséquences de ce caractère subjectif de mon amour, et qu'étant un état mental, il pouvait notamment survivre assez longtemps à la personne, mais aussi que n'ayant avec cette personne aucun lien véritable, n'ayant aucun soutien en dehors de soi, il devrait, comme tout état mental, même les plus durables, se trouver un jour hors d'usage, être « remplacé » et que ce jour-là tout ce qui me semblait m'attacher si doucement, indissolublement, au souvenir d'Albertine, n'existerait plus pour moi. C'est le malheur des êtres de n'être pour nous que des planches de collections fort usables dans notre pensée[1]. Justement à cause de cela on fonde sur eux des projets qui ont l'ardeur de la pensée ; mais la pensée se fatigue, le souvenir se détruit : le jour viendrait où je donnerais volontiers à la première venue la chambre d'Albertine, comme j'avais sans aucun chagrin donné à Albertine la bille d'agate ou d'autres présents de Gilberte[2].

CHAPITRE II

MADEMOISELLE DE FORCHEVILLE[a]

Ce n'était pas que je n'aimasse encore Albertine, mais déjà pas de la même façon que les derniers temps ; non, c'était à la façon[b] des temps plus anciens où tout ce qui se rattachait à elle, lieux et gens, me faisait éprouver une curiosité où il y avait plus de charme que de souffrance. Et en effet je sentais bien maintenant qu'avant de l'oublier tout à fait, comme un voyageur qui revient par la même route au point d'où il est parti, il me faudrait, avant d'atteindre à l'indifférence initiale, traverser[c] en sens inverse tous les sentiments par lesquels j'avais passé avant d'arriver à mon grand amour. Mais ces étapes, ces moments du passé ne sont pas immobiles, ils ont gardé la force terrible, l'ignorance heureuse de l'espérance qui s'élançait alors vers un temps devenu aujourd'hui le passé, mais qu'une hallucination nous fait un instant prendre rétrospectivement pour l'avenir. Je lisais une lettre d'Albertine où[d] elle m'avait annoncé sa visite pour le soir, et j'avais une seconde la joie de l'attente. Dans ces retours par la même ligne d'un pays où l'on ne retournera jamais, où l'on reconnaît le nom, l'aspect de toutes les stations[e] par où on a déjà passé à l'aller, il arrive que tandis qu'on est arrêté à l'une d'elles en gare, on a un instant l'illusion qu'on repart mais dans la direction du lieu d'où l'on vient, comme l'on avait fait la première fois. Tout de suite l'illusion cesse mais une seconde on s'était senti de nouveau emporté vers lui[a] : telle est la cruauté du souvenir.

Et pourtant si l'on ne peut[b] pas, avant de revenir à l'indifférence d'où on était parti, se dispenser de couvrir en sens inverse les distances qu'on avait franchies pour arriver à l'amour, le trajet, la ligne qu'on suit, ne sont pas forcément les mêmes. Ils ont de commun de ne pas être directs, parce que l'oubli pas plus que l'amour ne progresse régulièrement. Mais ils n'empruntent[c] pas forcément les mêmes voies. Et dans celle que je suivis au retour, il y eut, déjà bien près de l'arrivée, quatre étapes que je me rappelle particulièrement[1], sans doute parce que j'y aperçus[d] des choses qui ne faisaient pas partie de mon amour d'Albertine, ou du moins qui ne s'y rattachaient que dans la mesure où ce qui était déjà dans notre âme avant un grand amour s'associe à lui, soit en le nourrissant, soit en le combattant, soit en faisant avec lui, pour notre intelligence qui analyse, contraste et image.

La première de ces étapes commença au début de l'hiver[e], un beau dimanche de Toussaint où j'étais sorti. Tout en approchant du Bois, je me rappelais avec tristesse le retour d'Albertine venant me chercher du Trocadéro, car c'était la même journée, mais sans Albertine. Avec tristesse et pourtant non sans plaisir tout de même, car la reprise en mineur, sur un ton désolé, du même motif qui avait empli ma journée d'autrefois, l'absence même de ce téléphonage de Françoise, de cette arrivée d'Albertine, n'étaient pas quelque chose de négatif mais par la suppression[f] dans la réalité de ce que je me rappelais, donnaient à la journée quelque chose de douloureux et en faisaient quelque chose de plus beau qu'une journée unie et simple, parce que ce qui n'y était plus, ce qui en avait été arraché, y restait imprimé comme en creux[2]. Au Bois, je fredonnais des phrases de la sonate de Vinteuil[3]. Je ne souffrais plus beaucoup de penser qu'Albertine me l'avait tant de fois jouée[g], car presque tous mes souvenirs d'elle étaient entrés dans ce second état chimique où ils ne causent plus[h] d'anxieuse oppression au cœur, mais de la douceur. Par moments, dans les passages qu'elle jouait le plus souvent, où elle avait l'habitude de faire telle réflexion qui me paraissait alors charmante, de suggérer telle réminiscence, je me disais : « Pauvre petite », mais sans tristesse, en ajoutant seulement au passage musical un prix de plus, un prix en quelque sorte historique et curieux comme celui que le tableau de Charles Ier par Van Dyck, déjà si beau par lui-même, acquiert encore de plus, du fait qu'il soit entré dans les collections nationales par la volonté de Mme du Barry[1] d'impressionner[a] le roi. Quand la petite phrase, avant de disparaître tout à fait, se défit en ses divers éléments où elle flotta encore un instant éparpillée, ce ne fut pas pour moi, comme pour Swann, une messagère d'Albertine qui disparaissait. Ce n'était pas tout à fait les mêmes associations d'idées chez moi que chez Swann que la petite phrase avait éveillées. J'avais été surtout sensible à l'élaboration, aux essais, aux reprises, au « devenir » d'une phrase qui se faisait durant la sonate comme cet amour s'était fait durant ma vie. Et maintenant, sachant combien chaque jour un élément de plus de mon amour s'en allait, le côté jalousie, puis tel autre, revenant, en somme, peu à peu dans un vague souvenir à la faible amorce du début, c'était mon amour qu'il me semblait, en la petite phrase éparpillée, voir se désagréger devant moi.

Comme je suivais les allées séparées d'un sous-bois, tendues d'une gaze chaque jour amincie, je sentais le souvenir d'une promenade où Albertine était à côté de moi dans la voiture, où elle était rentrée avec moi, où je sentais qu'elle enveloppait ma vie, flotter maintenant autour de moi, dans la brume incertaine des branches assombries au milieu desquelles le soleil couchant faisait briller, comme suspendue dans le vide, l'horizontalité clairsemée des feuillages d'or. D'ailleurs, je tressaillais de moment en moment, comme tous ceux auxquels une idée fixe donne à toute femme arrêtée au coin d'une allée, la ressemblance, l'identité possible avec celle à qui on pense. « C'est peut-être elle ! » On se retourne, la voiture continue à avancer et on ne revient pas en arrière. Ces feuillages, je ne me contentais pas de les voir[b] avec les yeux de la mémoire ; ils m'intéressaient, me touchaient comme ces pages purement descriptives au milieu desquelles un artiste, pour les rendre plus complètes, introduit une fiction, tout un roman ; et cette nature prenait ainsi le seul charme de mélancolie qui pouvait aller jusqu'à mon cœur. La raison de ce charme[a] me parut être que j'aimais toujours autant Albertine, tandis que la raison véritable était au contraire que l'oubli continuait à faire en moi des progrès, que le souvenir d'Albertine ne m'était plus cruel, c'est-à-dire avait changé ; mais nous avons beau voir clair dans nos impressions, comme je crus alors voir clair dans la raison de ma mélancolie, nous ne savons pas remonter jusqu'à leur signification plus éloignée : comme ces malaises que le médecin écoute son malade lui raconter et à l'aide desquels il remonte à une cause plus profonde, ignorée du patient, de même nos impressions, nos idées, n'ont qu'une valeur de symptômes. Ma jalousie[b] étant tenue à l'écart par l'impression de charme et de douce tristesse que je ressentais, mes sens se réveillaient. Une fois de plus comme quand j'avais cessé de voir Gilberte l'amour de la femme s'élevait de moi, débarrassé de toute association exclusive avec une certaine femme déjà aimée, et flottait comme ces essences qu'ont libérées des destructions antérieures et qui errent en suspens[c] dans l'air printanier, ne demandant qu'à s'unir à une nouvelle créature. Nulle part il ne germe autant de fleurs, s'appelassent-elles des « ne-m'oubliez-pas », que dans un cimetière. Je regardais les jeunes filles dont était innombrablement fleuri ce beau jour, comme j'eusse fait jadis de la voiture de Mme de Villeparisis ou de celle où j'étais par un même dimanche venu avec Albertine. Aussitôt au regard que je venais poser sur telle ou telle d'entre elles s'appariait immédiatement le regard curieux, furtif, entreprenant, reflétant d'insaisissables pensées, que leur eût à la dérobée jeté Albertine, et qui géminant le mien d'une aile mystérieuse, rapide et bleuâtre, faisait passer dans ces allées jusque-là si naturelles, le frisson d'un inconnu dont mon propre désir n'eût pas suffi à les renouveler s'il fût demeuré seul, car lui, pour moi, n'avait rien d'étranger. Et parfois la lecture d'un roman un peu triste me ramenait brusquement en arrière, car certains romans sont comme de grands deuils momentanés, abolissent l'habitude, nous remettent en contact avec la réalité de la vie, mais pour quelques heures seulement, comme un cauchemar, car les forces de l'habitude, l'oubli qu'elles produisent, la gaieté qu'elles ramènent par l'impuissance du cerveau à lutter contre elles et à recréer le vrai, l'emportent infiniment sur la suggestion presque hypnotique d'un beau livre, laquelle, comme toutes les suggestions, a des effets très courts. D'ailleurs à Balbec[a], quand j'avais désiré connaître Albertine, la première fois, n'était-ce pas parce qu'elle m'avait semblé représentative de ces jeunes filles dont la vue m'avait si souvent arrêté dans les rues, sur les routes, et que pour moi elle pouvait résumer leur vie ? Et n'était-il pas naturel que maintenant l'étoile finissante de mon amour en lequel elles s'étaient condensées, se dispersât de nouveau en cette poussière disséminée de nébuleuses ? Toutes me semblaient des Albertine, l'image que je portais en moi me la faisant retrouver partout, et même, au détour d'une allée, l'une qui remontait dans une automobile me la rappela tellement, était si exactement de la même corpulence, que je me demandai un instant si ce n'était pas elle que je venais de voir, si on ne m'avait pas trompé en me faisant le récit de sa mort. Je la revoyais ainsi dans un angle d'allée, peut-être à Balbec, remontant en voiture de la même manière, alors qu'elle avait tant de confiance dans la vie. Et le geste de cette jeune fille pour remonter[b] en automobile, je ne le constatais pas seulement avec mes yeux comme la superficielle apparence qui se dérobe si promptement au cours[c] d'une promenade : devenu une sorte d'acte durable, il me semblait[d] s'étendre aussi dans le passé, par ce côté qui venait de lui être surajouté et qui s'appuyait si voluptueusement, si tristement contre mon cœur.

Mais[e] déjà la jeune fille avait disparu. Un peu plus loin je vis un groupe de trois jeunes filles[1] un peu plus âgées, peut-être des jeunes femmes, dont l'allure élégante et énergique correspondait si bien à ce qui m'avait séduit le premier jour où j'avais aperçu Albertine[f] et ses amies, que j'emboîtai le pas à ces trois nouvelles jeunes filles et au moment où elles prirent une voiture, en cherchai désespérément une autre dans tous les sens, et que je trouvai, mais trop tard. Je ne les retrouvai[g] pas. Mais quelques jours plus tard, comme je rentrais, j'aperçus, sortant de sous la voûte de notre maison, les trois jeunes filles que j'avais suivies au Bois. C'était tout à fait, les deux brunes surtout, et un peu plus âgées seulement, de ces jeunes filles du monde qui souvent, vues de ma fenêtre ou croisées dans la rue, m'avaient fait faire mille projets, aimer la vie, et que je n'avais pu connaître. La blonde avait un air un peu plus délicat, presque souffrant, qui me plaisait moins. Ce fut pourtant elle qui fut cause que je ne me contentai pas de les considérer un instant, ayant pris racine, avec ces regards qui, par leur fixité impossible à distraire, leur application comme à un problème, semblent avoir conscience qu'il s'agit d'aller bien au-delà de ce qu'on voit. Je les aurais sans doute laissées disparaître comme tant d'autres mais au moment où elles passèrent devant moi la blonde — était-ce parce que je les contemplais avec cette attention ? — me lança furtivement[a] un premier regard, puis m'ayant dépassé, et retournant la tête vers moi, un second qui acheva de m'enflammer. Cependant comme elle cessa de s'occuper de moi et se remit à causer avec ses amies, mon ardeur eût sans doute fini par tomber, si elle n'avait été centuplée par le fait suivant. Ayant demandé au concierge qui elles étaient : « Elles ont demandé Mme la duchesse, me dit-il. Je crois qu'il n'y en a qu'une qui la connaisse et que les autres l'avaient seulement accompagnée jusqu'à la porte. Voici le nom, je ne sais pas si j'ai bien écrit. » Et je lus : *Mlle Déporcheville*, que je rétablis aisément : d'Éporcheville, c'est-à-dire le nom ou à peu près, autant que je me souvenais, de la jeune fille d'excellente famille, et apparentée vaguement aux Guermantes, dont Robert m'avait parlé pour l'avoir rencontrée dans une maison de passe et avec laquelle il avait eu des relations. Je comprenais maintenant la signification de son regard, pourquoi[b] elle s'était retournée et cachée de ses compagnes. Que de fois j'avais pensé à elle, me l'imaginant d'après le nom que m'avait dit Robert ! Et voici que je venais de la voir, nullement différente de ses amies, sauf par ce regard ditsimulé qui ménageait entre moi et elle une entrée secrète dans des parties de sa vie qui évidemment étaient cachées à ses amies, et qui me la faisaient paraître plus accessible — presque à demi mienne — plus douce que ne sont d'habitude[c] les jeunes filles de l'aristocratie. Dans l'esprit de celle-ci, entre elle et moi il y avait d'avance de commun les heures que nous aurions pu passer ensemble, si elle avait la liberté de me donner un rendez-vous. N'était-ce pas ce que son regard avait voulu m'exprimer avec une éloquence qui ne fut claire que pour moi ? Mon cœur battait de toutes ses forces, je n'aurais pas pu dire exactement comment était faite Mlle d'Éporcheville[d], je revoyais vaguement un blond visage aperçu de côté, mais j'étais amoureux fou d'elle. Tout d'un coup je m'avisai que je raisonnais comme si entre les trois, Mlle d'Éporcheville était précisément la blonde qui s'était retournée et m'avait regardé deux fois. Or le concierge ne me l'avait pas dit. Je revins[a] à sa loge, l'interrogeai à nouveau, il me dit qu'il ne pouvait me renseigner là-dessus, parce qu'elles étaient venues aujourd'hui pour la première fois et pendant qu'il n'était pas là. Mais il allait demander à sa femme qui les avait déjà vues une fois. Elle était en train de faire l'escalier de service. Qui n'a au cours de sa vie de ces incertitudes, plus ou moins semblables à celles-là, et délicieuses ? Un ami charitable à qui on a décrit une jeune fille qu'on a vue au bal, a reconstitué qu'elle devait être une de ses amies et vous invite avec elle. Mais entre tant d'autres et sur un simple portrait parlé n'y aura-t-il pas eu d'erreur commise ? La jeune fille que vous allez voir tout à l'heure ne sera-t-elle pas une autre que celle que vous désirez ? Ou au contraire n'allez-vous pas voir vous tendre la main en souriant, précisément celle que vous souhaitiez qu'elle fût ? Cette dernière chance est assez fréquente et sans être justifiée toujours par un raisonnement aussi probant que celui qui concernait Mlle d'Éporcheville, résulte d'une sorte d'intuition et aussi de ce souffle de chance qui parfois nous favorise. Alors, en la voyant, nous nous disons : « C'était bien elle. » Je me rappelai que dans la petite bande[b] de jeunes filles se promenant au bord de la mer, j'avais deviné juste celle qui s'appelait Albertine Simonet[c1]. Ce souvenir me causa une douleur aiguë mais brève, et tandis que le concierge cherchait sa femme, je songeais surtout — pensant à Mlle d'Éporcheville et comme dans ces minutes d'attente où un nom, un renseignement qu'on a on ne sait pourquoi adapté à un visage, se trouve un instant libre et flotte entre plusieurs, prêt, s'il adhère à un nouveau, à rendre le premier[d] sur lequel il vous avait renseigné, rétrospectivement inconnu, innocent, insaisissable — que le concierge allait peut-être m'apprendre que Mlle d'Éporcheville était au contraire une des deux brunes. Dans ce cas[e] s'évanouissait l'être à l'existence duquel je croyais, que j'aimais déjà, que je ne songeais plus qu'à posséder, cette blonde et sournoise Mlle d'Éporcheville que la fatale réponse allait alors dissocier en deux éléments distincts, que j'avais arbitrairement unis à la façon d'un romancier qui fond ensemble divers éléments empruntés à la réalité pour créer un personnage imaginaire, et qui pris[a] chacun à part — le nom ne corroborant pas l'intention du regard — perdaient toute signification. Dans ce cas mes arguments se trouvaient détruits, mais combien ils se trouvèrent au contraire fortifiés quand le concierge revint me dire que Mlle d'Éporcheville était bien la blonde !

Dès lors je ne pouvais plus croire à une homonymie. Le hasard eût été trop grand que sur ces trois jeunes filles l'une s'appelât Mlle d'Éporcheville, que ce fût justement, ce qui était une première vérification topique de ma supposition, celle qui m'avait regardé de cette façon, presque en me souriant, et que ce ne fût pas celle qui allait dans les maisons de passe.

Alors commença une journée d'une folle agitation. Avant même d'aller acheter tout ce que je croyais propre à me parer pour produire une meilleure impression le surlendemain quand j'irais voir Mme de Guermantes, chez qui je trouverais ainsi une jeune fille facile et prendrais rendez-vous avec elle (car je trouverais bien le moyen de l'entretenir un instant dans un coin du salon), j'allai pour plus de sûreté télégraphier à Robert pour lui demander le nom exact et la description de la jeune fille, espérant avoir sa réponse avant le surlendemain où elle devait, m'avait dit le concierge, revenir voir Mme de Guermantes ; et (je ne pensais pas une seconde à autre chose, même pas à Albertine) j'irais, quoi qu'il pût m'arriver d'ici là, dussé-je m'y faire descendre en chaise à porteur si j'étais malade, faire une visite à la même heure à la duchesse. Si je télégraphiais à Saint-Loup ce n'était pas qu'il me restât des doutes sur l'identité de la personne, et que la jeune fille vue et celle dont il m'avait parlé fussent encore distinctes pour moi. Je ne doutais pas qu'elles n'en fissent qu'une seule. Mais dans mon impatience d'attendre le surlendemain, il m'était doux, c'était déjà pour moi comme un pouvoir secret sur elle, de recevoir une dépêche la concernant, pleine de détails. Au télégraphe, tout en rédigeant ma dépêche avec l'animation de l'homme qu'échauffe l'espérance, je remarquais combien j'étais moins désarmé[b] maintenant que dans mon enfance, et vis-à-vis de Mlle d'Éporcheville que de Gilberte. À partir du moment[c] où j'avais eu seulement la peine d'écrire ma dépêche, l'employé n'avait plus qu'à la prendre, les réseaux les plus rapides de communication électrique à la transmettre à l'étendue de la France et de la Méditerranée et tout le passé noceur de Robert allait être appliqué à identifier la personne que je venais de rencontrer, allait être au service du roman que je venais d'ébaucher et auquel je n'avais même plus besoin de penser, car la réponse allait se charger[a] de le conclure dans un sens ou dans un autre avant que vingt-quatre heures fussent accomplies. Tandis qu'autrefois, ramené des Champs-Élysées par Françoise, nourrissant seul à la maison d'impuissants désirs, ne pouvant user des moyens pratiques de la civilisation, j'aimais comme un sauvage, ou même, car je n'avais pas la liberté de bouger, comme une fleur. À partir de ce moment, mon temps se passa dans la fièvre ; une absence de quarante-huit heures que mon père me demanda de faire avec lui et qui m'eût fait manquer la visite chez la duchesse me mit dans une rage et un désespoir tels que ma mère s'interposa et obtint de mon père de me laisser à Paris. Mais pendant plusieurs heures ma colère ne put s'apaiser, tandis que mon désir de Mlle d'Éporcheville avait été centuplé par l'obstacle qu'on avait mis entre nous, par la crainte que j'avais eue un instant que ces heures, auxquelles je souriais d'avance sans trêve de ma visite chez Mme de Guermantes comme à un bien certain que nul ne pourrait m'enlever, n'eussent pas lieu. Certains philosophes disent que le monde extérieur n'existe pas et que c'est en nous-même que nous développons notre vie. Quoi qu'il en soit, l'amour, même en ses plus humbles commencements, est un exemple frappant du peu qu'est la réalité pour nous. M'eût-il fallu dessiner de mémoire un portrait de Mlle d'Éporcheville, donner sa description, son signalement, cela m'eût été impossible, et même la reconnaître dans la rue. Je l'avais aperçue de profil, bougeante, elle m'avait semblé jolie, simple, grande et blonde, je n'aurais pas pu en dire davantage. Mais toutes les réactions du désir, de l'anxiété, du coup mortel frappé par la peur de ne pas la voir si mon père m'emmenait, tout cela associé à une image qu'en somme je ne connaissais pas et dont il suffisait que je la susse agréable, constituait déjà un amour. Enfin le lendemain[b] matin, après une nuit d'insomnie heureuse, je reçus la dépêche de Saint-Loup : DE L'ORGEVILLE, *DE* PARTICULE, *ORGE* LA GRAMINÉE, COMME DU SEIGLE,

VILLE COMME UNE VILLE, PETITE, BRUNE, BOULOTTE, EST EN CE MOMENT EN SUISSE. Ce n'était pas elle[1] !

Ma mère entrant dans ma chambre avec le courrier, le posa sur mon lit avec négligence, en ayant l'air de penser à autre chose. Et se retirant aussitôt pour me laisser seul, elle sourit en partant. Et moi, connaissant les ruses de ma chère maman et sachant qu'on pouvait toujours lire dans son visage, sans crainte de se tromper, si l'on prenait comme clef le désir de faire plaisir aux autres, je souris et pensai : « Il y a quelque chose[a] d'intéressant pour moi dans le courrier, et maman a affecté cet air indifférent et distrait pour que ma surprise soit complète et pour ne pas faire comme les gens qui vous ôtent la moitié de votre plaisir en vous l'annonçant. Et elle n'est pas restée là parce qu'elle a craint que par amour-propre je dissimule le plaisir que j'aurais, et ainsi le ressente moins vivement. » Cependant en allant vers la porte pour sortir elle avait rencontré Françoise qui entrait chez moi, la dépêche à la main[2]. Dès qu'elle me l'eut donnée, ma mère avait forcé Françoise à rebrousser chemin et l'avait entraînée dehors, effarouchée, offensée et surprise. Car Françoise considérait que sa charge comportait le privilège de pénétrer à toute heure dans ma chambre et d'y rester s'il lui plaisait. Mais déjà[b] sur son visage, l'étonnement et la colère avaient disparu sous le sourire noir et gluant d'une pitié transcendante et d'une ironie philosophique, liqueur visqueuse que sécrétait pour guérir sa blessure son amour-propre lésé. Pour ne pas se sentir méprisée, elle nous méprisait. Aussi bien savait-elle que nous étions des maîtres, des êtres capricieux, qui ne brillent pas par l'intelligence et qui trouvent leur plaisir à imposer par la peur à des personnes spirituelles, à des domestiques, pour bien montrer qu'ils sont les maîtres, des devoirs absurdes comme de faire bouillir l'eau en temps d'épidémie, de balayer ma chambre avec un linge mouillé, et d'en sortir au moment où on avait justement l'intention d'y rester. Maman avait posé[c] le courrier tout près de moi, pour qu'il ne pût pas m'échapper. Mais je sentis que ce n'était que des journaux. Sans doute y avait-il quelque article d'un écrivain que j'aimais et qui écrivant rarement serait pour moi une surprise. J'allai à la fenêtre, j'écartai les grands rideaux. Au-dessus du jour blême et brumeux, le ciel qui était rose comme sont à cette heure dans les cuisines les fourneaux qu'on allume, me remplit d'espérance et du désir de passer la nuit et de m'éveiller à la petite station montagnarde où j'avais vu la laitière aux joues roses. J'ouvris[a] *Le Figaro*[1]. Quel ennui ! Justement le premier article avait le même titre que celui que j'avais envoyé et qui n'avait pas paru. Mais pas seulement le même titre, voici quelques mots absolument pareils. Cela, c'était trop fort. J'enverrais une protestation. Et j'entendais Françoise qui, indignée qu'on l'eût chassée de ma chambre où elle considérait qu'elle avait ses grandes entrées, grommelait : « Si c'est pas malheureux, un enfant qu'on a vu naître. Je ne l'ai pas vu quand sa mère le faisait, bien sûr. Mais quand je l'ai connu, pour bien dire, il n'y avait pas cinq ans qu'il était naquis ! » Mais ce n'était pas quelques mots, c'était tout, c'était ma signature... C'était mon article qui avait enfin paru ! Mais ma pensée qui, peut-être déjà à cette époque, avait commencé à vieillir et à se fatiguer un peu, continua un instant encore à raisonner comme si elle n'avait pas compris que c'était mon article, comme les vieillards qui sont obligés de terminer jusqu'au bout un mouvement commencé, même s'il est devenu inutile, même si un obstacle imprévu devant lequel il faudrait se retirer immédiatement le rend dangereux. Puis je considérai le pain spirituel qu'est un journal, encore chaud et humide de la presse récente et du brouillard du matin où on le distribue dès l'aurore aux bonnes qui l'apportent à leur maître avec le café au lait, pain miraculeux, multipliable, qui est à la fois un et dix mille, et reste le même pour chacun tout en pénétrant à la fois, innombrable, dans toutes les maisons.

Ce que je tenais[b] en main, ce n'est pas un certain exemplaire du journal, c'est l'un quelconque des dix mille ; ce n'est pas seulement ce qui a été écrit par moi, c'est ce qui a été écrit par moi et lu par tous. Pour apprécier exactement le phénomène qui se produit en ce moment dans les autres maisons, il faut que je lise cet article non en auteur, mais comme un des autres lecteurs du journal ; ce que je tenais en main ce n'était pas seulement[c] ce que j'avais écrit, c'était le symbole de l'incarnation dans tant d'esprits. Aussi pour le lire fallait-il que je cessasse un moment d'en être l'auteur, que je fusse l'un quelconque des lecteurs du journal. Mais d'abord une première inquiétude. Le lecteur non prévenu verra-t-il cet article ? Je déplie distraitement le journal comme ferait ce lecteur non prévenu, ayant même sur ma figure l'air que je prends d'ignorer ce qu'il y a ce matin dans mon journal et d'avoir hâte de regarder les nouvelles mondaines ou la politique. Mais mon article est si long que mon regard, qui l'évite (pour rester dans la vérité et ne pas mettre la chance de mon côté, comme quelqu'un qui attend compte trop lentement exprès)[a] en accroche un morceau au passage. Mais beaucoup de ceux qui aperçoivent le premier article, même qui le lisent, ne regardent pas la signature. Moi-même je serais bien incapable de dire de qui était le premier article de la veille. Et je me promets maintenant de les lire toujours et le nom de leur auteur ; mais comme un amant jaloux qui ne trompe pas sa maîtresse pour croire à sa fidélité, je songe tristement que mon attention future ne forcera, n'a pas forcé en retour celle des autres. Et puis il y a ceux qui sont partis à la chasse, ceux qui sont sortis trop tôt de chez eux. Enfin, quelques-uns tout de même le liront. Je fais comme ceux-là, je commence. J'ai beau savoir que bien des gens qui liront cet article le trouveront détestable, au moment où je lis, ce que je vois dans chaque mot me semble être sur le papier, je ne peux pas croire que chaque personne en ouvrant les yeux ne verra pas directement ces images que je vois, croyant que la pensée de l'auteur est directement perçue par le lecteur, tandis que c'est une autre pensée qui se fabrique dans son esprit, avec la même naïveté que ceux qui croient que c'est la parole même qu'on a prononcée qui chemine telle quelle le long des fils du téléphone ; au moment même où je veux être un lecteur quelconque, mon esprit refait en lisant mon article[b]. Si M. de Guermantes ne comprenait pas telle phrase que Bloch aimerait, en revanche il pourrait s'amuser de telle réflexion que Bloch dédaignerait. Ainsi pour chaque partie que le lecteur précédent semblait délaisser, un nouvel amateur se présentant, l'ensemble de l'article se trouvait élevé aux nues par une foule et s'imposait à ma propre défiance de moi-même qui n'avais plus besoin de le soutenir[c]. C'est qu'en réalité[d] il en est de la valeur d'un article si remarquable qu'il puisse être, comme de ces phrases des comptes rendus de la Chambre[e] où les mots « Nous verrons bien », prononcés par le ministre, ne prennent toute leur importance qu'encadrés ainsi : « LE PRÉSIDENT[f] DU CONSEIL, MINISTRE DE L'INTÉRIEUR ET DES CULTES : Nous verrons bien. *(Vives exclamations à l'extrême gauche. "Très bien ! très bien !" sur quelques bancs à gauche et au centre)* (fin plus belle que son milieu, digne de son début) : une partie de sa beauté — et c'est la tare originelle de ce genre de littérature, dont ne sont pas exceptés les célèbres *Lundis* — réside dans l'impression qu'elle produit sur les lecteurs. C'est une Vénus collective, dont on n'a qu'un membre mutilé si l'on s'en tient à la pensée de l'auteur, car elle ne se réalise complète que dans l'esprit de ses lecteurs. En eux elle s'achève. Et comme une foule, fût-elle une élite, n'est pas artiste, ce cachet dernier qu'elle lui donne garde toujours quelque chose d'un peu commun. Ainsi Sainte-Beuve, le lundi, pouvait se représenter Mme de Boigne dans son lit à hautes colonnes lisant son article du *Constitutionnel*, appréciant telle jolie phrase dans laquelle il s'était longtemps complu et qui ne serait peut-être jamais sortie de lui s'il n'avait jugé à propos d'en bourrer son feuilleton pour que le coup en portât plus loin. Sans doute le chancelier, le lisant de son côté, en parlerait à sa vieille amie dans la visite qu'il lui ferait un peu plus tard. Et en l'emmenant ce soir dans sa voiture, le duc de Noailles en pantalon gris lui dirait ce qu'on en avait pensé dans la société, si un mot de Mme d'Arbouville[a] ne le lui avait déjà appris. Et appuyant ma propre défiance de moi-même[b1] sur ces dix mille approbations qui me soutenaient, je puisais autant de sentiment de ma force et d'espoir de talent dans la lecture que je faisais en ce moment que j'y avais puisé de défiance quand ce que j'avais écrit ne s'adressait qu'à moi. Je voyais à cette même heure pour tant de gens, ma pensée ou même à défaut de ma pensée pour ceux qui ne pouvaient la comprendre, la répétition de mon nom et comme une évocation embellie de ma personne briller sur eux, colorer leur pensée en une aurore qui me remplissait de plus de force et de joie triomphante que l'aurore innombrable qui en même temps se montrait rose à toutes les fenêtres. Je voyais Bloch[c], les Guermantes, Legrandin, Andrée, tirer de chaque phrase les images que l'article renferme ; et au moment même[d] où j'essaie d'être un lecteur quelconque, je lis en auteur, mais pas en auteur seulement. Pour que l'être impossible que j'essaie d'être réunisse tous les contraires qui peuvent m'être le plus favorables, si je lis en auteur, je me juge en lecteur, sans aucune des exigences que peut avoir pour un écrit celui qui y confronte l'idéal qu'il a voulu y exprimer. Ces phrases de mon article, lorsque je les écrivis, étaient si faibles auprès de ma pensée, si compliquées et opaques auprès de ma vision harmonieuse et transparente, si pleines de lacunes que je n'étais pas arrivé à remplir, que leur lecture était pour moi une souffrance, elles n'avaient fait qu'accentuer[a] en moi le sentiment de mon impuissance et de mon manque incurable de talent. Mais maintenant, en m'efforçant d'être lecteur, si je me déchargeais sur les autres du devoir douloureux de me juger, je réussissais du moins[b] à faire table rase de ce que j'avais voulu faire en lisant ce que j'avais fait. Je lisais l'article en m'efforçant de me persuader qu'il était d'un autre. Alors toutes mes images, toutes mes réflexions, toutes mes épithètes prises en elles-mêmes et sans le souvenir de l'échec qu'elles représentaient pour mes visées, me charmaient par leur éclat, leur imprévu, leur profondeur. Et quand je sentais une défaillance trop grande, me réfugiant dans l'âme du lecteur quelconque émerveillé, je me disais : « Bah ! comment un lecteur peut-il s'apercevoir de cela ? Il manque quelque chose là, c'est possible. Mais sapristi, s'ils ne sont pas contents ! Il y en a assez de jolies choses comme cela, plus qu'ils n'en ont d'habitude. »

Aussi, à peine eus-je fini cette lecture réconfortante, que moi qui n'avais pas eu le courage de relire mon manuscrit, je souhaitai de la recommencer immédiatement, n'y ayant rien comme un vieil article de soi dont on puisse dire que « quand on l'a lu on peut le relire[c] ». Je me promis d'en faire acheter d'autres exemplaires par Françoise, pour donner à des amis, lui dirais-je, en réalité pour toucher du doigt le miracle de la multiplication de ma pensée, et lire, comme si j'étais un autre monsieur qui vient d'ouvrir *Le Figaro*, dans un autre numéro, les mêmes phrases. Je devais justement le jour même aller pour y rencontrer Mlle d'Éporcheville voir les Guermantes que je n'avais pas vus depuis un temps infini, et en leur faisant visite je me rendrais compte[d] par eux de l'opinion qu'on avait de mon article.

Je pensais à telle lectrice dans la chambre de qui j'eusse tant aimé pénétrer et à qui le journal apporterait sinon ma pensée, qu'elle ne pourrait comprendre[e], du moins mon nom, comme une louange de moi. Mais les louanges décernées à ce qu'on n'aime pas n'enchaînent pas plus le cœur, que les pensées d'un esprit qu'on ne peut pénétrer n'atteignent l'esprit. Pour d'autres amis, je me disais que, si l'état de ma santé continuait à s'aggraver et si je ne pouvais plus les voir, il serait agréable de continuer à écrire, pour avoir encore par là accès auprès d'eux, pour leur parler entre les lignes, les faire penser à mon gré, leur plaire[a], être reçu dans leur cœur. Je me disais cela, parce que les relations mondaines ayant tenu jusqu'ici une place dans ma vie quotidienne, un avenir où elles ne figureraient plus m'effrayait, et que cet expédient qui me permettrait de retenir sur moi l'attention de mes amis, peut-être d'exciter l'admiration, jusqu'au jour où je serais assez bien pour recommencer à les voir, me consolait ; je me disais cela, mais je sentais[b] bien que ce n'était pas vrai, que si j'aimais à me figurer leur attention comme l'objet de mon plaisir, ce plaisir était un plaisir intérieur, spirituel, ultime[c], qu'eux ne pouvaient me donner et que je pouvais trouver non en causant avec eux, mais en écrivant loin d'eux ; et que, si je commençais à écrire, pour les voir indirectement, pour qu'ils eussent une meilleure idée de moi, pour me préparer une meilleure situation dans le monde, peut-être écrire m'ôterait l'envie de les voir, et la situation que la littérature m'aurait peut-être faite dans le monde, je n'aurais plus envie d'en jouir, car mon plaisir ne serait plus dans le monde mais dans la littérature[d].

Aussi après le déjeuner, quand j'allai chez Mme de Guermantes, fut-ce moins pour Mlle d'Éporcheville, qui avait perdu, du fait de la dépêche de Saint-Loup, le meilleur de sa personnalité, que pour voir en la duchesse elle-même une de ces lectrices de mon article qui pourraient me permettre d'imaginer ce qu'avait pu penser le public, abonnés et acheteurs du *Figaro*. Ce n'est pas du reste sans plaisir que j'allais chez Mme de Guermantes. J'avais beau me dire que ce qui différenciait pour moi ce salon des autres, c'était le long stage qu'il avait fait dans mon imagination, en connaissant les causes de cette différence je ne l'abolissais pas. Il existait d'ailleurs pour moi plusieurs noms de Guermantes. Si celui que ma mémoire n'avait inscrit que comme dans un livre d'adresses ne s'accompagnait d'aucune poésie, de plus anciens, ceux qui remontaient au temps où je ne connaissais pas Mme de Guermantes, étaient susceptibles de se reformer en moi, surtout quand il y avait longtemps que je ne l'avais vue et que la clarté crue de la personne au visage humain n'éteignait pas les rayons mystérieux du nom. Alors de nouveau je me remettais à penser à la demeure de Mme de Guermantes comme à quelque chose qui eût été au-delà du réel, de la même façon que je me remettais à penser au Balbec brumeux de mes premiers rêves et comme si depuis je n'avais pas fait ce voyage, au train de 1 h 50[1] comme si je ne l'avais pas pris. J'oubliais un instant la connaissance que j'avais que tout cela n'existait pas comme on pense quelquefois à un être aimé en oubliant pendant un instant qu'il est mort. Puis l'idée de la réalité revint en entrant dans l'antichambre de la duchesse. Mais je me consolai en me disant qu'elle était malgré tout pour moi le véritable point d'intersection entre la réalité et le rêve.

En entrant[a] dans le salon, je vis la jeune fille blonde que j'avais crue pendant vingt-quatre heures être celle dont Saint-Loup m'avait parlé. Ce fut elle-même qui demanda à la duchesse de me « représenter » à elle. Et en effet depuis que j'étais entré j'avais une impression de très bien la connaître, mais que dissipa la duchesse en me disant : « Ah ! vous avez déjà rencontré Mlle de Forcheville. » Or au contraire j'étais certain de n'avoir jamais été présenté à aucune jeune fille de ce nom, lequel m'eût certainement frappé, tant il était familier à ma mémoire depuis qu'on m'avait fait un récit rétrospectif des amours d'Odette et de la jalousie de Swann. En elle-même ma double erreur de nom, m'être rappelé « de L'Orgeville » comme étant « d'Éporcheville » et avoir reconstitué en « Éporcheville » ce qui était en réalité « Forcheville », n'avait rien d'extraordinaire. Notre tort est de croire que les choses se présentent habituellement telles qu'elles sont en réalité, les noms tels[b] qu'ils sont écrits, les gens tels que la photographie et la psychologie donnent d'eux une notion immobile. Mais en fait ce n'est pas du tout cela que nous percevons d'habitude. Nous voyons, nous entendons, nous concevons le monde tout de travers. Nous répétons un nom tel que nous l'avons entendu jusqu'à ce que l'expérience ait rectifié notre erreur, ce qui n'arrive pas toujours. Tout le monde à Combray parla pendant vingt-cinq ans à Françoise de Mme Sazerat et Françoise continua à dire Mme Sazerin, non par cette volontaire et orgueilleuse persévérance dans ses erreurs qui était habituelle chez elle, se renforçait de notre contradiction et était tout ce qu'elle avait ajouté chez elle à la France de Saint-André-des-Champs des principes égalitaires de 1789 (elle ne réclamait qu'un droit du citoyen, celui de ne pas prononcer comme nous et de maintenir qu'hôtel, été et air étaient du genre féminin), mais parce qu'en réalité elle continua toujours d'entendre Sazerin. Cette perpétuelle erreur qui est précisément la « vie », ne donne pas ses mille formes seulement à l'univers visible et à l'univers audible, mais à l'univers social, à l'univers sentimental, à l'univers historique, etc. La princesse de Luxembourg n'a qu'une situation de cocotte pour la femme[a] du premier président, ce qui du reste est de peu de conséquence ; ce qui en a un peu plus, Odette est une femme difficile pour Swann, d'où il bâtit[b] tout un roman qui ne devient que plus douloureux quand il comprend son erreur ; ce qui en a encore davantage, les Français ne rêvent que la revanche aux yeux des Allemands. Nous n'avons de l'univers que des visions informes, fragmentées et que nous complétons par des associations d'idées arbitraires, créatrices de dangereuses suggestions. Je n'aurais donc pas eu lieu d'être très étonné en entendant le nom de Forcheville (et déjà je me demandais si c'était une parente du Forcheville dont j'avais tant entendu parler) si la jeune fille blonde ne m'avait dit aussitôt, désireuse sans doute de prévenir avec tact des questions qui lui eussent été désagréables : « Vous ne vous souvenez pas que vous m'avez beaucoup connue autrefois, vous veniez à la maison, votre amie Gilberte. J'ai bien vu que vous ne me reconnaissiez pas. Moi je vous ai bien reconnu tout de suite. » (Elle dit cela comme si elle m'avait reconnu tout de suite dans le salon, mais la vérité est qu'elle m'avait reconnu dans la rue et m'avait dit bonjour, et plus tard Mme de Guermantes me dit qu'elle lui avait raconté comme une chose très drôle et extraordinaire que je l'avais suivie et frôlée, la prenant pour une cocotte.) Je ne sus qu'après son départ pourquoi elle s'appelait Mlle de Forcheville[1]. Après la mort de Swann, Odette, qui étonna tout le monde par une douleur profonde[2], prolongée et sincère, se trouvait être une veuve très riche. Forcheville l'épousa, après avoir entrepris une longue tournée de châteaux et s'être assuré que sa famille recevrait sa femme. (Cette famille fit quelques difficultés, mais céda devant l'intérêt de ne plus avoir à subvenir aux dépenses d'un parent besogneux qui allait passer d'une quasi-misère à l'opulence.) Peu après un oncle de Swann sur la tête duquel la disparition successive de nombreux parents avait accumulé un énorme héritage mourut laissant toute cette fortune à Gilberte qui devenait ainsi une des plus riches héritières de France. Mais c'était le moment où des suites de l'affaire Dreyfus était né un mouvement antisémite parallèle à un mouvement de pénétration plus abondant du monde par les israélites. Les politiciens n'avaient pas eu tort[a] en pensant que la découverte de l'erreur judiciaire porterait un coup à l'antisémitisme. Mais, provisoirement au moins, un antisémitisme mondain s'en trouvait au contraire accru et exaspéré. Forcheville qui comme[b] le moindre noble avait puisé dans des conversations de famille la certitude que son nom était plus ancien que celui de La Rochefoucauld, considérait qu'en épousant la veuve d'un Juif il avait accompli le même acte de charité qu'un millionnaire qui ramasse une prostituée dans la rue et la tire de la misère et de la fange. Il était prêt à étendre[c] sa bonté jusqu'à la personne de Gilberte dont tant de millions aideraient, mais dont cet absurde nom de Swann gênerait le mariage. Il déclara qu'il l'adoptait. On sait[d] que Mme de Guermantes, à l'étonnement — qu'elle avait d'ailleurs le goût et l'habitude de provoquer — de sa société, s'était, quand Swann s'était marié, refusée à recevoir sa fille aussi bien que sa femme. Ce refus avait été en apparence quelque chose de d'autant plus cruel que ce qu'avait pendant longtemps représenté à Swann son mariage possible avec Odette[e], c'était la présentation de sa fille à Mme de Guermantes. Et sans doute[f] il eût dû savoir, lui qui avait déjà tant vécu, que ces tableaux qu'on se fait ne se réalisent jamais pour différentes raisons[g] mais parmi lesquelles il en est une qui fit qu'il pensa peu à regretter cette présentation. Cette raison est que quelle que soit l'image, depuis la truite à manger au coucher du soleil qui décide un homme sédentaire à prendre le train, jusqu'au désir de pouvoir étonner un soir une orgueilleuse caissière en s'arrêtant devant elle en somptueux équipage, qui décide un homme sans scrupules à commettre un assassinat, ou à souhaiter la mort et l'héritage des siens, selon qu'il est plus brave ou plus paresseux, qu'il va plus loin dans la suite de ses idées ou reste à en caresser le premier chaînon, l'acte qui est destiné à nous permettre d'atteindre l'image, que cet acte soit le voyage, le mariage, le crime[a], etc., cet acte nous modifie assez profondément pour que nous n'attachions plus d'importance à la raison qui nous a fait l'accomplir. Il se peut même que ne nous vienne plus une seule fois à l'esprit l'image que se formait[b] celui qui n'était pas encore un voyageur, ou un mari, ou un criminel, ou un isolé (qui s'est mis au travail pour la gloire et s'est du même coup détaché du désir de la gloire), etc. D'ailleurs[c], missions-nous de l'obstination à ne pas avoir voulu agir en vain, il est probable que l'effet de soleil ne se retrouverait pas, qu'ayant froid à ce moment-là nous souhaiterions un potage au coin du feu et non une truite en plein air, que notre équipage laisserait indifférente la caissière qui peut-être avait pour des raisons tout autres une grande considération pour nous et dont cette brusque richesse exciterait la méfiance. Bref nous avons vu Swann marié attacher surtout de l'importance aux relations de sa femme et de sa fille avec Mme Bontemps, etc.

À toutes les raisons, tirées[d] de la façon Guermantes de comprendre la vie mondaine, qui avaient décidé la duchesse à ne jamais se laisser présenter Mme et Mlle Swann, on peut ajouter aussi cette assurance heureuse avec[e] laquelle les gens qui n'aiment pas se tiennent à l'écart de ce qu'ils blâment chez les amoureux et que l'amour de ceux-ci explique. « Oh ! je ne me mêle pas à tout ça ; si ça amuse le pauvre Swann de faire des bêtises et de ruiner son existence c'est son affaire, mais on ne sait pas[f] avec ces choses-là, tout ça peut très mal finir, je les laisse se débrouiller. » C'est le *suave mari magno*[1] que Swann lui-même me conseillait à l'égard des Verdurin quand il avait depuis longtemps cessé d'être amoureux d'Odette et ne tenait plus au petit clan. C'est tout ce qui rend si sages les jugements des tiers sur les passions qu'ils n'éprouvent pas et les complications de conduite qu'elles entraînent. Mme de Guermantes avait même mis à exclure Mme et Mlle Swann une persévérance qui[g] avait étonné. Quand Mme Molé, Mme de Marsantes avaient commencé de se lier avec Mme Swann[2] et de mener chez elle un grand nombre de femmes du monde, non seulement Mme de Guermantes était restée intraitable mais elle s'était arrangée pour couper les ponts et que sa cousine la princesse de Guermantes l'imitât. Un des jours les plus graves de la crise où pendant le ministère Rouvier[1] on crut qu'il allait y avoir la guerre entre la France et l'Allemagne, comme je dînais seul chez Mme de Guermantes avec M. de Bréauté, j'avais trouvé à la duchesse l'air soucieux. J'avais cru, comme elle se mêlait volontiers de politique, qu'elle voulait montrer par là sa crainte de la guerre, comme, un jour où elle était venue à table si soucieuse, répondant à peine par monosyllabes, à quelqu'un qui l'interrogeait timidement sur l'objet de son souci elle avait répondu d'un air grave : « La Chine m'inquiète. » Or au bout d'un moment, Mme de Guermantes, expliquant elle-même l'air soucieux que j'avais attribué à la crainte d'une déclaration de guerre, avait dit à M. de Bréauté : « On dit que Marie-Aynard veut faire une position aux Swann. Il faut absolument que j'aille demain matin voir Marie-Gilbert pour qu'elle m'aide à empêcher ça. Sans cela il n'y a plus de société. C'est très joli l'affaire Dreyfus. Mais alors l'épicière du coin n'a qu'à se dire nationaliste et à vouloir en échange être reçue chez nous. » Et j'avais eu de ce propos si frivole auprès de celui que j'attendais l'étonnement du lecteur qui cherchant dans *Le Figaro*[a] à la place habituelle les dernières nouvelles de la guerre russo-japonaise, tombe au lieu de cela sur la liste des personnes qui ont fait des cadeaux de noce à Mlle de Mortemart[2], l'importance d'un mariage aristocratique ayant fait reculer à la fin du journal les batailles sur terre et sur mer. La duchesse finissait d'ailleurs par éprouver de sa persévérance poursuivie au-delà de toute mesure une satisfaction d'orgueil qui ne manquait pas une occasion de s'exprimer. « Babal, disait-elle, prétend que nous sommes les deux personnes les plus élégantes de Paris parce qu'il n'y a que moi et lui qui ne nous laissions pas saluer par Mme et Mlle Swann. Or il assure que l'élégance est de ne pas connaître Mme Swann. » Et la duchesse riait de tout son cœur.

Cependant, quand Swann fut mort, il arriva que la décision de ne pas recevoir sa fille avait fini de donner à Mme de Guermantes toutes les satisfactions d'orgueil, d'indépendance, de *self government*, de persécution qu'elle était susceptible d'en tirer et auxquelles avait mis fin la disparition de l'être qui lui donnait la sensation délicieuse qu'elle lui résistait, qu'il ne parvenait pas à lui faire[b] rapporter ses décrets. Alors la duchesse avait passé à la promulgation d'autres décrets qui, s'appliquant à des vivants, pussent lui faire sentir qu'elle était maîtresse de faire[a] ce que bon lui semblait. Elle ne pensait pas à la petite Swann mais quand on lui parlait d'elle, la duchesse ressentait une curiosité, comme d'un endroit nouveau, que ne venait plus lui masquer à elle-même le désir de résister à la prétention de Swann. D'ailleurs tant de sentiments différents peuvent contribuer à en former un seul qu'on ne saurait pas dire s'il n'y avait pas quelque chose d'affectueux pour Swann dans cet intérêt. Sans doute — car à tous les étages de la société une vie mondaine et frivole paralyse la sensibilité et ôte le pouvoir de ressusciter les morts — la duchesse était de celles qui ont besoin de la présence — de cette présence qu'en vraie Guermantes elle excellait à prolonger — pour aimer vraiment, mais aussi, chose plus rare, pour détester un peu. De sorte que souvent ses bons sentiments pour les gens, suspendus de leur vivant par l'irritation que tels ou tels de leurs actes lui causaient, renaissaient après leur mort. Elle avait presque alors un désir de réparation, parce qu'elle ne les imaginait plus, très vaguement d'ailleurs, qu'avec leurs qualités, et dépourvus des petites satisfactions, des petites prétentions qui l'agaçaient en eux quand ils vivaient. Cela donnait parfois, malgré la frivolité de Mme de Guermantes, quelque chose d'assez noble — mêlé à beaucoup de bassesse — à sa conduite. Car, tandis que les trois quarts des humains flattent les vivants et ne tiennent plus aucun compte des morts, elle faisait[b] souvent après leur mort ce qu'auraient désiré ceux qu'elle avait mal traités, vivants.

Quant à Gilberte, toutes les personnes qui l'aimaient et avaient un peu d'amour-propre pour elle n'eussent pu se réjouir du changement de dispositions de la duchesse à son égard qu'en pensant que Gilberte en repoussant dédaigneusement des avances qui venaient après vingt-cinq ans d'outrages, pût enfin venger ceux-ci. Malheureusement les réflexes moraux ne sont pas toujours identiques à ce que le bon sens imagine. Tel qui par une injure mal à propos a cru perdre à tout jamais ses ambitions auprès d'une personne à qui il tient les sauve au contraire par là. Gilberte assez indifférente aux personnes qui étaient aimables pour elle, ne cessait de penser avec admiration à l'insolente Mme de Guermantes, à se demander les raisons de cette insolence même une fois, ce qui eût fait mourir de honte pour elle tous les gens qui avaient un peu d'amitié pour elle, elle avait voulu écrire à la duchesse pour lui demander ce qu'elle avait contre une jeune fille qui ne lui avait rien fait. Les Guermantes avaient pris à ses yeux des proportions que leur noblesse eût été impuissante à leur donner. Elle les mettait au-dessus[a] non seulement de toute la noblesse mais même de toutes les familles royales.

D'anciennes amies de Swann s'occupaient beaucoup de Gilberte. Dans l'aristocratie on apprit le dernier héritage qu'elle venait de faire, on remarqua combien[b] elle était bien élevée et quelle femme charmante elle ferait. On prétendait qu'une cousine de Mme de Guermantes, la princesse de Nièvre, pensait à Gilberte pour son fils[c1]. Mme de Guermantes détestait Mme de Nièvre. Elle dit partout qu'un tel mariage serait un scandale. Mme de Nièvre effrayée assura qu'elle n'y avait jamais pensé. Un jour, après déjeuner, comme il faisait beau et que M. de Guermantes devait sortir avec sa femme, Mme de Guermantes arrangeait son chapeau dans la glace, ses yeux bleus se regardaient eux-mêmes et regardaient ses cheveux encore blonds, la femme de chambre tenait à la main diverses ombrelles entre lesquelles sa maîtresse choisirait. Le soleil entrait à flots par la fenêtre et ils avaient décidé de profiter de la belle journée pour aller faire une visite à Saint-Cloud. M. de Guermantes tout prêt, en gants gris perle et le tube sur la tête, se disait : « Oriane est vraiment encore étonnante. Je la trouve délicieuse. » Et voyant[d] que sa femme avait l'air bien disposée : « À propos, dit-il, j'avais une commission à vous faire de Mme de Virelef[2]. Elle voulait vous demander de venir lundi à l'Opéra. Mais comme elle a la petite Swann, elle n'osait pas et m'a prié de tâter le terrain. Je n'émets aucun avis, je vous transmets tout simplement. Mon Dieu, il me semble que nous pourrions... », ajouta-t-il évasivement, car, leur disposition à l'égard d'une personne étant une disposition collective et naissant identique en chacun d'eux, il savait par lui-même que l'hostilité de sa femme à l'égard de Mlle Swann était tombée et qu'elle était curieuse de la connaître. Mme de Guermantes acheva d'arranger son voile et choisit une ombrelle. « Mais comme vous voudrez, que voulez-vous que ça me fasse ? Je ne vois aucun inconvénient à ce que nous connaissions cette petite.

Vous savez bien que je n'ai jamais rien eu *contre* elle. Simplement je ne voulais pas que nous ayons l'air de recevoir les faux ménages de mes amis. Voilà tout. — Et vous aviez parfaitement raison, répondit le duc. Vous êtes la sagesse même, madame, et vous êtes, de plus, ravissante avec ce chapeau. — Vous êtes fort aimable », dit Mme de Guermantes en souriant à son mari et en se dirigeant vers la porte. Mais avant de monter en voiture, elle tint à lui donner encore quelques explications : « Maintenant il y a beaucoup de gens qui voient la mère, d'ailleurs elle a le bon esprit d'être malade les trois quarts de l'année. Il paraît que la petite est très gentille. Tout le monde sait que nous aimions beaucoup Swann. On trouvera cela tout naturel. » Et ils partirent ensemble pour Saint-Cloud.

Un mois après, la petite Swann, qui ne s'appelait pas encore Forcheville, déjeunait chez les Guermantes. On parla de mille choses ; à la fin du déjeuner, Gilberte dit timidement : « Je crois que vous avez très bien connu mon père. — Mais je crois bien », dit Mme de Guermantes sur un ton mélancolique qui prouvait qu'elle comprenait le chagrin de la fille et avec un excès d'intensité voulu qui lui donnait l'air de dissimuler qu'elle n'était pas sûre de se rappeler très exactement le père. « Nous l'avons très bien connu, je me le rappelle *très bien.* » (Et elle pouvait se le rappeler en effet, il était venu la voir presque tous les jours pendant vingt-cinq ans.) « Je sais très bien qui c'était, je vais vous dire », ajouta-t-elle comme si elle avait voulu expliquer à la fille qui elle avait eu pour père et donner à cette jeune fille des renseignements sur lui, « c'était un grand ami à ma belle-mère et aussi il était très lié avec mon beau-frère Palamède. — Il venait aussi ici, il déjeunait même ici », ajouta M. de Guermantes par ostentation de modestie et scrupule d'exactitude. « Vous vous rappelez, Oriane. Quel brave homme que votre père ! Comme on sentait qu'il devait être d'une famille honnête ! Du reste j'ai aperçu autrefois son père et sa mère. Eux et lui, quelles bonnes gens ! » On sentait que s'ils avaient été, les parents et le fils, encore en vie, le duc de Guermantes n'eût pas eu d'hésitation à les recommander pour une place de jardiniers. Et voilà comment le faubourg Saint-Germain parle à tout bourgeois des autres bourgeois, soit pour le flatter de l'exception faite — le temps qu'on cause — en faveur de l'interlocuteur ou de l'interlocutrice, et plutôt, ou en même temps, pour l'humilier. C'est ainsi qu'un antisémite dit à un Juif, dans le moment même où il le couvre de son affabilité, du mal des Juifs, d'une façon générale qui permette d'être blessant sans être grossier.

Mais sachant vraiment vous combler, quand elle vous voyait, ne pouvant alors se résoudre à vous laisser partir, Mme de Guermantes était aussi l'esclave[a] de ce besoin de la présence. Swann avait pu parfois dans l'ivresse de la conversation donner à la duchesse l'illusion qu'elle avait de l'amitié pour lui, il ne le pouvait plus. « Il était charmant », dit la duchesse avec un sourire triste en posant sur Gilberte un regard très doux qui, à tout hasard, pour le cas où cette jeune fille serait sensible, lui montrerait qu'elle était comprise et que Mme de Guermantes, si elle se fût trouvée seule avec elle et si les circonstances l'eussent permis, eût aimé lui dévoiler toute la profondeur de sa sensibilité. Mais M. de Guermantes, soit qu'il pensât que précisément les circonstances s'opposaient à de telles effusions, soit qu'il considérât que toute exagération de sentiment était l'affaire des femmes et que les hommes n'avaient pas plus à y voir que dans leurs autres attributions, sauf la cuisine et les vins qu'il s'était réservés, y ayant plus de lumières que la duchesse, crut bien faire de ne pas alimenter, en s'y mêlant, cette conversation qu'il écoutait avec une visible impatience. Du reste Mme de Guermantes, cet accès de sensibilité passé, ajouta avec une frivolité mondaine, en s'adressant à Gilberte : « Tenez, je vais vous dire, c'était un gggrand ami à mon beau-frère Charlus, et aussi très ami avec Voisenon (le château du prince de Guermantes) », non seulement comme si le fait de connaître M. de Charlus et le prince avait été pour Swann un hasard, comme si le beau-frère et le cousin de la duchesse avaient été deux hommes avec qui Swann se fût trouvé se lier dans une certaine circonstance, alors que Swann était lié avec tous les gens de cette même société, mais encore comme si Mme de Guermantes avait voulu faire comprendre à Gilberte qui était à peu près son père, le lui « situer » par un de ces traits caractéristiques à l'aide desquels, quand on veut expliquer comment on se trouve en relations avec quelqu'un qu'on n'aurait pas à connaître, ou pour singulariser son récit, on invoque le parrainage particulier d'une certaine personne. Quant à Gilberte, elle fut d'autant plus heureuse de voir tomber la conversation qu'elle ne cherchait précisément qu'à en changer, ayant hérité de Swann ce tact exquis avec un charme d'intelligence que reconnurent et goûtèrent le duc et la duchesse qui demandèrent à Gilberte de revenir bientôt. D'ailleurs avec la minutie des gens dont la vie est sans but tour à tour ils s'apercevaient, chez les gens avec qui ils se liaient, des qualités les plus simples, s'exclamant devant elles avec l'émerveillement naïf d'un citadin qui fait à la campagne la découverte d'un brin d'herbe, ou au contraire grossissant comme avec un microscope, commentant sans fin, prenant en grippe les moindres défauts, et souvent tour à tour chez une même personne. Pour Gilberte ce furent d'abord ses agréments sur lesquels s'exerça la perspicacité oisive de M. et de Mme de Guermantes : « Avez-vous remarqué la manière dont elle dit certains mots, dit après son départ la duchesse à son mari, c'était bien du Swann, je croyais l'entendre. — J'allais faire la même remarque que vous, Oriane. — Elle est spirituelle, c'est tout à fait le tour de son père. — Je trouve qu'elle lui est même très supérieure. Rappelez-vous comme elle a bien raconté cette histoire de bains de mer, elle a un brio que Swann n'avait pas. — Oh ! il était pourtant bien spirituel. — Mais je ne dis pas qu'il n'était pas spirituel, je dis qu'il n'avait pas de brio », dit M. de Guermantes d'un ton gémissant car sa goutte le rendait nerveux et quand il n'avait personne d'autre à qui témoigner son agacement, c'est à la duchesse qu'il le manifestait. Mais incapable d'en bien comprendre les causes, il préférait prendre un air incompris.

Ces bonnes dispositions du duc et de la duchesse firent que dorénavant on eût au besoin dit quelquefois à Gilberte un « votre pauvre père », qui ne put d'ailleurs servir[a], Forcheville ayant précisément vers cette époque adopté la jeune fille. Elle disait : « Mon père » à Forcheville, charmait les douairières par sa politesse et sa distinction, et on reconnaissait que, si Forcheville s'était admirablement conduit avec elle, la petite avait beaucoup de cœur et savait l'en récompenser. Sans doute, parce qu'elle pouvait parfois et désirait montrer beaucoup d'aisance, elle s'était fait reconnaître par moi, et devant moi avait parlé de son véritable père. Mais c'était une exception et on n'osait plus devant elle prononcer le nom de Swann. Justement je venais de remarquer en entrant dans le salon deux dessins d'Elstir qui autrefois étaient relégués[b] dans un cabinet d'en haut où je ne les avais vus que par hasard. Elstir était maintenant à la mode. Mme de Guermantes ne se consolait pas d'avoir donné tant de tableaux de lui à sa cousine, non parce qu'ils étaient à la mode, mais parce qu'elle les goûtait maintenant. La mode est faite en effet de l'engouement d'un ensemble de gens dont les Guermantes sont représentatifs. Mais elle ne pouvait songer à acheter d'autres tableaux de lui, car ils étaient montés depuis quelque temps à des prix follement élevés. Elle voulait au moins avoir quelque chose d'Elstir dans son salon et y avait fait descendre ces deux dessins qu'elle déclarait « préférer à sa peinture ». Gilberte reconnut cette facture. « On dirait des Elstir, dit-elle. — Mais oui, répondit étourdiment la duchesse, c'est précisément vot... ce sont de nos amis qui nous les ont fait acheter. C'est admirable. À mon avis, c'est supérieur à sa peinture. » Moi[a] qui n'avais pas entendu ce dialogue, j'allai regarder le dessin. « Tiens, c'est l'Elstir que... » Je vis les signes désespérés de Mme de Guermantes. « Ah ! oui, l'Elstir que j'admirais en haut. Il est bien mieux que dans ce couloir. À propos d'Elstir je l'ai nommé hier dans un article du *Figaro*. Est-ce que vous l'avez lu ? — Vous avez écrit un article dans *Le Figaro* ? » s'écria M. de Guermantes avec la même violence que s'il s'était écrié : « Mais c'est ma cousine. » « Oui, hier. — Dans *Le Figaro*, vous êtes sûr ? Cela m'étonnerait bien. Car nous avons chacun notre *Figaro*, et s'il avait échappé à l'un de nous l'autre l'aurait vu. N'est-ce pas, Oriane, il n'y avait rien. » Le duc fit chercher *Le Figaro* et ne se rendit[b] qu'à l'évidence, comme si jusque-là il y eût eu plutôt chance que j'eusse fait erreur sur le journal où j'avais écrit. « Quoi ? je ne comprends pas, alors vous avez fait un article dans *Le Figaro* ? » me dit la duchesse, faisant effort pour parler d'une chose qui ne l'intéressait pas. « Mais voyons, Basin, vous lirez cela plus tard. — Mais non, le duc est très bien comme cela avec sa grande barbe sur le journal, dit Gilberte. Je vais lire cela tout de suite en rentrant. — Oui, il porte la barbe maintenant que tout le monde est rasé, dit la duchesse, il ne fait jamais rien comme personne. Quand nous nous sommes mariés, il se rasait non seulement la barbe mais la moustache. Les paysans qui ne le connaissaient pas ne croyaient pas qu'il était français. Il s'appelait à ce moment le prince des Laumes. — Est-ce qu'il y a encore un prince des Laumes ? »

demanda Gilberte qui était intéressée par tout ce qui touchait des gens qui n'avaient pas voulu lui dire bonjour pendant si longtemps. « Mais non, répondit avec un regard mélancolique et caressant la duchesse. — Un si joli titre ! Un des plus beaux titres français ! » dit Gilberte, un certain ordre de banalités venant inévitablement, comme l'heure sonne, dans la bouche de certaines personnes intelligentes. « Eh bien oui, je regrette aussi. Basin voudrait que le fils de sa sœur le relevât, mais ce n'est pas la même chose ; au fond ça pourrait être parce que ce n'est pas forcément le fils aîné, cela peut passer de l'aîné au cadet. Je vous disais que Basin était alors tout rasé ; un jour à un pèlerinage, vous rappelez-vous mon petit, dit-elle à son mari, à ce pèlerinage à Paray-le-Monial, mon beau-frère Charlus, qui aime assez causer avec les paysans, disait à l'un, à l'autre : "D'où es-tu, toi ?" et comme il est très généreux, il leur donnait quelque chose, les emmenait boire. Car personne n'est à la fois plus haut et plus simple que Mémé. Vous le verrez ne pas vouloir saluer une duchesse qu'il ne trouve pas assez duchesse, et combler un valet de chiens. Alors, je dis à Basin : "Voyez, Basin, parlez-leur un peu aussi." Mon mari qui n'est pas toujours très inventif... — Merci Oriane, dit le duc sans s'interrompre de la lecture de mon article où il était plongé —... avisa un paysan et lui répéta textuellement la question de son frère : "Et toi, d'où es-tu ? — Je suis des Laumes. — Tu es des Laumes ? Eh bien, je suis ton prince." Alors le paysan regarda la figure toute glabre de Basin et lui répondit : "Pas vrai. Vous, vous êtes un English[1]." » On voyait ainsi dans ces petits récits de la duchesse ces grands titres éminents, comme celui de prince des Laumes, surgir, à leur place vraie, dans leur état ancien et leur couleur locale, comme dans certains livres d'heures on reconnaît, au milieu de la foule de l'époque, la flèche de Bourges[a]. On apporta des cartes qu'un valet de pied venait de déposer. « Je ne sais pas ce qui lui prend, je ne la connais pas. C'est à vous que je dois ça, Basin. Ça ne vous a pourtant pas si bien réussi ce genre de relations, mon pauvre ami », et se tournant vers Gilberte : « Je ne saurais même pas vous expliquer qui c'est, vous ne la connaissez certainement pas, elle s'appelle Lady Rufus Israël. » Gilberte rougit vivement : « Je ne la connais pas », dit-elle (ce qui était d'autant plus faux que Lady Israël s'était, deux ans avant la mort de Swann, réconciliée avec lui et qu'elle appelait Gilberte par son prénom), « mais je sais très bien, par d'autres, qui c'est, la personne que vous voulez dire. » C'est que Gilberte était devenue très snob. C'est ainsi[a] qu'une jeune fille ayant un jour soit méchamment, soit maladroitement demandé quel était le nom de son père, non pas adoptif mais véritable, dans son trouble et pour dénaturer un peu ce qu'elle avait à dire, elle avait prononcé au lieu de Souann, Svann, changement qu'elle s'aperçut un peu après être péjoratif, puisque cela faisait de ce nom d'origine anglaise un nom allemand. Et même elle avait ajouté, s'avilissant pour se rehausser : « On a raconté beaucoup de choses très différentes sur ma naissance, moi je dois tout ignorer. »

Si honteuse que Gilberte dût être à certains instants en pensant à ses parents (car même Mme Swann représentait pour elle et était une bonne mère) d'une pareille façon d'envisager la vie, il faut malheureusement penser que les éléments en étaient sans doute empruntés à ses parents, car nous ne nous faisons pas de toutes pièces nous-même. Mais à une certaine somme d'égoïsme qui existe chez la mère, un égoïsme différent, inhérent à la famille du père, vient s'ajouter, ce qui ne veut pas toujours dire s'additionner, ni même seulement servir de multiple, mais créer un égoïsme nouveau, infiniment plus puissant et redoutable. Et depuis le temps que le monde dure, que des familles où existe tel défaut sous une forme s'allient à des familles où le même défaut existe sous une autre, ce qui crée une variété particulièrement complète et détestable chez l'enfant, les égoïsmes accumulés (pour ne parler ici que de l'égoïsme) prendraient une puissance telle que l'humanité entière serait détruite, si du mal même ne naissaient, capables de le ramener à de justes proportions, des restrictions naturelles analogues à celles qui empêchent la prolifération infinie des infusoires d'anéantir notre planète, la fécondation unisexuée des plantes d'amener l'extinction du règne végétal, etc. De temps à autre une vertu vient composer avec cet égoïsme une puissance nouvelle et désintéressée. Les combinaisons par lesquelles[b] au cours des générations la chimie morale fixe ainsi et rend inoffensifs les éléments qui devenaient trop redoutables, sont infinies, et donneraient une passionnante variété à l'histoire des familles. D'ailleurs, avec ces égoïsmes accumulés, comme il devait y en avoir en Gilberte, coexiste telle vertu charmante des parents ; elle vient un moment faire toute seule un intermède, jouer son rôle touchant avec une sincérité complète[a]. Sans doute, Gilberte n'allait pas toujours aussi loin que quand elle insinuait qu'elle était peut-être la fille naturelle de quelque grand personnage ; mais elle dissimulait le plus souvent ses origines. Peut-être lui était-il simplement trop désagréable de les confesser, et préférait-elle qu'on les apprît par d'autres. Peut-être croyait-elle vraiment les cacher, de cette croyance incertaine qui n'est pourtant pas le doute, qui réserve une possibilité à ce qu'on souhaite et dont Musset donne un exemple quand il parle de l'espoir en Dieu.

« Je ne la connais pas personnellement », reprit Gilberte. Avait-elle pourtant, en se faisant appeler Mlle de Forcheville, l'espoir qu'on ignorerait qu'elle était la fille de Swann ? À l'égard peut-être de certaines personnes qu'elle espérait devenir, avec le temps, presque tout le monde. Elle ne devait[b] pas se faire de grandes illusions sur leur nombre actuel, et elle savait sans doute que bien des gens devaient chuchoter : « C'est la fille de Swann. » Mais elle ne le savait[c] que de cette même science qui nous parle de gens se tuant par misère pendant que nous allons au bal, c'est-à-dire une science lointaine et vague, à laquelle nous ne tenons pas à substituer une connaissance plus précise due à une impression directe. Comme l'éloignement rend[d] pour nous les choses plus petites, plus incertaines, moins périlleuses, Gilberte trouvait inutile que la découverte[e] qu'elle était née Swann eût lieu en sa présence. Gilberte appartenait, ou du moins appartint, pendant ces années-là, à la variété la plus répandue des autruches humaines, celles qui cachent leur tête dans l'espoir, non de ne pas être vues, ce qu'elles croient peu vraisemblable, mais de ne pas voir qu'on les voit, ce qui leur paraît déjà beaucoup et leur permet de s'en remettre à la chance pour le reste. Gilberte préférait ne pas être près des personnes au moment où celles-ci faisaient la découverte qu'elle était née Swann. Et comme on est[f] près des personnes qu'on se représente, comme on peut se représenter les gens lisant leur journal, Gilberte préférait que les journaux l'appelassent Mlle de Forcheville. Il est vrai que pour les écrits dont elle avait elle-même la responsabilité, ses lettres, elle ménagea quelque temps la transition en signant G. S. Forcheville. La véritable hypocrisie dans cette signature était manifestée par la suppression bien moins des autres lettres du nom de Swann que de celles du nom de Gilberte. En effet en réduisant le prénom innocent à un simple G, Mlle de Forcheville semblait insinuer à ses amis que la même amputation appliquée au nom de Swann n'était due aussi qu'à des motifs d'abréviation. Même elle donnait une importance particulière à l'S, et en faisait une sorte de longue queue qui venait barrer le G, mais qu'on sentait transitoire et destinée à disparaître comme celle qui, encore longue chez le singe, n'existe plus chez l'homme.

Malgré cela, dans son snobisme il y avait de l'intelligente curiosité de Swann. Je me souviens que cet après-midi-là elle demanda à Mme de Guermantes si elle n'aurait pas pu connaître M. du Lau, et la duchesse ayant répondu qu'il était souffrant et ne sortait pas, Gilberte demanda comment il était, car, ajouta-t-elle en rougissant légèrement, elle en avait beaucoup entendu parler. (Le marquis du Lau avait été en effet un des amis les plus intimes de Swann avant le mariage de celui-ci, et peut-être même Gilberte l'avait-elle entrevu mais à un moment où elle ne s'intéressait pas à cette société.) « Est-ce que M. de Bréauté ou le prince d'Agrigente peuvent m'en donner une idée ? demanda-t-elle. — Oh ! pas du tout », s'écria Mme de Guermantes, qui avait un sentiment vif de ces différences[a] provinciales et faisait des portraits sobres, mais colorés par sa voix dorée et rauque, sous le doux fleurissement de ses yeux de violette. « Non, pas du tout. Du Lau c'était le gentilhomme du Périgord, charmant, avec toutes les belles manières et le sans-gêne de sa province. À Guermantes, quand il y avait le roi d'Angleterre avec qui du Lau était très ami, il y avait après la chasse un goûter ; c'était l'heure où du Lau avait l'habitude d'aller ôter ses bottines et mettre de gros chaussons de laine. Eh bien, la présence du roi Édouard et de tous les grands-ducs ne le gênait en rien, il redescendait dans le grand salon de Guermantes avec ses chaussons de laine. Il trouvait qu'il était le marquis du Lau d'Allemans qui n'avait en rien à se contraindre pour le roi d'Angleterre[1]. Lui et ce charmant Quasimodo de Breteuil, c'était les deux que j'aimais le plus. C'était du reste, des grands amis à... » (elle allait dire « à votre père » et s'arrêta net). « Non, ça n'a aucun rapport ni avec Gri-Gri ni avec Bréauté. C'est le vrai grand seigneur du Périgord. Du reste Mémé cite une page de Saint-Simon sur un marquis d'Allemans, c'est tout à fait ça. » Je citai les premiers mots du portrait[1] : « M. d'Allemans, qui était un homme fort distingué parmi la noblesse du Périgord, par la sienne et par son mérite et y était considéré par tout ce qui y vivait comme un arbitre général à qui chacun avait recours pour sa probité, sa capacité et la douceur de ses manières, et comme un coq de province... — Oui, il y a de cela, dit Mme de Guermantes, d'autant que du Lau a toujours été rouge comme un coq. — Oui, je me rappelle avoir entendu citer ce portrait[a] », dit Gilberte, sans ajouter que c'était par son père, lequel était, en effet, grand admirateur de Saint-Simon.

Elle aimait aussi parler du prince d'Agrigente et de M. de Bréauté pour une autre raison. Le prince d'Agrigente l'était par héritage de la maison d'Aragon, mais leur seigneurie est poitevine. Quant à son château, celui du moins où il résidait, ce n'était pas un château de sa famille mais de la famille d'un premier mari de sa mère, et il était situé à peu près à égale distance de Martinville et de Guermantes. Aussi Gilberte parlait-elle de lui et de M. de Bréauté comme de voisins de campagne qui lui rappelaient sa vieille province. Matériellement il y avait une part de mensonge dans ces paroles, puisque ce n'est qu'à Paris par la comtesse Molé qu'elle avait connu M. de Bréauté, d'ailleurs vieil ami de son père. Quant au plaisir de parler des environs de Tansonville, il pouvait être sincère. Le snobisme est, pour certaines personnes, analogue à ces breuvages agréables dans lesquels ils mêlent des substances utiles. Gilberte s'intéressait à telle femme élégante parce qu'elle avait de superbes livres et des Nattiers que mon ancienne amie n'eût sans doute pas été voir à la Bibliothèque nationale et au Louvre, et je me figure que malgré la proximité plus grande encore, l'influence attrayante de Tansonville se fût moins exercée pour Gilberte sur Mme Sazerat ou Mme Goupil que sur M. d'Agrigente. « Oh ! pauvre Babal et pauvre Gri-Gri, dit Mme de Guermantes, ils sont bien plus malades que du Lau, je crains qu'ils n'en aient pas pour longtemps, ni l'un ni l'autre. »

Quand M. de Guermantes[b] eut terminé la lecture de mon article il m'adressa des compliments d'ailleurs mitigés.

Il regrettait la forme un peu poncive de ce style où il y avait « de l'enflure, des métaphores comme dans la prose démodée de Chateaubriand » ; par contre il me félicita sans réserve de « m'occuper » : « J'aime qu'on fasse quelque chose de ses dix doigts. Je n'aime pas les inutiles qui sont toujours des importants ou des agités. Sotte engeance ! » Gilberte qui prenait avec une rapidité extrême les manières du monde déclara combien elle allait être fière de dire qu'elle était l'amie d'un auteur. « Vous pensez si je vais dire que j'ai le plaisir, *l'honneur* de vous connaître. » « Vous ne voulez pas venir avec nous, demain, à l'Opéra-Comique ? » me dit la duchesse, et je pensai que c'était sans doute dans cette même baignoire où je l'avais vue la première fois et qui m'avait semblé alors inaccessible comme le royaume sous-marin des Néréides. Mais je répondis d'une voix triste : « Non, je ne vais pas au théâtre, j'ai perdu une amie que j'aimais beaucoup. » J'avais presque les larmes aux yeux en le disant mais pourtant pour la première fois cela me faisait un certain plaisir d'en parler. C'est à partir de ce moment-là que je commençai à écrire à tout le monde que je venais d'avoir un grand chagrin et à cesser de le ressentir.

Quand Gilberte fut partie Mme de Guermantes me dit : « Vous n'avez pas compris mes signes, c'était pour que vous ne parliez pas de Swann. » Et comme je m'excusais : « Mais je vous comprends très bien ; moi-même, j'ai failli le nommer, je n'ai eu que le temps de me rattraper, c'est épouvantable, heureusement que je me suis arrêtée à temps. Vous savez que c'est très gênant », dit-elle[a] à son mari pour diminuer un peu ma faute en ayant l'air de croire que j'avais obéi à une propension commune à tous et à laquelle il était difficile de résister. « Que voulez-vous que j'y fasse ? répondit le duc. Vous n'avez qu'à dire qu'on remette ces dessins en haut, puisqu'ils vous font penser à Swann. Si vous ne pensez pas à Swann, vous ne parlerez pas de lui[b]. »

Le lendemain je reçus deux lettres de félicitation qui m'étonnèrent beaucoup, l'une de Mme Goupil, dame de Combray que je n'avais pas revue depuis tant d'années et à qui, même à Combray, je n'avais pas trois fois adressé la parole. Un cabinet de lecture lui avait communiqué *Le Figaro*. Ainsi, quand quelque chose vous arrive dans la vie qui retentit un peu, des nouvelles[c] nous viennent de personnes situées si loin de nos relations et dont le souvenir eśt déjà si ancien que ces personnes semblent situées à une grande diśtance, surtout dans le sens de la profondeur. Une amitié de collège oubliée, et qui avait vingt occasions de se rappeler à vous, vous donne signe de vie, non sans compensations d'ailleurs. C'eśt ainsi que Bloch, dont j'eusse tant aimé savoir ce qu'il pensait de mon article, ne m'écrivit pas. Il eśt vrai qu'il avait lu cet article et devait me l'avouer plus tard, mais par un choc en retour. En effet il écrivit lui-même quelques années plus tard un article dans *Le Figaro* et désira immédiatement me signaler cet événement. Comme ce qu'il considérait comme un privilège lui était aussi échu, l'envie qui lui avait fait feindre d'ignorer mon article cessant comme un compresseur se soulève, il m'en parla, tout autrement[a] qu'il désirait m'entendre parler du sien : « J'ai su que toi aussi, me dit-il, avais fait un article. Mais je n'avais pas cru devoir t'en parler, craignant de t'être désagréable, car on ne doit pas parler à ses amis des choses humiliantes qui leur arrivent. Et c'en eśt une évidemment que d'écrire dans le journal du sabre et du goupillon, des *five o'clock*, sans oublier le bénitier. » Son caraćtère reśtait le même, mais son śtyle était devenu moins précieux, comme il arrive à certains écrivains qui quittent le maniérisme quand, ne faisant plus de poèmes symboliśtes, ils écrivent des romans-feuilletons.

Pour me consoler de son silence, je relus la lettre de Mme Goupil ; mais elle était sans chaleur, car si l'ariśtocratie a certaines formules qui font palissades entre elles, entre le *Monsieur* du début et les *sentiments diśtingués* de la fin, des cris de joie, d'admiration, peuvent jaillir comme des fleurs, et des gerbes pencher par-dessus la palissade leur parfum adorant. Mais le conventionalisme bourgeois enserre l'intérieur même des lettres dans un réseau de *votre succès si légitime*, au maximum *votre beau succès*. Des belles-sœurs, fidèles à l'éducation reçue et réservées dans leur corsage comme il faut, croient s'être épanchées dans le malheur ou l'enthousiasme si elles ont écrit *mes meilleures pensées. Mère se joint à moi* eśt un superlatif dont on eśt rarement gâté. Je reçus une autre lettre que celle de Mme Goupil, mais le nom, Sautton[b1], m'était inconnu. C'était une écriture populaire, un langage charmant. Je fus navré de ne pouvoir découvrir qui m'avait écrit.

Le surlendemain matin je me réjouis que Bergotte fût un grand admirateur de mon article, qu'il n'avait pu lire sans envie. Pourtant au bout d'un moment ma joie tomba. En effet Bergotte ne m'avait absolument rien écrit. Je m'étais seulement demandé s'il eût aimé cet article, en craignant que non. À cette question que je me posais, Mme de Forcheville m'avait répondu qu'il l'admirait infiniment, le trouvait d'un grand écrivain. Mais elle me l'avait dit pendant que je dormais : c'était un rêve. Presque tous répondent aux questions que nous nous posons par des affirmations complexes, mises en scène avec plusieurs personnages, mais qui n'ont pas de lendemain[a].

Quant à Mlle de Forcheville, je ne pouvais m'empêcher de penser à elle avec désolation. Quoi ? fille de Swann, qu'il eût tant aimé voir chez les Guermantes, que ceux-ci avaient refusé à leur grand ami de recevoir, ils l'avaient ensuite spontanément recherchée, le temps ayant passé qui renouvelle pour nous, insuffle une autre personnalité, d'après ce qu'on dit d'eux, aux êtres que nous n'avons pas vus depuis longtemps, depuis que nous avons fait nous-même peau neuve et pris d'autres goûts. Mais quand à cette fille Swann disait parfois, en la serrant contre lui et en l'embrassant : « C'est bon, ma chérie, d'avoir une fille comme toi ; un jour, quand je ne serai plus là, si on parle encore de ton pauvre papa, ce sera seulement avec toi et à cause de toi », Swann, en mettant ainsi pour après sa mort un craintif et anxieux espoir de survivance dans sa fille, se trompait autant que le vieux banquier qui ayant fait un testament pour une petite danseuse qu'il entretient et qui a très bonne tenue, se dit qu'il n'est pour elle qu'un grand ami, mais qu'elle restera fidèle à son souvenir. Elle avait très bonne tenue tout en faisant du pied sous la table aux amis du vieux banquier qui lui plaisaient, mais tout cela très caché, avec d'excellents dehors. Elle portera le deuil de l'excellent homme, s'en sentira débarrassée, profitera non seulement de l'argent liquide, mais des propriétés, des automobiles qu'il lui a laissées, fera partout effacer le chiffre de l'ancien propriétaire qui lui cause un peu de honte et à la jouissance du don n'associera jamais le regret du donateur. Les illusions de l'amour paternel[b] ne sont peut-être pas moindres que celles de l'autre ; bien des filles ne considèrent leur père que comme le vieillard qui leur laisse sa fortune. La présence de Gilberte dans un salon au lieu d'être une occasion qu'on parlât encore quelquefois de son père était un obstacle à ce qu'on saisît celles, de plus en plus rares, qu'on aurait pu avoir encore de le faire. Même à propos des mots qu'il avait dits, des objets qu'il avait donnés, on prit l'habitude de ne plus le nommer et celle qui aurait dû rajeunir sinon perpétuer sa mémoire, se trouva hâter et consommer l'œuvre de la mort et de l'oubli.

Et ce n'est pas seulement à l'égard de Swann que Gilberte consommait peu à peu l'œuvre de l'oubli : elle avait hâté en moi cette œuvre de l'oubli à l'égard d'Albertine. Sous l'action du désir, par conséquent du désir de bonheur que Gilberte avait excité en moi pendant les quelques heures où je l'avais crue une autre qu'elle, un certain nombre de souffrances, de préoccupations douloureuses, lesquelles il y a peu de temps encore obsédaient ma pensée, s'étaient échappées de moi, entraînant avec elles tout un bloc de souvenirs, probablement effrités depuis longtemps et précaires, relatifs à Albertine. Car si bien des souvenirs qui étaient reliés à elle, avaient d'abord contribué à maintenir en moi le regret de sa mort, en retour le regret lui-même avait fixé[a] les souvenirs. De sorte que la modification de mon état sentimental, préparée sans doute obscurément jour par jour par les désagrégations continues de l'oubli mais réalisée brusquement dans son ensemble, me donna cette impression[b], que je me rappelle avoir éprouvée ce jour-là pour la première fois, du vide, de la suppression en moi de toute une portion de mes associations d'idées, qu'éprouve un homme dont une artère cérébrale depuis longtemps usée s'est rompue et chez lequel toute une partie de la mémoire est abolie ou paralysée. Je n'aimais plus Albertine. Tout au plus certains jours, quand il faisait un de ces temps qui en modifiant, en réveillant notre sensibilité, nous remettent en rapport avec le réel, je me sentais cruellement triste en pensant à elle. Je souffrais d'un amour qui n'existait plus. Ainsi les amputés, par certains changements de temps ont mal dans la jambe qu'ils ont perdue.

La[c] disparition de ma souffrance, et de tout ce qu'elle emmenait avec elle, me laissait diminué comme souvent la guérison d'une maladie qui tenait dans notre vie une grande place. Sans doute c'est parce que les souvenirs ne restent pas toujours vrais que l'amour n'est pas éternel, et parce que la vie est faite du perpétuel renouvellement des cellules. Mais ce renouvellement, pour les souvenirs, est tout de même retardé par l'attention qui arrête, qui fixe un moment ce qui doit changer. Et puisqu'il en est du chagrin comme du désir des femmes, qu'on grandit en y pensant, avoir beaucoup à faire rendrait plus facile, aussi bien que la chasteté, l'oubli.

Par une autre réaction, si (bien que ce fût la distraction — le désir de Mlle d'Éporcheville — qui m'eût rendu tout d'un coup l'oubli effectif et sensible) il reste que c'est le temps qui amène progressivement l'oubli, l'oubli n'est pas sans altérer profondément la notion du temps. Il y a des erreurs optiques dans le temps comme il y en a dans l'espace. La persistance en moi d'une velléité ancienne de travailler, de réparer le temps perdu, de changer de vie, ou plutôt de commencer à vivre, me donnait l'illusion que j'étais toujours aussi jeune ; pourtant le souvenir de tous les événements qui s'étaient succédé dans ma vie — et aussi ceux qui s'étaient succédé dans mon cœur, car, quand on a beaucoup changé, on est induit à supposer qu'on a plus longtemps vécu — au cours de ces derniers mois de l'existence d'Albertine, me les avait fait paraître beaucoup plus longs qu'une année, et maintenant cet oubli de tant de choses, me séparant par des espaces vides, d'événements tout récents qu'ils me faisaient paraître anciens puisque j'avais eu ce qu'on appelle « le temps » de les oublier, c'était son interpolation, fragmentée, irrégulière, au milieu de ma mémoire — comme une brume épaisse sur l'océan, et qui supprime les points de repère des choses — qui détraquait, disloquait mon sentiment des distances dans le temps, là rétrécies, ici distendues, et me faisait me croire tantôt beaucoup plus loin, tantôt beaucoup plus près des choses que je ne l'étais en réalité. Et comme dans les nouveaux espaces, encore non parcourus, qui s'étendaient devant moi, il n'y aurait pas plus de traces de mon amour pour Albertine qu'il n'y en avait eu dans les temps perdus que je venais de traverser, de mon amour pour ma grand-mère, offrant une succession de périodes sous lesquelles, après un certain intervalle, rien de ce qui soutenait la précédente ne subsistait plus dans celle qui la suivait, ma vie m'apparut[a] comme quelque chose de si dépourvu du support d'un moi individuel identique et permanent, quelque chose d'aussi inutile dans l'avenir que long dans le passé, quelque chose que la mort pourrait aussi bien terminer ici ou là, sans nullement le conclure, que ces cours d'histoire de France qu'en rhétorique on arrête indifféremment, selon la fantaisie des programmes ou des professeurs, à la Révolution de 1830, à celle de 1848, ou à la fin du Second Empire.

Peut-être alors la fatigue et la tristesse que je ressentis vinrent-elles moins[a] d'avoir aimé inutilement ce que déjà j'oubliais, que de commencer à me plaire avec de nouveaux vivants, de purs gens du monde, de simples amis des Guermantes, si peu intéressants par eux-mêmes. Je me consolais peut-être plus aisément de constater que celle que j'avais aimée n'était plus au bout d'un certain temps qu'un pâle souvenir que de retrouver en moi cette vaine activité qui nous fait perdre le temps à tapisser notre vie d'une végétation humaine vivace mais parasite, qui deviendra[b] le néant aussi quand elle sera morte, qui déjà est étrangère à tout ce que nous avons connu et à laquelle pourtant cherche à plaire notre sénilité bavarde, mélancolique et coquette. L'être nouveau qui supporterait aisément de vivre sans Albertine avait fait son apparition en moi, puisque j'avais pu parler d'elle chez Mme de Guermantes en paroles affligées, sans souffrance profonde. Ces nouveaux moi qui devraient porter un autre nom que le précédent, leur venue possible, à cause de leur indifférence à ce que j'aimais, m'avait toujours épouvanté : jadis à propos de Gilberte quand son père me disait que si j'allais vivre en Océanie je n'en voudrais plus revenir, tout récemment quand j'avais lu avec un tel serrement de cœur les Mémoires d'un écrivain médiocre qui séparé par la vie d'une femme qu'il avait adorée jeune homme, vieillard la rencontrait sans plaisir, sans envie de la revoir. Or il m'apportait au contraire[c] avec l'oubli une suppression presque complète de la souffrance, une possibilité de bien-être, cet être si redouté, si bienfaisant et qui n'était autre qu'un de ces moi de rechange que la destinée tient en réserve pour nous et que, sans plus écouter nos prières qu'un médecin clairvoyant et d'autant plus autoritaire, elle substitue malgré nous, par une intervention opportune, au moi vraiment trop blessé. Ce rechange au reste elle l'accomplit de temps en temps, comme l'usure et la réfection des tissus, mais nous n'y prenons garde que si l'ancien contenait une grande douleur, un corps étranger et blessant, que nous nous étonnons de ne plus retrouver, dans notre émerveillement d'être devenu un autre, un autre pour qui la souffrance de son prédécesseur n'est plus que la souffrance d'autrui, celle dont on peut parler avec apitoiement parce qu'on ne la ressent pas. Même cela nous est égal d'avoir passé par tant de souffrances car nous ne nous rappelons que confusément les avoir souffertes. Il est possible que de même nos cauchemars la nuit soient effroyables. Mais au réveil nous sommes une autre personne qui ne se soucie guère que celle à qui elle succède ait eu à fuir en dormant devant des assassins.

Sans doute ce moi gardait encore quelque contact avec l'ancien comme un ami, indifférent à un deuil, en parle pourtant aux personnes présentes avec la tristesse convenable, et retourne de temps en temps dans la chambre où le veuf qui l'a chargé de recevoir pour lui continue à faire entendre ses sanglots. J'en poussais encore quand je redevenais pour un moment l'ancien ami d'Albertine. Mais c'est dans un personnage nouveau que je tendais à passer tout entier. Ce n'est pas parce que les autres sont morts que notre affection pour eux s'affaiblit, c'est parce que nous mourons nous-mêmes. Albertine n'avait rien à reprocher à son ami. Celui qui en usurpait le nom n'en était que l'héritier. On ne peut être fidèle qu'à ce dont on se souvient, on ne se souvient que de ce qu'on a connu. Mon moi nouveau tandis qu'il grandissait à l'ombre de l'ancien, l'avait souvent entendu parler d'Albertine ; à travers lui, à travers les récits qu'il en recueillait, il croyait la connaître, elle lui était sympathique, il l'aimait ; mais ce n'était qu'une tendresse de seconde main.

Une autre personne chez qui l'œuvre de l'oubli en ce qui concernait Albertine se fit probablement plus rapide à cette époque, et me permit par contrecoup de me rendre compte un peu plus tard d'un nouveau progrès que cette œuvre avait fait chez moi (et c'est là mon souvenir d'une seconde étape avant l'oubli définitif), ce fut Andrée. Je ne puis guère en effet ne pas donner l'oubli d'Albertine comme cause sinon unique, sinon même principale, au moins comme cause conditionnante et nécessaire, d'une conversation qu'Andrée eut avec moi à peu près six mois après celle que j'ai rapportée et où ses paroles furent si différentes de ce qu'elle m'avait dit la première fois. Je me rappelle que c'était dans ma chambre parce qu'à ce moment-là j'avais plaisir à avoir de demi-relations charnelles avec elle, à cause du côté collectif qu'avait eu au début et que reprenait maintenant mon amour pour les jeunes filles de la petite bande, longtemps indivis entre elles, et un moment seulement uniquement associé à la personne d'Albertine, pendant les derniers mois qui avaient précédé et suivi sa mort.

Nous étions dans ma chambre pour une autre raison encore qui me permet de situer très exactement cette conversation. C'est que j'étais expulsé du reste de l'appartement parce que c'était le jour de maman. C'était un jour où maman était allée déjeuner chez Mme Sazerat. Comme c'était le jour de réception de ma mère, elle avait hésité à aller chez Mme Sazerat. Mais comme, même à Combray, Mme Sazerat savait toujours vous inviter avec des gens ennuyeux, maman, certaine de ne pas s'amuser, avait compté qu'elle pourrait sans manquer aucun plaisir rentrer tôt. Elle était en effet revenue à temps et sans regrets, Mme Sazerat n'ayant eu chez elle que des gens assommants que glaçait déjà la voix particulière qu'elle prenait quand elle avait du monde, ce que maman appelait sa voix du mercredi. Ma mère, du reste, l'aimait bien, la plaignait de son infortune — suite des fredaines de son père ruiné par la duchesse de X***[1] — infortune qui la forçait à vivre presque toute l'année à Combray, avec quelques semaines chez sa cousine à Paris et un grand « voyage d'agrément » tous les dix ans[a]. Je me rappelle que la veille, sur ma prière répétée depuis des mois, et parce que la princesse la[b] réclamait toujours, maman était allée voir la princesse de Parme[c] qui elle ne faisait pas de visites, et chez qui on se contentait d'habitude de s'inscrire mais qui avait insisté pour que ma mère vînt la voir, puisque le protocole empêchait qu'elle vînt chez nous. Ma mère était revenue très mécontente : « Tu m'as fait faire un pas de clerc, me dit-elle, la princesse de Parme m'a à peine dit bonjour, elle s'est retournée vers les dames avec qui elle causait sans s'occuper de moi, et au bout de dix minutes, comme[d] elle ne m'avait pas adressé la parole, je suis partie sans qu'elle me tendît même la main. J'étais très ennuyée ; en revanche devant la porte en m'en allant j'ai rencontré la duchesse de Guermantes qui a été très aimable et qui m'a beaucoup parlé de toi. Quelle singulière idée tu as eue de lui parler d'Albertine ! Elle m'a raconté que tu lui avais dit que sa mort avait été un tel chagrin pour toi. » (Je l'avais en effet dit à la duchesse, mais ne me le rappelais même pas et j'y avais à peine insisté. Mais les personnes les plus distraites font souvent une singulière attention à des paroles que nous laissons échapper, qui nous paraissent toutes naturelles, et qui excitent profondément leur curiosité[a].) « Je ne retournerai jamais chez la princesse de Parme. Tu m'as fait faire une bêtise. »

Or le lendemain, jour de ma mère, Andrée vint me voir. Elle[b] n'avait pas grand temps, car elle devait aller chercher Gisèle avec qui elle tenait beaucoup à dîner. « Je connais ses défauts, mais c'est tout de même ma meilleure amie et l'être pour qui j'ai le plus d'affection », me dit-elle. Et elle parut même avoir quelque effroi à l'idée que je pourrais lui demander de dîner avec elles. Elle était avide des êtres, et un tiers qui la connaissait trop bien, comme moi, en l'empêchant de se livrer, l'empêchait de goûter auprès d'eux un plaisir complet.

Il est vrai que quand elle vint, je n'étais pas là ; elle m'attendait, et j'allais passer par mon petit salon pour aller la voir quand je m'aperçus, en entendant une voix, qu'il y avait[c] une autre visite pour moi. Pressé de voir Andrée, qui était dans ma chambre, ne sachant pas qui était l'autre personne, qui ne la connaissait évidemment pas puisqu'on l'avait mise dans une autre pièce, j'écoutai un instant à la porte du petit salon ; car mon visiteur parlait, il n'était pas seul ; il parlait à une femme : *Oh ! ma chérie, c'est dans mon cœur !* lui fredonnait-il, citant les vers d'Armand Silvestre[1]. « Oui, tu resteras toujours ma chérie malgré tout ce que tu as pu me faire :

« *Les morts dorment en paix dans le sein de la terre.*
Ainsi doivent dormir nos sentiments éteints.
Ces reliques du cœur ont aussi leur poussière ;
Sur leurs restes sacrés ne portons pas les mains[2].

C'est un peu vieux jeu, mais comme c'est joli ! Et aussi ce que j'aurais pu te dire dès le premier jour :

« *Tu les feras pleurer, enfant belle et chérie...*

Comment, tu ne connais pas ça ?

« ... *Tous ces bambins, hommes futurs,*
Qui suspendent déjà leur jeune rêverie
Aux cils câlins de tes yeux purs[1].

Ah ! j'avais cru[a] pouvoir me dire un instant :

« *Le premier soir qu'il vint ici*
De fierté[b] *je n'eus plus souci.*
Je lui disais : « Tu m'aimeras
Aussi longtemps que tu pourras. »
Je ne dormais bien qu'en ses bras[2]. »

Curieux, dussé-je retarder d'un instant mon urgente visite à Andrée, à quelle femme s'adressait ce déluge de poèmes, j'ouvris la porte. Ils étaient récités par M. de Charlus à un militaire[c] en qui je reconnus vite Morel et qui partait pour faire ses treize jours[3]. Il n'était plus bien avec M. de Charlus, mais le revoyait de temps en temps pour lui demander un service. M. de Charlus, qui donnait d'habitude à l'amour une forme plus mâle[d], avait aussi ses langueurs. D'ailleurs dans son enfance, pour pouvoir comprendre et sentir les vers des poètes, il avait été obligé de les supposer adressés non à une belle infidèle mais à un jeune homme. Je les quittai le plus vite que je pus quoique je sentisse que faire des visites avec Morel était une immense satisfaction pour M. de Charlus, à qui cela donnait un instant l'illusion de s'être remarié. Et il unissait d'ailleurs en lui au snobisme des reines celui des domestiques.

Le souvenir d'Albertine[e] était devenu chez moi si fragmentaire qu'il ne me causait plus de tristesse et n'était plus qu'une transition à de nouveaux désirs, comme un accord qui prépare des changements d'harmonie. Et même, toute idée de caprice sensuel et passager étant écartée, en tant que j'étais encore fidèle au souvenir d'Albertine, j'étais plus heureux d'avoir auprès de moi Andrée que je ne l'aurais été d'avoir Albertine miraculeusement retrouvée. Car Andrée pouvait me dire plus de choses sur Albertine que ne m'en avait dit Albertine elle-même. Or les problèmes relatifs à Albertine restaient encore dans mon esprit alors que ma tendresse pour elle, tant physique que morale, avait déjà disparu. Et mon désir de connaître sa vie, parce qu'il avait moins diminué, était maintenant comparativement plus grand que le besoin de sa présence. D'autre part, l'idée qu'une femme avait peut-être eu des relations avec Albertine ne me causait plus que le désir d'en avoir moi aussi avec cette femme. Je le dis à Andrée tout en la caressant. Alors sans chercher le moins du monde à mettre ses paroles d'accord avec celles d'il y avait quelques mois, Andrée me dit en souriant à demi : « Ah ! oui, mais vous êtes un homme. Aussi nous ne pouvons pas faire ensemble tout à fait les mêmes choses que je faisais avec Albertine. » Et soit qu'elle pensât que cela accroissait mon désir (dans l'espoir de confidences que je lui avais dit autrefois que j'aimerais avoir des relations avec une femme en ayant eues avec Albertine), ou mon chagrin, ou peut-être détruisait un sentiment de supériorité sur elle qu'elle pouvait croire que j'éprouvais d'avoir été le seul à entretenir des relations avec Albertine : « Ah nous avons passé toutes les deux de bonnes heures, elle était si caressante, si passionnée. Du reste ce n'était pas seule[a] avec moi qu'elle aimait prendre du plaisir. Elle avait rencontré chez Mme Verdurin un joli garçon, appelé Morel. Tout de suite ils s'étaient compris. Il se chargeait — ayant d'elle la permission d'y prendre aussi son plaisir, car il aimait les petites novices, et sitôt qu'il les avait mises sur le mauvais chemin, les laisser ensuite —, il se chargeait de plaire à de petites pêcheuses d'une plage éloignée, de petites blanchisseuses, qui s'amourachaient d'un garçon mais n'eussent pas répondu aux avances d'une jeune fille. Aussitôt que la petite était bien[b] sous sa domination, il la faisait venir dans un endroit tout à fait sûr, où il la livrait à Albertine. Par peur de perdre ce Morel, qui s'y mêlait du reste, la petite obéissait toujours et d'ailleurs elle le perdait tout de même, car par peur des conséquences, et aussi parce qu'une ou deux fois lui suffisaient, il filait en laissant une fausse adresse. Il eut une fois l'audace d'en mener une, ainsi qu'Albertine, dans une maison de femmes à Couliville[c1], où quatre ou cinq la prirent ensemble ou successivement. C'était sa passion, comme c'était aussi celle d'Albertine. Mais Albertine avait après d'affreux remords. Je crois que chez vous elle avait dompté sa passion et remettait de jour en jour de s'y livrer. Puis son amitié pour vous était si grande qu'elle avait des scrupules. Mais il était bien certain que si jamais elle vous quittait elle recommencerait. Elle espérait[a] que vous la sauveriez, que vous l'épouseriez. Au fond, elle sentait que c'était une espèce de folie criminelle, et je me suis souvent demandé si ce n'était pas après une chose comme cela, ayant amené un suicide dans une famille, qu'elle s'était elle-même tuée. Je dois avouer que tout à fait au début de son séjour chez vous, elle n'avait pas entièrement renoncé à ses jeux avec moi. Il y avait des jours où elle semblait en avoir besoin, tellement qu'une fois, alors que c'eût été si facile dehors, elle ne se résigna pas à me dire au revoir avant de m'avoir mise auprès d'elle, chez vous. Nous n'eûmes pas de chance, nous avons failli être prises[1]. Elle avait profité de ce que Françoise était descendue faire une course, et que vous n'étiez pas rentré. Alors elle avait tout éteint pour que quand vous ouvririez avec votre clef vous perdiez un peu de temps avant de trouver le bouton, et elle n'avait pas fermé la porte de sa chambre. Nous vous avons entendu monter, je n'eus que le temps de m'arranger, de descendre. Précipitation bien inutile, car par un hasard incroyable vous aviez oublié votre clef et avez été obligé de sonner. Mais nous avons tout de même perdu la tête de sorte que pour cacher notre gêne toutes les deux, sans avoir pu nous consulter, nous avions eu la même[b] idée : faire semblant de craindre l'odeur du seringa, que nous adorions au contraire. Vous rapportiez avec vous une longue branche de cet arbuste, ce qui me permit de détourner la tête et de cacher mon trouble. Cela ne m'empêcha pas de vous dire avec une maladresse absurde que peut-être Françoise était remontée et pourrait vous ouvrir, alors qu'une seconde avant, je venais de vous faire le mensonge que nous venions seulement de rentrer de promenade et qu'à notre arrivée Françoise n'était pas encore descendue (ce qui était vrai). Mais le malheur fut — croyant que vous aviez votre clef — d'éteindre la lumière, car nous eûmes peur qu'en remontant vous la vissiez se rallumer ; ou du moins nous hésitâmes trop. Et pendant trois nuits Albertine ne put fermer l'œil parce qu'elle avait tout le temps peur que vous n'ayez de la méfiance et ne demandiez à Françoise pourquoi elle n'avait pas allumé avant de partir. Car Albertine vous craignait beaucoup, et par moments assurait que vous étiez fourbe, méchant, la détestant au fond. Au bout de trois jours elle comprit à votre calme que vous n'aviez pas eu l'idée de rien demander à Françoise, et elle put retrouver le sommeil. Mais elle ne reprit plus ses relations avec moi, soit par peur, ou par remords, car elle prétendait vous aimer beaucoup, ou bien aimait-elle quelqu'un d'autre. En tout cas on n'a plus pu jamais parler de seringa devant elle sans qu'elle devînt écarlate et passât la main sur sa figure en pensant cacher sa rougeur. »

Comme certains[a] bonheurs, il y a certains malheurs qui viennent trop tard, ils ne prennent pas en nous toute la grandeur qu'ils auraient eue quelque temps plus tôt. Tel le malheur qu'était pour moi la terrible révélation d'Andrée. Sans doute, même quand de mauvaises nouvelles doivent nous attrister, il arrive que dans le divertissement, le jeu équilibré de la conversation, elles passent devant nous sans s'arrêter, et que nous, préoccupés de mille choses à répondre, transformés par le désir de plaire aux personnes présentes en quelqu'un d'autre, protégé pour quelques instants dans ce cycle nouveau contre les affections, les souffrances qu'il a quittées pour y entrer et qu'il retrouvera quand le court enchantement sera brisé, nous n'ayons pas le temps de les accueillir. Pourtant, si ces affections, ces souffrances sont trop prédominantes, nous n'entrons que distraits[b] dans la zone d'un monde nouveau et momentané où trop fidèles à la souffrance, nous ne pouvons devenir autres ; alors les paroles se mettent immédiatement en rapport avec notre cœur qui n'est pas resté hors du jeu. Mais depuis quelque temps les paroles concernant Albertine, comme un poison évaporé[c], n'avaient plus leur pouvoir toxique. La distance était déjà trop lointaine ; comme un promeneur qui voyant, l'après-midi, un croissant nuageux dans le ciel, se dit[d] « c'est cela, l'immense lune », je me disais : « Comment ! cette vérité que j'ai tant cherchée, tant redoutée, c'est seulement ces quelques mots dits dans une conversation, qu'on ne peut même pas penser complètement parce qu'on n'est pas seul ! » Puis elle me prenait vraiment au dépourvu, je m'étais beaucoup fatigué avec Andrée. Vraiment une pareille vérité, j'aurais voulu avoir plus de force à lui consacrer ; elle me restait extérieure, mais c'est que je ne lui avais pas encore trouvé une place dans mon cœur. On voudrait que la vérité nous fût révélée par des signes nouveaux, non par une phrase, une phrase pareille à celles qu'on s'était dites tant de fois. L'habitude de penser empêche parfois d'éprouver le réel, immunise contre lui, le fait paraître de la pensée encore. Il n'y a pas une idée qui ne porte en elle sa réfutation possible, un mot le mot contraire.

En tout cas c'était maintenant, si c'était vrai, toute cette inutile vérité sur la vie d'une maîtresse qui n'est plus et qui remonte des profondeurs, qui apparaît, une fois que nous ne pouvons plus rien en faire. Alors (pensant sans doute à quelque autre que nous aimons maintenant et à l'égard de qui la même chose pourrait arriver, car de celle qu'on a oubliée on ne se soucie plus), on se désole. On se dit : « Si elle vivait ! » On se dit : « Si celle qui vit pouvait comprendre tout cela et que quand elle sera morte je saurai tout ce qu'elle me cache ! » Mais c'est un cercle vicieux. Si j'avais pu faire qu'Albertine vécût, du même coup j'eusse fait qu'Andrée ne m'eût rien révélé. C'est un peu la même chose que l'éternel « vous verrez quand je ne vous aimerai plus », qui est si vrai et si absurde, puisqu'en effet on obtiendrait beaucoup si on n'aimait plus mais qu'on ne se soucierait pas d'obtenir. C'est même tout à fait la même chose. Car la femme qu'on revoit quand on ne l'aime plus, si elle vous dit tout, c'est qu'en effet ce n'est plus elle, ou que ce n'est plus vous : l'être qui aimait n'existe plus. Là aussi il y a la mort qui a passé, a rendu tout aisé et tout inutile. Je faisais ces réflexions, me plaçant dans l'hypothèse où Andrée était véridique — ce qui était possible — et amenée à la sincérité envers moi précisément parce qu'elle avait maintenant des relations avec moi, par ce côté Saint-André-des-Champs qu'avait eu au début avec moi Albertine. Elle y était aidée dans ce cas par le fait qu'elle ne craignait plus Albertine, car la réalité des êtres ne survit pour nous que peu de temps après leur mort, et au bout de quelques années ils sont comme ces dieux des religions abolies qu'on offense sans crainte parce qu'on a cessé de croire à leur existence. Mais qu'Andrée ne crût plus à la réalité d'Albertine pouvait avoir pour effet qu'elle ne redoutât plus aussi bien que de trahir une vérité qu'elle avait promis de ne pas révéler d'inventer un mensonge qui calomniait rétrospectivement sa prétendue complice. Cette absence de crainte lui permettait-elle de révéler enfin, en me disant cela, la vérité, ou bien d'inventer un mensonge, si, pour quelque raison, elle me croyait plein de bonheur et d'orgueil et voulait me peiner ? Peut-être avait-elle de l'irritation contre moi (irritation suspendue tant qu'elle m'avait vu malheureux, inconsolé) parce que j'avais eu des relations avec Albertine et qu'elle m'enviait peut-être — croyant que je me jugeais à cause de cela plus favorisé qu'elle — un avantage qu'elle n'avait peut-être pas obtenu, ni même souhaité. C'est ainsi que je l'avais souvent vue dire qu'ils avaient l'air très malades à des gens dont la bonne mine, et surtout la conscience qu'ils avaient de leur bonne mine, l'exaspérait, et dire dans l'espoir de les fâcher qu'elle-même allait très bien, ce qu'elle ne cessa de proclamer quand elle était le plus malade, jusqu'au jour où dans le détachement de la mort il ne lui soucia plus que les heureux allassent bien et sussent qu'elle-même se mourait. Mais ce jour-là était encore loin. Peut-être était-elle irritée contre moi, je ne savais[a] pour quelle raison, comme jadis elle avait eu une rage contre le jeune homme[1] si savant dans les choses de sport, si ignorant du reste, que nous avions rencontré à Balbec et qui depuis vivait avec Rachel et sur le compte duquel Andrée se répandait en propos diffamatoires, souhaitant être poursuivie en dénonciation calomnieuse pour pouvoir articuler contre son père des faits déshonorants dont il n'aurait pu prouver la fausseté. Or peut-être cette rage contre moi la reprenait seulement, ayant sans doute cessé quand elle me voyait si triste. En effet, ceux-là mêmes qu'elle avait, les yeux étincelants de rage, souhaité déshonorer, tuer, faire condamner, fût-ce sur de faux témoignages, si seulement elle les savait tristes, humiliés, elle ne leur voulait plus aucun mal, elle était prête à les combler de bienfaits. Car elle n'était pas foncièrement mauvaise, et si sa nature non apparente, un peu profonde, n'était pas la gentillesse qu'on croyait d'abord d'après ses délicates attentions, mais plutôt l'envie et l'orgueil, sa troisième nature, plus profonde encore, la vraie, mais pas entièrement réalisée, tendait vers la bonté et l'amour du prochain. Seulement comme tous les êtres qui dans un certain état en désirent un meilleur, mais ne le connaissant que par le désir, ne comprennent pas que la première condition est de rompre avec le premier — comme les neurasthéniques ou les morphinomanes qui voudraient bien être guéris, mais pourtant qu'on ne les privât pas de leurs manies ou de leur morphine, comme les cœurs religieux ou les esprits artistes attachés au monde qui souhaitent la solitude mais veulent se la représenter pourtant comme n'impliquant pas un renoncement absolu à leur vie antérieure — Andrée était prête à aimer toutes les créatures, mais à condition d'avoir réussi d'abord à ne pas se les représenter comme triomphantes, et pour cela de les humilier préalablement. Elle ne comprenait pas qu'il fallait aimer même les orgueilleux et vaincre leur orgueil par l'amour et non par un plus puissant orgueil. Mais c'est qu'elle était comme les malades qui veulent la guérison par les moyens mêmes qui entretiennent la maladie, qu'ils aiment et qu'ils cesseraient aussitôt d'aimer s'ils les renonçaient. Mais on veut apprendre à nager et pourtant garder un pied à terre.

En ce qui concerne le jeune homme sportif, neveu des Verdurin, que j'avais rencontré dans mes deux séjours à Balbec, il faut dire accessoirement, et par anticipation, que, quelque temps après la visite d'Andrée, visite dont le récit va être repris dans un instant, il arriva des faits qui causèrent une assez grande impression. D'abord ce jeune homme (peut-être par souvenir d'Albertine que je ne savais pas alors qu'il avait aimée) se fiança avec Andrée et l'épousa, malgré le désespoir de Rachel dont il ne tint aucun compte. Andrée ne dit plus alors (c'est-à-dire quelques mois après la visite dont je parle) qu'il était un misérable et je m'aperçus plus tard qu'elle n'avait dit qu'il l'était que parce qu'elle était folle de lui et qu'elle croyait qu'il ne voulait pas d'elle. Mais un autre fait frappa davantage. Ce jeune homme fit représenter de petits sketches, dans des décors et avec des costumes de lui, et qui ont amené dans l'art contemporain une révolution au moins égale à celle accomplie par les Ballets russes[1]. Bref les juges les plus autorisés considérèrent ses œuvres comme quelque chose de capital, presque des œuvres de génie, et je pense d'ailleurs comme eux, ratifiant ainsi à mon propre étonnement l'ancienne opinion de Rachel. Les personnes qui l'avaient connu à Balbec attentif[a] seulement si la coupe des vêtements des gens qu'il avait à fréquenter était élégante ou non, passer tout son temps au baccara, aux courses, au golf ou au polo, qui savaient que dans ses classes il avait toujours été un cancre et s'était même fait renvoyer du lycée (pour ennuyer ses parents, il avait été habiter deux mois la grande maison de femmes où M. de

Charlus avait cru surprendre Morel), pensèrent que peut-être ses œuvres étaient d'Andrée qui par amour voulait lui en laisser la gloire, ou que plus probablement il payait avec sa grande fortune personnelle que ses folies avaient seulement ébréchée, quelque professionnel génial et besogneux pour les faire (ce genre de société riche — non décrassée par la fréquentation de l'aristocratie et n'ayant aucune idée de ce que c'est qu'un artiste qui est seulement pour eux soit un acteur qu'ils font venir débiter des monologues pour les fiançailles de leur fille en lui remettant tout de suite son cachet discrètement dans un salon voisin, soit un peintre chez qui ils la font poser une fois qu'elle est mariée, avant les enfants et quand elle est encore à son avantage — croyant volontiers que tous les gens du monde lui écrivent, composent ou peignent, font faire leurs œuvres et payent pour avoir une réputation d'auteur comme d'autres pour s'assurer un siège de député). Mais tout cela était faux ; et ce jeune homme était bien l'auteur de ces œuvres admirables. Quand je le sus, je fus obligé d'hésiter entre diverses suppositions. Ou bien il avait été en effet pendant de longues années la « brute épaisse » qu'il paraissait, et quelque cataclysme physiologique avait éveillé en lui le génie assoupi comme la Belle au bois dormant ; ou bien à cette époque de sa rhétorique orageuse, de ses recalages au bachot, de ses grosses pertes de jeu de Balbec, de sa crainte de monter dans le « tram » avec des fidèles de sa tante Verdurin à cause de leur vilain habillement, il était déjà un homme de génie, peut-être distrait de son génie, l'ayant laissé la clef sous la porte dans l'effervescence de passions juvéniles ; ou bien même, homme de génie déjà conscient, et si dernier en classe, parce que pendant que le professeur disait des banalités sur Cicéron, lui lisait Rimbaud ou Gœthe[1]. Certes rien ne laissait soupçonner cette hypothèse quand je le rencontrai à Balbec où ses préoccupations me parurent s'attacher uniquement à la correction des attelages et à la préparation des cocktails. Mais ce n'est pas une objection irréfutable. Il pouvait être très vaniteux, ce qui peut s'allier au génie, et chercher à briller de la manière qu'il savait propre à éblouir dans le monde où il vivait et qui n'était nullement de prouver une connaissance approfondie des *Affinités électives*, mais bien plutôt de conduire à quatre[2]. D'ailleurs je ne suis pas sûr que même quand il fut devenu l'auteur de ces belles œuvres si originales, il eût beaucoup aimé, hors des théâtres où il était connu, à dire bonjour à quelqu'un qui n'aurait pas été en smoking, comme les fidèles dans leur première manière, ce qui prouverait chez lui non de la bêtise mais de la vanité, et même un certain sens pratique, une certaine clairvoyance à adapter sa vanité à la mentalité des imbéciles à l'estime de qui il tenait et pour lesquels le smoking brille peut-être d'un plus vif éclat que le regard d'un penseur. Qui sait si vu du dehors tel homme de talent ou même un homme sans talent mais aimant les choses de l'esprit, moi par exemple, n'eût pas fait, à qui l'eût rencontré à Rivebelle, à l'Hôtel de Balbec, sur la digue de Balbec, l'effet du plus parfait et prétentieux imbécile ? Sans compter que pour Octave les choses de l'art devaient être quelque chose de si intime, de vivant tellement dans les plus secrets replis de lui-même qu'il n'eût sans doute pas eu l'idée d'en parler comme eût fait Saint-Loup par exemple, pour qui les arts avaient le prestige que les attelages avaient pour Octave[a]. Puis il pouvait avoir la passion du jeu, et on dit qu'il l'a gardée. Tout de même si la piété qui fit revivre l'œuvre inconnue de Vinteuil est sortie du milieu si trouble de Montjouvain, je ne fus pas moins frappé de penser que les chefs-d'œuvre peut-être les plus extraordinaires de notre époque sont sortis non du Concours général, d'une éducation modèle, académique, à la Broglie[1], mais de la fréquentation des « pesages » et des grands bars. En[b] tout cas à cette époque, à Balbec, les raisons qui faisaient désirer à moi de le connaître, à Albertine et ses amies que je ne le connusse pas, étaient également étrangères à sa valeur, et auraient pu seulement mettre en lumière l'éternel malentendu d'un « intellectuel » (représenté en l'espèce par moi) et des gens du monde (représentés par la petite bande) au sujet d'une personne mondaine (le jeune joueur de golf). Je ne pressentais nullement son talent, et son prestige à mes yeux — du même genre qu'autrefois celui de Mme Blatin[2] — était d'être, quoi qu'elles prétendissent, l'ami de mes amies, et plus de leur bande que moi. D'autre part Albertine et Andrée, symbolisant en cela l'incapacité des gens du monde à porter un jugement valable sur les choses de l'esprit et leur propension à s'attacher dans cet ordre à de faux-semblants, non seulement n'étaient pas loin de me trouver stupide parce que j'étais curieux d'un tel imbécile, mais s'étonnaient surtout que, joueur de golf pour joueur de golf, mon choix se fût justement porté sur le plus insignifiant. Si encore j'avais voulu me lier avec le jeune Gilbert de Bellœuvre, en dehors du golf c'était un garçon qui avait de la conversation, qui avait eu un accessit au Concours général et faisait agréablement les vers (or il était en réalité plus bête qu'aucun). Ou alors si mon but était de « faire une étude », « pour un livre », Guy Saumoy[1] qui était complètement fou, avait enlevé deux jeunes filles, était au moins un type curieux qui pouvait m'« intéresser ». Ces deux-là[a] on me les eût « permis », mais l'autre, quel agrément pouvais-je lui trouver ? C'était le type de la « grande brute », de la « brute épaisse ».

Pour revenir à la visite d'Andrée, après la révélation qu'elle venait de me faire sur ses relations avec Albertine, elle ajouta que la principale raison pour laquelle Albertine m'avait quitté, c'était à cause de ce que pouvaient penser ses amies de la petite bande, et d'autres encore, de la voir ainsi habiter chez un jeune homme avec qui elle n'était pas mariée : « Je sais bien que c'était chez votre mère. Mais cela ne fait rien. Vous ne savez pas ce que c'est que tout ce monde de jeunes filles, ce qu'elles se cachent les unes des autres, comme elles craignent l'opinion des autres. J'en ai vu d'une sévérité terrible avec des jeunes gens simplement parce qu'ils connaissaient leurs amies et qu'elles craignaient que certaines choses ne fussent répétées, et celles-là même, le hasard me les a montrées tout autres, bien contre leur gré. » Quelques mois plus tôt ce savoir que paraissait posséder Andrée des mobiles auxquels obéissent les filles de la petite bande m'eût paru le plus précieux du monde. Peut-être ce qu'elle disait suffisait-il à expliquer qu'Albertine qui s'était donnée à moi ensuite à Paris, se fût refusée à Balbec où je voyais constamment ses amies, ce que j'avais l'absurdité de croire un tel avantage pour être au mieux avec elle. Peut-être même était-ce de voir quelques mouvements de confiance de moi avec Andrée, ou que j'eusse imprudemment dit à celle-ci qu'Albertine allait coucher au Grand Hôtel, qui faisait que celle-ci qui peut-être, une heure avant, était prête à me laisser prendre certains plaisirs comme la chose la plus simple, avait eu un revirement et avait menacé de sonner. Mais alors, elle avait dû être facile avec bien d'autres. Cette idée réveilla ma jalousie et je dis à Andrée qu'il y avait une chose que je voulais lui demander. « Vous faisiez cela dans cet appartement inhabité de votre grand-mère ? — Oh ! non, jamais, nous aurions été dérangées. — Tiens, je croyais, il me semblait... — D'ailleurs, Albertine aimait surtout faire cela à la campagne. — Où çà ? — Autrefois, quand elle n'avait pas le temps d'aller très loin, nous allions aux Buttes-Chaumont, elle connaissait là une maison, ou bien sous les arbres, il n'y a personne ; dans la grotte du Petit Trianon aussi. — Vous voyez bien, comment vous croire ? Vous m'aviez juré, il n'y a pas un an, n'avoir rien fait aux Buttes-Chaumont[1]. — J'avais peur de vous faire de la peine. » Comme je l'ai dit, je pensai, beaucoup plus tard seulement, qu'au contraire, cette seconde fois le jour des aveux, Andrée avait cherché à me faire de la peine. Et j'en aurais eu tout de suite, pendant qu'elle parlait, l'idée, parce que j'en aurais éprouvé le besoin, si j'avais encore autant aimé Albertine. Mais les paroles d'Andrée ne me faisaient pas assez mal pour qu'il me fût indispensable de les juger immédiatement mensongères. En somme si ce que disait Andrée était vrai, et je n'en doutai pas d'abord, l'Albertine réelle que je découvrais, après avoir connu tant d'apparences diverses[a] d'Albertine, différait fort peu de la fille orgiaque surgie et devinée, le premier jour, sur la digue de Balbec et qui m'avait successivement offert tant d'aspects, comme modifie tour à tour la disposition de ses édifices jusqu'à écraser, à effacer le monument capital qu'on voyait seul dans le lointain, une ville dont on approche, mais dont finalement, quand on la connaît bien et qu'on la juge exactement, les proportions vraies étaient celles que la perspective du premier coup d'œil avait indiquées, le reste, par où on avait passé, n'étant que cette série successive de lignes de défense que tout être élève contre notre vision et qu'il faut franchir l'une après l'autre, au prix de combien de souffrances, avant d'arriver au cœur. D'ailleurs si je n'eus pas besoin de croire absolument à l'innocence d'Albertine parce que ma souffrance avait diminué, je peux dire que réciproquement si je ne souffris pas trop de cette révélation, c'est que depuis quelque temps, à la croyance que je m'étais forgée de l'innocence d'Albertine s'était substituée peu à peu et sans que je m'en rendisse compte, la croyance toujours présente en moi, la croyance en la culpabilité d'Albertine. Or si je ne croyais plus à l'innocence d'Albertine, c'est que je n'avais déjà plus le besoin, le désir passionné d'y croire. C'est le désir qui engendre la croyance, et si nous ne nous en rendons pas compte d'habitude, c'est que la plupart des désirs créateurs de croyances ne finissent — contrairement à celui qui m'avait persuadé qu'Albertine était innocente — qu'avec nous-même. À tant de preuves qui corroboraient ma version première, j'avais stupidement préféré de simples affirmations d'Albertine. Pourquoi l'avoir crue ? Le mensonge est essentiel à l'humanité. Il y joue peut-être un aussi grand rôle que la recherche du plaisir, et d'ailleurs est commandé par cette recherche. On ment pour protéger son plaisir, ou son honneur si la divulgation du plaisir est contraire à l'honneur. On ment toute sa vie, même, surtout, peut-être seulement, à ceux qui nous aiment. Ceux-là seuls, en effet, nous font craindre pour notre plaisir et désirer leur estime. J'avais d'abord cru Albertine coupable, et seul mon désir employant à une œuvre de doute les forces de mon intelligence m'avait fait faire fausse route. Peut-être vivons-nous entourés d'indications électriques, sismiques, qu'il nous faut interpréter de bonne foi pour connaître la vérité des caractères. S'il faut le dire, si triste malgré tout que je fusse des paroles d'Andrée, je trouvais plus beau que la réalité se trouvât enfin concorder avec ce que mon instinct[a] avait d'abord pressenti, plutôt qu'avec le misérable optimisme auquel j'avais lâchement cédé par la suite. J'aimais mieux que la vie fût à la hauteur de mes intuitions. Celles-ci, du reste, que j'avais eues le premier jour sur la plage, quand j'avais cru que ces jeunes filles incarnaient la frénésie du plaisir, le vice, et aussi le soir où j'avais vu l'institutrice d'Albertine faire rentrer cette fille passionnée dans la petite villa, comme on pousse dans sa cage un fauve que rien plus tard, malgré les apparences, ne pourra domestiquer, ne s'accordaient-elles pas à ce que m'avait dit Bloch quand il m'avait rendu la terre si belle, en m'y montrant, me faisant frissonner dans toutes mes promenades, à chaque rencontre, l'universalité du désir ? Peut-être malgré tout, ces intuitions premières, valait-il mieux que je ne les rencontrasse à nouveau, vérifiées, que maintenant. Tandis que durait tout mon amour pour Albertine, elles m'eussent trop fait souffrir et il était mieux qu'il n'eût subsisté d'elles qu'une trace, mon perpétuel soupçon de choses que je ne voyais pas et qui pourtant se passèrent continuellement si près de moi, et peut-être une autre trace encore, antérieure, plus vaste, qui était *mon amour lui-même.* N'était-ce pas en effet, malgré toutes les dénégations de ma raison, connaître dans toute sa hideur Albertine, que la choisir, l'aimer ? et même dans les moments où la méfiance s'assoupit, l'amour n'en est-il pas la persistance et une transformation ? n'est-il pas une preuve de clairvoyance (preuve inintelligible à l'amant lui-même) puisque le désir, allant toujours vers ce qui nous est le plus opposé, nous force d'aimer ce qui nous fera souffrir ? Il entre certainement dans le charme d'un être, dans ses yeux, dans sa bouche, dans sa taille, les éléments inconnus de nous qui sont susceptibles de nous rendre le plus malheureux, si bien que nous sentir attiré vers cet être, commencer à l'aimer, c'est, si innocent que nous le prétendions, lire déjà, dans une version différente, toutes ses trahisons et ses fautes.

Et ces charmes qui, pour m'attirer, matérialisaient ainsi les parties novices, dangereuses, mortelles, d'un être, étaient-ils[a] avec ces secrets poisons dans un rapport de cause à effet plus direct que ne le sont la luxuriance séductrice et le suc empoisonné de certaines fleurs vénéneuses ? C'est peut-être, me disais-je, le vice lui-même d'Albertine, cause de mes souffrances futures, qui avait produit chez Albertine ces manières bonnes et franches, donnant l'illusion qu'on avait avec elle la même camaraderie loyale et sans restriction qu'avec un homme, comme un vice parallèle avait produit chez M. de Charlus une finesse féminine de sensibilité et d'esprit. Au milieu du plus complet aveuglement la perspicacité subsiste sous la forme même de la prédilection et de la tendresse, de sorte qu'on a tort de parler en amour de mauvais choix, puisque, dès qu'il y a choix, il ne peut être que mauvais. « Est-ce que ces promenades aux Buttes-Chaumont eurent lieu quand vous veniez la chercher à la maison ? dis-je à Andrée. — Oh ! non, du jour où Albertine fut revenue de Balbec avec vous, sauf ce que je vous ai dit, elle ne fit plus jamais rien avec moi. Elle ne me permettait même plus de lui parler de ces choses. — Mais ma petite Andrée, pourquoi mentir encore ? Par le plus grand des hasards, car je ne cherche jamais à rien connaître, j'ai appris jusque dans les détails les plus précis, des choses de ce genre qu'Albertine faisait, je peux vous préciser, au bord de l'eau, avec une blanchisseuse, quelques jours à peine avant sa mort. — Ah ! peut-être, après vous avoir quitté, cela je ne sais pas. Elle sentait qu'elle n'avait pu, ne pourrait plus jamais regagner votre confiance. » Ces[a] derniers mots m'accablaient. Puis je repensais au soir de la branche de seringa[1], je me rappelais qu'environ quinze jours après, comme ma jalousie changeait successivement d'objet[b], j'avais demandé à Albertine si elle n'avait jamais eu de relations avec Andrée, et qu'elle m'avait répondu : « Oh ! jamais ! certes j'adore Andrée ; j'ai pour elle une affection profonde, mais comme pour une sœur, et même si j'avais les goûts[c] que vous semblez croire, c'est la dernière personne à qui j'aurais pensé pour cela. Je peux vous le jurer sur tout ce que vous voudrez, sur ma tante, sur la tombe de ma pauvre mère. » Je l'avais crue. Et pourtant même si je n'avais pas été mis en méfiance par la contradiction entre ses demi-aveux d'autrefois relativement à des choses qu'elle avait niées ensuite dès qu'elle avait vu que cela ne m'était pas égal, j'aurais dû me rappeler Swann persuadé du platonisme des amitiés de M. de Charlus et me l'affirmant le soir même du jour où j'avais vu le giletier et le baron dans la cour[2] ; j'aurais dû penser qu'il y a l'un devant l'autre deux mondes, l'un constitué par les choses que les êtres les meilleurs, les plus sincères, disent, et derrière lui le monde composé par la succession de ce que ces mêmes êtres font ; si bien que quand une femme mariée vous dit d'un jeune homme : « Oh ! c'est parfaitement vrai que j'ai une immense amitié pour lui mais c'est quelque chose de très innocent, de très pur, je pourrais le jurer sur le souvenir de mes parents », on devrait soi-même, au lieu d'avoir une hésitation, se jurer à soi-même qu'elle sort probablement du cabinet de toilette où, après chaque rendez-vous qu'elle a eu avec ce jeune homme, elle se précipite, pour n'avoir pas d'enfants. La branche de seringa me rendait mortellement triste, et aussi qu'Albertine m'eût cru, m'eût dit fourbe et la détestant ; plus que tout peut-être, ses mensonges si inattendus que j'avais peine à les assimiler à ma pensée. Un jour elle m'avait raconté qu'elle avait été à un camp d'aviation, qu'elle était amie de l'aviateur[3] (sans doute pour détourner mes soupçons des femmes, pensant que j'étais moins jaloux des hommes) ; que c'était amusant de voir comme Andrée était émerveillée devant cet aviateur, devant tous les hommages qu'il rendait à Albertine, au point qu'Andrée avait voulu faire une promenade en avion avec lui. Or cela était inventé de toutes pièces, jamais Andrée n'était allée dans ce camp d'aviation, etc.

Quand Andrée fut partie, l'heure du dîner était arrivée. « Tu ne devineras jamais qui m'a fait une visite d'au moins trois heures, me dit ma mère. Je compte trois heures, c'est peut-être plus, elle était arrivée presque en même temps que la première personne, qui était Mme Cottard, a vu successivement, sans bouger, entrer et sortir mes différentes visites — et j'en ai eu plus de trente — et ne m'a quittée qu'il y a un quart d'heure. Si tu n'avais pas eu ton amie Andrée, je t'aurais fait appeler. — Mais enfin qui était-ce ? — Une personne qui ne fait jamais de visites. — La princesse de Parme ? — Décidément j'ai un fils plus intelligent que je ne croyais. Ce n'est pas un plaisir de te faire chercher un nom, car tu trouves tout de suite. — Elle ne s'est pas excusée de sa froideur d'hier ? — Non, ça aurait été stupide, sa visite était justement cette excuse ; ta pauvre grand-mère aurait trouvé cela très bien. Il paraît qu'elle avait fait demander vers 2 heures par un valet de pied si j'avais un jour. On lui a répondu que c'était justement aujourd'hui, et elle est montée. » Ma première idée, que je n'osai pas dire à maman, fut que la princesse de Parme, entourée la veille de personnes brillantes avec qui elle était très liée et avec qui elle aimait à causer, avait ressenti de voir entrer ma mère un dépit qu'elle n'avait pas cherché à dissimuler. Et c'était tout à fait dans le genre des grandes dames allemandes, qu'avaient du reste beaucoup adopté les Guermantes, cette morgue, qu'on croyait réparer par une scrupuleuse amabilité. Mais ma mère crut, et j'ai cru ensuite comme elle, que tout simplement la princesse de Parme ne l'avait pas reconnue, n'avait pas cru devoir s'occuper d'elle, qu'elle avait après le départ de ma mère appris qui elle était, soit par la duchesse de Guermantes que ma mère avait rencontrée en bas, soit par la liste des visiteuses auxquelles les huissiers avant qu'elles entrassent demandaient leur nom pour l'inscrire sur un registre. Elle avait trouvé peu aimable de faire dire ou de dire à ma mère : « Je ne vous ai pas reconnue », mais ce qui n'était pas moins conforme à la politesse des cours allemandes et aux façons Guermantes que ma première version, avait pensé qu'une visite, chose exceptionnelle de la part de l'Altesse, et surtout une visite de plusieurs heures, fournirait à ma mère, sous une forme indirecte et tout aussi persuasive, cette explication, ce qui arriva en effet. Mais je ne m'attardai pas à demander à ma mère un récit de la visite de la princesse, car je venais de me rappeler plusieurs faits relatifs à Albertine sur lesquels je voulais et j'avais oublié d'interroger Andrée. Combien peu d'ailleurs, je savais, je saurais jamais de cette histoire d'Albertine, la seule histoire qui m'eût particulièrement intéressé, du moins qui recommençait à m'intéresser à certains moments ! Car l'homme est cet être sans âge fixe, cet être qui a la faculté de redevenir en quelques secondes de beaucoup d'années plus jeune, et qui entouré des parois du temps où il a vécu, y flotte, mais comme dans un bassin dont le niveau changerait constamment et le mettrait à la portée tantôt d'une époque, tantôt d'une autre. J'écrivis à Andrée de revenir. Elle ne le put qu'une semaine plus tard. Presque dès le début de sa visite je lui dis[a] : « En somme, puisque vous prétendez qu'Albertine ne faisait plus ce genre de choses quand elle vivait ici, d'après vous, c'est pour les faire plus librement qu'elle m'a quitté, mais pour quelle amie ? — Sûrement pas, ce n'est pas du tout pour cela. — Alors parce que j'étais trop désagréable ? — Non, je ne crois pas. Je crois qu'elle a été forcée de vous quitter par sa tante qui avait des vues pour elle sur cette canaille, vous savez, ce jeune homme que vous appeliez "je suis dans les choux[1]", ce jeune homme qui aimait Albertine et l'avait demandée. Voyant que vous ne l'épousiez pas, ils ont eu peur que la prolongation choquante de son séjour chez vous n'empêchât ce jeune homme de l'épouser. Mme Bontemps, sur qui le jeune homme ne cessait de faire agir, a rappelé Albertine. Albertine, au fond, avait besoin de son oncle et de sa tante et quand elle a su qu'on lui mettait le marché en mains, elle vous a quitté. » Je n'avais jamais dans ma jalousie pensé à cette explication, mais seulement aux désirs d'Albertine pour les femmes et à ma surveillance[b], j'avais oublié qu'il y avait aussi Mme Bontemps qui pouvait trouver étrange un peu plus tard ce qui avait choqué ma mère dès le début. Du moins Mme Bontemps craignait que cela ne choquât ce fiancé possible qu'elle lui gardait comme une poire pour la soif, si je ne l'épousais pas. Car Albertine, contrairement à ce qu'avait cru autrefois la mère d'Andrée, avait en somme trouvé un beau parti bourgeois. Et quand elle avait voulu voir Mme Verdurin, quand elle lui avait parlé en secret, quand elle avait été si fâchée que j'y fusse allé en soirée sans la prévenir, l'intrigue qu'il y avait entre elle et Mme Verdurin avait pour objet de lui faire rencontrer non Mlle Vinteuil, mais le neveu qui aimait Albertine et pour qui Mme Verdurin, avec cette satisfaction de travailler à la réalisation d'un de ces mariages qui surprennent de la part de certaines familles dans la mentalité de qui on n'entre pas complètement, ne tenait pas à un mariage[a] riche. Or jamais je n'avais repensé à ce neveu[1] qui avait peut-être été le déniaiseur grâce auquel j'avais été embrassé la première fois par elle. Et à tout le plan des inquiétudes d'Albertine que j'avais bâti, il fallait en substituer un autre, ou le lui superposer car peut-être il ne l'excluait pas, le goût pour les femmes n'empêchant pas de se marier. Ce mariage était-il vraiment la raison du départ d'Albertine, et par amour-propre, pour ne pas avoir l'air de dépendre de sa tante, ou de me forcer à l'épouser, n'avait-elle pas voulu le dire ? Je commençais à me rendre compte que le système des causes nombreuses d'une seule[b] action, dont Albertine était adepte dans ses rapports avec ses amies quand elle laissait croire à chacune que c'était pour elle qu'elle était venue, n'était qu'une sorte de symbole artificiel, voulu, des différents aspects que prend une action selon le point de vue où on se place. L'étonnement et l'espèce de honte que je ressentais de ne pas m'être une seule fois dit qu'Albertine était chez moi dans une position fausse qui pouvait ennuyer sa tante, cet étonnement, ce n'était pas la première fois, ce ne fut pas la dernière fois, que je l'éprouvai. Que de fois il m'est arrivé, après avoir cherché à comprendre les rapports de deux êtres et les crises qu'ils amènent, d'entendre tout d'un coup un troisième m'en parler à son point de vue à lui, car il a des rapports plus grands encore avec l'un des deux, point de vue qui a peut-être été la cause de la crise ! Et si les actes restent ainsi incertains, comment les personnes elles-mêmes ne le seraient-elles pas ? À entendre les gens qui prétendaient qu'Albertine était une roublarde qui avait cherché à se faire épouser par tel ou tel, il n'est pas difficile de supposer comment ils eussent défini sa vie chez moi. Et pourtant à mon avis elle avait été une victime, une victime peut-être pas tout à fait pure, mais dans ce cas coupable pour d'autres raisons, à cause de vices dont on ne parlait point.

Mais[a] il faut surtout se dire ceci : d'une part, le mensonge est souvent un trait de caractère ; d'autre part, chez des femmes qui ne seraient pas sans cela menteuses, il est une défense naturelle, improvisée, puis de mieux en mieux organisée, contre ce danger subit et qui serait capable de détruire toute vie : l'amour[b]. D'autre part ce n'est pas l'effet du hasard si les êtres intellectuels et sensibles se donnent toujours à des femmes insensibles et inférieures, et tiennent cependant à elles, si la preuve qu'ils ne sont pas[c] aimés ne les guérit nullement de tout sacrifier à conserver près d'eux une telle femme. Si je dis que de tels hommes ont besoin de souffrir, je dis une chose exacte, en supprimant les vérités préliminaires qui font de ce besoin — involontaire en un sens — de souffrir, une conséquence parfaitement compréhensible[d] de ces vérités. Sans compter que, les natures complètes étant rares, un être très intellectuel et sensible aura généralement peu de volonté, sera le jouet de l'habitude et de cette peur de souffrir dans la minute qui vient qui voue aux souffrances perpétuelles, et que dans ces conditions il ne voudra jamais répudier la femme qui ne l'aime pas. On s'étonnera[e] qu'il se contente de si peu d'amour, mais il faudrait plutôt se représenter la douleur que peut lui causer l'amour qu'il ressent. Douleur qu'il ne faut pas trop plaindre car il en est de ces terribles commotions que nous donnent l'amour malheureux, le départ, la mort d'une amante, comme de ces attaques de paralysie qui nous foudroient d'abord mais après lesquelles les muscles tendent peu à peu à reprendre leur élasticité, leur énergie vitales. De plus, cette douleur n'est pas sans compensation. Ces êtres intellectuels et sensibles sont généralement peu enclins au mensonge. Celui-ci les prend d'autant plus au dépourvu que même très intelligents, ils vivent dans le monde des possibles, réagissent peu, vivent dans la douleur qu'une femme vient de leur infliger plutôt que dans la claire perception de ce qu'elle voulait, de ce qu'elle faisait, de celui qu'elle aimait[f], perception donnée surtout aux natures volontaires et qui ont besoin de cela pour parer à l'avenir au lieu de pleurer le passé. Donc ces êtres se sentent trompés sans trop savoir comment. Par là la femme médiocre, qu'on s'étonnait de leur voir aimer, leur enrichit[a] bien plus l'univers que n'eût fait une femme intelligente. Derrière chacune de ses paroles ils sentent un mensonge ; derrière chaque maison où elle dit être allée, une autre maison ; derrière chaque action, chaque être, une autre action, un autre être. Sans doute ils ne savent pas lesquels, n'ont pas l'énergie, n'auraient peut-être pas la possibilité d'arriver à le savoir. Une femme menteuse avec un truc extrêmement simple, peut leurrer sans se donner la peine de le changer des quantités de personnes, et qui plus est la même, qui aurait dû le découvrir. Tout cela crée en face de l'intellectuel sensible, un univers tout en profondeurs que sa jalousie voudrait sonder et qui ne sont pas sans intéresser son intelligence.

Sans être précisément de ceux-là j'allais peut-être, maintenant qu'Albertine était morte, savoir le secret de sa vie. Mais cela, ces indiscrétions qui ne se produisent qu'après que la vie terrestre d'une personne est finie, ne prouvent-elles pas que personne ne croit, au fond, à une vie future ? Si ces indiscrétions sont vraies, on devrait redouter le ressentiment de celle[b] dont on dévoile les actions, autant pour le jour où on la rencontrera au ciel, qu'on le redoutait tant qu'elle vivait, où on se croyait tenu à cacher son secret. Et si ces indiscrétions sont fausses, inventées parce qu'elle n'est plus là pour démentir, on devrait craindre plus encore la colère de la morte si on croyait au ciel. Mais personne n'y croit[c]. De sorte qu'il était possible qu'un long drame se fût joué dans le cœur d'Albertine entre rester et me quitter, mais que me quitter fût à cause de sa tante, ou de ce jeune homme, et pas à cause de femmes auxquelles peut-être elle n'avait jamais pensé. Le plus grave pour moi fut qu'Andrée, qui n'avait pourtant plus rien à me cacher sur les mœurs d'Albertine, me jura qu'il n'y avait pourtant rien eu de ce genre entre Albertine d'une part, Mlle Vinteuil et son amie d'autre part (Albertine ignorait elle-même ses propres goûts quand elle les avait connues, et celles-ci, par cette peur de se tromper dans le sens qu'on désire qui engendre autant d'erreurs que le désir lui-même, la considéraient comme très hostile à ces choses. Peut-être bien plus tard, avaient-elles appris sa conformité de goûts avec elles, mais alors elles connaissaient trop Albertine et Albertine les connaissait trop, elles, pour pouvoir même songer à cela ensemble[a]). En somme je ne comprenais toujours pas davantage pourquoi Albertine m'avait quitté. Si la figure d'une femme est difficilement saisissable aux yeux qui ne peuvent s'appliquer à toute cette surface mouvante, aux lèvres, plus encore à la mémoire, si des nuages la modifient selon sa position sociale, selon la hauteur où l'on est situé, quel rideau plus épais encore est tiré entre les actions d'elle que nous voyons et ses mobiles ! Les mobiles sont dans un plan plus profond, que nous n'apercevons pas, et engendrent d'ailleurs d'autres actions que celles que nous connaissons et souvent en absolue contradiction avec elles. À quelle époque n'y a-t-il pas eu d'homme public, cru un saint par ses amis, et qui est découvert avoir fait des faux, volé l'État, trahi sa patrie ? Que de fois un grand seigneur est volé chaque année par un intendant qu'il a élevé, dont il eût juré qu'il était un brave homme, et qui l'était peut-être ! Or ce rideau tiré sur les mobiles d'autrui, combien devient-il plus impénétrable si nous avons de l'amour pour cette personne ! Car il obscurcit notre jugement et les actions aussi de celle qui, se sentant aimée, cesse tout d'un coup d'attacher du prix à ce qui en aurait eu sans cela pour elle, comme la fortune par exemple. Peut-être aussi le pousse-t-il à feindre en partie ce dédain de la fortune dans l'espoir d'obtenir plus en faisant souffrir. Le marchandage peut aussi se mêler au reste ; et même des faits positifs de sa vie, une intrigue qu'elle n'a confiée à personne de peur qu'elle ne nous fût révélée, que beaucoup malgré cela auraient peut-être connue s'ils avaient eu de la connaître le même désir passionné que nous en gardant plus de liberté d'esprit, en éveillant chez l'intéressée moins de suspicions, une intrigue que certains peut-être n'ont pas ignorée — mais certains que nous ne connaissons pas et que nous ne saurions où trouver. Et parmi toutes les raisons d'avoir avec nous une attitude inexplicable, il faut faire entrer ces singularités de caractère qui poussent un être, soit par négligence de son intérêt, soit par haine, soit par amour de la liberté, soit par de brusques impulsions de colère, ou crainte de ce que penseront certaines personnes, à faire le contraire de ce que nous pensions. Et puis il y a les différences de milieu, d'éducation, auxquelles on ne veut pas croire parce que quand on cause tous les deux on les efface dans les paroles, mais qui se retrouvent quand on est seul pour diriger les actes de chacun d'un point de vue si opposé qu'il n'y a pas de véritable rencontre possible.

« Mais, ma petite Andrée, vous mentez encore. Rappelez-vous — vous-même me l'avez avoué, je vous ai téléphoné la veille[1], vous rappelez-vous ? — qu'Albertine avait tant voulu, et en me le cachant comme quelque chose que je ne devais pas savoir, aller à la matinée Verdurin où Mlle Vinteuil devait venir. — Oui, mais Albertine ignorait absolument que Mlle Vinteuil dût y venir. — Comment ? Vous-même m'avez dit que, quelques jours avant elle avait rencontré Mme Verdurin. D'ailleurs Andrée inutile de nous tromper l'un l'autre. J'ai trouvé un papier un matin dans la chambre d'Albertine, un mot de Mme Verdurin la pressant de venir à la matinée. » Et je lui montrai ce mot qu'en effet Françoise s'était arrangée pour me faire voir en le plaçant tout au-dessus des affaires d'Albertine quelques jours avant son départ, et, je le crains, à laisser là pour faire croire à Albertine que j'avais fouillé dans ses affaires, lui faire savoir en tout cas que j'avais vu ce papier. Et je m'étais souvent demandé si cette ruse de Françoise n'avait pas été pour beaucoup dans le départ d'Albertine qui voyait qu'elle ne pouvait plus rien me cacher et se sentait découragée, vaincue. Je lui montrai le papier : *Je n'ai aucun remords, tout excusée par ce sentiment si familial.* « Vous savez[a] bien, Andrée, qu'Albertine avait toujours dit que l'amie de Mlle Vinteuil était, en effet, pour elle une mère, une sœur. — Mais vous avez mal compris ce billet. La personne que Mme Verdurin voulait faire rencontrer chez elle avec Albertine, ce n'était pas du tout l'amie de Mlle Vinteuil, c'était le fiancé, "je suis dans les choux", et le sentiment familial est celui que Mme Verdurin portait à cette crapule qui est en effet son neveu. Pourtant je crois qu'ensuite Albertine a su que Mlle Vinteuil devait venir, Mme Verdurin avait pu le lui faire savoir accessoirement. Certainement l'idée qu'elle reverrait son amie lui avait fait plaisir, lui rappelait un passé agréable, mais comme vous seriez content, si vous deviez aller dans un endroit, de savoir qu'Elstir y est, mais pas plus, pas même autant. Non, si Albertine ne voulait pas vous dire pourquoi elle voulait aller chez Mme Verdurin, c'est qu'il y avait une répétition où Mme Verdurin avait convoqué très peu de personnes, parmi lesquelles ce neveu à elle que vous aviez rencontré à Balbec, que Mme Bontemps voulait faire épouser à Albertine et avec qui Albertine voulait parler. C'était une jolie canaille. Et puis il n'y a pas besoin de chercher tant d'explications, ajouta Andrée. Dieu sait combien j'aimais Albertine et quelle bonne créature c'était mais surtout depuis qu'elle avait eu la fièvre typhoïde (une année avant que vous ayez fait notre connaissance à toutes) c'était un vrai cerveau brûlé. Tout à coup elle se dégoûtait de ce qu'elle faisait, il fallait changer et à la minute même, et elle ne savait sans doute pas elle-même pourquoi. Vous rappelez-vous la première année où vous êtes venu à Balbec, l'année où vous nous avez connues ? Un beau jour elle s'est fait envoyer une dépêche qui la rappelait à Paris, c'est à peine si on a eu le temps de faire ses malles. Or elle n'avait aucune raison de partir. Tous les prétextes qu'elle a donnés étaient faux. Paris était assommant pour elle à ce moment-là. Nous étions toutes encore à Balbec. Le golf n'était pas fermé et même les épreuves pour la grande coupe qu'elle avait tant désirée n'étaient pas finies. Sûrement c'est elle qui l'aurait eue. Il n'y avait que huit jours à attendre. Hé bien elle est partie au galop. Souvent je lui en ai reparlé depuis. Elle disait elle-même qu'elle ne savait pas pourquoi elle était partie, que c'était le mal du pays (le pays, c'est Paris, vous pensez si c'est probable), qu'elle se déplaisait à Balbec, qu'elle croyait qu'il y avait des gens qui se moquaient d'elle. » Et je me disais qu'il y avait cela[a] de vrai dans ce que disait Andrée que si des différences[b] entre les esprits expliquent les impressions différentes produites sur telle ou telle personne par une même œuvre, les différences de sentiment, l'impossibilité de persuader une personne qui ne vous aime pas, il y a aussi les différences entre les caractères, les particularités d'un caractère qui sont aussi une cause d'action. Puis je cessais de songer à cette explication et je me disais combien il est difficile de savoir la vérité dans la vie. J'avais bien remarqué le désir et la dissimulation d'Albertine pour aller chez Mme Verdurin, et je ne m'étais pas trompé. Mais alors quand on a ainsi un fait, les autres dont on n'a jamais que les apparences — comme l'envers de la tapisserie, l'envers réel de l'action, de l'intrigue aussi bien que celui de l'intelligence du cœur —, se dérobent[c], et nous ne voyons passer que des silhouettes plates dont nous nous disons : c'est ceci, c'est cela ; c'est à cause d'elle, ou de telle autre. La révélation que Mlle Vinteuil devait venir m'avait paru l'explication, d'autant plus qu'Albertine allant au-devant, m'en avait parlé. Et plus tard n'avait-elle pas refusé de me jurer que la présence de Mlle Vinteuil ne lui faisait aucun plaisir ? Et ici à propos de ce jeune homme[1] je me rappelai ceci que j'avais oublié. Peu de temps auparavant, pendant qu'Albertine habitait chez moi, je l'avais rencontré et il avait contrairement à son attitude à Balbec, été excessivement aimable, même affectueux avec moi, m'avait supplié de le laisser venir me voir, ce que j'avais refusé pour beaucoup de raisons. Or maintenant je comprenais que tout bonnement sachant qu'Albertine habitait à la maison, il avait voulu se mettre bien avec moi pour avoir toutes facilités de la voir et de me l'enlever, et je conclus que c'était un misérable. Or quand quelque temps après me furent jouées les premières œuvres de ce jeune homme, sans doute je continuai à penser que s'il avait[a] tant voulu venir chez moi c'était à cause d'Albertine, et tout en trouvant cela coupable, je me rappelais que jadis si j'étais parti pour Doncières, voir Saint-Loup, c'était en réalité parce que j'aimais Mme de Guermantes. Il est vrai que le cas n'était pas le même : Saint-Loup n'aimant pas Mme de Guermantes, il y avait dans ma tendresse peut-être un peu de duplicité, mais nulle trahison. Mais je songeai ensuite que cette tendresse qu'on éprouve pour celui qui détient le bien que vous désirez, on l'éprouve aussi, si ce bien, celui-là le détient même en l'aimant pour lui-même. Sans doute il faut alors lutter contre une amitié qui conduira tout droit à la trahison. Et je crois que c'est ce que j'ai toujours fait. Mais pour ceux qui n'en ont pas la force, on ne peut pas dire que chez eux l'amitié qu'ils affectent pour le détenteur soit une pure ruse, ils l'éprouvent sincèrement et à cause de cela la manifestent avec une ardeur qui, une fois la trahison accomplie, fait que le mari ou l'amant trompé peut dire avec une indignation stupéfiée : « Si vous aviez entendu les protestations d'affection que me prodiguait ce misérable ! Qu'on vienne voler un homme de son trésor, je le comprends encore. Mais qu'on éprouve le besoin diabolique de l'assurer d'abord de son amitié, c'est un degré d'ignominie et de perversité qu'on ne peut imaginer. »

Or non, il n'y a pas là plaisir de perversité, ni même mensonge tout à fait lucide. L'affection de ce genre que m'avait manifestée ce jour-là le pseudo-fiancé d'Albertine avait encore une autre excuse, étant plus complexe qu'un simple dérivé de l'amour pour Albertine. Ce n'est que depuis peu qu'il se savait, qu'il s'avouait, qu'il voulait être proclamé un intellectuel. Pour la première fois les valeurs autres que sportives ou noceuses existaient pour lui. Le fait que je fusse estimé d'Elstir, de Bergotte, qu'Albertine lui eût peut-être parlé de la façon dont je jugeais les écrivains et dont elle se figurait que j'aurais pu écrire moi-même faisait que tout d'un coup j'étais devenu pour lui (pour l'homme nouveau qu'il s'apercevait enfin être) quelqu'un d'intéressant avec qui il eût eu plaisir à être lié, à qui il eût voulu confier ses projets, peut-être demander de le présenter à Elstir[a]. De sorte qu'il était sincère en demandant à venir chez moi, en m'exprimant une sympathie où des raisons intellectuelles en même temps qu'un reflet d'Albertine mettaient de la sincérité. Sans doute ce n'était pas *pour cela* qu'il tenait tant à venir chez moi et eût tout lâché pour cela. Mais cette raison dernière qui ne faisait guère qu'élever à une sorte de paroxysme passionné les deux premières, il l'ignorait peut-être lui-même, et les deux autres existaient réellement, comme avait pu réellement exister chez Albertine quand elle avait voulu aller, l'après-midi de la répétition, chez Mme Verdurin, le plaisir parfaitement honnête qu'elle aurait eu à revoir des amies d'enfance, qui pour elle n'étaient pas plus vicieuses qu'elle n'était pour celles-ci, à causer avec elles, à leur montrer, par sa seule présence chez les Verdurin, que la pauvre petite fille qu'elles avaient connue était maintenant invitée dans un salon marquant, le plaisir aussi qu'elle aurait peut-être eu à entendre[b] de la musique de Vinteuil. Si tout cela était vrai, la rougeur qui était venue au visage d'Albertine quand j'avais parlé de Mlle Vinteuil venait de ce que je l'avais fait à propos de cette matinée qu'elle avait voulu me cacher à cause de ce projet de mariage que je ne devais pas savoir. Le refus d'Albertine de me jurer qu'elle n'aurait eu aucun plaisir à revoir à cette matinée Mlle Vinteuil avait à ce moment-là augmenté mon tourment, fortifié mes soupçons, mais me prouvait rétrospectivement qu'elle avait tenu à être sincère, et même pour une chose innocente, peut-être justement parce que c'était une chose innocente. Il restait pourtant ce qu'Andrée m'avait dit sur ses relations avec Albertine. Peut-être pourtant même sans aller jusqu'à croire qu'Andrée les inventait entièrement pour que je ne fusse pas heureux et ne pusse pas me croire supérieur à elle, pouvais-je encore supposer qu'elle avait un peu exagéré ce qu'elle faisait avec Albertine et qu'Albertine par restriction mentale diminuait aussi un peu ce qu'elle avait fait avec Andrée, se servant jésuitiquement de certaines définitions que stupidement j'avais formulées sur ce sujet, trouvant que ses relations avec Andrée ne rentraient pas dans ce qu'elle devait m'avouer et qu'elle pouvait les nier sans mentir. Mais pourquoi croire que c'était plutôt elle qu'Andrée qui mentait ? La vérité et la vie sont bien ardues, et il me restait d'elles, sans qu'en somme je les connusse, une impression où la tristesse était peut-être encore dominée par la fatigue[1].

CHAPITRE III

SÉJOUR À VENISE[a]

Ma mère m'avait emmené passer quelques semaines à Venise et — comme[b] il peut y avoir de la beauté, aussi bien que dans les choses les plus humbles, dans les plus précieuses — j'y goûtais des impressions analogues à celles que j'avais si souvent ressenties autrefois à Combray[c], mais transposées selon un mode entièrement différent et plus riche[2]. Quand à 10 heures du matin on venait ouvrir mes volets[d], je voyais flamboyer, au lieu du marbre noir que devenaient en resplendissant les ardoises de Saint-Hilaire, l'ange d'or du campanile de Saint-Marc. Rutilant d'un soleil qui le rendait presque impossible à fixer, il me faisait avec ses bras grands ouverts, pour quand je serais une demi-heure plus tard sur la Piazzetta[3], une promesse de joie[e] plus certaine que celle qu'il put être jadis chargé d'annoncer aux hommes de bonne volonté[4]. Je ne pouvais apercevoir que lui, tant que j'étais couché, mais comme le monde n'est qu'un vaste cadran solaire où un seul segment ensoleillé nous permet[f] de voir l'heure qu'il est, dès le premier matin je pensai aux boutiques de Combray, sur la place de l'Église, qui le dimanche étaient sur le point de fermer quand j'arrivais à la messe, tandis que la paille du marché sentait fort sous le soleil déjà chaud. Mais dès le second jour, ce que je vis en m'éveillant, ce pourquoi je me levai (parce que cela s'était substitué dans ma mémoire et dans mon désir aux souvenirs de Combray), ce furent les impressions de la première sortie à Venise, à Venise où la vie quotidienne n'était pas moins réelle qu'à Combray, où, comme à Combray le dimanche matin on avait bien le plaisir de descendre dans une rue[a] en fête, mais où cette rue était toute en une eau de saphir, rafraîchie de souffles tièdes, et d'une couleur si résistante que mes yeux fatigués pouvaient, pour se détendre et sans craindre[b] qu'elle fléchît, y appuyer leurs regards. Comme à Combray les bonnes gens de la rue de l'Oiseau[1], dans cette nouvelle ville aussi les habitants sortaient bien des maisons alignées l'une à côté de l'autre dans la grand-rue ; mais ce rôle de maisons projetant un peu d'ombre à leurs pieds était, à Venise, confié à des palais de porphyre et de jaspe, au-dessus de la porte cintrée desquels la tête d'un dieu barbu[c] (en dépassant l'alignement, comme le marteau d'une porte à Combray) avait pour résultat de rendre plus foncé par son reflet, non le brun du sol, mais le bleu splendide de l'eau. Sur la Piazza[2] l'ombre qu'eussent développée à Combray la toile du magasin de nouveautés et l'enseigne du coiffeur, c'étaient les petites fleurs bleues que sème à ses pieds sur le désert du dallage ensoleillé le relief d'une façade Renaissance[d], non pas que quand le soleil tapait fort on ne fût obligé, à Venise comme à Combray, de baisser, au bord du canal, des stores. Mais ils étaient tendus entre les quadrilobes et les rinceaux de fenêtres gothiques. J'en dirai autant de celle de notre hôtel, devant les balustres de laquelle ma mère m'attendait en regardant le canal avec une patience qu'elle n'eût pas montrée autrefois à Combray en ce temps où mettant en moi des espérances qui depuis n'avaient pas été réalisées, elle ne voulait pas me laisser voir combien elle m'aimait. Maintenant elle sentait bien que sa froideur apparente n'eût plus rien changé, et la tendresse[e] qu'elle me prodiguait était comme ces aliments défendus qu'on ne refuse[f] plus aux malades, quand il est assuré qu'ils ne peuvent plus guérir. Certes les humbles particularités qui faisaient individuelle la fenêtre de la chambre de ma tante Léonie, sur la rue de l'Oiseau, son asymétrie à cause de la distance inégale entre les deux fenêtres voisines, la hauteur excessive de son appui de bois, et la barre coudée qui servait à ouvrir les volets, les deux pans de satin bleu et glacé qu'une embrasse divisait et retenait écartés, l'équivalent de tout cela existait à cet hôtel de Venise, où j'entendais aussi ces mots si particuliers, si éloquents qui nous font reconnaître de loin la demeure[a] où nous rentrons déjeuner, et plus tard restent dans notre souvenir comme un témoignage que pendant un certain temps cette demeure fut la nôtre ; mais le soin de les dire était, à Venise, dévolu, non comme il l'était à Combray et comme il l'est un peu partout, aux choses les plus simples, voire les plus laides, mais à l'ogive encore à demi arabe d'une façade qui est reproduite dans tous les musées de moulages et tous les livres d'art illustrés, comme un des chefs-d'œuvre de l'architecture domestique au Moyen Âge[1] ; de bien loin et quand j'avais à peine dépassé Saint-Georges-le-Majeur, j'apercevais cette ogive qui m'avait vu, et l'élan de ses arcs brisés ajoutait à son sourire de bienvenue la distinction d'un regard plus élevé et presque incompris. Et parce que derrière ses balustres de marbre de diverses couleurs, maman lisait en m'attendant, le visage contenu dans une voilette en tulle d'un blanc aussi déchirant que celui de ses cheveux pour moi qui sentais que ma mère l'avait, en cachant ses larmes, ajoutée à son chapeau de paille un peu pour avoir l'air « habillé » devant les gens de l'hôtel mais surtout pour me paraître moins en deuil, moins triste, presque consolée de la mort de ma grand-mère ; parce que[b], ne m'ayant pas reconnu tout de suite, dès que de la gondole je l'appelais elle envoyait vers moi, du fond de son cœur, son amour qui ne s'arrêtait que là où il n'y avait plus de matière pour le soutenir, à la surface de son regard passionné[c] qu'elle faisait aussi proche de moi que possible, qu'elle cherchait à exhausser, à l'avancée de ses lèvres, en un sourire qui semblait m'embrasser, dans le cadre et sous le dais du sourire plus discret de l'ogive illuminée par le soleil de midi — à cause de cela, cette fenêtre a pris dans ma mémoire la douceur des choses qui eurent[d] en même temps que nous, à côté de nous, leur part dans une certaine heure qui sonnait, la même pour nous et pour elles ; et, si pleins de formes admirables que soient ses meneaux, cette fenêtre illustre garde pour moi l'aspect intime d'un homme de génie avec qui nous aurions passé un mois dans une même villégiature, qui y aurait contracté pour nous quelque amitié, et si depuis, chaque fois que je vois le moulage de cette fenêtre dans un musée, je suis obligé[a] de retenir mes larmes, c'est tout simplement parce qu'elle ne me dit que la chose qui peut le plus me toucher : « Je me rappelle très bien votre mère. »

Et pour aller chercher maman[b] qui avait quitté la fenêtre, j'avais bien en laissant la chaleur du plein air cette sensation de fraîcheur jadis éprouvée à Combray[c] quand je montais dans ma chambre ; mais à Venise c'était un courant d'air marin qui l'entretenait, non plus dans un petit escalier de bois aux marches rapprochées, mais sur les nobles surfaces de degrés de marbre éclaboussées à tout moment d'un éclair de soleil glauque, et qui à l'utile leçon de Chardin, reçue autrefois, ajoutaient celle de Véronèse[1]. Et puisque[d] à Venise ce sont des œuvres d'art, les choses magnifiques, qui sont chargées de nous donner les impressions familières de la vie, c'est esquiver le caractère de cette ville, sous prétexte que la Venise de certains peintres est froidement esthétique dans sa partie la plus célèbre (exceptons les superbes études de Maxime Dethomas[2]) qu'en représenter seulement les aspects[e] misérables, là où ce qui fait sa splendeur s'efface, et pour rendre Venise plus intime et plus vraie, de lui donner de la ressemblance avec Aubervilliers. Ce fut le tort de très grands artistes, par une réaction bien naturelle contre la Venise factice des mauvais peintres, de s'être attachés uniquement à la Venise, qu'ils trouvèrent plus réaliste, des humbles campi, des petits[f] rii abandonnés[3]. C'était elle que j'explorais souvent l'après-midi, si je ne sortais pas avec ma mère. J'y trouvais[g] plus facilement en effet de ces femmes du peuple, les allumettières, les enfileuses de perles, les travailleuses du verre ou de la dentelle, les petites ouvrières aux grands châles noirs à franges que rien[h] ne m'empêchait d'aimer, parce que j'avais en grande partie oublié Albertine, et qui me semblaient plus désirables que d'autres, parce que je me la rappelais encore un peu. Qui aurait pu me dire exactement d'ailleurs dans cette recherche passionnée que je faisais des Vénitiennes, ce qu'il y avait d'elles-mêmes, d'Albertine, de mon ancien désir de jadis du voyage à Venise ? Notre moindre désir bien qu'unique comme un accord, admet en lui les notes fondamentales sur lesquelles toute notre vie est construite. Et parfois si nous supprimions l'une d'elles, que nous n'entendons pas pourtant, dont nous n'avons pas conscience, qui ne se rattache en rien à l'objet que nous poursuivons, nous verrions pourtant tout notre désir de cet objet s'évanouir. Il y avait beaucoup de choses que je ne cherchais pas à dégager dans l'émoi que j'avais à courir à la recherche des Vénitiennes. Ma gondole suivait les petits canaux[a] ; comme la main mystérieuse d'un génie qui m'aurait conduit dans les détours de cette ville d'Orient, ils semblaient, au fur et à mesure que j'avançais, me pratiquer un chemin, creusé en plein cœur d'un quartier qu'ils divisaient en écartant à peine, d'un mince sillon arbitrairement tracé, les hautes maisons aux petites fenêtres mauresques ; et comme si le guide magique eût tenu une bougie entre ses doigts et m'eût éclairé au passage, ils faisaient briller devant eux un rayon de soleil à qui ils frayaient sa route. On sentait qu'entre les pauvres demeures que le petit canal venait de séparer, et qui eussent sans cela formé un tout compact, aucune place n'avait été réservée. De sorte que le campanile de l'église ou les treilles des jardins surplombaient à pic le rio, comme dans une ville inondée. Mais pour les églises comme pour les jardins, grâce à la même transposition que dans le Grand Canal, la mer se prêtait si bien à faire la fonction de voie de communication, de rue, grande ou petite, que, de chaque côté du canaletto, les églises montaient de l'eau en ce vieux quartier populeux et pauvre, devenues des paroisses humbles et fréquentées, portant sur elles le cachet de leur nécessité, de la fréquentation de nombreuses petites gens ; que les jardins traversés par la percée du canal laissaient traîner jusque dans l'eau leurs feuilles ou leurs fruits étonnés, et que sur le rebord de la maison dont le grès grossièrement fendu était encore rugueux comme s'il venait d'être brusquement scié, des gamins surpris et gardant leur équilibre laissaient pendre à pic leurs jambes bien d'aplomb, à la façon de matelots assis sur un pont mobile dont les deux moitiés viennent de s'écarter et ont permis à la mer de passer entre elles. Parfois apparaissait un monument plus beau qui se trouvait là comme une surprise dans une boîte que nous viendrions d'ouvrir, un petit temple d'ivoire avec ses ordres[a] corinthiens et sa statue allégorique au fronton, un peu dépaysé parmi les choses usuelles au milieu desquelles il traînait, car nous avions beau lui faire de la place, le péristyle que lui réservait le canal gardait l'air d'un quai de débarquement pour maraîchers. J'avais l'impression[b], qu'augmentait encore mon désir, de ne pas être dehors, mais d'entrer de plus en plus au fond de quelque chose de secret, car à chaque fois je trouvais quelque chose de nouveau qui venait se placer de l'un ou de l'autre côté de moi, petit monument ou campo imprévu, gardant l'air étonné des belles choses qu'on voit pour la première fois et dont on ne comprend pas encore bien la destination et l'utilité. Je revenais à pied par de petites calli, j'arrêtais des filles du peuple comme avait peut-être fait Albertine et j'aurais aimé qu'elle fût avec moi. Pourtant cela ne pouvait pas être les mêmes ; à l'époque où Albertine avait été à Venise, elles eussent été des enfants encore. Mais après avoir été autrefois, en un premier sens et par lâcheté, infidèle à chacun de mes désirs conçu comme unique, puisque j'avais recherché un objet analogue, et non le même que je n'espérais pas retrouver, maintenant c'est systématiquement que je cherchais des femmes qu'Albertine n'avait pas, elles-mêmes, connues, même que je ne recherchais plus celles que j'avais autrefois désirées. Certes il m'arrivait souvent de me rappeler, avec une violence de désir inouïe, telle fillette de Méséglise ou de Paris, la laitière que j'avais vue au pied d'une colline, le matin, dans mon premier voyage vers Balbec. Mais hélas je me les rappelais telles qu'elles étaient alors, c'est-à-dire telles que maintenant elles n'étaient certainement plus. De sorte que si jadis j'avais été amené à faire fléchir mon impression de l'unicité d'un désir en cherchant à la place d'une couventine perdue de vue une couventine analogue, maintenant pour retrouver[c] les filles qui avaient troublé mon adolescence ou celle d'Albertine, je devais consentir une dérogation de plus au principe de l'individualité du désir : ce que je devais chercher[d] ce n'était pas celles qui avaient seize ans alors, mais celles qui avaient seize ans aujourd'hui, car maintenant, à défaut de ce qu'il y avait de plus particulier dans la personne et qui m'avait échappé, ce que j'aimais c'était la jeunesse. Je savais que la jeunesse de celles que j'avais connues n'existait plus que dans mon souvenir brûlant, et que ce n'est pas elles, si désireux que je fusse de les atteindre quand me les représentait ma mémoire, que je devais cueillir, si je voulais vraiment moissonner la jeunesse et la fleur de l'année.

Le soleil était encore haut dans le ciel quand j'allais retrouver ma mère sur la Piazzetta. Nous appelions une gondole. « Comme ta pauvre grand-mère eût aimé[a] cette grandeur si simple ! » me disait maman en montrant le palais ducal qui considérait la mer avec la pensée que lui avait confiée son architecte et qu'il gardait fidèlement dans la muette attente des doges disparus. « Elle aurait même aimé la douceur de ces teintes roses, parce qu'elle est sans mièvrerie. Comme ta grand-mère aurait aimé Venise, et quelle familiarité qui peut rivaliser avec celle de la nature elle aurait trouvé dans toutes ces beautés si pleines de choses qu'elles n'ont besoin d'aucun arrangement, qu'elles se présentent telles quelles, le palais ducal dans sa forme cubique, les colonnes que tu dis être celles du palais d'Hérode, en pleine Piazzetta, et, encore moins placés, mis là comme faute d'autre endroit, les piliers de Saint-Jean-d'Acre, et ces chevaux au balcon de Saint-Marc ! Ta grand-mère aurait eu autant de plaisir à voir le soleil se coucher sur le palais des doges que sur une montagne. » Et il y avait en effet une part de vérité dans ce que disait ma mère, car, tandis que la gondole pour nous ramener remontait le Grand Canal, nous regardions[b] la file des palais entre lesquels nous passions refléter la lumière et l'heure sur leurs flancs rosés, et changer avec elles, moins à la façon d'habitations privées et de monuments célèbres que comme une chaîne de falaises de marbre au pied de laquelle on va le soir se promener en barque dans un canal pour voir le soleil se coucher. Aussi les demeures disposées des deux côtés du chenal faisaient penser à des sites de la nature, mais d'une nature qui aurait créé ses œuvres[c] avec une imagination humaine. Mais en même temps (à cause du caractère des impressions toujours urbaines que Venise donne presque en pleine mer, sur ces flots où le flux et le reflux se font sentir deux fois par jour et qui tour à tour recouvrent à marée haute et découvrent à marée basse les magnifiques escaliers extérieurs des palais), comme nous eussions fait à Paris sur les boulevards, dans les Champs-Élysées, au Bois, dans toute large avenue à la mode, nous croisions[1] dans la lumière poudroyante du soir, les femmes les plus élégantes, presque toutes étrangères, qui mollement appuyées sur les coussins de leur équipage flottant, prenaient la file, s'arrêtaient devant un palais où elles avaient une amie à aller voir, faisaient demander si elle était là, et tandis qu'en attendant la réponse elles préparaient à tout hasard leur carte pour la laisser comme elles eussent fait à la porte de l'hôtel de Guermantes, cherchaient dans leur guide de quelle époque, de quel style était le palais, non sans être secouées, comme aux sommets d'une vague bleue par ce remous de l'eau étincelante et cabrée, qui s'effarait d'être resserrée entre la gondole dansante et le marbre retentissant. Et ainsi les promenades même rien que pour aller faire des visites ou des courses, étaient triples et uniques dans cette Venise où les simples allées et venues mondaines prennent en même temps la forme et le charme d'une visite à un musée et d'une bordée en mer[a].

Plusieurs des palais[1] du Grand Canal étaient transformés en hôtels, et, par goût du changement ou par amabilité pour Mme Sazerat que nous avions retrouvée — la connaissance imprévue et inopportune qu'on rencontre chaque fois qu'on voyage — et que maman avait invitée, nous voulûmes un soir essayer de dîner dans un hôtel qui n'était pas le nôtre et où l'on prétendait que la cuisine était meilleure. Tandis que ma mère payait le gondolier et entrait avec Mme Sazerat dans le salon qu'elle avait retenu, je voulus jeter un coup d'œil sur la grande salle du restaurant aux beaux piliers de marbre et jadis couverte tout entière de fresques, depuis mal restaurées. Deux garçons causaient en un italien que je traduis :

« Est-ce que les vieux mangent dans leur chambre ? Ils ne préviennent jamais. C'est assommant, je ne sais jamais si je dois garder leur table *(non so se bisogna conservar loro la tavola)*. Et puis, tant pis s'ils descendent et qu'ils la trouvent prise ! Je ne comprends pas qu'on reçoive des *forestieri*[2] comme ça dans un hôtel aussi chic. C'est pas le monde d'ici. »

Malgré son dédain, le garçon aurait voulu savoir ce qu'il devait décider relativement à la table, et il allait faire demander au liftier de monter s'informer à l'étage quand, avant qu'il en eût le temps, la réponse lui fut donnée : il venait d'apercevoir la vieille dame qui entrait. Je n'eus pas de peine, malgré l'air de tristesse et de fatigue que donne l'appesantissement des années et malgré une sorte d'eczéma, de lèpre rouge qui couvrait sa figure, à reconnaître sous son bonnet, dans sa cotte noire faite chez W***[1], mais, pour les profanes, pareille à celles d'une vieille concierge, la marquise de Villeparisis. Le hasard fit que l'endroit où j'étais, debout, en train d'examiner les vestiges d'une fresque, se trouvait, le long des belles parois de marbre, exactement derrière la table où venait de s'asseoir Mme de Villeparisis.

« Alors M. de Villeparisis ne va pas tarder à descendre. Depuis un mois qu'ils sont ici ils n'ont mangé qu'une fois l'un sans l'autre », dit le garçon.

Je me demandais quel était celui de ses parents avec lequel elle voyageait et qu'on appelait M. de Villeparisis, quand je vis, au bout de quelques instants, s'avancer vers la table et s'asseoir à côté d'elle son vieil amant, M. de Norpois.

Son grand âge[a] avait affaibli la sonorité de sa voix, mais donné en revanche à son langage, jadis si plein de réserve, une véritable intempérance. Peut-être fallait-il en chercher la cause dans des ambitions qu'il sentait ne plus avoir grand temps pour réaliser et qui le remplissaient d'autant plus de véhémence et de fougue ; peut-être dans le fait que laissé à l'écart d'une politique où il brûlait de rentrer, il croyait avec la naïveté de ce qu'on désire faire mettre à la retraite, par les sanglantes critiques qu'il dirigeait contre eux, ceux qu'il se faisait fort de remplacer[b]. Ainsi voit-on des politiciens assurés que le cabinet dont ils ne font pas partie n'en a pas pour trois jours. Il serait d'ailleurs exagéré de croire que M. de Norpois avait perdu entièrement les traditions du langage diplomatique. Dès qu'il était question de « grandes affaires » il se retrouvait, on va le voir, l'homme que nous avons connu, mais le reste du temps il s'épanchait sur l'un et sur l'autre avec cette violence sénile de certains octogénaires et qui les jette sur des femmes à qui ils ne peuvent plus faire grand mal.

Mme de Villeparisis garda, pendant quelques minutes, le silence d'une vieille femme à qui la fatigue de la vieillesse a rendu difficile de remonter du ressouvenir du passé au présent. Puis, dans ces questions toutes pratiques où s'empreint le prolongement d'un mutuel amour :

« Êtes-vous passé chez Salviati[2] ?

— Oui.

— Enverront-ils demain ?

— J'ai rapporté moi-même la coupe. Je vous la montrerai après le dîner. Voyons le menu.

— Avez-vous donné l'ordre de bourse pour mes Suez ?

— Non, l'attention de la Bourse est retenue en ce moment par les valeurs de pétrole. Mais il n'y a pas lieu[a] de se presser étant donné les excellentes dispositions du marché. Voilà le menu. Il y a comme entrée des rougets. Voulez-vous que nous en prenions ?

— Moi, oui, mais vous, cela vous est défendu. Demandez à la place du risotto. Mais ils ne savent pas le faire.

— Cela ne fait rien. Garçon, apportez-nous d'abord des rougets pour Madame et un risotto pour moi. »

Un nouveau et long silence[1].

« Tenez, je vous apporte des journaux, le *Corriere della Sera,* la *Gazzetta del Popolo*[2], etc. Est-ce que vous savez qu'il est fortement question d'un mouvement diplomatique dont le premier bouc émissaire serait Paléologue[3], notoirement insuffisant en Serbie ? Il serait peut-être remplacé par Lozé et il y aurait à pourvoir au poste de Constantinople[b4]. Mais, s'empressa d'ajouter avec âcreté M. de Norpois, pour une ambassade d'une telle envergure et où il est de toute évidence que la Grande-Bretagne devra toujours, quoi qu'il arrive, avoir la première place à la table des délibérations, il serait prudent de s'adresser à des hommes d'expérience mieux outillés pour résister aux embûches des ennemis de notre alliée britannique que des diplomates de la jeune école qui donneraient tête baissée dans le panneau. » La volubilité irritée avec laquelle M. de Norpois prononça ces dernières paroles venait surtout de ce que les journaux, au lieu de prononcer son nom comme il leur avait recommandé de le faire, donnaient comme « grand favori » un jeune ministre des Affaires étrangères. « Dieu sait si les hommes d'âge sont éloignés de se mettre, à la suite de je ne sais quelles manœuvres tortueuses, aux lieu et place de plus ou moins incapables recrues ! J'en ai beaucoup connu de tous ces prétendus diplomates de la méthode empirique qui mettaient tout leur espoir dans un ballon d'essai que je ne tardais pas à dégonfler. Il est hors de doute, si le gouvernement a le manque de sagesse de remettre les rênes de l'État en des mains turbulentes, qu'à l'appel du devoir un conscrit répondra toujours : "Présent". Mais qui sait (et M. de Norpois avait l'air de très bien savoir de qui il parlait) s'il n'en serait pas de même le jour où l'on irait chercher quelque vétéran plein de savoir et d'adresse. À[a] mon sens, chacun peut avoir sa manière de voir, le poste de Constantinople ne devrait être accepté qu'après un règlement de nos difficultés pendantes avec l'Allemagne. Nous ne devons rien à personne, et il est inadmissible que tous les six mois on vienne nous réclamer par des manœuvres dolosives et à notre corps défendant, je ne sais quel quitus, toujours mis en avant par une presse de sportulaires. Il faut que cela finisse et naturellement un homme de haute valeur et qui a fait ses preuves, un homme qui aurait si je puis dire l'oreille de l'empereur, jouirait de plus d'autorité que quiconque pour mettre le point final au conflit. »

Un monsieur qui finissait de dîner[b] salua M. de Norpois.

« Ah ! mais c'est le prince Foggi, dit[c] le marquis.

— Ah ! je ne sais pas au juste qui vous voulez dire, soupira Mme de Villeparisis.

— Mais parfaitement si. C'est le prince Odon. C'est le propre beau-frère de votre cousine Doudeauville. Vous vous rappelez bien que j'ai chassé avec lui à Bonnétable[1] ?

— Ah ! Odon, c'est celui qui faisait de la peinture ?

— Mais pas du tout, c'est celui qui a épousé la sœur du grand-duc N***. »

M. de Norpois disait tout cela sur le ton assez désagréable d'un professeur mécontent de son élève et, de ses yeux bleus, regardait fixement Mme de Villeparisis.

Quand le prince eut fini son café et quitta sa table, M. de Norpois se leva, marcha avec empressement vers lui et, d'un geste majestueux, il s'écarta, et, s'effaçant lui-même, le présenta à Mme de Villeparisis. Et pendant les quelques minutes que le prince demeura debout auprès d'eux, M. de Norpois ne cessa un instant de surveiller Mme de Villeparisis de sa pupille bleue, par complaisance ou sévérité de vieil amant, et surtout dans la crainte[d] qu'elle ne se livrât à un des écarts de langage qu'il avait goûtés, mais qu'il redoutait. Dès qu'elle disait au prince quelque chose d'inexact, il rectifiait le propos et fixait les yeux de la marquise[e] accablée et docile, avec l'intensité continue d'un magnétiseur.

Un garçon vint me dire que ma mère m'attendait, je la rejoignis et m'excusai auprès de Mme Sazerat en disant que cela m'avait amusé de voir Mme de Villeparisis. À ce nom, Mme Sazerat pâlit et sembla près de s'évanouir. Cherchant à se dominer :

« Mme de Villeparisis, Mlle de Bouillon[1] ? me dit-elle.

— Oui.

— Est-ce que je ne pourrais pas l'apercevoir une seconde ? C'est le rêve de ma vie.

— Alors ne perdez pas trop de temps, madame, car elle ne tardera pas à avoir fini de dîner. Mais comment peut-elle tant vous intéresser ?

— Mais Mme de Villeparisis, c'était en premières noces la duchesse d'Havré, belle comme un ange, méchante comme un démon, qui a rendu fou mon père, l'a ruiné et abandonné aussitôt après. Eh bien ! elle a beau avoir agi avec lui comme la dernière des filles, avoir été cause que j'ai dû, moi et les miens, vivre petitement à Combray, maintenant que mon père est mort, ma consolation c'est qu'il ait aimé la plus belle femme de son époque, et comme je ne l'ai jamais vue, malgré tout ce sera une douceur... »

Je menai Mme Sazerat, tremblante d'émotion, jusqu'au restaurant et je lui montrai Mme de Villeparisis.

Mais comme les aveugles qui dirigent leurs yeux ailleurs qu'où il faut, Mme Sazerat n'arrêta pas ses regards à la table où dînait Mme de Villeparisis, et, cherchant un autre point de la salle :

« Mais elle doit être partie, je ne la vois pas où vous me dites. »

Et elle cherchait toujours, poursuivant la vision détestée, adorée, qui habitait son imagination depuis si longtemps.

« Mais si, à la seconde table.

— C'est que nous ne comptons pas à partir du même point. Moi, comme je compte, la seconde table, c'est une table où il y a seulement, à côté d'un vieux monsieur, une petite bossue, rougeaude, affreuse.

— C'est elle ! »

Cependant, Mme de Villeparisis[a] ayant demandé à M. de Norpois de faire asseoir le prince Foggi[2], une aimable conversation[3] suivit entre eux trois, on parla politique, le prince déclara qu'il était indifférent au sort du cabinet, et qu'il resterait encore une bonne semaine à Venise. Il espérait que d'ici là toute crise ministérielle serait évitée.

Le prince Foggi crut au premier instant que ces questions de politique n'intéressaient pas M. de Norpois, car celui-ci, qui jusque-là s'était exprimé avec tant de véhémence, s'était mis soudain à garder un silence presque angélique qui semblait ne pouvoir s'épanouir, si la voix revenait, qu'en un chant innocent et mélodieux de Mendelssohn ou de César Franck. Le prince pensait aussi que ce silence était dû à la réserve d'un Français qui devant un Italien ne veut pas parler des affaires de l'Italie. Or l'erreur du prince était complète. Le silence, l'air d'indifférence étaient restés chez M. de Norpois non la marque de la réserve mais le prélude coutumier d'une immixtion dans des affaires importantes. Le marquis n'ambitionnait rien moins comme nous l'avons vu que Constantinople[a], avec un règlement préalable des affaires allemandes, pour lequel il comptait forcer la main au cabinet de Rome. Le marquis jugeait en effet que de sa part un acte d'une portée internationale pouvait être le digne couronnement de sa carrière, peut-être même le commencement de nouveaux honneurs, de fonctions difficiles auxquelles il n'avait pas renoncé. Car la vieillesse nous rend d'abord incapables d'entreprendre mais non de désirer. Ce n'est que dans une troisième période que ceux qui vivent très vieux ont renoncé au désir, comme ils ont dû abandonner l'action. Ils ne se présentent même plus à des élections futiles où ils tentèrent si souvent de réussir, comme celle de président de la République. Ils se contentent de sortir, de manger, de lire les journaux, ils se survivent à eux-mêmes.

Le prince pour mettre le marquis à l'aise et lui montrer qu'il le considérait comme un compatriote se mit à parler des successeurs possibles du président du Conseil actuel. Successeurs dont la tâche serait difficile. Quand le prince Foggi eut cité plus de vingt noms d'hommes politiques qui lui semblaient ministrables, noms que l'ancien ambassadeur écouta les paupières à demi abaissées sur ses yeux bleus et sans faire un mouvement, M. de Norpois rompit enfin le silence pour prononcer ces mots qui devaient pendant[b] vingt ans alimenter la conversation des chancelleries, et ensuite, quand on les eut oubliés, être exhumés par quelque personnalité signant « un Renseigné » ou « Testis » ou « Machiavelli[1] » dans un journal où l'oubli même où ils étaient tombés leur vaut le bénéfice de faire à nouveau sensation. Donc le prince Foggi venait de citer plus de vingt noms devant le diplomate aussi immobile et muet qu'un homme sourd quand M. de Norpois leva légèrement la tête et dans la forme où avaient été rédigées ses interventions diplomatiques les plus grosses de conséquence quoique cette fois-ci avec une audace accrue et une brièveté moindre demanda finement : « Et est-ce que personne n'a prononcé le nom de M. Giolitti[1] ? » À ces mots les écailles du prince Foggi tombèrent ; il entendit un murmure céleste. Puis aussitôt M. de Norpois se mit à parler de choses et autres, ne craignit pas de faire quelque bruit, comme, lorsque la dernière note d'une sublime aria de Bach est terminée, on ne craint plus de parler à haute voix, d'aller chercher ses vêtements au vestiaire. Il rendit même la cassure plus nette en priant le prince de mettre ses hommages aux pieds de Leurs Majestés le roi et la reine quand il aurait l'occasion de les voir, phrase de départ qui correspondait à ce qu'est à la fin d'un concert ces mots hurlés : « Le cocher Auguste de la rue de Belloy[2]. » Nous ignorons quelles furent exactement les impressions du prince Foggi. Il était assurément ravi d'avoir entendu ce chef-d'œuvre : « Et M. Giolitti, est-ce que personne n'a prononcé son nom ? » Car M. de Norpois, chez qui l'âge avait éteint ou désordonné les qualités les plus belles, en revanche avait perfectionné en vieillissant les « airs de bravoure », comme certains musiciens âgés, en déclin pour tout le reste, acquièrent jusqu'au dernier jour pour la musique de chambre, une virtuosité parfaite qu'ils ne possédaient pas jusque-là.

Toujours est-il que le prince Foggi qui comptait passer quinze jours à Venise rentra à Rome le jour même et fut reçu quelques jours après en audience par le roi au sujet de propriétés que, nous croyons l'avoir déjà dit, le prince possédait en Sicile. Le cabinet végéta plus longtemps qu'on n'aurait cru. À sa chute le roi consulta divers hommes d'État sur le chef qu'il convenait de donner au nouveau cabinet. Puis il fit appeler M. Giolitti qui accepta. Trois mois après un journal raconta l'entrevue du prince Foggi avec M. de Norpois. La conversation était rapportée comme nous l'avons fait, avec la différence qu'au lieu de dire : « M. de Norpois demanda finement », on lisait : « dit avec ce fin et charmant sourire qu'on lui connaît ». M. de Norpois jugea que « finement » avait déjà une force explosive suffisante pour un diplomate et que cette adjonction était pour le moins intempestive. Il avait bien demandé que le quai d'Orsay démentît officiellement, mais le quai d'Orsay ne savait où donner de la tête. En effet depuis que l'entrevue avait été dévoilée, M. Barrère[1] télégraphiait plusieurs fois par heure avec Paris pour se plaindre qu'il y eût un ambassadeur[a] officieux au Quirinal et pour rapporter le mécontentement que ce fait avait produit dans l'Europe entière. Ce mécontentement n'existait pas mais les divers ambassadeurs étaient trop polis pour démentir M. Barrère leur assurant que sûrement tout le monde était révolté. M. Barrère n'écoutant que sa pensée prenait ce silence courtois pour une adhésion. Aussitôt il télégraphiait à Paris : JE ME SUIS ENTRETENU UNE HEURE DURANT AVEC LE MARQUIS VISCONTI-VENOSTA[2], etc. Ses secrétaires étaient sur les dents.

Pourtant M. de Norpois avait à sa dévotion un très ancien journal français et qui même en 1870, quand il était ministre de France dans un pays allemand, lui avait rendu grand service. Ce journal était (surtout le premier article, non signé) admirablement rédigé. Mais il intéressait mille fois davantage quand ce premier article (dit « premier-Paris » dans ces temps lointains, et appelé aujourd'hui, on ne sait pourquoi, « éditorial ») était au contraire mal tourné, avec des répétitions de mots infinies. Chacun sentait alors avec émotion que l'article avait été « inspiré ». Peut-être par M. de Norpois, peut-être par tel autre grand maître de l'heure. Pour donner une idée anticipée des événements d'Italie, montrons comment M. de Norpois se servit de ce journal en 1870, inutilement trouvera-t-on, puisque la guerre eut lieu, tout de même ; très efficacement pensait M. de Norpois, dont l'axiome était qu'il faut avant tout préparer l'opinion. Ses articles où chaque mot était pesé, ressemblaient à ces notes optimistes que suit immédiatement la mort du malade. Par exemple, à la veille de la déclaration de guerre, en 1870, quand la mobilisation était presque achevée, M. de Norpois (restant dans l'ombre naturellement) avait cru devoir envoyer à ce journal fameux l'éditorial suivant :

« L'opinion semble prévaloir dans les cercles autorisés que, depuis hier, dans le milieu de l'après-midi, la situation sans avoir, bien entendu un caractère alarmant pourrait être envisagée comme sérieuse et même, par certains côtés, comme susceptible d'être considérée comme critique.

M. le marquis de Norpois aurait eu plusieurs entretiens avec le ministre de Prusse, afin d'examiner dans un esprit de fermeté et de conciliation, et d'une façon tout à fait concrète, les différents motifs de friction existants, si l'on peut parler ainsi. La nouvelle n'a malheureusement pas été reçue par nous à l'heure où nous mettons sous presse que Leurs Excellences aient pu se mettre d'accord sur une formule pouvant servir de base à un instrument diplomatique.

« Dernière heure : on a appris avec satisfaction dans les cercles bien informés, qu'une légère détente semble s'être produite dans les rapports franco-prussiens. On attacherait une importance toute particulière au fait que M. de Norpois aurait rencontré *unter den Linden*[1] le ministre d'Angleterre avec qui il s'est entretenu une vingtaine de minutes. Cette nouvelle est considérée comme satisfaisante par les sphères bien renseignées. » (On avait ajouté entre parenthèses après « satisfaisante » le mot allemand équivalent : *befriedigend.*) Et le lendemain[a] on lisait dans l'éditorial : « Il semblerait, malgré toute la souplesse de M. de Norpois à qui tout le monde se plaît à rendre hommage pour l'habile énergie avec laquelle il a su défendre les droits imprescriptibles de la France, qu'une rupture n'a plus pour ainsi dire presque aucune chance d'être évitée. »

Le journal ne pouvait pas se dispenser de faire suivre un pareil éditorial de quelques commentaires, envoyés bien entendu par M. de Norpois. On a peut-être remarqué dans les pages précédentes que le « conditionnel » était une des formes grammaticales préférées de l'ambassadeur, dans la littérature diplomatique. (« On attacherait une importance particulière », pour « il paraît qu'on attache une importance particulière ».) Mais le présent de l'indicatif pris non pas dans son sens habituel mais dans celui de l'ancien optatif, n'était pas moins cher à M. de Norpois. Les commentaires qui suivaient l'éditorial étaient ceux-ci :

« Jamais le public n'a fait preuve d'un calme aussi admirable. (M. de Norpois aurait bien voulu que ce fût vrai mais craignait tout le contraire.) Il est las des agitations stériles et a appris avec satisfaction que le gouvernement[b] de Sa Majesté prendrait ses responsabilités selon les éventualités qui pourraient se produire. Le public n'en demande (optatif) pas davantage. À son beau sang-froid qui est déjà un indice de succès, nous ajouterons encore une nouvelle bien faite pour rassurer l'opinion publique, s'il en était besoin. On assure en effet que M. de Norpois qui pour raison de santé devait depuis longtemps venir faire à Paris une petite cure, aurait quitté Berlin où il ne jugeait plus sa présence utile. Dernière heure : Sa Majesté l'empereur a quitté ce matin Compiègne pour Paris afin de conférer avec le marquis de Norpois, le ministre de la Guerre et le maréchal Bazaine en qui l'opinion publique a une confiance particulière. S. M. l'empereur a décommandé le dîner qu'il devait offrir à sa belle-sœur la duchesse d'Albe. Cette mesure a produit partout dès qu'elle a été connue une impression particulièrement favorable. L'empereur a passé en revue les troupes dont l'enthousiasme est indescriptible. Quelques corps, sur un ordre de mobilisation lancé dès l'arrivée des souverains à Paris, sont, à toute éventualité, prêts à partir dans la direction[a] du Rhin[b]. »

Parfois au crépuscule en rentrant à l'hôtel je sentais que l'Albertine d'autrefois[c], invisible à moi-même, était pourtant enfermée au fond de moi comme aux « plombs[1] » d'une Venise intérieure, dont parfois un incident faisait glisser le couvercle durci jusqu'à me donner[d] une ouverture sur ce passé.

Ainsi par exemple[e] un soir une lettre de mon coulissier rouvrit un instant pour moi les portes de la prison où Albertine était en moi vivante, mais si loin, si profond, qu'elle me restait inaccessible. Depuis sa mort je ne m'étais plus occupé des spéculations[f] que j'avais faites afin d'avoir plus d'argent pour elle. Or le temps avait passé ; de grandes sagesses de l'époque précédente étaient démenties par celle-ci, comme il était arrivé autrefois de M. Thiers disant que les chemins de fer ne pourraient jamais réussir ; et les titres dont M. de Norpois nous avait dit : « Leur revenu n'est pas très élevé sans doute mais du moins le capital ne sera jamais déprécié », étaient souvent ceux qui avaient le plus baissé. Rien que pour les consolidés anglais et les Raffineries Say, il me fallait payer aux coulissiers des différences si considérables, en même temps que des intérêts et des reports que sur un coup de tête je me décidai à tout vendre et me trouvai tout d'un coup ne plus posséder que le cinquième à peine de ce que j'avais hérité de ma grand-mère et que j'avais encore du vivant d'Albertine[1]. On le sut d'ailleurs à Combray dans ce qui restait de notre famille et de nos relations, et comme on savait que je fréquentais le marquis de Saint-Loup et les Guermantes, on se dit : « Voilà où mènent les idées de grandeur. » On y eût été bien étonné d'apprendre que c'était pour une jeune fille d'une condition aussi modeste qu'Albertine, presque une protégée de l'ancien professeur de piano de ma grand-mère, Vinteuil, que j'avais fait ces spéculations. D'ailleurs dans cette vie de Combray où chacun est à jamais classé dans les revenus qu'on lui connaît comme dans une caste indienne, on n'eût pu se faire une idée de cette grande liberté qui régnait dans le monde des Guermantes où on n'attachait aucune importance à la fortune, où la pauvreté pouvait être considérée comme aussi désagréable, mais comme nullement plus diminuante, comme n'affectant pas plus la situation sociale, qu'une maladie d'estomac. Sans doute se figurait-on au contraire à Combray que Saint-Loup et M. de Guermantes devaient être des nobles ruinés, aux châteaux hypothéqués, à qui je prêtais de l'argent, tandis que, si j'avais été ruiné, ils eussent été les premiers à m'offrir, vainement, de me venir en aide. Quant à ma ruine relative, j'en étais d'autant plus ennuyé que mes curiosités vénitiennes s'étaient concentrées depuis peu sur une jeune marchande de verrerie à la carnation de fleur qui fournissait aux yeux ravis toute une gamme de tons orangés et me donnait un tel désir de la revoir chaque jour que sentant que nous quitterions bientôt Venise ma mère et moi, j'étais résolu à tâcher de lui faire à Paris une situation quelconque qui me permît de ne pas me séparer d'elle. La beauté de ses dix-sept ans était si noble, si radieuse, que c'était un vrai Titien à acquérir avant de s'en aller. Et le peu qui me restait de fortune suffirait-il à la tenter assez pour qu'elle quittât son pays et vînt vivre à Paris pour moi seul ? Mais comme je finissais la lettre du coulissier, une phrase où il disait : *Je soignerai vos reports* me rappela une expression presque aussi hypocritement professionnelle, que la baigneuse de Balbec avait employée en parlant à Aimé d'Albertine : « C'est moi qui la soignais », avait-elle dit. Et ces mots qui ne m'étaient jamais revenus à l'esprit firent jouer comme un Sésame les gonds du cachot. Mais au bout d'un instant ils se refermèrent sur l'emmurée — que je n'étais pas coupable de ne pas vouloir rejoindre puisque je ne parvenais plus à la voir, à me la rappeler, et que les êtres n'existent pour nous que par l'idée que nous avons d'eux — mais que m'avait un instant rendue plus touchante le délaissement, que pourtant elle ne savait pas : j'avais l'espace d'un éclair envié le temps déjà bien lointain où je souffrais nuit et jour du compagnonnage de son souvenir. Une autre fois, à San Giorgio dei Schiavoni[a][1], un aigle auprès d'un des apôtres, et stylisé de la même façon, réveilla le souvenir et presque la souffrance causée par ces deux bagues dont Françoise m'avait découvert la similitude et dont je n'avais jamais su qui les avait données à Albertine. Un soir enfin[b] une circonstance telle se produisit qu'il sembla que mon amour aurait dû renaître. Au moment où notre gondole s'arrêta aux marches de l'hôtel, le portier me remit une dépêche[2] que l'employé du télégraphe était déjà venu trois fois pour m'apporter, car à cause de l'inexactitude du nom du destinataire (que je compris pourtant à travers les déformations des employés italiens être le mien), on demandait un accusé de réception certifiant que le télégramme était bien pour moi. Je l'ouvris dès que je fus dans ma chambre, et jetant un coup d'œil sur un libellé rempli de mots mal transmis[c], je pus lire néanmoins : MON AMI VOUS ME CROYEZ MORTE, PARDONNEZ-MOI, JE SUIS TRÈS VIVANTE, JE VOUDRAIS VOUS VOIR, VOUS PARLER MARIAGE, QUAND REVENEZ-VOUS ? TENDREMENT. ALBERTINE. Alors il se passa d'une façon inverse la même chose que pour ma grand-mère : quand j'avais appris *en fait* que ma grand-mère[d] était morte je n'avais d'abord eu aucun chagrin. Et je n'avais souffert effectivement de sa mort que quand des souvenirs involontaires l'avaient rendue vivante pour moi. Maintenant qu'Albertine dans ma pensée ne vivait plus pour moi, la nouvelle qu'elle était vivante ne me causa pas la joie que j'aurais cru. Albertine n'avait été pour moi qu'un faisceau de pensées, elle avait survécu à sa mort matérielle tant que ces pensées vivaient en moi ; en revanche maintenant que ces pensées étaient mortes, Albertine ne ressuscitait nullement pour moi avec son corps. Et en m'apercevant que je n'avais pas de joie qu'elle fût vivante, que je ne l'aimais plus, j'aurais dû être plus bouleversé que quelqu'un qui, se regardant dans une glace, après des mois de voyage ou de maladie, s'aperçoit qu'il a des cheveux blancs et une figure nouvelle, d'homme mûr ou de vieillard. Cela bouleverse parce que cela veut dire : l'homme que j'étais, le jeune homme blond n'existe plus, je suis un autre. Or n'est-ce pas un changement aussi profond, une mort aussi totale du moi qu'on était, la substitution aussi complète de ce moi nouveau à l'ancien que de voir un visage ridé surmonté d'une perruque blanche ? Mais on ne s'afflige[a] pas plus d'être devenu un autre, les années ayant passé et dans l'ordre de la succession des temps, qu'on ne s'afflige, à une même époque, d'être tour à tour les êtres contradictoires, le méchant, le sensible, le délicat, le mufle, le désintéressé, l'ambitieux, qu'on est tour à tour chaque journée. Et la raison pour laquelle on ne s'en afflige pas est la même, c'est que le moi éclipsé — momentanément dans le dernier cas et quand il s'agit du caractère, pour toujours dans le premier cas et quand il s'agit des passions — n'est pas là pour déplorer l'autre, l'autre qui est à ce moment-là, ou désormais, tout vous ; le mufle sourit de sa muflerie car on est le mufle, et l'oublieux ne s'attriste pas de son manque de mémoire, précisément parce qu'il a oublié.

J'aurais été incapable de ressusciter Albertine parce que je l'étais de me ressusciter moi-même, de ressusciter mon moi d'alors. La vie selon son habitude qui est par des travaux incessants d'infiniment petits de changer la face du monde, ne m'avait pas dit au lendemain de la mort d'Albertine : « Sois un autre », mais, par des changements trop imperceptibles pour me permettre de me rendre compte du fait même du changement, avait presque tout renouvelé en moi, de sorte que ma pensée était déjà habituée à son nouveau maître — mon nouveau moi — quand elle s'aperçut qu'il était changé ; c'était à celui-ci qu'elle tenait. Ma tendresse pour Albertine, ma jalousie tenaient on l'a vu à l'irradiation par association d'idées de certains noyaux d'impressions douces ou douloureuses, au souvenir de Mlle Vinteuil à Montjouvain, aux doux baisers du soir qu'Albertine me donnait dans le cou. Mais au fur et à mesure que ces impressions s'étaient affaiblies, l'immense champ d'impressions qu'elles coloraient d'une teinte angoissante ou douce avait repris des tons neutres. Une fois que l'oubli se fut emparé de quelques points dominants de souffrance et de plaisir, la résistance de mon amour était vaincue, je n'aimais plus Albertine. J'essayais de me la rappeler. J'avais eu un juste pressentiment quand deux jours après le départ d'Albertine j'avais été épouvanté d'avoir pu vivre quarante-huit heures sans elle. Il en avait été de même lorsque j'avais écrit autrefois à Gilberte en me disant : si cela continue[a] deux ans, je ne l'aimerai plus. Et si quand Swann m'avait demandé de revoir Gilberte cela m'avait paru l'incommodité d'accueillir une morte, pour Albertine, la mort — ou ce que j'avais cru la mort — avait fait la même œuvre que pour Gilberte la rupture prolongée. La mort n'agit que comme l'absence. Le monstre à l'apparition duquel mon amour avait frissonné, l'oubli, avait bien, comme je l'avais cru, fini par le dévorer[b]. Non seulement cette nouvelle qu'elle était vivante ne réveilla pas mon amour, non seulement elle me permit de constater combien était déjà avancé mon retour vers l'indifférence, mais elle lui fit instantanément subir une accélération si brusque que je me demandai rétrospectivement si jadis la nouvelle contraire, celle de la mort d'Albertine, n'avait pas inversement, en parachevant l'œuvre de son départ, exalté mon amour et retardé son déclin. Oui maintenant que la savoir vivante et de pouvoir être réuni à elle me la rendait tout d'un coup si peu précieuse, je me demandais si les insinuations de Françoise, la rupture[c] elle-même, et jusqu'à la mort (imaginaire mais crue réelle) n'avaient pas prolongé mon amour, tant les efforts des tiers et même du destin pour nous séparer d'une femme ne font que nous attacher à elle. Maintenant c'était le contraire qui se produisait. D'ailleurs j'essayai de me la rappeler, et peut-être parce que je n'avais plus qu'un signe à faire pour l'avoir à moi, le souvenir qui me vint fut celui d'une fille déjà fort grosse, hommasse, dans le visage fané de laquelle saillait déjà comme une graine, le profil de Mme Bontemps. Ce qu'elle avait pu faire avec Andrée ou d'autres ne m'intéressait plus. Je ne souffrais plus du mal que j'avais cru si longtemps inguérissable, et au fond j'aurais pu le prévoir. Certes le regret d'une maîtresse, la jalousie survivante sont des maladies physiques au même titre que la tuberculose ou la leucémie. Pourtant entre les maux physiques il y a lieu de distinguer ceux qui sont causés par un agent purement physique, et ceux qui n'agissent sur le corps que par l'intermédiaire de l'intelligence. Surtout si la partie de l'intelligence qui sert de lien de transmission est la mémoire — c'est-à-dire si la cause est anéantie ou éloignée —, si cruelle que soit la souffrance, si profond que paraisse le trouble apporté dans l'organisme, il est bien rare, la pensée ayant un pouvoir de renouvellement ou plutôt une impuissance de conservation que n'ont pas les tissus, que le pronostic ne soit pas favorable. Au bout du même temps où un malade atteint de cancer sera mort, il est bien rare qu'un veuf, un père inconsolables ne soient pas guéris. Je l'étais. Est-ce pour cette fille que je revoyais en ce moment si bouffie et qui avait certainement vieilli comme avaient vieilli les filles qu'elle avait aimées, est-ce pour elle qu'il fallait renoncer à l'éclatante fille qui était mon souvenir d'hier, mon espoir de demain (à qui je ne pourrais rien donner non plus qu'à aucune autre, si j'épousais Albertine) renoncer[a] à cette « Albertine nouvelle », « non point telle que l'ont vue les Enfers » « mais fidèle, mais fière et même un peu farouche[1] » ? C'était elle qui était maintenant ce qu'Albertine avait été autrefois : mon amour pour Albertine n'avait été qu'une forme passagère de ma dévotion à la jeunesse. Nous croyons aimer une jeune fille, et nous n'aimons hélas ! en elle que cette aurore dont leur visage reflète momentanément la rougeur[2]. La nuit passa[b]. Au matin je rendis la dépêche au portier de l'hôtel en disant qu'on me l'avait remise par erreur et qu'elle n'était pas pour moi. Il me dit que maintenant qu'elle avait été ouverte il aurait des difficultés, qu'il valait mieux que je la gardasse ; je la remis dans ma poche mais je me promis de faire comme si je ne l'avais jamais reçue. J'avais définitivement cessé d'aimer Albertine. De sorte que cet amour après s'être tellement écarté de ce que j'avais prévu, d'après mon amour pour Gilberte ; après m'avoir fait faire un détour si long et si douloureux, finissait lui aussi, après y avoir fait exception, par rentrer, tout comme mon amour pour Gilberte, dans la loi générale de l'oubli.

Mais alors je songeai : je tenais à Albertine plus qu'à moi-même ; je ne tiens plus à elle maintenant parce que pendant un certain temps j'ai cessé de la voir. Mais mon désir de ne pas être séparé de moi-même par la mort, de ressusciter après la mort, ce désir-là n'était pas comme le désir de ne jamais être séparé d'Albertine, il durait toujours. Cela tenait-il à ce que je me croyais plus précieux qu'elle, à ce que, quand je l'aimais, je m'aimais davantage ? Non cela tenait à ce que cessant de la voir, j'avais cessé de l'aimer, et que je n'avais pas cessé de m'aimer parce que mes liens quotidiens avec moi-même n'avaient pas été rompus comme l'avaient été ceux avec Albertine. Mais si ceux avec mon corps, avec moi-même l'étaient aussi... ? Certes il en serait de même. Notre amour de la vie n'est qu'une vieille liaison dont nous ne savons pas nous débarrasser. Sa force est dans sa permanence. Mais la mort qui la rompt nous guérira du désir[a] de l'immortalité.

Après[b] le déjeuner, quand je n'allais pas errer seul dans Venise, je me préparais pour sortir avec ma mère, et, pour prendre des cahiers où je prendrais des notes relatives à un travail que je faisais sur Ruskin[1], je montais dans ma chambre. Au coup brusque des coudes du mur qui lui faisaient rentrer ses angles, je sentais les restrictions édictées par la mer[c], la parcimonie du sol. Et en descendant pour rejoindre ma mère qui m'attendait, à cette heure où à Combray il faisait si bon goûter le soleil tout proche dans l'obscurité[d] conservée par les volets clos, ici du haut en bas de l'escalier de marbre dont on ne savait pas plus que dans une peinture de la Renaissance s'il était dressé[e] dans un palais ou sur une galère, la même fraîcheur et le même sentiment de la splendeur du dehors[f] étaient donnés grâce au velum qui se mouvait devant les fenêtres perpétuellement ouvertes, et par lesquelles dans un incessant courant d'air l'ombre tiède et le soleil verdâtre filaient comme sur une surface flottante et évoquaient[g] le voisinage mobile, l'illumination, la miroitante instabilité du flot. C'est le plus souvent[h2] pour Saint-Marc que je partais, et avec d'autant plus de plaisir que, comme il fallait d'abord prendre une gondole pour s'y rendre, l'église ne se représentait pas à moi comme un simple monument, mais comme le terme d'un trajet sur l'eau marine et printanière, avec laquelle Saint-Marc faisait pour moi un tout indivisible et vivant. Nous entrions ma mère et moi dans le baptistère, foulant tous deux les mosaïques de marbre et de verre du pavage[3], ayant devant nous les larges arcades dont le temps a légèrement infléchi les surfaces évasées et roses, ce qui donne à l'église, là où il a respecté la fraîcheur de ce coloris, l'air d'être construite dans une matière douce et malléable comme la cire de géantes alvéoles ; là au contraire où il a racorni la matière et où les artistes l'ont ajourée et rehaussée d'or, d'être la précieuse reliure, en quelque cuir de Cordoue, du colossal évangile de Venise. Voyant que j'avais à rester longtemps devant les mosaïques qui représentent le baptême du Christ[1], ma mère, sentant la fraîcheur glacée qui tombait dans le baptistère, me jetait un châle sur les épaules. Quand j'étais avec Albertine à Balbec, je croyais qu'elle révélait une de ces illusions inconsistantes qui remplissent l'esprit de tant de gens qui ne pensent pas clairement, quand elle me parlait du plaisir — selon moi ne reposant sur rien — qu'elle aurait à voir telle peinture avec moi. Aujourd'hui[a] je suis au moins sûr que le plaisir existe sinon de voir, du moins d'avoir vu une belle chose avec une certaine personne. Une heure est venue pour moi où quand je me rappelle le baptistère, devant les flots du Jourdain où saint Jean immerge le Christ tandis que la gondole nous attendait devant la Piazzetta il ne m'est pas indifférent que dans cette fraîche pénombre, à côté de moi il y eût une femme drapée dans son deuil avec la ferveur respectueuse et enthousiaste de la femme âgée qu'on voit à Venise dans la *Sainte Ursule* de Carpaccio[2], et que cette femme aux joues rouges, aux yeux tristes, dans ses voiles noirs, et que rien ne pourra plus jamais faire sortir pour moi de ce sanctuaire doucement éclairé de Saint-Marc où je suis sûr de la retrouver parce qu'elle y a sa place réservée et immuable comme[b] une mosaïque, ce soit ma mère[c]. Carpaccio que je viens de nommer et qui était le peintre auquel, quand je ne travaillais pas à Saint-Marc, nous rendions le plus volontiers visite, faillit un jour ranimer mon amour pour Albertine. Je voyais pour la première fois *Le Patriarche di Grado exorcisant un possédé*[3]. Je regardais l'admirable ciel incarnat et violet[d] sur lequel se détachent ces hautes cheminées incrustées, dont la forme évasée et le rouge épanouissement de tulipes fait penser à tant de Venises de Whistler. Puis mes yeux allaient du vieux Rialto en bois à ce Ponte Vecchio du XVe siècle aux palais[e] de marbre ornés de chapiteaux dorés, revenaient au Canal où les barques sont menées par des adolescents en vestes roses, en toques surmontées d'aigrettes, semblables à s'y méprendre à tel qui évoquait vraiment Carpaccio dans cette éblouissante *Légende de Joseph*[f][4] de Sert, Strauss et Kessler. Enfin, avant de quitter le tableau mes yeux revinrent à la rive où fourmillent les scènes de la vie vénitienne de l'époque. Je regardais le barbier essuyer son rasoir, le nègre portant son tonneau, les conversations des musulmans, des nobles seigneurs vénitiens en larges brocarts, en damas, en toque de velours cerise, quand tout à coup je sentis au cœur comme une légère morsure. Sur le dos d'un des compagnons de la Calza, reconnaissable aux broderies d'or et de perles qui inscrivent sur leur manche ou leur collet l'emblème de la joyeuse confrérie à laquelle ils étaient affiliés, je venais de reconnaître le manteau qu'Albertine avait pour venir avec moi en voiture découverte à Versailles, le soir où j'étais loin de me douter qu'une quinzaine d'heures[a] me séparaient à peine du moment où elle partirait de chez moi. Toujours prête à tout, quand je lui avais demandé de partir, ce triste jour qu'elle devait appeler dans sa dernière lettre *deux fois crépusculaire puisque la nuit tombait et que nous allions nous quitter*[1], elle avait jeté sur ses épaules un manteau de Fortuny qu'elle avait emporté avec elle le lendemain et que je n'avais jamais revu depuis dans mes souvenirs. Or c'était dans ce tableau de Carpaccio que le fils génial de Venise l'avait pris, c'est des épaules de ce compagnon de la Calza qu'il l'avait détaché pour le jeter sur celles de tant de Parisiennes qui certes ignoraient comme je l'avais fait jusqu'ici que le modèle en existait dans un groupe de seigneurs, au premier plan du *Patriarche di Grado,* dans une salle de l'Académie de Venise. J'avais tout reconnu, et le manteau oublié[b] m'ayant rendu pour le regarder les yeux et le cœur de celui qui allait ce soir-là partir à Versailles avec Albertine, je fus envahi pendant quelques instants par un sentiment trouble et bientôt dissipé de désir et de mélancolie.

Enfin il y avait des jours[c] où nous ne nous contentions pas avec ma mère des musées et des églises de Venise et c'est ainsi qu'une fois où le temps était particulièrement beau, pour revoir ces Vices et ces Vertus dont M. Swann m'avait donné des reproductions[d2], probablement accrochées encore dant la salle d'études de la maison de Combray, nous poussâmes jusqu'à Padoue[3] ; après avoir traversé en plein soleil le jardin de l'Arena, j'entrai dans la chapelle des Giotto[4] où la voûte entière et le fond des fresques sont si bleus qu'il semble que la radieuse journée ait passé le seuil elle aussi avec le visiteur et soit venue un instant mettre à l'ombre[a] et au frais son ciel pur ; son ciel pur à peine un peu plus foncé d'être débarrassé des dorures de la lumière, comme en ces courts répits dont s'interrompent les plus beaux jours, quand, sans qu'on ait vu aucun nuage, le soleil ayant tourné ailleurs son regard, pour un moment, l'azur, plus doux encore, s'assombrit. Dans ce ciel transporté sur la pierre bleuie volaient des anges que je voyais pour la première fois, car M. Swann ne m'avait donné de reproductions que des Vertus et des Vices, et non des fresques qui retracent l'histoire de la Vierge et du Christ. Eh bien, dans le vol des anges[b], je retrouvais la même impression d'action effective, littéralement réelle que m'avaient donnée les gestes de la Charité ou de l'Envie. Avec tant de ferveur céleste, ou au moins de sagesse et d'application enfantines, qu'ils rapprochent leurs petites mains, les anges sont représentés à l'Arena, mais comme des volatiles d'une espèce particulière ayant existé[c] réellement, ayant dû figurer dans l'histoire naturelle des temps bibliques et évangéliques. Ce sont de petits êtres qui ne manquent pas de voltiger devant les saints quand ceux-ci se promènent ; il y en a toujours quelques-uns de lâchés au-dessus d'eux, et comme ce sont des créatures réelles et effectivement volantes, on les voit s'élevant, décrivant des courbes, mettant la plus grande aisance à exécuter des loopings, fondant vers le sol la tête en bas à grand renfort d'ailes qui leur permettent[d] de se maintenir dans des positions contraires aux lois de la pesanteur, et ils font beaucoup plutôt penser à une variété disparue d'oiseaux ou à de jeunes élèves de Garros[1] s'exerçant[e] au vol plané, qu'aux anges de l'art de la Renaissance et des époques suivantes, dont les ailes ne sont plus que des emblèmes et dont le maintien est habituellement le même que celui de personnages célestes qui ne seraient pas ailés.

En[f] rentrant à l'hôtel je trouvais des jeunes femmes qui, surtout d'Autriche, venaient à Venise passer[g] les premiers beaux jours de ce printemps sans fleurs. Il y en avait une dont les traits ne ressemblaient pas à ceux d'Albertine mais qui me plaisait par la même fraîcheur de teint, le même regard rieur et léger. Bientôt je sentis que je commençais à lui dire les mêmes choses que je disais au début à Albertine, que je lui dissimulais la même douleur quand elle me disait qu'elle ne me verrait pas le lendemain, qu'elle allait à Vérone, et aussitôt l'envie d'aller à Vérone moi aussi. Cela ne dura pas, elle devait repartir pour l'Autriche, je ne la reverrais jamais, mais déjà vaguement jaloux comme on l'est quand on commence à être amoureux, en regardant sa charmante et énigmatique figure je me demandais si elle aussi aimait les femmes, si ce qu'elle avait de commun avec Albertine, cette clarté du teint et des regards, cet air de franchise aimable qui séduisait tout le monde et qui tenait plus à ce qu'elle ne cherchait nullement à connaître les actions des autres qui ne l'intéressaient nullement, qu'à avouer les siennes qu'elle dissimulait au contraire sous les plus puérils mensonges, si tout cela constituait des caractères[a] morphologiques de la femme qui aime les femmes. Était-ce cela qui en elle, sans que je pusse saisir rationnellement pourquoi, exerçait sur moi son attraction, causait mes inquiétudes (cause plus profonde peut-être de mon attraction par ce qui porte vers ce qui fera souffrir), me donnait quand je la voyais tant de plaisir et de tristesse, comme ces éléments magnétiques que nous ne voyons pas et qui dans l'air de certaines contrées nous font éprouver tant de malaises ? Hélas, je ne le saurais jamais. J'aurais voulu, quand j'essayais de lire dans son visage, lui dire : « Vous devriez me le dire, cela m'intéresserait pour me faire connaître une loi d'histoire naturelle humaine », mais jamais elle ne me le dirait ; elle professait pour ce qui ressemblait à ce vice une horreur particulière, et gardait une grande froideur avec ses amies femmes. C'était même peut-être la preuve qu'elle avait quelque chose à cacher, peut-être qu'elle avait été plaisantée ou honnie à cause de cela, et que l'air qu'elle prenait pour éviter qu'on crût cela d'elle était comme cet éloignement révélateur que les animaux ont des êtres qui les ont battus. Quant à s'informer de sa vie, c'était impossible ; même pour Albertine, que de temps j'avais mis avant de savoir quelque chose ! il avait fallu la mort pour délier les langues, tant Albertine gardait dans sa conduite, comme cette jeune femme même, de prudente circonspection ! Et encore même sur Albertine étais-je sûr de savoir quelque chose ? Et puis de même que les conditions de vie que nous désirons le plus nous deviennent indifférentes si nous cessons d'aimer la personne qui, à notre insu, nous les faisait désirer parce qu'elles nous permettaient de vivre près d'elle, de lui plaire dans le possible, il en est de même de certaines curiosités intellectuelles. L'importance scientifique que je voyais à savoir le genre de désir qui se cachait sous les pétales faiblement rosés de ces joues, dans la clarté, claire sans soleil comme le petit jour de ces yeux pâles, dans ces journées jamais racontées, s'en irait sans doute quand je n'aimerais plus du tout Albertine ou quand je n'aimerais plus du tout cette jeune femme.

Le[a] soir je sortais seul, au milieu de la ville enchantée où je me trouvais au milieu de quartiers nouveaux comme un personnage des *Mille et Une Nuits*. Il était bien rare que je ne découvrisse pas au hasard de mes promenades quelque place inconnue et spacieuse[1] dont aucun guide, aucun voyageur ne m'avait parlé. Je m'étais engagé dans un réseau de petites ruelles, de *calli*. Le soir, avec leurs hautes cheminées évasées auxquelles le soleil donne les roses les plus vifs, les rouges les plus clairs, c'est tout un jardin qui fleurit au-dessus des maisons, avec des nuances si variées qu'on eût dit, planté sur la ville, le jardin d'un amateur de tulipes de Delft ou de Haarlem. Et d'ailleurs l'extrême proximité des maisons faisait de chaque croisée le cadre où rêvassait une cuisinière qui regardait par lui, d'une jeune fille qui, assise, se faisait peigner les cheveux par une vieille femme à figure, devinée dans l'ombre, de sorcière, — faisait comme une exposition de cent tableaux hollandais juxtaposés, de chaque pauvre maison silencieuse et toute proche à cause de l'extrême étroitesse de ces *calli*. Comprimées les unes contre les autres, ces *calli* divisaient en tous sens[b], de leurs rainures, le morceau de Venise découpé entre un canal et la lagune, comme s'il avait cristallisé suivant ces formes innombrables, ténues et minutieuses. Tout à coup, au bout d'une de ces petites rues, il semble que dans la matière cristallisée se soit produite une distension. Un vaste et somptueux *campo* à qui je n'eusse assurément pas, dans ce réseau de petites rues, pu deviner cette importance[c], ni même trouver une place, s'étendait devant moi, entouré de charmants palais, pâle de clair de lune. C'était un de ces ensembles architecturaux vers lesquels dans une autre ville les rues se dirigent, vous conduisent en le désignant. Ici, il semblait exprès caché dans un entrecroisement de ruelles, comme ces palais des contes orientaux où on mène la nuit un personnage qui ramené avant le jour chez lui, ne doit pas pouvoir retrouver la demeure magique où il finit par croire qu'il n'est allé qu'en rêve. Le lendemain je partais à la recherche de ma belle place nocturne, je suivais des *calli* qui se ressemblaient toutes et se refusaient à me donner le moindre renseignement, sauf pour m'égarer mieux. Parfois un vague indice que je croyais reconnaître me faisait supposer que j'allais voir apparaître, dans sa claustration, sa solitude et son silence, la belle place exilée. À ce moment quelque mauvais génie qui avait pris l'apparence d'une nouvelle *calle* me faisait rebrousser chemin malgré moi, et je me trouvais brusquement ramené au Grand Canal. Et comme il n'y a pas entre[a] le souvenir d'un rêve et le souvenir d'une réalité de grandes différences, je finissais par me demander si ce n'était pas pendant mon sommeil que s'était produit, dans un sombre morceau de cristallisation vénitienne, cet étrange flottement qui offrait une vaste place entourée de palais romantiques à la méditation prolongée du clair de lune[b].

Mais le désir de ne pas perdre à jamais certaines femmes, bien plus que certaines[c] places, entretenait chez moi à Venise une agitation qui devint fébrile le jour où ma mère avait décidé que nous partirions, quand à la fin de la journée, quand nos malles étaient déjà parties en gondole pour la gare, je lus dans un registre[d] des étrangers attendus à l'hôtel : *Baronne Putbus et suite*[1]. Aussitôt, le sentiment de toutes les heures de plaisir charnel que notre départ allait me faire manquer, éleva ce désir, qui existait chez moi à l'état chronique, à la hauteur d'un sentiment, et le noya dans la mélancolie et le vague ; je demandai[e] à ma mère de remettre notre départ de quelques jours ; et l'air qu'elle eut de ne pas prendre un instant en considération ni même au sérieux ma prière réveilla dans mes nerfs excités par le printemps vénitien ce vieux désir de résistance à un complot imaginaire tramé contre moi par mes parents qui s'imaginaient que je serais bien forcé d'obéir, cette volonté de lutte qui[f] me poussait jadis à imposer brutalement ma volonté à ceux que j'aimais le plus, quitte à me conformer à la leur après que j'avais réussi à les faire céder. Je dis à ma mère[g] que je ne partirais pas, mais elle, croyant plus habile de ne pas avoir l'air de penser que je disais cela sérieusement ne me répondit même pas. Je repris qu'elle verrait bien si c'était sérieux ou non. Le portier vint apporter trois lettres, deux pour elle, une pour moi que je mis dans mon portefeuille au milieu de toutes les autres sans même regarder l'enveloppe. Et quand fut venue l'heure où, suivie de toutes mes affaires, elle partit pour la gare, je me fis porter une consommation sur la terrasse, devant le canal, et m'y installai, regardant se coucher le soleil tandis que sur une barque arrêtée[a] en face de l'hôtel un musicien chantait *Sole mio*[b1]. Le soleil continuait de descendre. Ma mère ne devait pas être maintenant bien loin de la gare[2]. Bientôt elle serait partie, je serais seul à Venise, seul avec la tristesse de la savoir peinée par moi, et sans sa présence pour me consoler. L'heure du train s'avançait[c]. Ma solitude irrévocable était si prochaine qu'elle me semblait déjà commencée et totale. Car je me sentais seul, les choses m'étaient devenues étrangères, je n'avais plus assez de calme pour sortir de mon cœur palpitant et introduire en elles quelque stabilité. La ville que j'avais devant moi avait cessé d'être Venise. Sa personnalité, son nom, me paraissaient comme des fictions mensongères que je n'avais plus le courage d'inculquer aux pierres. Les palais m'apparaissaient réduits à leurs simples parties et quantités de marbre pareilles à toutes autres, et l'eau comme une combinaison d'hydrogène et d'azote[d], éternelle, aveugle, antérieure et extérieure à Venise, ignorante des doges et de Turner[3]. Et cependant ce lieu quelconque était étrange comme un lieu où on vient d'arriver, qui ne vous connaît pas encore, comme un lieu d'où l'on est parti et qui vous a déjà oublié[e]. Je ne pouvais plus rien lui dire de moi, laisser rien de moi se poser sur lui, il me contractait sur moi-même, je n'étais plus qu'un cœur qui battait et qu'une attention qui suivait anxieusement le développement de *Sole mio.* J'avais beau raccrocher désespérément ma pensée à la belle courbe caractéristique du Rialto, il m'apparaissait avec la médiocrité de l'évidence comme un pont non seulement inférieur, mais aussi étranger à l'idée que j'avais de lui qu'un acteur dont, malgré sa perruque blonde et son vêtement noir, j'aurais su qu'en son essence il n'est pas Hamlet. Tels les palais, le Canal, le Rialto, se trouvaient dévêtus de l'idée qui faisait leur individualité et dissous en leurs vulgaires éléments matériels. Mais en même temps ce lieu médiocre me semblait lointain[f]. Dans le bassin de l'arsenal, à cause d'un élément scientifique lui aussi, la latitude, il y avait cette singularité des choses qui, même semblables en apparence à celles de notre pays, se révèlent étrangères, en exil sous d'autres cieux ; je sentais que cet horizon si voisin, que j'aurais pu atteindre en une heure, c'était une courbure[a] de la terre tout autre que celle des mers de France, une courbure lointaine qui se trouvait, par l'artifice du voyage, amarrée près de moi ; si bien que ce bassin de l'Arsenal à la fois insignifiant et lointain me remplissait de ce mélange de dégoût et d'effroi que j'avais éprouvé tout enfant la première fois que j'accompagnai ma mère aux bains Deligny[1] ; en effet dans le site fantastique composé par une eau sombre que ne couvraient pas le ciel ni le soleil et que cependant borné par des cabines on sentait communiquer avec d'invisibles profondeurs couvertes de corps humains en caleçon, je m'étais demandé si ces profondeurs cachées aux mortels par des baraquements qui ne les laissaient pas soupçonner de la rue, n'étaient pas l'entrée des mers glaciales qui commençaient là, si les pôles n'y étaient pas compris, et si cet étroit espace n'était pas précisément la mer libre du pôle ; cette Venise sans sympathie pour moi où j'allais rester seul, ne me semblait pas moins isolée, moins irréelle et c'était ma détresse que le chant de *Sole mio* s'élevant comme une déploration de la Venise que j'avais connue, semblait prendre à témoin. Sans doute il aurait fallu[b] cesser de l'écouter si j'avais voulu pouvoir rejoindre encore ma mère et prendre le train avec elle, il aurait fallu décider sans perdre une seconde que je partais, mais c'est justement ce que je ne pouvais pas ; je restais immobile, sans être capable non seulement de me lever mais même de décider que je me lèverais. Ma pensée sans doute pour ne pas envisager une résolution à prendre s'occupait tout entière à suivre le déroulement des phrases successives de *Sole mio*, à chanter mentalement avec le chanteur, à prévoir l'élan qui allait l'emporter, à m'y laisser aller avec elle aussi ; à retomber ensuite[c]. Sans doute ce chant insignifiant entendu cent fois, ne m'intéressait nullement. Je ne pouvais faire plaisir à personne ni à moi-même en l'écoutant religieusement jusqu'au bout. Enfin, aucun des motifs connus d'avance par moi, de cette vulgaire romance[d] ne pouvait me fournir la résolution dont j'avais besoin ; bien plus chacune de ces phrases quand elle passait à son tour devenait un obstacle à prendre efficacement cette résolution ou plutôt elle m'obligeait à la résolution contraire de ne pas partir, car elle me faisait passer l'heure. Par là cette occupation sans plaisir en elle-même d'écouter *Sole mio* se chargeait d'une tristesse profonde, presque désespérée. Je sentais bien qu'en réalité, c'était la résolution de ne pas partir que je prenais par le fait que je restais là sans bouger ; mais me dire : « Je ne pars pas », qui ne m'était pas possible sous cette forme directe, me le devenait sous cette autre : « Je vais entendre encore une phrase de *Sole mio* » ; mais la signification pratique[a] de ce langage figuré ne m'échappait pas, et tout en me disant : « Je ne fais en somme qu'écouter une phrase de plus », je savais que cela voulait dire : « Je resterai seul à Venise. » Et c'est peut-être cette tristesse comme une sorte de froid engourdissant qui faisait le charme désespéré mais fascinateur de ce chant. Chaque note que lançait la voix du chanteur avec une force et une ostentation presque musculaires venait me frapper en plein cœur ; quand la phrase était consommée en bas et que le morceau semblait fini, le chanteur n'en avait pas assez et reprenait en haut comme s'il avait besoin de proclamer une fois de plus ma solitude et mon désespoir. Ma mère devait être arrivée à la gare[b]. Bientôt elle serait partie. J'étais étreint par l'angoisse que me causait, avec la vue du canal devenu tout petit depuis que l'âme de Venise s'en était échappée, de ce Rialto banal qui n'était plus le Rialto, ce chant de désespoir que devenait *Sole mio* et qui, ainsi clamé devant les palais inconsistants, achevait de les mettre en miettes et consommait la ruine de Venise ; j'assistais à la lente réalisation de mon malheur construit artistement, sans hâte, note par note, par le chanteur que regardait avec étonnement le soleil arrêté derrière Saint-Georges-le-Majeur, si bien que cette lumière crépusculaire devait faire à jamais dans ma mémoire avec le frisson de mon émotion et la voix de bronze du chanteur, un alliage équivoque, immutable et poignant.

Ainsi restais-je immobile avec une volonté dissoute, sans décision apparente ; sans doute à ces moments-là elle est déjà prise : nos amis eux-mêmes peuvent souvent la prévoir. Mais nous, nous ne le pouvons pas, sans quoi tant de souffrances nous seraient épargnées.

Mais enfin, d'antres plus obscurs que ceux d'où s'élance la comète qu'on peut prédire — grâce à l'insoupçonnable puissance défensive de l'habitude invétérée, grâce aux réserves cachées que par une impulsion subite elle jette au dernier moment dans la mêlée —, mon action surgit enfin : je pris mes jambes à mon cou et j'arrivai, les portières déjà fermées, mais à temps pour retrouver ma mère rouge d'émotion, se retenant pour ne pas pleurer, car elle croyait que je ne viendrais plus. Puis le train partit et nous vîmes Padoue puis Vérone venir[a] au-devant du train, nous dire adieu presque jusqu'à la gare, et tandis que nous nous éloignions, regagner, elles qui ne partaient pas et allaient reprendre leur vie, l'une ses champs, l'autre sa colline.

Les heures passaient. Ma mère ne se pressa pas de lire les deux lettres qu'elle avait seulement ouvertes et tâcha que moi-même je ne tirasse pas tout de suite mon portefeuille pour prendre la lettre que le concierge de l'hôtel m'avait remise[b]. Elle craignait toujours que je ne trouvasse les voyages trop longs, trop fatigants, et reculait le plus tard possible pour m'occuper pendant les dernières heures le moment où elle déballerait les œufs durs, me passerait les journaux, déferait le paquet de livres qu'elle avait achetés sans me le dire. Je regardai d'abord ma mère, qui lisait sa lettre avec étonnement, puis elle levait la tête, et ses yeux semblaient se poser tour à tour sur des souvenirs distincts, incompatibles et qu'elle ne pouvait parvenir à rapprocher. Cependant j'avais reconnu l'écriture de Gilberte sur mon enveloppe. Je l'ouvris. Gilberte m'annonçait son mariage avec Robert de Saint-Loup. Elle me disait qu'elle m'avait télégraphié à ce sujet à Venise et n'avait pas eu de réponse. Je me rappelai comme on m'avait dit que le service des télégraphes y était mal fait. Je n'avais jamais eu sa dépêche. Peut-être elle ne voudrait pas le croire. Tout d'un coup je sentis dans mon cerveau un fait, qui y était installé à l'état de souvenir, quitter sa place et la céder à un autre. La dépêche que j'avais reçue dernièrement et que j'avais crue d'Albertine était de Gilberte. Comme l'originalité assez factice de l'écriture de Gilberte consistait principalement, quand elle écrivait une ligne, à faire figurer dans la ligne supérieure les barres de *t* qui avaient l'air de souligner les mots ou les points sur les *i* qui avaient l'air d'interrompre les phrases de la ligne d'au-dessus, et en revanche à intercaler dans la ligne d'au-dessous les queues et arabesques des mots qui leur étaient superposés, il était tout naturel que l'employé du télégraphe eût lu les boucles d'*s* ou d'*y* de la ligne supérieure comme un « ine » finissant le mot de Gilberte[a]. Le point sur l'*i* de Gilberte était monté au-dessus faire point de suspension. Quant à son *G*, il avait l'air d'un *A* gothique. Qu'en dehors de cela deux ou trois mots eussent été mal lus, pris les uns dans les autres (certains, d'ailleurs, m'avaient paru incompréhensibles), cela était suffisant pour expliquer les détails de mon erreur, et n'était même pas nécessaire. Combien de lettres lit dans un mot une personne distraite et surtout prévenue, qui part de l'idée que la lettre est d'une certaine personne ? combien de mots dans la phrase ? On devine en lisant, on crée ; tout part d'une erreur initiale ; celles qui suivent (et ce n'est pas seulement dans la lecture des lettres et des télégrammes, pas seulement dans toute lecture), si extraordinaires qu'elles puissent paraître à celui qui n'a pas le même point de départ, sont toutes naturelles. Une bonne partie de ce que nous croyons, et jusque[b] dans les conclusions dernières c'est ainsi, avec un entêtement et une bonne foi égales, vient d'une première méprise sur les prémisses[c1].

CHAPITRE IV

NOUVEL ASPECT DE ROBERT DE SAINT-LOUP[d]

« Oh ! c'est inouï, me dit ma mère. Écoute, on ne s'étonne plus de rien à mon âge, mais je t'assure qu'il n'y a rien de plus inattendu que la nouvelle que m'annonce cette lettre. — Écoute bien, répondis-je, je ne sais pas ce que c'est, mais si étonnant que cela puisse être, cela ne peut pas l'être autant que ce que m'apprend celle-ci. C'est un mariage. C'est Robert de Saint-Loup qui épouse Gilberte Swann. — Ah ! me dit ma mère, alors c'est sans doute ce que m'annonce l'autre lettre, celle que je n'ai pas encore ouverte, car j'ai reconnu l'écriture de ton ami. » Et ma mère me sourit avec cette légère émotion dont, depuis qu'elle avait perdu sa mère, se revêtait pour elle tout événement, si mince qu'il fût, qui intéressait des créatures humaines capables de douleur, de souvenir, et ayant elles aussi leurs morts. Ainsi ma mère me sourit et me parla d'une voix douce comme si elle eût craint en traitant légèrement ce mariage de méconnaître ce qu'il pouvait éveiller d'impressions mélancoliques chez la fille et la veuve de Swann, chez la mère de Robert prête à se séparer de son fils, et auxquelles ma mère par bonté, par sympathie à cause de leur bonté pour moi, prêtait sa propre émotivité filiale, conjugale et maternelle. « Avais-je raison de te dire que tu ne trouverais rien de plus étonnant ? lui dis-je. — Hé bien si ! répondit-elle d'une voix douce, c'est moi qui détiens la nouvelle la plus extraordinaire, je ne te dirai pas "la plus grande, la plus petite", car cette citation de Sévigné faite par tous les gens qui ne savent que cela d'elle écœurait ta grand-mère autant que "la jolie chose que c'est de faner[1]". Nous ne daignons pas ramasser ce Sévigné de tout le monde. Cette lettre-ci m'annonce le mariage du petit Cambremer. — Tiens ! dis-je avec indifférence, avec qui ? Mais en tout cas la personnalité du fiancé ôte déjà à ce mariage tout caractère sensationnel. — À moins que celle de la fiancée ne le lui donne. — Et qui est cette fiancée ? — Ah ! si je te dis tout de suite, il n'y a pas de mérite, voyons, cherche un peu », me dit ma mère, qui voyant qu'on n'était pas encore à Turin voulait me laisser un peu de pain sur la planche et une poire pour la soif. « Mais comment[a] veux-tu que je sache ? Est-ce avec quelqu'un de brillant ? Si Legrandin et sa sœur sont contents, nous pouvons être sûrs que c'est un mariage brillant. — Legrandin je ne sais pas, mais la personne qui m'annonce le mariage dit que Mme de Cambremer est ravie. Je ne sais pas si tu appelleras cela un mariage brillant. Moi, cela me fait l'effet d'un mariage au temps où les rois épousaient les bergères, et encore la bergère est-elle moins qu'une bergère, mais d'ailleurs charmante. Cela eût stupéfié ta grand-mère et ne lui eût pas déplu. — Mais enfin qui est cette fiancée ? — C'est Mlle d'Oloron. — Cela m'a l'air immense et pas bergère du tout, mais je ne vois pas qui cela peut être. C'est un titre qui était dans la famille des Guermantes. — Justement, et M. de Charlus l'a donné, en l'adoptant, à la nièce de Jupien[2]. C'est elle qui épouse le petit Cambremer. — La nièce de Jupien ! Ce n'est pas possible ! — C'est la récompense de la vertu. C'est un mariage à la fin d'un roman de Mme Sand », dit ma mère. « C'est le prix du vice, c'est un mariage à la fin d'un roman de Balzac », pensai-je. « Après tout, dis-je à ma mère, en y réfléchissant, c'est assez naturel. Voilà les Cambremer ancrés dans ce clan des Guermantes où ils n'espéraient pas pouvoir jamais planter leur tente ; de plus la petite, adoptée par M. de Charlus, aura beaucoup d'argent, ce qui était indispensable depuis que les Cambremer ont perdu le leur ; et en somme elle est la fille adoptive et, selon les Cambremer, probablement la fille véritable — la fille naturelle — de quelqu'un qu'ils considèrent comme un prince du sang. Un bâtard de maison presque royale, cela a toujours été considéré comme une alliance flatteuse par la noblesse française et étrangère. Sans remonter même si loin de nous, aux Lucinge[1], pas plus tard[a] qu'il y a six mois, tu te rappelles le mariage de l'ami de Robert avec cette jeune fille dont la seule raison d'être sociale était qu'on la supposait, à tort ou à raison, fille naturelle d'un prince souverain. » Ma mère, tout en maintenant le côté castes de Combray qui eût fait que ma grand-mère eût dû être scandalisée de ce mariage, voulant avant tout montrer le jugement de sa mère, ajouta : « D'ailleurs la petite est parfaite et ta chère grand-mère n'aurait même pas eu besoin de son immense bonté, de son indulgence infinie pour ne pas être sévère au choix du jeune Cambremer. Te souviens-tu combien elle avait trouvé cette petite distinguée il y a bien longtemps, un jour qu'elle était entrée se faire recoudre sa jupe ? Ce n'était qu'une enfant alors. Et maintenant bien que très montée en graine et vieille fille, elle est une autre femme, mille fois plus parfaite. Mais ta grand-mère d'un coup d'œil avait discerné tout cela. Elle avait trouvé la petite nièce d'un giletier plus "noble" que le duc de Guermantes. » Mais plus encore que louer grand-mère, il fallait à ma mère trouver « mieux » pour elle qu'elle ne fût plus là. C'était la suprême finalité de sa tendresse et comme si elle lui épargnait un dernier chagrin. « Et pourtant, crois-tu tout de même, me dit ma mère, si le père Swann — que tu n'as pas connu, il est vrai — avait pu penser qu'il aurait un jour un arrière-petit-fils ou une arrière-petite-fille où couleraient confondus le sang de la mère Moser qui disait : "Ponchour Mezieurs" et le sang du duc de Guise ! — Mais remarque, maman, que c'est beaucoup plus étonnant que tu ne dis. Car les Swann étaient des gens très bien et avec la situation qu'avait leur fils, sa fille, s'il avait fait un bon mariage, aurait pu en faire un très beau. Mais tout était retombé à pied d'œuvre puisqu'il avait épousé une cocotte. — Oh ! une cocotte, tu sais, on était peut-être méchant, je n'ai jamais tout cru. — Si, une cocotte, je te ferai même des révélations... familiales un autre jour. » Perdue dans sa rêverie, ma mère disait : « La fille d'une femme[a] que ton père n'aurait jamais permis que je salue, épousant le neveu de Mme de Villeparisis que ton père ne me permettait pas, au commencement, d'aller voir parce qu'il la trouvait d'un monde trop brillant pour nous ! » Puis : « Le fils de Mme de Cambremer pour qui Legrandin craignait tant d'avoir à nous donner une recommandation parce qu'il ne nous trouvait pas assez chic, épousant la nièce d'un homme[b] qui n'aurait jamais osé monter chez nous que par l'escalier de service !... Tout de même, ta pauvre grand-mère avait raison, tu te rappelles, quand elle disait que la grande aristocratie faisait des choses qui choqueraient de petits bourgeois, et que la reine Marie-Amélie lui était gâtée par les avances qu'elle avait faites à la maîtresse du prince de Condé pour qu'elle le fît tester en faveur du duc d'Aumale[1]. Tu te souviens, elle était choquée que depuis des siècles des filles de la maison de Gramont, qui furent de véritables saintes, aient porté le nom de Corisande en mémoire de la liaison d'une aïeule avec Henri IV[2]. Ce sont des choses qui se font peut-être aussi dans la bourgeoisie, mais on les cache davantage. Crois-tu que cela l'eût amusée, ta pauvre grand-mère ! » disait maman avec tristesse — car les joies dont nous souffrions que ma grand-mère fût écartée, c'étaient les joies les plus simples de la vie, une nouvelle, une pièce, moins que cela, une « imitation », qui l'eussent amusée. « Crois-tu qu'elle eût été étonnée ! Je suis sûre pourtant que cela eût choqué ta grand-mère, ces mariages, que cela lui eût été pénible, je crois qu'il vaut mieux qu'elle ne les ait pas sus », reprit ma mère, car, en présence de tout événement, elle aimait à penser que ma grand-mère en eût reçu une impression toute particulière qui eût tenu à la merveilleuse singularité de sa nature et qui avait une importance extraordinaire. Devant tout événement triste qu'on n'eût pu prévoir autrefois, la disgrâce ou la ruine d'un de nos vieux amis, quelque calamité publique, une épidémie, une guerre, une révolution, ma mère se disait que peut-être valait-il mieux que grand-mère n'eût rien vu de tout cela, que cela lui eût fait trop de peine, que peut-être elle n'eût pu le supporter. Et quand il s'agissait d'une chose choquante comme celles-ci, ma mère, par le mouvement du cœur inverse de celui des méchants qui se plaisent à supposer que ceux qu'ils n'aiment pas ont plus souffert qu'on ne croit, ne voulait pas dans sa tendresse pour ma grand-mère admettre que rien de triste, de diminuant eût pu lui arriver. Elle se figurait toujours ma grand-mère[a] comme au-dessus des atteintes même de tout mal qui n'eût pas dû se produire, se disait que la mort de ma grand-mère avait peut-être été en somme un bien en épargnant le spectacle trop laid du temps présent à cette nature si noble qui n'aurait pas su s'y résigner. Car l'optimisme est la philosophie du passé. Les événements qui ont eu lieu étant entre tous ceux qui étaient possibles les seuls que nous connaissions, le mal qu'ils ont causé nous semble[b] inévitable et le peu de bien qu'ils n'ont pas pu ne pas amener avec eux, c'est à eux que nous en faisons honneur, et nous nous imaginons que sans eux il ne se fût pas produit. Elle cherchait en même temps à mieux[c] deviner ce que ma grand-mère eût éprouvé en apprenant ces nouvelles et à croire en même temps que c'était impossible à deviner pour nos esprits moins élevés que le sien. « Crois-tu[d], me dit d'abord ma mère, combien ta pauvre grand-mère eût été étonnée ! » Et je sentais que ma mère souffrait de ne pas pouvoir le lui apprendre, regrettant que ma grand-mère ne pût le savoir, et trouvant quelque chose d'injuste à ce que la vie[e] amenât au jour des faits que ma grand-mère n'aurait pu croire, rendant ainsi rétrospectivement la connaissance que celle-ci avait emportée des êtres et de la société, fausse et incomplète, le mariage de la petite Jupien avec le neveu de Legrandin ayant été de nature à modifier les notions générales de ma grand-mère, autant que la nouvelle — si ma mère avait pu la lui faire parvenir — qu'on était parvenu à résoudre le problème, cru par ma grand-mère insoluble, de la navigation aérienne et de la télégraphie sans fil. Mais on va voir que ce désir de faire partager à ma grand-mère les bienfaits de notre science sembla bientôt encore trop égoïste à ma mère[f]. Ce que j'appris[g] — car je n'avais pu assister à tout cela de Venise[1] — c'est que Mlle de Forcheville avait été demandée[h] par le duc de Châtellerault et par le prince de Silistrie, cependant que Saint-Loup cherchait à épouser Mlle d'Entragues[i], fille du duc de

Luxembourg. Voici[a] ce qui s'était passé. Mlle de Forcheville ayant cent millions, Mme de Marsantes avait pensé que c'était un excellent mariage pour son fils. Elle eut le tort de dire que cette jeune fille était charmante, qu'elle ignorait absolument si elle était riche ou pauvre, qu'elle ne voulait pas le savoir, mais que, même sans dot, ce serait une chance pour le jeune homme le plus difficile d'avoir une femme pareille. C'était beaucoup d'audace pour une femme tentée seulement par les cent millions qui lui fermaient les yeux sur le reste. Aussitôt on comprit qu'elle y pensait pour son fils. La princesse de Silistrie jeta partout les hauts cris, se répandit sur les grandeurs de Saint-Loup, et clama que si Saint-Loup épousait la fille d'Odette et d'un juif, il n'y avait plus de faubourg Saint-Germain. Mme de Marsantes, si sûre d'elle-même qu'elle fût, n'osa pas pousser alors plus loin et se retira devant les cris de la princesse de Silistrie, qui fit aussitôt faire la demande pour son propre fils. Elle n'avait crié qu'afin de se réserver Gilberte. Cependant Mme de Marsantes, ne voulant pas rester sur un échec, s'était aussitôt tournée vers Mlle d'Entragues fille du duc de Luxembourg. N'ayant que vingt millions celle-ci lui convenait moins, mais elle dit à tout le monde qu'un Saint-Loup ne pouvait épouser une Mlle Swann (il n'était même plus question de Forcheville). Quelque temps après, quelqu'un disant étourdiment que le duc de Châtellerault pensait à épouser Mlle d'Entragues, Mme de Marsantes qui était pointilleuse plus que personne le prit de haut, changea ses batteries, revint à Gilberte, fit faire la demande pour Saint-Loup, et les fiançailles eurent lieu immédiatement.

Ces fiançailles[b] excitèrent de vifs commentaires dans les mondes les plus différents. Plusieurs amies de ma mère, qui avaient vu Saint-Loup à la maison, vinrent à son « jour » et s'informèrent si le fiancé était bien celui qui était mon ami. Certaines personnes allaient jusqu'à prétendre en ce qui concernait l'autre mariage qu'il ne s'agissait pas des Cambremer-Legrandin. On le tenait de bonne source, car la marquise née Legrandin l'avait démenti la veille même du jour où les fiançailles furent publiées. Je me demandais de mon côté pourquoi M. de Charlus d'une part, Saint-Loup de l'autre, lesquels avaient eu l'occasion de m'écrire peu auparavant, m'avaient parlé de projets si amicaux de voyages et dont la réalisation eût dû exlure la possibilité de ces cérémonies, ne m'avaient parlé de rien. J'en concluais, sans songer au secret que l'on garde jusqu'à la fin sur ces sortes de choses, que j'étais moins leur ami que je n'avais cru, ce qui, pour ce qui concernait Saint-Loup, me peinait. Aussi pourquoi, ayant remarqué que l'amabilité, le côté plain-pied, « pair à compagnon » de l'aristocratie était une comédie, m'étonnais-je d'en être excepté ? Dans la maison de femmes — où on procurait de plus en plus des hommes — où M. de Charlus avait surpris Morel[a] et où la « sous-maîtresse », grande lectrice du *Gaulois*, commentait les nouvelles mondaines, cette patronne, parlant à un gros monsieur qui venait chez elle boire sans arrêter du champagne avec des jeunes gens, parce que, déjà très gros, il voulait devenir assez obèse pour être certain de ne pas être « pris » si jamais il y avait une guerre, déclara : « Il paraît que le petit Saint-Loup est "comme ça" et le petit Cambremer aussi. Pauvres épouses ! En tout cas, si vous connaissez ces fiancés, il faut nous les envoyer, ils trouveront ici tout ce qu'ils voudront, et il y a beaucoup d'argent à gagner avec eux. » Sur quoi le gros monsieur, bien qu'il fût lui-même « comme ça », se récria, répliqua, étant un peu snob, qu'il rencontrait souvent Cambremer et Saint-Loup chez ses cousins d'Ardonvillers, et qu'ils étaient grands amateurs de femmes et tout le contraire de « ça ». « Ah ! » conclut la sous-maîtresse d'un ton sceptique, mais ne possédant aucune preuve et persuadée qu'en notre siècle la perversité des mœurs le disputait à l'absurdité calomniatrice des cancans. Certaines personnes que je ne vis pas m'écrivirent et me demandèrent « ce que je pensais » de ces deux mariages, absolument comme elles eussent ouvert une enquête sur la hauteur des chapeaux des femmes au théâtre ou sur le roman psychologique. Je n'eus pas le courage de répondre à ces lettres. De ces deux mariages je ne pensais rien, mais j'éprouvais une immense tristesse, comme quand deux parties de votre existence passée, amarrées auprès de vous, et sur lesquelles on fonde peut-être paresseusement au jour le jour, quelque espoir inavoué, s'éloignent définitivement, avec un claquement joyeux de flammes, pour des destinations étrangères, comme deux vaisseaux. Pour les intéressés eux-mêmes, ils eurent à l'égard de leur propre mariage une opinion bien naturelle, puisqu'il s'agissait non des autres mais d'eux.

Ils n'avaient jamais eu assez de railleries pour ces « grands mariages » fondés sur une tare secrète. Et même[a] les Cambremer, de maison si ancienne et de prétentions si modestes, eussent été les premiers à oublier Jupien et à se souvenir seulement des grandeurs inouïes de la maison d'Oloron, si une exception ne s'était produite en la personne qui eût dû être le plus flattée de ce mariage, la marquise de Cambremer-Legrandin. Mais méchante de nature, elle faisait passer le plaisir d'humilier les siens avant celui de se glorifier elle-même. Aussi n'aimant pas son fils et ayant tôt fait de prendre en grippe sa future belle-fille, déclara-t-elle qu'il était malheureux pour un Cambremer d'épouser une personne qui sortait on ne savait d'où, en somme, et avait des dents si mal rangées. Quant à la propension du jeune Cambremer à fréquenter des gens de lettres comme Bergotte par exemple et même Bloch, on pense bien[b] qu'une si brillante alliance n'eut pas pour effet de le rendre plus snob, mais que se sentant maintenant le successeur des ducs d'Oloron, « princes souverains » comme disaient les journaux, il était suffisamment persuadé de sa grandeur pour pouvoir frayer avec n'importe qui. Et il délaissa la petite noblesse pour la bourgeoisie intelligente, les jours où il ne se consacrait pas aux altesses. Ces notes des journaux, surtout en ce qui concernait Saint-Loup, donnèrent à mon ami dont les ancêtres royaux étaient énumérés une grandeur nouvelle mais qui ne fit que m'attrister, comme s'il était devenu quelqu'un d'autre, le descendant de Robert le Fort plutôt que l'ami qui s'était mis si peu de temps auparavant sur le strapontin de la voiture afin que je fusse mieux au fond ; n'avoir pas soupçonné d'avance son mariage avec Gilberte, qui m'était apparu soudain, dans ma lettre, si différent de ce que je pouvais penser d'eux la veille, inopiné comme un précipité chimique, me faisait souffrir, alors que j'eusse dû penser qu'il avait eu beaucoup à faire et que d'ailleurs dans le monde les mariages se font souvent ainsi tout d'un coup, souvent pour se substituer à une combinaison différente qui a échoué. Et la tristesse[c], morne comme un déménagement, amère comme une jalousie, que me causèrent par la brusquerie, par l'accident de leur choc, ces deux mariages fut si profonde, que plus tard on me la rappela, en m'en faisant[d] absurdement gloire, comme ayant été tout le contraire de ce qu'elle fut au moment même, un double et même triple et quadruple pressentiment.

Les gens du monde qui n'avaient fait aucune attention à Gilberte me dirent d'un air gravement intéressé : « Ah ! c'est elle qui épouse le marquis de Saint-Loup » et jetaient sur elle le regard attentif des gens non seulement friands des événements de la vie parisienne, mais aussi qui cherchent à s'instruire et croient à la profondeur de leur regard. Ceux qui n'avaient au contraire connu que Gilberte regardèrent Saint-Loup avec une extrême[a] attention, me demandèrent (souvent des gens qui me connaissaient à peine) de les présenter et revenaient de la présentation au fiancé parés des joies de la festivité en me disant : « Il est très bien de sa personne. » Gilberte était convaincue que le nom de marquis de Saint-Loup était plus grand mille fois que celui de duc d'Orléans, mais comme elle appartenait avant tout à sa génération (plutôt égalité) spirituelle, elle ne voulut pas avoir l'air d'avoir moins d'esprit que les autres, et se plut à dire *mater semita*[1], à quoi elle ajoutait pour avoir l'air tout à fait spirituelle : « Pour moi en revanche c'est mon *pater*. »

« Il[b] paraît que c'est la princesse de Parme qui a fait le mariage du petit Cambremer », me dit maman. Et c'était vrai. La princesse de Parme connaissait depuis longtemps par les œuvres d'une part, Legrandin qu'elle trouvait un homme distingué, de l'autre Mme de Cambremer qui changeait la conversation quand la princesse lui demandait si elle était bien la sœur de Legrandin. La princesse savait le regret qu'avait Mme de Cambremer d'être restée à la porte de la haute société aristocratique, où personne ne la recevait. Quand la princesse[c] de Parme qui s'était chargée de trouver un parti pour Mlle d'Oloron, demanda à M. de Charlus s'il savait qui était un homme aimable et instruit qui s'appelait Legrandin de Méséglise (c'était ainsi que se faisait appeler maintenant Legrandin), le baron répondit d'abord que non, puis tout d'un coup un souvenir lui revint d'un voyageur avec qui il avait fait connaissance en wagon une nuit et qui lui avait laissé sa carte. Il eut un vague sourire. « C'est peut-être le même », se dit-il. Quand il apprit qu'il s'agissait du fils de la sœur de Legrandin, il dit : « Tiens, ce serait vraiment extraordinaire ! S'il tenait de son oncle, après tout ce ne serait pas pour m'effrayer, j'ai toujours dit qu'ils faisaient les meilleurs maris. — Qui ils ? demanda la princesse. — Oh ! madame, je vous expliquerais bien si nous nous voyions plus souvent. Avec vous on peut causer. Votre Altesse est si intelligente », dit Charlus pris d'un besoin de confidences qui pourtant n'alla pas plus loin. Le nom de Cambremer lui plut, bien qu'il n'aimât pas les parents, mais il savait que c'était une des quatre baronnies de Bretagne et tout ce qu'il pouvait espérer de mieux pour sa fille adoptive, c'était un nom vieux, respecté, avec de solides alliances dans sa province. Un prince eût été impossible et d'ailleurs pas désirable. C'était ce qu'il fallait. La princesse fit ensuite venir Legrandin. Il avait, physiquement, passablement changé, et assez à son avantage, depuis quelque temps. Comme les femmes qui sacrifient résolument leur visage à la sveltesse de leur taille et ne quittent plus Marienbad[1], Legrandin avait pris l'aspect désinvolte d'un officier de cavalerie. Au fur et à mesure que M. de Charlus s'était alourdi et alenti, Legrandin était devenu plus élancé et rapide, effet contraire d'une même cause. Cette vélocité avait d'ailleurs des raisons psychologiques. Il avait l'habitude d'aller dans certains mauvais lieux où il aimait qu'on ne le vît ni entrer, ni sortir, il s'y engouffrait. Quand la princesse[a] de Parme lui parla des Guermantes, de Saint-Loup, il déclara qu'il les avait toujours connus, faisant une espèce de mélange entre le fait d'avoir toujours connu *de nom* les châtelains[b] de Guermantes et d'avoir rencontré *en personne*, chez ma tante, Swann, le père de la future Mme de Saint-Loup, Swann dont Legrandin d'ailleurs ne voulait à Combray fréquenter ni la femme ni la fille. « J'ai même voyagé dernièrement avec le frère du duc de Guermantes, M. de Charlus. Il a spontanément engagé la conversation, ce qui est toujours bon signe car cela prouve que ce n'est ni un sot gourmé, ni un prétentieux. Oh ! je sais tout ce qu'on dit de lui. Mais je ne crois jamais ces choses-là. D'ailleurs la vie privée des autres ne me regarde pas. Il m'a fait l'effet d'un sensible, d'un cœur bien cultivé. » Alors la princesse de Parme parla de Mlle d'Oloron[2]. Dans le milieu des Guermantes on s'attendrissait sur la noblesse de cœur de M. de Charlus qui, bon comme il avait toujours été, faisait le bonheur d'une jeune fille pauvre et charmante. Et le duc de Guermantes, souffrant de la réputation de son frère, laissait entendre que, si beau que cela fût, c'était fort naturel. « Je ne sais si je me fais bien entendre, tout est naturel dans l'affaire », disait-il maladroitement à force d'habileté. Mais son but était d'indiquer que la jeune fille était une enfant de son frère qu'il reconnaissait. Du même coup cela expliquait Jupien. La princesse de Parme insinua cette version pour montrer à Legrandin qu'en somme le jeune Cambremer épouserait quelque chose comme Mlle de Nantes, une de ces bâtardes de Louis XIV qui ne furent dédaignées ni par le duc d'Orléans ni par le prince de Conti[1].

Ces deux mariages dont nous parlions avec ma mère dans le train qui nous ramenait à Paris eurent sur certains des personnages qui ont figuré jusqu'ici dans ce récit des effets assez remarquables. D'abord sur Legrandin ; inutile de dire qu'il entra en ouragan dans l'hôtel de M. de Charlus, absolument comme dans une maison mal famée où il ne faut pas être vu, et aussi tout à la fois pour montrer sa bravoure et cacher son âge, car nos habitudes nous suivent même là où elles ne nous servent plus à rien, et presque personne ne remarqua qu'en lui disant bonjour M. de Charlus lui adressa un sourire[a] difficile à percevoir, plus encore à interpréter ; ce sourire était pareil en apparence — et au fond était exactement l'inverse — de celui que deux hommes qui ont l'habitude de se voir dans la bonne société échangent si par hasard ils se rencontrent dans un mauvais lieu (par exemple l'Élysée où le général de Froberville, quand il y rencontrait jadis Swann, avait en apercevant Swann le regard d'ironique et mystérieuse complicité de deux habitués de la princesse des Laumes qui se commettent chez M. Grévy[2]). Mais ce qui fut assez remarquable, ce fut la réelle amélioration de sa nature[b]. Legrandin cultivait obscurément depuis bien longtemps — et dès le temps où j'allais tout enfant passer à Combray mes vacances — des relations aristocratiques productives tout au plus d'une invitation isolée à une villégiature inféconde. Tout à coup, le mariage de son neveu était venu rejoindre entre eux ces tronçons lointains, Legrandin eut une situation mondaine à laquelle rétroactivement ses relations anciennes avec des gens qui ne l'avaient fréquenté que dans le particulier mais intimement, donnèrent une sorte de solidité. Des dames à qui on croyait le présenter racontèrent que depuis vingt ans il passait quinze jours à la campagne chez elles, et que c'était lui qui leur avait donné le beau baromètre ancien du petit salon. Il avait par hasard été pris dans des

« groupes » où figuraient des ducs qui lui étaient maintenant apparentés[a]. Or, dès qu'il eut cette situation mondaine, il cessa d'en profiter. Ce n'est pas seulement parce que maintenant qu'on le savait reçu, il n'éprouvait plus de plaisir à être invité, c'est que des deux vices qui se l'étaient longtemps disputé, le moins naturel, le snobisme, cédait la place à un autre moins factice, puisqu'il marquait du moins une sorte de retour, même détourné, vers la nature. Sans doute ils ne sont pas incompatibles, et l'exploration d'un faubourg peut se pratiquer en quittant le raout d'une duchesse. Mais le refroidissement de l'âge détournait Legrandin de cumuler tant de plaisirs, de sortir autrement qu'à bon escient, et aussi rendait pour lui ceux de la nature assez platoniques, consistant surtout en amitiés, en causeries qui prennent du temps, et lui faisant passer presque tout le sien dans le peuple, lui en laissait peu pour la vie de société. Mme de Cambremer[b] elle-même devint assez indifférente à l'amabilité de la duchesse de Guermantes. Celle-ci, obligée de fréquenter la marquise, s'était aperçue, comme il arrive chaque fois qu'on vit davantage avec des êtres humains, c'est-à-dire mêlés de qualités qu'on finit par découvrir et de défauts auxquels on finit par s'habituer, que Mme de Cambremer était une femme douée d'une intelligence et pourvue d'une culture que pour ma part j'appréciais peu, mais qui parurent remarquables à la duchesse. Elle vint donc souvent à la tombée du jour voir Mme de Cambremer et lui faire de longues visites. Mais le charme merveilleux que celle-ci se figurait exister chez la duchesse de Guermantes s'évanouit dès qu'elle s'en vit recherchée. Et elle la recevait plutôt par politesse que par plaisir. Un changement plus frappant se manifesta chez Gilberte, à la fois symétrique et différent de celui qui s'était produit chez Swann marié. Certes les premiers mois Gilberte avait été heureuse[c] de recevoir chez elle la société la plus choisie. Ce n'est sans doute qu'à cause de l'héritage qu'on invitait les amis intimes auxquels tenait sa mère, mais à certains jours seulement où il n'y avait qu'eux, enfermés à part loin des gens chics, et comme si le contact de Mme Bontemps ou de Mme Cottard avec la princesse de Guermantes ou la princesse de Parme eût pu, comme celui de deux poudres instables, produire des catastrophes irréparables. Néanmoins les Bontemps, les Cottard et autres, quoique déçus de dîner entre eux, étaient fiers de pouvoir dire : « Nous avons dîné chez la marquise de Saint-Loup », d'autant plus qu'on poussait quelquefois l'audace jusqu'à inviter avec eux Mme de Marsantes qui se montrait véritable grande dame avec un éventail d'écaille et de plumes dans l'intérêt de l'héritage. Elle avait seulement soin de faire de temps en temps l'éloge des gens discrets qu'on ne voit jamais que quand on leur fait signe, avertissement moyennant lequel elle adressait aux bons entendeurs du genre Cottard, Bontemps, etc., son plus gracieux et hautain salut. Peut-être à cause de ma « petite amie de Balbec », de la tante de qui j'aimais être vu dans ce milieu, j'eusse préféré[a] être de ces séries-là. Mais Gilberte, pour qui j'étais maintenant surtout un ami de son mari et des Guermantes (et qui — peut-être bien dès Combray, où mes parents ne fréquentaient pas sa mère — m'avait, à l'âge où nous n'ajoutons pas seulement tel ou tel avantage aux choses mais où nous les classons par espèces, doué de ce prestige qu'on ne perd plus ensuite), considérait ces soirées-là comme indignes de moi et quand je partais me disait : « J'ai été très contente de vous voir, mais venez plutôt après-demain, vous verrez ma tante Guermantes, Mme de Poix ; aujourd'hui c'était des amies de maman, pour faire plaisir à maman. » Mais ceci ne dura que quelques mois, et très vite tout fut changé de fond en comble. Était-ce parce que la vie sociale de Gilberte devait présenter les mêmes contrastes que celle de Swann ? En tout cas, Gilberte n'était que depuis peu de temps marquise de Saint-Loup (et bientôt après, comme on le verra, duchesse de Guermantes) que, ayant atteint ce qu'il y avait de plus éclatant et de plus difficile, pensant que le nom de Guermantes s'était maintenant incorporé à elle comme un émail mordoré et que, qui qu'elle fréquentât, elle resterait pour tout le monde duchesse de Guermantes (ce qui était une erreur, car la valeur d'un titre de noblesse, aussi bien que de Bourse, monte quand on le demande et baisse quand on l'offre. Tout ce qui nous semble[b] impérissable tend à la destruction ; une situation mondaine, tout comme autre chose, n'est pas créée une fois pour toutes mais aussi bien que la puissance d'un empire, se reconstruit à chaque instant par une sorte de création perpétuellement continue, ce qui explique les anomalies apparentes de l'histoire mondaine ou politique au cours d'un demi-siècle. La création du monde n'a pas eu lieu au début, elle a lieu tous les jours. La marquise de Saint-Loup se disait : « Je suis la marquise de Saint-Loup », elle savait qu'elle avait refusé la veille trois dîners chez des duchesses. Mais si dans une certaine mesure son nom relevait le milieu aussi peu aristocratique que possible qu'elle recevait, par un mouvement inverse le milieu[a] que recevait la marquise dépréciait le nom qu'elle portait. Rien ne résiste à de tels mouvements, les plus grands noms finissent par succomber. Swann n'avait-il pas connu une princesse de la maison de France dont le salon, parce que n'importe qui y était reçu, était tombé au dernier rang ? Un jour[b] que la princesse des Laumes était allée par devoir passer un instant chez cette Altesse, où elle n'avait trouvé que des gens de rien, en entrant ensuite chez Mme Leroi elle avait dit à Swann et au marquis de Modène : « Enfin je me retrouve en pays ami. Je viens de chez Mme la comtesse de X, il n'y avait pas trois figures de connaissance »). Partageant en un mot l'opinion de ce personnage d'opérette qui déclare : « Mon nom me dispense, je pense, d'en dire plus long[1] », Gilberte se mit[c] à afficher son mépris pour ce qu'elle avait tant désiré, à déclarer que tous les gens du faubourg Saint-Germain étaient idiots, infréquentables, et, passant de la parole à l'action, cessa de les fréquenter. Des gens qui n'ont fait sa connaissance qu'après cette époque, et pour leurs débuts auprès d'elle, l'ont entendue, cette duchesse de Guermantes, se moquer drôlement du monde qu'elle eût pu si aisément voir, ne pas recevoir une seule personne de cette société, et si l'une, voire la plus brillante, s'aventurait chez elle, lui bâiller ouvertement au nez, rougissent rétrospectivement d'avoir pu, eux, trouver quelque prestige au grand monde, et n'oseraient jamais confier ce secret humiliant de leurs faiblesses passées à une femme qu'ils croient, par une élévation essentielle de sa nature, avoir été de tout temps incapable de comprendre celles-ci. Ils l'entendent railler avec tant de verve les ducs, et la voient, chose[d] plus significative, mettre si complètement sa conduite en accord avec ses railleries ! Sans doute ne songent-ils pas à rechercher les causes de l'accident[e] qui fit de Mlle Swann Mlle de Forcheville, et de Mlle de Forcheville la marquise de Saint-Loup puis la duchesse de Guermantes. Peut-être ne songent-ils pas non plus que cet accident ne servirait pas moins par ses effets que par ses causes à expliquer l'attitude ultérieure de Gilberte, la fréquentation des roturiers n'étant pas tout à fait conçue de la même façon qu'elle l'eût été par Mlle Swann, par une dame à qui tout le monde dit « madame la duchesse », et ces duchesses qui l'ennuient « ma cousine ». On dédaigne volontiers un but qu'on n'a pas réussi à atteindre, ou qu'on a atteint définitivement. Et ce dédain nous paraît faire partie des gens que nous ne connaissions pas encore. Peut-être si nous pouvions remonter le cours des années, les trouverions-nous déchirés, plus frénétiquement que personne, par ces mêmes défauts qu'ils ont réussi si complètement à masquer ou à vaincre que nous les estimons incapables non seulement d'en avoir jamais été atteints en eux-mêmes, mais même de les excuser jamais chez les autres, faute d'être capables de les concevoir. D'ailleurs bientôt le salon de la nouvelle marquise de Saint-Loup prit son aspect définitif (au moins au point de vue mondain, car on verra quels troubles devaient y sévir par ailleurs). Or cet aspect était surprenant en ceci. On se rappelait encore que les plus pompeuses, les plus raffinées des réceptions de Paris, aussi brillantes que celles de la princesse de Guermantes, étaient celles de Mme de Marsantes, la mère de Saint-Loup. D'autre part dans les derniers temps le salon d'Odette, infiniment moins bien classé, n'en avait pas moins été éblouissant de luxe et d'élégance. Or Saint-Loup, heureux d'avoir grâce à la grande fortune de sa femme tout ce qu'il pouvait désirer de bien-être, ne songeait qu'à être tranquille après un bon dîner où des artistes venaient lui faire de la bonne musique. Et ce jeune homme qui avait paru à une époque si fier, si ambitieux, invitait à partager son luxe des camarades que sa mère n'aurait pas reçus. Gilberte de son côté mettait en pratique la parole de Swann : « La qualité m'importe peu, mais je crains la quantité. » Et Saint-Loup fort à genoux devant sa femme, et parce qu'il l'aimait et parce qu'il lui devait précisément ce luxe extrême, n'avait garde de contrarier ces goûts si pareils aux siens. De sorte que les grandes réceptions de Mme de Marsantes et de Mme de Forcheville, données pendant des années surtout en vue de l'établissement éclatant de leurs enfants, ne donnèrent lieu à aucune réception de M. et de Mme de Saint-Loup. Ils avaient les plus beaux chevaux pour monter ensemble à cheval, le plus beau yacht pour faire des croisières — mais où on n'emmenait que deux invités. À Paris on avait tous les soirs trois ou quatre amis à dîner, jamais plus ; de sorte que, par une régression imprévue et pourtant naturelle, chacune des deux immenses volières maternelles avait été remplacée par un nid silencieux.

La personne qui profita le moins de ces deux unions fut la jeune Mlle d'Oloron, qui, déjà atteinte de la fièvre typhoïde le jour du mariage religieux, se traîna péniblement à l'église et mourut quelques semaines après. La lettre de faire-part quelque temps[a] après sa mort, mêlait à des noms comme celui de Jupien presque tous les plus grands de l'Europe, comme ceux du vicomte et de la vicomtesse de Montmorency, de S.A.R. la comtesse de Bourbon-Soissons, du prince de Modène-Este, de la vicomtesse d'Edumea, de Lady Essex, etc., etc[1]. Sans doute, même pour qui savait que la défunte était la nièce[b] de Jupien, le nombre de toutes ces grandes alliances ne pouvait surprendre. Le tout en effet est d'avoir une grande alliance. Alors, le *casus fœderis* venant à jouer, la mort de la petite roturière met en deuil toutes les familles princières de l'Europe. Mais bien des jeunes gens des nouvelles générations et qui ne connaissaient pas les situations réelles, outre qu'ils pouvaient prendre Marie-Antoinette d'Oloron, marquise de Cambremer, pour une dame de la plus haute naissance, auraient pu commettre bien d'autres erreurs en lisant cette lettre de faire-part. Ainsi pour peu que leurs randonnées à travers la France leur eussent fait connaître un peu le pays de Combray, en voyant que Mme L. de Méséglise, que le comte de Méséglise faisaient part dans les premiers, et tout près du duc de Guermantes, ils auraient pu n'éprouver aucun étonnement : le côté de Méséglise et le côté de Guermantes se touchent. « Vieille noblesse de la même région, peut-être alliée depuis des générations, eussent-ils pu se dire. Qui sait ? c'est peut-être une branche des Guermantes qui porte le nom de comtes de Méséglise. » Or le comte de Méséglise n'avait rien à voir avec les Guermantes et ne faisait même pas part du côté Guermantes, mais du côté Cambremer, puisque le comte de Méséglise, qui par un avancement rapide, n'était resté que deux ans Legrandin de Méséglise, c'était notre vieil ami Legrandin. Sans doute faux titre pour faux titre, il en était peu qui eussent pu être aussi désagréables aux Guermantes que celui-là. Ils avaient été alliés autrefois avec les vrais comtes de Méséglise, desquels il ne restait plus qu'une femme, fille de gens obscurs et dégradés, mariée elle-même à un gros fermier enrichi de ma tante qui lui avait acheté Mirougrain et, nommé Ménager, se faisait appeler maintenant Ménager de Mirougrain, de sorte que quand on disait que sa femme était née de Méséglise, on pensait qu'elle devait être plutôt née à Méséglise et qu'elle était de Méséglise comme son mari de Mirougrain[1].

Tout autre titre faux eût donné moins d'ennuis aux Guermantes. Mais l'aristocratie sait les assumer, et bien d'autres encore, du moment qu'un mariage jugé utile, à quelque point de vue que ce soit, est en jeu. Couvert par le duc de Guermantes, Legrandin fut pour une partie de cette génération-là, et sera pour la totalité de celle qui la suivra, le véritable comte de Méséglise.

Une autre erreur encore que tout jeune lecteur peu au courant eût été porté à faire eût été de croire que le baron et la baronne de Forcheville faisaient part en tant que parents et beaux-parents du marquis de Saint-Loup, c'est-à-dire du coté Guermantes. Or de ce côté ils n'avaient pas à figurer puisque c'était Robert qui était parent des Guermantes et non Gilberte. Non le baron et la baronne de Forcheville malgré cette fausse apparence figuraient du côté de la mariée, il est vrai, et non du côté Cambremer, à cause non pas des Guermantes mais de Jupien, dont notre lecteur plus instruit sait qu'Odette était la cousine germaine[a2].

Toute la faveur de M. de Charlus se porta après le mariage de sa fille adoptive sur le jeune marquis de Cambremer ; les goûts de celui-ci, qui étaient pareils à ceux du baron, du moment qu'ils n'avaient pas empêché qu'il le choisît pour mari de Mlle d'Oloron, ne firent naturellement que le lui faire[b] apprécier davantage quand il fut veuf. Ce n'est pas que le marquis n'eût d'autres qualités qui en faisaient un charmant compagnon pour M. de Charlus. Mais même quand il s'agit d'un homme de haute valeur, c'est une qualité que ne dédaigne pas celui qui l'admet dans son intimité et qui le lui rend particulièrement commode s'il sait jouer aussi le whist. L'intelligence du jeune marquis était remarquable et, comme on disait déjà à Féterne où il n'était encore qu'enfant, il était tout à fait « du côté de sa grand-mère », aussi enthousiaste, aussi musicien. Il en reproduisait aussi certaines particularités, mais celles-là plus par imitation, comme toute la famille, que par atavisme. C'est ainsi que quelque temps après la mort de sa femme, ayant reçu une lettre signée Léonor, prénom que je ne me rappelais pas être le sien, je compris seulement qui m'écrivait quand j'eus lu la formule finale : « Croyez à ma sympathie vraie ». Ce *vraie* « mis en sa place » ajoutait au prénom Léonor le nom de Cambremer[1].

Le train[a] entrait en gare de Paris que nous parlions encore avec ma mère de ces deux nouvelles que, pour que la route ne me parût pas trop longue, elle eût voulu réserver pour la seconde partie du voyage et ne m'avait laissé apprendre qu'après Milan. Ma mère était bien vite revenue[b] au point de vue qui pour elle était vraiment le seul, celui de ma grand-mère. Ma mère s'était d'abord dit que ma grand-mère eût été surprise, puis qu'elle eût été attristée, ce qui était simplement[c] une manière de dire que ma grand-mère eût pris plaisir à un événement aussi surprenant et que ma mère ne pouvant pas admettre que ma grand-mère eût été privée d'un plaisir, aimait mieux penser que tout était pour le mieux, cette nouvelle étant de celles qui n'eussent pu que lui faire du chagrin. Mais nous étions à peine rentrés à la maison, que déjà ma mère trouvait encore trop égoïste ce regret de ne pouvoir faire participer ma grand-mère à toutes les surprises qu'amène la vie. Elle aima encore mieux supposer qu'elles n'en eussent pas été pour ma grand-mère dont elles ne faisaient que ratifier les prévisions. Elle voulut voir en celles-ci la confirmation des vues divinatoires de ma grand-mère, la preuve que ma grand-mère avait encore été un esprit plus profond, plus clairvoyant, plus juste, que nous n'avions pensé. Aussi ma mère, pour en venir à ce point de vue d'admiration pure, ne tarda-t-elle pas à ajouter : « Et pourtant, qui sait si ta pauvre grand-mère n'eût pas approuvé ? Elle était si indulgente. Et puis tu sais, pour elle la condition sociale n'était rien, c'était la distinction naturelle. Or rappelle-toi, rappelle-toi, c'est curieux, toutes les deux lui avaient plu. Tu te souviens de cette première visite à Mme de Villeparisis, quand elle était revenue et nous avait dit comme elle avait trouvé M. de Guermantes commun, en revanche quels éloges pour ces Jupien[a]. Pauvre mère, tu te rappelles ? elle disait du père : "Si j'avais une autre fille, je la lui donnerais, et sa fille est encore mieux que lui." Et la petite Swann ! Elle disait : "Je dis qu'elle est charmante, vous verrez qu'elle fera un beau mariage." Pauvre mère si elle pouvait voir cela, comme elle a deviné juste ! Jusqu'à la fin, même n'étant plus là, elle nous donnera des leçons de clairvoyance, de bonté, de juste appréciation des choses. » Et comme les joies dont nous souffrions de voir ma grand-mère privée, c'était toutes les humbles petites joies de la vie : une intonation d'acteur qui l'eût amusée, un plat qu'elle aimait, un nouveau roman d'un auteur préféré, maman disait : « Comme elle eût été surprise, comme cela l'eût amusée ! Quelle jolie lettre elle eût répondue[b] ! » Et ma mère continuait : « Crois-tu, ce pauvre Swann qui désirait tant que Gilberte fût reçue chez les Guermantes[c], serait-il heureux s'il pouvait voir sa fille devenir une Guermantes ! — Sous un autre nom que le sien, conduite à l'autel comme Mlle de Forcheville ? crois-tu qu'il en serait si heureux ? — Ah ! c'est vrai, je n'y pensais pas. — C'est ce qui fait que je ne peux pas me réjouir pour cette petite "rosse" ; cette pensée qu'elle a eu le cœur de quitter le nom de son père qui était si bon pour elle. — Oui tu as raison, tout compte fait, il est peut-être mieux qu'il ne l'ait pas su. » Tant pour les morts, comme pour les vivants, on ne peut savoir si une chose leur ferait plus de joie ou plus de peine ! « Il paraît[d] que les Saint-Loup vivront à Tansonville. Le père Swann, qui désirait tant montrer son étang à ton pauvre grand-père, aurait-il jamais pu supposer que le duc de Guermantes le verrait souvent, surtout s'il avait su le mariage infamant de son fils ? Enfin, toi qui as tant parlé à Saint-Loup des épines roses, des lilas et des iris de Tansonville, il te comprendra mieux. C'est lui qui les possédera. » Ainsi se déroulait dans notre salle à manger, sous la lumière de la lampe dont elles sont amies, une de ces causeries où la sagesse non des nations mais des familles, s'emparant de quelque événement, mort, fiançailles, héritage, ruine, et le glissant[e] sous le verre grossissant de la mémoire, lui donne tout son relief, dissocie, recule et situe[f] en perspective à différents points de l'espace et du temps ce qui, pour ceux qui n'ont pas vécu semble amalgamé sur une même surface, les noms des décédés, les adresses successives, les origines de la fortune et ses changements, les mutations de propriété. Cette sagesse-là n'est-elle pas inspirée par la Muse qu'il convient de méconnaître le plus longtemps possible si l'on veut garder quelque fraîcheur d'impressions et quelque vertu créatrice, mais que ceux-là[a] mêmes qui l'ont ignorée rencontrent au soir de leur vie dans la nef de la vieille église provinciale, à une heure où tout à coup ils se sentent moins sensibles à la beauté éternelle exprimée par les sculptures de l'autel qu'à la connaissance des fortunes diverses qu'elles subirent, passant dans une illustre collection particulière, dans une chapelle, puis dans un musée, puis ayant fait retour à l'église, ou qu'à sentir qu'ils y foulent[b] un pavé presque pensant qui est fait de la dernière poussière d'Arnauld ou de Pascal, ou tout simplement à déchiffrer, imaginant peut-être le visage d'une fraîche provinciale sur la plaque[c] de cuivre du prie-Dieu de bois, les noms des filles du hobereau ou du notable, la Muse qui a recueilli tout ce que les Muses plus hautes de la philosophie et de l'art ont rejeté, tout ce qui n'est pas fondé en vérité, tout ce qui n'est que contingent mais révèle aussi d'autres lois : c'est l'histoire[d1] !

D'anciennes amies de ma mère, plus ou moins de Combray, vinrent la voir pour lui parler du mariage de Gilberte, lequel ne les éblouissait nullement. « Vous savez ce que c'est que Mlle de Forcheville, c'est tout simplement Mlle Swann. Et le témoin de son mariage, le "baron" de Charlus, comme il se fait appeler, c'est ce vieux qui entretenait déjà la mère autrefois au vu et au su de Swann qui y trouvait son intérêt. — Mais qu'est-ce que vous dites ? protestait ma mère, Swann, d'abord, était extrêmement riche. — Il faut croire qu'il ne l'était pas tant que ça pour avoir besoin de l'argent des autres. Mais qu'est-ce qu'elle a donc, cette femme-là, pour tenir ainsi ses anciens amants ? Elle a trouvé le moyen de se faire épouser par le premier, puis par le troisième et elle retire à moitié de la tombe le deuxième pour qu'il serve de témoin à la fille qu'elle a eue du premier ou d'un autre, car comment se reconnaître dans la quantité ? elle n'en sait plus rien elle-même ! Je dis le troisième, c'est le trois centième qu'il faudrait dire. Du reste vous savez que si elle n'est pas plus Forcheville que vous et moi, cela va bien avec le mari qui naturellement n'est pas noble. Vous pensez bien qu'il n'y a qu'un aventurier pour épouser cette fille-là. Il paraît que c'est un M. Dupont ou Durand quelconque. S'il n'y avait pas maintenant un maire radical à Combray, qui ne salue même pas le curé, j'aurais su le fin[a] de la chose. Parce que, vous comprenez bien quand on a publié les bans il a bien fallu dire le vrai nom. C'est très joli pour les journaux et pour le papetier qui envoie les lettres de faire-part de se faire appeler le marquis de Saint-Loup. Ça ne fait mal à personne, et si ça peut leur faire plaisir à ces bonnes gens, ce n'est pas moi qui y trouverai à redire, en quoi ça peut-il me gêner ? Comme je ne fréquenterai jamais la fille d'une femme qui a fait parler d'elle, elle peut bien être marquise long comme le bras pour ses domestiques. Mais dans les actes de l'état civil ce n'est pas la même chose. Ah ! si mon cousin Sazerat était encore premier adjoint, je lui aurais écrit, à moi il m'aurait dit sous quel nom il avait fait faire les publications[b]. »

Je vis d'ailleurs pas mal à cette époque Gilberte, avec laquelle je m'étais de nouveau lié : car notre vie, dans sa longueur, n'est pas calculée sur la vie de nos amitiés. Qu'une certaine période de temps s'écoule et l'on voit reparaître (de même qu'en politique d'anciens ministères, au théâtre des pièces oubliées qu'on reprend) des relations d'amitié renouées entre les mêmes personnes qu'autrefois, après de longues années d'interruption, et renouées avec plaisir. Au bout de dix ans les raisons que l'un avait de trop aimer, l'autre de ne pouvoir supporter un trop exigeant despotisme, ces raisons n'existent plus. La convenance seule subsiste, et tout ce que Gilberte m'eût refusé autrefois, elle me l'accordait aisément, sans doute parce que je ne le désirais plus. Ce qui lui avait semblé intolérable, impossible, sans que nous nous fussions jamais dit la raison du changement, elle était toujours prête à venir à moi, jamais pressée de me quitter ; c'est que l'obstacle avait disparu, mon amour.

J'allai d'ailleurs passer un peu plus tard quelques jours à Tansonville. Ce déplacement me gênait assez, car j'avais à Paris une jeune fille qui couchait dans le pied-à-terre que j'avais loué. Comme d'autres de l'arôme des forêts ou du murmure d'un lac, j'avais besoin de son sommeil à côté de moi, et, le jour, de l'avoir toujours à côté de moi, dans ma voiture. Car un amour a beau s'oublier, il peut déterminer la forme de l'amour qui le suivra. Déjà au sein[a] même de l'amour précédent des habitudes quotidiennes existaient, et dont nous ne nous rappelions pas nous-même l'origine ; c'est une angoisse d'un premier jour qui nous avait fait souhaiter passionnément, puis adopter d'une manière fixe, comme les coutumes dont on a oublié le sens, ces retours en voiture jusqu'à la demeure même de l'aimée, ou sa résidence dans notre demeure, notre présence ou celle de quelqu'un en qui nous avons confiance dans toutes ses sorties, toutes ces habitudes, sorte de grandes voies uniformes par où passe chaque jour notre amour et qui furent fondues jadis dans le feu volcanique d'une émotion ardente. Mais ces habitudes survivent à la femme, même au souvenir de la femme. Elles deviennent la forme, sinon de tous nos amours, du moins de certains de nos amours qui alternent entre eux. Et ainsi ma demeure avait exigé en souvenir d'Albertine oubliée la présence de ma maîtresse actuelle que je cachais aux visiteurs[b] et qui remplissait ma vie comme jadis Albertine. Et pour aller à Tansonville, je dus obtenir d'elle qu'elle se laissât[c] garder par un de mes amis qui n'aimait pas les femmes, pendant quelques jours. J'allai parce que j'avais appris que Gilberte était malheureuse, trompée par Robert[1], mais pas de la manière[d] que tout le monde croyait, que peut-être elle-même croyait encore, qu'en tout cas elle disait. Mais l'amour-propre, le désir de tromper les autres, de se tromper soi-même, la connaissance d'ailleurs imparfaite des trahisons, qui est celle de tous les êtres trompés, d'autant plus que Robert, en vrai neveu de M. de Charlus, s'affichait avec des femmes qu'il compromettait, que le monde croyait et qu'en somme Gilberte croyait ses maîtresses[e]... On trouvait même dans le monde qu'il ne se gênait pas assez, ne lâchant pas d'une semelle dans les soirées telle femme qu'il ramenait ensuite, laissant Mme de Saint-Loup rentrer comme elle pouvait. Qui eût dit que l'autre femme qu'il compromettait ainsi n'était pas en réalité sa maîtresse eût passé pour un naïf, aveugle devant l'évidence. Mais j'avais été malheureusement aiguillé vers la vérité, vers la vérité qui me fit une peine infinie, par quelques mots échappés à Jupien. Quelle n'avait pas été ma stupéfaction quand, étant allé[f], quelques mois avant mon départ pour Tansonville, prendre des nouvelles de M. de Charlus chez lequel certains troubles cardiaques s'étaient manifestés non sans causer de grandes inquiétudes, et parlant à Jupien que j'avais trouvé seul d'une correspondance amoureuse adressée à Robert et signée Bobette[1] que Mme de Saint-Loup avait surprise, j'avais appris[a] par l'ancien factotum du baron que la personne qui signait Bobette n'était autre que le violoniste-chroniqueur dont nous avons parlé et qui avait joué un assez grand rôle dans la vie de M. de Charlus ! Jupien n'en parlait pas sans indignation : « Ce garçon pouvait agir comme bon lui semblait, il était libre. Mais s'il y a un côté où il n'aurait pas dû[b] regarder, c'est le côté du neveu du baron. D'autant plus que le baron aimait son neveu comme son fils ; il a cherché à désunir le ménage, c'est honteux. Et il a fallu qu'il y mette des ruses diaboliques, car personne n'était plus opposé de nature à ces choses-là que le marquis de Saint-Loup. A-t-il fait assez de folies pour ses maîtresses ! Non, que ce misérable musicien ait quitté le baron comme il l'a quitté, salement, on peut bien le dire, c'était son affaire. Mais se tourner vers le neveu ! Il y a des choses qui ne se font pas. » Jupien était sincère dans son indignation ; chez les personnes dites immorales, les indignations morales sont tout aussi fortes que chez les autres et changent seulement un peu d'objet. De plus, les gens dont le cœur n'est pas directement en cause, jugeant toujours les liaisons à éviter, les mauvais mariages, comme si on était libre de choisir ce qu'on aime, ne tiennent pas compte du mirage délicieux que l'amour projette et qui enveloppe si entièrement et si uniquement la personne dont on est amoureux que la « sottise » que fait un homme en épousant une cuisinière ou la maîtresse de son meilleur ami est en général le seul acte poétique qu'il accomplisse au cours de son existence. Je compris qu'une séparation avait failli se produire entre Robert et sa femme (sans que Gilberte se rendît bien compte encore de quoi il s'agissait) et c'était Mme de Marsantes, mère aimante, ambitieuse et philosophe, qui avait arrangé, imposé la réconciliation. Elle faisait[c] partie de ces milieux où le mélange des sangs qui vont se recroisant sans cesse et l'appauvrissement des patrimoines font refleurir à tout moment dans le domaine des passions, comme dans celui des intérêts, les vices et les compromissions héréditaires. C'est avec la même énergie qu'autrefois elle avait protégé Mme Swann, le mariage de la fille de Jupien, et fait le mariage de son propre fils avec Gilberte, usant ainsi pour elle-même, avec une résignation douloureuse, de cette même sagesse atavique dont elle faisait profiter tout le Faubourg. Et peut-être n'avait-elle à un certain moment bâclé le mariage de Robert avec Gilberte, ce qui lui avait certainement donné moins de mal et coûté moins de pleurs que de le faire rompre avec Rachel, que dans la peur qu'il ne commençât avec une autre cocotte — ou peut-être avec la même, car Robert fut long à oublier Rachel — un nouveau collage qui eût peut-être été son salut. Maintenant je comprenais ce que Robert avait voulu me dire chez la princesse de Guermantes : « C'est malheureux que ta petite amie de Balbec n'ait pas la fortune exigée par ma mère, je crois que nous nous serions bien entendus tous les deux. » Il avait voulu dire qu'elle était de Gomorrhe comme lui de Sodome, ou peut-être, s'il n'en était pas encore, ne goûtait-il plus que les femmes qu'il pouvait aimer d'une certaine manière et avec d'autres femmes. Si donc, sauf en de rares[a] retours en arrière, je n'avais perdu la curiosité de rien savoir sur mon amie, j'aurais pu interroger sur elle non seulement Gilberte mais son mari. Et en somme c'était le même fait qui nous avait donné à Robert et à moi le désir d'épouser Albertine (à savoir qu'elle aimait les femmes). Mais les causes de notre désir, comme ses buts aussi étaient opposés. Moi c'était par le désespoir où j'avais été de l'apprendre, Robert par la satisfaction ; moi pour l'empêcher grâce à une surveillance perpétuelle de s'adonner à son goût ; Robert pour le cultiver, et par la liberté qu'il lui laisserait afin qu'elle lui amenât des amies. Si Jupien faisait ainsi remonter à très peu de temps la nouvelle orientation si divergente de la primitive qu'avaient prise les goûts charnels de Robert, une conversation que j'eus avec Aimé et qui me rendit fort malheureux, me montra que l'ancien maître d'hôtel de Balbec faisait remonter cette divergence, cette inversion, beaucoup plus haut. L'occasion de cette conversation avait été quelques jours que j'avais été passer à Balbec[1], où Saint-Loup lui-même, qui avait une longue permission, était venu avec sa femme que, dans cette première phase, il ne quittait d'un seul pas. J'avais admiré comme l'influence de Rachel se faisait encore sentir sur Robert. Un jeune marié qui a eu longtemps une maîtresse sait seul ôter le manteau de sa femme avant d'entrer dans un restaurant, avoir avec elle les égards qu'il convient. Il a reçu pendant sa liaison l'instruction que doit avoir un bon mari. Non loin de lui, à une table voisine de la mienne, Bloch, au milieu de prétentieux jeunes universitaires prenait des airs faussement à l'aise, et criait très fort à un de ses amis, en lui passant avec ostentation la carte avec un geste qui renversa deux carafes d'eau : « Non, non, mon cher, commandez ! De ma vie je n'ai jamais su faire un menu. Je n'ai jamais su commander ! » répéta-t-il avec un orgueil peu sincère, et mêlant la littérature à la gourmandise opina tout de suite pour une bouteille de champagne qu'il aimait à voir « d'une façon tout à fait symbolique » orner une causerie. Saint-Loup, lui, savait commander. Il était assis à côté de Gilberte déjà grosse (il ne devait pas cesser par la suite de lui faire des enfants) comme il couchait à côté d'elle dans leur lit commun à l'hôtel. Il ne parlait qu'à sa femme, le reste de l'hôtel n'avait pas l'air d'exister pour lui, mais au moment où un garçon prenait une commande, était tout près, il levait rapidement ses yeux clairs et jetait sur lui un regard qui ne durait pas plus de deux secondes mais dans sa limpide clairvoyance semblait témoigner d'un ordre de curiosités et de recherches entièrement différent de celui qui aurait pu animer n'importe quel client regardant même longtemps un chasseur ou un commis pour faire sur lui des remarques humoristiques ou autres qu'il communiquerait à ses amis. Ce petit regard court, désintéressé, montrant que le garçon l'intéressait en lui-même, révélait à ceux qui l'eussent observé que cet excellent mari, cet amant jadis passionné de Rachel[a] avait dans sa vie un autre plan et qui lui paraissait infiniment plus intéressant que celui sur lequel il se mouvait par devoir. Mais on ne le voyait que dans celui-là. Déjà ses yeux étaient revenus sur Gilberte qui n'avait rien vu, il lui présentait un ami au passage et partait se promener avec elle. Or Aimé me parla à ce moment d'un temps bien plus ancien, celui où j'avais fait la connaissance de Saint-Loup par Mme de Villeparisis, en ce même Balbec.

« Mais oui, monsieur, me dit-il, c'est archiconnu, il y a bien longtemps que je le sais. La première année que Monsieur était à Balbec, M. le marquis s'enferma avec mon liftier, sous prétexte de développer des photographies de

Madame la grand-mère de Monsieur. Le petit voulait se plaindre, nous avons eu toutes les peines du monde à étouffer la chose. Et tenez, monsieur, Monsieur se rappelle sans doute ce jour où il est venu déjeuner au restaurant avec M. le marquis de Saint-Loup et sa maîtresse[1], dont M. le marquis se faisait un paravent. Monsieur se rappelle sans doute que M. le marquis s'en alla en prétextant une crise de colère. Sans doute je ne veux pas dire que Madame avait raison. Elle lui en faisait voir de cruelles. Mais ce jour-là on ne m'ôtera pas de l'idée que la colère de M. le marquis était feinte et qu'il avait besoin d'éloigner Monsieur et Madame. » Pour ce jour-là du moins, je sais bien que si Aimé ne mentait pas sciemment, il se trompait du tout au tout. Je me rappelais trop l'état dans lequel était Robert, la gifle qu'il avait donnée au journaliste. Et d'ailleurs pour Balbec c'était de même, ou le liftier avait menti, ou c'était Aimé qui mentait. Du moins je le crus[a] ; une certitude, je ne pouvais l'avoir : on ne voit jamais qu'un côté des choses, et si cela[b] ne m'eût pas fait de peine, j'eusse trouvé une certaine beauté à ce que, tandis que pour moi la course[c] du lift chez Saint-Loup avait été le moyen commode de lui faire porter une lettre et d'avoir sa réponse, pour lui cela avait été de faire la connaissance de quelqu'un qui lui avait plu[d]. Les choses en effet sont pour le moins doubles. Sur l'acte le plus insignifiant que nous accomplissons, un autre homme embranche une série d'actes entièrement différents. Il est certain que l'aventure de Saint-Loup et du liftier, si elle eut lieu, ne me semblait pas plus contenue dans le banal envoi de ma lettre que quelqu'un qui ne connaîtrait de Wagner que le duo de *Lohengrin* ne pourrait prévoir le prélude de *Tristan*[2]. Certes pour les hommes, les choses n'offrent qu'un nombre restreint de leurs innombrables attributs, à cause de la pauvreté de leurs sens. Elles sont colorées parce que nous avons des yeux ; combien d'autres épithètes ne mériteraient-elles pas si nous avions des centaines de sens ? Mais cet aspect différent qu'elles pourraient avoir nous est rendu plus facile à comprendre par ce qu'est dans la vie un événement même minime dont nous connaissons une partie que nous croyons le tout, et qu'un autre regarde comme par une fenêtre percée de l'autre côté de la maison et qui donne sur une autre vue. Dans le cas où Aimé ne se fût pas trompé, la rougeur de Saint-Loup quand Bloch lui avait parlé du lift ne venait peut-être pas seulement de ce que celui-ci prononçait « laïft[1] ». Mais j'étais persuadé que l'évolution physiologique de Saint-Loup n'était pas commencée à cette époque et qu'alors il aimait encore uniquement les femmes. À plus qu'à aucun autre signe[a], je pus le discerner rétrospectivement à l'amitié que Saint-Loup m'avait témoignée à Balbec. Ce n'est que tant qu'il aima les femmes qu'il fut vraiment capable d'amitié. Après cela, au moins pendant quelque temps, les hommes qui ne l'intéressaient pas directement, il leur manifestait une indifférence, sincère je le crois en partie car il était devenu très sec, et qu'il exagérait aussi pour faire croire qu'il ne faisait attention qu'aux femmes. Mais je me rappelle tout de même qu'un jour à Doncières comme j'allais dîner chez les Verdurin et comme il venait de regarder d'une façon un peu prolongée Charlie[b2], il m'avait dit : « C'est curieux, ce petit, il a des choses de Rachel. Cela ne te frappe pas ? Je trouve qu'ils ont des choses identiques. En tout cas cela ne peut pas m'intéresser. » Et tout de même ses yeux étaient ensuite restés longtemps perdus à l'horizon, comme quand on pense, avant de se remettre à une partie de cartes ou de partir dîner en ville, à un de ces lointains voyages qu'on pense qu'on ne fera jamais mais dont on a éprouvé un instant la nostalgie. Mais si Robert trouvait quelque chose de Rachel à Charlie, Gilberte, elle, cherchait à avoir quelque chose de Rachel, afin de plaire à son mari, mettait comme elle des nœuds de soie ponceau, ou rose, ou jaune, dans ses cheveux, se coiffait de même, car elle croyait que son mari l'aimait encore et elle en était jalouse. Que l'amour de Robert eût été par moments sur les confins qui séparent l'amour d'un homme pour une femme et l'amour d'un homme pour un homme, c'était possible. En tout cas le souvenir de Rachel ne jouait plus à cet égard qu'un rôle esthétique. Il n'est même pas probable qu'il eût pu en jouer d'autres. Un jour, Robert était allé lui demander de s'habiller en homme, de laisser pendre une longue mèche de ses cheveux, et pourtant il s'était contenté de la regarder, insatisfait. Il ne lui restait pas moins attaché et lui faisait scrupuleusement mais sans plaisir la rente énorme qu'il lui avait promise, et qui ne l'empêcha pas d'avoir pour lui par la suite les plus vilains procédés. De cette générosité envers Rachel Gilberte n'eût pas souffert si elle avait su qu'elle était seulement l'accomplissement résigné d'une promesse à laquelle ne correspondait plus aucun amour. Mais de l'amour, c'est au contraire ce qu'il feignait de ressentir pour Rachel. Les homosexuels seraient les meilleurs maris du monde s'ils ne jouaient pas la comédie d'aimer les femmes. Gilberte ne se plaignait d'ailleurs pas. C'est d'avoir cru Robert aimé, si longtemps aimé, par Rachel, qui le lui avait fait désirer, l'avait fait renoncer pour lui à des partis plus beaux ; il semblait qu'il lui fît une sorte de concession en l'épousant. Et de fait les premiers temps il fit des comparaisons[a] entre les deux femmes (pourtant si inégales comme charme et comme beauté) qui ne furent pas en faveur de la délicieuse Gilberte. Mais celle-ci grandit ensuite dans l'estime de son mari pendant que Rachel diminuait à vue d'œil. Une autre personne se démentit : ce fut Mme Swann. Si pour Gilberte Robert avant le mariage était déjà entouré de la double auréole que lui créaient d'une part sa vie avec Rachel perpétuellement dénoncée par les lamentations de Mme de Marsantes, d'autre part ce prestige que les Guermantes avaient toujours eu pour son père et qu'elle avait hérité de lui, Mme de Forcheville en revanche eût préféré un mariage plus éclatant, peut-être princier (il y avait des familles royales pauvres et qui eussent accepté l'argent[b] — qui se trouva d'ailleurs être fort inférieur aux quatre-vingt millions promis — décrassé qu'il était par le nom de Forcheville) et un gendre moins démonétisé par une vie passée loin du monde. Elle n'avait pu triompher de la volonté de Gilberte, s'était plainte amèrement à tout le monde, flétrissant son gendre. Un beau jour tout avait été changé, le gendre était devenu un ange, on ne se moquait plus de lui qu'à la dérobée. C'est que l'âge avait laissé à Mme Swann (devenue Mme de Forcheville) le goût qu'elle avait toujours eu d'être entretenue, mais, par la désertion des admirateurs, lui en avait retiré les moyens. Elle souhaitait chaque jour un nouveau collier, une nouvelle robe brochée de brillants, une plus luxueuse automobile, mais elle avait peu de fortune, Forcheville ayant presque tout mangé, et — quel ascendant israélite gouvernait en cela Gilberte ? — elle avait une fille adorable, mais affreusement avare, comptant l'argent à son mari, naturellement bien plus à sa mère. Or tout à coup le protecteur elle l'avait flairé, puis trouvé en Robert.

Qu'elle ne fût plus de la première jeunesse était de peu d'importance aux yeux d'un gendre qui n'aimait pas les femmes. Tout ce qu'il demandait à sa belle-mère, c'était d'aplanir telle ou telle difficulté entre lui et Gilberte, d'obtenir d'elle le consentement qu'il fît un voyage avec Morel. Odette s'y était-elle employée qu'aussitôt un magnifique rubis l'en récompensait. Pour cela il fallait que Gilberte fût plus généreuse envers son mari. Odette le lui prêchait avec d'autant plus de chaleur que c'était elle qui devait bénéficier de la générosité. Ainsi grâce à Robert pouvait-elle, au seuil de la cinquantaine (d'aucuns disaient de la soixantaine) éblouir chaque table où elle allait dîner, chaque soirée où elle paraissait, d'un luxe inouï sans avoir besoin d'avoir comme autrefois un « ami » qui maintenant n'eût plus casqué, voire marché. Aussi était-elle entrée, pour toujours semblait-il, dans la période de la chasteté finale, et elle n'avait jamais été aussi élégante.

Ce n'était pas seulement la méchanceté, la rancune de l'ancien pauvre contre le maître qui l'a enrichi et lui a d'ailleurs (c'était dans le caractère, et plus encore dans le vocabulaire de M. de Charlus) fait sentir la différence de leurs conditions, qui avait poussé Charlie vers Saint-Loup afin de faire souffrir davantage le baron. C'était peut-être aussi l'intérêt. J'eus l'impression que Robert devait lui donner beaucoup d'argent. Dans une soirée où j'avais rencontré Robert avant que je ne partisse pour Combray, et où la façon dont il s'exhibait à côté d'une femme élégante qui passait pour être sa maîtresse, où il s'attachait à elle, ne faisant qu'un avec elle, enveloppé en public dans sa jupe, me faisait penser, avec quelque chose de plus nerveux, de plus tressautant, à une sorte de répétition involontaire d'un geste ancestral que j'avais pu observer chez M. de Charlus, comme enrobé dans les atours de Mme Molé ou d'une autre, bannière d'une cause *gynophile*[a] qui n'était pas la sienne mais qu'il aimait bien que sans droit, à arborer ainsi, soit qu'il la trouvât protectrice ou esthétique, j'avais été frappé, au retour, combien ce garçon, si généreux quand il était bien moins riche, était devenu économe. Qu'on ne tienne qu'à ce qu'on possède, et que tel qui semait l'or qu'il avait si rarement thésaurise celui dont il est pourvu, c'est sans doute un phénomène assez général, mais qui pourtant me parut prendre là une forme plus particulière. Saint-Loup refusa de prendre un fiacre, et je vis qu'il avait gardé une correspondance de tramway. Sans doute en ceci Saint-Loup déployait-il, pour des fins différentes, des talents qu'il avait acquis au cours de sa liaison avec Rachel. Un jeune homme qui a longtemps vécu avec une femme, n'est pas aussi inexpérimenté que le puceau pour qui celle qu'il épouse est la première. Il suffisait, les rares fois où Robert emmena sa femme déjeuner au restaurant, de voir la façon adroite et respectueuse dont il lui enlevait ses affaires, son art de commander le dîner et de se faire servir, l'attention avec laquelle il aplatissait les manches de Gilberte avant qu'elle remît sa jaquette, pour comprendre qu'il avait été longtemps l'amant d'une femme avant d'être le mari de celle-ci. Pareillement ayant eu à s'occuper dans les plus minutieux détails du ménage de Rachel, d'une part parce que celle-ci n'y entendait rien, ensuite parce qu'à cause de sa jalousie il voulait garder la haute main sur la domesticité, il put, dans l'administration des biens de sa femme et l'entretien du ménage, continuer ce rôle habilement entendu que peut-être Gilberte n'eût pas su tenir et qu'elle lui abandonnait volontiers. Mais sans doute le faisait-il surtout pour faire bénéficier Charlie des moindres économies de bouts de chandelle, l'entretenant en somme richement sans que Gilberte s'en aperçût ni en souffrît. Peut-être même, croyant le violoniste dépensier « comme tous les artistes » (Charlie s'intitulait[a] ainsi sans conviction et sans orgueil pour s'excuser de ne pas répondre aux lettres, etc., d'une foule de défauts qu'il croyait faire partie de la psychologie incontestée des artistes). Personnellement je trouvais absolument indifférent au point de vue de la morale qu'on trouvât son plaisir auprès d'un homme ou d'une femme, et trop naturel et humain[b] qu'on le cherchât là où on pouvait le trouver. Si donc Robert n'avait pas été marié, sa liaison avec Charlie n'eût dû me faire aucune peine. Et pourtant je sentais bien que celle que j'éprouvais eût été aussi vive si Robert était resté célibataire. De tout autre, ce qu'il faisait m'eût été bien indifférent. Mais je pleurais en pensant que j'avais eu autrefois pour un Saint-Loup différent une affection si grande et que je sentais bien, à ses nouvelles manières froides et évasives, qu'il ne me rendait plus, les hommes depuis qu'ils étaient devenus susceptibles de lui donner des désirs, ne pouvant plus lui inspirer d'amitié. Comment cela avait-il pu naître chez un garçon qui avait tellement aimé les femmes que je l'avais vu désespéré jusqu'à craindre qu'il se tuât parce que « Rachel quand du Seigneur » avait voulu le quitter ? La ressemblance entre Charlie et Rachel — invisible pour moi — avait-elle été la planche qui avait permis à Robert de passer des goûts de son père à ceux de son oncle, afin d'accomplir l'évolution physiologique qui même chez ce dernier s'était produite assez tard ? Parfois pourtant les paroles d'Aimé revenaient m'inquiéter ; je me rappelais Robert cette année-là à Balbec ; il avait en parlant au liftier[a] une façon de ne pas faire attention à lui qui rappelait beaucoup celle de M. de Charlus quand il adressait la parole à certains hommes. Mais Robert[b] pouvait très bien tenir cela de M. de Charlus, d'une certaine hauteur et attitude physique des Guermantes, et nullement des goûts spéciaux au baron. C'est ainsi que le duc de Guermantes qui n'avait aucunement ces goûts, avait la même manière nerveuse que M. de Charlus de tourner son poignet, comme s'il crispait autour de celui-ci une manchette de dentelles, et aussi dans la voix des intonations pointues et affectées, toutes manières auxquelles chez M. de Charlus on eût été tenté de donner une autre signification, auxquelles il en avait donné une autre lui-même, l'individu exprimant ses particularités à l'aide des traits impersonnels et ataviques qui ne sont peut-être d'ailleurs que des particularités anciennes fixées dans le geste et dans la voix. Dans cette dernière hypothèse, qui confine à l'histoire naturelle, ce ne serait pas M. de Charlus qu'on pourrait appeler un Guermantes affecté d'une tare et l'exprimant en partie à l'aide des traits de la race des Guermantes, mais le duc de Guermantes qui serait dans une famille pervertie l'être d'exception, que le mal héréditaire a si bien épargné que les stigmates extérieurs qu'il a laissés sur lui y perdent tout sens. Je me rappelai que le premier jour où j'avais aperçu Saint-Loup à Balbec[1], si blond, d'une matière si précieuse et rare, contourné, faisant voler[c] son monocle devant lui, je lui avais trouvé un air efféminé, qui n'était certes pas l'effet de ce que j'apprenais de lui maintenant, mais de la grâce particulière aux Guermantes, la finesse de cette porcelaine de Saxe en laquelle la duchesse était modelée aussi. Je me rappelais aussi son affection pour moi, sa manière tendre, sentimentale de l'exprimer et je me disais que cela non plus, qui eût pu tromper quelque autre, signifiait alors tout autre chose, même tout le contraire, de ce que j'apprenais aujourd'hui. Mais de quand cela datait-il ? Si de l'année où j'étais retourné à Balbec, comment n'était-il pas venu une seule fois voir le lift, ne m'avait-il jamais parlé de lui ? Et quant à la première année, comment eût-il pu faire attention à lui, passionnément amoureux de Rachel comme il était alors ? Cette première année-là, j'avais trouvé Saint-Loup particulier, comme étaient les vrais Guermantes. Or il était encore plus spécial que je ne l'avais cru. Mais ce dont nous n'avons pas eu l'intuition directe, ce que nous avons appris seulement par d'autres, nous n'avons plus aucun moyen, l'heure est passée de le faire savoir à notre âme ; ses communications avec le réel sont fermées ; aussi ne pouvons-nous jouir de la découverte, il est trop tard. Du reste, de toutes façons, pour que j'en pusse jouir spirituellement celle-là me faisait trop de peine. Sans doute depuis ce que m'avait dit M. de Charlus chez Mme Verdurin à Paris, je ne doutais plus que le cas de Robert ne fût celui d'une foule d'honnêtes gens, et même pris parmi les plus intelligents et les meilleurs. L'apprendre de n'importe qui m'eût été indifférent, de n'importe qui excepté de Robert. Le doute que me laissaient les paroles d'Aimé ternissait toute notre amitié de Balbec et de Doncières, et bien que je ne crusse pas à l'amitié[a], ni en avoir jamais véritablement éprouvé pour Robert, en repensant à ces histoires du lift et du restaurant où j'avais déjeuné avec Saint-Loup et Rachel j'étais obligé de faire un effort pour ne pas pleurer.

Je[1] n'aurais d'ailleurs pas à m'arrêter sur ce séjour que je fis à côté de Combray, et qui fut peut-être le moment de ma vie où je pensai le moins à Combray, si, justement par là, il n'avait apporté une vérification au moins provisoire à certaines idées que j'avais eues d'abord du côté de Guermantes, et une vérification aussi à d'autres idées que j'avais eues du côté de Méséglise. Je recommençais chaque soir, dans un autre sens, les promenades que nous faisions à Combray, l'après-midi quand nous allions du côté de Méséglise. On dînait maintenant à Tansonville à une heure où jadis on dormait depuis longtemps à Combray. Et à cause de la saison chaude, et puis parce que l'après-midi, Gilberte peignait dans la chapelle du château, on n'allait se promener qu'environ deux heures avant le dîner[a]. Au plaisir de jadis qui était de voir en rentrant le ciel de pourpre encadrer le Calvaire ou se baigner dans la Vivonne, succédait celui de partir, à la nuit venue, quand on ne rencontrait plus dans le village que le triangle bleuâtre, irrégulier et mouvant des moutons qui rentraient. Sur une moitié des champs le coucher s'éteignait ; au-dessus de l'autre[b] était déjà allumée la lune qui bientôt les baignait tout entiers. Il arrivait que Gilberte me laissait aller sans elle, et je m'avançais[c], laissant mon ombre derrière moi, comme une barque qui poursuit sa navigation à travers des étendues enchantées ; le plus souvent elle m'accompagnait. Les promenades que nous faisions ainsi c'était bien souvent celles que je faisais jadis enfant : or comment n'eussé-je pas éprouvé bien plus vivement encore que jadis du côté de Guermantes le sentiment que jamais je ne serais capable d'écrire, auquel s'ajoutait celui que mon imagination et ma sensibilité s'étaient affaiblies, quand je vis combien peu j'étais curieux de Combray ? J'étais désolé de voir combien peu je revivais mes années d'autrefois[1]. Je trouvais la Vivonne mince et laide au bord du chemin de halage. Non pas que je relevasse d'inexactitudes matérielles bien grandes dans ce que je me rappelais. Mais séparé[d] des lieux qu'il m'arrivait de retraverser par toute une vie différente, il n'y avait pas entre eux et moi cette contiguïté d'où naît avant même qu'on s'en soit aperçu l'immédiate[e], délicieuse et totale déflagration du souvenir. Ne comprenant pas bien sans doute quelle était sa nature, je m'attristais de penser que ma faculté de sentir et d'imaginer avait dû diminuer pour que je n'éprouvasse pas plus de plaisir dans ces promenades. Gilberte elle-même qui me comprenait encore moins bien que je ne faisais moi-même, augmentait ma tristesse en partageant mon étonnement. « Comment, cela ne vous fait rien éprouver, me disait-elle, de prendre ce petit raidillon que vous montiez autrefois ? » Et elle-même avait tant changé que je ne la trouvais plus belle, qu'elle ne l'était plus du tout. Tandis que nous marchions, je voyais le pays changer, il fallait gravir des coteaux, puis des pentes s'abaissaient. Nous causions[f], très agréablement pour moi, avec Gilberte. Non sans difficulté pourtant. En tant d'êtres il y a différentes couches qui ne sont pas pareilles, le caractère de son père, le caractère de sa mère ;

on traverse l'une, puis l'autre. Mais le lendemain l'ordre de superposition est renversé. Et finalement on ne sait pas qui départagera les parties, à qui on peut se fier pour la sentence. Gilberte était comme ces pays avec qui on n'ose pas faire d'alliance parce qu'ils changent trop souvent de gouvernement. Mais au fond c'est un tort. La mémoire de l'être le plus successif établit chez lui une sorte d'identité et fait qu'il ne voudrait pas manquer à des promesses qu'il se rappelle, si même il ne les eût pas contresignées. Quant à l'intelligence elle était chez Gilberte, avec quelques absurdités de sa mère, très vive. Mais ce qui ne tient pas à sa valeur propre, je me rappelle que dans ces conversations que nous avions en nous promenant, plusieurs fois elle m'étonna beaucoup. L'une, la première[a] en me disant : « Si vous n'aviez pas trop faim et s'il n'était pas si tard, en prenant ce chemin à gauche et en tournant ensuite à droite, en moins d'un quart d'heure nous serions à Guermantes. » C'est comme si elle m'avait dit : « Tournez à gauche, prenez ensuite à votre main droite, et vous toucherez l'intangible, vous atteindrez les inattingibles lointains[b] dont on ne connaît jamais sur terre que la direction, que » — ce que j'avais cru jadis que je pourrais connaître seulement de Guermantes, et peut-être, en un sens, je ne me trompais pas — « le "côté" ». Un de mes autres étonnements fut de voir les « sources de la Vivonne », que je me représentais comme quelque chose d'aussi extra-terrestre que l'entrée des Enfers, et qui n'étaient qu'une espèce de lavoir carré où montaient des bulles[1]. Et la troisième fois fut quand Gilberte me dit : « Si vous voulez, nous pourrons tout de même sortir un après-midi et nous pourrons alors aller à Guermantes, en prenant par Méséglise, c'est la plus jolie façon », phrase qui en bouleversant toutes les idées de mon enfance m'apprit que les deux côtés n'étaient pas aussi inconciliables que j'avais cru. Mais ce qui me frappa le plus, ce fut combien peu, pendant ce séjour, je revécus mes années[c] d'autrefois, désirai peu revoir Combray, trouvai mince et laide la Vivonne. Mais quand elle vérifia pour moi des imaginations que j'avais eues du côté de Méséglise, ce fut pendant une de ces promenades en somme nocturnes bien qu'elles eussent lieu avant le dîner — mais elle dînait si tard ! Au moment de descendre dans le mystère d'une vallée parfaite et profonde que tapissait le clair de lune, nous nous arrêtâmes un instant[a], comme deux insectes qui vont s'enfoncer au cœur d'un calice bleuâtre. Gilberte eut alors, peut-être simplement par bonne grâce de maîtresse de maison qui regrette que vous partiez bientôt et qui aurait voulu mieux vous faire les honneurs de ce pays que vous semblez apprécier, de ces paroles où son habileté de femme du monde sachant tirer parti du silence, de la simplicité, de la sobriété dans l'expression des sentiments, vous fait croire que vous tenez dans sa vie une place que personne ne pourrait occuper. Épanchant brusquement sur elle la tendresse dont j'étais rempli par l'air délicieux, la brise qu'on respirait, je lui dis : « Vous parliez l'autre jour du raidillon. Comme je vous aimais alors ! » Elle me répondit : « Pourquoi ne me le disiez-vous pas ? je ne m'en étais pas doutée. Moi je vous aimais. Et même une fois je me suis jetée à votre tête[1]. — Quand donc ? — La première fois à Tansonville, vous vous promeniez avec votre famille, je rentrais, je n'avais jamais connu un aussi joli petit garçon. J'avais l'habitude, ajouta-t-elle d'un air vague et pudique, d'aller jouer avec de petits amis, dans les ruines du donjon de Roussainville. Et vous me direz que j'étais bien mal élevée, car il y avait là-dedans des filles et des garçons de tout genre qui profitaient de l'obscurité. L'enfant de chœur de l'église de Combray, Théodore qui, il faut l'avouer, était bien gentil (Dieu qu'il était bien !) et qui est devenu[b] très laid (il est maintenant pharmacien à Méséglise), s'y amusait avec toutes les petites paysannes du voisinage. Comme on me laissait sortir seule, dès que je pouvais m'échapper j'y courais. Je ne peux pas vous dire comme j'aurais voulu vous y voir venir ; je me rappelle très bien que, n'ayant qu'une minute pour vous faire comprendre ce que je désirais, au risque d'être vue par vos parents et les miens, je vous l'ai indiqué d'une façon tellement crue que j'en ai honte maintenant. Mais vous m'avez regardée d'une façon si méchante que j'ai compris que vous ne vouliez pas. » Et tout d'un coup je me dis que la vraie Gilberte, la vraie Albertine, c'étaient peut-être celles qui s'étaient au premier instant livrées dans leur regard, l'une devant la haie d'épines roses, l'autre sur la plage. Et c'était moi qui n'ayant pas su le comprendre, ne l'ayant repris que plus tard dans ma mémoire, après un intervalle où par mes conversations tout un entre-deux de sentiment leur avait fait craindre d'être aussi franches que dans la première minute, avais tout gâté par ma maladresse. Je les avais « ratées » plus complètement, bien qu'à vrai dire l'échec relatif avec elles fût moins absurde, pour les mêmes raisons que Saint-Loup Rachel. « Et la seconde fois, reprit Gilberte, c'est bien des années après quand je vous ai rencontré sous votre porte, la veille du jour où je vous ai retrouvé chez ma tante Oriane ; je ne vous ai pas reconnu tout de suite, ou plutôt je vous reconnaissais sans le savoir puisque j'avais la même envie qu'à Tansonville. — Dans l'intervalle il y avait eu pourtant les Champs-Élysées. — Oui, mais là vous m'aimiez trop, je sentais une inquisition sur tout ce que je faisais[a]. » Je ne pensai pas à lui demander quel était ce jeune homme avec lequel elle descendait l'avenue des Champs-Élysées, le jour où j'étais parti pour la revoir, où je me fusse réconcilié avec elle pendant qu'il en était temps encore, ce jour qui aurait peut-être changé toute ma vie si je n'avais rencontré les deux ombres s'avançant côte à côte dans le crépuscule. Si je le lui avais demandé, elle m'aurait peut-être dit la vérité, comme Albertine si elle eût ressuscité. Et en effet les femmes qu'on n'aime plus et qu'on rencontre après des années, n'y a-t-il pas entre elles et vous la mort, tout aussi bien que si elles n'étaient plus de ce monde, puisque le fait que notre amour n'existe plus fait de celles qu'elles étaient alors, ou de celui que nous étions, des morts ? Peut-être aussi ne se fût-elle pas rappelé, ou eût-elle menti. En tous cas cela n'offrait plus d'intérêt pour moi de le savoir, parce que mon cœur avait encore plus changé que le visage de Gilberte. Celui-ci ne me plaisait plus guère, mais surtout je n'étais plus malheureux, je n'aurais pas pu concevoir, si j'y eusse repensé, que j'eusse pu l'être autant de rencontrer Gilberte marchant à petits pas à côté d'un jeune homme, de me dire : « C'est fini, je renonce à jamais la voir. » De l'état d'âme qui, cette lontaine année-là, n'avait été pour moi qu'une longue torture, rien ne subsistait. Car il y a dans ce monde où tout s'use, où tout périt, une chose qui tombe en ruine, qui se détruit encore plus complètement, en laissant encore moins de vestiges que la beauté : c'est le chagrin[1].

Si, pourtant, je ne suis pas surpris de ne pas lui avoir demandé alors avec qui elle descendait les Champs-Élysées, car j'avais déjà vu trop d'exemples de cette incuriosité amenée par le Temps, je le suis un peu de ne pas avoir raconté à Gilberte qu'avant de la rencontrer ce jour-là, j'avais vendu une potiche de vieux chine pour lui acheter des fleurs[a]. Ç'avait été en effet pendant les temps si tristes qui avaient suivi ma seule consolation de penser qu'un jour je pourrais sans danger lui conter cette intention si tendre. Plus d'une année après, si je voyais qu'une voiture allait heurter la mienne, ma seule envie de ne pas mourir était pour pouvoir raconter cela à Gilberte. Je me consolais en me disant : « Ne nous pressons pas, j'ai toute la vie devant moi pour cela. » Et à cause de cela je désirais ne pas perdre la vie. Maintenant cela m'aurait paru peu agréable à dire, presque ridicule, et « entraînant ». « D'ailleurs, continua Gilberte, même le jour où je vous[b] ai rencontré sous votre porte, vous étiez resté tellement le même qu'à Combray, si vous saviez comme vous aviez peu changé ! » Je revis Gilberte dans ma mémoire. J'aurais pu dessiner le quadrilatère de lumière que le soleil faisait sous les aubépines, la bêche que la petite fille tenait à la main, le long regard qui s'attacha à moi. Seulement j'avais cru, à cause du geste grossier dont il était accompagné, que c'était un regard de mépris parce que ce que je souhaitais me paraissait quelque chose que les petites filles ne connaissaient pas et ne faisaient que dans mon imagination, pendant mes heures de désir solitaire. Encore moins aurais-je cru que, si aisément, si rapidement, presque sous les yeux de mon grand-père[c], l'une d'entre elles eût eu l'audace de le figurer.

Aussi me fallut-il[d], à tant d'années de distance, faire subir une retouche à une image que je me rappelais si bien, opération qui me rendit assez heureux en me montrant que l'abîme infranchissable que j'avais cru alors exister entre moi et un certain genre de petites filles aux cheveux dorés était aussi imaginaire que l'abîme de Pascal, et que je trouvai poétique à cause de la longue série d'années au fond de laquelle il fallait l'accomplir. J'eus un sursaut de désir et de regret en pensant aux souterrains de Roussainville. Pourtant j'étais heureux, de me dire que ce bonheur vers lequel se tendaient toutes mes forces alors, et que rien ne pouvait plus me rendre, eût existé ailleurs que dans ma pensée, en réalité près de moi, dans ce Roussainville dont je parlais si souvent, que j'apercevais du cabinet sentant l'iris. Et je n'avais rien su ! En somme elle résumait tout ce que j'avais désiré dans mes promenades jusqu'à ne pas pouvoir me décider à rentrer, croyant voir s'entrouvrir, s'animer les arbres. Ce que je souhaitais si fiévreusement alors, elle avait failli, si j'eusse seulement su le comprendre et le retrouver, me le faire goûter dès mon adolescence. Plus complètement encore que je n'avais cru Gilberte était à cette époque-là vraiment du côté de Méséglise.

Et même ce jour où je l'avais rencontrée sous une porte, bien qu'elle ne fût pas Mlle de L'Orgeville, celle que Robert avait connue dans les maisons de passe (et quelle drôle de chose que ce fût précisément à son futur mari que j'en eusse demandé l'éclaircissement !), je ne m'étais pas tout à fait trompé sur la signification de son regard, ni sur l'espèce de femme qu'elle était et m'avouait maintenant avoir été. « Tout cela est bien loin, me dit-elle, je n'ai plus jamais songé qu'à Robert depuis le jour où je lui ai été fiancée. Et, voyez-vous, ce n'est même pas ces caprices d'enfant que je me reproche le plus[a1]. »

LE TEMPS RETROUVÉ

Toute la journée[a], dans cette demeure un peu trop campagne qui n'avait l'air que d'un lieu de sieste entre deux promenades ou pendant l'averse, une de ces demeures où chaque salon a l'air d'un cabinet de verdure, et où sur la tenture des chambres les roses du jardin dans l'une, les oiseaux des arbres dans l'autre, vous ont rejoints et vous tiennent compagnie — isolés du moins — car c'étaient de vieilles tentures où chaque rose était assez séparée pour qu'on eût pu si elle avait été vivante la cueillir, chaque oiseau le mettre en cage et l'apprivoiser, sans rien de ces grandes décorations des chambres d'aujourd'hui où sur un fond d'argent, tous les pommiers de Normandie sont venus se profiler en style japonais pour halluciner les heures que vous passez au lit ; toute la journée, je la passais dans ma chambre qui donnait sur les belles verdures du parc et les lilas de l'entrée, les feuilles vertes des grands arbres au bord de l'eau, étincelants de soleil, et la forêt de Méséglise[1]. Je ne regardais en somme tout cela avec plaisir que parce que je me disais : « C'est joli d'avoir tant de verdure dans la fenêtre de ma chambre », jusqu'au moment où dans le vaste tableau verdoyant je reconnus, peint lui au contraire en bleu sombre, simplement parce qu'il était plus loin, le clocher de l'église de Combray. Non pas une figuration de ce clocher, ce clocher lui-même, qui, mettant ainsi sous mes yeux la distance des lieues et des années, était venu, au milieu de la lumineuse verdure et d'un tout autre ton, si sombre qu'il paraissait presque seulement dessiné, s'inscrire dans le carreau de ma fenêtre. Et si je sortais un moment de ma chambre, au bout du couloir, j'apercevais, parce qu'il était orienté autrement, comme une bande d'écarlate, la tenture d'un petit salon qui n'était qu'une simple mousseline mais rouge, et prête à s'incendier si y donnait un rayon de soleil[1].

Pendant ces promenades Gilberte me parlait de Robert comme se détournant d'elle, mais pour aller auprès d'autres femmes. Et il est vrai que beaucoup encombraient sa vie, et comme certaines camaraderies masculines pour les hommes qui aiment les femmes, avec ce caractère de défense inutilement faite et de place vainement usurpée qu'ont dans la plupart des maisons les objets qui ne peuvent servir à rien. Il vint plusieurs fois à Tansonville pendant que j'y étais[2]. Il était bien différent de ce que je l'avais connu. Sa vie ne l'avait pas épaissi, alenti, comme M. de Charlus, mais tout au contraire, mais opérant en lui un changement inverse, lui avait donné l'aspect désinvolte d'un officier de cavalerie — et bien qu'il eût donné sa démission au moment de son mariage — à un point qu'il n'avait jamais eu. Au fur et à mesure que M. de Charlus s'était alourdi, Robert (et sans doute il était infiniment plus jeune mais on sentait qu'il ne ferait que se rapprocher davantage de cet idéal avec l'âge, comme certaines femmes qui sacrifient résolument leur visage à leur taille et à partir d'un certain moment ne quittent plus Marienbad[3], pensant que, ne pouvant garder à la fois plusieurs jeunesses, c'est encore celle de la tournure qui sera le plus capable de représenter les autres) était devenu plus élancé, plus rapide, effet contraire d'un même vice. Cette vélocité avait d'ailleurs diverses raisons psychologiques, la crainte d'être vu, le désir de ne pas sembler avoir cette crainte, la fébrilité qui naît du mécontentement de soi et de l'ennui. Il avait l'habitude d'aller dans certains mauvais lieux où, comme il aimait qu'on ne le vît ni entrer, ni sortir, il s'engouffrait pour offrir aux regards malveillants de passants hypothétiques le moins de surface possible, comme on monte à l'assaut. Et cette allure de coup de vent lui était restée. Peut-être aussi schématisait-elle l'intrépidité apparente de quelqu'un qui veut montrer qu'il n'a pas peur et ne veut pas se donner le temps de penser. Pour être complet il faudrait faire entrer en ligne de compte le désir, plus il vieillissait, de paraître jeune et même l'impatience de ces hommes toujours ennuyés, toujours blasés, que sont les gens trop intelligents pour la vie relativement oisive qu'ils mènent et où leurs facultés ne se réalisent pas. Sans doute l'oisiveté même de ceux-là peut se traduire par de la nonchalance. Mais, surtout depuis la faveur dont jouissent les exercices physiques[1], l'oisiveté a pris une forme sportive, même en dehors des heures de sport et qui se traduit par une vivacité fébrile qui croit ne pas laisser à l'ennui le temps ni la place de se développer et non plus par de la nonchalance.

Ma mémoire avait, la mémoire involontaire elle-même, perdu l'amour d'Albertine. Mais il semble qu'il y ait une mémoire involontaire des membres, pâle et stérile imitation de l'autre, qui vive plus longtemps, comme certains animaux ou végétaux inintelligents vivent plus longtemps que l'homme. Les jambes, les bras sont pleins de souvenirs engourdis. Une fois que j'avais quitté Gilberte assez tôt, je m'éveillai au milieu de la nuit dans la chambre de Tansonville, et encore à demi endormi j'appelai : « Albertine ». Ce n'était pas que j'eusse pensé à elle, ni rêvé d'elle, ni que je la prisse pour Gilberte : c'est qu'une réminiscence éclose en mon bras m'avait fait chercher derrière mon dos la sonnette, comme dans ma chambre de Paris. Et, ne la trouvant pas, j'avais appelé : « Albertine », croyant que mon amie défunte était couchée auprès de moi, comme elle faisait souvent le soir et que nous nous endormions ensemble, comptant au réveil sur le temps qu'il faudrait à Françoise avant d'arriver, pour qu'Albertine pût sans imprudence tirer la sonnette que je ne trouvais pas.

Devenant[a] — du moins durant cette phase fâcheuse — beaucoup plus sec, il ne faisait presque plus preuve vis-à-vis de ses amis, par exemple vis-à-vis de moi, d'aucune sensibilité. Et en revanche il avait avec Gilberte des affectations de sensiblerie, poussées jusqu'à la comédie, qui déplaisaient. Ce n'est pas qu'en réalité Gilberte lui fût indifférente. Non, Robert l'aimait. Mais il lui mentait tout le temps ; son esprit de duplicité, sinon le fond même de ses mensonges, était perpétuellement découvert. Et alors il ne croyait pouvoir s'en tirer qu'en exagérant dans des proportions ridicules la tristesse réelle qu'il avait de peiner Gilberte. Il arrivait à Tansonville, obligé, disait-il, de repartir le lendemain matin pour une affaire avec un certain monsieur du pays qui était censé l'attendre à Paris et qui, précisément rencontré dans la soirée près de Combray, dévoilait involontairement le mensonge au courant duquel Robert avait négligé de le mettre, en disant qu'il était venu dans le pays se reposer pour un mois et ne retournerait pas à Paris d'ici là[a]. Robert rougissait, voyait le sourire mélancolique et fier[b] de Gilberte, se dépêtrait en l'insultant du gaffeur, rentrait avant sa femme, lui faisait remettre un mot désespéré où il lui disait qu'il avait fait ce mensonge pour ne pas lui faire de peine, pour qu'en le voyant repartir pour une raison qu'il ne pouvait pas lui dire, elle ne crût pas qu'il ne l'aimait pas (et tout cela, bien qu'il l'écrivît comme un mensonge, était en somme vrai), puis faisait demander s'il pouvait entrer chez elle et là, moitié tristesse réelle, moitié énervement de cette vie, moitié simulation chaque jour plus audacieuse, sanglotait, s'inondait d'eau froide, parlait de sa mort prochaine, quelquefois s'abattait sur le parquet comme s'il se fût trouvé mal. Gilberte ne savait pas dans quelle mesure elle devait le croire, le supposait menteur en chaque cas particulier, mais que d'une façon générale elle était aimée, et s'inquiétait de ce pressentiment d'une mort prochaine, pensant qu'il avait peut-être une maladie qu'elle ne savait pas et n'osait pas à cause de cela le contrarier et lui demander de renoncer à ses voyages.

Je comprenais du reste d'autant moins pourquoi il en faisait que Morel[c] était reçu comme l'enfant de la maison avec Bergotte[1] partout où étaient les Saint-Loup, à Paris, à Tansonville. Morel imitait Bergotte à ravir. Il n'y eut même plus besoin au bout de quelque temps de lui demander d'en faire une imitation. Comme ces hystériques qu'on n'est plus obligé d'endormir pour qu'ils deviennent telle ou telle personne, de lui-même il entrait tout d'un coup dans le personnage[d].

Françoise qui avait déjà vu tout ce que M. de Charlus avait fait pour Jupien et tout ce que Robert de Saint-Loup faisait pour Morel n'en concluait pas que c'était un trait qui reparaissait à certaines générations chez les Guermantes, mais plutôt — comme Legrandin aidait beaucoup Théodore — elle avait fini, elle personne si morale et si pleine de préjugés, par croire[e] que c'était une coutume que son universalité rendait respectable. Elle disait toujours d'un jeune homme, que ce fût Morel ou Théodore : « Il a trouvé un monsieur qui s'est toujours intéressé à lui et qui lui a bien aidé. » Et comme en pareil cas les protecteurs sont ceux qui aiment, qui souffrent, qui pardonnent, Françoise, entre eux et les mineurs qu'ils détournaient, n'hésitait pas à leur donner le beau rôle, à leur trouver « bien du cœur ». Elle blâmait sans hésiter Théodore qui avait joué bien des tours à Legrandin, et semblait pourtant ne pouvoir guère avoir de doutes sur la nature de leurs relations car elle ajoutait : « Alors le petit a compris qu'il fallait y mettre un peu du sien et y a dit : "Prenez-moi avec vous, je vous aimerai bien, je vous cajolerai bien", et ma foi ce monsieur a tant de cœur que bien sûr que Théodore est sûr de trouver près de lui peut-être bien plus qu'il ne mérite, car c'est une tête brûlée, mais ce monsieur est si bon que j'ai souvent dit à Jeannette (la fiancée de Théodore) : "Petite, si jamais vous êtes dans la peine, allez vers ce monsieur. Il coucherait plutôt par terre et vous donnerait son lit. Il a trop aimé le petit (Théodore) pour le mettre dehors. Bien sûr qu'il ne l'abandonnera jamais." »

Par politesse je demandai à sa sœur le nom de Théodore, qui vivait maintenant dans le Midi. « Mais c'était lui qui m'avait écrit pour mon article du *Figaro* ! » m'écriai-je en apprenant qu'il s'appelait Sautton[1].

De même estimait-elle plus Saint-Loup que Morel et jugeait-elle que, malgré tous les coups que le petit (Morel) avait faits, le marquis ne le laisserait jamais dans la peine, car c'est un homme qui avait trop de cœur, ou alors il faudrait qu'il lui soit arrivé à lui-même de grands revers.

Il insistait[a] pour que je restasse à Tansonville et laissa échapper une fois, bien qu'il ne cherchât visiblement plus à me faire plaisir, que ma venue avait été pour sa femme une joie telle qu'elle en était restée, à ce qu'elle lui avait dit, transportée de joie tout un soir, un soir où elle se sentait si triste que je l'avais, en arrivant à l'improviste, miraculeusement sauvée du désespoir, « peut-être de pis », ajouta-t-il. Il me demandait de tâcher de la persuader qu'il l'aimait, me disant que la femme qu'il aimait aussi, il l'aimait moins qu'elle et romprait bientôt. « Et pourtant », ajoutait-il avec une telle fatuité et un tel besoin de confidence que je croyais par moments que le nom de Charlie[b2] allait, malgré Robert, « sortir » comme le numéro d'une loterie, « j'avais de quoi être fier. Cette femme qui me donne tant de preuves de sa tendresse et que je vais sacrifier à Gilberte, jamais elle n'avait fait attention à un homme, elle se croyait elle-même incapable d'être amoureuse. Je suis le premier. Je savais qu'elle s'était tellement refusée à tout le monde que, quand j'ai reçu la lettre adorable où elle me disait qu'il ne pouvait y avoir de bonheur pour elle qu'avec moi, je n'en revenais pas. Évidemment il y aurait de quoi me griser, si la pensée de voir cette pauvre petite Gilberte en larmes ne m'était pas intolérable. Ne trouves-tu pas qu'elle a quelque chose de Rachel ? » me disait-il. Et en effet j'avais été frappé d'une vague ressemblance qu'on pouvait à la rigueur trouver maintenant entre elles. Peut-être tenait-elle à une similitude réelle de quelques traits (dus par exemple à l'origine hébraïque pourtant si peu marquée chez Gilberte) à cause de laquelle Robert, quand sa famille avait voulu qu'il se mariât, s'était, à conditions de fortune égales, senti plus attiré vers Gilberte. Elle tenait aussi à ce que Gilberte, ayant surpris des photographies de Rachel dont elle avait ignoré jusqu'au nom, cherchait pour plaire à Robert à imiter[a] certaines habitudes chères à l'actrice, comme d'avoir toujours des nœuds rouges dans les cheveux, un ruban de velours noir au bras et se teignait les cheveux pour paraître brune. Puis sentant que ses chagrins lui donnaient mauvaise mine, elle essayait d'y remédier. Elle le faisait parfois sans mesure. Un jour où Robert devait venir le soir pour passer vingt-quatre heures à Tansonville, je fus stupéfait de la voir venir se mettre à table si étrangement différente non seulement de ce qu'elle était autrefois, mais même les jours habituels, que je restai stupéfait comme si j'avais eu devant moi une actrice, une espèce de Théodora[1]. Je sentais que malgré moi je la regardais trop fixement, dans ma curiosité de savoir ce qu'elle avait de changé. Cette curiosité fut d'ailleurs bientôt satisfaite quand elle se moucha et malgré toutes les précautions qu'elle y mit. Par toutes les couleurs qui restèrent sur le mouchoir, en faisant une riche palette, je vis qu'elle était complètement peinte. C'était cela qui lui faisait cette bouche sanglante et qu'elle s'efforçait de rendre rieuse, croyant que cela lui allait bien, tandis que l'heure du train qui s'approchait, sans que Gilberte sût si son mari arriverait vraiment ou s'il n'enverrait pas une de ces dépêches dont M. de Guermantes avait spirituellement fixé le modèle : IMPOSSIBLE VENIR, MENSONGE SUIT, pâlissait ses joues sous la sueur violette du fard et cernait ses yeux.

« Ah[a] ! vois-tu », me disait-il, avec un air volontairement tendre qui contrastait tant avec sa tendresse spontanée d'autrefois, avec une voix d'alcoolique et des modulations d'acteur, « Gilberte heureuse, il n'y a rien que je ne donnerais pour cela ! Elle a tant fait pour moi. Tu ne peux pas savoir. » Et ce qui était le plus déplaisant dans tout cela était encore l'amour-propre, car il était flatté d'être aimé par Gilberte, et sans oser dire que c'était Charlie qu'il aimait, donnait pourtant sur l'amour que le violoniste était censé avoir pour lui, des détails que Saint-Loup savait bien exagérés sinon inventés de toutes pièces, lui à qui Charlie demandait chaque jour plus d'argent[1]. Et c'était en me confiant Gilberte qu'il repartait pour Paris.

J'eus du reste l'occasion, pour anticiper un peu puisque je suis encore à Tansonville, de l'y apercevoir une fois dans le monde, et de loin, où sa parole malgré tout vivante et charmante me permettait de retrouver le passé ; je fus frappé combien il changeait. Il ressemblait de plus en plus à sa mère, la manière de sveltesse hautaine qu'il avait héritée d'elle et qu'elle avait parfaite, chez lui, grâce à l'éducation la plus accomplie, elle s'exagérait, se figeait ; la pénétration du regard propre aux Guermantes lui donnait l'air d'inspecter tous les lieux au milieu desquels il passait, mais d'une façon quasi inconsciente, par une sorte d'habitude et de particularité animale. Même immobile, la couleur qui était la sienne plus que de tous les Guermantes, d'être seulement l'ensoleillement d'une journée d'or devenu solide, lui donnait comme un plumage si étrange, faisait de lui une espèce si rare, si précieuse qu'on aurait voulu le posséder pour une collection ornithologique ; mais quand, de plus, cette lumière changée en oiseau se mettait en mouvement, en action, quand par exemple je voyais Robert de Saint-Loup entrer dans une soirée où j'étais, il avait des redressements de tête si soyeusement et fièrement huppée sous l'aigrette d'or de ses cheveux un peu déplumés, des mouvements de cou tellement plus souples, plus fiers et plus coquets que n'en ont les humains, que devant la curiosité et l'admiration moitié mondaine, moitié zoologique qu'il vous inspirait, on se demandait si c'était dans le faubourg Saint-Germain qu'on se trouvait ou au Jardin des Plantes et si on regardait un grand seigneur traverser un salon ou se promener dans sa cage un oiseau. Tout ce retour, d'ailleurs, à l'élégance volatile des Guermantes au bec pointu, aux yeux acérés était maintenant utilisé par son vice nouveau qui s'en servait pour se donner contenance[a]. Plus il s'en servait, plus il paraissait ce que Balzac appelle tante[b]. Pour peu qu'on y mît un peu d'imagination, le ramage ne se prêtait pas moins à cette interprétation que le plumage. Il commençait à dire des phrases[c] qu'il croyait grand siècle et par là il imitait les manières de Guermantes. Mais un rien indéfinissable faisait qu'elles devenaient du même coup[d] les manières de M. de Charlus. « Je te quitte un instant », me dit-il dans cette soirée où Mme de Marsantes était un peu plus loin. « Je vais faire un doigt de cour à ma mère. »

Quant à cet amour dont il me parlait sans cesse, il n'était pas, d'ailleurs, que celui pour Charlie, bien que ce fût le seul qui comptât pour lui. Quel que soit le genre d'amours d'un homme on se trompe toujours sur le nombre des personnes avec qui il a des liaisons parce qu'on interprète faussement des amitiés comme des liaisons, ce qui est une erreur par addition, mais aussi parce qu'on croit qu'une liaison prouvée en exclut une autre, ce qui est un autre genre d'erreur. Deux personnes peuvent dire : « La maîtresse de X..., je la connais », prononcer deux noms différents et ne se tromper ni l'une ni l'autre. Une femme qu'on aime suffit rarement à tous nos besoins et on la trompe avec une femme qu'on n'aime pas. Quant au genre d'amours que Saint-Loup avait hérités de M. de Charlus, un mari qui y est enclin fait habituellement le bonheur de sa femme. C'est une règle générale à laquelle les Guermantes trouvaient le moyen de faire exception parce que ceux qui avaient ce goût voulaient faire croire qu'ils avaient au contraire celui des femmes. Ils s'affichaient avec l'une ou l'autre et désespéraient la leur. Les Courvoisier en usaient plus sagement. Le jeune vicomte de Courvoisier[1] se croyait seul sur la terre et depuis l'origine du monde à être tenté par quelqu'un de son sexe. Supposant que ce penchant lui venait du diable il lutta contre lui, épousa une femme ravissante, lui fit des enfants. Puis un de ses cousins lui enseigna que ce penchant est assez répandu, poussa la bonté jusqu'à le mener dans des lieux où il pouvait le satisfaire. M. de Courvoisier n'en aima que plus sa femme, redoubla de zèle prolifique, et elle et lui étaient cités comme le meilleur ménage de Paris. On n'en disait point autant de celui de Saint-Loup parce que Robert, au lieu de se contenter de l'inversion, faisait mourir sa femme de jalousie en entretenant, sans plaisir, des maîtresses.

Il est possible que Morel, étant excessivement noir, fût nécessaire à Saint-Loup comme l'ombre l'est au rayon de soleil. On imagine très bien dans cette famille si ancienne un grand seigneur blond doré, intelligent, doué de tous les prestiges et recélant à fond de cale un goût secret, ignoré de tous, pour les nègres.

Robert, d'ailleurs, ne laissait jamais la conversation toucher à ce genre d'amours qui était le sien. Si j'en[a] disais un mot : « Ah ! je ne sais pas », répondait-il avec un détachement si profond qu'il en laissait tomber son monocle, « je n'ai pas soupçon de ces choses-là. Si tu désires des renseignements là-dessus, *mon cher*, je te conseille de t'adresser ailleurs. Moi, je suis un soldat, un point c'est tout. Autant que ces choses-là m'indiffèrent, autant je suis avec passion la guerre balkanique. Autrefois cela t'intéressait, l'étymologie des batailles. Je te disais alors qu'on reverrait, même dans les conditions les plus différentes, les batailles typiques, par exemple le grand essai d'enveloppement par l'aile, la Bataille d'Ulm[1]. Hé bien ! si spéciales que soient ces guerres balkaniques, Lullé-Burgas c'est encore Ulm, l'enveloppement par l'aile. Voilà les sujets dont tu peux me parler. Mais pour le genre de choses auxquelles tu fais allusion, je m'y connais autant qu'en sanscrit. »

Ces sujets que Robert dédaignait ainsi, Gilberte au contraire quand il était reparti les abordait volontiers en causant avec moi. Non certes relativement à son mari car elle ignorait ou feignait[b] d'ignorer tout. Mais elle s'étendait volontiers sur eux en tant qu'ils concernaient les autres, soit qu'elle y vît une sorte d'excuse indirecte pour Robert, soit que celui-ci, partagé comme son oncle entre un silence sévère à l'égard de ces sujets et un besoin de s'épancher et de médire, l'eût instruite pour beaucoup. Entre tous, M. de Charlus n'était pas épargné ; c'était sans doute que

Robert, sans parler de Charlie à Gilberte, ne pouvait s'empêcher avec elle, de lui répéter, sous une forme ou une autre, ce que le violoniste lui avait appris. Et il poursuivait son ancien bienfaiteur de sa haine. Ces conversations, que Gilberte affectionnait, me permirent de lui demander si, dans un genre parallèle, Albertine, dont c'est par elle que jadis j'avais la première fois entendu le nom, quand elles étaient amies de cours, avait de ces goûts[1]. Gilberte ne put me donner ce renseignement. Au reste il y avait longtemps qu'il eût cessé d'offrir quelque intérêt pour moi. Mais je continuais à m'en enquérir machinalement, comme un vieillard ayant perdu la mémoire, qui demande de temps à autre des nouvelles du fils qu'il a perdu.

Ce qui est curieux et ce sur quoi je ne peux m'étendre, c'est à quel point, vers cette époque-là, toutes les personnes qu'aimait Albertine, toutes celles qui auraient pu lui faire faire ce qu'elles auraient voulu, demandèrent, implorèrent, j'oserai dire mendièrent, à défaut de mon amitié, quelques relations avec moi. Il n'y aurait plus eu besoin d'offrir de l'argent à Mme Bontemps pour qu'elle me renvoyât Albertine. Ce retour de la vie se produisant quand il ne servait plus à rien, m'attristait profondément, non à cause d'Albertine, que j'eusse reçue sans plaisir si elle m'eût été ramenée non plus de Touraine, mais de l'autre monde, mais à cause d'une jeune femme que j'aimais et que je ne pouvais arriver à voir. Je me disais que si elle mourait, ou si je ne l'aimais plus, tous ceux qui eussent pu me rapprocher d'elle tomberaient à mes yeux. En attendant j'essayais en vain d'agir sur eux, n'étant pas guéri par l'expérience qui aurait dû m'apprendre — si elle apprenait jamais rien — qu'aimer est un mauvais sort comme ceux qu'il y a dans les contes, contre quoi on ne peut rien jusqu'à ce que l'enchantement ait cessé.

« Justement le livre que je tiens là parle de ces choses », me dit-elle. (Je parlai à Robert de ce mystérieux : « Nous nous serions bien entendus. » Il déclara ne pas s'en souvenir et que cela n'avait en tout cas aucun sens particulier.)

« C'est[a] un vieux Balzac que je pioche pour me mettre à la hauteur de mes oncles, *La Fille aux yeux d'or*[2]. Mais c'est absurde, invraisemblable, un beau cauchemar. D'ailleurs, une femme peut peut-être être surveillée ainsi par une autre femme, jamais par un homme. — Vous vous trompez, j'ai connu une femme qu'un homme qui l'aimait était arrivé véritablement à séquestrer ; elle ne pouvait jamais voir personne, et sortir seulement avec des serviteurs dévoués. — Eh bien, cela devrait vous faire horreur à vous qui êtes si bon. Justement nous disions avec Robert que vous devriez vous marier. Votre femme vous guérirait et vous feriez son bonheur. — Non, parce que j'ai trop mauvais caractère. — Quelle idée ! — Je vous assure ! J'ai, du reste, été fiancé, mais je n'ai pas pu me décider à l'épouser (et elle y a renoncé elle-même, à cause de mon caractère indécis et tracassier). » C'était, en effet, sous cette forme trop simple que je jugeais mon aventure avec Albertine, maintenant que je ne voyais plus cette aventure que du dehors.

J'étais triste en remontant dans ma chambre de penser que je n'avais pas été une seule fois revoir l'église de Combray[1] qui semblait m'attendre au milieu des verdures dans une fenêtre toute violacée. Je me disais : « Tant pis, ce sera pour une autre année, si je ne meurs pas d'ici là », ne voyant pas d'autre obstacle que ma mort et n'imaginant pas celle de l'église qui me semblait devoir durer longtemps après ma mort comme elle avait duré longtemps avant ma naissance.

Un jour pourtant je parlai à Gilberte d'Albertine et lui demandai si celle-ci aimait les femmes. « Oh ! pas du tout. — Mais vous disiez autrefois qu'elle avait mauvais genre. — J'ai dit cela, moi ? vous devez vous tromper. En tout cas si je l'ai dit, mais vous faites erreur, je parlais au contraire d'amourettes avec des jeunes gens. À cet âge-là, du reste, cela n'allait d'ailleurs probablement pas bien loin. » Gilberte disait-elle cela pour me cacher qu'elle-même, selon ce qu'Albertine m'avait dit, aimait les femmes, et avait fait à Albertine des propositions ? Ou bien (car les autres sont souvent plus renseignés sur notre vie que nous ne croyons) savait-elle que j'avais aimé, que j'avais été jaloux d'Albertine et (les autres pouvant savoir plus de vérité sur nous que nous ne croyons, mais l'étendre aussi trop loin, et être dans l'erreur par des suppositions excessives, alors que nous les avions espérés dans l'erreur par l'absence de toute supposition) s'imaginait-elle que je l'étais encore et me mettait-elle sur les yeux, par bonté, ce bandeau qu'on a toujours tout prêt pour les jaloux ?

En tout cas, les paroles de Gilberte depuis « le mauvais genre » d'autrefois jusqu'au certificat de bonne vie et mœurs d'aujourd'hui suivaient une marche inverse des affirmations d'Albertine qui avait fini presque par avouer de demi-rapports avec Gilberte. Albertine m'avait étonné en cela, comme sur ce que m'avait dit Andrée, car pour toute cette petite bande j'avais d'abord cru avant de la connaître à sa perversité ; je m'étais rendu compte de mes fausses suppositions, comme il arrive si souvent quand on trouve une honnête fille et presque ignorante des réalités de l'amour dans le milieu qu'on avait cru à tort le plus dépravé. Puis j'avais refait le chemin en sens contraire, reprenant pour vraies mes suppositions du début. Mais peut-être Albertine avait-elle voulu me dire cela pour avoir l'air plus expérimentée qu'elle n'était et pour m'éblouir à Paris du prestige de sa perversité, comme la première fois à Balbec par celui de sa vertu. Et tout simplement quand je lui avais parlé des femmes qui aimaient les femmes, pour ne pas avoir l'air de ne pas savoir ce que c'était, comme dans une conversation on prend un air entendu si on parle de Fourier[1] ou de Tobolsk[2], encore qu'on ne sache pas ce que c'est. Elle avait peut-être vécu près de l'amie de Mlle Vinteuil et d'Andrée, séparée par une cloison étanche d'elles qui croyaient qu'elle « n'en était pas », ne s'était renseignée ensuite — comme une femme qui épouse un homme de lettres cherche à se cultiver — qu'afin de me complaire en se rendant capable de répondre à mes questions, jusqu'au jour où elle avait compris qu'elles étaient inspirées par la jalousie et où elle avait fait machine en arrière. À moins que ce fût Gilberte qui me mentît. L'idée même me vint que c'était pour avoir appris d'elle, au cours d'un flirt qu'il aurait conduit dans le sens qui l'intéressait, qu'elle ne détestait pas les femmes, que Robert l'avait épousée, espérant des plaisirs qu'il n'avait pas dû trouver chez lui puisqu'il les prenait ailleurs. Aucune de ces hypothèses n'était absurde, car chez des femmes comme la fille d'Odette ou les jeunes filles de la petite bande il y a une telle diversité, un tel cumul de goûts alternants si même ils ne sont pas simultanés, qu'elles passent aisément d'une liaison avec une femme à un grand amour pour un homme, si bien que définir le goût réel et dominant reste difficile.

Je ne voulus[a] pas emprunter à Gilberte sa *Fille aux yeux d'or* puisqu'elle la lisait[b]. Mais elle me prêta pour lire avant de m'endormir ce dernier soir que je passai chez elle un livre qui me produisit une impression assez vive et mêlée, qui d'ailleurs ne devait pas être durable. C'était un volume du journal inédit des Goncourt[1].

Et quand, avant d'éteindre ma bougie, je lus le passage que je transcris plus bas, mon absence de dispositions pour les lettres, pressentie jadis du côté de Guermantes[2], confirmée durant ce séjour dont c'était le dernier soir — ce soir des veilles de départ où l'engourdissement des habitudes qui vont finir cessant, on essaie de se juger — me parut quelque chose de moins regrettable, comme si la littérature ne révélait pas de vérité profonde ; et en même temps il me semblait triste que la littérature ne fût pas ce que j'avais cru. D'autre part, moins regrettable me paraissait l'état maladif qui allait me confiner dans une maison de santé, si les belles choses dont parlent les livres n'étaient pas plus belles que ce que j'avais vu. Mais par une contradiction bizarre, maintenant que ce livre en parlait j'avais envie de les voir. Voici les pages que je lus jusqu'à ce que la fatigue me fermât les yeux[3] :

« Avant-hier tombe[4] ici pour m'emmener dîner chez lui Verdurin, l'ancien critique de *La Revue*[5], l'auteur de ce livre sur Whistler[6] où vraiment le faire[7], le coloriage artiste de l'original Américain, est souvent rendu avec une grande délicatesse par l'amoureux de tous les raffinements, de toutes les *joliesses*[8] de la chose peinte qu'est Verdurin. Et tandis que je m'habille pour le suivre c'est de sa part, tout un récit où il y a par moments comme l'épellement[9] apeuré d'une confession sur le renoncement à écrire aussitôt après son mariage avec la "Madeleine" de Fromentin[10], renoncement qui serait dû à l'habitude de la morphine et aurait eu cet effet, au dire de Verdurin, que la plupart des habitués du salon de sa femme ne sauraient même pas que le mari a jamais écrit et lui parleraient de Charles Blanc[11], de Saint-Victor[12], de Sainte-Beuve[13], de Burty[14], comme d'individus auxquels ils le croient, lui, tout à fait inférieur. "Voyons, vous Goncourt, vous savez bien et Gautier le savait aussi que mes *Salons* étaient autre chose que ces piteux *Maîtres d'autrefois*[15] crus un chef-d'œuvre dans la famille de ma femme." Puis par un crépuscule où il y a près des tours du Trocadéro comme le dernier allumement d'une lueur qui en fait des tours absolument pareilles aux tours enduites de gelée de groseille des anciens pâtissiers[1], la causerie continue dans la voiture qui doit nous conduire quai Conti où est leur hôtel, que son possesseur prétend être l'ancien hôtel des ambassadeurs de Venise[2] et où il y aurait un fumoir dont Verdurin me parle comme d'une salle transportée telle quelle, à la façon des *Mille et Une Nuits*[3], d'un célèbre *palazzo* dont j'oublie le nom, *palazzo* à la margelle du puits représentant un couronnement de la Vierge que Verdurin soutient être absolument du plus beau Sansovino et qui servirait, pour leurs invités, à jeter la cendre de leurs cigares. Et ma foi, quand nous arrivons, dans le glauque et le diffus[4] d'un clair de lune vraiment semblable à ceux dont la peinture classique abrite Venise, et sur lequel la coupole silhouettée de l'Institut fait penser à la Salute dans les tableaux de Guardi, j'ai un peu l'illusion d'être au bord du Grand Canal. Et l'illusion entretenue par la construction de l'hôtel où du premier étage on ne voit pas le quai et par le dire[5] évocateur du maître de maison affirmant que le nom de la rue du Bac — du diable si j'y avais jamais pensé — viendrait du bac sur lequel des religieuses d'autrefois, les Miramiones[6], se rendaient aux offices de Notre-Dame. Tout un quartier[7] où a flâné mon enfance quand ma tante de Courmont[8] l'habitait et que je me prends à *raimer*[9] en retrouvant, presque contiguë à l'hôtel des Verdurin, l'enseigne du *Petit Dunkerque*[10] une des rares boutiques survivant ailleurs que vignettées dans le crayonnage et les frottis de Gabriel de Saint-Aubin[11] où le XVIIIe siècle curieux venait asseoir ses moments d'oisiveté pour le marchandage des jolités françaises et étrangères et "tout ce que les arts produisent de plus nouveau" comme dit une facture de ce *Petit Dunkerque*, facture dont nous sommes seuls, je crois, Verdurin et moi, à posséder une épreuve et qui est bien un des volants chefs-d'œuvre de papier ornementé sur lequel le règne de Louis XV faisait ses comptes, avec son en-tête représentant une mer toute vagueuse, chargée de vaisseaux, une mer aux vagues ayant l'air d'une illustration dans l'édition des Fermiers généraux, de « L'Huître et les Plaideurs[12] ». La maîtresse de la maison qui va me placer à côté d'elle me dit aimablement avoir fleuri sa table rien qu'avec des chrysanthèmes japonais mais des chrysanthèmes disposés en des vases qui seraient de rarissimes chefs-d'œuvre, l'un entre autres, fait d'un bronze sur lequel des pétales en cuivre rougeâtre sembleraient être la vivante effeuillaison de la fleur[1]. Il y a là Cottard le docteur, sa femme, le sculpteur polonais Viradobetski[2], Swann le collectionneur, une grande dame russe, une princesse au nom en of[3] qui m'échappe, et Cottard me souffle à l'oreille que c'est elle qui aurait tiré à bout portant sur l'archiduc Rodolphe et d'après[a] qui j'aurais en Galicie et dans tout le nord de la Pologne une situation absolument exceptionnelle, une jeune fille ne consentant jamais à promettre sa main sans savoir si son fiancé est un admirateur de *La Faustin*[4]. “Vous ne pouvez pas comprendre cela, vous autres Occidentaux”, jette[5] en manière de conclusion la princesse, qui me fait, ma foi, l'effet d'une intelligence tout à fait supérieure, “cette pénétration par un écrivain de l'intimité de la femme.” Un homme au menton et aux lèvres rasés, aux favoris de maître d'hôtel, débitant sur un ton de condescendance des plaisanteries de professeur de seconde qui fraye avec les premiers de sa classe pour la Saint-Charlemagne[6], et c'est Brichot, l'universitaire. À mon nom prononcé par Verdurin il n'a pas une parole qui connaisse nos livres et c'est en moi un découragement colère[7] éveillé par cette conspiration qu'organise contre nous la Sorbonne, apportant jusque dans l'aimable logis où je suis fêté la contradiction, l'hostile, d'un silence voulu. Nous passons à table et c'est alors un extraordinaire défilé d'assiettes qui sont tout bonnement des chefs-d'œuvre de l'art du porcelainier, celui dont, pendant un repas délicat, l'attention chatouillée d'un amateur écoute le plus complaisamment le bavardage artiste, — des assiettes des Yung-Tsching[8] à la couleur capucine de leurs rebords, au bleuâtre, à l'effeuillé turgide de leurs iris d'eau, à la traversée, vraiment décoratoire, par l'aurore d'un vol de martins-pêcheurs et de grues, aurore ayant tout à fait ces tons matutinaux qu'entre-regarde quotidiennement, boulevard Montmorency, mon réveil[9] — des assiettes de Saxe, plus mièvres dans le gracieux de leur faire, à l'endormement, à l'anémie de leurs roses tournées au violet, au déchiquetage lie-de-vin d'une tulipe, au rococo d'un œillet ou d'un myosotis, — des assiettes de Sèvres, engrillagées par le fin guillochis de leurs cannelures blanches, verticillées d'or, ou que noue, sur l'à-plat crémeux de la pâte, le galant relief d'un ruban d'or[1], — enfin toute une argenterie où courent ces myrtes de Luciennes que reconnaîtrait la Dubarry[2]. Et ce qui est peut-être aussi rare, c'est la qualité vraiment tout à fait remarquable des choses qui sont servies là-dedans[3], un manger finement mijoté, tout un fricoté comme les Parisiens, il faut le dire bien haut, n'en ont jamais dans les plus grands dîners, et qui me rappelle certains cordons bleus de Jean d'Heurs[4]. Même le foie gras n'a aucun rapport avec la fade mousse qu'on sert habituellement sous ce nom, et je ne sais pas beaucoup d'endroits où la simple salade de pommes de terre est faite ainsi de pommes de terre ayant la fermeté de boutons d'ivoire japonais, le patiné de ces petites cuillers d'ivoire avec lesquelles les Chinoises versent l'eau sur le poisson qu'elles viennent de pêcher. Dans le verre de Venise que j'ai devant moi, une riche bijouterie de rouges est mise par un extraordinaire léoville[5] acheté à la vente de M. de Montalivet[a] et c'est un amusement pour l'imagination de l'œil et aussi, je ne crains pas de le dire, pour l'imagination de ce qu'on appelait autrefois la gueule, de voir apporter une barbue qui n'a rien des barbues pas fraîches qu'on sert sur les tables les plus luxueuses et qui ont pris dans les retards du voyage le modelage sur leur dos de leurs arêtes, une barbue qu'on sert non avec la colle à pâte que préparent sous le nom de sauce blanche tant de chefs de grande maison, mais avec de la véritable sauce blanche faite avec du beurre à cinq francs la livre, de voir apporter cette barbue dans un merveilleux plat Tching-Hon[6] traversé par les pourpres rayages d'un coucher de soleil sur une mer où passe la navigation drolatique d'une bande de langoustes, au pointillis grumeleux si extraordinairement rendu qu'elles semblent avoir été moulées sur des carapaces vivantes, plat dont le marli[7] est fait de la pêche à la ligne par un petit Chinois d'un poisson qui est un enchantement de nacreuse couleur par l'argentement azuré de son ventre. Comme je dis à Verdurin le délicat plaisir que ce doit être pour lui que cette raffinée mangeaille dans cette collection comme aucun prince n'en possède pas à l'heure actuelle derrière ses vitrines : “On voit bien que vous ne le connaissez pas”, me jette mélancolieusement[8] la maîtresse de maison. Et elle me parle de son mari comme d'un original maniaque, indifférent à toutes ces jolités[9], “un maniaque, répète-t-elle, oui, absolument cela”, d'un maniaque qui aurait plutôt l'appétit d'une bouteille de cidre, bue dans la fraîcheur un peu encanaillée d'une ferme normande. Et la charmante femme à la parole vraiment amoureuse des colorations d'une contrée nous parle avec un enthousiasme débordant de cette Normandie qu'ils ont habitée[1], une Normandie qui serait un immense parc anglais, à la fragrance[2] de ses hautes futaies à la Lawrence, au velours cryptomeria[3] dans leur bordure porcelainée d'hortensias roses de ses pelouses naturelles, au chiffonnage de roses soufre dont la retombée sur une porte de paysans, où l'incrustation de deux poiriers enlacés simule une enseigne tout à fait ornementale, fait penser à la libre[a] retombée d'une branche fleurie dans le bronze d'une applique de Gouthière[4], une Normandie qui serait absolument insoupçonnée des Parisiens en vacances et que protège la barrière de chacun de ses *clos*, barrières que les Verdurin me confessent ne s'être pas fait faute de lever toutes. À la fin du jour, dans un éteignement sommeilleux de toutes les couleurs où la lumière ne serait plus donnée que par une mer presque caillée ayant le bleuâtre du petit lait (“Mais non, rien de la mer que vous connaissez”, proteste frénétiquement ma voisine, en réponse à mon dire que Flaubert nous avait menés, mon frère et moi, à Trouville, “rien absolument, rien, il faudra venir avec moi, sans cela vous ne saurez jamais”) ils rentraient, à travers les vraies forêts en fleurs de tulle rose que faisaient les rhododendrons, tout à fait grisés par l'odeur des sardineries qui donnaient au mari d'abominables crises d'asthme — “oui, insiste-t-elle, c'est cela, de vraies crises d'asthme”. Là-dessus, l'été suivant, ils revenaient, logeant toute une colonie d'artistes dans une admirable habitation moyenâgeuse que leur faisait un ancien cloître loué par eux, pour rien. Et ma foi, en entendant cette femme qui, en passant par tant de milieux vraiment distingués, a gardé pourtant dans sa parole un peu de la verdeur de la parole d'une femme du peuple, une parole qui vous montre les choses avec la couleur que votre imagination y voit, l'eau me vient à la bouche de la vie qu'elle me confesse[5] avoir menée là-bas, chacun travaillant dans sa cellule, et où, dans le salon si vaste qu'il possédait deux cheminées, tout le monde venait avant déjeuner pour des causeries tout à fait supérieures, mêlées de petits jeux, me faisant penser à celle qu'évoque ce chef-d'œuvre de Diderot, les *Lettres à*

Mademoiselle Volland[1]. Puis, après le déjeuner, tout le monde sortait, même les jours de grains, dans le coup de soleil, le rayonnement d'une ondée, d'une ondée lignant de son filtrage lumineux les nodosités d'un magnifique départ de hêtres centenaires qui mettaient devant la grille le *beau*[2] végétal affectionné par le XVIIIe siècle, et d'arbustes ayant pour boutons fleurissants dans la suspension de leurs rameaux des gouttes de pluie. On s'arrêtait pour écouter le délicat barbotis, enamouré de fraîcheur, d'un bouvreuil se baignant dans la mignonne baignoire minuscule de Nymphenbourg[3] qu'est la corolle d'une rose blanche. Et comme je parle à Mme Verdurin des paysages et des fleurs de là-bas délicatement pastellisés par Elstir : “Mais c'est moi qui lui ai fait connaître tout cela”, jette-t-elle avec un redressement colère de la tête, “tout, vous entendez bien, tout, les coins curieux, tous les motifs, je le lui ai jeté à la face quand il nous a quittés, n'est-ce pas, Auguste[4] ? tous les motifs qu'il a peints. Les objets, il les a toujours connus, cela il faut être juste, il faut le reconnaître. Mais les fleurs, il n'en avait jamais vu, il ne savait pas distinguer un althæa d'une passe-rose. C'est moi qui lui ai appris à reconnaître, vous n'allez pas me croire, à reconnaître le jasmin.” Et il faut avouer qu'il y a quelque chose de curieux à penser que le peintre des fleurs que les amateurs d'art nous citent aujourd'hui comme le premier, comme supérieur même à Fantin-Latour, n'aurait peut-être jamais, sans la femme qui est là, su peindre un jasmin. “Oui, ma parole, le jasmin ; toutes les roses qu'il a faites, c'est chez moi, ou bien c'est moi qui les lui apportais. On ne l'appelait chez nous que monsieur Tiche ; demandez à Cottard, à Brichot, à tous les autres, si on le traitait ici en grand homme. Lui-même en aurait ri. Je lui apprenais à disposer ses fleurs, au commencement il ne pouvait pas en venir à bout. Il n'a jamais su faire un bouquet. Il n'avait[a] pas de goût naturel pour choisir, il fallait que je lui dise : ‘Non, ne peignez pas cela, cela n'en vaut pas la peine, peignez ceci.’ Ah ! s'il nous avait écoutés aussi pour l'arrangement de sa vie comme pour l'arrangement de ses fleurs, et s'il n'avait pas fait ce sale mariage[5] !” Et brusquement, les yeux enfiévrés par l'absorption d'une rêverie tournée vers le passé, avec le nerveux taquinage, dans l'allongement maniaque de ses phalanges, du floche des manches de son corsage, c'est, dans le contournement[6] de sa pose endolorie, comme un admirable tableau qui n'a je crois jamais été peint, et où se liraient toute la révolte contenue, toutes les susceptibilités rageuses d'une amie outragée dans les délicatesses, dans la pudeur de la femme. Là-dessus elle nous parle de l'admirable portrait[1] qu'Elstir a fait pour elle, le portrait de la famille Cottard, portrait donné par elle au Luxembourg au moment de sa brouille avec le peintre, confessant que c'est elle qui a donné au peintre l'idée d'avoir fait l'homme en habit pour obtenir tout ce beau bouillonnement du linge, et qui a choisi la robe de velours de la femme, robe faisant un appui au milieu de tout le papillotage des nuances claires des tapis, des fleurs, des fruits, des robes de gaze des fillettes pareilles à des tutus de danseuses. Ce serait elle aussi qui aurait donné l'idée de ce coiffage, idée dont on a fait ensuite honneur à l'artiste, idée qui consistait en somme à peindre la femme non pas en représentation mais surprise dans l'intime de sa vie de tous les jours. "Je lui disais : 'Mais dans la femme qui se coiffe, qui s'essuie la figure, qui se chauffe les pieds, quand elle ne croit pas être vue, il y a un tas de mouvements intéressants[2], des mouvements d'une grâce tout à fait léonardesque[a] !'".

« Mais sur un signe de Verdurin, indiquant le réveil de ces indignations comme malsain pour la grande nerveuse que serait au fond sa femme, Swann me fait admirer le collier de perles noires porté par la maîtresse de la maison et acheté par elle, toutes blanches, à la vente d'un descendant de Mme de La Fayette à qui elles auraient été données par Henriette d'Angleterre, perles devenues noires à la suite d'un incendie qui détruisit une partie de la maison que les Verdurin habitaient dans une rue dont je ne me rappelle plus le nom, incendie après lequel fut retrouvé le coffret où étaient ces perles, mais devenues entièrement noires[3]. "Et je connais leur portrait, de ces perles, aux épaules mêmes de Mme de La Fayette, oui, parfaitement, leur portrait", insiste Swann devant les exclamations des convives un brin ébahis, leur portrait authentique, dans la collection du duc de Guermantes." Une collection qui n'a pas son égale au monde, proclame Swann, et que je devrais aller voir, une collection héritée par le célèbre duc, qui était son neveu préféré, de Mme de Beausergent, sa tante, de Mme de Beausergent depuis Mme d'Hatzfeldt, la sœur de la marquise de Villeparisis et de la princesse d'Hanovre, où mon frère[a] et moi nous l'avons tant aimé autrefois sous les traits du charmant bambin appelé Basin, qui est bien en effet le prénom du duc. Là-dessus, le docteur Cottard avec une finesse qui décèle chez lui l'homme tout à fait distingué ressaute à l'histoire des perles et nous apprend que des catastrophes de ce genre produisent dans le cerveau des gens des altérations tout à fait pareilles à celles qu'on remarque dans la matière inanimée, et cite d'une façon vraiment plus philosophique que ne feraient bien des médecins le propre valet de chambre de Mme Verdurin, qui dans l'épouvante de cet incendie où il avait failli périr, était devenu un autre homme, ayant une écriture tellement changée qu'à la première lettre que ses maîtres alors en Normandie reçurent de lui leur annonçant l'événement, ils crurent à la mystification d'un farceur. Et pas seulement une autre écriture, selon Cottard, qui prétend que de sobre cet homme était devenu si abominablement pochard que Mme Verdurin avait été obligée de le renvoyer. Et la suggestive dissertation passe, sur un signe gracieux de la maîtresse de maison, de la salle à manger au fumoir vénitien dans lequel Cottard nous dit avoir assisté à de véritables dédoublements de la personnalité, nous citant ce cas d'un de ses malades qu'il s'offre aimablement à m'amener chez moi et à qui il suffirait qu'il touche les tempes pour l'éveiller à une seconde vie, vie pendant laquelle il ne se rappellerait rien de la première, si bien que très honnête homme dans celle-là, il y aurait été plusieurs fois arrêté pour des vols commis dans l'autre où il serait tout simplement un abominable gredin. Sur quoi Mme Verdurin remarque finement que la médecine pourrait fournir des sujets plus vrais à un théâtre où la cocasserie de l'imbroglio reposerait sur des méprises pathologiques[1], ce qui, de fil en aiguille, amène Mme Cottard à narrer qu'une donnée toute semblable a été mise en œuvre par un conteur qui est le favori des soirées de ses enfants, l'Écossais Stevenson[b2], un nom qui met dans la bouche de Swann cette affirmation péremptoire : "Mais c'est tout à fait un grand écrivain, Stevenson, je vous assure, monsieur de Goncourt, un très grand, l'égal des plus grands." Et comme, sur mon émerveillement des plafonds à caissons écussonnés provenant de l'ancien palazzo Barberini[3], de la salle où nous fumons, je laisse percer mon regret du noircissement progressif d'une certaine vasque par la cendre de nos "londrès[1]", Swann, ayant raconté que des taches pareilles attestent sur les livres ayant appartenu à Napoléon Ier, livres possédés, malgré ses opinions antibonapartistes, par le duc de Guermantes, que l'empereur chiquait, Cottard, qui se révèle un curieux vraiment pénétrant[2] en toutes choses, déclare que ces taches ne viennent pas du tout de cela — "mais là, pas du tout", insiste-t-il avec autorité — mais de l'habitude qu'il avait d'avoir toujours dans la main, même sur les champs de bataille, des pastilles de réglisse, pour calmer ses douleurs de foie. "Car il avait une maladie de foie et c'est de cela qu'il est mort", conclut le docteur. »

Je m'arrêtai là, car je partais le lendemain ; et d'ailleurs, c'était l'heure où me réclamait l'autre maître au service de qui nous sommes chaque jour, pour une moitié de notre temps. La tâche à laquelle il nous astreint, nous l'accomplissons les yeux fermés. Tous les matins il nous rend à notre autre maître, sachant que sans cela nous nous livrerions mal à la sienne. Curieux, quand notre esprit a rouvert ses yeux, de savoir ce que nous avons bien pu faire chez le maître qui étend ses esclaves avant de les mettre à une besogne précipitée, les plus malins, à peine la tâche finie, tâchent de subrepticement regarder. Mais le sommeil lutte avec eux de vitesse pour faire disparaître les traces de ce qu'ils voudraient voir. Et depuis tant de siècles nous ne savons pas grand-chose là-dessus.

Je fermai donc le journal des Goncourt. Prestige de la littérature ! J'aurais voulu revoir les Cottard, leur demander tant de détails sur Elstir, aller voir la boutique du *Petit Dunkerque*[3] si elle existait encore, demander la permission de visiter cet hôtel des Verdurin où j'avais dîné. Mais j'éprouvais un vague trouble. Certes, je ne m'étais jamais dissimulé que je ne savais pas écouter ni, dès que je n'étais plus seul, regarder. Une vieille femme ne montrait à mes yeux aucune espèce de collier de perles et ce qu'on en disait n'entrait pas dans mes oreilles. Tout de même, ces êtres-là je les avais connus dans la vie quotidienne, j'avais souvent dîné avec eux, c'était les Verdurin, c'était le duc de Guermantes, c'était les Cottard, chacun d'eux m'avait paru aussi commun qu'à ma grand-mère ce Basin dont elle ne se doutait guère qu'il était le neveu chéri, le jeune héros délicieux, de Mme de Beausergent, chacun d'eux m'avait semblé insipide ; je me rappelais les vulgarités sans nombre dont chacun était composé...

Et que tout cela fasse un astre dans la nuit[1] *!*

Je résolus de laisser provisoirement de côté les objections qu'avaient pu faire naître en moi contre la littérature les pages de Goncourt lues la veille de mon départ de Tansonville. Même en mettant de côté l'indice individuel de naïveté qui est frappant chez ce mémorialiste, je pouvais d'ailleurs me rassurer à divers points de vue. D'abord en ce qui me concernait personnellement, mon incapacité de regarder et d'écouter, que le journal cité avait si péniblement illustrée pour moi, n'était pourtant pas totale. Il y avait en moi un personnage qui savait plus ou moins bien regarder, mais c'était un personnage intermittent, ne reprenant vie que quand se manifestait quelque essence générale, commune à plusieurs choses, qui faisait sa nourriture et sa joie. Alors le personnage regardait et écoutait, mais à une certaine profondeur seulement, de sorte que l'observation n'en profitait pas. Comme un géomètre qui dépouillant les choses de leurs qualités sensibles ne voit que leur substratum linéaire, ce que racontaient les gens m'échappait, car ce qui m'intéressait, c'était non ce qu'ils voulaient dire mais la manière dont ils le disaient, en tant qu'elle était révélatrice de leur caractère ou de leurs ridicules ; ou plutôt c'était un objet qui avait toujours été plus particulièrement le but de ma recherche parce qu'il me donnait un plaisir spécifique, le point qui était commun à un être et à un autre. Ce n'était que quand je l'apercevais que mon esprit — jusque-là sommeillant, même derrière l'activité apparente de ma conversation dont l'animation masquait pour les autres un total engourdissement spirituel — se mettait tout à coup joyeusement en chasse, mais ce qu'il poursuivait alors — par exemple l'identité du salon Verdurin dans divers lieux et divers temps — était situé à mi-profondeur, au delà de l'apparence elle-même, dans une zone un peu plus en retrait. Aussi le charme apparent, copiable, des êtres m'échappait parce que je n'avais pas la faculté de m'arrêter à lui, comme un chirurgien qui, sous le poli d'un ventre de femme, verrait le mal interne qui le ronge. J'avais beau dîner en ville, je ne voyais pas les convives, parce que, quand je croyais les regarder, je les radiographiais.

Il en résultait qu'en réunissant toutes les remarques que j'avais pu faire dans un dîner sur les convives, le dessin des lignes tracées par moi figurait un ensemble de lois psychologiques où l'intérêt propre qu'avait eu dans ses discours le convive ne tenait presque aucune place. Mais cela enlevait-il tout mérite à mes portraits puisque je ne les donnais pas pour tels ? Si l'un, dans le domaine de la peinture, met en évidence certaines vérités relatives au volume, à la lumière, au mouvement, cela fait-il qu'il soit nécessairement inférieur à tel portrait ne lui ressemblant aucunement de la même personne, dans lequel mille détails qui sont omis dans le premier seront minutieusement relatés — deuxième portrait d'où l'on pourra conclure que le modèle était ravissant tandis qu'on l'eût cru laid dans le premier, ce qui peut avoir une importance documentaire et même historique, mais n'est pas nécessairement une vérité d'art.

Puis ma frivolité dès que je n'étais pas seul me faisait désireux de plaire, plus désireux d'amuser en bavardant que de m'instruire en écoutant, à moins que je ne fusse allé dans le monde pour interroger sur quelque point d'art, ou quelque soupçon jaloux qui m'avait occupé l'esprit avant. Mais j'étais incapable de voir ce dont le désir n'avait pas été éveillé en moi par quelque lecture, ce dont je n'avais pas d'avance dessiné moi-même le croquis que je désirais ensuite confronter avec la réalité. Que de fois, je le savais bien même si cette page de Goncourt ne me l'eût appris, je suis resté incapable d'accorder mon attention à des choses ou à des gens qu'ensuite, une fois que leur image m'avait été présentée dans la solitude par un artiste, j'aurais fait des lieues, risqué la mort pour retrouver ! Alors mon imagination était partie, avait commencé à peindre. Et ce devant quoi j'avais bâillé l'année d'avant, je me disais avec angoisse, le contemplant d'avance, le désirant : « Sera-t-il vraiment impossible de le voir ? Que ne donnerais-je pas pour cela ! »

Quand on lit des articles sur des gens, même simplement des gens du monde, qualifiés de « derniers représentants d'une société dont il n'existe plus aucun témoin », sans doute on peut s'écrier : « Dire que c'est d'un être si insignifiant qu'on parle avec tant d'abondance et d'éloges ! c'est cela que j'aurais déploré de ne pas avoir connu, si je n'avais fait que lire les journaux et les revues et si je n'avais pas vu l'homme ! » Mais j'étais plutôt tenté en lisant de telles pages dans les journaux de penser : « Quel malheur que — alors que j'étais seulement préoccupé de retrouver Gilberte ou Albertine — je n'aie pas fait plus attention à ce monsieur ! Je l'avais pris pour un raseur du monde, pour un simple figurant, c'était une *figure* ! »

Cette disposition-là, les pages de Goncourt que je lus me la firent regretter. Car peut-être j'aurais pu conclure d'elles que la vie apprend à rabaisser le prix de la lecture, et nous montre que ce que l'écrivain nous vante ne valait pas grand-chose ; mais je pouvais tout aussi bien en conclure que la lecture au contraire nous apprend à relever la valeur de la vie, valeur que nous n'avons pas su apprécier et dont nous nous rendons compte seulement par le livre combien elle était grande. À la rigueur, nous pouvons nous consoler de nous être peu plu dans la société d'un Vinteuil, d'un Bergotte. Le bourgeoisisme[a] pudibond de l'un, les défauts insupportables de l'autre, même la prétentieuse vulgarité d'un Elstir à ses débuts (puisque le *Journal* des Goncourt m'avait fait découvrir qu'il n'était autre que le « monsieur Tiche » qui avait tenu jadis de si exaspérants discours à Swann, chez les Verdurin) ne prouvent rien contre eux, puisque leur génie est manifesté par leurs œuvres. Pour eux, que ce soit les mémoires, ou nous, qui aient tort quand ils donnent du charme à leur société qui nous a déplu, est un problème de peu d'importance, puisque, même si c'était l'écrivain de mémoires qui avait tort, cela ne prouverait rien contre la valeur de la vie qui produit de tels génies. (Mais quel est l'homme de génie qui n'a pas adopté les irritantes façons de parler des artistes de sa bande, avant d'arriver, comme c'était venu pour Elstir et comme cela arrive rarement, à un bon goût supérieur ? Les lettres de Balzac, par exemple, ne sont-elles pas semées de tours vulgaires que Swann eût souffert mille morts d'employer ? Et cependant il est probable que Swann, si fin, si purgé de tout ridicule haïssable, eût été incapable d'écrire *La Cousine Bette* et *Le Curé de Tours*[1].)

Tout[2] à l'autre extrémité de l'expérience, quand je voyais que les plus curieuses anecdotes, qui font la matière inépuisable, divertissement des soirées solitaires pour le lecteur, du *Journal* de Goncourt, lui avaient été contées par ces convives que nous eussions à travers ses pages envié de connaître, et qui ne m'avaient pas laissé à moi trace d'un souvenir intéressant, cela n'était pas trop inexplicable encore. Malgré la naïveté de Goncourt, qui concluait de l'intérêt de ces anecdotes à la distinction probable de l'homme qui les contait, il pouvait très bien se faire que des hommes médiocres eussent vu dans leur vie, ou entendu raconter, des choses curieuses et les contassent à leur tour. Goncourt savait écouter, comme il savait voir ; je ne le savais pas.

D'ailleurs tous ces faits auraient eu besoin d'être jugés un à un. M. de Guermantes ne m'avait certes pas donné l'impression de cet adorable modèle des grâces juvéniles que ma grand-mère eût tant voulu connaître et me proposait comme modèle inimitable d'après les mémoires de Mme de Beausergent. Mais il faut songer que Basin avait alors sept ans, que l'écrivain était sa tante et que même les maris qui doivent divorcer quelques mois après vous font un grand éloge de leur femme. Une des plus jolies poésies de Sainte-Beuve est consacrée à l'apparition devant une fontaine d'une jeune enfant couronnée de tous les dons et de toutes les grâces, la jeune Mlle de Champlâtreux, qui ne devait pas avoir alors dix ans[1]. Malgré toute la tendre vénération que le poète de génie qu'est la comtesse de Noailles portait à sa belle-mère, la duchesse de Noailles née Champlâtreux, il est possible, si elle avait eu à en faire le portrait, que celui-ci eût contrasté assez vivement avec celui que Sainte-Beuve en traçait cinquante ans plus tôt.

Ce qui eût peut-être été plus troublant, c'était l'entre-deux, c'était ces gens desquels ce qu'on dit implique, chez eux, plus que la mémoire qui a su retenir une anecdote curieuse, sans que pourtant on ait, comme pour les Vinteuil, les Bergotte, le recours de les juger sur leur œuvre, car ils n'en ont pas créé : ils en ont seulement — à notre grand étonnement à nous qui les trouvions si médiocres — inspiré. Passe encore que le salon qui, dans les musées, donnera la plus grande impression d'élégance depuis les grandes peintures de la Renaissance, soit celui de la petite bourgeoise ridicule que j'eusse, si je ne l'avais pas connue, rêvé devant le tableau de pouvoir approcher dans la réalité, espérant apprendre d'elle les secrets les plus précieux de l'art du peintre, que sa toile ne me donnait pas, et de qui la pompeuse traîne de velours et de dentelles est un morceau de peinture comparable aux plus beaux de Titien. Si j'avais compris jadis que ce n'est pas le plus spirituel, le plus instruit, le mieux relationné des hommes, mais celui qui sait devenir miroir et peut refléter ainsi sa vie, fût-elle médiocre, qui devient un Bergotte (les contemporains le tinssent-ils pour moins homme d'esprit que Swann et moins savant que Bréauté), on pouvait à plus forte raison en dire autant des modèles de l'artiste. Dans l'éveil de l'amour de la beauté, chez l'artiste qui peut tout peindre l'élégance où il pourra trouver de si beaux motifs, le modèle lui en sera fourni par des gens un peu plus riches que lui chez qui il trouvera ce qu'il n'a pas d'habitude dans son atelier d'homme de génie méconnu qui vend ses toiles cinquante francs : un salon avec des meubles recouverts de vieille soie, beaucoup de lampes, de belles fleurs, de beaux fruits, de belles robes — gens modestes relativement ou qui le paraîtraient à des gens vraiment brillants (qui ne connaissent même pas leur existence), mais qui à cause de cela sont plus à portée de connaître l'artiste obscur, de l'apprécier, de l'inviter, de lui acheter ses toiles, que les gens de l'aristocratie qui se font peindre comme le pape et les chefs d'État par les peintres académiciens. La poésie d'un élégant foyer et de belles toilettes de notre temps[1] ne se trouvera-t-elle pas plutôt pour la postérité dans le salon de l'éditeur Charpentier par Renoir[2] que dans le portrait de la princesse de Sagan ou de la comtesse de La Rochefoucauld par Cot[3] ou Chaplin[4] ? Les artistes qui nous ont donné les plus grandes visions d'élégance en ont recueilli les éléments chez des gens qui étaient rarement les grands élégants de leur époque, lesquels se font rarement peindre par l'inconnu porteur d'une beauté qu'ils ne peuvent pas distinguer sur ses toiles, dissimulée qu'elle est par l'interposition d'un poncif de grâce surannée qui flotte dans l'œil du public comme ces visions subjectives[a] que le malade croit effectivement posées devant lui. Mais que ces modèles médiocres que j'avais connus eussent en outre inspiré, conseillé certains arrangements qui m'avaient enchanté, que la présence de tel d'entre eux dans les tableaux fût plus que celle d'un modèle, mais d'un ami qu'on veut faire figurer dans ses toiles, c'était à se demander si tous les gens que nous regrettons de ne pas avoir connus parce que Balzac les peignait dans ses livres ou les leur dédiait en hommage d'admiration, sur lesquels Sainte-Beuve ou Baudelaire firent leurs plus jolis vers, à plus forte raison si toutes les Récamier, toutes les Pompadour ne m'eussent pas paru d'insignifiantes personnes, soit par une infirmité de ma nature, ce qui me faisait alors enrager d'être malade et de ne pouvoir retourner voir tous les gens que j'avais méconnus, soit qu'elles ne dussent leur prestige qu'à une magie illusoire de la littérature, ce qui forçait à changer de dictionnaire pour lire, et me consolait de devoir d'un jour à l'autre, à cause des progrès que faisait mon état maladif, rompre avec la société, renoncer au voyage, aux musées, pour aller me soigner dans une maison de santé[1]. Peut-être pourtant ce côté mensonger, ce faux-jour n'existe-t-il dans les mémoires que quand ils sont trop récents, quand les réputations s'anéantissent[a] si vite, aussi bien intellectuelles que mondaines (car si l'érudition essaye ensuite de réagir contre cet ensevelissement, parvient-elle à détruire un sur mille de ces oublis qui vont s'entassant ?)

*

Ces idées tendant, les unes à diminuer, les autres à accroître mon regret de ne pas avoir de dons pour la littérature, ne se présentèrent jamais à ma pensée pendant les longues années, où d'ailleurs j'avais tout à fait renoncé au projet d'écrire, et que je passai à me soigner, loin de Paris dans une maison de santé, jusqu'à ce que celle-ci ne pût plus trouver de personnel médical, au commencement de 1916.

Je rentrai alors dans un Paris bien différent de celui où j'étais déjà revenu une première fois, comme on le verra tout à l'heure, en août 1914, pour subir une visite médicale[2], après quoi j'avais rejoint ma maison de santé. Un des premiers soirs de mon nouveau retour en 1916, ayant envie d'entendre parler de la seule chose qui m'intéressait alors, la guerre, je sortis après le dîner pour aller voir Mme Verdurin, car elle était avec Mme Bontemps, une des reines de ce Paris de la guerre qui faisait penser au Directoire[3]. Comme par l'ensemencement d'une petite quantité de levure, en apparence de génération spontanée, des jeunes femmes allaient tout le jour coiffées de hauts turbans cylindriques comme aurait pu l'être une contemporaine de Mme Tallien, par civisme, ayant des tuniques[a] égyptiennes droites, sombres, très « guerre », sur des jupes très courtes ; elles chaussaient des lanières rappelant le cothurne selon Talma, ou de hautes guêtres rappelant celles de nos chers combattants[1] ; c'est, disaient-elles, parce qu'elles n'oubliaient pas qu'elles devaient réjouir les yeux de ces combattants, qu'elles se paraient encore, non seulement de toilettes « floues », mais encore de bijoux évoquant les armées par leur thème décoratif, si même leur matière ne venait pas des armées, n'avait pas été travaillée aux armées ; au lieu d'ornements égyptiens rappelant la campagne d'Égypte, c'était des bagues ou des bracelets faits avec des fragments d'obus ou des ceintures de 75, des allume-cigarettes composés de deux sous anglais auxquels un militaire était arrivé à donner, dans sa cagna[2], une patine si belle que le profil de la reine Victoria y avait l'air tracé par Pisanello. C'est encore parce qu'elles y pensaient[b] sans cesse, disaient-elles, qu'elles en portaient, quand l'un des leurs tombait, à peine le deuil, sous le prétexte qu'il était « mêlé de fierté », ce qui permettait un bonnet de crêpe anglais blanc (du plus gracieux effet et « autorisant tous les espoirs », dans l'invincible certitude du triomphe définitif), de remplacer le cachemire d'autrefois par le satin et la mousseline de soie, et même de garder ses perles, « tout en observant le tact et la correction qu'il est inutile de rappeler à des Françaises ».

Le Louvre, tous les musées étaient fermés, et quand on lisait en tête d'un article de journal : « Une exposition sensationnelle », on pouvait être sûr qu'il s'agissait d'une exposition non de tableaux, mais de robes, de robes destinées d'ailleurs à « ces[c] délicates joies d'art dont les Parisiennes étaient depuis trop longtemps sevrées ». C'est ainsi que l'élégance et le plaisir avaient repris ; l'élégance, à défaut des arts, cherchant à s'excuser comme ceux-ci en 1793, année où les artistes exposant au Salon révolutionnaire proclamaient qu'il paraîtrait à tort « étrange à d'austères républicains que nous nous occupions[d] des arts quand l'Europe coalisée assiège le territoire de la liberté[3] ». Ainsi faisaient en 1916 les couturiers qui d'ailleurs, avec une orgueilleuse conscience d'artistes, avouaient que

« chercher du nouveau, s'écarter de la banalité, affirmer une personnalité, préparer la victoire, dégager pour les générations d'après la guerre une formule nouvelle du beau, telle était l'ambition qui les tourmentait, la chimère qu'ils poursuivaient, ainsi qu'on pouvait s'en rendre compte en venant visiter leurs salons délicieusement installés rue de la..., où effacer par une note lumineuse et gaie les lourdes tristesses de l'heure, semble être le mot d'ordre, avec la discrétion toutefois qu'imposent les circonstances ».

« Les tristesses de l'heure », il est vrai, « pourraient avoir raison des énergies féminines si nous n'avions tant de hauts exemples de courage et d'endurance à méditer. Aussi, en pensant à nos combattants qui au fond de leur tranchée rêvent de plus de confort et de coquetterie pour la chère absente laissée au foyer, ne cesserons-nous pas d'apporter toujours plus de recherche dans la création de robes répondant aux nécessités du moment. La vogue », cela se conçoit, « est surtout aux maisons anglaises[1], donc alliées, et on raffole cette année de la robe-tonneau dont le joli abandon nous donne à toutes un amusant petit cachet de rare distinction. Ce sera même une des plus heureuses conséquences de cette triste guerre, ajoutait le charmant chroniqueur, que » (on attendait : « la reprise des provinces perdues, le réveil du sentiment national ») « ce sera même une des plus heureuses conséquences de cette guerre que d'avoir obtenu de jolis résultats en fait de toilette, sans luxe inconsidéré et de mauvais aloi, avec très peu de chose, d'avoir créé de la coquetterie avec des riens. À la robe du grand couturier éditée à plusieurs exemplaires, on préfère en ce moment les robes faites chez soi, parce qu'affirmant l'esprit, le goût et les tendances individuelles de chacun[2]. »

Quant à la charité, en pensant à toutes les misères nées de l'invasion, à tant de mutilés, il était bien naturel qu'elle fût obligée de se faire « plus ingénieuse encore », ce qui obligeait à passer la fin de l'après-midi dans les « thés » autour d'une table de bridge en commentant les nouvelles du « front », tandis qu'à la porte les attendaient leurs automobiles ayant sur le siège un beau militaire[a] qui bavardait avec le chasseur, les dames à haut turban[3]. Ce n'était pas du reste seulement les coiffures surmontant les visages de leur étrange cylindre qui étaient nouvelles. Les visages l'étaient aussi. Ces dames à nouveaux chapeaux étaient des jeunes femmes venues on ne savait trop d'où et qui étaient la fleur de l'élégance, les unes depuis six mois, les autres depuis deux ans, les autres depuis quatre. Ces différences avaient d'ailleurs pour elles autant d'importance qu'au temps où j'avais débuté dans le monde en avaient entre deux familles comme les Guermantes et les La Rochefoucauld trois ou quatre siècles d'ancienneté prouvée. La dame qui connaissait les Guermantes depuis 1914 regardait comme une parvenue celle qu'on présentait chez eux en 1916, lui faisait un bonjour de douairière, la dévisageait de son face-à-main et avouait dans une moue qu'on ne savait même pas au juste si cette dame était ou non mariée. « Tout cela est assez nauséabond », concluait la dame de 1914 qui eût voulu que le cycle des nouvelles admissions s'arrêtât après elle. Ces personnes nouvelles, que les jeunes gens trouvaient fort anciennes[a], et que d'ailleurs certains vieillards qui n'avaient pas été que dans le grand monde croyaient bien reconnaître pour ne pas être si nouvelles que cela, n'offraient pas seulement à la société les divertissements de conversation politique et de musique dans l'intimité qui lui convenaient ; il fallait encore que ce fussent elles qui les offrissent, car pour que les choses paraissent nouvelles, même si elles sont anciennes, et même si elles sont nouvelles, il faut en art, comme en médecine, comme en mondanité, des noms nouveaux. (Ils étaient d'ailleurs nouveaux en certaines choses. Ainsi Mme Verdurin était allée à Venise pendant la guerre, mais, comme ces gens qui veulent éviter de parler chagrin et sentiment, quand elle disait que c'était épatant, ce qu'elle admirait ce n'était ni Venise, ni Saint-Marc, ni les palais, tout ce qui m'avait tant plu et dont elle faisait bon marché, mais l'effet des projecteurs dans le ciel, projecteurs sur lesquels elle donnait des renseignements appuyés de chiffres[1]. Ainsi d'âge en âge renaît un certain réalisme en réaction contre l'art admiré jusque-là.)

Le salon[b] Saint-Euverte était une étiquette défraîchie sous laquelle la présence des plus grands artistes, des ministres les plus influents, n'eût attiré personne. On courait au contraire pour écouter un mot prononcé par le secrétaire des uns, ou le sous-chef de cabinet des autres, chez les nouvelles dames à turban dont l'invasion ailée et jacassante emplissait Paris. Les dames du premier Directoire avaient une reine qui était jeune et belle et s'appelait Madame Tallien[1]. Celles du second en avaient deux qui étaient vieilles et laides et s'appelaient Mme Verdurin et Mme Bontemps. Qui eût pu tenir rigueur à Mme Bontemps que son mari eût joué un rôle, âprement critiqué par *L'Écho de Paris*, dans l'affaire Dreyfus[2] ? Toute la Chambre étant à un certain moment devenue révisionniste, c'était forcément parmi d'anciens révisionnistes, comme parmi d'anciens socialistes, qu'on avait été obligé de recruter le parti de l'ordre social, de la tolérance religieuse, de la préparation militaire. On aurait détesté autrefois M. Bontemps parce que les antipatriotes avaient alors le nom de dreyfusards. Mais bientôt ce nom avait été oublié et remplacé par celui d'adversaire de la loi de trois ans[3]. M. Bontemps était au contraire un des auteurs de cette loi, c'était donc un patriote.

Dans le monde (et ce phénomène social n'est d'ailleurs qu'une application d'une loi psychologique bien plus générale) les nouveautés, coupables ou non, n'excitent l'horreur que tant qu'elles ne sont pas assimilées et entourées d'éléments rassurants. Il en était du dreyfusisme comme du mariage de Saint-Loup avec la fille d'Odette, mariage qui avait d'abord fait crier. Maintenant qu'on voyait chez les Saint-Loup tous les gens « qu'on connaissait », Gilberte aurait pu avoir les mœurs d'Odette elle-même, que malgré cela on y serait « allé » et qu'on eût approuvé Gilberte de blâmer comme une douairière des nouveautés morales non assimilées. Le dreyfusisme était maintenant intégré dans une série de choses respectables et habituelles. Quant à se demander ce qu'il valait en soi, personne n'y songeait, pas plus pour l'admettre maintenant qu'autrefois pour le condamner. Il n'était plus *shocking*. C'était tout ce qu'il fallait. À peine se rappelait-on qu'il l'avait été, comme on ne sait plus au bout de quelque temps si le père d'une jeune fille était un voleur ou non. Au besoin, on peut dire : « Non, c'est du beau-frère, ou d'un homonyme que vous parlez. Mais contre celui-là il n'y a jamais eu rien à dire. » De même il y avait certainement eu dreyfusisme et dreyfusisme, et celui qui allait chez la duchesse de Montmorency et faisait passer la loi de trois ans ne pouvait être le mauvais. En tout cas, à tout péché miséricorde. Cet oubli qui était octroyé au dreyfusisme l'était *a fortiori* aux dreyfusards. Il n'y en avait plus, du reste, dans la politique, puisque tous à un moment l'avaient été s'ils voulaient être du gouvernement, même ceux qui représentaient le contraire de ce que le dreyfusisme, dans sa choquante nouveauté, avait incarné (au temps où Saint-Loup était sur une mauvaise pente) : l'antipatriotisme, l'irréligion, l'anarchie, etc. Aussi le dreyfusisme de M. Bontemps, invisible et constitutif comme celui de tous les hommes politiques, ne se voyait pas plus que les os sous la peau. Personne[a] ne se fût rappelé qu'il avait été dreyfusard car les gens du monde sont distraits et oublieux, parce qu'aussi il y avait de cela un temps fort long, et qu'ils affectaient de croire plus long, car c'était une des idées les plus à la mode de dire que l'avant-guerre était séparé de la guerre par quelque chose d'aussi profond, simulant autant de durée, qu'une période géologique[1], et Brichot lui-même, ce nationaliste, quand il faisait allusion à l'affaire Dreyfus disait : « Dans ces temps préhistoriques ».

(À vrai dire, ce changement profond opéré par la guerre était en raison inverse de la valeur des esprits touchés, du moins à partir d'un certain degré. Tout en bas, les purs sots, les purs gens de plaisir, ne s'occupaient pas qu'il y eût la guerre. Mais tout en haut[2], ceux qui se sont fait une vie intérieure ambiante ont peu égard à l'importance des événements. Ce qui modifie profondément pour eux l'ordre des pensées c'est bien plutôt quelque chose qui semble en soi n'avoir aucune importance et qui renverse pour eux l'ordre du temps en les faisant contemporains d'un autre temps de leur vie. On peut s'en rendre compte pratiquement à la beauté des pages qu'il inspire : un chant d'oiseau dans le parc de Montboissier, ou une brise chargée de l'odeur de réséda, sont évidemment des événements de moindre conséquence que les plus grandes dates de la Révolution et de l'Empire. Ils ont cependant inspiré à Chateaubriand dans les *Mémoires d'outre-tombe* des pages d'une valeur infiniment plus grande[3].) Les mots de dreyfusard et d'antidreyfusard n'avaient plus de sens, disaient les mêmes gens qui eussent été stupéfaits et révoltés si on leur avait dit que probablement dans quelques siècles, et peut-être moins, celui de boche n'aurait plus que la valeur de curiosité des mots sans-culotte ou chouan ou bleu.

M. Bontemps ne voulait pas entendre parler de paix avant que l'Allemagne eût été réduite au même morcellement qu'au Moyen Âge, la déchéance de la maison de Hohenzollern prononcée, et Guillaume II ayant reçu douze balles dans la peau. En un mot, il était ce que Brichot appelait[a] un « jusqu'au-boutiste[1] », c'était le meilleur brevet de civisme qu'on pouvait lui donner. Sans doute les trois premiers jours Mme Bontemps avait été un peu dépaysée au milieu des personnes qui avaient demandé à Mme Verdurin à la connaître, et ce fut d'un ton légèrement aigre que Mme Verdurin répondit : « Le comte, ma chère », à Mme Bontemps qui lui disait : « C'est bien le duc d'Haussonville que vous venez de me présenter », soit par entière ignorance et absence de toute association entre le nom Haussonville et un titre quelconque, soit au contraire par excessive instruction et association d'idées avec le « Parti des ducs[2] » dont on lui avait dit que M. d'Haussonville était un des membres à l'Académie.

À partir du quatrième jour elle avait commencé d'être solidement installée dans le faubourg Saint-Germain. Quelquefois on voyait encore autour d'elle les fragments inconnus d'un monde qu'on ne connaissait pas et qui n'étonnaient pas plus que des débris de coquille autour du poussin, ceux qui savaient l'œuf d'où Mme Bontemps était sortie. Mais dès le quinzième jour elle les avait secoués, et avant la fin du premier mois, quand elle disait : « Je vais chez les Lévy », tout le monde comprenait sans qu'elle eût besoin de préciser qu'il s'agissait des Lévis-Mirepoix, et pas une duchesse ne se serait couchée sans avoir appris de Mme Bontemps ou de Mme Verdurin, au moins par téléphone, ce qu'il y avait dans le communiqué du soir, ce qu'on y avait omis, où on en était avec la Grèce[3], quelle offensive on préparait, en un mot tout ce que le public ne saurait que le lendemain ou plus tard, et dont elle avait[b] ainsi comme une sorte de répétition des couturières. Dans la conversation Mme Verdurin, pour communiquer les nouvelles, disait : « nous » en parlant de la France. « Hé bien voici : nous exigeons du roi de Grèce qu'il retire du Péléponnèse, etc., nous lui envoyons, etc. » Et dans tous ces récits revenait tout le temps le G. Q. G.[4] (« j'ai téléphoné au G. Q. G. »), abréviation qu'elle avait à prononcer le même plaisir qu'avaient naguère les femmes qui ne connaissaient pas le prince d'Agrigente, à demander en souriant quand on parlait de lui et pour montrer qu'elles étaient au courant : « Grigri ? », un plaisir qui dans les époques peu troublées n'est connu que par les mondains, mais que dans ces grandes crises le peuple même connaît. Notre maître d'hôtel, par exemple, si on parlait du roi de Grèce, était capable grâce aux journaux de dire comme Guillaume II : « Tino ? », tandis que jusque-là sa familiarité avec les rois était restée plus vulgaire, ayant été inventée par lui, comme quand jadis pour parler du roi d'Espagne il disait : « Fonfonse[1] ». On put remarquer d'ailleurs qu'au fur et à mesure qu'augmenta le nombre des gens brillants qui firent des avances à Mme Verdurin, le nombre de ceux qu'elle appelait les « ennuyeux » diminua. Par une sorte de transformation magique, tout « ennuyeux » qui était venu lui faire une visite et avait sollicité une invitation devenait subitement quelqu'un d'agréable, d'intelligent. Bref, au bout d'un an le nombre des ennuyeux était réduit dans une proportion tellement forte que « la peur et l'impossibilité de s'ennuyer », qui avaient tenu une si grande place dans la conversation et joué un si grand rôle dans la vie de Mme Verdurin, avaient presque entièrement disparu. On eût dit que sur le tard cette impossibilité de s'ennuyer (qu'autrefois d'ailleurs elle assurait ne pas avoir éprouvée dans sa prime jeunesse) la faisait moins souffrir, comme certaines migraines, certains asthmes nerveux qui perdent de leur force quand on vieillit. Et l'effroi de s'ennuyer eût sans doute entièrement abandonné Mme Verdurin, faute d'ennuyeux, si elle n'avait, dans une faible mesure, remplacé ceux qui ne l'étaient plus par d'autres, recrutés parmi les anciens fidèles.

Du reste, pour en finir avec les duchesses qui fréquentaient maintenant chez Mme Verdurin, elles venaient y chercher, sans qu'elles s'en doutassent, exactement la même chose que les dreyfusards autrefois, c'est-à-dire un plaisir mondain composé de telle manière que sa dégustation assouvît les curiosités politiques et rassasiât le besoin de commenter entre soi les incidents lus dans les journaux. Mme Verdurin disait : « Vous viendrez à 5 heures parler de la guerre », comme autrefois « parler de l'Affaire », et dans l'intervalle : « Vous viendrez entendre Morel. »

Or Morel n'aurait pas dû être là, pour la raison qu'il n'était nullement réformé. Simplement il n'avait pas rejoint et était déserteur, mais personne ne le savait.

Les choses étaient tellement les mêmes[1] qu'on retrouvait tout naturellement les mots d'autrefois : « bien pensants, mal pensants[2] ». Et comme elles paraissaient différentes, comme les anciens communards avaient été antirévisionnistes[3], les plus grands dreyfusards voulaient faire fusiller tout le monde et avaient l'appui des généraux, comme ceux-ci au temps de l'Affaire avaient été contre Galliffet[4]. À ces réunions Mme Verdurin invitait quelques dames un peu récentes, connues par les œuvres et qui les premières fois venaient avec des toilettes éclatantes, de grands colliers de perles qu'Odette, qui en avait un aussi beau, de l'exhibition duquel elle-même avait abusé, regardait, maintenant qu'elle était en « tenue de guerre » à l'imitation des dames du Faubourg, avec sévérité. Mais les femmes savent s'adapter. Au bout de trois ou quatre fois elles se rendaient compte que les toilettes qu'elles avaient crues chic étaient précisément proscrites par les personnes qui l'étaient, elles mettaient de côté leurs robes d'or et se résignaient à la simplicité.

Une des étoiles du salon était Dans les choux, qui malgré ses goûts sportifs s'était fait réformer[5]. Il était devenu tellement pour moi l'auteur d'une œuvre admirable à laquelle je pensais constamment que ce n'est que par hasard, quand j'établissais un courant transversal entre deux séries de souvenirs, que je songeais qu'il était le même qui avait amené le départ d'Albertine de chez moi. Et encore[a] ce courant transversal aboutissait, en ce qui concernait ces reliques de souvenirs d'Albertine, à une voie s'arrêtant en pleine friche, à plusieurs années de distance. Car je ne pensais plus jamais à elle. C'était une voie de souvenirs, une ligne que je n'empruntais plus jamais. Tandis que les œuvres de Dans les choux étaient récentes et cette ligne de souvenirs perpétuellement fréquentée et utilisée par mon esprit.

Je dois dire que la connaissance du mari d'Andrée n'était ni très facile ni très agréable à faire, et que l'amitié qu'on lui vouait était promise à bien des déceptions. Il était en effet à ce moment déjà fort malade et s'épargnait les fatigues autres que celles qui lui paraissaient peut-être lui donner du plaisir. Or il ne classait parmi celles-là que les rendez-vous avec des gens qu'il ne connaissait pas encore et que son ardente imagination lui représentait sans doute comme ayant une chance d'être différents des autres. Mais pour ceux qu'il connaissait déjà, il savait trop bien comment ils étaient, comment ils seraient, ils ne lui paraissaient plus valoir la peine d'une fatigue dangereuse pour lui, peut-être mortelle. C'était en somme un très mauvais ami. Et peut-être dans son goût pour des gens nouveaux se retrouvait-il quelque chose de l'audace frénétique qu'il portait jadis, à Balbec, aux sports, au jeu, à tous les excès de table.

Quant à Mme Verdurin, elle voulait chaque fois me faire faire la connaissance d'Andrée, ne pouvant admettre que je la connaissais. D'ailleurs Andrée venait rarement avec son mari. Elle était pour moi une amie admirable et sincère, et, fidèle à l'esthétique de son mari qui était en réaction des Ballets russes[1], elle disait du marquis de Polignac[2] : « Il a sa maison décorée par Bakst[3]. Comment peut-on dormir là dedans ! j'aimerais mieux Dubuffe[4]. » D'ailleurs les Verdurin, par le progrès fatal de l'esthétisme qui finit par se manger la queue, disaient ne pas pouvoir supporter le modern style (de plus c'était munichois[5]) ni les appartements blancs et n'aimaient plus que les vieux meubles français dans un décor sombre.

Je vis à cette époque beaucoup Andrée. Nous ne savions que nous dire, et une fois je pensai à ce nom de Juliette qui était monté du fond du souvenir d'Albertine comme une fleur mystérieuse. Mystérieuse alors, mais qui aujourd'hui n'excitait plus rien : au lieu que de tant de sujets indifférents je parlais, de celui-là je me tus, non qu'il le fût plus qu'un autre, mais il y a une sorte de sursaturation des choses auxquelles on a trop pensé. Peut-être la période où je voyais en cela tant de mystères était-elle la vraie. Mais comme ces périodes ne dureront pas toujours, on ne doit pas sacrifier sa santé, sa fortune, à la découverte de mystères qui un jour n'intéresseront plus.

On fut très étonné à cette époque, où Mme Verdurin pouvait avoir chez elle qui elle voulait, de lui voir faire indirectement des avances à une personne qu'elle avait complètement perdue de vue, Odette. On trouvait qu'elle ne pourrait rien ajouter au brillant milieu qu'était devenu le petit groupe. Mais une séparation prolongée, en même temps qu'elle apaise les rancunes, réveille quelquefois l'amitié. Et puis le phénomène qui amène non pas seulement les mourants à ne prononcer que des noms familiers autrefois, mais les vieillards à se complaire dans leurs souvenirs d'enfance, ce phénomène a son équivalent social. Pour réussir dans l'entreprise de faire revenir Odette chez elle, Mme Verdurin n'employa pas bien entendu les « ultras », mais les habitués moins fidèles qui avaient gardé un pied dans l'un et l'autre salon. Elle leur disait : « Je ne sais pas pourquoi on ne la voit plus ici. Elle est peut-être brouillée, moi pas ; en somme, qu'est-ce que je lui ai fait ? C'est chez moi qu'elle a connu ses deux maris. Si elle veut revenir, qu'elle sache que les portes lui sont ouvertes. » Ces paroles, qui auraient dû coûter à la fierté de la Patronne si elles ne lui avaient pas été dictées par son imagination, furent redites, mais sans succès. Mme Verdurin attendit Odette sans la voir venir, jusqu'à ce que des événements qu'on verra plus loin amenassent pour de tout autres raisons ce que n'avait pu l'ambassade pourtant zélée des lâcheurs. Tant il est peu et de réussites faciles, et d'échecs définitifs.

Mme Verdurin disait : « C'est désolant, je vais téléphoner à Bontemps de faire le nécessaire pour demain, on a encore *caviardé*[1] toute la fin de l'article de Norpois et simplement parce qu'il laissait entendre qu'on avait *limogé* Percin[2]. » Car la bêtise courante faisait que chacun tirait gloire d'user des expressions courantes, et croyait montrer qu'elle était à la mode comme faisait une bourgeoise en disant quand on parlait de MM. de Bréauté, d'Agrigente ou de Charlus : « Qui ? Babal de Bréauté, Grigri, Mémé de Charlus ? » Les duchesses font de même, d'ailleurs, et avaient le même plaisir à dire « limoger » car, chez les duchesses c'est — pour les roturiers un peu poètes — le nom qui diffère, mais elles s'expriment selon la catégorie d'esprits à laquelle elles appartiennent et où il y a aussi énormément de bourgeois. Les classes d'esprit n'ont pas égard à la naissance.

Tous ces téléphonages de Mme Verdurin n'étaient pas d'ailleurs sans inconvénient. Quoique nous ayons oublié de le dire, le « salon » Verdurin, s'il continuait en esprit et en vérité, s'était transporté momentanément dans un des plus grands hôtels de Paris, le manque de charbon et de lumière rendant plus difficiles les réceptions des

Verdurin dans l'ancien logis, fort humide, des ambassadeurs de Venise. Le nouveau salon ne manquait pas, du reste, d'agrément. Comme à Venise la place, comptée à cause de l'eau, commande la forme des palais, comme un bout de jardin dans Paris ravit plus qu'un parc en province[1], l'étroite salle à manger qu'avait Mme Verdurin à l'hôtel faisait d'une sorte de losange aux murs éclatants de blancheur comme un écran sur lequel se détachaient à chaque mercredi, et presque tous les jours, tous les gens les plus intéressants, les plus variés, les femmes les plus élégantes de Paris, ravis de profiter du luxe des Verdurin, qui avec leur fortune allait croissant à une époque où les plus riches se restreignaient faute de toucher leurs revenus[2]. La forme donnée aux réceptions se trouvait modifiée sans qu'elles cessassent d'enchanter Brichot, qui au fur et à mesure que les relations des Verdurin allaient s'étendant y trouvait des plaisirs nouveaux et accumulés dans un petit espace comme des surprises dans un chausson de Noël. Enfin certains jours les dîneurs étaient si nombreux que la salle à manger de l'appartement privé était trop petite, on donnait le dîner dans la salle à manger immense d'en bas, où les fidèles, tout en feignant hypocritement de déplorer l'intimité d'en haut, comme jadis la nécessité d'inviter les Cambremer faisait dire à Mme Verdurin qu'on serait trop serré, étaient ravis au fond — tout en faisant bande à part, comme jadis dans le petit chemin de fer — d'être un objet de spectacle et d'envie pour les tables voisines. Sans doute, dans les temps habituels de la paix, une note mondaine subrepticement envoyée au *Figaro* ou au *Gaulois* aurait fait savoir à plus de monde que n'en pouvait tenir la salle à manger du *Majestic*[3] que Brichot avait dîné avec la duchesse de Duras. Mais depuis la guerre, les courriéristes mondains ayant supprimé ce genre d'informations (s'ils se rattrapaient sur les enterrements, les citations et les banquets franco-américains), la publicité ne pouvait plus exister que par ce moyen enfantin et restreint, digne des premiers âges, et antérieur à la découverte de Gutenberg : être vu à la table de Mme Verdurin. Après le dîner on montait dans les salons de la Patronne, puis les téléphonages commençaient. Mais beaucoup de grands hôtels étaient à cette époque peuplés d'espions qui notaient les nouvelles téléphonées par Bontemps avec une indiscrétion que corrigeait seulement, par bonheur, le manque de sûreté de ses informations, toujours démenties par l'événement.

Avant l'heure[a] où les thés d'après-midi finissaient, à la tombée du jour, dans le ciel encore clair, on voyait de loin de petites taches brunes qu'on eût pu prendre, dans le soir bleu, pour des moucherons, ou pour des oiseaux. Ainsi quand on voit de très loin une montagne on pourrait croire que c'est un nuage. Mais on est ému parce qu'on sait que ce nuage est immense, à l'état solide, et résistant. Ainsi étais-je ému que la tache brune dans le ciel d'été ne fût ni un moucheron, ni un oiseau, mais un aéroplane monté par des hommes qui veillaient sur Paris[1]. (Le souvenir des aéroplanes que j'avais vus avec Albertine dans notre dernière promenade, près de Versailles, n'entrait pour rien dans cette émotion, car le souvenir de cette promenade m'était devenu indifférent.)

À l'heure du dîner les restaurants étaient pleins ; et si passant dans la rue je voyais un pauvre permissionnaire, échappé pour six jours au risque permanent de la mort, et prêt à repartir pour les tranchées, arrêter un instant ses yeux devant les vitres illuminées, je souffrais comme à l'hôtel de Balbec quand des pêcheurs nous regardaient dîner, mais je souffrais davantage parce que je savais que la misère du soldat est plus grande que celle du pauvre, les réunissant toutes, et plus touchante encore parce qu'elle est plus résignée, plus noble, et que c'est d'un hochement de tête philosophe, sans haine, que prêt à repartir pour la guerre il disait en voyant se bousculer les embusqués[2] retenant leurs tables : « On ne dirait pas que c'est la guerre ici. » Puis à 9 heures et demie, alors que personne n'avait encore eu le temps de finir de dîner, à cause des ordonnances de police on éteignait brusquement toutes les lumières, et la nouvelle bousculade des embusqués arrachant leurs pardessus aux chasseurs du restaurant où j'avais dîné avec Saint-Loup un soir de perme[3] avait[b] lieu à 9 h 35 dans une mystérieuse pénombre de chambre où l'on montre la lanterne magique, de salle de spectacle servant à exhiber les films d'un de ces cinémas[4] vers lesquels allaient se précipiter dîneurs et dîneuses. Mais après cette heure-là, pour ceux qui[c], comme moi, le soir dont je parle, étaient restés à dîner chez eux, et sortaient pour aller voir des amis, Paris était, au moins dans certains quartiers, encore plus noir que n'était le Combray de mon enfance ; les visites qu'on se faisait prenaient un air de visites de voisins de campagne.

Ah ! si Albertine avait vécu, qu'il eût été doux, les soirs où j'aurais dîné en ville de lui donner rendez-vous dehors, sous les arcades ! D'abord je n'aurais rien vu, j'aurais l'émotion de croire qu'elle avait manqué au rendez-vous, quand tout à coup j'eusse vu se détacher du mur noir une de ses chères robes grises, ses yeux souriants qui m'avaient aperçu et nous aurions pu nous promener enlacés sans que personne nous distinguât, nous dérangeât et rentrer ensuite à la maison. Hélas, j'étais seul et je me faisais l'effet d'aller faire une visite de voisin à la campagne, de ces visites[a] comme Swann venait nous en faire après le dîner, sans rencontrer plus de passants dans l'obscurité de Tansonville, par le petit chemin de halage, jusqu'à la rue du Saint-Esprit, que je n'en rencontrais maintenant dans les rues devenues de sinueux chemins rustiques, de Sainte-Clotilde à la rue Bonaparte. D'ailleurs, comme ces fragments de paysage que le temps qu'il fait fait voyager[b] n'étaient plus contrariés par un cadre devenu invisible, les soirs où le vent chassait un grain glacial, je me croyais bien plus au bord de la mer furieuse dont j'avais jadis tant rêvé, que je ne m'y étais senti à Balbec ; et même d'autres éléments de nature qui n'existaient pas jusque-là à Paris faisaient croire qu'on venait, descendant du train, d'arriver pour les vacances en pleine campagne : par exemple le contraste de lumière et d'ombre qu'on avait à côté de soi par terre les soirs au clair de lune. Celui-ci donnait de ces effets que les villes ne connaissent pas, et même en plein hiver ; ses rayons s'étalaient sur la neige qu'aucun travailleur ne déblayait plus, boulevard Haussmann, comme ils eussent fait sur un glacier des Alpes. Les silhouettes des arbres se reflétaient nettes et pures sur cette neige d'or bleuté, avec la délicatesse qu'elles ont dans certaines peintures japonaises ou dans certains fonds de Raphaël ; elles étaient allongées à terre au pied de l'arbre lui-même, comme on les voit souvent dans la nature au soleil couchant, quand celui-ci inonde et rend réfléchissantes les prairies où des arbres s'élèvent à intervalles réguliers. Mais, par un raffinement d'une délicatesse délicieuse, la prairie sur laquelle se développaient ces ombres d'arbres, légères comme des âmes, était une prairie paradisiaque, non pas verte mais d'un blanc si éclatant à cause du clair de lune qui rayonnait sur la neige de jade, qu'on aurait dit que cette prairie était tissue seulement avec des pétales de poiriers en fleurs[1]. Et sur les places, les divinités des fontaines publiques tenant en main un jet de glace avaient l'air de statues d'une matière double pour l'exécution desquelles l'artiste avait voulu marier exclusivement le bronze au cristal. Par ces jours exceptionnels toutes les maisons étaient noires. Mais au printemps au contraire, parfois de temps à autre, bravant les règlements de la police, un hôtel particulier, ou seulement un étage d'un hôtel[a], ou même seulement une chambre d'un étage, n'ayant pas fermé ses volets apparaissait, ayant l'air de se soutenir tout seul sur d'impalpables ténèbres, comme une projection purement lumineuse, comme une apparition sans consistance. Et la femme qu'en levant les yeux bien haut on distinguait dans cette pénombre dorée, prenait dans cette nuit où l'on était perdu et où elle-même semblait recluse, le charme mystérieux et voilé d'une vision d'Orient. Puis on passait et rien n'interrompait plus l'hygiénique et monotone piétinement rustique dans l'obscurité[b].

Je songeais que je n'avais pas revu depuis bien longtemps aucune des personnes dont il a été question dans cet ouvrage. En 1914 seulement, pendant les deux mois que j'avais passés à Paris j'avais aperçu M. de Charlus et vu Bloch et Saint-Loup, ce dernier seulement deux fois. La seconde fois était certainement celle où il s'était[c] le plus montré lui-même, il avait effacé toutes les impressions peu agréables d'insincérité qu'il[d] m'avait produites pendant le séjour à Tansonville que je viens de rapporter et j'avais reconnu en lui toutes les belles qualités d'autrefois. La première fois que je l'avais vu après la déclaration de guerre, c'est-à-dire au début de la semaine qui suivit, tandis que Bloch faisait montre des sentiments les plus chauvins, Saint-Loup, une fois que Bloch nous avait eu quittés, n'avait pas assez d'ironie pour lui-même qui ne reprenait pas de service et j'avais été presque choqué de la violence de son ton.

Saint-Loup revenait de Balbec. J'appris plus tard indirectement qu'il avait fait de vaines tentatives auprès du directeur du restaurant. Ce dernier devait sa situation à ce qu'il avait hérité de M. Nissim Bernard. Il n'était autre en effet que cet ancien jeune servant que l'oncle de Bloch « protégeait ». Mais la richesse lui avait apporté la vertu. De sorte que c'est en vain que Saint-Loup avait essayé de le séduire. Ainsi par compensation, tandis que des jeunes gens vertueux s'abandonnent, l'âge venu, aux passions dont ils ont enfin pris conscience, des adolescents faciles deviennent des hommes à principes contre lesquels des Charlus, venus sur la foi d'anciens récits mais trop tard, se heurtent désagréablement. Tout est affaire de chronologie.

« Non[a], s'écria-t-il avec force et gaieté, tous ceux qui ne se battent pas, quelque raison qu'ils donnent, c'est qu'ils n'ont pas envie d'être tués, c'est par *peur.* » Et avec le même geste d'affirmation plus énergique encore que celui avec lequel il avait souligné la peur des autres, il ajouta : « Et moi, si je ne reprends pas de service, c'est tout bonnement par *peur, na !* » J'avais déjà remarqué chez différentes personnes que l'affectation des sentiments louables n'est pas la seule couverture des mauvais, mais qu'une plus nouvelle est l'exhibition de ces mauvais, de sorte qu'on n'ait pas l'air au moins de s'en cacher. De plus chez Saint-Loup cette tendance était fortifiée par son habitude quand il avait commis une indiscrétion, fait une gaffe, et qu'on aurait pu les lui reprocher, de les proclamer en disant que c'était exprès. Habitude qui, je crois bien, devait lui venir de quelque professeur à l'École de guerre dans l'intimité de qui il avait vécu, pour qui il professait une grande admiration. Je n'eus donc aucun embarras pour interpréter cette boutade comme la ratification verbale d'un sentiment que, comme il avait dicté la conduite de Saint-Loup et son abstention dans la guerre qui commençait, celui-ci aimait mieux proclamer.

« Est-ce que tu as entendu dire, me demanda-t-il en me quittant, que ma tante Oriane divorcerait ? Personnellement je n'en sais absolument rien. On dit cela de temps en temps et je l'ai entendu annoncer si souvent que j'attendrai que ce soit fait pour le croire. J'ajoute que ce serait très compréhensible ; mon oncle est un homme charmant non seulement dans le monde mais pour ses amis, pour ses parents. Même d'une façon il a beaucoup plus de cœur que ma tante qui est une sainte, mais qui le lui fait terriblement sentir. Seulement c'est un mari terrible, qui n'a jamais cessé de tromper sa femme, de l'insulter, de la brutaliser, de la priver d'argent. Ce serait si naturel qu'elle le quitte que c'est une raison pour que ce soit vrai mais aussi pour que cela ne le soit pas parce que c'en est une pour qu'on en ait l'idée et qu'on le dise. Et puis, du moment qu'elle l'a supporté si longtemps ! Maintenant je sais bien qu'il y a tant de choses qu'on annonce à tort, qu'on dément, et puis qui plus tard deviennent vraies. » Cela me fit penser à lui demander s'il avait jamais été question qu'il épousât Mlle de Guermantes. Il sursauta et m'assura que non, que ce n'était qu'un de ces bruits eu monde, qui naissent de temps à autre on ne sait pourquoi, s'évanouissent de même et dont la fausseté ne rend pas ceux qui ont cru en eux plus prudents, dès que naît un bruit nouveau, de fiançailles, de divorce, ou un bruit politique, pour y ajouter foi et le colporter.

Quarante-huit heures n'étaient pas passées que certains faits que j'appris me prouvèrent que je m'étais absolument trompé dans l'interprétation des paroles de Robert : « Tous ceux qui ne sont pas au front, c'est qu'ils ont peur. » Saint-Loup avait dit[a] cela pour briller dans la conversation, pour faire de l'originalité psychologique, tant qu'il n'était pas sûr que son engagement serait accepté. Mais il faisait pendant ce temps-là des pieds et des mains pour qu'il le fût, étant en cela moins original, au sens qu'il croyait qu'il fallait donner à ce mot, mais plus profondément français de Saint-André-des-Champs, plus en conformité avec tout ce qu'il y avait à ce moment-là de meilleur chez les Français de Saint-André-des-Champs, seigneurs, bourgeois et serfs respectueux des seigneurs ou révoltés contre les seigneurs, deux divisions également françaises de la même famille, sous-embranchement Françoise et sous-embranchement Morel, d'où deux flèches se dirigeaient, pour se réunir à nouveau, dans une même direction, qui était la frontière. Bloch avait été enchanté d'entendre l'aveu de lâcheté d'un « nationaliste » (qui l'était d'ailleurs si peu) et comme Saint-Loup lui avait demandé si lui-même devait partir, avait pris une figure de grand-prêtre pour répondre : « Myope. »

Mais Bloch avait complètement changé d'avis sur la guerre quelques jours après, où il vint me voir affolé. Quoique « myope » il avait été reconnu bon pour le service. Je le ramenais chez lui quand nous rencontrâmes

Saint-Loup qui avait rendez-vous pour être présenté, au ministère de la Guerre, à un colonel, avec un ancien officier, « M. de Cambremer », me dit-il. « Ah ! mais c'est vrai, c'est d'une ancienne connaissance que je te parle. Tu connais aussi bien que moi Cancan. » Je lui répondis que je le connaissais en effet et sa femme aussi, que je ne les appréciais qu'à demi. Mais j'étais tellement habitué depuis que je les avais vus pour la première fois à considérer la femme comme une personne malgré tout remarquable, connaissant à fond Schopenhauer[1], et ayant accès en somme dans un milieu intellectuel qui était fermé à son grossier époux que je fus d'abord étonné d'entendre Saint-Loup me répondre : « Sa femme est idiote, je te l'abandonne. Mais lui est un excellent homme qui était doué et qui est resté fort agréable. » Par l'« idiotie » de la femme, Saint-Loup entendait sans doute le désir éperdu de celle-ci de fréquenter le grand monde, ce que le grand monde juge le plus sévèrement. Par les qualités du mari, sans doute quelque chose de celles que lui reconnaissait sa mère, quand elle le trouvait le mieux de la famille. Lui du moins ne se souciait pas des duchesses, mais à vrai dire c'est là une « intelligence » qui diffère autant de celle qui caractérise les penseurs, que « l'intelligence » reconnue par le public à tel homme riche « d'avoir su faire sa fortune ». Mais les paroles de Saint-Loup ne me déplaisaient pas en ce qu'elles rappelaient que la prétention avoisine la bêtise et que la simplicité a un goût un peu caché mais agréable. Je n'avais pas eu, il est vrai, l'occasion de savourer celle de M. de Cambremer. Mais c'est justement ce qui fait qu'un être est tant d'êtres différents selon les personnes qui le jugent, en dehors même des différences de jugement. De M. de Cambremer je n'avais connu que l'écorce. Et sa saveur, qui me fut attestée par d'autres, m'était inconnue.

Bloch nous quitta devant sa porte, débordant d'amertume contre Saint-Loup, lui disant qu'eux autres, « beaux fils » galonnés, paradant dans les états-majors, ne risquaient rien, et que lui, simple soldat de 2e classe, n'avait pas envie de se faire « trouer la peau pour Guillaume ». « Il paraît qu'il est gravement malade, l'empereur Guillaume[2] », répondit Saint-Loup. Bloch qui, comme tous les gens qui tiennent de près à la Bourse, accueillait avec une facilité particulière les nouvelles sensationnelles, ajouta : « On dit même beaucoup qu'il est mort. » À la Bourse tout souverain malade, que ce soit Édouard VII ou Guillaume II, est mort, toute ville sur le point d'être assiégée est prise. « On ne le cache, ajouta Bloch, que pour ne pas déprimer l'opinion chez les Boches. Mais il est mort dans la nuit d'hier. Mon père le tient d'une source de tout premier ordre. » Les sources de tout premier ordre étaient les seules dont tînt compte M. Bloch le père, soit que, par la chance qu'il avait, grâce à de « hautes relations », d'être en communication avec elles, il en reçût la nouvelle encore secrète que l'Extérieure allait monter ou la de Beers fléchir[1]. D'ailleurs, si à ce moment précis se produisait une hausse sur la de Beers ou des « offres » sur l'Extérieure, si le marché de la première était « ferme » et « actif », celui de la seconde « hésitant », « faible », et qu'on s'y tînt « sur la réserve », la source de premier ordre n'en restait pas moins une source de premier ordre. Aussi Bloch nous annonça-t-il la mort du Kaiser d'un air mystérieux et important, mais aussi rageur. Il était particulièrement exaspéré d'entendre Robert dire : « l'empereur Guillaume ». Je crois que sous le couperet de la guillotine Saint-Loup et M. de Guermantes n'auraient pas pu dire autrement. Deux hommes du monde restant seuls vivants dans une île déserte, où ils n'auraient à faire preuve de bonnes façons pour personne, se reconnaîtraient à ces traces d'éducation, comme deux latinistes citeraient correctement du Virgile. Saint-Loup n'eût jamais pu, même torturé par les Allemands, dire autrement que « l'empereur Guillaume ». Et ce savoir-vivre est malgré tout l'indice de grandes entraves pour l'esprit. Celui qui ne sait pas les rejeter reste un homme du monde. Cette élégante médiocrité est d'ailleurs délicieuse — surtout avec tout ce qui s'y allie de générosité cachée et d'héroïsme inexprimé — à côté de la vulgarité de Bloch, à la fois pleutre et fanfaron, qui criait à Saint-Loup : « Tu ne pourrais pas dire Guillaume tout court ? C'est ça, tu as la frousse, déjà ici tu te mets à plat ventre devant lui ! Ah ! ça nous fera de beaux soldats à la frontière, ils lècheront les bottes des Boches. Vous êtes des galonnés qui savez parader dans un carrousel. Un point, c'est tout[2]. »

« Ce pauvre[a] Bloch veut absolument que je ne fasse que parader », me dit Saint-Loup en souriant quand nous eûmes quitté notre camarade. Et je sentis bien que parader n'était pas du tout ce que désirait Robert, bien que je ne me rendisse pas compte alors de ses intentions aussi exactement que je le fis plus tard, quand la cavalerie restant inactive, il obtint de servir comme officier d'infanterie puis de chasseurs à pied, et enfin quand vint la suite qu'on lira plus loin. Mais du patriotisme de Robert, Bloch ne se rendait pas compte simplement parce que Robert ne l'exprimait nullement. Si Bloch nous avait fait des professions de foi méchamment antimilitaristes une fois qu'il avait été reconnu « bon », il avait eu préalablement les déclarations les plus chauvines quand il se croyait réformé pour myopie. Mais ces déclarations, Saint-Loup eût été incapable de les faire ; d'abord par une espèce de délicatesse morale qui empêche d'exprimer les sentiments trop profonds et qu'on trouve tout naturels. Ma mère autrefois non seulement n'eût pas hésité une seconde à mourir pour ma grand-mère mais aurait horriblement souffert si on l'avait empêchée de le faire. Néanmoins il m'est impossible d'imaginer rétrospectivement dans sa bouche une phrase telle que : « Je donnerais ma vie pour ma mère. » Aussi tacite était dans son amour de la France Robert qu'en ce moment je trouvais beaucoup plus Saint-Loup (autant que je pouvais me représenter son père) que Guermantes. Il eût été préservé aussi d'exprimer ces sentiments-là par la qualité en quelque sorte morale de son intelligence. Il y a chez les travailleurs intelligents et vraiment sérieux une certaine aversion pour ceux qui mettent en littérature ce qu'ils font, le font valoir. Nous n'avions été ensemble ni au lycée ni à la Sorbonne, mais nous avions séparément suivi certains cours des mêmes maîtres (et je me rappelle le sourire de Saint-Loup) qui, faisant un cours remarquable, comme quelques autres, veulent se faire passer pour hommes de génie, en donnant un nom ambitieux à leurs théories. Pour un peu que nous en parlions, Robert riait de bon cœur[a]. Naturellement notre prédilection n'allait pas d'instinct aux Cottard ou aux Brichot, mais enfin nous avions une certaine considération pour les gens qui savaient à fond le grec ou la médecine et ne se croyaient pas autorisés pour cela à faire les charlatans. J'ai dit que si toutes les actions de maman reposaient jadis sur le sentiment qu'elle eût donné sa vie pour sa mère, elle ne s'était jamais formulé ce sentiment à elle-même et qu'en tout cas elle eût trouvé non pas seulement inutile et ridicule, mais choquant et honteux de l'exprimer aux autres ; de même il m'est impossible d'imaginer dans la bouche de Saint-Loup, me parlant de son équipement, des courses qu'il avait à faire, de nos chances de victoire, du peu de valeur de l'armée russe, de ce que ferait l'Angleterre, il m'est impossible d'imaginer dans sa bouche la phrase même la plus éloquente dite par le ministre même le plus sympathique aux députés debout et enthousiastes. Je ne peux cependant pas dire que dans ce côté négatif qui l'empêchait d'exprimer les beaux sentiments qu'il ressentait il n'y avait pas un effet de l'« esprit des Guermantes », comme on en a vu tant d'exemples chez Swann. Car si je le trouvais Saint-Loup surtout, il restait Guermantes aussi, et par là, parmi les nombreux mobiles qui excitaient son courage, il y en avait qui n'étaient pas les mêmes que ceux de ses amis de Doncières, ces jeunes gens épris de leur métier avec qui j'avais dîné chaque soir et dont tant se firent tuer à la bataille de la Marne ou ailleurs en entraînant leurs hommes.

Les jeunes socialistes qu'il pouvait y avoir à Doncières quand j'y étais mais que je ne connaissais pas parce qu'ils ne fréquentaient pas le milieu de Saint-Loup, purent se rendre compte que les officiers de ce milieu n'étaient nullement des « aristos » dans l'acception hautainement fière et bassement jouisseuse que le « populo », les officiers sortis du rang, les francs-maçons donnaient au surnom d'« aristos ». Et pareillement d'ailleurs, ce même patriotisme, les officiers nobles le rencontrèrent pleinement chez les socialistes que je les avais entendu accuser, pendant que j'étais à Doncières, en pleine affaire Dreyfus, d'être des « sans-patrie ». Le patriotisme des militaires, aussi sincère, aussi profond, avait pris une forme définie qu'ils croyaient intangible et sur laquelle ils s'indignaient de voir jeter l'opprobre, tandis que les patriotes en quelque sorte inconscients, indépendants, sans religion patriotique définie, qu'étaient les radicaux-socialistes, n'avaient pas su comprendre quelle réalité profonde vivait dans ce qu'ils croyaient de vaines et haineuses formules.

Sans doute[a] Saint-Loup comme eux s'était habitué à développer en lui, comme la partie la plus vraie de lui-même, la recherche et la conception des meilleures manœuvres en vue des plus grands succès stratégiques et tactiques, de sorte que pour lui comme pour eux la vie de son corps était quelque chose de relativement peu important qui pouvait être facilement sacrifié à cette partie intérieure, véritable noyau vital chez eux autour duquel l'existence personnelle n'avait de valeur que comme un épiderme protecteur. Dans le courage de Saint-Loup il y avait des éléments plus caractéristiques, et où on eût aisément reconnu la générosité qui avait fait au début le charme de notre amitié, et aussi le vice héréditaire qui s'était éveillé plus tard chez lui, et qui, joint à un certain niveau intellectuel qu'il n'avait pas dépassé, lui faisait non seulement admirer le courage, mais pousser l'horreur de l'efféminement jusqu'à une certaine ivresse au contact de la virilité. Il trouvait, chastement sans doute, à vivre à la belle étoile avec des Sénégalais[a1] qui faisaient à tout instant le sacrifice de leur vie, une volupté cérébrale où il entrait beaucoup de mépris pour les « petits messieurs musqués », et qui, si opposée qu'elle lui semble, n'était pas si différente de celle que lui donnait cette cocaïne dont il avait abusé à Tansonville et dont l'héroïsme — comme un remède qui supplée à un autre — le guérissait. Dans son courage[b] il y avait d'abord cette double habitude de politesse qui d'une part le faisait louanger les autres mais pour soi-même se contenter de bien faire sans en rien dire, au contraire d'un Bloch qui lui avait dit dans notre rencontre : « Naturellement vous canneriez », et qui ne faisait rien ; et d'autre part le poussait à tenir pour rien ce qui était à lui, sa fortune, son rang, sa vie même, à les donner. En un mot, la vraie noblesse de sa nature. Mais tant de sources se confondent dans l'héroïsme que le goût nouveau qui s'était déclaré en lui, et aussi la médiocrité intellectuelle qu'il n'avait pu dépasser y avaient leur part. En prenant les habitudes de M. de Charlus, Robert s'était trouvé prendre aussi, quoique sous une forme fort différente, son idéal de virilité.

« En avons-nous pour longtemps ? » dis-je à Saint-Loup. « Non, je crois à une guerre très courte », me répondit-il. Mais ici, comme toujours, ses arguments étaient livresques. « Tout en tenant compte des prophéties de Moltke[2], relis », me dit-il, comme si je l'avais déjà lu, « le décret du 28 octobre 1913 sur la conduite des grandes unités, tu verras que le remplacement des réserves du temps de paix n'est pas organisé, ni même prévu, ce qu'on n'eût pas manqué de faire si la guerre devait être longue[1]. » Il me semblait qu'on pouvait interpréter le décret en question non comme une preuve que la guerre serait courte, mais comme l'imprévoyance qu'elle le serait, et de ce qu'elle serait, chez ceux qui l'avaient rédigé, et qui ne soupçonnaient ni ce que serait dans une guerre stabilisée l'effroyable consommation du matériel de tout genre, ni la solidarité de divers théâtres d'opérations.

En dehors[a] de l'homosexualité, chez les gens les plus opposés par nature à l'homosexualité, il existe un certain idéal conventionnel de virilité, qui, si l'homosexuel n'est pas un être supérieur, se trouve à sa disposition, pour qu'il le dénature d'ailleurs. Cet idéal — de certains militaires, de certains diplomates — est particulièrement exaspérant. Sous sa forme la plus basse, il est simplement la rudesse du cœur d'or qui ne veut pas avoir l'air d'être ému, et qui au moment d'une séparation avec un ami qui va peut-être être tué, a au fond une envie de pleurer dont personne ne se doute parce qu'il la recouvre sous une colère grandissante qui finit par cette explosion au moment où on se quitte : « Allons, tonnerre de Dieu ! bougre d'idiot, embrasse-moi donc et prends donc cette bourse qui me gêne, espèce d'imbécile[2]. » Le diplomate, l'officier, l'homme qui sent que seule une grande œuvre nationale compte, mais qui a tout de même eu une affection pour le « petit » qui était à la légation ou au bataillon et qui est mort des fièvres ou d'une balle, présente le même goût de virilité sous une forme plus habile, plus savante, mais au fond aussi haïssable. Il ne veut pas pleurer le « petit », il sait que bientôt on n'y pensera pas plus que le chirurgien bon cœur qui pourtant, le soir de la mort d'une petite malade contagieuse, a du chagrin qu'il n'exprime pas. Pour peu que le diplomate soit écrivain et raconte cette mort, il ne dira pas qu'il a eu du chagrin ; non ; d'abord par « pudeur virile », ensuite par habileté artistique qui fait naître l'émotion en la dissimulant. Un de ses collègues et lui veilleront le mourant. Pas un instant ils ne diront qu'ils ont du chagrin. Ils parleront des affaires de la légation ou du bataillon, même avec plus de précision que d'habitude :

« B*** me dit : “Vous n'oublierez pas qu'il y a demain revue du général, tâchez que vos hommes soient propres.” Lui qui était d'habitude si doux avait un ton plus sec que d'habitude, je remarquai qu'il évitait de me regarder. Moi-même je me sentais nerveux aussi. »

Et le lecteur comprend que ce ton sec, c'est le chagrin chez des êtres qui ne veulent pas avoir l'air d'avoir du chagrin, ce qui serait simplement ridicule, mais ce qui est aussi assez désespérant et hideux, parce que c'est la manière d'avoir du chagrin d'êtres qui croient que le chagrin ne compte pas, que la vie est plus sérieuse que les séparations, etc., de sorte qu'ils donnent dans les morts cette impression de mensonge, de néant, que donne au Jour de l'An le monsieur qui, en vous apportant des marrons glacés, dit : « Je vous la souhaite bonne et heureuse » en ricanant, mais le dit tout de même. Pour finir le récit de l'officier ou du diplomate veillant, la tête couverte parce qu'on a transporté le blessé en plein air, le moribond, à un moment donné tout est fini :

« Je pensais : il faut retourner préparer les choses pour l'astiquage ; mais je ne sais vraiment pas pourquoi, au moment où le docteur lâcha le pouls, B*** et moi, il se trouva que sans nous être entendus, le soleil tombait d'aplomb, peut-être avions-nous chaud, debout devant le lit, nous enlevâmes nos képis. »

Et le lecteur sent bien que ce n'est pas à cause de la chaleur du soleil, mais par émotion devant la majesté de la mort que les deux hommes virils, qui jamais n'ont le mot tendresse ou chagrin à la bouche, se sont découverts.

L'idéal de virilité des homosexuels à la Saint-Loup n'est pas le même mais aussi conventionnel et aussi mensonger. Le mensonge gît pour eux dans le fait de ne pas vouloir se rendre compte que le désir physique est à la base des sentiments auxquels ils donnent une autre origine. M. de Charlus détestait l'efféminement. Saint-Loup admire le courage des jeunes hommes, l'ivresse des charges de cavalerie, la noblesse intellectuelle et morale des amitiés d'homme à homme, entièrement pures, où on sacrifie sa vie l'un pour l'autre. La guerre qui fait, des capitales où il n'y a plus que des femmes, le désespoir des homosexuels, est au contraire le roman passionné des homosexuels, s'ils sont assez intelligents pour se forger des chimères, pas assez pour savoir les percer à jour, reconnaître leur origine, se juger. De sorte[a] qu'au moment où certains jeunes gens s'engagèrent simplement par esprit d'imitation sportive, comme une année tout le monde joue au « diabolo[1] », pour Saint-Loup la guerre fut davantage l'idéal même qu'il s'imaginait poursuivre dans ses désirs beaucoup plus concrets mais ennuagés d'idéologie, cet idéal servi en commun avec les êtres qu'il préférait, dans un ordre de chevalerie purement masculine, loin des femmes, où il pourrait exposer sa vie pour sauver son ordonnance, et mourir en inspirant un amour fanatique à ses hommes. Et ainsi, quoi qu'il y eût bien d'autres choses dans son courage, le fait qu'il était un grand seigneur s'y retrouvait, et s'y retrouvait aussi, sous une forme méconnaissable et idéalisée, l'idée de M. de Charlus que c'était de l'essence d'un homme de n'avoir rien d'efféminé. D'ailleurs de même qu'en philosophie et en art deux idées analogues ne valent que par la manière dont elles sont développées, et peuvent différer grandement, si elles sont exposées par Xénophon ou par Platon[1], de même tout en reconnaissant combien ils tiennent en faisant cela l'un de l'autre, j'admire Saint-Loup demandant à partir au point le plus dangereux, infiniment plus que M. de Charlus évitant de porter des cravates claires.

Je parlai à Saint-Loup de mon ami le directeur du Grand Hôtel de Balbec qui, paraît-il, avait prétendu qu'il y avait eu au début de la guerre dans certains régiments français des défections qu'il appelait des « défectuosités », et avait accusé de les avoir provoquées ce qu'il appelait le « militariste prussien » ; il avait même cru, à un certain moment, à un débarquement simultané des Japonais, des Allemands et des Cosaques à Rivebelle, menaçant Balbec[2], et avait dit qu'il n'y avait plus qu'à « décrépir ». Il trouvait le départ des pouvoirs publics pour Bordeaux[3] un peu précipité et déclarait qu'ils avaient eu tort de « décrépir » aussi vite. Ce germanophobe disait en riant à propos de son frère : « Il est dans les tranchées, à vingt-cinq mètres des Boches ! » jusqu'à ce qu'ayant appris qu'il l'était lui-même, on l'eût mis dans un camp de concentration.

« À propos de Balbec, te rappelles-tu[a] l'ancien liftier de l'hôtel ? » me dit en me quittant Saint-Loup sur le ton de quelqu'un qui n'avait pas trop l'air de savoir qui c'était et qui comptait sur moi pour l'éclairer. « Il s'engage et m'a écrit pour le faire "rentrer" dans l'aviation. » Sans doute le lift était-il las de monter dans la cage captive de l'ascenseur, et les hauteurs de l'escalier du Grand Hôtel ne lui suffisaient plus. Il allait « prendre ses galons » autrement que comme concierge, car notre destin n'est pas toujours ce que nous avions cru. « Je vais sûrement appuyer sa demande, me dit Saint-Loup. Je le disais encore à Gilberte ce matin, jamais nous n'aurons assez d'avions. C'est avec cela qu'on verra ce que prépare l'adversaire. C'est cela qui lui enlèvera le bénéfice le plus grand d'une attaque, celui de la surprise, l'armée la meilleure sera peut-être celle qui aura les meilleurs yeux[1] ».

J'avais rencontré ce liftier aviateur peu de jours auparavant. Il m'avait parlé de Balbec et curieux de savoir ce qu'il me dirait de Saint-Loup j'amenai la conversation en lui demandant s'il était vrai comme on me l'avait dit que M. de Charlus avait à l'égard des jeunes gens etc. Le liftier parut étonné, il n'en savait absolument rien. En revanche il accusa le jeune homme riche, celui qui vivait avec sa maîtresse et trois amis. Comme il avait l'air de mettre le tout dans un même sac et que je savais par M. de Charlus qui me l'avait dit, on se le rappelle, devant Brichot qu'il n'en était rien[2], je dis au liftier qu'il devait se tromper. Il opposa à mes doutes les affirmations les plus certaines. C'était l'amie du jeune homme riche qui était chargée de lever les jeunes gens et tout le monde prenait son plaisir ensemble. Ainsi M. de Charlus, le plus compétent des hommes en cette matière, s'était entièrement trompé tant la vérité est partielle, secrète, imprévisible. Par peur de faire un raisonnement de bourgeois, de voir le charlisme là où il n'était pas, il avait passé à côté de ce fait, le levage opéré par la femme. « Elle est venue assez souvent me trouver, me dit le liftier. Mais elle a tout de suite vu à qui elle avait à faire, j'ai catégoriquement refusé, je ne marche pas dans ce fourbi-là ; je lui ai dit que cela me déplaisait formellement. Une personne n'a qu'à être indiscrète, cela se répète, on ne peut plus trouver de place nulle part. » Ces dernières raisons affaiblissaient les vertueuses déclarations du début puisqu'elles semblaient impliquer que le liftier eût cédé s'il avait été assuré de la discrétion. Ç'avait sans doute été le cas pour Saint-Loup. Il est probable que même l'homme riche, sa maîtresse et ses amis, n'avaient pas été moins favorisés, car le liftier citait beaucoup de conversations tenues avec lui par eux à des époques très diverses, ce qui arrive rarement quand on a si catégoriquement refusé. Par exemple la maîtresse de l'homme riche était venue le trouver pour connaître un chasseur avec qui il était très ami. « Je ne crois pas que vous le connaissiez, vous n'étiez pas là à ce moment-là. C'est Victor qu'on lui disait. Naturellement », ajoutait le liftier de l'air de se référer à des lois inviolables et un peu secrètes, « on ne peut pas refuser à un camarade qui n'est pas riche. » Je me souvins de l'invitation que l'ami noble de l'homme riche m'avait adressée quelques jours avant mon départ de Balbec. Mais cela n'avait sans doute aucun rapport et était dicté par la seule amabilité.

« Eh bien, et la pauvre Françoise, a-t-elle réussi à faire réformer son neveu ? » Mais Françoise[a], qui avait fait depuis longtemps tous ses efforts pour que son neveu fût réformé et qui, quand on lui avait proposé une recommandation, par la voie des Guermantes, pour le général de Saint-Joseph, avait répondu d'un ton désespéré : « Oh ! non, ça ne servirait à rien, il n'y a rien à faire avec ce vieux bonhomme-là, c'est tout ce qu'il y a de pis, il est patriotique », Françoise, dès qu'il avait été question de la guerre, et quelque douleur qu'elle en éprouvât, trouvait qu'on ne devait pas abandonner les « pauvres Russes », puisqu'on était « alliancé ». Le maître d'hôtel, persuadé d'ailleurs que la guerre ne durerait que dix jours et se terminerait par la victoire éclatante de la France, n'aurait pas osé, par peur d'être démenti par les événements, et n'aurait même pas eu assez d'imagination pour prédire une guerre longue et indécise. Mais cette victoire complète et immédiate, il tâchait au moins d'en extraire d'avance tout ce qui pouvait faire souffrir Françoise. « Ça pourrait bien faire du vilain, parce qu'il paraît qu'il y en a beaucoup qui ne veulent pas marcher, des gars de seize ans qui pleurent. » Et lui dire ainsi pour la « vexer » des choses désagréables, c'est ce qu'il appelait « lui jeter un pépin, lui lancer une apostrophe, lui envoyer un calembour ». « De seize ans, Vierge Marie ! », disait Françoise, et, un instant méfiante : « On disait pourtant qu'on ne les prenait qu'après vingt ans, c'est encore des enfants. — Naturellement les journaux ont l'ordre de ne pas dire ça. Du reste c'est toute la jeunesse qui sera en avant, il n'en reviendra pas lourd. D'un côté ça fera du bon, une bonne saignée, là, c'est utile de temps en temps, ça fera marcher le commerce. Ah ! dame, s'il y a des gosses trop tendres qui ont une hésitation, on les fusille immédiatement, douze balles dans la peau, vlan ! D'un côté, il faut ça. Et puis, les officiers, qu'est-ce que ça peut leur faire ? Ils touchent leurs pesetas, c'est tout ce qu'ils demandent. » Françoise pâlissait tellement pendant chacune de ces conversations qu'on craignait que le maître d'hôtel ne la fît mourir d'une maladie de cœur.

Elle ne perdait pas ses défauts pour cela. Quand une jeune fille venait me voir, si mal aux jambes qu'eût la vieille servante, m'arrivait-il de sortir un instant de ma chambre, je la voyais au haut d'une échelle, dans la penderie, en train, disait-elle, de chercher quelque paletot à moi pour voir si les mites ne s'y mettaient pas, en réalité pour nous écouter. Elle gardait malgré toutes mes critiques sa manière insidieuse de poser des questions d'une façon indirecte pour laquelle elle avait utilisé depuis quelque temps un certain « parce que sans doute ». N'osant pas me dire : « Est-ce que cette dame a un hôtel ? » elle me disait, les yeux timidement levés comme ceux d'un bon chien : « Parce que sans doute cette dame a un hôtel particulier... », évitant l'interrogation flagrante moins pour être polie que pour ne pas sembler curieuse.

Enfin, comme les domestiques que nous aimons le plus — et surtout s'ils ne nous rendent presque plus les services et les égards de leur emploi — restent, hélas, des domestiques et marquent plus nettement les limites (que nous voudrions effacer) de leur caste au fur et à mesure qu'ils croient le plus pénétrer dans la nôtre, Françoise avait souvent à mon endroit (« pour me piquer », eût dit le maître d'hôtel) de ces propos étranges qu'une personne du monde n'aurait pas : avec une joie dissimulée mais aussi profonde que si c'eût été une maladie grave, si j'avais chaud et que la sueur — je n'y prenais pas garde — perlât à mon front : « Mais vous êtes en nage », me disait-elle, étonnée comme devant un phénomène étrange, souriant un peu avec le mépris que cause quelque chose d'indécent (« vous sortez mais vous avez oublié de mettre votre cravate »), prenant pourtant la voix préoccupée qui est chargée d'inquiéter quelqu'un sur son état. On aurait dit que moi seul dans l'univers avais jamais été en nage. Enfin elle ne parlait plus bien comme autrefois. Car dans son humilité, dans sa tendre admiration pour des êtres qui lui étaient infiniment inférieurs, elle adoptait leur vilain tour de langage. Sa fille s'étant plainte d'elle à moi et m'ayant dit (je ne sais de qui elle l'avait reçu[a]) : « Elle a toujours quelque chose à dire, que je ferme mal les portes, et patatipatali et patatatipatala », Françoise crut sans doute que son incomplète éducation seule l'avait jusqu'ici privée de ce bel usage. Et sur ces lèvres où j'avais vu fleurir jadis le français le plus pur j'entendis plusieurs fois par jour : « Et patatipatali et patatatipatala. » Il est du reste curieux combien non seulement les expressions mais les pensées varient peu chez une même personne. Le maître d'hôtel ayant pris l'habitude de déclarer que M. Poincaré était mal intentionné, pas pour l'argent, mais parce qu'il avait voulu absolument la guerre[1], il redisait cela sept à huit fois par jour devant le même auditoire habituel et toujours aussi intéressé. Pas un mot n'était modifié, pas un geste, une intonation. Bien que cela ne durât que deux minutes, c'était invariable comme une représentation. Ses fautes de français corrompaient le langage de Françoise tout autant que les fautes de sa fille. Il croyait que ce que M. de Rambuteau avait été si froissé un jour d'entendre appeler par le duc de Guermantes « les édicules Rambuteau[2] » s'appelait des pistières. Sans doute dans son enfance n'avait-il pas entendu l'*o*, et cela lui était resté. Il prononçait donc ce mot incorrectement mais perpétuellement. Françoise, gênée d'abord, finit par le dire aussi, pour se plaindre qu'il n'y eût pas de ce genre de choses pour les femmes comme pour les hommes. Mais son humilité et son admiration pour le maître d'hôtel faisaient qu'elle ne disait jamais pissotières, mais — avec une légère concession à la coutume — pissetières.

Elle ne[b] dormait plus, ne mangeait plus, se faisait lire les communiqués auxquels elle ne comprenait rien par le maître d'hôtel, qui n'y comprenant guère davantage et chez qui le désir de tourmenter Françoise étant souvent dominé par une allégresse patriotique, disait avec un rire sympathique, parlant des Allemands : « Ça doit chauffer, notre vieux Joffre est en train de leur tirer des plans sur la comète. » Françoise ne comprenait pas trop de quelle comète il s'agissait, mais n'en sentait que davantage que cette phrase faisait partie des aimables et originales extravagances auxquelles une personne bien élevée doit répondre avec bonne humeur, par urbanité, et haussant gaiement les épaules d'un air de dire : « Il est bien toujours le même », elle tempérait ses larmes d'un sourire. Au moins était-elle heureuse que son nouveau garçon boucher, qui malgré son métier était assez craintif (il avait cependant commencé dans les abattoirs) ne fût pas d'âge à partir. Sans quoi elle eût été capable d'aller trouver le ministre de la Guerre pour le faire réformer.

Le maître d'hôtel n'eût pas pu imaginer que les communiqués n'étaient pas excellents et qu'on ne se rapprochait pas de Berlin, puisqu'il lisait : « Nous avons repoussé, avec de fortes pertes pour l'ennemi, etc. », actions qu'il célébrait comme de nouvelles victoires. J'étais cependant effrayé de la rapidité avec laquelle le théâtre de ces victoires se rapprochait de Paris, et je fus même étonné que le maître d'hôtel, ayant vu dans un communiqué qu'une action avait eu lieu près de Lens, n'eût pas été inquiet en voyant dans le journal du lendemain que ses suites avaient tourné à notre avantage à Jouy-le-Vicomte dont nous tenions solidement les abords. Le maître d'hôtel connaissait pourtant bien de nom Jouy-le-Vicomte, qui n'était pas tellement éloigné de Combray[1]. Mais on lit les journaux comme on aime, un bandeau sur les yeux. On ne cherche pas à comprendre les faits. On écoute les douces paroles du rédacteur en chef comme on écoute les paroles de sa maîtresse. On est battu et content parce qu'on ne se croit pas battu mais vainqueur.

Je n'étais[a] pas du reste demeuré longtemps à Paris et j'avais regagné assez vite ma maison de santé. Bien qu'en principe le docteur vous traitât par l'isolement on m'y avait remis à deux époques différentes une lettre de Gilberte et une lettre de Robert. Gilberte m'écrivait (c'était à peu près en septembre 1914) que, quelque désir qu'elle eût de rester à Paris pour avoir plus facilement des nouvelles de Robert, les raids perpétuels de *taubes*[2] au-dessus de Paris lui avaient causé une telle épouvante, surtout pour sa petite fille, qu'elle s'était enfuie de Paris par le dernier train qui partait encore pour Combray[3], que le train n'était même pas allé jusqu'à Combray et que ce n'était que grâce à la charrette d'un paysan sur laquelle elle avait fait dix heures d'un trajet atroce, qu'elle avait pu gagner Tansonville ! « Et là, imaginez-vous ce qui attendait votre vieille amie, m'écrivait en finissant Gilberte. J'étais partie de Paris pour fuir les avions allemands, me figurant qu'à Tansonville je serais à l'abri de tout. Je n'y étais pas depuis deux jours que vous n'imaginerez jamais ce qui arrivait : les Allemands qui envahissaient la région après avoir battu nos troupes près de La Fère, et un état-major allemand suivi d'un régiment qui se présentait à la porte de Tansonville, et que j'étais obligée d'héberger, et pas moyen de fuir, plus un train, rien. » L'état-major allemand s'était-il en effet bien conduit, ou fallait-il voir dans la lettre de Gilberte un effet, par contagion de l'esprit des Guermantes, lesquels étaient de souche bavaroise, apparentés à la plus haute aristocratie d'Allemagne, mais Gilberte ne tarissait pas sur la parfaite éducation de l'état-major et même des soldats qui lui avaient seulement demandé « la permission de cueillir un des ne-m'oubliez-pas qui poussaient auprès de l'étang », bonne éducation qu'elle opposait à la violence désordonnée des fuyards français, qui avaient traversé la propriété en saccageant tout, avant l'arrivée des généraux allemands[1]. En tout cas, si la lettre de Gilberte était par certains côtés imprégnée de l'esprit des Guermantes — d'autres diraient de l'internationalisme juif, ce qui n'aurait probablement pas été juste, comme on verra — la lettre que je reçus pas mal de mois plus tard de Robert était, elle, beaucoup plus Saint-Loup que Guermantes, reflétant de plus toute la culture si libérale qu'il avait acquise, et, en somme, entièrement sympathique. Malheureusement il ne me parlait pas de stratégie comme dans ses conversations de Doncières et ne me disait pas dans quelle mesure il estimait que la guerre confirmait ou infirmait les principes qu'il m'avait alors exposés.

Tout au plus me dit-il que depuis 1914 s'étaient en réalité succédé plusieurs guerres, les enseignements de chacune influant sur la conduite de la suivante. Et par exemple la théorie de la « percée » avait été complétée par cette thèse qu'il fallait avant de percer bouleverser entièrement par l'artillerie le terrain occupé par l'adversaire. Mais ensuite on avait constaté qu'au contraire ce bouleversement rendait impossible l'avance de l'infanterie et de l'artillerie dans des terrains dont des milliers de trous d'obus ont fait autant d'obstacles[2]. « La guerre, me disait-il, n'échappe pas aux lois de notre vieil Hegel. Elle est en état de perpétuel devenir. »

C'était peu auprès de ce que j'aurais voulu savoir. Mais ce qui me fâchait davantage encore, c'est qu'il n'avait pas non plus[a] le droit de me citer de noms de généraux. Et d'ailleurs, par le peu que me disait le journal, ce n'était pas ceux dont j'étais à Doncières si préoccupé de savoir lesquels montreraient le plus de valeur dans une guerre, qui conduisaient celle-ci. Geslin de Bourgogne[1], Galliffet[2], Négrier[3] étaient morts. Pau[4] avait quitté le service actif presque au début de la guerre. De Joffre, de Foch, de Castelnau, de Pétain, nous n'avions jamais parlé. *Mon petit,* m'écrivait Robert[b], *je reconnais que des mots comme « passeront pas » ou « on les aura[5] » ne sont pas agréables ; ils m'ont fait longtemps aussi mal aux dents que « poilu[6] » et le reste, et sans doute c'est ennuyeux de construire une épopée sur des termes qui sont pis qu'une faute de grammaire ou une faute de goût, qui sont cette chose contradictoire et atroce, une affectation, une prétention vulgaires que nous détestons tellement, comme par exemple les gens qui croient spirituel de dire « de la coco » pour « de la cocaïne ». Mais si tu voyais tout ce monde, surtout les gens du peuple, les ouvriers, les petits commerçants qui ne se doutaient pas de ce qu'ils recélaient en eux d'héroïsme et seraient morts dans leur lit sans l'avoir soupçonné, courir sous les balles pour secourir un camarade, pour emporter un chef blessé, et frappés eux-mêmes, sourire au moment où ils vont mourir parce que le médecin-chef leur apprend que la tranchée a été reprise aux Allemands, je t'assure, mon cher petit, que cela donne une belle idée des Français et que ça fait comprendre les époques historiques qui nous paraissaient un peu extraordinaires dans nos classes.*

L'épopée est tellement belle que tu trouverais comme moi que les mots ne font plus rien. Rodin ou Maillol pourraient faire un chef-d'œuvre avec une matière affreuse qu'on ne reconnaîtrait pas. Au contact d'une telle grandeur, « poilu » est devenu pour moi quelque chose dont je ne sens même pas plus s'il a[c] *pu contenir d'abord une allusion ou une plaisanterie que quand nous lisons « chouans » par exemple. Mais je sens « poilu » déjà prêt pour de grands poètes, comme les mots déluge, ou Christ, ou Barbares qui étaient déjà pétris de grandeur avant que s'en fussent servis Hugo, Vigny ou les autres.*

Je dis[d] *que le peuple, les ouvriers, est ce qu'il y a de mieux, mais tout le monde est bien. Le pauvre petit Vaugoubert, le fils de l'ambassadeur, a été sept fois blessé avant d'être tué et chaque fois qu'il revenait d'une expédition sans avoir écopé, il avait l'air de s'excuser et de dire que ce n'était pas sa faute. C'était un être charmant. Nous nous étions beaucoup liés, les pauvres parents ont eu la permission de venir à l'enterrement à condition de ne pas être en deuil et de ne rester que cinq minutes à cause du bombardement. La mère, un grand cheval que tu connais peut-être, pouvait avoir beaucoup de chagrin, on ne distinguait rien. Mais le pauvre père était dans un tel état que je t'assure que moi, qui ai fini par devenir tout à fait insensible, à force de prendre l'habitude de voir la tête du camarade qui est en train de me parler subitement labourée par une torpille ou même détachée du tronc, je ne pouvais pas me contenir en voyant l'effondrement du pauvre Vaugoubert qui n'était plus qu'une espèce de loque. Le général avait beau lui dire que c'était pour la France, que son fils s'était conduit en héros, cela ne faisait que redoubler les sanglots du pauvre homme qui ne pouvait pas se détacher du corps de son fils. Enfin, et c'est pour cela qu'il faut s'habituer à « passeront pas », tous ces gens-là, comme mon pauvre valet de chambre, comme Vaugoubert, ont empêché les Allemands de passer. Tu trouves peut-être que nous n'avançons pas beaucoup, mais il ne faut pas raisonner, une armée se sent victorieuse par une impression intime, comme un mourant se sent foutu. Or nous savons que nous aurons la victoire et nous le voulons pour dicter une paix juste, je ne veux pas dire seulement juste pour nous, vraiment juste, juste pour les Français, juste pour les Allemands.*

Bien entendu, le « fléau » n'avait[a] pas élevé l'intelligence de Saint-Loup au-dessus d'elle-même. De même que les héros d'un esprit médiocre et banal écrivant des poèmes pendant leur convalescence se plaçaient pour décrire la guerre non au niveau des événements, qui en eux-mêmes ne sont rien mais de la banale esthétique dont ils avaient suivi les règles jusque-là, parlant comme ils eussent fait dix ans plus tôt de la « sanglante aurore », du « vol frémissant de la victoire », etc., Saint-Loup, lui, beaucoup plus intelligent et artiste, restait intelligent et artiste, et notait avec goût pour moi des paysages, pendant qu'il était immobilisé à la lisière d'une forêt marécageuse, mais comme si ç'avait été pour une chasse au canard. Pour me faire comprendre certaines oppositions d'ombre et de lumière qui avaient été « l'enchantement de sa matinée », il me citait certains tableaux que nous aimions l'un et l'autre et ne craignait pas de faire allusion à une page de Romain Rolland[a1], voire de Nietzsche, avec cette indépendance des gens du front qui n'avaient pas la même peur de prononcer un nom allemand que ceux de l'arrière, et même avec cette pointe de coquetterie à citer un ennemi que mettait par exemple le colonel du Paty de Clam, dans la salle des témoins de l'affaire Zola, à réciter en passant devant Pierre Quillard, poète dreyfusard de la plus extrême violence et que d'ailleurs il ne connaissait pas, des vers de son drame symboliste : *La Fille aux mains coupées*[2]. Saint-Loup me parlait-il d'une mélodie de Schumann, il n'en donnait le titre qu'en allemand et ne prenait aucune circonlocution pour me dire que, quand à l'aube il avait entendu un premier gazouillis à la lisière de cette forêt, il avait été enivré comme si lui avait parlé l'oiseau de ce « sublime *Siegfried* » qu'il espérait bien entendre après la guerre[3].

Et maintenant, à mon second retour à Paris, j'avais reçu, dès le lendemain de mon arrivée, une nouvelle lettre de Gilberte qui sans doute avait oublié[b] celle, ou du moins le sens de celle que j'ai rapportée, car son départ de Paris à la fin de 1914 y était représenté rétrospectivement d'une manière assez différente. *Vous ne savez peut-être pas, mon cher ami,* me disait-elle, *que voilà bientôt deux ans que je suis à Tansonville. J'y suis arrivée en même temps que les Allemands ; tout le monde avait voulu m'empêcher de partir. On me traitait de folle. « Comment, me disait-on, vous êtes en sûreté à Paris et vous partez pour ces régions envahies, juste au moment où tout le monde cherche à s'en échapper. » Je ne méconnaissais pas tout ce que ce raisonnement avait de juste. Mais que voulez-vous, je n'ai qu'une seule qualité, je ne suis pas lâche, ou, si vous aimez mieux, je suis fidèle, et quand j'ai su mon cher Tansonville menacé, je n'ai pas voulu que notre vieux régisseur restât seul à le défendre. Il m'a semblé que ma place était à ses côtés. Et c'est du reste grâce à cette résolution que j'ai pu sauver à peu près le château, quand tous les autres dans le voisinage, abandonnés par leurs propriétaires affolés, ont été presque tous détruits de fond en comble, et non seulement sauver le château mais les précieuses collections auxquelles mon cher papa tenait tant.* En un mot Gilberte était persuadée maintenant qu'elle n'était pas allée à Tansonville, comme elle me l'avait écrit en

1914, pour fuir les Allemands et pour être à l'abri, mais au contraire pour les rencontrer et défendre contre eux son château[1]. Ils n'étaient pas restés à Tansonville d'ailleurs, mais elle n'avait plus cessé d'avoir chez elle un va-et-vient constant de militaires qui dépassait beaucoup celui qui tirait des larmes à Françoise dans la rue de Combray, de mener, comme elle disait cette fois en toute vérité, la vie du front. Aussi parlait-on dans les journaux avec les plus grands éloges de son admirable conduite et il était question de la décorer. La fin de sa lettre était entièrement exacte. *Vous n'avez pas idée de ce que c'est que cette guerre, mon cher ami, et de l'importance qu'y prend une route, un pont, une hauteur. Que de fois j'ai pensé à vous, aux promenades, grâce à vous rendues délicieuses, que nous faisions ensemble dans tout ce pays aujourd'hui ravagé, alors que d'immenses combats se livraient pour la possession de tel chemin, de tel coteau que vous aimiez, où nous sommes allés si souvent ensemble ! Probablement vous comme moi, vous ne vous imaginiez pas que l'obscur Roussainville et l'assommant Méséglise d'où on nous portait nos lettres, et où on était allé chercher le docteur quand vous avez été souffrant, seraient jamais des endroits célèbres. Eh bien, mon cher ami, ils sont à jamais entrés dans la gloire au même titre qu'Austerlitz ou Valmy. La bataille de Méséglise a duré plus de huit mois, les Allemands y ont perdu plus de six cent mille hommes, ils ont détruit Méséglise mais ils ne l'ont pas pris. Le petit chemin que vous aimiez tant, que nous appelions le raidillon aux aubépines et où vous prétendez que vous êtes tombé dans votre enfance amoureux de moi, alors que je vous assure en toute vérité que c'était moi qui étais amoureuse de vous, je ne peux pas vous dire l'importance qu'il a prise. L'immense champ de blé auquel il aboutit, c'est la fameuse cote 307 dont vous avez dû voir le nom revenir si souvent dans les communiqués. Les Français ont fait sauter le petit pont sur la Vivonne qui, disiez-vous, ne vous rappelait pas votre enfance autant que vous l'auriez voulu, les Allemands en ont jeté d'autres, pendant un an et demi ils ont eu une moitié de Combray et les Français l'autre moitié*[2].

Le lendemain du jour ou j'avais reçu cette lettre, c'est-à-dire l'avant-veille de celui où, cheminant dans l'obscurité, entendant sonner le bruit de mes pas, tout en remâchant tous ces souvenirs, Saint-Loup venu du front, sur le point d'y retourner, m'avait fait une visite de quelques secondes seulement, dont l'annonce seule m'avait violemment ému. Françoise avait voulu se précipiter sur lui, espérant qu'il pourrait faire réformer le timide garçon boucher dont, dans un an, la classe allait partir. Mais elle fut arrêtée d'elle-même par l'inutilité de cette démarche, car depuis longtemps le timide tueur d'animaux avait changé de boucherie. Et soit que la nôtre craignît de perdre notre clientèle, soit qu'elle fût de bonne foi, elle déclara à Françoise qu'elle ignorait où ce garçon, qui, d'ailleurs, ne ferait jamais un bon boucher, était employé. Françoise alors avait bien cherché partout. Mais Paris est grand, les boucheries nombreuses, et elle avait eu beau entrer dans un grand nombre, elle n'avait pu retrouver le jeune homme timide et sanglant.

Quand Saint-Loup était entré[a] dans ma chambre, je l'avais approché avec ce sentiment de timidité, avec cette impression de surnaturel que donnaient au fond tous les permissionnaires et qu'on éprouve quand on est introduit auprès d'une personne atteinte d'un mal mortel et qui cependant se lève, s'habille, se promène encore. Il semblait (il avait surtout semblé au début, car pour qui n'avait pas vécu comme moi loin de Paris, l'habitude était venue qui retranche aux choses que nous avons vues plusieurs fois la racine d'impression profonde et de pensée qui leur donne leur sens réel), il semblait presque qu'il y eût quelque chose de cruel dans ces permissions données aux combattants. Aux premières, on se disait : « Ils ne voudront pas repartir, ils déserteront[1]. » Et en effet ils ne venaient pas seulement de lieux qui nous semblaient irréels parce que nous n'en avions entendu parler que par les journaux et que nous ne pouvions nous figurer qu'on eût pris part à ces combats titaniques et revenir avec seulement une contusion à l'épaule ; c'était des rivages de la mort, vers lesquels ils allaient retourner, qu'ils venaient un instant parmi nous, incompréhensibles pour nous, nous remplissant de tendresse, d'effroi, et d'un sentiment de mystère, comme ces morts que nous évoquons, qui nous apparaissent une seconde, que nous n'osons pas interroger et qui du reste pourraient tout au plus nous répondre : « Vous ne pourriez pas vous figurer. » Car il est extraordinaire à quel point chez les rescapés du feu que sont les permissionnaires, chez les vivants ou les morts qu'un médium hypnotise ou évoque, le seul effet du contact avec le mystère soit d'accroître s'il est possible l'insignifiance des propos. Tel j'abordai Robert qui avait encore au front une cicatrice, plus auguste et plus mystérieuse pour moi que l'empreinte laissée sur la terre par le pied d'un géant[1]. Et je n'avais pas osé lui poser de question et il ne m'avait dit que de simples paroles. Encore étaient-elles fort peu différentes de ce qu'elles eussent été avant la guerre, comme si les gens, malgré elle, continuaient à être ce qu'ils étaient ; le ton des entretiens était le même, la matière seule différait, et encore !

Je crus comprendre qu'il avait trouvé aux armées des ressources qui lui avaient fait peu à peu oublier que Morel s'était aussi mal conduit avec lui qu'avec son oncle. Pourtant il lui gardait une grande amitié et était pris de brusques désirs de le revoir, qu'il ajournait sans cesse. Je crus plus délicat envers Gilberte de ne pas indiquer à Robert que pour retrouver Morel il n'avait qu'à aller chez Mme Verdurin.

Je dis avec humilité à Robert combien on sentait peu la guerre à Paris. Il me dit que même à Paris c'était quelquefois « assez inouï ». Il faisait allusion à un raid de zeppelins[2] qu'il y avait eu la veille et il me demanda si j'avais bien vu, mais comme il m'eût parlé autrefois de quelque spectacle d'une grande beauté esthétique. Encore au front comprend-on qu'il y ait une sorte de coquetterie à dire : « C'est merveilleux, quel rose ! et ce vert pâle ! » au moment où on peut à tout instant être tué, mais ceci n'existait pas chez Saint-Loup, à Paris, à propos d'un raid insignifiant, mais qui de notre balcon, dans ce silence d'une nuit où il y avait eu tout à coup une fête *vraie* avec fusées utiles et protectrices, appels de clairons qui n'étaient pas que pour la parade, etc. Je lui parlai de la beauté des avions qui montaient dans la nuit. « Et peut-être encore plus de ceux qui descendent, me dit-il. Je reconnais que c'est très beau le moment où ils montent, où ils vont *faire constellation*, et obéissent en cela à des lois tout aussi précises que celles qui régissent les constellations car ce qui te semble un spectacle est le ralliement des escadrilles, les commandements qu'on leur donne, leur départ en chasse, etc. Mais est-ce que tu n'aimes pas mieux le moment où, définitivement assimilés aux étoiles, ils s'en détachent pour partir en chasse ou rentrer après la berloque[1], le moment où ils *font apocalypse*, même les étoiles ne gardant plus leur place ? Et ces sirènes, était-ce assez wagnérien, ce qui du reste était bien naturel pour saluer l'arrivée des Allemands, ça faisait très hymne national, avec le Kronprinz et les princesses dans la loge impériale, *Wacht am Rhein*[2] ; c'était à se demander si c'était bien des aviateurs et pas plutôt des Walkyries qui montaient. » Il semblait avoir plaisir à cette assimilation des aviateurs et des Walkyries et l'expliqua d'ailleurs par des raisons purement musicales : « Dame, c'est que la musique des sirènes était d'un *Chevauchée*[3] ! Il faut décidément l'arrivée des Allemands pour qu'on puisse entendre du Wagner à Paris. »

D'ailleurs à certains points de vue la comparaison n'était pas fausse. De notre balcon la ville semblait un seul lieu mouvant, informe et[a] noir, et qui tout d'un coup passait, des profondeurs et de la nuit, dans la lumière et dans le ciel, où un à un les aviateurs s'élançaient à l'appel déchirant des sirènes, cependant que d'un mouvement plus lent, mais plus insidieux, plus alarmant, car ce regard faisait penser à l'objet invisible encore et peut-être déjà proche qu'il cherchait, les projecteurs se remuaient sans cesse, flairant l'ennemi, le cernant de leurs lumières jusqu'au moment où les avions aiguillés bondiraient en chasse pour le saisir. Et, escadrille après escadrille, chaque aviateur s'élançait ainsi de la ville transportée maintenant dans le ciel, pareil à une Walkyrie. Pourtant des coins de la terre, au ras des maisons, s'éclairaient, et je dis à Saint-Loup que s'il avait été à la maison la veille il aurait pu, tout en contemplant l'apocalypse dans le ciel, voir sur la terre (comme dans *L'Enterrement du comte d'Orgaz* du Greco[4] où ces différents plans sont parallèles) un vrai vaudeville joué par des personnages[b] en chemise de nuit, lesquels à cause de leurs noms célèbres eussent mérité d'être envoyés à quelque successeur de ce Ferrari[5] dont les notes mondaines nous avaient si souvent amusés, Saint-Loup et moi, que nous nous amusions pour nous-mêmes à en inventer. Et c'est ce que nous avions fait encore ce jour-là, comme s'il n'y avait pas la guerre, bien que sur un sujet fort « guerre », la peur des Zeppelins : « Reconnu : la duchesse de Guermantes superbe en chemise de nuit, le duc de Guermantes inénarrable en pyjama rose et peignoir de bain, etc., etc. »

— « Je suis sûr, me dit-il, que dans tous les grands hôtels on a dû voir les juives américaines en chemise, serrant sur leurs seins décatis le collier de perles qui leur permettra d'épouser un duc décavé. L'hôtel Ritz, ces soirs-là, doit ressembler à l'Hôtel du libre échange[1]. »

Il faut dire pourtant que si la guerre n'avait pas grandi l'intelligence de Saint-Loup, cette intelligence, conduite par une évolution où l'hérédité entrait pour une grande part, avait pris un brillant que je ne lui avais jamais vu. Quelle distance entre le jeune blondin qui jadis était courtisé par les femmes chic ou aspirant à le devenir, et le discoureur, le doctrinaire qui ne cessait de jouer avec les mots ! À une autre génération, sur une autre tige, comme un acteur qui reprend le rôle joué jadis par Bressant ou Delaunay[2], il était comme un successeur — rose, blond et doré, alors que l'autre était mi-partie très noir et tout blanc — de M. de Charlus. Il avait beau ne pas s'entendre avec son oncle sur la guerre, s'étant rangé dans cette fraction de l'aristocratie qui faisait passer la France avant tout, tandis que M. de Charlus était au fond défaitiste, il pouvait montrer à celui[a] qui n'avait pas vu le « créateur du rôle » comment on pouvait exceller dans l'emploi de raisonneur. « Il paraît que Hindenburg c'est une révélation, lui dis-je. — Une vieille révélation, me répondit-il du tac au tac, ou une future révolution. Il aurait fallu, au lieu de ménager l'ennemi, laisser faire Mangin, abattre l'Autriche et l'Allemagne et européaniser la Turquie au lieu de monténégriser la France. — Mais nous aurons l'aide des États-Unis, lui dis-je. — En attendant je ne vois ici que le spectacle des États désunis. Pourquoi ne pas faire des concessions plus larges à l'Italie par la peur de déchristianiser la France ? — Si ton oncle Charlus t'entendait ! lui dis-je. Au fond tu ne serais pas fâché qu'on offense encore un peu plus le pape, et lui pense avec désespoir au mal qu'on peut faire au trône de François-Joseph. Il se dit d'ailleurs en cela dans la tradition de Talleyrand et du Congrès de Vienne. — L'ère du Congrès de Vienne est révolue, me répondit-il ; à la diplomatie secrète, il faut opposer la diplomatie concrète. Mon oncle est au fond un monarchiste impénitent à qui on ferait avaler des carpes comme Mme Molé ou des escarpes comme Arthur Meyer, pourvu que carpes et escarpes fussent à la Chambord. Par haine du drapeau tricolore, je crois qu'il se rangerait plutôt sous le torchon du *bonnet rouge*, qu'il prendrait de bonne foi pour le drapeau blanc. » Certes, ce n'était que des mots[1] et Saint-Loup était loin d'avoir l'originalité quelquefois profonde de son oncle. Mais il était aussi affable et charmant de caractère que l'autre était soupçonneux et jaloux. Et il était resté charmant et rose comme à Balbec, sous tous ses cheveux d'or. La seule chose où son oncle ne l'eût pas dépassé était cet état d'esprit du faubourg Saint-Germain dont sont empreints ceux qui croient s'en être le plus détachés et qui leur donne à la fois ce respect des hommes intelligents pas nés (qui ne fleurit vraiment que dans la noblesse et rend les révolutions si injustes) mêlé à une niaise satisfaction de soi. De par ce mélange d'humilité et d'orgueil, de curiosités d'esprit acquises et d'autorité innée, M. de Charlus et Saint-Loup, par des chemins différents, et avec des opinions opposées, étaient devenus, à une génération d'intervalle, des intellectuels que toute idée nouvelle intéresse et des causeurs de qui aucun interrupteur ne peut obtenir le silence. De sorte qu'une personne un peu médiocre pouvait les trouver l'un et l'autre, selon la disposition où elle se trouvait, éblouissants ou raseurs.

« Tu te rappelles, lui dis-je, nos conversations de Doncières. — Ah ! c'était le bon temps. Quel abîme nous en sépare. Ces beaux jours renaîtront-ils seulement jamais.

du gouffre interdit à nos sondes.
Comme montent au ciel les soleils rajeunis
Après s'être lavés au fond des mers profondes[2] ?

— Ne pensons à ces conversations que pour en évoquer la douceur, lui dis-je. Je cherchais à y atteindre un certain genre de vérité. La guerre actuelle qui a tout bouleversé, et surtout, me dis-tu, l'idée de la guerre, rend-elle caduc ce que tu me disais alors relativement à ces batailles, par exemple aux batailles de Napoléon qui seraient imitées dans les guerres futures ? — Nullement ! me dit-il. La bataille napoléonienne se retrouve toujours, et d'autant plus dans cette guerre qu'Hindenburg est imbu de l'esprit napoléonien. Ses rapides déplacements de troupes, ses feintes, soit qu'il ne laisse qu'un mince rideau devant un de ses adversaires pour tomber toutes forces réunies sur l'autre (Napoléon 1814), soit qu'il pousse à fond une diversion qui force l'adversaire à maintenir ses forces sur le front qui n'est pas le principal (ainsi la feinte d'Hindenburg devant Varsovie grâce à laquelle les Russes trompés portèrent là leur résistance et furent battus sur les lacs de Mazurie), ses replis analogues à ceux par lesquels commencèrent Austerlitz, Arcole, Eckmühl, tout chez lui est napoléonien, et ce n'est pas fini[1]. J'ajoute, si loin de moi tu essayes au fur et à mesure d'interpréter les événements de cette guerre, de ne pas te fier trop exclusivement à cette manière particulière d'Hindenburg pour y trouver le sens de ce qu'il fait, la clef de ce qu'il va faire. Un général est comme un écrivain qui veut faire une certaine pièce, un certain livre, et que le livre lui-même, avec les ressources inattendues qu'il révèle ici, l'impasse qu'il présente là, fait dévier extrêmement du plan préconçu. Comme une diversion, par exemple, ne doit se faire que sur un point qui a lui-même assez d'importance, suppose que la diversion réussisse au-delà de toute espérance, tandis que l'opération principale se solde par un échec ; c'est la diversion qui peut devenir l'opération principale. J'attends Hindenburg à un des types de la bataille napoléonienne, celle qui consiste à séparer deux adversaires, les Anglais et nous. »

Tout en me rappelant ainsi la visite de Saint-Loup, j'avais marché, fait un trop long crochet ; j'étais presque au pont des Invalides. Les lumières assez peu nombreuses (à cause des gothas[2]), étaient allumées, un peu trop tôt car le « changement d'heure[3] » avait été fait un peu trop tôt, quand la nuit venait encore assez vite, mais stabilisé pour toute la belle saison (comme les calorifères sont allumés et éteints à partir d'une certaine date), et, au-dessus de la ville nocturnement éclairée, dans toute une partie du ciel — du ciel ignorant de l'heure d'été et de l'heure d'hiver, et qui ne daignait pas savoir que 8 heures et demie était devenu 9 heures et demie — dans toute une partie du ciel bleuâtre il continuait à faire un peu jour. Dans toute la partie de la ville que dominent les tours du Trocadéro[4], le ciel avait l'air d'une immense mer nuance de turquoise qui se retire, laissant déjà émerger toute une ligne légère de rochers noirs, peut-être même de simples filets de pêcheurs alignés les uns après les autres, et qui étaient de petits nuages. Mer en ce moment couleur turquoise et qui emporte avec elle, sans qu'ils s'en aperçoivent, les hommes entraînés dans l'immense révolution de la terre, de la terre sur laquelle ils sont assez fous pour continuer leurs révolutions à eux, et leurs vaines guerres, comme celle qui ensanglantait en ce moment la France. Au reste, à force de regarder le ciel paresseux et trop beau, qui ne trouvait pas digne de lui de changer son horaire et au-dessus de la ville allumée prolongeait mollement, en ces tons bleuâtres, sa journée qui s'attardait, le vertige prenait, ce n'était plus une mer étendue mais une gradation verticale de bleus glaciers. Et les tours du Trocadéro qui semblaient si proches des degrés de turquoise devaient en être extrêmement éloignées, comme ces deux tours de certaines villes de Suisse qu'on croirait dans le lointain voisiner avec la pente des cimes. Je revins sur mes pas, mais une fois quitté le pont des Invalides il ne faisait plus jour dans le ciel, il n'y avait même guère de lumière dans la ville, et butant çà et là contre des poubelles, prenant un chemin pour un autre, je me trouvai sans m'en douter, en suivant machinalement un dédale de rues obscures, arrivé sur les boulevards. Là, l'impression d'Orient que je venais d'avoir se renouvela, et d'autre part à l'évocation du Paris du Directoire succéda celle du Paris de 1815. Comme en 1815 c'était le défilé le plus disparate des uniformes des troupes alliées[1] ; et parmi elles, des Africains en jupe-culotte rouge, des Hindous enturbannés de blanc suffisaient pour que de ce Paris où je me promenais je fisse toute une imaginaire cité exotique, dans un Orient à la fois minutieusement exact en ce qui concernait les costumes et la couleur des visages, arbitrairement chimérique en ce qui concernait le décor, comme de la ville où il vivait Carpaccio fit une Jérusalem ou une Constantinople en y assemblant une foule dont la merveilleuse bigarrure n'était pas plus colorée que celle-ci[2]. Marchant derrière deux zouaves qui ne semblaient guère se préoccuper de lui, j'aperçus un homme grand et gros, en feutre mou, en longue houppelande et sur la figure mauve duquel j'hésitai si je devais mettre le nom d'un acteur ou d'un peintre également connus pour d'innombrables scandales sodomistes. J'étais certain en tout cas que je ne connaissais pas le promeneur, aussi fus-je bien surpris, quand ses regards rencontrèrent les miens, de voir qu'il avait l'air gêné et fit exprès de s'arrêter et de venir à moi comme un homme qui veut montrer que vous ne le surprenez nullement en train de se livrer à une occupation qu'il eût préféré laisser secrète. Une seconde je me demandai qui me disait bonjour : c'était M. de Charlus[1]. On peut dire que pour lui l'évolution de son mal ou la révolution de son vice était à ce point extrême où la petite personnalité primitive de l'individu, ses qualités ancestrales, sont entièrement interceptées par le passage en face d'elles du défaut ou du mal générique dont ils sont accompagnés. M. de Charlus était arrivé aussi loin qu'il était possible de soi-même, ou plutôt il était lui-même si parfaitement masqué par ce qu'il était devenu et qui n'appartenait pas à lui seul mais à beaucoup d'autres invertis, qu'à la première minute je l'avais pris pour un autre d'entre eux, derrière ces zouaves, en plein boulevard, pour un autre d'entre eux qui n'était pas M. de Charlus, qui n'était pas un grand seigneur, qui n'était pas un homme d'imagination et d'esprit, et qui n'avait pour toute ressemblance avec le baron que cet air commun à tous, qui maintenant chez lui, au moins avant qu'on se fût appliqué à bien regarder, couvrait tout.

C'est ainsi qu'ayant voulu aller chez Mme Verdurin j'avais rencontré M. de Charlus. Et certes je ne l'eusse pas comme autrefois trouvé chez elle ; leur brouille n'avait fait que s'aggraver et Mme Verdurin se servait même des événements présents pour le discréditer davantage. Ayant dit depuis longtemps[a] qu'elle le trouvait usé, fini, plus démodé dans ses prétendues audaces que les plus pompiers, elle résumait maintenant cette condamnation et dégoûtait de lui toutes les imaginations en disant qu'il était « avant-guerre[2] ». La guerre avait mis entre lui et le présent, selon le petit clan, une coupure qui le reculait dans le passé le plus mort.

D'ailleurs — ceci s'adressant plutôt au monde politique qui était moins informé — elle le représentait comme aussi « toc », aussi « à côté » comme situation mondaine que comme valeur intellectuelle. « Il ne voit personne, personne ne le reçoit », disait-elle à M. Bontemps, qu'elle persuadait aisément. Il y avait d'ailleurs du vrai dans ces paroles. La situation de M. de Charlus avait changé. Se souciant de moins en moins du monde, s'étant brouillé par caractère quinteux, et ayant par conscience de sa valeur sociale dédaigné de se réconcilier avec la plupart des personnes qui étaient la fleur de la société, il vivait dans un isolement relatif qui n'avait pas, comme celui où était morte Mme de Villeparisis, l'ostracisme de l'aristocratie pour cause, mais qui aux yeux du public paraissait pire pour deux raisons. La mauvaise réputation maintenant connue de M. de Charlus faisait croire aux gens peu renseignés que c'était pour cela que ne le fréquentaient point les gens que de son propre chef il refusait de fréquenter. De sorte que ce qui était l'effet de son humeur atrabilaire semblait celui du mépris des personnes à l'égard de qui elle s'exerçait. D'autre part Mme de Villeparisis avait eu un grand rempart : la famille. Mais M. de Charlus avait multiplié entre elle et lui les brouilles. Elle lui avait d'ailleurs — surtout côté vieux Faubourg, côté Courvoisier — semblé inintéressante. Et il ne se doutait guère, lui qui avait fait vers l'art, par opposition aux Courvoisier, des pointes si hardies, que ce qui eût intéressé le plus en lui un Bergotte, par exemple, c'était sa parenté avec tout ce vieux Faubourg, c'eût été de pouvoir lui décrire la vie quasi provinciale menée par ses cousines, de la rue de la Chaise à la place du Palais-Bourbon et à la rue Garancière.

Puis, se plaçant à un autre point de vue moins transcendant et plus pratique, Mme Verdurin affectait[a] de croire qu'il n'était pas français. « Quelle est sa nationalité exacte, est-ce qu'il n'est pas autrichien ? demandait innocemment M. Verdurin. — Mais non, pas du tout », répondait la comtesse Molé, dont le premier mouvement obéissait plutôt au bon sens qu'à la rancune. « Mais non, il est prussien, disait la Patronne. Mais je vous le dis, je le sais, il nous l'a assez répété qu'il était membre héréditaire de la Chambre des seigneurs de Prusse et *Durchlaucht*[1]. — Pourtant la reine de Naples m'avait dit... — Vous savez que c'est une affreuse espionne », s'écriait Mme Verdurin qui n'avait pas oublié l'attitude que la souveraine déchue avait eue un soir chez elle[2]. « Je le sais et d'une façon précise, elle ne vivait que de ça. Si nous avions un gouvernement plus énergique, tout ça devrait être dans un camp de concentration. Et allez donc ! En tout cas vous ferez bien de ne pas recevoir ce joli monde, parce que je sais que le ministre de l'Intérieur a l'œil sur eux, votre hôtel serait surveillé. Rien ne m'enlèvera de l'idée que pendant deux ans Charlus n'a pas cessé d'espionner chez moi. » Et pensant probablement qu'on pouvait avoir un doute sur l'intérêt que pouvaient présenter pour le gouvernement allemand les rapports les plus circonstanciés sur l'organisation du petit clan, Mme Verdurin, d'un air doux et perspicace, en personne qui sait que la valeur de ce qu'elle dit ne paraîtra que plus précieuse si elle n'enfle pas la voix pour le dire : « Je vous dirai que dès le premier jour j'ai dit à mon mari : "Ça ne me va pas, la façon dont cet homme-là s'est introduit chez moi. Ça a quelque chose de louche". Nous avions une propriété au fond d'une baie, sur un point très élevé. Il était sûrement chargé par les Allemands de préparer là une base pour leurs sous-marins[1]. Il y avait des choses qui m'étonnaient et que maintenant je comprends. Ainsi, au début, il ne voulait pas venir par le train avec mes autres habitués. Moi, je lui avais très gentiment proposé une chambre dans le château. Hé bien non, il avait préféré habiter Doncières où il y a énormément de troupe. Tout ça sentait l'espionnage à plein nez. »

Pour la première des accusations dirigées contre le baron de Charlus, celle d'être passé de mode, les gens du monde ne donnaient que trop aisément raison à Mme Verdurin. En fait ils étaient ingrats, car M. de Charlus était en quelque sorte leur poète, celui qui avait su dégager de la mondanité ambiante une sorte de poésie où il entrait de l'histoire, de la beauté, du pittoresque, du comique, de la frivole élégance. Mais les gens du monde, incapables de comprendre cette poésie, n'en voyaient aucune dans leur vie, la cherchaient ailleurs, et mettaient à mille piques[a] au-dessus de M. de Charlus des hommes qui lui étaient infiniment inférieurs, mais qui prétendaient mépriser le monde et en revanche professaient des théories de sociologie et d'économie politique. M. de Charlus s'enchantait à raconter des mots involontairement typiques, et à décrire les toilettes savamment gracieuses de la duchesse de Montmorency[2], la traitant de femme sublime, ce qui le faisait considérer comme une espèce d'imbécile par des femmes du monde qui trouvaient la duchesse de Montmorency une sotte sans intérêt, que les robes sont faites pour être portées mais sans qu'on ait l'air d'y faire aucune attention, et qui, elles, plus intelligentes, couraient à la Sorbonne, ou à la Chambre si Deschanel devait parler.

Bref, les gens du monde s'étaient désengoués de M. de Charlus, non pas pour avoir trop pénétré, mais sans avoir pénétré jamais sa rare valeur intellectuelle. On le trouvait « avant-guerre », démodé[1], car ceux-là mêmes qui sont le plus incapables de juger les mérites sont ceux qui pour les classer adoptent le plus l'ordre de la mode. Ils n'ont pas épuisé, pas même effleuré, les hommes de mérite qu'il y avait dans une génération, et maintenant il faut les condamner tous en bloc, car voici l'étiquette d'une génération nouvelle, qu'on ne comprendra pas davantage.

Quant à[a] la deuxième accusation, celle de germanisme[2], l'esprit juste-milieu des gens du monde la leur faisait repousser, mais elle avait trouvé un interprète inlassable et particulièrement cruel en Morel qui, ayant su garder dans les journaux et même dans le monde la place que M. de Charlus, en prenant les deux fois autant de peine, avait réussi à lui faire obtenir, mais non pas ensuite à lui faire retirer, poursuivait le baron d'une haine d'autant plus coupable que, quelles qu'eussent été ses relations exactes, avec le baron, Morel avait connu de lui ce qu'il cachait à tant de gens, sa profonde bonté. M. de Charlus avait été avec le violoniste d'une telle générosité, d'une telle délicatesse, lui avait montré de tels scrupules de ne pas manquer à sa parole, qu'en le quittant l'idée que Charlie avait emportée de lui n'était nullement l'idée d'un homme vicieux (tout au plus considérait-il le vice du baron comme une maladie), mais de l'homme ayant le plus d'idées élevées qu'il eût jamais connu, un homme d'une sensibilité extraordinaire, une manière de saint. Il le niait si peu que, même brouillé avec lui, il disait sincèrement à des parents : « Vous pouvez lui confier votre fils, il ne peut avoir sur lui que la meilleure influence. » Aussi, quand il cherchait par ses articles à le faire souffrir, dans sa pensée ce, qu'il bafouait en lui ce n'était pas le vice, c'était la vertu.

Un peu[b] avant la guerre, de petites chroniques, transparentes pour ce qu'on appelait les initiés, avaient commencé à faire le plus grand tort à M. de Charlus. De l'une intitulée : « Les Mésaventures d'une douairière en us, les vieux jours de la baronne », Mme Verdurin avait acheté cinquante exemplaires pour pouvoir la prêter à ses connaissances, et M. Verdurin, déclarant que Voltaire même n'écrivait pas mieux, en donnait lecture à haute voix. Depuis la guerre le ton avait changé. L'inversion du baron n'était pas seule dénoncée, mais aussi sa prétendue nationalité germanique. Frau Bosch, Frau van den Bosch étaient les surnoms habituels de M. de Charlus. Un morceau d'un caractère poétique avait ce titre emprunté à certains airs de danse dans Beethoven : « Une Allemande[1] ». Enfin deux nouvelles : « Oncle d'Amérique et tante de Frankfort » et « Gaillard d'arrière » lues en épreuves dans le petit clan, avaient fait la joie de Brichot lui-même qui s'était écrié : « Pourvu que très haute et très puissante dame Anastasie ne nous caviarde pas[2] ! »

Les articles eux-mêmes étaient plus fins que ces titres ridicules. Leur style dérivait de Bergotte, mais d'une façon à laquelle, seul peut-être, j'étais sensible, et voici pourquoi. Les écrits de Bergotte n'avaient nullement influé sur Morel. La fécondation s'était faite d'une façon toute particulière et si rare que c'est à cause de cela seulement que je la rapporte ici. J'ai indiqué en son temps la manière si spéciale que Bergotte avait, quand il parlait, de choisir ses mots, de les prononcer. Morel, qui l'avait longtemps rencontré chez les Saint-Loup, avait fait de lui alors des « imitations », où il contrefaisait parfaitement sa voix, usant des mêmes mots qu'il eût pris. Or maintenant, Morel, pour écrire, transcrivait des conversations à la Bergotte, mais sans leur faire subir cette transposition qui en eût fait du Bergotte écrit. Peu de personnes ayant causé avec Bergotte, on ne reconnaissait pas le ton, qui différait du style. Cette fécondation orale est si rare que j'ai voulu la citer ici. Elle ne produit, d'ailleurs, que des fleurs stériles.

Morel, qui était au bureau de la presse, trouvait d'ailleurs, son sang français bouillant dans ses veines comme le jus des raisins de Combray, que c'était peu de chose que d'être dans un bureau pendant la guerre et il finit par s'engager, bien que Mme Verdurin fît tout ce qu'elle put pour lui persuader de rester à Paris. Certes, elle était indignée que M. de Cambremer, à son âge, fût dans un état-major, elle qui de tout homme qui n'allait pas chez elle disait : « Où est-ce qu'il a encore trouvé le moyen de se cacher celui-là ? » et si on affirmait que celui-là était en première ligne depuis le premier jour, répondait sans scrupule de mentir ou peut-être par habitude de se tromper : « Mais pas du tout, il n'a pas bougé de Paris, il fait quelque chose d'à peu près aussi dangereux que de promener un ministre, c'est moi qui vous le dis, je vous en réponds, je le sais par quelqu'un qui l'a vu » ; mais pour les fidèles ce n'était pas la même chose, elle ne voulait pas les laisser partir, considérant la guerre comme une grande « ennuyeuse » qui les faisait lâcher. Aussi faisait-elle toutes les démarches pour qu'ils restassent, ce qui lui donnerait le double plaisir de les avoir à dîner et, quand ils n'étaient pas encore arrivés ou déjà partis, de flétrir leur inaction. Encore fallait-il que le fidèle se prêtât à cet embusquage et elle était désolée de voir Morel s'y montrer récalcitrant ; aussi lui avait-elle dit longtemps et vainement : « Mais si, vous servez dans ce bureau, et plus qu'au front. Ce qu'il faut c'est être utile, faire vraiment partie de la guerre, en être. Il y a ceux qui en sont, et les embusqués. Eh bien vous, vous en êtes, et soyez tranquille, tout le monde le sait, personne ne vous jette la pierre. » Telle, dans des circonstances différentes, quand pourtant les hommes n'étaient pas aussi rares et qu'elle n'était pas obligée comme maintenant d'avoir surtout des femmes, si l'un d'eux perdait sa mère, elle n'hésitait pas à lui persuader qu'il pouvait sans inconvénient continuer à venir à ses réceptions. « Le chagrin se porte dans le cœur. Vous voudriez aller au bal » (elle n'en donnait pas), « je serais la première à vous le déconseiller, mais ici, à mes petits mercredis ou dans une baignoire, personne ne s'en étonnera. On le sait bien, que vous avez du chagrin. » Maintenant les hommes étaient plus rares, les deuils plus fréquents, inutiles même à les empêcher d'aller dans le monde, la guerre suffisant. Mme Verdurin se raccrochait aux restants. Elle voulait leur persuader qu'ils étaient plus utiles à la France en restant à Paris, comme elle leur eût assuré autrefois que le défunt eût été plus heureux de les voir se distraire. Malgré tout, elle avait peu d'hommes ; peut-être regrettait-elle parfois d'avoir consommé avec M. de Charlus une rupture sur laquelle il n'y avait plus à revenir.

Mais, si M. de Charlus et Mme Verdurin ne se fréquentaient plus, ils n'en continuaient pas moins, Mme Verdurin à recevoir, M. de Charlus à aller à ses plaisirs, comme si rien n'avait changé — avec quelques[a] petites différences sans grande importance : par exemple chez Mme Verdurin Cottard assistait maintenant aux réceptions dans un uniforme de colonel de *L'Île du rêve*[1], assez semblable à celui d'un amiral haïtien et sur le drap duquel un large ruban bleu ciel rappelait celui des Enfants de Marie ; M. de Charlus, se trouvant dans une ville d'où les hommes déjà faits, qui avaient été jusqu'ici son goût, avaient disparu, faisait comme certains Français, amateurs de femmes en France et vivant aux colonies : il avait par nécessité d'abord pris l'habitude, et ensuite le goût des petits garçons.

Encore le[a] premier de ces traits caractéristiques s'effaça-t-il assez vite car Cottard mourut bientôt « face à l'ennemi », dirent les journaux, bien qu'il n'eût pas quitté Paris, mais se fût en effet surmené pour son âge, suivi bientôt par M. Verdurin dont la mort chagrina une seule personne qui fut, le croirait-on, Elstir[1]. J'avais pu étudier son œuvre à un point de vue en quelque sorte absolu. Mais lui, surtout au fur et à mesure qu'il vieillissait, la reliait superstitieusement à la société qui avait fourni ses modèles ; et après s'être ainsi, par l'alchimie des impressions, transformée chez lui en œuvre d'art, lui avait donné son public, ses spectateurs. De plus en plus enclin à croire matérialistement qu'une part notable de la beauté réside dans les choses, ainsi que, pour commencer, il avait adoré en Mme Elstir[2] le type de beauté un peu lourde qu'il avait poursuivi, caressé dans ses peintures, des tapisseries, il voyait disparaître avec M. Verdurin un des derniers vestiges du cadre social, du cadre périssable — aussi vite caduc que les modes vestimentaires elles-mêmes qui en font partie — qui soutient un art, certifie son authenticité, comme la Révolution en détruisant les élégances du XVIIIe siècle aurait pu désoler un peintre de fêtes galantes[3], ou affliger Renoir la disparition de Montmartre et du Moulin de la Galette[4] ; mais surtout en M. Verdurin il voyait disparaître les yeux, le cerveau, qui avaient eu de sa peinture la vision la plus juste, où cette peinture, à l'état de souvenir aimé, résidait en quelque sorte. Sans doute des jeunes gens avaient surgi qui aimaient aussi la peinture, mais une autre peinture, et qui n'avaient pas comme Swann, comme M. Verdurin, reçu des leçons de goût de Whistler, des leçons de vérité de Monet, leur permettant de juger Elstir avec justice. Aussi celui-ci se sentait-il plus seul à la mort de M. Verdurin avec lequel il était pourtant brouillé depuis tant d'années, et ce fut pour lui comme un peu de la beauté de son œuvre qui s'éclipsait avec un peu de ce qui existait, dans l'univers, de conscience de cette beauté.

Quant au changement qui avait affecté les plaisirs de M. de Charlus, il resta intermittent : entretenant une nombreuse correspondance avec le « front », il ne manquait pas de permissionnaires assez mûrs[a].

Au temps où je croyais ce qu'on disait, j'aurais été tenté, en entendant l'Allemagne[1], puis la Bulgarie[2], puis la Grèce[3] protester de leurs intentions pacifiques, d'y ajouter foi. Mais, depuis que la vie avec Albertine et avec Françoise m'avait habitué à soupçonner chez elles des pensées, des projets qu'elles n'exprimaient pas, je ne laissais aucune parole, juste en apparence, de Guillaume II, de Ferdinand de Bulgarie, de Constantin de Grèce, tromper mon instinct, qui devinait ce que machinait chacun d'eux. Et sans doute mes querelles avec Françoise, avec Albertine, n'avaient été que des querelles particulières, n'intéressant que la vie de cette petite cellule spirituelle qu'est un être. Mais de même qu'il est des corps d'animaux, des corps humains, c'est-à-dire des assemblages de cellules dont chacun par rapport à une seule est grand comme le mont Blanc, de même il existe d'énormes entassements organisés d'individus qu'on appelle nations ; leur vie ne fait que répéter en les amplifiant la vie des cellules composantes ; et qui n'est pas capable de comprendre le mystère, les réactions, les lois de celle-ci, ne prononcera que des mots vides quand il parlera des luttes entre nations. Mais s'il est maître de la psychologie des individus, alors ces masses colossales d'individus conglomérés s'affrontant l'une l'autre prendront à ses yeux une beauté plus puissante que la lutte naissant seulement du conflit de deux caractères ; et il les verra à l'échelle où verraient le corps d'un homme de haute taille des infusoires dont il faudrait plus de dix mille pour remplir un cube d'un millimètre de côté. Telles, depuis quelque temps, la grande figure France remplie[b] jusqu'à son périmètre de millions de petits polygones aux formes variées, et la figure, remplie d'encore plus de polygones, Allemagne, avaient entre elles deux de ces querelles. Ainsi, à ce point de vue, le corps Allemagne et le corps France, et les corps alliés et ennemis se comportaient-ils dans une[c] certaine mesure, comme des individus. Mais les coups qu'ils échangeaient étaient réglés par cette boxe innombrable dont Saint-Loup m'avait exposé les principes ; et parce que, même en les considérant du point de vue des individus, ils en étaient de géants assemblages, la querelle prenait des formes immenses et magnifiques, comme le soulèvement d'un océan aux millions de vagues qui essaye de rompre une ligne séculaire de falaises, comme des glaciers gigantesques qui tentent dans leurs oscillations lentes et destructrices de briser le cadre de montagnes où ils sont circonscrits.

Malgré cela, la vie continuait presque semblable pour bien des personnes qui ont figuré dans ce récit, et notamment pour M. de Charlus et pour les Verdurin, comme si les Allemands n'avaient pas été aussi près d'eux, la permanence menaçante bien qu'actuellement enrayée, d'un péril nous laissant entièrement indifférent si nous ne nous le représentons pas. Les gens vont d'habitude à leurs plaisirs sans penser jamais que, si les influences étiolantes et modératrices venaient à cesser, la prolifération des infusoires atteignant son maximum, c'est-à-dire faisant en quelques jours un bond de plusieurs millions de lieues, passerait d'un millimètre cube à une masse un million de fois plus grande que le soleil, ayant en même temps détruit tout l'oxygène, toutes les substances dont nous vivons ; et qu'il n'y aurait plus ni humanité, ni animaux, ni terre, ou sans songer qu'une irrémédiable et fort vraisemblable catastrophe pourra être déterminée dans l'éther par l'activité incessante et frénétique que cache l'apparente immutabilité du soleil : ils s'occupent de leurs affaires sans penser à ces deux mondes, l'un trop petit, l'autre trop grand pour qu'ils aperçoivent les menaces cosmiques qu'ils font planer autour de nous.

Tels les Verdurin donnaient des dîners (puis bientôt Mme Verdurin seule, car M. Verdurin mourut à quelque temps de là) et M. de Charlus allait à ses plaisirs, sans guère songer que les Allemands fussent — immobilisés il est vrai par une sanglante barrière toujours renouvelée — à une heure d'automobile de Paris. Les Verdurin y pensaient pourtant, dira-t-on, puisqu'ils avaient un salon politique où on discutait chaque soir de la situation, non seulement des armées mais des flottes. Ils pensaient en effet à ces hécatombes de régiments anéantis, de passagers engloutis[1] ; mais une opération inverse multiplie à tel point ce qui concerne notre bien-être et divise par un chiffre tellement formidable ce qui ne le concerne pas, que la mort de millions d'inconnus nous chatouille à peine et presque moins désagréablement qu'un courant d'air.

Mme Verdurin, souffrant pour ses migraines de ne plus avoir de croissant à tremper dans son café au lait, avait fini par obtenir de Cottard une ordonnance qui lui permit de s'en faire faire dans certain restaurant dont nous avons parlé. Cela avait été presque aussi difficile à obtenir des pouvoirs publics que la nomination d'un général. Elle reprit son premier croissant le matin où les journaux narraient le naufrage du *Lusitania*[1]. Tout en trempant le croissant dans le café au lait, et donnant des pichenettes à son journal pour qu'il pût se tenir grand ouvert sans qu'elle eût besoin de détourner son autre main des trempettes, elle disait : « Quelle horreur ! Cela dépasse en horreur les plus affreuses tragédies. » Mais la mort de tous ces noyés ne devait lui apparaître que réduite au milliardième, car tout en faisant, la bouche pleine, ces réflexions désolées, l'air qui surnageait sur sa figure, amené là probablement par la saveur du croissant, si précieux contre la migraine, était plutôt celui d'une douce satisfaction.

Quant à M. de Charlus, son cas était un peu différent, mais pire encore, car il allait plus loin que ne pas souhaiter passionnément la victoire de la France, il souhaitait plutôt, sans se l'avouer, que l'Allemagne sinon triomphât[a], du moins ne fût pas écrasée comme tout le monde le souhaitait. La cause en était que dans ces querelles les grands ensembles d'individus appelés nations se comportent eux-mêmes dans une certaine mesure comme des individus. La logique qui les conduit est tout intérieure, et perpétuellement refondue par la passion, comme celle de gens affrontés dans une querelle amoureuse ou domestique, comme la querelle d'un fils avec son père, d'une cuisinière avec sa patronne, d'une femme avec son mari. Celle qui a tort croit cependant avoir raison — comme c'était le cas pour l'Allemagne — et celle qui a raison donne parfois de son bon droit des arguments qui ne lui paraissent irréfutables que parce qu'ils répondent à sa passion. Dans ces querelles d'individus, pour être convaincu du bon droit de n'importe laquelle des parties, le plus sûr est d'être cette partie-là, un spectateur ne l'approuvera jamais aussi complètement. Or dans les nations, l'individu, s'il fait vraiment partie de la nation, n'est qu'une cellule de l'individu-nation. Le bourrage de crâne est un mot vide de sens. Eût-on dit aux Français qu'ils allaient être battus qu'aucun Français ne se fût plus désespéré que si on lui avait dit qu'il allait être tué par les berthas[1]. Le véritable bourrage de crâne[2], on se le fait à soi-même par l'espérance, qui est une forme de l'instinct de conservation d'une nation, si l'on est vraiment membre vivant de cette nation. Pour rester aveugle sur ce qu'a d'injuste la cause de l'individu-Allemagne, pour reconnaître à tout instant ce qu'a de juste la cause de l'individu-France, le plus sûr n'était pas pour un Allemand de n'avoir pas de jugement, pour un Français d'en avoir, le plus sûr pour l'un ou pour l'autre c'était d'avoir du patriotisme. M. de Charlus, qui avait de rares qualités morales, qui était accessible à la pitié, généreux, capable d'affection, de dévouement, en revanche, pour des raisons diverses — parmi lesquelles celle d'avoir eu une mère duchesse de Bavière pouvait jouer un rôle — n'avait pas de patriotisme. Il était par conséquent du corps-France comme du corps-Allemagne. Si j'avais été moi-même dénué de patriotisme, au lieu de me sentir une des cellules du corps-France, il me semble que ma façon de juger la querelle n'eût pas été la même qu'elle eût pu être autrefois. Dans mon adolescence, où je croyais exactement ce qu'on me disait, j'aurais sans doute, en entendant le gouvernement allemand protester de sa bonne foi, été tenté de ne pas la mettre en doute ; mais depuis longtemps je savais que nos pensées ne s'accordent pas toujours avec nos paroles ; non seulement j'avais un jour, de la fenêtre de l'escalier, découvert un Charlus que je ne soupçonnais pas[3], mais surtout, chez Françoise, puis hélas chez Albertine, j'avais vu des jugements, des projets se former, si contraires à leurs paroles, que je n'eusse, même simple spectateur, laissé aucune des paroles justes en apparence de l'empereur d'Allemagne, du roi de Bulgarie, tromper mon instinct, qui eût deviné comme pour Albertine ce qu'ils machinaient en secret. Mais enfin je ne peux que supposer ce que j'aurais fait si je n'avais pas été acteur, si je n'avais pas été une partie de l'acteur-France, comme dans mes querelles avec Albertine mon regard triste ou ma gorge oppressée étaient une partie de mon individu passionnément intéressé à ma cause, je ne pouvais arriver au détachement. Celui de M. de Charlus était complet. Or, dès lors qu'il n'était plus qu'un spectateur, tout devait le porter à être germanophile[4] du moment que, n'étant pas véritablement français, il vivait en France. Il était très fin[a], les sots sont en tout pays les plus nombreux ; nul doute que, vivant en Allemagne, les sots allemands défendant avec sottise et passion une cause injuste ne l'eussent irrité ; mais, vivant en France, les sots français défendant avec sottise et passion une cause juste ne l'irritaient pas moins. La logique de la passion, fût-elle au service du meilleur droit, n'est jamais irréfutable pour celui qui n'est pas passionné. M. de Charlus relevait avec finesse chaque faux raisonnement des patriotes. La satisfaction que cause à un imbécile son bon droit et la certitude du succès vous laissent particulièrement irrité. M. de Charlus l'était par l'optimisme triomphant de gens qui ne connaissaient pas comme lui l'Allemagne et sa force, qui croyaient chaque mois à son écrasement pour le mois suivant, et au bout d'un an n'étaient pas moins assurés dans un nouveau pronostic, comme s'ils n'en avaient pas porté avec tout autant d'assurance d'aussi faux, mais qu'ils avaient oubliés, disant, si on le leur rappelait, que ce n'était pas la même chose. Or M. de Charlus, qui avait certaines profondeurs dans l'esprit, n'eût peut-être pas compris en art que le « ce n'est pas la même chose » est opposé par les détracteurs de Manet à ceux qui leur disent « on a dit la même chose pour Delacroix ».

Enfin M. de Charlus était pitoyable, l'idée d'un vaincu lui faisait mal, il était toujours pour le faible, il ne lisait pas les chroniques judiciaires pour ne pas avoir à souffrir dans sa chair des angoisses du condamné et de l'impossibilité d'assassiner le juge, le bourreau, et la foule ravie de voir que « justice est faite ». Il était certain en tout cas que la France ne pouvait plus être vaincue, et en revanche il savait que les Allemands souffraient de la famine, seraient obligés un jour ou l'autre de se rendre à merci[1]. Cette idée, elle aussi, lui était rendue plus désagréable par le fait qu'il vivait en France. Ses souvenirs de l'Allemagne étaient malgré tout lointains, tandis que les Français qui parlaient de l'écrasement de l'Allemagne avec une joie qui lui déplaisait, c'était des gens dont les défauts lui étaient connus, la figure antipathique. Dans ces cas-là on plaint plus ceux qu'on ne connaît pas, ceux qu'on imagine, que ceux qui sont tout près de nous dans la vulgarité de la vie quotidienne, à moins alors d'être tout à fait ceux-là, de ne faire qu'une chair avec eux ; le patriotisme fait ce miracle, on est pour son pays comme on est pour soi-même dans une querelle amoureuse.

Aussi la guerre était-elle pour M. de Charlus une culture extraordinairement féconde de ces haines qui chez lui naissaient en un instant, avaient une durée très courte mais pendant laquelle il se fût livré à toutes les violences. En lisant les journaux, l'air de triomphe des chroniqueurs présentant chaque jour l'Allemagne à bas, « la Bête aux abois, réduite à l'impuissance », alors que le contraire n'était que trop vrai, l'enivrait de rage par leur sottise allègre et féroce. Les journaux étaient en partie rédigés à ce moment-là par des gens connus qui trouvaient là une manière de « reprendre du service », par des Brichot, par des Norpois, par Morel même et Legrandin[1]. M. de Charlus rêvait de les rencontrer, de les accabler des plus amers sarcasmes. Toujours particulièrement instruit des tares sexuelles, il les connaissait chez quelques-uns qui, pensant qu'elles étaient ignorées chez eux, se complaisaient à les dénoncer chez les souverains des « empires de proie », chez Wagner, etc. Il brûlait de se trouver face à face avec eux, de leur mettre le nez dans leur propre vice devant tout le monde et de laisser ces insulteurs d'un vaincu, déshonorés et pantelants.

M. de Charlus[a] enfin avait encore des raisons plus particulières d'être ce germanophile. L'une était qu'homme du monde, il avait beaucoup vécu parmi les gens du monde, parmi les gens honorables, parmi les hommes d'honneur, les gens qui ne serreront pas la main à une fripouille, il connaissait leur délicatesse et leur dureté ; il les savait insensibles aux larmes d'un homme qu'ils font chasser d'un cercle ou avec qui ils refusent de se battre, dût leur acte de « propreté morale » amener la mort de la mère de la brebis galeuse. Malgré lui, quelque admiration qu'il eût pour l'Angleterre, pour la façon admirable dont elle était entrée dans la guerre, cette Angleterre impeccable, incapable de mensonge, empêchant le blé et le lait d'entrer en Allemagne, c'était un peu cette nation d'homme d'honneur, de témoin patenté, d'arbitre en affaires d'honneur ; tandis qu'il savait que des gens tarés, des fripouilles comme certains personnages de Dostoïevsky peuvent être meilleurs, et je n'ai jamais pu comprendre pourquoi il leur identifiait les Allemands, le mensonge et la ruse ne suffisant pas pour faire préjuger un bon cœur, qu'il ne semble pas que les Allemands aient montré.

Enfin un dernier trait complétera cette germanophilie de M. de Charlus : il la devait, et par une réaction très bizarre, à son « charlisme ». Il trouvait les Allemands fort laids, peut-être parce qu'ils étaient un peu trop près de son sang ; il était fou des Marocains, mais surtout des Anglo-Saxons en qui il voyait comme des statues vivantes de Phidias. Or chez lui le plaisir n'allait pas sans une certaine idée cruelle dont je ne savais pas encore à ce moment-là toute la force ; l'homme qu'il aimait lui apparaissait comme un délicieux bourreau. Il eût cru, en prenant parti contre les Allemands, agir comme il n'agissait que dans les heures de volupté, c'est-à-dire en sens contraire de sa nature pitoyable, c'est-à-dire enflammé pour le mal séduisant, et écrasant la vertueuse laideur. Ce fut encore ainsi au moment du meurtre de Raspoutine[1], meurtre auquel on fut surpris d'ailleurs de trouver un si fort cachet de couleur russe, dans un souper à la Dostoïevski (impression qui eût été encore bien plus forte si le public n'avait pas ignoré de tout cela ce que savait parfaitement M. de Charlus), parce que la vie nous déçoit tellement que nous finissons par croire que la littérature n'a aucun rapport avec elle et que nous sommes stupéfaits de voir que les précieuses idées que les livres nous ont montrées s'étalent, sans peur de s'abîmer, gratuitement, naturellement, en pleine vie quotidienne, et par exemple qu'un souper, un meurtre, événements russes, ont quelque chose de russe.

La guerre se prolongeait indéfiniment et ceux qui avaient annoncé de source sûre, il y avait déjà plusieurs années, que les pourparlers de paix étaient commencés, spécifiant les clauses du traité, ne prenaient pas la peine quand ils causaient avec vous de s'excuser de leurs fausses nouvelles. Ils les avaient oubliées et étaient prêts à en propager sincèrement d'autres qu'ils oublieraient aussi vite. C'était l'époque où il y avait continuellement des raids de gothas, l'air grésillait perpétuellement d'une vibration vigilante et sonore d'aéroplanes français. Mais parfois retentissait la sirène comme un appel déchirant de Walkure — seule musique allemande qu'on eût entendue depuis la guerre — jusqu'à l'heure où les pompiers annonçaient que l'alerte était finie tandis qu'à côté d'eux la berloque, comme un invisible gamin, commentait à intervalles réguliers la bonne nouvelle et jetait en l'air son cri de joie.

M. de Charlus[a] était étonné de voir que même des gens comme Brichot qui avant la guerre avaient été militaristes, reprochaient surtout à la France de ne pas l'être assez, ne se contentaient pas de reprocher les excès de son militarisme à l'Allemagne mais même son admiration de l'armée. Sans doute ils changeaient d'avis dès qu'il s'agissait de ralentir la guerre contre l'Allemagne et dénonçaient avec raison les pacifistes. Mais par exemple Brichot, ayant accepté malgré ses yeux, de rendre compte dans des conférences de certains ouvrages parus chez les neutres, exalta le roman d'un Suisse où sont raillés, comme semence de militarisme, deux enfants tombant d'une admiration symbolique à la vue d'un dragon. Cette raillerie avait de quoi déplaire pour d'autres raisons à M. de Charlus, lequel estimait qu'un dragon[1] peut être quelque chose de fort beau. Mais surtout il ne comprenait pas l'admiration de Brichot, sinon pour le livre, que le baron n'avait pas lu, du moins pour son esprit, si différent de celui qui animait Brichot avant la guerre. Alors tout ce que faisait un militaire était bien, fût-ce les irrégularités du général de Boisdeffre, les travestissements et machinations du colonel du Paty de Clam, le faux du colonel Henry[2]. Par quelle volte-face extraordinaire (et qui n'était en réalité qu'une autre face de la même passion fort noble, la passion patriotique, obligée, de militariste qu'elle était quand elle luttait contre le dreyfusisme, lequel était de tendance antimilitariste, à se faire presque antimilitariste puisque c'était maintenant contre la Germanie surmilitariste qu'elle luttait) Brichot s'écriait-il : « Ô le spectacle bien mirifique et digne d'attirer la jeunesse d'un siècle tout de brutalité, ne connaissant que le culte de la force : un dragon ! On peut juger ce que sera la vile soldatesque d'une génération élevée dans le culte de ces manifestations de force brutale. Aussi Spitteler, ayant voulu l'opposer à cette hideuse conception du sabre par-dessus tout, a exilé symboliquement au profond des bois, raillé, calomnié, solitaire, le personnage rêveur appelé par lui le Fol Étudiant en qui l'auteur a délicieusement incarné la douceur hélas démodée, bientôt oubliée pourra-t-on dire, si le règne atroce de leur vieux dieu n'est pas brisé, la douceur adorable des époques de paix[3]. »

« Voyons, me dit M. de Charlus, vous connaissez Cottard et Cambremer. Chaque fois que je les vois, ils me parlent de l'extraordinaire manque de psychologie de l'Allemagne. Entre nous, croyez-vous que jusqu'ici ils avaient eu grand souci de la psychologie, et que même maintenant ils soient capables d'en faire preuve ? Mais croyez bien que je n'exagère pas. Qu'il s'agisse du plus grand Allemand, de Nietzsche, de Gœthe, vous entendrez Cottard dire : “avec l'habituel manque de psychologie qui caractérise la race teutonne”. Il y a évidemment dans la guerre des choses qui me font plus de peine, mais avouez que c'est énervant. Norpois est plus fin, je le reconnais, bien qu'il n'ait pas cessé de se tromper depuis le commencement. Mais qu'est-ce que ça veut dire que ces articles qui excitent l'enthousiasme universel ? Mon cher monsieur, vous savez aussi bien que moi ce que vaut Brichot, que j'aime beaucoup, même depuis le schisme qui m'a séparé de sa petite église, à cause de quoi je le vois beaucoup moins. Mais enfin j'ai une certaine considération pour ce régent de collège beau parleur et fort instruit, et j'avoue que c'est fort touchant qu'à son âge, et diminué comme il est, car il l'est très sensiblement depuis quelques années, il se soit remis[a], comme il dit, à “servir”. Mais enfin la bonne intention est une chose, le talent en est une autre et Brichot n'a jamais eu de talent. J'avoue que je partage son admiration pour certaines grandeurs de la guerre actuelle. Tout au plus est-il étrange qu'un partisan aveugle de l'Antiquité comme Brichot, qui n'avait pas assez de sarcasmes pour Zola trouvant plus de poésie dans un ménage d'ouvriers, dans la mine, que dans les palais historiques, ou pour Goncourt mettant Diderot au-dessus d'Homère et Watteau au-dessus de Raphaël, ne cesse de nous répéter que les Thermopyles, qu'Austerlitz même, ce n'était rien à côté de Vauquois[1]. Cette fois du reste, le public qui avait résisté aux modernistes de la littérature et de l'art suit ceux de la guerre, parce que c'est une mode adoptée de penser ainsi et puis que les petits esprits sont écrasés, non par la beauté, mais par l'énormité de l'action. On n'écrit plus kolossal qu'avec un *k*[2], mais au fond ce devant quoi on s'agenouille c'est bien du colossal. À propos de Brichot, avez-vous vu Morel ? On me dit qu'il désire me revoir. Il n'a qu'à faire les premiers pas, je suis le plus vieux, ce n'est pas à moi à commencer. »

Malheureusement dès le lendemain, disons-le pour anticiper, M. de Charlus se trouva dans la rue face à face avec Morel ; celui-ci pour exciter sa jalousie le prit par le bras, lui raconta des histoires plus ou moins vraies et quand M. de Charlus éperdu, ayant besoin que Morel restât cette soirée auprès de lui, n'allât pas ailleurs, l'autre apercevant un camarade dit adieu à M. de Charlus qui, espérant que cette menace, que bien entendu il n'exécuterait jamais, ferait rester Morel, lui dit : « Prends garde, je me vengerai », et Morel, riant, partit en tapotant sur le cou et en enlaçant par la taille son camarade étonné.

Sans doute les paroles que me disait M. de Charlus à l'égard de Morel témoignaient combien l'amour — et il fallait que celui du baron fût bien persistant — rend (en même temps que plus imaginatif et plus susceptible) plus crédule et moins fier. Mais quand M. de Charlus ajoutait : « C'est un garçon fou de femmes et qui ne pense qu'à cela », il disait plus vrai qu'il ne croyait. Il le disait par amour-propre, par amour, pour que les autres pussent croire que l'attachement de Morel pour lui n'avait pas été suivi d'autres du même genre. Certes je n'en croyais rien, moi qui avais vu, ce que M. de Charlus ignora toujours, Morel donner pour cinquante francs une de ses nuits au prince de Guermantes. Et si, voyant passer M. de Charlus, Morel (excepté les jours où, par besoin de confession, il le heurtait pour avoir l'occasion de lui dire tristement : « Oh ! pardon, je reconnais que j'ai agi infectement avec vous »), assis à une terrasse de café avec des camarades, poussait avec eux de petits cris, montrait le baron du doigt et poussait ces gloussements par lesquels on se moque d'un vieil inverti, j'étais persuadé que c'était pour cacher son jeu, que, pris à part par le baron, chacun de ces dénonciateurs publics eût fait tout ce qu'il lui eût demandé. Je me trompais. Si un mouvement singulier avait conduit à l'inversion — et cela dans toutes les classes — des êtres comme Saint-Loup qui en étaient le plus éloignés, un mouvement en sens inverse avait détaché de ces pratiques ceux chez qui elles étaient le plus habituelles. Chez certains le changement avait été opéré par de tardifs scrupules religieux, par l'émotion éprouvée quand avaient éclaté certains scandales[1], ou la crainte de maladies inexistantes auxquelles les avaient, en toute sincérité, fait croire des parents qui étaient souvent concierges ou valets de chambre, sans sincérité des amants jaloux qui avaient cru par là garder pour eux seuls un jeune homme qu'ils avaient au contraire détaché d'eux-mêmes aussi bien que des autres. C'est ainsi que l'ancien liftier de Balbec n'aurait plus accepté ni pour or ni pour argent des propositions qui lui paraissaient maintenant aussi graves que celles de l'ennemi. Pour Morel, son refus à l'égard de tout le monde, sans exception, en quoi M. de Charlus avait dit à son insu une vérité qui justifiait à la fois ses illusions et détruisait ses espérances, venait de ce que, deux ans après avoir quitté M. de Charlus, il s'était épris d'une femme avec laquelle il vivait et qui, ayant plus de volonté que lui, avait su lui imposer une fidélité absolue. De sorte que Morel, qui au temps où M. de Charlus lui donnait tant d'argent avait donné pour cinquante francs une nuit au prince de Guermantes, n'aurait pas accepté du même ou de tout autre quoi que ce fût, lui offrît-on cinquante mille francs. À défaut d'honneur et de désintéressement, sa « femme » lui avait inculqué un certain respect humain, qui ne détestait pas d'aller jusqu'à la bravade et à l'ostentation que tout l'argent du monde lui était égal quand il lui était offert dans certaines conditions. Ainsi le jeu des différentes lois psychologiques s'arrange à compenser dans la floraison de l'espèce humaine tout ce qui, dans un sens ou dans l'autre, amènerait par la pléthore ou la raréfaction son anéantissement. Ainsi en est-il chez les fleurs où une même sagesse, mise en évidence par Darwin[1], règle les modes de fécondation en les opposant successivement les uns aux autres.

« C'est[a] du reste une étrange chose », ajouta M. de Charlus de la petite voix pointue qu'il prenait par moments. « J'entends des gens qui ont l'air très heureux toute la journée, qui prennent d'excellents cocktails, déclarer qu'ils ne pourront pas aller jusqu'au bout de la guerre, que leur cœur n'aura pas la force, qu'ils ne peuvent pas penser à autre chose, qu'ils mourront tout d'un coup. Et le plus extraordinaire, c'est que cela arrive en effet. Comme c'est curieux ! Est-ce une question d'alimentation, parce qu'ils n'ingèrent plus que des choses mal préparées, ou parce que, pour prouver leur zèle, ils s'attellent à des besognes vaines mais qui détruisent le régime qui les conservait ? Mais enfin j'enregistre un nombre étonnant de ces étranges morts prématurées, prématurées au moins au gré du défunt. Je ne sais plus ce que je vous disais, que Norpois admirait[a] cette guerre. Mais quelle singulière manière d'en parler ! D'abord avez-vous remarqué ce pullulement d'expressions nouvelles qui, quand elles ont fini par s'user à force d'être employées tous les jours — car vraiment Norpois est infatigable, je crois que c'est la mort de ma tante Villeparisis qui lui a donné une seconde jeunesse —, sont immédiatement remplacées par d'autres lieux communs[1] ? Autrefois je me rappelle que vous vous amusiez à noter ces modes de langage qui apparaissaient, se maintenaient, puis disparaissaient : "celui qui sème le vent récolte la tempête" ; "les chiens aboient, la caravane passe" ; "faites-moi de bonne politique et je vous ferai de bonnes finances, disait le baron Louis" ; "il y a là des symptômes qu'il serait exagéré de prendre au tragique mais qu'il convient de prendre au sérieux" ; "travailler pour le roi de Prusse" (celle-là a d'ailleurs ressuscité, ce qui était infaillible). Eh bien, depuis, hélas, que j'en ai vu mourir[2] ! Nous avons eu "le chiffon de papier", "les empires de proie", "la fameuse Kultur qui consiste à assassiner des femmes et des enfants sans défense", "la victoire appartient, comme disent les Japonais, à celui qui sait souffrir un quart d'heure de plus que l'autre", "les Germano-Touraniens", "la barbarie scientifique", "si nous voulons gagner la guerre, selon la forte expression de M. Lloyd George", enfin ça ne se compte plus, et "le mordant des troupes", et "le cran des troupes". Même la syntaxe de l'excellent Norpois subit du fait de la guerre une altération aussi profonde que la fabrication du pain ou la rapidité des transports. Avez-vous remarqué que l'excellent homme, tenant à proclamer ses désirs comme une vérité sur le point d'être réalisée, n'ose pas tout de même employer le futur pur et simple qui risquerait d'être contredit par les événements, mais a adopté comme signe de ce temps le verbe savoir ? » J'avouai à M. de Charlus que je ne comprenais pas bien ce qu'il voulait dire.

Il me faut noter ici que le duc de Guermantes ne partageait nullement le pessimisme de son frère. Il était de plus aussi anglophile que M. de Charlus était anglophobe. Enfin il tenait M. Caillaux pour un traître qui méritait mille fois d'être fusillé[3]. Quand son frère lui demandait des preuves de cette trahison, M. de Guermantes répondait que s'il ne fallait condamner que les gens qui signent un papier où ils déclarent « j'ai trahi », on ne punirait jamais le crime de trahison. Mais pour le cas où je n'aurais pas l'occasion d'y revenir, je noterai aussi que, deux ans plus tard, le duc de Guermantes, animé du plus pur anticaillautisme, rencontra un attaché militaire anglais et sa femme, couple remarquablement lettré avec lequel il se lia, comme au temps de l'affaire Dreyfus avec les trois dames charmantes[1], que, dès le premier jour il eut la stupéfaction, parlant de Caillaux dont il estimait la condamnation certaine et le crime patent, d'entendre le couple lettré et charmant dire : « Mais il sera probablement acquitté, il n'y a absolument rien contre lui. » M. de Guermantes essaya d'alléguer que M. de Norpois, dans sa déposition, avait dit en regardant Caillaux atterré : « Vous[a] êtes le Giolitti de la France, oui, monsieur Caillaux, vous êtes le Giolitti de la France[2]. » Mais le couple lettré et charmant avait souri, tourné M. de Norpois en ridicule, cité des preuves de son gâtisme et conclu qu'il avait dit cela « devant M. Caillaux atterré », disait *Le Figaro*, mais probablement en réalité devant M. Caillaux narquois. Les opinions du duc de Guermantes n'avaient pas tardé à changer. Attribuer ce changement à l'influence d'une Anglaise n'est pas aussi extraordinaire que cela eût pu paraître si on l'eût prophétisé même en 1919, où les Anglais[b] n'appelaient les Allemands que les Huns et réclamaient une féroce condamnation contre les coupables. Leur opinion à eux aussi avait changé et toute décision était approuvée par eux qui pouvait contrister la France et venir en aide à l'Allemagne[3].

Pour revenir à M. de Charlus : « Mais si », répondit-il à l'aveu que je ne le comprenais pas, « mais si[c] : "savoir", dans les articles de Norpois, est le signe du futur, c'est-à-dire le signe des désirs de Norpois et des désirs de nous tous d'ailleurs », ajouta-t-il peut-être sans une complète sincérité. « Vous comprenez bien que si "savoir" n'était pas devenu le simple signe du futur, on comprendrait à la rigueur que le sujet de ce verbe pût être un pays. Par exemple chaque fois que Norpois dit : "L'Amérique ne saurait rester indifférente à ces violations répétées du 'droit'", "la monarchie bicéphale ne saurait manquer de venir à résipiscence", il est clair que de telles phrases expriment les désirs de Norpois (comme les miens, comme les vôtres), mais enfin là, le verbe peut encore garder malgré tout son sens ancien, car un pays peut "savoir", l'Amérique peut "savoir", la monarchie "bicéphale[1]" elle-même peut "savoir" (malgré l'éternel "manque de psychologie"). Mais le doute n'est plus possible quand Norpois écrit : "Ces dévastations systématiques ne sauraient persuader aux neutres", "la région des Lacs[2] ne saurait manquer de tomber à bref délai aux mains des Alliés", "les résultats de ces élections neutralistes ne sauraient refléter l'opinion de la grande majorité du pays[3]". Or il est certain que ces dévastations, ces régions et ces résultats de votes sont des choses inanimées qui ne peuvent pas "savoir". Par cette formule Norpois adresse simplement aux neutres l'injonction (à laquelle j'ai le regret de constater qu'ils ne semblent pas obéir) de sortir de la neutralité ou aux régions des lacs de ne plus appartenir aux "Boches" (M. de Charlus mettait à prononcer le mot "boche" le même genre de hardiesse que jadis dans le tram de Balbec à parler des hommes dont le goût n'est pas pour les femmes).

D'ailleurs[a], avez-vous remarqué avec quelles ruses Norpois a toujours commencé, dès 1914, ses articles aux neutres ? Il commence par déclarer que certes la France n'a pas à s'immiscer dans la politique de l'Italie (ou de la Roumanie, ou de la Bulgarie, etc.). Seules, c'est à ces puissances qu'il convient de décider en toute indépendance et en ne consultant que l'intérêt national si elles doivent ou non sortir de la neutralité. Mais si ces premières déclarations de l'article (ce qu'on eût appelé autrefois l'exorde) sont si remarquablement désintéressées, la suite l'est généralement beaucoup moins. "Toutefois", continue en substance Norpois, "il est bien clair que seules tireront un bénéfice matériel de la lutte, les nations qui se seront rangées du côté du droit et de la justice. On ne peut attendre que les Alliés récompensent, en leur octroyant les territoires d'où s'élève depuis des siècles la plainte de leurs frères opprimés, les peuples qui, suivant la politique de moindre effort, n'auront pas mis leur épée au service des Alliés." Ce premier pas fait vers un conseil d'intervention, rien n'arrête plus Norpois, ce n'est plus seulement le principe mais l'époque de l'intervention sur lesquels il donne des conseils de moins en moins déguisés. "Certes, dit-il en faisant ce qu'il appellerait lui-même 'le bon apôtre', c'est à l'Italie, à la Roumanie seules de décider de l'heure opportune et de la forme sous laquelle il leur conviendra d'intervenir. Elles ne peuvent pourtant ignorer qu'à trop tergiverser elles risquent de laisser passer l'heure. Déjà les sabots des cavaliers russes font frémir la Germanie traquée d'une indicible épouvante. Il est bien évident que les peuples qui n'auront fait que voler au secours de la victoire dont on voit déjà l'aube resplendissante n'auront nullement droit à cette même récompense qu'ils peuvent encore en se hâtant, etc." C'est comme au théâtre quand on dit : "Les dernières places qui restent ne tarderont pas à être enlevées. Avis aux retardataires !" Raisonnement d'autant plus stupide que Norpois le refait tous les six mois, et dit périodiquement à la Roumanie : "L'heure est venue pour la Roumanie de savoir si elle veut ou non réaliser ses aspirations nationales. Qu'elle attende encore, il risque d'être trop tard." Or depuis trois ans[1] qu'il le dit, non seulement le "trop tard" n'est pas encore venu, mais on ne cesse de grossir les offres qu'on fait à la Roumanie. De même il invite la France, etc., à intervenir en Grèce en tant que puissance protectrice parce que le traité qui liait la Grèce à la Serbie n'a pas été tenu[2]. Or de bonne foi, si la France n'était pas en guerre et ne souhaitait pas le concours ou la neutralité bienveillante de la Grèce, aurait-elle l'idée d'intervenir en tant que puissance protectrice, et le sentiment moral qui la pousse à se révolter parce que la Grèce n'a pas tenu ses engagements avec la Serbie, ne se tait-il pas aussi dès qu'il s'agit d'une violation tout aussi flagrante de la Roumanie et de l'Italie qui, avec raison je le crois, comme la Grèce aussi, n'ont pas rempli leurs devoirs, moins impératifs et étendus qu'on ne dit, d'alliés de l'Allemagne[3] ? La vérité c'est que les gens voient tout par leur journal, et comment pourraient-ils faire autrement puisqu'ils ne connaissent pas personnellement les gens ni les événements dont il s'agit ? Au temps de l'Affaire qui vous passionnait si bizarrement, à une époque dont il est convenu de dire que nous sommes séparés par des siècles, car les philosophes de la guerre ont accrédité que tout lien est rompu avec le passé, j'étais choqué de voir des gens de ma famille accorder toute leur estime à des anticléricaux anciens communards que leur journal leur avait présentés comme antidreyfusards, et honnir un général bien né et catholique mais révisionniste. Je ne le suis pas moins de voir tous les Français exécrer l'empereur François-Joseph qu'ils vénéraient, avec raison je peux vous le dire, moi qui l'ai beaucoup connu et qu'il veut bien traiter en cousin. Ah ! je ne lui ai pas écrit depuis la guerre », ajouta-t-il comme avouant hardiment une faute qu'il savait très bien qu'on ne pouvait blâmer. « Si, la première année, et une seule fois. Mais qu'est-ce que vous voulez, cela ne change rien à mon respect pour lui, mais j'ai ici beaucoup de jeunes parents qui se battent dans nos lignes et qui trouveraient, je le sais, fort mauvais que j'entretienne une correspondance suivie avec le chef d'une nation en guerre avec nous. Que voulez-vous ? me critique qui voudra », ajouta-t-il comme s'exposant hardiment à mes reproches, « je n'ai pas voulu qu'une lettre signée Charlus arrivât en ce moment à Vienne. La plus grande critique que j'adresserais au vieux souverain[1], c'est qu'un seigneur de son rang, chef d'une des maisons les plus anciennes et les plus illustres d'Europe, se soit laissé mener par ce petit hobereau, fort intelligent d'ailleurs, mais enfin par un simple parvenu comme Guillaume de Hohenzollern[2]. Ce n'est pas une des anomalies les moins choquantes de cette guerre. » Et comme, dès qu'il se replaçait au point de vue nobiliaire qui pour lui au fond dominait tout, M. de Charlus arrivait à d'extraordinaires enfantillages, il me dit, du même ton qu'il m'eût parlé de la Marne ou de Verdun, qu'il y avait des choses capitales et fort curieuses que ne devrait pas omettre celui qui écrirait l'histoire de cette guerre. « Ainsi, me dit-il, par exemple, tout le monde est si ignorant que personne n'a fait remarquer cette chose si marquante : le grand maître de l'ordre de Malte, qui est un pur boche[3], n'en continue pas moins de vivre à Rome où il jouit, en tant que grand maître de notre ordre, du privilège de l'exterritorialité. C'est intéressant », ajouta-t-il d'un air de me dire : « Vous voyez que vous n'avez pas perdu votre soirée en me rencontrant. » Je le remerciai et il prit l'air modeste de quelqu'un qui n'exige pas de salaire. « Qu'est-ce que j'étais donc en train de vous dire ? Ah ! oui, que les gens haïssaient maintenant François-Joseph, d'après leur journal. Pour le roi Constantin de Grèce et le tzar de Bulgarie, le public a oscillé, à diverses reprises, entre l'aversion et la sympathie, parce qu'on disait tour à tour qu'ils se mettraient du côté de l'Entente ou de ce que Brichot appelle les Empires centraux. C'est comme quand Brichot nous répète à tout moment que "l'heure de Venizelos va sonner". Je ne doute pas que M. Venizelos ne soit un homme d'État plein de capacité, mais qui nous dit que les Grecs désirent tant que cela Venizelos[1] ? Il voulait, nous dit-on, que la Grèce tînt ses engagements envers la Serbie. Encore faudrait-il savoir quels étaient ses engagements et s'ils étaient plus étendus que ceux que l'Italie et la Roumanie ont cru pouvoir violer. Nous avons de la façon dont la Grèce exécute ses traités et respecte sa constitution un souci que nous n'aurions certainement pas si ce n'était pas notre intérêt. Qu'il n'y ait pas eu la guerre, croyez-vous que les puissances "garantes" auraient même fait attention à la dissolution des Chambres[2] ? Je vois simplement qu'on retire un à un tous ses appuis au roi de Grèce pour pouvoir le jeter dehors ou l'enfermer le jour où il n'aura plus d'armée pour le défendre. Je vous disais que le public ne juge le roi de Grèce et le roi des Bulgares que d'après les journaux. Et comment pourraient-ils penser sur eux autrement que par le journal, puisqu'ils ne les connaissent pas ? Moi je les ai vus énormément, j'ai beaucoup connu, quand il était diadoque[3], Constantin de Grèce, qui était une pure merveille. J'ai toujours pensé que l'empereur Nicolas avait eu un énorme sentiment pour lui. En tout bien tout honneur, bien entendu. La princesse Christian[4] en parlait ouvertement mais c'est une gale. Quant au tsar des Bulgares, c'est une pure coquine, une vraie affiche[5], mais très intelligent, un homme remarquable. Il m'aime beaucoup. »

M. de Charlus qui pouvait être si agréable devenait odieux quand il abordait ces sujets. Il y apportait la satisfaction qui agace déjà chez un malade qui vous fait tout le temps valoir sa bonne santé. J'ai souvent pensé que dans le tortillard de Balbec, les fidèles qui souhaitaient tant les aveux devant lesquels il se dérobait, n'auraient peut-être pas pu supporter cette espèce d'ostentation d'une manie et, mal à l'aise[a], respirant mal comme dans une chambre de malade ou devant un morphinomane qui tirerait devant vous sa seringue, ce fussent eux qui eussent mis fin aux confidences qu'ils croyaient désirer. De plus, on était agacé d'entendre accuser tout le monde, et probablement bien souvent sans aucune espèce de preuves, par quelqu'un qui s'omettait lui-même de la catégorie spéciale à laquelle on savait pourtant qu'il appartenait et où il rangeait si volontiers les autres. Enfin, lui si intelligent, s'était fait à cet égard une petite philosophie étroite (à la base de laquelle il y avait peut-être un rien des curiosités que Swann trouvait dans « la vie »), expliquant tout par ces causes spéciales et où, comme chaque fois qu'on verse dans son défaut, il était non seulement au-dessous de lui-même, mais exceptionnellement satisfait de lui. C'est ainsi que lui si grave, si noble, eut le sourire le plus niais pour achever la phrase que voici : « Comme il y a de fortes présomptions du même genre que pour Ferdinand de Cobourg à l'égard de l'empereur Guillaume[1], cela pourrait être la cause pour laquelle le tsar Ferdinand s'est mis du côté des "empires de proie". Dame au fond, c'est très compréhensible, on est indulgent pour une *sœur*, on ne lui refuse rien. Je trouve que ce serait très joli comme explication de l'alliance de la Bulgarie avec l'Allemagne. » Et de cette explication stupide M. de Charlus rit longuement comme s'il l'avait vraiment trouvée très ingénieuse et qui même si elle avait reposé sur des faits vrais était aussi puérile que les réflexions que M. de Charlus faisait sur la guerre, quand il la jugeait en tant que féodal ou que chevalier de Saint-Jean de Jérusalem[2]. Il finit par une remarque plus juste : « Ce qui est étonnant, dit-il, c'est que ce public qui ne juge ainsi des hommes et des choses de la guerre que par les journaux est persuadé qu'il juge par lui-même. »

En cela M. de Charlus avait raison. On m'a raconté qu'il fallait voir les moments de silence et d'hésitation qu'avait Mme de Forcheville, pareils à ceux qui sont nécessaires, non pas même seulement à l'énonciation, mais à la formation d'une opinion personnelle, avant de dire, sur le ton d'un sentiment intime : « Non, je ne crois pas qu'ils prendront Varsovie » ; « je n'ai pas l'impression qu'on puisse passer un second hiver » ; « ce que je ne voudrais pas, c'est une paix boiteuse » ; « ce qui me fait peur, si vous voulez que je vous le dise, c'est la Chambre » ; « si, j'estime tout de même qu'on pourra percer. » Et pour dire cela Odette prenait un air mièvre qu'elle poussait à l'extrême quand elle disait : « Je ne dis pas que les armées allemandes ne se battent pas bien, mais il leur manque ce qu'on appelle le cran. » Pour prononcer « le cran » (et même simplement pour le « mordant ») elle faisait avec sa main le geste de pétrissage et avec ses yeux le clignement des rapins employant un terme d'atelier. Son langage à elle était pourtant, plus encore qu'autrefois, la trace de son admiration pour les Anglais, qu'elle n'était plus obligée de se contenter d'appeler comme autrefois « nos voisins d'outre-Manche », ou tout au plus « nos amis les Anglais », mais « nos loyaux alliés ». Inutile de dire qu'elle ne se faisait pas faute de citer à tout propos l'expression de *fair play* pour montrer les Anglais trouvant les Allemands des joueurs incorrects, et « ce qu'il faut c'est gagner la guerre, comme disent nos braves alliés ». Tout au plus associait-elle assez maladroitement le nom de son gendre à tout ce qui touchait les soldats anglais et au plaisir qu'il trouvait à vivre dans l'intimité des Australiens aussi bien que des Écossais, des Néo-Zélandais et des Canadiens. « Mon gendre Saint-Loup connaît maintenant l'argot de tous les braves *tommies*, il sait se faire entendre de ceux des plus lointains *dominions* et, aussi bien qu'avec le général commandant la base, fraternise avec le plus humble *private*[a]. »

Que cette parenthèse sur Mme de Forcheville, tandis que je descends les boulevards, côte à côte avec M. de Charlus, m'autorise à une autre plus longue encore, mais utile pour décrire cette époque, sur les rapports de Mme Verdurin avec Brichot. En effet si le pauvre Brichot était ainsi jugé sans indulgence par M. de Charlus (parce que celui-ci était à la fois très fin et plus ou moins inconsciemment germanophile), il était encore bien plus maltraité par les Verdurin. Sans doute ceux-ci étaient chauvins, ce qui eût dû les faire se plaire aux articles de Brichot, lesquels d'autre part n'étaient pas inférieurs à bien des écrits où se délectait Mme Verdurin. Mais d'abord on se rappelle peut-être que déjà à La Raspelière, Brichot était devenu pour les Verdurin, du grand homme qu'il leur avait paru être autrefois, sinon une tête de Turc comme Saniette, du moins l'objet de leurs railleries à peine déguisées. Du moins restait-il à ce moment-là un fidèle entre les fidèles, ce qui lui assurait une part des avantages prévus tacitement par les statuts à tous les membres fondateurs ou associés du petit groupe. Mais au fur et à mesure que, à la faveur de la guerre peut-être, ou par la rapide cristallisation d'une élégance si longtemps retardée mais dont tous les éléments nécessaires et restés invisibles saturaient depuis longtemps le salon des Verdurin, celui-ci s'était ouvert à un monde nouveau et que les fidèles, appâts d'abord de ce monde nouveau, avaient fini par être de moins en moins invités, un phénomène parallèle se produisait pour Brichot. Malgré la Sorbonne, malgré l'Institut, sa notoriété n'avait pas jusqu'à la guerre dépassé les limites du salon Verdurin. Mais quand il se mit à écrire presque quotidiennement des articles parés de ce faux brillant qu'on l'a vu si souvent dépenser sans compter pour les fidèles, riches, d'autre part, d'une érudition fort réelle, et qu'en vrai sorbonien il ne cherchait pas à dissimuler, de quelques formes plaisantes qu'il l'entourât, le « grand monde » fut littéralement ébloui. Pour une fois d'ailleurs il donnait sa faveur à quelqu'un qui était loin d'être une nullité et qui pouvait retenir l'attention par la fertilité de son intelligence et les ressources de sa mémoire. Et pendant que trois duchesses allaient passer la soirée chez Mme Verdurin, trois autres se disputaient l'honneur d'avoir chez elles à dîner le grand homme, lequel acceptait chez l'une, se sentant d'autant plus libre que Mme Verdurin, exaspérée du succès que ses articles rencontraient auprès du faubourg Saint-Germain, avait soin de ne jamais avoir Brichot chez elle quand il devait s'y trouver quelque personne brillante qu'il ne connaissait pas encore et qui se hâterait de l'attirer. Ce fut ainsi que le journalisme (dans lequel Brichot se contentait, en somme, de donner tardivement, avec honneur et en échange d'émoluments superbes, ce qu'il avait gaspillé toute sa vie gratis et incognito dans le salon des Verdurin, car ses articles ne lui coûtaient pas plus de peine, tant il était disert et savant, que ses causeries) eût conduit, et parut même un moment conduire Brichot à une gloire incontestée... s'il n'y avait pas eu Mme Verdurin. Certes les articles de Brichot étaient loin d'être aussi remarquables que le croyaient les gens du monde. La vulgarité de l'homme apparaissait à tout instant sous le pédantisme du lettré. Et à côté d'images qui ne voulaient rien dire du tout (« les Allemands ne pourront plus regarder en face la statue de Beethoven » ; « Schiller a dû frémir dans[a] son tombeau » ; « l'encre qui avait paraphé la neutralité de la Belgique était à peine séchée » ; « Lénine parle, mais autant en emporte le vent de la steppe »), c'étaient des trivialités[1] telles que : « Vingt mille prisonniers, c'est un chiffre ; notre commandement saura ouvrir l'œil et le bon ; nous voulons vaincre, un point c'est tout. » Mais, mêlé à tout cela, tant de savoir, tant d'intelligence, de si justes raisonnements ! Or Mme Verdurin ne commençait jamais un article de Brichot sans la satisfaction préalable de penser qu'elle allait y trouver des choses ridicules, et le lisait avec l'attention la plus soutenue pour être certaine de ne les pas laisser échapper. Or il était malheureusement certain qu'il y en avait quelques-unes. On n'attendait même pas de les avoir trouvées. La citation la plus heureuse d'un auteur vraiment peu connu, au moins dans l'œuvre à laquelle Brichot se reportait, était incriminée comme preuve du pédantisme le plus insoutenable et Mme Verdurin attendait avec impatience l'heure du dîner pour déchaîner les éclats de rire de ses convives. « Eh bien, qu'est-ce que vous avez dit du Brichot de ce soir ? J'ai pensé à vous en lisant la citation de Cuvier. Ma parole, je crois qu'il devient fou. — Je ne l'ai pas encore lu, disait Cottard[1]. — Comment, vous ne l'avez pas encore lu ? Mais vous ne savez pas les délices que vous vous refusez. C'est-à-dire que c'est d'un ridicule à mourir. » Et contente au fond que quelqu'un n'eût pas encore lu le Brichot pour avoir l'occasion d'en mettre elle-même en lumière les ridicules, Mme Verdurin disait au maître d'hôtel d'apporter *Le Temps*, et faisait elle-même la lecture à haute voix, en faisant sonner avec emphase les phrases les plus simples. Après le dîner, pendant toute la soirée, cette campagne anti-brichotiste continuait, mais avec de fausses réserves. « Je ne le dis pas trop haut parce que j'ai peur que là-bas », disait-elle en montrant la comtesse Molé, « on n'admire assez cela. Les gens du monde sont plus naïfs qu'on ne croit. » Mme Molé à qui on tâchait de faire entendre en parlant assez fort qu'on parlait d'elle, tout en s'efforçant de lui montrer par des baissements de voix qu'on n'aurait pas voulu être entendu d'elle, reniait lâchement Brichot qu'elle égalait en réalité à Michelet. Elle donnait raison à Mme Verdurin et, pour terminer pourtant par quelque chose qui lui paraissait incontestable, disait : « Ce qu'on ne peut pas lui retirer, c'est que c'est bien écrit. — Vous trouvez ça bien écrit, vous ? disait Mme Verdurin, moi je trouve ça écrit comme par un cochon », audace qui faisait rire les gens du monde d'autant plus que Mme Verdurin, comme effarouchée elle-même par le mot de cochon, l'avait prononcé en le chuchotant, la main rabattue sur les lèvres. Sa rage contre

Brichot croissait d'autant plus que celui-ci étalait naïvement la satisfaction de son succès, malgré les accès de mauvaise humeur que provoquait chez lui la censure, chaque fois que, comme il le disait avec son habitude d'employer les mots nouveaux pour montrer qu'il n'était pas trop universitaire[1], elle avait « caviardé » une partie de son article. Devant lui Mme Verdurin ne laissait pas trop voir, sauf par une maussaderie qui eût averti un homme plus perspicace, le peu de cas qu'elle faisait de ce qu'écrivait Chochotte[2]. Elle lui dit seulement une fois qu'il avait tort d'écrire si souvent « je ». Et il avait en effet l'habitude de l'écrire continuellement, d'abord parce que, par habitude de professeur il se servait constamment d'expressions comme « j'accorde que », et même, pour dire « je veux bien que », « je veux que » : « Je veux que l'énorme développement des fronts nécessite, etc. », mais surtout parce que, ancien antidreyfusard militant qui flairait la préparation germanique bien longtemps avant la guerre, il s'était trouvé écrire très souvent : « J'ai dénoncé dès 1897 » ; « j'ai signalé en 1901 » ; « j'ai averti dans ma petite brochure aujourd'hui rarissime *(habent sua fata libelli*[3]*)* », et ensuite l'habitude lui était restée. Il rougit fortement de l'observation de Mme Verdurin, observation qui lui fut faite d'un ton aigre. « Vous avez raison, madame. Quelqu'un qui n'aimait pas plus les jésuites que M. Combes, encore qu'il n'ait pas eu de préface de notre doux maître en scepticisme délicieux, Anatole France, qui fut si je ne me trompe mon adversaire... avant le déluge, a dit que le moi est toujours haïssable[4]. » À partir de ce moment Brichot remplaça *je* par *on*, mais *on* n'empêchait pas le lecteur de voir que l'auteur parlait de lui et permit à l'auteur de ne plus cesser de parler de lui, de commenter la moindre de ses phrases, de faire un article sur une seule négation, toujours à l'abri de *on*. Par exemple Brichot avait-il dit, fût-ce dans un autre article, que les armées allemandes avaient perdu de leur valeur, il commençait ainsi : « On ne camoufle pas ici la vérité. On a dit que les armées allemandes avaient perdu de leur valeur. On n'a pas dit[5] qu'elles n'avaient plus une grande valeur. Encore moins écrira-t-on qu'elles n'ont plus aucune valeur. On ne dira pas non plus que le terrain gagné, s'il n'est pas, etc. » Bref, rien qu'à énoncer tout ce qu'il ne dirait pas, à rappeler tout ce qu'il avait dit il y avait quelques années, et ce que Clausewitz, Jomini, Ovide, Apollonius de Tyane[1], etc. avaient dit il y avait plus ou moins de siècles, Brichot aurait pu constituer aisément la matière d'un fort volume. Il est à regretter qu'il n'en ait pas publié, car ces articles si nourris sont maintenant difficiles à retrouver. Le faubourg Saint-Germain, chapitré par Mme Verdurin, commença par rire de Brichot chez elle, mais continua, une fois sorti du petit clan, à admirer Brichot. Puis se moquer de lui devint une mode comme ç'avait été de l'admirer et celles mêmes qu'il continuait d'éblouir en secret, dans le temps qu'elles lisaient son article, s'arrêtaient et riaient dès qu'elles n'étaient plus seules pour ne pas avoir l'air moins fines que les autres. Jamais on ne parla tant de Brichot qu'à cette époque dans le petit clan, mais par dérision. On prenait comme critérium de l'intelligence de tout nouveau ce qu'il pensait des articles de Brichot ; s'il répondait mal la première fois, on ne se faisait pas faute de lui enseigner à quoi l'on reconnaît que les gens sont intelligents[a].

« Enfin, mon pauvre ami, tout cela est épouvantable et nous avons plus que d'ennuyeux articles à déplorer. On parle de vandalisme, de statues détruites. Mais est-ce que la destruction de tant de merveilleux jeunes gens, qui étaient des statues polychromes incomparables, n'est pas du vandalisme aussi ? Est-ce qu'une ville qui n'aura plus de beaux hommes ne sera pas comme une ville dont toute la statuaire aurait été brisée ? Quel plaisir puis-je avoir à aller dîner au restaurant quand j'y suis servi par de vieux bouffons moussus qui ressemblent au Père Didon[2], si ce n'est pas par des femmes en cornette qui me font croire que je suis entré au Bouillon Duval[3] ? Parfaitement mon cher, et je crois que j'ai le droit de parler ainsi parce que le beau est tout de même le beau dans une matière vivante. Le grand plaisir d'être servi par des êtres rachitiques, portant binocle, dont le cas d'exemption se lit sur le visage ! Contrairement à ce qui arrivait toujours jadis, si l'on veut reposer ses yeux sur quelqu'un de bien dans un restaurant, il ne faut plus regarder parmi les garçons qui servent mais parmi les clients qui consomment. Mais on pouvait revoir un servant, bien qu'ils changeassent souvent, mais allez donc savoir qui est, quand reviendra ce lieutenant anglais qui vient peut-être pour la première fois et sera peut-être tué demain ! Quand Auguste de

Pologne, comme raconte le charmant Morand[1], l'auteur délicieux de *Clarisse*, échangea un de ses régiments contre une collection de potiches chinoises, il fit à mon avis une mauvaise affaire. Pensez que tous ces grands valets de pied qui avaient deux mètres de haut et qui ornaient les escaliers monumentaux[2] de nos plus belles amies ont tous été tués, engagés pour la plupart parce qu'on leur répétait que la guerre durerait deux mois. Ah ! ils ne savaient pas comme moi la force de l'Allemagne, la vertu de la race prussienne », dit-il en s'oubliant.

Et puis, remarquant qu'il avait trop laissé apercevoir son point de vue : « Ce n'est pas tant l'Allemagne que je crains pour la France, que la guerre elle-même. Les gens de l'arrière s'imaginent que la guerre est seulement un gigantesque match de boxe, auquel ils assistent de loin, grâce aux journaux. Mais cela n'a aucun rapport. C'est une maladie qui, quand elle semble conjurée sur un point, reprend sur un autre. Aujourd'hui Noyon sera délivré[3], demain on n'aura plus ni pain ni chocolat, après-demain celui qui se croyait bien tranquille et accepterait au besoin une balle qu'il n'imagine pas, s'affolera parce qu'il lira dans les journaux que sa classe est rappelée. Quant aux monuments, un chef-d'œuvre unique comme Reims[4], par la qualité, n'est pas tellement ce dont la disparition m'épouvante, c'est surtout de voir anéantis une telle quantité d'ensembles qui rendaient le moindre village de France instructif et charmant. »

Je pensai aussitôt à Combray, mais autrefois j'avais cru me diminuer aux yeux de Mme de Guermantes en avouant la petite situation que ma famille occupait à Combray. Je me demandai si elle n'avait pas été révélée aux Guermantes et à M. de Charlus, soit par Legrandin, ou Swann, ou Saint-Loup, ou Morel. Mais cette prétérition même était moins pénible pour moi que des explications rétrospectives. Je souhaitai seulement que M. de Charlus ne parlât pas de Combray.

« Je ne veux pas dire de mal des Américains, monsieur, continua-t-il, il paraît qu'ils sont inépuisablement généreux et comme il n'y a pas eu de chef d'orchestre dans cette guerre, que chacun est entré dans la danse longtemps après l'autre, et que les Américains ont commencé quand nous étions quasiment finis, ils peuvent avoir une ardeur que quatre ans de guerre ont pu calmer chez nous[5]. Même avant la guerre, ils aimaient notre pays, notre art, ils payaient fort cher nos chefs-d'œuvre. Beaucoup sont chez eux maintenant. Mais précisément cet art déraciné, comme dirait M. Barrès[1], est tout le contraire de ce qui faisait l'agrément délicieux de la France. Le château expliquait l'église, qui elle-même, parce qu'elle avait été un lieu de pèlerinages, expliquait la chanson de geste. Je n'ai pas à surfaire l'illustration de mes origines et de mes alliances, et d'ailleurs ce n'est pas de cela qu'il s'agit. Mais dernièrement j'ai eu, pour régler une question d'intérêts, et malgré un certain refroidissement qu'il y a entre le ménage et moi, à aller faire une visite à ma nièce Saint-Loup qui habite à Combray. Combray n'était qu'une toute petite ville comme il y en a tant. Mais nos ancêtres étaient représentés en donateurs dans certains vitraux, dans d'autres étaient inscrites nos armoiries. Nous y avions notre chapelle, nos tombeaux. Cette église a été détruite par les Français et par les Anglais parce qu'elle servait d'observatoire aux Allemands. Tout ce mélange d'histoire survivante et d'art qui était la France se détruit, et ce n'est pas fini. Et bien entendu je n'ai pas le ridicule de comparer, pour des raisons de famille, la destruction de l'église de Combray à celle de la cathédrale de Reims, qui était comme le miracle d'une cathédrale gothique retrouvant naturellement la pureté de la statuaire antique, ou de celle d'Amiens. Je ne sais si le bras levé de saint Firmin[2] est aujourd'hui brisé. Dans ce cas la plus haute affirmation de la foi et de l'énergie a disparu de ce monde. — Son symbole, monsieur, lui répondis-je. Et j'adore autant que vous certains symboles. Mais il serait absurde de sacrifier au symbole la réalité qu'il symbolise. Les cathédrales doivent être adorées jusqu'au jour où, pour les préserver, il faudrait renier les vérités qu'elles enseignent. Le bras levé de saint Firmin dans un geste de commandement presque militaire disait : Que nous soyons brisés, si l'honneur l'exige. Ne sacrifiez pas des hommes à des pierres dont la beauté vient justement d'avoir un moment fixé des vérités humaines[3]. — Je comprends ce que vous voulez dire, me répondit M. de Charlus, et M. Barrès, qui nous a fait faire, hélas, trop de pèlerinages à la statue de Strasbourg et au tombeau de M. Déroulède[4], a été touchant et gracieux, quand il a écrit que la cathédrale de Reims elle-même nous était moins chère que la vie de

nos fantassins[1]. Assertion qui rend assez ridicule la colère de nos journaux contre le général allemand qui commandait là-bas et qui disait que la cathédrale de Reims lui était moins précieuse que celle d'un soldat allemand[2]. C'est du reste[a] ce qui est exaspérant et navrant, c'est que chaque pays dit la même chose. Les raisons pour lesquelles les associations industrielles de l'Allemagne déclarent la possession de Belfort[3] indispensable[b] à préserver leur nation contre nos idées de revanche, sont les mêmes que celles de Barrès exigeant Mayence pour nous protéger contre les velléités d'invasion des Boches[4]. Pourquoi la restitution de l'Alsace-Lorraine a-t-elle paru à la France un motif insuffisant pour faire la guerre, un motif suffisant pour la continuer, pour la redéclarer à nouveau chaque année[5] ? Vous avez l'air de croire que la victoire est désormais promise à la France, je le souhaite de tout mon cœur, vous n'en doutez pas. Mais enfin depuis qu'à tort ou à raison les Alliés se croient sûrs de vaincre (pour ma part je serais naturellement enchanté de cette solution mais je vois surtout beaucoup de victoires sur le papier, de victoires à la Pyrrhus avec un coût qui ne nous est pas dit) et que les Boches ne se croient plus sûrs de vaincre, on voit l'Allemagne chercher à hâter la paix, la France à prolonger la guerre, la France qui est la France juste et a raison de faire entendre des paroles de justice, mais est aussi la douce France[6] et devrait faire entendre des paroles de pitié, fût-ce seulement pour ses propres enfants et pour qu'à chaque printemps les fleurs qui renaîtront aient à éclairer autre chose que des tombes. Soyez franc, mon cher ami, vous-même m'aviez fait une théorie sur les choses qui n'existent que grâce à une création perpétuellement recommencée[7]. La création du monde n'a pas eu lieu une fois pour toutes, me disiez-vous, elle a nécessairement lieu tous les jours. Eh bien, si vous êtes de bonne foi, vous ne pouvez pas excepter la guerre de cette théorie. Notre excellent Norpois a beau écrire (en sortant un des accessoires de rhétorique qui lui sont aussi chers que "l'aube de la victoire" et le "général Hiver") : "Maintenant que l'Allemagne a voulu la guerre, les dés en sont jetés", la vérité c'est que chaque matin on déclare à nouveau la guerre. Donc celui qui veut la continuer est aussi coupable que celui qui l'a commencée, plus peut-être, car ce premier n'en prévoyait peut-être pas toutes les horreurs.

Or rien ne dit qu'une guerre aussi prolongée, même si elle doit avoir une issue victorieuse, ne soit pas sans péril. Il est difficile de parler de choses qui n'ont point de précédent et des répercussions sur l'organisme d'une opération qu'on tente pour la première fois. Généralement, il est vrai, les nouveautés dont on s'alarme se passent fort bien. Les républicains les plus sages pensaient qu'il était fou de faire la séparation de l'Église. Elle a passé comme une lettre à la poste. Dreyfus a été réhabilité, Picquart ministre de la Guerre, sans qu'on crie ouf[1]. Pourtant que ne peut-on pas craindre d'un surmenage pareil à celui d'une guerre ininterrompue pendant plusieurs années ! Que feront les hommes au retour ? la fatigue les aura-t-elle rompus ou affolés ? Tout cela pourrait mal tourner, sinon pour la France, au moins pour le gouvernement, peut-être même pour la forme du gouvernement. Vous m'avez fait lire autrefois l'admirable *Aimée de Coigny* de Maurras. Je serais fort surpris que quelque Aimée de Coigny n'attendît pas du développement de la guerre que fait la République ce qu'en 1812 Aimée de Coigny attendait de la guerre que faisait l'Empire[2]. Si l'Aimée actuelle existe, ses espérances se réaliseront-elles ? Je ne le désire pas.

Pour en revenir à la guerre elle-même, ce premier qui l'a commencée est-il l'empereur Guillaume ? J'en doute[a] fort. Et si c'est lui, qu'a-t-il fait autre chose que Napoléon par exemple, chose que moi je trouve abominable mais que je m'étonne de voir inspirer tant d'horreurs aux thuriféraires de Napoléon, aux gens qui le jour de la déclaration de guerre se sont écriés comme le général Pau[3] : "J'attendais ce jour-là depuis quarante ans. C'est le plus beau jour de ma vie." Dieu sait si personne a protesté avec plus de force que moi quand on a fait dans la société une place disproportionnée aux nationalistes, aux militaires, quand tout ami des arts était accusé de s'occuper de choses funestes à la patrie, toute civilisation qui n'était pas belliqueuse étant délétère ! C'est à peine si un homme du monde authentique comptait auprès d'un général. Une folle a failli me présenter à M. Syveton[4]. Vous me direz que ce que je m'efforçais de maintenir n'était que les règles mondaines. Mais malgré leur frivolité apparente, elles eussent peut-être empêché bien des excès. J'ai toujours honoré ceux qui défendent la grammaire ou la logique.

On se rend compte cinquante ans après qu'ils ont conjuré de grands périls. Or nos nationalistes sont les plus germanophobes, les plus jusqu'au-boutistes des hommes. Mais après quinze ans leur philosophie a changé entièrement. En fait ils poussent bien à la continuation de la guerre. Mais ce n'est que pour exterminer une race belliqueuse et par amour de la paix. Car une civilisation guerrière, ce qu'ils trouvaient si beau il y a quinze ans, leur fait horreur. Non seulement ils reprochent à la Prusse d'avoir fait prédominer chez elle l'élément militaire, mais en tout temps ils pensent que les civilisations militaires furent destructrices de tout ce qu'ils trouvent maintenant précieux, non seulement les arts mais même la galanterie. Il suffit qu'un de leurs critiques se soit converti au nationalisme pour qu'il soit devenu du même coup un ami de la paix. Il est persuadé que, dans toutes les civilisations guerrières, la femme avait un rôle humilié et bas. On n'ose lui répondre que les "dames" des chevaliers, au Moyen Âge, et la Béatrice de Dante étaient peut-être placées sur un trône aussi élevé que les héroïnes de M. Becque[1]. Je m'attends un de ces jours à me voir placé à table après un révolutionnaire russe ou simplement après un[a] de nos généraux faisant la guerre par horreur de la guerre et pour punir un peuple de cultiver un idéal qu'eux-mêmes jugeaient le seul tonifiant il y a quinze ans. Le malheureux czar était encore honoré il y a quelques mois parce qu'il avait réuni la conférence de La Haye[2]. Mais maintenant qu'on salue la Russie libre, on oublie le titre qui permettait de le glorifier. Ainsi tourne la roue du monde[3].

« Et pourtant[b] l'Allemagne emploie tellement les mêmes expressions que la France que c'est à croire qu'elle la cite, elle ne se lasse pas de dire qu'elle "lutte pour l'existence". Quand je lis : "Nous lutterons contre un ennemi implacable et cruel jusqu'à ce que nous ayons obtenu une paix qui nous garantisse à l'avenir de toute agression et pour que le sang de nos braves soldats n'ait pas coulé en vain", ou bien : "Qui n'est pas pour nous est contre nous[4]", je ne sais pas si cette phrase est de l'empereur Guillaume ou de M. Poincaré car ils l'ont, à quelques variantes près, prononcée vingt fois l'un et l'autre, bien qu'à vrai dire je doive confesser que l'empereur ait été en ce cas l'imitateur du président de la République. La France n'aurait peut-être pas tenu tant à prolonger la guerre si elle était restée faible mais surtout l'Allemagne n'aurait peut-être pas été si pressée de la finir si elle n'avait pas cessé d'être forte. D'être aussi forte, car forte, vous verrez qu'elle l'est encore. »

Il avait pris l'habitude de crier très fort en parlant[1], par nervosité, par recherche d'issues pour des impressions dont il fallait — n'ayant jamais cultivé aucun art — qu'il se débarrassât, comme un aviateur de ses bombes, fût-ce en plein champ, là où ses paroles n'atteignaient personne, et surtout dans le monde où elles tombaient aussi au hasard et où il était écouté par snobisme, de confiance et, tant il tyrannisait les auditeurs, on peut dire de force et même par crainte. Sur les boulevards cette harangue était de plus une marque de mépris à l'égard des passants pour qui il ne baissait pas plus la voix qu'il n'eût dévié son chemin. Mais elle y détonnait, y étonnait, et surtout rendait intelligibles à des gens qui se retournaient des propos qui eussent pu nous faire prendre pour des défaitistes. Je le fis remarquer à M. de Charlus sans réussir qu'à exciter son hilarité. « Avouez que ce serait bien drôle, dit-il. Après tout, ajouta-t-il, on ne sait jamais, chacun de nous risque chaque soir d'être le fait divers du lendemain. En somme pourquoi ne serai-je pas fusillé dans les fossés de Vincennes ? La même chose est bien arrivée à mon grand-oncle le duc d'Enghien. La soif du sang noble affole une certaine populace qui en cela se montre plus raffinée que les lions. Vous savez que pour ces animaux il suffirait, pour qu'ils se jetassent sur elle, que Mme Verdurin eût une écorchure sur son nez. Sur ce que dans ma jeunesse on eût appelé son pif[2] ! » Et il se mit à rire à gorge déployée comme si nous avions été seuls dans un salon.

Par moments[a], voyant des individus assez louches extraits de l'ombre par le passage de M. de Charlus et se conglomérer à quelque distance de lui, je me demandais si je lui serais plus agréable en le laissant seul ou en ne le quittant pas. Tel celui qui a rencontré un vieillard sujet à de fréquentes crises épileptiformes et qui voit par l'incohérence de la démarche l'imminence probable d'un accès, se demande si sa compagnie est plutôt désirée comme celle d'un soutien, ou redoutée comme celle d'un témoin à qui on voudrait cacher la crise et dont la présence seule peut-être, quand le calme absolu réussirait peut-être à l'écarter, suffira à la hâter. Mais la possibilité de

l'événement dont on ne sait si l'on doit s'écarter ou non est révélée, chez le malade, par les circuits qu'il fait comme un homme ivre. Tandis que pour M. de Charlus ces diverses positions divergentes, signe d'un incident possible dont je n'étais pas bien sûr s'il souhaitait ou redoutait que ma présence l'empêchât de se produire, étaient, comme par une ingénieuse mise en scène, occupées non par le baron lui-même qui marchait fort droit mais par tout un cercle de figurants. Tout de même, je crois qu'il préférait éviter la rencontre, car il m'entraîna dans une rue de traverse, plus obscure que le boulevard, et où cependant celui-ci ne cessait de déverser, à moins que[a] ce ne fût vers lui qu'ils affluassent, des soldats de toute arme et de toute nation, influx juvénile, compensateur et consolant pour M. de Charlus, de ce reflux de tous les hommes à la frontière qui avait fait pneumatiquement le vide dans Paris aux premiers temps de la mobilisation. M. de Charlus ne cessait pas d'admirer les brillants uniformes qui passaient devant nous et qui faisaient de Paris une ville aussi cosmopolite qu'un port, aussi irréelle qu'un décor de peintre qui n'a dressé quelques architectures que pour avoir un prétexte à grouper les costumes les plus variés et les plus chatoyants[1].

Il gardait tout son respect et toute son affection à de grandes dames accusées de défaitisme[2], comme jadis à celles qui avaient été accusées de dreyfusisme. Il regrettait seulement qu'en s'abaissant à faire de la politique elles eussent donné prise « aux polémiques des journalistes ». Pour lui, à leur égard, rien n'était changé. Car sa frivolité était si systématique, que la naissance unie à la beauté et à d'autres prestiges était la chose durable — et la guerre, comme l'affaire Dreyfus, des modes vulgaires et fugitives. Eût-on fusillé la duchesse de Guermantes pour essai de paix séparée avec l'Autriche, qu'il l'eût considérée comme toujours aussi noble et pas plus dégradée que ne nous apparaît aujourd'hui Marie-Antoinette d'avoir été condamnée à la décapitation. En parlant à ce moment-là, M. de Charlus, noble comme une espèce de Saint-Vallier ou de Saint-Mégrin[3], était droit, rigide, solennel, parlait gravement, ne faisait pour un moment aucune des manières où se révèlent ceux de sa sorte. Et pourtant, pourquoi ne peut-il y en avoir aucun dont la voix soit jamais absolument juste ? Même en ce moment où elle approchait le plus du grave, elle était fausse encore et aurait eu besoin de l'accordeur.

D'ailleurs[a] M. de Charlus ne savait littéralement où donner de la tête, et il la levait souvent avec le regret de ne pas avoir une jumelle qui d'ailleurs ne lui eût pas servi à grand-chose, car en plus grand nombre que d'habitude, à cause du raid de zeppelins de l'avant-veille qui avait réveillé la vigilance des pouvoirs publics, il y avait des militaires jusque dans le ciel. Les aéroplanes que j'avais vus quelques heures plus tôt faire comme des insectes des taches brunes sur le soir bleu, passaient maintenant dans la nuit qu'approfondissait encore l'extinction partielle des réverbères, comme de lumineux brûlots. La plus grande impression de beauté que nous faisaient éprouver ces étoiles humaines et filantes, était peut-être surtout de faire regarder le ciel, vers lequel on lève peu les yeux d'habitude. Dans ce Paris dont, en 1914, j'avais vu la beauté presque sans défense attendre la menace de l'ennemi qui se rapprochait[1], il y avait certes, maintenant comme alors, la splendeur antique inchangée d'une lune cruellement, mystérieusement sereine, qui versait aux monuments encore intacts l'inutile beauté[2] de sa lumière, mais comme en 1914, et plus qu'en 1914, il y avait aussi autre chose, des lumières différentes, des feux intermittents que, soit de ces aéroplanes, soit de projecteurs de la tour Eiffel, on savait dirigés par une volonté intelligente, par une vigilance amie qui donnait ce même genre d'émotion, inspirait cette même sorte de reconnaissance et de calme que j'avais éprouvés dans la chambre de Saint-Loup, dans la cellule de ce cloître militaire où s'exerçaient, avant qu'ils consommassent, un jour, sans une hésitation, en pleine jeunesse, leur sacrifice, tant de cœurs fervents et disciplinés.

Après le raid de l'avant-veille, où le ciel avait été plus mouvementé que la terre, il s'était calmé comme la mer après une tempête. Mais comme la mer après une tempête, il n'avait pas encore repris son apaisement absolu. Des aéroplanes montaient encore comme des fusées rejoindre les étoiles, et des projecteurs promenaient lentement, dans le ciel sectionné, comme une pâle poussière d'astres, d'errantes voies lactées. Cependant les aéroplanes venaient s'insérer au milieu des constellations et on aurait pu se croire dans un autre hémisphère en effet, en voyant ces « étoiles nouvelles[3] ».

M. de Charlus me dit[a] son admiration pour ces aviateurs, et comme il ne pouvait pas plus s'empêcher de donner libre cours à sa germanophilie qu'à ses autres penchants tout en niant l'une comme les autres : « D'ailleurs j'ajoute que j'admire tout autant les Allemands qui montent dans des gothas. Et sur des zeppelins, pensez le courage qu'il faut ! Mais ce sont des héros, tout simplement. Qu'est-ce que ça peut faire que ce soit sur des civils puisque des batteries tirent sur eux ? Est-ce que vous avez peur des gothas et du canon ? » J'avouai que non et peut-être je me trompais. Sans doute ma paresse m'ayant donné l'habitude, pour mon travail, de le remettre jour par jour au lendemain, je me figurais qu'il pouvait en être de même pour la mort. Comment aurait-on peur d'un canon dont on est persuadé qu'il ne vous frappera pas ce jour-là ? D'ailleurs formées isolément, ces idées de bombes lancées, de mort possible, n'ajoutèrent pour moi rien de tragique à l'image que je me faisais du passage des aéronefs allemands, jusqu'à ce que, de l'un d'eux, ballotté, segmenté à mes regards par les flots de brume d'un ciel agité, d'un aéroplane que, bien que je le susse meurtrier, je n'imaginais que stellaire et céleste, j'eusse vu, un soir, le geste de la bombe lancée vers nous. Car la réalité originale d'un danger n'est perçue que dans cette chose nouvelle, irréductible à ce qu'on sait déjà, qui s'appelle une impression, et qui est souvent, comme ce fut le cas là, résumée par une ligne, une ligne qui décrivait une intention, une ligne où il y avait la puissance latente d'un accomplissement qui la déformait, tandis que sur le pont de la Concorde, autour de l'aéroplane menaçant et traqué, et comme si s'étaient reflétées dans les nuages les fontaines des Champs-Élysées, de la place de la Concorde et des Tuileries, les jets d'eau lumineux des projecteurs s'infléchissaient dans le ciel, lignes pleines d'intentions aussi, d'intentions prévoyantes et protectrices, d'hommes puissants et sages auxquels, comme une nuit au quartier de Doncières, j'étais reconnaissant que leur force daignât prendre avec cette précision si belle la peine de veiller sur nous.

La nuit était aussi belle qu'en 1914, comme Paris était aussi menacé. Le clair de lune semblait comme un doux magnésium[1] continu permettant de prendre une dernière fois des images nocturnes de ces beaux ensembles comme la place Vendôme, la place de la Concorde, auxquels l'effroi que j'avais des obus qui allaient peut-être les détruire donnait par contraste, dans leur beauté encore intacte, une sorte de plénitude, et comme si elles se tendaient en avant, offrant aux coups leurs architectures sans défense. « Vous n'avez pas peur ? répéta M. de Charlus. Les Parisiens ne se rendent pas compte. On me dit que Mme Verdurin donne des réunions tous les jours. Je ne le sais que par les on-dit, moi je ne sais absolument rien d'eux, j'ai entièrement rompu », ajouta-t-il en baissant non seulement les yeux comme si avait passé un télégraphiste, mais aussi la tête, les épaules, et en levant le bras avec le geste qui signifie, sinon « je m'en lave les mains », du moins « je ne peux rien vous dire » (bien que je ne lui demandasse rien). « Je sais que Morel y va toujours beaucoup », me dit-il (c'était la première fois qu'il m'en reparlait). « On prétend qu'il regrette beaucoup le passé, qu'il désire se rapprocher de moi », ajouta-t-il, faisant preuve à la fois de cette même crédulité d'homme du Faubourg qui dit : « On dit beaucoup que la France cause plus que jamais avec l'Allemagne et que les pourparlers sont même engagés » et de l'amoureux que les pires rebuffades n'ont pas persuadé. « En tout cas, s'il le veut il n'a qu'à le dire, je suis plus vieux que lui, ce n'est pas à moi à faire les premiers pas[a]. » Et sans doute il était bien inutile de le dire, tant c'était évident. Mais de plus ce n'était même pas sincère et c'est pour cela qu'on était si gêné pour M. de Charlus, car on sentait qu'en disant que ce n'était pas à lui de faire les premiers pas, il en faisait au contraire un et attendait que j'offrisse de me charger du rapprochement.

Certes[b] je connaissais cette naïve ou feinte crédulité des gens qui aiment quelqu'un, ou simplement ne sont pas reçus chez quelqu'un, et imputent à ce quelqu'un un désir qu'il n'a pourtant pas manifesté, malgré des sollicitations fastidieuses. Mais à l'accent soudain tremblant avec lequel M. de Charlus scanda ces paroles, au regard trouble qui vacillait au fond de ses yeux, j'eus l'impression qu'il y avait autre chose qu'une banale insistance. Je ne me trompais pas, et je dirai tout de suite les deux faits qui me le prouvèrent rétrospectivement (j'anticipe de beaucoup d'années pour le second de ces faits, postérieur à la mort de M. de Charlus. Or elle ne devait se produire que bien plus tard, et nous aurons l'occasion de le revoir plusieurs fois bien différent de ce que nous l'avons connu, et en particulier la dernière fois, à une époque où il avait entièrement oublié Morel). Quant au premier de ces faits, il se produisit deux ou trois ans seulement après le soir où je descendis ainsi les boulevards avec M. de Charlus. Donc environ deux ans après cette soirée je rencontrai Morel. Je pensai aussitôt à M. de Charlus, au plaisir qu'il aurait à revoir le violoniste, et j'insistai auprès de lui pour qu'il allât le voir, fût-ce une fois. « Il a été bon pour vous, dis-je à Morel, il est déjà vieux, il peut mourir, il faut liquider les vieilles querelles et effacer les traces de la brouille. » Morel parut être entièrement de mon avis quant à un apaisement désirable, mais il n'en refusa pas moins catégoriquement de faire même une seule visite à M. de Charlus. « Vous avez tort, lui dis-je. Est-ce par entêtement, par paresse, par méchanceté, par amour-propre mal placé, par vertu (soyez sûr qu'elle ne sera pas attaquée), par coquetterie ? » Alors le violoniste, tordant son visage pour un aveu qui lui coûtait sans doute extrêmement, me répondit en frissonnant : « Non, ce n'est par rien de tout cela ; la vertu je m'en fous, la méchanceté ? au contraire je commence à le plaindre, ce n'est pas par coquetterie, elle serait inutile, ce n'est pas par paresse, il y a des journées entières où je reste à me tourner les pouces. Non, ce n'est à cause de rien de tout cela, c'est, ne le dites jamais à personne et je suis fou de vous le dire, c'est, c'est... c'est... par peur ! » Il se mit à trembler de tous ses membres. Je lui avouai que je ne le comprenais pas. « Non, ne me demandez pas, n'en parlons plus, vous ne le connaissez pas comme moi, je peux dire que vous ne le connaissez pas du tout. — Mais quel tort peut-il vous faire ? Il cherchera, d'ailleurs, d'autant moins à vous en faire qu'il n'y aura plus de rancune entre vous. Et puis, au fond, vous savez qu'il est très bon. — Parbleu ! si je le sais, qu'il est bon ! Et la délicatesse et la droiture. Mais laissez-moi, ne m'en parlez plus, je vous en supplie, c'est honteux à dire, j'ai peur ! »

Le second fait date d'après la mort de M. de Charlus. On m'apporta quelques souvenirs qu'il m'avait laissés et une lettre à triple enveloppe, écrite au moins dix ans avant sa mort. Mais il avait été gravement malade, avait pris ses dispositions, puis s'était rétabli avant de tomber plus tard dans l'état où nous le verrons le jour d'une matinée chez la princesse de Guermantes — et la lettre, restée dans un coffre-fort avec les objets qu'il léguait à quelques amis, était restée là sept ans, sept ans pendant lesquels il avait entièrement oublié Morel. La lettre, tracée d'une écriture fine et ferme, était ainsi conçue :

Mon cher ami, les voies de la Providence sont inconnues. Parfois c'est du défaut *d'un être médiocre qu'elle use pour empêcher de faillir*[1] *la suréminence d'un juste. Vous connaissez Morel, d'où il est sorti, à quel faîte j'ai voulu l'élever, autant dire à mon niveau. Vous savez qu'il a préféré retourner non pas à la poussière et à la cendre d'où tout homme, c'est-à-dire le véritable phœnix, peut renaître, mais à la boue où rampe la vipère. Il s'est laissé choir, ce qui m'a préservé de déchoir. Vous savez que mes armes contiennent la devise même de Notre-Seigneur :* Inculcabis super leonem et aspidem[2], *avec un homme représenté comme ayant à la plante de ses pieds, comme support héraldique, un lion et un serpent. Or si j'ai pu fouler ainsi le propre lion que je suis, c'est grâce au serpent et à sa prudence que j'appelais trop légèrement tout à l'heure un défaut, car la profonde sagesse de l'Évangile en fait une vertu, au moins une vertu pour les autres. Notre serpent aux sifflements jadis harmonieusement modulés, quand il avait un charmeur — fort charmé du reste — n'était pas seulement musical et reptile, il avait jusqu'à la lâcheté cette vertu que je tiens maintenant pour divine, la prudence*[3]. *C'est cette divine prudence qui l'a fait résister aux appels que je lui ai fait transmettre de revenir me voir, et je n'aurai de paix en ce monde et d'espoir de pardon dans l'autre que si je vous en fais l'aveu. C'est lui qui a été en cela l'instrument de la sagesse divine, car, je l'avais résolu, il ne serait pas sorti de chez moi vivant. Il fallait que l'un de nous deux disparût. J'étais décidé à le tuer. Dieu lui a conseillé la prudence pour me préserver d'un crime. Je ne doute pas que l'intercession de l'archange Michel, mon saint patron, n'ait joué là un grand rôle et je le prie de me pardonner de l'avoir tant négligé pendant plusieurs années et d'avoir si mal répondu aux innombrables bontés qu'il m'a témoignées, tout spécialement dans ma lutte contre le mal. Je dois à ce serviteur de Dieu, je le dis dans la plénitude de ma foi et de mon intelligence, que le Père céleste ait inspiré à Morel de ne pas venir. Aussi, c'est moi maintenant qui me meurs. Votre fidèlement dévoué,* Semper idem,

P. G. CHARLUS[a].

Alors je compris la peur de Morel ; certes il y avait dans cette lettre bien de l'orgueil et de la littérature. Mais l'aveu était vrai. Et Morel savait mieux que moi que le « côté presque fou » que Mme de Guermantes trouvait chez son beau-frère ne se bornait pas, comme je l'avais cru jusque-là, à ces dehors momentanés de rage superficielle et inopérante.

Mais il faut revenir en arrière. Je descends les boulevards à côté de M. de Charlus, lequel vient de me prendre comme vague intermédiaire pour des ouvertures de paix entre lui et Morel. Voyant que je ne lui répondais pas : « Je ne sais pas, du reste, pourquoi il ne joue pas, on ne fait plus de musique sous prétexte que c'est la guerre, mais on danse, on dîne en ville, les femmes inventent "l'ambrine[1]" pour leur peau. Les fêtes remplissent ce qui sera peut-être, si les Allemands avancent encore, les derniers jours de notre Pompéi. Et c'est ce qui le sauvera de la frivolité. Pour peu que la lave de quelque Vésuve allemand (leurs pièces de marine ne sont pas moins terribles qu'un volcan) vienne les surprendre à leur toilette et éternise leur geste en l'interrompant, les enfants s'instruiront plus tard en regardant dans des livres de classe illustrés Mme Molé qui allait mettre une dernière couche de fard avant d'aller dîner chez une belle-sœur, ou Sosthène de Guermantes qui finissait de peindre ses faux sourcils. Ce sera matière à cours pour les Brichot de l'avenir, la frivolité d'une époque, quand dix siècles ont passé sur elle, est matière de la plus grave érudition, surtout si elle a été conservée intacte par une éruption volcanique ou des matières analogues à la lave projetées par bombardement. Quels documents pour l'histoire future, quand des gaz asphyxiants analogues à ceux qu'émettait le Vésuve et des écroulements comme ceux qui ensevelirent Pompéi garderont intactes toutes les demeures imprudentes qui n'ont pas fait encore filer pour Bayonne leurs tableaux et leurs statues ! D'ailleurs n'est-ce pas déjà, depuis un an, Pompéi par fragments, chaque soir, que ces gens se sauvant dans les caves, non pas pour en rapporter quelque vieille bouteille de mouton-rothschild ou de saint-émilion, mais pour cacher avec eux ce qu'ils ont de plus précieux, comme les prêtres d'Herculanum surpris par la mort au moment où ils emportaient les vases sacrés ? C'est toujours l'attachement à l'objet qui amène la mort du possesseur. Paris, lui, ne fut pas comme Herculanum fondé par Hercule. Mais que de ressemblances s'imposent ! Et cette lucidité qui nous est donnée n'est pas que de notre époque, chacune l'a possédée. Si je pense que nous pouvons avoir demain le sort des villes du Vésuve, celles-ci sentaient qu'elles étaient menacées du sort des villes maudites de la Bible. On a retrouvé sur les murs d'une maison de Pompéi cette inscription révélatrice : *Sodoma, Gomora*[1]. » Je ne sais si ce fut ce nom de Sodome et les idées qu'il éveilla en lui, ou celle[a] du bombardement, qui firent que M. de Charlus leva un instant les yeux au ciel, mais il les ramena bientôt sur la terre. « J'admire tous les héros de cette guerre, dit-il. Tenez mon cher[b], les soldats anglais que j'ai un peu légèrement considérés au début de la guerre comme de simples joueurs de football assez présomptueux pour se mesurer avec des professionnels — et quels professionnels ! — hé bien, rien qu'esthétiquement ce sont tout simplement des athlètes de la Grèce, vous entendez bien, de la Grèce, mon cher, ce sont les jeunes gens de Platon[2], ou plutôt des Spartiates. J'ai des amis qui sont allés à Rouen où ils ont leur camp, ils ont vu des merveilles, de pures merveilles dont on n'a pas idée. Ce n'est plus Rouen, c'est une autre ville. Évidemment il y a aussi l'ancien Rouen, avec les saints émaciés de la cathédrale[3]. Bien entendu, c'est beau aussi, mais c'est autre chose. Et nos poilus ! Je ne peux pas vous dire quelle saveur je trouve à nos poilus, aux petits Parigots, tenez, comme celui qui passe là, avec son air dessalé, sa mine éveillée et drôle. Il m'arrive souvent de les arrêter, de faire un brin de causette avec eux, quelle finesse, quel bon sens ! et les gars de province, comme ils sont amusants et gentils avec leur roulement d'*r* et leur jargon patoiseur ! Moi, j'ai toujours beaucoup vécu à la campagne, couché dans les fermes, je sais leur parler, mais notre admiration pour les Français ne doit pas nous faire déprécier nos ennemis, ce serait nous diminuer nous-mêmes. Et vous ne savez pas quel soldat est le soldat allemand, vous qui ne l'avez pas vu comme moi défiler au pas de parade, au pas de l'oie, *unter den Linden*[4]. » Et revenant à l'idéal de virilité qu'il m'avait esquissé à Balbec et qui avec le temps avait pris chez lui une forme plus philosophique, usant d'ailleurs de raisonnements absurdes, qui par moments, même quand il venait d'être supérieur, laissaient voir la trame trop mince du simple homme du monde, bien qu'homme du monde intelligent : « Voyez-vous, me dit-il, le superbe gaillard qu'est le soldat boche est un être fort, sain, ne pensant qu'à la grandeur de son pays. *Deutschland über alles*[1], ce qui n'est pas si bête, tandis que nous — tandis qu'ils se préparaient virilement — nous nous sommes abîmés dans le dilettantisme. » Ce mot signifiait probablement pour M. de Charlus quelque chose d'analogue à la littérature, car aussitôt, se rappelant sans doute que j'aimais les lettres et avais eu un moment l'intention de m'y adonner, il me tapa sur l'épaule (profitant du geste pour s'y appuyer jusqu'à me faire aussi mal qu'autrefois, quand je faisais mon service militaire, le recul contre l'omoplate du « 76[2] »), il me dit comme pour adoucir le reproche : « Oui, nous nous sommes abîmés dans le dilettantisme, nous tous, vous aussi, rappelez-vous, vous pouvez faire comme moi votre *mea culpa*, nous avons été trop dilettantes. » Par surprise du reproche, manque d'esprit de repartie, déférence envers mon interlocuteur, et attendrissement pour son amicale bonté, je répondis comme si, ainsi qu'il m'y invitait, j'avais aussi à me frapper la poitrine, ce qui était parfaitement stupide, car je n'avais pas l'ombre de dilettantisme à me reprocher. « Allons, me dit-il, je vous quitte » (le groupe qui l'avait escorté de loin ayant fini par nous abandonner), « je m'en vais me coucher comme un très vieux monsieur, d'autant plus qu'il paraît que la guerre a changé toutes nos habitudes, un de ces aphorismes idiots qu'affectionne Norpois. » Je savais du reste qu'en rentrant chez lui M. de Charlus ne cessait pas pour cela d'être au milieu de soldats, car il avait transformé son hôtel en hôpital militaire, cédant du reste, je le crois, aux besoins bien moins de son imagination que de son bon cœur.

Il faisait une nuit transparente et sans un souffle ; j'imaginais que la Seine coulant entre ses ponts circulaires, faits de leur plateau et[a] de son reflet, devait ressembler au Bosphore[3]. Et, symbole soit de cette invasion que prédisait le défaitisme de M. de Charlus, soit de la coopération de nos frères musulmans avec les armées de la France, la lune étroite et recourbée comme un sequin[1] semblait mettre le ciel parisien sous le signe oriental du croissant.

Pourtant[a], un instant encore, en me disant adieu il me serra la main à me la broyer, ce qui est une particularité allemande chez les gens qui sentent comme le baron, et en continuant pendant quelques instants à me la malaxer, eût dit Cottard, comme si M. de Charlus avait voulu rendre à mes articulations une souplesse qu'elles n'avaient point perdue. Chez certains aveugles le toucher supplée dans une certaine mesure à la vue. Je ne sais trop de quel sens il prenait la place ici[2]. Il croyait peut-être seulement me serrer la main, comme il crut sans doute ne faire que voir un Sénégalais qui passait dans l'ombre et ne daigna pas s'apercevoir qu'il était admiré. Mais dans ces deux cas le baron se trompait, il péchait par excès de contact et de regards. « Est-ce que[b] tout l'Orient de Decamps, de Fromentin, d'Ingres, de Delacroix n'est pas là-dedans ? » me dit-il, encore immobilisé par le passage du Sénégalais. « Vous savez, moi je ne m'intéresse jamais aux choses et aux êtres qu'en peintre, en philosophe. D'ailleurs je suis trop vieux. Mais quel malheur, pour compléter le tableau, que l'un de nous deux ne soit pas une odalisque ! »

Ce ne fut pas l'Orient de Decamps ni même de Delacroix qui commença de hanter mon imagination quand le baron m'eut quitté, mais le vieil Orient de ces *Mille et une Nuits* que j'avais tant aimées, et me perdant peu à peu dans le lacis de ces rues noires, je pensais au calife Haroun Al Raschid en quête d'aventures dans les quartiers perdus de Bagdad[3]. D'autre part la chaleur du temps et de la marche m'avait donné soif, mais depuis longtemps tous les bars étaient fermés, et à cause de la pénurie d'essence, les rares taxis que je rencontrais, conduits par des Levantins ou des nègres, ne prenaient même pas la peine de répondre à mes signes. Le seul endroit où j'aurais pu me faire servir à boire et reprendre des forces pour rentrer chez moi eût été un hôtel.

Mais dans la rue assez éloignée du centre où j'étais parvenu, tous, depuis que sur Paris les gothas lançaient leurs bombes, avaient fermé. Il en était de même de presque toutes les boutiques de commerçants, lesquels, faute d'employés ou eux-mêmes pris de peur, avaient fui à la campagne et laissé sur la porte un avertissement habituel écrit à la main et annonçant leur réouverture pour une époque éloignée et d'ailleurs problématique. Les autres établissements qui avaient pu survivre encore annonçaient de la même manière qu'ils n'ouvraient que deux fois par semaine. On sentait que la misère, l'abandon, la peur habitaient tout ce quartier. Je n'en fus que plus surpris de voir qu'entre ces maisons délaissées, il y en avait une où la vie, au contraire, semblant avoir vaincu l'effroi, la faillite, entretenait l'activité et la richesse. Derrière les volets clos de chaque fenêtre la lumière tamisée à cause des ordonnances de police décelait pourtant un insouci complet de l'économie. Et à tout instant la porte s'ouvrait pour laisser entrer ou sortir quelque visiteur nouveau. C'était un hôtel par qui la jalousie de tous les commerçants voisins (à cause de l'argent que ses propriétaires devaient gagner) devait être excitée ; et ma curiosité le fut aussi quand j'en vis sortir rapidement, à une quinzaine de mètres de moi, c'est-à-dire trop loin pour que dans l'obscurité profonde je pusse le distinguer, un officier.

Quelque chose[a] pourtant me frappa qui n'était pas sa figure que je ne voyais pas, ni son uniforme dissimulé dans une grande houppelande, mais la disproportion extraordinaire entre le nombre de points différents par où passa son corps et le petit nombre de secondes pendant lesquelles cette sortie, qui avait l'air de la sortie tentée par un assiégé, s'exécuta. De sorte que je pensai, si je ne le reconnus pas formellement — je ne dirai pas même à la tournure, ni à la sveltesse, ni à l'allure, ni à la vélocité de Saint-Loup — mais à l'espèce d'ubiquité qui lui était si spéciale. Le militaire capable d'occuper en si peu de temps tant de positions différentes dans l'espace avait disparu sans m'avoir aperçu dans une rue de traverse, et je restais à me demander si je devais ou non entrer dans cet hôtel dont l'apparence modeste me fit fortement douter que c'était Saint-Loup qui en était sorti.

Je me rappelai involontairement que Saint-Loup avait été injustement mêlé à une affaire d'espionnage parce qu'on avait trouvé son nom dans les lettres saisies sur un officier allemand. Pleine justice lui avait d'ailleurs été rendue par l'autorité militaire. Mais malgré moi je rapprochai ce souvenir de ce que je voyais. Cet hôtel servait-il de lieu de rendez-vous à des espions ? L'officier avait depuis un moment disparu quand je vis entrer de simples soldats de plusieurs armes, ce qui ajouta encore à la force de ma supposition. J'avais d'autre part extrêmement soif. Il était probable que je pourrais trouver à boire ici et j'en profitai pour tâcher d'assouvir, malgré l'inquiétude qui s'y mêlait, ma curiosité.

Je ne pense[a] donc pas que ce fut la curiosité de cette rencontre qui me décida à monter le petit escalier de quelques marches au bout duquel la porte d'une espèce de vestibule était ouverte, sans doute à cause de la chaleur. Je crus d'abord que cette curiosité, je ne pourrais la satisfaire car, de l'escalier où je restais dans l'ombre, je vis plusieurs personnes venir demander une chambre à qui on répondit qu'il n'y en avait plus une seule. Or elles n'avaient évidemment contre elles que de ne pas faire partie du nid d'espionnage, car un simple marin s'étant présenté un moment après, on se hâta de lui donner le n° 28. Je pus apercevoir sans être vu dans l'obscurité quelques militaires et deux ouvriers qui causaient tranquillement dans une petite pièce étouffée, prétentieusement ornée de portraits en couleurs de femmes découpés dans des magazines et des revues illustrées. Ces gens causaient tranquillement, en train d'exposer des idées patriotiques : « Qu'est-ce que tu veux, on fera comme les camarades », disait l'un. « Ah ! pour sûr que je pense bien ne pas être tué », répondait, à un vœu que je n'avais pas entendu, un autre qui, à ce que je compris, repartait le lendemain pour un poste dangereux. « Par exemple, à vingt-deux ans, en n'ayant encore fait que six mois, ce serait fort », criait-il avec un ton où perçait encore plus que le désir de vivre longtemps la conscience de raisonner juste, et comme si le fait de n'avoir que vingt-deux ans devait lui donner plus de chances de ne pas être tué, et que ce dût être une chose impossible qu'il le fût. « À Paris c'est épatant, disait un autre ; on ne dirait pas qu'il y a la guerre. Et toi, Julot, tu t'engages toujours ? — Pour sûr que je m'engage, j'ai envie d'aller y taper un peu dans le tas à tous ces sales Boches. — Mais Joffre, c'est un homme qui couche avec les femmes des ministres, c'est pas un homme qui a fait quelque chose. — C'est malheureux d'entendre des choses pareilles », dit un aviateur un peu plus âgé, et, se tournant vers l'ouvrier qui venait de faire entendre cette proposition : « Je vous conseillerais pas de causer comme ça en première ligne, les poilus vous auraient vite expédié. » La banalité de ces conversations ne me donnait pas grande envie d'en entendre davantage et j'allais entrer ou redescendre quand je fus tiré de mon indifférence en entendant ces phrases qui me firent frémir : « C'est épatant, le patron qui ne revient pas, dame, à cette heure-ci je ne sais pas trop où il trouvera des chaînes. — Mais puisque l'autre est déjà attaché. — Il est attaché, bien sûr, il est attaché et il ne l'est pas, moi je serais attaché comme ça que je pourrais me détacher. — Mais le cadenas est fermé. — C'est entendu qu'il est fermé, mais ça peut s'ouvrir à la rigueur. Ce qu'il y a, c'est que les chaînes ne sont pas assez longues. Tu vas pas m'expliquer à moi ce que c'est, j'y ai tapé dessus hier pendant toute la nuit que le sang m'en coulait sur les mains. — C'est toi qui taperas ce soir ? — Non, c'est pas moi. C'est Maurice. Mais ça sera moi dimanche, le patron me l'a promis. » Je compris maintenant pourquoi on avait eu besoin des bras solides du marin. Si on avait éloigné de paisibles bourgeois, ce n'était donc pas qu'un nid d'espions que cet hôtel. Un crime atroce allait y être consommé si on n'arrivait pas à temps pour le découvrir et faire arrêter les coupables. Tout cela pourtant, dans cette nuit paisible et menacée, gardait une apparence de rêve, de conte, et c'est à la fois avec une fierté de justicier et une volupté de poète que j'entrai délibérément dans l'hôtel.

Je touchai[a] légèrement mon chapeau et les personnes présentes, sans se déranger, répondirent plus ou moins poliment à mon salut. « Est-ce que vous pourriez me dire à qui il faut m'adresser ? Je voudrais avoir une chambre et qu'on m'y monte à boire. — Attendez une minute, le patron est sorti. — Mais il y a le chef là-haut, insinua un des causeurs. — Mais tu sais bien qu'on ne peut pas le déranger. — Croyez-vous qu'on me donnera une chambre ? — J' crois. — Le 43 doit être libre », dit le jeune homme qui était sûr de ne pas être tué parce qu'il avait vingt-deux ans. Et il se poussa légèrement sur le sofa pour me faire place. « Si on ouvrait un peu la fenêtre, il y a une fumée ici ! », dit l'aviateur ; et en effet chacun avait sa pipe ou sa cigarette. « Oui, mais alors fermez d'abord les volets, vous savez bien que c'est défendu d'avoir de la lumière à cause des zeppelins. — Il n'en viendra plus de zeppelins. Les journaux ont même fait allusion sur ce qu'ils avaient été tous descendus. — Il n'en viendra plus, il n'en viendra plus, qu'est-ce que tu en sais ? Quand tu auras comme moi quinze mois de front et que tu auras abattu ton cinquième avion boche, tu pourras en causer. Faut pas croire les journaux. Ils sont allés hier sur Compiègne, ils ont tué une mère de famille avec ses deux enfants. — Une mère de famille avec ses deux enfants ! » dit avec des yeux ardents et un air de profonde pitié le jeune homme qui espérait bien ne pas être tué et qui avait du reste une figure énergique, ouverte et des plus sympathiques. « On n'a pas de nouvelles du grand Julot. Sa marraine[a1] n'a pas reçu de lettre de lui depuis huit jours, et c'est la première fois qu'il reste si longtemps sans lui en donner. — Qui c'est, sa marraine ? — C'est la dame qui tient le chalet de nécessité un peu plus bas que l'Olympia. — Ils couchent ensemble ? — Qu'est-ce que tu dis là ? C'est une femme mariée, tout ce qu'il y a de sérieuse. Elle lui envoie de l'argent toutes les semaines parce qu'elle a bon cœur. Ah ! c'est une chic femme. — Alors tu le connais, le grand Julot ? — Si[b] je le connais ! » reprit avec chaleur le jeune homme de vingt-deux ans. « C'est un de mes meilleurs amis intimes. Il n'y en a pas beaucoup que j'estime comme lui, et bon camarade, toujours prêt à rendre service, ah ! tu parles que ce serait un rude malheur s'il lui était arrivé quelque chose. » Quelqu'un proposa une partie de dés et, à la hâte fébrile avec laquelle le jeune homme de vingt-deux ans retournait les dés et criait les résultats, les yeux hors de la tête, il était aisé de voir qu'il avait un tempérament de joueur. Je ne saisis pas bien ce que quelqu'un lui dit ensuite, mais il s'écria d'un ton de profonde pitié : « Julot, un maquereau ! C'est-à-dire qu'il dit qu'il est un maquereau. Mais il n'est pas foutu de l'être. Moi je l'ai vu payer sa femme, oui, la payer. C'est-à-dire que je ne dis pas que Jeanne l'Algérienne ne lui donnait pas quelque chose, mais elle ne lui donnait pas plus de cinq francs, une femme qui était en maison, qui gagnait plus de cinquante francs par jour. Se faire donner que cinq francs ! il faut qu'un homme soit trop bête. Et maintenant qu'elle est sur le front, elle a une vie dure, je veux bien, mais elle gagne ce qu'elle veut ; eh bien, elle ne lui envoie rien. Ah ! un maquereau, Julot ? Il y en a beaucoup qui pourraient se dire maquereaux à ce compte-là. Non seulement c'est pas un maquereau, mais à mon avis c'est même un imbécile. » Le plus vieux de la bande, et que le patron avait sans doute à cause de son âge chargé de lui faire garder une certaine tenue, n'entendit, étant allé un moment jusqu'aux cabinets, que la fin de la conversation. Mais il ne put s'empêcher de me regarder et parut visiblement contrarié de l'effet qu'elle avait dû produire sur moi. Sans s'adresser spécialement au jeune homme de vingt-deux ans qui venait pourtant d'exposer cette théorie de l'amour vénal, il dit, d'une façon générale : « Vous causez trop et trop fort, la fenêtre est ouverte, il y a des gens qui dorment à cette heure-ci. Vous savez bien que si le patron rentrait et vous entendait causer comme ça, il ne serait pas content. »

Précisément en ce moment on entendit la porte s'ouvrir et tout le monde se tut, croyant que c'était le patron, mais ce n'était qu'un chauffeur d'auto étranger auquel tout le monde fit grand accueil. Mais en voyant une chaîne de montre superbe qui s'étalait sur la veste du chauffeur, le jeune homme de vingt-deux ans lui lança un coup d'œil interrogatif et rieur, suivi d'un froncement de sourcil et d'un clignement d'œil sévère dirigé de mon côté. Et je compris que le premier regard voulait dire : « Qu'est-ce que c'est que ça, tu l'as volée ? Toutes mes félicitations. » Et le second : « Ne dis rien à cause de ce type que nous ne connaissons pas. » Tout d'un coup le patron entra, chargé de plusieurs mètres de grosses chaînes de fer capables d'attacher plusieurs forçats, suant, et dit : « J'en ai une charge, si vous n'étiez pas si fainéants, je ne devrais pas être obligé d'y aller moi-même. » Je lui dis que je demandais une chambre. « Pour quelques heures seulement, je n'ai pas trouvé de voiture et je suis un peu malade. Mais je voudrais qu'on me monte à boire. — Pierrot, va[a] à la cave chercher du cassis et dis qu'on mette en état le numéro 43. Voilà le 7 qui sonne encore. Ils disent qu'ils sont malades. Malades, je t'en fiche, c'est des gens à prendre de la coco, ils ont l'air à moitié piqués, il faut les foutre dehors. A-t-on mis une paire de draps au 22 ? Bon ! voilà le 7 qui sonne, cours-y voir. Allons, Maurice, qu'est-ce que tu fais là ? tu sais bien qu'on t'attend, monte au 14 *bis*. Et plus vite que ça. » Et Maurice sortit rapidement, suivant le patron qui, un peu ennuyé que j'eusse vu ses chaînes, disparut en les emportant. « Comment que tu viens si tard ? » demanda le jeune homme de vingt-deux ans au chauffeur. « Comment, si tard ? Je suis d'une heure en avance. Mais il fait trop chaud marcher. J'ai rendez-vous qu'à minuit. — Pour qui donc est-ce que tu viens ? — Pour Pamela la charmeuse », dit le chauffeur oriental dont le rire découvrit les belles dents blanches. « Ah ! » dit le jeune homme de vingt-deux ans.

Bientôt on me fit monter dans la chambre 43, mais l'atmosphère était si désagréable et ma curiosité si grande que, mon « cassis » bu, je redescendis l'escalier, puis, pris d'une autre idée, le remontai et, dépassant l'étage de la chambre 43, allai jusqu'en haut. Tout d'un coup, d'une chambre qui était isolée au bout d'un couloir me semblèrent venir des plaintes étouffées. Je marchai vivement dans cette direction et appliquai mon oreille à la porte. « Je vous en supplie, grâce, grâce, pitié, détachez-moi, ne me frappez pas si fort, disait une voix. Je vous baise les pieds, je m'humilie, je ne recommencerai pas. Ayez pitié. — Non, crapule, répondit une autre voix, et puisque tu gueules et que tu te traînes à genoux, on va t'attacher sur le lit, pas de pitié », et j'entendis le bruit du claquement d'un martinet probablement aiguisé de clous car il fut suivi de cris de douleur. Alors je m'aperçus qu'il y avait dans cette chambre un œil-de-bœuf latéral dont on avait oublié de tirer le rideau ; cheminant à pas de loup dans l'ombre, je me glissai jusqu'à cet œil-de-bœuf, et là, enchaîné sur un lit comme Prométhée sur son rocher[1], recevant les coups d'un martinet en effet planté de clous que lui infligeait Maurice, je vis, déjà tout en sang, et couvert d'ecchymoses qui prouvaient que le supplice n'avait pas lieu pour la première fois, je vis devant moi M. de Charlus.

Tout d'un coup la porte s'ouvrit et quelqu'un entra qui heureusement ne me vit pas, c'était Jupien. Il s'approcha du baron avec un air de respect et un sourire d'intelligence : « Eh bien, vous n'avez pas besoin de moi ? » Le baron pria Jupien de faire sortir un moment Maurice. Jupien le mit dehors avec la plus grande désinvolture. « On ne peut pas nous entendre ? » dit le baron à Jupien, qui lui affirma que non. Le baron savait que Jupien, intelligent comme un homme de lettres, n'avait aucunement l'esprit pratique, parlait toujours devant les intéressés avec des sous-entendus qui ne trompaient personne et des surnoms que tout le monde connaissait.

« Une seconde », interrompit Jupien, qui avait entendu une sonnette retentir à la chambre n° 3. C'était un député de l'Action libérale[1] qui sortait. Jupien n'avait pas besoin de voir le tableau car il connaissait son coup de sonnette, le député venant en effet tous les jours après déjeuner. Il avait été obligé ce jour-là de changer ses heures, car il avait marié sa fille à midi à Saint-Pierre-de-Chaillot. Il était donc venu le soir mais tenait à partir de bonne heure à cause de sa femme, vite inquiète quand il rentrait tard, surtout par ces temps de bombardement. Jupien tenait à accompagner sa sortie pour témoigner de la déférence qu'il portait à la qualité d'honorable[2], sans aucun intérêt personnel d'ailleurs. Car bien que ce député, qui répudiait les exagérations de *L'Action française*[3] (il eût d'ailleurs été incapable de comprendre une ligne de Charles Maurras ou de Léon Daudet), fût bien avec les ministres, flattés d'être invités à ses chasses, Jupien n'aurait pas osé lui demander le moindre appui dans ses démêlés avec la police. Il savait que, s'il s'était risqué à parler de cela au législateur fortuné et froussard, il n'aurait pas évité la plus inoffensive des « descentes », mais eût instantanément perdu le plus généreux de ses clients. Après avoir reconduit jusqu'à la porte le député, qui avait rabattu son chapeau sur ses yeux, relevé son col, et, glissant rapidement comme il faisait dans ses programmes électoraux, croyait cacher son visage, Jupien remonta près de M. de Charlus à qui il dit : « C'était monsieur Eugène. » Chez Jupien comme dans les maisons de santé, on n'appelait les gens que par leur prénom tout en ayant soin d'ajouter à l'oreille, pour satisfaire la curiosité de l'habitué, ou augmenter le prestige de la maison, leur nom véritable. Quelquefois cependant Jupien ignorait la personnalité vraie de ses clients, s'imaginait et disait que c'était tel boursier, tel noble, tel artiste, erreurs passagères et charmantes pour ceux qu'on nommait à tort, et finissait par se résigner à ignorer toujours qui était monsieur Victor. Jupien avait ainsi l'habitude pour plaire au baron de faire l'inverse de ce qui est de mise dans certaines réunions. « Je vais vous présenter M. Lebrun » (à l'oreille : « Il se fait appeler M. Lebrun mais en réalité c'est le grand-duc de Russie »). Inversement, Jupien sentait que ce n'était pas encore assez de présenter à M. de Charlus un garçon laitier. Il lui murmurait en clignant de l'œil : « Il est garçon laitier, mais au fond c'est surtout un des plus dangereux apaches de Belleville » (il fallait voir le ton grivois dont Jupien disait « apache »). Et comme si ces références ne suffisaient pas, il tâchait d'ajouter quelques « citations ». « Il a été condamné plusieurs fois pour vol et cambriolage de villas, il a été à Fresnes pour s'être battu (même air grivois) avec des passants qu'il a à moitié estropiés et il a été au bat' d'Af[1]. Il a tué son sergent. »

Le baron[a] en voulait même légèrement à Jupien car il savait que dans cette maison qu'il avait chargé son factotum d'acheter pour lui et de faire gérer par un sous-ordre, tout le monde, par les maladresses de l'oncle de Mlle d'Oloron, connaissait plus ou moins sa personnalité et son nom (beaucoup seulement croyaient que c'était un surnom et le prononçant mal l'avaient déformé, de sorte que la sauvegarde du baron avait été leur propre bêtise et non la discrétion de Jupien). Mais il trouvait plus simple de se laisser rassurer par ses assurances, et tranquillisé de savoir qu'on ne pouvait les entendre, le baron lui dit : « Je ne voulais pas parler devant ce petit, qui est très gentil et fait de son mieux. Mais je ne le trouve pas assez brutal. Sa figure me plaît, mais il m'appelle crapule comme si c'était une leçon apprise. — Oh ! non, personne ne lui a rien dit », répondit Jupien sans s'apercevoir de l'invraisemblance de cette assertion. « Il a du reste été compromis dans le meurtre d'une concierge de la Villette. — Ah ! cela c'est assez intéressant, dit avec un sourire le baron. — Mais j'ai justement là le tueur de bœufs, l'homme des abattoirs qui lui ressemble, il a passé par hasard. Voulez-vous en essayer ? — Ah oui, volontiers. » Je vis entrer l'homme des abattoirs, il ressemblait en effet un peu à Maurice mais, chose plus curieuse, tous deux avaient quelque chose d'un type, que personnellement je n'avais jamais dégagé, mais que je me rendis très bien compte exister dans la figure de Morel, avaient une certaine ressemblance sinon avec Morel tel que je l'avais vu, au moins avec un certain visage que des yeux voyant Morel autrement que moi, avaient pu composer avec ses traits. Dès que je me fus fait intérieurement, avec des traits empruntés à mes souvenirs de Morel, cette maquette de ce qu'il pouvait représenter à un autre, je me rendis compte que ces deux jeunes gens, dont l'un était un garçon bijoutier et l'autre un employé d'hôtel, étaient de vagues succédanés de Morel. Fallait-il[a] en conclure que M. de Charlus, au moins en une certaine forme de ses amours, était toujours fidèle à un même type et que le désir qui lui avait fait choisir l'un après l'autre ces deux jeunes gens était le même qui lui avait fait arrêter Morel sur le quai de la gare de Doncières ; que tous trois ressemblaient un peu à l'éphèbe dont la forme, intaillée dans le saphir qu'étaient les yeux de M. de Charlus, donnait à son regard ce quelque chose de si particulier qui m'avait effrayé le premier jour à Balbec ? Ou que, son amour pour Morel ayant modifié le type qu'il cherchait, pour se consoler de son absence il cherchait des hommes qui lui ressemblassent ? Une supposition que je fis aussi fut que peut-être il n'avait jamais existé entre Morel et lui malgré les apparences, que des relations d'amitié, et que M. de Charlus faisait venir chez Jupien des jeunes gens qui ressemblassent assez à Morel pour qu'il pût avoir auprès d'eux l'illusion de prendre du plaisir avec lui. Il est vrai qu'en songeant à tout ce que M. de Charlus a fait pour Morel, cette supposition eût semblé peu probable si l'on ne savait que l'amour nous pousse non seulement aux plus grands sacrifices pour l'être que nous aimons mais parfois jusqu'au sacrifice de notre désir lui-même, qui d'ailleurs est d'autant moins facilement exaucé que l'être que nous aimons sent que nous aimons davantage[1].

Ce qui enlève aussi à une telle supposition l'invraisemblance qu'elle semble avoir au premier abord (bien qu'elle ne corresponde sans doute pas à la réalité) est dans le tempérament nerveux, dans le caractère profondément passionné de M. de Charlus, pareil en cela à celui de Saint-Loup, et qui avait pu jouer au début de ses relations avec Morel le même rôle, en plus décent, et négatif, qu'au début des relations de son neveu avec Rachel. Les relations avec une femme qu'on aime (et cela peut s'étendre à l'amour pour un jeune homme) peuvent rester platoniques pour une autre raison que la vertu de la femme ou que la nature peu sensuelle de l'amour qu'elle inspire. Cette raison peut être que l'amoureux, trop impatient par l'excès même de son amour, ne sait pas attendre avec une feinte suffisante d'indifférence le moment où il obtiendra ce qu'il désire. Tout le temps il revient à la charge, il ne cesse d'écrire à celle qu'il aime, il cherche tout le temps à la voir, elle le lui refuse, il est désespéré. Dès lors elle a compris : si elle lui accorde sa compagnie, son amitié, ces biens paraîtront déjà tellement considérables à celui qui a cru en être privé, qu'elle peut se dispenser de donner davantage, et profiter d'un moment où il ne peut plus supporter de ne pas la voir, où il veut à tout prix terminer la guerre, en lui imposant une paix qui aura pour première condition le platonisme des relations. D'ailleurs, pendant tout le temps qui a précédé ce traité, l'amoureux tout le temps anxieux, sans cesse à l'affût d'une lettre, d'un regard, a cessé de penser à la possession physique dont le désir l'avait tourmenté d'abord mais qui s'est usé dans l'attente et a fait place à des besoins d'un autre ordre, plus douloureux d'ailleurs s'ils ne sont pas satisfaits. Alors le plaisir qu'on avait le premier jour espéré des caresses, on le reçoit plus tard, tout dénaturé sous la forme de paroles amicales, de promesses de présence qui, après les effets de l'incertitude, quelquefois simplement après un regard embrumé de tous les brouillards de la froideur et qui recule si loin la personne qu'on croit qu'on ne la reverra jamais, amènent de délicieuses détentes. Les femmes devinent tout cela et savent qu'elles peuvent s'offrir le luxe de ne se donner jamais à ceux dont elles sentent, s'ils ont été trop nerveux pour le leur cacher les premiers jours, l'inguérissable désir qu'ils ont d'elles. La femme est trop heureuse que, sans rien donner, elle reçoive beaucoup plus qu'elle n'a l'habitude quand elle se donne. Les grands nerveux croient ainsi à la vertu de leur idole. Et l'auréole qu'ils mettent autour d'elle est ainsi un produit, mais comme on voit fort indirect, de leur excessif amour. Il existe alors chez la femme ce qui existe à l'état inconscient chez les médicaments[a] à leur insu rusés, comme sont les soporifiques, la morphine. Ce n'est pas à ceux à qui ils donnent le plaisir du sommeil ou un véritable bien-être qu'ils sont absolument nécessaires, ce n'est pas par ceux-là qu'ils seraient achetés à prix d'or, échangés contre tout ce que le malade possède, c'est par ces autres malades (d'ailleurs peut-être les mêmes mais, à quelques années de distance, devenus autres) que le médicament ne fait pas dormir, à qui il ne cause aucune volupté, mais qui, tant qu'ils ne l'ont pas, sont en proie à une agitation qu'ils veulent faire cesser à tout prix, fût-ce en se donnant la mort.

Pour M. de Charlus, dont le cas, en somme, avec cette légère différenciation due à la similitude du sexe, rentre dans les lois générales de l'amour, il avait beau appartenir à une famille plus ancienne que les Capétiens, être riche, être vainement recherché par une société élégante, et Morel n'être rien, il aurait eu beau dire à Morel, comme il m'avait dit à moi-même : « Je suis prince, je veux votre bien », encore était-ce Morel qui avait le dessus s'il ne voulait pas se rendre. Et pour qu'il ne le voulût pas, il suffisait peut-être qu'il se sentît aimé. L'horreur que les grands ont pour les snobs qui veulent à toute force se lier avec eux, l'homme viril l'a pour l'inverti, la femme pour tout homme trop amoureux. M. de Charlus non seulement avait tous les avantages mais en eût proposé d'immenses à Morel. Mais il est possible que tout cela se fût brisé contre une volonté. Il en eût été dans ce cas de M. de Charlus comme de ces Allemands, auxquels il appartenait du reste par ses origines, et qui, dans la guerre qui se déroulait à ce moment, étaient bien, comme le baron le répétait un peu trop volontiers, vainqueurs sur tous les fronts. Mais à quoi leur servait leur victoire, puisque après chacune ils trouvaient les Alliés plus résolus à leur refuser la seule chose qu'eux, les Allemands, eussent souhaité d'obtenir, la paix et la réconciliation ? Ainsi Napoléon entrait en Russie et demandait magnanimement aux autorités de venir vers lui. Mais personne ne se présentait[1].

Je descendis[a] et rentrai dans la petite antichambre où Maurice, incertain si on le rappellerait et à qui Jupien avait à tout hasard dit d'attendre, était en train de faire une partie de cartes avec un de ses camarades. On était très agité d'une croix de guerre qui avait été trouvée par terre et on ne savait pas qui l'avait perdue, à qui la renvoyer pour éviter au titulaire une punition. Puis on parla de la bonté d'un officier qui s'était fait tuer pour tâcher de sauver son ordonnance. « Il y a tout de même du bon monde chez les riches. Moi je me ferais tuer avec plaisir pour un type comme ça », dit Maurice, qui évidemment n'accomplistait ses terribles fustigations sur le baron que par une habitude mécanique, les effets d'une éducation négligée, le besoin d'argent et un certain penchant à le gagner d'une façon qui était censée donner moins de mal que le travail et en donnait peut-être davantage. Mais, ainsi que l'avait craint M. de Charlus, c'était peut-être un très bon cœur et c'était, paraît-il, un garçon d'une admirable bravoure. Il avait presque les larmes aux yeux en parlant de la mort de cet officier et le jeune homme de vingt-deux ans n'était pas moins ému. « Ah ! oui, ce sont de chic types. Des malheureux comme nous encore, ça n'a pas grand-chose à perdre, mais un monsieur qui a des tas de larbins, qui peut aller prendre son apéro tous les jours à 6 heures, c'est vraiment chouette ! On peut charrier tant qu'on veut, mais quand on voit des types comme ça mourir, ça fait vraiment quelque chose. Le bon Dieu ne devrait pas permettre que des riches comme ça, ça meure, d'abord ils sont trop utiles à l'ouvrier. Rien qu'à cause d'une mort comme ça, faudra tuer tous les Boches jusqu'au dernier ; et ce qu'ils ont fait à Louvain[1], et couper des poignets de petits enfants[2] ! Non, je ne sais pas moi, je ne suis pas meilleur qu'un autre, mais je me laisserais envoyer des pruneaux[3] dans la gueule plutôt[a] que d'obéir à des barbares comme ça ; car c'est pas des hommes, c'est des vrais barbares, tu ne me diras pas le contraire. » Tous ces garçons étaient en somme patriotes. Un seul, légèrement blessé au bras, ne fut pas à la hauteur des autres, car il dit, comme il devait bientôt repartir : « Dame, ça n'a pas été la bonne blessure » (celle qui fait réformer), comme Mme Swann disait jadis : « J'ai trouvé le moyen d'attraper la fâcheuse influenza. »

La porte se rouvrit sur le chauffeur qui était allé un instant prendre l'air. « Comment, c'est déjà fini ? ça n'a pas été long », dit-il en apercevant Maurice qu'il croyait en train de frapper celui qu'on avait surnommé, par allusion à un journal qui paraissait à cette époque : *L'Homme enchaîné*[4]. « Ce n'est pas long pour toi qui es allé prendre l'air », répondit Maurice froissé qu'on vît qu'il avait déplu là-haut. « Mais si tu étais obligé de taper à tour de bras comme moi par cette chaleur ! Si c'était pas les cinquante francs qu'il donne. — Et puis, c'est un homme qui cause bien, on sent qu'il a de l'instruction. Dit-il que ce sera bientôt fini ? — Il dit qu'on ne pourra pas les avoir, que ça finira sans que personne ait le dessus. — Bon sang de bon sang, mais c'est donc un Boche... — Je vous ai déjà dit que vous causiez trop haut », dit le plus vieux aux autres en m'apercevant. « Vous avez fini avec la chambre ? — Ah ! ta gueule, tu n'es pas le maître ici. — Oui, j'ai fini, et je venais pour payer. — Il vaut mieux que vous payiez au patron. Maurice, va donc le chercher. — Mais je ne veux pas vous déranger. — Ça ne me dérange pas. » Maurice monta et revint en me disant : « Le patron descend. » Je lui donnai deux francs pour son dérangement. Il rougit de plaisir. « Ah ! merci bien. Je les enverrai à mon frère qui est prisonnier. Non, il n'est pas malheureux. Ça dépend beaucoup des camps. »

Pendant ce temps, deux clients très élégants, en habit et cravate blanche sous leurs pardessus — deux Russes, me sembla-t-il à leur très léger accent — se tenaient sur le seuil et délibéraient s'ils devaient entrer. C'était visiblement la première fois qu'ils venaient là, on avait dû leur indiquer l'endroit et ils semblaient partagés entre le désir, la tentation et une extrême frousse. L'un des deux — un beau jeune homme — répétait toutes les deux minutes à l'autre avec un sourire mi-interrogateur, mi-destiné à persuader : « Quoi ! Après tout on s'en fiche ? » Mais il avait beau vouloir dire par là qu'après tout on se fichait des conséquences, il est probable qu'il ne s'en fichait pas tant que cela car cette parole n'était suivie d'aucun mouvement pour entrer mais d'un nouveau regard vers l'autre, suivi du même sourire et du même *après tout on s'en fiche*. C'était, ce *après tout on s'en fiche*, un exemplaire entre mille de ce magnifique langage, si différent de celui que nous parlons d'habitude, et où l'émotion fait dévier ce que nous voulions dire et épanouir à la place une phrase tout autre, émergée d'un lac inconnu où vivent ces expressions sans rapport avec la pensée et qui par cela même la révèlent. Je me souviens qu'une fois Albertine, comme Françoise, que nous n'avions pas entendue, entrait au moment où mon amie était toute nue contre moi, dit malgré elle, voulant me prévenir : « Tiens, voilà la belle Françoise. » Françoise qui n'y voyait plus très clair et ne faisait que traverser la pièce assez loin de nous ne se fût sans doute aperçue de rien. Mais les mots si anormaux de « belle Françoise » qu'Albertine n'avait jamais prononcés de sa vie, montrèrent d'eux-mêmes leur origine, elle les sentit cueillis au hasard par l'émotion, n'eut pas besoin de regarder rien pour comprendre tout, et s'en alla en murmurant dans son patois le mot de « poutana ». Une autre fois, bien plus tard, quand Bloch devenu père de famille eut marié une de ses filles à un catholique, un monsieur mal élevé dit à celle-ci qu'il croyait avoir entendu dire qu'elle était fille d'un juif et lui en demanda le nom. La jeune femme, qui avait été Mlle Bloch depuis sa naissance, répondit, en prononçant à l'allemande comme eût fait le duc de Guermantes, « Bloch » (en prononçant le *ch* non pas comme un *c* ou un *k* mais avec le *ch* germanique).

Le patron, pour en revenir à la scène de l'hôtel (dans lequel les deux Russes s'étaient décidés à pénétrer : « après tout on s'en fiche »), n'était pas encore venu que Jupien entra se plaindre qu'on parlait trop fort et que les[a] voisins se plaindraient. Mais il s'arrêta stupéfait en m'apercevant. « Allez-vous en tous sur le carré[1]. » Déjà tous se levaient quand je lui dis : « Il serait plus simple que ces jeunes gens restent là et que j'aille avec vous un instant dehors. » Il me suivit, fort troublé. Je lui expliquai pourquoi j'étais venu. On entendait des clients qui demandaient au patron s'il ne pouvait pas leur faire connaître un valet de pied, un enfant de chœur, un chauffeur nègre. Toutes les professions intéressaient ces vieux fous, dans la troupe toutes les armes, et les Alliés de toutes nations. Quelques-uns réclamaient surtout des Canadiens, subissant peut-être à leur insu le charme d'un accent si léger qu'on ne sait pas si c'est celui de la vieille France ou de l'Angleterre. À cause de leur jupon et parce que certains rêves lacustres s'associent souvent à de tels désirs, les Écossais faisaient prime. Et, comme toute folie reçoit des circonstances des traits particuliers, sinon même une aggravation, un vieillard dont toutes les curiosités avaient sans doute été assouvies demandait avec insistance si on ne pourrait pas lui faire faire la connaissance d'un mutilé. On entendit des pas lents dans l'escalier. Par une indiscrétion qui était dans sa nature, Jupien ne put se retenir de me dire que c'était le baron qui descendait, qu'il ne fallait à aucun prix qu'il me vît, mais que si je voulais entrer dans la chambre contiguë au vestibule où étaient les jeunes gens, il allait ouvrir le vasistas, truc qu'il avait inventé pour que le baron pût voir et entendre sans être vu, et qu'il allait, me disait-il, retourner en ma faveur contre lui. « Seulement, ne bougez pas. » Et après m'avoir poussé dans le noir, il me quitta. D'ailleurs il n'avait pas d'autre chambre à me donner, son hôtel malgré la guerre étant plein. Celle que je venais de quitter avait été prise par le vicomte de Courvoisier qui, ayant pu quitter la

Croix-Rouge de X pour deux jours, était venu se délasser une heure à Paris avant d'aller retrouver au château de Courvoisier la vicomtesse, à qui il dirait n'avoir pas pu prendre le bon train. Il ne se doutait guère que M. de Charlus était à quelques mètres de lui, et celui-ci ne s'en doutait pas davantage, n'ayant jamais rencontré son cousin chez Jupien, lequel ignorait la personnalité soigneusement dissimulée du vicomte.

Bientôt[a] en effet le baron entra, marchant assez difficilement à cause des blessures dont il devait sans doute pourtant avoir l'habitude. Bien que son plaisir fût fini et qu'il n'entrât d'ailleurs que pour donner à Maurice l'argent qu'il lui devait, il dirigeait en cercle sur tous ces jeunes gens réunis un regard tendre et curieux et comptait bien avoir avec chacun le plaisir d'un bonjour tout platonique mais amoureusement prolongé. Je lui retrouvai de nouveau, dans toute la sémillante frivolité dont il fit preuve devant ce harem qui semblait presque l'intimider, ces hochements de taille et de tête, ces affinements du regard qui m'avaient frappé le soir de sa première entrée à La Raspelière, grâces héritées de quelque grand-mère que je n'avais pas connue et que dissimulaient dans l'ordinaire de la vie sur sa figure des expressions plus viriles, mais qu'y épanouissait coquettement, dans certaines circonstances où il tenait à plaire à un milieu inférieur, le désir de paraître grande dame.

Jupien les avait recommandés à la bienveillance du baron en lui jurant que c'étaient tous des « barbeaux[1] » de Belleville et qu'ils marcheraient avec leur propre sœur pour un louis. Au reste Jupien mentait et disait vrai à la fois. Meilleurs, plus sensibles qu'il ne disait au baron, ils n'appartenaient pas à une race sauvage. Mais ceux qui les croyaient tels leur parlaient néanmoins avec la plus entière bonne foi, comme si ces terribles eussent dû avoir la même. Un sadique a beau se croire avec un assassin, son âme pure, à lui sadique, n'est pas changée pour cela, et il reste stupéfait devant le mensonge de ces gens, pas assassins du tout, mais qui désirent gagner facilement une « thune[2] », et dont le père ou la mère ou la sœur ressuscitent et remeurent tour à tour, parce qu'ils se coupent dans la conversation qu'ils ont avec le client à qui ils cherchent à plaire. Le client est stupéfié, dans sa naïveté, son arbitraire conception du gigolo, car ravi des nombreux assassinats dont il le croit coupable, il s'effare d'une contradiction et d'un mensonge qu'il surprend dans ses paroles.

Tous[a] semblaient le connaître et M. de Charlus s'arrêtait longuement à chacun, leur parlant ce qu'il croyait leur langage, à la fois par une affectation prétentieuse de couleur locale et aussi par un plaisir sadique de se mêler à une vie crapuleuse. « Toi, c'est dégoûtant, je t'ai aperçu devant l'Olympia avec deux cartons[1]. C'est pour te faire donner du "pèze". Voilà comme tu me trompes. » Heureusement pour celui à qui s'adressait cette phrase, il n'eut pas le temps de déclarer qu'il n'eût jamais accepté de « pèze » d'une femme, ce qui eût diminué l'excitation de M. de Charlus, et réserva sa protestation pour la fin de la phrase en disant : « Oh ! non, je ne vous trompe pas. » Cette parole causa à M. de Charlus un vif plaisir, et comme malgré lui le genre d'intelligence qui était naturellement le sien ressortait d'à travers celui qu'il affectait, il se retourna vers Jupien : « Il est gentil de me dire ça. Et comme il le dit bien ! On dirait que c'est la vérité. Après tout, qu'est-ce que ça fait que ce soit la vérité ou non puisqu'il arrive à me le faire croire ? Quels jolis petits yeux il a ! Tiens, je vais te donner deux gros baisers pour la peine, mon petit gars. Tu penseras à moi dans les tranchées. C'est pas trop dur ? — Ah ! dame, il y a des jours, quand une grenade passe à côté de vous... » Et le jeune homme se mit à faire des imitations du bruit de la grenade, des avions, etc. « Mais il faut bien faire comme les autres, et vous pouvez être sûr et certain qu'on ira jusqu'au bout. — Jusqu'au bout ! Si on savait seulement jusqu'à quel bout ! » dit mélancoliquement le baron qui était « pessimiste ». « Vous n'avez pas vu que Sarah Bernhardt l'a dit sur les journaux : "La France, elle ira jusqu'au bout. Les Français, ils se feront plutôt tuer jusqu'au dernier[2]." » — Je ne doute pas un seul instant que les Français ne se fassent bravement tuer jusqu'au dernier », dit M. de Charlus comme si c'était la chose la plus simple du monde et bien qu'il n'eût lui-même l'intention de faire quoi que ce soit. Mais il voulait par là corriger l'impression de pacifisme qu'il donnait quand il s'oubliait. « Je n'en doute pas, mais je me demande jusqu'à quel point *madame* Sarah Bernhardt est qualifiée pour parler au nom de la France. Mais[b] il me semble que je ne connais pas ce charmant, ce délicieux jeune homme », ajouta-t-il en avisant un autre qu'il ne reconnaissait pas ou qu'il n'avait peut-être jamais vu. Il le salua comme il eût salué un prince à Versailles, et pour profiter de l'occasion d'avoir en supplément un plaisir gratis, comme quand j'étais petit et que ma mère venait de faire une commande chez Boissier ou chez Gouache[1], je prenais, sur l'offre d'une des dames du comptoir, un bonbon extrait d'un des vases de verre entre lesquels elles trônaient, prenant la main du charmant jeune homme et la lui serrant longuement, à la prussienne, le fixant des yeux en souriant pendant le temps interminable que mettaient autrefois à vous faire poser les photographes quand la lumière était mauvaise : « Monsieur, je suis charmé, je suis enchanté de faire votre connaissance. Il a de jolis cheveux », dit-il en se tournant vers Jupien. Il s'approcha ensuite de Maurice pour lui remettre ses cinquante francs, mais le prenant d'abord par la taille : « Tu ne m'avais jamais dit que tu avais suriné une pipelette de Belleville. » Et M. de Charlus râlait d'extase et approchait sa figure de celle de Maurice : « Oh ! monsieur le baron », dit le gigolo qu'on avait oublié de prévenir, « pouvez-vous croire une chose pareille ? » Soit[a] qu'en effet le fait fût faux, ou que, vrai, son auteur le trouvât pourtant abominable et de ceux qu'il convient de nier. « Moi toucher à mon semblable ? À un Boche, oui, parce que c'est la guerre, mais à une femme, et à une vieille femme encore ! » Cette déclaration de principes vertueux fit l'effet d'une douche d'eau froide sur le baron qui s'éloigna sèchement de Maurice en lui remettant toutefois son argent, mais de l'air dépité de quelqu'un qu'on a floué, qui ne veut pas faire d'histoires, qui paye, mais n'est pas content. La mauvaise impression du baron fut d'ailleurs accrue par la façon dont le bénéficiaire le remercia, car il dit : « Je vais envoyer ça à mes vieux et j'en garderai aussi un peu pour mon frangin qui est sur le front. » Ces sentiments touchants désappointèrent presque autant M. de Charlus que l'agaça leur expression, d'une paysannerie un peu conventionnelle. Jupien parfois les prévenait qu'il fallait être plus pervers. Alors l'un, de l'air de confesser quelque chose de satanique, aventurait : « Dites donc, baron, vous n'allez pas me croire, mais quand j'étais gosse, je regardais par le trou de la serrure mes parents s'embrasser. C'est vicieux, pas ? Vous avez l'air de croire que c'est un bourrage de crâne, mais non, je vous jure, tel que je vous le dis. » Et M. de Charlus était à la fois désespéré et exaspéré par cet effort factice vers la perversité qui n'aboutissait qu'à révéler tant de sottise et tant d'innocence. Et même le voleur, l'assassin le plus déterminés ne l'eussent pas contenté, car ils ne parlent pas leur crime[a] ; et il y a d'ailleurs chez le sadique — si bon qu'il puisse être, bien plus, d'autant meilleur qu'il est — une soif de mal que les méchants agissant dans d'autres buts ne peuvent contenter.

Le jeune homme eut beau, comprenant trop tard son erreur, dire qu'il ne blairait pas les flics et pousser l'audace jusqu'à dire au baron : « Fous-moi un rencart » (un rendez-vous), le charme était dissipé. On sentait le chiqué, comme dans les livres des auteurs qui s'efforcent pour parler argot. C'est en vain que le jeune homme détailla toutes les « saloperies » qu'il faisait avec sa femme. M. de Charlus fut seulement frappé combien ces saloperies se bornaient à peu de chose. Au reste, ce n'était pas seulement par insincérité. Rien n'est plus limité que le plaisir et le vice. On peut vraiment, dans ce sens-là, en changeant le sens de l'expression, dire qu'on tourne toujours dans le même cercle vicieux.

Si on croyait M. de Charlus prince, en revanche on regrettait beaucoup, dans l'établissement, la mort de quelqu'un dont les gigolos disaient : « Je ne sais pas son nom, il paraît que c'est un baron » et qui n'était autre que le prince de Foix (le père de l'ami de Saint-Loup). Passant chez sa femme pour vivre beaucoup au cercle, en réalité il passait des heures chez Jupien à bavarder, à raconter des histoires du monde devant des voyous. C'était un grand bel homme comme son fils. Il est extraordinaire que M. de Charlus, sans doute parce qu'il l'avait toujours connu dans le monde, ignorât qu'il partageait ses goûts. On allait même jusqu'à dire qu'il les avait autrefois portés jusque sur son propre fils, encore collégien (l'ami de Saint-Loup), ce qui était probablement faux. Au contraire, très renseigné sur des mœurs que beaucoup ignorent, il veillait beaucoup aux fréquentations de son fils. Un jour qu'un homme, d'ailleurs de basse extraction, avait suivi le jeune prince de Foix jusqu'à l'hôtel de son père où il avait jeté un billet par la fenêtre, le père l'avait ramassé.

Mais le suiveur, bien qu'il ne fût pas, aristocratiquement, du même monde que M. de Foix le père, l'était à un autre point de vue. Il n'eut pas de peine à trouver dans de communs complices un intermédiaire qui fit taire M. de Foix en lui prouvant que c'était le jeune homme qui avait provoqué lui-même cette audace d'un homme âgé. Et c'était possible. Car le prince de Foix avait pu réussir à préserver son fils des mauvaises fréquentations au dehors mais non de l'hérédité. Au reste le jeune prince de Foix resta, comme son père, ignoré à ce point de vue des gens de son monde, bien qu'il allât plus loin que personne avec ceux d'un autre.

« Comme il est simple ! jamais on ne dirait un baron », dirent quelques habitués quand M. de Charlus fut sorti, reconduit jusqu'en bas par Jupien, auquel le baron ne laissa pas de se plaindre de la vertu du jeune homme. À l'air mécontent de Jupien, qui avait dû styler le jeune homme d'avance, on sentit que le faux assassin recevrait tout à l'heure un fameux savon de Jupien. « C'est tout le contraire de ce que tu m'as dit », ajouta le baron pour que Jupien profitât de la leçon pour une autre fois. « Il a l'air d'une bonne nature, il exprime des sentiments de respect pour sa famille. — Il n'est pourtant pas bien avec son père, objecta Jupien, ils habitent ensemble, mais ils servent chacun dans un bar différent. » C'était évidemment faible comme crime auprès de l'assassinat, mais Jupien se trouvait pris au dépourvu. Le baron n'ajouta rien, car, s'il voulait qu'on préparât ses plaisirs, il voulait se donner à lui-même l'illusion que ceux-ci n'étaient pas préparés. « C'est un vrai bandit, il vous a dit cela pour vous tromper, vous êtes trop naïf », ajouta Jupien pour se disculper, et ne faisant que froisser l'amour-propre de M. de Charlus.

« Il paraît[a] qu'il a un million à manger par jour », dit le jeune homme de vingt-deux ans, auquel l'assertion qu'il émettait ne semblait pas invraisemblable. On entendit bientôt le roulement de la voiture qui était venue chercher M. de Charlus non loin de là. À ce moment[b] j'aperçus entrer avec une démarche lente, à côté d'un militaire q
évidemment sortait avec elle d'une chambre voisine,
personne qui me parut une dame assez âgée, en jupe n
Je reconnus bientôt mon erreur, c'était un prêtre. C
cette chose si rare, et en France absolument exceptio

croyez, je suis forcé d'avoir des locataires honnêtes, il est vrai qu'avec eux seuls on ne ferait que manger de l'argent. Ici c'est le contraire des carmels, c'est grâce au vice que vit la vertu[1]. Non, si j'ai pris cette maison, ou plutôt si je l'ai fait prendre au gérant que vous avez vu, c'est uniquement pour rendre service au baron et distraire ses vieux jours. » Jupien ne voulait pas parler que de scènes de sadisme comme celles auxquelles j'avais assisté et de l'exercice même du vice du baron. Celui-ci, même pour la conversation, pour lui tenir compagnie, pour jouer aux cartes, ne se plaisait plus qu'avec des gens du peuple qui l'exploitaient. Sans doute le snobisme de la canaille peut se comprendre aussi bien que l'autre. Ils avaient d'ailleurs été longtemps unis, alternant l'un avec l'autre, chez M. de Charlus qui ne trouvait personne d'assez élégant pour ses relations mondaines, ni de frisant assez l'apache pour les autres. « Je déteste le genre moyen, disait-il, la comédie bourgeoise est guindée, il me faut ou les princesses de la tragédie classique ou la grosse farce. Pas de milieu, *Phèdre* ou *Les Saltimbanques*[2]. » Mais enfin l'équilibre entre ces deux snobismes avait été rompu. Peut-être fatigue de vieillard, ou extension de la sensualité aux relations les plus banales, le baron ne vivait plus qu'avec des « inférieurs », prenant ainsi sans le vouloir la succession de tel de ses grands ancêtres, le duc de La Rochefoucauld, le prince d'Harcourt, le duc de Berry, que Saint-Simon nous montre passant leur vie avec leurs laquais, qui tiraient d'eux des sommes énormes, partageant leurs jeux, au point qu'on était gêné pour ces grands seigneurs, quand il fallait les aller voir, de les trouver installés familièrement à jouer aux cartes ou à boire avec leur domesticité[3]. « C'est surtout, ajouta Jupien, pour lui éviter des ennuis, parce que le baron, voyez-vous, c'est un grand enfant. Même maintenant où il a ici tout ce qu'il peut désirer, il va encore à l'aventure faire le vilain. Et généreux comme il est, ça pourrait souvent par le temps qui court avoir des conséquences. N'y a-t-il pas l'autre jour un chasseur d'hôtel qui mourait de peur à cause de tout l'argent que le baron lui offrait pour venir chez lui ? (Chez lui, quelle imprudence !) Ce garçon qui pourtant aime seulement les femmes a été rassuré quand il a compris ce qu'on voulait de lui. En entendant toutes ces promesses d'argent il avait pris le baron pour un espion. Et il s'est senti bien à l'aise quand il a vu qu'on ne lui demandait pas de livrer sa patrie, mais son corps, ce qui n'est peut-être pas plus moral, mais ce qui est moins dangereux et surtout plus facile. » Et en écoutant Jupien, je me disais : « Quel malheur que M. de Charlus ne soit pas romancier ou poète ! Non pas pour décrire ce qu'il verrait, mais le point où se trouve un Charlus par rapport au désir fait naître autour de lui les scandales, le force à prendre la vie sérieusement, à mettre des émotions dans le plaisir, l'empêche de s'arrêter, de s'immobiliser dans une vue ironique et extérieure des choses, rouvre sans cesse en lui un courant douloureux. Presque chaque fois qu'il adresse une déclaration, il essuie une avanie, s'il ne risque pas même la prison. » Ce n'est pas que l'éducation des enfants, c'est celle des poètes qui se fait à coups de gifles. Si M. de Charlus avait été romancier, la maison que lui avait aménagée Jupien, en réduisant dans de telles proportions les risques, du moins (car une descente de police était toujours à craindre) les risques à l'égard d'un individu des dispositions duquel, dans la rue, le baron n'eût pas été assuré, eût été pour lui un malheur. Mais M. de Charlus n'était en art qu'un dilettante, qui ne songeait pas à écrire et n'était pas doué pour cela.

« D'ailleurs, vous[a] avouerais-je, reprit Jupien, que je n'ai pas un grand scrupule à avoir ce genre de gains ? La chose elle-même qu'on fait ici, je ne peux plus vous cacher que je l'aime, qu'elle est le goût de ma vie. Or, est-il défendu de recevoir un salaire pour des choses qu'on ne juge pas coupables ? Vous êtes plus instruit que moi, et vous me direz sans doute que Socrate ne croyait pas pouvoir recevoir d'argent pour ses leçons[1]. Mais, de notre temps, les professeurs de philosophie ne pensent pas ainsi, ni les médecins, ni les peintres, ni les dramaturges, ni les directeurs de théâtre. Ne croyez pas que ce métier ne fait fréquenter que des canailles. Sans doute le directeur d'un établissement de ce genre, comme une grande cocotte, ne reçoit que des hommes, mais il reçoit des hommes marquants dans tous les genres et qui sont généralement, à situation égale, parmi les plus fins, les plus sensibles, les plus aimables de leur profession. Cette maison se transformerait vite, je vous l'assure, en un bureau d'esprit[2] et une agence de nouvelles. » Mais j'étais encore sous l'impression des coups que j'avais vu recevoir à M. de Charlus.

Et à vrai dire, quand on connaissait bien M. de Charlus, son orgueil, sa satiété des plaisirs mondains, ses caprices changés facilement en passions pour des hommes de dernier ordre et de la pire espèce, on peut très bien comprendre que la même grosse fortune qui, échue à un parvenu, l'eût charmé en lui permettant de marier sa fille à un duc et d'inviter des altesses à ses chasses, M. de Charlus était content de la posséder parce qu'elle lui permettait d'avoir ainsi la haute main sur un, peut-être sur plusieurs établissements où étaient en permanence des jeunes gens avec lesquels il se plaisait. Peut-être n'y eût-il eu même pas besoin de son vice pour cela. Il était l'héritier de tant de grands seigneurs, princes du sang ou ducs, dont Saint-Simon nous raconte qu'ils ne fréquentaient personne « qui se pût nommer » et passaient leur temps à jouer aux cartes avec les valets auxquels ils donnaient des sommes énormes !

« En attendant[a], dis-je à Jupien, cette maison est tout autre chose, plus qu'une maison de fous, puisque la folie des aliénés qui y habitent est mise en scène, reconstituée, visible. C'est un vrai pandemonium. J'avais cru comme le calife des *Mille et Une Nuits* arriver à point au secours d'un homme qu'on frappait, et c'est un autre conte des *Mille et Une Nuits* que j'ai vu réalisé devant moi, celui où une femme, transformée en chienne, se fait frapper volontairement pour retrouver sa forme première[1]. » Jupien[b] paraissait fort troublé par mes paroles, car il comprenait que j'avais vu frapper le baron. Il resta un moment silencieux, tandis que j'arrêtais un fiacre qui passait ; puis tout d'un coup, avec le joli esprit qui m'avait si souvent frappé chez cet homme qui s'était fait lui-même, quand il avait pour m'accueillir, Françoise ou moi, dans la cour de notre maison, de si gracieuses paroles : « Vous[c] parlez de bien des contes des *Mille et Une Nuits*, me dit-il. Mais j'en connais un qui n'est pas sans rapport avec le titre d'un livre que je crois avoir aperçu chez le baron » (il faisait allusion à une traduction de *Sésame et les lys* de Ruskin que j'avais envoyée à M. de Charlus[2]). « Si jamais vous étiez curieux, un soir, de voir, je ne dis pas quarante, mais une dizaine de voleurs, vous n'avez qu'à venir ici ; pour savoir si je suis là vous n'avez qu'à regarder la fenêtre de là-haut, je laisse une petite fente ouverte et éclairée, cela veut dire que je suis venu, qu'on peut entrer ; c'est mon Sésame à moi. Je dis seulement Sésame. Car pour les lys, si c'est eux que vous voulez, je vous conseille d'aller les chercher ailleurs[a]. » Et me saluant assez cavalièrement, car une clientèle aristocratique et une clique de jeunes gens qu'il menait comme un pirate, lui avaient donné une certaine familiarité, il allait prendre congé de moi, quand le bruit d'une détonation, une bombe que les sirènes n'avaient pas devancée fit qu'il me conseilla de rester un moment avec lui. Bientôt les tirs de barrage commencèrent, et si violents qu'on sentait que c'était tout auprès, juste au-dessus de nous, que l'avion allemand se tenait.

En un instant, les rues devinrent entièrement noires. Parfois seulement, un avion ennemi qui volait assez bas éclairait le point où il voulait jeter une bombe. Je ne retrouvais plus mon chemin. Je pensai à ce jour, en allant à La Raspelière, où j'avais rencontré, comme un dieu qui avait fait se cabrer mon cheval, un avion[1]. Je pensais que maintenant la rencontre serait différente et que le dieu du mal me tuerait. Je pressais le pas pour le fuir comme un voyageur poursuivi par le mascaret, je tournais en cercle dans les places noires, d'où je ne pouvais plus sortir[2]. Enfin les flammes d'un incendie m'éclairèrent et je pus retrouver mon chemin cependant que crépitaient sans arrêt les coups de canons. Mais ma pensée s'était détournée vers un autre objet. Je pensais à la maison de Jupien, peut-être réduite en cendres maintenant, car une bombe était tombée tout près de moi comme je venais seulement d'en sortir, cette maison sur laquelle M. de Charlus eût pu prophétiquement écrire « Sodoma » comme avait fait, avec non moins de prescience ou peut-être au début de l'éruption volcanique et de la catastrophe déjà commencée, l'habitant inconnu de Pompéi. Mais qu'importaient sirène et gothas à ceux qui étaient venus chercher leur plaisir ? Le cadre social, le cadre de la nature, qui entoure nos amours, nous n'y pensons presque pas. La tempête fait rage sur mer, le bateau tangue de tous côtés, du ciel se précipitent des avalanches tordues par le vent, et tout au plus accordons-nous une seconde d'attention, pour parer à la gêne qu'elle nous cause, à ce décor immense où nous sommes si peu de chose, et nous et le corps que nous essayons d'approcher. La sirène annonciatrice des bombes ne troublait pas plus les habitués de Jupien que n'eût fait un iceberg[3]. Bien plus, le danger physique menaçant les délivrait de la crainte dont ils étaient maladivement persécutés depuis longtemps. Or il est faux de croire que l'échelle des craintes correspond à celle des dangers qui les inspirent. On peut avoir peur de ne pas dormir et nullement d'un duel sérieux, d'un rat et pas d'un lion. Pendant quelques heures les agents de police ne s'occuperaient que de la vie des habitants, chose si peu importante, et ne risqueraient pas de les déshonorer. Plusieurs[a], plus que de retrouver leur liberté morale, furent tentés[b] par l'obscurité qui s'était soudain faite dans les rues. Quelques-uns même de ces Pompéiens sur qui pleuvait déjà le feu du ciel descendirent dans les couloirs du métro, noirs comme des catacombes. Ils savaient en effet n'y être pas seuls. Or l'obscurité qui baigne toute chose comme un élément nouveau a pour effet, irrésistiblement tentateur pour certaines personnes, de supprimer le premier stade du plaisir et de nous faire entrer de plain-pied dans un domaine de caresses où l'on n'accède d'habitude qu'après quelque temps. Que l'objet convoité soit en effet une femme ou un homme, même à supposer que l'abord soit simple, et inutiles les marivaudages qui s'éterniseraient dans un salon (du moins en plein jour), le soir (même dans une rue si faiblement éclairée qu'elle soit), il y a du moins un préambule où les yeux seuls mangent le blé en herbe, où la crainte des passants, de l'être recherché lui-même, empêchent de faire plus que de regarder, de parler. Dans l'obscurité, tout ce vieux jeu se trouve aboli, les mains, les lèvres, les corps peuvent entrer en jeu les premiers. Il reste l'excuse de l'obscurité même et des erreurs qu'elle engendre si l'on est mal reçu. Si on l'est bien, cette réponse immédiate du corps qui ne se retire pas, qui se rapproche, nous donne de celle (ou celui) à qui nous nous adressons silencieusement, une idée qu'elle est sans préjugés, pleine de vice, idée qui ajoute un surcroît au bonheur d'avoir pu mordre à même le fruit sans le convoiter des yeux et sans demander de permission. Cependant l'obscurité persiste ; plongés dans cet élément nouveau, les habitués de Jupien croyant avoir voyagé, être venus assister à un phénomène naturel comme un mascaret ou comme une éclipse, et goûter au lieu d'un plaisir tout préparé et sédentaire celui d'une rencontre fortuite dans l'inconnu, célébraient, aux grondements volcaniques des bombes, au pied d'un mauvais lieu pompéien, des rites secrets dans les ténèbres des catacombes.

Dans une même salle beaucoup d'hommes qui n'avaient pas voulu fuir s'étaient réunis. Ils ne se connaissaient pas entre eux, mais on voyait qu'ils étaient pourtant à peu près du même monde, riche et aristocratique. L'aspect de chacun avait quelque chose de répugnant qui devait être la non-résistance à des plaisirs dégradants. L'un, énorme, avait la figure couverte de taches rouges comme un ivrogne. J'appris qu'au début il ne l'était pas et prenait seulement son plaisir à faire boire des jeunes gens. Mais effrayé par l'idée d'être mobilisé (bien qu'il semblât avoir dépassé la cinquantaine), comme il était très gros, il s'était mis à boire sans arrêter pour tâcher de dépasser le poids de cent kilos, au-dessus duquel on était réformé. Et maintenant, ce calcul s'étant changé en passion, où qu'on le quittât, tant qu'on le surveillait, on le retrouvait chez un marchand de vins. Mais dès qu'il parla, je vis que médiocre d'ailleurs d'intelligence, c'était un homme de beaucoup de savoir, d'éducation et de culture. Un autre homme du grand monde, celui-là fort jeune et d'une extrême distinction physique, entra aussi. Chez lui, à vrai dire, il n'y avait encore aucun stigmate extérieur d'un vice mais, ce qui était plus troublant, d'intérieurs. Très grand, d'un visage charmant, son élocution décelait une tout autre intelligence que celle de son voisin l'alcoolique, et, sans exagérer, vraiment remarquable. Mais à tout ce qu'il disait était ajoutée une expression qui eût convenu à une phrase différente. Comme si, tout en possédant le trésor complet des expressions du visage humain, il eût vécu dans un autre monde, il mettait à jour ces expressions dans l'ordre qu'il ne fallait pas, il semblait effeuiller au hasard des sourires et des regards sans rapport avec le propos qu'il entendait. J'espère pour lui si comme il est certain il vit encore, qu'il était la proie, non d'une maladie durable mais d'une intoxication passagère. Il est probable que si l'on avait demandé leur carte de visite à tous ces hommes on eût été surpris de voir qu'ils appartenaient à une haute classe sociale. Mais quelque vice, et le plus grand de tous, le manque de volonté qui empêche de résister à aucun, les réunissait là, dans des chambres isolées il est vrai, mais chaque soir me dit-on, de sorte que si leur nom était connu des femmes du monde, celles-ci avaient peu à peu perdu de vue leur visage, et n'avaient plus jamais l'occasion de recevoir leur visite. Ils recevaient encore des invitations, mais l'habitude les ramenait au mauvais lieu composite. Ils s'en cachaient peu du reste, au contraire des petits chasseurs, ouvriers, etc. qui servaient à leur plaisir. Et en dehors de beaucoup de raisons que l'on devine, cela se comprend par celle-ci. Pour un employé d'industrie, pour un domestique, aller là c'était comme pour une femme qu'on croyait honnête, aller dans une maison de passe. Certains qui avouaient y être allés se défendaient d'y être plus jamais retournés et Jupien lui-même, mentant pour protéger leur réputation ou éviter des concurrences, affirmait : « Oh ! non, il ne vient pas chez moi, il ne voudrait pas *y* venir. » Pour des hommes du monde c'est moins grave, d'autant plus que les autres gens du monde qui n'*y* vont pas, ne savent pas ce que c'est et ne s'occupent pas de votre vie. Tandis que dans une maison d'aviation, si certains ajusteurs *y* sont allés, leurs camarades les espionnant, pour rien au monde ne voudraient *y* aller de peur que cela fût appris.

Tout en[a] me rapprochant de ma demeure, je songeais combien la conscience cesse vite de collaborer à nos habitudes, qu'elle laisse à leur développement sans plus s'occuper d'elles et combien dès lors nous pourrions être étonnés si nous constations simplement du dehors, et en supposant qu'elles engagent tout l'individu, les actions d'hommes[b] dont la valeur morale ou intellectuelle peut se développer indépendamment dans un sens tout différent. C'était évidemment un vice d'éducation, ou l'absence de toute éducation, joints à un penchant à gagner de l'argent de la façon sinon la moins pénible (car beaucoup de travaux devaient en fin de compte être plus doux, mais le malade par exemple ne se tisse-t-il pas avec des manies, des privations et des remèdes, une existence beaucoup plus pénible que ne la ferait la maladie souvent légère contre laquelle il croit ainsi lutter ?), du moins la moins laborieuse possible, qui avait amené ces « jeunes gens » à faire pour ainsi dire en toute innocence et pour un salaire médiocre, des choses qui ne leur causaient aucun plaisir et avaient dû leur inspirer au début une vive répugnance. On aurait pu les croire d'après cela foncièrement mauvais, mais ce ne furent pas seulement à la guerre des soldats merveilleux, d'incomparables « braves », ç'avaient été aussi souvent dans la vie civile de bons cœurs, sinon tout à fait de braves gens. Ils ne se rendaient plus compte depuis longtemps de ce que pouvait avoir de moral ou d'immoral la vie qu'ils menaient parce que c'était celle de leur entourage. Ainsi, quand nous étudions certaines périodes de l'histoire ancienne, nous sommes étonnés de voir des êtres individuellement bons participer sans scrupule à des assassinats en masse, à des sacrifices humains, qui leur semblaient probablement des choses naturelles.

Les peintures pompéiennes de la maison de Jupien convenaient d'ailleurs bien, en ce qu'elles rappelaient la fin de la Révolution française, à l'époque assez semblable au Directoire qui allait commencer. Déjà, anticipant sur la paix, se cachant dans l'obscurité pour ne pas enfreindre trop ouvertement les ordonnances de la police, partout des danses nouvelles s'organisaient, se déchaînaient toute la nuit[1]. À côté de cela certaines opinions artistiques, moins antigermaniques que pendant les premières années de la guerre[2], se donnaient cours pour rendre la respiration aux esprits étouffés, mais il fallait pour qu'on les osât présenter un brevet de civisme. Un professeur écrivait un livre remarquable sur Schiller[3] et on en rendait compte dans les journaux. Mais avant de parler de l'auteur du livre, on inscrivait comme un permis d'imprimer qu'il avait été à la Marne, à Verdun, qu'il avait eu cinq citations, deux fils tués. Alors on louait la clarté, la profondeur de son ouvrage sur Schiller qu'on pouvait qualifier de grand pourvu qu'on dit, au lieu de « ce grand Allemand », « ce grand Boche ». C'était le mot d'ordre pour l'article, et aussitôt on le laissait passer[a].

Notre époque sans doute, pour celui qui en lira l'histoire dans deux mille ans, ne semblera pas moins baigner certaines consciences tendres et pures dans un milieu vital qui apparaîtra alors comme monstrueusement pernicieux et dont elles s'accommodaient. D'autre part, je connaissais peu d'hommes, je peux même dire que je ne connaissais pas d'homme qui sous le rapport de l'intelligence et de la sensibilité fût aussi doué que Jupien ; car cet « acquis » délicieux qui faisait la trame spirituelle de ses propos ne lui venait d'aucune de ces instructions de collège, d'aucune de ces cultures d'université qui auraient pu faire de lui un homme si remarquable, quand tant de jeunes gens du monde ne tirent d'elles aucun profit. C'était son simple sens inné, son goût naturel, qui de rares lectures faites au hasard, sans guide, à des moments perdus, lui avaient fait composer ce parler si juste où toutes les symétries du langage se laissaient découvrir et montraient leur beauté. Or le métier qu'il faisait pouvait à bon droit passer, certes pour un des plus lucratifs, mais pour le dernier de tous. Quant à M. de Charlus, quelque dédain que son orgueil aristocratique eût pu lui donner pour le qu'en-dira-t-on, comment un certain sentiment de dignité personnelle et de respect de soi-même ne l'avait-il pas forcé à refuser à sa sensualité certaines satisfactions dans lesquelles il semble qu'on ne pourrait avoir comme excuse que la démence complète ? Mais chez lui comme chez Jupien, l'habitude de séparer la moralité de tout un ordre d'actions (ce qui du reste doit arriver aussi dans beaucoup de fonctions, quelquefois celle de juge, quelquefois celle d'homme d'État, et bien d'autres encore) devait être prise depuis si longtemps que l'habitude (sans plus jamais demander son opinion au sentiment moral) était allée en s'aggravant de jour en jour, jusqu'à celui où ce Prométhée consentant s'était fait clouer par la Force au rocher de la pure matière.

Sans doute je sentais bien que c'était là un nouveau stade de la maladie de M. de Charlus, laquelle depuis que je m'en étais aperçu, et à en juger par les diverses étapes que j'avais eues sous les yeux, avait poursuivi son évolution avec une vitesse croissante. Le pauvre baron ne devait pas être maintenant fort éloigné du terme, de la mort, si même celle-ci n'était pas précédée, selon les prédictions et les vœux de Mme Verdurin, par un emprisonnement qui à son âge ne pourrait d'ailleurs que hâter la mort. Pourtant j'ai peut-être inexactement dit : rocher de la pure matière. Dans cette pure matière il est possible qu'un peu d'esprit surnageât encore. Ce fou[a] savait bien, malgré tout, qu'il était la proie d'une folie et jouait tout de même, dans ces moments-là, puisqu'il savait bien que celui qui le battait n'était pas plus méchant que le petit garçon qui dans les jeux de bataille est désigné au sort pour faire le « Prussien », et sur lequel tout le monde se rue dans une ardeur de patriotisme vrai et de haine feinte. La proie d'une folie où entrait tout de même un peu de la personnalité de M. de Charlus. Même dans ces aberrations, la nature humaine (comme elle fait dans nos amours, dans nos voyages) trahit encore le besoin de croyance par des exigences de vérité. Françoise, quand je lui parlais d'une église de Milan — ville où elle n'irait probablement jamais — ou de la cathédrale de Reims — fût-ce même de celle d'Arras[1] ! — qu'elle ne pourrait voir puisqu'elles étaient plus ou moins détruites, enviait les riches qui peuvent s'offrir le spectacle de pareils trésors, et s'écriait avec un regret nostalgique : « Ah ! comme cela devait être beau ! », elle qui, habitant maintenant Paris depuis tant d'années, n'avait jamais eu la curiosité d'aller voir Notre-Dame[2]. C'est que Notre-Dame faisait précisément partie de Paris, de la ville où se déroulait la vie quotidienne de Françoise et où en conséquence il était difficile à notre vieille servante — comme il l'eût été à moi si l'étude de l'architecture n'avait pas corrigé en moi sur certains points les instincts de Combray — de situer les objets de ses songes. Dans les personnes que nous aimons, il y a, immanent à elles, un certain rêve que nous ne savons pas toujours discerner mais que nous poursuivons. C'était ma croyance en Bergotte, en Swann qui m'avait fait aimer Gilberte, ma croyance en Gilbert le Mauvais qui m'avait fait aimer Mme de Guermantes. Et quelle large étendue de mer avait été réservée dans mon amour même le plus douloureux, le plus jaloux, le plus individuel semblait-il, pour Albertine ! Du reste, à cause justement de cet individuel auquel on s'acharne, les amours pour les personnes sont déjà un peu des aberrations. (Et les maladies du corps elles-mêmes, du moins celles qui tiennent d'un peu près au système nerveux, ne sont-elles pas des espèces de goûts particuliers ou d'effrois particuliers contractés par nos organes, nos articulations, qui se trouvent ainsi avoir pris pour certains climats une horreur aussi inexplicable et aussi têtue que le penchant que certains hommes trahissent pour les femmes par exemple qui portent un lorgnon, ou pour les écuyères ? Ce désir que réveille chaque fois la vue d'une écuyère, qui dira jamais à quel rêve durable et inconscient il est lié, inconscient et aussi mystérieux que l'est par exemple pour quelqu'un qui avait souffert toute sa vie de crises d'asthme, l'influence d'une certaine ville, en apparence pareille aux autres, et où pour la première fois il respire librement ?)

Or les aberrations sont comme des amours où la tare maladive a tout recouvert, tout gagné. Même dans la plus folle, l'amour se reconnaît encore. L'insistance de M. de Charlus à demander qu'on lui passât aux pieds et aux mains des anneaux d'une solidité éprouvée, à réclamer la barre de justice[1], et à ce que me dit Jupien, des accessoires féroces qu'on avait la plus grande peine à se procurer même en s'adressant à des matelots — car ils servaient à infliger des supplices dont l'usage est aboli même là où la discipline est la plus rigoureuse, à bord des navires — au fond de tout cela il y avait chez M. de Charlus tout son rêve de virilité, attesté au besoin par des actes brutaux, et toute l'enluminure intérieure, invisible pour nous, mais dont il projetait ainsi quelques reflets, de croix de justice[2], de[a] tortures féodales, qui décorait son imagination moyenâgeuse. C'est dans le même sentiment que, chaque fois qu'il arrivait, il disait à Jupien : « Il n'y aura pas d'alerte ce soir au moins, car je me vois d'ici calciné par ce feu du ciel comme un habitant de Sodome. » Et il affectait de redouter les gothas, non qu'il en éprouvât l'ombre de peur, mais pour avoir le prétexte, dès que les sirènes retentissaient, de se précipiter dans les abris du métropolitain où il espérait quelque plaisir des frôlements dans la nuit, avec de vagues rêves de souterrains moyenâgeux et d'*in pace*. En somme[b] son désir d'être enchaîné, d'être frappé, trahissait, dans sa laideur, un rêve aussi poétique que, chez d'autres, le désir d'aller à Venise ou d'entretenir des danseuses. Et M. de Charlus tenait tellement à ce que ce rêve lui donnât l'illusion de la réalité, que Jupien dut vendre le lit de bois qui était dans la chambre 43 et le remplacer par un lit de fer qui allait mieux avec les chaînes.

Enfin la berloque[3] sonna comme j'arrivais à la maison. Le bruit des pompiers était commenté par un gamin. Je rencontrai Françoise remontant de la cave avec le maître d'hôtel. Elle me croyait mort. Elle me dit que Saint-Loup était passé, en s'excusant, pour voir[c] s'il n'avait pas, dans la visite qu'il m'avait faite le matin, laissé tomber sa croix de guerre[4]. Car il venait de s'apercevoir qu'il l'avait perdue et, devant rejoindre son corps le lendemain matin, avait voulu à tout hasard voir si ce n'était pas chez moi. Il avait cherché partout avec Françoise et n'avait rien trouvé. Françoise croyait qu'il avait dû la perdre avant de venir me voir, car, disait-elle, il lui semblait bien, elle aurait pu jurer qu'il ne l'avait pas quand elle l'avait vu. En quoi elle se trompait. Et voilà la valeur des témoignages et des souvenirs ! Du reste cela n'avait pas grande importance. Saint-Loup était aussi estimé de ses officiers qu'il était aimé de ses hommes, et la chose s'arrangerait aisément.

D'ailleurs je sentis tout de suite, à la façon peu enthousiaste dont ils parlèrent de lui, que Saint-Loup avait produit une médiocre impression sur Françoise et sur le maître d'hôtel. Sans doute tous les efforts que le fils du maître d'hôtel et le neveu de Françoise avaient faits pour s'embusquer, Saint-Loup avait fait en sens inverse et avec succès ces mêmes efforts pour être en plein danger. Mais cela, jugeant d'après eux-mêmes, Françoise et le maître d'hôtel ne pouvaient pas le croire. Ils étaient convaincus que les riches sont toujours mis à l'abri. Du reste, eussent-ils su la vérité relativement au courage héroïque de Robert, qu'elle ne les eût pas touchés. Il ne disait pas « Boches[1] », il leur avait fait l'éloge de la bravoure des Allemands, il n'attribuait pas à la trahison que nous n'eussions pas été vainqueurs dès le premier jour. Or c'est cela qu'ils eussent voulu entendre, c'est cela qui leur eût semblé le signe du courage. Aussi, bien qu'ils continuassent à chercher la croix de guerre, les trouvai-je froids au sujet de Robert. Moi qui me doutais où cette croix avait été oubliée (cependant si Saint-Loup s'était distrait ce soir-là de cette manière, ce n'était qu'en attendant, car repris du désir de revoir Morel, il avait usé de toutes ses relations militaires pour savoir dans quel corps Morel se trouvait, afin de l'aller voir et n'avait reçu jusqu'ici que des centaines de réponses contradictoires), je conseillai[a] à Françoise et au maître d'hôtel d'aller se coucher. Mais celui-ci n'était jamais pressé de quitter Françoise depuis que, grâce à la guerre, il avait trouvé un moyen, plus efficace encore que l'expulsion des sœurs[2] et l'affaire Dreyfus, de la torturer. Ce soir-là, et chaque fois que j'allai auprès d'eux pendant les quelques jours que je passai encore à Paris avant de partir pour une autre maison de santé, j'entendais le maître d'hôtel dire à Françoise épouvantée : « Ils ne se pressent pas, c'est entendu, ils attendent que la poire soit mûre, mais ce jour-là ils prendront Paris, et ce jour-là pas de pitié ! — Seigneur, Vierge Marie ! s'écriait Françoise, ça ne leur suffit pas d'avoir conquéri la pauvre Belgique. Elle a assez souffert, celle-là, au moment de son envahition. — La Belgique, Françoise, mais ce qu'ils ont fait en Belgique ne sera rien à côté ! » Et même, la guerre ayant jeté sur le marché de la conversation des gens du peuple une quantité de termes dont ils n'avaient fait la connaissance que par les yeux, par la lecture des journaux et dont en conséquence ils ignoraient la prononciation, le maître d'hôtel ajoutait : « Je ne peux pas comprendre comment que le monde est assez fou... Vous verrez ça, Françoise, ils préparent une nouvelle attaque d'une plus grande enverjure que toutes les autres. » M'étant insurgé, sinon au nom de la pitié pour Françoise et du bon sens stratégique, au moins de la grammaire, et ayant déclaré qu'il fallait prononcer « envergure », je n'y gagnai qu'à faire redire à Françoise la terrible phrase chaque fois que j'entrais à la cuisine, car le maître d'hôtel, presque autant que d'effrayer sa camarade, était heureux de montrer[a] à son maître que, bien qu'ancien jardinier de Combray et simple maître d'hôtel, tout de même bon Français selon la règle de Saint-André-des-Champs, il tenait de la Déclaration des droits de l'homme le droit de prononcer « enverjure » en toute indépendance, et de ne pas se laisser commander sur un point qui ne faisait pas partie de son service, et où par conséquent, depuis la Révolution, personne n'avait rien à lui dire puisqu'il était mon égal.

J'eus donc le chagrin de l'entendre parler à Françoise d'une opération de grande « enverjure » avec une insistance qui était destinée à me prouver que cette prononciation était l'effet non de l'ignorance, mais d'une volonté mûrement réfléchie. Il confondait le gouvernement, les journaux, dans un même « on » plein de méfiance, disant : « *On* nous parle des pertes des Boches, on ne nous parle pas des nôtres, il paraît qu'elles sont dix fois plus grandes. On nous dit qu'ils sont à bout de souffle, qu'ils n'ont plus rien à manger, moi je crois qu'ils en ont cent fois comme nous, à manger. Faut pas tout de même nous bourrer le crâne. S'ils n'avaient rien à manger, ils ne se battraient pas comme l'autre jour où ils nous ont tué cent mille jeunes gens de moins de vingt ans. » Il exagérait[b] ainsi à tout instant les triomphes des Allemands, comme il avait fait jadis ceux des radicaux ; il narrait en même temps leurs atrocités afin que ces triomphes fussent plus pénibles encore à Françoise, laquelle ne cessait plus de dire : « Ah ! Sainte Mère des anges ! Ah ! Marie Mère de Dieu ! », et parfois, pour lui être désagréable d'une autre manière, disait : « Du reste, nous ne valons pas plus cher qu'eux, ce que nous faisons en Grèce n'est pas plus beau que ce qu'ils ont fait en Belgique. Vous allez voir que nous allons mettre tout le monde contre nous et que nous serons obligés de nous battre avec toutes les nations », alors que c'était exactement le contraire. Les jours où les nouvelles étaient bonnes[a] il prenait sa revanche en assurant à Françoise que la guerre durerait trente-cinq ans et, en prévision d'une paix possible, assurait que celle-ci ne durerait pas plus de quelques mois et serait suivie de batailles auprès desquelles celles-ci ne seraient qu'un jeu d'enfant, et après lesquelles il ne resterait rien de la France.

La victoire des Alliés semblait, sinon rapprochée, du moins à peu près certaine, et il faut malheureusement avouer que le maître d'hôtel en était désolé. Car, ayant réduit la guerre « mondiale », comme tout le reste, à celle qu'il menait sourdement contre Françoise (qu'il aimait, du reste, malgré cela, comme on peut aimer la personne qu'on est content de faire rager tous les jours en la battant aux dominos), la victoire se réalisait à ses yeux sous les espèces de la première conversation où il aurait la souffrance d'entendre Françoise lui dire : « Enfin c'est fini, et il va falloir qu'ils nous donnent plus que nous ne leur avons donné en 70. » Il croyait du reste toujours que cette échéance fatale arrivait, car un patriotisme inconscient lui faisait croire, comme tous les Français victimes du même mirage que moi depuis que j'étais malade, que la victoire — comme ma guérison — était pour le lendemain. Il prenait les devants en annonçant à Françoise que cette victoire arriverait peut-être mais que son cœur en saignait, car la révolution la suivrait aussitôt, puis l'invasion. « Ah ! cette bon sang de guerre, les Boches seront les seuls à s'en relever vite, Françoise, ils y ont déjà gagné des centaines de milliards. Mais qu'ils nous crachent un sou à nous, quelle farce ! On le mettra peut-être sur les journaux », ajoutait-il par prudence et pour parer à tout événement, « pour calmer le peuple, comme on dit depuis trois ans que la guerre sera finie le lendemain. » Françoise était d'autant plus troublée de ces paroles qu'en effet, après avoir cru les optimistes plutôt que le maître d'hôtel, elle voyait que la guerre, qu'elle avait cru devoir finir en quinze jours malgré « l'envahition de la pauvre Belgique », durait toujours, qu'on n'avançait pas, phénomène de fixation des fronts dont elle comprenait mal le sens, et qu'enfin un des innombrables « filleuls » à qui elle donnait tout ce qu'elle gagnait chez nous lui racontait qu'on avait caché telle chose, telle autre. « Tout cela retombera sur l'ouvrier, concluait le maître d'hôtel. On vous prendra votre champ, Françoise. — Ah ! Seigneur Dieu ! » Mais à ces malheurs lointains, il en préférait de plus proches et dévorait les journaux dans l'espoir d'annoncer une défaite à Françoise. Il attendait les mauvaises nouvelles comme des œufs de Pâques, espérant que cela irait assez mal pour épouvanter Françoise, pas assez pour qu'il pût matériellement en souffrir. C'est ainsi qu'un raid de zeppelins l'eût enchanté pour voir Françoise se cacher dans les caves, et parce qu'il était persuadé que dans une ville aussi grande que Paris les bombes ne viendraient pas juste tomber sur notre maison.

Du reste Françoise commençait à être reprise par moments de son pacifisme de Combray. Elle avait presque des doutes sur les « atrocités allemandes ». « Au commencement de la guerre on nous disait que ces Allemands c'était des assassins, des brigands, de vrais bandits, des Bbboches... » (Si elle mettait plusieurs *b* à *Boches*, c'est que l'accusation que les Allemands fussent des assassins lui semblait après tout plausible, mais celle qu'ils fussent des Boches, presque invraisemblable à cause de son énormité. Seulement il était assez difficile de comprendre quel sens mystérieusement effroyable Françoise donnait au mot de « Boche » puisqu'il s'agissait du début de la guerre, et aussi à cause de l'air de doute avec lequel elle prononçait ce mot. Car le doute que les Allemands fussent des criminels pouvait être mal fondé en fait, mais ne renfermait pas en soi, au point de vue logique, de contradiction. Mais comment douter qu'ils fussent des Boches, puisque ce mot, dans la langue populaire, veut dire précisément Allemand ? Peut-être ne faisait-elle que répéter, en style indirect, les propos violents qu'elle avait entendus alors et dans lesquels une particulière énergie accentuait le mot *Boche*.) « J'ai cru tout cela, disait-elle, mais je me demande tout à l'heure si nous ne sommes pas aussi fripons comme eux. » Cette pensée blasphématoire avait été sournoisement préparée chez Françoise par le maître d'hôtel, lequel, voyant que sa camarade avait un certain penchant pour le roi Constantin de Grèce, n'avait cessé de le lui représenter comme privé par nous de nourriture jusqu'au jour où il céderait. Aussi l'abdication du souverain[1] avait-elle fortement ému Françoise, qui allait jusqu'à déclarer : « Nous ne valons pas mieux qu'eux. Si nous étions en Allemagne, nous en ferions autant. »

Je la vis peu, du reste, pendant ces quelques jours, car elle allait beaucoup chez[a] ces cousins dont Maman m'avait dit un jour : « Mais tu sais qu'ils sont plus riches que toi. » Or on avait vu cette chose si belle, qui fut si fréquente à cette époque-là dans tout le pays et qui témoignerait, s'il y avait un historien pour en perpétuer le souvenir, de la grandeur de la France, de sa grandeur d'âme, de sa grandeur selon Saint-André-des-Champs, et que ne révélèrent pas moins tant de civils survivants à l'arrière que les soldats tombés à la Marne. Un neveu de Françoise avait été tué à Berry-au-Bac[2] qui était aussi le neveu de ces cousins millionnaires de Françoise, anciens grands cafetiers retirés depuis longtemps après fortune faite. Il avait été tué, lui tout petit cafetier sans fortune qui parti à la mobilisation âgé de vingt-cinq ans avait laissé sa jeune femme seule pour tenir le petit bar qu'il croyait regagner quelques mois après. Il avait été tué. Et alors on avait vu ceci. Les cousins millionnaires de Françoise et qui n'étaient rien à la jeune femme, veuve de leur neveu, avaient quitté la campagne où ils étaient retirés depuis dix ans et s'étaient remis cafetiers, sans vouloir toucher un sou ; tous les matins à 6 heures, la femme millionnaire, une vraie dame, était habillée ainsi que « sa demoiselle », prêtes à aider leur nièce et cousine par alliance. Et depuis près de trois ans, elles rinçaient ainsi des verres et servaient des consommations depuis le matin jusqu'à 9 heures et demie du soir, sans un jour de repos. Dans ce livre où il n'y a pas un seul fait qui ne soit fictif, où il n'y a pas un seul personnage « à clefs », où tout a été inventé par moi selon les besoins de ma démonstration, je dois dire à la louange de mon pays que seuls les parents millionnaires de Françoise ayant quitté leur retraite pour aider leur nièce sans appui, que seuls ceux-là sont des gens réels, qui existent. Et persuadé que leur modestie ne s'en offensera pas, pour la raison qu'ils ne liront jamais ce livre, c'est avec un enfantin plaisir et une profonde émotion que, ne pouvant citer les noms de tant d'autres qui durent agir de même et par qui la France a survécu, je transcris ici leur nom véritable : ils s'appellent, d'un nom si français d'ailleurs, Larivière[3]. S'il y a eu quelques vilains embusqués comme l'impérieux jeune homme en smoking que j'avais vu chez Jupien et dont la seule préoccupation était de savoir s'il pourrait avoir Léon à 10 heures et demie « parce qu'il déjeunait en ville », ils sont rachetés par la foule innombrable de tous les Français de Saint-André-des-Champs, par tous les soldats sublimes auxquels j'égale les Larivière.

Le maître d'hôtel, pour attiser les inquiétudes de Françoise, lui montrait de vieilles *Lectures pour tous*[1] qu'il avait retrouvées et sur la couverture desquelles (ces numéros dataient d'avant la guerre) figurait la « famille impériale d'Allemagne ». « Voilà notre maître de demain », disait le maître d'hôtel à Françoise, en lui montrant « Guillaume ». Elle écarquillait les yeux, puis passait au personnage féminin placé à côté de lui et disait : « Voilà la Guillaumesse[2] ! » Quant à Françoise, sa haine pour les Allemands était extrême ; elle n'était tempérée que par celle que lui inspiraient nos ministres. Et je ne sais pas si elle souhaitait plus ardemment la mort d'Hindenburg ou de Clemenceau.

Mon départ[a] de Paris se trouva retardé par une nouvelle qui, par le chagrin qu'elle me causa, me rendit pour quelque temps incapable de me mettre en route. J'appris, en effet, la mort de Robert de Saint-Loup, tué le surlendemain de son retour au front, en protégeant la retraite de ses hommes. Jamais homme n'avait eu moins que lui la haine d'un peuple (et quant à l'empereur, pour des raisons particulières, et peut-être fausses, il pensait que Guillaume II avait plutôt cherché à empêcher la guerre qu'à la déchaîner). Pas de haine du germanisme non plus ; les derniers mots que j'avais entendus sortir de sa bouche, il y avait six jours, c'étaient ceux qui commencent un lied de Schumann et que sur mon escalier il me fredonnait, en allemand, si bien qu'à cause des voisins je l'avais fait taire[3]. Habitué par une bonne éducation suprême à émonder sa conduite de toute apologie, de toute invective, de toute phrase, il avait évité devant l'ennemi, comme au moment de la mobilisation, ce qui aurait pu assurer sa vie, par cet effacement de soi devant les autres que symbolisaient toutes ses manières, jusqu'à sa manière de fermer la portière de mon fiacre quand il me reconduisait, tête nue, chaque fois que je sortais de chez lui. Pendant[b] plusieurs jours je restai enfermé dans ma chambre, pensant à lui. Je me rappelais son arrivée, la première fois, à Balbec, quand, en lainages blanchâtres, avec ses yeux verdâtres et bougeants comme la mer, il avait traversé le hall attenant à la grande salle à manger dont les vitrages donnaient sur la mer[1]. Je me rappelais l'être si spécial qu'il m'avait paru être alors, l'être dont ç'avait été un si grand souhait de ma part d'être l'ami. Ce souhait s'était réalisé au-delà de ce que j'aurais jamais pu croire, sans me donner pourtant presque aucun plaisir alors, et ensuite je m'étais rendu compte de tous les grands mérites et d'autre chose aussi que cachait cette apparence élégante. Tout cela, le bon comme le mauvais, il l'avait donné sans compter, tous les jours, et le dernier en allant attaquer une tranchée, par générosité, par mise au service des autres de tout ce qu'il possédait, comme il avait un soir couru sur les canapés du restaurant pour ne pas me déranger[2]. Et l'avoir vu si peu en somme[3], en des sites si variés, dans des circonstances si diverses et séparées par tant d'intervalles, dans ce hall de Balbec, au café de Rivebelle[4], au quartier de cavalerie et aux dîners militaires de Doncières[5], au théâtre où il avait giflé un journaliste[6], chez la princesse de Guermantes[7], ne faisait que me donner de sa vie des tableaux plus frappants, plus nets, de sa mort un chagrin plus lucide, que l'on n'en a souvent pour des personnes aimées davantage mais fréquentées si continuellement que l'image que nous gardons d'elles n'est plus qu'une espèce de vague moyenne entre une infinité d'images insensiblement différentes, et aussi que notre affection rassasiée n'a pas, comme pour ceux que nous n'avons vus que pendant des moments limités, au cours de rencontres inachevées malgré eux et malgré nous, l'illusion de la possibilité d'une affection plus grande dont les circonstances seules nous auraient frustrés. Peu de jours après celui où je l'avais aperçu courant après son monocle, et l'imaginant alors si hautain, dans ce hall de Balbec, il y avait une autre forme vivante que j'avais vue pour la première fois sur la plage de Balbec et qui maintenant n'existait, non plus, qu'à l'état de souvenir, c'était Albertine, foulant le sable ce premier soir, indifférente à tous, et marine, comme une mouette[8]. Elle, je l'avais si vite aimée que pour pouvoir sortir avec elle tous les jours je n'étais jamais allé voir Saint-Loup, de Balbec. Et pourtant l'histoire de mes relations avec lui portait aussi le témoignage, qu'un temps, j'avais cessé d'aimer Albertine, puisque si j'étais allé m'installer quelque temps auprès de Robert, à Doncières, c'était dans le chagrin de voir que ne m'était pas rendu le sentiment que j'avais pour Mme de Guermantes[1]. Sa vie et celle d'Albertine, si tard connues de moi, toutes deux à Balbec, et si vite terminées, s'étaient croisées à peine ; c'était lui, me redisais-je en voyant que les navettes agiles des années tissent des fils entre ceux de nos souvenirs qui semblaient d'abord les plus indépendants, c'était lui que j'avais envoyé chez Mme Bontemps quand Albertine m'avait quitté[2]. Et puis il se trouvait que leurs deux vies avaient chacune un secret parallèle et que je n'avais pas soupçonné. Celui ee Saint-Loup me causait peut-être maintenant plus de tristesse que celui d'Albertine dont la vie m'était devenue si étrangère. Mais je ne pouvais me consoler que la sienne comme celle de Saint-Loup eussent été si courtes. Elle et lui me disaient souvent, en prenant soin de moi : « Vous qui êtes malade ». Et c'était eux qui étaient morts, eux dont je pouvais, séparées par un intervalle en somme si bref, mettre en regard l'image ultime, devant la tranchée, dans la rivière, de l'image première qui, même pour Albertine, ne valait plus pour moi que par son association avec celle du soleil couchant sur la mer.

Sa mort fut accueillie par Françoise avec plus de pitié que celle d'Albertine. Elle prit immédiatement son rôle de pleureuse et commenta la mémoire du mort de lamentations, de thrènes désespérés. Elle exhibait son chagrin et ne prenait un visage sec en détournant la tête que lorsque malgré moi je laissais voir le mien, qu'elle voulait avoir l'air de ne pas avoir vu. Car comme beaucoup de personnes nerveuses la nervosité des autres, trop semblable sans doute à la sienne, l'horripilait. Elle aimait maintenant à faire remarquer ses moindres torticolis, un étourdissement, qu'elle s'était cognée. Mais si je parlais d'un de mes maux, redevenue stoïque et grave, elle faisait semblant de n'avoir pas entendu.

« Pauvre marquis[a] », disait-elle, bien qu'elle ne pût s'empêcher de penser qu'il eût fait l'impossible pour ne pas partir et, une fois mobilisé, pour fuir devant le danger. « Pauvre dame », disait-elle en pensant à Mme de Marsantes, « qu'est-ce qu'elle a dû pleurer quand elle a appris la mort de son garçon ! Si encore elle avait pu le revoir, mais il vaut peut-être mieux qu'elle n'ait pas pu, parce qu'il avait le nez coupé en deux, il était tout dévisagé. » Et les yeux de Françoise se remplissaient de larmes, mais à travers lesquelles perçait la curiosité cruelle de la paysanne. Sans doute Françoise plaignait la douleur de Mme de Marsantes de tout son cœur, mais elle regrettait de ne pas connaître la forme que cette douleur avait prise et de ne pouvoir s'en donner le spectacle et l'affliction. Et comme elle aurait bien aimé pleurer et que je la visse pleurer, elle dit pour s'entraîner : « Ça m'a fait quelque chose ! » Sur moi aussi elle épiait les traces du chagrin avec une avidité qui me fit simuler une certaine sécheresse en parlant de Robert. Et plutôt sans doute par esprit d'imitation et parce qu'elle avait entendu dire cela, car il y a des clichés dans les offices aussi bien que dans les cénacles, elle répétait, non sans y mettre pourtant la satisfaction d'un pauvre : « Toutes ses richesses ne l'ont pas empêché de mourir comme un autre, et elles ne lui servent plus à rien. » Le maître d'hôtel profita de l'occasion pour dire à Françoise que sans doute c'était triste, mais que cela ne comptait guère auprès des millions d'hommes qui tombaient tous les jours malgré tous les efforts que faisait le gouvernement pour le cacher. Mais cette fois le maître d'hôtel ne réussit pas à augmenter la douleur de Françoise comme il avait cru. Car celle-ci lui répondit : « C'est vrai qu'ils meurent aussi pour la France, mais c'est des inconnus ; c'est toujours plus intéressant quand c'est des *genss* qu'on connaît. » Et Françoise, qui trouvait du plaisir à pleurer, ajouta encore : « Il faudra bien prendre garde de m'avertir si on cause de la mort du marquis sur le journal. »

Robert m'avait souvent dit avec tristesse, bien avant la guerre : « Oh ! ma vie, n'en parlons pas, je suis un homme condamné d'avance. » Faisait-il allusion au vice qu'il avait réussi jusqu'alors à cacher à tout le monde mais qu'il connaissait, et dont il s'exagérait peut-être la gravité, comme les enfants qui font pour la première fois l'amour, ou même avant cela cherchent seuls le plaisir, s'imaginent pareils à la plante qui ne peut disséminer son pollen sans mourir tout de suite après ? Peut-être cette exagération tenait-elle pour Saint-Loup comme pour les enfants, ainsi qu'à l'idée du péché avec laquelle on ne s'est pas encore familiarisé, à ce qu'une sensation toute nouvelle a une force presque terrible qui ira ensuite en s'atténuant. Ou bien avait-il, le justifiant au besoin par la mort de son père enlevé assez jeune, le pressentiment de sa fin prématurée ? Sans doute un tel pressentiment semble impossible. Pourtant la mort paraît assujettie à certaines lois. On dirait souvent, par exemple, que les êtres nés de parents qui sont morts très vieux ou très jeunes sont presque forcés de disparaître au même âge, les premiers traînant jusqu'à la centième année des chagrins et des maladies incurables, les autres, malgré une existence heureuse et hygiénique, emportés à la date inévitable et prématurée par un mal si opportun et si accidentel (quelques racines profondes qu'il puisse avoir dans le tempérament) qu'il semble seulement la formalité nécessaire à la réalisation de la mort. Et ne serait-il pas possible que la mort accidentelle elle-même — comme celle de Saint-Loup, liée d'ailleurs à son caractère de plus de façons peut-être que je n'ai cru devoir le dire — fût, elle aussi, inscrite d'avance, connue seulement des dieux, invisible aux hommes, mais révélée par une tristesse à demi inconsciente, à demi consciente (et même, dans cette dernière mesure, exprimée aux autres avec cette sincérité complète qu'on met à annoncer des malheurs auxquels on croit dans son for intérieur échapper et qui pourtant arriveront), particulière à celui qui la porte et l'aperçoit sans cesse, en lui-même, comme une devise, une date fatale ?

Il avait dû être bien beau en ces dernières heures. Lui qui toujours dans cette vie avait semblé, même assis, même marchant dans un salon, contenir l'élan d'une charge, en dissimulant d'un sourire la volonté indomptable qu'il y avait dans sa tête triangulaire, enfin il avait chargé. Débarrassée de ses livres, la tourelle féodale était redevenue militaire. Et ce Guermantes était mort plus lui-même, ou plutôt plus de sa race, en laquelle il se fondait, en laquelle il n'était plus qu'un Guermantes, comme ce fut symboliquement visible à son enterrement dans l'église Saint-Hilaire de Combray, toute tendue de tentures noires où se détachait en rouge, sous la couronne fermée, sans initiales de prénoms ni titres, le G du Guermantes que par la mort il était redevenu[1].

Même avant d'aller à cet enterrement, qui n'eut pas lieu tout de suite, j'écrivis à Gilberte. J'aurais peut-être dû écrire à la duchesse de Guermantes, je me disais qu'elle accueillerait la mort de Robert avec la même indifférence que je lui avais vu manifester pour celle de tant d'autres qui avaient semblé tenir si étroitement à sa vie, et que peut-être même, avec son tour d'esprit Guermantes, elle chercherait à montrer qu'elle n'avait pas la superstition des liens du sang. J'étais trop souffrant pour écrire à tout le monde. J'avais cru autrefois qu'elle et Robert s'aimaient bien dans le sens où l'on dit cela dans le monde, c'est-à-dire que l'un auprès de l'autre ils se disaient des choses tendres qu'ils ressentaient à ce moment-là[a]. Mais loin d'elle il n'hésitait pas à la déclarer idiote, et si elle éprouvait parfois à le voir un plaisir égoïste, je l'avais vue incapable de se donner la plus petite peine, d'user si légèrement que ce fût de son crédit pour lui rendre un service, même pour lui éviter un malheur. La méchanceté dont elle avait fait preuve à son égard, en refusant de le recommander au général de Saint-Joseph, quand Robert allait repartir pour le Maroc[1], prouvait que le dévouement qu'elle lui avait montré à l'occasion de son mariage n'était qu'une sorte de compensation qui ne lui coûtait guère. Aussi fus-je bien étonné d'apprendre, comme elle était souffrante au moment où Robert fut tué, qu'on s'était cru obligé de lui cacher pendant plusieurs jours, sous les plus fallacieux prétextes, les journaux qui lui eussent appris cette mort, afin de lui éviter le choc qu'elle en ressentirait. Mais ma surprise augmenta quand j'appris qu'après qu'on eût été obligé enfin de lui dire la vérité, la duchesse pleura toute une journée, tomba malade, et mit longtemps — plus d'une semaine, c'était longtemps pour elle — à se consoler. Quand j'appris ce chagrin j'en fus touché. Il fit que tout le monde put dire, et que je peux assurer, qu'il existait entre eux une grande amitié. Mais en me rappelant combien de petites médisances, de mauvaise volonté à se rendre service celle-là avait enfermées, je pense au peu de chose que c'est qu'une grande amitié dans le monde.

D'ailleurs un peu plus tard, dans une circonstance plus importante historiquement, si elle touchait moins mon cœur, Mme de Guermantes se montra à mon avis sous un jour encore plus favorable. Elle qui, jeune fille, avait fait preuve de tant d'impertinente audace, si l'on s'en souvient[2], à l'égard de la famille impériale de Russie, et qui, mariée, leur avait toujours parlé avec une liberté qui la faisait parfois accuser de manque de tact, fut peut-être seule, après la révolution russe, à faire preuve à l'égard des grandes-duchesses et des grands-ducs d'un dévouement sans bornes. Elle avait, l'année même qui avait précédé la guerre, considérablement agacé la grande-duchesse Wladimir en appelant toujours la comtesse de Hohenfelsen, femme morganatique du grand-duc Paul, « la grande-duchesse Paul ». Il n'empêche que la révolution russe n'eut pas plutôt éclaté que notre ambassadeur à Pétersbourg, M. Paléologue (« Paléo » pour le monde diplomatique, qui a ses abréviations prétendues spirituelles comme l'autre), fut harcelé des dépêches de la duchesse de Guermantes, qui voulait avoir des nouvelles de la grande-duchesse Marie Pavlovna. Et pendant longtemps les seules marques de sympathie et de respect que reçut sans cesse cette princesse lui vinrent exclusivement de Mme de Guermantes[1].

Saint-Loup causa, sinon par sa mort, du moins par ce qu'il avait fait dans les semaines qui l'avaient précédée, des chagrins plus grands que celui de la duchesse. En effet, le lendemain même du soir où je l'avais vu, et deux jours après que Charlus avait dit à Morel : « Je me vengerai[2] », les démarches que Saint-Loup avait faites pour retrouver Morel avaient abouti. C'est-à-dire qu'elles avaient abouti à ce que le général sous les ordres de qui aurait dû être Morel s'était rendu compte qu'il était déserteur, l'avait fait rechercher et arrêter et, pour s'excuser auprès de Saint-Loup du châtiment qu'allait subir quelqu'un à qui il s'intéressait, avait écrit à Saint-Loup pour l'en avertir. Morel ne douta pas que son arrestation n'eût été provoquée par la rancune de M. de Charlus. Il se rappela les paroles : « Je me vengerai », pensa que c'était là cette vengeance, et demanda à faire des révélations. « Sans doute, déclara-t-il, j'ai déserté. Mais si j'ai été conduit sur le mauvais chemin, est-ce tout à fait ma faute ? » Il raconta sur M. de Charlus et sur M. d'Argencourt, avec lequel il s'était brouillé aussi, des histoires ne le touchant pas à vrai dire directement, mais que ceux-ci, avec la double expansion des amants et des invertis, lui avaient racontées, ce qui fit arrêter à la fois M. de Charlus et M. d'Argencourt. Cette arrestation causa peut-être moins de douleur à tous deux que d'apprendre à chacun, qui l'ignorait, que l'autre était son rival et l'instruction révéla qu'ils en avaient énormément d'obscurs, de quotidiens, ramassés dans la rue. Ils furent bientôt relâchés, d'ailleurs. Morel le fut aussi parce que la lettre écrite à Saint-Loup par le général lui fut renvoyée avec cette mention : « Décédé, mort au champ d'honneur. » Le général voulut faire pour le défunt que Morel fût simplement envoyé sur le front, il s'y conduisit bravement, échappa à tous les dangers et revint, la guerre finie, avec la croix que M. de Charlus avait jadis vainement sollicitée pour lui et que lui valut indirectement la mort de Saint-Loup.

J'ai souvent pensé depuis, en me rappelant cette croix de guerre égarée chez Jupien, que si Saint-Loup avait survécu il eût pu facilement se faire élire député dans les élections qui suivirent la guerre, l'écume de niaiserie et le rayonnement de gloire qu'elle laissa après elle, et où si un doigt de moins, abolissant des siècles de préjugés, permettait d'entrer par un brillant mariage dans une famille aristocratique, la croix de guerre, eût-elle été gagnée dans les bureaux, suffisait pour entrer, dans une élection triomphale, à la Chambre des députés, presque à l'Académie française[1]. L'élection de Saint-Loup, à cause de sa « sainte » famille, eût fait verser à M. Arthur Meyer des flots de larmes et d'encre[2]. Mais peut-être aimait-il trop sincèrement le peuple pour arriver à conquérir les suffrages du peuple, lequel pourtant lui aurait sans doute, en faveur de ses quartiers de noblesse, pardonné ses idées démocratiques. Saint-Loup les eût exposées sans doute avec succès devant une chambre d'aviateurs[3]. Certes ces héros l'auraient compris, ainsi que quelques très rares hauts esprits. Mais, grâce à l'enfarinement du Bloc national, on avait aussi repêché les vieilles canailles de la politique, qui sont toujours réélues[4]. Celles qui ne purent entrer dans une chambre d'aviateurs quémandèrent, au moins pour entrer à l'Académie française, les suffrages des maréchaux, d'un président de la République, d'un président de la Chambre, etc. Elles n'eussent pas été favorables à Saint-Loup, mais l'étaient à un autre habitué de Jupien, le député de l'Action libérale, qui fut réélu sans concurrent. Il ne quittait pas l'uniforme d'officier de territoriale, bien que la guerre fût finie depuis longtemps. Son élection fut saluée avec joie par tous les journaux qui avaient fait l'« union » sur son nom, par les dames nobles et riches qui ne portaient plus que des guenilles par un sentiment de convenances et la peur des impôts, tandis que les hommes de la Bourse achetaient sans arrêter des diamants, non pour leurs femmes mais parce qu'ayant perdu toute confiance dans le crédit d'aucun peuple, ils se réfugiaient vers cette richesse palpable, et faisaient ainsi monter la de Beers de mille francs[1]. Tant de niaiserie agaçait un peu, mais on en voulut moins au bloc national quand on vit tout d'un coup les victimes du bolchevisme, des grandes-duchesses en haillons, dont on avait assassiné les maris dans une brouette, les fils en jetant des pierres dessus après les avoir laissés sans manger, fait travailler au milieu des huées, jetés dans des puits parce qu'on croyait qu'ils avaient la peste et pouvaient la communiquer. Ceux qui étaient arrivés à s'enfuir reparurent tout à coup[2]...

★

La nouvelle maison[a] de santé dans laquelle je me retirai ne me guérit pas plus que la première ; et beaucoup d'années passèrent avant que je la quittasse. Durant le trajet en chemin de fer que je fis pour rentrer enfin à Paris, la pensée de mon absence de dons littéraires, que j'avais cru découvrir jadis du côté de Guermantes, que j'avais reconnue avec plus de tristesse encore dans mes promenades quotidiennes avec[b] Gilberte avant de rentrer dîner, fort avant dans la nuit, à Tansonville, et qu'à la veille de quitter cette propriété j'avais à peu près identifiée, en lisant quelques pages du journal des Goncourt, à la vanité, au mensonge de la littérature, cette pensée, moins douloureuse peut-être, plus morne encore, si je lui donnais comme objet non une infirmité à moi particulière, mais l'inexistence de l'idéal auquel j'avais cru, cette pensée qui ne m'était pas depuis bien longtemps revenue à l'esprit, me frappa de nouveau et avec une force plus lamentable que jamais. C'était, je me le rappelle, à un arrêt du train en pleine campagne[3]. Le soleil éclairait jusqu'à la moitié de leur tronc une ligne d'arbres qui suivait la voie du chemin de fer. « Arbres, pensai-je, vous n'avez plus rien à me dire, mon cœur refroidi ne vous entend plus. Je suis pourtant ici en pleine nature, eh bien, c'est avec froideur, avec ennui que mes yeux constatent la ligne qui sépare votre front lumineux de votre tronc d'ombre. Si j'ai jamais pu me croire poète, je sais maintenant que je ne le suis pas. Peut-être dans la nouvelle partie de ma vie, si desséchée, qui s'ouvre, les hommes pourraient-ils m'inspirer ce que ne me dit plus la nature[1]. Mais les années où j'aurais peut-être été capable de la chanter ne reviendront jamais. » Mais en me donnant cette consolation d'une observation humaine possible venant prendre la place d'une inspiration impossible, je savais que je cherchais seulement à me donner une consolation, et que je savais moi-même sans valeur. Si j'avais vraiment une âme d'artiste, quel plaisir n'éprouverais-je pas devant ce rideau d'arbres éclairé par le soleil couchant, devant ces petites fleurs du talus qui se haussent presque jusqu'au marchepied du wagon, dont je pourrais compter les pétales, et dont je me garderais bien de décrire la couleur comme feraient tant de bons lettrés, car peut-on espérer transmettre au lecteur un plaisir qu'on n'a pas ressenti ?

Un peu plus tard j'avais vu avec la même indifférence les lentilles d'or et d'orange dont il criblait les fenêtres d'une maison ; et enfin, comme l'heure avait avancé, j'avais vu une autre maison qui semblait construite en une substance d'un rose assez étrange. Mais j'avais fait ces diverses constatations avec la même absolue indifférence que si, me promenant dans un jardin avec une dame, j'avais vu une feuille de verre et un peu plus loin un objet d'une matière analogue à l'albâtre dont la couleur inaccoutumée ne m'aurait pas tiré du plus languissant ennui, mais si, par politesse pour la dame, pour dire quelque chose et aussi pour montrer que j'avais remarqué cette couleur, j'avais désigné en passant le verre coloré et le morceau de stuc. De la même manière, par acquit de conscience, je me signalais à moi-même comme à quelqu'un qui m'eût accompagné et qui eût été capable d'en tirer plus de plaisir que moi, les reflets de feu dans les vitres et la transparence rose de la maison. Mais le compagnon à qui j'avais fait constater ces effets curieux était d'une nature moins enthousiaste sans doute que beaucoup de gens bien disposés qu'une telle vue ravit, car il avait pris connaissance de ces couleurs sans aucune espèce d'allégresse.

Ma longue[a] absence de Paris n'avait pas empêché d'anciens amis de continuer, comme mon nom restait sur leurs listes, à m'envoyer fidèlement des invitations, et quand j'en trouvai, en rentrant, avec une pour un goûter donné par la Berma en l'honneur de sa fille et de son gendre, une autre pour une matinée qui devait avoir lieu[b] le lendemain chez le prince de Guermantes, les tristes réflexions que j'avais faites dans le train ne furent pas un des moindres motifs qui me conseillèrent de m'y rendre. Ce n'est vraiment pas la peine de me priver de mener la vie de l'homme du monde, m'étais-je dit, puisque le fameux « travail » auquel depuis si longtemps j'espère chaque jour me mettre le lendemain, je ne suis pas, ou plus, fait pour lui, et que peut-être même il ne correspond à aucune réalité. À vrai dire cette raison était toute négative et ôtait simplement leur valeur à celles qui auraient pu me détourner de ce concert mondain. Mais celle qui m'y fit aller fut ce nom de Guermantes[1], depuis assez longtemps sorti de mon esprit pour que, lu sur la carte d'invitation, il réveillât un rayon de mon attention qui alla prélever au fond de ma mémoire une coupe de leur passé accompagné de toutes les images de forêt domaniale ou de hautes fleurs qui l'escortaient alors, et pour qu'il reprît pour moi le charme et la signification que je lui trouvais à Combray quand passant, avant de rentrer, dans la rue de l'Oiseau[2], je voyais[a] du dehors comme une laque obscure le vitrail de Gilbert le Mauvais, sire de Guermantes. Pour un moment les Guermantes m'avaient semblé de nouveau entièrement différents des gens du monde, incomparables avec eux, avec tout être vivant, fût-il souverain, des êtres issus de la fécondation de cet air aigre et ventueux de cette sombre ville de Combray où s'était passée mon enfance, et du passé qu'on y percevait dans la petite rue, à la hauteur du vitrail. J'avais eu envie d'aller chez les Guermantes comme si cela avait dû me rapprocher de mon enfance et des profondeurs de ma mémoire où je l'apercevais. Et j'avais continué à relire l'invitation jusqu'au moment où, révoltées, les lettres qui composaient ce nom si familier et si mystérieux, comme celui même de Combray, eussent repris leur indépendance et eussent dessiné devant mes yeux fatigués comme un nom que je ne connaissais pas. Maman allant justement à un petit thé chez Mme Sazerat, réunion qu'elle savait d'avance être fort ennuyeuse, je n'eus aucun scrupule à aller chez la princesse de Guermantes.

Je pris une voiture pour aller chez le prince de Guermantes qui n'habitait plus son ancien hôtel mais un magnifique qu'il s'était fait construire avenue du Bois[3]. C'est un des torts des gens du monde de ne pas comprendre que, s'ils veulent que nous croyions en eux, il faudrait d'abord qu'ils y crussent eux-mêmes, ou au moins qu'ils respectassent les éléments essentiels de notre croyance. Au temps où je croyais, même si je savais le contraire, que les Guermantes habitaient tel palais en vertu d'un droit héréditaire, pénétrer dans le palais du sorcier ou de la fée, faire s'ouvrir devant moi les portes qui ne cèdent pas tant qu'on n'a pas prononcé la formule magique, me semblait aussi malaisé que d'obtenir un entretien du sorcier ou de la fée eux-mêmes. Rien ne m'était plus facile que de me faire croire à moi-même que le vieux domestique engagé de la veille ou fourni par Potel et Chabot[1] était fils, petit-fils, descendant de ceux qui servaient la famille bien avant la Révolution, et j'avais une bonne volonté infinie à appeler portrait d'ancêtre le portrait qui avait été acheté le mois précédent chez Bernheim jeune[2]. Mais un charme ne se transvase pas, les souvenirs ne peuvent se diviser, et du prince de Guermantes, maintenant qu'il avait percé lui-même à jour les illusions de ma croyance en étant allé habiter avenue du Bois, il ne restait plus grand-chose[3]. Les plafonds que j'avais craint de voir s'écrouler quand on avait annoncé mon nom, et sous lesquels eût flotté encore pour moi beaucoup du charme et des craintes de jadis, couvraient les soirées d'une Américaine sans intérêt pour moi[4]. Naturellement les choses n'ont pas en elles-mêmes de pouvoir, et puisque c'est nous qui le leur conférons, quelque jeune collégien bourgeois devait en ce moment avoir devant l'hôtel de l'avenue du Bois les mêmes sentiments que moi jadis devant l'ancien hôtel du prince de Guermantes. C'est qu'il était encore à l'âge des croyances, mais je l'avais dépassé, et j'avais perdu ce privilège, comme après la première jeunesse on perd le pouvoir qu'ont les enfants de dissocier en fractions digérables le lait qu'ils ingèrent. Ce qui force les adultes à prendre, pour plus de prudence, le lait par petites quantités, tandis que les enfants peuvent le téter indéfiniment sans reprendre haleine. Du moins le changement de résidence du prince de Guermantes eut cela de bon pour moi, que la voiture qui était venue me chercher pour me conduire et dans laquelle je faisais ces réflexions, dut traverser les rues qui vont vers les Champs-Élysées. Elles étaient fort mal pavées à ce moment-là, mais dès le moment où j'y entrai, je n'en fus pas moins détaché de mes pensées par cette sensation d'une extrême douceur qu'on a quand, tout d'un coup, la voiture roule plus facilement, plus doucement, sans bruit, comme quand les grilles d'un parc s'étant ouvertes, on glisse sur les allées couvertes d'un sable fin ou de feuilles mortes. Matériellement il n'en était rien ; mais je sentis tout d'un coup la suppression des obstacles extérieurs parce qu'il n'y avait plus pour moi en effet l'effort d'adaptation ou d'attention que nous faisons, même sans nous en rendre compte, devant les choses nouvelles : les rues[a1] par lesquelles je passais en ce moment étaient celles, oubliées depuis si longtemps, que je prenais jadis avec Françoise pour aller aux Champs-Élysées. Le sol de lui-même savait où il devait aller ; sa résistance était vaincue. Et, comme un aviateur qui a jusque-là péniblement roulé à terre, « décollant » brusquement, je m'élevais lentement vers les hauteurs silencieuses du souvenir. Dans Paris, ces rues-là se détacheront toujours pour moi[2], en une autre matière que les autres. Quand j'arrivai au coin de la rue Royale où était jadis le marchand en plein vent des photographies aimées de Françoise, il me sembla que la voiture, entraînée par des centaines de tours anciens, ne pourrait pas faire autrement que de tourner d'elle-même. Je ne traversais pas les mêmes rues que les promeneurs qui étaient dehors ce jour-là, mais un passé glissant, triste et doux. Il était d'ailleurs fait de tant de passés différents qu'il m'était difficile de reconnaître la cause de ma mélancolie, si elle était due à ces marches au-devant de Gilberte et dans la crainte qu'elle ne vînt pas, à la proximité d'une certaine maison où on m'avait dit qu'Albertine était allée avec Andrée, à la signification de vanité philosophique que semble prendre un chemin qu'on a suivi mille fois, avec une passion qui ne dure plus, et qui n'a pas porté de fruit, comme celui où après le déjeuner je faisais des courses si hâtives, si fiévreuses, pour regarder, toutes fraîches encore de colle, l'affiche de *Phèdre* et celle du *Domino noir*[3]. Arrivé aux Champs-Élysées, comme je n'étais pas très désireux d'entendre tout le concert qui était donné chez les Guermantes, je fis arrêter la voiture et j'allais m'apprêter à descendre pour faire quelques pas à pied quand je fus frappé par le spectacle d'une voiture qui était en train de s'arrêter aussi. Un homme[4], les yeux fixes, la taille voûtée, était plutôt posé qu'assis dans le fond, et faisait pour se tenir droit les efforts qu'aurait faits un enfant à qui on aurait recommandé d'être sage. Mais son chapeau de paille laissait voir une forêt indomptée de cheveux entièrement blancs ; une barbe blanche, comme celle que la neige fait aux statues des fleuves dans les jardins publics, coulait de son menton. C'était, à côté de Jupien qui se multipliait pour lui, M. de Charlus convalescent d'une attaque d'apoplexie[1] que j'avais ignorée (on m'avait seulement dit qu'il avait perdu la vue ; or il ne s'était agi que de troubles passagers, car il voyait de nouveau fort clair) et qui[a], à moins que jusque-là il se fût teint et qu'on lui eût interdit de continuer à en prendre la fatigue, avait plutôt, comme en une sorte de précipité chimique, rendu visible et brillant tout le métal que lançaient et dont étaient saturées, comme autant de geysers, les mèches, maintenant de pur argent, de sa chevelure et de sa barbe, cependant qu'elle avait imposé au vieux prince déchu la majesté shakespearienne d'un roi Lear. Les yeux n'étaient pas restés en dehors de cette convulsion totale, de cette altération métallurgique de la tête, mais par un phénomène inverse ils avaient perdu tout leur éclat. Mais le plus émouvant est qu'on sentait que cet éclat perdu était la fierté morale, et que par là la vie physique et même intellectuelle de M. de Charlus survivait à l'orgueil aristocratique qu'on avait vu[b] un moment faire corps avec elles. Ainsi, à ce moment, se rendant sans doute aussi chez le prince de Guermantes, passa en victoria Mme de Saint-Euverte, que le baron ne trouvait pas assez chic pour lui. Jupien, qui prenait soin de lui comme d'un enfant, lui souffla à l'oreille que c'était une personne de connaissance, Mme de Saint-Euverte. Et aussitôt, avec une peine infinie mais toute l'application d'un malade qui veut se montrer capable de tous les mouvements qui lui sont encore difficiles, M. de Charlus se découvrit, s'inclina, et salua Mme de Saint-Euverte avec le même respect que si elle avait été la reine de France. Peut-être y avait-il dans la difficulté même que M. de Charlus avait à faire un tel salut, une raison pour lui de le faire, sachant qu'il toucherait davantage par un acte qui, douloureux pour un malade, devenait doublement méritoire de la part de celui qui le faisait et flatteur pour celle à qui il s'adressait, les malades exagérant la politesse, comme les rois. Peut-être aussi y avait-il encore dans les mouvements du baron cette incoordination consécutive aux troubles de la moelle et

si on les fait entrer tout de suite en s'excusant
a toilette, vous disent amèrement, non pour
nais pour accuser : « Mais alors, je vous
comme si c'était un crime de la part de celui
nge. Finalement, elle nous quitta d'un air de
navré en disant au baron : « Vous feriez mieux
»
da[a] à s'asseoir sur un fauteuil pour se reposer
e Jupien et moi ferions quelques pas, et tira
t de sa poche un livre qui me sembla être un
ères. Je n'étais pas fâché de pouvoir apprendre
bien des détails sur l'état de santé du baron.
en content de causer avec vous, monsieur, me
mais nous n'irons pas plus loin que le
Dieu merci, le baron va bien maintenant, mais
s le laisser longtemps seul, il est toujours le
trop bon cœur, il donnerait tout ce qu'il a aux
uis ce n'est pas tout, il est resté coureur comme
omme, et je suis obligé d'ouvrir les yeux. —
us qu'il a retrouvé les siens, répondis-je ; on
ucoup attristé en me disant qu'il avait perdu
a paralysie s'était en effet portée là, il ne voyait
plus. Pensez que pendant la cure qui lui a fait
nt de bien, il est resté plusieurs mois sans voir
aveugle de naissance. — Cela devait au moins
ile toute une partie de votre surveillance ? —
ns du monde, à peine arrivé dans un hôtel, il
dait comment était telle personne de service.
qu'il n'y avait que des horreurs. Mais il sentait
la ne pouvait pas être universel, que je devais
mentir. Voyez-vous, ce petit polisson ! Et puis
espèce de flair, d'après la voix peut-être, je
. Alors il s'arrangeait pour m'envoyer faire
des courses. Un jour — vous m'excuserez de
ela, mais vous êtes venu une fois par hasard
nple de l'Impudeur, je n'ai rien à vous cacher
il avait toujours une satisfaction assez peu
e à faire étalage des secrets qu'il détenait) — je
ne de ces courses soi-disant pressées, d'autant
e je me figurais bien qu'elle avait été arrangée
uand au moment où j'approchais de la chambre
j'entendis une voix qui disait : "Quoi ? —
répondit le baron, c'était donc la première

du cerveau, et ses gestes dépassaient-ils l'intention qu'il avait. Pour moi, j'y vis plutôt une sorte de douceur quasi physique, de détachement des réalités de la vie, si frappants chez ceux que la mort a déjà fait entrer dans son ombre. La mise à nu des gisements argentés de la chevelure[1] décelait un changement moins profond que cette inconsciente humilité mondaine qui intervertissait tous les rapports sociaux, humiliait devant Mme de Saint-Euverte, eût humilié devant la dernière des Américaines[2] (qui eût pu enfin s'offrir la politesse, jusque-là inaccessible pour elle, du baron) le snobisme qui semblait le plus fier. Car le baron[a] vivait toujours, pensait toujours ; son intelligence n'était pas atteinte. Et plus que n'eût fait tel chœur de Sophocle sur l'orgueil abaissé d'Œdipe[3], plus que la mort même et toute oraison funèbre sur la mort, le salut empressé et humble du baron à Mme de Saint-Euverte proclamait ce qu'a de fragile et de périssable l'amour des grandeurs de la terre et tout l'orgueil humain[4]. M. de Charlus[b], qui jusque-là n'eût pas consenti à dîner avec Mme de Saint-Euverte, la saluait maintenant jusqu'à terre. Il saluait peut-être par ignorance du rang de la personne qu'il saluait (les articles du code social pouvant être emportés par une attaque comme toute autre partie de la mémoire), peut-être par une incoordination des mouvements qui transposait dans le plan de l'humilité apparente l'incertitude, sans cela hautaine, qu'il aurait eue de l'identité de la dame qui passait. Il la salua avec cette politesse des enfants venant timidement dire bonjour aux grandes personnes, sur l'appel de leur mère. Et un enfant, sans la fierté qu'ils ont, c'était ce qu'il était devenu.

Recevoir[c] l'hommage de M. de Charlus, pour elle c'était tout le snobisme, comme ç'avait été tout le snobisme du baron de le lui refuser. Or cette nature inaccessible et précieuse qu'il avait réussi à faire croire à une Mme de Saint-Euverte être essentielle à lui-même, M. de Charlus l'anéantit d'un seul coup, par la timidité appliquée, le zèle peureux avec lequel il ôta un chapeau d'où les torrents de sa chevelure d'argent ruisselèrent, tout le temps qu'il laissa sa tête découverte par déférence, avec l'éloquence d'un Bossuet. Quand Jupien eut aidé le baron à descendre et que j'eus salué celui-ci, il me parla très vite, d'une voix si imperceptible que je ne pus distinguer ce qu'il me disait, ce qui lui arracha, quand pour la troisième fois je le fis répéter, un geste d'impatience qui m'étonna par l'impassibilité qu'avait d'abord montrée le visage et qui était due sans doute à un reste de paralysie. Mais quand je fus enfin habitué à ce pianissimo des paroles susurrées, je m'aperçus que le malade gardait absolument intacte son intelligence.

Il y avait d'ailleurs deux M. de Charlus, sans compter les autres. Des deux, l'intellectuel passait son temps à se plaindre qu'il allait à l'aphasie, qu'il prononçait constamment un mot, une lettre pour une autre. Mais dès qu'en effet il lui arrivait de le faire[a], l'autre M. de Charlus, le subconscient, lequel voulait autant faire envie que l'autre pitié et avait des coquetteries dédaignées par le premier, arrêtait immédiatement, comme un chef d'orchestre dont les musiciens pataugent, la phrase commencée, et avec une ingéniosité infinie rattachait ce qui venait ensuite au mot dit en réalité pour un autre mais qu'il semblait avoir choisi. Même[b] sa mémoire était intacte, d'où il mettait du reste une coquetterie, qui n'allait pas sans la fatigue d'une application des plus ardues, à faire sortir tel souvenir ancien, peu important, se rapportant à moi et qui me montrerait qu'il avait gardé ou recouvré toute sa netteté d'esprit. Sans bouger la tête ni les yeux, ni varier d'une seule inflexion son débit, il me dit par exemple : « Voici un poteau où il y a une affiche pareille à celle devant laquelle j'étais la première fois que je vous vis à Avranches, non je me trompe, à Balbec[1]. » Et c'était en effet une réclame pour le même produit.

J'avais à peine au début distingué ce qu'il disait, de même qu'on commence par ne voir goutte dans une chambre dont tous les rideaux sont clos. Mais, comme des yeux dans la pénombre, mes oreilles s'habituèrent bientôt à ce pianissimo. Je crois aussi qu'il s'était graduellement renforcé pendant que le baron parlait, soit que la faiblesse de sa voix provînt en partie d'une appréhension nerveuse qui se dissipait quand, distrait par un tiers, il ne pensait plus à elle ; soit qu'au contraire cette faiblesse correspondît à son état véritable et que la force momentanée avec laquelle il parlait dans la conversation fût provoquée par une excitation factice, passagère et plutôt funeste, qui faisait dire aux étrangers : « Il est déjà mieux, il ne faut pas qu'il pense à son mal », mais augmentait au contraire celui-ci qui ne tardait pas à reprendre. Quoi qu'il en soit, le baron à ce moment (et même en tenant compte de mon

adaptation) jetait ses parole
les jours de mauvais temps,
Et ce qui lui restait de sa ré
au fond de ses paroles comm
D'ailleurs, continuant à me
pour bien me montrer qu'il
il l'évoquait d'une façon fu
ne cessait d'énumérer tous
son monde qui n'étaient pl
tristesse qu'ils ne fussent plu
de leur survivre. Il sembl
prendre mieux conscience de
avec une dureté presque tri
ton uniforme, légèrement
résonances sépulcrales : «
Antoine de Mouchy, mo
Adalbert de Montmorency,
mort ! Sosthène de Doudeau
ce mot « mort » semblait t
une pelletée de terre plus lo
qui tenait à les river plus p
La duchesse de Létourvill
de la princesse de Guermant
longtemps malade, passa à
nous, et apercevant le baron
attaque s'arrêta pour lui di
qu'elle venait d'avoir ne f
mieux, mais supportait pl
mauvaise humeur nerveuse o
de pitié, la maladie des
prononcer difficilement et à
difficilement le bras, elle jeta
et sur moi comme pour nous
phénomène aussi choquant.
rien, ce fut à M. de Charlus
long regard plein de tristesse
avait l'air de lui faire grief
une attitude aussi peu usuelle
ou sans souliers. À une nou
que commit le baron, la d
duchesse augmentant ense
« Palamède ! » sur le ton int
trop nerveux qui ne peuve

minute et,
d'achever
s'excuser
dérange ! »
qu'on déra
plus en plu
de rentrer.
Il deman
pendant q
péniblemen
livre de pri
par Jupien
« Je suis b
dit Jupien
Rond-Poin
je n'ose p
même, il a
autres ; et p
un jeune h
D'autant p
m'avait be
la vue. — S
absolumen
du reste ta
plus qu'un
rendre inu
Pas le moi
me deman
Je l'assurai
bien que c
quelquefoi
il avait un
ne sais pa
d'urgence
vous dire
dans le ten
(d'ailleurs,
sympathiq
rentrais d'
plus vite q
à dessein, c
du baron,
Comment,

fois ?" J'entrai sans frapper, et quelle ne fut pas ma peur ! Le baron, trompé par la voix qui était en effet plus forte qu'elle n'est d'habitude à cet âge-là (et à cette époque-là le baron était complètement aveugle), était, lui qui aimait plutôt autrefois les personnes mûres, avec un enfant qui n'avait pas dix ans. »

On m'a raconté qu'à cette époque-là il était en proie presque chaque jour à des crises de dépression mentale, caractérisée non pas positivement par de la divagation, mais par la confession à haute voix, devant des tiers dont il oubliait la présence ou la sévérité, d'opinions qu'il avait l'habitude de cacher, sa germanophilie par exemple. Si longtemps après la guerre[1], il gémissait de la défaite des Allemands, parmi lesquels il se comptait, et disait orgueilleusement : « Et pourtant il ne se peut pas que nous ne prenions pas notre revanche[2] car nous avons prouvé que c'est nous qui étions capables de la plus grande résistance et qui avons la meilleure organisation. » Ou bien ses confidences prenaient un autre ton, et il s'écriait rageusement : « Que Lord X ou le prince de *** ne viennent pas redire ce qu'ils disaient hier, car je me suis tenu à quatre pour ne pas leur répondre : "Vous savez bien que vous en êtes au moins autant que moi." » Inutile d'ajouter que quand M. de Charlus faisait ainsi, dans les moments où, comme on dit, il n'était pas très « présent », des aveux germanophiles ou autres, les personnes de l'entourage qui se trouvaient là, que ce fût Jupien ou la duchesse de Guermantes, avaient l'habitude d'interrompre les paroles imprudentes et d'en donner pour les tiers moins intimes et plus indiscrets une interprétation forcée mais honorable.

« Mais[a], mon Dieu ! s'écria Jupien, j'avais bien raison de vouloir que nous ne nous éloignions pas, le voilà qui a trouvé déjà le moyen d'entrer en conversation avec un garçon jardinier. Adieu, monsieur, il vaut mieux que je vous quitte et que je ne laisse pas un instant seul mon malade qui n'est plus qu'un grand enfant. »

Je descendis de nouveau de voiture un peu avant d'arriver chez la princesse de Guermantes et je recommençai à penser à cette lassitude et à cet ennui avec lesquels j'avais essayé la veille de noter la ligne qui, dans une des campagnes réputées les plus belles de France, séparait sur les arbres l'ombre de la lumière. Certes, les conclusions intellectuelles que j'en avais tirées n'affectaient pas aujourd'hui aussi cruellement ma sensibilité. Elles restaient les mêmes. Mais, comme chaque fois que je me trouvais arraché à mes habitudes, sortir à une autre heure, dans un lieu nouveau, j'éprouvais un vif plaisir. Ce plaisir me semblait aujourd'hui un plaisir purement frivole, celui d'aller à une matinée chez Mme de Guermantes. Mais puisque je savais maintenant que je ne pouvais rien atteindre de plus que des plaisirs frivoles, à quoi bon me les refuser ? Je me redisais[a] que je n'avais éprouvé, en essayant cette description, rien de cet enthousiasme qui n'est pas le seul mais qui est un premier critérium du talent. J'essayais maintenant de tirer de ma mémoire d'autres « instantanés », notamment des instantanés qu'elle avait pris à Venise, mais rien que ce mot me la rendait ennuyeuse comme une exposition de photographies, et je ne me sentais pas plus de goût, plus de talent, pour décrire maintenant ce que j'avais vu autrefois, qu'hier ce que j'observais d'un œil minutieux et morne, au moment même[1]. Dans un instant, tant d'amis que je n'avais pas vus depuis si longtemps allaient sans doute me demander de ne plus m'isoler ainsi, de leur consacrer mes journées. Je n'avais aucune raison de le leur refuser puisque j'avais maintenant la preuve que je n'étais plus bon à rien, que la littérature ne pouvait plus me causer aucune joie, soit par ma faute, étant trop peu doué, soit par la sienne, si elle était en effet moins chargée de réalité que je n'avais cru.

Quand je pensais à ce que Bergotte m'avait dit : « Vous êtes malade, mais on ne peut vous plaindre car vous avez les joies de l'esprit[2] », comme il s'était trompé sur moi ! Comme il y avait peu de joie dans cette lucidité stérile ! J'ajoute même que si quelquefois j'avais peut-être des plaisirs — non de l'intelligence — je les dépensais toujours pour une femme différente ; de sorte que, le destin m'eût-il accordé cent ans de vie de plus, et sans infirmités, il n'eût fait qu'ajouter des rallonges successives à une existence toute en longueur, dont on ne voyait même pas l'intérêt qu'elle se prolongeât davantage, à plus forte raison longtemps encore. Quant aux « joies de l'intelligence », pouvais-je appeler ainsi ces froides constatations que mon œil clairvoyant ou mon raisonnement juste relevaient sans aucun plaisir et qui restaient infécondes ?

Mais c'est[a] quelquefois au moment où tout nous semble perdu que l'avertissement arrive qui peut nous sauver[1], on a frappé à toutes les portes qui ne donnent sur rien, et la seule par où on peut entrer et qu'on aurait cherchée en vain pendant cent ans, on y heurte sans le savoir, et elle s'ouvre.

En roulant les tristes pensées que je disais il y a un instant[b], j'étais entré dans la cour de l'hôtel de Guermantes et dans ma distraction je n'avais pas vu une voiture qui s'avançait ; au cri du wattman[2] je n'eus que le temps de me ranger vivement de côté, et je reculai assez pour buter malgré moi contre les pavés assez mal équarris derrière lesquels était une remise. Mais au moment où, me remettant d'aplomb, je posai mon pied sur un pavé qui était un peu moins élevé que le précédent, tout mon découragement s'évanouit devant la même félicité qu'à diverses époques de ma vie m'avaient donnée la vue d'arbres que j'avais cru reconnaître dans une promenade en voiture autour de Balbec, la vue des clochers de Martinville, la saveur d'une madeleine trempée dans une infusion, tant d'autres sensations dont j'ai parlé et que les dernières œuvres de Vinteuil m'avaient paru synthétiser. Comme au moment où je goûtais la madeleine, toute inquiétude sur l'avenir, tout doute intellectuel étaient dissipés. Ceux qui m'assaillaient tout à l'heure au sujet de la réalité de mes dons littéraires et même de la réalité de la littérature se trouvaient levés comme par enchantement.

Sans que[c] j'eusse fait aucun raisonnement nouveau, trouvé aucun argument décisif, les difficultés, insolubles tout à l'heure, avaient perdu toute importance. Mais cette fois, j'étais bien décidé à ne pas me résigner à ignorer pourquoi, comme je l'avais fait le jour où j'avais goûté d'une madeleine trempée dans une infusion. La félicité que je venais d'éprouver était bien en effet la même que celle que j'avais éprouvée en mangeant la madeleine et dont j'avais alors ajourné de rechercher les causes profondes. La différence, purement matérielle, était dans les images évoquées ; un azur profond enivrait mes yeux[3], des impressions de fraîcheur, d'éblouissante lumière tournoyaient près de moi et, dans mon désir de les saisir, sans oser plus bouger que quand je goûtais la saveur de la madeleine en tâchant de faire parvenir jusqu'à moi ce qu'elle me rappelait, je restais, quitte à faire rire la foule innombrable des wattmen, à tituber comme j'avais fait tout à l'heure, un pied sur le pavé plus élevé, l'autre pied sur le pavé plus bas. Chaque fois que je refaisais rien que matériellement ce même pas, il me restait inutile ; mais si je réussissais, oubliant la matinée Guermantes, à retrouver ce que j'avais senti en posant ainsi mes pieds, de nouveau la vision éblouissante et indistincte me frôlait comme si elle m'avait dit : « Saisis-moi au passage si tu en as la force, et tâche à résoudre l'énigme de bonheur que je te propose. » Et presque tout de suite je la reconnus, c'était Venise[1], dont mes efforts pour la décrire et les prétendus instantanés pris par ma mémoire ne m'avaient jamais rien dit et que la sensation que j'avais ressentie jadis sur deux dalles inégales du baptistère de Saint-Marc m'avait rendue avec toutes les autres sensations jointes ce jour-là à cette sensation-là, et qui étaient restées dans l'attente, à leur rang, d'où un brusque hasard les avait impérieusement fait sortir, dans la série des jours oubliés[2]. De même le goût de la petite madeleine m'avait rappelé Combray. Mais pourquoi les images de Combray et de Venise m'avaient-elles à l'un et à l'autre moment donné une joie pareille à une certitude et suffisante sans autres preuves à me rendre la mort indifférente ?

Tout en me le demandant et en étant résolu aujourd'hui à trouver la réponse, j'entrai dans l'hôtel de Guermantes, parce que nous faisons toujours passer avant la besogne intérieure que nous avons à faire le rôle apparent que nous jouons et qui, ce jour-là, était celui d'un invité. Mais arrivé au premier étage, un maître d'hôtel me demanda d'entrer un instant dans un petit salon-bibliothèque attenant au buffet, jusqu'à ce que le morceau qu'on jouait fût achevé, la princesse ayant défendu qu'on ouvrît les portes pendant son exécution. Or à ce moment même, un second avertissement vint renforcer celui que m'avaient donné les deux pavés inégaux et m'exhorter à persévérer dans ma tâche. Un domestique en effet venait, dans ses efforts infructueux pour ne pas faire de bruit, de cogner une cuiller contre une assiette. Le même genre de félicité que m'avaient donné les dalles inégales m'envahit ; les sensations étaient de grande chaleur encore mais toutes différentes : mêlée d'une odeur de fumée, apaisée par la fraîche odeur d'un cadre forestier ; et je reconnus que ce qui me paraissait si agréable était la même rangée d'arbres que j'avais trouvée ennuyeuse à observer et à décrire, et devant laquelle, débouchant la canette de bière que j'avais dans le wagon, je venais de croire un instant, dans une sorte d'étourdissement, que je me trouvais, tant le bruit identique de la cuiller contre l'assiette m'avait donné, avant que j'eusse eu le temps de me ressaisir, l'illusion du bruit du marteau d'un employé qui avait arrangé quelque chose à une roue du train pendant que nous étions arrêtés devant ce petit bois[1]. Alors on eût dit que les signes qui devaient, ce jour-là, me tirer de mon découragement et me rendre la foi dans les lettres, avaient à cœur de se multiplier, car un maître d'hôtel depuis longtemps au service du prince de Guermantes m'ayant reconnu, et m'ayant apporté dans la bibliothèque où j'étais pour m'éviter d'aller au buffet, un choix de petits fours, un verre d'orangeade, je m'essuyai la bouche avec la serviette qu'il m'avait donnée ; mais aussitôt, comme le personnage des *Mille et Une Nuits* qui sans le savoir accomplissait précisément le rite qui faisait apparaître, visible pour lui seul, un docile génie prêt à le transporter au loin[2], une nouvelle vision d'azur passa devant mes yeux ; mais il était pur et salin, il se gonfla en mamelles bleuâtres ; l'impression fut si forte que le moment que je vivais me sembla être le moment actuel ; plus hébété que le jour où je me demandais si j'allais vraiment être accueilli par la princesse de Guermantes ou si tout n'allait pas s'effondrer[3], je croyais que le domestique venait d'ouvrir la fenêtre sur la plage et que tout m'invitait à descendre me promener le long de la digue à marée haute ; la serviette que j'avais prise pour m'essuyer la bouche avait précisément le genre de raideur et d'empesé[a] de celle avec laquelle j'avais eu tant de peine à me sécher devant la fenêtre, le premier jour de mon arrivée à Balbec[4], et, maintenant devant cette bibliothèque de l'hôtel de Guermantes, elle déployait, réparti dans ses pans et dans ses cassures, le plumage d'un océan vert et bleu comme la queue d'un paon. Et je ne jouissais pas que de ces couleurs, mais de tout un instant de ma vie qui les soulevait, qui avait été sans doute aspiration vers elles, dont quelque sentiment de fatigue ou de tristesse m'avait peut-être empêché de jouir à Balbec, et qui maintenant, débarrassé de ce qu'il y a d'imparfait dans la perception extérieure, pur et désincarné, me gonflait d'allégresse.

Le morceau[a] qu'on jouait pouvait finir d'un moment à l'autre et je pouvais être obligé d'entrer au salon. Aussi je m'efforçais de tâcher de voir clair le plus vite possible dans la nature des plaisirs identiques que je venais par trois fois en quelques minutes de ressentir, et ensuite de dégager l'enseignement que je devais en tirer. Sur l'extrême différence qu'il y a entre l'impression vraie que nous avons eue d'une chose et l'impression factice que nous nous en donnons quand volontairement nous essayons de nous la représenter, je ne m'arrêtais pas ; me rappelant trop avec quelle indifférence relative Swann avait pu parler autrefois des jours où il était aimé, parce que sous cette phrase il voyait autre chose qu'eux, et la douleur subite que lui avait causée la petite phrase de Vinteuil en lui rendant ces jours eux-mêmes, tels qu'il les avait jadis sentis, je comprenais trop que ce que la sensation des dalles inégales, la raideur de la serviette, le goût de la madeleine avaient réveillé en moi n'avait aucun rapport avec ce que je cherchais souvent à me rappeler de Venise, de Balbec, de Combray, à l'aide d'une mémoire uniforme ; et je comprenais que la vie pût être jugée médiocre, bien qu'à certains moments elle parût si belle, parce que dans les premiers c'est sur tout autre chose qu'elle-même, sur des images qui ne gardent rien d'elle, qu'on la juge et qu'on la déprécie. Tout au plus notais-je accessoirement que la différence qu'il y a entre chacune des impressions réelles — différences qui expliquent qu'une peinture uniforme de la vie ne puisse être ressemblante — tenait probablement à cette cause que la moindre parole que nous avons dite à une époque de notre vie, le geste le plus insignifiant que nous avons fait était entouré, portait sur lui le reflet de choses qui logiquement ne tenaient pas à lui, en ont été séparées par l'intelligence qui n'avait rien à faire d'elles pour les besoins du raisonnement, mais au milieu desquelles — ici reflet rose du soir sur le mur fleuri d'un restaurant champêtre[1], sensation de faim, désir des femmes, plaisir de luxe — là volutes bleues de la mer matinale enveloppant des phrases musicales qui en émergent partiellement comme les épaules des ondines[2] — le geste, l'acte le plus simple reste enfermé comme dans mille vases clos dont chacun serait rempli de choses d'une couleur, d'une odeur, d'une température absolument différentes ; sans compter que ces vases, disposés sur toute la hauteur de nos années pendant lesquelles nous n'avons cessé de changer, fût-ce seulement de rêve et de pensée, sont situés à des altitudes bien diverses, et nous donnent la sensation d'atmosphères singulièrement variées. Il est vrai que ces changements, nous les avons accomplis insensiblement ; mais entre le souvenir qui nous revient brusquement et notre état actuel, de même qu'entre deux souvenirs d'années, de lieux, d'heures différentes, la distance est telle que cela suffirait, en dehors même d'une originalité spécifique, à les rendre incomparables les uns aux autres. Oui, si le souvenir, grâce à l'oubli, n'a pu contracter aucun lien, jeter aucun chaînon entre lui et la minute présente, s'il est resté à sa place, à sa date, s'il a gardé ses distances, son isolement dans le creux d'une vallée ou à la pointe d'un sommet, il nous fait tout à coup respirer un air nouveau, précisément parce que c'est un air qu'on a respiré autrefois, cet air plus pur que les poètes ont vainement essayé de faire régner dans le paradis et qui ne pourrait donner cette sensation profonde de renouvellement que s'il avait été respiré déjà, car les vrais paradis sont les paradis qu'on a perdus.

Et au passage je remarquais qu'il y aurait là, dans l'œuvre d'art que je me sentais prêt déjà, sans m'y être consciemment résolu, à entreprendre, de grandes difficultés. Car j'en devrais exécuter les parties successives dans une matière en quelque sorte différente, et qui serait bien différente de celle qui conviendrait aux souvenirs de matins au bord de la mer ou d'après-midi à Venise, si je voulais peindre ces soirs[a] de Rivebelle où, dans la salle à manger ouverte sur le jardin, la chaleur commençait à se décomposer, à retomber, à déposer, où une dernière lueur éclairait encore les roses sur les murs du restaurant tandis que les dernières aquarelles du jour étaient encore visibles au ciel, — dans une matière distincte, nouvelle, d'une transparence, d'une sonorité spéciales, compacte, fraîchissante et rose.

Je glissais rapidement sur tout cela, plus impérieusement sollicité que j'étais de chercher la cause de cette félicité, du caractère de certitude avec lequel elle s'imposait, recherche ajournée autrefois. Or cette cause, je la devinais en comparant entre elles ces diverses impressions bienheureuses et qui avaient entre elles ceci de commun que j'éprouvais à la fois dans le moment actuel et dans un moment éloigné le bruit de la cuiller sur l'assiette, l'inégalité des dalles, le goût de la madeleine, jusqu'à faire empiéter[a] le passé sur le présent, à me faire hésiter à savoir dans lequel des deux je me trouvais ; au vrai, l'être qui alors goûtait en moi cette impression la goûtait en ce qu'elle avait de commun dans un jour ancien et maintenant, dans ce qu'elle avait d'extra-temporel, un être qui n'apparaissait que quand, par une de ces identités entre le présent et le passé, il pouvait se trouver dans le seul milieu où il pût vivre, jouir de l'essence des choses, c'est-à-dire en dehors du temps. Cela expliquait que mes inquiétudes au sujet de ma mort eussent cessé au moment où j'avais reconnu inconsciemment le goût de la petite madeleine puisqu'à ce moment-là l'être que j'avais été était un être extra-temporel, par conséquent insoucieux des vicissitudes de l'avenir. Il ne vivait que de l'essence des choses, et ne pouvait la saisir dans le présent où l'imagination n'entrant pas en jeu, les sens étaient incapables de la lui fournir ; l'avenir même vers lequel se tend l'action nous l'abandonne[b]. Cet être-là n'était jamais venu à moi, ne s'était jamais manifesté, qu'en dehors de l'action, de la jouissance immédiate, chaque fois que le miracle d'une analogie m'avait fait échapper au présent[1]. Seul, il avait le pouvoir de me faire retrouver les jours anciens, le temps perdu, devant quoi les efforts de ma mémoire et de mon intelligence échouaient toujours[2].

Et peut-être, si tout à l'heure je trouvais que Bergotte avait dit faux en parlant des joies de la vie spirituelle, c'était parce que j'appelais « vie spirituelle », à ce moment-là, des raisonnements logiques qui étaient sans rapport avec elle, avec ce qui existait en moi en ce moment — exactement comme j'avais pu trouver le monde et la vie ennuyeux parce que je les jugeais d'après des souvenirs sans vérité, alors que j'avais un tel appétit de vivre maintenant que venait de renaître en moi, à trois reprises, un véritable moment du passé.

Rien qu'un moment du passé ? Beaucoup plus, peut-être ; quelque chose qui, commun à la fois au passé et au présent, est beaucoup plus[c] essentiel qu'eux deux. Tant de fois, au cours de ma vie, la réalité m'avait déçu parce qu'au moment où je la percevais mon imagination, qui était mon seul organe pour jouir de la beauté, ne pouvait s'appliquer à elle, en vertu de la loi inévitable qui veut qu'on ne puisse imaginer que ce qui est absent. Et voici que soudain l'effet de cette dure loi s'était trouvé neutralisé, suspendu, par un expédient merveilleux de la nature, qui avait fait miroiter une sensation — bruit de la fourchette et du marteau, même titre de livre, etc.[1] — à la fois dans le passé, ce qui permettait à mon imagination de la goûter, et dans le présent où l'ébranlement effectif de mes sens par le bruit, le contact du linge, etc. avait ajouté aux rêves de l'imagination ce dont ils sont habituellement dépourvus, l'idée d'existence — et grâce à ce subterfuge avait permis à mon être[a] d'obtenir, d'isoler, d'immobiliser — la durée d'un éclair — ce qu'il n'appréhende jamais : un peu de temps à l'état pur. L'être qui était rené en moi quand, avec un tel frémissement de bonheur, j'avais entendu le bruit commun à la fois à la cuiller qui touche l'assiette et au marteau qui frappe sur la roue, à l'inégalité pour les pas des pavés de la cour Guermantes et du baptistère de Saint-Marc, etc., cet être-là ne se nourrit que de l'essence des choses, en elle seulement il trouve sa subsistance, ses délices. Il languit dans l'observation du présent où les sens ne peuvent la lui apporter, dans la considération d'un passé que l'intelligence lui dessèche, dans l'attente d'un avenir que la volonté construit avec des fragments du présent et du passé auxquels elle retire encore de leur réalité en ne conservant d'eux que ce qui convient à la fin utilitaire, étroitement humaine, qu'elle leur assigne. Mais qu'un bruit, qu'une odeur, déjà entendu ou respirée jadis, le soient de nouveau, à la fois dans le présent et dans le passé, réels sans être actuels, idéaux sans être abstraits, aussitôt l'essence permanente et habituellement cachée des choses se trouve libérée, et notre vrai moi qui, parfois depuis longtemps, semblait mort, mais ne l'était pas entièrement, s'éveille, s'anime en recevant la céleste nourriture qui lui est apportée. Une minute affranchie de l'ordre du temps a recréé en nous pour la sentir l'homme affranchi de l'ordre du temps. Et celui-là, on comprend qu'il soit confiant dans sa joie, même si le simple goût d'une madeleine ne semble pas contenir logiquement les raisons de cette joie, on comprend que le mot de « mort » n'ait pas de sens pour lui ; situé hors du temps, que pourrait-il craindre de l'avenir ?

Mais ce trompe-l'œil qui mettait près de moi un moment du passé, incompatible avec le présent, ce trompe-l'œil ne durait pas. Certes, on peut prolonger les spectacles de la mémoire volontaire qui n'engage pas plus des forces de nous-même que feuilleter un livre d'images. Ainsi jadis, par exemple le jour où je devais aller pour la première fois chez la princesse de Guermantes, de la cour ensoleillée de notre maison de Paris j'avais paresseusement regardé, à mon choix, tantôt la place de l'Église à Combray, ou la plage de Balbec, comme j'aurais illustré le jour qu'il faisait en feuilletant un cahier d'aquarelles prises dans les divers lieux où j'avais été et où avec un plaisir égoïste de collectionneur, je m'étais dit en cataloguant ainsi les illustrations de ma mémoire : « J'ai tout de même vu de belles choses dans ma vie. » Alors ma mémoire affirmait sans doute la différence des sensations ; mais elle ne faisait que combiner entre eux des éléments homogènes. Il n'en avait plus été de même dans les trois souvenirs que je venais d'avoir et où, au lieu de me faire une idée plus flatteuse de mon moi, j'avais au contraire presque douté de la réalité actuelle de ce moi. De même que le jour où j'avais trempé la madeleine dans l'infusion chaude, au sein de l'endroit où je me trouvais, que cet endroit fût, comme ce jour-là, ma chambre de Paris, ou comme aujourd'hui, en ce moment, la bibliothèque du prince de Guermantes, un peu avant, la cour de son hôtel, il y avait eu en moi, irradiant une petite zone autour de moi, une sensation (goût de la madeleine trempée, bruit métallique, sensation du pas) qui était commune à cet endroit où je me trouvais et aussi à un autre endroit (chambre de ma tante Octave, wagon du chemin de fer, baptistère de Saint-Marc). Et au moment où je raisonnais ainsi, le bruit strident d'une conduite d'eau[1] tout à fait pareil à ces longs cris que parfois l'été les navires de plaisance faisaient entendre le soir au large de Balbec, me fit éprouver (comme me l'avait déjà fait une fois à Paris, dans un grand restaurant, la vue d'une luxueuse salle à manger à demi vide, estivale et chaude) bien plus qu'une sensation simplement analogue à celle que j'avais à la fin de l'après-midi à Balbec quand toutes les tables étant déjà couvertes de leur nappe et de leur argenterie, les vastes baies vitrées restant ouvertes tout en grand sur la digue, sans un seul intervalle, un seul « plein » de verre ou de pierre, tandis que le soleil descendait lentement sur la mer où commençaient à crier les navires, je n'avais, pour rejoindre Albertine et ses amies qui se promenaient sur la digue, qu'à enjamber le cadre de bois à peine plus haut que ma cheville, dans la charnière duquel on avait fait pour l'aération de l'hôtel glisser toutes ensemble les vitres qui se continuaient. Mais[a] le souvenir douloureux d'avoir aimé Albertine ne se mêlait pas à cette sensation. Il n'est de souvenir douloureux que des morts. Or ceux-ci se détruisent vite et il ne reste plus autour de leurs tombes mêmes que la beauté de la nature, le silence, la pureté de l'air. Ce n'était d'ailleurs même pas seulement un écho, un double d'une sensation passée que venait de me faire éprouver le bruit de la conduite d'eau, mais cette sensation elle-même. Dans ce cas-là comme dans tous les précédents, la sensation commune avait cherché à recréer autour d'elle le lieu ancien, cependant que le lieu actuel qui en tenait la place s'opposait de toute la résistance de sa masse à cette immigration dans un hôtel de Paris d'une plage normande ou d'un talus d'une voie de chemin de fer. La salle à manger marine de Balbec, avec son linge damassé préparé comme des nappes d'autel pour recevoir le coucher du soleil, avait cherché à ébranler la solidité de l'hôtel de Guermantes, à en forcer les portes et avait fait vaciller un instant les canapés autour de moi, comme elle avait fait un autre jour les tables du restaurant de Paris. Toujours, dans ces résurrections-là, le lieu lointain engendré autour de la sensation commune s'était accouplé un instant, comme un lutteur, au lieu actuel. Toujours le lieu actuel avait été vainqueur ; toujours c'était le vaincu qui m'avait paru le plus beau ; si beau que j'étais resté en extase sur le pavé inégal comme devant la tasse de thé, cherchant à maintenir aux moments où il apparaissait, à faire réapparaître dès qu'il m'avait échappé, ce Combray, ce Venise, ce Balbec envahissants et refoulés qui s'élevaient pour m'abandonner[b] ensuite au sein de ces lieux nouveaux, mais perméables pour le passé. Et si le lieu[c] actuel n'avait pas été aussitôt vainqueur, je crois que j'aurais perdu connaissance ; car ces résurrections du passé, dans la seconde qu'elles durent, sont si totales qu'elles n'obligent pas seulement nos yeux à cesser de voir la chambre qui est près d'eux pour regarder la voie bordée d'arbres ou la marée montante. Elles forcent nos narines à respirer l'air de lieux pourtant lointains, notre volonté à choisir entre les divers projets qu'ils nous proposent, notre personne tout entière à se croire entourée par eux, ou du moins à trébucher entre eux et les lieux présents, dans l'étourdissement d'une incertitude pareille à celle qu'on éprouve parfois devant une vision ineffable, au moment de s'endormir.

De sorte que ce que l'être par trois et quatre fois ressuscité en moi venait de goûter, c'était peut-être bien des fragments d'existence soustraits au temps, mais cette contemplation, quoique d'éternité, était fugitive. Et pourtant je sentais que le plaisir qu'elle m'avait, à de rares intervalles, donné dans ma vie, était le seul qui fût fécond et véritable. Le signe de l'irréalité[1] des autres ne se montre-t-il pas assez, soit dans leur impossibilité à nous satisfaire, comme par exemple les plaisirs mondains qui causent tout au plus le malaise provoqué par l'ingestion d'une nourriture abjecte, l'amitié qui est une simulation puisque, pour quelques raisons morales qu'il le fasse, l'artiste qui renonce à une heure de travail pour une heure de causerie avec un ami sait qu'il sacrifie une réalité pour quelque chose qui n'existe pas (les amis n'étant des amis que dans cette douce folie que nous avons au cours de la vie, à laquelle nous nous prêtons, mais que du fond de notre intelligence nous savons l'erreur d'un fou qui croirait que les meubles vivent et causerait avec eux), soit[a] dans la tristesse qui suit leur satisfaction, comme celle que j'avais eue, le jour où j'avais été présenté à Albertine, de m'être donné un mal pourtant bien petit afin d'obtenir une chose — connaître cette jeune fille — qui ne me semblait petite que parce que je l'avais obtenue ? Même un plaisir plus profond, comme celui que j'aurais pu éprouver quand j'aimais Albertine, n'était en réalité perçu qu'inversement par l'angoisse que j'avais quand elle n'était pas là, car quand j'étais sûr qu'elle allait arriver, comme le jour où elle était revenue du Trocadéro[2], je n'avais pas cru éprouver plus qu'un vague ennui, tandis que je m'exaltais de plus en plus au fur et à mesure que j'approfondissais, avec une joie croissante pour moi, le bruit du couteau ou le goût de l'infusion qui avait fait entrer dans ma chambre la chambre de ma tante Léonie, et à sa suite tout Combray, et ses deux côtés. Aussi, cette contemplation de l'essence des choses, j'étais maintenant décidé à m'attacher à elle, à la fixer, mais comment ? par quel moyen ? Sans doute, au moment où la raideur de la serviette m'avait rendu Balbec, pendant un instant avait caressé mon imagination, non pas seulement de la vue de la mer telle qu'elle était ce matin-là, mais de l'odeur de la chambre, de la vitesse du vent, du désir de déjeuner, de l'incertitude entre les diverses promenades, tout cela attaché à la sensation du linge comme les mille ailes des anges qui font mille tours à la minute[a]. Sans doute, au moment où l'inégalité des deux pavés avait prolongé les images desséchées et minces que j'avais de Venise et de Saint-Marc, dans tous les sens et toutes les dimensions, de toutes les sensations que j'y avais éprouvées, raccordant la place à l'église, l'embarcadère à la place, le canal à l'embarcadère[1], et à tout ce que les yeux voient, le monde de désirs qui n'est vu que de l'esprit, j'avais été tenté, sinon, à cause de la saison, d'aller me repromener sur les eaux pour moi surtout printanières de Venise[2], du moins de retourner à Balbec. Mais je ne m'arrêtai pas un instant à cette pensée. Non seulement je savais que les pays n'étaient pas tels que leur nom me les peignait[3], et il n'y avait plus guère que dans mes rêves, en dormant, qu'un lieu s'étendait devant moi fait de la pure matière entièrement distincte des choses communes qu'on voit, qu'on touche, et qui avait été la leur quand je me les représentais. Mais, même en ce qui concernait ces images d'un autre genre encore, celles du souvenir, je savais[b] que la beauté de Balbec, je ne l'avais pas trouvée quand j'y étais, et que celle même qu'il m'avait laissée, celle du souvenir, ce n'était plus celle que j'avais retrouvée à mon second séjour. J'avais trop expérimenté l'impossibilité d'atteindre dans la réalité ce qui était au fond de moi-même ; que ce n'était pas plus sur la place Saint-Marc[4] que ce n'avait été à mon second voyage à Balbec, ou à mon retour à Tansonville pour voir Gilberte, que je retrouverais le Temps perdu, et que le voyage, qui ne faisait que me proposer une fois de plus l'illusion que ces impressions anciennes existaient hors de moi-même, au coin d'une certaine place, ne pouvait être le moyen que je cherchais. Et je ne voulais pas me laisser leurrer une fois de plus, car il s'agissait pour moi de savoir enfin s'il était vraiment possible d'atteindre ce que, toujours déçu comme je l'avais été en présence des lieux et des êtres, j'avais (bien qu'une fois la pièce pour concert de Vinteuil eût semblé me dire le contraire) cru irréalisable. Je n'allais donc pas tenter une expérience de plus dans la voie que je savais depuis longtemps ne mener à rien. Des impressions[a] telles que celles que je cherchais à fixer ne pouvaient que s'évanouir au contact d'une jouissance directe qui a été impuissante à les faire naître. La seule manière de les goûter davantage, c'était de tâcher de les connaître plus complètement, là où elles se trouvaient, c'est-à-dire en moi-même, de les rendre claires jusque dans leurs profondeurs. Je n'avais pu connaître le plaisir à Balbec, pas plus que celui de vivre avec Albertine, lequel ne m'avait été perceptible qu'après coup. Et la récapitulation que je faisais des déceptions de ma vie, en tant que vécue, et qui me faisaient croire que sa réalité devait résider ailleurs qu'en l'action, ne rapprochait pas d'une manière purement fortuite et en suivant les circonstances de mon existence, des désappointements différents. Je sentais bien que la déception du voyage, la déception de l'amour n'étaient pas des déceptions différentes, mais l'aspect varié que prend, selon le fait auquel il s'applique, l'impuissance que nous avons à nous réaliser dans la jouissance matérielle, dans l'action effective[b]. Et, repensant à cette joie extra-temporelle causée, soit par le bruit de la cuiller, soit par le goût de la madeleine, je me disais : « Était-ce cela, ce bonheur proposé par la petite phrase de la sonate à Swann qui s'était trompé en l'assimilant au plaisir de l'amour et n'avait pas su le trouver dans la création artistique[1] ; ce bonheur que m'avait fait pressentir comme plus supra-terrestre encore que n'avait fait la petite phrase de la sonate, l'appel rouge et mystérieux de ce septuor[2] que Swann n'avait pu connaître, étant mort comme tant d'autres avant que la vérité faite pour eux eût été révélée ? D'ailleurs, elle n'eût pu lui servir, car cette phrase pouvait bien symboliser un appel, mais non créer des forces et faire de Swann l'écrivain qu'il n'était pas. »

Cependant, je m'avisai[c] au bout d'un moment, après avoir pensé à ces résurrections de la mémoire, que, d'une autre façon, des impressions obscures avaient quelquefois, et déjà à Combray du côté de Guermantes, sollicité ma pensée, à la façon de ces réminiscences, mais qui cachaient non une sensation d'autrefois mais une vérité nouvelle, une image précieuse que je cherchais à découvrir par des efforts du même genre que ceux qu'on fait pour se rappeler quelque chose, comme si nos plus belles idées étaient comme des airs de musique qui nous reviendraient sans que nous les eussions jamais entendus, et que nous nous efforcerions d'écouter, de transcrire. Je me souvins avec plaisir, parce que cela me montrait que j'étais déjà le même alors et que cela recouvrait un trait fondamental de ma nature, avec tristesse aussi en pensant que depuis lors je n'avais jamais progressé, que déjà à Combray je fixais avec attention devant mon esprit quelque image qui m'avait forcé à la regarder, un nuage, un triangle[1], un clocher, une fleur, un caillou, en sentant qu'il y avait peut-être sous ces signes quelque chose de tout autre que je devais tâcher de découvrir, une pensée qu'ils traduisaient à la façon de ces caractères hiéroglyphiques qu'on croirait représenter seulement des objets matériels[2]. Sans doute ce déchiffrage était difficile mais seul il donnait quelque vérité à lire. Car les vérités que l'intelligence saisit directement à claire-voie dans le monde de la pleine lumière ont quelque chose de moins profond, de moins nécessaire que celles que la vie nous a malgré nous communiquées en une impression, matérielle parce qu'elle est entrée par nos sens, mais dont nous pouvons dégager l'esprit. En somme, dans un cas comme dans l'autre, qu'il s'agît d'impressions comme celle que m'avait donnée la vue des clochers de Martinville, ou de réminiscences comme celle de l'inégalité des deux marches ou le goût de la madeleine, il fallait tâcher d'interpréter les sensations comme les signes d'autant de lois et d'idées, en essayant de penser, c'est-à-dire de faire sortir de la pénombre ce que j'avais senti, de le convertir en un équivalent spirituel. Or, ce moyen qui me paraissait le seul, qu'était-ce autre chose que faire une œuvre d'art ? Et déjà les conséquences se pressaient dans mon esprit ; car qu'il s'agît de réminiscences dans le genre du bruit de la fourchette[3] ou du goût de la madeleine, ou de ces vérités écrites à l'aide de figures dont j'essayais de chercher le sens dans ma tête où, clochers, herbes folles, elles composaient un grimoire compliqué et fleuri, leur premier caractère était que je n'étais pas libre de les choisir, qu'elles m'étaient données telles quelles. Et je sentais que ce devait être la griffe de leur authenticité. Je n'avais pas été chercher les deux pavés inégaux de la cour où j'avais buté. Mais justement la façon fortuite, inévitable, dont la sensation avait été rencontrée, contrôlait la vérité du passé qu'elle ressuscitait, des images qu'elle déclenchait, puisque nous sentons son effort pour remonter vers la lumière, que nous sentons la joie du réel retrouvé. Elle est le contrôle aussi de la vérité de tout le tableau fait d'impressions contemporaines qu'elle ramène à sa suite, avec cette infaillible proportion de lumière et d'ombre, de relief et d'omission, de souvenir et d'oubli que la mémoire ou l'observation conscientes ignoreront toujours.

Quant au livre[a] intérieur de signes inconnus (de signes en relief, semblait-il, que mon attention, explorant mon inconscient, allait chercher, heurtait, contournait, comme un plongeur qui sonde), pour la lecture desquels personne ne pouvait m'aider d'aucune règle, cette lecture consistait en un acte de création où nul ne peut nous suppléer ni même collaborer avec nous. Aussi combien se détournent de l'écrire[1] ! Que de tâches n'assume-t-on pas pour éviter celle-là ! Chaque événement, que ce fût l'affaire Dreyfus, que ce fût la guerre, avait fourni d'autres excuses aux écrivains pour ne pas déchiffrer ce livre-là, ils voulaient assurer le triomphe du droit, refaire l'unité morale de la nation, n'avaient pas le temps de penser à la littérature. Mais ce n'était que des excuses, parce qu'ils n'avaient pas, ou plus, de génie, c'est-à-dire d'instinct. Car l'instinct dicte le devoir et l'intelligence fournit les prétextes pour l'éluder. Seulement les excuses ne figurent point dans l'art, les intentions n'y sont pas comptées, à tout moment l'artiste doit écouter son instinct, ce qui fait que l'art est ce qu'il y a de plus réel, la plus austère école de la vie, et le vrai Jugement dernier. Ce livre, le plus pénible de tous à déchiffrer, est aussi le seul que nous ait dicté la réalité, le seul dont l'« impression » ait été faite en nous par la réalité même. De quelque[b] idée laissée en nous par la vie qu'il s'agisse, sa figure matérielle, trace de l'impression qu'elle nous a faite, est encore le gage de sa vérité nécessaire. Les idées formées par l'intelligence pure n'ont qu'une vérité logique, une vérité possible, leur élection est arbitraire. Le livre aux caractères figurés, non tracés par nous, est notre seul livre. Non que ces idées que nous formons ne puissent être justes logiquement, mais nous ne savons pas si elles sont vraies. Seule l'impression, si chétive qu'en semble la matière, si insaisissable la trace, est un critérium de vérité, et à cause de cela mérite seule d'être appréhendée par l'esprit, car elle est seule capable, s'il sait en dégager cette vérité, de l'amener à une plus grande perfection et de lui donner une pure joie. L'impression est pour l'écrivain ce qu'est l'expérimentation pour le savant, avec cette différence que chez le savant le travail de l'intelligence précède et chez l'écrivain vient après. Ce que[a] nous n'avons pas eu à déchiffrer, à éclaircir par notre effort personnel, ce qui était clair avant nous, n'est pas à nous. Ne vient de nous-même que ce que nous tirons de l'obscurité qui est en nous et que ne connaissent pas les autres.

Un rayon oblique du couchant me rappela instantanément un temps auquel je n'avais jamais repensé et où dans ma petite enfance, comme ma tante Léonie avait une fièvre que le Dr Percepied avait crainte typhoïde, on m'avait fait habiter une semaine la petite chambre qu'Eulalie avait sur la place de l'Église, où il n'y avait qu'une sparterie par terre et à la fenêtre un rideau de percale, bourdonnant toujours d'un soleil auquel je n'étais pas habitué. Et en voyant comme le souvenir de cette petite chambre d'ancienne domestique ajoutait tout d'un coup à ma vie passée une longue étendue si différente du reste et si délicieuse, je pensai par contraste au néant d'impressions qu'avaient apporté dans ma vie les fêtes les plus somptueuses dans les hôtels les plus princiers. La seule chose un peu triste dans cette chambre d'Eulalie était qu'on y entendait le soir, à cause de la proximité du viaduc, les hululements des trains. Mais comme je savais que ces beuglements émanaient de machines réglées, ils ne m'épouvantaient pas comme auraient pu faire, à une époque de la préhistoire, les cris poussés par un mammouth voisin dans sa promenade libre et désordonnée.

Ainsi[b], j'étais déjà arrivé à cette conclusion que nous ne sommes nullement libres devant l'œuvre d'art, que nous ne la faisons pas à notre gré, mais que préexistant à nous, nous devons, à la fois parce qu'elle est nécessaire et cachée, et comme nous ferions pour une loi de la nature, la découvrir[1]. Mais cette découverte que l'art pouvait nous faire faire, n'était-elle pas, au fond, celle de ce qui devrait nous être le plus précieux, et qui nous reste d'habitude à jamais inconnu, notre vraie vie, la réalité telle que nous l'avons sentie et qui diffère tellement de ce que nous croyons, que nous sommes emplis d'un tel bonheur quand un hasard nous apporte le souvenir véritable ? Je m'en assurais par la fausseté même de l'art prétendu réaliste et qui ne serait pas si mensonger si nous n'avions pris dans la vie l'habitude de donner à ce que nous sentons une expression qui en diffère tellement, et que nous prenons au bout de peu de temps pour la réalité même. Je sentais que je n'aurais pas à m'embarrasser des diverses[a] théories littéraires qui m'avaient un moment troublé[1] — notamment celles que la critique avait développées au moment de l'affaire Dreyfus et avait reprises pendant la guerre, et qui tendaient à « faire sortir l'artiste de sa tour d'ivoire », et à traiter des sujets non frivoles ni sentimentaux, mais peignant de grands mouvements ouvriers, et, à défaut de foules, à tout le moins non plus d'insignifiants oisifs (« j'avoue que la peinture de ces inutiles m'indiffère assez[2] », disait Bloch), mais de nobles intellectuels, ou des héros.

D'ailleurs, même avant de discuter leur contenu logique, ces théories me paraissaient dénoter chez ceux qui les soutenaient une preuve d'infériorité[3], comme un enfant vraiment bien élevé qui entend des gens chez qui on l'a envoyé déjeuner dire : « Nous avouons tout, nous sommes francs », sent que cela dénote une qualité morale inférieure à la bonne action pure et simple, qui ne dit rien. L'art véritable n'a que faire de tant de proclamations et s'accomplit dans le silence. D'ailleurs, ceux qui théorisaient ainsi employaient des expressions toutes faites qui ressemblaient singulièrement à celles d'imbéciles qu'ils flétrissaient. Et peut-être est-ce plutôt à la qualité du langage qu'au genre d'esthétique qu'on peut juger du degré auquel a été porté le travail intellectuel et moral. Mais inversement cette qualité du langage (et même pour étudier les lois du caractère, on le peut aussi bien en prenant un sujet sérieux ou frivole, comme un prosecteur peut aussi bien étudier celles de l'anatomie sur le corps d'un imbécile que sur celui d'un homme de talent, les grandes lois morales, aussi bien que celles de la circulation du sang ou de l'élimination rénale, différant peu selon la valeur intellectuelle des individus), dont croient pouvoir se passer les théoriciens, ceux qui admirent les théoriciens croient facilement qu'elle ne prouve pas une grande valeur intellectuelle, valeur qu'ils ont besoin, pour la discerner, de voir exprimée directement et qu'ils n'induisent pas de la beauté d'une image. D'où la grossière tentation pour l'écrivain d'écrire des œuvres intellectuelles. Grande indélicatesse. Une œuvre[1] où il y a des théories est comme un objet sur lequel on laisse la marque du prix. Encore cette dernière ne fait-elle qu'une valeur qu'au contraire, en littérature, le raisonnement logique diminue. On raisonne, c'est-à-dire on vagabonde, chaque fois qu'on n'a pas la force de s'astreindre à faire passer une impression par tous les états successifs qui aboutiront à sa fixation, à l'expression.

La réalité[a] à exprimer résidait, je le comprenais maintenant, non dans l'apparence du sujet mais à une profondeur où cette apparence importait peu, comme le symbolisaient ce bruit de cuiller sur une assiette, cette raideur empesée de la serviette, qui m'avaient été plus précieux pour mon renouvellement spirituel que tant de conversations humanitaires, patriotiques, internationalistes et métaphysiques. « Plus de style, avais-je entendu dire alors, plus de littérature[2], de la vie. » On peut penser combien même les simples théories de M. de Norpois contre les « joueurs de flûte » avaient refleuri depuis la guerre. Car tous ceux qui n'ont pas le sens artistique, c'est-à-dire la soumission à la réalité intérieure, peuvent être pourvus de la faculté de raisonner à perte de vue sur l'art. Pour peu qu'ils soient par surcroît diplomates ou financiers, mêlés aux « réalités » du temps présent, ils croient volontiers que la littérature est un jeu de l'esprit destiné à être éliminé de plus en plus dans l'avenir. Quelques-uns voulaient que le roman fût une sorte de défilé cinématographique[3] des choses. Cette conception était absurde. Rien ne s'éloigne plus de ce que nous avons perçu en réalité qu'une telle vue cinématographique.

Justement, comme, en entrant dans cette bibliothèque, je m'étais souvenu de ce que les Goncourt disent des belles éditions originales qu'elle contient, je m'étais promis de les regarder tandis que j'étais enfermé ici. Et tout en poursuivant mon raisonnement, je tirais un à un, sans trop y faire attention du reste, les précieux volumes, quand, au moment où j'ouvrais distraitement l'un d'eux : *François le Champi* de George Sand[4], je me sentis désagréablement frappé comme par quelque impression trop en désaccord avec mes pensées actuelles, jusqu'au moment où, avec une émotion qui allait jusqu'à me faire pleurer, je reconnus combien cette impression était d'accord avec elles. Tandis que[a1] dans la chambre mortuaire les employés des pompes funèbres se préparent à descendre la bière, le fils d'un homme qui a rendu des services à la patrie serre la main aux derniers amis qui défilent, si tout à coup retentit sous les fenêtres une fanfare, il se révolte, croyant à quelque moquerie dont on insulte son chagrin. Mais lui, qui est resté maître de soi jusque-là, ne peut plus retenir ses larmes ; car il vient de comprendre que ce qu'il entend c'est la musique d'un régiment qui s'associe à son deuil et rend honneur à la dépouille de son père. Tel, je venais de reconnaître combien s'accordait avec mes pensées actuelles la douloureuse impression que j'avais éprouvée en lisant le titre d'un livre dans la bibliothèque du prince de Guermantes ; titre qui m'avait donné l'idée que la littérature nous offrait vraiment ce monde de mystère que je ne trouvais plus en elle. Et pourtant ce n'était pas un livre bien extraordinaire, c'était *François le Champi*. Mais ce nom-là, comme le nom des Guermantes, n'était pas pour moi comme ceux que j'avais connus depuis : le souvenir de ce qui m'avait semblé inexplicable dans le sujet de *François le Champi* tandis que maman me lisait le livre de George Sand était réveillé par ce titre (aussi bien que le nom de Guermantes, quand je n'avais pas vu les Guermantes depuis longtemps, contenait pour moi tant de féodalité — comme *François le Champi* l'essence du roman —), et se substituait pour un instant à l'idée fort commune de ce que sont les romans berrichons de George Sand. Dans un dîner, quand la pensée reste toujours à la surface, j'aurais pu sans doute parler de *François le Champi* et des Guermantes sans que ni l'un ni l'autre fussent ceux de Combray. Mais quand j'étais seul, comme en ce moment, c'est à une profondeur plus grande que j'avais plongé. À ce moment-là, l'idée que telle personne dont j'avais fait la connaissance dans le monde était cousine de Mme de Guermantes, c'est-à-dire d'un personnage de lanterne magique, me semblait incompréhensible, et tout autant, que les plus beaux livres que j'avais lus fussent — je ne dis pas même supérieurs, ce qu'ils étaient pourtant — mais égaux à cet extraordinaire *François le Champi*. C'était une impression bien ancienne, où mes souvenirs d'enfance et de famille étaient tendrement mêlés et que je n'avais pas reconnue tout de suite. Je m'étais au premier instant demandé avec colère quel était l'étranger qui venait me faire mal. Cet étranger, c'était moi-même, c'était l'enfant que j'étais alors, que le livre venait de susciter en moi, car de moi ne connaissant que cet enfant, c'est cet enfant que le livre avait appelé tout de suite, ne voulant être regardé que par ses yeux, aimé que par son cœur, et ne parler qu'à lui. Aussi ce livre que ma mère m'avait lu haut à Combray presque jusqu'au matin, avait-il gardé pour moi tout le charme de cette nuit-là[1]. Certes, la « plume » de George Sand, pour prendre une expression de Brichot qui aimait tant dire qu'un livre était écrit « d'une plume alerte », ne me semblait pas du tout, comme elle avait paru si longtemps à ma mère avant qu'elle modelât lentement ses goûts littéraires sur les miens, une plume magique. Mais c'était une plume que sans le vouloir j'avais électrisée comme s'amusent souvent à faire les collégiens, et voici que mille riens de Combray, et que je n'apercevais plus depuis longtemps, sautaient légèrement d'eux-mêmes et venaient à la queue leu leu se suspendre au bec aimanté, en une chaîne interminable et tremblante de souvenirs.

Certains[a] esprits qui aiment le mystère veulent croire que les objets conservent quelque chose des yeux qui les regardèrent, que les monuments et les tableaux ne nous apparaissent que sous le voile sensible que leur ont tissé l'amour et la contemplation de tant d'adorateurs, pendant des siècles. Cette chimère deviendrait vraie s'ils la transposaient dans le domaine de la seule réalité pour chacun, dans le domaine de sa propre sensibilité. Oui, en ce sens-là, en ce sens-là seulement (mais il est bien plus grand), une chose que nous avons regardée autrefois, si nous la revoyons, nous rapporte avec le regard que nous y avons posé, toutes les images qui le remplissaient alors. C'est que les choses — un livre sous sa couverture rouge comme les autres —, sitôt qu'elles sont perçues par nous, deviennent en nous quelque chose d'immatériel, de même nature que toutes nos préoccupations ou nos sensations de ce temps-là, et se mêlent indissolublement à elles. Tel nom lu dans un livre autrefois, contient entre ses syllabes le vent rapide et le soleil brillant qu'il faisait quand nous le lisions. De sorte[b] que la littérature qui se contente de « décrire les choses », d'en donner seulement un misérable relevé de lignes et de surfaces, est celle qui, tout en s'appelant réaliste, est la plus éloignée de la réalité, celle qui nous appauvrit et nous attriste le plus, car elle coupe brusquement toute communication de notre moi présent avec le passé, dont les choses gardaient l'essence, et l'avenir où elles nous incitent à la goûter de nouveau. C'est elle que l'art digne de ce nom doit exprimer, et, s'il y échoue, on peut encore tirer de son impuissance un enseignement (tandis qu'on n'en tire aucun des réussites du réalisme), à savoir que cette essence est en partie subjective et incommunicable.

Bien plus, une chose que nous vîmes à une certaine époque, un livre que nous lûmes ne restent pas unis à jamais seulement à ce qu'il y avait autour de nous ; il le reste aussi fidèlement à ce que nous étions alors, il ne peut plus être ressenti, repensé que par la sensibilité, que par la pensée, par la personne que nous étions alors ; si je reprends dans la bibliothèque *François le Champi*, immédiatement en moi un enfant se lève qui prend ma place, qui seul a le droit de lire ce titre : *François le Champi*, et qui le lit comme il le lut alors, avec la même impression du temps qu'il faisait dans le jardin, les mêmes rêves qu'il formait alors sur les pays et sur la vie, la même angoisse du lendemain. Que je revoie une chose d'un autre temps, c'est un jeune homme qui se lèvera. Et ma personne d'aujourd'hui n'est qu'une carrière abandonnée, qui croit que tout ce qu'elle contient est pareil et monotone, mais d'où chaque souvenir, comme un sculpteur de génie tire des statues innombrables. Je dis : chaque chose que nous revoyons ; car les livres se comportent en cela comme des choses, la manière dont leur dos s'ouvrait, le grain du papier peut avoir gardé en lui un souvenir aussi vif de la façon dont j'imaginais alors Venise et du désir que j'avais d'y aller, que les phrases[a] mêmes des livres. Plus vif même, car celles-ci gênent parfois, comme ces photographies d'un être devant lesquelles on se le rappelle moins bien qu'en se contentant de penser à lui. Certes, pour bien des livres de mon enfance, et, hélas, pour certains livres de Bergotte lui-même, quand un soir de fatigue il m'arrive de les prendre, ce n'est pourtant que comme j'aurais pris un train dans l'espoir de me reposer par la vision de choses différentes et en respirant l'atmosphère d'autrefois. Mais il arrive que cette évocation recherchée se trouve entravée au contraire par la lecture prolongée du livre. Il en est un de Bergotte[1] (qui dans la bibliothèque du prince portait une dédicace d'une flagornerie et d'une platitude extrêmes), lu[a] jadis un jour d'hiver où je ne pouvais voir Gilberte, et où je ne peux réussir à retrouver les phrases que j'aimais tant. Certains mots me feraient croire que ce sont elles, mais c'est impossible. Où serait donc la beauté que je leur trouvais[1] ? Mais du volume lui-même la neige qui couvrait les Champs-Élysées le jour où je le lus n'a pas été enlevée, je la vois toujours[2].

Et c'est pour cela que si j'avais été tenté d'être bibliophile, comme l'était le prince de Guermantes, je ne l'aurais été que d'une façon particulière, sans même cette beauté indépendante de la valeur propre d'un livre, et qui lui vient pour les amateurs de connaître les bibliothèques par où il a passé, de savoir qu'il fut donné à l'occasion de tel événement, par tel souverain à tel homme célèbre, de l'avoir suivi, de vente en vente, à travers sa vie, cette beauté historique en quelque sorte d'un livre ne serait pas perdue pour moi. Mais c'est plus volontiers de l'histoire de ma propre vie, c'est-à-dire non pas en simple curieux, que je la dégagerais ; et ce serait souvent non pas à l'exemplaire matériel que je l'attacherais, mais à l'ouvrage, comme à ce *François le Champi*, contemplé pour la première fois dans ma petite chambre de Combray, pendant la nuit peut-être la plus douce et la plus triste de ma vie où j'avais, hélas ! (dans un temps où me paraissaient bien inaccessibles les mystérieux Guermantes) obtenu de mes parents une première abdication d'où je pouvais faire dater le déclin de ma santé et de mon vouloir, mon renoncement chaque jour aggravé à une tâche difficile — et retrouvé aujourd'hui dans la bibliothèque des Guermantes précisément, par le jour le plus beau et dont s'éclairaient soudain non seulement les tâtonnements anciens de ma pensée, mais même le but de ma vie et peut-être de l'art. Pour les exemplaires eux-mêmes des livres, j'eusse été, d'ailleurs, capable de m'y intéresser, dans une acception vivante. La première édition d'un ouvrage m'eût été plus précieuse que les autres, mais j'aurais[b] entendu par elle l'édition où je le lus pour la première fois. Je rechercherais les éditions originales, je veux dire celles où j'eus de ce livre une impression originale. Car les impressions suivantes ne le sont plus. Je collectionnerais pour les romans les reliures d'autrefois, celles du temps où je lus mes premiers romans et qui entendaient tant de fois papa me dire : « Tiens-toi droit ! » Comme la robe où nous vîmes pour la première fois une femme, elles m'aideraient à retrouver l'amour que j'avais alors, la beauté sur laquelle j'ai superposé trop d'images de moins en moins aimées, pour pouvoir retrouver la première, moi qui ne suis pas le moi qui l'ai vue et qui dois céder la place au moi que j'étais alors, s'il appelle la chose qu'il connut et que mon moi d'aujourd'hui ne connaît point. Mais même dans ce sens-là, le seul que je puisse comprendre, je ne serais pas tenté d'être bibliophile. Je sais trop pour cela combien les choses sont poreuses à l'esprit et s'en imbibent.

La bibliothèque[a] que je me composerais ainsi serait même d'une valeur plus grande encore ; car les livres que je lus jadis à Combray, à Venise, enrichis maintenant par ma mémoire de vastes enluminures représentant l'église Saint-Hilaire, la gondole amarrée au pied de Saint-Georges-le-Majeur sur le Grand Canal incrusté de scintillants saphirs, seraient devenus dignes de ces « livres à images », bibles historiées, livres d'heures que l'amateur n'ouvre jamais pour lire le texte mais pour s'enchanter une fois de plus des couleurs qu'y a ajoutées quelque émule de Foucquet[1] et qui font tout le prix de l'ouvrage. Et pourtant, même n'ouvrir ces livres lus autrefois que pour regarder les images qui ne les ornaient pas alors, me semblerait encore si dangereux que, même en ce sens, le seul que je puisse comprendre, je ne serais pas tenté d'être bibliophile. Je sais trop combien ces images laissées par l'esprit sont aisément effacées par l'esprit. Aux anciennes il en substitue de nouvelles qui n'ont plus le même pouvoir de résurrection. Et si[b] j'avais encore le *François le Champi* que maman sortit un soir du paquet de livres que ma grand-mère devait me donner pour ma fête, je ne le regarderais jamais ; j'aurais trop peur d'y insérer peu à peu mes impressions d'aujourd'hui jusqu'à en recouvrir complètement celles d'autrefois, j'aurais trop peur de le voir devenir à ce point une chose du présent que, quand je lui demanderais de susciter une fois encore l'enfant qui déchiffra son titre dans la petite chambre de Combray, l'enfant, ne reconnaissant pas son accent, ne répondît plus à son appel et restât pour toujours enterré dans l'oubli.

L'idée[c] d'un art populaire comme d'un art patriotique si même elle n'avait pas été dangereuse, me semblait ridicule. S'il s'agissait de le rendre accessible au peuple, en sacrifiant les raffinements de la forme, « bons pour des oisifs », j'avais assez fréquenté de gens du monde pour savoir que ce sont eux les véritables illettrés, et non les ouvriers électriciens. À cet égard, un art populaire[1] par la forme eût été destiné plutôt aux membres du Jockey qu'à ceux de la Confédération générale du travail[2] ; quant aux sujets, les romans populaires ennuient autant les gens du peuple que les enfants ces livres qui sont écrits pour eux. On cherche à se dépayser en lisant, et les ouvriers sont aussi curieux des princes que les princes des ouvriers. Dès le début de la guerre M. Barrès avait dit que l'artiste (en l'espèce Titien) doit avant tout servir la gloire de sa patrie. Mais il ne peut la servir qu'en étant artiste[3], c'est-à-dire qu'à condition, au moment où il étudie ces lois, institue ces expériences et fait ces découvertes, aussi délicates que celles de la science, de ne pas penser à autre chose — fût-ce à la patrie — qu'à la vérité qui est devant lui. N'imitons pas les révolutionnaires qui par « civisme » méprisaient, s'ils ne les détruisaient pas, les œuvres de Watteau et de La Tour, peintres qui honorent davantage la France que tous ceux de la Révolution[4]. L'anatomie n'est peut-être pas ce que choisirait un cœur tendre, si l'on avait le choix. Ce n'est pas la bonté de son cœur vertueux, laquelle était fort grande[5], qui a fait écrire à Choderlos de Laclos *Les Liaisons dangereuses*, ni son goût pour la bourgeoisie petite ou grande qui a fait choisir à Flaubert comme sujets ceux de *Madame Bovary* et de *L'Éducation sentimentale.* Certains disaient que l'art d'une époque de hâte serait bref[6], comme ceux qui prédisaient avant la guerre qu'elle serait courte. Le chemin de fer devait ainsi tuer la contemplation, il était vain de regretter le temps des diligences, mais l'automobile remplit leur fonction et arrête à nouveau les touristes vers les églises abandonnées[7].

Une image[a] offerte par la vie nous apportait en réalité à ce moment-là des sensations multiples et différentes. La vue, par exemple, de la couverture d'un livre déjà lu a tissé dans les caractères de son titre les rayons de lune d'une lointaine nuit d'été. Le goût du café au lait matinal nous apporte cette vague espérance d'un beau temps qui jadis si souvent, pendant que nous le buvions dans un bol de porcelaine blanche, crémeuse et plissée qui semblait du lait durci, quand la journée était encore intacte et pleine, se mit à nous sourire dans la claire incertitude du petit jour. Une heure n'est pas qu'une heure, c'est un vase rempli de parfums, de sons, de projets et de climats. Ce que nous appelons la réalité est un certain rapport entre ces sensations et ces souvenirs qui nous entourent simultanément — rapport que supprime une simple vision cinématographique, laquelle s'éloigne par là d'autant plus du vrai qu'elle prétend se borner à lui — rapport unique que l'écrivain doit retrouver pour en enchaîner à jamais dans sa phrase les deux termes différents. On peut faire se succéder indéfiniment dans une description les objets qui figuraient dans le lieu décrit, la vérité ne commencera qu'au moment où l'écrivain prendra deux objets différents, posera leur rapport, analogue dans le monde de l'art à celui qu'est le rapport unique de la loi causale dans le monde de la science, et les enfermera dans les anneaux nécessaires d'un beau style[1]. Même, ainsi que la vie, quand en rapprochant une qualité commune à deux sensations, il dégagera leur essence commune en les réunissant l'une et l'autre pour les soustraire aux contingences du temps, dans une métaphore[2]. La nature ne m'avait-elle pas mis elle-même, à ce point de vue, sur la voie de l'art, n'était-elle pas commencement d'art elle-même, elle qui ne m'avait permis de connaître, souvent longtemps après, la beauté d'une chose que dans une autre, midi à Combray que dans le bruit de ses cloches, les matinées de Doncières que dans les hoquets de notre calorifère à eau[3] ? Le rapport[a] peut être peu intéressant, les objets médiocres, le style mauvais, mais tant qu'il n'y a pas eu cela, il n'y a rien.

Mais il y avait plus[b]. Si la réalité était cette espèce de déchet de l'expérience, à peu près identique pour chacun, parce que quand nous disons : un mauvais temps, une guerre, une station de voitures, un restaurant éclairé, un jardin en fleurs, tout le monde sait ce que nous voulons dire ; si la réalité était cela, sans doute une sorte de film cinématographique de ces choses suffirait et le « style », la « littérature » qui s'écarteraient de leurs simples données seraient un hors-d'œuvre artificiel. Mais était-ce bien cela, la réalité[4] ? Si j'essayais de me rendre compte de ce qui se passe en effet au moment où une chose nous fait une certaine impression[5], soit comme ce jour où, en passant sur le pont de la Vivonne, l'ombre d'un nuage sur l'eau m'avait fait crier « Zut alors ! » en sautant de joie, soit qu'écoutant une phrase de Bergotte, tout ce que j'eusse vu de mon impression c'est ceci qui ne lui convient pas spécialement : « C'est admirable », soit qu'irrité d'un mauvais procédé, Bloch prononçât ces mots qui ne convenaient pas du tout à une aventure si vulgaire : « Qu'on agisse ainsi, je trouve cela tout de même fffantastique », soit quand, flatté d'être bien reçu chez les Guermantes, et d'ailleurs un peu grisé par leurs vins, je ne pouvais m'empêcher de dire à mi-voix, seul, en les quittant : « Ce sont tout de même des êtres exquis avec qui il serait doux de passer la vie », je m'apercevais que ce livre essentiel, le seul livre vrai, un grand écrivain n'a pas, dans le sens courant, à l'inventer puisqu'il existe déjà en chacun de nous, mais à le traduire. Le devoir et la tâche d'un écrivain sont ceux d'un traducteur[1].

Or si, quand il s'agit du langage inexact de l'amour-propre par exemple, le redressement de l'oblique discours intérieur (qui va s'éloignant de plus en plus de l'impression première et centrale) jusqu'à ce qu'il se confonde avec la droite qui aurait dû partir de l'impression, si ce redressement est chose malaisée contre quoi boude notre paresse, il est d'autres cas, celui où il s'agit de l'amour par exemple, où ce même redressement devient douloureux. Toutes nos feintes indifférences, toute notre indignation contre ses mensonges[a] si naturels, si semblables à ceux que nous pratiquons nous-même, en un mot tout ce que nous n'avons cessé, chaque fois que nous étions malheureux ou trahis, non seulement de dire à l'être aimé, mais même en attendant de le voir de nous dire sans fin à nous-même, quelquefois à haute voix dans le silence de notre chambre troublé par quelques : « Non, vraiment, de tels procédés sont intolérables », et : « J'ai voulu te recevoir une dernière fois et je ne nierai pas que cela me fasse de la peine », ramener tout cela à la vérité ressentie dont cela s'était tant écarté, c'est abolir tout ce à quoi nous tenions le plus, ce qui a fait, seul à seul avec nous-même, dans des projets fiévreux de lettres et de démarches, notre entretien passionné avec nous-même.

Même dans[b] les joies artistiques, qu'on recherche pourtant en vue de l'impression qu'elles donnent, nous nous arrangeons le plus vite possible à laisser de côté comme inexprimable ce qui est précisément cette impression même[2], et à nous attacher à ce qui nous permet d'en éprouver le plaisir sans le connaître jusqu'au fond et de croire le communiquer à d'autres amateurs avec qui la conversation sera possible, parce que nous leur parlerons d'une chose qui est la même pour eux et pour nous, la racine personnelle de notre propre impression étant supprimée. Dans les moments mêmes où nous sommes les spectateurs les plus désintéressés de la nature, de la société, de l'amour, de l'art lui-même, comme toute impression est double, à demi engainée dans l'objet, prolongée en nous-même par une autre moitié que seul nous pourrions connaître, nous nous empressons de négliger celle-là, c'est-à-dire la seule à laquelle nous devrions nous attacher, et nous ne tenons compte que de l'autre moitié qui, ne pouvant pas être approfondie parce qu'elle est extérieure, ne sera cause pour nous d'aucune fatigue : le petit sillon[1] que la vue d'une aubépine ou d'une église a creusé en nous, nous trouvons trop difficile de tâcher de l'apercevoir. Mais nous rejouons la symphonie, nous retournons voir l'église jusqu'à ce que — dans cette fuite loin de notre propre vie que nous n'avons pas le courage de regarder et qui s'appelle l'érudition — nous les connaissions aussi bien, de la même manière, que le plus savant amateur de musique ou d'archéologie[a].

Aussi combien s'en tiennent là qui n'extraient rien de leur impression, vieillissent inutiles et insatisfaits, comme des célibataires de l'art[2] ! Ils ont les chagrins qu'ont les vierges et les paresseux, et que la fécondité ou le travail guérirait. Ils sont plus exaltés à propos des œuvres d'art que les véritables artistes, car leur exaltation n'étant pas pour eux l'objet d'un dur labeur d'approfondissement, elle se répand au dehors, échauffe leurs conversations, empourpre leur visage. Ils croient accomplir un acte en hurlant à se casser la voix : « Bravo, bravo » après l'exécution d'une œuvre qu'ils aiment. Mais ces manifestations ne les forcent pas à éclaircir la nature de leur amour, ils ne la connaissent pas. Cependant celui-ci, inutilisé, reflue même sur leurs conversations les plus calmes, leur fait faire de grands gestes, des grimaces, des hochements de tête quand ils parlent d'art. « J'ai été à un concert. Je vous avouerai[b] que ça ne m'emballait pas. On commence le quatuor. Ah ! mais, nom d'une pipe ! ça change » (la figure de l'amateur à ce moment-là exprime une inquiétude anxieuse comme s'il pensait : « Mais je vois des étincelles, ça sent le roussi, il y a le feu »). « Tonnerre de Dieu, ce que j'entends là c'est exaspérant, c'est mal écrit, mais c'est épastrouillant, ce n'est pas l'œuvre de tout le monde. » Ce regard est précédé d'une intonation anxieuse aussi, de ports de tête, de nouvelles gesticulations, tout le ridicule des moignons de l'oison qui n'a pas résolu le problème des ailes et cependant est travaillé du désir de planer. De concerts en concerts passe sa vie ce stérile amateur, aigri et inassouvi quand il grisonne, sans vieillesse féconde, en quelque sorte le célibataire de l'art. Mais cette gent fort haïssable, qui pue son mérite et n'a point reçu sa part de contentement, est touchante parce qu'elle est le premier essai informe du besoin de passer de l'objet variable du plaisir intellectuel à son organe permanent[a].

Encore, si risibles soient-ils, ne sont-ils pas tout à fait à dédaigner. Ils sont les premiers essais de la nature qui veut créer l'artiste, aussi informes, aussi peu viables que ces premiers animaux qui précédèrent les espèces actuelles et qui n'étaient pas constitués pour durer. Ces amateurs velléitaires et stériles doivent nous toucher comme ces premiers appareils qui ne purent quitter la terre mais où résidait, non encore le moyen secret et qui restait à découvrir, mais le désir du vol. « Et, mon vieux, ajoute l'amateur en vous prenant par le bras, moi c'est la huitième fois que je l'entends, et je vous jure bien que ce n'est pas la dernière. » Et en effet, comme ils n'assimilent pas ce qui dans l'art est vraiment nourricier, ils ont tout le temps besoin de joies artistiques, en proie à une boulimie qui ne les rassasie jamais. Ils vont donc applaudir longtemps de suite la même œuvre, croyant de plus que leur présence réalise un devoir, un acte, comme d'autres personnes la leur à une séance de conseil d'administration, à un enterrement. Puis viennent des œuvres autres et même opposées, que ce soit en littérature, en peinture ou en musique. Car la faculté de lancer des idées, des systèmes, et surtout de se les assimiler, a toujours été beaucoup plus fréquente, même chez ceux qui produisent, que le véritable goût, mais prend une extension plus considérable depuis que les revues, les journaux littéraires se sont multipliés (et avec eux les vocations factices d'écrivains et d'artistes). Aussi la meilleure partie de la jeunesse, la plus intelligente, la plus désintéressée, n'aimait-elle plus en littérature que les œuvres ayant une haute portée morale et sociologique, même religieuse. Elle s'imaginait que c'était là le critérium de la valeur d'une œuvre, renouvelant ainsi l'erreur des David, des Chenavard, des Brunetière, etc.[1]. On préférait à Bergotte, dont les plus jolies phrases avaient exigé en réalité un bien plus profond repli sur soi-même, des écrivains qui semblaient plus profonds simplement parce qu'ils écrivaient moins bien. La complication de son écriture n'était faite que pour des gens du monde, disaient des démocrates qui faisaient ainsi aux gens du monde un honneur immérité. Mais dès que l'intelligence raisonneuse veut se mettre à juger des œuvres d'art, il n'y a plus rien de fixe, de certain, on peut démontrer tout ce qu'on veut. Alors que la réalité du talent est un bien, une acquisition universels, dont on doit avant tout constater la présence sous les modes apparentes de la pensée et du style, c'est sur ces dernières que la critique s'arrête pour classer les auteurs. Elle sacre prophète à cause de son ton péremptoire, de son mépris affiché pour l'école qui l'a précédé, un écrivain qui n'apporte nul message nouveau. Cette constante aberration de la critique est telle qu'un écrivain devrait presque préférer être jugé par le grand public (si celui-ci n'était incapable de se rendre compte même de ce qu'un artiste a tenté dans un ordre de recherches qui lui est inconnu). Car il y a plus d'analogie entre la vie instinctive du public et le talent d'un grand écrivain, qui n'est qu'un instinct religieusement écouté, au milieu du silence imposé à tout le reste, un instinct perfectionné et compris, qu'avec le verbiage superficiel et les critères changeants des juges attitrés. Leur logomachie se renouvelle de dix ans en dix ans (car le kaléidoscope n'est pas composé seulement par les groupes mondains, mais par les idées sociales, politiques, religieuses, qui prennent une ampleur momentanée grâce à leur réfraction dans des masses étendues, mais restent limitées malgré cela à la courte vie des idées dont la nouveauté n'a pu séduire que des esprits peu exigeants en fait de preuves). Ainsi s'étaient succédé les partis et les écoles, faisant se prendre à eux toujours les mêmes esprits, hommes d'une intelligence relative, toujours voués aux engouements dont s'abstiennent des esprits plus scrupuleux et plus difficiles en fait de preuves. Malheureusement, justement parce que les autres ne sont que de demi-esprits, ils ont besoin de se compléter dans l'action, ils agissent ainsi plus que les esprits supérieurs, attirent à eux la foule et créent autour d'eux non seulement les réputations surfaites et les dédains injustifiés mais les guerres civiles et les guerres extérieures, dont un peu de critique port-royaliste[1] sur soi-même devrait préserver[a].

Et quant à la jouissance que donne à un esprit parfaitement juste, à un cœur vraiment vivant, la belle pensée d'un maître, elle est sans doute entièrement saine mais, si précieux que soient les hommes qui la goûtent vraiment (combien y en a-t-il en vingt ans ?), elle les réduit tout de même à n'être que la pleine conscience d'un autre. Si tel homme a tout fait pour être aimé d'une femme qui n'eût pu que le rendre malheureux, mais n'a même pas réussi, malgré ses efforts redoublés pendant des années, à obtenir un rendez-vous de cette femme, au lieu de chercher à exprimer ses souffrances et le péril auquel il a échappé, il relit sans cesse, en mettant sous elle « un million de mots[2] » et les souvenirs les plus émouvants de sa propre vie, cette pensée de La Bruyère : « Les hommes souvent veulent aimer et ne sauraient y réussir, ils cherchent leur défaite sans pouvoir la rencontrer, et, si j'ose ainsi parler, ils sont contraints de demeurer libres[3]. » Que ce soit ce sens ou non qu'ait eu cette pensée pour celui qui l'écrivit (pour qu'elle l'eût, et ce serait plus beau, il faudrait « être aimés » au lieu d'« aimer »), il est certain qu'en lui ce lettré sensible la vivifie, la gonfle de signification jusqu'à la faire éclater, il ne peut la redire qu'en débordant de joie, tant il la trouve vraie et belle, mais il n'y a malgré tout rien ajouté, et il reste seulement la pensée de La Bruyère[4].

Comment la littérature de notations aurait-elle une valeur quelconque, puisque c'est sous de petites choses comme celles qu'elle note que la réalité est contenue (la grandeur dans le bruit lointain d'un aéroplane, dans la ligne du clocher de Saint-Hilaire, le passé dans la saveur d'une madeleine, etc.) et qu'elles sont sans signification par elles-mêmes si on ne l'en dégage pas ?

Peu à peu[b], conservée par la mémoire, c'est la chaîne de toutes ces expressions inexactes où ne reste rien de ce que nous avons réellement éprouvé, qui constitue pour nous notre pensée, notre vie, la réalité, et c'est ce mensonge-là que ne ferait que reproduire un art soi-disant « vécu », simple comme la vie, sans beauté, double emploi si ennuyeux et si vain de ce que nos yeux voient et de ce que notre intelligence constate qu'on se demande où celui qui s'y livre trouve l'étincelle joyeuse et motrice, capable de le mettre en train et de le faire avancer dans sa besogne. La grandeur de l'art véritable, au contraire, de celui que M. de Norpois eût appelé un jeu de dilettante, c'était de retrouver, de ressaisir, de nous faire connaître cette réalité loin de laquelle nous vivons, de laquelle nous nous écartons de plus en plus au fur et à mesure que prend plus d'épaisseur et d'imperméabilité la connaissance conventionnelle que nous lui substituons, cette réalité que nous risquerions fort de mourir sans avoir connue, et qui est tout simplement notre vie.

La vraie vie, la vie enfin découverte et éclaircie, la seule vie par conséquent pleinement vécue, c'est la littérature[1]. Cette vie qui, en un sens, habite à chaque instant chez tous les hommes aussi bien que chez l'artiste. Mais ils ne la voient pas, parce qu'ils ne cherchent pas à l'éclaircir. Et ainsi leur passé est encombré d'innombrables clichés qui restent inutiles parce que l'intelligence ne les a pas « développés[2] ». Notre vie ; et aussi la vie des autres ; car le style pour l'écrivain aussi bien que la couleur pour le peintre est une question non de technique mais de vision[3]. Il est la révélation, qui serait impossible par des moyens directs et conscients, de la différence qualitative qu'il y a dans la façon dont nous apparaît le monde, différence qui, s'il n'y avait pas l'art, resterait le secret éternel de chacun. Par l'art seulement nous pouvons sortir de nous, savoir ce que voit un autre de cet univers qui n'est pas le même que le nôtre et dont les paysages nous seraient restés aussi inconnus que ceux qu'il peut y avoir dans la lune. Grâce à l'art, au lieu de voir un seul monde, le nôtre, nous le voyons se multiplier, et autant qu'il y a d'artistes originaux, autant nous avons de mondes à notre disposition, plus différents les uns des autres que ceux qui roulent dans l'infini et, bien des siècles après qu'est éteint le foyer dont il émanait, qu'il s'appelât Rembrandt ou Ver Meer, nous envoient encore leur rayon spécial.

Ce travail[a] de l'artiste, de chercher à apercevoir sous de la matière, sous de l'expérience, sous des mots quelque chose de différent, c'est exactement le travail inverse de celui que, à chaque minute, quand nous vivons détourné de nous-même, l'amour-propre, la passion, l'intelligence, et l'habitude aussi accomplissent en nous, quand elles amassent au-dessus de nos impressions vraies, pour nous les cacher entièrement, les nomenclatures[a], les buts pratiques que nous appelons faussement la vie. En somme, cet art si compliqué est justement le seul art vivant. Seul il exprime pour les autres et nous fait voir à nous-même notre propre vie, cette vie qui ne peut pas s'« observer », dont les apparences qu'on observe ont besoin d'être traduites et souvent lues à rebours et péniblement déchiffrées. Ce travail qu'avaient fait notre amour-propre, notre passion, notre esprit d'imitation, notre intelligence abstraite, nos habitudes, c'est ce travail que l'art défera, c'est la marche en sens contraire, le retour aux profondeurs où ce qui a existé réellement gît inconnu de nous, qu'il nous fera suivre.

Et sans doute c'était une grande tentation que de recréer la vraie vie, de rajeunir les impressions. Mais il y fallait du courage de tout genre, et même sentimental[1]. Car c'était avant tout abroger ses plus chères illusions, cesser de croire à l'objectivité de ce qu'on a élaboré soi-même, et au lieu de se bercer une centième fois de ces mots : « Elle était bien gentille », lire au travers : « J'avais du plaisir à l'embrasser. » Certes, ce que j'avais éprouvé dans ces heures d'amour, tous les hommes l'éprouvent aussi. On éprouve, mais ce qu'on a éprouvé est pareil à certains clichés qui ne montrent que du noir tant qu'on ne les a pas mis près d'une lampe, et qu'eux aussi il faut regarder à l'envers : on ne sait pas ce que c'est tant qu'on ne l'a pas approché de l'intelligence. Alors seulement quand elle l'a éclairé, quand elle l'a intellectualisé, on distingue, et avec quelle peine, la figure de ce qu'on a senti. Mais je me rendais compte aussi que cette souffrance que j'avais connue d'abord avec Gilberte[2], que notre amour n'appartient pas à l'être qui l'inspire, est salutaire. Accessoirement comme moyen (car, si peu que notre vie doive durer, ce n'est que pendant que nous souffrons que nos pensées, en quelque sorte agitées de mouvements perpétuels et changeants, font monter comme dans une tempête, à un niveau d'où nous pouvons la voir, toute cette immensité réglée par des lois, sur laquelle, postés à une fenêtre mal placée, nous n'avons pas vue, car le calme du bonheur la laisse unie et à un niveau trop bas ; peut-être seulement pour quelques grands génies ce mouvement existe-t-il constamment sans qu'il y ait besoin pour eux des agitations de la douleur ; encore n'est-il pas certain, quand nous contemplons l'ample et régulier développement de leurs œuvres joyeuses, que nous ne soyons trop portés à supposer d'après la joie de l'œuvre celle de la vie, qui a peut-être été au contraire constamment douloureuse) — mais principalement parce que, si notre amour n'est pas seulement d'une Gilberte (ce qui nous fait tant souffrir), ce n'est pas parce qu'il est aussi l'amour d'une Albertine, mais parce qu'il est une portion de notre âme, plus durable que les moi divers qui meurent successivement en nous et qui voudraient égoïstement le retenir, et qui doit — quelque mal, quelque mal d'ailleurs utile que cela nous fasse — se détacher des êtres pour en restituer la généralité et donner cet amour, la compréhension de cet amour, à tous, à l'esprit universel et non à telle puis à telle en lesquelles tel puis tel de ceux que nous avons été successivement voudraient se fondre[1].

Il me fallait[a] rendre aux moindres signes qui m'entouraient (Guermantes, Albertine, Gilberte, Saint-Loup, Balbec, etc.) leur sens que l'habitude leur avait fait perdre pour moi. Et quand nous aurons atteint la réalité, pour l'exprimer, pour la conserver nous écarterons ce qui est différent d'elle et que ne cesse de nous apporter la vitesse acquise de l'habitude. Plus que tout j'écarterais ces paroles que les lèvres plutôt que l'esprit choisissent, ces paroles pleines d'humour, comme on en dit dans la conversation, et qu'après une longue conversation avec les autres on continue à s'adresser facticement à soi-même et qui nous remplissent l'esprit de mensonges, ces paroles toutes physiques qu'accompagne chez l'écrivain qui s'abaisse à les transcrire le petit sourire, la petite grimace qui altère à tout moment, par exemple, la phrase parlée d'un Sainte-Beuve[2], tandis que les vrais livres doivent être les enfants non du grand jour et de la causerie mais de l'obscurité et du silence. Et comme l'art recompose exactement la vie, autour des vérités qu'on a atteintes en soi-même flottera toujours une atmosphère de poésie, la douceur d'un mystère qui n'est que le vestige de la pénombre que nous avons dû traverser, l'indication, marquée exactement comme par un altimètre, de la profondeur d'une œuvre. (Car cette profondeur n'est pas inhérente à certains sujets, comme le croient des romanciers matérialistement spiritualistes puisqu'ils ne peuvent pas descendre au-delà du monde des apparences, et dont toutes les nobles intentions, pareilles à ces vertueuses tirades habituelles chez certaines personnes incapables du plus petit acte de bonté, ne doivent pas nous empêcher de remarquer qu'ils n'ont même pas eu la force d'esprit de se débarrasser de toutes les banalités de forme acquises par l'imitation.)

Quant aux vérités que l'intelligence[1] — même des plus hauts esprits — cueille à claire-voie, devant elle, en pleine lumière, leur valeur peut être très grande ; mais elles ont des contours plus secs et sont planes, n'ont pas de[a] profondeur parce qu'il n'y a pas eu de profondeurs à franchir pour les atteindre, parce qu'elles n'ont pas été recréées. Souvent des écrivains au fond de qui n'apparaissent plus ces vérités mystérieuses n'écrivent plus à partir d'un certain âge qu'avec leur intelligence, qui a pris de plus en plus de force ; les livres de leur âge mûr ont, à cause de cela, plus de force que ceux de leur jeunesse, mais ils n'ont plus le même velours.

Je sentais pourtant que ces vérités que l'intelligence dégage directement de la réalité ne sont pas à dédaigner entièrement, car elles pourraient enchâsser[b] d'une matière moins pure mais encore pénétrée d'esprit, ces impressions que nous apporte hors du temps l'essence commune aux sensations du passé et du présent, mais qui, plus précieuses, sont aussi trop rares pour que l'œuvre d'art puisse être composée seulement avec elles. Capables d'être utilisées pour cela, je sentais se presser en moi une foule de vérités relatives aux passions, aux caractères[c], aux mœurs[2]. Leur perception me causait de la joie ; pourtant il me semblait me rappeler que plus d'une d'entre elles, je l'avais découverte dans la souffrance, d'autres dans de bien médiocres plaisirs.

Chaque personne qui nous fait souffrir peut être rattachée par nous à une divinité dont elle n'est qu'un reflet fragmentaire et le dernier degré, divinité (Idée) dont la contemplation nous donne aussitôt de la joie au lieu de la peine que nous avions. Tout l'art de vivre, c'est de ne nous servir des personnes qui nous font souffrir que comme d'un degré permettant d'accéder à leur forme divine et de peupler ainsi joyeusement notre vie de divinités.

Alors, moins éclatante sans doute que celle qui m'avait fait apercevoir que l'œuvre d'art était le seul moyen de retrouver le Temps perdu, une nouvelle lumière se fit en moi. Et je compris que tous ces matériaux de l'œuvre littéraire, c'était ma vie passée ; je compris qu'ils étaient venus à moi, dans les plaisirs frivoles, dans la paresse, dans la tendresse, dans la douleur, emmagasinés par moi sans que je devinasse plus leur destination, leur survivance même, que la graine mettant en réserve tous les aliments qui nourriront la plante. Comme la graine[1], je pourrais mourir quand la plante se serait développée, et je me trouvais avoir vécu pour elle sans le savoir, sans que ma vie me parût devoir entrer jamais en contact avec ces livres que j'aurais voulu écrire et pour lesquels, quand je me mettais autrefois à ma table, je ne trouvais pas de sujet. Ainsi toute ma vie jusqu'à ce jour aurait pu et n'aurait pas pu être résumée sous ce titre : Une vocation[2]. Elle ne l'aurait pas pu en ce sens que la littérature n'avait joué aucun rôle dans ma vie. Elle l'aurait pu en ce que cette vie, les souvenirs de ses tristesses, de ses joies, formaient une réserve pareille à cet albumen[3] qui est logé dans l'ovule des plantes et dans lequel celui-ci puise sa nourriture pour se transformer en graine, en ce temps où on ignore encore que l'embryon d'une plante se développe, lequel est pourtant le lieu de phénomènes chimiques et respiratoires secrets mais très actifs. Ainsi ma vie était-elle en rapport avec ce qu'amènerait sa maturation. Et ceux qui se nourriraient ensuite d'elle ignoreraient, comme ceux qui mangent les graines alimentaires, que les riches substances qu'elles contiennent ont été faites pour leur nourriture, avaient d'abord nourri la graine et permis sa maturation.

En cette matière, les mêmes comparaisons qui sont fausses si on part d'elles, peuvent être vraies si on y aboutit. Le littérateur envie le peintre, il aimerait prendre des croquis, des notes, il est perdu s'il le fait. Mais quand il écrit, il n'est pas un geste de ses personnages, un tic, un accent, qui n'ait été apporté à son inspiration par sa mémoire, il n'est pas un nom de personnage inventé sous lequel il ne puisse mettre soixante noms de personnages vus, dont l'un a posé pour la grimace, l'autre pour le monocle, tel pour la colère, tel pour le mouvement avantageux du bras, etc. Et alors l'écrivain se rend compte que si son rêve d'être un peintre n'était pas réalisable d'une manière consciente et volontaire, il se trouve pourtant avoir été réalisé et que l'écrivain, lui aussi, a fait son carnet de croquis sans le savoir[1].

Car, mû par l'instinct qui était en lui, l'écrivain, bien avant qu'il crût le devenir un jour, omettait régulièrement de regarder tant de choses que les autres remarquent, ce qui le faisait accuser par les autres de distraction et par lui-même de ne savoir ni écouter ni voir ; pendant ce temps-là il dictait à ses yeux et à ses oreilles de retenir à jamais ce qui semblait aux autres des riens puérils, l'accent avec lequel avait été dite une phrase, et l'air de figure et le mouvement d'épaules qu'avait fait à un certain moment telle personne dont il ne sait peut-être rien d'autre, il y a de cela bien des années, et cela parce que cet accent, il l'avait déjà entendu, ou sentait qu'il pourrait le réentendre, que c'était quelque chose de renouvelable, de durable ; c'est le sentiment du général qui dans l'écrivain futur choisit lui-même ce qui est général et pourra entrer dans l'œuvre d'art. Car il n'a écouté les autres que quand, si bêtes ou si fous qu'ils fussent, répétant comme des perroquets ce que disent les gens de caractère semblable, ils s'étaient faits par là même les oiseaux prophètes, les porte-parole d'une loi psychologique. Il ne se souvient que du général. Par de tels accents, par de tels mouvements de physionomie, eussent-ils été vus dans sa plus lointaine enfance, la vie des autres était représentée en lui et, quand plus tard il écrirait, viendrait composer d'un mouvement d'épaules commun à beaucoup, vrai comme s'il était noté sur le cahier d'un anatomiste, mais ici pour exprimer une vérité psychologique, et emmanchant sur ses épaules un mouvement de cou fait par un autre, chacun ayant donné son instant de pose.

Il n'est pas certain que, pour créer une œuvre littéraire, l'imagination et la sensibilité ne soient pas des qualités interchangeables et que la seconde ne puisse pas sans grand inconvénient être substituée à la première, comme des gens dont l'estomac est incapable de digérer chargent de cette fonction leur intestin. Un homme né sensible et qui n'aurait pas d'imagination pourrait malgré cela écrire des romans admirables. La souffrance que les autres lui causeraient, ses efforts pour la prévenir, les conflits qu'elle et la seconde personne cruelle créeraient, tout cela, interprété par l'intelligence, pourrait faire la matière d'un livre non seulement aussi beau que s'il était imaginé, inventé, mais encore aussi extérieur à la rêverie de l'auteur s'il avait été livré à lui-même et heureux, aussi surprenant pour lui-même, aussi accidentel qu'un caprice fortuit de l'imagination.

Les êtres les plus bêtes, par leurs gestes, leurs propos, leurs sentiments involontairement exprimés, manifestent des lois qu'ils ne perçoivent pas, mais que l'artiste surprend en eux[1]. À cause de ce genre d'observations le vulgaire croit l'écrivain méchant, et il le croit à tort, car dans un ridicule l'artiste voit une belle généralité, il ne l'impute pas plus à grief à la personne observée que le chirurgien ne la mésestimerait d'être affectée d'un trouble assez fréquent de la circulation ; aussi se moque-t-il moins que personne des ridicules. Malheureusement il est plus malheureux qu'il n'est méchant : quand il s'agit de ses propres passions, tout en en connaissant aussi bien la généralité, il s'affranchit moins aisément des souffrances personnelles qu'elles causent. Sans doute, quand un insolent nous insulte, nous aurions mieux aimé qu'il nous louât, et surtout quand une femme que nous adorons nous trahit, que ne donnerions-nous pas pour qu'il en fût autrement ! Mais le ressentiment de l'affront, les douleurs de l'abandon auraient alors été les terres que nous n'aurions jamais connues, et dont la découverte, si pénible qu'elle soit à l'homme, devient précieuse pour l'artiste. Aussi les méchants et les ingrats, malgré lui, malgré eux, figurent dans son œuvre. Le pamphlétaire associe involontairement à sa gloire la canaille qu'il a flétrie. On peut reconnaître dans toute œuvre d'art ceux que l'artiste a le plus haïs et, hélas, même celles qu'il a le plus aimées. Elles-mêmes n'ont fait que poser pour l'écrivain dans le moment même où bien contre son gré elles le faisaient le plus souffrir. Quand j'aimais Albertine[2], je m'étais bien rendu compte qu'elle ne m'aimait pas, et j'avais été obligé de me résigner à ce qu'elle me fît seulement connaître ce que c'est qu'éprouver de la souffrance, de l'amour, et même, au commencement, du bonheur.

Et quand nous cherchons à extraire la généralité de notre chagrin, à en écrire, nous sommes un peu consolés peut-être par une autre raison encore que toutes celles que je donne ici, et qui est que penser d'une façon générale, qu'écrire, est pour l'écrivain une fonction saine et nécessaire dont l'accomplissement rend heureux, comme pour les hommes physiques l'exercice, la sueur, le bain. À vrai dire[a], contre cela je me révoltais un peu. J'avais beau croire que la vérité suprême de la vie est dans l'art, j'avais beau, d'autre part, n'être pas plus capable de l'effort de souvenir qu'il m'eût fallu pour aimer encore Albertine que pour pleurer encore ma grand-mère, je me demandais si tout de même une œuvre d'art dont elles ne seraient pas conscientes serait pour elles, pour le destin de ces pauvres mortes, un accomplissement. Ma grand-mère que j'avais, avec tant d'indifférence, vue agoniser et mourir près de moi ! Ô puissé-je, en expiation[1], quand mon œuvre serait terminée, blessé sans remède, souffrir de longues heures, abandonné de tous, avant de mourir ! D'ailleurs, j'avais une pitié infinie même d'êtres moins chers, même d'indifférents, et de tant de destinées dont ma[b] pensée en essayant de les comprendre avait, en somme, utilisé la souffrance, ou même seulement les ridicules. Tous ces êtres qui m'avaient révélé des vérités et qui n'étaient plus, m'apparaissaient comme ayant vécu une vie qui n'avait profité qu'à moi, et comme s'ils étaient morts pour moi.

Il était triste pour moi de penser que mon amour auquel j'avais tant tenu, serait, dans mon livre, si dégagé d'un être que des lecteurs divers l'appliqueraient exactement à ce qu'ils avaient éprouvé pour d'autres femmes. Mais devais-je me scandaliser de cette infidélité posthume et que tel ou tel pût donner comme objet à mes sentiments des femmes inconnues, quand cette infidélité, cette division de l'amour entre plusieurs êtres, avait commencé de mon vivant et avant même que j'écrivisse ? J'avais bien souffert successivement pour Gilberte, pour Mme de Guermantes, pour Albertine. Successivement aussi je les avais oubliées, et seul mon amour dédié à des êtres différents avait été durable. La profanation d'un de mes souvenirs par des lecteurs inconnus, je l'avais consommée avant eux. Je n'étais[c] pas loin de me faire horreur, comme se le ferait peut-être à lui-même quelque parti nationaliste au nom duquel des hostilités se seraient poursuivies, et à qui seul aurait servi une guerre où tant de nobles victimes auraient souffert et succombé, sans même savoir (ce qui pour ma grand-mère du moins eût été une telle récompense) l'issue de la lutte. Et ma seule consolation qu'elle ne sût pas que je me mettais enfin à l'œuvre était que (tel est le lot des morts) si elle ne pouvait jouir de mon progrès, elle avait cessé depuis longtemps d'avoir conscience de mon inaction, de ma vie manquée, qui avaient été une telle souffrance pour elle. Et certes il n'y aurait pas que ma grand-mère, pas qu'Albertine, mais bien d'autres encore dont j'avais pu assimiler une parole, un regard, mais qu'en tant que créatures individuelles je ne me rappelais plus ; un livre est un grand cimetière où sur la plupart des tombes on ne peut plus lire les noms effacés. Parfois au contraire on se souvient très bien du nom, mais sans savoir si quelque chose de l'être qui le porta survit dans ces pages. Cette jeune fille aux prunelles profondément enfoncées, à la voix traînante, est-elle ici ? Et si elle y repose en effet, dans quelle partie, on ne sait plus, et comment trouver sous les fleurs[1] ?

Mais puisque[a] nous vivons loin des êtres individuels, puisque nos sentiments les plus forts, comme avait été mon amour pour ma grand-mère, pour Albertine, au bout de quelques années nous ne les connaissons plus, puisqu'ils ne sont plus pour nous qu'un mot incompris, puisque nous pouvons parler de ces morts avec les gens du monde chez qui nous avons encore plaisir à nous trouver quand tout ce que nous aimions pourtant est mort, alors s'il est un moyen pour nous d'apprendre à comprendre ces mots oubliés, ce moyen ne devons-nous pas l'employer, fallût-il pour cela les transcrire d'abord en un langage universel mais qui du moins sera permanent, qui ferait de ceux qui ne sont plus, en leur essence la plus vraie, une acquisition perpétuelle pour toutes les âmes ? Même cette loi du changement qui nous a rendu ces mots inintelligibles, si nous parvenons à l'expliquer, notre infirmité ne devient-elle pas une force nouvelle ?

D'ailleurs, l'œuvre à laquelle nos chagrins ont collaboré peut être interprétée pour notre avenir à la fois comme un signe néfaste de souffrance et comme un signe heureux de consolation. En effet si on dit que les amours, les chagrins du poète lui ont servi, l'ont aidé à construire son œuvre, si les inconnues qui s'en doutaient le moins, l'une par une méchanceté, l'autre par une raillerie, ont apporté chacune leur pierre pour l'édification du monument qu'elles ne verront pas, on ne songe pas assez que la vie de l'écrivain n'est pas terminée avec cette œuvre, que la même nature qui lui a fait avoir telles souffrances, lesquelles sont entrées dans son œuvre, cette nature continuera de vivre après l'œuvre terminée, lui fera aimer d'autres femmes dans des conditions qui seraient pareilles, si ne les faisait légèrement dévier tout ce que le temps modifie dans les circonstances, dans le sujet lui-même, dans son appétit d'amour et dans sa résistance à la douleur. À ce premier point de vue l'œuvre doit être considérée seulement comme un amour malheureux qui en présage fatalement d'autres et qui fera que la vie ressemblera à l'œuvre, que le poète n'aura presque plus besoin d'écrire, tant il pourra trouver dans ce qu'il a écrit la figure anticipée de ce qui arrivera. Ainsi mon amour pour Albertine, tant qu'il en différât, était déjà inscrit dans mon amour pour Gilberte, au milieu des jours heureux duquel j'avais entendu pour la première fois prononcer le nom et faire le portrait d'Albertine par sa tante, sans me douter que ce germe insignifiant se développerait et s'étendrait un jour sur toute ma vie.

Mais à un autre point de vue, l'œuvre est signe de bonheur, parce qu'elle nous apprend que dans tout amour le général gît à côté du particulier, et à passer du second au premier par une gymnastique qui fortifie contre le chagrin en faisant négliger sa cause pour approfondir son essence. En effet, comme je devais l'expérimenter par la suite, même au moment où l'on aime et où on souffre, si la vocation s'est enfin réalisée dans les heures où on travaille on sent si bien l'être qu'on aime se dissoudre dans une réalité plus vaste qu'on arrive à l'oublier par instants et qu'on ne souffre plus de son amour en travaillant que comme de quelque mal purement physique où l'être aimé n'est pour rien, comme d'une sorte de maladie de cœur. Il est vrai que c'est une question d'instant et que l'effet semble être le contraire, si le travail vient un peu plus tard. Car les êtres qui, par leur méchanceté, leur nullité, étaient arrivés malgré nous à détruire nos illusions, s'étaient réduits eux-mêmes à rien et séparés de la chimère amoureuse que nous nous étions forgée, si alors nous nous mettons à travailler, notre âme les élève de nouveau, les identifie, pour les besoins de notre analyse de nous-même, à des êtres qui nous auraient aimé, et dans ce cas la littérature, recommençant le travail défait de l'illusion amoureuse, donne une sorte de survie à des sentiments qui n'existaient plus.

Certes nous sommes obligé de revivre notre souffrance particulière avec le courage du médecin qui recommence sur lui-même la dangereuse piqûre. Mais en même temps il nous faut la penser sous une forme générale qui nous fait dans une certaine mesure échapper à son étreinte, qui fait de tous les copartageants de notre peine, et qui n'est même pas exempte d'une certaine joie. Là où la vie emmure, l'intelligence perce une issue, car s'il n'est pas de remède à un amour non partagé, on sort de la constatation d'une souffrance, ne fût-ce qu'en en tirant les conséquences qu'elle comporte. L'intelligence ne connaît pas ces situations fermées de la vie sans issue.

Aussi fallait-il me résigner, puisque rien ne peut durer qu'en devenant général et si l'esprit meurt à soi-même, à l'idée que même les êtres qui furent le plus chers à l'écrivain n'ont fait en fin de compte que poser pour lui comme chez les peintres.

En amour, notre rival heureux, autant dire notre ennemi, est notre bienfaiteur. À un être qui n'excitait en nous qu'un insignifiant désir physique il ajoute aussitôt une valeur immense, étrangère, mais que nous confondons avec lui. Si nous n'avions pas de rivaux, le plaisir ne se transformerait pas en amour. Si nous n'en avions pas, ou si nous ne croyions pas en avoir. Car il n'est pas nécessaire qu'ils existent réellement. Suffisante pour notre bien est cette vie illusoire que donnent à des rivaux inexistants notre soupçon, notre jalousie.

Parfois, quand un morceau douloureux est resté à l'état d'ébauche, une nouvelle tendresse, une nouvelle souffrance nous arrivent qui nous permettent de le finir, de l'étoffer. Pour ces grands chagrins utiles on ne peut pas encore trop se plaindre, car ils ne manquent pas, ils ne se font pas attendre bien longtemps. Tout de même il faut se dépêcher de profiter d'eux, car ils ne durent pas très longtemps : c'est qu'on se console, ou bien, quand ils sont trop forts, si le cœur n'est plus très solide, on meurt. Car le bonheur seul est salutaire pour le corps ; mais c'est le chagrin qui développe les forces de l'esprit. D'ailleurs, ne nous découvrît-il pas à chaque fois une loi, qu'il n'en serait pas moins indispensable pour nous remettre chaque fois dans la vérité, nous forcer à prendre les choses au sérieux, arrachant chaque fois les mauvaises herbes de l'habitude, du scepticisme, de la légèreté, de l'indifférence. Il est vrai que cette vérité, qui n'est pas compatible avec le bonheur, avec la santé, ne l'est pas toujours avec la vie. Le chagrin finit par tuer. À chaque nouvelle peine trop forte, nous sentons une veine de plus qui saillit, développe sa sinuosité mortelle au long de notre tempe, sous nos yeux. Et c'est ainsi que peu à peu se font ces terribles figures ravagées du vieux Rembrandt, du vieux Beethoven[1], de qui tout le monde se moquait. Et ce ne serait rien que les poches des yeux et les rides du front s'il n'y avait la souffrance du cœur. Mais puisque les forces peuvent se changer en d'autres forces, puisque l'ardeur qui dure devient lumière et que l'électricité de la foudre peut photographier, puisque notre sourde douleur au cœur peut élever au-dessus d'elle, comme un pavillon, la permanence visible d'une image à chaque nouveau chagrin, acceptons le mal physique qu'il nous donne pour la connaissance spirituelle qu'il nous apporte ; laissons se désagréger notre corps, puisque chaque nouvelle parcelle qui s'en détache vient, cette fois lumineuse et lisible, pour la compléter au prix de souffrances dont d'autres plus doués n'ont pas besoin, pour la rendre plus solide au fur et à mesure que les émotions effritent notre vie, s'ajouter à notre œuvre[2]. Les idées sont des succédanés des chagrins ; au moment où ceux-ci se changent en idées, ils perdent une partie de leur action nocive sur notre cœur, et même, au premier instant, la transformation elle-même dégage subitement de la joie. Succédanés dans l'ordre du temps seulement, d'ailleurs, car il semble que l'élément premier ce soit l'idée, et le chagrin, seulement le mode selon lequel certaines idées entrent d'abord en nous. Mais il y a plusieurs familles dans le groupe des idées, certaines sont tout de suite des joies.

Ces réflexions me faisaient trouver un sens plus fort et plus exact à la vérité que j'avais toujours pressentie, notamment quand Mme de Cambremer se demandait comment je pouvais délaisser pour Albertine un homme remarquable comme Elstir. Même au point de vue intellectuel je sentais qu'elle avait tort, mais je ne savais pas ce qu'elle méconnaissait : c'était les leçons avec lesquelles on fait son apprentissage d'homme de lettres. La valeur objective des arts est peu de chose en cela ; ce qu'il s'agit de faire sortir, d'amener à la lumière, ce sont nos sentiments, nos passions, c'est-à-dire les passions, les sentiments de tous. Une femme dont nous avons besoin, qui nous fait souffrir, tire de nous des séries de sentiments autrement profonds, autrement vitaux qu'un homme supérieur qui nous intéresse. Il reste à savoir, selon le plan où nous vivons, si nous trouvons que telle trahison par laquelle nous a fait souffrir une femme est peu de chose auprès des vérités que cette trahison nous a découvertes et que la femme heureuse d'avoir fait souffrir n'aurait guère pu comprendre. En tout cas ces trahisons ne manquent pas. Un écrivain peut se mettre sans crainte à un long travail. Que l'intelligence commence son ouvrage, en cours de route surviendront bien assez de chagrins qui se chargeront de le finir. Quant au bonheur, il n'a presque qu'une seule utilité, rendre le malheur possible. Il faut que dans le bonheur nous formions des liens bien doux et bien forts de confiance et d'attachement pour que leur rupture nous cause le déchirement si précieux qui s'appelle le malheur. Si l'on n'avait pas été heureux, ne fût-ce que par l'espérance, les malheurs seraient sans cruauté et par conséquent sans fruit.

Et plus qu'au[a] peintre, à l'écrivain, pour obtenir du volume et de la consistance, de la généralité, de la réalité littéraire, comme il lui faut beaucoup d'églises vues pour en peindre une seule, il lui faut aussi beaucoup d'êtres pour un seul sentiment. Car si l'art est long et la vie courte[1], on peut dire en revanche que, si l'inspiration est courte, les sentiments qu'elle doit peindre ne sont pas beaucoup plus longs. Ce sont nos passions qui esquissent nos livres, le repos d'intervalle qui les écrit. Quand elle renaît[b], quand nous pouvons reprendre le travail, la femme qui posait devant nous pour un sentiment ne nous le fait déjà plus éprouver. Il faut continuer à le peindre d'après une autre, et si c'est une trahison pour l'être, littérairement, grâce à la similitude de nos sentiments, qui fait qu'une œuvre est à la fois le souvenir de nos amours passées et la prophétie de nos amours nouvelles, il n'y a pas grand inconvénient à ces substitutions. C'est une des causes de la vanité des études où on essaye de deviner de qui parle un auteur. Car une œuvre, même de confession directe, est pour le moins intercalée entre plusieurs épisodes de la vie de l'auteur, ceux antérieurs qui l'ont inspirée, ceux postérieurs, qui ne lui ressemblent pas moins, les amours suivantes, leurs particularités étant calquées sur les précédentes. Car à l'être que nous avons le plus aimé nous ne sommes pas si fidèle qu'à nous-même, et nous l'oublions tôt ou tard pour pouvoir — puisque c'est un des traits de nous-même — recommencer d'aimer. Tout au plus à cet amour celle que nous avons tant aimée a-t-elle ajouté une forme particulière, qui nous fera lui être fidèle même dans l'infidélité. Nous aurons besoin avec la femme suivante des mêmes promenades du matin ou de la reconduire de même le soir, ou de lui donner cent fois trop d'argent. (Une chose curieuse que cette circulation de l'argent que nous donnons à des femmes, qui à cause de cela nous rendent malheureux, c'est-à-dire nous permettent d'écrire des livres[1] — on peut presque dire que les œuvres, comme dans les puits artésiens, montent d'autant plus haut que la souffrance a plus profondément creusé le cœur.) Ces substitutions[a] ajoutent à l'œuvre quelque chose de désintéressé, de plus général, qui est aussi une leçon austère que ce n'est pas aux êtres que nous devons nous attacher, que ce ne sont pas les êtres qui existent réellement et sont par conséquent susceptibles d'expression, mais les idées. Encore faut-il se hâter et ne pas perdre de temps pendant qu'on a à sa disposition ces modèles ; car ceux qui posent pour le bonheur n'ont généralement pas beaucoup de séances à donner, ni hélas, puisqu'elle aussi, elle passe si vite, ceux qui posent la douleur.

D'ailleurs, même quand elle ne fournit pas en nous la découvrant la matière de notre œuvre, elle nous est utile en nous y incitant. L'imagination, la pensée peuvent être des machines admirables en soi, mais elles peuvent être inertes. La souffrance alors les met en marche. Et les êtres qui posent pour nous la douleur nous accordent des séances si fréquentes, dans cet atelier où nous n'allons que dans ces périodes-là et qui est à l'intérieur de nous-même ! Ces périodes-là sont comme une image de notre vie avec ses diverses douleurs. Car elles aussi en contiennent de différentes, et au moment où on croyait que c'était calmé, une nouvelle. Une nouvelle dans tous les sens du mot : peut-être parce que ces situations imprévues nous forcent à entrer plus profondément en contact avec nous-même, ces dilemmes douloureux que l'amour nous pose à tout instant, nous instruisent, nous découvrent successivement la matière dont nous sommes fait[1]. Aussi quand Françoise, voyant Albertine entrer par toutes les portes ouvertes chez moi comme un chien, mettre partout le désordre, me ruiner, me causer tant de chagrins, me disait (car à ce moment-là j'avais déjà fait quelques articles et quelques traductions) : « Ah ! si Monsieur à la place de cette fille qui lui fait perdre tout son temps avait pris un petit secrétaire bien élevé qui aurait classé toutes les paperoles de Monsieur ! » j'avais peut-être tort de trouver qu'elle parlait sagement. En me faisant perdre mon temps, en me faisant du chagrin, Albertine m'avait peut-être été plus utile, même au point de vue littéraire, qu'un secrétaire qui eût rangé mes paperoles[2]. Mais tout de même, quand un être est si mal conformé (et peut-être dans la nature cet être est-il l'homme) qu'il ne puisse aimer sans souffrir, et qu'il faille souffrir pour apprendre des vérités, la vie d'un tel être finit par être bien lassante. Les années heureuses sont les années perdues, on attend une souffrance pour travailler. L'idée de la souffrance préalable s'associe à l'idée du travail, on a peur de chaque nouvelle œuvre en pensant aux douleurs qu'il faudra supporter d'abord pour l'imaginer. Et comme on comprend que la souffrance est la meilleure chose que l'on puisse rencontrer dans la vie, on pense sans effroi, presque comme à une délivrance, à la mort.

Pourtant si cela me révoltait un peu, encore fallait-il prendre garde que bien souvent nous n'avons pas joué avec la vie, profité des êtres pour les livres mais tout le contraire. Le cas de Werther[3], si noble, n'était pas, hélas, le mien. Sans croire un instant à l'amour d'Albertine, j'avais vingt fois voulu me tuer pour elle, je m'étais ruiné, j'avais détruit ma santé pour elle. Quand il s'agit d'écrire on est scrupuleux, on regarde de très près, on rejette tout ce qui n'est pas vérité. Mais tant qu'il ne s'agit que de la vie, on se ruine, on se rend malade, on se tue pour des mensonges. Il est vrai que c'est de la gangue de ces mensonges-là que (si l'âge est passé d'être poète) on peut seulement extraire un peu de vérité. Les chagrins sont des serviteurs obscurs, détestés, contre lesquels on lutte, sous l'empire de qui on tombe de plus en plus, des serviteurs atroces, impossibles à remplacer et qui par des voies souterraines nous mènent à la vérité et à la mort. Heureux ceux qui ont rencontré la première avant la seconde, et pour qui, si proches qu'elles doivent être l'une de l'autre, l'heure de la vérité a sonné avant l'heure de la mort !

De ma vie[a] passée je compris encore que les moindres épisodes avaient concouru à me donner la leçon d'idéalisme dont j'allais profiter aujourd'hui. Mes rencontres avec M. de Charlus, par exemple, ne m'avaient-elles pas, même avant que sa germanophilie me donnât la même leçon, permis, mieux encore que mon amour pour Mme de Guermantes ou pour Albertine, que l'amour de Saint-Loup pour Rachel, de me convaincre combien la matière est indifférente et que tout peut y être mis par la pensée ; vérité que le phénomène si mal compris, si inutilement blâmé, de l'inversion sexuelle grandit plus encore que celui, déjà si instructif, de l'amour. Celui-ci nous montre la beauté fuyant la femme que nous n'aimons plus et venant résider dans le visage que les autres trouveraient le plus laid, qui à nous-même aurait pu, pourra un jour déplaire ; mais il est encore plus frappant de la voir, obtenant tous les hommages d'un grand seigneur qui délaisse aussitôt une belle princesse, émigrer sous la casquette d'un contrôleur d'omnibus[1]. Mon étonnement, à chaque fois que j'avais revu aux Champs-Élysées, dans la rue, sur la plage, le visage de Gilberte, de Mme de Guermantes, d'Albertine, ne prouvait-il pas combien un souvenir ne se prolonge que dans une direction divergente de l'impression avec laquelle il a coïncidé d'abord et de laquelle il s'éloigne de plus en plus ?

L'écrivain ne doit pas s'offenser que l'inverti donne à ses héroïnes un visage masculin. Cette particularité un peu aberrante permet seule à l'inverti de donner ensuite à ce qu'il lit toute sa généralité[2]. Racine avait été obligé, pour lui donner ensuite toute sa valeur universelle, de faire un instant de la Phèdre antique une janséniste[3] ; de même, si M. de Charlus n'avait pas donné à l'« infidèle » sur qui Musset pleure dans *La Nuit d'octobre* ou dans *Le Souvenir* le visage de Morel[4], il n'aurait ni pleuré, ni compris, puisque c'était par cette seule voie, étroite et détournée, qu'il avait accès aux vérités de l'amour. L'écrivain ne dit que par une habitude prise dans le langage insincère des préfaces et des dédicaces : « mon lecteur ». En réalité, chaque lecteur est quand il lit le propre lecteur de soi-même. L'ouvrage de l'écrivain n'est qu'une espèce d'instrument optique qu'il offre au lecteur afin de lui permettre de discerner ce que sans ce livre il n'eût peut-être pas vu en soi-même. La reconnaissance en soi-même, par le lecteur, de ce que dit le livre, est la preuve de la vérité de celui-ci, et vice versa, au moins dans une certaine mesure, la différence entre les deux textes pouvant être souvent imputée non à l'auteur mais au lecteur. De plus, le livre peut être trop savant, trop obscur pour le lecteur naïf, et ne lui présenter ainsi qu'un verre trouble avec lequel il ne pourra pas lire. Mais d'autres particularités (comme l'inversion) peuvent faire que le lecteur a besoin de lire d'une certaine façon pour bien lire ; l'auteur n'a pas à s'en offenser, mais au contraire à laisser la plus grande liberté au lecteur en lui disant : « Regardez vous-même si vous voyez mieux avec ce verre-ci, avec celui-là, avec cet autre. »

Si je m'étais toujours tant intéressé aux rêves que l'on a pendant le sommeil, n'est-ce pas parce que, compensant la durée par la puissance, ils vous aident à mieux comprendre ce qu'a de subjectif, par exemple, l'amour, par le simple fait que — mais avec une vitesse prodigieuse — ils réalisent ce qu'on appellerait vulgairement vous mettre une femme dans la peau, jusqu'à nous faire passionnément aimer pendant un sommeil de quelques minutes une laide, ce qui dans la vie réelle eût demandé des années d'habitude, de collage — et comme s'ils étaient, inventées par quelque docteur miraculeux, des piqûres intraveineuses d'amour, aussi bien qu'ils peuvent l'être aussi de souffrance ? Avec la même vitesse la suggestion amoureuse qu'ils nous ont inculquée se dissipe, et quelquefois non seulement l'amoureuse nocturne a cessé d'être pour nous comme telle, étant redevenue la laide bien connue, mais quelque chose de plus précieux se dissipe aussi, tout un tableau ravissant de sentiments de tendresse, de volupté, de regrets vaguement estompés, tout un embarquement pour Cythère de la passion dont nous voudrions noter, pour l'état de veille, les nuances d'une vérité délicieuse mais qui s'efface comme une toile trop pâlie qu'on ne peut restituer. Et bien plus, c'était peut-être aussi par le jeu formidable qu'il fait avec le Temps que le Rêve m'avait fasciné. N'avais-je pas vu souvent en une nuit, en une minute d'une nuit, des temps bien lointains, relégués à ces distances énormes où nous ne pouvons plus rien distinguer des sentiments que nous y éprouvions, fondre à toute vitesse sur nous, nous aveuglant de leur clarté, comme s'ils avaient été des avions géants au lieu des pâles étoiles que nous croyions, nous faire revoir tout ce qu'ils avaient contenu pour nous, nous donnant l'émotion, le choc, la clarté de leur voisinage immédiat, qui ont repris, une fois qu'on est réveillé, la distance qu'ils avaient miraculeusement franchie, jusqu'à nous faire croire, à tort d'ailleurs, qu'ils étaient un des modes pour retrouver le Temps perdu[1] ?

Je m'étais[a] rendu compte que seule la perception grossière et erronée place tout dans l'objet, quand tout est dans l'esprit ; j'avais perdu ma grand-mère en réalité bien des mois après l'avoir perdue en fait, j'avais vu les personnes varier d'aspect selon l'idée que moi ou d'autres s'en faisaient, une seule être plusieurs selon les personnes qui la voyaient (divers Swann du début par exemple ; princesse de Luxembourg pour le premier président), même pour une seule au cours des années (nom de Guermantes, divers Swann pour moi[2]). J'avais vu l'amour placer dans une personne ce qui n'est que dans la personne qui aime. Je m'en étais d'autant mieux rendu compte que j'avais fait s'étendre à l'extrême la distance entre la réalité objective et l'amour (Rachel pour Saint-Loup et pour moi, Albertine pour moi et Saint-Loup[3], Morel ou le conducteur d'omnibus pour Charlus ou d'autres personnes, et malgré cela tendresses de Charlus ; vers de Musset, etc.). Enfin, dans une certaine mesure, la germanophilie de M. de Charlus, comme le regard de Saint-Loup sur la photographie d'Albertine, m'avaient aidé à me dégager pour un instant, sinon de ma germanophobie, du moins de ma croyance en la pure objectivité de celle-ci, et à me faire penser que peut-être en était-il de la haine comme de l'amour et que, dans le jugement terrible que portait en ce moment même la France à l'égard de l'Allemagne qu'elle jugeait hors de l'humanité, y avait-il surtout une objectivation de sentiments, comme ceux qui faisaient paraître Rachel et Albertine si précieuses, l'une à Saint-Loup, l'autre à moi. Ce qui rendait possible, en effet, que cette perversité ne fût pas entièrement intrinsèque à l'Allemagne est que, de même qu'individuellement j'avais eu des amours successives, après la fin desquelles l'objet de cet amour m'apparaissait sans valeur, j'avais déjà vu dans mon pays des haines successives qui avaient fait apparaître, par exemple, comme des traîtres — mille fois pires que les Allemands auxquels ils livraient la France — des dreyfusards comme Reinach[1] avec lequel collaboraient aujourd'hui les patriotes contre un pays dont chaque membre était forcément un menteur, une bête féroce, un imbécile, exception faite des Allemands qui avaient embrassé la cause française, comme le roi de Roumanie, le roi des Belges ou l'impératrice de Russie[2]. Il est vrai que les antidreyfusards m'eussent répondu : « Ce n'est pas la même chose. » Mais en effet ce n'est jamais la même chose, pas plus que ce n'est la même personne : sans cela, devant le même phénomène, celui qui en est la dupe ne pourrait accuser que son état subjectif et ne pourrait croire que les qualités ou les défauts sont dans l'objet. L'intelligence n'a point de peine alors à baser sur cette différence une théorie (enseignement contre nature des congréganistes selon les radicaux[3], impossibilité de la race juive à se nationaliser[4], haine perpétuelle de la race allemande contre la race latine[5], la race jaune étant momentanément réhabilitée[6]). Ce côté subjectif se marquait d'ailleurs dans les conversations des neutres, où les germanophiles, par exemple, avaient la faculté de cesser un instant de comprendre et même d'écouter quand on leur parlait des atrocités allemandes en Belgique[7]. (Et pourtant, elles étaient réelles : ce que je remarquais de subjectif dans la haine comme dans la vue elle-même n'empêchait pas que l'objet pût posséder des qualités ou des défauts réels et ne faisait nullement s'évanouir la réalité en un pur relativisme.) Et si, après tant d'années écoulées et de temps perdu, je sentais cette influence capitale de l'acte interne[a] jusque dans les relations internationales, tout au commencement de ma vie ne m'en étais-je pas douté quand je lisais dans le jardin de Combray un de ces romans de Bergotte que, même aujourd'hui, si j'en ai feuilleté quelques pages oubliées où je vois les ruses d'un méchant, je ne repose qu'après m'être assuré, en passant cent pages, que vers la fin ce même méchant est dûment humilié et vit assez pour apprendre que ses ténébreux projets ont échoué ? Car je ne me rappelais plus bien ce qui était arrivé à ces personnages, ce qui ne les différenciait d'ailleurs pas des personnes qui se trouvaient cet après-midi chez Mme de Guermantes et dont, pour plusieurs au moins, la vie passée était aussi vague pour moi que si je l'eusse lue dans un roman à demi oublié. Le prince d'Agrigente avait-il fini par épouser Mlle X... ? Ou plutôt n'était-ce pas le frère de Mlle X... qui avait dû épouser la sœur du prince d'Agrigente ? Ou bien faisais-je une confusion avec une ancienne lecture ou un rêve récent ? Le rêve était encore un de ces faits de ma vie, qui m'avait toujours le plus frappé, qui avait dû le plus servir à me convaincre du caractère purement mental de la réalité, et dont je ne dédaignerais pas l'aide dans la composition de mon œuvre. Quand je vivais, d'une façon un peu moins désintéressée, pour un amour, un rêve venait rapprocher singulièrement de moi, lui faisant parcourir de grandes distances de temps perdu, ma grand-mère, Albertine que j'avais recommencé à aimer parce qu'elle m'avait fourni, dans mon sommeil, une version, d'ailleurs atténuée, de l'histoire de la blanchisseuse. Je pensai qu'ils viendraient quelquefois rapprocher ainsi de moi des vérités, des impressions, que mon effort seul, ou même les rencontres de la nature ne me présentaient pas, qu'ils réveilleraient en moi du désir, du regret de certaines choses inexistantes, ce qui est la condition pour travailler, pour s'abstraire de l'habitude, pour se détacher du concret. Je ne dédaignerais pas cette seconde muse, cette muse nocturne qui suppléerait parfois à l'autre.

J'avais vu[a] les nobles devenir vulgaires quand leur esprit, comme celui du duc de Guermantes, par exemple, était vulgaire (« Vous n'êtes pas gêné », comme eût pu dire Cottard). J'avais vu dans l'affaire Dreyfus, pendant la guerre, dans la médecine, croire que la vérité est un certain fait, que les ministres, le médecin, possèdent un oui ou non qui n'a pas besoin d'interprétation, qui fait qu'un cliché radiographique indique sans interprétation ce qu'a le malade, que les gens du pouvoir *savaient* si Dreyfus était coupable, *savaient* (sans avoir besoin d'envoyer pour cela Roques enquêter sur place) si Sarrail avait ou non les moyens de marcher en même temps que les Russes[1]. Il n'est pas une heure de ma vie qui n'eût servi à m'apprendre que seule la perception plutôt grossière et erronée place tout dans l'objet quand tout au contraire est dans l'esprit[b].

En somme, si j'y réfléchissais, la matière de mon expérience, laquelle serait la matière de mon livre, me[c] venait de Swann, non pas seulement par tout ce qui le concernait lui-même et Gilberte. Mais c'était lui[1] qui m'avait dès Combray donné le désir d'aller à Balbec, où sans cela mes parents n'eussent jamais eu l'idée de m'envoyer, et sans quoi je n'aurais pas connu Albertine, mais même[a] les Guermantes, puisque ma grand-mère n'eût pas retrouvé Mme de Villeparisis, moi fait la connaissance de Saint-Loup et de M. de Charlus, ce qui m'avait fait connaître la duchesse de Guermantes et par elle sa cousine, de sorte que ma présence même en ce moment chez le prince de Guermantes, où venait de me venir brusquement l'idée de mon œuvre (ce qui faisait que je devais à Swann non seulement la matière mais la décision), me venait aussi de Swann. Pédoncule un peu mince peut-être, pour supporter ainsi l'étendue de toute ma vie (le « côté de Guermantes » s'étant trouvé en ce sens ainsi procéder du « côté de chez Swann »). Mais bien souvent cet auteur des aspects de notre vie est quelqu'un de bien inférieur à Swann, est l'être le plus médiocre. N'eût-il pas suffi qu'un camarade quelconque m'indiquât quelque agréable fille à y posséder (que probablement je n'y aurais pas rencontrée) pour que je fusse allé à Balbec ? Souvent ainsi on rencontre plus tard un camarade déplaisant, on lui serre à peine la main, et pourtant, si jamais on y réfléchit, c'est d'une parole en l'air qu'il nous a dite, d'un « Vous devriez venir à Balbec », que toute notre vie et notre œuvre sont sorties. Nous ne lui en avons aucune reconnaissance, sans que cela soit faire preuve d'ingratitude. Car en disant ces mots il n'a nullement pensé aux énormes conséquences qu'ils auraient pour nous. C'est notre sensibilité et notre intelligence qui ont exploité les circonstances, lesquelles, sa première impulsion donnée, se sont engendrées les unes les autres sans qu'il eût pu prévoir la cohabitation avec Albertine plus que la soirée masquée chez les Guermantes[2]. Sans doute son impulsion fut nécessaire, et par là la forme extérieure de notre vie, la matière même de notre œuvre dépendent de lui. Sans Swann, mes parents n'eussent jamais eu l'idée de m'envoyer à Balbec. Il n'était pas d'ailleurs responsable des souffrances que lui-même m'avait indirectement causées. Elles tenaient à ma faiblesse. La sienne l'avait bien fait souffrir lui-même par Odette[3]. Mais[b] en déterminant ainsi la vie que nous avons menée, il a par là même exclu toutes les vies que nous aurions pu mener à la place de celle-là. Si Swann ne m'avait pas parlé de Balbec, je n'aurais pas connu Albertine, la salle à manger de l'hôtel, les Guermantes. Mais je serais allé ailleurs, j'aurais connu des gens différents, ma mémoire comme mes livres serait remplie de tableaux tout autres, que je ne peux même pas imaginer et dont la nouveauté, inconnue de moi, me séduit et me fait regretter de n'être pas allé plutôt vers elle, et qu'Albertine et la plage de Balbec et Rivebelle et les Guermantes ne me fussent pas restés toujours inconnus.

Certes, c'est au visage, tel que je l'avais aperçu pour la première fois devant la mer, que je rattachais certaines choses que j'écrirais sans doute. En un sens j'avais raison de les lui rattacher, car si je n'étais pas allé sur la digue ce jour-là, si je ne l'avais pas connue, toutes ces idées ne se seraient pas développées (à moins qu'elles l'eussent été par une autre). J'avais tort aussi, car ce plaisir générateur que nous avons à trouver rétrospectivement dans un beau visage de femme, vient de nos sens : il était bien certain en effet que ces pages que j'écrirais, Albertine, surtout l'Albertine d'alors, ne les eût pas comprises. Mais c'est justement pour cela (et c'est une indication à ne pas vivre dans une atmosphère trop intellectuelle), parce qu'elle était si différente de moi, qu'elle m'avait fécondé par le chagrin, et même d'abord par le simple effort pour imaginer ce qui diffère de soi. Ces pages, si elle avait été capable de les comprendre, par cela même elle ne les eût pas inspirées.

La jalousie est un bon recruteur qui, quand il y a un creux dans notre tableau, va nous chercher dans la rue la belle fille qu'il fallait. Elle n'était plus belle, elle l'est redevenue, car nous sommes jaloux d'elle, elle remplira ce vide[a].

Une fois que nous serons morts, nous n'aurons pas de joie que ce tableau ait été ainsi complété. Mais cette pensée n'est nullement décourageante. Car nous sentons que la vie est un peu plus compliquée qu'on ne dit, et même les circonstances. Et il y a une nécessité pressante à montrer cette complexité. La jalousie si utile ne naît pas forcément d'un regard, ou d'un récit, ou d'une rétroflexion. On peut la trouver, prête à nous piquer, entre les feuillets d'un annuaire — ce qu'on appelle *Tout-Paris*[1] pour Paris, et pour la campagne *Annuaire des châteaux*[2]. Nous avions distraitement entendu dire par la belle fille devenue indifférente qu'il lui faudrait aller voir quelques jours sa sœur dans le Pas-de-Calais, près de Dunkerque[1] ; nous avions aussi distraitement pensé autrefois que peut-être bien la belle fille avait été courtisée par M. E***, qu'elle ne voyait plus jamais, car plus jamais elle n'allait dans ce bar où elle le voyait jadis. Que pouvait être sa sœur ? femme de chambre peut-être ? Par discrétion nous ne l'avions pas demandé. Et puis voici qu'en ouvrant au hasard l'*Annuaire des châteaux*, nous trouvons que M. E*** a son château dans le Pas-de-Calais, près de Dunkerque. Plus de doute, pour faire plaisir à la belle fille, il a pris sa sœur comme femme de chambre, et si la belle ne le voit plus dans le bar, c'est qu'il la fait venir chez lui, habitant Paris presque toute l'année, mais ne pouvant se passer d'elle même pendant qu'il est dans le Pas-de-Calais. Les pinceaux, ivres de fureur et d'amour, peignent, peignent. Et pourtant, si ce n'était pas cela ? Si vraiment M. E*** ne voyait plus jamais la belle fille mais par serviabilité avait recommandé la sœur de celle-ci à un frère qu'il a, lui habitant toute l'année le Pas-de-Calais ? De sorte qu'elle va, même peut-être par hasard, voir sa sœur au moment où M. E*** n'est pas là, car ils ne se soucient plus l'un de l'autre. Et à moins encore que la sœur ne soit pas femme de chambre dans le château ni ailleurs mais ait des parents dans le Pas-de-Calais. Notre douleur du premier instant cède devant ces dernières suppositions qui calment toute jalousie. Mais qu'importe ? Celle-ci, cachée dans les feuillets de l'*Annuaire des châteaux*, est venue au bon moment car maintenant le vide qu'il y avait dans la toile est comblé. Et tout se compose bien grâce à la présence suscitée par la jalousie de la belle fille dont déjà nous ne sommes plus jaloux et que nous n'aimons plus[a].

*

À ce moment le maître d'hôtel vint me dire que le premier morceau étant terminé, je pouvais quitter la bibliothèque et entrer dans les salons. Cela me fit ressouvenir où j'étais. Mais je ne fus nullement troublé dans le raisonnement que je venais de commencer, par le fait qu'une réunion mondaine, le retour dans la société, m'eussent fourni ce point de départ vers une vie nouvelle que je n'avais pas su trouver dans la solitude. Ce fait n'avait rien d'extraordinaire, une impression qui pouvait ressusciter en moi l'homme éternel n'étant pas liée plus forcément à la solitude[a] qu'à la société (comme j'avais cru autrefois, comme cela avait peut-être été pour moi autrefois, comme cela aurait peut-être dû être encore si je m'étais harmonieusement développé, au lieu de ce long arrêt qui semblait seulement prendre fin). Car trouvant seulement cette impression de beauté quand, une sensation actuelle, si insignifiante fût-elle, une sensation semblable, renaissant spontanément en moi, venait étendre la première sur plusieurs époques à la fois, et remplissait mon âme, où les sensations particulières laissaient habituellement tant de vide, par une essence générale, il n'y avait pas de raison pour que je ne reçusse des sensations de ce genre dans le monde aussi bien que dans la nature, puisqu'elles sont fournies par le hasard, aidé sans doute par l'excitation particulière qui fait que, les jours où on se trouve en dehors du train courant de la vie, les choses même les plus simples recommencent à nous donner des sensations dont l'habitude fait faire l'économie à notre système nerveux. Que ce fût justement et uniquement ce genre de sensations qui dût conduire à l'œuvre d'art, j'allais essayer d'en trouver la raison objective, en continuant les pensées que je n'avais cessé d'enchaîner dans la bibliothèque ; car je sentais que le déclenchement de la vie spirituelle était assez fort en moi maintenant pour pouvoir continuer aussi bien dans le salon, au milieu des invités, que seul dans la bibliothèque ; il me semblait qu'à ce point de vue, même au milieu de cette assistance si nombreuse, je saurais réserver ma solitude. Car pour la même raison que de grands événements n'influent pas du dehors sur nos puissances d'esprit, et qu'un écrivain médiocre vivant dans une époque épique restera un tout aussi médiocre écrivain, ce qui était dangereux dans le monde c'était les dispositions mondaines qu'on y apporte. Mais par lui-même il n'était pas plus capable de vous rendre médiocre qu'une guerre héroïque de rendre sublime un mauvais poète.

En tout cas[b], qu'il fût théoriquement utile ou non que l'œuvre d'art fût constituée de cette façon, et en attendant que j'eusse examiné ce point comme j'allais le faire, je ne pouvais nier qu'en ce qui me concernait, quand des impressions vraiment esthétiques m'étaient venues, ç'avait toujours été à la suite de sensations de ce genre. Il est vrai qu'elles avaient été assez rares dans ma vie, mais elles la dominaient, je pouvais retrouver dans le passé quelques-uns de ces sommets que j'avais eu le tort de perdre de vue (ce que je comptais ne plus faire désormais). Et déjà je pouvais dire que si c'était chez moi, par l'importance exclusive qu'il prenait, un trait qui m'était personnel, cependant j'étais rassuré en découvrant qu'il s'apparentait à des traits moins marqués, mais discernables et au fond assez analogues chez certains écrivains. N'est-ce pas à une sensation du genre de celle de la madeleine qu'est suspendue la plus belle partie des *Mémoires d'Outre-Tombe* : « Hier au soir je me promenais seul... je fus tiré de mes réflexions par le gazouillement d'une grive perchée sur la plus haute branche d'un bouleau. À l'instant, ce son magique fit reparaître à mes yeux le domaine paternel ; j'oubliai les catastrophes dont je venais d'être le témoin, et, transporté subitement dans le passé, je revis ces campagnes où j'entendis si souvent siffler la grive. » Et une des deux ou trois plus belles phrases de ces mémoires n'est-elle pas celle-ci : « Une odeur fine et suave d'héliotrope s'exhalait d'un petit carré de fèves en fleurs ; elle ne nous était point apportée par une brise de la patrie, mais par un vent sauvage de Terre-Neuve, sans relation avec la plante exilée, sans sympathie de réminiscence et de volupté. Dans ce parfum non respiré de la beauté, non épuré dans son sein, non répandu sur ses traces, dans ce parfum changé d'aurore, de culture et de monde, il y avait toutes les mélancolies des regrets, de l'absence et de la jeunesse[1]. » Un des chefs-d'œuvre de la littérature française, *Sylvie*, de Gérard de Nerval, a, tout comme le livre des *Mémoires d'Outre-Tombe* relatif à Combourg, une sensation du même genre[2] que le goût de la madeleine et « le gazouillement de la grive ». Chez Baudelaire[3] enfin, ces réminiscences, plus nombreuses encore, sont évidemment moins fortuites et par conséquent, à mon avis, décisives. C'est le poète lui-même qui, avec plus de choix et de paresse, recherche volontairement, dans l'odeur d'une femme par exemple, de sa chevelure et de son sein, les analogies inspiratrices qui lui évoqueront « l'azur du ciel immense et rond[4] » et « un port rempli de flammes et de mâts[5] ». J'allais chercher à me rappeler les pièces de Baudelaire à la base desquelles se trouve ainsi une sensation transposée, pour achever de me replacer dans une filiation aussi noble, et me donner par là l'assurance que l'œuvre que je n'avais plus aucune hésitation à entreprendre méritait l'effort que j'allais lui consacrer, quand, étant arrivé au bas de l'escalier qui descendait de la bibliothèque, je me trouvai tout à coup dans le grand salon et au milieu d'une fête qui allait me sembler bien différente de celles auxquelles j'avais assisté autrefois, et allait revêtir pour moi un aspect particulier et prendre un sens nouveau. En effet, dès que j'entrai dans le grand salon, bien que je tinsse toujours ferme en moi, au point où j'en étais, le projet que je venais de former, un coup de théâtre se produisit qui allait élever contre mon entreprise la plus grave des objections. Une objection que je surmonterais sans doute, mais qui, tandis que je continuais à réfléchir en moi-même aux conditions de l'œuvre d'art, allait, par l'exemple cent fois répété de la considération la plus propre à me faire hésiter, interrompre à tout instant mon raisonnement.

Au premier moment je ne compris pas pourquoi j'hésitais à reconnaître le maître de maison, les invités, et pourquoi chacun semblait s'être « fait une tête[1] », généralement poudrée et qui les changeait complètement. Le prince avait encore en recevant cet air bonhomme d'un roi de féerie que je lui avais trouvé la première fois, mais cette fois, semblant s'être soumis lui-même à l'étiquette qu'il avait imposée à ses invités, il s'était affublé d'une barbe blanche et, traînant[a] à ses pieds qu'elles alourdissaient comme des semelles de plomb, semblait avoir assumé de figurer un des « âges de la vie ». Ses moustaches étaient blanches aussi, comme s'il restait après elles le gel de la forêt du Petit Poucet. Elles semblaient incommoder la bouche raidie et, l'effet une fois produit, il aurait dû les enlever. À vrai dire je ne le reconnus qu'à l'aide d'un raisonnement et en concluant de la simple ressemblance de certains traits à une identité de la personne. Je ne sais ce que le petit Fezensac avait mis sur sa figure[2], mais tandis que d'autres avaient blanchi, qui la moitié de leur barbe, qui leurs moustaches seulement, lui, sans s'embarrasser de ces teintures, avait trouvé le moyen de couvrir sa figure de rides, ses sourcils de poils hérissés, tout cela d'ailleurs ne lui seyait pas, son visage faisait l'effet d'être durci, bronzé, solennisé, cela le vieillissait tellement qu'on n'aurait plus dit du tout un jeune homme. Je fus[a] bien plus étonné au même moment en entendant appeler duc de Châtellerault un petit vieillard aux moustaches argentées d'ambassadeur, dans lequel seul un petit bout de regard resté le même me permit de reconnaître le jeune homme que j'avais rencontré une fois en visite chez Mme de Villeparisis[1]. À la première personne que je parvins ainsi à identifier, en tâchant de faire abstraction du travestissement et de compléter les traits restés naturels par un effort de mémoire, ma première pensée eût dû être, et fut peut-être bien moins d'une seconde, de la féliciter d'être si merveilleusement grimée qu'on avait d'abord, avant de la reconnaître, cette hésitation que les grands acteurs, paraissant dans un rôle où ils sont différents d'eux-mêmes, donnent, en entrant en scène, au public qui, même averti par le programme, reste un instant ébahi avant d'éclater en applaudissements.

À ce point de vue, le plus extraordinaire de tous était mon ennemi personnel, M. d'Argencourt, le véritable[b] clou de la matinée. Non seulement, au lieu de sa barbe à peine poivre et sel, il s'était affublé d'une extraordinaire barbe d'une invraisemblable blancheur, mais encore (tant de petits changements matériels peuvent rapetisser, élargir un personnage, et bien plus, changer son caractère apparent, sa personnalité) c'était un vieux mendiant qui n'inspirait plus aucun respect qu'était devenu cet homme dont la solennité, la raideur empesée étaient encore présentes à mon souvenir et qui donnait à son personnage de vieux gâteux une telle vérité que ses membres tremblotaient, que les traits détendus de sa figure, habituellement hautaine, ne cessaient de sourire avec une niaise béatitude. Poussé à ce degré, l'art du déguisement devient quelque chose de plus, une transformation complète de la personnalité. En effet, quelques riens avaient beau me certifier que c'était bien Argencourt qui donnait ce spectacle inénarrable et pittoresque, combien d'états successifs d'un visage ne me fallait-il pas traverser si je voulais retrouver celui de l'Argencourt que j'avais connu, et qui était tellement différent de lui-même, tout en n'ayant à sa disposition que son propre corps ! C'était évidemment la dernière extrémité où il avait pu le conduire, sans en crever, le plus fier visage, le torse le plus cambré n'était plus qu'une loque en bouillie, agitée de-ci de-là. À peine, en se rappelant certains sourires d'Argencourt qui jadis tempéraient parfois un instant sa hauteur pouvait-on trouver dans l'Argencourt vrai celui que j'avais vu si souvent, pouvait-on comprendre que la possibilité de ce sourire de vieux marchand d'habits ramolli existât dans le gentleman correct d'autrefois. Mais à supposer que ce fût la même intention de sourire qu'eût Argencourt, à cause de la prodigieuse transformation de son visage, la matière même de l'œil par laquelle il l'exprimait, était tellement différente, que l'expression devenait tout autre et même d'un autre. J'eus un fou rire devant ce sublime gaga, aussi émollié dans sa bénévole caricature de lui-même que l'était, dans la manière tragique, M. de Charlus foudroyé et poli. M. d'Argencourt, dans son incarnation de moribond-bouffe d'un Regnard exagéré par Labiche[1], était d'un accès aussi facile, aussi affable que M. de Charlus roi Lear qui se découvrait avec application devant le plus médiocre salueur. Pourtant je n'eus pas l'idée de lui dire mon admiration pour la vision extraordinaire qu'il offrait. Ce ne fut pas mon antipathie ancienne qui m'en empêcha, car précisément il était arrivé à être tellement différent de lui-même que j'avais l'illusion d'être devant une autre personne, aussi bienveillante, aussi désarmée, aussi inoffensive que l'Argencourt habituel était rogue, hostile et dangereux. Tellement une autre personne, qu'à voir ce personnage ineffablement grimaçant, comique et blanc, ce bonhomme de neige simulant un général Dourakine en enfance[2], il me semblait que l'être humain pouvait subir des métamorphoses aussi complètes que celles de certains insectes. J'avais l'impression de regarder derrière le vitrage instructif d'un muséum d'histoire naturelle ce que peut être devenu l'insecte le plus rapide, le plus sûr en ses traits, et je ne pouvais[a] pas ressentir les sentiments que m'avait toujours inspirés M. d'Argencourt devant cette molle chrysalide, plutôt vibratile que remuante. Mais je me tus, je ne félicitai pas M. d'Argencourt d'offrir un spectacle qui semblait reculer les limites entre lesquelles peuvent se mouvoir les transformations du corps humain.

Certes[b], dans les coulisses du théâtre ou pendant un bal costumé, on est plutôt porté par politesse à exagérer la peine, presque à affirmer l'impossibilité, qu'on a à reconnaître la personne travestie. Ici, au contraire, un instinct m'avait averti de les dissimuler le plus possible ; je sentais qu'elles n'avaient plus rien de flatteur parce que la transformation n'était pas voulue[a], et m'avisais enfin, ce à quoi je n'avais pas songé en entrant dans ce salon, que toute fête, si simple soit-elle, quand elle a lieu longtemps après qu'on a cessé d'aller dans le monde et pour peu qu'elle réunisse quelques-unes des mêmes personnes qu'on a connues autrefois, vous fait l'effet d'une fête travestie[1], de la plus réussie de toutes, de celle où l'on est le plus sincèrement « intrigué[2] » par les autres, mais où ces têtes, qu'ils se sont faites depuis longtemps sans le vouloir, ne se laissent pas défaire par un débarbouillage, une fois la fête finie. Intrigué par les autres ? Hélas, aussi les intriguant nous-même. Car la même difficulté que j'éprouvais à mettre le nom qu'il fallait sur les visages, semblait partagée par toutes les personnes qui, apercevant le mien, n'y prenaient pas plus garde que si elles ne l'eussent jamais vu, ou tâchaient de dégager de l'aspect actuel un souvenir différent.

Si M. d'Argencourt venait faire cet extraordinaire « numéro » qui était certainement la vision la plus saisissante dans son burlesque que je garderais de lui, c'était comme un acteur qui rentre une dernière fois sur la scène avant que le rideau tombe tout à fait au milieu des éclats de rire. Si je ne lui en voulais plus, c'est parce qu'en lui, qui avait retrouvé l'innocence du premier âge, il n'y avait plus aucun souvenir des notions méprisantes qu'il avait pu avoir de moi, aucun souvenir d'avoir vu M. de Charlus me lâcher brusquement le bras, soit qu'il n'y eût plus rien en lui de ces sentiments, soit qu'ils fussent obligés pour arriver jusqu'à nous de passer par des réfracteurs physiques si déformants qu'ils changeaient en route absolument de sens et que M. d'Argencourt semblât bon, faute de moyens physiques d'exprimer encore qu'il était mauvais et de refouler sa perpétuelle hilarité invitante. C'était trop de parler d'un acteur et, débarrassé qu'il était de toute âme consciente, c'est comme une poupée trépidante, à la barbe postiche de laine blanche, que[b] je le voyais agité, promené dans ce salon, comme dans un guignol à la fois scientifique et philosophique où il servait, comme dans une oraison funèbre ou un cours en Sorbonne, à la fois de rappel à la vanité de tout et d'exemple d'histoire naturelle.

Des poupées, mais que pour les identifier à celui qu'on avait connu, il fallait lire sur plusieurs plans à la fois, situés derrière elles et qui leur donnaient de la profondeur et forçaient à faire un travail d'esprit quand on avait devant soi ces vieillards fantoches, car on était obligé de les regarder en même temps qu'avec les yeux avec la mémoire, des poupées baignant dans les couleurs immatérielles des années, des poupées extériorisant le Temps, le Temps qui d'habitude n'est pas visible, pour le devenir cherche des corps et, partout où il les rencontre, s'en empare pour montrer sur eux sa lanterne magique. Aussi immatériel que jadis Golo sur le bouton de porte de ma chambre de Combray, ainsi le nouveau et si méconnaissable Argencourt était là comme la révélation du Temps, qu'il rendait partiellement visible. Dans les éléments nouveaux qui composaient la figure de M. d'Argencourt et son personnage, on lisait un certain chiffre d'années, on reconnaissait la figure symbolique de la vie non telle qu'elle nous apparaît, c'est-à-dire permanente, mais réelle, atmosphère si changeante que le fier seigneur s'y peint en caricature, le soir, comme un marchand d'habits.

En d'autres êtres, d'ailleurs, ces changements, ces véritables aliénations semblaient sortir du domaine de l'histoire naturelle et on s'étonnait en entendant un nom qu'un même être pût présenter non comme M. d'Argencourt les caractéristiques d'une nouvelle espèce différente mais les traits extérieurs d'un autre caractère. C'était bien, comme pour M. d'Argencourt, des possibilités insoupçonnées que le temps avait tirées de telle jeune fille, mais ces possibilités, bien qu'étant toutes physiognomoniques ou corporelles, semblaient avoir quelque chose de moral. Les traits du visage[1], s'ils changent, s'ils s'assemblent autrement, s'ils sont balancés de façon habituelle d'une façon plus lente, prennent, avec un aspect autre, une signification différente. De sorte qu'il y avait telle femme qu'on avait connue bornée et sèche, chez laquelle un élargissement des joues devenues méconnaissables, un busquage imprévisible du nez, causaient la même surprise, la même bonne surprise souvent, que tel mot sensible et profond, telle action courageuse et noble qu'on n'aurait jamais attendus d'elle. Autour de ce nez, nez nouveau, on voyait s'ouvrir des horizons qu'on n'eût pas osé espérer. La bonté, la tendresse, jadis impossibles, devenaient possibles avec ces joues-là. On pouvait faire entendre devant ce menton ce qu'on n'aurait jamais eu l'idée de lire devant le précédent. Tous ces traits nouveaux du visage impliquaient d'autres traits de caractère, la sèche et maigre jeune fille était devenue une vaste et indulgente douairière. Ce n'est plus dans un sens zoologique comme pour M. d'Argencourt, c'est dans un sens social et moral qu'on pouvait dire que c'était une autre personne.

Par tous ces côtés une matinée comme celle où je me trouvais était quelque chose de beaucoup plus précieux qu'une image du passé, mais m'offrait comme toutes les images successives, et que je n'avais jamais vues, qui séparaient le passé du présent, mieux encore, le rapport qu'il y avait entre le présent et le passé ; elle était comme ce qu'on appelait autrefois une vue optique, mais une vue optique[1] des années, la vue non d'un moment, mais d'une[a] personne située dans la perspective déformante du Temps.

Quant à la femme dont M. d'Argencourt avait été l'amant, elle n'avait pas beaucoup changé, *si l'on tenait compte du temps passé*, c'est-à-dire que son visage n'était pas trop complètement démoli pour celui d'un être qui se déforme tout le long de son trajet dans l'abîme où il est lancé, abîme dont nous ne pouvons exprimer la direction que par des comparaisons également vaines, puisque nous ne pouvons les emprunter qu'au monde de l'espace, et qui, que nous les orientions dans le sens de l'élévation, de la longueur ou de la profondeur, ont comme seul avantage de nous faire sentir que cette dimension inconcevable et sensible existe. La nécessité, pour donner un nom aux figures, de remonter effectivement le cours des années, me forçait, en réaction, de rétablir ensuite, en leur donnant leur place réelle, les années auxquelles je n'avais pas pensé. À ce point de vue, et pour ne pas me laisser tromper par l'identité apparente de l'espace, l'aspect tout nouveau d'un être comme M. d'Argencourt m'était une révélation frappante de cette réalité du millésime, qui d'habitude nous reste abstraite, comme l'apparition de certains arbres nains ou de baobabs géants nous avertit du changement de méridien[2].

Alors la vie nous apparaît comme la féerie où on voit d'acte en acte le bébé devenir adolescent, homme mûr et se courber vers la tombe. Et comme c'est par des changements perpétuels qu'on sent que ces êtres prélevés à des distances assez grandes sont si différents, on sent qu'on a suivi la même loi que ces créatures qui se sont tellement transformées qu'elles ne ressemblent plus, sans avoir cessé d'être, justement parce qu'elles n'ont pas cessé d'être, à ce que nous avons vu d'elles jadis.

Une jeune femme que j'avais connue autrefois, maintenant blanche et tassée en petite vieille maléfique, semblait indiquer qu'il est nécessaire que, dans le divertissement final d'une pièce, les êtres fussent travestis à ne pas les reconnaître. Mais son frère était resté si droit, si pareil à lui-même qu'on s'étonnait que sur sa figure jeune il eût fait passer au blanc sa moustache bien relevée. Les parties blanches de barbes[1] jusque-là entièrement noires rendaient mélancolique le paysage humain de cette matinée, comme les premières feuilles jaunes des arbres alors qu'on croyait encore pouvoir compter sur un long été, et qu'avant d'avoir commencé d'en profiter on voit que c'est déjà l'automne[2]. Alors moi[a] qui depuis mon enfance, vivant au jour le jour et ayant reçu d'ailleurs de moi-même et des autres une impression définitive, je m'aperçus pour la première fois, d'après les métamorphoses qui s'étaient produites dans tous ces gens, du temps qui avait passé pour eux, ce qui me bouleversa par la révélation qu'il avait passé aussi pour moi. Et indifférente en elle-même, leur vieillesse me désolait en m'avertissant des approches de la mienne. Celles-ci me furent, du reste, proclamées coup sur coup par des paroles qui à quelques minutes d'intervalle vinrent me frapper comme les trompettes du Jugement. La première fut prononcée par la duchesse de Guermantes[3] ; je venais de la voir, passant entre une double haie de curieux qui, sans se rendre compte des merveilleux artifices de toilette et d'esthétique qui agissaient sur eux, émus devant cette tête rousse, ce corps saumoné émergeant à peine de ses ailerons de dentelle noire, et étranglé de joyaux, le regardaient, dans la sinuosité héréditaire de ses lignes, comme ils eussent fait de quelque vieux poisson sacré, chargé de pierreries, en lequel s'incarnait le Génie protecteur de la famille de Guermantes. « Ah ! me dit-elle, quelle joie de vous voir, vous mon plus vieil ami. » Et dans mon amour-propre de jeune homme de Combray qui ne m'étais jamais compté à aucun moment comme pouvant être un de ses amis, participant vraiment à la vraie vie mystérieuse qu'on menait chez les Guermantes, un de ses amis au même titre que M. de Bréauté, que M. de Forestelle, que Swann, que tous ceux qui étaient morts, j'aurais pu en être flatté, j'en étais surtout malheureux. « Son plus vieil ami ! me dis-je, elle exagère ; peut-être un des plus vieux, mais suis-je donc... » À ce moment un neveu du prince s'approcha de moi : « Vous qui êtes un vieux Parisien », me dit-il. Un instant après on me remit un mot. J'avais rencontré en arrivant un jeune Létourville, dont je ne savais plus très bien la parenté avec la duchesse, mais qui me connaissait un peu. Il venait de sortir de Saint-Cyr, et, me disant que ce serait pour moi un gentil camarade comme avait été Saint-Loup, qui pourrait m'initier aux choses de l'armée, avec les changements qu'elle avait subis, je lui avais dit que je le retrouverais tout à l'heure et que nous prendrions rendez-vous pour dîner ensemble, ce dont il m'avait beaucoup remercié. Mais j'étais resté trop longtemps à rêver dans la bibliothèque et le petit mot qu'il avait laissé pour moi était pour me dire qu'il n'avait pu m'attendre, et me laisser son adresse. La lettre de ce camarade rêvé finissait ainsi : « Avec tout le respect de votre petit ami, Létourville. » « Petit ami ! » C'est ainsi qu'autrefois j'écrivais aux gens qui avaient trente ans de plus que moi, à Legrandin par exemple. Quoi ! ce sous-lieutenant que je me figurais mon camarade comme Saint-Loup, se disait mon petit ami. Mais alors il n'y avait donc pas que les méthodes militaires qui avaient changé depuis lors, et pour M. de Létourville j'étais donc, non un camarade, mais un vieux monsieur ; et de M. de Létourville, dans la compagnie duquel je me figurais, moi, tel que je m'apparaissais à moi-même, un bon camarade, étais-je donc séparé par l'écartement d'un invisible compas auquel je n'avais pas songé et qui me situait si loin du jeune sous-lieutenant qu'il semblait que, pour celui qui se disait mon « petit ami », j'étais un vieux monsieur ?

Presque[a] aussitôt après quelqu'un parla de Bloch, je demandai si c'était du jeune homme ou du père (dont j'avais ignoré la mort, pendant la guerre, d'émotion, avait-on dit, de voir la France envahie). « Je ne savais pas qu'il eût des enfants, je ne le savais même pas marié, me dit le prince. Mais c'est évidemment du père que nous parlons, car il n'a rien d'un jeune homme, ajouta-t-il en riant. Il pourrait avoir des fils qui seraient eux-mêmes déjà des hommes. » Et je compris qu'il s'agissait de mon camarade. Il entra d'ailleurs au bout d'un instant. Et en effet sur la figure de Bloch je vis se superposer cette mine débile et opinante, ces frêles hochements de tête qui trouvent si vite leur cran d'arrêt, et où j'aurais reconnu la docte fatigue des vieillards aimables, si d'autre part je n'avais reconnu devant moi mon ami et si mes souvenirs ne l'animaient pas de cet entrain juvénile et ininterrompu dont il semblait actuellement dépossédé. Pour moi qui l'avais connu au seuil de la vie et n'avais jamais cessé de le voir, il était mon camarade, un adolescent dont je mesurais la jeunesse par celle que m'ayant cru vivre depuis ce moment-là, je me donnais inconsciemment à moi-même. J'entendis dire qu'il paraissait bien son âge, je fus étonné de remarquer sur son visage quelques-uns de ces signes qui sont plutôt la caractéristique des hommes qui sont vieux. Je compris que c'est parce qu'il l'était en effet et que c'est avec des adolescents qui durent un assez grand nombre d'années que la vie fait des vieillards.

Comme quelqu'un, entendant dire que j'étais souffrant, demanda si je ne craignais pas de prendre la grippe qui régnait à ce moment-là[1], un autre bienveillant me rassura en me disant : « Non, cela atteint plutôt les personnes encore jeunes. Les gens de votre âge ne risquent plus grand-chose. » Et on assura que le personnel m'avait bien reconnu. Ils avaient chuchoté mon nom, et même « dans leur langage », raconta une dame, elle les avait entendus dire : « Voilà le père » (cette expression était suivie de mon nom). Et comme je n'avais pas d'enfant, elle ne pouvait se rapporter qu'à l'âge.

« Comment[a], si j'ai connu le maréchal[2] ? me dit la duchesse. Mais j'ai connu des gens bien plus représentatifs, la duchesse de Galliera[3], Pauline de Périgord[4], Mgr Dupanloup[5]. » En l'entendant, je regrettais naïvement de ne pas avoir connu ce qu'elle appelait un reste d'ancien régime. J'aurais dû penser qu'on appelle ancien régime ce dont on n'a pu connaître que la fin ; c'est ainsi que ce que nous apercevons à l'horizon prend une grandeur mystérieuse et nous semble se refermer sur un monde qu'on ne reverra plus ; cependant nous avançons et c'est bientôt nous-même qui sommes à l'horizon pour les générations qui sont derrière nous ; cependant l'horizon recule, et le monde, qui semblait fini, recommence.

« J'ai même pu voir, quand j'étais jeune fille, ajouta Mme de Guermantes, la duchesse de Dino. Dame, vous savez que je n'ai plus vingt-cinq ans. » Ces derniers mots me fâchèrent : « Elle ne devrait pas dire cela, ce serait bon pour une vieille femme. » Et aussitôt je pensai qu'en effet elle était une vieille femme. « Quant à vous, reprit-elle, vous êtes toujours le même. Oui, me dit-elle, vous êtes étonnant, vous restez toujours jeune », expression si mélancolique puisqu'elle n'a de sens que si nous sommes en fait, sinon d'apparence, devenus vieux. Et elle[a] me donna le dernier coup en ajoutant : « J'ai toujours regretté que vous ne vous soyez pas marié. Au fond, qui sait, c'est peut-être plus heureux. Vous auriez été d'âge à avoir des fils à la guerre, et s'ils avaient été tués, comme l'a été ce pauvre Robert (je pense encore souvent à lui), sensible comme vous êtes, vous ne leur auriez pas survécu. » Et je pus me voir, comme dans la première glace véridique que j'eusse rencontrée, dans les yeux de vieillards restés jeunes, à leur avis, comme je le croyais moi-même de moi, et qui, quand je me citais à eux, pour entendre un démenti, comme exemple de vieux, n'avaient pas dans leur regard qui me voyait tel qu'ils ne se voyaient pas eux-mêmes et tel que je les voyais, une seule protestation. Car nous ne voyions pas notre propre aspect, nos propres âges, mais chacun, comme un miroir opposé, voyait celui de l'autre. Et sans doute[b], à découvrir qu'ils ont vieilli, bien des gens eussent été moins tristes que moi. Mais d'abord il en est de la vieillesse comme de la mort. Quelques-uns les affrontent avec indifférence, non pas parce qu'ils ont plus de courage que les autres, mais parce qu'ils ont moins d'imagination[c]. Puis, un homme qui depuis son enfance vise une même idée, auquel sa paresse même et jusqu'à son état de santé, en lui faisant remettre sans cesse les réalisations, annule chaque soir le jour écoulé et perdu, si bien que la maladie qui hâte le vieillissement de son corps retarde celui de son esprit, est plus surpris et plus bouleversé de voir qu'il n'a cessé de vivre dans le Temps, que celui qui vit peu en soi-même, se règle sur le calendrier, et ne découvre pas d'un seul coup le total des années dont il a poursuivi quotidiennement l'addition. Mais une raison plus grave expliquait mon angoisse ; je découvrais cette action destructrice du Temps au moment même où je voulais entreprendre de rendre claires, d'intellectualiser dans une œuvre d'art, des réalités extra-temporelles.

Chez certains êtres le remplacement successif, mais accompli en mon absence, de chaque cellule par d'autres, avait amené un changement si complet, une si entière métamorphose que j'aurais pu dîner cent fois en face d'eux dans un restaurant sans me douter plus que je les avais connus autrefois que je n'aurais pu deviner la royauté d'un souverain incognito ou le vice d'un[a] inconnu. La comparaison devient même insuffisante pour le cas où j'entendais leur nom, car on peut admettre qu'un inconnu assis en face de vous soit criminel ou roi, tandis qu'eux je les avais connus, ou plutôt j'avais connu des personnes portant le même nom, mais si différentes, que je ne pouvais croire que ce fussent les mêmes. Pourtant, comme j'aurais fait de l'idée de souveraineté ou de vice, qui ne tarde pas à donner un visage nouveau à l'inconnu[b], avec qui on aurait fait si aisément, quand on avait encore les yeux bandés, la gaffe d'être insolent ou aimable, et dans les mêmes traits de qui on discerne maintenant quelque chose de distingué ou de suspect, je m'appliquais à introduire dans le visage de l'inconnue, entièrement inconnue, l'idée qu'elle était Mme Sazerat, et je finissais par rétablir le sens autrefois connu de ce visage, mais qui serait resté vraiment aliéné pour moi, entièrement celui d'une autre personne ayant autant perdu tous les attributs humains, que j'avais connus, qu'un homme redevenu singe, si le nom et l'affirmation de l'identité ne m'avaient mis, malgré ce que le problème avait d'ardu, sur la voie de la solution. Parfois pourtant l'ancienne image renaissait assez précise pour que je puisse essayer une confrontation ; et comme un témoin mis en présence d'un inculpé qu'il a vu, j'étais forcé, tant la différence était grande, de dire : « Non... je ne la reconnais pas ».

Gilberte de Saint-Loup me dit : « Voulez-vous que nous allions dîner tous les deux seuls au restaurant ? » Comme je répondais : « Si vous ne trouvez pas compromettant de venir dîner seule avec un jeune homme », j'entendis que tout le monde autour de moi riait, et je m'empressai d'ajouter : « ou plutôt avec un vieil homme. » Je sentais que la phrase qui avait fait rire était de celles qu'aurait pu, en parlant de moi, dire ma mère, ma mère pour qui j'étais toujours un enfant. Or je m'apercevais que je me plaçais pour me juger au même point de vue qu'elle. Si j'avais fini par enregistrer, comme elle, certains changements, qui s'étaient faits depuis ma première enfance, c'était tout de même des changements maintenant très anciens. J'en étais resté à celui qui faisait qu'on avait dit un temps, presque en prenant de l'avance sur le fait : « C'est maintenant presque un grand jeune homme. » Je le pensais encore, mais cette fois avec un immense retard. Je ne m'apercevais pas combien j'avais changé. Mais au fait, eux, qui venaient de rire aux éclats, à quoi s'en apercevaient-ils ? Je n'avais pas un cheveu gris, ma moustache était noire. J'aurais voulu pouvoir leur demander à quoi se révélait l'évidence de la terrible chose.

Et maintenant je comprenais ce que c'était la vieillesse — la vieillesse qui de toutes les réalités est peut-être celle dont nous gardons le plus longtemps dans la vie une notion purement abstraite, regardant les calendriers, datant nos lettres, voyant se marier nos amis, les enfants de nos amis, sans comprendre, soit par peur, soit par paresse, ce que cela signifie, jusqu'au jour où nous apercevons une silhouette inconnue, comme celle de M. d'Argencourt, laquelle nous apprend que nous vivons dans un nouveau monde ; jusqu'au jour où le petit-fils d'une de nos amies, jeune homme qu'instinctivement nous traiterions en camarade, sourit comme si nous nous moquions de lui, nous qui lui sommes apparu comme un grand-père ; je comprenais ce que signifiaient la mort, l'amour, les joies de l'esprit, l'utilité de la douleur, la vocation, etc. Car si les noms avaient perdu pour moi de leur individualité, les mots me découvraient tout leur sens. La beauté des images est logée à l'arrière des choses, celle des idées à l'avant. De sorte que la première cesse de nous émerveiller quand on les a atteintes, mais qu'on ne comprend la seconde que quand on les a dépassées.

Sans doute la cruelle découverte que je venais de faire[a] ne pourrait que me servir en ce qui concernait la matière même de mon livre. Puisque j'avais décidé qu'elle ne pouvait être uniquement constituée par les impressions véritablement pleines, celles qui sont en dehors du temps, parmi les vérités avec lesquelles je comptais les sertir, celles qui se rapportent au temps, au temps dans lequel baignent et changent les hommes, les sociétés, les nations, tiendraient une place importante. Je n'aurais pas soin seulement de faire une place à ces altérations que subit l'aspect des êtres et dont j'avais de nouveaux exemples à chaque minute, car tout en songeant à mon œuvre, assez définitivement mise en marche pour ne pas se laisser arrêter par des distractions passagères, je continuais à dire bonjour aux gens que je connaissais et à causer avec eux. Le vieillissement, d'ailleurs, ne se marquait pas pour tous d'une manière analogue.

Je vis quelqu'un qui demandait mon nom, on me dit que c'était M. de Cambremer[1]. Et alors pour me montrer qu'il m'avait reconnu : « Est-ce que vous avez toujours vos étouffements ? » me demanda-t-il ; et, sur ma réponse affirmative : « Vous voyez que ça n'empêche pas la longévité », me dit-il, comme si j'étais décidément centenaire. Je lui parlais les yeux attachés sur deux ou trois traits que je pouvais faire rentrer par la pensée dans cette synthèse[a], pour le reste toute différente de mes souvenirs, que j'appelais sa personne. Mais un instant il tourna à demi la tête. Et alors je vis qu'il était rendu méconnaissable par l'adjonction d'énormes poches rouges aux joues qui l'empêchaient d'ouvrir complètement la bouche et les yeux, si bien que je restais hébété, n'osant regarder cette sorte d'anthrax dont il me semblait plus convenable qu'il me parlât le premier. Mais comme un malade courageux, il n'y faisait pas allusion, riait, et j'avais peur d'avoir l'air de manquer de cœur en ne lui demandant pas, de tact en lui demandant ce qu'il avait. « Mais ils ne vous viennent pas plus rarement avec l'âge ? » me demanda-t-il, en continuant à parler des étouffements. Je lui dis que non. « Ah ! si, ma sœur en a sensiblement moins qu'autrefois », me dit-il, d'un ton de contradiction comme si cela ne pouvait pas être autrement pour moi que pour sa sœur, et comme si l'âge était un de ces remèdes dont il n'admettait pas, quand ils avaient fait du bien à Mme de Gaucourt, qu'ils ne me fussent pas salutaires. Mme de Cambremer-Legrandin s'étant approchée, j'avais de plus en plus peur de paraître insensible en ne déplorant pas ce que je remarquais sur la figure de son mari et je n'osais pas cependant parler de ça le premier. « Vous êtes content de le voir ? me dit-elle. — Il va bien ? répliquai-je sur un ton incertain. — Mais mon Dieu, pas trop mal, comme vous voyez. » Elle ne s'était pas aperçue de ce mal qui offusquait ma vue et qui n'était autre qu'un des masques du Temps que celui-ci avait appliqué à la figure du marquis, mais peu à peu, et en l'épaississant si progressivement que la marquise n'en avait rien vu. Quand M. de Cambremer eut fini ses questions sur mes étouffements, ce fut mon tour de m'informer tout bas auprès de quelqu'un si la mère du marquis vivait encore. En effet, dans l'appréciation du temps écoulé, il n'y a que le premier pas qui coûte. On éprouve d'abord beaucoup de peine à se figurer que tant de temps ait passé et ensuite qu'il n'en ait pas passé davantage. On n'avait jamais songé que le XIIIe siècle fût si loin, et après on a peine à croire qu'il puisse subsister encore des églises du XIIIe siècle, lesquelles pourtant sont innombrables en France. En quelques instants s'était fait en moi ce travail plus lent qui se fait chez ceux qui, ayant eu peine à comprendre qu'une personne qu'ils ont connue jeune ait soixante ans, en ont plus encore quinze ans après à apprendre qu'elle vit encore et n'a pas plus de soixante-quinze ans. Je demandai à M. de Cambremer comment allait sa mère. « Elle est toujours admirable », me dit-il, usant d'un adjectif qui, par opposition aux tribus où on traite sans pitié les parents âgés, s'applique dans certaines familles aux vieillards chez qui l'usage des facultés les plus matérielles, comme d'entendre, d'aller à pied à la messe, et de supporter avec insensibilité les deuils, s'empreint, aux yeux de leurs enfants, d'une extraordinaire beauté morale.

Chez d'autres dont le visage était intact, ils semblaient seulement embarrassés quand ils avaient à marcher ; on croyait d'abord qu'ils avaient mal aux jambes ; et ce n'est qu'ensuite qu'on comprenait que la vieillesse leur avait attaché ses semelles de plomb. Elle en embellissait d'autres, comme le prince d'Agrigente. À cet homme long, mince, au regard terne, aux cheveux qui semblaient devoir rester éternellement rougeâtres, avait succédé, par une métamorphose analogue à celle des insectes, un vieillard chez qui les cheveux rouges, trop longtemps vus, avaient été, comme un tapis de table qui a trop servi, remplacés par des cheveux blancs. Sa poitrine avait pris une corpulence inconnue, robuste, presque guerrière, et qui avait dû nécessiter un véritable éclatement de la frêle chrysalide[1] que j'avais connue ; une gravité consciente d'elle-même baignait les yeux où elle était teintée d'une bienveillance nouvelle qui s'inclinait vers chacun. Et comme, malgré tout, une certaine ressemblance subsistait entre le puissant prince actuel et le portrait que gardait mon souvenir, j'admirais la force de renouvellement original du Temps qui, tout en respectant l'unité de l'être et les lois de la vie, sait changer ainsi le décor et introduire de hardis contrastes dans deux aspects successifs d'un même personnage. Car beaucoup de ces gens, on les identifiait immédiatement, mais comme d'assez mauvais portraits d'eux-mêmes réunis dans l'exposition où un artiste inexact et malveillant durcit les traits de l'un, enlève la fraîcheur du teint ou la légèreté de la taille à celle-ci, assombrit le regard. Comparant ces images avec celles que j'avais sous les yeux de ma mémoire, j'aimais moins celles qui m'étaient montrées en dernier lieu. Comme souvent on trouve moins bonne et on refuse une des photographies entre lesquelles un ami vous a prié de choisir, à chaque personne et devant l'image qu'elle me montrait d'elle-même j'aurais voulu dire : « Non, pas celle-ci, vous êtes moins bien, ce n'est pas vous. » Je n'aurais pas osé ajouter : « Au lieu de votre beau nez droit on vous a fait le nez crochu[1] de votre père que je ne vous ai jamais connu. » Et en effet c'était un nez nouveau et familial. Bref l'artiste, le Temps, avait « rendu » tous ces modèles de telle façon qu'ils étaient reconnaissables, mais ils n'étaient pas ressemblants, non parce qu'il les avait flattés mais parce qu'il les avait vieillis. Cet artiste-là, du reste, travaille fort lentement. Ainsi cette réplique du visage d'Odette, dont, le jour où j'avais pour la première fois vu Bergotte, j'avais aperçu l'esquisse à peine ébauchée dans le visage de Gilberte, le Temps l'avait enfin poussée jusqu'à la plus parfaite ressemblance, pareil à ces peintres qui gardent longtemps une œuvre et la complètent année par année.

Si certaines femmes avouaient leur vieillesse en se fardant, elle apparaissait au contraire par l'absence du fard chez certains hommes sur le visage desquels je ne l'avais jamais expressément remarqué, et qui tout de même me semblaient bien changés depuis que, découragés de chercher à plaire, ils en avaient cessé l'usage. Parmi eux était Legrandin. La suppression du rose, que je n'avais jamais soupçonné artificiel, de ses lèvres et de ses joues donnait à sa figure l'apparence grisâtre et aussi la précision sculpturale de la pierre, sculptait ses traits allongés et mornes comme ceux de certains dieux égyptiens[a]. Dieux ;

plutôt revenants. Il avait perdu non seulement le courage de se peindre, mais de sourire, de faire briller son regard, de tenir des discours ingénieux. On s'étonnait de le voir si pâle, abattu, ne prononçant que de rares paroles qui avaient l'insignifiance de celles que disent les morts qu'on évoque. On se demandait quelle cause l'empêchait d'être vif, éloquent, charmant, comme on se le demande devant le « double » insignifiant d'un homme brillant de son vivant et auquel un spirite pose pourtant des questions qui prêteraient aux développements charmeurs. Et on se disait que cette cause qui avait substitué au Legrandin coloré et rapide un pâle et songeur petit fantôme de Legrandin, c'était la vieillesse.

En plusieurs[a], je finissais par reconnaître, non seulement eux-mêmes, mais eux tels qu'ils étaient autrefois, et par exemple Ski pas plus modifié qu'une fleur ou un fruit qui a séché. Il était un essai informe, confirmant mes théories sur l'art. D'autres[b] n'étaient nullement des amateurs, étant des gens du monde. Mais eux aussi, la vieillesse ne les avait pas mûris et, même s'il s'entourait d'un premier cercle de rides et d'un arc[c] de cheveux blancs, leur même visage poupin gardait l'enjouement de la dix-huitième année. Ils n'étaient pas des vieillards, mais des jeunes gens de dix-huit ans extrêmement fanés. Peu de chose eût suffi à effacer ces flétrissures de la vie, et la mort n'aurait pas plus de peine à rendre au visage sa jeunesse qu'il n'en faut pour nettoyer un portrait que seul un peu d'encrassement empêche de briller comme autrefois. Aussi je pensais à l'illusion dont nous sommes dupes quand, entendant parler d'un célèbre vieillard, nous nous fions d'avance à sa bonté, à sa justice, à sa douceur d'âme ; car je sentais qu'ils avaient été quarante ans plus tôt de terribles jeunes gens dont il n'y avait aucune raison pour supposer qu'ils n'avaient pas gardé la vanité, la duplicité, la morgue et les ruses.

Et pourtant, en complet contraste avec ceux-ci, j'eus la surprise de causer avec des hommes et des femmes jadis insupportables, et qui avaient perdu à peu près tous leurs défauts, soit que la vie, en décevant ou comblant leurs désirs, leur eût enlevé de leur présomption ou de leur amertume. Un riche mariage qui ne vous rend plus nécessaire la lutte ou l'ostentation, l'influence même de la femme, la connaissance lentement acquise de valeurs autres que celles auxquelles croit exclusivement une jeunesse frivole, leur avaient permis de détendre leur caractère et de montrer leurs qualités. Ceux-là, en vieillissant, semblaient avoir une personnalité différente, comme ces arbres dont l'automne, en variant leurs couleurs, semble changer l'essence. Pour eux celle de la vieillesse se manifestait vraiment, mais comme une chose morale. Chez d'autres elle était plutôt physique, et si nouvelle que la personne (Mme d'Arpajon[1] par exemple) me semblait à la fois inconnue et connue. Inconnue, car il m'était impossible de soupçonner que ce fût elle, et malgré moi je ne pus, en répondant à son salut, m'empêcher de laisser voir le travail d'esprit qui me faisait hésiter entre trois ou quatre personnes (parmi lesquelles n'était pas Mme d'Arpajon) pour savoir à qui je le rendais avec une chaleur du reste qui dut l'étonner, car dans le doute, ayant peur d'être trop froid si c'était une amie intime, j'avais compensé l'incertitude du regard par la chaleur de la poignée de main et du sourire. Mais d'autre part, son aspect nouveau ne m'était pas inconnu. C'était[a] celui que j'avais souvent vu au cours de ma vie à des femmes âgées et fortes mais sans soupçonner alors qu'elles avaient pu, beaucoup d'années avant, ressembler à Mme d'Arpajon. Cet aspect était si différent de celui que j'avais connu à la marquise qu'on eût dit qu'elle était un être condamné, comme un personnage de féerie, à apparaître d'abord en jeune fille, puis en épaisse matrone, et qui reviendrait sans doute bientôt en vieille branlante et courbée. Elle semblait, comme une lourde nageuse qui ne voit plus le rivage qu'à une grande distance, repousser avec peine les flots du temps qui la submergeaient. Peu à peu pourtant, à force de regarder sa figure hésitante, incertaine comme une mémoire infidèle qui ne peut plus retenir les formes d'autrefois, j'arrivai à en retrouver quelque chose en me livrant au petit jeu d'éliminer les carrés, les hexagones que l'âge avait ajoutés à ses joues. D'ailleurs, ce qu'il mêlait à celles des femmes n'était pas toujours seulement des figures géométriques. Dans les joues[2] restées si semblables pourtant de la duchesse de Guermantes et pourtant composites maintenant comme un nougat, je distinguai une trace de vert-de-gris, un petit morceau rose de coquillage concassé, une grosseur difficile à définir, plus petite qu'une boule de gui et moins transparente qu'une perle de verre[3].

Certains hommes boitaient dont on sentait bien que ce n'était pas par suite d'un accident de voiture, mais à cause d'une première attaque et parce qu'ils avaient déjà, comme on dit, un pied dans la tombe. Dans l'entrebâillement de la leur, à demi paralysées, certaines femmes semblaient ne pas pouvoir retirer complètement leur robe restée accrochée à la pierre du caveau, et elles ne pouvaient se redresser, infléchies qu'elles étaient, la tête basse, en une courbe qui était comme celle qu'elles occupaient actuellement entre la vie et la mort, avant la chute dernière. Rien ne pouvait lutter contre le mouvement de cette parabole qui les emportait et, dès qu'elles voulaient se lever, elles tremblaient et leurs doigts ne pouvaient rien retenir.

Chez certains même les cheveux n'avaient pas blanchi. Ainsi je reconnus quand il vint dire un mot à son maître le vieux valet de chambre du prince de Guermantes. Les poils bourrus qui hérissaient ses joues tout autant que son crâne étaient restés d'un roux tirant sur le rose et on ne pouvait le soupçonner de se teindre comme la duchesse de Guermantes. Mais il n'en paraissait pas moins vieux. On sentait seulement qu'il existe chez les hommes, comme dans le règne végétal les mousses, les lichens et tant d'autres, des espèces qui ne changent pas à l'approche de l'hiver.

Ces changements étaient, en effet, d'habitude ataviques, et la famille — parfois même — chez les Juifs surtout — la race — venait boucher ceux que le temps avait laissés en s'en allant là[a]. D'ailleurs ces particularités, devais-je me dire qu'elles mourraient ? J'avais bien considéré toujours notre individu, à un moment donné du temps, comme un polypier où l'œil, organisme indépendant bien qu'associé, si une poussière passe, cligne sans que l'intelligence le commande, bien plus, où l'intestin, parasite enfoui, s'infecte sans que l'intelligence l'apprenne, et pareillement pour l'âme, mais aussi dans la durée de la vie, comme une suite de moi juxtaposés mais distincts qui mourraient les uns après les autres ou même alterneraient entre eux, comme ceux qui à Combray prenaient pour moi la place l'un de l'autre quand venait le soir. Mais aussi j'avais vu que ces cellules morales qui composent un être sont plus durables que lui. J'avais vu les vices, le courage des Guermantes revenir en Saint-Loup, comme en lui-même ses défauts étranges et brefs de caractère, comme le sémitisme de Swann. Je pouvais le voir encore[a] en Bloch. Il avait perdu son père depuis quelques années et, quand je lui avais écrit à ce moment, n'avait pu d'abord me répondre, car outre les grands sentiments de famille qui existent souvent dans les familles juives, l'idée que son père était un homme tellement supérieur à tous, avait donné à son amour pour lui la forme d'un culte. Il n'avait pu supporter de le perdre et avait dû s'enfermer près d'une année dans une maison de santé. Il avait répondu à mes condoléances sur un ton à la fois profondément senti et presque hautain, tant il me jugeait enviable d'avoir approché cet homme supérieur dont il eût volontiers donné la voiture à deux chevaux à quelque musée historique. Et maintenant, à sa table de famille, la même[b] colère qui animait M. Bloch contre M. Nissim Bernard animait Bloch contre son beau-père. Il lui faisait les mêmes sorties à table. De même qu'en écoutant parler Cottard, Brichot, tant d'autres, j'avais senti que, par la culture et la mode, une seule ondulation propage dans toute l'étendue de l'espace les mêmes manières de dire, de penser, de même dans toute la durée du temps de grandes lames de fond soulèvent, des profondeurs des âges, les mêmes colères, les mêmes tristesses, les mêmes bravoures, les mêmes manies à travers les générations superposées, chaque section prise à plusieurs d'une même série offrant la répétition, comme des ombres sur des écrans successifs, d'un tableau aussi identique, quoique souvent moins insignifiant, que celui qui mettait aux prises de la même façon Bloch[c] et son beau-père, M. Bloch père et M. Nissim Bernard, et d'autres que je n'avais pas connus.

Certaines figures sous la cagoule de leurs cheveux blancs avaient déjà la rigidité, les paupières scellées de ceux qui vont mourir, et leurs lèvres, agitées d'un tremblement perpétuel, semblaient marmonner la prière des agonisants. À un visage linéairement le même[d] il suffisait, pour qu'il semblât autre, de cheveux blancs au lieu de cheveux noirs ou blonds. Les costumiers de théâtre savent qu'il suffit d'une perruque poudrée pour déguiser très suffisamment quelqu'un et le rendre méconnaissable. Le jeune comte de ***[1] que j'avais vu dans la loge de Mme de Cambremer, alors lieutenant, le jour où Mme de Guermantes était dans la baignoire de sa cousine, avait toujours ses traits aussi parfaitement réguliers, plus même, la rigidité physiologique de l'artério-sclérose exagérant encore la rectitude impassible de la physionomie du dandy et donnant à ces traits l'intense netteté presque grimaçante à force d'immobilité qu'ils auraient eue dans une étude de Mantegna ou de Michel-Ange. Son teint jadis d'une rougeur égrillarde était maintenant d'une solennelle pâleur ; des poils argentés, un léger embonpoint, une noblesse de doge, une fatigue qui allait jusqu'à l'envie de dormir, tout concourait chez lui à donner l'impression nouvelle et prophétique de la majesté fatale. Substitué au rectangle de sa barbe blonde, le rectangle égal de sa barbe blanche le transformait si parfaitement que, remarquant que ce sous-lieutenant que j'avais connu avait cinq galons, ma première pensée fut de le féliciter non d'avoir été promu colonel mais d'être si bien en colonel, déguisement pour lequel il semblait avoir emprunté l'uniforme, l'air grave et triste de l'officier supérieur qu'avait été son père. Chez un autre, la barbe blanche substituée à la barbe blonde, comme le visage était resté vif, souriant et jeune, le faisait paraître seulement plus rouge et plus militant, augmentait l'éclat des yeux, et donnait au mondain resté jeune l'air inspiré d'un prophète.

La transformation que les cheveux blancs et d'autres éléments encore avaient opérée, surtout chez les femmes, m'eût retenu avec moins de force si elle n'avait été qu'un changement de couleur, ce qui peut charmer les yeux, mais pas, ce qui est troublant pour l'esprit, un changement de personnes. En effet, « reconnaître » quelqu'un, et plus encore, après n'avoir pas pu le reconnaître, l'identifier, c'est penser sous une seule dénomination deux choses contradictoires, c'est admettre que ce qui était ici, l'être qu'on se rappelle n'est plus, et que ce qui y est, c'est un être qu'on ne connaissait pas ; c'est avoir à penser un mystère presque aussi troublant que celui de la mort dont il est, du reste, comme la préface et l'annonciateur. Car ces changements, je savais ce qu'ils voulaient dire, ce à quoi ils préludaient. Aussi cette blancheur des cheveux impressionnait chez les femmes, jointe à tant d'autres changements. On me disait un nom et je restais stupéfait de penser qu'il s'appliquait à la fois à la blonde valseuse que j'avais connue autrefois et à la lourde dame à cheveux blancs qui passait pesamment près de moi. Avec une certaine roseur de teint, ce nom était peut-être la seule chose qu'il y avait de commun entre ces deux femmes, plus différentes — celle de ma mémoire et celle de la matinée Guermantes — qu'une ingénue et une douairière de pièce de théâtre. Pour que la vie ait pu arriver à donner à la valseuse ce corps énorme, pour qu'elle eût pu alentir comme au métronome ses mouvements embarrassés, pour qu'avec peut-être comme seule parcelle commune les joues, plus larges certes, mais qui dès la jeunesse étaient couperosées, elle eût pu substituer à la légère blonde ce vieux maréchal ventripotent, il lui avait fallu accomplir plus de dévastations et de reconstructions que pour mettre un dôme à la place d'une flèche, et quand on pensait qu'un pareil travail s'était opéré non sur de la matière inerte mais sur une chair qui ne change qu'insensiblement, le contraste bouleversant entre l'apparition présente et l'être que je me rappelais reculait celui-ci dans un passé plus que lointain, presque invraisemblable. On avait peine à réunir les deux aspects, à penser les deux personnes sous une même dénomination ; car de même qu'on a peine à penser qu'un mort fut vivant ou que celui qui était vivant est mort aujourd'hui, il est presque aussi difficile, et du même genre de difficulté (car l'anéantissement de la jeunesse, la destruction d'une personne pleine de forces et de légèreté est déjà un premier néant), de concevoir que celle qui fut jeune est vieille, quand l'aspect de cette vieille, juxtaposé à celui de la jeune, semble tellement l'exclure que tour à tour c'est la vieille, puis la jeune, puis la vieille encore qui vous paraissent un rêve, et qu'on ne croirait pas que ceci peut avoir jamais été cela, que la matière de cela est elle-même, sans se réfugier ailleurs, grâce aux savantes manipulations du temps, devenue ceci, que c'est la même matière, n'ayant pas quitté le même corps — si l'on n'avait l'indice du nom pareil et le témoignage affirmatif des amis, auquel donne seule une apparence de vraisemblance la rose, étroite jadis entre l'or des épis, étalée maintenant sous la neige.

Comme pour la neige, d'ailleurs, le degré de blancheur[a] des cheveux semblait en général comme un signe de la profondeur du temps vécu, comme ces sommets montagneux qui, même apparaissant aux yeux sur la même ligne que d'autres, révèlent pourtant le niveau de leur altitude au degré de leur neigeuse blancheur. Et ce n'était pourtant pas exact de tous, surtout pour les femmes. Ainsi les mèches de la princesse de Guermantes, qui quand elles étaient grises et brillantes comme de la soie semblaient d'argent autour de son front bombé, ayant pris à force de devenir blanches une matité de laine et d'étoupe, semblaient au contraire à cause de cela être grises comme une neige salie qui a perdu son éclat.

Et souvent ces blondes danseuses ne s'étaient pas seulement annexé, avec une perruque de cheveux blancs, l'amitié de duchesses qu'elles ne connaissaient pas autrefois. Mais, n'ayant fait jadis que danser, l'art les avait touchées comme la grâce. Et comme au XVIIe siècle d'illustres dames entraient en religion, elles vivaient dans un appartement rempli de peintures cubistes, un peintre cubiste ne travaillant que pour elles et elles ne vivant que pour lui. Pour les vieillards dont les traits avaient changé, ils tâchaient pourtant de garder fixée sur eux à l'état permanent, une de ces expressions fugitives qu'on prend pour une seconde de pose et avec lesquelles[a] on essaye, soit de tirer parti d'un avantage extérieur, soit de pallier un défaut ; ils avaient l'air d'être définitivement devenus d'immutables instantanés d'eux-mêmes[b].

Tous ces gens avaient mis tant de *temps* à revêtir leur déguisement que celui-ci passait généralement inaperçu de ceux qui vivaient avec lui. Même un délai leur était souvent concédé où ils pouvaient continuer assez tard à rester eux-mêmes. Mais alors le déguisement prorogé se faisait plus rapidement ; de toutes façons il était inévitable. Je n'avais jamais trouvé aucune ressemblance entre Mme X... et sa mère que je n'avais connue que vieille, ayant l'air d'un petit Turc tout tassé. Et en effet j'avais toujours connu Mme X... charmante et droite et pendant très longtemps, en effet, elle l'était restée, pendant trop longtemps, car comme une personne qui avant que la nuit n'arrive a à ne pas oublier de revêtir son déguisement de Turque, elle s'était mise en retard, et aussi était-ce précipitamment, presque tout d'un coup, qu'elle s'était tassée et avait reproduit avec fidélité l'aspect de vieille Turque revêtu jadis par sa mère[1].

Il y avait des hommes que je savais parents d'autres sans avoir jamais pensé qu'ils eussent un trait commun ; en admirant le vieil ermite aux cheveux blancs qu'était devenu Legrandin, tout d'un coup je constatai, je peux dire que je découvris avec une satisfaction de zoologiste, dans le méplat de ses joues, la construction de celles de son jeune neveu. Léonor de Cambremer, qui pourtant avait l'air de ne lui ressembler nullement ; à ce premier trait commun j'en ajoutai un autre que je n'avais pas remarqué chez Léonor de Cambremer, puis d'autres et qui n'étaient aucun de ceux que m'offrait d'habitude la synthèse de sa jeunesse, de sorte que j'eus bientôt de lui comme une caricature plus vraie, plus profonde, que si elle avait été littéralement ressemblante ; son oncle me semblait maintenant seulement le jeune Cambremer ayant pris pour s'amuser les apparences du vieillard qu'en réalité il serait un jour, si bien que ce n'était plus seulement ce qu'étaient devenus les jeunes d'autrefois, mais ce que deviendraient ceux d'aujourd'hui, qui me donnait avec tant de force la sensation du temps.

Les traits où s'était gravée sinon la jeunesse, du moins la beauté ayant disparu chez les femmes, elles avaient cherché si, avec le visage qui leur restait, on ne pouvait s'en faire une autre. Déplaçant le centre, sinon de gravité, du moins de perspective, de leur visage, en composant les traits autour de lui suivant un autre caractère, elles commençaient à cinquante ans une nouvelle sorte de beauté, comme on prend sur le tard un nouveau métier, ou comme à une terre qui ne vaut plus rien pour la vigne on fait produire des betteraves. Autour de ces traits nouveaux on faisait fleurir une nouvelle jeunesse. Seules ne pouvaient s'accommoder de ces transformations les femmes trop belles, ou les trop laides. Les premières, sculptées comme un marbre aux lignes définitives duquel on ne peut plus rien changer, s'effritaient comme une statue. Les secondes, celles qui avaient quelque difformité de la face, avaient même sur les belles certains avantages. D'abord c'étaient les seules qu'on reconnaissait tout de suite. On savait qu'il n'y avait pas à Paris deux bouches pareilles et la leur me les faisait reconnaître dans cette matinée où je ne reconnaissais plus personne. Et puis elles n'avaient même pas l'air d'avoir vieilli. La vieillesse est quelque chose d'humain ; elles étaient des monstres, et elles ne semblaient pas avoir plus « changé » que des baleines[1].

Certains hommes, certaines femmes ne semblaient pas avoir vieilli, leur tournure était aussi svelte, leur visage aussi jeune. Mais si pour leur parler on se mettait tout près de la figure lisse de peau et fine de contours, alors elle apparaissait tout autre, comme il arrive pour une surface végétale, une goutte d'eau, de sang, si on la place sous le microscope. Alors je distinguais de multiples taches graisseuses sur la peau que j'avais crue lisse et dont elles me donnaient le dégoût. Les lignes ne résistaient pas à cet agrandissement. Celle du nez se brisait de près, s'arrondissait, envahie par les mêmes cercles huileux que le reste de la figure ; et de près les yeux rentraient sous des poches qui détruisaient la ressemblance du visage actuel avec celle du visage d'autrefois qu'on avait cru retrouver. De sorte que, à l'égard de ces invités-là, ils étaient jeunes vus de loin, leur âge augmentait avec le grossissement de la figure et la possibilité d'en observer les différents plans ; il restait dépendant du spectateur, qui avait à se bien placer pour voir ces figures-là et à n'appliquer sur elles que ces regards lointains qui diminuent l'objet comme le verre que choisit l'opticien pour un presbyte ; pour elles la vieillesse, comme la présence des infusoires dans une goutte d'eau, était amenée par le progrès moins des années que, dans la vision de l'observateur, du degré de l'échelle.

Je retrouvai là un de mes anciens camarades que pendant dix ans j'avais vu presque tous les jours. On demanda à nous représenter. J'allai donc à lui et il me dit d'une voix que je reconnus très bien : « C'est une bien grande joie pour moi après tant d'années. » Mais quelle surprise pour moi ! Cette voix semblait émise par un phonographe perfectionné, car si c'était celle de mon ami, elle sortait d'un gros bonhomme grisonnant que je ne connaissais pas, et dès lors il me semblait que ce ne pût être qu'artificiellement, par un truc de mécanique, qu'on avait logé la voix de mon camarade sous ce gros vieillard quelconque. Pourtant je savais que c'était lui, la personne qui nous avait présentés après si longtemps l'un à l'autre n'avait rien d'un mystificateur. Lui-même me déclara que je n'avais pas changé, et je compris qu'il ne se croyait pas changé. Alors je le regardai mieux. Et, en somme, sauf qu'il avait tellement grossi, il avait gardé bien des choses d'autrefois. Pourtant je ne pouvais comprendre que ce fût lui. Alors j'essayai de me rappeler. Il avait dans sa jeunesse des yeux bleus, toujours riants, perpétuellement mobiles, en quête évidemment de quelque chose à quoi je n'avais pensé et qui devait être fort désintéressée, la vérité sans doute, poursuivie en perpétuelle incertitude, avec une sorte de gaminerie, de respect errant pour tous les amis de sa famille. Or, devenu homme politique influent, capable, despotique, ces yeux bleus qui d'ailleurs n'avaient pas trouvé ce qu'ils cherchaient, s'étaient immobilisés, ce qui leur donnait un regard pointu, comme sous un sourcil froncé. Aussi l'expression de gaîté, d'abandon, d'innocence s'était-elle changée en une expression de ruse et de dissimulation. Décidément, il me semblait que c'était quelqu'un d'autre, quand tout d'un coup j'entendis, à une chose que je disais, son rire, son fou rire d'autrefois, celui qui allait avec la perpétuelle mobilité gaie du regard. Des mélomanes trouvent qu'orchestrée par X... la musique de Z... devient absolument différente. Ce sont des nuances que le vulgaire ne saisit pas. Mais un fou rire étouffé d'enfant sous un œil en pointe comme un crayon bleu bien taillé quoique un peu de travers, c'est plus qu'une différence d'orchestration. Le rire cessa, j'aurais bien voulu reconnaître mon ami mais, comme dans l'*Odyssée* Ulysse s'élançant sur sa mère morte[1], comme un spirite essayant en vain d'obtenir d'une apparition une réponse qui l'identifie, comme le visiteur d'une exposition d'électricité[2] qui ne peut croire que la voix que le phonographe restitue inaltérée soit tout de même spontanément émise par une personne, je cessai de reconnaître mon ami.

Il faut cependant faire cette réserve que les mesures du temps lui-même peuvent être pour certaines personnes accélérées ou ralenties. Par hasard j'avais rencontré dans la rue, il y avait quatre ou cinq ans, la vicomtesse de Saint-Fiacre (belle-fille de l'amie des Guermantes). Ses traits sculpturaux semblaient lui assurer une jeunesse éternelle. D'ailleurs, elle était encore jeune. Or je ne pus, malgré ses sourires et ses bonjours, la reconnaître en une dame aux traits tellement déchiquetés que la ligne du visage n'était pas restituable. C'est que depuis trois ans elle prenait de la cocaïne et d'autres drogues[3]. Ses yeux profondément cernés de noir étaient presque hagards. Sa bouche avait un rictus étrange. Elle s'était levée, me dit-on, pour cette matinée, restant des mois sans quitter son lit ou sa chaise longue. Le Temps a ainsi des trains express et spéciaux qui mènent vite à une vieillesse prématurée. Mais sur la voie parallèle circulent des trains de retour, presque aussi rapides. Je pris M. de Courgivaux pour son fils, car il avait l'air plus jeune (il devait avoir dépassé la cinquantaine et semblait plus jeune qu'à trente ans). Il avait trouvé un médecin intelligent, supprimé l'alcool et le sel ; il était revenu à la trentaine et semblait même ce jour-là ne pas l'avoir atteinte. C'est qu'il s'était, le matin même, fait couper les cheveux. Pourtant il y en eut un que, même nommé, je ne pus reconnaître, et je crus à un homonyme car il n'avait aucune espèce de rapport avec celui que non seulement j'avais connu autrefois, mais que j'avais retrouvé il y a quelques années. C'était pourtant lui, blanchi seulement et engraissé, mais il avait rasé ses moustaches, et cela avait suffi pour lui faire perdre sa personnalité[a].

Chose curieuse, le phénomène de la vieillesse semblait dans ses modalités tenir compte de quelques habitudes sociales. Certains grands seigneurs, mais qui avaient toujours été revêtus du plus simple alpaga, coiffés de vieux chapeaux de paille que de petits bourgeois n'auraient pas voulu porter, avaient vieilli de la même façon que les jardiniers, que les paysans au milieu desquels ils avaient vécu. Des taches brunes avaient envahi leurs joues, et leur figure avait jauni, s'était foncée comme un livre.

Et je pensais aussi à tous ceux qui n'étaient pas là, parce qu'ils ne le pouvaient pas, que leur secrétaire, cherchant à donner l'illusion de leur survie, avait excusés par une de ces dépêches qu'on remettait de temps à autre à la princesse, à ces malades, depuis des années mourants, qui ne se lèvent plus, ne bougent plus, et, même au milieu de l'assiduité frivole de visiteurs attirés par une curiosité de touristes ou une confiance de pèlerins, les yeux clos, tenant leur chapelet, rejetant à demi leur drap déjà mortuaire, sont pareils à des gisants que le mal a sculptés jusqu'au squelette dans une chair rigide et blanche comme le marbre, et étendus sur leur tombeau.

Les femmes[b] tâchaient à rester en contact avec ce qui avait été le plus individuel de leur charme, mais souvent la matière nouvelle de leur visage ne s'y prêtait plus. On était effrayé, en pensant aux périodes qui avaient dû s'écouler avant que s'accomplît une pareille révolution dans la géologie d'un visage, de voir quelles érosions s'étaient faites le long du nez, quelles énormes alluvions au bord des joues entouraient toute la figure de leurs masses opaques et réfractaires.

Sans doute certaines femmes étaient encore très reconnaissables, le visage était resté presque le même, et elles avaient seulement, comme par une harmonie convenable avec la saison, revêtu les cheveux gris qui étaient leur parure d'automne. Mais pour d'autres, et pour des hommes aussi, la transformation était si complète, l'identité si impossible à établir — par exemple entre un noir viveur qu'on se rappelait et le vieux moine qu'on avait sous les yeux — que plus même qu'à l'art de l'acteur, c'était à celui de certains prodigieux mimes, dont Fregoli reste le type[1], que faisaient penser ces fabuleuses transformations. La vieille femme avait envie de pleurer en comprenant que l'indéfinissable et mélancolique sourire qui avait fait son charme ne pouvait plus arriver à irradier jusqu'à la surface ce masque de plâtre que lui avait appliqué la vieillesse. Puis tout à coup découragée de plaire, trouvant plus spirituel de se résigner, elle s'en servait comme d'un masque de théâtre pour faire rire ! Mais presque toutes les femmes n'avaient pas de trêve dans leur effort pour lutter contre l'âge et tendaient, vers la beauté qui s'éloignait comme un soleil couchant et dont elles voulaient passionnément conserver les derniers rayons, le miroir de leur visage. Pour y réussir, certaines cherchaient à l'aplanir, à élargir la blanche superficie, renonçant au piquant de fossettes menacées, aux mutineries d'un sourire condamné et déjà à demi désarmé ; tandis que, d'autres voyant la beauté définitivement disparue et obligées de se réfugier dans l'expression, comme on compense par l'art de la diction la perte de la voix, elles se raccrochaient à une moue, à une patte d'oie, à un regard vague, parfois à un sourire qui, à cause de l'incoordination de muscles qui n'obéissaient plus, leur donnait l'air de pleurer.

D'ailleurs, même chez les hommes qui n'avaient subi qu'un léger changement, dont la moustache était devenue blanche, etc., on sentait que ce changement n'était pas positivement matériel. C'était comme si on les avait vus à travers une vapeur colorante, un verre peint qui changeait l'aspect de leur figure mais surtout, par ce qu'il y ajoutait de trouble, montrait que ce qu'il nous permettait de voir « grandeur nature » était en réalité très loin de nous, dans un éloignement différent, il est vrai, de celui de l'espace, mais du fond duquel, comme d'un autre rivage, nous sentions qu'ils avaient autant de peine à nous reconnaître que nous eux. Seule[a] peut-être Mme de Forcheville, comme injectée d'un liquide, d'une espèce de paraffine qui gonfle la peau mais l'empêche de se modifier, avait l'air d'une cocotte d'autrefois à jamais « naturalisée ».

« Vous me prenez pour ma mère », m'avait dit Gilberte. C'était vrai. C'eût été d'ailleurs presque aimable[b] : on part de l'idée que les gens sont restés les mêmes et on les trouve vieux. Mais une fois que l'idée dont on part est qu'ils sont vieux, on les retrouve, on ne les trouve pas si mal. Pour Odette ce n'était pas seulement cela ; son aspect, une fois qu'on savait son âge et qu'on s'attendait à une vieille femme, semblait un défi plus miraculeux aux lois de la chronologie que la conservation du radium à celles de la nature. Elle, si je ne la reconnus pas d'abord, ce fut non parce qu'elle avait, mais parce qu'elle n'avait pas changé. Me rendant compte depuis une heure de ce que le temps ajoutait de nouveau aux êtres et qu'il fallait soustraire pour les retrouver tels que je les avais connus, je faisais maintenant rapidement ce calcul et, ajoutant à l'ancienne Odette le chiffre d'années qui avait passé sur elle, le résultat que je trouvai fut une personne qui me sembla ne pas pouvoir être celle que j'avais sous les yeux, précisément parce que celle-là était pareille à celle d'autrefois. Quelle[c] était la part du fard, de la teinture ? Elle avait l'air sous ses cheveux dorés tout plats — un peu un chignon ébouriffé de grosse poupée mécanique sur une figure étonnée et immuable de poupée aussi — auxquels se superposait un chapeau de paille plat aussi, de l'Exposition de 1878[1] (dont[d] elle eût certes été alors, et surtout si elle eût eu alors l'âge d'aujourd'hui, la plus fantastique merveille) venant débiter son couplet dans une revue de fin d'année, mais de l'Exposition de 1878 représentée par une femme encore jeune.

À côté de nous, un ministre d'avant l'époque boulangiste, et qui[e] l'était de nouveau, passait lui aussi, en envoyant aux dames un sourire tremblotant et lointain, mais comme emprisonné dans les mille liens du passé, comme un petit fantôme qu'une main invisible promenait, diminué de taille, changé dans sa substance et ayant l'air d'une réduction en pierre ponce de soi-même. Cet ancien président du Conseil, si bien reçu dans le faubourg Saint-Germain, avait jadis été l'objet de poursuites criminelles, exécré du monde et du peuple. Mais grâce au renouvellement des individus qui composent l'un et l'autre, et, dans les individus subsistants, des passions et même des souvenirs, personne ne le savait plus et il était honoré[1]. Aussi n'y a-t-il pas d'humiliation si grande dont on ne devrait prendre aisément son parti, sachant qu'au bout de quelques années, nos fautes ensevelies ne seront plus qu'une invisible poussière sur laquelle sourira la paix souriante et fleurie de la nature. L'individu momentanément taré se trouvera, par le jeu d'équilibre du temps, pris entre deux couches sociales nouvelles qui n'auront pour lui que déférence et admiration, et au-dessus desquelles il se prélassera aisément. Seulement c'est au temps qu'est confié ce travail ; et au moment de ses ennuis, rien ne peut le consoler que la jeune laitière d'en face l'ait entendu appeler « chéquard[2] » par la foule qui montrait le poing tandis qu'il entrait dans le « panier à salade », la jeune laitière qui ne voit pas les choses dans le plan du temps, qui ignore que les hommes qu'encense le journal du matin furent déconsidérés jadis, et que l'homme qui frise la prison en ce moment et peut-être, en pensant à cette jeune laitière, n'aura pas les paroles humbles qui lui concilieraient la sympathie, sera un jour célébré par la presse et recherché par les duchesses. Et le temps éloigne pareillement les querelles de famille. Et chez la princesse de Guermantes on voyait un couple où le mari et la femme avaient pour oncles, morts aujourd'hui, deux hommes qui ne s'étaient pas contentés de se souffleter mais dont l'un, pour plus humilier l'autre, lui avait envoyé comme témoins son concierge et son maître d'hôtel, jugeant que des gens du monde eussent été trop bien pour lui. Mais ces histoires dormaient dans les journaux d'il y a trente ans et personne ne les savait plus. Et ainsi le salon de la princesse de Guermantes était illuminé, oublieux et fleuri, comme un paisible cimetière. Le temps n'y avait pas seulement défait d'anciennes créatures, il y avait rendu possibles, il y avait créé des associations nouvelles[3].

Pour en revenir à cet homme politique, malgré son changement de substance physique, tout aussi profond que la transformation des idées morales qu'il éveillait maintenant dans le public, en un mot malgré tant d'années passées depuis qu'il avait été président du Conseil, il faisait partie du nouveau cabinet, dont le chef lui avait donné un portefeuille, un peu comme ces directeurs de théâtre confient un rôle à une de leurs anciennes camarades, retirée depuis longtemps, mais qu'ils jugent encore plus capable que les jeunes de tenir un rôle avec finesse, de laquelle d'ailleurs ils savent la difficile situation financière et qui, à près de quatre-vingts ans, montre encore au public l'intégrité de son talent presque intact avec cette continuation de la vie qu'on s'étonne ensuite d'avoir pu constater quelques jours avant la mort.

Pour[a] Mme de Forcheville au contraire, c'était si miraculeux, qu'on ne pouvait même pas dire qu'elle avait rajeuni, mais plutôt qu'avec tous ses carmins, toutes ses rousseurs, elle avait refleuri. Plus même que l'incarnation de l'Exposition universelle de 1878, elle eût été, dans une exposition végétale d'aujourd'hui, la curiosité et le clou. Pour moi, du reste, elle ne semblait pas dire : « Je suis l'Exposition de 1878 », mais plutôt : « Je suis l'allée des Acacias de 1892[1]. » Il semblait qu'elle eût pu y être encore. D'ailleurs, justement parce qu'elle n'avait pas changé, elle ne semblait guère vivre. Elle avait l'air d'une rose stérilisée. Je lui dis bonjour, elle chercha quelque temps mon nom sur mon visage, comme un élève, sur celui de son examinateur, une réponse qu'il eût trouvée plus facilement dans sa tête. Je me nommai et aussitôt, comme si j'avais perdu grâce à ce nom incantateur l'apparence d'arbousier ou de kangourou que l'âge m'avait sans doute donnée, elle me reconnut et se mit à me parler de cette voix si particulière que les gens qui l'avaient applaudie dans les petits théâtres étaient si émerveillés, quand ils étaient invités à déjeuner avec elle, « à la ville », de retrouver dans chacune de ses paroles, pendant toute la causerie, tant qu'ils voulaient. Cette voix était restée la même, inutilement chaude, prenante, avec un rien d'accent anglais. Et pourtant, de même que ses yeux avaient l'air de me regarder d'un rivage lointain, sa voix était triste, presque suppliante, comme celle des morts dans l'*Odyssée*[2]. Odette eût pu jouer encore. Je lui fis des compliments sur sa jeunesse[b]. Elle me dit : « Vous êtes gentil, *my dear*, merci », et comme elle donnait difficilement à un sentiment, même le plus vrai, une expression qui ne fût pas affectée par le souci de ce qu'elle croyait élégant, elle répéta à plusieurs reprises : « Merci tant, merci tant. » Mais moi qui avais jadis fait de si longs trajets pour l'apercevoir au Bois, qui avais écouté le son de sa voix tomber de sa bouche, la première fois que j'avais été chez elle, comme un trésor, les minutes passées maintenant auprès d'elle me semblaient interminables à cause de l'impossibilité de savoir que lui dire, et je m'éloignai tout en me disant que les paroles de Gilberte « Vous me prenez pour ma mère » n'étaient pas seulement vraies, mais encore qu'elles n'avaient rien que d'aimable pour la fille.

D'ailleurs, il n'y avait pas que chez cette dernière qu'avaient apparu des traits familiaux qui jusque-là étaient restés aussi invisibles dans sa figure que ces parties d'une graine repliées à l'intérieur et dont on ne peut deviner la saillie qu'elles feront un jour au dehors. Ainsi un énorme busquage maternel venait, chez l'une ou chez l'autre, transformer vers la cinquantaine un nez jusque-là droit et pur. Chez une autre, fille de banquier, le teint, d'une fraîcheur de jardinière, se roussissait, se cuivrait, et prenait comme le reflet de l'or qu'avait tant manié le père. Certains même avaient fini par ressembler à leur quartier, portaient sur eux comme le reflet de la rue de l'Arcade, de l'avenue du Bois, de la rue de l'Élysée. Mais surtout ils reproduisaient les traits de leurs parents.

Hélas, elle ne devait pas rester toujours telle. Moins de trois ans après, non pas en enfance, mais un peu ramollie, je devais la voir à une soirée donnée par Gilberte, et devenue incapable de cacher sous un masque immobile ce qu'elle pensait — pensait est beaucoup dire —, ce qu'elle éprouvait, hochant la tête, serrant la bouche, secouant les épaules à chaque impression qu'elle ressentait, comme ferait un ivrogne, un enfant, comme font certains poètes qui ne tiennent pas compte de ce qui les entoure, et, inspirés, composent dans le monde et, tout en allant à table au bras d'une dame étonnée, froncent les sourcils, font la moue. Les impressions de Mme de Forcheville — sauf une, celle qui l'avait fait précisément assister à la soirée, la tendresse pour sa fille bien-aimée, l'orgueil qu'elle donnât une soirée si brillante, orgueil que ne voilait pas chez la mère la mélancolie de ne plus être rien — ces impressions n'étaient pas joyeuses, et commandaient seulement une perpétuelle défense contre les avanies qu'on lui faisait, défense timorée comme celle d'un enfant. On n'entendait que ces mots : « Je ne sais pas si Mme de Forcheville me reconnaît, je devrais peut-être me faire présenter à nouveau. — Ça, par exemple, vous pouvez vous en dispenser », répondait-on à tue-tête, sans songer que la mère de Gilberte entendait tout (sans y songer, ou sans s'en soucier). « C'est bien inutile. Pour l'agrément qu'elle vous apportera ! On la laisse dans son coin. Du reste, elle est un peu gaga. » Furtivement Mme de Forcheville lançait un regard de ses yeux restés si beaux, pour les interlocuteurs injurieux, puis vite ramenait ce regard à elle de peur d'avoir été impolie, et tout de même agitée par l'offense, taisant sa débile indignation, on voyait sa tête branler, sa poitrine se soulever, elle jetait un nouveau regard sur un autre assistant aussi peu poli, et ne s'étonnait pas outre mesure, car, se sentant très mal depuis quelques jours, elle avait à mots couverts suggéré à sa fille de remettre la fête mais sa fille avait refusé. Mme de Forcheville ne l'en aimait pas moins ; toutes les duchesses qui entraient, l'admiration de tout le monde pour le nouvel hôtel inondaient de joie son cœur, et quand entra la marquise de Sabran, qui était alors la dame où menait si difficilement le plus haut échelon social, Mme de Forcheville sentit qu'elle avait été une bonne et prévoyante mère et que sa tâche maternelle était achevée. De nouveaux invités ricaneurs la firent à nouveau regarder et parler toute seule, si c'est parler que tenir un langage muet qui se traduit seulement par des gesticulations. Si belle encore, elle était devenue — ce qu'elle n'avait jamais été — infiniment sympathique ; car elle qui avait trompé Swann et tout le monde, c'était l'univers entier maintenant qui la trompait ; et elle était devenue si faible qu'elle n'osait même plus, les rôles étant retournés, se défendre contre les hommes. Et bientôt elle ne se défendrait pas contre la mort. Mais après cette anticipation, revenons trois ans en arrière, c'est-à-dire à la matinée où nous sommes chez la princesse de Guermantes.

J'eus de la peine à reconnaître mon camarade Bloch[1], lequel d'ailleurs maintenant avait pris non seulement le pseudonyme, mais le nom de Jacques du Rozier[2], sous lequel il eût fallu le flair de mon grand-père pour reconnaître la « douce vallée[3] » de l'Hébron et les « chaînes d'Israël[4] » que mon ami semblait avoir définitivement rompues. Un chic anglais avait en effet complètement transformé sa figure et passé au rabot tout ce qui se pouvait effacer. Les cheveux, jadis bouclés, coiffés à plat avec une raie au milieu[1], brillaient de cosmétique. Son nez restait fort et rouge, mais semblait plutôt tuméfié par une sorte de rhume permanent qui pouvait expliquer l'accent nasal dont il débitait paresseusement ses phrases, car il avait trouvé, de même qu'une coiffure appropriée à son teint, une voix à sa prononciation, où le nasonnement d'autrefois prenait un air de dédain[a] d'articuler qui allait avec les ailes enflammées de son nez. Et grâce à la coiffure, à la suppression des moustaches, à l'élégance, au type, à la volonté, ce nez juif disparaissait comme semble presque droite une bossue bien arrangée. Mais surtout, dès que Bloch apparaissait, la signification de sa physionomie était changée par un redoutable monocle. La part de machinisme que ce monocle introduisait dans la figure de Bloch la dispensait de tous ces devoirs difficiles auxquels une figure humaine est soumise, devoir d'être belle, d'exprimer l'esprit, la bienveillance, l'effort. La seule présence de ce monocle dans la figure de Bloch dispensait d'abord de se demander si elle était jolie ou non, comme devant ces objets anglais dont un garçon dit dans un magasin que « c'est le grand chic », après quoi on n'ose plus se demander si cela vous plaît. D'autre part, il s'installait derrière la glace de ce monocle dans une position aussi hautaine, distante et confortable que si ç'avait été la glace d'un huit-ressorts, et pour assortir la figure aux cheveux plats et au monocle, ses traits n'exprimaient plus jamais rien.

Bloch me demanda de le présenter au prince de Guermantes ; je ne fis à cela pas l'ombre des difficultés auxquelles je m'étais heurté le jour où j'avais été pour la première fois en soirée chez lui[2] qui m'avaient semblé naturelles, alors que maintenant cela me semblait si simple de lui présenter un de ses invités, et cela m'eût même paru simple de me permettre de lui amener et présenter à l'improviste quelqu'un qu'il n'eût pas invité. Était-ce parce que, depuis cette époque lointaine, j'étais devenu un « familier », quoique depuis quelque temps un « oublié », de ce monde où alors j'étais si nouveau ; était-ce, au contraire, parce que, n'étant pas un véritable homme du monde, tout ce qui fait difficulté pour eux n'existait plus pour moi, une fois la timidité tombée ; était-ce parce que, les êtres ayant peu à peu laissé tomber devant moi leur premier (souvent leur second et leur troisième) aspect factice, je sentais derrière la hauteur dédaigneuse du prince une grande avidité humaine de connaître des êtres, de faire la connaissance de ceux-là mêmes qu'il affectait de dédaigner ? Était-ce parce qu'aussi le prince avait changé, comme tous ces insolents de la jeunesse et de l'âge mûr à qui la vieillesse apporte sa douceur (d'autant plus que les hommes débutants et les idées inconnues contre lesquels ils regimbaient, ils les connaissaient depuis longtemps de vue et les savaient reçus, autour d'eux), et surtout si la vieillesse a pour adjuvant quelque vertu, ou quelque vice qui étende les relations, ou la révolution que fait une conversion politique, comme celle du prince au dreyfusisme ?

Bloch m'interrogeait, comme moi je faisais autrefois en entrant dans le monde, comme il m'arrivait encore de faire, sur les gens que j'y avais connus alors et qui étaient aussi loin, aussi à part de tout que ces gens de Combray qu'il m'était souvent arrivé de vouloir « situer » exactement. Mais Combray avait pour moi une forme si à part, si impossible à confondre avec le reste, que c'était un puzzle que je ne pouvais jamais arriver à faire rentrer dans la carte de France. « Alors le prince de Guermantes ne peut me donner aucune idée ni de Swann, ni de M. de Charlus ? » me demandait Bloch[1], à qui j'avais longtemps emprunté sa manière de parler et qui maintenant imitait souvent la mienne. « Nullement. — Mais en quoi consistait la différence ? — Il aurait fallu vous faire causer avec eux, mais c'est impossible, Swann est mort et M. de Charlus ne vaut guère mieux. Mais ces différences étaient énormes. » Et tandis que l'œil de Bloch brillait en pensant à ce que pouvaient être ces personnages merveilleux, je pensais que je lui exagérais le plaisir que j'avais eu à me trouver avec eux, n'en ayant jamais ressenti que quand j'étais seul, et l'impression des différenciations véritables n'ayant lieu que dans notre imagination. Bloch s'en aperçut-il ? « Tu me peins peut-être cela trop en beau, me dit-il ; ainsi la maîtresse de maison d'ici, la princesse de Guermantes, je sais bien qu'elle n'est plus jeune, mais enfin il n'y a pas tellement longtemps que tu me parlais de son charme incomparable, de sa merveilleuse beauté. Certes, je reconnais qu'elle a grand air, et elle a bien ces yeux extraordinaires dont tu me parlais, mais enfin je ne la trouve pas tellement inouïe que tu disais. Évidemment elle est très racée, mais enfin... » Je fus obligé de dire à Bloch qu'il ne me parlait pas de la même personne. La princesse de Guermantes en effet était morte, et c'est l'ex-madame Verdurin que le prince, ruiné par la défaite allemande, avait épousée[1]. « Tu te trompes, j'ai cherché dans le Gotha de cette année, me confessa naïvement Bloch, et j'ai trouvé le prince de Guermantes, habitant l'hôtel où nous sommes et marié à tout ce qu'il y a de plus grandiose, attends un peu que je me rappelle, marié à Sidonie, duchesse de Duras, née des Baux. » En effet, Mme Verdurin, peu après la mort de son mari, avait épousé le vieux duc de Duras, ruiné, qui l'avait faite cousine du prince de Guermantes, et était mort après deux ans de mariage. Il avait été pour Mme Verdurin une transition fort utile, et maintenant celle-ci par un troisième mariage était princesse de Guermantes et avait dans le faubourg Saint-Germain une grande situation qui eût fort étonné à Combray, où les dames de la rue de l'Oiseau, la fille de Mme Goupil et la belle-fille de Mme Sazerat, toutes ces dernières années, avant que Mme Verdurin ne fût princesse de Guermantes, avaient dit en ricanant « la duchesse de Duras », comme si c'eût été un rôle que Mme Verdurin eût tenu au théâtre. Même, le principe des castes voulant qu'elle mourût Mme Verdurin, ce titre qu'on ne s'imaginait lui conférer aucun pouvoir mondain nouveau, faisait plutôt mauvais effet. « Faire parler d'elle », cette expression qui dans tous les mondes est appliquée à une femme qui a un amant, pouvait l'être dans le faubourg Saint-Germain à celles qui publient les livres, dans la bourgeoisie de Combray à celles qui font des mariages, dans un sens ou dans l'autre, « disproportionnés ». Quand elle eut épousé le prince de Guermantes, on dut se dire que c'était un faux Guermantes, un escroc. Pour moi, dans cette identité de titre, de nom, qui faisait qu'il y avait encore une princesse de Guermantes et qu'elle n'avait aucun rapport avec celle qui m'avait tant charmé et qui n'était plus là et qui était comme une morte sans défense à qui on l'eût volé, il y avait quelque chose d'aussi douloureux qu'à voir les objets qu'avait possédés la princesse Hedwige[2], comme son château, comme tout ce qui avait été à elle, et dont une autre jouissait. La succession au nom est triste comme toutes les successions, comme toutes les usurpations de propriété ; et toujours, sans interruption, viendrait comme un flot de nouvelles princesses de Guermantes, ou plutôt, millénaire, remplacée d'âge en âge dans son emploi par une femme différente, une seule princesse de Guermantes, ignorante de la mort, indifférente à tout ce qui change et blesse nos cœurs, le nom refermant sur celles qui sombrent de temps à autre sa toujours pareille placidité immémoriale.

Certes[a], même ce changement extérieur dans les figures que j'avais connues n'était que le symbole d'un changement intérieur qui s'était effectué jour par jour ; peut-être ces gens avaient-ils continué à accomplir les mêmes choses, mais jour par jour l'idée qu'ils se faisaient d'elles et des êtres qu'ils fréquentaient ayant un peu dévié, au bout de quelques années, sous les mêmes noms c'était d'autres choses, d'autres gens qu'ils aimaient, et étant devenus d'autres personnes, il eût été étonnant qu'ils n'eussent pas eu de nouveaux visages.

Parmi les personnes présentes se trouvait un homme considérable qui venait, dans un procès fameux, de donner un témoignage dont la seule valeur résidait dans sa haute moralité devant laquelle les juges et les avocats s'étaient unanimement inclinés et qui avait entraîné la condamnation de deux personnes. Aussi y eut-il un mouvement de curiosité quand il entra, et de déférence. C'était Morel. J'étais peut-être seul à savoir qu'il avait été entretenu par Saint-Loup et en même temps par un ami de Saint-Loup. Malgré ces souvenirs il me dit bonjour avec plaisir quoique avec réserve. Il se rappelait le temps où nous nous étions vus à Balbec, et ces souvenirs avaient pour lui la poésie et la mélancolie de la jeunesse.

Mais[b] il y avait aussi des personnes que je ne pouvais pas reconnaître pour la raison que je ne les avais pas connues, car, aussi bien que sur les êtres eux-mêmes, le temps avait aussi, dans ce salon, exercé sa chimie sur la société. Ce milieu, en la nature spécifique duquel, définie par certaines affinités qui lui attiraient tous les grands noms princiers de l'Europe et la répulsion qui éloignait d'elle tout élément non aristocratique, j'avais trouvé comme un refuge matériel pour ce nom de Guermantes auquel il prêtait sa dernière réalité, ce milieu avait lui-même subi dans sa constitution intime et que j'avais crue stable, une altération profonde. La présence de gens que j'avais vus dans de tout autres sociétés et qui me semblaient ne devoir jamais pénétrer dans celle-là m'étonna moins encore que l'intime familiarité avec laquelle ils y étaient reçus, appelés par leur prénom. Un certain ensemble de préjugés aristocratiques, de snobismes, qui jadis écartait automatiquement du nom de Guermantes tout ce qui ne s'harmonisait pas avec lui avait cessé de fonctionner.

Certains (Tossizza, Kleinmichel[1]) qui, quand j'avais débuté dans le monde, donnaient de grands dîners où ils ne recevaient que la princesse de Guermantes, la duchesse de Guermantes, la princesse de Parme et étaient chez ces dames à la place d'honneur, passaient pour ce qu'il y avait de mieux assis dans la société d'alors, et l'étaient peut-être, avaient passé, sans laisser aucune trace. Étaient-ce des étrangers en mission diplomatique repartis pour leur pays ? Peut-être un scandale, un suicide, un enlèvement les avait-il empêchés de reparaître dans le monde, ou bien étaient-ils allemands. Mais leur nom ne devait son lustre qu'à leur situation d'alors et n'était plus porté par personne, on ne savait même pas qui je voulais dire si je parlais d'eux, et essayant d'épeler le nom on croyait à des rastaquouères. Les personnes qui n'auraient pas dû, selon l'ancien code social, se trouver là, avaient, à mon grand étonnement, pour meilleures amies des personnes admirablement nées, lesquelles n'étaient venues s'embêter chez la princesse de Guermantes qu'à cause de leurs nouvelles amies. Car ce qui caractérisait le plus cette société, c'était sa prodigieuse aptitude au déclassement.

Détendus[a] ou brisés, les ressorts de la machine refoulante ne fonctionnaient plus, mille corps étrangers y pénétraient, lui ôtaient toute homogénéité, toute tenue, toute couleur. Le faubourg Saint-Germain, comme une douairière gâteuse, ne répondait que par des sourires timides à des domestiques insolents qui envahissaient ses salons, buvaient son orangeade et lui présentaient leurs maîtresses. Encore la sensation du temps écoulé et d'une petite partie disparue de mon passé m'était-elle donnée moins vivement par la destruction de cet ensemble cohérent (qu'avait été le salon Guermantes) que par l'anéantissement même de la connaissance des mille raisons, des mille nuances qui faisait que tel qui s'y trouvait encore maintenant y était tout naturellement indiqué et à sa place, tandis que tel autre qui l'y coudoyait y présentait une nouveauté suspecte. Cette ignorance n'était pas que du monde, mais de la politique, de tout. Car la mémoire durait moins que la vie chez les individus, et d'ailleurs, de très jeunes, qui n'avaient jamais eu les souvenirs abolis chez les autres, faisant maintenant une partie du monde, et très légitimement, même au sens nobiliaire, les débuts étant oubliés ou ignorés, ils prenaient les gens au point d'élévation ou de chute où ils se trouvaient, croyant qu'il en avait toujours été ainsi, que Mme Swann et la princesse de Guermantes et Bloch avaient toujours eu la plus grande situation, que Clemenceau et Viviani avaient toujours été conservateurs[1]. Et comme certains faits ont plus de durée, le souvenir exécré de l'affaire Dreyfus persistant vaguement chez eux grâce à ce que leur avaient dit leurs pères, si on leur disait que Clemenceau avait été dreyfusard, ils disaient : « Pas possible, vous confondez, il est juste de l'autre côté. » Des ministres tarés et d'anciennes filles publiques étaient tenus pour des parangons de vertu. Quelqu'un ayant demandé à un jeune homme de la plus grande famille s'il n'y avait pas eu quelque chose à dire sur la mère de Gilberte, le jeune seigneur répondit qu'en effet dans la première partie de son existence elle avait épousé un aventurier du nom de Swann, mais qu'ensuite elle avait épousé un des hommes les plus en vue de la société, le comte de Forcheville[2]. Sans doute quelques personnes encore dans ce salon, la duchesse de Guermantes par exemple, eussent souri de cette assertion (qui, niant l'élégance de Swann, me paraissait monstrueuse, alors que moi-même jadis, à Combray, j'avais cru avec ma grand-tante que Swann ne pouvait connaître des « princesses »), et aussi des femmes qui eussent pu se trouver là mais qui ne sortaient plus guère, les duchesses de Montmorency, de Mouchy, de Sagan, qui avaient été les amies intimes de Swann et n'avaient jamais aperçu ce Forcheville, non reçu dans le monde au temps où elles y allaient encore. Mais précisément c'est que la société d'alors, de même que les visages aujourd'hui modifiés et les cheveux blonds remplacés par des cheveux blancs, n'existait plus que dans la mémoire d'êtres dont le nombre diminuait tous les jours.

Bloch, pendant la guerre, avait cessé de « sortir », de fréquenter ses anciens milieux d'autrefois où il faisait piètre figure. En revanche, il n'avait cessé de publier de ces ouvrages dont je m'efforçais aujourd'hui, pour ne pas être entravé par elle, de détruire l'absurde sophistique, ouvrages sans originalité mais qui donnaient aux jeunes gens et à beaucoup de femmes du monde l'impression d'une hauteur intellectuelle peu commune, d'une sorte de génie. Ce fut donc après une scission complète entre son ancienne mondanité et la nouvelle que, dans une société reconstituée, il avait fait, pour une phase nouvelle de sa vie, honorée, glorieuse, une apparition de grand homme. Les jeunes gens ignoraient naturellement qu'il fît à cet âge-là des débuts dans la société, d'autant que le peu de noms qu'il avait retenus dans la fréquentation de Saint-Loup lui permettaient de donner à son prestige actuel une sorte de recul indéfini. En tout cas il paraissait un de ces hommes de talent qui à toute époque ont fleuri dans le grand monde, et on ne pensait pas qu'il eût jamais vécu ailleurs.

Les anciens assuraient que dans le monde tout était changé, qu'on y recevait des gens que jamais de leur temps on n'aurait reçus, et, comme on dit, c'était vrai et ce n'était pas vrai. Ce n'était pas vrai parce qu'ils ne se rendaient pas compte de la courbe du temps qui faisait que ceux d'aujourd'hui voyaient ces gens nouveaux à leur point d'arrivée tandis qu'eux se les rappelaient à leur point de départ. Et quand eux, les anciens, étaient entrés dans le monde, il y avait là des gens arrivés dont d'autres se rappelaient le départ. Une génération suffit pour que s'y ramène le changement qui en des siècles s'est fait pour le nom bourgeois d'un Colbert devenu nom noble. Et d'autre part, cela pourrait être vrai car si les personnes changent de situation, les idées et les coutumes les plus indéracinables (de même que les fortunes et les alliances de pays et les haines de pays) changent aussi, parmi lesquelles mêmes celles de ne recevoir que des gens chic. Non seulement le snobisme change de forme, mais il pourrait disparaître comme la guerre même, les radicaux, les juifs être reçus au Jockey.

Si les gens des nouvelles générations tenaient la duchesse de Guermantes pour peu de chose parce qu'elle connaissait des actrices, etc., les dames aujourd'hui vieilles de la famille la considéraient toujours comme un personnage extraordinaire, d'une part parce qu'elles savaient exactement sa naissance, sa primauté héraldique, ses intimités avec ce que Mme de Forcheville eût appelé des royalties, mais encore parce qu'elle dédaignait de venir dans la famille, s'y ennuyait et qu'on savait qu'on n'y pouvait jamais compter sur elle. Ses relations théâtrales et politiques, d'ailleurs mal sues, ne faisaient qu'augmenter sa rareté, donc son prestige. De sorte que, tandis que dans le monde politique et artistique on la tenait pour une créature mal définie, une sorte de défroquée du faubourg Saint-Germain qui fréquente les sous-secrétaires d'État et les étoiles, dans ce même faubourg Saint-Germain, si on donnait une belle soirée, on disait : « Est-ce même la peine d'inviter Oriane ? Elle[a] ne viendra pas. Enfin pour la forme, mais il ne faut pas se faire d'illusions. » Et si, vers 10 heures et demie, dans une toilette éclatante, paraissant, de ses yeux, durs pour elles, mépriser toutes ses cousines, entrait Oriane qui s'arrêtait sur le seuil avec une sorte de majestueux dédain, et si elle restait une heure, c'était une plus grande fête pour la vieille grande dame qui donnait la soirée qu'autrefois, pour un directeur de théâtre, que Sarah Bernhardt, qui avait vaguement promis un concours sur lequel on ne comptait pas, fût venue et eût, avec une complaisance et une simplicité infinies, récité au lieu du morceau promis vingt autres. La présence de cette Oriane, à laquelle les chefs de cabinet parlaient de haut en bas et qui n'en continuait pas moins (l'esprit mène le monde) à chercher à en connaître de plus en plus, venait de classer la soirée de la douairière, où il n'y avait pourtant que des femmes excessivement chic, en dehors et au-dessus de toutes les autres soirées de douairières de la même *season* (comme aurait dit encore Mme de Forcheville), mais pour lesquelles soirées ne s'était pas dérangée Oriane.

Dès que j'eus fini de parler au prince de Guermantes, Bloch se saisit de moi et me présenta à une jeune femme[b] qui avait beaucoup entendu parler de moi par la duchesse de Guermantes et qui était une des femmes les plus élégantes du jour. Or son nom m'était entièrement inconnu, et celui des différents Guermantes ne devait pas lui être très familier car elle demanda à une Américaine à quel titre Mme de Saint-Loup avait l'air si intime avec toute la plus brillante société qui se trouvait là[1]. Or cette Américaine était mariée au comte de Farcy, parent obscur des Forcheville et pour lequel ils représentaient ce qu'il y a de plus grand au monde. Aussi répondit-elle tout naturellement : « Quand ce ne serait que parce qu'elle est née Forcheville. C'est ce qu'il y a de plus grand. » Encore Mme de Farcy[1], tout en croyant naïvement le nom de Forcheville supérieur à celui de Saint-Loup, savait-elle du moins ce qu'était ce dernier. Mais la charmante amie de Bloch et de la duchesse de Guermantes l'ignorait absolument et, étant assez étourdie, répondit de bonne foi à une jeune fille qui lui demandait comment Mme de Saint-Loup était parente du maître de la maison, le prince de Guermantes : « Par les Forcheville », renseignement que la jeune fille communiqua comme si elle l'avait possédé de tout temps à une de ses amies, laquelle, ayant mauvais caractère et étant nerveuse, devint rouge comme un coq la première fois qu'un monsieur lui dit que ce n'était pas par les Forcheville que Gilberte tenait aux Guermantes, de sorte que le monsieur crut qu'il s'était trompé, adopta l'erreur et ne tarda pas à la propager. Les dîners, les fêtes mondaines, étaient pour l'Américaine une sorte d'école Berlitz. Elle entendait les noms et les répétait sans avoir connu préalablement leur valeur, leur portée exacte. On expliqua à quelqu'un qui demandait si Tansonville venait à Gilberte de son père M. de Forcheville, que cela ne venait pas du tout par là, que c'était une terre de la famille de son mari, que Tansonville était voisin de Guermantes, appartenait à Mme de Marsantes, mais, étant très hypothéqué, avait été racheté en dot par Gilberte. Enfin un vieux de la vieille ayant évoqué Swann ami des Sagan et des Mouchy[2], et l'Américaine amie de Bloch ayant demandé comment je l'avais connu, déclara que je l'avais connu chez Mme de Guermantes, ne se doutant pas du voisin de campagne, jeune ami de mon grand-père, qu'il représentait pour moi. Des méprises de ce genre ont été commises par les hommes les plus fameux et passent pour particulièrement graves dans toute société conservatrice. Saint-Simon, voulant montrer que Louis XIV était d'une ignorance qui « le fit tomber quelquefois, en public, dans les absurdités les plus grossières[3] », ne donne de cette ignorance que deux exemples, à savoir que le roi, ne sachant pas que Renel était de la famille de Clermont-Gallerande, ni Saint-Herem de celle de Montmorin, les traita en hommes de peu. Du moins, en ce qui concerne Saint-Herem, avons-nous la consolation de savoir que le roi ne mourut pas dans l'erreur, car il fut détrompé « fort tard » par M. de La

Rochefoucauld. « Encore, ajoute Saint-Simon avec un peu de pitié, lui fallut-il expliquer quelles étaient ces maisons que leur nom ne lui apprenait pas[1]. »

Cet oubli si vivace qui recouvre si rapidement le passé le plus récent, cette ignorance si envahissante, crée par contrecoup un petit savoir[2] d'autant plus précieux qu'il est peu répandu, s'appliquant à la généalogie des gens, à leurs vraies situations, à la raison d'amour, d'argent ou autre pour quoi ils se sont alliés à telle famille, ou mésalliés, savoir prisé dans toutes les sociétés ou règne un esprit conservateur, savoir que mon grand-père possédait au plus haut degré, concernant la bourgeoisie de Combray et de Paris, savoir que Saint-Simon prisait tant qu'au moment où il célèbre la merveilleuse intelligence du prince de Conti, avant même de parler des sciences, ou plutôt comme si c'était là la première des sciences, il le loue d'avoir été « un très bel esprit, lumineux, juste, exact, étendu, d'une lecture infinie, qui n'oubliait rien, qui connaissait les généalogies, leurs chimères et leurs réalités, d'une politesse distinguée selon le rang, le mérite, rendant tout ce que les princes du sang doivent et qu'ils ne rendent plus ; il s'en expliquait même, et sur leurs usurpations. L'histoire des livres et des conversations lui fournissait de quoi placer ce qu'il pouvait de plus obligeant sur la naissance, les emplois, etc.[3] » Pour un monde moins brillant, tout ce qui avait trait à la bourgeoisie de Combray et de Paris, mon grand-père ne le savait pas avec moins d'exactitude et ne le savourait pas avec moins de gourmandise. Ces gourmets-là, ces amateurs-là étaient déjà devenus peu nombreux qui savaient que Gilberte n'était pas Forcheville, ni Mme de Cambremer Méséglise, ni la plus jeune une Valentinois. Peu nombreux, peut-être même pas recrutés dans la plus haute aristocratie (ce ne sont pas forcément les dévots, ni même les catholiques, qui sont le plus savants concernant la Légende dorée[4] ou les vitraux du XIIIe siècle), souvent dans une aristocratie secondaire, plus friande de ce qu'elle n'approche guère et qu'elle a d'autant plus le loisir d'étudier qu'elle le fréquente moins mais se retrouvant avec plaisir, faisant la connaissance les uns des autres, donnant de succulents dîners de corps comme la Société des bibliophiles ou des amis de Reims[5], dîners où on déguste des généalogies. Les femmes n'y sont pas admises, mais les maris en rentrant disent à la leur : « J'ai fait un dîner intéressant. Il y avait un M. de La Raspelière qui nous a tenus sous le charme en nous expliquant que cette Mme de Saint-Loup qui a cette jolie fille n'est pas du tout née Forcheville. C'est tout un roman. »

L'amie[a] de Bloch et de la duchesse de Guermantes n'était pas seulement élégante et charmante, elle était intelligente aussi, et la conversation avec elle était agréable, mais m'était rendue difficile par ce que ce n'était pas seulement le nom de mon interlocutrice qui était nouveau pour moi, mais celui d'un grand nombre de personnes dont elle me parla et qui formaient actuellement le fond de la société. Il est vrai que, d'autre part, comme elle voulait m'entendre raconter des histoires, beaucoup de ceux que je lui citai ne lui dirent absolument rien, ils étaient tous tombés dans l'oubli, du moins ceux qui n'avaient brillé que de l'éclat individuel d'une personne et n'étaient pas le nom générique et permanent de quelque célèbre famille aristocratique (dont la jeune femme savait rarement le titre exact, supposant des naissances inexactes sur un nom qu'elle avait entendu de travers la veille dans un dîner), et elle ne les avait pour la plupart jamais entendu prononcer, n'ayant commencé à aller dans le monde (non seulement parce qu'elle était encore jeune, mais parce qu'elle habitait depuis peu la France et n'avait pas été reçue tout de suite) que quelques années après que je m'en étais moi-même retiré[b]. Je ne sais comment le nom de Mme Leroi tomba de mes lèvres, et par hasard, mon interlocutrice, grâce à quelque vieil ami galant auprès d'elle, de Mme de Guermantes, en avait entendu parler. Mais inexactement, comme je le vis au ton dédaigneux dont cette jeune femme snob me répondit : « Si, je sais qui est Mme Leroi, une vieille amie de Bergotte », un ton qui voulait dire « une personne que je n'aurais jamais voulu venir chez moi ». Je compris très bien que le vieil ami de Mme de Guermantes, en parfait homme du monde imbu de l'esprit des Guermantes dont un des traits était de ne pas avoir l'air d'attacher d'importance aux fréquentations aristocratiques, avait trouvé trop bête et trop anti-Guermantes de dire : « Mme Leroi qui fréquentait toutes les altesses, toutes les duchesses », et il avait préféré dire : « Elle était assez drôle. Elle a répondu un jour à Bergotte ceci. » Seulement, pour les gens qui ne savent pas, ces renseignements par la conversation équivalent à ceux que donne la presse aux gens du peuple et qui croient alternativement, selon leur journal, que M. Loubet et M. Reinach[a] sont des voleurs ou de grands citoyens. Pour mon interlocutrice, Mme Leroi avait été une espèce de Mme Verdurin première manière, avec moins d'éclat et dont le petit clan eût été limité au seul Bergotte. Cette jeune femme est, d'ailleurs, une des dernières qui, par un pur hasard, ait entendu le nom de Mme Leroi. Aujourd'hui personne ne sait plus qui c'est, ce qui est du reste parfaitement juste. Son nom ne figure même pas dans l'index des mémoires posthumes de Mme de Villeparisis, de laquelle Mme Leroi occupa tant l'esprit. La marquise n'a d'ailleurs pas parlé de Mme Leroi, moins parce que celle-ci de son vivant avait été peu aimable pour elle, que parce que[b] personne ne pouvait s'intéresser à elle après sa mort, et ce silence est dicté moins par la rancune mondaine de la femme que par le tact littéraire de l'écrivain[1]. Ma conversation avec l'élégante amie de Bloch fut charmante, car cette jeune femme était intelligente, mais cette différence entre nos deux vocabulaires la rendait malaisée et en même temps instructive. Nous avons beau savoir que les années passent, que la jeunesse fait place à la vieillesse, que les fortunes et les trônes les plus solides s'écroulent, que la célébrité est passagère, notre manière de prendre connaissance et pour ainsi dire de prendre le cliché de cet univers mouvant, entraîné par le Temps, l'immobilise au contraire. De sorte que nous voyons toujours jeunes les gens que nous avons connus jeunes, que ceux que nous avons connus vieux nous les parons rétrospectivement dans le passé des vertus de la vieillesse, que nous nous fions sans réserve au crédit d'un milliardaire et à l'appui d'un souverain, sachant par le raisonnement, mais ne croyant pas effectivement, qu'ils pourront être demain des fugitifs dénués de pouvoir. Dans un champ plus restreint et de mondanité pure, comme dans un problème plus simple qui initie à des difficultés plus complexes mais de même ordre, l'inintelligibilité qui résultait dans notre conversation avec la jeune femme du fait que nous avions vécu dans un certain monde à vingt-cinq ans de distance, me donnait l'impression et aurait pu fortifier chez moi le sens de l'Histoire.

Du reste, il faut bien dire que cette ignorance des situations réelles qui tous les dix ans fait surgir les élus dans leur apparence actuelle et comme si le passé n'existait pas, qui empêche pour une Américaine fraîchement débarquée, de voir que M. de Charlus avait eu la plus grande situation de Paris à une époque où Bloch n'en avait aucune, et que Swann, qui faisait tant de frais pour M. Bontemps, avait été traité avec la plus grande amitié, cette ignorance n'existe pas seulement chez les nouveaux venus, mais chez ceux qui ont fréquenté toujours des sociétés voisines, et cette ignorance, chez ces derniers comme chez les autres, est aussi un effet (mais cette fois s'exerçant sur l'individu et non sur la couche sociale) du Temps. Sans doute, nous avons beau changer de milieu, de genre de vie, notre mémoire en retenant le fil de notre personnalité identique attache à elle, aux époques successives, le souvenir des sociétés où nous avons vécu, fût-ce quarante ans plus tôt. Bloch chez le prince de Guermantes savait parfaitement l'humble milieu juif où il avait vécu à dix-huit ans, et Swann, quand il n'aima plus Mme Swann mais une femme qui servait du thé chez ce même Colombin[1] où Mme Swann avait cru quelque temps qu'il était chic d'aller, comme au thé de la rue Royale[2], Swann savait très bien sa valeur mondaine, se rappelait Twickenham[3] ; n'avait aucun doute sur les raisons pour lesquelles il allait plutôt chez Colombin que chez la duchesse de Broglie, et savait parfaitement qu'eût-il été lui-même mille fois moins « chic », cela ne l'eût pas rendu un atome davantage d'aller chez Colombin ou à l'hôtel Ritz, puisque tout le monde peut y aller en payant. Sans doute les amis de Bloch ou de Swann se rappelaient eux aussi la petite société juive ou les invitations à Twickenham, et ainsi les amis, comme des « moi », un peu moins distincts, de Swann et de Bloch, ne séparaient pas dans leur mémoire du Bloch élégant d'aujourd'hui le Bloch sordide d'autrefois, du Swann de chez Colombin des derniers jours le Swann de Buckingham Palace. Mais ces amis étaient en quelque sorte dans la vie les voisins de Swann ; la leur s'était développée sur une ligne assez voisine pour que leur mémoire pût être assez pleine de lui ; mais chez d'autres plus éloignés de Swann, à une distance plus grande de lui non pas précisément socialement mais d'intimité, qui avait fait la connaissance plus vague et les rencontres très rares, les souvenirs moins nombreux avaient rendu les notions plus flottantes. Or, chez des étrangers de ce genre, au bout de trente ans on ne se rappelle plus rien de précis qui puisse prolonger dans le passé et changer de valeur l'être qu'on a sous les yeux. J'avais entendu dans les dernières années de la vie de Swann, des gens du monde pourtant, à qui on parlait de lui, dire, et comme si ç'avait été son titre de notoriété : « Vous parlez du Swann de chez Colombin ? » J'entendais maintenant des gens qui auraient pourtant dû savoir, dire en parlant de Bloch : « Le Bloch-Guermantes ? Le familier des Guermantes ? » Ces erreurs qui scindent une vie et, en en isolant le présent, font de l'homme dont on parle un autre homme, un homme différent, une création de la veille, un homme qui n'est que la condensation de ses habitudes actuelles (alors que lui porte en lui-même la continuité de sa vie qui le relie au passé), ces erreurs dépendent bien aussi du Temps, mais elles sont non un phénomène social, mais un phénomène de mémoire. J'eus dans l'instant même un exemple, d'une variété assez différente il est vrai mais d'autant plus frappante, de ces oublis qui modifient pour nous l'aspect des êtres. Un jeune neveu de Mme de Guermantes, le marquis de Villemandois, avait été jadis pour moi d'une insolence obstinée qui m'avait conduit par représailles à adopter à son égard une attitude si insultante que nous étions devenus tacitement comme deux ennemis. Pendant que j'étais en train de réfléchir sur le Temps à cette matinée chez la princesse de Guermantes, il se fit présenter à moi en disant qu'il croyait que j'avais connu de ses parents, qu'il avait lu des articles de moi et désirait faire ou refaire connaissance. Il est vrai de dire qu'avec l'âge il était devenu, comme beaucoup, d'impertinent sérieux, qu'il n'avait plus la même arrogance et que, d'autre part, on parlait de moi, pour de bien minces articles cependant, dans le milieu qu'il fréquentait. Mais ces raisons de sa cordialité et de ses avances ne furent qu'accessoires. La principale, ou du moins celle qui permit aux autres d'entrer en jeu, c'est que, ou ayant une plus mauvaise mémoire que moi, ou ayant attaché une attention moins soutenue à mes ripostes que je n'avais fait autrefois à ses attaques, parce que j'étais alors pour lui un plus petit personnage qu'il n'était pour moi, il avait entièrement oublié notre inimitié. Mon nom lui rappelait tout au plus qu'il avait dû me voir, ou quelqu'un des miens, chez une de ses tantes. Et ne sachant pas au juste s'il se faisait présenter ou représenter, il se hâta de me parler de sa tante, chez qui il ne doutait pas qu'il avait dû me rencontrer, se rappelant qu'on y parlait souvent de moi, mais non de nos querelles. Un nom, c'est tout ce qui reste bien souvent pour nous d'un être, non pas même quand il est mort, mais de son vivant. Et nos notions sur lui sont si vagues ou si bizarres, et correspondent si peu à celles que nous avons eues de lui, que nous avons entièrement oublié que nous avons failli nous battre en duel avec lui, mais nous rappelons qu'il portait, enfant, d'étranges guêtres jaunes aux Champs-Élysées dans lesquels, par contre, malgré que nous le lui assurions, il n'a aucun souvenir d'avoir joué avec nous.

Bloch était entré en sautant comme une hyène. Je pensais : « Il vient dans des salons où il n'eût pas pénétré il y a vingt ans. » Mais il avait aussi vingt ans de plus. Il était plus près de la mort. À quoi cela l'avançait-il ? De près, dans la translucidité d'un visage où, de plus loin et mal éclairé, je ne voyais que la jeunesse gaie (soit qu'elle y survécût, soit que je l'y évoquasse), se tenait le visage presque effrayant, tout anxieux, d'un vieux Shylock[1] attendant, tout grimé, dans la coulisse, le moment d'entrer en scène, récitant déjà le premier vers à mi-voix. Dans dix ans, dans ces salons où leur veulerie l'aurait imposé, il entrerait en béquillant, devenu « maître », trouvant une corvée d'être obligé d'aller chez les La Trémoïlle. À quoi cela l'avancerait-il ?

De changements[a] produits dans la société je pouvais d'autant plus extraire des vérités importantes et dignes de cimenter une partie de mon œuvre qu'ils n'étaient nullement, comme j'aurais pu être au premier moment tenté de le croire, particuliers à notre époque. Au temps où, moi-même à peine parvenu, j'étais entré, plus nouveau que ne l'était Bloch lui-même aujourd'hui, dans le milieu des Guermantes, j'avais dû y contempler comme faisant partie intégrante de ce milieu, des éléments absolument différents, agrégés depuis peu et qui paraissaient étrangement nouveaux à de plus anciens dont je ne les différenciais pas et qui eux-mêmes, crus par les ducs d'alors membres de tout temps du Faubourg, y avaient eux, ou leurs pères, ou leurs grands-pères, été jadis des parvenus. Si bien que ce n'était pas la qualité d'hommes du grand monde qui rendait cette société si brillante, mais le fait d'avoir été assimilés plus ou moins complètement par cette société qui faisait, de gens qui cinquante ans plus tard paraissaient tous pareils, des gens du grand monde. Même dans le passé où je reculais le nom de Guermantes pour lui donner toute sa grandeur, et avec raison du reste, car sous Louis XIV les Guermantes, quasi royaux, faisaient plus grande figure qu'aujourd'hui, le phénomène que je remarquais en ce moment se produisait de même. Ne les avait-on pas vus alors s'allier à la famille Colbert par exemple, laquelle aujourd'hui, il est vrai, nous paraît très noble puisque épouser une Colbert semble un grand parti pour un La Rochefoucauld ? Mais ce n'est pas parce que les Colbert, simples bourgeois alors, étaient nobles, que les Guermantes s'allièrent avec eux, c'est parce que les Guermantes s'allièrent avec eux qu'ils devinrent nobles. Si le nom d'Haussonville s'éteint avec le représentant actuel de cette maison[1], il tirera peut-être son illustration de descendre de Mme de Staël, alors qu'avant la Révolution M. d'Haussonville, un des premiers seigneurs du royaume, tirait vanité auprès de M. de Broglie de ne pas connaître le père de Mme de Staël et de ne pas pouvoir plus le présenter que M. de Broglie ne pouvait le présenter lui-même, ne se doutant guère que leurs fils épouseraient un jour l'un la fille, l'autre la petite-fille de l'auteur de *Corinne*[2]. Je me rendais compte d'après ce que me disait la duchesse de Guermantes que j'aurais pu faire dans ce monde la figure d'homme élégant non titré, mais qu'on croit volontiers affilié de tout temps à l'aristocratie, que Swann y avait faite autrefois, et avant lui M. Lebrun[3], M. Ampère[4], tous ces amis de la duchesse de Broglie, qui elle-même était au début fort peu du grand monde. Les premières fois que j'avais dîné chez Mme de Guermantes, combien n'avais-je pas dû choquer des hommes comme M. de Beauserfeuil, moins[a] par ma présence même que par des remarques témoignant que j'étais entièrement ignorant des souvenirs qui constituaient son passé et donnaient sa forme à l'image qu'il avait de la société ! Bloch un jour, quand devenu très vieux il aurait une mémoire assez ancienne du salon Guermantes tel qu'il se présentait en ce moment à ses yeux, éprouverait le même étonnement, la même mauvaise humeur en présence de certaines intrusions et de certaines ignorances. Et d'autre part, il aurait sans doute contracté et dispenserait autour de lui ces qualités de tact et de discrétion que j'avais crues le privilège d'hommes comme M. de Norpois, se reformant et s'incarnant dans ceux qui nous paraissent entre tous les exclure.

D'ailleurs, le cas qui s'était présenté pour moi d'être admis dans la société des Guermantes m'avait paru quelque chose d'exceptionnel[1]. Mais si je sortais de moi et du milieu qui m'entourait immédiatement, je voyais que ce phénomène social n'était pas aussi isolé qu'il m'avait paru d'abord et que du bassin de Combray où j'étais né, assez nombreux en somme étaient les jets d'eau qui symétriquement à moi s'étaient élevés au-dessus de la même masse liquide qui les avait alimentés. Sans doute, les circonstances ayant toujours quelque chose de particulier et les caractères d'individuel, c'était d'une façon toute différente que Legrandin (par l'étrange mariage de son neveu) à son tour avait pénétré dans ce milieu, que la fille d'Odette s'y était apparentée, que Swann lui-même, et moi enfin y étions venus. Pour moi qui avais passé enfermé dans ma vie et la voyant du dedans, celle de Legrandin me semblait n'avoir aucun rapport et avoir suivi des chemins opposés, de même qu'une rivière dans sa vallée profonde ne voit pas une rivière divergente, qui pourtant malgré les écarts de son cours se jette dans le même fleuve. Mais à vol d'oiseau, comme fait le statisticien qui néglige les raisons sentimentales ou les imprudences évitables qui ont conduit telle personne à la mort, et compte seulement le nombre de personnes qui meurent par an, on voyait que plusieurs personnes parties d'un même milieu dont la peinture a occupé le début de ce récit, étaient parvenues dans un autre tout différent, et il est probable que, comme il se fait par an à Paris un nombre moyen de mariages, tout autre milieu bourgeois cultivé et riche eût fourni une proportion à peu près égale de gens comme Swann, comme Legrandin, comme moi et comme Bloch, qu'on retrouvait se jetant dans l'océan du « grand monde ». Et d'ailleurs ils s'y reconnaissaient, car si le jeune comte de Cambremer émerveillait tout le monde par sa distinction, son affinement, sa sobre élégance, je reconnaissais en elles — en même temps que dans son beau regard et dans son désir ardent de parvenir — ce qui caractérisait déjà son oncle Legrandin, c'est-à-dire un vieil ami fort bourgeois, quoique de tournure aristocratique, de mes parents.

La bonté, simple maturation qui a fini par sucrer des natures plus primitivement acides que celle de Bloch, est aussi répandue que ce sentiment de la justice qui fait que si notre cause est bonne, nous ne devons pas plus redouter un juge prévenu qu'un juge ami. Et les petits-enfants de Bloch seraient bons et discrets presque de naissance. Bloch n'en était peut-être pas encore là[1]. Mais je remarquai que lui, qui jadis feignait de se croire obligé à faire deux heures de chemin de fer pour aller voir quelqu'un qui ne le lui avait guère demandé, maintenant qu'il recevait tant d'invitations non seulement à déjeuner et à dîner, mais à venir passer quinze jours ici, quinze jours là, en refusait beaucoup et sans le dire, sans se vanter de les avoir reçues, de les avoir refusées. La discrétion, discrétion dans les actions, dans les paroles, lui était venue avec la situation sociale et l'âge, avec une sorte d'âge social, si l'on peut dire. Sans doute Bloch était jadis indiscret autant qu'incapable de bienveillance et de conseil. Mais certains défauts, certaines qualités sont moins attachés à tel individu, à tel autre, qu'à tel ou tel moment de l'existence considéré au point de vue social. Ils sont presque extérieurs aux individus, lesquels passent dans leur lumière comme sous des solstices variés, préexistants, généraux, inévitables. Les médecins qui cherchent à se rendre compte si tel médicament diminue ou augmente l'acidité de l'estomac, active ou ralentit ses sécrétions, obtiennent des résultats différents, non pas selon l'estomac sur les sécrétions duquel ils prélèvent un peu de suc gastrique, mais selon qu'ils le lui empruntent à un moment plus ou moins avancé de l'ingestion du remède[2].

Ainsi[a], à tous les moments de sa durée, le nom de Guermantes, considéré comme un ensemble de tous les noms qu'il admettait en lui, autour de lui, subissait des déperditions, recrutait des éléments nouveaux comme ces jardins où à tout moment des fleurs à peine en bouton, et se préparant à remplacer celles qui se flétrissent déjà, se confondent dans une masse qui semble pareille, sauf à ceux qui n'ont pas toujours vu les nouvelles venues et gardent dans leur souvenir l'image précise de celles qui ne sont plus.

Plus d'une des personnes que cette matinée réunissait ou dont elle m'évoquait le souvenir, me donnait par les aspects qu'elle avait tour à tour présentés pour moi, par les circonstances différentes, opposées, d'où elle avait, les unes après les autres, surgi devant moi, faisait ressortir les aspects variés de ma vie, les différences de perspective, comme un accident de terrain, colline ou château, qui apparaît tantôt à droite, tantôt à gauche, semble d'abord dominer une forêt, ensuite sortir d'une vallée, et révèle ainsi au voyageur des changements d'orientation et des différences d'altitude dans la route qu'il suit. En remontant de plus en plus haut, je finissais par trouver des images d'une même personne séparées par un intervalle de temps si long, conservées par des moi si distincts, ayant elles-mêmes des significations si différentes, que je les omettais d'habitude quand je croyais embrasser le cours passé de mes relations avec elles, que j'avais même cessé de penser qu'elles étaient les mêmes que j'avais connues autrefois, et qu'il me fallait le hasard d'un éclair d'attention pour les rattacher, comme à une étymologie, à cette signification primitive qu'elles avaient eue pour moi. Mlle Swann me jetait, de l'autre côté de la haie d'épines[1] roses, un regard dont j'avais dû d'ailleurs rétrospectivement retoucher la signification, qui était de désir[2]. L'amant de Mme Swann, selon la chronique de Combray, me regardait derrière cette même haie d'un air dur[3] qui n'avait pas non plus le sens que je lui avais donné alors, et ayant, d'ailleurs, tellement changé depuis que je ne l'avais nullement reconnu à Balbec dans le monsieur qui regardait une affiche près du casino[4], et dont il m'arrivait une fois tous les dix ans de me souvenir en me disant : « Mais c'était M. de Charlus, déjà, comme c'est curieux ! » Mme de Guermantes au mariage du Dr Percepied[5], Mme Swann en rose chez mon grand-oncle[6], Mme de Cambremer, sœur de Legrandin, si élégante qu'il craignait que nous le priions de nous donner une recommandation pour elle[7], c'étaient, ainsi que tant d'autres concernant Swann, Saint-Loup, etc., autant d'images que je m'amusais parfois quand je les retrouvais, à placer comme frontispice au seuil de mes relations avec ces différentes personnes, mais qui ne me semblaient en effet qu'une image, et non déposée en moi par l'être lui-même, auquel rien ne la reliait plus. Non seulement certaines gens ont de la mémoire et d'autres pas (sans aller jusqu'à l'oubli constant où vivent les ambassadrices de Turquie[8] et autres, ce qui leur permet de trouver toujours — la nouvelle précédente s'étant évanouie au bout de huit jours, ou la suivante ayant le don de l'exorciser — de trouver toujours de la place pour la nouvelle contraire qu'on leur dit), mais même à égalité de mémoire, deux personnes ne se souviennent pas des mêmes choses. L'une aura prêté peu d'attention à un fait dont l'autre gardera grand remords, et en revanche aura saisi à la volée comme signe sympathique et caractéristique une parole que l'autre aura laissé échapper sans presque y penser. L'intérêt de ne pas s'être trompé quand on a émis un pronostic faux abrège la durée du souvenir de ce pronostic et permet d'affirmer très vite qu'on ne l'a pas émis. Enfin, un intérêt plus profond, plus désintéressé, diversifie les mémoires, si bien que le poète qui a presque tout oublié des faits qu'on lui rappelle retient une impression fugitive. De tout cela vient qu'après vingt ans d'absence on rencontre, au lieu de rancunes présumées, des pardons involontaires, inconscients, et en revanche tant de haines dont on ne peut s'expliquer (parce qu'on a oublié à son tour l'impression mauvaise qu'on a faite) la raison. L'histoire même des gens qu'on a le plus connus, on en a oublié les dates. Et parce qu'il y avait au moins vingt ans qu'elle avait vu Bloch pour la première fois, Mme de Guermantes eût juré qu'il était né dans son monde et avait été bercé sur les genoux de la duchesse de Chartres[1] quand il avait deux ans.

Et combien[a] de fois ces personnes étaient revenues devant moi au cours de leur vie, dont les diverses circonstances semblaient présenter les mêmes êtres, mais sous des formes, pour des fins variées[2] ; et la diversité des points de ma vie par où avait passé le fil de celle de chacun de ces personnages avait fini par mêler ceux qui semblaient le plus éloignés, comme si la vie ne possédait qu'un nombre limité de fils pour exécuter les dessins les plus différents. Quoi de plus séparé, par exemple, dans mes passés divers que mes visites à mon oncle Adolphe, que le neveu de Mme de Villeparisis cousine du maréchal, que Legrandin et sa sœur, que l'ancien giletier ami de Françoise, dans la cour ? Et aujourd'hui tous ces fils différents s'étaient réunis pour faire la trame, ici du ménage Saint-Loup, là du jeune ménage Cambremer, pour ne pas parler de Morel, et de tant d'autres dont la conjonction avait concouru à former une circonstance, qu'il me semblait que la circonstance était l'unité complète, et le personnage seulement une partie composante. Et ma vie était déjà assez longue pour qu'à plus d'un des êtres qu'elle m'offrait, je trouvasse dans des régions opposées de mes souvenirs, pour le compléter, un autre être. Jusqu'aux Elstir même que je voyais ici à une place qui était un signe de sa gloire, je pouvais ajouter les plus anciens souvenirs des Verdurin, les Cottard, la conversation dans le restaurant de Rivebelle, la matinée où j'avais connu Albertine, et tant d'autres. Ainsi un amateur d'art à qui on montre le volet d'un retable se rappelle dans quelle église, dans quels musées, dans quelle collection particulière les autres sont dispersés (de même qu'en suivant les catalogues des ventes ou en fréquentant les antiquaires il finit par trouver l'objet jumeau de celui qu'il possède et qui fait avec lui la paire) ; il peut reconstituer dans sa tête la prédelle, l'autel tout entier. Comme[a] un seau montant le long d'un treuil vient toucher la corde à diverses reprises et sur des côtés opposés, il n'y avait pas de personnage, presque pas même de choses ayant eu place dans ma vie, qui n'y eût joué tour à tour des rôles différents. Une simple relation mondaine, même un objet matériel, si je le retrouvais au bout de quelques années dans mon souvenir, je voyais que la vie n'avait pas cessé de tisser autour de lui des fils différents qui finissaient par le feutrer de ce beau velours inimitable des années, pareil à celui qui dans les vieux parcs enveloppe une simple conduite d'eau d'un fourreau d'émeraude.

Ce n'était pas que l'aspect de ces personnes qui donnait l'idée de personnes de songe. Pour elles-mêmes la vie, déjà ensommeillée dans la jeunesse et l'amour, était de plus en plus devenue un songe. Elles avaient oublié jusqu'à leurs rancunes, leurs haines, et pour être certaines que c'était à la personne qui était là qu'elles n'adressaient plus la parole il y a dix ans, il eût fallu qu'elles se reportassent à un registre, mais qui était aussi vague qu'un rêve où on a été insulté on ne sait plus par qui. Tous ces songes formaient les apparences contrastées de la vie politique, où on voyait dans un même ministère des gens qui s'étaient accusés de meurtre ou de trahison. Et ce songe devenait épais comme la mort chez certains vieillards, dans les jours qui suivaient celui où ils avaient fait l'amour. Pendant ces jours-là, on ne pouvait plus rien demander au président de la République[1], il oubliait tout. Puis, si on le laissait se reposer quelques jours, le souvenir des affaires publiques lui revenait, fortuit comme celui d'un rêve.

Parfois[a] ce n'était pas en une seule image qu'apparaissait cet être, si différent de celui que j'avais connu depuis. C'est pendant des années que Bergotte m'avait paru un doux vieillard divin, que je m'étais senti paralysé comme par une apparition devant le chapeau gris de Swann, le manteau violet de sa femme, le mystère dont le nom de sa race entourait la duchesse de Guermantes jusque dans un salon : origines presque fabuleuses, charmante mythologie de relations devenues si banales ensuite, mais qu'elles prolongeaient dans le passé comme en plein ciel, avec un éclat pareil à celui que projette la queue étincelante d'une comète. Et même celles qui n'avaient pas commencé dans le mystère, comme mes relations avec Mme de Souvré, si sèches[b] et si purement mondaines aujourd'hui, gardaient à leurs débuts leur premier sourire, plus calme, plus doux, et si onctueusement tracé dans la plénitude d'une après-midi au bord de la mer, d'une fin de journée de printemps à Paris, bruyante d'équipages, de poussière soulevée, et de soleil remué comme de l'eau. Et peut-être Mme de Souvré n'eût-elle pas valu grand-chose si on l'eût détachée de ce cadre[1], comme ces monuments — la Salute[2] par exemple — qui, sans grande beauté propre, font admirablement là où ils sont situés, mais elle faisait partie d'un lot de souvenirs que j'estimais à un certain prix « l'un dans l'autre », sans me demander pour combien exactement la personne de Mme de Souvré y figurait[c3].

Une chose me frappa plus encore chez tous ces êtres que les changements physiques, sociaux, qu'ils avaient subis, ce fut celui qui tenait à l'idée différente qu'ils avaient les uns des autres. Legrandin méprisait Bloch et ne lui adressait jamais la parole. Il fut très aimable avec lui. Ce n'était pas du tout à cause de la situation plus grande qu'avait prise Bloch, ce qui dans ce cas ne mériterait pas d'être noté, car les changements sociaux amènent forcément des changements respectifs de position entre ceux qui les ont subis. Non ; c'était que les gens — les gens, c'est-à-dire ce qu'ils sont pour nous — n'ont pas dans notre mémoire l'uniformité d'un tableau. Au gré de notre oubli ils évoluent. Quelquefois nous allons jusqu'à les confondre avec d'autres : « Bloch, c'est quelqu'un qui venait à Combray », et en disant Bloch c'était moi qu'on voulait dire. Inversement, Mme Sazerat était persuadée que de moi était telle thèse historique sur Philippe II (laquelle était de Bloch). Sans aller jusqu'à ces interversions, on oublie les crasses que l'un vous a faites, ses défauts, la dernière fois où on s'est quitté sans se serrer la main, et en revanche on s'en rappelle une plus ancienne, où on était bien ensemble. Et c'est à cette fois plus ancienne que les manières de Legrandin répondaient, dans son amabilité avec Bloch, soit qu'il eût perdu la mémoire d'un certain passé, soit qu'il le jugeât prescrit, mélange de pardon, d'oubli, d'indifférence qui est aussi un effet du Temps. D'ailleurs les souvenirs que nous avons les uns des autres, même dans l'amour, ne sont pas les mêmes. J'avais vu Albertine se rappeler à merveille telle parole que je lui avais dite dans nos premières rencontres et que j'avais complètement oubliée. D'un autre fait, enfoncé à jamais dans ma tête comme un caillou, elle n'avait aucun souvenir. Notre vie parallèle ressemblait à ces allées où, de distance en distance, des vases de fleurs sont placés symétriquement, mais non en face des autres. À plus forte raison est-il compréhensible que pour des gens qu'on connaît peu on se rappelle à peine qui ils sont, ou on s'en rappelle autre chose, même de plus ancien, que ce qu'on en pensait autrefois, quelque chose qui est suggéré par les gens au milieu de qui on les retrouve, qui ne les connaissent que depuis peu, parés de qualités et d'une situation qu'ils n'avaient pas autrefois, mais que l'oublieux accepte d'emblée.

Sans doute[a] la vie, en mettant à plusieurs reprises ces personnes sur mon chemin, me les avait présentées dans des circonstances particulières qui en les entourant de toutes parts, avaient rétréci la vue que j'avais eue d'elles, et m'avait empêché de connaître leur essence. Ces Guermantes même, qui avaient été pour moi l'objet d'un si grand rêve, quand je m'étais approché d'abord de l'un d'eux, m'étaient apparus sous l'aspect, l'une d'une vieille amie de ma grand-mère, l'autre d'un monsieur qui m'avait regardé d'un air si désagréable à midi dans les jardins du casino. (Car il y a entre nous et les êtres un liséré de contingences, comme j'avais compris dans mes lectures de Combray qu'il y en a un de perception et qui empêche la mise en contact absolue de la réalité et de l'esprit.) De sorte que ce n'était jamais qu'après coup, en les rapportant à un nom, que leur connaissance était devenue pour moi la connaissance des Guermantes. Mais peut-être cela même me rendait-il la vie plus poétique, de penser que la race mystérieuse aux yeux perçants, au bec d'oiseau, la race rose, dorée, inapprochable[1], s'était trouvée si souvent, si naturellement, par l'effet de circonstances aveugles et différentes, s'offrir à ma contemplation, à mon commerce, même à mon intimité, au point que, quand j'avais voulu connaître Mlle de Stermaria ou[a] faire faire des robes à Albertine, c'était comme aux plus serviables de mes amis, à des Guermantes que je m'étais adressé. Certes, cela m'ennuyait d'aller chez eux autant que chez les autres gens du monde que j'avais connus ensuite. Même pour la duchesse de Guermantes, comme pour certaines pages de Bergotte, son charme ne m'était visible qu'à distance et s'évanouissait quand j'étais près d'elle, car il résidait dans ma mémoire et dans mon imagination. Mais enfin, malgré tout, les Guermantes comme Gilberte aussi, différaient des autres gens du monde en ce qu'ils plongeaient plus avant leurs racines dans un passé de ma vie où je rêvais davantage et croyais plus aux individus. Ce que je possédais avec ennui, en causant en ce moment avec l'une et avec l'autre, c'était du moins celles des imaginations de mon enfance que j'avais trouvées le plus belles et crues le plus inaccessibles, et je me consolais en confondant, comme un marchand qui s'embrouille dans ses livres, la valeur de leur possession avec le prix auquel les avait cotées mon désir.

Mais pour d'autres êtres, le passé de mes relations avec eux était gonflé de rêves plus ardents, formés sans espoir, où s'épanouissait si richement ma vie d'alors, dédiée à eux tout entière, que je pouvais à peine comprendre comment leur exaucement était ce mince, étroit et terne ruban d'une intimité indifférente et dédaignée où je ne pouvais plus rien retrouver de ce qui avait fait leur mystère, leur fièvre et leur douceur. Tous n'avaient pas « reçu », été décorés, pour quelques-uns l'adjectif était autre quoique pas plus important, ils étaient récemment morts.

« Que devient la marquise d'Arpajon ? demanda Mme de Cambremer. — Mais elle est morte, répondit Bloch. — Vous confondez avec la comtesse d'Arpajon qui est morte l'année dernière. » La princesse d'Agrigente se mêla à la discussion ; jeune veuve d'un vieux mari très riche et porteur d'un grand nom, elle était beaucoup demandée en mariage et en avait pris une grande assurance[1]. « La marquise d'Arpajon est morte aussi il y a à peu près un an. — Ah ! un an, je vous réponds que non, répondit Mme de Cambremer, j'ai été à une soirée de musique chez elle il y a moins d'un an. » Bloch, pas plus que les « gigolos » du monde, ne pouvait prendre part utilement à la discussion, car toutes ces morts de personnes âgées étaient à une distance d'eux trop grande, soit par la différence énorme des années, soit par la récente arrivée (de Bloch, par exemple) dans une société différente qu'il abordait de biais, au moment où elle déclinait, dans un crépuscule où le souvenir d'un passé qui ne lui était pas familier ne pouvait l'éclairer. Et pour les gens du même âge et du même milieu, la mort avait perdu de sa signification étrange. D'ailleurs, on faisait tous les jours prendre des nouvelles de tant de gens à l'article de la mort, et dont les uns s'étaient rétablis tandis que d'autres avaient « succombé » qu'on ne se souvenait plus au juste si telle personne qu'on n'avait jamais l'occasion de voir s'était sortie de sa fluxion de poitrine ou avait trépassé. La mort se multipliait et devenait plus incertaine dans ces régions âgées. À cette croisée de deux générations et de deux sociétés qui, en vertu de raisons différentes, mal placées pour distinguer la mort, la confondaient presque avec la vie, la première s'était mondanisée, était devenue un incident qui qualifiait plus ou moins une personne sans que le ton dont on parlait eût l'air de signifier que cet incident terminait tout pour elle. On disait : « Mais vous oubliez, un tel est mort », comme on eût dit : « Il est décoré », « il est de l'Académie », ou — et cela revenait au même puisque cela empêchait aussi d'assister aux fêtes — « il est allé passer l'hiver dans le Midi », « on lui a ordonné les montagnes ». Encore, pour des hommes connus, ce qu'ils laissaient en mourant aidait à se rappeler que leur existence était terminée. Mais pour les simples gens du monde très âgés, on s'embrouillait sur le fait qu'ils fussent morts ou non, non seulement parce qu'on connaissait mal ou qu'on avait oublié leur passé, mais parce qu'ils ne tenaient en quoi que ce soit à l'avenir. Et la difficulté qu'avait chacun de faire un triage entre les maladies, l'absence, la retraite à la campagne, la mort des vieilles gens du monde, consacrait, tout autant que l'indifférence des hésitants, l'insignifiance des défunts.

« Mais si elle n'est pas morte, comment se fait-il qu'on ne la voie plus jamais, ni son mari non plus ? demanda une vieille fille qui aimait faire de l'esprit. — Mais je te dirai », reprit sa mère qui, quoique quinquagénaire, ne manquait pas une fête, « que c'est parce qu'ils sont vieux : à cet âge-là on ne sort plus. » Il semblait qu'il y eût avant le cimetière toute une cité close des vieillards, aux lampes toujours allumées dans la brume. Mme de Saint-Euverte trancha le débat en disant que la comtesse d'Arpajon était morte il y avait un an, d'une longue maladie, mais que la marquise d'Arpajon était morte aussi depuis, très vite, « d'une façon tout à fait insignifiante ». Mort qui par là ressemblait à toutes ces vies, et par là aussi expliquait qu'elle eût passé inaperçue, excusait ceux qui confondaient. En entendant que Mme d'Arpajon était vraiment morte, la vieille fille jeta sur sa mère un regard alarmé, car elle craignait que d'apprendre la mort d'une de ses « contemporaines » ne « frappât sa mère » ; elle croyait entendre d'avance parler de la mort de sa propre mère avec cette explication : « Elle avait été très *frappée* par la mort de Mme d'Arpajon. » Mais la mère de la vieille fille, au contraire, se faisait à elle-même l'effet de l'avoir emporté dans un concours sur des concurrents de marque, chaque fois qu'une personne de son âge « disparaissait ». Leur mort était la seule manière dont elle prît encore agréablement conscience de sa propre vie. La vieille fille s'aperçut que sa mère, qui n'avait pas semblé fâchée de dire que Mme d'Arpajon était recluse dans les demeures d'où ne sortent plus guère les vieillards fatigués, l'avait été moins encore d'apprendre que la marquise était entrée dans la cité d'après, celle d'où on ne sort plus[1]. Cette constatation de l'indifférence de sa mère amusa l'esprit caustique de la vieille fille. Et pour faire rire ses amies, elle faisait un récit désopilant de la manière allègre, prétendait-elle, dont sa mère avait dit en se frottant les mains : « Mon Dieu, il est bien vrai que cette pauvre Mme d'Arpajon est morte. » Même pour ceux qui n'avaient pas besoin de cette mort pour se réjouir d'être vivants, elle les rendit heureux. Car toute mort est pour les autres une simplification d'existence, ôte le scrupule de se montrer reconnaissant, l'obligation de faire des visites. Ce n'est pas ainsi que la mort de M. Verdurin avait été accueillie par Elstir.

Une dame sortit, car elle avait d'autres matinées et devait aller goûter avec deux reines. C'était cette grande cocotte du monde que j'avais connue autrefois, la princesse de Nassau. Si sa taille n'avait pas diminué, ce qui lui donnait l'air, par sa tête située à une bien moindre hauteur qu'elle n'était autrefois, d'avoir ce qu'on appelle *un pied dans la tombe*, on aurait à peine pu dire qu'elle avait vieilli. Elle restait une Marie-Antoinette au nez autrichien, au regard délicieux, conservée, embaumée grâce à mille fards adorablement unis qui lui faisaient une figure lilas. Il flottait sur elle cette expression confuse et tendre d'être obligée de partir, de promettre tendrement de revenir, de s'esquiver discrètement, qui tenait à la foule des réunions d'élite où on l'attendait. Née presque sur les marches d'un trône, mariée trois fois, entretenue longtemps et richement, par de grands banquiers, sans compter les mille fantaisies qu'elle s'était offertes, elle portait légèrement sous sa robe, mauve comme ses yeux admirables et ronds et comme sa figure fardée, les souvenirs un peu embrouillés de ce passé innombrable. Comme elle passait devant moi en se sauvant *à l'anglaise*, je la saluai. Elle me reconnut, elle me serra la main et fixa sur moi les rondes prunelles mauves de l'air qui voulait dire : « Comme il y a longtemps que nous ne nous sommes vus ! Nous parlerons de cela une autre fois. » Elle me serrait la main avec force, ne se rappelant pas au juste si en voiture, un soir qu'elle me ramenait de chez la duchesse de Guermantes, il y avait eu ou non une passade entre nous. À tout hasard elle sembla faire allusion à ce qui n'avait pas été, chose qui ne lui était pas difficile puisqu'elle prenait un air de tendresse pour une tarte aux fraises, et mettait si elle était obligée de partir avant la fin de la musique l'air désespéré d'un abandon qui ne serait pas définitif. Incertaine d'ailleurs sur la passade avec moi, son serrement de main furtif ne s'attarda pas et elle ne me dit pas un mot. Elle me regarda seulement comme j'ai dit, d'une façon qui signifiait « Qu'il y a longtemps ! » et où repassaient ses maris, les hommes qui l'avaient entretenue, deux guerres, et ses yeux stellaires, semblables à une horloge astronomique taillée dans une opale, marquèrent successivement toutes ces heures solennelles du passé si lointain qu'elle retrouvait à tout moment quand elle voulait vous dire un bonjour qui était toujours une excuse. Puis, m'ayant quitté, elle se mit à trotter vers la porte, pour qu'on ne se dérangeât pas pour elle, pour me montrer que si elle n'avait pas causé avec moi c'est qu'elle était pressée, pour rattraper la minute perdue à me serrer la main afin d'être exacte chez la reine d'Espagne qui devait goûter seule avec elle. Même, près de la porte, je crus qu'elle allait prendre le pas de course. Et elle courait en effet à son tombeau.

Une grosse dame[a] me dit un bonjour, pendant la courte durée duquel les pensées les plus différentes se pressèrent dans mon esprit. J'hésitai un instant à lui répondre, craignant que ne reconnaissant pas les gens mieux que moi, elle eût cru que j'étais quelqu'un d'autre, puis son assurance me fit au contraire, de peur que ce fût quelqu'un avec qui j'avais été très lié, exagérer l'amabilité de mon sourire, pendant que mes regards continuaient à chercher dans ses traits le nom que je ne trouvais pas. Tel un candidat au baccalauréat, incertain, attache ses regards sur la figure de l'examinateur et espère vainement y trouver la réponse qu'il ferait mieux de chercher dans sa propre mémoire[1], tel, tout en lui souriant, j'attachais mes regards sur les traits de la grosse dame. Ils me semblèrent être ceux de Mme Swann, aussi mon sourire se nuança-t-il de respect, pendant que mon indécision commençait à cesser. Alors j'entendis la grosse dame me dire, une seconde plus tard : « Vous me preniez pour maman, en effet je commence à lui ressembler beaucoup. » Et je reconnus Gilberte[2].

Nous parlâmes beaucoup de Robert, Gilberte en parlait sur un ton déférent, comme si ç'eût été un être supérieur qu'elle tenait à me montrer qu'elle avait admiré et compris. Nous nous rappelâmes l'un à l'autre combien les idées qu'il exposait jadis sur l'art de la guerre (car il lui avait souvent redit à Tansonville les mêmes thèses que je lui avais entendu exposer à Doncières[3] et plus tard) s'étaient souvent, et en somme sur un grand nombre de points, trouvées vérifiées par la dernière guerre.

« Je ne puis pas vous dire à quel point la moindre des choses qu'il me disait à Doncières me frappe maintenant, et aussi pendant la guerre. Les dernières paroles que j'ai entendues de lui, quand nous nous sommes quittés pour ne plus nous revoir, étaient qu'il attendait Hindenburg, général napoléonien, à un des types de la bataille napoléonienne, celle qui a pour but de séparer deux adversaires, peut-être, avait-il ajouté, les Anglais et nous. Or, à peine un an après la mort de Robert, un critique pour lequel il avait une profonde admiration et qui exerçait visiblement une grande influence sur ses idées militaires, M. Henry Bidou[1], disait que l'offensive d'Hindenburg en mars 1918[2], c'était “la bataille de séparation d'un adversaire massé contre deux adversaires en ligne, manœuvre que l'Empereur a réussie en 1796 sur l'Apennin et qu'il a manquée en 1815 en Belgique[3]”. Quelques instants auparavant Robert comparait devant moi les batailles à des pièces où il n'est pas toujours facile de savoir ce qu'a voulu l'auteur, où lui-même a changé son plan en cours de route. Or, pour cette offensive allemande de 1918, sans doute en l'interprétant de cette façon Robert ne serait pas d'accord avec M. Bidou. Mais d'autres critiques pensent que c'est le succès d'Hindenburg dans la direction d'Amiens, puis son arrêt forcé[4], son succès dans les Flandres[5], puis l'arrêt encore qui ont fait, accidentellement en somme, d'Amiens, puis de Boulogne, des buts qu'il ne s'était pas préalablement assignés[6]. Et chacun pouvant refaire une pièce à sa manière, il y en a qui voient dans cette offensive l'annonce d'une marche foudroyante sur Paris[7], d'autres des coups de boutoir désordonnés pour détruire l'armée anglaise. Et même si les ordres donnés par le chef s'opposent à telle ou telle conception, il restera toujours aux critiques le loisir de dire, comme Mounet-Sully à Coquelin qui l'assurait que *Le Misanthrope* n'était pas la pièce triste, dramatique qu'il voulait jouer (car Molière, au témoignage des contemporains, en donnait une interprétation comique et y faisait rire) : “Hé bien, c'est que Molière se trompait[8].”

« Et sur[a] les avions, vous rappelez-vous quand il disait (il avait de si jolies phrases) : “Il faut que chaque armée soit un Argus aux cent yeux” ? Hélas ! il n'a pu voir la vérification de ses dires. “Mais si, répondis-je, à la bataille de la Somme, il a bien su qu'on a commencé par aveugler l'ennemi en lui crevant les yeux, en détruisant ses avions et ses ballons captifs[9]. — Ah ! oui, c'est vrai.” » Et comme depuis qu'elle ne vivait plus que pour l'intelligence, elle était devenue un peu pédante : « Et lui prétendait qu'on revenait aux anciens moyens. Savez-vous que les expéditions de Mésopotamie dans cette guerre[1] » (elle avait dû lire cela, à l'époque, dans les articles de Brichot) « évoquent à tout moment, inchangée, la retraite de Xénophon[2] ? Et pour aller du Tigre à l'Euphrate, le commandement anglais s'est servi de bellums[a], bateau long et étroit, gondole de ce pays, et dont se servaient déjà les plus antiques Chaldéens[3]. » Ces paroles me donnaient bien le sentiment de cette stagnation du passé qui dans certains lieux, par une sorte de pesanteur spécifique, s'immobilise indéfiniment, si bien qu'on peut le retrouver tel quel.

« Il y a un côté de la guerre qu'il commençait, je crois, à apercevoir, lui dis-je, c'est qu'elle est humaine, se vit comme un amour ou comme une haine, pourrait être racontée comme un roman, et que par conséquent, si tel ou tel va répétant que la stratégie est une science, cela ne l'aide en rien à comprendre la guerre, parce que la guerre n'est pas stratégique. L'ennemi ne connaît pas plus nos plans que nous ne savons le but poursuivi par la femme que nous aimons, et ces plans peut-être ne les savons-nous pas nous-mêmes. Les Allemands, dans l'offensive de mars 1918, avaient-ils pour but de prendre Amiens ? Nous n'en savons rien. Peut-être ne le savaient-ils pas eux-mêmes, et est-ce l'événement, leur progression à l'ouest vers Amiens, qui détermina leur projet. À supposer que la guerre soit scientifique, encore faudrait-il la peindre comme Elstir peignait la mer, par l'autre sens, et partir des illusions, des croyances qu'on rectifie peu à peu, comme Dostoïevski raconterait une vie[4]. D'ailleurs, il est trop certain que la guerre n'est point stratégique, mais plutôt médicale, comportant des accidents imprévus que le clinicien pouvait espérer d'éviter, comme la révolution russe. »

Mais j'avoue[b] qu'à cause des lectures que j'avais faites à Balbec non loin de Robert[c], j'étais plus impressionné, comme dans la campagne de France de retrouver la tranchée de Mme de Sévigné[d5], en Orient, à propos du siège de Kout-el-Amara[6] (Kout-l'émir, « comme nous disons Vaux-le-Vicomte et Bailleau-l'Évêque », aurait dit le curé de Combray s'il avait étendu sa soif d'étymologie aux langues orientales), de voir revenir auprès de Bagdad ce nom de Bassorah dont il est tant question dans *Les Mille et Une Nuits* et que gagne chaque fois, après avoir quitté Bagdad ou avant d'y rentrer, pour s'embarquer ou pour débarquer, bien avant le général Townshend et le général Gorringe, aux temps des Khalifes, Simbad le Marin[1].

Dans toute cette conversation Gilberte m'avait parlé de Robert avec une déférence qui semblait plus s'adresser à mon ancien ami qu'à son époux défunt. Elle avait l'air de me dire : « Je sais combien vous l'admiriez. Croyez bien que j'ai su comprendre l'être supérieur qu'il était. » Et pourtant l'amour que certainement elle n'avait plus pour son souvenir était peut-être encore la cause lointaine de particularités de sa vie actuelle. Ainsi Gilberte avait maintenant pour amie inséparable Andrée. Quoique celle-ci commençât, surtout à la faveur du talent de son mari et de sa propre intelligence, à pénétrer non pas certes dans le milieu des Guermantes, mais dans un monde infiniment plus élégant que celui qu'elle fréquentait jadis, on fut étonné que la marquise de Saint-Loup condescendît à devenir sa meilleure amie. Le fait sembla être un signe, chez Gilberte, de son penchant pour ce qu'elle croyait une existence artistique, et pour une véritable déchéance sociale. Cette explication peut être la vraie. Une autre pourtant vint à mon esprit, toujours fort pénétré que les images que nous voyons assemblées quelque part sont généralement le reflet, ou d'une façon quelconque l'effet, d'un premier groupement assez différent quoique symétrique d'autres images, extrêmement éloigné du second. Je pensais que si on voyait tous les soirs ensemble Andrée, son mari et Gilberte, c'était peut-être parce que, tant d'années auparavant, on avait pu voir le futur mari d'Andrée vivant avec Rachel, puis la quittant pour Andrée. Il est probable que Gilberte alors, dans le monde trop distant, trop élevé, où elle vivait, n'en avait rien su. Mais elle avait dû l'apprendre plus tard, quand Andrée avait monté et qu'elle-même avait descendu assez pour qu'elles pussent s'apercevoir. Alors avait dû exercer sur elle un grand prestige la femme pour laquelle Rachel avait été quittée par l'homme, pourtant séduisant sans doute, qu'elle avait préféré à Robert. (On entendait la princesse de Guermantes répéter d'un air exalté et d'une voix de ferraille que lui faisait son râtelier : « Oui, c'est cela, nous ferons clan ! nous ferons clan ! J'aime cette jeunesse si intelligente, si participante, ah ! quelle mugichienne vous êtes ! » Et elle plantait son gros monocle dans son œil rond, mi-amusé, mi-s'excusant de ne pouvoir soutenir la gaieté longtemps, mais jusqu'au bout elle était décidée à « participer », à « faire clan[1] ».)

Ainsi[a] peut-être la vue d'Andrée rappelait à Gilberte ce roman de sa jeunesse qu'avait été son amour pour Robert, et inspirait aussi à Gilberte un grand respect pour Andrée, de laquelle était toujours amoureux un homme, tant aimé par cette Rachel que Gilberte sentait avoir été plus aimée de Saint-Loup qu'elle ne l'avait été elle-même. Peut-être au contraire ces souvenirs ne jouaient-ils aucun rôle dans la prédilection de Gilberte pour ce ménage artiste, et fallait-il y voir simplement, comme faisaient beaucoup, les goûts habituellement inséparables chez les femmes du monde, de s'instruire et de s'encanailler. Gilberte avait peut-être autant oublié Robert que moi Albertine, et si même elle savait que c'était Rachel que l'artiste avait quittée pour Andrée, ne pensait-elle jamais, quand elle les voyait, à ce fait qui n'avait jamais joué aucun rôle dans son goût pour eux. On n'aurait pu décider si mon explication première n'était pas seulement possible, mais était vraie, que grâce au témoignage des intéressés, seul recours qui reste en pareil cas, s'ils pouvaient apporter dans leurs confidences de la clairvoyance et de la sincérité. Or la première s'y rencontre rarement et la seconde jamais. En tout cas la vue de Rachel, devenue aujourd'hui une actrice célèbre, ne pouvait pas être bien agréable à Gilberte. Je fus donc ennuyé d'apprendre qu'elle récitait des vers dans cette matinée, et, avait-on annoncé, *Le Souvenir* de Musset et des fables de La Fontaine.

« Mais comment venez-vous dans des matinées si nombreuses ? me demanda Gilberte. Vous retrouver dans une grande tuerie comme cela, ce n'est pas ainsi que je vous schématisais. Certes, je m'attendais à vous voir partout ailleurs qu'à un des grands tralalas de ma tante, puisque tante il y a », ajouta-t-elle d'un air fin, car étant Mme de Saint-Loup depuis un peu plus longtemps que Mme Verdurin n'était entrée dans la famille, elle se considérait comme une Guermantes de tout temps et atteinte par la mésalliance que son oncle avait faite en épousant Mme Verdurin et que, il est vrai, elle avait entendu railler mille fois devant elle dans la famille, tandis que naturellement ce n'était que hors de sa présence qu'on avait parlé de la mésalliance qu'avait faite Saint-Loup en l'épousant. Elle affectait d'ailleurs d'autant plus de dédain pour cette tante mauvais teint que, par l'espèce de perversion qui pousse les gens intelligents à s'évader du chic habituel, par le besoin aussi de souvenirs qu'ont les gens âgés, pour tâcher enfin de donner un passé à son élégance nouvelle, la princesse de Guermantes aimait à dire en parlant de Gilberte : « Je vous dirai que ce n'est pas pour moi une relation nouvelle, j'ai énormément connu la mère de cette petite-là, tenez, c'était une grande amie à ma cousine Marsantes. C'est chez moi qu'elle a connu le père de Gilberte. Quant au pauvre Saint-Loup, je connaissais d'avance toute sa famille, son propre oncle était mon intime autrefois à La Raspelière. » « Vous voyez que les Verdurin n'étaient pas du tout des bohèmes », me disaient les gens qui entendaient parler ainsi la princesse de Guermantes, « c'étaient des amis de tout temps de la famille de Mme de Saint-Loup. » J'étais peut-être seul, par mon grand-père, à savoir qu'en effet les Verdurin n'étaient pas des bohèmes. Mais ce n'était pas précisément parce qu'ils avaient connu Odette. Mais on arrange aisément les récits du passé que personne ne connaît plus, comme ceux des voyages dans les pays où personne n'est jamais allé. « Enfin, conclut Gilberte, puisque vous sortez quelquefois de votre tour d'ivoire, des petites réunions intimes chez moi, où j'inviterais des esprits sympathiques, ne vous conviendraient-elles pas mieux ? Ces grandes machines comme ici sont bien peu faites pour vous. Je vous voyais causer avec ma tante Oriane qui a toutes les qualités qu'on voudra, mais à qui nous ne ferons pas tort, n'est-ce pas, en déclarant qu'elle n'appartient pas à l'élite pensante. »

Je ne pouvais mettre Gilberte au courant des pensées que j'avais depuis une heure, mais je crus que, sur un point de pure distraction, elle pourrait servir mes plaisirs, lesquels en effet ne me semblaient pas devoir être de parler littérature avec la duchesse de Guermantes plus qu'avec Mme de Saint-Loup. Certes[a], j'avais l'intention de recommencer dès demain, bien qu'avec un but cette fois, à vivre dans la solitude. Même chez moi, je ne laisserais pas de gens venir me voir dans mes instants de travail, car le devoir de faire mon œuvre primait celui d'être poli ou même bon. Ils insisteraient sans doute, eux qui ne m'avaient pas vu depuis si longtemps, venant de me retrouver et me jugeant guéri, venant quand le labeur de leur journée ou de leur vie était fini ou interrompu, et ayant alors ce même besoin de moi que j'avais eu autrefois de Saint-Loup ; et parce que, comme je m'en étais déjà aperçu à Combray quand mes parents me faisaient des reproches au moment où je venais de prendre à leur insu les plus louables résolutions, les cadrans intérieurs qui sont départis aux hommes ne sont pas tous réglés à la même heure. L'un sonne celle du repos en même temps que l'autre celle du travail, l'un celle du châtiment par le juge quand chez le coupable celle du repentir et du perfectionnement intérieur est sonnée depuis longtemps. Mais j'aurais le courage de répondre à ceux qui viendraient me voir ou me feraient chercher, que j'avais, pour des choses essentielles au courant desquelles il fallait que je fusse mis sans retard, un rendez-vous urgent, capital, avec moi-même. Et pourtant, bien qu'il y ait peu de rapport entre notre moi véritable et l'autre, à cause de l'homonymat et du corps commun aux deux, l'abnégation qui vous fait faire le sacrifice des devoirs plus faciles, même des plaisirs, paraît aux autres de l'égoïsme.

Et d'ailleurs, n'était-ce pas pour m'occuper d'eux que je vivrais loin de ceux qui se plaindraient de ne pas me voir, pour m'occuper d'eux plus à fond que je n'aurais pu le faire avec eux, pour chercher à les révéler à eux-mêmes, à les réaliser ? À quoi eût servi que, pendant des années encore, j'eusse perdu des soirées à faire glisser sur l'écho à peine expiré de leurs paroles le son tout aussi vain des miennes, pour le stérile plaisir d'un contact mondain qui exclut toute pénétration ? Ne valait-il pas mieux que, ces gestes qu'ils faisaient, ces paroles qu'ils disaient, leur vie, leur nature, j'essayasse d'en décrire la courbe et d'en dégager la loi ? Malheureusement, j'aurais à lutter contre cette habitude de se mettre à la place des autres qui, si elle favorise la conception d'une œuvre, en retarde l'exécution. Car, par une politesse supérieure, elle pousse à sacrifier aux autres non seulement son plaisir mais son devoir, quand, se mettant à la place des autres, ce devoir quel qu'il soit, fût-ce, pour quelqu'un qui ne peut rendre aucun service au front, de rester à l'arrière où il est utile, apparaît comme, ce qu'il n'est pas en réalité, notre plaisir.

Et bien[a] loin de me croire malheureux de cette vie sans amis, sans causerie, comme il est arrivé aux plus grands de le croire, je me rendais compte que les forces d'exaltation qui se dépensent dans l'amitié sont une sorte de porte-à-faux visant une amitié particulière qui ne mène à rien et se détournant d'une vérité vers laquelle elles étaient capables de nous conduire[b]. Mais enfin, quand des intervalles de repos et de société me seraient nécessaires, je sentais que bien plutôt que les conversations intellectuelles que les gens du monde croient utiles aux écrivains, de légères amours avec des jeunes filles en fleurs seraient[c] un aliment choisi que je pourrais à la rigueur permettre à mon imagination semblable au cheval fameux qu'on ne nourrissait que de roses[1]. Ce que tout d'un coup je souhaitais de nouveau, c'est ce dont j'avais rêvé à Balbec, quand sans les connaître encore, j'avais vu passer devant la mer Albertine, Andrée et leurs amies. Mais hélas ! je ne pouvais plus chercher à retrouver celles que justement en ce moment je désirais si fort. L'action des années qui avait transformé tous les êtres que j'avais vus aujourd'hui, et Gilberte elle-même, avait certainement fait de toutes celles qui survivaient, comme elle eût fait d'Albertine si elle n'avait pas péri, des femmes trop différentes de ce que je me rappelais. Je souffrais d'être obligé de moi-même à atteindre celles-là, car le temps qui change les êtres ne modifie pas l'image que nous avons gardée d'eux[2]. Rien n'est plus douloureux que cette opposition entre l'altération des êtres et la fixité du souvenir, quand nous comprenons que ce qui a gardé tant de fraîcheur dans notre mémoire n'en peut plus avoir dans la vie, que nous ne pouvons, au dehors, nous rapprocher de ce qui nous paraît si beau au dedans de nous, de ce qui excite en nous un désir, pourtant si individuel, de le revoir, qu'en le cherchant dans un être[d] du même âge, c'est-à-dire dans un autre être. C'est que, comme j'avais pu souvent le soupçonner, ce qui semble unique dans une personne qu'on désire ne lui appartient pas. Mais le temps écoulé m'en donnait une preuve plus complète, puisque, après vingt ans, spontanément, je voulais chercher, au lieu des filles que j'avais connues, celles qui possédaient maintenant cette jeunesse que les autres avaient alors. (D'ailleurs ce n'est pas seulement le réveil de nos désirs charnels qui ne correspond à aucune réalité parce qu'il ne tient pas compte du temps perdu. Il m'arrivait parfois de souhaiter que, par un miracle, entrassent auprès de moi, restées vivantes contrairement à ce que j'avais cru, ma grand-mère, Albertine. Je croyais les voir, mon cœur s'élançait vers elles. J'oubliais seulement une chose, c'est que, si elles vivaient en effet, Albertine aurait à peu près maintenant l'aspect que m'avait présenté à Balbec Mme Cottard, et que ma grand-mère, ayant plus de quatre-vingt-quinze ans, ne me montrerait rien du beau visage calme et souriant avec lequel je l'imaginais encore maintenant, aussi arbitrairement qu'on donne une barbe à Dieu le Père, ou qu'on représentait au XVIIe siècle les héros d'Homère avec un accoutrement de gentilshommes et sans tenir compte de leur antiquité.)

Je regardais Gilberte, et je ne pensai pas : « Je voudrais la revoir », mais je lui dis qu'elle me ferait toujours plaisir en m'invitant avec de très jeunes filles, pauvres s'il était possible, pour qu'avec de petits cadeaux je puisse leur faire plaisir, sans leur rien demander d'ailleurs que de faire renaître en moi les rêveries, les tristesses d'autrefois, peut-être, un jour improbable, un chaste baiser. Gilberte sourit et eut ensuite l'air de chercher sérieusement dans sa tête[a].

Comme Elstir aimait à voir incarnée devant lui, dans sa femme, la beauté vénitienne, qu'il avait souvent peinte dans ses œuvres, je me donnais l'excuse d'être attiré par un certain égoïsme esthétique vers les belles femmes qui pouvaient me causer de la souffrance, et j'avais un certain sentiment d'idolâtrie pour les futures Gilberte, les futures duchesses de Guermantes, les futures Albertine que je pourrais rencontrer, et qui, me semblait-il, pourraient m'inspirer, comme un sculpteur qui se promène au milieu de beaux marbres antiques. J'aurais dû pourtant penser qu'antérieur à chacune était mon sentiment du mystère où elles baignaient et qu'ainsi, plutôt que de demander à Gilberte de me faire connaître des jeunes filles, j'aurais mieux fait d'aller dans ces lieux où rien ne nous rattache à elles, où entre elles et soi on sent quelque chose d'infranchissable, où à deux pas, sur la plage, allant au bain, on se sent séparé d'elles par l'impossible. C'est ainsi que mon sentiment du mystère avait pu s'appliquer successivement à Gilberte, à la duchesse de Guermantes, à Albertine, à tant d'autres. Sans doute l'inconnu, et presque l'inl'intelligence, non seulement entre divers gens du monde chez lesquels elle est à peu près semblable, mais même chez une même personne à différents moments de sa vie. Puis elle ajouta : « Il a toujours été le portrait de ma belle-mère ; mais c'est encore plus frappant maintenant. » Cette ressemblance n'avait rien d'extraordinaire. On sait en effet que certaines femmes se projettent en quelque sorte elles-mêmes en un autre être avec la plus grande exactitude, la seule erreur est dans le sexe. Erreur dont on ne peut pas dire : *felix culpa*, car le sexe réagit sur la personnalité et chez un homme le même féminisme devient afféterie, la réserve susceptibilité, etc. N'importe, dans la figure, fût-elle barbue, dans les joues, même congestionnées sous les favoris, il y a certaines lignes superposables à quelque portrait maternel. Il n'est guère un vieux Charlus qui ne soit une ruine, où l'on ne reconnaisse avec étonnement sous tous les empâtements de la graisse et de la poudre de riz quelques fragments d'une belle femme en sa jeunesse éternelle. À ce moment, Morel entra ; la duchesse fut avec lui d'une amabilité qui me déconcerta un peu. « Ah ! je ne prends pas parti dans les querelles de famille, dit-elle. Est-ce que vous ne trouvez pas que c'est ennuyeux, les querelles de famille ? »

Car si[a] dans ces périodes de vingt ans les conglomérats de coteries se défaisaient et se reformaient selon l'attraction d'astres nouveaux destinés d'ailleurs eux aussi à s'éloigner, puis à reparaître, des cristallisations puis des émiettements suivis de cristallisations nouvelles avaient lieu dans l'âme des êtres. Si pour moi Mme de Guermantes avait été bien des personnes, pour Mme de Guermantes, pour Mme Swann, etc., telle personne donnée avait été un favori d'une époque précédant l'affaire Dreyfus, puis un fanatique ou un imbécile à partir de l'affaire Dreyfus, qui avait changé pour eux la valeur des êtres et classé autrement les partis, lesquels[b] s'étaient depuis encore défaits et refaits. Ce qui y sert puissamment et y ajoute son influence aux pures affinités intellectuelles, c'est le temps écoulé, qui nous fait oublier nos antipathies, nos dédains, les raisons mêmes qui expliquaient nos antipathies et nos dédains. Si on avait analysé l'élégance de la jeune Mme de Cambremer, on[c] y eût trouvé qu'elle était la fille du marchand de notre maison, Jupien, et que ce qui avait pu s'ajouter à cela pour la rendre brillante, c'était que son

connaissable, était devenu le connu, le familier, indifférent ou douloureux, mais retenant de ce qu'il avait été un certain charme.

Et à vrai dire, comme dans ces calendriers que le facteur nous apporte pour avoir ses étrennes, il n'était pas une de mes années qui n'eût eu à son frontispice, ou intercalée dans ses jours, l'image d'une femme que j'y avais désirée ; image souvent d'autant plus arbitraire que parfois je n'avais jamais vu cette femme, quand c'était par exemple, le femme de chambre de Mme Putbus, Mlle d'Orgeville, ou telle jeune fille dont j'avais vu le nom dans le compte rendu mondain d'un journal, parmi « l'essaim des charmantes valseuses ». Je la devinais belle, m'éprenais d'elle, et lui composais un corps idéal dominant de toute sa hauteur un paysage de la province où j'avais lu, dans *L'Annuaire des châteaux*, que se trouvaient les propriétés de sa famille. Pour les femmes que j'avais connues, ce paysage était au moins double. Chacune s'élevait, à un point différent de ma vie, dressée comme une divinité protectrice et locale, d'abord au milieu d'un de ces paysages rêvés dont la juxtaposition quadrillait ma vie et où je m'étais attaché à l'imaginer, ensuite vue du côté du souvenir, entourée des sites où je l'avais connue et qu'elle me rappelaït, y restant attachée, car si notre vie est vagabonde notre mémoire est sédentaire, et nous avons beau nous élancer sans trêve, nos souvenirs, eux, rivés aux lieux dont nous nous détachons, continuent à y combiner leur vie casanière, comme ces amis momentanés que le voyageur s'était faits dans une ville et qu'il est obligé d'abandonner quand il la quitte, parce que c'est là qu'eux, qui ne partent pas, finiront leur journée et leur vie comme s'il était là encore, au pied de l'église, devant le port et sous les arbres du cours. Si bien que l'ombre de Gilberte s'allongeait non seulement devant une église de l'Ile-de-France où je l'avais imaginée, mais aussi sur l'allée d'un parc du côté de Méséglise, celle de Mme de Guermantes dans un chemin humide où montaient en quenouilles des grappes violettes et rougeâtres, ou sur l'or matinal d'un trottoir parisien. Et cette seconde personne, celle née non du désir, mais du souvenir, n'était pas pour chacune de ces femmes, unique. Car chacune, je l'avais connue à diverses reprises, en des temps différents, où elle était une autre pour moi, où moi-même j'étais autre, baignant dans des rêves d'une autre couleur. Or la loi qui avait gouverné les rêves de chaque année maintenait assemblés autour d'eux les souvenirs d'une femme que j'y avais connue, tout ce qui se rapportait, par exemple, à la duchesse de Guermantes au temps de mon enfance était concentré, par une force attractive, autour de Combray, et tout ce qui avait trait à la duchesse de Guermantes qui allait tout à l'heure m'inviter à déjeuner, autour d'un être sensitif[a] tout différent ; il y avait plusieurs duchesses de Guermantes, comme il y avait eu depuis la dame en rose, plusieurs madame Swann, séparées par l'éther incolore des années, et de l'une à l'autre desquelles je ne pouvais pas plus sauter que si j'avais eu à quitter une planète pour aller dans une autre planète que l'éther en sépare. Non seulement séparée, mais différente, parée des rêves que j'avais en des temps si différents, comme d'une flore particulière, qu'on ne retrouvera pas dans une autre planète ; au point qu'après avoir pensé que je n'irais déjeuner ni chez Mme de Forcheville, ni chez Mme de Guermantes, je ne pouvais me dire, tant cela m'eût transporté dans un monde autre, que l'une n'était pas une personne différente de la duchesse de Guermantes qui descendait de Geneviève de Brabant, et l'autre de la dame en rose, que parce qu'en moi un homme instruit me l'affirmait avec la même autorité qu'un savant qui m'eût affirmé qu'une voie lactée de nébuleuses était due à la segmentation d'une seule et même étoile. Telle Gilberte à qui je demandais pourtant, sans m'en rendre compte, de me permettre d'avoir des amies comme elle avait été autrefois, n'était plus pour moi que Mme de Saint-Loup. Je ne songeais plus en la voyant au rôle qu'avait eu jadis dans mon amour, oublié lui aussi par elle, mon admiration pour Bergotte, pour Bergotte redevenu simplement pour moi l'auteur de ses livres, sans que je me rappelasse (que dans des souvenirs rares et entièrement séparés) l'émoi d'avoir été présenté à l'homme, la déception, l'étonnement de sa conversation, dans le salon aux fourrures blanches, plein de violettes, où on apportait si tôt, sur tant de consoles différentes, tant de lampes. Tous les souvenirs qui composaient la première Mlle Swann étaient en effet retranchés de la Gilberte actuelle, retenus bien loin par les forces d'attraction d'un autre univers, autour d'une phrase de Bergotte avec laquelle ils faisaient corps, et baignés d'un parfum d'aubépine.

La fragmentaire Gilberte d'aujourd'hui écouta ma requête en souriant. Puis, en se mettant à y réfléchir, elle prit un air sérieux[a]. Et j'en étais heureux, car cela l'empêchait de faire attention à un groupe dont la vue n'eût pu certes lui être agréable. On y remarquait la duchesse de Guermantes en grande conversation avec une affreuse vieille femme que je regardais sans pouvoir du tout deviner qui elle était : je n'en savais absolument rien[b]. En effet, c'était avec[c] Rachel, c'est-à-dire avec l'actrice, devenue célèbre, qui allait, au cours de cette matinée, réciter des vers de Victor Hugo et de La Fontaine, que la tante de Gilberte, Mme de Guermantes, causait en ce moment. Car la duchesse, consciente depuis trop longtemps d'occuper la première situation de Paris (ne se rendant pas compte qu'une telle situation n'existe que dans les esprits qui y croient et que beaucoup de nouvelles personnes, si elles ne la voyaient nulle part, si elles ne lisaient son nom dans le compte rendu d'aucune fête élégante, croiraient qu'elle n'occupait en effet aucune situation), ne voyait plus, qu'en visites aussi rares et aussi espacées qu'elle pouvait et dans un bâillement, le faubourg Saint-Germain qui, disait-elle, l'ennuyait à mourir, et en revanche se passait la fantaisie de déjeuner avec telle ou telle actrice qu'elle trouvait délicieuse. Dans les milieux nouveaux qu'elle fréquentait, restée bien plus la même qu'elle ne croyait, elle continuait à croire que s'ennuyer facilement était une supériorité intellectuelle, mais elle l'exprimait avec une sorte de violence qui donnait à sa voix quelque chose de rauque. Comme je lui parlais de Brichot[d] : « Il m'a assez embêtée pendant vingt ans », et comme Mme de Cambremer disait : « Relisez ce que Schopenhauer dit de la musique[1] », elle nous fit remarquer cette phrase en disant avec violence : « *Relisez* est un chef-d'œuvre ! Ah ! non, ça, par exemple, il ne faut pas nous la faire. » Le vieux d'Albon[e] sourit en reconnaissant une des formes de l'esprit Guermantes. Gilberte, plus moderne, resta impassible. Quoique fille de Swann, comme un canard couvé par une poule, elle était plus lakiste, disait : « Je trouve ça d'un touchant ; il a une sensibilité charmante. »

Je dis à Mme de Guermantes que j'avais rencontré M. de Charlus. Elle le trouvait plus « baissé » qu'il n'était, les gens du monde faisant des différences, en ce qui concerne

père procurait des hommes à M. de Charlus[1]. Mais tout cela combiné avait produit des effets scintillants, alors que les causes déjà lointaines, non seulement étaient inconnues de beaucoup de nouveaux, mais encore que ceux qui les avaient connues les avaient oubliées, pensant beaucoup plus à l'éclat actuel qu'aux hontes passées, car on prend toujours un nom dans son acception actuelle. Et c'était l'intérêt de ces transformations de salons qu'elles étaient aussi un effet du temps perdu et un phénomène de mémoire.

La duchesse hésitait encore, par peur d'une scène de M. de Guermantes, devant Balthy et Mistinguett[2], qu'elle trouvait adorables, mais avait décidément Rachel pour amie. Les nouvelles générations en concluaient que la duchesse de Guermantes, malgré son nom, devait être quelque demi-castor qui n'avait jamais été tout à fait du gratin. Il est vrai que, pour quelques souverains dont l'intimité lui était disputée par deux autres grandes dames, Mme de Guermantes se donnait encore la peine de les avoir à déjeuner. Mais d'une part, ils viennent rarement, connaissent des gens de peu, et la duchesse, par la superstition des Guermantes à l'égard du vieux protocole (car à la fois les gens bien élevés l'*assommaient* et elle tenait à la bonne éducation), faisait mettre : « Sa Majesté a ordonné à la duchesse de Guermantes, a daigné », etc. Et les nouvelles couches, ignorantes de ces formules, en concluaient que la position de la duchesse était d'autant plus basse. Au point de vue de Mme de Guermantes, cette intimité avec Rachel pouvait signifier que nous nous étions trompés quand nous croyions Mme de Guermantes hypocrite et menteuse dans ses condamnations de l'élégance, quand nous croyions qu'au moment où elle refusait d'aller chez Mme de Saint-Euverte, ce n'était pas au nom de l'intelligence mais du snobisme qu'elle agissait ainsi, ne la trouvant bête que parce que la marquise laissait voir qu'elle était snob, n'ayant pas encore atteint son but. Mais cette intimité avec Rachel pouvait signifier aussi que l'intelligence était, en réalité, chez la duchesse, médiocre, insatisfaite et désireuse sur le tard, quand elle était fatiguée du monde, de réalisations, par ignorance totale des véritables réalités intellectuelles et une pointe de cet esprit de fantaisie qui fait à des dames très bien, qui se disent : « comme ce sera amusant », finir leur soirée d'une façon à vrai dire assommante, en faisant la farce d'aller réveiller quelqu'un, à qui finalement on ne sait que dire, près du lit de qui on reste un moment dans son manteau de soirée, après quoi, ayant constaté qu'il est fort tard, on finit par aller se coucher.

Il faut ajouter que l'antipathie qu'avait depuis peu pour Gilberte la versatile duchesse pouvait lui faire prendre un certain plaisir à recevoir Rachel, ce qui lui permettait en plus de proclamer une des maximes des Guermantes, à savoir qu'ils étaient trop nombreux pour épouser les querelles (presque pour prendre le deuil) les uns des autres, indépendance du « je n'ai pas à » qu'avait renforcée la politique qu'on avait dû adopter à l'égard de M. de Charlus, lequel, si on l'avait suivi, vous eût brouillé avec tout le monde.

Quant à Rachel, si elle s'était en réalité donné une grande peine pour se lier avec la duchesse de Guermantes (peine que la duchesse n'avait pas su démêler sous des dédains affectés, des impolitesses voulues, qui l'avaient piquée au jeu et lui avaient donné grande idée d'une actrice si peu snob), sans doute cela tenait d'une façon générale à la fascination que les gens du monde exercent à partir d'un certain moment sur les bohèmes les plus endurcis, parallèle à celle que ces bohèmes exercent eux-mêmes sur les gens du monde, double reflux qui correspond à ce qu'est dans l'ordre politique la curiosité réciproque et le désir de faire alliance entre peuples qui se sont combattus. Mais le désir de Rachel pouvait avoir une raison plus particulière. C'est chez Mme de Guermantes, c'est de Mme de Guermantes, qu'elle avait reçu jadis sa plus terrible avanie[1]. Rachel l'avait peu à peu non pas oubliée mais pardonnée, mais le prestige[a] singulier qu'en avait reçu à ses yeux la duchesse ne devait s'effacer jamais. L'entretien, de l'attention duquel je désirais détourner Gilberte, fut du reste interrompu, car la maîtresse de maison cherchait l'actrice dont c'était le moment de réciter et qui bientôt, ayant quitté la duchesse parut sur l'estrade.

Or pendant ce temps avait lieu à l'autre bout de Paris un spectacle bien différent. La Berma, comme je l'ai dit, avait convié quelques personnes à venir prendre le thé pour fêter son fils et sa belle-fille. Mais les invités ne se pressaient pas d'arriver. Ayant appris que Rachel récitait des vers chez la princesse de Guermantes (ce qui scandalisait fort la Berma, grande artiste pour laquelle Rachel était restée une grue qu'on laissait figurer dans les pièces où elle-même, la Berma, jouait le premier rôle, parce que Saint-Loup lui payait ses toilettes pour la scène — scandale d'autant plus grand que la nouvelle avait couru dans Paris que les invitations étaient au nom de la princesse de Guermantes, mais que c'était Rachel qui, en réalité, recevait chez la princesse), la Berma avait récrit avec insistance à quelques fidèles pour qu'ils ne manquassent pas à son goûter, car elle les savait aussi amis de la princesse de Guermantes qu'ils avaient connue Verdurin. Or, les heures passaient et personne n'arrivait chez la Berma. Bloch, à qui on avait demandé s'il voulait y venir, avait répondu naïvement : « Non, j'aime mieux aller chez la princesse de Guermantes. » Hélas ! c'est ce qu'au fond de soi chacun avait décidé. La Berma, atteinte d'une maladie mortelle qui la forçait à fréquenter peu de monde, avait vu son état s'aggraver quand, pour subvenir aux besoins de luxe de sa fille, besoins que son gendre souffrant et paresseux ne pouvait satisfaire, elle s'était remise à jouer. Elle savait qu'elle abrégeait ses jours mais voulait faire plaisir à sa fille à qui elle rapportait de gros cachets, à son gendre qu'elle détestait mais flattait, car le sachant adoré par sa fille, elle craignait, si elle le mécontentait qu'il la privât, par méchanceté, de voir celle-ci. La fille de la Berma aimée en secret par le médecin qui soignait son mari, s'était laissé persuader que ces représentations de *Phèdre* n'étaient pas bien dangereuses pour sa mère. Elle avait en quelque sorte forcé le médecin à le lui dire, n'ayant retenu que cela de ce qu'il lui avait répondu, et parmi les objections dont elle ne tenait pas compte ; en effet, le médecin avait dit ne pas voir grand inconvénient aux représentations de la Berma. Il l'avait dit parce qu'il avait senti qu'il ferait ainsi plaisir à la jeune femme qu'il aimait, peut-être aussi par ignorance, parce qu'aussi il savait de toutes façons la maladie inguérissable, et qu'on se résigne volontiers à abréger le martyre des malades quand ce qui est destiné à l'abréger nous profite à nous-même, peut-être aussi par la bête conception que cela faisait plaisir à la Berma et devait donc lui faire du bien, bête conception qui lui avait paru justifiée quand, ayant reçu une loge des enfants de la Berma et ayant pour cela lâché tous ses malades, il l'avait trouvée aussi extraordinaire de vie sur la scène qu'elle semblait moribonde à la ville[1]. Et en effet nos habitudes nous permettent dans une large mesure, permettent même à nos organes de s'accommoder d'une existence qui semblerait au premier abord ne pas être possible. Qui n'a vu un vieux maître de manège cardiaque faire toutes les acrobaties auxquelles on n'aurait pu croire que son cœur résisterait une minute ? La Berma n'était pas une moins vieille habituée de la scène, aux exigences de laquelle ses organes étaient si parfaitement adaptés qu'elle pouvait donner en se dépensant avec une prudence indiscernable pour le public l'illusion d'une bonne santé troublée seulement par un mal purement nerveux et imaginaire. Après la scène de la déclaration à Hippolyte, la Berma avait beau sentir l'épouvantable nuit qu'elle allait passer, ses admirateurs l'applaudissaient à toute force, la déclarant plus belle que jamais. Elle rentrait dans d'horribles souffrances, mais heureuse d'apporter à sa fille les billets bleus, que par une gaminerie de vieille enfant de la balle elle avait l'habitude de serrer dans ses bas, d'où elle les sortait avec fierté, espérant un sourire, un baiser. Malheureusement ces billets ne faisaient que permettre au gendre et à la fille de nouveaux embellissements de leur hôtel, contigu à celui de leur mère : d'où d'incessants coups de marteau qui interrompaient le sommeil dont la grande tragédienne aurait tant eu besoin[2]. Selon les variations de la mode, et pour se conformer au goût de M. de X... ou de Y..., qu'ils espéraient recevoir, ils modifiaient chaque pièce. Et la Berma, sentant que le sommeil, qui seul aurait calmé sa souffrance, s'était enfui, se résignait à ne pas se rendormir, non sans un secret mépris pour ces élégances qui avançaient sa mort, rendaient atroces ses derniers jours. C'est sans doute un peu à cause de cela qu'elle les méprisait, vengeance naturelle contre ce qui nous fait mal et que nous sommes impuissants à empêcher. Mais c'est aussi parce qu'ayant conscience du génie qui était en elle, ayant appris dès son plus jeune âge l'insignifiance de tous ces décrets de la mode, elle était quant à elle restée fidèle à la tradition qu'elle avait toujours respectée, dont elle était l'incarnation, qui lui faisait juger les choses et les gens comme trente ans auparavant, et par exemple juger Rachel non comme l'actrice à la mode qu'elle était aujourd'hui, mais[a] comme la petite grue qu'elle avait connue. La Berma n'était pas, du reste, meilleure que sa fille, c'est en elle que sa fille avait puisé, par[b] l'hérédité et par la contagion de l'exemple qu'une admiration trop naturelle rendait plus efficace, son égoïsme, son impitoyable raillerie, son inconsciente cruauté. Seulement tout cela, la Berma l'avait immolé à sa fille et s'en était ainsi délivrée. D'ailleurs, la fille de la Berma n'eût-elle pas eu sans cesse des ouvriers chez elle, qu'elle eût tout de même fatigué sa mère, comme les forces attractives, féroces et légères de la jeunesse fatiguent la vieillesse, la maladie, qui se surmènent à vouloir les suivre. Tous les jours c'était un déjeuner nouveau, et on eût trouvé la Berma égoïste d'en priver sa fille, même de ne pas assister au déjeuner où on comptait, pour attirer bien difficilement quelques relations récentes et qui se faisaient tirer l'oreille, sur la présence prestigieuse de la mère illustre. On la « promettait » à ces mêmes relations pour une fête au dehors, afin de leur faire une politesse. Et la pauvre mère, gravement occupée dans son tête-à-tête avec la mort installée en elle, était obligée de se lever de bonne heure, de sortir. Bien plus, comme à la même époque Réjane, dans tout l'éblouissement de son talent, donna à l'étranger des représentations qui eurent un succès énorme[1], le gendre trouva que la Berma ne devait pas se laisser éclipser, voulut que la famille ramassât la même profusion de gloire et força la Berma à des tournées où on était obligé de la piquer à la morphine, ce qui pouvait la faire mourir à cause de l'état de ses reins. Ce même attrait de l'élégance, du prestige social, de la vie, avait le jour de la fête chez la princesse de Guermantes, fait pompe aspirante et avait amené là-bas, avec la force d'une machine pneumatique, même les plus fidèles habitués de la Berma, où par contre et en conséquence, il y avait vide absolu et mort. Un jeune homme, qui n'était pas certain que la fête chez la Berma ne fût, elle aussi, brillante, était venu. Quand la Berma vit l'heure passer et comprit que tout le monde la lâchait, elle fit servir le goûter et on s'assit autour de la table, mais comme pour un repas funéraire. Rien dans la figure de la Berma ne rappelait plus celle dont la photographie m'avait, un soir de mi-carême, tant troublé. La Berma avait, comme dit le peuple, la mort sur le visage. Cette fois c'était bien d'un marbre de l'Érechtéion qu'elle avait l'air[1]. Ses artères durcies étant déjà à demi pétrifiées, on voyait de longs rubans sculpturaux parcourir les joues, avec une rigidité minérale. Les yeux mourants vivaient relativement, par contraste avec ce terrible masque ossifié, et brillaient faiblement comme un serpent endormi au milieu des pierres. Cependant le jeune homme, qui s'était mis à table par politesse, regardait sans cesse l'heure, attiré qu'il était par la brillante fête chez les Guermantes.

La Berma n'avait pas un mot de reproche à l'adresse des amis qui l'avaient lâchée et qui espéraient naïvement qu'elle ignorerait qu'ils étaient allés chez les Guermantes. Elle murmura seulement : « Une Rachel donnant une fête chez la princesse de Guermantes. Il faut venir à Paris pour voir ces choses-là. » Et elle mangeait, silencieusement et avec une lenteur solennelle, des gâteaux défendus, ayant l'air d'obéir à des rites funèbres. Le « goûter » était d'autant plus triste que le gendre était furieux que Rachel, que lui et sa femme connaissaient très bien, ne les eût pas invités. Son crève-cœur fut d'autant plus grand que le jeune homme invité lui avait dit connaître assez bien Rachel pour que s'il partait tout de suite chez les Guermantes, il pût lui demander d'inviter ainsi, en dernière heure, le couple frivole. Mais la fille de la Berma savait trop à quel niveau infime sa mère situait Rachel, et qu'elle l'eût tuée de désespoir en sollicitant de l'ancienne grue une invitation. Aussi avait-elle dit au jeune homme et à son mari que c'était chose impossible. Mais elle se vengeait en prenant pendant ce goûter des petites mines exprimant le désir des plaisirs, l'ennui d'être privée d'eux par cette gêneuse qu'était sa mère. Celle-ci faisait semblant de ne pas voir les moues de sa fille et adressait de temps en temps, d'une voix mourante, une parole aimable au jeune homme, le seul invité qui fût venu. Mais bientôt la chasse d'air qui emportait tout vers les Guermantes, et qui m'y avait entraîné moi-même, fut la plus forte, il se leva et partit, laissant Phèdre ou la mort, on ne savait trop laquelle des deux c'était, achever de manger, avec sa fille et son gendre, les gâteaux funéraires[2].

Nous fûmes[a] interrompus par la voix de l'actrice qui venait de s'élever. Le jeu de celle-ci était intelligent, car il présupposait la poésie que l'actrice était en train de dire comme un tout existant avant cette récitation et dont nous n'entendions qu'un fragment, comme si l'artiste, passant sur un chemin, s'était trouvée pendant quelques instants à portée de notre oreille[1].

L'annonce de poésies que presque tout le monde connaissait avait fait plaisir. Mais quand on vit l'actrice, avant de commencer, chercher partout des yeux d'un air égaré, lever les mains d'un air suppliant et pousser comme un gémissement chaque mot, chacun se sentit gêné, presque choqué de cette exhibition de sentiments. Personne ne s'était dit que réciter des vers pouvait être quelque chose comme cela. Peu à peu on s'habitue, c'est-à-dire qu'on oublie la première sensation de malaise, on dégage ce qui est bien, on compare dans son esprit diverses manières de réciter, pour se dire : ceci c'est mieux, ceci moins bien. Mais la première fois, de même que quand dans une cause simple on voit un avocat s'avancer, lever en l'air un bras d'où retombe la toge, commencer d'un ton menaçant, on n'ose pas regarder ses voisins. Car on se figure que c'est grotesque, mais après tout c'est peut-être magnifique, et on attend d'être fixé.

Néanmoins[a], les auditeurs furent stupéfaits en voyant cette femme, avant d'avoir émis un seul son, plier les genoux, tendre les bras, en berçant quelque être invisible, devenir cagneuse, et tout d'un coup, pour dire des vers fort connus, prendre un ton suppliant. Tout le monde se regardait, ne sachant trop quelle tête faire, quelques jeunesses mal élevées étouffèrent un fou rire, chacun jetait à la dérobée sur son voisin le regard furtif[b] que dans les repas élégants, quand on a auprès de soi un instrument nouveau, fourchette à homard, râpe à sucre, etc., dont on ne connaît pas le but et le maniement, on attache sur un convive plus autorisé qui, espère-t-on, s'en servira avant vous et vous donnera ainsi la possibilité de l'imiter. Ainsi fait-on encore quand quelqu'un cite un vers qu'on ignore mais qu'on veut avoir l'air de connaître et à qui, comme en cédant le pas devant une porte, on laisse à un plus instruit, comme une faveur, le plaisir de dire de qui il est. Tel, en écoutant l'actrice, chacun attendait, la tête baissée et l'œil investigateur, que d'autres prissent l'initiative de rire ou de critiquer, ou de pleurer ou d'applaudir.

Mme de Forcheville, revenue exprès de Guermantes, d'où la duchesse était à peu près expulsée, avait pris une mine attentive, tendue, presque carrément désagréable, soit pour montrer qu'elle était connaisseuse et ne venait pas en mondaine, soit par hostilité pour les gens moins versés dans la littérature qui eussent pu lui parler d'autre chose, soit par contention de toute sa personne, afin de savoir si elle « aimait » ou si elle n'aimait pas, ou peut-être parce que, tout en trouvant cela « intéressant », elle n'« aimait » pas, du moins la manière de dire certains vers[1]. Cette attitude eût dû être plutôt adoptée, semble-t-il, par la princesse de Guermantes. Mais comme c'était chez elle, et que, devenue aussi avare que riche, elle était décidée à ne donner que cinq roses à Rachel, elle faisait la claque. Elle provoquait l'enthousiasme et faisait la presse en poussant à tous moments des exclamations ravies. Là seulement elle se retrouvait Verdurin, car elle avait l'air d'écouter les vers pour son propre plaisir, d'avoir eu l'envie qu'on vînt les *lui* dire, à elle toute seule, et qu'il y eût par hasard là cinq cents personnes, ses amis, à qui elle avait permis de venir comme en cachette assister à son propre plaisir.

Cependant[a] je remarquai, sans aucune satisfaction d'amour-propre car elle était vieille et laide, que l'actrice me faisait de l'œil, avec une certaine réserve d'ailleurs. Pendant toute la récitation elle laissa palpiter dans ses yeux un sourire réprimé et pénétrant qui semblait l'amorce d'un acquiescement qu'elle eût souhaité venir de moi. Cependant quelques vieilles dames, peu habituées aux récitations poétiques, disaient à un voisin : « Vous avez vu ? » faisant allusion à la mimique solennelle, tragique, de l'actrice, et qu'elles ne savaient comment qualifier. La duchesse de Guermantes sentit le léger flottement et décida de la victoire en s'écriant : « C'est admirable ! » au beau milieu du poème, qu'elle crut peut-être terminé. Plus d'un invité alors tint à souligner cette exclamation d'un regard approbateur et d'une inclinaison de tête, pour montrer moins peut-être leur compréhension de la récitante que leurs relations avec la duchesse. Quand le poème fut fini, comme nous étions à côté de l'actrice, j'entendis celle-ci remercier Mme de Guermantes et en même temps, profitant de ce que j'étais à côté de la duchesse, elle se tourna vers moi et m'adressa un gracieux bonjour. Je compris alors que c'était une personne que je devais connaître, et qu'au contraire des regards passionnés du fils de M. de Vaugoubert, que j'avais pris pour le bonjour de quelqu'un qui se trompait, ce que j'avais pris chez l'actrice pour un regard de désir n'était qu'une provocation contenue à se faire reconnaître et saluer par moi. Je répondis par un salut souriant au sien. « Je suis sûre qu'il ne me reconnaît pas, dit la récitante à la duchesse. — Mais si, dis-je avec assurance, je vous reconnais parfaitement. — Eh bien, qui suis-je ? » Je n'en savais absolument rien et ma position devenait délicate. Heureusement, si pendant les plus beaux vers de La Fontaine cette femme qui les récitait avec tant d'assurance n'avait pensé, soit par bonté, ou bêtise, ou gêne, qu'à la difficulté de me dire bonjour, pendant les mêmes beaux vers Bloch n'avait songé qu'à faire ses préparatifs pour pouvoir dès la fin de la poésie bondir comme un assiégé qui tente une sortie, et passant sinon sur le corps du moins sur les pieds de ses voisins, venir féliciter la récitante, soit par une conception erronée du devoir, soit par désir d'ostentation. « Comme c'est drôle de voir ici Rachel ! » me dit-il à l'oreille. Ce nom magique rompit aussitôt l'enchantement qui avait donné à la maîtresse de Saint-Loup la forme inconnue de cette immonde vieille. Sitôt que je sus qui elle était, je la reconnus parfaitement. « C'était bien beau », dit-il à Rachel, et ayant dit ces simples mots, son désir étant satisfait, il repartit et eut tant de peine et fit tant de bruit pour regagner sa place que Rachel dut attendre plus de cinq minutes avant de réciter la seconde poésie. Quand elle eut fini celle-ci, « Les Deux Pigeons[1] », Mme de Morienval s'approcha de Mme de Saint-Loup, qu'elle savait fort lettrée sans se rappeler assez qu'elle avait l'esprit subtil et sarcastique de son père : « C'est bien[a] la fable de La Fontaine, n'est-ce pas ? » lui demanda-t-elle, croyant bien l'avoir reconnue mais n'étant pas absolument certaine, car elle connaissait fort mal les fables de La Fontaine et, de plus, croyait que c'était des choses d'enfant qu'on ne récitait pas dans le monde. Pour avoir un tel succès l'artiste avait sans doute pastiché des fables de La Fontaine, pensait la bonne dame. Or, Gilberte l'enfonça sans le vouloir dans cette idée car, n'aimant pas Rachel et voulant dire qu'il ne restait rien des fables avec une diction pareille, elle le dit de cette manière trop subtile qui était celle de son père et qui laissait les personnes naïves dans le doute sur ce qu'il voulait dire : « Un quart[b] est de l'invention de l'interprète, un quart de la folie, un quart n'a aucun sens, le reste est de La Fontaine », ce qui permit à Mme de Morienval de soutenir[a] que ce qu'on venait d'entendre n'était pas « Les Deux Pigeons » de La Fontaine, mais un arrangement où tout au plus un quart était de La Fontaine, ce qui n'étonna personne, vu l'extraordinaire ignorance de ce public.

Mais un des amis de Bloch étant arrivé en retard, celui-ci eut la joie de lui demander s'il n'avait jamais entendu Rachel, de lui faire une peinture extraordinaire de sa diction, en exagérant et en trouvant tout d'un coup, à raconter, à révéler à autrui cette diction moderniste, un plaisir étrange qu'il n'avait nullement éprouvé à l'entendre. Puis Bloch, avec une émotion exagérée, félicita Rachel sur un ton de fausset et présenta[b] son ami qui déclara n'admirer personne autant qu'elle ; et Rachel, qui connaissait maintenant des dames de la haute société et sans s'en rendre compte les copiait, répondit : « Oh ! je suis très flattée, très honorée par votre appréciation. » L'ami de Bloch lui demanda ce qu'elle pensait de la Berma. « Pauvre femme, il paraît qu'elle est dans la dernière[c] misère. Elle n'a pas été je ne dirai pas sans talent, car ce n'était pas au fond du vrai talent, elle n'aimait que des horreurs, mais enfin elle a été utile, certainement ; elle jouait d'une façon plus vivante que les autres, et puis c'était une brave personne, généreuse, elle s'est ruinée pour les autres, et comme voilà bien longtemps qu'elle ne fait plus un sou, parce que le public depuis bien longtemps n'aime pas du tout ce qu'elle fait... Du reste, ajouta-t-elle en riant, je vous dirai que mon âge ne m'a permis de l'entendre, naturellement, que tout à fait dans les derniers temps et quand j'étais moi-même trop jeune pour me rendre compte. — Elle ne disait pas très bien les vers ? » hasarda l'ami de Bloch pour flatter Rachel qui répondit : « Oh ! çà, elle n'a jamais su en dire un ; c'était de la prose, du chinois, du volapük[1], tout, excepté un vers. »

Mais je me rendais compte que le temps qui passe n'amène pas forcément le progrès dans les arts. Et de même que tel auteur du XVIIe siècle, qui n'a connu ni la Révolution française, ni les découvertes scientifiques, ni la guerre, peut être supérieur à tel écrivain d'aujourd'hui, et que peut-être même Fagon était un aussi grand médecin que du Boulbon[2] (la supériorité du génie compensant ici l'infériorité du savoir), de même la Berma était, comme on dit, à cent piques[a] au-dessus de Rachel, et le temps, en la mettant en vedette en même temps qu'Elstir, avait surfait une médiocrité et consacré un génie.

Il ne faut pas s'étonner que l'ancienne maîtresse de Saint-Loup débinât la Berma. Elle l'eût fait quand elle était jeune. Ne l'eût-elle pas fait alors, qu'elle l'eût fait maintenant. Qu'une femme du monde de la plus haute intelligence, de la plus grande bonté, se fasse actrice, déploie dans ce métier nouveau pour elle de grands talents, n'y rencontre que des succès, on s'étonnera, si on se trouve auprès d'elle après longtemps, d'entendre non son langage à elle, mais celui des comédiennes, leur rosserie spéciale envers les camarades, ce qu'ajoutent à l'être humain, quand ils ont passé sur lui, « trente ans de théâtre ». Rachel les avait et ne sortait pas du monde.

« On peut dire ce qu'on veut, c'est admirable, cela a de la ligne, du caractère, c'est intelligent, personne n'a jamais dit les vers comme ça », dit la duchesse craignant que Gilberte ne débinât. Celle-ci s'éloigna vers un autre groupe pour éviter un conflit avec sa tante, laquelle, d'ailleurs, me dit de Rachel que des choses fort ordinaires. Mme de Guermantes, au déclin de sa vie, avait senti s'éveiller en soi des curiosités nouvelles[1]. Le monde n'avait plus rien à lui apprendre. L'idée qu'elle y avait la première place était aussi évidente pour elle que la hauteur du ciel bleu par-dessus la terre. Elle ne croyait pas avoir à affermir une position qu'elle jugeait inébranlable. En revanche, lisant, allant au théâtre, elle eût souhaité avoir un prolongement de ces lectures, de ces spectacles ; comme jadis, dans l'étroit petit jardin où on prenait de l'orangeade, tout ce qu'il y avait de plus exquis dans le grand monde venait familièrement, parmi les brises parfumées du soir et les nuages de pollen, entretenir en elle le goût du grand monde, de même maintenant un autre appétit lui faisait souhaiter savoir les raisons de telles polémiques littéraires, connaître les auteurs, voire les actrices. Son esprit fatigué réclamait une nouvelle alimentation. Elle se rapprocha, pour connaître les uns et les autres, des femmes avec qui jadis elle n'eût pas voulu échanger de cartes et qui faisaient valoir leur intimité avec le directeur de telle revue dans l'espoir d'avoir la duchesse. La première actrice invitée crut être la seule dans un milieu extraordinaire, lequel parut plus médiocre à la seconde quand elle vit celle qui l'y avait précédée. La duchesse, parce qu'à certains soirs elle recevait des souverains, croyait que rien n'était changé à sa situation. En réalité, elle, la seule d'un sang vraiment sans alliage, elle qui, étant née Guermantes, pouvait signer : « Guermantes-Guermantes » quand elle ne signait pas : « La duchesse de Guermantes », elle qui à ses belles-sœurs même semblait quelque chose de plus précieux, comme un Moïse sauvé des eaux, un Christ échappé en Égypte, un Louis XVII enfui du Temple, le pur du pur, maintenant sacrifiant sans doute à ce besoin[a] héréditaire de nourriture spirituelle qui avait fait la décadence sociale de Mme de Villeparisis, elle était devenue elle-même une Mme de Villeparisis, chez qui les femmes snobs redoutaient de rencontrer telle ou tel, et de laquelle les jeunes gens, constatant le fait accompli sans savoir ce qui l'a précédé, croyaient que c'était une Guermantes d'une moins bonne cuvée, d'une moins bonne année, une Guermantes déclassée.

Mais puisque les meilleurs écrivains cessent souvent, aux approches de la vieillesse, ou après un excès de production, d'avoir du talent, on peut bien excuser les femmes du monde de cesser à partir d'un certain moment d'avoir de l'esprit. Swann ne retrouvait plus dans l'esprit dur de la duchesse de Guermantes le « fondu » de la jeune princesse des Laumes. Sur le tard, fatiguée au moindre effort, Mme de Guermantes disait énormément de bêtises. Certes, à tout moment et bien des fois au cours même de cette matinée, elle redevenait la femme que j'avais connue et parlait des choses mondaines avec esprit. Mais à côté de cela, bien souvent il arrivait que cette parole[b] pétillante sous un beau regard, et qui pendant tant d'années avait tenu sous son sceptre spirituel les hommes les plus éminents de Paris, scintillât encore mais pour ainsi dire à vide. Quand le moment de placer un mot venait, elle s'interrompait pendant le même nombre de secondes qu'autrefois, elle avait l'air d'hésiter, de produire, mais le mot qu'elle lançait alors ne valait rien. Combien peu de personnes d'ailleurs s'en apercevaient ! La continuité du procédé leur faisait croire à la survivance de l'esprit, comme il arrive à ces gens qui, superstitieusement attachés à une marque de pâtisserie, continuent à faire venir leurs petits fours d'une même maison sans s'apercevoir qu'ils sont devenus détestables. Déjà pendant la guerre, la duchesse avait donné des marques de cet affaiblissement. Si quelqu'un disait le mot culture, elle l'arrêtait, souriait, allumait son beau regard, et lançait : « la KKKKultur », ce qui faisait rire les amis qui croyaient retrouver là l'esprit des Guermantes. Et certes c'était le même moule, la même intonation, le même sourire qui avaient ravi Bergotte, lequel, du reste, avait aussi gardé ses mêmes coupes de phrase, ses interjections, ses points suspensifs, ses épithètes, mais pour ne rien dire. Mais les nouveaux venus s'étonnaient et parfois disaient, s'ils n'étaient pas tombés un jour où elle était drôle et « en pleine possession de ses moyens » : « Comme elle est bête[a1] ! »

La duchesse, d'ailleurs, s'arrangeait pour canaliser son encanaillement et ne pas le laisser s'étendre à celles des personnes de sa famille desquelles elle tirait une gloire aristocratique. Si au théâtre, elle avait pour remplir son rôle de protectrice des arts, invité un ministre ou un peintre et que celui-ci ou celui-là lui demandât naïvement si sa belle-sœur ou son mari n'étaient pas dans la salle, la duchesse, timorée avec les superbes apparences de l'audace, répondait insolemment : « Je n'en sais rien. Dès que je sors de chez moi, je ne sais plus ce que fait ma famille. Pour tous les hommes politiques, pour tous les artistes, je suis veuve. » Ainsi s'évitait-elle que le parvenu trop empressé s'attirât des rebuffades — et lui attirât à elle-même des réprimandes — de Mme de Marsantes et de Basin[b].

« Je ne peux pas vous dire comme ça me fait plaisir de vous voir. Mon Dieu, quand est-ce que je vous avais vu la dernière fois ?... — En visite chez Mme d'Agrigente où je vous trouvais souvent. — Naturellement j'y allais souvent, mon pauvre petit, comme Basin l'aimait à ce moment-là. C'est toujours chez sa bonne amie du moment qu'on me rencontrait le plus parce qu'il me disait : "Ne manquez pas d'aller lui faire une visite." Au fond, cela me paraissait un peu inconvenant, cette espèce de "visite de digestion" qu'il m'envoyait faire une fois qu'il avait consommé. J'avais fini assez vite par m'y habituer, mais ce qu'il y avait de plus ennuyeux c'est que j'étais obligée de garder des relations après qu'il avait rompu les siennes. Ça me faisait toujours penser au vers de Victor Hugo :

*Emporte le bonheur et laisse-*moi *l'ennui*

« Comme dans la même poésie, j'entrais tout de même avec un sourire[1], mais vraiment ce n'était pas juste, il aurait dû me laisser à l'égard de ses maîtresses le droit d'être volage, car en accumulant tous ses laissés-pour-compte, j'avais fini par ne plus avoir une après-midi à moi. D'ailleurs, ce temps me semble doux relativement au présent. Mon Dieu, qu'il se soit remis à me tromper, ça ne pourrait que me flatter parce que ça me rajeunit. Mais je préférais son ancienne manière. Dame, il y avait trop longtemps qu'il ne m'avait trompée, il ne se rappelait plus la manière de s'y prendre ! Ah ! mais nous ne sommes pas mal ensemble tout de même, nous nous parlons, nous nous aimons même assez », me dit la duchesse, craignant que je n'eusse compris qu'ils étaient tout à fait séparés et comme on dit de quelqu'un qui est très malade : « Mais il parle encore très bien, je lui ai fait la lecture ce matin pendant une heure ». Elle ajouta : « Je vais lui dire que vous êtes là, il voudra vous voir. » Et elle alla près du duc qui, assis sur un canapé auprès d'une dame, causait avec elle. J'admirais qu'il était presque le même et seulement plus blanc, étant toujours aussi majestueux et aussi beau. Mais en voyant sa femme venir lui parler, il prit un air si furieux qu'elle ne put que se retirer. « Il est occupé, je ne sais pas ce qu'il fait, vous verrez tout à l'heure », me dit Mme de Guermantes, préférant me laisser me débrouiller.

Bloch s'étant approché de nous et ayant demandé de la part de son Américaine qui était une jeune duchesse qui était là, je répondis que c'était la nièce de M. de Bréauté, nom sur lequel Bloch, à qui il ne disait rien, demanda des explications. « Ah ! Bréauté », s'écria Mme de Guermantes en s'adressant à moi, « vous vous rappelez ça, comme c'est vieux, comme c'est loin ! Eh bien, c'était un snob[2]. C'était des gens qui habitaient près de chez ma belle-mère. Cela ne vous intéresserait pas, monsieur Bloch ; c'est amusant pour ce petit, qui a connu tout ça autrefois en même temps que moi », ajouta Mme de Guermantes en me désignant, et par ces paroles me montrant de bien des manières le long temps qui s'était écoulé. Les amitiés, les opinions de Mme de Guermantes s'étaient tant renouvelées depuis ce moment-là qu'elle considérait rétrospectivement son charmant Babal comme un snob. D'autre part, il ne se trouvait pas seulement reculé dans le temps, mais, chose dont je ne m'étais pas rendu compte quand à mes débuts dans le monde je l'avais cru une des notabilités essentielles de Paris, qui resterait toujours associé à son histoire mondaine comme Colbert à celle du règne de Louis XIV, il avait lui aussi sa marque provinciale, il était un voisin de campagne de la vieille duchesse, avec lequel la princesse des Laumes s'était liée comme tel. Pourtant ce Bréauté, dépouillé de son esprit, relégué dans des années si lointaines qu'il datait (ce qui prouvait qu'il avait été entièrement oublié depuis par la duchesse) et dans les environs de Guermantes, était, ce que je n'eusse jamais cru le premier soir à l'Opéra-Comique quand il m'avait paru un dieu nautique[1] habitant son antre marin, un lien entre la duchesse et moi, parce qu'elle se rappelait que je l'avais connu, donc que j'étais son ami à elle, sinon sorti du même monde qu'elle, du moins vivant dans le même monde qu'elle depuis bien plus longtemps que bien des personnes présentes, qu'elle se le rappelait, et assez imparfaitement cependant pour avoir oublié certains détails qui m'avaient à moi semblé alors essentiels, que je n'allais pas à Guermantes et n'étais qu'un petit bourgeois de Combray au temps où elle venait à la messe de mariage de Mlle Percepied, qu'elle ne m'invitait pas, malgré toutes les prières de Saint-Loup, dans l'année qui suivit son apparition à l'Opéra-Comique. À moi cela me semblait capital, car c'est justement à ce moment-là que la vie de la duchesse de Guermantes m'apparaissait comme un paradis où je n'entrerais pas. Mais pour elle, elle lui apparaissait comme sa même vie médiocre de toujours, et, puisque j'avais à partir d'un certain moment dîné souvent chez elle, que j'avais d'ailleurs été, avant cela même, un ami de sa tante et de son neveu, elle ne savait plus exactement à quelle époque notre intimité avait commencé et ne se rendait pas compte du formidable anachronisme qu'elle faisait en faisant commencer cette amitié quelques années trop tôt. Car cela faisait que j'eusse connu la Mme de Guermantes du nom de Guermantes, impossible à connaître, que j'eusse été reçu dans le nom aux syllabes dorées, dans le faubourg Saint-Germain, alors que tout simplement j'étais allé dîner chez une dame qui n'était déjà plus pour moi qu'une dame comme une autre, et qui m'avait quelquefois invité, non à descendre dans le royaume sous-marin des Néréides, mais à passer la soirée dans la baignoire de sa cousine. « Si vous voulez des détails sur Bréauté qui n'en valait guère la peine, ajouta-t-elle en s'adressant à Bloch, demandez-en à ce petit-là (qui le vaut cent fois) : il a dîné cinquante fois avec lui chez moi. N'est-ce pas que c'est chez moi que vous l'avez connu ? En tout cas c'est chez moi que vous avez connu Swann. » Et j'étais aussi surpris qu'elle pût croire que j'avais peut-être connu M. de Bréauté ailleurs que chez elle, donc que j'allasse dans ce monde-là avant de la connaître, que de voir qu'elle croyait que c'était chez elle que j'avais connu Swann. Moins mensongèrement que Gilberte quand elle disait de Bréauté : « C'est un vieux voisin de campagne, j'ai plaisir à parler avec lui de Tansonville », alors qu'autrefois, à Tansonville, il ne les fréquentait pas, j'aurais pu dire : « C'était un voisin de campagne qui venait souvent nous voir le soir » de Swann qui en effet me rappelait tout autre chose que les Guermantes.

« Je ne saurais pas vous dire. C'était un homme qui avait tout dit quand il avait parlé d'altesses. Il avait un lot d'histoires assez drôles sur des gens de Guermantes, sur ma belle-mère, sur Mme de Varambon avant qu'elle fût auprès de la princesse de Parme. Mais qui sait aujourd'hui qui était Mme de Varambon ? Ce petit-là, oui, il a connu tout ça, mais tout ça c'est fini, ce sont des gens dont le nom même n'existe plus et qui d'ailleurs ne méritaient pas de survivre. » Et je me rendais compte, malgré cette chose une que semble le monde, et où en effet les rapports sociaux arrivent à leur maximum de concentration et où tout communique, comme il y reste des provinces, ou du moins comme le Temps en fait, qui changent de nom, qui ne sont plus compréhensibles pour ceux qui y arrivent seulement quand la configuration a changé. « C'était une bonne dame qui disait des choses d'une bêtise inouïe », reprit la duchesse qui, insensible à cette poésie de l'incompréhensible qui est un effet du temps, dégageait en toute chose l'élément drôle, assimilable à la littérature genre Meilhac, esprit des Guermantes. « À un moment, elle avait la manie d'avaler tout le temps des pastilles qu'on donnait dans ce temps-là contre la toux et qui s'appelaient » (ajouta-t-elle en riant elle-même d'un nom si spécial, si connu autrefois, si inconnu aujourd'hui des gens à qui elle parlait) « des pastilles Géraudel[1]. "Madame de

Varambon, lui disait ma belle-mère, en avalant tout le temps comme cela des pastilles Géraudel vous vous ferez mal à l'estomac. — Mais madame la duchesse, répondit Mme de Varambon, comment voulez-vous que cela fasse mal à l'estomac puisque cela va dans les bronches ?" Et puis c'est elle qui disait : "La duchesse a une vache si belle, si belle qu'on la prend toujours pour étalon". » Et Mme de Guermantes eût volontiers continué à raconter des histoires de Mme de Varambon, dont nous connaissions des centaines[1], mais nous sentions bien que ce nom n'éveillait dans la mémoire ignorante de Bloch aucune des images qui se levaient pour nous sitôt qu'il était question de Mme de Varambon, de M. de Bréauté, du prince d'Agrigente et, à cause de cela même, excitait peut-être chez lui un prestige que je savais exagéré mais que je trouvais compréhensible, non pas parce que je l'avais moi-même subi, nos propres erreurs et nos propres ridicules ayant rarement pour effet de nous rendre, même quand nous les avons percés à jour, plus indulgents à ceux des autres.

La réalité, d'ailleurs insignifiante, de ce temps lointain était tellement perdue que quelqu'un ayant demandé non loin de moi si la terre de Tansonville venait à Gilberte de son père M. de Forcheville, quelqu'un répondit : « Mais pas du tout ! Cela vient de la famille de son mari. Tout cela c'est du côté de Guermantes. Tansonville est tout près de Guermantes. Cela appartenait à Mme de Marsantes, la mère du marquis de Saint-Loup. Seulement c'était très hypothéqué. Aussi on l'a donné en dot au fiancé et la fortune de Mlle de Forcheville l'a racheté. » Et une autre fois, quelqu'un à qui je parlais de Swann pour faire comprendre ce que c'était qu'un homme d'esprit de ce temps-là, me dit : « Oh ! oui, la duchesse de Guermantes m'a raconté des mots de lui ; c'est un vieux monsieur que vous aviez connu chez elle, n'est-ce pas ? »

Le passé s'était tellement transformé dans l'esprit de la duchesse (ou bien les démarcations qui existaient dans le mien avaient été toujours si absentes du sien que ce qui avait été événement pour moi avait passé inaperçu d'elle) qu'elle pouvait supposer que j'avais connu Swann chez elle et M. de Bréauté ailleurs, me faisant ainsi un passé d'homme du monde qu'elle reculait même trop loin. Car cette notion du temps écoulé que je venais d'acquérir, la duchesse l'avait aussi, et même, avec une illusion inverse de celle qui avait été la mienne de le croire plus court qu'il n'était, elle, au contraire, exagérait, elle le faisait remonter trop haut, notamment sans tenir compte de cette infinie ligne de démarcation entre le moment où elle était pour moi un nom, puis l'objet de mon amour — et le moment où elle n'avait été pour moi qu'une femme du monde quelconque. Or je n'étais allé chez elle que dans cette seconde période où elle était pour moi une autre personne. Mais à ses propres yeux ces différences échappaient, et elle n'eût pas trouvé plus singulier que j'eusse été chez elle deux ans plus tôt, ne sachant pas qu'elle était une autre personne, ayant un autre paillasson, et sa personne n'offrant pas pour elle-même, comme pour moi, de discontinuité.

Je dis à la duchesse de Guermantes : « Cela me rappelle la première soirée où je suis allé chez la princesse de Guermantes, où je croyais ne pas être invité et qu'on allait me mettre à la porte, et où vous aviez une robe toute rouge et des souliers rouges. — Mon Dieu, que c'est vieux, tout cela », dit la duchesse de Guermantes, accentuant ainsi pour moi l'impression du temps écoulé. Elle regardait dans le lointain avec mélancolie, et pourtant insista particulièrement sur la robe rouge. Je lui demandai de me la décrire, ce qu'elle fit complaisamment. « Maintenant cela ne se porterait plus du tout. C'était des robes qui se portaient dans ce temps-là. — Mais est-ce que ce n'était pas joli ? » lui dis-je. Elle avait toujours peur de donner un avantage contre elle par ses paroles, de dire quelque chose qui la diminuât. « Mais si, moi je trouvais cela très joli. On n'en porte pas parce que cela ne se fait plus en ce moment. Mais cela se reportera, toutes les modes reviennent, en robes, en musique, en peinture », ajouta-t-elle avec force, car elle croyait une certaine originalité à cette philosophie. Cependant la tristesse de vieillir lui rendit sa lassitude qu'un sourire lui disputa : « Vous êtes sûr que c'était des souliers rouges ? Je croyais que c'était des souliers d'or. » J'assurai que cela m'était infiniment présent à l'esprit, sans dire la circonstance qui me permettait de l'affirmer[1]. « Vous êtes gentil de vous rappeler cela », me dit-elle d'un air tendre, car les femmes appellent gentillesse se souvenir de leur beauté comme les artistes admirer leurs œuvres. D'ailleurs, si lointain que soit le passé, quand on est une femme de tête comme était la duchesse, il peut ne pas être oublié. « Vous rappelez-vous », me dit-elle en remerciement de mon souvenir pour sa robe et ses souliers, « que nous vous avons ramené, Basin et moi ? Vous aviez une jeune fille qui devait venir vous voir après minuit. Basin riait de tout son cœur en pensant qu'on vous faisait des visites à cette heure-là. » En effet ce soir-là Albertine était venue me voir après la soirée de la princesse de Guermantes[1]. Je me le rappelais aussi bien que la duchesse, moi à qui Albertine était maintenant aussi indifférente qu'elle l'eût été à Mme de Guermantes, si Mme de Guermantes eût su que la jeune fille à cause de qui je n'avais pas pu entrer chez eux était Albertine. C'est que longtemps après que les pauvres morts sont sortis de nos cœurs, leur poussière indifférente continue à être mêlée, à servir d'alliage, aux circonstances du passé. Et, sans plus les aimer, il arrive qu'en évoquant une chambre, une allée, un chemin, où ils furent à une certaine heure, nous sommes obligés, pour que la place qu'ils occupaient soit remplie, de faire allusion à eux, même sans les regretter, même sans les nommer, même sans permettre qu'on les identifie. (Mme de Guermantes n'identifiait guère la jeune fille qui devait venir ce soir-là, ne l'avait jamais su et n'en parlait qu'à cause de la bizarrerie de l'heure et de la circonstance.) Telles sont les formes dernières et peu enviables de la survivance.

Si les[a] jugements que la duchesse porta sur Rachel étaient en eux-mêmes médiocres, ils m'intéressèrent en ce que, eux aussi, marquaient une heure nouvelle sur le cadran. Car la duchesse n'avait pas plus complètement que Rachel perdu[b] le souvenir de la soirée que celle-ci avait passée chez elle, mais ce souvenir n'y avait pas subi une moindre transformation. « Je vous dirai, me dit-elle, que cela m'intéresse d'autant plus de l'entendre, et de l'entendre acclamer, que je l'ai dénichée, appréciée, prônée, imposée à une époque où personne ne la connaissait et où tout le monde se moquait d'elle. Oui, mon petit, cela va vous étonner, mais la première maison où elle s'est fait entendre en public, c'est chez moi ! Oui, pendant que tous les gens prétendus d'avant-garde comme ma nouvelle cousine », dit-elle en montrant ironiquement la princesse de Guermantes qui pour Oriane restait Mme Verdurin, « l'auraient laissée crever de faim sans daigner l'entendre, je l'avais trouvée intéressante et je lui avais fait offrir un cachet pour venir jouer chez moi devant tout ce que nous faisons de mieux comme gratin. Je peux dire, d'un mot un peu bête et prétentieux, car au fond le talent n'a besoin de personne, que je l'ai lancée. Bien entendu, elle n'avait pas besoin de moi. » J'esquissai un geste de protestation et je vis que Mme de Guermantes était toute prête à accueillir la thèse opposée : « Si ? Vous croyez que le talent a besoin d'un appui ? de quelqu'un qui le mette en lumière ? Au fond vous avez peut-être raison. C'est curieux, vous dites justement ce que Dumas me disait autrefois. Dans ce cas je suis extrêmement flattée si je suis pour quelque chose, pour si peu que ce soit, non pas évidemment dans le talent, mais dans la renommée d'une telle artiste. » Mme de Guermantes préférait abandonner son idée que le talent perce tout seul comme un abcès, parce que c'était plus flatteur pour elle, mais aussi parce que depuis quelque temps, recevant des nouveaux venus, et étant du reste fatiguée, elle s'était faite assez humble, interrogeant les autres, leur demandant leur opinion pour s'en former une. « Je n'ai pas besoin de vous dire, reprit-elle, que cet intelligent public qui s'appelle le monde ne comprenait absolument rien à cela. On protestait, on riait. J'avais beau leur dire : "C'est curieux, c'est intéressant, c'est quelque chose qui n'a encore jamais été fait", on ne me croyait pas, comme on ne m'a jamais crue pour rien. C'est comme la chose qu'elle jouait, c'était une chose de Maeterlinck, maintenant c'est très connu, mais à ce moment-là tout le monde s'en moquait, eh bien, moi je trouvais ça admirable[1]. Ça m'étonne même, quand j'y pense, qu'une paysanne comme moi, qui n'a eu que l'éducation des filles de sa province, ait aimé du premier coup ces choses-là. Naturellement je n'aurais pas su dire pourquoi, mais ça me plaisait, ça me remuait ; tenez, Basin qui n'a rien d'un sensible avait été frappé de l'effet que ça me produisait. Il m'avait dit : "Je ne veux plus que vous entendiez ces absurdités, ça vous rend malade." Et c'était vrai, parce qu'on me prend pour une femme sèche et que je suis, au fond, un paquet de nerfs. »

À ce moment se produisit un incident inattendu. Un valet de pied vint dire à Rachel que la fille de la Berma et son gendre demandaient à lui parler. On a vu que la fille de la Berma avait résisté au désir qu'avait son mari de faire demander une invitation à Rachel. Mais après le départ du jeune homme invité, l'ennui du jeune couple auprès de leur mère s'était accru, la pensée que d'autres s'amusaient les tourmentait, bref, profitant d'un moment où la Berma s'était retirée dans sa chambre, crachant un peu de sang, ils avaient quatre à quatre revêtu des vêtements plus élégants, fait appeler une voiture et étaient venus chez la princesse de Guermantes sans être invités. Rachel, se doutant de la chose et secrètement flattée, prit un ton arrogant et dit au valet de pied qu'elle ne pouvait pas se déranger, qu'ils écrivissent un mot pour dire l'objet de leur démarche insolite. Le valet de pied revînt portant une carte où la fille de la Berma avait griffonné qu'elle et son mari n'avaient pu résister au désir d'entendre Rachel et lui demandaient de les laisser entrer. Rachel sourit de la niaiserie de leur prétexte et de son propre triomphe. Elle fit répondre qu'elle était désolée, mais qu'elle avait terminé ses récitations. Déjà, dans l'antichambre où l'attente du couple s'était prolongée, les valets de pied commençaient à se gausser des deux solliciteurs éconduits. La honte d'une avanie, le souvenir du rien qu'était Rachel auprès de sa mère, poussèrent la fille de la Berma à poursuivre à fond une démarche que lui avait fait risquer d'abord le simple besoin de plaisir. Elle fit demander comme un service à Rachel, dût-elle ne pas avoir à l'entendre, la permission de lui serrer la main. Rachel était en train de causer avec un prince italien, séduit, disait-on, par l'attrait de sa grande fortune dont quelques relations mondaines dissimulaient un peu l'origine ; elle mesura le renversement des situations qui mettait maintenant les enfants de l'illustre Berma[a] à ses pieds. Après avoir narré à tout le monde d'une façon plaisante cet incident, elle fit dire au jeune couple d'entrer, ce qu'il fit sans se faire prier, ruinant d'un seul coup la situation sociale de la Berma comme il avait détruit sa santé. Rachel l'avait compris, et que son amabilité condescendante donnerait dans le monde la réputation, à elle de plus de bonté, au jeune couple de plus de bassesse, que n'eût fait son refus. Aussi les reçut-elle les bras ouverts avec affectation, disant d'un air de protectrice enviée[b] et qui sait oublier sa grandeur : « Mais je crois bien ! c'est une joie. La princesse sera ravie. » Ne sachant pas qu'on croyait au théâtre que c'était elle qui invitait, peut-être avait-elle craint qu'en refusant l'entrée aux enfants de la Berma, ceux-ci doutassent, au lieu de sa bonne volonté, ce qui lui eût été bien égal, de son influence. La duchesse de Guermantes s'éloigna instinctivement, car au fur et à mesure que quelqu'un avait l'air de rechercher le monde, il baissait dans l'estime de la duchesse. Elle n'en avait plus en ce moment que pour la bonté de Rachel et eût tourné le dos aux enfants de la Berma si on les lui eût présentés. Rachel cependant composait déjà dans sa tête la phrase gracieuse dont elle accablerait le lendemain la Berma dans les coulisses : « J'ai été navrée, désolée, que votre fille fasse antichambre. Si j'avais compris ! Elle m'envoyait bien cartes sur cartes. » Elle était ravie de porter ce coup à la Berma. Peut-être eût-elle reculé si elle eût su que ce serait un coup mortel. On aime à faire des victimes, mais sans se mettre précisément dans son tort, en les laissant vivre. D'ailleurs où était son tort ? Elle devait dire en riant quelques jours plus tard : « C'est un peu fort, j'ai voulu être plus aimable pour ses enfants qu'elle n'a jamais été pour moi, et pour un peu on m'accuserait de l'avoir assassinée. Je prends la duchesse à témoin. » Il semble que tous les mauvais sentiments des acteurs et tout le factice de la vie de théâtre passent en leurs enfants sans que chez eux le travail obstiné soit un dérivatif comme chez la mère ; les grandes tragédiennes meurent souvent victimes des complots domestiques noués autour d'elles, comme il leur arrivait tant de fois à la fin des pièces qu'elles jouaient.

La vie[a] de la duchesse ne laissait pas d'ailleurs d'être très malheureuse et pour une raison qui par ailleurs avait pour effet de déclasser parallèlement la société que fréquentait M. de Guermantes. Celui-ci qui, depuis longtemps calmé par son âge avancé, et quoiqu'il fût encore robuste, avait cessé de tromper Mme de Guermantes, s'était épris de Mme de Forcheville sans qu'on sût bien les débuts de cette liaison. (Quand on pensait à l'âge que devait avoir maintenant Mme de Forcheville, cela semblait extraordinaire. Mais peut-être avait-elle commencé la vie de femme galante très jeune. Et puis il y a des femmes qu'à chaque décade on retrouve en une nouvelle incarnation[1], ayant de nouvelles amours, parfois alors qu'on les croyait mortes, faisant le désespoir d'une jeune femme que pour elles abandonne son mari.)

Mais cette liaison avait[a] pris des proportions telles que le vieillard, imitant dans ce dernier amour la manière de ceux qu'il avait eus autrefois, séquestrait sa maîtresse au point que si mon amour pour Albertine avait répété, avec de grandes variations, l'amour de Swann pour Odette, l'amour de M. de Guermantes rappelait celui que j'avais eu pour Albertine. Il fallait qu'elle déjeunât, qu'elle dînât avec lui, il était toujours chez elle ; elle s'en parait auprès d'amis qui sans elle n'eussent jamais été en relation avec le duc de Guermantes et qui venaient là pour le connaître, un peu comme on va chez une cocotte pour connaître un souverain, son amant. Certes, Mme de Forcheville était depuis longtemps devenue une femme du monde. Mais recommençant à être entretenue sur le tard, et par un si orgueilleux vieillard qui était tout de même chez elle le personnage important, elle se diminuait à chercher seulement à avoir les peignoirs qui lui plussent, la cuisine qu'il aimait, à flatter ses amis en leur disant qu'elle lui avait parlé d'eux, comme elle disait à mon grand-oncle qu'elle avait parlé de lui au grand-duc qui lui envoyait des cigarettes ; en un mot elle tendait, malgré tout l'acquis de sa situation mondaine, et par la force de circonstances nouvelles, à redevenir, telle qu'elle était apparue à mon enfance, la dame en rose. Certes, il y avait bien des années que mon oncle Adolphe était mort. Mais la substitution autour de nous d'autres personnes aux anciennes nous empêche-t-elle de recommencer la même vie ? Ces circonstances nouvelles, elle s'y était prêtée sans doute par cupidité, aussi parce que, assez recherchée dans le monde quand elle avait une fille à marier, laissée de côté dès que Gilberte eut épousé Saint-Loup, elle sentit que le duc de Guermantes, qui eût tout fait pour elle, lui amènerait nombre de duchesses peut-être enchantées de jouer un tour à leur amie Oriane ; peut-être enfin piquée au jeu par le mécontentement de la duchesse sur laquelle un sentiment féminin de rivalité la rendait heureuse de prévaloir.

Cette liaison avec Mme de Forcheville, liaison qui n'était qu'une imitation de ses liaisons plus anciennes, venait de faire perdre au duc de Guermantes, pour la deuxième fois, la présidence du Jockey et un siège de membre libre à l'Académie des beaux-arts, comme la vie de M. de Charlus, publiquement associée à celle de Jupien, lui avait fait manquer la présidence de l'Union et celle aussi de la Société des amis du vieux Paris. Ainsi les deux frères, si différents dans leurs goûts, étaient arrivés à la déconsidération à cause d'une même paresse, d'un même manque de volonté, lequel était sensible, mais agréablement, chez le duc de Guermantes leur grand-père, membre de l'Académie française, mais qui, chez les deux petits-fils, avait permis à un goût naturel et à un autre qui passe pour ne l'être pas, de les désocialiser.

Jusqu'à sa mort Saint-Loup y avait fidèlement mené sa femme[a]. N'étaient-ils pas tous deux les héritiers à la fois de M. de Guermantes et d'Odette, laquelle d'ailleurs serait sans doute la principale héritière du duc ? D'ailleurs, même des neveux Courvoisier fort difficiles, Mme de Marsantes, la princesse de Trania, y allaient dans un espoir d'héritage, sans s'occuper de la peine que cela pouvait faire à Mme de Guermantes, dont Odette, piquée par ses dédains, disait du mal.

Le vieux duc de Guermantes ne sortait plus, car il passait ses journées et ses soirées avec elle. Mais aujourd'hui, il vint un instant pour la voir, malgré l'ennui de rencontrer sa femme. Je ne l'avais pas aperçu et je ne l'eusse sans doute pas reconnu, si on ne me l'avait clairement désigné. Il n'était plus qu'une ruine, mais superbe, et moins encore qu'une ruine, cette belle chose romantique que peut être un rocher dans la tempête. Fouettée de toutes parts par les vagues de souffrance, de colère de souffrir, d'avancée montante de la mort qui la circonvenaient, sa figure, effritée comme un bloc, gardait le style, la cambrure que j'avais toujours admirés[1] ; elle était rongée comme une de ces belles têtes antiques trop abîmées mais dont nous sommes trop heureux d'orner un cabinet de travail. Elle paraissait seulement appartenir à une époque plus ancienne qu'autrefois, non seulement à cause de ce qu'elle avait pris de rude et de rompu dans sa matière jadis plus brillante, mais parce qu'à l'expression de finesse et d'enjouement avait succédé une involontaire, une inconsciente expression, bâtie par la maladie, de lutte contre la mort, de résistance, de difficulté à vivre. Les artères ayant perdu toute souplesse avaient donné au visage jadis épanoui une dureté sculpturale. Et sans que le duc s'en doutât, il découvrait des aspects de nuque, de joue, de front, où l'être, comme obligé de se raccrocher avec acharnement à chaque minute, semblait bousculé dans une tragique rafale, pendant que les mèches blanches de sa magnifique chevelure moins épaisse venaient souffleter de leur écume le promontoire envahi du visage. Et comme ces reflets étranges, uniques, que seule l'approche de la tempête où tout va sombrer donne aux roches qui avaient été jusque-là d'une autre couleur, je compris que le gris plombé des joues raides et usées, le gris presque blanc et moutonnant des mèches soulevées, la faible lumière encore départie aux yeux qui voyaient à peine, étaient des teintes non pas irréelles, trop réelles au contraire, mais fantastiques, et empruntées à la palette, de l'éclairage, inimitable dans ses noirceurs effrayantes et prophétiques, de la vieillesse, de la proximité de la mort.

Le duc ne resta pas quelques instants, assez pour que je comprisse qu'Odette, toute à des soupirants plus jeunes, se moquait de lui. Mais, chose curieuse, lui qui jadis était presque ridicule quand il prenait l'allure d'un roi de théâtre, avait pris un aspect véritablement grand, un peu comme son frère, à qui la vieillesse, en le désencombrant de tout l'accessoire, le faisait ressembler. Et, comme son frère, lui, jadis orgueilleux bien que d'une autre manière, semblait presque respectueux, quoique aussi d'une autre façon. Car il n'avait pas subi la déchéance de son frère, réduit à saluer avec une politesse de malade oublieux ceux qu'il eût jadis dédaignés. Mais il était très vieux, et quand il voulut passer la porte et descendre l'escalier pour sortir, la vieillesse, qui est tout de même l'état le plus misérable pour les hommes et qui les précipite de leur faîte le plus semblablement aux rois des tragédies grecques, la vieillesse, en le forçant à s'arrêter dans le chemin de croix que devient la vie des impotents menacés, à essuyer son front ruisselant, à tâtonner en cherchant des yeux une marche qui se dérobait, parce qu'il aurait eu besoin pour ses pas mal assurés, pour ses yeux ennuagés, d'un appui, lui donnant à son insu l'air de l'implorer doucement et timidement des autres, la vieillesse l'avait fait, encore plus qu'auguste, suppliant.

Ne pouvant[a] pas se passer d'Odette, toujours installé chez elle dans le même fauteuil d'où la vieillesse et la goutte le faisaient difficilement lever, M. de Guermantes la laissait recevoir des amis qui étaient trop contents d'être présentés au duc, de lui laisser la parole, de l'entendre parler de la vieille société, de la marquise de Villeparisis, du duc de Chartres.

Ainsi, dans le faubourg Saint-Germain, ces positions en apparence imprenables du duc et de la duchesse de Guermantes, du baron de Charlus, avaient perdu leur inviolabilité, comme toutes choses changent en ce monde, par l'action d'un principe intérieur auquel on n'avait pas pensé : chez M. de Charlus l'amour de Charlie qui l'avait rendu esclave des Verdurin, puis le ramolissement ; chez Mme de Guermantes, un goût de nouveauté et d'art ; chez M. de Guermantes un amour exclusif, comme il en avait déjà eu de pareils dans sa vie, mais que la faiblesse de l'âge rendait plus tyrannique et aux faiblesses duquel la sévérité du salon de la duchesse, où le duc ne paraissait plus et qui d'ailleurs ne fonctionnait plus guère, n'opposait plus son démenti, son rachat mondain. Ainsi change la figure des choses de ce monde ; ainsi le centre des empires, et le cadastre des fortunes, et la charte des situations, tout ce qui semblait définitif est-il perpétuellement remanié, et les yeux d'un homme qui a vécu peuvent-ils contempler le changement le plus complet là où justement il lui paraissait le plus impossible.

Par moments[a], sous le regard des tableaux anciens réunis par Swann dans un arrangement de « collectionneur » qui achevait le caractère démodé, ancien, de cette scène, avec ce duc si « Restauration » et cette cocotte tellement « second Empire », dans un de ses peignoirs qu'il aimait, la dame en rose l'interrompait d'une jacasserie ; il s'arrêtait net et plantait sur elle un regard féroce. Peut-être s'était-il aperçu qu'elle aussi, comme la duchesse, disait quelquefois des bêtises ; peut-être, dans une hallucination de vieillard, croyait-il que c'était un trait d'esprit intempestif de Mme de Guermantes qui lui coupait la parole, et se croyait-il à l'hôtel de Guermantes, comme ces fauves enchaînés qui se figurent un instant être encore libres dans les déserts de l'Afrique. Et levant brusquement la tête, de ses petits yeux ronds et jaunes qui avaient l'éclat d'yeux de fauves, il fixait sur elle un de ses regards qui quelquefois chez Mme de Guermantes, quand celle-ci parlait trop, m'avaient fait trembler. Ainsi le duc regardait-il un instant l'audacieuse dame en rose. Mais celle-ci, lui tenant tête, ne le quittait pas des yeux, et au bout de quelques instants qui semblaient longs aux spectateurs, le vieux fauve dompté se rappelant qu'il était, non pas libre chez la duchesse dans ce Sahara dont le paillasson du palier marquait l'entrée, mais chez Mme de Forcheville dans la cage du Jardin des plantes, il rentrait dans ses épaules sa tête d'où pendait encore une épaisse crinière dont on n'aurait pu dire si elle était blonde ou blanche, et reprenait son récit. Il semblait n'avoir pas compris ce que Mme de Forcheville avait voulu dire et qui d'ailleurs généralement n'avait pas grand sens. Il lui permettait d'avoir des amis à dîner avec lui ; par une manie empruntée à ses anciennes amours, qui n'était pas pour étonner Odette, habituée à avoir eu la même de Swann, et qui me touchait, moi, en me rappelant ma vie avec Albertine, il exigeait que ces personnes se retirassent de bonne heure afin qu'il pût dire bonsoir à Odette le dernier. Inutile de dire qu'à peine était-il parti, elle allait en rejoindre d'autres. Mais le duc ne s'en doutait pas ou préférait ne pas avoir l'air de s'en douter : la vue des vieillards baisse comme leur oreille devient plus dure, leur clairvoyance s'obscurcit, la fatigue même fait faire relâche à leur vigilance. Et à un certain âge c'est en un personnage de Molière — non pas même en l'olympien amant d'Alcmène mais en un risible Géronte — que se change inévitablement Jupiter[1]. D'ailleurs Odette trompait M. de Guermantes, et aussi le soignait, sans charme, sans grandeur. Elle était médiocre dans ce rôle comme dans tous les autres. Non pas que la vie ne lui en eût souvent donné de beaux, mais elle ne savait pas les jouer.

Et de fait, chaque fois que je voulus la voir dans la suite je n'y pus réussir, car M. de Guermantes, voulant à la fois concilier les exigences de son hygiène et de sa jalousie, ne lui permettait que les fêtes de jour, à condition encore que ce ne fussent pas des bals. Cette réclusion où elle était tenue, elle me l'avoua avec franchise, pour diverses raisons. La principale est qu'elle s'imaginait, bien que je n'eusse écrit que des articles ou publié que des études, que j'étais un auteur connu, ce qui lui faisait même naïvement dire, se rappelant le temps où j'allais avenue des Acacias pour la voir passer, et plus tard chez elle : « Ah ! si j'avais pu deviner que ce serait un jour un grand écrivain ! » Or, ayant entendu dire que les écrivains se plaisent auprès des femmes pour se documenter, se faire raconter des histoires d'amour, elle redevenait maintenant avec moi simple cocotte pour m'intéresser. Elle me racontait : « Tenez, une fois il y avait un homme qui s'était toqué de moi et que j'aimais éperdument aussi. Nous vivions d'une vie divine. Il avait un voyage à faire en Amérique, je devais y aller avec lui. La veille du départ, je trouvai que c'était plus beau de ne pas laisser diminuer un amour qui ne pourrait pas rester toujours à ce point. Nous eûmes une dernière soirée où il était persuadé que je partais, ce fut une nuit folle, j'avais près de lui des joies infinies et le désespoir de sentir que je ne le reverrais pas. Le matin même j'étais allée donner mon billet à un voyageur que je ne connaissais pas. Il voulait au moins me l'acheter. Je lui répondis : "Non, vous me rendez un tel service en me le prenant, je ne veux pas d'argent." » Puis c'était une autre histoire : « Un jour j'étais dans les Champs-Élysées, M. de Bréauté, que[a] je n'avais vu qu'une fois, se mit à me regarder avec une telle insistance que je m'arrêtai et lui demandai pourquoi il se permettait de me regarder comme ça. Il me répondit : "Je vous regarde parce que vous avez un chapeau ridicule." C'était vrai. C'était un petit chapeau avec des pensées, les modes de ce temps-là étaient affreuses. Mais j'étais en fureur, je lui dis : "Je ne vous permets pas de me parler ainsi." Il se mit à pleuvoir. Je lui dis : "Je ne vous pardonnerais que si vous aviez une voiture. — Eh bien, justement j'en ai une et je vais vous accompagner. — Non, je veux bien de votre voiture, mais pas de vous." Je montai dans la voiture, il partit sous la pluie. Mais le soir, il arrive chez moi. Nous eûmes deux années d'un amour fou. Venez prendre une fois le thé avec moi, je vous raconterai comment j'ai fait la connaissance de M. de Forcheville. Au fond, dit-elle d'un air mélancolique, j'ai passé ma vie cloîtrée parce que je n'ai eu de grands amours que pour des hommes qui étaient terriblement jaloux de moi. Je ne parle pas de M. de Forcheville, car au fond c'était un médiocre et je n'ai jamais pu aimer véritablement que des gens intelligents. Mais, voyez-vous, M. Swann était aussi jaloux que l'est ce pauvre duc ; pour celui-ci je me prive de tout parce que je sais qu'il n'est pas heureux chez lui. Pour M. Swann, c'était parce que je l'aimais follement, et je trouve qu'on peut bien sacrifier la danse et le monde et tout le reste à ce qui peut faire plaisir ou seulement éviter des soucis à un homme qui vous aime[1]. Pauvre

Charles, il était si intelligent, si séduisant, exactement le genre d'hommes que j'aimais. » Et c'était peut-être vrai. Il y avait eu un temps où Swann lui avait plu, justement celui où elle n'était pas « son genre[1] ». À vrai dire « son genre », même plus tard, elle ne l'avait jamais été. Il l'avait pourtant alors tant et si douloureusement aimée. Il était surpris plus tard de cette contradiction. Elle ne doit pas en être une si nous songeons combien est forte dans la vie des hommes la proportion des souffrances par des femmes « qui n'étaient pas leur genre ». Peut-être cela tient-il à bien des causes ; d'abord, parce qu'elles ne sont pas « votre genre » on se laisse d'abord aimer sans aimer, par là on laisse prendre sur sa vie une habitude qui n'aurait pas eu lieu avec une femme qui eût été « notre genre » et qui, se sentant désirée, se fût disputée, ne nous aurait accordé que de rares rendez-vous, n'eût pas pris dans notre vie cette installation dans toutes nos heures qui plus tard, si l'amour vient et qu'elle vienne à nous manquer, pour une brouille, pour un voyage où on nous laisse sans nouvelles, ne nous arrache pas un seul lien mais mille. Ensuite, cette habitude est sentimentale parce qu'il n'y a pas grand désir physique à la base, et si l'amour naît le cerveau travaille bien davantage : il y a un roman au lieu d'un besoin. Nous ne nous méfions pas des femmes qui ne sont pas « notre genre », nous les laissons nous aimer, et si nous les aimons ensuite, nous les aimons cent fois plus que les autres, sans avoir même près d'elles la satisfaction du désir assouvi. Pour ces raisons et bien d'autres, le fait que nous ayons nos plus gros chagrins avec les femmes qui ne sont pas « notre genre » ne tient pas seulement à cette dérision du destin qui ne réalise notre bonheur que sous la forme qui nous plaît le moins. Une femme qui est « notre genre » est rarement dangereuse, car elle ne veut pas de nous, nous contente, nous quitte vite, ne s'installe pas dans notre vie, et ce qui est dangereux et procréateur de souffrances dans l'amour, ce n'est pas la femme elle-même, c'est sa présence de tous les jours, la curiosité de ce qu'elle fait à tous moments ; ce n'est pas la femme, c'est l'habitude.

J'eus la lâcheté de dire que c'était gentil et noble de sa part, mais je savais combien c'était faux et que sa franchise se mêlait de mensonges. Je pensais avec effroi au fur et à mesure qu'elle me racontait des aventures, à tout ce que Swann avait ignoré, dont il aurait tant souffert parce qu'il avait fixé sa sensibilité sur cet être-là, et qu'il devinait à en être sûr, rien qu'à ses regards quand elle voyait un homme, ou une femme, inconnus et qui lui plaisaient. Au fond, elle le faisait seulement pour me donner ce qu'elle croyait des sujets de nouvelles. Elle se trompait, non qu'elle n'eût de tout temps abondamment fourni les réserves de mon imagination, mais d'une façon bien plus involontaire et par un acte émané de moi-même qui dégageais d'elle à son insu les lois de sa vie.

M. de Guermantes ne gardait ses foudres que pour la duchesse, sur les libres fréquentations de laquelle Mme de Forcheville ne manquait pas d'attirer l'attention irritée de celui-ci. Aussi[a] la duchesse était-elle fort malheureuse. Il est vrai que M. de Charlus, à qui j'en avais parlé une fois, prétendait que les premiers torts n'avaient pas été du côté de son frère, que la légende de pureté de la duchesse était faite en réalité d'un nombre incalculable d'aventures habilement dissimulées. Je n'avais jamais entendu parler de cela. Pour presque tout le monde Mme de Guermantes était une femme toute différente. L'idée qu'elle avait été toujours irréprochable gouvernait les esprits. Entre ces deux idées je ne pouvais décider laquelle était conforme à la vérité, cette vérité que presque toujours les trois quarts des gens ignorent. Je me rappelais bien certains regards bleus et vagabonds de la duchesse de Guermantes dans la nef de Combray[1]. Mais vraiment aucune des deux idées n'était réfutée par eux, et l'une et l'autre pouvaient leur donner un sens différent et aussi acceptable. Dans ma folie, enfant, je les avais pris un instant pour des regards d'amour adressés à moi. Depuis j'avais compris qu'ils n'étaient que les regards bienveillants d'une suzeraine, pareille à celle des vitraux de l'église, pour ses vassaux. Fallait-il maintenant croire que c'était ma première idée qui avait été la vraie, et que si plus tard jamais la duchesse ne m'avait parlé d'amour, c'est parce qu'elle avait craint de se compromettre avec un ami de sa tante et de son neveu plus qu'avec un enfant inconnu rencontré par hasard à Saint-Hilaire de Combray ?

La duchesse avait pu un instant être heureuse de sentir son passé plus consistant parce qu'il était partagé par moi, mais à quelques questions que je lui posai sur le provincialisme de M. de Bréauté, que j'avais à l'époque peu distingué de M. de Sagan[1] ou de M. de Guermantes, elle reprit son point de vue de femme du monde, c'est-à-dire de contemptrice de la mondanité. Tout en me parlant la duchesse me faisait visiter l'hôtel. Dans des salons plus petits on trouvait des intimes qui pour écouter la musique avaient préféré s'isoler. Dans un petit salon Empire, où quelques rares habits noirs[2] écoutaient assis sur un canapé, on voyait à côté d'une psyché supportée par une Minerve une chaise longue, placée de façon rectiligne, mais à l'intérieur incurvée comme un berceau et où une jeune femme était étendue[3]. La mollesse de sa pose, que l'entrée de la duchesse ne lui fit même pas déranger, contrastait avec l'éclat merveilleux de sa robe Empire en une soierie nacarat devant laquelle les plus rouges fuchsias eussent pâli et sur le tissu nacré de laquelle des insignes et des fleurs semblaient avoir été enfoncés longtemps, car leur trace y restait en creux. Pour saluer la duchesse elle inclina légèrement sa belle tête brune. Bien qu'il fît grand jour, comme elle avait demandé qu'on fermât les grands rideaux, en vue de plus de recueillement pour la musique, on avait, pour ne pas se tordre les pieds, allumé sur un trépied une urne où s'irisait une faible lueur. En réponse à ma demande, la duchesse de Guermantes me dit que c'était Mme de Saint-Euverte. Alors je voulus savoir ce qu'elle était à la madame de Saint-Euverte que j'avais connue. Mme de Guermantes me dit que c'était la femme d'un de ses petits-neveux, parut supporter l'idée qu'elle était née La Rochefoucauld, mais nia avoir elle-même connu des Saint-Euverte. Je lui rappelai la soirée (que je n'avais sue, il est vrai, que par ouï-dire) où, princesse des Laumes, elle avait retrouvé Swann[4], Mme de Guermantes affirma n'avoir jamais été à cette soirée. La duchesse avait toujours été un peu menteuse et l'était devenue davantage. Mme de Saint-Euverte était pour elle un salon — d'ailleurs assez tombé avec le temps — qu'elle aimait à renier. Je n'insistai pas. « Non, qui vous avez pu entrevoir chez moi, parce qu'il avait de l'esprit, c'est le mari de celle dont vous parlez et avec qui je n'étais pas en relations. — Mais elle n'avait pas de mari. — Vous vous l'êtes figuré parce qu'ils étaient séparés, mais il était bien plus agréable qu'elle. » Je finis par comprendre qu'un homme énorme, extrêmement grand, extrêmement fort, avec des cheveux tout blancs, que je rencontrais un peu partout et dont je n'avais jamais su le nom était le mari de Mme de Saint-Euverte. Il était mort l'an passé. Quant à la nièce, j'ignore si c'est à cause d'une maladie d'estomac, de nerfs, d'une phlébite, d'un accouchement prochain, récent ou manqué, qu'elle écoutait la musique étendue sans se bouger pour personne. Le plus probable est que, fière de ses belles soies rouges, elle pensait faire sur sa chaise longue un effet genre Récamier[1]. Elle ne se rendait pas compte qu'elle donnait pour moi la naissance à un nouvel épanouissement de ce nom Saint-Euverte, qui à tant d'intervalle marquait la distance et la continuité du Temps. C'est le Temps qu'elle berçait dans cette nacelle où fleurissaient le nom de Saint-Euverte et le style Empire en soies de fuchsias rouges. Ce style Empire, Mme de Guermantes déclarait l'avoir toujours détesté ; cela voulait dire qu'elle le détestait maintenant[2], ce qui était vrai car elle suivait la mode, bien qu'avec quelque retard. Sans compliquer en parlant de David qu'elle connaissait peu, toute jeune elle avait cru M. Ingres le plus ennuyeux des poncifs, puis brusquement le plus savoureux des maîtres de l'Art nouveau, jusqu'à détester Delacroix. Par quels degrés elle était revenue de ce culte à la réprobation importe peu, puisque ce sont là nuances du goût que le critique d'art reflète dix ans avant la conversation des femmes supérieures. Après avoir critiqué le style Empire, elle s'excusa de m'avoir parlé de gens aussi insignifiants que les Saint-Euverte et de niaiseries comme le côté provincial de Bréauté, car elle était aussi loin de penser pourquoi cela m'intéressait que Mme de Saint-Euverte-La Rochefoucauld, cherchant le bien de son estomac ou un effet ingresque, était loin de soupçonner que son nom m'avait ravi, celui de son mari, non celui plus glorieux de ses parents, et que je lui voyais comme fonction dans cette pièce pleine d'attributs, de bercer le Temps.

« Mais comment puis-je vous parler de ces sottises, comment cela peut-il vous intéresser ? » s'écria la duchesse. Elle avait dit cette phrase à mi-voix et personne n'avait pu entendre ce qu'elle disait. Mais un jeune homme (qui m'intéressa dans la suite par un nom bien plus familier de moi autrefois que celui de Saint-Euverte) se leva d'un air exaspéré et alla plus loin pour écouter avec plus de recueillement. Car c'était la *Sonate à Kreutzer*[3] qu'on jouait, mais s'étant trompé sur le programme, il croyait que c'était un morceau de Ravel[1] qu'on lui avait déclaré être beau comme du Palestrina[2], mais difficile à comprendre. Dans sa violence à changer de place, il heurta à cause de la demi-obscurité un bonheur-du-jour, ce qui n'alla pas sans faire tourner la tête à beaucoup de personnes pour qui cet exercice si simple de regarder derrière soi interrompait un peu le supplice d'écouter « religieusement » la *Sonate à Kreutzer*. Et Mme de Guermantes et moi, causes de ce petit scandale, nous nous hâtâmes de changer de pièce. « Oui, comment ces riens-là peuvent-ils intéresser un homme de votre mérite ? C'est comme[a] tout à l'heure, quand je vous voyais causer avec Gilberte de Saint-Loup. Ce n'est pas digne de vous. Pour moi c'est exactement rien cette femme-là, ce n'est même pas une femme, c'est ce que je connais de plus factice et de plus bourgeois au monde » (car même à sa défense de l'intellectualité la duchesse mêlait ses préjugés d'aristocrate). « D'ailleurs devriez-vous venir dans des maisons comme ici[3] ? Aujourd'hui encore je comprends, parce qu'il y avait cette récitation de Rachel, ça peut vous intéresser. Mais si belle qu'elle ait été, elle ne se donne pas devant ce public-là. Je vous ferai déjeuner seul avec elle. Alors vous verrez l'être que c'est. Mais elle est cent fois supérieure à tout ce qui est ici. Et après le déjeuner elle vous dira du Verlaine. Vous m'en direz des nouvelles[b]. Mais dans des grandes machines comme ici, non, ça me passe que vous veniez. À moins que ce ne soit pour faire des études... », ajouta-t-elle d'un air de doute, de méfiance, et sans trop s'aventurer car elle ne savait pas très exactement en quoi consistait le genre d'opérations improbables auquel elle faisait allusion.

Elle me vanta surtout ses après-déjeuners où il y avait tous les jours X... et Y... Car elle en était arrivée à cette conception des femmes à « salons » qu'elle méprisait autrefois (bien qu'elle le niât aujourd'hui) et dont la grande supériorité, le signe d'élection selon elle, étaient d'avoir chez elles « tous les hommes ». Si je lui disais que telle grande dame à « salons » ne disait pas du bien, quand elle vivait, de Mme Howland[4], la duchesse éclatait de rire devant ma naïveté : « Naturellement, l'autre avait chez elle tous les hommes et celle-ci cherchait à les attirer. »

« Est-ce que vous ne croyez pas, dis-je à la duchesse, que ce soit pénible à Mme de Saint-Loup d'entendre ainsi comme elle vient de le faire, l'ancienne maîtresse de son mari ? » Je vis se former dans le visage de Mme de Guermantes cette barre oblique qui relie par des raisonnements ce qu'on vient d'entendre à des pensées peu agréables. Raisonnements inexprimés il est vrai, mais toutes les choses graves que nous disons ne reçoivent jamais de réponse ni verbale, ni écrite. Les sots seuls sollicitent en vain dix fois de suite une réponse à une lettre qu'ils ont eu le tort d'écrire et qui était une gaffe ; car à ces lettres-là il n'est jamais répondu que par des actes, mais la correspondante qu'on croit inexacte vous dit monsieur quand elle vous rencontre au lieu de vous appeler par votre prénom. Mon allusion à la liaison de Saint-Loup avec Rachel n'avait rien de si grave[a] et ne put mécontenter qu'une seconde Mme de Guermantes en lui rappelant que j'avais été l'ami de Robert et peut-être son confident au sujet des déboires qu'avait procurés à Rachel sa soirée chez la duchesse. Mais celle-ci ne persista pas dans ses pensées, la barre orageuse se dissipa, et Mme de Guermantes répondit à ma question relative à Mme de Saint-Loup : « Je vous dirai je crois que ça lui est d'autant plus égal, que Gilberte n'a jamais aimé son mari. C'est une petite horreur. Elle a aimé la situation, le nom, être ma nièce, sortir de sa fange, après quoi elle n'a pas eu d'autre idée que d'y rentrer. Je vous dirai que ça me faisait beaucoup de peine à cause du pauvre Robert, parce qu'il avait beau ne pas être un aigle, il s'en apercevait très bien, et d'un tas de choses. Il ne faut pas le dire parce qu'elle est malgré tout ma nièce, je n'ai pas la preuve positive qu'elle le trompait, mais il y a eu un tas d'histoires. Mais si, je vous dis que je le sais, avec un officier de Méséglise, Robert a voulu se battre. Mais c'est pour tout ça que Robert s'est engagé, la guerre lui est apparue comme une délivrance de ses chagrins de famille ; si vous voulez ma pensée, il n'a pas été tué, il s'est fait tuer. Elle n'a eu aucune espèce de chagrin, elle m'a même étonnée par un rare cynisme dans l'affectation de son indifférence, ce qui m'a fait beaucoup de chagrin, parce que j'aimais bien le pauvre Robert. Ça vous étonnera peut-être parce qu'on me connaît mal, mais il m'arrive encore de penser à lui : je n'oublie personne. Il ne m'a jamais rien dit, mais il avait bien compris que je devinais tout. Mais voyons, si elle avait aimé tant soit peu son mari, pourrait-elle supporter avec ce flegme de se trouver dans le même salon que la femme dont il a été l'amant éperdu pendant tant d'années ? on peut dire toujours, car j'ai la certitude que ça n'a jamais cessé, même pendant la guerre. Mais elle lui sauterait à la gorge ! » s'écria la duchesse, oubliant qu'elle-même, en faisant inviter Rachel et en rendant possible la scène qu'elle jugeait inévitable si Gilberte eût aimé Robert, agissait peut-être cruellement. « Non, voyez-vous, conclut-elle, c'est une cochonne. » Une telle expression était rendue possible à Mme de Guermantes par la pente qu'elle descendait du milieu des Guermantes agréables à la société des comédiennes, et aussi parce qu'elle greffait cela sur un genre XVIIIe siècle qu'elle jugeait plein de verdeur, enfin parce qu'elle se croyait tout permis. Mais cette expression lui était dictée par la haine qu'elle éprouvait pour Gilberte, par un besoin de la frapper, à défaut de matériellement, en effigie. Et en même temps la duchesse pensait justifier par là toute la conduite qu'elle tenait à l'égard de Gilberte ou plutôt contre elle, dans le monde, dans la famille, au point de vue même des intérêts et de la succession de Robert.

Mais comme parfois les jugements qu'on porte reçoivent de faits qu'on ignore et qu'on n'eût pu supposer une justification apparente, Gilberte, qui tenait sans doute un peu de l'ascendance de sa mère (et c'est bien cette facilité que j'avais sans m'en rendre compte escomptée, en lui demandant de me faire connaître de très jeunes jeunes filles), tira, après réflexion, de la demande que j'avais faite, et sans doute pour que le profit ne sortît pas de la famille, une conclusion plus hardie que toutes celles que j'avais pu supposer elle me dit : « Si vous[a] le permettez, je vais aller vous chercher ma fille pour vous la présenter. Elle est là-bas qui cause avec le petit Mortemart et d'autres bambins sans intérêt. Je suis sûre qu'elle sera une gentille amie pour vous. »

Je lui demandai si Robert avait été content d'avoir une fille : « Oh ! il était très fier d'elle. Mais naturellement, je crois tout de même qu'étant donné ses goûts, dit naïvement Gilberte, il aurait préféré un garçon. » Cette fille, dont le nom et la fortune pouvaient faire espérer à sa mère qu'elle épouserait un prince royal et couronnerait toute l'œuvre ascendante de Swann et de sa femme, choisit plus tard comme mari un homme de lettres obscur, car elle n'avait aucun snobisme, et fit redescendre cette famille plus bas que le niveau d'où elle[a] était partie. Il fut alors extrêmement difficile de faire croire aux générations nouvelles que les parents de cet obscur ménage avaient eu une grande situation. Les noms de Swann et d'Odette de Crécy ressuscitèrent miraculeusement pour permettre aux gens de vous apprendre que vous vous trompiez, que ce n'était pas du tout si étonnant que cela comme famille ; et on croyait que Mlle de Saint-Loup avait fait en somme le meilleur mariage qu'elle avait pu, que celui de son père avec Odette de Crécy (n'étant rien) fait en cherchant à s'élever vainement alors qu'au contraire, du moins au point de vue de son amour son mariage avait été inspiré des théories comme celles qui purent pousser au XVIIIe siècle des grands seigneurs, disciples de Rousseau, ou des pré-révolutionnaires, à vivre de la vie de la nature et à abandonner leurs privilèges[1].

L'étonnement[b] de ces paroles et le plaisir qu'elles me firent furent bien vite remplacés, tandis que Mme de Saint-Loup s'éloignait vers un autre salon, par cette idée du Temps passé, qu'elle aussi, à sa manière, me rendait et sans même que je l'eusse vue, Mlle de Saint-Loup. Comme la plupart des êtres, d'ailleurs, n'était-elle pas comme sont dans les forêts les « étoiles » des carrefours où viennent converger des routes venues, pour notre vie aussi, des points les plus différents ? Elles étaient nombreuses pour moi, celles qui aboutissaient à Mlle de Saint-Loup et qui rayonnaient autour d'elle. Et avant tout venaient aboutir à elle les deux grands « côtés » où j'avais fait tant de promenades et de rêves — par son père Robert de Saint-Loup le côté de Guermantes, par Gilberte sa mère le côté de Méséglise qui était le « côté de chez Swann ». L'une, par la mère de la jeune fille et les Champs-Élysées, me menait jusqu'à Swann, à mes soirs de Combray, au côté de Méséglise ; l'autre, par son père, à mes après-midi de Balbec où je le revoyais près de la mer ensoleillée. Déjà entre ces deux routes des transversales s'établissaient. Car ce Balbec réel où j'avais connu Saint-Loup, c'était en grande partie à cause de ce que Swann m'avait dit sur les églises, sur l'église persane surtout, que j'avais tant voulu y aller, et d'autre part, par Robert de Saint-Loup, neveu de la duchesse de Guermantes, je rejoignais, à Combray encore, le côté de Guermantes. Mais à bien d'autres points de ma vie encore conduisait Mlle de Saint-Loup, à la dame en rose, qui était sa grand-mère et que j'avais vue chez mon grand-oncle. Nouvelle transversale ici, car le valet de chambre de ce grand-oncle, qui m'avait introduit ce jour-là et qui plus tard m'avait par le don d'une photographie permis d'identifier la Dame en rose, était le père du jeune homme que non seulement M. de Charlus, mais le père même de Mlle de Saint-Loup avait aimé, pour qui il avait rendu sa mère malheureuse. Et n'était-ce pas le grand-père de Mlle de Saint-Loup, Swann, qui m'avait le premier parlé de la musique de Vinteuil, de même que Gilberte m'avait la première parlé d'Albertine ? Or, c'est en parlant de la musique de Vinteuil à Albertine que j'avais découvert qui était sa grande amie et commencé avec elle cette vie qui l'avait conduite à la mort et m'avait causé tant de chagrins. C'était du reste aussi le père de Mlle de Saint-Loup qui était parti tâcher de faire revenir Albertine. Et même toute ma vie mondaine, soit à Paris dans le salon des Swann ou des Guermantes, soit tout à l'opposé chez les Verdurin, et faisant ainsi s'aligner à côté des deux côtés de Combray, des Champs-Élysées, la belle terrasse de La Raspelière. D'ailleurs, quels êtres avons-nous connus qui, pour raconter notre amitié avec eux, ne nous obligent à les placer successivement dans tous les sites les plus différents de notre vie ? Une vie de Saint-Loup peinte par moi se déroulerait dans tous les décors et intéresserait toute ma vie, même les parties de cette vie où il fut le plus étranger comme ma grand-mère ou comme Albertine. D'ailleurs, si à l'opposé qu'ils fussent, les Verdurin tenaient[a] à Odette par le passé de celle-ci, à Robert de Saint-Loup par Charlie ; et chez eux quel rôle n'avait pas joué la musique de Vinteuil ! Enfin Swann avait aimé la sœur de Legandin[1], lequel avait connu M. de Charlus, dont le jeune Cambremer avait épousé la pupille. Certes, s'il s'agit uniquement de nos cœurs, le poète a eu raison de parler des « fils mystérieux » que la vie brise[2]. Mais il est encore plus vrai qu'elle en tisse sans cesse entre les êtres, entre les événements, qu'elle entre-croise ces fils, qu'elle les redouble pour épaissir la trame, si bien qu'entre le moindre point de notre passé et tous les autres un riche réseau de souvenirs ne laisse que le choix des communications[3].

On peut dire qu'il n'y avait pas, si je cherchais à ne pas en user inconsciemment mais à me rappeler ce qu'elle avait été, une seule des choses qui nous servaient en ce moment qui n'avait été une chose vivante, et vivant d'une vie personnelle pour nous, transformée ensuite à notre usage en simple matière industrielle. Ma présentation à Mlle de Saint-Loup allait avoir lieu chez Mme Verdurin : avec quel charme je repensais à tous nos voyages avec cette Albertine dont j'allais demander à Mlle de Saint-Loup d'être un succédané — dans le petit tram, vers Doville, pour aller chez Mme Verdurin, cette même Mme Verdurin qui avait noué et rompu, avant mon amour pour Albertine, celui du grand-père et de la grand-mère de Mlle de Saint-Loup — ! Tout autour de nous étaient des tableaux de cet Elstir qui m'avait présenté à Albertine. Et pour mieux fondre tous mes passés, Mme Verdurin tout comme Gilberte avait épousé un Guermantes.

Nous ne pourrions[a] pas raconter nos rapports avec un être que nous avons même peu connu, sans faire se succéder les sites les plus différents de notre vie. Ainsi chaque individu — et j'étais moi-même un de ces individus — mesurait pour moi la durée par la révolution qu'il avait accomplie non seulement autour de soi-même, mais autour des autres, et notamment par les positions qu'il avait occupées successivement par rapport à moi. Et sans doute tous ces plans différents suivant lesquels le Temps, depuis que je venais de le ressaisir dans cette fête, disposait ma vie, en me faisant songer que, dans un livre qui voudrait en raconter une, il faudrait user, par opposition à la psychologie plane dont on use d'ordinaire, d'une sorte de psychologie dans l'espace[1], ajoutaient une beauté nouvelle à ces résurrections que ma mémoire opérait tant que je songeais seul dans la bibliothèque, puisque la mémoire, en introduisant le passé dans le présent sans le modifier, tel qu'il était au moment où il était le présent, supprime précisément cette grande dimension du Temps suivant laquelle la vie se réalise[2].

Je vis Gilberte s'avancer. Moi pour qui le mariage de Saint-Loup, les pensées qui m'occupaient alors et qui étaient les mêmes ce matin, étaient d'hier, je fus étonné de voir à côté d'elle une jeune fille d'environ seize ans, dont la taille élevée mesurait cette distance que je n'avais pas voulu voir. Le temps incolore et insaisissable s'était, pour que pour ainsi dire je puisse le voir et le toucher, matérialisé en elle, il l'avait pétrie comme un chef-d'œuvre, tandis que parallèlement sur moi, hélas ! il n'avait fait que son œuvre. Cependant Mlle de Saint-Loup était devant moi. Elle avait les yeux profondément forés et perçants, et aussi son nez charmant légèrement avancé en forme de bec et courbé, non point peut-être comme celui de Swann, mais comme celui de Saint-Loup. L'âme de ce Guermantes s'était évanouie ; mais la charmante tête aux yeux perçants de l'oiseau envolé était venue se poser sur les épaules de Mlle de Saint-Loup, ce qui faisait longuement rêver ceux qui avaient connu son père.

Je fus frappé que son nez, fait comme sur le patron de celui de sa mère et de sa grand-mère, s'arrêtât juste par cette ligne tout à fait horizontale sous le nez, sublime quoique pas assez courte. Un trait aussi particulier eût fait reconnaître une statue entre des milliers, n'eût-on vu que ce trait-là, et j'admirais que la nature fût revenue à point nommé pour la petite-fille, comme pour la mère, comme pour la grand-mère, donner, en grand et original sculpteur, ce puissant et décisif coup de ciseau. Je la trouvais bien belle : pleine encore d'espérances, riante, formée des années mêmes que j'avais perdues, elle ressemblait à ma jeunesse[1].

Enfin cette idée du Temps avait un dernier prix pour moi, elle était un aiguillon, elle me disait qu'il était temps de commencer, si je voulais atteindre ce que j'avais quelquefois senti au cours de ma vie, dans de brefs éclairs, du côté de Guermantes, dans mes promenades en voiture avec Mme de Villeparisis, et qui m'avait fait considérer la vie comme digne d'être vécue. Combien me le semblait-elle davantage, maintenant qu'elle me semblait pouvoir être éclaircie, elle qu'on vit dans les ténèbres, ramenée au vrai de ce qu'elle était, elle qu'on fausse sans cesse, en somme réalisée dans un livre[2] ! Que celui qui pourrait écrire un tel livre serait heureux, pensais-je, quel labeur devant lui ! Pour en donner une idée, c'est aux arts les plus élevés et les plus différents qu'il faudrait emprunter des comparaisons[3] ; car cet écrivain, qui d'ailleurs pour chaque caractère en ferait apparaître les faces opposées, pour montrer son volume, devrait préparer son livre, minutieusement, avec de perpétuels regroupements de forces, comme une offensive, le supporter comme une fatigue, l'accepter[a] comme une règle, le construire comme une église, le suivre comme un régime, le vaincre comme un obstacle, le conquérir comme une amitié, le suralimenter comme un enfant[1], le créer comme un monde sans laisser de côté ces mystères qui n'ont probablement leur explication que dans d'autres mondes et dont le pressentiment est ce qui nous émeut le plus dans la vie et dans l'art. Et dans ces grands livres-là, il y a des parties qui n'ont eu le temps que d'être esquissées, et qui ne seront sans doute jamais finies, à cause de l'ampleur même du plan de l'architecte. Combien de grandes cathédrales restent inachevées ! On le nourrit, on fortifie ses parties faibles, on le préserve, mais ensuite c'est lui qui grandit, qui désigne notre tombe, la protège contre les rumeurs et quelque temps contre l'oubli. Mais pour en revenir à moi-même, je pensais plus modestement à mon livre, et ce serait même inexact que de dire en pensant à ceux qui le liraient, à mes lecteurs. Car ils ne seraient pas, selon moi, mes lecteurs, mais les propres lecteurs d'eux-mêmes, mon livre n'étant qu'une sorte de ces verres grossissants comme ceux que tendait à un acheteur l'opticien de Combray ; mon livre, grâce auquel je leur fournirais le moyen de lire en eux-mêmes. De sorte que je ne leur demanderais pas de me louer ou de me dénigrer, mais seulement de me dire si c'est bien cela, si les mots qu'ils lisent en eux-mêmes sont bien ceux que j'ai écrits (les divergences possibles à cet égard ne devant pas, du reste, provenir toujours de ce que je me serais trompé, mais quelquefois de ce que les yeux du lecteur ne seraient pas de ceux à qui mon livre conviendrait pour bien lire en soi-même[2]). Et, changeant à chaque instant de comparaison selon que je me représentais mieux, et plus matériellement, la besogne à laquelle je me livrerais, je pensais que sur ma grande table de bois blanc, regardé par Françoise, comme tous les êtres sans prétention qui vivent à côté de nous ont une certaine intuition de nos tâches (et j'avais assez oublié Albertine pour avoir pardonné à Françoise ce qu'elle avait pu faire contre elle), je travaillerais auprès d'elle, et presque comme elle (du moins comme elle faisait autrefois : si vieille maintenant, elle n'y voyait plus goutte) ; car, épinglant ici un feuillet supplémentaire, je bâtirais mon livre, je n'ose pas dire ambitieusement comme une cathédrale, mais tout simplement comme une robe.

Quand je n'aurais pas auprès de moi toutes mes paperoles, comme disait Françoise, et que me manquerait juste celle dont j'aurais besoin, Françoise comprendrait bien mon énervement, elle qui disait toujours qu'elle ne pouvait pas coudre si elle n'avait pas le numéro de fil et les boutons qu'il fallait. Et puis parce qu'à force de vivre de ma vie, elle s'était fait du travail littéraire une sorte de compréhension instinctive, plus juste que celle de bien des gens intelligents, à plus forte raison que celle des gens bêtes. Ainsi quand j'avais autrefois fait mon article pour *Le Figaro*, pendant que le vieux maître d'hôtel, avec ce genre de commisération qui exagère toujours un peu ce qu'a de pénible un labeur qu'on ne pratique pas, qu'on ne conçoit même pas, et même une habitude qu'on n'a pas, comme les gens qui vous disent : « Comme ça doit vous fatiguer d'éternuer comme ça », plaignait sincèrement les écrivains en disant : « Quel casse-tête ça doit être. » Françoise au contraire devinait mon bonheur et respectait mon travail. Elle se fâchait seulement que je racontasse d'avance mon article à Bloch, craignant qu'il me devançât, et disant : « Tous ces gens-là, vous n'avez pas assez de méfiance, c'est des copiateurs. » Et Bloch se donnait en effet un alibi rétrospectif en me disant, chaque fois que je lui avais esquissé quelque chose qu'il trouvait bien : « Tiens, c'est curieux, j'ai fait quelque chose de presque pareil, il faudra que je te lise cela. » (Il n'aurait pas pu me le lire encore, mais allait l'écrire le soir même.)

À force de coller les uns aux autres ces papiers que Françoise appelait mes paperoles, ils se déchiraient çà et là. Au besoin Françoise ne pourrait-elle pas m'aider à les consolider, de la même façon qu'elle mettait des pièces aux parties usées de ses robes, ou qu'à la fenêtre de la cuisine, en attendant le vitrier comme moi l'imprimeur, elle collait un morceau de journal à la place d'un carreau cassé ? Françoise me dirait, en me montrant mes cahiers rongés comme le bois où l'insecte s'est mis : « C'est tout mité, regardez, c'est malheureux, voilà un bout de page qui n'est plus qu'une dentelle » et l'examinant comme un tailleur : « Je ne crois pas que je pourrai la refaire, c'est perdu. C'est dommage, c'est peut-être vos plus belles idées. Comme on dit à Combray, il n'y a pas de fourreurs qui s'y connaissent aussi bien comme les mites. Ils se mettent toujours dans les meilleures étoffes[a]. »

D'ailleurs, comme les individualités (humaines ou non) sont dans un livre faites d'impressions nombreuses qui, prises de bien des jeunes filles, de bien des églises, de bien des sonates, servent à faire une seule sonate, une seule église, une seule jeune fille, ne ferais-je pas mon livre de la façon que Françoise faisait ce bœuf mode[1], apprécié par M. de Norpois, et dont tant de morceaux de viande ajoutés et choisis enrichissaient la gelée[2] ? Et je réaliserais enfin ce que j'avais tant désiré dans mes promenades du côté de Guermantes et cru impossible, comme j'avais cru impossible, en rentrant, de m'habituer jamais à me coucher sans embrasser ma mère ou, plus tard, à l'idée qu'Albertine aimait les femmes, idée avec laquelle j'avais fini par vivre sans même m'apercevoir de sa présence ; car nos plus grandes craintes, comme nos plus grandes espérances[a] ne sont pas au-dessus de nos forces, et nous pouvons finir par dominer les unes et réaliser les autres.

Oui, à cette œuvre, cette idée du Temps que je venais de former disait qu'il était temps de me mettre. Il était grand temps ; mais, et cela justifiait l'anxiété qui s'était[b] emparée de moi dès mon entrée dans le salon, quand les visages grimés m'avaient donné la notion du temps perdu, était-il temps encore et même étais-je encore en état ? L'esprit a ses paysages dont la contemplation ne lui est laissée qu'un temps. J'avais vécu comme un peintre montant un chemin qui surplombe un lac dont un rideau de rochers et d'arbres lui cache la vue. Par une brèche il l'aperçoit, il l'a tout entier devant lui, il prend ses pinceaux. Mais déjà vient la nuit où l'on ne peut plus peindre, et sur laquelle le jour ne se relèvera pas. Seulement, une condition de mon œuvre telle que je l'avais conçue tout à l'heure dans la bibliothèque était l'approfondissement d'impressions qu'il fallait d'abord recréer par la mémoire. Or celle-ci était usée.

D'abord, du moment que rien n'était commencé, je pouvais être inquiet, même si je croyais avoir encore devant moi, à cause de mon âge, quelques années, car mon heure pouvait sonner dans quelques minutes. Il fallait partir en effet de ceci que j'avais un corps, c'est-à-dire que j'étais perpétuellement menacé d'un double danger, extérieur, intérieur. Encore ne parlais-je ainsi que pour la commodité du langage. Car le danger intérieur, comme celui d'hémorragie cérébrale, est extérieur aussi, étant du corps. Et avoir un corps, c'est la grande menace pour l'esprit. La vie[a] humaine et pensante, dont il faut sans doute moins dire qu'elle est un miraculeux perfectionnement de la vie animale et physique, mais plutôt qu'elle est une imperfection, encore aussi rudimentaire qu'est l'existence commune des protozoaires en polypiers, que le corps de la baleine, etc., dans l'organisation de la vie spirituelle. Le corps enferme l'esprit dans une forteresse ; bientôt la forteresse est assiégée de toutes parts et il faut à la fin que l'esprit se rende[1].

Mais, pour me contenter de distinguer les deux sortes de dangers menaçant l'esprit, et pour commencer par l'extérieur, je me rappelais que souvent déjà dans ma vie, il m'était arrivé dans des moments d'excitation intellectuelle où quelque circonstance avait suspendu chez moi toute activité physique, par exemple quand je quittais en voiture, à demi gris, le restaurant de Rivebelle pour aller à quelque casino voisin, de sentir très nettement en moi l'objet présent de ma pensée, et de comprendre qu'il dépendait d'un hasard non seulement que cet objet n'y fût pas encore entré, mais qu'il fût, avec mon corps même, anéanti. Je m'en souciais peu alors. Mon allégresse n'était pas prudente, pas inquiète. Que cette joie finît dans une seconde et entrât dans le néant, peu m'importait. Il n'en était plus de même maintenant ; c'est que le bonheur que j'éprouvais ne venait pas d'une tension purement subjective des nerfs qui nous isole du passé, mais au contraire d'un élargissement de mon esprit en qui se reformait, s'actualisait ce passé, et me donnait, mais hélas ! momentanément, une valeur d'éternité. J'aurais voulu léguer celle-ci à ceux que j'aurais pu enrichir de mon trésor. Certes, ce que j'avais éprouvé dans la bibliothèque et que je cherchais à protéger, c'était plaisir encore, mais non plus égoïste, ou du moins d'un égoïsme (car tous les altruismes féconds de la nature se développent selon un mode égoïste, l'altruisme humain qui n'est pas égoïste est stérile, c'est celui de l'écrivain qui s'interrompt de travailler pour recevoir un ami malheureux, pour accepter une fonction publique, pour écrire des articles de propagande[2]) d'un égoïsme utilisable pour autrui. Je n'avais plus mon indifférence des retours de Rivebelle, je me sentais accru de cette œuvre que je portais en moi (comme par quelque chose de précieux et de fragile qui m'eût été confié et que j'aurais voulu remettre intact aux mains auxquelles il était destiné et qui n'étaient pas les miennes). Maintenant[a], me sentir porteur d'une œuvre rendait pour moi un accident où j'aurais trouvé la mort, plus redoutable, même (dans la mesure où cette œuvre me semblait nécessaire et durable) absurde, en contradiction avec mon désir, avec l'élan de ma pensée, mais pas moins possible pour cela puisque (comme il arrive chaque jour dans les incidents les plus simples de la vie, où, pendant qu'on désire de tout son cœur ne pas faire de bruit à un ami qui dort, une carafe placée trop au bord de la table tombe et le réveille) les accidents[b] étant produits par des causes matérielles peuvent parfaitement avoir lieu au moment où des volontés fort différentes, qu'ils détruisent sans les connaître, les rendent détestables. Je savais très bien que mon cerveau était un riche bassin minier, où il y avait une étendue immense et fort diverse de gisements précieux. Mais aurais-je le temps de les exploiter ? J'étais la seule personne capable de le faire. Pour deux raisons : avec ma mort eût disparu non seulement le seul ouvrier mineur capable d'extraire ces minerais, mais encore le gisement lui-même ; or, tout à l'heure quand je rentrerais chez moi, il suffirait de la rencontre de l'auto que je prendrais avec une autre pour que mon corps fût détruit et que mon esprit, d'où la vie se retirerait, fût forcé d'abandonner à tout jamais les idées nouvelles qu'en ce moment même, n'ayant pas eu le temps de les mettre plus en sûreté dans un livre, il enserrait anxieusement de sa pulpe frémissante, protectrice, mais fragile. Or par une bizarre coïncidence, cette crainte raisonnée du danger naissait en moi à un moment où, depuis peu, l'idée de la mort m'était devenue indifférente. La crainte de n'être plus moi m'avait fait jadis horreur, et à chaque nouvel amour que j'éprouvais (pour Gilberte, pour Albertine), parce que je ne pouvais supporter l'idée qu'un jour l'être qui les aimait n'existerait plus, ce qui serait comme une espèce de mort. Mais à force de se renouveler, cette crainte s'était naturellement changée en un calme confiant.

L'accident cérébral n'était même pas nécessaire. Ses symptômes, sensibles pour moi par un certain vide dans la tête et par un oubli de toutes choses que je ne retrouvais plus que par hasard, comme quand en rangeant des affaires on en trouve une qu'on avait oublié qu'on avait même à chercher, faisaient de moi comme un thésauriseur dont le coffre-fort crevé eût laissé fuir au fur et à mesure les richesses. Quelque temps il exista un moi qui déplora de perdre ces richesses et s'opposait à elle, à la mémoire, et bientôt je sentis que la mémoire en se retirant emportait aussi ce moi.

Si l'idée[a] de la mort dans ce temps-là m'avait, on l'a vu, assombri l'amour, depuis longtemps déjà le souvenir de l'amour m'aidait à ne pas craindre la mort. Car je comprenais que mourir n'était pas quelque chose de nouveau, mais qu'au contraire depuis mon enfance j'étais déjà mort bien des fois. Pour prendre la période la moins ancienne, n'avais-je pas tenu à Albertine plus qu'à ma vie ? Pouvais-je alors concevoir ma personne sans qu'y continuât mon amour pour elle ? Or je ne l'aimais plus, j'étais, non plus l'être qui l'aimait, mais un être différent qui ne l'aimait pas, j'avais cessé de l'aimer quand j'étais devenu un autre. Or je ne souffrais pas d'être devenu cet autre, de ne plus aimer Albertine ; et certes ne plus avoir un jour mon corps ne pouvait me paraître en aucune façon quelque chose d'aussi triste que m'avait paru jadis de ne plus aimer un jour Albertine. Et pourtant, combien cela m'était égal maintenant de ne plus l'aimer ! Ces morts successives, si redoutées du moi qu'elles devaient anéantir, si indifférentes, si douces une fois accomplies, et quand celui qui les craignait n'était plus là pour les sentir, m'avaient fait depuis quelque temps comprendre combien il serait peu sage de m'effrayer de la mort. Or c'était maintenant qu'elle m'était depuis peu devenue indifférente, que je recommençais de nouveau à la craindre, sous une autre forme il est vrai, non pas pour moi, mais pour mon livre, à l'éclosion duquel était au moins pendant quelque temps indispensable cette vie que tant de dangers menaçaient. Victor Hugo dit :

Il faut que l'herbe pousse et que les enfants meurent[1].

Moi je dis que la loi cruelle de l'art est que les êtres meurent et que nous-mêmes mourions en épuisant toutes les souffrances, pour que pousse l'herbe non de l'oubli mais de la vie éternelle, l'herbe drue des œuvres fécondes, sur laquelle les générations viendront faire gaiement, sans souci de ceux qui dorment en dessous, leur « déjeuner sur l'herbe[2] ».

J'ai dit[a] des dangers extérieurs ; des dangers intérieurs aussi. Si j'étais préservé d'un accident venu du dehors, qui sait si je ne serais pas empêché de profiter de cette grâce par un accident survenu au dedans de moi, par quelque catastrophe interne, avant que fussent écoulés les mois nécessaires pour écrire ce livre.

Quand tout à l'heure je reviendrais chez moi par les Champs-Élysées, qui me disait que je ne serais pas frappé par le même mal que ma grand-mère, un après-midi où elle était venue y faire avec moi une promenade qui devait être pour elle la dernière, sans qu'elle s'en doutât, dans cette ignorance qui est la nôtre, d'une aiguille arrivée sur le point, ignoré par elle, où le ressort déclenché de l'horlogerie va sonner l'heure ? Peut-être la crainte d'avoir déjà parcouru presque tout entière la minute qui précède le premier coup de l'heure, quand déjà celui-ci se prépare, peut-être cette crainte du coup qui serait en train de s'ébranler dans mon cerveau, cette crainte était-elle comme une obscure connaissance de ce qui allait être, comme un reflet dans la conscience de l'état précaire du cerveau dont les artères vont céder, ce qui n'est pas plus impossible que cette soudaine acceptation de la mort qu'ont des blessés qui, quoiqu'ils aient gardé leur lucidité, que le médecin et le désir de vivre cherchent à les tromper, disent, voyant ce qui va être : « Je vais mourir, je suis prêt » et écrivent leurs adieux à leur femme[b].

Et en effet ce fut là la chose singulière qui arriva avant que je n'eusse commencé mon livre, ce qui arriva sous une forme dont je ne me serais jamais douté. On me trouva, un soir où je sortis, meilleure mine qu'autrefois, on s'étonna que j'eusse gardé tous mes cheveux noirs. Mais je manquai trois fois de tomber en descendant l'escalier[1]. Ce n'avait été qu'une sortie de deux heures ; mais quand je fus rentré, je sentis que je n'avais plus ni mémoire, ni pensée, ni force, ni aucune existence. On serait venu pour me voir, pour me nommer roi, pour me saisir, pour m'arrêter, que je me serais laissé faire sans dire un mot, sans rouvrir les yeux, comme ces gens atteints au plus haut degré du mal de mer et qui, traversant sur un bateau la mer Caspienne, n'esquissent même pas une résistance si on leur dit qu'on va les jeter à la mer. Je n'avais à proprement parler aucune maladie, mais je sentais que je n'étais plus capable de rien, comme il arrive à des vieillards, alertes la veille, et qui s'étant fracturé la cuisse ou ayant eu une indigestion, peuvent mener encore quelque temps dans leur lit une existence qui n'est plus qu'une préparation plus ou moins longue à une mort désormais inéluctable. Un des moi, celui qui jadis allait dans ces festins de barbares qu'on appelle dîners en ville et où, pour les hommes en blanc[1], pour les femmes à demi nues et emplumées, les valeurs sont si renversées que quelqu'un qui ne vient pas dîner après avoir accepté, ou seulement n'arrive qu'au rôti, commet un acte plus coupable que les actions immorales dont on parle légèrement pendant ce dîner, ainsi que des morts récentes, et où la mort ou une grave maladie sont les seules excuses à ne pas venir, à condition qu'on eût fait prévenir à temps pour l'invitation d'un quatorzième, qu'on était mourant, ce moi-là en moi avait gardé ses scrupules et perdu sa mémoire. L'autre moi, celui qui avait conçu son œuvre, en revanche se souvenait. J'avais reçu une invitation de Mme Molé et appris que le fils de Mme Sazerat était mort. J'étais résolu à employer une de ces heures après lesquelles je ne pouvais plus prononcer un mot[2], la langue liée comme ma grand-mère pendant son agonie, ou avaler du lait, à adresser mes excuses à Mme Molé et mes condoléances à Mme Sazerat. Mais au bout de quelques instants j'avais oublié que j'avais à le faire. Heureux oubli, car la mémoire de mon œuvre veillait et allait employer à poser mes premières fondations l'heure de survivance qui m'était dévolue. Malheureusement, en prenant un cahier pour écrire, la carte d'invitation de Mme Molé glissait près de moi. Aussitôt le moi oublieux mais qui avait la prééminence sur l'autre, comme il arrive chez tous ces barbares scrupuleux qui ont dîné en ville, repoussait le cahier, écrivait à Mme Molé (laquelle d'ailleurs m'eût sans doute fort estimé, si elle l'eût appris, d'avoir fait passer ma réponse à son invitation avant mes travaux d'architecte). Brusquement, un mot de ma réponse me rappelait que Mme Sazerat avait perdu son fils, je lui écrivais aussi, puis ayant ainsi sacrifié un devoir réel à l'obligation factice de me montrer poli et sensible, je tombais sans forces, je fermais les yeux, ne devant plus que végéter pour huit jours. Pourtant, si tous mes devoirs inutiles, auxquels j'étais prêt à sacrifier le vrai, sortaient au bout de quelques minutes de ma tête, l'idée de ma construction ne me quittait pas un instant. Je ne savais pas si ce serait une église où des fidèles sauraient peu à peu apprendre des vérités et découvrir des harmonies, le grand plan d'ensemble, ou si cela resterait — comme un monument druidique au sommet d'une île — quelque chose d'infréquenté à jamais. Mais j'étais décidé à y consacrer mes forces qui s'en allaient comme à regret et comme pour pouvoir me laisser le temps d'avoir, tout le pourtour terminé, fermé « la porte funéraire[1] ». Bientôt je pus montrer quelques esquisses. Personne n'y comprit rien[2]. Même ceux qui furent favorables à ma perception des vérités que je voulais ensuite graver dans le temple, me félicitèrent de les avoir découvertes au « microscope », quand je m'étais au contraire servi d'un télescope[3] pour apercevoir des choses, très petites en effet, mais parce qu'elles étaient situées à une grande distance, et qui étaient chacune un monde. Là où je cherchais les grandes lois, on m'appelait fouilleur de détails. D'ailleurs, à quoi bon faisais-je cela ? J'avais eu de la facilité, jeune, et Bergotte avait trouvé mes pages de collégien « parfaites* ». Mais au lieu de travailler j'avais vécu dans la paresse, dans la dissipation des plaisirs, dans la maladie, les soins, les manies, et j'entreprenais mon ouvrage à la veille de mourir, sans rien savoir de mon métier. Je ne me sentais plus la force de faire face à mes obligations avec les êtres, ni à mes devoirs envers ma pensée et mon œuvre, encore moins envers tous les deux. Pour les premières, l'oubli des lettres à écrire etc. simplifiait un peu ma tâche. Mais tout d'un coup, l'association des idées ramenait au bout d'un mois le souvenir de mes remords, et j'étais accablé du sentiment de mon impuissance. Je fus étonné d'y être indifférent, mais c'est que depuis le jour où mes jambes avaient tellement tremblé en descendant l'escalier, j'étais devenu indifférent à tout, je n'aspirais plus qu'au repos, en attendant le grand repos qui finirait par venir. Ce n'était pas parce que je reportais après ma mort l'admiration qu'on devait, me semblait-il, avoir pour mon œuvre, que j'étais indifférent aux suffrages de l'élite actuelle. Celle d'après ma mort pourrait penser ce qu'elle voudrait, cela ne me souciait pas davantage. En réalité, si je pensais à mon œuvre et point aux lettres auxquelles je devais

* Allusion au premier livre de l'auteur, *Les Plaisirs et les Jours*[4].

répondre, ce n'était même plus que je misse entre les deux choses, comme au temps de ma paresse et ensuite au temps de mon travail jusqu'au jour où j'avais dû me retenir à la rampe de l'escalier, une grande différence d'importance. L'organisation de ma mémoire, de mes préoccupations, était liée à mon œuvre, peut-être parce que, tandis que les lettres reçues étaient oubliées l'instant d'après, l'idée de mon œuvre était dans ma tête, toujours la même, en perpétuel devenir. Mais elle aussi m'était devenue importune. Elle était pour moi comme un fils dont la mère mourante doit encore s'imposer la fatigue de s'occuper sans cesse, entre les piqûres et les ventouses[a]. Elle l'aime peut-être encore, mais ne le sait plus que par le devoir excédant qu'elle a de s'occuper de lui. Chez moi les forces de l'écrivain n'étaient plus à la hauteur des exigences égoïstes de l'œuvre[1]. Depuis le jour de l'escalier, rien du monde, aucun bonheur, qu'il vînt de l'amitié des gens, des progrès de mon œuvre, de l'espérance de la gloire, ne parvenait plus à moi que comme un si pâle grand soleil, qu'il n'avait plus la vertu de me réchauffer, de me faire vivre, de me donner un désir quelconque, et encore était-il trop brillant, si blême qu'il fût, pour mes yeux qui préféraient se fermer, et je me retournais du côté du mur. Il me semble, pour autant que je sentais le mouvement de mes lèvres, que je devais avoir un petit sourire d'un coin infime de la bouche quand une dame m'écrivait : « J'ai été *très surprise* de ne pas recevoir de réponse à ma lettre. » Néanmoins, cela me rappelait sa lettre, et je lui répondais. Je voulais tâcher, pour qu'on ne pût me croire ingrat, de mettre ma gentillesse actuelle au niveau de la gentillesse que les gens avaient pu avoir pour moi. Et j'étais écrasé d'imposer à mon existence agonisante les fatigues surhumaines de la vie. La perte de la mémoire m'aidait un peu en faisant des coupes dans mes obligations ; mon œuvre les remplaçait.

Cette idée[b] de la mort s'installa définitivement en moi comme fait un amour. Non que j'aimasse la mort, je la détestais. Mais, après y avoir songé sans doute de temps en temps comme à une femme qu'on n'aime pas encore, maintenant sa pensée adhérait à la plus profonde couche de mon cerveau si complètement que je ne pouvais m'occuper d'une chose sans que cette chose traversât d'abord l'idée de la mort, et même si je ne m'occupais de rien et restais dans un repos complet l'idée de la mort me tenait une compagnie aussi incessante que l'idée du moi. Je ne pense pas que le jour où j'étais devenu un demi-mort, c'était les accidents qui avaient caractérisé cela, l'impossibilité de descendre un escalier, de me rappeler un nom, de me lever, qui avaient causé par un raisonnement même inconscient l'idée de la mort, que j'étais déjà à peu près mort, mais plutôt que c'était venu ensemble, qu'inévitablement ce grand miroir de l'esprit reflétait une réalité nouvelle. Pourtant je ne voyais pas comment des maux que j'avais on pouvait passer sans être averti à la mort complète. Mais alors je pensais aux autres, à tous ceux qui chaque jour meurent sans que l'hiatus entre leur maladie et leur mort nous semble extraordinaire. Je pensais même que c'était seulement parce que je les voyais de l'intérieur (plus encore que par les tromperies de l'espérance) que certains malaises ne me semblaient pas mortels pris un à un, bien que je crusse à ma mort, de même que ceux qui sont le plus persuadés que leur terme est venu sont néanmoins persuadés aisément que s'ils ne peuvent pas prononcer certains mots, cela n'a rien à voir avec une attaque, l'aphasie, etc., mais vient d'une fatigue de la langue, d'un état nerveux analogue au bégaiement, de l'épuisement qui a suivi une indigestion.

Moi[a], c'était autre chose que j'avais à écrire, de plus long, et pour plus d'une personne. Long à écrire. Le jour, tout au plus pourrais-je essayer de dormir. Si je travaillais, ce ne serait que la nuit. Mais il me faudrait beaucoup de nuits, peut-être cent, peut-être mille. Et je vivrais dans l'anxiété de ne pas savoir si le Maître de ma destinée, moins indulgent que le sultan Sheriar[1], le matin quand j'interromprais mon récit, voudrait bien surseoir à mon arrêt de mort et me permettrait de reprendre la suite le prochain soir. Non pas que je prétendisse refaire, en quoi que ce fût, *Les Mille et Une Nuits*, pas plus que les *Mémoires* de Saint-Simon[2], écrits eux aussi la nuit, pas plus qu'aucun des livres que j'avais aimés dans ma naïveté d'enfant, superstitieusement attaché à eux comme à mes amours, ne pouvant sans horreur imaginer une œuvre qui serait différente d'eux. Mais, comme Elstir Chardin, on ne peut refaire ce qu'on aime qu'en le renonçant. Sans doute mes livres eux aussi, comme mon être de chair, finiraient un jour par mourir. Mais il faut se résigner à mourir. On accepte la pensée que dans dix ans soi-même, dans cent ans ses livres, ne seront plus. La durée éternelle n'est pas plus promise aux œuvres qu'aux hommes.

Ce serait[a] un livre aussi long que *Les Mille et une Nuits* peut-être, mais tout autre. Sans doute, quand on est amoureux d'une œuvre, on voudrait faire quelque chose de tout pareil, mais il faut sacrifier son amour du moment, ne pas penser à son goût, mais à une vérité qui ne vous demande pas vos préférences et vous défend d'y songer. Et c'est seulement si on la suit qu'on se trouve parfois rencontrer ce qu'on a abandonné, et avoir écrit, en les oubliant, les « Contes arabes » ou les « *Mémoires* de Saint-Simon » d'une autre époque[1]. Mais était-il encore temps pour moi ? N'était-il pas trop tard ?

Je me disais non seulement : « Est-il encore temps ? » mais « Suis-je encore en état ? » La maladie qui, en me faisant, comme un rude directeur de conscience, mourir au monde[2], m'avait rendu service[3] « car si le grain de froment ne meurt après qu'on l'a semé, il restera seul, mais s'il meurt, il portera beaucoup de fruits[4] », la maladie qui, après que la paresse m'avait protégé contre la facilité, allait peut-être me garder contre la paresse, la maladie avait usé mes forces, et comme je l'avais remarqué depuis longtemps notamment au moment où j'avais cessé d'aimer Albertine, les forces de ma mémoire[b]. Or la recréation par la mémoire d'impressions qu'il fallait ensuite approfondir, éclairer, transformer en équivalents d'intelligence, n'était-elle pas une des conditions, presque l'essence même de l'œuvre d'art telle que je l'avais conçue tout à l'heure dans la bibliothèque ? Ah ! si j'avais encore les forces qui étaient intactes encore dans la soirée que j'avais alors évoquée en apercevant *François le Champi* ! C'était de cette soirée, où ma mère avait abdiqué, que datait, avec la mort lente de ma grand-mère, le déclin de ma volonté, de ma santé. Tout s'était décidé au moment où, ne pouvant plus supporter d'attendre au lendemain pour poser mes lèvres sur le visage de ma mère, j'avais pris ma résolution, j'avais sauté du lit et étais allé, en chemise de nuit, m'installer à la fenêtre par où entrait le clair de lune jusqu'à ce que j'eusse entendu partir M. Swann. Mes parents l'avaient accompagné, j'avais entendu la porte du jardin s'ouvrir, sonner, se refermer...

Alors, je pensai tout d'un coup que si j'avais encore la force d'accomplir mon œuvre, cette matinée — comme autrefois à Combray certains jours qui avaient influé sur moi — qui m'avait, aujourd'hui même, donné à la fois l'idée de mon œuvre et la crainte de ne pouvoir la réaliser, marquerait certainement avant tout, dans celle-ci, la forme que j'avais pressentie autrefois dans l'église de Combray, et qui nous reste habituellement invisible, celle du Temps.

Certes, il est bien d'autres erreurs de nos sens, on a vu que divers épisodes de ce récit me l'avaient prouvé, qui faussent pour nous l'aspect réel de ce monde. Mais enfin je pourrais à la rigueur, dans la transcription plus exacte que je m'efforcerais de donner, ne pas changer la place des sons, m'abstenir de les détacher de leur cause à côté de laquelle l'intelligence les situe après coup, bien que faire chanter doucement la pluie au milieu de la chambre et tomber en déluge dans la cour l'ébullition de notre tisane ne dût pas être en somme plus déconcertant que ce qu'ont fait si souvent les peintres quand ils peignent, très près ou très loin de nous, selon que les lois de la perspective, l'intensité des couleurs et la première illusion du regard nous les font apparaître, une voile ou un pic que le raisonnement déplacera ensuite de distances quelquefois énormes. Je pourrais, bien que l'erreur soit plus grave, continuer comme on fait à mettre des traits dans le visage d'une passante, alors qu'à la place du nez, des joues et du menton, il ne devrait y avoir qu'un espace vide sur lequel jouerait tout au plus le reflet de nos désirs. Et même si je n'avais pas le loisir de préparer, chose déjà bien plus importante, les cent masques qu'il convient d'attacher à un même visage, ne fût-ce que selon les yeux qui le voient et le sens où ils en lisent les traits, et pour les mêmes yeux selon l'espérance ou la crainte, ou au contraire l'amour et l'habitude qui cachent pendant trente années les changements de l'âge, même enfin si je n'entreprenais pas, ce dont ma liaison avec Albertine suffisait pourtant à me montrer que sans cela tout est factice et mensonger, de représenter certaines personnes non pas au-dehors mais au-dedans de nous où leurs moindres actes peuvent amener des troubles mortels, et de faire varier aussi la lumière du ciel moral, selon les différences de pression de notre sensibilité, ou quand, troublant la sérénité de notre[a] certitude sous laquelle un objet est si petit, un simple nuage de risque en multiplie en un moment la grandeur, si je ne pouvais apporter ces changements et bien d'autres (dont la nécessité, si on veut peindre le réel, a pu apparaître au cours de ce récit) dans la transcription d'un univers qui était à redessiner tout entier, du moins ne manquerais-je pas d'y décrire l'homme comme ayant la longueur non de son corps mais de ses années, comme devant, tâche de plus en plus énorme et qui finit par le vaincre, les traîner avec lui quand il se déplace.

D'ailleurs, que nous occupions une place sans cesse accrue dans le Temps, tout le monde le sent, et cette universalité ne pouvait que me réjouir puisque c'est la vérité, la vérité soupçonnée par chacun, que je devais chercher à élucider. Non seulement tout le monde sent que nous occupons une place dans le Temps, mais cette place, le plus simple la mesure approximativement comme il mesurerait celle que nous occupons dans l'espace, puisque des gens sans perspicacité spéciale, voyant deux hommes qu'ils ne connaissent pas, tous deux à moustaches noires ou tout rasés, disent que ce sont deux hommes l'un d'une vingtaine, l'autre d'une quarantaine d'années. Sans doute on se trompe souvent dans cette évaluation, mais qu'on ait cru pouvoir la faire signifie qu'on concevait l'âge comme quelque chose de mesurable. Au second homme à moustaches noires, vingt années de plus se sont effectivement ajoutées.

Si c'était cette notion du temps incorporé, des années passées non séparées de nous, que j'avais maintenant l'intention de mettre si fort en relief, c'est qu'à ce moment[a] même, dans l'hôtel du prince de Guermantes, ce bruit des pas de mes parents reconduisant M. Swann, ce tintement rebondissant, ferrugineux, intarissable, criard et frais de la petite sonnette qui m'annonçait qu'enfin M. Swann était parti et que maman allait monter, je les entendis encore, je les entendis eux-mêmes, eux situés pourtant si loin dans le passé. Alors, en pensant à tous les événements qui se plaçaient forcément entre l'instant où je les avais entendus et la matinée Guermantes, je fus effrayé de penser que c'était bien cette sonnette qui tintait encore en moi, sans que je pusse rien changer aux criaillements de son grelot, puisque ne me rappelant plus bien comment ils s'éteignaient, pour le réapprendre, pour bien l'écouter, je dus m'efforcer de ne plus entendre le son des conversations que les masques tenaient autour de moi. Pour tâcher de l'entendre de plus près, c'est en moi-même que j'étais obligé de redescendre[a]. C'est donc que ce tintement y était toujours, et aussi, entre lui et l'instant présent tout ce passé indéfiniment déroulé que je ne savais pas que je portais. Quand elle avait tinté j'existais déjà, et depuis pour que j'entendisse encore ce tintement, il fallait qu'il n'y eût pas eu discontinuité, que je n'eusse pas un instant cessé, pris le repos de ne pas exister, de ne pas penser, de ne pas avoir conscience de moi, puisque cet instant ancien tenait encore à moi, que je pouvais encore le retrouver, retourner jusqu'à lui, rien[b] qu'en descendant plus profondément en moi. Et c'est parce qu'ils contiennent ainsi les heures du passé que les corps humains peuvent faire tant de mal à ceux qui les aiment, parce qu'ils contiennent tant de souvenirs de joies et de désirs déjà effacés pour eux, mais si cruels pour celui qui contemple et prolonge dans l'ordre du temps le corps chéri dont il est jaloux, jaloux jusqu'à en souhaiter la destruction. Car après la mort le Temps se retire du corps, et les souvenirs — si indifférents, si pâlis — sont effacés de celle qui n'est plus et le seront bientôt de celui qu'ils torturent encore, mais en qui ils finiront[c] par périr quand le désir d'un corps vivant ne les entretiendra plus. Profonde Albertine que je voyais dormir et qui était morte.

J'éprouvais un sentiment de fatigue et d'effroi à sentir que tout ce temps si long non seulement avait, sans une interruption, été vécu, pensé, sécrété par moi, qu'il était ma vie, qu'il était moi-même, mais encore que j'avais à toute minute à le maintenir attaché à moi, qu'il me supportait, moi, juché à son sommet vertigineux, que je ne pouvais me mouvoir sans le déplacer comme je le pouvais avec lui. La date à laquelle j'entendais le bruit de la sonnette du jardin[d] de Combray, si distant et pourtant intérieur, était un point de repère dans cette dimension énorme que je ne me savais pas avoir. J'avais le vertige de voir au-dessous de moi, en moi pourtant, comme si j'avais des lieues de hauteur, tant d'années.

Je venais de comprendre pourquoi le duc de Guermantes, dont j'avais admiré en le regardant assis sur une chaise, combien il avait peu vieilli bien qu'il eût tellement plus d'années que moi au-dessous de lui, dès qu'il s'était levé et avait voulu se tenir debout, avait vacillé sur des jambes flageolantes comme celles de ces vieux archevêques sur lesquels il n'y a de solide que leur croix métallique et vers lesquels s'empressent des jeunes séminaristes gaillards, et ne s'était avancé qu'en tremblant comme une feuille, sur le sommet peu praticable de quatre-vingt-trois années, comme si les hommes étaient juchés sur de vivantes échasses[1], grandissant sans cesse, parfois plus hautes que des clochers, finissant par leur rendre la marche difficile et périlleuse, et d'où tout d'un coup ils tombaient. (Était-ce pour cela que la figure des hommes d'un certain âge était, aux yeux du plus ignorant, si impossible à confondre avec celle d'un jeune homme et n'apparaissait qu'à travers le sérieux d'une espèce de nuage ?) Je m'effrayais[a] que les miennes fussent déjà si hautes sous mes pas, il ne me semblait pas que j'aurais encore la force de maintenir longtemps attaché à moi ce passé qui descendait déjà si loin[b]. Aussi, si elle m'était laissée assez longtemps pour accomplir mon œuvre, ne manquerais-je pas d'abord d'y décrire les hommes, cela dût-il les faire ressembler à des êtres monstrueux, comme occupant une place si considérable, à côté de celle si restreinte qui leur est réservée dans l'espace, une place au contraire prolongée sans mesure puisqu'ils touchent simultanément, comme des géants plongés dans les années à des époques, vécues par eux si distantes, entre lesquelles tant de jours sont venus se placer — dans le Temps.

FIN[2]

ESQUISSES

Albertine disparue

Esquisse I

ALBERTINE DISPARUE
SON DÉPART

[Proust a choisi très tôt[1] *de donner à la phrase de Françoise annonçant le départ d'Albertine une valeur dramatique comparable au premier accord d'une ouverture musicale. La richesse des thèmes à introduire était telle que, dans le Cahier 71 (appelé Cahier Dux), le premier brouillon fait apparaître trois versions parallèles de la première page. L'une d'elles — la rencontre avec M. de Charlus — complétée dans le Cahier 54 dit Vénusté, est abandonnée, après des hésitations sur l'endroit où la situer. Les deux autres sont, dans ce même Cahier, tressées ensemble dans une nouvelle version, et, dans le Cahier 55, Proust en donne une autre rédaction ; mais les difficultés de composition apparaissent encore dans la version du manuscrit et dans la dactylographie.]*

I.1

[Voici la première version du début d'« Albertine disparue ». L'angoisse occasionnée par le départ d'Albertine réveille en écho, chez le narrateur, d'anciennes douleurs analogues. Il cherche à conjurer l'absence de l'être aimé, mais elle est enracinée au plus profond de lui.]

« Mlle Albertine m'a demandé ses affaires et elle est partie il y a une heure[a]. »

C'est ce que mon âme calmée par sa présence (et grâce à sa présence fonctionnant normalement, rouverte aux désirs de plaisirs qu'elle m'empêchait de goûter) avait souvent désiré. Mais l'impact de la nouvelle que venait de m'apprendre Françoise, la suppression de cette certitude dont je ne tenais pas compte dans le courant de la vie mais qui n'en était pas moins là, tout cela délivra en une seconde une âme anxieuse qui se substitua à l'autre. Et hélas aussitôt tous les souvenirs de toutes les anxiétés que j'avais eues depuis mon enfance, ralliées par l'inquiétude nouvelle se mirent à revenir.

Hélas si quand tant de fois en pensant à Albertine j'avais en réalité pensé à la princesse de Clèves[1], à l'héroïne *(le nom)* de *Dominique*[2], à Maggie[3] et à tant d'autres de sorte que ce que j'éprouvais pour elle la dépassait infiniment, maintenant l'angoisse que j'éprouvais ce n'était pas seulement celle d'apprendre qu'elle était partie, c'était, revenues s'assembler mais se fondant toutes ensemble devenues homogènes et toutes rangées sous le nom d'Albertine, quoique elles lui fussent bien antérieures, les angoisses que j'avais eues tant de soirs à Combray quand je rentrais le soir de promenade[a]. Et recommençant pour moi *[deux mots illisibles]* au moment même ôtaient de mon cœur comme[b] elles me faisaient déjà à Combray quand je rentrais le soir de promenade, la faculté de s'intéresser, de me plaire à rien d'autre, de rien désirer, de *[un mot illisible]* aucun plaisir — et par là même donnaient soudainement à la femme qui causait mon angoisse une importance qu'elle avait perdue et qui devenait capitale, unique, immense — vidant mon cœur de tout ce qui l'avait rempli sans qu'on pût plus s'y reposer que dans une maison où tout est déjà parti pour la gare, un jour de départ, revenant en foule pour s'amalgamer en une masse homogène, à chaque instant grossissante, qui creusait ma poitrine jusqu'à *[un mot illisible]* profondeur et la remplissait à éclater, tant d'angoisses[c] que j'avais eues dans ma vie et celle qui avait précédé mon départ pour Balbec quand il avait fallu dire adieu à maman devant le train, et celle de Combray le soir où elle n'était pas montée me dire bonsoir à cause de M. Swann et où j'avais tant souffert jusqu'à ce que je me résolvisse à me lever, à attendre dans l'escalier. Mais hélas je n'avais plus rien à attendre. Voici la lettre que je lus.

Copier la lettre[4]

Et pendant quelques jours la seule chose qui me fit du bien quand je cessais de pleurer était de faire entrer Françoise et de lui dire : « Il faudra voir si Mlle Albertine n'a rien oublié. » « Justement l'autre jour Mlle Albertine me disait. » « C'était le jour du départ de Mlle Albertine » — soit que je voulusse par là établir aux yeux de Françoise et un peu aux miens que son départ n'impliquait pas qu'elle m'aimait moins, en faisant un épisode tout momentané de notre amitié, soit que de la nommer sans cesse ainsi remît quelque chose d'elle dans cette chambre où son absence avait creusé un vide irrespirable, soit que j'éprouvasse le besoin de faire émigrer l'idée de son départ du monde ineffable et douloureux où elle résidait en moi, symbolisé par des impressions aussi *[un mot illisible]* et aussi perçantes que celles sur lesquelles s'était appuyée la seconde hypothèse, ou la faire émigrer de mon âme anxieuse dans la vie courante où on parle, où les choses dont on meurt côtoient sans prendre beaucoup plus de place qu'elles les ordres pour le déjeuner, les lettres pour la poste. D'ailleurs l'idée qu'Albertine était partie et tout ce qui en résultait était plutôt venu se ranger sur une ligne distincte dans mon âme, que cela n'avait modifié mes autres idées, qui continuaient par séries à se développer comme avant. Aussi, si ma réflexion s'attachait à une de ces séries, si je commençais à penser à la musique, à la maladie, à Bergotte, aux Guermantes, les idées s'enchaînaient les unes les autres comme elles le faisaient autrefois ; oui, comme elles le faisaient autrefois j'en suis sûr car si tout d'un coup j'apercevais l'idée qu'Albertine était partie, il me semble que je me suis livré pendant mes réflexions à quelque chose d'aussi absurde qu'un rêve que la réalité dément et qu'on secoue au réveil. Une idée bien singulière d'ailleurs que celle qu'Albertine était partie, une idée qui devait être rivée à mon corps car quand rien qu'intellectuellement elle se présentait à moi en face de mes idées sur la musique, la maladie, Bergotte etc. c'était mon cœur qui était tordu et ma poitrine qui demandait grâce. Tant qu'Albertine avait été là j'avais trouvé bien imparfait le contact de deux corps qui ne peuvent se pénétrer, de ces joues qui peuvent tout au plus se toucher en quelques points comme deux hémisphères, mais il faut croire que de quelque autre façon elle avait pénétré, elle s'était implantée en moi car je ressentais tout le temps au cœur le creux douloureux d'une chose arrachée[a].

I.2

[Plutôt qu'une seconde version, le texte qui suit donne des fragments d'une reprise parallèle au texte initial : elle élabore à la fois deux motifs, celui du chagrin et celui de l'objet imaginaire de la passion, que Proust s'efforce de combiner.]

L'angoisse de la séparation sur laquelle il n'y avait plus à revenir avait ramené en moi l'âme des soirs de Combray avec toutes ses anxiétés, j'avais beau les masser toutes sous le nom d'Albertine elles lui étaient antérieures. Mais soudain réveillées en moi elles se déchiraient toutes ma poitrine. De même que souvent quand j'aimais Albertine ce n'était pas elle que j'aimais mais je pensais à la princesse de Clèves, à Hermione, à Diana Vernon[1], de même en ce moment ce qui m'étouffait, ce qui venait prêter main-forte à mon angoisse présente, c'étaient toutes ces angoisses *(voir cela dans le morceau en face[2])*.

Je m'endormais avec un certain contentement, j'avais dans le jour des moments d'accablement d'où un certain plaisir à vivre me relevait. Ce ne fut qu'au bout d'un mois que je compris que j'étais déçu[a] de ne pas recevoir une lettre où elle me disait qu'elle reviendrait, et me reprenais chaque fois, sans me l'avouer, à compter sur cette lettre pour le lendemain, comme un joueur compte qu'il gagnera la partie prochaine, comme un coureur se dit qu'il ne sera pas tué cette fois.

*Ne pas oublier qu'après cette séparation je vais au pianola où elle s'asseyait et je joue une mélodie de Schubert qu'elle avait jouée : *Adieu, des voix étrangères t'appellent loin de moi*[1], puis je me redis des vers de Musset :

Ô mon unique amour que vous avais-je fait[2] ?

Ces vers me faisant étouffer je sortis pour tâcher *[interrompu*[3]*]**

Quatre pages avant au verso[4], au signe X que je vais mettre, quelque chose du même genre que ce qui est au-dessous et qui est très important aussi mais je n'ai pas la place là.

Dehors en marchant je pensais aux médiocrités du visage d'Albertine, à certaines de ses méchancetés, à tant d'autres femmes que j'aurais pu avoir, puis je rentrais, je m'asseyais devant le pianola, je jouais le quinzième quatuor[5] et alors, sans m'en rendre compte, je donnais comme objet à mon regret la beauté parfaite de la musique, je prêtais à l'être qui m'avait quitté la pure tendresse de la phrase que je jouais et je me mettais à sangloter. Tant il n'y a pas d'adaptation fixe de notre pensée et son objet, tant nous pouvons situer un même objet dans les deux sphères où nous nous mouvons et par là faire varier autant le poids qu'il a pour nous qu'un objet que nous élèverions dans l'air ou que nous plongerions dans l'eau.

Du[b] même genre que ce qui est au verso quatre pages après.

Surtout la séparation avait eu pour brusque effet de me mettre dans un état que je savais un état amoureux, le regret, et de la même façon quoique inversement que les rêves de voyage quand je ne connaissais pas encore Balbec ou Florence, de faire subitement d'Albertine une personne qui n'existait pas, que mon imagination pouvait former à son gré. Seulement ici cet *[plusieurs mots illisibles]* était de l'ordre[c] du sentiment et de la souffrance au lieu d'être celui des images poétiques. Mais la substitution d'un être idéal à un être perceptible par les sens était la même. De même que quand je me disais : « Dans huit jours je serai à Florence », je pensais à une église qui était une fleur, de même quand je me disais : « L'ingrate m'a quitté », si j'avais vu clair dans mon regret j'aurais vu que je lui donnais pour objet une Albertine à la fois Mme de Rênal, Clélia Conti, Hermione et Roxane[6].

Peut-être faudra-t-il mettre tout cela seulement quand l'illusion plus grossière de M. de Charlus m'a fait apercevoir de mon illusion, mais je ne crois pas. Peut-être la formule « Mme de Rênal » etc. gagnerait-elle à être contractée et lapidaire comme quand j'ai écrit : « Je l'aimais, si je voyais mon vieux domestique. »

Mon amour, de même qu'il avait fait pour les actions anciennes, pour le passé d'Albertine, donnait une importance extraordinaire <aux> projets[a] d'Albertine, tendait douloureusement et passionnément vers son avenir toutes les forces de ma curiosité. Je ne la reverrai pas, soit. Mais qu'avait-elle voulu en partant ? qu'allait-elle faire ? y avait-il longtemps qu'elle projetait de partir ? Sans doute les derniers temps j'avais été soupçonneux et dur, mais parce qu'elle-même semblait préoccupée et taciturne. L'était-elle à cause de quelque plaisir que son séjour près de moi lui faisait manquer et qu'elle était allée rejoindre ? À sa vie inconnue je supposais encore d'autres buts, tantôt l'un tantôt l'autre, qui fournissaient pour son départ une autre explication, pour son caractère et ses goûts un autre genre, pour son existence future un autre cadre.

I.3

[Le troisième thème du « départ » est la rencontre avec M. de Charlus et la leçon sur l'amour que le héros en tire.]

Devant[b] la porte je croisai M. de Charlus. Je savais qu'il venait d'être quitté par son jeune pianiste. Il avait l'air accablé. « Quel grand poète que Musset », me dit-il. « Il y a certains vers de lui pour lesquels je donnerais tout ! » Et il se mit à me réciter d'abord :

Ô mon enfant plains-la cette belle infidèle
Qui fit couler ainsi les larmes de tes yeux[1]

(sans s'embarrasser le moins du monde que lui Charlus n'avait rien d'un enfant et que sa belle infidèle portait un shako et avait des moustaches) et ensuite précisément la pièce que je m'étais dite en pleurant tout à l'heure

Ô mon unique amour que vous avais-je fait[2] *?*

Alors comme ces malades qui en présentant une exagération monstrueuse d'un organe (ou d'une fonction) nous servent à comprendre son fonctionnement normal, à travers le grossissement de l'inadaptation qu'il y avait entre les vers de Musset adressés à sa maîtresse et la tristesse de M. de Charlus séparé de son pianiste, je compris tout d'un coup combien d'élémer étrangers j'avais ajoutés[c] à mon sentiment pour Alberti combien d'éléments étrangers on ajoute à tout sentiment une personne, quelle petite place au fond cette personne y combien elle sait se fondre en effaçant ce qu'elle a de réfractaire pour certains ordres dans un sentiment général, combien tout ce que nous sentons est général. M. de Charlus me cita plusieurs phrases de *La Princesse de Clèves*, d'*Andromaque*, et je vis qu'il s'en servait pour exprimer son sentiment pour le pianiste auquel il ôtait aisément son képi, ses moustaches, pour qu'il s'y identifiât avec Hermione et Mme de Clèves. De même, bien que cela m'eût été moins perceptible parce que l'écart apparent était moins grand, dans les moments où j'aimais le plus Albertine, c'est à telle phrase de La Bruyère, de Thomas Hardy, de Bergotte, de Beethoven, de Wagner, de Vinteuil[1] que je pensais. Et quand j'avais été désespéré de son départ, ce qui s'était agité en moi, ce qui s'y agitait encore, c'étaient mes angoisses de Combray le soir où Swann était venu, de mon départ pour Balbec où maman ne m'avait pas accompagné, et tant d'autres que je rangeais sous le nom d'Albertine mais comme on range sous un chef qui ne les connaît pas de vieux soldats venus de partout. « Oui, les poètes sont souvent profonds », me dit M. de Charlus qui avait besoin de me parler de sa peine. « Il y en a un assez récent je crois, vous devez savoir cela mieux que moi, il s'appelle Cros[2]. J'ai un ami très bibliophile qui a chez lui une petite plaquette et là-dedans il y a des vers que je ne peux pas me redire sans avoir les larmes aux yeux, tant leur musique est douce :

« Je lui disais : "Tu m'aimeras
Aussi longtemps que tu pourras"
Je ne dormais bien qu'en ses bras
Mais lui sentait son cœur éteint
S'en est allé l'autre matin
Sans moi dans un pays lointain
Puisque je n'ai plus mon ami
Je mourrai dans l'étang parmi
Les fleurs sous le flot endormi
Qu'il vole papillon charmé,
Par l'attrait des brises de mai
Vers les lèvres du bien-aimé[3]. »

Et comme il mêlait toujours à son besoin d'aveux des habitudes d'hypocrisie, il ajouta : « Habituellement cela nous touche moins, nous autres hommes, puisque c'est une femme qui parle et que par conséquent c'est un homme qu'elle regrette, mais enfin tou<te>s les amours sont si pareilles, la transposition est facile à faire. » M. de Palancy passa, M. de Charlus me quitta, il prit Palancy par le bras[4], je sentis qu'il ne pourrait pas s'empêcher de lui dire les vers de Cros, ni d'y ajouter la même réflexion, et je sentis qu'à ce moment M. de Palancy ne pourrait empêcher le petit rond lumineux d'un sourire perdu de venir flotter le plus loin possible du centre, flotter à la frontière extrême, excentrique, de sa prunelle.

I.4

[Ce long développement est un complément à la rencontre qui suit le départ d'Albertine. Les souffrances de M. de Charlus devaient édifier le héros sur ses propres passions ; ainsi se constituait un second double du héros : ils sont tous les deux abandonnés par des êtres atteints du mal sacré. Proust, comme pour le passage précédent, a hésité entre plusieurs places — début ou fin du volume en cours — et a finalement conservé une courte apparition de M. de Charlus disant des vers à un militaire[1]*, épisode mal amené au début de la seconde visite d'Andrée et dépouillé de sa fonction de « leçon ».]*

*À[a2] propos de M. de Charlus quand il me récite les vers de Musset et que je fais des réflexions à ce sujet (déjà écrit[3]) j'ajouterai incidemment — mais c'est très important. D'ailleurs cette attitude d'esprit dépasse ce vice. Les hommes quoi qu'ils aiment dans la vie peuvent se diviser en deux grandes familles ceux qui s'attachent à la valeur objective de l'objet particulier auquel ils s'attachent, et ceux qui sans se soucier de cette valeur objective ne lui demandent que de développer en eux les instincts essentiels à l'humanité. Hommes laids qui feignent d'être aimés, maris trompés qui ne veulent pas l'être, parce que l'amour et les souffrances qu'ils ressentent leur semblent réels si l'amour ou même la beauté de la femme qui les leur cause ne l'est pas. Ce sont les êtres sans imagination qui ont besoin de la plus jolie maîtresse et de la plus amoureuse. Les poètes ne demandent qu'à ce qu'elles suscitent en eux des sentiments, fût-ce des impressions toutes particulières telles que de leur rendre *la langoureuse Asie et la brûlante Afrique*[4]. Ce ne sera qu'une incidente, mais forte.

Sur[b5] M. de Charlus*

Alors cette universalité d'un vice qui avait toujours tant excité de curiosité, lui donnait le plaisir que pour d'autres choses Swann lui avait appris à trouver dans des curiosités discrètes que nous donne la vie, comme elle se mit à le faire souffrir ! Jusque-là, cela, il avait souhaité l'apprendre de tous les jeunes — en qui c'était comme une fleur cachée qu'ils recelaient — et <de> ces hommes qui ne pouvaient pas l'intéresser pour lui-même il était amusé de l'apprendre. Sans qu'il fût positivement artiste, cela lui faisait sortir un homme de la banalité des relations de la vie quand il apprenait tout d'un coup qu'il était autre, quand, sous l'extérieur banal et conforme aux autres, de l'homme du monde rangé, il découvrait la faunesse secrète[c], insoupçonnée, invisible, qui finissait par le conduire entre deux soirées, dans une rue déserte, pendant un moment que seul le hasard de deux coïncidences permettait d'identifier, à la recherche d'un petit garçon. Mais maintenant cette curiosité mêlée de désir[a] ou seulement de bienveillance de savoir si les hommes en étaient, de quelle horreur elle était empreinte ! Même la curiosité[b] de M. de Charlus à l'égard de gens qui en eux-mêmes n'avaient rien de séduisant était douloureuse. Car Félix aimait l'argent et céderait aussi bien à un autre vieillard qu'il avait cédé à lui-même. Et autant que quels jeunes gens seraient l'objet de nos désirs, il était cruel de se demander du désir de quels hommes jeunes, lui, serait l'objet. Que fallait-il souhaiter pour qu'il évitât les mauvais chemins ? S'il entrait dans le journalisme, comme on avait dit, il pensait déjà à X, Y, Z, qui tout de suite seraient attirés par sa jolie figure. Dans le monde s'il cherchait à y aller, hélas, il l'avait trop souvent dénombré lui-même, plus de quatre-vingts pour cent de ceux qui le fréquentent sont ainsi. Seulement pour beaucoup c'est ignoré d'une manière générale. Et les personnes particulières qui ont été à même de le découvrir malgré les ruses employées ne sont pas les mêmes. C'est un ancien valet de chiens de tel prince marié, père de famille, entretenant une danseuse qu'il aime, qui seul saura cela de lui, alors que tout le monde l'ignore, sauf quelques voyous des fortifications qui ne savent pas son nom. Pour un autre c'est le mécanicien qui l'aura une fois conduit. Dans le monde[c] des sports, car Félix avait pensé aussi à s'y consacrer, quelque temps M. de Charlus avait cru que la Vénus masculine s'y incarnait moins fréquemment. Mais depuis peu, il avait eu à cet égard les précisions les plus édifiantes. Le fameux X, un bon gros garçon, le roi des aviateurs, qui avait l'air d'un demi-dieu ventru, personne ne devinait que même lui, ventru comme un Silène, une fois revenu à terre[d] courait secrètement à la recherche de jeunes gens qui l'entouraient comme les satyres Bacchus. Et dans l'atelier volcanique où se préparaient ses machines volantes les jeunes apprentis, quelques-uns beaux comme des anges, qui s'empressaient à pousser l'appareil sur le champ, à arrimer[e] les ailes, lui avaient tous passé par les mains ; tandis que les uns couraient pousser son appareil, qu'un autre arrimait ses ailes, il en attirait quelqu'un au fond du hangar derrière un appareil qu'ils faisaient semblant de regarder, à moins qu'il ne l'emmenât pendant qu'il allait coiffer le bonnet de Mercure[1] avec lequel il allait s'envoler, cabrioler au-dessus des forêts, fuser vers l'éther. Il restait souvent fort tard, s'arrêtait, noir comme un nuage devant l'écran d'or du soleil couchant, faisait des cercles, descendait, remontait dans le ciel comme une hirondelle luminescente et les humains ne connaissaient que cela de sa vie divine. Mais ils ne savaient pas que plus tard, à l'écart de sa vie connue et constatée, il menait une existence créée par son profond et insoupçonné désir, abritée en secret, dans une sorte d'Olympe invisible et peuplée de jeunes gens[a]. S'il se donnait définitivement à la musique, il ne serait pas plus en sûreté, bien plus, même s'il n'était pas recherché des musiciens, il le serait des auditeurs. Sans doute M. de Charlus continuait de trouver une sorte de beauté poétique à voir trois sur cinq des hommes les plus différents dans toutes les classes et jusqu'à ces hommes ailés entrouvrir ainsi pour y épancher[b] des désirs insoupçonnés un cœur que tout le monde croyait tellement autre. Et cette beauté[c] il ne la ressentait qu'avec plus de force, de même que le nombre de ses pareils le frappait davantage depuis que l'existence de chacun d'eux était pour lui un tel motif de craindre, d'être jaloux, de souffrir, un tel risque pour Félix. Il les dénombrait, il supputait s'il valait mieux que, lui, par des intermédiaires, peut-être en lui offrant de l'argent, il le dirigeât vers telle ou telle carrière. Mais à quoi bon ? Quelle que fût celle à laquelle il se destinait, qu'il se rendît à un bureau, dans un salon, à un journal, dans un aérodrome, à un théâtre, il fallait bien traverser les rues de Paris. M. de Charlus savait bien qu'on ne peut pas y faire cent pas sans avoir à croiser de ces regards dont Félix savait bien maintenant — à supposer même qu'il ne l'eût appris que de M. de Charlus — ce qu'ils peuvent signifier de rétribution, d'appui et de confort. Et les rues ne sont encore rien, mais comment l'empêcher d'aller sur un champ de courses, d'entrer dans un cinématographe ? Cette armée des hors-natures dont il avait jusque-là refait avec tant de plaisir le dénombrement, lui apparaissait maintenant effroyable, sortant de tous les pavés, entourant son jeune amant, le cernant, l'empêchant par cent, puis mille, par dix mille offres, de retrouver la bonne voie, même s'il avait voulu la chercher. M. de Charlus aurait voulu appeler au secours, frayer un passage à Félix à travers le rassemblement de toutes les tantes qui emboîtaient le pas au jeune homme et le faire diriger loin de Paris. Tous ces êtres-là[d] qui, à cause de la faunesse ancrée en eux qui a été serrée en eux et pas en d'autres — pourquoi ? —, lui apparaissaient comme des demi-dieux, comme des personnages dignes d'être peints par les grands Italiens de la Renaissance et qu'il réunissait en abolissant par la pensée les êtres semblables au commun qui les séparaient dans la vie, dans le monde, faisaient maintenant comme une sorte de ronde effrayante et dionysiaque autour de son malheureux amant. Où le faire fuir ? À Londres ils y trouvent leurs assises[e] et pareillement à Berlin, à Rome, à Saint-Pétersbourg, à Vienne. Et puis à quoi bon ? Cette mystérieuse intervention de la divinité qui faisait que le grand Silène ailé recherchait les jeunes gens, ne semblait-il pas probable d'après ce que par imprudence je lui avais dit, qu'elle s'était produite au cœur même de son amant et que toutes les tantes de la terre ne pourraient-elles pas arriver à mettre la main sur lui, <et> lui secrètement, même dans le lit de sa maîtresse, boudeur et mystérieux, rêverait au jeune pâtissier qui leur apportait ses tartes, et quelque jour, quand sa maîtresse serait sortie, s'enfermerait avec lui dans la cuisine et ce soir-là ne recoucherait avec elle qu'avec mauvaise humeur, encore congestionné et ayant <la> migraine de la peur qu'elle ne les surprît[a]. Où les faire fuir ? Partout[b] il en retrouvait. Dans toutes les villes de plaisir ils sont même plus en vue qu'à Paris. La campagne, la solitude. Mais là ce sera le juge de paix, ou le jardinier. Et puis M. de Charlus avait oublié qu'il n'y avait pas que la poursuite des autres après Félix qui avait si peu de défense, il y avait ses désirs à lui peut-être, et si les vieillards ne couraient pas après le jeune homme dans la rue, le jeune homme pensait peut-être soudain à quelque enfant *[plusieurs mots illisibles]*, dans son cœur.

Oui[c] mais il oubliait que Félix lui-même (du moins c'était très probable après ce qu'on lui avait dit), que Félix lui-même <était> atteint du même mal. Alors sa curiosité touchant ces choses, déjà devenue douloureuse après l'abandon de M. de Charlus et ses soupçons, devenait autrement poignante quand elle s'exerçait sur Félix lui-même. Comme le mystère de cet étrange désir paraît quelque chose de plus essentiel, de presque sacré, maintenant que M. de Charlus était obligé de se demander s'il habitait une chair adorée et qui lui devenait alors si douloureuse. Oui, pourquoi, selon quelle loi, dans le sein du jeune homme en apparence semblable aux autres, existait-il une excavation, une sorte d'antre mystérieuse où sans jamais l'avoir révélé à personne il jouait à lui-même de la flûte pour attirer les jeunes gens ? Le passé de ce corps que M. de Charlus avait voulu envelopper, enfermer, isoler dans sa tendresse recelait peut-être, entre les liaisons féminines, le désir plus profond, plus inavoué, plus irrésistible de se prostituer à tel ou tel jeune garçon. M. de Charlus se rappelait ceux que Félix avait pu connaître. Il pensait au porteur de dépêches qu'une fois il avait retrouvé à la cuisine quand il l'avait cru parti depuis longtemps, au garçon laitier. Il croyait les voir à côté de son jeune amant comme dans ces héliogravures où l'on voit des amours autour de Cupidon. À côté de lui, non, mais plus qu'à côté de lui car leur présence autour de Félix au cours de sa vie, leurs accouplements avec lui avaient eu pour source son désir profond ; tandis qu'il jouait avec l'un d'eux, se laissant épuiser par ses caresses, une joie riait en Félix qui prolongeait le petit garçon *[plusieurs mots illisibles]* jusqu'au fond du cœur de son amant, de sorte qu'il était en lui, lié à lui, au plus intime de sa pensée, presque issu de lui comme les divinités issues d'un dieu qui jouent avtour de lui, à la fois ses amants et ses filles, et Félix, puisqu'il les avait voulus, recherchés, aimés, possédés, était décoré, fleuri de leurs chairs roses comme un arbuste qui produit des roses. Et s'il était ainsi, même loin des villes, il le resterait. Sur la mer, il trouverait le moyen de partir faire des promenades tard avec un matelot, à l'église, de s'enfermer avec l'enfant de chœur dans le confessionnal. Et peut-être vaudrait-il encore mieux que M. de Charlus apprît qu'il était devenu le secrétaire d'un riche étranger que du moins il n'aimerait pas. Mais il vaudrait encore mieux qu'il n'apprît rien du tout, qu'il ignorât tout de la résidence de Félix, de sa profession, de sa vie, qu'il le situât dans ce lieu innombrable qui fît moins souffrir l'absent de l'idée de ce qui s'y passe, car cette idée reste vague, alternative, flotte entre mille suppositions qui se détruisent l'une l'autre, et ne prennent pas de cruelles racines et finissent par faire quelque possibilité abstraite, un pur néant qui endort la souffrance et prépare l'oubli.

I.5

[L'annonce par Françoise du départ d'Albertine arrive au moment où le héros est las d'Albertine et songe à se séparer d'elle. L'accent, cette fois, est mis sur la souffrance éprouvée.]

C'est-à-dire[a] pour intercaler dans la page 39 du Cahier Dux au lieu de le mettre à la croix je le mettrai un peu avant ; les signes avant-coureurs seront rapportés quelques pages avant puis je n'y pense plus (comme c'est arrivé à la première rupture d'ailleurs en réalité).

« Mlle Albertine m'a fait préparer ce matin ses effets et elle est partie il y a une heure. » Je dis à Françoise : « Bien, voulez-vous me laisser un instant seul. » Alors apparut en moi une douleur si effroyable que je sentis l'impossibilité de vivre plus de quelques instants avec elle ; je l'appelai une douleur à cause de ce qu'elle me faisait souffrir, mais elle était quelque chose d'extrêmement original que je n'avais jamais connu, aussi impossible à comparer à rien et à réduire en idées qu'un thème musical qui ne ressemble à aucun autre ; pour la penser, je la saisissais par le masque verbal sous lequel elle était apparue : « Mlle Albertine est partie, elle a demandé ses affaires, elle a dit qu'elle écrirait à Monsieur», et je lui sentis aussi comme squelette la verticalité d'une certaine douleur au cœur que j'éprouvais depuis que Françoise m'avait parlé. Mais je sentis bien qu'en ne voyant que cela d'elle ma pensée n'en voyait pas plus que les rayons X qui dans une personne humaine ne voient ni l'âme ni le corps et ne dessinent qu'un os. Cette bête inconnue plus cruelle qu'un loup, plus terrifiante qu'un animal fantastique qui venait de naître en moi, et que faute de savoir son nom j'appellerai des mots que je me répétais : « Mademoiselle Albertine est partie », je ne pouvais pas rester plus d'un instant avec elle. Il fallait la détruire et je n'avais pas de temps à perdre car je serais mort. Quel dieu allait venir à mon secours ? le seul, la foi, l'espérance, je ne pouvais pas supporter un instant de plus la morsure de « Mlle Albertine est partie », je me dis : « C'est sans importance, devrais-je y employer ma fortune entière, mettre sur pied tout le gouvernement, jeter à ses pieds tous les Guermantes, ce soir, tout à l'heure, Albertine sera revenue. Elle paraîtra là, elle me demandera pardon, quelle joie ! La laisserai-je paraître ? peut-être pas, mais quelle joie ! » J'imaginais les phrases qu'elle allait me dire, celles que je reprendrais, et nos baisers, et nos deux vies réunies pour toujours ; quel bonheur que mes parents, comme disait Françoise, eussent vécu « à la simplicité » et n'eussent pas eu comme les Guermantes les voitures qu'ils auraient pu s'ils avaient voulu. Grâce à cela notre fortune était considérable. Et j'allais pouvoir proposer à Albertine dès qu'elle serait revenue toutes les choses qui pourraient lui plaire. Nous nous marierons vite, elle aimait la mer, nous aurions un yacht, elle aimait la vie à la campagne, nous aurions un château, elle tenait à son indépendance, eh bien, quoique ce me fût plus cruel, je la laisserais libre. Depuis un instant ma souffrance au cœur avait cessé, « Albertine va revenir » avait tué « Mlle Albertine est partie ». Pendant ces moments de répit que j'eus je songeai comme la souffrance va plus loin en psychologie que le meilleur psychologue. Parce que je notais subtilement la médiocrité des plaisirs que me procurait la présence d'Albertine et la richesse de ceux dont elle me privait, je me disais qu'il n'y avait plus en moi d'amour pour elle. Je croyais connaître le fond de mon cœur.

I.6

[Dernier brouillon avant le manuscrit définitif. Proust s'efforce de combiner les thèmes principaux des esquisses du Cahier 71, réveil de l'âme anxieuse, illusions de l'amour, avec ceux du Cahier 54, effets de la douleur, fausseté du raisonnement psychologique. L'accent est mis sur ce dernier thème.]

J'avais[a1] cent fois pensé au départ d'Albertine. Il me semblait alors qu'il serait souhaitable parce que je l'organisais moi-même, pour une époque où Albertine ne pourrait aller dans les villes que je ne voulais pas, décidé à une heure où je serais heureux et ne penserais pas à elle. Je faisais comme les gens qui pensent qu'il ne sera pas désagréable de mourir parce qu'ils introduisent l'idée de la mort comme une simple négation au milieu de leur propre bonne santé sans supposer que cette bonne santé n'est pas elle-même un milieu immuable, mais fort sensible, et surtout sensible au contact de la mort approchante. Même en quittant Albertine volontairement, en arrangeant tout moi-même, en choisissant un moment où elle m'était indifférente, n'eût-elle pas cessé de me l'être aussitôt que je l'aurais quittée ? Puis, encore comme les gens qui pensent à la mort, à la mort pour plus tard, à la mort pour un jour indéterminé, à la mort en général, je me représentais ce départ à l'aide de l'intelligence c'est-à-dire que je ne me le représentais pas ; je ne songeais pas à une chose c'est <que>, par le fait que je situais ce départ à une date indéterminée, je me le représentais avec une âme calmée par la certitude de la présence actuelle d'Albertine, comme les gens qui pensent sans effroi à la mort pendant qu'ils sont bien portants. Dès lors au moment où je croyais concevoir le départ — comme eux la mort — c'est en réalité l'union — comme eux la bonne santé — que je me représentais. Au milieu de cette calme union, je faisais bien passer l'idée d'un départ comme eux au milieu de la bonne santé l'idée de la mort. Je ne me disais pas que le calme — pas plus qu'eux ne se disaient que la bonne santé — ne sont pas des milieux inaltérables, mais au contraire fort sensibles et que ce n'est pas avec le calme apporté par la certitude de la présence d'Albertine que je pourrais ressentir son départ, pas plus que les approches de la mort ne laissent intacte la bonne santé[a].

J'avais cent fois pensé au départ[b] d'Albertine, j'aurais pu y penser pendant des siècles que toutes ces pensées mises bout à bout n'auraient pas égalé ni n'auraient pas eu la moindre ressemblance avec ce départ tel que me l'avait dévoilé Françoise en me disant : « Mlle Albertine est partie ». L'intelligence emprunte des éléments au connu pour se représenter une situation inconnue et donc ne se la représente pas ; mais la sensibilité et le corps reçoivent hélas comme le sillon de la foudre, la signature originale, longtemps indélébile, de l'élément nouveau. Une fois de plus je voyais le rôle immense, comme celui de la pression atmosphérique ou de la pesanteur, de ces croyances dont nous ne nous apercevons pas mais qui soutiennent tout l'équilibre de notre âme. J'étais sûr de garder Albertine si je le voulais quand je me disais que son départ <était> si désirable. Cette croyance permettait à mille désirs d'occuper le premier plan de mon âme ; à la brusque suppression de cette croyance ils avaient disparu ; à une âme que cette croyance calmait et où il y avait place pour leur jeu normal, une âme anxieuse qui ne tenait qu'à une seule chose, à la possession à jamais d'Albertine, même laide, même malade, même vieille, s'était substituée avec la rapidité foudroyante d'un phénomène naturel. Et, hélas, réveillées par l'inquiétude nouvelle, toutes celles que j'avais eues depuis mon enfance accoururent la renforcer. Si tant de fois sous le nom bien vite dépassé d'Albertine j'avais pensé à Mme de Clèves, à Mlle de la Môle, aux héroïnes de Georges Eliott, maintenant dans l'angoisse que me causait son départ étaient venues se fondre toutes celles que j'avais eues dans ma vie, avant même de connaître Albertine. C'était depuis les soirs de Combray où déjà la crainte que maman ne montât pas me dire bonsoir, me rendait indifférents, même inconcevables tous les plaisirs que j'avais désirés l'après-midi et ne donnait plus d'importance au monde qu'à la présence auprès de moi de ma mère et pouvoir l'embrasser. C'étaient toutes les angoisses[a] que j'avais éprouvées dans ma vie qui venaient se fondre avec celle que me causait ce départ, s'amalgamant à elle en une masse homogène à chaque instant grossie qui remplissait mon cœur à le faire éclater.

Esquisse II

[UN RETOUR D'ALBERTINE OU LE LAIT QUI MONTE]

[Nous donnons à la suite deux fragments : le premier appartient au Cahier 62, le second au Cahier 59. Ces passages se rattachent moins au retour d'Albertine qu'à l'image du héros malade qui, enfermé dans sa chambre, observe l'ébullition du lait ou de l'eau de son infusion.]

Après[b] le départ d'Albertine — capitalissime.

C'était mon tour, ayant adopté dans ma douleur du regret de me boucher les oreilles sans rien entendre, de surveiller le lait des yeux seulement. Mais même je n'y pensais pas. Et le lait laissé à lui-même tantôt élevait un superbe dôme blanc, une rotonde de glace ou d'albâtre, et au contraire si on n'a pas arrêté assez tôt, pris dans une zone de courants contraires qui l'empêchait de déborder. Parfois comme je l'avais trop laissé déborder il s'émiettait, fouetté par l'air en une tempête de neige réduite mais écumeuse et qui eût enseveli des voyageurs minuscules. Ou bien c'était un geyser qui fusait, un œuf instable qui glissait au fond de la bouillotte.

Je me servirai de cela pour expliquer qu'Albertine était montée sur le balcon et ayant vu de la lumière et moi ne pas lui répondre, partit désespérée de ce qu'elle crut un refus inébranlable. Hélas elle ignorait que au contraire trop malheureux depuis son départ je faisais usage de boules quies et si j'avais simultanément fait chauffer ce lait que je prenais chaque jour plus prodigue que le plus génial architecte byzantin j'avais peuplé ma chambre de centaines de ces blanches coupoles hélas vite écroulées par leur hauteur même, comme il arriva à la cathédrale de Beauvais, qui doivent faire à ce que je suppose la splendeur de cités comme Kiev ou de villes de l'Orient.

Parfois[a] il se hissait en flageolant bien au-dessus du niveau de la bouillotte puis retombant éclaboussait toutes choses alentour, avec le bruit d'une vague qui se brise et fait fuir les bambins. *Ici sans doute le dôme.* Puis et comme sa montée ne se faisait pas toujours en ligne droite, la façon différente dont se bombait, se creusait, sa surface, faisait jour par jour défiler devant mes yeux comme des images prises dans une histoire illustrée de l'architecture monumentale de tous les siècles.

Si c'était une infusion *(mettre sans doute avant le lait)*, je mettais d'abord de l'eau à chauffer. Et une à une lentement se détachait et venait à la surface une de ces gouttelettes comme on en voyait aux sources de la Vivonne. Et de ces gouttelettes, il y avait au fond de la bouillotte de si longs chapelets immobiles qu'on eût dit une tuméfaction de métal.

Ces[b] chauffages d'une bouillotte qui dans toute la maison faisaient cligner les lampes électriques comme des éclairs de chaleur.

Si[c] les prises sont mal attachées au fur et à mesure que cela chauffe elles jouent de la cornemuse et on ne peut se lasser d'écouter ces cornemuses[1].

Esquisse III

[SOUVENIRS DE JOURS D'ÉTÉ À BALBEC]

[Exemple de construction à rebours du roman : cette page du Cahier 54 évoque les jours d'été à Balbec avec Albertine. Proust, pour créer l'effet d'écho, commence par rédiger une promenade avec Albertine (qui servira de brouillon pour « Sodome et Gomorrhe » ; voir t. III, p. 405-408) à quoi répondra « un passage que je vais écrire après » (voir p. 61-62).]

Maintenant la réplique[d2]

L'été était revenu, brûlant. Un jour j'eus soif, je demandai du cidre, mais aussitôt mon cœur faiblit en pensant à celui que je buvais avec elle quand nous étions allés en voiture dans la soirée. Je dis : « Non, pas de cidre », Françoise voulait aller m'acheter des cerises. Et je me rappelai celles que j'avais mangées avec Albertine. Je lui dis : « Non pas de cerises », et je n'eus que le temps de tourner la tête pour qu'elle ne me vît pas pleurer.

C'était maintenant les jours les plus longs de l'année. L'aube venait de bonne heure, à la première fraîcheur du matin, je frissonnais car la douceur renaissait en moi de ces nuits où nous nous raccompagnions l'un l'autre. Alors elle m'aimait peut-être et quel bel avenir était devant nous. Je m'étais couché je n'avais pas la force de rester dans mon lit tant j'étais oppressé par ce souvenir. Je me levai mais je m'arrêtai brusquement ; sortant d'au-dessus des rideaux, cette raie blanche du jour que je voyais quand je la quittais, encore radieux de ses baisers, et qui m'avait fait dire tant de fois : « Faut-il que nous nous aimions pour passer ainsi tant de nuits. » Cette raie du jour la même, froide, coupante, implacable, venait comme un couteau de m'entrer dans le cœur.

Esquisse IV
[L'ENQUÊTE D'AIMÉ]

[Dans ces deux fragments du Cahier 54, nous voyons que l'enquête sur Albertine procède sur deux fronts, Balbec et la Touraine ; le messager n'est pas nommé mais le style des lettres est constant.]

IV.1

[L'anecdote des pêcheuses ici rapportée sera par la suite abandonnée, soit qu'elle renvoie à des plaisirs vicieux d'un âge antérieur à celui qu'avait Albertine à l'époque où le narrateur la connut à Balbec, soit qu'elle ait semblé faire double emploi avec les blanchisseuses dans la répartition des plaisirs entre les amies bourgeoises et les filles du peuple.]

Il[a] y avait plusieurs lettres, parmi lesquelles une du messager que j'avais envoyé à Balbec, une autre du messager que j'avais envoyé en Touraine. Je sentis ma respiration s'accélérer. La première disait : *Je n'ai rien de nouveau relativement aux douches. Du reste la doucheuse me paraît bien menteuse.* (Je respirai longuement, quelle joie !) *Mais j'ai poussé mon enquête plus loin et j'ai appris des choses qui certainement vous intéresseront. J'ai fait la connaissance de pêcheuses qui connaissaient très bien Mlle Albertine. Elles m'ont dit que Mlle Alb. avait dit que rien n'était plus amusant que de voir par en dessous les pantalons des dames* (ma respiration reflua de nouveau dans ma poitrine) *et elle avait creusé avec elles, aux heures où ses petites amies n'étaient pas là, des trous dans le sable, sous les planches où on se promène, où elle se cachait avec les pêcheuses. Et quand des dames jeunes et jolies passaient, et qu'elles voyaient sous leur jupe leur pantalon, elle ne pouvait s'empêcher de serrer bien fort la main de la pêcheuse qui était à côté d'elle et même de lui pincer*[a] *assez fortement la jambe. Elles m'ont dit qu'elle ne leur avait jamais rien fait d'autre mais je les reverrai et je tâcherai d'en tirer davantage, d'autant plus que j'ai appris que, avant de rentrer le soir, Mlle Alb. allait souvent en promenade seule très loin au-delà de cette partie éloignée de la plage où elle habitait et où il y avait sous la falaise toute une population de pêcheurs et de pêcheuses qui rôdent souvent.* Ah ! si le premier jour où j'avais autrefois tant désiré connaître le charme de Balbec, si la première fois[b] que j'avais aperçu Albertine devant la mer j'avais souhaité qu'elle fût légère et j'avais eu la curiosité d'apprendre qu'elle incarnait ce charme en même temps que celui des filles que je rencontrais dans les chemins comme à Pinçonville, qu'elle participait à tous les jeux de la pêche, à tous les mystères de la nuit et du sable, ah ! maintenant avec quelle autre angoisse je le sentais ce Balbec maudit, quelle particularité plus forte encore je lui trouvais. Comme j'aurais voulu approfondir tous les jeux de la pêche, tous les mystères de la nuit et du sable, et savoir qu'Albertine n'y était pas mêlée. Mais il n'y avait plus de doute qu'elle ne l'y fût. Et si j'en ressentais une douleur si affreuse c'est qu'Albertine n'avait pas incarné pour moi que le charme de Balbec et le charme d'une vie inconnue d'une femme, c'est que j'avais eu la folie, par l'habitude d'une douce vie familiale, d'unir à cela cette tendresse que j'avais eue autrefois pour ma grand-mère, le besoin du baiser du soir dans les côtés du cou[c] qui avait fait pour moi de l'attente du baiser d'Albertine quelque chose comme l'attente du baiser de ma mère à Combray et qui maintenant me rendait déchirant d'être obligé de l'imaginer vicieuse et à d'autres. Et pourtant il n'y avait plus moyen de douter.

IV.2

[Plus proche du texte définitif que la lettre précédente, mais liée à elle par la mention des pêcheuses, cette esquisse montre surtout les alternances de la jalousie tantôt calmée, tantôt réveillée par les nouvelles extérieures.]

Non[d] il n'y avait pas de jour que par un nouvel ami envoyé ici ou là où Albertine avait vécu je ne me préparasse une nouvelle douleur, tant s'affolait ma jalousie des actions non pas de la morte que je ne connaissais pas, mais de la vivante qui souriait toujours en moi. Quand Aimé fut revenu de Balbec car il avait eu besoin de revenir pour de nouvelles couches de sa femme, je l'envoyai en Touraine. Il alla loger à côté de la maison de campagne de la tante d'Albertine ; il fit vite la connaissance d'une femme de chambre, d'un loueur de voitures où Albertine allait souvent en prendre une pour la journée. D'abord il ne sut rien. Puis une blanchisseuse de la ville lui dit qu'Albertine avait une manière particulière de lui serrer le bras quand celle-ci venait lui apporter du linge. En lisant cette lettre je ressentis au cœur une douleur particulière. C'était un nouveau morceau de la vie d'Albertine tiré du néant, une sorte de création faite non par Dieu mais par le Diable de tout ce qui pouvait le plus me désoler. Au moment où je lus cela je ressentis au cœur une douleur particulière. Je ne pouvais plus respirer et j'avais besoin de défaire moi-même le soupçon que je m'étais donné tant de mal pour tâcher d'acquérir. Et tout en envoyant à Aimé l'argent qui payait son séjour en Touraine, tout le mal qu'il se donnait, tout le mal qu'il me faisait, je me persuadais que ce geste ne signifiait rien par lui-même, que c'était une familiarité que des jeunes filles n'ayant aucun goût vicieux auraient pu prendre. Pourtant cela se rattachait à des années et des lieues de distance aux façons avec les pêcheuses de Hocheville[1], avec les dames ou la doucheuse de Balbec. Mais celle-là déjà il fallait l'éliminer parce qu'elle était peu véridique. Et quant aux pêcheuses et à la blanchisseuse, elles ne se connaissaient pas, soit, mais elles avaient eu pour même interrogateur Aimé qui lui ne disait peut-être pas la vérité, peut-être pour ne pas revenir bredouille, pour mériter son salaire, pour me faire plaisir (car naturellement je n'avais pas dit à Aimé après la mort d'Albertine que je souhaitais de tout mon cœur la version de l'innocence, que je n'avais <dit> de son vivant à Albertine que j'étais jaloux d'elle). Je reçus la visite de la tante d'Albertine. Elle me dit que celle-ci en Touraine ne la quittait jamais, elle me rendit mon calme, je me rappelais les serments d'Albertine, je sentis que le reste n'était que mensonges et, maintenant que je n'attachais plus d'importance aux dires vagues de cette blanchisseuse, l'image d'une Albertine qui ne m'était pas disputée par d'autres, qui hors de ma présence avait été telle que je l'avais connue près de mon lit le soir, me rendait le regret de sa mort plus profond mais plus doux. Nous pleurions l'un à côté de l'autre, la tante d'Albertine et moi, elle assise dans ses longs voiles noirs au pied de mon lit, quand on m'apporta une dépêche.

APRÈS GRANDS EFFORTS SUIS ENFIN FIXÉ. VIENS D'APPRENDRE LES CHOSES LES PLUS INTÉRESSANTES. MERCI DES CINQ CENTS FRANCS BIEN REÇUS.

Je sentais que tout était bien vrai. Albertine m'avait toujours trompé. Je ne pouvais plus sentir en moi sa douce présence, j'éprouvais un vide affreux. Je restais quelques minutes sans pouvoir reprendre ma respiration, et ma main sur mon cœur. Si la surveillance à laquelle j'avais soumis Albertine pendant sa vie l'avait détachée de moi, et avait indirectement amené sa mort, la surveillance rétrospective que j'exerçais achevait de détacher de moi ce qui me restait d'elle et c'est ma mort, par ces coups successifs au cœur, qu'elle préparait et qui serait ainsi une conséquence indirecte de la sienne, celle certainement que j'avais le moins prévue, celle à laquelle n'avaient échappé ni Swann ni Saint-Loup quand ils souhaitaient que leur maîtresse pérît dans un accident.

Le mal que m'avait fait cette dépêche se calma un peu quand vint la lettre.

Pendant plusieurs jours la petite blanchisseuse n'a rien voulu me dire, elle m'assurait que Mlle Alb. n'avait <fait> que lui pincer le bras. Mais pour la faire parler je l'ai emmenée dîner, je l'ai fait un peu boire. Alors elle m'a dit que Mlle Alb. la rencontrait souvent au bord de la Loire, quand elle allait se baigner ; elle lui avait proposé de la photographier ; la petite blanchisseuse m'a avoué qu'elle aimait beaucoup s'amuser avec ses amies et que, voyant Mlle Alb. qui se frottait toujours contre elle dans son costume de bain, elle lui avait fait des caresses avec sa langue le long du cou et des bras. Ce soir-là elle ne m'a rien dit de plus. Mais tout dévoué à vos ordres et voulant faire n'importe quoi pour vous faire plaisir, j'ai emmené coucher avec moi la petite blanchisseuse. Elle m'a demandé si je voulais qu'elle me fît ce qu'elle faisait à Mlle Albertine quand celle-ci ôtait son costume de bain. Alors c'est sur tout le corps qu'elle m'a fait les mêmes caresses avec sa bouche, et quand elle me les a faites le long des jambes, elle a dit : « Ah si vous aviez vu comme elle frétillait à ces moments-là », et même elle m'a montré au bras une morsure que Mlle A. lui avait faite tellement elle était énervée.

Dans mon désespoir je me rappelai qu'A. faisait souvent le mouvement de mordre et cela me parut vrai. Pourtant je ne pouvais rester avec une souffrance si forte. Pour me calmer je me dis que peut-être la blanchisseuse avait inventé cela pour faire quelque récit intéressant à Aimé, ou bien comme il avait l'air de s'intéresser à Albertine d'inventer qu'elle avait fait cela à Albertine pour le faire à Aimé. Je lui écrivis aussitôt pour le remercier, lui dire le plaisir que me faisait sa lettre, le prier de demander à la blanchisseuse si Albertine à ces moments-là avait un rire, des cris, ou disait des mots particuliers. Il me répondit que non mais qu'elle lui disait : « Tu me mets aux anges. » Or à moi elle m'avait souvent demandé si elle ne me mettait pas au septième ciel. Peut-être était-ce cela et s'était-il trompé de mot.

Esquisse V
[LE MANQUE D'ALBERTINE][1]

[À plusieurs reprises, dans le Cahier 54, le narrateur s'interroge sur la réalité d'une morte qu'on regrette, semblable parfois à une héroïne de roman.]

V.1

[Hasard romanesque et imagination ont fondé cet amour qui est maintenant la substance même de la souffrance.]

Capital[a] pour mettre dans la partie après la mort ou (moins bien je crois) tout à la fin du livre

Si je n'avais pas lu dans un ouvrage d'archéologie la description de l'église de Balbec, si Swann <qui> me disait qu'elle était « presque persane » n'avait pas orienté mes désirs vers ce monument oriental, si une société de « palaces » en construisant à Balbec un hôtel hygiénique et confortable n'avait pas décidé mes parents à exaucer ces désirs, je n'eus<se> jamais connu Albertine ! Sa vie eût peut-être été plus longue et la mienne eût été dépourvue de tout ce qui en faisait maintenant la plus grande souffrance. Moi je n'eusse jamais connu Albertine ! moi qui étais composé presque uniquement de l'amour d'Albertine, qui comme un miroir contenais perpétuellement son image ! Mais je me rendais compte que ce qu'Albertine était pour moi, elle l'était devenue par une activité spontanée de mon imagination qui eût aussi bien pu s'exercer à l'endroit de tout autre *(peut-être faire entrer dans ce morceau ce que je dis de Mlle de Silaria que j'aurais pu aimer aussi bien)*. Et c'est cette activité qui avait dégagé ce qu'Albertine avait de particulier avec tant de force que cette particularité même me donnait l'illusion que je ne pouvais aimer qu'elle, qu'elle et moi, unis (?) par une connaissance réciproque de nous-mêmes qui détruisait les vicissitudes de la vie comme la réalité domine les illusions du rêve[b].

V.2

[Ici, l'inexistence de la morte met en question l'existence même de celui qui la pleure]

Comment[c] concevoir que cette vie où circulait Albertine et dans laquelle je baigne encore n'est plus vraie et que ce qui est vrai c'est une vie où ce qui était vrai alors est faux, où ce qui était faux, le contraire de la vérité, Albertine non existante, est vrai, une vie où Albertine n'est plus et où bientôt elle sera comme si elle n'avait jamais été car il est aussi difficile de faire naître la vie du néant, quand peu à peu les souvenirs se sont effacés, qu'il est difficile de concevoir le néant quand la vie *[plusieurs mots illisibles]* : ce que cela changeait pour Albertine moins parce que c'était l'impossibilité de la voir que parce que c'était l'impossibilité qu'elle vît rien, parce que l'univers, les années avaient lieu maintenant vidés de cette conscience que jadis ils contenaient. Comment cette conscience avait-elle pu s'éliminer, être expulsée comme un gaz qui crève. Ô que le monde me semblait silencieux et vide où elle n'était plus. Comment un corps vivant et actif peut-il devenir une image possible dans une mémoire et qu'étranges sont ces années nouvelles qui commencent et où ce qui fut n'est pas ? ce que je me refusais à comprendre c'est cette vie qui niait l'existence d'Albertine cette vie qui me semblait inconcevable et atroce moins parce que cela changeait pour moi que parce que[a], en regard de cette vie que j'avais en moi toute chaude encore d'Albertine s'opposait une réalité nouvelle inacceptable et qui hélas serait un jour acceptée, un univers monstrueux qu'Albertine ne voyait pas, où elle n'existait pas, où elle avait été engloutie, d'où elle avait été effacée, un univers qui ne la contenait que comme une image sans vie dans des mémoires d'hommes, un monde sur lequel l'anéantissement de la conscience d'Albertine s'étendait comme un silence terrifiant.

V.3

[Le regret ne concerne pas seulement le passé, mais aussi l'avenir. À propos de cette loi, Proust envisage une articulation entre les épisodes d'Albertine et celui de Venise.]

*Autre[b] chose : pas au sujet de la jalousie, mais au contraire des regrets, il faudra dire que ce qui me fait sentir ce vide ce ne sont pas seulement les *souvenirs* de Balbec, mais les désirs de Venise (où en son temps j'aurais souhaité d'aller avec elle — je n'aurai qu'à mettre — en son temps — ce qu'il y a sur le désir de Venise dans le cahier, mon père partant pour l'Autriche. Et sans doute alors je regrettais d'y aller avec elle car déjà elle n'était plus qu'une habitude et n'était pas la mystérieuse personne que j'aurais aimée connaître à Venise mais à cause de ma jalousie je savais que je l'y eusse emmenée. Et maintenant quand je pensais à Venise, aussitôt je me voyais partageant mes impressions avec elle. Et cela me semblait si doux, si nécessaire, que je me demandais si vraiment cela n'allait pas devenir vrai, si un miracle n'allait pas la faire entrer qui me dirait : « Partons. » Mais hélas si elle était entrée, c'est que je serais devenu fou, et alors ce ne serait pas vrai. Ou bien c'est sa mort qui ne serait pas vraie et que j'aurais rêvée jusqu'ici. Un rêve ne dure pas plusieurs semaines. Mais un rêve de dix minutes peut paraître au dormeur s'étendre sur plusieurs semaines. Et Venise sans elle ce serait trop vide. Ou bien alors il fallait tâcher d'aimer peu à peu une autre Albertine que je puisse y avoir avec moi. Et puis quand je serai à Venise (troisième volume) elle ne me manquera pas, ni son équivalent.*

Esquisse VI

[MADAME BONTEMPS]

[Est-ce Mme Bontemps qui a rappelé sa nièce pour tenter de la marier ? Aurait-elle accepté le marché proposé par Saint-Loup ? Des rôles et du caractère de ce personnage assez trouble subsistent quelques traces dans les Cahiers 54, 60 et 56.]

VI.1

[Mme Bontemps, en visite chez le narrateur, lui raconte un événement en apparence anodin, mais qui apporte un éclairage nouveau sur la nature des relations qu'entretenaient Albertine et Mlle Vinteuil.]

Il[a] y a des accidents secondaires que le malade est trop porté à confondre avec la maladie. Quand ils cessent il est tout étonné de ne plus souffrir. J'appelais « chagrin de la mort d'Albertine et de sa vie brisée » certaines souffrances très précises qui m'avaient bouleversé et n'avaient pu s'éteindre tout de suite, la nouvelle qu'elle venait avec des femmes à la douche et l'histoire de la blanchisseuse. Mais peu à peu elles se représentaient moins vivantes à mon esprit et quand je fus un peu délivré de la brusque renaissance de ces douleurs particulières, je souffris moins. Je pus recommencer à penser à Albertine, à regarder de ses photographies. Sa tante m'en apporta une. « Je ne vous la laisserai pas, me dit sa tante, car la pauvre chérie m'avait fait une dédicace très tendre pour finir une petite querelle que nous avions eue. » Je demandai la permission de faire reproduire la photographie. Il n'y avait plus de cliché mais on put faire un petit agrandissement, qu'on me renvoya avec la photographie qui avait servi à le faire. Je la rendis à sa tante, elle s'essuya les yeux en relisant la dédicace. « À propos de quoi vous étiez-vous querellées ? lui dis-je. — Oh ! pour un rien, je ne sais comment cela avait pu arriver, il y avait dans les affaires d'Albertine, un jour, quand elles revinrent du blanchissage, un col à Mlle Vinteuil. Je m'en aperçus et j'allais le renvoyer à Andrée en m'excusant du malentendu dont je n'ai d'ailleurs jamais compris la cause, quand Albertine, entrant et voyant ce col que je tenais, le regarda et la pauvre petite entra dans une fureur qui était bien disproportionnée avec le petit ennui. Elle déclara que c'était honteux d'avoir une blanchisseuse pareille, qu'on nous prendrait pour des voleuses, elle me fit une scène d'une violence que je ne comprends pas à l'heure qu'il est. Nous restâmes huit jours sans nous parler, et comme Andrée avait fait cette jolie petite photographie de ma pauvre Albertine, quand Albertine me demanda pardon de sa scène, elle me donna en gage de réconciliation cette petite photographie avec cette dédicace. » La souffrance que j'avais éprouvée à Balbec en apprenant qu'Albertine était l'amie de Mlle Vinteuil était déjà ancienne ; Albertine l'avait calmée par sa tendresse, par ses assurances qu'elle n'était pas coupable ; ainsi quand après la mort d'Albertine j'avais tant souffert à la pensée de son vice, pas une fois la pensée de Mlle Vinteuil ne m'était venue à l'esprit. Maintenant que l'image des dames venant voir Albertine à la douche et les caresses de la blanchisseuse étaient un peu sorties de mon esprit, c'était sous cette nouvelle forme, les relations d'Albertine et de Mlle Vinteuil, que ma jalousie renaissait, prenait corps. C'était évidemment cette histoire de col à laquelle Albertine avait fait allusion quand elle m'avait dit : « Si on est dans son tort, il faut prendre l'offensive. » Elle avait eu peur que sa tante ne se doutât de quelque chose et s'était mise en colère pour détourner les soupçons. Comment cette révélation pouvait-elle me faire autant de mal ? Ayant des doutes sur Albertine, la sachant d'autre part ravissante, connaissant de la façon la plus certaine les goûts de Mlle Vinteuil, comment avais-je pu supposer un instant que Mlle Vinteuil liée avec elle n'avait pas essayé et réussi. Maintenant c'est sous un autre « moment d'Albertine », sous une autre Albertine qu'il me fallait introduire une vie qu'elle m'avait cachée par des mensonges et où elle avait pris secrètement son plaisir avec d'autres êtres que moi. Ce n'était plus l'Albertine inconnue, éloignée de moi, de Touraine comme celle sous laquelle il me fallait placer l'histoire de la blanchisseuse, ce n'était pas l'Albertine de l'année de mon arrivée à Balbec dans le visage de laquelle j'étais obligé de mettre le regard dirigé sur la doucheuse en donnant son bulletin pour la cabine, c'était celle si petite et fluette qui m'avait accompagné à Saint-Cloud. De sorte que ma jalousie n'était pas une, mais éparpillée, répartie çà et là en des points d'années différentes, dans des saisons diverses, des temps de notre amitié où la connaissant plus ou moins je pouvais appeler rétrospectivement à mon secours plus ou moins des souvenirs d'intimité, des assurances d'innocence (ces assurances d'innocence auxquelles j'attachais encore de l'importance). Et ainsi le temps passé où j'avais connu Albertine et qui m'était si douloureux ne se présentait pas seulement comme une suite d'heures et de saisons où ma souffrance de sa mort était associée tantôt à l'aube prématurée, tantôt à la neige, mais il se diversifiait encore d'autres modalités qui m'étonnaient. Et comme cet automne où elle avait dû avoir ces relations plus étroites avec Mlle Vinteuil était une époque où je la voyais rarement et ne sentais que du vide quand j'essayais pour me calmer de mettre un peu de sa vie autour de moi, comme l'hiver où elle avait dû *[un blanc]* était celui où elle venait souvent mais m'avait causé l'anxiété de me manquer deux fois, comme dans telles saisons se plaçaient tels longs mois pendant lesquels je ne l'avais pas vue, un autre où elle avait habité un quartier où je ne l'avais pas connue et où tout me semblait plus louche et plus sombre, puis ce printemps où j'avais commencé à la voir plus assidûment et où le souvenir à la fois de ses visites fréquentes et délicieuses et des semaines inconnues qui les séparaient contenaient une douceur et un trouble que ne contenaient pas les autres, jusqu'à cette vie entièrement connue où elle n'avait plus le même mystère, où je l'avais moins aimée, mais où je tenais tout son temps autour de moi comme une chose certaine et palpable, jusqu'à ces dernières semaines en Touraine où de nouveau elle s'était éloignée de moi et auxquelles je ne pouvais penser sans qu'un peu de mon cœur, s'échappant de moi-même, se dispersât comme de la poussière soulevée par le vent, à cause de tout cela, des diverses idées que je me faisais d'elle à ces diverses époques et de celles que ce que j'apprenais venait y ajouter ou y rectifier, ces quelques années que son souvenir inséparable me rendait si douloureuses ne lui imposaient pas seulement la couleur successive, les modalités différentes de leurs saisons et de leurs heures, des fins d'après-midi de juin et des soirs d'hiver, du clair de lune sur la mer et de l'aube en rentrant à la maison.

VI.2

[Dans cet ajout tardif, qui ne fut pas inséré, Mme Bontemps entre elle aussi dans Gomorrhe ; il semble que ce soit moins pour les besoins du récit — car la lettre de Venise (Esquisse VI.3) a déjà été supprimée — que pour le simple plaisir d'y rattacher toute la gent féminine du roman.]

Capital[a] ne pas oublier dans la dernière conversation avec Andrée, je dis (mais sans en croire un mot, comme on parle au hasard) :

« Mais est-ce que Mme Bontemps avait des relations de ce genre avec sa nièce ? » Andrée ne parut nullement surprise d'une telle supposition et comme une chose toute naturelle me répondit : « À Incarville comme elles faisaient lit commun c'est bien probable, mais à Paris je ne crois vraiment pas. Non, à Balbec, celle qui était tout à fait comme ça c'était la femme du premier président. » Et sur ce qu'à Incarville Mme Bontemps faisait peut-être avec sa nièce Andrée me donna des précisions atténuantes selon elle parce que cela prouvait que cela se ramenait à peu de choses, mais d'une crudité qui me donna une impression de nouveauté aussi grande que si j'eusse abordé dans une île d'anthropophages. Car peu ou beaucoup c'était la même chose. Que même peu pût avoir eu lieu entre Albertine et Mme Bontemps, chose qui semblait si naturelle à Andrée, me semblait inimaginable, même quand on a essayé d'imaginer en dehors du probable et c'est cette imprévisibilité qui nous vaut la surprise des chefs-d'œuvre de demain, que même en ne construisant pas sur le souvenir des chefs-d'œuvre d'hier nous n'avions pas imaginés. Dans le domaine de l'horreur j'avais une curiosité aussi extrême de l'île anthropophagique si différente de ce que je me rappelais quand Mme Bontemps disait des choses si différentes et tout au plus parlait d'Albertine comme d'une petite effrontée. Je ne connaissais donc rien de la vie et quand je n'étais pas là Mme Bontemps devait être tout autre devant Andrée pour que celle-ci fît des suppositions pareilles avec tant de calme. Devant moi on avait toujours été convenable et mondainement bavard, je n'avais eu sur le bord seulement de l'île inconnue que les sourires et les grands cris de joie des anthropophages.

VI.3

[Avant d'imaginer qu'une erreur de lecture entraîne pour quelque temps la résurrection d'Albertine, Proust a prévu un autre scénario ; la fonction de la fausse nouvelle est ici moins liée à une réflexion sur le souvenir qu'à une opposition entre amour présent et amour passé.]

Sur[b] ces entrefaites[1] on me remit un matin une lettre venant d'Indre-et-Loire, je reconnus l'écriture de Mme Bontemps. Depuis bien longtemps rien ne m'intéressait moins que ses lettres et je la posai sans défaire l'enveloppe. Le soir je l'ouvris pourtant et voici ce que je lus :

Mon cher ami, je viens vous annoncer une nouvelle à peine croyable et pourtant parfaitement vraie. Vous savez qu'on n'avait jamais retrouvé le corps de ma petite Albertine. Elle était vivante ! Elle s'était enfuie parce qu'elle aimait quelqu'un. Elle est revenue hier. Vous pouvez vous imaginer nos transports. Elle est fiancée à un richissime Américain. Je crois pourtant que si vous consentiez à lui pardonner la peine qu'elle vous a faite et à reprendre l'ancien projet de mariage abandonné elle renoncerait à celui qu'elle a en vue. Mais il faudrait faire vite. Écrivez-moi tout de suite. Puisse cette lettre vous arriver, on me dit que vous êtes en Italie et je ne sais pas exactement votre adresse[a].

Ces journaux qui cachent les noms des criminels en appelant un repris de justice le nommé B***, mais les imprimant en toutes lettres s'il s'agit de gens homosexuels, publiaient alors que Mme Bontemps, femme de l'ancien sous-secrétaire d'État aux Postes qui donnait depuis quelque temps des signes de dérangement d'esprit, avait été arrêtée et internée, comme elle tirait des coups de révolver sur une personne qu'elle s'obstinait à prendre pour une nièce qu'elle avait perdue depuis plusieurs années et que dans sa folie elle s'était imaginée ressuscitée. La pauvre Albertine était bien morte.

*Il faudra avoir soin de ne pas trop dire quand je regrette Albertine : dans quelque temps je ne me la rappellerai plus etc. car cet épisode (celui qui vient de finir la lettre Bontemps) montre bien mieux le changement fait en moi.

Peut-être était-il d'ailleurs naturel que vivante je ne l'eusse plus recherchée. Et alors mettre ici ce que je dis sur les jeunes filles qu'on cherche, non les mêmes, mais celles qui ont le même âge que celles que j'aimais (morceau que j'avais mis tout à la fin du livre, ou à propos de la laitière, ou quand je commence à oublier Albertine) et ajouter ce que je dis de la dévotion à la jeunesse à travers des jeunes filles différentes (quand je me vois dans la glace et que je suis dupe de mon attendrissement), peut-être même cette dévotion avant, en somme que cela fasse une conclusion à cet épisode, dans le genre, « hélas les maisons etc. sont fugitives comme les années », par exemple, « nous n'aimions dans les jeunes filles que cette aurore dont elles reflétaient momentanément la rougeur, nous croyions que c'était elles que nous aimions, mais ce que nous aimions en elles c'était leur jeunesse et nous ne pouvons recommencer à nous laisser tromper qu'à condition que celle que nous croyons aimer pour elle-même soit jeune aussi, soit aussi une jeune fille en fleurs. »*

Esquisse VII

[LES PHOTOGRAPHIES D'ALBERTINE]

[Images à déchiffrer, les photographies d'Albertine fournissent un motif qui revient à plusieurs reprises dans le Cahier 54, et qui fut abandonné. Nous réunissons les fragments qui, chronologiquement, sont à peu près contemporains, et qui n'ont pas de correspondance dans le texte définitif.]

À[a] mettre quelque part.

Je regardais une photographie d'elle faite la même année où je l'avais connue paraît-il à Balbec, mais était-ce la coiffure différente, le visage me semblait habité par une étrangère.

Elle était déjà une autre pendant ces derniers mois où elle était auprès de moi que quand je l'avais connue à Paris, et à Balbec. Une des photographies que j'avais d'elle dans mon album à ces[b] différentes époques avait l'air d'être habitée par une nouvelle personne de *[un mot illisible]* plus familière et pour qui était aussi étrangère que pour moi-même la femme[c] qui habitait les photographies plus anciennes, bien belles pourtant, celles d'une fillette accorte et grave mais inspirée d'un dieu que je n'avais pas connu et qui avait disparu aussi de l'Albertine que j'avais connue. Si bien qu'entre les premières années de Balbec et les derniers moments, le lien de la personnalité semblait n'avoir pas pu joindre ces vingt espèces de temps et une solution de continuité entre l'identité de l'habitante des divers visages.

Quand[d] je parle des photographies ou plutôt quand je dis que chaque soupçon dressait en moi une image qui me faisait mal parce que c'était celle d'une Albertine étrangère. Mais inversement quand la tante d'Albertine m'apporte des photographies[1], chaque image d'une époque où je ne l'avais pas vue, où même je ne l'avais pas connue éveillait en moi des soupçons. Elles avaient l'air de photographies de sœurs de différents âges et qui se ressemblaient à peine. Et on sentait la jeune fille par son âme entièrement extérieure à l'adolescente aux yeux farouches, qu'elle eût jugée avec un sourire mais du dehors sans plus la comprendre. Dans l'une, élégante[e], l'œil rêveur, toute jeune, je me disais à ce moment-là : « Le reste de cette journée qu'avait-elle fait, qui aimait-elle, qu'est-ce qui lui donnait ce feu si rêveur des regards, pour qui faisait-elle ces frais si *[un mot illisible]* de coquetterie ? Avec ses cheveux courts n'avait-elle pas un air de jeune garçon détenteur[f] de certains goûts ? » Que n'aurais-je pas donné pour pouvoir reconstituer sa vie au moment où elle était cette femme aux yeux si intenses, au visage si grave et pâli par quelles débauches. Comme cette image si douloureuse m'était chère et me semblait noble ! Je voulais la regarder comme celle de l'héroïne du seul roman qui me captivait. Puissance de l'amour de mettre bien du mystère et tant de douleur dans ce que peut penser le visage d'une petite fille. Et la photographie suivante me semblait la regarder *(mettre la phrase déjà écrite ailleurs[1])* comme une sœur dont l'âme lui est étrangère *(rédiger mieux)*.

Dans l'une je remarque[a] qu'au-dessus du beau couronnement massif, ondulé de sa chevelure dépassait[b] un petit cheveu comme une herbe folle au-dessus du relief d'une montagne et ce petit cheveu d'ordinaire invisible mais qu'elle avait pour une fois, dans sa précipitation sans doute, mal peigné ce jour-là, qui depuis était rentré dans la masse générale, appartenait tellement à ce jour-là, montrait tellement que ce qui était devant moi, c'était un certain jour, un certain moment qui serait suivi pour Albertine de beaucoup d'autres que, dans cette restitution d'un moment de sa vie encore si éloigné de sa mort, je ne pouvais croire qu'elle n'allait pas continuer à vivre et que les jours qui avaient suivi celui-là n'allaient pas se dérouler.

Quand[c] je parle à un endroit quelconque de telle image d'Albertine regardant une femme, ou allant au bain le matin, ou venant chez moi en retard, qui est aussitôt par un mot qu'on dit tirée de ma mémoire et exposée devant moi comme une photographie. Je dirai : mais hélas ce n'était pas que des photographies, ce que je voyais avait un volume, une existence, une qualité qui me donnait la passion de la posséder et me déchirait si l'image précisément comme c'était le cas de toutes celles-là prouvait que cela m'était partiellement retiré. Ce n'étaient pas des photographies, c'était quelque chose de vivant en moi et d'enraciné dans mon cœur.

Esquisse VIII

[LES BLANCHISSEUSES]

[Plus que toutes les autres filles du peuple, paysannes, femmes de chambre, laitières, les blanchisseuses — voir aussi les pêcheuses, Esquisse IV.1 *—, liées au thème profond du bain, semblent détenir le secret qui permettrait d'accéder à la connaissance de l'étrangère qu'est la femme aimée. La lettre d'Aimé inaugure le motif (voir l'Esquisse* IV.2*), qui reparaît dans la scène racontée par M*me *Bontemps (Esquisse* VI.1*) et se développe dans la recherche des ouvrières de Paris. Dans cette*

dernière étape, nous voyons, avec ces fragments du Cahier 54 et du lot n° 16 du Reliquat Proust, que les blanchisseuses sont à la fois des témoins des plaisirs d'Albertine et des substituts qui, sous une forme dégradée, pourraient satisfaire le besoin d'Albertine.]

VIII.1

Dans[a] le cahier Dux il faudra que je dise que l'amour c'est comme une petite déchirure (mot médical : « ce qu'on fait pour laisser suppurer ») qui nous permet de communiquer au moins par la curiosité et le désir avec la personnalité d'un autre être. Ici je dirai (après la séparation). Pas une heure je ne restais sans me demander : « Que fait-elle ? que sent-elle ? reviendra-t-elle ? » par la curiosité, entre ma pensée et sa vie la communication était incessante. Ah ! je le comprenais mieux encore maintenant, où j'en sentais du reste d'une façon permanente la brûlure dans mon cœur, que l'amour est une petite porte ouverte sur la vie infinie d'un autre. Et cet afflux perpétuel en moi de ce qui faisait la vie d'un autre être, s'il était si douloureux, pourtant me donnait la sensation de m'être évadé de moi-même, la sensation d'un réservoir à qui ses écluses levées permettaient d'être en communication constante avec la mer. Et si l'on me l'avait offert, je sentais tellement mon moi étendu jusqu'à elle hors de ma personne que je n'aurais pas voulu qu'on le rétrécît en l'y renfermant de nouveau à clé comme autrefois.

Ma jalousie s'exagérait son importance, il me semblait qu'elle avait dû avoir des relations avec toutes les petites femmes de ces quartiers populeux et que par celles de ses amies qui pouvaient avoir ces goûts je pourrais peut-être avoir des renseignements sur elle. Mais voilà ; les petites femmes, blanchisseuses et autres, que je faisais venir ne l'avaient pas connue. Et les femmes qui auraient pu la connaître, comme Léa, maintenant qu'elle était morte, s'occupaient d'arts[b] et n'y pensaient guère. Sans doute tout cela n'était pas très extraordinaire. Paris est si grand, trouver une femme avec qui elle avait couché c'était chercher une aiguille dans une botte de foin et d'autre part il était bien naturel que des femmes qui avaient pu la désirer ne s'occupassent plus d'elle morte, comme moi-même bien souvent quand la réalisation d'un désir était impossible je n'y pensais plus. Mais ma jalousie avait tellement fait pour moi <d'> Albertine le centre de ces quartiers, le but de ces désirs de Léa, etc., que la pensée qu'on l'abandonnait maintenant qu'elle était morte, la faisant interchangeable avec d'autres, lui ôtait de son importance. J'aurais voulu le lui dire car alors elle m'appartenait plus. Mais pour le lui dire il eût fallu qu'elle vécût et les autres l'auraient redésirée et par leur indifférence à elle en la lâchant m'ôtait un poids douloureux *[plusieurs mots illisibles]* ils se tournaient[a] vers d'autres et par là, en l'abandonnant, m'abandonnaient moi-même et ma jalousie, semblaient faire de mon amour quelque chose d'indifférent en me montrant qu'elles-mêmes n'avaient poursuivi que la jolie fille, *me donnant cette douleur de me la montrer inconnue de ces blanchisseuses et délaissée de celles qui me rendaient jaloux au moment (et par le fait) où justement il m'était impossible de profiter de leur renoncement. Elles m'abandonnaient la chère petite, mais morte, parce qu'elle était morte et je ne pouvais même pas lui dire : « Vois comme elles t'aimaient moins que moi. » Oui leur amour que je croyais si terrible, dont je croyais que je ne pourrais pas leur demander de s'abstenir, elles y renonçaient aisément mais au moment où je ne pouvais*[b] plus en profiter. Peut-être j'aurais fait comme elles. C'était humain et naturel mais il me semblait surnaturel qu'elle pût cesser d'être désirée et je ne me la voyais laisser que pour la voir s'évanouir plus encore puisque sa personnalité n'avait pas de consistance et pour celles qui l'avaient désirée ne survivait pas à sa mort.

VIII.2

Mais[c] si je parlais d'elle à des femmes qui l'avaient connue (comme les amies de Léa), je voyais que maintenant qu'elle était morte, elles n'y attachaient plus d'importance. Sans doute ce changement de point de vue était produit par des causes fort naturelles. Moi-même, il m'était arrivé de désirer une femme, d'apprendre qu'elle était partie ou morte et de penser à d'autres. Mais cela ôtait en quelque sorte à ma jalousie le point solide sur lequel elle eût pu s'appuyer. Quoi, tandis qu'Albertine vivait et que j'aurais tant voulu que Léa ne se souciât pas d'elle, que dans son quartier on ne la connût pas, je pouvais croire que Léa se souciait d'elle comme moi, que toutes les femmes de son quartier l'avaient connue. Et maintenant que le désir de toutes n'aurait plus pu s'assouvir je sentais que *[un blanc]* mais cela ôtait de l'importance à Albertine précisément au moment où cela ne pouvait m'apporter aucun soulagement. Cela ne calmait pas ma jalousie puisque même si Léa avait pensé à elle, maintenant elle n'aurait pas pu l'obtenir, et que si ces femmes l'eussent connue elles n'auraient plus pu avoir de relation avec elle, mais cela éloignait encore de moi Albertine ; les femmes par lesquelles j'avais espéré savoir quelque chose de sa vie ne l'avaient pas connue, celles qui l'avaient désirée lâchaient prise, passaient à d'autres et je ne pouvais même pas m'appuyer solidement à leur désir.

VIII.3

— *Au[a] lieu de dire que je désire me faire faire cela par la blanchisseuse je dirai* ce jour-là Françoise me dit que les deux petites blanchisseuses dont elle m'avait parlé étaient là. Le mot de blanchisseuse me porta un coup au cœur. Je les fis entrer dans ma chambre. Je fermai à clefs. Je dis à l'une de demander à l'autre si elle voudrait me faire certaines caresses sur les bras, la poitrine, les jambes, elle lui parla tout bas, je me déshabillai. Quand ce fut fini, j'étais plus calme. Ce n'était pas si bon qu'Albertine eût dû avoir une telle ivresse. Cela n'avait pas dû compter beaucoup pour elle. Elle avait pu tout de même penser à moi après et à des choses sérieuses. Cela ne l'*[un mot illisible]* pas complètement. Mais pouvais-je cependant me rendre compte de ce qu'elle qui était femme avait ressenti ; un instant j'eus l'idée de demander à la petite de faire devant moi la même chose à son amie.

*Ceci va être changé car je *[une tache]* voir en face[1].* J'aurais trop *[une tache]* si l'autre avait poussé des cris, peut-être simulés, d'un plaisir que mon imagination aurait essayé de concevoir. Mais quand je fus seul je pensai qu'Albertine aurait pu quelquefois prendre ainsi deux femmes, peut-être un homme et une femme, que même au cas où elle-même ne l'avait pas fait, si elle avait vécu elle l'eût peut-être fait. Sans doute en tous temps la jalousie est un travail d'imagination et c'est même pour cela qu'elle pouvait si bien lui survivre puisque je trouvais en moi les images nécessaires à cette broderie. Mais enfin tant qu'Albertine vivait, si imaginative que fût ma jalousie ce qu'elle cherchait c'était le réel, c'était ce qui avait été vu, ce qu'il fallait empêcher. Mais maintenant qu'Albertine était morte, que ma tendresse pour elle était aussi purement réduite à des images que ma jalousie, qu'aucune réalité ne m'arrêtait plus où je puisse venir reprendre pied, tout tableau *[un mot illisible]* et vraisemblable où je la mêlais me faisait autant souffrir que s'il eût été vrai, et m'imaginer ce qui n'aurait peut-être eu lieu que dans deux ans me faisait aussi mal que me représenter ce qui avait été.

Même[b] un jour *(peut-être mettre cela un jour où je retourne à la maison de passe, ou bien j'y donne rendez-vous à la blanchisseuse et je lui dis d'amener une de ses amies et de faire cela devant moi)*. Alors je fus frappé par une espèce de bruit fait par celle qui subissait les caresses de l'autre. Je me disais : « Souffre-t-elle ? est-ce qu'elle rit ? qu'est-ce que cela veut dire ? » Il en est ainsi de tout bruit original révélant une sensation que nous ne connaissons pas. J'ai vu une fois opérer un malade qui n'était pas insensibilisé. Je ne savais pas si je l'entendais éclater de rire ou pleurer. C'était la souffrance inconnue qui créait son langage. Ici c'était la jouissance. Je ne la voyais pas, je l'entendais, cela se passait dans le corps de la petite comme derrière un rideau que je ne pouvais soulever. *[Plusieurs mots illisibles]* dans l'être bouleversé, quelque chose d'aussi violent qu'une révolte d'agonie. Alors je pensais que cette jouissance que je ne pourrais jamais ressentir ni procurer Albertine l'avait connue. Je ne pouvais m'imaginer quelle sorte d'amour elle pouvait avoir pour ces filles qui le lui donnaient mais je sentais qu'il devait être autrement vif que celui qu'elle avait pour moi et j'étais poursuivi par l'écho de ces cris que peut-être elle poussait sur les bords de la Loire avec la blanchisseuse, que peut-être elle avait poussés à Balbec, à Amsterdam[1], à Montjouvain.

Cette[a2] feuille collée va avec l'histoire des petites blanchisseuses qui est à la page suivante je crois.

Quand nous sortîmes l'une des petites blanchisseuses partit. Elle demeurait à côté. Au clair de lune ses voiles palpitaient doucement comme une mer mauve. Je n'avais pas envie de rentrer. Je pensais à toutes les belles choses qu'on pourrait aller voir, je dis à la petite comme ce serait bien d'aller dans la forêt de Fontainebleau. Je la sentai loin de chez elle, je lui proposai de l'accompagner. Je l'arrêtai à la place Clichy. Je venais de l'embrasser quand je lui dis : « Est-ce que tu aimerais mieux que je te mette plus près de chez toi ? — Oui je n'osais pas vous le demander. — Mais seulement si ce n'est pas indiscret. Si tu as affaire place Clichy, je vais t'y laisser. Ne va pas croire que c'est par jalousie que je te propose cela. Je n'ai pas l'intention de te chambrer. Tu peux faire tout ce que tu veux. — Je sais bien que ça vous est égal, mais je rentre. Vous me faites plaisir en me ramenant plus loin. » Devant nous l'avenue de Saint-Ouen tremble au clair de lune comme l'aile d'un papillon d'Amérique, je me rappelai que j'avais dit la même chose à Albertine la première fois que je la ramenais. Je n'étais pas jaloux d'elle, on ne plaisante ainsi sur la jalousie que quand on ne la ressent pas. Et elle le sentait bien. Il était encore loin le temps où ma surveillance devait lui peser jusqu'à ce qu'elle s'en échappât. Ainsi je recommençais à être pour d'autres femmes l'homme qu'on n'est qu'au début, que j'aurais tant voulu rester toujours pour Albertine, l'homme qui ne l'ennuyait pas, par qui elle était contente d'être raccompagnée. Mais ce même homme, et ce même clair de lune, me faisaient tous deux sentir ce qui leur manquait, celle que je ne conduirais plus jamais, Albertine *(dire cela autrement)*. Je me dis : « Si elle savait que je pense ainsi à elle tout le temps, que la nature me la rappelle, que l'amour même me rappelle, et que mes moindres infidélités ne font que rajeunir et fortifier ma fidélité. Mes infidélités lui eussent été bien indifférentes. Mais ma fidélité, il me semble que si j'avais pu la trouver dans le grand ciel bleuâtre, bombé comme une opale, qu'elle eût été touchée et m'aurait aimé ». Car quand j'imaginais qu'elle était vivante, ou immortelle, cependant je la croyais morte, privée de tout, ne connaissant plus les plaisirs de la *[un mot effacé]* et bien sensible alors à cette fidélité que vivante, si elle avait eu *[un mot effacé]* à poursuivre, elle aurait tant dédaignée. *Resserrer cela *[plusieurs mots illisibles]* de sorte que la blanchisseuse me rappelle deux fois Albertine.*

Esquisse IX

[LA SOUFFRANCE ET L'OUBLI]

[« Indicible horreur, que ces moments de calme, presque de bonheur que j'avais parfois dans ces premiers temps[1]*. » Alors que dès les premiers instants il souhaite échapper à la souffrance, le héros éprouve en même temps la hantise d'oublier ; quel qu'en soit l'objet, toute souffrance retarde cette forme de mort qu'est l'oubli ; le thème — qu'illustre la fascination du lion ou du buffle par le python — est esquissé à maintes reprises dans le Cahier 54 : nous donnons quatre fragments dans l'ordre probable de leur rédaction.]*

À[a] ce moment quand elle est morte, je veux par idolâtrie avoir une espèce de culte d'elle, ce qui me donne tristesse et douceur et pensant que ma grand-mère ne m'est plus rien *(sauf ce que je dirai ailleurs : un exemple de goût dans son amour vrai et juste — et non d'instinct aux affectations Rambouillet[2] — de Mme de Sévigné, de Racine et de Saint-Simon)*, je me demande si ce n'est pas mal. Et je n'éprouve pas de remords de cet oubli de ma grand-mère comme si en effet les êtres n'existaient pas, mais seulement en nous certains modèles de sentiments, notamment cet amour familial que j'avais éprouvé pour ma grand-mère et — quoique différent — pour Albertine, et si ce n'était pas mal d'oublier ma grand-mère puisque en rendant ce culte à Albertine je le rendais en moi à ce même modèle d'amour familial.

Ô[b3] Swann qui aviez souhaité qu'Odette mourût dans un accident pour être débarrassé de votre jalousie, homme si fin et qui croyiez si bien vous connaître, ô Robert de Saint-Loup en qui avait passé le désir de tuer sa maîtresse pour anéantir sa propre souffrance, comme vous vous trompiez tous deux. Albertine n'existait plus et jamais je n'avais été si jaloux d'elle. Sa tante vint me voir et sa présence me calma un peu, peut-être parce que tout ce qui faisait exister un peu Albertine au-dehors diminuait d'autant ce qui existait d'elle au-dedans. Or c'est l'Albertine du dedans que j'aimais. Et je compris *(peut-être mettre cette phrase ailleurs, par exemple un peu avant quand je parle de ce qu'auraient dû m'enseigner les formules de M. de Charlus[1] et ce que m'enseigna Albertine vivante en moi)* pourquoi quand elle arrivait près de moi j'étais un peu gêné, comme si ma pensée était brusquement obligée de s'adapter à un objet qui était fort différent de l'Albertine à laquelle elle pensait sans cesse, à un objet à la mesure duquel mes pensées constantes n'étaient pas faites, qui avaient de la peine à l'appréhender et ne pouvaient l'envisager sans déception et sans fatigue.

Au[a] sujet du souvenir (de plus en plus rare) que j'ai d'Albertine parfois après de longues périodes où elle n'est plus qu'un nom, qu'un mot. À cause de cet affaiblissement de la mémoire, Albertine finit par devenir un mot, une personne pareille aux autres et dont je ne pouvais dire avec une tristesse convenable que sa mort m'avait fait grand-peine. Mais parfois *(peut-être ici le souvenir des premières mesures du *Joseph* de Strauss[2])* un rêve que j'avais fait la nuit, un état physique particulier, faisait glisser les parois durcies qui fermaient toute ouverture dans ce passé. Alors je sentais qu'au fond de moi, à une grande profondeur, comme une prisonnière dans un cachot souterrain, inaccessible tant elle était profondément descendue, mais aussi incompressible, indestructible, au fond de moi elle était vivante. Alors pour moi rien qu'un instant — car les éclaircies étaient aussi brèves que rares —, j'aurais voulu rejoindre l'emmurée que me rendait plus touchante mon délaissement que pourtant elle ne savait pas. J'enviais le temps où je souffrais nuit et jour du compagnonnage de son souvenir. Mais[b] c'était trop loin, trop profond. Elle me semblait touchante d'être délaissée quoiqu'elle n'en sût rien. Bientôt la trappe se refermait, je n'entendais plus la voix de la prisonnière. Déjà l'éclaircie se rétrécissait, bientôt recouverte par les nuages que mon imagination ne réussissait plus à percer.

*Quand[c] j'apprendrai par Mlle Vinteuil (avec qui d'abord chez Mme de Guermantes j'avais laissé passer l'occasion de causer de ce qui m'intéresse) qu'Albertine était innocente je dirai : (*essentiel*)* mais ces paroles ne pouvaient plus me causer de joie, m'ôter une peine que j'avais depuis longtemps cessé de ressentir. Elles venaient trop tard. Ou plutôt c'était peut-être mieux ainsi. Si ç'avait été peu après la mort d'Albertine, au temps où ses fautes avaient le pouvoir de me faire tant souffrir, que j'eusse appris qu'elle ne les avait pas commises, je l'eusse sans doute moins longtemps regrettée innocente que coupable. Car le regret n'est pas différent de l'amour. Et les mêmes causes qui augmentent l'amour augmentent le regret, parmi lesquelles, la jalousie.

Esquisse X

[TROIS JEUNES FILLES]

[Les trois jeunes filles qui, dans cet épisode du Cahier 36, deviennent quatre, comme chez Alexandre Dumas, constituent un des noyaux très anciens du roman ; les éléments sont distribués par la suite en plusieurs moments très éloignés les uns des autres, rencontre de la « petite bande » dans « À l'ombre des jeunes filles en fleurs », histoire de Mlle de Stermaria, et enfin point de départ du second chapitre d'« Albertine disparue », « Mademoiselle de Forcheville ». On s'aperçoit que la rencontre des trois jeunes filles au Bois est destinée à marquer l'itinéraire à rebours de l'amour, il répète la première rencontre avec Albertine et marque ainsi la fin d'un amour qui devait, pour guérir, repasser par toutes les étapes de son évolution.]

Un jour je rentrais déjeuner quand je croisais pas très loin de la maison trois jeunes filles qui toutes trois firent sur moi une vive impression. Il était difficile de trouver réunies trois femmes plus dissemblables et plus délicieuses. L'une brune, grande, vive, animée, portant à la main une raquette de tennis, avec une jupe courte de personne qui va remonter à cheval, me donnait cette idée très troublante d'une jeune fille qui ne pense qu'aux sports, de qui on se sent séparé par une foule de préoccupations qui l'éloignent de vous et lui donneraient le plus grand mépris pour vous qui n'allez pas à La Boulie et à Puteaux[1]. Du reste elle ne faisait attention à rien du dehors, était occupée à des conversations de sport avec cette ardeur fâcheuse qui ne voit rien autour d'elle, et fait que les jeunes filles, comme les jeunes gens d'ailleurs, qui s'occupent de sport tiennent l'existence des autres êtres pour nuls, ne vivant que dans leur petit monde et avec leurs pareilles, ameutent les badauds, assourdissent les vieilles dames, dérangent tout le monde, tyrannisent les plages. On sentait le corps le plus vif, le plus souple, le plus frétillant, le plus impossédable aussi. Hélas ces fées que l'on aperçoit, fées de la danse, du sport, de la blonde rêverie, de la coquetterie impertinente, de la mélancolie etc. ont aussi en elles des éléments qui nous sont communs avec elles. J'ai été amoureux d'une paysanne qui me donnait l'idée de la santé primitive et intacte et elle avait comme moi le rhume des foins ! Je me suis lié avec un *sportsman* éminent qui me semblait mon pôle contraire et dont la fréquentation serait pour mes nerfs surmenés une cure de calme et il me dit que s'il faisait tant de sport c'était pour soigner sa neurasthénie. Mais quand on ne connaît pas ces fées, ces ondines des fleuves où nous ne nous sommes jamais trempés, nous croyons qu'elles vont nous emmener avec elles dans un monde enchanté. L'autre était blonde, rose, gaie, avec des yeux myopes qui donnaient à son regard l'air d'avoir été rentré à l'envers dans ses yeux et leur donnait une espèce de beauté doublement pénétrante comme s'ils ne se contentaient pas de vous regarder mais vous proposaient aussitôt de vous emmener avec eux dans l'intérieur de leurs prunelles de sorte qu'elles semblaient à la fois plus secrètes et plus confidentielles, d'être plus enfermées en elles mais de pouvoir vous y introduire en cachette. Mais elle ne m'avait même pas vu et son regard comme une fleur repliée se tourna d'un autre côté. La moins séduisante pour moi des trois était la troisième, une blonde, aussi en toilette blanche et bleue et un chapeau de ne-m'oubliez-pas, jolie, pâle avec des yeux bleus de la couleur exacte des fleurs de son chapeau mais moins séduisante pour moi que les deux autres, parce qu'elle était plus maigre, plus nerveuse, plus pensive, et ne semblait pas du tout intéressée par la conversation sportive des deux autres. Mais comme j'arrivais à quelques pas d'elles je les fixais, tandis que la première, ivre de sport, ne me voyait même pas, et que la seconde par myopie ou bonne éducation, après m'avoir involontairement fait entrer dans l'intérieur de sa prunelle sur le rayon replié de son regard, détourna les yeux comme fait toute personne qu'on regarde et que vous n'intéressez pas, la troisième soutint mon regard et même à la dérobée détacha en quelque sorte de ces prunelles couleur de ne-m'oubliez-pas une sorte de regard nouveau qui vint s'appuyer sur moi, puis elle continua à parler avec ses amies. Bien que ce fussent les deux autres que je désirais, je sentis que celle-là si je la rencontrais seule serait approchable. Elle ne me plaisait pas quoique fort jolie. Mais elle me servirait pour me présenter à ses amies avec qui peut-être il y avait quelque chose à faire[1].

Quel ne fut pas mon trouble en les rencontrant, le lendemain, sous la porte de la maison, qui sortaient de chez les Guermantes. La blonde aux yeux de myosotis au moment où je passais détourna encore sa figure rieuse[a] du groupe de ses amies, appuya à la dérobée sur moi un regard lancé comme une bille de ses prunelles claires et passa avec ses amies. Je demandai le nom au concierge, il ne le savait pas. Je le priai de demander au valet de chambre des Guermantes, il apprit que l'une s'appelait Mlle d'Orcheville ou de Forcheville. Je pensais aussitôt à ce que m'avait dit Montargis sur la demoiselle qui allait dans les maisons de passe et je me dis : « C'était sûrement la blonde. » J'étais fou, je demandai au concierge de me dire laquelle, c'était celle-là.

Dès lors ce n'était plus pour me présenter aux deux autres que je voulais demander à celle-là, je pensais que celle-là avait des amants, désirait que je fusse le sien, n'osant pas à cause de ses amies, je ne pensais qu'à elle. J'allais voir inutilement les Guermantes. Mais avant, ce qui permet aux passions des hommes d'être moins fortes que celles des enfants parce qu'ils peuvent agir et passer leur anxiété sur autre chose, j'envoyai une longue dépêche à Henri :

DIS-MOI LE NOM EXACT ET DÉCRIS-MOI EXACTEMENT LA JEUNE FILLE EN ORGEVILLE QUI ALLAIT RUE DU MONT-THABOR.

Le lendemain matin je recevais la réponse suivante :

MLLE DE COURGEVILLE, UNE SUPERBE FILLE TRÈS FORTE, AVEC DES CHEVEUX TRÈS NOIRS, ET UN SIGNE NOIR SUR LA JOUE, LETTRE SUIT.

Une chance à mon bonheur était enlevée, mais je ne l'en aimais que davantage. Elle aussi ne devait <penser> qu'à me revoir. Si elle avait su que je connaissais les Guermantes ! Un jour elle passa seule, je marchai derrière elle, la frôlai, elle rencontra une dame, s'arrêta longtemps et repartit avec elle, elle avait l'air fâché, je n'y comprenais plus rien. Dix fois je tâchai de trouver les Guermantes. Enfin j'allai chez eux à une petite matinée, je n'y allais que dans l'espoir de rencontrer les jeunes filles, je causais avec des femmes, heureux d'être brillant pour si elles venaient, la porte s'ouvrit, elles entrèrent, on me présenta, je me levai distraitement, et me rassis et continuai avec entrain ma conversation avec ces femmes qui pourtant m'étaient bien indifférentes. Il y a un moment, quand on est lancé dans l'exaltation d'actions indifférentes, où on continue à les faire et où une émotion étrangère ne peut s'insérer dans l'engrenage de ce qu'on fait. La présentation aux jeunes filles passa indifférente à mes propres yeux, maintenant je les connaissais, par conséquent je n'avais plus à me préoccuper, tout allait tout seul et ce n'est que rentré chez moi, une fois le plaisir de la matinée où je n'étais allé <qu'à> cause d'elle un peu dissipé, que je me dis tout d'un coup : « Mais je les connais ! ce que je désirais tant est arrivé ! » Et alors seulement je me sentis profondément heureux. Le lendemain je revis Mlle de Forcheville chez les Guermantes, je sentis qu'elle désirait dissiper un malentendu. Elle dit à Mme de Guermantes : « Il faut que je dise qui je suis à monsieur. Je crois qu'il ne me reconnaît pas. Vous ne vous souvenez pas de m'avoir vue à Combray... chez mon père... M. Swann. Moi je vous ai reconnu tout de suite. » Je dis stupidement : « Mais je ne pouvais pas deviner, on m'avait dit : "Mlle de Forcheville" ». Elle rougit légèrement mais ne m'en voulut pas un moment. Elle avait ce bon caractère de Swann qui acceptait si bien les plaisanteries de mon grand-père sur les israëlites et ne pouvait pas garder rancune. La jeune fille que je n'avais cru n'aimer que les sports, quand elle sut que c'était moi le traducteur de Ruskin[1], me témoigna les plus grands empressements et la blonde aux yeux profondément frappés par la lame rentrée de son regard était gentille avec tout le monde. Quant à Mlle de Forcheville, si elle m'avait regardé, c'est tout simplement parce qu'elle m'avait reconnu. Comme elle parlait de plusieurs de ses amies, je lui demandai si elle ne connaissait pas Mlle du Penhoët[2], mais elle me répondit que c'était une jeune fille, oh ! d'une très bonne famille, mais, comment dire, qu'elle n'avait pas un très bon genre, qui s'était un peu... déclassée, enfin que ses parents (elle était définitivement redevenue Forcheville, et, ne m'ayant parlé de Swann que pour m'expliquer que je m'étais mépris sur le sens de son regard, elle ne m'en a jamais reparlé), que ses parents ne tiendraient certainement pas à ce qu'elle la fréquentât, mais avisant la brune piquante ruskinienne et sportive elle dit : « Mais, tenez, Cécile la connaît elle a été au couvent avec elle. N'est-ce pas ton amie, Mlle de Penhoët ? — Oui pourquoi[a] ? — Je crois que monsieur voudrait la connaître — Oh ! c'est-à-dire que je l'ai rencontrée à Saint-Valéry[3]. — Ah ! oui, c'est cela, elle y alla il y a assez longtemps[b], n'est-ce pas, cinq ou six ans. Mais vous savez elle n'est pas du tout de notre milieu. Je n'ai pas d'occasion de la voir beaucoup — Si on la faisait inviter chez les Guermantes ? demandai-je — Oh ! Mme de Guermantes ne l'invitera pas. Ce n'est pas ce milieu-là — Oh ! elle est d'une famille tout ce qu'il y a de mieux mais, comment dire, elle est un peu *fast*. » Il me semblait que les Guermantes auraient pu faire cela pour moi, mais je n'osais pas insister. Mais quelques temps après la jeune fille me dit : « Vous savez j'ai rencontré Mlle du Penhoët. Je lui ai parlé de vous, elle se souvient très bien. Nous lui avons dit que vous écriviez, que vous avez gardé un grand souvenir d'elle, elle a été très flattée. Je crois qu'elle serait très contente de vous voir — Mais comment faire ? — Oh ! je ne sais pas. » À une fête de charité qui fut donnée à peu de temps de là à l'île du Bois[c], je demandai à Cécile d'y faire venir Mlle du Penhoët. La femme de chambre de Mme Picpus[4] qui m'avait demandé à me dire adieu avant de partir pour Combray m'avait conduit jusqu'à l'endroit où on prend le bateau. Et quand je débarquai de l'autre côté je trouvai mes quatre jeunes filles, celle qui avait la capote rose derrière la haie de Combray, et le chapeau de ne-m'oubliez-pas devant la porte de la maison, celle qui avait le feutre gris avec la plume de faisan dans la salle à manger de Saint-Valéry, celle qui avait la raquette de tennis et la jupe de cheval, et la blonde aux yeux à jamais percés de ces regards qui étaient plongés jusqu'à la garde, aux yeux au fond desquels le regard descendait perpendiculairement comme un rayon de soleil reflété qui descend dans l'eau. Je n'en aimais aucune des quatre, et le rêve que chacune m'avait donné s'était évanoui en les connaissant. J'étais maintenant lié avec elles, socialement de fait, c'est-à-dire par autant de néants, de négations, elles étaient dans ma vie. En réalité elles n'y avaient jamais été que quand je ne les connaissais pas, que quand en regardant le précieux visage pâle sous son feutre gris je rêvais qu'elle me cachait dans la chapelle, au fond des bois, dans son château de Bretagne, quand la petite fille en capote rose ne me quittait pas des yeux derrière la haie de Combray et quand plus tard j'avais cru qu'elle était la jeune fille de la maison de passe, quand j'avais imaginé la brune comme une fée des sports à qui notre monde était indifférent et par qui j'aurais voulu être emmené au milieu de ses souples et vives amies. Mais cependant j'avais une sorte de plaisir doux à sentir que du moins ces filles que je connaissais, ce n'étaient pas celles qu'on n'a pas voulu connaître et qu'on vous présente et près desquelles on rêve à celles qu'on a vu passer sur la route, qu'on a désirées et qu'on n'a jamais connues. Non ces quatre-là qui deux de chaque côté de moi riaient, me prenant la main, s'informant de ce que je voulais faire me disaient : « Vous n'allez pas nous quitter », c'étaient précisément de ces inconnues dont on se dit que ce serait trop beau de les connaître, celles qu'on a plus désirées que toutes. Sans doute, de près elles n'étaient pas tout à fait comme on croyait. La sportive était ruskinienne. Mais c'était la réalité qui était ainsi. Qui me dit que la fille plus rose que l'aurore qui me tendait le café au lait dans la gorge de X n'était pas rhumatisante ? Sans doute mon plaisir avait ceci de négatif qui est fait du calme d'une illusion qu'on a perdue. Mais aussi il n'était pas à base de mensonge, comme tout plaisir qui n'est pas celui qu'on a voulu, à l'aide duquel on oublie ceux qu'on aurait pu avoir. Je[a] me disais : « Ceci, ce qui est près de moi, cette femme que je peux prendre par la main, qui me parle sans même que j'écoute ce qu'elle me dit, qui sera heureuse de se promener avec moi, cela c'est l'inconnue dont la vue nous trouble, qui nous donne l'idée d'une nature spéciale, d'une vie singulière, d'un bonheur infini. C'est elle, et en ce moment je peux retrouver sur la même toque qu'elle avait ce matin, et ce même visage auquel je donnais une signification différente. Délicieuse vie inconnue, puisque tu n'existes pas au fond, du moins c'est une chance pour moi d'avoir capté ton apparence et de la tenir par la main. Femme inconnue, connue aujourd'hui, mais restée la même, laisse ta main dans la mienne ; laisse mes yeux jouer sur ce visage où l'amitié si humaine que tu me portes n'a pu effacer entièrement les traces du désir étrange que tu m'inspirais ; petit nez, yeux moqueurs, peau dorée, vous êtes précieux pour moi pour être ce qu'on peut saisir de l'inconnu, pour être l'inaccessible offert et gardé[a]. » Non, le parfum que je respirais c'était celui des fleurs qui m'avaient plu au passage, et que j'avais cueillies. Et si elles ne m'enivraient pas cela me consolait de celles que je n'avais pas cueillies, en me disant que peut-être la jeune fille à la rose noire qui avait appuyé sa poitrine contre moi au bal, la jeune fille difficile, la danseuse, la paysanne de Combray avant sa brûlure, la fille du sacristain, la fille du cafetier de la gare, les blanchisseuses, tant de jeunes filles rencontrées au bal, aperçues à la messe ou allant en cours, et qui il fallait bien me l'avouer ne m'avaient pas paru mieux que le feutre gris, le chapeau de myosotis, la jupe de cheval et les yeux réverbérés, auraient pu me donner la même déception qu'elles si à la place c'étaient elles que j'avais connues. Je n'avais donc pas perdu mon été. Un peu du désir insatisfait qui embellit l'univers et nous rend malheureux était diminué, était devenu du commun et du médiocre. Le monde était moins beau mais j'étais plus calme. Mais si je voulais bien sentir tout le plaisir de les connaître, il me fallait me rappeler ce qu'elles étaient, non pas la ruskinienne avec qui je causais, non pas celles qui étaient là, mais de me dire : « C'est elle qui avait la jupe de cheval et par qui j'aurais voulu être emmené à la Boulie ; celle qui en ce moment me tient la main et quand ses amies auront rejoint leurs parents que j'emmènerai dans la grotte de l'île, c'est elle à qui son père disait sévèrement : “Germaine” dans la salle à manger de Saint-Valéry. » Et en réponse à la pression de sa main je lui dis tendrement à l'oreille : « Germaine. »

Esquisse XI

[POURSUITE DE LA JEUNE FILLE BLONDE]

[Le Cahier 48 organise un canevas très proche du récit définitif, et plusieurs passages ont été transcrits dans le manuscrit définitif : la rencontre des trois jeunes filles, l'enquête sur la jeune fille blonde et la rencontre chez Mme de Guermantes sont entremêlées avec l'article du « Figaro » ; nous donnons un fragment de l'épisode, la rencontre nocturne, qui n'a pas été repris.]

À partir d'un certain âge quand on est amoureux, au lieu de vivre impuissant avec un désir sans espoir, on profite des relations qu'on a, des différents moyens d'action que la poste, les fiacres, le chemin de fer, mettent à notre disposition, et on dérive son désir sur des actions qui peuvent en hâter la réalisation et se substituent dans notre pensée au désir lui-même. Ce télégramme s'appliquait à la vie de Mlle d'Ossecourt[1], c'était une mainmise sur elle à son insu, et avec l'aide de quelqu'un qu'elle connaissait si je ne me trompais pas. Et d'autre part cette action dont elle était l'objet probable, je l'accomplissais avec une puissance efficace et certaine, l'employé n'avait qu'à m'obéir et à prendre la dépêche, le télégraphe à la transmettre, et tandis que quand j'étais enfant je restais seul à la maison, ramené des Champs-Élysées par Françoise, à nourrir mon impuissant désir de Gilberte, sans espoir que le lendemain m'amène un événement nouveau, le soir même j'allais recevoir une réponse de Charles[2] et tout ce roman allait se conclure ou se défaire, se déployant sur de nombreuses lieues de territoire, tout un passé et une existence de plaisir, sans que j'eusse de peine à prendre entre l'heure de mon déjeuner et celle de mon coucher. C'est ainsi qu'à partir d'un certain âge on peut distraire son désir en le dérivant vers des actions qui peuvent en hâter la réalisation, que nous rendent possibles nos relations, notre connaissance de la vie, et cette part de puissance efficiente que donnent aux hommes la poste, les chemins de fer, le téléphone, le Bottin, les fiacres. L'enfant, lui, n'a à sa disposition ni la civilisation ni le divertissement d'autres pensées. Il aime comme un sauvage ou plutôt, car il n'a même pas la permission d'aller et de venir où il lui plaît pour se distraire, comme une fleur. Plus tard les souffrances de l'homme sont moins fortes et le désir aussi.

J'allais avant le dîner au télégraphe voir s'il n'y avait pas une dépêche et comme il n'y en avait pas, je donnais mon adresse pour qu'on me la porte, quand en sortant je vis déboucher d'une rue et passer devant moi, suivant les boutiques éclairées qui faisaient à la rue comme une longue base blonde, une grande jeune fille pressée aux yeux vagues et curieux portant devant elle l'inconnu de sa pensée et de sa vie. C'était Mlle d'Ossecourt. Elle ne m'avait pas vu. Puisque je pouvais la voir demain chez les Guermantes, quand j'aurais reçu la dépêche de Charles, j'aurais peut-être attendu, mais je la suivis le long des boutiques fluidifiées et rosies par la lumière qui était à la chaussée ce que la flamme est au cierge[a]. Elle marchait vite évoquant par son allure rapide la demeure où elle rentrait, le lieu d'où elle venait, toute son éducation imprimée dans sa contenance et dans sa démarche. Et son corps, sa marche me faisait penser qu'à ce qu'on ne voyait pas, au salon[b] de ses parents, à l'amie de chez qui elle venait, aux principes hypocrites de pure éducation, la part que le monde extérieur tenait dans ses pensées m'intéressaient par le spectacle qu'il offrait à son regard pourtant distrait et myope, c'était le coup d'œil rapide et de biais jeté sur les vitrines rosâtres qui offraient alors à son visage incliné leur miroir rosâtre nocturne[a], fugitif et nocturne[b]. J'admirais sa haute taille et ses mouvements, quand elle regardait aux vitrines éclairées et qui faisaient à la rue comme une tresse blonde, je voyais à demi son visage. Je la suivis, je cherchais à imaginer sa vie, et à la pensée que je pourrais la connaître, que tout l'inconnu de ses actions de tout à l'heure, de la maison où elle vivait, de ses parents, de ses amis, de toutes ses pensées, de l'endroit d'où elle venait, je pourrais y être mêlé, qu'elle déposerait tout cela devant moi, mon cœur brûlait. Et elle continuait à marcher, souple et grande et par moments son visage apparaissait à demi *[un mot illisible[c]]* dans la devanture éclairée des boutiques, comme dans un miroir nocturne, fugitif, mélancolique et mystérieux. Tout d'un coup elle m'aperçut et me regarda avec le regard qu'elle avait eu ce matin mais plus insistant encore et qui tout d'un coup telle fléchie, se brisa en un sourire. À ce moment elle allait entrer dans une porte cochère, je passai devant elle et la frôlai avec tout mon corps. Elle me regarda d'un air irrité et outré ; je n'y comprenais plus rien.

Je rentrai, on venait d'apporter une dépêche :

MLLE DE CHAUSSECOURT, COMME DANS CHAUSSE, DANS HAUTS DE CHAUSSE DE L'ÉCOLE DES MARIS, ET DE CES GRANDS POURPOINTS APPELÉS HAUTS DE CHAUSSE. PETITE BRUNE, UN PEU FRUSTE, DOIT ÊTRE EN CE MOMENT EN ALGÉRIE[1].

En même temps on me remit un mot de Bloch et même un mot de Bergotte[2] qui me complimentaient sur mon article et m'exhortaient à continuer. Et sans doute cela donnait du prix à mon article, presque l'idée que je possédais du talent, et le désir d'écrire. Mais le désir, même quand il a pour objet une œuvre littéraire, nous laisse en se retirant le même que nous étions et ne nous rend nullement plus capable de commencer cette œuvre et nous fait dédaigner, pendant qu'il nous éloigne, tout autre but dans la vie, nous laisse un instant après le même que nous étions, nullement plus capable de travailler ni de résister au plaisir. Il a beau rêver d'œuvre et de gloire, il nous approche beaucoup moins d'elles qu'un bon arrangement du temps, une habitude laborieuse, qui les ignore, qui est sans enthousiasme, qui est toute matérielle mais qui au contraire nous permet de réaliser les unes et d'espérer les autres. Or mes habitudes étaient au contraire de paresse, et mon temps arrangé de telle façon que n'ayant rien à faire je ne pouvais trouver une heure pour travailler. Je ne fis jamais un second article[3].

Esquisse XII
[L'ARTICLE DU *FIGARO*]

[Cet épisode, que l'on trouve dans les Cahiers 3 et 2, est un des plus anciens morceaux d'« À la recherche du temps perdu » puisqu'il ouvre les premiers récits du « Contre Sainte-Beuve » ; à l'époque, il est introduit par le motif de la chambre obscure et sert d'ouverture à la « conversation avec maman ». Lorsque Proust cherche à l'insérer dans « Albertine disparue », il reprend l'ensemble des séquences et les place de façon un peu abrupte, à la suite des rencontres avec les trois jeunes filles, pour en faire le prétexte à une visite chez Mme de Guermantes où l'identité de Mlle de Forcheville/Éporcheville lui sera découverte. La logique immédiate du récit est donc d'aller voir une des lectrices dont l'auteur de l'article a tenté d'imaginer les réactions. Un second ordre logique, plus profond, est de montrer un premier pas vers la littérature, et l'échec provisoire de ce premier pas. On ne voit à aucun moment le héros écrire cet article, bien qu'un des brouillons fasse état du moment où il écrit son article[1].]

XII.1

Je[a] fermai les yeux en attendant le jour ; je pensai à un article que j'avais envoyé il y a longtemps déjà au *Figaro*. J'avais même corrigé les épreuves. Tous les matins, en ouvrant le journal, j'espérais le trouver. Depuis plusieurs jours j'avais cessé d'espérer et je me demandais si on les refusait tous ainsi, si cela vaudrait la peine d'en faire d'autres. Bientôt j'entendis tout le monde se lever. Maman ne tarderait pas à entrer dans ma chambre car déjà je ne dormais que le jour et on me disait bonsoir après le courrier. Je rouvris les yeux, le jour avait paru pénétrer dans ma chambre. Bientôt maman entra, disposa près de moi d'un air de distraction complète *Le Figaro* mais très près de moi pour que je ne puisse pas ne pas le voir et elle disparut si vite, repoussant avec une vivacité qui la surprit la vieille bonne qui voulait entrer, que je compris immédiatement que l'article avait paru et que maman avait voulu m'en laisser la surprise et que personne ne vînt troubler ma joie ou m'obliger à la dissimuler par respect humain. J'ouvris la bande, en effet c'était bien cela et pour ne pas demander la lampe j'ouvris les rideaux pour voir assez clair.

XII.2

Bientôt[b] maman entra aussi. Il n'y avait jamais besoin d'hésiter quand on voulait comprendre ce qu'elle faisait. Comme pendant toute sa vie elle n'a jamais pensé une fois à elle, et comme le seul but de ses plus petites actions comme de ses plus grandes a été notre bien, et à partir du moment où j'ai été malade et où il a fallu renoncer à mon bien, a été mon plaisir et ma consolation, il était assez facile avec cette clé que j'ai possédée dès le premier jour de deviner ses intentions dans ses gestes et de m'apercevoir du but de ses intentions. Quand je vis après qu'elle m'eut dit bonjour son visage prendre un air de distraction, d'indifférence, tandis qu'elle posait négligemment *Le Figaro* près de moi — mais si près que je ne pouvais pas faire un mouvement sans le voir — quand je la vis sortir précipitamment de la chambre comme un anarchiste qui a posé une bombe et repousser avec une violence inaccoutumée ma vieille bonne qui entrait précisément à ce moment-là et qui ne comprit pas ce qui allait se passer de prodigieux dans la chambre et à quoi elle ne devait pas assister, je compris immédiatement ce que maman avait précisément voulu me cacher à savoir que l'article avait paru, qu'elle ne m'avait rien dit pour ne pas déflorer ma surprise, et qu'elle ne voulait pas que personne fût là qui pourrait troubler ma joie par sa présence ou seulement m'obliger par respect humain à la dissimuler. Maman n'a jamais déposé ainsi elle-même le courrier près de moi sans qu'il y eût dans le journal soit un article de moi ou sur moi ou de quelqu'un que j'aime, soit une page de Jammes ou de Boylesve qui sont pour moi un enchantement, soit une lettre d'une écriture aimée.

XII.3

Maman[a] entra dans ma chambre pour me donner mes lettres. La tendresse[b] n'était pas cachée sur son visage comme autrefois quand elle espérait faire de moi un homme vaillant et qu'elle voulait diminuer et entretenir le moins possible l'exaltation de ma tendresse pour elle. Maintenant j'étais un malade qu'elle n'espérait plus guérir et elle cherchait à me donner des consolations. Et puis les chagrins avaient brisé sa volonté, et sa voix, son visage restaient toujours en une harmonie secrète avec ceux qu'elle pleurait comme si quelque chose du monde avait pu leur faire du mal. Elle avait gardé quelque chose du geste d'infini respect, de timidité infinie, d'infinie douceur avec lequel au cimetière elle avait laissé tomber comme épouvantée, en poussière légère et brisée, la pelletée de terre sur le cercueil de sa mère. Même sa gaieté avec nous restait douce et se *[un mot illisible]* ses éclats et *[un ou deux mots illisibles]* monter jusqu'à lui au-dessus de son chagrin. À cette heure-là pourtant elle m'embrassait vite et ne restait jamais à causer et se retirait admettant que, malade, je dormisse le jour mais ne voulant pas laisser périmer en moi pour des jours meilleurs l'horaire d'une vie saine et pratique, et me montrer qu'il y a heure pour tout, que ce n'en était pas une pour causer, qu'on ne reste pas à causer en robe de chambre, que la cuisinière l'attendait pour les ordres, et qu'il était grand temps qu'elle aille s'habiller si elle voulait parler au boucher quand il viendrait et lui dire qu'on ne se servirait plus chez lui s'il continuait à ne pas donner des biftecks plus tendres et plus avantageux. Mais en me donnant mon courrier elle le déposa si vite sur ma table que moi qui sais lire...

XII.4

J'ouvris[a] le journal, tiens, justement un article sur le même sujet que moi, non mais, c'est trop fort, juste les mêmes mots, je protesterai, mais encore les mêmes mots, ma signature, c'est mon article. Mais pendant une seconde ma pensée, entraînée par la vitesse acquise et peut-être déjà un peu fatiguée à cette époque, continue à croire que ce n'est pas lui, comme les vieux qui continuent un mouvement commencé, mais vite je reviens à cette idée, c'est mon article. Alors je prends cette feuille auguste qu'une multiplication mystérieuse tout en la laissant identique et sans l'enlever à personne donne à autant de camelots qui la demandent et sous le ciel rouge étendu sur Paris humide d'encre et de brouillard l'apporte avec le café au lait fumant à tous ceux[b] qui viennent de s'éveiller. Ce que je tiens dans ma main n'est pas seulement ma pensée une, c'est, recevant cette pensée, des milliers d'attentions éveillées, et pour me rendre compte du phénomène qui se passe, il faut que je sorte de moi, que je sois un instant un quelconque des dix mille lecteurs dont on vient d'ouvrir les rideaux et dans l'esprit fraîchement éveillé de qui va se lever ma pensée en une aurore[c] innombrable, qui me remplit de plus d'espérance[d] et de foi que celle que je vois en ce moment au ciel. Alors je prends le journal comme si je ne savais pas qu'il y a un article de moi, j'écarte exprès les yeux de l'endroit où sont mes phrases, essayant de recréer ce qu'il y a plus de chance d'arriver, et faisant pencher la chance du côté que je crois, comme quelqu'un qui attend laisse de l'intervalle entre les minutes, pour ne pas se laisser aller à compter trop vite. Je sens sur ma figure la moue de mon indifférence de lecteur non averti, puis mes yeux tombent sur mon article, au milieu, et je commence. Chaque mot m'apporte l'image que j'avais l'intention d'évoquer, à chaque phrase, dès le premier mot[e] se dessine d'avance l'idée que je voulais exprimer, mais ma phrase me l'apporte plus nombreuse, plus détaillée, enrichie, car auteur, je suis cependant lecteur, en simple état de réceptivité et l'état où j'étais en écrivant était plus fécond, et à la même idée qui se recrée en moi en ce moment, j'ai ajouté alors des prolongements symétriques, auxquels je ne pensais pas à l'instant en commençant la phrase et qui m'émerveillent par leur ingéniosité. Réellement, il me paraît impossible que les dix mille personnes qui lisent en ce moment l'article ne ressentent pas pour moi l'admiration que j'éprouve en ce moment pour moi-même... Et leur admiration bouche les petites fissures qu'il y a dans la mienne. Si je mettais mon article face à face avec ce que j'aurais voulu faire comme hélas cela m'arrivera plus tard il est probable que je lui trouverais un bégaiement d'aphasique au lieu d'une phrase délicieuse et suivie, pouvant à peine faire comprendre à la personne douée de la meilleure volonté ce que je m'étais cru, avant de prendre la plume, capable de faire. Ce sentiment-là je l'avais en écrivant, en me lisant, je l'aurai dans une heure ; mais en ce moment ce n'est pas dans ma pensée que je verse ainsi lentement chaque phrase, c'est dans les mille et mille pensées des lecteurs réveillés, à qui on vient d'apporter *Le Figaro*. Dans l'effort[a] que je fais pour être l'un d'eux, je me dépouille des intentions que j'avais, je me fais une pensée nue, qui s'attendait à lire n'importe quoi et que viennent assaillir, charmer, remplir de l'idée de mon talent, me faire préférer sans aucun doute à tous les autres écrivains, cette image charmante, cette idée rare, ce trait d'esprit, cette vue profonde, cette expression éloquente, qui ne cessent pas de se succéder. Au-dessus de tous ces cerveaux qui s'éveillent, l'idée de ma gloire se levant en chaque esprit m'apparaît plus vermeille que l'aurore innombrable qui rosit à chaque fenêtre. Si un mot me paraît mauvais, oh ! ils ne s'en apercevront pas ; et puis ce n'est déjà pas mal comme cela, ils ne sont pas habitués à si bien. Le sentiment de mon impuissance qui est la tristesse de ma vie, se change, maintenant que je m'appuie à la matière de dix mille admirations que je m'imagine, en un sentiment de force joyeuse, je sors[b] de mon triste jugement sur moi-même, je vis dans les paroles d'éloge, ma pensée se fait tour à tour à la mesure de l'admiration particulière que j'imagine en chacun, de ces éloges[c] que je recevrai tout à l'heure, et sur qui je me déchargerai du douloureux devoir de me juger.

Hélas, au moment même où je bénéficie de ne plus avoir à me juger moi-même, c'est moi qui me juge ! Ces images que je vois sous mes mots, je les vois parce que j'ai voulu les y mettre, elles n'y sont pas. Et si même pour quelques-unes j'ai réussi en effet à les faire passer dans ma phrase, mais pour les voir et les aimer il faudrait que le lecteur les ait dans son esprit et les chérisse ! En relisant quelques phrases bien faites je me dis : Oui, dans ces mots il y a cette pensée, cette image, je suis tranquille, mon rôle est fini, chacun n'a qu'à ouvrir ces mots, ils l'y trouveront, le journal leur apporte ce trésor d'images et d'idées. Comme si les idées étaient sur[a] le papier, que les yeux n'avaient qu'à s'ouvrir pour les lire et les faire pénétrer dans un esprit où elles n'étaient pas déjà. Tout ce que les miens pouvaient faire c'était d'en éveiller de semblables dans les esprits qui en possèdent naturellement de pareilles. Pour les autres, en qui mes mots n'en trouveront point à éveiller, quelle idée absurde de moi éveilleront-ils. Qu'est-ce que cela pourra leur dire, ces mots qui signifient des choses, non seulement qu'ils ne comprendront jamais, mais qui ne peuvent se présenter à leur esprit ? Alors, au moment où ils lisent ces mots-là, qu'est-ce qu'ils voient ? Et c'est ainsi que tous ceux de mes lecteurs que je connais me diront : « Pas fameux, votre article », « Bien mauvais », « Vous avez tort d'écrire », tandis que moi, pensant qu'ils ont raison, voulant me ranger à leur avis, j'essaye de lire mon article avec leur esprit. Mais je ne peux pas plus prendre le leur qu'ils n'ont pu prendre le mien. Dès le premier mot, les ravissantes images se lèvent en moi, sans partialité, elles m'émerveillent l'une après l'autre, il me semble que c'est ainsi, que c'est ainsi là, dans le journal, qu'on ne peut pas faire autrement que de les recevoir et que s'ils faisaient attention, si je le leur disais, ils penseraient comme moi. Je voudrais penser[b] que ces idées merveilleuses pénètrent au même moment dans tous les cerveaux, mais aussitôt je pense à tous les gens qui ne lisent pas *Le Figaro*, qui peut-être ne le liront pas aujourd'hui, qui vont partir pour la chasse, ou ne l'ont pas ouvert. Et puis ceux qui le lisent liront-ils mon article ? Hélas ! ceux qui me connaissent le liront s'ils voient ma signature. Mais la verront-ils ? Je me réjouissais[c] d'être en première page, mais je crois au fond qu'il y a des gens qui ne lisent que la seconde. Il est vrai que pour lire la seconde il faut déplier le journal et ma signature est juste au milieu de la première page pourtant il me semble que, quand on va tourner la deuxième page, on n'aperçoit dans la première page que les colonnes de droite. J'essaye, je suis le monsieur pressé de voir qui il y avait chez Mme de Fitz-James[1], je prends *Le Figaro* avec l'intention de ne rien voir de la première page. Je l'ouvre, ça y est, je vois bien les deux dernières colonnes, mais pas plus de Marcel Proust que s'il n'y en avait pas. Tout de même, même si on ne s'intéresse qu'à la seconde page, on doit regarder qui a fait le premier article. Alors je me demande qui l'avait fait hier, avant-hier, et je me rends compte que bien souvent moi-même je ne vois pas la signature du premier article. Je me promets dorénavant de toujours le regarder, comme un amant jaloux pour se persuader que sa maîtresse ne le trompe pas, ne la trompe plus. Mais hélas je sais bien que mon attention n'entraînera pas les autres, que ce n'est pas parce que cela arrivera désormais pour moi, que je regarderai la première page, <que> cela me permettra de conclure que les autres font de même. Au contraire, je n'ai pas l'idée que la réalité puisse ressembler tant à mon désir, comme autrefois quand j'espérais une lettre de ma maîtresse, je l'écrivais en pensée telle que j'aurais voulu la recevoir. Puis sachant qu'il n'était pas possible, le hasard n'étant pas si grand, qu'elle m'écrive juste ce que j'imaginais, je cessais d'imaginer, pour ne pas exclure du possible ce que j'avais imaginé, pour qu'elle pût m'écrire cette lettre. Si même un hasard avait fait qu'elle me l'écrivît, je n'aurais pas eu de plaisir, j'aurai cru lire une lettre écrite par moi-même. Hélas, dès le premier amour passé, nous connaissons si bien toutes les phrases[a] qui peuvent faire plaisir en amour, qu'aucune, la plus désirée, ne nous apporte rien d'extérieur à nous. Il suffit qu'elles soient écrites avec des mots qui sont aussi bien des mots à nous qu'à notre maîtresse, avec des pensées que nous pouvons créer aussi bien qu'elle, pour qu'en les lisant nous ne sortions pas de nous, et qu'il y ait peu de différence pour nous entre les avoir désirées et les recevoir, puisque l'accomplissement parle le même langage que le désir. Je me suis fait acheter[b] quelques exemplaires du *Figaro* par le valet de chambre, j'ai dit que c'était pour en donner à quelques amis et c'est vrai. Mais c'est surtout pour toucher du doigt l'incarnation de ma pensée en ces milliers de feuilles humides, pour avoir un autre journal qu'un nouveau monsieur aurait eu s'il était venu au même moment que mon valet de chambre <le> prendre dans le kiosque, et pour m'imaginer, devant un exemplaire autre, être un nouveau lecteur. Aussi, lecteur nouveau, je prends mon article comme si je ne l'avais pas lu, j'ai une bonne volonté[c] toute fraîche, mais en réalité les impressions du second lecteur ne sont pas très différentes et sont tout aussi personnelles que celles du premier. Je sais bien au fond que beaucoup ne comprendront rien à l'article, et des gens que je connais le mieux. Mais même pour ceux-là cela me donne l'agréable impression d'occuper aujourd'hui leurs pensées, sinon de mes pensées qu'ils ne voient pas apparaître, du moins de mon nom, de ma personnalité, du mérite qu'ils supposent à quelqu'un qui a pu écrire tant de choses qu'ils ne comprennent pas. Il y a une personne à qui cela donnera de moi l'idée que je désirerais qu'elle ait, cet article qu'elle ne comprendra pas est de son fait même une louange explicite qu'elle entendra de moi. Hélas, la louange de quelqu'un qu'elle n'aime pas n'enchantera pas plus son cœur que des mots pleins d'idées qui ne sont pas en elle n'enchaîneront son esprit.

Esquisse XIII

[LES GUERMANTES ET LA FILLE DE SWANN]

[Cette esquisse du Cahier 36, embrasse d'un vaste mouvement l'ensemble des relations de Swann avec les Guermantes : on peut en observer les développements en plusieurs points très éloignés dans le roman, le portrait de Swann en sa jeunesse, dans « Un amour de Swann », les jugements surprenants des Guermantes et leur complicité mondaine dans « Le Côté de Guermantes », et, dans « Albertine disparue », les relations entre Mlle de Forcheville et les Guermantes, dont le premier temps est repris presque intégralement ; mais l'analyse des motifs qui ont amené les Guermantes à résister au désir de Swann de leur présenter sa fille n'est que très brièvement et partiellement reprise dans le manuscrit d'« Albertine disparue » où une indication marginale biffée mentionne que toutes les raisons sont données ailleurs et à copier[1] *.]*

Je compris alors qui étaient ces neveux Villebon[2] avec qui Mme de Villeparisis avait dit à ma grand-mère que Swann était si intime. Et de fait, paraît-il, il venait presque tous les jours chez Mme de Guermantes. Il avait été très lié au collège avec M. de Guercy[3] qui avait dû éprouver pour lui une de ces passions amicales qu'on a pendant l'adolescence. Peut-être avait-elle déjà certains caractères qui n'avaient peut-être pas plu à Swann, mais certainement elle lui avait permis de témoigner à Swann cette richesse de cœur, cette délicatesse, cette générosité qu'on ne montre vraiment que dans l'amour. Et Swann avait toujours gardé une vraie affection pour Guercy. Mais il était plus lié avec les Guermantes et déjeunait tous les dimanches chez eux. C'était lui qui leur achetait toutes leurs œuvres d'art. Quelquefois Guermantes se lançait, faisait une acquisition à son idée. Il n'avait pas souvent l'approbation de Swann. Il alla un jour jusqu'à acheter un « tableau ancien » dans une vente. « À qui l'attribuez-vous ? demande-t-il à Swann. — À la malveillance ! » Sans doute le charme de Swann venait d'une intelligence et d'une sensibilité que peut-être les Guermantes ne pouvaient pas pleinement apprécier. Mais le charme lui-même ils le subissaient comme d'ailleurs toute la société de cette époque. Les Guermantes ne pouvaient pas se passer de Swann. Tandis que le fameux faux savant Humberger, dit Humberg, dit Hum[4], qui faisait semblant de détester le monde et n'aimait que cela, prenait toujours en entrant dès l'antichambre un air effaré, navré de pouvoir rencontrer des gens, confus d'être en veston et roulant des yeux timides et sauvages qui s'adoucissaient en tendres souris à toutes les princesses qu'il apercevait et à qui il faisait signe qu'il était trop timide pour aller près d'elles, Swann qui arrivait généralement vers la même heure faisait un parfait contraste avec lui.

Grand, très élégant, il avait dès la porte l'air aimable et méfiant de quelqu'un qui réellement n'aime plus le monde et espérait ne pas rencontrer trop de gens. « La qualité m'est égal, disait-il à Mme de Guermantes quand elle le priait de venir à un dîner ; mais je crains la quantité. » Il tendait au valet de chambre son chapeau dont l'intérieur était doublé de cuir de Valence que je n'ai jamais vu qu'à lui[1] et on apercevait alors au-dessus de sa grande tête méphistophélique les toupets hérissés de ses cheveux roux. Il avait souvent grand air et s'il rencontrait quelqu'un, alors il se penchait, s'épanouissait de sensibilités exquises, sachant dissimuler son ennui du monde parce que cet ennui était réel et pendant que le grotesque Humberger se cachait derrière l'escalier en disant : « J'ai trop peur des nouvelles connaissances », s'il avait vu que la personne était une personne de peu et n'avait rien d'intéressant pour lui et afin de bien établir cette réputation de sauvagerie qui lui permettait la fois où il désirait se faire présenter à quelqu'un de le faire par exception et à contrecœur. Il donnait toujours rendez-vous dans toutes les maisons à un certain nombre de jeunes femmes qui étaient persuadées qu'il était un grand savant et se posaient en effet dans l'esprit de certains hommes du monde, en ayant l'air de se mettre toujours dans le monde à côté de l'homme le plus intelligent. Sa rudesse — feinte — les effrayait un peu. « Il faut passer là-dessus, c'est un homme si savant », disaient-elles à Swann « Oh ! princesse si ce n'est que sa science qui vous retient », disait Swann qui était non seulement mille fois plus intelligent mais plus instruit. Le mariage de Swann ne l'empêcha <pas> de revenir quoique moins souvent chez les Guermantes. Jamais il ne leur parlait de sa femme, ayant bien compris qu'il était impossible de la faire recevoir dans ce milieu, ou n'ayant pas voulu l'essayer par délicatesse. Mais soit que peut-être les Guermantes avaient été les premières personnes de ce monde-là qu'il avait connues par Guercy, et étant encore collégien, soit qu'il eut eu un amour pour Mme de Guermantes, ils avaient toujours conservé à ses yeux un prestige que les autres personnes de ce haut faubourg Saint-Germain n'avaient pas ; il les aimait vraiment. Aussi son rêve aurait-il été d'amener sa fille chez eux quand il venait les voir seul. Qu'ils la connaissent, puissent plus tard, car il se sentait bien malade et très las, être bons pour elle quand il ne serait plus là. Il semble en principe que rien n'eût été plus simple. Mme de Guermantes avait fait, en recevant pour faire plaisir à Mme Smiss[2] les amis et les amies de Mme Smiss, qu'on disait être des amants et des maîtresses, des entretenues et des entreteneurs, des dérogations aux principes plus graves que de laisser leur vieil ami Swann leur amener quand ils étaient seuls cette petite qu'on disait bien élevée. Malheureusement

Swann se heurta à certain de ces instincts qui s'élèvent parfois dans l'âme ennuyée des êtres qui se créent[a] pour passer le temps des obligations et des émotions factices et qui s'amalgamant créent un obstacle absurde, inexistant mais infranchissable. D'autre part M. et Mme de Guermantes tout en ayant l'air d'aimer leurs amis avec constance se donnaient une fois par an le plaisir de perspicacité de trouver que Mme de Villeparisis, qu'on disait très fine et très sèche, était au contraire une femme extrêmement naïve et tout à fait bonne, que Swann, qu'on trouvait un peu superficiel mais très agréable, était au contraire instruit mais assommant, que Mme de Montargis qu'on disait excellente[b] et bête était remarquablement intelligente mais férocement égoïste. Ces découvertes, comme celles que fait la critique sur les auteurs quand elle découvre que Zola qu'on croyait un réaliste trop terre à terre est un lyrique échevelé[1], ne duraient pas très longtemps. Mais l'émotion pour les Guermantes, surtout après que M. de Guermantes ne « courait » plus, que Mme de Guermantes ne sortait guère et qu'ils s'ennuyaient pendant leurs soirées, était, une fois qu'ils s'étaient communiqués leurs nouveaux décrets, de l'apprendre aux intimes sans avoir l'air de dire du mal de la victime disséquée. C'était à recommencer avec chaque intime qui naturellement sachant Swann et Mme de Montargis leurs meilleurs amis ne pouvaient croire qu'ils les trouvassent l'un assommant l'autre égoïste. Mais dès qu'ils étaient seuls avec la personne à qui ils allaient apprendre que Swann était ennuyeux, M. de Guermantes disait : « Swann vient déjeuner demain, il restera sûrement jusqu'à 3 heures — Ah ! on ne s'ennuie jamais avec lui », disait l'innocent visiteur. M. de Guermantes regardait Mme de Guermantes, mais ce regard passait assez peu aperçu aux yeux des visiteurs puisque Mme de Guermantes crut nécessaire de le souligner : « Adolphe me regarde à cause de ce que vous dites parce que Swann l'ennuie mais il a tort parce que c'est un ami excellent. » « Ami excellent » correspondait dans un train à « on ne sait que faire », mot que le joueur de bonneteau qui fait semblant de ne pas connaître celui qui a dit cela va relever en disant : « Mais on pourrait faire une partie si ces messieurs désirent ? » M. de Guermantes disait : « Mais Oriane je ne dis pas que ce n'est pas un bon ami, je dis qu'il m'ennuie, voilà tout, quand il vient déjeuner et qu'il reste jusqu'à 5 heures. Ce n'est pourtant pas ma faute s'il n'aime pas être chez sa femme. » Alors le visiteur naïf croyait que c'était une lubie de M. de Guermantes et croyait devoir dire à Mme de Guermantes pour défendre leur grand ami : « Je ne sais pas ce qu'il a mais vous je sais que vous ne trouvez pas le temps long avec lui car c'est un causeur charmant. » Alors Mme de Guermantes comme faisant allusion à une réalité incontestée de tous temps, qu'il était provincial d'ignorer, disait : « Non il est ennuyeux comme la pluie mais c'est un brave cœur et un puits de science et nous l'aimons tendrement comme il nous aime d'ailleurs. » Quand Mme de Montargis venait de partir, si on pensait que le visiteur qui restait la croyait bonne femme, M. de Guermantes disait : « Oriane, avez-vous remarqué cette insistance à ouvrir la fenêtre parce qu'elle avait envie de voir ce qui se passait dans le jardin quand je lui disais que nous étions enrhumés. » Alors Mme de Guermantes le regardait doucement et si le visiteur se récriait : « Oh ! c'est qu'elle n'a pas compris que vous étiez enrhumés car c'est un cœur d'or. » Mme de Guermantes jugeant que le moment était opportun pour promulguer la loi disait : « Non, c'est une personne qui n'a jamais pensé qu'à elle mais puisque M. de Guermantes le sait je ne sais pas pourquoi il s'étonne chaque fois qu'elle manque de cœur. » Naturellement ils ne mettaient dans tout cela[a] aucun machiavélisme et ne disaient pas quand ils étaient seuls : « Il faudra que nous disions cela. » Non, quand ils étaient seuls, ils se faisaient remarquer à eux-mêmes, comme ils le faisaient remarquer aux autres, comme Swann baissait, comme il devenait sourd et ennuyeux, comme Mme de Montargis avait été égoïste et ne s'était pas préoccupée de laisser des petits fours. Et comme les constatations de ces lois et leur promulgation leur était agréable ils se fournissaient spontanément l'un à l'autre les ruses qui leur permettaient de les inoculer à jamais dans l'esprit des visiteurs. Mais il en est[b] dans ces cas-là des personnes qui prennent en grippe successivement tous leurs amis, pour un temps déterminé, comme de ces vieilles filles qui se méfient toujours d'un domestique et passent huit jours à confesser la cuisinière sur les comptes[c] du cocher et huit jours à faire suivre la cuisinière dans ses sorties par le cocher. Elles ne changent pas de domestiques tout de même. Elles leur sont attachées par un fil qu'elles peuvent tendre, mais arrivé à la tension maximum elles reviennent. Ainsi les Guermantes avec leurs amis car ils étaient « bons amis » tout de même. Le pauvre Swann sentait bien qu'il agaçait, que Mme de Guermantes le contredisait, que Guermantes échangeait, pendant qu'il parlait, des regards avec sa femme. Mais comme il les aimait beaucoup, qu'il était philosophe et bien élevé, il patientait. Cette disgrâce où il se trouvait était déjà une première raison pour les Guermantes de chercher à lui être désagréable, et surtout qu'il avait un désir profond, timide, inavoué, sauf en deux ou trois vagues allusions, de leur amener sa fille, de voir dans ce désir une sorte d'indélicatesse, dans ces allusions une choquante indiscrétion, et de se refuser à le satisfaire. Mais peut-être cependant n'auraient-ils pas osé prendre l'attitude presque militante qu'ils prirent puisque eux, les plus vieux amis de Swann, refusèrent jusqu'à sa mort de recevoir une petite que quelques personnes moins liées avec lui recevaient pour lui faire plaisir, si comme beaucoup de personnes qui vivent d'une manière factice les Guermantes ne s'étaient créé des devoirs, des impossibilités, des émotions qui ne reposaient sur rien. Quelqu'un qui n'a pas l'habitude de la vie politique, s'il va à la Chambre, est étonné de voir que ce que dit un orateur est rarement pris « à la bonne franquette », « au pied de la lettre » par les députés. Par exemple il dira que telle personne a été mal jugée, que ses électeurs lui ont demandé d'intervenir. Si c'était dans une conversation cela paraîtrait fort sage, raisonnable. On ne pourrait qu'approuver. Mais un autre se lève, prend l'air ému, dit que ces paroles « constituent un fait très inquiétant, la plus grave atteinte » etc. Les députés manifestent une longue agitation. À la buvette certains diront d'un air important : « C'est très grave. » Ils se sont créé toute une série de devoirs, de principes, de décisions[a] inattendues qui excitent une émotion factice. De même en toute circonstance un « homme d'État » est quelqu'un qui, quand on se demande ce qu'il dira aux délégués grévistes, dans une grève difficile, répond de sa place qu'il ne les recevra pas, qu'il n'a pas à discuter avec eux. Une telle phrase déclenche habituellement un enthousiasme frénétique parce qu'elle ne repose pas sur quelque chose de réel, mais sur un de ces devoirs arbitraires que se créent les gouvernements, à savoir « qu'ils n'ont pas à discuter » etc. Mme de Guermantes n'avait pas d'occasion aussi éclatante qu'un gouvernement de prendre ce genre de décision qui excite dans la foule attentive la surprise et l'admiration. Mais dans des circonstances moins publiques elle ne perdait pas une occasion de les prendre. Quand on lui demandait quel costume elle mettrait au bal du chargé d'affaires du Japon, elle répondait : « Mais aucun, je ne sais pas ce que j'irais faire là-bas. » On comprenait aussitôt qu'elle avait décidé de ne pas entrer en relation avec ce diplomate, et que, pendant qu'il se demandait en quel costume Mme de Guermantes apparaîtrait, elle avait résolu de ne pas y aller. Elle trouva[b] encore plus étonnant, plus gouvernemental, plus beau de dire à son mari que la fille de Swann n'avait rien à faire chez eux, qu'elle « n'avait pas » à la recevoir, que « la place » de cette petite n'était pas chez eux, qu'ils « n'avaient pas » à se mêler de toute cette histoire, qu'il fallait laisser ces gens-là s'arranger entre eux, que tout cela pouvait très mal finir et, avec un sourire satisfait et ravi, qu'elle ne se fourrait pas dans ce genre d'histoire-là, que (sur un ton sensible) tout cela lui faisait (avec intensité) *beaucoup de peine*, que le pauvre Swann qui était si bon et charmant garçon mais qui aussi avait été trop bête avec la situation exceptionnelle qu'il avait dans la société, quand il pouvait épouser qui il voulait, d'aller chercher la seule femme qu'on ne pût pas recevoir etc., etc., qu'elle ne lui en avait jamais marqué aucune froideur, qu'elle avait toujours été aussi gentille pour lui, qu'elle ne l'abandonnerait jamais, mais qu'elle ne voulait rien « commencer » avec la femme et la fille, qui pouvaient être très bien, à qui elle souhaitait toutes les prospérités, mais à la distance... desquelles elle avait toujours su se tenir et qu'elle entendait garder. M. de Guermantes ne fut pas peu flatté de sentir que sa femme « solutionnait » d'une façon si personnelle et si juste la situation des plus délicates. Mais comme la corde psychologique — ennui de Swann, moins subtil qu'on ne prétend — avait été un peu trop tirée et qu'on commençait à le retrouver spirituel et érudit, comme d'autre part on était encore en veine de découvertes psychologiques sur son compte, Mme de Guermantes découvrit ceci, c'est qu'« au fond, disait-elle, voulez-vous que je vous dise, Adolphe croit qu'il désire beaucoup amener sa fille ici. D'abord je ne crois pas qu'il ait une idée pareille, parce que Swann n'est pas bête et qu'il se rend bien compte que c'est une absolue impossibilité. Mais si vous voulez savoir le fond de ma pensée, je crois qu'au fond il n'aime pas tant que cela sa fille, que sa fille et sa femme l'assomment, qu'il se plaît ici justement parce qu'il peut les oublier un peu avec nous et que nous ne pourrions rien lui faire de plus désagréable que de l'inviter ». Et maintenant si je vous disais que le désir d'avoir fait connaître sa fille aux Guermantes devint une telle idée fixe pendant la dernière maladie du pauvre Swann et que ne voulant pas leur forcer <la main> en la faisant entrer[a] en même temps qu'eux dans sa chambre, pendant ces derniers mois où M. et Mme de Guermantes se montrèrent les amis les plus fidèles et les plus charmants, lui apportant chaque jour quelque douceur et restant longtemps près de lui, il avait fait faire une sorte de démarche suppliante et in extremis auprès de Mme de Guermantes par la princesse de T***[1] que Mme Swann, que cette princesse recevait depuis l'année dernière, était allée trouver, et si j'ajoutais que les Guermantes refusèrent avec plus d'énergie que jamais, vous me taxeriez peut-être d'exagération. Mais réfléchissez ; ne mettez même pas en ligne de compte ce mobile qui fut pourtant puissant chez Mme de Guermantes montrant ainsi à une de ses meilleures amies que son intimité n'était pas si facile à forcer que la sienne, eut cette excuse : feindre de croire que dans le fond Swann n'était pour rien dans cette démarche et que c'était « cette horrible femme » qui abusait de son affaiblissement pour « recruter des relations » auprès de son lit de mort. Négligez ces raisons et demandez-vous, quand un de vos amis se présente à l'Institut (ou simplement au Jockey !) et a peu de chance, ce qui arrivera si vous dites à un académicien qui ne vote pas pour lui : « Votez pour lui sa femme est très malade et meurt de chagrin de ne pas le voir arriver. » Croyez-vous que l'académicien, même à le supposer honnête homme, se laissera déterminer par ce mobile. Non, il trouve que c'est cette fois le tour d'un assyriologue, ou que cette section de l'Institut ne comporte pas d'architectes etc. Et voter selon sa conscience signifiera voter en vertu de ces raisons et sans tenir compte de la consolation ou du rétablissement de l'épouse qui meurt de chagrin. Si c'est en raison des attaques contre la gestion financière de son mari qui a plus ou moins tripoté que la femme se meurt, il est peu probable que cette raison fasse cesser la campagne que les députés ou les journalistes ont décidée contre lui ; la seule petite manifestation qui prouve qu'une conscience au fond de l'académicien, du journaliste, du député, du membre du Jockey est peut-être d'un autre avis qu'eux, sera peut-être une assez vive mauvaise humeur avec laquelle ils vous éconduiront. Mais généralement ils seront assez endurcis pour se contenter de hausser les épaules. Qu'il doive y avoir un jour quelque part, et dès maintenant dans certains cœurs tendres, d'autres balances où le foie lacéré par le chagrin de l'homme politique attaqué, ou l'épouse de l'académicien évincé, pèsera seul, et où la présence d'un assyriologue de plus ou de moins dans la section des belles-lettres ne pèsera plus du tout, c'est possible. Mais en attendant ce n'est pas ainsi que se décident les choses ici-bas, et les plus justes d'entre nous n'osent même pas concevoir qu'elles puissent un jour entrer en ligne de compte, puisqu'ils n'osent pas faire valoir de semblables motifs. Vous pourrez donc, sans penser pour cela que M. et Mme de Guermantes valaient beaucoup moins que la moyenne des honnêtes gens de cette terre, comprendre qu'ils ne s'arrêtèrent pas un instant à l'idée de céder à cette démarche, qu'elle révolta au plus haut degré les principes d'indépendance et de *self government* que Mme de Guermantes avait cru affirmer suffisamment pour avoir besoin de les répéter ainsi et qu'elle dit avec force à son mari : « Ah ! vraiment c'est un peu fort. Je pense qu'on est tout de même libre d'avoir chez soi qui vous plaît et de choisir ses relations comme on l'entend. Je ne pense pas tout de même qu'on va se mettre à m'indiquer les gens que je dois recevoir. Tout de même ce n'est pas possible d'entrer dans cette voie. Le pauvre Swann (qui j'en suis persuadée serait indigné de tout cela s'il le savait et de l'abus de son nom comme s'il était déjà mort), le pauvre Swann me fait beaucoup de peine et je donnerais beaucoup pour qu'il ne fût pas dans cet état. Mais enfin il ne faut pas mêler des choses qui n'ont aucun rapport. Vous n'allez pas voter aux élections pour tel candidat parce que sa mère a une maladie de cœur, et je ne prends pas pour couturière la femme qui est la plus intéressante par ses charges de famille. Ne commençons pas à nous laisser envahir par la famille du pauvre Swann qui je vous assure n'est pas intéressante et sur laquelle dans le fond il doit le pauvre homme avoir la même opinion que nous. J'ai l'intime conviction que ce sont ces gens qui l'ont mené où il est et je n'ai pas l'intention en les recevant de donner une prime à l'inconduite et à l'assassinat » etc. C'est ainsi que Swann mourut sans avoir pu contenter son rêve le plus cher, mener sa fille chez les Guermantes. Et cet homme[a] dont ils avaient subi le charme pendant trente ans, dont ils ne pouvaient pas se passer, qu'il leur fallait voir tous les jours, à la vue de qui les yeux et le cœur de Mme de Guermantes (sauf la petite disgrâce d'ailleurs toute superficielle de la dernière année) se fondait, il n'en fut plus question, on ne parla plus jamais de lui que pour dire quelquefois : « C'était justement ce pauvre Swann. » Mais il ne leur manquait pas. Il n'existait plus ni dans leur cœur, ni dans leur pensée, il était mort.

Peu après la mort de Swann, on apprit que pendant sa dernière maladie il avait perdu un oncle richissime, un Swann d'Allemagne[1] dont il était le seul héritier. Mme Swann et sa fille se trouvaient ainsi hériter d'une dizaine de millions ce qui leur en faisait bien quinze. Mme Swann fut une veuve parfaite. La princesse de T***, d'autres personnes l'entourèrent beaucoup. Enfin le comte de Forcheville la demanda en mariage. Elle mit comme condition qu'elle serait reçue dans sa famille comme les autres femmes de la famille. Il entreprit une tournée des châteaux. On n'était pas enchanté. On lui disait : « Es-tu inébranlablement décidé ? Eh bien, soit. » Et on commençait à trouver de grandes qualités à la petite Swann. Elle alla dans quelques soirées. Elle fut trouvée charmante. De plus elle avait quatre millions de dot. La décision[b] de ne pas recevoir la petite Swann avait donné à Mme de Guermantes toutes les satisfactions gouvernementales qu'elle était susceptible de lui donner, et de plus la résistance au désir du pauvre Swann n'ayant plus d'objet depuis qu'il était mort, elle était passée à d'autres oukases, à d'autres plaisirs et ne ressentait plus rien sur cette place morte. D'autre part le plaisir de la résistance lui avait dissimulé à elle-même ainsi qu'à Guermantes la curiosité qu'ils avaient de voir cette petite. Mais maintenant rien ne leur masquait plus cette curiosité que tout le monde avivait en leur parlant. Et puis les choses avaient tourné. Beaucoup de gens recevaient Mme de Forcheville qui tournaient le dos à Mme Swann. On ne savait plus au juste ce qu'elle avait fait et les nouvelles générations antisémites croyaient que son seul crime avait été d'épouser un israélite, ce qu'elle avait bien effacé en épousant Forcheville. On prétendait que la princesse de T*** chauffait la petite Swann pour son fils qui cherchait de l'argent. Et Mme de Guermantes tâchait d'empêcher le mariage en disant que ce serait un scandale, dans la pensée que peut-être elle ferait mieux l'affaire d'Henri de Montargis ou du petit Guercy. Enfin, un dimanche de printemps il faisait beau, on avait fermé les fenêtres du salon à cause du bruit des voitures, mais le soleil entrait par la fenêtre. Mme de Guermantes avait demandé son chapeau, elle se préparait à sortir. M. de Guermantes, chaste depuis de longues années, la trouvait jolie. Il lui proposa d'aller voir des amis à Saint-Cloud. Elle accepta, docile et tendre. M. de Guermantes, la trouvant bien disposée et ayant d'ailleurs toujours la sensation de l'état de faveur ou de disgrâce où les gens se trouvaient vis-à-vis de sa femme parce qu'en réalité ce sentiment était collectif et existait à la fois chez eux deux, M. de Guermantes lui dit : « Dites donc Oriane, je voulais vous dire. La princesse de T*** voulait vous demander de venir à l'Opéra lundi mais elle a la petite Swann et elle a peur que cela ne vous soit désagréable. J'ai dit que je vous demanderais. » Mme de Guermantes achevait de mettre ses gants et hésitait entre les diverses ombrelles que sa femme de chambre lui tendait. « Mais il me semble que nous pourrions, dit M. de Guermantes. — Mais comme vous voudrez, répondit Oriane ; je ne vois aucun inconvénient à ce que nous connaissions cette petite. Vous comprenez bien[a] que je n'ai jamais rien eu *contre* elle. Je ne voulais pas que nous ayons l'air de recevoir les faux ménages de nos amis, voilà tout. — Vous aviez parfaitement raison, dit M. de Guermantes. — Mais maintenant tout le monde voit la mère, on dit que la petite est très gentille, je ne vois vraiment aucune raison, on sait que nous aimions beaucoup Swann. » Quelques jours après, la petite Swann vint déjeuner seule chez les Guermantes. On parla de mille choses. Pendant le déjeuner la petite dit timidement : « Je crois que vous avez très bien connu mon père. — Mais je crois bien, dit sur un ton mélancolique et contenu Mme de Guermantes, mais très très très bien » (du ton dont on dirait : « Mais oui je crois bien me souvenir. » Elle pouvait se souvenir en effet. Il était venu la voir tous les jours pendant vingt-cinq ans !). « Il était charmant votre pauvre père », dit-elle d'un air triste qui empêchait qu'on pût l'accuser de manquer de sensibilité. M. de Guermantes ne prit pas part à cette évocation, jugeant que la sensibilité, la toilette et la cuisine étaient affaires de femmes. Et Mlle Swann qui n'avait peut-être <pas> hérité de Swann toutes ses qualités de cœur mais qui lui ressemblait pour bien des choses, notamment par beaucoup d'intelligence et de tact, sentit qu'il valait mieux parler d'autre chose. Mais à peine fut-elle venue deux ou trois fois que ce charme qu'elle avait hérité de son père, ce charme de société qui avait fait de Swann l'homme le plus choyé des coteries élégantes de son temps, commença d'agir sur les Guermantes, ils ne pouvaient plus se passer d'elle. Elle venait maintenant tout le temps à propos de rien, elle faisait tout ce qu'elle voulait. Peut-être à cause d'elle eût-on dit encore pendant quelque temps avant le silence définitif : « Ce pauvre Swann, votre pauvre père. » Mais un événement imprévu, un heureux événement vint faire d'elle au contraire l'obstacle définitif à ce qu'on reparlât de Swann. En effet le comte de Forcheville dont tout le monde admira le cœur et la façon « parfaite » dont il se conduisit à cette occasion, jugea qu'il faciliterait le mariage de Mlle Swann en lui donnant un nom plus digne de la fille de Mme de Forcheville. Il l'adopta, elle fut Mlle de Forcheville et quand quelques années plus tard elle épousa le comte de Bricourt[1], non seulement ce fut sous le nom de Mlle de Forcheville, fille du comte et la comtesse de Forcheville, mais je ne pense pas que personne, à part quelques très anciens témoins et survivants d'un passé déjà presque évanoui, sut qu'elle n'était pas la fille de Forcheville. Quant à Swann son nom ne fut plus prononcé. Quelques personnes assuraient qu'il avait été l'amant de la mère, et on disait : « Je crois que vous feriez mieux de ne pas leur en parler. » Bien avant cela et du jour où elle devint Mlle de Forcheville, il devint très gênant de « lui en parler ». De sorte que sa présence chez les Guermantes que le pauvre Swann avait tant désirée, qu'on n'avait pas cru pouvoir accorder à ce grand ami, et qu'après qu'elle ne faisait plus plaisir à personne on avait recherchée, cette présence qui eût au moins dû faire naître l'occasion de dire quelquefois : « Ce pauvre Swann », cette présence au contraire la faisait refouler si elle se présent<ait>. Mme de Guermantes avait récemment fait descendre des combles un certain nombre d'objets et notamment un Monticelli[2] que Swann leur avait donné. Comme les tableaux de ce peintre commençaient à prendre une grande valeur, Mme de Guermantes qui retardant tout le temps parla de ces tableaux comme d'une chose précieuse, avait dit à son mari : « Je ne sais pas pourquoi nous laissons moisir le Monticelli dans les combles où personne ne le voit », et on l'avait mis dans le fumoir. Mlle de Forcheville en l'apercevant reconnut immédiatement que c'était une peinture de Monticelli car elle en avait beaucoup vu chez son père et parce qu'il lui avait donné une éducation artistique très soignée et qu'elle s'y connaissait plus en tableaux et en poésie que tous les Guermantes et Forcheville qui aient jamais existé depuis les croisades jusqu'à nos jours. « Tiens un Monticelli, s'écria-t-elle. — Mais oui, répondit Mme de Guermantes, c'est justement... » Elle allait dire : « C'est justement votre pauvre père qui nous l'a donné. » Mais elle réfléchit que le père maintenant c'était Forcheville. Forcheville ne lui avait pas donné le tableau. Elle dit : « C'est justement... un de mes amis qui me l'a donné. » On n'osa plus jamais nommer Swann devant son ex-fille. Ce fut au point que quelquefois Mme de Guermantes s'en plaignait et disait à son mari : « J'ai encore failli nommer Swann devant cette petite, c'est vraiment bien gênant ! » ou bien : « J'ai cru que Madeleine allait <nommer> Swann devant cette petite — je lui faisais des signes. Heureusement je l'ai arrêtée à temps[a]. » Du reste tout le monde admirait le tact avec lequel cette petite devenait tout à fait Forcheville et n'avait plus rien de Swann. Les traits[b] de caractère, d'intelligence, de goût artistique, personne ne pouvait s'en rendre compte. Seuls les Guermantes quand elle était partie pouvaient dire : « C'est étonnant comme elle a le bas de la figure de Swann. Vous avez remarqué quand elle a dit : "Je ferai revenir le soleil vers 4 heures pour vous", c'est tout à fait une chose de Swann. » « Elle a dit comme Swann. » « Je croyais entendre Swann. » Mais à part cela elle n'était plus que Forcheville, elle avait pris tous les préjugés, toutes les fréquentations, toutes les manières du monde Forcheville. Les vieilles dames étaient émerveillées de sa politesse et les prêtres de sa dévotion. On commençait à envier, en dehors même des millions, l'homme qui épouserait une femme pareille. Quand elle disait tendrement « mon père », tout le monde savait que c'était de Forcheville qu'elle parlait, et tout le monde disait que si Forcheville avait agi en homme de bien, il fallait reconnaître qu'il était récompensé et qu'il était tombé sur un cœur d'or. Swann qui avait lui-même tant de tact et qui savait si bien discerner celui des autres, aurait pu s'émerveiller des qualités, des progrès, des manèges de sa fille, s'attendrir de la finesse avec laquelle elle avait su l'écouter et recevoir sa récompense de ses peines en se disant qu'elle était certainement en passe de faire un excellent mariage.

Esquisse XIV

[GENTILLESSE D'ODETTE]

[En contraste avec le manque de gentillesse de Gilberte, ce fragment du Cahier 61 nous montre Odette éprouvant un vrai chagrin à la mort de Swann : c'est parce que les femmes comme elle ont du cœur qu'elles font souffrir les hommes.]

*Pour *Le Côté de Guermantes* capitalissime (quand je parle du manque de regret de Gilberte pour son père — visite chez les Guermantes, je crois bien qu'elle se trouve, cette visite, dans *Le*

Côté de Guermantes — je pourrais aussi placer ce que je vais dire dans le dernier volume quand Mme de Forcheville me dit : « Vous êtes gentil. » J'ajouterais : elle aussi était gentille, et suivrait ce que je vais dire mais cela vaut mieux dans *Le Côté de Guermantes*, ou bien si je ne veux pas de Mme de Forcheville, pour Rachel, ou Albertine etc.)[a]*

Il paraît que Mme de Forcheville avait plus regretté Swann que sa fille. Ce n'est pas impossible. Il y avait chez Odette une certaine gentillesse, des sentiments affectueux, comme chez beaucoup de personnes qui en provoquent chez autrui. C'est en effet une erreur de croire que la cocotte qui a eu de grands succès dans sa vie, qui s'est fait aimer de beaucoup d'hommes et en a fait souffrir beaucoup, soit forcément une personne calculée et incapable de bons sentiments. C'est par leur gentillesse que tant de ces femmes, souvent sans volonté d'être gentilles, parfois sans être belles, laissent un homme qui ne les a vues qu'un soir, rempli d'attendrissement, de désir de les revoir, de dévouement. Comme pour le téléphone la voix que nous entendons dans le récepteur, cette gentillesse pour elles, qu'elles font épanouir souvent malgré elles et parfois survivant des années après aux pires misères dans le cœur des hommes, n'existe pas que chez eux, c'est-à-dire au point d'arrivée d'une longue chaîne mais aussi en elles c'est-à-dire au point de départ. Malheureusement si l'amour n'est à ce long terme que de la gentillesse recomposée, dans l'intervalle circulent de terribles courants qui ébranlent toute une vie. C'est pourquoi les jugements que l'on porte sur une femme qui a été très aimée peuvent être tous vrais tout en étant contradictoires. On peut les bénir et les maudire, dire qu'elles étaient gentilles et qu'elles étaient affreusement méchantes. Généralement ce qui fait que l'homme les aime est un vice qui l'attire sans qu'il le reconnaisse — ou qu'il reconnaît avant d'en souffrir quitte à le nier dès qu'il en souffrira. Il peut très bien coexister chez la femme avec une grande gentillesse. Mais habituellement le jour où une Odette s'aperçoit que ce vice qui lui donne un plaisir innocent est la torture d'un Swann et la cause de ses rages, elle lui mentira jour par jour pour ne pas être méprisée ou traquée, il le sentira, elle ne fera par là qu'aggraver ses souffrances ; et pourtant comme c'est le seul apaisement qu'elles fassent avoir il aura beau en avoir éprouvé ses mensonges, que quelque soir gai il se réfugiera dans la douceur de croire en ses paroles, dans cette gentillesse dont il a besoin pour que renaisse en lui la sienne interrompue par les doutes et les épiements *(mettre un autre mot)*. Cette gentillesse tous ceux qui étaient destinés à souffrir de ces femmes l'ont ressentie dès le début. Si ce ne fut pas le cas pour Swann, beaucoup sont ceux qui, voulant leur exprimer le plaisir qu'ils avaient eu à les connaître, ont voulu que cette soirée se renouvelât, ont insisté malgré ses refus, ont forcé le mauvais destin. Est-ce la faute de la femme s'ils ne faisaient qu'être charmés de l'envers d'un vice, d'un secret, dont la découverte (suivie plutôt que précédée par l'incertitude tant on trouve de raisons de ne pas croire à ce qu'on a appris) a fait ensuite le malheur de leur vie qui s'est passée à ce que la face cachée du vice, le secret lui-même, la femme le leur montrât. Mais était-elle coupable de ne pas le faire ? Le sentiment d'être aimée n'était-il pas un surcroît d'empêchement de le faire de la part d'une Odette à un Swann qu'elle pourra sincèrement regretter ensuite. Mais toute vie humaine porte son secret, comme amulette tournée à l'envers, et emploie toutes ses énergies à ne pas le laisser voir de ceux de qui elle sent que cela diminuerait l'estime, ou que (plus clairvoyants en cela que n'est leur jalousie) ferait souffrir davantage leur amour.

Ce morceau ci-dessus est capitalissime.

Esquisse XV

[VENISE]

[Les pages sur Venise apparaissent avant même qu'« À la recherche du temps perdu » soit conçu, dans un des cahiers dits du « Contre Sainte-Beuve », le Cahier 3, qui nous en offre trois versions. À ce moment-là, il s'agit de souvenirs qui ne sont pas rapportés directement : Proust rêve de voyages, et le reflet du soleil sur la girouette des toits en face de sa chambre fait surgir à la fois les impressions des matinées du dimanche à la campagne et les souvenirs des joyeuses matinées vénitiennes. Puis, dans le cadre d'« À la recherche du temps perdu », nous avons une reprise du thème — avec des accents autres et une forme narrative différente — dans le Cahier 48.]

XV.1

[Dans ce premier état du texte, le désir de Venise est vite chassé par le souvenir d'un crépuscule douloureux.]

Maintenant[a] je voyais le soleil déjà très fort, non pas directement mais dans l'éclat éblouissant qu'il donnait à la girouette de la maison d'en face. C'est ainsi que je le voyais à Venise, quand à 10 heures du matin on ouvrait ma fenêtre et que je voyais flamboyer l'ange d'or du campanile de Saint-Marc d'un soleil qui le rendait presque impossible à fixer et qui faisait qu'avec ses bras ouverts il m'annonçait une promesse plus certaine de splendeur et de joie quand, dans quelques minutes je descendrais place Saint-Marc, qu'il n'en a jamais apporté sur terre[a] aux hommes de bonne volonté. Je n'apercevais rien d'autre par ma fenêtre mais, comme le monde[b] n'est qu'un vaste cadran solaire, la moindre surface éclairée nous permet de voir l'heure qu'il fait partout. C'est une heure que je connaissais bien ; le dimanche à la campagne, je voyais ce resplendissement plus sombre sur les ardoises de l'église, et je savais que le temps d'être prêt, j'arriverais quand les boutiques commencent à fermer sur la place, et que la paille du marché sent fort sous le soleil déjà chaud. Et les premiers jours à Venise où il y avait bien de la fraîcheur si on entrait dans la maison, avec des morceaux de soleil, mais répandus dans les immenses escaliers de marbre, c'était cela que l'éclat de l'ange impossible à fixer, par ma fenêtre, me donnait envie de voir. Mais maintenant ce que cette lumière de 10 heures du matin reflétée me donnait envie de voir, c'était Venise, une ville où il y a transposition d'art de toutes ces impressions de la vie quotidienne et réelle[c], où on a bien le plaisir de descendre à 10 heures du matin le dimanche dans une grande rue en fête animée des cris de la foule, mais où cette rue est d'une eau de saphir rafraîchie de souffles tièdes, et d'une couleur si résistante que les regards pouvaient pour s'y détendre s'y appuyer plus encore, éprouver[d] contre la résistance de la couleur la mollesse de leurs muscles, dans une grande rue en fête avec de chaque côté ses nombreuses maisons du dimanche d'où chacun sort, mais où ce rôle des maisons toutes côte à côte, toutes recevant le soleil et projetant un peu d'ombre à leurs pieds, ce sont des palais de porphyre et de marbre à qui ils sont confiés, et où l'ombre sur le pavé n'est qu'une fraîcheur sur un plus sombre saphir où on est bien obligé de tendre un store contre la chaleur mais où ce store est tendu contre l'admirable rosace d'une fenêtre du XVe siècle où c'est[e] cette chose historique qui jouera le rôle de la petite chose familière qui nous émeut, où un trèfle de la Renaissance aura quand nous le verrons cet accent simple et vivant de tel volet entrouvert, de tel rideau à demi soulevé, de tel châle pendant sur l'appui grossier d'une fenêtre et qui nous dit : « C'était ici l'endroit où elle couchait », où c'est une admirable fenêtre en porphyre surmontée d'un dieu barbu et dont l'arcade arabe est reproduite dans tous les musées du monde comme le chef-d'œuvre de la sculpture du XIIIe siècle qui était pour nous la fenêtre derrière laquelle on nous attend, notre fenêtre, celle de la chambre où on rentre ; le langage intime et affectueux qu'expriment habituellement les choses les plus vulgaires, un coin du rideau de percale relevé, l'appui grossier de la fenêtre ou le volet entrouvert, c'était un trèfle illustré de porphyre et de jaspe qui nous le tenait[a]. Voilà ce qu'aucune autre ville ne pouvait me donner, et en voyant le reflet du soleil dans la girouette d'en face, ce qu'elle me murmurait comme une promesse dont j'aurais voulu voir la réalisation immédiate, c'était la promesse de l'ange d'or de Saint-Marc. Je voulais prendre le train pour Saint-Marc et demain en sortant de chez moi descendre en gondole cette grande rue merveilleuse qui défile chaque jour devant les barques des visiteurs émerveillés et qui est la même que celle où ils vivent et où c'est un trèfle de porphyre qui est reproduit dans les collections de tous les musées du monde comme le chef-d'œuvre de l'architecture du XIII[e] siècle qui est la fenêtre où ma mère était à lire[b] quand je rentrais par la chaleur éblouissante sur la rue de saphir et m'apercevant fermait son livre pour descendre déjeuner. Mais aussitôt je pensais à une peine que je lui avais faite là-bas, le besoin d'être tendre pour elle m'envahissait, et comme elle n'y serait pas si j'y partais car elle ne voudrait pas quitter mon père, j'aurais cette angoisse sur laquelle toute la beauté de l'univers n'est pas un baume. Quand le crépuscule venait[c], ces crépuscules indéfiniment prolongés où la lumière arrêtée à écouter un soliste qui chante sur le canal semblait suspendue à ses appels et faire avec la mélodie qui s'adresse à elle un groupe équivoque où le métal de la voix et le reflet de la lumière semblaient fixés dans un alliage impermutable à jamais immobilisé, et qui reste en effet forgé à jamais dans son indécision poignante, comment pourrais-je supporter de ne pouvoir la voir avant plusieurs jours ? J'aime mieux ne jamais retourner à Venise et maman a *[plusieurs mots illisibles]*

XV.2

[Dans cette seconde version inachevée, le point de départ est le même que dans la première, mais les évocations de Venise s'amplifient.]

Je[d] voyais le soleil non pas directement, mais dans l'or sombre qu'il plaquait sur la girouette en fer de la maison d'en face. Comme autrefois au village j'apercevais les ardoises de l'église éblouissantes. Et comme le monde[e] n'est qu'un innombrable cadran solaire je n'avais pas besoin d'en voir davantage pour savoir qu'en ce moment sur la place le « magasin » qui avait baissé sa toile à cause de la chaleur allait fermer pour l'heure de la grand-messe et que le patron qui était allé passer son veston du dimanche y déballait les derniers mouchoirs aux acheteurs tout en regardant si ce n'était pas l'heure de fermer dans une odeur de toile écrue et de soleil, que sur le marché[f] les marchands étaient en train de montrer leurs œufs et volailles alors qu'il n'y avait encore personne devant l'église sauf la dame en noir qu'on en voit sortir rapidement à toute heure, dans les villes de province. Mais maintenant ce n'était pas cela que l'éclat du soleil plaqué sur la girouette de la maison d'en face me donnait envie de revoir. Car depuis que je l'avais revu bien souvent cet éclat du soleil de 10 heures du matin plaqué non plus sur les ardoises de l'église mais sur l'ange d'or du campanile de Saint-Marc quand on ouvrait, sur la petite calle, ma fenêtre du *palazzo* à Venise. Et de mon lit je ne voyais qu'une chose, le soleil non pas directement mais en plaques de flamme sur l'ange d'or du campanile de Saint-Marc, me permettant aussitôt de savoir quelle était exactement l'heure et la lumière dans tout Venise et m'apportant sur ses ailes éblouissantes une promesse de beauté et de joie plus grande qu'il n'en apporta jamais aux cœurs chrétiens quand il vint annoncer « la gloire de Dieu dans le ciel et la paix sur la terre aux hommes de bonne volonté[1] ». Les premiers jours, cet éclat d'or sur l'ange, il me rappelait l'éclat plus pâle, mais marquant la même heure sur les ardoises de l'église du village, et, tout en m'habillant, ce que l'ange semblait me promettre de son geste d'or que je ne pouvais fixer tant il éblouissait, c'était de descendre vite au beau temps devant notre porte, de gagner la place du marché pleine de cris et de soleil[a], de voir l'ombre noire qu'y portaient les devantures fermées ou encore ouvertes et le grand store du magasin et de rentrer déjeuner dans la maison obscure et fraîche de mon oncle. Était-ce cela[b], cela que je revoyais tout en m'habillant précipitamment, que Venise me donnait aussitôt que j'étais descendu et que j'avais atteint les marches du seuil, humides encore de l'eau qui les couvrait en les abandonnant selon la marée montante ou descendante et qui venait frapper violemment les degrés de marbre quand une gondole passait[2] ? C'était plus beau sans doute puisque maintenant dans mon esprit les promesses de l'ange d'or avaient effacé l'éclat des ardoises de l'église, et que ce qu'avait éveillé en moi la vue du soleil sur la girouette de la maison d'en face, c'était seulement le désir de partir pour Venise, de revoir Venise à 10 heures du matin. C'était plus beau mais au fond c'était bien la même chose et la promesse de l'ange d'or de me rendre[c] toute la vérité de mes impressions provinciales avait été littéralement accomplie. Seulement à Venise, si pas une seule des simples impressions qui font le charme de la vie quotidienne n'est omise, ce sont des choses de beauté ou d'art qui sont chargées de les donner. Cette gaieté[d] de la rue et de la place en plein soleil, c'était une étendue de saphir qui était chargée de me la donner et, rien qu'en voyant l'éclat d'or sur le geste de l'ange en m'habillant, j'en savais la couleur exacte et qu'elle était si douce à la fois et si imbrisable que mes regards fatigués non seulement pouvaient se délasser dans sa mollesse, mais même appuyer leur faiblesse à sa force, la sentir résister, les soutenir comme au lit contre lequel nous nous raidissons pour ne même plus avoir à porter dans notre corps le poids du plus léger de nos muscles que le lit soutient ; avec les deux côtés le plaisir de l'ombre noire projetée par la toile du magasin n'était pas absente, mais c'était une tête de dieu barbu sculptée au sommet de l'ogive, entre deux disques de marbre rouge sous un paon se détachant en relief au médaillon bleu à la porte d'un palais de porphyre qui projetait son ombre sur le canal. Penchée sur l'eau, là depuis cinq cents ans, menaçant ruine, elle était dégradée par l'âge et radieuse de jeunesse. Et la fosse que le plâtre y avait creusée en s'émiettant lui ajoutait un sourire[1]. Quand je rentrais déjeuner j'avais bien cette sensation de fraîcheur et d'ombre que j'avais dans la maison de mon oncle. Mais c'était un courant d'air marin qui l'entretenait avec des vastes surfaces de marbre, mouillées d'un rapide soleil, d'un escalier[a] comme dans Véronèse[2] et qui ajoutaient à la leçon de Chardin — que les plus pauvres choses peuvent devenir belles au reflet de la lumière — cette autre leçon que les choses les plus somptueuses le peuvent aussi et ne sont pas exemptées de la beauté. Ainsi Venise, au contraire de la Venise des peintres qui est esthétique et froide dans sa partie la plus belle, familière et intime dans ses demeures misérables et ses rios abandonnés, de sorte que ceux qui ont voulu peindre cette dernière — même les plus grands comme Dethomas — ont cru devoir aller la chercher dans ces quartiers perdus où tout ce qui fait sa splendeur s'efface, et se sont efforcés pour nous la faire sentir vraie de la faire ressembler à Aubervilliers, n'est pas ici splendide et là familière. Mais ce sont les choses splendides qui y sont chargées de nous donner des impressions quotidiennes et familières ; ce sont même elles qui si belles, si historiques qu'elles soient jouent dans notre souvenir ce rôle, dévolu habituellement aux plus humbles, aux plus laides choses, de nous rappeler[b] les années vécues et les êtres aimés, ce rôle où suffisait d'habitude l'appui de bois d'une fenêtre, son rideau de mousseline relevé par une embrasse, la place peu symétrique[c] qu'elle occupait dans une vilaine façade crépie, tout près d'une autre fenêtre et loin d'une autre, ce rôle-là est confié dans mon souvenir de Venise, à l'arcade d'albâtre et de jaspe d'une fenêtre trilobée qui est le plus beau spécimen de l'architecture byzantine du monde entier et qui est reproduite dans tous les grands musées d'Europe. Avant d'arriver à Venise et tandis que le train avait déjà dépassé Mestre, maman me lisait les drescriptions éblouissantes que Ruskin en donna, la comparant tour à tour aux rochers de corail de la mer des Indes et à une opale[3]. Elle ne pouvait naturellement, quand la gondole nous arrêta devant elle, trouver devant mes yeux la même beauté qu'elle avait eue un instant devant mon imagination, car nous ne pouvons pas voir à la fois les choses par l'esprit et par les sens. Mais à chaque midi, quand ma gondole me ramenait pour l'heure du déjeuner, souvent j'apercevais de loin le châle de maman posé sur sa balustrade d'albâtre avec un livre qui le maintenait contre le vent. Et au-dessus les lobes circulaires de la fenêtre s'épanouissaient comme un sourire, comme la promesse et la confiance d'un regard ami.

XV.3

[Cette troisième version ne reprend pas le début commun aux deux précédentes. Proust corrige et poursuit l'évocation des journées à Venise, pour terminer sur la scène angoissante du crépuscule, qui met fin au désir d'aller à Venise.]

Et[a] sans doute c'était un peu cela que Venise m'avait donné dès que, habillé en hâte, j'atteignais les marches de marbre que l'eau recouvre et abandonne tour à tour. Mais ces mêmes impressions, c'étaient des choses d'art et de beauté qui étaient chargées de les donner. La rue au grand soleil, c'était cette étendue de saphir dont la couleur était à la fois si molle et si résistante que mes regards pouvaient s'y bercer, mais aussi lui faire sentir leur poids comme un corps fatigué au bois même du lit, sans que l'azur faiblisse et cède, et jusqu'à sentir mes regards rentrer dans mes yeux soutenus par cet azur qui ne cédait pas, comme un corps qui fait porter au lit qui le soutient son poids, même intérieur, de légers muscles. L'ombre projetée par la toile du magasin ou l'enseigne du coiffeur, c'était simplement un assombrissement de saphir, là où une tête de dieu barbu dépasse la porte d'un palais, ou, sur une *piazza*, la petite fleur bleue que découpe sur le sol ensoleillé l'ombre d'un relief délicat. La fraîcheur, au retour dans la maison de mon oncle, c'étaient des courants d'air marin et du soleil, lustrant d'ombre de vastes étendues de marbre comme dans Véronèse, donnant ainsi la leçon contraire de la leçon de Chardin que même les choses opulentes peuvent avoir de la beauté[b]. Et jusqu'à ces humbles particularités qui naturellement individualisent pour nous la fenêtre de la petite maison de province, sa place peu symétrique à une distance inégale de deux autres, son grossier appui de bois, ou qui pis est de fer richement et vilainement ouvré, la hauteur de l'appui de bois, la poignée qui manquait aux volets, la couleur de rideau qu'une embrasse retenait en haut et divisait en deux pans, toutes ces choses qui entre toutes en font notre fenêtre, chaque fois[c] que nous rentrions, nous faisaient reconnaître notre fenêtre et qui plus tard quand elle a cessé d'être nôtre nous émeut si nous la revoyons ou pensons seulement à elle, comme un témoignage que des choses furent qui aujourd'hui ne sont plus, ce rôle si simple mais si éloquent et confié d'habitude aux choses les plus simples était dévolu, à Venise, à l'ogive arabe d'une fenêtre qui est reproduite dans tous les musées du monde comme un des chefs d'œuvre de l'architecture du Moyen Âge. De loin et dès <la> Salute je l'apercevais et l'élan de son ogive qui m'avait déjà vu ajoutait[a] à son sourire la distinction d'un regard un peu incompris. Et parce que derrière ses balustres de marbre de diverses couleurs maman lisait en m'attendant avec le joli chapeau de paille qui fermait[b] son visage dans le réseau de son voile blanc, et était destiné à lui donner l'air suffisamment « habillé » pour les personnes qu'on rencontrait dans la salle du restaurant ou en promenade, parce que, après ne pas avoir su tout de suite si c'était ma voix quand je l'appelais, dès qu'elle m'avait reconnu elle envoyait du fond de son cœur sa tendresse vers moi, qui s'arrêtait là où finissait la dernière surface sur laquelle elle sût parvenir, sur son visage et dans son geste, mais tâchant, cette surface extrême, <de> l'approcher de moi le plus possible dans son sourire qui avançait vers moi ses lèvres et dans son regard qui tâchait de se pencher hors de ses prunelles pour s'approcher de moi — pour cela la merveilleuse fenêtre avec son ogive unique mêlée de gothique et d'arabe, et l'admirable entrecroisement des trèfles de porphyre au-dessus d'elle, sous le sourire discret et témoin de l'ogive illuminée par le soleil de midi, cette fenêtre-là a pris dans mon souvenir la douceur que prennent les choses pour qui l'heure sonnait en même temps que pour nous, pour elles et pour nous, au sein de qui nous étions ensemble, cette heure ensoleillée d'avant le déjeuner à Venise, cela nous donnait une sorte d'intimité de partage avec elles. Si pleine qu'elle fût de formes admirables, de formes d'art historiques, elle est comme un homme de génie que nous aurions rencontré aux eaux, avec qui nous aurions vécu pendant un mois, et qui aurait contracté pour nous quelque amitié. Et si j'ai pleuré le jour où je l'ai revue, c'est simplement parce qu'elle m'a dit : « Je me rappelle bien votre mère. »

Ces palais du Grand Canal chargés de me donner la lumière et les impressions de la matinée se sont si bien associés à elle que maintenant ce n'est plus le diamant noir du soleil sur l'ardoise de l'église et la place du marché que l'éclat de la girouette d'en face me donne l'envie de voir mais seulement la promesse qu'a tenue l'ange d'or, Venise. Mais aussitôt en revoyant Venise, je me souvins d'un soir où méchamment après une querelle avec maman je lui avais dit que je partais, j'étais descendu, j'avais renoncé à partir, mais je voulais faire durer son chagrin de me voir partir, et je restais en bas, sur l'embarcadère où elle ne pouvait me voir, tandis qu'un chanteur chantait dans une gondole une sérénade que le soleil prêt à disparaître derrière la Salute[1] s'était arrêté à écouter. Je sentais le chagrin de maman se prolonger, l'attente devenait intolérable et je ne pouvais me décider à me lever pour aller lui dire : « Je reste. » La sérénade semblait ne pas pouvoir finir, ni le soleil disparaître comme si mon angoisse, la lumière du crépuscule et le métal de la voix du chanteur s'étaient fondus et à jamais immobilisés dans un alliage poignant, équivoque et impermutable. Le souvenir intolérable[a] du chagrin que j'avais fait à ma mère me rendit une angoisse que sa présence seule et son baiser pouvaient guérir. Je sentais l'impossibilité de partir pour Venise, pour n'importe où où je serais sans elle et après l'avoir longuement embrassée je partis me recoucher.

XV.4

[Le narrateur rapporte ses rêves de Venise et le voyage qui suivit ; le récit prend une forme très proche de la version définitive tout en utilisant des passages précis des premiers brouillons. Nous donnons quelques fragments de cette version qui s'écartent à la fois des deux états. Le récit est itératif et dominé par la comparaison avec Combray. Après le lever vient la promenade du matin en gondole.]

C'était[b] bien la gaieté d'une rue cependant, mais le rôle des maisons alignées était tenu par des palais d'un faste et d'une stabilité prouvant que c'était bien à la vie de tous les jours, à la vie de toujours qu'ils répondaient, au paradoxe accepté comme la chose la plus naturelle du monde, de toute la complication et de tout le raffinement de la vie d'une ville installée au milieu de la mer — mais dont chacun[c] était une œuvre d'art célèbre ; de sorte que, tandis que je m'avançais dans la chaleur de 10 heures du matin, le long de ce chemin qu'on fait en sortant de chez soi, le gondolier me nommait les maisons, individuelles en effet comme des personnes : Dario... Mocenigo... Foscari[2]... « Et Foscari, dis-je, et Contarini Fasan ? — Non ceux-là sont un peu plus loin. » Ce sont les noms des Vénitiens qui les habitaient et dont, des deux côtés du canal, ils semblent encore attendre le retour quotidien gardant, les uns avec la simplicité résignée du plein cintre, les autres avec la ferveur élancée de l'ogive, d'ineffables souvenirs. Aussi reportons-nous sur ces anciens seigneurs dont ils nous parlent un peu de la grâce du langage qu'ils nous tiennent. Transparents comme tout ce qui a une âme, comme le regard et comme la parole, si ouverts, ajustés de la plus riche parure[d] comme qui ne se sait pas seul mais en noble compagnie, chacun si étroit, si pressé par les autres comme à la cour, et se sachant regardés par ceux d'en face à qui ils sourient par leurs fenêtres, la vie qui les remplissait — et qui s'épanouit au-dehors dans les colonnes fleuries de chapiteaux, de façades qui elles-mêmes s'extériorisent encore et descendent, en leur reflet, devant la porte sur l'eau de nacre du canal — devait même à l'intérieur, quand elle s'y retirait, rester bien publique encore et ne pas chercher ou ne pas réussir à cacher de bien grands secrets. Quelques-uns gardaient à Venise le costume arabe de leur patrie d'origine. Je reconnus avant que le gondolier me le montrât le petit palais Contarini Fasan[1] à qui son balcon fait monter si haut sa ravissante cravate de dentelle qu'elle cache presque son mièvre visage rose. Puis il me dit : « Foscari[2] — Ah ! », et je tendais sur lui qui s'éloignait lentement le long de la gondole ces regards qui essayaient d'adapter à l'aspect d'une célébrité qu'on nous montre les idées que nous nous formions d'elle depuis longtemps ; mais lui, se sentant peut-être dévisagé, ne sourcillait pas, son regard restait le même dans les lobes de ses *occhi* de pierres de couleur ; et un clin de soleil qui le contactait lui donnait même l'air de se perdre avec affectation dans le vague.

Un carré sombre, qui est si nécessaire à faire valoir l'ensoleillement du reste et qu'à Combray l'ombre de la bâche du magasin posait dans la rue devant la vitrine comme un tapis rectangulaire qui invitait à entrer, ne faisait pas défaut ; c'était un store que les occupants actuels d'un de ces palais avaient placé au-dessus de ses fenêtres qui le projetait sur le canal où il donnait la même impression de fraîcheur mais seulement à l'aide d'un vert plus sombre. Et l'enchaînement, sous leur travestissement coloré et splendide, des impressions d'une rue ensoleillée était si impérieux que j'aurais cessé de pouvoir penser simultanément que j'étais sur la mer, si, au moment où je voulais arrêter, le flot n'était pas venu bruyamment battre devant les palais cet escalier de marbre dont il monte et descend les degrés deux fois par jour et si ma gondole n'avait pas tournoyé un moment au sommet bleuâtre et momentané de l'eau vivante et cabrée ; c'était bien la cité de la mer et, aurais-je pu croire, aujourd'hui où l'on visite le palais de Thésée, l'ancienne Ithaque, le labyrinthe de Minotaure, le royaume des Néréïdes que je visitais. Car c'est en barque que je m'arrêtais devant ses plus beaux appartements, comme à l'entrée des grottes marines, et dont les peintures de Carpaccio revêtaient l'intérieur obscur, humide et battu par la vague de couleurs aussi riches et d'irisations aussi chaudes que si elles étaient fournies par le pourpre des fucus et par la nacre des coquilles[3]. Et la plupart des peintures dont les autres sont décorées représentent des palais qui ne sont pas moins marins que ceux qu'ils ornent de leurs images. Dominés par des colonnes que la peinture fait ressembler à des mâts, leurs escaliers les plus magnifiques descendent comme un entrepont, dans le vide de l'air marin dont ils sectionnent la circonférence et dont les marches qui s'élèvent au-dessus des eaux flottent presque à portée de la main des dieux orgueilleux vêtus de pourpre et des câlines nymphes ornées de perles qui tiennent les attributs de l'empire des mers[1].

Le[a] fond de la place était barré, par ce tableau vivant étendu et diapré, de belles colonnes orientales, soutenant, en une sorte d'apothéose, un Christ équivoque et un peu terne[2], tandis que le reste de la place était concédé à d'autres époques, débarquées de la mer voisine, qui campaient là au soleil, dans une sorte de foire du passé, voisines les unes des autres, mais séparées par des siècles[b]. Nous nous y attardions longtemps en quittant le baptistère, interpelés par les gondoliers qui d'en bas nous proposaient une promenade vers les îles, et prenant à regarder le soleil qui descendait vers les flots le plaisir que nous aurions eu à flâner sur le quai de tout autre port ; car celui de la Piazzetta descend à pic sur l'ouverture du canal, sert de débarcadère aux navires et regarde la mer. Mais elle la regarde comme elle le faisait dans les siècles lointains et par des chefs-d'œuvre qui ont gardé si fidèlement, dans une forme immobile la pensée que l'artiste leur confia, que leur vie qui n'a plus varié est encore plongée dans l'époque où ils furent créés, qu'ils n'ont pas subi dans leur expression la trace des temps qui ont suivi, qu'ils continuent à vivre le jour où ils furent créés leur rêve d'autrefois et que, plus anciens c'est-à-dire moins vieux que nous de bien des siècles, jusqu'au jour où ils seront détruits ils conserveront leur jeunesse. C'est au milieu d'eux, entre le palais ducal et les colonnes de la Piazzetta dont nous pouvions caresser de la main la patine polie de marbre rose, que nous regardions le jour décliner, comme du sein d'un passé vacant où nous aurions pu errer, de quelque jour du Moyen Âge. Eux, sans daigner nous voir, attachaient ainsi sur la mer leur regard, ce regard si imperceptible que le sens commun le nie, si immense qu'un moulage qui ne le retient pas laisse échapper du même coup le style et la vie, et que l'intelligence des hommes est en raison du degré où ils le discernent.

Esquisse XVI
[CONVERSATION À VENISE]

[Ces deux fragments proviennent, le premier de feuilles manuscrites insérées dans le Cahier XIV, *le second de 4 pages du dactylogramme 2 qui servirent de copie pour la publication d'un extrait du roman dans la revue « Les Feuillets d'art ». M. de Norpois et Mme de Villeparisis séjournent à Venise. L'image de ce vieux couple fidèle sert d'ouverture ironique à la série des mariages ratés qui viennent conclure la partie romanesque d'« À la recherche du temps perdu ».]*

XVI.1

[Philémon et Baucis. — Cette conversation tardivement insérée dans l'épisode de Venise, dont Proust craignait qu'il ne fût insuffisamment fourni, sert de contrepoint à l'oubli d'Albertine.]

Plusieurs[a] des palais du Grand Canal étaient transformés en hôtel, et pour changer de celui que nous habitions nous voulûmes un soir essayer de dîner dans un autre où l'on prétendait que la cuisine était meilleure[b1]. Tandis que ma mère payait le gondolier j'entrai dans une salle aux piliers de marbre, jadis décorée toute entière à fresques dont peu restaient[c] visibles. J'entendis un garçon demander si les Villeparisis descendaient *[un blanc]* qu'ils ne prévenaient jamais que c'était *[un blanc]* il aperçut que la dame venait. C'était Mme de Villeparisis en effet mais penchée vers la terre avec cet air de tristesse, d'égarement que donne une fatigue exagérée et le poids des ans. Le hasard fit[d] qu'on nous donna une table placée immédiatement derrière la sienne le long des belles parois de marbre du palais, et heureusement, comme ma mère était fatiguée et voulait éviter les présentations, nous lui tournions le dos et ne pouvant pas être vus de la marquise, protégés d'ailleurs par le relief d'une haute et large colonne d'or. Cependant je me demandais quel était celui de ses parents qu'on appelait M. de Villeparisis quand quelques minutes après je vis venir s'asseoir à sa table, plus voûté qu'elle, son vieil amant M. de Norpois qui descendait de leur chambre. Ils s'aimaient toujours et maintenant qu'il avait quitté ses fonctions au ministère, dès que l'incognito relatif dont on jouit à l'étranger le permettait, ils vivaient tout à fait ensemble. Pour laisser plus de respectabilité à sa vieille maîtresse, il avait soin de ne pas donner son nom à l'hôtel, et les garçons, ignorant à cette distance de Paris les liaisons qui y étaient célèbres, voyant d'autre part ce vieux monsieur, même quand il était sorti seul, rentrer toujours dîner en tête-à-tête avec cette vieille dame, croyaient avoir affaire à M. de Villeparisis. Le caractère matrimonial de leur liaison que le laisser-aller de la vieillesse et du voyage avait infiniment accentué se marqua tout de suite en ce qu'en s'asseyant à table M. de Norpois n'eut aucune de ces politesses qu'on a pour une femme qui n'est pas la vôtre pas plus[a] qu'elle-même ne fit le moindre effort pour lui. Resté plus vivant qu'elle il lui raconta avec une familiarité qui m'étonna ce qu'il avait appris dans la journée d'un ambassadeur étranger qu'il était allé voir. Elle laissait passer une bonne part de ses paroles sans répondre, soit fatigue, ou manque d'intérêt, ou surdité et désir de la cacher. De temps à autre elle lui disait quelques mots d'une voix faible, comme accablée. On voyait qu'elle ne <vivait> plus guère que pour lui, et avait depuis longtemps perdu pied dans le m<onde> (dont il lui apportait avec une certaine volubilité et sur un ton a<ssez> haut, peut-être pour qu'elle l'entendît, de fraîches nouvelles) car elle <lui> posait à voix basse et lassée des questions étranges dans la bouche d'une personne qui même mise à l'écart depuis longtemps appartenait pourtant à la plus haute société. Après un long silence *[fragment déchiré]* « Alors ce Bisaccia que vous avez ren<contré> tantôt est-ce un des fils de Sosthène[1] ? — Mais oui, c'est *[fragment déchiré]* qui est devenu duc de Bisaccia quand Arnaud a pris <le nom> de Doudeauville. Il est charmant, il ressemble un peu au fils de Carnot, en mieux. » Et le silence reprenait. Ce qui semblait le plus préoccuper la vieille femme dont personne dans la brume que la distance de Paris et le lointain de l'âge amoncelaient autour d'elle ne pouvait identifier les yeux charmants dans le visage écroulé, c'était la possibilité d'une guerre à propos du Maroc. Malgré ce que l'ambassadeur étranger avait dit à M. de Norpois, elle n'était pas rassurée. « Oh ! mais vous, vous voyez toujours tout en noir, dit M. de Norpois non sans rudesse. Je reconnais que l'empereur Guillaume a souvent le geste et le mot malheureux. Mais de ce qu'il faut prendre certaines choses au sérieux, ce n'est pas une raison pour les prendre au tragique. Il faudrait que Jupiter rendît fou ceux qu'il veut perdre car personne n'a intérêt à la guerre, l'Allemagne moins que quiconque. On sait bien à la Wilhelmstrasse que le Maroc ne vaut pas les os d'un grenadier poméranien. Vous vous affolez pour des riens[2]. » Et le silence reprenait, prolongé indéfiniment par Mme de Villeparisis dont la beauté, qui paraît-il avait été si grande, était aussi effacée que les fresques qui avaient décoré le plafond de cette salle magnifique aux larges colonnes rouges, et dont la personnalité était aussi bien cachée, sinon aux yeux des parisiens qui l'eussent peut-être identifiée, du moins du personnel vénitien de l'hôtel, que si la marquise avait eu sur son visage, comme aux temps anciens de Venise, un masque de carnaval. M. de Norpois faisait de temps à autre des observations au garçon qui n'apportait pas ce qu'il avait demandé. Je voyais qu'il aimait toujours autant la cuisine qu'au temps où il dînait à la maison et Mme de Villeparisis se montrait aussi difficile qu'à Balbec. « Mais non, ne leur demandez pas une omelette soufflée, dit M. de Norpois, ils n'ont aucune idée de ce que c'est. Ils vous apporteront quelque chose qui n'a aucun rapport avec une omelette soufflée. Aussi que voulez-vous, c'est votre faute, vous ne voulez pas entendre parler de cuisine italienne. » Mme de Villeparisis ne répondit pas, puis au bout d'un moment en une plainte aussi faible et aussi triste que celle du vent, elle gémit dans un murmure : « On ne sait plus rien faire, je ne sais pas si vous vous rappelez autrefois chez ma mère on réussissait si bien ce qu'on appelait une crème renversée. On pourrait peut-être leur en demander une — Cela ne s'appelait même pas encore une crème renversée, cela s'appelait, dit M. de Norpois en mettant le mot comme entre guillemets, des œufs au lait ; ce qu'ils vont vous donner ne sera pas fameux. Les œufs au lait c'était onctueux, cela avait une patine, vous vous rappelez. » Mais soit qu'au contraire elle ne se rappelât pas, soit qu'elle n'eût pas entendu, soit qu'elle eût trop parlé, Mme de Villeparisis ne répondit rien. Elle garda un long silence qui ne froissa pas M. de Norpois parce qu'il ne l'étonna pas sans doute et qu'il devait être pour lui une des caractéristiques, peut-être un des charmes de sa vie avec elle. Et il recommença tandis qu'elle coupait difficilement ses haricots verts à lui raconter combien l'ambassadeur étranger avait été intéressant et somme toute optimiste, tout en attendant que passât un maître d'hôtel à qui il pourrait commander l'entremets. Avant que ce dernier fût servi nous nous levâmes de table, ma mère et moi, et tout en détournant la tête afin de ne pas être remarqué d'eux j'aperçus pourtant les deux vieux amants, l'air eût-on pu croire indifférents l'un à l'autre, en réalité courbés par le temps comme deux branches qui ont pris la même inclinaison se touchent presque et que rien ne pourra plus redresser ni éloigner l'une de l'autre.

C'était peut-être ce qui me fût arrivé à la longue si Albertine avait vécu. Et pourtant cela, qui en somme devait être si doux puisque les ambitieux et les ambitieuses y sacrifient le monde et l'ambition, cela qui aurait pu être, je ne souffrais pas que cela n'eût pas été tant j'étais devenu insensible au souvenir d'Albertine. Je ne peux pas dire que souvent le soir, quand nous étions rentrés à l'hôtel (car depuis la rencontre du vieux couple Villeparisis-Norpois ma<man n'avait plus osé se> risquer à prendre nos repas hors du nôtre) dans l'énervement du crépuscule, je ne sentais pas que l'Albertine d'autrefois, invisible à moi-même, était pourtant enfermée au fond de moi comme aux plombs d'une Venise intérieure, dans une prison dont parfois un incident intérieur faisait glisser les ouvertures durcies jusqu'à me donner une ouverture sur ce passé. Mais si cette prisonnière était vivante, indestructible, incompressible semblait-il, en revanche elle était inaccessible pour moi tant ce cachot était profondément caché en moi et loin de ma pensée. Au bout d'un instant les portes se refermaient sur l'emmurée que je n'étais pas coupable de ne pas vouloir rejoindre puisque je ne me la rappelais plus.

XVI.2

[La conversation de politique étrangère de M. de Norpois est adaptée, pour la publication en revue, à l'actualité : les événements évoquent des affaires récentes pour le lecteur de 1919-1920.]

Un[a] nouveau long silence.

« Tenez, je vous apporte le *Corriere della sera* et le *Giornale d'Italia*. J'ai aussi *Le Temps*. Je vais regarder les nouvelles de la Bourse », ajouta-t-il avec la même sollicitude que s'il se fût agi des nouvelles d'une personne malade.

Et en effet, il ajouta bientôt :

« Nos rentes sont mieux disposées, mais les mines restent faibles. La De Beers se relève très rapidement, peut-être même un peu trop vite. Il ne faudrait pas qu'elle retombât après. Les pétrolifères recommencent à montrer de l'activité. Mais lisez donc le *Giornale d'Italia*, c'est le journal de Sonnino[1]. »

Après un long silence, Mme de Villeparisis demanda :

« Sonnino, est-ce que c'est un parent de M. de Venosa ?

— Mais pas du tout, répondit M. de Norpois d'un ton agacé, c'est un juif anglais du nom de Sidney (aucun rapport avec le charmant Sidney Schiff[2]). Il paraît que c'est une capacité, mais qu'il a un caractère détestable. »

M. de Norpois continua à lire le journal.

« Est-ce que vous avez pensé à aller voir le ministre, lui demanda Mme de Villeparisis avec la sérénité de l'amour tempéré par la douceur de l'âge.

— Oui, je suis passé à son hôtel avant d'aller chez Salviati. Il m'a raconté des choses très curieuses. Ainsi j'ignorais que quand Briand était au pouvoir il avait envoyé au palais Farnese un télégramme disant que SI LE GOUVERNEMENT ITALIEN DEMANDAIT L'EXPULSION DE M. CAILLAUX[3], IL NE FALLAIT PAS S'Y OPPOSER. C'était assez malin et prouve une habileté diplomatique dans laquelle malheureusement les Italiens sont passés maîtres, de sorte qu'ils se gardèrent bien de rien demander. Il a rapproché cela de deux dépêches de Ribot[4] à Jonnart qui tenait la dragée haute au roi Constantin, lui prêche la modération, l'avertit qu'il agit sous sa responsabilité. Puis Jonnart ayant réussi, Ribot, sans coup férir, lui envoie une dépêche des plus chaleureuses, le félicite de tout cœur et ajoute : VOUS SAVEZ BIEN D'AILLEURS QUE SI VOUS AVIEZ RENCONTRÉ LE MOINDRE OBSTACLE, J'ÉTAIS LÀ POUR VOUS AIDER DE TOUTES MES FORCES À LE BRISER. Cette façon un peu rapide de battre sa coulpe n'enlève rien à la sympathie que j'ai pour Ribot. Plaise à Dieu que nous n'ayons que des hommes comme lui et Briand !

— Et cette fameuse Fiume[1] ? demanda au bout d'un moment Mme de Villeparisis.

— Eh bien, malgré ce que je pensais, Nitti[2], dont je croyais que d'Annunzio était un véritable *ad latus* n'est pas fiumiste. Il y avait chez le ministre un écrivain français parfaitement inconnu, Marcel[3], je ne sais plus le nom, qui, lui, est chaleureux pour d'Annunzio : il compare l'exil volontaire que celui-ci fit en France à celui de Dante ; il a composé d'avance ou plutôt rétrospectivement trois vers de Virgile où Énée, passant devant Fiume, évoque d'Annunzio ; il a cité un vers d'Hugo, peut-être dans « Le Petit Roi de Galice », où la manière de prendre les villes ressemble fort à celle de d'Annunzio et il paraît que même dans les pièces de d'Annunzio le sol sue ainsi un passé historique. Mais le gouvernement italien prend la chose plus au sérieux, sinon au tragique. Il veut naturellement sauver la face. Mais il ne s'agit plus d'élever d'Annunzio sur le pavois, ni même de lui donner un blanc-seing. On veut d'une façon ou d'une autre le réduire à merci, et comme on a bien voulu me demander mon avis, j'ai suggéré, tout en faisant mes réserves sur la politique du Risorgimento, qu'il serait périlleux de prolonger les palabres, car tout cela pourrait dégénérer en une sorte de guerre de partisans qui risquerait de mettre le feu aux poudres et de faire perdre à l'Italie sa place autour du tapis vert. »

Esquisse XVII

[M. DE NORPOIS À VENISE]

[La scène de la conversation entre M. de Norpois et Mme de Villeparisis est profondément modifiée dans des brouillons tardifs — appartenant aux Cahiers 62 et 59 — où s'efface peu à peu le thème du vieux couple au profit de la caricature du diplomate.]

XVII.1

[Le prince Foggi entre en scène. L'affaire centrale est toujours le Maroc, et le langage diplomatique est le motif principal de ce fragment.]

*M.[a] de Norpois : venir à résipiscence / se chamailler entre alliés / on n'a jamais « causé ».

Ce pourrait être pour le monde civilisé une véritable hégire.

Il dira au prince qui viendra saluer Mme de Villeparisis à Venise : *« Imaginez-vous que la marquise ne connaît pas Rome ; je lui ai dit qu'il fallait absolument prendre contact avec la cité des Trois Collines. Je sais bien que c'est ennuyeux pour elle d'y aller seule mais elle n'a qu'à demander à tant d'amis qu'elle a des lettres de recommandation (M. de Norpois avec la ruse malhabile de tous les amants qui font semblant partout de se rencontrer au lieu d'avouer franchement qu'ils font un voyage ensemble fût-ce sous de faux noms). Elle n'a pas besoin de regagner Paris directement en quittant la sérénissime république. Elle peut faire un détour de plus et cette fois l'escapade en vaut la peine. D'autant plus que je lui conseille de consacrer vingt-quatre heures à ce pur joyau qu'est Sienne. Mais[b] elle se doit à elle-même d'aller, quelque voie qu'elle prenne, jusqu'à la Ville éternelle. Tous les chemins mènent à Rome, voire le chemin des écoliers.

« Pour la France de demain, en tout état de cause, il ne faut pas perdre de vue les réalités. Certes il faut faire rendre gorge aux loups cerviers de tout poil, de tout acabit, et personne ne songe qu'il faille faire litière des intérêts du pays mais enfin je ne sais pas de jeu plus vain que celui qui consiste purement et simplement à jongler avec des chiffres. Quoi qu'en aient les maniaques de l'économie politique, ceux qui veulent nous éblouir avec leurs tours d'adresse ou qui prétendent réaliser des tours de force et qui prodiguent çà et là leurs homélies plus platoniques que sincères, il s'agit moins de serrer les cordons de la bourse que de grouper les bonnes volontés. J'ai toujours été résolument opposé à la politique du panache. Croyez bien qu'elle n'ajouterait pas une once à notre prestige. Pour mettre la main à la barre et avec toutes nos prétentions comme vous dites si bien de *« fara da se »*, il faut des hommes de premier plan, cela va sans dire, mais enfin les vedettes ne sont pas tout. Sans adopter pour cela je ne sais quelle politique *louvoyante* qui n'est pas dans le caractère de notre race, on peut mener les choses *rondement* à la française sans tomber pour cela à *bras raccourcis* et à court d'expédients, comme le bon public s'imagine un peu naïvement qu'il est aisé de le faire, sur un adversaire qui aurait la ressource à laquelle on ne pense pas de se déclarer bel et bien forclos. Certes il est toujours facile à des prestidigitateurs plus ou moins qualifiés *[interrompu]*

Peut-être à Venise avec le prince italien, la Méditerranée étant un lac pour M. de Norpois « Tout doux ! messieurs de Berlin ! Certes nous ne sommes pas hypnotisés par les souvenirs obsédants de 70, mais sachez qu'il vous faudra déchanter si vous entendez, grisés par je ne sais quel impérialisme sinon encore omnipotent, du moins mégalomane, nous supplanter au Maroc. Rien n'est plus dangereux que de se payer de mots et de prendre les calembredaines de M. Harden[1] pour autre chose que des boutades qui ne sauraient nous donner le change. Les communiqués de la Wilhelmstrasse — et il faudrait une dose un peu forte de scepticisme pour ne pas les trouver singulièrement édifiants — il n'y a pas vraiment à les lire de quoi nous frotter les mains. Pour l'Alsace-Lorraine il n'y a pas un Français de bon sens qui y songerait et puisque le sort en a été jeté après le traité de Francfort[2] les Allemands ont beau jeu à entonner le *Beati possidentes* avec la grande éloquence qui leur est habituelle. Mais si par une singulière volonté d'hégémonie ils veulent pousser leur pointe jusqu'au Maroc et nous y faire subir leur joug et si de guerre lasse nous nous résignions à subir leur joug, ce serait un pur marché de dupes. Alors le devoir de tous les Français c'est d'oublier leurs litiges, de faire face à l'orage et d'une voix unanime de crier : "Halte-là !" »

XVII.2

[Ce fragment est le plus proche du texte définitif qui en a repris intégralement plusieurs morceaux ; il date de 1921. L'affaire du Maroc est remplacée par les affaires intérieures italiennes ; Proust a probablement pensé à Giolitti, plusieurs fois président du Conseil entre 1903 et 1914, parce qu'il venait à nouveau d'être appelé à former un cabinet (1920-21). La note de 1870 annonce les commentaires ironiques sur les journaux de la première guerre mondiale dans « Le Temps retrouvé ».]

Pour[a] ajouter au volume sur Venise quand le prince Foggi vient saluer Mme de Villeparisis. Il dira qu'il ne doit plus rester à Venise que quelques jours. Il parla à M. de Norpois des difficultés que rencontre à la Chambre italienne le cabinet Salandra[3] et qui le forceront inévitablement à démissionner d'un jour à l'autre. Puis il dit que la tâche[b] du successeur serait difficile, et l'un après l'autre énumérait différents hommes politiques qui pouvaient être appelés à former le nouveau cabinet. Contrairement à l'habitude qu'il avait de parler avec force des affaires politiques, M. de Norpois gardait un profond silence. Le prince crut[c] que c'était par la réserve qui fait qu'un Français n'a pas à se mêler des affaires de l'Italie et vice versa. Or le prince se trompait entièrement sur la signification de ce silence qui était non la marque de la réserve mais le prélude, habituel à M. de Norpois, de l'immixtion. Le marquis jugeait, en effet, que de sa part un acte d'une portée internationale pouvait être le digne couronnement de sa carrière, peut-être même le commencement de nouveaux honneurs, de fonctions difficiles auxquelles il n'avait pas renoncé. Car la vieillesse nous rend d'abord incapables d'entreprendre, mais non de désirer. Ce n'est que dans une troisième période que ceux qui vivent très vieux ont renoncé au désir, comme ils ont dû abandonner l'action. Ils ne se présentent même plus à des élections futiles où ils tentèrent si souvent de réussir, comme celle de président de la République *[deux feuillets manquants*[a]*]* On assura que le prince Foggi allait être nommé gouverneur d'Éthiopie, puis qu'il avait été chargé par le roi d'amener quelque détente entre les rapports de l'Italie et du Saint-Siège. Contrairement à ce qu'on avait cru, le cabinet végéta encore plus d'un mois puis enfin fut tout de même obligé de se retirer. Le roi demanda conseil à divers hommes d'État importants, à la suite de quoi il remit le soin de former le cabinet à M. Giolitti. Trois mois après, le *New York Herald*[1] racontait l'entrevue de M. de Norpois avec le prince Foggi à Venise. La conversation était rapportée comme nous l'avons fait, avec la différence qu'au lieu de dire : « M. de Norpois demanda finement », le journal américain ajouta : « avec le malicieux et charmant sourire qu'on lui connaît ». M. de Norpois trouva[b] cette note fort déplacée. Non pas que tant qu'il avait été ambassadeur (et il se sentait fort disposé à le redevenir) il ne sût, mais dans des circonstances graves, se servir des confidents qu'il avait dans la presse pour mettre l'Europe au courant de la situation. Ses bulletins mûrement pesés ressemblaient passablement à ceux qui précèdent immédiatement la mort d'un malade mais n'allaient jamais au-delà du conditionnel. En 1870, à la veille de la déclaration de guerre, quand la mobilisation était déjà presque achevée il décida la publication dans le X <d'> une note[c] à laquelle on s'accorda à reconnaître un caractère officieux. « L'opinion semble prévaloir dans les milieux autorisés que depuis hier la situation sans être précisément alarmante, pourrait être envisagée comme sérieuse et même, par certains côtés, serait susceptible d'être considérée comme critique. Notre chargé d'affaires à Berlin, M. le marquis de Norpois, aurait eu au cours de la journée d'hier plusieurs entretiens avec le ministre de Prusse, dans le but d'examiner dans un esprit de fermeté et de conciliation les différents motifs de friction existant si l'on peut dire entre les deux pays. La nouvelle n'a malheureusement pas été reçue à l'heure où nous mettons sous presse que les deux ministres aient encore pu se mettre d'accord sur une formule pouvant servir de base à un instrument diplomatique. Cette nouvelle est considérée comme satisfaisante *(mot allemand)* par les sphères bien renseignées. » Le lendemain (jour de la déclaration de guerre), une note annonçant un de ces mieux qui sont suivis de la mort était envoyée par M. de Norpois, non par ruse, ni par naïveté, mais pour faire preuve d'un savoir consommé de style diplomatique. « On a appris avec satisfaction dans les cercles bien informés qu'une légère détente semble s'être produite dans les rapports franco-prussiens à la fin de l'après-midi d'hier. On attacherait une importance toute particulière au fait que M. de Norpois aurait rencontré *unter den Linden* le ministre d'Angleterre avec qui il s'est entretenu une vingtaine de minutes et qui aurait offert ses bons offices pour un échange de vues actif entre la France et la Prusse. La situation serait malgré cela considérée comme méritant de retenir d'une façon tout à fait sérieuse l'attention des diverses chancelleries ; et le lendemain matin : « On semble être <à même> d'aviser dans le milieu que la situation a pris dans la soirée d'hier un caractère de gravité tout à fait préoccupant. M. de Norpois a été mandé d'urgence à Paris pour référendum. Il semblerait, malgré toute la souplesse de M. de Norpois à qui tout le monde se plaît à rendre hommage pour l'habile énergie avec laquelle il a su <défendre les droits imprescriptibles de la France, qu'>une rupture n'ait pour ainsi dire presque aucune chance d'être maintenant évitée. »

On comprend qu'un homme qui était ainsi un véritable maître de mesure et de tact, n'ait pas, une quarantaine d'années plus tard, été satisfait d'entendre parler de son « sourire » lequel pouvait sembler impertinent pour M. Giolitti. M. de Norpois jugea que « finement » avait déjà une force explosive un peu effarante pour un diplomate et que les mots ajoutés feraient croire qu'il n'était pas de la carrière. Aussi, dînant chez la duchesse de La Trémoille[1], pria-t-il le docteur Albert Robin[2] de les faire rectifier. Presque tous les journaux reproduisirent une si passionnante anecdote qui faisait rire tout seul de plaisir maint dégustateur de nouvelles. Par un hasard qui n'a rien d'invraisemblable le gouvernement fut seul à ignorer le mot. Six mois après il l'apprit. Les journaux furent recherchés avec un soin, un directeur des affaires politiques envoyé en disgrâce à Pékin. Mais aucune des gazettes qu'on put retrouver n'indiquait si la question de M. de Norpois montrait sa perspicacité, la prévision qu'il avait été seul à avoir d'un cabinet Giolitti, ou s'il fallait voir là plus qu'une divination une suggestion indirecte au roi, et à laquelle Sa Majesté avait obéi. Le quai d'Orsay aurait bien voulu savoir laquelle des deux interprétations était la vraie et il écrivit dans ce sens à notre ambassadeur à Rome, mais sans recevoir aucune réponse. Elle avait pour titulaire un homme intègre, pauvre et généreux, M. Camille Barrère, qui dépensait chaque année en bienfaits divers l'intégralité de son traitement mais avait l'habitude, suffisamment ancien à Rome, d'envoyer promener tout ministre qui se permettait de l'interroger. La République aime peu les ambassadeurs de ce genre. Elle l'avait montré dernièrement en mettant à la retraite M. de Montebello qui se croyait intangible au point qu'il avait permis à sa femme d'être marraine de la fille de Mme de Montebello-Fénelon, le tsar étant parrain. Mais le gouvernement n'osait agir de même avec M. Barrère (qui faute d'argent avait refusé la succession de M. de Montebello[1]) parce qu'on lui croyait de grandes capacités. Cette croyance était compréhensible bien que fausse car M. Barrère[2] faisait assez mal plus de dix choses différentes, ce qui équivaut dans l'esprit de la plupart des gens à en faire une bien. Non seulement il lançait sans arrêter des dépêches comminatoires et vaines aux quatre coins du monde mais encore il donnait les signes inexacts d'une culture générale et d'une élégance accomplie qui excédait son emploi. Il jouait du violon, il en jouait faux mais passionnément et avait acquis un stradivarius. Il montait à cheval moins souvent qu'il n'eût voulu car au cours de chaque promenade, étant médiocre cavalier, il faisait une chute mais à peine guéri remontait pour retomber encore. Il avait de la prose française une connaissance qui était d'un lettré et d'un sectaire. Il y avait puisé cette opinion que Bossuet est un écrivain ampoulé et médiocre, un théoricien des plus dangereux et dont les œuvres devaient être impitoyablement balayées des programmes universitaires. Se piquant d'art militaire il correspondait beaucoup avec le général Cherfils[3]. Éprouvant de brefs engouements que suivaient de longues et implacables rancunes, il était pourtant capable d'un dévouement véritable à l'égard de ses secrétaires à qui il apprenait le mépris de ceux, race inférieure, qui étaient auprès du pape. D'accord avec une muse arménienne, Mme Barrère dont la figure calcinée rappelait les atrocités des Turques tandis que sa conversation les faisait presque excuser, il avait admirablement élevé ses filles. Il leur donnait d'ailleurs avec d'admirables leçons, mieux que des leçons, l'exemple de son union parfaite avec cette massacrée qui tenait les propos indifférents d'une provinciale française, avec l'accent flûté de ses tourmenteurs.

XVII.3

[Il ne s'agit pas d'une nouvelle version mais d'un nouveau rajout sur la note de 1870. Nous isolons ces pages du Cahier 59 qui s'écartent de plus en plus de la conversation avec le prince et travaillent au portrait de M. de Norpois.]

À[a] propos de la guerre de 1870. Le journal de X était toujours admirablement rédigé, disons plus, le mieux rédigé de Paris. Mais un jour l'éditorial, non signé, fut écrit en si mauvais français, avec tant de répétitions de mots et tant de « il est bien certain qu'on ne peut », que l'article fit mille fois autant d'effet que ceux qui chaque soir avaient paru depuis deux ans. Il attira une attention énorme. Son incorrection grammaticale et sa prudence voulue causaient de l'émotion. On le jugea « de source inspirée ». Et personne ne douta que l'inspirateur fût M. de Norpois. Personne il est vrai ne put rencontrer l'ambassadeur pour lui demander confirmation du fait, mais une personne de son entourage déclara que l'éminent diplomate sans avoir eu pour cela son « secret du roi[1] » n'avait pas l'habitude de faire de la diplomatie dans les bureaux de rédaction.

La note officieuse avait en outre cela de particulier qu'elle donnait sous une forme affirmative et énonçait comme des faits tout naturels ce qui était l'objet de ses vœux ardents et secrets dont il n'était nullement certain que cela dût être réalisé. Ainsi le gouvernement, M. de Norpois lequel — sous les prétextes en apparence les plus anodins et les plus étrangers à la situation, une raison de santé, un voyage à Paris décidé depuis plusieurs mois — vint plusieurs fois conférer avec lui, craignaient en voyant l'émotion du public que des troubles ne survinssent. Le calme était au contraire désiré par M. de Norpois comme par le gouvernement, ce qui ne voulait pas dire qu'ils l'obtiendraient. Néanmoins la note officieuse n'hésitait pas à présenter son désir sous la forme d'une réalité. « On a appris avec satisfaction que le gouvernement prendrait ses responsabilités selon les éventualités qui pourraient se produire. L'opinion publique[b] qui a pleine confiance dans le gouvernement de Sa Majesté n'en demande pas plus. Elle fait preuve comme on pouvait s'y attendre du plus grand calme et d'un sang-froid qui est un bon indice de succès. » Or ce sang-froid constaté par la note n'était qu'un pur optatif qui pour tâcher de se persuader avec plus de force prenait la forme d'une affirmation.

D'ailleurs pour M. de Norpois on peut dire que, en dehors du cas particulier de la guerre de 70, c'était ce qui lui était commode qu'il appelait qualité suprême et vice ce qui lui le gênait. Ce qui renversait quelque peu l'ordre des vices et des vertus. Ainsi selon lui la première de toutes les qualités était de ne pas agir avec précipitation. (Réponse préparée à ceux qui lui demandaient d'agir.) « Le gouvernement est parfaitement placé pour prendre la résolution qu'il jugera convenable. Mais il doit surtout la prendre après mûre réflexion, sans l'ombre de précipitation. » Le « sang-froid » voisinait avec cette sage lenteur. Les objections des journalistes ou des députés étaient par contre un « dangereux verbiage ». Rien n'était plus coupable pour l'opinion publique que de se laisser aller à ses nerfs. Les diplomates prenaient leur part de cette éthique de M. de Norpois. On les traitait avec plus de ménagement mais on les prévenait pourtant avec charité que « les grands gestes n'ont jamais servi à personne pas plus que les coups de poing frappés sur la table ».

Ce qui n'a aucun rapport avec cette hiérarchie des vertus et des vices, il est curieux que M. de Norpois (dont le langage était violent, brusque, ne craignant pas des expressions fort vertes) prît maintenant un petit ton de dame effarouchée pour dire de quelque diplomate qu'il n'aimait pas, qui avait mal agi avec lui, ou n'était pas honnête, presque tout bas, « quel cochon ! » Nous ne connaissons pas assez la jeunesse de M. de Norpois pour connaître les raisons en vertu desquelles ce seul mot était resté pour ainsi dire à la porte de son vocabulaire et n'y entrait qu'avec timidité. La supposition la plus vraisemblable est qu'élevé par une mère pudibonde le jeune Norpois avait toujours été très réservé dans son langage. Puis il s'était émancipé, la vie avait fait son œuvre, le rude langage de l'homme d'action avait fait place[a] à la bonne éducation enfantine. Seul îlot féminin, l'expression « c'est un cochon » était restée prise, par des contingences à nous inconnues, entre deux solides expressions mâles qui la maintenaient. Non seulement M. de Norpois ne la disait qu'à voix basse, d'un air pudique, mais après l'avoir prononcée il riait d'avoir été si audacieux de sorte que « c'est un cochon » se trouvait presque avoir été prononcé comme un trait d'esprit.

Esquisse XVIII

LA FEMME DE CHAMBRE DE LA BARONNE DE PICPUS

[L'épisode de la femme de chambre (Cahiers 36, 23, 24, 48, 50) apparaît comme l'un de ces piliers de soutènement que l'on place dans l'édifice en construction, et que l'on retire quand l'œuvre est achevée. Comme le montrera la suite de ces Esquisses, le personnage fut l'instrument de tout un montage, mais ce support, trop riche en ramifications, sera anéanti par le fait même, et la femme de chambre sera reléguée dans les débarras d'« À la recherche du temps perdu ».]

XVIII.1

« Je crois qu'elle ne vient pas en ce moment. Mais mon cher il y a quelque chose de délicieux que j'ai connu dernièrement.

C'est la première femme de chambre de la baronne de Picpus. C'est une grande blonde, la plus jolie que j'aie jamais vue, trop dame, insolente comme pas une mais une merveille. Avec cela c'est une fille qui a gardé quelque chose de la paysanne vicieuse, qui a été élevée à la campagne où elle allait tout enfant avec tous les garçons de ferme. Depuis elle est relativement sage, relativement seulement. Mais je t'assure qu'elle nous en raconte et qu'elle nous en fait voir qui ne sont pas banales. » La tête commença à me monter sur la femme de chambre de la baronne de Picpus. Je pensais sérieusement au moyen de la rencontrer quand je lus dans le journal : « La baronne de Picpus part avec sa suite pour Venise où elle a loué le palais X. Elle va y passer trois mois et s'embarquer ensuite pour les Indes. » Il n'en fallait pas plus, j'étais amoureux de la femme de chambre de la baronne de Picpus. Mais elle part pour Venise, était-elle partie ? Peut-être la femme de chambre ne la rejoignait que le lendemain. Peut-être était-elle encore à Paris, il me suffisait de la connaître, de lui donner de l'argent, une bonne idée de moi, qu'elle parte, moi tenant ma place et une place flatteuse dans sa tête, cela me suffisait, on verrait au retour, mais il fallait se dépêcher, demain ce serait peut-être trop tard, je ne savais pas le nom de la femme de chambre, mais le temps d'écrire à Montargis tout le monde pouvait être parti. J'envoyais un homme de confiance[1] à l'hôtel Picpus. J'attendais dans une voiture à côté. La concierge était couchée, on fut une heure à ouvrir. La baronne était partie, la femme de chambre était encore là et partait le lendemain matin mais elle était couchée, revint me dire mon homme. Je le renvoyai, il resonna, la concierge se relevant l'injuria, il dit qu'il avait absolument besoin de monter parler à la femme de chambre de la part d'une de ses cousines, au bout de dix minutes il revint affolé nous disant de partir au plus vite, qu'il avait été insulté et menacé de la police. Alors je n'eus plus qu'une idée, aller à Venise, avec une recommandation pour Mme Picpus, voir chez elle sa femme de chambre, dédaigner cette insolente, me lier avec elle comme malgré moi et après nous verrions bien. J'allais me promener seul dans le bois auprès des restaurants, un air vénitien me faisait venir les larmes aux yeux et je ne pouvais lire que des guides d'Italie. « Tu veux toujours les choses au moment, me disait Montargis, tu as blessé cette fille, je t'ai dit qu'elle fait plus d'embarras qu'une duchesse. Attends tranquillement je te promets de te l'amener. Qu'est-ce que tu veux aller à Venise pour cela ? » L'année suivante je n'y pensais plus quand il me dit qu'elle avait eu la figure brûlée par un incendie dans le paquebot et qu'elle était à jamais défigurée. Il la voyait quelquefois. Il lui donna rendez-vous pour moi. Mais elle était atroce à voir et on se rendait compte seulement en voyant son corps de ce qu'elle avait dû être délicieuse. « Je n'aurais jamais accepté un rendez-vous avec quelqu'un que je ne connais pas », me dit-elle (heureusement elle ne savait pas et ne sut jamais que c'était moi qui l'avais fait lever ce soir-là). « Mais comme vous me disiez que vous étiez l'ami de Robert » (elle ne savait pas le nom de Montargis mais sa recommandation lui avait paru suffisante), « j'ai pensé qu'il n'y avait pas de mal, ppas ? Comment va-t-il ? Quand viendra-t-il ? » Je répondis bêtement : « Je ne sais pas, je l'ai rencontré chez sa tante de Guermantes. — De Guermantes vous dites ? C'est-il du château de Guermantes dans l'Eure-et-Loire ? — Mais comment connaissez-vous le château de Guermantes ? — Parce que je suis d'à côté, ce village où j'ai été élevée, c'est à dix kilomètres du château de Guermantes. Je vous dis ça, je pense que je peux me fier à vous puisque vous êtes l'ami de Robert, ppas ? — Quel village ? — Vous avez peut-être entendu parler de Méséglise, eh bien c'est à côté à Brou[a1] — À Brou ! Mais alors vous connaissez Combray — Ah ! je connais bien Combray ; pour y être allée, je n'y suis jamais été, mais mes parents allaient toutes les semaines pour le marché. C'est un monsieur d'auprès Combray qui m'a débauchée pendant que j'étais en service au château de Mérouville. C'est même à cause de ça que je n'y allais jamais. Mais j'allais souvent tout auprès parce que j'avais un ami qui allait souvent pêcher à Combray, parce que c'est très renommé pour les truites. » J'eus le soupçon que je saurais enfin qui était le pêcheur[2]. Elle savait que c'était dans la rivière près de Combray mais ne savait pas où. « De Mérouville, m'écriais-je, mais quels gens avaient ce château ? comment s'appelaient-ils ? que faisaient-ils le reste de l'année ? où vivent-ils ? » Comme quand j'avais espéré connaître la châtelaine de Saint-Michel-en-Grève, ou l'église gothique de Plogoff[3], ces châtelains réels d'un pays qui avait tant de réalité dans mon imagination et dans mes rêves, savoir qui ils étaient en dehors d'être les châtelains de Mérouville, les châtelains de mes rêves, c'était approcher ces rêves, savoir de quoi étaient faits ces pays, ces êtres d'imagination, c'était dans le vrai sens du mot, voyager, car voyager dans le passé. Ce nom jadis blond noirâtre et épicé de Mérouville était plutôt clair et bleuâtre pour moi, car c'était tout ce champ de fées du pays de Combray dont j'espérais savoir par elle ce qu'il était, ce qu'il y avait, au vrai, dans cette terre qui était intercalée pour moi au milieu de la carte de France comme un morceau de songe, et tout cela était si lointain, si irréel, était devenu tellement de rêve, que même les vieilles couleurs, en association dans la mémoire avec les assiettes peintes et les confitures de coing, s'étaient évaporées, dissipées, la trame des sensations que revêtaient ces personnages dont les noms étaient prononcés devant le buffet aux massepains s'était cassée et ils n'étaient plus vêtus que du reflet rose et bleuâtre de la robe d'aurore ou du clair de lune des personnages de contes de fées, comme tout ce pays qui s'étendait au loin dans les champs au-dessus de Combray quand on avait dépassé la porte du parc Swann, avec tous ces châteaux et ces fermes où je n'étais jamais allé, noyés dans la vapeur bleuâtre qui est celle des lointains, offrant çà et là dans sa géographie que j'avais tant voulu, que j'allais pouvoir approfondir, la ferme du Petit Poucet et le château de la Belle au bois dormant.

Qui étaient-ce ces châtelains de Mérouville ? J'aurais voulu savoir de qui ils étaient parents, ce qu'ils faisaient le reste de l'année. Vivaient-ils à Paris ? quel monde voyaient-ils ? c'est que tous ces environs de Combray étaient devenus pour moi tellement une chose d'imagination, qu'il m'intéressait de connaître la vie réelle des châtelains comme quand on sort de la lecture d'un roman de Flaubert ou de Stendhal on voudrait savoir qui était Mme Bovary, qui était Fabrice del Dongo. Certes tout ce que l'on pourra nous dire, tous les renseignements qu'on pourra nous donner resteront à côté de l'être d'imagination dont notre imagination s'enchante. Mais c'est l'éternel besoin toujours déçu de notre imagination que nous connaissions autrement que par celle-ci ce qu'elle aime, que nous nous rendions compte de ce qu'il y a de réel dans notre plaisir, de connaître les entours, les origines de ce qui nous a enchantés de façon à pouvoir au besoin le reproduire, à nous dire que nous pourrions connaître Mme Arnould. C'était une femme qui connaissait Mme Verne laquelle est parente etc. Et aussi nous voudrions voir les champs que Millet[1] a peints dans son printemps, comme nous voulons aller à Quimperlé. Les Guermantes hélas trop nobles ne voyaient que la noblesse princière[a], celle qui vient peu dans cette région et du reste plus loin ; mais tout ce qui était de la terre, tout ce qui était noble ou petit-bourgeois, le châtelain de Mérouville ou le pharmacien de la rue du Saint-Esprit, c'est cela qui m'intéressait bien plus que les Noailles ou Ligne du voisinage. La réalité pour une fois m'intéressait parce que, sortie de l'imagination qui me la faisait aimer, elle en devenait comme la justification, comme l'approfondissement. Le lieutenant que l'on voyait en congé, qui venait quelquefois sur la place, qui ne tend pour moi à tenir au réel qu'en mes rêves, comme un personnage de Barbey d'Aurevilly, et qui n'existait pour moi que dans un passé aussi poétique, aussi irréel qu'une lecture, j'aurais voulu savoir qui était sa mère, quels pouvaient être ses relations, connaître le salon qu'il habitait, les gens qu'il recevait à Combray, situer mon imagination dans la vie ; malheureusement si les Guermantes étaient trop grands seigneurs pour me renseigner sur les gens qui m'intéressaient, mes parents trop indifférents, mes oncles morts, la femme de chambre de Mme Picpus était un peu trop en dessous. « Ah ! mais si tu connais Combray, s'écria-t-elle avec joie, tu as bien dû connaître Théodule, le garçon pharmacien qui avait une belle voix et qui chantait à l'église. » Si je me le rappelais c'était lui qui nous apportait le pain bénit. « Hé bien, s'écria-t-elle au comble de la joie, il est marié avec ma sœur, il n'est plus à Combray, il est pharmacien chez nous. — À Brou alors. — Tu ne le reconnaîtrais pas, il a une grande barbe noire. Tu ne l'as pas connu avec sa barbe, ppas ? Ah ! c'est un sacré farceur. Je suis encore bien contente de le trouver parce qu'il m'a dit qu'il me ferait passer cela », dit-elle en montrant les plaies de son pauvre visage. Nous calculâmes que nous avions le même âge. La pensée que, pendant que je me consumais seul de désir dans la petite tonnelle de Combray, cette admirable fille à Brou où par pure fatalité je ne voulais jamais m'arrêter et où une année où j'étais souffrant on avait voulu me louer une chambre pour passer l'hiver au grand air[1] quand on aurait fermé Combray, cette admirable fille ivre de désir se prostituait dans les granges aux paysans me rendait fou. Oubliant son visage je me jetai sur elle et ce furent de violentes caresses que je sentais apprises à elle par des bergers, et où j'avais l'impression de ne plus être moi, d'être un jeune paysan qu'une paysanne plus hardie et déjà dessalée roule dans le foin. « Ce sont des petits paysans qui t'ont appris tout cela ? lui dis-je. — Non je peux bien te dire vrai, ppas ? C'est Robert qui me l'a appris mais je leur dis que ce sont des paysans parce que ça leur plaît mieux. Mais je ne parle plus jamais avec les gens de ma classe. Je ne vais qu'avec des gens du monde. » La conversation tomba. Je parlai de Mme de Picpus qu'elle trouvait fière. « Elle vous rrrgggardde, dit-elle. Et pourtant je suis qu'une domestique mais je me crois autant qu'elle et plus qu'elle, pppas ? » À tout moment elle se remettait à parler de Brou où elle irait passer un mois cet été. « Faudra que je dise cela à Théodule. On t'enverra des cartes postales, ppas ! » Je lui dis que j'avais l'intention d'aller du côté de Combray en automobile, que je pourrais lui faire faire une promenade. Cette proposition lui plut beaucoup : « J'adore l'automobile, dit-elle. Je n'aime que l'automobile, les cartes, la toilette et les courses. Avec ça tu me connais, ppas ? » Je pensai que sur ce simple aperçu toute maîtresse de maison sérieuse serait heureuse de l'engager comme femme de chambre. À ce moment la porte s'ouvrit. « C'est ma tante », fit-elle vivement et je vis entrer une personne que je reconnus immédiatement, la toilette noire, le visage rouge, la démarche majestueuse, la mère du pianiste, la brave femme « très agréable quand on était seul avec elle[2] » des Verdurin. Elle me reconnut aussi et immédiatement sa majesté s'accrut dans des proportions inconnues chez les Verdurin. Elle n'avait plus seulement l'air de vouloir faire respecter de chers souvenirs, un passé obscur et douloureux. Elle protestait avec indignation contre l'outrage qu'on avait voulu lui faire subir. Elle se redressa dans « l'immense majesté de ses douleurs de veuve[1] » comme si le fait que je la reconnaisse et qu'elle me reconnût fût une insulte pour elle, puis le cliquetis sourd se fit entendre, quelques mots émergèrent : « Ke ke ke m'semble... figure pas inconnue, je m'trompe ? » Je crois en effet qu'elle ne devait pas lui être inconnue, elle dînait avec moi toutes les semaines l'année précédente et comme il n'y avait que moi qui lui parlais, on me mettait toujours à côté d'elle. Puis les rites de l'étonnement lui semblant terminés, comme elle n'avait pas de milieu entre le sévère et le plaisant, elle pensa qu'étant chez sa nièce il était temps de passer au plaisant et se mit à rire d'un air paillard en disant : « ke ke Mme Verdurin serait intéressée ke ke ke comme on se retrouve ke ke. » Elle me demanda pourquoi on ne me voyait plus chez les Verdurin. Je vis qu'elle détestait Verdurin parce qu'il lui avait dit une fois (elle devait se tromper) : « Je m'appelle M. Verdurin. » « Alors, dit-elle furieuse[a] et en retrouvant l'usage d'une parole continue, je lui ai dit en le regardant je m'appelle Mme Maudouillard ! Ah ! non mais alors, tout de même, on ne se laisse pas traiter comme ça. Il a été cloué. Il n'a pas pipé de toute la soirée. » Elle trouvait Mme Verdurin bonne femme mais « pas les manières distinguées » « le genre de la commerçante ». Je vis qu'elle n'était nullement touchée de leur bonté, qu'elle les méprisait à cause de leur simplicité, et qu'elle leur attribuait mille intentions blessantes absolument imaginaires. Swann seul lui avait fait une grande impression, on sentait l'homme du monde, l'homme habitué aux grandes manières, et avec cela une simplicité ! Elle était persuadée que c'était un espion prussien et que ses moustaches étaient postiches. Il fut convenu que nous irions dîner tous les trois au restaurant. Mais ce fut insupportable. Dès l'arrivée elle reperdit, elle commença à perdre progressivement l'usage de la parole, entra en balançant ses voiles de deuil, avec une majesté irritée, voyait des insolences dans chaque réponse du garçon, dans chaque regard des voisins, était persuadée qu'à toutes les tables ces personnes qui « cherchaient à faire accroire » étaient des concierges en goguette. Il lui semblait même les reconnaître. À peine arrivée elle eut besoin d'aller aux cabinets, demanda le chemin et fut mécontente du ton du garçon. « Entendez-vous ce ton, on dirait vraiment... » Dès qu'on commença à dîner, elle ne fit plus entendre que le sourd cliquetis de la gorge sur lequel se détachait de temps à autre : « Pour moi il est coupable mais il n'est pas le seul. » « J'aime bien un bon beefsteak saignant quand j'ai faim. » « Je me soigne à l'homéopathie parce que ça fatigue moins l'estomac. » Elle mangeait une bouchée comme elle prononçait une syllabe toutes les cinq minutes, profitant d'un moment où on ne la regardait pas pour manger malproprement et le reste du temps faisant des gestes solennels avec sa fourchette en l'air et redressant ses voiles. Elle demanda au garçon de lui attacher sa serviette autour du cou et comme je lui offrais de le faire moi-même, elle me dit : « Il est là pour ça je pense ? » Je n'ai jamais revu la pauvre brûlée mais elle m'envoie souvent des cartes postales de Brou où Théodule par un mot se rappelle à mon souvenir.

Tout d'un coup j'aperçus avec épouvante les Guermantes qui dînaient avec le jeune ménage Villeparisis au fond du restaurant. Je fis semblant de ne pas les voir. Mais Mme Maudouillard qui ne savait pas qui ils étaient ne cessait de les regarder en ricanant : « En voilà une manière de se tenir au restaurant. C'est certainement une boutiquière en goguette. Je crois du reste que je la connais. Elle n'a pas fait de frais de corsage au moins ni de chapeau. Et ces couleurs[a] voyantes. Non ! mais elle met ses gants sur la table et tient son verre à pleine main. Vraiment il y a des gens. Quel bruit ils font, on dirait qu'ils se croient chez eux. Non mais regardez on se croirait au spectacle. » Je fus obligé de répondre que je n'osais pas regarder parce que j'avais cru reconnaître le monsieur. « Ce doit être son amant d'un soir, ajouta-t-elle finement. Vous ne lui ferez pas compliment de ma part. » Je quittai de bonne heure cette famille sévère et je ne l'ai jamais revue mais tous les étés je reçois des cartes postales de Brou où l'on me demande si je ne viendrai pas « voir Théodule ».

XVIII.2

[Ce fragment met en relation le désir de cette femme et le désir de Venise, la déception qui suit la réalisation du désir, le lien de la femme et du pays (mais elle n'était pas vénitienne*) et la transformation du désir de femme en désir de poésie :* elle devenait désir de poésie *.]*

Pour la femme de chambre de Mme Putbus

Si j'allais à Venise !

Ces deux idées se mêlaient ; m'exaltaient, j'avais ce bonheur qui m'avait tant manqué sur la route de Pinçonville quand rentrant le soir dans le petit cabinet touchant la salle des Giotto j'en regardais le clocher[1]. Et avec l'idée d'utilité qui ne se sépare jamais pour moi de la vie, comme si nous voulions donner plus de raison d'être à nos plaisirs, à ce que nous aimons, pour lui donner plus de solidité, d'assise, de vérité, je bénissais la femme qui allait me décider à ce voyage à Venise que je n'aurais peut-être pas fait sans elle et à qui ne le comprît-elle d'ailleurs en rien je devrais pour les plaisirs qu'elle m'y ferait connaître, d'avoir aimé grâce à elle Saint-Marc, Tintoret, Carpaccio.

XVIII.3

[Dans ces fragments ultérieurs, la femme de chambre réapparaît alors que le héros était adolescent — nous sommes ramenés à l'époque d'« À l'ombre des jeunes filles en fleurs » — et nous le voyons soucieux d'acquérir quelque prestige aux yeux de cette beauté. Alors que la baronne Picpus est à Paris (deuxième fragment), il décide de la rencontrer chez les Verdurin et, une fois parvenu dans sa chambre, d'échanger des regards avec sa femme de chambre qu'il retrouvera chez la maquerelle. Mais, auparavant, pour aborder la baronne, il eût souhaité — plus glorieuse que celle des Verdurin — l'entremise de Mme de Guermantes. Mais la réponse de la duchesse (troisième fragment), à laquelle il demandait si elle connaissait la baronne, ramène le narrateur à sa stratégie initiale.]

Je m'étais promis, à Querqueville, qu'une fois rentré à Paris je ferais tout pour retrouver la lycéenne mais mes yeux étaient tombés un jour dans un journal sur cette note. « La baronne Picpus vient de quitter Ville d'Avray ; après avoir été cet automne à Ville d'Avray l'hôtesse de M. et Mme Verdurin, elle s'est *[plusieurs mots illisibles]* voyage aux Indes de deux ans, s'embarquera à Venise à bord du yacht de Sir Ralph Matthew[1].

Le souvenir de ce que m'avait dit Montargis sur sa femme de chambre, merveilleux Giorgione, grand corps onduleux et blond aux yeux bleus me donna une soif ardente de goûter à un genre de plaisir que je ne connaissais pas. Et comme la pensée d'être un individu quelconque, un rien chez une baronne qui devait cristalliser la mesure de toute élégance, d'être méprisé par cette fille, qu'il appelait une dogaresse, m'était insupportable *[plusieurs mots illisibles]*

Elle s'est installée peu de mois à Paris dans son hôtel de la rue Villaret-Joyeuse, dans les premiers jours du printemps, elle s'embarquera pour Venise. Aurai-je le temps de connaître par mon ami les Verdurin, par les Verdurin Mme Picpus, par Mme Picpus sa femme de chambre avant leur départ ? Car bien probablement elle partirait avec sa maîtresse.

« En aucune façon... Je suis persécutée par son nom que je vois tout le temps dans les journaux quand je cherche une nouvelle militaire, un renseignement sur le temps, la chronique des livres, le cours de la bourse, je tombe toujours à la place sur quelque chose qu'a fait cette dame — la connaissez-vous ? —

personne ne la connaît... il y a bien une vicomtesse de Vardes avec un W[1] qui doit être la reine de ces fêtes » (malgré l'ironie du ton de Mme de Guermantes j'aurais donné tous les Guermantes de la terre pour être bien avec la vicomtesse de Vardes) « mais vous n'allez pas chez ces gens-là *[plusieurs mots illisibles]*

Puis je la quittais j'écrivis à notre ami pour les Verdurin partis pour le midi ne rentrant qu'au mois d'avril. Ma grand-mère ne voulait pas que j'aille chez les Verdurin : « Ce n'est pas un milieu pour toi. »

XVIII.4

[Le fil narratif de l'Esquisse XVIII.3 est ici repris et modifié : la poursuite de la jeune fille blonde n'ayant pas abouti, le héros rêve de connaître Mme Putbus mais ne veut plus attendre une hypothétique rencontre chez les Verdurin. Soudain le journal annonce le départ imminent de Mme Putbus pour Venise « où elle passera tout le mois de mai ». De là elle s'embarquera « sur son yacht le "Goëland" ». La lecture du journal déclenche un désir de voyage à Venise et une rêverie sur les noms[2]. Le fil narratif ne reprend pas, ce passage étant suivi des pages sur le genre femme de chambre de Mme Putbus *.]*

Je sentais qu'il existait là, dans un grand nombre de maisons de Paris, de grandes filles ayant plus de beauté et aussi saines et belles que des paysannes, aussi raffinées et plus orgueilleuses que des duchesses. Et, si je puis le dire, ces femmes de chambre de grande maison dont celle de Mme Putbus me semblaient devoir être un type, étaient pour moi comme une race féminine spéciale. De même que certaines races, par exemple la race californienne, sont nées du mélange de deux sangs différents qu'elles font resplendir ensemble en une sombre harmonie comme des joyaux différents, beaucoup de ces caméristes-là me semblaient incarner l'orgueil[a], l'infatuation des aristocrates qu'elles croient être parce qu'elles servent chez des aristocrates, le dédain pour les bourgeois qui est rare poussé à ce degré où on le voit rarement chez les femmes de l'aristocratie, elle l'incarne dans ces corps sains plantureux et forts qu'on n'y voit jamais, le corps des gens du peuple dont elles sortent ; race en somme aussi versée que les maîtresses dans les quelques connaissances qui parent celles-ci et sachant aussi bien qu'elles comment on parle à une altesse et comment on reçoit un cardinal ; race qui me semblait plus séduisante que la race aristocratique parce que je la sentais plus loin de moi par cette sève populaire du corps où je trouvais plus de beauté vraie, picturale, sculpturale, et même par ce qu'elle avait de plus indompté.

Elles m'apparaissaient comme unissant en elles l'orgueil infatué des aristocrates à un degré qu'on voit rarement dans l'aristocratie — une richesse physique qu'on n'y voit jamais, la plantureuse santé des gens du peuple d'où elles sortent ; race en somme aussi cultivée en ce qui fait la spécialité des femmes du monde qu'elles-mêmes car elle sait aussi bien comment parler à une altesse ou l'étiquette pour recevoir un cardinal, mais plus séduisante, conservant dans ces corps sculpturaux qui déjà les éloignaient de moi et me les rendaient si tentantes un mépris des bourgeois que n'ont pas entamé comme chez les maîtresses les réflexions de l'intelligence, la maîtrise des sensations, ces mille nuances, que si j'avais rencontré en voyage, sans recommandation aucune, la baronne Putbus et sa femme de chambre, la première aurait probablement cherché à ce que je la salue et la seconde ne m'aurait pas répondu si je l'avais saluée. Alors toute cette race que je sentais, rêvant, magnifique, dans les lingeries comme de belles fleurs d'appartement, et chez qui je sentais que mon nom, peut-être pas inconnu chez les maîtresses, mais certainement inconnu d'elles, mon esprit, peut-être pas rédhibitoire pour les maîtresses qui n'avaient pas de l'élégance une idée trop *[deux mots illisibles]* mais qui l'eût été pour elles, n'eût excité qu'un sourire d'ignorant mépris, j'aurais voulu, après avoir brillé à ses yeux par la seule chose qui pouvait avoir du brillant pour eux, me sentir connu, admiré d'elles. Je ne pouvais pas les connaître toutes. Mais en prenant une qu'on me disait particulièrement belle et fière, et d'une femme qui appartenait à un milieu de faux chic encore plus dédaigneux que l'autre et n'était même pas à portée de connaître les gens que je connaissais et pour qui les Guermantes n'eussent rien été, c'était la plus inaccessible, la plus indomptée de toutes que j'allais chevaucher comme on choisit le cheval qui a le plus de sang. Nul doute que *[plusieurs mots illisibles[a]]* que je ne pensais sans cesse quelle personne était, quel visage individuel avait la fille la plus belle du monde, à peau blanche, à air insolent. De l'imaginer ainsi sans cesse dans des combinaisons de peau, d'insolence, et de plantureuse beauté, en réalité toujours les mêmes, et où il ne manquait que ce qui était vrai, il me prenait une curiosité de savoir comment tout cela se combinait en réalité, dans un mélange défini, unique, en un être dont la vue du seul regard et du seul profil éliminerait immédiatement tous les possibles que j'avais rêvés. Je me disais : « Je ne veux pas mourir avant de l'avoir vue », et ce désir n'était pas insensé, car je savais qu'elle était une beauté, et une beauté possédable, c'est-à-dire le bonheur. Ce m'eût été pénible, maintenant que j'étais de plus en plus malade, de quitter la vie sans avoir connu la figure du bonheur. Je voyais sa peau, je voyais son insolence, je sentais ses caresses mais qui était-elle ? J'avais soif, je me demandais qui pourrait me donner, je réclamais à grands cris la seule chose que l'homme ne puisse imaginer, ne puisse inventer, et la seule aussi qui puisse lui donner du bonheur et la seule qu'il puisse aimer, une personne. Les dispensateurs d'individualités désirables existant, du même genre que ces autres bienfaiteurs que sont les auteurs d'ouvrages sur les arts qui par des reproductions, qui n'existent en assez grand nombre que depuis peu, substituent dans notre esprit, à l'idée vague etc., ce sont les maquerelles. *Suit le morceau sur les maquerelles.* J'allais chez celle dont Charles m'avait parlé *[une lacune]* elle l'attendait, me dit-elle, d'un jour à l'autre. Elle me trompait car elle était fâchée avec elle, et l'autre ne devait pas y revenir, mais je ne pus lui en vouloir de m'avoir trompé car de même qu'un éditeur d'art met pendant des mois dans notre vie l'appétit, la présence réelle, des formes de Mantegna et de Giotto, de la couleur de Claude Monet, et en meuble l'univers où nous vivons bien plus continuellement et délicieusement que les choses au milieu desquelles nous vivons, la maquerelle, avec Charles, précédemment, mit pendant des mois devant moi, invisible mais délicieuse, une chair rousse, une femme admirable, une déesse que je me représentais arbitrairement et à qui j'avais donné une fois pour toutes une forme toujours la même mais que j'aimais, que j'espérais connaître un jour. Et le désir de connaître sa personne, de penser, quand j'allais chez la maquerelle, que dans sa petite chambre à coucher j'allais peut-être trouver la belle fille à la peau blonde et embrasser pendant des heures autant que je voudrais la peau blonde en quel *[plusieurs mots illisibles]* l'être insolent entretenait et excitait en moi un goût *(ce goût renverser la phrase)* comme l'éditeur d'art nous entretient dans le désir de connaître tel Monet[1], de pouvoir en regarder longtemps la couleur.

XVIII.5

[Ces pages sont écrites en même temps que le voyage à Padoue que nous donnons dans l'Esquisse XVIII.6, *mais avec la mention :* Ce petit morceau sera mis bien avant. *Il concerne en effet le rêve et non la rencontre de la femme de chambre.]*

Ah ! si j'avais pu éclaircir la signification, être l'objet, devenir le confident d'un de ses regards. Je ne désirais rien de plus au commencement, ou plutôt c'était cela qui était le plus grand désir car les autres d'autres femmes pouvaient les satisfaire tandis que celui-là c'était le désir d'une personne[a], d'une personne analogue à nulle autre, dont la pensée et la vie devaient être quelque chose d'inconnu. Aussitôt je rêvais des moyens de lui parler, d'arriver à la rencontrer quelquefois, à déjeuner près d'elle, à faire peut-être une fois une promenade ensemble. Et ces actes si simples, dès que je les imaginais partagés avec elle me remplissaient d'un désir tel, que ne le séparant pas d'eux, croyant que le plaisir serait fourni par le déjeuner, par la promenade, et ainsi en ne croyant pas que le plaisir venait seulement d'elle, n'étant pas disposé à l'exiger trop grand, l'éprouvant avec d'autant plus de force qu'il était plus vague, que j'y associais toute ma vie, et ne pouvais lui attribuer de cause précise dans des actes aussi simples, je tressaillais de joie, mes yeux se mouillaient de larmes, et je me disais que tout de même la vie, la vie dont de si simples actes inspiraient un tel désir, était une bien bonne chose. Et comme la personne ne peut pas se séparer de l'apparence physique où elle s'incarne, du visage derrière lequel elle et toute sa vie semblent nous affronter, la beauté des regards donnait du prix à leur attention, la nouveauté des traits garantissait, singulière, inconnue, la volonté, toute la vie qui semblait nous affronter derrière les prunelles. Le désir d'embrasser ce visage donnait le désir de l'accession aux pensées qui passaient derrière ce visage, à la vie qu'il connaissait et qu'il voulait et en retour il semblait qu'on atteindrait au second désir plus vaste quand serait exaucé le premier tout charnel, sans penser que la singularité de la pensée et le charme de la vie qui y étaient inclus cesseraient aussitôt avec la singularité et le charme du visage.

Et la pensée de toutes les belles inconnues, dès que j'avais vu leur visage, ou que seulement l'on m'avait parlé d'elles et qu'elles étaient devenues individuelles, était comme autant de volontés que j'aurais voulu posséder et qui non seulement m'échappaient mais dans la conscience de qui je ne me reflétais même pas.

XVIII.6

[Selon une technique proustienne bien connue, la femme de chambre est d'abord un nom, source de rêves érotiques et esthétiques, et la rencontre est fort décevante. En outre, l'épisode du rendez-vous à Padoue entrelace le désir érotique et le désir de poésie de l'enfance à Combray à l'âge adulte en Italie, ébauche d'une structure fondamentale.]

Mon père partant dans quelques jours pour l'Autriche ma mère resterait seule. Mais je n'y pensais même pas. Ma décision fut prise, mon voyage arrangé, et mon bonheur qui semblait hors de toute atteinte faillit soudain s'écrouler quand au moment où je caressais déjà cette solitude où je possèderais purement à mon gré dans Venise la femme de chambre de Mme Putbus, connaissant à fond ce que la vie avec elle pouvait donner, mon bonheur trembla sur sa base quand ma mère m'apprit qu'elle venait de décider qu'elle partirait aussi pour Venise. Nous[a] partirions tous ensemble, accompagnerions mon père jusqu'à Trieste. Ainsi tout était arrangé. Grâce à ce voyage je pourrais connaître une femme comme je n'avais jamais eu l'occasion d'en voir dans des conditions admirables, et au même moment, comme un pouvoir immense neutralisé, j'aurais mon bonheur près de moi sans pouvoir y toucher, la présence de ma mère devant être un empêchement d'être libre, de pouvoir mener à Venise avec cette femme cette vie dont j'imaginais chaque instant avec ivresse. Ma mère serait là comme un tiers qui monte dans un wagon où on pense qu'une femme de *[un mot illisible]* qu'on ne reverra jamais va se donner. La fureur de me voir arracher ainsi négativement mon bonheur en m'empêchant d'en profiter, me donna une sorte d'audace, de cynisme, d'âpreté à défendre mon bien. Je suppliai ma mère de ne pas venir, je dis que j'aimais mieux renoncer au voyage, je sentais que je lui donnais des preuves d'indifférence, je me méprisais, je la détestais de sentir qu'elle allait me mépriser, juger rétrospectivement que toute ma tendresse n'était que comédie, mais je ne m'en souciais pas, je n'avais plus en moi qu'un seul être, avide d'un certain bonheur et qui le défendait. Je me méprisais de me révéler à ma mère sous ce jour, mais plus que tout m'importait ce but, arracher l'obstacle, le seul obstacle à un bonheur déjà certain, déjà réalisé dans ma pensée et qui le serait effectivement dans deux jours. Tout ce que je pus obtenir c'est de ne pas aller à Trieste et sous prétexte de voir Florence[a] de partir de mon côté pour Venise où ma mère me retrouverait au bout de quelques jours. Ainsi, si au lieu de m'arrêter à Florence comme je le disais, j'allais tout d'une traite, j'aurais du moins quelques jours seul à Venise, j'aurais quelques jours seulement du bonheur inouï que j'avais rêvé et que je voulais connaître avant de mourir. Et ensuite après l'avoir eu dans sa plénitude de solitude, après avoir eu la femme de chambre à l'hôtel sur mes genoux, m'être promené en gondole avec elle, avoir visité les églises avec elle comme deux amants, eh bien quand ma mère serait arrivée, alors je goûterais un bonheur moins rare, et d'ailleurs nous nous connaîtrions déjà bien, il serait plus facile de nous entendre pour nous cacher. Je partis et, comme le train n'allait pas directement à Venise, pris un billet pour Milan quoique on m'ait recommandé à cause de la fatigue de ne pas aller si loin le premier jour ; ce qui fut un peu dangereux car une fois dans le train je vis que je n'avais pas avec moi un médicament pour m'aider à supporter la fatigue. Et le trajet était de plus de vingt heures[1]. Mais après-demain, reposé, je pourrais donner immédiatement rendez-vous à la femme de chambre de Mme Putbus qui d'après ce que m'avait dit Charles ne me le refuserait certainement pas. Ma mère ne pouvait pas changer d'avis, ou eût-elle changé elle ne pouvait plus monter avec moi car le train venait de se mettre en marche. Déjà je tenais mon bonheur. Tout le reste m'était indifférent. Il semblait que rien ne pût plus me l'enlever.

Ce n'est pas au bout de vingt heures mais de presque quarante que, par suite d'un accident survenu en rase campagne, j'arrivai à Milan, brisé, souffrant d'une crise qui m'empêchait de faire presque aucun mouvement. Je comptais en arrivant sur l'assistance des domestiques de l'hôtel, mais tout le monde dormait, un hôtelier grognon, après avoir refusé de me recevoir m'indiqua une chambre en haut d'un couloir, se recoucha et comme j'insistais me dit qu'il allait me jeter dehors si je faisais du scandale.

Exténué, ayant cessé[a] depuis plusieurs heures d'être sous l'action de cet anesthésiant qu'est le repos du sommeil de la veille, du séjour au lit, de l'habitude, se réveillait cette angoisse d'autrefois que j'éprouvais dans une demeure nouvelle, la nuit.

Avant d'arriver à Padoue dire que j'avais changé mes heures pour y aller et que mon degré d'insomnie correspondait à l'exaltation en allant voir la cathédrale avec Mlle Swann (la phrase sur les insomnies où l'on se rappelle l'air qu'on chantait est écrite dans un des anciens cahiers. Je pourrais même chanter un même air que le jour de Mlle Swann).

Quand je vis Padoue étalant devant moi sous le ciel bleu ses dômes et ses tours rousses de vieillesse et de soleil et séparées par des verdures et des eaux tour à tour étincelantes et ombreuses, je pensai avec regret à la complication sans intérêt qu'allait ajouter à ma promenade cette femme qui m'attendait et que je reconnus tout de suite dès que j'eus pénétré dans le jardin de l'Arena.

Quand du wagon je vis Padoue étalant devant moi au ciel bleu, comme les pions précieux d'un jeu d'échecs ancien, l'évidement de ses tours rousses et lustrées de vieillesse, séparées çà et là par des eaux tour à tour étincelantes et ombragées, et que je pensai à ce que renfermait chacun de ces jouets précieux qu'elle était en train de vernir au soleil de cette brûlante après-midi pendant laquelle je n'arriverais jamais à parcourir l'immense damier[b], mon cœur s'embrasa du désir de voir les anciens Donatello[1], les Mantegna[2] des Eremitani, et surtout à l'Arena[3] ces Vertus et ces Vices de Giotto qui m'avaient regardé pendant tant d'années, l'une portant sa corbeille de fruits, l'autre suçant son serpent, et je ne pensai à la femme qui m'attendait que comme à un objet d'autant plus insignifiant que j'étais sûr de le trouver, que j'avais à ne pas manquer de prendre avec moi au passage en entrant à l'Arena et sans me laisser retarder pour diverses visites esthétiques.

[et surtout à l'Arena] où j'avais tant rêvé d'aller pendant des années parce que c'était là qu'habitaient ces amies familières de mon enfance dont l'image m'avait tant de fois regardé, ces Vertus et ces Vices de Giotto que j'avais eu chaque jour sous les yeux à Combray, et qui elles, attendant dans leur petite chapelle de l'Arena où elles étaient nées et d'où elles n'étaient jamais sorties, à tant de lieues de Combray dont elles ne savaient rien, ne m'avaient jamais vu, ne me reconnaîtraient pas quand je les apercevrais sur les murailles, pas même l'Envie suçant son serpent, pas même la Charité portant son panier de fruits qui m'était aussi familière qu'une personne de ma famille. Et comme si le monde et la vie étaient une seule même carte qui se repliât, je me dirigeai vers l'Arena, lieu de mon rendez-vous, pour faire coïncider avec elle la maison de ma tante à Combray et le rêve d'art de mon enfance, dans une superposition à deux étages qui enrichissait la construction primitive de mon passé, de ce que les architectes appellent un couronnement, d'une époque, d'un style et d'une signification différente. Ainsi je m'avançais, tenant Combray et mon passé à la main et prêt à leur faire toucher exactement le point correspondant de l'Arena[1].

Et quand j'arrivai dans le jardin brûlé du soleil où est la chapelle, je reconnus au premier abord, pour devoir être encore inconnue sur les pelouses où les vignes faisaient un paysage de primitif, une femme grande, majestueuse, aux cheveux blonds massés sur le front, la tête couverte d'un chapeau en forme de cloche comme une femme allégorique, et qui en effet avait précisément la majesté d'une de ces femmes de Giotto, et tenant un instrument que je reconnus ensuite pour être seulement un face-à-main extrêmement grand et prétentieux mais qui de loin avait l'air d'un de ces attributs qu'on ne sait pas bien démêler d'abord et qui aurait pu être l'emblème de l'impudeur, les balances de la justice ou le miroir de la vérité[2]. Ses traits étaient majestueux et fiers, son expression froide et close, son regard un peu dur ; mais pénétrer le secret de ce regard, vivre sous cette loi, en caresser la fierté, me parut une existence enivrante, c'était peut-être caché, inavoué encore, le plaisir que j'aurais à posséder son corps, qui mettait dans les jours que j'imaginais autour de lui ce charme que j'appelais : connaître une âme différente de la mienne, pénétrer dans cette vie secrète. Et cependant à mesure que je m'approchais elle m'attirait et me repoussait à la fois par ce double caractère que j'ai bien souvent trouvé aux femmes dont on m'avait parlé comme accessibles, ou que je découvrais telles, quelque chose de plus beau qu'aux autres — peut-être parce que leur beauté leur avait occasionné plus de tentations et d'abords — qui faisait du présent qui s'offrait à moi quelque chose d'inespéré, celui que j'eusse choisi entre tous les autres — et tout à la fois quand je m'approchais une sorte de tare, quelque chose de frelaté, de gâté souvent dans la peau même, ce quelque chose qui, quand on a été émerveillé de la splendeur d'un cadeau qu'on choisit pour un prix très modeste, tout d'un coup nous le montre commun, si éblouissant qu'il soit dans l'ensemble, n'ayant pas, dans la plus petite de ses parties, la qualité solide et de bon aloi qu'on trouve à des objets faisant moins d'effet, si bien qu'après l'avoir trouvé une occasion merveilleuse, on ne le trouve même plus donnable. Et quand je m'approchai de la merveilleuse Vierge de Giotto, sous la cloche dont je me demandais : « Qu'est-ce ? », je vis son teint lézardé comme était lézardée dans la reproduction la figure de la Charité, si bien que je m'étais toujours demandé ce que c'était que cette lézarde, si c'était un défaut de la photographie ou de l'original, jusqu'à ce que Swann m'ait appris que c'était une lézarde dans le mur de la fresque. Je ne tardai pas à savoir ce que cela signifiait dans la figure de l'allégorie de Giotto qui m'attendait sur la pelouse entre les vignes des primitifs. L'admirable fille qui aurait dû l'être en effet, et qui le restait encore, avait été atrocement brûlée dernièrement dans un incendie. C'était cela l'accident qu'on avait dit à ma messagère quand elle avait fait la démarche que je me gardais bien de révéler. D'ailleurs l'Impureté de Giotto était persuadée que je le savais.

Malheureusement à peine eus-je dit bonjour à la belle fille au dur visage qu'abdiquant sa hauteur méchante en un sourire niais et bénévole qui en fit crever la raideur en flasques courbes et remplacer chacun de leurs mystères par les lieux communs les plus connus de la stupidité la plus banale. Le nez, sous l'aile mystérieuse de qui j'aurais voulu me placer car elle me parlait d'une domination peut-être cruelle mais étrange, se détendit en une expression de sottise et d'indécision la plus banale et la plus commune du monde. L'œil implacable et décidé crut devoir par amabilité s'émerveiller d'un sourire à la fois plein de suffisance et d'humilité et chacun de ses traits s'était détendu et, ayant crevé en courbes flasques et banales, elle laissa tomber comme un masque sa beauté dure et mystérieuse dont prit la place sur sa figure la plus bénévole et la plus irritante niaiserie. « Je suis venue parce que vous m'avez dit sur votre lettre que vous connaissiez Charles », me dit-elle dans une phrase dite en roulant les *r* avec un accent paysan et une intonation stupide qui ôtaient à l'instant toute majesté giottesque et toute volupté vénitienne à cette femme de chambre mais où je lus le souci évident de réparer le tort que sa facilité à venir au rendez-vous avait pu lui faire dans mon esprit. « Sans cela je ne viens pas comme ça, je ne serais pas venue, vous comprenez bien, ppas ? Alors Charles vous a parlé de moi. Et vous m'avez écrit. C'était plutôt drôle, la manière dont nous nous voyons, ppas ? C'est pour ça que je suis venue, j'aime toutes les choses extraordinaires, tout ce qu'on lit dans les romans. Il fait chaud, on pourrait se garer du soleil, ppas ? » Nous n'eûmes pas besoin de chercher l'endroit abrité, car à ce moment la concierge avec son trousseau de clés vint nous demander si nous voulions entrer et nous pénétrâmes dans la fraîche chapelle toute en fresque de fonds si bleus que la belle après-midi que nous avions avait l'air d'être venue se mettre à l'ombre. Mais[1] désireuse sans doute de réparer le tort que l'acceptation si facile d'un rendez-vous pareil avait dû faire à son prestige et à sa dignité dans mon esprit, elle me dit en roulant les *r*, avec un accent paysan : « Je suis venue parce que vous m'avez dit que vous connaissiez Charles. Sans cela je ne serais pas venue, je ne viens pas comme ça, vous comprenez, ppas ? Je ne viens pas, quand on me donne rendez-vous, mais comme vous m'aviez dit que vous connaissiez Charles, c'est pas la même chose, vous comprenez, ppas ? Ça ne fait rien, vous ne me connaissez pas, vous me faites venir et nous voilà ensemble, sans nous être jamais vus ; c'est plutôt drrôle, ppas ? D'ailleurs j'aime tout ce qui sort de l'ordinaire, ce qu'on ne voit pas tous les jours, ce qu'on fait dans les romans, j'ai été très originale, j'adore ce qui est excentrique. Je ne suis pas banale. Et vous ? Mais je vois bien que vous ne l'êtes pas, puisque vous m'avez écrit comme ça. C'est pour ça que je suis venue. Sans ça je ne serais jamais venue. Je ne serais pas venue pour n'importe qui. Seulement comme vous m'aviez dit que vous étiez un ami de Charles, j'ai bien compris que vous étiez quelqu'un de bien. Vous êtes étonné que je sois venue, ppas ? Si on se garait un peu du soleil, ça fait mal aux yeux », et elle éleva le miroir de la vérité. Comme si elle eût deviné sa pensée, une vieille chenue qui portait des clefs s'approcha, c'était la concierge qui nous demandait si nous voulions venir voir les Giotto et nous pénétrâmes devant elle dans la chapelle peinte toute entière des fresques à fonds si bleus que la belle après-midi avait l'air *mettre la phrase du cahier bleu*[2].

Les brûlures de la peau de la belle fille m'eussent peut-être un peu gêné pour l'embrasser tout de suite mais j'appuyais sa robe contre moi tout en regardant les peintures pour la faire passer à ma droite ou à ma gauche avec l'exaltation de me représenter à moi-même comme quelqu'un qui eût été si lié avec cette belle fille, que tout naturellement, pour les actes non voluptueux[a] de la vie comme se promener dans une chapelle, regarder des tableaux ensemble, il touchait et mariait couramment son corps. Je vérifiais devant les fresques qui représentaient la vie du Christ et que je voulais voir d'abord pour me garder pour la fin le plaisir de voir les figures des Vices et des Vertus tant désirées et dont je n'avais jamais vu de reproduction, ce que j'avais remarqué dans les Vices et les Vertus que *[interrompu*[1]*]* Et tout en regardant un peu intimidé et voulant être gentil je lui parlais, lui faisais remarquer des choses qu'elle ne pouvait pas comprendre, lui parlais de Charles[2] et dans ce trouble de la timidité qui égalise à nous, aux personnes les mieux que nous connaissions, une femme de chambre qui nous intimide je lui dis : « Il doit être chez la marquise de Villeparisis » (ne réfléchissant pas qu'elle ne savait de Charles que son prénom) « vous ne la connaissez pas », et comme elle disait non j'ajoutais timidement comme si Mme de Villeparisis était moins qu'elle : « Oh ! vous ne perdrez pas beaucoup, elle vous aimerait peut-être, ou plutôt non, elle est charmante, je tâcherai de vous la faire connaître. Ah ! non c'est vrai il est à Guermantes, vous ne connaissez pas la duchesse de Guermantes. » Mais déjà elle s'était écriée : « Comment Guermantes ! Guermantes près de Combray ? » Ce fut moi qui au même moment m'écriai : « Comment, vous connaissez Combray ? — Je n'ai jamais été à Combray même qu'en passant mais je suis née et j'ai vécu jusqu'à seize ans à Pinsonville qui est près de Combray ! » À Pinsonville devant qui je m'étais si souvent arrêté, scrutant la solitude d'où j'aurais voulu ramener une femme, vraiment[a] une fille admirable alors certes, et vicieuse vivait, qui eût pu se rouler avec moi à la nuit dans les prés comme elle s'y roula[b] sans doute avec tous les jeunes paysans de la contrée, à Pinsonville où on avait voulu me faire passer un hiver ; un désir si furieux de ce qui eût pu être me prit, que dans le besoin d'explorer ce qui restait, bien effrité hélas, de celle qui eût été l'enivrante compagne de jeux de mon adolescence, je la tirai hors de la chapelle, disant à la bonne femme qui nous conduisait que nous reviendrions tout à l'heure, et quelques minutes après nous étions dans une chambre dans un hôtel et le trajet me parut tellement long, que cette marche à côté d'elle que je ne pouvais éluder me parut aussi délicieuse mais de délices aussi solitaires que ceux qu'en quittant les Giotto du cabinet d'études, en regardant le clocher de Pinçonville, je goûtais dans le cabinet sentant l'iris, sous les toits, à Combray. Ainsi pensais-je la paysanne que[c] j'ai tant désirée pendant mon adolescence, que j'appelais tout haut sur la route de Pinçonville quand je restais seul, immobile, ne pouvant pas me décider à rentrer, comme si elle allait surgir de l'obscurité — ce que j'ai tant regretté ensuite de ne pas avoir connu mais en sentant bien que mes rêves étaient[d] une chose chétive et toute individuelle dont la réalité se souciait peu, et en communication avec laquelle n'étaient ni Combray, ni Pinçonville ni aucun des lieux où je promenais des pensées qui n'avaient aucun rapport avec eux — au même temps où j'essayais de la drainer de la nuit, elle était là, telle que je la rêvais au milieu de ce Pinsonville que j'avais supposé si dénué de tout ce que je pouvais rêver et qui était[a] comme le château de cette fée. Si j'avais su, quand ma mère m'avait proposé d'aller habiter Pinsonville, et supposant que ce projet s'était réalisé, ou que le hasard des promenades nous avait fait rencontrer, je me voyais l'asseyant sur mes genoux ; elle toute jeune, dans la nuit ; et mon imagination continuait si bien à imaginer ce qui se passerait, que j'avais une sorte de désespoir à penser qu'elle ne pouvait pas revenir à cet âge.

Tenir dans nos bras une de ces femmes dont nous rêvions à cet âge, il nous semble que ce n'est pas une possession comme une autre, mais nos désirs d'autrefois furent comme une sorte d'amour préalable, cette possession nous apparaît comme le dernier chapitre d'un roman que nous avons écrit seul, comme le couronnement d'une flamme, et donne à la femme que nous allons tenir dans nos bras quelque chose de plus doux parce qu'elle est comme une ancienne amie, de plus mystérieux parce qu'elle a habité nos songes, de <plus> précieux parce que ce n'est qu'un désir inassouvi qui fait fixer le prix d'un plaisir qu'on reçoit ; la possession seule l'ignore. Mais hélas tous ces charmes ne sont qu'en nous-mêmes, nous ne les retrouvons ni dans les vieux livres, ni dans nos maisons d'autrefois, ni dans les femmes qui troublaient notre jeunesse. Encore les livres et les pays s'ils sont inégaux à nos rêves restent du moins égaux à eux-mêmes. Mais la chair de la femme se flétrit et quel plaisir pouvait me donner ce cou rouge et couturé qui jadis se fût tourné vers mes lèvres comme un nid de miel et de rose. Sans doute il y avait aujourd'hui des filles de quinze ans. Mais je n'étais plus d'âge à leur plaire. Et puis elles n'avaient pas quinze ans alors, ce n'étaient pas elles que j'avais désirées, appelées, ce n'était pas les filles de mon rêve, ce n'eût pas été réaliser le rêve de mon enfance que de les posséder. Le bonheur que j'aurais pu avoir, rien ne pouvait me le rendre, et j'avais dû passer tant de fois à côté de lui. Et pourtant j'étais heureux de voir qu'il eût pu exister. De savoir que ce que je désirais tant alors n'avait rien d'impossible, que mon désir n'était pas purement solitaire, que la réalité était en accord avec lui, que même au sein de ce nom familier, de ce nom de promenade, de marché, Pinsonville, que j'avais si souvent prononcé, habitait sans me connaître une fille admirable qui devait aller plus tard dans les maisons de passe et qui eût été ma maîtresse si elle m'avait rencontré, cela me permettait de porter plus légèrement le poids de ma pensée en lui donnant des points d'appui hors de moi, c'était un embellissement de la réalité qui se trouvait contenue dans mon rêve, de la vie qui m'apprenait à connaître que la réalité différait moins de mon rêve que je ne croyais, que mes plus grands, mes plus fous désirs étaient d'accord avec la trame des événements ordinaires et ne rêvaient que des trésors que recélaient les terres les plus réelles, les plus paysannes, les plus coutumières.

Mais nous entrions à l'hôtel. Ma compagne trouva qu'il faisait frais et le garçon lui ayant répondu en réprimande[a] : « On fait un courant d'air à cause de la chaleur », elle fit une scène : « Non mais, avez-vous entendu de quel ton il a répondu cela ? On dirait vraiment qu'il parle à des chiens. Qu'est-ce que c'est que ces manières-là ? Eh bien ils sont bien les hôtels de Padoue si on est servi par une clique pareille ». Et nous prîmes une chambre.

À[b] un de ces endroits.

J'avais trop chaud ; elle dit : « Ne bouge pas, attends je vais aller arranger la fenêtre, j'ouvrirai le battant en baissant le store » ; petits services pratiques que nous rend la femme que nous désirons, incidents matériels qui sont l'humble poésie et pourtant exaltée des heures d'amour. Peut-être ces aides si familières qu'elle nous donne nous enivrent-elles comme le symbole de notre solitude et de notre union.

Quand[c] elle se donne.

Et puis au moment où elle se donna, son visage trouva une simplicité, une douceur, une jeunesse plus grande. On aurait dit qu'il lui paraissait que, donnant des baisers, elle devait y ajouter de la tendresse, de la tendresse si douce et si confiante qu'elle lui donnait l'air d'une petite fille. L'instant de la possession est celui où la femme efface tellement d'elle toute intention, toute passion, se fait si passive et si douce pour se laisser chiffonner comme une fleur qu'à ce moment-là la femme la plus majestueuse et la plus cruelle devient dans son doux sourire silencieux une femme gentille. Les êtres qui possèdent quelque privilège, quelque talent, au moment où ils le donnent, parce qu'ils se savent supérieurs, sont modestes, parce qu'ils sont heureux de faire plaisir, sont bons, parce qu'ils effacent toute recherche pour ne s'occuper que de celui à qui ils veulent faire plaisir, sont presque enfantins. Ce moment-là pour les femmes est le moment où elles se donnent. Comme ces peintres qui, à la faveur qu'ils vous font en faisant un beau portrait de vous, vous donnent par surcroît un excellent déjeuner avant la pose ou un bon goûter au milieu, et vous font connaître de charmantes dames qui viennent les voir pendant qu'on pose, et vous donnent le cadeau par-dessus le marché, de même les femmes au moment où elles vous font plaisir font mille choses gentilles qui excèdent cette gentillesse-là, oublient qu'elles sont pressées, veulent avant tout qu'on soit bien, vous font du chocolat, se relèvent pour fermer la porte, restent près de vous plus tard que ne ferait une garde-malade, retournent deux fois voir les Giotto où ne vous accompagnerait pas peut-être un camarade intelligent qui pour la deuxième fois aimerait voir les Mantegna des Eremitani.

« Mais si tu es de Combray tu as peut-être bien connu Théodore, le[a] garçon pharmacien qui chantait à l'église. » Si j'avais connu Théodore. C'est lui qui nous apportait le pain bénit. « Eh bien c'est mon beau-frère, un fameux type, ppas, il est herboriste à Pinçonville alors. Il a une grande barbe noire, tu ne le reconnaîtrais pas. Tu l'as connu sans barbe, ppas. Il m'a promis de me faire passer cela avec des pommades », dit-elle en me montrant les coutures de son visage que j'essayais d'oublier. Mais bah, fallait-il y faire attention, c'était une paysanne vicieuse que j'avais dans mes bras. « Il t'a bien promis de te faire passer autre chose, ainsi lui dis-je en l'embrassant, car il était beau garçon et il n'avait pas l'air d'avoir froid aux yeux », cherchant ainsi, de même que je tâchais de diriger ses mains et ses lèvres, à lui faire dire les paroles que je désirais. « Oh ! tu voudrais pas, tout de même mon beau-frère. Bien, qu'est-ce que dirait ma sœur. » J'eus un instant de découragement. « Je ne pense pas que ce soient ces scrupules qui l'arrêtent. Tu as dû t'en payer des paysans là-bas. » Et je m'imaginais être l'un d'eux par qui, timide encore autrefois ou maintenant encore, quand elle revenait au pays et plus dessalée qu'eux, elle se faisait rouler dans le foin. « Ah ! bien sûr que non alors ; je ne fréquente pas de personnes de ma classe. Je ne vis qu'avec des gens du monde. » Je restai alors inerte, me laissant à elle[b]. « Oh ! ça, lui dis-je, dis-moi la vérité, c'est un paysan qui t'a appris ça. — Mais non. — Mais qui est-ce ? C'est toujours ainsi que j'ai imaginé une caresse paysanne. — Eh bien je me la rappellerai. — Mais qui te l'a appris ? — Mais c'est toi. — Comment moi ! — Mais oui, c'est toi tout à l'heure qui m'a dit : "Comme ça." Alors j'ai regardé ce que tu voulais. » J'avais fait comme ces compères de bonne foi qui en donnant la main à un magnétiseur qui a les yeux bandés le mènent sans s'en rendre compte vers le lieu où est caché un objet qu'ils croient qu'il a découvert alors que c'est seulement eux qui le lui ont montré. C'était toujours moi que je retrouvais au moment où j'espérais sortir de moi. Ses coutures qui me semblaient légères jusque-là enveloppèrent soudain son visage dans une résille de mailles de rouge. Elle était hideuse. Je fermai les yeux pour ne plus la voir. « Je ne te plais pas, hein, je ne suis pas ton genre. Tu me fais venir puis tu n'as pas l'air d'avoir envie de rien. C'est plutôt drôle, ppas. » J'aurais voulu me boucher les oreilles pour ne pas l'entendre. « Attends je vais faire ce que tu aimes — Non plus maintenant. » Mais je voulais être aimable, je lui parlai de sa maîtresse. « Elle a l'air d'une brave personne n'est-ce pas ? — Non, elle est trop fière. Elle vous rrggarde ! Je ne suis qu'une domestique mais je trouve que je suis autant qu'elle, ppas ? Même plus. » Elle allait presque tous les ans passer au mois d'août quelques semaines à Pinçonville. Aussitôt elle s'entoura pour moi du charme de ces plaines de blé l'été. Quelle occasion pour revoir ce pays. Ce qui n'était pas agréable maintenant le serait là-bas. Et puis elle me ferait connaître sa sœur, d'autres femmes. Et puis[a] j'avais donné mes premiers rendez-vous à des femmes tant de mois de mai, le mois où j'étais plus libre, où on me laissait davantage sortir le soir, à l'heure où l'air est encore si tiède qu'on dirait qu'on descend dans la rue comme au bain, que maintenant tout premier rendez-vous avec une femme, m'eût-il déplu, s'entourait de cet air doux et de cette odeur de lilas cachés dans l'obscurité. Chacune me faisait tellement penser au printemps que tout de suite je lui proposais de l'emmener à la campagne. Elle ne me plaisait pas, mais je voyais autour d'elle la chaleur d'un petit jardin près de Combray où ce serait délicieux d'aller l'été. Elle y serait en une robe de cachemire, à pois gros, comme les gouttes de sueur que le soleil amènerait sur sa peau brillante. Nous irions pêcher ensemble, double plaisir d'être entré si avant dans l'intimité d'une femme que j'avais eu tant de peine à connaître, et d'être entré si avant dans l'intimité de ce pays de Combray, que j'y aurais une maîtresse du pays même, y ayant sa maison et son jardinet, avec qui j'irais à la pêche. Ainsi elle était pour moi comme la permission pour le soldat, comme le billet de chemin de fer pour le touriste, le moyen d'aller passer un dimanche brûlant à la campagne. Et si son corps ne me plaisait pas, il avait du moins le charme des corps des femmes faciles et maniables qui finissent par nous évoquer toujours les plaisirs de la nature parce que ce sont les seuls qui sont toujours prêts à venir les partager avec nous, parce qu'en eux il ne reste aucune personnalité qui nous résiste, qui n'abdique pas dans la solitude, et que nous pouvons nous coucher sur eux comme sur le rocher et sur l'herbe, ou rester à penser à rien sans nous sentir seuls en les mâchonnant, en les chiffonnant comme une fleur. Car[b] il n'est pas un plaisir que — soit par crainte de sentir son insuffisance en lui demandant d'être plus qu'un accessoire, soit par l'entremêlement qui grandit dans notre âme avec ce que nous avons éprouvé ensemble — on ne recherche non directement mais en demandant à quelque autre de nous le donner par surcroît. Et à l'époque on témoigne du plaisir qu'on aurait à aller finir[c] l'après-midi à la campagne dans un petit jardin au pied duquel coule la rivière, en prenant une maîtresse qu'on ira voir dans son pays, ou qui du moins nous accompagnera dans nos promenades. Et on lui écrit comme on feuillette un guide, en pensant à des paysages[a]. Et je fus heureux de la connaître comme d'être monté dans un wagon qui me conduirait passer la journée dans une belle campagne, dans un petit jardin où il y aurait une fraîche fontaine et des roses, par un jour splendide et brûlant. « Je t'aime bien chérie », dis-je en lissant ses cheveux avec la main, et pour bien me persuader que je mettrais à exécution ce que je désirais en ce moment : « J'irai te voir à Pinçonville, tiens-moi au courant quand tu iras. Je t'emmènerai promener en automobile. — Oui j'adore l'automobile, dit-elle. Voilà ce que j'aime, l'automobile, la toilette, le baccara, le bon vin et les courses. C'est pas bête, ppas. » Je pensai que ces renseignements sur elle-même ne lui eussent pas suffi pour entrer comme domestique à la maison et qu'elle différait passablement de Françoise. « On t'enverra des cartes postales pour te rappeler de venir. Je dirai à Théodore de t'envoyer des cartes de Combray, ppas, en veux-tu avec la vieille tour ou sur le clos joli ? Il y en a aussi de l'église. Tu fais pas collection ? » Je voulus[b] lui ôter un peu de blanc qu'elle s'était mise en montant l'escalier. Mais elle tint à appeler le garçon. « Je pense il est là pour ça. » Elle trouva qu'il abîmait l'étoffe en frottant, menaça de lui faire payer sa robe, et sortit en l'invectivant, sans consentir à ce que je lui laisse de pourboire. Tandis que nous revenions vers l'Arena je pensais quel embarras ç'allait être de la connaître à Venise et de fait une fois que je l'eus quittée[c] je me répétais : « Elle est charmante, c'est tout de même extraordinaire et admirable comme tout cela s'est arrangé. » En songeant au sens de ces paroles je me rappelai que je ne la trouvais pas charmante du tout et je réfléchis que d'autre part il n'y avait rien d'extraordinaire à ce qu'une femme de chambre qui allait dans une maison de passe fût venue ainsi à mon appel. Non, sous ces deux mots il y avait la satisfaction d'abord d'une agitation terminée non seulement à cause des hésitations que j'avais eues à faire la connaissance de cette fille, mais <de> tous les désirs préalables sur la femme de ce genre qu'elle résumait. Il y avait aussi l'amusement de voir une partie de la vie de Paris, la vie de certaines femmes de chambre de grande maison présentant dans ce que je savais, et même dans ce que j'avais expérimenté d'elles, des choses que leurs maîtresses ne soupçonnent pas ; il y avait surtout l'amusement de voir dans ma vie, ayant occupé une de mes journées à Venise et pliée par moi à être la compagne de mon pèlerinage aux Giotto de l'Arena, une de ces femmes de la race orgueilleuse et splendide, éparse dans les lingeries, qu'il y a peu de temps j'aurais désespéré de jamais connaître, et qui maintenant était domestiquée à venir, partageant mes goûts, visiter les Giotto avec moi. Enfin il y avait le plaisir de sentir que j'aurais quand je voudrais à Venise pour aller voir des tableaux, ou pour aller à Vérone ou à Torcello, une femme dont la possession que je n'avais pas envie de renouveler faisait qu'elle restait dépourvue pour moi de ces clôtures qui semblent entourer les êtres, même ne voulussions-nous que causer avec eux, que nous ne savons que nous ne pouvons pas toucher, embrasser, pétrir comme nous voulons. Quelle succulence au contraire, et quelle valeur prennent, même chastement assis en face de nous en chemin de fer, les corps qui, au moment où nous ne faisons que jeter un regard sur eux ou les frôler de la main, nous rappellent combien pourrait aller plus loin ce contact que notre volonté seule fait à ce moment si décent, que cette décence superficielle par sa contradiction avec ce qu'elle recouvre prend quelque chose de plus lubrique encore dans son hypocrisie. Au reste ce qui peut le plus peut le moins s'applique surtout aux relations sexuelles. Quel camarade plus serviable, à qui l'on puisse plus agréablement demander de rester avec nous à l'heure où les autres se coucheraient, de venir visiter une ville quand les autres préféreraient aller en mer, qu'une femme qui a poussé la soumission jusqu'au don de son corps.

C'est ainsi qu'en gagnant la gare de Padoue je me consolais, en pensant qu'elle serait un agréable camarade à Venise, de voir qu'elle n'y serait pas le charme d'y vivre qui m'avait fait partir, agrément même qui n'exista que dans mon imagination ce premier soir en la quittant. Car elle m'ennuyait à ce point, j'étais si persécuté par sa présence <que> pendant tout mon séjour[a] chaque fois qu'elle me proposait une promenade que je ne pouvais refuser, je louais la voiture, commandais le repas, puis au dernier moment me disais retenu, et l'envoyais se promener seule. Bien que je lui eusse dit que je ne pouvais la voir dans Venise, elle essayait d'attirer mon attention en se mettant devant l'hôtel ou le soir sur la place Saint-Marc, je regardais d'un autre côté et quand un autre jour je lui parlais elle me disait : « Tu m'as regardée d'un air plutôt nonchalant l'autre jour. T'as l'air de ne pas me connaître, tu m'avais pourtant fait venir, c'est plutôt drôle, ppas. » Et de fait sa présence[b] dont l'espoir m'avait fait partir pour Venise et que j'avais cru qui serait le charme du séjour, m'était si intolérable que plutôt que d'aller avec elle en gondole, ou me promener le soir dans les *campi*, j'aimais encore mieux rester à causer avec le patron de l'hôtel dans le vestibule au pied de la cage de l'ascenseur. D'ailleurs elle n'en souffrait nullement, ne m'aimant pas. Et pourtant, comme si la tendresse, l'intimité, la confiance étaient si liées dans la pensée des femmes à l'acte de la possession physique que même quand elles ne l'ont pas précédée, quand il est le résultat d'un simple marché, elle doit les produire, comme si la familiarité des propos qu'on échange dans un lit avec une femme qu'on voit pour la première fois quand on ne se connaît que depuis quelques instants dans un lit, parce qu'elle est aussi grande que celle qui est le résultat de longues années d'intimité, pourvoyait immédiatement deux amants[a] qui ne se connaissaient pas la veille d'un long passé d'amitié confiante aux regards de laquelle leurs autres amis sont comme des étrangers vis-à-vis de qui ils montrent quelque réserve, ces quelques heures, et celles qu'une autre fois encore à Venise, je passai dans ses bras, eurent pour effet de me rendre pour elle différent des autres personnes qui étaient dans la ville et de lui créer vis-à-vis de moi, avec qui elle ne voyage pas, en une ou deux circonstances le devoir de m'obliger quand elle le pouvait, de me donner des renseignements utiles, de faire pour moi les courses qu'elle n'eût pas fait pour un autre et de prendre en toutes circonstances la défense de mes intérêts. Mais pour ce premier jour, je ne tardai pas à la quitter, après l'avoir ramenée à l'Arena près de la Charité où se trouvèrent face à face la Vierge de Padoue que j'avais connue presque française pendant tant d'années à Combray, et la fille de Pinsonville couronnée comme dogaresse[b] et que je venais de rencontrer à Padoue.

XVIII.7

[Ce passage est probablement postérieur au précédent, mais ce n'est pas certain car les deux Cahiers où ils se trouvent sont utilisés alternativement à la même époque. Il présente un dénouement très proche du texte définitif puisque la femme de chambre disparaît.]

Nous croisions toutes les femmes élégantes presque toutes étrangères qui mollement appuyées sur des coussins dans leur équipage s'arrêtaient à mettre des cartes à la porte des hôtels ou des palais où elles avaient des amies et dont elles admiraient[c] l'architecture en consultant leur guide dans cette promenade vénitienne triple et unique, où les courses ou les visites mondaines prennent en même temps la forme d'une visite de musée et d'une bordée de mer[1]. Parmi elles, suivant la file des gondoles dans le Grand Canal comme elle eût descendu l'allée des Acacias, j'avais bien vite reconnu la baronne Putbus qu'on m'avait autrefois montrée au théâtre. Je sus bien vite le nom de l'hôtel où elle habitait et quoique la pensée de sa femme de chambre ne m'occupât plus, quand ma mère m'eut dit que nous n'avions plus que quinze jours à rester, je pensai que cela pourrait être un regret de ne pas l'avoir connue, qu'après elle partirait pour les Indes, et un jour où j'y pensais à peine et où j'étais à causer avec le patron de l'hôtel, tout d'un coup, je pris une feuille de papier et tout en continuant à lui parler écrivis *[plusieurs mots illisibles et un blanc]* en lui disant que j'étais un ami de Charles qu'elle avait vu rue Bourdeau[1] et lui demandais pour le jour qu'elle voudrait, de préférence à Padoue, par exemple à l'Arena où j'avais à aller visiter et de bonne heure pour que je puisse lui faire voir les fresques. C'était simplement comme acquit de conscience que je lui écrivis, pour ne pas être tourmenté de regret de ne l'avoir pas vue mais j'espérais qu'elle ne voudrait pas, ce qui était du reste probable. Il y a des époques de la vie où notre imagination cesse de nous représenter un désir de même qu'un chagrin — ou qu'un plaisir artistique et où sa pensée ne nous fait éprouver aucun plaisir, alors nous croyons que nous ne l'éprouverons plus, car nous ne pouvons plus le voir. Nous l'éprouvons si bien qu'au moment où nous croyons ne plus avoir envie du voyage que nous voulions faire il nous fait monter dans le train, et au moment où nous disons ne plus savoir nous-même si nous avons envie de voir une femme, il demande pour nous sans même que nous ayons un mot à dire du papier et de l'encre et nous fait écrire. Nous continuons exactement le même trajet que si nous avions le même désir mais il en est de ce trajet comme de celui qu'on fait dans une rue dont une partie est souterraine, ou que fait sur une carte une ligne qui cesse d'être colorée, car cette partie du chemin est obscure, noire et terne mais ne dévie pas d'un millimètre. Pour tout ce qui dépendait de mon imagination de la femme de chambre de Mme Putbus, je souhaitais qu'elle ne pût pas venir. Mais pour ce qui était de *[un mot illisible]* ma volonté elle était tellement dans la main de mon désir, que si j'eusse appris que ma lettre n'avait pas été mise ou à une fausse adresse, ce qui serait revenu au même que si elle n'avait pas voulu venir, je l'eusse immédiatement réécrite[a]. Mais le silence qui répondit à ma lettre m'inquiéta au bout de cinq jours bien qu'il fût très naturel qu'elle ne crût[b] pas à un rendez-vous d'une pareille audace.

Esquisse XIX

[LE DÉPART DE VENISE]

[On a pu lire la première version du départ de Venise dans le Cahier 3 (voir l'Esquisse XV, *p. 689 et suiv.), où il apparaît comme un mauvais souvenir incitant le héros à demeurer auprès de sa mère au lieu de suivre l'appel matinal de la girouette. Nous donnons ici des fragments appartenant au Cahier 50 : le départ de Venise devient une partie du voyage à la poursuite de la femme de chambre*

de Mme Putbus. Ces textes apparaissent comme des mises au point de l'ensemble de l'épisode (XIX.1), puis de deux détails : les bains Deligny (XIX.2) et la musique du départ (XIX.3).]

XIX.1

Ma mère ne devait pas être loin de la gare. Bientôt elle serait partie. Et c'était déjà la Venise où je resterais sans elle qui s'étendait devant moi[a]. Non seulement elle ne contenait plus ma mère mais, comme je n'avais plus assez de calme pour laisser ma pensée se poser sur les choses qui étaient devant moi, elles cessèrent de plus rien contenir de moi ; bien plus elles cessèrent d'être Venise ; comme si c'était moi seul qui avais imprimé[b] une âme dans les pierres des palais et l'eau du canal, je n'avais plus sous les yeux *[rupture de construction]* individuellement d'autres molécules de marbre[c] et une combinaison d'hydrogène et d'azote[1] sans personnalité. Le canal me parut petit, la file des palais inconsistante comme un décor, mais bientôt elle-même disparut car une foule de maisons ordinaires que je ne voyais pas dans la synthèse que mon regard faisait quand je regardais en suivant seulement dans les choses l'expression de l'âme de Venise m'apparut, et Venise fut pour moi comme un morceau de cire qu'on aurait pris un instant pour un visage humain. J'avais beau accrocher ma pensée au tablier caractéristique du pont du Rialto, il me parut un pont singulièrement petit[d] qui s'appelait le Rialto mais n'était pas plus autre chose que le total de ses parties quelconques de fer ou de pierre, qu'un acteur avec une barbe de chanvre et un manteau noir n'est Hamlet ou Pelléas. D'ailleurs des deux côtés il aboutissait à des sortes de quais presque parisiens où des femmes passant avec des paquets avaient l'air de sortir de la Samaritaine[2]. C'était une des choses quelconques, des choses sans âme, sans conscience, sans visage, que nous imposions mensongèrement aux mots qui avaient une âme : le Rialto, Venise. Pour échapper à cet étouffement de ce canal si petit sous cette arche mesquine aboutissant à ces magasins je regardai vers la mer, et je vis seulement un bassin d'eau où ce n'était que par un truquage que jusque-là je n'avais vu que la Salute, Saint-Georges-le-Majeur et les îles, bassin d'une eau quelconque en sa réalité fluidique et minérale, où le soleil s'abaissait, et que comme[e] si la latitude des lieux se marquait à la courbure de l'horizon je sentais être bien loin de ce Paris où maman serait demain, à une autre latitude, d'un loin qui se trouvait tout près de moi, à la fois lointain et sous mes yeux *[un mot illisible]* était très loin quoique tout près de moi qu'*[plusieurs mots illisibles[f]]* était au coucher du soleil. Mais en même temps ne voyant dans cette eau que sa réalité fluidique et minérale, le port ne me sembla plus qu'un petit bassin autour duquel ce n'eût été jusque-là que par un *[un blanc]* de la vision que je ne voyais que la Salute, Saint-Georges-le-Majeur et les îles et où j'aperçus mille affreux détails ; *[un blanc]* il me semblait une cuvette lointaine et *[un mot illisible]* qui m'inspirait le même mélange de dégoût et d'*[un mot illisible]* comme cette eau que je regardais avec effroi quand j'étais petit, croyant que c'était <cela la> mer libre du Pôle[a] la première fois que j'entrai pour accompagner ma mère dans l'établissement de bains Deligny.

Pour échapper à l'angoisse qui m'étreignait et qui augmentait au fur et à mesure que diminuaient les minutes qui me séparaient du départ du train, il eût fallu me lever et courir[b] jusqu'à la gare. Mais je ne pouvais bouger. À chacune des notes que lançait à toute voix le chanteur sur les ruines inconsistantes de ma Venise d'hier, et qui aggravaient mon mal parce qu'elles représentaient un instant de plus et rapprochaient d'autant le départ du train et faisaient disparaître une chance d'arriver avant lui, mon esprit qui ne pouvait envisager la situation sous son vrai jour s'attachait uniquement à attendre et à écouter la note que la précédente avait préparée et à attendre la minute, cependant que le soleil, lui-même arrêté à écouter le chanteur, faisait avec sa chaude voix comme une sorte d'alliage lumineux et unique qui m'étreignait le cœur[c] de sa serre de bronze. Le chanteur continuait ; il lançait avec lenteur ses notes prolongées sur les ruines de ma Venise d'hier, dans ce soir de nulle part qui semblait luire sur le lendemain de mon départ. Chacune de ces notes aggravait mon angoisse car elle représentait un instant de plus de passé, une chance de perdue d'atteindre encore le train, un acte d'acceptation de plus du départ de ma mère, de son chagrin, de ma brouille avec elle et de ma solitude des jours qui allaient venir. Et malgré cela, sans bouger et parce que cela dispensait mon esprit d'agir aussi bien que mon corps, j'assistais à la lente réalisation de mon malheur, que le chanteur[d], disposant de ce temps qui amenait le départ du train, construisait artistement note par note, qu'il lançait et établissait avec lenteur, curieusement regardé par le soleil qui semblait s'être arrêté derrière Saint-Georges-le-Majeur pour le regarder faire et dont la lumière crépusculaire devait faire à jamais dans mon souvenir avec le tremblement de mon émotion et la voix de bronze du chanteur un alliage équivoque, impermutable et poignant.

XIX.2

Si bien que le bassin de l'Arsenal à la fois insignifiant et lointain me remplissait de ce mélange de dégoût et d'effroi que j'éprouvai la première fois que tout enfant j'accompagnais ma mère aux bains Deligny et où en la voyant dans ce site fantastique d'une eau sombre qui entourait sous un baraquement un terre-plein de liège, et était cependant entre ses constructions artificielles comme les palais de Venise, profonde et vivante, je crus par une de ces idées d'enfants qu'on ne comprend pas plus tard être soudain transporté très loin parce qu'elle était « la mer libre du Pôle ». Et dans ce site solitaire, irréel, glacial, sans sympathie pour moi, où j'allais rester seul et où le chant de *Sole mio* s'élevait comme une sorte de déploration sur les ruines de la Venise que j'avais connue semblait prendre à témoin mon malheur. Sans doute ce chant insignifiant *[interrompu]*

[eau sombre] et souterraine que ne couvrait pas le ciel et le soleil et que cependant, bornée par des chambrettes, on sentait communiquer avec d'invisibles profondeurs gonflée çà et là, de corps humains qui surgissaient, disparaissaient, réapparaissaient plus loin, cachée aux mortels par ces baraquements qui ne la laissaient pas soupçonner de la rue l'entrée des mers glaciales qui commençaient là, desquelles les pôles étaient compris en cet étroit espace et où comme si m'était brusquement révélée son origine mythologique je voyais une mer dans ses jeux de divinité marine se jouer *[interrompu]*

XIX.3

*Je pourrai peut-être mêler à ce départ de Venise ceci qui en tout cas est capital. Si c'est là que je le mets, le petit orchestre flottant jouera « Le Chant du printemps[1] » de *La Walkyrie* avant de chanter des chansons vénitiennes. Et alors ce sera à ce moment que la torpeur (qui ensuite me voudra faire rester) me prendra. Ou bien je pourrai mettre cela ailleurs que ce jour-là ou même ailleurs qu'à Venise.*

En entendant cette phrase de Wagner j'éprouvai une tristesse, une lassitude vagues et profondes. En réalité ce qui les avait provoquées et que j'ignorais, c'est qu'ayant joué cet air le jour où je ne savais pas si Albertine reviendrait du Trocadéro, les harmonies qui se succédaient cet après-midi-là sur mon piano tenaient encore attachées à elles[a] un peu de l'angoisse que j'avais eue ce jour-là, me demandant si j'allais la revoir, état que d'autres avaient remplacé et elles me rendaient maintenant à défaut de la cause intellectuelle le désarroi nerveux. Elles me rendaient tristes sans que je susse pourquoi, à la façon dont agit, sur certaines personnes d'âge mûr et d'une sensibilité habituellement médiocre, le retour de certaines saisons. J'avais vu ainsi la duchesse de Guermantes par certains crépuscules de printemps rester à rêvasser sur un banc au jardin, demander à être seule, répondre désagréablement à son mari, étouffer une respiration oppressée qu'elle eût voulu faire prendre pour un sanglot. Quels souvenirs ces heures pareilles à ses plus anciens printemps réveillaient-ils en elle ? Elle n'eût pas su le dire. Elle éprouvait la mélancolie sans à une telle distance démêler la cause. Ainsi m'attristait la phrase de Wagner, qu'elle m'eût rendu un état où j'aimais encore Albertine et où par conséquent je recommençais à souffrir de sa mort, ce n'est que plusieurs jours plus tard (quand l'impression fut abolie, que c'était un fait devenu étranger, Albertine redevenue indifférente et par conséquent sa mort aussi) que je le démêlai, avec une satisfaction de ma perspicacité à laquelle ne se mêla cette fois aucune mélancolie.

Esquisse XX

[LE MARIAGE ET L'INVERSION]

[L'adoption et le mariage de Mlle d'Oloron sont mis en place dans le Cahier 60. Un premier fragment donne les raisons de son adoption et évoque son éducation et son entrée dans le monde. Le fragment que nous donnons révèle les relations entre M. de Charlus et feu le marquis de Cambremer, relations qui n'ont rien d'exceptionnel.]

Quand la princesse de Parme parle à M. de Charlus pour Mlle d'Oloron ajouter, capitalissime[1].

Le nom de Cambremer était connu de M. de Charlus bien avant Balbec quoi qu'on ait pu croire. Le père du marquis actuel (et grand-père du fiancé qu'on proposait) avait eu en effet une réputation fâcheuse quasi proverbiale et qui n'était pas restée limitée à l'Avranchin, d'autant plus que son nom était assez souvent cité des érudits parisiens parce qu'il avait été président de la Société des études normandes. *(Rétrospectivement quand au dîner Verdurin à La Raspelière Brichot donne des étymologies M. de Cambremer : « Vous auriez beaucoup intéressé mon père. Ah ! il aimait ces choses-là plus que tout », un imperceptible sourire déplissa la bouche de M. de Charlus.)* Mais cela avait eu seulement pour effet de faire bien connaître à M. de Charlus qui il était, de ces gens qu'il ne considérait pas comme de la haute aristocratie, mais de vieilles familles remontant à la chevalerie et desquelles il disait d'un air incertain : « Oui j'ai entendu ce nom-là. » Or une famille bien posée, ancienne, voilà ce qu'il désirait pour Mlle d'Oloron. Il préférait grandir lui-même le nom, faire de grandes relations au couple, plutôt que de causer le vain scandale et l'éclat inutile d'un mariage princier.

Et surtout quand a lieu le mariage

Malicieux ou seulement tendancieux et plaidant leur cause ou plus probablement ignorants, les chroniqueurs mondains, quand ils annoncèrent le mariage, célébrèrent surtout la réputation universelle qu'avait laissée feu le marquis de Cambremer, grand-père du fiancé, et dont jouissait encore le baron de Charlus, père adoptif de la fiancée. Quelques plaisants, parmi les gens qui connaissent les histoires du passé, s'égayèrent de ces deux grands maîtres d'un ordre si spécial, unissant leurs enfants. Mal leur en prit car ils communiquèrent leurs réflexions à d'autres jeunes gens dont les parents étaient précisément les compagnons de plaisir du baron de Charlus et l'avaient été du marquis de Cambremer. Ce qu'on disait aujourd'hui de ces deux-là on pouvait le dire demain d'eux ; aussi un reflux contraire vint-il rejaillir sur les jeunes gens malicieux. « J'ai parlé du marquis de Cambremer et du baron de Charlus à des gens qui pourtant les connaissaient bien », s'écrièrent les fils, gendres aspirants etc., des vieux messieurs qui cachaient leur vice sous une apparence martiale et une moustache militaire. « Il paraît qu'ils ont toujours été le contraire de ce que vous m'avez dit, c'est absolument faux. D'ailleurs comment le sauriez-vous ? » Les jeunes gens malicieux ne purent que se taire. Ils songèrent seulement que dans la plus proche famille il y avait aussi le baron Legrandin de Méséglise, d'autres encore et que chaque fois qu'il y a un mariage de l'aristocratie, à compter ce que cela met en mouvement, allie, force à servir de témoin etc. de ces personnes que Balzac appelle « tantes »[1], on peut supposer que leur nombre est infiniment plus grand que ne le supposent ceux qui aspirent à devenir le gendre de l'une d'elles et qui d'ailleurs le sont aussi. Chaque garçon d'honneur avait deux maîtresses, mais Aimé eût pu porter sur eux un jugement différent. Si feu le marquis de Cambremer avait pu lire la liste des membres masculins du cortège, il eût pu tressaillir d'aise dans sa tombe en voyant son nom rajeuni et fêté par des personnes qu'il avait connues ou qu'il eût choisies bien qu'à la tradition toute spéciale qu'il avait incarnée elles ne joignissent plus la parure de ce fin savoir et de ces hautes études dont on trouve encore la trace dans l'exemplaire coutumier de Normandie.

Il[a] est du reste frappant que l'aristocratie française est de toutes celle qui offre le moins d'exemples de ce genre. Sans se cantonner uniquement sur le terrain nobiliaire tel grand pays avait recruté le personnel de son ambassade à Paris d'une façon telle que, si quelques secrétaires n'avaient joint au même penchant que M. de Charlus une compétence véritable, on aurait pu croire que c'était seulement la considération de ces penchants qui avait dicté la nomination de chacun. Ils étaient connus, non pas chez le plus grand nombre de l'ambassade mais pour la totalité.

Car l'inversion comme l'Église est utile pour trouver des fiancées riches *[plusieurs mots illisibles]* facilitant quelques mariages et expliquant quelques divorces.

Esquisse XXI
[SAINT-LOUP]

[La clôture prévue pour la partie romanesque d'« À la recherche du temps perdu » semble, en 1915, être constituée par une double série de révélations : révélations sur Saint-Loup et révélations de Gilberte. Proust a primitivement tenté d'organiser cette double fin à propos du séjour à Combray, chez Mme de Saint-Loup. Ce séjour était prévu depuis 1911, comme nous pouvons le voir à la fin du Cahier 50. Nous avons aussi des passages concernant Saint-Loup dans le Carnet 3 et le Cahier 59.]

XXI.1

[Première version du séjour à Combray.]

Un jour vint où le séjour à Paris ne me fut plus permis. Et avant de partir pour les *[un mot illisible]* cures de mer ou de montagne[a], comme Montargis, obligé de partir en manœuvres, souhaitait que je vienne passer un certain temps seul à La Frapelière[b1] près de sa femme. J'obtins de mes parents comme transition avant la vie de cure d'aller y passer le mois d'octobre au bon air, seul auprès d'elle. Ma chambre donnait[c] sur une colline qui s'élevait presque contre celle que gravissaient les jardins et que domine le château et cachée par elle, de sorte que je ne l'avais vue que du côté des champs où elle s'abaisse par des pentes si graduées qu'on la remarque peu. Quand le domestique entrait le matin et ouvrait mes rideaux, il ôtait avec sa main la mousseline *[interrompu]*

XXI.2

[Seconde version du séjour chez Mme de Saint-Loup. En 1915, Proust lui ajoute les révélations sur Saint-Loup.]

Un jour ma mère me dit : « Rappelle-toi que ta pauvre grand-mère qui avait tant d'énergie quand il s'agissait de ton bien, répétait chaque jour qu'il fallait que tu quittes Paris et ailles te soigner dans la montagne. Nous n'avons que trop tardé. » Montargis venait précisément de m'écrire combien il avait peur que sa femme ne s'ennuyât : il était obligé pour la durée des manœuvres de la laisser seule à La Rachepelière. Avec la permission de ma mère, comme transition avant mon séjour dans la montagne, j'avais été passer quelques semaines chez Mme de Montargis[a].

Ma principale raison *(il vaudra mieux que Saint-Loup ait donné sa démission et soit allé faire vingt-huit jours à l'état-major au ministère)* est que j'avais entendu dire qu'après quelques années de parfaite union avec Robert Gilberte était malheureuse. Il passait pour l'avoir trompée avec un certain nombre de femmes du monde dont on m'avait dit les noms. On était d'autant plus sévère pour lui dans la société qu'on trouvait qu'il ne se gênait pas assez. Il s'affichait franchement dans les soirées, dans les bals, avec telle femme qu'il ne lâchait pas d'une seconde et qu'il ramenait même quand elle partait, laissant Mme de Saint-Loup rentrer comme elle pouvait.

On disait même que Gilberte avait saisi toute une correspondance signée Bobette *(autre nom)* à la suite de quoi elle avait été sur le point de demander le divorce. Aussi quelle n'avait pas été ma stupéfaction quand ayant rencontré Jupien et ayant causé avec lui de la santé de M. de Charlus qui donnait quelque inquiétude, l'ancien factotum du baron et que celui-ci venait d'établir dans une sorte d'hôtel dont je devais plus tard connaître le véritable caractère, me révéla que la « Bobette » dont Mme de Saint-Loup avait saisi la correspondance amoureuse avec Robert, n'était autre que l'ancien Bobby du baron. Jupien en était indigné[1].

D'ailleurs il est fort possible que l'amour ne jouât ici aucun rôle dans les actions de Bobby et qu'il eût voulu surtout jouer un mauvais tour au baron. C'était d'autant plus possible que ne pouvant pas pardonner à celui-ci tout le bien qu'il en avait reçu, maintenant que lui, Bobby, avait abandonné la musique pour le journalisme, vitupérant avec sévérité le vice auquel il avait dû sa première élévation, il ne cessait d'attaquer M. de Charlus dans une série d'articles à peine voilés intitulés « Les Déjeuners de la baronne » et qui, si bien des allusions en restaient obscures pour toute une partie du public, ne manquaient pas, grâce à une profonde connaissance des parties les plus secrètes du terrain visé, d'infliger au malheureux M. de Charlus les plus saignantes blessures. Cette raison de pure méchanceté n'était peut-être pas la seule qui retînt ainsi Bobby auprès de Robert, une d'intérêt s'y joignait certainement[2].

Hélas une conversation que j'eus avec Aimé me donna à cet égard de nouveaux doutes. Sachant combien il connaissait de choses, j'allai le trouver sous un prétexte et amenai la conversation sur Robert sans avoir l'air de croire le moins du monde ce qu'on disait. Aimé qui avait maintenant un petit commerce et portant avec orgueil les moustaches enfin permises, avait perdu toute la beauté de son aspect romain, ne fit pas le moindre geste d'étonnement[1].

C'est ainsi encore que chez un jeune homme, fils d'une mère juive et d'un père catholique, on croit reconnaître une marque juive dans son nez busqué qu'il tient au contraire exactement de son père. Si pourtant c'était vrai, quelques années plus tard, quand je revins à Balbec avec Albertine n'était-il jamais venu voir le lift, ne m'avait-il jamais parlé de lui ?

Comment admettre que Robert aimant alors passionnément sa maîtresse pût faire attention à ce lift, alors que je me rappelai ce que M. de Charlus (lequel pourtant n'avait alors aucun soupçon sur son neveu qu'il m'avait recommandé comme ami) nous avait dit sur ces gens qui aiment passionnément les femmes, et n'aiment pourtant pas qu'elles. J'avais admis alors que cela pouvait être le cas.

Alors je me rappelai le premier jour où je l'avais aperçu à Balbec, si blond, d'une matière si précieuse et rare, contourné, faisant voler son monocle. Je me dis qu'on lui avait trouvé l'air efféminé, et que pourtant cela n'était pas l'effet de ce que j'apprenais seulement maintenant, que c'était l'air Guermantes, la pâte de Saxe en laquelle la duchesse de Guermantes était faite aussi. Je repensai à son affection pour moi, à sa manière tendre, sentimentale de l'exprimer. Et je me dis que cela non plus qui aurait pu tromper ne signifiait pas cela. Certes ce n'était rien de cela qu'il avait ressenti pour moi. Alors je l'avais cru particulier en ce que Guermantes et j'avais été déçu. Et pourtant il était plus spécial que je n'avais encore cru. Mais ce dont nous n'avons pas l'intuition directe, ce que nous apprenons seulement, notre âme n'en a jamais la sensation immédiate, nous nous efforçons ensuite de le lui apprendre mais quand déjà elle le sait par les racontés de la mémoire. Aussi je ne trouvais pas de beauté à cette découverte. D'ailleurs elle me faisait trop de chagrin. Sans doute, depuis ce que M. de Charlus m'avait dit des gens qui aimaient tout, j'avais admis que cela pouvait être le cas de bien des gens que je connaissais et cela m'était indifférent ; mais j'aurais voulu excepter Robert. Le doute que me laissait Aimé et qui ternissait toute notre *[un mot illisible]* amitié de Balbec et de Doncières me faisait tant de mal qu'en quittant Aimé je m'aperçus que je pleurais.

XXI.3

[Plusieurs fragments organisent la fin de Saint-Loup, le héros demeure son confident et tremble pour lui sans savoir qu'il est rongé par le « mal sacré ».]

Capitalissime
Les transformations de Saint-Loup.
Quand Saint-Loup est marié, il me dira mélancoliquement : « Ma famille a fait des pieds et des mains pour que je rompe avec Rachel. Ça a été un bien peut-être, je crois plutôt que ça a été un mal. Il y a cet officier, tu sais, avec qui tu dînais à Doncières, qui te plaisait tant, M. de Langeac[1]. On l'a forcé à rompre avec une actrice. Pour calmer ses souffrances il a dû se mettre à la morphine. Il n'a pas pu s'en guérir, il est abruti, il a dû quitter le service, il était un militaire d'un grand avenir. Il eût peut-être mieux valu qu'il restât collé — Tu ne te morphinises pas j'espère — Oh ! non, sois tranquille ça ne m'est jamais arrivé. D'ailleurs pour ce que cela m'a servi de rompre avec Rachel. Tout le monde est persuadé que je suis toujours avec elle. Gilberte elle-même le croit. »

D'ailleurs il roulait par moments dans la tristesse, parlant de lui comme d'un être maudit qu'un grand malheur menaçait, si bien que je me demandais s'il avait pris une maladie contagieuse, s'il avait une hérédité de folie du côté de son père, si le spiritisme dans lequel il donnait, à ce qu'on m'avait dit, lui avait annoncé une mort précoce. « Tu verras, ne m'envie pas, que je ne ferai pas de vieux os et que je mourrai d'une façon terrible, plus terrible peut-être qu'on ne saura », me dit-il. Plus tard je crois qu'il veut dire scandale pédérastique. Ensuite je pensai que cela a été peut-être réalisé par la mort entre les fils de fer.

XXI.4

[L'intimité avec Saint-Loup est à peu près rompue dans le texte définitif où il évite les conversations sur l'amour[2], les brouillons prévoyaient une approche plus intérieure du sujet.]

Quand j'apprends que Saint-Loup est tante
Ainsi ce Saint-Loup près de qui j'avais tant vécu, que je connaissais si bien, c'était un Saint-Loup portant lui-même une sorte de joli « loup » que j'avais pris pour sa figure véritable. Il était déguisé en homme qui aime les femmes et d'ailleurs en tenait le rôle avec plaisir parfois ; il le tint même une fois pendant des années avec une sincérité profonde et douloureuse, mais sans[a] ce loup — à moins que cela n'y fut pas encore quand je le connaissais — il y avait autre chose. Peut-être cet autre chose

auquel il faisait allusion le soir où il me dit qu'il était un malheureux, qu'il y avait une malédiction sur lui, qu'il voulait se tuer, paroles qui m'avaient fait croire, à cause de ses préoccupations médicales, qu'il se croyait menacé d'ataxie locomotrice ou de paralysie générale.

XXI.5

[Ce fragment qui fait un portrait du nouveau Saint-Loup, après son mariage, n'a pas été inséré dans le roman. Il était destiné au dernier chapitre d'« Albertine disparue » comme l'indique la mention Pour Sodome IV *.]*

Bien que Saint-Loup ne se fût jamais départi d'une rare élégance Guermantes, jamais peut-être depuis le jour où je l'avais vu pour la première fois devant l'hôtel de Balbec sans le connaître, il ne m'était apparu aussi merveilleusement stylisé. Je disais plus vrai que je ne pensais en le comparant à un jeune cheval le jour où il foulait au petit trot les banquettes cramoisies du restaurant parisien où nous avions dîné le soir du lâchage de Mlle de Stermaria[1]. C'était vraiment dans une soirée n'importe où, différant entièrement de la foule des mortels comme s'il avait eu pour cou et pour tête — et redressant le corps en arrière en conséquence — ceux d'un jeune cheval, bridé haut, la tête fièrement rejetée en arrière, et stylisé selon quelque graphique oriental. Il parcourait ainsi les salons comme une insolence qui frémit, prête à porter son jugement sur chacun, à honorer l'un ou l'autre d'un bonjour clairvoyant. Et quel ravissant bonjour de l'être cabré qui consentait à poser sur vous ses yeux qui semblaient (car il faut ici prendre une comparaison zoologique différente, tant l'homme, et même un Guermantes, est un être multiple) être, au-dessus de ses joues roses et un peu bouffies, la double incrustation de vivantes, liquides, lumineuses et scrutatrices ailes de papillon couleur de turquoise. Le bonjour qu'on lui adressait semblait être une surprise, l'arracher à sa tumultueuse promenade hippique à travers les salons et à ses projets belliqueux, si bien que son aimable réponse, même avec le regard trop clair, paraissait un acte de bienveillance excessive. Si je présentais un jeune homme à Morel[2], au lieu de l'examiner longuement comme il faisait autrefois pour tout le monde, il le regardait à peine et lui tendait, lui jetait pour ainsi dire sa main comme pour se débarrasser d'une bombe. Mais au bout d'un instant et après m'avoir parlé d'autre chose, il commençait à le chercher des yeux, à l'étudier à la dérobée. Si à ce moment-là je l'apercevais et qu'il le vit, son regard croisant le mien le contrebattait comme un fleuret qui pare, et abandonnant entièrement ses investigations il se remettait à parler avec moi de Doncières, de sa femme, de Rachel, etc.

Esquisse XXII

[RÉVÉLATIONS DE GILBERTE]

[Cahier 55. Le héros ayant avoué à Gilberte son ancien amour pour elle, celle-ci lui répond qu'elle aussi l'aimait[1]*.]*

« Et même deux fois, il s'en est fallu de bien peu, je me suis jetée à votre tête — Quand donc ? — La première fois à Tansonville[a], vous vous promeniez en famille, je rentrais, je n'avais jamais vu un aussi joli garçon — J'avais l'habitude, ajouta-t-elle en donnant à son regard un air vague et pudique, d'aller jouer avec des petits amis dans les ruines du donjon de Roussainville. Vous me direz que j'étais bien mal élevée, car ce qu'il y avait là-dedans de filles et de garçons de tout genre qui profitaient de l'obscurité. L'enfant de chœur de l'église de Combray, Théodore, qui il faut l'avouer était bien joli garçon ! Comme il était bien ! mon père trouvait qu'il ressemblait aux anges de Saint-André-des-Champs, une église près de Tansonville — Je suis très flatté j'avais eu la même idée — Il est maintenant pharmacien à Méséglise et <il> est devenu très laid — <il> s'y amusait avec toutes les paysannes du pays. Comme on me laissait sortir seule, dès que je pouvais m'échapper j'y courais. Hélas je ne peux pas vous dire comme j'aurais voulu que vous y veniez, je me rappelle très bien que n'ayant qu'une minute pour vous faire comprendre ce que je désirais, je vous l'ai indiqué tellement crûment que j'en ai honte maintenant. Mais vous m'avez regardée d'un air tellement méchant que j'ai vu que vous ne vouliez pas. Et la seconde fois c'est quand je vous ai rencontré sous votre porte, la veille du jour où je vous ai retrouvé chez ma tante Oriane ; je ne vous ai pas reconnu tout de suite, ou plutôt je vous reconnaissais sans le savoir puisque j'avais la même envie exactement qu'à Tansonville, vous étiez au fond resté tellement le même. » Ainsi *(mettre là la petite image Clary[2])* — puis les paysannes de Méséglise *(copier la femme de chambre de Mme Putbus)*[b].

Puis, enfin ce jour où je l'avais rencontrée, bien qu'elle ne fût pas Mlle de l'Orgeville, celle que Robert avait connue dans la maison de passe (et quelle drôle de chose que ce fût juste à son futur mari que j'eusse demandé l'éclaircissement) tout de même je ne m'étais pas tout à fait trompé sur la signification de son regard, ni sur l'espèce de femme qu'elle était, qu'elle m'avouait maintenant avoir été. « Tout cela est bien loin, je n'ai plus songé qu'à Robert depuis le jour où je lui ai été fiancée. Et voyez-vous ce n'est même pas ces caprices d'enfant que je me reproche le plus. »

Confession de l'opération de son père, de son caractère[1].

Le Temps retrouvé

Esquisse I

[LES CONVERSATIONS AVEC GILBERTE À TANSONVILLE]

[Dans le Cahier 55, Proust ébauche une série de dialogues où le narrateur confie à Gilberte ce qu'a été sa vie avec « la jeune fille qu'il aimait ». Le contenu de ces ébauches reste toutefois fragmentaire et hésitant. L'auteur n'est pas sûr non plus de leur place dans le texte. Par voie de conséquence, c'est tout l'épisode du retour à Combray qui, pour un temps du moins, devient problématique[2].]

« Que[a] lisez-vous là ? — Oh ! un volume du *Journal* des Goncourt qui m'amuse parce qu'il y a là quelque chose sur papa et sur des gens qu'il a connus autrefois. — Voulez-vous me le prêter ? — Je peux vous le laisser, vous le lirez[b] dans le train. L'autre est un vieux[c] Balzac que je pioche pour me mettre à la hauteur de l'oncle[a] Guermantes[1]. Ne regardez pas, ce que je viens de lire est très inconvenant. Cela s'appelle *La Fille aux yeux d'or*. — C'est admirable. — Ah ! vous le connaissez. Mais je ne crois pas que ce soit vrai. Je crois que ces femmes-là ne sont jalouses que des femmes. — Quelquefois mais pour d'autres l'homme est l'ennemi, il est celui qui apporte la mauvaise caresse, la seule chose qu'elles ne peuvent pas donner. La réciproque, du reste, est vraie. J'ai des amis qui seraient féroces si leur maîtresse avait un autre amant et qui restent indifférents si elle a des relations avec une femme. Moi c'est le contraire. J'ai été très malheureux quand j'ai su que ma fiancée[b] aimait un autre homme mais cela ne m'a jamais causé la même souffrance[c] que si elle aimait les femmes. — Cela vous est arrivé ? — Oui, pour une jeune fille que j'aimais. — Vous l'aimiez[d] beaucoup ? — Oui, assez. — Autant que moi (puisque vous prétendez m'avoir aimée, ce que je nie) ? — Peut-être pas autant, et puis elle ne vous valait pas, mais enfin je l'ai vraiment aimée. — Alors c'est peut-être possible qu'on soit justement jaloux du sexe dont on n'est pas mais enfin il y a tout de même de l'exagération. La marquise dont je ne me rappelle pas le nom ne laisse aller cette jeune géorgienne absolument nulle part, elle ne sort qu'avec des serviteurs dévoués, la nuit. Elle n'a jamais une minute où elle puisse voir un homme[2]. — Ne croyez pas qu'il y ait là de l'exagération. J'en[3] étais arrivé pour cette jeune fille à la chambrer[e] littéralement pendant plusieurs mois, elle ne pouvait voir personne, je... — Vous la faisiez suivre. — Ne me demandez pas, j'avais[f] oublié qu'en effet je m'étais abaissé jusque-là. Vous me le rappelez. — Mais c'est tout à fait comme dans *La Fille aux yeux d'or*, elle ne peut sortir que la nuit avec des serviteurs dévoués. — Eh bien, si je vous racontais ma vie d'alors, vous comprendriez quelles raisons morales, dans un cadre bien moins poétique, bien moins saisissant que *La Fille aux yeux d'or*, avaient pu amener à une séquestration identique. — Espérons que cela n'a pas aussi mal fini pour la demoiselle. La fille aux yeux d'or est morte assassinée. — Non, je n'ai pas assassiné mon amie quoique je crois que j'aurais pu, mais elle est morte d'un accident. — Ah ! elle est morte, fit Gilberte qui crut devoir prendre un air triste. — Oh ! il y a longtemps. — Et elle aimait les femmes ? — Je crois que oui, mais je n'en suis pas sûr. — Comment, vous n'avez pas pu savoir ? — Tenez, ceci j'aurais peut-être pu le savoir et même en faisant appel à vos souvenirs d'enfance vous auriez pu vous-même m'aider aussi. — Eh bien ? — Oh ! non, c'est trop ancien. Cela n'a plus d'intérêt[g]. J'avoue, je crois que j'ai une photographie d'elle », dis-je, et je sortis de mon porte-cartes la dernière photographie d'Albertine, celle que j'avais montrée à Robert[4]. Gilberte parut aussi étonnée que lui-même. « Ah ! c'est ça la jeune fille que vous aimiez ? » Et elle ajouta d'un air inquiet : « Alors, j'étais comme ça moi ? — Mais non vous êtes mille fois mieux et puis la photographie ne la rend pas du tout. » Dans le train je pris le *Journal* des Goncourt.

« Comment[a] vous avez été fiancés ; et elle n'était pas plus reconnaissante car en somme elle vous a fait du mal et du tort ! — Je vous dirai[b] qu'elle s'est plutôt fait du tort à elle-même, répondis-je. Elle pouvait être tout ce qu'il y a de plus heureuse. Elle n'a pas su garder son bonheur. Elle a été au fond très bête. » Ces phrases d'une abondante sincérité, d'un bon sens qui imposait et me rendait si sympathique à Gilberte sortirent de ma bouche pareilles à tant du même genre que j'avais entendu prononcer si aisément par Mme Swann, par la duchesse de Guermantes, par Mme Verdurin quand elles avaient à juger la conduite passionnée de femmes qui leur étaient indifférente < s > . Albertine me l'était devenue, la similitude des circonstances facilitait les réflexes de la mémoire. Seulement les paroles de Gilberte et les miennes avaient beau me donner raison, prouver qu'Albertine avait eu tort, que son bonheur était près de moi, ces paroles que nous répandîmes avec complaisance étaient vaines et ne pouvaient plus rendre possible, parce qu'Albertine était morte, l'excellent plan d'existence qu'elles lui traçaient rétrospectivement.

*Capitalissime[c]. Dans cette conversation de Combray ou chez la duchesse de Guermantes quand je rencontre Mme de Forcheville[1]. Mais alors c'est peut-être un peu tôt.

Il faudra que je dise en pendant de ce que j'ai déjà dit (indiqué en marge) au début du Cahier Vénusté[2] sur le grand rôle joué par Albertine dans ma vie et si je mets ce pendant à Combray avec Mme de Saint Loup (Gilberte) cela n'ira peut-être pas avec *La Fille aux yeux d'or* qu'il faudra supprimer ou après :*

« Pourquoi ne vous mariez-vous pas, cela vous ferait changer de vie. Vous n'en avez jamais eu l'intention ? — Si, mais j'ai trop mauvais caractère. — Je suis sûre que non. — Je vous assure, j'ai été presque bien fiancé et j'avais tant de scènes avec ma fiancée que je n'ai pu me décider à l'épouser et qu'elle y a renoncé d'elle-même. La vie aurait été un enfer. »

Esquisse II
[LE PASTICHE GONCOURT ET SON COMMENTAIRE]

[Les brouillons du pastiche proprement dit se composent de deux ébauches très travaillées de la description du dîner chez les Verdurin à l'époque où leur salon se trouve quai Conti (Cahier 55). Ces brouillons sont complétés dans le Cahier 74 par un commentaire qui éclaire la fonction du pastiche comme une étape dans l'esthétique du « Temps retrouvé ». Alors que l'écrivain se livre, dans le pastiche, à une satire du style artiste, le héros constate dans le commentaire qu'il ne sait pas observer, ou qu'il observe autrement que les Goncourt. Retrouvant, transformés en « figures » des personnages qu'il a jadis connus pour la plupart si médiocres, il décèle dans cette littérature des Mémoires les effets d'une fascination mensongère. Certes, présentant au lecteur l'image d'un monde embelli, la littérature lui permet d'échapper à la médiocrité de la vie. Mais cette transformation — qui est un leurre — marque sa limite autant que son pouvoir. Cette ambiguïté ne sera levée que lorsque le narrateur, dans « L'Adoration perpétuelle », aura défini les conditions et les principes qui doivent guider l'artiste dans l'expression de la vérité. Avant de réaliser le montage définitif où les réflexions du narrateur semblent déclenchées par la lecture du pseudo-Goncourt, Proust s'est interrogé sur la place et l'extension qu'il convenait de leur donner par rapport au pastiche. La première ébauche est précédée d'une note de régie qui témoigne de ces hésitations.]

II.1

[Premier état du pastiche.]

*Kapital[a].

Peut-être tout de suite avant Goncourt[1] quand j'ouvre le volume dire.* Je savais que je ne savais pas regarder — sauf des choses plus profondes que l'extérieur, de sorte que si arrivant dans un dîner je n'écoutais ni ce qu'on me disait ni je ne voyais ce qui était devant moi, en revanche une similitude (comme l'identité du salon Verdurin) faisait de moi un instant un autre homme, qui goûtait avec une joie pure au général — *(voir dans Babouche)*, pas écouter, qu'il fallait <que> les choses me fussent fournies d'abord par l'imagination, je savais que les artistes qui donnent les plus grandes visions d'élégance les prennent chez leurs amis *(voir Babouche[2])*, que les grandes élégantes se font peindre par Chaplin[b3], et que ce qui fera concurrence aux grands portraits de la Renaissance, ce qui évoquera le beau moderne, ce n'est pas celui de la princesse de Sagan par Cotte, mais celui que Renoir a fait de la femme de l'éditeur Charpentier. Mais tout cela, et bien d'autres expériences encore, que la connaissance de Vinteuil, d'Elstir et de Bergotte m'avait fournies, ne m'empêchaient pas d'éprouver un vif sentiment à la fois de regret pour tant de désirs dont je n'avais pas su voir près de moi la réalisation et de désillusion devant les rêves que nous donnent les tableaux et les livres, quand je lus la page suivante. *Suit le pastiche. Et après le pastiche ces simples mots :* Verdurin, le duc de Guermantes, Mme Cottard, les petits Cottard, le Dr Cottard...

Et que tout cela fasse un astre dans la nuit!

Avant-hier[a] tombe chez moi Verdurin, l'ancien critique de *La Revue bleue*[b1] et il faut bien le dire le seul critique qu'il y ait eu[c] pour la peinture et les arts d'ornement, mais ayant depuis son mariage absolument cessé d'écrire, au point que, prétend-il, nombre des habitués du salon de sa femme semblent ignorer les remarquables volumes écrits par le mari. Une des curiosités de Paris ce salon. *[interrompu[d]]*

Avant-hier, dans la crainte que je n'oublie son invitation acceptée[e] par moi il y a quinze jours, tombe chez moi Verdurin, l'ancien critique de *La Revue bleue*, et il faut le dire, le seul qui ait su parler des choses de la peinture, mais ayant depuis son mariage avec la nièce de Delacroix absolument renoncé[f] à la littérature, au point que nombre des habitués du salon de sa femme ignoreraient les remarquables volumes écrits par le mari. Il me parle de leur fumoir, comme d'une salle entièrement vénitienne qu'aurait fait arranger sa femme, rien qu'avec des objets de la plus authentique et rare provenance, comme un certain plafond à caissons écussonnés provenant de l'ancien palazzo Barberini[2], palazzo[g] dont la margelle du puits, représentant un couronnement de la Vierge que Verdurin croit être de Sansovino, servirait à leurs invités, par la trop grande bonté de sa femme pour laisser tomber la cendre de leur cigare. Ce qui, de fil en aiguille, car c'est vraiment un érudit en tout genre que ce Verdurin, l'amène, en parlant du brun que cette cendre met à son grand regret dans l'albâtre de la vasque, à me parler de ces taches sombres marquées sur les livres ayant appartenu à Napoléon Ier, taches ayant fait croire que l'empereur chiquait, alors que selon Verdurin elles proviendraient de l'habitude qu'il avait pour calmer ses douleurs de foie d'avoir toujours dans la main des pastilles de réglisse, dont même dans ses plus grandes batailles il faisait un incessant usage[h]. Et nous voilà dans une voiture que m'a amenée Verdurin, nous voilà partis[i] pour le quai Conti où est leur hôtel, hôtel donnant déjà par lui-même la sensation d'un palais de Venise, en sa construction tout au bord de la Seine que le diffus d'un clair de lune d'hiver fait ressembler au Grand Canal, un Grand Canal où la coupole, silhouettée sur le « glauque » du ciel de la Salute, est figurée par l'Institut, tout cela dans une hallucination d'Italie à laquelle nous a, ma foi, tout doucement acheminés la traversée, au milieu des *[un blanc]*, de la cour du Louvre. Il y a là Cottard, le docteur, et sa femme, le sculpteur polonais Virovski[1], Swann le collectionneur, une grande dame russe, une princesse — dont le nom en of m'échappe, dont Swann me dit à l'oreille que c'est elle qui aurait tué à bout portant l'archiduc Rodolphe dont elle était la maîtresse et d'après qui j'aurais, en Galicie et dans tout le Nord de la Pologne, une situation absolument exceptionnelle —, une jeune fille ne consentant jamais à promettre sa main sans savoir si son fiancé est un admirateur de *Chérie* et de *La Faustin*[2], une réponse négative suffisant — toujours au dire de la princesse — à rompre le mariage. « Vous ne pouvez pas comprendre cela, vous autres Occidentaux, jette pour conclure la princesse, cette espèce de pénétration par un écrivain de l'intime de la femme[a] », pénétration attestée par un fait curieux qu'elle dit tenir du grand chef de la police de Moscou. « À la mort de mon frère les maisons closes ne fermèrent pas, car ce serait une chose dont le tempérament russe ne pourrait absolument pas se passer, mais toutes les femmes portaient un ruban de crêpe autour de la cuisse[b3]. » La maîtresse de maison, qui m'a placé à côté d'elle, me dit aimablement avoir fleuri sa table en mon honneur, rien qu'avec des chrysanthèmes japonais, mais des chrysanthèmes en des vases[c] qui sont de rarissimes chefs-d'œuvre, l'un entre autres fait d'un bronze sur lequel des pétales en cuivre rougeâtre semblent avoir le « vivant », être la retombante effeuillaison de la fleur. C'est vraiment une charmante et originale femme que cette Mme Verdurin, avec quelque chose de la malice spirituelle d'une Mme Geoffrin[4] de nos jours. À mon étonnement devant le collier de perles, entièrement noires et pourtant du plus bel orient, qu'elle porte à son cou, elle me dit qu'il serait devenu ainsi à la suite d'un incendie qui détruisit toute la maison où elle habitait dans[d] une rue dont je ne me rappelle plus le nom, incendie après lequel ne furent retrouvés que le coffret où étaient ces perles, et des statuettes de Sèvres qui étaient restées intactes, mais dont le bleu de roi était devenu du plus beau noir[5]. Et le curieux de la chose est que les perles de ce collier viendraient de Mme de La Fayette, à qui elles avaient été données par Henriette d'Angleterre, perles achetées par Verdurin à la vente d'un descendant de l'auteur de *La Princesse de Clèves*[6]. Sur quoi Swann, le grand collectionneur, déclare que le même fait se serait produit chez un de ses amis, M. S***, ce qui aurait fait demander les porcelaines par la manufacture, où elles seraient encore exposées, et les perles par le musée de Kensington de Londres[7]. Et avec une finesse qui décèle vraiment chez lui l'homme tout à fait distingué, aussi connaisseur en esprits[e] qu'en bibelots, il saute à des altérations semblables qu'il dit se produire non seulement dans la nature inanimée, mais dans le cerveau des gens, et parle d'un valet de chambre de cet ami « sinistré » qui, depuis l'incendie et la peur qu'il avait eue d'y mourir, était devenu un autre homme, ayant un autre caractère, d'autres goûts, et par exemple de généreux et sobre était devenu ladre et pochard, différence de personnalité attestée jusque dans son écriture, tellement changée qu'à la première lettre que M. S*** reçut de lui pour lui rendre compte de l'événement, il crut à une mystification, les caractères n'ayant pas le moindre rapport avec ceux que traçait jusque-là ce valet de chambre. Là-dessus le Dr Cottard nous cite des cas qu'il a observés de visu et ma foi des plus curieux, de ce qu'il appelle dédoublement de la personnalité. Il a encore dans son service d'hôpital un malade qu'il s'offre aimablement à mener chez moi, qui aurait ainsi deux vies, pendant chacune desquelles il ne se rappellerait rien de ce qu'il aurait fait dans l'autre, si bien que dans la première où il est honnête homme il aurait été plusieurs fois arrêté pour des vols importants qu'il aurait commis dans la seconde et qu'il aurait niés de la meilleure foi du monde. Sur quoi Mme Verdurin[a] remarque finement que la médecine pourrait fournir des sujets plus vrais à tout un théâtre dans le genre de celui de Regnard et où le cocasse de l'imbroglio reposerait sur des méprises pathologiques. De là Mme Verdurin revient à l'incendie où à côté des perles serait resté intact dans le même coffret un autre bijou couvert de caractères arabes et qui aurait appartenu à un grand peintre mort subitement et qui le lui avait légué. Curieuse de savoir ce que signifiait l'inscription, elle l'avait fait montrer par Brichot à Oppert[1], son collègue du Collège de France, lequel avait lu qu'il arriverait malheur au possesseur de ce bijou. Comme l'incendie avait éclaté quelques jours après, Mme Verdurin le rendait[b] à Elstir. Et sur la question faite par un des convives, si la pierre avait conservé son pouvoir maléfique, la maîtresse de maison a cette jolie réponse : « Jugez-en. Deux jours après il a connu la femme à cause de laquelle il s'est brouillé avec moi. Et il ne fait plus que de la mauvaise peinture. » Sur la remarque que je fais qu'il y aurait là un curieux sujet de nouvelle où seraient imaginées les existences successives où le bijou a pu depuis amener de catastrophes, Mme Cottard dit que cette nouvelle existerait dans les *Nouvelles Mille et Une Nuits* de Stevenson, *un nom qui met dans la bouche de Swann cette phrase*[c] : « Mais c'est un grand écrivain, Stevenson, l'égal des plus grands, mais oui, absolument des plus grands. » *Si je ne laisse pas les développements ci-dessus, mettre ailleurs cette phrase excellente.*

II.2

[*Second état du pastiche.*]

Avant-hier, dans la crainte que je n'oublie son invitation acceptée il y a quinze jours, tombe chez moi Verdurin, l'ancien critique de *La Revue bleue*, le seul critique depuis Gautier qui ait su parler peinture, mais ayant [*interrompu*[a]]

Avant-hier, dans l'apeurement que je n'aie oublié son invitation à dîner pour le soir, tombe chez moi Verdurin, l'ancien critique de *La Revue bleue*, un critique tel que, en dehors de Fromentin et de Gautier, il n'en <a> peut-être jamais existé en France, qui a consenti à regarder un tableau avec ses yeux, le seul, je le déclare, qui avec Gautier et Fromentin ait jamais su juger d'un tableau [*interrompu*[b]]

Avant-hier, tombe me chercher ici pour m'emmener dîner Verdurin, l'ancien critique de la Revue, l'auteur de ce livre sur Whistler[c] où vraiment le faire, le coloriage artiste de l'original Américain est souvent rendu avec une grande délicatesse par l'amoureux de tous les raffinements[d], de toutes les joliesses de la chose peinte, qu'est Verdurin. Et tandis que je m'habille pour le suivre, c'est de sa part tout un récit où il y a par moments comme l'épellement apeuré d'une confession, sur son renoncement à écrire aussitôt après son mariage avec la Madeleine de *Dominique* de Fromentin[e], renoncement qui serait dû à l'habitude de la morphine et aurait eu cet effet que, au dire de Verdurin, la plupart des habitués du salon de sa femme ne sauraient même pas que le mari a fait des livres et lui parleraient de Charles Blanc, Burty[f], comme d'individus auxquels ils le croient, lui, tout à fait inférieur. Puis par un crépuscule où il y a près des tours du Trocadéro comme le dernier allumement d'une lueur qui en fait des tours absolument pareilles aux tours enduites de gelée de groseille des anciens pâtissiers[g], la causerie continue dans la voiture qui doit nous conduire quai Conti à leur hôtel, que son possesseur prétend être l'ancien hôtel des ambassadeurs de Venise et où il y aurait un fumoir dont Verdurin me parle comme d'une salle transportée telle quelle, à la façon des *Mille et Une Nuits*, d'un célèbre *palazzo* dont[h] j'oublie le nom, *palazzo* à la margelle du puits représentant un couronnement de la Vierge, que Verdurin soutient être absolument du plus beau Sansovino et qui servirait pour leurs invités à jeter la cendre de leurs cigares. Et ma foi, quand nous arrivons dans le glauque et le diffus d'un clair de lune absolument semblable à ceux dont la peinture classique[i] abrite Venise et sur lequel la coupole silhouettée de l'Institut fait penser à la Salute dans les tableaux de Guardi[a], j'ai un peu l'illusion d'être au bord du Grand Canal. Et l'illusion est entretenue par la construction de l'hôtel où du premier étage on ne voit pas la terre et par le dire évocateur du maître de maison affirmant que le nom de la rue du Bac — du diable si j'y avais jamais pensé — viendrait du bac sur lequel les religieuses d'autrefois, les miramiones, se rendaient aux offices de Notre-Dame. Tout un quartier que j'ai connu et que je < me > prends à *raimer* en descend. Dans le salon où sur un émail persan un roi est traîné par deux lions dans une voiture, — une voiture où il a l'air d'être aussi à l'aise que dans la voiture aux chèvres des Champs-Élysées — est un invité au menton et aux lèvres rasés, aux favoris de maître d'hôtel, à la cravate toute faite, d'un magistrat traducteur d'Horace et c'est Brichot, l'universitaire, qui se met à parler avec la condescendance amusée d'un professeur qui fraye avec ses élèves, à la Saint-Charlemagne. À mon nom dit par Verdurin, il n'a pas une parole qui connaisse nos livres, et[b] c'est en moi une vraie tristesse, un découragement colère qu'éveille cette conspiration organisée contre nous par la Sorbonne, et apportant jusque dans l'aimable salon où je suis fêté, la contradiction, l'hostile, d'un silence voulu. *[interrompu]*

[du bac sur] lequel[c] des religieuses d'autrefois, les miramiones, se rendaient aux offices de Notre-Dame. Tout un quartier où flânait mon enfance quand ma tante de Courmont[1] l'habitait et que je me prends à *raimer*, en retrouvant presque contiguë à l'hôtel des Verdurin, l'enseigne du *Petit Dunkerque*, une de ces boutiques où le XVIIIe siècle venait asseoir ses moments oisifs pour le marchandage, de ces rares boutiques qui survive < nt > ailleurs que vignettisées dans le crayonnage et les frottis de Gabriel de Saint-Aubin[2], de ces boutiques[d] où tout le XVIIIe siècle curieux venait asseoir son oisiveté pour le marchandage des jolités françaises et étrangères, « et tout ce que les arts produisent de plus nouveau », comme dit une facture de ce Petit Dunkerque[e][3] dont nous sommes, je crois, moi et Verdurin seuls à posséder une épreuve et qui est bien un des volants chefs-d'œuvre de ce papier ornementé sur lequel le règne de Louis XV faisait ses comptes, avec son en-tête représentant une mer chargée de vaisseaux, une mer aux vagues *vignettisées*[f] comme le sont les vagues de la mer de *L'Huître et les Plaideurs* de La Fontaine dans l'édition des Fermiers généraux.

Nous passons à table, et alors c'est un défilé extraordinaire d'assiettes qui sont des chefs-d'œuvre de l'art de la porcelaine, l'art dont l'attention chatouillée d'un amateur écoute le mieux le bavardage pendant un repas délicat, des assiettes des Yung-Tsching à la couleur capucine de leurs rebords, au bleuâtre, à l'effeuillé turgide d'un iris d'eau, à la traversée vraiment décoratoire par un vol[a] de martins-pêcheurs et de grues d'une aurore ayant tout à fait de ces tons matutinaux que boulevard Montmorency entre-regarde[b] mon réveil, des assiettes de Saxe plus mièvres dans le gracieux de leur faire, à l'anémie, à l'endormement de leurs roses qui tournent au violet, au déchiqueté lie-de-vin d'une tulipe, au roccoco d'un œillet ou d'un myosotis, des assiettes de Sèvres au fin guillochis de leurs cannelures blanches verticillées d'or, ou que noue, sur l'à-plat, sur le crémeux, de la pâte, le délicat et galant relief d'un ruban d'or, enfin une argenterie où courent les myrtes de Luciennes et que reconnaîtrait la Du Barry. Et ce qui est peut-être aussi rare, c'est la qualité vraiment tout à fait remarquable des choses qui sont servies là-dedans, un manger finement mijoté, tout un fricot comme les Parisiens il faut le dire bien haut n'en ont jamais dans les plus grands dîners, et qui me rappelle certains cordons-bleus de Jean d'Heurs. Même le foie gras n'a aucun rapport avec la fade mousse qu'on sert habituellement sous ce nom, et je ne sais pas beaucoup d'endroits où la simple salade de pommes de terre est faite ainsi de pommes de terre ayant la fermeté de boutons d'ivoire japonais, le patiné de ces petites cuillers d'ivoire avec lesquelles les Chinoises versent l'eau sur le poisson qu'elles viennent de pêcher. Dans le verre de Venise que j'ai devant moi, une riche[c] bijouterie de rouges est mise par un extraordinaire Léoville acheté à la vente de M. de Montalivet et comme je n'en ai jamais bu ailleurs. Et c'est un amusement pour l'imagination de l'œil et aussi je ne crains pas de le dire pour l'imagination de ce qu'on appelait la gueule de voir apporter une barbue qui n'a rien des barbues pas fraîches qu'on sert sur les tables les plus luxueuses et qui ont pris dans les retards du voyage le modelage sur leur dos de leurs arêtes, une barbue qu'on sert non avec la colle à pâte que préparent sous le nom de sauce blanche tant de chefs de grande maison, mais avec de la véritable *[une lacune*[d]*]* Et comme je dis à Verdurin le délicat plaisir que ce doit être pour lui que cette raffinée mangeaille dans des assiettes comme en collectionnait le XVIII[e] siècle et comme aucun prince n'en a derrière ses vitrines :

« On voit bien que vous ne le connaissez pas », me jette mélancolieusement la maîtresse de maison. Et elle parle de son mari comme d'un original maniaque, un maniaque indifférent au fond à toutes ces jolités : « Un maniaque, oui, dit-elle, absolument cela, un maniaque à l'appétit d'une bouteille de cidre bue dans la fraîcheur un peu encanaillée d'une ferme normande. » Et la charmante femme, à la parole vraiment amoureuse des colorations d'une contrée, nous parle avec un enthousiasme débordant de cette Normandie[e] qu'ils ont longtemps habitée, une

Normandie qui serait un immense parc anglais, à la fragrance de ses hautes futaies à la Lawrence, au velours *cryptoméria*[a], dans leur bordure porcelainée d'hortensias roses, de ses pelouses naturelles, au chiffonnage de roses soufre dont la retombée à une porte de paysans où l'incrustation <de> deux poiriers enlacés simule une enseigne tout à fait ornementale, à la libre retombée d'une branche fleurie dans le bronze d'une applique de Gouthières, une Normandie qui serait absolument insoupçonnée des Parisiens en vacances et que protège la barrière de chacun de ses clos, barrières que les Verdurin confessent ne s'être pas fait faute de lever toutes. À la fin du jour, dans un endormement de toutes les couleurs où la lumière ne serait plus donnée que par une mer presque caillée ayant le bleuâtre du petit lait, et par les vraies forêts de mousseline rose en fleurs que seraient les rhododendrons, ils rentraient tout à fait grisés par l'odeur des sardineries qui donnait au mari d'abominables crises d'asthme : « Oui, insiste-t-elle, c'est cela, de vraies crises d'asthme. » Là-dessus l'été suivant ils revenaient, logeant, ma foi, dans une admirable habitation moyenâgeuse louée pour rien, toute une colonie d'artistes logée par eux dans son cloître ruineux. Et, ma foi, en entendant cette femme qui, en passant par tant de milieux vraiment distingués a gardé pourtant dans sa parole un peu de la verdeur de la parole d'une femme du peuple, une parole qui vous montre les choses avec la couleur que votre imagination y voit, l'eau me vient à la bouche de la vie qu'elle me confesse avoir menée là-bas, chacun travaillant le matin dans sa cellule, et où, dans le salon si immense qu'il possédait quatre cheminées, tout le monde se réunissait avant déjeuner pour d'artistes causeries, de petits jeux mêlés de propos absolument supérieurs, suivis de la promenade par tous les temps, même les jours de grains, où dans le coup de soleil d'une ondée, d'une ondée lignant les nodosités d'un magnifique départ de hêtres centenaires qui mettaient devant leur porte le *beau* végétal affectionné par le XVIIIe siècle[b], et d'arbustes ayant pour boutons fleurissants, dans la suspension de leurs rameaux, des gouttes de pluie, on s'arrêtait pour écouter le délicat barbotis, énamouré de fraîcheur, d'un bouvreuil se baignant, au-dessous de la musique du vent parmi les branches, dans la mignonne baignoire en Nymphenbourg, la baignoire pour petits oiseaux, qu'est la corolle d'une rose blanche ; une vie ma foi faisant tout à fait penser à celle qu'évoque ce chef-d'œuvre de Diderot, les lettres à Mlle Volland. Et comme je parle à Mme Verdurin des paysages et des fleurs de là-bas délicatement pastellés par Elstir, elle a sur lui un dire colère, un dire commençant par ces mots : « Tout ce pays, jette-t-elle avec un redressement colère de la tête, mais c'est moi qui lui ai fait connaître ce pays-là, tous les coins curieux, tous les motifs, oui, je les lui ai jetés à la face, quand il nous a quittés, tous les motifs qu'il a peints. Les objets il les a toujours connus, oui cela il faut le reconnaître. Mais les fleurs non, il ne les connaissait pas, il ne savait pas distinguer un althea d'un œillet d'Inde. *Changer les noms.* C'est mon mari qui lui a appris à reconnaître, vous ne le croirez pas, le jasmin, oui, ma parole ! le jasmin. Toutes les roses qu'il a peintes, c'est chez nous ou bien c'est moi qui les lui <ai> apportées et je lui disais : "Non ne peignez pas cela, cela n'en vaut la peine, peignez ceci." Ah ! s'il nous avait écoutés aussi pour l'arrangement de sa vie et n'avait pas fait ce sale mariage ! » Et brusquement le velours des yeux enfiévré par l'absorption d'une rêverie tournée vers le passé, avec le nerveux taquinage, dans l'allongement et comme le maniaque ressouvenir de ses phalanges, du floche des manches de son corsage, c'est, dans le contournement de sa pose douloureuse comme un portrait, un admirable portrait qui n'a je crois bien jamais été peint et où se liraient toute la révolte contenue, toutes les susceptibilités colères d'une amie outragée dans les délicatesses, dans la pudeur de la femme. Là-dessus elle nous parle de l'admirable portrait <qu'> Elstir avait fait pour elle de la famille Cottard, portrait donné par elle au Luxembourg, au moment de sa brouille avec le peintre, confessant que c'est elle qui a donné au peintre l'idée d'avoir fait l'homme en habit pour obtenir tout ce blanc bouillonnement du linge, et qui a choisi la robe de velours noir de la femme, robe faisant au milieu de tout ce papillotage, des nuances claires des tapis, des fleurs, des fruits, des robes de gaze des fillettes pareilles à des robes de danseuse, cet appui. Ce serait elle aussi qui aurait donné à Elstir l'idée de ce coiffage dont on a fait ensuite honneur à l'artiste, idée qui consistait en somme à peindre la femme non pas en représentation mais surprise dans l'intime de sa vie de tous les jours. Je lui disais : « Mais dans la femme qui se coiffe, qui s'essuie la figure, qui se chauffe les pieds quand elle ne croit pas être vue il y a un tas de mouvements intéressants, d'une grâce tout à fait "léonardesque[a]" ».

II.3

[Le commentaire du narrateur.]

Comme la vie apprend à rehausser le prix de la lecture à moins que ce ne soit la lecture qui nous apprenne à relever le prix de la vie. Car en somme puisque les objets dont il était parlé et ceux que j'avais connus étaient les mêmes, il fallait opter et décider ou que les héros que nous nous forgeons d'après les livres et que nous aurions tant voulu connaître ce sont les gens dont la société nous plaît si peu, ou bien que les gens dont la société nous plaît si peu cachent ces réalités dont nous entretiennent les livres et qui ont leur valeur. Sans doute l'option[a] est facile, pour toute une partie de l'expérience, celle qui a trait à des êtres qui ont aussi produit des œuvres. J'avais connu Vinteuil avant de connaître sa *Sonate* et *Symphonie*, j'avais entendu parler de M. Biche avant d'avoir vu aucune peinture[b] d'Elstir, inversement, j'avais rencontré Bergotte après avoir admiré ses œuvres. Or si Vinteuil était un bourgeois pudibond qui trouvait que les « jeunes gens dans le goût de l'époque actuelle tenaient des propos déplacés », si M. Biche avait tenu chez les Verdurin des propos qui l'auraient fait[c] détester et prendre pour un imbécile par un homme fin, si le personnage[d] physique de Bergotte avait été par son interposition entre lui et ses livres comme un écran incommode qui les avait presque complètement éclipsés, cela[e] pouvait signifier que le génie ne se manifeste pas forcément par la conversation, qu'il peut s'allier à bien des petitesses, mais le génie n'en *[lacune[f]]*

Je[g] l'expliquais par ceci d'abord que j'allais dans le monde désireux de plaire, de parler, ou d'interroger sur quelque point d'art, ou de curiosité jalouse, qui seul m'occupait avant et incapable de voir ce dont préalablement mon désir éveillé par quelque lecture n'avait pas d'avance dessiné le croquis ; comme notre œil ne verrait pas la lumière s'il n'y avait pas la lumière en lui selon le mot de Goethe[1]. Chez les Verdurin, comme chez les grands couturiers autrefois j'avais vu sans rien distinguer un musée de ces choses dont plus tard mon imagination[h] éveillée par le désir de donner à Albertine quelque toilette décrite par Elstir, ou par une lecture, peut-être même par celle de Goncourt parlant du *Petit Dunkerque*, aurait tant aimé voir l'une ou l'autre. Ce n'est pas pourtant que je n'eusse entendu Cottard, M. de Guermantes et les autres. Mais comme un géomètre qui, dépouillant les choses de leurs couleurs, ne les voit[i] que sous l'aspect des figures[j] linéaires que les qualités sensibles recouvrent, ce que racontaient ces gens m'échappait, car ce qui m'intéressait[k] c'était non ce qu'ils voulaient dire, mais la manière dont ils le disaient en tant qu'elle était révélatrice de leur caractère, de leurs ridicules. Ou plutôt c'était un objet qui avait toujours été plus particulièrement le but de ma recherche parce qu'il me donnait un plaisir spécifique, le point qui était commun à un être et un autre, à une heure et une autre, à un tableau et un autre, une sorte d'essence générale. Ce n'était que quand j'apercevais cela que mon esprit jusque-là sommeillant — même si c'était derrière l'action apparente de ma conversation animée qui n'en masquait pas moins un total engourdissement spirituel — se mettait tout d'un coup joyeusement en chasse ; mais ce qu'il poursuivait alors était situé à une profondeur, au-delà de l'anecdote elle-même, c'était une zone différente, dans un autre plan, la région des identités. *Peut-être unir à cela ce que je dis ailleurs de mon goût du général, même peut-être relier au petit bonhomme barométrique le peintre qui pourrait aller ici. Non.* Aussi le charme[a] apparent et copiable des gens m'échappait et parce qu'il était individuel ne me semblait pas réel comme ce n'est que dans les tableaux pas vrais qu'on pourrait choisir une étoffe. J'étais comme un chirurgien qui voit non la beauté d'un ventre de femme mais la maladie qui est au fond. Dans le monde je ne voyais pas les convives, parce que je les radiographiais. Mais ce qui restait troublant pour moi, c'était l'entre-deux, c'était ces gens dont[b] ce qu'on dit d'eux implique plus que d'avoir entendu une anecdote et de la répéter comme le duc de Guermantes, sans que pourtant on ait comme pour les artistes le recours de les juger sur autre chose que sur leur conversation et sur leur vie parce qu'eux n'ont pas créé[c] d'œuvres. Goncourt ne me forçait pas à changer mon point de vue en somme en m'apprenant que M. de Guermantes pouvait dire des choses curieuses, pas plus que n'avait fait la découverte que les peintures d'Elstir étaient l'œuvre de M. Biche. En revanche que le sublime portrait du Luxembourg, que la grande dame dont j'avais tant de fois admiré la merveilleuse traîne fût Mme Cottard me troublait déjà davantage et surtout que l'ordonnatrice en fût Mme Verdurin. Sans doute pour ce qui était du modèle[d], que le salon fleuri de tapis lilas et de bouquets roses qui donnaient la plus grande impression d'élégance depuis les peintures de la Renaissance, que la femme dont la pompeuse traîne de velours et de dentelles est, dans la peinture contemporaine, le plus grand legs de ce que peut être la noble beauté[e] d'une magnifique étoffe de patricienne, fût le salon de Mme Cottard, fût la robe de Mme Cottard, je le comprenais encore. Si j'avais compris que ce n'est pas le plus spirituel, le plus instruit, le mieux relationné des hommes, mais celui qui sait refléter sa vie, fût-elle médiocre, qui devient un Bergotte, on pouvait en dire autant des modèles de l'artiste. Dans l'éveil de l'amour de la beauté chez l'artiste, chez l'artiste qui veut tout peindre, la notion de l'élégance où il trouvera de si beaux motifs lui est donné par des gens un peu plus riches que lui, chez qui il trouvera ce qu'il n'a pas l'habitude dans son atelier d'homme de génie méconnu qui vend ses toiles cinquante francs, un salon avec des meubles recouverts en soie, beaucoup de lampes, de belles fleurs, de beaux fruits, de belles roses, gens modestes relativement[f] ou qui sembleraient tels à des gens vraiment brillants, mais à cause de cela plus à portée de connaître l'artiste, de l'apprécier, de l'inviter, de lui acheter ses toiles que les gens de la haute aristocratie qui se font peindre par les mêmes académiciens que les chefs[a] d'État. Aussi les deux tableaux modernes qui légueront peut-être à l'avenir la plus haute poésie d'un élégant foyer et d'une somptueuse toilette, ce ne seront pas les portraits des grandes dames, des grandes élégantes de l'époque, ce ne seront ni le portrait de la duchesse de Guermantes et de Mme Standish par Cotte, ni ceux de la comtesse Greffulhe et de la duchesse de Gramont par Làszló[1], de la comtesse de La Rochefoucauld et de la princesse de Guermantes par Chaplin, mais ceux de Mme Chapentier par Renoir et de la famille Cottard par Elstir. Cela je l'admettais. Mais qu'une Mme Verdurin eût commandé, inspiré l'arrangement <du[b]> sublime portrait du Luxembourg, initiatrice d'Elstir à mille choses, une Mme Swann inspiratrice de Bergotte, un M. de Guermantes, fils[c] du plus grand ami de Chateaubriand et célébré par lui comme un jeune homme supérieur tandis que les plus jolis vers de Sainte-Beuve[d] avaient été faits sur Mme de Gallardon[e], tout cela forçait à changer de dictionnaire pour lire, tout cela prouvait que toutes les personnes dont les livres nous vantent l'influence sur les artistes, ces gens[f] dont nous sommes si émus de voir le portrait ou d'apprendre qu'une personne de notre connaissance est leur petite fille, parce que le plus beau roman de Balzac leur est dédié[g], ces gens si nous les avions connus, nous auraient probablement paru médiocres ou ridicules, que le Dr Macquart[2] à qui est dédié le *Lys dans la Vallée* était peut-être une espèce de docteur Cottard, Mme Pompadour, Mme Récamier, Mery Laurent (inspiratrice de Manet, de Whistler et de Mallarmé) pas supérieures à Mme Verdurin. Or de Cottard, du duc de Guermantes, de Mme Verdurin, du duc de Guermantes, que me rappelais-je ? Des petitesses, des vulgarités, des méchancetés, des sottises[h], des ridicules. C'était cela les Pompadour, les Récamier, les Frasier-Frisel[i], de même que cette grande dame que pour l'avoir vue peinte au Luxembourg j'aurais été si heureux de connaître comme détenant tous les plus précieux secrets de l'être d'Elstir, c'était Mme Cottard, et que ce salon qui m'avait semblé un absolu de beauté que j'eusse tant voulu copier avec Albertine, c'était le salon du docteur, progressivement et parcimonieusement embelli grâce aux conseils d'Odette, à la générosité des Verdurin, à la reconnaissance des anciens clients et afin de faire bonne impression aux nouveaux : « Et que tout cela fasse un astre dans la nuit[3] ! »

Esquisse III

[LE SALON VERDURIN EN 1916]

[Cartonnier. Proust ébauche ici l'analyse de la société mondaine en 1916. Désertant les salons Guermantes, le monde élégant émigre vers le salon Verdurin en quête des dernières nouvelles des opérations militaires. On voit l'élégance et la mode s'adapter aux exigences du temps, et comment la mobilisation affecte la sexualité de M. de Charlus. Outre la comparaison avec l'époque du Directoire et avec l'affaire Dreyfus, le fragment annonce le texte définitif, mais montre aussi l'étendue des transformations qu'il subira lors de la rédaction du manuscrit.]

[...] salon où l'on avait les dernières nouvelles du ministère de la Guerre, du Grand Quartier général, du quai d'Orsay, était un lieu passionnant, non seulement pour la moitié inélégante de la société, comme avait été un salon dreyfusard, mais pour toute la société. Or ne pouvant la recevoir toute, Mme Verdurin avait préféré choisir la moitié élégante. Et les jeunes duchesses aimaient mille fois mieux venir apprendre là dans la bouche de M. Bontemps ce qu'on allait tenter contre le roi de Grèce ou contre Raspoutine, que d'aller dans les salons anciens et relativement désertés des Guermantes. Mme Bontemps, Mme Verdurin, tels étaient, dans cette société qui avait des analogies avec celle du Directoire, les noms nouveaux que surtout les mondaines affectaient de trouver nouveaux, et qui ne l'étaient nullement pour moi, à qui quand je les entendais, surtout celui de Mme Bontemps, ils faisaient porter le poids douloureux du corps charmant et déjà à demi oublié d'Albertine. Il y avait longtemps que Mme Bontemps n'en portait plus le deuil. D'ailleurs cette société nouvelle ne portait guère plus de deuils, et sous le prétexte qu'il était la plupart du temps « mêlé de fierté », même les premiers jours les femmes se coiffaient de bonnet de crêpe anglais blanc, remplaçant le cachemire d'autrefois par le satin et la mousseline de soie, montraient toutes leurs perles, tout en observant « le tact et la correction qu'il est inutile de rappeler à des Françaises ». L'élégance et le plaisir avaient repris, à défaut des arts et comme ceux-ci en 1793, l'élégance et le plaisir cherchaient à excuser leur reprise. « Il semblera peut-être étrange, disaient à d'austères républicains les artistes exposant au Salon révolutionnaire, de nous occuper des arts quand l'Europe coalisée assiège le territoire de la liberté. » Mais ne fallait-il pas, toujours avec le tact et la correction « qu'imposent les circonstances », égayer par la vue de ravissants manteaux, de toilettes « floues », les yeux de ceux qui venaient un moment du front, de nos « chers combattants » ? D'ailleurs dans l'élégance même ils peuvent voir qu'on pense à eux ; les coiffures sont des casques, les chaussures des lanières qui montent aussi haut que les guêtres des soldats, les jupes courtes à l'antique, les bagues, l'allume-cigarette faits avec des ceintures de canon, des dépouilles militaires, et souvent, par des militaires qui dans la tranchée ont poli ce métal de mort et quelquefois simplement un penny à l'effigie de Victoria qui a pris sous les doigts de l'habile ciseleur *(?)* la patine d'une médaille de Pisanello. Quant au plaisir, il est indiqué que la charité ayant tant de blessés, de mutilés à secourir, doit se faire plus ingénieuse. Voilà pourquoi les autos conduites par de jeunes et beaux militaires, équipages plus brillants que la voiture sang de bœuf de Mme Tallien, stationnaient le jour devant les thés-bridges donnés par Mme Verdurin, la duchesse de Guermantes, Mme Bontemps et la comtesse Molé, au profit de leurs œuvres. Pour M. de Charlus la modification apportée à ses plaisirs est plutôt une extension ; lui qui n'aimait que les hommes déjà faits, au fur et à mesure que les classes 14, 15, 16, 17 sont parties, il a, comme un Européen amateur de femmes aux colonies, faute de mieux, et quand il n'a pas le choix, pris l'habitude et insensiblement le goût des petits garçons. En ce qui concernait M. de Charlus, son désintéressement moral du sort de la France était encore plus grand que celui des Verdurin : sans l'avouer[a], sans se l'avouer M. de Charlus souhaitait plutôt que l'Allemagne *[interrompu]*

Esquisse IV

[L'EFFET DES « ÉVÉNEMENTS » SUR LA VIE MONDAINE]

[Cahier 57. La scission « antiboche » a regroupé autour de l'Union sacrée les personnes qui s'affrontaient autrefois autour de l'affaire Dreyfus.]

Généralement, à quelque moment qu'on observe ce qu'on appelle le monde, il est divisé, comme un gâteau qu'on aurait coupé en deux parts[b], pas forcément égales mais qui semblent à jamais séparées. Or la scission a eu en réalité pour cause une certaine idée, née d'un certain événement, autour de laquelle s'est organisé un double système de cristallisation. Mais cette idée perd peu à peu de sa force et tout d'un coup un autre événement surgit, une autre idée devient seule capitale, la ligne de scission n'est plus la même, des parties d'un des deux morceaux se sont entièrement recollées à l'autre, lequel a envoyé, selon cet ordre d'affinités nouvelles, plus d'une de ses parties rejoindre le morceau adverse. Ainsi quand Mme de Guermantes était encore la princesse des Laumes, la société était encore divisée par l'idée républicaine. Les deux camps étaient les conservateurs et les républicains. À l'époque où je commençai à aller chez Mme de Guermantes, on ne voyait plus traces de scission dans des parties du gâteau qui avaient été si nettement séparées. Miraculeusement ressoudés, conservateurs et républicains antidreyfusards formaient un bloc, conservateurs et républicains dreyfusards formaient un autre bloc. L'affaire Dreyfus était le nouvel événement qui détruisait en un instant les deux combinaisons qu'on croyait éternelles et qui étaient instables, en avait fait deux autres, absolument différentes, chacune des deux nouvelles empruntant des éléments de la première. Or la guerre avait été un troisième événement ; il différait des autres en se plaçant exclusivement au point de vue de ses conséquences mondaines, en ce que dans le précipité conservateur[a], ou dans le précipité antidreyfusard, le précipité adverse n'était pas loin. Mme de Gallardon ne saluait plus le prince de *[un blanc]* qui siégeait à la Chambre comme républicain avancé mais elle le rencontrait partout ; Mme de Marsantes ne saluait plus Lady *[un blanc]* et s'était en échange assimilé Mme Swann parce que nationaliste, mais elle se trouvait nez à nez avec elle chez sa couturière. Dans la scission antiboche au contraire, les nobles autrichiens, les ambassadeurs germains si bien vus pour leur antisémitisme furent expulsés ; l'autre moitié du gâteau n'était plus en France. C'est ce qui fut appelé l'Union sacrée. D'autre part la guerre comme l'affaire Dreyfus fut un sujet passionné de conversations : moins que l'affaire Dreyfus parce que l'adversaire était plus loin, plus que l'affaire Dreyfus parce que l'on n'avait absolument plus de distractions qui nous détournassent d'y penser. Pendant l'affaire Dreyfus c'était chez les seuls militants que la vie de salon avait pris l'aspect de réunions politiques où l'on se retrouvait, soit chez les nationalistes, soit chez les révisionnistes, pour discuter les incidents du jour autour d'une table de thé à laquelle était attendu avec impatience quelque homme important du parti, venant annoncer qu'à la dernière heure Zurlinden ou Galliffet[1] se décidaient à marcher. Beaucoup de salons préféraient se désintéresser, au moins au cours des heures de réunions mondaines, des événements du jour et ne pas adopter cette forme purement politique de la mondanité qui avait pour effet chez Mme de Gallardon par exemple de donner une place éminente à tel radical antidreyfusard qu'elle n'eût jamais reçu avant « l'Affaire » et d'en exclure telle duchesse ardemment révisionniste. Bien que dans un certain monde il fût convenu que tout le monde était antidreyfusard, cependant on savait, sinon[a] au dehors, où l'on croyait tout le faubourg Saint-Germain aux genoux du général Mercier, qu'il y avait quelques exceptions, quelques « mal-pensants ». Et même beaucoup de maîtresses de maison qui savaient ne recevoir que des antidreyfusards, ayant dès le début entendu dire que l'Affaire était un sujet de division, un sujet de disputes, interdisaient, avec un petit sourire scandalisé, qu'on en parlât, moins par prudence puisqu'elles ne connaissaient pas de dissidents, que par habitude d'imitation et banalité d'esprit. Mais pendant la guerre toutes distractions mondaines avaient disparu, parler ensemble de la guerre était même la seule excuse qu'on pût trouver pour se réunir et comme les dissidents étaient hors des frontières, il n'y avait aucune crainte de froisser personne, bien que l'expression « mal-pensants » eût survécu à l'Affaire et fût appliquée, par eux-mêmes, aux gens qui trouvaient l'empereur d'Allemagne beaucoup plus intelligent que ne disaient les journaux français et qui haussaient les épaules quand on s'attendait à l'écrasement de l'ennemi. « Je suis très mal-pensante », disait la duchesse de Guermantes.

Alors comme au temps de l'affaire Dreyfus les hommes informés, les hommes au pouvoir qui pouvaient vous téléphoner si non plus Galliffet, mais la Grèce « marchait[1] », quitte à être démentis le lendemain par l'événement, furent aussi les hommes les plus recherchés. Mais comme le point de vue n'était plus le même, tel dreyfusard de marque devenu antiboche était reçu en *[plusieurs mots illisibles]* dans tel salon jadis nationaliste qui le vouait à l'exécration *[plusieurs mots illisibles]* des ministres qui n'avaient connu jusque-là du faubourg Saint-Germain que les deux ou trois femmes qui désiraient être décorées ou voir leur mari ambassadeur et nous avons vu que M. de Norpois n'osait pas les présenter même à Mme de Villeparisis, furent recherchés par les duchesses à qui ils téléphonaient dès le matin le résultat de l'offensive ou l'attitude de la Bulgarie[2]. Ainsi s'explique que la duchesse de Guermantes, si élégante, qui avait traversé l'affaire Dreyfus sans se laisser présenter un seul nationaliste qui ne fût pas du monde, était affublée maintenant de M. Bontemps[3].

Esquisse V
[LA PRIMAUTÉ DES IDÉES SUR LES ÉVÉNEMENTS]

[Cahier 74. Dans cette ébauche, l'analyse des effets de la guerre passe du plan social au plan individuel. Comme les « idées » ne nous viennent pas de l'extérieur, mais d'un approfondissement de nous-mêmes, l'événement, si traumatisant soit-il, n'est perçu qu'en formules toutes faites par l'individu médiocre, et les journalistes sont responsables, qui véhiculent ces clichés. Le passage illustre « l'idéalisme » proustien tel qu'il sera amplement développé dans « L'Adoration perpétuelle ». Plusieurs éléments de ce brouillon seront placés dans la bouche de Charlus. La fin de l'ébauche a une tonalité plus sombre, destinée sans doute à corriger l'impression que pourrait donner une lecture de ce passage comme manifeste antipatriotique.]

Quand Saint-Loup me dit adieu (je ne peux pas retrouver où j'ai mis la conversation mais certainement elle est écrite et peut-être dans les petits cahiers Kirby Beard[1]. Avant cela ou après cela, il faudra dire : Les choses[a] continuaient et les gens étaient à peu près pareils, peut-être même était-ce les plus remarquables qui étaient le moins changés : car chez les plus médiocres le manque d'imagination pour se représenter les souffrances de la guerre était compensé par l'habitude de recevoir du dehors l'aliment de leur esprit et de proportionner en quelque sorte leurs pensées à la grandeur des événements. Les[b] événements ne peuvent pas créer des idées et leur amplitude extérieure n'augmente pas l'âme en nous. Ce sont toujours nos idées qui nous gouvernent. Les gens qui ne savent pas ce que c'est que l'âme peuvent croire qu'elle vous est apportée du dehors et qu'un homme médiocre devient plus grand, parce qu'il y a de grands événements, comme un asthmatique s'imagine que s'il ouvre la bouche dans une tempête la pureté de l'air marin va le rendre bien portant et qu'un vieillard qui couche avec une vierge s'imagine que de la jeunesse entre en lui tandis qu'il ne fait que précipiter sa décrépitude. Aussi les héros, quand ils voulaient exprimer les batailles qu'ils avaient vues, avaient-ils recours, chacun selon ses moyens, aux formules littéraires d'avant la guerre et parlaient de la « grande aurore », du souffle des ailes de la Victoire. Néanmoins Mme Verdurin continuait à donner ses dîners, seulement on n'y parlait que de la guerre et Cottard, haut dignitaire du service de santé, y venait dans un uniforme de médecin principal[c] qui faisait penser au costume de l'amiral débarqué à Tahiti, à l'Opéra-Comique dans *L'Île du Rêve*. Les gens d'esprit trouvaient les journaux mal faits et pour une fois j'étais comme eux. Car j'avais toujours été habitué à me mettre à la place des autres et à ne pas me juger trop personnellement moi-même. Or en temps de guerre soi-même c'est la patrie, et les autres les ennemis. Probablement si j'avais été allemand j'aurais plus souffert de la presse de mon pays. Mais même français celle du mien m'agaçait. *J'ai écrit ailleurs sur des journaux, le mettre ici. Y ajouter :* La naïveté des polémistes[a] les plus remarquables était telle que l'empereur d'Allemagne ayant dit : « Qui n'est pas pour moi est contre moi », une erreur[b] du texte fit croire à un célèbre journaliste que cette phrase était de M. Hanotaux[1] et s'appliquait à la France contre la Grèce. Le journaliste la trouva admirable et dit : « Voilà parler. » Elle résumait la violation des neutralités contre quoi ce journaliste s'élevait éloquemment chaque matin. Mais plus que de relever quotidiennement l'inexactitude des raisonnements et la banalité des formules, c'était le ton allègre des journaux qui désolait. Il tenait à ce que « pessimisme », qui est le nom des morales qui exigent[c] beaucoup de l'homme, devenait au contraire significatif de lâcheté. Mais comment, même s'agissant de l'Allemagne, en la voyant toujours invaincue[d], tenant toujours le même front, à Ostende, à Lamy[e], à Soissons, et sachant que malgré cela, inévitablement, dans un temps déterminé, elle serait obligée de reculer sur le Rhin, puis d'accepter les pires conditions, comment un Français réfléchi voyant cela n'aurait-il pas eu, à considérer son activité momentanée, sa vigueur inchangée en apparence, la forte impression, mêlée d'effroi et de respect, qu'on a à voir aller et venir, dîner en ville, voyager, une personne atteinte d'un cancer et dont on sait que malgré tous ces signes extérieurs qui ne signifient rien, dans deux ans plus tard elle sera morte ? Et d'autre part, pour changer le terme de la comparaison et l'Allemagne n'étant plus la malade, mais la maladie, en voyant son pays sauvé de l'assaut qui avait failli l'emporter, mais sachant que l'Allemagne se reformerait, que dans vingt ans[f], dans trente ans, elle recommencerait peut-être ce qu'elle avait manqué aujourd'hui, quel bon Français n'aurait pas considéré la France avec des larmes d'admiration et d'attendrissement, mais aussi avec l'inquiétude d'un fils qui, voyant sa mère sauvée d'une crise fatale grâce à sa nature, à sa vitalité, à son courage, à de puissants alliés comme sont les docteurs, se dit qu'il faudra être bien prudent, préserver cette vie qu'on a sentie si chère, prendre sans cesse des précautions contre un « retour » offensif du mal, ne pas fermer l'œil un instant ?

Esquisse VI

[LA PATRONNE ET LES MONDAINS ODETTE ET LES VERDURIN]

[Cahier 74. Ce texte, assez confus, contraste avec celui de l'Esquisse II.2 *en suggérant que la fierté de Mme Verdurin fait obstacle à l'ascension sociale de son salon. Odette, devenue « faubourg Saint-Germain » use du terme même de la Patronne, qui qualifiait autrefois d'ennuyeux les mondains qu'elle n'était pas en état de recevoir. On comparera ce fragment au texte définitif où, « pouvant avoir chez elle qui elle voulait », Mme Verdurin fait, sans succès, d'indirectes avances à Odette.]*

Capital : pour ajouter dans le cahier d'épreuves chez Gallimard quand je dis (quand je rencontre les Verdurin chez Odette) et que je dis (qu'ils sont longs à devenir chic). La qualité même du salon de Mme Verdurin et la fierté qu'elle en avait pouvait être une des causes de ce retard. Dans son orgueil elle ne voulait pas faire d'avances, elle restait inconnue, et les gens du monde n'aimant que ce qui se refuse à eux, c'est-à-dire ce qui en fait le semblant car pour que cela se refuse encore faut-il qu'ils en aient entendu parler, et ils n'entendent parler que de ce qui se met sans en avoir l'air sur leur chemin. Toute qualité professionnelle engendre un orgueil, le vrai médecin, le vrai artiste, ne s'embarrassant pas aux flagorneries de tels personnages qui sont néant dans leur profession et profitent d'ambulances, de vers de circonstances pour connaître des nobles. Il est vrai qu'un jour viendra où les nobles auront un fils intelligent, lequel aura une mère instruite, laquelle prendra connaissance. Alors elle haussera les épaules si on compare au snob des ambulances le vrai médecin inconnu des gens du monde, le vrai artiste. Elle saura que les Verdurin sont des gens bien et Odette une rien du tout. Mais ce temps est long à venir. Pendant ce temps le blé approvisionne sa nourriture sous ses téguments et ne s'en sert pas. *À propos d'Odette capital,* les femmes prennent si vite (et même les hommes, moi imitant la bouillie du parler de Swann) les modes qu'elles admirent (d'où fausseté des choux gras), qu'Odette prenant un air Faubourg Saint-Germain dira des Verdurin : « Ils ne sont ennuyeux que parce qu'ils ne connaissent pas les gens qu'on connaît. Sans cela ils ne sont pas plus ennuyeux que d'autres. Mais c'est toujours plus amusant de retrouver des amis », et quand on parlera de John de Crécy, comme ils ne sont pas aimables avec elle, elle dira qu'elle ne peut pas les voir parce que sa belle famille (elle fera semblant, comme pourrait le faire Mme de Faucompré[a1], que le premier mari est mort) est *[trois mots illisibles]* Crécy. Ce qui sera d'ailleurs vrai et un exemple tout différent des faux Briey et Bonneval plus chics que les vrais, bien que cette fois ce ne soit pas la même chose, mais cela met une joliété de plus.

Esquisse VII

[SAINT-LOUP ET SES CAMARADES DE DONCIÈRES]

[Nous donnons ici deux fragments du Cahier 74 qui font allusion aux camarades de Saint-Loup à Doncières. Le second fragment, plus développé, est un éloge de Saint-Loup ; éloge nuancé, mais qui met en évidence ses qualités Guermantes en les opposant à l'attitude de Bloch. Cette description est-elle une sorte de nécrologie anticipée ? On peut se le demander, si l'on note que le passage est introduit par cette note de régie : Quand Saint-Loup me dit adieu.*]*

Pendant la guerre dire : Les jeunes socialistes purent se rendre compte que les officiers nobles[b] comme ceux de Doncières que j'avais connus n'étaient nullement des aristocrates au sens hautain et jouisseur qu'ils donnaient à ce mot et virent à l'œuvre ce qu'il y avait de profond dans leur patriotisme. Tandis que ce même patriotisme les officiers nobles le rencontrèrent pleinement chez ces socialistes qu'ils avaient accusés, précisément pendant que j'étais à Doncières, en pleine affaire Dreyfus, d'être des sans-patrie. Le patriotisme des militaires aussi sincère *[une lacune]*

Dans son courage il y avait bien des choses et pas seulement celles qui inspiraient ses camarades de Doncières, ces jeunes gens épris de leur métier avec qui j'avais dîné chaque soir et dont tant se firent tuer à la bataille de la Marne ou ailleurs en entraînant leurs hommes. Sans doute Saint-Loup, comme eux, s'était habitué à développer en lui, comme la partie la plus vraie de lui-même, la recherche de la meilleure manœuvre en vue du plus grand succès de l'armée et de la France de sorte que, pour lui comme pour eux, la vie de son corps était quelque chose de relativement peu important qui devait facilement être sacrifié à cette partie intérieure qui depuis des années était chez eux vitale, le vrai noyau substantiel autour duquel la vie personnelle n'était qu'un épiderme, précieux en tant qu'il était protecteur de cela et seulement en cela. Dans le courage de Saint-Loup il y avait aussi des éléments plus caractéristiques et où on eût retrouvé aisément la générosité qui avait fait au début le charme de notre amitié ;

et aussi le vice héréditaire qu'on a vu s'éveiller plus tard chez lui. De sorte que dans sa mort, s'il devait mourir, on eût retrouvé les éléments que le lecteur a vus, en deux périodes bien différentes, constituer sa vie. Dans son courage il y avait d'abord cette double habitude de politesse qui d'une part le faisait louer les autres, mais pour soi-même bien faire et ne rien dire, au contraire d'un Bloch[a] qui disait : « Naturellement vous canneriez », et qui ne faisait rien ; qui d'autre part le poussait à tenir pour rien ce qui était à lui, sa fortune, son rang, sa vie même, à les donner. En un mot la vraie noblesse de sa nature. Mais tant de sources se confondent dans l'héroïsme, que le vice nouveau qui s'était déclaré en lui, et aussi la médiocrité intellectuelle qu'il n'avait pu dépasser y avaient leur part aussi. En prenant[b] les goûts de M. de Charlus, Robert s'était trouvé prendre aussi, sous une forme d'ailleurs fort différente, son idéal de virilité.

Esquisse VIII

[LA PREMIÈRE LETTRE DE SAINT-LOUP]

[Cahier 74. Dans ce fragment intitulé Pendant la guerre *, Saint-Loup justifie les expressions exaltantes des poilus, et s'opposant par avance à l'esthétique du « Temps Retrouvé », rêve que cette « épopée » trouve son écrivain.]*

Je n'eus pas le plaisir de voir se classer en une hiérarchie définitive les généraux[c] dont j'avais tant demandé pendant mon séjour à Doncières aux amis de Saint-Loup lesquels étaient vraiment supérieurs : Négrier *(le grand cavalier pieux et ami de Reinach, je ne puis me rappeler le nom)*, Dounorf[d1], Pau. Ceux qui se classèrent j'en avais à peine entendu parler par eux : Foch, Castelnau, Joffre, Pétain.

Saint-Loup m'écrit dans la même lettre où il me dira : *Nous voulons la victoire, une victoire juste, juste pour les Allemands* *(vérifier dans l'*Action Morale*[2]) il ajoute :* *Mon petit je reconnais que des mots comme : « passeront pas » ou « on les aura » ne sont pas agréables, ils me font aussi mal aux dents que « poilu » et le reste. Et sans doute c'est ennuyeux de construire une épopée sur des termes qui sont pis qu'une faute de grammaire ou une faute de goût, qui sont cette chose contradictoire et atroce, une affectation, une prétention vulgaires que nous détestons tellement comme par exemple les gens qui croient spirituel de dire « de la coco » pour « de la cocaïne ». Mais si tu voyais[e] tous ces ouvriers,* *ces petits commerçants, qui sans doute ne se doutaient pas <de> ce qu'ils recélaient en eux d'héroïsme et seraient morts dans leur lit sans l'avoir soupçonné, courir sous les balles pour secourir un camarade, mourir en souriant parce qu'on a pris la tranchée, tu saurais que l'épopée est tellement belle que les mots ne font plus rien. Rodin saurait faire un chef-d'œuvre avec une matière affreuse qu'on ne reconnaîtrait pas. Au contact permanent d'une telle grandeur « passeront pas*[a] *» et « poilu » sont déjà devenus pour moi quelque chose dont je ne me demande pas plus s'ils ont contenu à l'origine une plaisanterie que le mot « chouan » ou le mot « les rouges » — mais que je sais déjà grand, déjà prêt pour les grands poètes s'il en vient, comme les mots « déluge » ou « Christ » ou « Barbares » étaient pétris de grandeur avant que s'en saisissent Hugo, Vigny ou Leconte de Lisle. Impose-toi d'avance « poilu », mon cher petit, par amour des poilus, dis « passeront pas » et « on les aura » parce que c'est comme cela qu'ils disent et parce qu'ils peuvent le dire ceux qui font de ce dire immense avec leur vie, pense, avec leur vie, une réalité. Tu diras que nous n'avons pas beaucoup avancé mais il ne faut pas raisonner ça de loin. La victoire est une vérité qui se sait d'une façon instinctive comme la mort. Une armée sait qu'elle est victorieuse comme un mourant*[b] *sait qu'il est foutu.*

Esquisse IX

[DU PEU D'INFLUENCE DE LA GUERRE SUR LES PENSÉES]

[Ce long fragment du Cahier 74 était primitivement destiné à la lettre de Saint-Loup. Il reprend les réflexions déjà évoquées dans l'Esquisse III. Proust précise ici, à propos de la guerre, une des idées maîtresses du « Contre Sainte-Beuve » : que tout est dans l'impression, et non dans l'objet. Le passage annonce la méditation esthétique de « L'Adoration Perpétuelle ».]

Or, sans *[un mot illisible]* encore, ce que je remettais à plus tard, si à un autre point de vue, plus profond, de telles morts n'avaient pas un autre sens, cet aspect de la plus-value de l'œuvre par la mort héroïque de l'artiste, et aussi de la supériorité de ce trépas sur la vie, me paraissait terriblement frivole et superficiel. C'était en somme, appliquée à la mort, ce dont j'avais tant senti la fausseté dans toutes les circonstances de la vie, l'idée que la vérité[c] qui peut seulement être extraite par l'esprit et déposée dans l'œuvre, peut être fixée par la simple jouissance, qu'il existe une possession autre que spirituelle. Or la guerre elle-même montrait trop le contraire. Les lettres, les proses[d] de ceux qui étaient dans les tranchées ou en étaient revenus blessés, et qui eussent dû, si le fait était quelque chose, être classées automatiquement au-dessus des vers et des proses de ceux qui avaient vécu une vie médiocre, ne dépendaient nullement de la puissance des événements, mais du niveau esthétique où se trouvait l'auteur. Tel glorieux blessé écrivait les poèmes les plus stupides avec les images les plus démodées où il n'était question que de la grande aurore, de l'aube de la victoire[1], avec beaucoup de faits de prosodie, et pas une idée sentie bien qu'il fût en réalité un héros. D'autres — héros aussi mais d'intelligence supérieure — tenaient dans la tranchée un délicieux journal, mais exactement celui qu'ils eussent tenu ailleurs[a].

À la guerre ils apportent, ils opposent la culture qu'ils avaient ailleurs ; tout en faisant le guet ils notent *l'opposition à la Rembrandt de la lumière et de l'ombre dans le bois le Prêtre*[b2] qui leur rappelle telles toiles du Mauritshuis[3] *(vérifier le nom)*. Cette culture est d'ailleurs quelquefois celle des neutres : *J'ai pensé à cette page de* Jean-Christophe[4], ou d'ennemis : *Il me semble sentir la fraîcheur de l'adorable chœur des mariniers du premier acte de* Tristan. (Comme dans la salle des témoins au procès Zola, le colonel du Paty de Clam avait dû déposer contre Pierre Quillard qu'on venait de lui montrer et dont il savait les œuvres par cœur, récitant à haute voix en passant devant lui les premiers vers de *La Fille aux mains coupées* — fait authentique que je tiens de feu Pierre Quillard.) D'ailleurs ils appellent l'armée qu'ils voient « un panorama » et concluent en s'extasiant sur les bois : *C'est tout de même bien peu de chose en face de la nature qu'une guerre européenne* (point de vue évidemment peut-être dépassé, mais qui est supérieur tout de même à celui de tous les fils de banquiers qui n'ont d'autre pensée que celle des événements extérieurs, passant tout petits dans la vie courante, et dès qu'ils lisent dans les journaux qu'il y a des millions d'hommes en présence croient qu'il se lève[c] une ère de poètes épiques, et sentent en eux une formidable transformation opérée « par les jours prodigieux que nous vivons »). Je ne sais ce que Saint-Loup aurait pu tirer de sa vie, et s'il n'aurait dû en tirer que des jouissances, celles qui ont précédé sa mort sont plus profondes et plus belles. Mais pour certains la vie est le seul moyen, le seul laboratoire où réaliser certaines expériences de vérité dont le résultat — un chef-d'œuvre — survivra à celui qui l'a obtenu, est plus important que sa vie, mais a pourtant besoin de celle-ci pour être obtenu. Certes les gens frivoles pensent que la balance est égale entre un homme qui a une belle maison, des habits singuliers, de nobles amitiés, qui laisse une belle image de lui-même, et l'écrivain médiocrement vêtu, locataire d'un petit appartement bourgeois et qui fait son œuvre. Mais c'est parce qu'ils ne comprennent pas en quoi consiste l'essence de la vérité. Or une « belle » mort, n'est-ce qu'un cadre de plus, plus noble qu'une « belle » vie, mais inexistant pour l'artiste qui avait sa vérité à trouver ? Une vie curieuse, cela plaît aux contemporains, et même à ces critiques de la postérité qui sont frivoles comme ces contemporains, et tiennent compte de l'homme, de l'homme à moustache que j'avais vu en Bergotte, au lieu de ne s'occuper que du divin vieillard. C'est le divertissement dépravé qu'on trouve dans les *Lundis* de Sainte-Beuve[1]. Pour Barrès il a été légitime que, comme tous les grands écrivains, la guerre lui fût aussi (entre autres choses) un nouveau motif pour ce qui occupait sa rêverie depuis quelque temps. Comme Kipling a fait de la forêt d'Argonne[2] une espèce de jungle, où le Boche est différencié des alliés de la même manière que les singes le sont de Bagheera la panthère[3], et Wells de la guerre une machine à explorer le temps à venir et un prétexte à anticipations, pour Barrès elle a été une occasion à développer des rêves sur la chevalerie, sur le chevalier et *[une lacune]* et les plus hautes puissances spirituelles dans le ciel vide de Lorraine et à y peindre des Grecs, des enterrements du comte d'Orgaz avec les dieux en haut et la mort en bas, et des amitiés françaises. Et en cela il a montré la continuité de son génie, auquel le génie de la France, et peut-être même le destin, se sont en partie conformés. Mais peut-être pourtant un certain excès de douceur y vient-il d'un certain excès de dureté dans la première partie de sa vie. Car quand on prend l'habitude de ne pas être, par passion politique, d'une absolue sincérité avec soi-même, de même quand ce n'est plus la haine qui nous inspire, croit-on trop facilement à la haute spiritualité d'un clocher qui n'abrite plus rien, que l'œuvre de Racine vaut forcément mieux que celle d'un moderne qui l'égalerait, à cause « de toutes les nobles âmes qui ont depuis passé par là » et que la prose d'un médiocre écrivain tombé en héros acquiert désormais une beauté magistrale.

Ces héros avaient beau voir des choses extraordinaires, quand leur esprit était banal, ils écrivaient sur des choses vraies des pages fausses. Ce qu'ils avaient en apparence vécu — fût-ce cette chose si touchante, la mort d'un ami ou d'un fils —, ils n'en avaient nullement dégagé la vérité. Seuls les esprits incapables de dégager cette vérité trouveront qu'il y a là de la « sensibilité ». Les phrases de l'écrivain, « mon pauvre petit est couché maintenant là-bas, dans le grand silence », ont leur cause efficiente <non pas> dans le fait lui-même mais dans une littérature antérieure à ces événements que l'auteur dans sa naïveté, son incapacité à être sévère pour soi-même (qu'on eût pu discerner dans sa conversation, dans ses expressions toutes faites ou inutiles : « Elle est très petite chapelle ». « L'équipe politique de ces dix dernières années ») ne reconnaît pas ; il croit parce qu'il adopte une forme — « ne faisons pas de la littérature » — que ce qu'il écrit est de la vie, alors que c'est au contraire une des formes les plus banales d'une littérature antérieure que de rejeter très loin la littérature. De sorte que les pensées sont très peu transformées par un événement comme la guerre, c'est-à-dire un événement collectif auquel la pensée participe plutôt par imitation, par contagion de sentiments peu approfondis et peu personnels.

Dire plus brièvement dans un grand tableau : ils croyaient parler de leurs campagnes, mais leurs paroles procédaient non des événements qu'ils avaient vus et dont ils n'avaient pas su dégager la vérité mais d'une littérature antérieure à eux, d'une littérature qu'ils croyaient <plus> que la vie parce qu'elle affectait de négliger le style.

Esquisse X

[LA VISITE DE SAINT-LOUP VENU DU FRONT]

[Proust a songé à incorporer à la visite de Saint-Loup des réflexions sur les blessés revenus du front, inspirées par un projet abandonné sur la guerre des Boers, dont on trouve trace dans le Carnet 3, et par des blessés anglais vus lors de son voyage à Cabourg en 1914. Nous donnons le fragment du Carnet 3, et deux fragments du Cahier 74.

X.1

Cependant une force centrifuge portait[a] aussi loin que possible la ligne terminable, humaine de l'Angleterre, jusqu'au Cap ; dans le vide de beaucoup de cités anglaises les hommes en état de servir étaient partis, il restait une population composée presque entièrement de vieillards et d'une tendre adolescence. Et la seconde que rien n'empêchait plus de distinguer dans les rues vides charmait les premiers devant qui semblaient défiler tous les jeunes gens[b] et toutes les jeunes filles que d'habitude on poursuit, confondus dans la foule. *Je mettrai plutôt cela à Paris avec Françoise et je dirai dans mes conversations militaires dans la petite ville[1] :* Des blessés anglais s'étaient arrêtés dans la petite ville avant d'être dirigés sur Calais. Ne flottait pas[c] autour d'eux l'atmosphère glorieuse qu'on imagine autour des combattants mais l'air minable et l'odeur de pharmacie qu'on trouve dans une salle d'hôpital ; car les blessés sont des malades. Ceux-ci parlaient peu, concentrés sur eux-mêmes par la fatigue, même quand ils fumaient[a] leur cigare. On avait peine à comprendre qu'ils pussent, tout en parlant légèrement et en comptant leur pas, avoir l'air en somme si peu souffrants après avoir assisté à des combats d'où il semble au lecteur des journaux qu'on sort sain et sauf et glorieux, si l'on n'y tombe foudroyé, et comment on a pu vivre sous une pluie de balles, en avoir reçu et n'avoir qu'une[b] certaine gêne dans les mouvements quand il faut se lever pour aller à la ville. On ne comprenait pas par quelles coulisses, par quels portails de théâtre ils avaient pu sortir des combats historiques de Bloemfontein[1] et de X pour venir ici approchables[c] par nous, maniables, noircis, comme les pierres qu'on ramasse près de soi mais qui nous parlent des cataclysmes titaniques[d] auxquels elles ont assisté et par lesquelles elles ont été retournées.

X.2

*Capitalissime, issime, issime. À la première permission de Saint-Loup, celle où je le rencontre allant à l'hôtel de Jupien où il perd sa croix de guerre, je mettrai tout ce qui doit être écrit à propos des gens qui viennent de la guerre du Transvaal, reliques, etc., que m'avaient inspiré les blessés de Cabourg venant de la Marne et qui sera mieux là que pour l'inutile Transvaal. Et j'y ajouterai ou plutôt me demanderai (cela ne le terminera pas) :

(Je viens d'apercevoir Saint-Loup)* Je l'approchai avec ce sentiment de timidité religieuse, avec cette impression de surnaturel <qu'on éprouve> quand on est introduit près d'une personne <atteinte d'> un mal mortel et qui cependant marche encore. Il semblait presque qu'il y eût quelque chose de cruel dans ces « permissions » qu'on donne aux combattants et qui parurent toutes naturelles parce que l'habitude retire aux choses que nous avons faites plusieurs fois (comme au permissionnaire) la racine d'impressions et de pensées qui leur donne leur sens réel. Mais aux premières on se dit : « Ils ne voudront pas repartir, ils déserteront. » *Suivre au verso suivant.*

Tel j'abordai Robert qui levait difficilement un bras et avait encore au front une cicatrice, plus auguste et plus mystérieuse pour moi que celle que le pied d'un géant eût laissé sur la terre. Et je n'osais pas l'interroger et il ne me dit que de simples paroles. *Il pourra dire ce que R***[2] m'a dit de Vauquois[3] et son portrait de Gouraud[4], de Sarrail, et mettre dans la bouche d'un officier que j'aurai connu à Doncières les propos du capitaine Coradin[5].

Et Saint-Loup me fera l'éloge de Pétain qui a créé la guerre de cette guerre[1] quand je lui demanderai les classifications de mérites.*

Esquisse XI

[LA BEAUTÉ D'UN VOL D'AVION]

[Cahier 49. Cette scène provient d'une ébauche de 1909 où le héros assiste à une représentation de « La Walkyrie ».]

Bientôt j'éprouvai à voir ces phrases merveilleusement construites, équilibrées et puissantes, la même impression que j'avais eue un jour à voir au-dessus d'une fenêtre à Querqueville des aéroplanes qui passaient dans le ciel, en s'élevant de plus en plus, faire servir leur technique terrestre et leur armature de métal à s'élever au-dessus de la terre, et s'avancer avec certitude, et d'aplomb au-dessus des champs de fleurs, au-dessus de la mer, se frayant dans l'air des routes aussi résistantes que le sol, et tout d'un coup remontant d'un coup de leur aile d'acier vers le ciel comme si c'était la patrie d'où elles étaient venues et où elles retournaient[2].

Esquisse XII

[M. DE CHARLUS PENDANT LA GUERRE]

[Cahiers 60 et 74. Cette Esquisse trace un portrait de M. de Charlus pendant la guerre : son défaitisme, son déclin social, l'injustice dont il est victime quand Morel écrit ses articles diffamatoires.]

XII.1

Quand M. de Charlus me dit[3] : « Nous avons gagné la guerre mais nous ne gagnerons pas la paix », je lui parle de la noble intervention qui avait été révélée du prince de Parme[4]. Je croyais lui faire plaisir. Ce fut tout le contraire. « Mon malheureux neveu

Sixte : il a détruit son pays, il a détruit la France, car vous savez que tout cela n'est pas fini, il a détruit l'Europe puisque les Jaunes vont venir. Regardez comme j'ai toujours eu raison, mon autre neveu, votre ami, Robert de Saint-Loup, ne nous trouvait pas assez généreux envers l'Italie, et elle se montre chaque jour plus gourmande, jusqu'à ce qu'elle éclate comme la grenouille de la fable. Encore, lui, était-il logique avec lui-même, il était contre la tradition, il croyait qu'on peut abattre la papauté, que l'Angleterre laissera<it> l'Italie régner sur la Méditerranée. Voyez l'affaire de Fiume[1]. Mais Sixte et Xavier étaient dans une certaine mesure imprégnés de tradition. Or ces malheureux ont fait le malheur de leur pays, du nôtre, du monde entier. Je l'ai répété dix fois à Sixte : "Si tu veux arriver à quelque chose, les deux seuls hommes avec qui tu dois éviter de causer, c'est Lloyd George[2] et Clemenceau. C'est au roi d'Angleterre[3] que tu dois écrire, et encore ne lui écris pas directement, remets ta lettre à lord Lansdowne[4]. Sinon tu verras les choses épouvantables qui se passeront." Elles se sont passées, hélas, et continuement. Le marquis de Castellane[5] qui selon moi est le grand cerveau diplomatique de notre époque, l'homme le plus utile, dans le sens le plus élevé du mot, et qui aura été le plus inutilisé, aime à rappeler cette parole de son grand-oncle, le prince de Talleyrand. "Pour que l'Europe subsiste, il faut que la France et l'Angleterre soient unies comme le cheval et le cavalier. Seulement il faut que la France prenne garde de ne pas être le cheval." Et Castellane d'ajouter : "J'ai bien peur que la France ait oublié le précepte de Talleyrand et qu'elle ait été le cheval, peut-être pis, la bourrique." »

Avant cela Jupien m'avait dit : « Il faut qu'il se repose car il doit partir pour Prague voir le jeune empereur d'Autriche[6] qui l'a fait demander pour avoir ses conseils. »

XII.2

Les gens du monde s'étaient désengoués de M. de Charlus, sans l'avoir compris. Ils n'avaient pas atteint jusqu'à lui et le croyaient maintenant au-dessous d'eux. Mme de Saint-Euverte, qui d'ailleurs n'avait pas d'intérêt à le voir maintenant qu'il était volontairement brouillé avec tous les gens bien, le déclarait démodé, voué à des raffinements d'art que l'affaire Dreyfus avait dissipés, comme on avait déjà dit que le Panama l'avait fait. Ensuite ce fut la guerre. M. de Charlus fut déclaré avant-guerre. *Dire que M. de Charlus quand il ne voit plus que Jupien est dans la lignée du prince d'Harcourt, de M. de La Rochefoucauld, du duc du Maine[7].*

Capital quand je dirai que Charley écrit des articles sur M. de Charlus intitulés : « Les Vieux Jours de la Baronne ». C'était d'autant plus coupable que quelles qu'eussent été les relations de Charley avec le baron, celui-ci lui avait toujours témoigné d'une telle bonté, d'une telle générosité, d'une telle délicatesse, avec de tels scrupules de ne pas manquer à sa parole, qu'en le quittant l'idée que Charlie avait emportée de lui n'était nullement l'idée d'un homme vicieux (tout au plus considérait-il le vice du baron comme une maladie), mais d'un saint, d'un homme aux idées les plus élevées que ce qu'il avait jamais connu. Il ne s'en cachait pas, disait à des parents : « Vous pouvez lui confier votre fils, il ne peut avoir sur lui que la meilleure influence. » Aussi, quand il cherchait par ses articles à le peiner, à le faire souffrir, à le bafouer, à le déshonorer, ce n'est pas dans sa pensée le vice qu'il bafouait, c'était la vertu.

Esquisse XIII

[PROPOS ULTÉRIEUREMENT ATTRIBUÉS À M. DE CHARLUS]

[Cahiers 74 et 55. Ces considérations du narrateur deviendront, dans la rédaction finale, celles de Charlus.]

XIII.1

Capital. Pendant la guerre M. de Cambremer dira en parlant des Allemands d'un ton à la fois plein d'ironie, de mépris et de sécurité : « Ils manquent de psychologie[a]. »

À vrai dire jusque-là la psychologie ne paraissait pas avoir été la préoccupation spéciale de M. de Cambremer. Souvent sa femme prononçait ce mot, mais au milieu de beaucoup d'autres qu'il ne comprenait pas, de sorte qu'il avait cru que c'était une chose sans intérêt et qu'il avait cru inutile d'approfondir. Mais depuis que son journal lui avait appris que les Boches en manquaient, il avait vu là une preuve qu'on les aurait assez vite, et comme il se réjouissait également qu'ils manquassent de ces autres choses, il imaginait la psychologie comme quelque chose du même ordre que les pommes de terre, les hommes et le cuivre.

Ajouter à ces choses que l'idée que comme disait Zola il y a plus de poésie dans l'appartement d'un petit bourgeois que dans le décor vermoulu des palais historiques, ou comme Degas que « Jupiter est dans la rue[1] » *(vérifier)* cette idée qui ne fut jamais comprise du public mais conservée par lui il l'adapta à la guerre. Dès lors si on avait trouvé ridicule Goncourt préférant le moderne à l'antique *(dire un nom : Houdon, Diderot, Watteau, voir)* on passa son temps à dire : « Qu'est-ce que les Thermopyles[2] à côté de Carency[a3], Austerlitz à côté de la bataille de la Marne ? » Et cette fois le public comprit car il sentait non la grandeur de l'art mais l'énormité de la guerre, les petits esprits qui ne trouvaient pas leur grandeur en eux-mêmes étaient opprimés par les grands événements qui leur apportaient la grandeur du dehors. D'ailleurs des gens qui semblaient heureux toute la journée disaient qu'ils ne pourraient pas aller jusqu'au bout de la guerre et en effet mouraient au milieu d'elle, mouraient, disait-on, d'elle.

*Quand je cite les mots (le passage est écrit et peut-être plusieurs fois), « chiffon de papier », « Kultur », etc., je ferais mieux au lieu des journaux de le faire dire par des gens, par exemple : « chiffon de papier » avec émotion par Norpois, « Kultur », trois minutes en retard par *[un mot illisible]*, et M. de Cambremer dira : « Ah oui, la fameuse kultur qui fait fusiller les prêtres et les enfants. Dame, on est kolossal ou on ne l'est pas. » Il faudra dire : *Ces gens — comme tout le monde du reste — ne pouvaient avoir d'opinion que celle du journal qu'ils avaient lu. Mais par orgueil et manque de sens critique ils croyaient que c'était une opinion qu'ils avaient personnellement formée. Ainsi Mme Verdurin disait-elle après une seconde d'hésitation et comme si elle était en train de former décidément son jugement : « Je ne crois pas qu'ils prendront Varsovie », ou « ce que je ne voudrais pas c'est une paix boîteuse », ou « j'estime qu'on pourra percer ».

Quand la guerre approcha[b] de sa fin, M. de Norpois écrivit un article très remarquable et qui découvrit le véritable homme d'État. Tous les journaux en citèrent les passages les plus frappants. Je n'avais guère fait de progrès depuis le jour où il avait dîné chez mes parents car il disait, avec la dernière énergie, qu'il ne fallait pas se contenter d'une paix boiteuse ; cette expression fut relevée entre guillemets dans les leaders du *Temps*, des *Débats*. Or ces journaux ne pouvaient ignorer qu'une telle expression n'était nullement de M. de Norpois puisqu'eux-mêmes l'employaient tous les jours et d'ailleurs tout le monde. Non, ils jugeaient M. de Norpois comme lui jugeait M. de Vaugoubert, il lui faisait un mérite non d'avoir trouvé une expression (mérite qu'il reconnaissait pourtant quelquefois par exemple au roi

Théodose) mais d'avoir accompli l'acte d'employer une expression qui d'ailleurs n'était pas de lui. Ce fut ainsi qu'on trouva fort à propos qu'il eût parlé du « mordant de nos troupes », de « c'est ainsi, vous dis-je », des « empires de proie » qu'il eût cité le proverbe japonais : « La victoire appartient à celui qui sait souffrir un quart d'heure de plus que l'autre », proverbe qui dans le *Journal des débats*, *Le Temps* avait relevé[a] pour l'usage quotidien : « Celui qui sème le vent récolte la tempête », lequel avait lui-même pris la place de : « Les chiens aboient la caravane passe » après que celui-ci eut poursuivi une brillante carrière. Enfin on admira beaucoup l'énergie avec laquelle, parlant du traité que nous offrait l'Allemagne, il eût dit : « Pour nous ce ne sera pas simple chiffon de papier ! » *Plutôt mettre cela en conversation, on l'écoutera avec admiration,* toutes ces expressions étaient connues, il parlait dans une langue qu'on comprenait ; après « chiffon de papier », après « paix boiteuse » dits avec la dernière énergie, il se retournait d'un air d'autorité[b] vers l'interlocuteur émerveillé.

XIII.2

Comme les diverses fractions de l'opinion publique avaient été réunies en deux blocs, au moment de l'affaire Dreyfus, parce que les journaux n'exprimaient plus que deux opinions, elle fut réunie en un seul parce qu'ils n'en exprimèrent plus qu'une. Il en fut ainsi dans tous les pays, les socialistes eux-mêmes, allemands, anglais, français, comprenant que la cause de leur pays était juste, renoncèrent à leurs opinions séparatistes et marchèrent résolument sous le drapeau du gouvernement. Le rôle de l'Allemagne n'apparaissant pas clairement au début, la colère des français se porta au complet contre l'Autriche et François-Joseph que, sans aucune espèce de raison plausible, le grand nombre des années qu'il avait vécues, le nombre beaucoup plus grand d'années qu'avait duré son règne, les nombreux malheurs qui s'étaient produits autour de lui et qu'il semblait pourtant avoir peu ressentis, avait fait considérer comme un être auguste et vénérable, devint du jour au lendemain un fourbe sanguinaire. Même changement d'état produit quelques années plus tôt pour Édouard VII considéré comme *vivant* sans scrupule, criblé de dettes, tricheur etc. et passé brusquement grande âme et noble cœur. En réalité personne n'en savait rien. Mais les journaux *[interrompu]*

XIII.3

À[a] propos de la guerre, dire que chaque fois qu'il arrive ce qu'on croit un événement, non seulement on croit la littérature, la philosophie, l'art qu'on n'aimait pas réfutés à jamais (« avant la guerre on était volontiers sceptique » etc.), de même les gens qui avaient été compromis dans le camp adverse étaient de ces gens qu'on voyait « avec une certaine méfiance, dans des milieux interlopes où l'estime était facile ». Ils disaient : « On disait le prince d'Oettingen[1], sans savoir que c'était *tout simplement le Furst* von Oettingen[b]. Cela tient à ce que le journaliste qui croit aisément que le monde est bouleversé ne connaît en réalité ni la musique, ni la littérature, ni la philosophie, et peut croire que celles dont il parle n'étaient que snobisme, et que l'on commençait à s'enthousiasmer au moment où on cessait de comprendre. Faiblesse politique que d'admirer Wagner ! Cela[c] tenait aussi à ce que le journaliste ne savait rien du monde. Il aurait su que d'excellentes familles françaises ont des titres allemands, que le prince de Guermantes était Furst von Guermantes et le duc de Blacas Furst von Blacas. Les lecteurs du journal se disaient : « Quels aventuriers on recevait. » La duchesse de Guermantes ou M. de Charlus, qui au contraire savaient, devaient être aussi étonnés d'entendre parler du prince d'Oettingen comme d'« aventurier de ce monde délicieux et inquiétant qui avoisinait la Bourse et les coulisses de l'Opéra » que M. d'Indy qu'on applaudissait *Parsifal* par désir d'effacer le traité de Francfort[2].

Peut-être *(là ou ailleurs mais très bien dans une sorte de parenthèse)* il sera un jour prouvé que l'Allemagne, et plus tard la Bulgarie, ne voulaient pas simplement obtenir beaucoup de nous par la menace d'une guerre qu'elles ne croyaient pas faire, mais voulaient au contraire la guerre. Leur attitude en tout cas ne suffit pas à le décider. Car on sait — on a vu dans ce livre même dans mes relations avec Albertine[d] — avec quelle persévérance, quelle cruauté envers l'adversaire, envers soi-même, quelle force d'inertie, quel prolongement indéfini dans la feinte, toujours en espérant qu'elle réussisse, mais qui peut aller jusqu'à la mort pour ne pas se démentir, on persiste, on exagère, pour plus de vraisemblance, dans une attitude qui est le contraire de ce qu'on veut, et de ce qu'on espère qui sera. Si le dénouement arrive quelquefois assez vite dans les passions, il n'y a pas de dénouement pour les caractères. Presque tous les gens que nous connaissons sont figés à jamais dans une attitude de dédain du monde, de mépris de l'argent, d'incapacité à être jaloux, d'indifférence à l'influence, à l'autorité, de peu d'attachement à leurs habitudes, à leur vie, qui représente exactement le contraire de ce qu'ils pensent réellement[3].

Esquisse XIV
[M. DE CHARLUS EXALTE L'ALLEMAGNE]

[Cahier 74. La note de régie nous montre le rôle dévolu à M. de Charlus : être le porte-parole de réflexions qui, émanant du narrateur, auraient fait scandale à l'époque. Suit un exemple de la germanophilie du baron.]

*Tous les arguments en faveur[a] de l'Allemagne qu'il y a dans le chapitre de la guerre, au lieu d'être présentés objectivement, devront plutôt être présentés par M. de Charlus, type du « pessimiste » et en causant avec moi. Dans cette conversation exaltant l'Allemagne il dira : *« Ce sont des gens forts, sains, ne pensant qu'à leur pays, tandis que nous nous sommes abîmés dans le dilettantisme. » Ce mot signifiait probablement pour M. de Charlus quelque chose d'analogue à « littérature » car aussitôt se rappelant sans doute que je l'aimais et voulais en faire, me tapant sur l'épaule comme <pour> adoucir le reproche, il me dit : « Oui, nous tous, vous aussi, vous pouvez faire comme moi votre *mea culpa*, nous avons été trop dilettantes. » Par surprise du reproche, manque d'esprit de répartie, déférence envers mon interlocuteur et attendrissement de sa bonté, je répondis comme si je m'étais frappé la poitrine : « Oui je le reconnais parfaitement », réponse qui après coup me parut stupide car je n'avais pas à me reprocher l'ombre du dilettantisme.

Esquisse XV
[LA MORT DE M. VERDURIN]

[Ce fragment du Cahier 74 rappelle que M. Verdurin a été un remarquable critique d'art, comme l'a révélé au début du « Temps Retrouvé », le « Journal » des Goncourt.]

Quand M. Verdurin meurt[b], Elstir est affligé.

C'est que si j'avais moi étudié son œuvre à un point de vue plus absolu, lui la reliait superstitieusement à la société qui lui avait servi de modèle, et après s'être cliniquement transformée en lui en œuvre d'art, lui avait ensuite servi de public, de spectateurs. Avec M. Verdurin il voyait disparaître bien plus qu'un peu du cadre périssable où un art s'affirme, qui est sa vérité et sa preuve, mais les meilleurs des yeux, le plus juste des cerveaux qui avaient aimé sa peinture, où elle résidait en quelque sorte. C'était comme un peu de sa beauté à elle qui avec son admiration à lui disparaissait. Des jeunes gens sans doute avaient surgi qui aimaient la peinture, mais une autre peinture, qui n'avaient pas comme Swann (ou M. Verdurin) reçu des leçons de goût de Whistler, de vérité de Monet et qui se servaient de ces préceptes pour juger Elstir avec justice. Il se sentait plus seul.

Esquisse XVI

[BRICHOT, NORPOIS ET BERGOTTE JOURNALISTES]

[Cahier 74. L'importance que Proust accorde, tout au long de « À la recherche du temps perdu » au langage de ses personnages vise plus particulièrement, ici, Norpois et Brichot, devenus journalistes pendant la guerre.]

À propos de la guerre, Brichot a le tort de faire toujours des figures de rhétorique qui ne peuvent pas correspondre à une réalité ; comme d'autre part il avait pris l'habitude de cet explétif : « Remarquez bien que je ne dis pas mais que je dis », quand les deux manies verbales coïncidaient, son sentiment avait beau être vrai et chaleureusement patriotique, il sonnait faux. Et je donnerai comme exemple : « Depuis Louvain[1], il n'y a pas un seul Allemand — notez que je n'ai pas dit : "Il n'y a pas beaucoup d'Allemands", j'ai dit : "Il n'y a pas un seul Allemand" —, qui à la promenade puisse regarder en face la statue de Goethe. » Cette impossibilité déjà assez purement verbale par elle-même — car il est peu probable que ce soit en n'osant pas regarder la statue de Goethe que les Allemands ayant gardé du sens moral expriment leur horreur pour l'incendie de Louvain — devenait une absurdité quand elle était appliquée à tous les Allemands *sans une seule exception*.

Sur les articles de M. de Norpois : « C'est[a] une grande, une très grande sottise, il n'y a peut-être pas de beaucoup plus grande sottise. »

Ce n'est pas d'ailleurs[b] que M. de Norpois fît de l'histoire un drame tout abstrait. Il avait une assez riche provision d'images, un magasin d'accessoires parmi lesquels servaient à diverses fins un « roue de la Fortune », qui était toujours « prête à tourner », des « dés » qui allaient « être jetés ». On voyait briller fort longtemps d'avance « l'aube de la victoire ». Les peuples dont il racontait les guerres étaient souvent placés devant un « fleuve », ce qui est considéré par les historiens militaires comme une bonne défense. Mais ce n'était pas dans un but stratégique, ni même par une précision géographique, qu'il en usait. Car ce fleuve, loin de s'abriter derrière lui, il fallait le « passer », et quel que fût le pays où il coulait, il s'appelait « le Rubicon ». Enfin M. de Norpois ne craignait pas d'invoquer, non pas Dieu, mais les dieux, et quelquefois un seul en disant : « Mais où donc, par Jupiter ! », ou bien : « Mais où donc, justes dieux ! »

Peut-être[a] plus bref : il y avait toujours (tout prêts à tourner, à luire, à être jetés, à être passé) une roue de la Fortune, une aube de la victoire, des dés, le Rubicon.

Cottard pendant la guerre dira tout aussi bien qu'un autre, car s'il s'était fait si bien expliquer le sens des expressions c'était pour s'en servir : « Les boches ont subi des pertes plutôt "sévères" », ou : « On dirait qu'il y a un peu de "friction" avec la Suède[1]. » Et sa légère hésitation, son demi-sourire ne faisaient même pas mal en donnant l'équivalent des guillemets, bien nécessaires pour ces expressions en réalité si peu françaises.

Esquisse XVII

[LES DEUX CAMPS ENNEMIS PARLENT LE MÊME LANGAGE]

[Cahier 74. Les Français et les Allemands — tout comme ils poursuivent un même dessein —, en toute bonne foi, utilisent les mêmes expressions.]

La victoire semblant maintenant refusée à l'Allemagne et promise à la France, la première voulait hâter la paix et la seconde la retarder. Chaque peuple disait qu'il luttait pour l'existence et voulait une paix qui le garantît contre toute agression, et pour la première proposition cela était vrai, la France ne cachait pas le dessein qu'elle avait d'anéantir l'Allemagne, et l'Allemagne ayant caché, mais n'ayant pas poursuivi, le dessein d'anéantir la France. Quant à l'agression, chaque peuple, sinon chaque gouvernement, s'en croyait victime, d'où partout l'union des partis et la bravoure des armées. Le langage de la France ne devait pas sembler déraisonnable à l'Allemagne, puisqu'elle se hâta de le lui emprunter ; d'ailleurs si l'Allemagne le lui empruntait, c'était souvent avec sincérité, et en appliquant aux conditions du temps des idées qu'elle croyait originales. Les grandes associations[a] industrielles d'Allemagne adressaient au chancelier des mémoires, où elles déduisaient[b], pour éviter à l'Allemagne les perpétuelles volontés de revanche de la France, la nécessité de posséder Verdun et Belfort, des raisons analogues à celles de Barrès pour Mayence et la ligne du Rhin, comme, d'ailleurs, les raisons de Barrès disant que la cathédrale de Reims nous était moins chère que la vie de nos fantassins, c'est la même que celle du général allemand disant que la cathédrale de Reims lui était moins chère que les soldats allemands. De sorte que tout le monde non seulement faisait la même chose, mais disait la même chose, et qu'on aurait pu mettre dans la bouche de M. Poincaré les paroles de l'empereur Guillaume : « Nous <nous> battrons contre un ennemi implacable et cruel jusqu'à ce que nous ayons obtenu une paix qui nous garantisse à l'avenir de toute agression », sans que personne se fût aperçu de l'interpolation.

Esquisse XVIII

[DU FONDEMENT DES OPINIONS DE BERGOTTE SUR LE CONFLIT]

[Cahier 55. Où l'on voit combien les goûts artistiques déterminent les réactions de Bergotte vis-à-vis de la guerre.]

Il *(Bergotte, de façon que ce soit presque une parenthèse)* faisait chaque jour dans un grand journal des articles sur la guerre, prétendant sacrifier une inspiration qui en réalité commençait à lui faire défaut, à un devoir de citoyen qui lui était un excellent prétexte. On lui demandait d'en dégager la philosophie[c]. Il le faisait. Il le faisait malaisément. Si la France avait eu la guerre avec la Russie, la tâche lui eût été plus facile. La corruption et le goût barbares des Ballets russes qu'il appelait des divertissements de nègre incompréhensibles à un latin, l'antimilitarisme de Tolstoï, l'incohérence des personnages de Dostoïevski, déments criminels dans la société desquels on ne vit pas impunément, tout cela exposé chez nous par une réclame effrénée tandis que nous laissions millions sur millions notre épargne prendre le chemin de la Russie, c'était des idées qui étaient chères à son goût exquis mais c'était ce qui eût[d] nourri d'un thème solide des articles vengeurs. La Suède lui eût fourni Ibsen, l'Italie même d'Annunzio, mais le malheur, comme du reste ç'avait été de tout temps la probabilité, voulait que nous eussions la guerre avec l'Allemagne qui n'a pas fourni une seule direction importante à la littérature contemporaine. Bergotte ne savait pas le nom d'un seul de ses écrivains, sauf Strinberg qui d'ailleurs est scandinave. Il aurait pu les apprendre. Mais il savait que son public ne les connaissait pas.

Esquisse XIX

[M. DE CHARLUS ET PARIS EN GUERRE]

[Ce texte du Carnet 3, non repris par Proust, est une des rares ébauches que nous connaissions de la déambulation nocturne de M. de Charlus et du héros lors de son second retour à Paris durant la guerre.]

Ne pas oublier dans le Paris de la guerre que M. de Charlus me dit[a] : « N'est-ce pas c'est amusant ce Paris fort exotique où se pressent les soldats de tous les pays, même des Africains à jupes culottes rouges, des Asiatiques à turban. "Comme dans le bigarrement d'un tableau de Carpaccio", aurait dit le pauvre Swann, car vous le savez moi je vis en dehors des choses, au-dessus, je vois tout cela à un point de vue artiste. Si je regarde tous ces Sénégalais, c'est comme ferait un peintre... Ils ont les couleurs de personnages de Decamps ou de Delacroix et souvent une jeune figure d'odalisque d'Ingres. » Mais si le désir d'expliquer *[un mot illisible]* sa vie dictait le commencement de ses phrases, c'était plutôt le besoin de se confier ou de faire rire qui les terminait. Aussi murmura-t-il comme s'il se parlait à lui-même et ne voulait pas, mais en même temps paraissait prendre grand soin que j'entendisse : « Il me semble pourtant me rappeler qu'il y a un de ces bougres-là qui m'a fait dernièrement chanter. » Et sur une dernière pirouette : « Qu'est-ce que je dis, ne tenez pas compte de cette dernière phrase, ce n'est pas une confidence, c'est une citation. Ah ! mon petit ami, comme disait le pauvre Swann : "Comme la vie est intéressante !" Cela n'empêche pas d'ailleurs que ce Paris, "ville sans réalité" où on dirait que passe dessus le combat de saint Georges ou l'arrivée de sainte Ursule[1], est bien pittoresque avec sa réunion d'uniformes de toutes les couleurs. Il faut aimer la beauté sous toutes ses formes. » Et quelques heures plus tard comme on éteint la lumière à cause des zeppelins, Paris n'est-il pas une sorte de Stamboul de Loti[1] où on ne peut deviner dans l'ombre, les femmes cachées comme des femmes turques, à leur balcon pas éclairé. C'est une cause de mécomptes car dans cette nuit noire à peine éclairée de la scintillation d'une lampe voilée on croit deviner le mystère d'une Aziyadé qui regarde dans l'ombre et ce[a] n'est que Nadame Verdurin. Mais dans cette nuit que de jolis uniformes bleu ciel, de rencontres qui dans cette nuit ont l'air de se passer loin de Paris, plus loin même que dans l'Orient colonial de Loti, dans le pays de la « chasse à l'homme ».

Esquisse XX
[LA MORALE DE JUPIEN]

[Cahier 49. Ce passage nous offre une analyse de la conduite de Jupien, de ses jugements de valeur.]

*À ajouter encore (capitalissime) cela permettra d'avoir un Jupien complet, original, un peu comme le Jérôme Coignard (Bretaux je ne sais plus le nom, des *dieux ont soif*[2]) au papier collé en face[3]. Mais ce sera pour Jupien là où je dis qu'il tient une maison.* En somme Jupien exerçait maintenant un métier qui pouvait lui faire faire de la prison, d'autant plus qu'avec la guerre il fut, comme il dit, obligé de faire appel à de plus jeunes classes qui n'avaient pas dix-huit ans et pourtant il était plus intelligent, plus lettré, plus sensible, plus honnête <que> la moyenne des gens. C'est qu'il n'est pas du tout certain que certaines qualités d'intelligence et de cœur aient pour résultat[b] un accroissement de moralité dans la conduite de la vie. Au contraire à un certain degré (qui n'est évidemment pas le plus haut) le seul effet de l'intelligence *[deux lignes illisibles[c]].* Là où un ouvrier peu intelligent, étroit d'esprit, sera patriote et pieux, un ouvrier plus intelligent sera facilement internationaliste. Là où un ouvrier peu intelligent et méchant si un M. de Charlus lui fait des propositions le traînera en police correctionnelle, un ouvrier nullement inverti, mais intelligent et doux, prendra la chose en plaisantant, et tâchera dans la mesure du possible de lui donner satisfaction. Jupien avait remarqué que les Charlus sont en général supérieurs aux Guermantes. Il ne voyait aucun mal à satisfaire les goûts qui d'ailleurs étaient les siens et à faire ainsi gagner leur vie à des jeunes apaches qu'il jugeait du reste de meilleur cœur que bien des gens plus rangés. Sans doute à un degré d'intelligence et d'immoralité plus élevée, Jupien aurait eu honte de son métier. Mais il était précisément au degré où il avait reconnu sans valeur les scrupules qui retiennent la masse et où il n'avait pas encore su atteindre aux scrupules que se donne l'élite. *Tout ce que M. de Charlus raconte chez les Verdurin sur les enfants de chœur par exemple pourrait être mis dans la bouche de Jupien qui aura des livres curieux : (Sésame mais pas de lys) dans la discipline de la maison. Mais dire que son métier l'avait avili, car au début il n'aurait jamais cru constituer un pandémonium où homme enchaîné etc. (penser à *[un mot illisible]* à l'embusqué). Cet avilissement peut-être parallèle à celui de M. de Charlus qui devient peu à peu un de ces gens comme dans Saint-Simon (le prince d'Harcourt) et qui vivent obscurément dans la débauche.*

Esquisse XXI
[FRANÇOISE ET LE MAÎTRE D'HÔTEL]

[La cruauté du maître d'hôtel envers Françoise est esquissée dans quelques courts fragments du Cahier 74, qui serviront au montage définitif.]

Le domestique de la maison[1], qui déteste Françoise, nous annonce pendant la guerre que « les Allemands vont retomber sur Paris par une opération de grande enverjure ». Il disait[a] constamment cette phrase à la fois pour faire vivre Françoise dans les transes, et pour affirmer ses propres droits de libre citoyen qu'il trouvait que j'avais lésés en lui disant un jour qu'il fallait prononcer « envergure ».

Enfin la victoire des alliés parut certaine. Le maître d'hôtel *(plutôt dire son nom)* la redoutait. Car, ayant réduit la guerre comme le reste à celle qu'il menait sourdement contre Françoise, la victoire lui apparaissait depuis deux ans sous ces espèces : la première conversation où il aurait la souffrance d'entendre Françoise lui dire : « Enfin c'est fini et il va falloir qu'ils nous donnent plus que nous leur avons donné en 70. » Il prenait les devants en annonçant la victoire à Françoise mais en ajoutant que son cœur saignait parce que cela allait être à recommencer dans quelques mois.

La guerre ayant jeté sur le marché de la conversation des gens du peuple une quantité de termes dont ils n'avaient fait la connaissance que par les yeux, le maître d'hôtel (ancien jardinier de Combray) effrayait Françoise en lui disant, en parlant des Allemands : « Ils préparent une nouvelle attaque d'une plus grande enverjure » (comme s'il y avait un *j*). Il lui parlait des atrocités et des triomphes des Allemands comme avant de ceux des radicaux et faisait crier à tout moment à Françoise : « Ah ! Sainte Reine des anges », « ah ! Marie, mère de Dieu », en lui disant, les jours où les nouvelles étaient trop bonnes pour qu'il pût lui annoncer une défaite, que la guerre durerait au moins vingt-cinq ans, serait suivie d'une autre à côté de laquelle celle-ci n'était qu'un jeu d'enfants et dans laquelle il ne resterait rien de la France. *Dire aussi que* lisant les journaux pour pouvoir annoncer à Françoise une défaite, il attendait les mauvaises nouvelles comme des œufs de Pâques, persuadé d'ailleurs que cela n'irait jamais assez mal pour qu'il en souffrît. Même les zeppelins pour voir Françoise courir à la cave lui auraient plu. Il aurait voulu qu'ils détruisissent des édifices fameux et se disait qu'il n'avait rien à craindre, qu'ils ne tomberaient pas juste sur la maison.

Esquisse XXII

[ÉBAUCHES SUR LA GUERRE ABANDONNÉES]

[Cahiers 74 et 60. Proust n'utilisa pas toutes les Esquisses que lui inspira la guerre. Certains des textes que nous reproduisons auraient pu avoir, encore en 1922, un aspect scandaleux[1] *; d'autres, au contraire, font l'apologie de l'antigermanisme de 1914-1918, dont le narrateur s'était moqué lorsqu'il le rencontra dans son enfance chez son grand-père. L'éloge des homosexuels patriotiques par Charlus fut modifié, et le portrait de Legrandin dépassé par la guerre fut attribué à Charlus.]*

XXII.1

Capital et très joli sur la guerre (pourra peut-être être mêlé au morceau « Paris de Carpaccio[2] » mais je crains que non).

J'avais vu chez la princesse d'Iéna[3], comme une collection de merveilleux papillons, d'éblouissants insectes, tout le musée de la guerre[a] de l'Empire, de ces soldats enturbannés comme des sultanes et combattant sous des boucliers d'or. La guerre d'aujourd'hui n'était pas à sa façon moins luxueuse. Quand on pense qu'elle coûtait dix milliards[a] par an pour une armée d'un million d'hommes, on peut dire que c'était comme si la France avait donné à ses enfants les plus malheureux cent mille francs de rente pendant quelques années. C'est en automobile <que> les soldats étaient transportés dans leurs tranchées, celles-ci, prestigieuses comme les cavernes d'Ali Baba, étaient éclairées à l'électricité, et dans cette espèce d'exposition d'Édison qu'était la guerre actuelle, les cantonnements avaient en plein champ ce qu'ont peu de châteaux princiers, le téléphone et des aéroplanes. Sans doute quand on voyait les troupes de choc amenées en automobile, nourries avec grand soin par la variété du menu, jouer au ballon, prendre des douches, il y avait un contraste cruel entre tous ces soins prodigués à des êtres qu'on allait envoyer à la mort possible. Mais il faut se dire que les gens qui ont cent mille francs de rente et de grands luxes, justement vont tous les jours en aéroplane, en automobile, c'est-à-dire risquent la mort. C'est parce qu'ici le risque de mort était accru, que l'absurdité du contraste, voilée d'habitude, éclatait mieux.

De nouveau sur la guerre.

Une partie de la France était occupée par l'étranger comme dans la guerre de Cent Ans. Mais comme rien n'existe que dans l'intelligence, tandis que nous avions trouvé ce phénomène étrange, poétique, touchant, quand, invité<s>, par la lecture des livres de chroniques illustrés par des reproductions en couleur de vieilles miniatures, à une opération d'imagination, nous nous étions représenté l'invasion, maintenant personne ne se rendait compte de la terrible beauté de ce fait ; les quelques hommes supérieurs qu'il y avait en France, parce qu'ayant depuis longtemps une vie spirituelle[b] qui poursuivait son propre développement en vertu de lois intérieures, et à la recherche de lois, recherche dont les événements extérieurs ne les faisaient pas dévier, ne se laissaient pas distraire, et le gros du public au contraire demandait aux événements des émotions, parce que malgré tout, le phénomène ne pouvait avoir pour lui, appris par bribes dans le tout compact de journées vulgaires, la cohésion, l'étrangeté et la spiritualité qu'il avait eues dans une vie de Jeanne d'Arc, où l'on voit des archers et des souliers à la poulaine *(vérifier) voir Saint-Julien-l'Hospitalier.*

XXII.2

Pendant la guerre, des Français partaient avec autant de précautions que pour les colonies vers les lignes allemandes, où ils faisaient du trafic avec les Boches prudemment, risquant la mort, caressant des rêves de fortune, comme des Européens qui partent faire avec des sauvages un commerce défendu.

XXII.3

Pendant la guerre. Capital.

Par moments, je me rappelais mon grand-père[1], combien je me moquais de son exclusivisme étroit de citoyen de Combray et, lui qui[a] n'avait jamais été ailleurs qu'à Paris et à Combray, autant qu'il avait souffert de l'invasion de 70 était aussi mal à l'aise par l'invasion pacifique qui l'avait suivie, et au théâtre, au café, en chemin de fer, offensé dans sa politesse réservée, dans sa modestie, par les façons arrogantes et richardes de ceux qu'il appelait avec une moue de dégoût de gros Allemands. « À la garde, à la garde », criait-il quand je voulais aller chez les fils de ces gens-là. Peut-être seulement eût-il exclu maintenant du bloc de ses antipathies les israélites non allemands, et les y eût-il remplacés par les gens du Palatinat, les Hanovriens, beaucoup d'Allemands qu'il croyait, en étant resté à l'ancienne Europe, fort différents des Prussiens. Tout de même cette sagesse un peu étroite de Combray me paraissait maintenant plus avisée et plus charmante qu'autrefois.

Le[b] prince allemand va être nommé de l'Académie, puis à cause d'orientation libérale de la politique germanique se console de ne pas en être car aurait été rayé par la guerre. Pour effacer scandale prend maîtresse à Paris. Aussi spirituelle et bonne que jolie, mais tout le monde connaissait le scandale de Berlin ; on se disait que la femme n'était que pour le cacher. Des raisonneurs prétendaient que l'une[c] n'empêchait pas l'autre, qu'on peut aimer hommes et femmes à la fois. À quoi la duchesse de Guermantes répondait, comme le ton de la conversation dans certains milieux n'avait plus de frein et qu'il n'y avait presque plus de mots que ne prononçassent les femmes du monde : « C'est ce que nous appelons des ancumulateurs », plaisanterie que le duc blâma et répéta. Cette liaison avec une charmante parisienne fut[d] donc sans effet, du moins au point de vue de la réputation du prince. Mais elle en eut d'autres. C'est ainsi qu'ayant à quelque temps de là prononcé le mot d'« archéologue » devant le prince, je vis celui-ci rougir légèrement, comme si ce mot lui rappelait quelque chose qui lui faisait honte, et un autre jour, comme il parlait lui-même d'une inscription antique, il disait comment elle avait été traduite par un archéologue, il prononça couramment « arkéologue », et non comme il faisait autrefois, avant de connaître la jeune femme, « arschéologue ».

Pendant la guerre M. de Charlus me dira :

« Quand je vous disais que le public ne soupçonne pas le nombre des invertis, vous m'avez fait toute une théorie de ce que vous appelez l'invisibilité, car vous avez bien de l'esprit, monsieur », me dit M. de Charlus, comme aurait pu faire Royer Collard[1], car il avait encore des mots de cette grande et haute politesse et disait « monsieur » comme le Régent le disait à Monsieur le Duc. « Monsieur » n'était pas dans la froideur mais du XVIIIe siècle comme le duc d'Orléans parlant avec Saint-Simon et par l'archaïsme aimé de M. de Guermantes (« il est de vos amis ») mais avec plus de goût car cela faisait Royer Collard[a]. « Cette théorie, voyez-vous, il faut l'étendre, l'invisibilité n'est pas qu'auprès de nous. On se bat dans la nuit — je ne parle pas en ce moment des combattants mais des journalistes, des théoriciens, qui sont les plus funestes des combattants. Qui sait qu'au cours de cette guerre les noms qu'on opposerait le plus volontiers à ce qu'on appelle si faussement "efféminement", sont des noms qui figureraient de droit au palmarès des invertis tombés au combat ? Plus braves qu'aucun, plus saints, d'une pensée plus ferme, ils mériteraient de combattre ensemble comme le bataillon des amis à Sparte[2]. On les citera comme preuve que la France a changé, soyez-en sûr et il ne faut pas les nommer car le plus grand hommage qu'on puisse rendre à leur héroïsme c'est de ne pas lever après leur mort l'incognito qu'ils ont eu la prudence de garder. Dans[b] les autres pays c'est la même chose. En Allemagne c'est inouï ce qu'il y en a », et baissant les yeux d'un air scandalisé M. de Charlus dit : « Il paraît que c'est *effrayant*, que c'est épouvantable. » On peut se demander comment cela pouvait lui paraître effrayant, épouvantable que ce fût répandu, car ces adjectifs ne devaient pas avoir pour lui le simple sens d'« extrêmement grand » qu'ils avaient pour Françoise quand, pour dire sa joie que son neveu eût de la chance, elle disait : « Il a toujours eu une réussite épouvantable. » « Du reste maintenant les femmes ne parlent plus que de ça, c'est un vrai scandale. Il est vrai que souvent elles n'y voient goutte, comme ma cousine Gallardon, très méchante là-dessus, qui tape sur tout le monde et qui disait : "Il paraît qu'en Italie tout le monde est comme ça. Aussi je n'aurais jamais donné Juliette à un Italien." Elle ignore, la pauvre, que le prince son gendre, outre qu'il est berlinois, ce qui n'est pas très agréable en ce moment, est une coquine comme il n'y en a pas deux sous la calotte du ciel ! » Et levant les bras en glapissant sa psalmodie[c], cette fois-ci son ton n'était plus du tout celui d'un grand seigneur, M. de Charlus gémit de toutes ses forces : « Mais mon cher, à un point dont vous n'avez pas idée, c'est terrible, il fait un chichi ! Mais je ne voudrais pas lui dire bonjour dans la rue... » Et pour terminer par le trait le plus effrayant il conclut : « C'est[a] horrible, on se fait remarquer ! »

Pendant la guerre. Capital.

L'erreur[b] d'optique qui consiste à croire que le passé était très supérieur au présent, que les acteurs avaient plus de talent, etc., a été depuis si longtemps percée à jour (*laudator temporis acti*) que le lieu commun qui l'exprimerait n'est même plus employé, et seulement celui qui le dénonce. Mais une erreur et qui est presque l'erreur inverse, consistant à croire que tout ce qu'il y avait de mauvais dans le plus récent passé est abjuré ; cette erreur-là, plus nouvelle, donne encore lieu à un lieu commun qui n'est même pas encore reconnu pour tel. Il s'est essayé à plusieurs reprises. Sous différents ministères plus modérés que les précédents, d'abord, on disait : « Il y a quelque chose de changé en France. » Les enquêtes sur la nouvelle jeunesse, croyante, plus sceptique etc. lui permirent de réapparaître avec plus de force. Comme on était loin du temps où il était « de bon ton » (eût dit *Le Temps*[1]) d'avoir l'air d'être à la fois de plusieurs opinions, d'être dilettante etc. Pourtant ce lieu commun qui voulait vivre ne s'affirmait pas encore avec assez de force. La guerre lui a donné l'énorme aliment qu'il fallait. Il fut convenu de dire que ce qui s'était passé avant août 1914 avait l'air séparé de nous par un abîme. Les critiques *(un nom de roman si possible)*, qui déploraient l'art, la société, les mœurs etc. n'eurent qu'à recommencer leurs articles, mais en les mettant au passé : « Qui se rappelle qu'il y a seulement deux ans on applaudissait des choses qu'on ne comprenait pas » etc. Malheureusement ces spectacles contre lesquels fulminait le critique, c'était des spectacles russes *(ce pourrait être Legrandin en son temps, et recommence pendant la guerre[c], d'où ennuis dans le faubourg)*, des romans annunziesques, la sculpture de Rodin, les drames norvégiens, tous les Alliés. Il s'en tire en disant <du mal> des chefs d'orchestre allemands, des opéras de Strauss[2], des décors munichois, des meubles tarabiscotés où on ne pouvait pas s'asseoir, pour attaquer[d] nos cosmopolites et invertis berlinois. Malheureusement, l'inversion Legrandin la pratiquait[e]. Mais cela ne lui faisait trouver à la fois que plus de plaisir à en parler, et plus de profit à la flétrir[f]. Le public peu au courant le regardait comme un représentant des vieilles mœurs.

Esquisse XXIII
[LA DERNIÈRE RENCONTRE AVEC M. DE CHARLUS]

[Cahiers 51 et 74. Dans l'Esquisse XXIII.1 *— qui n'apparaît pas dans « L'Adoration perpétuelle », mais qui est une des plus anciennes sur M. de Charlus —, le baron est appelé « comte de Guercy », et Jupien « Borniche ». M. de Charlus y est décrit sous les traits d'un vieux prince déchu, et cette évocation emprunte une tonalité sublime et pathétique. Le passage s'achèvera sur une conversation entre le narrateur et Jupien, qui sera développée dans le premier fragment de l'Esquisse* XXIII.2 *: Jupien révèle la déchéance physique du baron, laquelle n'empêche pas ce dernier de satisfaire son vice. Enfin, le dernier fragment, contrastant avec l'Esquisse* XXIII.1*, nous livre un portrait caricatural de M. de Charlus, vieille tante fardée. Comment l'entourage du baron peut-il à ce point ne pas s'apercevoir de ce qui éclate comme une évidence ? C'est sur l'analyse de ce refus que s'achèvera ce passage.]*

XXIII.1

Il y a quelque temps j'avais appris que Mme de Villeparisis était morte, que M. de Guercy avait été très malade, je passais dans l'avenue du Bois quand je vis passer une voiture découverte. Un homme les yeux fixes, la taille voûtée, avec un effort pour se tenir droit, comme un enfant à qui on aurait dit : « Tiens-toi bien », était assis au fond, avec une forêt de cheveux blancs d'argent, une moustache grise, et une barbe blanche comme celle que la neige fait aux statues des fleuves dans les jardins publics avant le dégel. C'était M. de Guercy. Il avait eu deux attaques. Il semblait qu'une espèce de cataclysme à la fois shakespearien et chimique eût donné à son visage une majesté foudroyée de roi Lear et eût fait de la substance de ses cheveux gris, de ses moustaches noires, de son menton glabre, une sorte de précipité métallique[a] analogue à celui qu'aurait répandu à flots sur sa tête et son visage un geyser saturé d'argent qui se serait brusquement solidifié. Dans cette convulsion métallurgique[b] de sa face, ses yeux vifs et impertinents étaient devenus atones et surtout, chez lui le plus fier, le plus hautain des hommes, d'une timidité, d'une politesse, d'une bonne volonté d'enfant. Il vit que je voulais saluer et avec peine, mais[c] il m'avait parfaitement reconnu, il me fit un salut encore élégant d'une profondeur comme il n'eût pas fait au roi de France. Sans doute il y avait dans ce salut du désir qu'ont les malades de montrer qu'ils peuvent encore faire acte de gens bien portants, d'y mettre une exagération destinée à toucher celui à qui il s'adresse : on fait avec application, avec prodigalité une chose qu'on sent qui est devenue une chose importante, un effort difficile, méritoire, flatteur. Il y avait aussi un peu d'incoordination, d'exagération des mouvements et aussi de cette douceur envers le prochain qu'ont les malades si faibles, comme nous avons chez le dentiste quand nous pensons si nous sommes aimables qu'il nous fera moins mal. Mais il y avait surtout le signe[a] plus étonnant encore que la mise à nu du gisement métallurgique sur la face des profondes convulsions internes, un changement de plan du tout, une humilité mondaine qui intervertissait les rapports sociaux et humiliant sa propre situation, anéantissait du même coup tout snobisme possible ! Quelle base en effet aurait pu conserver à son snobisme une Américaine qui aurait vu M. de Guercy, qui n'avait pas consenti à dîner avec elle, la saluer jusqu'à terre, tout en ayant son titre. Lui être présenté, c'était son but, c'était cela son snobisme. Or cet idéal précieux, cette essence rare et inaccessible qu'il manifestait pour elle, il l'anéantissait du coup. Il disait : « Cela est à vous, cela est au-dessous de vous. » Ainsi dans la timidité appliquée et la déférence excessive avec laquelle il ôta son chapeau du meilleur faiseur d'où ruisselèrent les flots métallifiés de torrents argentifères, le salut majestueux du prince foudroyé descendit sur moi avec l'éloquence d'un mouvement d'oraison funèbre. À côté de lui, à sa gauche, dans des vêtements de Hammond[1] — des anciens vêtements du marquis — était Borniche devenu son secrétaire et son garde-malade. La voiture s'éloigna à grand trot. Mais une heure plus tard dans une allée ensablée j'apercevais le comte et Borniche qui étaient descendus pour marcher un peu et que la voiture suivait de très loin. Je saluai et le comte sembla saluer sans désirer que je m'arrête car son œil atone n'exprimait rien. Mais en même temps d'une voix imperceptible il me parla et penché sur lui je compris qu'il me demandait de faire quelques pas avec eux. L'impassibilité de son visage m'avait empêché de deviner qu'il voulait m'arrêter. Elle devait tenir à un peu de paralysie du visage et mettait un curieux désaccord entre le sens des paroles qui s'échappaient comme un souffle de ses lèvres, et l'absence d'expression de sa figure, et l'absence d'expression de son débit. Mais son intelligence était intacte, sa mémoire des plus précises. Il mettait certainement une application ardue et une apparence de naturel à s'accrocher à tout souvenir qui montrât combien sa tête était intacte. Sans bouger la tête, ni les yeux, ni mettre une seule inflexion dans sa voix : « Voici un poteau avec une affiche pareil à celui qu'il y avait devant nous la première fois que je vous vis avec madame votre grand-mère à Étilly » Et en effet c'était exactement la même réclame de Liebig[2] ! Il était un peu fatigué et demanda à s'asseoir sur un fauteuil pendant que Borniche et moi faisions quelques pas. Et il sortit avec mille mouvements difficiles un livre de messe et un chapelet de sa poche. Nous fîmes quelques pas avec Borniche. Il me dit que toute la fortune de Mme de Villeparisis était allée aux Guermantes. Là encore elle avait montré qu'elle tenait toujours ce qu'elle avait une fois dit, et qu'elle faisait toujours ce qu'elle devait et ce qui convenait à la grandeur de la famille. Elle n'avait autrement jamais eu d'autre projet et les Guermantes n'avaient pas su la comprendre[1]. Nous revînmes mais plus de M. de Guercy, quand nous l'aperçûmes au bord de l'allée qui causait avec un jeune voyou. Il le quitta en nous apercevant après avoir tiré de sa poche une pièce blanche. Borniche parut vivement contrarié. « Vous savez pourtant bien ce que le médecin vous a dit, monsieur le comte », lui dit-il sévèrement à voix basse quand nous l'eûmes rejoint, pas assez bas cependant pour que je ne l'entendisse. Et me parlant plus tard de la santé de M. de Guercy il me dit : « Il y a des choses, monsieur, que vous ne savez pas et que vous ne pouvez comprendre. Je crois en effet qu'il est désolé que je devine sa vie. » Et pourtant il me dit <*cela*> avec un involontaire sourire de mystère, d'orgueil, presque de fatuité ; fatuité tout intellectuelle comme d'un historien qui est en possession de documents inconnus des autres qui mettent sous leur vrai jour des événements mal compris et de pitié pour tous ceux qui, ne sachant pas, ne peuvent pas comprendre, dans leur vrai sens, certaines situations de la vie. Ses yeux tristes avaient un désagréable éclat, même l'air de dire « je sais ce que je sais et que vous ne savez pas ».

XXIII.2

Pour mettre dans la scène où je rencontre Charlus ramolli (Sagan) avec Jupien : Je reste un moment à causer avec Jupien. « Monsieur le baron est trop bon et puis il est encore coureur comme un jeune homme, je suis obligé d'ouvrir les yeux. — D'autant plus que M. de Charlus a retrouvé les siens, lui dis-je. On m'avait beaucoup attristé en me disant qu'il avait perdu la vue. — Sa paralysie s'était en effet portée là, il ne voyait absolument plus. Cela peut recommencer ; mais enfin maintenant il voit. Pensez que dans la cure qui lui a fait du reste tant de bien, il est resté plusieurs mois à l'hôtel sans voir plus qu'un aveugle de naissance. — Quelle horreur ! Du moins cela devait rendre inutile votre surveillance au point de vue que vous dites. — Pas le moins du monde ! À peine arrivé dans un hôtel, il me demandait comment était telle personne de service, telle autre, je lui disais toujours qu'il n'y avait que des horreurs, que le service était entièrement désorganisé par la guerre, ce qui était d'ailleurs vrai ! Mais il sentait que je ne disais pas toujours vrai, peut-être à cause de la voix, je ne sais pas. Alors il s'arrangeait pour m'envoyer en course. Un jour comme je rentrais je l'entendais qui disait : "Est-ce fini ?" et une voix qui répondait : "Quoi ?" Alors de nouveau la voix du baron : "Comment, c'était la première fois !" J'entrai et quelle ne fut pas ma peur. Le baron, trompé par le son de la voix qui était en effet plus forte que d'habitude à cet âge, était en train — lui qui aimait plutôt les personnes un peu mûres — d'initier, sans avoir pu se rendre compte de l'âge, puisqu'il n'y voyait pas — un enfant qui n'avait pas plus de dix ans ! »

*Pour introduire *capital* dans le dernier chapitre où je vois M. de Charlus ayant eu son attaque. Mais avant il faudra que peu à peu je le trouve fardé physiquement et moralement. Après la description de Charlus ayant eu des geysers de cheveux blancs[1] ou bien je le reverrai (Bailby[2]), ou en causant avec lui la même fois (marquis de Castellane[3]) je m'apercevrai qu'il est très vivant et peu à peu distinguant bien les mots d'abord faibles qui sortent de cette mécanique (c'était un Lauzun à roulettes, mais encore un Lauzun) je rappellerai l'image ancienne qui m'aidera à le reconstituer comme un restaurateur s'aide du dessin primitif.*

Comme les arbustes[a] précieux que non seulement l'automne colore de différentes façons, mais dont on protège la tige avec de l'ouate et dont on traite certaines feuilles par des applications de plâtre, M. de Charlus ne recevait des cheveux blancs placés à sa cime qu'un bariolage de plus, et qui venait s'ajouter à tous les fards d'hypocrisie qui[b] maquillaient si mal son visage et que lui seul croyait invisibles. Les cheveux blancs qui argentaient sa cime lui donnaient seulement ce bariolage supplémentaire qu'ajoute à certains arbustes, peints[c] de diverses couleurs par l'automne, l'ouate dont le jardinier protège leur tige*(?)* ou le plâtre dont il traite certaines de leurs feuilles*(?)*. Mais sous les couches successives d'expressions[d] différentes, le visage de M. de Charlus me paraissait crier ce secret que je n'avais pas su entendre à Balbec. Sous tant de fards fendillés qui le maquillaient si mal et ne paraissaient invisibles qu'à celui qui les portait, il me semblait qu'on lût à livre ouvert le nom de ce qu'était M. de Charlus ; sous les divers masques de l'hypocrisie, les yeux semblaient le dire, la voix le chuchoter, avec une incroyable indécence. Il faut croire que tout le monde est sourd et aveugle puisque personne ne s'en apercevait. Les mœurs de M. de Charlus continuaient à n'être perçues que dans des milieux fort éloignés de ceux où il vivait, comme ces coups de canon qu'on n'entend qu'après l'interférence d'une zone silencieuse. Et dans ces milieux-là encore cette mauvaise réputation était-elle mêlée de fables et de naïvetés, établie pourtant sur des faits relativement exacts ; ses amis l'attribuaient à une analogie de noms. Car non seulement le visage de M. de Charlus ne parlait pas pour eux, mais il faisait taire les mauvais bruits. Ceux qui y avaient cru voyaient leurs préventions se dissiper dès qu'ils voyaient le baron. Nous avons grand-peine à croire au génie ou au vice des personnes que nous connaissons parce que nous nous sommes faits, de ces grandes entités morales, une idée si extraordinaire que nous nous refusons à les reconnaître sous des aspects familiers. Nous dirions volontiers : « Je sais bien qu'il n'a pas de génie, je sais bien qu'elle n'est pas sapphique, j'ai encore dîné avec eux avant-hier. »

Esquisse XXIV

L'ADORATION PERPÉTUELLE

[Cahiers 58 et 57. Nous voyons, dans cette Esquisse, se mettre en place la théorie esthétique du narrateur.]

XXIV.1

[Dans cette longue ébauche du Cahier 58 s'articule un renversement : le narrateur entrevoit ce que sera son livre, alors que l'affaiblissement, en lui, de la sensibilité et des « joies de l'intelligence » l'amenait à renoncer à son projet d'écrire. Tiré de son ennui par une succession de phénomènes de mémoire involontaire, il se détermine à approfondir les raisons de l'irrésistible joie qui les accompagne et comprend que l'œuvre d'art seule peut préserver cette joie, en recueillant cette « essence de la vie » qu'elle dégage du caractère fugitif de la réminiscence. Ainsi se met en place la structure narrative du « Temps retrouvé » et la progression exaltée de toutes les déductions qui constitueront ce que Proust nomme parfois, par allusion au lieu où elles s'élaborent, « l'esthétique dans le buffet ». Particulière au Cahier 58, toutefois, est l'insistance mise sur le rappel des expériences de mémoire involontaire déjà éprouvées dans le passé (mais au nombre desquelles, notons-le, ne figurerait pas encore celle de la madeleine). Ce cheminement dans la voie d'une certitude se présente, en outre, comme une réfutation des théories littéraires de Bloch qui, au début du texte — là où se placera plus tard la rencontre avec Charlus —, se fait le porte-parole d'un art à tendances humanitaires et sociales, niant l'importance de la forme, du style et de la métaphore. D'abord ébranlé par l'ennui que lui procurent ces « grandes idées » — quand tout son intérêt le porte vers la sensation ressentie devant les choses les plus humbles —, le narrateur finit par comprendre que la matière du livre est indifférente, pourvu que soit redécouverte l'impression vraie, décantée des abstractions qui la recouvrent.]

Fin

J'étais arrivé depuis quelques jours à Paris dont les médecins venaient enfin de me permettre la résidence, interdite depuis longtemps. Ma mère me dit que ma tante, la sœur de ma grand-mère, venue pour quelques jours seulement de sa province était venue la voir et lui avait dit que la première audition à Paris du second acte de *Parsifal*[1] avait lieu le surlendemain chez la princesse de Guermantes. Ma mère avait compris <que> ma tante aurait aimé y aller et me demandait s'il ne serait pas possible de l'y faire inviter. Le demander à la princesse de Guermantes, c'était presque m'engager à aller chez elle à qui je ne pouvais guère infliger l'ennui de recevoir une personne qu'elle ne connaissait pas, sans lui *[interrompu]*

Je descendais l'avenue du Bois où habitait maintenant la princesse de Guermantes quand je rencontrai Bloch qui venait en sens inverse. « Tu ne vas pas dans ma direction, me dit-il ? Je regrette car tout à l'heure j'ai à revenir dans ce sens, mais il faut que je rentre chez moi pour des “contingences vestimentaires” », dit-il en riant, un doigt levé et le sourcil froncé, ses deux signes d'ironie. « Il paraît que tu as fait un joli article ce matin dans *Le Figaro*[2] je ne l'ai pas encore lu. » Et nous commençâmes à parler littérature. « Vois-tu », me dit-il. *Fondre dans son discours ce que disent Max Lazard, Bernstein, Gregh et Lanson (ces deux derniers 3 décembre[a3])*

Je ne me laissais pas arrêter par les opinions que je trouvais dans la conversation de Bloch, dans les avis de Bloch, soit dans les revues. Des différents points de l'horizon littéraire, c'était une sorte d'assaut, à différents points de vue contre la littérature. Bloch me disait que depuis trop longtemps les poètes nous racontaient leurs petites amours, leurs tristesses, leurs lassitudes, qu'il était temps d'exprimer l'âme du peuple, les grandes réalités sociales *voir aussi Max Lazard et samedi 3 décembre de C. Beaunier sur Lanson et Gregh sur Marguerite Audoux[4]*, la pensée qui anime le peuple au moment des grèves[5]. « Mon Dieu je reconnais qu'il n'y a pas au monde que le prolétariat si l'on veut parler de la bourgeoisie. *Voir Hanotaux sur *Le Trust*[6].* Enfin même la vie d'un écrivain, la genèse d'une œuvre, quelque grand conflit d'idées sont plus intéressants que les perpétuels cheveux coupés en quatre de la littérature psychologique ou artiste. Mais ce que je te dis du fond, je te le dis encore plus de la forme. Il ne faut pas seulement écrire des choses qui peuvent intéresser le peuple, tirées de sa vie, et non d'une vie où il n'a pas accès, mais encore ne plus se complaire à ces jeux de la forme, à ces complications de mondains qui empêchent ceux qui n'ont vécu qu'à l'atelier d'atteindre le fond de vos histoires. Vous écrivez pour des lettrés. Pensez toujours à être compris du peuple, à avoir une forme d'esprit accessible à l'ouvrier. D'ailleurs n'est-il pas navrant que nos meilleurs écrivains aient repris aux romantiques le goût des “morceaux”, des belles métaphores, des épithètes jolies. Inutile qu'elles soient jolies, suffit qu'elles soient justes ! La sincérité, la vie telle qu'elle est, recomposée comme on l'a vue, voilà l'art suprême ! Plus de littérature, qu'on soit dans un livre comme devant la vie. Qu'il n'y ait pas un seul détail d'art devant lequel on puisse se récrier ! »

Mais nous étions arrivés devant sa porte. Nous y restâmes. Il s'excusa d'avoir tenu un si long discours. Je n'y répondis rien. Car comme le jour où M. de Guercy *peut-être dira-t-il aussi des choses comme M. de Guercy (Durzon[a1])* m'avait parlé contre la littérature, je sentis que je n'étais pas d'accord avec lui, que ce qu'il méprisait c'est tout ce que j'aurais désiré faire, que l'art qu'il prônait ne m'inspirait que fatigue et qu'ennui, et un grand mépris pour moi-même de ne pas le mieux goûter. Nous piétinâmes un instant. Les questions dont il parlait m'intéressaient si peu et me fatiguaient tant, qu'au lieu de tâcher de l'en faire parler encore je lui demandai des nouvelles, de tel ou tel de nos anciens amis, comme j'eusse pu le faire à n'importe quel camarade moins intelligent que Bloch. Sur ceux qu'il déchirait le plus cruellement autrefois, il s'exprima avec gentillesse. Il corrigea même, par une interprétation plus bienveillante, une remarque désobligeante que je faisais sur la conduite de l'un d'eux qui avait rompu avec sa famille. Mais quand je lui dis que j'aurais besoin de voir ce garçon et lui proposai de l'inviter avec lui, il fit un geste de réserve. « Tout de même pas, écoute. Non ! je ne le blâme pas, la vie n'est pas chose facile. Mais enfin tout de même il y a des choses. Pour rompre avec sa propre mère. Enfin je ne dis pas qu'il ait eu tort. Mais il y a tout de même des gens que j'aime mieux ne pas fréquenter. — Mais tu sais que tout le monde le voit. Montargis est très bien avec lui. — Oh ! je sais très bien, je ne dis pas qu'il n'ait pas plus d'amis que moi. Mais qu'est-ce que tu veux, je serre déjà les mains à assez de mufles comme cela. C'est toujours un de moins. » En revanche d'un autre qui s'étant laissé nommer administrateur d'une affaire véreuse qu'il ne connaissait pas venait de faire un an de prison : « Tiens avec lui si tu veux m'inviter, ça me ferait plaisir. Pauvre garçon il doit être si malheureux. Je crois qu'on est bien dur pour lui. Et en somme qu'est-ce qu'il a fait ? Je le plains beaucoup. — Tu ne voudrais pas tout de suite et seul, lui dis-je, sans cela je t'attendrais. — Non, pardonne-moi ! je dois conduire mon frère et une de mes cousines pour les présenter dans un endroit assommant mais je <leur> ai promis. » Je ne lui dis pas où j'allais car je savais qu'il ne fréquentait pas ce milieu. Nous échangeâmes encore quelques mots. Il avait eu une fois ou deux des nouvelles de mes parents et de moi, par certains de nos anciens amis qui lui avaient parlé de nous, propos qu'il me rapporta évidemment pour me faire plaisir tant ils étaient aimables et pour accroître mes bons sentiments pour ceux qui les avaient tenus.

En quittant Bloch, je repensais à tout ce qu'il m'avait dit sur la littérature, sur son but élevé. Et sentant combien sa conversation m'avait ennuyé, et les livres qu'il prônait, que j'eusse tout aussi volontiers passé cette heure à causer questions militaires avec Montargis ou cuisine avec Françoise, je pensais avec amertume combien m'avaient trop bien jugé ceux qui m'avaient cru jadis doué pour les lettres, enflammé d'amour pour elles. « Même malade je ne vous plains pas m'avait dit Elstir[1]. Vous[a] avez les joies de l'intelligence ; les joies spirituelles, ce sont les plus grandes de toutes. » Hélas s'il savait combien l'intelligence me donnait peu de joie, combien je participais peu à celles que les questions intellectuelles donnaient aux gens vraiment intelligents comme Bloch. Il croyait que les joies de l'intelligence devaient me consoler de tout : or il n'y avait pas si petit plaisir qui ne me semblât plus vif qu'elles. Et quand il m'avait dit citant je crois Schopenhauer[2] que l'homme le plus heureux était le poète, l'homme capable des joies spirituelles, être presque divin et que pour lui la vie la plus heureuse était celle où les plaisirs de l'intelligence étaient les plus fréquents, je songeais avec lassitude combien j'étais loin d'appartenir à cette classe d'hommes. Il y avait même dans mes heures les plus sages, bien des plaisirs que je désirais, revoir Combray, connaître certaines jeunes filles, revoir le lever du soleil, certaines églises, l'étonnement que nous arrivions à Combray, boire d'un vin que j'avais bu à Venise ; des joies spirituelles il n'y en avait pas une qui fût pour moi l'objet d'un désir et elles ne figureront jamais dans la vie la meilleure que je puisse rêver. Hélas même à un point de vue plus strictement artistique on pouvait bien me dire que j'étais doué. Je savais trop quand j'ouvrais les yeux sur quelque scène de la nature, fût-ce la plus belle et que je voulais la décrire, combien ne me venaient que des mots qui m'ennuyaient moi-même. L'autre jour en revenant en chemin de fer notre train longeait une vallée qui[b] passe avec raison pour une des plus belles de France. C'était à 5 heures du soir, le train s'était arrêté, je pouvais contempler les arbres sur lesquels le soleil de 5 heures du soir donnait jusqu'à une certaine hauteur de leur tronc, et, dans le ruisseau qui un moment longeait la voie, je voyais une telle variété de fleurs, de mousses mêlées à de beaux reflets du ciel qu'on avait l'étonnement de voir que les plus artistiques spectacles décrits par la littérature se trouvent en effet dans la réalité, sur une voie de chemin de fer. J'avais profité de l'arrêt momentané du train pour tirer une feuille de papier, et j'avais essayé de décrire exactement cette bande dorée de lumière sur les troncs, et la ligne oblique de l'arbre. Mais ne sentant aucune joie à les décrire, et persuadé que l'enthousiasme quand on écrit est le seul critérium du talent dont il faut bien que nous éprouvions la joie nous-mêmes si nous voulons la communiquer aux autres, j'avais laissé tomber ma feuille de papier, avec un morne découragement. Je continuais à regarder ces bandes de lumière et ces lignes d'arbres et je n'éprouvais aucune joie à les regarder. Et, pour me consoler, j'avais essayé un moment de me persuader que sans doute j'avais passé l'âge où on peut être enivré par la nature et la décrire et que l'étude des caractères, la discussion des esthétiques seule me restait. Et je me souviens que je m'étais écrié à moi-même tâchant de me consoler par la pensée qu'un autre domaine m'était réservé : « Ô arbres[1] vous n'avez plus rien à me dire, mon cœur refroidi ne vous ressent plus, mon œil constate la ligne[a] qui vous divise en parties d'ombre et de lumière avec une froideur telle qu'il serait bien vain de transcrire ces notes, trop ennuyeuses pour moi pour pouvoir plaire à personne. Si quelque chose doit m'inspirer maintenant c'est la pensée humaine et l'esthétique. Chanter je le sais bien en ce moment où je reste de glace devant la plus belle heure du jour et la plus belle futaie de France, l'époque de ma vie où j'aurais pu vous chanter est close depuis longtemps et les inspirations que vous aviez pu me donner ne reviendront jamais[b]. »

Dès en rentrant, avec cette activité qu'on a le premier jour d'un retour ou d'une arrivée, où les habitudes de la vie ne vous ont pas encore repris, j'avais essayé de discuter la question du réalisme. Et j'avais senti le même ennui, la même froideur qu'en essayant de décrire ces arbres au couchant. Je m'étais un instant raccroché dans mon désespoir à cette idée que j'avais souvent vue exprimée par des maîtres que ce n'est pas au moment où nous voyons une scène qu'elle nous semble plus belle, mais quand nous la revoyons, dans les « instantanés » de la mémoire. Hélas rien que ce mot d'instantanés[2] faisait de ma mémoire comme une de ces expositions de photographies suffisant à m'indiquer que ce n'était pas plus dans elle que dans l'observation directe. Je[c] ne le savais que trop. Quoi que je voulusse évoquer de ce que j'avais vu, l'image que ma volonté tirait de ma mémoire me semblait aussi ennuyeuse que la réalité même. Et tandis que j'arrivais à la porte de l'hôtel de Guermantes, je me forçai ainsi à revoir Venise, Querqueville, la vallée vue du chemin de fer avec les arbres frappés par le soleil couchant. La réalité évoquée par la mémoire me paraissait[d] ennuyeuse comme les tableaux d'un kaléidoscope. Ainsi même en prenant le mot de « joie spirituelle » dans son sens le plus vaste, je ne jouissais pas plus par la mémoire des beaux spectacles ou par leur vue, que par la discussion des idées. C'est que j'étais dépourvu de cette imagination qui chez les poètes transfigure la réalité et la leur rend si belle. Et pourtant quand je m'étais rendu compte que je n'avais ni bonté ni tendresse, que le voyage, l'amitié, le monde ne m'avaient apporté que déception, ce don poétique qu'on m'avait dit que j'avais, ces joies intellectuelles, ce talent ce devait être mon seul refuge. Et cela aussi me faisait défaut : et arrivé à l'hôtel de Guermantes, me retournant, comme j'étais dans la cour, pour jeter un dernier regard plein d'ennui sur le ciel bleu de mai et les arbres verts dans l'avenue pour voir si un tardif rayon de beauté ne m'apporterait pas sa consolation, ne me montrerait pas que je n'étais pas immuablement médiocre, je sentis, en enregistrant avec exactitude le spectacle qu'un poète eût trouvé beau et qui me semblait ennuyeux, combien l'univers me semblait laid parce que j'étais au fond médiocre. Je fus tiré de cette pensée par une voiture qui sortait de la cour et que la tête tournée vers l'avenue je n'avais pas vue dans ma distraction et je me trouvai rejeté du côté des écuries où je fis quelques pas avant de rejoindre le perron, sur des pavés mal équarris. Au moment où mon pied passait d'un pavé un peu plus élevé sur <un autre> un peu moins élevé, je sentis se former obscurément en moi, tressaillir comme un air oublié dont tout le charme touche un instant ma mémoire sans qu'elle puisse encore distinguer son chanteur et le reconnaître[1]. Cette[a] félicité qui était en effet aussi différente de tout ce que je connaissais que l'est la musique, spéciale comme une sorte de thème mélodique d'un bonheur ineffable et que j'avais déjà entendue dans la campagne près <de> Querqueville au cours d'une promenade avec Mme de Villeparisis, à Rivebelle aussi devant le morceau de toile verte[2] et qui cette fois-là avaient éveillé en moi un souvenir que je n'avais pas revu. Quelques autres fois encore à des intervalles souvent longs de plusieurs années, tout d'un coup dans ma vie cette musique je l'avais encore entendue quand Mme de *[interrompu]*

Mais alors je n'avais pu reconnaître ce qui réveillait en moi la phrase délicieuse et ce qu'elle reconnaissait sous ces arbres, sous cette étoffe. À Combray aussi je l'avais entendue devant les aubépines et plus tard quand Mme de Guermantes m'avait parlé de *François le Champi* et alors je ne <l'> avais pas encore entendue ce jour d'hiver où pour me réchauffer ma mère m'apporta une tasse de thé[3]. Encore une fois voici que cette voix que j'avais oubliée me parlait ; mais où était-elle, que me disait-elle ? Mes yeux étaient enivrés d'un azur profond, j'avais une sensation d'un été torride, de la fraîcheur délicieuse qu'on y éprouve à l'ombre, mais ce n'était pas qu'une sensation, c'était une vie bien heureusement réelle, dont la seule affirmation qu'elle existait me remplissait d'une telle félicité qu'en ce moment tout mon ennui de tout à l'heure m'eût été incompréhensible et la perspective de la douleur indifférente. Cependant sans me soucier de ce que pouvaient penser les gens qui passaient dans la cour, invités ou domestiques, je restais un pied sur un des pavés, un pied sur l'autre, refaisant le même pas que j'avais fait pour qu'il fît renaître encore une fois l'insaisissable[a] frôlement des visions indistinctes qui proposaient impérieusement à mon esprit l'énigme de leur bonheur. Je tâchais de ne pas voir les gens qui passaient, de laisser, seule dans ma conscience, la sensation que j'avais pu éprouver en passant d'une pierre sur l'autre, et cependant, toutes[b] les fois où je réussissais à ne pas me contenter de faire naturellement le pas avec ma jambe mais à le refaire en quelque sorte en moi où mon âme retrouvait assez d'élan pour retoucher une fois encore le point intérieur qu'elle n'avait pas saisi mais dont le contact instantané et glissant lui causait une telle joie, à ce moment-là, comme certaines pages musicales ont ou souvent avaient le don d'évoquer certains paysages avec lesquels on ne comprend pas que les notes ont un rapport, la sensation de délices prit quelque matérialité, devint azur éclatant, chaleur splendide du jour, ombre délicieuse et fraîche, elle prit une force extensive, se colora, devenant azur qui s'élargit, étincela au soleil, m'entraîna, oscilla comme une boule et tout d'un coup je reconnus, à l'heure ou j'allais me relever[c] dans le baptistère de Saint-Marc où mon pas avait éprouvé entre deux dalles de marbre inégales une sensation pareille <à celle> qu'il avait ressentie tout à l'heure et qui l'avait réveillée avec toute cette journée d'alors dans laquelle elle était enclavée qui attendait pour renaître avec sa lumière, ses odeurs, les cris de ses marchands, le roucoulement de ses pigeons, l'ombre de son image sur la place, la joie de mes yeux caressés par le soleil, — Venise.

Mais par cette loi de notre nature qui veut que nous fassions toujours passer les choses importantes après celles qui ne le sont pas, si bien que tout l'effort des nobles vies, souvent si douloureux qu'elles y échouent, consiste précisément à tâcher de remonter le courant qui nous entraîne vers ce qui est plus facile c'est-à-dire moins important et à faire remonter à contre-courant les choses importantes, au lieu de rester sur la dalle à la fois parisienne et vénitienne et d'évoquer un mois de ma vie passée et splendide qui gisait inerte sous cette pierre[d], de l'aligner vers ma sensation à la fois rétrospective et présente, ou d'emporter tout de suite le trésor que j'avais trouvé là et d'aller vivre avec lui, je fis s'effacer immédiatement ce devoir devant celui de tout homme bien élevé qui étant entré dans un hôtel où il est invité doit aller vers les maîtres de maison, et ne peut ni rester dans la cour ni ressortir sans être entré, ce qui étonnerait le concierge.

Mais[1] arrivé au premier étage, un maître d'hôtel <me> demanda de faire le tour par le petit salon, la princesse qui se piquait de musique *mettre en son temps* ayant défendu qu'on ouvrît la porte du grand salon pendant l'exécution des morceaux. J'en profitai pour me reposer un moment seul dans la petite bibliothèque attenante à la salle à manger où, jadis, j'avais vu le prince d'Agrigente regardant seul avec une attention excessive et stupide chaque livre[a] et chaque objet qu'il agrippait de ses gestes hésitants, inexplicables, furieux et tenaces de beau cygne au bec proéminent et pourpré. Et retrouvant, du moment que j'étais seul, l'ardeur qu'avait allumée en moi cette Venise sortie comme une autre Delphes de sous cette dalle, je me mis à faire comme il faisait et nerveusement, lisant les titres sans y prêter attention et remettant le volume en place[2], je marchais à grands pas comme jadis le prince d'Agrigente dans la bibliothèque. Mais comme j'étais dans la bibliothèque un domestique, dans la salle à manger, en voulant prendre des précautions pour ne pas faire de bruit, cogna violemment une cuiller contre une assiette[3]. Et à ce moment même j'entendis pour la seconde fois tressaillir en moi un air de cette musique intérieure qui n'était certainement pas la même, car je ne la reconnaissais pas, mais qui me parlait de cette même félicité qui anéantissait au moment où je la ressentais ce qui n'était pas elle et donnait un prix infini à la vie. Cette fois-ci il semblait que le bonheur eût été encore de vivre dans la chaleur, mais c'était une tout autre chaleur où le soleil rayonnait à travers la fumée, où la soif d'une bière fraîche s'épanouissait au milieu de la poussière, où la brise courte faisait onduler dans l'haleine chaude d'un drap et du cuir les fraîches vagues d'un parfum où voguait en zigzags un papillon captif[b]. Cette fois-ci un délicieux calme forestier, une odeur de fumée dans l'azur, une fraîcheur de bière m'apaisait. Et je reconnus le bruit identique à celui de la cuiller[c] que faisait le marteau des employés du train contre les roues pendant que nous étions arrêtés le long de la petite vallée. Ce bruit venait d'être fait par un domestique qui m'avait reconnu et qui pour charmer mon stage dans la bibliothèque, l'exécution devant durer assez longtemps, m'apportait — comme je ne pouvais aller au buffet — un choix de petits fours, de thé et d'orangeade. Or, laissant le second trésor qui venait de m'être révélé, pour lui faire plaisir je bus un peu de champagne[d] et je lui tendis le verre et voulus m'essuyer la bouche avec la serviette qu'il m'avait donnée. Mais alors pour la troisième fois la phrase délicieuse de bonheur et de vie s'adressa à moi. C'était[4] comme une impression d'azur, mais différente des deux premières, d'un azur marin. Au[e] premier moment l'impression de ce qu'elle m'évoqua fut si forte que mon esprit hésitant la crut un instant actuelle, je crus qu'on ouvrait les volets par la fente desquels <le soleil avec> ses antennes <d'or> venait me solliciter de descendre sur la plage et de partir me promener : la belle matinée marine qu'ils offraient allait entrer dans la chambre, mon cœur bondit de projets de promenade, de l'appétit du déjeuner devant la mer, et ma serviette — comme au lendemain de mon arrivée à Querqueville, quand je m'essuyais la figure avec le linge raide de l'hôtel devant ma fenêtre — déploya et ouvrit devant mes yeux, réparti dans ses pans aux frustes[a] et raides cassures comme le plumage d'un paon, un ruissellement ensoleillé d'argent d'émeraude et de saphir.

Et alors je compris que si toutes les réalités intérieures vertus, vices, défauts, puissances, doivent vivre en nous d'abord sans que nous les reconnaissions et que nous les appelions par leur nom et songions qu'elles peuvent être identifiées à ces abstractions, dont nous avons entendu parler par les autres, c'était, au moins pour moi avec la modalité particulière qu'un acte de l'âme revêt pour un individu, ce que je venais par un heureux hasard d'éprouver trois fois de suite, que j'avais plusieurs fois éprouvé déjà, qu'en effet comme le disait Elstir c'était bien une félicité auprès de laquelle aucune autre n'existe et que la vie la plus heureuse pour moi serait celle où ces joies, ou des joies analogues à celles-là, seraient les plus éprouvées[b].

Sans doute, ce que j'éprouvais en ce moment, ce que j'avais éprouvé déjà plusieurs fois dans ma vie, il se pourrait bien que ce fût, c'était à n'en pas douter du moins, de la façon particulière dont ma nature me permettait de les ressentir, ces joies spirituelles dont avait parlé Elstir et que la vie la plus heureuse pour moi serait celle où de tels moments pourraient se renouveler le plus souvent possible. Et heureux d'être oublié dans cette bibliothèque où je pouvais penser à l'aise, je me mis à la parcourir avec autant d'agitation qu'autrefois le prince d'Agrigente, prenant comme lui nerveusement, et reposant à sa place, après l'avoir feuilleté, tout en poursuivant son idée tel ou tel volume, de cette rare collection de romantiques dont était si fière la princesse de Guermantes. Ah ! bien souvent et tout à l'heure encore je m'étais dit que la vie était médiocre[1], cette médiocrité j'en revêtais jusqu'à mon plus lointain passé que me représentait ma mémoire sur la réquisition de ma volonté. Il m'avait suffi qu'un hasard ait réveillé une des sensations que j'avais *réellement* éprouvées à Venise, à Querqueville, dans ce chemin de fer, pour qu'à l'irrésistible joie qui m'avait envahi je comprisse combien ce passé vraiment revécu était différent de celui que je croyais posséder, que je regardais en bâillant alors qu'à l'instant seulement je venais de le reconquérir. Non ! la vie n'était pas médiocre, il fallait qu'elle fût bien belle pour qu'une sensation si humble soit-elle qu'elle nous avait fait éprouver, nous apparaisse prenant soudain la place des prétendus fac-similés de l'intelligence, pour que la réapparition d'un simple moment du passé m'ait enrichi de cette irrésistible joie.

Mais c'est que ce <que> j'appelais ainsi ce n'était nullement mon passé[1], peut-être parce que la vue, étant de tous les sens celui qui est le plus docile à l'intelligence, est celui qui peut s'éloigner le plus facilement de la réalité. Tout est pareil et monochrome dans les peintures de la mémoire[2]. Mais que le hasard, sans intervention de notre volonté, ni de notre raison, d'une sensation identique éprouvée réveille en nous une sensation d'autrefois et dégage chimiquement une époque de notre passé, alors celle-ci, traversant en nous des milieux différents sans s'y mêler, sans s'y altérer comme une bulle de gaz dans un liquide, viendra apporter à la surface de notre conscience sa saveur spécifique et oubliée. D'où vient qu'elle ne ressemble à aucune autre d'un autre temps, que le moindre souvenir <de> telle année[a] ou de telle autre, de tel lieu ou de tel autre, résonne pour nous ou se dessine dans une atmosphère incomparable à aucune autre <et que> je plonge immédiatement dans une vie originale, <une> chaleur irréductiblement autre, sous un ciel nouveau aux colorations, à la sonorité, à l'humidité qui ne sont qu'à lui et où je plonge dans un état intellectuel et moral irréductible à aucun autre. Est-ce parce que ne revivant pas la suite de nos années, mais tel souvenir à tel moment, il se trouve affecté de la particularité de l'heure où il se produisit, à laquelle ne se sera pas produit tel autre et que par exemple une heure d'un soir d'été imprégnée de lourds parfums, fermée par le ciel rose et immobile comme un couvercle d'agate et ciselée par toutes les contingences des événements et du site enferme ce souvenir comme dans un vase isolé de tout autre et unique en effet ? Cette qualité unique d'une sensation qui vient ainsi au milieu de toutes celles qui l'environnaient[b], est-ce parce que même semblable, éprouvée à la même heure, en de mêmes circonstances, en des lieux et à des époques différentes, cette sensation, éprouvée au milieu de toutes celles que nous ressentions en même temps, est restée insérée entre elles, les évoque, les présuppose, s'en entoure, en porte sur elle les mille reflets et même quand elle semble une sensation analogue de faim, de chaleur ou de marche, est différente selon l'odeur des meubles qui nous entouraient, la lumière plus ou moins grande que les rideaux laissaient entrer dans la chambre, ce que nous voyions de nos yeux, en même temps que nous la ressentions, et ce que nous <ne> voyions pas mais ce que nous savions qui était autour, que ce fussent les maisons noires, l'église, les aubépines de Combray ou la colline enveloppée de neige de Rivebiler ou la plage de Querqueville et la félicité[a] argentée et bleue de ses heures de brise, d'insolation et de loisir ? Et cette originalité provient d'états plus forts que les années oubliées. Est-ce parce que les années oubliées qui séparent le souvenir de tel autre empêchent de sentir la continuité de notre vie intérieure et les transitions indiscernables de nos sensations, <et> place<nt> un souvenir dans un milieu tout différent d'un autre, comme à une autre altitude ? Est-ce enfin même quand une sensation de faim par exemple, ou de repos, ou de chaleur semble en apparence la même, toutes les sensations où elle était insérée alors l'environnant encore, qu'elle en porte sur elle les pâles reflets, qu'elle est différente d'une sensation semblable ? Peut-être aussi c'était <la> spécificité de l'état de notre vie intérieure d'alors, de nos rêves de voyage et d'art, qui comme tous les états de pure pensée — ainsi qu'il arrive par exemple dans la lecture ou les rêves — a un pouvoir de différencier les choses sur lesquelles elle se projette que n'ont pas même les qualités particulières de ces choses : l'odeur des rues ou de la mer, le granit noir des maisons ou le noir des sombres forêts[b].

Ces modalités extérieures n'étaient pas seules pour différencier ces temps, car ce que je retrouvais en moi, aussi vague que ces sensations du temps qu'il fait etc. mais caressant ma mémoire d'une automne aussi vague et aussi aiguë, c'était mon rêve de beauté d'alors, ce qu'était pour moi la vie. Au centre de ces jours de Combray, de Querqueville, de Venise, se formait, s'arrondissait comme l'œuf d'une espèce disparue l'idée qui alors habitait pour moi tout le paysage et du fond de laquelle je le voyais et qui faisait pleuvoir sur lui ses rayons colorants. C'est là qu'elle reposait aujourd'hui. C'était dans une belle journée de Venise, c'était au bord des grèves de Querqueville que je venais[c] de retrouver ma croyance en Ruskin, en Elstir, déjà à demi mêlées à cette nature et sans que je puisse m'en plaindre puisque ma foi en leur vérité je ne les en avais jamais séparées et ne les avais adoptées que comme un regard plus profond pour les voir. Et en effet je ne les vois plus qu'à travers elle, à travers la pensée que tandis que je me promenais sur la plage de Querqueville ou dans le baptistère de St-Marc ne restait pas une idée de derrière la tête, de derrière le regard, mais se mêlait à ce que j'avais sous les yeux, et elles ajoutent à Venise ou à Querqueville une lumière, une qualité d'atmosphère morale qui se superpose et se marie à la chaleur ou à la légèreté de leur air, à leur soleil et à leur eau, et ne les individualise pas moins.

Quand déjà une fois le matin du mariage de Montargis[1], dans la lumière du soleil dorant la girouette de la maison d'en face, j'avais revu Venise, aussitôt j'avais voulu y retourner. Maintenant la manière dont venait toujours à moi le sentiment enivrant de la vie, hors du temps, de l'action présente, m'enseignait mieux que ce n'était pas à une jouissance dans le temps, à une action qu'il devait aboutir, car je ne l'y retrouverais pas. Sans doute y avait-il au fond de nous un être, — celui qui en moi venait de ressentir une telle joie, — qui ne se nourrissait que de l'essence des choses[1]. Or dans le présent, il ne pouvait la saisir soit que les sens ne puissent pas la lui apporter et qu'elle ne puisse être dégagée que par l'imagination, soit que dans l'action nous les[a] abordions par un côté d'utilité, de finalité égoïste qui nous empêche de les voir en elles-mêmes, soit que même si nous voulons les observer directement, l'intervention même <de> notre volonté, de notre intelligence, interpose mille données arbitraires entre la réalité et nous. Ce n'est pas qu'elle ne laisse pourtant son impression en nous. Mais par cette paresse qui nous fait tout le temps nous détourner de nous-même, et au moment où nous éprouvons sincèrement quelque chose, mettre à ce moment même dans notre esprit quelque propos machinal ou ardent d'habitude et de passion qui n'a aucun rapport avec ce que nous avons vraiment ressenti, ces impressions profondes nous restent inconnues. Notre intelligence aurait beau vouloir les chercher, elles sont en nous dans une région où elle ne peut pas pénétrer. Ce qu'elle cherchera à se représenter comme le passé sera tout autre. Et pour qu'il renaisse *[interrompu]*

M'est[b] arrivé soudain cette irrésistible joie, est suscité en moi un être inexistant l'instant d'avant, qui voulait vivre, qui voulait créer, qui ne craignait rien de la mort, qui se sentait immortel. Cet être[2], il languit en nous dans la jouissance ou <l'>observation du présent, soit que les sens ne lui apportent pas cette essence vraie des choses, avec ses délices, sa nourriture ou son ivresse qui ne peut se réaliser que dans l'imagination, soit qu'ils les fassent ou les laissent apercevoir dans le biais de l'activité utilitaire. Cet être qui ne se nourrit et <ne> s'enivre que de l'essence profonde, universelle, des choses, languit pendant la jouissance et l'observation du présent où nous abordons la réalité par le biais de l'utilité pratique ou le disposons arbitrairement selon les idées préconçues de l'intelligence. Ce n'est pas qu'à ce moment-là même elles n'aient fait sur nous une impression. Mais dans cette paresse qui nous détourne perpétuellement de nous-même, au lieu de tâcher à amener[c] à ce moment-là dans notre pensée un équivalent de notre impression, nous y mettons quelque parole extrêmement divergente soit langage de l'habitude machinale[3], comme je m'en étais aperçu sur le petit pont[d] de la Gracieuse quand j'exprimais l'idée que *[un blanc]* par le mot « zut », ou par un coup de parapluie, ou quand écoutant du Flaubert ou du Wagner, au lieu d'essayer de faire figurer dans notre langage ce que nous avons ressenti nous disons : « c'est admirable, c'est délicieux » — ou le langage de la passion comme quand sortant de chez les Guermantes je traduisais le plaisir que j'avais eu chez eux en disant : « Ce sont des gens vraiment bien intelligents » ou comme tout à l'heure Bloch qui pensant : « Quel ennui de ne pas avoir été assez courageux pour gifler ce monsieur », m'avait dit : « Je n'ai rien à objecter mais je trouve vraiment ffantastèque ces mœurs nouvelles. » Cet être intérieur ne languit pas moins dans la considération du passé — car ce que l'intelligence lui représente sous ce nom ce n'est pas lui, pas ces impressions auxquelles elle n'a pas voulu s'arrêter et qui dorment dans des régions obscures où elle n'a pas accès, mais des abstractions conventionnelles où ne reste rien de ce qui l'enchanterait. Et il languit aussi dans l'attente de l'avenir que la volonté construit avec des fragments du passé et du présent à qui elle retire encore un peu de réalité en leur donnant une affectation toute égoïste, une destination purement humaine. Ce n'est que l'imagination qui peut en dehors du temps lui apporter cette précieuse essence et c'est parce que extratemporel il ne peut avoir qu'une connaissance extratemporelle, qu'il n'a pas la crainte de l'avenir, se sent éternel. Mais l'imagination seule ne suffit pas. Pour qu'elle soit sûre non d'inventer, mais de recréer, il faut que le hasard lui fournisse le point de départ d'une sensation déjà éprouvée qui dans le déclenchement au fond de nous-même de la sensation semblable nous fournira la garantie de son authenticité, en même temps que la reconstruction de toutes les sensations au milieu desquelles elle survivait, sera conçue par l'esprit halluciné non comme possible, mais comme réelle, quoique non actuelle, ce qui ajoutera à la vision l'idée — désintéressée, hors du temps, mais réelle — d'existence. Je me souvenais que le jour du mariage de Montargis j'avais déjà une fois, le matin, dans le reflet que mettait le soleil sur la girouette de la maison d'en face, retrouvé Venise où j'avais aussitôt voulu retourner. Maintenant je comprenais mieux que ce n'était pas dans un voyage, dans un moment de l'avenir ou une action, que je pouvais prolonger, réaliser une joie que je ne rencontrais jamais que loin du lieu lui-même qu'elle m'évoquait[1], qu'au sein d'une autre chose à la fois différente et semblable, dans ce pavé de la cour de l'hôtel <de> Guermantes, dans ce heurt de la fourchette contre la soucoupe. Cette essence de la vie dégagée, ressentie, il ne fallait pas la réenfouir sous les mensonges, les obscurités de l'action, il fallait l'amener en pleine lumière, la fixer dans un équivalent qui ne fût ni le langage de l'habitude, ni celui de la passion, où chaque mot serait déterminé par elle, et non par la préoccupation de produire tel ou tel effet, par le laisser-aller des formules apprises qui reviennent, par les à-coups de l'humeur de l'individu physique qui ne peut s'oublier lui-même, qui garde en écrivant la sensation de son visage, de sa bouche, de ses mains, au lieu de ne plus être qu'une matière poreuse, ductile, se faisant elle-même l'impression qu'elle veut rendre, la mimant, la reproduisant, pour être sûr de ne pas l'altérer, de n'y rien ajouter. Aussi dans les livres que je sentais maintenant que je voulais écrire ne laisserais-je jamais quelque souvenir d'un autre écrivain, quelque désir de briller comme on en a dans la conversation, quelque intervention de ma personne matérielle et humaine dicter ; les mots ne s'arrangeront que selon la réalité intérieure aperçue, mes livres seront fils du silence et de la solitude non fils de la société et de la conversation[a1]. Comment cet art ne m'eût-il pas semblé précieux et valoir que j'y consacre mes années, n'était-il pas simplement la régression vers la vie, vers notre propre vie qu'à tous moments nous nous refusons à voir, par fatigue, par incitation, par faiblesse d'esprit[2], par machinisme, par passion croyant que nous voyons quelque chose de « fantastèque[3] » ou de « délicieux » quand nous voyons toute autre chose, mais sur quoi nous ne voulons pas fixer nos yeux, et que nous perdons à jamais ? Je comprenais que c'est parce que sur l'impression vraie des choses nous entassons à tous moments les abstractions de la pensée, la matière morte de l'habitude, de l'obscurité où il nous plaît de vivre, les fumées de la passion, les tourbillons de l'action, que inversement pour faire de l'art, c'est-à-dire pour retrouver la vie, il fallait non pas reproduire ce que nous croyons la vie, le passé, les actions et les mots, mais retirer successivement tout ce que nous avions, dans le moment même où nous l'éprouvions et bien plus ensuite dans la mémoire et le raisonnement déposé sur la vie, qui l'obscurcissait et à la reproduction de quoi tant d'artistes bornent l'art, croyant ainsi être réels et vivants. Maintenant diverses difficultés qui m'avaient arrêté jusqu'ici me semblaient ne plus avoir d'importance. Mettant l'objet de mon art dans une réalité sous-jacente à l'apparence des choses et qui se trouve aussi bien, et est aussi difficile à découvrir, sous une impression ressentie dans une cour princière que dans un atelier, en regardant passer un chambellan qu'en lisant un philosophe, je n'attachais plus aucune importance à la matière du livre et ne me souciais pas qu'il fût *[interrompu]*

XXIV.2

[Le texte interrompu du Cahier 58 se poursuit au Cahier 57. Il est plus proche du texte définitif, où certains de ses passages ont été retranscrits. Dans plusieurs

folios, l'enchaînement des paragraphes annonce celui du manuscrit. Le souvenir déclenché par « François le Champi », la distinction des réminiscences proprement dites et des impressions obscures à déchiffrer, la pauvreté d'une littérature de notations ou la condamnation du roman comme « défilé cinématographique », le rôle secondaire mais nécessaire de l'intelligence, l'approfondissement des lois psychologiques de toutes sortes définissent et précisent, non sans redites, l'esthétique du romancier ainsi que le pouvoir essentiel de la métaphore.]

Le domestique partit et mon exaltation s'étant accrue, je refis avec plus de violence le mouvement machinal qui accompagnait mes pensées et qui consistait à tirer l'un après l'autre les volumes « premières éditions, éditions originales » de la bibliothèque de la princesse[1] car j'étais bien content tant que durerait cette longue audition de *Parsifal* d'être enfermé pour pouvoir penser un peu à l'aise. Mais au moment où je venais de tirer un volume et de jeter distraitement un coup d'œil sur son titre : *François le Champi*[2], j'eus[a], tout d'un coup, un tressaillement désagréable, un vrai sursaut comme si je venais d'être frappé par quelque impression trop criardement dissonante d'avec mes pensées, avant que tout d'un coup je la reconnusse dans un flot de larmes, venue les soutenir, en harmonie profonde avec elle<s>. Comme le fils[b] d'un homme qui a rendu des services à l'État et qui, tandis que les fossoyeurs ferment la bière de son père et que les amis défilent dans le salon, avant le départ pour l'église, entendant tout à coup retentir une aigre musique sous ses fenêtres, se révolte, croit à quelque insulte jetée, par la gaieté populaire, à son chagrin. Mais tout à coup il comprend, ses yeux[c] se troublent de pleurs, c'est la musique d'un régiment qui vient pour rendre honneur à son père et s'associer à son deuil. Ainsi brusquement c'était un soir de Combray où je ne pouvais pas dormir, où ma mère avait passé la nuit, une nuit de clair de lune, à me lire *François le Champi*, c'était une tristesse bien ancienne qui aussitôt au moment où je[d] lisais le titre du volume m'avait serré le cœur, sans que d'abord je l'eusse reconnue. Je m'étais demandé avec colère quel était cet étranger[e] qui venait tout à coup me faire mal. Et tout d'un coup j'avais compris que cet étranger n'était autre que moi-même. C'était l'enfant que j'étais alors que le livre venait de susciter en moi, car de moi ce n'était que lui qu'il connaissait, il ne voulait être aimé que par son cœur et regardé que par ses yeux.

C'est[3] que la chimère de certains esprits qui par goût pour le mystère cherchent à croire que les objets conservent sur eux quelque chose des yeux qui les regardèrent, que les monuments et les tableaux ne nous apparaissent que sous le voile sensible que leur ont tissé depuis des siècles l'amour et la contemplation des choses, cette[f] chimère-là est vraie pour chacun de nous. En ce sens-là, en ce sens-là seulement, mais c'est le plus précieux, une chose conserve le regard que nous lui avons donné et, si nous nous retrouvons en face d'elle, ce regard elle nous le rendra avec toutes les images qui le remplissaient. C'est que les choses — et comme les autres sous sa couverture saumon et dans son volume *François le Champi* — sitôt qu'elles sont perçues sont converties en nous en quelque chose d'individuel, d'homogène à toutes nos préoccupations et sensations d'alors, mêlé à elles, à jamais inséparable d'elles. Son titre avait tissé pour toujours entre ses syllabes le clair de lune soyeux qui brillait[a] en cette nuit-là. Nous ne pouvons plus séparer de sa trame tout ce qui l'imprégna. Je frémis en pensant[b] au premier chapitre d'un plaisir que causa à ce moment en moi non sa beauté propre mais une odeur d'acacia que je n'ai pas reconnue. Et[c] il avait suffi que je l'aie aperçu sur un rayon de la bibliothèque de la princesse de Guermantes pour que se fût levé un enfant qui avait pris ma place, qui seul avait le droit de regarder ce nom *François le Champi* et le voyait même comme il le déchiffra, à peine sorti du papier qui l'enveloppait, avec la même impression de l'ombre de l'acacia, le même désir d'un voyage à Venise, la même angoisse[d] du coucher du lendemain. J'ouvris la première page, je relus la première phrase, elle portait encore enroulée autour d'elle, comme une écharpe céleste la sonorité de la voix bénie qui les lui lut. Que je me retrouve en présence d'un objet *[inachevé[e]]*

Et me rappelant le bruit de la cuiller contre la soucoupe, l'emploi de la serviette, l'inégalité des dalles dans la cour, qui m'avaient rendu des moments que j'avais vécus à Querqueville, à Venise, dans ce trajet en chemin de fer je compris quel abîme il y avait entre un passé retrouvé par hasard et les inexacts et froids fac-similés que sous ce nom de passé ma mémoire consciente, ma mémoire[f] visuelle, — comme si le sens de la vue était plus rapproché de l'intelligence, plus abstrait déjà, plus éloigné de la réalité que les autres — présentait à mon intelligence sur la réquisition de ma volonté. Bien souvent et tout à l'heure encore en m'acheminant vers l'hôtel <de> Guermantes je me disais que la vie était médiocre[1], et combien la vie spirituelle était sans joie pour moi. Mais ce n'était que ce que je regardais en fouillant dans ma mémoire, ce n'était pas la vie, les raisonnements[g] que je faisais alors n'étaient pas la vie spirituelle. Et alors je ne compris qu'à ce moment que c'était probablement elle la vie de l'esprit que je vivais à ce moment et que dans nos âmes où vices, vertus, qualités, jouissances, nous devons tout éprouver sans le connaître d'abord, sans soupçonner que cela ait quelque rapport avec les vices, les vertus, les qualités et les dons que nous avons entendu nommer, c'étaient les joies comme celles que je venais d'éprouver coup sur coup — et comme sans leur donner leur nom j'en avais déjà ressenties à Combray devant les aubépines, à Querqueville devant un rideau d'arbres, et un morceau d'étoffe verte, à Paris en entendant le bruit du calorifère à eau[1] — c'était cela les vraies joies spirituelles — sous la forme particulière où je pouvais les ressentir — que ce serait sans doute le genre de talent si j'en devais avoir, et que la vie la plus heureuse, serait bien en effet celle où ces moments de clairvoyance seraient les plus nombreux. Non, le passé, le vrai, non, la vie n'était pas médiocre. Il fallait qu'elle fût bien belle pour que des sensations si humbles, pourvu qu'elle nous les ait fait éprouver, pour qu'un simple moment du passé m'eussent enivré d'une joie si confiante, d'une si irrésistible joie. Peut-être d'abord ce qui me frappait en eux c'était combien chacun différait des autres. *Suivre quatre pages plus loin le morceau Bêta[2]. Puis le morceau Bêta finit par « suffisait à me rendre heureux ». Et alors je reprends ici : « De très simples moments du passé ? Plus peut-être » et suivre.*

Un simple moment du passé[3] ? Plus peut-être ; quelque chose qui était à la fois commun au présent <et> au passé. En moi l'être qui venait de renaître, c'était celui qui avait ressenti cette même impression de joie à Combray[a] devant les aubépines, à Querqueville devant un rideau d'arbres, et devant un morceau d'étoffe, à Paris en entendant le bruit du calorifère à eau, d'autres fois encore — et qui devait m'ôter pour un moment la peur de la mort parce que j'avais goûté une miette de madeleine dans une cuillerée de thé — (le même peut-être qu'un tableau d'Elstir ou une page de Bergotte laissait indifférent mais qui saisissait son aliment et sa proie si entre deux tableaux d'Elstir, sur deux pages différentes de Bergotte, il saisissait une arabesque, un rythme commun). Je le reconnaissais. Cet[b] être qui existe sans doute en chacun de nous ne se nourrit que de l'essence des choses. En elle seulement il trouve sa subsistance, ses délices. Il languit dans l'observation du présent où les sens ne peuvent la lui apporter. Il languit dans la considération du passé, que l'intelligence lui dessèche, et dans l'attente de l'avenir que la volonté construit avec des fragments du présent et du passé à qui elle retire encore de la réalité en leur assignant une affectation utilitaire[c], une destination étroitement humaine. Mais qu'un bruit, qu'une odeur déjà[d] perçue autrefois soit pour ainsi dire entendu, respirée à la fois dans le présent et dans le passé, réelle sans être actuelle, idéale sans être abstraite, aussitôt cette essence permanente des choses est libérée et notre vrai moi qui depuis longtemps peut-être était comme mort, mais qui, comme ces graines gelées qui des années plus tard peuvent germer, s'éveille, s'anime et se réjouit de la céleste nourriture qui lui est apportée. Une minute, affranchie de l'ordre du temps, a recréé en nous pour le sentir l'homme affranchi de l'ordre du temps. Et celui-là on comprend qu'il soit confiant dans sa joie, que le mot de « mort » n'ait pas de sens pour lui. Que pourrait-il craindre de l'avenir ?

Tant[1] de fois au cours de ma vie la réalité m'avait déçu, parce que, au moment où je la percevais, mon imagination qui était mon seul organe pour jouir de la beauté ne pouvait — en vertu de la loi inévitable qui veut qu'on ne puisse envisager que ce qui est absent — s'appliquer à elle. Et voici que soudain, l'effet[a] de cette dure loi s'était trouvé neutralisé, suspendu, par un expédient merveilleux de la nature, qui m'avait fait miroiter une sensation — bruit de fourchette et de marteau, même titre de livre etc. — à la fois dans le passé et dans le présent, et, en la situant hors de ce qui m'entourait et ayant réussi à isoler en quelque sorte un peu du temps permettait à mon imagination de la goûter en un rêve[b] auquel l'ébranlement effectif que le bruit, le contact du linge, etc., avait communiqué à mon être, ajoutait ce dont les rêves de l'imagination seule sont dépourvus, c'est-à-dire l'idée d'existence, l'idée d'actualité, sans lesquelles ils ne sont pas réalisés, et qui, grâce à ce subterfuge[c] ayant fait se rencontrer un peu de temps isolé, obtenu à l'état pur, avec l'imagination qui d'ordinaire ne l'appréhende jamais directement, avait fait traverser ma vision de beauté — la durée d'un éclair — par l'aiguillon <d'un> frémissement de bonheur.

Mais cette contemplation d'éternité était fugitive au moins autant que ce trompe-l'œil du passé, présent qui, incompatible peut-être avec le fonctionnement normal de la pensée, s'il eût duré un instant de plus, m'eût fait perdre connaissance, comme un point trop brillant qu'un hypnotiseur vous fait fixer ; et comme, inversement, parfois au moment de s'endormir, on <ne> touche pas, une seconde, avec ses yeux, avec tout son être le charme particulier d'un passé.

Car[d2] on peut prolonger les spectacles de la mémoire volontaire qui n'absorbent pas plus de nous-même que de feuilleter un livre d'images. Mais comme ces résurrections du passé la seconde qu'elles durent sont si totales, <elles> n'obligent[e] pas seulement que nos yeux cessent de voir ce qui est près d'eux pour regarder la ligne de la mer à Querqueville, <elles> obligent nos narines à respirer l'air, notre volonté à en bercer les projets, notre moi lui-même à s'y croire, ou du moins à trébucher entre lui et le moment présent, en une hésitation, un éblouissement qui ne peut durer qu'une seconde.

Car tandis que pour l'intelligence et les sens, même au moment où ils affirment la différence des lieux qu'ils voient, ces différences résultent seulement des combinaisons variées d'éléments foncièrement identiques — pierres affectant la forme d'un créneau gothique ou d'un chapiteau corinthien — ces lieux, ces moments qui avaient ressuscité à mon imagination avaient chacun — comme dans certains états du rêve où le fonctionnement de l'intelligence et des sens est également suspendu sur eux — comme un épais halo, comme un impalpable enduit fait de la lumière du passé — et garderaient pour moi quelque chose de particulier, d'irréductible à quoi que ce fût d'autre — matérialisation peut-être de l'heure et du <lieu[a]> où ils furent vus, qui les baignait et qui reste sur eux comme un épais halo, comme un impalpable enduit —, qui faisait de chacun d'eux comme l'entrée délicieuse de vies que j'avais vécues à Venise, à Querqueville, à Combray, absolument distinctes, sans équivalence ni communication entre elles et où je me retrouvais baignant chaque fois sous un ciel nouveau, dans une atmosphère, une lumière, une pensée spéciale.

Je repensais à Ruskin, qui m'avait fait croire à Venise avant de la voir, comme à un bon maître qui quand nous étions enfant nous a appris les éléments de la religion dont nous nous déprendrons peut-être plus tard mais qui feront que dans notre souvenir une âme cachée donnera aux fleurs d'un autel du mois de Marie ou d'un reposoir de la Fête Dieu une beauté que nous ne trouverons pas aux fleurs d'un buffet dans une soirée de contrat ou d'une voiturée de cocotte à la fête des fleurs. Et me récitant une de ces pages historiques je m'apercevais que l'air de <mes> journées de Venise était posé sur elles, je sentais que quand je relirais le livre je m'y promènerais en gondole, que le texte reposerait mes yeux comme le bleu profond du canal, que les colonnes roses de Saint-Marc tenteraient mon regard et ma main. Et comme le désir invite à la possession j'avais envie de partir pour Venise. Mais je songerais que toutes les réminiscences qui en faisaient la beauté c'est dans mon âme qu'elles flottaient et que, si jamais je pouvais espérer retourner dans ces jours de Venise, le seul quai d'embarquement où je dusse descendre pour cela était au fond de moi-même.

Déjà le jour du mariage de Montargis, je m'en souvenais, j'avais revu, dans l'embrasement de la girouette d'en face, Venise et Combray et pour aller plus à fond dans mon plaisir j'avais voulu prendre le train, sans me rendre compte que de telles impressions ne peuvent que s'évanouir au contact de la jouissance directe qui a été impuissante à les faire naître et que la seule manière de les goûter davantage, c'est de les connaître plus complètement, de les rendre claires jusqu'en leur profondeur en les convertissant en un équivalent de pensée, c'est-à-dire de signes, en une œuvre d'art[b1].

Peut-être serais-je amené par la rareté de telles résurrections fortuites du passé, à y mêler comme un métal moins pur, des souvenirs plus volontaires[1]. Mais je m'en abstiendrais le plus possible ne fût-ce que parce que leur vérité n'a pas de contrôle comme ont ceux qui sont renés d'eux-mêmes sans intervention de notre volonté ni de notre raison, attirés par une réalité identique qui leur met sa griffe d'authenticité, ainsi qu'à tou<tes> les sensations contemporaines qu'ils amènent autour d'eux, dans une proportion exacte de mémoire et d'oubli, de choses mises en lumière et laissées dans l'ombre.

Cependant je m'avisai que des impressions obscures avaient quelquefois sollicité ma pensée, à la façon de ces réminiscences, mais qui cachaient, non une sensation d'autrefois, mais une vérité nouvelle, une image précieuse, que je cherchais à découvrir par des efforts de même genre de ceux qu'on fait pour se rappeler quelque chose comme si nos plus belles idées étaient comme des airs, qui nous reviennent sans les avoir jamais entendus, et que nous nous efforçons d'écouter en nous où personne ne les a jamais mis, de distinguer, et de transcrire[2]. Je me souvins avec plaisir parce que cela me montrait que j'étais déjà le même alors et que on reconnaissait un trait fondamental de ma nature, avec tristesse aussi en songeant que je n'avais pas progressé depuis mon enfance, que déjà à Combray je fixais avec attention devant mon esprit quelque image qui m'avait fait impression, un nuage, un triangle, une tour, une fleur, un caillou, en sentant qu'il y avait dessous quelque chose de tout autre que je devais tâcher de trouver, une pensée qu'ils signifiaient à la façon de ces caractères hiéroglyphiques qui semblent représenter seulement des objets matériels. Sans doute ce déchiffrage était difficile mais seul il donnait quelque vérité à lire. Car les vérités que l'intelligence saisit directement à claire-voie dans le monde de la pleine lumière ont quelque chose de moins profond, de moins nécessaire que celles que la vie nous a malgré nous communiquées en une impression matérielle parce qu'elle est entrée par nos sens mais dont nous pouvons dégager l'esprit. Sous l'angle particulier d'où je voyais momentanément l'œuvre d'art — comme il fût arrivé sans doute sous un tout autre angle pourvu qu'il eût été vrai aussi — m'apparaissait l'erreur des conceptions de Bloch[3] qui m'avaient un moment embarrassé. Un sujet non frivole ou sentimental, non personnel ou mondain, mais peignant de grands mouvements ouvriers, ou ploutocratiques, ou à tout le moins à défaut de foules, non d'insignifiants oisifs mais de nobles intellectuels ? La réalité à exprimer gisait non dans l'apparence du sujet mais à une profondeur où cette apparence importait peu comme le symbolisaient ce heurt du couteau[4] contre une assiette et cette raide serviette de five o'clock mondain qui m'avaient été plus précieuses et sous lesquelles j'avais trouvé plus de vérité artistique que dans toute la conversation humanitaire et philosophique de Bloch[a]. « Plus de style disait-il, plus de littérature, de la vie. »

Or si même le roman devait se borner à reproduire ce que nous avons vu, le style serait peut-être un hors-d'œuvre, inutilement ajouté au défilé « cinématographique » des choses. Mais cette conception était absurde. D'abord rien ne s'éloigne plus de ce que nous percevons en réalité qu'un tableau[b] cinématographique, car les sensations de la vue (comme toutes les autres) que nous donnent les choses nous en versent au moment où nous les recevons une infinité d'autres. La couverture d'un livre que nous avons lu a tissé dans les caractères de son titre le clair de lune d'une nuit d'été. Le goût du café au lait[c] nous apporte[d] encore aujourd'hui cette vague espérance d'un beau temps qui si souvent, pendant que nous le buvions dans un bol de faïence blanche[e] et plissée, qui n'était que comme le durcissement autour de lui pour le contenir de sa propre crème, quand la journée était encore intacte et pleine, se mit à nous sourire dans l'incertitude du petit jour et du ciel matinal. Une lueur n'est pas qu'une lueur, c'est un vase rempli de parfums, de sons, de moments, d'entreprises et de climats. Et la littérature qui se contente de « décrire les choses », d'en donner un misérable relevé de lignes et de surfaces, est malgré sa prétention réaliste la plus éloignée de la réalité, celle qui nous appauvrit et nous attriste le plus. Car elle coupe brusquement toute communication de notre moi présent avec le passé dont les choses gardaient l'essence, et l'avenir où elles nous incitent à le goûter à nouveau.

Ce[1] que nous appelons « la réalité » c'est un certain rapport entre les sensations qui nous entourent simultanément, rapport qui ne peut être traduit par une simple succession cinématographique et que l'écrivain doit retrouver pour enchaîner l'une à l'autre dans une phrase, comme elles l'étaient dans son impression, deux sensations différentes. On peut[f] faire succéder indéfiniment dans une description les objets qui figuraient dans le lieu décrit. La vérité ne commence que quand l'écrivain prend deux objets différents, pose leur rapport et les attache indestructiblement par un lien indestructible, une alliance de mots. Le rapport peut être peu intéressant, les objets médiocres, le style mauvais mais tant qu'il n'y a pas eu cela il n'y a rien.

Mais il y avait plus. Si la réalité était cette sorte de déchet de l'expérience, à peu près identique pour chacun, et parce que quand nous disons « un mauvais temps », « une guerre », « une station de voiture », « un restaurant éclairé », « un jardin en fleurs », tout le monde sait ce que nous voulons dire ; si la réalité était cela, sans doute une sorte de défilé cinématographique[a] de ces choses suffirait, et le « style », la « littérature » qui s'écarterait de leurs simples données, serait un hors-d'œuvre artificiel.

Mais était-ce bien cela la réalité ? Si j'essayais de me rendre compte de ce qui se passe en effet au moment où une chose vous fait une certaine impression, je m'apercevais que[b] — soit que, comme ce jour où passant sur le pont de la Vivonne, le calme de l'ombre d'un nuage sur l'eau m'avait fait crier : « Zut alors », en sautant de joie, soit qu'écoutant une phrase de Flaubert tout ce que nous voyons de notre impression c'est : « C'est admirable » — cette impression nous nous empressions de la laisser tomber au plus obscur de nous-même, sans l'avoir seulement aperçue, et nous empressant de lui substituer, pour donner une cause à l'émotion qu'elle pouvait nous donner, un prétendu équivalent intellectuel n'ayant qu'un vague rapport avec elle, qui devenait, pour nous, elle. Parfois c'était un sentiment égoïste qui faisait que nous l'exprimions à rebours, comme quand flatté d'être reçu chez les Guermantes, ayant fait chez eux un repas copieux, m'étant réchauffé à leur sympathie, étant devenu momentanément semblable à eux, je m'écriais : « Quels êtres exquis, intelligents. » Or comme Bloch tout à l'heure, désagréablement surpris par l'apostrophe d'un passant, disait en riant beaucoup et comme intéressé par la singularité de la chose : « Je trouve cela ffantastèque », même dans les joies artistiques qu'on recherche pourtant en vue de l'impression qu'elles donnent, nous nous arrangeons le plus vite possible à laisser de côté comme inexprimable ce qui est précisément cette impression et à nous attacher à ce qui nous permet d'en éprouver aussi souvent que possible le plaisir sans le connaître jamais plus à fond (car même pour les plus artistes, quand on étudie plus à fond un morceau de musique, un tableau, ce que l'on approfondit ce n'est pas intime mais des notions valables pour tous qu'on lui a substituées) et de croire la communiquer à d'autres amateurs, avec qui la conversation sera possible parce que nous leur parlerons d'une chose qui est la même dans les moments même où nous sommes spectateurs plus désintéressés de la nature, de la société, de l'art lui-même dont pourtant on ne recherche les spectacles que pour l'impression qu'ils nous donnent — comme toute impression est double, à demi engainée dans l'objet, prolongée en nous-même par une autre moitié que seule nous pourrions connaître, nous nous empressons de négliger celle-là, et nous ne tenons compte que de l'autre moitié qui ne pouvant pas être approfondie parce qu'elle est extérieure <ne> sera cause pour nous d'aucune fatigue. Le petit sillon[a1] qu'une symphonie ou la vue d'une cathédrale a creusé en nous nous trouvons trop difficile de tâcher de l'apercevoir. Mais nous rejouons la symphonie, nous définissons ses formes, la pureté de ses rythmes avec d'autres rythmes, d'autres auteurs, nous retournons <voir> la cathédrale, nous différencions son style de celui des cathédrales de même époque, jusqu'à ce que nous les connaissions aussi bien que n'importe quel wagnérien ou archéologue et nous n'avons de repos que dans l'érudition, dans cette fuite loin de notre propre vie que nous n'avons pas le courage de regarder. Et nous recueillons cette mélancolie de constater que notre goût, notre intelligence, ne nous ont servi qu'à nous élever à être exactement pareils à d'autres hommes qui sont parfaitement instruits en musique et en archéologie. Dans l'amour même pour qui cependant il semble que le souvenir, les tendres impressions devraient être si chères, cherchons-nous jamais à en prendre conscience, à les préserver de l'anéantissement ? Nullement. Tandis que les impressions les plus précieuses de l'amour — elles doivent l'être pour nous émouvoir à ce point — passent au fond de notre cœur, le premier jour où la jeune fille que nous aimons nous a parlé, celui où elle nous a appelé par notre prénom, celui où elle nous a laissé l'embrasser — nous ne cherchons pas à les connaître, à élever à la lumière, à préserver du néant ce qu'elles contiennent d'original, de si nouveau et de si doux, nous aussi, sûrs[b] du résultat obtenu, nous nous attachons au fait seul ; nous en détournons les yeux, nous nous attachions tellement au fait lui-même, purement utile et sans élément qualitatif ni durable, comme à un échelon que nous avons réussi à saisir et qui nous rapproche d'un bonheur plus grand où demain peut-être nous parviendrons. Nous reproduisons pourtant parfois en nous par le souvenir le plaisir que nous avons eu sans chercher à le voir plus clairement de sorte que quand nous n'aimons plus la jeune fille ces moments sont anéantis alors que nous aurions dû en dégager la réalité éternelle de l'amour qui a passé en nous grâce à elle. Quand Maria m'avait pour la première fois appelé par mon prénom[2], semblant ainsi me dévêtir de toutes mes écorces et coques sociales, et prendre ainsi mon être, avec délicatesse, entre ses lèvres, qui lui faisaient éprouver le plus intime attouchement, avais-je cherché à éclaircir, c'est-à-dire, à me rendre maître de ce que cette joie avait de si nouveau et de si doux ? Non ! ravi des espérances que pouvait me donner ce premier succès je ne retenais que le fait lui-même, ce rapport nouveau existant entre elle et moi qui n'avait en lui-même aucune réalité originale, mais une simple utilité pratique comme un échelon sur lequel j'avais réussi à poser le pied et qui allait me servir à avancer, et que j'oublierais entièrement quand le progrès sur des échelons plus élevés aurait rendu celui-là inutile.

Or ce que nous avons substitué à une impression trop difficile à fixer c'est cela que nous croyons être elle[a]. Et peu à peu[1], conservée par la mémoire, c'est la chaîne mensongère de ces secs mémentos d'où est absent tout ce que nous avons réellement éprouvé, c'est cela <qui> constitue pour nous notre vie, la réalité[b] et c'est ce mensonge que nous représenterait un art qui se dit « vécu », simple comme la vie, se refusant à être « littéraire », double emploi si ennuyeux et si vain avec ce que nos yeux voient et ce que notre intelligence constate qu'on se demande où celui qui s'y livre peut trouver l'étincelle de joie, le moteur capable de la faire avancer dans sa besogne.

Non ! la grandeur de l'autre art, de celui qu'on appelait un jeu d'artiste, c'était justement de retrouver, de ressaisir, de nous faire connaître cette réalité loin de laquelle nous vivons, de laquelle nous nous écartons de plus en plus au fur et à mesure que s'épaissit la connaissance conventionnelle que nous lui substituons et que nous risquerions fort de mourir sans avoir connue : notre vie. Ce travail de l'artiste, de chercher à apercevoir sous de la matière, sous de l'expérience, sous des mots, quelque chose de différent et de profond[2], c'est tout simplement le travail inverse de celui que fait en nous l'intelligence, l'amour-propre, la passion, l'habitude quand elle amasse au-dessus de nos impressions pour nous les cacher les clichés photographiques, nomenclatures et buts pratiques que nous appelons faussement la vie[3]. Mais pendant ce temps nous perdons notre vie, nous n'en gardons rien ; bientôt ces profondeurs où elle passe et d'où nous détournons les yeux sont recouvertes de tant d'habitudes machinales et de notions fausses que, les yeux ou l'esprit fixés sur quelque parole qui n'a aucun rapport avec elle, nous ne l'apercevons même plus. Eh bien, je sentais maintenant que l'autre art c'était celui qui cherchait à remonter à cette vie, à briser de toutes ses forces la glace des idées, des habitudes et des mots qui nous la cachent, à retrouver la mer libre, à nous remettre face à face avec la réalité, à nous la rendre. Il vivra de cette vérité profonde que nous appelons beauté ; il ne se contentera pas de faire défiler les unes après les autres des choses si jolies soient-elles, il dégagera leur essence commune il leur imposera un rapport analogue dans le monde de l'art à ce qu'est la loi causale dans le monde de la science, et qui sont les anneaux nécessaires par où dure un beau style. Même ainsi que la vie quand en rapprochant une qualité commune à deux sensations, comme tout à l'heure le coup de cuiller sur la soucoupe, dégage leur essence commune, pour la soustraire aux contingences du temps et du particulier il enfermera cette essence dans une métaphore[1]. Mais c'est un art raffiné, inaccessible à l'ouvrier dira Bloch. D'abord, pourquoi ces grands amis des ouvriers *[interrompu]*

Ainsi nous passons à *[interrompu]*

Ce travail qu'ont fait notre amour-propre, notre passion, notre intelligence, notre esprit d'imitation, du désir des arts, notre goût des formules brillantes, nos habitudes pour nous cacher la vie, c'est ce travail que nous déferons, c'est la même marche en sens contraire que nous suivrons. Mais[2] vous y perdrez votre virtuosité, votre métier, cette habileté naturelle. Il s'agit bien de cela. Il s'agit de connaître notre vie. Cette virtuosité, cette facilité ne valent que par le sacrifice qu'il faut en faire sur l'autel de divinités plus hautes. Victimes agréables et choisies d'ailleurs où nous étions excusables de mettre notre complaisance, car souvent la facilité elle-même signifie aussi facilité plus grande à voir que la facilité n'est rien[a].

Et quand nous aurons atteint la réalité, pour l'exprimer, pour la conserver, nous écarterons tout ce qui est différent d'elle que ne cesse de nous suggérer la vitesse acquise de l'habitude. Plus que tout j'écarterai ces paroles que les lèvres plutôt que la pensée choisissent, ces paroles pleines d'humour, comme on en dit dans la conversation et qui après une longue conversation, quand on a cessé pendant un certain temps d'être soi-même, bourdonnent encore dans notre esprit, l'emplissent de mensonge, et qu'il n'a pas la force de réfréner, ces paroles toutes physiques qui viennent non de l'être profond, mais du moi individuel, qu'on accompagne en les écrivant d'une petite grimace qui gardera écrite la sensation de son menton et de sa cravate, — la petite grimace qui altère à tout moment la phrase d'un Sainte-Beuve. Les livres sont les enfants du silence[3] et ne doivent rien avoir de commun avec les enfants de la causerie.

C'est le petit trait[b] que l'image, l'impression d'une chose avait marqué en relief en nous, auquel il faut arriver, s'attacher scrupuleusement, en faire sortir la signification. Toujours cette image qui recèle <quelque chose> d'autre qu'elle, se distingue des autres à l'instant même où elle est perçue des autres, nous sentons qu'elle a un fond que nous ne voyons pas, semblable à quelque chose que sa vue a ébranlé en nous-même, si bien qu'en cherchant en nous, peut-être pourrions-nous le trouver. Mais que ce sera difficile. Sans cesse <il faut> ramener devant notre attention l'image pour qu'elle fasse en nous tressaillir ce quelque chose d'inconnu, que, mieux préparés, nous pourrons peut-être saisir. Je me souvenais qu'à Combray au moment <où> une telle image me passait devant les yeux, sans bien apercevoir ce qu'elle recouvrait, je m'apercevais qu'il y avait quelque chose d'autre qu'elle-même en elle. Que de fois à Combray, dans mes promenades du côté de Méséglise ou de Guermantes[1], je l'ai dit, je revins avec une telle image, devant laquelle j'étais tombé en arrêt un instant, que je sentais n'être qu'un couvercle bien qu'elle parût faute de temps semblable aux autres, un clocher oscillant devant un train, la courbure triste d'une barque, une tête de paysanne, tant d'images que j'avais rapportées dans ma pensée et qui y étaient le plus souvent restées comme des ornements inutiles, incompréhensibles, dont je n'avais pas eu la force de recréer en moi ce qu'ils signifiaient. En m'en souvenant, j'éprouvais quelque plaisir à voir que ma manière particulière d'être averti de la présence d'une réalité profonde sous les apparences était déjà quand j'étais tout enfant la même qu'aujourd'hui ; mais c'était avec tristesse aussi en pensant à tout ce temps perdu.

Cependant je m'avisai que si c'était toujours sous quelque image que la réalité à découvrir se présentait à moi, cette réalité n'était pas toujours un moment de mon passé[2], mais quelquefois une vérité nouvelle pour moi, et à laquelle il me fallait arriver de la même manière, en fixant mes yeux sur l'image, en me demandant ce qui était derrière elle, en tâchant de me souvenir de cette pensée que je ne connaissais pas, comme si les plus belles étaient comme des airs qui nous tourmentent du désir de les retrouver bien que nous ne les ayons jamais entendus, et que nous nous efforçons d'écouter, d'approcher de notre oreille intérieure, de distinguer, de transcrire sans que pourtant personne les ait mis en nous. Grande difficulté que ce soit ainsi sous quelque chose de matériel, sous une simple forme, que soit cachée une vérité. Comment de ceci ferais-je sortir cela ? J'ai bien senti, en touchant par la pensée cette image qui est dans mon cerveau, que sous elle il y a quelque chose, mais quoi ? Je promène de nouveau ma pensée dans mon cerveau comme une sonde, je cherche le point précis de l'image où j'ai senti quelque chose, jusqu'à ce que je l'aie retrouvé, ma pensée s'est heurtée à quelque chose qui l'arrêtait, à un peu de matière, je veux dire de pensée encore inconnue en moi, encore obscure sous son voile d'inconscient, et aussitôt elle l'a reperdue. Parfois je recommençais dix, vingt fois, la sonde se fatiguait devenant moins sûre, allant moins loin dans son exploration, bientôt l'image qu'elle touche n'est plus la première, la précieuse, mais une autre qui s'y est déjà substituée, moins profonde et qui ne contient pas l'obstacle fécond. Souvent cela restait ainsi. Je venais de perdre une idée que je ne connaîtrais jamais, une de ces créatures endormies au fond de nous sous les limbes de l'inconscient, qui ne peuvent naître et être délivrées que si nous réussissons à briser leur chrysalide, conduits vers elles sans les connaître encore par le pressentiment et le désir de leur beauté[a]. Et c'était toujours ainsi. C'était toujours sous des images que je pressentais la vérité précieuse, sur une figure de fleur, de forêt, de château, de poignard, d'oiseau, quelquefois une simple figure géométrique, un parallélogramme, un triangle, tout ce grimoire compliqué et fleuri, plein de formes naturelles, comme des hiéroglyphes pour l'intelligence de qui personne ni moi-même ne pouvait me donner de règle, sa lecture consistant en un acte de création, de résurrection auquel rien ne peut suppléer, pour qu'un moment paraisse la réalité même et la vie. Mais c'est aussi le seul livre que nous ait vraiment dicté la réalité, l'impression qu'elle nous a faite c'est la griffe de son authenticité. L'image rencontrée par hasard au-dehors qui déclenche, automatiquement s'il s'agit des réminiscences, la résurrection d'un moment passé, est le contrôle même de leur vérité, puisque nous en ressentons la joie de <la> réalité retrouvée, son effort pour remonter à la lumière, avant qu'il n'y ait eu intervention de notre volonté et de notre intelligence ; et c'est la confirmation aussi de la vérité de tout le tableau des impressions subjectives que l'impression renaissante ramène avec elle, dans la juste et unique proportion de lumière et d'ombre, que la mémoire et l'observation consciente ne sauraient pas nous prêter.

S'il s'agit d'une vérité, vérité du sentiment ou de la vie, sa figure matérielle, la trace de l'impression qu'elle nous a faite est encore le gage de sa vérité nécessaire. Les idées formées par l'intelligence pure n'ont qu'une vérité logique[1], une vérité possible, leur élection est arbitraire. Ce livre-là est notre seul livre. Ce qui est clair avant nous n'est pas à nous. Nous ne tirons de nous-même que ce que nous tirons de l'obscurité qui est en nous et que ne connaissent pas les autres. D'ailleurs comme l'art recompose exactement la vie, autour de ces vérités plus vraies qu'on a atteintes en soi-même flotte une atmosphère de poésie, une douceur de mystère qui n'est que la profondeur de la pénombre que nous avons traversée. Les vérités précieuses que l'intelligence cueille à claire-voie devant elle en pleine lumière ont des contours plus accusés, plus secs, et sont planes, n'ont pas de profondeur parce qu'elles n'ont pas été recréées. Souvent des écrivains, au fond de qui n'apparaissent plus ces vérités mystérieuses, n'écrivent plus à partir d'un certain âge qu'avec leur intelligence[b], qui, cependant, a pris de plus en plus de force. Les livres de leur maturité ont souvent plus d'autorité plus de force, mais ils ne baignent plus dans le même velours.

Cette indication exacte d'un degré de profondeur de la pensée de l'écrivain, que le style fournit à tout moment, de lui-même, à celui qui le consulte comme le baromètre de l'aviateur ou la boussole du marin sans qu'il soit nécessaire d'avoir mesuré le trajet parcouru, la profondeur étant, non une qualité intrinsèque du privilège[a] exclusif de certains sujets préconisés par les écrivains amis d'un Bloch, mais une sorte de degré de l'intuition ; me réservant d'examiner plus tard si à une même profondeur les objets ne comportaient pas cependant une importance plus ou moins grande, je sentais que quand un de ces mêmes écrivains qui, n'étant pas arrivé à eux avec profondeur, ne retirait pas de son langage ce qui est passion, ce qui est humeur, ce qui est imitation, atmosphère ambiante, idée mal éclaircie, expression faussée par l'amour-propre dont on est dupe, etc., qui n'approfondit aucune situation, n'invente aucune image, sous prétexte de langage populaire ne fait pas fondre au creuset de sa sincérité les banalités d'une pensée qui ne se comprend qu'à demi et d'un sentiment dont l'intelligence resta la dupe, — venaient[1] flétrir ensuite l'art mondain, l'art frivole, sans intérêt, immoral, art matérialiste, art de femmelettes, etc., je pensais que croire que leur art à eux est élevé et puissant, ce serait réputer l'intention pour le fait autant que dans la vie appeler « bons » les hommes qui flétrissent sans cesse les méchancetés et ne parlent que de vertus, quand même ils seraient incapables de mettre de la bonté dans la plus petite action. Et quand après dix pages de considérations générales, l'écrivain se trouve enfin devant le fossé à sauter, une chose à prendre par une image et qu'il échoue misérablement, on a beau objecter qu'il est intelligent, qu'ils étaient intelligents mais cette prétendue circonstance atténuante ne devrait pas être comptée à l'actif d'un artiste plus que le fameux : « Il aime tant sa mère », qui a été plus ridiculisé mais qui n'est qu'aussi ridicule. Son art si spiritualiste de tendances qu'il soit est plus matérialiste que les autres, puisqu'il ne sait pas descendre au-delà des apparences, et même qu'un art qui a quelque objet chétif et purement matériel mais dans les profondeurs de qui il est descendu.

Et certaines de ces vérités mêmes sont des créatures tout à fait surnaturelles que nous n'avons jamais vues, et pourtant que nous reconnaissons avec un plaisir infini quand un grand artiste réussit à les amener du monde divin où il <a> accès, pour qu'elles viennent un moment briller au-dessus du nôtre. N'était-ce pas une de ces créatures, n'appartenant à aucune des espèces de réalités, à aucun des règnes de la nature que nous puissions concevoir, que ce motif de « L'Enchantement du Vendredi saint[2] » qui, sans doute par une porte du grand salon entrouverte à cause de la chaleur, me parvenait depuis un moment, fournissant un appui à mon idée si même elle ne venait pas de m'être suggérée par lui. Avec son archet Wagner semble se contenter de la découvrir, de la rendre visible comme une peinture effacée qu'on dégage, d'en faire apparaître tous les contours, avec la sûreté prudente et tendre d'instruments qui les suivent à la piste, s'altérant légèrement pour indiquer une ombre, marquant avec plus de hardiesse l'éclat plus grand où parvient un moment avant de disparaître la vision scrupuleusement respectée, à laquelle ils n'eussent pas pu ajouter un seul trait, sans que nous eussions senti que Wagner ajoutait, qu'il mentait, qu'il cessait de voir et cachait son obscurcissement par des parcelles de son cru. La parenté certaine qu'elle avait avec le premier éveil du printemps en quoi consistait-elle ? Qui aurait pu le dire ? Elle était encore là, comme une bulle irisée qui se soutient encore, comme un arc-en-ciel, qui un moment s'était affaibli, mais avait recommencé à briller d'un plus vif éclat et, aux deux couleurs qu'il irisait seulement d'abord, ajoute maintenant tous les tons du prisme et les fait chanter. Et on restait extasié et muet, comme si on eût dû compromettre par un mouvement le prestige délicieux et fragile qu'on voulait admirer encore tant qu'il durerait et qui dans un moment allait s'évanouir.

Sans doute[1] de telles vérités inintelligibles, immédiatement senties, sont trop rares pour qu'une œuvre d'art ne soit faite que d'elles ; il faut les enchâsser dans une matière moins pure. Mais si l'on n'utilise pour cela que les vérités, secondaires peut-être par leur objet, mais dont la découverte nous a donné un moment de joie, tant de remarques s'appliquant aux passions, aux mœurs, cette partie moins précieuse de l'œuvre sera encore pénétrée d'esprit. Encore là convient-il de ne pas se tenir aux différences superficielles de l'objet. Quoi que Bloch s'imaginât, l'intérêt des lois qui régissent les mouvements de l'amour-propre, de la jalousie et de tant d'autres sentiments profonds sont tout aussi intéressants à étudier chez un homme du monde insignifiant que chez un écrivain, parce qu'ils font partie d'une vie organique qui obéit à des lois toujours identiques, comme la circulation du sang, ou les échanges respiratoires qu'un physiologiste étudiera. Sans cela[a2] l'étude du caractère de l'artiste doué Steinbock dans *La Cousine Bette* de Balzac, étude ennuyeuse et médiocre, serait forcément plus intéressante que celle du caractère du sot abbé Birotteau dans *Le Curé de Tours* qui est admirable.

Encore si l'œuvre est un roman faudrait-il ne pas se contenter d'étudier ces caractères comme s'ils étaient immobiles. Mais pour emprunter le langage de la géométrie, non point une psychologie plane, mais une psychologie dans l'espace[3] et faire subir aux caractères les mouvements en quelque sorte mathématiques qui se passent à l'intérieur d'un caractère étant indirectement soumis à d'autres mouvements qui agissent sur le caractère lui-même et à la fois altèrent ses molécules, et au-dehors les font lentement changer de place dans l'ensemble des autres êtres qui réagissent sur lui[a].

Cette vérité, de la plus poétique à celle qui n'est que psychologique, il faudrait que ce qui l'exprime — langage, personnages, action — fût en quelque sorte entièrement choisi et créé par elle, de façon à lui ressembler entièrement, à ce qu'aucune parole étrangère ne la dénaturât. Je n'aurais voulu, si j'avais été un écrivain, y employer comme matière que ce qui dans ma vie m'avait donné la sensation de la réalité et non du mensonge[b]. Pour le vêtement des plus poétiques il serait fait comme les robes d'aurore etc., comme entre les robes couleur du temps de la substance transparente des heures les plus belles[1], dont nous avons gardé le souvenir, de <telle> matinée d'automne, de telle fin d'après-midi d'été où une chose nous apparut, <où> nous vîmes tout d'un coup engendrée par elles deux, une réalité poétique et complète, moments vraiment musicaux, heures conservées dans la mémoire, enserrées dans la mémoire en vue de ce beau sacrifice et d'où nous les tirerions pour fournir — parfois plusieurs seraient nécessaires *— vérifier pour cela —* pour offrir à une idée la forme d'<une> épithète[c], entre les journées d'autrefois qui sont restées particulièrement belles qui sont dans notre souvenir. Une fin d'après-midi lumineuse dans une église de campagne deviendrait un adjectif, une promenade l'hiver en forêt en donnerait peut-être un autre, afin du sacrifice de tous ces beaux jours d'autrefois de tirer une goutte de parfum. Quant à ces minutes de particulière allégresse où nous sentîmes tout d'un coup en une chose les qualités, l'essence incarnée d'une autre, elles nous fourniraient ce qui en est l'équivalent dans le langage, une métaphore. Mais comme dans ces moments les plus lucides nous ne vîmes qu'une faible partie vraie — la base d'un clocher par exemple élancée au soleil couchant — qui nous donne[d] tant de joie — d'une chose dont le reste demeurerait pour nous opaque, simple objet d'observation, il faudra aller chercher à des années d'intervalle et dans des lieux différents, une heure favorisée où une autre partie de la même chose nous fut révélée pour la faire glisser à côté de l'autre, trop heureux si en sacrifiant pour cela nos plus beaux jours d'autrefois nous pourrions arriver à reconstituer, une fois une chose, <une> vérité, dans toutes ses dimensions de réalité, tel<le> que nous la verrions à la fois dans la réalité si nous ne nous laissons pas effrayer alors par la crainte des modernistes de faire un morceau, puisque nous savons qu'il n'y a pas dedans une parcelle de rhétorique et que tout a été tiré de l'expérience et de la vie, mais dédaignant le système de

« notation », qui sous prétexte de replacer l'éclair de lucidité dans les circonstances où il se produisit replace l'œuvre d'art dans le plan des contingences de la vie et use d'un réalisme psychologique qui est aussi superficiel que l'autre. Les vérités moins poétiques, celles qui résultent d'une identité, perçue entre les caractères des différents hommes ou des différentes situations de la vie, appellent une action dans des personnages, personnages qui peuvent être engendrés de personnages connus dans la vie, mais si bien réduits en leurs éléments constitutifs qu'ils se reproduiraient comme les végétaux ou les animaux inférieurs par voie, parfois de division, parfois de multiplication, une seule qualité de quelqu'un qu'on a <connu[a]> devenant une personne et parfois s'unissant pour cela à une qualité d'une personne tout autre, sans rien laisser dans le livre des circonstances du fait, des contingences de la vie — exprimées elles-mêmes par des situations créées à dessein pour les symboliser — pour que rien de réfractaire ne se mêle dans le livre à une essence spirituelle, homogène, malgré ses nuances infinies et de façon que, quand le plus léger souffle le traversera, il puisse s'y propager et le faire frémir tout entier comme cette matière sonore de la symphonie musicale où la plus légère inquiétude, l'ombre la plus furtive, la plus instable velléité de gaieté fait frissonner, obscurcit, ou anime à la fois tous les instruments.

Mais[b] dans l'expression de cette vérité il faudra bien se garder que rien n'intervienne de ce qui l'avait elle-même obscurcie, ne pas la laisser altérer par l'homme superficiel — l'homme qui garde la sensation de son visage et de sa cravate pendant qu'il compose, qui écrit certains mots comme il les prononcerait pour le plaisir de les accompagner d'un petit haussement d'épaules et qui réalise la plénitude de l'épithète qu'il choisit non dans son style mais entre ses dents où le plaisir qu'il en ressent, au lieu de les motiver entièrement dans son style par des vérités, éprouve le besoin de se compléter dans sa joue par une petite grimace complémentaire[1] du choix bizarre de toutes les épithètes de Sainte-Beuve comme des diatribes de certains écrivains d'aujourd'hui contre l'art contemporain — l'homme qui croit que la réalité peut se réaliser dans l'action et qui attache une importance à « son passé », à des amitiés intellectuelles, l'homme dont les mots sont choisis par une humeur, une émotion factice, dont il est dupe. Il ne faut <pas> que les enfants du mensonge et de la parole aient rien de commun avec les beaux livres qui sont les enfants de la Solitude et du Silence[2]. Mais redéfaisant ainsi pièce à pièce votre langage, comme vous avez défait vos souvenirs des choses, dira-t-on, ne craignez-vous pas de perdre votre habileté technique, votre virtuosité. Il s'agit bien de cela ! Mais de la réalité de la vie. La virtuosité, la « facilité », ne valent que par le sacrifice qu'on en fait sur l'autel de divinités plus hautes. Victimes choisies d'ailleurs, où nous n'avions pas tort de mettre notre complaisance, car souvent la facilité s'accompagne d'une facilité plus grande à voir que la facilité n'est rien. Ce dont il s'agit, c'est de connaître enfin la réalité, de briser la glace des habitudes — des mots dits mécaniquement pour imiter les autres ou pour donner satisfaction à nos nerfs ou *[plusieurs mots illisibles]* qui se perd immédiatement *[un mot illisible]* et nous en sépare. Il s'agit qu'ayant peu à peu redéfait en sens inverse tout ce qui nous éloignait de la vie, l'art se trouve être précisément, intégralement, la vie. La nature même ne m'avait-elle pas mis sur le chemin ? En ne me permettant de connaître la réalité des heures de ma vie que longtemps après les avoir vécues et enveloppée en tout autre chose qu'elles, les après-midi de Combray dans le bruit de cloche de l'horloge de mon voisin, les matinées de Rivebelle dans le bruit de notre calorifère, ne faisait-elle pas déjà de l'art ? N'était-ce pas de l'art qu'elle faisait encore quand au moment où je sortais pour aller pour la première fois il y a bien longtemps dans ce même hôtel Guermantes où je me trouvais aujourd'hui elle avait <attaché> à une sensation véritable, éprouvé alors, le bruit du tonnerre, *[plusieurs mots illisibles]* tant de sensations du passé, odeur du lilas, *[plusieurs mots illisibles]* des soirées des *[plusieurs mots illisibles]* assemblant des choses, qui avaient une affinité les unes pour les autres, faisant sa part à l'imagination, et faisant maintenir le passé déployé sur différents plans à la minute présente qui devant une sorte de cadre délicieux pour la vue prenait la consistance, les dimensions, la plénitude, la généralité, les attractions d'un beau roman qu'on voudrait vivre. Il s'agit de retrouver et d'atteindre la mer libre, d'atteindre enfin cette chose à laquelle nous tenons bien peu puisque nous mourrons sans l'avoir connue (et que nous lui laissons substituer le revêtement apparent des choses, le même pour tous) : notre vie.

Et pourtant il n'y a qu'elle qui soit vraiment belle et puisse nous donner <le point de vue> qui ne ressemble à aucun autre d'où nous pouvons les mépriser tous et les malheurs aussi. N'était-ce pas un peu de cette beauté passée que je découvrais dans les pages d'un livre que je feuilletais tout en songeant, un des seuls livres modernes de la bibliothèque de la princesse de Guermantes, un vieux recueil d'articles de Bergotte, ouvrage épuisé et que je ne possédais pas, mais dont j'avais lu[a] autrefois dans des revues presque tous les morceaux qui y figuraient ? Comment la princesse de Guermantes le possédait-elle ? Je regardai la première page, je vis une dédicace : *À monsieur le prince de Guermantes ces humbles pages comme un hommage fervent à tout l'esprit de sa délicatesse et à toutes les délicatesses de son esprit.* Hélas le même homme dont la pensée s'enivre de dominer les lieux et les siècles prouve en flattant M. de Guermantes qu'il a cru une chose importante pour lui, d'être de l'Académie (où M. de Guermantes compte des parents et des amis) ou simplement d'être en relations avec un grand seigneur. Dualisme aussi troublant que celui du philosophe idéaliste qui règle toute sa vie d'après l'existence d'un monde extérieur à laquelle il ne croit pas[a]. D'abord je n'ose pas l'ouvrir. Ces premiers essais de Bergotte que j'aimais plus que tout ce qu'il a fait depuis, comment les trouverais-je maintenant[1] ? Ce charme, cette douceur qui m'y enchantaient, d'une douceur donnant aux plus simples pages, la fluidité aérienne, ensoleillée et caressante d'une première journée de printemps et que je n'ai jamais trouvé dans les chefs-d'œuvre qu'il a écrits plus tard, n'était-ce pas moi qui l'y mettais, par une façon de lire, par exemple parce que m'imaginant alors, à Combray, que Bergotte était un doux vieillard, et que comme une jeune fille de province qui dénature les œuvres qu'elle joue parce que personne ne lui a indiqué le mouvement où il faut les prendre, je chantais tout le livre en le lisant à la fois trop *andante* et trop *piano*, ce qui en augmentait la mollesse et en changeait le caractère ? De plus d'un de ces essais, je ne me rappelais rien sinon çà et là, comme d'une mosaïque plongée dans l'ombre et dont on ne peut distinguer ce qu'elle représente <sauf> quelques points étincelant de couleur. Mais cette couleur avait-elle été mise par Bergotte ? Ou l'y avais-je mise en comprenant mal une phrase de lui, en associant à un mot qu'il avait employé un souvenir personnel, n'était-elle pas tout simplement la couleur du lieu où je le lisais ? D'une page sur la cathédrale de Reims je n'avais gardé qu'une impression de bleu azur. Je la relis sans pouvoir trouver ce qui l'avait motivée. Je[b] me rappelais aussi un ciel comme les filets d'une pêche que je voyais roses et gris. Or en retrouvant la page je me rends compte — sans trop d'émotion d'ailleurs, car le propre du grand artiste c'est l'autorité dans la suggestion, les beaux livres sont écrits dans une langue étrangère[2], beaucoup moins pure qu'on ne le croit, nous mettons parfois dans les mots une image différente de celle qu'a vue l'auteur, mais la vérité est dans la progression des rapports, sans qu'un mot ait l'importance que lui attribuent les amateurs de « variantes » — qu'il s'agissait non du fruit « pêche », mais de la pêche du poisson. Dans l'idée que je me faisais maintenant du talent de Bergotte j'avais si peu retenu le genre de beauté qui m'en avait longtemps paru le plus précieux fleuron, qu'en retrouvant ces phrases, je me demandais si elles n'étaient pas semblables au reste du texte et si ce n'était pas seulement une lumière partie du fond de ma mémoire qui les isolait, les sculptait ainsi en une nature plus belle, aimée et mystérieuse.

Çà et là traînaient encore dans ces pages — comme des jouets de mon enfance — une phrase terminée par des points de suspension, un couplet tout en apposition, sans verbe — qui me semblaient alors les plus belles choses du monde et dont je m'enchantais chaque jour. De[a] certaines autres phrases je ne me rappelais absolument rien et aurais cru les avoir sous les yeux pour la première fois si je n'avais senti leur rythme, certaines consonances, éveiller au fond de moi l'écho de leur contour qui s'était gravé plus fortement en moi sans doute que la phrase elle-même en subsistant seul, comme de fresques aujourd'hui entièrement effacées, subsiste parfois une mince ligne de couleur qui seul vestige et témoignage de la peinture qui la couvrit autrefois cerne encore la nudité de la pierre. Et de plus en plus profondément en moi, de plus en plus profond, jusqu'en ces limpides juillets de Combray où j'attachais sur lui ma pensée[1] pour tâcher de saisir la raison de sa beauté et sa signification profonde existant entre lui et les vérités infinies que je voyais dans Bergotte, descend dans ma mémoire le cercle sonore de ce rythme admirable et vide, qui n'enchâsse plus rien qu'un ciel d'été.

Le[b] dirai-je ? ce style que j'avais tant aimé, m'apparaissait moins particulier que je n'aurais cru, un style d'admirable écrivain que n'eussent pas désavoué mais qu'eussent presque pu signer plusieurs des plus grands. Il me paraissait beau pour les mêmes raisons que la leur. Et toi aussi, pensais-je, attentif à reproduire fidèlement dans les statuettes qu'on trouve au sein de ta prose comme dans les sols augustes où dorment des chefs-d'œuvre, les visions que tu apercevais au fond de ton âme et que nul autre ne vit jamais, voici que ton œuvre apparaît comme si semblable aux grandes œuvres des autres que toutes barrières individuelles tombées, il semble que comme les morceaux indûment séparés d'une même peinture murale, on pourrait les rentoiler dans un même panneau où cette colline que tu as si bien décrite serait continuée sans heurt par la prairie de Tolstoï où fauche Levine[2]. Tous les poètes me semblent ne faire qu'un seul poète dont les noms différents s'appliquent seulement, Gérard de Nerval à ses minutes vagabondes, Baudelaire à ses réminiscences, Vigny dont les heures tourmentées et cruelles portent le nom de « vie de Baudelaire[3] », d'autres innocentes et vagabondes le nom de « vie de Gérard de Nerval », d'autres studieuses et sereines « vie d'Hugo », d'autres égarées abaissées vers des buts inférieurs « vie de Balzac » ou « de Chateaubriand », ou à des buts qui dépassent la vérité artistique et ne l'atteignent plus, « dernières années de Racine », « de Pascal » et « de Tolstoï », mais ne sont que les moments d'une même vie intermittente et séculaire qui <dure>ra autant que l'homme si bien que son aspect physique même paraît pendant quelque temps ne pas changer, et que tels portraits d'Hugo, de Baudelaire, de Vigny, de Leconte de Lisle et le tien[1] semblent pris d'après des profils différents d'un même visage. Mais l'originalité si elle semble se fondre dans cette unité immense était pourtant nécessaire pour y accéder. Aucune ressemblance ne s'atteint du dehors. Elle n'est que l'extériorisation d'une âme en harmonie à son insu avec d'autres âmes.

Voici la page sur la neige[2]. N'est-ce pas un charme, encore plus grand que son charme propre, que je ne puisse savoir au juste ce qu'elle vaut parce que la relisant le plaisir qu'elle me fit souvent autrefois se réveille et les significations diverses que je donnai successivement aux mêmes mots se superposent et font au-dessus d'eux une atmosphère profonde et trouble, la belle patine de l'esprit qui a duré met sur les mots qu'elle déroule un reflet trompeur dont je n'arrive pas à les séparer. Double reflet à la fois physique et intellectuel. Dans cette journée où je le lus chez mademoiselle Swann je peignais les mots de Bergotte avec le blanc blafard de la neige dans un petit jardin d'Auteuil où nous avions été faire visite le Jour de l'An précédent, avec le blanc doré de la neige aux Champs-Élysées, le jour où j'avais tant craint qu'on ne me laissât pas sortir, puis que Gilberte ne vienne pas et où elle était arrivée toute rouge, avec sa toque de fourrure et m'avait lancé une boule de neige. Mais maintenant cette neige que j'avais vue qui avait projeté son reflet sur son livre, maintenant c'était elle qui recevait du livre de Bergotte un autre reflet. Car toutes les hautes pensées sur la neige qu'il contenait, qu'il avait éveillées en moi, tandis que je lisais ce jour-là, elles s'étaient silencieusement approchées dans la neige, comme un enfant qui va jouer dans ce jardin et elles avaient formé une amitié indissoluble. C'est cet amalgame que je retrouvais maintenant dans ces pages de Bergotte où peut-être ses paroles sur la neige suscitaient une fraîcheur plus pénétrante et pure qu'elles n'en possédaient en réalité, mais aussi la neige que j'apercevais dégageait plus de poésie que de la neige que les yeux seuls verraient ; amalgame qui n'est ni esprit pur, ni simple vision, patine qui couvrait chaque mot, épaisseur et velouté du temps écoulé où les impressions que j'avais ressenties autrefois m'étaient rendues non plus séparées comme l'intelligence les utilise et classe, mais fondues dans un vague indéfinissable, charme de la vie.

Esquisse XXV

[LE NOM DE « GUERMANTES »]

[Dans l'Esquisse XXIV.1*, le narrateur décidait de se rendre à la matinée chez la princesse de Guermantes pour accompagner à cette réception sa tante, désireuse d'assister à l'audition du second acte de Parsifal. Ayant éliminé cette référence à Wagner, Proust, dans un texte du Cahier 58, présente maintenant le fait que le narrateur fréquente à nouveau le monde comme une conséquence de son renoncement à l'écriture, mais il ajoute un détail décisif : la résurgence du charme poétique du nom de « Guermantes », lu sur la carte d'invitation. Ce bref retour à « l'âge des noms » sera condensé en quelques lignes dans « Le Temps retrouvé ». Deux fragments du Cahier 57 concernent le même thème. Le second semble se placer lors de la réception elle-même. Il reprend l'idée, déjà stigmatisée par le narrateur, de l'incompréhension que les nobles ont de la poésie de leurs noms.]*

XXV.1

Je regardais ce nom de « Guermantes ». Tout à coup il reprit pour moi le son et la signification qu'il avait à Combray quand passant en rentrant déjeuner dans la rue Saint-Hilaire, je voyais du dehors comme une laque obscure le vitrail de Fulbert, le Mauvais[a1], sire de Guermantes. Les Guermantes me semblaient des êtres nés de la fécondation de cet air aigre et vertueux de Combray, de cette sombre ville où s'était passée mon enfance et d'un passé qu'on y apercevait dans la petite rue, à hauteur du vitrail. Si j'avais pu deviner leur nom, pénétrer leur âme, il me semblait que c'était l'essence bizarre de ce passé que j'aurais touché, que j'aurais possédé l'humidité *[interrompu]* Et ceux qui portaient ce nom me semblaient d'une essence différente du reste de l'humanité, sombres et vertueux comme la rue de l'Oiseau, antiques comme le vitrail où Fulbert le Mauvais portait la mitre et la crosse, race mystérieuse née de l'atmosphère aigre d'une rue gothique. À bien peu de nos noms pour moi, à nul homme, était attaché un charme si profond qu'il semblait impossible de l'épuiser. Les caractères même qui l'écrivaient se disposaient suivant une manière que j'avais de le lire et de le prononcer formant un dessin qui était aussi familier pour moi, qui me semblait m'appartenir autant que le visage de ma mère ou que sa signature, que les syllabes du mot s'y dissolvaient en quelque chose de spirituel, de connu et de doux, presque comme le nom d'une ville, d'une rue, d'une maison qu'on a habitée, comme un nom de famille, à cause de toute cette tendresse de ma mère et de ma grand-mère remplissant ma pensée au cours de ces promenades du côté de Guermantes, qui n'était plus qu'une seule promenade, qu'une seule journée, remplissant le nom du fond jusqu'au bord de son atmosphère limpide et tendre ; charme mystérieux aussi à cause de tout ce que j'y avais occupé et plus peut-être à cause de cette âme d'alors qui imaginait, que je n'avais plus, et dont les imaginations retrouvées dans le mot me semblaient, tout en restant miennes, étranges et nouvelles dans leur ancienneté, donnant à mon idée de ma personnalité une extension inconnue et poétique si bien que, le nom continuant à me promettre des secrets que je savais depuis longtemps n'exister qu'en moi-même, j'avais envie d'aller chez Mme de Guermantes comme si cela devait me rapprocher du vitrail le Mauvais[a], comme si le vitrail de Charles[1] le mauvais, si je l'avais revu, lui-même dût me rapprocher de ces profondeurs de ma pensée où je l'apercevais, comme si j'avais pu identifier objectivement, à force de voyages, de lectures, de monographies familiales et d'archives seigneuriales en quoi consistaient les noms de Combray et de Guermantes, j'avais appris les substances qui entraient dans la composition de mon cœur. Puis à force de regarder le nom de Guermantes où les lettres se subordonnaient à la sonorité qu'elles énoncent *(autre mot)*, les lettres révoltées reprirent leur indépendance le *n* et le *t* devinrent les égales des autres, le rythme auquel elles obéissent, en se plaçant devant nos yeux, fut aboli et le nom composé de ses seules lettres m'apparut comme inconnu, sans passé, comme un nom que je lirais pour la première fois dans un dictionnaire de Volapuck.

XXV.2

À mettre quand je reçois l'invitation de Mme de Guermantes (Marcieux[2]) ce nom de Guermantes (le château) écrit sur la lettre ne me semble pas celui d'un bâtiment matériel, mais comme un recul d'histoire et de nature, du fond duquel la lettre m'arrivait comme du temps de Geneviève de Brabant. Je connaissais pourtant maintenant bien des gens dont la situation était tout aussi grande que celle des Guermantes et qui pourtant ne m'intéressaient pas du tout. Je ne les avais pas imaginés d'après un nom, d'après un titre, avant de les connaître. Mme de Guermantes incarnait pour moi l'Idée, au sens platonicien, de la duchesse. Cette connaissance était-elle plus fausse que celle que j'avais des duchesses, femmes quelconques que j'avais connues. Au fond, peut-être pas ; elle avait sa vérité puisque l'impression que les Guermantes m'avaient fait < e > dans mon enfance, tous les autres jeunes gens la ressentaient et la reconnaîtront. Cet accord-là, c'est une vérité aussi. *Signature LA ROCHEFOUCAULD, JOSÈPHE LABURSA[b3].*

Mais tout d'un coup le nom de « Guermantes » qui n'était pour moi comme pour nous tous que la désignation correcte[a] servant à des personnes qu'on rencontrait dans les soirées, mots que j'épelais en les prononçant en laissant à peu près autant d'importance à chaque syllabe, tout d'un coup comme un son de cloches s'échappait de ce nom et c'était l'ancien nom de « Guermantes », où je n'entendais guère que la dernière syllabe, le nom d'autrefois, et ce qu'il signifiait pour moi du côté de Guermantes, de la duchesse qui rêvait sur sa tour, du vitrail, qui parfois, à de rares intervalles, comme de l'horloge d'une église lointaine dont on n'entend sonner que certaines heures s'échappait comme en un lambeau, consistant presque entièrement en cette sonorité *antes*[1] qui était la seule chose que j'en entendais autrefois *(mettre en son temps)* écho de l'ancien nom de « Guermantes », le nom du côté de Guermantes, de la dame qui habitait dans le château de Guermantes en Brabant, la dame du vitrail et de la promenade qui me faisait tressaillir, donnant brusquement au nom de « Guermantes » actuel une signification autre, un prix plus grand duquel j'avais cessé de m'aviser et qui me parvient avec autant de douceur — *mantes*, *mantes* — que ces sons d'angélus qui nous arrivaient quand nous venions de Guermantes et qui nous faisaient presser comme s'ils venaient — pareils à ces sons d'angélus qui nous faisaient presser le pas quand nous les entendions dans nos promenades pour ne pas rentrer en retard, il me venait au-dessus des champs de Combray, dans la douceur de l'air du soir, du côté même de Guermantes. Au moment où j'entendais le lambeau d'angélus le duc s'approcha de moi : « Est-ce que vous savez où est Mme de Guermantes. » Ah ! *[un mot illisible]*, si *[un mot illisible]* même devenant plus artiste, il pouvait y prêter attention et remarquer qu'il était joli, il ne pourrait jamais savoir tout le flot de douceur qui pouvait par moment s'en détacher[2].

Esquisse XXVI

[LES RÉMINISCENCES]

[Cahier 57. Nous donnons à la suite cinq fragments destinés à compléter l'analyse du phénomène des réminiscences : sentiment d'indifférence à la mort (premier fragment) ; sensation du passé (deuxième fragment : Venise) ; souvenir involontaire (troisième fragment : le bruit du couteau) ; résurgence de toutes les impressions d'un moment (quatrième fragment : l'empois de la serviette). Le

cinquième fragment se compose en fait de deux unités. Le bruit du calorifère à eau fait resurgir un paysage de Doncières déjà évoqué dans « Le Côté de Guermantes » et repris plus loin dans « Le Temps retrouvé ». Quant au souvenir d'Albertine, incompatible, parce que douloureux, avec la joie de la réminiscence, il sera juxtaposé, dans le manuscrit autographe, avec le bruit d'une conduite d'eau qui rappelle des sirènes de navires à Balbec.]

*Capital

Peut-être quand je parle de la tasse de thé ou ailleurs :* La mort m'y était indifférente parce qu'une telle idée était éternelle ; pas seulement pour cela mais peut-être aussi parce qu'elle était impersonnelle[1]. Il y a une certaine dureté dans le sentiment de l'universalité. Dureté pour les autres, pour soi-même. Je comprenais que Swann eût au fond négligé de connaître Vinteuil, que je fusse ingrat maintenant envers Bergotte et Elstir. Les idées qu'ils avaient mises à jour étaient indépendantes de la chrysalide d'où elles s'étaient échappées et en comprenant pleinement ces idées je faisais assez. C'est ainsi encore que je ne m'étais plus senti tenu à une grande fidélité personnelle envers les principes de ma grand-mère quand j'avais senti que ses vertus, ses qualités particulières avaient passé en moi et que je savais les exercer.

À mettre pour la sensation du passé

Et aussitôt Venise et Saint-Marc qui n'étaient plus pour moi que ces images desséchées, minces, ces images[a] purement visuelles, ces « vues » en lesquelles nous transformons les choses que nous avons vécues et perçues à la fois avec tous nos sens et qui du même coup s'extériorisent si bien, se détachent si parfaitement de nous, se dépouillent si bien de vie que[b] nous pouvons croire les avoir regardées seulement dans un album ou dans un musée, Venise et Saint-Marc, comme ces graines gelées[2] pendant des années et qu'on croyait inertes et qui tout d'un coup exposées à des effluves humides se remettent à germer, se prolongèrent de toutes les sensations de chaleur, de lumière, de miroitement, de promenade sur mer dans le Moyen Âge que j'éprouvais en me faisant conduire tous les jours par la gondole sur les eaux printanières, dans le baptistère si frais où ma mère jetait un châle sur mes épaules. La place s'ajoute à l'église, le débarcadère à la place, le canal au débarcadère[3], et à ce que mes yeux voyaient tout le *[un mot illisible]* de désirs, de sensations diverses, de vie, au bout duquel et en profondeur nos yeux voient une image de la réalité *[inachevé]*

Au moment où j'entends le bruit du couteau[4] tel qu'il était et non tel que je l'avais revu, un instant il caresse ma pensée non pas seulement de la vue de la mer telle qu'elle était ce matin-là. Comme les ailes de chérubins qui font mille tours en un moment *(?[1])* toutes les sensations que j'éprouvais en même temps que celle-là, l'odeur de la chambre, le désir du déjeuner, l'incertitude de la promenade, la présence du plafond pyramidal au-dessus de moi, tout cela attaché ensemble et tournant comme les mille ailes des chérubins qui font <mille> tours[a] à la minute, caresse mon âme du souvenir d'un monde évanoui, mais d'un monde qui, non pas tableau plat comme les tableaux de la mémoire, a toutes les dimensions, les qualités sensibles, est accompagné de mon être d'alors, de ma pensée d'alors, tourne complet, plein, existant réellement total. Et ainsi à l'instant qui suit, ma pensée ne sent plus son frôlement, car pour la sentir il a fallu une seconde que non seulement ce que je vois dans cette bibliothèque fût aboli pour faire place *[interrompu]*

À mettre à l'empois de la serviette[2]. Mon plaisir n'était pas que dans les belles couleurs de la mer, le soleil de la chambre, le reflet des bateaux dans la commode, la pensée du bon déjeuner. Je jouissais de <cet> instant de vie qui à ce moment-là supportait ces impressions, de cet instant de vie qui avait pour surface d'un côté cette belle mer, d'un autre la promenade à faire, d'un troisième le moment du déjeuner, et qui était tendance, appétit vers tout cela dont peut-être à ce moment-là un peu de fatigue <ou> d'autres impressions m'empêchèrent de parfaitement goûter la joie, que je savourais maintenant délicieuse, pure et désincarnée.

Quand je suis sorti de chez moi, j'entendis dans un tuyau qu'on arrangeait un bruit que je pris pour celui du calorifère à eau. Et avant de l'avoir reconnu j'avais aperçu la blanche inondation du brouillard effaçant la campagne comme une fresque d'où surgissait seule conservée une colline oblongue ; je sentais la chaleur du chocolat, l'espoir d'une belle matinée. Mais la souffrance de me rappeler la première visite où j'avais embrassé Albertine[3] ne[b] s'y mêlait plus. Il en est des souvenirs douloureux comme des morts, ils sont vite détruits et on ne retrouve plus que la nature, l'air du matin et du soir, l'herbe, les fleurs.

Esquisse XXVII

[MAGNUM OPUS FACIO]

[Proust s'est largement inspiré de ce fragment du Cahier 57 pour le manuscrit autographe. Par son allusion à Albertine, il se rattache à la dernière section de

l'Esquisse précédente. Il comporte un certain nombre d'images non reprises dans l'édition.]

Quand je parle de la sensation des dalles de Venise, de la cuiller et du plaisir que cela me cause autour duquel je voudrais arranger ma vie maintenant (si je ne l'ai pas dit le dire — ce que je viens de dire — car pour ce qui suit je suis sûr que je ne l'ai pas dit) je savais bien que ce plaisir-là seul était fécond et véritable ; je ne parle même pas des plaisirs mondains qui m'avaient bien donné leur composition frelatée en n'excitant chez moi que l'ennui, le malaise que donne une nourriture abjecte, de l'amitié qui était une simulation puisque pour quelques raisons morales qu'il le fasse l'homme qui renonce au travail pour des amis sait qu'il sacrifie une réalité pour quelque chose qui n'existe pas, les amis n'étant des amis que dans cette douce folie que nous avons au cours de la vie, à laquelle nous nous prêtons mais que du fond de l'intelligence nous savons l'erreur d'un fou qui croirait que les meubles vivent et causerait avec eux *(mettre plutôt ceci quand je dis que je préfère les jeunes filles, à Balbec)*, celui-là agit de même qu'un travailleur qui s'interrompt d'un chef-d'œuvre pour recevoir par politesse quelqu'un, et ne répond pas comme Néhémie sur son échelle « *non possum descendere magnum opus facio*[1] », ce qui devrait être la devise de tout artiste à qui il est aussi absurde de reprocher de s'enfermer dans sa tour d'ivoire, comme on dit, qu'aux abeilles dans leur ruche de cire, ou aux chenilles dans leur cocon. Mais, pour parler de plaisirs plus réels, celui même que j'avais eu avec les jeunes filles à Balbec, celui aussi qu'il me coûtait plus de renoncer parce que de la[a] *prendre au verso suivant* souffrance y était lié, celui de sentir <un> être m'appartenir, et m'envoyer de bien loin, comme des abeilles rapportant du miel, des provisions de douceur, comme Albertine revenant à moi quand je l'avais <fait> chercher par Françoise dans cette douce journée où je l'avais attendue en jouant du Wagner, ce plaisir-là était moins fort parce qu'il était moins réel et plus égoïste que celui qui serait plus ardu à prendre mais qui du moins ne se détruisait pas par sa propre jouissance comme *celui de sentir Albertine à moi qui dès que je le sentais <ne m'> était*[b] *plus perçu puisque j'avais cru m'ennuyer en l'attendant qui revenait du Trocadéro tandis que je m'exaltais de plus en plus en approfondissant le bruit du couteau de la saveur de la tasse de thé ou de la titubation des cloches.*

Esquisse XXVIII

RÉFLEXIONS SUR L'ART

[Cahier 57. La vérité n'est pas dans l'objet extérieur, mais en nous : telle est, dans les trois premiers fragments, la leçon apportée par les déceptions du voyage, de l'amour et de l'amitié ; et le quatrième fragment nous montre ce que fut, en ce sens, l'erreur de Swann. Puis viennent plusieurs considérations : l'artiste, converti « en substance » ne vit que d'un certain rapport aux choses (cinquième fragment) ; seule l'expression apporte la joie (sixième fragment) ; dégager la vérité n'est pas seulement affaire de perception, mais implique la création (septième fragment) ; le travail de l'artiste s'apparente à celui du physicien (huitième et neuvième fragments) ; l'esprit banal, même dans des circonstances extraordinaires, ne peut dégager la vérité (dernier fragment).]

À mettre au moment où je parle du désir de retourner à Venise. Je sentais d'autant plus la nécessité de l'art[1] que sans cela l'activité mensongère de l'imagination continuerait à me leurrer des mêmes mensonges que j'avais percés à jour, puisque de même que je désirais retourner à Balbec, de même, déjà du vivant d'Albertine, et après sa mort j'avais recommencé à désirer comme une chose importante dans la vie, capable d'en équilibrer tout le néant même si la mort devait arriver aussitôt, de pénétrer l'existence, des midinettes etc. qui passaient inconnues devant moi comme jadis les jeunes filles devant la mer.

T <rès> important à propos du prénom.
Les déceptions de l'amour[2], du voyage etc. auraient pourtant bien dû m'apprendre que ce n'était pas de cela qu'il s'agissait, que c'était de la chose intérieure et nullement de l'objet extérieur. On devrait penser que cette chose étonnante que nous sommes et qui vit et se développe a ceci de particulier que c'est au sein d'elle-même qu'elle connaît les choses, elle les enveloppe pour les connaître.

Capitalissime et je le mets ici faute de place mais il faudra le placer sans doute après que j'ai montré que l'irréalité du voyage, l'impossibilité d'isoler autrement que par l'art ce qu'il y avait dans le nom de Balbec, dans les souvenirs de Combray (le dire) me poussent à l'art (probablement[a] après le voyage et avant l'amour mettre ce que j'ai écrit quelque part par-là sur le mystère des femmes dans les rues qui renaissait, même du vivant d'Albertine).

N'en était-il pas de même pour l'amour[3] ? De temps à autre n'avais-je pas senti même avant d'avoir tout à fait oublié Albertine[4] quand une femme qui ne me plaisait qu'à cause de son corps, me laissait toute une journée attendre, me faisait croire qu'elle avait des projets avec quelqu'autre, n'étais-je pas repris du même amour que pour Albertine et ne sentais-je pas bien que la femme n'y était pour rien, que l'état était le même absolument indépendant de l'être qui le provoquait et qui eût pu être autre ? Dès lors à quoi bon forger moi-même peu à peu la nécessité factice mais inéluctable d'un être, prédestination imaginaire mais dont on ne peut affranchir sa pensée, à quoi bon le forger avec des associations d'idées entre cet être et des souffrances antérieures à lui ? Ne fallait-il pas plutôt s'attacher à ce qui était réel, à ces souffrances elles-mêmes et chercher à en dégager la vérité ?

Avant de dire cela et après le voyage je dirai : Bien loin de croire que je suis malheureux, comme l'ont cru les plus grands, de vivre sans amis, sans causerie, je me rendis compte que les forces d'exaltation qui se dépensent dans l'amitié sont une sorte de porte-à-faux qui vise une amitié particulière qui ne conduit à rien et se détourne d'une vérité vers laquelle elle a pour but de nous élever. Et ce n'était pas seulement les forces de l'esprit que je sentais d'un caractère général et non faites pour des relations particulières. L'objet auquel <elles> s'appliquent même quand il semble particulier ne l'est pas. Ainsi dans l'amour *(et alors vient ce que j'ai dit dans la marge du recto) je pourrai mettre la conversation avant ou après le voyage, le mystère des vies etc.[1].*

Capitalissime, issime, issime de peut-être le plus de toute l'œuvre : quand je parle du plaisir éternel de la cuiller, tasse de thé etc. = art : *Était-ce cela[2] ce bonheur proposé par la petite phrase de la* Sonate *à Swann qui s'était* trompé en l'assimilant au plaisir de l'amour et n'avait pas su où le trouver *(dans l'art)*, ce bonheur que m'avait défini comme plus supraterrestre encore que n'avait fait la petite phrase de la *Sonate*, l'appel mystérieux, le cocorico du *Sextuor* que Swann n'avait pu connaître car cet évangile-là n'avait été divulgué qu'un peu plus tard et Swann était mort comme tant d'autres avant la révélation qui les eût le plus touchés *(Bernard Lazare[3] Af. Dreyfus etc.)*. Mais Swann ne serait pas devenu un musicien pour cela, la phrase du *Sextuor*[a] ne pouvait que symboliser un appel, non créer en lui ces forces durables.

À l'endroit, je ne sais où, où je dis que je sentais que j'étais arrivé à ce moment de la vie qui vient chez les êtres où toute la substance dont ils doivent vivre n'est qu'en eux-mêmes[4], je dirai : à ce moment les choses ne nous intéressent plus que dans la mesure où elles surexcitent en nous l'éjaculation de cette substance, rapports purement individuels que les autres ne peuvent comprendre ; et où figure<nt> seulement comme qualités générales celles qui éveillent le souvenir ou le désir des pays et de la beauté, les indicateurs des chemins de fer, remplis de noms de pays où on pourrait aller, comme la conversation des maquerelles ou de vieux marcheurs remplie de noms de femmes qu'on pourrait posséder, ou à défaut comme la société des danseurs de cotillon, la fréquentation des bals et des plages.

Capital. Quand je parle de la nécessité de l'art[1] parce que la vie est une réalisation imparfaite. La mélancolie même qui accompagnait tout ce que j'avais appelé « réalisation » ne suffisait pas à prouver *ou dire*, n'était pas un indice de plus que ce n'en était pas une *?* M'être fait beau à Balbec pour connaître Albertine n'était pas un immense effort parce que mon visage et la fleur de ma boutonnière et l'ensemble qu'ils composaient n'auraient pas été employés à mieux. Rien n'est réalisé que dans l'expression, et l'expression s'accompagne non de tristesse mais de joie car le désir ne s'y détruit pas par la réalisation mais s'y accroît plutôt. Certes c'est une possession qui accroît la valeur de ce qu'on possède et qui ne passe pas *(ne pas finir le morceau là-dessus mais l'enclaver comme entre parenthèses dans des idées similaires)*

Ajouter au petit sillon[2]. Les autres idées, celles que nous formons, peuvent être justes logiquement, nous ne savons pas si elles sont vraies. Aussi rien n'est-il plus précieux, si chétive que paraisse le genre d'impression, la matière à laquelle elle se réfère, que ces impressions qui nous aiguillonnent de la pointe de vérité que nous sentons à l'intérieur. Elles sont ce qu'il y a de plus précieux au monde puisque c'est d'elles seules que peut se dégager la seule chose dont la jouissance amène notre esprit à une plus grande perfection et à une pure joie, la vérité. Non pas la vérité qu'avec des mots presque pareils nous entendons appeler l'humble vérité, qui se constate et se note, qui pare le dehors des choses comme une branche humble et caractéristique qui y est plantée, mais une vérité qu'on n'aperçoit pas, qu'on pressent, qui ne se laisse pas voir et qu'on ne peut atteindre qu'à condition de la créer, en faisant renaître si complètement l'impression qui la contient qu'on fasse naître avec elle son cœur le plus intérieur, la vérité. Et ceci de réalité passe à notre seuil et nous laisse une note sur elle en caractères cryptographiques que nous ne nous donnons pas la peine de déchiffrer.

L'erreur de certains auteurs[3] vient de ne pas comprendre que tout ce qu'ils écrivent, il leur faut préalablement le découvrir absolument comme pour le physicien les lois de la physique. Faute de cela, s'ils se contentent d'écrire avec leur intelligence et leur facilité, leurs pensées, leurs images pourraient être arrangées avec plus ou moins d'art, être plus ou moins pleines de sens, elles ne cesseront de pousser ce cri qui fatigue si vite : « Nous ne sommes pas celles qu'il fallait. » Tout ce qui peut lui passer par la tête, l'auteur peut le raconter à ses amis ou l'écrire dans ses lettres, en une forme plus heureuse même peut-être que celle de ses livres. Pour ceux-ci, il ne doit s'occuper que des vagues et profonds pressentiments qu'il a à éclaircir. À ce compte, une seule page exprimant une de ces vérités artistiques a plus de valeur littéraire que ces romans en cinq volumes pleins de théorie, de savoir et d'esprit. Naturellement il est encore mieux d'écrire au lieu d'une seule page dix volumes dont chacun contient des lois. Car il y a en littérature comme en physique des génies féconds dont chaque heure est sollicitée par un pressentiment et dont la vie ne suffit pas à épuiser toutes les lois qu'ils ont à exposer.

De même que la science[1] n'est tout à fait constituée ni par le raisonnement du savant ni par l'observation de la nature, mais par une sorte de fécondation[a] alternative de l'une par l'autre, de même il me semblait que ce n'était ni l'observation de la vie, ni la méditation solitaire qui constituait l'œuvre d'art mais une collaboration des deux, manœuvre où l'idée, le « scénario » apporté par l'une des deux était tour à tour retouché, jeté au panier, ou conservé par l'autre. Le penseur comme un canotier solitaire manœuvrait seul sur le fleuve des jours, mais un brusque coude de la rive le forçait à changer de direction. Je comparais aussi les passions à des modèles[2] dont ne peut se passer le peintre pour peindre, même si c'est une fille d'aubergiste qu'il fait poser pour la reine, ou à des cornues où des expériences sont en train pendant que le savant médite et raisonne et qui souvent avant qu'il ait fini le forcent à modifier son hypothèse et ses conclusions.

Quelque part quand je parle de l'éclaircissement de nos impressions[3]. La vérité est en nous, mais confuse, difficilement dégageable par l'intelligence. Ainsi par exemple un écrivain qui veut arriver à quelque chose de vrai se penche sur lui, essaye d'éclaircir sa pensée, travaille. Donc c'est qu'il croit que l'objet qu'il étudie, le monde, le vrai, est en lui. Nous le contenons tous comme tous les corps contiennent les principes premiers de la chimie et obéissent aux lois les plus organiques de la physique. Mais le difficile est de les dégager. C'est parce que la vérité est en nous qu'un père qui vient de perdre son fils dans les conditions les plus tragiques *(Pierre Mille *Temps* à quelques jours près du 18 mars 1915[1])*, si son esprit est banal écrira sur cette chose des choses[a] fausses. En sorte que lui qui aura en apparence vécu cette chose : la mort d'un fils, n'en aura nullement dégagé la vérité. Et pour un esprit capable d'en dégager la vérité, il se rendra tout le temps compte que la vérité n'est pas dégagée, à aucun instant il ne sentira une vérité inconnue appelée à l'être en lui, comme cela arrive quand on lit quelque chose de vrai. Au contraire il me semble que la cause efficiente de ces phrases : « Mon pauvre petit tu dors maintenant dans le cimetière etc. », « ton équipe etc. » ont leur cause efficiente non dans le fait mais dans une littérature antérieure *(Renan préface de la vie de Jésus[2], Bourget[3], Capus[4] etc. etc.)* que l'auteur ne reconnaît pas, et qu'il croit, parce qu'il prend une forme : « Ne faisons pas de littérature », que ce n'est pas de la littérature alors que c'est au contraire une des formes les plus banales d'une littérature récente que de rejeter très loin la littérature[b]. C'est pour cela que les événements transforment moins les pensées qu'on ne croit, surtout les événements collectifs auxquels la pensée participe plutôt par imitation, par contagion de sentiments peu approfondis, peu personnels, comme affaire Dreyfus, démocratie, guerre, théâtre du peuple etc.

Esquisse XXIX

[CRITIQUE DES THÉORIES DE L'ART]

[On retrouve dans ces notes des Cahiers 57 et 74 la critique d'un art humanitaire et social déjà formulée dans le Cahier 58 (voir l'Esquisse XXIV.1*). Mais Proust s'insurge aussi contre un art à visées patriotiques ou régi par la marque de l'intellect.]*

XXIX.1

Quand je parle des genre<s> Romain Rolland et aussi Bergotte (?) qui a écrit sur la guerre. Ils disaient qu'ils avaient fait cela pour refaire l'unité morale de la nation *(prendre formule plus exacte dans Desjardins, Action morale[5])*, pour le triomphe du droit *(Affaire Dreyfus) (ou Guerre)* qui les empêchait de penser à la littérature. Mais c'était des excuses et parce qu'ils n'avaient plus de génie c'est-à-dire d'instinct *(ce qui pourra se rattacher à la théorie plus loin sur l'intelligence) (et au gros cahier bleu Bergotte[1] et la guerre)*. Car l'instinct dicte le devoir et l'intelligence fournit les excuses pour l'éluder[a]. Mais ce qui fait que l'art est vraiment la réalité, et la plus austère école de la vie, et le vrai jugement dernier[2], c'est que les excuses n'y figurent point, et que les intentions n'y sont point comptées, et qu'à tout moment l'artiste doit écouter l'instinct.

La[b] sensibilité fournit la matière où l'intelligence porte la lumière. Elle est le combustible *(mettre cela quelque part)*.

*Dire sur une de ces jeunes revues à qui on avait objecté que la peinture d'une société aristocratique et une œuvre d'où le peuple est absent n'est pas forcément insignifiante et cité comme exemples les *Mémoires* de Saint-Simon,* un des plus intelligents et des plus laborieux et des mieux intentionnés parmi les rédacteurs de cette revue avait répondu : « J'avoue que la peinture de tous ces inutiles m'indiffère assez[3], je ne peux pas aller au-delà de dix pages », ce qui avait d'ailleurs fait sourire l'écrivain[c] d'un grand goût quoique social qui avait fondé la revue et à qui le caractère aristocratique des *Mémoires* de Saint-Simon et mondain de certaines scènes de Balzac et de Stendhal et souvent artistes de Flaubert n'empêchaient pas de considérer ces œuvres, comme les plus belles de la littérature française.

En un de ces endroits. En elles-mêmes déjà je n'aimais pas ces théories parce qu'elles étaient tranchantes, orgueilleuses, parce qu'elles étaient des théories ; leur contenu logique pouvait m'imposer, mais je sentais que leur existence était déjà une preuve d'infériorité, comme un enfant vraiment sincère, bon et bien élevé, s'il va jouer chez des amis dont les parents lui disent : « Pourquoi ne dites-vous pas votre pensée, nous avant tout nous sommes francs[4] », sent que tout cela dénote une qualité morale inférieure à la bonne action pure et simple qui ne dit rien. L'art véritable ne proclame pas, et s'accomplit dans le silence et la discrétion[5].

Capital : aux raisons contre lesquelles j'aurais à me défendre de faire du Romain Rolland et de suivre l'esthétique à la mode se joindraient pour ajouter au désarroi des théories celles qui suivent toujours les bouleversements guerriers et font détester ce qui les a précédés. Après la Révolution on ne faisait plus aucun cas de Watteau, par civisme. Et pourtant peut-être dans la gloire totale de la France entre-t-il pour une plus grande part que Vien[6]. Barrès lui-même qui naguère écrivait que pour être poète l'imagination est plus nécessaire que le cœur, écrit maintenant *(*Écho de Paris* dans les articles de son séjour en Italie en juin ? 1916)* que le Titien prépare la gloire de sa patrie *(voir l'article exact[1])*. Or c'est exact si l'on s'en tient au résultat. Oui un grand artiste prépare la gloire de sa patrie, mais à condition de ne pas s'en soucier, c'est-à-dire de ne pas faire intervenir le raisonnement dans le choix de son œuvre, tandis que Barrès ne doit pas tout à fait vouloir dire cela. D'ailleurs *(ceci peut se joindre à ce que je dis des lois que l'artiste découvre)* ces lois n'ont pas de rapport avec sa bonté morale. Il est souvent pénible à un homme doux de faire des découvertes en anatomie. Laclos écrivit *Les Liaisons dangereuses.* Flaubert souffrant de vivre parmi les bourgeois d'Yonville *[inachevé].* Et il peut être cruel à certains d'écrire une œuvre où la vocation ne leur permet pas de peindre les grandes vertus qu'ils ont connues près d'eux mais de se pencher sans cesse sur des monstres. Les Pères de l'Église devaient éprouver cela.

XXIX.2

Barrès[2] propose avec d'Annunzio[3] qu'on fasse de la littérature peignant la France en beau. Quelle folie ! C'est *Hermann et Dorothée*[4]. Les docteurs de l'Église reculent-ils devant la peinture du péché ? La doctrine de la vertu *(voir Darlu[5])* ce n'est pas l'optimisme, c'est le pessimisme. Le « travers de se dénigrer » est tout simplement un lieu commun de journaux bien avant la guerre et que la guerre a permis d'exploiter mieux. Que s'il s'agit de dénigrer des *personnalités*, c'est peut-être vrai, mais alors l'auteur de *Leurs figures*, du *Procès de Rennes*, de *Dans le cloaque*[6] est peu qualifié. Et il s'agit de l'humanité en général, il ne me semble pas que les héros incestueux etc. de d'Annunzio[7], les jeunes assassins des *Déracinés*[8] etc. donnent une image douceâtre de l'humanité.

Esquisse XXX

[BERGOTTE RELU]

[Dans l'épisode de « François le Champi », le livre de George Sand, maintenant jugé médiocre, « illumine » la scène de la lecture de maman et « électrifie mille riens de Combray ». C'est en ce sens que Proust le qualifie, dans le quatrième fragment, de « livre à images » — en même temps qu'il révèle — mais pour son usage personnel — que la clé de cet épisode est, en partie du moins, le « Saint Mark's Rest » de Ruskin. La lecture, dans « L'Adoration perpétuelle » distingue

soigneusement la « valeur intrinsèque » de l'œuvre et le souvenir de la scène originelle. Réduites à quelques lignes dans le manuscrit, plusieurs additions du Cahier 57 le montrent à propos de l'œuvre de Bergotte.]

Pour Bergotte dire ce livre que j'aimais tant, je n'y retrouve plus rien de ce que j'aimais[1]. La fameuse phrase sur la Seine[a], la fameuse phrase sur Venise n'était-ce vraiment que cela, mais il n'y a rien que le nom de Venise. Je parcourais ces pages avec le désespoir d'Olympio :

Nos retraites d'amour en hallier sont changées
Et les petits enfants qui sautent le fossé
Que peu de temps suffit pour changer toute chose[2] !

Et s'il en était ainsi d'un livre, alors combien m'eussent paru rapetissés, si j'étais retourné les voir la Vivonne, le pont que l'on passait à côté du pêcheur, la barrière qu'on lève pour entrer à Tansonville.

Ajouter à ce que je dis en marge pour Bergotte[3] : je relisais les phrases que j'avais le plus aimées ; je n'y trouvais plus rien[4], il eût fallu sans doute que je les revisse à la lumière de la lampe à huile de ma chambre de Combray. Les livres sont comme les femmes ; quand on ne les aime plus on ne retrouve pas leur beauté. Et peut-être pour être durable celle des livres doit-elle être plus complexe que ceux de Bergotte ? Ils ne durent qu'un temps et d'autant plus long que l'attention a besoin de plus de peine pour en démêler les beautés, s'en éprendre, ce qui retarde l'heure de s'en dégoûter. Heureux les livres pareils à des falaises où les siècles y battant toujours trouvent encore à ronger.

*Capital

Si je parle de la neige[5] pour Bergotte ne pas oublier l'impression de la neige ensoleillée aux Tuileries en allant au concert Rouge : cette neige à la fin ensoleillée sur laquelle j'avais joué avec Gilberte.* Mais un jour où j'avais cru longtemps qu'elle ne viendrait pas, un jour dans les Champs-Élysées de sorte que la vue de ce soleil sur la neige, le blanc décor qui signifiait son absence était resté planté malgré l'apparition du soleil, de sorte que celle de Gilberte avait eu beau se produire aussi, la vue de la neige ensoleillée mêlait dans mon souvenir l'angoisse de l'absence aux plaisirs de l'amour.

*Capital, quand je parle de *François le Champi* si j'en parle (et bien que cela me soit inspiré par *Saint-Marks Rest* mais je peux — sans nommer *Saint-Marks*, et — réunir Combray et Venise).* Il y avait des pages <dans> *François le Champi* et

<dans> le livre de *(mettre un sur l'art)* que j'avais lu à Venise, <entre lesquelles> je voyais Combray *(dire ce que j'ai dit que je revois)*, la gondole amarrée devant Saint-Georges-le-Majeur[1] où elle est bercée à l'ombre des pieds des colonnes toutes noires de la Piazzetta. Ils étaient donc devenus des livres illustrés, ce qu'on appelle dans le langage des érudits *(vérifier)* des livres à images. Et pour ne pas parler de *François le Champi* qui a son mérite, du moins le dernier livre qui en a bien peu était, grâce aux illustrations dont[a] l'avait enrichi ma mémoire, devenu précieux comme ces ouvrages anciens sans valeur par eux-mêmes mais entre les feuillets desquels *(voir quelle ville le grand peintre de livres d'heures a reproduite)* *[inachevé]*. Encore ces enluminures où scintillait le saphir du grand canal était-ce bien seulement des peintures ? Ce n'était pas seulement un tableau que nous voyons, il me baignait de toutes les sensations etc. *et alors enchaîner si cela se peut aisément les lignes qui venaient sans doute quelques pages plus loin où je dis que j'ai envie de revivre ces minutes de Venise — N.B. si je veux me remettre dans cet état d'esprit. C'est la deuxième page de *Saint Mark's*[b] *Rest* qui m'a fait revoir Venise. C'est lui le livre médiocre dont je parle. Il n'est d'ailleurs pas si médiocre que cela.*

Esquisse XXXI

[L'IMPRESSION VRAIE]

[Cahier 57. Les phénomènes de mémoire involontaire qui conduiront l'écrivain à énoncer le principe de la métaphore sont d'abord replacés dans les données de l'expérience : « comment la nature m'avait mis elle-même sur la voie de l'art ». Les notes qui suivent tentent de mieux cerner « l'impression vraie » dans les obstacles mêmes qui nous en détournent.]

Il s'agit qu'ayant peu à peu redéfait en sens inverse tout ce qui nous éloignait de la vie, l'art se trouve être précisément, intégralement, la vie. La nature même ne nous avait-elle pas mis sur le chemin[2] ? En ne me permettant de connaître la réalité des heures de ma vie que longtemps après les avoir vécues, et enveloppée en toute autre chose qu'elle, les après-midi de Combray dans le bruit de cloche de l'horloge de mon voisin, les matinées de Rivebelle dans le bruit de notre calorifère[3], ne faisait-elle pas déjà de l'art, n'était-ce pas de l'art, qu'elle faisait encore quand, au moment où je sortais pour aller pour la première fois, il y a bien longtemps, dans ce même hôtel Guermantes où je retournais aujourd'hui, elle avait à une sensation semblable éprouvée alors, le bruit du tonnerre, *(peut-être ce sera une autre soirée)* tant de sensations du passé, odeur du lilas, charme des soirées, des paroles, assemblant des charmes qui avaient une affinité les uns pour les autres, faisant sa part à l'imagination, et faisant maintenir le passé déployé sur différents plans à la minute présente qui durant une *[interrompu]* prenait la consistance, les dimensions, la plénitude, la généralité, les attractions d'un beau roman[a] qu'on voudrait vivre.

Capital quand je parle des impressions originales qui dévient si vite[1] : n'avais-je pas vu, dans les mélancoliques années d'un homme préoccupé de sa santé qui avaient suivi ma première rencontre avec Albertine puis sa mort, que les questions mêmes de la fidélité en amour[b] ressortissent à celle des phénomènes de la mémoire !

Si nous regardons ce que nous avons dans l'esprit en effet, ou si nous écoutons nos paroles, au moment où nous avons la prétention d'exprimer notre impression et de définir la cause de notre plaisir *[interrompu[c]]*

et comme nous sommes bien obligés de matérialiser dans notre esprit sous une forme quelconque, d'expliquer par une cause, le plaisir que nous venons d'éprouver, nous espérons d'y faire figurer, non l'impression que nous n'avons même pas regardée, mais ce que nous croyons un équivalent intellectuel. Or le prétendu équivalent ou bien n'en rend nullement compte, comme quand en recevant d'une page de Flaubert des émotions particulières, nous nous écrions : « C'est admirable », ou bien n'a aucun rapport avec elle comme ces mots : « Zut alors[2] » que je criais en sautant de joie, sur le bord de la Vivonne quand un rayon de soleil faisait onduler un liquide d'émeraude autour des troncs des arbres ; ou bien la dénature absolument comme quand surtout chez les Guermantes chez qui j'avais été flatté d'être reçu et où j'avais fait un bon dîner et avais reçu des marques d'amitié je me disais : « Quels êtres délicieux, vraiment intelligents », ou encore en est exactement le contraire, toutes les fois par exemple où cette impression lésant notre amour ou notre amour-propre, il en donne à notre intelligence un compte rendu mensonger, comme quand je me disais, alors que Mme de Guermantes était désagréable pour moi : « Quelle créature inintéressante » ou quand Bloch froissé de la réflexion d'un passant disait avec dilettantisme : « Je trouve cela ffantastèque. » Déjà[d] le moment vrai, la réalité s'est enfuie. C'est le substitut conventionnel, disqualifié que nous avons mis à sa place et c'est à lui que nous nous reportons. Si nous voulons nous reporter à notre impression c'est à ce substitut intellectuel qui ne garde rien de sa particularité qui[e] ne l'exprime en rien, conventionnel et disqualifié que nous nous reportons. Déjà[f] le moment réel, la parcelle de notre <impression> vraie est enfuie, à peine aperçue sans que nous en gardions rien. Mais comme toute impression des choses[1] pour[a] une moitié se prolonge en nous, et plonge hors de nous l'autre moitié qui reste engainée dans l'objet, cette autre moitié comme nous ne pouvons en avoir qu'une notion superficielle et qu'elle ne nous propose aucune peine comme celle que nous pouvons approfondir, c'est à celles-là que nous nous attachons, simples points de repère identiques pour tous qui fait la matière d'un langage commun à tous les hommes, d'une entente générale pour la pratique, qui n'est qu'un immense malentendu sur le fond. *Prendre au recto[2] :* Même dans l'art *[interrompu]*

Ce vrai souvenir[3] *(pas dire vrai souvenir)* c'est d'abord recréation du mouvement qui engendrait[b]. La fausse mémoire se rappelle ceci puis cela, mais elle ne peut passer de l'un à l'autre. Combien de fois il arrive qu'on veut se rappeler, on se rappelle que telle personne dit telle chose, puis telle <autre> toute différente après, on voudrait passer de l'une à l'autre, recréer l'expression de physionomie mystérieuse qui les unit. On se redit les premières paroles, on cherche à amorcer telle expression de physionomie mais impossible, ce souvenir est immobile, on a beau appuyer sur son cerveau, il ne <prend pas le> départ, mais reste au cran d'arrêt comme une conscience qui ne fonctionne pas.

Dire aussi :

Ainsi il existe un autre univers que celui que nous voyons et rencontrons, c'est celui que nous voyons en réalité mais que nous sommes détournés sans cesse de regarder et qui est caché par l'autre. Il n'est pas fait de choses différentes. Il consiste dans la même matinée musicale, dans la même messe d'onze heures, dans la même tasse de thé mais dans l'impression même qu'elles nous ont faite et qu'on peut retrouver comme des archéologues en puisant dans *[interrompu]*

Dire[c] pour le souvenir. Dire que Dostoïevski, « nous ne savons pas pourquoi », n'est pas lié Sainte-Beuve a montré d'autre part en quoi mon souvenir involontaire diffère de Dostoïevski, Hardy et Tolstoï il devait plus tard se rappeler *[interrompu]*

*Faute de place

Je profite de ce blanc pour dire (et la fin sur le dos du papier collé en face[4]) quand je parlerai de l'impression vraie :* Cette impression, la vue d'une personne et surtout d'une personne aimée[5] me la rendait chaque fois pendant quelque temps et en même temps m'apprenait le degré d'écart qu'il y a entre le souvenir et l'impression réelle par l'espèce d'étonnement que celle-ci, visage et voix, me donnait *(c'est une allusion à Albertine mais il vaut mieux ne pas préciser)*. Mais très vite le souvenir empiétait même sur la vue. Comme une taie il s'interposait entre nos yeux et les choses. Seul l'art pourrait être une vérité durable et conquise.

Esquisse XXXII

[PORTRAITS DES AMATEURS D'ART]

[Cahier 57. Parmi les obstacles à l'approfondissement de l'impression vraie figure le zèle intempestif de l'enthousiaste dont Mme Verdurin est le modèle.]

Mettre quelque part capitalissime ce que je mets ici faute de place Les plaisirs que l'amour, que la peinture, que la musique m'avaient donnés ne sont pas des plaisirs absolument sans valeur. Mais la plupart des gens doués s'attachent seulement à l'objet de ce plaisir. Après avoir bien adoré et étudié un musicien, ils passent à un autre. Or ce qu'il y a de plus intéressant dans notre plaisir ce n'est pas l'objet lui-même, mais l'organe à qui cet objet fait éprouver ce plaisir, et ce n'est que dans l'organe qu'on peut saisir la nature du plaisir, il faut s'étudier soi-même. Les gens qui après avoir étudié à fond Beethoven passent à Bach peuvent continuer indéfiniment ainsi, ils se remplissent perpétuellement sans s'assouvir. Quelques malheureux particulièrement bien doués, mais cependant pas assez pour passer de la sensation esthétique à la connaissance de soi-même, ont cependant une espèce d'exaltation[1] que la consommation des chefs-d'œuvre n'épuise pas, pas plus que la conversation ou l'amitié n'épuisent certains désirs infinis. Ce trop plein se traduit par la manière prétentieuse dont ils éprouvent le besoin pour se soulager de dire : « Mon cher j'ai entendu son quatuor. Ah ! Mais j'ai été tout à fait épaté. Savez-vous que c'est bougrement beau ; il y a des choses qui horripilent, qui sont détestables mais je m'en fous, <le> monsieur qui a conçu et réalisé l'andante en *ut* est un grand monsieur. » Et ces expressions ne suffisant pas encore à soulager la velléité, de la recherche de la vérité *[une lacune[a]]*

À un endroit où je parle des célibataires de l'art[2] (Stany[3] et Saussine[4] applaudissant. Applaudir ? Même entendre toujours est de trop) je dis qu'ils me disent : « J'ai entendu cela. C'est bougrement beau. » *Ajouter ceci *capitalissime*,* ils me disent d'un ton naturel *j'avais été à un concert où on jouait des choses de Vinteuil (car il vaut mieux que ce soit Vinteuil)* : « Je t'avouerai que ça ne m'emballait pas. » Alors mon célibataire presse le débit : « On commence le quatuor[1]. (Alors sa face exprime l'inquiétude[a], l'affolement, comme s'il y avait le feu, devient blanche absolument comme s'il m'eût dit « je vois une étincelle », « on sent le roussi », « on crie au feu. ») C'est toujours la migraine de Mme Verdurin, les émotions prises à la lettre pour nous montrer qu'elles sont plus fortes. Et cependant ce n'est pas forcément stérile puisque c'est ainsi qu'Elstir parlait peinture quand il ne s'était pas encore dégagé de ce milieu. *Suivre en marge après la croix[b]* laisse voir son âge et il s'écrie : « Ah mais je me dis, nom d'une pipe, ça change ! Tonnerre de Dieu ce que j'entends là. C'est exaspérant, c'est foutrement mal écrit, c'est lourd, mais c'est extraordinaire, mais ce n'est pas l'œuvre de tout le monde. Je le réentendrai. Et, mon vieux, j'en suis à la huitième fois et je te fiche mon billet que ce n'est pas la dernière. »

Esquisse XXXIII

[CONSÉQUENCES DES NOUVELLES THÉORIES DE L'ART]

[Cahier 57. Bergotte est éclipsé, condamné pour son élitisme, la complication de sa forme (premier fragment) ou son dilettantisme (deuxième fragment) par une critique qui procède par classements superficiels (troisième fragment) et « logomachies » (quatrième fragment). Pourtant Bergotte est aussi le dernier représentant d'un art « discrètement » intellectuel (cinquième fragment). Ces développements où s'affirme une sociologie de l'art s'enchaîneront de façon beaucoup plus concise dans l'édition. La rédaction est en effet antérieure à la décision de placer la mort de Bergotte dans « La Prisonnière ». Le manuscrit du « Temps retrouvé » ne mentionne pas qu'il soit détrôné par Legrandin.]

Quand je parle de Bergotte (peut-être à cet endroit : « Et toi aussi tu passeras[2] »). Même en ce moment sa gloire subissait une éclipse[3]. Comme les plus récentes grandes œuvres d'art qui avaient fait impression[c] se trouvaient avoir un certain idéal philosophique et religieux, il était arrivé (fait commun à toutes les époques parce que la faculté de ressentir des idées, de les assimiler, de raisonner, ont toujours été beaucoup plus fréquentes que le véritable goût littéraire, mais qui prend une extension plus considérable aujourd'hui où les revues, les journaux littéraires se sont multipliés et avec eux les vocations factices d'écrivain) que toute la meilleure partie de la jeunesse, la plus intelligente, la plus désintéressée, s'était enflammée pour cet idéal et s'était imaginé qu'il était le critérium de la valeur d'une œuvre. Sans doute on les eût bien étonnés si on leur eût dit qu'ils renouvelaient l'erreur des David, des Chenavard, des Brunetière sur la peinture à grands sujets et à idées, car l'erreur ne se renouvelle jamais sous la même forme et ceux qui y tombent ne la reconnaissent pas. Bergotte étant classé parmi les écrivains qui font de l'art pour l'art leur paraissait pour cette raison inférieur. De plus cette jeunesse était éprise d'un art populaire, d'un retour au peuple et le monde qu'avait peint Bergotte était le monde, une société élégante dont ils s'imaginaient que la peinture ne peut être que puérile. Et ainsi l'œuvre de Bergotte leur semblait ne pouvoir s'adresser qu'à des gens du monde à la fois parce qu'elle peignait souvent ce monde spécial, et en même temps à cause de la complication de son « écriture » qui ne pouvait s'adresser qu'à des raffinés. *Mettre ici comme réponse (cela ira sans doute mieux là) le morceau déjà écrit que les gens du peuple s'intéressent plus aux gens du monde et d'autre part que les gens du monde ne sont[a] nullement des raffinés[1].* Aussi ce courant d'idées avait-il envahi la partie la plus intelligente du monde, qui y trouvait comme base naturelle le mépris qu'on a dans le monde pour tout ce qui est mondain et qui s'enthousiasmait pour l'art social. C'est ainsi que, quand l'intelligence veut se mettre à juger les œuvres d'art, il n'y a plus de certitudes, rien de fixe, on peut prouver tout ce qu'on veut. Aussi se produisait-il dans la littérature des phénomènes comme il s'en produit dans la politique où les revirements de l'opinion fabriquent tardivement un grand homme d'État avec un ancien ministre longtemps oublié et qui ne diffère pas des autres. Un écrivain inférieur à Bergotte, beaucoup plus mondain de goûts, mais beaucoup moins parfait comme style et ayant peint plutôt avec intelligence d'ailleurs certains milieux populaires arrive un jour à établir un joint, une sorte de coïncidence entre un certain brio académique qu'il avait dans le style et les idées religieuses et philosophiques qu'il semblait beau à la jeunesse d'exprimer[b]. Cette réussite le fit sacrer le plus grand écrivain de l'époque. Aimant le monde en cachette, il se promenait en tenue de vieux bohème au milieu des jeunes gens et tonnait contre le monde. Dans les jeunes revues on opposait l'humanité de son œuvre au dilettantisme de Bergotte. Bergotte[c] savait bien que Legrandin n'existait pas à côté de lui. Dans les pages de Legrandin qu'on citait en les opposant aux siennes, il reconnaissait une foule d'idées médiocres qu'il n'eût jamais eu le courage d'exprimer, des banalités à peine déguisées par l'adresse du langage le plus vulgaire, et dans le même numéro il voyait attaquer ses meilleurs livres. Aussi dédaignait-il ces attaques mais il en souffrait. Cela n'empêchait pas que les jeunes gens qui écrivaient ces choses ne fussent en somme une élite de travailleurs désintéressés par rapport à la foule des journalistes ou romanciers à succès qui avaient encore moins de dons littéraires qu'eux et beaucoup moins d'intelligence et de désintéressement. Mais ils me montraient par un exemple si je ne comprenais pas encore bien pourquoi dès que l'intelligence se met à toucher aux œuvres d'art pour les juger tout s'embrouille et *[interrompu*[1]*]*

Dire quand je parle de l'hostilité des jeunes gens pour Bergotte[2]. À vrai dire leurs maîtres, les écrivains originaux, n'étaient pas aussi sévères pour lui ; mais ces jeunes gens, n'ayant en réalité aucun sentiment de ce qui était bon ou mauvais, fonçaient aveuglément sur tout ce qui leur paraissait coupable de dilettantisme ou de perversité. Ils prétendaient à une telle union de l'art avec la vie et l'action, que non seulement ils voulaient sentir, dans les œuvres d'art de la vie, ce qu'ils appelaient de l'accent, mais ils voulaient aussi que leur propre vie fût intéressée par leur jugement sur les œuvres d'art. Ils se déclaraient malheureux, humiliés, irrités, troublés dans leur ménage, dans leur sommeil, dans leur digestion, par des livres sans conviction comme ceux de Bergotte, et dans leur prose intelligente et vive mais sans couleur où ils parlaient sans cesse des honteuses inepties, des dégradantes saletés qu'avec la complicité des profiteurs et des lâches on sert au public, passaient une chaleur toute physique, des haussements de voix ridicules, et des coups de poings. Ils parlaient, avec une indignation que Legrandin plus « averti » réchauffait, des « salons » où aucun n'était jamais allé. Ils s'imaginaient qu'on s'y extasiait sur la prose vieux jeu, sur la peinture de Carolus de Duran[3], sur la musique de Gounod, alors qu'on n'y prisait que les œuvres qu'eux-mêmes admiraient de grands artistes comme Debussy, comme Maurice Denis[4]. Comme je pouvais voir en ce moment, du dehors, <ils> n'y comprenaient d'ailleurs rien, et <ils> eussent aimé tout autant des artistes sans talent s'ils eussent porté la cocarde à la mode. En quoi ils ne différaient nullement des jeunes revues qui sur la cocarde seulement niaient un grand artiste comme Bergotte et en acclamaient un faux comme Legrandin. *Dire avant :* de sorte qu'il était stupide d'appeler audacieux comme on faisait ceux qui faisaient de la peinture et de la musique avancée. Ce qui eût été audacieux (mais il n'y a pas lieu en ces choses d'être audacieux ou lettré), c'eût été de faire de l'art rétrograde.

Suite de quatre pages avant[5] (ou du moins, sinon suite, peut s'amalgamer dans les mêmes parages).

Car la réalité du talent est un bien, une acquisition universelle — ce qui ne veut pas dire intellectuelle — dont on doit avant tout constater la présence sous les modes apparentes de la pensée ou du style. Or c'est à celles-là que la critique s'arrête pour différencier, classer les auteurs. Elle appellera prophète[1] un écrivain qui n'apporte[a] nul message nouveau mais dont le ton est péremptoire, qui use à tout moment d'interjections et qui est tout gonflé d'une rhétorique qu'une sage médecine des âmes oserait à peine lui interdire de peur qu'il ne lui reste rien, comme certains obèses[b] ou ces morphinomanes qu'on n'ose faire maigrir ou démorphiniser de peur de les tuer. Cette aberration de la critique est telle qu'un écrivain devrait presque préférer être jugé par le grand public si malheureusement il n'était incapable de se rendre compte même de ce qu'un écrivain a tenté car l'ordre de ces recherches lui est inconnu ; sans cela il y a plus d'analogie entre le bon sens du public et le talent d'un grand écrivain qui n'a cessé d'écouter et de suivre en lui, en faisant faire silence à tout le reste, la nature et l'instinct, entre l'instinct du public, et le talent d'un grand écrivain qui n'est qu'un instinct perfectionné, mieux compris, plus religieusement écouté encore, qu'avec le verbiage[c] de la critique qui ne sait pas se taire, descendre au fond de soi ou des autres, qui rapproche d'après des apparences et aujourd'hui encore serait toute prête de renouveler sur d'autres noms la même erreur qu'on ne reconnaîtrait pas, Petrus Borel[2] est avancé et Racine vieux jeu.

Ajouter à tout cela : Puis à l'exclusivisme wagnérien avait succédé l'antiwagnérisme[3], divisé en deux armées prêtes à s'appuyer, d'une part le debussysme, le stravinskisme, d'autre part l'antigermanisme qui considérait Wagner comme une dangereuse pénétration pacifique de l'Allemagne, comme une invasion secrète d'avant-guerre. Hélas tout cela marquait *(ou dire que cela marquait plus tard quand je parle du Temps)* le temps passé car de vingt en vingt ans toutes les logomachies[4] se renouvellent et ce sont toujours les mêmes esprits qui y sont pris. Les mêmes esprits y sont pris, hommes intelligents mais un peu bête tout de même, que les esprits vraiment scrupuleux, plus difficiles sur les preuves, regardent en souriant s'engouer ainsi. Malheureusement les demi-esprits, justement parce qu'ils ne sont que des demi-esprits, ont besoin de l'action pour se complèter et agissent plus que les autres, ayant des formules, sur le peuple. Presque tous les malheurs (et par l'Allemagne aussi, pangermanisme), sont venus d'eux. Il semble qu'une discipline sévère et de modestie (port-royalisme, cartésianisme) devrait en préserver. N'ayant pas de pensée dans les profondeurs, ils sont naturellement très sensibles aux événements et croient, maintenant, que la guerre a changé le style, la littérature et la philosophie. Les créateurs qui se tiennent à la vérité artistique s'évitent l'aller et le retour et laissent disputer sur l'art social, la France monarchique, le nietzschéisme[a], l'art catholique, l'antisémitisme, l'antiwagnérisme, même sur la nécessité d'un art à longs développements ou à développements trop courts, bien que ce dernier (comme dans un régime à la Dubois[1] on peut cependant déconseiller l'alcool) ait le tort de prendre pour mesure la faculté d'ennui de l'auditeur, alors que c'est elle qui n'étant rien en soi, doit se proportionner à l'œuvre, et s'y proportionne en effet et, se distendant pour les grandes œuvres, se rétrécissant pour les petites, s'ennuie en somme plus — puisque on veut faire un critérium de l'ennui — à une œuvrette qu'au *Crépuscule des dieux.*

*Capitalissime

Pour Bergotte[b2] quand je dis qu'il méprise avec raison les nouveaux venus, je pourrai ajouter.* Il en avait d'ailleurs — pour les meilleurs d'entre eux — une autre raison et qui n'était pas bonne. C'est que Bergotte si moderne par d'autres côtés était *(peut-être mettre en son temps)* le dernier représentant — le dernier pour le moment — car cette forme d'art peut renaître — d'un art intellectuel qui s'ingéniait à taire beaucoup de ce qu'il voulait dire, à laisser signifier beaucoup par la composition, par la signification, par l'ironie. L'ironie faisait que sous tel petit fait se cachait <pour> le lecteur comprenant l'allusion toute une loi psychologique. Les nouveaux venus qui étaient des écrivains directs, de sensibilité, se seraient fait scrupule de ne pouvoir tout dire. À cause de cela leur art était moins aristocratique. Ils pouvaient trouver l'art d'Elstir moins profond et l'ingéniosité peu intéressante, mais aussi, lui, forcément les trouvait un peu naïfs, un peu lourds, ayant peu de dessous, peu intelligents comme par exemple une page de Gautier aurait pu sembler lourde et fade à la fois à un Mérimée pour qui le trait est le résumé, le signe de tout un état psychologique qu'il sous-entend, ou une pièce de Maeterlinck ridicule à un Meilhac qui avait l'habitude de sous-entendre dans les répliques des lois psychologiques qu'il n'exprimait pas. Mais le progrès en art est justement fait de l'abandon par les nouveaux de toute la rhétorique de ceux qui les ont précédés.

Encore à propos de Bergotte disant ce qu'ils me rappellent car si la plume de cet écrivain comme eût dit M. de Norpois[3] avait perdu de son pouvoir poétique qu'elle avait eu longtemps, en revanche elle attirait aussitôt pour moi des souvenirs qui eux-mêmes en attiraient d'autres, de sorte que au bout de la plume qui avait cessé d'être magique, mais qui comme dans ces jeux de collège était devenue aimantée, se suspendait en équilibre instable comme une construction métallique tout un assemblage immense et fragile de souvenirs[c].

Esquisse XXXIV

[SIGNE ET SIGNIFICATION]

[Dans ces fragments du Cahier 57, qui encadreront la définition du style comme « question, non de technique, mais de vision[1] *», Proust fait de la signification l'éclaircissement du signe, ou de l'impression, par essence obscurs. Insuffisante en soi, la notation doit être interprétée par l'écrivain. Ce travail requiert de celui-ci qu'il « ne se laisse pas bercer de mots » mais, « vivant dans un monde de signes », dégage de ses impressions ce qu'elles ont de général.]*

Dire à un de ces endroits (à propos du petit sillon[2] par exemple) toute impression causée à tout moment de notre vie signifie quelque chose qu'elle ne définit pas ; c'est quelque chose qui peut se résoudre en une idée mais qui ne nous est donnée que d'une façon obscure par exemple s'il s'agit d'impression donnée par une personne, par un regard de notre interlocuteur, un son de sa voix, une certaine pensée[a] qu'il dit. Or nous ne cherchons pas à voir clair dans l'impression obscure et nous nous contentons de répéter la parole, (cela m'a été suggéré par « cela m'ennuierait de rencontrer *Robert*[3] »). Un vrai livre serait celui où chaque inflexion de voix, regard, parole, rayon de soleil serait reprise, et ce qu'il y a d'obscur sous elle éclairci. De sorte qu'au lieu d'un mémento des notes sans signification[4] qu'est la vie apparente, le livre serait constitué par la vraie réalité, celle que les notes diraient pour nous si nous avions pour les lire une sensibilité plus profonde et un esprit plus clair. Alors ce livre serait un vrai tableau du réel. Et sans doute sera-t-il plus élégant s'il insiste moins[5]. Mais il restera irréel. Car s'il donne l'inflexion juste, le mot juste, pour dire ce qu'ils signifient, le lecteur n'ira pas plus loin dans le livre que dans la vie et la réalité profonde lui restera cachée. *(Ce passage serait plus indiqué quand je dis qu'il faut faire des réflexions intellectuelles ou bien le mettre précédant : « Il s'agit bien de cela, il s'agit de casser la glace » qui en serait la conclusion).*

Quelque part. Ce que j'avais éprouvé pour Albertine, les autres hommes l'éprouvent aussi[6]. On éprouve mais on ne dit pas ce qu'on a éprouvé si on ne l'approche pas de l'intelligence comme il y a certains clichés qui ne montrent que du noir jusqu'à ce qu'on les ait mis à contre-jour *(demander)* contre une lampe. Alors seulement, quand on a intellectualisé[b] ce qu'on a senti, on distingue, et avec quelle peine, la figure de ce qu'on a senti.

Quand je dis (je ne sais trop où) qu'écrire est une grande tentation[1] puisque c'est réaliser la vraie vie, rajeunir les impressions. Mais il y fallait aussi un grand courage. C'était abroger toutes ses plus chères illusions[a], cesser de croire à l'objectivité de ce qu'on élabore soi-même, c'était ne pas se bercer de ces mots[b] : « j'avais grand plaisir à l'embrasser. »

Quand[c] j'explique ce que c'est que la littérature : je vivais dans un monde de signes auxquels l'habitude avait fait perdre leur signification[2]. Je lisais à contresens le livre de ma propre vie puisque dans Guermantes je ne voyais plus les nymphéas *(voir l'image)*, plus de souffrance *(tâcher si possible de dire quelle souffrance)* dans la mort d'Albertine, plus de montagnes bleues de la mer dans ce fruit sec qu'elle prenait quelquefois chez moi le soir les premiers temps, plus de prestige chez le lift, plus de désir d'église puisque dès Balbec je croyais avoir encore à moi le livre de ma vie comme quelqu'un qui aurait un livre mais à qui une congestion suivie d'aphasie verbale aurait ôté la faculté de lire les lettres. Je voulais rendre à ces lignes leur signification.

Mettre quelque part pour l'art.

Quand après la mort d'Albertine j'avais tant essayé de me rendre compte de ce que j'éprouvais de dégager ce qu'il y avait de général dans ma souffrance[3], peut-être anticipais-je seulement sur l'éternité où peut-être ce qui subsiste de nous — pensée qui m'eût fait si mal alors quand je désirais tant revoir ses grosses joues — c'est seulement ce qui n'est pas particulier c'est ce qui est derrière notre action et notre passion, toute la matière générale de notre âme que nos passions particulières délivrent et mettent en jeu mais qui ne sont pas particulières.

Esquisse XXXV

[L'ENCHAÎNEMENT DES ŒUVRES DANS LEUR DIFFÉRENCE]

[Ce long fragment du Cahier 57 reprend la plupart des idées exprimées dans les Esquisses précédentes. Proust n'en conservera que quelques formules : « la petite grimace de Sainte-Beuve » ; « les livres sont l'œuvre de la solitude et les enfants du silence ». Il abandonnera aussi la longue méditation sur la « chaîne des poètes », au profit d'une filiation plus sélective placée sous le signe de la « réminiscence[4] ». Ayant surmonté les obstacles qui l'empêchaient de parvenir à l'expression de la vérité, le narrateur établit le programme de l'œuvre à venir. Le premier paragraphe

suggère du reste que l'écrivain s'est déjà mis au travail. Il approfondit en outre certains concepts antérieurement exposés. Ainsi, la solitude indispensable à l'artiste n'est pas un simple retrait du monde. Même seul, l'écrivain doit « donner congé à son moi physique » dans la mesure où celui-ci — comme le prouve non seulement la « grimace », mais le style même de Sainte-Beuve — ne traduit qu'une représentation fantasmatique de l'autre au sein même de son absence.]

J'avais banni tout ce qui dans ma vie m'avait paru fausse création[a]. Ces mensonges qui superposés à la réalité m'empêcheraient de la voir et en altéreraient aussi bien l'expression. J'avais donné congé, <pendant les> heures de travail, à <ce> moi physique, qui s'il reste avec moi garderait en écrivant la sensation dans son visage et dans sa cravate et ne pourrait pas plus traduire des impressions profondes que devant la nature il ne saurait en éprouver[1]. Toutes les idées, tous les mots qui viennent de lui, qu'on éprouve le besoin de prononcer seul à haute voix en gesticulant dans les moments d'excitation, quand on vient de quitter une réunion agréable et qui répondait si peu au véritable sentiment éprouvé, toutes les idées que l'écrivain ne réalise pas entièrement sur sa page mais entre ses dents, le plaisir qu'il éprouve, insuffisamment expliqué par son style, se prolongeant en petites grimaces de la joue — complémentaires indispensables du choix bizarre en apparence de presque toutes les épithètes de Sainte-Beuve, comme certains haussements voluptueux de l'épaule ou contractions du sourcil le sont dans telle diatribe de l'écrivain le plus « idéaliste » contre l'art contemporain. Pas plus, aucun[b] des mensonges inévitables de l'action si élevée soit-elle, de l'amitié même prétendue intellectuelle, de tout ce qui par sa nature même ne peut réaliser l'esprit et qui au point de vue <de> l'esprit (en admettant même un ordre moral supérieur à l'ordre spirituel) est sans intérêt. Et en général tout mot écrit comme dit à un interlocuteur car les livres sont l'œuvre de la solitude et les enfants du silence. Et les enfants du silence ne doivent rien avoir de commun avec les enfants de la causerie <et> de l'humeur et *[une lacune[c]]*

Et quand on a ainsi tiré son œuvre de soi-même, elle se trouve, à une différence près, être de même nature que les œuvres d'autres écrivains entre lesquel<le>s elle vient se classer. Mais cette œuvre qui devrait fleurir insensiblement[d] dans l'œuvre de celui qui précède et de celui qui suivra, c'est au fond de soi qu'on peut la trouver. On pourrait regarder pendant des siècles les deux autres[e] œuvres sans pouvoir trouver l'œuvre intermédiaire. Car toutes les âmes sont harmonieuses mais chacune est spontanée. Et cette différence suffit à ce que, de même tournure d'esprit, de même temps, qu'un autre grand écrivain, ses mêmes efforts pour dire des choses semblables produisent cependant des formes à peine dissemblables et pourtant irréductibles aux autres, s'unissent à elles par cela même, en une diversité harmonieuse qui est la seule unité réelle tandis qu'en sont si loin nos observations sur le sens de choses dont nous négligeons pourtant la qualité différentielle en une discordante identité. La culture qu'on sait baignée de duplicité ou l'inculture sert peu dans un art où l'on ne peut rien apprendre que de soi-même et où, quand <on> sait tout ce que disent les autres, ainsi se trouve une nuance de même image que les autres ne connaissaient pas et où ils ne peuvent pas descendre avec nous pour nous aider. Mais en nous la nature a mis tout ce qu'il fallait pour que nous prenions juste notre <place et> gardions notre rang et, avant que nous commencions notre chemin, son cocher nous dépose à l'endroit où le précédent s'est arrêté et d'où nous devons partir, la bergère justement admirée par Bloch hantant un même épisode que l'auteur de *François le Champi* mais entre la façon dont il est traité dans son livre et dans cet autre qu'elle n'a pas lu la distance est juste celle que la sensibilité humaine a parcouru entre George Sand et elle, car Marguerite Audoux a<vait> *[plusieurs mots illisibles]* exactement comme une belle fleur *[plusieurs mots illisibles]* <com>pter les fleurs voisines, dont aucune pareille et même en fleurissant pour obéir à la même poussée intérieure, élargissant ses pétales avec Chateaubriand, les arrondissant et les affermissant avec France, les déchiquetant avec Henri de Régnier, les simplifiant avec Jammes, varie à l'infini dans une diversité harmonieuse qui est aussi près de l'unité que lui est opposée la discordante similitude de la perception courante, la guirlande infinie tressée par les poètes à la gloire de la réalité. Par un seul poète, semble-t-il, qui dure depuis le commencement du monde tant il semble avoir un même esprit et dont dans notre siècle Gérard de Nerval est seulement le nom de ses minutes vagabondes[a] mais si unique que même ses portraits physiques semblent, sous le nom du portrait de Baudelaire, d'Hugo, d'Alfred de Vigny, de Baudelaire, n'être que des profils différents d'un même admirable visage. Les œuvres elles-mêmes pourraient être rentoilées ensemble comme les morceaux épars d'un même univers, peint seulement avec moins d'ampleur et de force, là où la colline de Jean le Rouge se relierait à la prairie fauchée à ses pieds par Levine[1].

Esquisse XXXVI
[L'INTELLIGENCE]

[Cahier 57. Condamnée dans le « Contre Sainte-Beuve », l'intelligence acquiert progressivement dans l'esthétique proustienne un rôle moins négatif. Quoique les deux premiers fragments insistent encore sur cet aspect, la troisième ébauche pose qu'elle ne peut être entièrement bannie de l'œuvre d'art. Proust va jusqu'à préciser le rapport d'émulation qu'elle entretient avec la sensibilité.]

Quand je dirai que l'intelligence ne peut faire de résurrection[1].

Elle et sa mémoire volontaire ne gardent rien du passé. Ce qu'elle nous représente de ceux que nous avons aimés diffère tellement d'eux qu'on peut dire à la lettre <que> nous <ne> nous les rappelons pas, que nous les oublions. Elle assiste impuissante à la destruction de nos affections, de toutes les forces vives de notre sensibilité, de notre passé c'est-à-dire de notre moi. Elle et sa mémoire volontaire n'en gardent rien. On peut dire sans lapalissade *(?)* que si nous oublions ceux que nous avons perdus c'est que nous ne nous les rappelons pas. L'intelligence nous montre à leur place des peintures qui n'ont rien d'eux et que nous ne pouvons pas aimer. Un manchon oublié dans une armoire nous en dit plus qu'elle avec tous ses discours et nous tire les larmes des yeux. Elle ne serait pas la Muse[a] de mon art. Elle ne fait pas de résurrection.

Et pourtant je ne peux la bannir entièrement. Si *[interrompu[2]]*

Capital.

Quelque part dans ce Cahier. Je ressentais devant tous les gens qui ne sont qu'intelligents une extrême fatigue. Non pas que je méprisasse l'intelligence qui seule peut nous conduire au vrai quand l'expérience juste de la sensibilité lui a montré où il est. Mais l'intelligence seule ne peut rien trouver car tous les chemins qui ne mènent à rien sont aussi bien ouverts pour elle que le seul qui mène au vrai. Elle n'est pas plus capable seule de découvrir ce dernier, qu'un homme qui cherchera toutes les combinaisons d'accords possibles ne fera tel morceau de Beethoven. Aussi pour quelqu'un qui sent en lui les réalités profondes[3], qui ne les perd jamais de vue, l'homme intelligent qui ne les verra jamais et qui court dans tous les sentiers avec vitesse en voyant le vrai partout où il n'est pas, vous donnera la sensation d'une agilité inutile et dangereuse.

C'est peut-être ici[1] que se placerait le mieux.

En un mot, en admettant pouvoir relier les intuitions[a] de l'instinct on admettrait quoique moins profondes des vérités fournies par l'intelligence[2]. Je lui avais fait la part petite jusque-là. Je sentais trop que ce n'est pas dans sa zone de lumière que sont conservées ces impressions qui sont la matière de l'art. Elle ne connaît pas la réalité, elle et sa mémoire volontaire n'en possèdent rien[b]. Quand nous l'interrogeons sur notre passé, sur ceux que nous avons aimés, c'est d'autre chose, d'autres êtres qu'elle nous parle, et elle nous fournit des morts que nous avons perdu<s> un souvenir qui est le commencement de l'oubli puisqu'il ne contient rien d'eux et que la vue d'un vieux manchon oublié dans une armoire nous en dira davantage et nous tirera des larmes des yeux. Dans ces moments d'inspiration où j'avais compris que la réalité pressentie, qui allait <être> retrouvée peut-être, risquait aussi d'être perdue pour jamais, ce n'était pas à l'intelligence que j'avais pu demander secours, c'était à quelque sensation aveugle, un jour au goût du thé, au bruit de la fourchette, au poisseux de la serviette que je m'étais attaché, c'est à un côté inutilisable, à une sorte de bond, d'élan[c] nouveau de l'instinct que j'avais demandé la résurrection, la recréation plutôt, de mon impression d'autrefois. Et comme je comprenais que dans la vie tout ce qui de loin ressemblait à mes impressions fécondes, le plaisir de parcourir un indicateur des chemins de fer, de feuilleter un livre d'enfance, de sentir un ancien parfum, de revoir un bal de jeunes filles, un même rayon de soleil, que tout cela tient dans ma vie une place plus grande que la lecture des livres de raisonnement les plus élevés, à me faire douter que je fusse capable de joies spirituelles.

Et pourtant si je ne pensais pas que l'intelligence dût avoir le premier rôle dans l'art, je n'avais pas voulu l'en bannir. Même son infériorité, n'est-ce pas à elle qu'il nous faut demander de l'établir ? Si elle ne mérite pas la couronne suprême, c'est elle seule qui la décerne. Et puis même en dehors, dans ces vérités secondaires qui sont son lot, je n'aurais pas voulu me passer d'elle. Elle et la sensibilité[d] sont deux facteurs si puissants de notre nature que tout acte nous semble incomplet où elles n'ont pas l'une et l'autre fourni leur effort. Ce qu'elles nous disent sur une même chose diffère assez, pour que, même si ce que la sensibilité nous a dit prime, elle ne dise pas tout. Entre[e] elles deux c'est une émulation incessante, dans une avidité d'aller plus au fond des choses, comme[f] si aucune des deux n'y suffisait dans un seul acte, comme si notre nature n'était pas capable à la fois d'étreindre à la fois le particulier et remonter au général, courant sans cesse de la sensibilité qui étreint[g] l'un à l'intelligence qui remonte à l'autre pour tâcher d'épuiser la réalité.

Quand l'instinct a recréé une chose, notre besoin de la posséder ne serait pas assouvi si notre intelligence ne la redisait en idées claires. Et quand c'est notre intelligence qui d'abord a éclairci une chose, il semble que nous n'<y> arriverions jamais, si nous ne faisions faire à notre instinct sa preuve en le forçant à la recréer. J'avais fait <cela> autrefois, je m'en souvenais.

Je me souvenais d'un <de> ces exemples infiniment petits où on peut aussi bien étudier la vie que dans de très grands. J'avais fait une année des pastiches de grands écrivains. Jeu bien facile. Ce rythme des grands écrivains nous possède tant que longtemps après en avoir lu nous sommes encore en harmonie avec eux et que nous sommes *[interrompu*[a]*]*

L'élan originel[b] qui est comme le battement, l'acte même de la vie, n'est pas intellectuel, l'intelligence ne peut nous l'identifier, il faut qu'en nous la sensibilité l'imite, nous le joue, le répète, se fasse élan et vie. Mais l'intelligence veut savoir. Elle sait que cet élan si particulier qu'il soit est comparable à d'autres, à quelque chose de général[1], peut-être défini. Et cela la sensibilité ne pourrait le faire, car si l'intelligence n'est pas capable de la vie, la sensibilité ne connaît pas du général et elles vaquent éternellement chacune à l'élaboration, <la> méditation d'une qualité unique des choses qu'elles voient d'une façon absolue, sans apercevoir la qualité antagoniste qui pourrait ôter de la fermeté à sa conception mais aucune des deux n'épuise la réalité dans un seul acte et c'est entre les deux une émulation incessante de la *(voir la fin de la phrase, en bas, dans le texte[2])*.

Esquisse XXXVII

[LES MATÉRIAUX DE L'ŒUVRE LITTÉRAIRE]

[Cahier 57. La vocation littéraire se révèle et se définit à la fois comme l'engrangement secret des matériaux de l'œuvre à venir (trois premiers fragments), enregistrement de gestes individuels dont se dégageront les grandes lois (quatrième fragment). L'amour même, en ses expériences malheureuses, avait pour vérité profonde une connaissance de la douleur (cinquième fragment). En même temps que se déroulait la vie, les êtres posaient ainsi pour l'artiste comme autant de « modèles », expériences individuelles qu'il élèvera au niveau de la généralité (deux derniers fragments).]

Capitalissime. Quand je dis que les matériaux[3], frivolité, paresse, douleur, de la vocation littéraire étaient venus à moi bien que je ne les aie pas reconnus : ils s'étaient amassés en moi aussi à mon insu, aussi inconnus de moi que peut l'être dans la plante les réserves de *(mettre un exemple tiré par exemple des légumineuses, blé ou je ne sais quoi, peut-être bien que cela n'aille peut-être pas le blé qui n'est blé que dans nos contrées)*.

Capitalissime quand je dis que tout m'a servi, le bruit du pavage de Venise[a], l'amour d'Albertine, le monde etc. Ainsi[b] toute ma vie jusqu'ici (Venise, amour d'Albertine, vie mondaine etc.) aurait pu et n'aurait pas pu être résumée sous ce titre : *Une vocation*[1]. Elle ne l'aurait pas pu en ce sens que la littérature n'avait joué aucun rôle dans ma vie. Elle l'aurait pu en ce que cette vie, les souvenirs, les souffrances, les joies de cette vie formaient une réserve pareille à cet albumen qui est logé dans l'ovule[c] des plantes et dans lequel celui-ci puisera sa nourriture pour se transformer en graines en ce temps où on ignore encore que l'embryon d'une plante se développe, lequel est pourtant le lieu de phénomènes[d] chimiques et respiratoires secrets mais très actifs. Ainsi ma vie était-elle en rapport avec ce que je produirais[e]. Et ceux qui se nourriraient d'elle ensuite <l'> ignoreraient, comme ceux qui mangent les graines alimentaires et qui croient volontiers que les riches substances qu'elles contiennent ont été faites pour leur nourriture, <ignorent qu'elles[f]> avaient nourri la graine d'abord et permis sa maturation.

*Pour la littérature quand je dis que rien du passé n'est perdu[2], que le littérateur ne doit pas se dire qu'il fait comme le peintre mais qu'en effet il fait comme lui[g]. Ajouter ceci (même si ce que j'ai déjà écrit ressemble *[plusieurs mots effacés]*).*

Car comme le peintre a des carnets de rapides croquis, l'écrivain, tandis qu'il omettait de remarquer tant de choses que les autres remarquent, dictait inconsciemment à son oreille et à ses yeux de retenir à jamais l'accent avec lequel avait été dite une phrase et l'air de figure et le mouvement d'épaules qu'avait fait à un certain moment telle personne dont il ne sait peut-être rien d'autre, et il y a de cela bien des années, et cela parce que cet accent, cet air il les avait déjà entendus et vus, qu'il les sentait quelque chose de général, donc de renouvelable, de durable et qu'il ne se souvenait que du général. Car nous n'avons écouté les autres que quand, si bêtes et perroquets qu'ils puissent être, comme Mme Grunebaum-Ballin, ils n'étaient comme l'oiseau prophète que les porte-parole d'une loi psychologique. Et par de tels accents et par de tels airs, eussent-ils été entendus et vus jusque dans son enfance, la vie des autres était représentée en lui, et quand il écrivait venait composer d'un mouvement d'épaules commun à beaucoup, vrai comme s'il était noté sur le cahier d'un anatomiste mais ici pour exprimer une vérité psychologique, et emmanchait sur ces épaules un cou, un mouvement du cou fait par un autre, chacun ayant posé un membre (ce que Molière exprimait en disant : « Je prends le nez à l'un » etc. *Copier la citation[1]).*

Quand je montre (dans ce dernier volume[2]) que la vérité de ces impressions oubliées et par conséquent la vraie vie c'est cela la littérature, il faudra dire que c'est cela la littérature d'une part. Mais que d'autre part c'est aussi ceci : les êtres les plus bêtes[3] manifestent par leurs gestes, leurs propos, leurs sentiments involontairement exprimés des lois qu'ils ne perçoivent d'ailleurs pas, mais que l'artiste surprend en eux, de sorte qu'en les peignant il dévoile ces lois. Et ainsi il ne montre pas que la vérité qui était en lui mais la vérité qui était en eux. Le premier c'est le subjectivisme objectif, le deuxième l'objectivisme subjectif. Et à cause de ce genre d'observation l'écrivain que le vulgaire croit méchant ne l'est pas, car dans un ridicule il voit une belle généralité et en débarrasse celui qui la lui a fait remarquer, et ne pense plus qu'il était ridicule. Malheureusement si de même quand il souffre d'une passion il en sent aussi le caractère général, il ne peut s'affranchir de la souffrance personnelle, comme de la gaieté personnelle, il est plus malheureux que méchant.

Capital. Penser à dire : quand j'aimais Albertine[4] je me rendais compte qu'elle ne m'aimait pas, et j'avais été obligé de me contenter qu'elle pût me servir à connaître ce que c'est que la souffrance, que l'amour, et même au commencement que le bonheur. Et peut-être avais-je été sage en cela et avais-je obéi en cela à un instinct d'artiste. Peut-être les êtres que nous connaissons, les sentiments que grâce à eux nous éprouvons sont-ils pour le psychologue ce que sont pour le peintre des modèles. Ils posent pour nous. Ils posent pour la souffrance, pour la jalousie, pour le bonheur. Et il faut <en> profiter pendant qu'on a ses modèles. Ceux qui posent pour le bonheur n'ont généralement pas beaucoup de séances à nous donner.

À propos de la littérature : nous vivons hors de la réalité ; même nos sentiments les plus forts, comme avait été mon amour pour ma grand-mère, pour Albertine[5], au bout de quelques années nous ne les connaissons plus, ils ne sont plus pour nous qu'un mot incompris, puisque nous pouvons parler d'eux avec des gens du monde chez qui nous nous réjouissons de nous trouver alors que tout ce que nous aimions est mort. Mais s'il y avait un moyen d'apprendre à relire les mots oubliés, de les traduire en un langage permanent qui serait toujours compris, ne serait-ce pas une grande acquisition pour notre âme ? Et si la loi de changement, qui nous avait rendu ces mots inintelligibles, nous parvenions à l'expliquer, notre infirmité même ne deviendrait-elle pas le prétexte d'une force nouvelle ? Bref l'art réagissant contre l'œuvre quotidienne de la mort que j'avais crue inéluctable le premier soir à Balbec, ne pourrait-il pas nous faire entrer[a] dans la réalité et dans la vie ? *(Ceci est un peu trop vague mais le début est très bien.)*

*Capitalissime

Quand je dis (je le mets ici parce que j'ai un peu de blanc) que les êtres particuliers nous font connaître les vérités générales[1].* Jadis quand j'aimais Gilberte[b], quand j'aimais Albertine je m'efforçais de communier avec ce que l'humanité appelle « amour », comme avait du reste fait non seulement Swann avec Odette, mais même M. de Charlus avec Bobbey[2]. Et maintenant par une démarche inverse je comprenais que les sentiments généraux qu'il faut que nous connaissions ne peuvent nous apparaître que sous une humble forme particulière. À quoi bon nous dire « ce n'est qu'une Odette, qu'une Albertine », puisque pour que l'Amour, la Jalousie, la Souffrance se manifestent à nous, il faut qu'ils fassent leur entrée dans notre vie derrière quelque petit corps féminin qui en lui-même n'a aucune importance. Sans doute de se dire qu'il n'en a aucune devrait sans doute nous empêcher d'en trop souffrir. Mais les médecins qui connaissent les raisons générales d'une affection morbide, quand ils en sont atteints n'en souffrent pas moins que leurs malades, s'ils en raisonnent mieux. La raison ne les calme pas car l'esprit s'abstrait de la douleur mais n'arrive pas à entraîner le corps avec lui.

Esquisse XXXVIII

[L'ARTISTE SE RÉFLÉCHIT DANS SES MODÈLES]

[Ce passage du Cahier 60, est postérieur aux ajouts à « L'Adoration perpétuelle ». Il présente sur le thème des « modèles » une variation intéressante, que Proust a considérablement modifiée dans le manuscrit.]

Capital pour ajouter dans le Cahier 19[3], je crois, quand je dis que nos œuvres successives se ressemblent parce que nous nous ressemblons.

Et cette ressemblance des œuvres, laquelle vient en partie de la vie[1], projette à son tour dans la vie une ressemblance à laquelle les écrivains ne songent pas assez. Si différents modèles posent l'un après l'autre, par exemple pour la femme qui excite la jalousie, l'écrivain quand il peint, en souffrant, devant le premier modèle, ne se soucie pas de ses amours futurs. Mais il livre[a] dans son ouvrage un secret dont les femmes suivantes profiteront. Il leur assurera qu'il n'est pas jaloux. Elles seront prêtes à le croire, tout d'un coup elles ouvrent son livre, il semble écrit d'après elles ; tel épisode a été comme anticipé ; elles découvrent quel est le héros dont l'artiste à tout hasard, dans la crainte qu'elles lisent l'ouvrage, leur a dit : « J'ai essayé de peindre tout le contraire de moi, moi qui ne sais pas la jalousie. » Mais il s'est peint avec trop de vérité, elles ne s'y trompent pas, si peu intelligentes soient-elles, elles ont pu être dupes de ses paroles, le livre inspiré par la femme précédente les éclaire (quelquefois d'un jour faux car l'homme varie) et elles lui disent, maîtresses enfin de la puissance qui leur échappait : « Le jaloux, c'est toi. » Et c'est pourquoi les seuls livres vraiment dangereux, dont nous devrions défendre la lecture à une femme que nous aimons, ce sont nos livres.

Esquisse XXXIX
[L'IDÉALISME]

[Absent de l'ébauche de 1911, l'idéalisme proustien peut se résumer dans cette formule du « Temps retrouvé » : « Je m'étais rendu compte que seule la perception grossière et erronée place tout dans l'objet quand tout est dans l'esprit[2] ». De nombreuses notes du Cahier 57 illustrent cette proposition qu'éclaire le passage du Temps. Proust en profite pour justifier la part accordée dans son œuvre à l'inversion, mais donne aussi, de la « leçon d'idéalisme », des exemples aussi divers que l'Affaire Dreyfus, la mort de la grand-mère ou la bille d'agate de Gilberte.]

Capital pour les poses. Quand je dis que je fais poser comme un peintre et qu'il faut beaucoup d'individus ou de choses pour une réalité littéraire afin d'avoir du volume[3] (le dire) car cela seul permet le général, j'ajouterai. Et puis c'est aussi que *ou c'est que* si l'art est long et la vie courte, on peut dire aussi que si l'inspiration est courte, les sentiments ne sont pas beaucoup plus longs. Quand nous pouvons reprendre le travail, le sentiment qui « posait » l'amour, la femme qui « posait » la Femme sont loin, ne peuvent plus donner des séances. On continue avec une autre ce qu'on avait commencé avec la première. C'est un peu une trahison sentimentale mais littérairement, grâce à la similitude de nos sentiments, cela n'a pas grand inconvénient et cela donne quelque chose de désintéressé, de plus général qui est aussi une leçon austère que ce n'est pas aux êtres que nous devons nous attacher, que ce ne sont pas les êtres qui existent et sont par conséquent susceptibles d'expression mais les idées.

Capitalissime au point de vue composition du livre : quand je parlerai de l'irréalité de ce qui n'est pas l'esprit, je dirai : l'étude de l'inversion[1] ne m'en avait-elle pas présenté dans la vie contemporaine une preuve et qui sans cela reste le phénomène inexplicable qu'elle est pour beaucoup ? *(C'est capitalissime pour expliquer pourquoi tant de place donnée à l'inversion et peut-être déjà dire en son temps un peu ce genre d'intérêt.)*

Quand je parle de mon esthétique[a], je dirai : je ne négligerai pas les influences occultes du rêve[2]. Quand je vivais d'une façon un peu moins désintéressée, pour un amour, un rêve venait rapprocher singulièrement de moi, lui faisant parcourir de grandes distances de temps perdu[b], ma grand-mère, Albertine que j'avais recommencé à aimer parce qu'elle m'avait raconté une version (d'ailleurs atténuée) de la blanchisseuse. Je pensai qu'ils viendraient quelquefois rapprocher ainsi de moi des vérités, des impressions que mon effort seul, ou même les rencontres de la nature ne me présenteraient pas, qu'ils réveilleraient en moi du désir, du regret de certaines choses inexistantes, ce qui est la condition pour travailler, pour s'abstraire de l'habitude, pour se détacher du concret. Je ne dédaignerais pas cette seconde Muse, cette Muse nocturne, qui suppléerait parfois à l'autre. *En[c] son temps il faudra qu'à partir de ce rêve je recommence en effet à l'aimer, que cela marque une « reprise ». Le rêve est indiqué avec de jolies comparaisons dans le cahier Vénusté[3].*

Ne pas oublier (ou omettre volontairement) parmi les choses qui me montrent que la réalité n'est que dans l'esprit, que ce n'est pas quand a eu lieu la mort de ma grand-mère[4], mais quand elle a eu lieu en moi, que j'en ai souffert.

Mettre quelque part dans cette fin : bien souvent j'avais senti que les choses n'étaient pas seulement ce que ma pensée les nommait, que dans la douceur que j'avais eue à avoir près de moi Albertine, dans l'intérêt que je trouvais à tout ce qui avait paru être sa vie dans les moments où je ne l'avais pas connue, il y avait quelque chose de plus que je sentais et qui était un peu trop loin de moi[5]. Je me rendis compte que l'art c'était ce qui rapprochait et permettait de saisir ces choses réelles et particulières qui sont tout le temps à quelque distance de notre pensée, qui la dominent sans cesse, nous font plaisir, nous font souffrir, auxquelles nous pensons sans cesse mais sans les penser véritablement.

Ou plutôt[1] ce n'est peut-être pas parce que nous parlons des gens du monde que nous mentons. Je mentais autant en disant : « Ah ! si vous aviez connu Albertine, elle était charmante, si gaie », car ce n'est pas pour cela que je l'aimais, que quand je disais : « Mme de Guermantes est si intelligente », car ce n'est pas l'impression qu'elle me faisait. La vérité est peut-être plutôt que ce n'est pas l'objet qui entraîne au mensonge mais la conversation, car l'impression que nous a fait l'objet (Albertine ou Mme de Guermantes) est quelque chose qui ne peut être rendu directement, quelque chose d'ineffable qui ne peut être rendu que par des équivalents que la littérature trouve et qu'excluent les conversations. D'où encore nécessité de l'art pour parler même de ce qu'on a connu de plus simple *[plusieurs mots illisibles].*

Dans les choses que j'ajoute ailleurs à l'inversion comme preuve d'idéalisme citer aussi l'affaire Dreyfus[2] où on croyait que l'innocence ou la culpabilité était un papier qui avait le même sens pour tout le monde, la guerre où on ne pouvait croire que si Sarrail n'avait les moyens de marcher en même temps que les Russes on les lui aurait donnés sans avoir besoin que Roques allât sur les lieux, la médecine (radiographie), mon article etc.

Quand je dirai que la réalité est purement spirituelle ; la bille d'agate de Gilberte, le nom, la personne de Gilberte[3], n'étaient-ils pas devenus rien pour moi, quand dans ma pensée l'idée de Gilberte avait dépéri ? Et pendant la guerre, n'avais-je pas vu les gens mêlés aux plus grands événements quand ils avaient à les décrire dire les choses les plus banales[4] d'avant la guerre, la grande aurore, le frisson des ailes de la victoire *(ceci détaillé — Alpes qui ne donnent pas de force, ni vierges aux vieillards[5], dans le cahier Babouche je crois peut-être mieux à mettre ici, je ne sais trop)*.

Esquisse XL
[ÉBAUCHES ABANDONNÉES SUR LE SOUVENIR]

[Cahier 57. Le thème du désir de partir pour Florence (premier fragment) ne sera pas retenu ; pour illustrer, dans le cas du voyage, « l'activité mensongère de l'imagination », Proust ne conservera que l'exemple de Venise (voir l'Esquisse XXVIII*). Dans le second fragment l'audition du Quatuor de Vinteuil qui constituait, à ce stade des brouillons, en 1914, le programme musical de la dernière matinée, entraîne une méditation sur la fécondité du génie de Vinteuil. Cet épisode sera ultérieurement déplacé et transformé : dans « La Prisonnière », c'est chez les Verdurin que sera exécuté une œuvre inédite de Vinteuil : le Septuor ; dans « Le Temps retrouvé » nous n'aurons qu'une brève allusion à « l'appel rouge et mystérieux » du Septuor. Suivent enfin cinq courts fragments sur le souvenir, qui ne seront pas repris.]*

Important

Quand j'ai envie de partir pour Florence, dans cette matinée chez la princesse, je dirai ceci :

Je me disais en hésitant : il serait bon d'aller à Florence, tout d'un coup je vis — ou plutôt cette vue me fut comme un hameçon — le Giotto[a] de Santa Croce[1] éclairé par le soleil tandis que le Ponte Vecchio était couvert de fleurs et aussitôt je me dis : mais non, il ne faut pas hésiter, il faut partir, je m'en souviens de ce paradis[b] à côté duquel j'ai vécu par deux fois des heures d'extase ; et je suis resté à son seuil. Ses images comme des bandelettes divines ont pendant des semaines fermé mes yeux sur les réalités qui m'avoisinaient mais ce paradis, ce monde extrêmement différent de tout ce que je connais, qui m'a donné le seul grand désir qui ait pu faire de ma vie pendant quelques jours une ivresse, je n'y pénétrerais pas, je ne l'aurais pas connu, je mourrais sans avoir connu le paradis, ce paradis qui ne peut exister que pendant la vie. Partons ! Mais au même moment je compris que cette image où le soleil touchait le Saint-Louis de Santa Croce, ce monument dont la vue me décidait à partir, cette image c'était moi qui l'avais formée et que je n'avais pas, en la formant, le pouvoir de décréter qu'elle existât par cela même en dehors de moi. Je le voyais avec précision ; mais je voyais aussi nettement la marchande de café au lait de la station ; et pourtant elle n'y était plus à ce même âge ; il faut se résigner à penser que ce que notre pensée vient de nous montrer, ce que notre désir exige comme un enfant gâté, la réalité nous le refuse. Et d'ailleurs me l'eût-elle montré qu'elle ne m'eût pas montré ce qui me semblait le paradis. Car je disais « du soleil sur le Giotto » parce que c'est cette image qui accompagnait mon désir de Florence. Mais la ridicule insuffisance de cette image eût dû depuis longtemps m'avertir que ce n'était pas cela qui causait mon extase, mais mon désir même de Florence dans lequel s'était transporté le souvenir de tant de lectures, la quintessence de tant de pensées qui en avait fait un désir original mais que la réalité ne pouvait me fournir. Alors ce paradis, ce qui avait en ma vie excité le plus de désir n'existait pas. Je ne pouvais aller à lui ; si ! mais en le cherchant d'où il m'était venu, en moi-même. Etc.

Note

Je pourrai sans doute, quand j'ai compris ce qu'il y a de réel dans l'essence commune du souvenir et que c'est cela que je voudrais conserver (mais ne sachant pas encore que cela se peut par l'art, sachant seulement que cela ne se peut ni par le voyage, ni par l'amour, ni par l'intelligence) dire que j'entends à travers la porte le quatuor de Vinteuil (aux œuvres de qui la matinée[a] sera consacrée). Et je dirai à peu près ceci : comme jadis à Combray, quand ayant épuisé les joies que me donnait l'aubépine et ne voulant pas en demander à une autre fleur, je vis, dans le chemin montant de[b] Tansonville, un centre de nouvelles joies naître pour moi d'un buisson d'épine rose, ainsi n'ayant plus de joie nouvelle à éprouver dans la Sonate de Vinteuil, je sentis tout d'un coup en entendant commencer son quatuor[c] que j'éprouvais de nouveau cette joie, la même et pourtant intacte encore, enveloppant et dévoilant à mes yeux un autre univers, semblable mais inconnu ; et la ressemblance s'achevait de ce que le début si différent de tout ce que je connaissais dans ce quatuor s'irradiait, flambait, de joyeuses lueurs écarlates ; c'était un morceau incarnadin, c'était la Sonate en rose. La Sonate de Vinteuil m'avait paru tout un monde, mais un monde que je connaissais entièrement et voici que le Dieu qui l'avait créée n'y avait pas épuisé son pouvoir en en faisant une seconde, c'est-à-dire une tout autre, aussi originale qu'était la Sonate de sorte que la Sonate qui m'avait semblé une totalité n'était plus qu'une unité, que je dépassais maintenant la notion de l'un et comprenais ce qu'était le multiple grâce à la richesse de ce génie qui me prouvait que la beauté dont il avait manifesté l'essence dans la Sonate avait encore bien d'autres secrets à dire, bien d'autres paradis à ouvrir. Je ne concevais pas que le genre de beautés qu'elle contenait ne fût pas entièrement épuisé et consommé en elle ; quand j'essayais d'en imaginer, je les imaginais d'après elle, je retouchais de languissants pastiches. Et voici que cette phrase rose, aussi merveilleuse que m'avait paru la première fois celle de la Sonate, mais tout autre, que je n'eusse jamais pu imaginer, venait de naître, comme à côté d'une jeune fille, une sœur toute différente. Elle créait devant moi, elle tirait du silence et de la nuit[d], dans une rougeur d'aurore, les formes d'un monde inconnu, délicieux, qui se construisait peu à peu devant moi. Et ce monde nouveau était immatériel, cette forme singulière qu'il projetait devant moi dans une lueur empourprée c'était celle d'une joie différente des autres joies comme la joie mystérieuse et ombrée qui émanerait de la bonne nouvelle annoncée par l'Ange du matin. Certes, il y avait entre la Sonate et le Quatuor de grandes ressemblances. Sans doute Swann avait eu raison jadis d'appeler la phrase de la Sonate : « une créature immatérielle, une fée captée par Vinteuil, arrachée par lui au monde surnaturel. » Mais[a] ces créatures surnaturelles, il est curieux qu'une certaine affinité, une mystérieuse correspondance entre un cerveau humain et leurs phalanges immortelles, fasse que ce seront toujours les mêmes qui se plaisent dans l'œuvre d'un même artiste, tandis que chez un autre ce seront d'autres qui auront élu domicile. Vinteuil avait ainsi certaines phrases qui, de quoi qu'il parlât, de quelque sujet qu'il traitât, habitaient son œuvre dont elles étaient comme le peuple familier, les dryades et les nymphes, divines étrangères[b1] dont nous ne savons pas la langue et que nous comprenons si bien ! si caressantes et si belles que quand je les sens passer et repasser sous le masque nocturne des sons qui me dérobe à jamais leur visage mon cœur se serre en sentant si près de moi les seuls êtres qui m'aient jamais dit un mot nouveau d'amour et que mes yeux se remplissent de pleurs. Ce n'était pas que des phrases à la Vinteuil qu'on reconnaissait dans le Quatuor, ainsi dans ces harmonies qui commençaient à embuer toute son œuvre à l'époque attristée où il écrivit la Sonate, les mêmes brumes qui s'élevaient le soir, depuis cette heure de sa vie, flottaient ici et là sur son œuvre. Mais ce que je sentais là n'était-ce pas justement quelque chose comme cette qualité particulière à une impression, à une joie que je n'avais pu trouver ni à Balbec où ne restait rien de ce qui faisait la particularité de son nom <?> L'amour[c] ne me l'avait pas donné davantage. La phrase pouvait être parfois titubante[d] de tristesse, elle sonnait à toute volée comme des cloches une joie qui ruisselait de soleil plus que tous les pays que j'avais vus, et déjà dans la Sonate, le déferlement de certains accords ne déployait-il pas plus de soleil que les vagues de Balbec à midi ? Ce que j'éprouvais là n'était-il pas ce que j'avais ressenti tout à l'heure en entendant la cuiller, en marchant sur les dalles inégales et n'est-ce pas une nécessité de notre esprit de ne sentir vraiment la pure saveur d'une chose que quand elle est évoquée par une autre ; et en effet je n'avais jamais senti la douceur de la mer embuée du matin comme dans l'ange de pierre blanche d'une fresque d'Elstir où elle était si pâle et embrumée[e]. Je l'avais retrouvée tout à l'heure en écoutant le bruit de la cuiller et en sentant la différence des dalles. C'était donc quelque chose d'une telle essence que j'entendais dans ce Quatuor ; et il me souvint que parfois aussi dans certaines phrases de Bergotte, dans la couleur d'un tableau d'Elstir, j'avais senti cette révélation de cette qualité particulière des émotions de l'âme que nous ne trouvons pas dans le monde réel. Ainsi donc c'était l'œuvre d'art qui comme le spectre révélait la composition des <individus[a]>.

Mettre quelque part pour un souvenir reviviscent non encore reconnu (comme serait le goût du thé etc. je l'ai éprouvé pour « votre raisonnement pèche par la base, de Guisbourg[b] »). Il est quelque chose qui éblouit, qui glisse, qui est insaisissable, qu'on ne tient pas tout entier dans ce qu'on saisit, à la différence des souvenirs volontaires qui sont dans la lumière crue et froide du jour. C'est que ces souvenirs involontaires nous ne les avons pas découpés juste à telles limites pour qu'ils soient complets, et se suffisant à eux-mêmes. Comme une plante arrachée qui traîne un peu de terre auprès d'elle, il reste après eux un peu des souvenirs ambiants, trop peu pour que nous puissions les reconnaître et à leur aide le<s> situer, mais assez pour que nous voulions les tirer à nous tout autour sans cependant qu'ils nous offrent assez de prise. Nous ne les voyons pas mais comme sur les murs des salles dans Venise sur lesquelles on voit courir et trembler le jour mouvant de l'invisible lagune nous sentons fuir et danser le reflet d'une ambiance insaisissable et caressante.

Chez l'homme du monde le souvenir même poétique reste personnel, il ne cherche pas à en dégager la substance, il se dit « j'aime les robes qu'on portait dans ma jeunesse, j'aime la société qui existait comme au temps de ma jeunesse, j'aime les petits pains viennois qu'on mangeait dans mon beau temps ». C'est M. de Charlus, il fréquente des petits cercles choisis, garde les modes de son temps, est fier de sentir les raisons désintéressées pourquoi il aime une certaine musique et les petits pains viennois. Mais pour l'artiste le souvenir arrive vite à être plus impersonnel. Je ne dirai même pas qu'il n'y a pas dans cette impersonnalité une certaine dureté[1] *et alors suivre en face en haut ou bien cela peut être ailleurs*.

Quand je dis dans ce Cahier ou le précédent que je ne pense plus que bien rarement à Albertine[2] : son souvenir ne reparaissant qu'à certains jours et pour une soirée, souvent après bien des mois, ou des années, comme ces pièces dont le titre disparu depuis si longtemps m'étonnait quand autrefois j'en voyais la reprise sur les affiches théâtrales, renouvelé par l'oubli. *Peut-être mettre ici ma grand-mère comparée au chariot et au verre du Cahier bleu (V)[3] ou le laisser là-bas et dire : *je me souvenais davantage de ma grand-mère, pour elle le souvenir devait s'allonger plus tardivement que pour Albertine devant ma vie car ombre de la tendresse le souvenir dure plus tard d'un amour qui a commencé plus tôt.

*Et à un tout autre endroit (impuissance des poètes à jouir de la beauté, des tendres de la tendresse etc. — ou bien pour ma mère) je dirai qu'*elle était triste dans sa tendresse pour ma grand-mère de ne pas l'être assez, qu'elle pensait tant à elle qu'elle souffrait de l'oublier, comme si nos pensées de tendresse, nos souvenirs du mort ou de l'absent étaient en quelque sorte second en nous, comme l'appétit par exemple qui accompagne habituellement le besoin profond de se nourrir mais pourrait au besoin ne pas l'accompagner comme on <le> voit dans certaines maladies. Comme s'il y avait en nous pour maître une inclination plus profonde qui peut ne pas s'accompagner de la douce perception de sa propre tendresse, être privé de mémoire et continuer à survivre, sans matière, à vide, sous la forme par exemple d'un regret d'oublier un être qu'on aime tant qu'on se tue parce qu'on sent qu'on l'oublie.

À propos d'un monsieur dont je ne me rappelle pas s'il a fini ou non par épouser Mme X et qui il a épousé (tâcher que ce soit un personnage du livre et que le projet de mariage ait été ébauché en son temps) je dirai : *À l'âge où dans la mémoire tous les souvenirs* sont devenus homogènes, ceux des hommes qu'on a aperçus ayant à demi perdu leur corps, ceux des personnages dont on relit de temps en temps les aventures ayant fini par en prendre un, il est permis de commencer à avoir de grandes lacunes, même dans ce qu'on a le mieux su. Et j'étais bien excusable de ne pas me rappeler qui avait fini par épouser M. de X, moi qui de temps en temps, quand je relisais *le Lys dans la Vallée*[1] et la dernière lettre de Nathalie de Manerville, étais obligé d'atteindre dans ma bibliothèque *Une fille d'Ève* pour me rappeler — bien que je l'eusse regardé au moins autant de fois qu'on avait répondu à mes questions sur X — qui avait fini par épouser Félix Vandenesse.

Esquisse XLI

[LE BAL DE TÊTES]

[Nous donnons ici deux ébauches du bal de Têtes. La première — Cahier 51 — a été écrite en 1909 ; la seconde — Cahier 57 —, en 1910.]

XLI.1

[Cette première version évoque une soirée chez le prince et la princesse de Guermantes. Longtemps absent de Paris, le narrateur, retrouvant des personnages qu'il a connus autrefois, et frappé par les étranges transformations de leur physique, imagine un instant qu'ils sont grimés, costumés ou travestis, avant de reconnaître qu'ils ont tout simplement vieilli et de discerner en certains d'entre eux les signes annonciateurs de la mort. Cette dichotomie est renforcée par la symbolique ambiguë d'une féerie où le rôle de l'Enchanteur d'abord prêté au maître de maison est plus justement attribué ensuite au travail du Temps, rendu visible dans la décrépitude des personnages. Un dialogue avec Montargis — le futur Saint-Loup — confirme arithmétiquement cette découverte et fait prendre conscience au narrateur de l'élément temporel dans lequel est plongé toute vie humaine. L'accumulation des années entraîne l'image des tours vertigineuses où, comme tous les personnages, le narrateur se trouve lui-même juché. Appuyée par une métaphore de l'éclairage qui pâlit, de la fête de la vie qui verse dans le crépuscule de la mort, cette ébauche, quoique succincte, annonce en bien des points les développements ultérieurs de l'épisode. Proust y amorce en particulier une analyse des divers effets, physiques et moraux, de la vieillesse. L'ébauche reflète naturellement la situation des personnages caractéristique de cette première étape du roman : Saint-Loup (Montargis) n'a pas épousé Mlle de Forcheville ; Mme de Villeparisis, bien que « cassée en deux », est présente à la réception ; un certain comte de Froidevaux préfigure M. d'Argencourt. Mais, ne formant pas séquence avec « L'Adoration perpétuelle » que Proust n'a pas encore écrite, l'épisode revêt une signification toute différente. Le destin du narrateur en particulier ne se distingue pas du lot commun. N'ayant pas pris la résolution d'écrire, il sait que « nous n'avons pas d'autre temps que celui que nous avons vécu » et que « le jour où il s'écroule, nous nous écroulons avec lui ».]

Il y a quelques années après être resté longtemps absent de Paris, je trouvai comme je venais de revenir une invitation du prince et de la princesse de Guermantes pour une soirée. Je n'avais revu personne depuis bien longtemps. Cela me sembla une occasion facile de trouver réunis beaucoup de gens que je mettrais beaucoup de temps à aller voir séparément. J'entrai au milieu des files de voitures comme autrefois dans le « vrai palais de contes de fées[1] ». La nombreuse valetaille de l'Enchanteur et de la fée s'empressait dans de beaux costumes de féerie. On m'annonça. La princesse trop habillée, et ayant toujours l'air de dire « le prince et moi nous recevons ce soir la bonne ville », causait dans un petit groupe, non loin du prince à qui on s'étonnait de ne pas voir le costume du prince Fridolin et qui cherchait à dissiper par une rondeur excessive l'imaginaire timidité générale. Mais cette fois-ci il semblait bien qu'ils fussent tous sinon costumés du moins grimés, poudrés[2] ; je reconnaissais bien tout le monde mais comme dans un rêve, ou dans un bal « de têtes ». Voilà bien le comte de Froidevaux qui m'avait rencontré quand j'étais sorti avec le comte de Guercy[3], mais cet homme si essentiellement noir, il s'est poudré la moitié de sa barbiche et tous ses cheveux, c'est à ne pas le reconnaître. Tiens et le marquis des Tains, l'homme à la longue barbe blonde l'a finement enduite non pas de poudre, mais d'une poudre grise, on dirait une barbe légèrement argentée, cela lui va assez bien, mais comme cela le change. Et le petit Bétourné, lui, s'est bien arrangé, ce n'est plus un enfant ce soir, on dirait un homme ! Je ne vois pas ce qu'il s'est mis sur la figure mais elle a perdu sa fraîcheur enfantine, il s'est fait des espèces de rides le long de ses yeux, il a presque l'air de vieillir ! Tiens[a] voici Montargis, mais qu'est-ce qu'il s'est fait, sa figure a perdu toute sa grâce, elle s'est cuivrée, ses traits sont marqués, comme sculptés, il a l'air grave, fatigué, bronzé, oh ! il faudra que je lui dise comme il est mal ainsi. Voilà une dame qui s'approche de moi, elle veut me dire bonjour, mon Dieu qui est-ce ? Mais ce visage, c'est celui de Mme de Forcheville ! Comme elle est forte, la pauvre, et des cheveux gris on dirait, mais ce n'est pas elle pourtant : « Bonjour, vous ne me reconnaissez pas, vous me prenez pour maman », me dit Mme de Forcheville avec sa franche et modeste simplicité. Je balbutiai une excuse. Je ne comprends rien à ce qu'ont tous ces gens que je ne reconnais que comme dans un rêve. Mais, voici le maître de maison. Lui, a blanchi ses cheveux et ses moustaches et cela change tout à fait sa figure, son nez étroit a l'air plus large, sa peau pâle a l'air rouge, et au lieu de son air sec dans la plus grande amabilité, ce changement de couleur lui donne un air doux, au pauvre Enchanteur. Mais déjà mon cœur s'est serré, j'ai compris, celui qui a arrangé ce travestissement, c'est un autre Enchanteur auquel je n'avais pas pensé : le Temps. Depuis que j'ai quitté le monde, puis Paris, tous ces gens-là ont vieilli et cette espèce de crépuscule dont me donnent l'idée toutes ces figures où il semble qu'on ait baissé la lumière intérieure, c'est tout simplement les lumières de la fête de ma vie qui ne sont plus si brillantes qu'au commencement. Tout commence à pâlir, à diminuer, un jour tout s'éteindra. Certes j'avais déjà vu les travaux visibles de l'ouvrier invisible et présent, toute la mâle œuvre de l'Enchanteur quand je regardais le marbre boursouflé et les tapisseries fondues dans l'église de Combray. Mais il avait fait tout cela pendant que je n'existais pas encore. Tandis que les fils blancs qu'il a mêlés dans la barbiche noire de M. Froidevaux, la poudre de clair de lune dont il a saupoudré la barbe de M. des Tains, l'imperceptible petit crayonnage autour des sourcils devenus fournis dans le coin des yeux comme ridés, dans le bas de la bouche devenue d'un homme dont il a desséché la figure enfantine du petit Bétourné, tout cela, toute cette végétation féerique qu'il a fait pousser sur les hôtes irréels du palais de contes de fées, qui ont l'air de sortir d'un songe dont ils n'ont pas conscience, et d'avoir le visage travesti de quelque tissu immatériel et enchanté, quelque chose comme une étoffe de clair de lune ou d'argent, tout cela il me semble que c'est à mes dépens que cela s'est fait, et que c'est dans ma force et ma puissance de vie, que l'Enchanteur est venu chercher ses poudres colorées et son fil[a]. Et pourtant elle est bien jolie son œuvre ; je n'aurais jamais pu croire qu'on aurait pu ajouter à la figure du petit Bétourné un charme de songe. Et pourtant il a l'air d'un chevalier de conte car ce sérieux, cette gravité, on sent qu'il les a rapportés d'une chevauchée dans l'immatériel, dans le Temps, pendant que l'Enchanteur avait d'autres jeux et cherchait à faire saillir une statue de Mme de Forcheville dans le corps de sa fille qui déforme tout son corps, le rend énorme. Et elle aussi ses cheveux comme les fils de la tapisserie, comme le filigrane du vitrail de Combray étincellent de l'argent de leur assise, d'un argent poétique aussi et surnaturel. Mon Dieu voilà Mme de Villeparisis[b], je savais bien que la pauvre femme avait été à deux pas de la tombe, avait failli y tomber, mais je vois qu'elle n'a pu se relever tout à fait, elle reste projetée en avant, cassée en deux, prête à tomber, la tête fixe devant le trou aperçu, et ses yeux se tournent dans tous les sens, dans un remue-ménage d'épouvante sur une bouche grognonne qui semble à la fois grommeler et gémir, avec cet air de mauvaise humeur et de chagrin qu'ont les gens trop fatigués qui sentent que c'est l'heure d'aller dormir et que cela fatigue trop de rester encore avec nous. J'ose à peine m'approcher d'elle en voyant les yeux qui me voient continuer à faire aller dans tous les sens leurs prunelles d'un air terrifié, anxieux et bougon ; mais sans <se> redresser, sa vie inconsciente restant penchée sur la fosse invisible, elle m'a tendu la main. Et je vois qu'elle est la même, que son âme n'est pas plus changée que si son cassage était le résultat d'une foulure ou d'une sciatique, elle-même en parle, y fait allusion. Et je la retrouve elle-même, une fois traversé ce crépuscule sinistre et angoissant qui l'entoure comme un halo et qui n'est que l'ombre restée sur elle du danger qui a menacé de l'emporter et qui la menace toujours[c].

Et après l'avoir quittée, m'approchant de Montargis, je lui dis : « Je pense à la soirée où je suis venu ici peu de temps après que j'avais fait ta connaissance. Ce que tout le monde me paraît changé. — Dame, mon vieux, me répond Montargis c'était en... Sais-tu qu'il y a vingt-trois ans de cela. » Il calculait mal, en recomptant j'ai vu qu'il n'y en avait que quinze, mais, en entendant ses paroles et en me disant qu'entre le moment présent et l'image que j'avais de cette soirée si présente, si voisine, et d'une année où je n'étais en somme déjà plus un adolescent, cette soirée qui dans mon souvenir me paraissait placée à côté de celle-ci, sur un même plan, sans intervalle bien précis de temps, qui figurait tout ce qui m'était arrivé depuis que j'avais cessé d'être un enfant pendant ces quelques... années, mais cela devait bien faire quelques années, je ne comptais pas, c'était sur un même plan, trois, quatre ans peut-être, quand il me dit qu'il y a vingt-trois ans, je sentis tout d'un coup au-dessous de moi ces vingt-trois années descendant l'une au-dessous des autres en profondeur à perte de vue, et tout cela c'était toujours moi, vécu par moi, ce que j'apercevais à vingt-trois ans de distance, c'était encore moi, déjà si loin, et je sentis comme une peur de ne pas avoir la force de rester longtemps sur une telle hauteur de vie déjà découlée et qu'il me fallait maintenir au-dessous de moi, toujours liée à moi, moi ayant le sentiment de ma continuité jusque dans cette immense profondeur déjà de vingt-trois années, toute une continuité de chose vivante, de chose vécue qui descendait, s'enfonçait, se prolongeait jusqu'à une profondeur de vingt-trois années après que j'avais cessé d'être adolescent et tenait à moi, adhérait à moi. Je pensais à la fatigue que c'était pour moi d'avoir déjà à commander à tant de vie écoulée, à me maintenir au-dessus, en équilibre, à une pareille hauteur. Nous ne voyons que nos corps parce que ce n'est pas dans la catégorie du Temps que nous nous voyons. Sans cela nous nous verrions prolongés de tous ces jours innombrables que nous avons vécus. Nous nous verrions tous en champ, montés sur des tours plus ou moins hautes, remuantes avec nous comme des échasses inégales, les enfants presque sur le sol, d'autres déjà très haut et les vieillards sur des tours mouvantes si hautes qu'elles touchent presque le ciel et qu'à tout moment nous croyons qu'ils vont tomber. Tours qui sont sorties d'eux-mêmes, qui restent en rapport avec eux, dans la gélatine cristalline obscure et vivante desquelles ils voient tout ce qu'ils ont vécu. Mais comme en mer, comme en l'air, ils n'ont pas le sentiment de la hauteur. Ils continuent à marcher, à courir, sans se rendre compte à quelle hauteur vertigineuse la tour les porte, ce qu'ils voient au fond d'elle leur semble tout près ; et si tout d'un coup on leur dit la hauteur, quel effroi, quel vertige, quelle fatigue. Vingt-trois années, si hautes chacune de l'accumulation de leurs milliers d'heures, étaient déjà sorties de moi et faisaient au-dessous de moi une colonne oubliée de temps vivant vécu par moi. Nous n'avons pas d'autre temps que celui que nous avons ainsi vécu et le jour où il s'écroule, nous nous écroulons avec lui[a].

XLI.2

[Cette seconde version, beaucoup plus développée, du bal de Têtes, est généralement considérée comme une refonte de l'ébauche précédente ; mais elle comporte aussi plusieurs allusions à « L'Adoration perpétuelle » (Esquisses XXV

à XXXIX), à la suite de laquelle elle est rédigée dans le Cahier 57. L'enchaînement des deux textes est évident dès les premières lignes, où l'on retrouve le narrateur dans la bibliothèque du prince de Guermantes au moment où, le concert terminé, il s'apprête à pénétrer dans le salon. Des fragments ultérieurs rappellent les circonstances qui l'ont amené à prendre la décision d'écrire son livre[1]. L'essentiel de ce texte reste consacré à la description des effets physiques et moraux de la vieillesse, selon un schéma comparable à l'ébauche de 1909, enrichi d'observations nouvelles. À cette thématique du Temps rendu visible, ou des artifices destinés à camoufler ses ravages, s'ajoutent de nouvelles analyses : le déclin du milieu aristocratique des Guermantes ; l'oubli généralisé que traduisent les propos erronés sur les parentés et les alliances ; les images, enfin, souvent incompatibles qui retracent son propre souvenir de ces êtres, et, dans la récapitulation de ses rapports avec eux, l'histoire de sa propre vie. Métaphore du tissage, des fils entrelacés dont le symbole est Gilberte de Montargis en qui se sont rejoints les « côtés » de chez Swann et de Guermantes, et qui révèle aussi, par sa ressemblance avec sa mère, les lois de l'hérédité. Dans la dernière page, le narrateur s'effraye du passé si profond qu'il n'a cessé de porter en lui, et l'ébauche, d'ailleurs inachevée, amorce une version plus développée de l'image des échasses. On notera que cette rédaction, plus proche du texte de l'édition, comporte aussi des résurgences d'épisodes plus anciens — ceux, en particulier consacrés à Maria la hollandaise, qu'une correction ultérieure, du moins en un passage, fera disparaître sous le nom de Gilberte.]

Je[a] reposai le livre car je venais d'entendre une rumeur qui annonçait que l'exécution était finie. Et moi qui il y a un moment m'étonnais des deux hommes qui étaient en Bergotte, j'interrompais des pensées qui au moment où je les formais me semblaient dominer la vie, pour ne pas risquer que[b] le prince de Guermantes entrant ne me trouvât encore, la musique finie, dans la bibliothèque en train de rêver au lieu de causer dans le salon. Et faisant le tour par la galerie qui aboutissait au grand salon je <me> rappelais le jour où <dans> ce palais de contes de fées, M. et Mme de Guermantes recevaient comme un roi et une reine de féerie. J'entrai. Debout, le prince et la princesse avaient bien encore le même air d'un roi et d'une reine de féerie et ce prince cherchant encore par sa bonhomie volubile à dissiper la timidité imaginaire de ses invités, on eût aimé <lui> voir le costume du prince Fridolin[2]. Mais s'il n'était pas costumé, il s'était du moins mis une perruque poudrée et aussi la princesse. Comme cela les changeait ! Mais était-ce une étiquette ou quelque baguette de féerie ? En effet, si je connaissais presque tous les invités, je ne les reconnaissais que comme dans un rêve[c], ou dans un bal de « têtes », concluant sur une simple ressemblance à leur identité. C'est bien le comte de Froidevaux[d] qui est près de la porte, cet homme si essentiellement noir que j'avais rencontré avec M. de Guercy en sortant de cette soirée chez la princesse[3]. Il a poudré une moitié de sa barbiche et tous ses cheveux. Il est presque difficile de le reconnaître. Tiens ! et M. de Raymond, celui qui avait l'air d'un néophyte suspect, il a enduit sa grande barbe blonde et ses cheveux ébouriffés d'une sorte de poudre gris argent, comme cela il a l'air d'être passé prophète. Mais près de moi, c'est bien le petit Chemisey[1], je ne sais ce qu'il s'est mis sur la figure mais il s'est bien arrangé, fait bien des rides, autour des yeux avec un poil si sec couvrant ses moustaches naissantes et ses légers sourcils, qu'on dirait presque un homme mûr. Comment ! c'est Montargis ; mais qu'est-ce qu'il s'est fait ? il n'est pas à son avantage, ce visage durci, fatigué, bronzé, solennisé, comme vieilli, cela lui donne dix ans[a] de plus. Il faudra que je lui dise qu'il n'est pas à son avantage. « Comment ! c'est vous ! eh bien vous arrivez à une jolie heure, enfin ça ne fait rien on est bien content de vous voir, j'ai cru », ajouta-t-il de l'air mélancolique d'un homme préoccupé de sa santé « que *je ne vous reverrais pas* », me dit le prince en gardant mes deux mains dans la sienne. Pauvre Enchanteur, entre ses cheveux et ses moustaches toutes blanches sa figure paraît toute rose, son nez franchement rouge, et toute sa figure a la douceur d'un portrait anglais que je ne lui connaissais pas. Ses yeux aussi ont perdu leur fixité perçante, ils semblent hésitants, se reprendre à la dérobée, fatigués comme après une trop longue lecture. Est-ce du reste le changement de tous ces visages, mais tous les yeux me paraissent moins vifs, et[b] comme si je voyais tous ces êtres en effet dans un rêve dont ils n'ont pas conscience, dans un crépuscule où la vie avait baissé ? Mais déjà mon cœur s'est serré, je comprends que c'est un autre et plus puissant enchanteur qui a combiné ce travestissement, l'ouvrier invisible et infatigable dont j'avais vu l'œuvre dans l'église de Combray, le Temps[2]. C'est[c] lui qui a aussi faufilé d'argent, grimé de clair de lune, noyé de vague comme des personnages de tapisserie les hôtes du palais de contes de fées, qu'il a baignés de clair de lune, rendus eux aussi féeriques en effet : on sent que c'est d'un coffret magique que l'Enchanteur a tiré ses poudres colorées et son fil, les crayons dont il a assombri le coin des yeux du petit Chemisey, la poussière métallique dont il a bleui la barbe de M. de Grandcamp, sont sortis[d] d'un coffret enchanté ; et les ont pastellisés d'une couleur si surnaturelle qu'elle semble plutôt le reflet que ces êtres si miraculeusement poétisés auraient gardé sur eux d'une chevauchée dans l'invisible.

Chaque soir, rejetant comme une maquette manquée le jour qui vient de passer, je me disais : « Demain je travaillerai, je vivrai », et parce que je détruisais aujourd'hui je croyais qu'il n'avait pas été. Ma volonté ancienne de travailler et de vivre, parce que je ne l'avais pas réalisée était toujours en moi comme si elle venait de naître, et ce qui était entre elle et sa réalisation non encore venue, n'était pas. Et dans ce rêve d'action le Temps n'avait pas passé pour moi, et je revenais dans le monde, reconnaissant à peine le visage nouveau des êtres parmi lesquels j'avais autrefois vécu.

Mais ce canevas de clair de lune je ne peux le contempler avec la même paix qu'à Saint-Hilaire où le Temps avait fait son œuvre avant ma naissance. Ici où je peux me souvenir d'un jour où elle n'était pas commencée encore, ici où elle s'est accomplie pendant ma vie, j'existais aux dépens d'elle comme si elle avait été faite à mon insu avec les forces <de> ma jeunesse dérobée que je ne retrouverai plus.

En certains la première vague du Temps avait été précoce et partielle et dans leur barbe de jeunesse encore quelques écheveaux blancs détonnaient égalant la fantaisie des plus vives couleurs, comme les feuillages encore verts qu'une première atteinte de l'automne, les parcourant d'un trait capricieux étroit et net comme la foudre, a sillonnés d'une longue mèche exotique et presque florale de feuilles roses.

Et[a] chez certains dont l'air d'enfance ou de jeunesse avait l'air autrefois d'aspirer à l'émancipation et à la maturité, la vieillesse était venue alors qu'ils attendaient toujours ; attendant encore l'accomplissement de la vingtième année, leur visage enfantin commençait à se rider comme une pomme qui n'a pas mûri ; mais chez d'autres, leurs traits de jeune homme qui avaient si longtemps affleuré sous le masque de leur chair qu'ils semblaient leur physionomie immuable s'étaient entièrement résorbés[b] et le Temps avait fait entrer en scène à leur place des traits absolument différents, généralement ceux de leur famille. Et sous le visage d'un frère à qui ils n'avaient jamais ressemblé, et pour qui je les prenais, je reconnaissais leur voix qui me disait : « Non, Henri est là-bas, voyez-vous, près du buffet », et j'apercevais un vieillard.

Sur les enfants du docteur Cottard lequel était maintenant médecin de la princesse le Temps avait achevé de résoudre dans le nombre d'années voulu le problème de faire ressembler aussi à leur père ceux qui ne ressemblaient qu'à leur mère et ils se pressaient autour du buffet avec le bec, les yeux hésitants et l'effarement de jeunes oies. Celui qui avait semblé récalcitrant et s'immobilisait enfant en une majesté sereine de jeune dieu, avait rattrapé à toute vitesse le temps perdu, son nez s'était déformé, ses yeux avaient perdu leur sérénité, il était devenu aussi laid que les autres ; une tempe plus calme, un bras plus lent, étaient les seuls vestiges, et méconnaissables, du beau marbre antique qu'il était autrefois. Il avait suffi au frère de Mme de Cannisy, resté si longtemps un jeune homme rose et frivole, que ses moustaches devinssent grises, ses traits hâlés et son œil grave pour que au danseur poupin d'autrefois ait succédé, comme dans un kaléidoscope, le colonel viril et bon qu'avait été son père. « Bonjour, quelle surprise ! » me dit en me tendant la main une dame, que je ne connaissais pas, qui a comme un air d'une

Mme Swann[a] qui aurait grisonné et grossi. « Vous ne me reconnaissez pas, vous me prenez pour maman[1] ! » ajoute avec cette simplicité ouverte qu'elle tient de son père cette dame qui est Gilberte de Montargis[2]. Des femmes plus âgées qui l'avouaient moins franchement se sentaient pourtant changer et consentaient à l'âge dans leur toilette, dans leur attitude et jusque dans leur régime les sacrifices qui leur semblaient relativement moins lourds pour conserver ce qui leur était le plus essentiel et le plus précieux dans l'individualité de leur charme[3], certaines ayant à choisir entre l'empâtement du corps et le défraîchissement du visage marchaient dès le matin dans la campagne, montaient à cheval, mangeaient à peine, préférant faire porter tout le poids de la vieillesse sur leurs traits, pour conserver, au prix d'une mine tirée, d'yeux cernés, la sveltesse de la taille qui avait fait leur gloire. Mais c'est dans leur visage au contraire que presque toutes s'efforçaient de lutter contre l'âge, le tendant vers la beauté qui les quittait comme un tournesol vers le soleil et pour en recueillir le dernier rayon, pour l'y garder aussi longtemps que possible. Certaines renonçant à la ciselure d'un nez compromis, de fossettes menacées, au piquant condamné d'une physionomie obligée de désarmer, réfugiées dans le poli, le brillant, la fraîche superficie de leur blanc visage, l'avaient encore lissé, élargi, aplani et le tendaient désespérément comme un ostensoir, vers le dernier adieu de leur jeunesse ; tandis que d'autres s'étaient résigné<es>, ayant vu tomber leur fraîcheur, leur éclat, mais s'étaient réfugiées désespérément dans l'« expression » qui était comme l'essence de leur jeunesse et de leur charme, et <se> cramponnaient à un profil, à un sourire, à un regard vague, à une moue, à une patte d'oie, qui n'avaient plus qu'une existence idéale, sans support matériel. Mais si, dupes elles-mêmes de l'illusion qu'elles réussissaient à produire, elles oubliaient qu'<il n'y> avait plus en elle de la jeunesse que la ressemblance imbougeable d'un ancien portrait, elles semblaient avoir l'air de s'animer et aussi <si elles> voulaient sourire[b], leurs muscles décoordonnés ne leur obéissaient plus, elles faisaient la grimace et elles avaient l'air de pleurer.

Hélas ! au fur et à mesure que mes désirs remontaient davantage vers ma jeunesse, tous les êtres au milieu desquels elle s'était avancée étaient allés si loin en sens inverse que, quand me ressouvenant de la jeune laitière que j'avais vue un matin au lever du soleil, la voyant devant mes yeux, sentant mes lèvres irrésistiblement tirées vers elle, j'aurais voulu partir pour la revoir même si elle vivait encore, une matrone morose lui avait succédé, comme si elle était partie chercher une place au loin, et ce visage que mes yeux voyaient qui tentait mes lèvres, était une pure fiction que le désir rend hallucinante comme un mirage qui est peut-être la seule fiction entièrement mensongère de toutes <celles> qui sont, la seule qu'il ne pourra jamais réaliser et où il sent qu'il se heurte au néant puisque je pourrais battre l'univers entier sans trouver dans son recoin le plus ignoré ce même visage que mes yeux voyaient, vers lequel mes lèvres se tendaient, tel qu'il fleurissait il y a tant d'années dans la grâce de ses quinze ans. Mais ma bouche retourne vers elle, c'est-à-dire vers quelque chose qui n'est nulle part et ne sera jamais[1].

Hélas ! les morts aussi, et ma grand-mère même quand je me la figurais, vivant encore, telle que je l'avais aimée, c'est que je plaçais dans les jours actuels son image d'autrefois comme si aujourd'hui et alors étaient deux époques simultanées et si pour aller de l'un à l'autre elle n'aurait pas eu à traverser, si elle avait vécu, l'espace de temps qui les séparait. Hélas ! tandis que je cherchais ma tante qui ressemblait tant à ma grand-mère, je fus abordé par la princesse à qui je voulais la présenter[2] et en même temps par le visage <de ma tante> aussi charmant encore de vieille femme que si c'eût été celui de quelque portrait de Rembrandt ou de Hals, en une paysanne qu'on voit passer dans un village qu'on ne fait que traverser et qui nous montre l'impénétrable écorce des visages qu'on n'a jamais vus. Quand elle me dit en m'appelant par mon prénom que je ne la reconnaissais pas, je fus obligé de lui confesser que non, tant j'eus peu l'idée que ce pouvait être ma tante et je ne l'eus pas davantage quand elle se fut nommée. Il eût fallu d'abord qu'elle ôtât de sur son pâle et beau visage ce masque proéminent et rouge, de sur le sourire que je me rappelais et qui était celui de ma grand-mère, cette bouche vissée comme une orange en bois dont les deux parties pourraient se séparer et qui au repos faisaient un hémisphère convexe ; que je retrouve les yeux doux dans ce regard farouche, allègre et pointu de vieille bergère, enfin le visage de ma grand-mère, ce visage de ma grand-mère que j'aurais dû, si j'avais voulu avec vérité le croire vivant et près de moi, me représenter hélas ! sans doute pareil à celui-ci. Je m'excusai tout en tâchant de percer à travers son regard, à travers les joues nouvelles et les lèvres inconnues ; à peine si sous son masque je la reconnaissais à la voix. « Surtout je voulais vous présenter, lui dis-je. — Mais c'est tout à fait inutile, nous avons fait tout cela nous-même, nous nous connaissons déjà beaucoup, dit gravement la princesse, et j'espère que nous n'en resterons pas là », ajouta-t-elle. Et[a] la princesse de Guermantes me redit ensuite à tant de reprises que ma tante — la plus médiocre et la plus absurde personne que j'aie connue — était délicieuse, qu'elle était ravie de la connaître, qu'elle voulait absolument la revoir, que je fus obligé de voir dans ces paroles, après avoir d'abord cru à un excès de bonté pour moi qui ne reculait devant aucun sacrifice pour me faire plaisir, l'expression sincère de l'impression que lui avait produite ma tante ; ce qui me donna à penser qu'il fallait que les gens du monde s'imaginassent a priori les autres comme des monstres n'approchant même pas de l'humanité puisque la moindre lueur d'intelligence ou de douceur qu'elle reconnaissait chez ma tante l'émerveillait comme la précocité d'un enfant ou la mémoire d'un animal. « Comment ! vous arrivez seulement », me dit Mme de Chemisey dont je reconnus le visage régulier[a], mais devenu rouge sous ses cheveux blancs ; de noble et sévère il était d'une dureté cruelle. Et le petit signe qu'elle avait au coin du nez avait pris une fulgurance et une importance détestable, comme une grosseur maligne. J'avouai que je venais seulement d'entrer[b]. Elle me dit avec la langue : « Tute, tute, tute ». Mais quand j'ajoutai que j'aurais peut-être pu entrer en insistant, mais que j'avais autant <aimé> rester à rêvasser dans la bibliothèque, elle haussa les épaules. Ce fut bien pis quand je dis à la princesse de Guermantes qui me demandait à quoi elle pourrait m'inviter qui m'amuserait, je lui dis que ce serait aux sauteries qu'elle donnait pour sa nièce, aimant voir des jeunes filles[1] : « Au moins ne le dites pas, que voulez-vous que je vous dise, il y a des choses qu'on n'avoue pas, qu'on ne fait <pas>. On donne un louis à son cocher pour arriver plus vite mais on n'arrive pas après *Parsifal*[2]. Ce jeune homme intelligent a donc cessé de l'être, me dit-elle. Du moins devriez-vous tâcher de garder les apparences et ne pas dire que vous aimez le bal, et que vous trouvez aussi agréable de rester à vous promener dans une chambre qu'à écouter l'œuvre d'un Titan. Voyons je ne veux pas vous taquiner et vous rendre malheureux pour la première fois que je vous vois. Mais vous savez, Wagner, pour moi ! Au fond les œuvres se choisissent leurs auditeurs. C'est *Parsifal* qui n'aime pas, mort, que vous l'écoutiez. S'il avait souhaité votre paire d'oreilles, je ne doute pas que le cheval de votre fiacre n'aurait pris le mors aux dents pour vous emmener avant le premier accord. » C'est par ce genre de pensées ingénieuses qu'elle rappelait Legrandin. Une dame passa à qui la princesse dit : « Cela fait plaisir de le voir n'est-ce pas ? », et elle me nomma. « Ah ! B-bonjour », dit-elle. <C'était>[c] Mme de Montyon noyant son regard et son sourire comme autrefois. Mais comme ils étaient plus faibles, presque éteints, elle avait l'air de sourire dans la vague et béate <in>certitude de quelqu'un qui s'éveille et ne vous apercevant qu'à travers une buée qu'elle épaissit d'ailleurs volontairement un instant après jusqu'à la rendre opaque pour répondre sans avoir l'air de la reconnaître au salut à la fois profond et délibéré de Mme <de> Chemisey, qui la fixait[d] depuis une heure pour que l'autre ne pût pas passer sans recevoir son bonjour, mais qui avec son intelligence et sa grâce trouvait le moyen de donner à cette révérence que personne ne lui demandait et qu'elle avait tant cherché à faire, l'air d'une politesse indispensable dont elle s'acquittait par nécessité et avec, ou ce qui signifiait je pense, désinvolture. Mais Mme de Montyon disait : « J'admire la bonté c'est-à-dire l'absurdité de la princesse de recevoir cette femme », ne voulant pas quant à elle, qui n'était pas princesse de Guermantes et ne pouvait pas tout se permettre, se commettre à frayer avec une intrigante sortie on ne sait d'où qui s'était fait épouser par un de ces Chemisey qui tenait d'ailleurs un fort petit état dans cette Normandie où elle ne connaissait que les plus grands et qui cherchait à se faufiler partout, mais n'y réussirait certainement pas chez elle[a].

Ainsi m'étant dit, presque depuis le soir où j'étais venu pour la première fois chez la princesse de Guermantes — depuis le mariage de Montargis qui avait eu lieu l'année d'après —[b] : « Je me mettrai au travail demain », demain était devenu pour moi le jour où je me mettrais au travail, et chaque jour qui passait où malade et irrésolu je n'avais toujours pas commencé, je le comptais pour rien, et comme une argile qui n'a pas pris au feu et qu'on jette et qu'on remplace par une neuve, je mettais à sa place le jour suivant, qui ne comptait pas non plus n'ayant pu servir à rien de bon ; et comme si le nombre de ceux que j'avais ainsi pris et rejetés n'avait rien changé pour moi, avait été aussi indépendant de moi que les mauvaises poteries, vivant toujours le désir bandé entre hier où j'avais décidé d'écrire et demain où j'écrirais, ces innombrables jours, d'ailleurs tous pareils dans mes habitudes de malade et d'oisif, maintenus entre un désir qui n'avait pas varié, et qui à cause de cela semblait d'hier, ma résolution au travail, et la réalisation de demain, m'avaient paru comme un seul jour. Ma réalisation c'était pour demain, il me semblait que, en réalité, tant je la sentais la même, laissée intacte par un désir constant (et un regret constant) c'était hier. Maintenant[c] datait d'hier, séparé de demain où je le réaliserais par un seul souvenir et long, et parce que mon avenir, dont j'ajournais tous les jours le début, n'était pas commencé, comme si, tel que je restais sur le seuil à hésiter, le Temps ne passait pas et, si cela aussi ce n'était pas durer, vieillir et vivre, m'avait conservé l'illusion, la sensation presque de l'adolescence, de la grande jeunesse. Et tout d'un coup, comme un homme retourné par le courant voit avec épouvante qu'il a perdu de vue la rive et qu'il a passé le récif d'où il pourrait être ramené, c'est le changement d'aspect de ce qui était autour de moi qui venait de m'avertir brusquement du long et irrémédiable trajet que sans le savoir j'avais parcouru.

Et ce n'était pas que l'aspect des visages sur lequel le Temps avait exercé sa chimie. La société des Guermantes[1], en la nature de laquelle — avérée bien spécifique par les affinités qu'elle éprouvait pour tous les grands noms princiers d'Europe, et la répulsion qui éloignait d'elle tout élément non aristocratique — j'avais trouvé comme une sorte de refuge matériel pour le nom de Guermantes dont elle était la dernière réalité, avait subi dans sa constitution la plus intime une altération profonde. La présence de Mme de Chemisey n'aurait peut-être pas suffi à la dénoncer si, en entendant Mme de Souvré dire[a] « Bonjour Henri », je ne m'étais retourné et <n'> avais vu Bloch, à la sœur de qui la princesse était en train de faire mille grâces. *Quand je parle de Bloch[2] :* lui aussi commençait à être à la mode, car (bien que l'avènement des gens obscurs nous échappe, car une fois qu'ils sont arrivés et font pour nous partie du « monde » nous ne songeons pas d'où ils sont partis) il en est de la plupart des gens comme des valeurs de bourse. Il y en a bien peu et même de la plus mauvaise qualité qui, pour une raison particulière qui empêche de voir la loi générale, n'ait son heure et ne soit entraîné dans un mouvement de hausse[b]. De beaucoup d'hommes que je ne connaissais pas de vue, les noms qu'on me dit détonnaient ici. Mais le nom de certaines femmes me stupéfia davantage. Et à mon étonnement on répondait pour plus d'une : « Ah ! ce n'est pas une grande amie de la princesse mais elle l'invite parce que c'est la maîtresse de ce sculpteur, de ce financier. On a l'habitude de les inviter ensemble. »

Des gens que jamais les Chemisey ni leurs parents n'eussent reçus paraissaient très intimes avec la princesse, disant : « À demain, à de suite ! » Le snobisme qui jusqu'ici avait successivement écarté du monde Guermantes tout ce qui ne s'harmonisait pas avec lui avait cessé de fonctionner[3]. Les ressorts du nom étaient brisés. Et mille corps étrangers y pénétraient, lui ôtaient toute homogénéité, toute tenue, toute couleur. Il semblait que le faubourg Saint-Germain comme une vieille femme devenue gâteuse ne répondit que par des sourires faibles et timides à la hardiesse de bonnes insolentes qui avaient envahi ses salons, buvaient son orangeade et lui présentaient ses amants.

Mais la destruction de cet ensemble cohérent[c] d'éléments, dont mille nuances et raisons expliquaient la présence et la coordination, qu'était le salon Guermantes quand je l'avais connu, me donnait peut-être moins la sensation du temps écoulé et de petites parties de mon passé détruites que l'anéantissement même de la connaissance des mille raisons, des mille nuances qui faisaient que tel élément y était indiqué, que tel autre y était une nouveauté suspecte etc. La plupart des personnes qui se trouvaient depuis peu dans la société, non seulement celles qui étaient récentes par leur accession, mais celles qui l'étaient par leur âge, n'ayant pas connu ce passé, commettaient à son égard mille erreurs. J'entendais un jeune duc expliquer à quelqu'un, qui lui demandait si, <sur> la mère de Mme de Montargis, « il n'y avait pas quelque chose à dire[1] », qu'elle avait fait en effet un mauvais mariage en épousant par amour un aventurier que personne ne connaissait du nom de Swann, mais qu'elle avait épousé ensuite un des hommes les plus en vue de la société M. de Forcheville. Sans doute la princesse ou la duchesse de Guermantes eussent souri en entendant cette assertion ; sans doute des femmes qui eussent pu se trouver là mais qui ne sortaient plus guère, les duchesses de Mouchy, de Montmorency, de Talleyrand, qui avaient été amies intimes de Swann, et qui n'avaient jamais aperçu Forcheville, qui du temps où elles allaient dans le monde n'y était pas reçu, étaient de celles qui conservaient la mémoire d'une société différente, aux yeux de laquelle « sémitisme » et « élégance » n'étaient pas des termes ennemis, et dont le nombre diminuait tous les jours. Un artiste[a] amateur, à qui une dame demandait comme il se faisait que M. de Montargis disait « ma tante » à la princesse de Guermantes, lui expliqua que c'était parce qu'il avait épousé une demoiselle de Forcheville, renseignement que cette dame s'empressa d'aller communiquer à une amie qui le proclama d'un air d'évidence à une troisième, comme si la parenté des Forcheville et des Guermantes avait été connue d'elle de tous temps. Quant à la jeune baronne de Timoléon, née Carton, à quelqu'un qui lui faisait remarquer que Montargis était à tu et à toi avec ce qu'il y a<vait> de mieux dans la réunion, si elle répondait : « Dame quand cela ne serait que par sa femme qui est une Forcheville », ce n'était pas qu'elle ne sût qui était Montargis. Mais ayant épousé un gentilhomme de dernière catégorie, M. de Timoléon, qui lui paraissait le plus grand seigneur de la terre, les Timoléon étant parents éloignés <des> Forcheville, rien ne lui paraissait égaler la grandeur de cette maison.

Et sans doute ces changements survenus dans la société[2] avaient existé de tout temps. Sans doute au temps où, à peine parvenu, j'étais entré dans le milieu Guermantes, j'avais dû comme les nouveaux venus d'aujourd'hui contempler, comme partie intégrante de la société et sans les différencier, des éléments absolument différents d'eux qui recevaient leur prix seulement du milieu où ils figuraient depuis peu, antérieurs à moi, mais qui paraissaient nouveaux à des membres plus anciens de la société qui voyaient changer son aspect, et choquer par mon ignorance de ces différences qui faisaient partie de ses souvenirs et de son passé un homme comme le duc de X. Même dans le passé où je reculais la grandeur du nom de Guermantes et sans illusion car les Guermantes y faisaient plus grande figure qu'aujourd'hui, ne les avait-on pas <vus> s'allier à des familles qui, comme les Colbert, paraissent aujourd'hui aussi nobles qu'elles, mais étaient toutes bourgeoises alors. Un homme comme le duc de X, autant que par la présence de tel nouveau venu, n'avait-il pas dû alors être souvent choqué par telle remarque que j'avais faite et qui témoignait de ma part de l'ignorance d'un ensemble de souvenirs qui constituait son passé<?>

Et[a] sans doute cette beauté plus pure et sans mélange que j'avais connue à la société Guermantes était une illusion qui tenait à ce que, à peine parvenu alors, je n'avais pas vu plus de différences <entre les> anciens éléments de cette société <et> ceux qui y avaient été ajoutés depuis peu, que n'en voyaient les parvenus d'aujourd'hui, irritant sans doute alors un homme comme le duc de ***[b] de la même façon <qu'> ils m'irritaient, aujourd'hui, par des remarques qui prouvaient que n'existaient pas pour moi mille circonstances qui constituaient son passé ; déjà sous Louis XIV des éléments non aristocratiques qui l'étaient devenus depuis, comme les Colbert[1], s'étaient alliés aux Guermantes qui avaient pourtant alors une plus grande situation qu'aujourd'hui et qui étaient apparentés à plusieurs maisons souveraines ; à tout moment de sa durée cette société des Guermantes, résumée pour moi par leur nom de Guermantes qui était resplendissant comme une couronne, comprenait une proportion identique de pierres invisibles mêlées aux rares à l'armature de qui[c] elles empruntaient leur prix et ne se laissaient discerner que par les yeux qui gardaient le souvenir de celles qu'elles remplaçaient. Ou plutôt comme les forêts, comme les armées, comme les corbeilles de fleurs qu'on renouvelle par cinquième, un jour ces nouveaux venus seraient aussi beaux, aussi puissants, aussi instruits que les autres. Un jour Bloch aurait du salon Guermantes une image aussi ancienne, aussi modifiée, aussi déjà inexistante que celle que j'en avais aujourd'hui. Les qualités même qui semblaient disparaître avec ceux dont on est tenté de croire qu'elles étaient le privilège, se reformaient en ceux qui semblaient les plus éloignés de les porter. Bloch[d] ne m'avait-il pas représenté la négation de ces qualités de bonté, de discrétion, de tact dont ma grand-mère et M. de Norpois me semblaient avoir emporté dans la tombe la juste mesure et l'étalon ? Et tout à l'heure en ne me parlant pas de la maison où il allait, en[e] ne disant pas le nom de Guermantes, n'avait-il pas montré que longtemps après son éducation finie il devenait un homme bien élevé ? Mais surtout en défendant comme il l'avait fait notre ami malheureux, ne montrait-il pas que nous avons tort de nous fier exclusivement aux natures bonnes que nous avons connues, et d'avoir peur des ambitieux, des cœurs durs, des égoïstes, des méchants, des ironiques, des fourbes ? Jadis j'avais été déçu en pensant que le général de Trinvères n'était que le petit Trinvères vieilli. Mais le petit Trinvères qui était là s'était recouvert, comme un chêne se couvre après un certain temps de mousse, de cette tolérance, de cette politesse, de cette façon humaine d'envisager la vie qu'apporte l'âge. Et de même la bonté que par une illusion d'optique nous croyons appartenir en propre aux natures en qui nous l'avons connue, est une maturation de la plante humaine pour peu qu'elle soit un peu intelligente et sensible, et qui s'était produite chez Bloch, qui pour ses petits enfants sans doute apparaîtrait comme le seul type d'homme bon, emportant avec lui dans la tombe la bonté, la bonté qui viendrait sucrer à la saison voulue d'autres natures aussi acides que la sienne, la bonté, principe universel comme la justice qui fait que, si notre cause est juste, un juge prévenu qui n'était pas de notre opinion, qui nous était hostile, n'est pas plus à craindre pour nous qu'un juge ami. Certes cette forme du Temps sur laquelle maintenant je voyais que ma vie était étendue ajoutait quelque chose à ce que m'avait rendu ma mémoire, et ce qui lui manquait par essence, un changement que la mémoire ne connaît pas puisqu'elle ressuscite le passé au milieu du présent tel qu'il était et comme si le Temps n'avait pas passé. Elle me donnait l'idée, pendant la durée de la révolution de mon esprit sur lui-même, de révolutions différentes qui réagissaient sur celle-là et qui ne la mettent pas pour l'exemple tout à fait dans la même position respectivement à d'autres mondes qui eux aussi avaient évolué[a1].

Et comme des corps qui mesurent la durée non seulement par les révolutions qu'ils accomplissent autour d'eux-mêmes, <mais> par les positions différentes qu'ils occupent successivement par rapport à d'autres corps, plus d'une des personnes que cette matinée réunissait ou dont elle m'évoquait le souvenir, me donnait, sur les aspects successifs qu'elle m'avait présentés, les circonstances différentes, opposées d'où elle avait surgi, faisant ressortir les aspects variés, les différences de perspective de cette route qu'est la vie ; qu'avait été ma vie, me disais-je, trouvant dans la diversité et la richesse de mes souvenirs le sentiment plus fort de l'identité de ma personne qui les avait recueillis, qui est le grand plaisir du voyageur ! De mon identité, de la leur aussi, combien de fois les mêmes personnes avaient paru dans ma vie, tantôt vues par moi à ce point de vue, tantôt à un autre ? Et comme une fois passée la période où une personne nous apparaît d'une certaine façon, nous « représentant une même chose », quand après un intervalle de temps nous la retrouvons au sein de circonstances autres, à un autre point de vue, nous avons d'elle une image différente que nous utilisons seule, tant que cette nouvelle période dure et que nous éprouvons si peu le besoin de modifier, que vivant sur les vieilles images que j'avais gardées des invités de ce soir depuis qu'ils étaient pour moi des gens du monde quelconques, donnant des fêtes ou s'y rendant, j'avais cru d'abord à un déguisement en les retrouvant poudrés à frimas. Si, pendant une même période de temps où notre position par rapport à une personne reste la même, nous ne tenons d'une <telle> personne qu'une seule image que nous jugeons si peu à propos de changer que j'avais cru à un déguisement en ne voyant pas les invités de la soirée, en retrouvant blanchies des têtes que je voyais toujours pareilles, la diversité des images successives d'une même personne rendait plus tranchées, plus indépendantes les vies des autres, les circonstances où elles nous étaient apparues, en faisant comme un certain nombre de personnes différentes, ou plutôt comme une même personne ayant eu pour nous des significations entièrement distinctes. En remontant de plus en plus haut je finissais par trouver des premières vues de la personne séparées des suivantes par un intervalle de temps si long qu'elles avaient entièrement cessé d'être pour moi ce qu'elles étaient alors, qu'en pensant à elle, en croyant embrasser le cours entier de mes relations, je ne m'en souvenais jamais, n'y faisais jamais allusion avec elle, et <elles> étaient si séparées de celles qui suivaient que ce n'était plus, pour moi maintenant, que ce rêve, qu'un tableau, qu'une sorte de frontispice[1] posé au seuil de mes relations, mais si peu vivifié par la continuité envers l'être visuel que cela me paraissait une pure image, représentant plutôt la personne qu'ayant été déposée en moi par la même personne, comme Mlle Swann me regardant d'un air si dur devant la barrière à claire-voie du parc de Combray, comme M. de Guercy — pour moi l'amant de Mme Swann[2] — ce jour-là, ou même le premier jour à Querqueville quand je ne le connaissais pas, comme Mme de Guermantes quêtant dans l'église de Combray et tant d'autres. Parfois même la faiblesse de l'image imitait le rêve *(voir c'est écrit)*, je ne savais pas si je ne reportais pas sur une personne un autre souvenir. Le jardin où j'avais vécu était-il le parc Swann avant qu'il fût marié *ou bien mettrais-je* ou au contraire n'avais-je jamais été chez lui et était-ce un souvenir de mon autre jardin ou d'un rêve dans lequel je croyais voir Swann[a] ? Et à partir de cette première apparition combien de personnes successives avaient-elles été <vues> ? Mlle Swann avait été longtemps pour moi une jeune fille qui connaissait Bergotte et revêtue par là d'un grand prestige[3]. Puis un jour j'étais devenu amoureux d'elle, combien sa maison me paraissait inaccessible ; combien elle me devenait délicieuse ; n'était-ce pas une autre personne que j'avais suivie croyant que c'était Mlle de Forcheville ? et maintenant, c'était l'ennuyeuse femme de Montargis dont j'avais tant de peine à éluder les invitations. Et sa mère *[interrompu]*

Et combien de fois ces personnes étaient revenues dans ma vie ? Comme si les diverses circonstances de la vie étaient des boîtes qui continssent toutes la même chose pour notre usage. Combray m'avait offert un Swann[1] agréable mais bien détestable ami de mes parents qui empêchait maman de venir me dire bonsoir. Paris m'avait offert un Swann terrible et délicieux, père de celle que j'aimais, qui d'abord m'empêchait de la voir, puis un Swann ami des Guermantes homme du monde quelconque ; Mlle Swann avait été d'abord pour moi la petite amie, revêtue par là d'un grand prestige de l'écrivain que j'admirais le plus, puis celle que j'aimais et dont Bergotte ne recevait plus que le reflet, avant de devenir l'inintéressante femme du monde dont j'avais peine à éluder les invitations[2]. Et Mme Swann trouvée dans l'appartement de mon oncle, cocotte délicieuse, retrouvée dans le parc de Combray, mauvaise épouse, au Bois beauté convoitée, aux Champs-Élysées mère troublante, et comme telle *[interrompu[3]]*. Et la diversité des périodes de ma vie par où avait passé le fil de celle de chacun de ces personnages avait fini par mêler ceux qui étaient le plus distincts, comme si la vie ne possédait qu'un nombre limité de fils pour exécuter les dessins les plus différents. Quoi de plus séparé dans mes divers passés que mes visites à mon oncle, que le neveu de Mme de Villeparisis[4] fille de maréchal, que Legrandin et sa sœur[5], que le fleuriste[6] ami de Françoise dans la cour ? Et aujourd'hui tous ces fils différents avaient servi à faire le couple Montargis et le couple Chemisey[7].

Et de bien des épisodes littéraires ou historiques contemporains dont je lisais le récit et auxquels des personnages[a] très différents avaient concouru, je pourrais souvent, de régions tout opposées et distinctes de ma mémoire, retirer, dans cet état de transparence qu'ont les êtres que nous avons connus, le souvenir des différentes parties composantes. L'éditeur, que le grand écrivain dont le roman avait bercé ma jeunesse raconte lui avoir imposé le dénouement que j'avais lu et qui était juste l'opposé de celui qu'il avait écrit, c'était ce vieux monsieur à barbiche blanche qui dînait tous les dimanches chez ma grand-tante ; la princesse dont le roman d'amour était tardivement révélé comme ayant eu une si grande influence sur la politique étrangère de l'Europe, c'était celle que j'avais vue chez la princesse de Guermantes, c'était celle aussi dont j'avais vu le portrait chez Elstir et elle était la sœur de cette duchesse de Montmorency que j'avais rencontrée à Querqueville, trouvant, dans mes souvenirs, à chaque être offert par la vie et qui formait comme la moitié d'une circonstance, l'être dont l'adaptation à celui-là formait l'événement complet, comme un amateur qui a vu tant de choses qu'on ne peut pas montrer, le volet de retable sans qu'il se rappelle dans quelles ventes a passé dans quelle église subsiste, dans quels musées est dispersée[a] la prédelle *(?)* ou qui finit par trouver en battant les antiquaires l'objet précieux qui avec celui qu'il possédait, fait la paire, *Alinéa.*

Comme si la vie disposait d'êtres peu nombreux[1], comme d'une corde ayant peu de jeu qui monte le long d'un treuil[2] et vient toucher à divers points, il n'y avait pas de personnages dans ma vie, presque pas d'objet qui n'ait joué des rôles successifs et différents. Une amitié, une chose, même si je la retirais quelques années après de mon souvenir, je voyais que la vie n'avait pas cessé de tisser autour d'elle des fils différents qui finissaient par la feutrer de ce beau velours de l'ancienneté que rien ne peut imiter comme celui qui dans les vieux parcs enveloppe une simple conduite d'eau d'un fourreau d'émeraude. Cette page de Bergotte sur la neige n'était-ce pas Mlle Swann qui me l'avait copiée au temps où je l'aimais ? n'était-ce pas elle que j'avais donnée plus tard à Maria[3] ? n'était-ce pas elle encore que je venais de relire chez les Guermantes réverbérant la blancheur de mes neiges d'autrefois ? À ce point de vue différent de tous les autres et en rapport avec ma vie intellectuelle, Montargis n'était-il pas celui qui m'avait fait connaître Elstir, et sa femme celle qui m'avait fait connaître Bergotte ? Le petit volume de *François le Champi* — et à un point de vue historique et non plus pour son pouvoir de me rendre des impressions — n'était-il pas placé au milieu de la nuit la plus triste et la plus douce que je me rappelasse de Combray, à l'époque où je n'espérais pas connaître jamais les mystérieux Guermantes et symbolisant en quelque sorte, par la lecture que ma mère m'en avait faite un soir où j'avais dû dormir, la première abdication de la sévérité de mes parents d'où je pouvais faire dépendre le déclin de ma santé, la ruine de ma volonté, le néant de ma vie[4], et à un autre moment ce même volume, dans la bibliothèque des mystérieux Guermantes, n'était-il pas placé dans le jour le plus beau, celui qui éclairait soudain tous les tâtonnements de ma pensée et me laissait apercevoir peut-être le but de ma vie et de l'art[5] ? Ainsi ces personnes et ces choses avaient, en leurs acceptions diverses, cette beauté qui dans les œuvres d'art s'ajoute à leur beauté propre, cette beauté à laquelle était si sensible Elstir[b], quand il enrichissait la notion d'un bibelot de toutes les collections où il avait figuré, des hasards de sa vie, qui nous rend plus précieux un tableau de Rubens en nous rappelant que ce chérubin que Saint-Simon etc., beauté à laquelle deviennent plus sensibles par compensation ceux en qui diminuent les forces de la sensibilité pour goûter la beauté propre des choses et qui accordent plus de place aux plaisirs de l'intelligence et du contingent, la beauté de l'histoire. Et je retrouvais pour plus d'une de ces personnes dans ma mémoire une première image, la plus ancienne de toutes, comme Mlle[a] Swann nous regardant d'un air hostile devant la barrière de La Raspelière[1] à Combray, comme à La Raspelière encore M. de Guercy qui n'était alors pour moi que l'amant de Mme Swann, comme Mme de Chemisey[2], sœur brillante de Legrandin que j'imaginais à Combray et pour qui il ne voulait pas nous donner de recommandations[3], qui, séparée des autres par un long intervalle, ne venait jamais à mes yeux quand je pensais à eux parce qu'elle ne correspondait pas à la notion nouvelle que j'avais d'eux, à ce qu'ils étaient devenus pour moi, n'était plus en communication avec leur être vivant, avait fini par devenir bien irréelle elle aussi, comme un simple portrait qui ne semblait pas avoir été déposé par la personne dans ma mémoire, un gracieux frontispice artistement placé, en toutes mes relations avec Mlle Swann ou Mme de Forcheville dont était bien distincte la petite fille au chapeau rose, avec M. de Guercy[4] à qui je n'avais jamais parlé, à propos de qui je n'avais jamais repensé à l'ami de Mme Swann, avec Mme Swann dont je n'avais su que bien longtemps après, comme on identifie le portrait d'une femme inconnue, qu'il n'y avait pas solution de continuité entre elle et la dame en rose que j'avais vue chez mon oncle. Me[b] souvenais-je aujourd'hui, quand je pensais avec une admiration raisonnée à Bergotte, du temps où Swann m'avait donné une si grande émotion à Combray en me disant qu'il pourrait me faire rencontrer avec lui, quand je pensais à la duchesse de Guermantes du temps où dans la rue, dans un salon, elle portait encore sur elle le lustre mystérieux du faubourg Saint-Germain d'où elle venait d'émerger comme Vénus et où elle allait se replonger, débuts presque fabuleux ; belle mythologie de relations qui devaient devenir si banales. D'autres n'avaient pas été annoncées, à leur origine, dans ce mystère dont je retrouvais encore le charme quand je repensais à ces années *(détestable)*, étant nées plus tard à une époque où je ne croyais plus aux êtres. Mais celles-là, plus sèches aujourd'hui qu'une des cartes d'invitation, leurs commencements pas très différents peut-être, la nature les entourait, les veloutait, de quelque suite, ou seulement dans la saison, de la lumière d'alors, mettant autour de mes deux premières rencontres[5] avec Mme de Souvré par exemple l'odeur de marronnier du jardin Guermantes, ou la bise de mer faisant claquer le mat de Rivebelle, ou le vif-argent d'un jour gris prenant dans son réseau étincelant la princesse de Guermantes dans la cour de la duchesse de Guermantes quand je n'allais pas encore chez elle[c]. Parfois avant la première image, il me semblait qu'il y en avait peut-être une encore dont je n'étais pas certain *(voir ci-dessus[6])*

Comme[a] ces navires si lointains que je voyais à Querqueville et dont, éthérisés qu'ils étaient en une nuée bleue, je ne pouvais affirmer s'ils étaient des navires que l'éloignement effaçait ou une simple figure des nuages à qui l'éloignement donnait l'apparence de la réalité.

Parfois[1] ce n'était pas en une seule image qu'apparaissait cet être si différent de celui que j'avais connu depuis. C'est pendant des années que Bergotte m'avait paru un être divin avec lequel je ne pouvais espérer converser sans un miracle, que l'apparition contre le massif de laurier et de myrtes des Champs-Élysées du chapeau gris de Swann ou du manteau violet de sa femme me changeait en un marbre blanc et glacé à l'intérieur duquel mon cœur frappait comme le ciseau du sculpteur, que l'essence, l'âme[b] du nom de Guermantes, plongeant dans le mystère la duchesse qu'il désignait, faisait apparaître dans un salon une enclave de surnaturel qui avait pour limites le tabouret de soie où elle posait la pointe de son soulier, la surface du tapis que touchait le bout de son ombrelle, la ligne d'intersection de sa pensée vaguant dans son regard et de l'objet auquel elle s'appliquait, de son dire et de celui à qui elle s'adressait, exerçant sur la matière réfractaire au milieu duquel elle était plongée une réaction[c] si spécifique et si effervescente, qu'aux points où l'âme ducale se terminait et entrait en communication avec la réalité vulgaire, dans le balancement de sa taille, dans la jeunesse de sa prunelle, dans sa poignée de main, dans la frange extrême de la sonorité de sa voix, il me semblait y avoir une sorte d'étincellement, de lustre, l'humidité d'une Vénus qui vient d'émerger des ondes du faubourg Saint-Germain et ne s'adresse qu'à travers leur vernis imperceptible et isolant aux mortels modifiés eux-mêmes en leur essence et devenus savoureux parce qu'elle daigne s'adresser familièrement à eux : origines presque fabuleuses[2], chère mythologie de relations si banales ensuite mais qu'elles prolongeaient d'un passé aussi brillant <que> la[d] queue d'une comète en plein ciel. Et même ceux qui n'avaient pas commencé dans le mystère mais comme mes relations avec Mme de Souvré, avec le duc de X si sèches, si purement mondaines aujourd'hui, gardant à leurs débuts leur premier sourire, plus calme, plus doux, et si onctueusement tracé dans la plénitude d'un après-midi d'été au bord de la mer, d'une fin de journée de printemps à Paris bruyante d'équipage et de poussière que l'air éclaboussait de son onde tiède et réfléchissante qui l'entouraient avec une telle plénitude que <ma> mémoire avait probablement prêté, pour étoffer ces moments-là et compléter ce qui leur manquait, beaucoup de souvenirs disponibles de moments pareils qui lui donnaient plus d'épaisseur et de velouté. Mais <pour> de telles relations, le passé avait été gonflé de tant de vains désirs, formés sans espoir, dans la vaste chimère desquels j'avais pourtant fait tenir toute ma vie, et dont je voyais aujourd'hui, dans une ennuyeuse familiarité, dans des intimités dédaignées, l'exaucement m'être si indifférent que je pouvais à peine comprendre comment il avait pu me paraître alors le rêve inaccessible et mystérieux du bonheur. Ces[1] grands portraits de Rembrandt[2] qui étaient devant moi ce seigneur aux souliers à bouffettes, avec chapeau à rabat, à la canne presque moliéresque, si suave et si grand sous sa laque noire et son noble vernis, aller visiter avec Maria au bord de l'Heerengracht[3] la petite maison pleine de chefs-d'œuvre d'où il était sorti, être connu de ses parents comme son ami, aller la retrouver, la chercher chez elle, prendre un repas avec elle, et ces ineffables joies, ne pas les goûter un seul jour que l'angoisse de sa fin prochaine rendait douloureux et presque difficile, dans la trop grande tension du désir qui veut se rendre compte qu'il est réalisé, à vivre comme sien, mais qu'elles soient les innombrables jalons, les arbustes fleuris tout le long du chemin, le parfum et le soleil perpétuel de la vie, toute ma vie s'écoulant dans le paradis à peine imaginable de sa vie à elle ! Et[a] cependant c'est ce qu'elle-même souhaitait, m'offrait, ce que tous ceux qui la connaissaient proclamaient pouvoir lui être le plus agréable maintenant que sa maison était devenue dans mon esprit une maison comme toutes les autres, dans moi.

Que son pays, cette Hollande si redoutée où elle devait retourner, ses parents, sa maison, ses occupations, ses repas, ses promenades, ne soient plus un infranchissable inconnu qui la sépare de moi, mais m'admette et me reconnaisse, pour un de ses amis, pour que je puisse la voir chez elle ou sortir avec elle, non pas un de ces jours sans lendemain où le bonheur mêlé de l'angoisse de les voir bientôt finir et rendu presque irréel par l'attention désespérée qu'on y porte, mais que je la voie toujours sans jamais la quitter, ces rencontres faisant le pain quotidien de la vie ; c'était un de ces rêves que je me plaisais à supposer réalisés seulement dans ces imaginations de l'insomnie où l'on arrange les circonstances de la vie comme un roman qu'on composerait, et où la moindre phrase que l'on prononce couche à nos pieds les pays extasiés. Mais jamais je ne l'avais cru un instant possible. Et toute l'étrangeté du monde s'était retirée pour moi dans une petite maison où je ne pourrais jamais entrer.

Sans[b4] doute la vie mettant à plusieurs reprises sur mon chemin ces personnes, par le jeu naturel de ses hasards, me les avait présentées dans <des> circonstances particulières qui en les entourant de toutes parts m'avaient rétréci la vue que j'avais eue d'eux, et m'avaient empêché de goûter la plénitude de leur essence. Ces Guermantes même qui avaient été pour moi l'objet d'un si grand rêve, quand je m'étais approché d'abord de l'un d'eux, ils m'étaient apparu, sous l'aspect, l'une d'une vieille amie de ma grand-mère que celle-ci évitait dans le hall de <l'> hôtel de Querqueville[1], l'autre d'un jeune homme jusque-là impoli qui sortit de sa voiture un jour de pluie pour, le chapeau à la main, nous y faire monter[2], l'autre encore d'un monsieur qui m'avait regardé d'un air si désagréable à midi devant les jardins du Casino[3], l'autre un monsieur en veston du matin qui arrêtait mon père dans la cour[4]. De sorte que ce n'était jamais qu'après coup, en les identifiant au nom de Guermantes, que leur connaissance était devenue la connaissance de nombreux Guermantes. Mais peut-être cela même me rendait-il la vie plus poétique de penser que la race mystérieuse aux yeux perçants, au bec d'oiseau, au teint rose, aux cheveux dorés, la race inapprochable et inconnaissable, s'était trouvée si souvent, si naturellement, par l'effet de circonstances aveugles et différentes, s'offrir à ma contemplation, à mon commerce, et plus tard à mon intimité, jusqu'à ce que, quand je voulais connaître Mlle de Quimperlé, Mme Putbus[a] ou faire entendre du Wagner à ma tante[5], c'était à tel ou tel Guermantes, comme aux amis les plus serviables, que je m'adressais[6]. Certes cela m'ennuyait d'aller chez eux autant que chez tous les autres gens du monde que j'avais connus ensuite. Même pour la duchesse de Guermantes dont comme <de> certains pays on avait une sorte de nostalgie quand on était loin d'elle, son charme n'était visible qu'à distance et s'évanouissait si l'on était près d'elle. Mais malgré tout les Guermantes avec Mme de Montargis[7] aussi différaient des autres gens du monde en ce qu'ils plongeaient plus avant en moi leur racine, dans un passé où je rêvais davantage et où je croyais plus aux individus, et quelquefois au moment où je venais de refuser une invitation des Montargis ou de m'ennuyer chez la duchesse de Guermantes, un rayon de mon attention prélevant, mettant en lumière, dans les profondeurs de ma mémoire une coupe de leur passé, le nom de Guermantes apparaissait accompagné — arôme de forêt, ou vernis de porcelaine — d'un fragment des leit-motive qui l'escortaient alors, je revoyais le teint rose <de Mme de Guermantes> quand[b] elle passait dans la rue, je pensais que dans la petite salle à manger à glaces où on m'eût reçu chaque soir avec tant de joie et où je n'étais jamais allé, le roi et la reine du festin assis en face l'un de l'autre, ne souhaitant rien de mieux <que> de passer la soirée comme je voudrais, de voyager où je voudrais, c'était la jeune fille aux tresses blondes enguirlandant son front avec des fleurs, et jusqu'à il y a quelques années, plus belle encore disait chacun depuis son mariage, et le jeune insolent de Querqueville, issu de la race divine. Et quand je m'ennuyais chez eux comme ce soir, je me consolais, confondant, comme un marchand qui s'embrouille dans ses livres, la valeur de leur possession, avec le prix où les avait cotés mon désir, en pensant que ce que je goûtais avec ennui, c'était pourtant l'objet d'une des plus chères imaginations de mon enfance.

Si alors dans mes heures d'insomnie, j'arrangeais de ces rêves où toutes les richesses, toutes les puissances viennent à vous, elles n'avaient pour moi qu'une valeur, c'était de me permettre d'entrer en rapport, en leur rendant d'immenses services ou en prenant à leurs yeux un extrême prestige, avec les parents d'Andrée, de Maria, de tant d'autres, de pouvoir pénétrer dans un appartement, dans une ville, dans un château dont la façade me dérobait tout l'inconnu et le bonheur de la vie, de voir s'ouvrir à moi cet impénétrable qui me séparait de celle que j'aimais, sa vie de famille, ses relations avec ses amis, avec ses professeurs, ses fatals voyages. Et ce grand portrait d'homme par Rembrandt qui était en ce moment en face de moi avec sa canne [a] presque moliéresque, et si noble sous sa laque unie, sous son vernis noir ; pouvoir aller en automne avec Maria, un matin d'automne, marchant[b] avec elle, au soleil, sur le quai en contrebas jonché de feuilles mortes, sonner à la petite maison de son tuteur où descend l'escalier... et dans la salle basse...[c1] regarder à côté d'elle, sentant son bras contre le mien, le portrait cruellement divorcé de celui-ci de la grande femme en noir, debout les yeux en amandes fixés au-delà de la fenêtre sur cet Heerengracht[d] dont se souvient encore assez pour nous cette peinture-ci exilée et captive à Paris dans l'hôtel <de> la princesse de Guermantes[e] ; cette maison <du> tuteur de Maria qui semblait me dérober sa vraie vie, et pour laquelle son départ chaque automne, même si à Querqueville j'arrivais à devenir son ami, me semblait, comme je savais que je ne pourrais l'y accompagner, un de ces malheurs inhérents à la destinée, inéluctables comme la mort, <si> elle m'avait demandé d'aller y vivre avec elle, les amis *[interrompu[f]]*

d'aller voir le portrait qui lui faisait pendant dans la petite maison d'Amsterdam de Maria, où je savais qu'elle allait passer l'automne chez un tuteur qui ne me connaissait[g] pas, qui ne m'aurait pas laissé aller la voir, et que par quelque miracle, je pusse l'accompagner, que son tuteur m'y invitât, et nous[h] nous retrouvions ensemble un matin d'octobre mon bras près du sien devant le portrait de <la> grande femme en noir[2] dont les yeux en amandes regardaient encore le quai en contrebas jonché de soleil que n'arrêtaient plus les arbres clairsemés et de feuilles mortes, l'Heerengracht, que se rappelait encore assez pour nous en faire souvenir, l'époux cruellement divorcé qui était devant moi, exilé et captif dans l'hôtel de Guermantes.

Depuis c'étaient tous ces parents redoutés qui m'avaient, souvent sans succès, demandé d'être leurs hôtes, ces amis au nombre desquels j'avais en pure perte sollicité de figurer, ces maisons où l'on m'invitait souvent à venir passer l'été ou me fixer tout à fait.

Que j'en avais connu de ces demeures que mon imagination habitait sans cesse où je croyais n'entrer jamais, dont j'écrivais l'adresse sur mes livres, chacune[a] à son tour, aussi désirée, aussi redoutée, quand c'était un cinquième étage dans la banlieue ou une ferme de province que quand c'était un château ou un hôtel aux Champs-Élysées, où paraître jamais supportable, être jamais présenté aux parents et qui, m'eussent-ils admis une fois, ne me laisseraient jamais venir souvent, aux amis, à tous ceux qui voyaient tout le jour celle que j'aimais, me paraissait aussi enivrant, mais aussi impossible si le père était employé de chemin de fer et les amies des midinettes, que <si> c'était un prince du sang, et les demeures parisiennes sur le plan de Paris, les provinciales ou les étrangères, au milieu de la carte de France et d'Europe, injectant autour d'elle, dans un large rayon, la sensibilité et la vie, intercalaient un réseau vivant, un cœur douloureux. Et dans toutes, dans le petit manoir, plus ferme que château, délabré sur la montagne qui lui met des deux côtés un panache romantique de sapins, dans la maison blanche cachée dans les vignes, au penchant du lac, dans la villa de Saint-Germain, dans la maison normande qui regardait la mer à travers les ormes — dans la vieille maison de Versailles, partout un jour, j'avais une place réservée à table, une chambre, une aile du château. *Et alors enchaîner avec au bas en face :* c'étaient les parents redoutés qui m'avaient invité, la paysanne réservait pour moi sa plus belle vendange, pour moi le plus riche financier organisait des chasses, le châtelain rouvrait à la noblesse du pays que j'étais curieux de voir les salons fermés depuis si longtemps. Mais j'avais beau me dire que ces êtres étaient ceux que j'avais[b] rêvé de connaître, d'approfondir, dont j'avais rêvé de posséder la vie, que cette grosse femme rouge qui était près de moi *Gohry il vaudra mieux la mettre sous un nom déjà vu ou ailleurs à Querqueville* était celle qu'un jour j'avais suivie le soir, la voyant devant les vitrines allumées, qui s'était retournée une fois mais ne m'avait pas distingué à cause de sa myopie, et que la vie m'avait parue belle seulement parce qu'elle contenait la possibilité — pour moi l'impossibilité — de la connaître, de savoir, de connaître et posséder ce qui était derrière ce visage *cela pourra faire un pendant aux deux autres, mondaines et sentimentales, étant le troisième des rêves dans la rue, peut-être la baronne de Villeparisis[1].* Cette petite femme que j'avais aimée, passant devant les boutiques éclairées et marchant vite, courbée, n'avait-elle fait que traverser le monde, je ne retrouvais rien d'elle, rien de l'esprit que je rêvais en elle, c'est-à-dire de mon désir que m'inspirait son visage, dans la femme qui m'avait parlé tout à l'heure à la peau irritée[c], instruite, sotte et pratique.

Mais là encore pourtant, et plus grand parce que ces êtres-ci n'avaient pas seulement charmé mon imagination mais troublé mon cœur, c'était un plaisir de penser que la vie finit par être familièrement habitée par les êtres qu'on a désirés le plus, que l'inconnu du cœur et l'inaccessible, le Temps finit par le changer en connu et familier et que, s'il est de l'essence du rêve de s'évanouir quand il se réalise, du moins ces causeries, ces voyages, ces arrangements d'existence qui s'offrent à nous et que la vie met à portée de notre main, c'est ce que notre rêve de bonheur avait de plus doux et de plus douloureux ; et que, de quelque route que ce fût, quelque ferme <ou> maison désormais si je sentais ou *[un mot illisible et phrase interrompue*[a]*]* que je sentisse se pénétrer de mon désir, devenir différente de toute la nature du monde, devenir tout du rêve, à la porte impitoyable dont je me dirais que c'eût été pour moi le bonheur de voir la porte d'or se refermer sur moi, obligé de suivre mon chemin et de ne jamais revoir la fille blonde, m'éloigner pour toujours de ce château de rêve avec plus de calme en me disant que, si j'étais resté dans le pays, un jour ou l'autre la porte inconnue ayant éliminé son mystère et son charme me serait devenue pareille à toutes les autres, et avant de m'être fermée, se serait, sans que je daignasse alors y entrer, ouverte toute grande devant moi.

Et[b][1] sans doute tous ces plans différents suivant lesquels le Temps, depuis que je venais de le ressentir dans cette fête, disposait ma vie, en me faisant songer que dans un livre qui voudrait la raconter il faudrait user, par opposition à la psychologie plane dont on use d'ordinaire, <d'>une sorte de psychologie dans l'espace[2], ajoutaient une beauté nouvelle à ces résurrections que ma mémoire opérait tant que je songeais seul dans la bibliothèque, puisque la mémoire, en introduisant le passé dans le présent sans le modifier, tel qu'il était au moment où il était le présent, supprime précisément cette grande dimension du Temps suivant laquelle la vie se réalise. Mais, hélas, plus qu'une beauté c'était une souffrance, car tous ces souvenirs que jusqu'ici, les sachant d'époques différentes, j'évoquais bien davantage mais ne les sachant pas sur un même plan, maintenant, comme dans le petit jeu du serpent élastique dont la tête et la queue comprimant les anneaux peuvent tenir l'un à côté de l'autre entre deux doigts, mais, qui si on lui rend sa longueur, mesure des mètres[c], je sentais <ces souvenirs>, avec une angoisse infinie, se placer l'un dessous l'autre et s'enfoncer dans un passé dont je n'osais pas mesurer la profondeur sinon depuis le jour du mariage de Montargis. C'était avec une souffrance aiguë, que je ressentais ce temps écoulé, n'osant, depuis que j'avais remarqué son œuvre, <en> calculer la durée sinon depuis le jour <du> mariage de Montargis[d] où j'avais définitivement résolu d'écrire[3] et dont, sans oser réfléchir à la grandeur des mots, je pensais qu'il y avait bien dix ou douze ans de mon passé jusqu'où se trouvaient reculés — avec Gilberte aux Champs-Élysées[a] — ces jours de Combray où de mes promenades du côté de Guermantes et de Méséglise je rapportais une impression où j'essayais de voir clair[b]. **Très important* à mettre sur le Temps. Voyant que je n'ai pas la place de transcrire ici le morceau je le mets dans le Cahier jaune glissant où il y a des vides[1].*

Curieuse chose que ce Temps. D'une façon il était comme la fluide atmosphère dans laquelle baignaient les événements de notre vie, il modelait les figures, il leur donnait leur relief, il les séparait entièrement, les mettait en regard, les opposait. C'était lui la véritable lumière qui ajoutait du mystère aux figures humaines. Et si j'avais chez Mme de Chemisey caressé avec tant d'émoi le visage de Maria c'est <que> le charme que donnait aux plus anciennes une beauté d'annonciation, de prophétie de ce qui devait venir plus tard, les plus récentes semblaient lui-même le mettre en valeur, le faire sentir, car l'aspect nouveau sous lequel elles se présentaient était comme le signe visible d'une exposition différente, d'un déplacement d'éclairage du Temps. Mais *[inachevé]*

Curieuse chose que le Temps. Interposant sa fluide atmosphère entre les images d'une même personne, il les sépare, les expose, les oppose et nous force à nous redire (comme je le faisais si souvent devant Maria) : « C'est bien elle », devant les personnes dont l'habitude nous fait trop vite oublier ce qu'elles furent primitivement pour nous. Ainsi il circule entre les différentes apparitions d'un être, en rend les aspects plus mystérieux et nous aide à nous retrouver, à goûter dans les caresses actuelles l'espérance qui nous animait quelques années auparavant. Mais son pouvoir, comme celui de ces poisons qui à petite dose donne<nt> une rêverie agréable et à plus forte dose tuent, à quelques années de distance il peut faire pour nous d'une même personne, une autre jeune fille où en reconnaissant *[inachevé]*.

Et tout d'un coup entendant dans mon souvenir mes parents qui accompagnaient M. Swann[2] vers la porte, puis le son rebondissant, rougeâtre, cressonier et criard de la petite sonnette qui me signifiait qu'il venait de partir, je fus effrayé en sentant que cette sonnette je l'entendais encore en moi sonner à cette époque qui était encore actuelle et qui ne mettait à sa date que les événements que j'étais obligé de placer entre elle et le moment présent, que c'était bien elle qui sonnait, sans que je pusse rien changer à son tintement, puisque, ne me rappelant pas bien d'abord comment s'éteignait son grelot, je m'efforçai de ne plus entendre le son des conversations autour de moi et descendis en moi-même écouter de plus près son tintement pour l'observer mieux. Ce passé si profond je le portais avec moi, je pouvais le visiter à volonté puisque, quand elle avait retenti à mes oreilles à Combray dans ce passé si profond, j'existais déjà, j'étais déjà là, et depuis je n'avais pas cessé une seconde d'exister, de penser, d'avoir conscience de moi, puisque ce passé m'était intérieur, comme une longue galerie où je pouvais retourner jusqu'au jour où tinte la petite sonnette de Combray sans être arrêté par une clôture, par une route extérieure, sans *avoir à sortir de moi*. J'eus[a] un sentiment de fatigue et d'effroi[1] à penser que j'étais déjà là alors si loin d'aujourd'hui et que pourtant j'avais été obligé de continuer à maintenir, à assumer la possession de tout ce passé, à le tenir en équilibre derrière moi. Et tout ce passé[b] adhérait encore fermement à ma conscience jusqu'en ses derniers anneaux comme dans ce petit jeu du serpent mécanique dont la tête et la queue comprimant tous les anneaux peuvent tenir entre deux doigts serrés et qui si on lui laisse reprendre sa longueur mesure des mètres, cette soirée de *[interrompu]* Je sentais que tout ce temps enfui qui était si long, déroulé derrière moi d'année en année, et au-dessous de moi, je n'étais pas en lui, que j'avais à le tenir, à le garder, qu'il avait été sans une interruption vécu, pensé, secrété par moi, qu'il était ma vie, qu'il était moi. Et comme si les hommes étaient des sortes d'échassiers, grimpés sur leurs années écoulées qui grandissaient sans cesse, leur rendant la marche de plus en plus difficile vertigineuse et périlleuse, et qui tout d'un coup tombaient, je m'effrayais[c2] d'avoir déjà des échasses si hautes sous mes pieds, il ne me semblait pas que je pusse avoir la force de maintenir plus longtemps à moi tout ce passé déjà si profond qui descendait de moi. Hélas ! c'est au moment où avait tressailli en moi un plus profond moi-même et que j'avais seul <à> mettre à l'abri dans un livre qui vivrait après moi, que je sentais que pouvait d'un instant à l'autre *[interrompu]*

Esquisse XLII

[LE TEMPS COMME OBSTACLE À L'ACCOMPLISSEMENT DE L'ŒUVRE]

[Ce passage du Cahier 11 prolonge de toute évidence, et dès sa première phrase, l'Esquisse XLI.2. Il est sans doute de peu postérieur à la fin du Cahier 57, dont on situe la rédaction aux alentours d'août 1911. Quoiqu'elle s'interrompe sur le détail grotesque de Mme de Forcheville emportée sur un pliant devant une Gilberte indifférente ou honteuse, l'ébauche relie pour la première fois de façon très explicite

l'angoisse du narrateur, conscient de son propre vieillissement, et le projet auquel il vient de décider de se consacrer. On trouve enfin dans ce passage une première mouture de la dernière phrase du « Temps retrouvé », ainsi que le thème de la solitude nécessaire à l'accomplissement de l'œuvre.]

[une lacune] et je sentais aussi l'effroi de ne pas avoir la force de continuer à maintenir ce long passé assujetti à moi ; effroi raisonnable de l'énormité de la tâche que c'est de vivre et qui, quoique nous n'en ayons pas habituellement conscience, ne nous en mène pas moins à la mort ; mais effroi qui se justifiait encore lui-même après coup par cette conscience même, où, quand elle[a] s'applique à une réalité vitale, le fait et l'idée des faits peuvent se toucher, ne plus faire qu'un, comme chez certains cardiaques que subitement l'idée claire de la mort tue. Et, désabusé de cette fausse idée de nous-même que nous donne l'habitude pour la commodité de la vie de nous identifier avec notre corps, ce qui fait que nous <nous> représentons notre pensée comme quelque chose du volume à peu près d'une banane[b], pour qu'elle puisse tenir entre nos yeux et nos cheveux, — et l'habitude[c] aussi de ne pas nous voir dans le temps, ce qui fait que nous ne prolongeons <pas> notre personne du passé qu'elle a vécu et traîne avec elle, — j'apercevais les hommes montés comme sur des échasses[1] plus ou moins hautes, chacun sur la tour de son passé, en haut de laquelle travaillait le prophète de Jérusalem[2], mais tours ambulantes et qui marchaient avec eux, tours nées d'eux-mêmes, faisant corps avec eux dans l'intérieur duquel, fait d'une matière translucide et vécue, ils voient jusqu'aux profondeurs, et à l'écroulement de laquelle ils ne peuvent survivre ; qu'ils sont forcés de faire chaque année plus haute quoiqu'ils sachent que c'est les rendre moins assurées, non pas semblables à celles à ras de terre où jouent les enfants, mais <à> celles des vieillards qui touchent presque le ciel, mais titubent sans cesse et menacent à tout moment de s'écrouler et <celles> des jeunes gens, parfois plus beaux que les autres, la lyre à la main et les cheveux dénoués, tout près de terre encore, mais qui n'avaient pas la force de se maintenir au-dessus d'elle et qui bien vite y retomberaient. Mais, ignorant la hauteur à laquelle ils se trouvaient, ils n'avaient aucune conscience du danger ; et continuaient à marcher, courir, à entreprendre comme de plain-pied. C'est parce que j'avais regardé en bas que j'avais eu le vertige en voyant la hauteur des minutes superposées et exactes qui me soutenaient, car il n'est pas d'autre temps que celui que nous avons vécu, il est notre vie et nous nous écroulons avec lui[3].

Sans doute, notre corps blessé peut survivre un moment à terre ; mais, avec la perte du passé, l'esprit a sombré. Or, mort de l'esprit[d] ou mort totale c'était tout un, puisque si, depuis une heure, je tenais à la vie, c'était à cause de l'œuvre que je venais de sentir tressaillir dans mon esprit et pour pouvoir la mettre au jour. Et c'était à ce moment que la notion du temps m'avait fait sentir combien ma vie était avancée, menacée prochainement peut-être ; juste au moment où cette vie était devenue précieuse, où j'étais comme un homme à qui on a confié un message et qui doit chercher à éviter tout danger jusqu'à ce qu'il l'ait remis en lieu sûr, jusqu'à ce que sa personne chétive reperde l'importance empruntée. Dans la tristesse et l'effroi de ces cimes perfides[a] de mon âge, je pensai avec plaisir à la princesse de Talamon, et à la marquise de Gérenton, qui avaient l'une un an de plus, l'autre un an de moins que moi. Dans le Temps où je me voyais, je les sentis près de moi, je me souvins avec plaisir que l'une plaisait encore et venait de changer d'amant, que l'autre allait entreprendre un long voyage. Leur exemple me donna quelques renseignements plus rassurants sur cette maturité de la vie que je venais d'apercevoir pour la première fois et qui n'était peut-être encore ni la vieillesse ni la mort. Dans le Temps où je m'apercevais, je les sentais par leur âge près de moi. Et leurs images, au contraire de beaucoup d'autres qui la redoublaient, si elle ne réveilla pas entièrement la confiance en mes forces, diminua du moins la tristesse de ma solitude.

Hélas, ce n'était pas seulement l'espoir de jamais mettre à jour cette œuvre que le Temps venait de saper en moi ; sur la vérité, sur le prix de cette œuvre même, il venait de me donner un premier doute. Cet élan de sentiment, cet acte s'obligeant à recréer ce que nous avons senti, toute la valeur que je lui attribuais jusqu'à n'en plus accorder au raisonnement[b] ne venait-elle pas justement de ce qu'il m'était plus difficile que lui, parce que j'étais moins jeune et que la clarté des idées survit bien longtemps à la vitalité obscure de la mémoire et de l'instinct créateur ? De même que quand je vivais trop de la vie du monde, j'avais été tenté de voir dans la mondanité d'une jeune Violante, et de quelques autres[1], le véritable péché contre l'esprit, et d'attacher à la solitude que je ne possédais pas une valeur que j'avais reconnue depuis, qu'elle n'avait pas, de même n'était-ce pas le vieillissement, peut-être un peu prématuré, de ma force nerveuse qui me faisait désespérément chercher en elle la source unique de toute vérité ? L'effort que je faisais, ce besoin que j'avais de penser à fond les mots, pour faire ressaisir pleinement à mon cerveau l'idée obscure et la sensation passée, et qui me semblait le critérium de la valeur d'une telle opération, n'étaient-ils pas les premiers spasmes avant-coureurs de la destruction de la mémoire et de l'aphasie ? Sans doute mes amis auraient plaisanté une telle crainte et moi-même je leur eusse donné facilement l'illusion qu'elle n'était pas fondée, avec cette adroite coquetterie des malades qui, dans le moment même où ils voudraient qu'on reconnaisse leur mal, cherchent à paraître bien portants. Mais la réalité de nos états est en nous-mêmes, séparée de ce que les autres abordent et mal par un effort qu'ils ne connaissent pas. Si bien qu'il est des mystères du corps et de l'esprit qui échappent presque autant à leur jugement exact qu'il leur est impossible de déclarer, sur le vu de nos bonnes œuvres, si nous ou notre conscience a tort de ne pas être en repos.

Évitant[a] de dire adieu à la princesse, je m'acheminai vers l'escalier. Sur le palier du haut, je rencontrai Mme de Montargis[1] à qui, pour dissimuler que je désirais partir seul, je demandai au contraire où elle allait. Ses yeux embarrassés eurent l'air de chercher un prétexte et elle dit d'une façon évasive : « Mais, je crois que Charles[2]... que nous devions nous rejoindre, mais il avait quelques courses... » Je pensai que, sans doute, elle trompait Charles. À ce moment, tout le monde s'écartait pour laisser passer Mme de Forcheville, qu'impotente deux hommes descendaient à bras sur un pliant. Mme de Montargis s'éloigna vivement et me parla avec animation en se tournant d'un autre côté. Je compris que le spectacle, hélas nécessité par l'état de sa mère, lui semblait ridicule et que, voyant qu'on regardait Mme de Forcheville, elle ne tenait pas à avoir l'air d'être avec elle. Je la quittai, je sortis, *[interrompu]*

Esquisse XLIII

[LA PLUS RÉUSSIE DES FÊTES TRAVESTIES]

[Cahier 57. Nous regroupons dans cette Esquisse un ensemble de notes que Proust utilisera pour étoffer les impressions du narrateur à son entrée dans le salon du prince et de la princesse de Guermantes. Elles prolongent la description des premiers personnages qu'il rencontre (voir l'Esquisse XLI*) et qu'il croit « déguisés » jusqu'à ce que ces déguisements lui apparaissent comme les traits mêmes de la vieillesse. Parallèlement le commentaire que suscite cette découverte se précise en des images dont Proust se montre particulièrement satisfait.]*

⋆Capital sur les gens costumés par la vieillesse (Crozier[3] à la première de *Briséis*[4]).⋆ Était-ce de la glace prise autour de ses moustaches qui faisait à cet homme élégant cet air de vieux croque-mitaine ? Cette moustache blanche incommode[5] à sa bouche raidie était réussie, lui donnait l'air d'un vieux Bismark mais il eût mieux fait de l'enlever, c'était gênant à voir. D'ailleurs il était si bien grimé que quand on m'eut dit que c'était lui, pour le reconnaître, il me fallut faire un effort d'attention qui était un effort de mémoire, le reconstituer tel qu'il était autrefois, voir si les parties non grimées étaient les mêmes, si avec le déguisement cela pouv<ait> donner cela, en un mot défai<re> le déguisement : car *une fête chez les mêmes gens vingt ans après est la plus réussie des fêtes travesties, la seule où les invités sous un masque qu'ils ne peuvent pas enlever nous intriguent vraiment, tandis qu'hélas et plus que nous ne voudrions nous les intriguons nous-mêmes*[a].

*Quand je compare le vieillissement à un bal costumé la *formule excellente sera :** Pour[b] le solitaire[1] qui retourne dans le monde les gens sont « en têtes » ils vous « intriguent ». On se dit : « Est-ce que je les connais ? » On hésite entre plusieurs noms, en effet selon l'expression courante ils ont changé. Et c'est ainsi que toute fête mondaine où on va quand on a passé un long temps loin du monde est forcément, — matinée en têtes — bal plus ou moins masqué — une fête travestie.

*Je pourrai peut-être comparer aussi (et alors dans une seule grande phrase : « Un bal costumé... l'univers d'un gâteux *[un blanc[c]]* un rêve ») cette fête à un rêve où les gens que l'on voit ne sont pas pareils à ce qu'on se rappelait d'eux malgré quelques analogies.* Comme dans un rêve je demandais : « Mais qui est-ce donc ? » Tout cela avait pour moi l'incertitude que présente l'univers à ces gâteux qui ne reconnaissent pas bien, qui demandent le nom des personnes, et chez qui l'incertitude du spectacle se traduit par les vacillations du regard[2].

Parmi les changements pour l'un ou l'une. Quand je l'eus bien reconnu je me rendis bien compte que ce que j'avais devant moi ce n'était pas seulement le duc de Chatellerault, mais le duc de Chatellerault quand il avait vingt ans. Comme le dessèchement des fleurs de tilleul dans le sac de tisane de ma tante Léonie laissait reconnaissables toutes les parties de la fleur que j'avais vue sur l'arbre, c'était bien la figure d'un jeune homme de dix-huit ans que j'avais devant moi, d'un adolescent qui n'avait pas su dépasser cette période de sa vie. Des rides se formaient, les cheveux blanchissaient autour de la même figure qui proclamait toujours, soit que la maladie ou le vice l'eussent fait vivre dans une attente perpétuelle qui l'avait fait vivre hors du temps, l'enjouement délicat de la dix-huitième année. Sous peu ce serait un vieillard, mais ce vieillard serait simplement un jeune homme de dix-huit ans qui se serait fané sans prendre d'âge et qui enfin effeuillerait au vent les loques méconnaissables d'une fleur flétrie mais qui n'aurait pas changé *(Baignères[3], Berckheim[4]).

Ajouter encore à ce Baignères (qui à cause de cela devrait peut-être venir après ma réflexion qui suit tous ces visages sur le temps écoulé).* Seul le visage de celui-là semblait dire trente années, mais ce n'est rien ! Cela passe jour par jour, des jours où l'on est tout le temps pareil et quand ils sont passés on est resté le même. La vieillesse mais ce n'est qu'un grimage tout extérieur d'une jeunesse qui n'a pas mûri, pourquoi les défunts[a] redeviennent si vite jeunes aussitôt que le portrait est décrassé par la mort et apparaît reconnaissable comme s'il avait été nettoyé *(Nattier[1])* ?

**Capital.* Quand je parle du changement qui s'était fait dans les visages des gens.* Le changement que je constatais parce que je le voyais après assez longtemps pour qu'il pût être considérable n'était du reste que le symbole d'un changement intérieur qui s'était effectué jour par jour. Peut-être avaient-ils continué[b] à fréquenter les mêmes gens, à s'occuper des mêmes choses. Mais jour par jour l'idée qu'ils se faisaient de ces gens et de ces choses ayant un peu dévié au bout de quelques années, sous les mêmes noms c'était d'autres choses qu'ils aimaient, d'autres gens qu'ils fréquentaient comme pour moi avait changé Françoise qui m'inspirait de la crainte quand j'étais petit et à qui je ne redoutais pas d'en inspirer maintenant, Gilberte, Albertine, le nom de Guermantes. Et tous les gens qui étaient là il n'était pas étonnant qu'ils eussent un autre visage puisque tout ce qu'ils faisaient, sans qu'ils s'en aperçussent parce qu'insensiblement, avait changé, puisqu'ils étaient devenus d'autres personnes.

Esquisse XLIV

[LE NARRATEUR DÉCOUVRE SA PROPRE VIEILLESSE]

[Ces notes du Cahier 57 ajoutent à l'accueil de la duchesse (« Vous, un de mes vieux amis ») diverses observations montrant le narrateur soudain confronté à sa propre vieillesse (premier fragment). Mais l'intérêt essentiel de ces ajouts réside dans le rapport — beaucoup plus brièvement évoqué dans l'édition — que Proust établit entre cette découverte tardive et les conditions particulières de sa vie passée, qui l'avaient fait vivre « au seuil du Temps », dans l'idée fixe de l'œuvre à écrire et la perpétuelle remise au lendemain de son commencement (deuxième fragment). C'est à cette méditation que le narrateur rattache, dans le troisième fragment, la compréhension de « l'utilité de la douleur » et la hiérarchie inversée de son rapport aux noms et aux choses. La cruelle découverte de cette entrée dans le Temps étant aussi celle de l'œuvre qu'il porte en lui le tourne vers l'avenir où il l'accomplira (dernier fragment).]

*Capitalissimum.

Quand la duchesse de Guermantes : « Vous un de mes vieux amis[1]. C'est une chance que vous ne vous soyez pas marié » etc.[a]*

Tandis que presque en même temps le jeune duc de*** qui n'avait pas entendu Mme de Guermantes et à qui quelqu'un parlait de l'acteur Maubert répondit en me montrant avec une nuance d'estime : « Monsieur, qui est un vieux Parisien[2], pourra peut-être nous renseigner. » Aussitôt un déchirement plus immense s'opéra que celui au moment où tous les gens m'avaient paru vieillis. Car à ces mots : « Un de mes plus vieux amis, un vieux Parisien », l'enchantement dans lequel je vivais depuis mon enfance venait de se rompre : moi aussi je venais comme tous les gens vieillis, d'entrer dans le Temps. Quand j'étais petit, dans mes promenades sur le chemin de Guermantes, je croyais que mon père arrangerait toujours tout, que si je n'avais pas de génie, c'était comme quand dans mes bains de mer je n'avais pas encore de boîte de coquillages, mais qu'on allait me la mettre dans la main. Puis ma paresse même, mon état de santé, ma remise du travail au lendemain, mon espoir de guérir le lendemain, les métamorphoses que les journées dans lesquelles on n'est pas le même faisaient en moi, tout cela m'avait fait vivre au seuil du Temps, prêt à m'y élancer, mais persuadé que je n'y étais pas encore. Deux ou trois fois, quand ma grand-mère m'avait parlé de mes goûts déjà fixés, j'avais eu[b] le pressentiment que j'entrais dans le Temps et cela m'avait fait si mal que j'avais repoussé avec horreur ces concessions *(le mettre en son temps, permission de prendre la profession que je voulais)* rançons de ce que je préférais mille fois garder mon intacte enfance. Pour tous mes souvenirs j'arrêtais l'heure à eux. Pour Mme de Guermantes il me semblait que j'étais le jeune homme qui venait de faire sa connaissance et tout l'opposé de ce que j'avais envié et rencontré <chez> ses vieux amis. De vieux Parisiens, c'était des gens comme Swann, mort aujourd'hui, qu'enfant j'avais connu célibataire dont ma grand-mère disait : « Comme il a vieilli. » Mais ces réalités-là « un vieil ami de Mme de Guermantes », « un vieux Parisien », voilà que comme le talent, comme bien d'autres entités, tout d'un coup je voyais que je les avais vécues sans les reconnaître, qu'elles étaient en moi. Je n'étais pas un enfant — que son père puissant protégera[c] de tout, j'étais moins que cela[d], j'avais vieilli, j'étais plus que cela peut-être, je n'avais pas été préservé de connaître la réalité ; tandis que je la cherchais encore vainement avec l'imagination, je la trouvais soudain avec douleur, avec orgueil, constituée *en* moi comme une vraie maladie.

*Capital au sujet de la vieillesse.

(En regardant un de ceux qui ont le moins changé.)*

Ainsi en regardant *(Jacques Bizet[1])* *[plusieurs mots illisibles]* curieux sur ce jeune homme, sur mon camarade[2] seulement plus âgé, il y a de ces signes qu'on attribue plutôt habituellement à un homme déjà vieux. Et tout d'un coup je me dis : « Mais c'est qu'il l'est ! » Mais pourtant c'était bien lui mon camarade, ce jeune homme à peine différent. En le « reconnaissant » — comme quand on lit un livre on se sert du sens des mots qu'on a appris —, j'avais eu pour lexique me permettant de comprendre qui il était, le souvenir du charmant jeune homme. Et par là-même je l'avais rendu encore plus semblable à ce jeune homme[a]. Mais alors les vieillards ce n'était pas ce que j'avais cru enfant, une espèce d'hommes spéciale dont je savais qu'ils avaient été jeunes sans trop me le figurer. Les vieillards, c'étaient les jeunes gens que j'avais connus restés tels quels, mais commençant à ne plus lire très facilement, à avoir besoin de lunettes, comme ils auraient eu dans leur adolescence après une maladie des yeux, ayant un certain boursouflement du teint, la vieillesse ce n'était presque pas une transformation, c'était un jeune homme, resté jeune pour moi et pour lui aussi sans doute, qui pourrissait sur place à la longue comme un fruit qui n'a pas mûri. Autrefois j'avais appris les mots « plaisirs de l'intelligence », « talent », « admiration », « amour ». Et un beau jour je m'étais rendu compte à mon grand étonnement que la vie c'était ce que j'aimais, des choses que j'avais connues sans me douter que c'était elle, l'amitié[b] c'était la séduction de Bergotte, que l'admiration c'était le malaise avide avec lequel j'écoutais la Berma, que l'amour c'était cette déception chaque fois que je voyais Gilberte. Maintenant voici qu'à son tour je voyais que la vieillesse ne m'était pas inconnue non plus en sa réalité véritable, qu'elle aussi était réalisée en moi sans que je la reconnusse, qu'elle consistait à ce que plusieurs fois, dix ans de suite, je m'étais dit : « Je me mettrai demain au travail. » À force de se dire : « Demain je commencerai ma vie », on arrive au terme de celle-ci. Ainsi après le talent, l'amour, l'admiration, les plaisirs de l'intelligence, j'avais fait aussi la connaissance de la vieillesse. Et ainsi tout fini<t> par être connu et un jour aussi, d'une chose qui me semblerait aussi intérieur et impossible à séparer de moi et à faire rejoindre une notion extérieure qu'avaient été les plaisirs de l'intelligence, l'amour, la vieillesse etc., je me dirais la reconnaissant alors : « c'est la mort. » Car tout fini<t> par arriver et bien qu'on se croie toujours l'enfant préservé de tout par les fées, par ses parents, on finit par tout connaître. *(Il vaudra mieux mettre cela sur la mort, à la fin de ce morceau si je peux de là, passer par un vague[c] : « il fallait donc avant cela, si j'avais le temps encore, me mettre au travail, et alors parler des dangers extérieurs et intérieurs — attaque — comme je l'ai écrit ailleurs.)* Peut-être *(mettre ceci avant la mort, je crois, pour la vieillesse)* les gens qui n'ont pas beaucoup de connaissance de soi-même, qui jugent par le dehors sont beaucoup moins surpris de ces réalités. Il est évident qu'un homme qui depuis son enfance poursuit une même idée, avec un esprit identique, est beaucoup plus stupéfait d'avoir vieilli que quelqu'un qui vit d'après les calendriers. Aussi fus-je stupéfait comme d'une phrase fausse, absurde, cruelle pour elle-même et vulgaire d'entendre Mme de Guermantes, Mme de Guermantes que j'avais vue dans l'église de Combray au mariage de la fille du docteur Percepied, quand j'étais le même[a] *(masser tout cela avec Mme de Guermantes dans toute cette matinée)* qu'aujourd'hui, donc du même âge qu'aujourd'hui me dire : « Dame vous pensez bien que je n'ai plus vingt-cinq ans ! » Je fus choqué par ces mots comme d'une vulgaire impropriété de termes. « Ce serait[b] bon pour une vieille femme, pensais-je, de dire cela », et tout à coup je me dis : « Mais une vieille femme elle l'est ! » *(Ceci avant la mort, même sans doute avant les dernières réflexions sur la vieillesse. Ajouter aux choses que j'ai connues : « être un de mes plus vieux amis ». Quelqu'un aussi me dira : « Monsieur qui est un vieux parisien. »)*

Capitalissime à mettre quelque part dans ce dernier Cahier[1] quand je dirai que je comprends ce que c'est que d'avoir vieilli, ce que c'est que d'avoir aimé (je croyais ne pas aimer Albertine), l'utilité de la douleur (je croyais cela funeste et Albertine m'a été utile), ce que c'est qu'un grand écrivain (Bergotte). Ainsi, si les noms avaient perdu pour moi de leur individualité, les mots s'étaient vu remplir de sens. Car la beauté des images est logée à leur arrière mais la beauté des idées à leur avant, de sorte que les premières cessent de nous émerveiller quand nous les avons atteintes, mais les secondes ne se laissent comprendre que quand nous les avons dépassées[2].

Capital

Je repensais à ce que m'avait dit Mme de Guermantes chez Mme Verdurin de sa tristesse de vieillir et je pensais que, quoique je me fusse aperçu du Temps, je n'étais pas triste de vieillir parce que je mettais le but de ma vie non derrière moi mais devant, ne me considérant pas comme une fleur qui se fane mais comme un fruit qui se forme et que les années qui viendraient ne m'éloigneraient pas de quelque chose que je tâcherais de trouver[3].

Esquisse XLV
[MONSIEUR DE CAMBREMER]

[Le Cahier 57 comprend trois ébauches du portrait de M. de Cambremer vieilli. Ils présentent du personnage des traits encore peu unifiés, voire contradictoires. Un quatrième fragment, plus tardif, provient du Cahier 74. Il annonce le dialogue relatif à l'évolution comparée des « étouffements » du narrateur et de la sœur du marquis]

XLV.1

*CAPITALISSIME.

Pour mettre quand j'arrive dans la soirée et que je ne reconnais pas les gens.*

Un monsieur s'approcha de moi[1]. « Bonjour. Vous ne me reconnaissez pas ? » Je l'examinai. J'étais sûr de n'avoir jamais vu ces joues rouges, cette barbe blanche. Alors[a] du fond de cet être inconnu dans lequel il était captif, et comme si son moi cherchait à arriver jusqu'au mien, il me dit, comme un homme masqué qui nous avertit dans un bal : « Je suis M. de Cambremer. » Alors cessa l'enchantement qui me rendait M. de Cambremer invisible et je reconnus qu'il disait vrai quoique la forme sous laquelle il me parlait différait autant de celle sous laquelle je l'avais connu que si, par une véritable métempsycose, il avait été changé en crapaud ou en tilleul. Lui-même semblait avoir honte de sa forme nouvelle, et il me parlait sur le ton suppliant qu'ont les ombres des morts quand dans l'Érèbe *(vérifier « Érèbe »)* elles entourent Ulysse[2] et tâchent à se faire reconnaître de lui[b].

*Capital

Quand[c] je parle de vieillissement Jacques Bizet[3], Suzette[4] je dirai.* Comme quelqu'un qui peut facilement se tromper de porte si une qu'il ne connaît pas a quelques traits de l'autre que par la pensée il complète de ce qu'il se rappelle être celle qu'il croit, ainsi, persuadé que j'avais devant moi M. de Cambremer, Mme de Cambremer, je leur parlais ne regardant en réalité d'eux que quelques traits[5] que je faisais rentrer[d] par la pensée dans la synthèse de souvenirs que j'appelais « leur personne ». Tout d'un coup M. de Cambremer détourne la tête de profil, je vis une bouffissure des joues aux coins de la bouche qui n'existait pas chez lui, je détournai pudiquement la tête comme s'il avait eu un abcès, quelque chose dont il était plus convenable qu'il m'avertît le premier. *Et je mettrai là J. Bizet qui continue à rire et ne s'aperçoit de rien.* Puis il se mit tout à fait de profil ; alors je vis, déplié devant son visage, ce grand nez de sa mère qu'il n'avait pas autrefois ou qui sans doute était resté collé sur son visage comme une feuille. *Suivre quatre versos après[1].*

Quand[2] je parle du déguisement des gens qui ont vieilli je dirai que les grimaces, les costumes du temps étaient souvent les ordonnateurs d'une mort déjà annoncée. C'est ainsi que M. de Cambremer[a] avec une barbe argentée avait pris une ampleur, une dignité qui lui donnait l'air d'être un prêteur vénitien, d'être une sorte de doge et de magnifique. Pour arriver à ce merveilleux résultat il avait fallu que l'artériosclérose, suite d'une angine de poitrine, refilât d'une autre couleur non seulement ses cheveux mais sa chair de vieillard, habituellement d'un rouge égrillard, maintenant d'une solennelle pâleur et allongeât toute sa chair en une sorte de substance souvent douloureuse, toujours grave qui, pour peu de mois d'ailleurs, car le terme était marqué et prochain, gardait une grande majesté. *(Mêler cela à une des vieillesses. Ochoa[3].)* Ces fantômes en étaient en effet car l'heure de leur mort était connue *(si je dis qu'ils ont l'air de poser dans la mort, voir *[interrompu]*

XLV.2

« Est-ce que vous avez toujours vos étouffements[4] ? » me demanda-t-il pour me montrer qu'il m'avait reconnu. Et sur ma réponse affirmative : « Vous savez que ça n'empêche pas la longévité », me dit-il comme si j'étais décidément centenaire. « Ils ne viennent pas plus rarement avec l'âge ? » Je lui dis que non. « Ah si, ma sœur en a sensiblement moins qu'autrefois », me dit-il d'un ton de contradiction comme si ce ne pouvait pas être autrement pour sa sœur que pour moi et comme si l'âge avait été un de ces remèdes dont il n'admettait pas, du moment qu'ils avaient fait du bien à sa sœur, qu'ils ne me fussent pas salutaires. Ce fut à mon tour de m'informer tout bas à un voisin si la mère de M. de Cambremer n'était pas morte. En effet dans l'appréciation[b] du passé il n'y a que le premier pas qui coûte. On éprouve d'abord beaucoup de *[interrompu[c]]*

Esquisse XLVI

[LE TRAVAIL DU TEMPS]

[Cahier 57. Ces fragments viennent étoffer l'analyse et la description des différents effets de l'œuvre du Temps sur l'individu. À côté de la métamorphose complète, aussi bien physique (premier fragment) que morale (deuxième fragment), le narrateur observe la brusque irruption des traits maternels dans un corps vieilli ; chez d'autres personnages enfin — Mme de Guermantes, un comte autrefois vu à l'Opéra, Mme Verdurin —, un mélange de permanence et de changement, qui n'est pas moins grotesque (quatrième et cinquième fragments). Le dernier exemple, inspiré par l'actrice Réjane, sera intégré au tableau des femmes qui, conscientes d'avoir perdu le charme de leur sourire, se résignent tristement à en faire l'apanage d'un masque exagérément comique (sixième fragment).]

Capitalissime. À propos des différentes vieillesses Pinçay[a], il faudrait que toutes fussent des personnages importants du livre.

De cet homme long[1], mince, au regard terne, aux cheveux éternellement rougeâtres avait succédé par une sorte de métamorphose un vieillard[b] aux cheveux blancs, à la gravité consciente d'elle-même et s'inclinant à la bienveillance, une corpulence nouvelle et puissante presque guerrière et qui avait dû nécessiter un véritable éclatement de la frêle chrysalide. Et comme il y avait malgré tout une certaine ressemblance entre le portrait que gardait mon souvenir et le vieillard[c] puissant que j'avais devant moi, j'admirais l'originale force de renouvellement, dans l'harmonie, du Temps comme celle d'un grand artiste qui sait, tout en respectant l'unité des lois de la vie, introduire de beaux contrastes inattendus dans ses personnages.

M.***[2] *(mais ceci moins utile)* n'avait pas vieilli : simplement une couverture de cheveux blancs avait remplacé celle des cheveux rouges, comme si on avait changé le tapis de dessus d'une table.

Quand je parle des vieillards bons qui ont été des jeunes gens mauvais[3], je dirai : quand on vieillit on est un autre, *j'ajouterai* la vieillesse si elle altère la personnalité des êtres comme les hommes qui, quand ils vieillissent, semblent avoir une personnalité différente, c'est comme les arbres dont l'automne en variant les couleurs de leur feuillage semble changer l'essence[4].

Je n'avais jamais trouvé aucune ressemblance entre Mme X si charmante et sa mère[5] que j'avais connue vieille et qui avait l'air d'un petit Turc tout tassé. Et en effet très longtemps Mme X était restée charmante et droite, trop longtemps[d], car comme une personne qui avant que la nuit n'arrive a à ne pas oublier de revêtir son déguisement de Turc, elle s'était mise en retard, et ainsi était-ce précipitamment, presque tout d'un coup, qu'elle s'était tassée et avait reproduit très exactement la vieillesse orientalisée de sa mère.

Capital à propos de Mme de Guermantes[1]. Tous ceux qui faisaient sa connaissance maintenant s'étonnaient que j'eusse pu l'aimer et en effet, elle avait beau tenir les rênes de son visage en une forme maintenue, sa peau maintenant n'était plus qu'un nougat qui ne ressemblait en rien à de la chair et admettait des fragments de coquillages, de petites perles de verre, des fonds de papier jauni sur lesquels se recourbait comme en une corne plus durable le bec du nez, et où restaient seuls clairs, parce qu'ils étaient la Vivonne et que l'onde est plus impollue que la terre, ses yeux violets.

Le comte de *** *(celui qui était dans sa loge avec Mme de Cambremer autrefois et que j'aurai eu soin d'indiquer arthritique et que j'ai revu vieux colonel à la deuxième soirée de théâtre, la première fois c'est Boni, la deuxième fois Luynes, la troisième Bérardi[2])* avait[a] toujours ses traits parfaitement réguliers, mais, la rigidité physiologique de l'artérioscléreux exagérant la rectitude de manière du dandy, cette tête qui semblait autrefois simplement agréable et gracieuse, prenait l'intensité d'expression d'une étude gorgonéenne de Michel-Ange ou de Mantegna et son immobilité même à force d'être intense prenait quelque chose de grimaçant. À la place où fleurissait sur une surface admirablement plane le rectangle de sa barbe blonde, s'étendait le rectangle parfaitement semblable d'une barbe entièrement blanche. Assis à part sur un fauteuil comme il se serait réfugié sur un rocher, il faisait[b] comme autrefois le geste de poser sa belle main sur son front mais elle avait l'air maintenant de comprimer des soucis séculaires qu'il avait l'air de méditer. Ce berger Pâris[3] d'autrefois semblait s'être admirablement grimé en père Saturne. En face de lui, divinité isolée aussi qui continuait à présider aux solennités musicales, sorte de Norne[4] tragique évoquée dans un milieu mondain par Wagner pour servir la gloire de qui elle s'était résignée à aller une fois chez des « ennuyeux », Mme Verdurin écoutait. Elle n'avait plus besoin de faire ses mines d'autrefois car celles-ci étaient devenues sa figure. Sous l'effet des innombrables névralgies que la musique du maître de Bayreuth lui avait fait éprouver, son front avait pris des proportions énormes, comme chez ces personnes dont les rhumatismes finissent par déformer le corps ; il se bombait en une ardeur douloureuse qui semblait la proclamation d'une esthétique[c] ; sa coiffure habituelle rejetant[d] des deux côtés ses mèches blanches semblait chercher à le rafraîchir. Mais[a] ses cheveux[1] qui semblaient si blancs *(mettre en son temps)* quand ils n'étaient que gris et non poudrés, maintenant qu'ils étaient entièrement blancs, l'étaient d'une teinte sale et lourde, presque grise et faisait paraître la figure plus rouge. Et un léger tremblement, reste, disait-on, d'une petite attaque, agitait imperceptiblement ses épaules — pendant qu'elle écoutait la musique. Elle s'efforçait pourtant à ce moment-là à une immobilité implacable par protestation contre les jeunes poulettes du faubourg Saint-Germain qui croyaient devoir exécuter avec leur tête mille pas de menuet selon ce qu'on jouait. Mme Verdurin, elle, semblait dire : « Vous comprenez que je le connais un peu *Parsifal*. S'il fallait que je me mette à exprimer ce que je ressens nous[b] n'en aurions pas fini. » Aussi écoutait-elle dans une immobilité farouche. On sentait qu'elle était artiste et vaillante[c], qu'elle connaissait le thème d'Amfortas[2] et qu'elle se mettrait au lit en rentrant. Malgré sa majesté solitaire et à laquelle le désir de ne pas avoir l'air de faire des avances aux ennuyeux qu'elle ne connaissait pas donnait quelque chose de plus redoutable, c'est par ces mots familiers que m'accueillit, quand je m'inclinai devant elle : « Tiens c'est gentil de reconnaître une vieille camarade. Votre patron est là-bas qui serait content », celle qui avait l'air de la déesse à la fois immémoriale et crépusculaire de la mélomanie et de la migraine.

*Important

À propos d'une des figures des personnes présentes qui a tellement changé (Réjane[3]) je dirai : En voyant quelles érosions s'étaient faites le long du nez, quelles énormes alluvions au fond des joues, entourant toute la figure comme d'un énorme masque de plâtre jusqu'aux extrémités duquel elle ne pouvait plus arriver à irradier sa vie et son charme, et dont par moments, découragée de plaire, elle cherchait comme un masque de théâtre à faire rire[4], ce si grand changement et le temps qu'il avait fallu pour l'amener en Mme de *** me donne la terrible impression moins de sa vieillesse que de la mienne. *(Il faudra mettre cela mêlé avec une des personnes dont je dois parler qui essaye de garder son sourire, son charme, dans une autre figure.)*

Esquisse XLVII

[LA DUCHESSE DE GUERMANTES]

[Plusieurs ébauches, de diverses époques, sont consacrées à la duchesse de Guermantes. Nous en donnons ici deux. Dans la première, plus ancienne (reliquat Proust), le duc est prénommé Raymond, la duchesse, encore jeune, conserve des traits qui rappellent certaines descriptions des premiers manuscrits du « Côté de Guermantes » et le texte est centré sur l'animosité de la duchesse à l'égard de Gilberte. Proust a repris ce thème dans une paperole du Cahier 57. D'autres éléments de ce fragment sont distribués dans diverses parties du roman.]

XLVII.1

Mais d'autres comme Mme de Guermantes (expression). Copier, c'est écrit.

De loin j'aperçus son sourire, presque attendri. « Ah ! voilà quelqu'un que je suis bien heureuse de voir, s'écria-t-elle en venant vers moi. Bonjour mon vieil ami[1] », me dit-elle en me retenant les deux mains. Pensant toujours à elle depuis si longtemps comme à une personne pour qui j'étais toujours une nouvelle connaissance, je n'avais jamais songé que cela finirait un jour par s'appeler « une vieille amitié ». Il semblait qu'elle eût mesuré avec des années ce qui dans mon esprit[a] était plutôt plus respectable que moi. Beaucoup des personnes qui étaient là ne la connaissaient pas, car elle sortait maintenant très peu et n'acceptait plus guère que de petits dîners avec des gens de sa coterie, ou pour faire la connaissance de personnes qui l'amusaient, d'auteurs et même de chanteurs et d'actrices. L'ennui des gens du monde qu'elle avait tant proclamé avait fini par devenir une vérité[b]. Ainsi les nouveaux venus de la société, ne voyant guère son nom qu'à côté de celui de Coquelin ou de Melba[2], s'imaginaient qu'elle était une grande dame déclassée, une espèce de demi-castor. Le roi d'Angleterre l'ayant fait demander aux courses où elle se trouvait, et s'étant promené une demi-heure avec elle au pesage, le ministre des Affaires Étrangères, à un dîner le lendemain, s'était lamenté sur le manque de tenue de ce souverain. « Il s'est promené l'autre jour, *coram populo*, avec une de ses "anciennes", qui se fait appeler Mme de Guermantes. »

Elle me fit[c] remarquer combien Mme de Montargis, qui passait près de nous, avait de Swann dans ses mouvements. M. de Guermantes m'ayant aperçu vint près de nous, et la princesse de Parme vint s'ajouter à notre groupe. M. de Guermantes qui l'avait aussi entendue nous raconta qu'il avait entendu quelqu'un dire que Mme de Montargis était la fille de Forcheville. M. de Guermantes et la princesse de Parme vinrent nous rejoindre[a], je leur dis que j'avais entendu quelqu'un dire que c'était la fille de Forcheville. « Elle ressemble pourtant assez à Swann, c'est même inouï, dit-elle. — Mais je le crois bien, la façon de parler, les gestes. — Elle est beaucoup moins intelligente. — Justement, nous le remarquions à l'instant. Mais vous le trouvez aussi, Raymond, vous me l'avez fait remarquer vous-même », dit-elle, appelant à son aide son mari pour dire du mal de Mme de Montargis, qu'après avoir pilotée dans la société ils avaient pris<e> momentanément en grippe. « Je vous dirai même », ajouta-t-elle avec un regard mélancolique et une intonation délicate, car après avoir piloté Mme de Montargis dans la société ils l'avaient prise en grippe, « que c'est même à cause de cela que cela me fait plus de peine de voir cette espèce d'oubli absolu, de reniement de son père. Jamais », ajouta-t-elle, en levant un doigt avec une agréable et grave émotion, — juste récompense d'une animosité à qui elle ne demandait que de la lui procurer — « jamais vous ne le lui entendrez nommer. Cela[b] a quelque chose d'affreux », reprit d'une voix apeurée Mme de Guermantes, voulant recueillir jusqu'au bout les fruits de la mélancolie qu'elle cultivait avec délicatesse, « pour nous qui savons l'adoration que Swann avait pour cette enfant ! — Vraiment, il l'aimait beaucoup ? », dit la princesse de Parme, qui ne se rappelait sans doute pas l'avoir vu avec sa fille chez les Guermantes. « Un culte, une folie, témoigna M. de Guermantes. — Oh ! je vous dirai même que tout ce que nous avons fait pour elle n'était qu'à cause de cela. Swann était un être tellement délicieux que c'était un bonheur de lui faire plaisir. — Elle en a un cœur, hein ! celle-là », me dit la princesse de Parme, en désignant la duchesse de Guermantes. « Mais non, ma princesse », dit Mme de Guermantes avec cet air soumis que par raffinement de politesse elle avait devant cette altesse, les bras tombant sur sa jupe qui prenait une obéissance de tablier de servante. « Il est bien naturel de n'oublier jamais ceux qu'on a toujours connus. — D'abord, voulez-vous savoir ma pensée ? dit avec violence M. de Guermantes. Jamais elle n'aurait dû consentir à prendre le nom de Mlle de Forcheville. — Mais, mon ami, interrompit avec douceur la duchesse, vous oubliez que — c'est idiot, je le veux bien — mais il y a beaucoup de gens qui auraient épousé Mlle de Forcheville et n'auraient pas épousé Mlle Swann. — C'est évident, j'irai plus loin, si j'avais été consulté, j'aurais conseillé l'adoption. Mais il y a des conseils que vos amis doivent donner, parce que c'est votre intérêt, et que tout de même ils vous méprisent de suivre. Vous protégez

Guerty de Timoléon[1] parce que son mari est abominable pour elle, et qu'elle ne veut pas divorcer. Vous lui dites qu'elle est admirable, vous prenez parti pour elle, mais dans le fond vous la méprisez parce que vous savez que si elle supporte tout cela, c'est pour continuer à s'appeler Villeparisis et ne pas redevenir Béju. — Ça n'empêche pas que vous savez bien que, si elle divorçait, vous seriez le premier à ne plus vouloir que je la reçoive. — Naturellement, et elle le sait bien, c'est pour cela qu'elle préfère rester avec cet homme qui lui fait subir tous les mauvais traitements, mais c'est ridicule. Et pour Gilberte c'est odieux. Je ne comprends pas que, ne fût-ce que pour les autres, elle ne s'en rende pas compte. — Écoutez Raymond, vous êtes inouï, comment[a] pouvez-vous penser que cette oie puisse se rendre compte de quelque chose ? — Une oie ? » s'écria avec étonnement la princesse de Parme, « mais M. Swann était très intelligent. — Oui, mais hélas ! elle n'a rien de lui, que Votre Altesse ne s'y trompe pas, c'est entièrement sa mère. Vous rappelez-vous, Oriane, dès le premier jour, je l'ai dit quand on nous disait qu'elle avait de faux airs de Swann, j'ai toujours dit que non. — Oui, c'est vrai, dit Mme de Guermantes. Du reste je vous dirai que, à ce point de vue là, cela va bien avec son mari. — Oriane ! » dit en riant M. de Guermantes sur un ton de reproche feint, qui se marquait dans l'indignation de la voix et <avec> une satisfaction qui s'étalait dans le large sourire du visage. « Vous voulez que je dise que Charles est une intelligence ? — Je le croyais intelligent, dit la princesse. — Non, sa mère était une femme supérieure, dit le duc, mais lui n'a jamais été intelligent. — Je vais dire quelque chose de très immoral, dit Mme de Guermantes, mais la meilleure preuve, c'est qu'il a rencontré dans sa vie une femme de génie et qu'il l'a tellement ennuyée qu'elle lui a préféré Agrigente. Croyez-vous bien ? — Grigri », dit — en riant — la princesse de Parme, qui croyait inventer quelque chose de spirituel quand elle citait un surnom en usage dans la société. « Grigri », dit en riant du surnom, comme d'un trait d'esprit, le duc de Guermantes. « Je ne connais pas assez M. de Montargis, dit la princesse, mais je le crois pourtant très supérieur à Grigri. — Votre Altesse changerait d'avis si elle le connaissait, dit Mme de Guermantes. Je ne vous présente pas Grigri comme un aigle, mais il a dans sa bêtise un certain bon sens qui fait absolument défaut à Montargis. — D'abord, il parle moins, dit M. de Guermantes, ce qui fait qu'il dit moins de bêtises. » Mme de Montargis vint à ce moment près de sa tante, avec qui elle avait des façons câlines, de respect presque filial, comme elle <en> avait autrefois pour son père. Mme de Guermantes l'appelait « mon amour », lui demandait quand elle voulait venir dîner, aller au théâtre, mais opposait immédiatement à la moindre opinion qu'émettait sa nièce une opinion[a] venant en sens opposé avec un tel sifflement d'exaspération à peine contenue, de rage sourde, que Mme de Montargis n'osait plus lancer un seul propos sur cette mer en furie qui la réduirait immédiatement en miettes[b]. Mme de Montargis ayant été remplacée auprès d'eux par son époux, elle lui fit des critiques sur la façon de se comporter de sa femme vis-à-vis de telle ou telle personne, critiques dont M. de Montargis lui promit de tenir compte. Je dis que j'avais cherché[c] en vain le tableau d'Elstir que j'aimais tant dans la bibliothèque, <demandai> si la princesse ne l'avait plus[d]. « Si, si toujours, mais on ne le voyait plus, on l'a mis dans la grande galerie à une place d'honneur ; justement je viens de faire une longue pause devant. Mais cela me fera plaisir de le revoir avec vous », me dit-elle avec un regard plein de douceur, de feu et d'humilité, comme avide d'entendre ce que je dirais devant lui. Et sentant comme je serais inégal à cette attente, je tâchai de l'en détourner. « Ah oui, tout le monde le regardait tout à l'heure, dit la princesse de Parme, mais est-ce que ce n'est pas vous qui l'avez donné à *[un mot illisible]* ? dit la princesse de Parme. — Mais si, je lui ai donné ce que je possédais de mieux, c'est un délicieux chef d'œuvre, peut-être ce qu'il a jamais fait de plus beau, et je ne peux pas dire que je ne garde le cœur un peu gros de m'en être séparé. » L'orgueil du propriétaire à l'endroit d'un tableau qui avait pris depuis quelques années, par la célébrité récente d'Elstir[1], une immense valeur, s'il se traduisait chez la duchesse par le désir de voir assigner le premier rang dans l'œuvre du maître à un tableau qu'elle avait possédé, donnait au contraire au duc le désir de déprécier une toile qu'il ne possédait plus. « Que voulez-vous que je vous dise, Oriane, vous savez que moi, je ne l'ai jamais aimé. Je vais vous étonner, princesse, dit-il à la princesse de Parme, je donnerais cent grands tableaux comme celui-ci pour le petit dessin à la plume que j'ai mis à la place où il était dans mon petit salon. Je ne dis pas que ce n'est pas plein de talent c'est entendu, mais je trouve qu'Elstir a fait cent fois mieux et Giselle me demanderait à le reprendre que je ne le voudrais pas. — Soyez tranquille, elle ne vous le demandera pas, dit la duchesse. — Je suis de l'avis de Gombaud[2], dit la princesse, je crois Elstir un peu surfait. — Oh ! Princesse, ne dites pas cela, c'était le premier de tous ; c'est le maître, les autres ne sont que des habiles[e] à côté de lui. Je crois bien que c'est le seul qui m'intéresse ! » Elle était sincère[f].

XLVII.2

« Elle a dû faire un bien grand effort pour venir ici, dis-je en montrant Gilberte. Elle doit tant regretter son mari[1].

— Si vous voulez que je vous dise, je crois qu'elle a été plus contente de sa mort, c'est affreux à dire. D'ailleurs[a] on prétend qu'elle doit épouser[b] le petit Montesquiou.

— Est-ce un parent des Montesquiou-Fezensac ? demanda M. Bontemps. J'avais au Sénat un collègue de ce nom. » Cette ignorance non seulement ne déplut pas davantage à la duchesse que ses expressions rustiques quand nous causons avec un paysan, mais même lui semblait, sans qu'elle se l'avouât, un signe d'intelligence. Nous ne croyons jamais grands les hommes avec qui nous avons toujours dîné en ville, qui sont de notre coterie. Une vive marque qu'ils sont d'ailleurs nous prédispose au contraire à leur faire crédit d'un certain talent. Et puis toute sa jeunesse, la duchesse, formée à la mode, avait été choquée par tout ce qui s'écartait un peu du plus élégant savoir-vivre. Maintenant c'était tout le contraire ; ayant atteint tout ce qu'elle désirait, fatiguée de sa royauté mondaine[2], elle était curieuse d'autre chose. Elle faisait l'éloge des hommes d'État radicaux et aimait à raconter qu'elle invitait à déjeuner des actrices[3]. Seule la façon singulière, maniérée, très Guermantes[4], dont elle disait des choses si anti-faubourg, aurait pu rappeler qu'elle avait été une « lionne » « coupant » dans les matinées, sur la plage de Trouville, les femmes ou les hommes qu'elle ne trouvait pas complètement « purs ».

Mais comme quand on répond à une phrase patoisante d'un paysan, laquelle est bien loin de vous donner une mauvaise idée de lui, on parle cependant selon les règles qu'on a apprises enfant et qu'instinctivement on applique, Mme de Guermantes répondit au ministre : « C'est la même famille, ce sont les Montesquiou. — Mais, pardon, mon collègue ne s'appelait pas Montesquiou, mais Montesquiou-Fezensac.

— Oui, c'est la même chose, c'était Aimery le chef de la famille, mon onk'. Sa femme, la duchesse de F'zensac, était la propre tante de Basin. »

Peut-être dire ici le mot de Mme de Belmont, « cochon », ou « Mme de Guermantes me dit : “Vous êtes un ami de vingt ans” » ou « réflexion de M. Bontemps » et « l'oubli d'Albertine ». Peut-être me parlera-t-il d'elle ?

Il faut que je présente mes hommages... Mme de Forcheville dit *[plusieurs mots illisibles]* « Vous la connaissez *[plusieurs mots illisibles]* vous plaît. Restez donc ici. Elle est bête comme une oie. »

Peut-être tout ce morceau sur les salons pendant la guerre[5] serait-il mieux pendant la guerre quand Cottard vient en major chez les Verdurin (ou chez les Guermantes) et je garderais que le dialogue Bontemps (« qu'on ne serait dès longtemps connaître la duchesse ? ») pour ce dernier chapitre.

Esquisse XLVIII

[BLOCH]

[De la seconde apparition de Bloch — transformé en Jacques du Rozier — rédigée dans le Cahier 57, nous ne reproduisons que le passage final, qui présente des variations par rapport à l'édition. Une note marginale du même Cahier préparait le passage où, questionnant le narrateur sur les anciennes « figures » du salon Guermantes, Bloch soupçonne celui-ci d'exagérer quand il évoque la distinction particulière qui caractérisait Swann (voir p. 532). Cette scène apparaît déjà sur une feuille volante du cartonnier (reliquat Proust). Elle conclut au « malentendu éternel » qui existe entre celui qui raconte l'expérience, et la représentation que s'en fait son interlocuteur.]

XLVIII.1

La[a] seule présence de ce monocle[1] dans la figure de Bloch dispensait d'abord de se demander si elle était jolie ou non comme devant ces objets anglais nouveaux dont un garçon vous dit dans un magasin que c'est le grand chic, après quoi on n'ose plus demander si cela vous plaît. D'autre part il s'installe[b] derrière la glace de ce monocle dans une position aussi hautaine, distante et confortable que si ç'avait été la glace d'un huit ressorts. Et pour assortir la figure aux cheveux plats et au monocle ses traits n'exprimaient plus jamais rien. *Ici je peux mettre une conversation avec lui. Puis :* il perdit sans doute un peu dans ce moment de détente. Mais ceux-ci étaient rares. En réalité on ne pouvait pas se l'imaginer en petit journaliste débraillé tant son armature l'avait modifié. L'immobilité de son visage inspirait le respect. On n'eût pas pensé à se demander si son nez était laid ou sa peau rouge tant il était dernier cri. Et tout le monde s'écartait avec crainte quand il entrait le soir rapidement dans les salles de rédaction n'ayant l'air de rien voir, précédé <de> son monocle flambant comme les feux d'un train à toute vitesse[2].

À mettre quand Bloch me demande comment était Swann et que je dis (c'est écrit[3]) : « Vous ne pouvez avoir une idée, au fond j'exagérais car ce que les gens disaient ne m'avait jamais intéressé, ce n'était jamais qu'après coup, quand, resté seul, je me faisais homme social, que je me rappelais leurs propos en les admirant. Eux ne m'avaient intéressé que par rapport à moi par une petite impression qu'ils donnaient malgré eux et non par leur esprit, comme si mon rôle ici-bas (auquel je passais d'ailleurs mon temps à manquer) avait été de donner et non de recevoir. En réalité chaque fois que nous disons que quelqu'un du monde était extraordinaire, nous exagérons. Il n'y a d'extraordinaire que ce qui s'est passé en nous, parce que le mystère ne commence que dans la connaissance intérieure. Or ce sont les seules choses qu'au contraire nous ne racontions pas. Il est vrai que nous ne pouvons les raconter — pour les autres — qu'à nous-même, dans le silence. *(Peut-être pourrais-je rattacher ici ce que je dis ailleurs sur l'œuvre d'art : « enfant de la solitude et du silence[1]. Mais je crois que ce serait trop difficile.)*

XLVIII.2

Mme de Guermantes venait de me quitter quand Bloch, de qui je fus bien étonné de voir que la matinée à laquelle il m'avait dit être obligé d'aller était celle-ci[2], s'approcha de moi. « On m'a dit qu'une femme dont j'ai entendu parler comme d'un être si particulier, unique, d'un esprit si spécial et pourtant représentatif d'un monde, la duchesse de Guermantes, est ici. Je sais que tu la connais beaucoup. Est-ce que ce serait une chose possible et négociable que tu me présentes ? » Je lui dis mon regret, qu'elle venait de partir à l'instant. Il en fut désolé. « Mais, dis-moi un peu[3], est-ce que tu ne pourrais pas me citer des femmes du même genre, des équivalents à qui je pourrais me faire présenter, pour avoir un peu la sensation de ce qu'elle est ? J'aimerais que tu me fasses saisir par des points de comparaison ce qu'elle est et aussi ce qu'était un homme qu'on me dit que c'est seulement Swann, le père de Mme de Montargis. — Ah ! oui il était charmant aussi, lui dis-je. — Oui, mais enfin, explique. Est-ce que Mme Verdurin peut me donner une idée de Mme de Guermantes ? — Oh ! non, pas du tout ! — Et Mme de Villeparisis ? — Pas vraiment, c'est autre chose. — Et Mme de Chemisey ? — Oh ![a] vraiment pas. » En entendant ces négations, en m'entendant dire que Mme de Guermantes était particulière, irréductible à d'autres personnes, Bloch était[b] intéressé parce que son imagination cherchait à se représenter cette particularité qu'elle seule peut créer, et que certes je n'avais pas trouvée en Mme de Guermantes. C'était le malentendu éternel qui vient de ce que l'expérience[c] qui se souvient — c'est-à-dire résultant de combinaisons différentes d'éléments identiques et communs à tous les êtres — se sert des mêmes mots que l'imagination pour une particularité *[un mot illisible]* une essence individuelle qu'elle suppose à un être. « Et la princesse peut-elle m'en donner une idée ? — Non plus. La princesse est beaucoup plus sentimentale, plus gobeuse, elle professe des admirations que la duchesse trouverait ridicule d'exprimer. Il est vrai que la duchesse a des admirations aussi. Écoute, c'est très difficile à te dire. C'est en effet un être très particulier. — Et physiquement, est-ce qu'elle ressemble à la princesse ? Elle a aussi de beaux yeux. — Oui, mais différents. Elle a un nez plus busqué, plus long, presque un bec d'oiseau. — Mais cela doit être très laid. — Non, c'est ravissant. Mais elle était là tout à l'heure. Tu ne l'as pas vue ? — Hélas ! non, j'étais dans l'autre salon. Mais enfin cet esprit Guermantes, ne peux-tu pas m'en donner une idée ? — Eh bien, il faudrait te donner des exemples, c'est comme un style. Comment veux-tu que je te dise ce que c'est que le style de Flaubert ? Tiens, par exemple, dans certaines paroles de Pailleron[1], il y a par moments des phrases un peu Guermantes. » Bloch me regardait avec envie, en pensant à cet esprit dont j'avais le modèle dans ma pensée et auquel je pouvais confronter le langage d'un auteur dramatique en le lisant. Il ne savait pas que ces ressemblances que son imagination cherchait à sa façon, mon intelligence s'y reportait comme elle les avait constatées sans plaisir. « Mais voyons, Swann, dis-moi, c'était un homme du monde élégant ? — Oui — Dans le genre de Forcheville ? — Oh ! pas du tout. — Dis, par exemple, une différence. — Écoute, c'est très difficile, mais par exemple, dans l'élégance de Swann il y avait beaucoup moins de vanité. Swann cachait qu'il était élégant. Il était capable de passer une partie de son temps avec des gens fort simples qui ne se doutaient pas de son élégance et que Forcheville ne voulait pas connaître. En revanche, beaucoup de gens qui semblent élégants à Forcheville, Swann n'en aurait pas voulu. Je te dirai », ajoutai-je avec le plaisir de ceux qui, parlant de quelqu'un que presque tout le monde a connu dans un autre monde ou dans certaines circonstances, racontent qu'ils l'ont connu tout autrement *[interrompu]*

Esquisse XLIX

[MME VERDURIN DEVENUE PRINCESSE DE GUERMANTES]

[Un chassé-croisé d'additions entre le Cahier 57 et le Cahier 74 révèle que cette transformation, l'une des plus « romanesques » du « Temps retrouvé » ne s'est que graduellement imposée à l'écrivain, avec l'efficacité narrative qu'elle acquiert dans le texte définitif. Au Cahier 74, la mort de la princesse de Guermantes — amoureuse de M. de Charlus — est annoncée de façon anticipée dans un passage consacré aux fiançailles du marquis de Cambremer et de la fille de Jupien (premier fragment). Au Cahier 57 apparaît toutefois l'idée de lier cette révélation à la « naïveté » de Bloch. Toutefois, si la princesse de Guermantes n'est plus celle d'autrefois, son titre n'est pas encore porté par Mme Verdurin qui n'est que duchesse de Duras (deuxième fragment), ce dont on se gausse d'ailleurs à Combray (troisième fragment). Dans un autre passage du Cahier 74, c'est sous ce titre qu'elle est présentée au narrateur par le prince lui-même, lors de la réception. Proust en profite pour expliquer comment, par un précédent mariage, le nom de Verdurin a été gommé (quatrième fragment). Dans le dernier fragment nous est montré le phénomène troublant de la succession du titre et du nom, alors que ceux-ci demeurent pour nous attachés à une personne, celle que nous aimons.]

Ainsi le hasard qui n'est souvent que la conséquence de causes que nous ne connaissons pas, se promène capricieusement dans les dernières nouvelles et dans les faits divers des journaux et fait jaillir, juste au point où rien ne nous semblait devoir se produire, sa fantaisie la plus tragique et la plus inattendue. Ainsi la mort comme la mer qui monte jette çà et là une lame plus avancée qu'une autre qui emporte son ouvrage situé au milieu d'autres qui ne seront que longtemps après atteints. Mais ému par le nom de la princesse de Guermantes qui désigne aujourd'hui une femme bien différente[1] et que je ne me redis jamais qu'avec tristesse et compassion en revoyant, parmi le bouquet des destinées qu'assemble notre souvenir, cette tige cruellement coupée trop court, et déjà devenue presque ensevelie sous celles qui ont monté plus haut, j'ai anticipé sur les temps et il me faut rétrograder à cette soirée chez la princesse pour les fiançailles du marquis de Cambremer[2].

Capitalissime : Bloch dira : « Quelle distinction ! » de Mme de Duras ignorant que c'est Mme Verdurin[3] et ne trouvera pas la princesse de Guermantes si étrange (marquise de Noailles duchesse de Noailles selon Lauris[4]) ignorant que le prince est remarié.*

La présence de la nouvelle duchesse chez le prince de Guermantes eût fort étonné à Combray[5] où on disait en riant : « La duchesse de Duras » (de Tarente) comme si c'eût été un rôle que Mme Verdurin eût tenu dans une comédie de salon. Mais le principe des castes voulant qu'elle mourût Verdurin, ce titre qu'on ne s'imaginait lui conférer aucune[a] puissance nouvelle faisait plutôt mauvais effet comme dans le faubourg Saint-Germain qu'une jeune femme eût publié un livre. « Elle fait parler d'elle », eût-on dit sévèrement, le même mot qui veut dire qu'une femme a des amants servant pour signifier dans le faubourg qu'elle écrit, dans la bourgeoisie qu'elle se marie en dehors de son monde.

Dans la dernière matinée (fin du livre). CAPITAL[b].

« Vous ne connaissez pas ma belle-sœur, la duchesse de Duras ? », me dit le prince de Guermantes, et comme il me nommait : « Oh ! comme il y a longtemps[1] », me dit comme de très loin, d'une autre rive, la duchesse[c]. Son extrême vieillesse ne se révélait guère que dans sa chevelure, par le même signe que l'altitude de certains sommets qui d'ailleurs semblent de la plaine à peine plus hauts que ceux qu'ils dépassent de tant de milliers de mètres : l'extraordinaire blancheur. À côté de ses cheveux, les plus blancs n'étaient que grisonnants[2]. Seulement, tandis que la neige de ces sommets étincelle, celle qui couvrait la tête de Mme de Duras était au contraire d'une teinte mate si lourde, si laide, qu'elle avait l'air d'avoir posé sur sa tête une perruque faite d'un seul morceau de laine ou d'étoupe. Les gens qui ne la connaissaient pas lui trouvaient très grand air. « Que les gens sont bêtes, me dit quelqu'un. On m'avait assuré qu'elle était tout simplement née Verdurin. S'il y a une Duras née Verdurin ce n'est pas elle, car j'ai cherché dans le Gotha, il n'y a que des Duras nées de grandes familles, et celle-ci doit être Mme de Duras née de Donquières. Le nom de Verdurin ne figure pas à cette page du Gotha. » C'était exact. La famille, nullement noble, de Donquières, était une famille amie de celle de mon grand-père, Mlle de Donquières, dont le père était un très riche avoué, avait épousé en premières noces M. Verdurin, en deuxièmes le duc de Duras[3]. Le nom de Verdurin n'avait donc pas à figurer dans le Gotha.

Quand dans la dernière matinée (fin du livre) je dis qu'elle s'appelait aussi « princesse de Guermantes » (ce qui est d'ailleurs partiellement expliqué dans ce cahier-ci[4]) ajouter : Et cette identité du titre et du nom qui se perpétuent a quelque chose de douloureux[5]. C'est encore la princesse <de> Guermantes. Mais celle que nous aimions n'est plus là. Il semble qu'on ait volé[d] son nom à une morte qui ne peut se défendre. La similitude extraordinaire du nom, en nous rappelant ce qui était et ce qui n'est plus, nous fait autant de peine que les objets que possédait la morte, qui sont encore là comme quand elle s'en servait, et dont ce n'est plus elle qui se sert, comme son château qui était son château et qui est devenu celui d'une autre. La succession au nom est triste comme toutes les successions, elle est une usurpation, et toujours sans interruption viendraient, comme un flot en remplace un autre, de nouvelles princesses de Guermantes, ou plutôt une princesse de Guermantes millénaire, relayée d'âge en âge dans son emploi par une femme différente, une princesse de Guermantes éternelle ignorante de la mort, indifférente à tout ce qui change et blesse nos cœurs, comme la mer qui referme[a] sur les naufragés qui coulent, sa placidité unie et immémoriale.

Esquisse L

[IGNORANCE DU PASSÉ, DE LA POLITIQUE, DE LA LITTÉRATURE]

[Cahier 61. Ce développement tardif sur l'oubli qui s'empare des hommes les plus marquants de la vie politique paraît à l'origine de certains passages de l'édition. Il comporte une allusion à la notoriété vite menacée apportée à Proust par l'attribution du prix Goncourt.]

Capitalissime. Dans le Cahier 20[1].

En parlant des changements du Temps dans la politique[2].* Ces changements avaient une sorte de consistance, diverses causes contiguës les étoffant. Sans doute ils étaient faits de la naïveté de ceux qui ignoraient tout encore (aussi grande chez les jeunes dames à salons politiques que chez les conducteurs de cotillons), mais aussi des variations des hommes politiques, de la clientèle différente qui les suivait, des points de vue différents de l'histoire. Certes Mme de Ludre ignorait que Clemenceau avait été dreyfusard, non qu'elle fût jeune, mais parce que son salon politique, son intérêt aux choses de la politique étaient récents. Des hommes politiques en revanche le savaient. Mais Clemenceau, ce n'était plus encore les groupes anticléricaux, mais ceux de droite au contraire qui le suivaient parce qu'il avait changé, parce que d'autre part le point de vue antigermanique avait remplacé par certaines conséquences de la guerre ce point de vue antijuif. Et d'autres de ces conséquences non pas directes mais rapidement amenées ayant réduit le bloc radical et renforcé le groupe nationaliste, c'était toute une majorité faite d'éléments jadis hostiles qui soutenait Clemenceau, battait des mains à son seul nom, lequel soulevait autour de lui comme l'unanimité multiple et dense d'une mer.

À chaque époque de la vie, l'oubli de ce qu'on a été est si profond chez les contemporains, faits il est vrai de jeunes gens qui ne savent pas encore, de vieillards qui ont oublié, qu'on est obligé *(moi prix Goncourt)[1]* de faire face, si connu qu'on ait été, à l'ignorance du milieu ambiant. Je me ferais connaître par un livre *(car ce sera sans doute dans la fin même, à propos du livre que je veux faire)* et on dirait de moi : « Qui est-ce ? » Et[a] si nous tenions à ce qu'on <ne> dise pas sur nous les folies qu'engendre le besoin de parler quand quelques renseignements ne le guide<nt> pas, nous serions obligé de décliner nos titres et qualités, de dire qui nous étions de l'autre côté du Temps, nos dernières années étant comme un pays inconnu où nous débarquons, et où ceux qui l'habitent n'ont jamais entendu prononcer notre nom.

Esquisse LI

[CONTRE L'IGNORANCE ET L'OUBLI : LA SCIENCE DES GÉNÉALOGIES]

[Cahier 57. Reconnaissant que lui aussi avait cru autrefois à Combray que Swann ne pouvait fréquenter des duchesses, le narrateur constate maintenant combien ces erreurs sont répandues et, devant l'ignorance générale ou l'oubli des valeurs mondaines, définit, non sans humour, une science peu partagée ; celle des « généalogies exactes ». N'était-ce pas celle de son grand-père, à Combray, qui voyait dans les fortunes et les alliances une véritable « essence » de l'individu ?]

Quand je m'étonne qu'on croie que Forcheville était plus chic que Swann : Il est vrai que cette grande élégance de Swann qui me semblait une vérité d'évidence et que j'étais étonné qu'on méconnût, je l'avais longtemps ignorée, ayant d'abord cru avec mes parents à Combray[2] que Swann ne voyait que des agents de change (directement) et ensuite qu'il n'allait dans des salons Villeparisis que parce qu'il ne pouvait faire mieux, qu'il était un homme élégant mais à qui le vrai faubourg était fermé. Mais une fois qu'on sait une chose il semble qu'on ne l'ait jamais ignorée et on est injuste pour ceux qui en sont encore à cette phase de notre évolution. Les d'Hacqueville[3] de Mme de Sévigné (plutôt le faire dire par ma grand-mère, peut-être pas pour Swann, sinon le dire ici pour Swann)*.

Bloch[b] me présenta à une jeune femme[4] qui avait beaucoup entendu parler de moi par la duchesse de Guermantes et qui était une des femmes les plus élégantes du jour. Elle[a] était intelligente aussi et notre conversation était agréable mais était rendue difficile parce que ce n'était pas seulement le nom de la jeune femme avec qui je causais qui était nouveau pour moi mais celui d'un grand nombre de personnes dont elle me parla et qui formaient actuellement le fond de la société. Il est vrai que d'autre part, comme elle voulait m'entendre raconter des histoires, beaucoup de ceux que je lui citai ne lui dirent absolument rien, ils étaient tous tombés dans l'oubli.

Avant cette matinée[b1] quelqu'un de snob pas arrivé (Legrandin ou Bloch) me dira, agacé que je dise « la marquise de Saint-Loup » : « Mais la marquise de Saint-Loup, est-ce que ce n'est pas tout bonnement Mlle Swann ? Elle n'a pas à faire tant de chichis. J'ai connu sa mère[2] *(comme si ça la diminuait qu'il l'eût connue. Humilité Grunebaum[3])*.

Capitalissime, les ignorants non mondains disaient de Mme de Saint-Loup : « Ce n'est pas étonnant qu'elle ait beaucoup de relations, car par Forcheville et par Swann sa mère[4] en a eu beaucoup (les Baignères[5], par alliance Gounod, selon Shrameck[6]) » *et ajouter peut-être quoique très différent Forceville[7] Clermont-Tonnerre*[8].

Quelque part dans cette soirée : je n'avais peut-être plus d'imagination mais comme je me rendais compte (ce n'est pas un avantage) de ce que Saint-Simon trouve des situations différentes de famille[9] *etc.* Pour un ignorant dans un compte rendu du *Figaro* « comtesse de Forcheville », « duchesse de Guermantes », « baron de Charlus », « marquise de Cambremer », « princesse de Guermantes » tout cela avait l'air équivalent. Moi, je me rendais compte que la duchesse de Guermantes était une grande dame, le baron de Charlus un grand seigneur, Mme de Forcheville rien, Mme de Cambremer pas grand-chose, la princesse de Guermantes plus rien[10].

*Capital.

Faute de place.*

Quand je dirai que les gens ne savaient pas qui est Mme de Forcheville et que je dirai que cette ignorance vient vite, j'ajouterai : donnant lieu par contraste à une petite science d'autant plus précieuse qu'elle est < peu > répandue, s'appliquant à la généalogie exacte des gens, à leurs vraies situations, à la raison d'amour, d'argent ou autre pourquoi ils se sont alliés ou mésalliés, comme par exemple mon grand-père[11] pour un monde moins brillant pouvait le dire avec exactitude et le savourer avec gourmandise. Ces gourmets-là, ces amateurs-là étaient déjà devenus peu nombreux qui savaient que Gilberte n'était pas née Forcheville, ni Mme de Cambremer douairière Méséglise, ni Mme de Cambremer jeune Valentinois. Peu nombreux, peut-être pas recrutés même dans la plus haute aristocratie mais dans une moins haute qui est plus friande de tout cela qu'elle n'approche pas de très près. Mais se retrouvant avec plaisir, faisant la connaissance les uns des autres à Balbec ou ailleurs, y donnant un dîner comme un dîner de bibliophiles ou d'amis des cathédrales où on cause généalogie et en rentrant l'œil allumé et le nez fleuri, disant à leur femme : « J'ai fait un dîner très intéressant. Il y avait un M. de La Raspelière, des Raspelière de la Manche, parents des Cambremer, qui nous a tenus sous le charme ! Il m'a appris que cette Mme de Saint-Loup qui a marié sa fille l'année dernière n'est pas du tout née Forcheville. C'est tout un roman. » *Je n'ose pas dire qu'ils ajoutaient : c'est palpitant, puisque ce roman généalogique n'est intéressant que par celui que je viens d'écrire dans ces trois volumes[1].*

Le jeune homme si beau qui aura l'air irrésistiblement tante pourra être le jeune veuf Cambremer. Les gens se voyant regardés ne comprendront pas mais demanderont qui c'est. « C'est un neveu par alliance des Guermantes, M. de Cambremer. — Comment M. de Cambremer ? Cela ne va guère avec les Guermantes. — Mais je crois que ces Cambremer sont des gens comme il faut. — Oui, mais ce n'est plus du tout la société des Guermantes. — Je crois qu'il a épousé une fille du baron de Charlus. — Tiens alors M. de Charlus se sera marié deux fois parce qu'il me semble que de sa première femme qui était une princesse de Bourbon il n'avait pas eu d'enfants. » *(Ceci déchaînera aussi les réflexions sur ce que les gens ne connaissent plus rien tandis que mon grand-père connaissait tous les tenants et « l'essence » de chacun[2].)*

Esquisse LII

[LE SNOBISME DE BLOCH ET DE LEGRANDIN]

[Dans le premier fragment, du Cahier 74, Bloch apparaît comme le « plus grossier des snobs », tandis que, dans un fragment provenant du Cahier 57, la disparition des traits de comportement qui caractérisaient Legrandin à Combray a fait de lui une personne « agréable ». Ce passage sera plus tard transféré au personnage de Bloch, qui, dans « Le Temps retrouvé », reste investi de traits contradictoires : gaffeur par snobisme, et plus discret qu'autrefois.]

LII.1.

Autre chose capitale à mettre dans le dernier Cahier quand je parle du désagréable snobisme de Bloch.

Chose curieuse[a], ce jour où pourtant je pensais à des choses si différentes du monde et comptais bien n'y jamais retourner, je fus incommodé par la conversation de Bloch[1] qui disait des choses que jamais un homme du monde n'aurait dites, non seulement quant à l'appréciation des valeurs — ayant l'air de croire que les snobs mettent au-dessus de tout le monde certains financiers israélites qu'il avait gardé de son enfance l'habitude de considérer comme des rois — mais même <par> le choix des termes[b] (disant pour « les gens du monde en général trouvent que » : « la noblesse en général trouve que »), la forme des noms (appelant les ducs de Fezensac et de Doudeauville : « les ducs de Montesquiou-Fezensac et de La Rochefoucauld-Doudeauville »), et jusqu'à leur prononciation, n'élidant pas l'*e* et l'*ey* des Cast'llane et Tall'rand etc. Sans doute[c] il faut dire que ces erreurs eussent passé inaperçues chez un homme qu'on eût senti dédaigneux du monde et supérieur à lui, mais chez Bloch on se rendait compte que son ironie à l'égard du snobisme et du monde n'était qu'une première phase du snobisme et se changerait au plus vite dans tous les défauts qu'il raillait simplement faute d'avoir pu encore en avoir sa part effective aussi complètement qu'il l'eût souhaité. Mais cela tenait aussi à ce que malheureusement, même n'aimant plus le monde, même n'allant plus dans le monde, et même quand il avait cessé d'être un des buts de mon désir et de mes sorties, il avait pénétré dans mes manières, dans ma conversation, comme il avait fait en Swann, et maintenant j'étais plus à l'aise pour causer de choses insignifiantes avec des gens chez qui il n'y avait pas, comme chez Bloch, tous ces saillants, toutes ces verrues[d] non résorbées, avec des gens qui se représentaient la société comme moi, qui en avaient le même savoir et le même vocabulaire, tandis[e] qu'avec Bloch, j'avais plus d'effort à faire comme avec un étranger. « Pour[f] de bien petites causes », dira-t-on ? Mais ce qui décèle l'étranger n'est-ce pas précisément les riens qui décèlent que, quelle que soit[g] sa connaissance grammaticale de la langue[h], il ne l'a pas entendu parler, et si certains défauts de prononciation prouvent qu'on <n'>a appris le français que dans les livres, le fait de prononcer « Francis Jammes » comme le prénom anglais « James », ou de dire « Castries » en prononçant l'*i*, ne signifie-t-il pas qu'on n'a pas fréquenté le monde littéraire, ou le monde ? Mais si la qualité d'étranger de Bloch rendait pour moi si fatigante sa conversation, ses questions toujours dépourvues de tact *(il viendra de me dire : « Êtes-vous toujours aussi snob ? »)*, en revanche pour les gens du monde de naissance, qui n'en avaient pas seulement comme moi contracté les habitudes mais en avaient l'esprit inné, cette qualité d'étranger avait au contraire une grande saveur, était même un indice singulièrement favorable. Esclaves de la bonne éducation, l'audace de manquer à ses règles leur paraissait une preuve de force. Habitués à ne voir autour d'eux que de la médiocrité, peut-être parce qu'elle est très répandue partout et là plus qu'ailleurs, peut-être aussi parce que, quand un des leurs sort de l'ordinaire, ils ne savent que s'en moquer, ils croient volontiers que ne pas être né préjuge en faveur de l'intelligence, que c'est de là qu'on peut espérer voir sortir le talent, la valeur politique. *(Intercaler à cela ce que j'ai dit dans le dernier Cahier sur la conversation de Bloch et de Mme de Guermantes, à qui il faudra qu'il fasse une avanie (Kersaint[1]), dise une bourde (Mélanie Hervieu) et comtesse Greffulhe[2], Mme de Rohan[3]).* Et peut-être au fond, si les espérances qu'ils mettent en ces invasions de barbares sont rarement réalisées, leur point de vue a-t-il tout de même plus de vérité profonde que n'en avait le mien. Bloch[a] allait commencer d'être le plus[b] grossier des snobs. Mais cela n'a pas empêché Balzac d'être un des plus grands romanciers. La finesse de Swann l'avait préservé de dire ce que disait Bloch ou ce que disait Balzac, mais elle était restée stérile. Et dans la parfaite bonne éducation, passée jusqu'aux moelles, d'un homme du monde, qui fait que même en pleine guerre il ne peut s'empêcher, si violent que soit son chauvinisme[c], de dire : « L'empereur Guillaume », que même mourant, instinctivement[d] il dira : « Princesse », et parlera à la troisième personne quand il le faut, il y a tout de même une limitation, une sorte d'acte de foi implicite à la supériorité de quelques formules de savoir mondain, infiniment plus vides encore que le savoir des érudits.

LII.2.

Capitalissime (je le mets ici faute de place, chercher où le mettre dans ce cahier quand je parle de Legrandin). Pour son snobisme il était devenu bien moins aigu, Legrandin était mieux élevé, ne nous eût pas lâché comme à Combray pour une dame élégante[4]. Tout le monde reconnaissait combien il était plus agréable, tandis que Bloch au contraire, n'ayant plus que des grands noms à la bouche était devenu insupportable. Il était d'ailleurs fort possible que dans un certain nombre d'années il devînt lui aussi agréable et simple. Car certains défauts, certaines qualités sont moins attachés à tel individu et à tel autre qu'à tel ou tel moment de l'existence[e] considérée au point de vue social.

Ils sont presque extérieurs aux individus, lesquels — ceux du moins qui suivent cette voie — passent successivement sous eux comme sous des solstices différents, préexistants, inévitables, généraux. Les médecins qui cherchent à se rendre compte si tel médicament augmente ou diminue l'acidité de l'estomac, activent ou ralentissent ses sécrétions, obtiennent des résultats différents non pas selon l'estomac à qui ils empruntent un peu de suc gastrique mais selon qu'ils le lui ajoutent un peu plus tôt ou un peu plus tard.

Esquisse LIII

[CIRCONSTANCES PARTICULIÈRES ET LOIS GÉNÉRALES]

[Découvrant sa propre vieillesse, le narrateur réfléchissait que le projet de son œuvre sans cesse ajournée l'avait placé, vis-à-vis du Temps, dans une situation exceptionnelle (Esquisse XLIV*). Dans les deux fragments du Cahier 57 qui suivent, il perçoit au contraire que, sur le plan social, son cas n'est pas unique : comme lui, quoique par d'autres voies, Gilberte Swann, Legrandin, se sont élevés, du « bassin » de Combray, au monde des Guermantes.]*

*Capitalissime

À propos des situations (probablement c'est bien plus loin mais c'est faute de place[a])* ma situation dans le milieu Guermantes avait été quelque chose d'exceptionnel[1]. Mais si je sortais de moi et du milieu qui m'entourait immédiatement, je voyais que ce phénomène n'était pas aussi isolé qu'il m'avait paru d'abord, et que du bassin petit-bourgeois où j'étais né, comme certaines pièces d'eau, assez nombreux en somme étaient les jets d'eau qui s'étaient élevés alors au-dessus de la masse liquide qui les avaient alimentés. Sans doute les circonstances ayant toujours quelque chose de particulier et les caractères d'individuel, c'était d'une façon toute différente par des voies entièrement opposées que Legrandin pénétrait dans ce milieu, que la fille d'Odette y était apparentée, que Swann y était venu, que moi-même j'y étais. Pour moi qui avais vécu enfermé dans ma vie, celle de Legrandin et le chemin qu'il avait suivi me semblait n'avoir pas plus de rapport que le chemin de Méséglise et le chemin de Guermantes, de même qu'une rivière dans sa vallée profonde ne voit pas une rivière divergente qui pourtant n'a pas malgré les écarts de son cours pris naissance bien loin de là et se jette dans le même grand fleuve. Mais pour quelqu'un qui *[interrompu[b]]*

Peut-être même certaines circonstances contingentes ne sont-elles que l'aspect que revêt pour nous la réalisation de lois sociales plus générales. Le hasard de sympathies, d'amitiés m'avait, semblait-il, par un chemin particulier fait quitter mon milieu[1] et pénétrer dans une société toute différente. Mais, dans cette société, je retrouvais la fille du vieil ami de mon grand-père qui à vrai dire y pénétrait par un grand détour, les hasards d'un héritage, d'une adoption etc., tandis que j'y voyais[a] aussi le neveu de notre ami Legrandin, lui par un autre hasard, semblait-il, le mariage de la sœur de notre ami avec un noble normand. Mais finalement partis du même point ces hasards nous avaient portés au même point, n'étant peut-être que l'aspect particulier que prendrait une chose ici se propageant dans une mare, là sortant en revanche des flots qui obéissent en réalité à la marée montante et doivent arriver au même point comme encore les accidents particuliers, refroidissement en sortant d'un théâtre, affaiblissement à la suite d'un chagrin etc. dans lequel le malade ne voit pas les progressions que prend une maladie cachée ou encore les diverses circonstances contraires[b], une affaire importante qui est survenue juste au moment où il allait cesser et où il n'avait pas besoin d'être affaibli, un brusque malaise pour lequel il a eu besoin d'un calmant etc., etc., où le morphinomane croit voir les fatalités qui l'ont empêché de se débarrasser de sa morphine, alors qu'ils sont simplement les divers visages que cette impossibilité a pris et même qu'elle s'est fabriqués elle-même mais sous lesquels il ne la reconnaît pas.

Esquisse LIV

[DU TRAVAIL DE LA MÉMOIRE ET DU TEMPS SUR NOTRE APPRÉHENSION DES ÊTRES]

[Les passages du Cahier 57 que nous présentons ici se rattachent aux dernières pages du « Bal de Têtes » dans la version de 1911 (voir l'Esquisse XLI.2). Alors que les troisième et cinquième fragments diffèrent peu du texte de 1911, d'autres notes font apparaître des éléments nouveaux, qui accentuent la valeur positive des images du passé. Ainsi le « frontispice » ou première image retrouvée dans la mémoire, qui, dans la version de 1911, était ressenti par le narrateur comme une « image non vivifiée par la continuité envers l'être visuel[2] », apparaît, dans le premier fragment, « rehaussé des couleurs de la vie », et, dans le deuxième, dépositaire d'une « beauté secrète et nouvelle ». De même, dans le quatrième fragment, la médiocrité de l'image « actuelle » cède le pas à l'image globale que reconstituent le souvenir et l'imagination. Nous rattachons à ces notes un fragment

du Cahier 74 où la métaphore du tissage, sous-jacente à toute cette méditation, se déploie dans la double modalité du temps et de l'espace. Ce fragment sera partiellement repris dans les dernières pages du « Temps retrouvé ».]

LIV.1

Mettre après « chez mon oncle », dans mes relations avec Mme de Guermantes[1], que cette Mme de Guermantes vue dans l'église de Combray au mariage de Mlle Percepied et sous les yeux brillants et la cravate (?) mauve de qui j'avais mis une idée si différente de celle que j'avais attribuée <ensuite> à Mme de Guermantes, qui était rattachée à des idées sur le côté de Guermantes qui n'intervinrent plus jamais dans ma pensée, qu'à distance elle me paraît quelque autre personne de la même maison, comme aurait pu être quelque sœur ou belle-sœur de celle que j'ai connue depuis, dont j'aurais connu l'existence par quelque livre de mémoire ou quelque conversation, à qui j'aurais fait de toute pièce une âme avec mes idées de ce temps-là comme on fait pour un personnage célèbre qu'on ne connaît pas, et dont sa vue — comme celle d'un personnage dont on nous a beaucoup parlé et que nous apercevons à quelque cérémonie qui nous servira à mettre en face de notre rêve l'image de sa personne à qui nous prêterons une âme imaginaire — n'était qu'un léger croquis de noble châtelaine délicatement rehaussé des couleurs de la vie et telle que dans ce même jour d'une antique église ensoleillée où le jour multicolore tombe des vitraux, aiment à en placer pour rendre plus vivantes les vieilles architectures, maints peintres qui ont représenté au XIXe siècle des nefs gothiques.

Cela[a] me faisait apparaître ces premiers tableaux[2], ces premiers personnages comme un décor, comme alors la vérité pour tous et par conséquent sans secret caché, et dont moi maintenant je savais qu'ils cachaient autre chose. De sorte que la vie m'apparaissait comme une sorte de connaissance qui ajoutait aux visions en apparence les plus immuables d'autrefois une beauté secrète et nouvelle.

Mme de Chemisey comme sœur de Legrandin mariée en Normandie et pour qui il avait peur de nous donner une recommandation[3], comme Mme Swann en satin rose chez mon oncle ou chez qui, quand le président était si fier d'elle, je ne me doutais pas que j'habiterais un jour et Swann à Combray empêchant maman de monter pour me voir, dont je me doutais si peu qu'ils seraient un jour (sa femme et lui) pour moi les parents ineffables de celle que j'aimerais, pour redevenir lui un homme du monde quelconque, et elle la plus déplaisante et la plus vulgaire des femmes, Montargis hostile le premier jour puis venant à nous sur cette route pluvieuse, puis devenu le neveu de la femme que j'aimais, et si bon au régiment quand j'étais malheureux et m'ayant fait connaître l'artiste qui avait influé le plus sur moi.

Mettre dans cette partie quand je pense à Mme de Guermantes. Quand nous connaissons quelqu'un depuis une période assez longue et surtout assez variée pour avoir conservé dans notre esprit des traces différentes, l'image qu'elle présente à nos sens dans le moment présent n'est qu'une partie bien petite de l'image totale que nous nous faisons d'elle et où l'emporte<nt> infiniment en étendue les souvenirs que nous avons d'elle et surtout, de l'idée que nous nous sommes faits d'elle, dans tel temps, puis dans tel autre. Mme de Guermantes pouvait ne m'offrir en ce moment que de faibles impressions. Mais j'échappai aisément à leur médiocrité en regroupant ou surprenant[a] nombre des images obtenues du côté de Guermantes, de la descendante de Geneviève de Brabant[1], de la soirée de gala où jouait la Berma, des visites[b] que je lui faisais l'été dans un salon frais où on ne voyait pas clair. Que mon imagination y eût une grande part c'était vrai. Mais cependant c'est Mme de Guermantes qui les avait provoquées. Quelque part d'illusion qui y fût mêlée je n'étais pas insensé de m'en <être> enchanté puisque cette illusion tient à la nature de la réalité même et qu'à ce compte-là tout ce qui tombe sous nos sens en est frappé.

Mettre quelque part pour le nom de Guermantes[c]. À l'époque où j'avais entendu dire que les Guermantes étaient de puissants seigneurs cette idée ne se rattachait pour moi à rien, je ne connaissais pas les autres ducs je ne savais rien, les Guermantes isolés sur un fond vague comme une cathédrale dans le brouillard semblaient quelque chose d'unique et qui venait du ciel. Il en était tout autrement <pour[d]> toutes les maisons ducales dont la vie mondaine m'avait donné une connaissance expérimentale et les lectures historiques une connaissance rationnelle, et auxquelles[e] elles m'avaient fait rattacher les Guermantes[2]. Mais leur nom gardait encore des traces de la couleur dont il avait été autrefois recouvert par mon imagination plus vive, et par moments quand je le lisais par une sorte de dédoublement je m'éloignais de ce qu'il était pour moi aujourd'hui, je le revoyais dans une espèce de rêve, je ne doutais pas qu'un jour je n'appris<se> pour quelles raisons mystérieuses ils étaient des seigneurs uniques en lesquels résidait cette vertu que au fond de mon passé j'entendais résonner dans leur nom et auxquels il eût été dérisoire de comparer les Uzès ou les La Rochefoucauld voire les Orléans et les Bourbons. Comme[1] une corde unique ayant peu de jeu et s'enroulant autour d'un treuil revient à intervalles étroits toucher à des hauteurs différentes, les points divers du treuil autour duquel elle manœuvre, il semble que la vie ait des rouages assez peu nombreux d'être toujours les mêmes pour que quiconque a < un > peu vécu, nous les ayons à diverses reprises retrouvé < s > sur une petite hauteur de durée, prenant contact avec nous d'une façon différente. Mais cette identité des acteurs de ma vie me plaisait aussi parce que j'y voyais j'y sentais agir la vie elle-même, j'en dégageais de la vie, dans divers usages et dessins qu'elle fait des fils qui composent sa trame[a].

Peut-être la personne si on la détachait de ce cadre ne serait-elle pas grand-chose, comme ces monuments qui font bien où ils sont situés quoique sans beauté propre. Mais comme pour penser à eux je retournais aux lieux où ils nous apparurent[2], comme en revoyant la veste de drap beige[b] de Mme de Souvré, je la détachais sur l'azur étincelant de la mer, par cette belle après-midi, et sentais la brise douce et saline entrer par la fenêtre, dans l'extinction de mes souvenirs je donnais « l'un dans l'autre », comme disent les marchands, certain prix du « tout » que je n'eus peut-être pas donné de Mme de Souvré si ma mémoire moins avisée avait consenti à la distraire du lot et à me l'offrir isolée.

LIV.2

<Le[c]> poète a raison de parler des fils mystérieux que la vie brise[3]. Mais il est encore plus vrai qu'elle en tisse ses liens entre les êtres, entre les événements ; qu'elle les entrecroise, les redouble, si bien qu'entre le moindre point de notre passé et de tous les autres un riche réseau de souvenirs ne laisse que[d] le choix des communications. Nous[e] ne pourrions pas raconter nos rapports avec un être que nous avons même peu connu, sans faire se succéder les sites les plus différents de notre vie[4].

Esquisse LV

[GILBERTE EST SOLLICITÉE POUR ÊTRE ENTREMETTEUSE]

[Cahiers 57 et 74. Cette demande, présentée comme un palliatif à la nécessaire solitude de l'écrivain (premier fragment) est aussi l'occasion d'une réflexion amère : la jeune fille dont on se souvient et qui excite le désir étant aujourd'hui vieille, c'est vers une autre, de l'âge qu'elle avait, qu'il faut se tourner (deuxième, troisième et quatrième fragments). Enfin, dans le dernier fragment, ces jeunes filles sont vues comme un matériau pour l'art.]

LV.1

Capitalissime quand je demande à Gilberte de connaître des jeunes filles (à moins que je ne préfère le dire quand je demande à Mme de Guermantes de me faire inviter à des bals mais non c'est mieux le second[1]) car je sentais que de petites amours, auxquelles je ne croirais plus du reste, ce serait bien, plutôt que les conversations intellectuelles que les gens du monde croient utiles aux lettrés, l'aliment choisi que je pouvais à la rigueur me permettre et qui m'entretiendrait en état de composer mon œuvre si je n'avais pas le courage de la complète solitude *(dire avant ces mots « complète solitude » pour ne pas mêler à l'image. « Il faut des jeunes filles en fleurs au poète comme à ces coursiers qu'on ne nourrissait que de roses » (chercher le fait exact[2])*.

Capitalissime. Quand je parle de la nécessité d'aimer d'autres jeunes filles (la formule ci-dessous étant très bonne et à ajouter à ce que j'ai dit[3]) quelle tristesse[4] quand le souvenir excitant le désir, recherchant sa date nous comprenons que l'être n'a pu garder dans la vie la fraîcheur qu'il a dans notre mémoire et que le plus sûr moyen de trouver quelque beauté qui s'en rapproche, c'est de le chercher à un âge qui se rapproche de celui qu'avait celle dont nous nous souvenons, c'est-à-dire de le chercher, ô tristesse ! dans une autre personne.

*N.B. Capital

À plusieurs endroits dans ce livre je dis que pour avoir des jeunes filles je suis obligé de ne pas chercher les mêmes qui sont devenues vieilles, car c'est la jeunesse que j'aime en elle[5]. Il serait mieux je crois d'enlever cela partout et de le mettre seulement dans ce dernier chapitre et j'ajouterais aux morceaux que je retranscrirais ici cette idée importante qui pourrait les précéder ou les conclure :* J'aurais pu souvent soupçonner que ce qu'il y a d'unique dans une femme qu'on désire ne lui appartient pas. Mais le temps écoulé m'en donnait une preuve plus complète puisque après vingt ans, de moi-même j'évitais de rechercher la laitière de la station montagneuse et même les amies d'Albertine, mais les jeunes filles qui avaient maintenant le même âge qu'elle avait alors. Déjà *[plusieurs mots effacés]* puisque ce que je désirais en elles n'y était plus et était en d'autres. Et de moi-même je demandai à Gilberte de me faire inviter à des bals, musée de jeunes filles où se retremperait mon goût de la beauté. *Mêler probablement ici morceau où je lui demande une petite amie.*

*Capital

Je ne sais où je redésire la laitière de la montagne du chemin de fer[1] et je me dis qu'elle est maintenant vieille pendant que je la désire tellement jeune. Alors j'ajouterai ceci pour finir :* car le temps change les êtres sans changer l'image que nous avons gardée d'eux[2] et que nous ne pouvons plus atteindre en dehors, quelque violent désir qu'elle excite en nous. Et la tristesse naissait en moi de cette opposition entre l'instabilité de la personne et la fixité du souvenir.

LV.2

*Capital.

Dans la dernière matinée chez la princesse de Guermantes.* J'avouai à Gilberte qu'elle me ferait plaisir en me faisant connaître des jeunes filles. Sans doute j'étais déjà trop âgé pour pouvoir leur plaire. Mais je les gâterais, je leur ferais de petits cadeaux. Et comme Elstir[3] aimait à voir incarnée dans sa femme la[a] beauté italienne qu'il avait souvent peinte dans ses toiles *(peut-être mettre plutôt beauté *vénitienne* pour que *Venise* soit aussi représentée dans le livre)*, je me donnais[b] l'excuse d'être attiré par un certain égoïsme artistique vers ces belles formes qui pouvaient me causer tant de souffrances et j'avais[c] un certain sentiment d'idolâtrie pour les futures Gilberte, les futures duchesses de Guermantes, les futures Albertine que je pourrais rencontrer et qui, me semblait-il, pourraient m'inspirer comme un sculpteur qui se promène au milieu des marbres grecs. Sans doute mon sentiment du mystère était antérieur à leur rencontre, mais il s'était appliqué à elles, avait travaillé sur elles, elles étaient comme la carrière d'où le sculpteur[d] tire le marbre sans lequel il ne pouvait faire sa statue. Et dans mes statues, si c'était toujours mon rêve qui leur donnait sa forme, une Albertine par exemple, n'était-elle pas la matière sculptée ? Comme chacune de ses formes *(ce doit être écrit — à la fois mieux et moins bien — ailleurs — se servir des deux)* avait été en quelque sorte l'incarnation du pays où je rêvais d'elle, soit du pays dont je rêvais[a] alors soit du pays qu'elle me rappelait, chacune s'élevant sur une vie dominant un paysage distinct qui composait un cadre, comme[b] Gilberte le côté de Méséglise, Albertine la plage et les falaises de Balbec *(insister par ailleurs sur les falaises de Balbec et leur plan vertical et dire à un moment qu'Albertine y était comme une statue de déesse d'Elstir dominant la mer)* et la duchesse le côté de Guermantes. Mais c'était encore parler d'une façon trop matérialiste, car chacune de ces personnes avait été selon les années divisées en personnes que je n'avais rejointes qu'après coup, refaisant avec ces nébuleuses une étoile.

Esquisse LVI

[LE PARADOXE DE LA SOLITUDE]

[Cahier 74. La solitude, qui permet l'accomplissement de l'œuvre, rapproche en réalité l'écrivain des êtres qu'il doit s'obliger de ne plus voir.]

Pour mettre dans le dernier chapitre du livre (le cahier trop plein[1] !) : la dernière matinée Guermantes quand j'ai décidé d'écrire un livre : Sans doute il me faudrait vivre encore plus solitaire[2] ; et tous ces gens qui étaient là et qui me plaignaient déjà de ne pas m'avoir vu depuis si longtemps, m'en voudraient quand je ne les recevrais plus du tout. Mais n'étaient-ce pas eux qui auraient tort puisque c'était pour m'occuper d'eux plus à fond qu'avec eux, pour m'occuper à les réaliser, à les révéler à eux-mêmes, que je ne les recevrais[c] plus ? À quoi eût servi que pendant des années encore j'eusse perdu des soirées à faire peser sur le son de leurs paroles le son tout aussi vain des miennes, pour le stérile plaisir de les faire se toucher sans pénétration possible, tandis que c'était leur nature, la loi de cette nature, la raison de leurs gestes, la courbe de leur vie que j'allais essayer de dégager ? Je leur parlerais plus d'eux-mêmes en écrivant loin d'eux qu'en étant avec eux. Et pourtant, saurais-je assez les écarter pour pouvoir travailler ? L'habitude de se mettre à la place des autres, si elle favorise la conception d'un roman, en retarde l'exécution. Car par une politesse supérieure on sacrifie aux autres non seulement ses plaisirs, mais son devoir quand, le figeant avec leur esprit à eux, on voit qu'ils ne sont pas capables de comprendre que c'est le devoir et qu'ils croiraient que c'est un plaisir que nous leur préférons. Politesse dont une autre forme fit partir et mourir à la guerre beaucoup de malades qui pouvaient rester, se savaient inutiles au front, utiles à l'arrière mais n'étaient pas certains que leur abstention fût comprise.

Esquisse LVII

[LE TALENT DE RACHEL]

[Cahiers 60 et 57. Le premier fragment nous montre le mépris de la Berma pour Rachel ; le second, l'impression produite par le jeu de cette dernière.]

LVII.1

Pour le vingtième Cahier[1] (?).

La Berma trouvait non seulement que Rachel n'était qu'une grue[2], parce qu'elle n'était en effet que cela au temps où régnait la Berma, et qu'on ne recevait pas les grues, mais aussi qu'elle n'avait aucun talent, qu'elle ne savait ni dire ni jouer, qu'elle n'en possédait pas les premiers éléments. Et en effet tout ce qu'avait appris la Berma des plus grands maîtres de son temps et qu'elle avait porté à un degré prodigieux qui les émerveillait eux-mêmes, et où les effets les plus habiles avaient l'air de la simple explosion du naturel et de l'improvisation, tout ce métier ajouté à son génie et sur la plus ou moins grande perfection duquel elle avait eu l'habitude d'entendre juger les comédiens et de les juger elle-même, Rachel n'en savait pas le premier mot, elle appartenait à une école, à une époque où on s'était débarrassé de tout cela. C'était donc sans jalousie que la Berma pouvait dire de Rachel : « Elle ne sait pas ce que c'est que jouer la comédie », de même que c'était sans sympathie pour lui qu'elle disait en écoutant son ennemi Coquelin aîné : « Dieu que c'est bien fait, quelle merveille ! » Il ne faut pas croire par cela que la Berma ne devait laisser qu'une trace historique, comme modèle génial d'un « métier » inutile, dans la tragédie du XIXe siècle. On abandonne des principes fatigués, on y revient, la loi du flux et du reflux mène les critiques, et tout ce qui a fait à une époque la gloire de Claude Monet et l'oubli de David, fait à l'époque suivante la résurrection de David et l'avilissement de Claude Monet, sans <la> certitude que cet avilissement et cette résurrection soient définitifs ni non plus éphémères, mais peut-être alternés.

LVII.2

P.S.[a] il y aura aussi une récitation d'une petite poésie, vers célèbres et que presque tout le monde connaissait[1]. Aussi leur annonce sur le programme fit-elle plaisir. Mais l'artiste arriva, chercha partout des yeux, d'un air égaré, leva les mains d'un air suppliant et poussa comme un gémissement les premiers mots. Chacun fut ensuite précédé d'une mimique pareille. Chacun se sentait gêné de cet appareil de sentiments comme par une impudeur. Personne ne s'était dit que c'était cela réciter des vers. Plus tard on s'habitue, c'est-à-dire qu'on oublie le malaise, on dégage ce qui est bien et on compare entre soi diverses récitations pour dire « celle-ci est mieux, celle-là moins bien ». Mais la première fois, de même que quand dans une cause simple on voit un avocat s'avancer lever en l'air le bras d'où retombe la toge et commencer d'un ton méchant[b] on n'ose pas regarder ses voisins *(ceci pourra être mis quelque part je ne sais trop où il faudra enlever le mot Plus tard il s'agit d'un public déjà mûr. On l'expliquera en disant cette impression fut ressentie ou par les personnes très jeunes ou par celles qui n'ont pas l'habitude d'entendre des récitations poétiques)*.

Esquisse LVIII

[LA PETITE SAINT-LOUP]

[*Cahier 74. La première rencontre avec la fille de Gilberte et de Saint-Loup est, pour le narrateur, l'occasion de méditations.*]

Capitalissime quand Gilberte me présente sa fille :* Chaque être est pour nous une étoile[2] où viennent converger des routes venues des points les plus différents de notre vie. Elles étaient nombreuses celles qui aboutissaient[c] pour moi à Mlle de Saint-Loup et qui rayonnaient tout autour. L'une me menait à son grand-père[d], *[inachevé]*

Alors je vois *(chez la princesse de G<uermantes>)* la petite Saint-Loup[3] : Le moment où j'avais appris le mariage de Gilberte et de Robert était encore si près de moi car la continuité de mes rêves, la procrastination de ma volonté avaient en quelque sorte ajourné[e] perpétuellement le lendemain, le lendemain où je travaillerais, où je vivrais, que c'était un même jour qui m'avait semblé durer toujours, et que je ne pouvais comprendre comment pendant ce seul jour une fille avait eu[a] le temps de naître, de grandir et d'accomplir sa dix-septième année ; dix-sept années qui comme les branches ajoutées d'un arbre qui grandit mesuraient, hélas ! le Temps pour moi aussi, le Temps, incolore, insaisissable dans le vide du reste mais qui ici s'était concrétisé, avait élevé ce gracieux monument, avait fait une œuvre[b], pendant que contre moi hélas il faisait son œuvre, la seconde plus indestructible mais que la première mesurait puisque pendant tout le temps perdu qui me semblait si court, tenait toute une vie de jeune fille *(mêler à tout cela qui est très bien ce que j'ai dû en dire ailleurs). Peut-être finir là-dessus (et alors mettre avant la représentation immorale par Gilberte[1], à quoi j'ajouterai : « Je la regardais », (et ce qui suit) ou finir par les grandes jambes et béquilles du Temps[2]. Peut-être cela peut se fondre ?*

Esquisse LIX

[BÂTIR LE LIVRE]

[Cahier 57. Après une série de comparaisons célèbres qui trouveront place dans « Le Temps retrouvé », Proust revient une fois encore, dans le dernier fragment, à la solitude nécessaire à l'écrivain.]

Quand je parle du livre à faire : pour qu'il ait plus de force je <le> suralimenterai[3] comme un enfant faible *(dans la partie où je dis : « Je le préparerai comme une offensive, je le bâtirai comme une robe », etc.)*, je l'étendrai sur une table comme une pâte dont on veut faire un gâteau, je le franchirai *(ou je le vaincrai)* comme un obstacle.

Pour le livre : je lui résisterai comme à un ennemi *(à cause de la fatigue d'un si grand ouvrage)*, je le conquerrai comme une amitié.

Pour le livre : Je le créerai comme un monde sans laisser de côté les mystères qui n'ont probablement leur explication que dans d'autres mondes (extérieurs ou intérieurs), de ces mystères qui même au point de vue positif étaient ce qui m'avait le plus remué dans ma vie *(clochers[c])* et quand j'en retrouvais l'indice dans le *Quatuor* de Vinteuil. *Quand je dirai je le créerai comme un monde, ajouter :* Mais que serait chétive auprès de ces ambitions la réalisation ! Pourtant je ne partais pas d'une ambition mais d'une réalité et ces mystères je les avais souvent recueillis comme de précieuses et mystiques graines.

Capital quand je compare le livre : un livre doit être bâti je ne dis pas « comme un monument » mais « comme une robe[1] ». On change de place etc., on y fait au dernier moment des *regroupements de force* et avant il doit être *préparé comme une guerre.*

Littérature il faut qu'il y ait quelque chose dans les choses qu'on veut dire d'où elle est écossage de pois aussi bien qu'elle est bâtie, ne disons pas pour ne pas être prétentieux « une cathédrale » mais « une robe[2] » *(ceci pour composition)*, frayer des routes et jeter des ponts *(ceci moins bien)*.

À propos à la fois de tous les modèles que j'ai eus (église de Caen, de Falaise etc.) et de « bâtir une robe » etc., je dirai que ces modèles (surtout les personnes) étaient aussi nombreu<x> [a] pour avoir un seul résidu que les viandes que faisait acheter Françoise pour composer son bœuf à la mode. De sorte que ce livre je le bâtissais comme une robe *(énumération des autres images)* et je le recueillais comme une *gelée*[3]. *(Cette image nouvelle à ajouter.)*

Quelque part sur le livre à faire. Aurais-je le courage de faire répondre aux amis qui viendraient me voir que j'avais, pour des choses essentielles au courant desquelles il fallait que je fusse mis sans retard, un rendez-vous capital avec moi-même[4] ? On est si paresseux qu'on aime mieux écouter que parler (et parler avec des gens c'est s'écouter soi-même puisqu'on laisse parler son esprit, sa mémoire, qu'on ne crée pas laborieusement ce qu'on va dire ?). Et puis, bien qu'il y ait peu de rapport entre notre moi véritable et l'autre à cause de leur homonymie et de leur unicorporalité *(prendre le mot usité pour Rosita [et] Doodica)[5]*, on est tenté de repousser comme égoïsme la plus haute abnégation et de croire qu'on est moins égoïste en rendant service à Bloch qu'en travaillant seul.

Esquisse LX

[LA MENACE DE LA MORT]

[Cahier 57. Conscient que l'heure de se mettre au travail se présente pour lui comme un devoir envers les autres (premier fragment), le narrateur découvre aussi que la pensée est menacée par le corps (deuxième fragment). Menace intérieure et extérieure (troisième et quatrième fragments) où la maladie elle-même, si elle

l'a fait renoncer au monde, rend difficile l'approfondissement d'impressions qu'il faut d'abord recréer par une mémoire qu'elle a usée (dernier fragment).]

Quand je dis que je ne laisserai pas venir des gens me voir au moment où le devoir de faire mon œuvre prime celui d'être poli ou même bon j'ajouterai : Sans doute leur labeur était fini, ils avaient besoin de moi comme un jour j'avais eu besoin de Saint-Loup, moi, comme le prophète Néhémie[1] et je m'étais déjà rendu compte, quand à Combray je revenais plein d'amour pour mes parents fâchés, que <les> divers cadrans que nous sommes ne sont pas tous réglés à la même heure[2]. L'un sonne celle du repos en même temps que l'autre celle du travail et l'un celle du châtiment par le juge quand chez le coupable celle du repentir et du changement intérieur est déjà révolue depuis longtemps.

Quelque part la vie humaine pensante dont il faut moins dire qu'elle est un perfectionnement inouï de la vie physique mais plutôt une imperfection encore aussi rudimentaire que le polypier, que le corps de la baleine, dans l'organisation de la vie spirituelle. Le corps enferme l'esprit dans une forteresse[3] ; bientôt la forteresse est assiégée de toutes parts et il faut à la fin que l'esprit se rende.

*Capital

Pour mettre peut-être dans la série du verso en face[4] avant de parler du risque de mort :* cela m'avait tant ennuyé de travailler que je n'avais pas écrit de choses inutiles. Peut-être n'en aurais-je pas écrit d'utiles non plus si j'avais continué à sortir. Mais la paresse m'avait gardé de la facilité, peut-être à son tour la maladie allait me protéger contre la paresse[5].

*Capitalissime :

Pour mettre probablement au bas du recto en face quand je parle des dangers de mort qui me menacent, du fiacre (je pourrai dire où je trouverais maintenant la mort moins indifférente qu'après le dîner de Rivebelle[6]).* Car le bonheur que j'éprouvais ne venait pas d'une tension purement subjective des nerfs qui retenant notre esprit nous isole du passé mais au contraire d'un élargissement de ma pensée qui actualisait le passé et me donnait une valeur d'éternité mais momentanément et que j'eusse voulu léguer à ceux que je pourrais faire passer ainsi par les mêmes états. C'était un plaisir encore mais non plus égoïste, ou du moins d'un égoïsme (car tous les grands altruismes féconds dans la nature revêtent une forme égoïste et l'altruisme humain qui n'est pas égoïste est presque toujours stérile — c'est celui de l'écrivain qui au lieu de s'enfermer dans « sa tour d'ivoire » reçoit un visiteur, accepte une fonction publique etc.), d'un égoïsme utilisable pour les autres *[plusieurs mots illisibles]* *et j'ajouterai :*

Danger extérieur, danger intérieur aussi. Si j'étais préservé de l'accident venu du dehors, <qui sait si> je ne serais pas empêché de profiter de cette grâce par un accident survenu au-dedans de moi avant que fussent écoulés les mois nécessaires pour écrire ce livre. Quand tout à l'heure je reviendrais chez moi par les Champs-Élysées[1], qui me disait que je n'irais pas comme ma grand-mère y alla avec moi, un jour devant[a] être pour elle le dernier, dans cette ignorance qui est la nôtre aussi, d'une aiguille qui est arrêtée et qui ne sait pas, au point où le ressort déclenché de l'horlogerie va sonner l'heure ? L'heure ! mais <la> dernière heure. Peut-être ma crainte d'avoir déjà parcouru presque tout entier la minute qui la précède, quand déjà le coup se prépare, le coup dans mon cerveau, peut-être cette crainte était-elle comme une obscure connaissance de ce qui allait être, un reflet dans la conscience de l'état précaire du cerveau dont les artères vont céder, ce qui n'est pas plus impossible que cette acceptation de la mort qu'ont les blessés qui quoiqu'ils aient gardé leur lucidité, que le médecin et le désir de vivre les trompent, disent : « Je vais mourir, je suis prêt », et écrivent à leur femme. Moi, c'est autre chose que j'avais à écrire mais plus long[2].

Quand je parle de l'accident de voiture (auto plutôt) que je redoute maintenant ajouter capital. Mais que maintenant que je me sentais porteur d'une œuvre[3] rendait cet accident plus redoutable, même (dans la mesure où cette œuvre me semblait nécessaire et durable) absurde, en contradiction avec mon désir, avec l'élan de ma pensée, mais nullement moins possible pour cela, puisque les accidents matériels étant produits par des causes matérielles peuvent parfaitement avoir lieu au moment où des pensées fort différentes les rendent détestables, comme il arrive chaque jour dans les incidents les plus simples de la vie où pendant qu'on désire de tout son cœur de ne pas faire de bruit à un voisin une carafe posée trop au bord tombe et le réveille, ou le soir, où l'on est à bout de force et où une crise va vous prendre si on est encore deux minutes avant de se coucher, une boule d'eau chaude heurtant quelque chose dans le lit se brise, l'inonde et il y a pour plus de deux heures à se coucher *(mais mettre les deux exemples en commençant la phrase. Mais comme un accident matériel est causé et de même que ne voulant pas faire de bruit, ainsi le fait que l'accident de voiture fût devenu plus redoutable ne le rendait pas moins possible.) Et de là passer aux accidents intérieurs (attaque)* *[interrompu[4]]*

Faute de place : quand je parle de la maladie et de la mort (capital). D'une part la maladie m'avait rendu service comme un rude directeur[5] qui m'avait fait renoncer le monde : « En vérité je vous le dis si le grain de froment ne meurt après qu'on l'a jeté en terre, il demeure seul, mais s'il meurt il portera beaucoup de fruits. » Seulement une des conditions de mon œuvre était l'approfondissement d'impressions qu'il fallait d'abord recréer par la mémoire. Or elle était usée *(mettre ce que j'ai fait dans ce cahier sur ma mort et aussi ce que je dis dans le cahier de brouillon gris[1] (après la mort d'Albertine) sur l'affaiblissement de ma mémoire que j'ai écrit après la visite où je rencontre Mlle de Forcheville — et réservé)*.

Esquisse LXI

[FAIRE « "LES MILLE ET UNE NUITS" DE SON TEMPS »]

[Ce fragment du Cahier 57 a visiblement pour but de dissiper le malentendu qui pourrait se glisser dans la référence aux « Mille et Une Nuits ». Elle rappelle que les modèles anciens qui sont à l'origine du désir d'écrire, ne sauraient être « imités », toute œuvre étant située dans les données nouvelles qu'apporte chaque époque et qu'elle doit refléter. La plupart des exemples donnés ici seront d'ailleurs éliminés dans l'édition, et l'idée qui l'inspire condensée dans la formule : « Ce serait un livre aussi long que "Les Mille et Une Nuits" peut-être, mais tout autre. »]

*Quand je dis qu'on fait *Les Mille et Une Nuits* de son temps[2] sans le savoir, dire au lieu de « *Les Mille et Une Nuits* », les « *Mille et une Nuits* ou les *Mémoires de Saint-Simon* ». Et ajouter :* on ne fait cela que si on n'a pas voulu le faire, ce sont des buts qu'on n'atteint qu'en visant ailleurs. Car la nature se trouvant sans cesse par le jeu même du Temps en face de nouvelles données, un même pouvoir créateur ne peut avoir qu'un résultat différent. Une copie manquerait justement de ce pouvoir créateur qui fait la beauté de ces œuvres. Réciproquement c'est dans des choses différentes qu'il faut savoir reconnaître les mêmes lois. Mais éternellement une superstition matérialiste fait que dans les œuvres d'art on ferme à son époque le droit au changement (qu'ont eu les autres) et la nouveauté choquante ne semble commencer qu'à Monet, qu'à Toulouse-Lautrec *(Moreau[3])*, qu'à Debussy. Et dans l'ordre des faits si[a] on invoque aux yeux du dreyfusard son propre dreyfusisme pour qu'il ne soit pas Haute Cour, anticongréganiste, antigermanique il répondra : « L'enseignement congréganiste est contre nature, fait des monstres, l'affaire Dreyfus était entre Français, la race allemande veut l'anéantissement de la France de tout temps etc. Ce n'est pas la même chose. » Car personne ne comprend que même quand c'est la même chose cela revêt un autre aspect et que c'est parce que c'est la même chose que la réalisation ne peut être la même.

Esquisse LXII

[L'INTERMÈDE DURANT LA DERNIÈRE MATINÉE]

[Cahier 57. L'audition musicale ayant lieu lors de la dernière matinée consacrait d'abord l'importance symbolique de la musique de Wagner. Un passage du Cahier 57, que nous donnons dans l'Esquisse XXIV[1]*, rappelle que la découverte du narrateur avait été conçue comme une illumination « à la "Parsifal" ». En 1913, toutefois, la création du personnage de Vinteuil amènera Proust à décrire l'œuvre de ce musicien, d'abord dans les Carnets 3 et 4*[2]*, puis dans le fragment du Cahier 57 consacré au Quatuor de Vinteuil, que le narrateur entend à travers la porte donnant sur le grand salon (voir l'Esquisse* XL*, deuxième fragment). Ce Quatuor, devenu Septuor, sera déplacé dans « La Prisonnière ». La musique de Vinteuil reste dès lors associée à la méditation esthétique du narrateur, mais ne paraît plus dans « Le Bal de Têtes ».*

Des fragments abandonnés que nous donnons ici, les trois premiers montrent comment l'audition musicale a été mise en parallèle avec le thème du vieillissement et la satire des mélomanes ou du public mondain, qu'il s'agisse encore de « Parsifal » ou de la Sonate qui donne lieu à un épisode burlesque (dernier fragment). Ces textes ne sont pas sans rappeler certaines pages du concert chez Mme de Saint-Euverte (voir t. I, p. 330-331). Les troisième, quatrième et cinquième fragments sont consacrés à un vieux chanteur et à sa femme ; le plus pathétique (troisième fragment) semble avoir été rédigé durant la guerre. Il sera ultérieurement remplacé par la récitation de Rachel et par d'importants ajouts au manuscrit, sur les rapports de l'actrice et de la Berma.]

Le grand hall de la princesse avait un peu l'air d'une église et, aux galeries du premier étage *(chercher le terme technique),* d'anciennes maîtresses de piano, artistes pauvres et protégées de la princesse, s'étaient réfugiées là où sont dans l'église les œuvres de miséricorde, les joues bariolées du rose de la vieillesse, les plus modestes et suppliantes penchaient dans une attitude humble et douloureuse que leur faisaient <prendre> les chants qu'elles attendaient, comme si la musique avait suscité autour d'elles toute une statuaire de bois, pathétique et polychromée. Chez la comtesse de Morienval[a] aussi l'expression qu'elle avait habituellement, de finesse qui prétend démêler, qui est accessible à ce qui est délicat avait fini par engendrer des fossettes, puis une bouche placée, par caprice, comme un chapeau d'Arlequin, tout de travers, si bien qu'elle aussi avait l'air d'avoir eu une attaque. Et fixant sur les instrumentistes comme un sourire amusé, elle semblait, d'un air fin et perspicace, chercher à démêler comment ils jouaient, et pour voir ça de plus près, elle avait pris son face à main et regardait leur jeu comme on regarde un plat, afin de voir comment c'est fait et de pouvoir le dire en rentrant à sa cuisinière. Quand je m'approchais de tous ces gens *(mettre une phrase peut-être pas tout à fait là)*, bien que je fusse tout près d'eux, ils me regardaient comme si j'étais très loin, me disant : « Ah ! comme il y a longtemps », mais d'une voix faible comme s'ils me parlaient de l'autre côté d'un grand fleuve qui mettait entre nous de l'espace et élevait des brumes, que leur regard cherchait à percer et ce fleuve, c'était le fleuve du Temps. Pendant tout *Parsifal*[1], une personne réservée, laissait palpiter dans ses yeux un sourire réprimé et hésitant, qui semblait l'annonce d'un bonjour qu'elle avait souhaité que je lui fisse ; et soit bonté, soit gêne, soit bêtise, je vis que pendant les plus sublimes moments de Parsifal elle ne pensait qu'à une chose : embarras de ne pouvoir me dire bonjour. Je cherchai vainement à quelle femme connue autrefois je devais appliquer ce visage mutin, confus et souriant. Je ne sus que plus tard que c'était à Mme Cottard. Cependant[a] pendant toute la fin de l'acte un jeune homme[b], peut-être le petit Chemisey[2], avait fait ses préparatifs pour se frayer un passage qu'il avait combiné d'avance comme un assiégé combine une sortie. Il dérangea cinquante personnes, fit lever des dames, déchira des robes, et arrivé près de moi, me dit : « Comme ils ont bien joué n'est-ce pas<?> » Ayant[c] dit ces paroles son violent désir se trouva satisfait, il repartit et il eut tant de peine à regagner sa place que les musiciens durent attendre dix minutes avant de commencer l'acte à cause du bruit qu'il faisait. Des jeunes filles balançaient la tête d'un air mutin chaque fois que les rythmes devenaient très perceptibles. Cela m'amusait de les regarder. Elles s'en aperçurent, arrêtèrent progressivement leur balancier et comme elles croyaient que je m'étais moqué d'elles, encore rouges de colère, me montrèrent en riant à une voisine pour que ce fussent elles qui eussent l'air de se moquer de moi. Quant à M. de *[interrompu]*

À propos de la musique qu'on entend dans ce Cahier ajouter (capital) les personnes mélomanes non seulement se regardaient avec connivence à chaque air qu'elles aimaient mais avaient l'air de montrer l'air lui-même comme un délicieux enfant dont elles se signalaient silencieusement les grâces tandis qu'il s'ébattait divinement. Même, pour montrer comme elle le connaissait bien, Mme de Cambremer mettait son index debout devant sa bouche appuyé sur le bout de son nez comme prête à indiquer une mesure que le silence du lieu l'empêchait de battre ou peut-être d'indiquer par ce signe « chut » le silence qu'elle était obligée de garder.

Capitalissime

Pendant que je songeais, un des chanteurs qui devaient chanter et sa femme entrèrent timidement, paraissant, par habitude d'être comptés pour rien par les domestiques, relire une dernière fois leur rôle. Lui, prématurément vieux, tout blanc, ne trouvait[d] plus d'engagements au théâtre depuis longtemps malgré son grand talent. Mais il donnait des leçons, courait le cachet par tous les temps, pour nourrir sa jeune femme et ses enfants. La dignité de sa vie, laborieuse et si dure, sa bonté, éclataient dans son visage de vieillard surmené. En les voyant pris d'une pitié comme je l'avais déjà été au moment de la maladie d'Aimé[1] je me disais que j'avais trop été intéressé jusqu'ici par les curiosités du vice et qu'il y avait quelque chose de plus beau et de plus poignant dans la vertu. Puis toute mon existence s'était trop passée au milieu des gens riches ou s'ils étaient pauvres, assurés par la fortune des riches, comme l'était Françoise, grillon sûr de notre foyer. Tandis que le vieillard quelque malaise qu'il éprouvât, toussant, grelottant de fièvre, quand il neigeait, sans avoir les moyens de prendre des voitures, il lui fallait sortir, aller chanter où on voulait bien de lui pour la nourriture des enfants, la petite élégance de la femme, leurs pauvres « matinées d'élèves » où ils se croyaient obligés à des rafraîchissements. Jamais de repos, jamais pouvoir penser à soi, à la fatigue de l'âge. On comprend que les cheveux fussent devenus vite blancs, que se fussent gonflées ces veines, comme devaient l'être ces artères qui se rompraient un jour où on trouverait le pauvre artiste tombé mort, dans la boue ou la neige, en courant pour attraper un autobus. La robe de la jeune femme en sa grâce apprêtée ne me faisait pas moins de chagrin. Je sentais tout ce que représentait de fatigue, pour le vieux mari et pour elle, le prix qu'avait dû coûter ces manches si ornées[a] ; elle s'était crue obligée pour venir chez la princesse de Gue<rmantes> qui la paierait bien mal ou ne la paierait pas du tout <et qui> sans doute <n'apprécierait guère son talent, pas plus que celui de son mari non seuleme>nt si bon, si loyal qui n'avait rien <demandé pour son> travail, mais aussi si grand artiste, et à la femme <qui était une re>marquable artiste aussi. On ne comprenait pas pourquoi elle n'avait pas, seule de tant de chanteuses qui avaient toutes moins de talent qu'elle, trouvé d'engagement. Elle aimait ce mari plus âgé qu'elle, il n'eût pas été jaloux la sachant sage. Mais aucun directeur n'avait voulu d'elle.

D'ailleurs[b] il faut dire que cet effort ne fut pas absolument sans résultat bien qu'il eût le seul auquel l'artiste n'eût pas tenu. Car la princesse de Guermantes ayant invité un secrétaire pauvre de son mari *(si on peut mettre un nom — Aimé ? — ce sera mieux)*, il trouva toutes les femmes élégantes vraiment pas élégantes et le dit avec la présomption et la mauvaise éducation des gens du commun *(peut-être Charley[2])*. Celle qu'il trouva le mieux et que je pus enfin identifier sur sa description, qu'il avait trouvée plus distinguée, plus élégante, plus belle, plus comme il faut que les autres, était précisément la seule qui ne fût pas du monde et sans doute justement à cause de cela et parce qu'elle avait porté à leur maximum le genre d'effort que la mère ou les sœurs de Charley faisaient quand elles voulaient être habillées ou paraître distinguées.

Capital. Pendant la matinée : je me tus brusquement, c'était le vieux chanteur que j'avais vu au buffet et sa jeune femme qui venaient chanter leur duo. Tout le monde continuait de parler, malgré tous leurs efforts pour chanter malgré cela le mieux possible. Seulement le vieux chanteur eut un regard involontaire et furtif d'adorable encouragement pour sa jeune femme à la voix tremblante de qui il sentait qu'elle était troublée par un pareil accueil. Cette matinée leur fit beaucoup de tort car la princesse de Guermantes crut drôle de dire qu'elle avait trouvé ses deux chanteurs détestables. Elle oublia d'ajouter qu'elle ne les paya pas. C'est pour rien que la jeune femme avait pour sa robe dépensé trois cents francs, que son mari gagna en prenant une bronchite[a].

Phrase à ajouter à ce Capitalissime (à placer cette phrase après celle (sans doute) où je dis qu'on le trouvera mort[1]).

Les travailleurs[2] pauvres, comme les malades, comme nos saints soldats savent, ignoré du loisir, ce qu'est la vie ou plutôt ce qu'est la mort et la résurrection. Eux donnent par leur fatigue une partie de leur vie qu'ils sentent retranchée d'eux pendant des heures précaires où ils ne sont plus en état de faire face à aucune tâche, à aucune souffrance, aux simples fonctions de la vie, se sentant à côté de la mort. Eux seuls, s'ils pensent encore éprouver le miracle du sommeil et du repos, peuvent dormir deux nuits de suite et tout d'un coup étonnés, au troisième matin du troisième jour, sentir se lever la pierre et chanter le soleil triomphal de la résurrection.

Quand[b3] je parle du pianiste qui a l'air de courir après la Sonate (ici ou à Balbec ou chez les Verdurin). Oui c'était comme si, dans un plan autre que celui du monde extérieur (il y en a beaucoup d'engendrés à tout moment sans que notre perception qui rapporte tout à l'étendue ait l'air de s'en apercevoir — par exemple quand nous pensons), on eût tout d'un coup, comme on fait sortir d'une cage un rat fabuleux, lâché la Sonate. Les instrumentistes avaient l'air de courir après elle, le pianiste franchissait d'un bond les notes écrites, accrochant au passage <celles> qui ne l'étaient pas, suant, soufflant, faisant sentir la rapidité musculaire de son poignet, cherchait en vain à la rattraper ; et cet ensemble de sensations musculaires dont l'amalgame indique les « moyens du virtuose » et qui interposent entre l'œuvre et l'auditeur un si fâcheux écran n'étaient pas pour les auditeurs comme cela aurait dû être un signe de la médiocrité de l'exécutant mais de sa maîtrise. On se sentait frappé comme le piano lui-même et dans les moments de répit qu'on prenait pour la fin du morceau les applaudissements partaient d'eux <-mêmes> et quand on s'était aperçu en entendant les notes reprendre qu'ils étaient prématurés on les continuait un instant encore pour qu'ils eussent l'air d'avoir été motivés par un suffrage voulu décerné à l'interprète plutôt que par une erreur commise au sujet des subdivisions de la Sonate.

Esquisse LXIII

[LA DUCHESSE DE GUERMANTES]

[Cahiers 57 et 74. Le portrait de Mme de Guermantes, dans les ajouts de 1913-1916, est celui d'une femme encore jeune. Les fragments que nous donnons ici révèlent la manière dont l'auteur finit par noircir son caractère et par l'enlaidir.]

LXIII.1.

Quand je vois Mme de Guermantes.

Elle portait une toilette sur laquelle chacun lui fit compliment et en effet elle s'habillait, disait-on, mieux qu'autrefois. Mais comme les églises les robes n'étaient plus pour moi des êtres existant en eux-mêmes, comme avait été pour moi telle robe de velours rougeâtre qu'on m'avait dit depuis être fort laide mais qui restait dans mon souvenir quelque chose d'aussi vivant, y ouvrait autant de flots de vie que l'abside de Combray. Et d'autre part Mme de Guermantes n'était plus assez jeune pour que je prisse plaisir à goûter artistement sur elle, comme Elstir le faisait sur les femmes qu'il voyait passer, la délicatesse de son *[un blanc]* ou l'arrangement de son chapeau. Une seule chose me plut qui comme je le dis devant Mme de Chemisey me fit mépriser par elle qui dit : « C'est justement ce que j'aime le moins », et elle avait raison au point de vue goût qui m'est indifférent. C'était une certaine surcharge de petits objets, et de dentelles, compliquant un peu le dessin des revers qui me donnait une impression de poésie parce que[a], reste de son goût, ou mauvais goût d'autrefois, c'était sur sa toilette d'aujourd'hui quelque chose de plus ancien que sa toilette d'aujourd'hui, quelque chose qui n'était pas dans ses toilettes d'autrefois, mais se dessinant en quelque sorte naturellement entre les deux, comme certains ornements qu'il y avait dans la peinture d'Elstir ou certains rythmes dans la prose de Bergotte, une entité[a] immanente à toute mode, mais à plusieurs des robes qu'avait portées Mme de Guermantes, d'une robe générale, s'adressant en moi à un être plus général, la robe de Mme de Guermantes.

Mme Swann, la duchesse de Guermantes, la princesse de Guermantes, comme elles m'avaient paru différentes des autres femmes, différentes entre elles au temps où, comme un pianiste ou un peintre copiste plein de flamme et de talent, je mettais tant d'âme dans les mêmes traits de leur visage, je les repensais, je les conduisais, je les arquais[b] selon un même sentiment. Alors chacune était un chef-d'œuvre qui n'avait aucun rapport avec les autres et où tout se tenait. Les petits boutons des manches qui serraient un peu les poignets de Mme de Guermantes dans ses jaquettes du matin quand elle partait en promenade[c], ils étaient presque aussi chargés que ses yeux clairs, que son nez trop busqué, que ses cheveux blonds, <de> cette âme particulière, de cette vie étrange, qui, quand je la voyais par les matins de printemps ouvrir son ombrelle blanche bombée comme une voile, me semblait la lester comme un jeune navire des mystérieuses cargaisons d'un monde lointain.

Suite du verso précédent[d]

Mme Swann ! la duchesse de Guermantes, la princesse de Guermantes qui <étaient> chacune d'une essence pour moi, d'une vie si particulière qu'elle circulait comme un souffle délicieux, reconnaissable entre tous, dans ce qui même ne faisait que dépendre d'elles, leurs robes, leur écriture, leur papier à lettres, leur antichambre, et embaumait à jamais les endroits où je savais qu'elles avaient passé, et qui maintenant me semblaient à peine faciles à distinguer de tant d'autres femmes, découpées selon un dessin <à> peine différent dans la même matière. Je comprenais que là encore ce qui avait fait la différence des choses, la réalité des actes, l'original enchantement des heures, c'était de la pensée. Et c'est parce que maintenant, comme un exécutant, un copiste médiocre qui ne sait plus repenser les œuvres, croquer selon un même sentiment chaque trait, je me peignais à moi-même froides et indifférentes cette Mme Swann, cette duchesse de Guermantes, cette princesse de Guermantes qui jadis, <quand> j'aimais en elle une entité préconçue, m'apparaissait chacune en sa splendeur originale aussi différente dans les fresques générales qu'était alors pour moi le monde que dans celle du Louvre, de Rome et du palais des Doges,... et Venise

Reine des mers. Quelle déception. Ce n'était pas dans ces corps mais dans ma pensée. Une déception ; non une encourageante indication. Si ces trésors étaient dans la pensée, n'était-ce pas sur elle qu'il fallait désormais m'appuyer ; n'était-ce pas en elle qu'il fallait chercher la vie de ces cités, de ces corps qui défaillaient quand ma pensée ne les soutenait plus ? Et pouvais-je m'attrister puisque je me rappelais maintenant que, quand j'avais revu ma grand-mère pour la première fois en rentrant de chez Montargis et déjà à Combray, dans le petit jardin le soir, quand je voyais Swann, je m'étais rendu compte, je m'étais dit que voir c'est penser ; l'erreur était toujours de ne pas me rendre compte que nous vivons, même notre vie avec les autres, notre vie extérieure, au-dedans de nous.

Alors son corps, son nez busqué et long, sa taille cambrée me semblaient seulement la vive entaille, les hardis saillants de sa personnalité unique mordant par réaction sur l'atmosphère traversée et sur laquelle elle mordait, elle se gravait à l'eau-forte avec l'acidité d'une substance inconnue dont le dégagement chimique me prenait si fort à la gorge que j'étais obligé de me retenir pour ne pas crier. Comme tout le reste du monde s'opposait à elle, dépourvu qu'il était de cette essence spécifique qui était la sienne, et comme en revanche j'aurais été capable d'en extraire quelques choses aussi bien que j'en subissais l'action, aussi bien que dans ses yeux clairs et ses cheveux blonds, dans les petits boutons qui serraient contre le poignet les manches de ses jaquettes matinales...

⋆Capitalissime ces trois personnes. Mme de Rezké-Legendre, jeune Serpinacio, Mme de la *[un mot illisible]* ne serviront pas nécessairement. Ajouter aux personnes vieillies⋆

La duchesse de Guermantes, rose et blonde, avait comme un air de lassitude qui tenait à ce que <non seulement> cette matinée, mais la vie elle-même durait depuis déjà bien longtemps. C'était avec une fatigue qui lui donnait un air de dureté, de tristesse et presque de maladie qu'elle continuait de garder, appliquée à son visage, sa pesante beauté. Cette beauté d'ailleurs s'effritait par endroits et comme ces espèces animales ou végétales qui ayant trop duré s'hybrident, et ressemblent tellement à d'autres qu'on se demande s'il y a vraiment une ligne de démarcation infranchissable entre les espèces, de même Mme de Guermantes maintenant ressemblait tellement à une célèbre[a] princesse que j'avais connue encore belle et déjà vieille, et qui n'avait aucun rapport avec la duchesse de Guermantes, qu'en voyant combien le type de la duchesse approchait de la limite où il deviendrait le type de cette autre femme on doutait que l'individualité fût quelque chose d'absolu et d'où l'être humain ne pouvait s'évader.

Quand je vois la duchesse douairière de Guermantes dans cette matinée. Ses cheveux gris qu'elle portait maintenant relevés dévastaient en quelque sorte son visage, y faisaient plus grande presque illimitée comme dans un paysage dénudé, la part des yeux, le ciel captif d'Île-de-France où la lumière semblait comme à la fin de l'après-midi briller plus douce. Il semblait que dans la voix j'aurais dû trouver aussi plus de douceur dorée, « de l'arrière-saison le rayon jaune et doux[1] ». Mais la fréquentation des artistes, l'affectation de naturel, de drôlerie, de dire des gros mots lui avait donné quelque chose de presque canaille où l'engueulade du voyou semblait frisée par la lenteur de la province comme dans cet accent composite d'un chanteur aujourd'hui oublié Fragson[2] où on ne pouvait faire la part de l'anglais et du montmartrois. Et ce n'est que dans les phrases où elle ne mettait pas d'intonation, dans les hésitations involontaires grassement dorées et traînantes que je reconnaissais la lumière attardée sur le porche d'or de l'église.

LXIII.2.

En tous cas (ce qui n'a pas de rapport) dans le dernier chapitre Mme de Guermantes me dira : « Je crois bien qu'ils[3] sont au Luxembourg. Je les regrette assez. Ils sont admirables. Je vous dirai que j'ai aimé cela quand personne ne l'aimait. Il n'y avait que ce pauvre Swann et moi qui disions que c'était d'un homme de génie. Je les ai donnés à la pauvre Hedwige pour lui faire plaisir et parce que Basin avait envie de deux de ses bottes[4]. Mais je ne peux pas vous dire ce qu'ils m'ont toujours manqué depuis *(il faudra la première fois, que le duc me dise : « Ça n'est évidemment ni *La Source* d'Ingres ni *Les Enfants d'Édouard* de Paul Delaroche. Il n'y a pas à se mettre martel en tête là-dessus ni à écrire un in-folio. Il n'y a pas besoin d'être grand érudit pour aimer cela[5])*. Mais tenez, mon cher ami, expliquez ça comme vous voudrez. Regardez comme c'est curieux, ajouta-t-elle en prenant une expression doucement mélancolique et rêveuse, le pouvoir des belles choses. Vous savez les goûts de Basin. Lui n'a jamais été d'accord avec moi, il n'aime pas cette peinture-là. » Ses beaux yeux intelligents devenaient plus intenses comme cherchant à se rendre compte à elle-même et à bien me peindre pourquoi son mari n'aimait pas cela. « Lui, vous savez, c'est un idéaliste, dans une poésie, dans un tableau, il lui faut une pensée.

Eh bien, malgré cela, son œil s'y est fait. De même que maintenant il dit : "Oui nous pensons aller à l'Opéra, il y a *La Walkyrie*", lui qui craignait cela comme le feu, eh bien il trouve un certain plaisir à voir des Elstir. Je ne vous dirai pas qu'il aime ça. Mais enfin il n'a plus la même hostilité d'autrefois. On se fait à tout, on change, surtout on vieillit, ajouta-t-elle d'un ton mélancolique. Ah ! mon pauvre petit, la vie est une chose affreuse. » Elle le disait très souvent et l'accompagnait à propos[a], de son joli regard. Depuis qu'elle vieillissait, elle le disait sincèrement.

Esquisse LXIV

[FRAGMENTS SUR DIVERS PERSONNAGES DE LA MATINÉE]

[Depuis les premières ébauches du « Bal de Têtes », Proust a considérablement remanié la liste des invités figurant dans la dernière matinée chez la princesse de Guermantes. Nous regroupons tout d'abord des passages du Cahier 57 relatifs à divers personnages qui n'apparaissent plus dans le manuscrit du « Temps retrouvé » : Mme Goupil, un personnage de Balbec, un camarade de Saint-Loup à Doncières, deux jeunes ducs autrefois rencontrés chez Mme de Villeparisis (quatre premiers fragments). À ce groupe appartient le portrait de la sœur du prince de Sagan, tiré du Cahier 74 (cinquième fragment). Quant aux fragments consacrés à la princesse de Guermantes (sixième fragment), à M. et Mme Verdurin (septième et huitième fragments), ils sont évidemment antérieurs au mariage de cette dernière avec le prince de Guermantes. Avant 1916, M. et Mme Verdurin formaient un trait d'union entre le premier et le dernier volume du roman. Suivent trois ébauches, non reprises, consacrées à Bloch (neuvième, dixième et onzième fragments) ; une note vraisemblablement rédigée au début de la guerre (neuvième fragment), prévoyait la mort de ce personnage. Dès 1916, toutefois, Bloch redevient, avec Gilberte, sa mère et Legrandin, l'un des rares personnages de Combray qui assistent à la dernière matinée, et son succès social illustre les changements survenus dans le « kaléidoscope mondain ». Dans un fragment ancien de ce reliquat (douzième fragment), Saint-Loup, encore nommé Montargis assiste à la réception aux côtés du narrateur. Nous ajoutons un brouillon abandonné (treizième fragment) consacré à M. d'Argencourt.]

J'aperçus une femme inconnue. Un mot que j'entendis me révéla que c'était Mme Goupil[1], et d'ailleurs il y avait possibilité en faisant subir à ses traits une retouche inverse à celle qu'y avait apportée le Temps de comprendre que c'était elle. C'était elle et elle avait dans sa mémoire des tableaux où elle me renvoyait car elle me regarda longuement. Et pourtant ce n'était pas elle. Car les formes nouvelles qu'avaient prises son nez, ses joues, n'étaient pas seulement d'autres dessins mais des caractères qui avaient une autre signification, comme si elle était offensée, aigrie, au point que je me demandai si son cerveau n'était pas un peu dérangé. J'aurais dû la saluer. Mais il y a des étendues de notre vie si détachées de nous que les êtres qui y reposent comme dans un fragment de continent détaché et emporté comme une île à la dérive, nous nous croyons excusés de manquer à tout devoir avec eux, dans l'impossibilité de faire son devoir avec tout le monde, comme ces gens généreux qui, ayant donné d'énormes pourboires à presque tout le monde en quittant un hôtel, font semblant, à cause de l'heure du train qui presse, de ne pas voir le garçon du bar qui vient à la portière de l'omnibus. Je ne saluai pas Mme Goupil. Et elle quitta la matinée avant la fin. Si elle m'eût été indifférente je n'eusse formé dans la suite aucun vœu relativement à elle, mais elle ne me l'était pas, j'avais toujours eu beaucoup de sympathie pour elle. Aussi je formai deux vœux. Ce fut, ou bien qu'elle perdît son mari qu'elle adorait afin que j'eusse l'occasion de lui écrire une lettre telle qu'elle penserait que je n'avais rien oublié du passé, ou qu'elle mourût elle-même, afin que le peu d'existence qu'elle avait encore pour moi s'anéantît complètement et qu'elle ne pût plus me juger injustement et me croire ingrat envers elle.

Quand je parle de Bloch à cette matinée (ou bien alors mettre cela sans Bloch, et pas chez les Guermantes, dans ce que je résume de la guerre). Il fut assez déconcerté d'y rencontrer l'ancien gros joueur de baccara de Balbec[1] qui avait le type de saint Paul dans les illustrations couleur locale de l'Évangile. Cet homme obscurément richissime était vulgaire et laid mais plus généreux et plus patriote que bien des français qui n'étaient pas juifs. Tous ses enfants avaient servi pendant la guerre avec un grand courage. Et il avait comblé de sommes si colossales les œuvres patriotiques de la princesse de Guermantes que celle-ci le regardait comme une sorte de providence et ne donnait pas une réception sans inviter toute la famille qui par discrétion s'abstenait. Mais lui, qui avait un culte pour la beauté et pour la bonté de la princesse, était enfin venu cette fois-ci et sa présence eût stupéfait bien des juifs plus élevés que lui dans la hiérarchie d'Israël et qui cependant étaient bien loin d'être arrivés au niveau de pénétrer chez les Guermantes.

Quand je parle des gens qui ont vieilli. (Peut-être à ajouter à ce que je dis de Luynes[2], peut-être pour mêler avec l'idée de bal masqué que cela présente sous une autre forme[a3]). Je reconnus Mertian malgré ses cheveux blancs de vieillard. J'appris avec surprise qu'il était colonel en retraite. Car j'avais gardé l'idée qu'il était un jeune homme et à vrai dire il l'était resté pour moi.

La vieillesse n'était ainsi qu'une espèce de travestissement. J'avais presque envie de le féliciter comme à un bal costumé. « Ah vous êtes très bien en colonel. » Mais je crus qu'il s'était blessé en voyant combien il avait de peine à marcher[a].

À mettre à un de ces endroits (sur le vieillissement). Je reconnus les deux jeunes ducs que j'avais rencontrés chez Mme de Villeparisis. Mais je ne les reconnus que comme on fait dans les rêves ou dans les expositions, alors que le personnage évoqué ou peint <ne présente qu'> une vague resssemblance avec celui qu'on a vu dans la vie[b].

Une femme[c] encore jeune m'intéressa particulièrement à regarder parce qu'on me dit qu'elle était (quoique s'il eût été encore vivant il eût eu quarante[d] ans de plus qu'elle) la sœur du prince de Sagan, lequel étant mort n'était plus qu'un nom, ou plutôt était devenu un nom, c'est-à-dire bien plus qu'il n'était. Je connaissais des hommes, le duc de Guermantes par exemple, qui avaient une réputation d'élégance encore bien plus grande que le prince de Sagan et tiendraient dans les Mémoires de notre temps une place plus importante. Mais ce n'est pas seulement le génie et le talent qui sont offusqués par la personne physique que nous connaissons. C'est même simplement l'élégance ou l'importance mondaine. Avoir l'habitude de dîner avec quelqu'un est un coup de massue terrible à sa possibilité d'être pour nous un personnage historique. Les hommes du monde n'entrent dans l'histoire anecdotique, quand ils doivent y entrer, qu'à la façon dont les peintres entrent au Louvre, c'est-à-dire morts.

Certes, pour les mille nuances dont se marie, entre des fleurs de l'espèce la plus rare, la pureté d'un sang précieux, il n'y aurait pas eu moins d'intérêt à suivre, du duc de Guermantes au baron de Charlus, du baron de Charlus au marquis de Saint-Loup, du prince de Sagan à son frère et à sa sœur, à ses neveux, de Metternich[1] à sa descendance, la pureté d'un sang précieux.

Mais lui, je n'avais fait que l'apercevoir, je n'avais de lui que deux images passagères, je connaissais surtout sa légende. Il était mort et je trouvais merveilleux de pouvoir confronter à cet être légendaire une jeune femme existante, de pouvoir parler à une dame qui était la sœur de celui qui n'était plus qu'un nom, ou plutôt qui était devenu, qui s'était haussé jusqu'à devenir, un nom.

Mais si la princesse, en son profil admirable, ses yeux d'une dureté et d'une fixité involontaire <s[e]> parce qu'elle ne m'avait pas encore bien reconnu, était si exactement pareille à ce que je l'avais vue pour la première fois que l'image d'aujourd'hui traversant l'atmosphère pouvait venir s'appliquer exactement, le prince, lui, s'il n'était pas costumé *[interrompu]*

Même cette seule figure que je n'avais pas vue très souvent de la princesse de Guermantes, toujours semblable, posant si bien, avec son profil immuable, ses yeux fixes et durs, ses toilettes toujours du même genre, sur les images que j'en avais, combien de lacets de route avais-je fait, et combien les amitiés[a] de ma vie avaient changé pour que, me retrouvant à diverses reprises devant le même visage immobile et les mêmes yeux durs, ils eussent signifié pour moi successivement — comme si cette image identique ne venait là que pour exprimer les changements de ma vie, le premier soir au théâtre une femme que je pensais ne connaître jamais, plus tard chez elle une femme chez qui je pensais à peine croire qu'elle m'avait invité, aujourd'hui une amie qui aurait été heureuse d'inviter ma tante[1]. Aussi belle veuve que au premier soir devant sa loge mais liée à trop de choses connues pour avoir gardé son emploi d'alors.

*Dans la scène de la vieillesse qui change tout le monde *capital.** M. Verdurin s'approcha de moi. Je faillis lui demander ce qu'il avait, il était rendu à peine reconnaissable par d'énormes joues excessivement rouges qui lui fermaient à moitié la bouche et les yeux, si bien que je restais hébété devant lui, craignant de manquer de cœur en ne m'apitoyant pas et de manquer de tact en lui demandant ce qu'il avait. Mme Verdurin s'approchant de moi me dit : « Eh bien, cela vous fait plaisir de le voir. » Comme elle ne parlait de rien je n'osai pas parler le premier de *ce* que j'avais remarqué. Pour tâcher de lui faire fournir des explications, la première je lui dis : « Et il va bien ? — Mais mon Dieu oui, pas trop mal », dit-elle comme si elle ne s'*en* était <pas> aperçue[2]. Alors je compris que cela, c'était seulement qu'il avait vieilli, changé et que sa figure c'était un des masques du Temps qu'il avait été obligé de revêtir.

Si c'est possible Mme Verdurin pour témoigner du dédain s'en ira avant tout le monde et avant l'arrivée de Bloch ce qui me permettra de faire cette scène (Griolet, Sul<z>bach[3], Polignac).

Soit désir de témoigner une amabilité particulière à une roturière, soit que le dédain de Mme Verdurin lui imposât vraiment, mais surtout parce que faire quelques pas, se déranger, sont chose agréable pour celui qui sait qu'on verra là qu'il accorde une distinction (et comme son cousin Charlus, M. de Guermantes aimait fort à jouer le roi ou le ministre, se rappelant que Louis XIV invitait Molière et que le cardinal de Richelieu faisait se couvrir Desmarets et Gombau<l>d[4]), le prince, qui était à causer et à tenir cercle, au lieu de dire adieu à Mme Verdurin comme à une autre invitée, traversa avec elle tout l'immense salon, lui disant : « Trop heureux de passer quelques instants de plus avec vous », et attendit avec elle à la porte qu'on fût allé chercher ses affaires. Bloch arriva au moment où le prince s'inclinait pour dire <un au revoir> à Madame Verdurin que celle-ci reçut avec hauteur, et ne douta pas que l'orgueilleuse dame ainsi reconduite ne fût quelque majesté ou au moins une altesse impériale ou royale, comme il y en avait toujours quelques-unes chez les Guermantes. Aussi écarquilla-t-il ses yeux, pour bien y loger cette vision d'histoire et d'art qu'il décrirait quelque jour dans un livre. Il essaya de « penser » l'idée de royauté en regardant Mme Verdurin, et la fécondation de l'une par l'autre fut des plus heureuses ; Mme Verdurin en effet était belle, majestueuse, son front dont les cheveux blancs étaient relevés à racine droite semblait attendre la couronne. « Il faut avouer qu'elle a grand air », se dit Bloch. Il admira que dans un pareil moment le prince daignât le reconnaître et adressât à un si humble invité un bonjour léger mais distinct. Bloch sentit son cœur se gonfler d'une reconnaissance qu'il dissipa assez vite en se disant que sans doute il s'était jusqu'ici trompé sur sa propre importance qui était plus grande qu'il ne croyait. Il chercherait le lendemain dans le compte rendu du *Figaro* quelles souveraines ou altesses étaient présentes à la matinée de façon à pouvoir mettre exactement le nom illustre qu'il fallait sur l'auguste invitée qui avait si grand air. Ce fut Sa Majesté la reine de Suède qu'il trouva, ce qui ne l'étonna pas, comme il savait par son père que Mme de Villeparisis la connaissait. Aussi put-il soutenir quelque temps après, devant des gens qui n'étaient pas du même avis, que la reine de Suède était vraiment belle et avait l'air royal. Le rôle de cette souveraine avait été en effet admirablement joué par Mme Verdurin « avec son autorité coutumière ».

N.B. Ce qui est ci-dessus sur ce papier[1] y est mis faute de place. Mais je ne sais où cela se placera (mais dans ce chapitre[2]).

*Il sera mieux que Bloch soit mort (Caillavet[3]) et je tiens toute sa destinée près de moi comme un banc de sable qu'on a vu se former en quelques années, enfance (qu'on raconte maintenant, nos pauvres classes de Condorcet dans les journaux) *[un mot illisible]*, gloire qui fait rager Bergotte, et que détrône les gens de *La Revue française* (lui sera plutôt peut-être un Quillard[4]), de sorte que Bergotte plutôt content de sa mort. Ainsi Bloch s'ajoute à la liste des personnes qui sont mortes, liste qui me fait faire je ne sais quelle réflexion.*

*Dire que à cette soirée[5] Bloch connaît tout le monde. Quant à Mme Verdurin elle a une énorme situation, la joie[a] d'une classe de plus cherche à l'amuser comme la duchesse de Bourgogne

Mme de Maintenon[1]. Mais qui sait si tout cela ne se déferait *[interrompu]*

Quelque part dans ce chapitre (ou ailleurs !), si je le mets dans ce chapitre je présenterai Bloch à Gilberte (où il la connaîtra. Et je lui dirai qu'elle est la fille de Swann, comme quand je lui explique qui était l'un ou l'autre).* Les avanies qu'il s'était souvent attirées, comme quand il avait demandé chez Mme de Villeparisis si elle recevait le général de Boisdeffre et du Paty de Clam, auraient dû le guérir. Mais le souvenir d'avoir vu Tansonville quand il était venu nous voir à Combray, d'avoir eu des relations en chemin de fer avec Mme Swann excitait si vivement l'intérêt qu'il porta à Odette, à Gilberte, à leurs divers avatars mondains qu'il demanda tout crûment à Gilberte de lui raconter comment sa mère avait épousé son père, pourquoi elle s'était remariée, pourquoi elle, Gilberte, avait épousé Saint-Loup, si Swann avait plus ou moins de relations qu'elle avait maintenant, si Forcheville avait plus ou moins de relations que Swann : « Vous comprenez, je vous le demande à un point de vue purement balzacien, pour tâcher de reconstituer un roman », lui dit-il — et il s'aperçut seulement alors qu'elle lui avait tourné le dos et qu'il parlait dans le vide.

*(À mettre pour Montargis *[un mot illisible]*, Billy.)*

Et pourtant je pensais avec douceur qu'un jour peut-être, une des dernières scènes de notre vie nous mettant encore l'un[a] à côté de l'autre, Montargis et moi, méconnaissables sous notre perruque et notre costume de dernier acte, mais *[interrompu[b]]*

Et pourtant[2], comme si cette déperdition se compensait d'une sorte d'acquisition, je pensais avec plaisir qu'un jour peut-être dans bien des années nous nous retrouverions encore, Montargis et moi, l'un à côté de l'autre, méconnaissables dans notre costume de vieillards du dernier acte mais toujours dans la même pose de conjonction affectueuse, fruits prêts à tomber, mais l'un près de l'autre, qui pèsent davantage, sont plus pleins et plus doux, et couverts d'une poudre blanche. La même causerie sur deux chaises rapprochées nous paraîtrait plus belle, par cette conscience et ce souvenir de toutes les causeries pareilles au long des années, que les premières ne possédaient pas. Et au sein de la familiarité même, chacun ne parlerait à l'autre qu'avec une sorte d'estime et de respect. Car — on est successivement tant d'hommes différents au cours d'une vie, qu'elle-même revêt des aspects et relève de genres si différents — chacun sentirait que l'autre n'est que le petit-fils ou l'arrière-petit-fils de celui à qui il avait juré amitié à Querqueville, qui malgré des changements de vie, de condition, de société en tous genres avait tenu à ne jamais laisser protester la dette héritée d'une amitié qui était aussi devenue quelque chose de plus durable que la plupart des formes du souvenir, de plus ancien, de plus permanent et qui en remontant à sa source, quand nous nous trouvions l'un près de l'autre, pouvait embrasser et confronter à sa permanence la succession de leurs vicissitudes, et leurs contrastes éphémères.

Je saluai[a] M. d'Argencourt[1] resté le même, mais au moment où il s'approcha pour me serrer la main, lui, si léger, si rapide, ses pieds frappèrent lourdement le sol, tout son corps se déplaça difficilement comme s'il avait été incommodé d'une cuirasse et les pieds pris dans des jambarts de fer. Ses traits étaient bien les mêmes, et pour lui le Temps n'était que le chevalier qui ralentissant sa démarche l'avait si lourdement armé. Il me serra la main en souriant avec tant d'amitié que je cherchai à me rappeler si autrefois il m'avait beaucoup connu. Je ne retrouvais pourtant qu'une visite chez Mme de Villeparisis où il m'avait à peine vu. Mais autour de ces années-là flottait <tant[b]> d'ombre que ce que je me rappelais avait l'incertitude de ce qu'on a rêvé. Peut-être sans m'avoir vu davantage m'avait-il voué une sympathie profonde, n'avait-il cessé de parler de moi avec les uns et avec les autres, avait-il demandé à me rencontrer, s'était-il désolé qu'on lui eût répondu qu'on ne me voyait plus et marquait-il d'un caillou blanc cette journée où il m'avait serré la main. N'avait-il pas eu des relations avec mon père autrefois, mon père ne causait-il pas avec lui à la douche ? Ou peut-être était-ce une manière de dire bonjour qu'il avait avec tous les gens qui le saluaient, qu'il sût ou non qui ils étaient, étant connu d'un trop grand nombre pour n'être aimable qu'avec ceux qu'il reconnaissait.

Esquisse LXV

[RÉFLEXIONS SUR BERGOTTE ET SON ŒUVRE]

[Cahier 57. Dans la version de 1911 (voir l'Esquisse XXIV.2, *p. 829-832), « L'Adoration perpétuelle » s'achevait sur une évocation de Bergotte, l'un des seuls écrivains modernes à figurer dans la bibliothèque du prince de Guermantes. Relisant la « page sur la neige », le narrateur se demandait si le charme qu'il y trouvait n'était pas plus un effet de sa lecture d'autrefois que de son style propre. Divers ajouts au « Bal de Têtes » renforçaient cette impression (voir l'Esquisse* XXXI*). Destinés à la dernière matinée, les fragments qui suivent avaient au contraire pour but de réhabiliter Bergotte.]*

Et dans la soirée chez la princesse de Guermantes[1]. Celle-ci alors je dirai[a], une fois terminé le morceau sur la nouvelle école qui n'aimait pas Bergotte et avant ce que je dis de son style analogue à celui des maîtres qui pourra peut-être s'enchaîner comme conclusion avec (après) ce que je vais dire :

Moi aussi à ma manière, autrement plus sérieuse et profonde, j'avais douté de lui, j'avais été sévère pour lui, non seulement dans la mesure où j'avais des doutes, de la sévérité pour la partie de moi-même qui m'était la plus chère. Ma défiance de lui n'était que la défiance que nous avons de notre propre pensée, de ses résultats. Mais eux n'avaient pas ce droit. Et déjà de ce mouvement commençait à sortir une admirable école néo-catholique qui comptait deux grands poètes[2]. Quand je les lus, eux qui cherchaient sincèrement, sans littérature, leur pensée la plus profonde, la réalité quelle qu'elle doit être, je vis que ce qu'ils faisaient c'était ce qu'avait fait et mieux qu'eux Bergotte. Ils ne l'avaient jamais lu. Mais il était touchant de voir que en dehors des ressemblances générales et profondes même sur des points latéraux et particuliers il y avait de surprenantes identités. Alors je fus plus indulgent pour l'admiration de ma jeunesse. Je compris que ces faiblesses qu'avait eues Bergotte[b3], c'était une faiblesse qui est comme un cran d'arrêt où revient malgré lui le génie humain, qui tient à sa constitution et que la part de la beauté est légitime. Vivifié par tout cet effort si différent de lui qui l'avait mûri et qui aboutissait au même résultat que lui, il m'apparaissait comme légitimé. Et puis je commençais à être emporté, dans la vie où les choses qu'on a aimées, les livres qu'on a aimés sont à cause de *[interrompu]*

Ceci est la meilleure de deux versos avant.

Et moi aussi à mon heure[4] j'avais douté de Bergotte, j'avais tâché[c] à me détacher de lui, comme d'une religion à laquelle on souhaiterait trop de pouvoir continuer toujours à croire, une religion trop charmante, trop humaine, pour que l'instinct qui nous pousse à chercher la vérité hors de nous, loin de nos désirs, ne nous crie pas qu'elle ne doit pas être vraie. Au moment où dans ses livres il parlait de la vie, de la mort, l'image <de> quelque glorieuse œuvre d'art évoquée par une allusion dans son style mettait entre nous et la réalité cette effigie protégeante, consolatrice, et notre pensée déviée de sa recherche amère et drôle faisait ricochet, avec délices. On[d] était plus heureux mais comme dans une église parce qu'on <n'>était pas seul en présence de la réalité.

Puis ceci est la meilleure forme de ce qui doit venir chez la princesse de Guermantes.

Au début moi aussi j'avais voulu croire en la pensée des meilleurs d'entre eux, justement parce qu'elle était dépourvue de ce que j'aimais et que j'avais toujours pensé que pour trouver la vérité il me faudrait abandonner tout ce que j'aimais. Je savais pour le moins que la vérité n'a pas l'air esthétique et lettrée, et c'est parce que le plaisir que donnaient les livres de Bergotte faisait appel au souvenir des bibliothèques et des musées que je supposais que la réalité ne savait point que ce plaisir n'était pas vrai et que je m'étais détaché de Bergotte[a]. Mais quand un peu plus tard, ayant loyalement suivi les efforts des deux grands écrivains qui sortirent de cette école qui méprisait Bergotte, et qu'elle salua avec raison comme les maîtres du temps présent[1], je les vis peu à peu, sans certes avoir jamais lu Bergotte, tenter de faire, en moins bien, tout ce qu'il avait fait, et non seulement dans le dessein général de leur œuvre, mais dans les détails particuliers, latéraux où la ressemblance était confondante, je ne pus m'empêcher de ressentir <un> inexprimable plaisir.

Sans[b] doute c'était une marque d'affaiblissement. Car j'aurais dû être déçu de voir que l'effort d'une école différente, toute contraire même n'aboutissait qu'à revenir au même point, qu'à se complaire aux mêmes recherches. Mais j'étais arrivé à l'époque de la vie où, si la raison ne vous en refusait pas la douceur, on voudrait pouvoir revenir aux impressions de jeunesse et voilà que les symboles de mon vieux maître paraissaient gonflés d'un sens nouveau puisque ces écrivains contemporains pour qui certes je n'étais pas suspect d'idolâtrie disaient la même chose. Alors je me retournai avec attendrissement vers les livres de Bergotte, je l'admirais d'avoir dit la même chose qu'eux, mieux qu'eux. Maintenant que je comprenais que ce point de vue esthétique qui était le sien, que cet effort pour rajeunir les mots, pour y enfermer les images des anciens chefs-d'œuvre, était naturel à l'esprit humain, qui dans ses plus nobles efforts y revenait (comme les recherches des primitifs italiens ne me paraissent pas la fantaisie d'une école mais en rapport avec le plan de la création comme une espèce) et, en le croyant permis, je n'avais plus de scrupules à l'admirer, et dans mes heures de repos je pourrais reprendre ces livres, sans plus <souffrir> des scrupules d'autrefois.

Maintenant que toutes ces particularités de son œuvre, ces souvenirs de l'Antiquité et des chefs-d'œuvre de l'architecture chrétienne et des textes sacrés mêlant leur substance à son style et y infusant de la beauté, son attention au sens antique des mots, ses efforts pour la faire apparaître, je <les> retrouvais refleurissant d'elles-mêmes, et non importées de son œuvre, dans une école différente et tout opposée, je me rendais compte, comme pour certains traits de la peinture des primitifs italiens quand nous voyons que naturellement ils ont été produits à la même heure au-delà des mers de Chine, dans la peinture bouddhiste du Moyen Âge, qu'ils n'étaient pas les fantaisies d'un artiste ou d'une école, mais des caractères correspondant à une loi naturelle, se retrouvant çà et là comme ceux d'une espèce végétale. Je fus ému comme un homme élevé dans la religion catholique, s'en étant dépris par raison mais y étant toujours resté attaché, qui apprendrait sur ses vieux jours que la science et la métaphysique semblent maintenant la déclarer possible et qui remplirait d'un sens nouveau les croyances de sa jeunesse, je disais : « Tu n'étais pas si déraisonnable de croire en elle. Cher Bergotte, ce qu'ils disent là, comme tu l'avais mieux dit. » Il était mort maintenant. Peu de temps auparavant une revue avait publié, face à face, un portrait où il était à l'âge de cinq ans en petite jupe et en douillette[a], et vieillard à longue barbe blanche avant sa mort[b].

Esquisse LXVI

[CHANGEMENTS ET « TOURNANTS »]

[Proust n'a pas conservé dans « Le Temps retrouvé » toutes les analyses consacrées au « kaléidoscope mondain », c'est-à-dire aux changements survenus dans la société. Dans ces passages abandonnés du Cahier 57 (Esquisse LXVI.1*) et du Cahier 74 (Esquisse* LXVI.2*) s'affirme en outre l'intention de faire le lien entre les transformations sociales et le destin des individus ou les « tournants de la vie ». Leur caractère commun est d'être imprévisibles ou rétrospectivement impensables. Non d'ailleurs que ces bouleversements ne soient régis par certaines lois. Mais celles-ci, toujours autres que celles qu'on avait envisagées, ne se dévoilent qu'après coup, comme un effet du temps. C'est cet effet presque « miraculeux » que constate, dans sa vie propre, le narrateur, lorsqu'il compare ses rapports présents avec les Guermantes et les êtres de légende qu'ils étaient pour lui jadis. Nous rattachons à cette Esquisse une note sur Swann tombé dans l'oubli ainsi qu'un fragment, également abandonné, où le snobisme paraît s'inscrire en faux contre ces transformations de la société (Esquisse* LXVI.3*).]*

LXVI.1

*Quand je parle des gens qui intelligents et un peu[c] bêtes croient successivement à l'antisémitisme, au wagnérisme, à l'antiwagnérisme (Forain : *Leurs poisons ; après Wagner les gaz*[1]) il faudrait rattacher cela peut-être à ce que je dis des coteries qui font kaléidoscope (si c'est dans cette partie-ci que je le dis). Et cela permettrait d'élargir le kaléidoscope mondain en disant :* « Simple kaléidoscope mondain », dirait-on. Nullement car il reflète simplement toutes les idées politiques, sociales, religieuses qui se succèdent dans la cervelle des idéologues et mènent les nations, font les guerres (ou du moins la prolongation priamesque[1] des guerres), la révolution (affaire Dreyfus), écartent les juifs des emplois, etc., tout cela se réduisant malgré l'ampleur que leur donne leur réfraction dans des masses à la courte vie de certaines idées dont la nouveauté séduit certains cerveaux peu exigeants en fait de preuves, comme leur vieillissement au bout de quinze ans les fatigue, si bien que tout le monde clame en chœur : « La France aux Français », « Le christianisme est contre nature ». « Pas de paix boiteuse », etc., « nous n'avons pas voulu la guerre », « maintenant il nous faut l'Alsace-Lorraine » etc. et nous faisant à peu de temps de distance estimer et mépriser François-Joseph auguste et méprisable, le roi de Serbie assassin puis vénérable, etc., et les Japonais monstres pour les Russes puis leurs alliés, les Anglais pour les Boers etc.[2] Mais pour revenir à l'antiwagnérisme etc., comme toutes les idéologies changent mais se succèdent sans interruption, l'homme intelligent qui ne donne pas dans elles a en réalité un perpétuel rocher de Sisyphe à remonter. Il croit avoir fini de l'anticléricalisme, alors l'antisémitisme commence ; il a fini de l'antisémitisme, c'est l'antigermanisme, à l'antiwagnérisme des gens qui disaient « musique de l'avenir » succède l'antiwagnérisme des gens qui disent « musique du passé », « musique germanique » *peut-être lier à cela brumes du Nord, Ibsen si guerre avec la Suède, Tolstoï et ballets russes si guerre avec la Russie[3], Kipling plus impérialiste que toute la littérature allemande (citer quelque part Ruskin sur l'Angleterre, Sésame[4] et Bible) Annunzio etc. Si on faisait de tout cela en trop <un> beau morceau[a] *[interrompu]*

Quelque part quand je parle de l'assemblée des masques (vieillis) ou bien des tournants de la vie, et peut-être grâce à ce morceau les masques pourraient mener aux tournants, mais peut-être pas, et, si non, peut-être le morceau pourrait être coupé en deux, moitié aux masques, moitié aux tournants. Et quelques-uns étaient costumés en quelqu'un d'invisible que j'avais vu à la première soirée chez la princesse comme Swann, Saint-Loup. Étaient-ils là ? en ce cas c'était en costume que les yeux ne voient point, disant des paroles que les yeux n'entendent point. Comme la mort était venue autour de moi toujours de la façon qu'on ne l'attendait pas, car si les causes sont naturelles, comme elles sont inconnues, l'effet frappe là où on ne croyait pas, comme dans l'attaque mystérieusement préparée d'un ennemi qui cherche à vous dérouter. On attend ce qui semble prévisible. Et par exemple je pouvais étant si malade à Balbec *bien l'indiquer en son temps, regards des gens)* m'attendre à ma mort, et toutes les personnes qui y étaient s'<y>attendre.

Or c'est tous ceux qui la craignaient qui brusquement de la façon à laquelle on ne pensait pas, à droite, à gauche, étaient tombés, le premier président frappé par un plaideur fou *(le mettre en son temps)*, Saint-Loup à la guerre, Albertine d'un accident de cheval. Et pour Albertine, après avoir tant souffert de sa mort, maintenant cela ne faisait qu'une « vue » de plus comme une image de lanterne magique (comme pour Saint-Loup) après l'avoir vue sur la plage entre les jeunes filles. Croyant ne jamais la connaître, puis l'ayant eue tout à moi, puis sa mort étant comme une image de plus, une possession de plus de ma vie *(tout ceci très mal dit pourra faire articulations pour le morceau sur les tournants, sur l'indifférence à l'égard d'Albertine maintenant)*. C'est d'ailleurs de la même manière que les causes avaient agi socialement et politiquement. C'était encore une mesure du temps. Saint-Simon qui écrit longtemps après l'époque où se passe le début de ses *Mémoires* dit souvent : « Qui lui aurait dit que son fils ? Qui lui aurait dit que son gendre ? » Ainsi pouvais-je dire : « Qui aurait dit à Albertine, à Saint-Loup qu'ils mourraient avant moi ? Qui aurait dit à ma grand-mère que les hommes voleraient, à Odette que sa fille épouserait Saint-Loup ? Qui aurait dit à M. de Norpois[a] que Picquart serait ministre de la guerre, que la France s'agrandirait de l'Alsace-Lorraine, que la puissance de l'Allemagne serait brisée. Et pourtant tous ces événements si insolites qu'ils paraissent par rapport au passé si différent, si naturels qu'il<s> semble<nt> à nous qui les connaissons et parce qu'ils font à leur tour partie du passé, quelque rôle que la volonté humaine y ait joué (si Saint-Loup était resté à l'état-major il n'eût peut-être pas été tué, si l'empereur Guillaume n'eût pas déclaré la guerre, la figure de l'Europe n'eût peut-être pas changé), ils ont été amenés par ces causes rationnelles et nécessaires collaborant avec cette volonté.

Quand je veux montrer tous les changements qui se sont produits, la nièce de Jupien devenue comtesse, la fille d'Odette alliée aux Guermantes etc., ajouter ceci. Ces mêmes changements s'étaient produits dans d'autres ordres, collectifs ceux-là, comme à un petit changement entre deux aiguilles correspond dans une machine le déplacement d'énormes masses. Tout ce qui semblait le plus incroyable à notre jeunesse était arrivé non pas par la violation des lois auxquelles nous avions cru mais par leur subordination à d'autres lois auxquelles nous n'avions pas pensé. Le temps où il semblait matériellement impossible que Picquart rentrât jamais dans l'armée était si oublié que nous ne songions plus à nous étonner qu'il eût été ministre de la Guerre. Qui m'eût dit à Combray qu'on pourrait causer de Paris à Balbec j'aurais cru qu'il me disait un conte de fées. Le téléphone existait partout.

Ce n'était plus dans ces lointaines années de Combray mais dans les années plus récentes de Balbec *(mettre en son temps, Évian[1] *[deux mots illisibles]* archiduc)* que le premier président nous avait assuré que jamais les expériences auxquelles s'intéressait un de ses amis ne réussiraient, que le problème de la navigation aérienne était insoluble, et maintenant partout de lourdes automobiles démarraient, couraient quelques pas sur l'herbe et brusquement s'enlevaient, conduisant les dieux pareils à celui qui avait effrayé mon cheval sur la route solitaire de Doville *(changer le nom)* qui capricieusement montaient aussi haut que les montagnes, regardaient d'en haut les affaires des hommes, et y intervenaient comme les dieux guerriers de l'Olympe, jetant d'un nuage un coup d'œil qui renseignait l'armée pour laquelle ils prenaient parti, ou semant l'épouvante dans celle des ennemis, ou se battant entre eux comme les dieux adverses, en plein ciel, et revenant faire fourbir leurs armes à des stations aéronautiques situées sur quelque colline, de Buc ou de Friedrichshafen[2] *(voir si c'est élevé et sans cela en prendre une autre)* qui sont leur Olympe et leur Walhall. Car il y avait aussi la guerre. Et des ruptures imprévisibles aux lois qui mettaient une nécessité implacable, des « ce n'est pas du jeu » grandioses, dérangeant toutes les règles du jeu qui semblaient les plus assurées, avaient bouleversé aussi la disposition des forces collectives. De même que j'avais vu des personnes qui semblaient vouées à jamais à rester humbles, s'élever, et d'autres dont la richesse et la grandeur semblaient garanties *(mettre en son temps un exemple)* ruinées et misérables, de même après une querelle où les collectivités avaient joué le rôle de personnes, mais de personnes immenses, au corps grand quarante millions de fois comme un corps humain, comme dans une dispute de géants et de dieux, dans une querelle où chacun avait cru avoir raison, comme il m'arrivait quand je me disputais avec Françoise ou avec maman, la douce et modeste France semblant vouée malgré la supériorité de sa distinction, de son intelligence et de ses manières à une situation médiocre était en train de prendre l'immense situation qui semblait garantie à la toute-puissante Allemagne et d'où[a] celle-ci était en train de tomber. De sorte que dans le monde nouveau, une France ayant des membres nouveaux, inouïs, allait être étendue devant nous, inouïe[b], renversant les prévisions de ce qui semblait devoir toujours être, ressemblant à mes rêves et cependant puissamment charpentée de réalité, comme les aéroplanes dans le ciel[3].

Le duc de X conduisait au buffet la femme du grand financier aux chasses de qui il refusait obstinément d'aller et aux bals de qui, par sa défense, son neveu était le seul jeune homme de la société qui ne parût point. À cause de cela même il avait reçu dans la cote de la baronne X un rang particulier et, quand des spéculations ayant rendu leur fortune si colossale que leur fille était demandée par nombre[a] d'altesses, les parents avaient refusé faisant faire des ouvertures à cet inaccessible neveu du duc, qui l'avait épousée. C'était presque comme le beau-père de sa fille que le duc lui donnait le bras et il allait maintenant à toutes ses chasses. Mais du moins même autrefois avait-elle chez elle tant des amis des Guermantes que là la transition n'était pas trop brusque et l'unité du tableau de la société Guermantes pas trop détruite. Je fus autrement étonné quand *[interrompu]*

À un certain endroit que je choisirai (peut-être fondre cela avec ce que j'ai mis cinq pages plus loin sur l'ancien nom de Guermantes se réveillant[1]).

Et de même[b] alors je me rappelais brusquement que certaines femmes dont la renommée, l'image, s'étaient profilées dans les rêves de mon adolescence, comme Mme de Guermantes, certaines femmes si célèbres, que leur vie me paraissait déjà presque accomplie il y a tant d'années, c'étaient elles que parfois sous le même nom ou quelquefois sous un autre parce qu'elles étaient remariées ou avaient changé de titre — quelquefois ruinées, quelquefois ayant changé de milieu, de situation, de caractère, de réputation — plus souvent de figure —, que comme si ç'avait été des personnes quelconques et sans réalité imaginative je saluais et conduisais au buffet et qui me disaient : « Tâchez de venir à l'Opéra demain soir. »

Certaines femmes[c] que je trouvais tout naturel de rencontrer comme si elles avaient été des personnes quelconques qui me disaient : « Comme il y a longtemps qu'on ne vous a vu ! », que je conduisais au buffet, qui me disaient : « Venez donc demain à l'Opéra », brusquement je me souvenais ce à quoi je n'avais plus jamais pensé que c'était — parfois ayant changé de nom parce qu'elles s'étaient remariées ou avaient hérité d'un nouveau titre — parfois étant devenues de riches, pauvres, de vertueuses, dévergondées, de dévergondées, pieuses, de belles, laides —, que c'était les mêmes dont la renommée, l'image ineffablement élégante s'étaient profilées durant les rêves de mon adolescence, si célèbres alors que leur destinée était déjà accomplie et qu'on était aussi stupéfait de se dire : « C'est encore elles à cette soirée Guermantes », que, dans ces ouvrages où on retrouve cinquante ans après leur rôle fini[d] certaines figures de l'histoire dont nous nous émerveillons que nos grands-pères aient encore pu les rencontrer ; si bien que, devant l'espèce de miracle qui consistait à prendre vulgairement en sandwich Mme de Guermantes avec des femmes qui, quand j'étais enfant — il y avait tant d'années —, étaient pour moi des créatures de légende, cette matinée me donnait l'impression à la fois de réalité et d'impossibilité que nous donnent certains rêves où dans un omnibus authentique dont nous sentons l'odeur et où nous sommes assis nous avons pour voisine Marie-Antoinette qui nous prie de faire signe au conducteur.

LXVI.2

*Capitalissime pour les salons. (Probablement à mettre dans le dernier Cahier).

J'avais bien su chez Mme de Villeparisis que la situation mondaine n'est pas quelque chose d'inséparable de la naissance, que le jugement, l'opinion, cette pensée qui est[a] ici-bas « la chose du monde la plus répandue[1] » même chez les sots qui pensent sottement mais qui pensent, pouvaient l'attacher, ailleurs, à une Mme Leroi. Mais j'avais cru qu'une telle combinaison une fois faite était stable ; or elle ne l'était pas plus que la fortune n'était inhérente à lady Rufus Israëls qui maintenant donnait des leçons, l'amour et la richesse entre le prince de Châtellerault et la vieille américaine dont il était divorcé, la nécessité des chevaux pour les tractions des voitures qui étaient maintenant automobiles. Certes, l'idée qui associait la valeur mondaine à autre chose qu'à la grandeur mathématiquement comptée de la naissance existait toujours ; mais voulant une sorte de nouveauté, d'inconnu dans *[un mot illisible]* et d'inconnu qui répondît à ce que l'opinion intellectuelle nous avait fait estimer précieux, il fallait de nouvelles combinaisons. Mme Leroi, bourgeoise par son nom, ayant perdu l'attrait de sa nouveauté, les jeunes générations ne savaient pas plus l'empire qu'elle avait exercé qu'elles ne le savaient pour Swann. Et Swann lui-même fût peut-être tombé dans le même discrédit s'il avait existé. C'était vers une petite Russe à qui Mme Leroi, ni même Mme Swann, n'eussent dit bonjour, protectrice des ballets russes, c'était aussi vers les Verdurin dont les auteurs choyés et inconnus étaient en train en ce moment de devenir de grands hommes que l'on se tournait comme vers ce soleil levant qu'il faut toujours au monde. Comment ces gens auraient-ils pu croire que cet attrait-là, jadis Swann, jadis Mme Leroi l'avaient exercé ? il aurait fallu qu'ils eussent vécu dans un temps où le téléphone paraissait un rêve impossible, où la lumière électrique était une expérience coûteuse et momentanée de l'Exposition universelle, où on ne pensait pas qu'on pût employer autre chose que les chevaux pour la traction des voitures. Alors, la situation, <la> réputation ultramondaines, malgré et peut-être à cause de leur absence de naissance, de Swann et de Mme Leroi, paraissaient aussi indestructibles que l'absence d'êtres humains dans le ciel. Mais maintenant on recherchait Mme Leroi mais dans l'espèce de tout autre chose et sans se soucier qu'on allât la chercher bien plus bas encore qu'on n'avait été chercher Mme Leroi, et sans se douter que ce qu'on recherchait chez cette nouvelle avait été en Mme Leroi, et ne durerait pas toujours avec celle-ci. Bien d'autres révolutions s'étaient faites, l'absence humaine dans le ciel aujourd'hui <peuplé> d'aéroplanes et la germanisation de l'Alsace-Lorraine maintenant attachées à la France, avec la grandeur d'une révolution géologique comme celles qui déplacèrent les continents et exhaussèrent les montagnes.

Tout cela pourra peut-être se combiner avec le kaléidoscope, l'hôtel Verdurin au bord de la Seine. Alors « nouvelle dogaresse » au lieu du jeune Edwards[1] (si c'est Mme Verdurin).

*Capital

Quand Mme de Villeparisis va chez le père Bloch (*[un mot illisible]*, chez Grunebaum-Ballin[a]) dire après les ennuis que cela lui cause dans la *[interrompu]* D'ailleurs si elle avait eu l'arrière-pensée de bons conseils de Bourse elle fut trompée, comme toujours l'aristocratie dont toujours les pensées *[lacune[b]]*

LXVI.3

*Capitalissime.

M'entendant prononcer le nom de Swann le duc de Châtellerault me dit : « Ah ! que c'est vieux ce dont vous parlez. » En effet dans les premières années où il allait dans le monde on parlait encore d'un M. Swann dont il entendait parler comme <quelqu'un> de très artiste (c'est-à-dire que Mme de Guermantes aimait fréquenter) et que à cause de certaines idées sur les raffinements artistes il s'était figuré un célèbre inverti. Puis depuis tant d'années il n'avait jamais plus entendu ce nom, puisque il n'était plus porté, que ce nom, rencontré[c] par lui dans une conversation, avait rendu à ses oreilles ce nom bizarre, désuet, dépareillé, évoquant parfaitement une époque parce qu'il ne lui a pas comme d'autres survécu, un nom comme ceux qui incarnent une forme de comique ou de corruption[d] disparue, un nom comme celui de Gibert ou de Gil Perez[2]. « Ah ! Swan, dit *(l'homme inexact de chez Mme de Verdurin)*, je vais vous dire exactement qui c'est. C'est un homme qui a une grosse affaire de porte-plumes, les porte-plumes Swan, Onoto. — Cela n'a aucun rapport », dis-je, moi pour qui, d'ailleurs, le nom de Swann n'avait pas cette singularité évocatrice qu'il avait pour le duc de Châtellerault et que d'autres noms avaient pour moi parce que le nom de Swann était trop constamment rapproché de moi par mes souvenirs pour avoir pris cet étrange et poétique éloignement. *Rattacher peut-être ce morceau sur Swann et en tout cas capitalissime*

Quelque part. Non seulement la guerre n'avait pas amené les grands changements qu'on croyait mais Mme de Sixtours quand on parlait de Mme de Villeparisis disait : « Laquelle ? la comtesse ou la baronne ? » La baronne qui fait en ce moment son service d'honneur auprès de la reine d'Angleterre est ce qu'il y a de plus élégant, la comtesse ce qu'il y a de plus déclassé. Pourtant Mme de Sixtours, quasi dame d'honneur de l'impératrice de Russie, avait vu la fin de celle-ci. Mais il est probable que les nuances du snobisme n'eurent pas moins d'importance à la veille de l'échafaud. Elles ont repris après la Révolution existant dans une société républicaine. Quant à des caractères aristocratiques comme Mme de Guermantes, Saint-Loup (qui du reste s'harmonisa si bien à la guerre < qu' > il y mourut), Charlus, la marquise de Villeparisis, dussent-ils ne pas reparaître que leur intérêt n'en serait pas moins grand, les révolutions qui se sont succédé depuis n'ayant pas diminué l'intérêt des dames de l'Ancien Régime ou des pharaons d'Égypte.

Esquisse LXVII

[LES LOIS DE L'HÉRÉDITÉ]

[Cahier 57. Nous rassemblons dans cette Esquisse les passages non repris consacrés à la permanence des traits familiaux. Celle-ci est, pour le narrateur une nouvelle source de confusion car il croit reconnaître les parents quand il s'agit en réalité de leurs enfants (deux premiers fragments). Passant de l'observation individuelle à la loi générale, le narrateur conclut que parler de la mort d'un être est une simplification abusive. Qu'il s'agisse d'un trait physique ou moral, la nature travaille sur l'échelle plus vaste « de caractères immortels se perpétuant dans la suite du Temps » (derniers fragments).]

**Capital.*

Quand je parle des déguisements des visages que je ne reconnais plus je dirai :* je ne retrouvais rien du masque[a] rieur de Mme de Saint-Euverte, je le croyais anéanti, quand, tout d'un coup, je l'apercevais qui me regardait, rieur, sur les traits de sa fille où il avait maintenant élu domicile comme s'il existait pour chaque famille un seul masque, un seul loup disponible et vivant, et qui vivant plus longtemps qu'un individu, s'amusait à rester quinze ans sur le visage d'une femme, puis en disparaissait et se retrouvait alors tout d'un coup reconnaissable sur la figure de la fille qu'il déserterait aussi *(Suzy Lemaire[1])*.

À propos de ce que je mets ici au verso en marge sur les visages, mettre avant ceci, capital. Le nez immense de sa mère (ou de son père) qui depuis vingt-cinq ans était resté presque invisible collé à son petit nez comme une feuille qui bourgeonne à peine venait enfin de se déplier et oblique et palpitant se gonflait comme un voile triangulaire à l'avant de son visage.

*Capital quand je parle de traits de famille deux choses différentes

l'une*

c'est à cause de notre vie enfermée dans l'individu que nous croyons que certaines particularités sont inhérentes à lui. En réalité elles ignorent l'individu, se jouent sur des surfaces beaucoup plus vastes, ne comptent pas par individu et ont un système de numération différent. De même que dès qu'on est en montagne on ne voit plus la pluie comme on la voyait d'une maison de village de la plaine, mais que (comme le médecin qui sait [que] la petite hémorragie que le malade croit venir des profondeurs de son être tient à la rupture d'un petit vaisseau qu'il peut lier à son gré) on voit qu'elle tombe des nuages dont la forme et la grandeur n'est nullement modelée sur celle du village et qui ne sont pas dans les profondeurs du ciel de sorte qu'au-dessus d'eux il ne pleut pas, et que sur la plaine les zones interférantes de soleil d'ombre et de pluie, ici, coupent un village en deux, là, en réunissent deux, en un mot obéissent à un système différent et plus large, de même chez Bloch, chez le petit Cambremer, chez le duc de*** il y avait telle habitude de souffler en reprenant sa salive de temps en temps, une inversion sexuelle, une cécité précoce qui n'existait pas chez les parents mais chez de grands parents qu'il<s> n'avai<en>t pas connus et ainsi comme ces volontés de la nature plus larges que les volontés individuelles, épandues sur de plus larges surfaces comme le soleil et l'ombre sur la mer, rejaillissaient comme une source ou un volcan *(vérifier nuage)* toutes les deux ou trois générations.

La seconde chose qui fera suite à ce que j'ai mis faute de place dans la marge du recto en face et en haut de celle-ci[2] est : Oui à un certain âge dans cette famille, comme en hiver, même s'il a fait beau et s'il y a eu du soleil, le jour s'arrange pour tomber vers 4 heures et demie, vers quarante-quatre ans la santé changeait, le gros homme maigrissait, son père paysan malingre et cancéreux apparaissait en lui comme une apparition par transparence magique juste comme s'il avait voulu revenir deux ans sur terre, puis il retournait sous terre y emmenant son fils qui ne faisait plus qu'un avec lui *(Nicolas[1] et mêler cela au père Bloch ? ou Cottard qui a besoin de revivre plusieurs jours quoique sa vie n'ait guère été intéressante quoique je n'eusse vu aucune nécessité à ce que le père B*** vécût plusieurs fois mais la nature ne devait pas être de mon avis)*.

**Capital*

À propos du père Bloch ou autres, dont la figure, le caractère, les crises de colère (au besoin chez moi imitant le despotisme de Papa et de Maman) se reproduisent (là où je parle du père de Nicolas).* De sorte que si la communauté de mes idées avec Bergotte et aussi la simultanéité de certaines phrases, de certaines formes de langage, certaines années chez des personnes qui ne se connaissaient pas m'avaient montré qu'il y avait plus vaste que les individus, un esprit un, épars à travers l'espace, je me rendais compte aussi que les humeurs des hommes ne meurent pas avec leur corps *et renaissent pour en persécuter d'autres que leur corps ne connaîtra pas mais par l'instrument de leurs descendants*[a]. En sorte que les deux constatations m'avaient amené à me faire l'idée d'existences plus vastes que celles des individus, d'un esprit un, épars à travers l'espace, et de caractères immortels se perpétuant dans la suite du Temps.

Esquisse LXVIII

[LES HOMOSEXUELS]

[Cahier 57. Il est vraisemblable qu'avant la rédaction de l'épisode de la maison de Jupien, un groupe de personnages présents à la matinée de la princesse de Guermantes devaient être homosexuels : l'un des fils du docteur Cottard (troisième fragment), le jeune duc de Châtellerault (cinquième fragment), d'autres restés anonymes (deuxième et quatrième fragments). Le passage sur le fils de Vaugoubert (premier fragment), déclencha de nombreuses observations nouvelles sur l'inversion, que Proust tenait à introduire comme preuve de la « leçon d'idéalisme » (voir l'Esquisse XXXIX, *p. 867-868). On retrouve dans ces descriptions des remarques sur l'hérédité (dernier fragment) ainsi que des notations physiques sur le regard et la voix. Ces dernières jouent un rôle particulièrement important dans « Sodome et Gomorrhe » lorsqu'après la « conjonction Charlus-Jupien » le héros reconnaît, à la garden-party du prince et de la princesse de Guermantes, la présence de nombreux invertis.]*

**Capitalissime* à mettre quelque part dans ce chapitre sur le fils de Vaugoubert.*

Un jeune homme qui causait avec des dames se tourna comme s'il allait s'adresser à moi. Je crus, en voyant levé sur moi son beau regard étoilé, qu'il me reconnaissait, et moi pas lui ou bien qu'il voulait me prier pour une de ces dames de fermer la porte ou quelque service qu'on peut demander aux gens sans les connaître. Mais, quand ensuite j'allai dire bonjour aux dames avec qui il était et avec lesquelles précisément j'étais lié, je vis qu'au contraire il ne me marquait aucune attention, causait avec elles et riait et même avec excès. Mais le son de sa voix me donna la signification du regard que j'avais pris pour <le tra>ducteur[a] d'une parole adressée à moi[1]. Ce regard était simplement de ceux <qui> causaient aux gens qui ne connaissaient pas M. de Charlus quand ils <le voyaient> pour la première fois un étonnement qui se dissipait ensuite quand, présentés à <lui, il> n'osait pas leur prêter la même attention qu'aux passants inconnus, qu'<ils> avaient un moment été. On me dit que ce jeune homme était le comte de Vaugoubert, un des fils du diplomate[b]. On admirait extrêmement ses yeux où semblait s'inscrire en traits de feux la Croix du Sud. Il était fiancé à une jeune fille ravi<ssante[c]> et très peinte qu'on le disait adorer et que de fait il épousait malgré la volonté de ses parents. Mais dans les astres de ses yeux j'avais lu l'avenir et pouvais prévoir dès lors que ce mariage n'irait pas sans troubles.

Capital quand je ne reconnais bien personne

Mon impression d'incertitude avait l'air d'être partagée et bien moins dissimulée par un garçon fort jeune pourtant et dont le visage attirait l'attention. On ne savait trop pourquoi, comme les gens qui vous trouvent quelque chose de changé sans savoir si c'est parce que vous avez bonne mine ou parce que vous avez coupé votre barbe, on n'aurait pas su dire si c'était parce qu'il était beaucoup plus beau qu'on n'est d'habitude (et il l'était), si c'était parce que cette beauté avait quelque chose de marqué d'un ver et qui déplaisait, ou par <ce que> son regard immense avait l'air[d] de contenir un immense chagrin, ou parce que le cerne noir de ses yeux semblait indiquer qu'il était malade. Pour laquelle des raisons que ce fût il attirait fort l'attention. Mais ce qui en fit bien plus pour moi le personnage de bal costumé que j'imaginais c'est que, si on le regardait, il regardait mille fois plus les autres. À peine son regard vous avait-il touché qu'il ne se détachait plus de vous. « Ce n'est pas possible, il me reconnaît », pensais-je, puis il se mit à regarder d'un air inquiet un des fils de Mme Cottard. On aurait dit qu'il n'était pas invité ou avait volé l'argenterie et avait peur d'être découvert. Je n'eus pas de peine à comprendre quelle sorte d'être c'était et que la race des Charlus n'était pas prêt<e> de s'éteindre. « Permettez-moi de vous présenter mon petit cousin de Chevrigny[a] », me dit Mme de Cambremer, et le jeune homme m'adressa quelques paroles fort bien tournées avec un son de voix pointu qui ne trompait pas, tout en tendant avec sa main un mouchoir en dentelles. Il me parlait mais ne me regardait pas, ses yeux comme des phares tournants éclairaient tour à tour tel ou tel point de l'assemblée. Il parut fort ému chaque fois qu'ils rencontraient le fils Cottard.

Je vis un jeune garçon trop grand, trop mince, très blond, très pâle, comme une jolie tige depuis peu sortie de sa graine, aux charmants traits, et un mot que Mme Cottard vint lui dire me fit comprendre tout d'un coup que ce jeune[b] arbrisseau était la petite graine que j'avais vue un jour à peine entrouverte et tout en boule près du lit de Mme Cottard *(un autre nom serait peut-être mieux)* qui venait d'accoucher. Quand on ne revoit un être, un jeune être qu'après un certain intervalle, il est bien difficile de mettre l'humanité hors de l'histoire naturelle tant la croissance d'un jeune homme ressemble à celle d'une plante.

Je ne sais pour qui, ni si ce sera dans ce chapitre (je préférerais pour l'amant de Charlus dont je ferais aussi une sorte d'Yturri[1] cru seulement aimé mais aimant d'autres, parce que les choses sont plus compliquées qu'on ne croit, la complexité autant que la symétrie qui l'organise étant un élément de beauté) :

Quelqu'un[c] demande une explication à ce mâle jeune homme *(fils d'Hermant[2])*. Alors dans le registre vocal <de> sa réponse longue et assez ardente, je perçus tout d'un coup quelques notes révélatrices et je me dis : « Comment, lui aussi ! » Car il y a des sonorités pour l'inversion comme pour la phtisie et qui à défaut même de constatations matérielles ne peuvent tromper, ni pour la première le psychologue, ni pour la seconde le clinicien, et pourtant ni l'un ni l'autre ne pourraient peut-être dire pourquoi tel fausset ne signifie rien, tel autre est symptomatique, et de même tel creux dans la voix. Ainsi *(et alors ce serait mieux je mettrais ce que j'avais mis d'abord)* ce jeune homme que je croyais aimé par un homme et s'y prêtant seulement par intérêt, aimait de la même façon et d'autres sans doute. De sorte que ce qui me semblait purement extérieur était intérieur aussi, que M. de Charlus, en cherchant un pôle opposé, avait cependant rencontré un pôle identique, et que tandis qu'un courant allait de lui à Bobby[3] un autre partait de Bobby vers d'autres ; tout cela dessinant quelque chose de plus compliqué que je n'avais cru d'abord comme il arrive souvent et comme il est aussi plus beau, car, dans la nature, la complexité, quand la symétrie l'organise, est, elle aussi, un élément de beauté.

Le jeune <prince des Laumes[a]> était là. Son air était vraiment distingué et intelligent. Il était entre la princesse des Laumes et la marquise de*** et ce n'était guère que quand il marchait soutenu par deux béquilles qui le portaient sous les aisselles que l'on s'apercevait de la glorieuse blessure qu'il avait reçue à la guerre. Soudain je vis le jeune prince dérouler[b] vers le fond de la salle un coup d'œil inquiet de cette inquiétude que fait passer dans le regard aussi bien le regret d'un plaisir auquel on ne peut pas se livrer et qu'on ne peut même pas laisser apercevoir que la crainte d'un courant d'air ou quelque autre désagrément. C'était sur un jeune valet de pied qui était entré un instant que portait le regard du jeune homme. Deux ou trois fois le regard frémit encore avec un air de malaise comme si sa blessure l'avait fait souffrir. Puis <il> se remit à causer et à rire avec ses deux voisines comme s'il n'avait <fait atten>tion[c] qu'à elles. Mais je me disais que si l'apparence seule des êtres est peinte devant nous, en revanche leurs regards inscrivent devant eux, comme les phylactères que portent les saints personnages, leur légende véritable et qui permet de les identifier. On m'avait dit sur le jeune prince des Laumes tout ce que chacun dit des autres et qui ne correspond à rien. Mais dans cette salle comme si elle avait été décorée par une mosaïque byzantine, une inscription véridique, celle-là, avait été tracée d'un trait furtif mais attentif, profondément creusée, ineffaçable, par la courbe de ce regard inquiet et je voyais en le prince des Laumes l'héritier de M. de Charlus.

Capital je ne sais trop où mais sans doute dans cette partie. Le temps avait passé et maintenant j'avais de certains êtres des notions qu'il me semblait avoir eues de tous temps mais qui différaient tellement de ce que j'avais cru pendant bien longtemps par exemple pour les mœurs réelles d'Albertine et de M. de Charlus. — Car les êtres sont couverts, laissant à peine filtrer quelques rayons de la lumière véritable qu'ils portent en eux et ce n'est que très tard, parfois qu'à la fin de la vie, que comme les nuages que la lune pénètre entièrement ils sont pour nous, sans plus rien de l'ombre, toute lumière. Ce[d] qui peut être une grande déception par exemple dans le cas de ceux, faits de telle sorte que tout roman pour eux a pour condition nécessaire une prédestination physiologique et qui sur cette connaissance trop tardive auraient pu bâtir de tels romans qu'ils croyaient impossibles. On me dit que M. de Charlus *ou peut-être même le petit Cambremer et alors remplacer « avant la guerre » par « après la guerre »* avait appris ce qu'était Saint-Loup seulement au moment où il partait pour la guerre et s'était écrié : « Robert ! Ah ! jamais je n'aurais pu le croire ! Ah ! si j'avais su ! »

Esquisse LXIX
[ODETTE ÉTAIT LA MAÎTRESSE DE COTTARD]

[Le texte que nous présentons dans cette esquisse constitue l'un des plus longs ajouts au « Bal de Têtes ». Son intérêt majeur réside dans la révélation d'une longue liaison amoureuse entre Cottard et Odette. Proust n'a pas conservé cet épisode dans « Le Temps retrouvé ». Il semble bien, pourtant, qu'il soit annoncé dans « À l'ombre des jeunes filles en fleurs » lorsque le père du héros s'étonne de la présence de Mme Cottard dans le salon de Mme Swann : « D'ailleurs — en dehors d'une autre raison qu'on ne sut que bien des années après — Mme Swann, en conviant cette amie bienveillante, réservée et modeste, n'avait pas à craindre d'introduire chez soi à ses jours brillants un traître ou une concurrente ». (t. I, p. 507)]

Bien souvent il m'était impossible, dans une femme qui me parlait, de plus rien retrouver de la blonde d'autrefois, je me détournais d'elle mais alors tout d'un coup je les voyais qui me souriaient dans le visage de sa fille où ils avaient élu domicile, comme s'il existait pour chaque famille un seul masque, un seul « loup », disponible et vivant, et qui, vivant plus longtemps qu'un individu, s'amusait à rester quinze ans sur le visage d'une femme, puis en disparaissait et se retrouvait alors tout d'un coup reconnaissable sur la figure de sa fille qu'il déserterait aussi[1].

Il paraît que peu de temps avant sa mort j'avais rencontré Cottard, je ne l'avais pas reconnu. Or maintenant je regardais quelqu'un dont il me semblait que ce devait être un des fils de Cottard, mais il ne faisait pas que ressembler à son père, il le répétait, il était semblable au Cottard qui m'avait jadis soigné et indirectement mis en relation avec les Swann. Ce petit Cottard qui était là avait l'air d'un homme déjà grisonnant, d'un demi-vieillard. Pour me rendre compte qu'il en était déjà un en effet, je fus obligé de calculer les années, comme par certains jours d'hiver on regarde l'heure pour s'expliquer qu'on soit déjà obligé d'allumer les lampes[2]. Dans sa figure j'apercevais encore incomplets, mais en train de cristalliser, tous les changements d'yeux, l'arrondissement du nez, la froideur satisfaite du docteur. Les traits que le Temps était en train de tirer, de graver, et le buste aussi, c'étaient ceux du Professeur Cottard comme s'il n'avait pas suffi que pendant tant d'années il y en avait eu un, comme si au contraire sa présence était indispensable à cet univers ; à un Cottard disparu, un semblable Cottard succédait, lequel n'avait le droit d'en différer un peu que jusqu'à la mort du précédent, après quoi il était nécessaire que le nouveau restituât à l'humanité présente qui n'avait pas assez joui de l'autre, les prunelles éteintes et le sourire disparu. — Sans doute cette métamorphose dont la nécessité n'apparaissait pas, et qui donnait à la vie quelque chose d'inutile, était-elle imposée depuis longtemps et la nature avait-elle jeté, dans le visage autrefois agréable du jeune homme, les stigmates[a], que je n'y avais jamais soupçonnés et qui ne devaient apparaître, comme un nègre en bois dans un coucou, qu'au moment où l'heure sonnerait.

Sa mère n'était pas avec lui. Car un grand malheur, pire peut-être encore que la perte de son mari, avait fondu sur elle. En dehors de ses enfants, elle n'avait jamais aimé que lui dans la vie. Si elle s'efforça de survivre au premier[b], ce fut pour être utile aux seconds. Mais alors une correspondance pourtant bien froide de ton mais pleine de petits faits que le docteur lui avait expliqués autrement acheva Mme Cottard en lui révélant que son mari n'avait jamais cessé d'entretenir, à intervalles fixes, des relations avec Odette. C'était évidemment d'elle (je n'avais pas su le deviner) que Rachel avait voulu me parler quand elle m'avait dit à propos de Cottard, supposant d'ailleurs une femme toute différente (Duplay) : « Il paraît qu'il a une maîtresse très jolie, et prétend qu'elle a quelque chose de moi. » Et c'était peut-être en partie ce quelque chose qui, hérité par Gilberte, l'avait fait choisir par Robert. Certes, Mme de Forcheville, dans les derniers temps de la vie de Cottard qu'elle semble avoir abrégée, n'exerçait plus qu'exceptionnellement son ancien métier de cocotte — mais, de l'avoir appris selon les règles et su à fond, il lui restait dans l'exécution des caresses ce quelque chose d'inimitable qui distinguait encore, il y a quelques années, les survivantes de l'Ancien Théâtre. Peut-être <aurait>-on même pu reprocher à ce point de vue à son jeu quelque chose de trop conservatoire. On était étonné de la voir toujours faire précéder ou suivre certains baisers d'une série de fioritures comme celles <sans> lesquelles les maîtres du bel canto ne croyaient pas pouvoir aborder la scène. Ainsi ce n'était pas seulement pour le rire mutin et clair dont s'accompagnait sa conversation mondaine *(à mettre quand je vois chez elle Mme de Gallifet)* qu'on reconnaissait en elle la grande cocotte formée à la fin du Second Empire mais au style avec lequel elle chantait certains morceaux toujours identiques des duos amoureux. On s'étonnait, n'ayant pas l'habitude de ces vocalises, mais on était vite ravi et on se sentait comblé.

Il l'avait connue toute jeune, quand elle était elle-même peu connue (c'était lui qui l'avait introduite chez les Verdurin plus tard), lui donnait chaque fois une toute petite somme et était resté avec elle, comme un vieux client, aux mêmes prix dérisoires, même quand elle était devenue une grande cocotte, puis Mme Swann, puis Mme de Forcheville, puis quand le duc de

Guermantes avait dépensé pour elle des millions. Mais Odette aimait[a] l'argent comme lui, admettait comme lui d'avoir des clients qui payaient à peine à côté d'autres qui payaient très cher[b]. Encore ne lui donnait-il rien si ce jour-là elle était venue lui demander une consultation ou s'il pouvait lui offrir une carte d'invitation pour aller l'entendre parler dans quelque solennité médicale. Il était son « docteur chéri » et peut-être faisait-elle plus pour lui qui ne lui donnait qu'un louis, des choses que Swann et maintenant le duc de Guermantes n'eussent peut-être pas osé lui demander. Et cela ne l'empêchait pas de donner à Cottard de meilleures caresses que celles que des petites femmes de rien lui eussent fait payer très cher. Odette était comme les grandes maisons qui à un ancien client fournissent pour rien une doublure et des boutons neufs mais ne lui donnent que du beau par point d'honneur professionnel (peut-être une seule phrase : grande maison, grande artiste, etc.)

Mme Cottard ne comprit jamais une expression qui revenait quelquefois dans ces lettres : « Consommer le sacrifice. » Sans doute Cottard, occupé laborieux, craignant de n'avoir pas tous ses moyens le soir à une société savante ou de faire trop attendre une cliente, reculait-il souvent devant les fatigues amoureuses. Si Odette l'amenait cependant à les accepter, il devait dire sans doute : « Le sacrifice est consommé. Moi qui ne voulais pas consommer le sacrifice, crédié[c], je suis attendu à la sous-commission des maladies contagieuses, il est tard. — Il n'est jamais trop tard pour bien faire », répondait tendrement Odette. « Il faut nous presser si nous voulons consommer le sacrifice. » Que de fois, d'ailleurs, dans l'appartement même de Mme Cottard, tandis que les malades attendaient dans le grand salon <avec> une anxiété pire que leur mal, les murs ne durent-ils pas entendre des dialogues comme celui-ci : « Ça c'est très agréable. — C'est bien pour cela que je le fais. — Ça me fait du bien. — Tant que ça ! Dame j'ai beau être un prince[d] de la Science, je ne suis pas de bois. — J'en sais quelque chose. — Dame quand je trouve une porte ouverte j'entre[e]. » « Comment, ça vous fait tant de plaisir que cela ? » disait naïvement Cottard. « Comme vous êtes névrosée, il ne faut pas d'exagération : *In medias res virtus*[1]. — L'excès en tout est un défaut. Savez-vous de qui c'est ? c'est d'Hippocrate. » Et pris lui-même par le plaisir qu'Odette n'avait fait que simuler : « Ça c'est bon, disait-il, savez-vous ? — Il fait bien chaud là, j'aime bien ça. — Vous aimez ce qui est bon. » *mettre petits cahiers Putbus et finir par ces mots[2]* — Allons je laisse le professeur à ses malades, du reste moi aussi il faut que je rentre, Charles m'attend. — Comment en plus du reste vous l'appelez charlatan ! »

Car ce n'est pas seulement sur le langage de la critique littéraire, du roman, du journalisme politique, de la conversation mondaine, de l'éloquence religieuse et des écrits militaires que la médiocrité d'esprit et l'instinct d'imitation apposent leur sceau vulgaire, éternel et changeant[a]. Celui-ci enlaidit même les paroles d'amour d'une Odette sans qu'il y paraisse d'ailleurs non seulement pour un Cottard mais pour un homme supérieur qui pourrait s'y complaire. Car il en est des paroles d'amour comme des paroles dans un opéra, on oublie leur niaiserie parce qu'on ne les lit pas mais qu'on les chante.

Quand j'appris la douleur de Mme Cottard, j'aurais voulu pouvoir aller la voir puisqu'elle n'était pas ici[b], comme autrefois j'aurais voulu rassurer la conscience de Mlle Vinteuil. Il me semblait que l'expérience du chagrin qui depuis la mort d'Albertine avait survécu chez moi au chagrin lui-même m'aurait permis de lui dire des choses qui lui auraient fait du bien. Je lui aurais dit : « Ne regrettez pas d'être si malheureuse car cela prouve que vous l'aimez toujours ; si vous commenciez à être moins malheureuse c'est que vous oublieriez, que vous aimeriez moins. N'ayez pas votre souffrance en haine — ne croyez pas non plus qu'il ne vous aimait pas » (c'est cette idée-là surtout qui devait lui faire du mal). « Du moment qu'il vous trompait, qu'il prenait tant de peine pour que vous ne sachiez pas, c'est qu'il avait peur de vous faire de la peine, c'est qu'il vous respectait et vous préférait. Il <n'y a> que vous qui ne sût pas combien il vous aimait. À ses maîtresses il disait que vous étiez un ange, qu'il n'aurait pas pu faire sa carrière sans vous. Au ciel, il n'y a que vous qu'il désirera revoir. » Je lui aurais dit tout cela si j'avais pu aborder ce sujet, mais je la connaissais si peu qu'en l'abordant je l'eusse offensée. Ainsi je me dis vers cette époque que j'aurais aimé être prêtre pour pouvoir mettre à profit les qualités que créait en moi mon absence d'amour-propre, ma perspicacité, mon désir de faire du bien aux autres mais ce n'était pas là ma vocation comme je le connus plus tard.

Esquisse LXX
[LE NOUVEAU CARACTÈRE DU NARRATEUR]

[Cahier 57. Ayant pris conscience de la nécessité de l'œuvre d'art, défini les caractères de celle qu'il porte en lui, et hanté par l'urgence de sa tâche, le narrateur de la dernière matinée apparaît comme un être transformé. Ce changement, implicite

dans « Le Temps retrouvé », s'inscrit de façon beaucoup plus nette dans les ébauches de 1913-1916. Au sein de la méditation sur le temps écoulé, cette coupure se manifeste en une série de réflexions sur le « nouveau caractère » du narrateur.]

**Capitalissime*

À mettre à un endroit quelconque soit de cette fin[1] soit pas mal avant par exemple à Venise.

(N.B. *Au dos de ce papier* j'ajoute encore à ceci :)*

Ce qui marquait comme à une autre partie d'une horloge astronomique *(mettre mot exact)* le Temps écoulé *(mais si c'est à Venise je ne parle pas du Temps écoulé et j'enlève ce début de phrase qui reste si c'est le dernier chapitre)* c'était que mon caractère depuis quelque temps était si entièrement différent de ce qu'il était autrefois, que cette seconde partie de ma vie était placée comme en face de l'autre, distincte comme un miroir qui réfléchissait tous mes défauts d'autrefois, aperçus maintenant pour la première fois. Je me rendais compte que j'avais été un snob ridicule qui n'avait pas osé saluer Bergotte devant Mme de Guermantes. Certes je n'aurais plus été capable d'une pareille lâcheté mais ce n'est que d'aujourd'hui que je la trouvais coupable parce que ce n'est que d'aujourd'hui que j'en avais conscience. À ce moment-là la poésie du nom de Guermantes me cachait tout. Et pourtant tout en me jugeant sévèrement pour la première fois, tout en me sentant meilleur, je me demandais si je valais mieux quand la poésie du nom de Guermantes pouvait me cacher à moi-même le mobile d'actions dont je m'abstiendrais maintenant parce que les jugeant du dehors avec un froid prosaïsme, ne pouvant plus les embellir, je voyais ce qu'elles avaient d'indélicat.

Pour la première fois je me rendais compte que du jour où j'avais cru qu'une jeune fille aimait les femmes, ne pensant qu'à calmer ma jalousie, j'avais aussitôt commis l'infamie de vouloir la donner pour belle-fille à ma mère, et l'avais possédée dans notre demeure. Ainsi si les romans de Balzac m'avaient longtemps paru absurdes, parce que, peignant des êtres comme moi, il leur avait prêté des grossièretés de nature qui me révoltaient, j'aimais maintenant ces romans parce que je me rendais compte qu'il n'y avait pas une infamie de ces personnages dont je n'aurais à un moment été capable. De même pour Baudelaire. Autant j'avais aimé *le soleil rayonnant sur la mer*[2] <autant> j'avais trouvé la plus absurde rhétorique dans des pièces comme *Si le viol, le poison, le poignard, l'incendie*[3] *— citer tout entier*. Or maintenant je me rappelais, avec quelle passion j'avais souhaité la mort d'Albertine dans les moments où je croyais qu'elle ne reviendrait pas, j'avais tant pleuré cette mort. Sans doute cette mort je l'avais pleurée, mais parce qu'elle me causait un mal que j'ignorais quand je la désirais, l'appelais de mes vœux, peut-être aussi parce que, n'ayant plus le choix entre sa vie loin de moi et sa mort, je pleurais la souffrance que me causait sa mort sans savoir que la souffrance de la savoir vivante et à d'autres eût été plus intolérable encore car, morte, je la conservais tout de même pour moi. Le Temps écoulé se marquant encore à d'autres heures.

Capital : quand je pense au temps écoulé je dirai : mon caractère avait changé ; ces réflexions même que j'avais faites devant le buffet de la princesse de Guermantes prouvaient que, considérant maintenant la demeure où j'étais comme un lieu indifférent où poursuivre et mûrir ma pensée antérieure, je n'étais plus capable de ces mélanges[a] de choses qui s'opéraient en moi jadis, à Rivebelle, chez Elstir, chaque fois que j'allais dans un nouveau restaurant, dans une réunion mondaine, comme dans un univers qui abolissait mon moi antérieur ; de même que mon souci d'aller trouver Legrandin et de réparer mes impolitesses passées prouvait que je n'étais plus l'impulsif qui ne saluait pas mon grand oncle par peur que le salut ne fût pas suffisant. Toutes qualités nouvelles dont je regrettais d'ailleurs profondément l'apparition en moi, après la mort de mon père qui eût été si heureux et si étonné de me trouver homme de bon sens et de conduite, et au moment de commencer une œuvre d'art, pour quoi[b] les qualités qui ont[c] pour envers la distinction, le désordre, voire la grossièreté et l'inconséquence dans les relations et dans la vie sont infiniment plus précieuses.

Capital. Quand je parle du Temps écoulé. C'était bien cette fuite du Temps qui m'avait paru si mortellement triste dans les romans que je lisais à Combray et qui m'avait désespéré quand, <un> soir que M. de Norpois avait dîné chez nous, un mot de mon père m'avait donné à croire qu'elle viendrait aussi pour moi *(dire mieux et pas « fuite »)*. Et elle était venue en effet mais pas comme dans les livres assez lentement pour que je n'en eusse pas souffert, en me laissant assez changer pour que je ne trouvasse pas triste d'avoir changé.

Capitalissime quand je dis que sans le savoir j'avais été snob, égoïste etc. ajouter et par compensation si j'avais vécu des défauts sans les reconnaître, d'autres choses avaient été en moi que je n'avais pas reconnues parce qu'elles étaient individuelles et peut-être aussi parce que il est de leur essence que l'amour qu'elles nous donnent soit toujours trop mécontent de lui-même pour se connaître. De même que je ne croyais pas aimer Gilberte, pour la même raison, parce que je ne pouvais pas y trouver la joie que j'y recherchais, je ne croyais pas aimer les lettres. En somme pas un jour de ma jeunesse je n'avais pu dire : « Je me sens le goût d'écrire, des dispositions pour écrire, la joie que donne le beau, l'instinct des belles choses. » Non, de l'inquiétude, de l'insatisfaction, les erreurs du goût, l'ennui devant les chefs-d'œuvre, de la paresse ; et c'est peut-être ainsi qu'apparaît quelquefois, à de bien meilleurs que moi-même, leur vocation *(mettre sans doute au milieu de cela quand je dis qu'elles sont individuelles ce que j'ai écrit sur les plaisirs de l'intelligence)*. Et quoi que j'aie pu entendre dire des années nouvelles ou pu soupçonner de mon âge que je ne savais pas exactement (d'ailleurs l'eussé-je su, nous avons beau avoir toutes les mesures du Temps, au fond de nous-même entrevoir comme les hommes ensevelis dans une mine[a] qui ne comptent pas le Temps comme on le compte au-dehors, et qui n'appr <ennent> [b] qu'en revenant à la lumière qu'il est resté quinze jours enfoui, quand il croyait n'en être resté que trois ou quatre)*, cela était pour moi de simples chiffres qui ne me disaient rien. Passant ma vie à désirer et à ajourner la réalisation de mon œuvre, un constant désir gardait tout le temps près de moi ma résolution de travailler intacte me le faisait par *[interrompu]*

Capital peut-être quand je parle de l'âge que je comprends tout d'un coup que j'ai (mais alors il vaudrait mieux que ceci vienne avant la volonté de travailler...) je me dis qu'il est temps si je veux commencer à atteindre ce que j'ai senti quelquefois dans la vie, dans la promenade avec Mme de Villeparisis, dans mes désirs de voyage, dans ma promenade au bois avec Albertine, dans la vue de la laitière etc. Mais je me rendais compte que ces parcelles d'une vie réelle qui à ces moments-là m'avaient fait considérer la vie comme digne d'être vécue, ce n'était pas dans la jouissance de la vie elle-même que je les rencontrerais. Si la vie des jeunes midinettes que j'avais vu accoudées sur l'arc de leurs bicyclettes me paraissait encore merveilleuse, c'est que j'étais passé loin d'elles sans pouvoir leur parler. Parler à la jeune fille du port de *(promenade avec Mme de Villeparisis)* avec Albertine, avec Mme de Guermantes, c'eût été simplement extirper d'une réalité médiocre ce que mon imagination y avait mis. Et c'était cela la réalité que je voulais connaître. Je sentais que ce n'était que par l'art que j'y arriverais. *(fondre ceci avec ce que je dis dans ce Cahier de l'inutilité de retourner à Venise[c] et avec ce que j'y dis je suppose <de> l'imperfection de l'expérience et des rapports de l'art avec la mémoire involontaire, avec l'originalité des impressions)*.

Capital : quand je parle d'Albertine, Gilberte etc. dire : moi qui avais tant tenu à leur possession, à leur assimilation (et tant qu'on est dans cette illusion qui d'ailleurs reviendrait pour d'autres on peut donner sa vie pour cela, se tuer) je voyais qu'elles ne comptaient plus pour moi que pour les vérités qu'elles m'avaient appris<es>. Chacune je la voyais devant ma vie avec le symbole de ces vérités dans les mains comme ces Sciences que le Moyen Âge a représentées au portail de Saint-André-des-Champs et qui sont de charmantes jeunes femmes mais qui tiennent entre les mains les instruments qui permettent de découvrir les astres ou d'apprendre la grammaire *(chercher dans Mâle[1] pour Laon ou ailleurs ou les fresques de Sienne)*.

Mettre quelque part dans cette fin : bien souvent j'avais senti que les choses n'étaient pas seulement ce que ma pensée les nommait, que dans la douceur que j'avais eue à avoir près de moi Albertine, dans l'intérêt que je trouvais à tout ce qui avait paru être sa vie dans les moments où je ne l'avais pas connue, il y avait quelque chose de plus que je sentais et qui était un peu trop loin de moi. Je me rendis compte que l'art c'était ce qui rapprochait et permettait de saisir ces choses réelles et particulières qui sont tout le temps à quelque distance de notre pensée, qui la dominent sans cesse, nous font plaisir, nous font souffrir, auxquelles nous pensons sans cesse mais sans les penser véritablement.

Pour ajouter à ce qui est au dos sur mon nouveau caractère (en écrivant ceci je ne relis pas ce papier, de sorte qu'il peut y avoir des doubles emplois).

Le caractère de mes parents à qui j'avais été obligé de donner l'hospitalité en moi et qui s'était déjà manifesté quelquefois dans mes théories pleines de bon sens à l'égard de Françoise et d'Albertine avait pris peu à peu l'empire sur le reste de mon caractère. Si autrefois dans l'agitation sentimentale de mes paroles il y avait chez moi un réaliste sensuel que je n'apercevais pas, en revanche maintenant peut-être restais-je un agité et un sentimental, en tout cas la froideur de mes propos, le calme imperturbable de mes mouvements commandaient en moi extérieurement mon caractère ; les autres parlaient, j'écoutais ; je pouvais souffrir, je trouvais comme ma grand-mère mourante inutile de me plaindre et dans les déménagements je laissais tout le monde me bousculer et disais que cela ne faisait pas aller plus vite *[interrompu]*

Quand je dis combien je me suis trompé sur mon caractère et que j'avais mal aimé Albertine dire : je l'avais aimée oui, mais dans le sens où nous disons à la cuisinière : « je vous préviens que j'aime le poulet, que j'aime le homard », c'est-à-dire « tordez le cou à l'un, faites cuire l'autre tout vivant pour que je puisse m'en délecter, je les aime bien. » Et faire intervenir mes impressions de nature quand j'allais faire visite l'après-midi au Cours-La-Reine etc. comme une des parties ignorées alors de cette nature de poète que je vais enfin exploiter et qui ne se traduisait alors que par des erreurs et des questions stupides, le salon Argencourt avant le salon Guermantes etc.[a]

Esquisse LXXI

[DERNIERS AJOUTS NON INTÉGRÉS AU TEXTE]

[Les fragments qui suivent proviennent des Cahiers 59 à 62. Ils ont été rédigés entre 1920 et 1922. Ils montrent qu'au cours des deux dernières années de sa vie, et après avoir composé, entre 1917 et 1919, le manuscrit du « Temps retrouvé », Proust continuait à y travailler sous forme d'additions qu'il n'eut évidemment pas la possibilité d'incorporer à son texte. Ces additions constituent des développements nouveaux, d'un caractère achevé. Deux grands thèmes y sont particulièrement sensibles : celui des effets du temps, qui donne lieu à une série de portraits supplémentaires (six premiers fragments) ; celui qui correspond aux dernières pages du « Temps retrouvé », où le narrateur perçoit en lui-même les effets de la maladie, médite sur sa mort prochaine et la postérité de l'œuvre (neuf derniers fragments).]

Bloch me représenta à son père. Il me fut impossible de le reconnaître. Mais la vieillesse, si marquée qu'elle fût dans ses traits, l'était plus encore dans la suppression de sa familiarité, la rupture des fils avec le passé. Je m'attendais à ce qu'il me dît comme d'habitude : « Quel plaisir de vous revoir, comment ça va-t-il ? allez-vous toujours à Balbec ? vous rappelez-vous que vous gardiez vos volets fermés le matin et que ce bougre de directeur nous privait parfois de concert sur la plage pour respecter votre sommeil ? » (Et en effet le directeur potentat avait une fois ou deux fait mettre une pancarte, qui faisait que les musiciens et le public s'en allaient avant le concert commencé). Mais bien que M. Bloch le père me reconnût parfaitement et se rappelât tout cela, il n'en fit aucune mention, car il était devenu une autre personne et plongé dans la vie ambiante de sa vieillesse (on disait qu'il avait plus de quatre-vingt ans). Aussi à ma stupéfaction, après m'avoir serré la main presque comme à un inconnu, se contenta-t-il de me dire : « Le programme est beau, n'est-ce pas ? comme c'est bien joué, et quelle magnifique salle de concert, c'est vraiment princier ! » Sur le fait qu'il ne m'avait pas vu depuis trente ans aucun mot ne sortit de ses lèvres, il avait même cessé de s'en étonner[1].

Un homme infléchi, gémissant et délicatement convulsé comme un saule pleureur, effeuilla vers moi des regards de tendresse et de souvenir, murmura harmonieusement quelques plaintes. Après avoir par acquit de conscience feuilleté le dictionnaire illustré que nous prête notre mémoire et n'y avoir trouvé, dans le tourbillon des années et des pays où j'avais vécu, aucune forme humaine analogue répondant à un nom connu de moi, je me résignai, pour forcer cet ami unilatéral à me dire comment il s'appelait, à ne pas dissimuler l'étonnement profond que me causait son salut. Il[a] ne parut pas y prendre garde, car me montrant une femme noire qui semblait prête à sortir il me dit tristement : « Ma femme », et ajouta en désignant un jeune homme rouge : « Mon fils. » Je croyais à une erreur quand[b] j'entendis mon nom murmuré dans la direction de la femme et du fils avec un geste éploré. Malheureusement cet inconnu n'avait pas du saule l'enracinement à une certaine place. Quand je voulus demander son nom aux personnes qui auraient peut-être pu me renseigner, il avait disparu. J'eus beau chercher dans mes souvenirs, je ne trouvai à aucune époque de ma vie personne qui, même si <j'> opérais par l'imagination les mutations accomplies par l'âge, pût ressembler à cet homme plaintif. Cependant il me connaissait, qui plus est il m'avait reconnu. Pour que je n'eusse pu en faire autant, il faut qu'au cours de la vie on puisse changer tellement qu'il ne reste plus rien des éléments primitifs qui puisse nous suggérer une identification. On est donc vraiment devenu une autre personne. Cet homme m'avait certainement très bien connu, à en juger par l'intérêt mélancolique avec lequel il me parla et me présenta à sa famille. Il m'avait connu, c'est-à-dire celui qu'il avait été m'avait connu. Mais de cet homme-là rien ne restait. Et j'eus beau chercher à faire sortir année par année, lieu par lieu, société par société, toutes les images possibles, aucune ne vint se substituer à celle-ci entièrement nouvelle pour moi, mystère impénétrable à ma recherche, et qui ne m'avait fait penser qu'à un saule pleureur.

Quelque part peut-être dans le tome XX[1]. Capitalissime.

Le vieillard marchait, le regard circonspect, le pas prudent, mesurant la distance qui le séparait de sa tombe, attentif à ne pas se laisser pousser dans celles qui étaient à ses côtés. On sentait que, différent en cela des autres humains, il n'était pas seul. Il avait l'air préoccupé de quelqu'un qui sent qu'il a pris mal, et l'aile de la voyageuse invisible qui l'accompagnait répandait sur ses joues un bistre plombé qui était peut-être déjà celui de son dernier soir et différait fort en tous cas des « roses de l'éternel matin ».

Pour ce même Cahier[1].

Je revis là de mes amis d'autrefois. Ils ne m'aimaient pas moins, mais ne s'approchaient pas, me parlaient de loin, sans vivacité. Il y avait entre nous, malgré le meilleur souvenir, l'écart des années.

À côté de cela, car la vie est pleine de contradictions, de temps en temps quelqu'un que je ne connaissais pas, apprenant que j'étais là, était brusquement empoigné d'un afflux de souvenirs, se jetait sur moi en hurlant mon nom, au lieu du sien qui m'eût peut-être aidé à le reconnaître. J'étais malgré moi assez froid devant l'exaltation de ces « reconnaissances », comme il y en a au dernier acte des comédies de Molière. Elles finissaient par une invitation à déjeuner où on me promettait d'inviter tous les membres de la famille qui, paraît-il, se souvenaient de moi mais que j'avais oubliés, invitation que je refusais, car je sentais que pour moi aussi c'était le dernier acte, commençant hélas ! juste au moment où j'aurais voulu écrire ou pour le moins ébaucher toute la comédie.

*Ces repeints étaient vite nettoyés dès qu'on savait à quel visage on avait à faire, ces masques étaient vite enlevés. Une personne vieillie, oubliée, est une inconnue, nous ne la reconnaissons pas, nous voyons sous des cheveux blancs un grand front carré de vieille[a] déesse wagnérienne. Quelle est cette Allemande ? L'avais-je connue jadis à Balbec ? Mais elle me dit : « Je suis Mme de Pierrebourg. » Aussitôt elle enlève le front de carton que je ne connaissais pas, je me rappelle le nez qui est bien toujours le même, et par instants je sens même passer dans sa voix les fraîches intonations de la voix de sa fille. Il manquait dans cette soirée des femmes qui eurent leur célébrité et, quelquefois vivant encore, ont[b] disparu, comme par exemple du jour où Albertine était venue chez moi, et si elle y était restée, les jeunes gens de Balbec qui la convoitaient ne l'auraient plus jamais aperçue, comme une personne qui est entrée dans une avenue et qu'une épaisseur de végétation <cache> au monde. Certaines femmes avaient préféré au monde l'amour des habitudes maladives comme la morphinomanie, le cloître, la vie dans un autre continent, où s'était développée la carrière de leur mari.

*Pour[c] Mme Bontemps, dans le Cahier 20.

Capital.* Cette coiffure modifiait non l'aspect de sa chevelure, mais de son visage. Car, comme ces villes <dont> la possession[d] est assurée par la prise non d'elles-mêmes mais de la position qui les domine et en est la clé, pour amincir ou enfler son visage, ce n'est pas des joues qu'il faut s'occuper mais des cheveux.

Pour le dernier Cahier quand je me sens presque mourant, ne pouvant descendre l'escalier.

À partir de ce moment la mesure du Temps changea pour moi. Il passa beaucoup plus vite. Non pas parce que je craignais de ne pas en avoir assez pour faire mon œuvre. Mais même en[a] ne faisant intervenir aucune crainte de ma part, à un premier degré où elle ne « jouait » pas, j'étais comme dans un monde aussi différent de l'ancien que, par exemple, au sortir d'un jour d'été où toutes les choses restent en place, où pas une feuille ne bouge, dans une journée de tempête, en automne, quand les feuilles tombées courent à toute vitesse. Je crois que cela tenait à ce que, tout en recevant plus de lettres et en voyant plus de gens, parce que le bruit que j'avais quelque talent s'était répandu, ces lettres, la fatigue m'empêchait de les lire jusqu'au bout, de m'en rappeler un mot le lendemain ni même que je les avais reçues, ces gens de les revoir. Aussi parce que tout filait si vite devant mon attention qui ne pouvait donner qu'un instant, un instant pas même prolongé (on reproduit — comme une statue reproduit un mort — par le souvenir), le Temps me semblait devenu très rapide ; ce qui me fit supposer que sa durée est relative à l'attention que nous portons, que nous pouvons porter aux choses, et qu'il nous paraît quelque chose de si calme et de presque stable tant que la vieillesse n'est pas venue, en partie parce que nous mettons une sorte d'insistance à rester auprès des êtres, à connaître entièrement — et sachant que nous continuerons à nous le rappeler — ce que nous avons lu. De sorte que par une étrange contradiction jamais le Temps ne m'avait paru si fugace qu'au moment où, même en dehors de la conception, ou par peur de la coïncidence d'impressions identiques, je pouvais bâtir en dehors de lui une éternité extratemporelle, lui-même, le Temps, même dans une conception plus humble et tout humaine, j'allais pourtant pouvoir me rendre compte qu'il se prolonge, qu'il a de grandes dimensions, trop grandes même pour notre faiblesse.

**Capitalissime.*

Quand j'ai fait l'article du *Figaro* que je crois devoir être imprimé après ma mort. Ou bien mettre cela quand je dois faire un livre, dans le tome XIX ou XX.*

J'étais heureux que les Guermantes[b], le monde et le monde des écrivains qui m'avaient jusqu'ici tenu pour rien me considérassent comme un homme supérieur, que la légion d'honneur dont on allait orner ma boutonnière[1] donnât une haute idée de moi au directeur de Balbec, à Aimé. Mais relativement à la mort, au néant qui la suit, que pouvait faire l'estime de la duchesse de Guermantes à qui, par l'anticipation de la pensée, n'était déjà plus rien, à qui cultivait — en ayant déjà présente à l'esprit l'idée qu'elles <ne> s'adressaient à personne, et qu'elles n'étaient rien — ces considérations flatteuses ? Est-ce que je ne vivais pas par là dans une contradiction aussi choquante[a] que celle qui me choquait chez Bergotte quand je le voyais à la fois ne pas croire à la réalité du monde extérieur et rechercher l'Académie[1] ? Mais que si au contraire je vivais uniquement dans l'après-mort, dans l'impersonnel Absolu, ne fallait-il pas revenir aussitôt à l'autre plan, celui où je me serais cru coupable d'être impoli avec Bloch et de ne pas répondre exactement à Mme de Marsantes, parce qu'elle avait il y a quelques années perdu un fils qui avait été mon ami ? Telle est l'étrange condition assignée à l'homme, et surtout à l'artiste, de vivre à la fois sur deux plans, et sans joie[b] possible, parce que chacun des deux où l'on s'objective tour à tour supprime au fait, du même coup, la réalité de l'autre.

Ce qui m'assurerait que j'avais vu juste ce n'était pas les éloges des vivants, mais la ressemblance avec les morts. Il suffit de trouver dans un livre de Diderot qu'on ne connaissait pas telle chose qu'on a dite pour être assuré de sa vérité (plus même que de rencontrer cela dans la vie, car la vérité est intellectuelle et ce qui la certifie est moins dans les accidents de la vie que dans les efforts d'un cerveau). Aussi ce n'est pas les réclamer qui réconforte un écrivain, ce n'est pas les suffrages des vivants mais l'applaudissement d'un mort.

Pour le Cahier 20 sur mon livre.

M'abaissant à penser aux autres et à parler de moi, je voulais d'un mot réfuter les doctrines esthétiques qui auraient pu condamner mon livre. Mais elles changèrent si souvent — pour la littérature comme pour la peinture et la musique — tandis que je l'écrivais, les nouveaux venus de la veille étant déjà les démodés du lendemain, et avec eux, leurs idées, que je renonçai à suivre ces changements dans leur vitesse aussi grande que leur insanité.

À un endroit où je suis malade.

Oh ! chers médicaments !* (j'emploie ce mot pour éviter les termes scientifiques)* Ils sont les amis de nos maux que nous ne nous connaissons pas et de qui la pensée qui peut soumettre l'univers n'est même pas entendue par eux. Ces maux, nous demandons aux chers médicaments de venir leur faire une visite d'amis, de leur proposer une promenade, de les emmener hors de notre corps. Et les médicaments, entrés seuls dans notre corps, en ressortent comme des abeilles, traînant après eux, l'un notre rhumatisme, l'autre notre insomnie, un troisième notre constipation ou notre colique.

Pour le dernier ou avant-dernier volume.

Les livres qu'il écrit ne sont pas pour l'écrivain la postérité, il ne peut viser si loin, elle est incertaine ; peut-être avant deux générations sera-t-il inconnu. Du moins ses livres sont-ils sa postérité, les enfants chéris pour qui il dépense ses dernières forces afin d'assurer leur sort et d'y informer sa pensée, alors que lui-même il sait que cet avenir, si bref soit-il, de ceux qui sont issus de lui, il ne le verra pas, car il va bientôt mourir.

Pour le dernier Cahier[1]. Capitalissime.

Dostoïevski cite parmi les malheurs les plus effroyables de sa vie de détenu de ne pouvoir être jamais seul, pendant quatre ans[2]. Or il semble que même au milieu de présences constantes on puisse s'isoler, s'abstraire. Cela est possible à chacun et <il> semble que cela aurait dû l'être plus qu'à personne à Dostoïevski, lui qui par la puissance hallucinante de l'imagination devait être si bien <capable de> supprimer ce qui était autour de lui. En tout cas il y a des présences plus gênantes à écarter que celle des hommes qui au moins vous sont extérieurs, peuvent gêner, non empêcher le travail de la pensée. Ce sont les présences intérieures[3].

**Capitalissime*. Pour le dernier Cahier[4].

Certaines impressions agréables de grande chaleur, de jours frais, de feuillage me revenaient. Mais où les avais-je éprouvées ? Une nuit absolue recouvrait tous les noms. Je me rappelais très bien que j'étais avec Albertine. Elle-même s'en serait-elle souvenue ? Notre passé glisse dans l'ombre. Pourtant voyons, ces jours si brûlants, où elle allait peindre au frais dans une cavée ? Voyons, ce n'était pas Incarville. Le nom ne devait pas être très différent — Incar, Inc, non, j'ai beau caresser la nuit de mes souvenirs, aucune probabilité de nom n'apparaît. À la fin, exténué, sentant que je ne trouverai pas, je pense à chercher dans un dictionnaire géographique, mais c'est trop peu important. Le nom n'y sera pas. Du reste, je ne sais pas trop de quel côté de Balbec c'était, plus au nord, plus au sud, cela je n'y songe même pas à le chercher car l'oubli, s'il devait respecter des noms rendus chers par un souvenir de charme, détourne en tout cas tout ce qui est intermédiaire entre un souvenir et un autre. Des îlots de charme subsistent mais isolés. Faudrait-il les chercher dans les ports de mer ? je ne crois pas, je crois plutôt à des feuillages sur la hauteur. Je me vois là avec Albertine sous une ombre verte. Je renonce à chercher le nom dans la nuit inexorable et tout à coup, comme une seule première étoile, s'y allume le nom de cet îlot de charme : *[un blanc]* Quel don inattendu de la mémoire. Mais pourquoi avais-je cherché quelque chose qui ressemblait à Incarville ? Ah ! c'est qu'en revenant nous nous arrêtions souvent devant les clochers de Martinville. Je vais chercher *(noter le nom de l'église et de la cavée)* dans un dictionnaire. C'est trop peu important. Miracle ! le dictionnaire lui consacre dix lignes. Il y a là plus d'habitants que je n'avais cru. Mais le plus étonnant c'est que c'est au bord de la mer (de la baie de Balbec). Cela vraiment je crois que même au temps où j'y allais je ne m'en rendais pas compte, à cause d'un chemin terrien que nous prenions, nous éloignant de la baie. Sans doute elle avait un enfoncement là qui baignait un côté de cet endroit, enfoncement que j'avais probablement ignoré. Car j'ai le souvenir d'un paysage champêtre, avec une herbe très verte et des bois profonds. (Et, en même temps, parallèlement à mes recherches concernant *[un blanc*[a]*]*, et îlot non plus de nature celui-là) comment s'appelait donc la jeune fille de la petite bande, par qui je me croyais aimé, si bien que j'avais voulu partir avec elle, comme j'avais cru qu'elle me l'avait demandé par signes et que je serais parti en effet, si d'une minute, je n'avais manqué le train ? Toute la matinée, toute la journée, je[b] suis resté à chercher le prénom de cette jeune fille (son nom de famille l'ai-je même jamais su ?). Enfin le soir je n'y ai plus tenu et j'ai voulu demander à Françoise de faire téléphoner à Mme X (Andrée, mère de famille maintenant) de venir me voir, car avec elle, en confrontant nos souvenirs (bien que je remarque que tout le monde oublie, mais sans, comme moi, le savoir) peut-être arriverai-je à lui faire retrouver ce prénom.

Ce n'est pas la peine que Françoise téléphone, à côté de la première étoile (Gisèle) qui ne me suffisait pas, une seconde s'est allumée :

Et ce n'est pas, comme je croyais, la même année que mes promenades avec Albertine car Gisèle[c] c'est la première année, j'en suis sûr, car elle a envoyé à ses amies sa composition, une lettre de Sophocle à Racine. La mémoire devrait plus tendrement nous entourer de tous ces doux souvenirs sans lesquels nous sommes bien seuls ; sans nom, une jeune fille nous apparaît aussi vague que l'ombre qui accompagnait un soir dans les Champs-Élysées la fille de Swann. Mais quel est son prénom ? Oh ! cet oubli-là ne vient pas de l'éloignement, je le savais hier encore, comment ne puis-je le retrouver ? Mais quand on perd la mémoire un nom est le lieu géométrique de tant de lignes d'oubli, non seulement des longitudinales indéfiniment prolongées, mais d'une latérale qui l'a assailli d'hier seulement, d'hier seulement ce nom que je connais mieux qu'aucun, que je ne peux pas retrouver, mais que tout d'un coup voici : Gilberte.

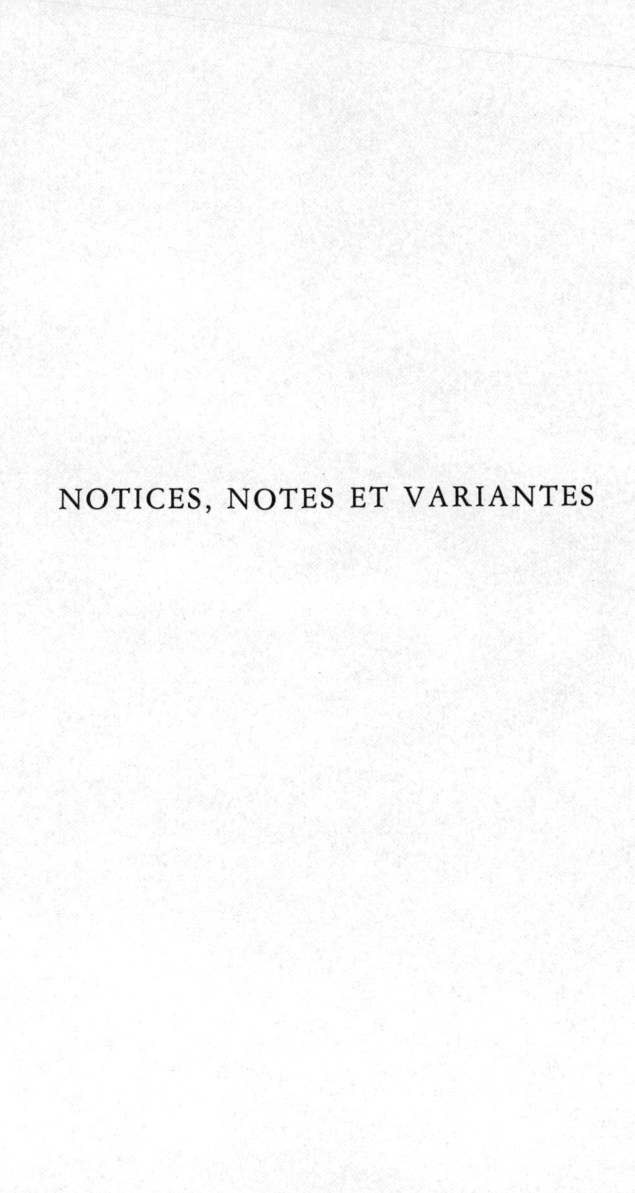

NOTICES, NOTES ET VARIANTES

Albertine disparue

NOTICE

Albertine disparue est, de tous les volumes qui composent *À la recherche du temps perdu*, le moins connu. Les anthologies y puisent rarement, et chichement. Cela tient sans doute à l'atmosphère générale du livre, atmosphère de ténèbres où seul l'épisode de Venise brille d'un éclat précieux parmi les voiles du deuil et de l'oubli. C'est aussi qu'il est difficile d'isoler des morceaux de bravoure dans un texte consacré à la douleur, aux mornes ressassements du regret et du soupçon, aux obsessions du vide et de l'absence : les pages brillantes ne viennent que vers la fin du deuil, et l'ivresse et la joie que procure la découverte de Venise sont comme cernées et assourdies par de fréquents rappels de la mort et de la déréliction. Chaque élément est, en outre, solidement inséré dans son contexte : blessé par les critiques qui reprochaient au volume de *Du côté de chez Swann*, paru en 1913, son manque de composition, son caractère touffu, son air de brocante, comme on aimait à dire à cette époque, Proust s'est appliqué à charpenter fortement, de 1914 à 1916, un ensemble d'autant plus difficile à organiser qu'il provient, nous le verrons, de morceaux chronologiquement très disparates.

Une composition simple et vigoureuse, presque excessivement soulignée : c'est l'un des traits les plus surprenants d'un livre qui décrit la plongée progressive vers l'abîme d'un héros atteint par le malheur. Françoise frappe le premier coup : « Mademoiselle Albertine est partie[1] ! » L'intensité de la douleur est si forte qu'elle semble intolérable à l'amant délaissé : « Ce malheur était le plus grand de toute ma vie[2]. » Il s'empresse d'imaginer toutes sortes d'explications et de stratagèmes pour l'atténuer ; il voudrait croire que les choses vont s'arranger. Un second coup vient au contraire rendre définitive et irrémédiable la perte d'Albertine : un télégramme

1. Leit-motiv dans les brouillons (voir notamment les Esquisses I.5 et 6, p. 639 à 642) et ouverture du texte définitif (p. 3).
2. Voir p. 11.

annonce sa mort — *mors*, titre en latin le cahier de 1914. « Alors ma vie fut entièrement changée[1]. » Il convient de prendre à la lettre ces deux affirmations du narrateur, qui présente dialectiquement et dans une organisation démonstrative l'histoire d'un grand deuil : le temps guérit les pires souffrances ; et cette guérison même est la preuve que ce que nous appelons notre vie est entièrement soumis aux illusions du désir.

La fuite et la mort d'Albertine ouvrent une période qui peut schématiquement se résumer en trois thèmes ; la narration prend soin de les distinguer, tout en montrant qu'ils sont chronologiquement entremêlés. L'un est celui de la souffrance : il s'agit de supporter l'absence de l'être aimé pour quelques heures, quelques jours, puis pour toujours. La souffrance est renouvelée à chaque heure du jour, à chaque geste quotidien : autant de fois qu'il faut apprendre qu'Albertine est morte ; puis le cycle des saisons et le retour des dates anniversaires multiplient et amplifient les chocs. Cependant le chagrin finirait par s'éteindre, en même temps que disparaissent tous les *moi* successifs qui subissent le choc et le surmontent, si la jalousie n'intervenait pour prolonger le deuil. L'Albertine inconnue et cachée, objet de la jalousie, est par définition absente. La disparition de l'être de chair, matériel et sensible, ne met pas fin à l'existence de l'autre. Une série d'enquêtes alimente et prolonge la curiosité du héros : Aimé envoyé en mission à Balbec et en Touraine, Andrée convoquée pour des interrogatoires, les jeunes filles du peuple recherchées comme témoins éventuels. Chaque révélation provoque une nouvelle souffrance correspondant à une nouvelle Albertine, et en même temps une nouvelle incertitude, car rien ne permet de se fier aux déclarations faites par de probables menteurs à un inquisiteur lui-même trop peu désintéressé pour être bon juge. Le troisième thème, tout d'abord latent, puis dominant, est celui de l'oubli ; comparé au reflux de la mer, irrégulier selon la pente des grèves et les caprices du courant, son mouvement est irrésistible. Le narrateur s'efforce de guider le lecteur en ordonnant la chronologie des étapes principales : le jour de la Toussaint, où le charme des souvenirs l'emporte sur l'atrocité du regret ; la seconde visite d'Andrée, dont les révélations ont perdu leur pouvoir nocif ; enfin Venise, où quelques brèves résurgences de l'amour passé et surtout l'indifférence éprouvée par le héros, voire son ennui à l'annonce qu'Albertine est vivante — par « une dépêche » au « libellé rempli de mots mal transmis » — lui prouvent qu'il avait « cessé d'aimer Albertine[2] ».

C'est au sein de l'épisode de Venise que s'amorce la coda romanesque, ironique et cruelle. Traditionnellement, un roman s'achève par un mariage ; dans *Albertine disparue*, le héros pense, au commencement, qu'Albertine s'est enfuie pour obtenir une proposition ferme de mariage ; lors de la seconde visite d'Andrée, il entrevoit que le départ d'Albertine pourrait être lié à une autre proposition

1. Voir p. 60 et Cahier 54, ffos 55 r° à 60 r°.
2. Voir p. 220 et p. 223.

matrimoniale, celle du neveu des Verdurin ; enfin la dépêche faussée qui lui parvient est une offre de mariage. À cette fin impossible se substituent trois figures d'union : celle du vieux couple illégitime, M. de Norpois et Mme de Villeparisis, union heureuse et dérisoire[1] ; celles, au contraire, que la société a longuement préparées par calculs et mouvements profonds, toutes deux malheureuses. L'une de ces deux dernières[2] est immédiatement et dramatiquement brisée par la maladie et la mort de la jeune épousée ; l'autre[3], plus conventionnellement gâchée par l'infidélité du mari, est un enfer pour la femme délaissée, et pour le mari torturé par un amour doublement réprouvé.

Ainsi se déroule de façon presque linéaire la fin d'une histoire d'amour, histoire que l'on peut — ce qui est propre à la technique de Proust — considérer comme un triptyque ou un diptyque, selon qu'on la constitue en trois volets — naissance de l'amour dispersée sur les deux séjours à Balbec ; jouissance de l'amour dans *La Prisonnière* ; sa fin dans *Albertine disparue* —, ou que l'on voie formé en deux pans ce que l'on appelle traditionnellement « l'épisode d'Albertine » — *La Prisonnière* et *La Fugitive* — l'un où Albertine est présente, l'autre où elle est absente. Cet effet de symétrie était voulu par Proust et marqué par le choix des titres en 1922.

Mais cette intrigue romanesque simple sert de base à l'histoire du héros. En perdant Albertine, le héros connaît la souffrance la plus cruelle, celle que donne la mort ; en perdant cette souffrance, le héros connaît le néant. Nous l'avons dit, la leçon est double, le temps guérit toute souffrance, mais cette guérison constitue une irrémédiable perte de soi. Le pire moment de l'histoire du héros n'est pas l'intolérable douleur du début, mais l'enfermement définitif d'Albertine dans les plombs de Venise. De cette perte de soi, Proust a fait personnellement l'expérience en 1914, comme en témoignent les aveux d'une lettre à Reynaldo Hahn : « Mon cher petit vous êtes bien gentil d'avoir pensé que Cabourg avait dû m'être pénible à cause d'Agostinelli. Je dois avouer à ma honte qu'il ne l'a pas été autant que j'aurais cru et que ce voyage a plutôt marqué une première étape de détachement de mon chagrin, étape après laquelle heureusement j'ai rétrogradé une fois revenu vers les souffrances premières. Mais enfin à Cabourg sans cesser d'être aussi triste ni d'autant le regretter, il y a eu des moments, peut-être des heures, où il avait disparu de ma pensée [...]. D'ailleurs j'ai eu une grande joie à voir que mes souffrances étaient revenues[4] [...]. » Ces propos ne sont en rien masochistes, la souffrance n'est pas aimée pour elle-même mais parce que sa suppression fait apparaître le monstre fascinateur, l'oubli. Le deuil détache du monde, et le monde, devenu étranger, perd son

1. Leur projet de mariage avait été vivement critiqué par la famille : voir *Le Côté de Guermantes II*, t. II de la présente édition, p. 819, où il serait « à faire rire les poules ».
2. Celle de Mlle d'Oloron, fille adoptive de M. de Charlus et nièce de Jupien, avec le jeune de Cambremer.
3. Celle de Gilberte et de Saint-Loup.
4. Lettre datée de la fin d'octobre 1914 ; *Correspondance*, éd. Philippe Kolb, Paris, Plon, t. XIII, p. 311, 313.

charme ; ainsi, et comme malgré lui, le héros perd tout ce qui avait fait sa vie, l'amour, l'art — selon l'acception de Ruskin[1] —, l'amitié, et jusqu'au monde de l'enfance : lorsqu'il séjourne à Tansonville, Combray ne lui dit plus rien[2]. La fin logique de ce dépouillement est le départ pour une maison de santé, immédiatement après le séjour à Tansonville. Venise et Tansonville sont les deux grandes boucles où s'achève le parcours de la vie du héros — parcours à rebours, comme celui de l'oubli : « [...] je sentais bien maintenant qu'avant de l'oublier tout à fait, comme un voyageur qui revient par la même route au point d'où il est parti, il me faudrait, avant d'atteindre à l'indifférence initiale, traverser en sens inverse tous les sentiments par lesquels j'avais passé avant d'arriver à mon grand amour[3]. » Le livre contient ainsi bien plus d'échos, de rappels et de disparitions que d'épisodes nouveaux. Les brouillons montrent que, dans certains cas, un épisode est écrit pour être placé dans un livre antérieur, à seule fin de laisser dans celui-ci une trace, une courte réminiscence ; par exemple, la promenade en forêt avec Albertine, au chapitre III de *Sodome et Gomorrhe II*, est inventée pour que le souvenir en revienne dans *Albertine disparue*, comme le prouvent les indications de régie du cahier de brouillon[4]. Le plus souvent, des séquences écrites avant l'invention du personnage d'Albertine sont écourtées au profit des livres précédents, telles la rencontre des trois jeunes filles ou l'explication des changements de la duchesse de Guermantes[5]. Il est à peu près certain[6] que Proust avait prévu une grande réception pour le mariage de la fille adoptive de Charlus ; elle est supprimée, et ce livre est le seul, dans *À la recherche du temps perdu*, qui ne comprenne pas une grande réunion mondaine. L'appauvrissement systématique, qui n'épargne que l'épisode de Venise, contribue à détourner les faveurs de l'« indiligent lecteur[7] » vers des parties moins austères et qui n'exigent pas un si constant effort de remémoration.

1. Admirateur fervent de Ruskin dont il partage les goûts pour les églises, les cités gothiques et nombre de peintres médiévaux ou modernes, Proust, tout en traduisant ses œuvres, se détache progressivement du maître en dénonçant son « idolâtrie », l'amalgame qu'il fait entre les valeurs esthétiques, morales et religieuses, la vénération qu'il porte aux œuvres d'art qui contiendraient en elles-mêmes des vérités salvatrices. Voir à ce sujet la thèse de Jo Yoshida, *Proust contre Ruskin*. De même, sectateur enthousiaste de Ruskin au début de son séjour à Venise, le héros perd la foi au moment du départ.

2. Au sens littéral ; le dialogue s'est interrompu entre les objets de l'enfance et le héros qui en a perdu le secret ; les aubépines n'ont plus rien à lui dire, ou elles ne parviennent pas à se faire entendre de lui.

3. Voir p. 138.

4. Cahier 54. Au folio 35 r°, Proust signale le début d'un passage destiné à un livre antérieur auquel répondra un passage symétrique dans *Albertine disparue* : « à écrire et mettre avant ». Voir n. 2, p. 643. Au folio 38 r°, « maintenant la réplique », vient une page qui évoque l'été revenu, la soif de cidre, les cerises, qui font renaître la douleur (voir p. 61). Voir aussi, dans le même Cahier 54 les folios 54 v° et 85-86 v[os] qui dessinent une Albertine ivre de champagne, que l'on retrouve dans *Sodome et Gomorrhe*, ivre de cidre (voir n. 1, p. 70).

5. Voir p. 1002-1003.

6. Voir n. 2, p. 245 et p. 1016 de cette Notice.

7. Montaigne, *Essais*, III, IX « De la vanité ».

Ce lecteur, et même de plus attentifs se trouvent aussi déroutés par la présence de passages erratiques dans une construction très rigoureuse. Ce sont souvent des traces de projets abandonnés, telle la scène où Charlus récite des vers d'amour à un militaire[1], scène dont on voit mal la fonction mais dont on peut désormais comprendre l'origine, depuis la découverte, en 1985, du Cahier 71 qui prouve que les amours de M. de Charlus servaient d'exemple et de leçon au héros, du début à la fin d'*Albertine disparue*. D'autres passages demeurent énigmatiques, ainsi l'histoire de la petite fille pauvre et du chef de la Sûreté, ou bien la visite de la princesse de Parme[2] ; peu nombreux, ils laissent entrevoir d'autres constructions, une richesse infinie des possibles du roman. Ces scènes en trop sont moins embarrassantes, toutefois, que les ruptures de construction qui se multiplient dans le dernier chapitre, et qui déjà commencent avec l'épisode du *Figaro*[3]. Ces ruptures tiennent à l'inachèvement du livre — tous ses éditeurs en sont convaincus —, mais elles sont aussi dues à la multiplicité des fonctions qu'assure celui-ci et qui en font une sorte de plaque tournante, pour reprendre la métaphore ferroviaire chère à Proust. S'il ne s'agissait que de l'histoire d'Albertine, nous l'avons vu, tout serait extrêmement simple : départ, mort, chagrin, jalousie, oubli et, en épilogue, les mariages. Mais les grands traits dominants sont doublés d'un autre récit, véritable « leçon de ténèbres » qui conduit le héros vers le néant : « [...] j'avais compris que mon amour était moins un amour pour elle qu'un amour en moi[4] [...]. » Telle Eurydice, Albertine morte entraîne le héros dans une traversée mythique du royaume des morts où tous ses liens terrestres se défont. On voit comment Venise, toute entourée d'eau, toute faite de passé, et qui a l'air de reproduire en plus précieux les apparences de la vie terrestre, représente une étape fondamentale du parcours. À partir de là, le héros ne vit plus, n'éprouve plus ni désirs ni passions. Le dialogue final avec Gilberte pourrait bien se situer dans les Champs-Élysées infernaux : dans la promenade nocturne, où l'ombre, détachée du corps, semble emportée sur l'eau[5], se retrouvent tous les éléments du mythe antique du passage de la vie à la mort. De cette traversée des Enfers, on le sait, naissent les vrais poètes, depuis Orphée. *Le Temps retrouvé* est donc déjà commencé. Cependant, les belles images légendaires de l'au-delà, qui peuvent laisser entrevoir pour le héros une aube après le crépuscule, n'atténuent pas l'horreur de cet autre enfer traversé, non pas celui des morts, mais celui des vices cachés. Derrière la tendresse de la bonne Albertine se dissimulent des appétits pervers, derrière l'amitié de Saint-Loup, de noirs penchants : tous deux ont tenté d'y résister,

1. Voir p. 177-178, et l'Esquisse I.3, p. 633. Sur le Cahier 71, voir t. III de la présente édition, p. 1653.
2. Voir p. 15-16 et 27-28 pour la petite fille ; p. 176-177 et 192-193 pour la princesse de Parme.
3. Voir p. 147.
4. Voir p. 137.
5. Cahier 55 (f° 90 v°). Voir p. 267 où cette image est remplacée par celle de l'ombre et de la barque.

mais sont entraînés et succombent. Derrière les mariages, couronnements de l'ordre social, triomphent les forces secrètes d'un ordre plus puissant. Proust, nous le verrons[1], envisageait d'appeler ce livre *Sodome et Gomorrhe IV*. L'enquête sur les goûts d'Albertine peut donc apparaître comme une partie de l'histoire plus générale de la découverte et de l'exploration du monde de l'inversion ; cette histoire ne s'achève pas au seuil du *Temps retrouvé*, où se prolonge et s'accentue l'effet de descente aux Enfers. La recherche d'un fil directeur nous mène souvent au-delà des limites d'*Albertine disparue*. L'étude de la genèse montrera à quel point le livre prend, selon l'aspect envisagé, des significations dominantes variables[2], et comment tout l'effort de Proust s'est porté sur la recherche d'un ordre qui donnerait à toutes ces voix un air de grande simplicité.

Paradoxalement, c'est peut-être la réussite même de ce dessein qui explique la désaffection — relative — des lecteurs ; dans l'abondante bibliographie proustienne, *Albertine disparue* n'occupe guère de place, — à l'exception, combien significative, de l'épisode de Venise. L'austérité du livre et sa couleur crépusculaire ne tiennent pas seulement au sujet : la mort, celle d'Albertine et celle, symbolique, du « vieil homme[3] » ; elles tiennent aussi à l'enfermement du *moi* dans une solitude presque absolue. Les personnages sont totalement absents, comme Albertine, ou fantômatiques, comme la mère du héros et Gilberte ; ou encore, ils sont réduits au rôle de messagers informateurs, comme Saint-Loup, Aimé et Andrée[4] ; ou bien leur présence n'implique pas d'échanges ni de communications avec le héros, ainsi Charlus et son militaire, ou Mme de Villeparisis et M. de Norpois ; les seules exceptions notables sont le duc et la duchesse de Guermantes, qui jouent à la fois le rôle de lecteurs potentiels de l'article du *Figaro*, d'introducteurs de la nouvelle Gilberte, et surtout de destructeurs de la mémoire de Swann[5]. De même, les événements ne sont à peu près jamais directement mis en scène dans le récit ; ils sont ou rappelés, ou anticipés, ou rapportés par des lettres, des dépêches, des propos dont l'exactitude est fréquemment mise en doute. Le lecteur est ainsi fermement maintenu dans un univers mental auquel il ne saurait se fier, car cet univers est peuplé de signes trompeurs et voué à l'instabilité. Comme on comprend que le séjour à Venise ait séduit tant d'amateurs ! Enfin le héros sort de sa chambre, enfin les monuments, les tableaux, et même les impressions du voyageur, sont des faits attestés, vérifiables chez Ruskin, ou dans tel guide, ou chez certains auteurs, Barrès, Régnier, voire Paul Morand. Il ne faudrait pas trop s'y fier non plus, car l'enchantement peut s'évanouir, et la leçon optimiste qu'on aimerait en tirer, sur la pérennité de l'art et l'accomplissement des promesses de l'Ange d'or du Campanile de Saint-Marc, ne manque pas d'ambiguïté.

1. Voir p. 1026 et suiv.
2. Voir p. 999.
3. Saint Paul, Épître aux Romains, VI, 6.
4. Voir p. 19-56 (Saint-Loup) ; 74-106 et 258-260 (Aimé) ; 126-202 (Andrée).
5. Voir p. 162-163 et 169.

Genèse.

Livre composite, *Albertine disparue* marque la frontière entre les deux grands pans initiaux du roman, *Le Temps perdu* et *Le Temps retrouvé*[1] ; il participe des caractères de l'un et de l'autre. Il est difficile d'étudier sa genèse sans prendre d'abord conscience de la diversité des textes qui le composent : les uns remontant en quelque sorte à la préhistoire du roman, aux cahiers du *Contre Sainte-Beuve*, dans les années 1908-1909 ; les autres surgis dans l'immédiateté même de la douleur, en 1914, lors de la fuite et de la mort d'Agostinelli. La diversité n'est pas seulement chronologique, elle tient aussi à la pluralité des sujets traités, et rien n'est moins soluble que la détermination d'un livre posthume, dont la clôture peut varier selon le critère choisi. Les trois éditions « originales » du livre changent à la fois de titre — *Albertine disparue*, 1925 ; *La Fugitive*, 1954 ; *Albertine disparue*, 1987[2] — et de contenu — division ou non en chapitres, longueur allant du simple au double — : c'est qu'elles ne s'appuient pas sur le même document de base, la première partant d'un dactylogramme, la seconde du manuscrit, la troisième d'un second dactylogramme. En fait, ce livre dont nous tâchons de délimiter les contours n'est devenu que très tard un livre indépendant, et la difficulté majeure tient à ce que l'on cherche une unité et une cohérence propres à cette suite d'épisodes alors qu'ils constituent presque tous des pivots : ils sont à la fois les derniers éléments de l'histoire du héros, on y voit s'achever ses amours, ses amitiés, ses rêves de voyage et ses ambitions mondaines ; mais en même temps la souffrance, la mort, l'oubli, les déceptions de tous ordres préparent le creux vertigineux, la dépression d'où sort le temps retrouvé, qui n'atteint son paroxysme qu'au « Bal de têtes[3] ». En somme, ce livre ne parvient pas tout à fait au stade de l'objet clos et constitué pour toujours ; une étude génétique ne saurait ignorer ce fait essentiel et nous nous efforcerons de montrer le caractère mouvant et non fixé de cet ensemble. « L'immobilité du texte imprimé est une illusion d'optique[4] » : l'assertion de Valery Larbaud pourrait bien s'appliquer à cet objet, ce livre dont le titre, les limites, l'histoire peuvent être discutés. Il nous faut donc travailler en deux directions. L'histoire du livre ne se comprend qu'à partir de l'apparition et de la disparition de fragments combinés selon des projets et des plans successifs ; chaque épisode naît et se transforme en fonction d'un plan général ; des phrases qui persistent inaltérées pendant dix ans, résistent à des modifications radicales de la perspective. Ce qu'il y a de plus surprenant, lorsqu'on établit la succession des plans et l'évolution des motifs, c'est ce paradoxe de l'immobilité et du changement, la coexistence des transformations en profondeur et des noyaux stables qui fait du texte de Proust un « mobile ».

1. Voir l'Introduction générale, t. I de la présente édition, p. LXXII.
2. Voir la Note sur le texte, p. 1039-1040.
3. Voir *Le Temps retrouvé*, p. 396-625.
4. *Sous l'invocation de Saint Jérôme*, « L'Art et le Métier », chap. IV : « Les Balances du traducteur ».

Contre Sainte-Beuve.

À l'époque de *Contre Sainte-Beuve*, en 1908-1909, Proust a travaillé sur une dizaine de cahiers de brouillons. Nous avons prélevé dans ces cahiers un certain nombre d'esquisses qui constituent les parties les plus anciennes de l'édifice[1] ; ce qui est frappant, en effet, c'est de voir à quel point les modifications profondes ont laissé visibles certaines premières rédactions et certaines associations de détails. Nous allons montrer les grandes lignes de persistance et de variation. Dans le premier des cahiers de brouillon, le Cahier 3, nous trouvons l'épisode du *Figaro*. Dans *Albertine disparue*[2], cet épisode interrompt brièvement, et comme en incidente, la poursuite de la jeune fille blonde et le thème dominant de la mort et de l'oubli. Dans le Cahier 3, c'est un élément majeur de l'ouverture ; successivement, en trois fragments[3], on voit le héros dans sa chambre, il attend la publication d'un article qu'il a envoyé au *Figaro* et sa mère, au matin, entre et apporte le courrier ; un second fragment reprend ce thème ; et le troisième fragment se rapporte à la lecture de l'article. Le Cahier 2, qui suit immédiatement le Cahier 3, reprend le récit de la lecture du *Figaro*, la découverte de l'article, l'essai d'appréciation de l'article « avec le regard neuf de quelqu'un qui ne l'aurait pas écrit » ; puis le héros se lève et va voir « Comment Maman avait trouvé [son] article[4] ». Manifestement, entre ces deux premiers cahiers, l'épisode du *Figaro* constitue une introduction narrative à la « conversation avec Maman » puisqu'on y voit s'esquisser les thèmes du *Contre Sainte-Beuve*, la réflexion sur la lecture et la critique. Cette destination première est par la suite tout à fait abandonnée et l'épisode perd, apparemment, son rôle d'ouverture. Néanmoins, il garde de cet état primitif une quantité de traits précis : d'abord l'organisation narrative, entrée de la mère, découverte de l'article, lecture comme par un autre que soi ; mais aussi des traits qui peuvent apparaître comme secondaires : persistance de la brume rose du matin, du rappel de la laitière aux joues roses, et des lectrices amies de Sainte-Beuve, Mme de Boigne et Mme d'Arbouville, personnages essentiels pour la démonstration de *Contre Sainte-Beuve*, et qui ne figurent plus, dans *Albertine disparue*, que comme des fragments d'une fresque effacée.

Un second épisode apparaît, dans le Cahier 3, qui semble lié à la rêverie matinale du héros : c'est celui de Venise. Là encore, on peut constater à la fois un changement profond des structures narratives et une persistance surprenante dans la succession et l'organisation des motifs. Si l'on s'en tient à ce commencement des Cahiers 3 et 2, Venise n'est qu'un fragment plus développé parmi les désirs et souvenirs de voyages qui traversent l'esprit du héros. Le désir de voyager surgit au lever du jour, tantôt à propos de la lueur rose de l'aube qui rappelle un voyage en train et le Jura, tantôt à

1. Voir les Esquisses XII, p. 671-676 et XV, p. 689-698.
2. Voir p. 147-151.
3. Respectivement, ffos 1 r°-7 r°, 17 r°-18 r°, 27 r°-29 r°.
4. Ffos 42 v°-19 v°.

partir des bruits de la rue qui évoquent Amiens, Bayeux, Bruges, tantôt à partir de la lecture même du journal qui signale une tempête à Brest et suscite une pressante envie de tempêtes bretonnes. L'épisode de Venise se constitue selon ce même processus, en trois fragments, dans le Cahier 3 : une perception lumineuse fait surgir les réminiscences, mais, après les évocations heureuses, un souvenir sombre renvoie le héros à la sécurité de la chambre et de la présence maternelle. Cependant cet épisode, travaillé en trois temps dans le premier cahier, prend une ampleur et une autonomie qui l'arrachent progressivement au simple rôle d'accompagnement au cours de la matinée de « conversation avec Maman ». À la différence de l'épisode du *Figaro*, celui de Venise a pris, dans les brouillons suivants, de plus en plus d'ampleur ; cependant il a gardé, de son état premier, l'ordre quasi allégorique de ses deux images d'ouverture et de clôture. Image d'ouverture, l'ange d'or du campanile de Saint-Marc, ange annonciateur d'une promesse tenue, a pour pendant, à la fin de l'épisode, ce terrible alliage du malheur : « [...] ces crépuscules indéfiniment prolongés où la lumière arrêtée à écouter un soliste qui chante sur le canal semblait suspendue à ses appels et faire avec la mélodie qui s'adresse à elle un groupe équivoque où le métal de la voix et le reflet de la lumière semblaient fixés dans un alliage impermutable à jamais immobilisé, et qui reste en effet forgé à jamais dans son indécision poignante [...][1] ». Certes, dans le Cahier 3, l'ouverture de l'épisode de Venise est plus complexe, puisque l'évocation de la ville naît d'une perception visuelle : « Le soleil [dorait] la girouette de la maison d'en face » ; et que de cette perception présente et parisienne on passe par analogie à Venise : « C'est ainsi que je le voyais à Venise, quand à dix heures du matin on ouvrait ma fenêtre et que je voyais flamboyer l'ange d'or du Campanile de Saint Marc » ; puis, par analogie, cette fois, avec l'heure et la lumière, à l'enfance à la campagne : « C'est une heure que je connaissais bien ; le dimanche à la campagne, je voyais ce resplendissement plus sombre sur les ardoises de l'église[2]. » La triple comparaison initiale est réduite ultérieurement à celle de Venise et de Combray. Mais l'organisation comparative persiste, ainsi que l'allégresse du sourire des choses et des visages. Nous verrons que Proust a beaucoup travaillé cet épisode et lui a plusieurs fois imprimé un sens nouveau, bien après l'établissement du manuscrit et du dactylogramme ; mais la tonalité affective de l'épisode, entre le lever et le coucher du soleil, et entre l'allégresse et l'angoisse, a gardé son caractère premier.

On doit également rattacher aux motifs du voyage à Venise les quelques pages sur Padoue, Vérone et Florence qui se trouvent dans le Cahier 5[3]. Dans *Albertine disparue*, l'excursion à Padoue[4] demeure comme un vestige mal englobé de ce qui, nous le verrons[5], devait

1. Esquisse XV.1, p. 691 ; voir aussi l'Esquisse XIX.1, p. 737, et le texte définitif, p. 233.
2. Esquisse XV.1, p. 689-690.
3. Ff^{os} 51 r°-54 r°.
4. Voir p. 226-227.
5. P. 1005.

former avec l'épisode de la femme de chambre de Mme Putbus une arche reliant les grands piliers d'*À la recherche du temps perdu*. De la même façon, on trouve dans le Cahier 31 une page sur « certaines places inconnues » de Venise[1] qui est, au moment de sa rédaction, destinée au portrait des Verdurin et transcrite dans la version première de *Du côté de chez Swann*. Cette page, détachée de son sens initial, fut ajoutée à l'ensemble de Venise dans le manuscrit définitif[2].

Le Cahier 36 est pour *Albertine disparue* d'une importance bien plus considérable. Il semble faire immédiatement suite au Cahier 31, sa première page terminant le dernier épisode de ce cahier. Viennent alors trois récits qui ne sont pas reliés entre eux mais dont chacun représente une unité narrative suivie. Il semble bien qu'on puisse y reconnaître l'un des cahiers de cette « partie roman » du livre dont Proust écrit à Vallette, en juillet-août 1909 : « C'est un livre d'événements les uns sur les autres à des années d'intervalle[3]. » Ces trois récits sont très inégalement représentés dans le texte définitif d'*Albertine disparue*. Le premier concerne la femme de chambre de la baronne de Picpus — ultérieurement Putbus ; ce personnage, très important dans les brouillons, ne subsiste qu'à l'état de trace[4]. Nous avons donné dans l'Esquisse XVIII ce premier morceau, dont l'élément essentiel, les attaches avec Combray et les premiers désirs du héros, a été reporté ensuite sur Gilberte[5]. Le second morceau, en revanche, a pour une grande part été retranscrit dans le manuscrit au net de *La Fugitive*[6]. Nous en avons néanmoins reproduit l'ensemble — sauf les parties littéralement reprises dans le texte définitif — dans l'Esquisse XIII[7], car il permet de comprendre en raccourci le processus de composition. Le récit part de la jeunesse de Swann, de ses succès dans le monde et de son amitié avec les Guermantes ; puis il évoque son mariage et le désir profond, qui le tient jusqu'à la mort, d'introduire sa fille chez les Guermantes, tandis que ceux-ci, subitement convaincus que Swann est ennuyeux, s'acharnent à refuser de recevoir sa fille ; après sa mort, le remariage de sa femme et la fortune de sa fille ouvrent devant ces dernières les portes du monde et, soudain, les Guermantes se mettent à adorer Mlle de Forcheville, en qui ils apprécient exactement les qualités qu'elle tient de son père ; mais on ne parle plus jamais de Swann. C'est, on le voit, un véritable roman en miniature qui s'est scindé dans *À la recherche du temps perdu* en plusieurs fragments : les succès et le mariage de Swann ont été considérablement développés ; le trait de caractère des Guermantes, leurs brusques revirements d'opinion et l'étonnement qu'ils provoquent, est repris dans *Le Côté de Guermantes* ; dans *Albertine disparue*

1. Ff^{os} 14 v°-15 r°.
2. Voir p. 229-230.
3. *Correspondance*, t. IX, p. 156.
4. Cahier 36, ff^{os} 2 à 10 r^{os} ; voir p. 230 et n. 1.
5. Esquisse XVIII, p. 714 ; et p. 269-270, 272.
6. Cahier 36 ff^{os} 10-32 r^{os} ; Cahier XIV, ff^{os} 1-32 ; et p. 155-172.
7. P. 677-687.

est rappelée la longue résistance et la capitulation des Guermantes[1]. Cette dissociation est liée à l'organisation de l'ensemble du roman. Le fragment ici conservé vient bien à sa place, avant le mariage de Gilberte, et comme un redoublement du thème de la mort et de l'oubli. Le troisième morceau du Cahier 36 constitue la base de la rencontre des trois jeunes filles[2] au Bois, suivie de la visite chez Mme de Guermantes. Il est évident que, là encore, l'épisode a été réparti en plusieurs lieux d'*À la recherche du temps perdu* et que la bande des jeunes filles de Balbec en est issue autant que les « trois nouvelles jeunes filles[3] » du Bois. Mais, cette fois, la démultiplication — et non la dissociation — produit un effet de répétition. Le texte définitif invite d'ailleurs à des rapprochements avec « le premier jour où j'avais aperçu Albertine et ses amies [...] » : mais il s'agit de Mlle Swann, devenue Mlle de Forcheville, et de ses amies, la blonde aux yeux « réverbérés » et la brune aux apparences sportives, en réalité ruskinienne, Cécile[4]. Le héros s'efforce, par cette dernière, de faire la connaissance de Mlle de Penhoët, dont il rêve, et qui se prénomme Germaine. Il est aussi, et en même temps, l'ami de la femme de chambre de Mme de Picpus. Comblé d'amies, le héros parvient à une sorte de paix désenchantée : « Un peu du désir insatisfait qui embellit l'univers et nous rend malheureux était diminué, était devenu du commun et du médiocre. Le monde était moins beau mais j'étais plus calme[5]. » *Albertine disparue* n'a conservé de tout l'épisode que le canevas de la rencontre, le regard de la jeune fille blonde, l'erreur du héros sur le nom de la jeune fille, et son identification, chez Mme de Guermantes, avec Mlle Swann devenue Mlle de Forcheville[6].

Le roman de 1911.

La seconde moitié d'*Albertine disparue*, à part les mariages et le séjour à Tansonville[7], se trouve ainsi dispersée dans les Cahiers 3, 2 et 36. Certains fragments des textes de ces cahiers sont utilisés presque intégralement dans le manuscrit définitif, tels l'épisode du *Figaro*, ou la conversation du duc et de la duchesse de Guermantes lorsqu'ils décident de ne plus tourner le dos à la fille de Swann[8]. Certes, bien des altérations se produisent, et Proust a lui-même insisté

1. Voir « Un amour de Swann », t. I de la présente édition, passim ; *Le Côté de Guermantes II*, t. II, p. 760-767 ; ici, p. 155-158.

2. Voir p. 142-145 ; Cahier 36, ff^os 32-41 r^os ; Esquisse X, p. 663 et suiv.

3. Voir p. 142, de même que pour la citation suivante ; en ce qui concerne le déplacement des jeunes filles à Balbec, voir la Notice de « Noms de pays : le pays », t. II de la présente édition, p. 1327-1330, et les Esquisses correspondantes, notamment XLV et XLVII. Voir aussi le motif des trois jeunes filles repris dans la promenade au Bois de *La Prisonnière*, t. III, p. 675.

4. Voir l'Esquisse X, p. 663-668.

5. Esquisse X, p. 668.

6. Voir p. 143-146 et 153.

7. Correspondant au quatrième chapitre.

8. P. 147-152 et 156-162.

sur le fait que son principal travail fut de fondre ensemble des ingrédients ou des matériaux jusqu'à ce qu'il obtienne une homogénéité solide, comme l'expliquent les images de la robe et du bœuf en gelée[1]. Il n'en demeure pas moins qu'au cœur d'*Albertine disparue* — dans les deux chapitres du milieu, si l'on se réfère à la division en quatre chapitres[2] — se trouvent étroitement rassemblés les plus anciens morceaux, ceux qui appartiennent à la préhistoire du roman.

Cet assemblage, de fait, remonte au premier travail d'organisation, celui de 1910-1911, que l'on considère comme le premier état d'*À la recherche du temps perdu*. Sans doute Proust a-t-il surtout travaillé à la rédaction de ce qu'il considérait alors comme la première moitié de son livre. Sa lettre à Fasquelle du 28 octobre 1912 annonce que la « deuxième partie est entièrement écrite » mais qu'elle « est en Cahiers et non dactylographiée[3] ». Nous nous accordons avec Kazuyoshi Yoshikawa[4] pour considérer qu'à cette date un ensemble de cahiers devait constituer cette deuxième partie sans qu'elle formât cependant une rédaction suivie. Toutefois, en ce qui concerne la future *Albertine disparue*, deux cahiers auxquels Proust travaille simultanément forment un ensemble suivi. Ce sont les Cahiers 48 et 50, qui semblent remonter à 1910-1911 et qui ont servi de brouillon à Proust au moment où il constituait le manuscrit au net. De ces cahiers, Proust découpe des pages qu'il colle dans le manuscrit au net, mais en même temps, à l'inverse, il récrit dans le Cahier 50 des pages de brouillon pour le manuscrit au net : c'est ainsi que le séjour à Tansonville relié aux transformations de Saint-Loup[5] se trouve dans le Cahier 50, mais est postérieur à 1911. Ces cahiers sont donc utilisés de deux manières : d'une part, Proust y puise des matériaux pour édifier son roman, s'en sert comme d'une carrière ; d'autre part, il en suit l'organisation et se sert du montage de 1911 pour établir celui de la seconde partie d'*Albertine disparue*.

Le Cahier 48 assemble à la suite trois des brouillons déjà signalés : l'article du *Figaro*, la poursuite de la jeune fille blonde, la visite chez Mme de Guermantes[6]. Cette suite se retrouve dans *Albertine disparue*, où est inversé l'ordre de la poursuite de la jeune fille blonde et de l'article du *Figaro*[7]. Tout l'épisode du *Figaro* a été découpé et recollé dans le manuscrit définitif, comme l'a montré Jo Yoshida[8]. De même,

1. Voir *Le Temps retrouvé*, p. 611-612.
2. Voir p. 138-235.
3. *Correspondance*, t. IX, p. 255.
4. « Remarques sur les transformations subies par la *Recherche* autour des années 1913-1914 d'après des Cahiers inédits », *Bulletin d'informations proustiennes*, n° 7, printemps 1978, p. 7-28. Voir également l'Introduction générale, t. I de la présente édition, p. LXVII à LXXVI.
5. Voir p. 255-266 ; Cahier 50, ff^os 63 r°, 62 v°, 63 et 64 r^os, 64 v°, 65 r° et 58 v° ; Esquisse XXI.1 et 2, p. 741-743.
6. Ff^os 27 r°-31 r°, 31 r°-35 r°, 37 r°-40 r° et v° ; voir p. 1000-1003.
7. Voir p. 142-147.
8. *Proust contre Ruskin : la genèse de deux voyages dans la « Recherche » d'après des brouillons inédits*, 1978, thèse soutenue à Paris IV. Jo Yoshida, à l'aide d'une analyse matérielle des feuillets, a établi l'origine d'un grand nombre de pages découpées ou arrachées et recollées dans le manuscrit au net.

le Cahier 50[1] présente une succession qui va du retour de Venise à Paris aux mariages annoncés par des lettres et aux réflexions sur ces mariages. Et la fin de ce cahier[2] amorce une articulation — le séjour à Tansonville — entre la fin des récits romanesques et le début du *Temps retrouvé*.

Ce premier canevas, dont certains fils seront maintenus, est cependant très différent de celui d'*Albertine disparue*. Trois divergences essentielles nous apparaissent, dont deux sont liées au voyage en Italie et la troisième à l'organisation générale du roman. Le voyage en Italie, réparti entre les Cahiers 48 et 50, n'est pas d'une analyse facile, car il semble suivre trois directions différentes. Se trouvent d'abord, dans le Cahier 48[3], des rêves de Venise se rapportant à l'intention de poursuivre, avant qu'elles ne partent pour un tour du monde, Mme Putbus et sa femme de chambre ; en apparence, le Cahier 50 commence[4] par une réalisation du projet, puisque le héros a rendez-vous avec la femme de chambre à Padoue, avant de se rendre à Venise où il sera poursuivi par les assiduités de cette balafrée[5] qui ne lui inspire plus aucun désir ; ces pages du Cahier 50 font directement référence à celles du Cahier 48 où il est question du rêve — non exaucé — de rencontrer cette femme dans une maison de passe ou de la subjuguer en devenant d'abord l'amant de Mme Putbus. Tout de suite après la rencontre à Padoue, le récit reprend, dans le Cahier 50[6], à Venise mais le héros, s'apercevant qu'il va manquer la femme de chambre de Mme Putbus qu'il n'a toujours pas rencontrée, se fâche avec sa mère et, avant de la rejoindre dans le train, reste seul et angoissé au coucher du soleil. C'est alors que prend place[7] la résurrection de la grand-mère, qui fut ensuite rattachée au second séjour à Balbec. Le séjour à Venise, lui, est rédigé dans le Cahier 48[8], mais il commence par un arrêt à Milan où reviennent le rêve et la résurrection de la grand-mère, arrêt suivi des promenades à Venise[9], dont la dernière est une rencontre inopinée avec la baronne Putbus ; le héros écrit à la femme de chambre, qui ne répond pas. Le voyage était donc, à l'origine, pris entre deux réseaux qui n'ont pas subsisté ; nous verrons qu'il a subi par la suite d'autres modifications et que le chapitre « Venise » n'a cessé de se transformer.

Le troisième élément qui change l'organisation de ces épisodes est d'un tout autre ordre : entre la discussion sur les mariages et le séjour à Tansonville se place[10] une articulation qui a disparu par la suite.

1. Ffos 34 ro-40 ro.
2. Ffos 63 vo-62 ro.
3. Ffos 40 vo-42 ro.
4. Ffos 2 à 17 ro et vo.
5. Son visage a été brûlé lors d'un incendie ; voir l'Esquisse XVIII.6, p. 725.
6. Fo 18 ro.
7. Fo 19 ro.
8. Ffos 47 ro-51 ro.
9. Ffos 53 ro-65 ro.
10. Ffos 40 ro-63 ro.

Voici comment elle commence : « C'est ainsi que quand je restais sans dormir une partie de la nuit, je revoyais telle ou telle scène de ma vie d'autrefois. » Il s'agit d'une récapitulation des épisodes qui constituent la partie romanesque du livre, avant le passage à l'« Adoration perpétuelle[1] ». Cette récapitulation fermait la boucle ouverte aux premières pages du livre par les songes de l'insomniaque. L'effacement de la composition, dans les étapes suivantes de la rédaction, engendre une réelle difficulté à délimiter la coupure entre *Albertine disparue* et *Le Temps retrouvé*, difficulté que manifestent les choix des éditeurs. Entre la fin du Cahier 50 et le début du Cahier 58, il y avait un temps en creux, le séjour dans une maison de santé. L'Esquisse XXI reproduit la double amorce de transition, le séjour à La Frapelière/Rachepelière — plus tard devenue Tansonville — où le héros va tenir compagnie à Gilberte avant de partir en cure[2]. Ce séjour n'est pas décrit. Manifestement, Proust n'a alors aucune idée de ce qui paraîtra plus tard aux lecteurs comme l'une des structures principales d'*À la recherche du temps perdu* : le rapprochement du côté de chez Swann et de celui de Guermantes ; cette idée ne semble pas encore établie en 1915, si l'on date de cette année l'ajout sur les transformations de Saint-Loup[3]. En effet, « j'allais » est biffé, dans la phrase « j'allais passer quelques semaines chez Mme de Montargis[4] », et remplacé par « j'avais été », suivi de la remarque « ce j'avais été permettra peut-être d'être plus bref sur Combray ».

L'épisode d'Albertine.

Il ne paraît pas y avoir eu de nouveaux brouillons concernant les épisodes de ce qui deviendra *La Fugitive* avant 1913-1914, où un nouveau pan de l'édifice se construit dans l'épisode d'Albertine. Nous ne reviendrons pas sur la création de ce personnage, dont le nom apparaît en 1913, mais dont bien des traits sont plus anciens[5]. Le nom d'Albertine a probablement agi comme un aimant et rassemblé plusieurs figures féminines, dont cette Maria, la Hollandaise, qui paraît tenir à plusieurs reprises le rôle attribué ensuite à Albertine. La seule trace — mais elle est d'importance — se rapportant à l'invention du nom dans *Albertine disparue* est la dépêche arrivée à Venise[6], où se confondent les noms de Gilberte et d'Albertine. En rapprochant ce passage des pages du Carnet 3[7] sur le jeu de l'Alphabet, on peut voir comment et pourquoi le nom d'Albertine l'a emporté : « *Capital* : Pour Mlle Bouqueteau ou bien pour Mlle la femme de chambre de Mme Putbus (selon que je préférerai que la chaîne aille de Gilberte à [Mlle Bouqueteau *biffé*] Albertine ou bien

1. Voir l'Introduction générale, t. I de la présente édition, p. LXVIII.
2. Ff^os 63 r°-62 v° ; voir l'Esquisse XXI, p. 741-742.
3. *Ibid.*
4. Premier nom de Saint-Loup.
5. Voir la Notice de *La Prisonnière*, t. III de la présente édition, p. 1630-1648.
6. Voir p. 234-235.
7. Ff^os 16 v°-17 v°.

d'Albertine à la femme de chambre de Mme Putbus, je dirai [...] les lettres du nom de la femme que j'allais aimer m'avaient été fournies comme dans ce jeu où on puise dans un alphabet de bois par la femme que j'[aimais *biffé*] avais tant aimée le plus avant. Une chaîne circule à travers notre vie, reliant ce qui est déjà mort à ce qui est en pleine vie [...] c'est ainsi que les lettres du nom qui m'était si cher m'avaient d'abord été matériellement montrées comme dans le jeu appelé Alphabet où on disperse des lettres de bois pour la jeune fille que j'aimais alors et sans que je pusse prévoir que le nom que j'avais retenu pût jamais m'être cher. »

Ce jeu de l'Alphabet était déjà évoqué dans le Cahier 48[1], donc dès 1910-1911, à propos de la rêverie sur Venise et les jeunes filles, lors de la lecture du journal annonçant le voyage de Mme Putbus. Le nom d'Albertine n'apparaît qu'en 1913 mais l'invention du personnage et du nom ne doit pas être rattachée à des causes immédiates et autobiographiques.

En revanche, la partie initiale de l'actuelle *Albertine disparue*, qui constitue le premier chapitre, « Le Chagrin et l'Oubli », coïncide avec le départ et la mort du secrétaire de Proust, Alfred Agostinelli. La seconde moitié du Cahier 71, ou Cahier Dux, forme avec l'ensemble du Cahier 54, ou Cahier Vénusté, le premier jet de ce chapitre relatant la fuite et la mort d'Albertine et le temps de jalousie et de deuil qui suivit. C'est à la fin du Cahier 71 que se trouvent trois versions de l'annonce : « Mademoiselle Albertine est partie[2] » ; la première de ces versions se poursuit au milieu du cahier[3], précédée de ce fameux titre autographe qui a été retenu pour la première édition : « Albertine disparue / Son départ. » Ce titre figure seul sur la page[4]. Nous tenons au moins là une limite certaine pour le commencement de notre livre. Nous avons aussi la preuve du lien étroit qu'entretiennent la biographie et l'écriture romanesque pour cette partie d'*À la recherche du temps perdu* : le brouillon qui décrit l'état d'esprit du héros ménage un blanc précédé de : « Voici la lettre que je lus / Copier la lettre[5]. » Enfin, le lien entre les trois versions parallèles du Cahier 71 et les commencements du Cahier 54 donne la certitude définitive que l'on a affaire aux rédactions primitives de la future *Fugitive*. En face de la phrase : « Mademoiselle Albertine m'a demandé ses affaires et elle est partie il y a une heure », phrase suivie d'une croix, Proust a écrit : « Je vais mettre dans le cahier Vénusté à partir de la page des choses essentielles sur ceci à mêler avec et qui commenceront sans doute à la croix en face[6]. » Nous trouvons le renvoi correspondant dans le Cahier 54[7]. Si l'on admet que la lettre de rupture d'Albertine doit être la copie de celle

1. Ff^os^ 40 v°-41 r°.
2. Voir l'Esquisse I, p. 629-635 et les notes.
3. F° 38 r°.
4. F° 37 r° ; ce titre a longtemps passé pour n'être pas de Proust.
5. Esquisse I, p. 630.
6. Cahier 71, f° 104 r° ; voir l'Esquisse I, p. 629, var. *a*.
7. Ff^os^ 10 r° et suiv.

d'Agostinelli — hypothèse que semble confirmer l'utilisation, par la suite, de la correspondance réelle de Proust et d'Agostinelli[1] — nous pouvons fixer le commencement de ce brouillon entre décembre 1913 et juin 1914. Une indication de Proust permet d'autre part de dater précisément la fin de la rédaction du Cahier 54, en ce qui concerne les rectos : octobre 1914. Proust écrit en effet, au verso du folio 12, où le héros s'interroge sur la place que tenaient les amours clandestines dans la vie d'Albertine : « J'ai écrit ceci au moment où je suis revenu de Cabourg à la fin de ce cahier sans doute. » Tout d'une traite, Proust invente les différents motifs du chagrin et de l'oubli, il ne reste plus qu'à les organiser de façon plus suivie ; c'est une véritable exploitation à vif de l'expérience vécue.

Les versos du Cahier 54 sont presque tous postérieurs à ce premier jet. Certains d'entre eux développent un motif se rattachant à la rédaction initiale. La plupart portent des indications de régie qui montrent que tout l'effort de l'écrivain tend à organiser une composition d'ensemble. D'une part, Proust se soucie d'établir une progression depuis la souffrance extrême du héros au départ d'Albertine jusqu'à « la suppression de la douleur[2] ». Cette stratégie littéraire, peu à peu, efface le tumulte des premières réactions à la douleur : ainsi, très tôt[3] survient « le pressentiment que je pourrai finir par me passer d'elle [...] indicible horreur que ces moments de calme, presque de bonheur que j'avais parfois dans ces premiers temps », — notation suivie de l'image du buffle qui s'aperçoit qu'il va être dévoré par un python. En marge, Proust se propose de repousser cette image pour « finir l'histoire d'Albertine », puis il renonce à ce déplacement. Toute cette mise en ordre interne prépare la rédaction suivie qui se trouve dans les Cahiers 55 et 56[4]. D'autre part, quantité d'indications témoignent d'un soin de composition directement lié à la restructuration de la fin d'*À la recherche du temps perdu*. Nous allons dégager l'une de ces structures, qui a été abandonnée, mais qui a laissé des traces dans le texte final et concerne sa délimitation.

Au début du Cahier 54, neuf pages sur M. de Charlus[5] sont probablement antérieures à l'invention du départ d'Albertine. On y voit M. de Charlus, tourmenté par la jalousie, se demander s'il doit

1. Une lettre de Proust à Agostinelli, datée du 30 mai 1914 par Philip Kolb, apporte la preuve de cette utilisation (*Correspondance*, t. XIII, p. 217-221). Proust y répond à une lettre d'Agostinelli dans laquelle il distingue une phrase dont on retrouvera la substance dans *Albertine disparue* (voir la *Correspondance*, tome cité, p. 217 ; *Albertine disparue*, p. 50) ; il se propose de faire graver sur l'avion initialement destiné à Agostinelli les vers de Mallarmé que le narrateur voudra faire inscrire sur le yacht acheté pour Albertine (voir la *Correspondance*, tome cité, p. 219 ; *Albertine disparue*, p. 39 et n. 1). Voir également les notes 2, 15 et 25 de Philip Kolb (*Correspondance*, tome cité, respectivement p. 221, 222, 223).

2. Cahier 54, *passim*.

3. Ff^{os} 22 r°-23 r°. Cette image persiste dans le texte définitif où le lion est substitué au buffle (p. 31).

4. Voir p. 1009.

5. Ff^{os} 1 v° et 2-9 r^{os} ; voir l'Esquisse I.4, p. 635 à 639.

faire de son amant, Félix, un musicien, un journaliste, un aviateur, s'il doit le faire partir pour la province ou l'étranger : aucune de ces situations n'offre de garanties pour un jaloux, non plus d'ailleurs que de l'enfermer chez soi. Proust relie ce texte[1] à la troisième version du départ d'Albertine, dans laquelle le héros, sortant de chez lui, rencontre le baron qui lui dit des vers de Musset et de Charles Cros — version dont il subsiste une page curieusement placée dans *Albertine disparue*[2]. Proust revient à plusieurs reprises[3] sur l'importance de cette conversation du narrateur avec M. de Charlus, sorte de leçon sur l'amour qui pourrait servir d'ouverture au livre — ou au chapitre. Il semble prévoir un pendant à cette conversation qui serait, soit une conversation avec Mlle de Forcheville chez Mme de Guermantes, « quand je commence à oublier[4] », soit une conversation avec Gilberte à Tansonville. Dans les deux cas, l'histoire d'Albertine s'achève au moment où elle rejoint le premier anneau de la chaîne, Gilberte. Pour le second choix, Proust ajoute : « dans ce cas il faudrait supprimer la fille aux yeux d'or[5] ». Le roman de Balzac est en effet le sujet de la conversation avec Gilberte dans le Cahier 55[6], et il faut donc supposer que ce cahier, appelé « le gros cahier bleu », est déjà rédigé. Le projet de rappeler la conversation avec Charlus dans le séjour à Tansonville, et à la place de *La Fille aux yeux d'or*, suggère une nouvelle unité, celle de « Sodome IV », qui déborde l'unité primitive, si profondément liée à un épisode vécu et si nettement marquée par les limites initiales, du départ d'Albertine à l'oubli d'Albertine. Entre la fin de 1914 et le début de 1916, une nouvelle étape du roman se dessine : il s'agit d'englober dans un mouvement continu le morceau de « vécu » qui a bouleversé pour un temps la construction de l'édifice. La succession des Cahiers 55, 56 et 57, numérotés par Proust VII, VIII et IX, à quoi il faut ajouter le Cahier 74, dit « Babouche » et numéroté VIII *bis*, montre que Proust travaille à l'élaboration d'une suite qui ne comprend pas encore les divisions entre *La Prisonnière*, *Albertine disparue* et *Le Temps retrouvé*. Cette absence de coupure persiste dans la rédaction du manuscrit de mise au net[7] qui prend pour base ces cahiers, et encore dans la dactylographie[8] qui recopie exactement les cahiers du manuscrit de mise au net — Cahiers XII, XIII, XIV et XV, en ce qui concerne notre ouvrage[9]. Les divisions sont postérieures. En 1915, donc, Proust cherche plutôt à unifier les épisodes, à relier entre eux les motifs et à les répartir. Parallèlement à l'intrusion d'Albertine dans toutes les parties d'où elle était absente jusqu'en 1913, d'autres éléments

1. Voir l'Esquisse I.4, p. 635.
2. Voir p. 177-178.
3. Notamment Cahier 54, ffos 25 r° et 40 r°, notes marginales.
4. F° 6 r°, note en marge ; voir var. *b*, p. 638.
5. *Ibid.*
6. Ffos 91 v°-93 r° ; voir l'Esquisse I du *Temps retrouvé*, p. 747 et suiv.
7. Voir p. 1019.
8. Voir p. 1028.
9. Voir la Note sur le texte, p. 1038-1039.

surgissent pour articuler le nouvel épisode avec le reste du livre. L'un d'eux est Vinteuil, qui n'avait manifestement pas encore en 1914 le rôle unificateur qu'on lui connaît. Vinteuil n'est presque pas cité dans *Albertine disparue* ; nous avons recensé sept occurrences qui, toutes ajoutées après 1914, n'ont qu'une fonction de rappel[1]. Or les différentes versions du départ d'Albertine font fréquemment appel au thème de la musique, mais presque sans nommer Vinteuil. Dans la première version, l'idée du départ d'Albertine s'associe à « mes idées sur la musique, la maladie, Bergotte etc.[2] ». On ne trouve aucun nom. Dans la seconde version, la musique est plus concrètement représentée : « Ne pas oublier qu'après cette séparation je vais au pianola où elle s'asseyait et je joue une mélodie de Schubert qu'elle avait jouée[3] [...] . » Peu après, le héros qui est sorti revient à la maison : « [...] je m'asseyais devant le pianola, je jouais le quinzième quatuor [...] . » Cette variante est-elle contemporaine des recherches dont Proust fait état dans sa lettre à Mme Straus du lundi 5 janvier 1914 : « Quand je ne suis pas trop triste pour en écouter, ma consolation est dans la musique, j'ai complété le théâtrophone par l'achat d'un pianola. Malheureusement on n'a pas justement les morceaux que je voudrais jouer. Le sublime XIVe *quatuor* de Beethoven n'existe pas dans leurs rouleaux[4] » ? Malgré la double notation quatorzième/quinzième quatuor, on peut ici se demander quelle est la relation entre la vie et la fiction : Proust a-t-il d'abord écrit qu'il jouait un quatuor au pianola, puis cherché à obtenir ce quatuor ? en ce cas, notre seconde version serait antérieure à janvier 1914 ; ou bien Proust a-t-il transféré ultérieurement son désir d'écouter le quatuor de Beethoven au pianola dans un texte qui exauçait imaginairement son désir ? La troisième version du départ d'Albertine associe à nouveau la musique aux regrets de la jeune fille, mais de façon moins concrète : « [...] dans les moments où j'aimais le plus Albertine, c'est à telle phrase de La Bruyère, de Thomas Hardy, de Bergotte, de Beethoven, de Wagner, de Vinteuil que je pensais[5]. » Si le nom de Vinteuil apparaît ici, c'est de façon encore très peu significative. C'est donc en 1915 seulement que la conception unificatrice d'une œuvre de Vinteuil commence à

1. Voir p. 84 : « À l'aide de Gilberte j'aurais pu aussi peu me figurer Albertine et que je l'aimerais, que le souvenir de la sonate de Vinteuil ne m'eût permis de me figurer son septuor » ; p. 135 : « J'aurais voulu aussi que la nouvelle venue pût me jouer du Vinteuil comme Albertine [...] » ; p. 137 : « Elles ne m'avaient jamais parlé, elles, de la musique de Vinteuil [...] » ; p. 139 : « Au Bois, je fredonnais des phrases de la sonate de Vinteuil » ; p. 186 : « [...] la piété qui fit revivre l'œuvre inconnue de Vinteuil est sortie du milieu si trouble de Montjouvain [...] » ; « [...] le plaisir [...] qu'elle aurait peut-être eu à entendre de la musique de Vinteuil » ; p. 219 : « On [...] eût été bien étonné [à Combray] d'apprendre que c'était pour une jeune fille d'une condition aussi modeste qu'Albertine, presque une protégée de l'ancien professeur de piano de ma grand-mère, Vinteuil, que j'avais fait ces spéculations ».

2. Voir l'Esquisse I.1, p. 631.

3. Voir l'Esquisse I.2, p. 632.

4. *Correspondance*, t. XIII, p. 31-32.

5. Voir l'Esquisse I.3, p. 634.

intervenir dans la rédaction des brouillons de l'épisode d'Albertine, et son rôle, dominant dans *La Prisonnière*, demeure effacé dans *Albertine disparue*.

Venise.

Un autre motif musical est esquissé dans le Cahier 54, qui n'a guère laissé en lui-même de traces, mais nous paraît fondamental pour l'invention du motif Fortuny[1]. L'une des grandes préoccupations de Proust en 1915, lors de la rédaction des Cahiers 55 et 56, est de relier l'histoire d'Albertine au voyage à Venise ; de fréquentes notations marginales l'attestent. Nous pensons avoir trouvé une des sources de cette jonction entre Albertine et Venise dès 1914 — probablement en octobre —, dans une page du Cahier 54[2] que Proust a appelée « Page Per » : « Au sujet du souvenir (de plus en plus rare) que j'ai d'Albertine parfois après de longues périodes où elle n'est plus qu'un nom, qu'un mot. À cause de cet affaiblissement de la mémoire, Albertine finit par devenir un mot une personne pareille aux autres et dont je pouvais dire avec une tristesse convenable que sa mort m'avait fait grand-peine. Mais parfois (peut-être ici le souvenir des premières mesures du *Josephslegend*) un rêve que j'avais fait la nuit, un état physique particulier, faisait glisser les parois durcies qui fermaient toute ouverture dans ce passé. Alors je sentais qu'au fond de moi, à une grande profondeur, comme une prisonnière descendue, mais aussi incompressible, indestructible au fond de moi elle était vivante. » On reconnaît aisément dans cette page l'une des images oniriques les plus impressionnantes d'*À la recherche du temps perdu*, l'enterrée vive du rêve de la grand-mère, et l'Albertine d'autrefois, enfermée « comme aux "plombs" d'une Venise intérieure[3] ». Le transfert de cette image à Venise est lié au fait que la résurgence d'Albertine se substitue à la « résurrection de la grand-mère » rattachée primitivement au voyage en Italie. Une morte prend la place de l'autre et d'ailleurs les brouillons montrent une hésitation dans la répartition des pensées de deuil entre Albertine et la grand-mère[4]. Mais le motif musical est un autre lien qui nous paraît susceptible d'avoir donné à Proust l'idée du motif Fortuny. *Joseph's Legende* est un ballet de Richard Strauss, conçu pour Diaghilev, qui a été créé à Paris le 14 mai 1914. Il n'existe aucune preuve que Proust ait assisté à cette représentation qui ouvrait la sixième saison des Ballets russes à l'Opéra. Le commentaire de Jacques Rivière, le 15 mai — « Déplorable représentation des Ballets russes hier soir[5] ! » — est-il la trace

1. Sur ce motif, voir la Notice de *La Prisonnière*, t. III de la présente édition, p. 1670.
2. F° 102 r°.
3. Voir p. 218.
4. Nous avons indiqué (p. 1004-1005) comment le voyage en Italie dans les Cahiers 48 et 50 s'ouvrait ou s'achevait avec la « résurrection » de la grand-mère. Dans le Cahier 54, les réflexions sur la souffrance sont accompagnées de notes de ce type : « Je ne sais pas si ce sera ici ou quand je parle de la mort de ma grand-mère » (f° 12 r°).
5. *Correspondance*, t. XIII, p. 203.

d'une expérience partagée, ou bien une information ? Proust assiste à une soirée à l'Opéra le 28 mai, mais le spectacle est différent[1]. Le même jour, il était allé décommander l'aéroplane destiné à Agostinelli[2]. Toujours est-il que l'éclat et le faste de la mise en scène ont suscité bien des commentaires dans les journaux et les conversations. Or l'un des traits particuliers de ce ballet est que le scénario, dû à Hofmannsthal et Kessler, s'inspire de la Bible pour l'argument, mais situe le drame dans la Venise de la Renaissance ; décors et costumes, dessinés par Misia Sert, imitaient des tableaux de l'époque. Il ne semble pas que Proust ait pensé à Fortuny avant 1915-1916. Les images de Venise sont introduites à petites doses et dans les ajouts au Cahier 55 où la « robe bleu et or de Fortuny » est une addition[3]. Cependant, *La Légende de Joseph* est citée très précisément au moment où le héros contemple le tableau de Carpaccio, *Le Patriarche di Grado exorcisant un possédé*, et y reconnaît le manteau d'Albertine : « [...] des adolescents en vestes roses, en toques surmontées d'aigrettes, semblables à s'y méprendre à tel qui évoquait vraiment Carpaccio dans cette éblouissante *Légende de Joseph* de Sert, Strauss et Kessler[4]. » Cette première remarque, avant l'émotion ressentie à la vue du manteau, a l'air purement esthétique. Il nous semble au contraire qu'il y a eu un déplacement de l'émotion, entre 1914 et 1916, de la résurrection d'Albertine liée au thème musical de Strauss à celle qui est liée au motif Fortuny. Le lien entre les deux est évidemment le décor vénitien et ancien ; Fortuny, installé dans le palais Orfei, à Venise, depuis 1900[5], créait des tissus et des vêtements en s'inspirant de techniques et de motifs anciens ; les couleurs de ses robes de soie plissée et ses somptueux manteaux de velours imprimé à la main rappelaient les splendeurs de la Venise d'autrefois. Il semble que Proust ne s'en soit pas vraiment inspiré, mais qu'il ait trouvé en lui un de ces anneaux permettant de sceller l'art et la mode, le passé et le présent, l'Orient et l'Occident. Peut-être pourrait-on aller plus loin encore, car au centre de l'épisode biblique[6] dont s'inspire le ballet de Strauss, Joseph est accusé par la femme de Putiphar et la pièce à conviction est un vêtement. Il est curieux de constater, outre le fait que Proust cite le nom de Sert, le décorateur, avant celui de Strauss, le musicien, que, dans *À l'ombre des jeunes filles en fleurs*, Elstir mentionne justement un détail de la façade de l'église de Balbec relatif à cette scène : « [...] sous [les pieds] de Joseph, le démon conseillant la femme de Putiphar[7]. » Ainsi

1. Selon Philip Kolb (*Correspondance*, t. XIII, p. 221, n. 7) les Ballets russes présentent *Le Rossignol* d'Igor Stravinsky et *Le Coq d'or* de Rimski-Korsakov.

2. Voir la lettre à Agostinelli déjà citée ; *Correspondance*, t. XIII, p. 217-221.

3. F° 43 r°. Voir la thèse de Kazuyochi Yochikawa, *Études sur la genèse de La Prisonnière*, Paris IV, 1976, chap. V, p. 146-157.

4. Voir p. 225.

5. Voir, au sujet de Fortuny, la Notice pour *La Prisonnière*, t. III de la présente édition, p. 1670 à 1675. Paul Morand, dans *Venises*, affirme que Proust avait été reçu en 1900 chez Mme Fortuny, (I. Le palais des Anciens — 1908 ; Gallimard, 1971, p. 45) dont il décrit les « goûters dignes du Parmesan » et qu'il avait connu Fortuny dès cette époque.

6. Genèse, XXXIX.

7. Voir t. II de la présente édition, p. 198.

le vêtement d'Albertine est-il chargé, non seulement de lier Albertine à Venise, mais aussi de faire entrer les détails de son histoire dans « un gigantesque poème théologique[1] ». Si nous nous reportons aux lettres que Proust écrivit à Maria de Madrazo en février 1916, nous trouvons ce souci d'allier la toilette féminine à des tableaux vénitiens et à des chapiteaux byzantins, rappelant le chapiteau au sujet persan de l'église de Balbec[2]. Proust décrit précisément les raisons pour lesquelles il lui faut des informations sur Fortuny : ce sont « des raisons de circonstance et de charpente romanesque[3] » ; Proust conçoit une arche destinée à maintenir les différents fragments, et cette arche est construite par son imagination, non par son observation : « Mme Straus avait voulu me prêter un manteau (qui doit être pareil au vôtre d'après ce que vous me dites du vôtre) mais je n'en ai pas eu besoin et décline de même votre proposition de m'en montrer. Ce me serait inutile, j'en connais un ou deux [...]. Ce qui me serait le plus utile serait s'il existe un ouvrage *sur* Fortuny (ou des articles de lui) d'avoir le titre (remarquez que le résultat sera çà et là une ligne, mais même pour dire un mot d'une chose, et quelquefois même n'en parler pas du tout, j'ai besoin de m'en saturer indéfiniment[4]). » Nul ne peut décrire si exactement le travail qui se fait, en 1915-1916, sur les brouillons d'*À la recherche du temps perdu*. De grandes lignes charpentent les épisodes déjà écrits, les relient entre eux, mais ne sont visibles que par des affleurements — « çà et là une ligne » — et quelquefois même rien du tout. De ce travail en points de suture, les marges et les versos des cahiers, les additions, becquets et paperoles témoignent. Nous n'en avons retenu que deux exemples, l'introduction de Vinteuil et de Fortuny ; mais ils sont significatifs dans la mesure où ils montrent de quelle façon, et par quel travail à la fois gigantesque et minutieux, Proust ne cesse d'inventer, d'innover, tout en réutilisant les plus anciens de ses matériaux.

Le seul grand fragment ancien qui ne parvient pas à s'intégrer dans le roman nouveau, c'est la femme de chambre de Mme Putbus. En 1914, dans le Cahier 54[5], la femme de chambre prend place dans la chaîne des amours : « Capital. Après ces chapitres j'en ferai de différents où il ne sera plus jamais question d'Albertine, où je serai comme consolé (par exemple celui de Venise) et puis un mot que j'entendrai dire ou que je lirai (peut-être la femme de chambre de Mme Putbus me dira : "Couche-toi d'abord, je vais m'asseoir en attendant au coin du lit" me fait tout d'un coup tenir mon cœur, car "m'asseoir au coin du lit" me fait penser aux soirs où Albertine me disait : "Poussez-vous que je m'asseye sur le lit". Et aussitôt une ancienne image de mon bonheur revivait en moi percée au cœur

1. *À l'ombre des jeunes filles en fleurs*, t. II de la présente édition, p. 197.
2. Lettre du 6 février 1916 ; *Correspondance*, t. XV, p. 49.
3. Lettre du 17 février 1916 ; *Correspondance*, tome cité, p. 56. Voir la Notice de la *Prisonnière*, t. III de la présente édition, p. 1670 à 1675.
4. Lettre citée ; *Correspondance*, tome cité, p. 57-58.
5. Ff[os] 91 r°-92 r°.

comme les images saintes qu'on perçait dans les messes noires. "Qu'est-ce que tu as tu as l'air triste." Et puis je continuerai le chapitre sans plus en parler. » Sans doute faut-il dater d'un peu plus tard l'addition marginale du Cahier 50[1] où le héros interroge la femme de chambre : « À un de ces moments peut-être celui où elle me trouve l'air nonchalant elle me trouvera l'air triste alors je lui dirai (mais ce sera après avoir parlé de Combray) tu n'as jamais connu de femme aimant les femmes — Oh si — Tu n'as pas par hasard connu une jeune fille, une belle brune, avec des joues un peu grosses. Ce n'est pas le même sujet — Comment qu'elle s'appelait — Albertine — Albertine... non. Maintenant tu sais je peux ne pas avoir connu son nom — C'est une jeune fille qui allait à Balbec, tu ne connais pas Balbec — Balbec non je ne connais pas ce patelin-là — Elle a demeuré longtemps place des Victoires, tu n'as connu personne par là — Non, je n'ai connu que dans le quartier chic, mes amies étaient placées chez des personnes comme la baronne dans le quartier des Champs-Élysées — Mais je ne te parle pas d'une femme de chambre, je te parle d'une jeune fille du monde — Ah ! alors je n'ai pas connu, que la fille d'une dame où j'étais placée qui était arrangée par moi tous les jours quand je la séchais en sortant du bain mais elle ne s'appelait pas Albertine elle s'appelait Diane et elle était blonde — N'aie pas l'air triste comme ça — On dirait que je t'ennuie. » Cet écho des enquêtes menées à Paris auprès des jeunes filles ou des jeunes femmes qui auraient pu connaître Albertine semble être le dernier vestige de l'épisode, avec une mention rapide au verso d'une page du Cahier 56[2]. Mais, en 1915, tout l'épisode de Venise est encore épars entre les cahiers anciens, et les morceaux du Cahier 56 où la résurrection d'Albertine s'accomplit alors que le héros a résolu de s'attacher une jeune ouvrière de dix-sept ans, « un Titien à acquérir avant de m'en aller », au moment où la lettre de Mme Bontemps lui apprend qu'Albertine n'est pas morte[3]. Toutefois, il semble qu'à ce stade, entre 1915 et 1916, il n'y ait plus de place pour la femme de chambre ; les trois thèmes qu'elle réunissait en 1910-1911 sont répartis entre Albertine et Gilberte. Elle était, en effet, à la fois un objet de désir spécifique, fille issue du peuple et frottée aux manières du monde ; une femme poétiquement rêvée par son association avec Venise ; une fille de Méséglise, contemporaine de l'adolescence du héros. Or le thème des amours ancillaires prolifère, à partir du Cahier 54, dans les Cahiers 55 et 56, en se déplaçant : c'est à travers la poursuite d'Albertine, les enquêtes sur son passé et la recherche de femmes qui pourraient lui ressembler, que le héros connaît toute une série de filles du peuple, et notamment des blanchisseuses. Ses expériences perpétuellement décevantes l'amènent à penser qu'il est impossible de trouver une femme qui soit à la fois fruste et cultivée, une ouvrière qui jouerait du pianola et lirait

1. F° 16 r°.
2. F° 28 v°.
3. Cahier 56, ff^os 102-105 r^os ; Esquisse VI.3, p. 653-654.

du Bergotte. Une première conclusion aux quêtes amoureuses du héros est esquissée très précisément à Venise, au moment de la quête du Titien et de la lettre de Mme Bontemps ; Proust pense alors achever un épisode, et peut-être faudrait-il voir dans cette page une fin possible pour *Albertine disparue* : « [...] en somme que cela fasse une conclusion à cet épisode, dans le genre "hélas les maisons etc. sont fugitives comme les années", par exemple "nous n'aimions dans les jeunes filles que cette aurore dont elles reflétaient momentanément la rougeur, nous croyions que c'était elles que nous aimions, mais ce que nous aimions en elles c'était leur jeunesse et nous ne pouvons recommencer à nous laisser tromper qu'à condition que celle que nous croyons aimer pour elle-même soit jeune aussi, soit aussi une jeune fille en fleurs[1]". » Cette phrase terminait ainsi tout le cycle des amours ; dans le manuscrit[2], Proust l'a tronquée à « rougeur » et l'a, de façon significative, rattachée à une autre fin : « [...] cet amour [...] finissait lui aussi [...] par rentrer, tout comme mon amour pour Gilberte, dans la loi générale de l'oubli[3]. » C'est ainsi que disparaît dans la chaîne la femme de chambre, ne laissant plus qu'une légère trace, au moment du départ de Venise. Albertine s'est emparée du thème des filles du peuple, ainsi que de celui de Venise par le biais du manteau. C'est à Gilberte que le troisième fil, celui de la sylphide-paysanne des bois de Roussainville, est rattaché.

Le chapitre IV : Tansonville.

À la fin du Cahier 55, Proust dessine les grandes lignes d'une conversation avec Gilberte[4] dont d'importants fragments ont été conservés dans la version définitive. « J'ai aimé la fille aux yeux d'or, songe le héros, mais je ne l'ai pas assassinée. » Ici à nouveau s'esquisse une frontière, mais une frontière incertaine, car cette conversation « ne sera peut-être pas à Combray car il n'y aura peut-être pas de Combray. Ce sera peut-être à la matinée qui clôture l'ouvrage[5] ». Cependant les Cahiers 55 et 56, ainsi que le Cahier 74, mettent en place un retour du personnage de Gilberte à travers la reprise des épisodes des Cahiers 48 et 50 : poursuite de la jeune fille blonde, rencontre chez Mme de Guermantes et annonce des mariages. Le Cahier 74, intercalé entre les Cahiers 56 et 57[6], reprend le séjour à Tansonville comme une conclusion au cycle des amours : Gilberte et Méséglise, Albertine et Balbec suscitent une réflexion sur l'association de la jeune fille au paysage. La conclusion du roman n'est cependant pas très visible à travers la succession des épisodes dans les brouillons, où alternent les visites-interrogatoires d'Andrée, le thème de Gilberte, le pastiche des Goncourt et les mariages. Le

1. Esquisse VI.3, p. 654.
2. Cahier XIV, f° 109. Voir n. 2, p. 223.
3. Voir p. 223.
4. Esquisse I du *Temps retrouvé*, p. 747-749.
5. Cahier 55, f° 92 v°.
6. Voir p. 1009.

pastiche des Goncourt semble être destiné au dernier volume, c'est-à-dire que les morceaux intercalés dans le cours du Cahier 55 sont remis à la fin du roman : « Capital : quand je suis à Combray je lis un volume du journal des Goncourt[1] ». Les mariages, eux, doivent normalement succéder au voyage à Venise, comme dans le Cahier 50[2], mais on décèle un flottement, qui persiste dans le manuscrit de mise au net[3], entre l'annonce des mariages, dans le courrier que le héros et sa mère lisent dans le train au retour de Venise, et une série d'esquisses qui prévoyaient une intervention du héros, ou du moins sa présence comme témoin pendant la préparation des mariages. Dans le Cahier 56, deux pages[4] annoncent un rôle actif d'intermédiaire : « Quand j'apprends le mariage de Gilberte. Je pensai qu'il était fâcheux que la duchesse connût Gilberte, je me rappelai combien elle avait été peu serviable pour Robert à l'égard du général. [...] J'avais pouvoir sur Mme de Marsantes et sur Gilberte pour obtenir des concessions mutuelles que j'obtins en effet. » Dans le Cahier 74[5], « la matinée de contrat du marquis de Cambremer eut lieu chez M. de Charlus qui ouvrit son magnifique hôtel ». Cette matinée ne figure plus dans *Albertine disparue* : les détails ont probablement été répartis entre plusieurs autres réceptions, comme l'indiquerait un fragment isolé que nous avons retrouvé dans le manuscrit de mise au net[6] : « [...] j'avais refusé de vivre sous sa loi. Et d'ailleurs comme il m'avait fait comprendre qu'il la faisait chez tout ce qui était Guermantes et que je n'aurais jamais accès chez eux que par lui, ma venue à une fête donnée à la fois par eux et par lui dérangeait nécessairement la belle ordonnance dans laquelle il aimait à se présenter et où n'étaient groupés autour de lui que les élus, ceux qui avaient mérité sa grâce. Tout cela était vrai ; mais depuis quelque temps le baron était un peu descendu de ce haut idéal. Trop de réprouvés avaient reparu chez les Guermantes lesquels *[lacune]* au moment où on défilait devant lui un "bonjour M. de Cambremer" ou "charmé M. Arrachepel" qui n'interrompaient pas sa conversation. Pour Legrandin il eut une expression qui passa inaperçue car elle était imperceptible et d'ailleurs indéfinissable. Inverse de celle dont se servent dans un mauvais lieu des hommes qui ont l'habitude de se rencontrer dans la bonne société, le regard souriant de M. de Charlus parut au milieu de cette fête solennelle faire allusion à quelque rencontre dont le souvenir inconnu des personnes présentes créait entre le maître de maison et l'invité comme un lien ténu mystérieux et fragile d'indulgente complicité. M. de Charlus avait rouvert des parties de son hôtel qu'il tenait fer<mées> *[lacune]* » Nous l'avons dit, à la différence de tous les autres volumes d'*À la recherche du temps perdu*, *Albertine disparue* ne comprend pas de

1. Cahier 55, f° 91 r°.
2. Voir p. 1005.
3. Voir les notes des pages 239 et 245.
4. Ff^os 97 r°-98 r°.
5. Ff^os 5 r°-20 v°.
6. Cahier XV, f° 35 v°. Voir n. 2, p. 245.

grande réunion mondaine. Les mariages, qui auraient pu en donner l'occasion, ont une toute autre fonction. Leur mise en place, finalement, dans une grande anticipation, au moment du retour de Venise, a dû permettre à Proust de ne pas s'y attarder. Cette solution n'apparaît que dans le manuscrit de mise au net[1]. En 1915-1916, seules les grandes lignes sont dessinées, du départ d'Albertine à sa mort, du chagrin à l'oubli, et de Venise à la conversation finale avec Gilberte. Mais cette conversation finale, nous l'avons vu[2], pouvait être reculée : « [...] il n'y aura peut-être pas de Combray. » En fait, si elle intervient à ce moment du livre, et non à la dernière grande réception du *Temps retrouvé*, c'est probablement parce qu'elle constitue un carrefour : elle n'est pas seulement la fin de la quête amoureuse du héros, elle prend tardivement le sens d'une géographie symbolique où les deux côtés se rejoignent, elle est enfin liée à deux sujets littéraires, le *Journal* des Goncourt et *La Fille aux yeux d'or*.

Ces deux sujets se situent maintenant dans *Le Temps retrouvé* ; et l'on pourrait penser que la véritable clôture du roman se trouve après la coupure[3] que constitue la disparition du héros dans une maison de santé. Toutefois il semble que le sens donné primitivement à l'épisode du *Journal* des Goncourt ait changé. Dans le Cahier 55[4], le commentaire qui suit les fragments du pastiche n'est pas très lisible mais paraît se rapporter aux propos de Gilberte qui s'amuse à y retrouver des « choses sur Papa et sur des gens qu'il a connus autrefois », — tardive piété filiale qui expliquerait la fin de la conversation, les remords de Gilberte. Ce commentaire renvoie aux illusions de l'Histoire, donnant une dimension extraordinaire à « des gens qui ne furent en rien supérieurs aux médiocres que nous avons connus ». On retrouve cette réflexion dans l'actuel commentaire sur le *Journal*[5], mais elle est englobée dans une méditation sur le prestige de la littérature et, en conséquence, elle ouvre très directement le thème principal du *Temps retrouvé*. Dans le Cahier 55[6], ces réflexions paraissent plus directement liées aux commentaires sur les mariages, commentaires que le héros rattache à la « sagesse [...] des familles » inspirée par « la Muse qui a recueilli tout ce que les Muses plus hautes de la philosophie et de l'art ont rejeté, [...] l'histoire ». Nous croyons voir affleurer, très sourdement encore, un motif qui va s'affirmant dans les textes ultérieurs. Assurément, le *Journal* des Goncourt est un élément pivot ; le fait qu'il soit rattaché au séjour à Combray renforce encore l'importance de cette étape et son double caractère de clôture et d'ouverture.

Le second livre rattaché à la conversation avec Gilberte est *La Fille aux yeux d'or* ; nous avons vu que Proust avait envisagé d'en faire le pendant de la conversation avec M. de Charlus. Cette idée a disparu

1. Cahier XV, f° 26.
2. P. 1015-1016.
3. Voir *Le Temps retrouvé*, p. 301.
4. F° 82 r°.
5. Voir *Le Temps retrouvé*, p. 295.
6. Ff^os 91-92 r^os et v^os ; voir p. 253-254.

avec la suppression de cette ouverture[1] ; toutefois la mention de *La Fille aux yeux d'or*, tel un signal, continue d'évoquer Albertine, sa séquestration et ses vices. Il est certain que, dans le projet de 1918 de division en chapitres[2], le « Nouvel aspect de Robert de Saint-Loup » devait conduire jusqu'à cette limite, puisque, entre les deux conversations avec Gilberte — celle des aveux de Gilberte qui révèle qu'elle était « vraiment du côté de Méséglise » et celle sur Albertine et *La Fille aux yeux d'or*[3] —, c'est de Robert de Saint-Loup qu'il est question. Dans la série des Cahiers 55, 56 et 74, hors la mission qu'il accomplit pour son ami en Touraine, et son mariage avec Gilberte, Saint-Loup n'apparaît pas. Les textes relatifs à ses transformations ne sont insérés qu'au moment de la rédaction du manuscrit au net et, en ce qui concerne le premier passage — la conversation, surprise par le héros, entre Saint-Loup et l'un des valets de pied de la duchesse de Guermantes, dans laquelle son ami lui paraît « récit[er] un rôle de satan[4] » —, il est écrit sur une feuille volante, collée dans le manuscrit. Cette insertion est sûrement une préparation pour le Saint-Loup révélé ultérieurement ; à la fin de 1915, ce nouveau Saint-Loup n'apparaît pas encore. Le motif de *La Fille aux yeux d'or* est donc essentiellement lié à l'amour d'Albertine, et à la jalousie du héros : « [...] j'ai aimé la fille aux yeux d'or [...] mais je ne l'ai pas assassinée[5]. » La jonction entre Sodome et Gomorrhe ne se fait que par le rajout de Saint-Loup ; il n'est d'abord question que de Gomorrhe. Du Cahier 54 au Cahier 56 se développent les enquêtes, les soupçons, les interrogatoires d'Andrée, qui font osciller sans cesse la figure d'Albertine entre l'innocence et l'enfer. Le développement de la face inconnue d'Albertine, ses vices, sa perversité, entraîne le monde vers les bas-fonds. Venise, qui marque la dernière étape de l'oubli, laisse, après la joie et la splendeur, une impression de cloaque. Venise figurait, dans la première version du roman, l'étape ultime des souvenirs, avant le retour dans la chambre du héros insomniaque. Nous avons montré[6] que les deux faces de Venise, provoquant l'euphorie et la dysphorie, appartiennent à la plus ancienne version connue de l'épisode. On peut trouver dans la version de 1915 une même fonction conclusive. Après cette étape, il n'arrive plus rien dans la vie du héros, les choses passent, les significations se modifient, il est désormais passif, écoutant les bruits du monde et les commentant. On pourrait donc imaginer d'arrêter l'épisode d'Albertine avant les mariages, au départ de Venise[7], si l'on ne va pas jusqu'à *La Fille aux yeux d'or*. Ce qui rend

1. Voir p. 1009.
2. Voir p. 1019 et 1035-1036.
3. Voir p. 271-272 et *Le Temps retrouvé*, p. 284-285.
4. Voir p. 52 à 54 et variantes ; dans le manuscrit, paperole collée entre les folios 65 et 66.
5. Cahier 55, f° 92. L'aveu est bien moins direct dans le texte définitif (*Le Temps retrouvé*, p. 284-285) : « J'ai connu une femme qu'un homme qui l'aimait était arrivé véritablement à séquestrer. »
6. P. 1001.
7. C'est la solution adoptée par Proust dans la version de 1922 sur le dactylogramme 2 ; voir p. 1030-1031.

la délimitation difficile, voire impossible, c'est qu'à l'époque — 1915-1916 — où Proust passe de ses cahiers de brouillon aux cahiers de mise au net, il n'envisage pas de divisions : il pense encore à un troisième volume, qui contiendrait la suite de *Sodome et Gomorrhe* et *Le Temps retrouvé*. En 1918, il envisage la publication en un seul volume de « Sodome et Gomorrhe II — Le Temps retrouvé[1] » : « Vie en commun avec Albertine — Les Verdurin se brouillent avec M. de Charlus — Disparition d'Albertine — Le chagrin et l'oubli — Mlle de Forcheville — Exception à une règle — Séjour à Venise — Nouvel aspect de Robert de Saint-Loup — M. de Charlus pendant la guerre : ses opinions, ses plaisirs — Matinée chez la princesse de Guermantes — L'adoration perpétuelle — Le Temps retrouvé. » Dans cette disposition, *La Fille aux yeux d'or* ne termine plus l'épisode d'Albertine, mais peut apparaître comme un rappel dans le « Nouvel aspect de Robert de Saint-Loup », chapitre qui doit commencer avec les mariages. Ce que réalisent les Cahiers entre 1914 et 1916, ce n'est donc pas la constitution d'un volume indépendant, mais l'insertion de l'histoire d'Albertine dans *À l'ombre des jeunes filles en fleurs*, au milieu du *Côté de Guermantes* et au sein du second séjour à Balbec[2] de *Sodome et Gomorrhe II* c'est-à-dire dans tous les volumes qui viennent après *Du côté de chez Swann*. Proust s'efforce de créer — ou de recréer — un continuum. En apportent la preuve, les Cahiers de brouillon 55, 56 et 74, et les Cahiers du manuscrit de mise au net. Là où, dans les Cahiers de 1914 — 71 et 54 —, se marquait une forte coupure, avec la disparition d'Albertine et la création d'une phrase-signal, « Mademoiselle Albertine est partie », le texte du Cahier 55 ne laisse pas apparaître de divisions. De même, quoique les morceaux soient trop peu liés pour qu'on puisse arriver à une conclusion décisive, le Cahier 74 enchevêtre des éléments relatifs aux mariages, au séjour à Tansonville et à la guerre, et ne laisse paraître aucune séparation entre l'actuelle fin d'*Albertine disparue* et le début du *Temps retrouvé*.

Le manuscrit de mise au net.

Le manuscrit de mise au net reproduit cette continuité. Il a dû être commencé dès le début de 1916, en ce qui concerne les Cahiers XII, XIII, XIV, XV qui forment la base de *La Fugitive* selon l'édition Clarac-Ferré, peut-être même dès la fin de 1915[3]. Il est probable que la rédaction principale était achevée en 1917.

1. *À l'ombre des jeunes filles en fleurs*, Gallimard, 1918 ; la table de cette édition prévoit cinq volumes. Le tome V correspondrait donc aux trois derniers volumes de l'édition définitive. Voir l'Introduction générale, t. I de la présente édition, p. LXXXVIII-LXXXIX.

2. Voir à ce sujet les Notices de ces trois textes.

3. La lettre de Proust à Mme Sheikévitch, datée par Philip Kolb « peu après le 3 novembre 1915 » (*Correspondance*, t. XIV, p. 280-285), résume « Le Chagrin et l'Oubli » tel qu'il est écrit dans le brouillon, et non dans les cahiers de mise au net ; voir la démonstration de Kazuyoshi Yoshikawa dans sa thèse, ouvr. cité, p. 8-14.

Ce manuscrit n'est pas rédigé d'un seul tenant, il comprend des quantités d'ajouts dans les marges et sur des papiers collés ; sa première version elle-même n'est pas parfaitement continue, car pour certains morceaux Proust a enchâssé dans le cahier des pages provenant de cahiers antérieurs, ainsi celles sur le *Figaro*, bien des feuillets sur Venise, provenant des rédactions d'avant 1914, et aussi des pages des Cahiers 55 et 56 ; ou parfois il a fait recopier, ou dicté à un secrétaire, le plus souvent à Céleste Albaret, des fragments de brouillons. Il est donc à peu près impossible de fixer une date pour ce manuscrit, composite dès sa naissance. Cependant, si on le compare aux brouillons antérieurs dont on dispose, on peut constater que toute la première moitié de *La Fugitive* — selon l'édition Clarac-Ferré —, ce qui correspond aux chapitres « Disparition d'Albertine » et « Le Chagrin et l'Oubli », est directement rédigée à partir des cahiers de brouillon. Un certain nombre de motifs esquissés dans les brouillons disparaissent, en particulier le motif littéraire de la comparaison d'Albertine avec de grandes figures de la passion ou de l'amour romanesque[1]. À plusieurs reprises, les brouillons esquissaient, à propos de la lecture d'un roman de Bergotte, une méditation du héros sur les vérités compréhensibles ou inaccessibles pour qui n'a pas connu les souffrances de l'amour. Bergotte a presque disparu dans le manuscrit ; dans le Cahier 55[2], on le voit encore écrire dans les journaux pendant la guerre ; sa mort, tardivement insérée dans *La Prisonnière*, suit cet effacement. Les ajouts à la rédaction primitive du manuscrit sont presque toujours destinés à renforcer le lien avec les épisodes ultérieurs, donc probablement écrits après la rédaction des dernières parties. Quelques-uns d'entre eux demeurent énigmatiques, parce qu'il leur manque une suite : ainsi la séduction de la petite fille, qui conduit le héros au commissariat de police, ou la découverte par Françoise des deux bagues d'Albertine[3]. Mais la plupart des ajouts introduisent des éléments destinés à un développement ultérieur ; plusieurs comparent l'évolution des sentiments du héros dans ses deux histoires d'amour, Albertine et Gilberte sont mises en parallèle ; plusieurs renforcent le rôle de Saint-Loup lors de la disparition d'Albertine. Le « Nouvel aspect de Robert de Saint-Loup » est l'un des principaux épisodes qui se constituent après 1914. Sans doute le thème de Sodome est-il ancien, et de longue date aussi Proust a prévu les mariages de la fin, comme en témoigne la table de l'édition Grasset de *Du Côté de chez Swann* dès 1913[4]. Mais nous avons vu[5] que les révélations sur Saint-Loup sont écrites tardivement dans le Cahier 50, au plus tôt en 1915, et les premières esquisses du nouveau

1. Voir l'Esquisse I, p. 629 et suiv.
2. Ff^os 86-87 r^os.
3. Voir p. 15-16 et p. 27-28 pour le premier ; p. 45-46 pour le second.
4. Voir l'Introduction générale, t. I, de la présente édition, p. LXXV. Les titres « Mme de Cambremer » et « Mariage de Robert de Saint-Loup » précèdent « L'Adoration perpétuelle » dans le dernier volume annoncé : « Le Temps retrouvé ».
5. P. 1018.

Saint-Loup se trouvent dans le Carnet 3[1]. Le thème, loin d'être figé et stérile comme celui du *Figaro*, paraît au contraire vivant et proliférant dans les cahiers postérieurs.

Toute la première moitié du futur volume d'*Albertine disparue* se trouve fixée dans le manuscrit, et les étapes de l'oubli y sont organisées. La première d'entre elles prend forme autour d'un groupe d'épisodes dont nous avons vu qu'ils sont déjà anciens ; les trois jeunes filles — la jeune fille blonde — le *Figaro* — la visite chez les Guermantes — les relations de Gilberte avec les Guermantes ; la seconde, autour des deux visites d'Andrée. Cette seconde étape semblerait correspondre à la section intitulée « Exception à une règle » dans la table de 1918, entre « Mlle de Forcheville » et « Séjour à Venise » ; il s'agissait apparemment d'isoler par un titre chacune des trois étapes de l'oubli.

Si le rapport du titre au contenu est clair pour la première et la troisième étapes, il est plus obscur pour la seconde. De façon explicite, une « exception » est signalée, c'est la longue visite de la princesse de Parme à la mère du héros[2], le jour même où viennent le voir M. de Charlus et Andrée : mais ce fait minime, assez mal inséré dans le tissu du roman, ne justifie guère qu'on le mette en évidence. L'autre exception, moins explicite mais beaucoup plus fondamentale, est celle du prolongement de la curiosité jalouse du héros, qui fait obstacle à la progression normale de l'oubli[3]. La troisième étape, celle de Venise, reste inachevée ; de l'arrivée à Venise au séjour à Tansonville, le manuscrit ne présente que des montages hâtifs et précaires, des morceaux qui seront repris et retravaillés par la suite, entre 1917 et 1922[4], mais qui n'ont jamais atteint le stade de l'achèvement.

Une ligne directrice semble se dégager, à cette époque, dans les épisodes qui vont de Venise à Tansonville — elle sera transformée par la suite —, c'est celle des mariages catastrophiques. Il nous semble que les mariages de la fin, annoncés dès 1913, ont pris un autre sens en 1916. Ils avaient à l'origine une signification essentiellement sociale, ils montraient, suivant en cela une tradition romanesque bien établie, des ascensions et des chutes imprévisibles, tout un mécanisme du mouvement mondain. En 1916, leur signification paraît beaucoup plus morale et individuelle, car elle est liée à la question de savoir si le héros aurait pu ou non connaître un autre destin si Albertine n'était pas morte et s'il l'avait épousée ? Au cœur de la transformation se place, à Venise, une modification fondamentale : la résurrection d'Albertine, annoncée dans les brouillons par une lettre de Mme Bontemps qui demande au héros d'empêcher le mariage de

1. Ff^os 45 v° à 47 r° et 29-30 r^os ; voir l'Esquisse XXI.3 et XXI.4, p. 744-745.

2. Voir p. 192 et suiv.

3. Voir la réflexion placée dans le séjour à Venise (p. 223) : « De sorte que cet amour après s'être tellement écarté de ce que j'avais prévu, d'après mon amour pour Gilberte ; après m'avoir fait faire un détour si long et si douloureux, finissait lui aussi, après y avoir fait exception, par rentrer, tout comme mon amour pour Gilberte, dans la loi générale de l'oubli. »

4. Voir p. 1023 et suiv.

sa nièce et d'un milliardaire américain[1], est provoquée dans le manuscrit par un télégramme mal transcrit, où se confondent le nom de Gilberte et celui d'Albertine, et qui est précisément un faire-part de mariage. Il y a une fatalité du mariage organisé par les familles, auquel fait écho, ironiquement, la fidélité exemplaire du vieux couple illégitime de Mme de Villeparisis et M. de Norpois. Cet épisode, dans sa rédaction primitive[2], était entièrement lié aux réflexions du héros sur sa propre destinée. Tous les mariages voulus par les parents pour le bien de leur lignée aboutissent à des désastres : mort de la fille adoptive de M. de Charlus ; perdition de Saint-Loup que sa maîtresse, Rachel, avait jusque-là sauvé du vice — c'est la leçon proposée par l'esquisse du Carnet 3[3] — ; mort, enfin, d'Albertine — si son départ, comme le suggère la dernière conversation avec Andrée, a tenu aux projets matrimoniaux de sa tante.

Mariage manqué d'Albertine avec le neveu des Verdurin ; mariage différé, puis impossible, d'Albertine et du héros ; mariage du marquis de Cambremer, neveu de Legrandin, avec la nièce de Jupien, fille adoptive du baron de Charlus sous le nom de Mlle d'Oloron, immédiatement rompu par la mort ; mariage malheureux, enfin, de Gilberte et de Saint-Loup : toutes ces alliances, dont la critique a maintes fois souligné le sens social — bouleversement des sphères, si stables au départ, de l'aristocratie et de la bourgeoisie, marqué par les changements de noms —, ont aussi une dimension morale et individuelle. Ces mariages illustrent la toute-puissance de l'or et du plaisir, les deux grands moteurs de la société que Balzac décrit en tête du drame de *La Fille aux yeux d'or* : car ce qui préside aux alliances, c'est d'abord la richesse, et c'est aussi Sodome. En outre, ces mariages sont les agents du malheur. En cela aussi, le motif de *La Fille aux yeux d'or* persiste dans l'ultime étape de la construction des mariages : le double amour de Paquita pour le frère, Henri de Marsay, et la demi-sœur, Mariquita, à cause de leur similitude physique, est noté dès le Carnet 1[4]. De même, Saint-Loup aime en Charlie un double de Rachel. Les doubles se multiplient, par ressemblance physique ou onomastique, de Rachel en Charlie et d'Albertine en Gilberte ; les mariages vont à contresens des entraînements de la passion, mais, au lieu de les freiner et de les guérir, ils ne font que les aggraver. Sans doute Proust avait-il prévu depuis l'origine le mariage de la fille de Swann et de son ami Montargis-Saint-Loup, et très certainement aussi un mariage qui ne serait pas une fin heureuse mais plutôt, à la façon du roman de Thomas Hardy, *Les Yeux bleus*[5], une étape dans la succession des passions

1. Cahier 55, ff^os^ 102-105 r° ; voir l'Esquisse VI.3, p. 653-654.

2. Voir l'Esquisse XVI, p. 699-702.

3. Ff^os^ 45 v°-47 r° ; voir l'Esquisse XXI.3, p. 744.

4. F° 36 ; *Le Carnet de 1908*, édité par Philip Kolb, *Cahiers Marcel Proust*, n° 8, Gallimard, 1976, p. 95.

5. Ce roman est cité par le héros lors de la conversation littéraire de *La Prisonnière*, t. III de la présente édition, p. 878 et n. 1. Proust en parle à Lucien Daudet dans une lettre que Philip Kolb date du 7 novembre 1910 (*Correspondance*, t. IX, p. 201-202) : « [...] le roman que publient *Les Débats* (*Les Yeux bleus*) n'est pas

répétitives et malheureuses. Mais c'est surtout à partir de 1916 qu'il commence à exploiter ce thème ; on le voit dans les cahiers postérieurs au manuscrit de mise au net[1], où il est réactivé et proliférant. Cette seconde moitié de la future *Albertine disparue* ne cesse de se modifier après 1916 : Venise, avec la conversation entre Mme de Villeparisis et M. de Norpois, les mariages, le nouvel aspect de Robert de Saint-Loup et le séjour à Tansonville. La première moitié est à peu près fixée à cette époque : Proust dit à Gaston Gallimard, au printemps de 1921, qu'il peut donner à Jacques Rivière « la fin de Sodome III où il n'y a rien à changer et qui est ce [qu'il a] écrit de mieux (La mort d'Albertine, l'oubli)[2] ». La seconde moitié, elle, ne sera jamais achevée, et elle garde bien des traces des remaniements qu'elle a partiellement subis de 1917 à 1922.

De 1917 à 1922 : les modifications du texte.

La question de la date de la copie dactylographiée du manuscrit est de nos jours encore mal élucidée. Longtemps la disparition de l'exemplaire qui avait servi aux éditeurs de 1925 — que nous nommerons dactylogramme 1 — a laissé planer le doute sur son caractère posthume : entré à la Bibliothèque nationale[3] en 1977, il révéla à l'examen nombre d'indices sûrs permettant de conclure qu'il datait d'avant la mort de Proust. La découverte de 1986 de l'exemplaire original[4], dont le dactylogramme de la Bibliothèque nationale est le double, ne permet plus désormais aucune contestation, puisqu'il est retravaillé de la main même de l'auteur[5]. Comme ce

excellent ni très bien traduit par cette jeune fille (Mlle Margueritte) qui tout de même doit être bien intéressante. » *Le Journal des débats* publiait ce roman en feuilleton (du 7 octobre au 16 décembre 1910), mais il semble bien que Proust l'avait lu auparavant en anglais (*A Pair of Blue Eyes*, 1873) puisqu'il en commente la structure dans le *Carnet de 1908* (éd. citée, p. 114) non pas pour ses amours répétitives mais pour les parallélismes géométriques : « Les romans de Hardy sont construits ainsi superposablement. »

1. Voir p. 1025.
2. *Lettres à la N.R.F., Cahiers Marcel Proust*, n° 6, Gallimard, 1932.
3. B.N., N.a.fr. 16745-16747.
4. Collection privée.
5. Ce qui rendait suspect le dactylogramme 1, c'est qu'on n'y trouvait rien d'autographe. C'est encore ce qu'affirme M. Milly dans son édition de *La Fugitive* en 1986 (Garnier-Flammarion, p. 25) après avoir examiné les diverses mains de Robert Proust, de Jacques Rivière, de Jean Paulhan et de secrétaires plus ou moins identifiables. Nous ne pensons pas qu'il soit aisé de trancher : l'écriture de Robert Proust ressemble beaucoup à celle de son frère ; des marques faites avec un gros crayon bleu sont typiques de Marcel Proust ; un « mal dit » à la page 803 du dactylogramme 1 (la page correspondante du dactylogramme 2 manque) semble bien écrit par Proust ; il apparaît en face des remaniements compliqués qui concernent l'épisode du *Figaro* (ici, p. 151, face aux lignes 1 à 6). Toutefois, les corrections portées sur cette même page ont sans doute été dictées. Il est tout à fait certain que le dactylogramme 2 est entièrement antérieur à la mort de Proust ; quant au dactylogramme 1, il est antérieur à la mort de Proust, avec des corrections qui datent en partie d'avant et en partie d'après sa mort. On ne peut décider, en particulier pour les biffures et pour les virgules, s'il s'agit d'interventions posthumes ou non.

dactylogramme — nous l'appellerons dactylogramme 2 — est une copie du manuscrit au net, il est certain qu'il ne peut être antérieur à 1917. Entre ces deux dates limites, 1917 et 1922, il est très difficile de préciser. Notre hypothèse est que la copie du manuscrit est antérieure à la fin de 1919, parce qu'un examen des altérations de la pagination dans le « Séjour à Venise » montre que le texte initial a été remplacé par la copie destinée à la publication des *Feuillets d'art* en décembre 1919[1] ; nous reviendrons sur ces modifications[2]. L'examen des cahiers de brouillon — Cahiers 61, 75, 60, 62, 59 — qui contiennent les ajouts destinés à compléter ou à modifier les textes déjà écrits, qui peuvent être datés de la période 1917-1922, n'apporte pas d'indications suffisamment nettes. En effet, la plupart des ajouts pour la partie qui nous intéresse n'ont été repris ni dans le manuscrit, ni dans sa copie dactylographiée — à l'exception d'un ajout, « M. de Norpois », dont nous reparlerons. Une seule chose paraît claire, c'est que Proust n'a guère travaillé ce texte entre 1917 et 1919. On distingue ensuite deux périodes, que nous divisons très approximativement : 1919-1920, reprise du « Séjour à Venise » et des mariages ; 1921-1922, révision de certaines parties du texte, notamment le début, contemporaine du travail sur *La Prisonnière* dont le texte dactylographié est envoyé par Proust à Gaston Gallimard au début de novembre 1922[3] ; élaboration d'une seconde version d'*Albertine disparue* esquissée sur le dactylogramme 2. L'habitude qu'avait Proust de travailler tantôt sur l'original, tantôt sur le double de ses dactylogrammes, et sa méthode de travail qui fait qu'il ne corrige pas de façon suivie ses textes déjà écrits, mais s'attaque tantôt à un passage tantôt à un autre, ne permettent pas de fixer entièrement la chronologie des modifications. Nous nous sommes cependant efforcés de dégager globalement les étapes majeures.

À la fin de l'année 1919, Proust, pour *Les Feuillets d'art*, s'est servi du texte du manuscrit, probablement déjà dactylographié, et lui a fait subir deux modifications principales. D'une part, il a enlevé toutes les allusions à Albertine et à la mort de la grand-mère. D'autre part, il a récrit la conversation entre Mme de Villeparisis et M. de Norpois en atténuant ce qui l'orientait vers l'image d'une vie conjugale ridicule et attendrissante, propre à faire méditer le héros sur ce qu'aurait pu devenir son propre couple avec Albertine — peut-être aussi à préparer le « Bal de têtes[4] » — et en renforçant l'accent sur la discussion politique, déjà présente dans la première version — on voit apparaître le prince de B***. La version destinée à la publication en revue met en évidence un décrochage chronologique : initiale-

1. *Les Feuillets d'art* (n° 4, 1919, p. 1-12) ont publié sous le titre « À Venise » l'ensemble du séjour à Venise dont Proust avait retranché tout ce qui concernait Albertine et la grand-mère du narrateur. Il avait également modifié les allusions à l'actualité pour les rapprocher du moment de la publication (voir ci-dessous et p. 1025). Deux dessins de Maxime Dethomas illustrent la première et la dernière page.
2. Voir p. 1028-1029.
3. Voir la Chronologie, t. I de la présente édition, p. CXLII.
4. Voir *Le Temps retrouvé*, p. 499 et suiv.

ment, Mme de Villeparisis et M. de Norpois s'entretenaient de l'affaire du Maroc et particulièrement de l'intervention de l'empereur Guillaume à Tanger en mars 1905 ; dans la nouvelle version, il s'agit d'événements récents, encore frais à la mémoire du lecteur, notamment la prise de Fiume par d'Annunzio, en septembre 1919 ; il n'était pas possible de réinsérer telles quelles dans le roman les pages destinées à la revue, l'anachronisme étant trop manifeste ; d'autre part, la version destinée à la revue avait cet avantage, sur la version du manuscrit au net, de former une suite cohérente et correcte, d'être ce « déjà-prêt » dont Proust avait, durant ses dernières années et dans sa hâte de remettre la totalité de ses livres à l'éditeur, un besoin aigu. Il reprit donc pour base et inséra dans le dactylogramme les pages destinées aux *Feuillets d'art*. Deux remaniements auraient alors dû être faits sur ces pages : le rétablissement chronologique de la conversation Villeparisis-Norpois avant la guerre de 1914 et la reprise des fragments relatifs à Albertine et à la grand-mère. Or, ce qui caractérise bien les orientations nouvelles de Proust après la guerre, le travail ne se fait que sur la conversation politique et la réintégration d'Albertine est entièrement négligée : au point que les éditeurs, en 1925, se virent forcés de reprendre le fragment relatif au faux télégramme d'Albertine[1], sans lequel la fin du chapitre, qui commente la confusion des noms d'Albertine et de Gilberte, n'est pas compréhensible. Cependant, au lieu de reprendre simplement l'ancienne conversation relative aux événements de 1905, Proust refait un nouveau texte et ne cesse, de 1919 à 1922, d'esquisser des ajouts pour Norpois dont la conduite diplomatique et les manies verbales deviennent peu à peu le motif principal de la conversation.

Les Cahiers 60, 62 et 59 présentent en effet des esquisses nombreuses pour la conversation entre M. de Norpois et le prince, ou « pour ajouter au volume sur Venise quand le prince Foggi vient saluer Mme de Villeparisis[2] ». Sans doute Proust entendait-il préparer les pages sur la guerre[3] du dernier volume. Il est certain que le sens général se modifie au détriment de l'histoire d'amour et au profit de la satire du langage politique. De même, le Cahier 60 montre une reprise des « mariages », une tentative pour répartir les mouvements mondains entre le mariage de Gilberte et celui de la « fille de Jupien » ; c'est dans ce cahier que le secrétaire de Proust a recopié la lettre écrite au prince de Polignac en 1920 à l'occasion de son mariage[4]. Pourquoi recopier cette lettre ? Proust projetait-il d'en faire écrire une similaire par son héros à Saint-Loup sur le thème de la joie et du chagrin ? « Cher ami, vos fiançailles m'ont causé une grande joie et un profond déchirement. La première fois que j'ai eu de la sympathie pour vous, vous partiez pour la Chine, cette fois-ci

1. Voir p. 218-224. Cahier XIV, f°s 99 à 106.
2. Cahier 59, f° 81 r°. Voir l'Esquisse XVII.2, p. 705 et suiv.
3. *Le Temps retrouvé*, p. 397-433.
4. Lettre datée de février 1920 par Philip Kolb ; voir *Lettres retrouvées*, Plon, 1966, p. 133-134.

où c'était une grande amitié, vous partez pour toujours. Je surmonte cette tristesse pour partager votre bonheur. Au reste cette tristesse était par avance consolée par l'art car avec cette pré-vision qui me rend la vie si insipide (parce qu'elle arrive en retard sur mes livres) j'avais écrit (dans un de mes volumes à paraître) votre mariage (sans votre nom bien entendu ni rien de vous il y a un an)[1]. » Proust donne bien évidemment une fausse clé du mariage du marquis de Cambremer avec la fille d'adoption de Charlus, en prétendant ensuite qu'il a dû corriger ses épreuves, ayant écrit Vermandois, trop proche de Valentinois — le nom de la jeune fille qu'épouse le prince de Polignac —, et qu'il a remplacé ce nom par celui d'Oloron. Le nom de Marie-Antoinette d'Oloron est déjà, et sans rature, dans le Cahier XV[2]. Loin que le roman s'inspire de la vie, c'est l'expérience qui vérifie la fiction. Cependant les ébauches concernant les mariages et le nouveau Saint-Loup resteront inutilisées. C'est qu'en effet ces épisodes concernent l'actuel quatrième chapitre du roman, que Proust n'a guère retouché après le manuscrit au net. Au moment où il achevait *Sodome et Gomorrhe*, il a très probablement noté des idées pour la suite, et la plupart de ces ajouts non utilisés portent la mention « Pour Sodome III » ou « Pour Sodome IV », selon que Proust songeait à publier en un ou en deux volumes l'épisode d'Albertine.

De la fin de 1921, lorsque Proust remet à la NRF, en novembre, le texte de *Sodome et Gomorrhe II*, jusqu'en novembre 1922, l'ouvrage qui est sur le métier est la suite, dans son esprit, d'un même ensemble, ce qui constitue l'« épisode d'Albertine ». Sans savoir très bien par avance si cette suite comportera un volume, *Sodome et Gomorrhe III*, ou deux, *Sodome et Gomorrhe III* et *IV*, Proust se met au travail. Les lettres à Gaston Gallimard montrent qu'en décembre 1921 il hésite encore sur la coupure : « Je voulais vous dire que puisque vous serez prêt pour le 1er mai (*Sodome II*), peut-être pourriez-vous pour *Sodome III* qui a des chances d'être un très court volume selon l'endroit où nous le couperons (ce que nous déciderons de commun accord), vous pourriez peut-être donc tout préparer comme si *Sodome III* devait paraître en octobre[3]. » La coupure proposée auparavant à Gaston Gallimard était indiquée dans une lettre du printemps 1921[4], où Proust se plaignait d'avoir à préparer des fragments pour *La Nouvelle Revue française*, préparation qui le retardait dans son travail essentiel et urgent de publier les livres. Il envisage de finir d'abord *Sodome et Gomorrhe II* et « avant de commencer à mettre au point *Sodome III*, je lui [à Jacques Rivière] donnerais la fin de *Sodome III* où il n'y a rien à changer et qui est ce que j'ai écrit de mieux (la mort d'Albertine, l'oubli). » Cependant, lorsqu'il entreprend la mise au point de *Sodome et Gomorrhe III*, les choses ne sont plus si claires. Proust ne perçoit pas nettement les dimensions de l'actuelle *Prisonnière* et

1. Cahier 60, ffos 61 r°-62 r°.
2. Au folio 20 ; sur le manuscrit de mise au net, voir p. 1022.
3. *Lettres à la NRF*, éd. citée, p. 185.
4. *Ibid.*, p. 153.

envisage de publier *Sodome et Gomorrhe III* en deux parties, la vie avec Albertine constituant la première partie.

Dans le courant de l'été 1922, Proust se propose d'envoyer « d'ici peu » le manuscrit de *La Prisonnière* : « Le grand intérêt pour moi est de me rendre compte si cette *Prisonnière* sera assez courte pour que je puisse faire paraître en même temps la suite, *La Fugitive*, car si matériellement il est certain que les livres courts se vendent mieux [...] il ne faudrait pas, pour avoir un ouvrage moins long, faire dire "il est très en baisse[1]". » C'est probablement la trace de ce flottement que l'on trouve dans le dactylogramme : « Fin d'Albertine disparue, ou si M. Gallimard aime mieux avoir un volume plus long, Fin de la première partie d'Albertine disparue[2]. »

Proust hésite entre une publication rapide, pour 1923, où le lien romanesque avec la fin de *Sodome et Gomorrhe II* demeurerait présent à la mémoire des lecteurs ; et une publication retardée, qui permettrait à l'auteur de réviser et remodeler en paix la suite de *Sodome et Gomorrhe II*, car « aucune des deux parties n'est "prête", ce qui s'appelle "prête"[3] », déclare-t-il en juillet 1922. Ces deux tendances en apparence contradictoires, publication rapide ou aménagement d'un temps de travail confortable, s'expliquent aisément. À ce stade, Proust aimerait publier au plus vite ce qui est prêt, de façon à reprendre et reconstruire ce qui est encore susceptible de développements entrevus, un texte à venir. Un an après avoir promis, en janvier 1921, à Gaston Gallimard « *Sodome II*, *Sodome III*, *Sodome IV* et *Le Temps retrouvé*, quatre longs volumes qui se succèdent à intervalles assez espacés (si Dieu me prête vie[4]) », Proust se plaint, en février 1922, de la lenteur des imprimeurs qui ne lui envoient pas les épreuves de *Sodome II* : « J'ai tant de livres à vous offrir qui, si je meurs, ne paraîtront jamais (*À la Recherche du Temps perdu* commence à peine[5]) ». On peut donc saisir les grandes lignes du travail de Proust sur la suite de *Sodome et Gomorrhe II* : il s'efforce de mettre au point et d'achever l'épisode d'Albertine avant d'entreprendre la réfection de ce qui serait *Sodome et Gomorrhe IV* ; puis, en juin-juillet 1922, il perçoit l'ampleur de cet épisode qui devrait comprendre deux parties dont aucune n'est « prête ». On peut donc, en se fiant à la correspondance, affirmer que Proust travaille essentiellement à la correction de l'actuelle *Prisonnière* et au début de ce qui est alors prévu comme la fin de *Sodome et Gomorrhe III* ou sa deuxième partie.

Dans les cahiers d'additions, on voit apparaître quelques ébauches épisodiques suggérant un remaniement possible de l'histoire d'Albertine. La page du Cahier 62 sur le lait qui bout[6] suggère un retour d'Albertine ; quelques pages du Cahier 60 annoncent un développement de la deuxième conversation avec Andrée sur les relations

1. *Lettres à la NRF*, éd. citée, p. 246.
2. Note marginale, dactylogramme 2 ; voir var. *b*, p. 67.
3. *Lettres à la NRF*, éd. citée, p. 234.
4. *Ibid.*, p. 136.
5. *Ibid.*, p. 204-205.
6. F° 31 r° ; voir l'Esquisse II, p. 642-643.

d'Albertine avec Mme Bontemps[1]. Mais ces fragments ne sont pas repris, et Proust, parant au plus pressé, ne semble pas vouloir récrire ce qui est déjà fait, ni même entreprendre les grands bouleversements dont il est coutumier, dans le texte dactylographié ; on trouve dans celui-ci la trace de corrections le plus souvent ponctuelles. Seule la conversation de M. de Norpois[2] ne cesse de s'enrichir, de 1917 à 1922, et donne lieu à des retranscriptions dans les dactylogrammes[3]. Les ajouts relatifs à Venise ne sont pas toujours repris et certaines notes des brouillons ne paraissent pas immédiatement utilisables, ni même intelligibles. Tel ce poème que l'on trouve sur l'une des premières pages du Cahier 59[4] et qui date de 1922 — au moment où Proust attend les épreuves de *Sodome et Gomorrhe II* :

Eh quoi Bainville eh quoi de Bainville l'haleine
Comme en astres changés les deux jumeaux d'Hélène
Toi qui Venise sçais et ses petits amours
De la rue calme as-tu pas souvenance
Et qu'on tenait l'honneur de la slave créance
Jusque là s'appeler du nom des Esclavons.

Les dactylogrammes.

Lors de cette année 1921-1922 où il s'efforce de mettre au point *Sodome et Gomorrhe III*, Proust dispose de copies dactylographiées qui représentent actuellement pour nous le dernier état du texte. Si l'on se réfère aux lettres à Gaston Gallimard[5], qui font état de l'embauche d'une secrétaire en 1922 pour dactylographier ce texte, on peut conclure que ces dactylogrammes datent du premier semestre de 1922. Cependant nous optons plutôt pour une date antérieure à décembre 1919, comme nous l'avons indiqué[6], à cause d'un décalage de pagination qui apparaît clairement dans les deux exemplaires entre les pages 906 et 909. Les deux coupures opérées dans le texte primitif, celui du manuscrit : évocations d'Albertine et de la grand-mère du héros, correspondent précisément dans les dactylogrammes au nombre de pages manquantes — le calibrage en apporte la preuve —[7]. Le décalage ne peut s'expliquer que si les feuilles dactylographiées

1. Ff^os 20 à 23 ; voir l'Esquisse VI.2, p. 652-653.
2. Voir p. 1025.
3. Voir p. 1029.
4. F° 6 v°.
5. Lettre de décembre 1921 : « On ferait une dactylographie de Sodome III, je corrigerais (peu je crois) sur ladite dactylographie et elle servirait de texte définitif pour le bon à tirer » (*Lettres à la NRF*, éd. citée, p. 186). Lettre de juin *[?]* 1922 : « Je possède bien le manuscrit ou, pour mieux dire, la dactylographie complète (et le manuscrit aussi) de ce volume et du suivant, puisque vous vous rappelez que j'avais pris pour cela une dactylographe. Mais le travail de réfection de cette dactylographie, où j'ajoute partout et change tout, est à peine commencé. Il est vrai qu'elle a été faite en double » (*ibid.*, p. 224).
6. P. 1024.
7. Voir var. *b*, p. 205 ; *a*, p. 206 ; *b*, p. 208.

ont servi de base à l'élaboration de l'article destiné aux *Feuillets d'art*. Quoi qu'il en soit, les dactylogrammes suivent scrupuleusement le manuscrit et les remaniements sont postérieurs à la frappe. Ce qui rend le travail de datation très compliqué, c'est que Proust travaille sans doute tantôt sur un exemplaire et tantôt sur l'autre, et que les remaniements dactylographiés sont tous faits avec la même machine ; et puisque Proust, comme l'indiquent ses lettres à Gaston Gallimard, avait l'intention d'utiliser — pour gagner du temps — le dactylogramme comme copie d'impression, il prend soin de respecter scrupuleusement, d'un exemplaire à l'autre, l'identité de pagination et l'ordre et la quantité des lignes : tout est fait pour que les textes coïncident, au besoin à l'aide de découpages et de collages, ou bien, si cela est impossible, au moyen de paginations en *bis*, *ter*, etc., qui permettent de rattraper, malgré un long ajout, la pagination d'un exemplaire à l'autre. On peut constater, pour le « Séjour à Venise », un va-et-vient selon lequel les corrections de détail sont faites à la main dans le dactylogramme 1 et tapées à la machine dans le dactylogramme 2[1], tandis que les grandes additions et modifications de la conversation Villeparisis-Norpois-prince italien sont manuscrites dans le dactylogramme 2 et dactylographiées dans le dactylogramme 1[2].

1. Voir notamment les variantes des pages 202-205.

2. Nous avons dit qu'à partir d'un manuscrit au net dont les éditeurs — Clarac et Ferré mais aussi M. Milly (*La Fugitive*, Garnier-Flammarion, 1976, p. 28) — ont reconnu les lacunes ou l'incohérence, Proust fait établir par Yvonne Albaret une dactylographie en double exemplaire. Nous supposons que, de cette dactylographie, Proust retire les pages 906 à 923 en vue de préparer un article sur Venise pour *Feuillets d'art*. Ensuite, au lieu de réinsérer ces pages dans le dactylogramme, et sans doute parce qu'il ne les retrouve pas (elles manquent jusqu'à présent, à l'exception de celles — 218 à 230 de ce volume — auxquelles il est fait allusion p. 1042), Proust réintroduit la version de *Feuillets d'art* dans la brèche qu'il avait lui-même créée, en version manuscrite dans le dactylogramme 2, dactylographiée dans le dactylogramme 1. Mais il néglige de reprendre les pages 906 à 908, qui ont maintenant disparu, mais que nous rétablissons grâce au manuscrit ; ce sont bien les mêmes pages, comme le montre le décompte des signes. Ces pages concernent principalement Albertine et la grand-mère. Les pages $922^{9}/922^{10}$ à 922^{18} ont été réinsérées par Robert Proust et Jacques Rivière. — Nous donnons maintenant les correspondances de pagination : on sait donc que les pages 906 à 908 des dactylogrammes manquent ; elles correspondaient aux pages 207 à 208 de ce volume. Les pages 910 et 911 des dactylographies (depuis « Plusieurs des palais du Grand Canal » jusqu'à « son vieil amant, M. de Norpois » ; ici, p. 209-210) sont conformes au texte des *Feuillets d'art*. Les pages 912 à 915 du dactylogramme 2 (depuis « Son grand âge » jusqu'à « de plus ou moins incapables recrues » ; ici, p. 210-211) sont manuscrites : dans le dactylogramme 1, elles sont dactylographiées de la page 912 à la page 914 ; elles sont une nouvelle version de la conversation entre Mme de Villeparisis et M. de Norpois. De la page 916 à la page 919, le dactylogramme 2 présente le texte biffé de la conversation Villeparisis-Norpois (depuis « Elle garda quelques minutes le silence » jusqu'à « tapis vert » ; ici, Esquisse XVI.2, p. 702-703) ; dans les marges de ces pages, Proust continue la rédaction de la nouvelle version de la conversation (depuis « J'en ai beaucoup connu » jusqu'à « mettre le point final au conflit » ; ici, p. 211-212) ; ce texte est dactylographié aux pages 914-915 du dactylogramme 1 avec la mention « à reprendre p. 919 ». De la page 919 à la page 921 du dactylogramme 2, on retrouve

Les parties laissées de côté par Proust dans son travail de correction durant l'année 1922 sont celles qui correspondent à la deuxième moitié du premier chapitre, les enquêtes d'Aimé et l'interrogatoire d'Andrée, ainsi qu'au chapitre II, la rencontre au Bois, l'article du *Figaro*, le second interrogatoire d'Andrée ; et au chapitre IV, les mariages et la transformation de Saint-Loup. D'après ce que nous avons vu des préoccupations de Proust en 1922[1], on peut penser qu'il avait en tête un *Sodome et Gomorrhe IV*, précédant *Le Temps retrouvé* et qu'il n'a pas eu le temps de mettre au point. Il a remis à l'éditeur, au début de novembre 1922, un manuscrit dactylographié dont le titre est « La Prisonnière (1re Partie de Sodome et Gomorrhe III) » et il a sans doute au même moment esquissé les grands traits d'une *Albertine disparue* en deux chapitres, où tout ce qui n'était pas « prêt » a été éliminé au moyen d'une modification quantitativement infime — Albertine meurt sur les bords de la Vivonne, à Montjouvain — et qualitativement considérable, puisque ce fait permet au roman de se boucler de Combray à Combray, et au romancier de raccourcir l'interminable travail du deuil et de la jalousie dans lequel s'engluait l'action, voulue « brève et dramatique », de l'épisode d'Albertine. Quelques jours, peut-être quelques heures ont suffi à Proust pour bâtir cette version courte, à quelques détails près immédiatement publiable[2]. Le tableau, p. 1031, met en évidence les suppressions effectuées sur le dactylogramme 2.

la version des *Feuillets d'art* (depuis « Un monsieur qui finissait de dîner » jusqu'à « C'est elle » ; ici, p. 212-213). Le dactylogramme 1 passe directement à la page 919 et jusqu'à sa page 921, son texte est identique à celui du dactylogramme 2. On trouve ensuite dans le dactylogramme 2 des pages numérotées à la main de 922 à 933, où Proust a retranscrit les ajouts sur M. de Norpois. Ces ajouts sont dactylographiés dans le dactylogramme 1 de la page 922 à la page 928, pages dont le numéro a été biffé et remplacé à la main — de la main de Marcel Proust, nous semble-t-il — par les numéros 922*bis*, 922*ter*, etc., jusqu'à 922*octer*. Puis vient une page portant le numéro biffé 929 et la pagination $922^9/922^{10}$ où le dactylogramme 1 reprend le texte du manuscrit au net relatif à l'oubli d'Albertine et au télégramme (depuis « Parfois au crépuscule » jusqu'à « du désir de l'immortalité » ; ici, p. 218-224). Sa numérotation continue de 922^{10} à 922^{18} ; elle est, cette fois, dactylographiée. Le dactylogramme 2 continue par le texte des *Feuillets d'art* (depuis « Après le déjeuner » jusqu'à « l'autre sa colline » ; ici, p. 224-234) mais la pagination dactylographiée de 922 à 932 est biffée et remplacée par une pagination manuscrite — de la main de Marcel Proust : 933, 933*ter*, etc., jusqu'à 933*six*, puis 934, 934*bis*, etc., jusqu'à 934*quinque*. Dans le dactylogramme 1, la page qui commence par « Après le déjeuner » (ici, p. 224) est numérotée à la main 923 ; c'est une page reconstruite comprenant la fin de l'oubli d'Albertine et la suite de la version des *Feuillets d'art*, mais avec une coupure : la visite à l'Arena de Padoue a été déplacée (depuis « La veille de notre départ » jusqu'à « qui ne seraient pas ailés » ; ici, p. 226-227), pour être mise juste avant le départ de Venise (« Quand j'appris le jour même » ; ici, p. 230). La pagination perturbée est reconstituée grâce à un 926*bis* et un 926*ter* ; les numérotations dactylographiées correspondent à celles du dactylogramme 2, qui ont été biffées. La page 932 est rigoureusement identique dans les deux dactylogrammes mais avec un léger décalage pour la pagination manuscrite, décalage qui se poursuit aux pages suivantes.

1. Voir p. 1026 et suiv., et p. 1032 et suiv.

2. C'est l'édition publiée par Nathalie Mauriac et Étienne Wolff (Grasset, 1987), où le texte de Proust n'occupe que 134 pages.

	« Le Chagrin et l'Oubli »	« Mlle de Forcheville »	« Séjour à Venise »	« Nouvel aspect de Saint-Loup »
dactyl. 1	527 780 *(3) (138)* chap. I	781 898 *(138) (202)* chap. II	898*bis* 934 *(202) (235)* chap. III	934*bis* 1001 *(235) (272)* chap. IV
dactyl. 2	527 648 *(3) (67)* chap. I	*[pages ôtées]*	[934] 898 936 *(202) (235)* chap. II	[935] 937 1001 *(235) (272)* *[pages biffées]*

Les éditeurs de cette version courte, Nathalie Mauriac et Étienne Wolff, pensent qu'elle date des toutes dernières semaines de la vie de Proust. Ils ont très probablement raison, car, contrairement à ce qui s'est passé pour les épisodes du séjour à Venise, la plupart des additions manuscrites du dactylogramme 2 n'ont pas été reprises à la machine sur le dactylogramme 1 — sauf celle de la page 556, sur une page 556 *bis*[1] ; les autres additions ont été recopiées par Robert Proust, mais en partie seulement. On comprend que la correction qui fait fuir et mourir Albertine à Montjouvain n'ait pas été gardée par le frère de l'auteur pour son édition de 1925, puisque son insertion eût obligé à supprimer le reste du chapitre — Saint-Loup chez Mme Bontemps et Aimé à Châtellerault notamment. Mais on ne sait pourquoi d'autres additions sont abandonnées malgré la présence d'indications de régie : ainsi, à la page 589, une grande bulle vide avec la mention « à recopier » figure dans la marge à l'endroit correspondant à l'addition du dactylogramme 2[2]. Faut-il supposer que, Proust ayant donné l'ordre de reporter les additions, sa mort a arrêté un travail que Robert Proust n'a accompli que là où il était certain qu'il devait le faire ? Nous ne connaissons pas entièrement les conditions du travail posthume de révision en vue de l'édition. S'il est possible de repérer la main de Jacques Rivière — on voit surtout des points d'interrogation et des croix aux endroits où il rencontrait une difficulté — et celle de Robert Proust dans les additions et les corrections, il y eut également d'autres intervenants. En outre, le travail est souvent le résultat d'une consultation des manuscrits. Le fait qu'une modification soit de la main de Robert Proust n'indique donc pas nécessairement un caractère posthume. Nous l'avions pressenti lorsque, avant la découverte du dactylogramme 2, nous avions jugé que les principales additions du premier chapitre étaient de Proust lui-même.

1. Dans ce volume, p. 19 et var. *a*.
2. Voir p. 36 et var. *b*.

En marge de la page 699 du dactylogramme 1, on trouve la mention : « Vu par Marcel jusqu'à 780[1] ». Nous avons déjà dit que manquaient dans le dactylogramme 2 la fin du chapitre I et le chapitre II. Pour le chapitre III, nous disposons à nouveau des deux dactylogrammes, mais leur texte comprend des coupures. Quant au dernier chapitre, il est entièrement biffé et dépourvu de corrections dans le dactylogramme 2, très peu corrigé, généralement de façon posthume dans le dactylogramme 1, où l'on remarque l'interversion, également posthume, de certains fragments : c'est notamment le cas de l'anticipation des mariages pendant la conversation dans le train, anticipation reportée après l'arrivée du train à Paris[2].

On le voit, le texte d'*Albertine disparue* procuré par le dactylogramme 2 ne s'intègre pas à l'état d'*À la recherche du temps perdu* que nous connaissons. Pour réaliser cette intégration, pour publier ce document — qui nécessite, au reste, quelques corrections — il faudrait inventer un *Sodome et Gomorrhe IV* que Proust avait probablement prévu mais qu'il n'a pas écrit. À défaut de *Sodome IV*, la suppression du texte final des pages ôtées du dactylogramme 2 ou biffées dans cet état laisse apparaître de très importantes lacunes, tant par rapport à ce qui précède — les préparations qui font entrer Albertine dans Gomorrhe, la reprise du motif de la jalousie de Swann par la jalousie *post-mortem* du héros, la reprise de l'oubli de Gilberte par celui d'Albertine et leur assimilation finale — mais surtout par rapport à ce qui suit dans *Le Temps retrouvé*, notamment le mariage et le nouvel aspect de Robert de Saint-Loup.

La question de la clôture.

On pourrait, bien entendu, rétablir le quatrième chapitre, biffé dans le dactylogramme 2, en le plaçant au début du *Temps retrouvé*. De fait, la limite entre *Albertine disparue* et le dernier volume de l'œuvre n'est indiquée que par le dactylogramme et n'a pas été confirmée par Proust. Mais, ici encore, il nous faudrait inventer un volume qui aurait pu exister, ce *Sodome et Gomorrhe IV* qui pouvait partir de l'annonce des mariages et aller jusqu'au bout des transformations de Robert de Saint-Loup, retrouvant le finale de *La Fille aux yeux d'or*. À moins que, englobant le pastiche des Goncourt, il se soit arrêté au départ du héros dans une maison de santé, ce qui fut probablement la plus ancienne limite prévue par Proust pour marquer la rupture entre « Temps perdu » et « Temps retrouvé ». Si la clôture actuelle de la version longue présentée par le dactylogramme 1 peut être considérée comme provisoire, et susceptible d'être modifiée quand Proust, après avoir donné la version courte à Gallimard, se serait mis à travailler la suite — et la fin ? — du « Temps perdu », cette perspective demeure parfaitement hypothétique.

1. Dans ce volume, p. 94 et var. *b*.

2. Tels sont les éléments que nous avons dû prendre en compte pour établir notre texte. On trouvera plus bas la justification du choix que nous avons fait, et les détails concernant l'établissement de ce texte (voir la Note sur le texte, p. 1038).

Dans l'état actuel du texte, tel que la mort de Proust l'a fixé, le retour à Combray forme le nœud où s'articulent « Temps perdu » et « Temps retrouvé ». Proust a fait du séjour à Tansonville une frontière. Nous en avons la preuve dans le fait que ce séjour formait initialement un seul bloc[1] et que la mise au net du manuscrit l'a scindé en deux parties. À l'origine, la conversation avec Gilberte est d'un seul tenant, elle part des deux livres clés, de Balzac et de Goncourt, pour dériver vers les amours passées et les relations familiales et mondaines. Dans le manuscrit, il y a, non plus une conversation unique, mais des promenades assorties de propos à intervalles inégaux. D'une part, ces promenades font émerger le lieu d'une enfance — tout ce qui fascinait jadis le héros a perdu ses pouvoirs et ses attraits, les deux côtés ne font qu'un, les sources de la Vivonne ne sont qu'un vulgaire lavoir — comme dans *On ne badine pas avec l'amour* — ; l'amour lui-même se dégrade, l'objet inaccessible du rêve se révèle n'avoir été qu'une petite dévergondée. D'autre part, la chambre du château de Tansonville, lieu magique, tapissé d'arbres, de fleurs et d'oiseaux, d'où l'on voit « peint en bleu[2] » le clocher de Combray, délimite un second versant du séjour, où les thèmes de Sodome (Saint-Loup) et de Gomorrhe (Albertine) reviennent, mais englobés et comme dominés par l'esthétique. Balzac et Goncourt ne sont plus rattachés au destin des individus et de la société ; ou du moins, ce rattachement est devenu secondaire, ces deux lectures renouant avec les thèmes de *Contre Sainte-Beuve*, c'est-à-dire avec les préoccupations littéraires. Il se produit une sorte d'inversion de signes entre les deux conversations avec Gilberte, primitivement soudées ; cette inversion est comparable à celle qui se produit entre *La Prisonnière* et *Albertine disparue*, entre le moment où le héros souhaite le départ d'Albertine et celui où, l'ayant appris, il ne rêve plus que de la faire revenir. On peut aussi distinguer deux volets dans le nouvel aspect de Robert de Saint-Loup : l'un précède le séjour à Tansonville et l'explique, puisque le héros y va réconforter Gilberte qu'il sait malheureuse ; l'autre, intercalé dans le chapitre, présente de manière plus directe le nouveau Saint-Loup qui, dans le premier volet, est surtout dévoilé par les récits de Jupien et d'Aimé. Ce travail de dédoublement nous paraît clairement indiquer chez Proust la volonté d'aménager une coupure[3].

Titres et chapitres.

Le manuscrit au net ne donne aucune indication de coupure entre les derniers volumes d'*À la recherche du temps perdu* ; les dactylogram-

1. Cahier 55, ff^{os} 91-92 ; voir l'Esquisse XXII, brouillon de 1915, p. 746.
2. Voir Le *Temps retrouvé*, p. 275.
3. Les éditeurs Clarac et Ferré, qui ne disposaient que des cahiers du manuscrit au net, ne pouvaient évidemment pas saisir ce dédoublement. Ils ont préféré réunir tout le séjour à Tansonville en un bloc, voyant dans la réunion des deux côtés l'introduction du *Temps retrouvé*. Le signe de ponctuation sur quoi ils ont appuyé leur coupure est le signe . — . , lequel marque couramment dans les manuscrits de Proust le passage à un nouveau paragraphe (voir var. *a*, p. 266).

mes qui sont, à l'origine, l'exacte copie du manuscrit, donnent également un texte continu. C'est par la suite que viennent les indications manuscrites de titres et les découpages du texte en volume et en chapitres.

À partir de la remise de *Sodome et Gomorrhe II* à l'éditeur, Proust envisage d'abord de donner à toute la suite du texte précédant *Le Temps retrouvé* le titre de *Sodome et Gomorrhe III*, puis celui de *Sodome et Gomorrhe III* et *IV*[1]. Ces titres marquent, dans les derniers cahiers de brouillons, la destination des ajouts. Le dactylogramme de *La Prisonnière*, envoyé chez Gallimard au début de novembre 1922[2], porte, au folio 1 de son premier volume, « La Prisonnière (1re Partie de Sodome et Gomorrhe III)[3] ». Ce fait laisse supposer que le livre suivant aurait constitué la seconde partie de « Sodome et Gomorrhe III ». Si ce livre, conformément aux indications du dactylogramme 2[4], s'était intitulé « Albertine disparue (2e Partie de Sodome et Gomorrhe III) » et s'était arrêté à la fin de l'épisode de Venise, il y aurait eu, avant *Le Temps retrouvé*, un « Sodome et Gomorrhe IV » comprenant le « Nouvel aspect de Robert de Saint-Loup » et, probablement, de grands morceaux éliminés du livre précédent.

Notre situation est donc la suivante : conformément aux seules indications manuscrites portées sur les dactylogrammes, nous ne pouvons que donner à ce livre le titre d'*Albertine disparue*, tout en sachant que ce titre ne recouvre strictement que les trois premiers chapitres du livre que nous présentons, dont l'épisode de Venise d'où Albertine a effectivement disparu, puisque cet épisode, en son dernier état, est construit à partir de l'extrait des *Feuillets d'art*[5] et non à partir du manuscrit. Ce titre n'est donc pas satisfaisant, bien que nous ayons découvert qu'il était probablement fort ancien : le Cahier Dux — Cahier 71 —, dont les lecteurs des brouillons de Proust devaient supposer l'existence à partir des références notées par l'auteur dans le Cahier Vénusté — Cahier 54 —, entré à la Bibliothèque nationale[6] en 1984, nous offre à lire, à la fin, plusieurs ébauches de l'ouverture de notre livre et, au milieu du cahier, le titre : « Albertine disparue / Son départ. »

Aucun des manuscrits de Proust ne porte donc la mention du titre *La Fugitive*, qui est cependant celui par lequel Proust désigne notre livre dans sa correspondance avec Gaston Gallimard à partir de juin 1922. « Tronche[7], écrit-il, il y a quelque temps m'avait dit que j'avais tort de ne pas varier mes titres, que les gens étaient si bêtes que, lisant une œuvre intitulée comme la précédente Sodome et

1. Voir p. 1026-1027.
2. Voir p. 1030.
3. Voir *La Prisonnière*, t. III de la présente édition, var. *a*, p. 517.
4. Voir var. *a*, p. 3 : « Ici commence Albertine disparue, suite du roman précédent la prisonnière ».
5. Voir p. 1029, et note 2 en bas de page.
6. B.N., N.a.fr. 18321 ; sur les Cahiers 54 et 71, voir p. 1007 et suiv.
7. Collaborateur de Gaston Gallimard aux éditions de la NRF.

Gomorrhe, ils se disaient : mais j'ai déjà lu cela (je croyais qu'il exagérait, mais un exemple que je vous raconterai semble lui donner raison). Aussi depuis que j'ai été tenté par les propositions de Prévost[1], j'ai repensé à ce que m'a dit Tronche et j'ai pensé que je pourrais peut-être intituler *Sodome* III, *La Prisonnière* et *Sodome* IV, *La Fugitive*, quitte à ajouter sur le volume (suite de *Sodome et Gomorrhe*[2]). » En juillet, Proust demande à Gaston Gallimard de ne pas annoncer les deux livres qui doivent suivre *Sodome III*, de crainte d'effrayer un public « un peu repu de [s]es trois volumes », et aussi parce qu'il se voit obligé d'abandonner les titres prévus : « [...] je pensais appeler la première partie *La Prisonnière* ; la deuxième, *La Fugitive*. Or, Mme de Brimont vient de traduire un livre de Tagore, sous le titre *La Fugitive*. Donc, pas de *Fugitive*, ce qui ferait des malentendus. Et du moment que pas de *Fugitive*, pas de *Prisonnière* qui s'opposait nettement[3]. » En octobre 1922, il réitère : « Non, il ne faut pas donner actuellement un autre titre que *Sodome et Gomorrhe* III à mes prochains volumes. Comme vous avez très bien vu, le titre de *La Fugitive* disparaissant, la symétrie se trouve bousculée[4]. » Il serait donc logique, si l'on s'en tenait aux lettres de Proust et au fait que le livre précédent est envoyé à l'éditeur sous le titre « La Prisonnière (1re Partie de Sodome et Gomorrhe III) », d'intituler le second livre « La Fugitive (2e Partie de Sodome et Gomorrhe III) ». L'argumentation d'André Ferré[5] pour justifier le choix du titre *La Fugitive* nous paraît fort solide sur ce point, malgré l'apparition, depuis lors, de toutes les preuves qui manquaient pour authentifier le titre *Albertine disparue*. L'embarras, ici encore, tient au manque de toute solution définitive. Le manuscrit n'ayant pas été envoyé à l'éditeur, on ne peut s'appuyer que sur des décisions provisoires dans un ensemble dont l'organisation n'était pas arrêtée, mais au contraire en pleine évolution au cours de l'année 1922.

Si l'on s'en tenait au manuscrit, comme dut le faire A. Ferré, le seul titre authentique serait *Sodome et Gomorrhe III*, inscrit en tête du Cahier VIII du manuscrit ; de même, il ne faudrait pas couper le texte en chapitres, mais en respecter au contraire l'unité et la continuité. On a souvent dit que la division en livres et en chapitres était, du vivant de Proust, une nécessité d'ordre éditorial et non littéraire, et que la pente de la création proustienne était au contraire de relier et unir les morceaux d'abord écrits par fragments : c'est la fameuse comparaison culinaire du bœuf mode[6]. Même si les décisions de Proust sont prises en consultant les éditeurs et en tenant compte des lecteurs,

1. Marcel Prévost (1862-1941) dirigea *La Revue de France* de 1922 à sa mort. Il avait rencontré Proust récemment et lui avait proposé de publier « le roman complet » — sans doute *La Prisonnière* et *La Fugitive* — dans *La Revue de France* (voir les *Lettres à la NRF*, éd. citée, p. 221).

2. *Ibid.*, p. 225.

3. *Ibid.*, p. 235.

4. *Ibid.*, p. 271.

5. Voir *CF*, t. I, Note sur le texte, p. XXXIV-XXXV.

6. Voir p. 1004 et note 1 en bas de page.

il nous paraîtrait difficile d'adopter une conduite ultra-légitimiste et de corriger Proust au nom d'un Proust plus pur, afin d'éditer ce livre qu'il aurait préféré plutôt que celui qu'il a fait. Certes, le livre qu'il a fait n'est pas totalement fixé et l'éditeur actuel peut hésiter. Cependant le travail en cours dans les dactylogrammes nous détermine à diviser en chapitres, contrairement à l'édition de P. Clarac et A. Ferré qui ne possédaient pas ces documents. Nous avons représenté plus haut la disposition de ces chapitres. Le dactylogramme 2 ne comprend pas de titres de chapitres. Le dactylogramme 1 reprend des titres qui proviennent, semble-t-il, de la table imprimée en 1918 dans *À l'ombre des jeunes filles en fleurs*[1]. Si cette table ne sépare pas les trois livres qu'elle recouvre, elle indique en revanche les principales sections envisagées. Pour notre livre, il y en a six : « Disparition d'Albertine — Le chagrin et l'oubli — Mlle de Forcheville — Exception à une règle — Séjour à Venise — Nouvel aspect de Robert de Saint-Loup » ; les deux premières correspondent à l'actuel premier chapitre, les deux secondes, au second chapitre. On peut se demander pourquoi, si les divisions et les titres ont été introduits par Robert Proust après la mort de son frère, il n'a pas tout simplement repris cette disposition, étant donné que, pour le premier chapitre du moins, une coupure était déjà faite par Proust entre « Disparition d'Albertine » et « Le chagrin et l'oubli ». Il avait tout avantage à morceler ce chapitre, dont la longueur est disproportionnée par rapport aux autres sections. Cette anomalie nous conduit à penser que les divisions du dactylogramme 1 ainsi que les titres de chapitres sont antérieurs à la mort de Proust ; ce qui ne signifie pas qu'on a affaire à une disposition définitive. Pour nous lecteurs, nous voyons un travail arrêté par la mort dans un livre dont le principal sujet se trouve symboliquement être la mort même.

Le livre est-il ainsi figé à jamais ? Nous ne le pensons pas. Proust, continuant son travail, aurait encore modifié son organisation. Le dactylogramme 2 est, à cet égard, une preuve de l'extraordinaire mobilité du texte. L'histoire de ce livre, telle que nous avons tenté de la dégager, souligne son aptitude à la métamorphose — Albertine est, dans les marges des brouillons[2], comparée à un papillon.

Dans sa première figure, l'ensemble des fragments datant de 1908-1909 ne forme pas une suite ; on dispose, d'une part, de ce qui serait l'ouverture de *Contre Sainte-Beuve* : arrivée du *Figaro*, rêves de voyages, évocation de Venise ; d'autre part, d'une série d'histoires

1. Voir l'Introduction générale, t. I de la présente édition, p. LXXXIX, et cette Notice, p. 1019.

2. Voir, par exemple, dans le Cahier 56 (f° 121 r°) : « [...] tache à tache j'avais fini par recomposer les ailes du beau papillon qui m'avait fui ».

séparées, celle de la femme de chambre, celle de Swann et de sa fille chez les Guermantes, celle du groupe des jeunes filles. Dans le second état, en 1910-1911, une suite semble s'organiser, mais encore précaire : la poursuite d'une jeune fille, le rêve de Venise, l'arrivée du *Figaro*, la jeune fille blonde, les Guermantes et le voyage en Italie ; tout ceci précédant une coupure, le départ du héros pour la maison de santé. En 1914 surgit le bloc d'Albertine, sa fuite et sa mort, et les cahiers de 1915-1916 répartissent en les échelonnant les étapes de la souffrance, de la jalousie et de l'oubli. Proust travaille à tresser ces thèmes entre eux, à nouer ensemble Gilberte et Albertine, bien plus qu'à constituer des livres distincts. On peut penser que la rédaction de l'épisode consacré à la guerre, à partir de 1916, interrompt les corrections de l'épisode d'Albertine. Autour de 1919, des noyaux longtemps en sommeil se mettent à éclater : Venise, les mariages. Mais le temps presse, et la poussée des contraintes éditoriales force l'auteur à envisager des volumes indépendants, des coupures, dans ce qu'il voulait assembler et unifier. C'est alors, et seulement en 1921-1922, que naît, à proprement parler, *La Fugitive*, en même temps que *La Prisonnière*. À peine né, le volume encore inachevé doit changer de titre. Dans les dernières semaines de sa vie, Proust réinvente une nouvelle *Albertine disparue*, supprimant des centaines de pages, retrouvant l'idée d'une action brève et dramatique pour clore l'épisode d'Albertine et envisageant sans doute de réorganiser une suite qu'il n'eut pas le temps d'écrire.

Tel qu'on peut aujourd'hui le lire, il n'est peut-être pas de texte plus pathétique que celui-ci, justement parce que, inachevé, il échappe à cette perfection où l'« allégresse du fabricateur » finit par dominer et offusquer la « tristesse du poète[1] ». S'il y a une unité dans ce livre, c'est celle de la dévastation des désirs et des souvenirs : au bout du parcours, il ne reste plus rien, ni amour, ni ami. La beauté de Venise s'est éteinte et Combray n'a plus aucun intérêt. Le deuil du héros envahit tout : a-t-on remarqué qu'il n'y a pas un seul élément comique dans *Albertine disparue*, si ce n'est la raillerie amère qui s'exerce contre le héros lui-même, sa paresse, ses piètres velléités, ses constantes aberrations ? Cette dérision empêche toute interprétation héroïque de la souffrance, pourtant extrême : il n'y a ni noblesse ni dignité dans cette étape ultime. Le déclin s'accentue encore dans les premiers moments du *Temps retrouvé*, avec la double dégradation de Saint-Loup et de Charlus, et la guerre ; mais il ne s'agit plus de l'histoire du héros, qui est entré dans une période larvaire où rien ne lui arrive avant qu'il ne heurte les pavés inégaux : « [...] le destin m'eût-il accordé cent ans de vie de plus, et sans infirmités, il n'eût fait qu'ajouter des rallonges successives à une existence toute en longueur, dont on ne voyait même pas l'intérêt qu'elle se prolongeât davantage, à plus forte raison longtemps encore[2]. » À la fin du livre sont esquissées des descentes aux Enfers, à Venise, « dans le site fantastique composé

1. Voir *La Prisonnière*, t. III, p. 667.
2. Voir *Le Temps retrouvé*, p. 444.

par une eau sombre », comme à Tansonville : « [...] je m'avançais, laissant mon ombre derrière moi, comme une barque qui poursuit sa navigation à travers des étendues enchantées[1] [...]. » La fugitive n'est pas seulement Albertine fuyant sa captivité ou bien insaisissable sous ses multiples masques, c'est aussi l'âme qui, à travers le deuil et l'oubli, a failli être perdue pour toujours[2].

ANNE CHEVALIER.

NOTE SUR LE TEXTE

I. CAHIERS DE BROUILLONS

Cahiers antérieurs à l'invention du personnage d'Albertine.

Carnet 1	N.a.fr. 16637	Cahier 23	N.a.fr. 16663
Cahier 3	N.a.fr. 16643	Cahier 24	N.a.fr. 16664
Cahier 2	N.a.fr. 16642	Cahier 13	N.a.fr. 16653
Cahier 5	N.a.fr. 16645	Cahier 48	N.a.fr. 16688
Cahier 36	N.a.fr. 16676	Cahier 50	N.a.fr. 16690

Cahiers de brouillons d'« Albertine disparue ».

Cahier 71	N.a.fr. 18321	Cahier 55	N.a.fr. 16695
Cahier 54	N.a.fr. 16694	Cahier 56	N.a.fr. 16696
Carnet 3	N.a.fr. 16639	Cahier 74[3]	N.a.fr. 18324

II. MANUSCRIT

On sait[4] que le manuscrit au net de la fin d'*À la recherche du temps perdu*, depuis *Sodome et Gomorrhe I* jusqu'au *Temps retrouvé*, est constitué de vingt cahiers numérotés par Proust de I à XX. *Albertine disparue* commence au folio 13 du Cahier XII, aussitôt après *La Prisonnière* qui s'achève au folio 12. Le texte se poursuit dans les Cahiers XIII et XIV et s'achève au folio 69 du Cahier XV, qui enchaîne sans solution de continuité avec *Le Temps retrouvé*. Nous indiquons ci-dessous à quelles pages de notre édition correspond chacun des cahiers.

1. Voir p. 232 et p. 267.

2. Proust, si plein de souvenirs des tragédies de Racine, n'aurait-il pas songé à ces paroles d'Esther : « Quelle voix salutaire ordonne que je vive / Et rappelle en mon sein mon âme fugitive ? » (*Esther*, acte II, scène VII.)

3. Rappelons que Proust appelait « Dux » le cahier qui porte aujourd'hui le numéro 71, « Vénusté » celui qui porte le numéro 54, « Babouche » l'actuel Cahier 74.

4. Voir t. I de la présente édition, p. CLXIII-CLXV.

Cahier XII	N.a.fr. 16719	p. 3 à 94
Cahier XIII	N.a.fr. 16720	p. 94 à 152
Cahier XIV	N.a.fr. 16721	p. 152 à 231
Cahier XV	N.a.fr. 16722	p. 231 à 272

III. DACTYLOGRAPHIES

Pour la date probable d'établissement des dactylogrammes, on se reportera à la Notice d'*Albertine disparue*, p. 1028 et suiv.

La Bibliothèque nationale conserve, sous la cote N.a.fr. 16748-16749, le double de la dactylographie établie d'après le manuscrit au net. Cet exemplaire est relié en deux volumes. L'original de cette dactylographie, récemment retrouvé, appartient à une collection privée[1].

IV. CAHIERS D'ADDITIONS

Cahier 61	N.a.fr. 16701	Cahier 62	N.a.fr. 16702
Cahier 60	N.a.fr. 16700	Cahier 59	N.a.fr. 16699

Sont également conservés à la Bibliothèque nationale, sous la cote N.a.fr. 16729, des fragments manuscrits d'*À la recherche du temps perdu*. On trouve en outre dans le fonds Proust de cette même bibliothèque des fragments des différentes parties de l'œuvre rédigés sur des feuilles volantes, à des dates indéterminées. Les folios 140 à 142 concernent *Albertine disparue*.

V. ÉDITION ORIGINALE

L'édition originale d'*Albertine disparue* est posthume. Elle a paru aux Éditions de la Nouvelle Revue française, avec un achevé d'imprimer du 30 novembre 1925, sous le titre : « *À la recherche du temps perdu*, tome VII, *Albertine disparue* », en deux volumes. Elle se fonde sur le dactylogramme conservé à la Bibliothèque nationale dont Jacques Rivière prit connaissance en 1924. Il commença l'établissement du texte avec l'aide de Robert Proust qui avait seul accès au manuscrit mis au net. À la mort de Jacques Rivière, survenue en février 1925, Jean Paulhan reprit le travail et soumit les épreuves à Robert Proust[2]. Le livre est divisé en chapitres ; le premier volume, qui compte 225 pages, contient le chapitre premier. « Le Chagrin et l'Oubli » ; le second volume, de 213 pages, contient les trois autres chapitres, « Mlle de Forcheville », « Séjour à Venise » et « Nouvel aspect de Robert de Saint-Loup ».

1. Nous remercions Mlle Nathalie Mauriac et sa famille qui nous ont permis de consulter et d'examiner le dactylogramme qui est en leur possession.

2. La Bibliothèque nationale conserve ces épreuves sous la cote N.a.fr. 16771-16772.

VI. ÉDITIONS ULTÉRIEURES

Le texte que publièrent en 1954 Pierre Clarac et André Ferré dans la Bibliothèque de la Pléiade constitue en quelque sorte un autre livre. Le roman s'appelle *La Fugitive*. Il ne comprend pas de divisions en chapitres et s'arrête avant la fin de l'édition originale, avant le séjour à Tansonville[1]. L'édition est fondée sur le manuscrit au net, Clarac et Ferré n'ayant pu avoir accès aux dactylographies. André Ferré présente ainsi son travail, dans le *Bulletin de la société des amis de Marcel Proust et des amis de Combray*[2] : « Voici, 27 ans après la première édition d'*Albertine disparue* des pages qui demeuraient inconnues ou à peu près. Presque toutes sont riches d'intérêt, et quelques-unes de la plus grande beauté ». Si l'enthousiasme des déchiffreurs est grand, leur embarras ne l'est pas moins, le manuscrit présentant des lacunes, des strates d'écriture successives entre lesquels les raccords ne sont pas toujours faits, ce qui les conduit tantôt à rejeter en bas de page des morceaux mal insérés, tantôt à adopter les leçons de l'édition originale, qu'ils ne pouvaient contrôler.

Soixante-deux ans plus tard paraît une troisième édition, parue en 1987 chez Grasset, sous le titre *Albertine disparue*. Elle porte la mention : « Édition originale de la dernière version revue par l'auteur / établie par Nathalie Mauriac et Étienne Wolff. » Cette édition se fonde sur un document découvert en 1986, la dactylographie originale dont la Bibliothèque nationale possède le double, et sur laquelle Proust a travaillé[3]. Le texte comprend deux chapitres sans titre : le premier contient le départ et la mort d'Albertine, le second le séjour à Venise.

VII. ÉTABLISSEMENT DU TEXTE

Nous disposions donc de trois éditions différentes dont aucune ne fut expressément voulue par Proust. Notre Notice précise les différents plans qui président à l'élaboration de chacun des documents de base. Le dactylogramme récemment découvert offrait l'avantage d'être chronologiquement et morphologiquement le plus aisé à suivre, mais nous avons vu qu'il détruit la continuité des tomes d'*À la recherche du temps perdu* et suppose un remaniement des textes suivants, remaniement que Proust n'a pas eu le temps de commencer. L'édition de Clarac et Ferré a ce désavantage d'être composite ; elle correspond au manuscrit mais à cause des lacunes de ce dernier et de son état de « chantier » en plusieurs points, il est impossible de le suivre fidèlement.

Notre texte de référence est, pour les trois premiers chapitres, le dactylogramme conservé à la Bibliothèque nationale, dont nous

1. P. 266 de ce volume.
2. N° 2, 1952, p. 17-31.
3. Voir la Notice, p. 1023.

corrigeons les erreurs de lecture manifestes, à l'aide du manuscrit et du dactylogramme original ; pour le chapitre IV, nous suivons le manuscrit au net[1]. Les variantes rendent compte des corrections de Proust lui-même sur le manuscrit, ainsi que des corrections portées sur les deux dactylographies. Nous avons vu[2] qu'il est parfois difficile d'identifier les différentes écritures figurant sur ces dactylographies. Ajoutons que Proust, suivant son habitude, néglige de corriger la ponctuation et l'accentuation et qu'il ne retourne généralement pas au manuscrit lorsque la dactylographe, ne parvenant pas à le lire, laisse un blanc. L'auteur complète le plus souvent ce blanc en improvisant une retouche à sa phrase. Lorsque c'était absolument nécessaire, nous avons corrigé la ponctuation dans les cas où il était manifeste que son absence ou son caractère fautif étaient dus à la négligence. En revanche, nous avons gardé les « retouches » de Proust complétant les blancs laissés par la dactylographe dans les parties du texte où son intervention paraît indiscutable.

En effet, l'état du dactylogramme 1 et les documents dont nous disposons d'autre part — le manuscrit et le dactylogramme 2 — nous interdisent d'accorder toujours le même crédit au dactylogramme 1. Nous avons signalé dans la Notice la mention marginale portée sur la page 699 du dactylogramme 1 : « Vu par Marcel jusqu'à 780[3] ». Cette mention nous donne la limite à l'intérieur de laquelle nous pouvons respecter, sauf incohérence ponctuelle, les leçons du dactylogramme 1. Les biffures, corrections et additions qui y figurent sont généralement des modifications recopiées du manuscrit au net ou du dactylogramme 2 ; certaines cependant sont manifestement posthumes : nous n'en avons évidemment pas tenu compte.

Pour le deuxième chapitre d'*Albertine disparue*, nous ne disposons que du manuscrit au net et du dactylogramme 1. Ce chapitre ne figure plus dans le dactylogramme 2. Les pages du dactylogramme 1 ont été relues par Proust mais sans doute seulement par endroits et de manière hâtive. La plupart des corrections concernant l'épisode du *Figaro*[4], quelques corrections dactylographiées pourraient être recopiées de corrections manuscrites initialement portées sur les pages du dactylogramme 2 aujourd'hui disparues. Une addition de Robert Proust correspond à un passage du manuscrit omis lors de la frappe mais indispensable pour la compréhension du texte[5]. Dans ce chapitre, nous n'avons corrigé le dactylogramme que lorsqu'il était

1. Voir p. 1043.
2. Voir la Notice, n. 5, p. 1023 et p. 1031.
3. La page 699 du dactylogramme correspond à la page 94 de ce volume (voir var. *b*). La page 780 du dactylogramme correspond à la page 138 de ce volume. Elle marque la fin du premier chapitre.
4. P. 798-806 du dactylogramme ; ici, p. 147-152 (voir les variantes de ces pages). C'est à cet endroit que nous trouvons le plus grand nombre d'annotations semblant de la main de Proust, comme, par exemple, le « mal dit » de la page 803 (ici, p. 151) et, p. 802, en face d'un passage déplacé : « reporter p. 802 après la 5ᵉ ligne du bas après « ne le lui avait déjà appris » (voir var. *c*, p. 150). Les corrections nombreuses dans ce chapitre, sont cependant de diverses écritures. Il est fort probable qu'elles ont été ébauchées sous la direction de Marcel Proust, puis achevées par Robert Proust après la mort de son frère.
5. Voir p. 147.

patent que les corrections y figurant n'étaient pas de Proust ou ne pouvaient pas avoir été introduites suivant ses indications.

Le cas du chapitre III est tout autre. Le séjour à Venise présente d'importantes différences suivant qu'on se réfère au manuscrit ou bien à l'un ou l'autre des dactylogrammes. La genèse de ce chapitre[1] explique ces différences et justifie le choix que nous avons fait de suivre ici encore, mais avec des restrictions, le dactylogramme 1. Nous avons établi[2] que le dactylogramme tiré du manuscrit au net a été utilisé par Proust pour mettre au point le texte « À Venise » destiné aux *Feuillets d'art*. C'est la dactylographie (comprenant des passages manuscrits) de ce dernier texte — et non la frappe initiale, tirée du manuscrit — qui a été, par la suite, replacée dans les dactylogrammes et qui a servi de base à l'élaboration d'une nouvelle version du chapitre pour *Albertine disparue*. Les corrections de détail faites à la main sur le dactylogramme 1 sont tapées à la machine dans le dactylogramme 2, alors que les longs ajouts concernant la conversation de M. de Norpois, dont les brouillons se trouvent notamment dans le Cahier d'additions 59, sont manuscrits dans le dactylogramme 2 et transcrits à la machine dans le dactylogramme 1[3]. Proust, qui avait prévu dès 1917 de donner à une revue le séjour à Venise, pensait sans doute y conserver les pages sur l'oubli ; il les a finalement retranchées du texte destiné aux *Feuillets d'art*[4]. Les pages manquent dans le dactylogramme 2 ; elles ont partiellement été réintégrées dans le dactylogramme 1, probablement par Robert Proust et Jacques Rivière qui avaient dû s'apercevoir qu'elles étaient indispensables à la compréhension de la suite du texte. Les pages 906 à 908 des dactylogrammes n'ayant pas été réintégrées, nous donnons pour ce passage, qui correspond aux pages 207 à 208 de ce volume, la leçon du manuscrit. Les pages réintégrées dans le dactylogramme 1 sont numérotées 922^{9-10} à 922^{18} ; elles correspondent aux pages 218 à 230 de ce volume. Leur insertion dans le dactylogramme imposa des réajustements dont rendent compte nos variantes. Il est possible, mais non certain, que ces réajustements soient posthumes : les pages

1. Voir la Notice, p. 1011 et suiv.

2. *Ibid.*, p. 1024 et n. 1 en bas de page.

3. Dans le dactylogramme 2, subsistent des pages de la version des *Feuillets d'art* de la conversation avec M. de Norpois ; ces pages sont biffées et le nouveau texte commence dans les marges. Dans le dactylogramme 1, ces pages ont été retranchées. Nous avons rendu compte des raccords de pagination dans notre Notice (voir p. 1029 et n. 2 en bas de page).

4. « Voici la chose journalistique que je voulais te dire. Il y a hélas bien des risques que la pauvre et divine Venise devienne momentanément autrichienne. [...] Or il se trouve qu'un épisode douloureux de ce livre (une étude sur l'Oubli) se passe en partie à Venise et contient des descriptions assez peu faites jusqu'ici, je crois. Si donc cela était à ta convenance, je referais immédiatement cette partie et te l'enverrais, soit tu veuilles la faire paraître en quelques articles dans le corps du journal, sinon en tête comme faisait Calmette, soit que tu préfères la forme feuilleton. Cette dernière m'agréerait mieux en me permettant de me moins restreindre » (lettre à Robert de Flers en date du 12 novembre 1917, *Correspondance*, t. XVI, p. 291-293). Le journal en question est *Le Figaro*, dont Robert de Flers était rédacteur en chef.

insérées ne portent pas de pagination ancienne, à l'exception de la première d'entre elles, mais elles ont été dactylographiées sur la même machine que le reste des dactylogrammes.

En ce qui concerne le chapitre IV, le dactylogramme 2 est biffé en croix page à page ; il ne comprend aucune correction. Le dactylogramme 1 est fort peu corrigé, et la plupart des corrections constatées sont de la main de Jean Paulhan ; d'autre part, des passages entiers sont intervertis[1]. Afin de ne pas publier un texte profondément modifié sans que Proust ait été le maître d'œuvre de ces modifications, nous avons choisi comme texte de référence, pour ce chapitre IV, le manuscrit au net.

SIGLES UTILISÉS

ms. Manuscrit au net.
dactyl. 1 Dactylographie conservée à la Bibliothèque nationale.
dactyl. 2 Dactylographie originale (collection privée).

NOTES ET VARIANTES

Page 3.

a. Il n'y a pas de titre dans le manuscrit. Dans dactyl. 1, il apparaît en addition manuscrite : Albertine disparue / chapitre I / Le Chagrin et l'Oubli *. Il est également en addition dans dactyl. 2 :* ALBERTINE disparue chapitre I / NB Ici commence Albertine disparue, suite du roman précédent / la prisonnière *. Sur l'histoire des titres, voir la Notice, p. 1033 et suiv.* ↔ *b. Il n'y a dans le dactylogramme aucune solution de continuité entre la fin de « La Prisonnière » et le début d'« Albertine disparue ». Le folio 527 de ce dactylogramme commence par les mots* est partie ! » *; le début de la phrase,* Mademoiselle Albertine *vient en addition manuscrite dans dactyl. 1. Les 21 premières lignes du dactylogramme, depuis* est partie *jusqu'à* y résister *[11e ligne de la page], sont encadrées et biffées en croix dans dactyl. 1, biffées ligne à ligne dans dactyl. 2. Nous les rétablissons. Voir var. d de cette page.* ↔ *c.* de m'analyser, [j'avais cru que quitter Albertine sans l'avoir revue était justement ce que je désirais. J'avais cru comparant *biffé*] j'avais cru *ms.*[2] ↔ *d.* de réaliser [et auxquels la certitude de sa présence chez moi, pression de mon atmosphère morale, avait permis d'occuper *[*la surfa<ce> *biffé]* le premier plan dans mon âme, mais qui à la première nouvelle qu'Albertine était partie ne pouvaient même plus entrer en concurrence avec elle, car ils s'étaient aussitôt évanouis *add.*], je m'étais trouvé *ms. Cette addition, reproduite dans les dactylographies, a été biffée ligne à ligne au crayon dans*

1. Voir la Notice, p. 1032. C'est notamment le cas de toute la partie concernant les mariages, placée en anticipation à l'intérieur du voyage de Venise à Paris. Voir p. 1015-1019.

2. Depuis le début d'*Albertine disparue*, et jusqu'à la page 94, 2d §, 9e ligne, c'est le Cahier XII qui constitue le manuscrit.

dactyl. 1 ; dans la marge, en regard de ce passage, on trouve la mention Bon sauf passage biffé au crayon *; le passage biffé d'une croix (voir var. b) est ainsi rétabli. Dans dactyl. 2, cette addition est biffée comme le reste du passage.* ↔ *e.* que je ne l'aimais plus, [je croyais n'avoir rien laissé de côté, tout connaître dans le fond de mon cœur *biffé*]. Mais [je venais d'entend<re> *biffé*] ces mots : « Mademoiselle Albertine est partie » [venaient comme un moule d'impri<mer> *biffé*] venaient de [imprimer *biffé*] produire dans mon cœur *ms.* ↔ *f.* plus longtemps. [Ainsi ce que *[...]* on s'ignore. *add. dactyl. 1 et dactyl. 2*] Il fallait *ms., dactyl. 1, dactyl. 2*

1. Voir l'Esquisse I, p. 629 et suiv.

Page 4.

a. te laisser *[p. 3, 19ᵉ ligne]* souffrir comme cela. » [D'abord elle ne peut pas être partie. Elle va revenir dans cinq minutes, et puis, serait-elle partie, on se mariera tout de suite, ou elle couchera ici ce soir, elle sera, dînera, elle déjeunera peut-être ici tout à l'heure. » Je n'avais rien voulu laisser voir à Albertine Françoise parce que dans ma plus grande souffrance *biffé*] [Et devinant confusément que si tout à l'heure quand je n'avais pas encore sonné, le départ d'Albertine avait pu me paraître indifférent, même désirable, c'est que je le croyais impossible, ce fut dans cet ordre d'idées que mon instinct de conservation chercha pour les mettre sur ma blessure ouverte les premiers calmants : « Tout cela n'a aucune importance *[...]* une telle violence *corr.*] mon amour n'oubliait pas *ms.* : te laisser souffrir comme cela. » [Et devinant confusément *[comme dans ms.]* c'est que je le croyais impossible, ce *biffé*] [Ce *corr.*] fut dans cet ordre d'idées [...] avec une telle violence, mon amour n'oubliait pas *dactyl. 1* : te laisser souffrir comme cela. » [Et devinant confusément *[comme dans ms.]* les premiers calmants *biffé*] « Tout cela n'a aucune importance [...] en ne laissant pas [paraître devant elle *[...]* mon amour n'oubliait pas *biffé*[1]] [rien apparaître *corr.*] *dactyl. 2* ↔ *b.* ne rien laisser de côté, en exact analyste ; j'avais cru [tout *biffé*] bien connaître [dans *biffé*] le fond de *ms.* ↔ *c.* Mais cette connaissance [venait de m'être *biffé*] que n'avaient pas donnée *ms.* ↔ *d.* J'avais une telle [certitude *biffé dactyl. 1*] [habitude *corr. dactyl. 1*] d'avoir Albertine auprès de moi et je voyais soudain un nouveau visage de l'[habitude *corrigé sur dactyl. 1 en* Habitude] Jusqu'ici *dactyl. 1, dactyl. 2. Pour dactyl. 2, voir également n. 1 en bas de la page. Pour la leçon de ms., voir la variante e de cette page.* ↔ *e.* réaction de *[19ᵉ ligne de la page]* la douleur. / [*[*Encore une fois la réalité dépassait *biffé]* Quant à ce départ lui-même, encore une fois la réalité immense comme celle qu'impose à nous la découverte d'une loi physique, d'un crime, des dessous d'une guerre, dépassait infiniment mes chétives prévisions et pourtant les accomplissait. Il *[ne biffé]* me semblait *[pas biffé]* me trouver en présence d'un malheur non pas inconnu mais dont j'avais souvent vu les signes sans oser aller jusqu'au bout de leur interprétation dans certains regards d'Albertine, dans sa docilité, dans

1. Le texte est, en fait, biffé ligne à ligne dans *dactyl. 2*, depuis « paraître devant elle », jusqu'à « d'avoir Albertine » (vers le milieu de la page), et, ainsi tronqué, est évidemment incohérent.

le refus de m'embrasser, dans le bruit de la fenêtre qui s'était ouverte. Sans doute je n'avais jamais osé aller jusqu'au bout de leur interprétation et je n'avais cru au départ d'Albertine, ce qui m'avait permis de le souhaiter. De le souhaiter parce que / Pour aviser aux m<oyens> *biffé en définitive*] [J'avais une telle habitude *[...]* cruelle que la mort / *corr.*] Le plus pressé *ms.* ↔ *f.* ce qui n'existe [pas *biffé*] encore [, ce qui nous semble n'exister *biffé*] que dans notre pensée [, nous ne pouvons pas concevoir le concevoir qu'avec *biffé*] il nous semble encore modifiable par l'intervention [de *biffé*] in extremis de notre volonté. Mais en même temps [le souvenir *biffé*] je me rappelais *ms.* ↔ *g.* bien décidé à [choisir le moment de *biffé*] garder l'initiative *ms.*

Page 5.

a. que même en [ce matin *biffé*] me forçant *ms.* ↔ *b.* afin que je prenne peur, [me décide à changer de maniè<re> *biffé*] que je ne sois plus [que je ne fusse plus insupportable avec elle, et me décide enfin à l'épouser. Et d'ailleurs elle a parfaitement raison. C'est ce que j'aurais dû faire et ce que je ferai. En tous cas *biffé*] Il faut aviser *ms.* : afin que je prenne peur, que je ne sois plus [*un blanc complété en* insupportable avec elle. *[*et me décide enfin à l'épouser *biffé]*] Il faut aviser *dactyl. 1* : afin que je prenne peur, que je ne sois plus *[un blanc]* Il faut aviser *dactyl. 2*

1. Voir l'Esquisse I, p. 630 : « Copier la lettre. » Il est probable que Proust utilise une lettre authentique d'Agostinelli, qui ne nous est pas parvenue. Voir la Notice, p. 1007-1008.

Page 6.

a. le désire sûrement, [elle a voulu seulement me forcer à l'épouser, comme jadis Odette Swann. Oui c'est cela qu'elle a voulu me disait ; ma raison compatissante *biffé*], elle [ne tient *biffé*] [n'exige *corr.*] nullement [à sa *biffé*] cette liberté *ms.* ↔ *b.* les villes les plus désirées — à plus forte raison les maîtresses de maison les plus agréables, les distractions et encore bien plus que Venise, la duchesse de Guermantes, le théâtre — combien des villes comme Venise deviennent pâles, *ms.*

Page 7.

a. ou d'une révolution. Cette réalité *dactyl. 1. Nous adoptons la leçon du manuscrit et de dactyl. 2.* ↔ *b.* j'avais discerné [l'ennui *biffé*] la lassitude, l'horreur [qu'elle avait *add.*] de vivre ainsi en esclave [que de fois ces signes je les avais vus *[*crus *add.]* écrits comme avec de l'encre invisible *biffé*] et qu'ils traçaient à l'envers des [ses *biffé*] prunelles tristes et soumises [d'Albertine *add.*], dans ses joues brusquement enflammées par une inexplicable rougeur, [dans le bruit de la fenêtre qui s'était brusquement ouverte *add.*] comme avec de l'encre invisible. Sans doute je n'avais pas osé *ms.* : j'avais discerné [...] en esclave, [et qu'ils traçaient *biffé*] [signes tracés comme avec de l'encre invisible *corr.*] à l'envers des prunelles tristes et soumises d'Albertine, [de *biffé*] [sur *corr.*] ses joues [...] brusquement ouverte, [comme avec de l'encre invisible *biffé*]. Sans doute je n'avais pas osé *dactyl. 1. Dactyl. 2 est* *conforme au manuscrit. La leçon du manuscrit eſt la réécriture d'une partie d'un béquet collé plus haut dans le Cahier XII*[1] *et dont voici le texte :* parfois me semblaient écrites à l'encre invisible à l'envers des prunelles triſtes et soumises et apparaissaient [comme des signes *biffé*] sur les joues brusquement enflammées de mauvaise humeur, tous ces signes auxquels j'avais fini par m'habituer. Peut-être alors la lettre était-elle sincère et ce que voulait Albertine était-ce la [satisfaction *biffé*] possibilité de satisfaire certaines passions, ou tout au moins la liberté, avec moi ou si je ne le lui consentais pas sans moi. Eh bien dans ce cas je la lui consentirais. [Elle serait aussi libre qu'elle voudrait *biffé*] Je la laisserais sortir aussi librement qu'elle voudrait, [ce serait cruel *biffé*] je tâcherais en lui offrant des plaisirs toujours nouveaux d'obtenir jour par jour, quelque limitation à cette liberté. En tous cas

1. Confusion avec la ſtation suivante, Parville. Le moment évoqué eſt celui qui provoque le revirement du héros, sur le point de quitter Albertine ; voir *Sodome et Gomorrhe II*, t. III de la présente édition, p. 499-501.

Page 8.

a. l'événement nouveau. [D'ailleurs même le départ arrangé par moi *biffé*] Et j'osais à peine *ms.*

Page 10.

a. maîtresses, cette lettre écrite *ms. dactyl. 1, dactyl. 2. Nous corrigeons.*

1. L'erreur annonce celle du télégramme reçu à Venise (voir p. 220) ; toute une thématique de l'hypogramme, par le jeu des lettres déformées, affleure dans *À la recherche du temps perdu* et dans quelques brouillons, notamment la page du « jeu de l'Alphabet » dans le Carnet 3, publiée par Kolb dans *Textes retrouvés* (Marcel Prouſt, *Textes retrouvés*, recueillis par MM. Kolb et Larkin, 1969, p. 251 ; voir aussi la Notice, p. 1006-1007).

Page 12.

a. j'avais beau [sav<oir> m'être juré *biffé*] savoir *ms.* ◆◆ *b.* D'ailleurs il fallait *À partir de ces mots, et jusqu'à* sans que j'eusse l'air d'y tenir *[p. 13, var. c], le texte eſt procuré dans ms. par une addition marginale suivie d'un béquet.* ◆◆ *c.* Dans toutes les hypothèses, [la supplier *biffé*] avoir l'air *ms.* ◆◆ *d.* mettre fin à l'angoisse physique *fin, dans ms., de l'addition marginale que nous signalions dans la variante b. Le béquet poursuit ainsi :* Quant à essayer de renoncer à Albertine comme j'avais fait autrefois à Gilberte, il n'y fallait pas songer, [mon cœur qui n'était pas aussi bien portant qu'autrefois n'aurai<t> *biffé*] je voulais plus que la revoir mettre fin à l'angoisse physique *ms. Les dactylogrammes ne reproduisent pas la répétition.*

1. Le becquet eſt collé au folio 18 ; la leçon du manuscrit se trouve au folio 22.

Page 13.

a. je n'avais jamais [goûté de plaisir physique avec *biffé*] goûté de plaisir sensuel avec Mme de Guermantes *ms.* ✦✦ *b.* et par un seul homme, car *ms.* ✦✦ *c.* l'air d'y tenir. *fin du béquet signalé var. b, p. 12.*

1. Albertine aurait donc conservé son domicile personnel à Paris. Voir *Le Côté de Guermantes II*, t. II de la présente édition, p. 665, et *Sodome et Gomorrhe II*, t. III, p. 129.

Page 14.

a. il fallait [apprendre le malheur à tous ces êtres qui ne savaient pas, il fallait que ch<acun> *biffé*] — ce qui était plus cruel *ms.* ✦✦ *b.* « Albertine a demandé ses malles [— ces malles en forme de cercueil que j'avais vu charger à Balbec à côté de celles de ma mère *[*, à destination de notre *biffé] — add.*], Albertine est partie ». *ms.*

Page 15.

a. m'avaient échappé. [*[*Mais en réalité *biffé] [*Le seul lieu *biffé]* de ces lieux, Paris, Amsterdam, Montjouvain, parce que *[*ils étaient *biffé]* plusieurs étaient possibles, aucun n'était vrai. Aussi quand *[*j'appris *1re rédaction non biffée] [*le concierge m'apprit *2e rédaction interlinéaire]* qu'elle était partie pour la Touraine, ma souffrance s'accrut-elle infiniment d'être localisée. Pour la première fois je voyais Albertine *biffé en définitive*] Mais en réalité en me disant [...] était partie pour la Touraine, cette résidence *ms.* : m'avaient échappé. Mais en réalité en me disant Paris, Amsterdam, [Montjouvain *biffé*] [Trieste, Balbec *corr. biffée*] [Montjouvain *corr.*], c'est-à-dire plusieurs lieux, [...] était partie [pour la Touraine *biffé*] [chez sa tante *corr. biffée*] [en Touraine *corr.*], cette résidence *dactyl. 1* : m'avaient échappé. Mais en réalité en me disant Paris, Amsterdam, [Montjouvain *biffé*] [Trieste, Balbec, *corr.*] c'est-à-dire plusieurs lieux, [...] elle était partie pour [la Touraine *biffé*] [Belgique *corr. biffée*] [chez sa tante *corr.*], cette résidence *dactyl. 2. Voir la Notice, p. 1030.* ✦✦ *b.* la première fois [je me représentais avec certitude *biffé*] torturé par la certitude du présent et l'incertitude de l'avenir je me représentais [avec certitude *biffé*] Albertine [menant *biffé*] commençant une vie [existence *biffé*] qu'elle avait voulue [où elle était *biffé*] séparée de moi *ms.* ✦✦ *c.* pour toujours. [. Car ce qu'il y avait au fond de ma douleur il y avait ce même inconnu *[*le tourment de l'inquiétude *biffé] [*qui si souvent m'avait *biffé]* que si souvent j'avais pressenti sous son doux visage qui du moins à ce moment-là était auprès de moi, de cet inconnu qu'elle allait pouvoir réaliser librement maintenant *biffé en définitive*]. C'était cet inconnu *ms.*

Page 16.

a. entièrement revêtu par le nom *ms.*

Page 17.

a. notre bonheur dépendait de sa présence : il dépendait *dactyl. 1, dactyl. 2. Nous adoptons la leçon du manuscrit qui a été mal lu en l'occurrence.*

Page 18.

a. À partir de ce mot, et jusqu'à en bonne humeur *[dernière ligne de la page], le texte est procuré par une addition rédigée par Marcel Proust sur dactyl. 2 et reportée, probablement après sa mort, sur dactyl. 1 ; voir var. a, p. 19.*

Page 19.

a. à attendre de lui *[p. 18, 13e ligne]* un miracle. / M'étant donné *ms.* : à attendre de lui un miracle. [Je reconnais *[...]* Cet autre fut *[p. 18, 18e ligne]* Saint-Loup *[*qui consentit, *biffé] [*que je savais à Paris *[[*et qui *biffé]]* ; *[[*il fut *corr.]]* mandé par moi à l'instant même, accourut rapide et efficace comme il était jadis à Doncières et consentit à partir aussitôt pour la Touraine *corr. biffée*[1]*] [*qui consentit *corr.]*. L'anxiété de tant de jours *[...]* quand je résolus *add. manuscrite*] [de vivre *[...]* s'évanouissaient *[p. 18, dernière ligne]* en bonne humeur. *add. dactylographiée*] / M'étant donné *dactyl. 1* : à attendre de lui un miracle. [Je reconnais *[...]* « Mlle Albertine est partie » *add. marginale*] [Et du reste *[plusieurs mots illisibles]* n'était pas cela seulement[2]. On se souvient *[...]* s'évanouissaient en bonne humeur. *add. sur béquet*] / M'étant donné *dactyl. 2. Rappelons (voir var. a, p. 18) que l'addition a été rédigée sur dactyl. 2, puis reportée sur dactyl. 1.* ⬥⬥ *b.* Mais [l' *biffé*] après une interruption [durait peu et *biffé*] quand d'un élan de sa vie indépendante, la [douleur première *biffé*] souffrance initiale revenait spontanément en moi, [toujours aussi atroce *biffé*] elle [me faisait toujours souffrir autant *biffé*] était toujours aussi atroce parce qu'antérieure *ms.* ⬥⬥ *c.* de lui mentir. [J'allais lui écrire une lettre consommant définitivement la rupture, dans le même temps où j'allais *[*tout mettre en œuvre *biffé] [*faire *biffé]* tenter sur Mme Bontemps *biffé en définitive*] [Je pourrais être *[...]* comme à mon insu, *corr.*] la pression la plus brutale *ms.* ⬥⬥ *d.* Saint-Loup que je savais à Paris fut mandé par moi à l'instant même, accourut, [rapide et efficace comme il était jadis à Doncières *add.*] et consentit [à partir après avoir regardé l'indicateur *biffé*] à partir [deux heures plus tard *biffé*] [à l'instant *corr. biffée*] aussitôt pour la Touraine. Je lui soumis *ms.* : Saint-Loup que je savais à Paris [fut *biffé*] [avait été *corr.*] mandé par moi à l'instant même [; il *add.*] accourut [...] partir aussitôt pour la Touraine [pour Bruxelles et *add. marg. biffée*]. Je lui soumis *dactyl. 1* : Saint-Loup *[comme dans ms.]* partir aussitôt pour [la Touraine *biffé*] [Bruxelles où M. Bontemps était ministre de France *corr.*]. Je lui soumis *dactyl. 2. Dans la phrase suivante, dactyl. 2 corrige* Châtellerault *en* Bruxelles.

1. On s'explique mal l'existence de cette correction. Reproduisant à peu près la phrase que l'on trouve aux dernières lignes de la page, elle a pu être recopiée par erreur en cet endroit-ci.

2. La phrase, peu lisible, n'a pas été reportée dans *dactyl. 1.*

Page 20.

a. Dans dactyl. 2, Châtellerault *est corrigé en* Bruxelles *. Voir var. d, p. 19.* ◆◆ *b.* le reconnaître. Mais [elle *biffé*] la [personne *biffé*] jeune fille dont tu parles me connaît donc, me dit-il. [Je pus *biffé*] [Malgré *biffé*] Je [pus lui dire *biffé*] lui dis [sans trop de danger *biffé*] que je ne le croyais pas ; [car elle avait assez changé pour qu'il ne pût guère la reconnaître ne l'ayant surtout qu'aperçue *[*entrevue *biffé]* à Doncières où il avait systématiquement évité de la regarder. *biffé*] [Au fond cette démarche *add. biffée*] Le projet *ms.* ◆◆ *c.* Mais j'[aimais mieux ne pas penser aux conséquences de son départ tant j'étais pressé qu'il arrivât, impatient *biffé*] étais trop impatient de son départ, de son arrivée [pour vouloir *biffé*] [que je voulusse *corr. biffée*] [que je pusse *corr. biffée*] pour vouloir, *ms.* ◆◆ *d.* me consoler. [« Pauvre petit me disait-il *biffé*] J'étais ému *ms.*

1. Châtellerault n'est pas en Touraine, mais en Poitou, au bord de la Vienne. Manuscrit et dactylogrammes portent trace de modifications mal harmonisées : Albertine devait fuir vers Bruxelles ; puis vers la villa de Mme Bontemps qui était à Nice ; la Touraine et le bord de la Loire semblent appartenir au dernier état (voir var. *d*, p. 19 et var. *a*, p. 20).

Page 21.

a. tu n'étais pas prédestiné *ms.*

Page 22.

a. Depuis des [sentiments *biffé*] sensations plus [indéfinissables s'étaient ajoutés puis des *biffé*] profondes, *ms.* ◆◆ *b.* immense construction [, invisible pour les autres *biffé*] qui passait *ms.* ◆◆ *c.* inverse [et tellement plus frappant, que nous avons presque toujours quand nous apercevons pour la première fois la personne qui a causé les souffrances, bouleversé la vie, amené la mort d'un être que *biffé*] et qui fait dire : *ms.* ◆◆ *d.* vieillards troyens et [il faut bien *biffé*] pour tout dire *ms.* ◆◆ *e.* fontaine [est déjà poussée *biffé dactyl. 1*] [sont déjà poussés *corr. dactyl. 1*] assez loin pour que la distance entre[1] le point où s'arrêtent les regards de l'amant, le point où il rencontre son plaisir et ses souffrances [est *biffé dactyl. 1*] [soit *corr. dactyl. 1*] aussi loin du point où les autres le voient qu'est loin le soleil véritable de l'endroit où sa lumière condensée [(?) *biffé dactyl. 1, dactyl. 2*] nous le fait apercevoir *ms., dactyl. 1, dactyl. 2*

1. Ronsard, *Sonnets pour Hélène*, Livre II, LXVII, v. 4. Le manuscrit indique : « (Vérifier et peut-être ajouter un vers) » (Cahier XII, f° 34).

1. Malgré les corrections, la construction de la phrase demeure boiteuse ; nous adoptons en partie la correction de l'édition originale en supprimant « la distance entre ».

Page 23.

a. mon grand-oncle [*un blanc complété en* XXX], ou bien *ms.* : mon grand-oncle [XXX *biffé*], ou bien *dactyl. 1 Dactyl. 2 est conforme au manuscrit.* ⬥⬥ *b.* crainte que celle d'un Dieu dissimulé par celui *ms.*

1. Voir *À l'ombre des jeunes filles en fleurs*, t. I de la présente édition, p. 566-567.

2. Voir *À l'ombre des jeunes filles en fleurs*, t. II de la présente édition, p. 203-205 et 215-216.

Page 25.

a. pour le comité [de votre mari *biffé*] de l'oncle *ms.*

Page 26.

a. partir que le soir. [Mais maintenant le poids de l'affaire ne reposait plus sur mon esprit mais sur Saint-Loup qui certainement serait habile et réussira. Le soir *biffé*] Françoise *ms. La biffure est destinée à éviter une répétition ; voir les lignes 22-23 de la page. Il s'agit en fait d'une triple répétition ; voir var. a, p. 28.*

1. Nièce, et non fille, dans *Sodome et Gomorrhe II* (voir t. III de la présente édition, p. 319 et 480) ; la confusion entre fils et neveu, ou fille et nièce, est fréquente dans *À la recherche du temps perdu* (voir Mlle d'Oloron, fille/nièce de Jupien, p. 236 et n. 2, et p. 250 et n. 1) et tient sans doute à la déconstruction et à la reconstruction des familles dans les états successifs du roman. Proust a peut-être tendance à préférer les relations entre oncle et neveu, tante et nièce, comme si le narrateur devait être le seul vrai fils.

Page 27.

a. Il y a des moments dans la vie où une sorte de beauté naît de la multiplicité [et de l'enchevêtrement *biffé*] des ennuis qui nous assaillent, enchevêtrés comme des leitmotive wagnériens. *ms.*

Page 28.

a. Mme Bontemps, [le poids de l'affaire ne reposait plus sur mon esprit surmené, mais sur Saint-Loup, une allégresse m'avait même soulevé au moment de son départ, parce que j'avais pris une décision : « J'ai répondu du tac au tac » *biffé dactyl. 1*] Et mes souffrances *ms., dactyl. 1 ; dactyl. 2 donne le texte de ms. Voir var. a, p. 26 et les lignes 22-25 de cette même page.* ⬥⬥ *b.* d'interrompre [toutes celles qui *[*venai <ent> *biffé]* n'étaient que la continuation *biffé en définitive*] le flux de celles qui viennent de l'événement passé et dont elles prolongent *ms.*

Page 29.

a. se réalisera. [Une chose du reste achève de *biffé*] C'est toujours [l' *biffé*] une invisible croyance qui soutient l'édifice de notre monde sensitif et [sans quoi *biffé*] privé de quoi il chancelle. *ms.* ↔ *b.* Une [seule *biffé*] chose [renouvela *biffé*] [rendit *biffé*] du reste acheva de me rendre ma douleur *ms.* ↔ *c.* qui a pour cause non directement les êtres *ms.*

Page 30.

a. qu'Albertine revînt ! C'est que la souffrance que j'avais éprouvée au moment de son départ avait été réveillée en moi quand le coiffeur qui venait me couper les cheveux avait passé un peignoir sur mes épaules. En effet parmi les innombrables et humbles moi qui composent notre être, celui que mon corps devenait au moment où je me faisais couper les cheveux ne vivait que quelques minutes et était trois semaines sans ressusciter ; c'était la première fois qu'il [refaisait son *biffé*] refleurissait en moi depuis le départ d'Albertine [; il ignorait du quel il était ignorant. Je venais de lui annoncer *biffé*] J'avais oublié ce moi-là [, en le voyant apparaître *biffé*] [son arrivée me fit *biffé*] En l'apercevant en moi j'éclatai en sanglots comme pendant un enterrement [celle *biffé*] à l'arrivée d'un vieux serviteur retraité ayant bien connu celle qui vient de mourir. [D'ailleurs *biffé*] Ah ! combien mon amour *ms. Ce passage a été encadré et biffé en croix dans dactyl. 1. On trouve en marge la mention :* répète p. 549 *(voir p. 14). Dactyl. 2 est conforme au manuscrit.*

Page 31.

a. Combien [l'oubli m'était impossible. Et *[un mot illisible]* *biffé*] rester sans la voir *ms.* ↔ *b.* de la séparation. [Je reçus un télé <gramme> n'osais pas deman <der> Quand il put y avoir un télégramme de Saint-Loup, je n'osais pas demander est-ce qu'il n'y a pas de télégramme. Il vint enfin, mais ne faisait que tout reculer me disant : « Ces dames sont parties pour trois jours ». De temps en temps quand il me semblait qu'on ne pouvait pas voir que j'avais pleuré je sonnais Françoise et je lui disais : « Il faudra voir si Mlle Albertine n'a rien oublié. Pensez à faire sa *biffé*] Puis la concurrence *ms.* ↔ *c.* Dès que je m'en aperçus [mon amour fut pris d'une *biffé*] je [fus pris d' *biffé*] sentis en moi une terreur *ms.* ↔ *d.* comme un [animal *biffé*] [lion *corr.*] qui dans la cage où on l'a enfermé a aperçu tout d'un coup le serpent python (?) qui le dévorera *ms.*

Page 32.

a. était le même [que si je n'avais pas dû la revoir *biffé*] : vivre sans elle *ms.*

Page 33.

a. Albertine. / Comme depuis le moment où j'étais éveillé et où je reprenais mon chagrin [comme on rouvre un livre un instant fermé *add. biffée*] à l'endroit *ms.*

Page 34.

a. qu'elle revînt *[p. 33, 9 lignes en bas de page]* au plus tôt. [Et eût-on pu m'ôter ce besoin, cet amour d'elle que je ne l'aurais pas voulu. Mon cœur avait pris l'habitude de souffrir de tout ce qui avait rapport à elle. Grâce à elle *biffé*] [Et pourtant, quelque joie *[...]* le contraire, ment. *corr.*] Et j'aurais eu si peur *ms.* ↔ *b.* l'arrivée de ce télégramme laquelle était la seule chose à laquelle *ms., dactyl. 1, dactyl. 2. Nous adoptons la correction de l'édition originale.*

1. Ainsi la bille d'agate offerte par Gilberte « comme souvenir » (*Du côté de chez Swann*, t. I de la présente édition, p. 395), puis donnée à Albertine par le héros (voir ici p. 138).

Page 35.

1. *Manon*, opéra-comique de Henri Meilhac et Philippe Gille, musique de Jules Massenet, fut créé en janvier 1884. La première citation provient de la fin du second tableau, à l'acte III ; Manon vient au séminaire de Saint-Sulpice supplier Des Grieux de lui rendre son amour : « Oui ! Je fus cruelle et coupable [...]. » Des Grieux résiste : « Je ne veux pas vous croire [...] / Non ! vous êtes sortie enfin de ma mémoire / Ainsi que de mon cœur [...]. » C'est alors que Manon prononce les paroles citées dans le texte. À la fin de cet acte, les deux amants sont réconciliés. La seconde citation se trouve dans le duo final, à l'acte V ; Des Grieux : « Manon, réponds-moi donc ! [...] » ; Manon : « Seul amour de mon âme ! / Je ne sais qu'aujourd'hui la bonté de ton cœur [...] » — et Manon demande pardon pour sa légèreté fatale. Nous reproduisons le texte de Proust avec ses infidélités minimes : dans la première citation, le quatrain, de trois hexasyllabes et un alexandrin, transcrit en distique ; dans la seconde citation, « Je n'ai su » au lieu de « Je ne sais » (éd. G. Hartmann, s.d. [1884 ?], p. 285-286 et p. 381-382). Sur Proust et Massenet, voir la lettre de Proust à Reynaldo Hahn d'août 1909, *Correspondance*, t. IX, p. 171.

Page 36.

a. à Paris, [parce que je ne voulais pas avoir l'air *biffé*] pour éviter au moins l'apparence [de l'insistance dans une *biffé*] de mettre une insistance *ms.* ↔ *b.* que j'aurais tant voulu cacher. [Ma conviction était qu'Albertine n'était pas auprès de sa tante mais cachée chez la pâtissière où nous avions été goûter si peu de temps avant son départ. Je retournai goûter chez la pâtissière, la flattai des promesses d'une affection que je ressentais à ce moment pour elle où elle pouvait tant pour moi, je lui demandai de grâce à visiter sa maison. Elle y consentit mais ceci était en réparation, là on me faisait attendre pour mettre tout en ordre, il y avait tout le temps que mon amie changeât de pièce au fur et à mesure que j'y entrerais. Enfin dans une elle me dit qu'était malade une petite qu'elle avait adoptée. J'insistai. Non vous la réveillerez. Enfin elle me fit entrer, la baisa au front sans la réveiller. Ce n'était pas Albertine. Mais en face je vis une pièce aux rideaux fermés qu'on ne m'ouvrit pas parce qu'on n'avait pas la clé. Je suppliai, offris de faire chercher un serrurier. Ce fut en vain et je restai persuadé que derrière ces rideaux était Albertine *add. dactyl. 2*] Mais avant même *ms., dactyl. 2. On trouve dans dactyl. 1, en marge, une esquisse au crayon :* Ma conviction était *. Mais l'addition portée sur dactyl. 2 n'a finalement pas été reportée sur dactyl. 1.* ↔ *c.* elle reviendrait. [Quelle joie j'aurais eue de la revoir *biffé*] J'allais donc la revoir *ms.*

Page 37.

a. non ces choses mêmes. [D'ailleurs chaque fois que je relisais cette lettre je la trouvais autre. Me la rappelant décevante, des mots enchanteurs me frappaient qui ne m'avaient pas paru tels. Et de cette dernière lecture, le souvenir confiant que je gardais avait disparu quand je la lisais à nouveau. Ainsi toutes choses se teintent différemment selon que les éclaire l'aurore ou les flammes du foyer, ou l'abat-jour violet de l'orage, ou l'innombrable cristal terni de l'averse. *add. dactyl. 2*] J'écrivis *ms., dactyl. 1, dactyl. 2* ↔ *b.* À moi que vous [croyez *biffé*] avez cru parfois *ms.* ↔ *c.* car [elle est *biffé*] vous êtes partie le [jour *biffé*] lendemain du jour où je venais de recevoir l'assentiment de ma mère de [vous *biffé*] demander [en mariage *biffé*] votre main. [Peut-être cela eût *biffé*] [eussiez-v<ous> *biffé*] Je vous l'aurais dit *ms.*

1. La version initiale, « le jour où », semble plus cohérente, mais la correction, « le lendemain du jour », veut peut-être signifier que le menteur se trahit toujours en quelque point (voir var. *c*, p. 37).

Page 38.

a. et pour commencer [j'avais vou<lu> *biffé*] j'avais voulu que vous eussiez [ce yatch où vous auriez *add. interlinéaire*] [pu voyager *[...]* écrit à Elstir (le mettre en son temps une lettre que j'écris en même temps et antidatée) pour lui demander *[...]* Et pour la terre j'avais voulu *add. marginale*] votre [yacht et votre *add. interlinéaire*] automobile à vous, rien qu'à vous, *ms.* : et pour commencer [j'avais *[*décidé *biffé] [*voulu *corr.]* que vous *[*auriez *biffé] [*eussiez *corr.] add. marginale*] ce yacht où vous auriez pu voyager pendant que, trop souffrant, je vous eusse attendue au port (j'[aurais *biffé*] [avais *corr.*] écrit à Elstir [(de mettre en son temps une lettre que j'écris en même temps et antidatée *biffé*] pour lui demander conseil comme vous aimez son goût) et pour la terre [j'aurais voulu *biffé*] [j'avais voulu que vous eussiez votre yacht et *biffé*] [j'avais voulu que vous eussiez *corr.*] votre automobile à vous, rien qu'à vous *dactyl. 1* : et pour commencer *[lacune]* ce yatch où vous auriez pu voyager [...] port ; j'aurais écrit à Elstir (de mettre en son temps une lettre que j'écris en même temps et antidatée) pour lui demander conseil comme vous aimez son goût. Et pour le *[un blanc]* j'aurais voulu j'avais voulu *[sic]* que vous eussiez votre yatch et votre automobile à vous, rien qu'à vous *dactyl. 2. La dactylographe a recopié fautivement le manuscrit, avec des omissions, des répétitions et des lacunes qui sont corrigées dans dactyl. 1.* ↔ *b.* j'en avais commandé une, [avec la forme de cygne *biffé*] que vous aimez. Or maintenant *ms.* : j'en avais commandé une [, que vous aimez *biffé dactyl. 1*]. Or maintenant *dactyl. 1, dactyl. 2.*

Page 39.

a. Et comme je ne m'en servirai pas, [d'eux et qu'ils ont *add.*] [qu'elle a *biffé*] une chance de rester toujours [l'un au port ancré désarmé, l'autre *add.*] à l'écurie, je ferai graver sur son [du yacht *add.*] (mon Dieu, *ms.* : Et comme je ne me servirai pas d'eux et qu'ils ont chance de rester toujours l'un au port désarmé, l'autre à l'écurie, je ferai graver sur [le roof, la proue du *add. biffée*] [du *biffé*] [le *corr.*] yacht (Mon Dieu, *dactyl. 1* : Et comme [...] graver sur *[un blanc]* du yacht (Mon Dieu, *dactyl. 2* ◆◆ *b.* que vous aimiez : [Le vierge le vivace et le bel *[un blanc] biffé*] / Vous vous rappelez *ms.* ◆◆ *c.* comprendre : / « Tonnerre et rubis aux moyeux / Dis si je ne suis pas joyeux / De voir dans l'air que ce feu troue / Flamber les royaumes épars / Que mourir pourpre la roue / Du seul vespéral de mes chars. » *ms., dactyl. 2* ◆◆ *d. Initialement le texte du manuscrit se poursuivait, entre le folio 52 (qui se termine à* je ne vois pas les gens, pour *), et le folio 54 (qui commence à* peu tout ce qu'on disait par mensonge *var. a, p. 44) sur une seule page, le folio 53, à partir de laquelle se sont multipliés les béquets et les indications de régie. Nous donnons ici l'état premier de cette page, sans les biffures et les corrections postérieures ; nous donnerons ensuite les indications de régie et les corrections relatives à l'ensemble de ce texte :* qu'elle me vit très souvent ; j'ai décidé de vous quitter pour prévenir toute idée de séparation, maintenant c'était parce que [j'étais *biffé*] je voulais qu'elle revînt [dans *1re rédaction non biffée*] [avant *2e rédaction interlinéaire*] [trois *biffé*] [huit *corr.*] jours que je lui disais : adieu pour toujours ; c'est parce que je voulais la revoir que je lui disais, je trouvais [dangereux de vous voir, c'est parce que même séparé d'elle me semblait pire que le mal que je lui écrivais « vous avez eu raison nous serions malheureux ensemble » *[*C'est *biffé] [*Mais en même temps *biffé]* Aussi en pensant au résultat que je pensais en obtenir ces lignes avaient-elles pour moi *biffé en définitive*] une grande douceur à écrire. Mais en même temps elles me faisaient pleurer ; d'abord un peu de la même manière que le jour où j'avais joué la fameuse séparation, parce que ces mots me représentaient l'idée qu'ils m'exprimaient quoique ils tendissent à un but contraire, portaient en eux leur tristesse, mais aussi parce que je sentais que cette idée avait de la vérité. [Je mentais en lui *biffé*] [On dit par fierté : « la vie nous a séparés » au lieu de « mais c'est un malentendu je vous adore ». Mais c'est presque une invitation pour l'autre à demander : « Mais en quoi nous a-t-elle séparés. » Alors l'autre ne répond pas à cette invitation, il reste dans cette fiction *[*désenchantée *lecture douteuse]*, il dit : « Cela ne m'empêchera pas de garder de vous un bon souvenir » *biffé*] Le temps passe, [cet oubli dont on se parlait par une *biffé*] et peu à *Une première paperole, attachée en haut du folio 53, reprend le début de cette page et va jusqu'à* ne peut se passer de celle qu'on aime. *[p. 41, première ligne] ; le texte reprend au folio 53 et se prolonge dans la marge et dans un béquet collé au bas de la page, depuis* Le résultat de cette lettre *[p. 41, 2e ligne] jusqu'à* On dit qu'un prompt départ vous éloigne de nous. Sans *[p. 42, 2e §] ; enfin, un folio 53bis supporte une longue paperole complétée par un béquet, qui donne le texte depuis* doute cette raison du départ d'Hippolyte *jusqu'à* m'enivrait. *[p. 44, fin du 1er §]. On revient enfin au bas du folio 53 [* et peu à *], qui est suivi du texte du folio 54.* ◆◆ *e.* très souvent [(mettre cela en son temps) *biffé dactyl. 1*], « J'ai *ms. dactyl. 1, dactyl. 2*

1. C'est la reprise littérale d'une phrase de la lettre du 30 mai 1914 à Agostinelli (le jour même de sa mort), où le sonnet de Mallarmé qui va être cité (*Plusieurs sonnets, II* ; *Œuvres complètes,* Bibl. de la Pléiade, p. 67-68) est transcrit tout entier de mémoire : « Je ferai graver (je ne sais pas le nom de la pièce et je ne veux pas commettre d'hérésie devant un aviateur) les vers de Mallarmé que vous connaissez : *Un cygne d'autrefois* [...] ». Proust y a omis le huitième vers. Il poursuit en reprenant les quatre premiers vers du sonnet : « C'est la poésie que vous aimiez tout en la trouvant obscure et qui commence par : *Le vierge le vivace et le bel Aujourd'hui* [...] ». Cette lettre, publiée par Philip Kolb (*Correspondance*, t. XIII, p. 217-221), est l'un des documents qui prouvent à quel point Proust s'est servi de faits et d'écrits de sa propre vie pour nourrir son roman (voir la Notice, p. 1008). Dans la lettre, il s'agit d'un aéroplane et non d'un yacht. Philip Kolb suppose que Proust avait également commandé une automobile pour Agostinelli, et qu'il l'avait d'abord chargé d'annuler la commande. En outre, il a établi que le prix de l'aéroplane, vingt-sept mille francs, était à peu près celui de la Rolls-Royce à la même époque.

2. Ces vers constituent les tercets du sonnet de Mallarmé dont l'*incipit* est « M'introduire dans ton histoire » (*Autres poèmes et sonnets, III ; Œuvres complètes,* éd. citée, p. 75). Sur Proust et Mallarmé, voir la lettre à Reynaldo Hahn de juillet 1909 où Proust se moque d'un présent prétentieux de la comtesse Greffulhe lui envoyant une « vigne ». « [...] la lettre était fort littéraire avec des mots tels que "symbole parlant". Proust songe à renvoyer à Marie Nordlinger la « vigne » avec des roses, pour mettre le vers de Gérard de Nerval (« Et la treille où le pampre à la rose s'allie », « El Desdichado ») ; « [...] mais j'ai réfléchi que celui de Mallarmé « Quand des raisins j'ai sucé la clarté » ferait autant d'effet et serait plus économique puisqu'il ne nécessite pas de roses... » (*Correspondance*, éd. Philip Kolb, Plon, 1970-1987, t. IX, p. 145-146).

3. On sait que Proust usa de la sorte du jeune Albert Nahmias, en l'envoyant à Nice proposer en secret de l'argent au père d'Agostinelli, afin d'obtenir le retour immédiat de ce dernier à Paris, avec ordre de nier « énergiquement » s'il était découvert. Philip Kolb a publié les dix télégrammes que Proust envoya du 3 au 7 décembre 1913, en plus des appels téléphoniques, à son « agent secret » (*Correspondance*, t. XII, p. 357-366) : « Faites demander le père par quelqu'un qui ne connaisse pas votre nom ni votre père et ne sache pas votre nom et demander sans solennité en tâchant qu'on l'attrape à un moment où il sera seul » (p. 361) ; « [...] il est insensé, absurde, pour une spéculation qui devait rester entre nous d'avoir donné un rendez-vous dans un hôtel où vous êtes connu. En quelques instants tout sera su » (p. 363).

Page 40.

a. Ms. donne Hélas cette lettre de feinte . *La paperole signalée var. d, p. 39, est en fait constituée de 2 papiers collés l'un à l'autre. Le premier s'achève sur les mots* Hélas cette lettre de . *Proust y a raccordé une feuille reprenant les mêmes mots, qu'il a alors biffés. Dans l'interligne figure une ébauche d'addition ou de raccord, biffée :* au lieu de me réjouir j' . *Dans la marge subsistant en haut de cette seconde feuille, il a noté :* Si je supprime la crise des larmes en écrivant et la vie nous a séparés (trop Gilberte) en tous cas laisser sans hésiter tout ce papier collé et la marge et le papier collé en dessous. [Hélas cette lettre de *biffé*] [au lieu de me réjouir j' *biffé*] feinte *ms.* ↔ *b.* de plus en plus. [jusqu'à ce qu'elle obtînt de moi tout ce qu'elle voulait, ce qui lui plairait [, mais *biffé]* J'aurais dû aussi avant d'envoyer cette lettre [me *biffé]* que si la *biffé en définitive*] Puis après avoir *ms.* ↔ *c.* cette réponse me [causerait une telle douleur *biffé*] rendrait [avec *biffé*] dans sa plus extrême *ms.* ↔ *d.* ma lettre [négative *biffé*], me demander *ms.* ↔ *e.* je serais [en état de supp<orter> *biffé*] assez maître *ms.* ↔ *f.* peut-être [sans même être *biffé dactyl. 1*] [à ce que je ne fusse pas *corr. dactyl. 1*] reçu, [ces démar<ches> *biffé*] [J'aurais dû comprendre la maladresse de l'insistance *biffé*] Et sans doute [cette insistance *biffé*] c'eût été après trois [grosses *biffé*] énormes maladresses *ms., dactyl. 1, dactyl. 2*

Page 41.

a. Mais je ne [prévis rien de tout cela ou je ne pus pas résister à la douceur d'écrire ce<tte> *biffé*] je ne prévis *ms.* ↔ *b.* grande douceur *est souligné dans le manuscrit. Après cette phrase, Proust a écrit :* C'est à partir de cette *douceur* que ce qui vient (pas ce qui est dans la marge) est sans doute en grande partie à supprimer. Tout ce qui est ci-dessus est à laisser. Quant à douceur ce que j'en laisserai est surtout la page suivante. Et la marge et le petit papier collé au-dessous ne viennent qu'après. *Les dactylogrammes avaient reproduit cette note de régie, qui venait au fil du texte ; elle a été supprimée dans dactyl. 1 où l'espace vide a servi à transcrire partiellement un morceau oublié (voir var. c).* ↔ *c. Nous revenons ici, jusqu'à la fin du §, au folio 53 de ms. (voir var. d, p. 39). La version initiale du manuscrit relie le thème des contre-vérités proférées (p. 39) à la crise de larmes et à la douceur ; le texte, jusqu'à la fin du §, est partiellement biffé et porte cette indication :* Cette partie-ci peut-être à supprimer et mettre à Gilberte. *Une page volante de dactyl. 2 reproduit la fin du paragraphe, avec la mention :* addition à la page 598 . *L'addition est rapportée dans dactyl. 1, mais incomplète, à la place des indications de régie signalées dans la variante b ; une bulle vide réserve, dans la marge, une place pour la fin de l'addition, qui s'arrête à :* j'aimais) portaient . ↔ *d.* Il annonçait [la mort *biffé dactyl. 1*] [une représentation *corr. dactyl. 1*] de la Berma. *ms. dactyl. 1, dactyl. 2. Nous n'avons pas conservé la correction, faite par Robert Proust, qui tient sans doute à ce que l'on retrouve la Berma dans Le Temps retrouvé (voir n. 1).* ↔ *e.* nous tenons. [Nous ajournons tous les jours *biffé*] Ou bien [si elles ne sont pas en notre possession, et *biffé*] si nous vivons en elles, *ms.* ↔ *f.* détachés, par exemple que la jeune fille se fiance *ms.*

1. Tout ce passage, qui va de « je voulus rendre la lettre à Françoise » jusqu'à « et je tendis ma lettre à Françoise » (p. 43) est une addition mettant en parallèle les aveux et les mensonges du héros avec ceux de la Phèdre de Racine. Toutes les citations qui suivent appartiennent à la scène des aveux (*Phèdre*, acte II, sc. V), c'est-à-dire

la grande scène qu'attend le héros lorsqu'il va pour la première fois au théâtre (voir *À l'ombre des jeunes filles en fleurs*, t. I de la présente édition, p. 441). La Berma, dont la diction l'avait tant dérouté, reparaît dans *Le Temps retrouvé* (p. 572 et suiv.) ; elle constitue l'un de ces fils directeurs qui permettent au lecteur de rattacher les différentes amours, ou les différentes expériences du héros à une leçon sur les lois de la passion : « l'énoncé des lois que je devais expérimenter dans ma vie » ; la littérature est « prophétique », sa vérité est si profonde que la vie ne fait que réaliser ce qu'elle a inventé. En même temps, cette addition est une leçon sur la lecture : le héros se lit à travers la scène de Racine. Albertine est un autre Hippolyte (Poséïdon, dieu de la mer et des chevaux est l'auteur de leur mort, et tous deux meurent en prenant la fuite) ; le héros est un double de Phèdre. Mais cette lecture ne lui apprend rien, et il persiste dans sa « folie ».

Page 42.

a. qui jusque-là a pris [(bien que ce ne soit pas la seule raison) *biffé*] a pris soin de s'offrir à son inimitié, par scrupule dit-elle, ou plutôt lui fait dire le poète, plutôt parce qu'elle *ms.* ↔ *b.* quelques vers plus loin [Thésée repousse la déclaration de Phèdre *biffé*] Phèdre fait *ms.*

1. Racine, *Phèdre*, acte II, sc. V, v. 584. Voir n. 1, p. 41.
2. *Ibid.*, v. 666.
3. *Ibid.*, v. 663-664.
4. *Ibid.*, v. 670.

Page 43.

a. la preuve que [la raison *biffé*] le « soin de sa gloire » n'est pas [la vraie, c'est *biffé*] ce à quoi *ms.* ↔ *b.* prophétie de [s *add.*] [ma propre existence mes propres chagrins *biffé*] épisodes *ms.*

1. Racine, *Phèdre*, acte II, sc. V, v. 688-689.

Page 44.

a. Fin du folio 53 de ms. : Le temps passe et peu à *(voir var. d, p. 39).* ↔ *b. En marge du manuscrit on lit :* mettre ici sans doute la marge de la page précédente et le petit papier collé au-dessus d'elle . *Cette note a été reproduite dans dactyl. 2. Dans dactyl. 1, le passage qui va de* Je ne dis pas *à* de tout ce que j'avais éprouvé *[p. 45, 1re ligne] a été découpé de la page 614 (voir var. a, p. 50 et n. 2 au bas de la page 1058) et collé au bas de la page 604, avec, en marge, cette mention :* rajouter la fin. *Cette « fin » est la dernière phrase du paragraphe qui se termine à la ligne 5 de la page 45 de ce volume.*

Page 45.

a. Depuis qu'Albertine était partie, [à tout moment, ou du moins à tout moment où *biffé*] [bien souvent quand *add. interl.*] il me semblait *ms.* ↔ *b.* court ; [et en effet elle regardait ma figure quand je disais cela comme par *biffé*] je voulais *ms.* *Voir var. b, p. 49.*

Page 46.

a. attention [de ne pas les perdre *add.*] dit Françoise, [elles *biffé*] [je n'en ai jamais vu *biffé*] on peut dire *ms.*

Page 47.

a. prise [avec *biffé*] [ayant *add. interl. biffée*] [malgré *add. interl.*] cette *ms.*

Page 48.

a. Léa, [ma *biffé*] [un flux de *corr.*] souffrance [était possiblement doublée *biffé*] [venait me frapper *[de biffé] corr.*]. D'autre *ms.* ↔ *b.* les considérer [. Est-ce parce que *[*l'amour *[[*le désir *biffé]]* tend *biffé]* l'amour trop intéressé tend à l'action, non à la connaissance *biffé en définitive*], de même [l'amour *biffé*] le désir *ms.*

1. De cette ancienne gare de Paris, aujourd'hui transformée en musée, partaient les trains pour le centre et le sud-ouest de la France, donc pour la Touraine et Châtellerault.

Page 49.

a. elle dépend [montre la place *biffé*] [révèle mieux l'immensité de la place *add. interl.*] qu'il occupe *ms.* ↔ *b.* la pente abrupte *[p. 48, avant-dernière ligne]* de l'introspection. [En réalité dans ces heures *[...]* se dérobaient à son souvenir. *add.*] [Quand je *[*parlais ainsi à *biffé]* faisais ainsi allusion devant Françoise comme à une chose toute naturelle, au retour prochain d'Albertine, elle regardait ma figure[1] *[*comme quand *biffé]* de la même façon que quand je lui lisais une nouvelle qu'elle hésitait à croire, elle regardait le journal, comme si elle eût pu voir, si c'était vraiment écrit, si je n'inventais pas. Mais quand Françoise vit qu'après avoir écrit une longue lettre *biffé en définitive*] [Il lui sem < blait > *biffé*] [On aurait dit que malgré la défiance qu'elle avait de croire à son bonheur, elle savait *biffé*] [Pourquoi eussé-je cru *[...]* désirs et espérances *add.*] Françoise avait l'air *ms.*

Page 50.

a. je n'inventais pas[2]. [Mais le doute *[*qui *biffé] [*craintif *corr.]* lui restait, cette crainte qu'Albertine revînt, si minime jusque-là, se trouva sensiblement fortifié chez Françoise *biffé en définitive*] [Mais *corr.*] quand

1. Voir var. *b*, p. 45.
2. En marge du passage biffé en définitive, on trouve dans le manuscrit un texte portant la mention : « *Capital*, mais à placer un peu ailleurs ». Dans la dactylographie 1, ce texte, qui avait été dactylographié, a été découpé et placé plus haut ; voir var. *b*, p. 44.

elle [me *biffé*] vit qu'après avoir écrit une longue lettre je cherchais l'adresse exacte de [la tante d'Albertine *biffé*] Mme Bontemps ; [cette crainte *corrigé en* cet effroi] jusque-là si vague qu'Albertine revînt grandit chez Françoise. [Il ne connut plus de bornes *biffé*] [Il se doubla d'une véritable consternation *corr.*] quand le lendemain matin, Françoise dut *ms.* : je n'inventais pas. [Mais *biffé*] quand [elle *biffé*] [Françoise *corr.*] vit qu'après avoir écrit une longue lettre [je cherchais l'adresse exacte *corrigé en* j'y mettais l'adresse] de Mme Bontemps, cet effroi jusque-là si vague qu'Albertine revînt, grandit chez [Françoise. *biffé*] [elle. *corr.*] Il se doubla d'une véritable consternation quand [le lendemain matin *corrigé en* un matin] [Françoise *biffé*] [elle *corr.*] dut *dactyl. 1. Dans la marge, en face de* le lendemain matin *, on trouve la mention biffée :* invraisemblable *. Dactyl. 2 donne le texte corrigé de ms., y compris l'addition marginale.* ↔ *b.* d'Albertine. [Je voyais dans les yeux de Françoise qu'elle envisageait la possibilité d'un retour imminent *biffé*] Celle-ci se demandait *ms.* ↔ *c.* comédie, [destinée à assurer ensuite son union définitive ; dans ce cas Françoise *biffé*] supposition qui la désolait doublement [puisque dans ce cas il *biffé*] comme assurant *ms.*

Page 51.

a. nuit complète. » Hélas [en écrivant *biffé*] cette lettre feinte où je devais renoncer à elle, décommander les Rolls Royce etc., [cette *biffé*] en l'écrivant à la fois pour garder l'air de ne pas tenir à elle et pour la douceur de dire certaines choses tendres qui de nous deux ne pouvaient émouvoir que moi, Je sentis bien *ms.* ↔ *b.* Balbec, [de sorte que cette phrase-là aussi s'était trouvée vraie *biffé dactyl. 1*] / Mais en somme *ms., dactyl. 1. Dactyl. 2 donne le texte de ms.* ↔ *c.* l'intermédiaire. [J'eus tout d'un coup le soupçon qu'elle ne m'avait dit : « J'aurais été trop heureuse de revenir si vous me l'aviez demandé directement », que parce que je ne l'avais pas demandé directement *biffé*] Il fallait sortir *ms.* ↔ *d.* par moi. [Votre présence chez moi *[*, à laquelle je *biffé]* m'a laissé un vide. Ce vide nous avons *biffé en définitive*] J'[avais pris *biffé*] ai à vous avoir si doucement chez moi, la mauvaise habitude *ms.*

1. La lettre de Proust à Agostinelli du 30 mai 1914 (voir n. 1, p. 39) commence ainsi : « Je vous remercie de votre lettre, une phrase était *ravissante* (crépusculaire etc.) », — ce qui laisse encore ici supposer un emprunt (voir la Notice, p. 1007-1008).

Page 52.

a. je lui ai demandé de venir. [J'allais acheter avec les automobiles le plus beau yacht qui existât alors. Il était à vendre, mais si cher qu'on ne trouvait pas d'acheteur. D'ailleurs une fois acheté, à supposer même que nous ne fissions que des croisières de quatre mois *[*chaque année *biffé]*, il coûterait plus de deux cent mille francs par an d'entretien. C'était sur un pied de plus d'un demi-million annuel que nous allions vivre. Pourrais-je le soutenir plus de sept ou huit ans ? Mais qu'importe, quand je n'aurais plus que cinquante mille francs de rente, je pourrais les laisser à Albertine et me tuer. C'est la décision que je pris. Elle me fit penser à *moi*. Or, comme le moi vit incessamment en pensant une quantité de choses, qu'il n'est que la pensée de ces choses, quand par hasard au lieu d'avoir devant lui ces choses, il pense tout d'un coup à soi-même, il ne trouve qu'un appareil vide, quelque chose qu'il ne connaît pas, auquel pour lui donner quelque réalité il ajoute le souvenir d'une figure aperçue dans la glace. Ce drôle de sourire, ces moustaches inégales, c'est cela qui disparaîtra de la surface de la terre /, et aussi la possibilité de continuer à *[un mot illisible] biffé].* Quand je me tuerais dans cinq ans ce serait fini pour moi de pouvoir penser toutes ces choses qui défilaient sans cesse dans mon esprit. Je ne serais plus sur la surface de la terre et je n'y reviendrais jamais, ma pensée s'arrêterait pour toujours. Et mon moi me parut encore plus nul de le voir déjà comme quelque chose qui n'existe plus. Comment pourrait-il être difficile de sacrifier à celle vers laquelle notre pensée est constamment tendue (celle que nous aimons) de lui sacrifier cet autre être auquel nous ne pensons jamais : nous-même. Aussi cette pensée de ma mort me parut par là, comme la notion de mon moi, singulière ; elle ne me fut nullement désagréable. Tout d'un coup je la trouvai affreusement triste ; c'est parce qu'ayant pensé que si je ne pouvais disposer de plus d'argent c'est parce que mes parents vivaient, je pensai soudain à ma mère. Et /l'idée de ce qu'elle souffrirait après ma mort, après ma mort qui n'était jusq<ue> *biffé]* je ne pus supporter l'idée de ce qu'elle souffrirait après ma mort. *add.*] Pour que tout cela *ms. Le texte de l'addition, dactylographié, a été supprimé dans dactyl. 1*[1], *mais non dans dactyl. 2.* ◆◆ *b.* que j'avais prises pendant [quatre *biffé*] plus de six mois à Paris de se livrer à ses vices et qui se trouvaient devenues inutiles puisque pendant ces huit jours elle avait dû faire ce que minute *ms.* ◆◆ *c.* devint atroce quand Saint-Loup arriva. *La première rédaction passait immédiatement à la conversation avec Saint-Loup (p. 54, 2e ligne ; voir var. b). Un béquet intercalé reprend le texte depuis* quand Saint-Loup arriva *jusqu'à* dans un salon. » À ces mots *[p. 54, 8e ligne]. Pour cet ajout, voir la Notice, p. 1018.*

Page 53.

a. muet [d'épouvante *biffé*] de stupéfaction *ms.*

Page 54.

a. Il me dit d'abord : [« Tu n'es pas content de moi, je l'ai vu par tes dépêches, mais tu n'es pas juste, j'ai fait tout ce que j'ai pu. *biffé dactyl. 1*] Tu trouves *ms., dactyl. 1 ; dactyl. 2 donne le texte de ms. La biffure sur dactyl. 1 est destinée à éviter un double emploi (voir p. 55, lignes 5-7).* ◆◆ *b. On trouve dans ms. une première rédaction de ce passage, partiellement biffée et qui prolongeait l'évocation de la douleur (voir var. c, p. 52) :* devint atroce quand Saint-Loup [qui rappelé quarante-huit heures par son colonel vint me voir et me dit : « Commençons par le commencement après avoir passé par une espèce de hangar j'entrai dans la maison, et au bout d'un long couloir on *biffé*] me fit entrer dans un salon. » À ces mots de hangar *[interrompu]* . *À la suite de cette première rédaction, on peut lire la seconde :* ces mots de hangar, de couloir, de [bibliothèque *biffé*] salon, [mon cœur

1. On lit, en marge de *dactyl. 1*, ces mots écrits au crayon : « à mon avis à supprimer ».

fut bouleversé *biffé*] et avant même qu'ils fussent finis *ms.* ◆◆ *c.* Eh quoi ? [j'avais *biffé*] je m'étais donc [supposé que *biffé*] représenté la maison où habitait Albertine [ne devait *biffé*] comme ne pouvant [repré <senter> contenir *biffé*] ni hangar, *ms.* ◆◆ *d.* qui chantait, [je compris qu'elle était heureuse. Ma première et affreuse pensée fut que *biffé*] je compris *ms.*

Page 55.

a. tu n'es pas juste, [un autre n'aurait pas mieux fait à ma place *biffé*] j'ai fait *ms.* ◆◆ *b. Depuis* Lâchée de nouveau, *jusqu'à* premiers jours. *, le texte est procuré dans ms. par une correction marginale remplaçant une première rédaction partiellement biffée (les passages non biffés figurent dans les dactylogrammes ; ils ont été rayés dans dactyl. 1) que nous ne donnons pas parce qu'elle se compose pour l'essentiel de phrases antérieurement utilisées et n'apporte donc rien de nouveau.* ◆◆ *c.* redise. [C'était déjà assez difficile la première fois. J'étais persuadé qu'elle *biffé*] Dès qu'en entrant *ms.*

Page 56.

1. Voir var. *b*, p. 54.

Page 57.

a. Balbec ; [et *biffé*] plus récemment *ms.* : Balbec, [et *add.*] plus récemment *dactyl. 1 ; dactyl. 2 donne la leçon de ms. Nous n'intégrons pas l'addition portée sur dactyl. 1.* ◆◆ *b.* me séparer d'Albertine. [Moi qui avais toujours trouvé *biffé*] [Je ne trouvais plus si ridicules ces vers de Baudelaire : *Si le viol, le poison, l'in* <*cendie*> *biffé*] Est-ce parce que j'avais changé [...] situation exceptionnelle, [je comprenais maintenant après les avoir trouvés si ridicules les vers de Baudelaire : *Si le viol, le poison, le poignard, l'incendie*[1]. *biffé*] Mais comme j'aurais menti *ms. Une note marginale biffée et dont les lacunes sont dues à des déchirures explique la suppression du vers de Baudelaire :* N.B. je supprime ici le viol le poison etc. parce que je le mets dans le dernier chapitre du livre. Il faudra seulement que je dise bien avant cela à Balbec que si j'aime le soleil rayonnant sur la mer je trouve absurdes sans vérité pour *[lacune]* d'être bons *[lacune]* satanique *[lacune]* <B>audelaire comme le viol le poison le poignard l'incendie ◆◆ *c.* incessante, [aussitôt j'eusse *corrigé dans dactyl. 1 par biffure, surcharge et inversion en* eût aussitôt] retrouvé *ms., dactyl. 1, dactyl. 2*

1. Voir *Sodome et Gomorrhe II*, t. III de la présente édition, p. 149-150.

1. Ce vers de Baudelaire revient très souvent dans les cahiers de brouillons d'*Albertine disparue*. Il s'agit du premier vers du septième quatrain du poème liminaire des *Fleurs du mal*, « Au lecteur » : *Si le viol, le poison, le poignard, l'incendie / N'ont pas encore brodé de leurs plaisants dessins / Le canevas banal de nos piteux destins, / C'est que notre âme, hélas ! n'est pas assez hardie.*

Page 58.

a. La suppression de la douleur ! [le lendemain du jour où dans la folie de ma jalousie (dire mieux), j'avais regretté de ne pas avoir le courage de former le souhait *[*de sa mort *biffé]* que je savais que Swann avait formé pour Odette, où je parcourais les faits divers avec peut-être l'espoir inavoué de quelque accident qui si Odette *[sic]* avait été blessée m'eût permis d'accourir auprès d'elle, et si elle y avait trouvé la mort, m'aurait rendu la liberté de vivre, je reçus un télégramme de *[*la tante d'Albertine *biffé]* madame Bontemps « ma pauvre petite Albertine n'est plus. Dans une promenade à cheval elle a été projetée contre un arbre. Malgré tous nos efforts nous n'avons pu la ranimer. Je sais la peine que je vous fais à vous qui l'aimiez tant. Que n'ai-je pu mourir à sa place. » Le monde n'est pas pour chacun de nous créé une fois pour toutes. Il s'y ajoute au cours de la vie des choses que nous ne soupçonnions pas. À partir du moment où j'eus lu : « Ma pauvre petite Albertine n'est plus », quelque chose dont je n'avais jamais eu l'idée / Je venais de me rappeler ce souhait *biffé en définitive*] Parcourant *ms. Voir plus bas dans la page.* ◆◆ *b.* contre un arbre [au bord de la Vivonne *add. biffée dactyl. 2*] pendant une promenade [qu'elle faisait au bord de la Vivonne *add. dactyl. 2*]. Tous nos efforts *ms., dactyl. 1, dactyl. 2* ◆◆ *c.* mais une souffrance [nouvelle *biffé*] inconnue, celle d'apprendre qu'elle ne reviendrait pas. [Mais ne m'étais-je déjà dit *biffé*] [cela était-ce donc inconnu ? ne *biffé*] Mais ne m'étais-je pas *ms.* ◆◆ *d.* sa présence [sa présence, ses baisers m'aidaient à supporter mes soupçons, *[*même quand elle était sortie *biffé]* sans m'en rendre compte quand j'étais seul je tendais mon cou à ses lèvres invisibles, de sorte que même sortie, même en promenade loin de moi avec Andrée, elle m'embrassait encore. Et chaque jour *[*son absence était *biffé]* les quelques heures de son absence étaient remplies de l'imagination d'un perpétuel retour. J'avais fait de même depuis qu'elle était en Touraine, ma raison pouvait quelquefois mettre en doute son retour, mon imagination ne cessait de me le peindre. Je l'embrassais, je l'interrogeais, j'apprenais ce qu'elle avait fait en Touraine. Le renouvellement anticipé de ce qui avait toujours fait la douceur de notre vie m'aidait à supporter *biffé en définitive*] / ses baisers *ms.* ◆◆ *e.* était en [Touraine *biffé dactyl. 2*] [voyage *corr. dactyl. 2*]. J'avais *ms., dactyl. 1, dactyl. 2*

1. Voir l'Esquisse II, p. 642-643.

Page 59.

a. ne t'embrassera plus. » [Ces mots au bord de la Vivonne ajoutaient quelque chose de plus atroce à mon désespoir. Car cette coïncidence qu'elle m'eût dit dans le petit train qu'elle était amie de Mlle Vinteuil et que l'endroit où elle *[*se trouvait *biffé]* était depuis qu'elle m'avait quitté *[*hélas se trouvait *biffé]* et où elle avait trouvé la mort fût le voisinage de Montjouvain, cette coïncidence ne pouvait être fortuite, un éclair jaillissait entre ce Montjouvain raconté dans le chemin de fer et cette Vivonne involontairement avouée dans le télégramme de Mme Bontemps. Et c'était donc le soir où j'étais allé chez les Verdurin, le soir où je lui avais dit vouloir la quitter qu'elle m'avait menti ! *add. dactyl. 2*]

Toute ma vie *ms., dactyl. 1, dactyl. 2* ◆◆ *b.* venait d'être [arraché *biffé*] descellé je sentais la place qu'il tenait dans mon cœur [dé< >béant et déchiré meurtri *biffé*] béant. [Pour que la mort d'Albertine eût pu supprimer mes souffrances, il eût fallu *[plusieurs mots illisibles en addition, biffés]* que le choc *[*qui l'avait tuée en Touraine *biffé]* l'eût tuée non seulement en Touraine mais en moi ; jamais elle n'y avait été plus vivante *biffé en définitive*] Françoise *ms.* ◆◆ *c.* (il y a quelquefois des mots [qu'on ne comprend pas parce qu'ils nous *[*laissent aussi *biffé]* étourdissent autant qu'un vertige parce que nous présentant une réalité *biffé*] mettent une réalité différente à la même place que celle qui est près de nous, [ils nous font perdre l'équilibre *biffé*] [ils nous *[*laissent aus<si> *biffé]* étourdissent autant *corr.*] tout autant qu'un vertige [qui nous *[*montre *biffé]* creuse un trou à la place du canapé où nous allions nous asseoir ils nous font perdre l'équilibre *biffé*]. « Monsieur *ms.* ◆◆ *d.* Les deux lettres d'Albertine [avaient dû être écrites à quelques heures de distance, peut-être en même temps *biffé*], et peu de temps avant la promenade *ms. La dactylographe a maintenu le passage biffé, sans doute parce que Proust a biffé par erreur le verbe sans quoi la phrase ne tient pas. Il était cependant logique que ce passage fût biffé, la remarque figurant également plus bas (voir 4 lignes en bas de page). Nous corrigeons.*

Page 60.

a. nous livrer de lui [qu'un aspect, en une fois *biffé*] qu'un seul aspect [à la fois *add.*], nous débiter de lui qu'une seule [image *biffé*] photographie. Grande faiblesse sans doute [que cet émiettement d'un être de la personne et qui ne fait d'elle qu'une *biffé*] [pour un être de consister en une simple *corr.*] collection *ms.* ◆◆ *b.* Alors[1] ma vie fut entièrement changée. Ce qui en avait fait, [si l'on s'en souvient la douceur, était justement cette renaissan<ce> perpétuelle renaissance des moments anciens à l'appel de moments identiques, la perpétuelle renaissance en moi des mo<ments> *biffé*], et non à cause d'Albertine, parallèlement à elle ; quand j'étais seul, la douceur, c'était surtout, à l'appel de moments identiques la perpétuelle renaissance de moments anciens. [Le *biffé*] Par le bruit *ms.. On trouve dans dactyl. 1 trois essais manuscrits de remaniement du passage, mais la version finale est conforme au manuscrit ; dactyl. 2 donne la leçon de ms.*

Page 61.

a. pur. [Il n'y a pas longtemps encore, quand Albertine était *biffé*] Dans ma chambre obscure [je sentais, que dehors, à la pesanteur de l'air, le *biffé*] [mais maintenant *biffé*] avec le pouvoir *ms.*

Page 62.

a. nous donnait l'[impression *biffé*] l'illusion *ms.*

1. Évocation des promenades autour de Balbec dans *Sodome et Gomorrhe II*, chap. II et III ; le nom de Cricqueville ne s'y retrouve pas.

1. En marge, on lit la mention : « petit alinéa ».

Page 63.

a. Mais [sa vieille coutume *biffé*] son « coutumier » *ms.* ◆◆ *b.* le jour. [Enfin *biffé*] L'obscurité [était venue *biffé*] complète *ms.*

Page 64.

a. il m'arrivait *[p. 63, 2 lignes en bas de page]* [de recueillir le mince rayon de lune *[*et d'isoler la pureté d'eau *add. biffée]* qu'on peut attraper par les beaux soirs et isoler la pureté naturelle même *biffé en définitive*] [d'isoler sur le dos d'un banc de recueillir la pureté naturelle d'un rayon de lune *corr.*] au milieu *ms.* ◆◆ *b.* m'oppressait [dans un tel entrechoquement *biffé*] [par l'entrechoc de flux si contrariés *corr.*] que je *ms.* ◆◆ *c.* compacte entrait [en moi comme *biffé*] [me donnait un coup *corr.*] un couteau *ms.* ◆◆ *d.* commencer [donnant par la qualité de leur *biffé*] [indiquant *corr. biffée*] [permettant de lire à l'échelle qualitative de leurs *corr.*] sonorités *ms.*

1. Albertine y habite pendant le second séjour du héros à Balbec. Voir *Sodome et Gomorrhe II*, chap. II et III, t. III de la présente édition, p. 180.

2. Voir l'Esquisse III, p. 644 ; sur de nombreux brouillons (voir notamment les Cahiers 55, 56 et 54), l'auteur a travaillé l'image, quasi obsédante dans *À la recherche du temps perdu*, du jour passant à travers les rideaux.

Page 65.

a. n'y pas aller. [Elle était détruite, celle *biffé*] [Elle était détruite cette jeune fille qui pareille à un vase où je *[*prenais *biffé]* recueillais toutes choses dans lequel toutes choses m'étaient présentées, maintenant qu'il était détruit, je n'avais plus la force de *biffé*] [Albertine était comme un vase *corr.*] [m'avait semblé *[...]* je ne me sentais plus le courage de *add.*] les saisir *ms.* ◆◆ *b.* semblait si long jusqu'à son [arrivée *biffé*] [coup de sonnette jusqu'à son coup de sonnette *[sic]* que *[plusieurs mots illisibles biffés]* je pourrais maintenant attendre éternellement en vain. Ne me rapporteraient-elles pas *corr.*] le germe de mes premières inquiétudes [aussi *biffé*] quand deux fois *ms.*

Page 66.

a. mon cœur. [Ces *biffé*] [Le souvenir était *biffé*] Ces intervalles [étaient rétrospectivement aussi douloureux qu'ils avaient *biffé*] [autant ils avaient *corr.*] pu *ms.* ◆◆ *b.* ces soirs de janvier [où je la faisais chercher et *biffé*] [où elle venait et *corr.*] qui [par là *add.*] m'avaient été *ms.* ◆◆ *c.* mon amour [, conservé dans leur gelée *biffé dactyl. 1*]. Et en pensant *ms., dactyl. 1 ; on trouve en marge de dactyl. 1 la mention biffée :* répétition *. Voir p. 65, début du 2ᵈ §. Dactyl. 2 donne le texte de ms.* ◆◆ *d.* pareils à ce soir à ce [jour *biffé*] soir *[sic]* de neige *ms. En marge, la mention biffée :* À mettre en son temps ◆◆ *e.* serait capable [de me consoler de la sienne (c'est-à-dire que rien ne *biffé*] mais elle est *ms.* ◆◆ *f.* la date où [nous étions partis pour Balbec *biffé*] [nous étions revenus de *biffé*] [j'étais *[*parti *biffé]* allé à *corr.*] Balbec l'autre été et où mon amour qui [ne connaissait *biffé*] [n'était *corr.*] pas encore *ms.*

Page 67.

a. En face de cette phrase, dans la marge de dactyl. 2 mais sans rattacher la phrase à un point précis, Proust a noté : J'entendrais le flutiau du chevrier, les cris des marchands dont nous avions mangé les nourritures ↔ *b. Fin du paragraphe dans ms. :* baignés d'une poussière dorée, laissent la rue se couronner de ces demi-déesses *[un blanc]* causant [...] à m'approcher d'elles. *Fin du paragraphe dans dactyl. 1 :* baignés d'une poussière dorée, laissent la rue de *[sic]* couronner de ces demi-déesses *[un blanc]* [*qui* corr.] causant [...] à m'approcher d'elles. *Fin du paragraphe dans dactyl. 2 :* baignés d'une poussière dorée, [laissant la rue de *[sic]* couronner de ces demi-déesses *biffé*] [*un blanc complété en [*Fin *biffé]* fin du 1er Chapitre d'Albertine disparue[1]] [causant *[...]* à m'approcher d'elles *biffé*] [Fin du 1er Chapitre d'Albertine disparue *corr.*]. *On lit dans la marge de dactyl. 2, en face du passage biffé, la mention suivante, elle-même biffée :* Fin d'Albertine disparue, ou si M. Gallimard aime mieux avoir un volume plus long. Fin de la première partie d'Albertine disparue. *Au-dessus de cette phrase on lit les mots suivants, également biffés et constituant sans doute le début d'une phrase inachevée :* N.B. Décidément non. La Prisonnière fera un tout et Albertine. *Dans le haut de la page de cette même dactylographie (p. 648), on lit la mention suivante, non biffée :* N.B. Au bas de cette page finit le chapitre 1er d'« Albertine disparue ». De 648 à 898 rien, j'ai tout ôté. Donc sautons de 648 à Chapitre II d'Albertine disparue. Sautons sans transition au chapitre deux 898. *De fait, les pages 649 à 898 de dactyl. 2 ont été éliminées. Le texte de dactyl. 2 reprend au début de ce qui est le chapitre III de la présente édition (p. 202). Par conséquent, à partir d'ici et jusqu'au début de notre chapitre III, nous ne disposons plus que de deux états, le manuscrit et la dactylographie 1.* ↔ *c.* baumes calmants, [une douce liberté d'esprit celle *[*dont j' *biffé]* que j'avais devant le piano en jouant du Vinteuil et du Wagner où je n'avais qu'à attendre sans hâte, délivré *[*dans la *biffé]* avec laquelle *biffé*] me rendant enfin *ms.*

1. Allusion sans doute au titre d'un roman d'Émile Souvestre, *Un philosophe sous les toits. Journal d'un homme heureux*, paru en 1850 : « Notre philosophe regarde, du haut de sa mansarde, la société comme une mer dont il ne souhaite point les richesses et dont il ne craint pas les naufrages » (avant-propos, éd. Nelson, s.d., p. 5).

Page 68.

a. à l'âme, [certain qu'Albertine allait venir et de cette promenade, de *biffé*] [Puis ç'avait été une demi-heure après *corr.*] l'arrivée d'Albertine, [que Françoise allait faire revenir *add. biffée*] puis de la

1. Cette mention manuscrite a sans doute été placée par erreur dans l'espace laissé par la dactylographe, laquelle n'avait pas su lire le passage correspondant du manuscrit. Mais elle n'a pas été biffée ; elle coexiste donc avec la mention indiquée dans la suite de cette variante et qui marque la véritable fin du chapitre dans *dactyl. 2.*

promenade avec [elle *biffé*] Albertine, [attente *biffé*] arrivée et promenade que j'avais cru ennuyeuses parce qu'elles étaient pour moi accompagnées de certitude [et *biffé*] mais qui [maintenant coulaient un calme d'or dans la *biffé*] [à cause de cette certitude même avaient *corr.*] à partir du moment *ms.* : à l'âme. [...] arrivée, [promenades *corrigé en* promenade] que j'avais cru [ennuyeuses *corrigé en* ennuyeuse] parce qu'elle était pour moi [accompagnées *corrigé en* accompagnée] de certitude, mais à cause de cette certitude même, avait à partir du moment *dactyl. 1. Nous adoptons la leçon du manuscrit.* ↔ *b.* une journée originale [qui venait s'ajouter à la variété de celles que j'avais connues jusque là et que *add.*] que je n'eusse jamais pas imaginée — comme [ne pourrait *corrigé en* nous ne pourrions] imaginer le repos [d'un jour d'été quelqu'un qui ne l'aurait jamais vécu *biffé*] si de tels jours n'existaient pas dans — la série de ceux que nous avons vécus ; [un jour nouveau *biffé*] [une journée *corr. biffée*] qui [vient s'ajouter à la variété de *[ceux biffé] [*celles *corr. biffée]* que j'avais connus jusque là *biffé en définitive*] une journée [que *biffé*] dont *ms.* : une journée originale, qui venait s'ajouter à la variété de celles que j'avais connues jusque là, [journée *add.*] que je n'eusse jamais [pensé originale *biffé*] [pu imaginer *corr.*] — comme nous ne pourrions imaginer le repos [d'un jour d'été *add.*] si de tels jours n'existaient pas dans la série de ceux que nous avons vécus, — journée dont *dactyl. 1* ↔ *c.* à ce calme j'ajoutais maintenant *ms.* ↔ *d.* mon cœur [fut ci<catrisé> *biffé*] [redevint indifférent *biffé*] cicatrisé put se séparer *ms.* ↔ *e.* au Trocadéro, [je me le *biffé*] rappelai [avec plaisir *add.*] [comme *[une sorte biffé]* un jour d'été moral *biffé*] ce jour *ms.*

1. Voir *La Prisonnière*, t. III de la présente édition, p. 663.

Page 69.

a. du charme que j'avais *ms.* ↔ *b.* j'avais vécues et qui déjà rien qu'avec leur printemps, leurs arbres, leurs brises étaient déjà si tristes à cause du souvenir inséparable d'elle, la doublait d'une sorte d'année sentimentale *ms.* ↔ *c.* température, [non pas *biffé dactyl. 1*] [étaient mesurés *corr. dactyl. 1*] par l'essor *ms., dactyl. 1* ↔ *d.* adressées pendant [l' *biffé dactyl. 1*] [une *corr. dactyl. 1*] absence, [(mettre en son temps) *biffé dactyl. 1*] sa précipitation *ms., dactyl. 1*

Page 70.

a. leur importance. Si je laisse cette annexe là il faudra un [grand *biffé*] bon alinéa avant « Comment puisque Albertine n'était pour moi que des moments mais il vaudrait peut-être mieux mettre cette annexe (celle-ci — pas celle du verso suivant) ailleurs. / Comment *ms.* ↔ *b.* je revoyais *[2e §, 3e ligne]* l'une ou l'autre [chacune attachée à ce moment auquel maintenant encore elle me ramenait aussitôt *biffé*]. Tour à tour rapide et penchée [voûtée *biffé*] [sur sa roue mythologique de sa bicyclette comme si elle était *corr.*] les jours de pluie, sous [le caoutchouc qui était comme *biffé*] la tunique [guerrière *biffé*] [mythologique *corr. biffée*] de caoutchouc guerrier qui la coiffait de serpents, [faisait bomber ses seins sous une cuirasse grossière, et bosselait à ses jambes des genouillères comme à un chevalier de Mantegna quand elle semait la terreur dans les rues de Balbec montée sur *biffé*] en filant sur sa roue mythologique, ou bien (grosse, à gros grains, bonne). *[un blanc]* ou [blême, avec la voix provocante, changée, qu'elle avait quand elle avait bu du champagne par les *biffé*] les soirs où nous avions emporté du champagne dans les bois de Chantepie [et que j'essayais dans l'obscurité dans la voiture de distinguer la pâle chaleur de ses joues échauffées aux pommettes, je les approchais du clair de lune *biffé*] [ne pouvant distinguer dans l'obscurité de la voiture *corr. biffée*] la voix provocante, changée, avec cette [pâleur *biffé*] chaleur blême rougissant seulement aux pommettes que la distinguant mal dans l'obscurité de la voiture, j'approchais du clair de lune, et que j'essayais maintenant en vain de me rappeler, de revoir dans l'obscurité qui ne finissait plus. Petite statuette dans la promenade ses belles grosses joues près du pianola *[un blanc]* De sorte que [s' *biffé*] [ce *corr.*] il m'eût fallu [faire mourir *biffé*] anéantir en moi ce n'était pas une seule [c'étaient d'innombrables Albertine, une *biffé*] mais [toujours une autre Albertine prête à remplacer celle qui *biffé*] [d'innombrables Albertines *corr.*]. Chacune *ms.* : je revoyais l'une ou l'autre : rapide et penchée sur la roue mythologique de sa bicyclette, sanglée [...] bomber ses seins, sa tête enturbannée et coiffée [...] ange de la musique. *[un blanc]* [De sorte que ce qu'il eût fallu anéantir en moi, ce n'était pas une seule, mais d'innombrables Albertine. *biffé*] Chacune *dactyl. 1* ◆◆ *c.* était attachée à un moment [toujours là même c'est à ce moment qu'elle me replaçait. Je me rappelai que je n'avais jamais caressé Albertine sous son caoutchouc et je voulais le faire *biffé*] [dans lequel *biffé*] à la date duquel je me retrouvais replacé quand je revoyais cette Albertine. Et les moments *ms.* ◆◆ *d.* nous-même. [Il m'était arrivé une fois quittant pour toujours le *[pays *biffé*]* ville que j'ai jamais le plus aimée *biffé*] [Quand on revient d'un pays, il arrive que notre wagon arrêté croise dans une gare un train qui y va. Et je *biffé*] Jamais je n'avais [demandé à l'Albertine voyageu <se> *biffé*] caressé l'Albertine [voyageu <se> *biffé*] encaoutchoutée *ms.*

1. À plusieurs reprises dans le Cahier 54, Proust évoque des souvenirs qui impliquent qu'un premier récit ait été fait dans les textes précédant *Albertine disparue* (voir la Notice, p. 996 et n. 4). L'image d'Albertine ivre de champagne se trouve au folio 85 v° : « toute changée comme chaque fois qu'elle avait bu du champagne et de fait comme j'avais bu très peu elle avait presque bu une bouteille ». Le passage est suivi de l'indication : « Réplique quand elle est morte » ; l'image est annoncée aux folios 54-55 v^{os} : « Dans le morceau où je cite toutes les heures il faudra ajouter celui-ci » ; elle est suivie de « Et je dirai une fois le morceau fini parce que les êtres ne sont pour nous que des moments / ainsi chaque heure c'était une nouvelle Albertine » (f° 86 v°). Proust n'a pas exactement reproduit l'épisode prévu, c'est en buvant une bouteille de cidre qu'Albertine se trouve ainsi changée dans les promenades du deuxième séjour à Balbec (voir *Sodome et Gomorrhe II*, t. III de la présente édition, p. 403). L'image d'Albertine en bicyclette les jours de pluie n'a pas été reprise dans le premier séjour à Balbec où, l'on s'en souvient, il faisait toujours beau. L'image de la statuette, en voiture, dans la promenade

au Bois, se trouve esquissée à plusieurs reprises dans le Cahier 54, de même que la figure en gros plan près du pianola, mais ne laissent qu'une trace légère dans *La Prisonnière* (voir t. III de la présente édition, p. 874).

Page 71.

a. à d'autres, et [dont à d'autres je ne pourrais jamais demander l'équivalent *biffé*] qui [inspiraient *biffé*] excitaient maintenant *ms.* ◆◆ *b.* entre deux [réalités *biffé*] faits [incompatibles tant ce qui s'excl <uait> *biffé*] décider quel était le vrai celui de la mort d'Albertine [venu à moi *biffé*] [appris par *biffé*] — venu pour moi d'une réalité que je n'avais pas connue, sa vie en Touraine — était en contradiction avec toutes mes pensées relatives à Albertine elle, [toutes empruntées au répertoire de *biffé*] sa vie, [toutes impliquant évoquant *biffé*] impliquant [sa vie, mes désirs, mes regrets, ma jalousie, mon attendri<ssement>, ma tendresse pour elle, ma colère contre elle, mon attendrissement, mes désirs, mes regrets *biffé*] [mes désirs, mes regrets, mon attendrissement, ma fureur *corr.*], ma jalousie, [car ma douleur n'étant *biffé*] [ma mémoire en *[*conservait *biffé]* gardait une tendresse, lui laissait sa variété *biffé*] une telle [variété *biffé*] richesse *ms.* ◆◆ *c.* jalousie. [Certains mome<nts> *biffé*] [parfois j'étais surpris d'être tour à tour presque indifférent à sa mort d'autres fois emporté *biffé*] Je n'étais pas *ms.* ◆◆ *d.* soupçon jaloux. [Si j'avais peine à penser qu'Albertine si vivante en moi, peut-être était-il aussi contradictoire qu'Albertine que je savais morte *[*pût exciter encore ma jalousie *biffé]* qui n'était plus rien, qui ne *[*se refermerait *biffé]* reviendrait jamais plus qui ne pouvait plus éprouver de plaisir avec d'autres pût encore exciter ma jalousie. Si ma tendresse avait pu se mettre à jour, peut-être, mais *[*l'aimer *biffé]* c'était impossible parce que *biffé en définitive*] Si j'avais peine *ms. En marge des lignes biffées, Proust a rédigé une première version de l'appel à Aimé (voir p. 74), version qui a été reproduite dans les dactylogrammes, puis supprimée dans dactyl. 1, y laissant un blanc :* Ces soupçons devinrent par moments si cruels que je priai Aimé encore à Paris à ce moment-là d'aller faire une [double *biffé*] enquête à Balbec sur la vie qu'y avait menée Albertine. Il me promit d'[avoir *biffé*] y obtenir un congé à la fin du mois et je lui remis [deux *add.*] mille francs pour son voyage *ms.*

Page 72.

a. ce temps nouveau qu'il [fait *corrigé par surcharge en* faisait] [soleil ou pluie *biffé*], me rappelait *ms.*

Page 73.

a. par lequel *[p. 73, dernière ligne]* Albertine, Dieu sait pourquoi, était [à Balbec *add.*] [allée faire, par exemple *biffé*] sous la pluie [dans l'armure de *biffé*] [menaçante *corr.*] par exemple, allée faire *ms.* ◆◆ *b.* Ainsi [peu de temps après sa mort je me rappelai que *biffé*] [il y avait *corr.*] plusieurs années [auparavant à propos d'un *biffé*] [comme on parlait de son *corr.*] peignoir *ms.* ◆◆ *c.* douches. [Peu de temps après la mort d'Albertine j'aperçus tout d'un coup ce souvenir, aussitôt il *biffé*] [je ne voyais plus que lui je voulais l'éclaircir *biffé*] mais par peur *ms.*

Page 74.

a. vision intérieure *[p. 73, fin du 2e §]*, [Parfois je me heurtais, *[...]* dire). *add.*] Sans *ms.* ◆◆ *b.* — parce qu'ils sont, si nous les payons bien, [capables de nous servir avec *biffé*] [d'obéir *biffé*] [se montrent *biffé*] dans leur obéissance à notre volonté [aussi *biffé*] incapables [d'indiscrétion et de mollesse que de scrupules — c'est-à-dire de *biffé*] suppriment *ms.* ◆◆ *c.* je pensai [je pense qu'il eût mieux valu pouvoir aller *[*demander cela *biffé]* m'informer moi-même à Balbec *biffé*] combien il eût mieux valu que [la question *biffé*] [ce *corr.*] qu'il allait essayer de [répondre *biffé*] apprendre là-bas [il eût mieux valu que *biffé*] je pusse [maintenant la poser *biffé*] la demander maintenant *ms.*

1. « Rien d'autre » renvoie au souvenir d'Albertine rougissant « comme on parlait de son peignoir de douche » (p. 73, 2e §). Avant l'addition du paragraphe commençant par « Parfois je me heurtais » (voir var. *a*), l'enchaînement était plus clair.

Page 75.

a. passés [à côté d'elle *biffé*] à parler *ms.* ◆◆ *b.* une volupté [infinie que je ne percevais pas alors mais qui sans doute *biffé*] [qui alors *corr.*] n'avait *ms.*

Page 76.

a. On trouve dans la marge du manuscrit cette mention biffée : mettre peut-être cela plutôt pour des souvenirs (voir le brouillon 8e verso du cahier de brouillon VIII)

Page 77.

a. que j'avais rêvée [et crue impossible, le soir où elle avait couché sous le même toit que moi, au Grand Hôtel de Balbec. *biffé dactyl. 1*] / La conversation *ms., dactyl. 1*

Page 78.

a. et peut-être m'expliquant alors [le singulier acharnement qu'elle mettait *biffé*] [pourquoi elle *corr.*] s'obstinait à me cacher son secret, j'aurais évité de prolonger [le conflit *biffé*] entre cet acharnement étrange et mon invariable pressentiment ce conflit *ms.* ◆◆ *b.* je bénéficiais en quelque sorte de [sa mort ses trahisons et *biffé*] sa mort, car [quelle femme est-il une femme dont la possession pourrait être aussi précieuse que celle des vérités qu'elle nous découvre une femme ne peut jamais autant pour nous en nous rendant heureux qu'en nous faisant souffrir et il n'y en a pas une seule dont la possession puisse être aussi précieuse que celle des vérités que le chagrin nous découvre *biffé*] car une femme *ms.* ◆◆ *c.* la voir, [*[*par le *biffé]* [en vertu du *corr.]* même esprit fétichiste qui fait dire aux *biffé en définitive*] comme les enfants *ms.*

Page 79.

a. plusieurs lieues [ou comme ces journaux suisses où on voit en petits caractères : la guerre mondiale, les récents combats, un million de pertes — et en caractères immenses qui font croire que c'est l'événement capital : un succès pour la maison Zeiler de Lausanne à l'exposition de Grenoble. Mettre cet exemple ailleurs *add. ms., biffé dactyl. 1*] D'ailleurs *ms., dactyl. 1* ◆◆ *b.* d'autres êtres ne montraient-ils *ms.* ◆◆ *c.* de mon ventre, [de tout mon corps, *biffé*] ces caresses *ms.*

Page 80.

a. mystérieuse douceur *[p. 79, dernière ligne]* d'une pénétration. / [Ces choses *biffé*] Toute [cette vie *biffé*] [ces instants *corr.*] si [douce *corrigé par surcharge en* doux] que rien *ms.*

Page 81.

a. opposées. [Et certes la principale opposition (l'art) n'était pas manifestée encore *biffé dactyl. 1*] En perdant *ms., dactyl. 1* ◆◆ *b.* une mort rapide. [L'engrenage avait fonctionné si vite, l'évolution de notre amour interrompue, retardée, avait ensuite été si rapide, je lui prêtais du mystère alors *biffé dactyl. 1*] *[6 lignes biffées, illisibles, dans ms.]* [Car *biffé dactyl. 1*] les êtres *ms., dactyl. 1* ◆◆ *c.* de tout être, tout pays que l'imagination nous a fait paraître différent [je ne l'avais pu sans influer à mon insu sur la vie d'Albertine *biffé*] [les essais de psychologie que nous élaborons *biffé*] [Peut-être ma fortune, les perspectives d'un beau mariage l'avaient attirée vers moi ma jalousie, ce *biffé*] et de pousser chacune de nos joies profondes vers sa propre destruction, je ne l'avais pu *ms.* : de tout être [, (tout pays que l'imagination nous fait paraître différent et de pousser chacune de nos joies profondes vers sa propre destruction) *biffé*]. Je ne l'avais pu *dactyl. 1*

Page 82.

a. qui fournit [un peu plus loin quelques unes de ses péripéties *biffé*] [à quelque distance son « action » *corr.*] au roman purement réaliste d'une autre réaliste *[sic]* d'une autre existence, et duquel à leur tour *ms. Malgré les corrections apportées sur dactyl. 1, la phrase demeure obscure.* ◆◆ *b. On lit dans la marge de ms. la mention biffée :* tout cela serait mieux du vivant d'Albertine.

1. Parmi les nombreuses et souvent concises pièces de piano de Schumann ne figure aucune ballade. Proust a peut-être pensé à Chopin, dont les ballades sont construites selon le processus ici décrit : lenteurs et silences au début, mouvement *furioso* à la fin. Quant aux nouvelles de Balzac, on pensera plutôt aux romans courts. Une note

dans les papiers du *Contre Sainte-Beuve* est tout à fait éclairante : « Bien montrer pour Balzac (*Fille aux yeux d'or, Sarrazine, La Duchesse de Langeais*, etc.) les lentes préparations, le sujet qu'on ligote peu à peu, puis l'étranglement foudroyant de la fin » (*Contre Sainte-Beuve*, Bibl. de la Pléiade, p. 289).

2. L'indication horaire semble davantage un effet de réel qu'une allusion à un train précis. Dans *Du côté de chez Swann*, c'est le train d'1 h 22 (t. I de la présente édition, p. 378) ; bientôt, ce sera celui d'1 h 50 (voir p. 153).

Page 83.

a. un point de vue [tout humain et positif *biffé*] [presque physiologique *corr.*] pouvais-je *ms.* ♦♦ *b.* rien ». [Albertine n'était pas Gilberte *biffé*] Je ne pouvais *ms.*

Page 84.

a. me tenter [une fois que le corps de Gilberte, à cause d'une trop longue séparation *biffé dactyl. 1*] incarnées *ms., dactyl. 1* ♦♦ *b.* me figurer son concert. Bien plus *ms.* ♦♦ *c.* Kermaria *ms. Cette variante est récurrente. Nous ne la relèverons plus.*

Page 85.

a. de femmes, *[p. 84, dernière ligne]* et cela en ôtant *[plusieurs mots illisibles]* à mon amour pour Albertine suffisait à mon *[un mot illisible]*. La femme *ms.* : de femmes, et cela [en *biffé*] ôtait toute nécessité à mon amour pour Albertine. La femme *dactyl. 1*

Page 86.

a. l'opinion, [l'idée pour qui les avantages sociaux ne sont que matière inerte et transformable ; (bien dire en son temps cette distance supprimée quand elle est aimable avec moi, dire alors ainsi c'était la plus noble, la plus riche, la plus belle qui désirait, et aussi la princesse de Guermantes me voir etc.) *biffé dactyl. 1*] ; d'une façon *ms. dactyl. 1. Nous maintenons, pour des raisons de sens, le passage biffé précédant la parenthèse.* ♦♦ *b.* n'avait agi [, comme dans ces guerres modernes où les préparations de l'artillerie, la formidable portée des engins, ne *[*font *biffé] [*fait *corr.]* que retarder le moment où l'homme se jette sur l'homme et où c'est le cœur le plus fort qui a le dessus *biffé dactyl. 1*]. [Il faudra, pendant que j'y pense, regarder si dans un tout autre ordre d'idées quand elle est partie j'irai jusqu'à dire : Ce serait à celui qui saurait tenir et comme M. de Norpois devait le dire sans cesse quelques années plus tard celui qui « saurait souffrir un quart d'heure plus que l'autre *[la fin de cette note est illisible]* *biffé ms.*] Sans doute *ms., dactyl. 1* ♦♦ *c.* et est resté *ms., dactyl. 1. Nous corrigeons.* ♦♦ *d.* peut-être quelqu'un était jaloux d'elle et l'éloignait des autres, [que *add.*] je ne la reverrais *dactyl. 1. Nous adoptons la leçon de ms.*

Page 87.

a. analogue à elle que [j'eusse aimé ses amies *biffé*] je me fusse plu *ms.* ◆◆ *b.* à Balbec, [si j'avais mensongèrement préparé de lui dire pour ne pas avoir l'air de tenir à elle : « Hélas si seulement vous étiez venue il y a quelques jours, maintenant j'en aime une autre mais cela ne fait rien, vous pourrez me consoler » *biffé dactyl. 1*] un peu avant la visite d'Andrée [si *add. dactyl. 1*] Albertine me [manquât *corrigé par surcharge sur dactyl. 1 en* manquait] de parole *ms. dactyl. 1* ◆◆ *c.* quand j'avais [connu *biffé dactyl. 1*] [su *corr. dactyl. 1*] que *ms., dactyl. 1* ◆◆ *d.* qu'on [est *biffé dactyl. 1*] [soit *corr. dactyl. 1*] rendu moins amoureux [...] de cet être on [finit *biffé dactyl. 1*] [finisse *corr. dactyl. 1*] par ne plus *ms., dactyl. 1*

Page 88.

a. comme une allégorie [bien affaiblie *biffé dactyl. 1*] de tant *ms., dactyl. 1* ◆◆ *b.* qui [détermine l'amour *biffé*] [fixe un choix *corr.*], l'imagination *ms.* ◆◆ *c.* dans un roman [de Bergotte *biffé*] que j'avais lu *ms.* ◆◆ *d.* nous avons beau [savoir ce que nous voulons *biffé*] [connaître notre volonté *corr.*], les autres êtres ne [nous *biffé*] [lui *corr.*] obéissent *ms.* ◆◆ *e.* nous les avons [proférées *biffé*] [dites *corr.*] en des paroles *ms.*

Page 89.

a. insu [mensongers en deçà de la réalité plus profonde que nous ne pouvons pas apercevoir, vrais au delà, vrais psycholog<iquement> rien que *biffé*] mensonges *ms.* ◆◆ *b.* elle avait peut-être [imploré le *biffé*] [appelé au *corr.*] secours *ms.*

1. Allusion à la célèbre formule des *Pensées* de Pascal : « Vérité au-deçà des Pyrénées, erreur au-delà » (Brunschvicg, 294).

Page 90.

a. reconnaître, nous n'avions compris l'un et l'autre où était notre bonheur, ce que nous aurions dû faire, que quand, que parce que ce bonheur n'était plus possible, que cela nous ne pouvions plus le faire ; soit que tant que les choses sont possibles on les diffère, soit qu'elles ne puissent prendre *ms. Les corrections portées sur dactyl. 1 aboutissent au texte final.* ◆◆ *b.* assimilables aux [vaines *biffé*] images [inconsistantes *corr. biffé*] [aux souvenirs laissés qui n'ont aucune *biffé*] [sans *corr.*] consistance, *ms.* ◆◆ *c. En face du paragraphe qui commence, Proust a écrit, puis biffé, dans la marge de ms. la mention suivante :* Resserrer prendre un ton bref. ◆◆ *d.* substitué. — . Pourquoi *ms. Le signe* . — . *indique un alinéa ; cette indication ne fut pas respectée lors de l'établissement de la dactylographie.* ◆◆ *e.* Pauvre petite, [en inventant ensuite ce roman inimaginable *add. biffée*] elle avait eu *dactyl. 1. Voir p. 91, 2e et 3e lignes.*

1. Voir *Sodome et Gomorrhe II*, t. III de la présente édition, p. 226-228 ; ici, p. 136.

Page 91.

a. se confesser à moi. [Elle avait peut-être voulu le faire au moment *biffé*] [Peut-être sa vie avec moi lui était-elle apparue à elle-même comme ce qu'elle avait de plus cher au monde, au moment où elle avait été projetée contre l'arbre, où elle s'était tuée. Mais maintenant elle *biffé*] Et maintenant *ms.*

Page 92.

a. quelquefois [à garder ceux que nous avons aimé, comme témoins de *corrigé en* à les garder après leur mort comme amis] [par la *biffé*] de peur de les avoir aussi pour juges ? *ms.* ⬥⬥ *b.* Gilberte. [C'est ce qui me fit notamment envoyer Aimé à Balbec, car je sentais que sur place il apprendrait bien des choses. *biffé dactyl. 1*] Si elle avait pu *ms., dactyl. 1*

1. Voir *À l'ombre des jeunes filles en fleurs, I*, t. I de la présente édition, p. 612-613 ; ici, p. 270.

Page 93.

a. Il [me *biffé*] fallait [celle du corps, ce que je voulais c'est qu'elle ne fût pas morte, *biffé*] que [tout se passât quand je serais mort *biffé*] après ma mort, *ms.* ⬥⬥ *b.* mort du plaisir que *ms., dactyl. 1. Nous corrigeons en raison de la suite, qui suppose un pluriel.* ⬥⬥ *c.* Mais mon souvenir [enfermé *biffé*] [borné au passé *corr. biffée*] [dans la *biffé*] [par la nature *biffé*] [les limites fermées *corr. biffée*] [de la mémoire *biffé*] [dans le passé d'où il ne peut sortir, voulait revoir tel moment qu'elle a vécu, ne pouvant revoir *biffé*] n'évoquant [connaissant *add. biffée*] d'elle que des moments, [voulait *biffé*] demandait [le miracle enfantin *biffé*] de la revoir *ms.* ⬥⬥ *d.* avait vécu [. Et en même temps que vivante en son corps, je la voulais cependant morte, m'accordant toutes les explications *biffé*] ce qu'il voulait *ms.* ⬥⬥ *e.* du passé. [Et pourtant je la voulais soustraite aux lois de la vie, m'accordant, après sa mort, comme après *[*le *biffé]* un dénouement où tout s'arrange *biffé*] [Je ne gardais de sa mort que le bénéfice d'un dénouement *[*qui simplifie tout *add. biffée]* où tout s'arrange ou enfin elle m'expliqu<ait> m'accordait aisément les explications, les satisfactions qu'elle me refusait pendant sa vie. *biffé*] [Pourtant cette créature vivante m'accordait aisément les explications, les satisfactions qu'elle m'avait refusées pendant sa vie, *biffé*] [Pourtant cette créature vivante *[...]* sa vie. Et *corr.*] ainsi sa mort *ms.*

Page 94.

a. le hasard ne m'avait pas permis comme il avait fait pour cette conversation sur le peignoir et par la rougeur d'Albertine *ms.* ⬥⬥ *b.* j'avais fait un sort à cette journée-là, que *C'est sur ces mots que se termine le Cahier XII du manuscrit. À partir de* à cette journée-là, que *, c'est le Cahier XIII qui constitue le manuscrit. On trouve dans dactyl. 1, au haut de la page 699, la note :* Vu par Marcel jusqu'à 780 *. Voir la Notice, p. 1032 et la Note sur le texte, p. 1041.* ⬥⬥ *c.* l'emploi, [elle ne se *[...]* pas d'existence. *biffé ms., add. dactyl. 1*] Les choses, *ms., dactyl. 1* ⬥⬥ *d.* du reste. [Le désir *biffé*] [si j'avais désiré *corr.*] [après des années *biffé*] [depuis longtemps *corr.*] savoir *ms.*

1. C'est à peu près le contenu de la lettre de Mme Bontemps que le héros reçoit à Venise dans une première version ; voir l'Esquisse VI.3, p. 653-654.

2. Voir l'Esquisse IV, p. 644-647.

Page 95.

a. la réalité, [pour me débarrasser de leur obses<sion> *biffé*] parce que seuls *ms.* ⬥⬥ *b.* parce que, [simples échantillons choisis au hasard dans la réalité, c'était elle *biffé*] le hasard même qui les avait choisis *ms.* ⬥⬥ *c.* en contact. *[11 lignes plus haut]* [Et puis sur un seul fait, s'il est certain ne peut-on pas, comme le savant qui expérimente, dégager la vérité pour tous les ordres de faits semblables. *1re rédaction non biffée*] [Et puis un seul petit fait, s'il est bien choisi ne *[*permet-il pas *biffé]* suffit-il pas à l'expérimentateur *[...]* avait beau n'exister dans ma mémoire comme elle m'était nécessairement apparue au cours de la vie que comme des fractions de temps, ma pensée rétablissant *[...]* elle m'avait quitté *2e rédaction marginale*] Ce qui dirait la doucheuse [si elle *biffé*] pourrait *ms.* : en contact. [Et puis sur un seul *[comme dans ms.]* semblables. *biffé*] Et puis un seul petit fait [...] analogues. Albertine avait beau n'exister dans ma mémoire [comme *biffé*] [telle que *corr. biffée*] [qu'à l'état où *corr.*] elle m'était successivement apparue au cours de la vie [que comme des *biffé*] [c'est-à-dire subdivisée suivant une série de *corr.*] fractions [...] m'avait quitté. Ce que dirait la [duchesse *biffé*] [doucheuse *corr.*] pourrait *dactyl. 1. L'erreur de lecture* duchesse *pour* doucheuse *est constante dans toute cette partie de dactyl. 1. Un correcteur manifestement posthume a biffé en croix, sur dactyl. 1, à la fois la phrase biffée par Proust de* Et puis sur un seul fait *à* semblables. *, et sa reprise de* Et puis un seul petit fait *à* analogues. *Nous conservons cette dernière phrase. Dans le manuscrit, en face de l'addition marginale du fo 2 ro Proust a écrit :* Quelque part quand je dis qu'un nom, même une même syllabe d'un nom suffisait à ma mémoire comme à un bon électricien qui se contente du moindre corps bon conducteur pour rétablir le courant, entre Albertine et mon cœur *(voir p. 118, 2d §).*

1. Dans *La Prisonnière*, c'est M. de Charlus qui blâme « cette habitude vieille de tant d'années, de l'ajournement perpétuel, de ce que M. de Charlus flétrissait sous le nom de procrastination » (t. III de la présente édition, p. 594).

Page 96.

a. le lendemain. [Je vais donc transcrire *[*la lettre *biffé]* le texte de la lettre d'Aimé mais il faudrait pouvoir en même temps décrire les souffrances qu'elle produisait dans mon cœur et qui eurent pour effet d'associer indissolublement *biffé*] C'est ce qui explique *ms.* ⬥⬥ *b.* lettre d'Aimé que j'ai [retiré officiellement *biffé*] séparé d'une façon *ms.*

Page 97.

a. face-à-main. [Elles n'arrivaient pas ensemble, mais elles se retrouvaient là et prenaient une seule cabine pour elles deux *biffé*] Mais (Mlle A) venait *ms.* ↔ *b.* Mlle A entrait me disait de laisser *ms.* ↔ *c.* les siens. [je ne vois plus rien d'intéressant à dire à Monsieur et *biffé*] J'attends *ms.* ↔ *d. Dans ms., une croix renvoie à une note marginale :* N.B. je ne mettrai pas d'autre faute d'orthographe dans la lettre d'Aimé

Page 98.

a. devant moi [un fragment si petit *biffé*] dans cette arrivée d'Albertine à la douche [par la petite rue *add.*] avec la dame en gris, un fragment de ce passé qui [inclus dans la mémoire d'Albertine m'avait semblé si mystérieux. Et en effet il l'était bien pour moi *biffé*] [ne me *corr.*] semblait *ms.* ↔ *b.* Sans doute [pour tout autre ces détails avaient pu paraître insignifiants *biffé*] [tout autre que moi *[...]* une sorte de probabilité *corr.*] [Mais l'état intérieur avec lequel on aborde un fait *biffé*] [quelque chose d'objectif n'est pas pareil, selon l'état intérieur avec lequel différent spectateur l'aborde. *[*Le plaisir d'un homme ivre n'est pas motivé *biffé]* La douleur est un modificateur aussi puissant que l'ivresse. Pour Albertine elle-même sans doute peut-être *biffé*] Il est même probable qu'à Albertine [ses propres fautes fussent apparues *[*dépour < vues > *biffé]* innocentes ou blâmables, délicieuses ou fades, dépourvues de cet inexprimable sentiment d'ho < rreur > si j'avais pu la revoir lui dire : « Pourquoi m'as-tu menti ? » *biffé*] [même s'ils avaient été vrais, si elle les avait avoués *corr.*] ses propres fautes *ms.* ↔ *c.* Mlle de Silaria, pour *ms.*

Page 99.

a. son pourboire. [Tout de même je l'aimais davantage maintenant, elle était loin, la présence en écartant de nous la seule réalité celle qu'on pense, adoucit les souffrances, et l'absence les ranime, avec l'amour *add. ms., biffé dactyl. 1*] / Sans doute *ms., dactyl. 1*

1. Voir var. *b*, p. 98.

Page 100.

a. Les noms *[p. 99, dernière ligne]* de ces stations Apollonville (copier les noms) devenus *ms.* : Les noms de ces stations [Apollonville (copier les noms) *biffé*] devenues *dactyl. 1. On trouve en marge de dactyl. 1 la liste suivante :* Toutainville, Evreville, Incarville, [Doncières *biffé*] *. Puis, on peut lire une seconde liste, entièrement biffée et portant la mention :* à vérifier *. Nous donnons maintenant cette seconde liste :* Infreville Toutainville Evreville Derville Incarville Doncières ; *. Nous insérons dans le texte la première liste et corrigeons* Evreville *en* Epreville *(comparer avec « Sodome et Gomorrhe », t. III de la présente édition, p. 486. Voir aussi la Notice, ibid., p. 1246).*

1. Confusion probable avec Saint-Mars-le-Vêtu ; voir *Sodome et Gomorrhe II*, t. III de la présente édition, p. 403.

Page 101.

a. mon isolement. [Le mystère qu'il y avait dans cette impossibilité *biffé*] [Pourtant si l'impression de ce qu'il y avait de solennellement définitif dans ma séparation d'avec Albertine substituait en ce moment à l'idée de ses fautes le *biffé*] Le douloureux mystère de cette impossibilité [de la revoir les aggravait pourtant encore en leur donnant quelque chose d'irrévocable d'irrémédiable *biffé*] de jamais lui faire savoir [...] au mystère plus douloureux de [ses fautes qui n'en étaient malgré cela qu'aggravées parce que justement cette idée de ce qu'il y avait de solennellement définitif dans ma séparation d'avec Albertine leur conférait quelque chose d'irrémédiable *biffé*] [sa conduite *corr.*] Quoi ? avoir *ms.* ↔ *b.* de désirer que [dans un siècle le public s'occupe encore *biffé*] de nous-même *ms.* ↔ *c.* une parole [oubliée que m'avait dite autrefois ma *biffé*] de ma grand-mère *ms.*

Page 102.

a. le pourboire. [Mais ma mémoire était comme ces mers qu'un ennemi a semé de mines invisibles, la navigation n'y était pas sûre. Tout d'un coup je heurtai un souvenir que *biffé*] [une bonne manière de savoir la vérité serait d'envoyer Aimé à Nice dans le voisinage du château de la tante d'Albertine. Si Albertine *[avait biffé]* aimait ces *[goûts biffé]* plaisirs, si la privation de les satisfaire l'avait fait me quitter, elle m'avait quitté pour les satisfaire *[une ligne de bas de page illisible]* *biffé*] J'avais bien entendu *ms.* ↔ *b.* peu à peu [et par intermittences *biffé*] à me défaire *ms.* ↔ *c.* en pensant à Balbec, [l'image revue par hasard de la salle à manger le soir, avec, de l'autre côté du vitrage toute cette population entassée *biffé dactyl. 1*] à cause de l'image soudain revue ([et *add. dactyl. 1*] qui jusque-là ne m'avait jamais fait souffrir et me paraissait [même *add. dactyl. 1*] une des plus inoffensives de ma mémoire) [à cause de *add. biffée dactyl. 1*] l'image revue par hasard de la salle à manger [...] comme devant le vitrage lumineux d'un aquarium [les étranges êtres se déplacer dans la clarté mais *biffé dactyl. 1*] faisant se frôler *ms., dactyl. 1*

1. On ne trouve pas de détails aussi précis dans « Combray » mais les idées de Françoise sur la fortune donnée à Eulalie par la tante Léonie y sont de cet ordre. Voir t. I de cette édition, p. 105-107.
2. Voir l'Esquisse IV, p. 644-645.

Page 103.

a. le chroniqueur [artistique *biffé*] [du « salon » *corr.*] Devant *ms.* ↔ *b.* pouvaient [éveiller dans mon cœur l'idée quelque idée se rapportant à Albertine, ou à l'amour, ou à l'absence *biffé*] se rattacher *ms.* ↔ *c.* minutes mutilées [qui souffraient dans mon cœur *biffé dactyl. 1*] Même quand *ms., dactyl. 1*

1. Vestige, non corrigé sur le dactylogramme (voir déjà n. 1, p. 20), d'une localisation de la villa de Mme Bontemps sur la Côte d'Azur.

Page 104.

a. elle était là [ouvrir la porte de sa chambre allumer mon bougeoir m'asseoir devant le *biffé*] [entrer dans sa chambre chercher de la lumière m'asseoir près du *corr.*] pianola *ms.* ◆◆ *b.* Aimé [à Nice *biffé dactyl. 1*] [en Touraine *corr. dactyl. 1*], passer *ms., dactyl. 1* ◆◆ *c.* même [si l'on doit le revoir dans quelques heures *biffé*] [l'on ne doit cesser de le voir *corr. biffée*] s'il ne reste *ms.* ◆◆ *d.* aussi la mort [laisse-t-elle subsister des rêveries *[plusieurs mots illisibles]* amour. Ce qui explique que pendant les mois qui suivirent la mort d'Albertine *biffé*] [ne change-t-elle pas grand chose *corr.*]. Quand Aimé *ms.*

Page 105.

a. payait [la souffrance *biffé*] le mal *ms.* ◆◆ *b.* les plus intéressantes. [Je reviens à Paris ce soir pour les dire à Monsieur. *biffé*] [ai plein de nouvelles *[choses biffé]* pour Monsieur. Lettre suit *corr.*] » Le lendemain *ms.* ◆◆ *c. Au verso de ms., on lit dans une bulle le texte suivant qui a été finalement biffé :* Le lendemain vint une lettre dont l'enveloppe seule me fit frémir ; j'avais reconnu qu'elle était d'Aimé ; car chaque personne même la plus humble, a [ces petits êtres familiers *biffé*] sous sa dépendance ces petits êtres familiers [à la fois vivants et couchés en une sorte d'engourdissement sur le papier *add.*] qui ne sont qu'à lui seul, les caractères de son écriture et dont la vue annonce aussitôt celui qui les possède ; [petits êtres morts nés, ou plutôt couchés sur le papier en une espèce d'engourdissement, dont bien *biffé*] Ou bien mettre cette phrase sur les caractères de l'écriture pour la duchesse de Guermantes ou une autre et alors supprimer même les plus pauvres (prendre Cahier) ◆◆ *d.* au bord de la [mer *biffé dactyl. 1*] [Loire *corr. dactyl. 1*] quand *ms., dactyl. 1* ◆◆ *e.* au bord de [la mer *biffé dactyl. 1*] [l'eau *corr. dactyl. 1*], à un endroit *ms., dactyl. 1* ◆◆ *f.* comme il [fait *corrigé sur dactyl. 1 en* faisait] très chaud déjà là-bas et que ça [tape *corrigé sur dactyl. 1 en* tapait] dur *ms., dactyl. 1*

Page 106.

a. dans l'eau. [Ce soir *biffé*] là *ms.* ◆◆ *b.* anges) [et, même *biffé*] et elle [était si énervée *add.*] ne pouvait *ms.* ◆◆ *c.* habile. » / [En ayant trop cherché il y a deux mois à *[savoir ce que biffé]* connaître les actions d'Albertine je n'avais réussi qu'à la faire partir de chez moi. Main<te-nant> *biffé*] [j'avais moins souffert à, je n'avais pas tant *biffé*] j'avais bien souffert *ms.* ◆◆ *d.* Mais du moins [l' *biffé*] de cette Albertine [je gardais le souvenir de *add. biffée*] [que *biffé*] j'avais aimée [restait dans mon cœur qu'elle gonflait comme un fruit *biffé*] restait dans mon cœur. Maintenant [pour *biffé*] [à sa place — pour une punition d' *corr.*] avoir [malgré sa mort depuis sa mort estimé poursuivi *biffé*] poussé plus loin *ms.* ◆◆ *e.* la mort n'avait pas [interrompue *biffé*] mis fin — [ce n'est plus seulement de ma maison, c'est de mon cœur que je venais de faire sortir l'Albertine que j'avais aimée. Elle venait d'y être remplacée par une jeune fille nouvelle qui m'avait toujours menti *biffé*] ce que je trouvais *ms.*

1. Voir *Sodome et Gomorrhe II*, t. III de la présente édition, p. 499-500.

Page 107.

a. En marge de ms., en regard de ces lignes, Proust a noté : Quand M. de Charlus [veut me consoler *biffé*] est triste aussi ; nous disions bien des phrases pareilles. Mais bien que dans le même état d'esprit nous ne pouvions pas nous consoler. Car le chagrin est égoïste, et ne peut recevoir de remède de ce qui ne le touche pas ; [ce n'était pas que M. de Charlus eût eu de la *biffé*] la peine de M. de Charlus eût été causée par une femme qu'elle eût été aussi éloignée de la mienne du moment qu'elle n'eût pas été causée par Albertine *Ceci renvoie à une conversation qui a finalement disparu d'« Albertine disparue » ; voir les Esquisses I.3 et I.4, p. 633-639.* ↔ *b.* qu'il y a pris. / [Ces mots « Tu me mets aux anges » en s'ajoutant à l'image d'Albertine non pas seulement comme une coquille au Bernard l'Hermite qui s'en est emparé et par laquelle sa forme est changée, mais comme un sel qui s'ajoute à un autre ne *[*changerait *biffé]* changeant pas seulement la couleur de toutes les pensées se rapportant à Albertine, ils avaient fait d'elle un être d'une autre *[*sorte *biffé]* nature, par une sorte de précipité. *biffé*] Ces goûts niés *ms.* ↔ *c.* bien plus, [par une sorte de précipité, *biffé dactyl. 1*] la nature *ms., dactyl. 1*

1. À Balbec, pour la séance de photographie. Voir *À l'ombre des jeunes filles en fleurs*, t. II de la présente édition, p. 144-145.

2. Sur la double nature de l'homosexuel, voir l'Esquisse I.4, p. 635 et suiv.

Page 108.

a. ennemi et espionne, bien plus traîtreusement même qu'une espionne *ms.* ↔ *b.* au bord de la mer bien plus qu'elle n'avait été pour moi à Balbec dans leur double *ms.* : au bord [de la mer *biffé*] [de l'eau *corr.*] [bien plus *[comme dans ms.]* à Balbec *biffé*] dans leur double *dactyl. 1*

1. Voir l'Esquisse VIII, p. 656-661. Le motif des baigneuses dans un paysage est extrêmement fréquent dans toute la peinture symboliste. La description de Proust fait penser aux compositions de Puvis de Chavannes ; le peintre Monticelli, dont les tableaux jouent le rôle de ceux d'Elstir dans un ancien brouillon (voir l'Esquisse XIII, p. 686 et n. 2), a peint des *Baigneuses* qui sont au Louvre. Il est aussi permis de penser aux *Baigneuses* de Renoir, puisque Elstir emprunte des traits, tantôt à des symbolistes, tantôt à des impressionnistes.

Page 109.

a. morsure. » [Après tout il n'est pas plus extraordinaire de souffr<ir> *biffé*] Sans doute *ms.* ↔ *b.* éprouvé. Après tout il n'est pas plus absurde de [désirer *biffé*] regretter qu'une personne qui est morte [ne sache pas *biffé*] ignore qu'elle [n'a pas *add.*] réussi à nous tromper que de désirer que dans deux cents ans, quand nous serons mort nous-même, notre nom soit connu des hommes. [La mort est une barrière fictive pour la pensée qui projette *biffé*] Ce que nous sentons *ms.* : éprouvé. [Après tout *[comme dans ms.]* connu des hommes *biffé*] Ce que nous sentons *dactyl.* 1. *En marge de la phrase biffée sur dactyl.* 1, *on trouve la mention :* p. 712 *qui indique une répétition ; voir p.* 101.

1. Proust pensait peut-être à une *Léda* de Jean Boldini dont il demande à Maria de Madrazo si elle a été photographiée (lettre de février 1916, *Correspondance*, t. XIV, p. 58).

Page 110.

a. en de nombreuses [Albertine qui était le mode selon lequel elle avait existé pour moi et existait encore en moi. Les Albertine qui n'étaient qu'un moment de bonté, ou d'intelligence, ou de *biffé*] [parts, en de nombreuses Albertine qui était son seul mode d'existence en moi. *corr.*] Des moments *ms.* ◆◆ *b.* Car s'il [ne tenait lui-même *[*qu'à *biffé]* seulement *[*à la manière limitée d' *biffé]* aux limites *biffé*] n'était pas en lui quelque chose *ms.* ◆◆ *c.* je sentis disparaître [cette cloison qui nous séparait, pareille à celle *[*impalpable et si résistante *add. interl.]* qui après une brouille s'élève entre deux amoureux et contre laquelle *[*viennent vainement se briser *biffé]* se briseraient vainement les baisers *biffé*] Du moment *ms. ; dactyl.* 1 *rétablit* cette cloison qui nous séparait .

Page 113.

a. si humble, *[p. 112, 2e §, 6e ligne avant la fin]* me fit [*[*le plaisir de ces objets intimes ayant appartenu à une morte chérie, retrouvés dans un « chiffonnier » ou une « commode » *[[*par *biffé]]* *[[*que nous rapporte *corr.]]* sa vieille femme de chambre et qui ont tant de prix pour nous ; et mon chagrin s'en trouvait enrichi ; *biffé]* d'ailleurs mon chagrin prenait tant de formes *1re rédaction*] [le plaisir de ces objets intimes, ayant appartenu à une morte chérie que nous rapporte sa vieille femme de chambre et qui ont tant de prix pour nous ; *[*et *biffé]* mon chagrin s'en trouvait enrichi et *[*Les souvenirs en amour ne font pas exception aux lois générales de la mémoire, elle-même régie par les lois de l'Habitude. Comme le souvenir du foulard *biffé]* d'autant plus que ce foulard *[*semblait sorti de ma mémoire *biffé] [*je n'y avais jamais repensé *corr.]*. C'est que les souvenirs en amour ne font pas exception aux lois de la mémoire elle-même régie par les lois de l'habitude. Comme celle-ci affaiblit tout, ce qui nous rappelle le mieux un être, c'est justement ce que nous avons oublié parce que c'était insignifiant et à quoi nous avons ainsi laissé toute sa force. La meilleure part de notre mémoire est ainsi hors de nous. Elle est dans un souffle pluvieux, dans le parfum de renfermé d'une chambre ou dans celui d'une première flambée, partout où nous retrouvons de nous-même ce que notre intelligence avait dédaigné, la dernière réserve du passé, la meilleure, celle qui quand toutes les autres sont taries sait nous faire pleurer encore *2de rédaction sur béquet*] [Hors de nous ? En nous si l'on *[*veut *biffé] [*aime mieux *[[plusieurs mots illisibles]]* même chose *corr.]* ; mais dérobée à nos propres regards, dans l'oubli. C'est *[*Ainsi c'est *biffé]* grâce à l'oubli seul *[*que *biffé] [*si *corr.]* nous pouvons de temps à autre retrouver l'être que nous fûmes, *[*juger être pl<us> *biffé]* nous placer vis-à-vis des choses comme il l'était, souffrir à nouveau parce que nous ne sommes plus nous mais lui, de ce qu'il aimait et de ce qui nous est indifférent. Au grand jour *[*prolongé *add.]* de la mémoire *[*habituelle *add.]* les images du passé pâlissent peu à peu, s'effacent, il ne reste plus rien d'elles, nous ne les retrouvons plus. Mais *[*alors l'expérience *biffé] [*un destin prévoyant dépose *biffé]* Comme on dépose à la Bibliothèque un exemplaire d'un livre qui sans cela risquerait d'être introuvable, mieux *add. sur un deuxième béquet*] [comme on enterre dans les caves enténébrées de l'Opéra les disques devant lesquels chanta une grande artiste, dans le silence et l'obscurité garde sa force une phrase : directeur au ministère des postes, *[un mot illisible]* des Creuniers. Mon moi actuel n'aimait plus Albertine, mon moi qui l'avait aimée était mort. Mais en moi le mot É<premon *?*>ville était déposé, partie de ce moi qui se mettait à pleurer de choses qui ne me faisaient plus de peine en temps habituel, comme des exemplaires déposés à la Bibliothèque nationale permettent de connaître un ouvrage qui serait détruit, comme ces disques devant lesquels un grand artiste a chanté qu'on enterre dans la cave de l'Opéra et qui quand le virtuose est mort se remettent à chanter avec cette voix qu'on croyait tue à jamais. *[*On mange grain à grain *biffé]* Tout comme l'avenir *[*on mange *biffé]* Ce n'est pas tout à la fois mais grain à grain qu'on goûte le passé. / *[*Maintenant Albertine, lâchée de nouveau, avait repris son vol, des hommes, des femmes, la suivaient, elle *biffé] add. sur un troisième béquet*] D'ailleurs mon chagrin prenait tant de formes *ms.* : si humble, me fit le plaisir de ces objets intimes [...] repensé. / [C'est que les souvenirs en amour ne font pas exception aux lois générales *biffé*] [Maintenant Albertine, lâchée de nouveau, avait repris son vol ; des hommes, des femmes la suivaient. Elle vivait en moi *corr.*] Je me rendais compte [...] se renouer après [longtemps *biffé*] [un assez long intervalle pendant lequel j'étais resté *corr.*] sans penser à elle. Or mon souvenir [...] prenait tant de formes *dactyl. 1. Il y a eu découpage et collage sur dactyl. 1, Proust a sans doute voulu remanier le passage sur les lois de la mémoire, très proche de celui d'« À l'ombre des jeunes filles en fleurs » (voir t. II de la présente édition, p. 4), mais le travail n'a pas été achevé et le dactylogramme présente des lacunes et des conjectures telles que le texte qui restait après le découpage a été finalement biffé depuis* Mon moi actuel *jusqu'à* qu'on goûte le passé .

Page 114.

a. suppléait [les larmes dont mouillaient mes yeux *biffé*] les larmes [qui mouillaient mes *biffé*] qu'apportaient à mes yeux un vent froid soufflant comme à Balbec sur les pommiers *ms. On lit, en marge, cette note inachevée biffée :* l'image des pommiers plutôt ailleurs puisque c'est un souvenir qui rappelle

1. Voir, dans *Sodome et Gomorrhe II*, la description célèbre des pommiers en fleurs, qui s'achève par : « Mais ceux-ci continuaient à dresser leur beauté, fleurie et rose, dans le vent devenu glacial sous l'averse qui tombait : c'était une journée de printemps » (t. III de la présente édition, p. 178).

Page 115.

a. brusquement d'[une faute *biffé*] un intervalle *ms.* ⬩⬩ *b.* qui s'entr'ouvre (?) j'éprouvais *ms.* ⬩⬩ *c.* mais [ne *biffé*] y pensaient [jamais à rien d'autre qu'elle *biffé*] toujours. *ms.* ⬩⬩ *d.* momentané se [profilât *biffé*] détachât enfin distincte [par le contraste, le profil *biffé*] la réalité monstrueuse [qu'ils avaient fini par ne plus *biffé*] que [depuis longtemps ils avaient cessé de *corr.*] voir [se détacher le réel à force *biffé*], ne voyant *ms.* ↔ *e.* s'était au moins fait [à la fois *biffé dactyl. 1*] non pas par échelons mais [à la fois *biffé dactyl. 1*] [simultanément *corr. dactyl. 1*], également, *ms., dactyl. 1*

Page 116.

a. qui devaient [être préalables des *corrigé sur dactyl. 1, par biffures et en interligne en* se dérouler préalablement à la fin des] souffrances *ms., dactyl. 1*

Page 117.

a. nécessaires. Il fallait que je vécusse avec l'idée de sa mort, avec l'idée de ses fautes, pour que ces idées finissent par me devenir habituelles c'est-à-dire pour que je pusse oublier ces idées et enfin oublier Albertine. Je n'en étais pas encore là. Or sur ces idées *ms. Voir les cinq dernières lignes du 1*[er] *§ de la page et la première ligne du 2*[e] *§.* ↔ *b.* le charme d'[une route bordée de nymphéas (voir l'image exacte) *biffé dactyl. 1*] [fleurs aux grappes violettes et rougeâtres Côté de Guermantes I 13 *corr. dactyl. 1*] et du vitrail *ms., dactyl. 1. Nous adoptons la leçon du manuscrit. Voir t. II de la présente édition, p. 313.* ↔ *c.* la présence d'Albertine ceux des vallonnements bleus de la mer, [le nom de Balbec *biffé*] les noms *ms.* ↔ *d.* naissance *dactyl. 1. Nous adoptons la leçon du manuscrit.*

1. Voir *À l'ombre des jeunes filles en fleurs*, t. II de la présente édition, p. 286.

Page 118.

a. entr'ouvrant d'un passé *ms.* : entr'ouvrant [d' *biffé*] [la porte d' *corr.*] un passé *dactyl. 1*

1. Voir *La Prisonnière*, t. III de la présente édition, p. 890, et, ici, p. 124

Page 119.

a. Souvent c'était tout simplement pendant mon sommeil que [par *add. ms.*] ces « reprises », ces « da capo » du rêve qui tournant d'un seul coup plusieurs pages de la mémoire plusieurs feuillets du calendrier, me ramenaient me faisaient rétrograder à une impression douloureuse mais ancienne *ms., dactyl. 1. La construction étant défectueuse, nous supprimons* par *et* qui . ↔ *b.* semble vraie. [Mis en scène mes souvenirs vivaient, je croyais donner rendez-vous à Albertine, la retrouver. Et pourtant de temps à autre, *biffé*] Pourtant il arrivait qu'Albertine [revînt *biffé*] se trouvât dans mon rêve [sans parvenir *biffé*] et voulant de nouveau me quitter, sans que sa résolution parvînt à m'émouvoir. C'est que de ma mémoire avait pu filtrer dans l'obscurité de mon sommeil un rayon avertisseur. [Si Albertine pouvait sans m'inquiéter me dire qu'elle *biffé*] et ce qui logé en Albertine ôtait à ses actes futurs, au départ qu'elle annonçait, toute importance, c'était l'idée qu'elle était morte. [D'autres fois au contraire mes souvenirs mis en scène me donnaient l'illusion complète *biffé*] [Parfois par un défaut *[*différent *biffé]* d'éclairage intérieur lequel vicieux *[*pour des raisons différentes *biffé]* faisait manquer la pièce, mes souvenirs bien mis en scène me donnaient l'illusion *corr.*] de la vie *ms.* : semble vraie. [Pourtant il arrivait *[comme dans ms.]* qu'elle était morte *biffé*] Parfois par un défaut [...] l'illusion de la vie *dactyl. 1. Les lignes biffées dans dactyl. 1 faisaient répétition ; voir les 3 dernières lignes de cette page et les 5 premières lignes de la page 120.* ⬥⬥ *c.* on voit dans la lanterne magique une grande ombre [qui devrait être cachée, efface la projection des personnages *add.*] et qui est celle *ms.* : on voit dans la [projection manquée d'une *add.*] lanterne magique une grande ombre qui devrait être cachée, efface la [projection *biffé*] [silhouette *corr.*] des personnages et qui est celle *dactyl. 1. Nous corrigeons* efface *en* effacer.

1. *Da capo* est une locution adverbiale d'origine italienne (notée « D.C. ») qui, en musique, indique que l'interprète, à un certain moment du morceau, doit reprendre depuis le commencement jusqu'à la fin.

Page 120.

a. embrassé sur les lèvres [la princesse de Guermantes *biffé*] Mlle Vinteuil *ms.* ⬥⬥ *b.* sa visite à [la princesse de Guermantes *biffé*] Mlle Vinteuil *ms.* ⬥⬥ *c.* folie que [les *biffé*] [sont nos *corr.*] rêves [des hommes les plus sains *biffé*] que [son mécanisme avait *biffé*] j'avais fini *ms.*

Page 121.

a. Depuis Et j'imagine *[p. 120, 4*[e] *ligne en bas de page] jusqu'à* c'est moi ! » *, le passage est biffé dans dactyl. 1 ; en marge, cette note :* déjà ailleurs, La Prisonnière ? *L'exemple utilisé est effectivement le même (voir t. III de la présente édition, p. 711) ; nous conservons le passage car la biffure paraît posthume.* ⬥⬥ *b.* l'être [idéal imaginé *biffé*] [envoyé par la mémoire, *corr.*] à qui s'adressaient *ms.* ⬥⬥ *c.* J'essayais de prendre un livre. Je [rouvrais *corrigé en* rouvris] [Aussi j'essayai de lire un roman de Bergotte *biffé*] que j'avais particulièrement *ms.* : J'[essayais *corrigé en* essayai] [un jour *add.*] de prendre un livre [un roman de Bergotte *add.*] que j'avais particulièrement *dactyl. 1*

Page 122.

a. vieux jours. [Ainsi je fuyais tous les livres comme tous les journaux *biffé*] Et si j'apercevais *ms.* ⬥⬥ *b.* Et si [ce pouvoir *corrigé en* cette force] s'étendait [...] noms devenus par lui si différents *ms. ; Proust a également corrigé* pouvoir *en* force *3 lignes plus loin.* ⬥⬥ *c.* jusqu'à [Quimperlé *biffé dactyl. 1*] [Infreville *corr. dactyl. 1*], jusqu'à [Pontaven *biffé dactyl. 1*] [Doncières *corr. dactyl. 1*] *ms., dactyl. 1*[1]

Page 123.

a. cet hôtel *[11 lignes plus haut]* qui remontait déjà assez loin dans mon passé et toujours entre ses murs avec de nouvelles époques de ma vie, que cette seule partie restât la même, les murs, la bibliothèque, la glace, me faisaient mieux sentir que dans le total c'était le reste, c'était moi-même qui avais changé, et me donnait ainsi cette impression que n'ont pas les enfants qui croient, dans leur optimisme pessimiste, que les mystères de la vie, de l'amour, de la mort sont réservés, qu'ils n'y participent pas, et qu'on s'aperçoit avec une douloureuse fierté avoir fait corps au cours des années avec votre propre vie. *ms. Le feuillet où se trouve ce passage est barré d'une croix mais porte en marge :* la raie qui a l'air de barrer est une simple tache *; en marge également, biffé :* Peut-être à partir de n'était-il pas cet hôtel de Balbec, serait-il mieux de mettre cela dans le dernier chapitre du volume mais je ne crois pas. ↔ *b. Dans ms., Proust a ébauché plusieurs débuts pour le paragraphe sur le choc des noms (voir var. a, p. 122). Au haut du folio 62 apparaît cette ligne :* J'essayais de prendre les journaux. Mais j'étais irrité par *, ensuite la page est blanche ; tout en bas une nouvelle amorce :* [D'ailleurs *biffé*] Aussi la lecture des journaux m'était-elle odieuse, et de plus elle n'est pas inoffensive. En effet *Dactyl. 1 procure la leçon suivante :* J'essayais [parfois *add.*] de prendre les journaux. [Mais j'étais irrité par *biffé*] // [Aussi la lecture des journaux m'était-elle *corrigé par biffure, surcharge et addition en* Mais la lecture m'en était] odieuse, et [...] inoffensive. En effet ↔ *c.* frappé [par une douleur si forte *corrigé par biffure et en interligne en* d'un choc si cruel] que *ms.*

1. Les journaux de l'époque, notamment *Le Figaro*, publiaient régulièrement des mélodies. À première vue, la chaîne d'associations, telle que Proust l'exprime sans l'expliquer jusqu'au bout, opère des rapprochements dépourvus de mystère : *Le Secret*, très belle mélodie de Fauré, en ré bémol, opus 23, n° 3, est écrit sur une poésie d'Armand Silvestre en 1882 ; *Le Secret du Roi* est un ouvrage historique du duc Albert de Broglie, paru en 1878 ; enfin, ce duc avait acheté le château de Chaumont-sur-Loire, qu'il faisait restaurer. Mais il est possible de percevoir un système d'associations sous-jacentes autrement significatif : premier élément, le secret, dans la poésie d'Armand Silvestre, est celui du nom de l'être aimé : « *Je veux que le matin l'ignore / Le nom que j'ai dit à la nuit, / Et qu'au vent de l'aube, sans bruit, / Comme une larme il s'évapore. / Je veux que le jour le proclame / L'amour qu'au matin j'ai caché, / Et sur mon cœur ouvert penché / Comme un grain d'encens il l'enflamme. / Je veux que le couchant l'oublie / Le secret que j'ai dit au jour, / Et l'emporte avec mon amour, / Aux plis de sa robe pâlie !* » ; deuxième élément, le duc Albert de Broglie avait pour mère la fille de Mme de Staël — dont le château de

1. Les deux petites villes du Finistère-Sud se rattachent à une ancienne structure géographique où Balbec se trouve en Bretagne et non en Normandie.

Chaumont fut une des retraites pendant son exil — et cette fille s'appelait Albertine ; Mme de Boigne en parle à plusieurs reprises dans ses *Mémoires* (*Récits d'une tante. Mémoires de la comtesse de Boigne née d'Osmond*, Émile Paul frères, 1921-1925, vol. I). Il y a donc comme une devinette sur le nom d'Albertine, posée dans la mélodie et décryptable dans le nom de Broglie.

2. « Golgotha » est la forme grecque de l'araméen *gulgolta* (lieu du crâne), que le latin a rendu par *calvaria* (calvaire) qui signifie « crâne » ; mais *calvus* signifiant « chauve », on a souvent traduit par « Mont Chauve ».

Page 124.

a. quoique [indistincts *biffé*] obscurcis *ms.* ✦✦ *b. Ms. donne* il me revenait comme *; dactyl. 1 corrige le* il *en* un tel souvenir *. L'antécédent* Les souvenirs plus doux *sept lignes plus haut, a été oublié. Nous corrigeons.* ✦✦ *c.* antérieurs. Je me retrouvais au sortir de la soirée chez la princesse de Guermantes. Les jours *ms. Cette phrase, qui n'est pas biffée dans ms., est reprise deux folios plus loin (voir ici p. 125, 9 lignes avant la fin du 1er §).*

1. Voir *La Prisonnière*, t. III de la présente édition, p. 529 et 890.

2. Voir *Sodome et Gomorrhe II*, t. III de la présente édition, p. 198 pour le regard dans la glace, et pour le retard p. 126 et suiv.

Page 125.

1. Voir *Sodome et Gomorrhe II*, t. III de la présente édition, p. 123-128.

Page 126.

a. chez Albertine [, comme un médecin qui grâce à l'appareil *[*que souhaitait ma tante Léonie *biffé ms.] [*dont après la visite de *corr. ms.]* certain praticien *[*lequel s'était montré *add. ms.]* sceptique devant la réalité *[*du mal de ma tante *corrigé dans ms. en* de son mal*]*, ma tante Léonie avait souhaité *[...]* de son malade *biffé en définitive dans dactyl. 1*]. Et déjà *ms., dactyl. 1. Nous n'avons pas respecté cette indication de biffure qui, par sa forme sinusoïdale, paraît posthume.* ✦✦ *b.* différents de nous [qui *add.*] lui [donnant *corrigé en* donnent] des sensations que nous ne sommes plus capables de lui donner ou [qui *add.*] du moins par leur configuration, leur [image *biffé*] [aspect *corr.*], leurs façons, lui [représentant *corrigé en* représentent] tout autre chose que nous ! *dactyl. 1. Nous suivons le manuscrit ; les corrections portées sur le dactylogramme n'offrent pas un sens satisfaisant. En outre, elles paraissent posthumes.* ✦✦ *c.* quand [pour la première fois *biffé*] [quelque temps *corr.*] après la mort d'Albertine, [Andrée *biffé*] [Germaine *corr.*] vint *ms.* : quand quelque temps après la mort d'Albertine [Germaine *biffé*] [Andrée *corr.*] vint *dactyl. 1. La correction, posthume, s'impose, Proust n'ayant modifié le prénom dans ms. que sur ce qui correspond à la présente page et aux deux pages suivantes, et de façon irrégulière.*

On retrouve, p. 127, 1er *§, et p. 128, 5*[e] *ligne en bas de page, la même correction, sur ms., d'* Andrée *en* Germaine , *et, sur dactyl. 1, de* Germaine *en* Andrée .

1. Voir, dans *La Prisonnière*, les conversations littéraires où il est question de Thomas Hardy et de Dostoïevski (t. III de la présente édition, p. 878-883).

Page 127.

a. rapportée d'[une âme *biffé*] [un être *corr.*] où je n'avais pas su la découvrir [quand il vivait *biffé*], il me semblait [voir devant moi, précieus<e> *biffé*] exhumation *ms.* ↔ *b.* à Balbec, [et avec moi-même défiait *biffé*] [n'aurait donné lieu pour personne à *corr.*] la supposition [chez les autres *biffé*] d'habitudes *ms.* ↔ *c.* qui [aurait dû *biffé*] devait s'imposer *ms.*

1. Voir *À l'ombre des jeunes filles en fleurs*, t. II de la présente édition, p. 302, à moins qu'il ne s'agisse du brusque revirement d'Albertine dans *Sodome et Gomorrhe II*, t. III, p. 508 ; voir aussi *La Prisonnière*, t. III, p. 892.

2. Allusion probable au sonnet de Nerval « El Desdichado » : *Dans la nuit du tombeau, toi qui m'as consolé, / Rends-moi le Pausilippe et la mer d'Italie, / La fleur qui plaisait tant à mon cœur désolé [...].*

Page 128.

a. d'ajouter [à l'œuvre de Dieu *biffé dactyl. 1*] une vallée *ms., dactyl. 1.* ↔ *b. Un brouillon de ce passage se trouve quelques pages plus loin dans le manuscrit (voir var. a, p. 132), la visite d'Andrée commençant à l'origine un peu après. Une première rédaction, dans la marge du folio 83 r°, est entièrement barrée d'un trait :* Je l'avais déjà dit quand les petites blanchisseuses m'avaient dit ne pas la connaître. Mon amour avait tellement fait d'Albertine le centre de toutes choses [que quitte à mettre en doute les preuves de ses *biffé*] il le croyait l'objet de l'universel désir quitte à mettre ensuite en doute la preuve qu'elle avait répondu à celui de quelques-unes. Albertine me parut moins réelle quand je vis [que d'autres personnes / qu'elle disparue la vie d' *biffé*] Andrée me semblait l'avoir aisément remplacée par d'autres personnes. Cet amour dont je n'eusse pas osé lui demander de s'abstenir Albertine vivante, tant je le croyais fort, elle y renonçait sans peine mais à un moment où je ne pouvais plus profiter de ce renoncement. Elle abandonnait Albertine à mon amour mais quand celle-ci ne pouvait plus apprendre que le mien était plus fort. Elle me la laissait, mais morte. Continuer au verso en face alinéa. Du vivant d'Albertine . *Le verso en face manque, la page est collée. On trouve une autre rédaction au verso du même feuillet :* Elle l'avoua sans difficulté. Or déjà cela rien que par voie d'analogie était profondément humiliant et douloureux pour moi. Je me rappelai le visage d'Andrée à Balbec, quand j'ignorais cela, affectueuse avec des jeunes gens, avec moi, Andrée de qui j'eusse moins que de personne supposé cela. Or cela qui n'apparaissant nullement recouvert sous un voile soit de conformité aux usages habituels soit de l'aveuglement de ceux qui l'ignorent, était si fort si certain qu'elle me le déclarait sans détour ! Quelle impossibilité dès lors qu'il en eût été de même pour Albertine, qui peut-être vivante l'eût avoué à tout autre jeune homme que moi c'est-à-dire dont elle ne se fût pas sue aimée, comme faisait Andrée en ce moment. Mais en dehors de cette raison générale l'aveu d'Albertine *[sic]* ajoutait exactement une circonstance de plus à celles qui de toutes parts m'entouraient de présomptions de la culpabilité d'Albertine. Certes, de même qu'en présence d'une personne on n'ose pas toujours prendre connaissance du présent etc. mais pourtant pendant qu'elle me parlait etc., le cercle se resserrait l'animal figé etc. ◆◆ *c.* en [se bornant à des *add. dactyl. 1*] caresses *ms., dactyl. 1*

Page 129.

a. ces têtes de [régisseurs *biffé*] privilégiés *ms.* ◆◆ *b.* Si je n'avais [depuis longtemps laissé repousser ma moustache *biffé*] [pas cessé depuis longtemps de raser ma moustache *corr.*] et si je *ms.* : Si je n'avais depuis longtemps cessé de me raser et que je *dactyl. 1. Nous adoptons la leçon de ms.* ◆◆ *c.* répondis-je [embarrassé de *biffé*] [préférant avoir l'air de ne pas vouloir *corr.*] donner *ms.*

1. Berthe ne figure pas dans *À l'ombre des jeunes filles en fleurs*, son nom ayant été biffé sur les épreuves Gallimard et remplacé par celui de Gisèle. Voir t. II de la présente édition, var. *a*, p. 296 et var. *a*, p. 300.

2. Voir *La Prisonnière*, t. III de la présente édition, p. 608.

3. Le thème de la ressemblance rappelle le motif de *La Fille aux yeux d'or* (voir la Notice, p. 1022).

Page 130.

a. dictée [par le devoir auquel la survivante se croyait obligée maintenant qu'Albertine était morte, mais dont le souvenir existait en elle, dans la survivante, de nier ce que *biffé*] par le devoir *ms.*

1. Voir l'Esquisse VIII, p. 656-661.

Page 131.

a. difficile [à interpréter de *biffé*] de lui appliquer *ms.* ◆◆ *b.* toutes du drame [invisible et *biffé*] délicieux *ms.* : toutes [les phases *add.*] du drame délicieux *dactyl. 1* ◆◆ *c. Tout ce paragraphe sur les plaisirs entendus est biffé dans le dactylogramme 1. Mais l'énoncé de la page 126 (7*[e] *ligne en bas de page) annonce ce passage. En outre, aucune mention marginale — on ne lit en marge que le signe « deleatur » destiné au typographe — ne permet d'affirmer que la coupure a été voulue par l'auteur. En raison du contexte, nous rétablissons le paragraphe.*

1. Voir l'Avertissement de *La Chartreuse de Parme* ; Stendhal, *Romans*, Bibl. de la Pléiade, t. II, p. 23.

Page 132.

a. tels témoins, [tels dépositaires du secret. Mais *biffé*] [desquels si je *corr.*] si je les avais connus [je n'aurais peut-être pas pu en tirer davantage que *biffé*] je n'aurais [peut-être pas pu tirer obtenir plus *biffé*] [pas pu obtenir pu rien obtenir *corr.*] que d'Andrée *ms. La première rédaction enchaîne alors sur la première visite d'Andrée :* [Je la fis venir, lui dis comme si je [l'eusse appris d'Albertine *biffé]* savais à n'en pas douter qu'elle aimait les femmes *biffé en définitive*]. *Nous avons donné var. b, p. 128, deux développements figurant dans ms. en marge et au verso du présent feuillet, la première visite d'Andrée ayant été avancée.*

Page 133.

a. lui eussent *[p. 132, 20e ligne en bas de page]* plu [étaient les seules vers lesquelles je me sentais attiré *biffé*] [Et parmi ces dernières *[...]* ou amour d'Albertine de ces plaisirs (comme celui d'aller voir au Louvre un Titien *[...]* Venise qui séparés *[...]* autrement que de vue avait été quand je croyais ne pouvoir jamais exaucer le désir de l'avoir auprès de moi l'ensoleillement *[...]* grappe de raisin *add.*] me rappelant ainsi [...] non exemptes de charme. Associées maintenant *ms.* : lui eussent plu [*[*Me *en surcharge sur* me*]* rappelant ainsi *[...]* non exemptes de charme. *fragment découpé et collé dans dactyl. 1*] Et parmi ces dernières [...] ou amour d'Albertine [(comme le fait d'aller au Louvre voir un Titien qui y fut jadis console de ne pouvoir aller à Venise) *add.*] de ces plaisirs [(comme celui d'aller voir au Louvre un Titien *[...]* Venise) *biffé*] qui séparés [...] autrement que de vue avait été [quand je croyais ne pouvoir jamais exaucer le désir de l'avoir auprès de moi *biffé*] l'ensoleillement [...] raisin, / Associées maintenant *dactyl. 1, où l'ordre du texte a été bouleversé par rapport au manuscrit. Pour des raisons de sens, nous ne tenons pas compte du déplacement de la parenthèse concernant la visite au Louvre.*

1. Voir *À l'ombre des jeunes filles en fleurs*, t. II de la présente édition, p. 58.

Page 135.

a. un baiser familial *[p. 134, 3e ligne en bas de page]* de sœur. [J'aurais voulu aussi qu'elles pussent me jouer du Vinteuil comme Albertine causer comme elle avec moi d'Elstir. *biffé*] [De sorte que j'aurais pu croire *[...]* avec moi d'Elstir, *corr.*] Tout cela était impossible. Leur amour *ms. ; sur le dactylogramme 1, une main a corrigé en* les nouvelles venues puissent . *Nous corrigeons.* ⁂ *b.* préliminaire [à l'acte lui <-même> *biffé*] aux relations *ms.* ⁂ *c.* enfin qu'[appliqué à *biffé*] dérivant d'une personne morte, [il est une forme de regret, même s'il fait croire à une ren<aissance> *biffé*] la renaissance qu'il incarne est moins que celle du besoin *ms.*

Page 136.

a. mademoiselle de Kermaria *ms.* ⁂ *b.* s'était fait inextricable *ms.* : s'était fait [tellement *add.*] inextricable *dactyl. 1*

1. Voir p. 90 et n. 1.

Page 137.

a. et peut-être mon regret *ms.* ◆◆ *b.* quand j'avais compris [que mon amour ne s'adressait pas à l'être extérieur, était moins un amour pour elle qu'un amour en moi, *biffé*] par la différence *ms.* ; j'avais compris *est répété deux fois.*

Page 138.

a. Ce titre est indiqué à la main au bas de la page 780 de dactyl. 1, qui a été découpée ; il est à nouveau rapporté, de la main de Robert Proust, sur le second morceau de la page, collé sur la page 781. Rappelons la mention de la page 699 : Vu par Marcel jusqu'à 780 *, qui permet de penser que la division du premier au second chapitre est de Proust. Le manuscrit ne présente aucune division.* ◆◆ *b.* les derniers temps ; [non, de *biffé dactyl. 1*] [c'était à *corr. dactyl. 1*] la façon *ms., dactyl. 1* ◆◆ *c.* avant de l'oublier tout à fait, avant d'atteindre à l'indifférence initiale, il me faudrait comme un voyageur qui parvient par la même route au point d'où il est parti, Il me faudrait avant [...] initiale traverser *ms* : avant de *[comme dans ms.]* même route au point d'où il est parti, traverser *dactyl. 1 ; cette modification de la phrase est demandée en marge de dactyl. 1 par une note :* Phrase à inverser pour la clarté ? *Nous ne suivons pas cette modification, entraînée par une mauvaise ponctuation (passage dicté à Céleste Albaret).* ◆◆ *d.* une lettre d'[elle *biffé dactyl. 1*] [Albertine *corr. dactyl. 1*] où *ms., dactyl. 1* ◆◆ *e. Pour le texte de ms., à partir d'ici, et jusqu'à la fin du 1er § de la page 140, voir var. g, p. 139.*

1. Voir l'Esquisse IX, p. 661-663.

2. Ici s'achève le premier chapitre, « Le Chagrin et l'Oubli », dans l'édition originale et le dactylogramme ; voir la Notice, p. 1031 et 1041.

Page 139.

a. Ms. et dactyl. 1 donnent en fait de nouveau emporté : *. À la suite de Clarac et Ferré, nous ajoutons* vers lui : *, d'après une version biffée au folio suivant de ms.* ◆◆ *b.* pourtant s'il ne peut *ms.* : pourtant si l'on ne peut *dactyl. 1* ◆◆ *c.* les mêmes. Elles ont de commun de ne pas être directes, parce que l'oubli [...] régulièrement. Mais elles n'empruntent *ms., dactyl. 1 ; au lieu de* trajet *et* ligne *, le texte implique sans doute comme antécédent un* ces lignes *. Nous corrigeons.* ◆◆ *d.* Et dans celle que je suivis au retour je me rappelle [trois *biffé*] au milieu d'un voyage confus, trois arrêts que je me rappelle à cause de la lumière qu'il y avait autour de moi et quand j'étais déjà bien près d'être / [je me rappelle *biffé*] il y eut, déjà [...] j'y aperçus *ms. Il y a ici chevauchement de la fin d'une addition marginale et du début d'un béquet. Proust, comme souvent, n'a pas biffé la version remplacée.* ◆◆ *e.* commença [au début de l'hiver *biffé ms.*] à un commencement d'hiver *ms., dactyl. 1 ; nous suivons la version biffée de ms.* ◆◆ *f.* de cette arrivée d'Albertine, qui n'étaient pas quelque chose de négatif mais par la suppression *ms., dactyl. 1 ; nous supprimons* qui *pour rétablir la phrase.* ◆◆ *g. Dans ms., une première addition marginale suivie d'un béquet reprend la rédaction initiale et l'amplifie, de* toutes les stations *(p. 138, 2e ligne en bas de page) jusqu'à* le retour d'Albertine venant *la marge du folio suivant continue le texte depuis* Albertine venant *[ici, 4e ligne du 3e §] jusqu'à* comme en creux . *Un second béquet est une reprise de la suite du texte initial, que voici :* [Quand l'hiver fut revenu un beau dimanche de Toussaint j'allais me promener au Bois *biffé*] Au Bois. Je fredonnais des phrases de la sonate de Vinteuil. Je ne souffrais plus beaucoup de penser qu'elle me l'avait jouée *Le béquet va jusqu'à* se désagréger devant moi *(p. 140, fin du 1er §) ; il reprend le fragment recopié au bas du folio, qui est ici biffé, à la suite d'un passage non biffé mais très détérioré que nous donnons maintenant :* Capitalississime. Quand je montre (?) que je recommence à vivre [Je pus même entendre un *biffé*] J'eus même le désir d'entendre un peu de musique. Des musiciens (ce peut être à Venise s'ils sont en vacances) vinrent un pianiste qui se contenterait de ce piano qu'il y avait dans un petit salon de l'hôtel, un violoniste qui comme [un témoin de duel portant *biffé*] les pistolets, tenait dans une gaine son violon, cette *[plusieurs mots illisibles et biffés]* comme est la coquille du colimaçon *[plusieurs mots illisibles et biffés]* [un quatuor eût été trop difficile à réunir. Je me contentai de la sonate de Vinteuil. Je ne souffrais *biffé*] beaucoup de penser qu'Albertine me l'avait tant de fois jouée ↔ *b.* second état chimique [(peut-être mettre ici en incidente, ce serait tr<ès> beau la phrase sur les trois états douloureux, doux, les deux très courts, le troisième presque indestructible *[un mot illisible]* photographique et inerte. C'est écrit.) *biffé*] où ils ne causent plus *ms.*

1. De ces quatre étapes, trois sont explicitement signalées dans le texte : l'étape du Bois, celle de la conversation avec Andrée (p. 175 et suiv.), et l'étape de Venise (p. 202 et suiv.). On peut supposer que le séjour à Tansonville est la quatrième et ultime étape ; toutefois la troisième, à Venise, est annoncée comme la dernière. Le manuscrit (voir var. *d*) donne successivement trois arrêts et quatre étapes. Le dactylogramme a conservé les deux versions.

2. Voir l'Esquisse IX, p. 661-663.

3. Très tôt un rappel musical du regret d'Albertine devait intervenir : « Quand l'oubli s'accentue / Parfois ma souffrance revenait encore mais elle n'était pas le regret raisonné d'un autre. Vague comme celle qu'on éprouve le soir dans un pays inconnu, elle avait perdu tout visage. Ce qui l'avait provoquée, c'était tel [air de Debussy *biffé*] fragment d'un opéra que j'avais entendu dans les jours où Albertine venait de me quitter, et dont les harmonies qui s'écoulaient ce soir-là tenaient encore attachées leurs *[plusieurs mots illisibles]* un peu de l'angoisse que j'avais alors, me demandant si j'allais la revoir » (Cahier 54, f° 100 r°). Proust avait prévu de placer ce rappel à Venise et avait également songé au « Chant du printemps » de *La Walkyrie* (voir l'Esquisse XIX.3, p. 738). Le choix de la musique de Vinteuil et le déplacement du rappel au Bois témoignent du souci d'unifier, par le rattachement à l'histoire de Swann, les différentes parties du roman.

Page 140.

a. Mme du Barry (vérifier dans Goncourt) d'impressionner *ms.* ↔ *b.* feuillages d'or, [D'ailleurs *[...]* en arrière. *add.*] je ne me contentais pas de les voir *ms. Sur dactyl. 1,* Ces feuillages, *a été ajouté avant* je ne me contentais pas de les voir. ; *nous adoptons cette correction.*

1. Proust se proposait, à ce sujet, de « vérifier dans Goncourt (voir var. *a*). L'ouvrage des Goncourt, *La Du Barry*, rapporte en effet, au chapitre VII, qu'on persuada la favorite d'acheter le portrait en pied de Charles Ier, roi d'Angleterre, par Van Dyck : « Ce tableau placé en vue dans l'appartement de Mme du Barry devenait un moyen dramatique de frapper l'imagination du Roi, entendant sa maîtresse lui dire tous les jours "La France, tu vois ce tableau ? Si tu laisses faire ton parlement il te fera couper la tête" » (Charpentier, 1878, p. 108-109).

Page 141.

a. mon cœur. [Ce charme était si vif que j'en conc < > *biffé*] [La vivacité de ce charme me parut une preuve que mon amour pour Albertine était toujours aussi fort. *[*Tandis *biffé]* Il était une preuve au contraire que cet amour était bien diminué, ne me faisait plus souffrir. *biffé en définitive*] [Je crus que la raison de ce charme était que j'aimais toujours Albertine *biffé*] La raison de ce charme *ms.* ↔ *b.* symptômes. [Ma jalousie était tenue à l'écart, et son action comme suspendue, mes sens s'éveillaient *biffé*] Ma jalousie *ms.* ↔ *c.* et errent en suspens *ms.*

Page 142.

a. n'avait *[p. 141, 10e ligne en bas de page]* rien d'étranger. [Et parfois la lecture *[...]* très courts. *add.*] D'ailleurs [le premier jour *biffé*] à Balbec *ms.* ↔ *b.* Je la revoyais ainsi dans [des coins *biffé*] [un angle *corr.*] d'allée, peut-être à Balbec, [remonter de la même manière. Et la vision que je n'avais plus sous les yeux *biffé*] [la simple vision surface que le regard contemple dans cette jeune fille qui remontait en automobile *biffé*] [remontant en voiture de la même manière, alors qu'elle avait tant de confiance dans la vie *corr.*]. [L' *corrigé en* Et l' acte de cette jeune fille de remonter *ms.* : Je la revoyais [...] Et [l'acte *biffé*] [le geste *corr.*] de cette jeune fille [de *biffé*] [pour *corr.*] remonter *dactyl. 1* ↔ *c.* qui se dérobe si *[un mot illisible]* au cours *ms.* : qui se dérobe si [*un blanc, complété en* promptement] au cours *dactyl. 1* ; promptement *est de lecture conjecturale.* ↔ *d.* promenade, [le passé *[*lui ajoutait des côtés, une profondeur *biffé]* en faisait une sorte de réalité profonde *[*, appuyée sur mon cœur *biffé]* lui ajoutant un côté qui venant de lui être ajouté s'appuyait sur mon cœur. La jeune fille avait déjà disparu. Mais je pensais à Albertine, je la revoyais ainsi dans des coins d'allée, peut-être à Balbec, quand elle était si confiante dans la vie *biffé en définitive*] [devenu une sorte d'acte durable, *corr.*] il me semblait *ms.* ↔ *e. En marge, face à ce paragraphe, figure dans ms. ce début de rédaction :* [Tout d'un coup *biffé*] Je l'avais revue il y a un an mais sans la reconnaître j'avais pourtant attendu [je l'avais fait *biffé*] ↔ *f.* le premier jour [à Balbec dans *biffé*] [où j'avais aperçu *corr.*] Albertine *ms.* ↔ *g.* trop tard [pour pouvoir les rattraper *biffé*]. Je ne les retrouvai *ms.*

1. Voir l'Esquisse X, p. 663 et suiv.

Page 143.

a. Ms. et dactyl. 1 donnent en fait : disparaître comme tant d'autres si au moment [...] me lança furtivement ; *nous corrigeons* si *en* mais . ◆◆ *b.* la signification du regard [qu'elle avait détourné vers moi *biffé*] de son regard, pourquoi *ms.* ◆◆ *c.* retournée *[9 lignes plus haut]* et cachée de ses compagnes [Celles-ci ignoraient évidemment cette partie cachée de la vie de leur amie, laquelle *biffé*] Cette [*[*entrée *corrigé* en porte*]* souterraine ouvrant entre elle et moi une communication secrète qui me la faisait paraître plus accessible, plus douce, *biffé*] [Que de fois j'avais pensé à elle *[...]* plus accessible, [plus douce *biffé*] — presque à demi mienne — plus douce *corr.*] que ne sont d'habitude *ms.* ◆◆ *d.* Melle Déporcheville *ms.*

Page 144.

a. l'avait pas dit [, et si Melle d'Éporcheville était une des deux autres, tous mes arg<uments> *biffé*]. Je [retournai *biffé*] revins *ms.* ◆◆ *b.* Je me rappelai que j'avais ainsi deviné [qu'entre toutes *biffé*] dans la petite bande *ms.* ◆◆ *c.* Albertine Simonin *ms.* ◆◆ *d.* à rendre rétrospectivement le premier *ms.* ◆◆ *e.* brunes [, auquel cas mes arguments étaient détruits *biffé*]. Dans ce cas *ms.*

1. Voir *À l'ombre des jeunes filles en fleurs*, t. II de la présente édition, p. 186 et p. 201.

Page 145.

a. j'avais *[p. 144, avant-dernière ligne]* arbitrairement [et par erreur fondus ensemble *biffé*] [à la façon d'un romancier *[...]* un personnage imaginaire *corr.*], et qui pris *ms. ;* unis *est ajouté sur le dactylogramme 1.* ◆◆ *b.* la blonde. *[fin du 1er § de la page]* [C'était alors une probabilité de plus, la quasi certitude que c'était bien celle dont m'avait parlé Saint-Loup. Pour plus de sûreté je [lui *biffé*] télégraphiai à celui-ci pour lui demander le nom exact et la description de la jeune fille, espérant avoir sa réponse avant le surlendemain où elle devait, m'avait dit le concierge revenir voir Mme de Guermantes et où je comptais de mon côté faire une visite à la même heure à duchesse. *biffé*] [Dès lors *[...]* je remarquais *corr.*] Combien j'étais moins désarmé *ms.* ◆◆ *c.* Gilberte. [En ce temps là seul à la maison où j'étais ramené par Françoise, sans jamais l'espoir légitime que le lendemain amenât un événement décisif, je nourrissais seul d'impuissants désirs. *[*Demain ce télégramme *biffé]* Ce soir ou demain un télégramme de Robert *[*L'employé n'avait qu'à prendre une dépêche *add. biffée]* à partir du *biffé en définitive*] moment *ms.*

Page 146.

a. l'employé *[p. 145, dernière ligne]* n'avait plus qu'à [prendre ma dépêche *corrigé dans dactyl. 1 en* la prendre], les réseaux les plus rapides de communication électrique à la [transmi < ?> *biffé dactyl. 1*] [transmettre *corr. dactyl. 1*] l'étendue de la France et la Méditerranée, [et *add. dactyl. 1*] tout le passé noceur de Robert [allait être *add.*

dactyl. 1] appliqué à identifier la personne que je venais de rencontrer, [allaient *corrigé dans dactyl. 1 en* allait] être au service du roman [...] car [ils allaient *corrigé dans dactyl. 1 en* la réponse allait] se charger *ms., dactyl. 1* ◆◆ *b.* bouger, *[13e ligne de la page]* comme une fleur. [(N.B. J'ai tout ce passage sur l'avantage de ces rêves qui est écrit et copié etc. Peut-être vaudrait-il mieux le mettre là). *biffé*] Le lendemain *ms.*

Page 147.

a. Ce n'était pas elle. / En même temps que la dépêche Françoise m'avait donné les journaux [, en *corrigé en* . En] ouvrant le Figaro, / Quelques jours après, [maman *corrigé en* ma mère] entrant dans ma chambre avec le courrier, le posa sur mon lit avec négligence, en ayant l'air de penser à autre chose. Et [maman *biffé*] se retirant aussitôt pour me laisser seul, elle avait souri en partant [affectant un air de *[*distraction *biffé] [*indifférence *corr. biffée] [*air distrait *corr.] biffé en définitive*] [qui me fit penser : *biffé*] [Et moi, connaissant les ruses *[...]* et pensai : *corr.*] « il y a quelque chose *ms.* : Ce n'était pas elle [. *corrigé en* !] [En même temps *[comme dans ms.]* Figaro, quelques jours après *biffé*] [Le lendemain *corr. biffée*] [Un instant avant que *[*En même temps que *biffé]* Françoise m'apportât la dépêche *corr.*] ma mère [entrant *corrigé en* était entrée] dans ma chambre avec le courrier, [le posa *corrigé en* l'avait posé] Sur mon lit [...] pour me laisser seul, elle [sourit *corrigé en* avait souri]. Et moi, connaissant [...] « Il y a quelque chose *dactyl. 1. Les corrections portées sur dactyl. 1 paraissent posthumes, à l'exception de la biffure qui supprime la contradiction (depuis* En même temps *jusqu'à* quelques jours après *). Nous tenons compte de cette seule correction ; pour le reste du passage, nous adoptons la leçon de dactyl. 1 avant correction.* ◆◆ *b.* en vous *[10 lignes plus haut]* l'annonçant. [Et elle n'*[*était *corrigé en* est*]* pas restée parce qu'elle a craint [...] Françoise qui entrait *[plusieurs mots illisibles]* Françoise à rebrousser chemin et l'avait entraînée dehors, effarouchée et surprise. *add.*] [En mê<me temps> Françoise avait voulu me donner *biffé*] Et maman se retira aussitôt pour me laisser seul [repoussant Françoise qui voulait entrer *biffé*] et sortit précipitamment empêchant d'entrer et emmenant avec elle Françoise surprise et offensée qui considérait que sa charge comportait le privilège de pénétrer à toute heure dans ma chambre. Mais déjà *ms.* : en vous l'annonçant. Et elle [...] qui entrait chez moi [la dépêche à la main. Dès qu'elle me l'eût donnée, *add.*] ma mère avait forcé Françoise à rebrousser chemin et l'avait entraînée dehors, effarouchée, [offensée et *add.*] surprise / [Et maman se retira *[comme dans ms.]* et emmenant avec elle *biffé*] [Car *add.*] Françoise [offensée, surprise et offensée *[sic]* qui *biffé*] considérait que sa charge comportait le privilège [...] dans ma chambre [et d'y rester s'il lui plaisait *add.*]. Mais déjà *dactyl. 1.* ◆◆ *c.* en temps d'épidémie *[lacune*[1]*]* [ma *biffé*] [une *corr.*] chambre avec un linge mouillé et d*[lacune*[1]*]* on avait justement l'intention d'y entrer. [*ratures et déchirure*] précipitamment emporté la bougie [*ratures et déchirure*] m'aperçus qu'elle avait posé *ms.* : en temps d'épidémie, de [*un blanc, complété par* balayer] ma chambre avec un linge mouillé, et d'en sortir au moment où on avait justement l'intention d'y [rester *en surcharge sur* entrer]. [*Un*

1. Ici, la feuille est déchirée.

blanc, complété par Maman] [dans sa précipitation avait emporté la bougie. Je m'aperçus qu'elle *biffé*] avait posé *dactyl. 1*

1. Voir l'Esquisse XI, p. 668 et suiv.
2. Voir l'Esquisse XII, p. 671 et suiv.

Page 148.

a. roses. [Pendant ce temps-là *add.*] J'ouvris *dactyl. 1. Nous ne retenons pas cette addition, posthume et inadéquate.* ◆◆ *b.* les maisons [où *[*on tire *biffé]* les grands rideaux tirés sur l'aurore immortelle, rose à chaque fenêtre la pensée d'un écrivain, l'admiration pour un écrivain, une pensée au matin, l'admiration pour leur talent se levait comme sur chaque *[*brume *?]* sur chaque *[*front *?]*, l'esprit fraîchement éveillé et qui vient de s'emparer du journal, l'illuminant d'une aurore spirituelle qui m'inondait d'espérance et de force mille fois plus encore que l'aurore du jour *biffé en définitive*]. Ce que je tenais *ms.* ◆◆ *c. Du début de ce paragraphe à* ce n'était pas seulement *, une addition marginale, dans ms., a été rendue presque totalement illisible par une tache.*

1. Proust a publié à partir de 1903 de nombreux articles et des extraits de ses œuvres dans *Le Figaro*. Il espérait y publier *Contre Sainte-Beuve*, qui y fut refusé (voir la Chronologie, t. I de cette édition, p. CXXIX). À l'origine du *Contre Sainte-Beuve*, il y avait un projet d'article pour *Le Figaro* (voir *Contre Sainte-Beuve*, Bibl. de la Pléiade, p. 217) ou bien la lecture d'un article déjà publié dont l'auteur va parler avec sa mère après avoir tenté d'en apprécier la valeur littéraire (voir l'Esquisse XII), ce qui l'amène à réfléchir sur la critique. Le sujet de cet article n'est précisé à aucun moment.

Page 149.

a. Les parenthèses ont été ajoutées sur le dactylogramme 1 pour y encadrer une addition du manuscrit. ◆◆ *b.* mon esprit refait *fin du folio 112 de ms. ; le folio 113 commence par les mots* lisant mon article. *, ce qui laisse supposer une omission. Le dactylographe a laissé un blanc sur dactyl. 1, qui a été complété par* le tour de ceux qui liront *. Nous n'adoptons pas cette leçon.* ◆◆ *c.* l'ensemble de l'article se trouvait élevé aux nues par une foule et s'imposait à ma propre défiance de moi-même qui n'avait *[sic]* plus besoin de le soutenir. C'est qu'en réalité *ms.* : l'ensemble de l'article se [trouvait *corrigé en* trouverait] élevé [*un blanc, complété par* aux nues par *[*la *en surcharge sur* une*]* foule] et s'imposait [ainsi *add.*] à ma propre défiance de moi-même qui n'avait plus besoin de [*un blanc, complété par* le détruire]. C'est qu'en réalité *dactyl. 1. Nous donnons le texte du manuscrit, les corrections paraissant posthumes.* ◆◆ *d.* le soutenir. [C'est qu'en réalité c'est la tare originelle de ce genre de littérature et qui fissure toute la conception d'un Sainte-Beuve — même la beauté des th< *?*> *biffé*] C'est qu'en réalité *ms.* ◆◆ *e.* ces phrases des [discours parlementaires *biffé*] comptes rendus de la Chambre *ms.* ◆◆ *f.* le Ministre ne [sont qu'une partie et peut-être la moins importante de la phrase qu'il faut lire ainsi *biffé dactyl. 1*] [prennent toute leur importance qu'encadrés ainsi *corr. dactyl. 1*] : Le Président *ms., dactyl. 1.*

Page 150.

a. Mme d'Harbouville *ms., dactyl. 1 ; nous rétablissons l'orthographe usuelle de ce nom.* ◆◆ *b. En marge, face à ces lignes, apparaît ceci dans ms. :* Bien plus ; pour celui-ci qui sera sensible à tel charme [ne verra pas tel défaut *biffé*] tel défaut [passera *biffé*] sera moins choquant, pour tel autre, tel que je connais de goût littéraire, plausible après tout (*?*) ce que j'appelai moi peut lui plaire. Ainsi dix mille jugements fondus ensemble me composent une admiration colossale sur la force indestructible de laquelle je m'appuie. Je me représente Bloch souriant à telle phrase, M. de Norpois sensible à telle pensée, Mme de Guermantes lisant l'article sur son lit de soie brochée comme Sainte-Beuve se représentait son feuilleton entre les mains de Mme de Boigne couchée entre les [colonnes *biffé*] courtines de son lit dans l'[appartement *biffé*] l'hôtel de la rue d'Anjou[1] ou dans celles du duc de Noailles qui ce soir lui en parlera en l'emmenant dans sa voiture vêtu et d'un pantalon gris. [Ainsi je sens ma pensée briller *biffé*] [l'admiration comme *biffé*] [même ceux qui ne comprendront rien à un moment verront mon nom *biffé*] ◆◆ *c.* déjà appris. *[vers le milieu de la page]* [Et appuyant ma défiance de moi *biffé*] [Je voyais Bloch aimant *[plusieurs mots illisibles]* de mon article que *biffé*] je voyais Bloch, *ms., f° 113 ; au début du folio 115, une indication de régie nous conduit à insérer un passage entre les deux phrases (mais la délimitation de ce passage est mal définie) :* Et appuyant ma propre défiance (voir comme la page précédente. Ceci vient après Sainte-Beuve et Mme d'Harbouville) je voyais à cette même heure [...] à toutes les fenêtres. *Dans dactyl. 1 n'a été insérée, au moyen d'un collage, que la phrase qui va de* Je voyais *à* toutes les fenêtres. *L'édition Clarac-Ferré insère également la phrase de la « page précédente », qui commence par :* En appuyant ma propre défiance *, ce qui nous semble juste. Mais on peut se demander où s'arrête l'insertion, les Guermantes et la lectrice appartenant au groupe des lecteurs évoqués, mais chacun orientant le fil de la lecture dans une direction différente, ce qui provoque une discontinuité du texte.* ◆◆ *d.* Je voyais Bloch, les Guermantes, Legrandin, Andrée, [Maria *add. biffée dactyl 1*[2]] tirer de chaque image phrase les images [qu'il y *biffé dactyl. 1*] [que l'article *corr. dactyl. 1*] [enferme *corrigé dans dactyl. 1 en* renferme] ; et au moment même *ms., dactyl. 1*

1. Tout ce passage (p. 148-152) appartient à un ensemble antérieur dans *À la recherche du Temps perdu* et l'on y retrouve précisément les noms autour desquels Proust constitue sa critique d'une conception mondaine ou beuvienne de la littérature. *Les Récits d'une tante : Mémoires de la comtesse de Boigne née d'Osmond* furent publiés en 1907 et suscitèrent un article de Proust dans *Le Figaro*, « Journées de lecture » (*Essais et articles, Contre Sainte Beuve,* Bibl. de la Pléiade, p. 527-533 et, pour la partie coupée, p. 924-929). Une esquisse du passage est publiée dans

1. Rue d'Anjou habitaient Jean Cocteau et Mme de Chevigné.

2. « Maria » figure en réalité dans *ms.*, mais a été omis par la dactylographe de *dactyl. 1*. Ce nom semble correspondre à l'une des figures féminines disparues, antérieures à Albertine (voir *À l'ombre des jeunes filles en fleurs*, t. II de la présente édition, Esquisse LXVII, p. 995).

« La Méthode de Sainte-Beuve » (*Contre Sainte-Beuve*, Bibl. de la Pléiade , p. 226-229). On trouve dans Sainte-Beuve lui-même l'expression de ce journalisme mondain, à propos des mêmes personnes : il publie (*Les Nouveaux Lundis*, Calmann-Lévy 1886, p. 457-461) la notice nécrologique de la comtesse de Boigne insérée le 18 mai 1866 dans *Le Constitutionnel* et, à cette occasion, il rappelle l'article paru en 1863 après la mort du chancelier Pasquier ; la comtesse l'ayant remercié le jour même, Sainte-Beuve lui répondit : « [...] un mot d'approbation de vous [...] n'est autre chose que ce que j'ambitionnais le plus [...] votre pensée n'a cessé un moment de m'être présente pendant que je m'occupais de l'illustre ami que nous avons tous perdu. » Mme d'Arbouville était une amie dont Sainte-Beuve appréciait l'intelligence critique (voir les *Portraits de femmes*).

Page 151.

a. exprimer. [Cet article *corrigé en* Ces pages] qui quand je les écrivis [quand je n'étais qu'un auteur *biffé*] était si pâle auprès de ma pensée, si compliqué et opaque auprès de ma vision harmonieuse et transparente, si plein de lacunes que je n'étais pas arrivé à remplir, que sa lecture était pour moi une souffrance. [Il ne *biffé*] [Elles *corr.*] n'avait fait qu'accentuer *ms.* : exprimer. Ces [pensées *biffé*] [termes *corr. biffée*] [phrases de mon article *corr.*] [quand *biffé*] [lorsque *corr.*] je les écrivis [en auteur *biffé*] étaient si [juste *biffé*] [faibles *corr.*] auprès de ma pensée, si [compliqué *corrigé en* compliquées] et [opaque *corrigé en* opaques] auprès de ma vision [*un blanc complété par* harmonieuse] et transparente, si [plein *corrigé en* pleines] de lacunes que je [ne m' *biffé*] [n' *corr.*] étais pas [avisé *biffé*] [arrivé *corr.*] à remplir, que [sa *biffé*] [leur *corr.*] lecture était pour moi une souffrance [. Elles *corrigé en* , elles] n'avaient fait qu'accentuer *dactyl. 1. En face de cette phrase une mention de Proust, biffée dans une bulle :* mal dit . ⁂ *b.* lecteur, [si *add. dactyl. 1*] je me [déchargeais *en surcharge dans dactyl. 1 sur* décharge] sur les autres du devoir douloureux de me juger, je [réussissais *en surcharge dans dactyl. 1 sur* réussis] du moins *ms., dactyl. 1* ⁂ *c.* un article de soi qu'[on a un peu oublié *biffé*] dont on puisse dire que « quand on l'a lu on peut relire » *ms.* ⁂ *d.* les mêmes phrases. [Puis j'étais *biffé*] Il y avait justement un temps infini que je n'avais vu les Guermantes, j'irais leur faire une visite où je me rendrais compte *ms.* : les mêmes phrases. [Il y avait *biffé*] [Je devais *corr.*] justement [le jour même aller pour y rencontrer Mlle d'Éporcheville voir les Guermantes *add.*] que je n'avais pas [vu *corrigé en* vus] [les Guermantes *biffé*] [depuis *add.*] un temps infini, [j'irais *biffé*] [et en *corr.*] leur [faisant *en surcharge sur* faire] [une *biffé*] visite [où *biffé*] je me rendrais compte *dactyl. 1* ⁂ *e.* ma pensée, [Mais non, ces lignes seront lettres mortes pour *biffé*] qu'elle ne pouvait comprendre *ms.*

Page 152.

a. leur parler [à travers *biffé*] entre les lignes, [les charmer *biffé*] les faire penser à mon gré, leur plaire, *ms.* ⁂ *b.* mais je [savais *biffé*] sentais *ms.* ⁂ *c. L'adjectif qui, dans ms., suit* spirituel, *est peu lisible ;*

peut-être est-ce solitaire *? Sa place a été laissée en blanc dans le dactylogramme ; le blanc a été ensuite complété par* ultime . ↔ *d.* dans la littérature. *C'est sur ces mots que se termine le Cahier* XIII *du manuscrit. À partir de* Aussi après le déjeuner, *c'est le Cahier* XIV *qui constitue le manuscrit.*

Page 153.

a. dans la littérature *[p. 152, fin du 1er §]* [Après le déjeuner quand j'allai chez la duchesse de Guermantes, *biffé*] [Aussi après le déjeuner *[...]* et le rêve. *corr.*] en entrant *ms.* ↔ *b.* Notre tort est de [présenter *biffé dactyl. 1*] [croire que *corr. dactyl. 1*] les choses [se présentent habituellement *add. dactyl. 1*] telles qu'elles sont [en réalité *add. dactyl. 1*] les noms tels *ms., dactyl. 1*

1. Voir p. 82 et n. 2.

Page 154.

a. pour [Mme Verdurin *biffé*] la femme *ms.* ↔ *b.* pour Swann [ce qui est cause qu'il en tombe *biffé*] d'où il bâtit *ms.*

1. Voir l'Esquisse XIII, p. 684 et suiv.
2. Voir l'Esquisse XIV, p. 687 et suiv.

Page 155.

a. les politiciens [s'étaient en somme trompés *biffé*] n'avaient pas eu tort *ms.* ↔ *b.* qui [était persuadé que son nom était plus *biffé*] comme *ms.* ↔ *c.* prêt à [effacer *biffé*] étendre *ms.* ↔ *d.* l'adoptait. [Dès lors Gilberte signa G.S. Forcheville. En réduisant Gilberte à un simple G, elle pouvait laisser croire que ce n'était que par une abréviation du même genre qu'elle devint Melle de Forcheville. Il est vrai qu'elle ménagea la transition. Elle signait volontiers ses lettres G.S. Forcheville, ce qui donnait à penser que la réduction de Gilberte à G permettait de supposer que celle de Swann à un S n'était aussi qu'une abréviation. *[*Or il était arrivé que *biffé]* On sait que du vivant de Swann Mme de Guermantes s'était toujours refusée à recevoir la fille de Swann. *biffé en définitive*] On sait *ms.* ↔ *e.* ce que lui avait pendant longtemps représenté [le *biffé*] [à Swann son *corr.*] mariage [possible *add.*] avec Odette *ms.* ↔ *f.* Guermantes. [Il est vrai eût presque dû suffire pour lui persuader que cela n'aurait pas lieu ; on ne trouve pas en voyage les sensations ce qu'on y allait *biffé*] Et sans doute *ms.* ↔ *g.* réalisent jamais, [que pas plus pour le voyageur qui ne songe même *biffé*] [Mais comme la raison en est surtout que l'acte qu'on a accompli pour les atteindre vous modifie suffisamment pour qu'on n'aille plus à leur poursuite même si elle ne devait pas être vraie *biffé*] pour différentes raisons *ms.*

Page 156.

a. le mariage, [l'assassinat *biffé*] le crime *ms.* ↔ *b.* plus d'importance [à la raison qui nous a fait l'accomplir. *add. dactyl. 1*] [peut-être *biffé dactyl. 1*] [Il se peut *corr. dactyl. 1*] même que ne [nous vienne plus une seule fois à l'esprit *corrigé dans dactyl. 1 en* vienne plus une seule fois à son esprit[1]] l'image que [se *add. dactyl. 1*] formait *ms. dactyl. 1* ⁂ *c. En marge de ms., en regard de ces lignes, apparaît cette note de Proust, biffée :* Ce serait mieux de mettre cela ailleurs pour que Swann puisse réellement regretter de ne pouvoir présenter sa fille aux Guermantes. ⁂ *d. Dans la marge de ms., en regard de ces mots, cette autre note de Proust :* données ailleurs et à copier . *Voir l'Esquisse* XIII *; voir aussi t. III de la présente édition, p. 79.* ⁂ *e.* cette [tranquillité *biffé*] [aisance[2] heureuse *corr.*] avec *ms.* : cette [curiosité *biffé*] [assurance *corr.*] heureuse avec *dactyl. 1* ⁂ *f.* on ne prend pas *ms.* : on ne [*un blanc, complété par* sait pas] *dactyl. 1* ⁂ *g.* un [entêtement *corrigé en* une persévérance] qui *ms.*

1. Voir *Sodome et Gomorrhe*, t. III de la présente édition, p. 89 et n. 1.

2. Voir *Le Côté de Guermantes I*, t. II de la présente édition, p. 549-550, et *Sodome et Gomorrhe II*, t. III, p. 79 et 85.

Page 157.

a. cherchant [à la seconde page du *biffé*] dans *Le Figaro* *ms.* ⁂ *b.* parvenait pas à [enterrer *biffé*] lui faire *ms.*

1. Rouvier dirige le gouvernement en 1905 ; il s'agit très probablement de la crise provoquée par le discours de Guillaume II à Tanger, qui inquiète Mme de Villeparisis dans la première version de sa conversation à Venise avec M. de Norpois (voir l'Esquisse XVI p. 700). Proust commente également dans *La Prisonnière* (t. III de la présente édition, p. 864) les menaces de guerre de l'Allemagne à cette époque, qui ont abouti à la démission de Delcassé au mois de juin 1905.

2. *Le Figaro* du 4 août 1916 rend compte à la rubrique « Le monde et la Ville » du mariage du comte Louis-René de Gramont avec Mlle Antoinette de Rochechouart de Mortemart. Proust écrit à Lionel Hauser : « Les journaux en narrant l'enterrement du jeune Murat et le mariage du moins jeune Gramont m'ont appris que Guiche était mobilisé et d'Albufera toujours à Verdun, ce qui les a empêchés d'assister au mariage de leur frère et funérailles de leur neveu » (*Correspondance* t. XV, p. 292 et 294).

Page 158.

a. maîtresse [d'aller chez *biffé*] de faire *ms.* ⁂ *b.* elle [était souvent bonne *biffé*] faisait *ms.*

Page 159.

a. Elle les mettait [ce qu'ils étaient d'ailleurs mais pour d'autres raisons *biffé*] au-dessus *ms.* ⁂ *b.* faire, [on commença à penser *biffé*]

1. Nous n'adoptons pas cette correction qui dénature le sens.

2. Lecture conjecturale.

[on *corr.*] remarquer combien *ms.* ◆◆ *c.* pensait à Mlle d'Ablancourt pour son [neveu *biffé*] fils *ms. ; dactyl. 1 porte* Gilberte *en correction manuscrite à* Mlle d'Ablancourt. *Ce nom provient de la version du Cahier 48 (f° 37 r°) ; Odette, après la mort de Swann épouse M. d'Ablancourt.* ◆◆ *d. L'ordre de ces phrases est, à l'origine, différent dans ms. :* sa maîtresse choisirait. Et M. de Guermantes tout prêt, [...] trouve délicieuse. » Le soleil entrait [...] une visite à Saint-Cloud *[une croix]* (mettre M. de Guermantes après le soleil qui entre) « Je la trouve délicieuse. » Et voyant

1. Le nom n'apparaît qu'ici dans *À la recherche du temps perdu* ; le brouillon mentionne la princesse de T*** (voir l'Esquisse XIII, p. 684 et suiv.).

2. Ce nom aussi n'apparaît qu'ici. Il fait penser à un anagramme, comme Nonelef qui désignait Fénelon (voir la *Correspondance*, t. II, p. 455) ; on le trouve en 1908 dans la liste du Carnet 8, f° 49 r°. Dans le brouillon (voir l'Esquisse XIII, p. 685 et suiv.), il s'agit encore de la princesse de T***.

Page 161.

a. Mais [reine de l'Instant si elle savait *biffé*] [sachant *corr.*] vraiment vous combler, [où elle ne pouvait *biffé*] [quand elle vous voyait, ne pouvant alors *corr.*] se résoudre à vous laisser partir, Mme de Guermantes en était aussi l'esclave. *ms. ; dans le dactylogramme* en *a été supprimé devant* était aussi *et* de ce besoin de la présence. *a été ajouté à la fin.*

Page 162.

a. Ces bonnes dispositions du duc et de la duchesse firent que [maintenant *biffé dactyl. 1*] [dorénavant *corr. dactyl. 1*] on [lui eût au besoin dit quelquefois *corrigé sur dactyl. 1 en* eût au besoin dit quelquefois à Gilberte] un « votre pauvre père » [mais *biffé ms.*] qui ne put [d'ailleurs *add. dactyl. 1*] servir, *ms., dactyl. 1* ◆◆ *b.* autrefois [(mais le goût public *[changeait peu à peu *biffé*]* avait changé et Elstir était à la mode) *biffé en définitive*] étaient relégués *ms.*

Page 163.

a. peinture. » [« Vous avez vu c'est épouvantable, allait me dire tout à l'heure la duchesse après le départ de Gilberte *biffé*] Moi *ms. Proust, qui continuait ici à recopier le Cahier 48, a intercalé une scène ; le passage est repris dans l'épisode, p. 169, 2ᵉ § :* Quand Gilberte fut partie [...] ◆◆ *b.* fit chercher *Le Figaro*, [comme si j'avais pu me tromper et fut bien obligé de *biffé*] et ne se rendit *ms.*

Page 164.

a. Le passage a été biffé dans le dactylogramme 1, depuis Je vous disais *[12ᵉ ligne de la page]* que Basin *jusqu'à* la flèche de Bourges, *, puis rétabli ; voir n. 1.*

1. La même anecdote est située en Bretagne dans *La Prisonnière* (t. III, p. 545-546) ; elle est racontée par Mme de Guermantes à propos du prince de Léon ; le double emploi explique la coupure prévue par Robert Proust, qui a ensuite changé d'avis (voir var. *a*). Les Laumes sont un petit village de la commune de Venarey, en Côte-d'Or. Le pèlerinage de Paray-le-Monial, en Saône-et-Loire, connut un grand essor au XIXe siècle, car c'est dans son couvent de la Visitation que Marguerite-Marie Alacoque avait fondé, au XVIIe siècle, le culte du Sacré-Cœur de Jésus. Les Anglais passaient pour avoir le visage glabre — le prince de Galles excepté — quand les Français portaient encore la barbe.

Page 165.

a. dire. » [C'est que Gilberte était devenue très snob *biffé*] J'appris *ms. La phrase est rétablie dans le dactylogramme 1, et* J'appris *y est supprimé et remplacé par* C'est ainsi ◆◆ *b.* Les combinaisons qui au cours des générations [assurent ainsi à l'hum <anité> *biffé*] par lesquelles *ms.*

Page 166.

a. Après sincérité , *le manuscrit est déchiré. Sur dactyl. 1, un blanc a été laissé ; la phrase a été complétée par* complète ; *suit un début de rédaction biffé :* À ce moment-là c'est elle qui est l'âme même, mais elle [*un blanc complété par* ne vient qu'en] retour des mêlées furieuses qui l'avaient précédée. ◆◆ *b.* avec le temps [de plus en plus nombreuses *biffé*] presque tout le monde. [À l'égard d'autres, comme moi, comme la duchesse de Guermantes nullement. C'est peut-être *[*pour *biffé]* à l'intention de ces « renseignés » qu'elle dans la signature, au bas de ses lettres elle ménagea quelques temps les transitions. Elle signait en effet G. S. Forcheville. Actuellement *biffé en définitive*] Elle ne devait *ms. ; voir aussi var. d., p. 155.* ◆◆ *c.* la fille de Swann. » [En tous cas préférait-elle que ce fût dit par elle que par eux. Elle savait *biffé*] Mais elle ne le savait *ms.* ◆◆ *d.* l'éloignement [diminue la grandeur des choses, leur certitude *biffé*] rend *ms.* ◆◆ *e.* inutile [de dire aux gens qui ne le savaient peut-être p<as> *biffé*] que la découverte *ms.* ◆◆ *f.* pour le reste. [Comme l'éloignement rend les choses plus petites, plus incertaines, moins dangereuses, Gilberte préférait *[...]* qu'elle était née Swann. *biffé dactyl. 1*] Et comme on est *ms., dactyl. 1 ; l'édition originale a supprimé la phrase précédente (non biffée dans dactyl. 1), entre* impression directe *et* Gilberte appartenait. *Nous conservons le découpage de l'édition Clarac-Ferré à cause de l'enchaînement* près de *et* préférait .

Page 167.

a. un sentiment vif [et coloré *biffé*] de ces différences *ms.*

1. La même anecdote est évoquée dans *La Prisonnière*, t. III de la présente édition, p. 546.

Page 168.

a. citer le [passage de Saint-Simon *biffé*] portrait *ms.* ↔ *b. Après un long ajoutage, en marge et sur béquet, sur le snobisme de Gilberte (depuis* malgré cela, dans son snobisme *[p. 167, 2d §]), et jusqu'à* ni l'un ni l'autre. *), le texte initial de ms. revient à Lady Rufus Israël, et à l'échec du duc de Guermantes à la présidence du Jockey, conséquence désastreuse de l'affaire Dreyfus. Bien qu'il soit notablement différent du passage similaire de « La Prisonnière » (voir le tome III de la présente édition, p. 548-550), ce texte, que nous donnons ici, a été biffé dans le dactylogramme 1 :* En disant à son mari qu'il savait ce que lui avaient coûté les relations dans le genre des Israël, Madame de Guermantes faisait allusion à un incident tout récent et qui avait fort agacé le ménage. Quand mourut le président du Jockey, M. de Guermantes qui était le plus ancien vice-président ne douta pas d'une élection à un poste qui d'ailleurs pour lui, le plus ancien des ducs français et à tous égards le plus considérable était peu de chose. Or [quelle qu'eût été la raison donnée ou secrète *biffé*] soit qu'il se fût formé à ce moment dans les clubs aristocratiques un sentiment d'hostilité à l'égard des grandes fortunes, soit que ce cercle si militaire voulût punir en la personne du duc le dreyfusisme de son cousin, le prince, soit enfin que les nombreuses insolences de la duchesse eussent créé un vif mouvement de jalousie et de ressentiment parmi les membres du Jockey dont la plupart ne pouvaient pas faire arriver à recevoir leurs femmes ni à pénétrer eux-mêmes dans la société trop choisie des Guermantes, au dernier moment une cabale avait fait arriver à la présidence un représentant de la noblesse peu fortunée, peu élégante, peu répandue, ce même M. de Chaussepierre à la femme de qui j'avais vu, chez la princesse de Guermantes, la duchesse faire deux saluts si impertinents d'abord de stupéfaction, ensuite de familiarité. Comme il arrive souvent en pareil cas, il se trouva que le nouveau président était en réalité beaucoup plus dreyfusard que le duc, qui ne l'était nullement. Mais on ne demandait pas ses sentiments intimes à M. de Chaussepierre. Quels que fussent ceux-ci le nouveau président représentait une société très militariste, qui restait confinée entre la rue du Bac et la rue de la Chaise, ne dépensait pas d'argent et n'avait échangé de cartes avec aucun Rothschild. Cela suffisait. Quand M. de Guermantes *ms.*

1. Armand du Lau, marquis d'Allemans, était un vieil ami de Saint-Simon qui l'évoque, à l'occasion d'un voyage qu'il fit à Paris en 1719 (*Mémoires*, Bibl. de la Pléiade, t. VII, p. 463-465).

Page 169.

a. très gênant (*bas ant*) dit-elle *ms. ; cette parenthèse soulignée et peu déchiffrable a été laissée en blanc dans le dactylogramme ; l'édition Clarac-Ferré substitue* Basin ; *nous pensons plutôt à* barbant . ↔ *b. Suivent, dans ms., quelques lignes biffées, commentaire sur l'oubli et la mort de Swann, reprises p. 171 2e §.* ↔ *c.* retentit un peu [au-delà de votre cercle habituel, au milieu duquel *biffé*] des nouvelles *ms.*

Page 170.

a. Le dactylogramme 1 a été corrigé à partir de la construction fautive du manuscrit : Comme de ce qu'il considérait comme un privilège, lui était aussi échu [...] tout autrement *. Voici la leçon de dactyl. 1 :* Comme [il cessait d'être jaloux *add.*] de ce qu'il considérait comme un privilège, [puisqu'il] lui était aussi échu, l'envie qui lui avait fait feindre d'ignorer mon article [cessait *en surcharge sur* cessant] comme un compresseur se soulève [. Il *en surcharge sur* il] m'en parla, [mais *add.*] tout autrement *; cette correction supplante une première correction plus simple :* Comme de ce qu'il considérait comme un privilège, lui étant aussi échu, l'envie [...] cessait comme un compresseur se soulève, il m'en parla, tout autrement *. Rappelons qu'il est à peu près impossible de distinguer le participe présent de l'imparfait dans les manuscrits. Nous suivons l'édition Clarac-Ferré qui supprime le* de *initial.* ◆◆ *b. Le nom, comme tout nom inconnu, est d'une lecture peu sûre dans ms. ; peut-être* Sanilon ? *Le dactylogramme 1 porte* Saullon *corrigé en* Sautton .

1. Dans *Le Temps retrouvé*, Théodore, devenu le protégé de Legrandin, est identifié comme l'auteur de la lettre (p. 279 et n. 1).

Page 171.

a. L'ensemble de ce paragraphe est fortement remanié dans le dactylogramme : Le surlendemain je [me réjouis *biffé*] [rêvai *corr.*] que Bergotte [fût *biffé*] [était *corr.*] un grand admirateur de mon article qu'il n'avait pu lire sans envie ; [pourtant au bout d'un moment ma joie tomba. En effet Bergotte ne m'avait absolument rien écrit. Je m'étais seulement demandé s'il eût aimé cet article en craignant que non. *biffé*] [À mon réveil ma joie tomba et je ne pensai plus qu'à la tristesse que m'avait causée en son temps la mort de Bergotte *corr. biffée*] À [cette *biffé*] [une *corr.*] question que je [me *biffé*] [lui *corr.*] posais [pendant mon sommeil *add.*] Mme de Forcheville m'avait répondu qu'il l'admirait infiniment, le trouvant d'un grand écrivain. [Mais elle me l'avait dit pendant que je dormais : c'était un rêve *biffé*] Presque tous [nos rêves *add.*] répondent [ainsi *add.*] aux questions que nous nous posons [par *en surcharge sur* pour] des affirmations complexes, mises en scène avec plusieurs personnages, [mais qui n'ont pas de lendemain *biffé*] [dont beaucoup sont morts et reviennent peupler nos songes *corr.*] *. Dans l'édition originale (t. II, p. 61), ce paragraphe est remplacé par ceux-ci :* Comme je me demandais si Bergotte eût aimé cet article, Mme de Forcheville m'avait répondu qu'il l'aurait infiniment admiré et n'aurait pu le lire sans envie. Mais elle me l'avait dit pendant que je dormais : c'était un rêve. / Presque tous nos rêves répondent ainsi aux questions que nous nous posons par des affirmations complexes, des mises en scène à plusieurs personnages, mais qui n'ont pas de lendemain. *Nous ignorons la provenance de cette version du premier paragraphe. Nous suivons la rédaction du manuscrit parce que les corrections, de deux époques différentes, se superposent et rendent le texte confus.* ◆◆ *b.* Les [illusions de l'amour d'un père mourant *biffé*] illusions de l'amour paternel *ms.*

Page 172.

a. en moi le [chagrin *biffé*] [regret *corr.*] de sa mort, en retour le [chagrin *biffé*] [regret *corr.*] lui-même avait fixé *ms.* ◆◆ *b.* De sorte que la modification de mon état [...] mais réalisées brusquement dans leur ensemble me donnèrent cette impression *ms.* ◆◆ *c.* paralysée [Je n'aimais plus *[...]* qu'ils ont perdue. *add.*] La *ms. Cette addition est précédée de cette note :* mettre ailleurs *; elle a été supprimée dans les éditions bien qu'elle soit clairement insérée dans le texte du manuscrit par une bulle.*

Page 173.

a. ma grand-mère, [ma vie m'apparaissait comme aussi inutile dans l'avenir que longue dans le passé, *biffé*] offrant une succession de périodes [sous lesquelles aucun moi identique ne subsistait, qui seraient arrêtées, par la mort, ici ou là, arbitrairement, seraient arbitrairement arrêtées mais nullement conclues, comme certains professeurs terminent leur cours d'histoire moderne à la Révolution de 1830, d'autres à celle de 1848, offrant une succession de périodes, où, après certains intervalles rien de ce qui soutenait la précédente ne subsistait plus dans celle qui suivait, *biffé*] [sous lesquelles *[...]* celle qui la suivait *corr.*] ma vie m'apparut *ms.*

Page 174.

a. la fatigue [et la tristesse *add.*] vint-elle moins *ms.* ◆◆ *b.* vaine activité qui [nous pousse *biffé*] [nous fait perdre le temps *corr.*] à tapisser notre vie d'une végétation humaine [adventice et *biffé*] vivace mais [postiche *biffé*] parasite, [qu'il faudra oublier *biffé*] qui deviendra *ms.* ◆◆ *c.* Or au contraire [ce moi redouté *biffé*] [il *corr.*] m'apportait au contraire *ms.*

Page 176.

a. Deux additions marginales successives introduisent dans ms. Mme Sazerat. la première va de C'était *[4e ligne du §]* un jour où maman *à* rentrer tôt *, suivi de cette phrase biffée :* Ce qui n'avait pas manqué car Mme Sazerat charmante quand elle était seule l'avait réunie à des gens assommants et avait eu sa voix du vendredi quand elle avait du monde *; que reprend la seconde addition, qui va de* Elle était en effet *à* tous les dix ans. ◆◆ *b.* la [duchesse *biffé*] [princesse *corr.*] la *ms.* ◆◆ *c.* toujours, elle était allée voir la princesse de [Guermantes *biffé*] Parme *ms.* ◆◆ *d.* au bout [d'un quart d'heure *biffé*] [de dix minutes *corr.*], comme *ms.*

1. La duchesse d'Havré ; en premières noces, c'est Mme de Villeparisis, d'après l'épisode de Venise (p. 213) ; le passage ajouté sur Mme Sazerat devait préparer la rencontre de Venise.

Page 177.

a. Toute cette réflexion entre parenthèses a été biffée dans le dactylogramme 1 ; il ne semble pas que la biffure soit de Proust. Nous n'en tenons pas compte. ◆◆ *b.* À *partir d'ici, et jusqu'à* domestiques. *[p. 178, fin du 2ᵉ §], le texte est procuré dans ms. par deux additions successives, dont la seconde n'apparaît plus dans dactyl. 1 ; voir var. e, p. 178.* ◆◆ *c.* une voix [de femme *biffé*], qu'il y avait *ms.*

1. Nous n'avons pu retrouver ce fragment d'Armand Silvestre, qui appartient probablement au livret de l'un de ses opéras.

2. Musset, « La Nuit d'octobre », *Poésies complètes,* Bibl. de la Pléiade, *Poésies nouvelles*, p. 332-333. M. de Charlus cite d'autres vers du même poète dans l'Esquisse I, p. 633.

Page 178.

a. purs. / [Quand tu vas être loin je me *biffé*] Ah ! toi [tu ne l'as jamais dit *biffé*] j'avais cru *ms.* ◆◆ *b.* qu'ils sont ici / [Tout ce que tu as pu me f< ?> *biffé*] / De fierté *ms.* ◆◆ *c.* par M. de Charlus à [Santo<is> *biffé*] un militaire *ms.* ◆◆ *d. Lecture incertaine ; c'est peut-être* virile *qu'il faut lire.* ◆◆ *e. Le premier jet de ms. donnait :* Andrée vint me voir. *[p. 177, 1ʳᵉ ligne du 2ᵉ §]* Le souvenir d'Albertine *(voir var. b, p. 177). Une addition marginale donne le fragment sur Gisèle, de* Elle n'avait pas grand temps *à* plaisir complet. *De* Il est vrai que quand elle vint, *à* celui des domestiques. *, le texte est procuré dans ms. par un béquet. Dans dactyl. 1, les pages 852 et 853, correspondant à ce béquet, ont été supprimées. Le caractère « inconvenant » de ce passage peut conduire à penser que la suppression est due aux premiers éditeurs d'« Albertine disparue ». Nous suivons pour ce passage le texte final du manuscrit.*

1. Sully-Prudhomme, « Aux Tuileries » (*Les Vaines Tendresses*, Œuvres complètes, Lemerre, vol. III, p. 23) ; le troisième vers de la strophe est : « [...] Qui plus tard suspendront leur jeune rêverie [...]. »

2. Charles Cros, *Nocturne*, vers 7, 9, 19-21. M. de Charlus cite d'autres vers du même poème dans l'Esquisse I (voir n. 2 et 3, p. 634).

3. Les « jours » sont une période d'exercice à quoi sont astreints les réservistes. Nous n'avons pu découvrir à quel moment et pour quel corps la période était de treize jours. Tout ce passage, bizarrement enclavé ici, semble un vestige d'un projet initial où M. de Charlus tenait un rôle important. Voir la Notice, p. 997.

Page 179.

a. L'adjectif seule *du manuscrit a été corrigé en* seulement *dans dactyl. 1. Pour des raisons de sens, nous ne tenons pas compte de cette correction, qui n'est vraisemblablement pas de Proust.* ◆◆ *b.* aussitôt qu'[elles *biffé*] [que la petite *corr.*] étaient bien *ms.* ◆◆ *c. La dactylographe de dactyl. 1 a lu* Corliville .

1. La leçon de l'édition originale est Corliville (*dactyl. 1*, p. 855). Ce nom est à rapprocher du Couliville de *Sodome et Gomorrhe II* (t. III de la présente édition, p. 465 ; dans l'édition originale *de Sodome et Gomorrhe II* : Corlesville). Ce passage témoigne des obsessions érotiques de Proust.

Page 180.

a. quittait elle *[p. 179, dernière ligne]* recommencerait. [Seulement je crois qu'après vous avoir quitté, si elle se remettait à cette furieuse envie, après cela ses remords étaient bien plus grands. *biffé dactyl. 1*] Elle espérait *ms, dactyl. 1* ◆◆ *b.* notre gêne [nous avons eu *biffé*] toutes les deux, sans avoir pu nous consulter, nous avions eu la même *ms.*

1. Voir *La Prisonnière*, t. III de la présente édition, p. 563-564.

Page 181.

a. À la suite d'indications de régie fort complexes et destinées à des béquets collés dans un ordre inversé, Proust semble avoir mal indiqué dans ms. l'enchaînement qu'il prévoyait : cacher sa rougeur. » / Comme certains ; *il fait précéder ce début de paragraphe de :* ayant amené un suicide dans une famille elle s'était elle-même tuée. Alinéa. [Il y a *biffé*] Comme certains *.Dans dactyl. 1, ce fragment (voir p. 180, lignes 5-6) est dactylographié dans la marge, puis biffé.* ◆◆ *b.* nous entrions jamais *ms.* : nous [n'entrons *en surcharge sur* entrions] [jamais *biffé*] que distraits *dactyl. 1* ◆◆ *c.* comme un [médicament *biffé*] [poison *corr.*] évaporé *ms.* ◆◆ *d.* dans le ciel, et se dit *ms. ; le passage est dicté.*

Page 183.

a. si pour quelque raison *[1re ligne de la page]* [elle était *biffé*] contre moi dans une rage [qu'elle avait pu ne pas avoir quand elle me voyait si triste (il suffisait en effet que les gens fussent tristes, humiliés, pour qu'elle cessât de vouloir aucun mal et *[fût prête à biffé]* souhaitât combler de bien ceux-là même que quelques jours auparavant elle désirait, les yeux étincelants de rage, faire assassiner, faire condamner en justice, fût-ce sur de faux témoignages) et qui maintenant que j'étais consolé, la reprenait, *biffé en définitive*] [Peut-être avait-elle de l'irritation *[...]* bonne mine et surtout la [*13 lignes biffées illisibles*] conscience *[...]* était encore loin. Peut-être était-elle contre moi dans une de ces rages *corr.*] [Peut-être était-elle irritée *add.*] je ne savais *ms.*

1. Sur ce jeune homme, voir var. *a*, p. 184 et sa note, ainsi que *À l'ombre des jeunes filles en fleurs*, t. II de la présente édition, p. 233-234 et n. 1, p. 38. Le jeune homme, qui s'appelle Octave, est surnommé « je suis dans les choux ». Ici, il n'a pas de nom mais devient, à la page 184, le « neveu des Verdurin ». Proust avait pensé à Horace Finaly et à Henry Bernstein, mais bien des modèles, comme toujours, entrent dans cette composition. Plusieurs sources ont été suggérées pour le nom d'Octave : anagramme approximative de Cocteau ; nom du mari d'Anita Nahmias, Octavio del Monte etc. On pourrait aussi songer aux *Confessions d'un enfant du siècle* de Musset, dont le héros s'appelle Octave : les traits du poitrinaire dandy et auteur de théâtre évoquent le poète cher à Proust.

Page 184.

a. à Balbec [(et moi tout le premier) *biffé*] attentif *ms. Sur un verso, treize feuillets plus loin, en marge d'un brouillon de ce passage, très proche du texte définitif, Proust a écrit* : des œuvres capitales, d'un grand talent / il était un cancre / il serait bien que ce jeune homme fût celui qu'à mon premier séjour à Balbec je vois jouer et désire tant connaître (Finaly, Bernstein[1]).

1. L'allusion à Cocteau semble ici fort probable : le ballet *Parade*, représenté en mai 1917 au Châtelet, eut un grand retentissement ; Jean Cocteau avait, en 1916, proposé à Picasso de concerter avec lui un ballet pour Serge de Diaghilev ; Erik Satie en écrivit la musique, Picasso et Jean Cocteau allèrent à Rome pour travailler ensemble sur l'argument, écrit par Cocteau, et sur les décors et les costumes, faits par Picasso. La représentation fit scandale ; les commentaires mondains sont rapportés par l'abbé Mugnier dans son *Journal* : « C'est un ballet qui dure quelques minutes et Jean Cocteau gonflé d'orgueil s'imagine que c'est la première d'*Hernani* ! Ses amis sont consternés » (3 juin 1917 ; Mercure de France, 1985, p. 312). Proust, ami de Cocteau, pouvait mieux que personne évaluer le tort que la réputation mondaine de Cocteau faisait à son succès (voir les lettres à Jean Cocteau datées de mai 1917, *Correspondance*, t. XVI, p. 139-140 et 143-144).

Page 185.

1. Proust cite très rarement Rimbaud. Il a, en revanche, commenté *Les Affinités électives* (voir *Essais et articles*, éd. citée, « sur Goethe », p. 647-650).

2. Conduire un attelage de quatre chevaux se dit aussi conduire à grandes guides. Le sens est ici à la fois propre et figuré : le maniement des chevaux fait partie de la vie du dandy. L'expression, qui ne se trouve pas dans les dictionnaires français, est donnée couramment dans les dictionnaires anglais (*four in hand*).

Page 186.

a. Dans cette phrase Proust a écrit deux fois dans ms. : pour . ◆◆ *b.* En tout cas *À partir d'ici, et jusqu'à* brute épaisse. *[p. 187, fin du 1*er *§], le texte est procuré par un feuillet collé dans ms. ; il porte une note de régie biffée* : Introduire plutôt cela un peu plus haut dans les pages précédentes.

1. Allusion, sans doute, à la succession d'historiens et de physiciens des Broglie, fils et petit-fils d'Albert. Proust aime opposer les inventeurs aux académiciens.

2. La vieille dame qui lisait *Les Débats* aux Champs-Élysées (voir *Du côté de chez Swann* t. I de la présente édition, p. 390-391 et 406).

1. Horace Finaly est un camarade de classe de Proust chez lequel celui-ci passa des vacances, en 1892, à Trouville ; Henry Bernstein, dramaturge connu, s'était lié avec Antoine Bibesco en 1901.

Page 187.

a. « intéresser ». [Ainsi raisonnent les gens du monde *biffé*] Ces deux-là *ms.*

1. Ni Gilbert de Belloeuvre, ni Guy Saumoy ne figurent dans *À l'ombre des jeunes filles en fleurs.*

Page 188.

a. d'apparences [successives *biffé*] et diverses *ms.*

1. L'appartement inhabité de la grand-mère et les promenades aux Buttes-Chaumont sont des révélations de Mme Bontemps (voir *La Prisonnière*, t. III de la présente édition, p. 529 et 890 ; ici p. 123-124).

Page 189.

a. enfin [identique à *biffé*] [conforme *corr. biffée*] [concorder avec *corr.*] ce que mon instinct *ms.*

Page 190.

a. d'un être, [comme cert<aines> *[il non biffé]* des luxuriances qui attirent vers les fleurs vénéneuses, peut-être *biffé*] étaient-ils *ms.*

Page 191.

a. À partir d'ici, et jusqu'à je lui dis : *[p. 193, var. a], le texte est procuré dans ms. par une longue addition sur béquet.* ↔ *b.* changeait [sans cesse *biffé*] [successivement *corr.*] d'objet, *ms.* ↔ *c.* et même si [jamais il me venait à l'idée *biffé*] j'avais les goûts *ms.*

1. Voir *La Prisonnière*, t. III de la présente édition, p. 563

2. Voir *Sodome et Gomorrhe*, *ibid.*, p. 4

3. On ne retrouve pas cet épisode dans le roman, mais Albertine fait, en compagnie du héros, de nombreuses visites aux aérodromes des environs de Paris (voir *La Prisonnière*, *ibid.*, p. 612).

Page 193.

a. Fin de l'addition sur ms. signalée var. a, p. 191. Initialement la conversation avec Andrée enchaînait donc sans interruption, dans une même visite, avec les questions sur le motif du départ d'Albertine. ↔ *b. Phrase tronquée, constituée de deux fragments collés* : Je n'avais jamais [dans ma jalousie *add.*] pensé à cette explication [. Dans *biffé*], mais seulement aux désirs d'Albertine pour les femmes [ma[1] jalousie, je ne pensais qu'aux désirs d'Albertine et à *biffé*] [et *add.*] ma surveillance *ms.*

1. Ici commence le papier collé ; Proust en a donc biffé le début, et a ajouté le « et » pour en relier le texte à celui du feuillet support.

1. Voir n. 1, p. 183.

Page 194.

a. satisfaction de certains mariages qui [...] pas complètement ne tenait pas à un mariage *ms.* : satisfaction [de certains *biffé*] [de travailler à la réalisation d'un de ces *corr. en surcharge sur* réaliser un de ces] mariages qui [...] pas complètement [ne tenant pas *biffé*] [croyant qu'elle tenait *corr.*] à un mariage *dactyl. 1. Nous corrigeons d'après ms.* ◆◆ *b.* le système des [buts *biffé*] [causes *corr.*] [nombreux *corrigés en* nombreuses] [pour *biffé*] d'une seule *ms.*

1. Voir n. 1, p. 183.

Page 195.

a. À partir d'ici, et jusqu'à Mais personne n'y croit. *[var. c, p. 196], le texte est procuré dans ms. par une addition marginale suivie d'un long béquet.* ◆◆ *b.* toute une vie [: inspirer *biffé*] : de l'amour *ms. ; dactyl. 1 restitue le verbe biffé. Nous ne tenons pas compte de cette correction.* ◆◆ *c.* à elles, que la preuve [de n'être pas *biffé*] qu'ils ne sont pas *ms.* ◆◆ *d.* conséquence parfaitement [raisonnable *biffé*] compréhensible *ms.* ◆◆ *e.* qui ne l'aime pas. [Il appellera amour *biffé*] On s'étonnera *ms.* ◆◆ *f.* de ce qu'elle faisait, de qu'elle aimait *ms ; la dactylographe de dactyl. 1 a transcrit :* de qui elle aimait *, qui a été corrigé en :* de celui qu'elle aimait .

Page 196.

a. leur [révèle un nouv<el> *biffé*] enrichit *ms.* ◆◆ *b.* on devrait [autant *biffé*] redouter la [colère *biffé*] [le ressentiment *corr.*] de celle *ms.* ◆◆ *c. Fin dans ms. de l'addition signalée var. a, p. 195. Au bas du folio où l'addition s'achève figure la mention biffée :* Suivre au verso suivant, ce qui est le plus capital de tout le livre.

Page 197.

a. alors elles *[p. 196, dernière ligne]* connaissaient trop Albertine, [et *add.*] Albertine trop elles pour pouvoir même [se regarder à ce point *biffé*] songer à cela ensemble. *ms. ; le passage d'un feuillet à l'autre avant* trop elles *interdit qu'on tienne pour une audace grammaticale l'omission du verbe* connaissait .

Page 198.

a. si familial [, de vous arracher au jaloux *biffé*]. » Vous savez *ms.*

1. Voir *La Prisonnière*, t. III de la présente édition, p. 606-609.

Page 199.

a. Et [je me disais *add.*] il y avait cela *ms.* ◆◆ *b.* que [si pour comprendre les jugements différents *biffé*] si des différences *ms.*

◆◆ *c.* Mais alors quand on a ainsi un fait, les autres dont on n'a jamais que les apparences, car l'envers de la tapisserie, [aussi bien des intelli<gences> *biffé*] l'envers [réel *add.*] de l'action, de l'intrigue [réelle *biffé*], aussi bien que celui de l'intelligence du cœur — se dérobent *ms.* : Mais alors [quand on a *biffé*] [même qu'on tient *corr.*] ainsi un fait, [des *en surcharge sur* les] autres [dont on n'a jamais *corrigé par biffure et en interligne en* on n'en aperçoit] que [l'apparence ; *en surcharge sur* les apparences,] [— ce qu'on voudrait c'est *add.*] [car *biffé*] l'envers de la tapisserie, [et les mobiles *add.*] [l'envers *biffé*] [réels *en surcharge sur* réel] de l'action, de l'intrigue, [— *add.*] aussi bien que [celui *biffé*] [ceux *corr.*] de l'intelligence du cœur — se dérobent *dactyl. 1. Nous adoptons la leçon du manuscrit et introduisons* comme *après* les apparences *. à la place de* car *, les corrections du dactylogramme étant posthumes et peu satisfaisantes.*

Page 200.

a. ce jeune homme, [tout en *biffé*] [sans doute je continuai à *corr.*] pensant que s'il avait *ms.*

1. Voir n. 1, p. 183 et p. 194.

Page 201.

a. On a dans ms. Bergotte *, biffé et remplacé par* Elstir *dans le dactylogramme 1.* ◆◆ *b. En marge de ms., en regard de ces lignes, cette note biffée :* Elle me dit (peut-être à un autre endroit) combien elle aimerait entend<re>

Page 202.

a. Le titre ne figure pas dans le manuscrit mais une séparation importante est indiquée par une étoile en tête de la page. Dans le dactylogramme 1, la page 898 a été découpée et collée sur deux pages différentes, 898 et 898 bis. On voit encore, en bas et dans la marge de la page 898, le signe par lequel Proust indique la fin du chapitre, et la trace d'une ancienne indication : chapitre II ; *la page 898 bis porte, sur le feuillet collé :* Chap. *[un blanc]* / Séjour à Venise *et, dans la partie supérieure de la feuille :* Chapitre III / Séjour à Venise *, d'une main que nous n'avons pas identifiée. Dans le dactylogramme 2, toute la page 898 est biffée jusqu'au début du nouveau chapitre :* Ma mère m'avait emmené. *En marge, de l'écriture de Proust :* Albertine disparue / Chapitre 2[d]. *Sur ces indications, voir notre Notice, p. 1042.* ◆◆ *b. Début du chapitre dans ms. :* [C'est à Venise que je me rappelle *biffé*] [Quant à *biffé*] [C'est à Venise assez longtemps après la visite d'Andrée que je me *biffé*] [Quant à la troisième fois où je me *corr.*] Souviens d'avoir eu conscience [pour la troisième fois *biffé*] que j'approchais de l'indifférence absolue à l'égard d'Albertine [et cette dernière fois jusqu'à sentir que j'y étais tout à fait arrivé *add.*], ce fut un [soir *biffé*] jour, assez longtemps après la dernière visite d'Andrée, à Venise. Ma mère m'y avait emmené, et — comme *Début du chapitre dans dactyl. 1 : [Un blanc].* Ma mère m'[y *biffé*] avait emmené [passer quelques semaines à Venise, *add.*] et — comme *Début du chapitre dans dactyl. 2 :* [Quant à la troisième *[comme dans ms.]* à Venise *biffé*].

Ma mère m'[y *gommé*] avait emmené [passer quelques semaines à Venise *add. dactylographiée*] [ma mère m'avait emmené passer quelques jours à *[*V *biffé]* semaines à Venise *2*[de] *rédaction marginale*] et — comme *dactyl. 2.* ↔ *c.* à celles que [je ressentais jadis *biffé*] [j'avais si souvent ressenties autrefois *corr.*] à Combray *ms.* ↔ *d.* matin [ma mère *biffé*] [on venait *add.*] [ouvrir *en surcharge sur* ouvrait] mes volets *ms.* ↔ *e.* fixer, il m'[annonçait *biffé*] [me faisait *corr.*] avec ses bras grands ouverts, pour quand je serais une demi-heure plus tard sur la [place Saint-Marc *biffé*] [piazzetta *corr.*] une promesse joie *ms.* ↔ *f.* où [une seule partie *biffé*] [un seul segment *corr.*] [ensoleillée *corrigé en* ensoleillé] nous permet *ms.*

1. Ici s'achève le second chapitre, « Mademoiselle de Forcheville », dans le dactylogramme 1 (f° 898) et dans l'édition originale (t. I, p. 225) ; voir var. *a* et *b*, et la Notice, p. 1029 et 1031.

2. Voir l'Esquisse XV, p. 689 et suiv.

3. La Piazzetta, ou Petite Place, perpendiculaire à la place Saint-Marc, longe le Palais ducal et s'ouvre sur le débarcadère du Bassin Saint-Marc.

4. Le rappel des évangiles dans cette phrase (Évangile selon Luc, II, 14) se double d'un rappel de Ruskin. Dans sa préface à *La Bible d'Amiens*, Proust cite un passage dont nous isolons ce fragment : « Si vous ramenez vos pensées vers l'état des multitudes oubliées qui ont travaillé en silence et adoré humblement, comme les neiges de la chrétienté ramenaient le souvenir de la naissance du Christ ou le soleil de son printemps le souvenir de sa résurrection, vous connaîtrez que la promesse des anges de Bethléem a été littéralement accomplie, et vous prierez pour que vos champs anglais, joyeusement, comme les bords de l'Arno, puissent encore dédier leurs purs lis à Sainte-Marie-des-Fleurs » (*Pastiches et mélanges*, éd. citée, p. 123-124). On peut aussi voir dans la métamorphose des ardoises en marbre sous l'éclat du soleil une allusion à la célèbre comparaison de Du Bellay : « [...] Plus que le marbre dur me plaît l'ardoise fine [...] » (*Regrets*, XXXI). Voir enfin, dans *Pastiches et mélanges*, « En mémoire des églises assassinées / III. John Ruskin » (éd. citée, p. 139) : « [...] je partis pour Venise afin d'avoir pu, avant de mourir, approcher, toucher, voir incarnées, en des palais défaillants mais encore debout et roses, les idées de Ruskin sur l'architecture domestique au Moyen Âge » ; ici, voir p. 204.

Page 203.

a. ce que *[5*[e] *ligne de la page]* je vis, [ce vers quoi je courus, *biffé*] en m'éveillant, ce pourquoi je me levai [*[*ce que je désirais revoir *biffé]* (parce que cela *[*avait *biffé]* s'était substitué dans ma mémoire et dans mon désir aux souvenirs de Combray) *add.*] ce furent les [souvenirs *biffé*] [impressions *corr.*] de la première [matinée *biffé*] [sortie *corr.*] à Venise [c'est-à-dire d'une ville où toutes les impressions *[*mes impressions de ville *biffé]* où la vie n'était *biffé en définitive*] quotidienne n'était pas moins réelle [et moins *biffé*] [à Venise où la vie quotidienne *add.*] [et était plus animée que *biffé*] [n'était pas moins animée *biffé*] qu'à

Combray, [mais où le plaisir de descendre le dimanche matin *biffé*] [comme à Combray le dimanche matin on avait bien le plaisir de descendre *corr.*] dans une rue *ms.* ↔ *b.* se détendre [et en éprouver la résistance y appuyer *biffé*] [et *corr.*] sans craindre *ms.* ↔ *c.* dans la grand'rue [de Venise *biffé*] mais [ces maisons étaient *biffé*] [tout en jouant leur rôle de maison comme à Combray qui était de projeter devant elles leur ombre recevoir le soleil et de projeter un peu d'ombre devant elles dans le soleil du dimanche étaient *[sic] biffé*], mais ce rôle de maisons projetant un peu d'ombre à leur pied [— c'est-à-dire ici ne rendant pas plus brun le sol, mais d'un bleu plus foncé le saphir, — était à Venise dévolu à des palais de porphyre et de jaspe, où l'on était bien obligé quand la chaleur tapait trop fort de baisser les stores comme à Combray, mais où ils étaient tendus alors entre les quadrilobes et les rinceaux d'une ravissante fenêtre du XVe siècle au-dessus de la porte cintrée desquels la tête proéminente *biffé*] [était à Venise confié à des palais de porphyre et de jaspe, au-dessus de la porte cintrée desquels la tête *corr.*] d'un dieu barbu *ms.* ↔ *d.* une façade [gothique *biffé*] Renaissance ; *ms.* ↔ *e.* elle sentait bien que [cela *biffé*] [sa froideur apparente *corr.*] [ne changerait plus rien *corrigé par biffure et en interligne en* n'eût plus rien changé], et la tendresse *ms.* ↔ *f.* comme ces [boissons *biffé*] [aliments *corr.*] [défendues *corrigé en* défendus] qu'on ne refuse *ms.*

1. La rue de l'Oiseau est une rue d'Illiers. Voir *Du côté de chez Swann*, t. I de la présente édition, p. 48 et n. 2.
2. La « Piazza » est la place Saint-Marc.

Page 204.

a. écartés, [toutes ces choses qui chaque fois que je rentrais me faisaient reconnaître cette fenêtre et *[*auxquelles *biffé]* à quoi plus tard quand j'ai cessé d'aller à Combray, je n'ai jamais pu penser sans attendrissement *biffé en définitive*] tout [ce qui chaque fois que *biffé*] cela existait aussi à cet hôtel de Venise où j'entendais [aussi de loin *biffé*] ce [langage *biffé*] [ces mots *corr.*] [si simples *biffé*] si particuliers et si éloquents qui nous font reconnaître [tous les jours *biffé*] de loin [quand notre demeure et ses fenêtres, tous les jours quand nous rentrons pour les repas, et restent ensuite dans notre mémoire comme un témoignage que nous avons vécu là les fenêtres *biffé*] la demeure *ms.* : écartés, [. Tout *biffé*] [, l'équivalent de tout *corr.*] cela existait [aussi *biffé*] à cet hôtel de Venise où j'entendais [aussi *add.*] ces mots si particuliers [et *biffé*] si [innocents *biffé*] éloquents [...] la demeure *dactyl. 1, dactyl. 2* ↔ *b.* Chapeau de paille moins pour [paraître plus *biffé*] [se montrer *corr. biffée*] [avoir l'air *corr.*] [« habillée » *corrigé en* « habillé »] [aux *biffé*] [devant les *corr.*] gens de l'hôtel que pour me [sembler *biffé*] [paraître *corr.*] moins en deuil, moins triste, presque consolée ; parce que *ms.* : chapeau de paille [moins *biffé*] [un peu *corr.*] pour avoir l'air « habillée » devant les gens de l'hôtel, [que *biffé*] [mais surtout *corr.*] pour me paraître moins en deuil, moins triste, presque consolée [; *biffé*] [de la mort de ma grand-mère, *corr.*] parce que *dactyl. 1, dactyl. 2* ↔ *c.* vers moi [sa tendresse *biffé*] [du fond de son cœur son amour *corr.*] qui ne s'arrêtait [qu'à la dernière surface où elle pût se maintenir, à la surface de son sourire, de son regard, à l'extrémité de son geste tendu vers moi *biffé*] [que *corr.*] [là où il n'y avait plus de matière pour le soutenir *add.*] à la surface de son regard [souriant *biffé*] passionné *ms.* ◆◆ *d.* cette fenêtre [exemple si célèbre *biffé*] a pris dans ma mémoire la douceur des choses [pour *biffé*] qui [l'heure sonnait *biffé*] [entendirent l'heure sonner en même temps que nous, et *biffé*] eurent *ms.*

1. Pas plus que la sonate de Vinteuil, l'illustre fenêtre n'est identifiable : mais son choix est le résultat de longues recherches, ainsi que le montrent les variations des brouillons (voir l'Esquisse XV, p. 691, 693, 695). Proust s'est aidé en particulier des chapitres des *Pierres de Venise*, de Ruskin, consacrés à ce sujet (t. I, chap. X-XII ; t. II, chap. VII). La thèse de Jo Yoshida (*Proust contre Ruskin*, t. I, p. 149-151) donne l'ensemble des variantes qui ont abouti au texte final, démontrant ainsi que Proust a suivi l'opinion de Ruskin sur la fenêtre gothique typiquement vénitienne, en renonçant à la fenêtre trilobée, qui apparaît à Venise mais qui est plus caractéristique du gothique du Nord, pour la forme d'influence arabe.

Page 205.

a. et si [le jour où j'ai vu *biffé* [depuis, chaque fois que je vois *corr.*] le moulage [de cette fenêtre *add.*] dans un musée, [j'ai envie *biffé*] je suis obligé *ms.* ◆◆ *b.* Et pour [monter *biffé*] [aller *corr.*] chercher [maman dans sa chambre *biffé*] maman *ms.* ◆◆ *c.* de fraîcheur [et d'ombre *add. biffée*] [que j'avais *biffé*] [jadis éprouvée *corr.*] à Combray *ms.* ◆◆ *d.* autrefois, [que les plus pauvres choses peuvent être belles *biffé*] ajoutait celle de Véronèse [que ce n'est pas seulement les plus pauvres choses que la lumière et l'amour peuvent rendre belles mais aussi les plus luxueuses et les plus magnifiques. Ainsi *biffé*] Et puisque *ms.* ◆◆ *e.* célèbre, [d'aller la *biffé*] de n'en [peindre *biffé*] représenter au contraire [(exceptons les superbes études de Maxime Dethomas) *add.*] que les aspects *ms.* : célèbre (exceptons les superbes études de Maxime Dethomas) [*[*qu' *en surcharge sur* de n'*]* en représenter *[*seulement *add.]* *groupe déplacé avant la parenthèse*] [au contraire *biffé*] les aspects *dactyl. 1. Les corrections de dactyl. 1 ont été dactylographiées dans dactyl. 2.* ◆◆ *f.* des mauvais peintres [se sont *biffé*] [de s'être *corr.*] attachés uniquement [...] plus réaliste [des humbles petits canaux *biffé*] des humbles campi [abandonnés *biffé*], des petits *ms.* ◆◆ *g.* abandonnés [Souvent *biffé*] [C'était elle que j'explorais souvent *corr.*] l'après-midi, si je ne sortais pas avec ma mère [je me dirigeais vers ces petits canaux. C'est que j'allais y chercher *biffé*] [parce que je pensais mieux y trouver *add. biffée*]. J'y trouvais *ms.* ◆◆ *h.* que rien *La fin de cette phrase, à partir de ces mots, et l'ensemble du passage qui suit sur l'oubli d'Albertine manque dans les dactylographies ; nous suivons le texte du manuscrit. Voir var. a, p. 206.*

1. La leçon de Chardin est exposée dans « [Chardin et Rembrandt] », (*Essais et articles*, éd. citée, p. 372 et suiv.), texte que l'on a pu dater de 1895. Proust imagine « un jeune homme de fortune modeste, de goûts artistes », irrité par les détails domestiques de sa vie quotidienne ; faute de pouvoir se rendre en Hollande ou en

Italie, « il va chercher au Louvre des visions de palais à la Véronèse, de princes à la Van Dyck, de ports à la Claude Lorrain ». Proust voudrait le conduire au Louvre pour l'arrêter devant les Chardin, afin de lui apprendre à goûter « ce plaisir que donne le spectacle de la vie humble et de la nature morte ». Ainsi initié, le jeune homme apprend « la divine égalité de toutes choses devant l'esprit qui les considère, devant la lumière qui les embellit ». Le peintre « nous avait fait sortir d'un faux idéal pour pénétrer largement dans la réalité, pour y retrouver partout la beauté ». Cependant l'esthétique du vérisme — issue du naturalisme — aboutit à créer de nouvelles conventions, un « faux goût », en excluant de l'art et de la beauté tout ce qui est magnificence et splendeur. L'ampleur des compositions de Véronèse (1528-1588) et ses décors somptueux, son style brillant et pompeux ne conviennent guère au goût moderne. Ruskin affirme qu'on ne l'avait jamais pour ainsi dire « senti » (cité par Proust, « Pèlerinages ruskiniens en France », *Essais et articles*, éd. citée, p. 441), et Proust l'utilise à juste titre comme l'opposé de Chardin dans sa comparaison entre l'intimité familière de Combray et le faste de Venise.

2. Maxime Dethomas (1867-1929), dessinateur et décorateur, avait illustré les *Esquisses vénitiennes* d'Henri de Régnier, parues en 1906, et fut l'illustrateur de Proust pour l'extrait « À Venise » publié par les *Feuillets d'Art* en 1919 (voir la Notice, p. 1024 et n. 1).

3. *Campo* et *rio* désignent à Venise les places et les canaux de moindre importance que *piazza* et *canale*. À Venise, seule la place Saint-Marc a droit au nom de piazza.

Page 206.

a. J'y trouvais plus facilement *[p. 205, 10ᵉ ligne en bas de page]* de ces femmes d'un genre populaire [ouvrières du *biffé*] [les allumetières, les enfileuses de perles, les petites travailleuses *corr.*] du verre ou de la dentelle [les petites ouvrières aux grands châles noirs à franges *add.*] [quand le souvenir d'Albertine me faisait que je préférais à d'autres parce que je me rappelais encore un peu Albertine et *biffé*] que rien ne m'empêchait [de désirer et *biffé*] d'aimer parce que je [l' *biffé*] avais en grande partie oubliée [Albertine et *[*que je préférais *biffé]* qui me semblaient *[...]* s'évanouir. *add.*] [ma gondole suivait les petits *biffé*] [Il y avait beaucoup de choses *[...]* suivait les petits *corr.*] canaux *ms.* : J'y trouvais plus facilement en effet de ces femmes [d'un genre populaire *biffé dactyl. 1 ; effacé dactyl. 2*] [du peuple *corr.*] les allumetières [*comme dans ms.*] châles noirs à franges [que rien ne m'empêchait *[comme dans ms.]* ce qu'il y avait d'elles-mêmes *biffé*] Ma gondole suivait les petits canaux *dactyl. 1. Dactyl. 2 donne le même texte, les corrections et suppressions de dactyl. 1 y ayant été reportées. Rappelons que, pour le chapitre III, l'état dactylographié procuré par dactyl. 1 et dactyl. 2 a servi de base à la publication de « À Venise » dans les « Feuillets d'art » (voir la Notice, p. 1028-1029) ; le passage manquant, qui va dans notre texte de* d'Albertine, de mon ancien désir *[p. 205, dernière ligne] à* à la recherche des Vénitiennes. *, a été supprimé parce qu'il appartenait au thème de l'oubli d'Albertine, que le morceau donné en revue excluait totalement. Le texte que nous suivons pour ce passage est celui du manuscrit (voir la Note sur le texte, p. 1042).*

Page 207.

a. temple d'ivoire [qui nous faisait plaisir sans que nous le définissions encore bien exactement *add. biffée*] avec ses ordres *ms.* ◆◆ *b.* l'air d'un quai de débarquement pour maraîchers. *Le passage qui suit manque dans les dactylographies ; nous suivons le manuscrit. Voir var. b, p. 208.* ◆◆ *c.* maintenant pour qui retrouver *ms.* ◆◆ *d.* du désir que [ce n'é <tait> *biffé*] ce que je devais chercher *ms.*

Page 208.

a. la Piazzetta [d'où souvent nous entrions dans la fraîcheur du baptistère de Saint-Marc, aux belles dalles glissantes de porphyre, regarder les mosaïques qui représentaient le baptême du Christ. Puis nous repre <nions> *biffé*] [prenions *biffé*] [nous appelions *corr.*] une gondole [et nous descendions le Grand Canal pour rentrer *biffé*]. « Comme ta pauvre grand-mère [eût aimé le palais des doges, me disait maman, cette grandeur si simple, et la douceur sans mièvrerie de ces teintes roses *biffé*] eût aimé *ms.* ◆◆ *b.* d'un quai de débarquement pour maraîchers. *[var. b, p. 207]* / Le soleil était encore haut dans le ciel *[début du 2ᵈ § de cette page]* quand j'allais retrouver ma mère sur la Piazzetta. Nous remontions le Grand Canal en gondole, nous regardions *dactyl. 1, dactyl. 2, p. 906. L'actuelle page 906 est le fruit d'un collage, le raccord final y étant redactylographié en bas de page. La coupure pratiquée y est signalée à la fois par un signe en marge (un tiret encerclé) et par une solution de continuité dans la pagination : on passe de la p. 906 à la p. 909 et, si l'on compte le nombre de signes du manuscrit correspondant aux deux coupures effectuées, on obtient les deux pages manquantes. Ici encore le contenu du passage, relatif cette fois à la grand-mère du héros, explique très bien la suppression pour la publication en revue. Nous suivons le texte du manuscrit.* ◆◆ *c.* pour voir [les reflets du coucher du soleil *biffé*] [le soleil se coucher *corr.*] [et comme des sites de la nature *biffé*] [suite de palais en somme comparable *corr.*] [Aussi les demeures *[*ressemblaient plutôt à des sites naturels créés au fond de *biffé]* disposées des deux côtés du chenal *[plusieurs mots illisibles biffés]* faisaient penser à des sites de la nature *add.*] [mais d'une nature *biffé*] qui aurait créé ses œuvres *ms.*

1. Voir l'Esquisse XVIII.7, p. 734.

Page 209.

a. non sans être [balancées *biffé*] secouées [comme au sommet d'une vague bleue par le remous de l'eau *[*sombre *biffé]* étincelante et cabrée *[plusieurs mots illisibles]* d'être resserrée entre la gondole dansante et le marbre retentissant *add.*]. Et ainsi les promenades [même seulement pour aller faire des visites et corner des cartes *add.*] étaient triples et uniques [à Venise *add.*] où les simples allées et venues [...] bordée en mer. *ms. Suit, à l'origine, dans ms., l'évocation du souvenir d'Albertine — appelé alors par le coucher de soleil —, que l'on trouve p. 218 (voir var. c de cette page). Proust a intercalé, dans le déroulement de la journée, un épisode où le héros rencontre Mme de Villeparisis et M. de Norpois ; cet épisode apparaît sur une longue paperole que nous avons transcrite dans l'Esquisse XVI.1 (voir p. 699). L'épisode était relié* *au thème de la mort et de l'oubli d'Albertine, les deux amants fidèles et décrépits faisant rêver le héros à ce qu'auraient pu devenir ses propres amours. Pour cette raison, l'épisode a été supprimé dans la version dactylographiée destinée aux « Feuillets d'art », et remplacée par une autre version de la rencontre entre Mme de Villeparisis et M. de Norpois, version plus politique et d'actualité pour le lecteur de 1919. C'est cette version qui se trouve dans le dactylogramme 2, biffée et remplacée dans sa plus grande partie (que nous donnons dans l'Esquisse* XVI.2, *p. 702), par une troisième conversation entre Mme de Villeparisis et M. de Norpois, manuscrite dans dactyl. 2, redactylographiée dans dactyl. 1.*

1. Voir l'Esquisse XVI, p. 699.
2. Des étrangers.

Page 210.

a. son vieil amant M. de Norpois. [Son grand âge avait quelque peu affaibli *[ses biffé]* la force de sa voix mais au contraire *[*accru l'intempérance de *biffé] [*donné à son langage jusque-là si prudent quelque chose qu'on peut appeler de l'intempérance. Il fallait *corr.]* soit que des ambitions qu'il n'avait plus beaucoup de temps devant lui pour réaliser lui donnassent plus de fougue et de véhémence, soit que, laissé à l'écart d'une vie politique où il brûlait de rentrer, il crût avec la naïveté de ce qu'on désire, faire mettre à la retraite par les sanglantes critiques qu'il lançait contre eux il se croyait fort de remplacer *biffé en définitive*] Son grand âge *dactyl. 1, dactyl. 2 (les corrections portées sur dactyl. 2 ont été redactylographiées sur dactyl. 1). À partir d'ici, notre texte est fourni par une addition manuscrite sur dactyl. 2, redactylographiée dans dactyl. 1 ; la rédaction de dactyl. 2 est portée sur des pages blanches jusqu'à* incapables recrues ! *[p. 211, 5ᵉ ligne en bas de page], puis se continue dans les marges de deux des pages biffées de la version des « Feuillets d'art*[1] *» (p. 915 à 919) jusqu'à* le point final au conflit. » *[p. 212, fin du 1ᵉʳ §]. Voir var. b, p. 212.* ↔ *b.* qu'il dirigeait contre eux, [ceux qu' *add. dactyl. 1*] il se [croyait *biffé dactyl. 1*] [faisait *corr. dactyl. 1*[2]] fort de remplacer *dactyl. 1, dactyl. 2. Nous adoptons la correction de Jean Paulhan.*

1. Il s'agit sans doute de Worth (1825-1895) qui créa sa maison de couture à Paris en 1860 et devint le couturier de l'impératrice Eugénie. Il est dépeint sous le nom de Worms dans *La Curée* de Zola.

2. Salviati est l'un des grands noms de l'industrie et du commerce de la verrerie vénitienne. Paul Morand note que son père, Eugène Morand, et ses amis « haïssaient le commerce, à Venise plus qu'ailleurs ; l'image en était l'affreux magasin Salviati, aux mille lustres éclairés en plein jour, qui enlaidit aujourd'hui encore le Grand Canal » (*Venises*, Gallimard, 1971, p. 58).

Page 211.

a. pétrole. [C'est le compartiment en vedette. La Royal Dutch n'a pas fait un nouveau bond de trois mille francs. Le cours de quarante mille

1. Voir var. *a*, p. 209.
2. De la main de Jean Paulhan.

francs est envisagé. À mon sens il ne serait pas prudent d'attendre jusque-là. *biffé*] Mais il n'y a pas lieu *dactyl. 1* ◆◆ *b.* poste de [Vienne *biffé*] Constantinople *dactyl. 2*

1. Voir l'Esquisse XVII, p. 703 et suiv., et l'Esquisse XVI.2, p. 702.

2. Le *Corriere della Sera* et la *Gazetta del Popolo* sont deux journaux de tendance libérale centre-gauche, fondés à Milan, le premier en 1880, le second en 1888.

3. Le diplomate Maurice Paléologue (1859-1944) eut à témoigner, comme chef de bureau du chiffre, lors du procès de Dreyfus ; il était proche de Delcassé qui fut contraint de démissionner en juin 1905. S'il ne semble pas avoir eu de poste en Serbie, il s'est intéressé de très près à la politique d'Europe Centrale (voir son livre *Un grand tournant dans la politique mondiale. 1904-1906*, Paris, 1931).

4. Henri Lozé (1850-1915), ambassadeur à Vienne de novembre 1893 à septembre 1895, se retira du corps diplomatique en octobre 1906. Il n'occupa pas le poste de Constantinople que semble convoiter M. de Norpois.

Page 212.

a. plein de savoir et d'[adresse *biffé*] [ardeur *corr. biffée*] [adresse *corr.*] À *dactyl. 1. Le manuscrit donne clairement* ardeur . ◆◆ *b. Fin, dans dactyl. 1, de la rédaction signalée var. a, p. 210 :* jouirait de plus d'autorité [que quiconque *add.*] pour mettre le point final au conflit. » / Un [homme *biffé*] monsieur qui finissait de dîner... (à reprendre p. 919) . *La numérotation manuscrite corrige l'ancienne,* 915 *, en* 918 *; les deux dactylogrammes redeviennent identiques à la page 919, à partir de* Un monsieur qui finissait de dîner . ◆◆ *c.* mais c'est le prince [de B... *biffé dactyl. 1*] [Foggi *corr. dactyl. 1*] dit *dactyl. 1, dactyl. 2* ◆◆ *d.* amant, [plutôt *biffé dactyl. 1*] [et surtout *corr. dactyl. 1*] dans la crainte *dactyl. 1, dactyl. 2* ◆◆ *e.* et fixait [des yeux *corrigé dans dactyl. 1 en* les yeux de] la marquise *dactyl. 1, dactyl. 2*

1. Le château de Bonnétable, dans la Sarthe, appartient au duc de Doudeauville. Proust y fait allusion dans sa correspondance (t. XII, p. 201 ; lettre de juin 1913), lorsqu'il demande à Colette d'Alton si le mot châtelain est ridicule : « Je savais que là (si vous voulez à La Roque ou à Bonnétable) habitaient des châtelains, le vicomte et la vicomtesse d', ou le duc et la duchesse de Doudeauville (ou bien châtelain ne va-t-il pas). » Les ducs de Doudeauville appartiennent à la famille de La Rochefoucauld (voir *Le Côté de Guermantes II*, t. II de la présente édition, p. 820).

Page 213.

a. À partir de Cependant, Madame de Villeparisis , *et jusqu'à* dans la direction du Rhin *[p. 218, fin du 1*[er] *§], le texte est procuré, dans dactyl. 2, par une addition manuscrite de Proust, qui prolonge la conversation et surtout les propos de M. de Norpois. Ces pages sont dactylographiées dans dactyl. 1 et numérotées de* 922 *à* 928 *, foliotage corrigé à la main en* 922 [bis], [ter] *jusqu'à* 922 [octer] .

1. Mme de Villeparisis est, dans *À l'ombre des jeunes filles en fleurs*, fille de Cyrus de Bouillon, et petite-fille de Florimond, duc de Bouillon. Dans *Le Côté de Guermantes*, elle est fille de Florimond de Guise. Son mariage avec le duc d'Havré (voir 7 lignes plus bas) n'est évoqué qu'ici. Dans *Le Côté de Guermantes*, le narrateur s'interroge sur sa déchéance mondaine et suppose quelques scandales de jeunesse « qu'eût effacés l'éclat de son nom » (t. II de la présente édition, p. 482).

2. Voir l'Esquisse XVII, p. 703 et suiv.

3. Cette conversation est un ajout dont le manuscrit se trouve dans le Cahier 59 (ff^os 81-91), avec la mention « pour ajouter au volume sur Venise quand le prince Foggi vient saluer madame de Villeparisis ». Au folio 83 se trouve un chiffre à l'encre qui pourrait être de la main de Proust : 926, correspondant à la page du dactylogramme où devait probablement être inséré l'ajout, actuellement situé à la page 922/922 *bis*. Comme nous l'expliquons dans notre Notice, p. 1029 et n. 2, le dactylogramme a été utilisé pour l'article des *Feuillets d'art*, à la suite de quoi de nouvelles pages dactylographiées ont remplacé les premières, et la pagination est très perturbée. L'épisode de Mme Sazerat, qui précède, aurait dû être repoussé après cette conversation : sinon le jeune homme, qui a déjà rejoint sa mère, n'est plus censé l'entendre. C'est sans doute le fait que la pagination a été brouillée qui a maintenu l'épisode au milieu de la conversation.

Page 214.

a. importantes. [On a vu que *biffé*] le marquis n'ambitionnait [pas *biffé*] [rien *corr.*] moins que Constantinople *dactyl. 2* : importantes. Le marquis n'ambitionnait rien moins [comme nous l'avons vu *add.*] que Constantinople *dactyl. 1* ↔ *b.* un mouvement, [il *biffé dactyl. 1*] [M. de Norpois *corr. dactyl. 1*] rompit enfin le silence pour prononcer ces mots [dont l'importance devait *biffé dactyl. 1*] [qui devaient *corr. dactyl. 1*] pendant *dactyl. 1, dactyl. 2*

1. Ces pseudonymes parlants — *Testis* signifie « un Témoin » — étaient d'un usage assez fréquent à l'époque. G. D. Painter signale que Gabriel Hanotaux, l'un des « modèles » de M. de Norpois, publia des articles de politique étrangère qu'il signait « Testis » (voir *Marcel Proust*, Mercure de France, t. I, 1966, p. 406-407).

Page 215.

1. Giovanni Giolitti (1842-1928), homme politique libéral du centre-gauche, fut président du Conseil de 1892 à 1893 ; puis de 1903 à 1905, de 1906 à 1909 et de 1911 à 1914 ; enfin, de 1920 à 1921.

2. La rue de Belloy se trouve dans le XVIe arrondissement ; au numéro 3 vivaient M. et Mme Henry Standish. Proust exalte la beauté et la distinction de Mme Standish dans son pastiche de Saint-Simon (« Dans les *Mémoires* de Saint-Simon », *Pastiches et mélanges*, éd. citée,

p. 53) et invente à M. et à Mme Standish une brillante généalogie. C'est en 1912 qu'il avait fait la connaissance de Mme Standish, avec qui Mme Greffulhe l'avait emmené au théâtre (voir la *Correspondance*, t. XI, p. 128) ; ces deux élégantes servirent de modèles pour les tenues contrastées de la princesse et de la duchesse de Guermantes (voir *Le Côté de Guermantes I*, t. II de la présente édition, p. 353, ainsi que la *Correspondance*, t. XV, p. 180).

Page 216.

a. pour dire que s'il y / que s'il y avait un ambassadeur *dactyl. 2* : pour [dire que s'il y avait *biffé*] [se plaindre qu'il y eût *corr.*] un ambassadeur *dactyl. 1*

1. Camille Barrère (1851-1940), diplomate français, fut ambassadeur à Rome de 1897 à 1924. Il travailla à améliorer les relations franco-italiennes et obtint un accord de neutralité, puis, en 1915, l'entrée en guerre de l'Italie. Proust en fait un portrait cruel dans ses brouillons (voir l'Esquisse XVII, p. 708) ; mais il s'indigne qu'il ait pu — « parce qu'il dînait, quand j'étais enfant, toutes les semaines à la maison », — penser qu'il avait servi de modèle à Norpois.

2. Emilio, marquis Visconti-Venosta (1829-1914), fut ministre des Affaires étrangères à trois reprises de 1863 à 1876, puis à nouveau de 1896 à 1897 et de 1899 à 1901 ; travaillant au rapprochement franco-italien, il dut avoir de fréquents contacts avec Camille Barrère.

Page 217.

a. satisfaisante (N.B. ajouté *[sic*[1]*]* après satisfaisante le mot allemand équivalant *[sic*[1]*]*) par les sphères bien renseignées » [et dans l'article *biffé*] Et [dans l'arti<cle> *biffé*] le lendemain *dactyl. 2* : satisfaisante : [N.B. ajouté *[comme dans dactyl. 2]* équivalent *biffé*] [(on avait ajouté [...] be friedigend) *corr.*] Et le lendemain *dactyl. 1*

1. En allemand, « sous les tilleuls ». *Unter den Linden* est, à Berlin (aujourd'hui à Berlin-Est), une vaste promenade, principalement plantée de tilleuls, qui part de la porte de Brandebourg. Cette expression, qui évoque ce qui à Paris serait les Champs-Élysées ou l'avenue du Bois, sert à préciser le caractère informel et non officiel de la rencontre.

Page 218.

a. sont, à toute éventualité partis [pour *biffé*] [dans la direction *corr.*] du *dactyl. 2* ◆◆ *b. Fin de l'addition manuscrite sur dactyl. 2, dactylographiée sur dactyl. 1, signalée var. a, p. 213.* ◆◆ *c. Dans ms., ce paragraphe suit immédiatement l'évocation du coucher de soleil (p. 209, fin du 1*[er] *§ ; voir la variante a de cette page), l'épisode du dîner y ayant été ajouté sur paperole. La transition, après* d'une bordée en mer. *, était différente dans ce premier jet*

1. Ce passage a été dicté par Proust.

de ms. : [Je ne peux pas dire que parfois quand nous rentrions dans l'hôtel, dans l'énervement *biffé*] du crépuscule [je ne savais pas que *add.*] l'Albertine d'autrefois, . *En ce qui concerne les dactylogrammes, nous avons deux états différents : dactyl. 2 reprend la version dactylographiée de « À Venise » des « Feuillets d'art » (voir var. a, p. 213) ; c'est-à-dire que le texte qui suit, depuis* Parfois au crépuscule *jusqu'à* désir de l'immortalité. *(p. 224, fin du 1*[er] *§) ne s'y trouve pas, toujours pour cette raison qu'on y parle d'Albertine. La page de dactyl. 2 porte le numéro* 922 bis *corrigé en* 933 . *En tête de la page,* C'est elle ! , *biffé, prouve que le dialogue du héros et de Mme Sazerat venait après la conversation de M. de Norpois (voir p. 213). Dans dactyl. 1 ont été réinsérées les pages relatives à l'oubli d'Albertine : les folios numérotés de* 922[9]-922[10] à 922[18] *et une partie de la page 923. La numérotation de la page* 922[9]-922[10] *est une correction ; des numérotations antérieures biffées,* 929 *et* 91 <?> *semblent des traces du dactylogramme qui suivait le manuscrit avant les transformations de 1919 (voir la Notice, n. 2, p. 1029).* ↔ *d.* Venise [intérieure mentale *biffé*] intérieure [et qu'une circonstance intérieure eût peut-être pu faire *biffé*] dans une prison dont [une circonstance morale eût peut-être pu faire *biffé*] [parfois un incident intérieur faisait *corr.*] glisser les ouvertures durcies jusqu'à me donner *ms.* ↔ *e.* sur ce passé. [Mais si cette prisonnière était vivante, indestructible, incompressible semblait-il, en revanche elle était inaccessible pour moi tant ce cachot était profondément caché en moi et loin de ma pensée. Au bout d'un instant les portes se refermaient sur l'emmurée que je n'étais pas coupable de ne pas vouloir rejoindre puisque je ne me la rappelais plus. Ainsi par exemple *biffé*] Ainsi par exemple *ms. Dans la marge vient ici une addition relative au dîner avec Mme Sazerat* : Mme Sazerat avait voulu nous faire une politesse et nous inviter à dîner ; mais ma mère pensant que — comme il y avait déjà tant d'années à Combray, elle trouverait le moyen de rendre la réunion assommante, et pensant aussi qu'elle n'avait pas *[un mot illisible]* de ses revenus, préféra l'inviter. *Cette addition devait servir d'introduction à la paperole de la conversation Villeparisis-Norpois (voir var. a, p. 209).* ↔ *f.* inaccessible. Je n'étais plus occupé depuis la mort d'[Andrée *biffé*] Albertine des spéculations *ms.*

1. À Venise, les *Piombi* étaient des cellules recouvertes de lames de plomb, situées dans les combles du palais ducal et réservées aux prisonniers politiques. La phrase évoque le cercueil plombé, mais l'image de profondeur laisse penser que Proust a confondu les plombs avec les puits, les *Pozzi*, cachots du même palais. La page « Per » du Cahier Venusté (cahier 54, f° 102 r° ; citée dans notre Notice, p. 1011) esquisse cette image : « [...] je sentais qu'au fond de moi, à une grande profondeur, comme une prisonnière dans un cachot souterrain, inaccessible tant elle était profondément descendue, mais aussi incompressible, indestructible au fond de moi elle était vivante. Alors pour moins qu'un instant — car ces éclaircies étaient aussi brèves que rares, j'aurais voulu rejoindre l'emmurée que me rendait plus touchante mon délaissement que pourtant elle ne savait pas. J'enviais le temps où je souffrais, nuit et jour, du compagnonnage de son souvenir. » On lit en marge de ce feuillet : « Venise — peut-être ceci pourra-t-il se rattacher à la fin de l'ouvrage (mais mieux ici comme exemple) quand je parle du tintement de la sonnette. »

Page 219.

1. C'est dans les années 1914-1915, c'est-à-dire au moment où il rédige les brouillons d'*Albertine disparue*, que Proust connaît les pires infortunes en ce qui concerne son portefeuille de valeurs. Voir, à ce sujet, la correspondance avec Lionel Hauser, notamment en 1914 et en 1915 (*Correspondance*, t. XIII et XIV, *passim*). Il ne semble pas, d'après cette correspondance, avoir possédé les valeurs nommées à la page précédente. S'il les a choisies, c'est parce qu'elles incarnaient l'une et l'autre la confiance bien établie dans les placements bourgeois au XIXe siècle. Les consolidés sont des fonds d'État : la famille Forsyte, par exemple, dans les romans de Galsworthy, trouve dans les consolidés une solidité garantie par la puissance de l'empire britannique. En France, les raffineries Say avaient été fondées par un industriel, auteur des *Études sur la richesse des nations* (1836) ; elles témoignaient de la même foi dans les forces productives créatrices de richesse. Proust semble donc à la fois évoquer ses propres mésaventures boursières, dont il est le premier responsable, et la chute européenne des valeurs « sûres » de la bourgeoisie du XIXe siècle, dont la guerre de 1914 a été la cause immédiate.

Page 220.

a. Dans ms., Proust a porté un point d'interrogation entre parenthèses après le nom de l'église. ↔ *b.* de son souvenir. [Mais ce temps était loin et comme Albertine n'était pour moi qu'un faisceau de preuves en revanche après la lettre de Mme Bontemps, j'étais incapable de ressusciter Albertine. *biffé*] [Une autre fois *[...]* à Albertine *corr.*] un [jour *biffé*] soir pourtant *ms. ; entre les lignes biffées du manuscrit apparaît cette addition, biffée elle aussi :* si elle avait survécu à sa propre mort et que ces pensées vivaient *Le dactylogramme 1 corrige* pourtant *, appelé par la première rédaction biffée du manuscrit, en* enfin *. La lettre de Mme Bontemps a été remplacée par le télégramme (voir l'Esquisse VI, p. 653-654).* ↔ *c.* dans ma chambre [et je lus *biffé*] et [malgré des mots illisibles je reconsti-<tuai> *biffé*] [et informes, je pus *biffé*] [jetant un coup d'œil sur un libellé rempli de mots *corr.*] mal transmis *ms.* ↔ *d.* appris [le *biffé*] [en *corr.*] fait [de la mort de *biffé*] que ma grand-mère *ms.*

1. Il s'agit de la Scuola di San Giorgio delli Schiavoni, qui fut décorée par Carpaccio. La localisation paraît incertaine : l'aigle symbolise saint Jean l'Évangéliste.

2. Voir l'Esquisse VI, p. 653-654.

Page 221.

a. de ce moi nouveau [à l'ancien *add. dactyl. 1*] que de voir un visage ridé surmonté d'une perruque blanche [qui a remplacé l'ancien *biffé dactyl. 1*] ? Mais on ne s'afflige *ms., dactyl. 1*

Page 222.

a. quarante-huit heures sans elle. [C'était comme quand j'écrivais auparavant *biffé dactyl. 1*] [Il en était de même lorsque j'avais écrit autrefois *corr. dactyl. 1*] à Gilberte [et que je me disais *corrigé dans dactyl. 1 en* en me disant] : si cela continue *ms., dactyl. 1* ⬥⬥ *b. En marge dans ms., en regard de ces lignes, apparaît cette note biffée :* il vaudra mieux avoir soin de ne pas dire avant cet épisode dans quelque temps je ne la regretterai plus, car il montre mieux le changement? *; l'image du monstre dévorateur, l'oubli, est cependant évoquée au début d'« Albertine disparue »* (voir p. 31). ⬥⬥ *c.* je me demandais si [tout ce qui avait contribué à me séparer d'Albertine, *biffé*] les insinuations de Françoise, [(travaillant alors *biffé*] la rupture *ms.*

Page 223.

a. mon espoir de demain, à qui je ne pourrais plus donner un sou non plus qu'à aucune autre, si j'épousais Albertine, renoncer *ms.* ; *le dactylographe n'a pas su lire* un sou *et a laissé un blanc ; sur dactyl. 1, à la correction, la phrase, comme il arrive fréquemment, a été modifiée sans que le manuscrit soit consulté.* ⬥⬥ *b. Au verso du folio 108 de ms. a été collé ce fragment déchiré :* Est-ce pour cette fille que je revoyais en ce moment si grosse et bouffie qui devait avoir vieilli encore qu'il fallait renoncer à l'éclatante jeune fille qui était mon souvenir d'hier, mon espoir de demain, et à qui je ne pourrais jamais donner un sou non plus qu'à aucune si j'épousais Albertine [La nuit *[vint biffé]* passa ma résolution était prise. Je *[laissais biffé]* ne répondais pas laissant *biffé*], avec qui l'expérience du passé me prouvait que je ne pourrais pas être heureux. La nuit passa.

1. Comparer avec *Phèdre* (acte II, sc. V, v. 635 et 638), où il est question de Thésée ; voir aussi p. 41-43.
2. Proust avait prévu ici une fin de chapitre ; voir l'Esquisse VI, p. 654 ; voir aussi la Notice, p. 1015.

Page 224.

a. nous guérira [bien vite *biffé*] du désir *ms.* ⬥⬥ *b. À partir de* Après le déjeuner *et jusqu'à* la miroitante instabilité des flots *, dactyl. 1 et dactyl. 2 concordent (voir var. b, p. 218).* ⬥⬥ *c.* je sentais [l'intervention *biffé*] les restrictions [commandées *biffé*] [édictées *corr.*] par la mer, *ms.* ⬥⬥ *d.* goûter [la *corrigé en* le] [splendeur *biffé*] [voisinage et la splendeur du dehors *biffé*] [soleil tout proche *corr.*] dans l'obscurité *ms.* ⬥⬥ *e.* de marbre [pareil à ceux de Véronèse, et où on ne savait trop *biffé*] [dont on ne savait pas plus que dans une peinture de la Renaissance *corr.*] s'il [s'élevait sur un *biffé*] était dressé *ms.* ⬥⬥ *f.* de la splendeur [et de la proximité *biffé*] du dehors *ms.* ⬥⬥ *g.* flottante [évoquant par la *[chaleur biffé]* tiédeur de son ombre et la mobilité de ses rayons, *biffé en définitive*] et évoquaient *ms.* ⬥⬥ *h.* C'est le plus souvent *Ici commence un fragment consacré au ressouvenir d'Albertine, coupé lors de l'utilisation des dactylogrammes en vue de la publication d'un extrait dans « Les Feuillets d'art » (voir la Notice, p. 1024) et non réintégré dans le* *dactylogramme 1. Ce fragment va jusqu'à la page 229, fin du 1*[er] *§, et inclut le voyage à Padoue, que la version destinée aux « Feuillets d'Art » a placé juste après* la miroitante instabilité du flot *(dactyl. 2, p.* 922 bis *corrigée en* 933 *; voir var. d, p. 226), alors que dactyl. 1 l'a mis tout à la fin du séjour à Venise, juste avant le départ (voir var. b, p. 230). Nous suivons donc ici l'ordre du manuscrit.*

1. Rares sont les allusions qui assimilent aussi directement le narrateur à l'auteur. On sait que Proust travailla sur Ruskin plusieurs années avant d'entreprendre les projets de *Contre Sainte-Beuve* et d'*À la recherche du temps perdu* ; il fit notamment deux voyages à Venise en pleine période ruskinienne, au printemps et à l'automne de 1900. Il ne reste que peu de traces directes de ces années dans *À la recherche du temps perdu* ; voir, à ce sujet, *L'Influence de Ruskin sur la vie, les idées et l'œuvre de Marcel Proust*, de Jean Autret (Genève, Droz, 1955) ; ainsi que la thèse de Jo Yoshida, *Proust contre Ruskin. La genèse de deux voyages de « La Recherche » d'après des brouillons inédits* (université de Paris IV, 1978). Les allusions discrètes, les citations masquées de Ruskin sont cependant nombreuses au fil du roman.

2. Tout le passage qui va de « C'est le plus souvent [...] » à « [...] bientôt dissipé de désir et de mélancolie » (p. 226) se trouve dans le manuscrit (Cahier XIV, ff[os] 107-113), mais non dans le dactylogramme, où la pagination semble indiquer un raccord entre les pages 922-18, 922-19 biffé et corrigé à la main en 923, et 924, où commence le paragraphe : « Le soir je sortais seul [...] » (p. 229). Deux pages ont donc été perdues, qui appartenaient à la première copie dactylographiée (voir la Notice, p. 1028 et 1030).

3. Ruskin a consacré à l'église Saint-Marc deux études principales, la première dans *Les Pierres de Venise*, la seconde, bien plus tard, dans *Le Repos de Saint-Marc* ; dans les deux essais, il invite le visiteur à entrer par le baptistère : « Il est bon de commencer la lecture de cet évangile de l'église de Saint-Marc aux coupoles les plus basses du baptistère, et d'entrer pour cela [...] sous la tombe du doge Andrea Dandolo » (*Le Repos de Saint-Marc*, Hachette, 1908, chap. VIII, p. 94). Les mosaïques du sol de Saint-Marc présentent une variété de dessins et de techniques qui les a fait comparer à des tapis d'Orient ; les morceaux de pâte de verre n'étaient à l'origine utilisés que pour les revêtements muraux ; ils ont ensuite été mélangés aux pierres du pavement.

Page 225.

a. je croyais que [« je serais contente de voir cela avec vous *biffé*] le [désir *biffé*] [plaisir *corr.*] qu'elle me [exprimait parfois de voir *biffé*] [disait parfois de voir *biffé*] qu'elle [aurait eu à voir une belle chose « avec moi » ne reposait sur rien *biffé*] [était *biffé*] [révélait *corr.*] une de ces illusions inconsistantes qui remplissent l'esprit de tant de gens qui ne pensent pas clairement [. Aujourd'hui sans pouvoir juger exactement du plaisir *biffé*], quand elle me parlait du plaisir — selon moi ne reposant sur rien — qu'elle aurait à voir [telle peinture *add.*]

avec moi [une belle chose *biffé*]. Aujourd'hui *ms.* ◆◆ *b.* immuable [dans mon souvenir *biffé*] comme *ms.* ◆◆ *c. Au verso du folio 120 de ms. (quelques pages plus loin), apparaît ce fragment biffé :* [une heure] est venue où quand je me rappelle [la pénombre de *biffé*] ma station à l'église Zan Zaccaria [ou je regardais *biffé*] devant la madone de Bellini, pendant que la gondole m'attendait sur le canal, il ne m'est pas indifférent que dans la pénombre du chœur, à côté de moi il y eût une femme [enthousiaste respectueuse et timide, *biffé*] drapée dans [ses voiles noirs *biffé*] son deuil avec la ferveur enthousiaste, respectueuse et timide de la femme [agenouillée aux pieds du pape *biffé*] [d'un *[un mot illisible]* *biffé*] [âgée qui est *corr.*] dans le [dernier *add.*] tableau de Carpaccio, et que cette femme [aux voiles noirs *biffé*] aux joues rouges dans ses voiles noirs, que rien ne peut plus faire sortir de ce chœur doucement éclairé de San Zaccaria, [où je vais souvent la retrouver, maintenant *biffé*] où je suis sûr de la retrouver, c'est ma mère. ◆◆ *d.* ciel [rouge *biffé*] [incarnat *add.*] et violet *ms.* ◆◆ *e.* aux [maisons *biffé*] palais *ms.* ◆◆ *f.* dans cette [admirable *biffé*] éblouissante Légende de Joseph *ms.*

1. Les mosaïques du baptistère datent du XIVe siècle ; elles représentent principalement les scènes de la vie de saint Jean-Baptiste ; celle du baptême du Christ se trouve derrière l'autel. Les deux coupoles ont pour centre le Christ ; dans la première, il donne aux apôtres la mission de baptiser les Gentils ; dans la seconde, il domine les neuf hiérarchies d'anges.

2. Il s'agit de la femme agenouillée aux pieds des marches, au premier plan à droite, du tableau « Martyre et funérailles de la Sainte », avant-dernière des neuf toiles de la *Légende de sainte Ursule* de Carpaccio (1490, Venise, galerie de l'Académie) ; selon les historiens, cette femme était la donatrice, épouse d'Angelo Loredan, déjà morte au moment où fut peinte la toile ; Proust semble reprendre la tradition ancienne en faisant figurer dans une posture figée sa mère morte à la fin d'un paragraphe qui rappelle l'époque où elle encourageait ses travaux sur Ruskin et y collaborait ; il faudrait ainsi comprendre comme une allusion autobiographique délibérée cette unique référence aux travaux du héros.

3. Le tableau de Carpaccio, qu'on appelle aussi « Miracle du possédé », fait partie du cycle de la *Légende de la croix* (vers 1495, Venise, galerie de l'Académie). Maria de Madrazo, cousine par alliance de Fortuny, l'a indiqué à Proust qui lui demandait des renseignements précis sur les modèles vénitiens du couturier (lettres des 6 et 17 février et du 10 mars 1916 ; *Correspondance*, t. XV, p. 48-50, 56-58, 62-63 ; voir à ce sujet la Notice de *La Prisonnière*, t. III de la présente édition, p. 1670-1675, et celle d'*Albertine disparue*, p. 1012). Il lui explique comment « le "leitmotiv" Fortuny » serait lié à l'histoire d'Albertine : vivante, elle porte une robe qui lui évoque Venise ; morte, il l'oublie et va à Venise « mais dans les tableaux de XXX (disons Carpaccio) je retrouve telle robe que je lui ai donnée », et « maintenant le Carpaccio où je la vois m'évoque Albertine et me rend Venise douloureux » (p. 57). Maria de Madrazo

lui prête un *Carpaccio* qui pourrait bien être le livre de Gabrielle et Léon Rosenthal, *Carpaccio, biographie critique illustrée de vingt-quatre reproductions hors-texte* (Laurens, 1906) ; Proust, qui avoue ne pas très bien se rappeler les couleurs, réclame encore des renseignements précis sur Fortuny « [...] la description la plus plate de son manteau, comme ce serait dans un catalogue, disant étoffe, couleurs, dessin (c'est le personnage qui tourne le dos, n'est-ce pas ?). Cela me serait infiniment précieux car je vais faire tout un morceau là-dessus » (p. 63).

En fait, Proust confectionne son « morceau » en mosaïque, à l'aide de fragments « découpés » dans le livre de Rosenthal, de la même façon qu'il a constitué le texte sur le portail de l'église de Balbec au moyen de petits morceaux pris dans *L'Art religieux du XIII*[e] *siècle en France* d'Émile Mâle (voir *À l'ombre des jeunes filles en fleurs*, t. II de la présente édition, p. 198 et n. 1). Nous donnons les principaux extraits utilisés : « Un ciel admirable, rouge, violet, avec des cirrus harmonieux, forme le fond léger vers lequel s'élancent les hautes cheminées si curieuses avec leurs couronnements rouges et leurs montants incrustés d'arabesques. [...] c'est le fond sur lequel se détache le Rialto pittoresque du XVe siècle, non pas l'arche de marbre que nous admirons, mais le pont de bois qui subsista, vermoulu, jusqu'en 1588 [...]. Ici, l'élégance du style lombardesque est mêlée de richesse. Au-dessus de colonnes de stuc, des médaillons à buste d'empereur surmontent des chapiteaux dorés. L'or des grandes croix penchées vers le possédé, les surplis blancs des frères, au bas, les brocarts amples, les damas, les toques de velours des seigneurs massés au premier plan, répondent à la somptuosité du cadre. [...] [Les gondoles] sont menées avec une grâce incomparable par des adolescents dont la sveltesse se dessine sous la fantaisie charmante du costume. Vestes roses ou bleues aux manches à crevés et à bouffettes, toques à aigrettes, capuchons, justaucorps brochés, on dirait plutôt des pages ; parmi eux, un nègre conduit un grave personnage qui est un admirable portrait. Tout auprès, dans une autre gondole, un griffon blanc frisé forme une tache amusante auprès d'un praticien drapé de velours cerise. Sur la rive on découvre les épisodes familiers d'un quartier animé. Tandis qu'un barbier, au seuil de sa boutique, essuie son rasoir et que des groupes de promeneurs vénitiens ou musulmans s'arrêtent pour causer, un nègre se courbe sous le poids d'un tonneau [...] » (*Carpaccio [...]*, éd. citée, p. 47-51).

La confrérie de la Calza est décrite, elle, dans le même livre, mais à propos des tableaux du cycle de sainte Ursule : « Enfin Carpaccio se garde d'omettre, dans cette chronique illustrée de la vie élégante, les compagnons de la Calza. Ces chevaliers du plaisir sont, au XVe siècle, les joyeux meneurs des réceptions et des spectacles. Ils se désignent par l'emblème brodé au haut de la manche, au bas ou au collet. Subdivisés en groupes dont ils portent en broderie d'or et de perles le signe symbolique [...] » (*ibid.*, p. 64). On appréciera l'humour involontaire des réflexions des Rosenthal sur l'orientalisme de Carpaccio : on a cru longtemps que le peintre était allé en Orient, on a découvert qu'il « avait littéralement emprunté à Reuwich des monuments, des costumes et même des personnages ou des groupes [...]. Nous voyions autrefois en lui un observateur avisé et scrupuleux : nous l'admirons aujourd'hui de nous avoir si parfaitement trompés. Des documents fragmentaires [...] se trouvaient entre ses mains : son génie vénitien leur a insufflé la vie ; [...] il a ressuscité un monde complet épanoui dans son atmosphère » (*ibid.*, p. 102-103). Nous sommes face à un double phénomène d'intertextualité ; Proust travaille le texte des Rosenthal pour en faire du Proust, et il « lit » le tableau de Carpaccio à travers Whistler, Sert et Fortuny. Notons en effet que la description de ce tableau obéit à un système de rapprochements avec les arts contemporains : les cheminées-tulipes font penser à Whistler (la phrase se trouve dans la lettre du 10 mars 1916 à Maria de Madrazo) ; les adolescents rappellent ceux dont Sert avait dessiné les costumes pour le ballet de Strauss ; enfin les compagnons de la Calza conduisent à Fortuny. On peut donc penser que le *Carpaccio* prêté par Maria de Madrazo à Proust était celui de l'édition Laurens, et que cette page fut écrite en mars 1916.

4. Sur la *Légende de saint Joseph*, voir la Notice, p. 1011-1012 ; voir aussi la citation du brouillon de 1914, n. 1, p. 218.

Page 226.

a. le manteau [même *biffé*] qu'Albertine avait [jeté sur ses épaules *biffé*] [pris *corr. biffée*] pour faire avec moi en voiture découverte à Versailles, [la veille de son départ de *biffé*] le soir où j'étais [bien *biffé*] loin de me douter que [douze *biffé*] [vingt *biffé*] [une quinzaine *corr.*] heures *ms.* ↔ *b.* Venise. [Je reconnaissais *biffé*] J'avais tout reconnu le [*un blanc*] le [*un blanc*] et un instant [redevenu celui que *biffé*] le manteau oublié *ms.* ↔ *c.* mélancolie. [Un jour nous poussâmes *biffé*] [En rentrant à l'hôtel je retrouvais des femmes dont les traits ne ressemblaient pas à ceux d'Albertine. *biffé*] [Avec ma mère nos promenades artistiques au-delà de Venise *biffé*] Enfin il y avait des jours *ms.* ↔ *d. Le voyage à Padoue est amené avec des variantes dans la version destinée aux « Feuillets d'art » (dactyl. 2, f°* 922 bis *corrigé en* 933 *) :* la miroitante instabilité du flot. La veille de notre départ nous voulûmes pousser jusqu'à Padoue où se trouvaient ces Vices et ces Vertus dont M. Swann m'avait donné les reproductions ; *Le fragment réintroduit dans dactyl. 1 avant le départ de Venise est l'exacte copie du dactyl. 2 qui a été découpée et collée après le paragraphe qui s'achève par* : à la méditation du clair de lune. *(f° 925). Voir var. b, p. 230, et var. h, p. 224.*

1. Voir p. 51 et n. 1.
2. Voir *Du côté de chez Swann*, t. I de la présente édition, p. 80-81.
3. Voir l'Esquisse XVIII, p. 723 et suiv.
4. Il s'agit la *Madonna dell'Arena*, appelée aussi chapelle des Scrovegni, du nom de la famille qui avait fait édifier la chapelle sur l'emplacement des arènes. Les figures des Vices (au nord) et des Vertus (au sud) sont peintes en faux haut-relief en camaïeu, formant

une plinthe au-dessous des trois rangées de tableaux déroulant les scènes de l'histoire de la Vierge et du Christ, scènes peintes sur fond de ciel bleu, en plein air. Voir t. I de la présente édition, var. *a*, p. 81.

Page 227.

a. j'entrai *[p. 226, 4e ligne en bas de page]* dans la [fraîche *biffé*] chapelle [des Giotto *add.*] où la voûte [entière *add.*] et le fond des fresques sont [d'un bleu si pur *biffé*] [si bleus *corr.*] qu'il semble que la [belle après-midi *biffé*] radieuse journée [y soit entrée avant nous, venue s'y recueillir et mettre un instant à l'ombre de son ciel frais son *biffé*] [ait passé le seuil elle aussi et soit venue avec le visiteur *corr.*] [entrée elle aussi *biffé*] un instant [s'y recueillir et *biffé*] mettre à l'ombre *ms.* ⁂ *b.* Hé bien [dans l'action *biffé*] [en regardant *corr. biffée*] [le vol *corr.*] des anges *ms.* ⁂ *c.* ou de l'Envie. [Même les anges dans les fresques qui environnent à l'Aréna les Vertus et les Vices, avec tant de ferveur [céleste *biffé]* ou au moins de sagesse et d'application enfantines qu'ils joignent leurs petites mains, sont représentés comme *biffé en définitive*] [mais comme des volatiles d'une espèce particulière *add.*] ayant existé *ms. ; le fragment biffé est récrit au bas du folio précédent qui, comme celui-ci, a été détaché d'un cahier ancien (le Cahier 5 probablement), mais il est à peine lisible : c'est le texte que nous suivons. Les dactylogrammes ont entièrement refondu cette phrase :* Dans le ciel — sur la pierre bleuie, des anges volaient avec une telle ardeur céleste, ou au moins enfantine, qu'ils semblaient des volatiles d'une espèce particulière ayant existé. ⁂ *d.* s'élevant, [fondant vers le sol la tête en bas, fendant obliquement *biffé*] l'air obliquement [décrivant des courbes, mettant la plus grande aisance à exécuter des loopings fondant vers le sol la tête en bas, *corr.*] [et dans toutes les positions sans cesser de faire manœuvrer les ailes *biffé*] [à grand renfort d'ailes *corr.*] qui leur permettent *ms.* ⁂ *e.* jeunes élèves [des frères Wright Wright *biffé*] [de Garros *corr.*] s'exerçant *ms.* : jeunes élèves de [Fonck *biffé dactyl. 1*] [Garros *corr. dactyl. 1*] s'exerçant *dactyl. 1, dactyl. 2.* Voir n. 1. ⁂ *f. La page qui commence ici et s'achève à* cette jeune femme *[p. 229, fin du 1er §] n'a pas été reprise dans les dactylogrammes.* ⁂ *g.* à Venise [, comme en villégi<ature> *biffé*] passer *ms.*

1. Les noms d'aviateurs ont évolué selon les états du texte. Dans les toutes premières versions des brouillons sur Padoue (Cahier 5 de *Contre Sainte-Beuve* et Cahier 8 sur Combray) il n'y a pas d'aviateurs mais « une espèce animale particulière, ni enfant ni oiseau » qui voltige « avec toute la vitesse, mais aussi tous les mouvements souvent difficiles du vol » (voir l'Esquisse XLII, t. I, p. 779). Dans le Cahier 10, dont les pages ont été découpées et recollées dans le manuscrit (Cahier XIV ; f° 117 et 118), apparaissent les frères Wright. Les frères américains Wilbur (1867-1912) et Orville (1871-1948) Wright, qui vinrent en France en 1908, suscitèrent un grand engouement pour l'aviation. Or dans le Cahier 2 (fin de 1908), où se trouve le pastiche de Ruskin « La Bénédiction du sanglier. Étude des fresques de Giotto représentant l'affaire Lemoine à l'usage des jeunes étudiants et

étudiantes du Corpus Christi qui se soucient encore d'*elle* [...] », Proust imagine une arrivée des visiteurs à Paris en aéroplane, parodiant l'arrivée à Venise en bateau décrite par Ruskin dans *Les Pierres de Venise*, et nomme cet engin « l'oiseau de Wilbur » (*Pastiches et mélanges*, éd. citée, p. 202). Dans le manuscrit (Cahier XIV, f° 118), le nom des frères Wright est biffé et remplacé par Garros. Mais Roland Garros (1888-1918), célèbre dès 1911 par ses vols de capitale en capitale, mourut en combat aérien. Aussi les dactylogrammes portent-ils le nom de Fonck, puisqu'il s'agit de la version destinée aux *Feuillets d'art* en 1919, et que René Fonck (1894-1953) s'était rendu célèbre au cours de la grande guerre. Ce nom à son tour est biffé et remplacé par celui de Garros dans le dactylogramme 1 (voir var. *e* de cette page).

Page 228.

a. mensonges, si [tout cela *biffé*] constituaient des caractères *ms. Cette phrase d'un seul jet, sur des feuilles collées, n'a pas été revue. Nous corrigeons.*

Page 229.

a. Ce paragraphe, jusqu'à la méditation du clair de lune *[p. 230, fin du 1*[er] *§] vient immédiatement après le voyage à Padoue dans dactyl. 2 (version « Feuillets d'art »), et immédiatement après* la miroitante instabilité du flot *dans dactyl. 1 (voir var. b, p. 224). Nous avons donc repris l'ordre du manuscrit qui correspond au déroulement de la journée, le séjour à Venise commençant le matin et s'achevant le soir.* ↔ *b.* de calli. *[7*[e] *ligne du 2*[e] *§]* [Comprimées les unes contre les autres qui *biffé ms.*] [/Chaque femme croisée pouvait tout *biffé]* Le soir avec leurs hautes cheminées *[...]* l'extrême étroitesse de ces *[*ruelles *biffé] [*calli *corr.].* Comprimées les unes contre les autres ces calli divisaient *corr. ms., non reproduite dans dactyl. 1 et dactyl. 2*] divisaient en tous sens *ms., dactyl. 1, dactyl. 2. Le texte est très proche de celui du « Côté de Guermantes II » (voir t. II de la présente édition, p. 860).* ↔ *c.* campo [dont *biffé*] [à qui *corr.*] je n'eusse assurément pas dans ce réseau de petites rues [soupçonné *biffé*] [pu deviner *corr.*] [l' *biffé*] [cette *corr. biffée*] l'importance *ms.*

1. La belle place inconnue était en 1909 rattachée au portrait des Verdurin : « Il en était de M. et Mme Verdurin comme de certaines places de Venise inconnues et spacieuses dont aucun guide n'a parlé au voyageur qui un soir, les découvre au hasard d'une promenade [...] » (Cahier 31, ff^os 14 v° et 15 r° ; le passage est recopié dans *Du côté de chez Swann*, comme ouverture d'« Un amour de Swann » voir t. I de la présente édition, var. *a*, p. 186). Le morceau ne comprenait pas alors la partie qui, depuis « avec leurs hautes cheminées évasées » jusqu'à « cent tableaux », est, dans notre manuscrit, une addition marginale, déjà utilisée pour *Le Côté de Guermantes II* (voir var. *b* de cette page ; voir aussi t. II de la présente édition, p. 860, et n. 2.

Page 230.

a. Et [comme s' *biffé*] il n'y [a *en surcharge sur* avait] [pas *add.*] [en *biffé*] entre *ms.* ◆◆ *b. Voir var. d, p. 226 et h., p. 224. Les différentes coupures du dactylogramme ont bouleversé l'ordre des épisodes dans le manuscrit ; le rétablissement des épisodes coupés entraîne la reprise de l'ordre du manuscrit.* ◆◆ *c.* Mais [la tristesse de *biffé*] le désir de ne pas perdre à jamais certaines femmes, [plutôt *biffé*] [bien plus *corr.*] que certaines *ms.* ◆◆ *d.* je lus dans un [journal *biffé*] registre *ms.* ◆◆ *e. Dans les dactylogrammes le début de ce paragraphe a été transformé et réduit :* Quand j'appris, le jour même où nous allions rentrer à Paris, que Mme Putbus et par conséquent sa femme de chambre, venaient d'arriver à Venise, je demandai *Nous conservons l'introduction du manuscrit, la modification des dactylogrammes ne se justifiant qu'à cause des coupures précédentes (voir var. b).* ◆◆ *f.* le vague ; [tandis que la certitude que ma mère ne voudrait pas remettre le départ, réveillait dans mes nerfs excités par le printemps vénitien ce vieux désir de résistance et de lutte *biffé*] [je demandai *[...]* de lutte *corr.*] qui *ms.* ◆◆ *g.* céder. [Après tout me disais-je si je dis que je ne pars pas, me disais-je, ma mère ne me croira pas d'abord, mais en me voyant rester à l'hôtel, ne pas prendre la gondole pour aller au train, elle finira par se rendre compte que c'est vrai et elle ne pourra plus me résister, car elle ne partira pas seule *biffé*] Je dis à ma mère *ms.*

1. Voir l'Esquisse XVIII, p. 710 et suiv.

Page 231.

a. tandis qu'[un bateau *biffé*] [une barque de musiciens *biffé*] sur [un bateau *biffé*] une barque arrêtée *ms.* ◆◆ *b. Le manuscrit, tout au long de ce passage, porte.* Sole mi. ◆◆ *c.* L'heure du train s'avançait. *Le Cahier XIV du manuscrit s'achève sur cette phrase. À partir de cette même phrase, qui y est reprise, c'est le Cahier XV qui constitue le manuscrit.* ◆◆ *d.* azote *est la leçon de ms. ; elle a été dactylographiée dans dactyl. 1 et dactyl. 2. Dans ces deux états,* azote *a été corrigé en* hydrogène *, ce qui donne* une combinaison d'hydrogène et d'hydrogène *. Dans dactyl. 1, cette première correction, évidemment fautive, a été surchargée en* oxygène *de la main de Jean Paulhan. Le passage correspondant de ms. avait été dicté ; on a donc cru pouvoir attribuer la leçon* azote *, qui introduit une erreur, à Céleste Albaret. Mais cette leçon figure déjà dans le brouillon du passage, et dès le Cahier 50. Nous la maintenons donc, sans tenir compte de la correction posthume*[1]. ◆◆ *e.* étrange comme le lieu où on arrive et qui ne vous connaît pas encore, comme un lieu qu'on a quitté et qui vous a déjà oublié. *ms.* ◆◆ *f.* me semblait moins lointain *ms.*

1. *O Sole mio* (Ô mon soleil) est une romance composée à Naples en 1898 par Eduardo di Capua sur des paroles de Giovanni Capurro.

1. Voir Marcel Muller, « Proust et Flaubert », *Proust et le texte producteur*, Guelph, Ontario, 1980 ; l'eau est évidemment composée d'hydrogène et d'oxygène. Mais l'apparent lapsus qui fait écrire « azote » à Proust pourrait être une allusion au discours que fait le pharmacien Homais à Mme Bovary sur les émanations des prairies en été (*Madame Bovary*, livre II, chap. II).

C'est une chanson d'amour célébrant la bien-aimée, plus belle encore que le soleil.

2. Voir l'Esquisse XIX, p. 736.

3. Turner (1775-1851), qui fut à plusieurs reprises célébré par Ruskin (voir *Turner and Ruskin. An Exposition of the Work of Turner from the Writings of Ruskin*, 2 vol., Londres, G. Allen, 1900), a découvert en 1819 Venise dont il a laissé de très nombreuses vues, qui sont surtout des aquarelles et des dessins où prédominent les jeux de lumière sur l'eau.

Page 232.

a. si voisin que j'atteindrais en une heure de barque c'était une courbure *ms.* ↔ *b. Tout le passage a été récrit dans le dactylogramme destiné aux « Feuillets d'art » ; le texte de ms. est le suivant :* ce mélange de dégoût et d'effroi que j'éprouvai la première fois que tout enfant j'accompagnai ma mère au bain Deligny et où dans ce site fantastique d'une eau sombre que ne couvrent pas le ciel ni le soleil et que cependant borné par des chambrettes on sentait communiquer avec d'invisibles profondeurs, couverte de corps humains, je m'étais demandé si ces profondeurs cachées aux mortels par des baraquements qui ne les laissaient pas soupçonner de la rue n'étaient pas l'entrée de mers glaciales qui commençaient là, dans lesquelles les pôles étaient compris et <si> cet étroit espace n'était pas la mer libre du Pôle et dans ce site solitaire, irréel, glacial sans sympathie pour moi où j'allais rester seul le chant de « sole-mi » s'élevait comme une déploration de la Venise que j'avais connue et semblait prendre à témoin mon malheur. Sans doute il aurait fallu ↔ *c.* Ma pensée pour ne pas envisager la résolution à prendre s'occupait toute entière à suivre le déroulement des phrases successives de Sole mi, à chanter mentalement avec le chanteur, à prévoir l'élan que la phrase allait prendre, à le suivre avec elle, avec elle à retomber ensuite. *ms. Voir var. b, p. 233.* ↔ *d.* jusqu'au bout comme si j'accomplissais un devoir. Enfin aucune des phrases connues d'avance par moi, de la [mélo<die> *biffé*] romance *ms.*

1. Cette vision est déjà évoquée dans *Jean Santeuil* (Bibl. de la Pléiade, p. 305-306). Les bains Deligny sont des piscines installées au bord de la Seine à Paris, que la femme du professeur Adrien Proust, adepte de l'hygiène des bains froids, devait fréquenter régulièrement.

Page 233.

a. encore une phrase de « Sole mi » ; possible mais infiniment douloureux car la signification pratique *ms.* ↔ *b.* ma solitude et mon désespoir. Et par une politesse stupide de mon attention à sa musique je me disais je ne peux me décider encore, avant tout reprenons mentalement cette phrase en haut. Et elle agrandissait ma solitude ou elle retombait en la faisant de minute en minute plus complète, bientôt irrévocable [il eût fallu que j'eusse voulu arriver encore à temps pour rejoindre ma mère ou prendre le train avec elle, décider tout de suite que je partais. Mais justement je ne le pouvais pas, je restais immobile sans être capable non seulement de me lever mais même de décider que je me lèverais ma pensée s'occupait toute entière pour ne pas envisager la résolution à prendre à suivre toutes les phrases de sole-mi à prévoir à chanter mentalement avec le chanteur à prévoir l'élan que la phrase allait prendre *biffé*[1]] ; Ma mère ne devait pas être loin de la gare. *ms. Le paragraphe qui commence ainsi (au folio 9 r°) est de la main de Proust et sert d'introduction aux trois folios suivants (ff^{os} 10, 11 et 12 r^{os}), que nous donnons en esquisse*[2]*. Ces pages, comme l'a montré Jo Yoshida*[3]*, ont été détachées du Cahier 50 (18 bis, ter et quater r^{o} et v^{o}) ; elles rejoignent la version au propre au folio 13, et répètent la version des folios 1 à 9, de la main de Céleste Albaret qui écrit sous la dictée. Les dactylogrammes 1 et 2 donnent une nouvelle version, approximative et accourcie, des folios 9, 12, 13 et 14 r^{os} du ms., déjà abîmés et malaisés à déchiffrer ; c'est l'état que nous suivons.*

Page 234.

a. La version des dactylogrammes rejoint ici celle du manuscrit, que voici : Ainsi restai-je *[p. 233, début du 2e §]* immobile sans volonté [que dissoute *add.*] sans décision apparente. Sans doute alors la décision qui cristallisera tout à l'heure est déjà prise et nos amis souvent peuvent la prévoir. Quel malheur qu'elle ne nous prévienne pas nous-mêmes, qu'elle soit toujours le partant ou le restant de la dernière heure qui se décide à ne pas faire un voyage après no<us> <avoir> l<aiss>é pendant des jours entiers l'angoisse d<y> croire *[un mot effacé]* ou qui comme ce soir-là, quand il n'y a plus une seconde à perdre, prend ses jambes à son cou pour monter dans le train au moment où il s'ébranle au lieu de m'avoir épargné pendant les interminables minutes où j'écoutais la reprise de Sole mio l'anxiété de croire que je ne partirais pas. L'impuissance de l'intelligence à voir au-dehors autre chose que le reflet d'elle-même n'est pas seulement la cause du pullulement de tant de mauvais livres, le littérateur non doué et plein de bonne volonté récrivant les livres qu'il a lus et qui lui semblent tout l'univers littéraire possible, en faisant quelques retouches d'originalité, alors que pendant ce temps-là un livre imprévu par son intelligence est écrit par un inconnu qui justement omet tout ce que se mettait en devoir de rédiger l'homme intelligent et donne sa place à quelques sensations dont il ne se fût jamais avisé. Et c'est un nouveau tournant de l'histoire littéraire. Nos actions surgissent d'antres presque aussi obscurs, [malgré tout en vertu de lois qu'il serait aussi utile pour nous à connaître que celles qui annoncent infailliblement le passage d'une comète ou l'éclipse d'un astre *add.*] grâce à l'insoupçonnable défensive des habitudes, ou aux forces cachées subitement jetées par l'impulsion. / Je vis que ma mère avait cru que je ne viendrais pas, elle était rouge d'émotion et se retenait pour ne pas pleurer. « Tu sais, dit-elle, ta pauvre grand-mère le disait : C'est curieux, il n'y a personne qui puisse être plus insupportable ou plus gentil que ce petit-là. » Nous vîmes sur le parcours Padoue puis Vérone venir ◆◆ *b.* Ma mère [songea qu'elle avait *biffé*] [ne se pressa pas *[*d'ouvrir *biffé]*

1. Le passage biffé a été repris par Proust, en addition marginale, trois feuillets auparavant (voir p. 232, 23e à 33e ligne).
2. Voir l'Esquisse XIX. 1, p. 736-737.
3. *Proust contre Ruskin*, thèse citée, vol. I, p. 191-198.

[de lire corr.*]* *corr.*] deux lettres [non encore ouvertes *biffé*] [qu'elle avait seulement ouvertes *corr.*] et [moi-même je tirai de mon portefeuille celle *corrigé par biffures et en interligne en* tâcha que moi-même *[...]* la lettre] que le concierge de l'hôtel m'avait remise *ms.*

Page 235.

a. En face de cette phrase, une indication marginale, sans doute de la main de Robert Proust, explique la réinsertion dans le « Séjour à Venise » des pages exclues pour la publication des « Feuillets d'art » : nécessitant la réintroduction 101-106 du Cahier XV et la dépêche d'Albertine. ◆◆ *b.* ce que nous croyons, [c'est ainsi par méprise, avec un entêtement et une bonne foi aveugl<es> *biffé*] et jusque *ms.* ◆◆ *c. Au folio 933 des dactylogrammes (renuméroté 935 dans dactyl. 2), une mention marginale,* fin du 2[d] chapitre d'Albertine disparue *, marque l'arrêt à :* n'était même pas nécessaire. *[8[e] ligne de la page] Une seconde indication, à la page suivante des deux dactylogrammes, arrête le chapitre à :* une première méprise sur les prémisses. *Cependant, dans dactyl. 2, la fin du chapitre, depuis* Combien de lettres *, est biffée en croix. Dans dactyl. 1, le folio 934 a été découpé pour séparer les chapitres (voir var. d) ; on y lit, en marge, cette indication :* Fin d'Albertine disparue. ◆◆ *d. La page 934 du dactylogramme 1 a été découpée et disposée sur deux feuillets, 934 et 934 bis, afin de séparer les chapitres. On voit encore en marge, sur la page devenue 934 bis, le titre du chapitre indiqué par Robert Proust, accompagné de la mention :* ch. III *. Le titre, en tête de page, et l'indication* Chapitre IV *sont de la même main que pour le chapitre précédent. Rappelons que sur dactyl. 2, l'ensemble de ce chapitre IV, qui ne porte aucune correction, a été biffé ; sur dactyl. 1, la structure du texte a été bouleversée par des manipulations manifestement posthumes. Nous suivons désormais le manuscrit (voir la Note sur le texte, p. 1043), sans plus mentionner les leçons de dactyl. 2, et en ne rendant compte de celles de dactyl. 1 que de façon exceptionnelle, par exemple pour signaler les conjectures des éditeurs de l'époque, conjectures rendues nécessaires par le caractère incohérent de quelques passages du manuscrit. Rappelons enfin que le manuscrit « au net » est, pour l'ensemble du chapitre IV d'« Albertine disparue », le seul état que nous puissions attribuer à Marcel Proust et, par conséquent, le seul texte sûr.*

1. Ici s'achève le troisième chapitre d'*Albertine disparue* dans l'édition originale et le dactylogramme 1 (voir la Notice, p. 1031). Proust a écrit en marge de la dactylographie (f° 936) qu'il a lui-même corrigée : « Fin d'*Albertine disparue* » ; mais il n'a pas écrit au début du chapitre IV « Début du *Temps retrouvé* » ; le texte qui suit est biffé.

Page 236.

a. ma mère, qui [craignant toujours que je ne trouvasse les voyages longs et fatigants, tâchait que je tardasse le plus possible à ouvrir le sac aux œufs durs et aux fruits, à parcourir les journaux, à commencer le livre attrayant qu'elle avait acheté sans me le dire et qu'elle réservait pour le moment le plus dur de la route. » *biffé*] [voyant qu'on n'était pas encore *[...]* soif. *corr.*] « Mais comment *ms.*

1. Ces deux citations proviennent de deux des plus fameuses lettres de Mme de Sévigné à son cousin Coulanges ; la première est la lettre annonçant le mariage de la Grande Mademoiselle et de Lauzun : « Je m'en vais vous mander la chose la plus étonnante, la plus surprenante, la plus merveilleuse, la plus miraculeuse, la plus triomphante, la plus étourdissante, la plus inouïe, la plus singulière, la plus extraordinaire, la plus incroyable, la plus imprévue, la plus grande, la plus petite, la plus rare, la plus commune, la plus éclatante, la plus secrète jusqu'aujourd'hui, la plus brillante, la plus digne d'envie [...] » (lettre du 15 décembre 1670 ; *Correspondance*, Bibl. de la Pléiade, t. I, p. 139). La seconde est la lettre sur les foins : « Savez-vous ce que c'est que faner ? il faut que je vous l'explique. Faner est la plus jolie chose du monde, c'est retourner du foin en batifolant dans une prairie ; dès qu'on en sait tant, on sait faner » (lettre du 22 juillet 1671 ; éd. citée, t. I, p. 304).

2. Cette adoption est mentionnée dans *La Prisonnière* (t. III de la présente édition, p. 815). Le nom se trouve sans aucune rature dans le Cahier XV. Cependant, de curieuses indications de régie, datant de 1920 et figurant dans le Cahier d'additions 60, méritent d'être signalées : « Après l'esclandre de M. de Charlus chez les Verdurin. Cette avanie eut entre parenthèses une conséquence : conformément à une intention qu'il avait, dit-il ensuite, depuis longtemps, mais que la crainte de déplaire à Morel très irrité contre le giletier, l'avait empêché de réaliser, M. de Charlus adopta la fille de Jupien. Car le baron se trouvait — bien à tort à vrai dire — quelque responsabilité dans la déception de la fille de Jupien. Elle prit le nom de Mlle d'Oloron (éviter Vermandois à cause de Pierre de Polignac) nom qu'eût régulièrement porté la fille de M. de Charlus s'il en avait eu une. (Il faudra peut-être que chez les Verdurin à La Raspelière il dise qu'il est marquis d'Oloron et peut-être plutôt duc d'Agrigente que prince d'Agrigente. (comme pour Tarente) Elle se montra du reste parfaitement digne de cette adoption. Ma grand-mère n'avait pas jugé faux quand elle avait trouvé la fille de Jupien, ce qu'elle connaissait de plus distingué. Et au contact de M. de Charlus elle assimila des connaissances en littérature, en peinture, en musique, qui émerveillaient. ([Il faudra *biffé*] que lorsque ma mère raisonne de ce que ma grand-mère eût pensé du mariage de Mlle d'Oloron [elle dise que à cause des castes de Combray, elle eût été stupéfaite, mais aussi qu'après tout elle eût trouvé cela parfait la jeune fille étant charmante et distinguée bien plus que M. de Guermantes ne l'était *biffé*]. [J'ai mis[1] cette dernière phrase à sa place dans le Cahier XV. *add.*] Visites de fiançailles de Mlle d'Oloron comme Mlle Radzivill (Doudeauville) chez Mme Legrand. Mais elle faisait semblant de ne pas s'apercevoir. D'ailleurs elle tenait le bon bout. (Mme de Polignac d'abord snobée par Mme Legrand) Car elle avait les cartes en main, les atouts. Le faubourg attend toujours de voir « comment cela tournera » alors qu'il doit bien deviner que « du

1. Le passage est effectivement en addition dans le manuscrit.

côté de l'argent est la toute-puissance » et aussi du grand nom. M. de Charlus eût même pu lui faire faire mieux mais préférait une bonne noblesse de province assez (ou pas ?) pauvre La Ferté M <*illisible*> elle se fera une situation au lieu de prendre celle de son mari. Peut-être mettre ces visites plutôt pour Gilberte ? » (Cahier 60, ffos 56-58). Ce passage prouve qu'en 1920 Proust songe à modifier les données du mariage Cambremer, déjà rédigées sous une autre forme, avec mort de la mariée, dans le manuscrit au net (Cahier XV). La date nous est fournie par celle du mariage du prince de Polignac (voir à ce sujet la Notice, p. 1025-1026). Proust, écrivant à son ami, prétend avoir dû se « précipiter sur [ses] épreuves », « [...] car j'avais appelé la jeune fille Mlle Vermandois ce qui avait trop de consonance avec Valentinois [...] j'ai changé partout Vermandois et l'ai remplacé par Oloron — Oloron est tellement différent de Valentinois que personne ne songera à une ressemblance qui n'était que dans les noms. Je l'ai échappé belle ! ». En fait, le mariage inventé par Proust selon les lois de la politique aristocratique précédait de bien plus d'un an celui de son ami, et la ressemblance n'avait rien à voir avec le nom, mais avec le fait que la duchesse de Valentinois était fille adoptive du prince de Monaco (voir Painter, *Marcel Proust*, éd. citée, t. II, p. 377) ; le nom de Vermandois, auquel selon toute apparence Proust ne songe qu'à partir de celui de Valentinois, est celui sous lequel fut légitimé et fait comte le fils naturel de Louis XIV et de Louise de La Vallière.

Page 237.

a. Sans remonter même si près de nous aux Lucinge, pas plus tard *ms. Nous corrigeons.*

1. Le duc de Berry, assassiné le 13 février 1820, « recommanda à sa femme », avant de mourir, « deux jeunes filles qu'il avait eues en Angleterre d'une Mme Brown ». Mme de Boigne raconte dans ses *Mémoires* qu'elles furent élevées, dotées et mariées par les soins de la duchesse : « Nous les avons vues paraître à la Cour, d'abord comme Mlles d'Issoudun et de Vierzon ; puis comme princesse de Lucinge et comtesse de Charette » (*Mémoires*, éd. citée, t. III p. 32). Proust fait de la princesse de Lucinge la grand-mère de M. de Bréauté (voir *Le Côté de Guermantes II*, t. II de la présente édition, p. 825).

Page 238.

a. prince souverain. » *[p. 237, 16e ligne].* [Ma mère, tout en maintenant *[...]* lui épargnait *[p. 237, 10e ligne en bas de page]* un dernier chagrin. *add.*] [Et pourtant *add.*] Crois-tu tout de même me dit ma mère [que tu *biffé*] si [*[plusieurs mots illisibles]* les Noailles, les Gramont, les Nucingen <Balzac ?> si ce mariage avait eu lieu dans un de ses romans n'eût pas <manqué ?> de l'entonner. Et pas plus tard qu'il y a six mois tu te rappelles le mariage d'un ami de Charles avec cette jeune fille dont la seule raison d'être sociale était qu'on la supposait à tort ou à raison fille naturelle d'un souverain. / Perdue dans sa rêverie ma mère disait *biffé*] [/Crois-tu tout de même si *biffé] [*Tu n'as pas *biffé]* Crois-tu tout de même si le père Swann *[...]* familiales un autre jour. Perdue dans sa rêverie ma mère disait *corr.*] : [la *en surcharge sur* le] [fils de Madame de Chemisey *biffé*] fille d'une femme *ms.* ◆◆ *b. Le texte est ici procuré par un feuillet ancien, inséré dans le manuscrit, qui devient le folio 23 ; il n'a été que partiellement corrigé :* épousant le neveu de Mme de [Villeparisis *biffé*] [Guermantes *corr. biffée*] [Villeparisis *corr.*] que ton père ne me permettait pas [d'aller *biffé*] [au commencement d'aller *corr.*] voir parce qu'il la trouvait d'un monde trop brillant pour nous. » Puis : « le fils d'[une femme *biffé*] Mme de Chemisey pour qui Legrandin craignait tant d'avoir à nous donner une recommandation parce qu'il ne trouvait pas assez chics, épousant la fille d'un homme *ms. Nous corrigeons* Chemisey *en* Cambremer *et* fille *en* nièce *, conformément au contexte.*

1. Proust évoque l'affaire du testament du duc de Bourbon, fils du prince de Condé dont il n'avait pas pris le nom « trop lourd à porter ». En 1830, le duc « était tombé sous la domination d'une créature qu'il avait ramenée d'Angleterre et mariée à un officier de sa maison », Mme de Feuchères. Les Orléans souhaitaient que les biens de la branche du Condé « se réunissent tous sur la même tête », en l'occurrence le duc d'Aumale, filleul du duc de Bourbon, « mais il n'y avait pas d'autre moyen pour y réussir que l'influence de Mme de Feuchères [...] elle mit pour première condition à ses bons offices qu'elle serait reçue à la Cour. » Mme de Feuchères fut présentée... et le testament fut signé. Le duc d'Aumale hérita Chantilly à la mort du prince. Cette affaire est racontée par Mme de Boigne (*Mémoires*, éd. citée, t. III, p. 227-228).

2. « La belle Corisande » était le surnom de Diane d'Andonius (1554-1620), qu'avait épousé Philibert de Gramont, comte de Guiche (1552-1580) et qui devenue veuve, avait séduit le roi de Navarre dont elle fut la maîtresse de 1583 à 1591. — Proust a connu deux de ces Corisande, l'une, née Corisande de Gramont, était mariée au marquis Hélie de Noailles ; l'autre, cinquième et dernier enfant de son ami Armand de Guiche et d'Élaine Greffulhe, fut baptisée en décembre 1920.

Page 239.

a. lui arriver et que sa mort même était peut-être un bien. Elle se figurait [volontiers *biffé*] toujours ma grand-mère *ms. Nous supprimons cette proposition qui fait contresens ici et qui est reprise dans la phrase suivante, à bon escient.* ◆◆ *b.* que nous connaissions [nous leur faisons honneur du peu de bien qui est certainement arrivé et pour *biffé*] le mal qu'ils ont [produit *biffé*] [causé *corr.*] [il *biffé*] nous semble *ms.* ◆◆ *c.* pas produit. [(peut-être finir par cela et mettre ce qui vient avant *biffé*] Mais [en même temps *biffé*] Elle cherchait [en même temps *add.*] à mieux *ms.* ◆◆ *d.* le sien, [aimant [ainsi à voir toujours dans les *biffé]* d'autre part à voir dans les événements présents la confirmation, la preuve, de la justesse des vues de ma grand-mère qui se trouvait ainsi avoir été plus clairvoyante encore, plus profonde que nous ne pensions. « Oui *biffé en définitive*] « Crois-tu *ms.* ↔ *e.* lui apprendre, [de même qu'elle aurait voulu qu'elle pût savoir qu'on était arrivé à construire des aéroplanes, des télégraphes sans fil, des pianolas) Peut-être quand ma mère regrettait comme quelque chose d'injuste *biffé*] [regrettant *en surcharge sur* regrettait] que ma grand-mère ne pût le savoir [était-ce parce qu'elle souffrait comme de *biffé*] [et trouvant *corr.*] quelque chose d'injuste que *[sic]* la vie *ms.* ↔ *f.* on va voir que *et* bientôt *sont ajoutés à la première version qui continuait, après* égoïste à ma mère. *, par cette phrase, biffée :* Elle aimait encore mieux [croire *biffé*] considérer les événements comme ratifiant les prévisions de ma grand-mère que comme capables de lui donner le plaisir de l'étonnement, elle voulait voir en eux la confirmation, la preuve, de la justesse des divinations de ma grand-mère qui se trouvait ainsi avoir été encore plus clairvoyante plus profonde que nous n'avions pensé *biffé ms. Ce passage, deuxième mouvement des hypothèses, est repris vingt pages plus loin (f° 45 ; ici, p. 252) après une longue anticipation ; les corrections de Proust montrent clairement que la place de ces anticipations est au sein de l'épisode du voyage en train et interdisent la correction opérée dans le dactylogramme 1, qui a remis toutes les informations sur les mariages après le retour à Paris.* ↔ *g.* Ce que j'appris *Ici commence, dans ms., une addition marginale qui procure le texte jusqu'à* eurent lieu immédiatement. *[p. 240, fin du 1er §] ; de cette addition, premier élément inséré dans le voyage, le manuscrit est incomplet et nous devons suivre le dactylogramme 1 à partir de* un excellent mariage pour son fils : *[p. 240, 3e ligne]* ↔ *h.* c'est que Mlle [Swann fut demandée *biffé*] de Forcheville avait été demandée *ms.* ↔ *i.* cherchait à épouser [la nièce du prince (allemand ami de *biffé*] Mlle d'Entragues *ms.*

1. Dans un projet initial, au contraire, le héros sert d'intermédiaire pour négocier le mariage de Saint-Loup : « [...] j'avais pouvoir sur Mme de Marsantes et sur Gilberte pour obtenir des concessions mutuelles que j'obtins en effet. » Il redoute l'opposition de la duchesse de Guermantes : « [...] je pensai qu'il était fâcheux que la duchesse connût Gilberte. Je me rappelai combien elle avait été peu serviable pour Robert à l'égard du général. » Mais Mme de Guermantes, de féroce, est devenue gentille (« Quand j'apprends le mariage de Gilberte », Cahier 56, ffos 97 r°-98 r°). Voir la Notice, p. 1016.

Page 240.

a. Luxembourg. [On devina que *biffé*] [ce qui donna l'éveil fut que Mme de Marsantes si *[*diffici<le> *biffé]* pointilleuse sur la question des titres et qui huit jours auparavant avait *biffé en définitive*] Voici *ms.* ↔ *b. À partir de* Ces fiançailles *jusqu'à* c'est mon pater. » *[p. 243, fin du 1er §], une addition marginale prolongée par un long béquet continue l'addition précédente sur le mariage de Saint-Loup (voir var. g, p. 239).*

Page 241.

a. On trouve Santois *dans le manuscrit et le dactylogramme 1, où la correction en* Morel *est manuscrite ; voir n. 1, p. 257. Nous unifions en* Morel.

Page 242.

a. secrète. [Mais Saint-Loup ne songea pas à Odette puisque c'était lui qui *biffé*] Et même *ms.* ◆◆ *b.* Quant [à la propension du *biffé dactyl. 1*] [au *corr. dactyl. 1*] jeune Cambremer [qui avait déjà une certaine propension *add. dactyl. 1*] à fréquenter les gens de lettres [comme Bergotte par exemple et même Bloch *biffé dactyl. 1*] on pense bien *ms. dactyl. 1* ◆◆ *c.* échoué — comme un précipité chimique. Et la tristesse *ms. Nous corrigeons pour éviter la répétition immédiate.* ◆◆ *d.* en me faisant *ms.* : en m'en faisant *dactyl. 1. Nous adoptons la leçon de dactyl. 1.*

Page 243.

a. regardèrent avec une extrême *ms.* : regardèrent [Saint-Loup *add.*] avec une extrême *dactyl. 1. Nous adoptons la leçon de dactyl. 1.* ◆◆ *b. C'est à la fin du 1*[er] *§ de cette page que finit, dans ms., l'addition sur becquet signalée var. b, p. 240.* ◆◆ *c.* la recevait. [D'autre part les Guermantes avaient un prestige tout particulier pour eux, Legrandin — depuis peu Legrandin de Méséglise — *[ayant biffé]* étant de Combray où les Guermantes étaient rois. *biffé en définitive*] Quand la princesse *ms.*

1. Voir *Le Côté de Guermantes I*, t. II de la présente édition, p. 476 et n. 1.

Page 244.

a. il s'y engouffrait / Legrandin s'était mis au tennis à cinquante-cinq ans / Quand la princesse *ms. C'est à la jointure de deux feuillets que l'on trouve cette phrase, d'une écriture différente ; elle devait servir de point de départ à une addition qui a été coupée. Nous la supprimons.* ◆◆ *b.* de nom [, à Combray *biffé*] les châtelains *ms.*

1. Marienbad (en tchèque : Mariánské Lázné) est une station thermale de Tchécoslovaquie, fondée en 1818.

2. Voir l'Esquisse XX, p. 739.

Page 245.

a. son âge, [(*biffé*] car nos habitudes nous suivent même là où elles ne nous servent plus à rien [) et auquel M. de Charlus adressa en lui disant bonjour un sourire qui passa inaperçu *biffé*] et presque personne [...] lui adressa [un imperceptible *biffé*] sourire *ms.* ◆◆ *b. Cette phrase, depuis* Mais ce qui fut *, est biffée dans le dactylogramme 1.*

1. Proust, dans ce raccourci, évoque les trois filles légitimées de Louis XIV, dont deux portèrent successivement le titre de courtoisie de « Mlle de Blois », et l'une, celui de « Mlle de Nantes ». Toutes trois épousèrent des princes du sang, mais ce sont les deux « Mlle de Blois », et non pas « Mlle de Nantes », qui firent les mariages indiqués ici par Proust. — Marie-Anne (1666-1739), première « Mlle de Blois », fille de Mme de La Vallière, légitimée en 1667, épousa en 1680 Louis-Armand Ier de Bourbon, prince de Conti. — Louise-Françoise (1673-1743), « Mlle de Nantes », fille

de Mme de Montespan, légitimée en 1673, épousa en 1685 Louis III de Bourbon, prince de Condé. — Françoise-Marie (1677-1749), seconde « Mlle de Blois », fille de Mme de Montespan, légitimée en 1681, épousa en 1692 Philippe II d'Orléans, duc de Chartres puis d'Orléans, futur Régent.

2. Dans un projet initial (Cahier Babouche, ffos 5-20), M. de Charlus ouvre son hôtel et donne une grande réception pour la matinée de contrat (voir la Notice, p. 1016). Le présent passage semble un vestige de ce projet, dont on trouve des traces dans des feuilles insérées dans le manuscrit, Cahier XV, fo 35 vo. Le héros était invité à la réception.

Page 246.

a. des ducs [qui lui étaient *biffé*] maintenant [apparentés *biffé*] qu'ils lui étaient apparentés. *ms. Nous adoptons la leçon de ms. avant correction.* ◆◆ *b.* société. [Un changement plus frappant encore se manifesta chez Gilberte. *biffé*] [Les Cambremer eux-mêmes *biffé*] Mme de Cambremer *ms.* ◆◆ *c.* Certes les premiers mois / Pour Gilberte il s'était produit [un peu av <ant> *biffé*] depuis son mariage un changement assez curieux [comme il s'en était produit autrefois *biffé*] [à la fois symétrique *corr.*] et différent de celui qui s'était opéré chez Swann marié. Les premiers mois *ms. Sur le folio 34 de ms., on a en fait le début d'une copie d'une version antérieure, légèrement différente, laquelle a été collée au folio 35, sans qu'aucune des deux, comme il arrive fréquemment, soit biffée.*

Page 247.

a. Peut-être [à cause de [...] ce milieu *biffé*] j'eusse préféré *dactyl. 1. L'anachronisme explique la biffure.* ◆◆ *b. À partir de* Tout ce qui nous semble *jusqu'à* trois figures de connaissance *[var. c, p. 248], une addition marginale suivie d'un becquet commente l'évolution sociale du nom.*

Page 248.

a. par un mouvement inversement le milieu *ms. Nous corrigeons* ◆◆ *b.* tombé au dernier. Un jour *ms. Nous corrigeons* ◆◆ *c.* long », elle se mit *ms. Dactyl. 1 a substitué* Gilberte *à* elle *à la suite de l'insertion du becquet signalé var. b, p. 247. Nous adoptons cette correction.* ◆◆ *d.* les ducs, et [meubler ses salo <ns> *biffé*] [la voient *corr.*] chose *ms.* ◆◆ *e.* ne songent-ils pas à [la nature des causes qui firent *biffé*] [expliquent *biffé*] [à rechercher les causes de l' *add. interl.*] accident *ms.*

1. Paroles d'Agamemnon dans *La Belle Hélène* (1864), livret de Meilhac et Halévy, musique d'Offenbach ; il s'agit d'une citation approximative de la fameuse scène du « couplet des rois ».

Page 250.

a. faire-part qui fut quelque temps *ms. ;* envoyée *a probablement été omis. Nous l'ajoutons.* ◆◆ *b. Nous corrigeons* fille *en* nièce .

1. Proust a esquissé dans le Cahier 74 une brillante réception à l'occasion du mariage de la fille adoptive de M. de Charlus ; ce fut une des dernières grandes fêtes de la pure aristocratie. Par anticipation, l'auteur évoque la mort de Jupien, quelques jours après cette matinée, et celle de sa fille qui avait contracté son mal en le soignant : « La lettre de faire-part qui fut envoyée quelque temps après fut mal comprise de toute la nouvelle jeunesse qui commençait à aller dans le monde et qui ignorait la situation véritable des personnes là nommées. Cette lettre était en effet rédigée à peu près comme suit. / [Le marquis et la marquise de Cambremer *biffé*] Le baron de Charlus, [Prince *biffé*] marquis d'Oléron, prince d'Agrigente et des Dunes, [chevalier *biffé*] [commandeur *corr.*] de Malte, le marquis et la marquise de Cambremer, / La marquise de Villeparisis, [madame L. *biffé*] Mme L. de Méséglise, [le duc *biffé*] la comtesse Arrachepel, le duc de Guermantes bailli de l'ordre de Malte et la duchesse de Guermantes, la vicomtesse de Marsantes, l'abbé de Guermantes, pro<to>notaire apostolique, le prince et la princesse d'Arras, le prince et la princesse de Turenne, la vicomtesse de Montmorency, [Madame L. de Méséglise *biffé*], le comte de Méséglise, / Le [comte *biffé*] baron et la b<aro>nne de Forcheville, S.A.R. la C<om>tesse de Bourbon Soisson, LL. AA. le prince et la princesse de Guermantes Bavière, LL. AA. le comte et la comtesse de La Marck, le marquis et la m<arqu>ise de Saint Loup en Bray, la duchesse de Brancas née Guermantes, le [g<éné-r>al *add.*] b<ar>on [de Villeparisis *add.*] et la b<aron>ne de Villeparisis, le m<arqu>is et la m<arqu>ise de Beausergent, S.A. le prince de Modène, M. et Mme Auguste Verdurin, le comte et la *[un mot illisible]* [le comte d'Argencourt, chargé d'affaires en Belgique *add.*] la vicomtesse d'Idumea [princesse de Bavière *add.*] la vicomtesse de Bouteville, le prince et la princesse de [Lesdiguières *mot de lecture douteuse*], Lady Romey [*ou* Romney *?*] / ont l'honneur de vous faire part de la perte douloureuse qu'ils viennent de faire en la personne de Marie Léontine de Guermantes marquise de [Villeparisis *biffé*] [Cambremer *corr.*] leur fille, [petite niè<ce> *biffé*] belle fille, petite nièce, nièce, cousine germaine et cousine décédée ». — On remarquera la modification du nom britannique dans ce Gotha européen. « Idumea » devenu « Edumea » dans le texte final pourrait être un clin d'œil discret à la présence israëlite dans les plus grandes familles (Idumée ou Edom ?).

Page 251.

a. Après cousine germaine. *, le folio 43 de ms. s'achève ainsi :* C'est ainsi qu'une simple lettre de faire-part demande pour *Il s'agit d'une feuille déchirée rattachée au manuscrit ; la suite manque ; nous supprimons ce membre de phrase.* ↔ *b.* ne firent naturellement [qu'ajouter aux agréments de société très réels que possédait *biffé*] que le lui faire *ms.*

1. La tante Léonie, dans *Du côté de chez Swann* (voir t. I de la présente édition, p. 115), possédait la « jolie ferme de Mirougrain, où il y

avait une chute d'eau ». Dans la topographie d'Illiers, Mirougrain se trouve au bord du Loir, à un kilomètre environ au nord d'Illiers.

2. Cette parenté n'est pas évoquée dans le roman. Une note du *Carnet de 1908* dit : « Ne pas oublier cousinage d'Odette et de Rigaud » (f° 54 v° ; *Cahiers Marcel Proust*, n° 8, Gallimard, 1976, p. 125), mais rien ne permet d'identifier Rigaud à Jupien.

Page 252.

a. le nom de Cambremer. / [Tels furent ces deux mariages (d'ailleurs de celui de Gilberte il sera longuement question dans la suite) que ma mère, pour que le temps ne me parût pas trop long en chemin de fer, ne m'avait laissé apprendre qu'[à Milan *biffé]* après Milan. Nous les commentions encore en descendant du train et le soir, de retour dans notre salle à manger, sous la lumière de la lampe *biffé en définitive*] Le train *ms. ; cette articulation, biffée au profit de celle qui suit, explique la conversation dans la salle à manger (p. 253).* ↔ *b.* Ma mère était bien vite revenue *Pour la leçon de dactyl. 1 à partir d'ici, et jusqu'à var. b, p. 253, voir ladite variante.* ↔ *c.* attristée [et que mieux valait qu'elle fût morte avant tout cela, le regret de ne pouvoir faire [par<ticiper>*(?) biffé]* jouir ma grand-mère de la curiosi<té> *biffé en définitive*] ce qui était simplement *ms.*

1. Voir *Sodome et Gomorrhe II*, t. III de la présente édition, p. 336-337.

Page 253.

a. Ms. donne Joliot *. Le texte est ici procuré ; dans le manuscrit, par un feuillet ancien qui y a été collé ; nous corrigeons.* ↔ *b. Dans le dactylogramme 1 (ff*[os] *964-965, numérotés en surcharge* 940 bis *et* 940-2 *), une main a biffé toute la partie des propos de la mère du héros, depuis* Ma mère était bien vite revenue *[var. b, p. 252], jusqu'à* Quelle jolie lettre elle eût répondu ! *En effet, ces propos redoublent ceux qu'elle a déjà tenus (voir p. 238-239). Une addition manuscrite opère un léger raccord :* Et ma mère continuait [quand nous fûmes rentrés à la maison *add.*] : « Crois-tu [...] » *Viennent ensuite toutes les informations sur les mariages qui, dans le manuscrit, occupent le voyage en train.* ↔ *c.* désirait tant que [sa fille allât *biffé*] [Gilberte fût reçue *corr.*] chez les Guermantes *ms.* ↔ *d.* de peine. [Ainsi se poursuivait entre ma mère et m<oi> *biffé*] [Il paraît que c'est la princesse de Parme qui a fait le mariage me dit ma mère quand nous fûmes arrivés à Paris où elle avait trouvé une lettre plus détaillée sur le mariage. Et c'était vrai. La princesse de Parme connaissait depuis longtemps par les œuvres Mme de Cambremer / elle savait le regret *biffé*] [En tous cas voilà *biffé*] Il paraît *ms.* ↔ *e.* mort, [mariage *biffé*][fiançailles *corr.*], héritage, [transfert de propriétés *biffé*] [ruine *corr.*], et le glissant *ms.* ↔ *f.* dissocie [et espace, ce qui *biffé*], recule [à différents intervalles, ce qui, pour ceux qui n'ont pas vécu semble amalgamé sur *biffé*] une surface [plane *biffé*], et situe *ms.*

Page 254.

a. Le folio 51 de ms., qui va jusqu'à c'est l'histoire ! *[fin du §], est une page ancienne, provenant probablement du Cahier 50, collée dans le manuscrit (voir n. 1). Au haut de ce feuillet apparaît cette première version du début de la phrase :* Cette sagesse-là n'est-elle pas un peu inspirée par la Muse *[une addition illisible]* qu'il faut longtemps méconnaître, mais que ceux-là *Ce début de phrase est récrit au folio précédent, afin de rattacher la page ancienne au récit, mais la première version n'est pas biffée.* ◆◆ *b.* ou qu'à sentir qu'en [marchant *biffé*] ils [marchent *biffé*] [y *add.*] foulent *ms.* ◆◆ *c. De trois versions superposées, dans ms., du même membre de phrase aucune n'est complète, et chacune utilise les mots non biffés des deux autres, sans indiquer l'endroit où ils s'insèrent dans la nouvelle formulation, parfois même en les répétant inutilement ; nous croyons lire successivement : 1re version :* ou tout simplement à [en *add.*] [imaginer les *biffé*] fraîches [paroissiennes en lisant les noms *biffé*] sur la plaque *2e version :* ou tout simplement à [en *add.*] [imaginer les *biffé*] le nom d'une fraîches *[sic]* provinciales *[sic]* en lisant [les noms *biffé*] sur la plaque *3e version :* ou tout simplement à [en *add.*] déchiffrer imaginant peut-être les fraîches [*un mot illisible*] d'une provinciales *[sic]* sur la plaque . *Le dactylogramme 1 donne :* ou tout simplement [qu' *add.*] à [découvrir *biffé*] [déchiffrer *corr.*], imaginant peut-être l'image d'une fraîche [provinciale *biffé*] [paroissienne *corr.*] sur la plaque. *C'est donc la version de l'édition originale ; nous conservons la lecture de l'édition Clarac-Ferré, un peu différente, mais non moins conjecturale.* ◆◆ *d.* que contingent [mais révèle *[*pourtant *biffé]* aussi *[*certaines *biffé]* *[*d'autres *corr.]* lois, celles *[*justement de la contin<gence> *biffé] add.*] [l'a recueilli *biffé*] : c'est l'Histoire ! *ms.*

1. La fin de ce paragraphe, depuis « Cette sagesse-là » (3e ligne de la page) apparaît, dans le manuscrit, sur une page ancienne, provenant probablement du Cahier 50 (voir var. *a*). Voir Claudine Quémar : *Études proustiennes I*, Gallimard, 1973, p. 306-308 ; et Christian Robin, *Bulletin d'informations proustiennes*, n° 6, 1977, p. 13.

Page 255.

a. à Combray, [j'aurais écrit à *biffé*] [qui ne salue même pas le curé, *add.*] [si c'était encore mon cousin Sazerat, je lui *biffé*] j'aurais [écrit pour savoir *biffé*] [su *corr.*] le fin *ms. Pour la leçon de dactyl. 1, voir var. b.* ◆◆ *b. Toute cette page, depuis* D'anciennes amies de ma mère *[p. 254, 2d §], a été biffée dans le dactylogramme, probablement parce qu'elle semblait reprendre les visites antérieures (voir p. 240). Le premier jet du manuscrit passait immédiatement de ces commérages à la visite à Tansonville (voir var. d, p. 256).*

Page 256.

a. qui le suivra. [Nous sommes infidèles à nos amantes, *fidèles à nous-mêmes* (les mots soulignés sont peut-être dits ailleurs) mais la femme disparue, oubliée a *[*laissé comme une <texture *?*> *biffé]* imposé la forme de l'amour qui viendra. Déjà dans l'amour que nous avions pour elle ces habitudes *biffé en définitive*] Déjà au sein *ms.* ◆◆ *b.* aux visiteurs *À partir de ces mots, et jusqu'à* quelques jours. *[3 lignes plus loin], nous suivons dactyl. 1, le manuscrit étant très abîmé.* ◆◆ *c.* je [dus ob *add.*] tenir d'elle [qu'elle *add.*] se laissât *dactyl. 1 (voir var. a)* ◆◆ *d. Après* les publications. » *[var. b, p. 255], le texte de ms. enchaînait, dans un premier jet,* *ainsi :* [Pour ce qui me concerne je fus quelque peu mêlé à la vie du jeune ménage pendant les années qui suivirent et sur lesquelles je passerai rapidement parce que bien qu'ayant précédé celles où je tombai tout à fait malade et me retirai du monde, elles n'ont laissé que peu de souvenirs. Gilberte m'avait écrit plusieurs fois pour me demander d'aller la voir à Tansonville et j'acceptai parce que je sus qu'elle n'était pas heureuse[1]. Je *[*repris *biffé]* recommençai chaque soir *[plusieurs mots illisibles en addition]* en sens inverse, les promenades que nous faisions à Combray, l'après-midi, quand nous allions du côté de Méséglise. On dînait maintenant à Tansonville à une heure où jadis on *biffé*] dormait[2] depuis longtemps [...] le plus souvent elle m'accompagnait ; nous avions vite dépassé des champs à l'extrémité desquels n'atteignaient pas mes plus longues promenades d'enfant. De celles-ci du reste je ne retrouvais rien qui me touchât. Et si [je n'étais venu que pour *biffé*] le but de mon voyage avait été de revoir Combray j'aurais été bien déçu mais j'étais venu [malade ? *biffé*] [le pays changeait, il fallait descendre des pentes, gravir des collines. J'étais venu parce que Gilberte *[*était malheureuse *biffé]* souffrait, trompée par Robert, mais pas de la *biffé en définitive*] manière *ms. Une addition marginale, correspondant au 2*[d] *§ de la page 255 :* [et que j'étais *biffé*] [. Je vis d'ailleurs pas mal à cette époque Gilberte avec laquelle j'étais *corr.*] de nouveau lié [...] pressée de nous quitter *était insérée dans la page biffée, entre* pas heureuse *et* Je recommençai chaque soir ; *après la biffure, Proust a continué cette addition en haut du folio suivant :* l'obstacle avait disparu, mon amour. J'allais d'ailleurs passer un peu plus tard quelques jours à Tansonville parce que j'avais appris que Gilberte était malheureuse, trompée par Robert mais pas de la même *. Cette liaison entre l'addition et la suite du texte est à son tour coupée par l'insertion d'un becquet, qui procure le texte de* Ce déplacement me gênait *[p. 255, 2*[e] *ligne du dernier §] à* pendant quelques jours *[p. 256, vers le milieu de la page]. Nous ajoutons* J'allai *avant* parce que *pour rétablir la phrase ainsi coupée.* ◆◆ *e. Cette phrase étant inachevée, nous ajoutons, à la suite de Clarac et Ferré, des points de suspension. Le dactylogramme 1 propose une autre solution :* elle disait. [Mais *biffé*] [Opinion que justifiait *corr.*] l'amour-propre [...] maîtresses. ◆◆ *f.* allé *est omis dans le manuscrit. Nous l'ajoutons.*

1. Voir l'Esquisse XXI.2, p. 741 et suiv.

Page 257.

a. avait surprise [et qui avait failli amener le divorce *biffé*], j'avais appris *ms.* ◆◆ *b.* où il n'aurait dû *ms. Nous adoptons la leçon de dactyl. 1.* ◆◆ *c.* la réconciliation [, comme jadis le mariage *biffé*]. Elle faisait *ms.*

1. Le nom de Morel est tardif ; il a probablement été donné en 1919-1920 ; le personnage a été appelé auparavant Bobby Santois.

1. Point d'insertion de l'addition signalée plus bas.

2. Le texte passe ici au folio suivant, où il n'est plus biffé. De « dormait depuis longtemps » à « le plus souvent elle », c'est au texte de nos pages 266 (3e ligne en bas de page) à 267 (13e ligne de la page) que ce passage correspond. Nous abandonnons cette fin de rédaction qui, bien que n'étant pas biffée, est remplacée par une seconde rédaction après les additions relatives à Saint-Loup.

Page 258.

a. d'autres femmes. Gilberte aussi eût pu me renseigner sur *[interrompu]* Si donc, sauf en de rares *ms. Les mots* renseigner sur *sont suivis d'une croix renvoyant à une addition marginale biffée, dont voici le texte :* sur Albertine, mais je n'avais plus le désir de rien savoir et d'interroger sur elle la femme ni le mari *. Un becquet reprend la phrase mais la laisse inachevée. Nous corrigeons.*

1. Proust avait prévu, pour l'ensemble du roman, trois séjours à Balbec. Ce qui suit est tout ce qui reste du troisième, dont les commentateurs oublient généralement l'existence. (Voir le premier séjour dans *À l'ombre des jeunes filles en fleurs* et le second dans *Sodome et Gomorrhe II*).

Page 259.

a. Ms. donne Gilberte *. Nous corrigeons ce lapsus.*

Page 260.

a. Du moins je le crus ; *Ici commence, dans ms., une addition marginale que procure le texte jusqu'à* qui lui avait plu *; voir var. d.* ↔ *b.* un côté des choses, [elles ont toujours comme les maisons situées au milieu d'un jardin des fenêtres *biffé*] et si cela *ms.* ↔ *c.* tandis que [j'avais cru envoyer simplement le lift *biffé*] [pour moi *add.*] la course *ms.* ↔ *d.* avait plu. *Après ces mots, l'addition marginale signalée var. a s'achève ainsi dans ms. :* [Il n'est des choses q< *?*> *biffé*] Cet embranchement d'une chose, ou du moins de ce qu'elle est pour quelqu'un sur une autre qu'il ne verra jamais *Le texte est ensuite écrit sur un becquet, depuis* Les choses en effet *, jusqu'à* À plus qu'à un autre signe, *[var. a, p. 261], sans que la fin de l'addition marginale soit biffée ; nous la supprimons.*

1. Voir *Le Côté de Guermantes I*, t. II de la présente édition, p. 463-478.

2. Le duo de Lohengrin est la seconde scène du troisième acte, où Elsa et Lohengrin se retrouvent seuls pour la première fois. Cet opéra en trois actes date de 1845 ; c'est l'un des premiers opéras de Wagner. Créé en 1865, *Tristan et Isolde* fut composé de 1857 à 1859 ; Wagner en a fait une œuvre riche de toute son expérience de l'exil et de l'amour. Si Proust mettait Wagner au rang de ses compositeurs préférés (voir *Essais et articles*, éd. citée, p. 337), *Tristan et Isolde* était à ses yeux un vrai chef-d'œuvre à ne pas confondre avec « des morceaux insipides » que le seul nom de Wagner faisait applaudir dans sa jeunesse (*ibid.*, p. 623).

Page 261.

a. Fin, dans ms., du becquet signalé var. d, p. 260. ↔ *b.* Bobby *dans ms. Nous corrigeons. Rappelons que Charlie Morel s'appelait Bobby Santois dans les cahiers de brouillon. Voir n. 2 de cette page.*

1. Voir *À l'ombre des jeunes filles en fleurs*, t. II de la présente édition, p. 99.

2. Le changement de nom de Bobby en Charlie n'est sans doute pas indifférent, puisque le nom devient un anagramme imparfait de Rachel. Le thème de *La Fille aux yeux d'or* transparaît ici (voir la Notice, 1009 et 1018, et *Le Carnet de 1908*, éd. citée, p. 95) : « [...] la ressemblance physique de la maîtresse de la *Fille aux yeux d'or* et de De Marsay ».

Page 262.

a. les premiers temps des comparaisons *ms.* ; *nous avons préféré ajouter* il fit' *plutôt que de supprimer le* qui *suivant la parenthèse, comme l'ont fait les précédents éditeurs.* ↔ *b.* pauvres et qui [recherchaient avant tout *biffé*] [eussent accepté *corr.*] l'argent *ms.*

Page 263.

a. les atours (de Mme Molé [qu'il ai< ?> bannière *biffé*] ou d'une autre) bannière [protectrice, qu'il se plaisait à arborer sans droit *biffé*] d'une cause *gynophile* *ms.*

Page 264.

a. artistes » [phrase que *biffé*] (Charlie [répétait *biffé*] s'intitulait *ms.* ↔ *b.* femme, et [strictement *biffé*] [trop naturel et *corr.*] humain *ms.*

Page 265.

a. il avait [en deux ou trois fois quand il m'en avait parlé de *biffé*] [en parlant *en surcharge sur* en *et* parlé] au liftier *ms.* ↔ *b.* Mais [cela pouvait [ne rien signifier de *biffé*] tenir tout simplement à ce que M. de Charlus *biffé en définitive*] Robert *ms.* ↔ *c. Comme l'ensemble de ce passage (voir l'Esquisse XXI, p. 743), le texte est recopié d'un brouillon où l'on peut lire « si blond, d'une matière si précieuse et rare, contourné, faisant voler son monocle » (Cahier 50, f° 58 v°, addition marginale). Ms. donne en fait — également en addition marginale :* si blond, [...] et rare, contourner, faisant [...] devant lui *(f° 67). Le dactylogramme 1 reproduit ce texte et le correcteur a ajouté* les tables *après* contourner *, cependant que Clarac et Ferré préfèrent supprimer le verbe. Se disant d'un coquillage,* contourné *est d'un emploi insolite mais fait probablement allusion au délicat modelé des Guermantes. Nous le rétablissons donc avec l'orthographe du brouillon.*

1. Voir le portrait de Saint-Loup dans *À l'ombre des jeunes filles en fleurs*, t. II de la présente édition, p. 88.

Page 266.

a. Pour le texte de ms., à partir d'ici et jusqu'à var. a, p. 268, voir ladite variante.

1. Voir une esquisse de cette page (Cahier 1, ff^{os} 71 à 57 v^{os}) dans le *Contre Sainte-Beuve* de l'édition Fallois, chap. II.

Page 267.

a. environ [une heure *biffé*] [deux heures *corr.*] avant le dîner. *ms. En marge, biffée, apparaît cette rédaction :* on ne dînait maintenant à Tansonville à ce moment déjà si avancé de la soirée où jadis à Combray on dormait depuis bien longtemps. ◆◆ *b.* au-dessus l'autre *ms. Nous adoptons la correction de dactyl. 1.* ◆◆ *c.* entiers. [Quelquefois *biffé*] [Il arrivait que *corr.*] Gilberte me laissait aller [seul *biffé*] [sans elle *corr.*], et je m'avançais, *ms.* ◆◆ *d.* quand je vis [qu'au cours de mes cours<es> *biffé*] combien peu j'[avais *biffé*] étais curieux de Combray [, et surtout quelle déception me donnait tout ce que j'en apercevais, trouvant la Vivonne mince et laide au bord du chemin de halage *biffé*]. J'étais désolé de voir combien peu je revivais mes années d'autrefois [non pas que je relevasse *biffé*]. Je trouvais la Vivonne mince et laide au bord du chemin / au bord du chemin de halage. Non pas que je [trouvasse *biffé*] relevasse d'inexactitudes [matérielles *add.*] bien grandes dans [ces souvenirs *biffé*] [ce que je me rappelais *corr.*]. Mais séparé *ms.* ◆◆ *e.* aperçu [et vous embrasant toute entière, la déflagration *biffé*] immédiate *ms.* ◆◆ *f.* s'abaissaient. [Gilberte causait très agréablement *biffé*]. Nous causions *ms.*

1. Dans les premiers cahiers (voir notamment le Cahier 4, ff^{os} 35 à 43 r^{os}, et le Cahier 12, ff^{os} 16 r°-18 r° et 32 v°, 33 r°, 34 r°), les impressions du retour à Combray sont intégrées au récit des promenades d'enfance autour du village. Voir les transcriptions et les analyses de Claudine Quémar, « Sur deux versions anciennes des "côtés" de Combray », *Études proustiennes*, II, 1975, p. 159-182.

Page 268.

a. à l'amitié, *[p. 266, var. a]* ni à celle en avoir jamais véritablement éprouver pour Robert, en repensant à ces histoires du lift et du restaurant où j'avais déjeuné avec Rachel, j'étais obligé de faire un effort pour ne pas pleurer. Gilberte ne me parlait pas de ces sujets, pendant ces promenades, au moins en tant qu'ils concernaient Robert, qu'elle croyait ou feignait de croire amoureux d'une femme et qui l'était peut-être aussi. Mais elle s'étendait volontiers sur eux, en tant qu'ils concernaient les autres, soit qu'elle y vît une sorte d'excuse indirecte pour Robert, soit que celui-ci, cédant au même besoin d'épanchements l'eût instruite, cédant au même penchant de parler de son goût et de médire de ceux qui le partageaient qu'avait son oncle. Et ce dernier, dans les conversations de Gilberte n'était pas épargné. Tandis que nous marchions je voyais le pays changer, il fallait descendre des pentes, gravir des coteaux, [et parfois au moment *biffé*] puis des pentes s'abaissaient et parfois au moment de descendre dans le mystère d'une vallée profonde que tapisse le clair de lune, nous nous arrêtions un instant, Gilberte et moi au sommet du calice d'opale au [sei<n> *biffé*] [creu<x> *corr.*] duquel nous allions nous enfoncer comme deux insectes et Gilberte avait alors parfois de ces paroles où l'habileté de la femme du monde, sobre et d'autant plus impressionnante dans l'expression de ses sentiments, nous fait croire que nous tenons dans sa vie une place que personne ne pourrait occuper. Mais je me rappelais comment elle avait oublié son père. [Deux *biffé*] Trois fois elle m'étonna beaucoup ; la première *ms. Cette première version biffée est reprise sur deux becquets successifs ; le second s'achève par :* Plusieurs fois elle m'étonna beaucoup. L'une *; avant cette ligne vient s'insérer la bulle d'une addition marginale qui s'achève par :* elle me dit des choses qui m'étonnèrent *; comme souvent, des deux fragments qui se superposent, aucun n'est biffé.* ⬥⬥ *b. L'expression* inattingibles lointains *est soulignée deux fois au crayon dans le manuscrit ; le dactylogramme 1 porte* inextinguible *, biffé et suivi d'un blanc, corrigé au crayon en* inaccessibles lointains *, tandis qu'en marge apparaît cette note :* inattinguible semble être au manuscrit p. 68 bis cahier XV . ⬥⬥ *c.* combien peu [...] je revécus peu mes années *ms. Nous corrigeons.*

1. La persistance, à travers les brouillons, de ce « lavoir carré où montaient des bulles » est remarquable. Claudine Quémar signale que « la fontaine d'où sourd actuellement le Loir alimente un petit lavoir carré devant l'Église de Saint-Éman » (« Sur deux versions anciennes des "côtés" de Combray », éd. citée, p. 242).

Page 269.

a. lune, [nous nous *biffé*] [je m' *corr.*] [arrêtai *en surcharge sur* arrêtames] un instant *ms. ; la correction est manifestement une bévue ; nous ne la retenons pas.* ⬥⬥ *b.* et qui était devenu *ms. Nous corrigeons.*

1. Voir l'Esquisse XXII, p. 746. Ici se ferme la boucle du roman qui, opérant la jonction entre les deux côtés, fait aussi une sorte de bilan des amours passées en remontant aux premiers désirs, du côté de Méséglise. Gilberte assume tout un pan du personnage de la femme de chambre de Mme Putbus (voir l'Esquisse XVIII, p. 710-717 ; et la Notice, p. 1013).

Page 270.

a. Après ces mots, la version initiale de ms. enchaîne avec D'ailleurs même le jour où je vous *[var. b, p. 271] ; le texte de la fin de cette page et du début de la page suivante est procuré par deux additions successives (voir var. d, p. 271).*

1. Ces lignes sont un écho du premier chapitre, «Le Chagrin et l'Oubli». Albertine se trouve assez maladroitement introduite dans le texte manifestement inachevé du finale. Elle revient dans la seconde conversation avec Gilberte, liée à *La Fille aux yeux d'or*, qui aurait pu marquer la fin du livre (voir *Le Temps retrouvé*, p. 284-285, et la Notice, p. 1017-1018).

Page 271.

a. Une rédaction marginale, appelée dans ms. après fleurs *, ouvre une direction nouvelle qui, rompant la cohérence du paragraphe, n'est pas suivie :* Je lui demandai. C'était Léa habillée en homme. Elle savait qu'elle connaissait Albertine, mais ne pouvait dire plus. Ainsi certaines personnes se retrouvent toujours dans notre vie pour préparer nos plaisirs et nos douleurs ⁂ *b. Avec cette phrase, nous rejoignons le premier jet de ms. (voir var. a, p. 270).* ⁂ *c. De* ai rencontré sous votre porte *à* si rapidement presque sous les yeux de mon grand-père , *le texte est procuré dans ms. par un papier collé à la suite des deux ajouts signalés var. a, p. 270, et, ici, var. d).* ⁂ *d.* de le figurer. [Je ne lui demandai pas avec qui elle *[*marchait *biffé]* se promenait avenue des Champs-Élysées le soir où j'avais vendu les potiches. Ce qu'il y avait eu de réel sous l'apparence d'alors m'était devenu tout à fait égal. Et pourtant combien de jours et de nuits n'avais-je pas souffert à me demander qui c'était, n'avais-je pas dû réprimer les battements de mon cœur *[*pour ne pas *biffé]* plus peut-être encore que pour ne pas retourner dire bonsoir jadis à maman dans ce même Combray, réprimer les battements de mon cœur. On dit et c'est ce qui explique l'affaiblissement progressif de certaines affections nerveuses que notre système nerveux vieillit. Cela n'est pas vrai seulement pour notre moi permanent qui se prolonge pendant toute la durée de notre vie, mais pour tous nos moi successifs qui, en somme, le composent en partie. *add.*] Aussi me fallut-il *ms. Cette addition n'est pas biffée dans le manuscrit, bien que reprise et placée plus haut dans le texte (voir ci-dessous). Depuis var. a, p. 270, nous avons discerné trois états successifs du texte. Dans la première version, le propos de Gilberte est continu, de l'évocation des Champs-Élysées à celle de la rencontre sous la porte, et il est suivi du commentaire :* Je revis Gilberte dans ma mémoire. *Une addition marginale, que nous venons de citer, est insérée entre* figurer *et* Aussi me fallut-il . *Cette addition est reprise et retravaillée en deux paragraphes :* Je ne pensai pas à lui demander [...] c'est le Chagrin *et* Si, pourtant, je ne suis pas surpris [...] et « entraînant ». *L'épisode de la rencontre sous la porte est découpé et rajouté à la suite de ces deux paragraphes, avec réécriture de la liaison :* D'ailleurs continua Gilberte, même le jour où je vous ai rencontré sous votre porte , *sans que soient biffées les lignes récrites.*

Page 272.

a. Le manuscrit (f° 75), après ce point, indique : Cruauté à la mort de son père (le copier du cahier où c'est écrit). *L'indication est suivie d'un blanc de plusieurs pages, puis du début du « Temps retrouvé ». Voir n. 1.*

1. Le manuscrit d'*Albertine disparue* prévoyait pour l'œuvre une autre fin, épisode de la « cruauté [de Gilberte] à la mort de son père », déjà écrit dans l'un des Cahiers antérieurs (voir var. *a*). Ce texte n'a pas été retrouvé, à moins qu'il ne s'agisse du passage, reproduit dans le second chapitre, où l'on voit Gilberte s'efforcer de cacher que Swann était son père (voir p. 165-167) ; cependant l'Esquisse XXII (p. 747) paraît renvoyer à un texte où il serait question de l'opération de Swann.

Le Temps retrouvé

NOTICE

Le Temps retrouvé apparaît parmi les projets de titres imaginés par Proust à l'automne de 1912[1]. Symétrique du *Temps perdu*, premier volume des *Intermittences du cœur*, il devait alors couvrir la seconde moitié ou le dernier tiers du roman selon que celui-ci serait publié en deux ou en trois volumes. Il ne sera l'intitulé, pour finir, que de la septième section d'*À la recherche du temps perdu* ; encore ne convient-il vraiment qu'à la seconde moitié de cette section, la « Matinée chez la princesse de Guermantes ». Ces remarques, qui relativisent l'importance des sous-titres de l'œuvre, donnent aussi une idée de l'amplification dont celle-ci fut l'objet de 1912 à 1922, notamment pendant la guerre, qui jouera un rôle de premier plan dans la version finale du *Temps retrouvé*. Il reste que « L'Adoration perpétuelle » et « Le Bal de têtes », dont se compose la « Matinée chez la princesse de Guermantes » et qui livrent la clé de l'esthétique de Proust, ont été esquissés dès 1909 et élaborés d'une manière avancée à partir de 1910, autorisant Proust à écrire qu'il avait rédigé d'affilée le début et la fin de son roman[2]. Bien qu'il contînt de nombreuses parties narratives, présentât plusieurs personnages et menât notamment la destinée du marquis de Guercy, futur baron de Charlus, jusqu'à sa déchéance, le projet d'un essai développé jusqu'au printemps de 1909, n'offrait d'autre conclusion possible qu'un exposé critique de la méthode de Sainte-Beuve[3]. Si l'on est fondé à appeler « Cahiers Sainte-Beuve » les dix premiers cahiers d'esquisses — qui datent de 1908, ou du début de 1909 —, c'est que le dernier de la série, le Cahier 51, s'achève à peu près sur l'invitation du héros à une « soirée » — qui deviendra « matinée » — chez le prince et la princesse de Guermantes. Du moment où Proust conçoit la scène finale de son œuvre, l'essai le cède définitivement à un roman auquel le vieillissement des invités de la « soirée » confère sa durée. Les théories esthétiques longuement exposées dans « L'Adoration perpétuelle » confirment paradoxalement cette orien-

1. Voir les lettres à Mme Straus et à Gaston Gallimard citées dans le tome I de la présente édition, p. 1043-1044.

2. Voir, par exemple, la lettre envoyée à Mme Straus vers le 16 août 1909 : « Et avant vous me lirez — et plus que vous ne voudrez — car je viens de commencer — et de finir — tout un long livre » (*Correspondance*, éd. Ph. Kolb, Plon, t. IX, p. 163).

3. Voir l'Introduction générale de la présente édition, t. I, p. XLI-XLII, et, sur les « Cahiers Sainte-Beuve » (B.N., Cahiers 1-7, 31, 36, 51), n. 2 en bas de la page XLII.

tation, car c'est en imaginant comment son héros concevra son œuvre que Proust formulera le dénouement qu'il n'avait pu, faute de maturité, donner à *Jean Santeuil*.

Les origines d'une esthétique.

Jean Santeuil. — Les principes esthétiques qui conduisent le héros d'*À la recherche du temps perdu* au seuil de la création sont pourtant en germe dans le roman abandonné. En premier lieu, les mécanismes de la mémoire involontaire : l'« odeur fine du linge propre » d'une serviette, qui rappelle « l'arrivée à la campagne[1] » annonce la serviette empesée de la « Matinée chez la princesse de Guermantes » ; « l'odeur moisie d'un livre », le souvenir de *François le Champi*[2]. Mais *Jean Santeuil* offre aussi une analyse de ces phénomènes : ceux-ci, en permettant de rapprocher deux odeurs, dégagent « l'essence commune aux deux » et, « nous arrachant à l'esclavage du présent », nous inondent du « sentiment d'une vie permanente » qui éloigne la crainte de la mort. Toutefois, si le livre mentionne « le bruit d'une roue de caoutchouc » ou celui des « cloches boiteuses et retentissantes », c'est au domaine olfactif que sont limitées presque toutes les réminiscences de *Jean Santeuil* ; surtout, le « plaisir » qu'elles procurent ne débouche pas encore sur l'émotion qui sera, une dizaine d'années plus tard, celle du créateur[3]. Convaincu que les « seules belles choses qu'un poète puisse trouver c'est en lui[4] », Jean n'y puise pas la matière d'un livre, et la fragilité de son héros conduit le roman à une impasse. Au reste, les vertus de la sensation et le rôle de celle-ci dans la mémoire, ainsi que la noblesse de la vision de l'artiste, trouvaient une source dans les œuvres de Ruskin que Proust découvrait à l'époque où il composait *Jean Santeuil*.

« L'Adoration perpétuelle » : première ébauche de l'esthétique (1903-1905). — En Ruskin, Proust respecte un adorateur de la Beauté. « Que l'adoration de la Beauté ait été, en effet, l'acte perpétuel de la vie de Ruskin, cela peut être vrai à la lettre » ; encore Ruskin n'a-t-il pas seulement aimé la Beauté pour le plaisir qu'elle donne, mais « comme une réalité infiniment plus importante que la vie, pour laquelle il aurait donné la sienne ». S'il dégage de l'œuvre de Ruskin la religion de la Beauté, Proust précise que la principale religion du philosophe anglais fut « la religion tout court[5] ». « L'Adoration perpétuelle », proposée au terme de l'itinéraire du héros d'*À la recherche du temps perdu*, semble trouver littéralement son origine dans le climat religieux de *La Bible d'Amiens* ; à la différence de Ruskin,

1. *Jean Santeuil*, Bibl. de la Pléiade, p. 397. Voir aussi, ici, p. 1156-1157.
2. *Ibid.*, p. 300. Voir aussi, ici, p. 461 et suiv., et p. 1157 et n. 6.
3. *Ibid.*, p. 400-402.
4. *Ibid.*, p. 568.
5. Préface à *La Bible d'Amiens* (mars 1904), *Pastiches et mélanges*, *Contre Sainte-Beuve*, Bibl. de la Pléiade, p. 109-111.

Proust aura pour première religion celle de l'Art, mais celle-ci restera imprégnée d'un vocabulaire chrétien ; c'est en effet, nous y reviendrons, une forme de quête du Graal que nous lisons dans *À la recherche du temps perdu*.

Dans la Préface de *Sésame et les lys*, qui l'occupe dès le début de 1904, c'est-à-dire avant même que ne paraisse la Préface à *La Bible d'Amiens*, Proust prend plus nettement ses distances par rapport à Ruskin. Dans cette nouvelle interrogation sur les sources et les conditions de l'inspiration, il réfute le « rôle prépondérant[1] » accordé par le philosophe anglais à la lecture. Si celle-ci demeure préférable à la conversation qu'on peut avoir avec un ami, c'est qu'elle nous permet du moins de continuer « à jouir de la puissance intellectuelle qu'on a dans la solitude [...][2] ». Mais la sagesse de l'artiste commence où finit celle de l'auteur qu'il lit. Ainsi Proust définit-il déjà la loi qui limitera dans le roman à venir les rôles de Bergotte, Elstir et Vinteuil. Quand ils auront dit au héros tout ce qu'ils pouvaient lui dire, ceux-ci feront naître en lui le sentiment qu'ils ne lui ont encore rien dit et la certitude qu'il ne peut recevoir la vérité de personne. La lecture — mais aussi, quoique avec des nuances, l'usage des autres arts — se situe en effet au seuil de la vie spirituelle. Loin d'être absolue, la beauté contenue dans un livre n'est que la projection d'une vision intérieure qu'un moi individuel a suggérée aux autres. Pour se retrouver, certains esprits qu'« une sorte de paresse ou de frivolité empêche de descendre spontanément dans les régions profondes de soi-même où commence la véritable vie de l'esprit[3] » ont parfois besoin de l'incitation extérieure des livres ; mais de cette « impulsion d'un autre esprit », il n'est de profit qu'« au sein de la solitude ». Évoquant, en des pages dont plusieurs éléments annoncent « Combray[4] », une journée de lecture à la campagne, Proust attribue au *Capitaine Fracasse* le rôle qui sera finalement dévolu à *François le Champi*. À ce texte de 1904-1905 manque la sensation médiatrice : à la lecture, sera substituée plus tard une expérience plus primitive, déclenchée par l'odeur d'un livre devenu simple objet — expérience, nous l'avons vu[5], déjà présente dans *Jean Santeuil*. En somme, dès l'époque de *Sésame et les lys*, la lecture est pour Proust un exercice intellectuel capable d'éveiller l'artiste de sa torpeur, et, dans *Le Temps retrouvé*, la bibliothèque du prince de Guermantes[6] figurera ce seuil de la vie spirituelle à laquelle accède le héros. Quant au « respect fétichiste » des livres, qui n'épargne pas les plus grands esprits, au point que cette « maladie littéraire » semble croître « avec l'intelligence, un peu au-dessous d'elle, mais sur la même tige, comme toute passion s'accompagne d'une prédilection pour ce qui entoure son

1. « Journées de lecture », *Pastiches et mélanges*, éd. citée, p. 172.
2. *Ibid.*, p. 174.
3. *Ibid.*, p. 179-180.
4. *Ibid.*, p. 169 et suiv., et *À la recherche du temps perdu*, t. I de la présente édition, p. 82 et suiv.
5. P. 1147.
6. Voir p. 446 et suiv.

objet[1] », on le trouvera représenté au début du *Temps retrouvé* par la lecture du pseudo-journal des Goncourt[2]. Ainsi la méditation esthétique de la Préface de *Sésame et les lys* marque-t-elle une étape importante dans l'évolution qui mènera Proust au *Temps retrouvé*. Certaines de ses conclusions se retrouveront sans grand changement dans le manuscrit du roman : c'est le cas des passages qui ont trait à la valeur intellectuelle de la lecture. Comme de calmes miroirs, les livres des prédécesseurs enseignent une leçon d'homogénéité et de transparence ; ils sont classiques puisque, aussi étrange qu'elle paraisse au public qui aime les étiquettes, leur langue individuelle permet de saisir l'inflexion unique d'une personnalité. Mais, à croire qu'une vérité est déposée entre leurs pages comme le miel dans les rayons d'une ruche, l'artiste se condamnerait à la stérilité.

La distance intérieure de la trajectoire (1908-1909). — Le Carnet I, dit « Carnet de 1908[3] », et les Cahiers de *Contre Sainte-Beuve*, précieux jalons du *Temps retrouvé*, révèlent les hésitations de Proust, non seulement sur la fonction, mais aussi sur la situation de la méditation esthétique dans une présentation romanesque de la quête spirituelle.

Certains fragments du « Carnet de 1908 » montrent combien les racines du projet romanesque s'enchevêtrent avec celles de l'essai sur Sainte-Beuve. Ainsi ce passage, écrit vraisemblablement au cours de l'été de 1908 : « Arbres vous n'avez plus rien à me dire, mon cœur refroidi ne vous entend plus, mon œil constate froidement la ligne qui vous divise en partie d'ombre et de lumière, ce seront les hommes qui m'inspireront maintenant, l'autre partie de ma vie où je vous aurais chantés ne reviendra jamais[4] ». Repris presque littéralement dans *Le Temps retrouvé*[5], il exprimera, avant « L'Adoration perpétuelle », l'adieu du héros à la littérature. De l'automne de 1908 doivent dater des notations sur la vieillesse qui préfigurent « Le Bal de têtes » : « Mylord me reconnaissez-vous ? (vieillesse, vieillesse de Plantevignes, Scène de l'*Éducation*[6]) » ; et le motif des dalles inégales : « Nous croyons le passé médiocre parce que nous le pensons mais le passé ce n'est pas cela, c'est telle inégalité des dalles du baptistère de St Marc (photographie du baptistère de St Marc à laquelle nous n'avions plus pensé, nous rendant le soleil aveuglant sur le canal[7] », fragment où est dénoncée l'influence déformante de l'intelligence sur la mémoire. Enfin, dans la même page est posée la question fondamentale : « Faut-il en faire un roman,

1. *Pastiches et mélanges*, éd. citée, p. 183-184.
2. P. 287.
3. Il a été publié sous ce titre par Philip Kolb (Gallimard, 1976).
4. *Carnet de 1908*, éd. citée, p. 52.
5. Voir p. 433-434.
6. *Carnet de 1908*, éd. citée, p. 59. L'allusion à *L'Éducation sentimentale* de Flaubert doit viser la dernière rencontre entre Frédéric et Mme Arnoux, à l'avant-dernier chapitre du roman, au cours de laquelle Mme Arnoux découvre ses cheveux blancs. — À propos de Plantevignes, voir t. I de la présente édition, p. 1296.
7. *Ibid.*, p. 60. La parenthèse n'est pas fermée par Proust.

une étude philosophique, suis-je romancier[1] ? ». Les lettres envoyées en décembre 1908 à Georges de Lauris et à la comtesse de Noailles reflètent la même hésitation[2], même si Proust, secret comme à son habitude, n'y laisse pas percer l'ambition de romancier qu'il confie à son carnet. Le « morceau de percale vert bouchant un carreau au soleil », noté vers la même époque[3], sera retenu quelque temps parmi les possibles réminiscences involontaires, pour occuper une place plus aléatoire dans la version définitive[4].

Un ensemble de feuillets, réunis par la Bibliothèque nationale sous l'appellation « Proust 45 », complète les notations du « Carnet de 1908[5] ». Les esquisses consacrées à des peintres y illustrent certaines idées de *Contre Sainte-Beuve* en chantier. Tandis que les premières toiles de Rembrandt se situent, note Proust, à la surface de son moi, celles de la maturité s'imprègnent de l'« essence de lui-même » ; ses dernières, enfin, ne sont plus que cette essence, qu'une lutte toujours plus ardue a rendue visible. Le véritable artiste, en contact avec son moi profond, ne vise plus qu'à colorer ses peintures du jour même de sa pensée, qui les remplit de l'harmonie de sa vision[6]. Chez Gustave Moreau, le pays, « dont les œuvres d'art sont [...] des apparitions fragmentaires, est l'âme du poète, son âme véritable, celle de toutes ses âmes qui est le plus au fond, sa patrie véritable, mais où il ne vit que de rares moments[7] » —, image dont nous trouvons l'écho dans *La Prisonnière*, à propos du Septuor de Vinteuil, mais aussi dans « L'Adoration perpétuelle[8] ». Les tableaux de Monet, enfin, sont des « miroirs [...] magiques » qui nous dévoilent « d'importantes parties de la réalité[9] ». Dans le même recueil, parmi les essais consacrés à des écrivains, Proust note comment, quand Chateaubriand parle « du Grand Condé ou d'une petite fleur cueillie à Chantilly, on sent sous sa phrase une autre réalité [...] ». Cette réalité est sentie comme « supérieure à celle d'un tout autre ordre qui fait l'importance historique des événements, même la valeur intellectuelle des idées, même les réalités de la mort et du néant[10] ». La hiérarchie se retrouvera, jusque dans la gradation peut-être suggérée par l'ordre des trois termes, au fil de tout le roman.

1. *Carnet de 1908*, éd. citée, p. 61.
2. Voir l'Introduction générale de la présente édition, t. I, p. XXXIX.
3. *Carnet de 1908*, éd. citée, p. 63.
4. Voir dans *Sodome et Gomorrhe II*, t. III de la présente édition, p. 335 et n. 1, où il est lié à une impression de campagne ; et p. 459 du présent volume, où le rideau a cessé d'être vert et où il figure sur un becquet de destination douteuse.
5. Ces feuillets, de date incertaine, sont rassemblés dans le fonds Marcel Proust de la Bibliothèque Nationale sous la cote 16636. On les trouvera en partie reproduits dans *Contre Sainte-Beuve*, éd. citée, p. 647 et suiv.
6. *Essais et articles, Contre Sainte-Beuve*, éd. citée, p. 659-664 ; citation, p. 660.
7. *Ibid.*, p. 670.
8. Voir t. III de la présente édition, p. 761-762 ; ici, p. 456.
9. *Essais et articles*, éd. citée, p. 675.
10. *Ibid.*, p. 652-653.

On sait[1] que le Carnet dit de 1908 fut en réalité continué au-delà de cette année. Ainsi, ces phrases où s'ébauche l'esthétique du *Temps retrouvé* doivent dater du premier semestre de 1909 : « Aucune action extérieure à soi n'a d'importance : Nietche *[sic]* et la guerre, Nietche et Wagner, Nietche et ses scrupules. La réalité est en soi[2]. » La première de ces trois notations donne d'avance sens au rôle que jouera la guerre de 1914-1918 dans *Le Temps retrouvé*. Trois passages, surtout, dessinent déjà la structure d'*À la recherche du temps perdu* : « Pour ajouter dans la dernière partie à ma conception de l'art. / Ce qui se présente ainsi obscurément au fond de la conscience, avant de le réaliser en œuvre, avant de le faire sortir au dehors il faut lui faire traverser une région intermédiaire entre notre moi obscur, et l'extérieur, notre intelligence, mais comment l'amener jusque-là, comment le saisir. On peut rester des heures à tâcher de se répéter l'impression première, le signe insaisissable qui était sur elle et qui disait : approfondis-moi, sans s'en rapprocher sans la faire venir à soi. Et pourtant c'est tout l'art, c'est le seul art. Seul mérite d'être exprimé ce qui est apparu dans les profondeurs et habituellement sauf dans l'illumination d'un éclair, ou par des temps exceptionnellement clairs, animants, ces profondeurs sont obscures. Cette profondeur, cette inaccessibilité pour nous-même est la seule marque de la valeur – ainsi peut-être qu'une certaine joie. Peu importe de quoi il s'agit. Un clocher s'il est insaisissable pendant des jours a plus de valeur qu'une théorie complète du monde[3]. » Peu après, Proust, critiquant l'idée d'un art populaire, ajoute : « Le tout est une question de distance intérieure de trajectoire, la matière est-elle cette matière mystérieuse sans l'entraînement de laquelle languit l'esprit, c'est tout[4]. » Le troisième passage, enfin, précédé de la mention : « *À mettre soit à la fin de la I*^re^ *partie (persistants lilas) soit dans la dernière (soirée)*[5] », se retrouvera sous sa forme définitive à la fin de « Combray[6] » ; il n'est pas antérieur à l'époque où Proust tient son dénouement, c'est-à-dire au dernier des « Cahiers Sainte-Beuve[7] » ; traduisant son hésitation sur la meilleure place à donner à certains développements, il engage son roman sur la voie d'une composition qui supposera de nombreux transferts.

Du même type d'hésitation témoigne un fragment du Cahier 4 surmonté de cette note : « *Important* soit pour le côté de Méséglise, soit pour Bergotte, soit pour la Conclusion / les belles choses que

1. Voir t. II de la présente édition, p. 1314.
2. *Carnet de 1908*, éd. citée, p. 101.
3. *Ibid.*, p. 101-102.
4. *Ibid.*, p. 103.
5. *Ibid.*, p. 124.
6. Voir *Du côté de chez Swann*, t. I, de la présente édition, p. 183-184.
7. Se situant dans l'ordre du carnet après le passage sur Bergotte transcrit dans le tome I de la présente édition, Esquisse XXII, p. 1033, il doit pouvoir être daté du premier semestre de 1910.

nous écrirons si nous avons du talent sont en nous[1]. » Probablement antérieur aux fragments où il est question d'une « soirée », celui-ci montre chez Proust un souci de répartition des éléments à l'intérieur de ce qu'il considère encore peut-être comme un « Contre Sainte-Beuve » et qu'achèvera, non une scène romanesque, mais une « conclusion » de portée surtout didactique. C'est dans *Le Temps retrouvé*[2] que trouvera place, pour finir, cette considération.

Dans les derniers feuillets du Cahier 2[3] est analysée l'angoisse du narrateur à la pensée qu'il n'a pas su, au cours de sa vie, retranscrire dans une œuvre personnelle « l'air de la chanson » qu'il discernait si bien dans les œuvres d'autrui. Le don de « découvrir un lien profond entre deux idées, deux sensations », qu'il sent « toujours vif » en lui, « sera bientôt affaibli et mort ». Pourtant, de même que « c'est souvent à l'automne, quand il n'y a plus de fleurs ni de feuilles, qu'on sent dans les paysages les accords les plus profonds », ce don se réveille chez lui quand il est « le plus malade ». Ce garçon qui joue en lui « sur les ruines » doit être « le même que celui qui a aussi l'oreille fine et juste pour sentir entre deux impressions, entre deux idées, une harmonie très fine que tous ne sentent pas ». Ce moi, qui « meurt instantanément dans le particulier », « se remet immédiatement à flotter et à vivre dans le général ». « Il n'y a que lui, conclut-il, qui devrait écrire mes livres. » Ainsi, en deux pages s'esquisse le thème, récurrent dans tout *À la recherche du temps perdu*, de la paresse et de l'incapacité à profiter de l'enseignement des grands artistes ; mais Proust y analyse aussi, en le liant à la saisie du moi profond, le paradoxe de la maladie : celle-ci aiguise notre sensibilité d'artiste tout en rendant imminente une mort qui empêchera justement cette sensibilité de s'exprimer dans une œuvre. C'est l'inquiétude qui se retrouve à l'avant-dernière page du texte définitif du *Temps retrouvé*[4].

De la même époque, c'est-à-dire du début de 1909, date un texte capital que les éditeurs de *Contre Sainte-Beuve* ont présenté comme une préface possible à l'essai[5]. Proust y affirme l'impuissance de l'intelligence à saisir la réalité du passé : celui-ci réside dans de simples objets que seule la sensation a chance de nous restituer. Il y raconte, sous forme autobiographique, l'expérience du pain grillé — appelé « biscotte » un peu plus loin dans le texte — dans une tasse de thé ; la sensation de pavés inégaux dans une cour qui lui rappelle Venise ; le bruit d'une cuiller sur une assiette qui, évoquant celui du marteau des aiguilleurs frappant sur les roues d'un train, lui

1. Cahier 4, f° 69 r°. Il semble que cette mention de l'écrivain Bergotte soit la plus ancienne que nous ayons conservée. Dans des fragments ultérieurs, Proust hésitera sur les fonctions des personnages nommés Bergotte et Elstir (voir t. II de la présente édition, Esquisse LIX, p. 979).
2. Voir p. 610 et suiv.
3. Ff^os 17 v° et 16 v°. Voir *Contre Sainte-Beuve*, Bibl. de la Pléiade, p. 303-304.
4. Voir p. 623-624.
5. Voir éd. citée, p. 211-216. Bernard de Fallois présente de même ce texte comme une « préface » dans son édition de *Contre Sainte-Beuve*, Gallimard, 1954.

restitue une journée de voyage qu'il avait vainement tenté de retrouver au moyen de notations convenues et littéraires. En revanche, « un morceau de toile verte bouchant une partie du vitrage » cassée, réplique de la percale du « Carnet de 1908[1] », se révélera moins productive. Déjà, Proust accorde moins de pouvoir à la vue qu'à l'odorat, au goût, à l'ouïe et au toucher, qui ouvrent plus sûrement l'accès du moi intime. La stérile contemplation des arbres, notée dans le « Carnet de 1908[2] », trouve en ces pages un écho, mais comme le négatif d'expériences réussies qui annoncent directement *Le Temps retrouvé*. Pour l'essentiel, celui-ci conservera l'argumentation de *Contre Sainte-Beuve*. Si l'intelligence y sera relativement réhabilitée, puisqu'elle seule peut proclamer la supériorité de la sensation, il reste que l'artiste doit reprendre pour son propre compte les tentatives de ses prédécesseurs par le moyen d'une œuvre, produit d'un autre moi que celui que modèlent les habitudes sociales. Servir ce moi exige un sacrifice total. C'est en le recréant en nous que nous l'approcherons. L'art est une conversation avec lui, il nous inspire nos œuvres au moyen d'un dialogue que l'écrivain tentera de reproduire. L'auteur est son seul public ; il s'efforce d'éclairer laborieusement en lui-même le sens des paroles de ce moi, en dégageant leurs lois profondes et en saisissant les impressions que ces paroles lui communiquent. Ainsi apparaît, au sein d'un ensemble de réflexions critiques, l'esthétique qui sera celle du héros du roman. Et puisque le roman est avant tout « l'histoire d'une écriture[3] », on prétendrait sans trop d'exagération qu'en accumulant ces réflexions, Proust donne, avant tout, consistance au personnage principal de son œuvre. D'autre part, en dépit des nombreux fragments narratifs ébauchés dans le « Carnet de 1908 » et les « Cahiers Sainte-Beuve », le dénouement est indispensable à l'œuvre romanesque. Nous avons déjà dit[4] qu'il était ébauché dans le Cahier 51 et évoqué dans le « Carnet de 1908 ». Sans doute faut-il dater du printemps de 1909 le jalon décisif que représente sa mise au point.

La mise en forme du dénouement du roman.

Les cahiers du « Temps retrouvé » de 1909 à 1911. — Le Cahier 51[5], dernier de la série des « Cahiers Sainte-Beuve », est aussi le premier de ceux qu'on nomme parfois les « Cahiers du *Temps retrouvé* » (Cahiers 51, 58 et 57). Il trace[6] en totalité la destinée du

1. *Ibid.*, p. 214 ; voir p. 1150 et n. 3 en bas de page.
2. Voir p. 1149 et n. 4 en bas de page.
3. Roland Barthes, « Proust et les noms », *Nouveaux essais critiques*, publiés à la suite du *Degré zéro de l'écriture*, éditions du Seuil, coll. « Points », 1972, p. 121.
4. Voir p. 1146 et 1151.
5. On peut le dater avec certitude de 1909.
6. Tel est le sous-titre de *Matinée chez la princesse de Guermantes*, édition critique établie par Henri Bonnet en collaboration avec Bernard Brun, Gallimard, 1982, ouvrage qui donne une transcription de ces trois cahiers.

marquis — parfois appelé comte — de Guercy. Sur le recto des folios 17 à 22, Proust dépeint son extrême vieillesse. Avec sa « forêt de cheveux blancs d'argent », son attention à saluer les passants qu'il craint de ne pas reconnaître, le portrait de M. de Guercy ne subira plus guère que des retouches. Borniche, futur Jupien, veille sur lui comme sur un enfant[1]. Mais Proust approche mieux encore d'un vrai dénouement dans les dernières pages du cahier. Celles-ci racontent une invitation chez le prince et la princesse de Guermantes[2], suivie d'une soirée dans une baignoire de théâtre que Proust modifiera ensuite pour lui donner une autre place et une autre fonction à l'intérieur du roman[3]. Mais la soirée proprement dite — où figurent parmi les invités vieillis M. de Guercy et Mme de Forcheville, mais aussi Mme de Villeparisis et Montargis, futur Saint-Loup, décédés dans la version définitive du *Temps retrouvé*[4] — s'achève déjà sur l'image des échasses qui subsistera jusque dans le dernier état du roman[5]. Proust doit encore articuler cette scène proprement romanesque, où s'offre au héros une révélation spectaculaire du temps écoulé, avec la conclusion esthétique de son œuvre, faite d'une révélation intime.

De peu postérieures au Cahier 51 sont sans doute les premières pages du Cahier 26[6] sur les promenades du côté de Méséglise, laissant entrevoir la géographie des deux « côtés » sans doute esquissée dans un morceau auquel faisait allusion le « Carnet de 1908[7] ». Proust y réfute la valeur du « contenu intellectuel explicite » des œuvres d'art, dessine les expériences fugitives — clochers, fleurs, jeunes filles — qui préludent aux illuminations et s'opposent aux laborieuses tentatives d'une littérature purement descriptive, développe l'expérience de la cuiller — devenue ici fourchette[8] — contre une assiette qui, lui rappelant le bruit des marteaux sur les rails, redonne vie au

1. Voir p. 1146. Proust paraît s'inspirer ici de la vieillesse du prince de Sagan. On lira à ce sujet un passage des *Mémoires* de Boni de Castellane : « J'éprouvais de la peine à le voir, lui que j'avais connu si brillant et portant beau, poussé dans une petite voiture, la tête penchée, la langue barbouillée et le dos courbé. / Ses longs cheveux neigeux étaient restés comme un nuage blanc au-dessus de son visage [...] » (Librairie académique Perrin, 1986, p. 283). Le prince de Sagan est mort en 1910.

2. Voir p. 1167 et n. 5 en bas de page. Il faut considérer comme l'esquisse d'une scène qui se retrouvera dans *Sodome et Gomorrhe II* l'invitation à la soirée du prince et de la princesse de Guermantes qu'on lit dans le Cahier 7. Voir t. III de la présente édition, p. 35-39.

3. Voir *Le Côté de Guermantes I*, t. II, de la présente édition, p. 334 et suiv.

4. Voir p. 522 et suiv.

5. Voir p. 625.

6. Ff^os^ 1 r°-21 r°, avec ajouts sur certains versos. Voir, t. I de la présente édition, Esquisse LV, p. 830 et suiv.

7. Voir éd. citée, p. 56 : « *Pages écrites* [...] Le côté de Villebon et le côté de Méséglise. »

8. Trois lignes plus loin, c'est un couteau. Cette perpétuelle variation des objets matériels qui servent de supports aux illuminations nous incline à penser que dès les premières esquisses, Proust s'affranchit d'un récit étroitement autobiographique.

paysage. Ce passage du Cahier 26[1] contient en raccourci les principales étapes de l'itinéraire du héros. Quand le roman se développera, Proust situera en amorce ou au dénouement les expériences de la mémoire involontaire ; on sait que la petite madeleine, en définitive substituée à la biscotte, figurera dans « Combray » une expérience prometteuse mais incomplète[2], les autres réminiscences étant réservées pour *Le Temps retrouvé.* En marge du fragment, Proust écrit du reste, désignant notamment la réminiscence du paysage vécue grâce au bruit de la fourchette : « Ces trois pages sur ce verso sont à ajouter ou mettre à la fin plutôt et je me rappellerai que c'est la même chose que j'ai pensé à Combray. »

De nombreux versos de pages du Cahier 64, premier « cahier rouge[3] », continuent les développements du Cahier 26. Deux passages au moins annoncent directement *Le Temps retrouvé.* On lit en effet au folio 134 v° de ce cahier : « Ce petit parfum de suie, si humble dans son enveloppe noirâtre, c'est un précieux testament, il contient métamorphosée toute une source d'hiver. C'est pour cela que les artistes préférant aux choses pleines de pensées ces humbles riens substituent à la nomenclature objective qui est pour nous le passé la vie véritable, notre expérience subjective, c'est-à-dire la matière même de la littérature[4] » ; et au folio 99 v°, où sont évoqués les bleuets, les boutons d'or parmi lesquels le héros aime à venir s'asseoir pour que revivent ceux de Combray : « Puisque quasiment les jours passés ne peuvent revivre qu'un moment quand un seul de leurs morts, se présentant devant nous, parfum, couleur ou son[5], c'est notre imagination qui y ajoute les autres et recrée le tout, et qu'ainsi l'être étant moins perçu par les sens que senti dans l'imagination il peut garder sa personnalité imaginaire, et puisque les résurrections se présentent si rarement, à une heure que nous n'avons jamais pensé, faisant sortir le soleil et le froid d'un jour de départ, d'une odeur de suie à ce cloître[6] [...]. »

De la fin de 1909 ou du début de 1910 datent certaines notes du Cahier 29[7]. Ainsi celles des « Souvenirs[8] », qui confirment l'impuissance de l'intelligence à recréer le passé ; c'est particulièrement aux odeurs — telle l'odeur de sauce notée dans un ajout du

1. Publié par Philippe Kolb sous le titre « Un des premiers états de Swann » dans « Textes retrouvés », *Cahiers Marcel Proust*, n° III B, Gallimard, 1971, p. 235-251.

2. Le « jour d'hiver » (*Du côté de chez Swann*, t. I de la présente édition, p. 44) où se place cette expérience est d'une datation indécise dans la chronologie du roman ; du moins remonte-t-il à l'époque où le héros se couchait « de bonne heure ».

3. Voir t. I de la présente édition, p. CLIII-CLIV.

4. Voir p. 475, où l'image du « petit parfum de suie » a disparu, mais où a été conservé le terme de « nomenclature ».

5. On constate qu'à ce stade, les notations visuelles figurent encore parmi les agents de la réminiscence.

6. Sur le rôle de l'imagination, voir p. 450-451.

7. Voir t. I de la présente édition, p. CLIII.

8. Ff^{os} 19 r°-21 r° et 20 v°.

folio 20 v° — que revient ici le rôle de restitution de notre vie intérieure. Vient ensuite un fragment sur Romain Rolland[1] qui réaffirme que l'artiste doit descendre à « la profondeur de la vie véritable », dans « les régions de la vie spirituelle où l'œuvre d'art peut se créer », tandis que sont flétries les prétentions à un art populaire chez ceux-là mêmes qui, croyant viser à la spiritualité, en font seulement, de façon matérialiste, le sujet de leurs œuvres. Enfin, cette note éloquente : « Ne pas oublier : les livres sont l'œuvre de la solitude et les *enfants du silence.* »

C'est à la fin de l'année 1910, dans le Cahier 58[2], que, juxtaposant les notes sur l'esthétique et le dénouement romanesque de l'œuvre, Proust écrit en continuité la première mouture du *Temps retrouvé* proprement dit, c'est-à-dire de la « Matinée chez la princesse de Guermantes », qui constitue la seconde moitié du volume. De retour à Paris après une longue absence, le héros, pour complaire à sa tante — une sœur de sa grand-mère —, se rend chez la princesse de Guermantes, qui habite désormais avenue du Bois, à une matinée où l'on doit donner le premier acte de *Parsifal*, de Wagner. Ainsi la « soirée » du Cahier 51 s'est-elle changée en « matinée » ; le personnage de la tante disparaîtra de la version définitive ; quant au choix de *Parsifal*, on le jugera significatif dans une œuvre ponctuée par d'autres références à l'opéra de Wagner et au terme de laquelle le héros est sur le point d'accéder à une sorte de Graal. Tandis qu'il se rend à cette matinée, le héros rencontre son ami Bloch qui exprime, à propos de la littérature populaire, les idées dont Proust a pris le contrepied dans le fragment du Cahier 29 sur Romain Rolland. Le discours de Bloch, qui disparaîtra de la version définitive[3], montre comment l'œuvre en chantier se rattache encore au *Contre Sainte-Beuve*, d'où elle est née ; il est vrai que, dans *À l'ombre des jeunes filles en fleurs*, Norpois et Mme de Villeparisis tiennent des propos où se lit aussi bien l'envers de l'esthétique de Proust : mais, parce qu'ils sont essaimés dans des conversations animées et s'adressent à un adolescent ou à un jeune homme qui ignore encore la vraie nature de l'Art, leur rhétorique ne contredit pas leur fonction romanesque. Dans le Cahier 58, le discours de Bloch n'est pourtant pas sans influence sur le héros, puisque c'est à sa suite que Proust place ses réflexions désabusées sur son incapacité à accéder à la littérature. Repris du « Carnet de 1908[4] », le développement « Arbres vous n'avez plus rien à me dire [...] » illustre ce découragement. Le « ciel

1. Ff^os^ 53 r°-57 r° ; reproduit dans *Contre Sainte-Beuve*, éd. citée, p. 307-310. *Jean-Christophe*, de Romain Rolland, a paru de 1904 à 1912.

2. Voir t. I de la présente édition, p. CLVII, et l'Esquisse XXIX, p. 843 de ce tome. Pour la datation de ce cahier, voir Henri Bonnet, « *Le Temps retrouvé* dans les Cahiers », *Études proustiennes*, I, Gallimard, 1973, p. 122, et *Matinée chez la princesse de Guermantes*, éd. citée, p. 86.

3. « Dans *Le Temps retrouvé*, le soliloque du narrateur est pur de toute présence d'un interlocuteur sur lequel il faudrait l'emporter », note Vincent Descombes (*Proust, philosophie du roman*, éditions de Minuit, 1987, p. 40). Cette remarque est plus pertinente encore si l'on tient compte du gommage du dialogue avec Bloch.

4. Voir p. 1149 et n. 4 en bas de page.

bleu de mai » et les « arbres verts dans l'avenue[1] », lui révélant la laideur du monde, l'instruisent en réalité de sa propre médiocrité. Comme dans la version définitive[2], le développement précède immédiatement la série des révélations dans la cour, puis dans la bibliothèque du prince de Guermantes : pavés inégaux, bruit d'une cuiller contre une assiette, serviette empesée qui restituent à l'esprit du héros Venise, la vallée où le train s'était arrêté et l'hôtel de Querqueville[3]. Ces trois sensations lui procurent, suivant l'expression d'Elstir[4], « une félicité auprès de laquelle nulle autre n'existe » et lui ouvrent l'accès à la création d'une œuvre qui exprimera « une réalité sous-jacente à l'apparence des choses ». De ces révélations, il avait eu des prémonitions, notamment le jour du mariage de Montargis où le reflet du soleil sur une girouette lui avait donné le désir de retourner à Venise[5] ; mais il sait aujourd'hui que ce n'est pas la matérialité d'un lieu qui peut lui restituer le passé. Au demeurant, on ne s'étonnera pas que, comme le morceau de toile verte, cette impression visuelle soit absente de la version définitive. On notera enfin que, quoiqu'il soit écrit en continuité, ce long fragment du Cahier 58 ne comprend pas la rencontre avec M. de Guercy déchu, composée dès 1909 et qui s'intercalera dans le texte définitif entre le moment de découragement et la série des révélations.

Bien que le Cahier 58 se termine par de nombreuses pages blanches, le Cahier 57 enchaîne à sa suite sur l'« exaltation » du héros dans la bibliothèque du prince, où il découvre *François le Champi*[6]. Un transfert capital des folios 87-88 de la dactylographie de *Du côté de chez Swann* aux folios 7 r° et 8 r° de ce cahier permet de dater ces pages de l'été 1911 : il y est question de la « céleste nourriture » que nous procure « l'essence permanente des choses » restituée par un bruit, une odeur, une saveur[7]. Un développement sur le volume de George Sand, situé dans ce même Cahier 57, provient du Cahier 10, de plusieurs mois antérieur, et qui reprenait lui-même ce motif des Cahiers 6 et 8, où il était fait allusion à *La*

1. Esquisse XXIV, p. 803. Ces impressions visuelles sont autorisées par la transformation de la soirée en une matinée. On peut lire dans une note collée par Proust au bas du folio 73 v° du Cahier 57 (dont il va être question ensuite) : « Il faudra que je soie *[sic]* sorti *par exception le jour* pour aller à cette matinée ce qui expliquera peut-être la *vivacité* de mes sensations et le retrouvage du *Temps*. »

2. Voir p. 433 et suiv.

3. On se rappellera (voir la Notice de « Noms de pays : le pays », t. II de la présente édition, p. 1316-1317 ; et la Notice d'*Albertine disparue*, p. 1000 du présent volume) que les séjours à Querqueville et à Venise ont été ébauchés très tôt, dès les « Cahiers Sainte-Beuve ». Voir notamment le Cahier 4, f° 67 r°, où il est justement question à la fois de Querqueville et de Venise.

4. Cahier 58. Sur l'indécision entre les figures de Bergotte et d'Elstir, voir n. 1 en bas de la page 1152.

5. Cahier 58 ; voir l'Esquisse XXIV, p. 808-809.

6. Voir l'Esquisse XXX, p. 845.

7. Voir sur ce point le commentaire d'Henri Bonnet, *Matinée chez la princesse de Guermantes*, éd. citée, p. 107-110.

Mare au diable[1]. En introduisant, après la série des révélations, ce « pauvre livre, bien médiocre » — comme il est dit dans un ajout sans doute peu postérieur[2] —, Proust augmente de réflexions sur la lecture et la bibliophilie[3] l'expérience décisive de son héros. Ainsi, au folio 9 r° du Cahier 57, le « titre du livre » est-il mis sur le même plan que le « bruit de fourchette et de marteau ». Au folio 11 r° figure un intéressant passage sur le rôle de Ruskin dans la formation du héros, effacé de la version définitive ; ainsi les esquisses identifient-elles parfois, plus que le texte final, l'itinéraire de Proust et celui du narrateur. En revanche, l'esthétique proustienne définie dans les pages suivantes ne changera guère jusqu'au *Temps retrouvé* — même si l'« alliance » de mots, qui figure encore au folio 14 v°, est remplacée par la « métaphore[4] » — qui apparaît du reste dès le folio 32 r° — et donne la clé de la leçon du peintre. La situation romanesque du passage n'est pas pour autant négligée par Proust : aux folios 29 r° et 30 r°, le héros, qui se trouve dans la bibliothèque du prince, entend les accents de *Parsifal* qui lui parviennent du salon. L'inadvertance de Proust, substituant ici l'« Enchantement du Vendredi Saint[5] » au premier acte de l'opéra, confirme la valeur symbolique de l'œuvre choisie : le héros de Wagner en extase devant la beauté des prés qui entourent le château de Montsalvat apparaît en effet comme une préfiguration du narrateur, en extase devant les révélations qui lui donnent accès à l'Œuvre. Quant à la nature de cette œuvre, la question en est posée au folio 31 r° : le narrateur prévoit que les « vérités intelligibles, immédiatement senties » devront y être enchâssées « dans une matière moins pure ». « Si l'œuvre est un roman », il faudra recourir « non point à une psychologie plane, mais à une psychologie dans l'espace », programme que Proust continuera de revendiquer[6]. Faut-il donc considérer le livre que le héros s'apprête à écrire non comme un Livre idéal, mais comme *À la recherche du temps perdu*

1. Voir Volker Roloff, « *François le Champi* et *Le Temps retrouvé* », *Études proustiennes*, III, Gallimard, 1979, p. 259-287, qui renvoie au Cahier 6, f° 49 r° et suiv. (où il est fait allusion à *La Mare au diable*), au Cahier 8, ff^os 121 r° et 43 r° et suiv. (où sont cités *La Mare au diable* et *François le Champi*), au Cahier 10, ff^os 11 r°-18 r° et au Cahier 57, f° 4 r°.

2. Cahier 57, f° 6 r°.

3. Dans le Cahier 5, f° 40 v°, figurait déjà un développement sur la bibliothèque du comte de Guermantes, amateur de belles reliures, s'opposant par avance aux vues du héros pour qui les éditions originales seront celles où il a lu un livre pour la première fois (voir p. 465). Ce développement est reproduit dans *Contre Sainte-Beuve*, éd. citée, p. 297-298.

4. Voir p. 468 et n. 2.

5. Dans l'opéra de Wagner, l'« Enchantement du Vendredi Saint » marque la fin de la première partie du troisième acte.

6. « Une des choses que je cherche en écrivant (et non à vrai dire la plus importante), c'est de travailler sur plusieurs plans, de manière à éviter la psychologie plane » (lettre du 29 ou 30 avril 1919, Marcel Proust-Jacques Rivière, *Correspondance 1914-1922*, Gallimard, 1976, p. 52). Voir aussi « [*Swann* expliqué par Proust] », texte paru en novembre 1913, *Essais et articles*, éd. citée, p. 557.

elle-même ? À cette question souvent débattue[1], peut-être oiseuse, le texte définitif apportera quelques éléments de réponse sur lesquels nous reviendrons[2].

Les références à l'œuvre de Bergotte au folio 36 r° de ce même Cahier 57, quoique vagues, se feront plus imprécises encore dans la version finale, comme si Proust avait voulu progressivement éliminer toute filiation de l'écrivain imaginaire à un modèle réel. Ici Bergotte, dont l'œuvre semble pourtant ailleurs confondue avec celle d'Anatole France[3], s'apparente surtout à Ruskin, en raison non seulement des sujets évoqués, mais aussi, semble-t-il, d'une troublante confusion entre les deux noms dans un morceau à peine ébauché et qui devait assurer le lien entre « L'Adoration perpétuelle » et le « Bal de têtes[4] ». Du folio 40 r° au folio 75 r° du Cahier 57, s'étend une version très amplifiée de la réception chez la princesse esquissée deux ans plus tôt. Toutefois, à la différence de « L'Adoration perpétuelle », dont nous retrouverons des pans presque intacts dans la version définitive du *Temps retrouvé*, le « Bal de têtes » subira de nombreuses modifications. Les années qui passent, celles de la guerre surtout, conduiront normalement Proust à reconsidérer les événements et les personnages de son roman, bien plus que les principes, désormais immuables, de son esthétique. Dans le fragment du Cahier 57, nous retrouvons en partie le ton de monologue intérieur du fragment du Cahier 51, rythmé par de curieux « Tiens ! » — alors que, dans la version définitive, le récit de la « matinée » témoignera d'un plus grand recul par rapport à l'événement[5]. La scène conserve aussi, dans la version de 1911 un aspect féerique, qui en définitive s'amoindrira, ou sera moins explicitement affirmé. Certains personnages secondaires encore présents, comme le comte de Froidevaux, disparaîtront. Cottard et Montargis, futur Saint-Loup, seront victimes de la guerre, la destinée du second étant sans doute redevable à celle de Bertrand de Salignac-Fénelon, ami de Proust tué au front le 17 décembre 1914. Le héros rêve en outre d'aller en Hollande rejoindre Maria ; quand celle-ci sera remplacée par Albertine, la fin cruelle d'Agostinelli influencera pareillement la destinée du personnage[6]. Manquant de place vers la fin de son cahier, Proust renvoie par un bref ajout au

1. Voir, par exemple, Vladimir Nabokov, *Littératures*, Fayard, 1983, t. I ; Le Livre de poche, coll. « Biblio/Essais », 1987, p. 292 : « Le livre que le narrateur du livre de Proust est censé écrire est toujours un livre-à-l'intérieur-du-livre et n'est pas exactement *À la recherche du temps perdu*, de même que le narrateur n'est pas exactement Proust. »

2. Voir p. 1174.

3. Voir, les Esquisses XX et XXI d'*À l'ombre des jeunes filles en fleurs*, t. I de la présente édition, p. 1027-1032, où Anatole France s'efface aussi au profit de Bergotte.

4. Voir Cahier 58, f° 38 r°, et Cahier 57, f° 40 v°.

5. Voir, respectivement, Cahier 57, f° 41 r°, Cahier 51, ff^os^ 68 v°-67 v°, et p. 445 et suiv.

6. Voir, au tome III de la présente édition, la Notice de *La Prisonnière*, p. 1647 et dans le présent volume la Notice d'*Albertine disparue*, p. 1007.

Cahier 13[1]. Enfin, au folio 75 r°, le dernier de ce Cahier 57, une ultime méditation réunit temps intérieur et temps extérieur. Sensation et intelligence se rencontrent lorsque le héros se souvient du bruit de la sonnette de Combray, qui a marqué le point de départ de sa vie. Son parcours se situe dans deux temps différents qui se sont éloignés l'un de l'autre, à l'instar des deux promenades du côté de chez Swann et du côté de Guermantes. Le tintement de la sonnette mesurera « l'espace de temps » traversé entre le « présent d'hier » et le « présent d'aujourd'hui », mais résonnant aussi dans le pays intérieur du héros, il lui permet d'assumer sa vie sous ses deux formes : le héros ne vit plus dans le temps, le temps vit en lui. Il lui reste à le « mettre à l'abri » dans un livre. Puis s'ébauchent les comparaisons, que Proust ne cessera de parfaire, avant de tracer le mot FIN. L'une d'elles, figurant le passé qui adhère à la conscience par un serpent mécanique, ne sera pas conservée ; l'autre, celle des échasses, ne subira plus que des retouches. Mais la dernière phrase du roman n'est pas encore trouvée. C'est en effet une phrase inachevée qui clôt le Cahier 57 : « [...] je sentais que pouvait d'un instant à l'autre » ; phrase poursuivie, semble-t-il, dans le Cahier 11, qui commence du reste par une lettre minuscule : « et je sentais aussi l'effroi de ne pas avoir la force de continuer à maintenir ce long passé assujetti à moi. »

Les quatre premiers feuillets du Cahier 11 amorcent une autre fin plausible, mais qui ne sera pas retenue. Tout en modulant à nouveau la comparaison des échasses et en l'assortissant d'une autre comparaison — chacun semble monté « sur la tour de son passé[2] » —, Proust se livre en ces pages à des réflexions sur la mort qui menace son héros au moment où il va entreprendre son œuvre : sujet déjà abordé, on s'en souvient[3], dans le Cahier 2. Puis, avant de quitter la réception, le héros s'entretient avec Gilberte, devenue Mme de Montargis, qui détourne son attention d'Odette, sa mère, devenue impotente. « Je la quittai, je sortis[4]. » Ce fragment du Cahier 11 demeure à son tour en suspens : Proust tâtonne pour donner une fin satisfaisante à son roman.

Ajouts et modifications de 1911 à 1916. — Dans une lettre adressée à Rosny aîné après l'attribution du prix Goncourt à *À l'ombre des jeunes filles en fleurs*, le 10 décembre 1919, Proust écrira : « Quand Swann a paru en 1913, non seulement *À l'ombre des jeunes filles en fleurs, Le Côté de Guermantes* et *Le Temps retrouvé* étaient écrits mais même une partie importante de *Sodome et Gomorrhe*. Mais pendant la guerre (sans rien toucher à la fin du livre *Le Temps retrouvé*) j'ai ajouté quelque chose sur la guerre qui convenait pour le caractère de M. de

1. Voir t. I de la présente édition, p. CLIV.
2. F° 1 r°.
3. Voir p. 1152.
4. F° 4 r°.

Charlus[1]. » Comme on va le voir, cette déclaration minimise non seulement les modifications apportées pendant la guerre aux Cahiers 58 et 57, mais même l'épisode dont Charlus sera le héros — ce « quelque chose sur la guerre », long de cent pages environ, a en effet amplifié de manière proprement fantastique l'univers de Sodome. Au moins suggère-t-elle que, dans l'esprit de Proust, le dénouement du *Temps retrouvé*, sinon son exacte formulation, était déjà au point.

La plupart des additions postérieures à l'année 1911 vont nouer dans un rapport plus étroit le créateur à son œuvre et modifier, surtout du moment où éclatera la guerre, le nombre et le portrait des invités de la matinée.

Le Cahier 57 continue, en particulier grâce à l'adjonction de paperoles, à servir de brouillon pour la préparation du dernier volume. Les notes souvent fragmentaires dont Proust le grossit sont généralement difficiles à dater. Au verso du folio 1 figure un plan du *Temps retrouvé* dont le quatrième moment livre la formule-clé qui unit « l'esthétique dans le buffet », c'est-à-dire « L'Adoration perpétuelle », au « bal costumé ». La phrase qui suit : « Et cela finira par Gilberte me proposant de venir à Combray [...] » atteste que Proust n'a toujours pas trouvé son dénouement : la visite avec Gilberte à Tansonville, placée pour finir à la suite du retour de Venise, sert, aujourd'hui, pour partie de fin à *Albertine disparue*, pour partie d'ouverture au *Temps retrouvé*[2]. En marge du folio 2 r°, une note à propos de la princesse de Guermantes — « qui est peut-être Mme de St Euverte ? » — esquisse un tour de kaléidoscope qui illustrera l'ampleur des mutations sociales ; quand ce rôle échoira à Mme Verdurin, le tour sera plus spectaculaire encore. De même Proust envisage-t-il de situer l'« hôtel Guermantes nouveau » au parc Monceau, qui est le quartier des Saint-Euverte[3]. On sait[4] que l'hôtel sera finalement situé, conformément à ce que Proust avait envisagé à l'origine, avenue du Bois, quartier beaucoup plus excentré.

L'ajout du folio 3 r° date au plus tôt de 1913 puisque y figure le nom d'Albertine ; le « rougeoyant » Quatuor de Vinteuil que le héros entend de la bibliothèque du prince s'oppose ici à la blanche Sonate[5]. Ainsi, substituant à Wagner le compositeur imaginaire de son roman, Proust suit-il la pente qui l'a déjà conduit à remplacer Anatole France par Bergotte ou Sarah Bernhardt par la Berma[6]. Se précise le parallèle entre Swann et le héros, ce dernier accédant, grâce à une œuvre mieux élaborée que celle qui séduisit Swann, à un stade

1. Lettre citée, dans *Matinée chez la princesse de Guermantes*, éd. citée, p. 270, d'après le catalogue de ventes de l'hôtel Drouot (vente du 15 décembre 1975).
2. Sur la délimitation d'*Albertine disparue* et du *Temps retrouvé*, voir p. 1170 et suiv.
3. Voir *Le Côté de Guermantes II*, t. II, p. 883-884.
4. Voir p. 435.
5. Nous renvoyons sur ce point à l'excellente analyse de K. Yoshikawa, « Vinteuil ou la genèse du Septuor », *Études proustiennes*, III, Gallimard, 1979, p. 289-347.
6. On se souvient que l'« Enchantement du Vendredi Saint » a pu partiellement inspirer à Proust la Sonate de Vinteuil (voir t. I de la présente édition, n. 1, p. 339).

esthétique supérieur à celui de son modèle. Enfin s'estompe l'identité trop voyante de la quête du héros et de celle de Parsifal[1]. De l'opéra de Wagner subsisteront dans la version définitive des références à Klingsor, à l'Enchantement du Vendredi Saint et aux filles-fleurs[2]. Peut-être l'immolation de Swann est-elle aussi nécessaire à l'accomplissement de la destinée du héros proustien que celle d'un cygne au héros wagnérien[3]. On relèvera enfin qu'après la révélation incomplète due à la petite madeleine, survenue par une froide journée d'hiver, c'est au printemps que, comme Parsifal, le héros proustien reçoit l'illumination décisive[4]. Pendant la guerre, Proust, compliquant encore l'œuvre de la maturité de Vinteuil pour la changer en septuor, en transférera l'exécution dans *La Prisonnière*, le morceau entendu dans la bibliothèque du prince de Guermantes cessant dès lors d'être identifié[5]. Succédant à la littérature et à la peinture, la musique continuera donc d'être l'ultime étape de l'apprentissage esthétique du héros : mais en la dissociant de « L'Adoration perpétuelle », Proust réserve à cette dernière une signification plus pure et plus élevée encore.

En suivant l'ordre des feuillets, qui n'est pas forcément celui des dates, on lit sur le Cahier 57 de nombreux fragments additionnels. Bergotte, accusé par le public de faire de l'Art pour l'Art, se voit préférer Romain Rolland qui sacrifie à l'art social. Aux folios 16 v° et 18 v°, le héros ne reconnaît plus ce qu'il a aimé chez son grand écrivain. Aux folios 20 v° et 21 v°, il éprouve plus d'indulgence pour lui. Ce balancement se retrouve dans le texte définitif. À la différence d'Elstir ou de Vinteuil, dont l'apprenti-écrivain suit les leçons sans risque d'équivoque du moment qu'il les transpose, Bergotte est condamné à un statut ambigu : Proust ne peut, au sein d'un roman

1. Dans une note du folio 13 v° du Cahier 57, Proust écrit : « Capital : De même que je présenterai comme une illumination à la Parsifal la découverte du Temps retrouvé dans les sensations cuiller, thé, etc, de même ce sera une 2e illumination dominant la composition de ce chapitre, subordonnée pourtant à la première et peut-être quand je me demande qu'est-ce qui assurera la matière du livre qui me fera soudain apercevoir que ttes *[sic]* les épisodes de ma vie ont été une leçon d'idéalisme [...]. »

2. Voir respectivement *À l'ombre des jeunes filles en fleurs*, t. I de la présente édition, p. 518 et 624, et t. II, p. 716.

3. « Le reconnais-tu pas ? / C'est lui jadis qui tua notre cygne », dit Gurnemanz à Kundry en voyant s'avancer Parsifal juste avant l'Enchantement du Vendredi Saint (Wagner, *Parsifal*, trad. Marcel Beaufils, Aubier-Montaigne, 1964, p. 171). Répondant en 1921 à un Mr. Harry Swann qui l'interrogeait sur l'origine de ce nom dans l'œuvre, Proust réfutait la quasi-homonymie avec le nom anglais du cygne, mais admettait : « Malgré tout, je voulus chercher un nom d'apparence qui pût être anglo-saxonne et donner à mon oreille la sensation de *blanc* de l'*a* précédé d'une consonne et suivi d'une autre » (lettre inédite, citée par Michel Raimond dans son édition d'*Un amour de Swann*, Lettres françaises, collection de l'Imprimerie nationale, p. 360-361). Ainsi Proust avoue-t-il, non le cygne à proprement parler, mais la blancheur qui peut aussi être symbole d'innocence, comme le montre l'opposition de la blanche Sonate au rougeoyant Septuor (voir *La Prisonnière*, t. III de la présente édition, p. 759).

4. Voir le « ciel bleu de mai » dans l'Esquisse XXIV, p. 803. Il est vrai que la saison de la matinée n'est pas précisée dans le texte définitif.

5. Cahier 57, ff[os] 29 r°-30 r° et 40 r° ; voir p. 446 et suiv.

qui magnifie l'œuvre à venir, ni rabaisser celui qui en fut l'initiateur, ni lui donner un éclat qui rivaliserait avec celui de son dénouement. Lui-même plaçait Ruskin « dans le Panthéon de [son] admiration[1] ». Son héros, pareillement, admire Bergotte tout en le reléguant parmi les valeurs du passé.

Avant d'ébaucher le récit de la diseuse de vers, qui n'est pas encore Rachel, Proust imagine le pitoyable accueil chez les Guermantes d'un vieux chanteur et de sa femme, épisode dont on trouve le reflet, dans le texte définitif, avec l'accueil de la fille et du gendre de la Berma[2]. Ainsi Proust esquisse-t-il souvent des scènes chargées d'un pouvoir de pittoresque ou d'émotion avant de puiser, parmi des personnages déjà utilisés, ceux qui les illustreront.

Le temps qui passe infléchit quelques destinées. Nous savons[3] que la guerre supprimera quelques invités de la matinée. Aussi bien le décès de Gaston de Caillavet, le 14 janvier 1915, suggère-t-il à Proust, au folio 14 v°, celui de Bloch. Ainsi le rôle important dévolu à ce dernier, en 1911, dans la scène finale du roman est-il gommé, avant d'être rétabli, plus modestement qu'à l'origine, dans la version définitive[4]. Le cahier est parsemé de notes, par exemple au folio 21 v°, sur le « livre à faire », comparé à une robe ou au bœuf mode de Françoise ; Proust, dans ces notes, précise l'esthétique qui guidera sa conception, situant notamment dans un ajout « capitalissime issime, issime de peut-être le plus de tte l'œuvre » le simple plaisir d'esthète de Swann par rapport à l'illumination du héros[5]. Il intègre aussi aux réflexions finales du héros des éléments ajoutés au reste du roman. Ces éléments concernent au premier chef Albertine, qui apparaît sous ce nom en 1913[6] et dont Proust développe la destinée pendant la guerre ; elle est associée ici à Gilberte, là à la grand-mère, selon qu'elle a permis au héros d'approfondir son expérience des intermittences de la passion ou de la douleur.

Au folio 27 v°, Proust prévoit que son héros sera saisi d'une « envie de partir pour Florence », aussitôt réprimée par un retour à la raison : l'image que je forme d'un lieu n'est qu'en moi. Le motif du désir de voyage est certes récurrent à travers le roman[7], mais l'étonnant est qu'il eût pu être inséré au cœur de la « matinée », supposant jusqu'aux abords du dénouement une naïveté puérile de la part du héros et confirmant que l'œuvre est moins « bouclée », à ce stade de la genèse, qu'en sa version définitive.

1. Lettre à Robert de Billy, mars 1910, *Correspondance*, t. X, p. 55.

2. Voir p. 590 et suiv. Le portrait de Réjane vieillie, au folio 33 v°, dévoile quel modèle — joint à l'acteur Le Bargy — servira à la déchéance de la Berma.

3. Voir p. 1159.

4. Voir p. 584 et suiv.

5. Voir l'Esquisse XXXV, p. 857. Dans cet ajout, le Quatuor de Vinteuil s'est changé en sextuor, avant de devenir le Septuor de *La Prisonnière*.

6. Voir la Notice d'*Albertine disparue*, p. 1006.

7. Dans « Proust 45 » déjà (voir p. 1150 et ffos 87 et suiv.), les tableaux de Monet donnaient l'envie fallacieuse d'aller à Giverny (*Essais et articles*, éd. citée, p. 675-677).

Si la conclusion que Proust prépare pour son roman s'affranchit progressivement des réflexions de *Contre Sainte-Beuve*, c'est par une réhabilitation de l'intelligence. Quoique celle-ci n'ait jamais été, y compris dans le texte adopté par les éditeurs de l'essai comme projet de préface[1], ravalée si bas qu'on puisse définir Proust comme un anti-intellectualiste, il importe qu'au folio 31 v°, par exemple, il propose, « pour relier les intuitions de l'instinct », d'admettre « quoique moins profondes des vérités fournies par l'intelligence ». « Je lui avais fait la part petite jusque-là », ajoute-t-il, cette révision s'adressant sans doute à lui-même plutôt qu'à son héros, qui à l'époque de son adolescence en surestime au contraire l'importance.

Quant à Mme Verdurin, elle est en route, si l'on ose dire, vers sa métamorphose finale, puisque au folio 31 r°, on la retrouve, après la mort de M. Verdurin, duchesse de Duras. On sait[2] que dans la version finale, cet anoblissement servira de relais à son accession au faîte du « côté de Guermantes ». S'il fallait une preuve supplémentaire que l'ordre des pages du Cahier 57 ne reflète guère celui des additions, on notera, au folio 49 r°, un portrait de M. Verdurin vieilli, rendu presque méconnaissable par une bouffissure des joues qui sera finalement attribuée à M. de Cambremer — tandis que Mme Verdurin, au folio 51 r°, a conservé un « grand air ».

De nombreux ajouts, détaillant la déchéance physique des invités de la « matinée », conduisent le narrateur à théoriser sur ces métamorphoses et nous éloignent de cette « féerie » que suggéraient les premières ébauches du « Bal de têtes ». Au moins peut-on considérer comme assez tardives les additions du folio 56 v°, où Proust prend suffisamment de recul par rapport à la guerre pour comparer les mutations qu'elle a entraînées à celles que causa naguère l'affaire Dreyfus ; du folio 60 v°, apparemment contradictoire avec la précédente, puisqu'il y est dit que la guerre « n'avait pas amené les gds changements qu'on croyait[3] » ; enfin des folios 68 v°, 69 r° et 69 v° où est évoquée l'époque où le héros a « t<ou>t à fait oublié Albertine ».

Ces additions du Cahier 57 permettent de tenter un bilan des modifications apportées au dénouement du roman tel qu'il était inscrit dans les premiers jets des Cahiers 58 et 57[4]. L'écart entre Swann et le héros s'est accentué. Si tous deux ont goûté les plaisirs de l'amour, de la peinture, de la musique, ils sont séparés par une inégale volonté de passer de la sensation esthétique à la connaissance de soi. Le transfert de la musique de Wagner — devenue celle de Vinteuil — du

1. Voir p. 1152 et n. 1. Ce texte débute et se termine ainsi : « Chaque jour j'attache moins de prix à l'intelligence [...] si elle n'a dans la hiérarchie des vertus que la seconde place, il n'y a qu'elle qui soit capable de proclamer que l'instinct doit occuper la première » (éd. citée, p. 211 et 216).

2. Voir p. 533.

3. Contradiction moindre qu'il n'y paraît : si les attitudes sociales changent suivant les tours du kaléidoscope, les ressorts qui meuvent les hommes, toutes classes confondues, demeurent identiques.

4. Voir p. 1156 et suiv.

dernier volume à *La Prisonnière* accuse la différence entre les deux personnages. L'intelligence a été réévaluée[1]. Loin d'être greffée artificiellement sur la sensation, elle est devenue la partie visible d'un acte qui relie le moi intérieur au moi extérieur, l'inconscient à la conscience. Pulsion organique, comme la sensation, l'intelligence signale à cette dernière ses insuffisances, en même temps que l'intuition apporte à l'intelligence les qualités qui lui font défaut. Le livre que va écrire le héros n'est pas seulement un nouvel anneau dans la chaîne des créateurs : dans sa conception idéale, il contient l'élan originel qui est comme le battement, l'acte même de la vie. L'artiste percevant dans l'absolu son livre est une synthèse parfaitement équilibrée de la sensation et de l'intelligence. Du reste, la sensation pure existe-t-elle ? Plus nettement que dans la version définitive, elle paraît à Proust, d'après les fragments ajoutés pendant la guerre, aussi marquée d'intellectualisme que l'intelligence est marquée d'impressions instinctives. La lucidité de Swann amoureux d'Odette, celle du héros amoureux d'Albertine sont le produit de l'interférence *organique* de l'intelligence et de la sensation. La création elle-même provoque des *stimuli* conscients et inconscients. « Quand l'instinct a recréé une chose, notre besoin de la posséder ne serait pas assouvi si notre intelligence ne la redisait en idées claires. Et quand c'est notre intelligence qui d'abord a éclairci une chose, il semble que nous n'<y> arriverions jamais, si nous ne faisions faire à notre instinct sa preuve en le forçant à la recréer[2]. » À l'évidence, Proust confie ici, sur son art, des secrets qu'il ne confiera pas à son narrateur.

Il se dégage de ces ajouts, d'une part un portrait approfondi du héros, à qui donnent une conscience accrue du « temps écoulé[3] » aussi bien l'« esthétique dans le buffet » que le spectacle du vieillissement des invités de l'hôtel de Guermantes ; d'autre part l'idée, de plus en plus nettement formulée[4], que l'aventure du héros est et n'est pas celle d'une Vocation. Elle ne l'est pas, en ce sens que « la littérature n'avait joué aucun rôle dans [s]a vie » ; elle l'est, parce que ses expériences sont semblables à « cet albumen qui est logé dans l'ovule des plantes et dans lequel celui-ci puisera sa nourriture pour se transformer en graines en ce temps où on ignore encore que l'embryon d'une plante se développe, lequel est partout le lieu de phénomènes chimiques et respiratoires secrets mais très actifs. Ainsi ma vie était-elle en rapport avec ce que je produirais[5]. »

De nombreux fragments sont aussi consignés, durant la guerre, sur le cahier que Proust appelle le « Cahier Babouche », inventorié par la Bibliothèque nationale sous le numéro 74. Ce cahier est souvent utilisé, à la manière du Cahier 61 par exemple, comme un simple cahier d'additions. Sans doute servira-t-il au moins jusqu'en 1920. On

1. Voir notamment l'Esquisse XXXVI, p. 860 et suiv.
2. Esquisse XXXVI, p. 862.
3. Ffos 64 v° et 66 r° du Cahier 57.
4. Notamment au folio 44 v° du même cahier.
5. Esquisse XXXVII, p. 863.

y lit parfois de simples prolongements des cahiers dits « Cahiers du *Temps retrouvé* » — Cahiers 51, 58, 57 —, comme le portrait de Charlus vieilli[1]. Mais la plupart des ajouts sont relatifs à la guerre : soit que, donnant de nouveaux détails sur le personnage de Saint-Loup, Proust semble parachever sa nécrologie[2] ; soit qu'il éclaire le rôle des sentiments patriotiques ou antipatriotiques dans le roman. La mort de M. Verdurin[3] rend d'avance plausible la révélation que le héros lira dans le pseudo-journal des Goncourt[4] : si Elstir se sent plus seul après sa disparition, c'est que M. Verdurin est un authentique amateur d'art, et on ne jugera pas extravagant qu'il ait écrit une étude critique sur Whistler. Mais ce Cahier 74 a aussi du prix, à nos yeux, par ces nombreuses ébauches[5] dont nous ne retrouvons plus guère trace dans le texte définitif. Sur le chauvinisme, en particulier, Proust formule des opinions trop affranchies du climat de l'époque pour les faire figurer dans des volumes qui devaient être édités au lendemain de la guerre.

« Le Temps retrouvé » de 1916 aux cahiers du manuscrit. — La genèse du « quelque chose sur la guerre qui convenait pour le caractère de M. de Charlus », évoqué dans la lettre à Rosny aîné[6], est difficile à retracer. Nous avons mentionné certains ajouts des Cahiers 57 et 74 ; joignons-y quelques notes du Cahier 55 sur les articles de Bergotte pendant la guerre. Il reste que des jalons nous manquent pour dater la rédaction de pages évoquées par Proust dans une lettre adressée à Gaston Gallimard « peu avant le 30 mai 1916 » d'après la datation de Philippe Kolb[7] : « J'avais dit à Gide qu'il y avait dans le deuxième volume des choses sur Guillaume II que je voudrais enlever maintenant que la guerre est venue pour ne pas avoir l'air d'insulter un ennemi qui sera à ce moment-là un ennemi vaincu, sans doute[8]. Gide m'avait conseillé (sans connaître d'ailleurs l'ouvrage) de ne rien enlever. Mais depuis, les conversations stratégiques qui ont si je me rappelle bien paru dans l'extrait que j'ai donné dans la *N.R.F.* (je n'en suis pas sûr, en tout cas c'est entre Robert de Saint-Loup et ses amis officiers[9]) (tout cela écrit bien entendu quand

1. Voir l'Esquisse XXIII.2, p. 796-798.
2. Voir l'Esquisse X.2, p. 775.
3. Voir l'Esquisse XV, p. 782.
4. Voir p. 287 et suiv.
5. Voir les Esquisses, *passim*.
6. Voir p. 1160-1161 et n. 1 en bas de la page 1161.
7. *Correspondance*, t. XV, p. 131-132. Sur Proust et la guerre, voir l'Introduction générale de la présente édition, t. I, p. XCI-XCV.
8. Voir *À l'ombre des jeunes filles en fleurs*, t. I de la présente édition, p. 455. Proust, qui raille parfois l'optimisme de commande des communiqués militaires, tombe dans le même travers en une époque où la bataille de Verdun n'évolue pourtant pas très favorablement pour nos couleurs.
9. « Quelques pages du séjour à Doncières ont paru en effet dans *La Nouvelle Revue française*, n° 67, 1er juillet 1914, p. 94-101 ; mais la "conversation stratégique" n'y est pas incluse » (note de Philippe Kolb). Voir *Le Côté de Guermantes I*, t. II de la présente édition, p. 408-417.

je ne me doutais pas qu'il y aurait la guerre, aussi bien que les conversations de Françoise sur la guerre dans le premier volume[1]) m'ont amené à faire à la fin du livre un raccord, à introduire non pas la guerre même mais quelques-uns de ses épisodes, et M. de Charlus trouve d'ailleurs son compte dans ce Paris bigarré de militaires comme une ville de Carpaccio[2]. Tout cela ai-je besoin de dire n'a rien d'antimilitariste, tout au contraire. Mais les journaux sont très bêtes (et fort mal traités dans mon livre[3]). »

Proust n'a pas attendu 1914 pour user de comparaisons et de métaphores guerrières[4]. On sait d'autre part comment il tire parti de l'affaire Dreyfus, qui bouleverse les rapports sociaux tout en confirmant la permanence des passions humaines. La Grande Guerre donne, à un roman qui eût pu être achevé avant son déclenchement, une dimension qui nous paraît rétrospectivement nécessaire. Elle contraint Proust à remodeler la chronologie de son œuvre : ainsi, après avoir dès 1909 prévu que son héros s'absenterait de Paris avant de se rendre à l'ultime invitation des Guermantes[5], doit-il imaginer deux absences successives ; mais la première[6], qui s'étend de 1914 à 1916, prend signification du moment que le héros retrouve une capitale à ce point transformée où revivent des époques lointaines et où surgissent, à mi-chemin du séjour à Venise et du « Bal de têtes », des formes carnavalesques. Surtout, après avoir suggéré que la jalousie de l'amant à l'égard de sa maîtresse répond aux mêmes ressorts que celle des mondains à l'égard de leurs habitués[7], Proust trouve dans l'immense et cruelle scène de jalousie que constitue un conflit mondial l'éclatante démonstration que les lois se répètent identiques du microcosme au macrocosme[8]. Si la nature immuable et profonde de l'individu a besoin d'une occasion pour se révéler — ainsi la générosité de Verdurin en faveur de Saniette[9] —, la guerre est par excellence prodigue en occasions bouleversantes : sans elle, l'héroïsme de Cottard ou de Saint-Loup[10] fût demeuré caché. Mais, ainsi que l'exprime Proust à Rosny aîné, elle convenait particulièrement au caractère de Charlus. La cruauté que libère le conflit dans l'imaginaire du public fournit l'exutoire rêvé aux désirs masochistes du baron, tandis que les abris souterrains du métro lui offrent le temple d'une communion muette, faite de caresses qui n'ont

1. Voir *Du côté de chez Swann*, t. I de la présente édition, p. 87-88.

2. Voir p. 342-343.

3. Voir p. 355.

4. Voir par exemple l'« éclat d'obus » auquel est comparé le monocle de Froberville (*Du côté de chez Swann*, t. I de la présente édition, p. 321), ou encore le « pied de guerre » sur lequel se trouve Mme Swann quand elle part en visite (*Ibid.*, p. 506).

5. « Il y a quelques années après être resté longtemps absent de Paris, je trouvai comme je venais de revenir une invitation du P[ce] et de la P[cesse] de Guermantes pour une soirée » (Cahier 51, f° 68 v°) : tel est le début de la plus ancienne esquisse suivie du *Temps retrouvé*. Voir aussi p. 1154 et n. 2 en bas de page.

6. Voir p. 301.

7. Voir par exemple *Du côté de chez Swann*, t. I de la présente édition, p. 187.

8. Voir p. 350.

9. Voir *La Prisonnière*, t. III de la présente édition, p. 828.

10. Voir p. 349 et 425.

nul besoin des préliminaires du marivaudage[1]. Mais pareille à Pompéi, dont un mur présentait l'inscription prémonitoire : *Sodoma, Gomora*, Paris est menacée de destruction[2]. Au-dessus de cette capitale livrée au vice et que symbolise dans le roman l'hôtel de Jupien plane la menace d'avions qui, à partir de l'hiver de 1917-1918, feront choir sur elle le feu du ciel[3]. Ainsi s'élargit à une dimension imprévisible le mythe biblique imaginé par Proust aux sources de son roman. Promeneur insolite dans cette cité qu'il avait jusqu'alors explorée plutôt des fenêtres de sa chambre ou d'une voiture, le héros lui-même répète, en s'avançant dans cette immense cathédrale profane, à laquelle les bigarrures des habits militaires fournissent des fresques ou des vitraux imprévus et que domine en guise de clocher la Tour Eiffel éclairée de projecteurs, le geste qu'il accomplissait dans son enfance en s'avançant dans l'église de Combray[4], jusqu'à en découvrir cette fois, en s'aventurant dans les profondeurs secrètes de la maison de Jupien, la plus inattendue des cryptes[5].

Pendant la guerre a aussi été ébauché, en deux fragments du Cahier 55, le pastiche du *Journal* des Goncourt[6]. Les deux écrivains — plus précisément Edmond, seul auteur, après la mort de Jules, des volumes, allant de 1878 à 1895, dont Proust tire la plupart de ses traits — ont déjà fait l'objet d'un pastiche de Proust en 1908[7]. Quant au salon des Verdurin, dont traite le pastiche du *Temps retrouvé*, il a été présenté quatre fois au lecteur dans le reste du roman : dans « Un amour de Swann », suivant la perspective proche de l'omniscience qui gouverne tout l'épisode ; dans *Sodome et Gomorrhe II* — mais, comme pour retarder l'expérience directe qu'en aura son héros, c'est dans le cadre inhabituel et dépaysant de La Raspelière que Proust introduit le jeune homme ; dans *La Prisonnière*, grâce au récit de Brichot, qui bouleverse les idées que le héros s'était forgées — d'après Swann ? — sur la conversation et le comportement

1. Voir à ce propos l'analyse de Marcel Muller, « Charlus dans le métro ou Pastiche et cruauté chez Proust », *Études proustiennes*, III, Gallimard, 1979, p. 9-25.

2. Voir p. 386.

3. Voir Genèse, XIX.

4. Voir *Du côté de chez Swann*, t. I de la présente édition, p. 58 et suiv.

5. Voir p. 394. Sur le sens de la crypte dans le roman, voir Jean-Pierre Richard, « La Nuit mérovingienne », en annexe à *Proust et le monde sensible*, coll. « Poétique », éditions du Seuil, 1974.

6. Voir l'Esquisse II, p. 750. On a longtemps supposé que Proust avait écrit ce pastiche après qu'*À l'ombre des jeunes filles en fleurs* eût reçu le prix Goncourt, ce qui eût été un singulier hommage aux fondateurs du prix ! Jean Milly en a rétabli approximativement la date (« Le pastiche Goncourt dans *Le Temps retrouvé* », *Revue d'histoire littéraire de la France*, numéro spécial consacré à Marcel Proust, septembre-décembre 1971, p. 815-835 ; repris dans *Proust dans le texte et l'avant-texte*, Flammarion, 1985, p. 185-211) : les deux ébauches ont été vraisemblablement écrites entre le printemps de 1917 et l'automne de 1918, soit plus d'un an avant l'attribution du prix. Au reste, le « Kapital » qui intitule la première ébauche suffirait presque à la dater des années de guerre...

7. Voir *Les Pastiches de Proust*, édition critique et commentée par Jean Milly, Armand Colin, 1970, p. 163-170, et « Dans le *Journal* des Goncourt », *Pastiches et mélanges*, éd. citée, p. 24-27.

des invités, mais aussi sur la situation géographique du salon qui, conformément au désir de noblesse des Verdurin, s'est transporté sur la rive gauche[1] : un salon se définit décidément moins par un lieu que par un état d'esprit ; et encore dans *La Prisonnière* : quand le héros pénètre enfin dans le vrai salon des Verdurin, c'est pour y assister à l'humiliante exclusion de Charlus, qui marque un jalon dans la déchéance du baron, mais symbolise aussi une spectaculaire mutation sociale[2]. Le pastiche du *Journal* des Goncourt offre un cinquième point de vue encore différent sur le salon. Aussi ridicule soit-il dans l'affectation de son style, il faudrait céder à une illusoire croyance à l'objectivité pour y lire un simple écart par rapport à la réalité. Que le grossier Verdurin soit le génial critique de l'œuvre de Whistler — ainsi surpasse-t-il Swann, qui n'a jamais terminé son étude sur Vermeer[3] ! — n'est pas, aux yeux d'un lecteur prévenu des erreurs de Sainte-Beuve, plus bouleversant que la révélation de sa générosité à l'égard de Saniette. Quant à l'âge de Mme Verdurin, qu'il faut supposer centenaire à l'époque de la « Matinée chez la princesse de Guermantes », s'il est vrai qu'elle fut la Madeleine de Fromentin[4], on croirait qu'il accuse jusqu'à la bouffonnerie les invraisemblances chronologiques auxquelles Proust s'expose lui-même du moment qu'il situe après la guerre ce « Bal de têtes » qu'il avait imaginé près de dix ans plus tôt[5].

Pour l'essentiel, néanmoins le *Journal* des Goncourt figure aux yeux de Proust un type de littérature à la fois précieuse et prétendument réaliste, dernier maillon, dans l'ensemble du roman, d'une longue chaîne inaugurée par Norpois qui, en présentant à l'adolescent la littérature comme « une personne vénérable et charmante[6] », l'avait découragé de s'élever un jour jusqu'à elle. Mieux averti, le héros retourne maintenant les anciennes objections contre la littérature elle-même, l'opposant à sa propre recherche de l'essence des choses.

1. Les nobles authentiques, eux, ne dédaignent plus de quitter le faubourg Saint-Germain. Devenue une Guermantes, Mme Verdurin pourra se permettre d'habiter avenue du Bois. Voir p. 435.

2. Voir respectivement t. I de la présente édition, p. 185 et suiv., et t. III de la présente édition, p. 259 et suiv., 706 et suiv., 823 et suiv.

3. Voir t. I de la présente édition, p. 195.

4. Voir p. 287 et n. 10.

5. On date généralement de 1919 la « Matinée chez la princesse de Guermantes » (voir, par exemple, Willy Hachez, « La Chronologie d'*À la recherche du temps perdu* et les Faits historiques indiscutables », *Bulletin de la Société des amis de Marcel Proust*, n° 35, 1985). Mais Proust écrit que « beaucoup d'années passèrent » (p. 433) entre son premier retour à Paris, en 1916, et le second, qui l'amène chez la princesse. Ce « beaucoup » convient-il pour désigner trois années seulement, et ne faut-il pas supposer que Proust laisse volontairement dans le flou le présent du narrateur ? En outre, si l'on s'accorde à considérer que le héros est d'environ dix ans plus jeune que Proust — donc en 1919 âgé de trente-huit ans —, on jugera difficilement plausible la réflexion que lui adresse la duchesse de Guermantes et sa réaction intérieure : « Vous auriez été d'âge à avoir des fils à la guerre [...]. Et je pus me voir [...] dans les yeux de vieillards restés jeunes, à leur avis, comme je le croyais moi-même de moi [...] » (p. 508).

6. Voir *À l'ombre des jeunes filles en fleurs*, t. I, p. 444.

S'il se désole, c'est de ce que cette recherche demeure encore intermittente. Ainsi le pastiche des Goncourt se présente-t-il comme le dernier obstacle de nature littéraire sur le parcours initiatique du héros : celui-ci n'aura désormais, avant d'accéder à « L'Adoration perpétuelle », qu'à vaincre les résistances de son propre moi.

Après la guerre, et la réorganisation en fonction du personnage d'Albertine de toute la partie du roman postérieure à *Du côté de chez Swann*, le nouveau plan en cinq parties, tel qu'il est annoncé au verso de la page de faux titre d'*À l'ombre des jeunes filles en fleurs*[1], intitule le dernier volume : *Sodome et Gomorrhe II — Le Temps retrouvé*[2]. Enfin, dans une lettre à Gaston Gallimard du 11 janvier 1921, Proust précise et développe ce plan : son dernier volume se dédouble, et apparaissent deux volumes supplémentaires, qui deviendront *La Prisonnière* et *Albertine disparue*. Sont en effet annoncés : « *Sodome II*, *Sodome III*, *Sodome IV* et *Le Temps retrouvé*, quatre longs volumes[3]. »

Ainsi *Le Temps retrouvé*, implicitement présent dès le « Bal de têtes » en 1909 et « L'Adoration perpétuelle » en 1910-1911[4], puis sous son titre général et définitif à partir de l'automne de 1912, se retrouve-t-il, pareillement intitulé, dans les derniers projets de publication de Proust. Ce titre, pourtant, tel qu'il figure dans le Cahier XV[5], premier des six cahiers du manuscrit final, a été écrit non de la main de Proust, mais vraisemblablement de celle de son frère Robert. Ainsi numéroté par l'auteur dans la série des vingt cahiers du manuscrit où il a rédigé son texte de *Sodome et Gomorrhe* au *Temps retrouvé*, ce Cahier XV contient la fin d'*Albertine disparue*, interrompue au folio 75 r°, et le début du *Temps retrouvé* à partir du folio 78 r°. En haut du folio 78 se lit en effet cette addition : « Toute la journée, dans cette demeure un peu trop campagne [...] un rayon de soleil. » Elle constitue pour l'édition de 1927 — et pour la nôtre — le premier paragraphe du *Temps retrouvé*[6].

Est-ce à dire que notre choix de faire commencer *Le Temps retrouvé* six pages après le début de « Tansonville », comme dans l'édition originale, n'est que la reprise de celui des éditeurs de 1927 ? Ne peut-on craindre que ceux-ci, et au premier chef Robert Proust, aient arbitrairement inscrit le titre au folio 76 r° du Cahier XV ? À la seconde objection, on répondra que, si Robert Proust n'a guère participé au travail de son frère, il a pu cependant appliquer les instructions laissées par ce dernier à Céleste Albaret pour la conclusion du roman. Précisément, il a fait dactylographier *Le Temps retrouvé*, puisque — contrairement à celles de *La Prisonnière* et d'*Albertine disparue* — cette dactylographie restait à faire. Or, la copie

1. Achevé d'imprimer le 30 novembre 1918, éd. Gallimard.

2. Voir la Notice de *La Prisonnière*, « 1919-1922 : vers la publication en volume », t. III de la présente édition, p. 1660-1668.

3. *Lettres à la N.R.F.*, Gallimard, 1932, p. 118.

4. Voir p. 1146.

5. Sur une feuille intercalaire de petit format, devenue le folio 76 r° dans la pagination de la Bibliothèque nationale.

6. Voir p. 275-276, et var. *a*, p. 276.

dactylographiée ne pouvait commencer, pour *Le Temps retrouvé*, qu'à l'endroit où s'achève *Albertine disparue* — ce qui correspond, pour le manuscrit, au folio 75 r° du Cahier XV, le reste de ce folio, et à sa suite le folio 76 — où a été inscrit le titre — et le folio 77 ayant été laissés en blanc. Dans l'édition de 1954 de la Bibliothèque de la Pléiade, Pierre Clarac et André Ferré ont placé la totalité du séjour du héros à Tansonville dans *Le Temps retrouvé*[1]. C'était privilégier le cadre spatial de cet épisode au détriment de son découpage dans le manuscrit. Il convient toutefois de remarquer que le plan contenu dans l'édition de 1918 d'*À l'ombre des jeunes filles en fleurs* ne fait pas mention de ce retour à Tansonville. Il annonce, pour ce qui est alors le volume V : *Sodome et Gomorrhe II — Le Temps retrouvé*, à la suite des chapitres qui constitueront ultérieurement *La Prisonnière* et *Albertine disparue* et dont le dernier est « Nouvel aspect de Robert de Saint-Loup », les chapitres suivants du *Temps retrouvé* : « M. de Charlus pendant la guerre : ses opinions, ses plaisirs. Matinée chez la princesse de Guermantes. L'adoration perpétuelle. Le Temps retrouvé. »

En examinant l'élément de la version définitive du *Temps retrouvé* absent de ce plan, c'est-à-dire dire « Tansonville », on constate que « Nouvel aspect de Robert de Saint-Loup » peut également s'appliquer à sa deuxième partie — si le retour à Tansonville forme la première, la lecture du *Journal* des Goncourt la troisième et les réflexions qu'il inspire au héros la quatrième. Cette reprise du thème et l'effet de symétrie avec le volume précédent qui en résulte correspondent à la structure d'ensemble d'*À la recherche du temps perdu*, ce qui nous permet de ratifier le choix des éditeurs de 1927. Une seconde constatation le corrobore. Nous signalons dans nos variantes que le premier paragraphe de notre édition est une addition marginale. Celle-ci est un retour à la méditation du héros dans sa chambre, où l'image du monde extérieur se réfracte. On peut reconnaître dans cet ajout tardif l'insertion d'une brève ouverture qui, à cette extrémité du roman, fait pendant au début de *Du côté de chez Swann*, tout en rappelant le prélude du deuxième chapitre du *Côté de Guermantes II* et la première matinée de *La Prisonnière* et les suivantes[2].

L'inachèvement du « Temps retrouvé ».

Céleste Albaret rapporte qu'un matin, au début du printemps de 1922, Proust lui a déclaré : « Cette nuit, j'ai mis le mot "fin" », ajoutant : « Maintenant, je peux mourir[3]. » Il mourra quelques mois plus tard. Sans doute venait-il d'achever le folio 125 du Cahier XX[4]. Un examen du manuscrit semble prouver qu'il le remaniera encore.

1. Voir *À la recherche du temps perdu*, Bibl. de la Pléiade, éd. de 1954, t. III, p. 691.
2. Voir respectivement t. I, p. 3, t. II, p. 641, t. III, p. 519.
3. Voir *Monsieur Proust*, Robert Laffont, 1973, p. 403.
4. Voir la Note sur le texte, p. 1177.

Si l'on entend, par « achever un roman », en mettre l'ensemble du manuscrit au net, Proust était assurément loin du compte. Pour nous en tenir à deux exemples, le docteur Cottard, une première fois décédé dans *La Prisonnière*[1], meurt à nouveau, victime de surmenage, pendant la guerre[2] ; de même la Berma, dont le journal annonçait la mort dans *Albertine disparue*[3], reparaîtra-t-elle dans *Le Temps retrouvé* pour y être victime du coup mortel que lui porte Rachel[4]. Son roman eût-il été accepté d'emblée par les éditeurs, Proust l'eût sans doute terminé avant la guerre. Si *À la recherche du temps perdu* est inachevé, ce n'est pas à la manière de ces romans de Stendhal qui courent après un impossible dénouement : nous avons dit[5] que celui-ci était inscrit dès 1909 dans le dernier des « Cahiers Sainte-Beuve ». En ce printemps de 1922, Proust « jubile comme un enfant », suivant le mot de Céleste[6], parce qu'il a mis la dernière touche à l'expression finale de son esthétique. Quant aux incohérences qui marquent encore l'édifice, si elles ne mettent pas en péril la beauté de l'ensemble, il faut se garder d'y voir, au nom d'une esthétique de l'inachèvement, un attrait supplémentaire d'*À la recherche du temps perdu*. S'il avait disposé de quelques mois de plus, Proust les eût évidemment corrigées. Au moins le témoignage de Céleste suggère-t-il qu'à ses yeux, elles relevaient de l'accessoire.

Les six cahiers du manuscrit portent la trace de cet inachèvement : passages hâtivement raccordés, phrases interrompues, répétitions... Mais ils témoignent aussi de l'effort continu de Proust pour réduire ces imperfections. Le concept de l'œuvre achevée, hérité de la statuaire classique, est même présent dans la conclusion du *Temps retrouvé*, où Proust, non sans humour, décrit le « puissant et décisif coup de ciseau » que la nature, « grand et original sculpteur », a donné pour achever le nez de Mlle de Saint-Loup, personnage qui est l'une des clés de voûte d'*À la recherche du temps perdu*[7]. Sans doute Proust s'exclame-t-il aussitôt : « Combien de grandes cathédrales restent inachevées[8] ! » Les cahiers du *Temps retrouvé* montrent donc comment la rédaction primitive, inscrite sur les rectos des pages, est soutenue, enrichie par de nouveaux exemples, qui la rattachent à tout l'édifice antérieur par autant de renvois à ce qui précède, de nouveaux développements additionnels qui renforcent l'ensemble, tandis que les papiers collés épaississent et prolongent les pages, s'enchaînent sans rupture avec les additions marginales : quand les marges sont entièrement noircies, les feuillets collés les uns sur les autres permettent le plus souvent de faire tenir l'ensemble de l'addition sur

1. Voir t. III, de la présente édition, p. 746.
2. Voir p. 349.
3. Voir p. 41.
4. Voir p. 590 et suiv.
5. Voir p. 1146.
6. Voir *Monsieur Proust*, éd. citée, p. 403.
7. Voir p. 609.
8. P. 610.

la page où elle s'insère[1]. De là provient l'effet de juxtaposition des paragraphes, rendu plus visible dans notre édition puisque nous sommes revenus à la ligne après chaque addition. Cette construction en damier, caractéristique du *Temps retrouvé*, est le témoignage du travail de l'auteur, poursuivi après la rédaction du manuscrit achevé en 1919 et remanié jusqu'en 1922.

On peut ainsi privilégier les additions par rapport au manuscrit. Leur examen est révélateur, aussi bien pour la phase finale de la genèse du *Temps retrouvé* que pour ses significations. On constate de la sorte que le personnage d'Albertine, absent du projet initial jusqu'en 1914, fait l'objet d'additions dans tous les cahiers du *Temps retrouvé*, où est justifié son rôle pour la création littéraire. Les lois de l'amour sont également soulignées, et même celles de l'amour homosexuel. Comme dans les derniers chapitres d'un roman-feuilleton, la conclusion d'*À la recherche du temps perdu* fait revenir sur la scène « de vieilles connaissances ». Mais Proust leur a donné des rôles nouveaux : Brichot — ou Norpois, car d'une ligne à l'autre il n'a pas choisi — sont devenus les porte-voix du discours de l'heure, sur la guerre, discours que reprend en l'inversant M. de Charlus dans des monologues ajoutés au portrait prévu de longue date, où il était encore M. de Guercy. L'épisode de l'hôtel de Jupien a été considérablement gonflé par des additions au Cahier XVIII qui lui ont donné un aspect plus romanesque sous la forme d'une énigme policière dont la solution se fait attendre. Anticipations et retours en arrière se sont greffés au récit. D'une manière générale, tout ce qui concerne la guerre, comme l'exemple moralisant des Larivière, la mort de Saint-Loup à son retour du front, sont des ajouts du Cahier XVIII. Il en est de même, dans le Cahier XIX, pour l'exposé d'esthétique. On peut ainsi noter que la critique des théories littéraires, la formule : « Une œuvre où il y a des théories est comme un objet sur lequel on laisse la marque du prix », ou encore le développement sur les « célibataires de l'Art » sont des additions tardives[2]. Enfin, dans le Cahier XX, les paperoles multiplient les personnages du « Bal de têtes » : d'Argencourt, Bloch, Odette, le jeune Létourville, Cambremer, la marquise d'Arpajon. L'épisode de la Berma délaissée par tous au profit de Rachel, le portrait du vieux duc de Guermantes répétant avec Odette le comportement de Swann tandis que s'accentue la ressemblance avec son frère Charlus, la présentation de la fille de Gilberte sont des ajouts, tout comme la description des habitudes de travail du héros, qui se confond ici avec Proust, dont Françoise-Céleste ravaude les manuscrits[3]. Même ce qui constitue le coup de théâtre du « Bal de têtes » : Mme Ver-

1. Céleste Albaret distingue les « paperoles » — mot que Proust lui-même n'a jamais employé, dit-elle —, notes jetées sur des bouts de papier volants, et les ajouts collés. « Mais jamais les "paperoles" n'ont été collées dans les cahiers des manuscrits » (ouvr. cité, p. 323-324).

2. Voir var. *a*, p. 459, var. *a*, p. 461, var. *a*, p. 471 et var. *b*, p. 473.

3. Voir var. *a*, p. 502.

durin devenue princesse de Guermantes, n'est annoncé qu'incidemment par une autre addition[1].

L'Œuvre du héros.

Dans son analyse du pastiche des Goncourt, Jean Milly montre comment les esquisses de ce passage font entrevoir deux modalités possibles de l'œuvre que le héros s'apprête à concevoir : l'une, annulant l'écoulement du temps pour le spatialiser, présenterait en une série de récits superposés l'évolution des personnages ; l'autre a « besoin de l'histoire comme cadre de l'éternité[2] ». Si c'est bien ce deuxième type de roman que Proust nous donne en définitive à lire, les esquisses du pastiche donnent à penser qu'il a peut-être rêvé d'écrire le premier. On serait alors libre d'imaginer que l'Œuvre au seuil de laquelle le héros s'avance en tremblant est cette Œuvre idéale plutôt qu'*À la recherche du temps perdu*, celle-ci illustrant la pensée de Maurice Blanchot suivant laquelle « les livres ne valent que par le livre supérieur qu'ils nous permettent d'imaginer[3] ». Le roman de Proust se présente en effet comme le long parcours initiatique semé d'embûches, qui ne débouchera qu'en conclusion sur l'illumination ; après s'être longtemps couché de bonne heure, le héros découvre pour finir la nuit qui le rend à lui-même et l'élève à la Création ; tel Parsifal accédant au Graal à l'instant où l'accueille un Gurnemanz vieilli, l'hôte des Guermantes mesure, sur le visage des autres invités plus qu'en lui-même, le temps qui a passé : « L'Adoration perpétuelle », lui restituant intacts des fragments de son passé, tend à effacer le sentiment de son propre vieillissement. Mais à la différence du héros de Wagner, il rapporte bientôt à lui-même ce spectaculaire écoulement du temps, pour s'effrayer de la tâche qui l'attend alors que lui restent peut-être si peu de forces.

Sur la nature de l'Œuvre que le héros s'apprête à composer, *Le Temps retrouvé* fournit des indices contradictoires. On lit à la page 478 : « Alors, moins éclatante sans doute que celle qui m'avait fait apercevoir que l'œuvre d'art était le seul moyen de retrouver le Temps perdu, une nouvelle lumière se fit en moi. Et je compris que tous ces matériaux de l'œuvre littéraire, c'était ma vie passée [...]. » L'affirmation est réitérée aux pages 493-494 : « En somme, si j'y réfléchissais, la matière de mon expérience, laquelle serait la matière de mon livre, me venait de Swann [...]. » Le début de la première citation, situant explicitement la révélation de ce que sera le sujet du livre en retrait par rapport à l'inspiration créatrice elle-même, suggère que le héros s'apprête à écrire, faute de mieux, une autobiographie : or, sauf à tomber dans un panneau maintes fois dénoncé, on ne considérera pas l'expérience de Proust comme la « matière de

1. Voir var. *a*, p. 534.
2. *Les Pastiches de Proust*, éd. citée, p. 834.
3. *Faux pas*, Gallimard, 1943, p. 220. Sur cette question, nous renvoyons aussi aux analyses de Paul Ricœur, *Temps et récit*, t. II, *La configuration du temps dans le récit de fiction*, édition du Seuil, 1984, p. 194 et suiv.

[s]on livre ». Lui-même nous met en garde à la page 424. « Dans ce livre où il n'y a pas un seul fait qui ne soit fictif, où il n'y a pas un seul personnage "à clefs", où tout a été inventé par moi selon les besoins de ma démonstration [...] » : la voix de Proust écrivain se substitue pour la contredire à celle du narrateur. On peut voir dans cette contradiction une inadvertance pareille à celle qui prénomme « Marcel » le héros de *La Prisonnière*[1]. Plus profondément, l'indécision est révélatrice du flou qui entoure l'Œuvre du héros. René Girard l'a noté : « On peut s'étonner [...] que le romancier n'ait jamais abordé le thème de l'unité romanesque dans sa propre conclusion, dans ce *Temps retrouvé* qui s'élargit en méditation sur la création romanesque[2]. » À l'étonnement de René Girard, on pourrait répondre que cette conclusion est pour l'essentiel rédigée à une époque où Proust n'est pas encore assuré que son œuvre prendra une forme romanesque ; mais surtout, de même que le lecteur reçoit moins d'informations sur la technique et le contenu des œuvres de Bergotte que de celles d'Elstir et de Vinteuil, de même le livre à venir est-il, à moins qu'on ne le fasse coïncider avec *À la recherche du temps perdu*, tout idéal. « La vraie vie, la vie enfin découverte et éclaircie, la seule vie par conséquent pleinement vécue, c'est la littérature[3]. » Enchérissant sur l'analyse de René Girard, on pourrait observer qu'alors même que Proust est consciemment engagé dans la voie d'un roman, sa méditation porte moins sur la création romanesque que sur la littérature tout entière[4], domaine ouvert à tous ceux qui gardent, en artistes, le souvenir de la patrie dont ils sont exilés. Témoignage du monde des essences plutôt qu'art du roman, *Le Temps retrouvé*, fidèle aux intuitions de la Préface de *Sésame et les Lys*[5], s'adresse à l'individualité créatrice de chacun et, plus encore qu'à lire, il invite à écrire.

PIERRE-LOUIS REY et BRIAN ROGERS.

1. Voir t. III de la présente édition, p. 663.
2. *Mensonge romantique et vérité romanesque*, Grasset, 1961, p. 301.
3. P. 474.
4. La Bible, Mme de Sévigné, Baudelaire et, aux dernières pages du *Temps retrouvé*, *Les Mille et Une Nuits* et les *Mémoires* de Saint-Simon sont les références du héros, ainsi que, moins explicitement, Balzac et Flaubert.
5. Voir *Pastiches et mélanges*, éd. citée, p. 160-194.

NOTE SUR LE TEXTE

I. MANUSCRIT

La fin d'*À la recherche du temps perdu*, depuis *Sodome et Gomorrhe* jusqu'au *Temps retrouvé*, figure dans une série de vingt cahiers manuscrits numérotés par Proust en chiffres romains. *Le Temps retrouvé* occupe la fin du Cahier XV et les Cahiers XVI à XX.

Ces cahiers d'écoliers[1], aux pages réglées et coupées d'une marge, sont d'épaisseur variable. Tous ne sont pas entièrement remplis. Proust les a rédigés pendant la seconde partie de la Première Guerre mondiale ; en témoignent les allusions aux opérations militaires qu'ils contiennent. Si leur rédaction a commencé en 1917, elle était pour l'essentiel achevée lorsque se termine l'impression d'*À l'ombre des jeunes filles en fleurs*, en novembre 1918, comme semble l'indiquer le plan détaillé que contient ce volume[2].

Le Cahier XV compte 115 folios. Les 75 premiers contiennent la fin d'*Albertine disparue.* Les folios 78 à 91 renferment la deuxième partie du séjour à Tansonville, suivie des réflexions que le *Journal* des Goncourt inspire au héros. Ces réflexions se terminent au folio 99 ; elles précèdent donc la lecture du *Journal*, située aux folios 99 à 115. En révisant son manuscrit, Proust inversera l'ordre de ces épisodes[3]. La partie de ce cahier consacrée au *Temps retrouvé* correspond aux pages 275 à 301 de ce volume — moins la fin du pastiche du journal des Goncourt, contenu dans les folios 1 à 5 du Cahier XVI.

Le Cahier XVI correspond à la suite de notre texte, jusqu'à la page 315. Il ne compte que 21 folios. On y trouve, des folios 1 à 5, la fin du texte concernant la lecture du *Journal* des Goncourt, et, à partir du folio 6, le récit du retour du narrateur à Paris en 1916.

Le texte contenu dans le Cahier XVII correspond aux pages 315 à 357 de notre édition. Ce cahier compte 91 folios ; les folios 59 à 91 sont restés blancs. Il inclut le récit du premier retour du narrateur à Paris, en 1914, le nouveau séjour du narrateur en maison de santé de 1914 à 1916, la suite du retour à Paris en 1916 et le début de « M. de Charlus pendant la guerre ».

La suite et la fin de ce chapitre dont l'épisode de l'hôtel de Jupien est la conclusion se trouvent dans le Cahier XVIII qui contient encore la première partie de « L'Adoration perpétuelle », soit notre texte jusqu'à la page 456. À l'inverse du Cahier XVII, le Cahier XVIII, qui compte 137 folios, est entièrement rempli.

Le Cahier XIX procure la suite et la fin de « L'Adoration perpétuelle », menant le récit jusqu'à la page 497 de notre édition.

1. N.a.fr. 16722 à 16727. Voir t. I de la présente édition, p. CLXIV-CLXV.
2. Voir p. 1179.
3. Voir p. 1177.

Il comprend 140 folios mais seuls les 42 premiers ont été utilisés, dont 40 sont paginés.

Le sixième et dernier cahier du *Temps retrouvé* est le Cahier XX. Comme les autres, il porte sur sa couverture un numéro d'ordre en chiffres romains. Mais après avoir rayé « Cahier XIX », Proust a écrit sur un morceau de feuillet collé sur la couverture : « Cahier XX (vingt) et dernier ». Plus encore que les cahiers précédents, le Cahier XX a vu son volume considérablement augmenté par des fragments empruntés aux cahiers de brouillons et par des additions sur des feuilles collées en paperoles. Son texte, correspondant aux pages 497 à 625 de notre édition, est celui du dernier chapitre du *Temps retrouvé* : le « Bal de têtes ». Il couvre les folios 1 à 125 du cahier. Au bas du folio 125, Proust a écrit, en le soulignant de deux traits, le mot « Fin ». Le folio 126 et dernier est resté vierge.

Trois des six cahiers du *Temps retrouvé*, le XV pour « Tansonville », le XVI pour le second retour du héros à Paris, en 1916, le XX pour le « Bal de têtes », correspondent exactement aux grandes parties du récit. Mais on y décèle également la trace des hésitations de l'auteur relatives à l'enchaînement des épisodes. Ainsi, dans la fin du Cahier XV et le début du Cahier XVI, Proust, en adoptant la nouvelle et définitive disposition qui situe les réflexions sur la littérature après la lecture du *Journal* des Goncourt, a-t-il dû inverser les pages déjà écrites et ménager de nouvelles transitions[1]. Le Cahier XVI est lui-même une nouvelle transition introduite après coup : elle place le second retour du narrateur à Paris avant le rappel du premier, situé en 1914 et déjà composé dans le Cahier XVII. Si celui-ci se poursuit sans solution de continuité avec les Cahiers XVIII et XIX qui contiennent « L'adoration perpétuelle », on remarque à la jonction des Cahiers XVIII, XIX et XX des modifications concernant l'ordre des épisodes de la « Matinée chez la princesse de Guermantes[2] ». C'est également le cas aux points de jonction des trois premiers cahiers[3]. Ces révisions aux charnières des chapitres — comme aussi des paragraphes lors des additions au manuscrit — sont fréquentes chez Marcel Proust qui retouche de la sorte la composition de son roman.

II. DACTYLOGRAPHIE

La Prisonnière et *Albertine disparue*, qui paraîtront posthumes, avaient été dactylographiés avant la mort de Marcel Proust, qui intervint en novembre 1922[4]. En revanche, *Le Temps retrouvé* restait à l'état de

1. Voir p. 1176.
2. Voir var. *b.*, p. 456 et *a.*, p. 497, pour les Cahiers XVIII, XIX, XX.
3. Voir var. *c.*, p. 315, pour les Cahiers XV, XVI, XVII.
4. Voir la Notice de *La Prisonnière*, t. III de la présente édition, p. 1663 et la Notice d'*Albertine disparue*, p. 1023 de ce tome.

manuscrit. C'est Robert Proust qui se chargea d'en faire établir une dactylographie.

Il ne semble pas que cette tâche ait été confiée à Yvonne Albaret, nièce d'Odilon, le mari de Céleste. En 1922, la jeune femme avait quitté le domicile paternel de Levallois-Perret et n'était plus disponible pour mener à bien ce travail, comparable à celui accompli pour *La Prisonnière* et *Albertine disparue*.

L'unique exemplaire connu de la dactylographie du *Temps retrouvé* se présente aujourd'hui sous la forme de deux volumes reliés par les soins de la Bibliothèque nationale[1]. Le premier transcrit la partie du Cahier XV consacrée à notre texte, ainsi que les Cahiers XVI et XVII. Le second reproduit les Cahiers XIX et XX.

La transcription est fidèle au texte manuscrit qui était donc dans l'état où nous le connaissons aujourd'hui. Cependant, les passages difficilement lisibles dans les cahiers sont laissés en blanc dans la dactylographie. En outre, celle-ci porte la trace des découpages et des montages pratiqués par les éditeurs de 1927, lesquels s'étaient attachés à mieux accorder certains passages au reste du volume et à l'ensemble du roman.

En ce qui concerne l'établissement du texte, cette dactylographie n'a aucune autorité[2].

III. ÉDITION ORIGINALE

L'édition originale du *Temps retrouvé* a été publiée aux éditions de la Nouvelle Revue française en 1927. Elle compte deux volumes, le premier de 237 pages, le second de 261 pages[3]. Tous deux portent un achevé d'imprimer du 17 septembre 1927. Comme pour *La Prisonnière* en 1923 et *Albertine disparue* en 1925, c'est Robert Proust qui a dirigé l'édition de ce texte. Il a été aidé pour *Le Temps retrouvé* par Jean Paulhan.

IV. ÉTABLISSEMENT DU TEXTE

Texte de base.

L'édition originale a été établie d'après la dactylographie. Or, celle-ci n'est d'aucun secours pour éclairer les difficultés de lecture du manuscrit. Les bouleversements qu'elle a subis sont cause que l'ordre du texte qu'elle reproduit n'est plus authentique. Il est donc impossible d'en tenir compte pour établir la présente édition : à

1. N.a.fr. 16750 et 16751.
2. Voir ci-dessous, l'« Établissement du texte ».
3. Voir var. *b*, p. 445.

l'exception de deux fragments, l'un de deux phrases, l'autre de trois phrases[1], notre texte est fondé sur le manuscrit.

Structure, enchaînements, alinéas.

Pour la présentation du texte, nous avons utilisé la structure indiquée dans le plan publié en 1919 au verso de la page de faux titre de l'édition originale d'*À l'ombre des jeunes filles en fleurs.* On y trouve, pour ce qui est alors le cinquième volume d'*À la recherche du temps perdu*, *Sodome et Gomorrhe — Le Temps retrouvé*, les chapitres faisant suite à ce qui deviendra *La Prisonnière* et *Albertine disparue*, laquelle s'achève par « Nouvel aspect de Saint-Loup ». Ce sont : « M. de Charlus pendant la guerre : ses opinions, ses plaisirs — Matinée chez la princesse de Guermantes — L'Adoration perpétuelle — Le Temps retrouvé ».

Aucun de ces titres de chapitres ne figure dans le manuscrit au net du *Temps retrouvé*. Nous n'avons par conséquent pas pu les reproduire dans notre texte mais on les lira dans le résumé. Le titre général, *Le Temps retrouvé*, que, pour la dernière partie de son roman, ébauchée depuis 1909 avec le « Bal de têtes », Marcel Proust avait mentionné à ses éditeurs chaque fois qu'il leur décrivait le plan de l'ouvrage qu'il leur proposait[2], ne figure pas non plus de sa main dans les cahiers du manuscrit au net. Un feuillet intercalaire placé au folio 76 du Cahier XV[3], et précédant l'addition marginale qui constitue le début de notre texte, porte ce titre de *Temps retrouvé*, mais il paraît être de Robert Proust.

Notre texte commence par « À Tansonville », titre absent du plan publié en 1919 et que nous avons subdivisé dans le résumé par « Le Journal des Goncourt », comme « M. de Charlus » par « L'hôtel de Jupien ». Nous nous sommes d'autre part expliqués sur l'endroit où placer la fin d'*Albertine disparue* et le début du *Temps retrouvé*[4]. Les grandes parties de ce dernier texte sont indiquées dans ce volume par une étoile noire. Les alinéas doubles correspondent aux subdivisions du plan déjà évoqué. Quant aux alinéas simples, en l'absence d'une méthode constante chez l'auteur, ils dénotent l'introduction des additions marginales à valeur de paragraphe.

Dans tous les cas, nous avons respecté l'ordre matériel des pages du manuscrit, les indications de Proust, souvent ambiguës il est vrai, prenant le pas sur toute autre considération, thématique ou chronologique. L'examen des cahiers de manuscrit nous a notamment permis de rétablir l'ordre de passages à l'origine incorrectement montés en paperoles. Ainsi, dans plusieurs cas, on trouvera des

1. Voir var. *a*, p. 486 et var. *a*, p. 619.
2. Voir les lettres de 1912 à Fasquelle et à Gaston Gallimard (*Correspondance*, t. XI, p. 241 et 286) et la lettre de février 1913 à Bernard Grasset (*Correspondance*, t. XII, p. 114).
3. Voir var. *a*, p. 1182 et note en bas de page.
4. Voir la Notice d'*Albertine disparue*, p. 1004, et celle du *Temps retrouvé*, p. 1170.

enchaînements de paragraphes différents de ceux de l'édition de Pierre Clarac et André Ferré publiée en 1954 dans la Pléiade[1].

Additions, indications de régie, doublons.

Nous avons dit d'autre part[2] comment les cahiers du manuscrit se présentaient grossis par des additions. L'effet de juxtaposition des paragraphes, qui dessine une construction en damier, a été rendu plus visible dans notre édition que dans les précédentes par l'introduction d'un alinéa après chaque addition. Sont soulignées de la sorte toutes les additions importantes, mais aussi les additions significatives à l'intérieur d'une série d'ajouts, soit dans les marges du manuscrit, soit sur les fragments constituant une paperole et dont nous indiquons en variante, lorsque c'est possible, la provenance : cahiers antérieurs, cahiers de brouillons, bribes de la dactylographie primitive de la version de 1912 etc. Car ces ajouts peuvent être d'époques différentes, correspondre à de nouveaux développements thématiques, ou encore constituer une nouvelle rédaction d'un passage incomplet, dont le premier état est biffé ou non. Ces alinéas supplémentaires mettent en relief la genèse du texte[3].

Nous avons publié la totalité du manuscrit de Proust, aussi bien les additions marginales inachevées, et ponctuées en définitive par nos soins, que celles dont le point d'insertion n'a pas été confirmé par l'auteur ; elles sont signalées en variante. On trouvera donc au fil du texte des passages que Clarac et Ferré avaient rejetés en pied de page ou en note et dont nous avons pu combler les lacunes, parfois en proposant des restitutions[4].

En revanche, nous avons rejeté dans l'appareil critique les indications de régie par lesquelles Proust avait l'habitude, en quelques mots notés en regard d'un passage, voire placés à l'intérieur du récit

1. Voir p. 309-311 ; 325-327 ; 338-341 ; 459-461 ; 512-514 ; 516-525 ; 560-561 ; 569-570.

2. Voir p. 1177.

3. Le personnage d'Albertine est l'objet d'additions dans tous les cahiers du *Temps retrouvé*, où est justifié son rôle dans la création littéraire (var. *a*, p. 277 ; *a*, p. 476 ; *c*, p. 481) ; les lois de l'amour, y compris l'amour homosexuel, sont soulignées (var. *b*, p. 346 ; *a*, p. 349 ; *a*, p. 399) ; l'épisode de l'hôtel de Jupien a été considérablement accru par des additions au Cahier XVIII. Anticipations et retours en arrière se sont greffés au récit (var. *a*, p. 381 ; *b*, p. 386). D'une manière générale, tout ce qui concerne la guerre — comme l'exemple des Larivière, la mort de Saint-Loup — a été ajouté au Cahier XVIII. Il en est de même pour l'exposé d'esthétique dans le Cahier XX (var. *a*, p. 460 ; *a*, p. 461 ; *a*, p. 470 ; *b*, p. 473). Nombre de personnages du « Bal de têtes », ainsi que l'épisode du goûter de la Berma, le portrait du vieux duc de Guermantes, la présentation par Gilberte de sa fille, Mlle de Saint-Loup, sont des ajouts, de même que la description des habitudes de travail du narrateur (var. *b*, p. 501 ; *a*, p. 507 ; *a*, p. 514 ; *c*, p. 526 ; *a*, p. 558 ; *a*, p. 576 ; *a*, p. 592 ; *a*, p. 593 ; *b*, p. 606 ; *b*, p. 612). Le coup de théâtre du « Bal de têtes » (Mme Verdurin devenue princesse de Guermantes) est aussi une addition (var. *a*, p. 534).

4. Les exemples les plus significatifs sont aux pages 278, 282, 298, 301, 320, 322, 347, 354, 435, 450, 471, 477-478, 537-538, 554, 592-593, 606, 624-625.

qu'ils interrompent donc, de se donner des indications provisoires, des conseils, des instructions pour une relecture ou une réécriture ultérieures[1]. Ainsi, des passages jugés par lui importants sont-ils signalés par un « Capital » ou « Capitalissime ».

Nous avons également écarté — en les signalant dans les variantes — les cas de double emploi les plus manifestes parce que les plus similaires dans leur rédaction et les plus rapprochés les uns des autres. Un autre critère, celui de leur fonction dans le récit, n'aurait guère été applicable sans une intervention excessive de notre part ; car ces doublons peuvent être une reprise symétrique, une nouvelle utilisation d'un exemple antérieur pour une démonstration supplémentaire, ou des rédactions successives entre lesquelles l'auteur n'a pas choisi.

Normalisations.

Nous avons normalisé les noms propres, tels ceux de Brichot et de Norpois. Bobby Santois a été systématiquement corrigé en Charlie Morel, ce dernier nom n'apparaissant que dans les additions tardives. Nous n'avons pas signalé par des variantes les corrections morphologiques indispensables : accord en genre et en nombre des substantifs et des adjectifs, terminaisons verbales, lapsus évidents, négligences dues à la réécriture partielle d'un passage, etc. Nous avons parfois dû suppléer un ou plusieurs mots oubliés par l'auteur mais indispensables à la construction de la phrase ; dans les cas où le lapsus était manifeste, nous ne nous sommes pas astreint à signaler notre restitution en variante.

En outre, nous n'avons pas tenu compte de l'orthographe des passages non autographes, qu'ils aient été dictés ou recopiés.

Nouvelles lectures.

Dans nombre de cas, nous faisons des lectures différentes de celles des éditeurs qui nous ont précédé. Outre celles qui concernent seulement des modifications syntaxiques (articles, adverbes, pronoms personnels, etc.), on notera, p. 278, *fier* au lieu de *fin*. Page 280, nous avons rétabli *le soir* et *passer* : « Robert devait venir le soir pour passer vingt-quatre heures », et p. 284, *yeux*. Page 300, nous proposons *Cot*, orthographié *Cotte* par Proust. Page 307, nous avons rétabli pour l'empereur allemand son ordre de succession : *Guillaume II.* Page 318, nous préférons *mère* à *nièce*. Pages 345 et 581, nous préférons *piques* à *pics*, comme l'écrit Proust. Page 353, nous lisons *forme* et non *figure*. Page 371, nous rétablissons *Elle lui dit seulement une fois qu'il avait tort* et page 372 *éblouir* pour *intéresser*, ainsi que *Bouillon Duval*. Page 385, nous lisons *demeures* et non *dernières*. Page 407, nous proposons *non loin de là*. Page 411, on lit *une petite fente* (de lumière)

1. Mais nous avons conservé dans le texte les exemples que Proust aligne parfois tels quels dans une parenthèse (voir, par exemple, var. *a*, p. 535).

et non *ma petite fenêtre*. Page 431, *Charlus* remplace *le baron*, p. 433, *[une] infirmité à moi particulière* remplace *ma propre infirmité*, p. 464, *génie* remplace *Grèce*. Page 474, il faut lire *pleinement* et non *réellement* dans la phrase : « La vraie vie, la vie [...] pleinement vécue, c'est la littérature. » Page 492, nous proposons *l'ac < te > interne*. Page 560, nous avons rétabli *bellums* et page 561 le général *Gorringe*. Page 568, nous proposons *[être] sensitif*. Page 588, *la duchesse de Guermantes* se substitue à *lui*. Page 616, nous rétablissons *quoiqu'ils aient gardé leur lucidité, que*. Enfin, la dernière phrase du *Temps retrouvé* a pu être transcrite de manière plus fidèle au manuscrit : d'un établissement difficile, elle est l'une des plus importantes de l'œuvre. La reproduction des deux dernières pages du manuscrit du *Temps retrouvé* figure à la fin des variantes, p. 1318-1319.

SIGLE UTILISÉ

ms. Manuscrit (Cahiers XV à XX).

P.-E. R.

NOTES ET VARIANTES

Page 275.

a. Le début du texte du « Temps retrouvé », depuis Toute la journée *jusqu'à* un rayon de soleil *[p. 276, 1er §, dernière ligne], est une addition marginale de Proust*[1].

1. La chambre évoquée ici est annoncée dans « Combray » (voir *Du côté de chez Swann*, t. I de la présente édition, p. 7).

Page 276.

1. Cette ouverture utilise le même jeu de perspectives et d'illusions d'optique que celle du *Côté de Guermantes II* (voir t. II de la présente édition, p. 641-642). On en trouvera une forme raffinée chez Giono, au début de *Noé* (voir *Œuvres romanesques complètes*, Bibl. de la Pléiade, t. III, p. 611 et suiv.).

2. Les développements sur l'homosexualité de Robert de Saint-Loup au début du *Temps retrouvé* sont la conséquence de la structure antérieure du texte. En 1919, la conclusion du roman était conçue comme la suite de *Sodome et Gomorrhe*, et les réflexions sur Saint-Loup reliaient *Le Temps retrouvé* au chapitre précédent (voir la Notice,

1. Ce début du *Temps retrouvé* figure au folio 78 du manuscrit. Au folio 75, on trouve la conversation interrompue avec Gilberte, devenue la conclusion d'*Albertine disparue*. Le folio 76, qui est un feuillet intercalaire, porte pour titre de la main de Robert Proust : « *Le Temps Retrouvé* / Cahier XV / Temps retrouvé / page 73 *bis* », et le folio 77 a été laissé en blanc.

p. 1171). Rappelons que Proust, en 1918, annonce comme suit la répartition des épisodes : « Tome V : *Sodome et Gomorrhe — Le Temps retrouvé* : vie en commun avec Albertine — Les Verdurin se brouillent avec M. de Charlus — Disparition d'Albertine — Le chagrin et l'oubli — Mlle de Forcheville — Exception à une règle — Séjour à Venise — Nouvel aspect de Robert de Saint-Loup — M. de Charlus pendant la guerre : ses opinions, ses plaisirs — Matinée chez la princesse de Guermantes — L'adoration perpétuelle — Le Temps retrouvé » (*À l'ombre des jeunes filles en fleurs*, achevé d'imprimer du 30 novembre 1918, publié chez Gallimard en juin 1919 ; voir t. I de la présente édition, p. LXXXIX).

3. Sur les vertus attribuées à la source thermale de Bohême, on trouve, à peu près, la même phrase à la fin d'*Albertine disparue*, à propos de Legrandin (voir p. 244).

Page 277.

a. de paraître *[1re ligne de la page]* jeune [et même l'impatience *[...]* je ne trouvais pas. *add. marg.*] Devenant — *ms.*

1. En matière de sport et d'éducation physique, la nécessité pour la France de s'inspirer de l'exemple anglo-saxon est fréquemment soulignée à l'époque de Proust (Joseph Duhamel : *Comment élever nos fils*, Charpentier-Fasquelle, 1901 ; Pierre de Coubertin : *L'Éducation des adolescents au* XXe *siècle. I. L'Éducation physique*, Alcan, 1905 ; G. Hébert : *L'Éducation physique ou l'Entraînement complet par la méthode naturelle*, Vuibert, 1912). L'enquête d'Agathon (Alfred de Tarde et Henri Massis), *Les Jeunes Gens d'aujourd'hui* (Plon, 1913), considère le sport comme l'un des éléments d'une renaissance du patriotisme.

Page 278.

a. ne retournerait pas dans le pays d'ici là. *ms. Nous adoptons la correction de Clarac et Ferré.* ⬥⬥ *b.* fier *lecture conjecturale de ms.* ⬥⬥ *c.* Santois *ms.*[1] *Nous corrigeons partout en* Morel . ⬥⬥ *d.* Tout d'un coup dans le *[interrompu] ms. Nous proposons* personnage . *La mort de Bergotte a été insérée dans « La Prisonnière » (voir t. III de la présente édition, p. 687 et n. 1 et p. 693).* ⬥⬥ *e.* préjugés, à croire *ms. Nous adoptons la correction de Clarac et Ferré.*

1. Le texte d'*À la recherche du temps perdu* ne se lisant pas dans l'ordre où il a été rédigé, le lecteur voit ici reparaître Bergotte, dont il a appris la mort antérieurement (voir *La Prisonnière*, t. III de la présente édition, p. 687 et suiv. ; dans le même ouvrage, il réapparaissait déjà p. 726).

1. Pour cette variante et les deux variantes suivantes, voir la variante *a*, p. 279.

Page 279.

a. demander de renoncer à *[p. 278, 1er §, dernière ligne]* ses voyages. [Je comprenais *[...]* grands revers. *add. marg.*] Il insistait *ms.* ⬥⬥ *b.* Bobby *ms. Nous corrigeons partout en* Charlie .

1. Voir, dans *Albertine disparue* (p. 170 et var. *b*), le passage où le narrateur reçoit une lettre d'une écriture populaire signée « Sautton ».

2. En donnant à Morel le prénom de Charlie au lieu de celui de Bobby, il est possible, suggère Philip Kolb, que Proust ait songé à Charlie Humphries, valet de chambre très intime de l'ami de Proust, Henri Bardac ; (voir la lettre de Proust à Paul Goldschmidt de décembre 1917, *Correspondance*, Plon, 1970-1988, t. XVI, p. 329, n. 3).

Page 280.

a. cherchait d'imiter *ms.*[1] *Nous adoptons la correction de Clarac et Ferré.*

1. Théodora, courtisane épousée par Justinien, qui, devenu empereur d'Orient en 527, l'associa au pouvoir, est l'héroïne du drame de Victorien Sardou qui porte son nom. Il fut créé au théâtre de la Porte-Saint-Martin le 26 décembre 1884, dans une mise en scène dont le luxe byzantin fut reproché à l'auteur. Sarah Bernhardt y remporta un de ses plus grands succès pendant toute l'année 1885.

Page 281.

a. en larmes ne m'était pas *[p. 280, 10e ligne]* intolérable. [Ne trouves-tu pas *[...]* cernait ses yeux. *add. marg.*] / « Ah ! *ms.*

1. Cet aveu par Saint-Loup de l'amour que Morel est « censé avoir pour lui » ne s'accorde pas avec les précautions de la page précédente, où Morel était remplacé par une femme dans le mensonge de Saint-Loup.

Page 282.

a. donner contenance *ms. Lecture conjecturale ; voir var. b.* ⬥⬥ *b.* Tout ce retour *[5e ligne de la page]*, d'ailleurs [...] tante. *ms. Lecture conjecturale.* ⬥⬥ *c.* phrases *Nous adoptons la lecture conjecturale proposée par Clarac et Ferré.* ⬥⬥ *d.* même coup *Nous suppléons ces deux mots illisibles sur le manuscrit.*

1. « Jeune homme d'une jolie figure et d'un air impertinent », traité par M. de Charlus avec une indifférence affectée au cours de la soirée chez la princesse de Guermantes (voir *Sodome et Gomorrhe II*, t. III de la présente édition, p. 53).

1. Voir var. *a*, p. 281.

Page 283.

a. repartait pour *[p. 281, 2ᵉ §, dernière ligne]* Paris. [J'eus du reste *[...]* sans plaisir, des *[p. 283, 9ᵉ ligne]* maîtresses. *add. marg.*] [Il est *[...]* le sien. *add. interl.*] Si j'en *ms.* ⁂ *b.* de t'adresser *[3ᵉ §, 7ᵉ ligne]* ailleurs. [Moi, je suis *[...]* elle ignorait *corr. interl.*[1]] ou feignait *ms. On trouve en marge du placard 10 du « Côté de Guermantes I » une note de Proust que celui-ci fit recopier sur le Cahier 60, folio 67 recto pour « Le Temps retrouvé » et dont on lira le texte au tome II de notre édition, var. b, p. 414. Voir également ici, var. a, p. 559, et «Sodome et Gomorrhe I », t. III de la présente édition, p. 10.*

1. En octobre 1805, tandis que, devant Ulm, le général autrichien Mack s'attend à une attaque des Français orientée d'ouest en est, Napoléon exécute par le nord une manœuvre d'encerclement — Mayence, Wursbourg, Ansbach, Donauwœrth — qui prend Mack à revers et le contraint à capituler dans Ulm le 20 octobre (voir *Le Côté de Guermantes I*, t. II de la présente édition, p. 410 et n. 1). La première guerre balkanique, déclenchée en octobre 1912, oppose aux Turcs une coalition comprenant le Monténégro, la Serbie, la Grèce, la Bulgarie. L'armée bulgare, par des menaces successives de débordement — victoires de Kirk-Kilissé, 24 octobre et de Lullé-Burgas, 29 octobre —, repousse les Turcs vers Constantinople. *Le Journal des Débats* du 24 novembre 1916, dans un article utilisé par Proust, compare à ces manœuvres les opérations victorieuses conduites par les Allemands et les Bulgares contre la Roumanie à l'automne 1916 (voir t. II de la présente édition, n. 2, p. 414).

Page 284.

a. du fils qu'il a *[1ᵉʳ §, dernière ligne]* perdu. [Ce qui est *[...]* cessé *add. marg.*] « Justement *[3ᵉ §, 1ʳᵉ ligne]* le livre que je tiens là parle de ces choses », me dit-elle. [Je parlai *[...]* particulier. *add. marg.*] C'est *ms. Nous plaçons entre parenthèses la seconde addition marginale car, à l'endroit indiqué par Proust, elle se rattache mal au reste du texte.*

1. Il s'agit de la page où Gilberte fait allusion à la « fameuse "Albertine" » et à sa « drôle de touche » (*À l'ombre des jeunes filles en fleurs*, t. I de la présente édition, p. 503).

2. On sait que, dans *La Fille aux yeux d'or* (1834-1835), troisième épisode de l'*Histoire des Treize*, Balzac évoque les amours de deux femmes. La marquise de San-Réal assassine sa maîtresse, Paquita Valdès, coupable de s'être donnée à Henri de Marsay, frère de la marquise et son sosie.

1. Le texte initial est illisible.

Page 285.

1. L'église, qui aura servi d'observatoire à l'ennemi, sera détruite par les Français et les Anglais durant les premières années de la guerre (voir p. 374).

Page 286.

a. aventure que du *[p. 285, 1er §, dernière ligne]* dehors. [J'étais triste *[...]* avant ma *[p. 285, 2e §, dernière ligne]* naissance. *add. marg.*[1]] [Un jour pourtant *[...]* difficile *add. marg.*] Je ne voulus[2] *ms.* ↔ *b.* Je ne voulus pas emprunter à Gilberte sa *Fille aux yeux d'Or* puisqu'elle la lisait. *ms. Les passages*[3] *qui suivent ces mots et qui vont jusqu'à* vont s'entassant ? *[p. 301, 1er §, dernière ligne] se présentent de façon si complexe dans le manuscrit que nous en donnons le texte ci-dessous :* Mais elle me prêta [un volume *[*des Mémoires *biffé]* du Journal inédit des Goncourt qui me consola un peu d'avoir vu ratifié dans mes promenades avec Albertine le découragement de jamais pouvoir écrire que j'avais éprouvé autrefois du côté de Guermantes et qui me *[*fit faire quelques autres réflexions *biffé]* donna quelques leçons. À vrai dire elles n'étaient pas toutes nouvelles pour moi. Je savais depuis longtemps que je ne savais pas regarder *[*ni écouter *add.]* (sauf des choses plus profondes que ce qui était à l'extérieur de sorte que si arrivant dans un dîner je n'écoutais en rien ce qu'on me disait ni je ne voyais ce qui était devant moi, en revanche une similitude (comme l'identité du « salon » Verdurin à travers les lieux et les temps) faisait de moi un instant un autre homme, qui ne connaissait qu'une joie mais enivrante, se repaître de ce qui est général, fond commun de plusieurs êtres et d'ailleurs ne recommençant à exister que dans les moments où un tel substratum général se présentait à sa perception ; le reste du temps il était mort en moi) ; je savais qu'il fallait que les choses eussent été fournies d'abord par l'imagination pour que je fusse heureux et même capable de les regarder dans la réalité. D'autre part, je savais que les artistes qui ont donné les plus grandes notions d'élégance en recueillaient les éléments chez leurs amis qui étaient rarement les grands élégants, les grandes élégantes du temps[4], ces gens ayant l'habitude de se faire peindre par les mauvais peintres chargés d'honneurs et non par l'inconnu porteur dans son œuvre d'une beauté qui longtemps ne sera pas distinguée sur ses toiles par un public qui voit s'interposer entre lui et elles des poncifs qui l'aveuglent ; je savais que ce qui fera concurrence aux grands portraits de la Renaissance, ce qui évoquera [les grandes élégantes *biffé*] le luxe moderne, ce ne sera pas les portraits qu'ont laissés de la princesse de Sagan ou de la comtesse de La Rochefoucauld les Cotte et les Chaplin mais bien plutôt celui que Renoir a fait de la femme de l'éditeur Charpentier[5]. Mais tout cela et bien d'autres expériences telles que celles qu'avaient été pour

1. En fait cette addition marginale aurait dû s'insérer après « beau cauchemar » *[p. 284, avant-dernière-ligne]*. Nous l'avons déplacée pour des raisons de sens, du fait des remaniements apportés par Proust à ce passage.
2. Voir la variante suivante.
3. Nous donnons les variantes ponctuelles de ces passages en leur lieu.
4. Voir p. 300, 12e ligne en bas de page.
5. Voir p. 300, 16e ligne en bas de page.

moi de connaître Vinteuil avant sa sonate, et Bergotte après ses livres, et Elstir[1] ne m'empêchaient pas d'éprouver un vif sentiment de regret pour tant de désirs dont je n'avais su voir près de moi la réalisation et des désillusions devant les rêves que nous donnent les tableaux et les livres quand *[inachevé]* *biffé*[2]] [un volume du Journal des Goncourt *[qui]* illustra curieusement, comme on va le voir, cette incapacité. Elle n'était pas du reste totale[3]. *biffé*] [pour lire avant de m'endormir *[...]* fermât les yeux. *[p. 287, 2e §, dernière ligne]* : / « Avant-hier tombe ici pour m'emmener dîner chez lui Verdurin, l'ancien critique de la Revue *corr. marg. interrompue*[4]] [Je résolus *[p. 296, 5e ligne]* de laisser *[...]* pourtant pas *[p. 296, 14e ligne]* totale. *add. marg.*] Il y avait en moi un personnage [...] regarder, je les *[p. 297, 3e ligne]* radiographiais. [Il en résultait *[...]* une vérité *[p. 297, 2e §, dernière ligne]* d'art. *add. marg.*] Puis ma frivolité *[...]* donnerais-je pas pour *[p. 297, 5e ligne en bas]* cela ! » [Quand on lit *[...]* figurant, c'était *[p. 298, 9e ligne]* une *figure* ! » *add. marg.*] Cette disposition [...] vulgarité d'un *[p. 298, 2e §, 13e ligne]* Elstir à ses débuts [puisque le Journal des Goncourt m'avait fait découvrir qu'il n'était autre que le « monsieur Tiche » qui avait tenu jadis de si exaspérants discours à Swann, chez les Verdurin. Mais quel est *[p. 298, 2e §, 23e ligne]* l'homme *[...] Bette* et *Le Curé [p. 298, 4e ligne en bas] de Tours*[5]. *add. marg.*] ne prouvent *[p. 298, 2e §, 16e ligne]* rien [...] produit de tels *[p. 298, 2e §, 23e ligne]* génies. existait[6] pas moins dans les œuvres de Vinteuil, d'Elstir et de Bergotte. Tout à l'autre extrémité [...] voir ; je ne le *[p. 299, 1er §, dernière ligne]* savais pas. [D'ailleurs *[...]* cinquante ans *[p. 299, 2e §, dernière ligne]* plus tôt. *add. marg.*] Ce qui [...] oublis qui vont *[p. 301, 1er §, dernière ligne]* s'entassant). [Voici les pages de Goncourt que je lus avant de m'endormir, la veille de mon départ, à Tansonville : « Avant-hier tombe ici pour m'emmener dîner chez lui, Verdurin, l'ancien critique de la Revue[7] *biffé*] l'auteur de ce livre *[p. 287, 3e §, 3e ligne]* sur Whistler [...] tout à fait léonardesque ! *[fin du cahier XV (f° 115)]* Mais sur un signe *[Début du Cahier XVI (f° 1)]* de Verdurin [...] conclut le *[p. 295, 1er §, dernière ligne]* docteur. » Je m'arrêtais là car je partais le lendemain [; et d'ailleurs *[...]* Prestige de la *[p. 295, dernier §, 2e ligne]* littérature ! *add. marg.*] J'aurais voulu [...] fasse un astre dans *[p. 296, 4e ligne]* la nuit ! / Ces idées *[p. 301, 2e §, 1re ligne]* tendant,

1. Voir p. 298, 2e §, 13e ligne.
2. Cahier XV, ffos 88 r° à 90 r°.
3. On trouve d'autres essais biffés de ce passage ; nous ne les donnons pas.
4. Cette correction marginale interrompue figure sur un papier collé, au folio 88 recto du Cahier XV. Elle place définitivement le pastiche du *Journal* des Goncourt, dont la rédaction commence au folio 99 du Cahier XV, avant les réflexions que sa lecture inspire au narrateur. Voir la Note sur le texte, p. 1176-1177.
5. Cette addition marginale ne pouvait, pour des raisons de sens, s'insérer intégralement après « débuts ». Nous l'avons donc coupée en deux après avoir ajouté des parenthèses : la première partie se termine à « Verdurin » et la seconde partie se trouve quelques lignes plus bas entre « tels génies » (p. 298, 12e ligne en bas) et « Tout à l'autre » (p. 298, 3e ligne en bas).
6. Le passage compris entre ce mot et « de Bergotte » figure en haut du folio 95 recto du Cahier XV. Le début ne figure pas sur le folio 94 qui est vraisemblablement interrompu.
7. Voir la Note sur le texte, p. 1177 et n. 4 ci-dessus.

1. La mort, en 1893, de Victor Considérant, son disciple le plus connu, a pu ramener l'attention sur l'œuvre du philosophe et économiste Charles Fourier (1772-1837). Le catalogue « Matières » de la Bibliothèque nationale mentionne cinq thèses à lui consacrées de 1899 à 1913. En 1905, Hubert Bourgin avait publié, chez G. Bellais, *Fourier. Contribution à l'étude du socialisme français.* Proust a peut-être lu aussi le livre de René de Planhol, *Les Utopistes de l'amour* (Garnier frères, 1921) qui, intitule l'une de ses études « L'Harmonie de Fourier ».

2. C'est à Tobolsk, en Sibérie, que le tsar Nicolas II et sa famille furent internés de l'automne de 1917 au printemps de 1918, avant d'être transférés à Iékaterinbourg, où ils furent assassinés.

Page 287.

1. Edmond de Goncourt fit paraître chez Charpentier-Fasquelle, de 1887 à 1896, année de sa mort, les neuf volumes, très expurgés, du *Journal. Mémoires de la vie littéraire* (1851-1895). Dans son testament, il chargeait l'Académie fondée par lui de publier les parties restées inédites, vingt ans après sa mort. On sait que l'édition intégrale, procurée par Robert Ricatte, ne parut qu'en 1956. Nos références renvoient au texte de l'édition en neuf volumes de 1887-1896. Proust eut l'occasion d'exprimer son sentiment sur le *Journal* quelques mois avant sa mort. *Le Gaulois du dimanche*, supplément littéraire au *Gaulois* du 25 mai 1922, était consacré au « Centenaire d'Edmond de Goncourt ». Sous la rubrique « Les Goncourt devant leurs cadets », Pierre-Plessis y interroge René Bizet, Giraudoux — qui déclare n'avoir jamais rien lu de Goncourt — et Proust. Ce dernier, tout en reconnaissant que le *Journal* « reste un livre délicieux et divertissant », reproche à Edmond de Goncourt d'y avoir accordé plus de soin à la minutie de la note quotidienne qu'à la création artistique d'êtres vivants. Il ne condamne pas cependant le style de l'écrivain et, rappelant le pastiche qu'il en a déjà publié (*Pastiches et mélanges*), il annonce aussi celui du *Temps retrouvé*, considéré par lui comme une critique de « synthèse », « laudative en somme » (voir « Les Goncourt devant leurs cadets : M. Marcel Proust », *Essais et articles*, *Contre Sainte-Beuve*, Bibl. de la Pléiade, p. 642).

2. Voir les promenades où le narrateur, persuadé qu'il n'a « pas de dispositions pour les lettres », se sent en même temps mystérieusement sollicité par certaines images ou certaines odeurs (*Du côté de chez Swann*, t. I de la présente édition, p. 176-177).

3. Dans ce pastiche, qui s'en prend à Edmond de Goncourt plutôt qu'aux deux frères, car il s'inspire à peu près exclusivement des derniers volumes du *Journal*, où la vanité de l'aîné se laisse voir plus naïvement, on pourrait aisément citer pour chaque phrase du pseudo-Goncourt une phrase du vrai. On se contentera de quelques rapprochements, en s'efforçant de ne pas reprendre ceux que Jean Milly a relevés dans l'étude approfondie qu'il a consacrée à ce texte (« Le Pastiche Goncourt dans *Le Temps retrouvé* », *Revue d'histoire*

littéraire de la France, n° 5-6, septembre-décembre 1971, p. 815-835). On remarquera que le style même de Proust : amplitude, reprises, références de culture, raffinement dans le rendu des nuances, n'est pas sans rapport avec celui de Goncourt. Les effets comiques sont obtenus par une observation satirique de l'homme plus que de l'écrivain.

4. Expression chère à Goncourt : « Jean Lorrain tombe chez moi, de retour d'Alger » (*Journal*, 5 avril 1893, éd. citée, t. IX, p. 118). Mais l'inversion du sujet, soulignant l'effet de brusquerie, est de l'invention de Proust.

5. Successivement *Revue des Deux-Mondes* et *Revue bleue* dans les brouillons. Voir l'Esquisse II, p. 751 et 754.

6. Dans les versions antérieures, Proust avait fait de M. Verdurin l'auteur d'un livre sur l'école de Barbizon, puis d'un ouvrage sur Manet (voir l'Esquisse II, var. *c*, p. 754). Il avait plusieurs raisons de choisir finalement Whistler, qu'il avait eu l'occasion de rencontrer (voir la lettre à Marie Nordlinger, première huitaine de février 1904, *Correspondance*, t. IV, p. 54) ; son intime ami, Lucien Daudet, avait été l'élève du peintre (voir la lettre à Lucien Daudet du 27 novembre 1913, *Correspondance*, t. XII, p. 344 et n. 3) ; Whistler, auteur d'un portrait de Montesquiou, avait écrit un essai intitulé *Le Gentil Art de se faire des ennemis* (1890), auquel Proust fait souvent allusion, en particulier dans ses lettres à Montesquiou, à qui il attribue ce talent (lettre à Robert de Montesquiou, vers le début d'août 1907, *Correspondance*, t. VII, p. 244) ; enfin, Whistler et Ruskin s'étaient affrontés, en 1878, dans un procès qui eut un grand retentissement et retint l'attention de Goncourt (voir *le Journal* à la date du 5 avril 1893, t. IX, p. 119) : Ruskin, dans *Fors clavigera* du 2 juillet 1877, avait critiqué injurieusement des *Nocturnes* de Whistler exposés à la Grosvenor Gallery. Whistler l'assigna en diffamation devant la chambre de l'Échiquier à Westminster, le 25 novembre 1878, et obtint un farthing de dommages et intérêts (note de Robert Ricatte dans son édition du *Journal* des Goncourt, Fasquelle et Flammarion, 1956, t. IV, p. 380).

7. « Grandes sanguines de Fragonard, à huit francs pièce, représentant des danseuses du plus beau *faire* » (*Journal* de Goncourt, 14 février 1888, éd. citée, t. VII, p. 244).

8. « Une femme à la joliesse que rend piquante un grain de beauté, en haut d'une pommette » (*ibid.*, 30 mai 1894, t. IX, p. 229).

9. « Une bouche un rien entrouverte, où il y a comme l'épellement heureux de ce qu'elle lit » (*ibid.*, 1er février 1895, t. IX, p. 304). — « Sur un coin du divan Mme Charles Hugo est affaissée dans le chiffonnement mou d'une robe de dentelle noire » (*ibid.*, 5 mars 1876, t. V, p. 267).

10. Madeleine est l'héroïne du roman de Fromentin, *Dominique* (1863). L'auteur s'y est inspiré de son amour de jeunesse pour Mme Léocadie Béraud (1817-1844).

11. Charles Blanc (1813-1882), historien de l'art, fut directeur de l'administration des Beaux-Arts de 1848 à 1850 et, à nouveau, de

1870 à 1873. Familier des Goncourt, il figure dans plusieurs passages du *Journal*, avec des appréciations de ce genre : « C'est bien l'homme le plus mal élevé, et le plus furibondement comique qui soit que ce Charles Blanc » (3 avril 1872, éd. citée, t. V, p. 36).

12. Edmond de Goncourt, intime du critique Paul de Saint-Victor (1827-1881), était le parrain de la fille que l'écrivain avait eue de Lia Félix, sœur de Rachel. L'amitié des deux hommes s'était assez rapidement refroidie et à la mort de Saint-Victor ils étaient brouillés (*Journal*, de Goncourt, 10 juillet 1881, éd. citée, t. VI, p. 154).

13. Il va sans dire qu'en mêlant Sainte-Beuve à des écrivains considérés comme de second ordre, Goncourt et Verdurin sont ici les porte-parole de Proust.

14. Compagnon assidu d'Edmond de Goncourt, le critique d'art Philippe Burty (1830-1890), très souvent cité dans le *Journal*, l'est rarement sans quelque notation désobligeante.

15. L'appréciation de Verdurin sur le livre de critique d'art de Fromentin, paru en 1876, devrait provoquer une protestation du pseudo-Goncourt, Fromentin étant souvent cité dans le *Journal* avec éloge et même admiration. Proust, au contraire, est sévère. Il voit quelque chose « de court et de niais » dans « une certaine “distinction” » de Fromentin (voir « Journées de lecture », *Pastiches et mélanges*, *Contre Sainte-Beuve*, Bibl. de la Pléiade, p. 189). Il le juge rarement capable, dans *Les Maîtres d'autrefois*, de « nous faire voir un tableau » (voir « Un professeur de beauté », *Essais et articles*, *ibid.*, p. 518) et lui reproche avec vivacité de n'y avoir « même pas nommé » Vermeer de Delft (« Préface des *Propos de peintres* », *ibid.*, p. 580) — ce qui est d'ailleurs inexact, mais Fromentin écrit *Van der Meer* !

Page 288.

1. « Un ciel mauve, où les lueurs des illuminations mettent comme le reflet d'un immense incendie, [...] la place de la Concorde, une apothéose de lumière blanche, au milieu de laquelle l'obélisque apparaît avec la couleur rosée d'un sorbet au champagne » (*Journal* de Goncourt, 6 mai 1889, éd. citée, t. VIII, p. 51).

2. Aucune mention d'un hôtel de ce nom, quai Conti, dans l'ouvrage de Jacques Hillairet, *Connaissance du vieux Paris* (Le Club français du livre, 1965, p. 214, article « Quai Conti »). Proust l'a peut-être inventé d'après l'hôtel des ambassadeurs de Hollande (*ibid.*, p. 30).

3. La traduction des *Mille et Une Nuits* du docteur Mardrus avait paru de 1899 à 1904 aux éditions de la Revue blanche. On a vu (*Sodome et Gomorrhe*, t. III de la présente édition, p. 12), que l'imagination de Proust se complaît à évoquer les *Mille et Une Nuits*. Elles réapparaîtront, avec les *Mémoires* de Saint-Simon, aux dernières pages du roman (voir p. 620).

4. « [...] dans le joli de ce visage, cependant quelque chose de fatal » (*Journal* de Goncourt, 25 février 1892, éd. citée, t. IX, p. 12).

5. « Courteline, un petit homme de la race des chats maigres [...]. Son dire débute ainsi [...] » (*ibid.*, 11 janvier 1894, p. 190).

6. Il est généralement admis que la rue du Bac doit son nom au bac qui avait transporté sur la rive droite de la Seine les pierres utilisées pour la construction des Tuileries. Les Miramiones, religieuses établies à la fin du XVIIe siècle quai de la Tournelle (voir Jacques Hillairet, ouvr. cité, p. 194), empruntaient évidemment un itinéraire plus direct pour se rendre « aux offices de Notre-Dame » — erreur, non de Proust, mais du pseudo-Goncourt, comme le vrai en commet quelquefois.

7. En réalité, Goncourt, comme Proust, est un Parisien de la rive droite. Mais ce dernier goûtait la beauté du quai Conti, où il situe l'hôtel Verdurin. Dans une lettre à Georges de Porto-Riche, nommé administrateur de la bibliothèque Mazarine, il évoque la « vue incomparable de la Seine et du vieux Paris », découpée « comme une estampe », que l'on aperçoit des fenêtres de l'Institut (lettre du 21 ou 22 juillet 1906, *Correspondance*, t. VI, p. 163). Dans *La Maison d'un artiste*, Edmond de Goncourt se rappelle lui aussi le charme de ce quartier de Paris où il a flâné dans sa jeunesse (Charpentier, 1881, t. I, p. 31).

8. Goncourt évoque longuement dans le *Journal* (30 août 1892, éd. citée, t. IX, p. 63-72) sa tante, Mme Jules Lebas de Courmont, née Nephtalie Lefebvre (1802-1844), qui habitait, non quai Conti, mais 15, rue de la Paix.

9. « [...] un mari trompé par sa femme qui veut la *raimer* » (*ibid.*, 27 mai 1894, p. 228).

10. « Magasin de bijouterie et de quincaillerie, au bas du Pont-Neuf », mentionné dans les *Nouvelles à la main* que les Goncourt lisent à la bibliothèque Saint-Marc, à Venise (*L'Italie d'hier*, Charpentier-Fasquelle, 1894, p. 31). Edmond de Goncourt en parle à nouveau dans *La Maison d'un artiste* (éd. citée, t. II, p. 12). L'enseigne se trouve aujourd'hui au musée Carnavalet.

11. Dans le deuxième volume de *L'Art du XVIIIe siècle* (Charpentier, 1882), les pages 105 à 262 sont consacrées aux frères Saint-Aubin. Les Goncourt y célèbrent, dans les dessins et les eaux-fortes de Gabriel de Saint-Aubin (1724-1780), « la chronique la plus complète des *faits divers* du Paris du XVIIIe siècle » (p. 119). Le *Journal* du 23 février 1884 porte ce jugement : « Le plus admiré de tous les croquetons de Meissonier [...] ne pourrait tenir à côté d'un dessin de Gabriel de Saint-Aubin » (éd. citée, t. VI, p. 296).

12. Cette référence bibliographique est déconcertante. On connaît l'édition dite des Fermiers généraux des *Contes et nouvelles en vers* de La Fontaine (2 vol., 1762, vignettes de Charles Eisen). E. et J. de Goncourt y voient un « exemple sans égal de la richesse d'un livre [...] une des plus belles dépenses de l'Argent intelligent et sensuel du règne de Louis XV » (*L'Art du XVIIIe siècle*, éd. citée, t. III, p. 3-4). Mais il n'existe pas d'édition « des Fermiers généraux » des *Fables*. S'agit-il d'une erreur de Proust ? M. Jean-Pierre Collinet, interrogé sur ce point, ne le croit pas. Il suggère que Proust a délibérément inventé, pour les besoins du pastiche, cette édition et que, s'il se

souvient vraiment d'une vignette « représentant une mer toute vagueuse, chargée de vaisseaux », ce pourrait être celle qui illustre non pas « L'Huître et les Plaideurs », mais « Le Rat et l'Huître » dans l'édition de 1755-1759 des *Fables choisies*, mises en vers par Jean de La Fontaine, Desaint et Saillant, 4 vol. in-folio [...] titres et planches gravés d'après les dessins d'Oudry.

Page 289.

a. Rodolphe [dont elle était la fiancée *biffé*] et d'après *ms.*

1. Dans *La Maison d'un artiste*, Edmond de Goncourt décrit en détail chaque pièce de sa maison d'Auteuil, l'ameublement, les objets d'art. Proust a remarqué la page qu'il consacre à ses bronzes dorés : « J'ai dans mon antichambre un portoir [...] au départ semblable au dos bombé et sinueux d'un coquillage, et qui se creuse, et se renfle, et ondule, et serpente, et se branche et se termine en des tiges ornementales qui ont pour boutons de fleurs ces perles longues qu'on dirait les larmes de la sculpture » (éd. citée, t. I, p. 16). On notera dans ce cas précis l'extrême discrétion du pastiche. Les rôles sont inversés : c'est la phrase surchargée de Goncourt qui a l'air d'une caricature de celle de Proust.

2. Première occurrence du nom complet du sculpteur polonais, jusque-là désigné par le diminutif « Ski ».

3. La princesse Sherbatoff, dans les premières esquisses d'« Un amour de Swann » (voir t. I de la présente édition, Esquisse LXXII, p. 894).

4. « Berendsen aurait révélé à Huysmans l'espèce d'adoration littéraire qu'on aurait pour moi, en Danemark, en Botnie et autres pays entourant la Baltique, des pays où tout homme frotté de littérature qui se respecte ne se coucherait pas — toujours au dire de Berendsen — sans lire une page de *La Faustin* ou de *Chérie* » (*Journal* de Goncourt, 17 mai 1885, éd. citée, t. VII, p. 40).

5. Goncourt use de « jette » dans les incises, aussi souvent que de « tombe » dans les principales et avec la même intention. « Whistler [...] quand on lui demande combien il a mis de temps à peindre sa toile [...] jette dédaigneusement : "Une ou deux séances" » (*Ibid.*, 5 avril 1893, éd. citée, t. IX, p. 119).

6. Les lycées et collèges honoraient à la Saint-Charlemagne, le 28 janvier, l'empereur qui avait organisé l'enseignement des écoles, et fêtaient à cette occasion les meilleurs élèves de chaque classe.

7. « Poictevin [...] entre, disant dans un emportement colère que la communion chrétienne est une idolâtrie de sauvage » (*Journal* de Goncourt, 6 juin 1894, éd. citée, t. IX, p. 231).

8. Faut-il entendre « de Yung-Tsching et de ses successeurs » ? ou bien « des assiettes Yung-Tsching » ? Il s'agit de l'empereur Yong-Zen, qui régna de 1723 à 1736.

9. « La jouissance de mon œil devant certains *sourimonos*, qui ne sont, pour ainsi dire, que des compartiments de couleur, juxtaposés harmonieusement, et qui contiennent un morceau bleu sur lequel sont

jetés de petits carrés d'or ; un morceau jaune, sur lequel sont gravés en creux des tiges de pin, au milieu de nuages ; un morceau de blanc, traversé par des grues qui ont le relief d'un gaufrage ; un morceau de noir, avec des caractères qui ont l'air d'insectes d'argent. Cette jouissance, il me semble, ne peut être partagée que par un œil japonais » (*Journal* de Goncourt, 23 juillet 1888, éd. citée, t. VII, p. 276).

Page 290.

a. Depuis des choses *[4e ligne de la page] et jusqu'à* Tching-Hon *[28e ligne] le manuscrit est de la main de Céleste Albaret ; pour cette raison, nous rétablissons* de *devant* Montalivet .

1. La description est étroitement inspirée de celle des assiettes de porcelaine qui décoraient le cabinet de toilette d'Edmond de Goncourt : chinoises de la période « Yung-Tsching », japonaises, de Saxe (*La Maison d'un artiste*, éd. citée, t. II, p. 191-196).

2. Évoquant le luxe dont Mme du Barry était entourée à Luciennes — aujourd'hui Louveciennes —, toilettes, bijoux, ameublement, vaisselle, les Goncourt ont cette précision à propos de la vaisselle : « Un entrelacement de myrte et de laurier est la marque et comme la devise de toutes les pièces » (*La Du Barry*, Charpentier, 1878, p. 127).

3. Pour cette évocation gastronomique, Proust se souvient surtout de *La Maison d'un artiste* (éd. citée, t. I, p. 19-21) : Goncourt, décrivant sa salle à manger, rappelle les dîners que son frère et lui offraient à leurs amis quand ils habitaient rue Saint-Georges. On trouvera là à peu près tous les détails du pastiche : le léoville, Montalivet, les plats « cuisinés, fricotés, mijotés », le cordon bleu de province, les provinciaux seuls à « avoir ce qu'on appelle la *gueule fine* », tandis que les Parisiens acceptent de boire du vin ordinaire, de manger du « beurre à trente sous la livre » et du « poisson aux arêtes imprimées en bistre sur les filets ». Des échos de ces gourmandises se trouvent dans le *Journal*, quand les deux frères, puis Edmond seul, sont reçus dans leur famille en province : « [...] les fricassées de poulets, au beurre d'écrevisse, les salmis de bécasses, parfumées de baies de genièvre, tous ces *fricots sublimes* que n'a jamais goûtés un Parisien » (*Journal*, 29 septembre 1874, éd. citée, t. V, p. 141). Un autre rapprochement s'impose, qui a été mis en lumière par L.A. Bisson (« Marcel Proust and Madame Léon Daudet : a Source and an Example of *Affective Memory* », *The Modern Language Review*, t. XXXVI, 1941, p. 473-479). Il s'agit des pages où, sous le pseudonyme de Pampille, Mme Léon Daudet distingue, dans un style qui rappelle beaucoup celui de son mari, la saine cuisine traditionnelle et la cuisine frelatée, honnie aussi par Huysmans (voir *Les Bons Plats de France*, Fayard, p. 178-181).

4. Jean d'Heurs, ancienne abbaye située sur la Saulx entre Saint-Dizier et Bar-le-Duc, fut vendue à la Révolution comme bien national et appartint de 1808 à 1847 au maréchal Oudinot, puis aux cousins des Goncourt, Léon et Fédora Rattier (renseignements

extraits de la note de Robert Ricatte, *Journal* de Goncourt, 4 août 1877, éd. citée, t. II, p. 1195). Edmond y a fréquemment séjourné, l'été, dans les vingt dernières années de sa vie.

5. Léoville est le nom de trois deuxièmes grands crus, classés en 1855, de vin de Bordeaux dans la catégorie des Médoc : léoville-barton, léoville las-cases et léoville-poyferré.

6. Il s'agit, non d'un empereur, mais d'une sorte de céramique particulièrement recherchée, « rouge de sacrifices », dite Tchi-Hong.

7. « Nom du rebord dans les plats et assiettes de faïence et de porcelaine. [...] Dans certains genres de décoration, le marli est peint d'une seule couleur, d'autres fois orné de rubans entrelacés, bordé de filets d'or, de perles d'or etc. » (*Littré*).

8. « En chemin de fer, Rodin, que je trouve vraiment changé, et très mélancolieux de son état d'affaissement » (*Journal* de Goncourt, 6 juillet 1895, éd. citée, t. IX, p. 350).

9. « Mon *Grenier* [...] ce microcosme de choses de goût, d'objets d'élection, de *jolités* rarissimes » (*ibid.*, 14 décembre 1894, p. 269).

Page 291.

a. ornementale, à la libre *ms. À la suite de Clarac et Ferré, nous ajoutons* fait penser .

1. Pour ce passage, comme l'a remarqué Jean Milly (article cité, n. 3, p. 287), Proust utilise, non ses propres souvenirs de Normandie, mais la description que fait Goncourt de son jardin d'Auteuil dans *La Maison d'un artiste* (éd. citée, t. II, p. 374-381).

2. L'usage d'une série de qualifications introduites par la préposition *à* est une des manies d'Edmond de Goncourt : « Exposition de Carrière [...] visages d'enfants, aux tempes lumineuses, au bossuage du front, à la linéature indécise des paupières, [...] aux petits trous d'ombre des narines, au vague rouge d'une molle bouche entrouverte, à la fluidité des chairs lactées [...] » (*Journal*, 4 mai 1891, éd. citée, t. VIII, p. 237).

3. Le cryptoméria est ignoré par Littré et Robert. *Le Grand Dictionnaire Larousse universel du XIX*[e] *siècle* donne le mot sous la forme féminine « cryptomérie » et précise que ce grand arbre « très voisin des cyprès » a été introduit en Europe depuis 1845, venant du Japon — ce qui explique l'intérêt que lui porte Goncourt. Il est probable que Proust retient le mot pour sa rareté, sans se soucier vraiment d'évoquer une couleur.

4. Gouthière, fondeur et ciseleur (1732-1813), avait, écrivent les Goncourt, travaillé « amoureusement les bronzes » qui ornaient la demeure de Mme Du Barry à Louveciennes (*La Du Barry*, éd. citée, p. 129).

5. Voici une autre manie comique d'Edmond de Goncourt : *jette* (voir p. 289 et n. 5) recherche un effet de vivacité ; *confesse* vise à donner au propos le plus banal le piquant d'un secret indiscrètement dévoilé.

Page 292.

a. c'est moi qui les lui apportais [et je lui apprenais à les disposer, au commencement il ne pouvait pas en venir à bout. D'autres fois, je lui *corrigé en marge en* . On ne l'appelait chez nous que monsieur Tiche[1]. Demandez *[...]* bouquet.] Il n'avait *ms.*

1. L'attention avait été ramenée sur Diderot à l'occasion du deuxième centenaire de sa naissance, en 1913. Les Goncourt citent fréquemment dans leur *Journal* l'écrivain, dont ils aiment le style oral, la verve réaliste, et qu'ils préfèrent à Rousseau et Voltaire. C'est au château de Grandval, propriété de Mme d'Aine, belle-mère du baron d'Holbach, que Diderot prenait part aux causeries mêlées de petits jeux qu'il rapportait à sa correspondante, Sophie Volland.

2. « Ma tante se trouvait être, en ces années, une des quatre ou cinq personnes de Paris, énamourées de vieilleries, du *beau* des siècles passés » (*Journal* de Goncourt, 30 août 1892, éd. citée, t. IX, p. 69).

3. Porcelaine de la fabrique de Nymphenburg en Bavière.

4. M. Verdurin ; un autre prénom, Gustave, est signalé dans *La Prisonnière* (voir t. III de la présente édition, p. 819).

5. Écho, sur un nouveau registre, des propos de la duchesse de Guermantes au sujet du mariage de Swann (*Le Côté de Guermantes II*, t. II de la présente édition, p. 806).

6. « La femme [...] dans le renversement las de sa tête sur un fauteuil ; dans son agenouillement devant le feu d'une cheminée, avec le retournement de son visage contre le chambranle » (*Journal* de Goncourt, 1er février 1895, éd. citée, t. IX, p. 304).

Page 293.

a. tout à fait léonardesque ! *Fin du Cahier XV du manuscrit. Ces quatre derniers mots sont repris au début du Cahier XVI.*

1. Sur l'origine de ce portrait, qui se trouvait dans la galerie des Elstir chez la duchesse de Guermantes, voir *Le Côté de Guermantes II*, t. II de la présente édition, Esquisse XXXII, p. 1241.

2. Edmond de Goncourt parlait, à propos d'une exposition de pointes sèches d'Helleu, d'« une sorte de monographie de la femme, dans toutes les attitudes intimes de son chez-soi » (*Journal*, 1er février 1895, éd. citée, t. IX, p. 304).

3. Proust invente un cadre historique pour un phénomène rapporté par Goncourt à propos d'un incendie « aux environs de Londres » : un collier de perles en fut protégé par un coffret de fer, « mais les perles étaient devenues toutes noires, et, chose curieuse, toutes noires qu'elles étaient, avaient conservé leur orient » (*ibid.*, 26 avril 1893, p. 125).

1. Proust surnomme Elstir « Biche » mais aussi « Tiche » (voir *Sodome et Gomorrhe*, t. III de la présente édition, p. 329 et n. 5).

Page 294.

a. le célèbre *[p. 293, 3e ligne en bas de page]* duc, [qui était son neveu préféré *add. interl.*], de Madame de Beausergent, sa tante, de Madame de Beausergent [depuis Mme d'Hatzfeldt[1] *add. interl.*] la sœur de la Marquise de Villeparisis [dont mon fr<ère> *biffé*] [et de la Princesse d'Hanovre *corr.*] où mon frère *ms.* ↔ *b.* Stephenson *ms. C'est peut-être un lapsus de Proust, confondant ainsi le patronyme de George Stephenson, l'inventeur de la locomotive, et celui de l'écrivain Robert-Louis Stevenson, que demande le contexte. Nous adoptons la correction de Clarac et Ferré. (voir aussi deux lignes plus bas).*

1. On sait que les romans des Goncourt, par exemple *Germinie Lacerteux* (1865), s'intéressent volontiers à des situations psychologiques morbides. Mais Proust songe plutôt ici aux travaux de Théodule Ribot, dont plusieurs ouvrages importants avaient été publiés dans les années qui précédaient son entrée en philosophie, en particulier *Les Maladies de la Volonté* (Alcan, 1883), qu'il cite élogieusement (voir « Journées de lecture », *Pastiches et mélanges*, éd. citée, p. 179). Ribot évoque les phénomènes de dédoublement, poussés jusqu'à des cas de démence caractérisés, parmi les « maladies de la personnalité », dans le livre qui porte ce titre (Alcan, 1885). Michel Raimond (*La Crise du roman*, Corti, 1966, p. 434-444) a montré la place que ce thème occupait dans le roman de la fin du XIXe siècle. Il a rappelé aussi, dans son édition d'*Un amour de Swann* (Imprimerie nationale, 1987, p. 390), qu'il est au centre de la psychologie de Proust — dans « Un amour de Swann », par exemple, coexistent l'Odette méchante et l'Odette tendre — et que Proust en a très précocement eu conscience (lettre à Robert Dreyfus du 7 septembre 1888, *Correspondance*, t. I, p. 112).

2. Le célèbre roman de Stevenson (1850-1894), *The Strange Case of Dr Jekyll and Mr Hyde* (1885), avait été traduit en français en 1890 par Mme B. J. Lowe. Proust a plusieurs fois exprimé son admiration pour Stevenson ; voir, par exemple, « John Ruskin », *Pastiches et mélanges*, éd. citée, p. 122, et [« Réponses à une enquête des *Annales* »], *Essais et articles*, éd. citée p. 640. Il la fait partager à son héros dans *Jean Santeuil* (Bibl. de la Pléiade, p. 367, 572). Dans une lettre de juillet 1907 à Mme de Caraman-Chimay, il marque sa prédilection, dans l'œuvre de l'écrivain, pour le *Docteur Jekyll et Mr Hyde*, livre d'« épouvante » et de « beauté » (*Correspondance*, t. VII, p. 225).

3. Construit par le Bernin, le palazzo Barberini se trouve, à Rome, à l'intersection de la via Barberini et de la via delle Quattro Fontane. Nous ignorons si des plafonds ont été effectivement enlevés à l'œuvre primitive.

1. Orthographe du *Gotha*, où figure sous ce nom Pauline de Castellane.

Page 295.

1. « Sorte de cigares havanais, fabriqués d'abord pour les Anglais. Les londrès figurent pour la première fois parmi les sortes autorisées dans l'arrêté du 14 mai 1849 » (Littré).

2. « Curieux vraiment pénétrant » pour Goncourt, mais, en réalité, intéressé par des niaiseries aux yeux du lecteur d'*À la recherche du temps perdu* et de Proust, qui se souvient peut-être ici d'une page du *Journal* de Goncourt consacrée à une Exposition de la Révolution et de l'Empire. Parmi les reliques de l'Empereur prisonnier à Sainte-Hélène, Goncourt décrit une « veste de piqué blanc, aux taches jaunes, qui semblent sorties du foie du Prométhée de l'île africaine » (*Journal*, 25 mai 1895, éd. citée, t. IX, p. 339).

3. Voir p. 288 et n. 10.

Page 296.

1. Proust cite inexactement le dernier vers du poème des *Contemplations* intitulé primitivement « De plus haut ? » avant de porter comme titre définitif un « ? » (livre III, XI). Hugo y multiplie les images lugubres de tous les maux qui sur la terre accablent l'humanité et il s'exclame en conclusion : *Et que tout cela fasse un astre dans les cieux !* (*Œuvres poétiques*, t. II, Bibl. de la Pléiade, p. 588).

Page 298.

a. Vinteuil, d'un Bergotte puisque le meilleur *[phrase inachevée].* Le bourgeoisisme *ms.*

1. La phrase rappelle une formule du portrait qu'a tracé Proust de Léon Radziwill : « [...] il n'écrira jamais *Le Curé de Tours* ni *La Chartreuse de Parme* », bien qu'il soit un « observateur exquis de la réalité médiocre » (voir « Portrait du prince Léon Radziwill », *Essais et articles*, éd. citée, p. 475). — Proust a fait deux fois au moins écho au passage de *La Cousine Bette* où Balzac oppose l'amateur perdu en de nonchalants projets et le véritable artiste voué à l'obligation interne constante de la création (voir *La Comédie Humaine*, *La Cousine Bette*, Bibl. de la Pléiade, t. VII, p. 241-246, et *Contre Sainte-Beuve*, éd. citée, p. 225 et 278).

Page 299.

1. Le poème auquel Proust fait allusion est intitulé « La Fontaine de Boileau. Épître à Mme la comtesse Molé » (*Pensées d'août*, *Poésies complètes* de Sainte-Beuve, Bibliothèque Charpentier, 1903, p. 41). Sainte-Beuve rend d'abord hommage à Boileau en des vers irréprochablement classiques. Mais, dans le parc où il se promène, l'épître VI de Boileau à la main, il retrouve quelque bonheur d'expression en saluant la grâce juvénile de la jeune personne, qui deviendra la duchesse de Noailles, belle-mère d'Anna de Noailles :

Fleur de tout un passé majestueux et grave / , qui *Porte légèrement tout ce poids des aïeux / Et court sur le gazon, le vent dans ses cheveux.* — Le mot « génie » (voir ligne suivante) est celui dont Proust se sert le plus habituellement à propos de la comtesse de Noailles. C'est par une variation sur ce mot que commence son article intitulé « *Les Éblouissements* » (*Le Figaro*, supplément littéraire du 15 juin 1907 ; voir *Essais et articles*, éd. citée, p. 533). On retrouve ce terme « génie », parmi d'autres flatteries d'une démesure inouïe, dans presque toutes les lettres qu'il adresse au poète du *Cœur innombrable* (voir la *Correspondance*, t. IV, lettres des 1er janvier 1904, p. 23 ; 11 juin 1904, p. 149 ; 12 ou 13 juin 1904, p. 157, etc.).

Page 300.

a. comme ces [maladies *biffé*] [visions *corr.*] subjectives *ms.*

1. Le point de vue de Proust est ici proche de celui des Goncourt dans *Manette Salomon* (Lacroix-Verbœckhoven, 1867 ; voir chap. CVI).

2. Le tableau de Renoir, *Madame Charpentier et ses enfants* (1878) se trouve au Metropolitan Museum de New York.

3. Pierre-Auguste Cot (1837-1883), peintre français, fut l'élève de Léon Cogniet, Cabanel et Bouguereau. Le *Dictionnaire des peintres et sculpteurs*, de E. Bénézit, ne mentionne pas le portrait qui lui est ici attribué, mais signale *Portrait de dame de qualité* dans une vente de 1890 *[?]*. On trouve une allusion méprisante à Cot dans une lettre de Proust à Montesquiou, datant de juin 1916 (*Correspondance*, t. XV, p. 180).

4. Le peintre Charles Josuah Chaplin (1825-1891) est l'auteur d'un portrait, admiré de Proust, de la comtesse Aymery de La Rochefoucauld, admiration plus inspirée, semble-t-il, par le modèle que par l'artiste (voir « [Le Salon de la comtesse Aimery de La Rochefoucauld] », *Essais et articles*, éd. citée, p. 436).

Page 301.

a. réputations qui s'anéantissent *ms. Nous supprimons* qui *pour des raisons de sens.*

1. On sait que Proust a passé lui-même quelques semaines, en décembre 1905 et janvier 1906, dans la maison de santé du docteur Sollier, à Boulogne-sur-Seine, sans en retirer d'ailleurs le moindre avantage quant à son équilibre nerveux.

2. Proust avait été dégagé de toute obligation militaire en septembre 1911. On le voit, au début de la guerre, inquiet d'une éventuelle visite médicale dite de « contre-réforme ». Voir la *Correspondance*, t. XIII, lettres de l'automne 1914 : à Mme Catusse, du 17 octobre, p. 307 ; à Gabriel Astruc, de novembre, p. 327 ; à Mme Catusse, de novembre, p. 340 ; au comte Louis Gautier-Vignal, du 21 novembre, p. 344 ; à Joseph Reinach, du 22 novembre, p. 350 ; à Georges de Lauris, du 30 novembre, p. 357 ; enfin, du Dr Léon Faisans à Marcel Proust, 25 novembre 1914, p. 356.

3. Le rapprochement se rencontre chez beaucoup de témoins, par exemple dans *Vie et mort des Français, 1914-1918*, par André Ducasse, Jacques Meyer, Gabriel Perreux (Hachette, 1959, p. 264) : « Quand on survole cette année 1916, on ne peut s'empêcher de penser au Directoire... avec cette circonstance aggravante que la "bamboche" s'est installée, cette fois, au cœur même de la crise, au lieu de lui succéder. » Les mêmes auteurs signalent (p. 262), comme Proust, le style « guerre » des modes féminines.

Page 302.

a. au commencement de *[p. 301, 2e §, dernière ligne]* 1916. [Un soir de cette année-là, comme j'étais revenu à Paris, l'envie me vint d'aller chez quelques-unes des personnes que je n'avais pas vues depuis longtemps et je sortis pour aller voir Mme Verdurin, laquelle avec Mme Bontemps était une des reines de ce « Paris pendant la guerre » qui ressemblait tant au Directoire. Comme par l'ensemencement d'une petite quantité de levure, en apparence par génération spontanée, des jeunes femmes allaient tout le jour coiffées de hauts turbans cylindriques, comme aurait pu l'être une contemporaine de Madame Tallien, par civisme ayant *biffé 1*] [Un soir de 1916, j'étais sorti dans ce Paris de pendant la guerre pour aller voir Mme Verdurin qui était une des reines avec Mme Bontemps, de ce « Paris de pendant la guerre » qui ressemblait tant au Directoire. Comme par l'ensemencement d'une petite quantité de levure, en apparence de génération spontanée, des jeunes femmes allaient toute la journée d'un hôpital à un thé, chaussées de lanières imitant le cothurne, coiffées de hauts turbans cylindriques *biffé 2*] [Je rentrai *[p. 301, dernier §, première ligne]* alors *[...]* par civisme ayant *corr. marg.*] des tuniques *ms.* ◆◆ *b.* qu'elles pensaient *ms. Nous adoptons la correction de Clarac et Ferré.* ◆◆ *c.* d'ailleurs « ces *ms. Nous adoptons la correction de Clarac et Ferré.* ◆◆ *d.* républicains que nous occupions *ms. Nous adoptons la correction de Clarac et Ferré.*

1. Ce nouveau pastiche est inspiré par les clichés que le patriotisme de l'arrière et la permanence des préoccupations commerciales multiplient dans les journaux de l'époque.

2. Le mot *cagna*, au sens d'abri, est d'un usage courant dans l'argot de la première guerre mondiale. Le *Petit Larousse illustré* lui donne comme origine l'annamite *canha* (paillote). Le *Larousse mensuel illustré* (IV, juillet 1917, p. 168) préférait une étymologie espagnole, « par l'intermédiaire du sabir algérien ». On pense aussi à *cagnard.*

3. Proust a pris cette phrase aux Goncourt (*Histoire de la société française pendant le Directoire*, Paris, Didier, 1864, p. 264-265) : « Il semblera peut-être étrange à d'austères républicains de nous occuper des arts quand l'Europe coalisée assiège le territoire de la liberté. » Les Goncourt ont eux-mêmes extrait cette citation de la *Description des ouvrages de peinture, exposés au salon du Louvre, par les artistes composant la commune générale des arts, le 10 août 1793, l'an IIe de la République française, une et indivisible.*

Page 303.

a. qu'imposent les *[9e ligne]* circonstances ». [« Les tristesses *[...]* ayant sur le siège *corr. marg.*[1]] un beau militaire *ms.*

1. Les Goncourt (ouvr. cité, p. 401) mentionnent l'influence prédominante des modes anglaises sur les élégances du Directoire.

2. Nous ne savons pas si cette citation et celles qui précèdent sont de l'invention de Proust ou s'il les a véritablement trouvées dans la presse de l'époque. S'il s'agit d'un pastiche, il est peu chargé, comme on peut le constater en lisant à la bibliothèque du musée des Arts décoratifs *Le Style parisien* (1915), *Les Élégances parisiennes* (1916-1917), *Fémina* (1917-1919). Par exemple, dans *Les Élégances parisiennes*, n° 4, juillet 1916 (époque où se prolonge la bataille de Verdun et où va commencer celle de la Somme), l'article de Martine Renier commence ainsi : « Nous voici présentement en pleine saison d'attente. Nos couturiers s'environnent de tissus nouveaux et de mystère. » Dans le numéro 7, d'octobre 1916, le même auteur écrit : « Nous désirons être belles pour la Victoire qui s'approche » ; et dans le numéro 10, de janvier 1917, contre la réprobation que suscitent de tels articles : « Femmes et poilus tiendront. Nous voulons être belles pour sourire au retour du permissionnaire. » La « robe-tonneau » est décrite dans la *Revue de la mode française*, n° 3, hiver 1917-1918 (voir G. Steele, *Chronology and Time in « À la recherche du temps perdu »*, Droz, 1979, p. 154). *Le Style parisien* donne assez fréquemment des modèles de robes, blouses et chapeaux de deuil, et même propose des toilettes de deuil pour enfants. On trouvera peu de détails sur les modes des années 1914-1918 dans Yvonne Deslandres et Florence Müller, *Histoire de la mode au XXe siècle*, Somogy, 1986. On y remarque toutefois, p. 108, la reproduction d'un dessin d'actualité de Sesboué dénonçant le ridicule du « style soldat », avec cette légende : « Quel est donc ce petit lieutenant avec Colette ? — Un lieutenant !... Tu n'as donc pas vu que c'était Jacqueline qui étrenne son nouveau tailleur ? »

3. « Dames à haut turban » est complément d'objet direct de « obligeait ».

Page 304.

a. que les jeunes gens fort anciennes, *ms. Nous adoptons la correction de Clarac et Ferré.* ↔ *b.* des noms *[12 lignes plus haut]* nouveaux. [(Ils étaient *[...]* jusque-là.) *add. marg.*] Le salon *ms.*

1. Proust se rappelle ici les impressions rapportées de Venise en guerre par Barrès, en mai 1916, une vision de nuit par exemple : « Ceux qui virent ces extraordinaires ténèbres en deviendront fort redoutables : ils ne manqueront plus jamais, si l'on parle de Venise, de fatiguer leurs contemporains en répétant avec insistance : "C'est

1. Le passage biffé est composé de quelques lignes qui sont reprises dans cette longue correction marginale.

en 1916 qu'il fallait s'y promener !" » (*L'Écho de Paris*, 27 juin 1916, repris dans *Chronique de la Grande Guerre*. Plon, s.d. (1934), t. VIII, p. 199).

Page 305.

1. Les Goncourt consacrent le chapitre X de leur *Histoire de la société française pendant le Directoire* à Mme de Staël et surtout à Mme Tallien : « La révolution de thermidor, écrivent-ils, a été la victoire de la femme » (éd. citée, p. 293).

2. Il est probable que, parmi les hommes politiques qui ont, comme M. Bontemps, bénéficié d'un retournement de l'opinion mondaine, Proust songe à Joseph Reinach (1856-1921), l'un des chefs du mouvement dreyfusard et son premier historien, donc honni par *L'Écho de Paris* au temps de l'Affaire, puis favorable, contre beaucoup de ses anciens amis, à une politique de vigilance à l'égard de l'Allemagne, promoteur de la Loi de trois ans (voir n. 3) et enfin, pendant la guerre, rédacteur au *Figaro* des chroniques militaires réunies sous le titre *Commentaires de Polybe*. Le fils et le gendre de Reinach avaient été tués à l'ennemi dès le premier mois de la guerre. Dans une lettre à Robert Dreyfus de mars 1916, Proust juge de façon très désobligeante les chroniques de Reinach (voir la *Correspondance*, t. XV, p. 65).

3. En raison des mesures renforçant en Allemagne les effectifs de l'armée active, la question de la durée du service militaire, réduite à deux ans en 1905, est au premier plan de la vie politique française pendant les six premiers mois de l'année 1913, qui correspondent au début de la présidence de Poincaré. Le ministère Barthou fait adopter, malgré la violente opposition des socialistes et des radicaux-socialistes, le service de trois ans, en juillet à la Chambre, en août au Sénat.

Page 306.

a. c'était donc un *[p. 305, 1er §, dernière ligne]* patriote. [Dans le monde *[...]* sous la peau. *add. marg.*] Personne *ms.*

1. Proust exprime pour son compte la même idée dans une lettre à Charles d'Alton de février 1916. Mentionnant quelques salons où il s'est rendu depuis le début de la guerre, il ajoute qu'il y a entendu des « histoires d'autrefois », lointaines « comme les potins de l'Ancien Régime », « tant est profond le fossé qui sépare les années d'avant la guerre de cette formidable convulsion géologique » (*Correspondance*, t. XV, p. 54).

2. De même, pour Pascal, les opinions populaires, contestées par les demi-habiles, se trouvent conformes à celles des habiles : conformité d'apparence, puisque les habiles jugent « non par la pensée du peuple, mais par la pensée de derrière » (Pascal, *Pensées et opuscules*, édition de Léon Brunshvicg, Hachette, s.d. (1968), pensées 336 et 337, p. 484-485).

3. Ces pages de Chateaubriand où Proust reconnaît le phénomène de la mémoire spontanée qui est au centre de son propre livre sont, d'une part, celle du début du livre III des *Mémoires d'Outre-Tombe* (Bibl. de la Pléiade, t. I, p. 76) : « Je fus tiré de mes réflexions par le gazouillement d'une grive perchée sur la plus haute branche d'un bouleau. À l'instant, ce son magique fit reparaître à mes yeux le domaine paternel [...] » ; et, d'autre part, celle du livre VI, chap. V (éd. citée, p. 211) ; inspirée par une escale à l'île Saint-Pierre, lors du voyage de l'auteur en Amérique ; elles seront exactement citées plus loin (voir p. 498). Proust se contente ici d'une allusion. Une note interlinéaire du Cahier XVI, dit : « Vérifier Montboissier, le nom de l'oiseau et de la fleur ». Faute de cette vérification, il écrit *réséda* au lieu d'*héliotrope*, peut-être par une réminiscence du sonnet de Verlaine « Après trois ans » des *Poèmes saturniens*. Il a d'autre part rapproché explicitement la grive de Montboissier et la madeleine de Combray dans l'article qu'il a consacré à Flaubert (« À propos du "style" de Flaubert », *Essais et articles*, éd. citée, p. 599).

Page 307.

a. Dans ces temps *[p. 306, 1er §, dernière ligne]* préhistoriques ». [M. Bontemps ne voulait pas entendre parler de paix, c'était ce que *biffé*] [À vrai dire *[...]* dans la peau. En un mot il était ce que *corr. marg.*] Brichot appelait *ms.* ◆◆ *b.* dont avait *ms. Nous adoptons la correction de Clarac et Ferré*[1].

1. « JUSQU'AU BOUT. — C'est le mot de la journée », écrit Barrès après la séance de la Chambre du 22 décembre 1914 (*Chronique de la Grande Guerre*, éd. citée, t. II, p. 306). Les « jusqu'au-boutistes » flétrissaient l'attitude opposée par un autre néologisme que Louis Dumur, en 1923, donnera pour titre à son roman d'espionnage : *Les Défaitistes* (Albin Michel).

2. Le comte d'Haussonville (1843-1924), tenté d'abord par une carrière politique, y renonça et se consacra à l'histoire littéraire et à l'étude des questions sociales. Élu à l'Académie française en 1888, il y rejoignit le duc d'Aumale et le duc d'Audiffret-Pasquier et figura ensuite, avec d'autres académiciens de familles aristocratiques (Vogüé, Costa de Beauregard, de Mun, Ségur), dans un groupe improprement baptisé le « parti des ducs », supposé détenir un nombre de suffrages décisifs dans les élections académiques.

3. Depuis le début de la guerre, l'attitude de la Grèce, unie à la Serbie par un traité d'alliance défensive, était ambiguë. Le roi Constantin, beau-frère de Guillaume II, ouvertement germanophile, se heurtait à son premier ministre, Venizelos, favorable à l'Entente, qui fut forcé de démissionner en 1915. À la fin de 1916, un contingent de marins français débarqué en Grèce avec l'accord du gouvernement royal fut victime d'un guet-apens. C'est en juin 1917 seulement que la France contraignit Constantin à abdiquer en faveur de son second

1. Voir la variante *a*, page 313.

fils, Alexandre. Venizélos, revenu au pouvoir après avoir dirigé un cabinet insurrectionnel, engagea immédiatement la Grèce dans le camp des Alliés.

4. Le Grand Quartier général était le siège du commandement du généralissime des armées françaises, successivement Joffre, Nivelle, Pétain. Jean de Pierrefeu, chargé, de 1915 à 1918, de la rédaction du « communiqué » quotidien, a laissé un tableau très vivant du G.Q.G. dans *G.Q.G. Secteur 1*. (L'Édition française illustrée, 1920).

Page 308.

1. Guillaume II appelle « Tino » son beau-frère Constantin, comme il appelait « Georgie » son cousin George V, ou « Nicky » son cousin Nicolas II. « Fonfonse » est le roi d'Espagne Alphonse XIII (1886-1941), dont la jeunesse et la crânerie avaient séduit les foules, lors de la visite officielle qu'il avait faite à Paris en 1905 et au cours de laquelle il avait échappé à un attentat. Une autre visite, en mai 1913, avait eu le même succès.

Page 309.

a. chez moi [et avait, cela grâce aux yeux *[plusieurs mots illisibles]* yeux étaient rares *[fragment incomplet]*] Et encore *ms*[1]

1. Voir l'Esquisse IV, p. 763-765.

2. *Mal pensant* apparaît dans les dictionnaires (*Académie 1694, Trévoux*) avant *bien pensant* et avec le sens de « qui nourrit des pensées désobligeantes à l'égard de son prochain ». Les dictionnaires de l'Académie de 1798 et 1835 mentionnent, sans plus, l'opposition entre « ceux qui ont de bons sentiments » et « ceux qui en ont de mauvais ». Littré la fait remonter à l'époque de la Restauration et précise : « ceux qui ont des opinions politiques et religieuses agréables au gouvernement » et « ceux qui ont des opinions contraires ». Les deux termes auraient dû équivaloir, quels que soient les gouvernements, à « conformistes » et « non conformistes » mais, la gauche s'arrogeant le privilège de l'indépendance d'esprit, *bien-pensant* a fini par être réservé à « conformiste de droite et catholique » (« péjoratif », dit le dictionnaire de Robert).

3. Les « antirévisionnistes », croyant à la culpabilité de Dreyfus, condamné en 1894, s'opposaient à la révision du procès que réclamaient les partisans de Dreyfus. Ces derniers l'emportèrent et le second procès eut lieu à Rennes en 1899.

4. Le général de Galliffet (1830-1909) brillant cavalier du second Empire, chef de guerre glorieux en 1870, se signala en 1871 par la rigueur avec laquelle il réprima l'insurrection de la Commune. Il accepta d'entrer comme ministre de la guerre dans le cabinet favorable à Dreyfus formé par Waldeck-Rousseau en juin 1899. Honni par la gauche à partir de 1871, il le fut par la droite pendant

1. Voir la variante *a*, p. 313.

les dernières années de sa vie.

5. Il s'agit d'Octave (voir *À l'ombre des jeunes filles en fleurs*, t. II de la présente édition, p. 233-234), pour le personnage duquel des traits sont empruntés à Cocteau, à Bernstein, à Marcel Plantevignes (auteur de *Avec Marcel Proust*, Nizet, 1966) et à Horace Finaly. Voir *Albertine disparue*, var. *a*, p. 184, pour Bernstein et Finaly ; voir aussi n. 1 au bas de la page 1105.

Page 310.

1. C'est en mai et juin 1909 que furent donnés au Châtelet les premiers ballets russes, qui révèlent aux Parisiens le talent du danseur Nijinski et du peintre russe Léon Bakst (voir t. III de la présente édition, n. 1, 2 et 3, p. 140).

2. Marie Charles Jean Melchior, marquis de Polignac (1880-1950) fut un mécène et amateur éclairé des manifestations les plus originales de l'art contemporain. Voir Hedwige de Polignac, *Les Polignac*, Fasquelle, 1960, p. 266-268.

3. Les décors les plus applaudis de Bakst (1866-1924) furent ceux des ballets *Cléopâtre* (1909), *Schéhérazade* (1910), *Le Martyre de saint Sébastien* (1911) et *Prélude à l'après-midi d'un faune* (1912), sur les musiques de d'Arensky, Rimski-Korsakov et Debussy. Proust admirait Bakst « prodigieusement » (voir sa lettre à Reynaldo Hahn du 4 mars 1911, *Correspondance*, t. X, p. 258, voir également, t. II de la présente édition, n. 1, p. 298).

4. Édouard Dubufe (1853-1909), peintre et décorateur, fut chargé sous la troisième République de nombreuses commandes officielles, pour l'Hôtel de Ville, l'Élysée, la Sorbonne, la Comédie-Française.

5. Dans les premières années du XXe siècle, le « modern-style » connaît un grand succès à Munich, où il est considéré, en architecture, comme une réaction contre les pastiches gréco-romains du temps de Louis II et, dans l'ameublement, comme « une protestation contre les appartements encombrés et les meubles trop lourds » (Jules Huret, *La Bavière et la Saxe*, Bibliothèque Charpentier, 1913, p. 145).

Page 311.

1. Les journalistes — au premier rang d'entre eux Clemenceau, qui donne à son journal, *L'Homme libre*, le nouveau titre *L'Homme enchaîné* — ne cessent de protester au cours de la guerre contre les rigueurs de la Censure. L'expression *caviarder* pour *censurer* est largement antérieure. On trouve déjà dans le *Supplément* du *Littré*, en 1879 : « Caviar. En Russie, tache noire dont l'autorité se sert pour dérober à l'œil du lecteur certaines lignes d'un journal ».

2. Joffre, dès le début de la guerre, retira leur commandement à de nombreux généraux, jugés par lui insuffisants, et les affecta à la région de Limoges, d'où le néologisme familier qui a survécu à la guerre : *limoger*. Le général Alexandre Percin (1846-1928) avait été chef de cabinet du général André, successeur en mai 1900 de Galliffet au

ministère de la guerre, sous Waldeck-Rousseau, puis sous Combes. Il avait été directement mêlé à l'intrusion de l'anticléricalisme maçonnique dans l'armée et en 1904 au scandale des « fiches », qui aboutissaient à retarder systématiquement l'avancement des officiers dénoncés comme catholiques pratiquants. Interrogé par le général Dalstein, gouverneur militaire de Paris, sur ces dénonciations et sur leur effet, Percin s'efforça de se disculper en chargeant l'un de ses subordonnés, le capitaine Mollin (13 septembre 1906). Versé dans le cadre de réserve en 1911, Percin occupa, à Lille, l'emploi de commandant de la 1re Région militaire du 5 au 25 août 1914, date à laquelle il fut relevé de son commandement et où, sur ordre supérieur, Lille, déclarée ville ouverte, fut évacuée par sa garnison. Rendu responsable de cet abandon et replacé, le 1er janvier 1915, dans le cadre de réserve, Percin, flétri par l'opinion publique, multiplia pendant les trois premières années de la guerre les démarches pour obtenir une réhabilitation qui, sur les instances de ses amis politiques, lui fut accordée en 1917 ; il fut alors chargé de diverses missions, jusqu'au mois d'avril 1918 ; il a longuement plaidé sa cause dans *Lille* (Grasset, 1919). Admis à faire valoir ses droits à la retraite, en 1921, il ne se jugea pas tenu par l'obligation de réserve et, pour des articles touchant l'Alsace-Lorraine et la victoire de 1918, il comparut devant le Conseil de l'ordre de la Légion d'honneur, qui en termes particulièrement sévères, le frappa d'une « censure », le 16 janvier 1926.

Page 312.

1. On a rencontré la même idée dans *Sodome et Gomorrhe II* (voir t. III de la présente édition, p. 389) : « [...] un petit bout de jardin avec quelques arbres, qui paraîtrait mesquin à la campagne, prend un charme extraordinaire avenue Gabriel ou bien rue de Monceau, où des multimillionnaires seuls peuvent se l'offrir [...]. »

2. Du 31 juillet au 5 août 1914, plusieurs décrets instituent le *moratorium*, ou suspension de l'obligation de certains paiements, dont les loyers.

3. « Hôtel Majestic, 19 avenue Kléber, 400 chambres dont 300 avec salles de bains » (*Baedeker 1914*, p. 3, sous la rubrique « Hôtels de tout premier ordre »).

Page 313.

a. un des membres de *[p. 307, 1er §, avant-dernière ligne]* l'Académie. [À partir du *[...]* démenties par l'événement. *add. marg.*] Avant l'heure *ms. À la fin de cette longue suite d'additions concernant les transformations du salon Verdurin en 1916, on trouve une note de Proust :* Mettre plutôt le morceau ci-dessus un peu avant (Mme Verdurin à l'hôtel) ou bien après un fort alinéa. Grand alinéa. ↔ *b.* chasseurs du [Cirro[1] ou de Larue *biffé*] du restaurant où j'avais dîné avec Saint-Loup un soir

1. *Sic* pour *Ciro*, ou *Ciro's*, restaurant dont le Baedeker de 1914 indique l'adresse : 6, rue Daunou, et précise qu'il est « en vogue à l'heure du souper ».

de perme *corr. marg.*] avait *ms.* ◆◆ *c.* heure-là, ceux qui *ms. Nous adoptons la correction de Clarac et Ferré.*

1. L'aviation militaire du camp retranché de Paris, sous les ordres du commandant Girod, député du Doubs, était chargée par Gallieni d'un rôle de surveillance et de protection. Les vols pouvaient s'élever jusqu'à une altitude de 2 400 mètres (voir *L'Écho de Paris*, 11 décembre 1914).

2. Le mot « embusqué », d'un usage constant pendant la guerre, appartenait déjà à l'argot militaire en temps de paix et désignait le « soldat ayant un emploi qui le dispense de l'exercice et des corvées » (*Nouveau Larousse illustré* en 7 volumes, sous la direction de Claude Augé ; s.d. [1902-1903]).

3. Argot militaire pour « permission ».

4. Le *Baedeker 1914*, à la rubrique « Cinématographes », p. 40, indique quinze salles dont le théâtre Édouard-VII, le Gaumont-Palace, Pathé, Omnia, Pathé-Palace, Palace, Dufayel, etc. Beaucoup de ces salles étaient situées sur les grands boulevards.

Page 314.

a. voisins de *[3e ligne de la page]* campagne [. Ah ! si *[...]* faire une visite de voisin à la campagne *add. marg.*], de ces visites *ms.* ◆◆ *b.* le temps qu'il fait voyager *ms. Nous adoptons la correction de Clarac et Ferré.*

Page 315.

a. vacances en pleine *[p. 314, 17e ligne en bas de page]* campagne [. Seuls de temps à autre, bravant les règlements de la police, un hôtel, ou seulement un étage *corrigé en* : par exemple *[...]* un hôtel particulier, ou seulement un étage] d'un hôtel, *ms.* ◆◆ *b.* dans l'obscurité. [Mais l'impression d'Orient *[*allait se renouveler *corrigé en* se renouvela*]* *[*, et d'autre part *add. interl.]* à l'évocation du *[*Paris du *add. interl.]* Directoire, celle du Paris de 1815 *[*allait succéder *corrigé en* succéda*]*, quand je me trouvai sur les boulevards. Comme en 1815 c'était *[*les bigarrures les plus variées *corrigé en* le défilé le plus disparate*]* des uniformes des troupes alliées, et *[*comme *biffé]* parmi elles *[*Et d'autre *biffé] [*il y avait *biffé]* des africains en jupes culottes *[*rouges *add. interl.]*, des hindous enturbannés de blanc suffisaient pour *[*donner à toute cette bigarrure *biffé]* que de Paris je fisse quelque ville exotique *fragment inachevé biffé*] *Fin du Cahier XVI (f° 21 r°)* ◆◆ *c. Début du Cahier XVII :* [à accroître mon regret[1] *[p. 301, 2e §, 2e ligne]* de ne pas avoir de dons pour la littérature ne se présentèrent plus jamais à ma pensée pendant de longues années (où j'avais d'ailleurs tout à fait renoncé au projet d'écrire) et que je passai à me soigner dans une maison de santé jusqu'à ce que celle-ci ne pût plus trouver de personnel médical, au commencement de 1916 *[p. 301, 2e §, dernière ligne]*. J'avais aussi pendant cette cure cessé de penser à la plupart des personnes *[p. 315, 2e §, 2e ligne]* dont il a été question jusqu'ici

1. Le début de ce passage était : « Ces idées (p. 301, 2e §, 1re ligne) tendant, les unes à diminuer, les autres » (voir var. *b*, p. 286).

et j'avais seulement *[*revu *biffé] [*retrouvé *corr. interl.]* Saint-Loup, M. de Charlus et Bloch *[*(et aperçu M. de Charlus *add. interl.]*, en août 1914 quand j'étais venu passer quelques jours à Paris afin de me présenter à l'autorité militaire. J'avais vu <Saint-Loup> seulement deux fois et la seconde fois qui était certainement celle *biffé* en défi] [Je songeais *[...]* certainement celle[1] *corr. marg.*] où il s'était *ms.* ◆◆ *d.* agréables de sincérité qu'il *ms. Nous adoptons la correction de Clarac et Ferré.*

1. Voir l'image du « grand poirier blanc » dans *Le Côté de Guermantes I*, t. II de la présente édition, p. 455-456.

Page 316.

a. violence de son *[p. 315, 4e ligne en bas de page]* ton. [Saint-Loup revenait *[...]* chronologie. *add. marg.*] « Non, *ms.*

Page 317.

a. aimait mieux *[p. 316, 2e §, dernière ligne]* proclamer. [Oh ! je m'étais absolument trompé, *biffé*] [« Est-ce que *[...]* ont peur. » *corr. marg.*] Saint-Loup avait dit *ms.*

Page 318.

1. Sur le snobisme de la marquise Renée de Cambremer, rencontrée pour la première fois par le narrateur à la soirée de Mme de Saint-Euverte (voir *Du côté de chez Swann*, t. I de la présente édition, p. 331), voir en particulier *Sodome et Gomorrhe II* (t. III de la présente édition, p. 202-210) et ici p. 569.

2. L'état de santé de Guillaume II, qui devait mourir octogénaire, est une des préoccupations constantes de la propagande française. Ainsi, *L'Écho de Paris* du 11 décembre 1914 annonce en première page que le souverain souffre d'une « pneumonie aggravée de dépression nerveuse », ce qui « cause une grande anxiété en Allemagne ». De même Barrès, le 16 janvier 1915 : « J'ai causé avec quelqu'un qui connaît, comme personne, les gens et les choses d'Allemagne et qui a reçu les plus récentes lettres de Berlin. L'empereur a beaucoup vieilli, me dit-il » (*Chronique de la Grande Guerre*, éd. citée, t. III, p. 82).

Page 319.

a. la peau pour *[p. 318, 5e ligne en bas de page]* Guillaume » [Il paraît qu'il *[...]* c'est tout. *add. marg.*] « Ce pauvre *ms.*

1. La correspondance échangée pendant la guerre entre le banquier Lionel Hauser et Proust montre celui-ci beaucoup plus au fait des

1. Cette correction marginale au folio 1 du Cahier XVII forme la nouvelle transition entre les séjours de 1916 et 1914 du narrateur à Paris, remplaçant l'enchaînement primitif.

cours de la Bourse qu'on ne l'attendrait d'un artiste : l'« Extérieure » est la valeur dite « Extérieure espagnole », dont Proust dit avoir vendu des actions dans une lettre du 18 mai 1916 (lettre à Lionel Hauser du 18 mai 1916, *Correspondance*, t. XV, p. 99). Quant à la « de Beers » (mines de diamants), on sait qu'elle est au centre des pastiches de « L'Affaire Lemoine » (*Pastiches et mélanges*, éd. citée, p. 195 et suiv.).

2. Voir la lettre de Proust à Lucien Daudet, du 7 mars 1915 : « [...] Boche ne figure pas dans mon vocabulaire [...] » (*Correspondance*, t. XIV, p. 66) ; et sa lettre du 8 mars 1915 à Louis d'Albuféra, sur la mort de Bertrand de Fénelon, qui refusait de s'associer à l'exécration générale vouée à l'« Empereur » d'Allemagne (*ibid.*, p. 71). Voir p. 420 et n. 2.

Page 320.

a. Nous n'avions *[6ᵉ ligne plus haut]* été [...] bon cœur. *ms. Nous modifions la ponctuation de ces deux phrases en ajoutant des virgules et des parenthèses.*

Page 321.

a. entraînant leurs *[1ᵉʳ §, avant-dernière ligne]* hommes. [Les jeunes *[...]* haineuses formules. *add. marg.*] Sans doute *ms. Cette addition marginale est de la main de Proust. Elle figure sur le folio 10 qui est de la main de Céleste Albaret, comme les 2 feuillets suivants.*

Page 322.

a. étoile à des Sénégalais *ms. Nous adoptons la correction de Clarac et Ferré. Voir la variante suivante.* ↔ *b.* plus tard chez *[10ᵉ ligne de la page]* lui [et qui joint *[...]* guérissait *add. marg. de la main de Proust*[1]]. Dans son courage *ms. (Cahier XVII, folio 11)*

1. Saint-Loup servirait donc dans les troupes coloniales. Proust oublie ce qu'il a dit, p. 320, de ses diverses affectations.

2. Nous n'avons pu déterminer exactement où se sont exprimées ces prophéties. Mais le livre de F. E. Whitton, *Moltke* (Londres, Constable and Company, 1921 ; voir p. 306-307), permet d'en deviner la substance. Le vainqueur de 1871 (1800-1891) n'a cessé, pendant les vingt dernières années de sa vie, d'observer le relèvement militaire et moral de la France. Dans l'éventualité d'une guerre de revanche, où il prévoyait l'alliance franco-russe, Moltke écartait rigoureusement l'idée d'une violation de la neutralité belge. Il préconisait à l'égard de la France une politique de temporisation initiale, une attitude d'abord défensive, et il excluait par conséquent une guerre éclair à l'ouest.

1. Voir la variante *a*, p. 321.

Page 323.

a. son idéal de *[p. 322, 1er §, dernière ligne]* virilité. [« En avons-nous *[...]* d'opérations *add. marg.*] En dehors *ms. (Cahier XVII, f° 12) Ce passage est suivi d'une rédaction continue par six feuillets collés (ff^os^ 13-19), jusqu'à* cravates claires *[p. 325, 1er §, dernière ligne].*

1. Dans les deux années précédant la guerre, jugée imminente, l'opinion, généralement répandue et en somme rassurante, que cette guerre serait très courte, s'appuyait sur l'esprit offensif officiellement défini par le *Règlement sur la conduite des grandes unités* qu'évoque Saint-Loup : « Il était rédigé en une prose ardente, un peu à la manière d'une profession de foi : certaines phrases même rappellent un peu le style de la Convention décrétant la victoire. Il affirme comme une sorte de dogme que le succès à la guerre ne va qu'à celui qui recherche la bataille et sait la livrer offensivement avec tous ses moyens » (maréchal Joffre, *Mémoires*, Plon, 1932, t. I, p. 39). La doctrine pouvait être comprise de façon plus ou moins éclairée. À la limite, il n'est plus question de renseignement, d'appui de l'artillerie, de reconnaissance du terrain : « La bataille se réduit à une sorte d'immense raz de marée qui doit tout submerger » (commandant Muller, *Joffre et la Marne*, Crès, 1931, p. 15). Voir enfin J. Norton Cru, *Du témoignage*, Gallimard, 1930, rééd. Pauvert, 1967, p. 81-84, « Le Paradoxe de l'offensive ».

2. Après les débauches de sublime des premiers mois (voir, par exemple, *1914. Carnet d'un combattant*, notes recueillies par Jules Mazé, Vermot, 1915), la littérature de guerre recourt à des procédés plus subtils, soit en dissimulant l'émotion sous une brutalité exagérée (voir, dès avant la guerre, chez Courteline, le capitaine Hurluret, du *Train de 8 heures 47*), soit en la montrant maîtrisée héroïquement par les servitudes des obligations professionnelles. Proust ridiculise ici et dans la page qui suit les deux affectations, sans viser, nous semble-t-il, un écrivain en particulier. Voici, chez Dorgelès, concurrent malheureux de Proust pour le prix Goncourt, un exemple du premier procédé. C'est, au cours d'une attaque meurtrière, le mot d'un capitaine à ses hommes : « Vous êtes de braves cochons... On va enlever leur troisième ligne » (*Les Croix de bois*, Albin Michel, 1919, p. 201).

Page 324.

a. se juger. [Saint-Loup aimait les hommes ; il jugea qu'il était essentiellement d'un homme de faire la guerre, qu'il participerait pleinement ainsi à la vie des êtres qu'il préférait, qu'il communierait avec leur idéal, qu'il sauverait son ordonnance, qu'il inspirerait *[*un amour *biffé] [*une admiration *corr.]* fanatique à ses hommes. *biffé*] De sorte *ms.*

1. « Jouet comprenant une bobine formée de deux cônes opposés par le sommet, et deux baguettes reliées par une ficelle que l'on tend plus ou moins sous la bobine pour la faire sauter et la rattraper » *(Robert).*

Page 325.

a. Balbec, me dit Robert, te rappelles-tu *ms. Nous adoptons la correction de Clarac et Ferré (voir var. a, p. 327).*

1. Proust reprend le parallèle classique des deux disciples de Socrate, auteurs l'un et l'autre, on le sait, d'un *Banquet* et d'une *Apologie de Socrate.*

2. La plaisanterie est outrée : la niaiserie du directeur ne peut aller jusqu'à ignorer que le Japon et la Russie sont dans le camp des Alliés. Mais que des opérations militaires aient pu menacer les côtes de la Normandie, c'est ce que Léon Daudet avait affirmé dans *L'Avant-guerre*, Nouvelle librairie nationale, 1914, p. 155-173.

3. C'est le 2 septembre 1914 que, les Allemands n'étant plus qu'à quelques heures de marche de Paris, le président de la République et le gouvernement étaient partis pour Bordeaux, où ils devaient rester jusqu'au début de décembre.

Page 326.

1. Cette affirmation est, à l'époque, moins banale qu'elle ne paraît aujourd'hui. L'importance décisive de l'aviation ne s'est pas imposée immédiatement, même aux meilleurs esprits. À la veille de la guerre, Foch la contestait encore, selon Jean de Pierrefeu (*Plutarque a menti*, Grasset, 1923, p. 306).

2. Voir *La Prisonnière*, t. III de la présente édition, p. 801.

Page 327.

a. porter des cravates *[p. 325, 1*er *§, dernière ligne]* claires. [Je parlai à Saint-Loup *[...]* meilleurs *[p. 326, 1*er *§, dernière ligne]* yeux ». *Début 1*re *add. (marg. et papier collé)*] [J'avais rencontré *[...]* seule amabilité. *2*e *add. (paperole)*] [« Eh bien, et la pauvre Françoise, a-t-elle réussi à faire réformer son neveu ? *fin 1*re *add.*] Mais Françoise *ms.*

Page 329.

a. elle avait reçu : *ms. Nous adoptons la correction de Clarac et Ferré (voir var. b).* ↔ *b.* maladie de *[p. 328, 5*e *ligne]* cœur. [Elle ne perdait *[...]* pissetières. *add. marg.*] Elle ne *ms.*

1. La propagande hostile à Poincaré, en France et à l'étranger, n'a cessé de lui reprocher d'avoir voulu la revanche, ou, tout au moins, de n'avoir pas lutté assez énergiquement pour préserver la paix. Il s'est mainte fois disculpé sur ce point, par exemple dans *Au service de la France, IV, L'Union sacrée*, Plon, 1927, p. 528.

2. À Rambuteau (1781-1869), préfet de la Seine sous Louis-Philippe, on doit d'importantes mesures d'urbanisme avant celles

d'Haussmann. Les dictionnaires du début du XXe siècle donnent encore *rambuteau* avec le sens mentionné par Proust.

Page 330.

a. ses larmes *[1re ligne]* d'un sourire. [Au moins *[...]* pour le faire *[1er §, dernière ligne]* réformer. *add. marg.*] [Le maître *[...]* vainqueur. *add. marg.*] Je n'étais *ms.*

1. Jouy-le-Vicomte, village proche de Combray, lorsque Combray est situé en Beauce, l'est encore lorsqu'il a été transporté par le romancier dans la zone des opérations. Proust a sans doute imaginé ce nom d'après Jouy-le-Potier, qui est situé à une quinzaine de kilomètres d'Orléans, où il a fait son service militaire ; il existe aussi un Jouy-le-Comte, près de Pontoise (voir André Ferré, *Géographie de Marcel Proust*, éd. du Sagittaire, 1939, p. 140). L'inquiétude du narrateur reflète celle qu'inspirèrent dans l'opinion française, en août 1914, les progrès, avoués avec précautions et retards, de l'invasion allemande.

2. *Taube* : « pigeon » en allemand. C'est le 30 août 1914 qu'un avion jeta pour la première fois des bombes sur Paris, faisant un mort et trois blessés (R. Poincaré, *Au service de la France, V, L'Invasion*, éd. citée, p. 217). Les dégâts et les pertes causés par les *taubes* dans les semaines qui suivirent furent limités. L'effet sur le moral de la population fut nul : « Les Parisiens, privés de distractions, accueillirent la chasse aux taubes comme un amusement gratuit » (A. Ducasse, J. Meyer, G. Perreux : *Vie et mort des Français, 1914-1918*, Hachette, 1959, p. 251).

3. Gilberte s'expliquera plus loin sur ce départ (voir p. 334-335). À ce point du récit et à ce moment de la guerre, fuir les dangers de Paris vers le nord-est apparaît comme une inadvertance du romancier ou une incohérence du personnage.

Page 331.

1. Proust, comme s'il participait de l'« esprit Guermantes », a exprimé lui-même des réserves quant à la germanophobie exacerbée qui se manifeste en France de 1914 à 1918 : « Je crois qu'on généralise trop les crimes allemands », écrit-il à Louis d'Albuféra en mars 1915 (*Correspondance*, t. XIV, p. 71). Dans la même lettre il évoque, d'après *Le Figaro* du 19 septembre 1914, les circonstances où, comme Gilberte, le peintre Madeleine Lemaire n'aurait eu qu'à se louer de la courtoisie de l'envahisseur (voir aussi, cité par Ph. Kolb, *ibid.*, p. 74, Fernand Gregh, *L'Âge d'or*, Grasset, 1947, p. 271).

2. Proust a sans doute puisé dans les rubriques militaires des journaux du temps cette vision cyclique et simpliste de la stratégie pendant la Grande Guerre. En fait, les décisions de l'État-Major furent dictées par les circonstances plutôt que par une doctrine préétablie. À la fin de 1914, on voit Foch renoncer à l'idée d'une percée et placer

ses espoirs dans l'emploi d'« une forte artillerie, capable d'effets d'écrasement sur les abris et les tranchées » (*Mémoires*, Plon, 1931, t. I, p. 262). Un an plus tard (*ibid.*, t. II, p. XII), après l'échec des attaques d'Artois et de Champagne, il s'exprime en termes analogues. La bataille de la Somme, en 1916, ayant mis en œuvre des bombardements d'une très grande violence, il est vrai que Foch (*ibid.*, p. XXII) et Weygand (*Idéal vécu*, Flammarion, 1953, p. 352) reconnaissent les difficultés que le terrain bouleversé oppose à la progression de l'infanterie. Mais, naturellement, bien loin de revenir en arrière, le commandement ne cessera d'accroître le rôle de préparations d'artillerie de plus en plus violentes jusqu'à la victoire.

Page 332.

a. principes qu'il m'avait alors *[1er §, dernière ligne]* exposés [, il n'avait *corrigé en* . Tout au plus *[...]* c'est qu'il n'avait] pas non plus *ms.* ◆◆ *b.* « Mon petit, m'écrivait Robert, *ms. (voir var. a, p. 430).* ◆◆ *c.* même s'il a *ms. Nous adoptons la correction de Clarac et Ferré (voir var. d.).* ◆◆ *d.* extraordinaires dans nos *[1er §, dernière ligne]* classes. [L'épopée *[...]* les autres. *add. marg.*] Je dis *ms.*

1. Le général Yves-Marie Geslin de Bourgogne (1847-1910) est l'auteur d'une *Instruction progressive du régiment de cavalerie dans ses exercices et manœuvres de guerre. École du cavalier. École du peloton. École d'escadron. École de régiment*, Berger-Levrault 1885 ; plusieurs éditions successives, la quatrième en 1905. Il a publié en outre : *Notes sur l'instruction d'ensemble par un irrégulier. École du peloton. École d'escadron ; les évolutions, l'ordre dispersé, les échelons*, Berger-Levrault, 1900 ; et *Pour les cuirassiers, par un irrégulier*, Berger-Levrault extrait de la *Revue de cavalerie*, février 1907.

2. Voir n. 4, p. 309.

3. Le général François Oscar de Négrier (1839-1913) s'était illustré en Algérie et au Tonkin. Membre du Conseil supérieur de la guerre depuis 1894 jusqu'à sa retraite en 1904, il y attira l'attention par des démêlés avec les généraux de Galliffet (voir p. 309 et n. 4) et André (1838-1913 ; voir p. 311 et n. 2). La guerre russo-japonaise lui inspira des articles très remarqués dans *La Revue des Deux-Mondes* et *La Revue de Paris*.

4. Le général Pau (1848-1932), nommé au Conseil supérieur de la guerre en 1909, commandait l'extrême droite française qui prit pied en Alsace au mois d'août 1914.

5. Les deux formules, vulgarisées à l'extrême, datent de la bataille de Verdun. En remettant au général Nivelle, le 2 mai 1916, le commandement de la IIe armée, Pétain lui déclare : « Général, mon mot d'ordre au début de la bataille a été : *Ils ne passeront pas*. Je vous le transmets ». Quant à *On les aura*, qui était le titre du journal du 279e territorial et sera la légende d'une affiche d'Abel Faivre pour un emprunt de guerre, Pétain utilise l'expression dans l'ordre du jour où il félicite ses troupes d'avoir contenu héroïquement les attaques allemandes de février, mars, avril 1916 : « Les Allemands attaqueront

sans doute encore ; que chacun travaille et veille pour obtenir le même succès qu'hier. Courage... on les aura ! » (A. Ducasse, J. Meyer, G. Perreux, ouvr. cité, p. 166 et 141).

6. Voir aussi 2e § de la page, ligne 5. Sur la vulgarité initiale du mot « poilus » appliqué aux combattants, sur la grandeur héroïque que les circonstances lui ont peu à peu conférée, Barrès exprime des idées très voisines de celles de Saint-Loup, à propos de la « Journée du Poilu », le 22 septembre 1915 (voir *Chronique de la Grande Guerre*, éd. citée, t. VI, 1933, p. 102-106).

Page 333.

a. Bien entendu, [la guerre *biffé*] [« le fléau » *corr. marg.*] n'avait *ms.*

Page 334.

a. une page de [Jean Christo<phe> *biffé*] Romain Rolland, *ms.* ↔ *b.* après la guerre. [Au début de 1916 je me retrouvai de nouveau à Paris, la maison de santé où je faisais ma cure ayant définitivement fermé. Le jour même de mon arrivée je reçus une lettre de Gilberte. Sans doute avait-elle *corrigé dans la marge en* Et maintenant *[...]* sans doute avait] oublié *ms.*

1. Romain Rolland publia, de septembre 1914 à août 1915, dans *Le Journal de Genève*, un certain nombre d'articles, réunis en volume en 1915 sous le titre de l'un d'entre eux : *Au-dessus de la mêlée* (Paris, Ollendorff/Neuchâtel, Attinger). Souhaitant une victoire française, il la voulait exempte de haine, d'injustice et de mensonge. Il gardait son estime à l'Allemagne de Goethe, distinguée de l'Allemagne belliciste moderne. Une grande partie de l'opinion française taxa de trahison cette attitude idéaliste. Proust n'avait guère d'estime pour l'œuvre littéraire de Rolland (voir « Romain Rolland », *Contre Sainte-Beuve*, éd. citée, p. 307-310). Il prête à Saint-Loup, pendant la guerre, une position voisine d'*Au-dessus de la mêlée.* Quant à lui, il hésite entre la désapprobation : « Qui se dit "au-dessus de la mêlée" est peut-être plutôt au-dessous d'elle, l'héroïsme occupant sans doute un étage supérieur » (lettre à Walter Berry du 10 septembre 1916, *Correspondance*, t. XV, p. 290), et l'assentiment (voir n. 3 de cette page).

2. Le commandant du Paty de Clam (1853-1916) fut en octobre 1894 l'un des premiers officiers de l'État-major à soupçonner Dreyfus de trahison (voir *Le Côté de Guermantes I,* t. II de la présente édition, n. 1, p. 538). C'est lui qui l'interrogea le 15 octobre et conclut à sa culpabilité. Fréquemment mêlé aux différents épisodes de l'Affaire, il avait été appelé comme témoin dans le procès intenté à Zola en février 1898 à la suite de la publication, dans *L'Aurore* du 13 janvier, de la lettre « J'accuse ». Témoin dans le même procès, le poète Pierre Quillard était un ardent partisan de Dreyfus. Il sera secrétaire général de la Ligue des droits de l'homme en 1911. Il avait publié dans la revue *La Pléiade*, en avril 1886, *La Fille aux mains coupées*,

« mystère », de cent cinquante vers, harmonieux débat entre la chasteté et l'instinct, représenté au Théâtre d'art de Paul Fort les 19 et 21 mars 1891. Nous ne savons où Proust a pris l'anecdote ici rapportée. Si elle est authentique, il a peut-être tort de ne pas y voir une intention ironique de l'officier.

3. L'épisode de l'oiseau magique qu'écoute et suit Siegfried se situe au deuxième acte du drame musical de Wagner, *Siegfried*, créé à Bayreuth le 15 août 1876 et à l'Opéra de Paris le 3 janvier 1902. L'exaspération de beaucoup d'écrivains et d'artistes français contre l'Allemagne se traduisait par des condamnations sans appel de l'art et de la pensée d'outre-Rhin. Wagner était particulièrement visé dans une campagne dont Saint-Saens avait pris la tête dans *L'Écho de Paris* (voir Jean-Bernard, *La Vie de Paris, 1915*, Alphonse Lemerre, 1916, p. 25 et 142). Proust désapprouvait les excès de ce chauvinisme. Dans une lettre à Mme Sydney Schiff, il s'excuse ironiquement de citer Leibnitz « malgré la guerre » (*Correspondance générale*, éd. Robert Proust et Paul Brach, Plon, 1930-1936, t. III, p. 12 ; lettre non datée). Dans une autre lettre, à Paul Souday, qui avait, en temps de guerre, défendu Wagner et soutenu Richard Strauss contre l'auteur dramatique à la mode Miguel Zamacoïs, Proust déclare : « Une victoire dont le seul résultat serait de substituer à l'esthétique de Wagner celle de M. Zamacoïs ne serait pas féconde » (lettre du 11 avril 1915, *Correspondance*, t. XIV, p. 100). Enfin, dans une lettre d'avril 1919, il félicitera Jacques Rivière d'avoir, dans son livre *L'Allemand. Souvenirs et réflexions d'un prisonnier de guerre*, conservé une attitude noblement objective à l'égard de nos ennemis (Marcel Proust/Jacques Rivière, *Correspondance*, éd. Philip Kolb, Gallimard, 1976, p. 43).

Page 335.

1. Gilberte propose une deuxième explication pour son départ de Paris, oubliant qu'elle en a donné une autre deux ans plus tôt (voir p. 330 et n. 3). Proust, cherchant la vérité sous le faux-semblant, nous invite à croire à la première, la peur, non à la seconde, l'héroïsme. Mais il oublie lui-même que la seconde seule n'est pas en désaccord total avec la vraisemblance.

2. En transportant sur le front le Combray beauceron et en donnant à la « bataille de Méséglise » les caractéristiques — durée, pertes — de celle de Verdun, Proust entend associer à l'héroïsme des combats de 1916 les vertus ancestrales de l'humble France profonde, celle du porche de Saint-André-des-Champs (voir *Du côté de chez Swann*, t. I de la présente édition, p. 149).

Page 336.

a. violemment *[3e ligne de la page]* ému. [Françoise avait *[...]* et sanglant. *add. marg.*] Quand il était entré *ms. Comme Clarac et Ferré, nous substituons à* il , Saint-Loup , *devenu nécessaire du fait de l'addition marginale.*

1. Les premières permissions datent de juillet 1915 (voir A. Ducasse, J. Meyer, G. Perreux, ouvr. cité, p. 85 et 221 et Jean-Bernard, *La Vie de Paris, 1915*, éd. citée, p. 315-318).

Page 337.

1. Souvenir, peut-être, de « Booz endormi » de Victor Hugo (*La Légende des siècles*, Bibl. de la Pléiade, p. 33) : *Les tribus d'Israël avaient pour chef un juge ; / La terre, où l'homme errait sous la tente, inquiet / Des empreintes de pieds de géants qu'il voyait, / Était encor mouillée et molle du déluge.*

2. Le premier bombardement par zeppelins sur Paris et sa banlieue date du 21 mars 1915. Il fut peu meurtrier. On en trouve des descriptions intéressantes chez Barrès (*Chronique de la Grande Guerre*, éd. citée, t. IV, p. 44) et chez Poincaré (*Au service de la France*, Plon, 1930, t. VI, *Les Tranchées*, p. 121). Le second raid, beaucoup plus grave, fit des dégâts et des victimes, en particulier dans le XXe arrondissement (29 janvier 1916).

Page 338.

a. <De> notre balcon [...] informe et *Ces deux lignes figurent sur un feuillet détérioré du manuscrit. Leur lecture est conjecturale.* ↔ *b.* joué par des personnages *Après ces mots, on trouve dans le manuscrit une longue paperole non biffée. Nous ne l'intégrons pas à la version définitive car elle est reprise sous une forme, sinon plus complète, du moins plus achevée, aux pages 340-341. Voici le texte de cette paperole :* Je demandai à Saint-Loup si cette guerre avait confirmé ce que nous disions des guerres passées, à Doncières. Je lui rappelai des propos que lui-même avait oubliés, par exemple sur les pastiches des batailles par les généraux à venir. « La feinte, lui dis-je, n'est plus guère possible dans ces opérations qu'on prépare d'avance avec de telles accumulations d'artillerie. Et ce que tu m'as dit depuis sur les reconnaissances par les avions qu'évidemment tu ne pouvais pas prévoir, empêche l'emploi des ruses napoléoniennes. — Comme tu te trompes ! me répondit-il ; cette guerre, évidemment, est nouvelle par rapport aux autres et se compose elle-même de guerres successives, dont la dernière est une innovation par rapport à celle qui l'a précédée. Il faut s'adapter à une formule nouvelle de l'ennemi pour se défendre contre elle, et alors lui-même recommence à innover. Mais dans tous les arts, ce qui a été beau reste toujours beau et, comme en toutes choses humaines, les vieux trucs prennent toujours. Pas plus tard qu'hier soir, le plus intelligent des critiques militaires écrivait : « Quand les Allemands ont voulu délivrer la Prusse orientale, ils ont commencé l'opération par une puissante démonstration fort au sud, contre Varsovie, sacrifiant dix mille hommes pour tromper l'ennemi. Quand ils ont créé au début de 1915 la masse de manœuvre de l'archiduc Eugène pour dégager la Hongrie menacée, ils ont répandu le bruit que cette masse était destinée à une opération contre la Serbie. C'est ainsi qu'en 1800 l'armée qui allait opérer contre l'Italie était essentiellement qualifiée d'armée de réserve, et semblait destinée non à passer les Alpes, mais à appuyer les armées engagées sur les théâtres septentrionaux. La ruse d'Hindenburg attaquant Varsovie pour masquer l'attaque véritable sur les lacs de Mazurie est imitée d'un plan de Napoléon en 1812. » Tu vois que M. Bidou reproduit presque les paroles que tu me rappelles et que j'avais oubliées. Et comme la guerre n'est pas finie, ces ruses-là se reproduiront encore et réussiront, car on ne perce jamais rien à jour, ce qui a pris une fois a pris parce que c'était bon, et prendra toujours. » Et en effet, bien longtemps après cette conversation avec Saint-Loup, pendant que les regards des Alliés étaient fixés sur Pétrograd, contre laquelle capitale on croyait que les Allemands commençaient leur marche, ils préparaient la plus puissante offensive contre l'Italie. Saint-Loup me cita bien d'autres exemples de pastiches militaires ou, si l'on croit qu'il n'y a pas un art mais une science militaire, d'applications des lois permanentes. Mettre ici tout ce qui est le pendant des conversations de Doncières et peut-être tout ce que je faisais dire à la fin du livre à Gilberte.

« Je ne veux pas dire, il y aurait contradiction dans les mots, ajouta Saint-Loup, que l'art de la guerre soit une science. Et s'il y a une science de la guerre, il y a diversité, dispute et contradiction entre les savants. Diversité projetée pour une part dans la catégorie du temps. Ceci est assez rassurant, car pour autant que cela est, cela n'indique pas forcément erreur mais vérité qui évolue. Vois dans cette guerre, sur la possibilité de la percée, par exemple. On y croit d'abord, puis on vient à la doctrine de l'invulnérabilité des fronts, puis de la percée possible mais dangereuse, de la nécessité de ne pas faire un pas en avant sans que l'objectif soit d'abord détruit (un journaliste péremptoire dira que prétendre le contraire est la plus grande sottise qu'on puisse dire) ; puis au contraire d'avancer avec une très faible préparation d'artillerie ; puis à faire remonter l'invulnérabilité des fronts à la guerre de 1870, et à prétendre que c'est une idée fausse pour la guerre actuelle, donc une idée d'une vérité relative. Fausse dans la guerre actuelle à cause de l'accroissement des masses et du perfectionnement des engins (voir Bidou du 2 juillet 1918) accroissement qui d'abord avait fait croire que la prochaine guerre serait très courte, puis très longue, et enfin a fait croire de nouveau à la possibilité des décisions victorieuses. Bidou cite les Alliés sur la Somme, les Allemands vers Paris (1918). De même à chaque conquête des Allemands on dit d'abord : le terrain n'est rien, les villes ne sont rien, ce qu'il faut c'est détruire la force militaire de l'adversaire. Puis les Allemands à leur tour adoptent cette théorie en 1918 et alors Bidou explique curieusement (2 juillet 1918) comment certains points vitaux, certains espaces essentiels, s'ils sont conquis, décident de la victoire. C'est d'ailleurs une tournure de son esprit : il a montré comment, si la Russie était bouchée sur mer, elle serait défaite (?) et qu'une armée enfermée dans une sorte de camp d'emprisonnement est destinée à périr. »

1. Le mot *berloque* (ou parfois *breloque*) est sorti de l'usage strictement militaire et s'est répandu pendant la Grande Guerre pour indiquer la sonnerie de clairon, la batterie de tambour, ou le signal de la sirène marquant la fin d'une alerte.

2. « La Garde au Rhin », poème de Max Schneckenburger (1819-1849), fut composé en 1840, au moment de la crise franco-allemande. En 1870, il figure dans un recueil posthume : *Deutsche Lieder* (« Chants allemands »), et le compositeur Karl Wilhelm

le met en musique. C'est grâce à cette mélodie et aux circonstances que ce chant grandiloquent devient célèbre et retrouve périodiquement sa popularité (renseignements fournis par M. Jacques Lacant).

3. L'épisode célèbre de la chevauchée des divinités guerrières se trouve au troisième acte du drame musical de Wagner *La Walkyrie*. Wagner, constamment présent dans les évocations de Proust dès qu'il s'agit de musique, est l'objet de l'enthousiasme affecté de snobs comme les habitués du salon Verdurin, mais aussi du culte d'un amateur comme Saint-Loup, qui ne pardonnait pas à son père d'avoir « bâillé à Wagner et raffolé d'Offenbach » (voir *À l'ombre des jeunes filles en fleurs*, t. II de la présente édition, p. 93).

4. Dans un livre que Proust admirait (lettre à Robert de Montesquiou, début de mars 1912, *Correspondance*, t. XI, p. 52), Barrès avait analysé ce tableau à deux étages où s'opposent la terre et le ciel, « dans le bas l'enterrement du seigneur d'Orgaz ; au-dessus sa réception à la cour céleste » (*Greco ou le secret de Tolède ; L'Œuvre de Maurice Barrès*, Club de l'honnête homme, 1967, t. VII, p. 338). *L'Enterrement du comte d'Orgaz*, commandé au Greco en 1584, se trouve à l'église San Tome, à Tolède.

5. Chroniqueur mondain au *Figaro*, François Ferrari, sous la rubrique « Le Monde et la Ville » mentionnait, en plusieurs colonnes et selon des formules immuables, les personnalités « reconnues » aux soirées, concerts, garden-parties, réceptions diverses de la capitale. Sa dernière chronique est du 15 mai 1909 et *Le Figaro* du 17 annonce qu'il vient de mourir à l'âge de soixante-douze ans. Proust, sensible au comique involontaire de cette rubrique, semble en avoir été un lecteur assidu. Il y figure, le 25 avril 1899, pour une grande soirée offerte par lui, le 24, à ses relations aristocratiques en avril 1899 (voir la lettre à Robert de Montesquiou du 25 avril 1899, *Correspondance*, t. II, p. 286).

Page 339.

a. il pouvait donner à celui *ms. Nous adoptons la correction de Clarac et Ferré.*

1. On sait les péripéties nocturnes, rencontres non souhaitées, poursuites, quiproquos, etc. où sont jetés les héros de *L'Hôtel du Libre-échange*, pièce en trois actes de Georges Feydeau et Maurice Desvallières créée au théâtre des Nouveautés le 5 décembre 1894. Toute la page où Proust évoque sur deux tons une nuit de bombardement est inspirée d'une expérience personnelle. Elle reprend dans ses détails le récit que fait Proust à Mme Straus dans une lettre de la fin du mois de juillet 1917. On y retrouve l'Apocalypse, *L'Hôtel du Libre-échange*, *L'Enterrement du comte d'Orgaz*, l'hôtel Ritz de la place Vendôme, d'où Proust, client assidu, a contemplé effectivement le spectacle. Mais, naturellement, « juives américaines » et « seins décatis » n'avaient pas leur place dans une lettre destinée à la fille de Fromental Halévy. D'où la variante : « Des dames en chemise de nuit ou même en peignoir de bain rôdaient

dans le hall “voûté” en serrant sur leur cœur des colliers de perles » (*Correspondance*, t. XVI, p. 196).

2. Bressant (1815-1886) et Delaunay (1826-1903), sociétaires de la Comédie-Française, étaient également réputés pour l'élégance avec laquelle ils jouaient les jeunes premiers, même — pour le second — après avoir largement dépassé l'âge du rôle.

Page 340.

1. Le lecteur a déjà devancé Proust dans cette appréciation sur les propos passablement incohérents de Saint-Loup. Si on les reprend dans l'ordre, on accorde, il est vrai, au neveu de Charlus qu'Hindenburg est une « vieille révélation ». En effet, quand, après la disgrâce de Falkenhayn, il prend en août 1916 le commandement de toutes les forces opposées aux Alliés, il s'est déjà illustré par sa double victoire sur les Russes à Tannenberg et aux Lacs Mazurie en août et septembre 1914 et par ses opérations sur le front oriental en 1915. Mais en quoi « future révolution » est-il justifié, en dehors de la paronymie ? révolution dans l'ordre de la stratégie ? ou sociale, politique, due aux abus de pouvoir d'un gouvernement militaire ? On ne sait. Et que dire du reproche comique de ménager l'ennemi ? de ne pas abattre l'Autriche et l'Allemagne ? de restreindre des responsabilités imaginaires attribuées à Mangin ? « Européaniser la Turquie » peut, à la rigueur, se présenter comme un ambitieux projet politique ; mais « montenegriser » la France — l'armée autrichienne occupait le Montenegro depuis janvier 1916 — ne présente d'autre intérêt que celui d'un néologisme. La situation de rupture existant entre le Vatican et la monarchie italienne depuis 1870 peut créer des difficultés à la diplomatie française, en face des deux Rome rivales et des sympathies de la première pour l'Autriche catholique. Mais l'opposition entre diplomatie *secrète* et diplomatie *concrète* relève encore une fois de la paronymie plus que d'une véritable analyse. Et la paronymie triomphe aussi dans les plaisanteries de la fin : *carpes* — « personne niaise » d'après le *Grand dictionnaire universel du XIX*[e] *siècle* — appelle *escarpes* et tous deux entrent dans une expression calquée sur « avaler des couleuvres ». Charlus, par fidélité à la mémoire du comte de Chambord, fréquenterait la comtesse Molé, malgré l'horreur qu'elle lui inspire maintenant (voir *La Prisonnière*, t. III de la présente édition, p. 738), et Arthur Meyer (1844-1924), directeur du *Gaulois*, catholique de fraîche date, royaliste douteux, si on parvenait à le convaincre de leur légitimisme. De même, par haine du drapeau tricolore de la France républicaine, il se rangerait « sous le torchon du *Bonnet rouge* », journal révolutionnaire et antimilitariste, qui, avec son directeur Miguel Almereyda, est au centre des affaires de trahison de 1917-1918.

On trouvera dans le *Grand dictionnaire de cuisine* d'Alexandre Dumas (Veyrier, 1973, p. 148) la recette des carpes à la Chambord : carpes farcies de ris de veau, foie gras et truffes, cuites dans un court-bouillon de champagne et assorties de volailles et de truffes !

2. Citation du poème de Baudelaire « Le Balcon », v. 27-29, légèrement altérée : il y a « d'un gouffre » chez Baudelaire, et une virgule après « sondes » (*Les Fleurs du mal*, *Œuvres complètes*, Bibl. de la Pléiade, t. I, p. 37).

Page 341.

1. Les tactiques victorieuses d'Austerlitz, d'Arcole, d'Eckmühl sont connues. C'est en Prusse orientale, en août 1914, qu'Hindenburg applique aux deux armées russes d'invasion les principes napoléoniens : rapidité des mouvements et batailles successives contre les forces ennemies divisées. De mai à septembre 1915, par des offensives menées l'une après l'autre sur un front de plus de mille kilomètres, il contraint l'armée russe à une retraite générale qui lui fait perdre la Courlande, la Lituanie, la Pologne. Quant aux replis stratégiques, le plus efficace que l'on puisse citer est celui qu'effectuera Hindenburg en mars 1917 sur le front français et qui fut l'une des causes de l'échec de l'offensive lancée par le général Nivelle en avril.

2. Les avions de type « Gotha » utilisés par les Allemands étaient supérieurs en vitesse et en charge à ceux des Alliés. Le premier raid de gothas sur Paris, dans la nuit du 30 au 31 janvier 1918, fit quarante-cinq morts et plus de deux cents blessés. Les raids s'intensifièrent dans les mois suivants. Dans une lettre à Mme Straus du printemps 1918, Proust raconte avoir été surpris dans la rue par un bombardement de gothas, un soir qu'il était « allé entendre le 2e quatuor de Borodine chez les Gabriel de La Rochefoucauld » (*Correspondance générale*, éd. citée, t. VI, p. 197).

3. C'est en juin 1916 que le gouvernement français, suivant l'exemple de l'Allemagne, de l'Autriche, de l'Italie et de l'Angleterre, et surmontant de vives oppositions, fit adopter l'heure d'été.

4. L'ancien palais du Trocadéro, édifié à l'occasion de l'Exposition universelle de 1878, par Davioud et Bourdais, était surmonté d'une coupole métallique encadrée de deux tours rectangulaires.

Page 342.

1. Il est possible que Proust se souvienne ici des *Mémoires* de la comtesse de Boigne. Mais en ce cas il oublie qu'elle distingue les deux occupations de Paris : celle de 1814 où, d'après elle, les Parisiens s'accommodent très bien de leurs envahisseurs et s'ébahissent de l'uniforme russe, « le large pantalon bleu, une tunique en dalmatique également bleue, rembourrée à la poitrine et serrée fortement autour de la taille, etc. » (Mercure de France, 1971, t. I, p. 226) ; et celle de 1815, où, l'occupant se montrant cette fois franchement hostile, sa présence est jugée insupportable (*ibid.*, p. 343).

2. C'est en effet, quel que soit le sujet de ses tableaux, surtout la présence de Venise où Carpaccio passa sa vie, de ses rues, de ses monuments, des costumes chatoyants des Vénitiens, que Proust admire chez le peintre. Le narrateur aime, dans son œuvre, une

« Venise tout encombrée d'Orient » (voir *La Prisonnière*, t. III de la présente édition, p. 871), comme l'est le Paris de la guerre. Il admire, dans un tableau tel que *Le Patriarche di Grado exorcisant un possédé*, « les scènes de la vie vénitienne de l'époque », il regarde « le nègre portant son tonneau, les conversations des musulmans, des nobles seigneurs vénitiens en larges brocarts, en damas, en toque de velours cerise » (*Albertine disparue*, p. 226) ; et la Venise de Carpaccio lui rappelle cruellement les robes de Fortuny qui s'en inspiraient et qu'aimait son amie disparue (*La Prisonnière*, lieu cité).

Page 343.

a. Ayant depuis longtemps *ms. Nous adoptons la correction de Clarac et Ferré.*

1. Cette étape dans l'évolution de M. de Charlus n'était pas prévue dans le projet initial de sa déchéance. Voir l'Esquisse XXIII, p. 794-798.

2. L'expression s'est répandue d'autant plus facilement que Léon Daudet l'avait utilisée dès le temps de paix comme titre de son livre *L'Avant-guerre* (Nouvelle librairie nationale, 1914). Dans son chapitre premier (p. 6), Léon Daudet se présente comme l'inventeur du mot et ajoute que la presse allemande lui a « fait l'honneur de traduire ce mot nouveau par *Vorkrieg* ».

Page 344.

a. le passé le plus *[p. 343, 2e §, dernière ligne]* mort. [D'ailleurs — ceci *[...]* Garancière. *add. marg.*] Puis, se plaçant à un autre point de vue moins transcendant et plus pratique, elle affectait *ms. Comme Clarac et Ferré, nous substituons à* elle , Mme Verdurin (*substitution nécessaire du fait de l'addition marginale*).

1. En allemand, « Altesse sérénissime ».

2. Voir *La Prisonnière*, t. III de la présente édition, p. 823-825.

Page 345.

a. Proust a écrit pics *dans ms. ; c'est sans doute un lapsus pour* piques , *comme dans l'expression qu'utilise Mme de Sévigné, et notée par Littré : « Être à cent piques au-dessus de quelqu'un » — c'est-à-dire lui être bien supérieur.*

1. Sur les inquiétudes de ce genre, voir p. 325 et n. 2.

2. La dernière duchesse de Montmorency, née Anne de Rohan Chabot, était morte en 1903.

Page 346.

a. Deschanel devait *[p. 345, dernière ligne]* parler. [Bref, les *[...]* davantage. *add. marg.*] Quant à *ms.* ⬥⬥ *b.* plus coupable *[2e §, 9e ligne]* que *[interrompu]* [C'était non seulement cruel de la part de Santois, mais doublement coupable car quelles qu'eussent *[...]* la vertu. *add. marg.*]

Un peu *ms. Comme Clarac et Ferré, nous supprimons le début de cette addition marginale (jusqu'à* coupable car).

1. Ce passage s'inspire d'un projet abandonné concernant les goûts artistiques et sexuels de Legrandin. Voir l'Esquisse XXII, p. 793.

2. Sur l'origine du germanisme du baron, voir l'Esquisse XIV, p. 782.

Page 347.

1. Proust peut songer, dans l'œuvre de Beethoven, aux *Douze menuets et danses allemandes pour orchestre* (1796), ou aux *Douze danses allemandes pour piano* (1796-1800), ou encore aux *Bagatelles* (1783-1825) qui contiennent elles aussi des allemandes.

2. « Anastasie » était le surnom donné à la Censure : les récriminations contre « Anastasie » sont particulièrement fréquentes pendant la guerre de 1914-1918, mais le surnom est antérieur. On le trouve, par exemple, dans une notice sur l'Inspection des théâtres, où il semble en usage de longue date, notice que reproduit *Nos artistes*, de Jules Martin (Ollendorff, 1901, p. 388). Le *Nouveau Larousse illustré*, en 7 volumes, paru au début du XXe siècle (s.d. [1902-1903]) mentionne bien « Anastasie » mais sans expliquer l'origine du surnom. On ne prendra pas au sérieux l'article signé Z dans *Le Journal des débats* du 16 avril 1915 : « La légende de sainte Anastasie », d'après lequel Anastasie, vierge chrétienne martyrisée sous Néron, descendrait d'une famille romaine comptant plusieurs censeurs et aurait pour cette raison reçu son affectation posthume.

Page 348.

a. fréquentaient plus chacun [à quel *biffé*] — avec quelques *ms. Nous adoptons la correction de Clarac et Ferré (les mots restitués figurent dans les quelques lignes biffées signalées à la variante a, page 349).*

1. Proust, ami intime de Reynaldo Hahn, se souvient de la lointaine *Île du rêve* (voir « [Reynaldo Hahn] », *Essais et articles*, éd. citée, p. 556), mais ne prend pas soin d'ajouter ici quelques précisions, dont, sans doute, après vingt ans, le lecteur non prévenu aurait grand besoin. *L'Île du rêve*, idylle polynésienne en trois actes d'après le roman de Pierre Loti *Le Mariage de Loti* (Calmann-Lévy, 1880), paroles d'André Alexandre et de G. Hartmann, musique de Reynaldo Hahn, fut créée à l'Opéra-Comique le 23 mars 1898 et fut pendant l'année sept fois représentée. C'est ici la seule citation d'une œuvre de Reynaldo Hahn dans le roman.

Page 349.

a. ne nous caviarde *[p. 347, 1er §, dernière ligne]* pas ! » [Morel, qui *[p. 347, dernier §, 1re ligne]* était *[...]* n'y avait plus à *[p. 348, 1er §, dernière ligne]* revenir. *add. marg.*] Mais si *[p. 348, dernier §, 1re ligne]* M. de Charlus

[...] petits *[p. 349, 1er §, dernière ligne]* garçons. *[quelques lignes biffées*[1]*]* Les articles *[p. 347, 2e §, 1re ligne]* eux-mêmes [...] des fleurs *[p. 347, 2e §, dernière ligne]* stériles. *add. marg.*] Encore le *ms. Comme Clarac et Ferré, nous déplaçons les deux additions marginales.*

1. Voir l'Esquisse XIV, p. 782.

2. Voir *À l'ombre des jeunes filles en fleurs*, t. II de la présente édition, p. 205-207.

3. C'est en qualité de « peintre des fêtes galantes », on le sait, que Watteau fut reçu à l'Académie royale de peinture et de sculpture, le 28 août 1717, avec comme ouvrage de réception *L'Embarquement pour Cythère* (voir Louis Gillet, *Watteau*, Plon, 1921, p. 235).

4. Le célèbre tableau de Renoir date de 1876.

Page 350.

a. permissionnaires assez mûrs. *Après ces mots, on trouve dans le manuscrit un passage que nous ne faisons pas figurer dans la version définitive en raison de son double emploi (voir p. 348 et p. 350, 2e §). En voici le texte :* En somme d'une manière générale Mme Verdurin continuait à recevoir et M. de Charlus à aller à ses plaisirs comme si rien n'avait changé. Et pourtant depuis deux ans l'immense Être humain appelé France et dont, même au point de vue purement matériel, on ne ressent la beauté colossale que si on aperçoit la cohésion des millions d'individus qui comme des cellules aux formes variées remplissent, comme autant de petits polygones intérieurs, jusqu'au bord extrême de son périmètre, et si on le voit à l'échelle où un infusoire, une cellule, verrait un corps humain, c'est-à-dire grand comme le mont Blanc, s'était affronté en une gigantesque querelle collective, avec cet autre immense conglomérat d'individus qu'est l'Allemagne. ◆◆ *b.* quelques temps [l'énorme assemblée se comportant *biffé*] [l'être humain France et l'être *biffé*] la grande figure [Fra<nce> *biffé*], remplie *ms. Nous rétablissons* France. ◆◆ *c.* querelles. [Ainsi, à ce point de vue, le corps Allemagne et le corps France, et les corps alliés et ennemis se comportaient-ils *biffé*] dans une *ms. Comme Clarac et Ferré, nous restituons le texte biffé.*

1. Il apparaît déjà à certains détails, dans les pages qui précèdent — recul d'Hindenburg, raids des gothas — , et plus nettement à partir de ce développement, que les allusions à la guerre ne se situent pas strictement dans le cadre imaginé par Proust : le retour du narrateur à Paris en 1916. C'est à la fin de 1916, le 12 décembre, que l'Allemagne fait transmettre aux Alliés par les Neutres des propositions relatives à des négociations pour la paix. Elle proclame qu'elle mène une guerre uniquement défensive et affirme son « désir d'arrêter le flot de sang et de mettre fin aux horreurs de la guerre » (discours du chancelier Bethmann-Hollweg au Reichsteg, du 12 décembre 1916, cité par Jules Gerbault, *Larousse mensuel*, n° 120, février 1917, p. 40). Le 31 décembre, ces propositions,

1. Voir var. *a*, p. 348.

dénuées de toute précision et considérées comme une manœuvre de guerre, sont rejetées par les dix puissances de l'Entente.

2. Pendant la première année de la guerre, le tsar Ferdinand de Bulgarie (1861-1948) s'était employé à duper les Alliés, en se proclamant neutre et même en esquissant un certain rapprochement en leur direction. En septembre 1915, il se démasque, s'allie aux Austro-Allemands et en octobre attaque la Serbie.

3. On a vu (n. 3, p. 307) que le roi Constantin de Grèce (1868-1923) a maintenu, plus longtemps encore que le tsar Ferdinand, la fiction de la neutralité grecque.

Page 351.

1. Les pertes de l'armée de terre ont été, en moyenne, de 21 000 morts par mois en 1916 (Jean-Jacques Becker, *La Première Guerre mondiale*, M.A. éditions, 1985, p. 158). En revanche, dans la seconde moitié de cette même année, « la guerre sous-marine avait été pratiquement suspendue » et la flotte allemande bloquée dans ses ports (*ibid.*, p. 87-89) ; voir cependant p. 352 et n. 1.

Page 352.

a. montagnes où ils sont *[p. 351, 6e ligne]* circonscrits. [Mais ils vivaient en s'occupant de leurs affaires sans penser à ces deux mondes, l'un trop petit, l'autre trop grand, qui font planer des menaces cosmiques autour d'eux. Tels les Verdurin donnaient des dîners et M. de Charlus allait-il à ses plaisirs, sans guère penser que les Allemands étaient à une heure d'automobile de Paris. Bien plus, M. de Charlus sans se l'avouer souhaitait plutôt sinon que l'Allemagne *biffé*] [malgré cela *[...]* que l'Allemagne *corr. marg.*] sinon triomphât, *ms.*

1. Ce naufrage joua un rôle considérable dans la guerre des propagandes : le 7 mai 1915, le paquebot anglais *Lusitania* fut torpillé à huit milles des côtes d'Irlande. Il transportait près de deux mille personnes, dont moins de huit cents furent sauvées. On comptait cent cinquante passagers américains parmi les victimes. Sur les catastrophes dont un personnage prend connaissance en lisant le journal au réveil, voir l'Introduction générale, t. I de la présente édition, p. XXVII ; et « Sentiments filiaux d'un parricide », *Pastiches et mélanges*, éd. citée, p. 154.

Page 353.

1. La « grosse Bertha » — du prénom de la fille de l'industriel allemand Krupp — est le surnom donné au canon à très longue portée qui bombarda Paris pendant plusieurs mois à partir du 23 mars 1918, depuis une distance de cent huit kilomètres et selon une trajectoire de cent quarante-huit kilomètres (voir J.-J. Becker, *ouvr. cité,* p. 15).

2. L'expression « bourrage de crâne », au sens de propagande mensongère d'initiative gouvernementale, semble dater de la guerre. Nous n'en avons pas trouvé d'exemple antérieur.

3. Voir *Sodome et Gomorrhe I*, t. III de la présente édition, p. 3 et suiv.

4. Voir l'Esquisse XIV, p. 782.

Page 354.

a. Il était très fin. *On trouve à cet endroit dans la marge du manuscrit une note, non rattachée au texte, et que nous donnons ci-dessous* (voir p. 362, 2e §) : Même les gens du monde pas bêtes étaient tout de même moins intelligents que M. de Charlus. Quand dans les articles de Norpois, qu'il avait dès longtemps jugé, ou, comme eût dit celui-ci, jaugé, il lisait : « Les États-Unis ne sauraient » (ou bien il me dira cela en causant avec moi).

1. Les restrictions alimentaires ont frappé plus durement, pendant la guerre, l'Allemagne que la France. Voici, par exemple, un témoignage de la princesse Blücher, de janvier 1917 : « Nous maigrissons tous les jours, et les contours arrondis de la race allemande ne sont plus qu'une légende du passé. Maintenant nous sommes tous décharnés et osseux, nos yeux sont cerclés d'ombres noires, tandis que nos pensées sont surtout absorbées par la préoccupation de ce que sera notre prochain repas, et par le rêve des bonnes choses qui ont été » (*Notes intimes de la princesse Blücher*, Payot, 1921, p. 174).

Page 355.

a. une querelle *[2e ligne de la page]* amoureuse. [Aussi la guerre *[...]* et pantelants. *add. marg.*] M. de Charlus *ms.*

1. Proust, pendant la guerre, lisait chaque jour plusieurs journaux, bien que, comme Charlus, il les trouvât « stupides ». Il appréciait cependant les articles militaires du colonel Feyler, dans *Le Journal de Genève*, et surtout la rubrique tenue par Henry Bidou dans *Le Journal des Débats*, sous le titre « La situation militaire » ; voir *Le Côté de Guermantes I*, t. II de la présente édition, p. 411 et n. 5, ainsi que la lettre écrite par Proust à Robert Dreyfus peu avant le 16 mars 1916, *Correspondance*, t. XV, p. 65. Voir aussi Maurice Rieuneau, *Guerre et révolution dans le roman français, 1919-1939*, Klincksieck, 1974, p. 124). En revanche, on sait (voir n. 2, p. 305) que Proust n'estimait guère les articles de Joseph Reinach signés Polybe dans *Le Figaro*. Voir l'Esquisse XVI, p. 783-784.

Page 356.

1. C'est dans la nuit du 29 au 30 décembre 1916 que Raspoutine, favori du tsar et de la tsarine, fut assassiné par le prince Félix Youssoupov, au cours d'une soirée sur laquelle on trouvera des détails dans l'ouvrage de Maurice Paléologue *La Russie des tsars pendant la Grande Guerre*, Plon, 1922, t. III, p. 127-146.

Page 357.

a. quelque chose *[p. 356, 2e §, dernière ligne]* de russe *[Fin du Cahier XVII].* [La guerre *[début du Cahier XVIII]* se prolongeait *[...]* d'autres qu'ils oublieraient *[p. 356, 8e ligne en bas de page]* aussi vite, *[*comme ceux qui jadis annonçaient et oubliaient le mariage de Saint-Loup avec Mlle d'Ambresac ou la séparation du duc et de la duchesse de Guermantes *biffé]* C'était l'époque *[...]* de joie. *add. marg.*] M. de Charlus *ms.*

1. Proust fait allusion à une nouvelle de l'écrivain suisse Carl Spitteler (1845-1924), prix Nobel de littérature en 1920 (Romain Rolland, dans son *Journal des années de guerre* (Albin Michel, 1952), mentionne fréquemment Spitteler, opposé comme lui à toutes les propagandes belliqueuses). Cette nouvelle, intitulée *Die Mädchenfeinde* (1907), a été traduite en français par la vicomtesse de La Roquette-Buisson, sous le titre *Les Petits Misogynes* (éd. E. de Boccard, 1917). Dans le chapitre « La Perfidie du coche » (p. 91-97), deux jeunes garçons, Hansli et Gérold, cherchent vainement à entrer en conversation avec un dragon dont ils admirent naïvement le shako et l'uniforme.

2. Ces trois officiers jouèrent un rôle important dans l'Affaire Dreyfus. Ils étaient l'objet de l'hostilité des dreyfusards. Sur du Paty de Clam, voir n. 2, p. 334 et t. II de la présente édition, n. 1, p. 538. Le général de Boisdeffre (*ibid.*, n. 2, p. 404), chef d'état-major général en 1893, donna sa démission en 1898 à la suite de la découverte du faux Henry. Le lieutenant-colonel Henry (*ibid.*, n. 5, p. 531), attaché en 1894 à la section de statistique (contre-espionnage) du 2e Bureau de l'état-major de l'armée, fut l'un des premiers officiers convaincus de la culpabilité de Dreyfus. Il avoua, le 30 août 1898, avoir fabriqué un document destiné à la prouver de façon définitive. Incarcéré aussitôt, il se trancha la gorge dans sa cellule.

3. Le Fol étudiant, dans le chapitre auquel il donne son nom (ouvr. cité, p. 143-163), apparaît comme un ermite anarchiste et non-violent. Sur l'amour, sur la société, sur la religion, il met en garde le jeune Gérold par des conseils comme celui-ci : « Fais bien attention. Tu commences à penser, c'est un métier ingrat, antipatriotique, nuisible au bien public et haï des hommes » (p. 153).

Page 358.

a. ces articles *[15e ligne de la page]* qui [font l'admiration universelle. Mon cher Monsieur vous savez aussi bien que moi ce que vaut Norpois, et c'est fort touchant qu'à son âge il se *corrigé en interligne et dans la marge en* excitent l'enthousiasme universel. Mon cher Monsieur vous savez aussi bien que moi ce que vaut Brichot, et *[...]* quelques autres, il se] soit remis *ms. Les articles sur la guerre étaient primitivement attribués à Norpois. À partir du Cahier XVIII, fo 4, Proust lui substitue Brichot (en cas d'oubli de substitution dans la suite du texte, nous corrigeons (voir cependant var. a, p. 361).*

1. Exagérations de Brichot : il n'est pas tout à fait exact que la peinture du peuple chez Zola soit poétiquement privilégiée par

rapport à celle des autres classes sociales. En revanche, il eſt vrai que mainte page du *Journal* montre les Goncourt, champions d'une eſthétique du progrès et de la modernité, plaidant pour Diderot et Watteau, génies méconnus, contre le culte conventionnel, et universitaire, d'Homère et de Raphaël. À Vauquois, village d'Argonne proche de Varennes, à vingt-cinq kilomètres à l'oueſt de Verdun, se livrèrent de violents combats en février et mars 1915 ; le village reſta sur la ligne de feu pendant presque toute la guerre (voir, d'André Pézard, *Nous autres à Vauquois, 1915-1916, 46*[e] *R.I.*, nouv. éd., La Renaissance du livre, 1930).

2. L'orthographe *Kolossal*, de même que *Kultur*, ſtigmatise dans la propagande française la lourdeur de l'art allemand, avec une insiſtance dont Prouſt se déclare lassé dans une lettre à Paul Souday écrite sans doute en 1918 bien qu'elle soit datée de 1917 dans la *Correspondance générale* (éd. citée, t. III, p. 64).

Page 359.

1. Sans parler d'affaires de mœurs compromettant des membres de la société française, on songe au procès d'Oscar Wilde et, plus récemment, au scandale qui avait frappé, dans l'entourage de Guillaume II, le prince Philippe d'Eulenburg en 1907-1908 ; voir *Mémoires du Chancelier, prince de Bulow*, trad. Henri Bloch, Plon, 1930, t. II, p. 299-312 ; et la Notice de *Sodome et Gomorrhe*, t. III de la présente édition, p. 1196-1202.

Page 360.

a. c'eſt bien du *[p. 358, 4*[e] *ligne en bas de page]* colossal. [À propos de *[...]* les uns aux autres. *add. marg.*] « C'eſt *ms.*

1. Dans *Des effets de la fécondation croisée et de la fécondation directe dans le règne végétal* (trad. de l'anglais par E. Heckel, C. Reinwald, 1877), Darwin se propose d'établir que l'amélioration des espèces végétales, comme celle des espèces animales, eſt obtenue par des croisements fréquents entre variétés aussi éloignées que possible d'une même espèce ; la fécondation prolongée à l'intérieur d'une même variété étant, au contraire, cause de dégénérescence (voir *Sodome et Gomorrhe, I,* t. III de la présente édition, n. 1, p. 4).

Page 361.

a. disait, que [Norpois *biffé*] [Brichot *corr. interl.*] admirait *ms. Nous ne tenons pas compte de cette correction : Prouſt a conservé Norpois dans les pages qui suivent, le contexte l'exigeant absolument.*

1. Les exemples qui vont suivre s'ajoutent à ceux que le narrateur relevait dans les propos de Norpois, au début d'*À l'ombre des jeunes filles en fleurs*, t. I de la présente édition, p. 453.

2. Demi-citation parodique : *Hélas ! que j'en ai vu mourir de jeunes filles !* (Hugo, *Les Orientales*, « Fantômes », v. 1, *Œuvres poétiques*, t. I, Bibl. de la Pléiade, p. 666).

3. Caillaux, chef du parti radical, ancien ministre et ancien président du Conseil, inculpé d'intelligence avec l'ennemi et d'attentat contre la sûreté extérieure de l'État, est écroué à la prison de la Santé le 14 janvier 1918. Il attendra plus de deux ans pour passer en Haute Cour, où il sera condamné à trois ans de prison le 23 avril 1920 pour « Correspondance avec des sujets d'une puissance ennemie ». Amnistié en janvier 1925, Caillaux sera, la même année, rappelé au ministère des Finances.

Page 362.

a. atterré [(il citait le Figaro) *biffé*] : « Vous *ms.*[1] ♦♦ *b.* prophétisé même en 191 *[quelques mots illisibles]* les Anglais *ms. Nous adoptons la correction proposée par Clarac et Ferré*[2]. ♦♦ *c.* ce qu'il voulait *[p. 361, 8e ligne en bas de page]* dire. [Il me faut *[...]* ne le comprenais pas, *add. marg.*] « mais si : *ms.*

1. Voir *Sodome et Gomorrhe, II*, t. III de la présente édition, p. 137-138.

2. Pendant les premiers mois de la guerre, l'Italie est sollicitée — avec promesses d'extension territoriale aux dépens de l'Autriche — à la fois par l'Allemagne et par les Alliés, pour lesquels elle se décidera, en mai 1915, en déclarant la guerre, à l'Autriche d'abord. Giolitti (1842-1928), qui avait été plusieurs fois président du Conseil, était germanophile et opposé à l'alliance avec la France et l'Angleterre (voir les *Mémoires du Chancelier, prince de Bulow*, éd. citée, t. III, p. 216).

3. Immédiatement après l'armistice du 11 novembre 1918, commencent à se manifester des divergences de vues entre Alliés. Elles seront durables. L'Angleterre, fidèle à sa politique d'équilibre des forces sur le continent, s'efforce de limiter les bénéfices que la France pourrait tirer de sa victoire, tant sur le plan politique (constitution d'un État rhénan indépendant) que sur le plan économique (paiement des réparations).

Page 363.

a. D'ailleurs *Début d'une longue paperole se terminant à* gens sont intelligents *[p. 372, 1er §, dernière ligne] (cette paperole concerne Charlus, Mme de Forcheville, Brichot et Norpois).*

1. L'Autriche-Hongrie, dont les armes sont constituées essentiellement par une aigle à deux têtes.

2. La région des lacs Mazurie, en Prusse orientale, où les Russes avaient été battus en 1914, avait été définitivement abandonnée par eux dès cette date.

3. Ces « élections neutralistes » sont celles qui, au printemps de 1916, avaient ramené à la Chambre grecque une majorité hostile à

[1]. Voir var. *c* de cette page.
[2]. *Idem.*

Venizélos, c'est-à-dire à l'entrée en guerre de la Grèce aux côtés des Alliés (voir n. 3, p. 307).

Page 364.

1. C'est à la fin d'août 1916, donc après deux ans, que, mettant fin à des longues hésitations, la Roumanie se décide à déclarer la guerre à l'Autriche — en même temps que l'Italie à l'Allemagne.

2. La Grèce était liée à la Serbie par un traité d'alliance défensive consécutive à la deuxième guerre balkanique (juin-août 1913), où les deux puissances avaient été victorieuses de la Bulgarie.

3. L'Italie faisait partie, en 1914, de la Triplice. La Roumanie avait passé avec l'Allemagne des accords économiques.

Page 365.

1. François-Joseph (1830-1916) était empereur d'Autriche depuis 1848.

2. Les Habsbourg régnaient sur l'Autriche depuis la fin du XIIIe siècle et avaient donné au Saint Empire ses empereurs du XVe au début du XIXe siècle. Au contraire, les Hohenzollern n'acquirent la dignité de rois de Prusse qu'en 1701, avec Frédéric Ier, et d'empereurs d'Allemagne qu'en 1871, avec Guillaume Ier.

3. Le grand maître de l'ordre de Malte était en effet, depuis 1905, Fra Galeazzo de Thun et Hohenstein (*Almanach de Gotha*, 1916, p. 1012).

Page 366.

a. manie, et mis à l'aise *ms. Nous adoptons la correction de Clarac et Ferré.*

1. Voir n. 3, p. 307.

2. Par deux fois, en 1915, le roi Constantin avait prononcé la dissolution de Chambres où la majorité était favorable à Venizélos : d'où la protestation des Alliés, garants des traités qui avaient mis fin à la deuxième guerre balkanique.

3. Titre, en Grèce, du prince héritier de la couronne.

4. Peut-être s'agit-il d'Alexandrine, duchesse de Mecklembourg, née en 1879, mariée en 1898 au prince Christian de Danemark.

5. Nous n'avons rencontré nulle part ce mot dans le sens qu'impose le contexte.

Page 367.

1. Charlus ne manquerait pas, s'il avait à justifier ces présomptions, d'alléguer les accusations d'homosexualité portées contre quelques proches de Guillaume II, le prince Philippe d'Eulenburg en particulier (voir n. 1, p. 359).

2. C'est-à-dire d'un point de vue prussien, l'ordre de Saint-Jean de Jérusalem étant un ordre prussien.

Page 368.

a. En cela M. de Charlus *[p. 367, 2e §, 1re ligne]* avait [...] humble *private. Des fragments de ce passage ont été repris puis biffés plus loin par Proust (voir var. a, p. 430).*

Page 369.

a. en face la statue de [Goethe, *[*les cend<res> *biffé]* Kant a frémi *corrigé en* Beethoven, Schiller a dû frémir] dans *ms.*

1. Les différents ridicules du style de Brichot rappellent le pastiche de Faguet ; ainsi, pour la trivialité : « Quant à Lemoine, il veut absolument aller se balader avec le juge [...] » (« Dans un feuilleton dramatique de M. Émile Faguet », *Pastiches et mélanges*, éd. citée, p. 31).

Page 370.

1. La mort de Cottard a été annoncée dans *La Prisonnière* (t. III de la présente édition, p. 746), et une deuxième fois, mais à une date postérieure, dans *Le Temps retrouvé* (voir p. 349). Il en est de même pour Mme Molé (*La Prisonnière*, éd. citée, p. 727).

Page 371.

1. Dans le pastiche de Faguet (voir n. 1, p. 369) : « On nous dit que Lemoine a découvert le secret de la fabrication du diamant. [...] nous marchons » (éd. citée, p. 30).

2. Proust n'a pas mentionné jusqu'à présent ce sobriquet donné à Brichot par les Verdurin.

3. « Les livres ont leur destin ». Cette sentence, modèle de citation éculée, est extraite du traité en vers *De litteris, syllabis, pedibus et metris* de Terentianus Maurus, grammairien de la fin du IIe siècle après Jésus-Christ. Maurus évoque les jugements variés que les lecteurs, selon la capacité de chacun, porteront sur son livre : *« pro captu lectoris habent sua fata libelli »* (édition de Nicolas Brissé, Paris, Simon Colin, 1531 [B.N. Rés. X 771], p. 114).

4. Les deux adversaires des jésuites ici rapprochés et le mot de Pascal (*Pensées*, Brunschvicg n° 136) sont connus. Combes avait obtenu d'Anatole France, en 1904, une préface pour son livre *Une campagne laïque, 1902-1903* (éd. Simonis-Empis). Celle-ci fut éditée séparément sous le titre *Le parti noir* (Société nouvelle de librairie et d'édition, 1904).

5. Voir le pastiche de Faguet : « [...] la pièce est allée, je ne dirai pas par-dessus les nues, mais enfin est allée aux nues [...] » (éd. citée, p. 29). Le même tic, dans les articles de Joseph Reinach signés Polybe, est ridiculisé par Proust dans une lettre à Robert Dreyfus de mars 1916, à propos des articles des 3, 4 et 8 mars 1916 dans *Le Figaro* (*Correspondance*, t. XV, p. 65-67).

Page 372.

a. gens sont intelligents. *Fin de la longue paperole signalée à la variante a, page 363.*

1. La disparate des œuvres de deux théoriciens de l'art militaire, d'un poète et d'un moraliste souligne le pédantisme bavard de Brichot.

2. Le P. Henri Didon (1840-1900), dominicain, fut un prédicateur et théologien en renom. Léon Bloy lui consacre un chapitre, « Le Révérend Père Judas », dans *Les Dernières Colonnes de l'Église* (Mercure de France, 1903, p. 25-43).

3. Les « Bouillons Duval », restaurants à bon marché, répandus surtout dans les quartiers de la rive droite, avaient été créés dans celui des Batignolles sous le second Empire (voir E. de Labédollière, *Le Nouveau Paris*, Barba, 1860 ; reproduction en fac-similé, Sacelp-Paris, 1986, p. 267). Le Baedeker *Paris et ses environs* de 1878 recommande (p. 17) ces établissements aux touristes : « La nourriture y est bonne, surtout la viande, mais les portions ne sont pas fortes [...]. Il règne dans tous une très grande propreté. Le service y est fait d'une manière fort convenable, souvent par des dames, vêtues d'un costume uniforme sévère [...]. Un repas y revient à environ 2 francs-2 francs 50. En partant on laisse sur la table 15 ou 20 centimes de pourboire. »

Page 373.

1. Nous n'avons pas trouvé trace de cette « mauvaise affaire » dans l'œuvre de Paul Morand. Ce dernier a sans doute raconté l'anecdote à Proust au cours de leurs entrevues. On peut la lire aujourd'hui dans le chapitre du livre d'Erna von Watzdorf consacré à Auguste II le Fort, électeur de Saxe et roi de Bavière (1670-1733) : *August der Stark. Kunst und Kultur des Barock*, C. Heinrich, Dresde, 1933, p. 58. — « Clarisse » est le titre de la première des trois nouvelles qui composent *Tendres stocks*, paru aux éditions de la Nouvelle Revue française en 1921. La nouvelle avait paru dans *Le Mercure de France*, le 16 mai 1917, sous le titre « Clarisse ou l'Amitié ». Proust avait lu ce texte sur épreuves (voir sa lettre à Mme Soutzo du 20 juin 1917, *Correspondance*, t. XVI, p. 166 et n. 8). Il publiera, dans *La Revue de Paris* du 15 novembre 1920, un article intitulé « Pour un ami (remarques sur le style) », qui sera repris comme préface à *Tendres stocks* (voir *Essais et articles*, éd. citée, p. 606 et 950).

2. Voir les valets « colossaux » de l'escalier qui ressemble à l'« Escalier des Géants » dans *Du côté de chez Swann* (t. I de la présente édition, p. 319 et n. 1).

3. Jusqu'au repli allemand de mars 1917, Noyon occupé par l'ennemi, à cent kilomètres de Paris, est le leitmotiv angoissant des articles de Clemenceau. Libérée pendant un an, la ville retombera aux mains des Allemands en mars 1918.

4. On trouvera chez un auteur éloigné de toute germanophilie un écho de la réprobation provoquée par les bombardements allemands, suivis d'un très grave incendie, sur la cathédrale de Reims en

septembre 1914, « crime inexpiable », dit Romain Rolland (« Pro aris », *Au-dessus de la mêlée*, éd. citée, p. 10). Quant à Proust, il écrit : « Ils l'ont "vitriolée" par rage hideuse. La bassesse du sentiment qui l'inspira égale l'énormité du crime » (à Louis d'Albuféra, mars 1915 ; *Correspondance*, t. XIV, p. 71). Voir aussi « La Mort des cathédrales », *Pastiches et mélanges*, éd. citée, p. 141, note de Proust.

5. L'intervention des États-Unis dans la guerre est votée par le Congrès le 2 avril 1917. Les premières troupes américaines débarquent en France en mai. À la fin de la guerre, leurs effectifs atteignent deux millions.

Page 374.

1. *Les Déracinés* (Fasquelle, 1897) sont le premier volet du triptyque de Barrès *Le Roman de l'énergie nationale*. Proust, chantre du petit monde de Saint-André des Champs, et défenseur des églises de France contre ceux qui voulaient les transformer en musées, ironise ici sur l'exportation des œuvres d'art aux États-Unis, qui avait donc déjà commencé.

2. Saint-Firmin, martyrisé en 287, est honoré dans la cathédrale d'Amiens, dont il fut le premier évêque. Sur la « porte Saint-Firmin », nom du porche septentrional de la façade principale, voir « Ruskin à Notre-Dame d'Amiens [...] » (*Pastiches et mélanges*, éd. citée, p. 99). Le saint y est présenté par Proust sous des traits moins avantageux que dans le roman : « [...] saint Firmin qui tapage et crie comme un énergumène dans les rues d'Amiens, insulte, exhorte, persuade, baptise, etc. » (*ibid.*, p. 73, note de Proust).

3. Dans une lettre à Mme Straus de mai 1918, Proust évoque les villes menacées du front, Amiens, Reims, Laon, visitées par lui avant la guerre, en compagnie d'Emmanuel Bibesco, mort depuis, et il ajoute : « Je pleure et j'admire plus les soldats que les églises qui ne furent que la fixation d'un geste héroïque, aujourd'hui à chaque instant recommencé » (*Correspondance générale*, éd. citée, t. VI, p. 193).

4. Avant 1914, la statue allégorique de la ville de Strasbourg, place de la Concorde à Paris, et après l'invasion celle de la ville de Lille, furent des lieux de pèlerinage où s'exprimait l'espoir de la Revanche et de la Victoire. Déroulède (1846-1914), président de la Ligue des patriotes, y était assidu. Barrès lui succéda à cette présidence. Le 30 janvier 1916, il organisa sur sa tombe, à La Celle-Saint-Cloud, une manifestation du souvenir.

Page 375.

a. Proust a noté en marge de ces mots : Parigot qui ne s'en fait pas combine. *ms.* ◆◆ *b.* la possession de [Verdun et de Metz *biffé*] [Belfort *corr.*] indispensable *ms.*

1. Le 20 septembre 1914, après avoir exprimé son indignation devant le bombardement et l'incendie de la cathédrale de Reims, Barrès écrit : « Périssent les merveilles du génie français, plutôt que le génie français lui-même ! Que les plus belles pierres soient

anéanties, et que le sang de ma race demeure ! À cette minute, je préfère le plus humble, le plus fragile fantassin de France à nos chefs-d'œuvre dignes de l'immortalité » (*Chronique de la Grande Guerre*, éd. citée, t. I, p. 241-242).

2. Cette excuse présentée par les Allemands est repoussée par Romain Rolland dans son article « Pro aris » (voir n. 4, p. 373) : « Qui tue cette œuvre assassine plus qu'un homme, il assassine l'âme la plus pure d'une race. » (*Au-dessus de la mêlée*, éd. citée, p. 10).

3. Les premières semaines de guerre ayant confirmé l'Allemagne dans l'espoir d'une victoire éclair sur la France, le chancelier Bethmann-Hollweg envisageait, parmi les conditions à lui imposer (« Programme du 9 septembre 1914 »), la cession du bassin de Briey, d'une bande côtière de Dunkerque à Boulogne, du versant occidental des Vosges, et de Belfort (Fritz Fischer, *Les Buts de guerre de l'Allemagne impériale, 1914-1918*, éd. Trévise, 1970, p. 113 ; renseignement communiqué par M. Jean-Jacques Becker).

4. Le point de vue de Barrès évolue au cours de la guerre. Le 25 février 1915, il demandait que la France, après la victoire, portât sa frontière sur le Rhin (« Les clés de la maison », *Chronique de la Grande Guerre*, éd. citée, t. III, p. 278). Au lendemain de l'armistice, les Alliés s'opposent à toute annexion. Barrès se contente alors, dans ses conférences de novembre 1920 à l'Université de Strasbourg (*Le Génie du Rhin*, Plon, 1921) et dans ses nombreuses interventions à la Chambre, d'insister sur la nécessité d'émanciper la Rhénanie de l'influence prussienne qui s'y est établie arbitrairement en 1815. Dusseldorf, Cologne, Bonn, Coblence et Mayence sont devenues sur le Rhin de nouveaux « bastions de l'Est » : « Aucun de nous ne pense à quoi que ce soit qui puisse ressembler à une annexion, mais chacun de nous sait qu'il y a là des populations qui, tout en restant allemandes, peuvent contribuer à créer un glacis contre l'esprit et contre la force prussienne, force d'autant plus dangereuse que les populations de la Poméranie et du Brandebourg sont préparées par les veines de slavisme qu'il y a en elles à se laisser empoisonner par le péril qui vient de l'Est. » (« Discours du 30 juillet 1920 », *L'Œuvre de Maurice Barrès*, Club de l'honnête homme, t. X, p. 240).

5. Jusqu'en 1914, le retour des provinces perdues en 1871 ne figurait, en effet, dans aucune revendication officielle de la France. Ce retour est évoqué dès les premiers jours de la guerre, quand l'armée française entre en Alsace. Le 24 novembre 1914, Joffre se rend à Thann reconquise et déclare : « Notre retour est définitif ; vous êtes français pour toujours » (Barrès, *Chronique de la Grande Guerre*, éd. citée, t. II, p. 214). La restitution à la France de l'Alsace-Lorraine constituera le point VIII des quatorze exigences énoncées le 8 janvier 1918 par le président Wilson.

6. L'expression, qu'on trouve déjà sous la forme *France dulce* dans la *Chanson de Roland*, a été remise en honneur par un livre de lectures scolaires de René Bazin, très largement diffusé dans les établissements catholiques : *La Douce France*, éd. J. de Gigord, 1911. Bazin écrit dans son avant-propos : « Le titre allait de soi. Ce serait *La Douce France*,

vocable magnifique, où toute la tendresse de nos pères est enclose, et qui fut vivant dès le XIe siècle dans les poèmes populaires, et dans les cœurs longtemps avant » (p. VI).

7. Cette théorie a été énoncée dans l'épisode de la mort de la grand-mère (*Le Côté de Guermantes II*, t. II de la présente édition, p. 623).

Page 376.

a. peut-être pas toutes les *[p. 375, avant-dernière ligne]* horreurs. [D'ailleurs ce premier est-il l'empereur Guillaume *corrigé dans la marge en* Or rien *[...]* est-il l'empereur Guillaume] ? J'en doute *ms.*

1. Sur le scepticisme, quant aux chances d'une Séparation, des hommes politiques les plus éloignés de sympathies cléricales, on notera le mot de Rouvier à Zévaès en mars 1905 : « Vous y croyez, vous, à la Séparation ? Eh bien ! nous en reparlerons dans dix ans » (Alexandre Zévaès, *Histoire de la IIIe République*, éditions de la *Nouvelle revue critique*, 1946, p. 248). On sait que la loi, dont Briand avait été le rapporteur à la Chambre, fut promulguée le 9 décembre 1905. — Dreyfus, deux fois condamné par les Conseils de guerre de 1894 à Paris et, après révision, de 1899 à Rennes, introduit une seconde demande en révision en novembre 1903. La Cour de cassation casse en juillet 1906 la décision de Rennes, *sans renvoi devant une autre juridiction*, ce qui apparaît aux yeux des antidreyfusards comme une violation de la loi. Dreyfus est alors décoré, promu chef d'escadron, tandis que Picquart, l'un de ses principaux défenseurs, est réintégré dans l'armée avec le grade de général de brigade, en attendant que Clemenceau lui confie le ministère de la guerre dans le cabinet formé en octobre 1906.

2. « Mademoiselle Monk ou la Génération des événements » est le titre de l'article écrit par Maurras à propos de la publication en 1902, par Étienne Lamy, des *Mémoires d'Aimée de Coigny* (1769-1820), la « jeune captive » d'André Chénier. Maurras a recueilli ce texte dans *L'Avenir de l'intelligence* (A. Fontemoing, 1905 ; nouv. éd., Nouvelle librairie nationale, 1917) ; c'est vraisemblablement, comme le suggère Ph. Kolb, l'ouvrage de Maurras que Proust lisait en juillet 1917 (voir la lettre de ce dernier à Jacques Truelle, en date du 5 juillet 1917, *Correspondance*, t. XVI, p. 181). Proust devait à Maurras l'article le plus pénétrant qui ait paru sur *Les Plaisirs et les Jours* (*La Revue encyclopédique*, 22 août 1896).

3. Voir n. 4, p. 332.

4. Gabriel Syveton (1864-1904), l'un des fondateurs de la Ligue de la patrie française, député nationaliste du IIe arrondissement de Paris, gifla le général André, ministre de la Guerre, au cours d'un débat à la Chambre, le 4 novembre 1904, sur la pratique des délations anticléricales dans l'armée. Traduit pour cette raison devant la cour d'assises de la Seine, il fut — suicide ou assassinat — trouvé mort chez lui la veille de sa comparution.

Page 377.

a. simplement à un *ms. Nous adoptons la correction de Clarac et Ferré (voir la variante suivante).* ↔ *b.* plus beau jour *[p. 376, 2ᵉ §, 9ᵉ ligne]* de ma vie. [Dieu sait *[...]* roue du monde. *add. marg.*] Et pourtant *ms.*

1. Proust songe surtout à Clotilde du Mesnil, l'héroïne cyniquement immorale de *La Parisienne* d'Henry Becque (1885).

2. C'est sur la proposition de Nicolas II, détrôné en 1917 et assassiné en 1918, que se réunit à La Haye, en mai-juillet 1899, la première Conférence internationale de la paix, qui préconisa en cas de guerre un certain nombre de mesures humanitaires et décida la constitution, dans cette même ville, d'une Cour permanente d'arbitrage.

3. Contamination, pour traduire les vicissitudes de la destinée, du *Sic transit gloria mundi* de *L'Imitation de Jésus-Christ* et de l'expression « la roue de fortune », qui remonte au Moyen Âge.

4. D'après le mot du Christ dans l'Évangile selon saint Matthieu, XII, 30 : « Qui n'est pas avec moi est contre moi ».

Page 378.

a. verrez qu'elle l'est *[4ᵉ ligne de la page]* encore ». [Il avait pris *[...]* dans un salon. *add. marg.*] Par moments, *ms.*

1. Souvenir lointain de Robert de Montesquiou : dans une lettre à Mme de Noailles, du 12 mars 1904, Proust communique ses impressions d'un dîner chez le comte, dont les gestes et la voix « suraiguë » semblaient trahir « une exaltation presque maladive ». Il témoignait, au dire de Proust, d'une admiration délirante pour la poétesse. Le présent passage rappelle la promenade après le dîner, racontée dans la lettre : « En sortant avec moi dans la rue il s'arrêtait tout d'un coup, levait les bras au ciel et murmurait : "Le ciel était ce soir d'une couleur que l'on ne peut dire", faisant arrêter les passants, et me faisant prendre une terrible grippe, et électrisé par la violence du choc que lui causait cette phrase il frappait le sol de ses pieds à se casser les talons, en se renversant en arrière » (*Correspondance*, t. IV, p. 85).

2. « Dans ma jeunesse » trahit la crainte, non fondée ici, de parler un argot démodé.

Page 379.

a. déverser, afin que *ms. Nous adoptons la correction de Clarac et Ferré.*

1. Voir p. 342 et n. 2.

2. Il est vraisemblable que Proust pense ici à la princesse Marthe Bibesco et aux amitiés allemandes qui lui furent reprochées pendant la guerre (voir le *Journal* de l'abbé Mugnier, Mercure de France, 1985, p. 265, 281, 284, 291).

3. Jean de Poitiers, seigneur de Saint-Vallier, père de Diane de Poitiers, et Paul de Stuer de Caussade, comte de Saint-Mégrin,

compagnon d'Henri III, sont des personnages, le premier du drame de Victor Hugo *Le roi s'amuse* (1832), le second de celui d'Alexandre Dumas *Henri III et sa cour* (1829). On ne voit pas comment Charlus pourrait être comparé à la fois à ces deux personnages, que tout sépare.

Page 380.

a. variés et les plus *[p. 379, 1er §, dernière ligne]* chatoyants. [Il gardait *[...]* l'accordeur. *corr. marg.*[1]] D'ailleurs *ms.*

1. Cette évocation fait écho, en reprenant précisément certains mots, à un passage d'une lettre à Louis d'Albuféra du début de mars 1915 : « Deux ou trois jours avant la victoire de la Marne, quand on croyait le siège de Paris imminent, je me suis levé un soir, je suis sorti, par un clair de lune lucide, éclatant, réprobateur, serein, ironique et maternel, et en voyant cet immense Paris que je ne savais pas tant aimer, attendant dans son inutile beauté la ruée que rien ne semblait plus pouvoir empêcher, je n'ai pu m'empêcher de sangloter » (*Correspondance*, t. XIV, p. 71).

2. « L'Inutile Beauté » est le titre d'un conte de Maupassant (*L'Écho de Paris*, 2-7 avril 1890), et aussi du dernier recueil publié du vivant de l'auteur (Victor Havard, 1890). Voir les *Contes et nouvelles*, Bibl. de la Pléiade, t. II, p. 1205. L'expression désigne la beauté de la femme stérile, non dégradée — selon Maupassant — par la maternité.

3. *Ils regardaient monter en un ciel ignoré / Du fond de l'Océan des étoiles nouvelles* (José-Maria de Heredia, « Les Conquérants », *Les Trophées*, Lemerre, 1893).

Page 381.

a. fervents et *[p. 380, 2e §, dernière ligne]* disciplinés. [Après le raid *[...]* nouvelles. » *add. marg.*] M. de Charlus me dit *ms.*

1. L'expression est doublement paradoxale, puisque c'est par une lumière éblouissante et brève que la combustion du magnésium permet, à l'époque de Proust, de prendre des photographies en milieu obscur.

Page 382.

a. premiers pas[2]. *On trouve après ces mots dans la marge de la paperole (voir var. b, p. 386) une indication de régie entre parenthèses que nous n'insérons pas dans la version définitive. En voici le texte :* (Rendre tout cela plus

1. Nous ne donnons pas les lignes biffées que ce passage remplace, et dont le contenu, récrit dans la paperole signalée dans la var. *b*, p. 386, correspond aux lignes 17 à 37, p. 386.

2. Pour cette variante et les variantes suivantes, jusqu'à la variante *a*, p. 386, voir la variante *b*, p. 386.

Montesquiou de ton. « Mon Dieu, ce serait une espèce d'Herculanum. Voyez-vous Sosthène dans les livres d'art de l'avenir. ») ↔ *b.* du rapprochement. [Voyant que ne répondais rien[1] *phrase inachevée*] Certes *ms.*

Page 384.

1. Le début de cette lettre, où le narrateur trouvera (p. 385), non sans raison, un peu trop de « littérature », illustre l'opposition du « médiocre » et du « juste » par celle des deux mots de même famille, « défaut » et « faillir » : le manquement du « médiocre » conjure le manquement du « juste ». Mais Charlus abandonne ensuite le sens étymologique de « défaut », souligné par les caractères romains, pour prendre le mot dans son sens courant.

2. Promesse faite au Juste par le Psalmiste : *Super aspidem et viperam gradieris, / Conculcabis leonem et draconem* (« Tu marcheras sur l'aspic et la vipère, / Tu écraseras sous tes talons le lion et le dragon » ; Psaumes, XC, 13).

3. La prudence est la première des quatre vertus théologales. Elle se définit comme il suit : « La Prudence est la vertu qui dirige toute action vers son but légitime et cherche, par suite, les moyens convenables pour que l'action soit bien faite de toutes façons et, par-là, agréable à Dieu » (*Catéchisme de saint Pie X*, éd. Martin-Berret, 1906 ; Nouvelles éditions latines, s.d., p. 275). On voit que cette vertu implique sagesse dans la prévision, et non pas méfiance ou crainte des périls. La Prudence et le Serpent n'ont donc rien de commun, bien que l'iconographie et le langage courant les rapprochent souvent.

Page 385.

a. décidé à le *[p. 384, 8e ligne en bas de page]* tuer. [Dieu lui a inspiré de ne pas venir. Aussi c'est moi qui me meurs. Les hermines de mon blason ne seront pas souillées. Vôtre fidèlement et Semper idem. *biffé*] [Dieu lui a *[...]* Semper idem. *corr. interl.*] P. G. Charlus. *ms.*

1. Dans le *Larousse du XXe siècle* de 1928, on lit : « *Ambrine* : nom donné à un mélange de parafine et de résine de couleur ambrée. » Georges Duhamel, mobilisé dans le service de santé, a connu l'inventeur de ce produit, utilisé dans les hôpitaux militaires pour soigner les brûlures et les engelures (*Journal littéraire* de Paul Léautaud, 5 mars 1926, Le Mercure de France, 1958, t. V, p. 166). Il est possible qu'il ait été employé aussi en parfumerie, comme filtre solaire. Nous n'en avons pas trouvé trace dans la publicité des journaux du temps de la guerre.

1. Voir p. 385, 14e ligne.

Page 386.

a. idées qu'elles éveillèrent en lui, soit celle *ms. Nous adoptons la correction de Clarac et Ferré.* ↔ *b.* peine de veiller sur *[p. 381, 5e ligne en bas de page]* nous. [D'ailleurs M. de Charlus n'avait même pas besoin de sortir pour voir des soldats. Car il avait transformé son hôtel en hôpital obéissant du reste je le crois bien moins aux besoins de son imagination que de son bon cœur[1]. Certes j'admire tous les héros qu'il y a dans cette guerre me dit M. de Charlus ramenant ses yeux à terre. *biffé*] [*[*La lune *biffé] [*Le ciel *corr. interl. biffée] [*La nuit *corr. interl.]* était *[...]* héros de cette guerre, dit-il. *corr. marg. et sur paperole*] Tenez mon cher *ms.*

1. Dans le premier chapitre, « Avant la catastrophe », du livre qu'il consacre à Pompéi, Henry Thédenat célèbre la « joie de vivre », l'atmosphère de « volupté » qui régnaient dans la ville sous les premiers empereurs, et il ajoute : « Est-ce un chrétien contemporain de saint Pierre et de saint Paul, égaré dans cette ville où son culte n'était pas encore établi, est-ce un Juif attiré à Pompéi par le négoce comme beaucoup de ses compatriotes, qui, sur le mur d'une maison (région IX, île 1, n° 26), écrivit, peu de temps avant la catastrophe, peut-être même au moment où le feu du ciel lui semblait tomber sur la ville condamnée, ces deux mots : *Sodoma*, *Gomora* ? » (*Pompéi. Histoire. Vie privée*, coll. « Les Villes d'art célèbres », Librairie Renouard, Laurens, 1906, p. 15).

2. « Les Jeunes Gens de Platon » est le titre d'un article de Taine (1855) recueilli dans les *Essais de critique et d'histoire*. « Platon, écrit-il, a pris plaisir à figurer aux yeux les plus jeunes, ceux en qui la pensée, pour la première fois, s'éveille, et qui sont encore presque enfants. Son style si aisé, si doux, presque fluide, convient pour peindre ces âmes molles et tendres, ces corps flexibles » (Hachette, 9e éd., 1904, p. 157). On comprend que Charlus n'ait pas oublié un pareil texte, non plus qu'Abel Hermant (*Platon*, Grasset, 1925).

3. Ce sont les saints sculptés sur la façade principale de la cathédrale, conçue et réalisée au début du XVIe siècle par l'architecte Roulland Le Roux (voir J. Dahyot-Dolivet, *La Cathédrale de Rouen*, Nouvelles éditions latines, 1973).

4. « Sous les tilleuls », célèbre avenue de Berlin.

Page 387.

a. leur plateau et *Dans le manuscrit le mot* plateau *est suivi d'un point d'interrogation entre parenthèses tracé de la main de Proust. Il voulait sans doute dire* tablier .

1. « Allemagne au-dessus de tout », l'hymne national allemand.

2. Il n'y a pas eu de fusil modèle 76 (c'est-à-dire 1876) en service dans l'armée française, dans les années où le narrateur a pu souffrir d'un recul bizarrement situé « contre l'omoplate ». Les différents fusils réglementaires à cette époque ont été le fusil Gras (1874), puis

1. Voir p. 387, fin du premier paragraphe.

le fusil Lebel (1886, modifié 1893). Il est seulement possible que 1876 ait été l'indication d'une date de fabrication portée sur l'arme mais singulier qu'un pareil détail ait été retenu par Proust pour une dénomination tout à fait contraire à l'usage.

3. L'arche du pont — et non pas son « plateau » ou tablier —, complétée par son reflet dans l'eau, forme une sorte d'anneau, mais non « circulaire », au travers duquel passe le fleuve.

Page 388.

a. que de son bon *[p. 387, 7e ligne en bas de page]* cœur. [Il faisait *[...]* croissant. *add. marg.*] Pourtant, *ms.* ↔ *b.* en me disant *[4e ligne de la page]* adieu et en me serrant la main à me la broyer ce qui est une particularité allemande chez les gens qui sentent comme le baron, [il resta en arrêt devant un sénégalais qui passait dans l'ombre et qui ne daigna pas s'apercevoir qu'il était admiré. *biffé*] [et en continuant *[...]* regards. *corr. marg.*] « Est-ce que *ms. Comme Clarac et Ferré nous complétons la correction de Proust en substituant* il me serra la main *à* et en me serrant la main.

1. Sequin est le nom commun à différentes monnaies ayant cours en Italie et au Levant du XIVe au début du XIXe siècles. C'est arbitrairement, semble-t-il, que Proust lui attribue la forme d'un croissant.

2. Malgré la tournure hésitante : « Je ne sais trop de quel sens [...] », Charlus se trahit évidemment par cette poignée de main insistante et plus encore, à la fin du paragraphe, par le regret bouffon que lui inspirent les Odalisques d'Ingres.

3. Souvenir du service d'assiettes de Combray (*Du côté de chez Swann I*, t. I de la présente édition, p. 18 et 56, voir aussi t. II, p. 257-258 et n. 2, p. 258). Bagdad, la capitale fastueuse du calife Haroun al Raschid, sert de cadre à bien des contes des *Mille et Une Nuits.*

Page 389.

a. chez moi eût été un *[p. 388, 6e ligne en bas de page]* hôtel. [Mais je n'en voyais que d'assez misérables dans le quartier assez éloigné du centre où j'étais parvenu. J'/hésitai pourtant à entrer dans *biffé] [*étais *corr. interl.]* malgré tout hésitant à entrer dans l'un d'eux qui était d'une dizaine de mètres éloigné de moi, quand j'en vis rapidement sortir un militaire qu'il m'était impossible de reconnaître à cette distance. *1re version partiellement biffée*[1]] [Mais dans la rue *[...]* officier. *corr. marg.*] Quelque chose *ms.*

Page 390.

a. Saint-Loup qui en était *[p. 389, 2e §, dernière ligne]* sorti. [Je me rappelai *[...]* curiosité. *add. marg.*] Je ne pense *ms.*

1. Après avoir écrit la correction marginale Proust a en fait omis de biffer la fin de la 1re version, de « J'étais malgré tout » à « cette distance. ».

Page 391.

a. le patron me l'a *[17e ligne de la page]* promis. » [Je ne pus pas résister *biffé*] [*[*Me sentant de plus en plus calife Haroun al Raschid, sur le point de découvrir et de faire punir un crime abominable, je me décidai *corr. marg.]* à entrer[1]. *biffé*] [Je compris *[...]* j'entrai délibérément dans l'hôtel. *corr. marg.*] Je touchai *ms.*

Page 392.

a. nouvelles du grand [Robert *biffé*] [Léon *corr. interl. biffée*] [Julot *corr. interl.*]. Sa marraine *ms.* ⁂ *b.* connais le grand [Robert *biffé*] [Julot *corr. interl.*] ? — Si *ms.*

1. Les combattants sans ressources et sans famille — les autres aussi, parfois — étaient souvent « adoptés » par une correspondante, de qui ils recevaient, au front, lettres, argent et colis. Sur ces « marraines de guerre », voir A. Ducasse, J. Meyer, G. Perreux, *Vie et mort des Français, 1914-1918*, éd. citée, p. 232-233.

Page 393.

a. monte à boire. » « [Maurice *biffé*] [Pierrot *corr. interl.*] va *ms*

Page 394.

1. Le titan Prométhée, coupable d'avoir dérobé, pour le donner aux hommes, le feu céleste, est, sur l'ordre de Zeus, cloué par Héphaistos au sommet d'une cime glacée et enseveli ensuite sous un amas de rochers. C'est le sujet de la tragédie d'Eschyle *Prométhée enchaîné.*

Page 395.

1. L'Action libérale, fondée le 5 juillet 1901 par Jacques Piou, succède aux groupes de catholiques ralliés à la République qui s'étaient constitués à l'initiative du même homme politique, la Droite constitutionnelle en 1890, puis la Droite républicaine en 1893. L'Action libérale, tout en acceptant le régime républicain, représente à la Chambre une droite catholique modérée.

2. Honorable, c'est-à-dire député, d'après la formule d'usage, l'« honorable parlementaire ».

3. C'est le 21 mars 1908 que paraît le premier numéro du quotidien royaliste et nationaliste, dirigé par Léon Daudet et Charles Maurras, *L'Action française.* Presque aussi vigoureusement qu'à la gauche installée au pouvoir, *L'Action française* s'attaque à l'opposition, qui manque à son gré de mordant, et, entre autres groupes, couvre de sarcasmes *L'Action libérale.* Un fragment d'article sur Léon Daudet et *L'Action française*, où Proust salue en Daudet un écrivain hors pair, mais le critique néanmoins, se trouve dans le Cahier 75 (voir *La Prisonnière*, t. III de la présente édition, p. 802 et n. 3).

1. En fait, Proust a omis de biffer « à entrer ».

Page 396.

a. tout le monde *[p. 394, dernière ligne]* connaissait. [« Une seconde », *[...]* son sergent. *add. marg.*] Le baron *ms.*

1. Abréviation de « bataillon d'Afrique », unité disciplinaire stationnée en Afrique du Nord.

Page 397.

a. succédanés d'hôtel. Fallait-il *Ces quelques mots figurent sur le folio 40 collé comme le suivant, le folio 41, dans le Cahier XVIII. Nous adoptons la correction de Clarac et Ferré. Une note de Marcel Proust, au verso du folio 40, explique peut-être le lapsus :* Quand je pense à Reinach (hôtel de Flandres à Bruxelles) (je pourrai le mettre pour Bloch, souvenir de Balbec ou Legrandin souvenir *[inachevé]*

1. Voir *Du côté de chez Swann*, t. I de la présente édition, p. 286.

Page 398.

a. chez médicaments *ms. Nous adoptons la correction de Clarac et Ferré (voir var. a, p. 399).*

Page 399.

a. que nous aimons *[p. 397, 1er §, dernière ligne]* davantage. [Ce qui enlève *[...]* se présentait. *add. marg.*] Je descendis *ms.*

1. Depuis la frontière russe jusqu'à Moscou, Napoléon n'a cessé de compter sur une réconciliation avec le tsar Alexandre Ier. Jacques Bainville, dans *Napoléon* (Fayard, 1931), le montre animé de cet espoir à Vilna (28 juin-16 juillet 1812 ; voir p. 444), un mois plus tard à Smolensk (18 août ; voir p. 455), et enfin, p. 456, devant Moscou (14 septembre), où l'empereur attend vainement la députation de notables à qui il était prêt à tendre la main.

Page 400.

a. me laisserais [fusiller *biffé*] [envoyer des pruneaux dans la gueule *corr. interl.*] plutôt *ms.*

1. La destruction systématique de Louvain, et en particulier de sa riche bibliothèque universitaire, les 25 et 26 août 1914, est, avant l'incendie de Reims, l'un des actes de guerre les plus violemment reprochés aux Allemands au début des hostilités.

2. Lors de l'invasion de la Belgique et du Nord de la France, les civils avaient été victimes d'un certain nombre d'exactions et de crimes : pillages, incendies, viols, assassinats. Le bruit courait même que les Allemands avaient mutilé de jeunes enfants en leur coupant la main. On voit Gide (*Journal*, 1889-1939, Bibl. la Pléiade, p. 500) chercher vainement des preuves de ces mutilations. Jean Richepin, dans *Le Petit Journal*, parlait de quatre mille jeunes garçons amputés de la main droite (cité par Romain Rolland, *Journal des années de guerre*,

éd. citée, p. 93). Voir aussi Pierre Nothomb, *Les Barbares en Belgique*, Perrin, 1915, et « La Belgique martyre », *(Revue des Deux-Mondes*, 1er janvier 1915, p. 118 à 155). Parmi les atrocités signalées dans cet article, et décrites avec précision, Nothomb mentionne deux cas (p. 135 et 137) où un enfant aurait eu la main coupée. Voir encore Joseph Bédier, *Les Crimes allemands d'après des témoignages allemands* (A. Colin, 1915) et, pour une analyse aussi objective que possible des différents témoignages, le *Journal des années de guerre* de Romain Rolland.

3. Je préférerais être fusillé pour insoumission. L'argot « pruneau » signifie « obus » ou, comme ici, « balle de fusil ».

4. Voir n. 1, p. 311.

Page 402.

a. dépend beaucoup des *[p. 401, 7e ligne]* camps. [Le patron n'était pas encore venu que Jupien entra se plaindre qu'on parlait trop fort *corrigé dans la marge en* Pendant ce temps *[...]* parlait trop fort] et que les *ms.*

1. Le *carré* est le palier sur lequel donnent, à chaque étage de l'escalier d'un immeuble modeste, les portes des différents logements.

Page 403.

a. noir, il me *[p. 402, 4e ligne en bas de page]* quitta. [D'ailleurs *[...]* vicomte. *add. marg.*] Bientôt *ms.*

1. *Barbeau* : en argot, « souteneur ».
2. *Thune* : en argot, « pièce de 5 francs ».

Page 404.

a. paraître grande *[p. 403, 2e §, dernière ligne]* dame. [Jupien les *[...]* paroles. *add. marg.*] Tous *ms.* ⬥⬥ *b.* peine, mon petit *[2e §, 21e ligne]* gars. [Tu penseras *[...]* France. *add. marg.*] Mais *ms.*

1. Proust a précédemment employé le mot *cartons* pour désigner les femmes, vues par les jeunes hommes qui « condescendent à l'amour des Charlus » (*La Prisonnière*, t. III de la présente édition, p. 723). Le mot prend ici un sens plus précis, puisque ces femmes, sans doute plus âgées, sont accusées de donner de l'argent à ces jeunes hommes. *Carton* semble appartenir en propre à la langue de Sodome. On ne le trouve ni dans *L'Argot de la guerre*, d'Albert Dauzat (Colin, 1918), ni dans le *Dictionnaire historique d'argot*, de Lorédan Larchey (Dentu, 1880).

2. Nous n'avons pas retrouvé cette citation, peut-être apocryphe. Mais elle correspond bien à l'attitude de Sarah Bernhardt pendant la guerre. Amputée d'une jambe à l'âge de soixante et onze ans, le 22 février 1915, elle avait recommencé à jouer la même année. Le 6 novembre, elle interprétait, sur son théâtre, *Les Cathédrales*, poème dramatique de circonstances d'Eugène Morand. De janvier à avril

1916, elle est en Grande-Bretagne et à partir du 9 mai elle mène sur les arrières du front une tournée patriotique épuisante, où *Les Cathédrales* sont présentées à un public de soldats étonnés. De septembre 1916 à novembre 1918, Sarah Bernhardt est aux États-Unis (voir G.J. Geller, *Sarah Bernhardt*, Gallimard, 1931 ; André Castelot, *Sarah Bernhardt*, Rombaldi, 1971 ; Philippe Jullian, *Sarah Bernhardt*, Balland, 1977).

Page 405.

a. Oh ! monsieur le baron [dit le gigolo qu'on avait oublié de prévenir *add. interl.*] pouvez-vous croire une chose pareille, protesta Maurice, soit *ms. Nous adoptons la correction de Clarac et Ferré.*

1. Boissier et Gouache, pâtissiers confiseurs établis, le premier, 7, boulevard des Capucines (*Baedeker*, 1878 et 1914), le second, au temps de l'enfance de Proust (*Baedeker*, 1878), 17, boulevard de la Madeleine : c'est-à-dire dans un quartier que le jeune Proust a fréquenté — plus que Charlus.

Page 406.

a. Proust a bien construit « parler » transitivement.

Page 407.

a. paye, mais n'est pas *[p. 405, 12e ligne en bas]* content. [La mauvaise *[...]* d'un autre. *add. marg.*] Comme il est *[p. 407, 2e §, 1re ligne]* simple jamais on ne dirait un baron », dirent quelques habitués quand M. de Charlus fut sorti, reconduit jusqu'en bas par Jupien. [On entendit *biffé*] [auquel le baron *[...]* propre de M. de Charlus. *corr. marg.*] Il paraît *ms.* ↔ *b.* voiture qui était venue chercher M. de Charlus non loin de la voiture [Jupien revint me chercher dans l'antre obscur où je n'osais faire un mouvement *biffé*] À ce moment *ms. Nous corrigeons en remplaçant* non loin de la voiture *par* non loin de là.

Page 408.

1. On reconnaît ici Tartuffe justifiant la déclaration qu'il vient d'adresser à Elmire : *Je sais qu'un tel discours de moi paraît étrange : / Mais, madame, après tout, je ne suis pas un ange.* (Molière, *Tartuffe*, acte III, sc. III, v. 969-970). — La prononciation archaïque *une ange* est encore recommandée par Littré, si *un* est article indéfini et non pas adjectif numéral. Elle a subsisté assez longtemps dans l'usage de certains prédicateurs. Elle n'est donc pas déplacée ici. En revanche il est parfaitement invraisemblable — invraisemblance parmi beaucoup d'autres dans cette longue scène — que ce mauvais prêtre ait, pour cette soirée, conservé ses vêtements ecclésiastiques ! Mais il fallait un prêtre pour illustrer le caractère universel de la perversion de Charlus.

Page 409.

1. Les prières et les macérations des Carmélites sont offertes en réparation des péchés du monde.

2. *Les Saltimbanques*, opérette en trois actes et quatre tableaux de Maurice Ordonneau sur une musique de Louis Ganne, fut créée au théâtre de la Gaîté le 30 décembre 1899. Selon Edmond Stoullig (*Les Annales du théâtre et de la musique*, Ollendorff, 1899, p. 240), Maurice Ordonneau ne s'était pas « donné une méningite » pour en composer le livret. La pièce était, en tout cas, destinée à un succès durable. En 1912, elle est présentée par le *Larousse mensuel* (t. II, p. 570) comme un modèle, en son genre, de l'art français.

3. Du prince d'Harcourt, Saint-Simon écrit qu'il vécut longtemps à Lyon, « avec du vin, des maîtresses du coin des rues, une compagnie à l'avenant », ne se ruinant pas au jeu, et même faisant le contraire (*Mémoires*, édition d'Yves Coirault, Bibl. de la Pléiade, t. II, p. 270). Rien de pareil sur le duc de Berry, petit-fils de Louis XIV, dont les *Mémoires* signalent seulement, avec sa droiture morale, sa timidité et sa lourdeur d'esprit (éd. citée, t. IV, p. 768-769). En revanche, Proust se souvient avec précision de l'anecdote suivante. Saint-Simon et M. de Chevreuse sont chargés par le roi de se rendre chez le duc de La Rochefoucauld : « [...] quelle fut notre surprise, j'ajouterai notre honte, de trouver M. de La Rochefoucauld seul dans sa chambre jouant aux échecs avec un de ses laquais en livrée assis vis-à-vis de lui ! La parole en manqua à M. de Chevreuse et à moi, qui le suivais. M. de La Rochefoucauld s'en aperçut et demeura confondu lui-même [...] il balbutia, il s'empêtra, il essaya des excuses de ce que nous voyions, il dit que ce laquais jouait très bien, et qu'aux échecs on jouait avec tout le monde. M. de Chevreuse n'était pas venu pour le contredire, moi encore moins. On glissa, on s'assit, on se releva bientôt pour ne pas troubler la partie, et nous nous en allâmes au plus tôt » (éd. citée, t. IV, p. 727-728).

Page 410.

a. il est vrai qu'avec eux *[p. 409, 2e ligne de la page]* seuls [on ne ferait *[...]* ses vieux *[p. 409, 7e ligne]* jours. *biffé*] [on ne ferait *[...]* pour cela. *corr. marg.*] D'ailleurs, vous *ms.*

1. C'est dans l'*Apologie de Socrate* de Platon qu'on voit le philosophe rappeler qu'à la différence des sophistes, il n'a jamais rien fait payer aux jeunes gens qui venaient l'écouter (Platon, *Œuvres complètes*, t. I, Bibl. de la Pléiade, p. 150-151).

2. « *Bureau d'esprit*, en parlant des choses littéraires, société où l'on s'occupe ordinairement de littérature » (*Littré*, avec des exemples de Boileau, Voltaire et J.-B. Rousseau). En utilisant cette expression archaïque, Jupien en oublie la nuance ironique et péjorative.

Page 411.

a. recevoir à M. de *[p. 410, dernière ligne]* Charlus. [Et à vrai *[...]* énormes ! *add. marg.*] « En attendant, *ms.* ◆◆ *b.* sa forme première. [Mais ici que peut chercher celui qui se fait torturer ainsi ? » Et tout en posant la question, j'entrevoyais, moi, la réponse que je pouvais me faire moi-même. *biffé*] Jupien *ms.* ◆◆ *c.* de si gracieuses paroles [, avec cet esprit qui prouvait que *biffé*] [et prouvant ainsi que l'intelligence — et chez lui aussi le cœur — pouvaient être toutes différentes de ce que ferait croire si elles étaient simplement constatées du dehors les habitudes de notre vie qui pouvaient tenir à un penchant physique et à des défauts de caractère *biffé*] : « Vous *ms.*

1. Proust cite de mémoire, en déformant un peu le conte : le calife Haroun al Raschid, accompagné de Giafar son grand vizir, se promène la nuit, incognito, dans les rues de Bagdad. Il est intrigué par des voix, des rires, de la musique qui viennent de la maison de la belle Zobéide. Elle les accueille gracieusement mais se met ensuite à fouetter cruellement deux chiennes noires dont elle essuie finalement les larmes. Zobéide révèle alors que ses deux sœurs l'ayant trahie ont été changées en chiennes par une fée, qui l'a obligée, sous peine de subir la même métamorphose, à leur donner chaque soir cent coups de fouet (33e et 34e nuit ; 66e nuit ; *Les Mille et Une Nuits*, trad. Antoine Galland, Garnier-Flammarion, t. I, p. 124-128 et 215-216).

2. Proust a fait paraître sa traduction de l'ouvrage de Ruskin en 1906, avec une préface qui avait été publiée dans *La Renaissance latine*, le 15 juin 1905 : « Sur la lecture », titre devenu « Journées de lecture » en 1919 dans *Pastiches et mélanges* (éd. citée, p. 160-194).

Page 412.

a. d'aller les chercher ailleurs. *Les passages qui suivent ces mots et qui vont jusqu'à* cela fût appris *[p. 415, 1er §, dernière ligne] se présentent de façon si complexe dans le manuscrit que nous en donnons le texte ci-dessous :* Et me saluant profondément, il rentra dans son hôtel. [Je l'avais à peine[1] quitté que la sirène retentit, suivie immédiatement de violents tirs de barrage. En un instant *[p. 412, 2e §, 1re ligne]*, les rues *[...]* habitant inconnu *[p. 412, 13e ligne en bas de page]* de Pompéi. *[*Puis ma pensée se porta sur Jupien et sur M. de Charlus, et tout en me rapprochant de notre demeure je songeais combien la conscience *biffé]* Mais qu'importaient *[p. 412, 12e ligne en bas]* sirène *[...]* ne risqueraient pas *[p. 413, 7e ligne]* de les déshonorer. *[*Si plusieurs se précipitèrent dans le métro, ces augustes catacombes *[[un mot illisible]]* obscurité *add. interl. interrompue] add. marg.*] [D'autres plus que[2] de retrouver la liberté morale furent *[*tentés

1. Ce passage figure dans la marge du folio 58 du cahier XVIII. On trouve dans la marge du folio 57, en face de « je vous conseille d'aller les chercher ailleurs. » (p. 412, 3e ligne) le passage suivant : « Et me saluant (p. 412, 3e ligne) assez [...] allemand se tenait. » (p. 412, 1er §, dernière ligne).

2. Cette longue addition marginale figure dans la marge du folio 56 et sur des paperoles.

biffé] [une correction illisible] par *[p. 413, 9e ligne]* leur *[...]* fût appris. *add. marg.*[1]] Tout en *[p. 415, 2e §, 1re ligne]*

1. Voir *Sodome et Gomorrhe, II*, t. III de la présente édition, p. 417. Voir aussi, pour ce motif des aéroplanes, la Notice de *La Prisonnière*, *ibid.*, p. 1675-1676.

2. Dans une lettre à Mme Straus, du printemps 1918, Proust raconte comment il s'est trouvé lui-même dans la rue, une nuit de bombardement (*Correspondance générale*, t. VI, p. 197).

3. Le mot évoque le naufrage du *Titanic* (15 avril 1912).

Page 413.

a. Plusieurs *Nous adoptons la correction de Clarac et Ferré (voir var. a, p. 412).* ↔ *b.* tentés *Nous adoptons la correction de Clarac et Ferré (voir var. a, p. 412).*

Page 415.

a. Tout en *Voir var. a, p. 412.* ↔ *b.* les actions d'hommes *Avant les remaniements de l'épisode, ce développement faisait suite à la conversation du narrateur avec Jupien (voir var. a, p. 412) :* hommes *renvoie donc aux jeunes militaires de l'hôtel de Jupien.*

Page 416.

a. Les peintures *[2e §, 1re ligne]* pompéiennes [...] laissait passer. *Ce passage figure dans la marge du folio 59 du cahier XVIII. Nous n'avons pas suivi pour des raisons de sens l'indication de Proust qui place ce développement entre* une vive répugnance *et* On aurait pu les croire *[p. 415, 6e ligne en bas de page*].

1. Sur le relâchement des mœurs après quelques mois de guerre, voir A. Ducasse, J. Meyer, G. Perreux, ouvr. cité, p. 332.

2. Une revue aussi étrangère aux excès de la polémique que la *Revue des Deux-Mondes* n'en donne pas moins dans ces opinions « antigermaniques » : voir, de Louis Bertrand, « Nietzsche et la Méditerranée » (1er janvier 1915) et « Goethe et le germanisme » (15 avril 1915) ; de Camille Bellaigue, « Un grand tragique français : Gluck » (1er août 1915) ; d'André Michel, « L'Art gothique, œuvre de France » (1er août 1916).

3. Le livre et l'accueil qu'est censée lui réserver la critique semblent de l'invention de Proust.

Page 417.

a. rocher de la pure *[1er §, dernière ligne]* matière. [De la pure matière où pourtant peut-être un peu d'esprit changerait encore *biffé*] [Sans doute *[...]* surnageât encore. *corr. marg.*] Ce fou *ms.*

1. Voir var. *a* et *b*, p. 413.

Page 418.

1. La formule se comprend par opposition aux cathédrales gothiques. Celle d'Arras date de la fin du XVIIIe siècle et n'a été achevée que sous Louis-Philippe. Elle fut presque entièrement détruite par les bombardements de 1914 et de 1915, et devait être restaurée en 1934.

2. Dans une lettre adressée à Walter Berry au début de 1922, Proust fait le portrait de Céleste Albaret, « femme qui depuis qu'elle est à Paris ne connaît qu'un seul Louvre, pas celui de *La Dentellière*, mais celui où on vend tant de fausses dentelles » (*Correspondance générale*, éd. citée, t. V, p. 79).

Page 419.

a. reflets [d'*in pace* *biffé*] [de croix de justice *corr.*], de *ms.* ◆◆ *b.* imagination *[11e ligne de la page]* moyenâgeuse. [C'est dans *[...]* d'*in pace.* *add. marg.*] En somme *ms.* ◆◆ *c.* mieux avec les *[1er §, dernière ligne]* chaînes. [En rentrant à la maison je trouvai Françoise encore levée ainsi que le maître d'hôtel. En effet Saint-Loup était passé en s'excusant *biffé*] [Enfin la breloque *[...]* passé en s'excusant *corr. interl.*] pour voir *ms.*

1. « Barre de justice, terme de marine : barre de fer employée pour infliger la peine des fers à bord » (*Littré*).

2. Le sens de cette expression n'est pas douteux, mais nous ne l'avons pas trouvée dans les dictionnaires que nous avons consultés.

3. Voir p. 338 et n. 1.

4. La croix de guerre avait été instituée, à l'instigation de Barrès, par une loi du 8 avril 1915.

Page 420.

a. s'arrangerait *[p. 419, dernière ligne]* aisément. [Moi qui me doutais où se trouvait la croix de guerre *biffé*] [D'ailleurs je sentis *[...]* contradictoires), *corr. marg. et interl.*] je conseillai *ms.*

1. Proust, comme Saint-Loup, semble avoir jugé vulgaire l'emploi du mot *boches* pour désigner les Allemands. Il écrit à Lucien Daudet en novembre 1914 que *boche*, courant, dans le peuple, bien avant la guerre, est devenu « crispant » sous la plume des gens du monde et des académiciens (*Correspondance*, t. XIII, p. 336). Lui-même cependant ne l'a pas toujours évité ; voir n. 2, p. 319.

2. La loi du 1er juillet 1901 sur les associations inspirée par le président du Conseil Waldeck-Rousseau, soumettait les congrégations religieuses au régime de l'autorisation préalable. Après les élections du printemps 1902, Combes, nouveau chef du gouvernement, procéda à l'exécution rigoureuse de cette loi, en refusant systématiquement les autorisations demandées, en particulier par les congrégations enseignantes. Voir p. 492.

Page 421.

a. camarade l'était de montrer *ms. Nous adoptons la correction de Clarac et Ferré.* ♦♦ *b.* volonté mûrement *[2e §, 5e ligne]* réfléchie. [Il confondait le *[...]* vingt ans. » *add. marg.*] Il exagérait *ms.*

Page 422.

a. Marie Mère de *[p. 421, 4e ligne en bas de page]* Dieu ! ». [Les jours où les nouvelles *biffé*] [Et parfois *[...]* où les nouvelles *corr. marg. et interl.*] étaient bonnes *ms.*

Page 424.

a. tomber sur notre *[p. 423, 1er §, dernière ligne]* maison. [Je vis peu Françoise du reste pendant ces quelques jours, car elle allait *biffé*] [Du reste *[...]* car elle allait *corr.*] beaucoup chez *ms.*

1. Voir n. 3, p. 307.
2. Berry-au-Bac, sur l'Aisne, à mi-chemin de Reims et de Laon, a été sur la ligne de feu depuis la stabilisation du front en 1914 jusqu'aux offensives victorieuses de Foch en 1918.
3. Voir les différentes lettres adressées par Proust à Marcelle, Adèle et André Larivière, apparentés à Céleste Albaret, la gouvernante de Proust, dans *Monsieur Proust*, Laffont, 1973.

Page 425.

a. j'égale les *[6e ligne de la page]* Larivière. [Le maître d'hôtel *[...]* Guillaumesse. » *add. marg.*] [Quant à Françoise *[...]* Clémenceau. *add. marg.*] Mon départ *La première addition marginale figure sur le folio 76. La seconde — contemporaine et complémentaire de la précédente — figure plus loin dans le manuscrit (folio 79) après* auraient frustrés *[p. 426, 11e ligne en bas de page] ; nous la plaçons ici pour des raisons de sens.* ♦♦ *b.* surlendemain de son retour *[3e §, 5e ligne]* au front en [entraînant ses hommes à l'attaque *biffé*] [protégeant la retraite de ses hommes *corr. interl.*[1]] *[quelques lignes biffées]* [Jamais homme *[...]* chez lui. *corr. marg.*] Pendant *ms.*

1. Ce magazine, fondé en octobre 1898, absorbera en octobre 1939 la revue *Je sais tout*. Une nouvelle série en paraîtra de 1954 à 1974.
2. Appellation populaire pour l'impératrice d'Allemagne, Augusta-Victoria, née princesse de Slesvig-Holstein-Sonderbourg, Augustenbourg, qui avait épousé en 1881 le futur Guillaume II.
3. Les sentiments du narrateur sont ceux que Proust exprime à Louis d'Albuféra, en mars 1915, après la mort de Bertrand de Fénelon : « On avait besoin de lui à son poste diplomatique, le ministère tâcha de l'y retenir, il voulut à toutes forces partir, et c'est en entraînant sa section qu'il a "disparu" [...]. Son courage a été d'autant plus sublime qu'il ne se mêlait d'aucune haine. Il connaissait

1. Cette correction contredit la suite du texte (voir p. 426, 13e ligne).

à fond la littérature allemande que j'ignore moi complètement. Et, diplomatiquement, ce n'est pas l'Allemagne (ou du moins l'Empereur, car c'est le seul point que visait son information, exacte ou non) qu'il rendait responsable de la guerre. Que cette vue soit erronée, c'est fort possible. Elle n'en témoigne pas moins, jusque par son erreur, que le patriotisme de ce héros n'avait rien d'exclusif et d'étroit. Mais il aimait passionnément la France » (*Correspondance*, t. XIV, p. 71).

Page 426.

1. Voir *À l'ombre des jeunes filles en fleurs*, t. II de la présente édition, p. 88.

2. Voir *Le Côté de Guermantes II*, *ibid.*, p. 704-705.

3. « Je n'avais pas vu Bertrand depuis plus de douze ans » (lettre du 13 mars 1915 à Georges de Lauris, *Correspondance*, t. XIV, p. 89). « Il y avait dix ans que je ne l'avais pas vu, mais je le pleurerai toujours » (lettre du 22 mai 1915 à Clément de Maugny, *ibid.*, p. 136).

4. Voir *À l'ombre des jeunes filles en fleurs*, éd. citée, p. 166-167.

5. Voir *Le Côté de Guermantes I*, t. II de la présente édition, p. 370-416.

6. Voir *ibid.*, p. 478.

7. Voir *Sodome et Gomorrhe II*, t. III de la présente édition, p. 90-94.

8. Voir *À l'ombre des jeunes filles en fleurs*, éd. citée, p. 146 et n. 1.

Page 427.

a. couchant sur la *[1er §, dernière ligne]* mer. [La mort de Saint-Loup fut accueillie avec plus de pitié par Françoise que ne l'avait été celle d'Albertine. *première rédaction non biffée*] [Sa mort *[...]* pas entendu. *2de rédaction marg.*] « Pauvre marquis ». *ms.*

1. Voir *Le Côté de Guermantes I*, t. II de la présente édition, p. 368.

2. Voir *Albertine disparue*, p. 19.

Page 429.

1. La scène s'inspire des obsèques du prince Edmond de Polignac (voir « Le Salon de la princesse Edmond de Polignac », *Essais et articles*, éd. citée, p. 465).

Page 430.

a. à ce moment là *On trouve à cet endroit dans le manuscrit (Cahier* XVIII, *f° 87) plusieurs paperoles formées de feuillets de brouillons, peut-être collés par erreur dans le manuscrit, qui donnent des ébauches de passages figurant ailleurs dans la version finale et dont voici le texte :* [Capitalisme et probablement pour mettre tout à la fin quand je parle du désir de ne pas mourir pour faire mon œuvre. *note marg.*] Odette (Capital et si elle ne paraît pas je pourrai dire comme entre parenthèses rétrospectivement Mme de Forcheville. Ce serait peut-être le mieux au moment de la mort de

Saint-Loup et permettrait de mettre cela ainsi en beauté et la critique de l'idée de Gregh) [Mme de Forcheville qui n'était plus obligée de dire comme quand elle était la dame en rose, « nos voisins les Anglais », et comme quand elle était Mme Swann « *nos amis d'outre-Manche* » *[*mais nos bons all<liés> *biffé]* (*le mettre en son temps*) mais nos *[*bons *biffé]* alliés les Anglais, (peut-être mettre simplement les 3 choses en leur temps sans faire remarquer la différence, tout au plus dans ce cas pour la 3e nos *alliés* les Anglais comme elle disait maintenant), Mme de Forcheville qui avait été si heureuse q<ue> l<a> F<rance> combattit avec les Anglais et qui disait les 1ers temps : « Robert connaît aussi bien l'argot de tous les braves "tommies" et des plus lointains dominions et aussi bien qu'avec le général commandant la base, il fraternise avec le plus humble "private[1]". *biffé*] Et maintenant au lieu de s'en tenir au langage humain, réaliste, Mérimée et Meilhac de Mme de Guermantes, laquelle quand on lui disait que cette mort les couvrait d'honneur et devait l'enorgueillir, répondait : « Je suis peu sensible à l'honneur ; je n'ai qu'infiniment de chagrin : on me touche et on ne me fait plaisir qu'en me parlant de lui, qu'en me montrant qu'on l'aimait bien et qu'on ne l'oubliera pas trop vite. » M. de Forcheville disait de Robert : « Ne le plaignons pas, il est mort en beauté. » Sans doute ce langage était bien naturellement celui d'Odette de Crécy, mais la pensée qu'il recouvre a été celle des plus grands esprits pendant la guerre, de sorte que je me demandais si en effet une telle mort est enviable, si de l'élève elle fait un maître comme dit Barrès, et comme Gregh : « Qu'était-ce que ces jours, ces quelques jours de plus qu'il eût vécus... qu'est-ce un peu de vie auprès de cette gloire ! [Non, il serait préférable que ce fût Saint-Loup qui écrivît[2] tout cela, dans des lettres dites remarquables que me communiquera Mme de Saint-Loup. Seulement, il faudra que cela ait un ton très Saint-Loup. Il pourrait dire : « Dis à Marcel ? de lire *Ainsi parla<it> Zarathoustra* devant les Boches et leur sifflera le XVe quatuor (mettre en son temps qu'il est musicien et amateur de peinture). Saint-Loup s'il m'écrit pourra me dire des choses dans le genre en un peu moins bien. *note marg.*]

1. Voir *le Côté de Guermantes II*, t. II de la présente édition, p. 801.
2. *Ibid.*, p. 739.

Page 431.

1. Le grand-duc Wladimir (1847-1909) et le grand-duc Paul (1866-1919) sont deux frères du tsar Alexandre III, père de Nicolas II. Le premier épousa en 1874 Marie-Pavlovna (1854-1920), fille de Frédéric, grand-duc de Mecklembourg-Schwerin. Le second, veuf à vingt et un ans de la princesse de Grèce Alexandra-Georgievna, contracta en 1902 un mariage morganatique avec Olga-Valerianovna Karnovitch (1866-1929), divorcée du général Pistohlkors, comtesse de Hohenfelsen en 1904, puis princesse Paley. L'agacement de la grande-duchesse Wladimir vient de ce qu'à ses yeux la seconde épouse du grand-duc Paul n'a pas le droit de partager son titre. Maurice

1. Voir var. *a*, p. 368.
2. Voir p. 332-333 (lettre de Saint-Loup).

Paléologue (1859-1944) fut ambassadeur de France auprès de Nicolas II de 1914 à 1917. Dans son journal, *La Russie des tsars pendant la Grande Guerre* (éd. citée), sont évoquées ses relations avec la famille impériale, qui semblent avoir été extrêmement confiantes. On est surpris, en particulier, de constater avec quelle franchise les deux grandes-duchesses, et surtout la grande-duchesse Marie-Pavlovna, ardente francophile, critiquaient devant l'ambassadeur le couple impérial. On ne trouve pas trace dans leurs entretiens de l'« agacement » mentionné par Proust.

2. Voir p. 359.

Page 432.

1. Les élections législatives du 16 décembre 1919 sont un succès pour le « Bloc national », c'est-à-dire pour la droite. On compte parmi les nouveaux députés, à côté des élus de l'Alsace-Lorraine, Léon Daudet, le général de Maudhuy, le général de Castelnau. Cette majorité s'inspire de l'esprit patriotique qui a animé la politique de Clemenceau et dont Proust esquisse ici une caricature. Le 19 décembre, Paul Deschanel, réélu président de la Chambre, définit ainsi la tâche de ses collègues : « Il s'agit de refaire la France, d'achever la paix et d'organiser la victoire » ; d'où le nom de chambre « bleu horizon », couleur adoptée pendant la guerre pour les uniformes de l'armée française.

2. Voir p. 339 et n. 1, p. 340.

3. C'est-à-dire d'anciens combattants. L'un des « as » de l'aviation française, René Fonck, était député des Vosges dans la chambre « bleu horizon ». Dans une lettre écrite au début de décembre 1919, peu après les élections, Proust déclare à Jacques Rivière, fait prisonnier dès 1914 : « Si vous aviez été un "malin" (Dieu merci vous êtes mieux que cela !) vous vous seriez présenté comme prisonnier de guerre et vous seriez député » M. Proust-J. Rivière, *Correspondance*, éd. citée, p. 75.

4. En fait, beaucoup de députés de la précédente législature n'avaient pas été réélus. Les élections s'étaient faites selon un nouveau mode de scrutin : le scrutin de liste. Proust laisse entendre que les alliances électorales qui avaient permis le succès du Bloc national s'étaient formées au mépris de véritables convictions et il se souvient de la fable de La Fontaine, « Le Chat et un vieux rat » : « Ce bloc enfariné ne me dit rien qui vaille » (livre III, fable XVIII).

Page 433.

a. amitié dans le *[p. 430, 1er §, dernière ligne]* monde. [D'ailleurs un peu *[...]* communiquer. Des banquiers cherchant à se faire une situa<tion> *biffé*] Ceux qui *[...]* reparurent tout à coup[1] *[interrompu] add. marg. et sur paperoles*] La nouvelle maison *ms.* ◆◆ *b.* pro-

1. Nous concluons cette suite d'additions par des points de suspension.

menades [nocturnes *biffé*] [vespérales *corr. interl. biffée*] [quotidiennes *corr. interl.*], avec *ms.*

1. Le 13 décembre 1919, *L'Écho de Paris* donne pour De Beers (voir p. 319 et n. 1) la cote 1275. Le même journal donnait, le 11 décembre 1914, pour cette valeur la cote 255.

2. Nous n'avons pas retrouvé la source précise où Proust a puisé ces détails sur les victimes du bolchevisme. Il pouvait être renseigné sur la férocité bestiale des révolutionnaires russes par la presse : il a sans doute lu, dans *Le Journal des débats* du 18 avril 1918, « Le Paradis anarchiste réalisé », par V. Svetloff ; dans *La Revue des Deux-Mondes* des 15 octobre et 1er novembre 1918, « La Russie en feu », par L. Grondijs ; dans *La Revue de Paris* des 15 juin et 1er juillet 1919, « Prisons russes », par André Mazon ; dans *La Revue des Deux-Mondes* du 1er août 1920, « Le Crime d'Ekaterinbourg », par N. de Berg-Poggenpohl, ainsi que les deux « Lettres de Petrograd », par X***, parues les 1er et 15 juillet 1921. Des témoignages analogues avaient paru en librairie : Alexandre Édallin, *La Révolution russe, par un témoin*, éditions de *La Revue contemporaine*, s.d. [1918] ; Marylic Markovitch, *La Révolution russe vue par une Française*, Perrin, 1918 ; Paulette Pax, *Journal d'une comédienne sous la terreur bolcheviste*, Paris, L'Édition, 1919 ; Serge de Chessin, *Au pays de la démence rouge*, Plon-Nourrit, 1919, et *L'Apocalypse russe, la révolution bolchevique*, Plon-Nourrit, 1921.

3. Pour la genèse du passage qui suit, voir l'esquisse du Carnet I, 1908 : « Arbres vous n'avez plus rien à me dire, mon cœur refroidi ne vous entend plus, mon œil constate froidement la ligne qui vous divise en parties d'ombre et de lumière, ce seront les hommes qui m'inspireront maintenant, l'autre partie de ma vie où je vous aurais chantés ne reviendra jamais » (ff[os] 4 v°-5 r°) ; l'Esquisse XXIV, p. 801 et suiv. ; et la Notice, p. 1149.

Page 434.

a. qu'on n'a pas *[1er §, dernière ligne]* ressenti ? [Un peu plus *[...]* d'allégresse *add. marg.*] Ma longue *ms.* ** *b.* en rentrant [une pour une matinée qui devait *biffé*] [, avec une *[...]* qui devait *corr. interl.*] avoir lieu *ms.*

1. Voir l'Esquisse XXIV, p. 802.

Page 435.

a. dans la rue [Saint-Hilaire *biffé*] [de l'Oiseau *corr. interl.*], je voyais *ms.*

1. Voir l'Esquisse XXV, p. 833-835.

2. C'est la rue qui mène au côté de Guermantes ; voir t. I de la présente édition, p. 164.

3. Ancienne avenue de l'Impératrice, c'est aujourd'hui l'avenue Foch. Proust songe peut-être au « Palais Rose » que Boni de Castellane s'y était fait construire, à l'angle de l'avenue Malakoff.

Page 436.

1. Potel et Chabot, traiteurs, se tenaient, 25, boulevard des Italiens, 4, avenue Victor-Hugo, et 3, rue Saint-Augustin. Voir *La Prisonnière*, t. III de la présente édition, p. 741 et n. 2.

2. Bernheim jeune et Cie, experts près la Cour d'appel, direction de ventes publiques, tableaux et objets d'art, étaient situés 25, boulevard de la Madeleine ; la salle d'exposition, 15, rue Richepanse ; même maison, 36, avenue de l'Opéra (*Tout-Paris*, 1914, p. 817).

3. Proust fait allusion, dans une lettre à Mme Alphonse Daudet du 4 avril 1913, au poème où Sully Prudhomme exprime son hostilité aux « maisons neuves » (« Les Vieilles Maisons », dans *Les Solitudes*). Alors que le poète consacre aux vieilles maisons aimées ces deux vers : *Les lézardes de leur vieux plâtre / Semblent les rides d'un vieillard*, Proust se garde bien d'une citation aussi inopportune : « Moi, écrit-il, je n'aime que les demeures où je suis déjà venu, où j'ai déjà été heureux. Mais je n'en sais pas, pour moi, d'aussi pleine de passé, de pensée, d'aussi magnifiquement empreinte d'un charme, d'aussi augustes, d'aussi pieusement consacrée par le souvenir que le 31 rue de Bellechasse. [...] Quelle demeure, toute pénétrée d'âme, quel morceau, adoré et formidable, du passé » (*Correspondance*, t. XII, p. 126). Quelques jours plus tard, le 12 avril 1913, il confie à Jean-Louis Vaudoyer que l'ancien hôtel de la princesse de Guermantes ressemblait un peu aux hôtels du XVIIe siècle à Aix-en-Provence, dont son correspondant lui avait envoyé une carte postale, mais qu'il était « bâti d'après des modèles antérieurs (hôtels de Caen et Louvre) » (*ibid.*, p. 131-132).

4. Voir p. 439 et n. 2.

Page 437.

a. d'un sable *[5e ligne de la page]* fin [. Il n'en était rien cependant ; mais *biffé*] [ou de feuilles mortes ; mais je sentis tout d'un coup la suppression des *[*résistances *biffé] [*obstacles *corr. interl.]* extérieurs comme parce qu'il n'y en avait plus pour moi ; *[*c'est que *biffé]* en effet d'effort d'adaptation ou d'attention : *[*c'est quand *biffé]* que nous faisons même sans nous en rendre compte devant les choses nouvelles, *corr. interl. et marg.*] les rues *ms. Nous corrigeons.*

1. La première récapitulation de la vie du narrateur, qui commence ici, a été précédée par celle de ses rapports avec Saint-Loup. *Le Temps retrouvé* ouvre des coupes transversales dans les volumes précédents, dont il est comme une lecture nouvelle.

2. Voir *À l'ombre des jeunes filles en fleurs*, t. I de la présente édition, p. 478.

3. Voir *Du côté de chez Swann*, *ibid.*, p. 73.

4. Voir l'Esquisse XXIII, p. 794-798.

Page 438.

a. ignorée [(on m'avait *[...]* clair) *add. marg.*] et qui *ms.* ◆◆ *b.* vu *lecture conjecturale.*

1. Proust s'inspire, pour ce portrait, de la déchéance physique du quatrième duc de Talleyrand (1832-1910), telle qu'elle sera décrite aussi par Boni de Castellane : « J'allai rendre visite au duc de Talleyrand, ex-prince de Sagan. Après son attaque d'apoplexie, sa femme l'avait ramené dans son bel hôtel de la rue Saint-Dominique. J'éprouvais de la peine à le voir, lui que j'avais connu si brillant et portant beau, poussé dans une petite voiture, la tête penchée, la langue barbouillée et le dos courbé. Ses longs cheveux neigeux étaient restés comme un nuage blanc au-dessus de son visage [...]. Sa main fine et aristocratique s'était crispée sur le bras de son fauteuil roulant, et dénotait un effort perpétuel soit pour parler, soit pour se lever » (*L'Art d'être pauvre. Mémoires*, Crès, 1925, p. 75-76).

Page 439.

a. elle, du baron [, et montrait ce qu'a de fragile le snobisme qui semble le plus fier. *biffé*] Car le baron *ms. Nous adoptons la correction de Clarac et Ferré.* ◆◆ *b.* Gurcy, *ms. Nous normalisons en* Charlus. ◆◆ *c.* maintenant jusqu'à *[20e ligne de la page]* terre. [Il saluait *[...]* devenu. *add. marg.*] Recevoir *ms.*

1. Voir l'Esquisse XXIII, p. 797.

2. Voir le rôle de l'Américaine dans l'Esquisse XXIII, p. 795. Sur les sentiments qu'inspirent à une partie de l'aristocratie française les grandes fortunes américaines, à la fois convoitées et méprisées, voir Boni de Castellane, *Comment j'ai découvert l'Amérique* (Crès, 1924). Celui-ci avait épousé, en 1895, à New York, Anna Gould, considérée comme la plus riche héritière des États-Unis mais très peu préparée par son éducation et sa tournure d'esprit à devenir comtesse de Castellane. Ils divorcèrent en 1906.

3. Voir *Œdipe roi* de Sophocle, v. 1186-1221, et plus particulièrement v. 1200-1206. Le chœur s'adresse à Œdipe : « Et c'est ainsi, Œdipe, que tu avais été proclamé notre roi, que tu avais reçu les honneurs les plus hauts, que tu régnais sur la puissante Thèbes. Et maintenant qui pourrait être dit plus malheureux que toi ? Qui a subi désastres, misères plus atroces, dans un pareil revirement ? » (trad. Paul Mazon, Les Belles-lettres, 1958). L'adaptation de Jules Lacroix, créée triomphalement par Mounet-Sully à Orange en août 1881 et reprise ensuite à la Comédie-Française, avait ramené l'attention sur le chef-d'œuvre de Sophocle.

4. Plusieurs expressions, dans cette phrase, évoquent Bossuet, qui est nommé vingt-trois lignes plus loin ; les derniers mots sont proches du texte de l'*Oraison funèbre d'Henriette d'Angleterre*. Bossuet justifie le choix de ce texte, tiré de l'*Ecclésiaste* (I, 2) : « Vanité des vanités [...] et tout est vanité ». « Je veux, dit-il [...] dans une seule mort faire voir la mort et le néant de toutes les grandeurs humaines ».

(*Oraisons funèbres*, éd. Jacques Truchet, Classiques Garnier, 1961, p. 162).

Page 440.

a. dès qu'en effet cela il arrivait de le faire *ms. Nous adoptons la correction de Clarac et Ferré (voir la variante suivante).* ↔ *b.* intacte son *[5e ligne de la page]* intelligence. [Il y avait *[...]* avoir choisi. *add. marg.*] Même *ms.*

1. Voir *À l'ombre des jeunes filles en fleurs*, t. II de la présente édition, p. 110-111.

Page 441.

a. temps, aux petites vagues *ms. Nous adoptons la correction de Clarac et Ferré (voir var. a, p. 442).*

1. Pour la dernière apparition de Charlus, après les allusions à Shakespeare, Sophocle et Bossuet, la litanie des morts, avec la référence au fossoyeur et à la tombe, est la refonte discrète d'un passage des *Mémoires d'outre-tombe* (livre XL, chap. IV, Bibl. de la Pléiade, t. II, p. 767-768) : Chateaubriand retourne à Vérone onze ans après le congrès de 1822, qui réunit les souverains de l'Europe, et où il avait joué le rôle important que l'on sait : « [...] monarques ! princes ! ministres ! voici votre ambassadeur, voici votre collègue revenu à son poste : où êtes-vous ? répondez. L'empereur de Russie Alexandre ? — Mort. L'empereur d'Autriche François II ? — Mort. Le roi de France Louis XVIII ? — Mort. [...] Le roi d'Angleterre George IV ? — Mort. Le roi de Naples Ferdinand Ier ? — Mort. » La liste des défunts se poursuit avec des appels au roi de Sardaigne, au duc de Montmorency, à Canning, Bernstorff, Gentz, Consalvi, plusieurs autres. Chateaubriand conclut : « Personne ne se souvient des discours que nous tenions autour de la table du prince de Metternich ; mais, ô puissance du génie ! aucun voyageur n'entendra jamais chanter l'alouette dans les champs de Vérone sans se rappeler Shakespeare. » La funèbre évocation de Proust mêle personnages de fiction — Bréauté, Swann — et personnages réels sur qui l'*Almanach de Gotha* donne, dans les années où nous l'avons consulté, les précisions suivantes : Antoine, 6e duc de Mouchy (1841-1909) ; Adalbert de Talleyrand-Périgord, 1er duc de Montmorency (1837-1915) ; Boson, 4e duc de Talleyrand (1832-1910) ; Sosthène, 4e duc de Doudeauville (1825-1908).

Page 442.

a. réclame pour le même *[p. 440, 2e §, dernière ligne]* produit. [J'avais *[...]* de rentrer. » *add. marg.*] Il demanda *ms.*

Page 443.

a. n'avait pas dix *[6e ligne de la page]* ans. » [On m'a raconté *[...]* honorable. *add. marg.*] « Mais *ms.*

1. Cette indication et celle de la page 433, mentionnant que « beaucoup d'années » ont passé entre la visite de 1916 et le dernier retour du narrateur à Paris, laissent évidemment sans réponse la question, naïve, de savoir quand se situe l'épisode final d'*À la recherche du temps perdu*. Les premières versions du « Bal de têtes » et de « L'Adoration perpétuelle » furent rédigées entre 1909 et 1911 (voir la Notice, p. 1153-1160 ; et les Esquisses XXIV, p. 798-832 et XLI.1, p. 873-877). La date de composition ne permet nullement de déduire la date de la fiction, en tout cas postérieure à la guerre. Il faut accepter l'idée que le narrateur se projette dans une vieillesse que Proust a imaginée sans l'avoir jamais éprouvée lui-même, mais dont il avait tôt fait l'expérience chez les autres ; voir n. 1, p. 521.

2. Proust partageait les craintes d'une revanche allemande, dont les signes devinrent apparents dès la fin de 1919 : « Il ne faut pas récriminer contre le Destin, surtout quand il nous donne, par un mouvement d'horlogerie à retardement qui semblait immobile depuis quatre ans, cette cascade finale de triomphes. Pourtant moi qui suis si ami de la Paix parce que je ressens trop la souffrance des hommes, je crois tout de même que, puisque on a voulu une victoire totale et une Paix dure, il eût été mieux qu'elle fût un peu plus dure encore. / Je préfère à toutes les paix celles qui ne laissent de rancune au cœur de personne. Mais puisqu'il ne s'agit pas d'une de ces paix-là, du moment qu'elle lègue le désir de vengeance, il eût peut-être été bon de la rendre impossible à exercer. Peut-être est-ce le cas. Pourtant je trouve le président Wilson bien doux et puisqu'il ne s'agit pas, puisque par la faute de l'Allemagne même, il n'a pu s'agir d'une paix de conciliation, j'aurais aimé des conditions plus rigoureuses, je suis un peu effrayé de l'Autriche allemande venant grossir l'Allemagne comme une compensation possible de la perte de l'Alsace-Lorraine. Mais ce ne sont que des suppositions et peut-être je me rends mal compte, et c'est déjà bien beau ainsi » (lettre à Mme Straus, datée par l'éditeur de novembre 1918, mais peut-être postérieure ; *Correspondance générale*, éd. citée, t. VI, p. 222). On reconnaît dans cette lettre la thèse constamment soutenue dès la fin de la guerre par Daudet, Maurras et Bainville ; voir Jacques Bainville, *Les Conséquences politiques de la paix*, Nouvelle librairie nationale, 1920. Bainville y résume, p. 25, sa critique des insuffisances du traité de Versailles par la formule : « Une paix trop douce pour ce qu'elle a de dur ».

Page 444.

a. l'ombre de la *[p. 443, dernière ligne]* lumière. [Certes, les *[...]* refuser ? *add. marg.*] Je me redisais *ms.*

1. Les reproches que fait Proust à la photographie sont anciens, puisqu'on les trouve dans des pages contemporaines de la première version d'*À la recherche du temps perdu*. En littérature, ils correspondent à son refus de la « littérature de notations » (voir n. 1, p. 287).

2. Voir *À l'ombre des jeunes filles en fleurs*, t. I de la présente édition, p. 559.

Page 445.

a. réalité que je n'avais *[p. 444, 1*[er] *§, avant-dernière ligne]* cru. [En pensant tristement ainsi, je n'avais pas vu une voiture qui sortait de l'hôtel Guermantes et je fus brusquement *biffé*] [Quand je pensais *[...]* infécondes *corr. marg.*] Mais c'est *ms.* ↔ *b.* En roulant les tristes pensées que je disais il y a un instant. *ms. (f° 107). Sur un feuillet de petit format inséré avant le folio 106 r° on lit ici l'indication de la coupure pratiquée entre les deux volumes de l'édition originale de 1927. Cette note paraît être comme pour le titre* Le Temps retrouvé *(voir var. a, p. 275), de Robert Proust. Pour rappeler la présentation de l'édition originale, et pour tenir compte d'instructions éventuellement laissées par l'auteur, nous conservons cependant un alinéa.* ↔ *c.* enchantement. [Cette fois je me promettais bien de ne pas me résigner, comme je l'avais fait en mangeant la madeleine, à ignorer pourquoi, sans aucun raisonnement nouveau les difficultés insolubles de tout à l'heure perdaient toute importance. *Passage non biffé que nous supprimons en raison du double emploi immédiat*] / Sans que *ms.*

1. « Ce n'est qu'à la fin du livre, et une fois les leçons de la vie comprises que ma pensée se dévoilera » (lettre à Jacques Rivière, 7 février 1914, M. Proust-J. Rivière, *Correspondance*, éd. citée, p. 27). Rappelons le passage célèbre de la lettre que Proust écrivit en 1919 à Paul Souday : « Cet ouvrage (dont le titre mal choisi trompe un peu) est si méticuleusement "composé" (je pourrais vous en donner de bien nombreuses preuves), que le dernier chapitre du dernier volume a été écrit tout de suite après le premier chapitre du premier volume. Tout l'"entre-deux" a été écrit ensuite, mais il y a longtemps. La guerre m'a empêché d'avoir des épreuves ; la maladie m'empêche, maintenant, de les corriger » (*Correspondance générale*, éd. citée, t. III, p. 72).

2. Le terme, introduit en 1895, désigna uniquement par la suite le conducteur d'un tramway électrique. Mais les voitures « de ville », au début du siècle, étaient parfois à propulsion électrique.

3. Suit la synthèse des impressions décrites au troisième chapitre d'*Albertine disparue* (voir p. 202-233).

Page 446.

1. Voir un projet de préface à *Contre Sainte-Beuve*, éd. citée, p. 212-213.

2. Ce passage s'inspire du développement de 1908 : « Nous croyons le passé médiocre parce que nous le *pensons*, mais le passé ce n'est pas cela, c'est telle inégalité des dalles du baptistère de Saint-Marc

(photographie du Bap<tistère> de Saint-Marc à laquelle nous n'avions plus pensé, nous rendant le soleil aveugl<ant> sur le Canal) » (Carnet I, f° 10 v°).

Page 447.

a. d'empesé *lecture conjecturale (on peut aussi lire* empesure *.)*

1. Voir un projet de préface à *Contre Sainte-Beuve*, éd. citée, p. 213.

2. Aladdin, enfermé par le « magicien africain » dans un caveau souterrain, désespère d'en sortir et s'abandonne en joignant les mains à la volonté de Dieu. « Dans cette action de mains jointes, il frotta sans y penser l'anneau que le magicien africain lui avait mis au doigt et dont il ne connaissait pas encore la vertu. Aussitôt un génie d'une figure énorme et d'un regard épouvantable s'éleva devant lui comme de dessous la terre jusqu'à ce qu'il atteignît de la tête à la voûte, et dit à Aladdin ces paroles : “Que veux-tu ? Me voici prêt à t'obéir comme ton esclave” » (« Histoire d'Aladdin ou la Lampe merveilleuse », *Les Mille et Une Nuits*, éd. citée, t. III, p. 82.)

3. Voir l'Esquisse XXIV, p. 805.

4. Voir *À l'ombre des jeunes filles en fleurs*, t. II de la présente édition, p. 33. Voir aussi l'Esquisse XXIV, p. 805-806.

Page 448.

a. queue d'un *[p. 447, 8e ligne en bas de page]* paon. [Et je ne jouissais *[...]* d'allégresse. *add. marg.*] Le morceau *ms.*

1. Voir *À l'ombre des jeunes filles en fleurs*, t. II de la présente édition, p. 170.

2. *Ibid.*, p. 33-34.

Page 449.

a. si je voulais ces soirs *ms. Nous adoptons la correction de Clarac et Ferré.*

Page 450.

a. ceci de commun *[p. 449, 2e ligne en bas de page]* que je les éprouvais à la fois dans le moment actuel et dans un moment [entièrement passé dont *biffé*] [éloigné où *corr. interl.*] le bruit de la cuiller sur l'assiette, l'inégalité des dalles, le goût de la madeleine jusqu'à [me *biffé*] faire empiéter *ms. Nous corrigeons en supprimant* les *et* où . ◆◆ *b.* Il ne vivait *[4 lignes plus haut]* que [...] l'abando<nne>. *addition marginale inachevée, commençant en regard de la phrase précédente (f° 120 r°). L'auteur n'a pas indiqué son insertion dans le texte et a laissé subsister au folio 123 recto, une rédaction vraisemblablement plus ancienne écrite sur des feuillets collés sur ceux du Cahier XVIII (voir le milieu de la page 451).* ◆◆ *c.* présent, beaucoup plus *ms. Nous adoptons la correction de Clarac et Ferré.*

1. Voir le passage ébauché en 1908, à la fin du Carnet I : « *À mettre soit à la fin de la première partie (persistants lilas) soit dans la dernière*

(soirée) / Je n'ai pas plus trouvé le beau dans la solitude que dans la société, je l'ai trouvé quand par hasard, à une impression si insignifiante qu'elle fût, le bruit répété de la trompe de mon automobile voulant en dépasser une autre, venait s'ajouter spontanément une impression antérieure du même genre qui lui donnait une sorte de consistance, d'épaisseur, et qui me montrait que la joie la plus grande que puisse avoir l'âme c'est de contenir quelque chose de général et qui la remplisse tout entière. Certes ces moments-là sont rares. Mais ils dominent toute la vie. Ajouter pour dire qu'il faut qu'il y ait presque hallucination pour bien revoir, il faut croire et pas seulement imaginer comme ces voluptueux qui peuvent penser avec calme à tous les plaisirs qu'une femme leur donnerait mais qui s'ils imaginent qu'elle va venir dans une heure, les voient avec tellement plus de force qu'ils n'y peuvent pas résister » (f° 54 r°-v°).

2. « Vous dirai-je que je ne crois même pas l'intelligence *première* en nous, [...] je pose avant elle l'inconscient qu'elle est destinée à clarifier » (lettre à Jacques Rivière, septembre 1919, M. Proust-J. Rivière, *Correspondance*, éd. citée, p. 64).

Page 451.

a. avait à mon être *ms.* ; permis *est une conjecture des éditeurs de 1927. Nous l'adoptons.*

1. De ce « même titre de livre », on trouve l'explication p. 462.

Page 452.

1. Voir l'Esquisse XXVI, p. 837.

Page 453.

a. vitres qui se *[6e ligne de la page]* continuaient. [Mais le souvenir *[...]* de l'air. *add. marg.*] Mais *ms.* ↔ *b.* pour l'abandonner *ms. Nous adoptons la correction de Clarac et Ferré.* ↔ *c.* le passé. [Plus beau ; seulement, aurais-je dit hier encore, comme la femme paraît plus belle, la femme qu'on ne peut pas avoir, qui est au loin, qui est inaccessible, pour laquelle on donnerait cent fois la femme possédée, cette chose médiocre qu'elle-même pourra devenir à son tour, ou peut-être a été autrefois : la femme possédée. Non, ce n'était pas seulement ce même désir d'impossible qui m'élançait vers la brise marine et le coucher du soleil au bout des vitres de la salle à manger, vers la chambre de ma tante Léonie, vers Saint-Marc. Ce n'était pas tellement eux que j'aimais que la partie de sensation qui leur était commune avec l'endroit où je me trouvais. Et en l'éprouvant je ne me disais pas comme dans la cour de notre maison, quand je regardais à mon gré, dans ma mémoire, la campagne ou la mer, avec un plaisir égoïste de collectionneur : « J'ai tout de même vu de belles choses dans ma vie », je n'élevais pas plus haut l'idée de mon moi, bien plus, je doutais de ce moi. Ou plutôt le moi différent que j'étais n'était plus soumis au temps. J'avais déjà eu l'impression d'en être affranchi et que le temps perdu peut être retrouvé, d'être omniprésent à diverses minutes quand sans comprendre la raison de mon ineffable joie j'avais goûté et identifié la saveur de la madeleine imbibée *biffé*] Et si le lieu *ms.*

Page 454.

a. avec eux[1] [Celui-là agit de même qu'un travailleur qui s'interrompt d'un chef d'œuvre pour recevoir par politesse quelqu'un et ne répond pas, comme Néhémie du haut de son échelle[2], *biffé*] soit *ms.*

1. Voir l'Esquisse XXIV, p. 806-807.
2. Voir *La Prisonnière*, t. III de la présente édition, p. 670.

Page 455.

a. Dans ms., minute *est suivi d'un point d'interrogation entre parenthèses.* ◆◆ *b.* instant à cette *[18e ligne de la page]* pensée [. Non seulement *[...]* du souvenir *add. marg.*], je savais *ms.*

1. « L'ombre qu'il y avait ce jour-là sur le canal où m'attendait ma gondole, tout le bonheur, tout le trésor de ces heures se précipita à la suite de cette sensation reconnue, et, dès ce jour, lui-même revécut pour moi » (*Contre Sainte-Beuve*, éd. citée, p. 213).
2. Voir l'Esquisse XXIV, p. 809.
3. C'est la « leçon de la vie » (voir n. 1, p. 445) apprise dans « Noms de pays : le Nom » et dans « Nom de pays : le Pays » (voir t. I et II de la présente édition).
4. Proust ne retourna plus à Venise après les deux séjours qu'il y avait faits en 1900, l'un, avec sa mère, en mai (voir la *Correspondance*, t. II, lettre à Léon Yeatman, s.d., p. 397) ; l'autre, seul, en octobre (*ibid.*, lettre à Douglas Ainslie, s.d., p. 412). En mai 1906, il écrivait à Mme Catusse : « Venise est trop pour moi un cimetière de bonheur pour que je me sente encore la force d'y retourner. Je le désire beaucoup, mais quand j'y pense avec la netteté d'un projet, trop d'angoisses suscitées s'opposent à sa réalisation prochaine » (*Correspondance*, t. VI, p. 75).

Page 456.

a. moyen que je *[p. 455, 6e ligne en bas de page]* cherchais. [Et je ne voulais *[...]* à rien. *add. marg.*] Des impressions *ms.* ◆◆ *b.* jusque dans leurs *[9e ligne de la page]* profondeurs. [Pour cela il fallait tâcher de les convertir sans les altérer en un équivalent de pensée et en tâchant d'interpréter les sensations comme autant de signes de lois et d'idées, en tâchant de penser, c'est-à-dire de faire sortir de la pénombre ce que j'avais senti

1. On trouve après ce mot, entre parenthèses, la note suivante de Proust : « Mettre plutôt ceci à Balbec quand je dis que je préfère les jeunes filles aux amis. »
2. Voir le pastiche de Faguet, *Pastiches et mélanges*, éd. citée, p. 29.

en un équivalent spirituel. Or ce moyen qui me paraissait le seul, qu'était-ce autre chose qu'une œuvre d'art[1] ? *biffé*] [Je n'avais pu *[...]* effective. *corr. marg.*] *Fin du Cahier XVIII (voir la variante suivante).* ⁂ *c. Début du Cahier XIX :* [Je *biffé*] [Et, repensant *[21ᵉ ligne de la page]* à *[...]* n'était pas. » Cependant je *corr. marg.*] m'avisai

1. C'est la « leçon de la vie » contenue dans « Un amour de Swann » (*Du côté de chez Swann*, t. I de la présente édition).

2. « Leçon de la vie » contenue dans *La Prisonnière* : « [...] c'était une joie ineffable qui semblait venir du Paradis [...] » (t. III de la présente édition, p. 764-765). Le manuscrit (Cahier XIX) porte « sextuor ».

Page 457.

1. Voir l'Esquisse XXIV, p. 817.

2. On reconnaît dans ce passage l'esthétique du Symbolisme telle qu'elle s'est exprimée en France dans les dernières années du XIXᵉ siècle.

3. Voir l'Esquisse XXIV, p. 815.

Page 458.

a. griffe de leur *[p. 457, 5ᵉ ligne en bas de page]* authenticité. [Je n'avais pas *[...]* ignoreront toujours *add. marg.*] Quant au livre *ms.* ⁂ *b.* collaborer *[2ᵉ §, 7ᵉ ligne]* avec nous. [Ce livre, le plus pénible de tous à déchiffrer, est aussi le seul que nous ait vraiment dicté la réalité, le seul dont l'impression ait été faite en nous par la réali<té même.> *biffé*] [Aussi combien *[...]* réalité même. *corr. marg.*] De quelque *ms.*

1. Voir l'Esquisse XXIV, p. 809.

Page 459.

a. seul *[p. 458, 7ᵉ ligne en bas de page]* livre. [Non que ces *[...]* vient après. *add. marg.*] Ce que *ms.* ⁂ *b.* ne connaissent pas *[1ᵉʳ §, dernière ligne]* les autres. Et comme l'art recompose exactement la vie, autour de ces vérités qu'on a atteintes en soi-même flotte une atmosphère de poésie, la douceur d'un mystère qui n'est que la pénombre que nous avons traversée. *[quelques lignes biffées]* [Un rayon oblique *[...]* désordonnée. *corr. marg.*] Ainsi, *ms. Nous supprimons la phrase comprise entre* Et comme l'art *et* traversée *car elle apparaît quelques pages plus loin (p. 476, 9ᵉ ligne en bas de page).*

1. Amplification de la note préliminaire de 1908 : « Travail : recherche de ce qu'il y a de profond dans le plaisir » (Carnet I, fº 13 rº).

1. On trouve après ces mots dans le Cahier XVIII, un passage interrompu, non biffé, qui constitue la fin du folio 137 et dernier du Cahier XVIII, passage repris plus loin (voir p. 496-497 et var. *b*, p. 497) et dont voici le texte : « À ce moment (p. 496, 7ᵉ ligne en bas de page) le [...] liée plus forcément » (p. 497, 3ᵉ ligne).

Page 460.

a. nature, la *[p. 459, 7ᵉ ligne en bas de page]* découvrir. [Aussi les *biffé*] [Mais cette découverte *[...]* m'embarrasser des *corr. marg.*] diverses *ms.*

1. Voir l'Esquisse XXIX, p. 843-845.
2. Voir *ibid.*, p. 844.
3. Voir *ibid.*

Page 461.

a. intellectuels, ou des *[p. 460, 15ᵉ ligne]* héros. [D'ailleurs, même *[...]* l'expression. *add. marg.*] La réalité *ms.*

1. Voir l'Esquisse XXIV, p. 819 et suiv.
2. La condamnation de la littérature, celle des recherches raffinées de style, l'exaltation de la vie : tel est l'essentiel du credo artistique de Romain Rolland dans *La Foire sur la place* (1908). Voir *Jean-Christophe*, édition en un volume, Albin Michel, 1948, p. 702. Proust s'est énergiquement opposé à cette conception dans quelques pages non publiées de son vivant, et dont la critique sévère annonce les conclusions esthétiques du *Temps retrouvé* (« Romain Rolland », *Contre Sainte-Beuve*, éd. citée, p. 307-310).
3. On lira dans *La Crise du roman*, de Michel Raimond (Corti, 1966, p. 390-410), l'analyse du débat qui oppose Bourget et Thibaudet sur le problème de la composition dans le roman. Voir aussi l'article « Réflexions sur la littérature » (*La Nouvelle Revue française*, n° 66, 1er juin 1914) où Thibaudet ridiculise *La Nouvelle Croisade des enfants* d'Henry Bordeaux, modèle d'« un type nouveau de roman : le roman-film » (repris dans *Réflexions sur le roman*, Gallimard, 1938, p. 49) — exemple de ce « défilé cinématographique des choses » à quoi s'en prend Marcel Proust.
4. Voir l'Esquisse XXIV, p. 812. On consultera les variantes pour les transformations concernant l'épisode de *François le Champi*, passage qui se trouvait à l'origine au début du roman (voir la Notice, p. 1147 et 1157). Voir aussi la *Correspondance*, t. XII, p. 259, lettre de septembre 1913 à Lucien Daudet.

Page 462.

a. vue *[p. 461, 2ᵉ §, dernière ligne]* cinématographique. [Justement *[...]* avec elles. *add. marg.]* Tandis que *ms.* (f° 8 r°). *Voir la variante a, p. 463 et la variante a, p. 467.*

1. Ce passage reproduit en partie le Cahier 57, f° 4 r°. Voir l'Esquisse XXIV, p. 812. Dans la phrase qui suit, Proust évoque une impression qu'il a personnellement ressentie le jour des obsèques de son père.

Page 463.

a. d'accord avec *[p. 461, dernière ligne]* elles[1]. [Tandis que *[...]* de souvenirs. *add. collée*[2]] Certains *ms.* ↔ *b.* lisions. Dans la moindre sensation apportée par le plus humble aliment, l'odeur du café au lait, nous retrouvons cette vague espérance d'un beau temps qui, si souvent, nous sourit, quand la journée était encore intacte et pleine, dans l'incertitude du ciel matinal ; une lueur[3] est un vase rempli de parfums, de sons, de moments, d'humeurs variées, de climats. De sorte que *ms.*[4] *Nous ne donnons pas la phrase comprise entre* Dans la moindre *et* climats *car elle figure plus loin (début du 2e § de la page 467).*

1. Voir *Du côté de chez Swann*, t. I de la présente édition, p. 37-43.

Page 464.

a. tremblante de *[p. 463, 1er §, dernière ligne]* souvenirs. [Certains esprits *[...]* d'y aller que *add. sur paperoles*[5]] les phrases *ms. Voir var. b, p. 465 et var. a, p. 467.*

1. Voir l'Esquisse XXX, p. 846.

Page 465.

a. Il en est un de *[p. 464, avant-dernière ligne]* Bergotte [(qui dans *[...]* extrêmes), *add. interl.*] lu *ms.* ↔ *b.* que j'avais d'y aller *[p. 464, 13e ligne en bas]* que [les phrases *[...]* que les autres, *add. marg.*] mais j'aurais *ms. Voir var. a, p. 464 et var. a, p. 467.*

1. Voir l'Esquisse XXX, p. 846.

2. Cet ouvrage n'est pas *François le Champi*, ni *La Mare au diable*, à quoi Proust a aussi songé (voir t. I de la présente édition, p. 1118), mais *Saint-Mark's Rest* de Ruskin. Voir *Matinée chez la princesse de Guermantes*, éd. citée, p. 318 ; et ici, la fin de l'Esquisse XXX, p. 847 : « N.B. si je veux me remettre dans cet état d'esprit. C'est la 2e page de *St Mark's Rest* qui m'a fait revoir Venise. C'est lui le livre médiocre dont je parle. Il n'est d'ailleurs pas si médiocre que cela. »

Page 466.

a. précieuse que les *[p. 465, 8e ligne en bas de page]* autres, [mais j'aurais *[...]* imbibent. Et si j'avais encore *[interrompu]* *add. dactyl.*[6]] La biblio-

1. Voir la variante *a*, p. 462.
2. Cette addition figure sur 5 fragments de pages collés au recto du folio 8 du Cahier XIX.
3. Sans doute faut-il lire « heure ».
4. Ce passage figure sur un feuillet extrait de la dactylographie de 1912 du « Temps perdu », qui constituait le premier volume des « Intermittences du cœur » (voir l'Introduction générale, t. I de la présente édition, p. LXXI et suiv.).
5. Cette addition figure sur trois fragments de feuillets dactylographiés extraits du « Temps perdu ».
6. Cette addition figure sur un feuillet dactylographié du « Temps perdu ».

thèque *ms. Voir var. b, p. 465 et var. a, p. 467.* ◆◆ *b.* l'esprit et s'en *[1er §, dernière ligne]* imbibent. [La bibliothèque *[...]* résurrection. *add. ms.*[1]] Et si *ms. Voir var. a de cette page et var. a, p. 467.* ◆◆ *c.* pouvoir de *[2e §, 19e ligne]* résurrection. [Et si j'avais *[...]* l'oubli[2]. *add. dactyl.*[3]] L'idée *ms. Voir var. b de cette page et var. a, p. 467.*

1. Proust songe aux miniatures, conservées au musée Condé, à Chantilly, du *Livre d'heures* d'Étienne Chevalier, dues au peintre Jean Foucquet (1425 ?-1480 ?).

Page 467.

a. littérature, de la *[p. 461, 2e §, 9e ligne]* vie. » [Quelques-uns allaient jusqu'à dire que le roman ne fût qu'une sorte de défilé *biffé*] [On peut penser *[...]* sorte de défilé *corr. marg.*] cinématographique des [...] vue cinématographique *[p. 461, 2e §, dernière ligne].* [Justement *[...]* abandonnées. *add. marg. et sur paperoles*[4]] Une image *ms.*

1. « C'est au contraire une certaine opacité dite populaire du langage, préconisée par l'auteur de *Jean-Christophe*, qui me semble révéler exactement l'impuissance à approfondir les idées » (lettre à Jacques Copeau, mai 1913 ; *Correspondance*, t. XII, p. 245). Le présent développement sur l'art populaire est inspiré par la lecture de Romain Rolland ; voir n. 2, p. 461.

2. La Confédération générale du travail s'était formée au congrès de Limoges de l'union des Bourses du travail et des Fédérations de métiers, en 1895. Son influence, croissante jusqu'à la guerre, apparaissait comme redoutable en 1919 aux yeux de la bourgeoisie (voir Jean-Bernard, *La Vie de Paris*, éd. citée, 1919, t. II, *passim*).

3. « Dès le début de la guerre » est une première erreur de Proust et la pensée attribuée ici à Barrès en est une seconde. Il s'agit en fait des articles publiés par Barrès au retour du voyage qu'il a effectué sur le front italien en mai 1916. À Pieve di Cadore, il note : « Pieve di Cadore est la patrie du Titien. Sur sa maison natale nous lisons : *À Titien qui par l'art prépara l'indépendance de sa patrie*. Voilà qui grandit de la manière la plus vraie le rôle des artistes. On peut se nourrir d'une telle pensée, non pas toute la journée, mais toute la vie » (*L'Écho de Paris*, 14 juin 1916 ; *Chronique de la Grande Guerre*, éd. citée, t. VIII, p. 179). La position de Barrès est donc voisine, ici de celle de Proust : l'artiste sert sa patrie en tant qu'artiste. Mais Proust conserve en mémoire un autre souvenir : on connaît deux lettres de lui à Barrès qui — la première surtout — abordent la question de la littérature patriotique, à la suite du discours prononcé par Barrès

1. Cette addition figure sur un feuillet manuscrit, collé à la suite du feuillet dactylographié du « Temps perdu ».
2. On trouve après ces mots une note de Proust : « Peut-être par ici ».
3. Cette addition figure sur un feuillet dactylographié du « Temps perdu » qui porte quelques corrections manuscrites et dont Proust a recopié la première partie.
4. Il s'agit de 14 fragments, de provenance diverse, manuscrits et dactylographiés (voir depuis la var. *a*, p. 462 jusqu'à la var. *c*, p. 466).

à Metz, le 15 août 1913 (lettres d'août et du 1er octobre 1913, *Correspondance*, t. X, p. 340 et 351). Dans celle du mois d'août, citée en entier dans les *Cahiers* de Barrès (Plon, t. IX, 1933, p. 161), Proust note d'abord quelque chose de contradictoire dans le « désir que de grands artistes ont eu de commander à leur pays, d'être des chefs politiques », ce qui est sa pensée véritable, et il ajoute ensuite, ce qui est sa pensée de flatterie : « Or il est arrivé qu'étant ce grand écrivain que vous êtes, et d'autre part ayant cet amour de la Lorraine et de ses morts, ces deux choses-là se sont tout à coup combinées dans l'esprit du peuple. Et, ce que des velléités politiques n'eussent pu atteindre, voilà que vous êtes devenu [...] un grand écrivain qui est en même temps reconnu et obéi comme le chef le plus haut, par sa patrie, par l'unanimité du peuple. » — Pour l'article de 1916, Proust avait l'intention, mais n'a pas eu le temps, de procéder aux vérifications nécessaires. (voir sa note dans *Matinée chez la princesse de Guermantes*, éd. citée, p. 308 : « Barrès lui-même, qui naguère écrivait que pour être poète l'imagination est plus nécessaire que le cœur, écrit maintenant (*Écho de Paris* dans les articles de son séjour en Italie en juin ? 1916) que le Titien préfère la gloire de sa patrie (voir l'article exact). » *Préfère* est ici une mauvaise lecture des éditeurs pour *prépare*. Proust continue en effet : « Or c'est exact si l'on s'en tient au résultat. Oui un grand artiste prépare la gloire de sa patrie, mais à condition de ne pas s'en soucier, c'est-à-dire de ne pas faire intervenir le raisonnement dans le choix de son œuvre, tandis que Barrès ne doit pas tout à fait vouloir dire cela. »

4. C'est ce mépris qu'Anatole France prête au peintre Évariste Gamelin, austère partisan de la Révolution, dans l'art comme dans la cité : « Les Français régénérés, disait-il, doivent répudier tous les legs de la servitude : le mauvais goût, la mauvaise forme, le mauvais dessin. Watteau, Boucher, Fragonard travaillaient pour des tyrans et pour des esclaves. Dans leurs ouvrages, nul sentiment du bon style ni de la ligne pure ; nulle part la nature ni la vérité. Des masques, des poupées, des chiffons, des singeries. La postérité méprisera leurs frivoles ouvrages » (*Les dieux ont soif*, Calmann-Lévy, 1912, p. 38-39).

5. « Tendresse », « droiture », « force de caractère » sont en effet les mots par lesquels Laurent Versini termine le portrait qu'il trace de l'auteur des *Liaisons dangereuses* (Laclos, *Œuvres complètes*, Bibl. de la Pléiade, p. XX).

6. Qu'entendre exactement par la formule « art bref », qui prend le contre-pied du vieil aphorisme : *Ars longa, vita brevis* ? écoles littéraires éphémères ? Ou plutôt rythmes poétiques inspirés des progrès de la vitesse, qui évoquent Cendrars, Cocteau, Morand, Larbaud, Giraudoux, le groupe des Six notamment ?

7. Proust signale dans « La Mort des cathédrales », texte réédité en 1919, les « caravanes de snobs » qui « vont à la ville sainte (que ce soit, Amiens, Chartres, Bourges, Laon, Reims, Beauvais, Rouen, Paris) » (*Pastiches et mélanges*, éd. citée, p. 142-143).

Page 468.

a. objets *[11e ligne de la page]* différents, posera leur rapport, [analogue *[...]* calorifère à eau ? *add. marg.*] et les enchaînera par le lien indestructible d'une alliance de mots. Le rapport *ms. Comme Clarac et Ferré, nous supprimons* et les enchaînera par le lien indestructible d'une alliance de mots. ⬥⬥ *b.* il n'y a rien. [La littérature qui se contente de « décrire les choses », de donner un misérable relevé de leurs lignes et de leur surface, est, malgré sa prétention réaliste, la plus éloignée de la réalité, celle qui nous appauvrit et nous attriste le plus, ne parlât-elle d'ailleurs que de gloires et de grandeurs, car elle coupe brusquement toute communication de notre moi présent avec le passé, dont les choses gardent l'essence, et l'avenir, où elles nous incitent à le goûter encore. *passage non biffé que, comme Clarac et Ferré, nous supprimons en raison de son double emploi (voir p. 463, 5e ligne en bas de page)*] Mais il y avait plus *ms.*

1. Pour la célèbre définition du style, que Proust rédigea dans une lettre à Mme Straus en novembre 1908, voir la *Correspondance*, t. VIII, p. 276-277. Nous reproduisons les passages importants : « Cette idée qu'il y a une langue française existant en dehors des écrivains, et qu'on protège, est inouïe. Chaque écrivain est obligé de se faire sa langue, comme chaque violoniste est obligé de se faire son "son". [...] [Les écrivains] ne commencent à écrire bien qu'à condition d'être originaux, de faire eux-mêmes leur langue. » Quant à sa langue personnelle, on ne peut faire mieux que de se reporter à l'autoportrait moqueur que dressa Proust en juillet 1905 pour Robert Dreyfus : il se compare à « un ver à soie dont d'ailleurs [il] habite les températures », tissant les « longues soies » de ses phrases (*ibid.*, t. V, p. 288).

2. Pour la définition de la métaphore selon Proust, voir la lettre à Maurice Duplay de juin 1907, où l'auteur critique la tendance d'un Jaurès, par exemple, à considérer l'image comme « la servante purement pratique et utilitaire du raisonnement, pareille à ces plans en relief qui servent à mieux faire comprendre aux élèves une leçon. Non, l'image doit avoir sa raison d'être en elle-même, sa brusque naissance toute divine » (*ibid.*, t. VII, p. 167).

3. Voir *Le Côté de Guermantes II*, t. II de la présente édition, p. 642.

4. Voir l'Esquisse XXIV, p. 818-819.

5. Nouvelle coupe transversale : voir *Du côté de chez Swann*, t. I de la présente édition, p. 153 et 155 ; et *Le Côté de Guermantes II*, t. II, p. 836.

Page 469.

a. douloureux. [Tout ce que nous avons dit à l'être aimé, *biffé*] toutes nos feintes indifférences, toute notre indignation contre ses mensonges *ms. (voir var. suivante)* ⬥⬥ *b.* une certaine *[p. 468, 5e ligne en bas de page]* impression, je m'apercevais que — soit que comme [...] passer la *[p. 469, 9e ligne]* vie ». [De sorte que ce livre essentiel *[...]* sont ceux d'un *[p. 469, 1er §, dernière ligne]* traducteur. *1re add. marg.*] [Or si, quand *[...]*

nous-même. *2e add. marg.*] Même dans[1] *ms. Comme Clarac et Ferré nous déplaçons* je m'apercevais *et supprimons* que *(2e ligne de la variante)*

1. Voir l'Esquisse XXIV, p. 817-819 ; et la lettre à Marie Nordlinger du 7 décembre 1906 où, par opposition aux traductions proprement dites, Proust évoque d'autres œuvres qu'il appelle des « traductions de moi-même » (*Correspondance*, t. VI, p. 308).
2. Voir l'Esquisse XXIV, p. 819.

Page 470.

a. ou d'archéologie *Après ces mots, on trouve dans le manuscrit une série d'additions marginales de la main de Proust (depuis* Aussi combien *jusqu'à* la pensée de La Bruyère *[p. 473, 2e §, dernière ligne]).* ◆◆ *b.* concert [où on jouait une *inachevé*] [Je sentais que je n'aurais pas *biffé*] Je vous avouerai *ms.*

1. Voir l'Esquisse XXIV, p. 820.
2. Voir l'Esquisse XXXII, p. 850.

Page 471.

a. Ce regard *[2e ligne de la page]* est [...] organe permanent[2]. *Ce passage est une addition manuscrite de Proust qui figure sur un papier collé semble-t-il par erreur à la fin des ajouts décrits dans la variante a de la page 470, c'est-à-dire après* la pensée de La Bruyère *[p. 473, 2e §, dernière ligne].*

Page 472.

1. Le grief formulé par Proust s'applique, en fait, moins à David, condamné comme peintre d'histoire, qu'à Chenavard (1807-1895), qui faisait délibérément de la peinture la servante de la philosophie et méritait à ce titre les sarcasmes de Baudelaire, certainement présents à la mémoire de Proust : « Chenavard est un grand esprit de décadence et il restera comme signe monstrueux du temps » (*Œuvres complètes*, Bibl. de la Pléiade, t. II, p. 603). Pour connaître l'opinion de Proust sur Ferdinand Brunetière (1849-1906), on se gardera de retenir la lettre admirative qu'il écrit à Georges Goyau, à la mort du critique (décembre 1906, *Correspondance*, t. VI, p. 314). En fait, Proust ne pouvait que trouver absurdes les thèses de Brunetière, admirateur de la littérature classique, parce que, porteuse d'une leçon morale, sociale et intellectuelle, elle privilégie le « fond » par rapport à la « forme » (voir Enzo Caramaschi, *Critiques scientistes et critiques impressionnistes*, Pise, Libreria Goliardica / Paris, Nizet, 1963, p. 47-95).

1. À partir d'ici et jusqu'à « archéologie » (p. 470, 1er §, dernière ligne), le passage n'est pas de la main de Proust.

2. On trouve, après ces mots, une note autographe de Proust dont voici le texte ; « Il en est de même pour le plaisir de l'amour (et sans doute tâcher d'enchaîner ici ce que je dis : que j'ai aimé Albertine, Gilberte, etc., mais que c'était toujours le même sentiment, et peut-être enchaîner à cela les poses de modèles pour l'amour, etc. » (voir p. 476).

Page 473.

a. devrait préserver. *On trouve à cet endroit dans la marge du manuscrit une note de Proust dont voici le texte :* Il vaudrait mieux appeler l'amateur Ski, il serait plus loin à la matinée Guermantes *(voir p. 514, 2ᵉ §).* ↔ *b.* pensée de La Bruyère. [Comment *[...]* dégage pas ? *add. marg.*] Peu à peu *ms. Cette addition marginale fait suite à la longue série d'additions manuscrites (dans la marge et sur des paperoles) signalée à la variante a, p. 470.*

1. L'expression, assez inattendue, suggère rigueur et refus de s'associer aux courants de pensée en faveur auprès d'un gouvernement ou, en d'autres temps, de l'opinion publique.

2. Molière, *Les Femmes savantes*, acte III, sc. II, v. 790-792 (réplique de Philaminte) : *Ce* quoi qu'on die *en dit beaucoup plus qu'il ne semble. / Je ne sais pas, pour moi, si chacun me ressemble ; / Mais j'entends là-dessous un million de mots.*

3. *Caractères*, « Du cœur », nº 16.

4. Ce développement est inspiré par la note préliminaire de 1908 : « Approfondir des idées (Niet[zs]che, philosophie) est moins grand qu'approfondir des réminiscences parce que comme l'intelligence ne crée pas et ne fait que débrouiller, non seulement son but est moins grand mais sa tâche est moins grande » (Carnet I, fº 40 vº).

Page 474.

a. tout simplement *[1ᵉʳ §, dernière ligne]* notre vie. [Cette vie que, en un sens la foule a aussi bien que l'artiste mais qui habite *add. marg. biffée*] [La vraie vie, la vie *[...]* rayon spécial. *add. marg.*] Ce travail *ms.*

1. L'analyse de Proust rencontre ici la célèbre formule de Mallarmé dans sa réponse à Jules Huret : « Le monde est fait pour aboutir à un beau livre » (*Enquête sur l'évolution littéraire*, Bibliothèque Charpentier, 1891, p. 65).

2. Ce développement sur l'Art s'inspire de l'ébauche préliminaire de 1908, qui est à l'origine de l'analyse, dans « Combray », de l'épisode de la madeleine (*Du côté de chez Swann I*, t. I de la présente édition, p. 44-47) et de son élucidation dans *Le Temps retrouvé* : « Pour ajouter dans la dernière partie à ma conception de l'art. Ce qui se présente ainsi obscurément au fond de la conscience, avant de le réaliser en œuvre, avant de le faire sortir au-dehors il faut lui faire traverser une région intermédiaire entre notre moi obscur, et l'extérieur, notre intelligence, mais comment l'amener jusque-là, comment le saisir. On peut rester des heures à tâcher de se répéter l'impression première, le signe insaisissable qui était sur elle et qui disait : approfondis-moi, sans s'en rapprocher, sans la faire venir à soi. Seul mérite d'être exprimé ce qui est apparu dans les profondeurs et habituellement, sauf dans l'illumination d'un éclair, ou par des temps exceptionnellement clairs, animants, ces profondeurs sont obscures. Cette profondeur, cette inaccessibilité pour nous-même est

la seule marque de sa valeur — ainsi peut-être qu'une certaine joie. Peu importe de quoi il s'agit. Un clocher s'il est insaisissable pendant des jours a plus de valeur qu'une théorie complète du monde » (Carnet I, f° 41 r°-v°). Voir, ici, p. 445-446 où la description des pavés inégaux de la cour contient des échos de cette même ébauche préliminaire. Le développement qui suit, dans le Carnet I, le passage sur l'Art inspira le développement sur Venise dans *Albertine disparue* (p. 202-203).

3. Voir l'Esquisse XXXVII, p. 863.

Page 475.

a. entièrement, [les clichés photographiques *biffé*] les nomenclatures, *ms.*

1. Voir l'Esquisse XXXIV, p. 856-857.

2. Proust reprend dans ce qui suit les analyses de « Noms de pays : le Nom » et de « Autour de Mme Swann » (t. I de la présente édition).

Page 476.

a. plaisir à *[p. 475, 2e §, 8e ligne]* l'embrasser. » [Certes, ce que j'avais éprouvé *[*pour Albertine *biffé]* dans *[...]* se fondre. *add. marg. et sur paperole*] Il me fallait *ms.*

1. Voir l'Esquisse XXIV, p. 820.

2. Proust reprend l'argument de *Contre Sainte-Beuve* : « Il [Sainte-Beuve] ne faisait pas de démarcation entre l'occupation littéraire où, dans la solitude, / [...] nous tâchons d'entendre, et de rendre, le son vrai de notre cœur, — et la conversation ! » (éd. citée, p. 224). Le pastiche de Sainte-Beuve permet de comprendre dans le détail ce que Proust entend par « phrase parlée », en particulier : interjections (« Quoi ! » — « Eh bien »), prise à partie de Flaubert critiqué par Sainte-Beuve (« Vous qui venez nous dire » — « Qu'en savez-vous ? » — « Avouez »), familiarités (« Le cri du pétrel, il a trouvé que cela faisait bien et, dare-dare, il nous l'a servi » [« Critique du roman de M. Gustave Flaubert *[...]* », *Pastiches et mélanges*, éd. citée, p. 16-21].

Page 477.

a. la douceur d'un *[p. 476, 6e ligne en bas de page]* mystère qui n'est [que la pénombre que nous avons dû traverser. Les vérités que l'intelligence cueille à claire voie, devant elle, en pleine lumière, ont des contours plus secs, et sont planes, *corrigé dans la marge en* que le vestige de la pénombre *[...]* sont planes,] n'ont pas de *ms.* ◆◆ *b.* car [les impressions entièrement apportées hors du temps, l'essence commune des sensations du passé et du présent, sont trop rares pour que l'œuvre d'art puisse être composée uniquement avec elles, *biffé*] elles pouvaient [vérités ayant pour objet *biffé*] enchâsser *ms.* ◆◆ *c.* relatives aux passions, [Chaque personne *[4e §, 1re ligne]* qui *[...]* vie de *[dernière ligne de la page]* divinités. *add. marg.*] aux caractères, *ms. Nous déplaçons, pour des raisons de sens, l'addition manuscrite de Proust.*

1. Voir l'Esquisse XXIV, p. 823-824.

2. C'est le début de la « leçon d'idéalisme » (voir n. 1, p. 445) annoncée dans les projets qui accompagnent les ajouts à « L'Adoration perpétuelle ». Voir l'Esquisse XXIV, p. 826.

Page 478.

1. On songe d'abord, au-delà du titre des Mémoires de Gide — *Si le grain ne meurt*, titre choisi par Gide dès janvier 1917 —, à l'Évangile selon saint Jean (XII, 24) : « Si le grain de blé tombé en terre ne meurt pas, il demeure seul, mais s'il meurt, il porte beaucoup de fruit. » La comparaison est l'une des plus anciennes du *Temps retrouvé*. Elle apparaît dans le Cahier 2, qui contient des esquisses de *Contre Sainte-Beuve* : quand le moi du créateur est envahi par la joie qui accompagne une idée originale, le moment d'inspiration ressemble à une graine. Cessant de germer dans l'atmosphère trop sèche de l'intelligence, elle est ressuscitée par l'humidité et la chaleur de la vérité.

2. Rappel de la phrase du *Côté de Guermantes II*, avant le détour des « années inutiles » qui suivent le dîner chez la duchesse de Guermantes (voir t. II de la présente édition, p. 691).

3. Voir l'Esquisse XXXVII, p. 863. Le mot *albumen* (l'albumen est la matière nécessaire à l'éclosion organique des plantes) est formé de la même racine linguistique qu'*albumine*, associée à la mort de la grand-mère (*Le Côté de Guermantes I*, t. II de la présente édition, p. 598, — et donc à Mme Adrien Proust. Les variantes du manuscrit (voir var. *a*, p. 482) révèlent que l'auteur inséra des allusions précises à la grand-mère, à l'endroit où le narrateur médite sur sa vocation.

Page 479.

1. Voir l'Esquisse XXXVII, p. 863-864.

Page 480.

1. Voir l'Esquisse XXXVII, p. 864.

2. Voir *ibid.*

Page 481.

a. croquis sans le *[p. 479, 4e ligne de la page]* savoir. *[1er feuillet biffé]* [Car, mû *[...]* instant de *[p. 479, 2e §, dernière ligne]* pose. *1re corr. marg.*] [Il n'est pas *[...]* fortuit de *[p. 480, 6e ligne de la page]* l'imagination. *2e corr. marg.*] [Les êtres *[...]* du bonheur *3e corr. marg. et sur papier collé*] [Et quand *[...]* le bain. *4e corr. marg.*] À vrai dire, *ms.* ◆◆ *b.* mortes, un *[11e ligne de la page]* accomplissement. [J'avais une pitié infinie de tant de destinées *biffé*]

[Ma grand-mère[1] *[...]* destinées *corr. marg.*] dont ma *ms.* ⬥⬥ *c.* morts pour *[1er §, dernière ligne]* moi. [Il était triste *[...]* avant eux. *add. marg.*] [Et je *corrigé en* Je] n'étais *ms.*

1. Cet ajout (voir var. *b*) associe la grand-mère à l'éclosion de la vocation du narrateur. « Expiation » implique un sentiment de culpabilité qui se rapporte à l'« indifférence » de la phrase précédente, mais dont on sait qu'il a tenu une place importante dans les sentiments de Proust pour ses parents. Sur le sentiment de culpabilité que Proust observe chez Dostoïevski, voir *La Prisonnière*, t. III de la présente édition, p. 880 et suiv.

Page 482.

a. l'issue de la *[p. 481, dernière ligne]* lutte. [Pour ma grand-mère[2] que j'avais vu avec tant d'indifférence agoniser et mourir auprès de moi. Ô puissent en expia<tion> *biffé*] [Et ma seule *[...]* fleurs. *corr. marg.*] Mais puisque *ms.*

1. Cet ajout (voir var. *a*) reproduit en partie l'addition marginale de « L'Adoration perpétuelle » : voir l'Esquisse XXXVII, p. 864-865.

Page 485.

1. Proust fait allusion aux nombreux autoportraits exécutés par le peintre jusque dans sa vieillesse. Dans l'étude qu'il consacre à Rembrandt, Proust montre le vieux Ruskin, à Amsterdam, en train de contempler les tableaux du peintre, sur qui, dans sa jeunesse, il a écrit « tant de pages ardentes » : « Grimé comme un Rembrandt par l'ombre du crépuscule, par la patine du temps, par l'effacement des années, le même effort pour comprendre la beauté le conduisait encore » « [Rembrandt] », *Essais et articles,* éd. citée, p. 663). Proust évoque, sommairement, la vieillesse de Beethoven en un article paru dans *La Nouvelle Revue française* de juin 1921 sous forme d'une lettre à Jacques Rivière (« À propos de Baudelaire », *ibid.*, p. 626).

2. Une phrase qui se rapporte au portrait du vieux Ruskin (voir n. 1) est à rapprocher de la matinée du *Temps retrouvé* : chez un vieillard « à l'œil terni, à l'air hébété », il arrive que se manifeste un dernier trait « de l'intacte survie de sa pensée [...] sous forme de livre, de poème où rit l'ironie d'une âme grimée, dans les mêmes jours où elle les traçait, des grimaces chagrines et perpétuelles d'une face paralysée qui, quand nous le rencontrons, nous fait croire à la promenade d'un idiot » (*Essais et articles*, éd. citée, p. 662-663).

1. Ces lignes figuraient plus loin dans le manuscrit (voir var. *a*, p. 482).
2. Voir var. *b*, p. 481.

Page 486.

a. pas une force *[p. 482, 2e §, dernière ligne]* nouvelle ? [D'ailleurs, l'œuvre *[...]* maladie de *[p. 483, 2e §, 13e ligne]* cœur[1]. *add. marg.*] [Il est vrai *[...]* qui n'existaient *[p. 484, 2e ligne]* plus. *add. sur papier collé*] *[quelques lignes biffées]* [Certes nous *[...]* comme chez les *[p. 484, 3e §, dernière ligne]* peintres. *corr. interl.*] [En amour *[...]* soupçon, notre *[p. 484, 4e §, dernière ligne]* jalousie[2]. *add. marg.*] [Parfois, quand *[...]* subitement de la *[p. 485, 15e ligne en bas de page]* joie. Ces[3] réflexions *[...]* sans fruit *add. marg.*] Et plus qu'au *ms.* ↔ *b.* plus longs. [Ce sont *[...]* les écrit. *add. interl.*] Quand elle renaît *ms.*

1. Voir l'Esquisse XXXIX, p. 866.

Page 487.

a. inconvénient à ces *[p. 486, 5e ligne en bas de page]* substitutions. [C'est une *[...]* le cœur). *add. marg.*] Ces substitutions *ms.*

1. Le narrateur reprend ici à son compte le raisonnement qu'il avait appliqué à Bergotte dans *La Prisonnière* (t. III de la présente édition, p. 688-689).

Page 488.

1. Voir l'Esquisse XXXIV, p. 857.

2. On trouvera p. 610-611, une description précise des « paperoles » du narrateur... et de Proust, démentant la distinction trop tranchée qu'on veut parfois maintenir entre l'un et l'autre.

3. Ce « cas » est celui d'une passion malheureuse vécue par l'auteur, source féconde d'une œuvre romanesque : *Les Souffrances du jeune Werther* (1774). Proust plaçait Goethe, à côté de Byron, Barrès, Ruskin et Chateaubriand, dans un « sénat idéal de Venise » (« En mémoire des églises assassinées / III. John Ruskin », *Pastiches et mélanges*, éd. citée, p. 131).

Page 489.

a. qui posent la *[p. 487, 1er §, avant-dernière ligne]* douleur. *[quelques lignes biffées]* [D'ailleurs, même *[...]* délivrance, à la *[p. 488, 1er §, dernière ligne]* mort. *1re corr. marg.*] [Pourtant si *[...]* l'heure de la mort *2e corr. marg.*] De ma vie *ms.*

1. Voir *Sodome et Gomorrhe II*, t. III de la présente édition, var. *b*, p. 114.

2. Voir l'Esquisse XXXIX, p. 867-868.

1. On trouve, après ces mots, une note de Proust : « À mettre avant si j'ai l'occasion de dire plus tôt que cela les aura fait renoncer. »

2. Proust n'a pas indiqué l'emplacement de cette addition, qui figure sur un papier collé au bas du folio 28 (où se trouvent les additions notées dans cette variante).

3. Comme Clarac et Ferré, nous ajoutons le passage compris entre « Succédanés » et « tout de suite des joies », absent du manuscrit.

3. C'est dans le *Racine* de Pierre Moreau (Hatier, 1968) qu'on trouve l'analyse la plus précise du caractère janséniste de Phèdre. Jouet d'une fatalité impitoyable, elle est invinciblement vouée au crime, parce que la grâce de Dieu lui est refusée et qu'elle est exclue du nombre restreint des élus (ouvr. cité, p. 158-161). Cependant, ce n'est point sur cet aspect du drame que Racine compte pour se concilier la bonne volonté de Port-Royal. Il se contente de souligner dans sa Préface qu'il a dénoncé les faiblesses de l'amour comme « de vraies faiblesses » et peint le vice « avec des couleurs qui en font connaître et haïr la difformité ».

4. Voir *Albertine disparue*, p. 177-178.

Page 491.

a. contrôleur *[p. 489, 2ᵉ §, 19ᵉ ligne]* d'omnibus. [Mon étonnement *[...]* s'éloigne de plus en *[p. 489, 2ᵉ §, dernière ligne]* plus ? *add. marg.*] [Il n'est pas une heure de ma vie qui n'ait servi à m'apprendre que seule, la perception grossière et erronée place tout dans l'objet quand tout est dans l'esprit. Fût-ce celle où je souffris pour la première fois que ma grand-mère fût morte seulement quand sa mort entra dans ma pensée, c'est-à-dire si longtemps après l'heure de sa mort. Or, toutes ces idées, la cruelle découverte que je venais de faire tout à *passage inachevé*[1]] [L'écrivain ne *[...]* avec cet *[p. 490, 1ᵉʳ §, dernière ligne]* autre. *add. marg. sur papier collé*] [Si je *[...]* Temps perdu. *add. marg. sur papier collé*] Je m'étais *ms.*

1. Proust définit sa conception du roman dans *Les Annales politiques et littéraires* du 26 février 1922 : « C'est un peu le même genre d'effort prudent, docile, hardi, nécessaire à quelqu'un qui, dormant encore, voudrait examiner son sommeil avec l'intelligence, sans que cette intervention amenât le réveil. Il y faut des précautions. Mais bien qu'enfermant en apparence une contradiction, ce travail n'est pas impossible » (« [Réponses à une enquête des *Annales*] », *Essais et articles*, éd. citée, p. 641). Voir aussi n. 3, p. 618.

2. Nouvelle récapitulation, contenant les « leçons de la vie » (voir n. 1, p. 445). Voir aussi l'Esquisse XXXIX, p. 867-868.

3. Voir *Le Côté de Guermantes I*, t. II de la présente édition, p. 456 ; et, ici, *Albertine disparue*, p. 20.

Page 492.

a. capitale de lac interne *ms. Ce passage étant de la main de Céleste Albaret, nous reconstituons à partir de ce qui paraît être une transcription phonétique.*

1. Sur Joseph Reinach, voir n. 2, p. 305.

2. Sur l'entrée en guerre de la Roumanie aux côtés des Alliés, voir p. 364 et n. 3. Le roi de Roumanie, Ferdinand (1865-1927), était Hohenzollern-Sigmaringen. Albert Iᵉʳ (1875-1934), roi des Belges, était allemand par sa mère, la princesse Marie de Hohenzollern-

1. Ce passage est repris plus loin (p. 491, 2ᵉ § et p. 493, fin du 2ᵉ §).

Sigmaringen, et par son grand-père paternel, le premier roi des Belges, Léopold Ier, prince de Saxe-Cobourg. L'impératrice de Russie, Alexandra Feodorovna (1872-1918), épouse de Nicolas II, était la fille du grand-duc de Hesse-Darmstadt.

3. Voir n. 2, p. 420.

4. On trouve cette affirmation chez Drumont, par exemple : « La patrie, dans le sens que nous attachons à ce mot, n'a aucun sens pour le Sémite. Le Juif — pour employer l'expression énergique de *L'Alliance israélite* — est d'un *inexorable universalisme* » (*La France juive*, Marpon-Flammarion, s.d., t. I, p. 60).

5. Thème constant de la propagande française : ainsi, cette affirmation de Frédéric Masson, approuvée par Barrès (*Chronique de la Grande Guerre*, éd. citée, t. I, p. 241) : « Guillaume II, empereur allemand, a ordonné de brûler l'Université de Louvain, au nom de la culture germanique et par haine de la culture catholique et latine. »

6. Le Japon avait déclaré la guerre à l'Allemagne le 24 août 1914.

7. Voir p. 400 et n. 2.

Page 493.

a. projets ont *[p. 492, 5e ligne en bas de page]* échoué ? [Car je ne *[...]* à l'autre[1] ; *add. marg.*] J'avais vu *ms.* ↔ *b.* Il n'est pas [...] dans l'esprit. *ms. On trouve dans la marge du manuscrit, en face de ces lignes, cette note de Proust :* Plutôt mettre en dernier dans ces exemples ma grand-mère. ↔ *c.* matière de mon expérience, me *ms. Nous adoptons la correction de Clarac et Ferré.*

1. L'entrée en guerre de la Bulgarie, en septembre 1915, aux côtés de l'Allemagne amène les Alliés à constituer, sous le commandement du général Sarrail (1856-1929), un corps expéditionnaire qui débarque à Salonique en octobre, mais ne peut empêcher l'écrasement de la Serbie. L'année suivante, le 27 août, le gouvernement roumain déclare la guerre aux Empires centraux : l'armée roumaine est écrasée en quelques semaines, sans avoir reçu de la Russie tout l'appui nécessaire et sans que les opérations victorieuses menées par Sarrail dans la région de Monastir aient pu provoquer une diversion suffisante. La mission à Salonique, en novembre 1916, du général Roques (1856-1920), ministre de la guerre de mars à décembre 1916, concernait moins les opérations elles-mêmes que les méthodes de commandement de Sarrail, qui était en butte à l'hostilité de Joffre et dont l'autorité était contestée par les chefs alliés placés sous ses ordres (voir les *Mémoires du maréchal Joffre*, Plon, 1932, t. II, p. 306-340).

Page 494.

a. sans quoi je n'aurais *[5e ligne de la page]* pas connu Albertine, [Certes, c'est *[p. 495, 2e §, 1re ligne]* au visage, *[...]* pas inspirées *[p. 495, 2e §, dernière*

1. On trouve après ces mots, cette note de Proust : « (voir sur les rêves cahier [Vénusté et cah<ier> *biffé*] »

ligne]. add. marg.[1]] mais même *ms. Cette addition marginale semble avoir été placée par erreur à cet endroit par Proust (folio 35), vraisemblablement à cause de (2e ligne de la page 495) :* je n'aurais pas connu Albertine. *Nous la donnons à la page suivante (p. 495, 2e §).* ⁂ *b.* l'idée de m'envoyer à Balbec. [Il n'était *[...]* par Odette. *add. marg.*] Mais *ms.*

1. Voir *Du côté de chez Swann,* t. I de la présente édition, p. 376-379.

2. Dans une version manuscrite ancienne, la réception du *Temps retrouvé* était une « soirée » (voir la Notice, p. 1154). Proust, ici, n'a pas corrigé.

3. Le passage resserre les liens entre le baiser du soir dans « Combray » et les passages sur la jalousie dans « Un amour de Swann ». Voir aussi *La Prisonnière*, et l'Esquisse II (t. III de la présente édition, p. 1099-1100).

Page 495.

a. La jalousie [...] remplira ce vide. *On trouve, à cet endroit, dans la marge du manuscrit, cette note de Proust :* Capitalissime.

1. « *Tout-Paris*, Annuaire de la Société parisienne. Noms et adresses classés par noms, par professions et par rues. Highlife, colonie étrangère, fonctionnaires, corps diplomatique, monde politique, magistrature, armée, clergé, sciences, lettres, beaux-arts, haute finance, artistes, membres des cercles, propriétaires et rentiers, etc., etc., suivis d'un dictionnaire des pseudonymes », 30e année, 1914, La Fare éditeur, 55, rue de la Chaussée-d'Antin.

2. Quant à l'*Annuaire des châteaux*, à titre d'exemple, celui de 1913-1914 (27e année) comptait « 40 000 noms et adresses de tous les propriétaires de châteaux de France. Classement par noms des propriétaires et classement par départements, précédé d'un album illustré de 300 gravures » (même éditeur).

Page 496.

a. que nous n'aimons plus. *Fin du Cahier* XIX *(folio 42). Voir var. a, p. 497.*

1. On sait — mais Proust l'ignorait peut-être — que Dunkerque est une sous-préfecture du Nord, distante seulement, à vrai dire, d'une vingtaine de kilomètres de la limite du Pas-de-Calais.

Page 497.

a. Début du Cahier XX *:* forcément à la solitude[2] ⁂ *b.* réserver ma

1. On trouve, également dans la marge, cette note de Proust : « Bien noter la formule du bas de cette page : ces pages, si elle avait été capable de les comprendre, par cela même elle ne les eût pas inspirées. ».

2. Le début du passage depuis « À ce moment » (p. 496, dernier §, 1re ligne) jusqu'à « n'étant pas liée plus forcément » figure sur le folio 137 et dernier du Cahier XVIII (voir var. *b*, p. 456 et sa note de bas de page).

[13e ligne en bas de page] solitude. [Car pour *[...]* poète. *add. marg.*] En tout cas, *ms.*

Page 498.

1. Pour les deux citations des *Mémoires d'outre-tombe*, voir n. 3, p. 306. Quelques lignes après la seconde se trouve l'épisode de la « jeune marinière » aux jambes nues, dont Proust parle avec admiration dans une lettre de 1904 à Henry Bordeaux (*Correspondance*, t. IV, p. 97).

2. Voir les idées de Proust sur Nerval dans *Contre Sainte-Beuve*, éd. citée, p. 233-242. Le passage auquel il fait allusion ici (et aussi dans son article « À propos du "style" de Flaubert », *Essais et articles*, éd. citée, p. 599) se trouve à la fin du 1er chapitre de *Sylvie*. Le héros, rêvant aux chances qu'il a de séduire une actrice admirée chaque soir, parcourt machinalement un journal : « Et j'y lus ces deux lignes : "*Fête du Bouquet provincial.* — Demain, les archers de Senlis doivent rendre le bouquet à ceux de Loisy." Ces mots, fort simples, réveillèrent en moi toute une nouvelle série d'impressions : c'était un souvenir de la province depuis longtemps oubliée, un écho lointain des fêtes naïves de la jeunesse. » (Gérard de Nerval, *Œuvres*, Bibl. de la Pléiade, t. I, p. 244).

3. Voir « Sainte-Beuve et Baudelaire », *Contre Sainte-Beuve*, éd. citée, p. 243-262.

4. *Cheveux bleus, pavillon de ténèbres tendues, / Vous me rendez l'azur du ciel immense et rond* [...] (*Les Fleurs du mal*, « La chevelure » ; *Œuvres complètes*, t. I, p. 27).

5. *Guidé par ton odeur vers de charmants climats, / Je vois un port rempli de voiles et de mâts* [...] (*ibid.*, « Parfum exotique », éd. citée, t. I, p. 25).

Page 499.

a. affublé d'une barbe *[2e §, 9e ligne]* blanche [Ses moustaches *[2e §, 11e ligne]* étaient *[...]* enlever *[2e §, 15e ligne]*. *add. marg.*] et, traînant *ms. Nous déplaçons cette addition de quelques lignes.*

1. Voir les deux premières versions du « Bal de têtes » (Esquisses XLI, p. 873-900) et l'ajout postérieur (Esquisse XLIII, p. 903). L'impression du temps écoulé et du vieillissement frappa Proust à plusieurs reprises, avant la rupture des quatre ans de guerre. Le phénomène est notamment commenté dans sa correspondance : en avril 1907, lors d'un concert où on joua *Le Bal de Béatrice d'Este* de Reynaldo Hahn : « Que tous les gens que j'ai connus ont vieilli. Seule la Polignac atteint enfin la jeunesse à laquelle elle joint la douceur de la maturité. Et aussi quelques vieilles divinités rudimentaires et féroces, dans leur dessin sommaire n'ont pu changer » (lettre à Reynaldo Hahn du 11 avril 1907, *Correspondance*, t. VII, p. 139) ; en décembre 1912, au théâtre Sarah Bernhardt à la répétition générale de *Kismet*, conte arabe en trois actes d'Edward Knoblauch, adapté à la scène française par Jules

Lemaitre (lettre à Louis de Robert de décembre 1912, *ibid.*, t. XI, p. 337). Avec les séparations de la guerre, le phénomène s'intensifia, comme on le voit dans une lettre à Mme Straus de juillet 1918 (*Correspondance générale*, éd. citée, t. VI, p. 205).

2. Pour le portrait du petit Fezensac et pour celui du duc de Châtellerault, qui va suivre, voir l'Esquisse XLIII, p. 904.

Page 500.

a. identité de la *[p. 499, 8e ligne en bas de page]* personne. *[quelques lignes biffées]* [Je ne sais *[...]* jeune homme. *corr. marg.*] Je fus *ms.* ↔ *b.* ennemi personnel, M. [Delacour *biffé*] [d'Argencourt *corr. interl.*], le véritable *ms. Même correction quelques lignes plus bas. Lorsque* Delacour *, un peu plus loin, n'a pas été corrigé, nous normalisons.*

1. Voir *Le Côté de Guermantes II*, t. II de la présente édition, p. 509.

Page 501.

a. devenu le plus rapide, le plus sûr en ses traits d'insecte, et je ne pouvais *ms. Nous adoptons la correction de Clarac et Ferré.* ↔ *b.* d'éclater en *[p. 500, 1er §, dernière ligne]* applaudissements. *[quelques lignes biffées]* [À ce point de vue *[...]* corps humain. *corr. marg.*] Certes, *ms. (voir var. a, p. 500 et a, p. 501).*

1. L'allusion renvoie, dans le théâtre de Regnard, au *Légataire universel* (1708). Éraste se désespère de ce que son oncle, Géronte, qu'on croit mourant, va disparaître sans avoir fait de testament en sa faveur. À la scène VI de l'acte IV, Crispin, valet d'Éraste, se fait passer pour Géronte et dicte aux notaires un testament qui fait d'Éraste le légataire universel de son oncle. Labiche n'a pas traité le sujet. Swann ne voyait dans l'œuvre de ce dernier que bouffonneries et platitudes (voir *Du côté de chez Swann*, t. I de la présente édition, p. 281).

2. Le général Dourakine, dans le roman de la comtesse de Ségur qui porte ce titre (1863), est un boyard à l'aspect farouche et aux colères redoutables, mais finalement capable de s'humaniser.

Page 502.

a. n'était pas voulue *C'est après ces mots que Proust semble avoir voulu insérer la longue addition sur paperole qui va depuis* Si M. d'Argencourt *[2e §, 1re ligne] jusqu'à* vu d'elles jadis *[p. 505, 5e ligne]. Nous la plaçons après* souvenir différent[1] *[p. 502, 1er §, dernière ligne] en raison de la note marginale de Proust que voici :* Tout cela, c'est-à-dire la marge, puis le

1. Après ces mots, Proust voulait insérer l'addition marginale signalée à la variante *a*, p. 505, et qui débute par « Une jeune femme ».

haut du papier, puis le papier d'en bas, mieux plus tard, pour ne pas affaiblir la fête travestie qu'il vaut mieux laisser comme c'était : n'était pas voulue, je m'avisais enfin. ◆◆ *b.* laine blanche, une poupée philosophique et scientifique que *ms. Nous adoptons la correction de Clarac et Ferré en supprimant* une poupée philosophique et scientifique.

1. Voir l'Esquisse XLIII, p. 903-904.

2. Les guillemets indiquent que le mot est employé dans son sens particulier et précis. *Intriguer* quelqu'un, dans un bal masqué, c'est s'amuser à lui parler, à montrer qu'on le connaît, mais sans dévoiler sa propre identité.

Page 503.

1. Voir l'Esquisse XLIII, p. 905.

Page 504.

a. non d'un moment, mais d'une *lecture conjecturale.*

1. Le contexte fait comprendre que les « vues optiques » donnaient l'impression de la perspective. Littré ignore la locution et signale seulement pour *optique, substantif* : « 3°. Boîte avec un miroir incliné, dans laquelle on regarde, à travers une grosse lentille, des estampes enluminées. Acheter une optique. »

2. Ces modifications de la flore signaleraient un changement de latitude plutôt que de longitude.

Page 505.

a. souvenir *[p. 502, 1er §, dernière ligne]* différent[1]. [Une jeune femme *[p. 505, 2e §, 1re ligne]* que *[...]* l'automne. *add. marg.*] Alors moi *ms.*

1. On a vu (n. 1, p. 443) qu'il est vain de prétendre dater la matinée du *Temps retrouvé*. À quelques détails, telle l'abondance de barbes, on remarquera que ces vieillards sont des vieillards de 1910, plutôt que de 1920 !

2. Voir l'Esquisse XLVI, p. 911.

3. Pour les esquisses de la duchesse de Guermantes ajoutées au « Bal de têtes », voir l'Esquisse XLIV, p. 905.

Page 506.

a. vieux Parisien » *[7e ligne de la page]* me dit-il. [Un instant *[...]* mais un vieux *[29e ligne de la page]* monsieur ; et de M. de Létourville *[...]* j'étais un vieux monsieur ? *add. marg.*] Presque *ms. Tout ce passage figure au folio 13 du Cahier* XX, *sauf la fin de l'addition depuis* Et de M. de Létourville *jusqu'à* j'étais un vieux monsieur *, qui figure sur un béquet collé par erreur au folio 19.*

1. Voir la variante *a*, p. 502 et sa note de bas de page.

Page 507.

a. s'agissait de mon *[1re ligne de la page]* camarade. [Il entra *[...]* qu'à l'âge. *add. marg.*] « Comment *ms.*

1. Proust transporte à la date hypothétique où se situera la matinée l'épidémie de 1918 (voir Jean-Jacques Becker, « 1918, la grippe espagnole », *L'Histoire*, décembre 1981).

2. Ici encore (voir n. 1, p. 505), cette simple appellation, pour désigner Mac-Mahon (1808-1893), serait radicalement inintelligible dans une conversation située après 1918, puisque, dès la fin de cette année, l'armée française compte déjà trois maréchaux : Joffre, Foch et Pétain. C'est un nouvel exemple de l'indifférence de Proust pour la couleur chronologique — ou de la tension entre deux chronologies, l'une qui se termine avant la guerre, l'autre qui l'englobe. Pour une autre version de ce passage, voir l'Esquisse XLIV, p. 906-908.

3. La duchesse de Galliera (1811-1888) est célèbre en France et en Italie pour ses œuvres de charité, et, à Paris, par le musée auquel elle a laissé son nom.

4. Pauline de Castellane (1823-1895) épousa en 1861 Louis, troisième duc de Talleyrand (1811-1898), veuf de sa première femme épousée en 1829, Alix de Montmorency (1810-1858). Le frère de Louis, Edmond, marquis de Talleyrand-Périgord (1813-1894), troisième duc de Dino (jusqu'en 1887, date de sa renonciation au titre), épousa en 1839 Marie-Valentine de Sainte-Aldegonde (1820-1891). Pauline de Périgord — pour reprendre l'expression de Proust — et la duchesse de Dino, citée treize lignes plus bas, sont donc belles-sœurs.

5. Mgr Dupanloup (1802-1878), nommé évêque d'Orléans en 1849, joua un rôle important à la tête des catholiques libéraux. Il milita efficacement en faveur de la liberté de l'enseignement secondaire (1850) et supérieur (1875). Entré à l'Académie française en 1854, il s'en retira en 1871, pour protester contre l'élection de Littré qu'il avait réussi à faire échouer en 1863. Proust le rendait responsable d'un certain jargon parlé dans les générations qui avaient subi son influence (voir *Sodome et Gomorrhe II*, t. III de la présente édition, p. 117).

Page 508.

a. « Comment, si j'ai connu le *[p. 507, dernier §, 1re ligne]* maréchal ? Dame vous savez que je n'ai plus vingt-cinq ans me dit la duchesse. "Vous êtes toujours le même, vous n'avez pour ainsi dire pas changé" me dit la duchesse, et cela me fit presque plus de peine que si elle m'avait parlé d'un changement car cela prouvait, puisqu'il était extraordinaire qu'il s'en fût si peu produit, que bien du temps s'était écoulé. [Et sans doute à découvrir qu'ils ont vieilli bien des gens eussent été moins tristes. Mais d'abord *biffé*] [Oui, me dit-elle *[...]* devenus vieux. *corr. marg.*] Et elle *ms. Le passage compris entre* Dame vous savez *et* temps s'était écoulé *n'a pas été biffé par Proust.* ↔ *b.* auriez-pas *[16e ligne de la page]* survécu. » [Et je pus *[...]* de l'autre. *add. marg.*] Et sans doute *ms.* ◆◆ *c.* ils ont plus d'imagination *ms. Nous adoptons la correction de Clarac et Ferré.*

Page 509.

a. ou le *[déchirure du manuscrit]* d'un *ms. Nous adoptons la correction de Clarac et Ferré.* ◆◆ *b.* nouveau à donner à l'inconnu *ms. Nous adoptons la correction de Clarac et Ferré.*

Page 510.

a. réalités *[p. 509, 1re ligne]* extra-temporelles. [Chez certains *[...]* je ne la reconnais *[p. 509, 2e §, dernière ligne]* pas. » *add. marg.*] [Gilberte de *[p. 509, dernier §, 1re ligne]* Saint-Loup me *[...]* terrible *[p. 510, 1er §, dernière ligne]* chose. *add. marg.*] [Et maintenant[1] *[...]* dépassées. Or la cruelle découverte que je venais de faire *[interrompu] add. marg.* (*Cahier XIX*)] Sans doute la cruelle découverte que je venais de faire *ms.* *(f° 17 du Cahier XX) (voir var. a et b, p. 509).*

Page 511.

a. par la pensée par cette synthèse *ms. Nous adoptons la correction de Clarac et Ferré.*

1. Pour les esquisses de M. de Cambremer ajoutées au « Bal de têtes », voir les Esquisses XLV, p. 909 et XLVI, p. 911.

Page 512.

1. Voir l'Esquisse XLVI, p. 911.

Page 513.

a. sculpturale de la pierre [sculptait ses traits *biffé*] allongés et mornes comme ceux [d'un Anubis *biffé*] de certains dieux égyptiens. *ms. Nous restituons* sculptait ses traits *pour des raisons de sens.*

1. Voir l'Esquisse XLV, p. 910.

Page 514.

a. manière *[p. 511, 8e ligne de la page]* analogue. [Je vis *[...]* beauté morale. *add. sur paperole*] Chez d'autres *[p. 512, 2e §, 1re ligne]* dont [...] d'un même *[p. 513, 6e ligne]* personnage. *[quelques lignes biffées]* [Car beaucoup *[...]* année par *[p. 513, 1er §, dernière ligne]* année. *corr. marg.*[2]] [Si certaine

1. Ce passage figure dans la marge des folios 33 et 34 du Cahier XIX. Nous le situons ici en raison de la phrase « Or à ces idées la cruelle découverte que je venais de faire », qui est très proche de celle qui figure au début du 3e paragraphe de la page 510, et qui commence par « Sans doute la cruelle découverte que je venais de faire ».

2. Au recto du folio 19.

[...] vieillesse *add. marg.*[1]] En plusieurs *ms. (voir var. a, p. 511 et a, p. 513).* ◆◆ *b.* qui a séché[2]. [La vieillesse ne les avait pas mûris et même s'il s'entourait d'un premier cercle de rides et *biffé*] [Il était un essai informe, confirmant mes théories sur l'art. (Il me prend par le bras. « Je l'ai entendue huit fois etc.[3] ») D'autres *[...]* rides et *corr. interl.*] d'un arc *ms.*

Page 515.

a. morgue et les *[p. 514, 2e §, dernière ligne]* ruses. [Et pourtant *[...]* pas inconnu. *add. marg.*] C'était *ms.*

1. L'allusion à Mme d'Arpajon fut ajoutée tardivement (voir var. *a*) ; l'auteur oublie que le personnage est déjà mort (voir p. 554-555).

2. Voir l'Esquisse XLVI, p. 912.

3. On dirait que Proust, observant à la loupe ces visages de femmes, veut rivaliser avec la technique des peintres de portraits, telle qu'elle s'est modifiée depuis l'époque où Lecomte du Nouÿ et Jacques-Émile Blanche peignaient ceux du docteur Adrien Proust (1883) et de son fils (1892).

Page 516.

a. Depuis le début du paragraphe et jusqu'à allant là *, le texte est procuré par un béquet autographe peu lisible.* ceux que le *est une conjecture.*

Page 517.

a. Je pouvais le voir encore *ms. On trouve après ces mots, entre parenthèses, cette note de Proust :* il faudra que la ressemblance de Bloch et de son père soit rattachée à cela, soit que le passage qui vient émigre dans la partie bal costumé, soit plutôt que tout ce grand développement vienne après la partie bal costumé, ou soit coupée par lui ? ◆◆ *b.* table de famille [(sans doute marié à la femme qui protège les ballets russes[4]) *note de Proust*] la même *ms.* ◆◆ *c.* façon M. Bloch *ms. Nous adoptons la correction de Clarac et Ferré.* ◆◆ *d.* qu'une perle de *[p. 515, dernière ligne]* verre. [Certains hommes *[...]* rien *[p. 516, 13e ligne]* retenir. *1re add. marg.*] [Chez certains *[...]* l'approche de *[p. 516, 2e §, avant-dernière ligne]* l'hiver. *2e add. marg.*] [Ces changements[5] *[...]* en s'en allant *[p. 516, 3e §, 4e ligne]* là *[interrompu] add. marg.*] [D'ailleurs[6] ces *[...]* pas connus. *add. sur papier collé*[7]] *[quelques lignes biffées]* [Certaines *[p. 517, 2e §, 1re ligne]* figures *[...]* linéairement *corr. marg.*] le même *ms.*

1. Au recto du folio 20.
2. On trouve dans l'interligne cette note de Proust : « Suivre les célibataires de l'art » (voir var. *a*, p. 471).
3. Nous n'insérons pas cette parenthèse, qui renvoie au texte de la page 471.
4. On lit dans l'interligne, au-dessus de « russes » : « Andrée ? »
5. On trouve avant ces mots, cette note de Proust : « À mettre [pour *biffé*] après Cambremer ou Mme de Saint-Loup » (voir, respectivement, p. 511 et 509).
6. Avant ce passage, dans la marge, on trouve ces mots, biffés, de Proust : « Et ces particularités / Après les mots : porteraient la marque ».
7. Cette addition est collée en haut du folio 23.

1. Il s'agit sans doute du jeune marquis de Beausergent. Voir *Le Côté de Guermantes I*, t. II de la présente édition, p. 352 et suiv. ; et l'Esquisse XLVI, p. 912.

Page 519.

a. inspiré d'un *[p. 518, 1*[er] *§, dernière ligne]* prophète. [En général /les cheveux blan<cs> *biffé]* le degré *corrigé dans la marge en* la transformation *[...]* d'ailleurs, le degré] de blancheur *ms.*

Page 520.

a. qui a perdu *[1*[er] *§, dernière ligne]* son éclat. [Quant aux vieillards dont les traits avaient changé, ils tâchaient pourtant de garder fixée sur eux, à l'état permanent une de ces expressions *passage non biffé par Proust*[1] *] [deux lignes biffées]* [Et souvent ces blondes *[...]* pour lui. Pour les vieillards *[...]* expressions fugitives qu'on prend pour une seconde de pose et avec *corr. sur papier collé]* et avec lesquelles *ms.* ↔ *b.* au degré de leur *[p. 519, 2*[e] *ligne en bas de page]* neigeuse [...] instantanés d'eux-mêmes[2]. *Ce passage figure au folio 25 du manuscrit. Au-dessus, dans la marge, on trouve cette note de Proust :* Mme de Franquetot qui a eu une attaque, reste à demi prise dans sa tombe.

1. Voir l'Esquisse XLVI, p. 912.

Page 521.

1. Ce paragraphe transcrit une impression que Proust exprime dans une lettre à Reynaldo Hahn du 11 avril 1907 : « Que tous les gens que j'ai connus ont vieilli. Seule la Polignac atteint enfin la jeunesse à laquelle elle joint la douceur de la maturité. Et aussi quelques vieilles divinités rudimentaires et féroces, dans leur dessin sommaire n'ont pu changer. Mme Odon de Montesquiou, Mme Fernand de Montebello, Saint-André etc. restent immuables dans la hideur barbare de leur effigie lombarde. Ce sont des portraits de monstres du temps où on ne savait pas dessiner » (*Correspondance*, t. VII, p. 139). Voir p. 499 et n. 1.

Page 523.

1. Au chant XI de l'*Odyssée*, « Évocation des morts », Ulysse, après avoir parlé au spectre de sa mère et avoir entendu sa réponse, veut la serrer dans ses bras : « Trois fois, je m'élançai ; tout mon cœur la voulait. Trois fois, entre mes mains, ce ne fut plus qu'une ombre ou qu'un songe envolé. L'angoisse me poignait plus avant dans le cœur » (v. 206-208, trad. Victor Bérard, deuxième édition revue et corrigée, Les Belles Lettres, 1933).

2. Proust se souvient peut-être de l'Exposition de 1900. Voir E. Hospitalier et J.-A. Montpellier, *L'Électricité à l'Exposition de 1900*,

1. Passage recouvert par le béquet : « Et souvent [...] et avec ».
2. Voir la variante *a*, p. 524.

Dunod, 1900-1902 ; et Eugène Sartiaux et Maurice Aliamet, *Principales découvertes et publications concernant l'électricité de 1562 à 1900. Monographie du Musée rétrospectif français de l'électricité à l'Exposition Universelle de 1900*, J. Rueff, 1903.

3. Il semble qu'on puisse faire dater de 1890 environ une certaine recrudescence de l'usage des stupéfiants dans les milieux mondains et artistiques de Paris (voir Émilien Carassus, *Le Snobisme et les Lettres françaises de Paul Bourget à Marcel Proust*, Colin, 1966, p. 430-433).

Page 524.

a. pourtant il *[7e ligne de la page]* y en eut [...] personnalité. *Ce passage figure dans une addition marginale au folio 30 du cahier* XX *(c'est-à-dire 5 folios plus loin, voir var. b, p. 528). Nous le plaçons ici en raison de l'indication qui l'accompagne :* Quand je dis ailleurs que, dès qu'on me nommait les hommes, l'enchantement cessait et que je les reconnaissais. ↔ *b.* instantanés *[p. 520, 2e §, dernière ligne]* d'eux-mêmes. [Tous ces gens *[...]* sur leur tombeau. *plusieurs add. marg. et papiers collés.*] Les femmes *ms.*

Page 525.

1. Leopoldo Fregoli (1867-1936), acteur italien à transformations, est célèbre pour l'extraordinaire rapidité avec laquelle, dans des scénarios créés par lui, il arrivait à remplir plus de cinquante rôles différents. Il se produisit à Paris à plusieurs reprises, à partir de 1896 et jusque pendant la guerre, avec tant de succès que son nom tendait à être utilisé comme un nom commun dès qu'il s'agissait d'évoquer de brusques métamorphoses successives : par exemple, à propos du goût de Guillaume II pour les uniformes les plus variés.

Page 526.

a. l'air de *[p. 525, 1er §, dernière ligne]* pleurer. [D'ailleurs, même *[...]* nous eux. *add. marg.*] Seule *ms.* ↔ *b.* Vous me prenez [...] aimable. *Nous conservons cette transition bien qu'on la retrouve page 529 et page 558.* ↔ *c.* radium à celles de la *[2e §, 10e ligne]* nature. [Elle, si *[...]* d'autrefois *add. marg.*] Quelle *ms.* ↔ *d.* l'Exposition de [1878 *en surcharge sur* 1889] (dont *ms.* ↔ *e.* un ministre [de 1878 *biffé*] [Carnot *corr. interl. biffée*] [d'avant l'époque boulangiste *corr. interl.*], et qui *ms.*

1. En vue de l'Exposition universelle de 1878, on avait bâti deux édifices principaux, l'un, rectangulaire, au Champ-de-Mars, l'autre, seul destiné à être conservé, sur la colline du Trocadéro. Ce dernier, œuvre de l'architecte Davioud (1823-1881), fit place aux bâtiments actuels, construits pour l'Exposition de 1937. – Dans *Tant plus ça change*, par Edmond Gondinet et Pierre Véron, l'une des traditionnelles revues de fin d'année inspirées par l'actualité (Palais-Royal, 28 décembre), l'actrice chargée du rôle de l'Exposition portait un « corsage bordé de petits drapeaux aux couleurs des nations » et, dans les cheveux, « deux petites tours représentant les tours du Trocadéro » (Édouard Noël et Edmond Stoullig, *Les Annales du théâtre et de la musique, 1878*, Paris, Charpentier, 1879, p. 336).

Page 527.

1. Il ne peut exister de clef unique pour cet homme politique. En voici cinq qui, avant ou après la mort de Proust, nous intéressent. On songe d'abord à Freycinet (1828-1923), surnommé « la petite souris blanche », plusieurs fois ministre et deux fois président du Conseil avant l'époque boulangiste, en 1879 et en 1882, et encore ministre d'État en 1915-1916 ; mais il n'a jamais fait l'objet de poursuites criminelles. En revanche, la carrière du personnage inventé par Proust correspond par avance à celle de Caillaux (voir p. 361 et n. 3). Clemenceau lui-même, au faîte de la gloire à l'armistice de 1918, avait été en 1892 ouvertement accusé de s'être laissé soudoyer par l'Angleterre. Maurice Rouvier (1842-1911), contraint d'abandonner le portefeuille des Finances au temps du scandale de Panama (1892), le reprit en 1902 et devint président du Conseil en 1905. Enfin, Louis Malvy (1875-1949), ministre de l'Intérieur, condamné en 1918 pour forfaiture à cinq ans de bannissement, se retrouve après les élections du Cartel président de la commission des Finances à la Chambre et, pour quelques semaines, ministre de l'Intérieur en mars 1926.

2. L'expression, qui date du scandale de Panama (1892), désignait les parlementaires et les journalistes accusés de s'être laissé corrompre par les émissaires de la Compagnie universelle du canal interocéanique de Panama, fondée en 1880. Les chèques reçus reconnaissaient le service rendu d'un vote ou d'un article appuyant une mesure gouvernementale favorable à la Compagnie, dont la situation financière se dégrada à partir de 1884. Ce genre de corruption fut notamment pratiqué lors du vote de la loi autorisant l'émission d'un emprunt à lots de 720 millions (avril et juin 1888), ultime tentative de l'entreprise avant sa dissolution, prononcée par le tribunal civil de la Seine en février 1889.

3. Un épisode de *Jean Santeuil* (éd. citée, p. 579-618) est consacré à un scandale qui ruine la carrière d'un homme politique, Charles Marie. Il est reconnu innocent par la Justice, mais l'opinion publique tarde à le réhabiliter vraiment. Il lui fait cependant confiance : « Tous les matins, toutes les après-midi, pendant sa promenade, il se répétait mille fois de suite les noms des collègues qu'il choisirait quand on lui donnerait mission de former le ministère [...] » (éd. citée, p. 617).

Page 528.

a. pierre ponce de *[p. 526, 3*[e] *ligne en bas de page]* soi-même. [Cet ancien *[...]* président du *[p. 527, avant-dernière ligne]* Conseil, il l'était redevenu *1*[re] *add. marg.*] [(et pourtant ce président du conseil d'il y a 40 ans faisait partie *[...]* avant la mort. *2*[e] *add. marg.*] Pour *ms. Nous supprimons, pour des raisons de sens, la fin de la première addition :* il l'était redevenu *, et le début de la seconde addition :* (et pourtant ce président du conseil d'il y a 40 ans *.* ◆◆ *b.* sur sa jeunesse. *Après ces mots, devait s'insérer une addition marginale que nous avons placée à la page 524, en raison de cette note de Proust l'accompagnant :* Quand je dis ailleurs que, dès qu'on me nommait les hommes, l'enchantement cessait et que je les reconnaissais *(voir var. a, p. 524).*

1. Voir *Du côté de chez Swann*, t. I de la présente édition, p. 416.
2. Voir p. 523 et n. 1.

Page 530.

1. Voir cependant p. 506-507. Pour les esquisses sur Bloch, ajoutées au « Bal de têtes », voir l'Esquisse XLVIII, p. 919.
2. Les pseudonymes de ce genre sont en faveur, non seulement dans la haute galanterie, mais aussi chez les gens de lettres ; le *Tout-Paris* de 1914 donne de nombreuses pages de pseudonymes dans les milieux artistique, littéraire et mondain.
3. Voir *Du côté de chez Swann*, t. I de la présente édition, p. 91.
4. *Ibid.*, p. 90.

Page 531.

a. un air d'un dédain *ms. Nous adoptons la correction de Clarac et Ferré (voir la variante a, p. 534).*

1. Cette raie au milieu est peut-être celle du correspondant de Proust, Albert Nahmias (lettre d'avril 1912, *Correspondance*, t. XI, p. 95).
2. Voir *Sodome et Gomorrhe II*, t. III de la présente édition, p. 38-39.

Page 532.

1. Voir *Le Côté de Guermantes II*, t. II de la présente édition, Esquisse XLVIII, p. 920-921 ; et ici p. 539 et n. 3 et p. 540 et n. 1.

Page 533.

1. Sur la transformation de Mme Verdurin et les notes de l'auteur, voir l'Esquisse XLIX, p. 922-924.
2. On a vu (*Le Côté de Guermantes I*, t. II de la présente édition, p. 527) que l'on appelle la première princesse de Guermantes, tantôt Marie-Gilbert, du prénom du prince, tantôt Marie-Hedwige, d'un autre de ses prénoms. Le thème qui suit a été développé, à propos de la lettre *G* (voir p. 429), lors des funérailles de Saint-Loup. Le prénom Hedwige n'est pas dans la famille de Bavière, mais dans celle des Polignac.

Page 534.

a. que lui dire, et je *[p. 529, 5e ligne de la page]* m'éloignai [de ce fantôme *biffé*] [tout en me disant *[...]* traits de leurs *[p. 529, 2e §, dernière ligne]* parents ; *corr. marg.*] [Hélas, elle *[...]* arrière, c'est-à-dire *[p. 530, 1er §, avant-dernière ligne]* soirée[1] où nous sommes chez la princesse de Guermantes. J'eus de la peine à reconnaître *add. sur papier collé*] [mon camarade[2] Bloch *[...]* plus jamais *[p. 531, 1er §, dernière ligne]* rien.[3] *add. sur papier collé*] [Bloch me demanda *[p. 531, 2e §, 1re ligne]* de le présenter *[...]* placidité immémoriale[4]. *add. marg.*] Certes, *ms.* ↔ *b.* eu de nouveaux *[2e §, dernière ligne]* visages. [Parmi *[...]* jeunesse. *add. marg.*] Mais *ms. L'insertion de cette addition marginale est mal indiquée par Proust.*

Page 535.

a. cessé de *[6e ligne de la page]* fonctionner. [Certains (Tossizza[5], *[...]* déclassement. *add. marg.*] Détendus *ms.*

1. Comme Clarac et Ferré, nous corrigeons « soirée » en « matinée » (« soirée » est le vestige d'une rédaction plus ancienne où la matinée chez la princesse de Guermantes était encore une soirée).

2. À partir de ces mots et jusqu'à « plus jamais rien », le passage est de la main de Céleste Albaret, avec des additions interlinéaires de Proust (voir var. *a*, p. 531).

3. Au verso du folio où figure ces mots, on trouve plusieurs essais de rédactions biffés que nous donnons ci-dessous : « Ce devait être le docteur Cottard. Tout à coup, comme si dans cette courte vie qu'est la nôtre, la vieillesse la figure de celui que je me rappelais encore, un petit jeune homme qui était encore pour moi un petit jeune homme sembla être déjà une figure d'homme vieillissant (que, en y réfléchissant, il devait être en effet). Dans cette courte vie qu'est la nôtre, je me rappelais bien le petit Cottard. Et à peine j'avais eu le temps de me rappeler le petit jeune homme, la figure me sembla (ce qu'à y réfléchir et si je consultais les années elle devait être en effet) celle d'un homme vieillissant. Oui quand pour moi il était le petit jeune homme que j'avais connu déjà vieillissant ; comme si dans cette courte vie qu'est la nôtre, la vie illusoire tombait aussi vite que l'obscurité dans ces jours d'hiver où on est obligé de regarder l'heure pour s'expliquer qu'on ait déjà besoin de demander les lampes. Déjà vieillissant, bien plus : comme les petits morceaux de papier trempés dans l'eau et en train de devenir autre chose (plutôt acier fondu ou autre chose) dans cette figure encore assez juvénile pour que je la reconnusse, ce que j'apercevais par tous les bouts à la fois, par le clignotement du regard, par l'arrondissement du nez, par le redressement de la tête, en train de se graver, c'était une figure de vieillard, celle du vieux professeur Cottard, comme si sa présence avait été indispensable à cet univers et que maintenant qu'il avait disparu, il fallait qu'un autre prît sa place et restituât pour l'humanité présente la prunelle étincelante et le sourire disparu. Sans doute cette métamorphose était-elle depuis longtemps préparée et la nature avait-elle jeté dans le visage autrefois agréable du jeune homme les différents stigmates que certes je n'y avais jamais vus, qui, le cas échéant, et le moment de la métamorphose venu, se verraient à donner l'air d'un autre, l'air, l'autorité. Mais appelée peut-être depuis des années, cette évocation s'accomplissait et on avait le plaisir de voir dans celui d'un homme encore assez jeune, le masque plaisantin et doctoral du vieux docteur Cottard se promener par les salons. » Ces passages biffés sont suivis de cette note de Proust : « Suivre la marge ».

4. On trouve après ces mots une autre addition marginale, introduite par cette note de Proust : « Quand je parle de changement social (salon Rohan, conversation avec J<ean> de Gaigneron sur les Fels, Blumenthal, etc.) », que nous avons placée, pour des raisons de sens, page 537 (depuis « Les anciens assuraient » jusqu'à « reçus au Jockey »).

5. On trouve au-dessus de ces mots, cette note biffée de Proust : « Mettre un peu ailleurs. »

1. Trois barons Tossizza figurent dans le *Tout-Paris* de 1914. La comtesse Kleinmichel est mentionnée dans un pastiche de 1906 (*Lettres à Reynaldo Hahn*, éd. Ph. Kolb, Gallimard, 1956, p. 92). Boni de Castellane la rencontre à Rome peu après qu'il a divorcé (*Mémoires*, Mercure de France, 1986, p. 292). Louis de Robien a plusieurs fois l'occasion de signaler son attitude courageuse à Petrograd en 1917-1918 ; elle avait alors soixante-dix ans (*Journal d'un diplomate en Russie*, Albin Michel, 1967, *passim*). A. de Fouquières note dans *Cinquante ans de panache* : « Le salon de la comtesse Kleinmichel, où je prends contact avec le monde diplomatique, n'est ouvert qu'à peu d'initiés, triés sur le volet. Les ambassadeurs de tous les pays s'y rencontrent » (Pierre, Horay, 1951, p. 141) et : « Vingt ans après mon premier voyage en Russie, je devais revoir à Paris la comtesse Kleinmichel qui avait quitté Saint-Petersbourg [...]. Elle vivait solitaire, abandonnée de tous, hors quelques vieux amis, elle qui avait régné sur le plus brillant salon diplomatique de Saint-Petersbourg » (*ibid.*, p. 143).

Page 536.

1. Voir l'Esquisse L, p. 924.

2. La duchesse de Mouchy, née Anna, princesse Murat, avait vu le jour en 1841 (*Almanach de Gotha*, 1916, p. 397) ; sur la duchesse de Montmorency, voir n. 2, p. 345 ; la duchesse de Sagan (1839-1905) était née Jeanne Seillière.

Page 538.

a. d'inviter Marie Sosthènes ? Elle *ms. Nous adoptons la correction de Clarac et Ferré (également dans les trois autres cas suivants).* ↔ *b.* diminuait tous les *[p. 536, 5e ligne en bas de page]* jours. [Bloch *biffé*] [Bloch, pendant *[...]* En tout cas il *corr. marg.*] paraissait *[p. 537, 13e ligne]* un [...] ailleurs. [Les anciens[1] *[p. 537, 2e §, 1re ligne]* assuraient *[...]* reçus au *[p. 537, 2e §, dernière ligne]* Jockey. *add. marg.*] [Si les gens[2] *[p. 537, 7e ligne en bas de page]* des *[...]* dérangée Oriane. *add. marg.*] [Il me présenta *biffé*] [Dès que j'eus fini de parler */à la duchesse de Montmoren* <cy> *biffé]* au prince de Guermantes, Bloch se saisit de moi et me[3] *corr.*] à une jeune femme *ms.*

1. Voir l'Esquisse LI, p. 925-926.

Page 539.

1. Le nom de Farcy figure dans le *Tout-Paris* de 1914.

1. Cette addition ne figurait pas à cet endroit dans le manuscrit (voir var. *a*, p. 534 et sa note 4).

2. En fait, Proust a indiqué, sans doute par erreur, d'insérer cette addition après « une des femmes les plus élégantes du jour » (2e §, 5e ligne).

3. Proust a omis de reprendre « présenta ».

2. Sur les Sagan, voir t. I de la présente édition, n. 2, p. 629. — Les Mouchy sont une branche de la famille de Noailles.

3. Le texte de Saint-Simon est légèrement modifié : « À peine lui apprit-on à lire et à écrire, et il demeura tellement ignorant que les choses le plus connues d'histoire, d'événements, de fortunes, de conduites, de naissance, de lois, il n'en sut jamais un mot. Il tomba par ce défaut et quelquefois en public, dans les absurdités les plus grossières » (éd. citée, t. V, p. 478).

Page 540.

1. *Ibid.* La citation est exacte, cette fois, comme est exacte la paraphrase qui précède.

2. Voir l'Esquisse LI, p. 926.

3. Proust traite le texte de Saint-Simon avec quelque désinvolture. Tout d'abord, pour accentuer le trait comique, il prétend que le mémorialiste fait passer la culture scientifique du prince de Conti après sa connaissance des généalogies. Or Saint-Simon observe précisément l'ordre inverse. Avant : « C'était un très bel esprit, lumineux, juste [...] », il a écrit que le prince de Conti était « l'ami avec discernement des savants, et souvent l'admiration de la Sorbonne, des jurisconsultes, des astronomes et des mathématiciens les plus profonds » (éd. citée, t. III, p. 368). D'autre part, Proust emprunte à Saint-Simon, avec de menues modifications, des éléments dispersés qu'il soude en une citation unique, factice et tronquée. Saint-Simon écrit (*ibid.*) : « C'était un très bel esprit, lumineux, juste, exact, vaste, étendu, d'une lecture infinie, qui n'oubliait rien, qui possédait les histoires générales et particulières, qui connaissait les généalogies, leurs chimères et leurs réalités. » Une vingtaine de lignes plus loin, on lit : « Doux jusqu'à être complaisant dans le commerce, extrêmement poli, mais d'une politesse distinguée selon le rang, l'âge, le mérite, et mesuré avec tous ; il ne dérobait rien à personne ; il rendait tout ce que les princes du sang doivent, et qu'ils ne rendent plus ; il s'en expliquait même et sur leurs usurpations et sur l'histoire des usages et de leurs altérations. L'histoire des livres et des conversations lui fournissait de quoi placer, avec un art imperceptible, ce qu'il pouvait de plus obligeant sur la naissance, les emplois, les actions » (*ibid.*, p. 369).

4. Voir *Sodome et Gomorrhe I*, t. III de la présente édition, p. 11 et n. 1.

5. La société des bibliophiles français a été fondée en 1820 « dans le but de faire imprimer, soit des ouvrages inédits ou devenus très rares, soit des ouvrages en langue étrangère, avec la traduction française » (Larousse, *Grand Dictionnaire universel du XIXe siècle*). L'incendie de la cathédrale de Reims et les bombardements qu'elle a subis ensuite avaient provoqué la réprobation de l'opinion internationale (voir Mgr Landrieux, *La Cathédrale de Reims. Un crime allemand*, Librairie Renouard, H. Laurens, 1919). Les fonds nécessaires à la restauration du monument furent procurés en partie par

une *Société des amis de la cathédrale de Reims*, que mentionne Charles Sarazin dans *La Cathédrale de Reims, son histoire, ses blessures, sa résurrection*, programme officiel, illustré, des fêtes du 26 mai 1927, Henri Matot, imprimeur, éditeur à Reims. C'est, écrit Sarazin (p. 18-19), grâce à cette société que « la merveilleuse rosace de la façade occidentale a été rétablie plus tôt qu'on ne pouvait le prévoir ».

Page 541.

a. ne tarda pas à la *[p. 539, 16e ligne]* propager. [Les dîners[1], *[...]* un roman. » *add. marg.*] L'amie *ms.* ↔ *b.* même retiré. *Après ces mots dans le manuscrit, on trouve quelques lignes que, comme Clarac et Ferré, nous ne donnons pas dans la version définitive car elles reparaissent plus bas sous une autre forme (p. 542). En voici le texte :* De sorte que si nous avions en commun un même vocabulaire de mots, pour les noms celui de chacun de nous était différent. Et l'inintelligibilité qui en résultait donnait le sens de l'Histoire.

Page 542.

a. leur journal que M. [Rouvier est un voleur *biffé*] [Loubet *corr. interl.*] et M. Reinach *ms.* ↔ *b.* l'esprit. [la marquise l'a passée sous silence moins pour satisfaire un esprit de vengeance que pour ne *biffé*] La marquise n'a d'ailleurs [...] pour elle, mais parce que *ms. Nous adoptons la correction de Clarac et Ferré.*

1. Ce passage fait la synthèse des arguments exposés dans la partie inédite de l'article consacré aux *Mémoires* de Mme de Boigne et paru dans *Le Figaro* le 20 mars 1907 (« Journées de lecture », *Essais et articles*, éd. citée, p. 527-533 ; sur les passages qui suivent, voir *ibid.*, n. 2, p. 532) : l'ouvrage est caractéristique de « cette sorte de personnes, souvent très bien nées, mais [...] peu recherchées » qui laissent des mémoires : « De sorte que leur salon qui nous donnait dans leurs écrits l'impression d'un sanctuaire précieux, inaccessible et clos, était de leur vivant systématiquement fui par les personnes élégantes auxquelles elles en ouvraient vainement les portes toutes grandes. » Quant au « tact littéraire » de Mme de Villeparisis, Proust observe, à propos de Mme de Boigne : « Songez avec quel petit nombre de personnes brillantes il suffit que la dame auteur ait été liée pour qu'elle puisse donner au lecteur l'impression maximum d'élégance [...]. Elle en aurait connu cent fois plus, que cela ne servirait absolument à rien, car elle ne pourrait pas les faire entrer dans son cadre forcément limité. » Le personnage de Mme Blanche Leroi est, depuis *Le Côté de Guermantes I*, t. II de la présente édition, p. 483-484, le symbole du snobisme et l'exemple de sa relativité (voir P.-E. Robert, « Madame Leroi contre *À la recherche du temps perdu* », *The French Review*, février 1982).

1. Le début de cette addition est repris plus loin (voir p. 587).

Page 543.

1. Colombin était un salon de thé situé 6, rue Cambon (*Baedeker*, « Paris et ses environs », 14e éd., 1900).

2. L'un des personnages évoqués par Proust dans « Un dimanche au Conservatoire » (*Le Gaulois*, 14 janvier 1895 ; *Essais et articles*, éd. citée, p. 367-372) se rend au « thé de la rue Royale » (p. 372), où il espère retrouver une femme du monde. Le *Baedeker* de 1900, dans la rubrique « Thés à l'anglaise », donne *Royalty*, au 6 de la rue Royale.

3. C'est à Twickenham, à York House, sur la Tamise, que le comte de Paris (mort en 1894) avait eu sa résidence (*Almanach de Gotha*, 1906, p. 26-27).

Page 545.

a. la France et n'avait pas été *[p. 541, 2e §, 20e ligne]* reçue [tout de suite). *[...]* l'avancerait-il ? *add. sur papiers collés*] De changements *ms. (voir var. a et b, p. 542).*

1. Il n'y a pas le moindre rapport entre le caractère de Bloch et le personnage du *Marchand de Venise* de Shakespeare. C'est uniquement en tant que juif que Shylock est ici évoqué.

Page 546.

a. hommes comme M. [d'Argencourt *biffé*] [de Beauserfeuil *corr. interl.*], moins *ms.*

1. Sur le comte d'Haussonville (1843-1924), voir p. 307 et n. 2. Il est le fils du mémorialiste (1809-1884), auquel se rapporte la note 2 de cette page.

2. Proust utilise une anecdote relatée dans *Ma Jeunesse, 1814-1830, Souvenirs par le comte d'Haussonville*, (Paris, Calmann Lévy, 1885, p. 11-12) : « On devine qu'avec l'existence et le caractère que je viens d'indiquer, mon grand-père n'ait pas goûté beaucoup le mouvement réformateur qui précéda la Révolution, et les hommes qui se mirent à sa tête. Dans son intérieur, il n'en parlait qu'avec humeur, et M. Necker particulièrement, avait le don de lui être très désagréable. Cependant, comme lieutenant général des armées du roi et commandant en second de la Lorraine, il sentait qu'il y avait convenance de sa part à rendre visite au ministre honoré de la confiance du roi et qui jouissait alors de toute la faveur populaire. Mon père m'a souvent raconté, depuis mon mariage, que mon grand-père se rencontra dans le salon d'attente de M. Necker avec le maréchal duc de Broglie, qui, animé de sentiments peu différents des siens, venait, lui aussi, remplir la même formalité : "Nous entrerons ensemble, lui dit le maréchal, et vous me présenterez à M. Necker, car je ne le connais pas. — Est-ce que vous croyez que je le connais plus que vous ? — Eh bien, nous nous présenterons l'un l'autre." Ainsi fut fait. Cela amusait beaucoup mon père de penser que le petit-fils du maréchal avait épousé plus tard la petite-fille de

M. Necker, et moi son arrière-petite-fille. » Le « petit-fils du maréchal », c'est Victor, duc de Broglie (1785-1870). Il a épousé en 1816 Albertine de Staël (1797-1836), fille de l'auteur de *Corinne* et par conséquent petite-fille de Necker. Leur fille, Louise, a épousé en 1836 le comte d'Haussonville (1809-1884), narrateur de l'anecdote, dont le grand-père paternel se trouvait avec le maréchal de Broglie dans l'antichambre de Necker. Voir l'article que Proust a consacré au « Salon de la comtesse d'Haussonville » dans *Le Figaro* du 4 janvier 1904 (*Essais et articles*, éd. citée, p. 482-487).

3. Sur le poète Pierre-Antoine Lebrun (1785-1873), voir *À l'ombre des jeunes filles en fleurs*, t. II de la présente édition, p. 70 et n. 1.

4. Jean-Jacques Ampère (1800-1864), historien, professeur au Collège de France, est cité dans le pastiche de Sainte-Beuve, dont il était l'ami (« Critique du roman de M. Gustave Flaubert [...] », *Pastiches et mélanges*, éd. citée, p. 19).

Page 547.

1. Voir l'Esquisse LIII, p. 930.

Page 548.

a. l'image qu'il avait de la *[p. 546, 6e ligne en bas de page]* société ! [Bloch un jour, *[...]* paraissent entre tous les *[p. 547, 4e ligne]* exclure. *add. marg.*] [D'ailleurs le cas *[...]* du remède. *add. sur papiers collés*] Ainsi *ms.*

1. Pour l'évolution de Bloch, voir l'esquisse du Cahier 74 et le passage ajouté au « Bal de têtes » que nous reproduisons dans l'Esquisse LII, p. 927-930.

2. Allusion à *L'Hygiène du dyspeptique*, par le Dr Georges Linossier, Masson, 1900, ouvrage paru dans la collection de la Bibliothèque d'hygiène thérapeutique que dirigeait Adrien Proust (renseignement fourni par Philip Kolb, *Correspondance*, t. IV, p. 253, lettre de Proust au Dr Linossier, de septembre 1904 ; les lettres de Proust à sa mère sont riches en détails sur sa digestion).

Page 549.

1. Voir *Du côté de chez Swann*, t. I de la présente édition, p. 139.
2. Voir *Albertine disparue*, p. 268-269.
3. Voir *Du côté de chez Swann*, t. I de la présente édition, p. 140.
4. Voir *À l'ombre des jeunes filles en fleurs*, t. II de la présente édition, p. 111.
5. Voir *Du côté de chez Swann*, t. I de la présente édition, p. 172 (où ce mariage est celui de la *fille* du docteur Percepied).
6. *Ibid.*, p. 75.
7. *Ibid.*, p. 131.
8. Voir *Le Côté de Guermantes II*, t. II de la présente édition, p. 823-824.

Page 550.

a. rien ne la reliait *[p. 549, 4e ligne en bas de page]* plus. [Non seulement *[...]* deux ans. *add. marg.*] Et combien *ms.*

1. La princesse Françoise Marie Amélie d'Orléans (1844-1925), fille du prince de Joinville, fut mariée en 1863 à son cousin germain, Philippe Louis Eugène Ferdinand, duc de Chartres (1840-1910), second fils du duc d'Orléans.

2. Voir l'Esquisse LIV, p. 933.

Page 551.

a. jeune ménage *[p. 550, 4e ligne en bas de page]* Cambremer pour ne pas [parler de Morel. *biffé*] [parler de Morel, et *[...]* tout entier. *corr. marg.*] Comme *ms.*

1. La précision intime du détail exclut l'intention de désigner en particulier un président parmi ceux auxquels on pourrait songer : Grévy, à cause de son grand âge, ou, pour d'autres raisons, Félix Faure, Deschanel.

Page 552.

a. d'un fourreau *[p. 551, 1er §, dernière ligne]* d'émeraude. [Je retrouvais ici les tableaux de cet Elstir que je n'aurais peut-être pas connu sans Saint-Loup, les livres de ce Bergotte que je n'aurais peut-être pas connus sans celle qui devait être *[*sa femme *biffé]* Mme de Saint-Loup. Et le livre *[François le Champi add. interl.]* le plus représentatif du temps de Combray où les Guermantes me semblaient inaccessibles, *François le Champi*, c'était dans la bibliothèque des Guermantes que je venais de le rouvrir, y trouvant du reste un grand appui pour la réalisation retardée si longtemps des rêves formés jadis du côté de Guermantes situé dans ma mémoire au cœur de la nuit peut-être la plus triste et la plus douce de ma vie, où avait eu lieu — dans un temps où me paraissaient inaccessibles les mystérieux Guermantes — la première abdication maternelle d'où je pouvais faire dépendre mon renoncement chaque jour aggravé à la vie littéraire, le déclin de ma santé, la ruine de mon vouloir, ne verrai-je pas, comme un signe inventé, de le retrouver précisément dans la bibliothèque des Guermantes, et n'était-il pas placé dans le jour le plus beau, celui qui éclairait soudain tous les tâtonnements de ma pensée et me laissait apercevoir peut-être le but de ma vie et de l'art. Et toutes personnes ou choses, recevaient en leurs acceptions diverses, cette beauté qui dans les œuvres d'art s'ajoute à leur beauté propre, cette beauté à laquelle était sensible Elstir quand il enrichissait la notion d'un bibelot de toutes les collections où il avait figuré, des hasards de sa vie, qui nous rend plus précieux que ce fût celui que Saint-Simon donna à son gendre, beauté à laquelle deviennent plus sensibles par compensation ceux en qui diminuent les forces de la sensibilité pour goûter la beauté propre des livres et qui accordent plus de place aux plaisirs de l'intelligence et du contingent, la beauté de l'Histoire. *biffé*] [Et de bien des épisodes littéraires ou historiques contemporains dont je lisais le récit — formé par la conjonction de personnages tout différents et distincts de [ceux] qui y avaient concouru, je pouvais souvent, de régions toutes opposées de ma mémoire, relire, dans cet état de transparence qu'ont les êtres que nous avons connus, le souvenir des différentes parties composantes. L'éditeur [du] grand écrivain dont le roman avait bercé ma jeunesse, raconte lui avoir inspiré le dénouement que j'avais lu et qui était juste l'opposé de celui qu'il avait écrit. C'était ce vieux M. *[interrompu] corr. marg. biffée*] Parfois *ms.* ↔ *b.* Mme de Souvré, [avec M. de Bréauté *biffé*] si sèches *ms.* ↔ *c.* la personne de Mme de [Souvré *biffé*] [Luxembourg *biffé*] y figurait. *Comme Clarac et Ferré nous restituons* Mme de Souvré *(voir la variante précédente).*

1. Voir l'Esquisse LIV, p. 933. L'idée est développée dans une lettre à Louisa de Mornand, de juin 1905 : « [...] notre mémoire nous présente souvent des "vues" des événements historiques de notre propre vie, pas toujours très faciles à discerner, un peu comme celles qu'on s'exténue à distinguer par le petit bout d'un porte-plume en coquillages, souvenir des bains de mer. Mais dans ces vues que la mémoire nous présente des jours heureux ou tragiques qui commandent encore aujourd'hui notre destinée, nous apercevons inévitablement le personnage accessoire, le comparse qui y fut mêlé, le Marcel Proust dont le souvenir se teinte ainsi pour nous de la couleur qui baigne tout le tableau » (*Correspondance*, t. V, p. 252-253).

2. Le dôme de l'église Santa Maria della Salute signale, à Venise, l'entrée du Grand Canal. Proust y songe dans le pastiche du *Journal* des Goncourt, devant « la coupole silhouettée de l'Institut » (voir p. 288).

3. On se souvient que Mme de Souvré avait eu recours à toutes les ressources de la duplicité mondaine pour ne pas présenter le narrateur au prince de Guermantes (*Sodome et Gomorrhe II*, t. III de la présente édition, p. 49-50).

Page 553.

a. Mme de Souvré y *[p. 552, 2e §, dernière ligne]* figurait. [Une chose *[...]* d'emblée. *add. marg.*] Sans doute *ms.*

Page 554.

a. Mlle de Kermaria ou *ms. Comme Clarac et Ferré nous corrigeons.*

1. « Inapprochable » socialement ; mais le mot souligne en même temps le statut paradoxal de la race Guermantes, hommes et femmes oiseaux, c'est-à-dire chargés d'une inaccessible séduction érotique.

Page 555.

1. La princesse d'Agrigente ne saurait être la « jeune veuve d'un vieux mari », puisque, comme l'ont remarqué P. Clarac et A. Ferré (Bibl. de la Pléiade, t. III, n. 4, p. 976), il a été question (p. 512) de ce mari que « la vieillesse [...] embellissait [...] ».

Page 556.

1. La tournure est de ton classique. On songe aux enfers de Virgile : *ripam irremeabilis undae*, « rive d'une onde d'où l'on ne peut revenir » (*Énéide*, chant VI, v. 425).

Page 558.

a. plus belles et crues le plus *[p. 554, 24e ligne]* inaccessibles [, et je me consolais *[...]* cotées mon *[p. 554, 27e ligne]* désir *add. marg.*]. Mais pour d'autres[1] êtres [...] fièvre et leur *[p. 554, 2e §, 8e ligne]* douceur. Et sans doute tous ces plans différents suivant lesquels le Temps, depuis que je venais[2] *[interrompu]* [Tous n'avaient *[p. 554, 2e §, 8e ligne]* pas *[...]* été accueillie par *[p. 557, 2e ligne]* Elstir. *add. sur papiers collés*] [Une dame sortit, *[...]* son tombeau. *add. marg.*] Une grosse dame *ms.*

1. Voir p. 528.

2. Le narrateur s'est entretenu avec Gilberte, p. 509.

3. Voir *Le Côté de Guermantes I*, t. II de la présente édition, p. 408-415.

Page 559.

a. vérifiées par la *[p. 558, 5e ligne en bas de page]* dernière guerre. [« Je ne puis pas *[...]* Molière se trompait. » *add. marg. et sur papiers collés*[3]] Et sur *ms.*

1. Voir n. 1, p. 355. On sait que Proust a beaucoup utilisé les articles d'Henry Bidou ; voir notamment *Le Côté de Guermantes*, t. II de la présente édition, p. 414 et les notes, et n. 2 au bas de la page 1578.

2. Cette offensive fut déclenchée le 21 mars contre les IIIe et XVIIe armées anglaises, respectivement commandées par le général Byng et le général Gough. Elle avait pour but, selon Ludendorff, de couper « de l'armée française le gros des forces anglaises en les poussant à la côte » (Weygand, *Mémoires*, t. I, *Idéal vécu*, Flammarion, 1953, p. 452 ; et Henry Bidou, *Histoire de la Grande Guerre*, 5e éd., Gallimard, 1936, p. 570).

1. Ce passage, depuis ces mots jusqu'à « que je venais » est de la main de Céleste Albaret (voir n. 3 de var. *a*, p. 559).

2. Nous ne donnons pas ici cette phrase interrompue. On la retrouve plus loin (page 608, 2e §, 8e ligne).

3. Cette addition renvoie à la deuxième partie de la note rédigée sur les épreuves du *Côté de Guermantes I* (voir p. 414) et dont voici le texte (pour la première partie de la note, voir var. *b*, p. 283) : « Je montrerai à sa femme qu'il *[Saint-Loup]* se trompait à demi (peut-être Général de La Croix). Mais pourtant un peu de vrai ! (Pétain : C'est de la guerre d'avant la guerre). (La feinte de Falkenhayn — manœuvre par le Prehovember en direction de Campolmy trompe même après coup jusqu'à Bidou qui appelle le 23 échec de cette manœuvre ce qu'il découvre feinte le lendemain 24 novembre 1916). L'enfoncement par le centre à Rivoli, c'est ce qu'a essayé Kluck à la bataille de la Marne, vois dans les *Débats* du 1er ou 2 février 1917 la conférence de Bidou et mieux la conférence. »

3. La phrase est tirée de la « situation militaire » de Bidou intitulée « Où en est l'offensive allemande ? » (*Le Journal des débats*, 19 avril 1918), bilan, après un mois de combat, des offensives finalement infructueuses contre les armées anglaises de Picardie, puis de Flandre. L'article conclut sur la possibilité d'une troisième offensive, qui se produisit en effet sur l'Aisne, contre les Français, le 27 mai. Bonaparte, nommé commandant en chef de l'armée d'Italie en mars 1796, affronte deux adversaires dans l'extrémité septentrionale de l'Apennin : une armée sarde et une armée autrichienne. Il empêche leur jonction et bouscule, d'une part les Autrichiens, à Montenotte le 12 avril et à Dego le 14, d'autre part les Sardes à Millesimo le 13 avril et à Mondovi le 28. Les Autrichiens battent en retraite et les Sardes demandent un armistice. En juin 1815, Napoléon ne parvient pas à effectuer une manœuvre analogue : s'il bat les Prussiens à Ligny le 16 juin, il ne peut les empêcher de revenir porter secours aux Anglais, à Waterloo, le 18 juin.

4. Les cinq premiers jours de l'offensive allemande de mars 1918 sont marqués par une progression rapide, qui peut faire craindre la rupture entre les deux armées alliées et son exploitation, d'une part contre l'armée anglaise vers Boulogne et Calais, d'autre part contre l'armée française vers Paris. Mais Foch, investi du commandement unique le 26 mars à Doullens, fait échec à ces tentatives et stabilise le front au nord et au sud d'Amiens, ville dont il fait le « symbole de l'union entre les deux armées » (Weygand, ouvr. cité, p. 497). Ainsi le premier succès défensif franco-anglais de la campagne de 1918 est acquis, le 5 avril.

5. Les 9 et 10 avril 1918, les Allemands attaquent de nouveau l'armée anglaise, en direction d'Hazebrouck cette fois, avec, comme objectifs éloignés, Boulogne, Calais, Dunkerque. Malgré d'importants succès initiaux, cette seconde offensive se solde au bout de trois semaines par un échec.

6. L'idée, ici exprimée, que l'art du stratège est de profiter, à l'intérieur d'un plan très général, des chances imprévues que lui offrent les opérations est celle que soutient, tout au long de la guerre, Henry Bidou dans sa rubrique « La Situation militaire » du *Journal des débats* (voir par exemple, l'article du 24 août 1915).

7. La troisième offensive allemande, partie du Chemin-des-Dames le 27 mai en direction du sud-ouest, avait été conçue comme une manœuvre de diversion préludant à de nouvelles opérations contre les Anglais (voir Weygand, ouvr. cité, p. 527). Mais le succès inattendu de cette offensive fit concevoir au commandement français les plus vives inquiétudes pour Paris. Le 31 mai fut même envisagé un second abandon de la capitale par le gouvernement (*ibid.*, p. 534). La situation ne sera rétablie qu'à la mi-juillet.

8. C'est dans *Molière et le Misanthrope* (Ollendorff, 1881) que Coquelin s'oppose à l'interprétation qui fait d'Alceste un héros tragique. Nous ne savons pas où Proust a pris la boutade de Mounet-Sully. Elle ne se trouve pas dans l'article, riche en anecdotes, d'André de Lorde, « Mounet-Sully intime », *La Revue hebdomadaire*,

juillet 1926. C'est dans une scène du *Misanthrope* que Mounet avait passé le concours d'admission au Conservatoire d'art dramatique (Mounet-Sully, *Souvenirs d'un tragédien*, éd. Pierre Lafitte, 1917, p. 23). Sur la diversité des interprétations proposées, l'intention de Molière, le sentiment des spectateurs du XVIIe siècle, voir René Jasinski, *Molière et le Misanthrope*, A. Colin, 1951, p. 123-164.

9. Henry Bidou, décrivant les préparatifs de l'offensive alliée dans la Somme en 1916, écrit : « Le 25 juin, l'aviation anglaise exécuta une attaque générale sur les saucisses allemandes et en abattit neuf, privant l'ennemi, pour un moment, de cette forme d'observation » (ouvr. cité, p. 440).

Page 560.

a. Proust écrit belloms ; *nous corrigeons (voir n. 3).* ⁂ *b.* le retrouver *[1er §, dernière ligne]* tel quel. [« Il y a *[...]* révolution russe. » *add. marg.*] Mais j'avoue *ms.* ⁂ *c.* non loin de Robert, *Après ces mots, on trouve dans le manuscrit, entre parenthèses, une note de Proust dont voici le texte :* Dire en son temps qu'il s'intéresse aux deux. « Ta grand-mère lit-elle toujours Mme de Sévigné ? » Mais d'ailleurs c'est inutile et je peux même ne pas dire « non loin de Robert ». ⁂ *d.* de Mme de Sévigné, *Après ces mots, on trouve, entre parenthèses, cette note de Proust :* prendre une citation typique.

1. Proust évoque ici les deux premières phases de la lutte menée par l'Angleterre contre la Turquie en Mésopotamie. Dès novembre 1914, les Anglais occupent Bassorah et repoussent victorieusement les Turcs, au cours de l'année 1915, en direction de Bagdad. Kout-al-Amara est pris en septembre et, le 22 novembre, le général Townshend (1861-1924 ; voir p. 561) livre une bataille indécise à Ctésiphon, à vingt-cinq kilomètres de Bagdad. Mais les Turcs contre-attaquent et le contraignent à battre en retraite. Townshend et ses hommes s'enferment dans Kout, le 7 décembre 1915. Après un siège de près de cinq mois ils se rendent et sont faits prisonniers par les Turcs le 29 avril 1916. Enfin, au mois d'août 1916, le général Maude, nommé commandant en chef, reprend l'offensive. Les Anglais ne cesseront de progresser jusqu'à la victoire (armistice de Mudros, 30 octobre 1918). Le général Sir George F. Gorringe (voir p. 561) s'était distingué par les succès remportés en 1915, d'abord à l'aile droite du dispositif anglais (région d'Ahwaz), puis à l'aile gauche (région de Nasrieh, sur l'Euphrate). En janvier et en mars 1916, le général Aylmer ayant tenté vainement de dégager Townshend assiégé dans Kout, il est remplacé par Gorringe, qui se livre à une troisième tentative, en avril. Elle échoue de même. C'est à cette occasion que son nom apparaît dans *L'Écho de Paris* (1er mai 1916). On le retrouve en 1918 à la tête d'une division dans la Somme. Voir *The Times History of the War*, édité et imprimé par *The Times*, Printing House Square, London, vol. X, 1917, p. 215-219 ; vol. XII, 1917, p. 403-413 ; vol. XVIII, 1919, p. 68 ; vol. XIX, 1919, p. 173.

2. Cette retraite est racontée dans *L'Anabase* par Xénophon qui, après la bataille de Cunaxa (401 av. J.C.), ramena jusqu'au Pont-Euxin

les dix mille mercenaires grecs qui s'étaient enrôlés dans l'expédition de Cyrus le Jeune. L'effectif des troupes commandées par Townshend s'élevait aussi à dix mille hommes, autre occasion pour un rapprochement historique.

3. Le mot anglais *bellum* désigne « un bateau du golfe Persique contenant huit personnes et propulsé par des pagaies ou des perches » (Webster's *Third Now International Dictionary*, Londres, Bell and sons, 1961). Le mot « bellum » n'est que la notation de l'arabe *balam* (du persan *balam*), bateau. W. Thesiger confirme l'usage de ces embarcations, qui ressemblent effectivement à des gondoles, par les Arabes de Mésopotamie (*The Marsh Arabs*, 1964 ; Penguin Books, p. 47, et planches, p. 96). M. Jean Bottero nous confirme l'usage d'embarcations analogues par les Chaldéens.

4. *À la recherche du temps perdu* est en grande partie fondé sur les erreurs que nous entretenons quant aux êtres qui nous sont le plus proches et sur les incessantes rectifications auxquelles sont assujettis nos jugements sur autrui. C'est le schéma que le narrateur trouve chez Dostoïevski quand il explique l'originalité du romancier russe à Albertine (voir *La Prisonnière*, t. III de la présente édition, p. 880).

5. Mme de Sévigné emploie souvent le mot « tranchée » quand elle donne à sa fille des nouvelles militaires (par exemple, le 1er novembre 1688, *Correspondance*, Bibl. de la Pléiade, t. III, p. 381). Mais le mot est de l'usage le plus banal avant et après elle ; avec cette différence que, sous Louis XIV ou Louis XV, dans des guerres de mouvement, la tranchée est ouverte par l'assaillant d'une place forte, tandis qu'en 1914-1918 elle est le principal élément d'un système défensif.

6. Voir la note 1 de cette page.

Page 561.

1. Sur Townshend et Gorringe, voir n. 1, p. 560. C'est en effet à Bassorah que débarque Sindbad à la fin de chacun de ses sept voyages ; mais il ne s'y embarque qu'au début des trois premiers et du septième (*Les Mille et Une Nuits*, éd. citée, t. I, p. 228-291).

Page 562.

a. avait préféré *[p. 561, 4e ligne en bas de page]* à Robert. [Gilberte avait aimé Robert qui certainement avait plus aimé Rachel, laquelle avait préféré le cousin des Verdurin, maintenant époux toujours amoureux d'Andrée *biffé*] [On entendait *[...]* « faire clan ». *corr. marg.*] Ainsi *ms. Nous ajoutons des parenthèses.*

1. Proust voulut resserrer les liens avec l'ex-Mme Verdurin du *Temps retrouvé* et le personnage des volumes précédents. Le passage où on entend la nouvelle princesse répéter « nous ferons clan ! » fut ajouté tardivement au manuscrit (voir var. *a*). Dans le Cahier 57 se trouve un passage sur le petit pianiste, que nous reproduisons dans l'Esquisse LXII, p. 948-949. Dans le Cahier 74, Proust rédigea un passage

sur les rapports entre les Verdurin et la famille du narrateur au temps de Combray. La généalogie qui s'y trouve de l'ex-Mme Verdurin ne fut pas incorporée au manuscrit. Voir l'Esquisse XLIX, p. 923.

Page 563.

a. qu'elle récitait des *[p. 562, 2ᵉ §, avant-dernière ligne]* vers dans cette matinée [, et avait-on annoncé, le Souvenir de Musset et des Fables de La Fontaine *add. marg.*]. [Cependant Rachel[1] était regardée avec admiration par une pauvre artiste qui tenait le piano dans cette réunion et pour qui Rachel représentait un inaccessible idéal de célébrité et de richesse. *biffé*] [« Mais comment venez-vous *[...]* avec Mme de Saint-Loup. *corr. sur papier collé*] Certes, *ms.*

Page 565.

a. est sonnée depuis *[p. 564, 14ᵉ ligne de la page]* longtemps. [Mais j'aurais *[...]* aux autres de *[p. 564, 1ᵉʳ §, dernière ligne]* l'égoïsme. *1ʳᵉ add. marg.*] [Et d'ailleurs *[...]* notre plaisir. *2ᵉ add. marg.*] Et bien *ms.* ↔ *b.* capables de nous conduire. *Après ces mots, on trouve dans le manuscrit une série d'additions manuscrites de Proust, marginales et sur papiers collés, (depuis* Mais enfin, *jusqu'à* savait absolument rien *[p. 569, 8ᵉ ligne de la page]).* ↔ *c.* avec ces jeunes filles en fleurs [qui rafraîchissent l' *biffé*] seraient *ms. Tout en biffant l'amorce d'une subordonnée relative, Proust a conservé l'adjectif démonstratif, que nous corrigeons comme Clarac et Ferré.* ↔ *d.* le revoir, c'est de le chercher dans un être *ms. Nous adoptons la correction de Clarac et Ferré.*

1. Nous ignorons où Proust a trouvé l'histoire de ce cheval nourri de roses. S'agit-il de l'âne d'Apulée, qui recouvre la forme humaine en mangeant une couronne de roses (*Les Métamorphoses*, *Romans grecs et latins*, Bibl. de la Pléiade, p. 201) ?

2. Voir l'Esquisse LV, p. 935.

Page 566.

a. Mais enfin, quand *[p. 565, 7ᵉ ligne de la page]* des [...] dans sa tête. *add. sur papiers collés (voir var. b, p. 565).*

Page 568.

a. autour d'un *[ms. déchiré]* sensitif *Nous proposons* être *en raison des lignes qui précèdent :* attractive, autour [de mon existence *biffé*] de Combray.

1. Ce passage est précédé de quelques lignes biffées qui sont reprises dans la longue correction sur papier collé qui suit.

Page 569.

a. Comme Elstir *[p. 566, 3e §, 1re ligne]* aimait [...] air sérieux. *add. sur papiers collés (voir var. b, p. 565 et a, p. 566).* ⁂ *b.* Et j'en étais *[3e ligne de la page]* heureux [...] absolument rien. *add. marg. (voir var. b, p. 565, a, p. 566 et a, p. 569).* ⁂ *c.* capables de nous *[p. 565, 7e ligne de la page]* conduire. [Mais enfin, *[...]* absolument rien. *add. marg. et sur papiers collés*] [Or c'était *corrigé dans l'interligne en* En effet, c'était] avec *ms. (voir var. b, p. 565).* ⁂ *d.* Brichot (?) *ms.* ⁂ *e.* Albon (?) *ms.*

1. Anne Henry, analysant les pages consacrées à la musique par Schopenhauer dans *Le Monde comme volonté et comme représentation*, croit que Proust s'en est étroitement inspiré dès son article de 1895 « Un dimanche au Conservatoire » (voir n. 2, p. 543) et qu'il y a puisé par la suite des éléments essentiels de son esthétique (*Marcel Proust. Théorie pour une esthétique*, Klincksieck, 1983, p. 46-55).

Page 570.

a. sensibilité *[p. 569, 4e ligne en bas de page]* charmante[1]. » [Je dis *[...]* de famille. *add. marg.*] Car si *ms. Selon l'indication de Proust cette addition devait figurer après* lui être agréable. *[p. 569, 5e ligne]. Nous la plaçons ici pour des raisons de sens.* ⁂ *b.* les partis (Étienne *[lecture conjecturale]* / Ganderax, Reinach) lesquels *ms.* ⁂ *c.* Mme de Cambremer (Mme Edwards), on *ms.*

Page 571.

1. La jeune Mme de Cambremer n'est pas la fille, mais la nièce de Jupien ; Proust s'y est trompé lui-même (voir *Le Côté de Guermantes I*, t. II de la présente édition, p. 366), et déjà, dans « Combray », la grand-mère du narrateur (*Du côté de chez Swann*, t. I, p. 20).

2. Louise Balthy (1869-1925) était une chanteuse de revues et d'opérettes. Mistinguett (pseudonyme de Jeanne Bourgeois, 1875-1956), actrice de music-hall qui connut longtemps un grand succès populaire, a publié en 1954 *Toute ma vie* (2 vol., Julliard).

Page 572.

a. Rachel l'avait peu à peu [oubliée et pardonnée *corrigé dans l'interligne en* non pas oubliée mais pardonnée], mais le prestige *ms.*

1. On trouve après ces mots, dans le manuscrit, cette note de Proust : « (le dire plutôt à un autre endroit. Et du reste, pour ce que je viens de dire de Mme de Guermantes, il n'y a pas lieu de le rattacher au nom de Swann entendu par Châtellerault (Bagès-Pagès). Mais quand je dis ailleurs que Mme de Guermantes n'a plus le même idéal social qu'autrefois, dire ceci qui est capitalissime : [Ce serait d'un plus beau plan de dire : elle aussi, ces recompositions de salons dont nous avons parlé, etc. Et aussi : ils étaient eux aussi des phénomènes de mémoire. *add. interl.*]

1. Voir *Le Côté de Guermantes I*, t. II de la présente édition, p. 520.

Page 574.

1. Proust s'inspire ici des événements dont il a été le témoin. Obligé de quitter son appartement du boulevard Haussmann, il occupa pendant l'été 1919, 8 *bis*, rue Laurent-Pichat, un appartement situé au quatrième étage d'un immeuble dont Réjane était propriétaire, et où elle habitait elle-même, ainsi que son fils et sa belle-fille. La comédienne, âgée de soixante-trois ans, était gravement malade, mais elle ne renonçait pas à paraître quelquefois en scène, y retrouvant, pour un soir, sa vitalité et son talent. Cette fin mélancolique d'une vie particulièrement brillante nourrit directement le dernier épisode où paraît la Berma dans *À la recherche du temps perdu* (voir Jacques Porel, *Fils de Réjane. Souvenirs 1895-1920*, Plon, 1951, t. I, p. 370-372).

2. Il s'agit d'un souvenir personnel transposé, comme il apparaît dans une lettre, non datée, écrite de la rue Laurent-Pichat à Mme Sydney Schiff : « [...] [les] cloisons sont tellement minces qu'on entend tout ce que disent les voisins, qu'on sent tous les courants d'air, que les gothas, qui ne m'ont jamais fait descendre une fois à la cave pendant la guerre, faisaient beaucoup moins de bruit, même quand ils tombaient dans la maison voisine, qu'un coup de marteau frappé ici à l'étage au-dessous. Aussi je n'ai pas encore dormi une minute » (*Correspondance générale*, éd. citée, t. III, p. 8).

Page 575.

a. la mode qu'elle *[p. 574, dernière ligne]* était autrefois mais *ms. Nous adoptons la correction de Clarac et Ferré.* ↔ *b.* fille avait épuisé, par *ms. Nous adoptons la correction de Clarac et Ferré.*

1. Selon un procédé qu'il emprunte à Balzac, introduisant, dans *Béatrix*, George Sand, à côté de Camille Maupin, Proust, ami du fils de Réjane, affecte de nommer l'actrice pour l'éliminer comme modèle de la Berma. Le « succès énorme » des représentations de Réjane à l'étranger ne peut fournir aucune indication chronologique précise : ses tournées triomphales hors de France ont été nombreuses, entre 1895 et 1905 surtout, en Amérique du Nord, en Europe, en Asie mineure, en Amérique du Sud.

Page 576.

a. duchesse parut sur *[p. 572, 3e §, dernière ligne]* l'estrade. *[quelques lignes biffées]* [Or pendant[1] ce temps *[...]* gâteaux funéraires. *corr. sur paperole*] Nous fûmes *ms. (voir var. a et b, p. 575).*

1. Ce long développement concerne la Berma et suit celui sur Rachel. Son insertion dans le Cahier XX était prévue par une note du Cahier 60 (folio 5) vers 1919-1920 : « Vieillesse de Réjane, de Le Bargy pour le Cahier XX. » Le Bargy étant le mari de Mme Simone.

1. Voir le passage où le bras levé de l'actrice évoque les vierges de l'Érechthéion (*À l'ombre des jeunes filles en fleurs*, t. I de la présente édition, p. 550 et n. 1 et 2).

2. L'expression « gâteaux funéraires », que prépare le rappel de l'interprétation de Phèdre par la Berma, évoque les offrandes qui, dans l'antiquité grecque, faisaient partie du rite des obsèques. Jacques Porel (ouvr. cité, t. II, p. 331-333) a donné quelques détails sur l'amitié de Proust et de sa mère. Il mentionne le cadeau qu'elle lui fit, après le prix Goncourt, de sa photographie costumée en prince de Sagan. « J'ai un culte pour Réjane, disait Proust à ce propos, cette grande femme qui a porté tour à tour les deux masques, qui a mis toute son intelligence et tout son cœur dans d'innombrables "créations" magnifiques [...] » (interview de Proust dans *Comœdia*, 20 janvier 1920 ; *Essais et articles*, éd. citée, p. 600). Porel rappelle aussi la visite que Proust lui rendit le soir même de la mort de Réjane, le 14 juin 1920, et cite la lettre qu'il lui écrivit deux jours plus tard. Il ajoute enfin qu'appelé au lit de mort de Marcel Proust, il glissa à son doigt « une bague, un camée qu'Anatole France avait donné à Réjane à la première du *Lys rouge* ».

Page 577.

a. portée de notre *[3e ligne de la page]* oreille. [L'annonce *[...]* fixé. *add. marg.*] Néanmoins, *ms.* ↔ *b.* le regard furtif *On trouve dans le manuscrit deux versions du passage qui suit ces mots et qui va jusqu'à* l'esprit subtil et sarcastique *[p. 579, 14e ligne en bas de page]. Nous retenons la seconde version. Voici le texte, moins détaillé, de la première version :* que dans les repas élégants [...] possibilité de *[p. 577, 3e §, 13e ligne]* l'imiter. De même en écoutant Rachel chacun attendait la tête baissée et l'œil investigateur, commençant à rire, ou à critiquer ou à pleurer. La princesse de Guermantes sentit le léger flottement *[voir p. 578, 14e ligne en bas de page]* et décida de la victoire en s'écriant au milieu de la poésie : « C'est admirable ! » Plus d'un spectateur tint alors à répondre à la princesse du regard, voire de la voix, peut-être pour montrer moins qu'ils comprenaient la récitation que pour proclamer une sorte d'intimité avec la maîtresse de maison. Quand elle eut fini *Les Deux Pigeons*, Mme de [celle des tables tournantes] s'approcha de Mme de Saint-Loup qu'elle savait fort lettrée sans se rappeler assez qu'elle avait l'esprit subtil et sarcastique.

1. Sur le jeu de Rachel, voir l'Esquisse LVII, p. 938-939.

Page 578.

a. pleurer ou *[p. 577, 4e ligne en bas de page]* d'applaudir. [Mme de Forcheville, *[...]* plaisir. *add. marg.*] Cependant *ms.*

1. Voir l'Esquisse LVII.2, p. 939.

Page 579.

a. de son père et lui dit : « C'est bien *Dans le manuscrit entre* et lui dit *et* C'est bien *on trouve, entre parenthèses, cette note de Proust :* Il vaudra mieux ne pas mettre cela à la file, mais couper par cette question ma conversation avec Gilberte. *Comme Clarac et Ferré, nous supprimons* et lui dit. ◆◆ *b.* récitait pas dans le *[9e ligne en bas de page]* monde. [*[trois lignes illisibles]* et répondit sous cette forme fantaisiste de Swann à laquelle se trompaient les gens qui prennent tout au pied de la lettre. *biffé*[1]] [Pour avoir un tel *[...]* ce qu'il voulait dire : *corr. interl.*] « Un quart *ms.*

1. *Fables*, livre IX, II.

Page 580.

a. ce qui permit à *[un blanc]* de soutenir *ms. Nous adoptons la correction de Clarac et Ferré* ◆◆ *b.* sur un ton [de fausset et *add. interl.*] de proclamer son génie et présenta *ms. Comme Clarac et Ferré, nous supprimons* de proclamer son génie . ◆◆ *c.* paraît qu'elle est [morte *add. interl.*] dans la dernière *ms. L'addition interlinéaire n'est pas de la main de Proust. Nous ne la reproduisons pas pour tenir compte du contexte chronologique.*

1. Langue universelle inventée en 1879 par l'Allemand Johann-Martin Schleyer (1831-1912), le volapük fut assez florissant pendant une dizaine d'années, avec vingt-trois journaux rédigés en volapük en 1889, et environ trois cents sociétés de propagande. La pratique en fut ensuite abandonnée au profit de l'esperanto, et le mot seul subsista, avec une nuance de dérision.

2. Guy-Crescent Fagon (1638-1718) fut médecin de Louis XIV de 1693 à la mort du roi. Proust doit peut-être à Saint-Simon l'appréciation élogieuse qu'il formule à son sujet. En effet, le mémorialiste lui rend un hommage d'autant plus significatif que Fagon était une créature de Mme de Maintenon : « Fagon était un des beaux et des bons esprits de l'Europe, curieux de tout ce qui avait trait à son métier, grand botaniste, bon chimiste, habile connaisseur en chirurgie, excellent médecin et grand praticien [...]. Il aimait la vertu, l'honneur, la valeur, la science, l'application, le mérite, et chercha toujours à l'appuyer sans autre cause ni liaison. [...] Il était l'ennemi le plus implacable de ce qu'il appelait charlatans, c'est-à-dire des gens qui prétendaient avoir des secrets et donner des remèdes [...]. À son avis il n'était permis de guérir que par la voie commune des médecins reçus dans les facultés, dont les lois et l'ordre lui était sacrés » (*Mémoires*, éd. Yves Coirault, Bibl. de la Pléiade, 1983, t. I, p. 108-109).

Page 581.

a. Ms. donne pics *; comme à la page 345, nous corrigeons en « piques ».*

1. Voir l'Esquisse LXIII, p. 949-953.

1. En fait Proust a omis de biffer la fin de ce passage, depuis « et répondit ».

Page 582.

a. sans doute par ce besoin *ms. Nous adoptons la correction de Clarac et Ferré.* ◆◆ *b.* pas du tout ce qu'elle *[p. 580, 2e §, 22e ligne]* fait. » [Du reste *[...]* pour me rendre *[p. 580, 2e §, 5e ligne en bas de §]* compte. *add. marg.*] Elle me disait [...] excepté *[p. 580, 2e §, dernière ligne]* un vers ! D'ailleurs je vous[1] dirai que bien entendu je ne l'ai entendue que très peu, sur sa fin, ajouta-t-elle pour se rajeunir, mais on m'a dit qu'autrefois ce n'était pas mieux, au contraire. [Mais je me *[p. 580, dernier §, 1re ligne]* rendais *[...]* consacré un *[p. 581, 3e ligne]* génie. *add. marg.*] [Il ne faut *[...]* sortait pas du *[p. 581, 2e §, dernière ligne]* monde. *add. marg.*] [On peut dire[2] *[...]* choses fort *[p. 581, 3e §, 6e ligne]* ordinaires. [Mme de Guermantes *[...]* une Guermantes *[p. 582, 1er §, dernière ligne]* déclassée. *add. marg.*] Mais puisque [...] énormément de *[p. 582, 2e §, 8e ligne]* bêtises. [Certes, à *[...]* arrivait que *add. marg.*] Cette[3] parole *ms.*

Page 583.

a. « Comme elle est bête ! » *Après ces mots, on trouve dans le manuscrit une série d'additions manuscrites, marginales et sur paperole (depuis* La duchesse *jusqu'à* de la survivance *[p. 589, 1er §, dernière ligne]).* ◆◆ *b.* La duchesse, *[2e §, 1re ligne]*, d'ailleurs, [...] et de Basin. *add. marg. (voir var. a de cette page).*

1. On trouve, au verso du folio 8 du cahier « d'ajoutages » 60, cette note de Proust : « Mme de Guermantes à la fin dira d'un artiste : "C'est le côté fange qui me gêne." »

Page 584.

1. Proust cite doublement le poème « 15 février 1843 » (*Les Contemplations*, IV, II, Bibl. de la Pléiade, *Œuvres poétiques*, t. II, p. 642), deux quatrains adressés par Hugo à sa fille Léopoldine, le jour de son mariage : *Aime celui qui t'aime, et sois heureuse en lui. / — Adieu ! — Sois son trésor, ô toi qui fus le nôtre ! / Va, mon enfant béni, d'une famille à l'autre. / Emporte le bonheur et laisse-nous l'ennui ! / Ici, l'on te retient ; là-bas, on te désire. / Fille, épouse, ange, enfant, fais ton double devoir. / Donne-nous un regret, donne-leur un espoir, / Sors avec une larme ! entre avec un sourire !*

2. Dans *Le Côté de Guermantes II*, t. II de la présente édition, p. 743, la duchesse affirme le contraire.

1. Nous ne donnons pas, dans la version définitive, le passage qui commence par ces mots et qui va jusqu'à « au contraire » car il est repris, légèrement modifié, dans l'addition marginale qui précède.

2. On trouve dans le manuscrit deux versions du passage compris entre « On peut dire » et « ordinaires ». Nous suivons la seconde, plus complète.

3. Proust a omis de corriger « Cette » en « cette » et trois lignes plus loin de corriger « scintillait » en « scintillât ».

Page 585.

1. M. de Bréauté serait-il le « demi-dieu aquatique ayant pour crâne un galet poli [...] et pour regard un disque en cristal de roche » (*Le Côté de Guermantes I*, t. II de la présente édition, p. 340) ?

Page 586.

1. Nous n'avons, en effet, pas trouvé de publicité après 1914 pour ces pastilles recommandées contre la toux et très répandues avant la guerre.

Page 587.

1. Les naïvetés de Mme de Varambon sont empruntées par Proust à la baronne de Galbois (1828-1896), lectrice de la princesse Mathilde, célèbre pour la niaiserie réjouissante de sa conversation : « Mme de Galbois, écrit Goncourt, le 26 décembre 1883, n'ouvre la bouche que pour dire des imbécilités » (*Journal*, Fasquelle-Flammarion, 1956, t. III, p. 295). Proust, sans la nommer, a mis en scène Mme de Galbois dans son article du *Figaro* du 25 février 1903, « Un salon historique. Le salon de S.A.I. la princesse Mathilde » (*Essais et articles*, éd. citée, p. 445).

Page 588.

1. Voir *Le Côté de Guermantes II*, t. II de la présente édition, p. 883 ; et *Sodome et Gomorrhe II*, t. III, p. 120.

Page 589.

a. Je ne peux pas *[p. 583, 3e §, 1re ligne]* vous [...] chose que les *[p. 586, 1er §, dernière ligne]* Guermantes. Je ne saurais[1] pas [...] chez elle *[p. 587, 2e §, dernière ligne]*, n'est-ce pas ? » Peut-être la personne[2] qui me dit cela avait-elle mal compris, ou bien la duchesse elle-même croyait-elle que j'avais connu Swann. J'aurais pu dire comme Gilberte pour le prince d'Agrigente : « Non, c'était un de nos voisins de campagne ; du reste, il venait souvent nous voir après le dîner. Il me rappelle Combray. » Ce n'était pas seulement le côté Guermantes que je voyais en lui, mais un autre Swann, beaucoup de Swann ; à la vérité, un jour je revoyais l'un, un jour l'autre *[interrompu]* Le passé *[p. 587, 3e §, 1re ligne]* s'était [...] pour moi, de *[p. 588, 1er §, dernière ligne]* discontinuité[3]. Je dis à la

1. Le passage qui commence par ces mots et qui va jusqu'à « un jour l'autre » est de la main de Céleste Albaret (voir n. 2 de cette variante).

2. Nous ne donnons pas, dans la version définitive, le passage qui commence par ces mots et qui va jusqu'à « un jour l'autre » en raison de son double emploi (voir p. 586) et de son inachèvement.

3. On trouve après ce mot cette note biffée de Proust : « capitalissime (visite à Glisolle) », Glisolle étant le château du duc de Clermont-Tonnerre.

duchesse de Guermantes[1] : « Cela [...] survivance. *add. sur paperole*[2]] Si les *ms.* ◆◆ *b.* « comme elle est *[p. 583, 1er §, dernière ligne]* bête ! » [La duchesse *[...]* de la survivance. *add. marg. et sur paperole*] *[7 lignes biffées*[3]*]* [Si les jugements *[...]* complètement que *corr. marg.*] Rachel perdu *ms. (voir la var. a, p. 583).*

1. Voir *Sodome et Gomorrhe II*, t. III de la présente édition, p. 135-136.

Page 590.

1. La carrière de Maeterlinck s'inscrit en effet entre ses premières pièces symbolistes, réservées à un public restreint (*Les Aveugles*, 11 décembre 1891 ; *Pelléas et Mélisande*, 17 mai 1893) et, vingt ans plus tard, le prix Nobel de littérature (1911).

Page 591.

a. maintenant les fils de l'illustre Berma *ms. Nous adoptons la correction de Clarac et Ferré.* ◆◆ *b.* enviée *lecture conjecturale.*

Page 592.

a. un paquet de *[p. 590, 4e ligne en bas de page]* nerfs. » [Mais est-ce que vous ne croyez pas, dis-je à la duchesse, que ce soit pénible à Mme de Saint-Loup d'entendre l'ancienne maîtresse de son mari. Je vis se former[4] dans le visage de Mme de Guermantes cette barre oblique qui relie, par des raisonnements toujours inexprimés ce que nous venons de dire à des pensées désagréables. Presque toutes les choses graves que nous disons ne reçoivent pas de réponse ni verbale ni écrite. On ne reçoit *biffé*] [À ce moment [...] qu'elles jouaient. *add. marg.*[5]] Robert agissait[6] peut-être assez cruellement. Il n'était pas facile de prendre devant Mme de Guermantes la défense de la fille d'Odette car la manière nouvelle dont la duchesse m'avait dit être trompée, c'était la manière dont le duc la trompait, si extraordinaire que cela pût paraître à qui savait l'âge d'Odette, avec Mme de Forcheville. La vie *ms.*

1. On trouve après ces mots, cette note de Proust : « Peut-être en lui disant que Bloch croyait que c'était l'ancienne princesse de Guermantes ».
2. Voir var. *a*, p. 583. Cette paperole est constituée de feuillets arrachés du Cahier 74, dit « Babouche », où subsiste, au folio 142, leur introduction.
3. Ces lignes sont reprises, avec de légères modifications, dans la correction marginale.
4. Ce passage est repris plus loin (début de la page 604).
5. Cette addition constitue la deuxième partie de l'épisode concernant la Berma (pour la première partie, voir var. *a*, p. 576).
6. Le passage qui commence par ces mots et qui va jusqu'à « avec Mme de Forcheville » n'est pas biffé dans le manuscrit mais est séparé de la suite du texte par un espace blanc.

1. La définition permet peut-être à l'auteur de ne pas prendre sa chronologie romanesque très au sérieux. On le voit, dans cette partie du manuscrit (Cahier XX, f° 84 r°), évoquer, à propos de Mme de Forcheville, non plus l'Exposition de 1878, comme p. 526, mais celle de 1867 !

Page 593.

a. débuts de cette *[p. 592, 8e ligne en bas]* liaison. [Quand on pensait *[...]* son mari[1]. *add. marg.*] Mais celle-ci avait *ms. Nous remplaçons* celle-ci *par* cette liaison *en raison de l'addition marginale.*

Page 594.

a. heureuse de *[p. 593, 1er §, avant-dernière ligne]* prévaloir. [Cette liaison *[...]* désocialiser. *add. marg.*[2]] Jusqu'à sa mort Saint-Loup y[3] avait fidèlement mené sa femme *ms.*

1. Le portrait du duc de Guermantes vieilli fut inspiré en 1920 par le comte d'Haussonville et diffère sensiblement du portrait esquissé p. 584. Proust avait aperçu le comte, à qui il avait consacré tant de pages en 1904 (voir n. 2, p. 307, et n. 1, p. 546), à une soirée de gala donnée à l'Opéra, le 4 mai 1920 : « Je l'ai à peine entrevu (et lui ne m'a pas vu), mais il m'a semblé que les années avaient donné à sa tête, sans en modifier la cambrure, une majesté qu'elle n'avait pas à ce degré » (lettre à Mme Straus du 5 ou 6 mai 1920, datée, par erreur, du 20 avril dans la *Correspondance générale*, éd. citée, t. VI, p. 234-235). *Le Figaro* du 5 mai donne d'abondants détails sur cette soirée organisée par le Comité d'aide aux Russes réfugiés. Le programme comprenait en sixième et dernière partie « *Schéhérazade*, ballet de Léon Bakst et Michel Fokine, musique de Rimski-Korsakov, dansé par Mme Ida Rubinstein et les artistes des ballets russes. » Le président de la République, les ambassadeurs des États-Unis, d'Espagne, d'Italie assistaient à la représentation commencée à huit heures précises. *Le Figaro* note aussi la présence du comte Robert de Montesquiou, de la princesse Edmond de Polignac, du comte d'Haussonville, mais non celle de Proust, qui, arrivé à dix heures seulement, a jugé le spectacle « absurde » et « affreux » (lettre citée).

1. L'insertion de cette addition marginale n'a pas été indiquée par Proust ; nous la plaçons entre parenthèses.

2. Cette addition est de la main de Proust, le texte, depuis « la cuisine qu'il aimait » *[p. 593, 17e ligne]* jusqu'à « duc de Chartres » *[p. 596, 2e ligne]*, de la main de Céleste Albaret.

3. C'est-à-dire chez Odette, ce qui était plus clair avant l'addition marginale précédente.

Page 595.

a. dédains, disait du *[p. 594, 2ᵉ §, dernière ligne]* mal. [Le vieux duc *[...]* qu'auguste, suppliant. *add. marg. et sur paperole*] Ne pouvant *ms.*

Page 596.

a. du duc de *[p. 596, 2ᵉ ligne]* Chartres. [Ainsi, dans le *[...]* plus impossible. *add. marg.*] Par moments, *ms.*

Page 597.

1. Il s'agit ici de la déchéance des vieillards, illustrée par la métamorphose involontaire du Guermantes jovien en l'un de ces vieillards bernés que Molière nomme Géronte dans *Le Médecin malgré lui* ou *Les Fourberies de Scapin*. La métamorphose de Jupiter, amant d'Alcmène dans *Amphitryon*, n'a, elle, rien de dégradant, puisqu'elle est voulue pour la satisfaction triomphante d'un caprice amoureux.

Page 598.

a. Champs-Élysées, M. de [Forcheville *biffé*] [Bréauté *corr. interl.*] que *ms.*

1. Voir *Du côté de chez Swann*, t. I de la présente édition, p. 284-287. Ces coupes transversales, déformées par le temps, soulignent la « leçon d'idéalisme » (voir n. 1, p. 445) ; voir déjà p. 584 et n. 2.

Page 599.

1. Telle est la conclusion d'« Un amour de Swann » ; voir *Du côté de chez Swann*, t. I de la présente édition, p. 375.

Page 600.

a. ne savait pas les *[p. 597, 1ᵉʳ §, dernière ligne]* jouer. [Et de fait *[...]* lois de sa vie. *add. marg.*[1] *et sur paperole*] [Celui-ci *biffé*] [M. de Guermantes *corr. marg.*] ne gardait [...] irritée de M. de Guermantes. Aussi *ms. Nous corrigeons* attention irritée de M. de Guermantes *par* attention irritée de celui-ci *en reprenant le mot biffé.*

1. Voir *Du côté de chez Swann*, t. I de la présente édition, p. 174.

Page 601.

1. Voir *À l'ombre des jeunes filles en fleurs*, t. I de la présente édition, p. 629 et n. 2.

1. Voir var. *a*, p. 598.

2. Ces « habits noirs », l'après-midi, sont un vestige de l'état antérieur où la « matinée » était une « soirée » (voir la Notice, p. 1146).

3. Voir n. 1, p. 602.

4. Voir *Du côté de chez Swann*, t. I de la présente édition, p. 325-347.

Page 602.

1. Selon le célèbre *Portrait de madame Récamier* (1802, Musée Carnavalet), par François Gérard.

2. Proust a donné à Oriane la haine du style Empire dans *Du côté de chez Swann* (voir t. I de la présente édition, p. 333).

3. *Sonate en la majeur pour piano et violon*, *opus* 47, de Beethoven.

Page 603.

a. contemptrice *[p. 601, 3ᵉ ligne]* de la mondanité. [Tout en me parlant *[...]* changer de pièce. *add. marg.*] *[quelques lignes biffées]* [« Oui, comment ces riens-là peuvent-ils intéresser un homme de votre mérite ? *corr. marg.*] C'est comme *ms.* ↔ *b.* Vous m'en direz des nouvelles *C'est après ces mots que devait s'insérer le béquet qui porte l'addition qui va depuis* Elle me vanta *[2ᵉ §, 1ʳᵉ ligne] jusqu'à* cherchait à les attirer. » *[3ᵉ ligne en bas de page] Nous le déplaçons de quelques lignes pour des raisons de sens.*

1. C'est la seule allusion à Ravel dans *À le recherche du temps perdu.* La seule œuvre de Ravel avec violon que Proust a pu connaître est le *Trio en la mineur pour piano, violon et violoncelle* (1914). Ravel est également l'auteur d'une *Sonate pour violon et violoncelle* (1920-1922) composée à la mémoire de Debussy. Mais il ne semble pas que cette œuvre ait été jouée du vivant de Proust.

2. Dans *Les Plaisirs et les Jours*, Proust évoque, sur le piano de M. de Saussine, « quelques cahiers encore ouverts de Haydn, de Haendel ou de Palestrina », alors que les opéras de Wagner, les symphonies de Franck ou de d'Indy sont mis « au rancart », ce qui date les fluctuations de la mode musicale (éd. citée, p. 52). Depuis la création de la Schola cantorum, de grandes éditions musicologiques faisaient redécouvrir les compositeurs pré-classiques les plus importants.

3. Gilberte a tenu précédemment le même propos au narrateur (voir p. 562). Née Swann, Gilberte rejoint psychologiquement la duchesse de Guermantes ; de même, le vieux duc de Guermantes a pris l'apparence de son frère Charlus, mais non son rôle tragique de vieux roi Lear, puisqu'il finit en risible Géronte (p. 597 et n. 1).

4. Mme Meredith Howland, née Adelaïde Torrance, était connue pour les réceptions élégantes qu'elle donnait en son hôtel, 24 *bis*, rue de Berry (*Correspondance*, t. IV, note de Ph. Kolb, p. 225). Proust lui avait dédié, dans *La Revue blanche* du 15 septembre 1893, « Mélancolique villégiature de Mme de Breyves », repris dans *Les Plaisirs et les Jours* (éd. citée, p. 66 et suiv.).

Page 604.

a. par votre prénom. [Louis XIV lui-même, si l'historiette contée par Saint-Simon est vraie, ne dit rien de désagréable à Racine quand celui-ci parla de Scarron, il continua de causer comme si rien ne s'était passé, mais une fois le poète parti il ne le revit jamais[1]. *biffé*] Mon allusion à la liaison de Saint-Loup avec Rachel n'avait rien de si grave[2] *ms.*

Page 605.

a. que j'avais pu supposer, elle [conduisit vers moi une ravissante jeune fille et, me la désignant : « Permettez-moi de vous présenter ma fille, dit-elle. *biffé*] [me dit : *corr. interl.*] Si vous *ms.*

Page 606.

a. niveau où elle *ms. Nous adoptons la correction de Clarac et Ferré.* ↔ *b.* amie pour *[p. 605, 2e §, dernière ligne]* vous. » [Je lui demandai *[...]* que cela comme *[p. 606, 8e ligne de la page]* famille ; et on croyait *[...]* privilèges. *add. marg.*] L'étonnement *ms. La dernière partie de l'addition depuis* et on croyait *est partiellement illisible, sa lecture en est donc conjecturale.*

1. La phrase ne paraît pas construite.

Page 607.

a. m'avait causé tant de *[16e ligne de la page]* chagrins. [*[quelques lignes peu lisibles] corrigé dans l'interligne et dans la marge en* C'était du reste *[...]* à l'opposé qu'ils fussent les *[un mot manquant]*] tenaient *ms. Nous restituons* Verdurin , *qui figurait dans la première rédaction.*

1. C'est pour retrouver la jeune Mme de Cambremer, née Legrandin, que Swann quitte Paris à la fin d'« Un amour de Swann » (*Du côté de chez Swann*, t. I de la présente édition, p. 374).

2. *Que peu de temps suffit pour changer toutes choses ! / Nature au front serein, comme vous oubliez ! / Et comme vous brisez dans vos métamorphoses / Les fils mystérieux où nos cœurs sont liés !* (Victor Hugo, *Les Rayons et les Ombres*, « Tristesse d'Olympio » Bibl. de la Pléiade, *Œuvres poétiques*, t. I, p. 1095).

3. Cette récapitulation d'une vie, composée d'allusions à tous les volumes précédents, est le point culminant de toutes les « transversales » pratiquées dans *Le Temps retrouvé.*

Page 608.

a. choix des *[p. 607, avant-dernière ligne]* communications. [On peut dire *[...]* épousé un Guermantes. *add. marg.*] Nous ne pourrions *ms. Au-dessous de l'addition marginale, on trouve cette note de Proust :* Remettre

1. On trouve à cet endroit, dans la marge, cette note de Proust : « Déjà dit pour Swann et Odette dans *À l'ombre des jeunes filles en fleurs.* »

2. Cette phrase renvoie à l'allusion biffée.

ces quelques lignes plutôt au moment des Étoiles et quand cette fête est une horloge astronomique. *(voir p. 606, 2e §, 7e ligne)*

1. « Une des choses que je cherche en écrivant (et non à vrai dire la plus importante), c'est de travailler sur plusieurs plans, de manière à éviter la psychologie plane » (lettre à Jacques Rivière, 29 ou 30 avril 1919, M. Proust-J. Rivière, *Correspondance*, éd. citée, p. 52).

2. On consultera (*Contre Sainte-Beuve*, éd. citée, p. 557-559) l'interview accordée par Proust à Élie-Joseph Bois dans *Le Temps* du 13 novembre 1913. Bien que Proust n'ait pas été entièrement satisfait des termes dans lesquels étaient reproduits ses propos (voir la *Correspondance*, t. XII, lettres à Gaston Calmette du 12 novembre 1913, p. 308 et à Louis de Robert « vers le 15 novembre 1913 », p. 315), les idées exprimées dans cette interview sont assez voisines des conclusions esthétiques du *Temps retrouvé*.

Page 609.

1. Voir *Du côté de chez Swann*, Esquisse LXXV, t. I de la présente édition, p. 939 : « Ne pas oublier : Statue de ma jeunesse (Simone). » Il s'agit de Simone de Caillavet (1894-1968), qui épousera André Maurois. Elle était la fille de Jeanne Pouquet et de Gaston de Caillavet. Dans une lettre à Jeanne de Caillavet du 14 avril 1908, Proust exprime l'admiration que lui inspire l'adolescente et vante chez elle « les prodigieux raccourcis d'intelligence d'un regard ou d'une exclamation » (*Correspondance*, t. VIII, p. 91).

2. Les réflexions du narrateur sur le travail qu'il lui reste à accomplir et sur « l'aiguillon » du Temps rappellent maints passages de la correspondance de Proust, à partir de 1907 : par exemple, à Lucien Daudet, février 1907 (*Correspondance*, t. VII, p. 59-60) ; à Georges de Lauris, 8 novembre 1908 et décembre 1908 (t. VIII, p. 286 et 316). Le 16 octobre 1909, il annonce à Lucien Daudet qu'il va « vivre sous cloche » jusqu'à ce qu'il ait terminé l'œuvre commencée (t. IX, p. 200). Le même mois d'octobre 1909, il évoque, pour Mme de Noailles, la vie à laquelle il s'est condamné : « J'ai commencé à travailler. Et jusqu'à ce que mon travail soit fini, poursuivi, malgré ce formidable obstacle de santé contraire et toujours interrompu, dans le désir enfin de mettre assez de moi en quelque chose pour que vous puissiez un peu me reconnaître et m'estimer, je ne veux pas risquer les moindres fatigues qui, dans mon état devenu si précaire, sont de grands dangers » (*ibid.*, t. IX, p. 196). On trouve des déclarations analogues dans une lettre à Georges de Lauris de novembre 1909 (t. IX, p. 218). À la fin d'octobre 1912, Proust écrit encore à Louis de Robert, auteur du *Roman du malade* (Fasquelle, 1911) : « Vous qui avez été malade vous pouvez comprendre ce que c'est que de se dire toujours qu'on aura achevé demain et de rester des mois sans pouvoir tenir une plume ; et la peur de ne pas avoir le temps de finir » (*ibid.*, t. XI, p. 252). Parmi beaucoup d'autres

témoignages, une lettre à Robert Dreyfus du 3 février 1907 nous révèle une manière de travailler qui ne changera guère, depuis la rédaction de « Sentiments filiaux d'un parricide » (*Pastiches et mélanges*, éd. citée, p. 150-159) jusqu'aux corrections du manuscrit autographe (voir la Notice, p. 1172) du *Temps retrouvé*, en passant par la correction des épreuves des volumes intermédiaires : « Calmette m'a demandé cet article mercredi matin par une lettre que je n'ai lue à cause d'une crise que mercredi à dix heures du soir. Je me suis reposé jusqu'à deux heures du matin sans penser à l'article. À trois heures je me suis levé, je l'ai aussitôt commencé et je l'ai écrit sans brouillon, sur les feuilles que le *Figaro* a eues, jusqu'à huit heures. Comme il n'était pas fini et que j'avais trop mal à la main (déshabituée d'écrire), au quatrième doigt replié, pour continuer, je me suis couché disant qu'on m'éveille dans la journée pour le finir. Mais [...] je me suis senti dans un tel malaise que j'ai renoncé à finir l'article et je l'ai envoyé non fini pour paraître tel quel, sans l'avoir relu. À onze heures du soir on m'a apporté les épreuves à corriger qu'il fallait renvoyer à minuit, j'ai voulu commencer à les corriger. Mais alors j'ai eu l'idée d'une fin assez bien vraiment. Comme il n'y avait pas le temps de tout faire, j'ai préféré renoncer à les corriger et j'ai écrit au-dessous ma fin » (*ibid.*, t. VII, p. 62).

3. Pour les comparaisons, voir les additions à « L'Adoration perpétuelle », Esquisse LIX, p. 940-941.

Page 610.

a. comparaisons ; car *[p. 609, 5ᵉ ligne en bas de page]* cet écrivain *[trois lignes illisibles biffées]* [qui d'ailleurs *[...]* préparer *[p. 609, 3ᵉ ligne en bas de page]* son *corr. interl.*] livre minutieusement, [...] supporter comme une *[p. 609, dernière ligne]* fatigue [, y montrer les faces les plus opposées d'un caractère pour faire sentir son volume comme d'un solide *add. interl.*] l'accepter *ms. Nous ne reprenons pas l'addition interlinéaire* y montrer [...] solide *qui est en fait quasiment semblable à la correction interlinéaire située quelques lignes plus haut.*

1. Proust emploie souvent la comparaison avec un enfant quand il pense à son roman. En 1908, les esquisses préliminaires évoquent les premières sensations de la maternité : « Le travail nous rend un peu mères. Parfois me sentant près de ma fin, je me disais, sentant l'enfant dans mes flancs, et ne sachant pas si je réunirais les forces qu'il faut pour enfanter, je lui disais avec un triste et doux sourire : « Te verrai-je jamais ? ? » (*Carnet I*, f° 16 v°). L'image est modifiée en 1912 : « J'ai tellement l'impression qu'une œuvre est quelque chose qui sorti de nous-même, vaut cependant mieux que nous-même, que je trouve tout naturel de me démener pour elle, comme un père pour son enfant » (lettre à Mme Straus du 10 novembre 1912, *Correspondance*, t. XI, p. 293).

2. C'est la réponse de Proust à l'article où Paul Souday (*Le Temps*, 1ᵉʳ janvier 1920) formulait des réserves quant à ses analyses de l'amour : « Je crois que votre antisubjectivisme est juste *pour vous*,

parce que vous avez rencontré un être d'exception et que Mme Souday expliquait trop pourquoi vous aviez fait "chanter votre rêve", comme elle le sien [...]. Vous avez le droit d'être optimiste et objectiviste. Le romancier a le devoir d'être pessimiste et phénoméniste » (1er janvier 1920, *Correspondance générale*, éd. citée, t. III, p. 75).

Page 611.

a. Françoise me dirait *[2e §, 8e ligne]*, en [...] meilleures étoffes. » *Le passage compris entre ces mots figure plus loin dans le manuscrit — au folio 122. Comme Clarac et Ferré, nous le plaçons après* carreau cassé ? *mais en l'intégrant au texte.*

Page 612.

a. nos plus grandes craintes, comme espérances *ms. Nous adoptons la correction de Clarac et Ferré.* ◆◆ *b.* Cependant Mlle de Saint-Loup *[p. 609, 4e ligne de la page]* était devant moi. [Elle avait les yeux *[...]* connu son *[p. 609, 1er §, dernière ligne]* père. *1re add. marg.*] [Je fus frappé *[...]* décisif coup de *[p. 609, 2e §, 9e ligne]* ciseau. *2e add. marg.*[1]] Je la trouvais [...] ressemblait à ma *[p. 609, 2e §, avant-dernière ligne]* Jeunesse. [Enfin cette idée *[...]* justifiait l'anxiété *add. collée sur une première rédaction biffée*] qui s'était *ms. (voir var. a, p. 610 et a, p. 611).*

1. L'origine de la comparaison remonte à 1909 ; elle se trouve dans la lettre que l'auteur adresse, le 12 juillet, à Céline Cottin, la félicitant sur son excellente cuisine : « Je voudrais bien réussir aussi bien que vous ce que je vais faire cette nuit, que mon style soit aussi brillant, aussi clair, aussi solide que votre gelée — que mes idées soient aussi savoureuses que vos carottes et aussi nourrissantes et fraîches que votre viande. En attendant d'avoir terminé mon œuvre, je vous félicite de la vôtre » (*Correspondance*, t. IX, p. 139).

2. Voir *À l'ombre des jeunes filles en fleurs I*, t. I de la présente édition, p. 450.

Page 613.

a. était-il temps *[p. 612, 2e §, 6e ligne]* encore [n'était-il pas trop tard ? Certes la maladie m'avait rendu service en me faisant, comme un rude directeur de conscience, renoncer au monde. « En vérité je vous le dis, si le grain de froment ne meurt après qu'on l'a semé, il restera seul, mais s'il meurt il portera beaucoup de fruits. » *biffé*] Seulement une condition de mon œuvre telle que je l'avais conçue tout à l'heure dans la bibliothèque était l'approfondissement d'impressions qu'il fallait d'abord recréer par la mémoire. Or celle-ci était usée. [et même étais-je encore en *[p. 612, 2e §, 6e ligne]* état ? *[...]* relèvera pas. *1re corr. marg.*] [D'abord du moment *[p. 612, 3e §, 1re ligne]* que *[...]* pour l'esprit. *2e corr. marg.*]

1. En fait la place de cette addition marginale n'a pas été indiquée par Proust.

La vie *ms.*[1] *Nous plaçons, pour des raisons de sens, le passage non biffé par Proust qui va depuis* Seulement une condition *jusqu'à* était usée *entre les deux corrections marginales.*

1. Cette « leçon » sur les rapports entre le corps et la vie spirituelle est présentée sur un ton comique dans *Le Côté de Guermantes II*, lorsque le nez du narrateur s'écrase contre la joue d'Albertine (t. II de la présente édition, p. 660-661). Pour les allusions à la santé de l'auteur vers la fin de sa vie, voir ses lettres à Mme Straus (*Correspondance générale*, éd. citée, t. VI, p. 207-238).

2. C'est ici un écho de la réponse que Proust adressa, en septembre 1921, à Gaston Gallimard, à l'occasion du centenaire de Dostoïevski. Déclinant l'invitation de donner à *La Nouvelle Revue française* un article sur l'écrivain demandé par Jacques Rivière, il commenta : « Je ne puis que répondre comme le prophète Néhémie (je crois) monté sur son échelle (et qu'on appelait pour je ne sais plus quoi) : *Non possum descendere, magnum opus facio*. Si *magnum* est pris dans un sens élogieux je ne puis l'appliquer à la *Recherche du temps perdu*. Mais s'il s'agit de longueur, Jacques ne se doute pas du travail que j'ai fourni en faisant ce livre » (*Lettres à la N.R.F.*, Gallimard, 1932, p. 174). Voir l'Esquisse LX, p. 942.

Page 614.

a. Je m'en souciais peu *[p. 613, 2*e *§, 12*e *ligne]* alors. [Maintenant je me sentais accru de cette œuvre qui palpitait en moi. Et dire que, tout à l'heure, quand je rentrerais chez moi, il suffirait d'un *[*accident *biffé]* *[*choc *corr. interl.]* pour que la voiture où je serais fût brisée, mon corps détruit, et pour que mon esprit, d'où la vie se retirerait, fût obligé de lâcher à jamais les idées qu'en ce moment il enserrait, protégeait anxieusement de sa pulpe frémissante et qu'il n'avait pas eu le temps de mettre en sûreté dans un livre. *biffé*] [Mon allégresse *[...]* pas les miennes. *corr. marg.*] Maintenant *ms. En fait Proust a omis de biffer* et qu'il n'avait pas eu le temps de mettre en sûreté dans un livre. ◆◆ *b.* moins possible pour *[7*e *ligne de la page]* cela puisque [les accidents matériels étant produits par des causes matérielles peuvent parfaitement avoir lieu au moment où des pensées fort différentes les rendent détestables *biffé*] (comme il arrive [...] et le réveille [, ou bien le soir où l'on est à bout de forces et où une crise va vous prendre si on est encore deux minutes avant de s'étendre et de prendre un médicament, une boule d'eau chaude heurtant quelque chose dans le lit se brise, l'inonde et vous retarde de deux heures pour vous coucher, *biffé*] les accidents *ms. Nous fermons la parenthèse après* et le réveille .

Page 615.

a. comme une espèce de *[p. 614, 8*e *ligne en bas de page]* mort. [Mais à force de se renouveler, cette crainte s'était naturellement changée en un calme

1. Voir var. *b*, p. 621.

confiant. *1re add. marg.*] [L'accident cérébral *[...]* aussi de moi. *2e add. marg.*] Si l'idée *ms.*

1. *Les Contemplations*, IV, « *Pauca meae* », XV, « À Villequier », Bibl. de la Pléiade, *Œuvres poétiques*, t. II, p. 660.

2. Proust touche ici à l'idée romantique de la fécondité de la souffrance ; mais, différence essentielle, elle n'est plus célébrée pour elle-même, elle n'est plus inspiratrice comme chez Musset. Par l'abnégation héroïque et quotidienne de l'écrivain, elle est seulement la condition — inéluctable — de l'enfantement des œuvres d'art. *Le Déjeuner sur l'herbe* de Manet (1862 ; Salon des Refusés, 1863, sous le titre *Plein air*), sur un thème traité par Giorgione, symbolise l'insouciance heureuse avec laquelle chaque génération esthétique s'élève sur la négation de la précédente, tout en héritant de ses expériences, avant de vivre douloureusement les siennes.

Page 616.

a. tant de dangers *[p. 615, 2e §, avant-dernière ligne]* menaçaient. [Victor Hugo *[...]* l'herbe ». *add. marg.*] J'ai dit *ms.* ◆◆ *b.* adieux à leur femme. *Le passage qui suit ces mots et qui va jusqu'à* une indigestion *[p. 620, 1er §, dernière ligne] figure sur une paperole composée de 4 feuillets collés les uns aux autres (voir var. a et b, p. 619, et var. a, p. 620).*

1. « J'ai fait aujourd'hui 5 chutes par vertige » (lettre à Jacques Rivière du début de septembre 1922, *Correspondance*, éd. citée, p. 246). « J'ai recommencé à tomber par terre à chaque pas que je fais et à ne pouvoir prononcer les mots » (lettre à Gaston Gallimard de la même période ; *Lettres à la N.R.F.*, éd. citée, p. 247).

Page 617.

1. L'expression est inexplicable. Si « en blanc » n'est pas un lapsus pour « en frac », serait-ce une formule abrégée pour « en cravate blanche » *(white tie)* ? Ou une simple allusion au plastron blanc ?

2. Voir n. 1, p. 616.

Page 618.

1. Nouvelle citation de Victor Hugo : *Et je vais suivre ceux qui m'aimaient, moi, banni. / Leur œil fixe m'attire au fond de l'infini. / J'y cours. Ne fermez pas la porte funéraire.* (*Toute la lyre*, « À Théophile Gautier »).

2. Voir, entre autres réactions incompréhensibles des premiers lecteurs, celle de Jacques Copeau, par exemple. Proust, le 22 mai 1913, le remercie d'une de ses lettres « relative au charme du souvenir » : « Comme témoignage de sympathie, elle m'a été précieuse. Mais j'ai craint que faisant allusion à des pages que vous avez lues de moi, [elle] ne contînt un malentendu. Le souvenir auquel j'attache tant d'importance n'est nullement ce qu'on appelle

généralement ainsi. L'attitude d'un dilettante qui se contente de s'enchanter du souvenir des choses eſt le *contraire* de la mienne » (*Correspondance*, t. XII, p. 179).

3. Prouſt proteſte de même, en juillet 1913, dans une lettre à Louis de Robert, qui l'avait félicité de ses analyses minutieuses : « Vous me parlez de mon art minutieux du détail, de l'imperceptible, etc. Ce que je fais, je l'ignore, mais je sais ce que je veux faire ; or j'omets (sauf dans les parties que je n'aime pas) tout détail, tout fait, je ne m'attache qu'à ce qui me semble [...] déceler quelque loi générale. Or comme cela ne nous eſt jamais révélé par l'intelligence, que nous devons le pêcher en quelque sorte dans les profondeurs de notre inconscient, c'eſt en effet imperceptible, parce que c'eſt éloigné, c'eſt difficile à percevoir, mais ce n'eſt nullement un détail minutieux. Une cime dans les nuages peut cependant, quoique toute petite, être plus haute qu'une usine voisine. Par exemple, c'eſt une chose imperceptible si vous voulez que cette saveur de thé que je ne reconnais pas d'abord et dans laquelle je retrouve les jardins de Combray. Mais ce n'eſt nullement un détail minutieusement observé, c'eſt toute une théorie de la mémoire et de la connaissance (du moins c'eſt mon ambition) non promulgué directement en termes logiques (du reſte tout cela ressortira dans le troisième volume) » (*ibid.*, p. 230-231). Voir encore, *ibid.*, p. 394, la lettre à Robert Dreyfus du 28 ou 29 décembre 1913. — Prouſt explique le sens de la comparaison dans une lettre [s.d.] à Camille Vettard, dans laquelle il définit le « sens spécial » d'où son roman eſt « sorti ». Il s'agit d'un télescope qui serait « braqué sur le temps, [...] le télescope fait apparaître des étoiles qui sont invisibles à l'œil nu. [...] J'ai tâché [...] de faire apparaître à la conscience des phénomènes inconscients qui, complètement oubliés, sont quelquefois situés très loin dans le passé. (C'eſt peut-être, à la réflexion, ce sens spécial qui m'a quelquefois fait rencontrer — puisqu'on le dit — Bergson, car il n'y a pas eu, pour autant que je peux m'en rendre compte, suggeſtion directe) » (*Correspondance générale*, éd. citée, t. III, p. 194-195). La suite de cette lettre à Vettard analyse le ſtyle d'*À la recherche du temps perdu*. Voir aussi l'image du dormeur (p. 490-491 et n. 1, p. 491). Réfutant ailleurs une certaine conception du roman d'analyse, Prouſt observe que l'expression ne lui plaît guère. « Elle a pris le sens d'étude au microscope, mot qui, lui-même, eſt faussé dans la langue commune, les infiniment petits n'étant pas du tout — la médecine le montre — dénués d'importance. Pour ma part, mon inſtrument préféré de travail eſt plutôt le télescope que le miscroscope. [...] / Pour dire un dernier mot du roman dit d'analyse, ce ne doit être nullement un roman de l'intelligence pure, selon moi. Il s'agit de tirer hors de l'inconscient, pour la faire entrer dans le domaine de l'intelligence, mais en tâchant de lui garder sa vie, de [ne pas] la mutiler, de lui faire subir le moins de déperdition possible, une réalité que la seule lumière de l'intelligence suffirait à détruire, semble-t-il » (réponse à la queſtion du journaliſte André Lang : « Quand on établit une diſtinction entre le roman d'analyse et le

roman d'aventures, cela veut-il, à votre avis, dire quelque chose, et quoi ? » ; *Les Annales politiques et littéraires*, 26 février 1922 ; recueilli dans *Essais et articles*, éd. citée, p. 640-641).

4. *Les Plaisirs et les Jours* ont paru en 1896 chez Calmann-Lévy, avec une préface d'Anatole France qui louait chez Proust « une sûreté qui surprend en un si jeune archer » (*Les Plaisirs et les Jours*, éd. citée p. 4).

Page 619.

a. L'organisation de ma mémoire *[5e ligne de la page]*, de mes préoccupations [...] ventouses. *Le manuscrit est déchiré à cet endroit et ne permet qu'une lecture partielle. La dactylographie a été établie à partir du même manuscrit déjà détérioré, puisque les lacunes qu'on peut y constater pour ce passage correspondent à la déchirure. En revanche, l'édition originale donne un texte complet, intégralement repris dans l'édition Clarac et Ferré. Faute de mieux, nous le reproduisons, en ajoutant ici notre transcription du manuscrit. Les mots entre crochets sont des restitutions hypothétiques* : L'organisation de ma mémoire, de mes préoccupations, d<emeurait> à mon œuvre, peut-être parce que, tandis que les lettres reçues étai<ent oubliées> l'instant d'après, elle était dans ma tête, toujours la même, m<êlée à mes> souvenirs. Mais elle m'était aussi devenue importune. Ell<e était pour moi comm>e un fils dont sa mère mourante trouve s<i fat>igant d'avoir à s'occuper sans cesse, entre les piqûres et les ventouses. ◆◆ *b.* les remplaçait. Mes esquisses me furent *[feuillet interrompu] /* Cette idée[1] *ms. (voir var. b, p. 616).*

1. À l'époque de profonde lassitude physique et morale, qui a suivi la mort de sa mère, Proust écrivait à Robert Dreyfus : « Un minimum de bien-être physique est nécessaire non seulement pour travailler mais même pour recevoir des impressions poétiques du monde extérieur. Et quand le malaise cesse une seconde et qu'elles se produisent, alors on en jouit comme d'un plaisir de convalescent sans que les forces occupées incessamment à réparer les ravages du mal, puissent être détournées et disponibles pour l'incarnation de ce qu'on a senti » (lettre du 12 ou 13 juin 1906, *Correspondance*, t. VI, p. 115).

Page 620.

a. adieux à leur *[p. 616, 2e §, dernière ligne]* femme. [Et en effet *[...]* indigestion. *add. sur paperole*] Moi, *ms. (voir var. b, p. 616).*

1. Voir l'Esquisse LXI, p. 944. C'est à Sheriar que Shéhérazade raconte les histoires des *Mille et Une Nuits*, gage de sa vie nuit après nuit. Proust aimait se comparer aux personnages des *Mille et Une Nuits*. Voir sa lettre à Gaston Calmette, du 14 juin 1906, le remerciant de l'article d'André Beaunier, dans *Le Figaro* du même jour, sur *Sésame et les Lys* (*Correspondance*, t. VI, p. 117).

1. Début d'un nouveau feuillet.

2. « Je n'ai, naturellement, pas l'idée folle de croire que je suis au niveau de l'homme de génie qui a écrit les *Mémoires*. Je sais trop les milliers de mètres qui me séparent de son altitude. Mais, dans les choses où Saint-Simon est sommaire, je crois qu'un autre écrivain remplit son devoir en tâchant d'approfondir. Je ne sais si je ne vous ai pas déjà dit ce qui m'avait poussé à écrire comme un pensum tant de répliques de la duchesse de Guermantes et à rendre cohérent, toujours identique, l'esprit des *Guermantes*, c'était la déception que j'avais eue en voyant Saint-Simon nous parler toujours de "l'esprit de Mortemart" [...] de ne pas trouver [...] la plus légère indication qui permît de savoir en quoi consistait cette singularité du langage propre aux Mortemart » (lettre à Paul Souday du 17 juin 1921, *Correspondance générale*, éd. citée, t. III, p. 94-95).

Page 621.

a. aime qu'en le *[p. 620, 3e ligne en bas de page]* renonçant. [Sans doute *[...]* hommes. *add. marg.*] Ce serait *ms.* ↔ *b.* « Est-il encore *[3e §, 1re ligne]* temps ? » mais [...] forces de ma mémoire. *ms. Voir, pour ce passage, la variante a de la page 613.*

1. Il est probable que Proust songe ici à Balzac, qui se flattait d'être l'auteur des « Mille et Une Nuits de l'Occident » (Introduction, par Félix Davin, aux *Études philosophiques* ; Balzac, *La Comédie humaine*, Bibl. de la Pléiade, t. X, p. 1217. Voir aussi le début de *Facino Cane* (*ibid.*, t. VI, p. 1019).

2. « Mourir au monde », dans le sens de « renoncer pour toujours à », est du langage de la dévotion — d'où « directeur de conscience ». Littré en cite plusieurs exemples chez Pascal, Fléchier, Massillon. On rapprochera de cette phrase un développement du Carnet I : « Peut-être dois-je bénir ma mauvaise santé, qui m'a appris par le lest de la fatigue, l'immobilité, le silence, la possibilité de travailler. Les avertissements de mort. Bientôt tu ne pourras plus dire tout cela. La paresse ou le doute ou l'impuissance se réfugiant dans l'incertitude sur la forme d'art. [...] Mais je sens qu'un rien peut briser ce cerveau » (ffos 10 vo-11 ro).

3. Ce passage s'inspire de la note préliminaire de 1908 : « Influence de la volonté, etc., et de la croyance, sur la santé, sur l'âge, sur le bonheur, sur les conditions de travail, sur l'inspiration, sur l'âge du génie » (*ibid.*, fo 6 ro).

4. Évangile selon saint Jean, XII, 24.

Page 622.

a. sensibilité, ou [selon *biffé*] [quand *corr. interl.*] la [sécurité *biffé*] sérénité de notre *ms. Comme Clarac et Ferré, nous complétons cette correction.*

Page 623.

a. quand il se *[7e ligne de la page]* déplace. [D'ailleurs, que *[...]* si fort en relief, *add. marg. et sur paperoles*] [Et *corrigé dans l'interligne en* C'est qu'] à ce moment *ms.*

Page 624.

a. j'étais obligé de redescendre. *ms. Reprise du folio 21 de la dactylographie du « Temps perdu » :* Hélas ! leur vue me ferait bien mal aujourd'hui, car c'est dans un passé presque aussi profond que celui-là, dans mon enfance, qu'elle me ferait descendre. ↔ *b.* de moi, puisque [ce passé m'était intérieur que je pouvais comme en de longues galeries retourner jusqu'à lui *biffé*] cet instant ancien tenait encore à moi, que je pouvais encore [le *biffé*] retrouver [sans *[*me quitter moi *biffé]* sortir de moi *biffé en définitive*] [retourner jusqu'à *corr. interl.*] lui [sans être oblig<é> *biffé*] rien *ms. Nous restituons* le *biffé qui précède* retrouver. ↔ *c.* mais qui finiront *ms. Nous adoptons la correction de Clarac et Ferré.* ↔ *d.* j'entendais [la sonnette *corrigé dans l'interligne en* le bruit de la sonnette] du jardin *ms.*[1] *En fait Proust a omis d'ajouter* de la *devant* sonnette. *Comme Clarac et Ferré, nous complétons cette correction.*

Page 625.

a. comme je le pouvais *[p. 624, 2e §, 8e ligne]* avec lui. [La date *[...]* tant *[p. 624, 2e §, dernière ligne]* d'années. *add. marg.*] [Je venais en effet de comprendre pourquoi *[*M. de Montmorency *biffé]* *[*le prince de Guermantes *corr. interl.*] qui avait encore bien plus d'années au-dessous de lui que moi, vacillait comme je l'avais vu faire tout à l'heure quand il essayait de se tenir debout, comme si les hommes étaient juchés comme sur de vivantes échasses qui grandissant sans cesse finissaient par leur rendre la marche difficile et périlleuse, et d'où tout d'un coup ils tombaient. *biffé en définitive*[2]] [Je venais de comprendre *[...]* d'un coup ils *[p. 625, 8e ligne de la page]* tombaient. *corr. sur papier collé*] [(Était-ce pour *[...]* nuage.) *add. marg.*] je m'effrayais *ms.* ↔ *b.* descendait déjà si loin. *Ces mots figurent sur le folio 124 du manuscrit. La phrase qui suit, et qui constitue la fin du « Temps retrouvé », présente plusieurs essais biffés par Proust. En voici le texte :* [Du moins *biffé*] [Aussi *corr. interl.*] [si elle m'était[3] laissée assez longtemps pour accomplir mon œuvre, je ne manquerais pas de la marquer au sceau de ce Temps dont l'idée s'imposait aujourd'hui avec *[inachevé]*[4] *biffé*] [simple nuage[5] de risque en multiplie en un instant la grandeur, si je ne pouvais apporter ces changements *[*dans la transcription d'un univers *biffé]* et bien d'autres (dont la nécessité, si on veut comprendre le réel, a pu apparaître au cours de ce récit), dans la

1. Voir var. *a*, p. 625.
2. Il y a une première version biffée que nous ne donnons pas.
3. Comme Clarac et Ferré nous restituons « si elle m'était laissée assez longtemps pour accomplir mon œuvre ».
4. Fin de l'avant-dernier feuillet utilisé du manuscrit (folio 124).
5. Début du dernier feuillet utilisé du manuscrit (folio 125) qui ne s'enchaîne pas avec le précédent et qui reprend un passage antérieur (p. 622-623).

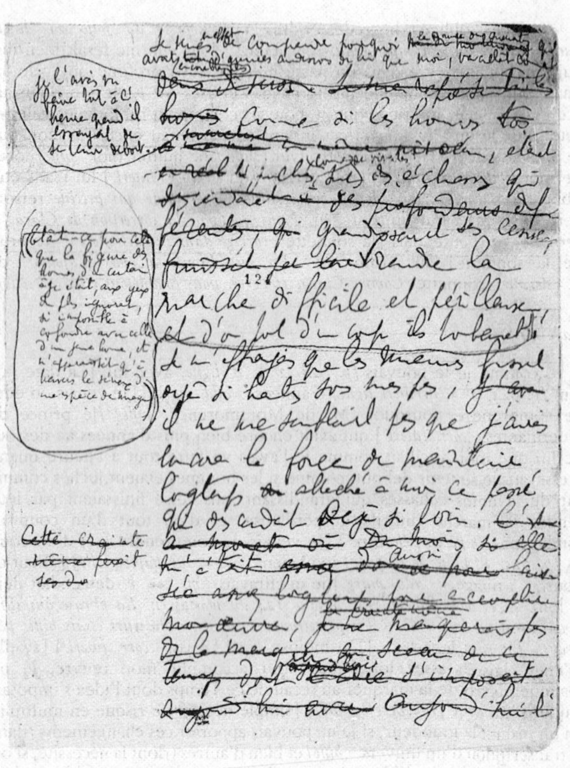
je l'avais vu faire tout à l'heure quand il essayait de se tenir debout.

Était-ce pour cela que la figure des hommes d'un certain âge était, aux yeux des plus ignorants, si impossible à confondre avec celle d'un jeune homme, et n'apparaissait qu'à travers le sérieux d'une espèce de nuage

Je m'étonnais de comprendre pourquoi [...] avait [...] d'années autour de lui que moi, [...]

comme si les hommes [...]

[...] étaient juchés [...] sur de vivantes échasses qui [...]

qui grandissaient sans cesse [...] rendant la

124

marche difficile et périlleuse, et d'où tout d'un coup ils tombaient.

Je m'effrayais que les miennes fussent déjà si hautes sous mes pas, [...] il ne me semblait pas que j'aurais encore la force de maintenir longtemps attaché à moi ce passé qui descendait déjà si loin. [...]

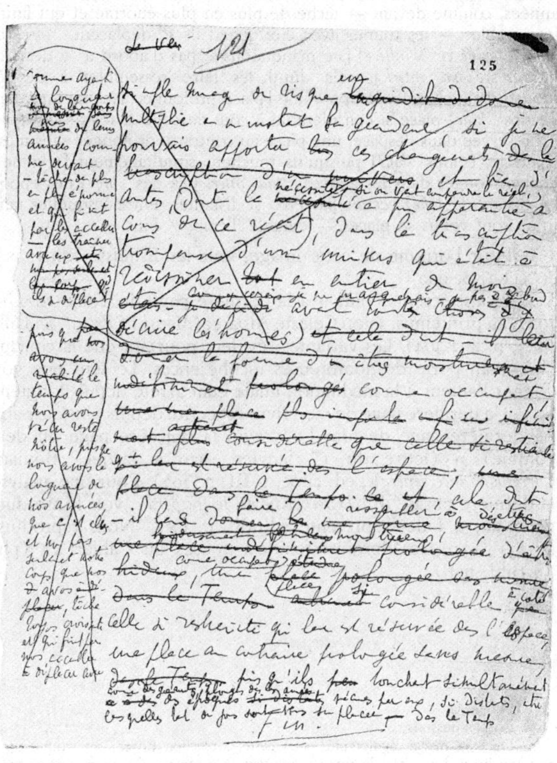

125

Fin.

transcription trompeuse d'un univers qui était à redessiner en entier, du moins [étais-je décidé avant toutes choses d'y *corrigé dans l'interligne et par surcharge en* commencerais-je avant tout à y] décrire les hommes[1] [et cela dût-il leur donner la forme d'êtres monstrueusement et indéfiniment prolongés comme occupant une place plus considérable que celle si restreinte qui leur est réservée dans l'espace, une place dans le Temps *biffé*] [comme ayant la longueur non de leur corps mais de leurs années, comme devant — tâche de plus en plus énorme et qui finit par les accabler — les traîner avec eux quand ils se déplacent. *corr. marg. biffée*[2]] *biffé en définitive*] [ne manquerais-je pas d'abord à[3] y décrire les hommes *corr. interl.*], cela dût-il les faire ressembler à des êtres monstrueux, comme occupant une [place prolongée sans mesure dans le Temps *biffé*] place si considérable à côté de celle si restreinte qui leur est réservée dans l'espace, une place au contraire prolongée sans mesure, [dans le Temps *biffé*] puisqu'ils touchent simultanément [comme des géants plongés dans les années *add. interl.*] [à des *biffé*] des époques[4] [si distantes *biffé*] vécues par eux, si distantes, entre lesquelles tant de jours sont venus se placer — dans le Temps / Fin[5].

1. Pour l'origine de cette image, voir les Esquisse XLI.1, p. 877 et XLI.2, p. 900.

2. Proust écrivit « Fin » à la dernière page du *Temps retrouvé* en 1922, au printemps, selon Céleste Albaret (*Monsieur Proust*, R. Laffont, 1973, p. 402-404). Les variantes révèlent pourtant que la conclusion du roman porte de nombreuses incohérences. Le sens que voulait donner l'auteur à la méditation finale était arrêté depuis longtemps : « [...] la dernière page de mon livre est écrite depuis plusieurs années (la dernière page de tout l'ouvrage, la dernière page du dernier volume) » (lettre du 1er janvier 1920 à Jacques Boulanger, *Correspondance générale*, éd. citée, t. III, p. 202). Pour une analyse de la dernière phrase d'*À la recherche du temps perdu*, voir l'Introduction générale, t. I de la présente édition, p. LXX. Nous reproduisons, p. 1318-1319, les derniers feuillets utilisés du Cahier XX (photos © Bibl. nat.).

1. Voir ci-dessous, n. 3.

2. Dans la marge également, sous cette correction biffée, on trouve un autre passage biffé dont voici le texte : « puisque le temps que nous avons vécu reste nôtre, puisque nous avons la longueur de nos années, que c'est elles et non pas seulement notre corps que nous avons, tâche toujours croissante et qui finit par nous accabler, à déplacer avec *[inachevé]* »

3. Ces mots « à y décrire les hommes » sont le résidu d'une première rédaction donnée plus haut dans cette variante. Nous restituons, comme Clarac et Ferré, « d'y décrire les hommes » pour des raisons de sens.

4. Comme Clarac et Ferré, nous restituons « à » devant « des époques ».

5. Le point final n'est pas après « Temps », mais après « Fin », dernier mot, donc, de la main de Marcel Proust, qui l'a souligné, parachevant ainsi la conclusion de son cahier. Le feuillet 126 et dernier du Cahier XX est resté blanc.

ESQUISSES

On trouvera dans la Note sur la présente édition, t. I, p. CLXXIII-CLXXIV, *toutes les indications concernant la nature de ces états préparatoires du roman de Proust.*

Dans l'appareil critique, nous donnons, pour chaque Esquisse, une notule qui précise le numéro du Cahier ou du Carnet d'où est tiré le texte qu'on va lire, et procure la liste des folios sur lesquels Proust a écrit ledit texte. Lorsque cela a été jugé nécessaire, nous avons fait suivre cette liste d'un commentaire.

Un choix de variantes renseigne le lecteur sur l'établissement du texte de chaque fragment et rend compte des hésitations de Proust. Pour la lecture de ces variantes, voir la Note sur la présente édition, t. I, p CLXXV-CLXXVI. *Le sigle* ms. *désigne le manuscrit, composé des Cahiers ou Carnets dont nous donnons les numéros dans les notules.*

Enfin, quelques notes de caractère historique ou littéraire éclairent le texte des Esquisses.

NOTES ET VARIANTES

Page 629.

Albertine disparue

Esquisse I

Le titre, au folio 37 r° du Cahier 71 dit Dux (1914), est de Proust, qui commence, à la fin de ce Cahier, une triple version de l'ouverture d'*Albertine disparue* dont nous donnons ici les états successifs (I.1, I.2 et I.3).

La première version (I.1), paginée « 39 », « 40 » et « 41 », commence au folio 104 r° (« 39 ») et se poursuit au folio 105 r° (« 40 »), accompagnée de l'indication : « La suite 41 etc. est dans le milieu de ce cahier » ; en effet, au folio 37 r°, nous trouvons le titre et, au folio 38 r°, la numérotation « 41 », avec l'indication : « la suite à la page précédente », c'est-à-dire au folio 37 v°.

La seconde version (I.2) est fragmentaire ; il s'agit plutôt d'un thème développé sur le motif du départ ; elle commence au folio 103 v°, puis va du folio 104 v° au folio 100 v°.

Un troisième morceau (I.3), commence dans la marge du folio 103 v° et se poursuit aux folios 97, 98 et 99 v^os^. La suite de ce morceau forme le début du Cahier 54, dit Vénusté (ff^os^ 1 v° et 2 à 9 r^os^) ; nous la donnons ensuite (I.4). On trouvera la transcription des folios suivants du Cahier 54 (ff^os^ 10 à 12 r^os^) en I.5, et, en I.6, un fragment du Cahier 55 (ff^os^ 47 v° à 49 r°).

Voir le texte définitif p. 3 et suiv.

a. Une croix marque dans ms. la fin des paroles de Françoise. En marge, Proust a noté : Je vais mettre dans le Cahier Vénusté à partir de la page des choses essentielles sur ceci à mêler avec et qui commenceront sans doute à la croix en face.

1. Voir la Notice, p. 993 et p. 1007.

Page 630.

a. Le début de ce paragraphe, depuis Hélas si quand tant de fois *, est en addition dans ms.* ♦♦ *b.* au moment même [le poids que j'avais sur le cœur quand maman ne monterait pas me dire bonsoir *biffé*] [le soir où maman n'était pas venue me dire bonsoir *[un mot illisible]* reflétant *[un mot illisible]* s'amalgamèrent en une masse homogène qui pesa sur moi à m'étouffer arrachant de mon cœur tout ce qui *biffé*] [ôtaient de mon *corr.*] cœur comme *ms.* ♦♦ *c.* éclater, [la douleur que j'avais eue quand il avait fallu quitter *biffé*] tant d'angoisses *ms.*

1. Le roman de Mme de La Fayette (1678) est mentionné dans *Du côté de chez Swann*, t. I de la présente édition, p. 344.

2. L'héroïne du *Dominique* de Fromentin (1862) est Madeleine, cousine du héros qui éprouve pour elle un amour malheureux ; elle épouse M. de Nièvres et, après s'être mise à aimer Dominique, lui demande de la quitter pour toujours.

3. Maggie est l'héroïne du *Moulin sur la Floss* (1860) de George Eliot, l'une des romancières favorites de Proust. Il s'agit encore d'une histoire tragique d'amants séparés.

4. Il s'agit probablement d'une lettre d'Agostinelli, dont on peut penser que le texte définitif donne une copie ou une adaptation (voir p. 5).

Page 631.

a. La fin de ce passage, depuis D'ailleurs l'idée qu'Albertine était partie *[8e ligne de la page], est une addition portée au verso du folio* 37 *de ms., à la suite d'un passage biffé accompagné de cette note.*

J'ai récrit ceci mieux sur la même page et comme j'avais peu de place, j'ai écrit un peu partout. Donc tout ce qui est sur cette page est l'enclave de la page d'en face.

1. À nouveau trois héroïnes, mais dont le regroupement n'évoque plus la séparation, comme dans la série de la première esquisse, mais de grandes passions. Hermione est probablement la princesse malheureuse d'*Andromaque*. Diana Vernon est l'héroïne d'un roman de Walter Scott, *Rob Roy* (1817), femme mystérieuse, tour à tour

disparue et retrouvée. Voir *Sodome et Gomorrhe I*, t. III de la présente édition, p. 25 et n. 1.

2. Cette note renvoie à la première rédaction (p. 630, 18e ligne en bas de page).

Page 632.

a. Je compris que [cela tenait tout simplement à ce que comme un homme qui espère chaque jour qu'une circonstance heureuse l'empêchera, pour ce jour-là, d'être tué en automobile ou le fera gagner au baccara, tous les jours j'avais attendu pour le lendemain une lettre, sans me l'être avoué *biffé*] j'étais déçu *ms.* ◆◆ *b. Ce fragment figure au folio 100 v° de ms. ; nous suivons ici les indications de montage données par Proust (voir n. 4).* ◆◆ *c.* Seulement ici [ce mensonge *biffé*] cet *[plusieurs mots illisibles]* était de l'ordre *ms.*

1. Cette mélodie, *Adieu* (*Lebewohl*) fut longtemps attribuée à Schubert ; elle fut trouvée dans un cahier daté de 1824 du poète A. H. Von Weyrauch, né en 1788. Très célèbre en France au XIXe siècle, elle fut éditée en plusieurs versions. Celle de Proust : *Adieu ! des voix étranges / T'appellent dans les airs ; / Charmante sœur des anges / Leurs bras se sont ouverts / Parmi le chœur céleste / Vas-tu prier un peu / Pour le banni qui reste / Et qui te dit adieu !* — est celle de l'amant à l'amante morte. Dans *Le Côté de Guermantes II*, la mélodie est associée à la journée où le héros renonce à son amour pour la duchesse de Guermantes (voir t. II de la présente édition, p. 666).

2. *Lettre à Lamartine*, v. 160. Musset, « abandonné d'une infidèle amante », évoque la douleur intolérable qui l'a saisi.

3. La sortie du narrateur appelle deux suites différentes, celle que nous donnons à présent (f° 104 v°) et celle que nous donnons ensuite, en I.3 (f° 97 v°)

4. Il s'agit du verso du folio 100 du Cahier de manuscrit, que nous donnons deux paragraphes plus loin (voir var. *b*).

5. Il s'agit très probablement du XVe quatuor de Beethoven. Proust avait une passion pour les derniers quatuors de Beethoven, comme en témoigne sa correspondance. En janvier 1914, dans une lettre à Mme Straus, il annonce qu'il a acheté un pianola et se plaint de ne pouvoir obtenir les morceaux qu'il voudrait jouer : « Le sublime XIVe quatuor de Beethoven n'existe pas dans leurs rouleaux » (*Correspondance*, t. XIII p. 31-32).

6. Nouvelles héroïnes, cette fois stendhaliennes : Mme de Rênal dans *Le Rouge et le Noir* et Clélia Conti dans *La Chartreuse de Parme*, et raciniennes, Hermione, déjà citée, et Roxane dans *Bajazet*. Le trait commun pourrait être la jalousie fatale.

Page 633.

a. Albertine, [douait d' *biffé*] donnait une importance extraordinaire vers les projets *ms. Nous avons rectifié la construction.* ◆◆ *b. Au folio 103 v°, la note de régie* Suivre ceci au verso de 7 pages avant *renvoie à une seconde suite (voir n. 3, p. 632) à la sortie du héros. Une autre indication de régie, au folio 97 r°, confirme le rattachement des deux passages :* Ceci est la suite de ce qui est au verso 7 pages après. *La rencontre avec M. de Charlus occupe les versos des pages 97, 98 et 99.* ✦✦ *c.* Je compris tout d'un coup de combien d'éléments étrangers j'avais [mêlé *biffé*] ajoutés *ms. Nous avons supprimé le* de *que Proust n'a pas biffé lorsqu'il a changé le verbe.*

1. *Nuit d'Octobre* v. 258-259. Ce sont aussi des vers de ce poème que M. de Charlus récite à un militaire dans le texte d'*Albertine disparue*, mais ce sont d'autres vers (voir p. 177). Ici la Muse incite le poète à ne pas haïr la femme infidèle en faisant valoir le prix moral de cette première souffrance d'amour chez un jeune homme. Nous avons respecté la ponctuation, ou plutôt l'absence de ponctuation proustienne.

2. Voir n. 2, p. 632.

Page 634.

1. Proust, dans cette série, amalgame les auteurs réels et les auteurs fictifs, — à la façon de Balzac, et emploie le terme « phrase » pour la littérature et la musique à la fois. On retrouve cette assimilation dans *La Prisonnière* (t. III de la présente édition, p. 878) : « Ce sont encore des phrases-types de Vinteuil que cette géométrie du tailleur de pierre dans les romans de Thomas Hardy ». La Bruyère est fréquemment cité dans *À la recherche du temps perdu*, notamment le chapitre *Du cœur* ; de même Beethoven et Wagner.

2. Charles Cros (1842-1888) publia à ses frais, en 1873, *Le Coffret de Santal*, sur les presses de l'Imprimerie niçoise. Le volume, selon la description qu'en donne l'éditeur de la Pléiade, « était de fort bon goût (*Œuvres complètes*, Bibl. de la Pléiade, p. 43) » et pouvait donc attirer l'attention des bibliophiles.

3. Les quatre tercets appartiennent au poème « Nocturne » (7e, 8e, 9e, et 15e et dernier), première poésie de la section *Divinations* dans l'édition de 1873. Proust l'a transcrit sans la ponctuation, et avec une variante à l'avant-dernier vers, *Par l'attrait des roses de mai*, qui peut laisser penser qu'il citait de mémoire. M. de Charlus récite également des vers de ce même poème, à un militaire, dans le texte définitif, p. 178.

4. *M. de Palancy passa / M. de Charlus me quitta / Il prit Palancy par le bras* : tercet de Proust « à la manière de » Cros.

Page 635.

a. Cahier 54, f° 1 v°. Cette page n'est sans doute qu'un rajout au développement qui commence à la page d'en face, qui lui est antérieur (voir n. 5). ✦✦ *b. Cahier 54, ff^os 2 à 9 r^os, avec additions de versos.* ✦✦ *c.* il découvrait [le demi-dieu faune *biffé*] la faunesse secrète *ms.*

1. Voir p. 177-178.

2. Des indications de régie donnent une idée des hésitations de Proust (voir var. *b*, p. 633). Ce morceau n'a dû être supprimé qu'assez

tardivement puisque le manuscrit définitif fait encore état de conversations entre les deux amants délaissés : ainsi de cette addition en marge du manuscrit définitif : « Quand M. de Charlus [veut me consoler *biffé*] est triste aussi ; nous disions bien des phrases pareilles mais bien que dans le même état d'esprit nous ne pouvions pas nous consoler. Car le chagrin est égoïste et ne peut avoir de remède de ce qui ne le touche pas. La peine de M. de Charlus eût été causée par une femme qu'elle eût été aussi éloignée de la mienne, du moment qu'elle n'eût pas été causée par Albertine » (Cahier XIII, f° 29 r°).

3. Voir l'Esquisse I.3, p. 633 et suiv.

4. Baudelaire, *Les Fleurs du Mal*, « La Chevelure », v. 6 ; *Œuvres complètes*, Bibl. de la Pléiade, t. I, p. 26.

5. Le titre en tête de la page au folio 2 r° du Cahier 54, annonce un passage autonome. Félix n'a pas encore les traits déterminés de Morel ; d'autre part il fait souffrir M. de Charlus mais ne l'a pas encore abandonné ; on pourrait donc penser que cette esquisse est antérieure à l'Esquisse I.3 et que le Cahier Vénusté (54) a été commencé avant les dernières pages du Cahier Dux (71).

Page 636.

a. Mais maintenant cette curiosité [ce désir que les hommes en fussent ou cette curiosité bienveillante de savoir s'ils en étaient, comme ils étaient devenus *[un mot illisible]*. Celui qui l'avait quitté était-il lui aussi atteint du mal sacré ? Dans le passé de cet *biffé*] mêlée de désir *ms.* ↔ *b.* empreinte ! [Celui qui l'avait quitté était-il lui aussi atteint du mal sacré ? Dans le passé de cette chair adorée qu'il aurait voulu garder pour lui, y avait-il eu autrefois, de temps à autre, le désir et l'accomplissement avec de tout jeunes gens. Ce désir intermittent de tout jeunes gens de ce corps adoré que M. de Charlus avait enveloppé et avait voulu enfermer isoler dans sa tendresse recélait-il le désir intermittent de se prostituer à de tout jeunes gens que le vieil amant délaissé croyait voir épuisant Félix de leur caresse tantôt l'un à côté de lui tantôt l'autre ; mais non, plus qu'à côté de lui puisque c'était un désir ancré en lui qui les lui faisait rechercher, que quand il était auprès d'eux, une pensée de joie habitait son âme, qu'ainsi ils étaient scellés, liés jusqu'au plus profond de sa chair, laquelle s'épanouissait de temps à autre en ces formes juvéniles comme un Dieu à la fois un et plusieurs, comme un arbuste qui porte des roses. Alors à ce moment où Félix était libre, quelle curiosité hier encore si plaisante à M. de Charlus de savoir ce qui était au fond le jeune matelot du bois avec qui Félix irait peut-être le soir faire seul un long tour en barque ou l'enfant de chœur de Saint-Sulpice avec qui il entrait peut-être à la tombée du jour dans une des nombreuses chapelles pleines d'ombres *biffé*] Même la curiosité *ms. Proust a noté en marge de ce passage supprimé* : J'ai remis ceci deux ou trois pages plus loin, je pourrai comparer si je l'ai oublié. ↔ *c.* Dans le monde *À partir d'ici, et jusqu'à* de jeunes gens. *(var. a, p. 637), nous transcrivons une addition portée au folio 4 v° de ms., qui n'est pas insérée par un signe précis dans la page d'en face, où sont supprimées des expressions reprises ici (voir var. c, p. 637).* ↔ *d.* Silène [à peine redescendu sur le sol *corrigé par biffure et en interligne en* une fois revenu à] à terre *ms. Prou∫t a omis de biffer* redescendu *, ainsi que le second* à *.* ◆◆ *e. Ce verbe e∫t de lecture conjecturale, de même que dans la phrase suivante, où l'on semble pouvoir lire aussi* assurait *.*

1. Mercure, dieu des voyageurs, était souvent représenté coiffé d'un chapeau orné de deux ailes. Le lien de l'aviation avec la mythologie est très marqué dans le récit de *Sodome et Gomorrhe* (t. III de la présente édition, p. 417) où le narrateur évoque sa première vision d'un aéroplane : « Je fus aussi ému que pouvait l'être un Grec qui voyait pour la première fois un demi-dieu ». On s'aperçoit qu'ici la couleur mythologique est liée au thème de l'inversion (faunesse, Silène, etc.) et non plus à celui du vol ; mais il y a sans doute un rapport profond entre les deux.

Page 637.

a. Fin de l'addition signalée var. c, p. 636. ◆◆ *b. Lecture conjecturale ; peut-être faut-il lire* étancher *.* ◆◆ *c.* tellement autre et à l'écart de leur vie connue et constatée avoir [une existence créée par leur profond désir, abritée dans le secret, peuplée de jeunes gens, comme des dieux dans une sorte d'Olympe invisible aux mortels *biffé*] Et cette beauté *ms. (f° 5 r°). En marge, Proust a indiqué :* Laisser plutôt les lignes barrées pour l'aviateur en face. *Nous avons coupé la fin de la phrase à partir de* et à l'écart *, car elle est également reprise au verso en regard pour l'aviateur (voir var. c, p. 636).* ◆◆ *d.* Tous ces êtres-là *À partir d'ici, et jusqu'à* ne les surprît. *(var. a, p. 638), nous transcrivons une addition qui commence en bas de la marge du folio 5 r° et se continue au verso du folio 5. Une note intercalée dans le texte indique :* En réalité ceci, c'est-à-dire la marge précédente et celle-ci vaudraient mieux dans le bas du recto en face. Où le faire fuir. ◆◆ *e. Lecture conjecturale ; peut-être faut-il lire* cousins *.*

Page 638.

a. Fin de l'addition signalée var. d, p. 637. ◆◆ *b. Dans la marge du folio 6 r°, en regard de ces lignes, apparaît cette note de régie :* Dans ma conversation avec M. de Charlus (à moins que je ne puisse avoir une conversation un peu plus tard quand je commence à oublier (peut-être quand je vois Mlle de Forcheville chez les Guermantes) je dirai : Oui, je suis très triste, j'ai perdu une amie comme je n'ai jamais cru que je pourrais en avoir. Elle était vraiment pour moi ce que dit Vigny et que quand je lisais Vigny je ne croyais pas pouvoir être apporté par une personne : *Toi seule me parus ce qu'on cherche toujours (Vigny, Éloa, III, paroles de Satan à Éloa) [une phrase entière illisible]* Je dirai bien plus tard (peut-être à Gilberte à Tansonville (dans ce cas il faudrait supprimer la Fille aux yeux d'or) ou bien à une autre femme — voir — je vais indiquer cela en marge de la Fille aux yeux d'or dans le gros cahier bleu). ◆◆ *c. Folio 8 r° de ms. Ce paragraphe est précédé dans ms. par une série d'ébauches que nous ne transcrivons pas et qui sont à peu près illisibles. Seul ce fragment paraît apporter un élément nouveau :* Ils avaient en eux une âme qu'il connaissait si bien, qui était la sienne, il le savait, il se complaisait à le savoir. *Le paragraphe qui commence ici, et va jusqu'à la fin de 1.4, est une réécriture du passage biffé que nous transcrivions var. b, p. 636.*

Page 639.

a. Ce brouillon du départ d'Albertine, aux folios 10, 11 et 12 r^os du Cahier 54, reprend les éléments du Cahier 71 (Cahier Dux), auquel il renvoie explicitement dans la note de régie que nous transcrivons à présent. Ce brouillon se poursuit régulièrement au recto jusqu'à la page « Mors » (f° 60 r°) avec l'entrée des thèmes de l'oubli et de la curiosité ; nous n'en donnons que les trois premières pages.

Page 640.

a. Cahier 55, ff^os 48 r° et v°, 49 et 47 v^os, 48 et 49 r^os.

1. Cette rédaction suit une annonce du départ d'Albertine très proche du texte définitif et que nous ne donnons pas (p. 4, 19e ligne), qui s'achève sur les mots « par la brusque réaction de la douleur ».

Page 641.

a. Au folio 49 v° de ms., après cette phrase, une indication très précise permet d'organiser les fragments : Suivre deux versos avant : J'avais cent fois pensé (ne pas confondre qu'à un verso avant il y a aussi j'avais cent fois pensé mais c'est parce que je redis deux fois cette formule. C'est un verso avant qui vient d'abord, puis ce verso-ci, puis deux versos avant. *L'indication est répétée au folio 47 v°, sur lequel nous enchaînons au paragraphe suivant :* Ce morceau ne vient pas ici après douleur *mais après douleur* vient le morceau qui commence au verso suivant, continue au verso d'après et finit ici. ◆◆ *b. Début du § dans ms. :* [Et cette douleur comment aurais-je pu la connaître par l'intelligence. L'intelligence *[*suppute le connu *biffé]* construit l'inconnu sur du connu, emprunte des éléments au connu, c'est-à-dire ne se le représente pas. Mais la sensibilité, hélas, le corps, reçoivent comme le sillon de la foudre, la signature originale, longtemps indélébile, de l'événement nouveau *biffé en définitive*] J'avais cent fois [préparé dans mon esprit, rêvé, calculé les possib <ilités> *biffé*] pensé au départ

Page 642.

a. de ma mère et pouvoir l'embrasser. [m'empêchait de me plaire à rien d'autre, vidait mon cœur de tout ce qui n'était pas elle, m'empêchait de plus désirer, même de plus concevoir les plaisirs que je souhaitais un moment avant *biffé*] c'étaient toutes les angoisses *ms.*

Esquisse II

Nous donnons ici deux fragments, le premier appartenant au Cahier d'ajoutages 62, f° 31 r° (1920-1921), et le second au cahier suivant, le Cahier 59, f°s 2 à 4 r^os (1921-1922), avec une variante lait/eau. Le passage est peu lisible mais nous avons tenté de le transcrire parce qu'il ébauche une série d'images qu'on ne retrouve pas ailleurs.

Voir le texte définitif, p. 58, ligne 19.

b. Cahier 62, f° 31 r°.

Page 643.

a. Cahier 59, ff^{os} 2 à 4 r°. Ce paragraphe est surmonté de cette note de Proust : Pour le lait qui monte — à ajouter aux autres phrases déjà mises dans les cahiers précédents pour faire un tout. ↔ *b. Ce paragraphe est en addition marginale au folio 3 r°.* ↔ *c. Ce paragraphe apparaît en marge du folio 4 r°.*

1. Proust a évidemment oublié que le héros porte des boules quiès dans le cahier précédent. On notera un incident qui montre que Proust, à cette même époque, a l'habitude de faire chauffer son lait : dans une lettre à Gaston Gallimard du 21 avril 1921, il explique qu'il s'est brûlé et mouillé en renversant le lait : « [...] pendant que je faisais bouillir mon lait pour prendre mon véronal » (nouvelle édition des lettres à la N.R.F., à paraître).

Esquisse III

Cahier 54 (dit « Vénusté »), ff^{os} 38 et 39 r^{os} (1914).

Les pages précédentes du Cahier 54, auxquelles le présent fragment sert de « réplique », esquissent les promenades en voiture avec Albertine aux environs de Balbec, qui se trouveront dans *Sodome et Gomorrhe* (voir, ici, n. 2). L'esquisse de la « réplique » est reprise dans un fragment du Cahier 55 (f° 83 r°) que nous ne donnons pas, où c'est le rayon de soleil entre les rideaux qui éveille le souvenir des jours heureux, comme dans le texte définitif (voir p. 61).

d. Cahier 54, ff^{os} 38 et 39 r^{os}.

2. Dans le Cahier 54, dit « Vénusté », où Proust a élaboré en quelques mois (voir la Notice, p. 1006 à 1008) les bases d'*Albertine disparue*, on trouve, aux folios 35 r° et v^{o}, et 36 à 39 r^{os}, un ensemble dont nous n'avons ici donné en Esquisse que la partie finale, seule à être destinée à *Albertine disparue* ; tout ce qui précède fournira des éléments pour le second séjour à Balbec, dans *Sodome et Gomorrhe* (voir t. III de la présente édition, p. 407-409) ; mais l'on voit clairement que ces éléments, qui n'ont pas tous été utilisés dans le texte définitif, sont directement écrits pour fournir quelques traits au motif du regret d'Albertine[1]. Voici donc les quelques pages qui précèdent immédiatement le « Maintenant la réplique. » par quoi débute la présente Esquisse : « Voici un passage qui sera avant dans la première partie du livre quand je fais des promenades avec Albertine et auquel répondra comme une réplique un passage que je vais écrire après et qui se placera un peu avant ce qui vient de se terminer.

1. Nous donnons le texte en suivant les indications de régie de Proust, sans les reproduire, ni rendre compte des corrections. Notons cependant que de nombreuses pages au verso de ce même Cahier 54 esquissent d'autres projets de promenades en vue d'une « réplique » (ff^{os} 15 et 16 v^{os}, ff^{os} 54 et 55 v^{os} et f° 85 v°), le but de Proust étant de multiplier les visages d'Albertine « parce que les êtres ne sont pour nous que des moments, ainsi chaque heure était une nouvelle Albertine » (f° 85 v°).

Le passage que je mets est à mêler à nos promenades en voiture ensemble.

« Il me semblait que les choses qu'on peut dire, même devant des chefs-d'œuvre, que les journées qu'on peut passer ensemble, tiennent si mal les promesses des rêves qu'on avait faits que pour ne pas la décevoir, je m'arrangeais à ne pas être avec elle dans ces journées qu'elle passait à peindre dans une église. Je feignais d'être obligé d'aller faire une visite auprès de Balbec, j'irais seulement la rechercher à la fin de la journée. De cette façon elle ne pourrait pas se dire : les journées passées avec lui ce n'est que cela, les belles heures devant les chefs-d'œuvre ce n'est que cela, et n'accusant que l'imperfection des circonstances de l'inaccomplissement d'un beau rêve, elle continuerait à le croire réalisable. Moi cependant qui feignais d'être si occupé d'autre chose, je ne pensais qu'à elle, et dans ces grandes plaines encore normandes qui me faisaient par moments penser à celle qui près de Combray va vers Méséglise une fois qu'on avait monté le raidillon qui longeait Tansonville, j'avais du plaisir à sentir qu'il n'y avait aucun obstacle entre elle et moi, comme cela m'était arrivé autrefois pour Gilberte, que si la vue de l'homme n'était pas assez puissante pour aller jusqu'au bout de ces immenses plaines, un même souffle d'air sans être arrêté par rien[1] et que nous étions éloignés l'un de l'autre mais pourtant réunis dans une retraite infiniment agrandie mais pour nous deux la même. À la fin du jour j'allais la chercher (peut-être en automobile, peut-être rencontre d'aéroplane, nous verrons). À la fin de la journée j'allais la chercher, elle avait son petit polo bas sur la tête, c'était le milieu de juin, la chaleur était étouffante mais nous l'aimions. Elle me disait "oui j'ai déjà fini de peindre depuis une demi-heure, quel ennui que vous n'ayez pu être ici. On aurait passé une si bonne journée". Nous repartions, nous passions devant Bricqueville-l'Orgueilleuse. Le soleil déclinant donnait à cette église moitié refaite moitié faite neuve une patine dorée comme si elle avait été une très noble église. Et ses nombreuses statues rougissant dans la poussière du soleil se liaient pour moi d'une manière très agréable à une chaude journée d'été. Devant elle il y avait une espèce d'enclos avec un seul grand arbre, comme consacré. Albertine voyant que je regardais faisait arrêter. Nous tournions autour de l'église, en essuyant la sueur qui tombait à nos fronts. "Oh ! celle-là ne me plaît pas, disait-elle, elle a l'air restaurée. — Comme vous vous y connaissez Albertine, vous l'avez bien vu, elle l'est." Je disais cela pour la flatter et parce que je l'aimais. Mais je ne la croyais pas très intelligente et je jugeais inutile de lui dire ce que je pensais à ce moment-là, je pensais (Claude Monet — puis Elstir sur les restaurations ; absurdité dans idées d'Hallays[2] et de Ruskin). Elle me disait : "Oui c'est trop neuf, mais

1. Il manque ici un verbe, mais le sens est clair.

2. André Hallays (1859-1930), critique, ennemi des restaurations à la manière de Viollet-le-Duc ; voir *Le Carnet de 1908* (Carnet 1, f° 12 v°) : « Niaiserie d'une attitude hallaysique. » (*Cahiers Marcel Proust*, n° 8, Gallimard, 1976, p. 63 et note 107) ; voir aussi *Pastiches et mélanges*, Bibl. de la Pléiade, p. 84-85 et *Contre Sainte-Beuve*, *ibid.*, p. 240.

son nom est amusant. C'est comme à Dorville une paysanne qui a été me chercher du pain parce que j'avais faim m'a dit qu'il y avait une vieille église à Saint-Martin-le-Vêtu. Savez-vous ce que cela veut dire ? Rien que pour le nom j'ai envie d'y aller peindre. On ira la prochaine fois n'est-ce pas ?" Son petit polo était abaissé sur sa figure rouge, ses yeux noirs brillaient, son manteau flottait sur ses épaules. Quel bonheur de repartir avec elle dans la voiture et de me dire que nous irions prochainement ensemble à Saint-Martin-le-Vêtu. "Vous ne me dites pas ce que ça veut dire. — Je demanderai à Elstir. — Ah ! si le curé de notre village était là, il savait toutes les étymologies." Nous remontions dans la voiture. Le soir tombait. Que j'étais heureux près d'elle. Par moments nous raccourcissions la route bifurquant par des chemins de traverse. Ils nous précédaient. Je les voyais devant nous, je les reconnaissais si bien, et les haies d'un côté et les fermes d'un autre. Que j'étais heureux d'être à côté d'elle, (ici mettre sans doute quand nous descendions dans une ferme prendre quelque chose). La nuit venait. Sur la grande plaine des peupliers mettaient seuls une forme verticale. Je me serrais contre elle, je lui disais "vous n'avez pas peur d'avoir froid". Tout d'un coup le clair de lune (mettre ce que j'ai mis dans la promenade avec Mme de Villeparisis et que j'enlèverai de là[1]). Toute la souplesse des jeunes filles que j'avais vues passer devant la mer, sur la plage, quand je ne les connaissais pas encore, toute cette grâce féminine, juvénile, marine et sportive, tenait à côté de moi dans ce corps onduleux qui était pressé à côté de moi. S'il n'y avait pas de brouillard la plaine semblait infinie, je lui disais les vers de "La Maison du berger" : *Les grands pays muets devant toi s'étendront*[2]. Souvent une brume s'élevait. Alors il semblait qu'on eût une inondation devant soi (voir l'article sur les Frémonts[3]).

« Plus tard, peut-être encore à Balbec peut-être à Paris. Ceci n'est pas la réplique mais l'autre partie du morceau dont la réplique est le souvenir.

« Nous restions à causer très tard sur le sable enveloppés dans un châle. Par instants le bruit du flot venait expirer près de nous (introduire dans tout ceci notations sur le brouillard, sur le clair de lune, sur les différents visages d'Albertine, sur ses manières de petit chat, sur ses airs de s'abandonner). Je tâchais de saisir la facture du clair de lune, et je me plaignais que comme pour le couchant, au lieu de transfigurer entièrement la mer, il consistât plutôt en une ligne tremblante et argentée qui la divisait. À une heure, quelquefois plus tard, je lui disais "je vais vous reconduire". J'avais fait attendre une voiture. Arrivé près de chez elle j'étais obligé de cesser de l'embrasser

1. Il s'agit probablement du morceau sur le clair de lune (voir t. II de la présente édition, p. 81).

2. Vigny, *Les Destinées*, « La Maison du berger », « Lettre à Eva », 3e section, dernier vers de l'avant-dernière strophe. Le vers exact de Vigny est : *Les grands pays muets longuement s'étendront.*

3. Les Frémonts, propriété de Mme Baignères, puis des Finaly, au-dessus de Trouville. Proust y fut invité dans les années 1890 et la beauté de ses vues lui inspira plusieurs textes mais nous n'avons pas retrouvé celui-ci.

de peur qu'on ne nous vît et je lui disais que cela m'ennuyait de la quitter déjà ; alors elle me disait, “voulez-vous que je vous ramène, cela m'est égal de revenir seule” ; mais une fois à l'hôtel je la ramenais encore et je la quittais devant chez elle comme il commençait déjà à faire jour, gorgé de baisers, je rentrais dans l'humidité du matin encore tout entouré de sa présence, je me mettais au lit, croyant la sentir contre moi, et au-dessus des rideaux de la fenêtre voyant cette ligne blanche qui indiquait qu'il faisait déjà jour, je me disais qu'il fallait que nous nous aimions bien pour passer nos nuits ainsi. »

Page 644.

Esquisse IV

Cahier 54 (1914) ; IV.1 : ff^os^ 52 à 54 r^os^ ; IV.2 : ff^os^ 66 à 70 r^os^. Voir p. 96-97 et p. 105-106.

a. Ff^os^ 52 à 54 ^ros^ de ms.

Page 645.

a. Lecture conjecturale. ⬩⬩ *b. En marge dans ms., en regard de ces lignes, apparaît cette note :* rectifier ce qui est sur cette première fois en son temps pour que cela s'harmonise à cela. ⬩⬩ *c.* les côtés du cou *lecture conjecturale.* ⬩⬩ *d. Ff^os^ 66 à 70 r^os^ de ms.*

Page 646.

1. Ce nom, qui ne se retrouve pas ailleurs — ni dans *À La recherche du temps perdu*, ni dans les géographies de la France — pourrait avoir été forgé par Proust à partir de noms comme La Hocherie, Hochet, Hocquet (dans le département de la Manche), La Hocquetière (région d'Évreux), La Hocquerie (région de Lisieux) ; plus particulièrement, ce pourrait être une francisation de Hocqueville (région de Dieppe). On trouve encore dans la Seine Maritime : Hocquebus, Le Hoquet, Les Hoquets.

Page 648.

Esquisse V

Cahier 54 (1914) ; V.1 : f° 26 v° ; V.2 : f° 65 v° ; V.3 : ff^os^ 37 v° et 38 r°. Voir p. 123.

a. F^o^ 26 v° de ms. ⬩⬩ *b. L'ensemble de cette dernière phrase est d'une lecture difficile dans ms.* ⬩⬩ *c. F^o^ 65 v° de ms.*

Page 649.

a. Depuis ce que cela changeait pour Albertine *[7e ligne de la page], le texte est procuré dans ms. par une addition marginale encadrée de deux croix, qui ne se retrouvent pas dans la phrase. Nous avons jugé que la phrase, en apparence inachevée, pouvait être continuée par celle qui se trouve en haut de cette même page, qui commence par* En regard de cette vie *et va jusqu'à la fin du fragment.* ↔ *b. Ce troisième fragment, commencé au folio 37 v° de ms., se poursuit dans la marge du folio 38 r°.*

Page 650.

Esquisse VI

VI.1 : Cahier 54, ff^os^ 77 à 81 r^os^ (1914) ; VI.2 : Cahier 60, ff^os^ 21 à 23 r^os^ (1919-1920) ; VI.3 : Cahier 56 (ff^os^ 102 à 105 r^os^ avec addition sur 103 v° (1915).

Le début de cette Esquisse est repris dans le texte définitif (p. 114), et la page finale de VI.1, dont nous ne reproduisons p. 652, que les premières lignes, depuis « ces quelques années que son souvenir inséparable me rendait si douloureuses », a été rattachée à un moment antérieur du deuil (p. 69) ; dans le Cahier 54, la rédaction se poursuit jusqu'à « sa précipitation plus ou moins grande à me voir au retour » (p. 69, 14e ligne en bas de page).

a. Cahier 54, ff^os^ 77 à 81 r^os^.

Page 653.

a. Cahier 60, ff^os^ 21 à 23 r^os^. ↔ *b. Cahier 56, ff^os^ 102 à 105 r^os^. Une partie du texte est déchirée. Voir p. 219 à 223.*

1. Le héros est amoureux d'une jeune Vénitienne d'à peine dix-sept ans : « un vrai Titien à acquérir avant de [m]'en aller » et songe à l'emmener à Paris. Voir p. 219.

Page 654.

a. La suite de ce texte, au folio 103 r° de ms., est entièrement biffée, à l'exception de la première proposition, jusqu'à relisais encore *:* Quelques heures après avoir reçu cette lettre, je la relisais encore, je calculais que si j'épousais Albertine je n'aurais plus un sou à donner à la fleuriste au teint de géranium ni à personne, Albertine était maintenant à ma disposition, je n'avais plus à me refaire son physique, je me rappelai combien quand elle était presque ma fiancée elle était devenue grosse, hommasse, avec un teint déjà vieux, un profil de Mme Bontemps qui déjà se montrait comme une graine dans la fleur à demi-desséchée. À côté d'elle que la jeune fille de dix-sept ans au teint orangé était éclatante. Et puis surtout comme Albertine, de même que tout être, n'avait été pour moi qu'un faisceau de pensées, elle ne ressuscitait nullement avec son corps maintenant que ces pensées étaient mortes. *Au folio 103 v°, Proust a ébauché une reprise de ce passage :* J'essayai de me le rappeler, et peut-être parce que maintenant je n'avais qu'un signe à faire pour l'avoir à moi le souvenir qui me vint fut celui d'une fille déjà fort grosse, hommasse, au teint flétri, dans le visage fané duquel saillait déjà comme une graine le profil de Mme Bontemps [Ce travail d'enlaidissement *biffé*] À côté d'elle *La page qui suit (f° 104) est déchirée ; dans la marge en haut du folio 104 r° subsiste* *cette note de Proust :* N.B. après les lignes ajoutées dans ce recto et avant les mots ma résolution était prise (je peux du reste changer la place de ce que je vais dire si c'est mieux) je dirai : j'avais eu un juste pressentiment quand dix jours après le départ d'Albertine j'avais été épouvanté d'avoir pu vivre dix jours sans elle. C'était comme quand j'écrivais auparavant à Gilberte et que je me disais si cela continue deux ans je ne l'aimerai plus ; le monstre à l'apparition duquel avait frissonné mon amour l'Oubli avait bien comme je le craignais fini par le dévorer. *(Voir p. 31.). Sur le verso en face (f° 103 v°) apparaît ce début de phrase, biffé* Il m'était difficile de ressusciter Albertine.

Page 655.

Esquisse VII

Cahier 54, ff^os^ 39 r°, 94 v° avec additions sur 75 r° et 94 r°, et 69 v° (1914). Voir p. 125.

a. F° 39 r° de ms. ◆◆ *b.* dans mon album [ou dans ma mémoire *biffé*] à ces *ms.* ◆◆ *c.* la femme *lecture conjecturale ; on pourrait lire :* la personne . ◆◆ *d. F° 94 v°* ◆◆ *e. Le texte du folio 94 v° de ms. est en fait celui-ci :* des soupçons. [Chacune me semblait étrangère à l'autre (mettre le passage déjà écrit) *biffé*] Dans l'une élégante, *Nous avons inséré, de* Elles avaient l'air de photographies *à* sans plus la comprendre , *un fragment du folio 75 r°, précédé de cette note de régie :* Quand je parle des photographies d'Albertine aux différents âges. ◆◆ *f. Lecture conjecturale ; on peut lire aussi* révélateur .

1. Voir p. 650-651.

Page 656.

a. Ce paragraphe figure en addition dans la marge du folio 94 r°, ainsi annoncé : à propos des photographies dont je parle dans le verso suivant (ou bien le mettre ailleurs si je parle ailleurs encore des photographies) ◆◆ *b. Lecture conjecturale ; on pourrait lire* se dressait . ◆◆ *c. F° 69 v° de ms.*

1. Il semble que Proust fasse allusion à la phrase que nous avons insérée plus haut (voir var. *e*, p. 655).

Esquisse VIII

VIII.1 : Cahier 54, ff^os^ 10 v° et 11 r° ; VIII.2 : feuillet 1 du lot n° 16 du Reliquat Proust ; VIII.3 : f° 79 v°, 80 r° et 78 r°. Voir p. 105-106 et 130-132.

Page 657.

a. Cahier 54, f° 10 v° (marge). ◆◆ *b. Lecture conjecturale ; on pourrait lire aussi* d'autres .

Page 658.

a. Le passage illisible se trouve au bas de la marge du folio 10 v° de ms. ; le texte continue en face dans la marge du folio 11 r°. ⁂ *b. Tout ce passage est souligné par Proust dans ms.* ⁂ *c. Ce fragment figure sur une page isolée du lot n° 16 du Reliquat Proust, le feuillet 1.*

Page 659.

a. Cahier 54, f° 79 v° (feuillet collé). ⁂ *b. La rédaction se poursuit à présent dans la marge du folio 80 r° de ms.*

1. Cette indication renvoie au texte que nous donnons au paragraphe suivant (voir var. *b*).

Page 660.

a. Nous plaçons ici une feuille collée au folio 78 de ms.

1. Amsterdam est un souvenir du personnage de Maria la Hollandaise, l'une des jeunes filles dont Albertine a pris la place dans le roman, voir t. II de la présente édition, Esquisse LXX, p. 1004 et la notule de cette Esquisse, p. 1868.

2. Une autre version du début de cette sortie nocturne se trouve dans le Reliquat Proust de la Bibliothèque nationale (lot n° 16, feuillet 7) : après « Je n'osais pas vous le demander. » (9e ligne du § suivant) ; elle s'achève sur cette phrase : « Nous prîmes l'avenue de Saint-Ouen qui avait l'air d'une galerie creusée dans une opale ». Un autre fragment du même lot, le feuillet 30, semble se rattacher à la même promenade nocturne ; il est malheureusement peu lisible ; le héros se plaint de « la stérilité de cette place qui ne produisait que des pierres *[un mot illisible]* auxquelles j'aurais voulu pouvoir donner la vie comme Deucalion ».

Page 661.

Esquisse IX

Cahier 54, ff[os] 26 r°, 48 r°, 102 r° (page « Per ») et 96-97 v[os] (1914). Voir p. 137-138.

a. Cahier 54, f° 26 r°. ⁂ *b. Cahier 54, f° 48 r°.*

1. Cette phrase (Cahier 54, f° 21 v°) appartient à la première rédaction d'un texte qui note l'apparition intermittente de l'oubli ; une peur panique s'empare du héros « comme le buffle quand il s'aperçoit qu'il va être dévoré par un python » (Cahier 54, ff[os] 22-23 r[os] ; voir p. 31). Pour l'importance du thème et la date des premières notes, voir notre Notice, p. 995 et 1007.

2. C'est-à-dire de précieuse et de bas-bleu (allusion à l'hôtel de Rambouillet).

3. Voir *Du côté de chez Swann*, t. I de la présente édition, p. 349.

Page 662.

a. Cahier 54, f° 102 r° (page « Per »). ↔ *b. À partir de* Mais c'était trop loin, *le texte est irrégulièrement biffé, jusqu'à la fin du paragraphe ; nous le maintenons dans un souci de cohérence. Dans la marge, Proust a noté :* peut-être ceci pourrait-il se rattacher à la fin de l'ouvrage (comme exemple) quand je parle du tintement de la sonnette. Mais mieux ici. ↔ *c. Cahier 54, ff^os 96-97 v^os.*

1. Allusion au projet d'une rencontre avec M. de Charlus au moment du départ d'Albertine ; voir l'Esquisse I.4, p. 635 et suiv., et la Notice p. 1009.

2. Au sujet de ce ballet, créé à Paris en mai 1914, voir la Notice, p. 1011-1013.

Page 663.

Esquisse X

Cahier 36, ff^os 32 à 41 r^os, avec ajout sur 39 v° (1909). Voir p. 141 et suiv.

1. La Boulie et Puteaux désignent des clubs sportifs. La société de la Boulie, Golf de Paris, se trouve près de Versailles. Bloch, dans *Le Côté de Guermantes I*, s'acharne contre ce « cercle sportif qu'il croyait élégant » (t. II de la présente édition, p. 525). L'île de Puteaux était le siège d'une société sportive dont faisait partie la grand-mère de Bertrand de Fénelon, qui était également membre du Golf de Paris.

Page 664.

a. Lecture conjecturale.

1. Voir le texte définitif, p. 142, et *À l'ombre des jeunes filles en fleurs*, t. II de la présente édition, p. 153.

Page 666.

a. N'est-ce pas ton amie Melle de Penhoët ? [La brune fut malicieuse *biffé*] — Oui pourquoi ? *ms.* ↔ *b.* elle y alla il y a [trois ans *biffé*] assez longtemps *ms.* ↔ *c.* À une fête de charité [pour laquelle Mme de Guermantes ouvrait son hôtel je demandai à Cécile de *biffé*] qui fut donnée à peu de temps de là [au bois de Boulogne *biffé*] à l'île du Bois, *ms.*

1. Trait autobiographique dont il ne subsiste que quelques traces dans *À la recherche du temps perdu.*

2. Généralement considérée comme une ébauche de Mlle de Stermaria, probablement à cause de la consonance bretonne de son nom, Mlle de Penhoët disparaît ensuite, alors qu'on trouve encore longtemps, dans les ouvertures de *Du côté de chez Swann*, l'évocation de son père, à Querqueville, conseillant au héros de voyager pour oublier sa fille, conseil qui est, par la suite attribué à Swann.

3. Il existe plusieurs localités de ce nom en France, dont l'une Saint-Valéry-en-Caux, près de Dieppe, petit port avec une plage de galets et des falaises.

4. La baronne de Picpus, au début du même cahier de brouillon (Cahier 36 ; voir l'Esquisse XVIII.I, p. 711), sera ensuite Mme Putbus. Les deux noms ont des phonèmes très voisins, mais Picpus renvoie à une rue et à un cimetière de Paris, ainsi qu'à une congrégation religieuse très connue, tandis que Putbus est un nom historique, qui figure dans le Gotha. Dans *Les Oiseaux s'envolent et les fleurs tombent*, d'Élémir Bourges (1892), Agathe de Putbus est la fille d'honneur de la fiancée de Floris ; elle vient de Putbus, dans l'île de Rügen (Baltique).

Page 667.

a. À partir d'ici, et jusqu'à offert et gardé. » *(var. a, p. 668), nous suivons le texte d'un ajout sur le verso en regard (f° 39 v° de ms.).*

Page 668.

a. Fin de l'addition signalée var. a, p. 667.

Esquisse XI

Cahier 48, ff^os 34 à 36 r^os et 33 v° (1911). Voir p. 145-146.

Page 669.

a. le long des boutiques [...] cierge *add. ms. (f° 33 v°)* ⬥⬥ *b. Lecture conjecturale. Pour l'ensemble du passage, voir var. b, p. 670.*

1. Mlle d'Ossecourt : variante onomastique ; dans l'esquisse précédente il s'agit de Mlle d'Orgeville : le jeu des confusions de noms est symétrique, Forcheville/Orgeville — Ossecourt/Chaussecourt.

2. Charles, ami du héros, probablement Montargis, qui deviendra Robert de Saint-Loup dans le texte définitif.

Page 670.

a. rosâtre [impalpable *biffé*] nocturne *ms. Pour l'ensemble du passage, voir var. b.* ⬥⬥ *b.* évoquant *[p. 669, 6e ligne en bas de page]* par son allure [...] et nocturne *add. ms. (f° 33 v°). Tout ce passage (voir aussi var. a, p. 669) est très retravaillé, avec des essais de rédaction successifs non biffés.* ⬥⬥ *c. Peut-être s'agit-il de* contre *, que Proust aurait omis de biffer.*

1. Référence aux paroles de Sganarelle qui, dans la première scène de *L'École des maris*, querelle son frère Ariste à propos des modes vestimentaires. La citation confond plusieurs vers : *De ces petits pourpoints sous les bras se perdants / Et de ces grands collets jusqu'au nombril pendants ? / De ces manches qu'à table on voit tâter les sauces, / Et de ces cotillons appelés hauts-de-chausses ?* — vers où Sganarelle critique

la tenue à la mode, alors qu'il vante ensuite : *Un bon pourpoint bien long, et fermé comme il faut,* [...] *Un haut-de-chausses fait justement pour ma cuisse* (Molière, *Œuvres complètes*, Bibl. de la Pléiade, t. I, p. 346-347).

2. Dans le texte définitif Bloch « ne m'écrivit pas » et Bergotte fait savoir qu'il admire l'article, mais c'est un rêve (p. 170-171).

3. Le récit se poursuit ensuite dans le Cahier 48 comme dans le texte définitif (voir p. 152) : « Le lendemain comme j'allais déjeuner chez la duchesse de Guermantes [...] »

Page 671.

Esquisse XII

L'ensemble des brouillons que nous donnons ici appartiennent aux Cahiers 3 et 2, (cahiers dits du *Contre Sainte-Beuve*, datant de 1908-1909). L'entrée de la mère du narrateur dans sa chambre ouvre l'épisode ; nous donnons les trois rédactions successives de ce début (Cahier 3, ff^{os} 5 r°, 6 r°, 17-18 r^{os}), en XII.1, XII.2 et XII.3 ; la dernière rédaction est suivie d'un long passage sur la couleur du jour, qui va jusqu'au folio 27 r°, et à partir duquel commence le thème de la lecture de l'article (ff^{os} 27 à 29 r^{os}) ; ce ne sont pas ces pages que nous transcrivons, mais la nouvelle rédaction qu'en donne Proust dans le Cahier 2, pris à l'envers (ff^{os} 41 à 29 v^{os}) — pages transcrites par Bernard de Fallois dans son édition du *Contre Sainte-Beuve* (Gallimard, 1954, p. 95-101). L'épisode sera à nouveau récrit, cette fois comme une partie du roman, dans le Cahier 48 (où il précède la poursuite de la jeune fille blonde) ; les pages de ce Cahier (ff^{os} 27 à 31 r^{os}) ont été détachées et placées directement par Proust dans le Cahier XIII du manuscrit au net, cahier dont elles deviennent les folios 110 à 116 r^{os}, avec quelques corrections et additions (voir p. 147 à 152 et les variantes).

a. Cahier 3, f° 5 r°. ◆◆ *b. Cahier 3, f° 6 r°.*

1. Dans le Cahier 74 (dit « Babouche »), on trouve cette note : « Capitalissime. Quand je fais mon article. J'étais[a] bien disposé pour le faire mais j'avais besoin de certains renseignements qui me manquaient. Françoise à ma prière chercha les livres qui pouvaient les donner, mais elle ne les trouva pas. Et m'entendant gémir elle me dit avec cette intuition qu'ont de notre travail ceux qui[b] vivent auprès de nous, intuition que je devais reconnaître en ce cas-ci, plus juste encore par la suite. "Je comprends bien Monsieur, car moi aussi il y a des soirs où je ferais beaucoup d'ouvrage. Mais je[c] ne peux pas le faire si justement il me manque les boutons ou le numéro de fil dont j'aurais besoin. » — Quant à cette compréhension que manifeste Françoise, voir *Le Temps retrouvé*, p. 611.

a. article [J'avais besoin pour le faire de *biffé*] étais
b. À partir d'ici, la fin du fragment est biffée en croix.
c. Mais [alors *biffé*] je

Page 672.

a. Cahier 3, ffos 17 et 18 ros. ◆◆ *b.* dans ma chambre [et m'embrassa avec *biffé*] pour me donner ma lettre. [Elle n'entrait qu'un moment à cette heure-là. Elle avait son visage *biffé*] La tendresse *ms.*

Page 673.

a. Cahier 2, ffos 41 à 29 vos. ◆◆ *b.* je reviens à cette idée, c'est mon article. [Et je commence à le lire, je veux le lire je me lève et m'approche de la fenêtre dont maman a écarté le rideau pour que je ne me fatigue pas les yeux à la lumière. Il fait un de ces ciels rouges de soleil. Alors, par plaisir cela veut dire qu'à la même heure, grâce à cette merveilleuse multiplication *biffé*] veut dire grâce à cette merveilleuse multiplication qu'en ce moment, pendant que ce ciel [rouge rouge rose *biffé*] rouge est étendu sur Paris [et *biffé*] que [le café au lait fumant la fumée tombe et que le *biffé*] la fumée des cafés au lait réchauffe ceux qui sont sortis dans le brouillard qui se dissipe[1]. Alors je prends cette feuille auguste [une et qui est une et dix mille par la mystérieuse multiplication sous ce soleil rouge levé sur Paris dans le brouillard qui se dis<sipe> court entre cent camelots dans le brouillard qui se dissipe, on entre dans chaque maison où le café au lait fume dans les bols *biffé*] qu'une par une[2] multiplication mystérieuse tout en la laissant [la même *biffé*] identique et sans l'enlever à personne [se trouve sans rogner la part de personne dans les mains de cent camelots *biffé*] donne à autant de camelots qui la demandent et sous le ciel rouge étendu sur Paris [court dans le b<rouillard> *biffé*] humide d'encre et de brouillard l'apporte avec le café au lait fumant [auprès du lit *biffé*] à tous ceux *ms.* ◆◆ *c.* ma pensée [plus heureuse en moi *biffé*] en une aurore *ms.* ◆◆ *d.* me remplit de plus [de joie et *biffé*] d'espérance *ms.* ◆◆ *e.* et je commence [mais sous chaque mot je vois les images que j'ai voulu mettre je recrée *biffé*]. Chaque mot m'apporte l'image que j'avais l'intention d'évoquer, à chaque phrase [je sais d'avance ce que je voulais dire, et même elle m'en dit plus que je ne me rappelais *biffé*] dès le premier mot *ms.*

Page 674.

a. apporter *Le Figaro*. [Eux ne savent pas ce que je voulais exprim<er> *biffé*] Dans l'effort *ms.* ◆◆ *b.* force joyeuse, [j'abdique mon jugement sur de moi qui me blâme j'entre *biffé*] je sors *ms.* ◆◆ *c.* que j'imagine en chacun [comme je me satisferai des éloges de ceux qui jusque-là me semblaient bêtes, et je suis heureux *biffé*] de ces éloges *ms.*

Page 675.

a. ce trésor d'images et d'idées. [Hélas *biffé*] Comme si les idées [pénétraient par les yeux dans le cerve<au> *biffé*] étaient sur *ms.*

1. Bien qu'elle ne soit biffée qu'en partie, nous supprimons toute la fin de la phrase, dont Proust n'a pas achevé la correction.
2. Nous supprimons les mots « par une ».

◆◆ *b.* ils penseraient comme moi. [Mais pour bien participer au phénomène qui se produit en ce moment pour que il faut aussi tenir compte *biffé*] Je voudrais penser *ms.* ◆◆ *c.* la verront-ils. [Je reprends le journal. C'est pourtant en première page, presque au milieu. Mais il me semble qu'il y a des gens qui ouvrent *biffé*] Je me réjouissais *ms.*

1. L'une des grandes dames du Faubourg Saint-Germain que Proust connaissait, épouse du comte Robert de Fitz-James, née Rosa Gutmann.

Page 676.

a. une lettre écrite par moi-même. [Hélas il vient un jour où nous connaissons à peu près tous les mots qui en amour peuvent faire plaisir et qu'on dit, en sorte que toutes les lettres que nous recevons qui auraient pu nous faire plaisir, nous donnent ainsi l'impression de ne pas être réelles *biffée*] ne pas venir hors de moi, ne pas appartenir à la réalité extérieure, appartenir au monde subjectif de mon désir, en sortir et non pas l'exaucer[1]. Hélas [bien vite *biffé*] dès le premier amour passé nous connaissons si bien toutes les [paroles *biffé*] phrases *ms.* ◆◆ *b.* que le désir. [Pour mieux toucher du doigt *biffé*] Je me suis fait acheter *ms.* ◆◆ *c.* je prends mon [exemplaire *biffé*] article comme si je ne l'avais pas lu, [et je le recommence avec le même plaisir *biffé*] j'ai une bonne volonté *ms.*

Page 677.

Esquisse XIII

L'Esquisse provient du Cahier 36 (1909); elle est rédigée régulièrement et tout d'un bloc, du folio 10 r° au folio 32 r°. Voir p. 154 à 169.

1. Dans le Cahier XIV, f° 9.

2. Dans le Cahier 31, Mme de Villeparisis fait épouser à sa nièce Oriane le comte de Villebon, devenu par la suite comte de Guermantes (ff^os^ 60 et 61 r^os^).

3. Nom du futur M. de Charlus.

4. On ne retrouve pas ce personnage dans le roman définitif, mais il annonce quelques fantoches du clan Verdurin. Il pourrait bien être une forme à peine déguisée de l'historien Gustave Schlumberger, que Proust vitupère violemment à l'occasion de sa candidature à l'Académie française, dans ses lettres à Mme Straus de juin 1908 (Correspondance, t. VIII, p. 133-134 et 139-141), pour son snobisme et sa bêtise, en l'appelant Schlumberg. Il est nommé dans *Le Côté de Guermantes II* (t. II de la présente édition, p. 510 et n. 4) parmi les hommes que le Faubourg tient pour l'élite et que l'on voit toujours auprès de la duchesse de Guermantes dans les salons.

1. Nous supprimons la fin de la phrase, que Proust a omis de biffer.

Page 678.

1. Le chapeau de Swann est décrit en détail dans *Le Côté de Guermantes II* (t. II de la présente édition, p. 866-867), et doublé de « cuir vert ».

2. Mme Smiss est un autre de ces personnages qui ne figurent pas dans le texte définitif ; son nom évoque les fortunes roturières et américaines qui conquièrent le haut faubourg Saint-Germain.

Page 679.

a. des êtres où ils qui se créent *ms. Nous supprimons* où ils . ◆◆ *b.* Mme de Montargis [baronne de Villeparisis *biffé*] qu'on disait excellente *ms.*

1. Ce point est repris dans *Le Côté de Guermantes II*, t. II de la présente édition, p. 789.

Page 680.

a. Une addition en regard de cette page, au folio 15 v°, n'est pas intégrée au texte. [Par exemple on avait admiré jusqu'ici Henri de Montargis d'être si « raisonnable », n'ayant pas grande *biffé*] Par exemple on admirait habituellement la baronne de Villeparisis d'être si « raisonnable » n'ayant pas grande fortune. Il fut convenu un beau jour qu'elle était avare et chaque économie qu'on avait trouvée humble et touchante jusque-là fut déclarée sordide. En même temps comme l'animosité qui se trahissait par ces remarques avait besoin d'autres exutoires on la trouvait on ne peut plus commune et de mauvais genre. Et elle avait en effet un genre à qui on pouvait trouver du « chic » et du « chien » ou de la vulgarité ◆◆ *b.* dans l'esprit des visiteurs. [Ainsi comme les vieilles filles qui ne font rien toute la journée et qui ont des périodes où elles se confient à leur cuisinière et soupçonnent toutes les intentions de leur cocher *biffé*] Mais il en est *ms.* ◆◆ *c.* la cuisinière sur les [sorties, mauvais instincts *biffé*] comptes *ms.*

Page 681.

a. de principes, [d'émotions factices qui les empêche de bien agir dans chaque circonstance donnée. De même Mme de Guermantes trouve dans la *[un mot illisible]* timidement vagues allusions *biffé*] de décisions *ms.* ◆◆ *b.* ne pas y aller. [Par une décision de même genre, elle fit savoir à son mari qui l'approu<vait> *biffé*] Elle trouva *ms.*

Page 682.

a. ne voulant pas [profiter *biffé*] leur forcer en la faisant entrer *ms. Nous ajoutons* la main .

1. La princesse de T*** ne figure plus dans le texte définitif ; son rôle est dévolu à plusieurs autres personnages, Mme de Marsantes, Mme de Virelef, Mme de Nièvre, etc.

Page 684.

a. Et cet homme *À partir d'ici, et jusqu'à* il était mort. *, à la fin du §, nous transcrivons une addition portée au verso du folio 23. Une croix en marque la fin, mais aucune marque correspondante ne figure dans la page de recto. Nous avons donc placé l'addition nous-mêmes.* ↔ *b.* quatre millions de dot. [Deux années pass<èrent> *biffé*] La décision *ms.*

1. Cet oncle est mentionné dans *Sodome et Gomorrhe* (voir t. III de la présente édition, p. 144) sans indication d'origine. Il laisse à Gilberte non pas dix mais quatre-vingt millions.

Page 685.

a. Cette petite. [Vous savez que je ne suis pas suspecte de partialité envers elle *biffé*] Vous comprenez bien *ms.*

Page 686.

1. On ne retrouve pas ce nom dans *À la recherche du temps perdu.*

2. Adolphe Monticelli (1824-1886), demeura obscur et pauvre jusqu'à sa mort. Proust y fait allusion en 1901 dans un article sur Montesquiou (*Essais et articles*, *Contre Sainte-Beuve*, Bibl. de la Pléiade, p. 444), et, en 1905, compare la voix de la comtesse de Guerne à l'un de ses tableaux (*ibid.*, p. 505). On ne le retrouve pas dans *À la recherche du temps perdu* où les tableaux d'Elstir remplissent la même fonction.

Page 687.

a. Sur le verso en regard de ces lignes (f° 30 v°) apparaît cette note marginale : Il faudra mettre en relief avant tout cela et bien déduire que Mme de Guermantes agissait d'après son goût du monde et faisait et parlait autrement (Les S. m'ennuient, elle y va — les intellectuels c'est tout — pas de cartes aux enterrements — je suis heureuse de vous voir — Je n'ai rien à vous dire — J'aime Swann — Je ne fais rien pour lui. Ce n'est pas tout chercher bien l'établissement de ce caractère ↔ *b. Devant* Les traits *une parenthèse, que Proust n'a pas fermée, est ouverte dans ms. Nous la supprimons.*

Esquisse XIV

Cahier 61, ff^{os} 81 à 84 r^{os} (1917-1919). Voir p. 154.

Page 688.

a. En marge en regard de ces lignes, Proust a encore noté : non ce n'est pas dans le côté de G., c'est bien après, même après la mort d'Albertine, que je rencontre Gilberte chez les Guermantes et que je dois placer ce morceau, si je tiens à le laisser à Mme de Forcheville (à moins que je ne parle évasivement de la mort de Swann auparavant).

Page 689.

Esquisse XV

Les Esquisses XV.1, XV.2 et XV.3 se trouvent dans le Cahier 3, c'est-à-dire le tout premier cahier des brouillons du *Contre Sainte-Beuve* que l'on date de 1908. L'Esquisse XV.1 va du folio 43 r° à 42 v°, puis à 41 v°, avec une addition concernant la fenêtre au folio 41 r°. L'Esquisse XV.2 se trouve de façon à peu près continue sur le verso des folios 38 à 33. L'Esquisse XV.3 part des folios 38 r°, 36 à 34 r^{os} puis se continue sur les versos des folios 33 à 31. De ces trois fragments, Bernard de Fallois a donné, dans son édition du *Contre Sainte-Beuve*, une version continue, rattachant les trois états successifs et créant un texte cohérent et agréable à lire. Dans sa thèse, Jo Yoshida s'est efforcé de démêler page à page, voire ligne à ligne, l'ordre chronologique de l'écriture. Nous séparons les trois étapes principales, mais nous avons renvoyé dans les variantes (non exhaustives) les multiples corrections qui reprennent et défont les fragments.

La reprise du thème, dans le Cahier 48 (puis, à nouveau, dans le Cahier 50), appartient cette fois à la première version d'*À la recherche du temps perdu* ; à ce stade encore, le texte est extrêmement raturé et instable. Nous transcrivons dans l'Esquisse XV.4 les folios 54 à 56 v^{os}, 62 r°, 63 r°, 62 v° du Cahier 48 (1911). Voir p. 202 à 233.

a. Fragment des folios 43 r°, 42 v°, 41 r°, 41 v°. Un premier début, au folio 43 r°, a été abandonné : Le soleil dorait la girouette de la maison d'en face. [Je me rappelais cet écl<at> *biffé*]. C'était cet éclat que j'apercevais [par ma fenêtre *biffé*] quand on ouvrait ma fenêtre à Venise, où au haut de la petite calle, le sol<eil>

Page 690.

a. apporté [du ciel *biffé*] sur terre *ms.* ◆◆ *b.* de bonne volonté [qui chanteraient. Au resplendissement de l'or je Il suffisait de *biffé*] Je n'apercevais rien d'autre par ma fenêtre mais [toute surface éclairée nous est un cadra<n> *biffé*] comme le monde *ms.* ◆◆ *c.* quotidienne et [rustiq<ue> *biffé*] réelle, *ms.* ◆◆ *d.* si résistante que les [yeux *biffé*] regards pouvaient pour s'y détendre s'y appuyer plus encore, [sentir dans *biffé*] éprouver *ms.* ◆◆ *e.* où c'est *À partir d'ici, et jusqu'à* qui nous le tenait *[p. 691, var. a], nous suivons le texte d'une addition portée, en face du folio 42 v°, au folio 41 r° ; une nouvelle formulation est encore esquissée sur la même page. On en retrouve les motifs dans l'Esquisse* XVI.2 *(voir p. 702-703).*

Page 691.

a. Fin de l'addition signalée var. e, p. 690. ◆◆ *b.* où ma mère [se penchait *biffé*] était à lire *ms.* ◆◆ *c.* Quand [la nuit viendrait *biffé*] le soir, ces soirs [où *biffé*] qui ne peuvent pas finir et où la lumière [a l'air arrêtée à é *biffé*] arrêtée à écouter un soliste qui chante sur la lagune, fait avec la mélodie un tout qui semble [qui ne changera plus et qui dans le souvenir en effet ne bouge plus *biffé*] à jamais fixé, et qui en effet ne se séparera plus dans le souvenir / Quand le crépuscule venait, *ms. Proust a omis de biffer le premier jet, interrompu, de sa phrase.* ↔ *d. Cahier 3, ffos 38 à 33 vos.* ↔ *e.* mais dans l'[éclat d'or *biffé*] or sombre qu'il plaquait sur la girouette [de métal *biffé*] en fer de la maison d'en face. [C'est ainsi que de ma fenêtre dans le village où je passais autrefois les vacances de Pâques je Et *biffé*] comme [le monde n'est qu'un innombrable cadran solaire, je n'avais pas besoin d'en voir davantage pour savoir l'heure et *biffé*] autrefois au village [où je passais *biffé*] j'[je voyais *biffé*] apercevais les [dimanche quand je me levais tard je voyais *biffé*] ardoises de l'église éblouissantes. Et comme le monde *ms.* ↔ *f.* que le patron [déjà habillé *biffé*] qui était allé [...] derniers mouchoirs [tout en disant *biffé*] aux [clients *biffé*] acheteurs tout en regardant [...] de toile écrue et [de printemps *biffé*] de soleil, que [le tumulte du marché était à son comble *biffé*] sur le marché *ms.*

Page 692.

a. C'était [l'ombre fraîche sur les maisons alignées sur la place ensoleillée, l'ombre noire du store du magasin de confection, les cris de la foule, l'animation de paysans de la place jaune de soleil, l'ombre noire du store du magasin, la fraîcheur de la maison de mon oncle où nous allions déjeuner. Ce que j'avais à la place Venise me donnait *biffé*] de descendre vite au [soleil *biffé*] beau temps devant notre porte, de gagner la place du marché pleine d'[animation *biffé*] de cris et de soleil *C. 3 f° 37 v°* ↔ *b.* de mon oncle *Suit dans ms. une première rédaction inachevée du passage qui vient ensuite, raturée et peu cohérente :* Ce que Venise me donnait à la place [et ce que maintenant en regard j'aurais voulu retrouver *biffé*] [dès que j'avais atteint les marches du seuil tour à tour couvertes ou abandonnées par l'eau montante ou descendante *add.*] et ce que j'avais tant aimé que maintenant ce n'était plus que [Venise que cet éclat d'or l'éclat de *biffé*] l'ange d'or [que me rappelait l'éclat de la girouette et que ce n'était plus que dix heures du matin à Venise *biffé*] avait effacé les promesses du soleil sur l'ange d'or... avait effacé de mon esprit le soleil d'or sur l'ardoise de l'église, et qu'en voyant le soleil sur la girouette de la maison d'en face, ce n'était plus Venise dont je sentais le brusque et profond désir, / Était-ce cela *ms.* ↔ *c.* la promesse de l'ange d'or [avait été accomplie. Car c'est le propre de cette ville unique. Seulement c' *biffé*] de me rendre *ms.* ↔ *d.* de les donner. [Cette agréable impression de l'animation au grand soleil et de l'ombre différente des maisons, voisines les unes des autres, ce n'était pas une rue mais une étendue de saphir *biffé*] Cette gaieté *ms.*

1. Évangile selon Luc, II, 14.

2. Sur cette impression qui frappe tout visiteur à Venise, Proust a retenu une phrase de Ruskin qu'il cite en note dans sa traduction de *La Bible d'Amiens* : « cf. *Praeterita*, l'impression des hauts courants de marée montante et descendante le long des marches de l'hôtel Danieli » (Mercure de France, 1947, n. 1, p. 106).

Page 693.

a. qui l'entretenait [dans de vastes espaces escaliers de marbre *biffé*] avec de vastes surfaces de marbre [mouillées d'un rapide soleil *add.*]

[et où courait avec le soleil une ombre mobile projetée du canal donnait sur qui laisserait *[plusieurs mots illisibles]* lesquels venait se briser le *biffé*] d'un escalier *ms.* ↔ *b.* si historiques qu'elles soient, [prennent dans notre souvenir cette éloque<nce> *biffé*] jouent dans notre souvenir ce rôle, dévolu habituellement aux plus humbles, aux plus laides choses, [à l'appui de bois d'une fenêtre bien connue où pendait un châle qui venait de quitter des épaules aimées, à l'embrasse qui relevait le coin du rideau, à la distance qui séparait cette fenêtre d'une gouttière *biffé*] de nous rappeler *ms.* ↔ *c.* d'habitude [le coin d'un vieux châle pendant *biffé*] l'appui de bois [de la fenêtre *biffé*] d'une fenêtre, [la distance où cette fenêtre était d'une gouttière, particularité qui distinguait cette fenêtre des autres, sa distance d'une gouttière, l'embrasse qui relevait à demi *biffé*] son rideau de mousseline relevé par une embrasse, [les volets entrouverts *biffé*] la place peu symétrique *ms.*

1. Ruskin, au tome I des *Pierres de Venise* (*The Stones of Venice*, *The Works of Ruskin*, Londres, Cook and A. Wedderburn, 1903-1904, t. IX, p. 288-289), représente un détail de la façade du palais des Badoari ; le dessin correspond à la phrase de Proust ; le palais, situé campo della Guerra, près de Saint-Marc, ne se reflète pas dans l'eau ; Proust a déplacé la « tête du dieu barbu » selon les versions.

2. Maxime Dethomas avait illustré (dix planches hors-texte et dessins dans le texte) *Les Esquisses vénitiennes* de Henri de Régnier (L'Art décoratif, 1906), parmi lesquelles « Le Peintre » lui est dédiée : « Personne, mieux que lui, n'a peint Venise. Ne lui en demandez pas les aspects célèbres : il ne vous montrera ni le Palais ducal, ni les Procuraties, ni Saint-Marc, ni la Salute, ni le Rialto, mais il saura choisir pour vous émouvoir l'angle d'un petit campo désert, un vieux mur qui découvre à marée basse des coquilles marines incrustées parmi de fines algues, une cour avec un puits où des guenilles sèchent à des ficelles, la Venise secrète et singulière dont le charme fétide et délicieux ne s'oublie plus quand on l'a, une fois, ressenti » (p. 56-57).

3. Voir Ruskin, *The Stones of Venice*, éd. citée, t. X, p. 6. La mère du jeune voyageur lui lit les pages de Ruskin évoquant l'arrivée à Venise autrefois, avant les trains ; la comparaison avec les rochers de corail est directement empruntée à Ruskin : *as a deep inlet between two rocks of coral in the Indian sea* (« comme une profonde entaille entre deux rochers de corail de la mer des Indes ») ; en revanche, on ne trouve pas dans ce texte l'opale, bien souvent choisie par Proust pour évoquer la clarté lunaire.

Page 694.

a. Cahier 3, ff^os 38 r°, 36 à 34 r^os et 33 à 31 v^os. ↔ *b.* avoir de la beauté. *Fin du folio 38 r° ; une note de régie indique de suivre au folio 36 r°, montage que nous réalisons. Voici le texte du folio 37 r° :* La file des maisons en fête c'était la double rangée de palais qui [les uns avec la belle simplicité de l'arc noble des autres avec la sainte ferveur de l'ogive *biffé*] les uns avec la résignation [négligée *biffé*] [simple *biffé*] de l'arc de plein ceintre, d'autres avec la ferveur et l'élan de l'ogive [soutenaient *biffé*] gardaient d'ineffables souvenirs [regardaient sans les voir chacun à sa place, bien stylés, regardant, gardant avec, rangés les uns contre sur deux rangs l'un près de l'assez rapprochés, pour vie quotidienne et permanente *biffé*] rangés les uns contre les autres sur deux rangs assez peu éloignés pour la commodité de la vie quotidienne, avec autant de faste, de simplicité et de permanence, que si ç'avait été la chose la plus naturelle du monde [de vivre ainsi au milieu de *biffé*] d'installer à jamais ses habitudes et d'étaler son linge au milieu de la mer ; quelques-uns gardaient la mode [orientale *biffé*] arabe et des emblèmes d'orient en souvenir de la patrie perdue nous regardant sans nous voir par les lobes vides de leurs quatre feuilles. / et des deux côtés de laquelle s'étaient rangés des palais de marbre et de porphyre, soutenant les uns avec la simplicité du plein ceintre, les autres avec la ferveur de l'ogive le souvenir de ceux qui n'étaient plus, regardant sans les voir les nouveaux venus ; quelques-uns ayant gardé le monde et les habitudes de l'orient en souvenir de la patrie perdue la mère *[une addition illisible]* chacun différent de l'autre, mais serrés les uns contre les autres, avec un air de *[un mot illisible]*, de permanence, de faste et de simplicité que si ç'avait été la chose la plus naturelle d'être venu à jamais installer ses habitudes et étaler du linge au milieu de la mer. ◆◆ *c.* ces humbles *[7 lignes plus haut]* particularités qui [nous font reconnaître des années après notre fenêtre *biffé*] [naturellement *add.*] individualisent pour nous la fenêtre de [l'appartement notre chambre *biffé*] la petite maison de province [ce coin de rideau relevé, ce grossier appui de bois, cette place peu symétri<que> *biffé*] sa place peu symétrique [près d'une entrée *biffé*] à une distance inégale de deux autres, son grossier appui de bois [le coin du rideau à demi relevé, et qui suffisent à nous émouvoir font le charme de son accueil chaque fois que nous rentrons *biffé*] ou qui pis est [...] la couleur de rideau [entrouvert et retenu p<ar> *biffé*] qu'une embrasse [...] qui entre toutes en font notre fenêtre [et qui plus tard, quand elle n'est plus notre fenêtre, nous parle avec tant d'éloquence reste comme nous émeut comme un témoignage que des choses furent qui ne sont plus faisaient *biffé*] chaque fois *ms.*

Page 695.

a. De [bien *biffé*] loin [elle me souriait *biffé*] et dès Salute je l'apercevais [qui me souriait m'attendait avec cette distinction suprême que lui donnait avec un sourire que l'élan de l'ogive couronnait de la suprême distinction d'un regard m'attendant souriante *biffé*] et qui m'avait [déjà *add.*] vue[1] [et ; m'attendait avec une cordialité amitié au-dessus de son regard de bienvenue *biffé*] et l'élan de son ogive [ajoutait lui donnait secrètement d'en haut cette suprême distinction qu'ajoute à un sourire un regard un peu incompris *biffé*] qui m'avait déjà vue *[sic]* [et *biffé*] mais l'élan [et la pointe *add. biffée*] de son ogive[2] ajoutait *ms.* ◆◆ *b.* chapeau de paille [surmonté d'un oiseau blanc *biffé*] qui fermait *ms.*

1. Nous supprimons « et qui m'avait déjà vue ».
2. Nous supprimons « mais l'élan de son ogive ».

Page 696.

a. impermutable. [En ce moment je revivais l'angoisse de cette minute. *biffé*] [En ce moment où maman était près de moi je pouvais échapper dans ses bras à l'étreinte de cette minute d'angoisse et de bronze. Mais quand le risque de tomber sur elle à Venise sans maman pour m'y arracher. C'était impossible sans elle à Venise. Encore maintenant pour échapper à l'étreinte de ces minutes d'angoisse et de bronze ; *biffé*] au souvenir de cette minute comme une étreinte d'angoisse et de bronze, j'avais maman auprès de moi, je n'aurais plus comme ce matin maman auprès de moi[1]. À ce souvenir le besoin d'être auprès de maman fut le plus fort et la pensée d'aller à Venise sans elle ne me permit plus que vouloir aller chercher <sans pouvoir ?> m'en guérir par son baiser l'étreinte d'angoisse et de bronze. / Le souvenir intolérable *ms.* ↔ *b. Cahier 48, ff^os 54 à 56 v^os. Les folios 53 à 57 r^os reprennent le Cahier 3.* ↔ *c. Ms. donne à l'origine* était tenu *[2e ligne du §]* par des palais dont chacun ; *en marge, une addition reprend les termes de raccord initiaux et terminaux :* des palais dont [le faste et la stabilité prouvaient *corrigé en* d'un faste et d'une stabilité prouvant] que c'était [...] la plus naturelle du monde de toutes, [les nécessi<tés> *biffé*] la complication [et de tout le raffinement *add. interl.*] de la vie d'une ville [conservé élevée jusqu'à son plus haut raffinement *biffé*] installé au milieu de la mer — mais dont chacun ↔ *d.* si ouverts [épanouissant [dans toute leur vie de l'intérieur du dedans *biffé*] toute leur vie intérieure à l'extérieur dans les colonnes fleuries de chapiteaux de la façade, qui [elle-même *add.*] s'extériorise encore et descend en reflet sur [le canal *biffé*] l'eau de nacre, [ayant fait *biffé*] revêtus de riches revêtus richement *biffé en définitive*] ajustés de la plus riche parure *ms.*

1. Santa Maria della Salute, église située à la pointe entre le canal de la Giudecca et le Grand Canal, et dont on voit fréquemment les coupoles au premier plan des tableaux de soleils couchants à Venise.

2. Proust ne consulte pas de plan car aucun itinéraire ne donne cet ordre ; si l'on suit le Grand Canal en partant du débarcadère de Saint-Marc, on a à droite le palais Contarini Fasan, puis à gauche, Dario, plus loin à gauche, Foscari, et enfin à droite, Mocenigo.

Page 697.

1. Ce palais, d'architecture gothique domestique du XVe siècle, et longtemps désigné aux touristes comme la maison de Desdémone, est en effet orné de balcons ajourés d'arabesques. Proust fait peut-être allusion dans cette phrase à la « disproportion » architecturale dont Ruskin prend vivement la défense dans son Index vénitien : « De sottes critiques ont paru en Angleterre, trouvant ce palais "mal proportionné". La vérité est qu'il fallait que l'architecte proportionnât la construction au peu de profondeur qu'offrait le canal ; qu'il fît des chambres aussi confortables qu'il le pût ; des fenêtres et des balcons

1. Nous supprimons également la fin de la phrase, et ne donnons pas la phrase suivante qui, bien que n'étant pas biffée, est immédiatement reprise.

commodes pour ceux qui devaient s'en servir, et qu'il laissât les "proportions" extérieures libres de se défendre elles-mêmes ; ce qu'elles ont très suffisamment fait, car bien que la maison ait honnêtement avoué son exiguïté, elle n'en fut pas moins l'un des principaux ornements du Grand Canal. Sa destruction serait presque une aussi grande perte que la destruction de la Salute elle-même » (*The Stones of Venice*, éd. citée, t. XI, p. 368-369 ; trad. M. Crémieux, Laurens, 1907, p. 259-260).

2. Le palais Foscari, selon Ruskin « le plus noble exemple, à Venise, du style gothique au XVe siècle » (*The Stones of Venice*, éd. citée, t. XI, p. 378), ne semble pas correspondre à la description proustienne qui souligne les incrustations de disques de pierres de couleurs, *occhi*, l'une des caractéristiques de l'art ornemental vénitien dont Ruskin a fait des études nombreuses.

3. « [...] lorsque ses peintres puissants eurent créé pour elle une couleur plus précieuse que l'or et le porphyre, Venise prodigua ce trésor sur les murs battus par les flots, et quand la haute marée pénètre dans le Rialto, elle est encore aujourd'hui rougie par les reflets des fresques du Giorgione » (*The Stones of Venice*, éd. citée, t. X, p. 98 ; trad. citée, p. 75).

Page 698.

a. Cahier 48, ff^os^ 62 r°, 63 r°, 62 v°. ◆◆ *b.* séparé par des siècles *fin du folio 62 r° de ms. ; le texte reprend au folio 63 r° avec l'indication :* Je reprends ici à séparé par des siècles. *Le motif est traité auparavant, au folio 56 v°, dans un court fragment qui a été biffé ; il était placé dans la promenade avant le déjeuner :* [Elle est ancienne ; cela ne veut pas dire que beaucoup d'années ont passé sur elle, car la vie des œuvres d'art s'arrête au jour où elles recouvrent leur forme définitive, c'est cette heure-là qu'elles marquent, c'est à cette heure-là qu'elles se trouvent encore. C'était à la vie des doges du [XIVe siècle *biffé*] moyen âge que le Palais Ducal, que les colonnes de la Piazzetta étaient destinés, pour eux qu'elles étaient là encore [gardant fidèlement leur contenance et leur pensée confiante, immobiles, muettes, n'ayant pas /bougé d'un mouv<ement> *biffé/* bougé dans leur maintien, dans leur geste, dans leur sourire depuis le temps où elles attendaient le retour du Bucentaure, et épiant aussi la mer *add.*] de sorte que c'était [en quelque sorte dans ce IXe *biffé*] dans ce XIVe siècle [hospitalier abandonné *biffé*] vacant et familier que je me promenais familièrement, les caressant de la main les colonnes dociles et polies que j'avais [ainsi à la fin du jour regardant *biffé*] au sein d'un XIVe siècle vacant et familier que je regardais midi flamber et pensais à rentrer déjeuner.

1. Suit un passage sur le regret qu'a le narrateur de sa grand-mère, à la fin de la matinée, puis sur la vue de l'ogive où l'attend sa mère. Après le déjeuner, mère et fils se rendent au baptistère et, à la sortie, s'attardent sur la place Saint-Marc.

2. Il s'agit des colonnes de pierres mélangées, « jaspe, porphyre, serpentine vert foncé tachetée de neige, marbres » (Ruskin, *The Stones*

of Venice, éd. citée, t. X, p. 83), qui entourent les portails de la façade principale de Saint-Marc ; le portail central est surmonté d'un « Jugement dernier » de L. Guerena, datant de 1836. Le Christ est une combinaison assez bizarre du Christ en majesté et du Christ portant la croix, ce qui explique peut-être l'épithète « équivoque ».

Page 699.

Esquisse XVI

Le texte de l'Esquisse XVI.1 ne nous est connu que par les feuilles manuscrites, en mauvais état, insérées dans le Cahier XIV sur deux becquets collés aux folios 96 et 97. L'insertion est postérieure à la rédaction du cahier (1916). La date du fragment est incertaine : postérieure à 1914, puisqu'on y trouve Albertine, elle est antérieure à l'addition introduisant Mme Sazerat (voir var. *b* de cette page) dont l'invitation à dîner déclenche, dans la version définitive, la rencontre au restaurant du vieux couple illégitime. Les allusions à la famille Doudeauville peuvent le rapprocher du passage du *Côté de Guermantes II* où Mme de Guermantes critique les projets de mariage entre M. de Norpois et Mme de Villeparisis (t. II de la présente édition, p. 819). Ici, M. de Norpois est bien plus proche du gourmet d'*À l'ombre des jeunes filles en fleurs* que du chroniqueur diplomatique des versions suivantes.

Le texte de l'Esquisse XVI.2 est le second état de l'épisode ; on le trouve dans *dactyl. 2* (ff^os 916 à 919), où il est entièrement biffé. Ce texte fut écrit en 1919 et destiné à la publication de l'extrait intitulé « À Venise » dans les *Feuillets d'art* du 19 décembre 1919. Nous le donnons en Esquisse parce que son contexte n'est pas celui d'*À la recherche du temps perdu* ; ce fragment ne peut être considéré comme une variante d'*Albertine disparue* ; il reprend, en modifiant les références d'actualité et en les amplifiant, la conversation que nous donnons en XVI.1. Proust a remplacé les feuilles dactylographiées de l'épisode de Venise, qui suivaient le manuscrit de mise au net, et qui lui ont servi de brouillon pour l'article des *Feuillets d'art*, par la dactylographie du texte de l'article des *Feuillets d'art* ; ces feuilles lui ont alors servi de brouillon pour élaborer la version du séjour à Venise d'*Albertine disparue* ; il a retravaillé l'ensemble du chapitre en faisant des allées et venues entre *dactyl. 1* et *dactyl. 2* ; mais c'est dans *dactyl. 2* qu'il a récrit à la main une nouvelle version de la conversation de Mme de Villeparisis et de M. de Norpois, en biffant la version des *Feuillets d'art*, mais en s'en inspirant : c'est une version touchant à l'actualité politique, mais une actualité replacée, conformément à la chronologie du roman, avant la guerre de 1914-1918. Cette version est dactylographiée dans *dactyl. 1* et procure le texte définitif. Voir la Notice, p. 1028 à 1032, la Note sur le texte, p. 1042-1043, et le texte définitif, p. 209-218.

a. Feuilles manuscrites insérées dans le Cahier XIV. ◆◆ *b. Dans le Cahier* XIV, *Proust a rédigé en marge du folio 97 une addition destinée à lier le texte initial — les retours en gondole vers l'hôtel, en fin d'après-midi — au fragment rajouté. C'est là qu'apparaît Mme Sazerat :* Mme Sazerat avait voulu nous faire une politesse et nous inviter à dîner ; mais ma mère pensant que comme il y avait déjà tant d'années à Combray, elle trouverait le moyen de rendre la réunion assommante, et pensant aussi qu'elle n'avait pas *[un mot illisible]* de ses revenus, préféra l'inviter ↔ *c.* peu restaient *lecture conjecturale ; la feuille est ici fortement déchirée et le texte est à peine lisible.* ↔ *d.* le poids des ans. [Je ne pouvais comprendre qui était M. de Villeparisis quand je vis *biffé*] [Comme ma mère ne la connaissait pas et *[*désirait *biffé]* était fatiguée nous nous plaçâmes de façon qu'elle pût voir la marquise sans en être *biffé en définitive*]. Le hasard fit *ms. Voir n. 1.*

1. La version définitive (p. 209, 2e §), qui est celle du texte des *Feuillets d'art*, reprend l'articulation introduite dans le Cahier XIV (voir var. *b*). Le texte donné au *Matin*, intitulé « Mme de Villeparisis à Venise », paru le 11 décembre 1919, et très proche de celui des *Feuillets d'art*, offre en son début une version intéressante de l'épisode, parce qu'elle fait apparaître un lien avec les conversations familiales sur les mariages et les relations entre le monde de Combray et le monde de Paris : « Dans les derniers temps de notre séjour à Venise, comme nous y avions retrouvé Mme Sazerat, nous dînions souvent dans des hôtels qui n'étaient pas le nôtre. Nous voulions, en effet, la distraire et la faire profiter d'un peu de luxe. Maman m'avait raconté ce qu'elle m'eût caché à Combray, au temps où en me lisant à haute voix elle faisait de larges coupures même dans *Les Maîtres Sonneurs* et *François le Champi* ; elle m'avait raconté que Mme Sazerat avait été à peu près ruinée, parce que son père, M. de Portefin, s'était épris (cela remontait à plus de quarante ans) de la duchesse d'Havré, laquelle lui avait pris peu à peu tout ce qu'il avait et l'avait abandonné après lui avoir mangé jusqu'à son dernier "fermage". »

Page 700.

a. Le caractère *[1re ligne]* [tout à fait *biffé*] matrimonial de leur liaison que le laisser aller de [l'âge *biffé*] la vieillesse [...] pour une femme qui n'est pas la [sienne *biffé*] vôtre pas plus *ms.*

1. Le duc Sosthène de Doudeauville, dont M. de Charlus évoque la mort dans *Le Temps retrouvé*, aurait donc pour fils le duc de Bisaccia ; dans la version définitive (p. 212), le prince Foggi, prince Odon, est le beau-frère de la cousine Doudeauville de Mme de Villeparisis qui ne semble pas s'en souvenir davantage. Mme de Villeparisis est la petite-fille de Florimond de Guise (voir *Le Côté de Guermantes, II*, t. II de la présente édition, p. 819 et n. 2 : épouser Norpois, ce serait faire rire les poules), et la fille de Cyrus de Bouillon. Sa nièce Oriane se réclame d'une grand-mère qui était « des ducs de Doudeauville » (*Le Côté de Guermantes II*, t. II de la présente édition, p. 820). Voir W. Hachez, « Les Bouillon », *Bulletin de la Société des amis de Marcel Proust*, nº 34, p. 192-197.

2. Allusion au rôle de Guillaume II au moment où la France cherche à s'emparer du Maroc après avoir désintéressé l'Italie et l'Angleterre. Venu en personne à Tanger en mars 1905, l'empereur garantit

solennellement l'indépendance du Maroc. La conférence d'Algésiras, en 1906, termina ce conflit. Il reprit en 1911 avec l'affaire d'Agadir qui aboutit à l'accord franco-allemand de novembre 1911.

Page 702.

a. Nous transcrivons ici le texte, biffé, procuré par les folios 916 à 919 de dactyl. 2, et destiné à la publication dans les « Feuillets d'art » du 19 décembre 1919 (voir la notule de la présente Esquisse).

1. Le baron Giorgio Sidney Sonnino (1847-1922) fut ministre des Finances à la fin du XIXe siècle, chef de l'opposition de centre droit, adversaire de Giolitti, puis président du Conseil en 1906 et en 1909-1910 ; en 1914, ministre des Affaires étrangères, il négocie avec l'Autriche ; en 1915, il signe le traité de Londres. Il demeure aux Affaires étrangères jusqu'en 1919.

2. La confusion est expliquée dans une lettre de Proust à son ami anglais : « Croyant me rappeler (et je le crois encore) qu'on m'avait dit que Sonnino s'appelait de son vrai nom Schiff, j'ai mis exprès son nom de façon à dire "rien du charmant Sidney Schiff" comme une petite carte de visite amicale pour vous » (*Correspondance*, t. III, p. 14-15). Sidney Schiff (1869-1944) et sa femme, Violet, étaient de riches mécènes qui aidèrent notamment Katherine Mansfield. Ils achetèrent un exemplaire de l'édition de luxe d'*À l'ombre des jeunes filles en fleurs* en 1919, et virent Proust à Paris dans les années 1920-1921. Sidney Schiff a écrit plusieurs romans et articles sous le pseudonyme de Stephen Hudson, dont « Témoignage sur Proust », dans *La Nouvelle Revue française* de janvier 1923. Il a traduit en anglais *Le Temps retrouvé*. Dans leur correspondance de mai 1924, T.S. Eliot et Virginia Woolf le désignent comme « le pseudo-Proust ».

3. Joseph Caillaux, en mission diplomatique à Rome en 1917, se trouva compromis dans les intrigues menées par l'Allemagne pour engager séparément des pourparlers de paix avec les différents gouvernements alliés. Briand lui-même avait été approché un peu plus tard et avait prévenu Ribot qui soupçonnait des manœuvres de propagande. Le ministère Clemenceau fit arrêter Caillaux en décembre 1917, après avoir fait voter la levée de l'immunité parlementaire ; il était accusé « d'avoir poursuivi dans la guerre actuelle la destruction de nos alliances en cours d'action militaire et ainsi secondé les progrès des armes de l'ennemi » (cité dans *Histoire de France contemporaine* d'Ernest Lavisse, t. IX, *La Grande guerre*, Hachette, 1922, p. 463).

4. Alexandre Ribot, président du Conseil de mars à septembre 1917, avait fait nommer Jonnart, ancien ministre des Affaires étrangères, haut-commissaire des Alliés pour restaurer le régime constitutionnel en Grèce. Il s'agissait d'obliger Constantin Ier à abdiquer. Jonnart s'appuyait sur les républicains, favorables à l'Entente, et sur les forces militaires alliées ; les gouvernements anglais, italien et russe redoutaient un recours à la force, mais Jonnart considérait que la conférence de Londres, où il avait, en principe,

obtenu les pleins pouvoirs, l'emportait sur leurs réserves particulières ; il mena jusqu'au bout la politique voulue par Ribot, et Constantin Ier abdiqua le 12 juin 1917.

Page 703.

1. Fiume, de nos jours Rijeka, est un grand port d'origine vénitienne que se disputèrent la Yougoslavie et l'Italie après la première guerre mondiale ; elle reçut le statut de ville libre sous contrôle de la Société des Nations. Le 11 septembre 1919, le poète d'Annunzio s'en empara et y installa un gouvernement ; il s'y maintint jusqu'en 1922, malgré le traité italo-yougoslave de Rapallo qui, en 1920, reconnaissait l'indépendance de Fiume.

2. Francesco Nitti (1868-1953) était président du Conseil depuis juin 1919, à la tête d'un gouvernement de centre gauche ; l'agitation des nationalistes l'embarrassa et provoqua sa chute en juin 1920.

3. Marcel, « écrivain français parfaitement inconnu », est évidemment Marcel Proust, qui s'amuse ici à flatter de façon hyperbolique le poète d'Annunzio, ami de Robert de Montesquiou ; Dante, Virgile, et le Victor Hugo de *La Légende des siècles*, c'est une lignée bien grandiose pour le héros de Fiume. Peut-être a-t-on ici une peinture directe de l'effarement que provoquent dans le monde les déclarations emphatiques du héros de *À la recherche du temps perdu*.

Esquisse XVII

XVII.1 : Cahier 62, ffos 8 à 10 ros (1920-1921). Ces pages sont postérieures à la version des *Feuillets d'art* (voir la notule de l'Esquisse XVI, p. 1348). Il s'agit de brouillons assez décousus. Deux autres fragments sur M. de Norpois (ffos 41 ro-40 vo, et fo 57 ro) se trouvent dans le même cahier ; nous ne les donnons pas.

XVII.2 : Cahier 59, ffos 81 à 85 et 87-88 ros, avec addition aux folios 83-84 vos. On date ordinairement ce cahier de 1921-1922.

XVII.3 : Cahier 59, ffos 85 à 88 vos. Il s'agit d'un complément aux pages précédentes sur la note de 1870. Voir le texte définitif, p. 214-218.

Page 704.

a. Cahier 62, ffos 8 à 10 ros. ◆◆ *b.* Sienne [Vérone *biffé*]. Mais *ms.*

Page 705.

a. Cahier 59, fo 81 à 85 et 87-88 ros. ◆◆ *b.* Puis il [se mit à énumérer un grand nombre d'hommes discuter envis<ager> *biffé*] dit que la tâche *ms.* ◆◆ *c.* profond silence. [Au premier moment *biffé*] le prince crut *ms.*

1. Maximilien Harden (1861-1927), fondateur du journal satirique *Zukunft* (Avenir), mena une campagne de presse contre la politique de Guillaume II, et contre le prince d'Eulenbourg.

2. Le traité de Francfort rétablit la paix entre la France et l'Allemagne après la guerre de 1870. Il stipulait le paiement d'une indemnité de cinq milliards par la France ainsi que la cession de l'Alsace et d'une partie de la Lorraine. Le *Beati possidentes* dont il est question plus bas s'oppose au *Beati pauperes spiritu* de l'Évangile et signifie qu'il est utile de revendiquer son droit en s'emparant d'abord en fait de ce que l'on réclame. Bismarck passait pour avoir mis cette maxime à la mode.

3. Antonio Salandra (1853-1931) occupe des postes ministériels à l'Agriculture, au Trésor et aux Finances de 1891 à 1910. Il remplace Giolitti de mars 1914 à juin 1916. Si la conversation du prince et de M. de Norpois se tient aux environs de 1905-1906, il s'agit d'une erreur de chronologie de Proust.

Page 706.

a. Depuis Le marquis jugeait *jusqu'à* président de la République , *au bas du folio 82 r°, le texte est le même que dans la version définitive (voir p. 214) ; puis deux feuilles manquent, qui ont sans doute été directement rattachées au texte définitif, comme le prouve la note marginale du folio 83 r°, qui doit se rattacher aux pages manquantes :* Les écailles tombèrent des yeux du prince, il crut entendre un murmure céleste. *Au haut du folio 83 r° apparaît la fin d'une phrase qui décrit probablement l'audience, à Rome, du prince Foggi :* dont la longueur inaccoutumée fit naître les commentaires les plus différents . *Au-dessus de ces mots, le chiffre* 926 , *apparemment de la main de Proust, renvoie à la page de dactyl. 2 qui commence par* Les écailles tombèrent des yeux du prince, il crut entendre un murmure céleste , *phrase au demeurant reprise dans la marge du folio 83 r° de ms. (voir le texte définitif, p. 215, 8e ligne).* ↔ *b.* M. de Norpois trouva *À partir d'ici, et jusqu'à* maintenant évitée. » *[p. 707, fin du 1er §], nous suivons le texte d'une addition portée aux folios 83 et 84 v°s de ms.* ↔ *c.* il [se *biffé*] décida [à adresser au journal xxx cette note *biffé*] la publication dans le xxx [Temps *biffé*] une note *ms. ; la première construction explique l'omission de* d' .

1. *New York Herald*, quotidien fondé à New York en 1835, et qui publie à partir de 1887 des éditions londoniennes et parisiennes. Il était connu pour la présentation « accrocheuse » de ses nouvelles.

Page 707.

1. Salon brillant évoqué dans *Du côté de chez Swann*, t. I de la présente édition, p. 254-257 ; voir n. 1, p. 254.

2. Le docteur Albert Robin était un ami du père de Proust. Il n'est pas cité dans *À la recherche du temps perdu*, mais Proust affirme (sans le nommer) qu'il s'est inspiré de sa liaison avec Liane de Pougy pour peindre les « sensibles pervertis » dans la fameuse scène de Montjouvain (lettre à Louis de Robert, juillet ou août 1913, Correspondance, t. XII, p. 238).

Page 708.

1. La révocation du marquis de Montebello, ambassadeur de France à Saint-Petersbourg, par le ministère Combes, en 1902, est liée aux problèmes de l'alliance franco-russe qu'Alexandre III avait secrètement négociée mais que Nicolas II a plusieurs fois mise en péril.

2. Voir n. 1, p. 216.

3. Le général Cherfils, militaire de carrière dont Proust, selon Paul Morand, détestait les chroniques autant qu'il appréciait, durant la guerre, celles d'Henry Bidou dans le *Journal des débats*.

Page 709.

a. Cahier 59, ff^{os} 85 à 88 v^{os}. ↔ *b.* selon les [événements *biffé*] éventualités qui pouvaient se produire. [se produiront et dont le tact et la haute expérience de notre ambassadeur à Berlin est garante qu'ils seront inoffensifs et aisément rapid<ement> *biffé*] L'opinion publique *ms.*

1. Le « Secret du roi » désignait sous Louis XV l'ensemble des démarches diplomatiques que dirigeait le roi en personne, à l'insu de ses ministres, notamment les négociations en Allemagne au sujet de la succession de Pologne. Le duc de Broglie en avait fait une étude dont on trouve trace dans la série Secret (de Fauré) — Secret du Roi — Chaumont, dans *Albertine disparue*, p. 123 et n. 1.

Page 710.

a. Sic ; sans doute Proust voulait-il écrire « avait pris la place de ».

Esquisse XVIII

XVIII.1 : Cahier 36, ff^{os} 2 à 10 r^{os} (1909). L'épisode, qui n'est pas repris dans le texte définitif, est partiellement reproduit dans *La Nouvelle Revue française* de février 1953 et dans *Marcel Proust. Textes retrouvés*, Philip Kolb et Larkin B. Price, University of Illinois Press, Urbana-Chicago-Londres, 1968, p. 198-202 ; Gallimard, 1971, p. 263-268.

XVIII.2 : Ce texte provient du Cahier 23 (1909). Nous ne donnons pas les folios 3 à 6 r^{os}, qui sont peu lisibles, mais seulement la fin du fragment, f° 7 r°.

XVIII.3 : Cahier 24, f°s 8 à 11 r^{os} (1910-1911).

XVIII.4 : Cahier 48, ff^{os} 43-44 v^{os}, 44 à 46 r^{os} et 46 v° (1911).

XVIII.5 : Cahier 50, ff^{os} 6 v° à 8 v° (1911).

XVIII.6 : Cahier 50, ff^{os} 2 à 17 r^{os} et v^{os}.

XVIII.7 : Cahier 48, ff^{os} 65 r°-64 v°. Les premières lignes sont reprises dans la version définitive du séjour à Venise (voir p. 208-209).

Voir, p. 230, le reliquat de cet épisode dans le séjour à Venise.

Page 711.

1. Rôle repris ultérieurement par Saint-Loup.

Page 712.

a. à côté à [Illiers *biffé*] — À Brou *ms.*

1. Brou, en Eure-et-Loir, est proche d'Illiers. Méséglise se trouve à peu près à dix kilomètres du château de Villebon qui devient Guermantes dans les brouillons de 1909-1910. Mérouville pourrait désigner Roussainville ou Tansonville. Voir, pour la topographie des brouillons, l'étude de Claudine Quémar, « Sur deux versions anciennes des "côtés" à Combray », *Études proustiennes*, II.

2. Voir *Du côté de chez Swann*, t. I de la présente édition, p. 165.

3. Ces deux sites bretons, le premier sur la côte nord de la Bretagne, le second près de la pointe du Raz, ne se retrouvent pas dans *À la recherche du temps perdu*.

Page 713.

a. Lecture conjecturale.

1. Reprise de « Journées de lecture » : « Nous voudrions aller voir ce champ que Millet (car les peintres nous enseignent à la façon des poètes) nous montre dans son *Printemps* [...] » (*Pastiches et mélanges*, *Contre Sainte-Beuve*, Bibl. de la Pléiade, p. 177). Proust propose encore en 1920 ce tableau de Millet parmi les huit tableaux français qui pourraient constituer une tribune idéale, avec trois Chardin, un Renoir et un Watteau (« Une tribune française au Louvre ? », enquête de *l'Opinion*, 28 février 1920 ; *Essais et articles*, *Contre Sainte-Beuve*, éd. citée, p. 601).

Page 714.

1. Voir le fragment du Cahier 7 que nous donnons dans l'Esquisse LXV de *Du côté de chez Swann*, t. I de la présente édition, p. 871-873.

2. Citation de *Du côté de chez Swann* (t. I de la présente édition, p. 201), où il s'agit non de la mère mais de la tante du pianiste. À ce stade des premiers brouillons, Swann et le héros sont évidemment plus proches que dans le texte définitif.

Page 715.

a. Lecture conjecturale ; on pourrait aussi bien lire féroce .

1. Baudelaire, « Le Cygne » (*Fleurs du Mal, Tableaux parisiens*, éd. citée, p. 85) ; « L'immense majesté de vos douleurs de veuve » s'adresse à Andromaque.

Page 716.

a. Lecture conjecturale.

1. Cette phrase renvoie aux promenades du côté de Méséglise dans *Du côté de chez Swann* (voir t. I, de la présente édition, p. 156, et l'Esquisse LXVI, p. 873-874).

Page 717.

1. Il y a à cette époque une grande famille Matthew en Angleterre, mais nous n'avons pas trouvé de Sir Ralph.

Page 718.

a. joyaux différents, de même la race, beaucoup de ces caméristes-là me semblaient incarner [unir à la beauté, à la force, à la santé que les femmes des paysans dont elles sortent le plus souvent et dont les femmes de l'aristocratie sont trop dépourvues cette infatuation aristocratique, ce dédain *biffé*] l'orgueil, *ms. Nous supprimons* de même la race .

1. En insistant sur cette graphie, la duchesse semble signifier qu'il ne s'agit pas de l'illustre famille de Vardes, dont il se rencontre un duc dans Saint-Simon et un marquis dans Tallemant des Réaux. D'autre part, un comte de Wardes, dans *Les Trois Mousquetaires*, et son fils, marquis de Wardes, dans *Le Vicomte de Bragelonne*, sont du parti des méchants. On peut également imaginer que Proust pratique une allusion interne à la princesse de Chimay, née Clara Ward, divorcée en 1897, et qui, dans *À la recherche du temps perdu*, est pour M. de Charlus « ma cousine Clara de Chimay qui a quitté son mari » et dont il ne veut « rien savoir » (*À l'ombre des jeunes filles en fleurs*, t. II de la présente édition, p. 123). Enfin, dans *Sodome et Gomorrhe*, la duchesse fait semblant d'être en colère lorsque le héros lui demande une introduction pour la baronne Putbus (t. III de la présente édition, p. 121).

2. Ces indications figurent au folio 41 r° du Cahier 48. Suit un paragraphe inachevé et biffé : « Venise ! L'image que me représentait ce nom n'était plus celle devant laquelle mon cœur battait en ces vacances de Pâques où j'avais cru une première fois y aller — Mais elle était encore pour moi un monde spécial où l'on pouvait aller vivre, une sorte de saphir dans l'ambiance lumineuse et bleue [mince couche *biffé*] dans laquelle on pouvait baigner. Et de Venise à Padoue dans les fameux "fonds bleus" de la chapelle de l'Arena je pourrais ». Vient ensuite un paragraphe qui modifie le cours de la rêverie sur Venise : « Venise ! [Comme l'alphabet nous permet avec quelques lettres de faire le mot que nous *[*voulons *biffé]* avons besoin, sans être obligé *biffé en définitive*] le système des comptes courants, l'alphabet *[un blanc]* tout ce qui [affranchit de la nécessité *biffé*] permet de créer à son gré une réalité future sans être obligé d'attendre que les hasards de la nature ou les possibilités de l'action nous mettent en mesure d'en avoir devant nous la réalité matérielle, ce désir de Venise que réveillent en moi certains [beaux temps *biffé*] [belles matinées *corr.*] le [commencement du printemps *biffé*] [les vacances de Pâques *corr. de lecture incertaine*], les premières feuilles des marronniers dans un air glacé, son nom qui s'en était chargé me l'offrait à volonté, [dégagé *biffé*] [affranchi *corr.*] des contingences, aussitôt lu ce nom dans ce journal. » Le texte se poursuit sur le rêve de Venise au printemps, jusqu'au folio 43 v°, où Proust revient à la femme de chambre.

Page 719.

a. Nul doute que *figure en bas de page dans ms., et le haut de la page suivante, qui est collée dans le Cahier, est rogné ; on distingue sur la première ligne :* jamais Mme Putbus *.*

Page 720.

a. c'était le désir, [donc la croyance *biffé*] d'une personne *ms.*

1. Monet est l'un des peintres favoris de Proust. Plusieurs livres d'art paraissent au début du siècle avec des reproductions photographiques qui ne sont évidemment pas en couleur, notamment, de Théodore Duret, *L'Histoire des peintres impressionnistes. Monet*, et de G. Grappe, *L'Art et le Beau, Claude Monet* (52 reproductions).

Page 721.

a. qu'elle venait de décider [qu'elle *en surcharge sur* que] [d'abord *add. biffée*] [nous partirions en même *biffé*] [à accompagner mon père jusqu'à Trieste et à venir *biffé*] [partir *biffé*] [venir *corr.*] aussi pour Venise [me retrouver à Venise *biffé*]. Nous *ms. ; la phrase, à force de corrections, a perdu toute cohérence. Nous corrigeons.*

Page 722.

a. de voir [Milan *biffé*] Florence *ms.*

1. L'horaire des trains de 1914 indique deux possibilités pour gagner Padoue : le Simplon-Express, « train de luxe journalier », qui met environ dix-neuf heures à faire le trajet direct ; et l'express normal qui gagne Milan en seize heures, après quoi (en supposant une correspondance immédiate, ce qui est chimérique, l'arrêt à Milan pouvant être de plusieurs heures), il faut compter quatre heures jusqu'à Padoue.

Page 723.

a. si je faisais du scandale. Et au fond de mon corps [exténué je sentais *biffé*] se réveillèrent mes angoisses d'autrefois dans un lieu nouveau, dans une chambre nouvelle et la nuit. / [Privé *biffé*] Exténué, [dénué des dernières *biffé*] ayant cessé *ms. ; nous avons supprimé la phrase précédente, qui fait double emploi.* ◆◆ *b. À partir d'ici, nous donnons, pour cette fin de paragraphe, le premier jet de ms., porté au folio 5 r°. Proust a ensuite ébauché deux reprises : la première, au folio 4 v°, semble s'articuler après* l'immense damier : je songeai que le point de l'immense damier brûlant qui était le lieu de rendez-vous où m'attendait une jeune femme était ce lieu de la terre où j'avais tant rêvé de me rendre pendant des années parce que c'est là qu'habitaient, aux murs d'une chapelle, ces allégories des Vices et des Vertus de Giotto que je n'avais jamais vues mais à qui je pourrais dire que je les connais si bien, tant de fois leur image m'avait regardé à Combray, celle qui suçait un serpent et plus que tout celle que j'avais tant aimée cette Charité qui portait / que je connaissais si bien, celle qui suçait un serpent, ma préférée celle qui portait un panier de fruits, *Il est probable que cette rédaction devait rejoindre la première version à* et je ne pensai à la femme *[5e ligne en bas de page] ; mais une nouvelle élaboration du même passage est immédiatement esquissée, reprenant la première version à partir de* et surtout à l'Arena , *pour, cette fois, modifier complètement la fin du paragraphe. Nous donnons, à la suite de la première, cette troisième version qui forme, avec la figure giottesque de la femme de chambre, un effet de symétrie voulu par Proust.*

1. Les sculptures de Donatello se trouvent à la basilique de Saint-Antoine, au sud de Padoue. Né et mort à Florence (1386-1466), il passa dix ans à Padoue (1443-1453) pour exécuter la statue équestre du condottiere Gattamelata ainsi que des panneaux de bronze qui ornent actuellement le maître autel de la basilique.

2. Né près de Padoue en 1431, Mantegna y fit son apprentissage et fut en partie chargé, de 1448 à 1456, de la décoration de la chapelle Ovetari dans l'église de Eremitani ; il exécuta notamment les fresques du martyre de St Jacques, qui ont été détruites en 1944, un panneau du martyre de St-Christophe et l'Assomption, qui ont été préservés. Proust fait allusion aux fresques surtout pour les personnages et les visages, dans *Du côté de chez Swann* et dans *Contre Sainte-Beuve.*

3. Bâtie sur l'emplacement de l'Arène romaine de Padoue, par Enrico Scrovegni, entre 1303 et 1305, la chapelle fut entièrement décorée par Giotto, de 1305 à 1310 ; les fresques à fond bleu sont réparties sur trois rangées au-dessous desquelles une plinthe en trompe-l'œil regroupe sur le mur nord, les Vices, opposés aux Vertus, sur le mur sud : Foi, Espérance et Charité, les trois vertus théologales, Prudence, Courage, Tempérance et Justice, les quatre vertus cardinales, font face à leurs contraires, Infidélité, Désespoir, Envie et Folie, Inconstance, Colère et Injustice. Ruskin a fréquemment commenté et décrit ces allégories, notamment dans *The Stones of Venice* (éd. citée, t. X, p. 389-409) et dans *Fors clavigera* (*The Works of Ruskin*, éd. citée, t. XXVII, p. 115-130), et Proust se désintéresse à peu près de tout le reste de Giotto pour citer fréquemment ces Vices et ces Vertus dont il envisageait de faire le titre emblématique d'une section du roman, probablement celle qui joint Combray à Padoue par le personnage de la femme de chambre. La description des deux figures de la Charité et de l'Envie est détaillée dans *Du Côté de chez Swann* (t. I de la présente édition, p. 80-81) et fortement orientée vers des considérations sur le symbolisme et le réalisme des allégories qui montrent quel intérêt Proust a pu trouver dans la lecture d'Émile Mâle et de Ruskin. Dans *Les Pierres de Venise*, ce dernier commente longuement l'influence de Dante et la nouvelle pensée religieuse qui président à l'élaboration des figures allégoriques de Giotto. Il semble bien en effet que Proust ait primitivement lié les images de la Charité-fille de cuisine à Combray et le récit anticipé de sa visite à Padoue (voir Jo Yoshida, *Proust contre Ruskin*, thèse dactylographiée, Université Paris-Sorbonne, 1978, t. I, p. 124) ; le « thème » Giotto est scindé par la suite mais il garde encore ici sa dominante, l'allégorie, qui s'efface dans la version finale avec la disparition de la femme de chambre.

Page 724.

1. Le héros narrateur se peint lui-même dans la fresque à la mode médiévale ; comme les scènes de l'Ancien et du Nouveau Testament placées par Giotto en juxtaposition, selon le principe médiéval, il rapproche passé et présent et en même temps se montre tendant une représentation en miniature de son passé, comme on voit à l'Arena, dans la fresque du Jugement dernier, Scrovegni et l'architecte présentant une maquette de la chapelle.

2. À son tour la femme de chambre apparaît en allégorie giottesque ; le chapeau en forme de cloche évoque le casque italo-grec dont sont coiffées la Foi et l'Infidélité à l'Arena ; l'attribut qu'elle tient à la main ne correspond que de loin à ceux des figures de l'Arena, mais suffisamment pour donner un tour parodique à l'hésitation : la Justice de Giotto tient effectivement des balances, mais porte un plateau dans chaque main ; il n'y a pas de Vérité, mais la Prudence tient un miroir convexe ; il n'y a pas d'Impudeur, mais le lecteur est invité à imaginer quelque représentation emblématique de l'opposé de la Chasteté (dont Giotto a peint l'allégorie à Assise) ; après avoir comparé la cicatrice qui « lézarde » le visage de la femme de chambre à celle qui traverse la Charité de l'Arena, la description s'achève par une dénomination, « l'Impureté de Giotto », qui ajoute un huitième vice à la série des allégories.

Page 726.

a. à ma droite ou à ma gauche [m'imaginant moi-même comme un étranger qui était lié avec cette belle fille et comme si j' *biffé*] avec [le plaisir *biffé*] l'exaltation de me [figurer *biffé*] représenter [que j'étais si lié avec celle que tout naturellement *biffé*] à moi-même comme quelqu'un qui eût été [très *biffé*] si lié avec cette belle fille, que tout naturellement, pour les [gestes ordinaires *biffé*] actes non voluptueux *ms.*

1. Ici commence une reprise des lignes précédentes — qui n'ont pas été biffées —, qui doit s'articuler après « la plus irritante niaiserie » (p. 725, 10ᵉ ligne en bas de page).

2. Nous n'avons pu identifier ce Cahier bleu. Une page du Cahier 5 décrit l'entrée dans la chapelle, mais ce cahier est recouvert de toile noire (voir t. I, p. CLI, et, ici, n. 1, p. 727).

Page 727.

a. Lecture conjecturale. ◆◆ *b. Ms. donne en fait* il s'y toula *. Nous corrigeons.* ◆◆ *c.* Ainsi pensais-je [ce Troussinville à côté duquel je pass<ais> *biffé*] [tout ce que j'ai tant désiré pendant toute mon ad<olescence> cette *biffé*] la paysanne que *ms.* ◆◆ *d.* de ne pas avoir connu, [au fur et à mesure que les filles qui étaient jeunes alors devaient vieillir, et que je sentais si bien être une création de mon désir, qu'il était un effet *biffé*] mais en sentant bien que [mon désir était *biffé*] mes rêves étaient *ms.*

1. *Il est possible de deviner le sens de cette phrase inachevée grâce à un passage du Cahier 5 sur les fonds bleus des Giotto, qui s'achève par ce paragraphe :* « [Alors je ne retrouvai pas[a] seulement les Vertus et les Vices dont j'avais depuis tant d'années toutes les photographies mais toutes les fresques environnantes *biffé*] Dans un ciel bleu volaient des anges que je voyais pour la première fois car les photographies que M. Swann m'avait données ne représentaient que les Vertus et les Vices et ne comprenaient pas cette partie des fresques. Hé bien je retrouvai dans les mouvements des anges, la même impression que j'avais eue devant les gestes de la Charité ou de l'Envie » *(f° 54).*

2. Montargis dans la première esquisse de notre série que tout le passage reprend.

Page 728.

a. Lecture conjecturale ; le mot est effacé.

Page 729.

a. Lecture conjecturale. ⁂ *b. Nous insérons ici un fragment isolé au folio 9 v° de ms.* ⁂ *c. L'insertion de ce fragment porté aux folios 9 et 10 v^os de ms. n'est pas autrement précisée.*

Page 730.

a. bien connu Théod[ore *en surcharge sur* ule], le *ms.* ⁂ *b.* je ne fréquente pas de personnes de [ma condition *biffé*] de ma classe. Je ne vis qu'avec des gens du monde. » Je restai alors inerte, [la laissant faire *biffé*] me laissant à elle. *ms.*

Page 731.

a. Et puis *À partir d'ici, et jusqu'à* en pensant à des paysages. *[p. 732, var. a], nous insérons des rajouts aux versos des folios 1 et 12 du Cahier, en suivant les indications de régie portées au folio 1 v° :* peut-être ces quelques mots ci-dessus[1] seraient-ils mieux fondus avec ce que j'ai mis en marge du verso je crois onze pages après. Et le tout s'ordonnerait ainsi j'aimerais aller à Combray avec elle peut-être parce qu'elle rappelait les premiers rendez-vous peut-être parce que les femmes de la nature comblent le vide dans la solitude sans y apporter la société et ne sont pas *[deux mots illisibles]* chiffonables comme des fleurs peut-être plutôt parce que (morceau primitif sur elle et Pinsonville) En y ajoutant ceci *Suit la rédaction signalée var. b.* ⁂ *b. Début du second ajout du folio 1 v° de ms. (voir var. a).* ⁂ *c.* Et à l'époque [où il serait *biffé*] doux d'aller [on témoigne du plaisir qu'on aurait à aller *corr.*] finir *ms. Nous supprimons* doux d'aller *, que Proust a manifestement omis de biffer.*

a. Je ne [vis *biffé*] [retrouvai *corr.*] pas

1. C'est-à-dire le premier rajout, de « Et puis » à « l'emmener à la campagne ».

Page 735.

a. Lecture conjecturale ; on pourrait aussi bien lire recommencée . ◆◆ *b. Lecture conjecturale ; on pourrait aussi bien lire* vînt .

1. Nom probablement emblématique qui ne se retrouve pas dans *À la recherche du temps perdu*. Cette rue n'existait pas à Paris mais on pourrait songer à une déformation anagrammatique de la rue Boudreau, où habita la tragédienne Rachel, et où se terminaient, avant la construction de l'Opéra, les jardins de l'hôtel du duc de Padoue.

Esquisse XIX

XIX.1 : Cahier 50, ff^os^ 18, 18 *bis*, *ter* et *quater* r^os^ (1911). Ces feuillets ont été insérés dans le Cahier XV du manuscrit, dont ils sont devenus les folios 10, 11 et 12. Pour la compréhension du texte, nous donnons le début de l'épisode tel qu'il apparaît dans le Cahier XV, au folio 9.

XIX.2 : Cahier 50, f° 15 v°.

XIX.3 : Cahier 50, ff^os^ 16 et 17 v^os^ (marges). Il s'agit probablement de rajouts postérieurs, puisque le nom d'« Albertine » y apparaît.

Page 736.

a. je resterais sans elle, [qui m'entourait *biffé*] qui s'étendait devant moi. *ms.* ◆◆ *b.* moi seul qui avais [projeté *biffé*] imprimé *ms.* ◆◆ *c.* individuellement d'autres molécules de marbre *Début du folio 10 r° du Cahier XV ; il s'agit donc d'une page du Cahier 50 déchirée et collée dans le Cahier XV ; Proust marque par un trait la continuité entre la phrase inachevée au folio 9 et la phrase qui se poursuit au folio 10, mais il n'a pas arrangé la construction.* ◆◆ *d.* un pont [quelconque *biffé*] singulièrement petit *ms.* ◆◆ *e.* sa réalité fluidique et minérale, où le soleil s'abaissait [mais que *biffé*] et comme *ms. ; nous avons rétabli le* que . ◆◆ *f. La colle et l'usure ont rendu le bord droit du folio 11 de ms. à peu près illisible ; nous n'avons pu rétablir la phrase.*

1. Sur la persistance — et le sens possible — de cette erreur, voir var. *c*, p. 231.

2. La Samaritaine est un des grands magasins de Paris, sur la rive droite de la Seine ; son nom provient de la proximité du Pont-Neuf et de la pompe hydraulique monumentale construite de 1603 à 1608 près de la deuxième arche (et démolie au début du XIXe siècle), décorée de la scène biblique de la Samaritaine auprès du puits de Jacob. Le pont du Rialto, sur le Grand Canal, est bordé de deux rangées de boutiques. Il n'est pas possible, d'un même lieu, d'avoir sous les yeux ce pont et la mer, à cause de la courbure du Grand Canal. L'église de la Salute sur la pointe Dogana à l'embouchure du Grand Canal, celle de Saint-Georges-le-Majeur sur l'île du même nom, la Giudecca et quelques îles sont la vue que l'on a de l'embarcadère de Saint-Marc et du quai des Esclavons.

Page 737.

a. Passage à la fois très raturé et très abîmé ; en marge, Proust a noté : [expliquer les idées[1] *biffé*] : il me semblait une cuvette [à la fois *biffé*] lointaine et *[plusieurs mots illisibles]* [qui m'inspirait à la fois *biffé*] [étrangère et nauséabonde *biffé*] qui m'inspirait le même mélange de *[*anxiété *biffé]* dégoût et d'*[un mot illisible]* que [quand j'étais petit *biffé*] je regardais avec effroi quand j'étais petit croyant que c'était [*deux mots illisibles*] mer libre du Pôle *ms. ; ce passage est à la fois très raturé et très abîmé.* ↔ *b.* bains de Ligny. / [Et cependant *biffé*] [C'était là que toute minute qui *[un mot illisible] biffé*] Pour échapper à l'angoisse qui m'étreignait et qui augmentait au fur et à mesure que diminuaient les [chances d'arriver avant le *biffé*] minutes qui me séparaient du départ du train, il eût fallu me lever et [me jeter du *[un mot illisible] biffé*] courir *ms.* ↔ *c.* avec sa chaude voix [métallique *biffé*] comme une sorte d'<alliage lumineux *?*> [redoutable de bronze et de crépuscule *biffé*] et <uni ?>que qui m'étreignait le cœur *ms. ; ce passage est de lecture conjecturale.* ↔ *d.* Et malgré cela sans bouger et [comme si cela eût dispensé *biffé*] [parce que cela *corr.*] dispensait mon esprit [...] à la lente [construction *biffé*] [réalisation *corr.*] de mon malheur, que le chanteur *ms.*

Page 738.

a. tenaient à ce que encore attachées à elles *ms. ; nous corrigeons.*

1. Il s'agit sans doute du chant de *La Walkyrie* (acte I, sc. III) où Siegmund et Sieglinde dialoguent au clair de lune : *Personne n'est sorti mais quelqu'un est venu : / Le printemps radieux, la joie et l'espérance !* Dans la version définitive de *La Prisonnière*, le héros joue *Tristan* après la sonate de Vinteuil (voir t. III de la présente édition, p. 664-665).

Page 739.

Esquisse XX

Cahier 60, ff^os^ 110 à 114 r^os^ (1919-1920). Ce fragment en suit un autre qui donne les raisons de l'adoption de Mlle d'Oloron et évoque son éducation et son entrée dans le monde. Voir p. 243.

1. Cet ajout n'a pas été fait.

Page 740.

a. L'ensemble de ce paragraphe est en addition dans la marge de ms.

1. C'est le motif balzacien de l'ouverture de *La Fille aux yeux d'or* : l'or et le plaisir gouvernent Paris.

1. C'est ce que Proust s'est attaché à faire dans la seconde version, qui aboutit au texte définitif, que nous donnons en XIX.2 et XIX.3.

Page 741.

Esquisse XXI

XXI.1 : Cahier 50, f° 63 r° (1911).

XXI.2 : Cahier 50, ff^os^ 62 et 63 v^os^, 64 r° et v°, 65 r°, 58 v°. Le texte est postérieur à 1911.

XXI.3 : Carnet 3, ff^os^ 45 v°, 46 r° et v°, 47 r° (1913-1914).

XXI.4 : Carnet 3, ff^os^ 29 et 30 r^os^.

XXI.5 : Cahier 59, ff^os^ 75 à 77 r^os^. Ce cahier d'ajoutages date de 1921-1922.

Voir le texte définitif, p. 256 et suiv.

a. avant de partir pour [la montagne *corrigé en* les *[un mot illisible]*] cures de mer ou de montagne *ms.* ◆◆ *b.* passer le [mois d'octobre *biffé*] [un certain temps seul *corr. de lecture conjecturale*] à la Frapelière *ms.* ◆◆ *c.* auprès d'elle. Ma chambre donnait sur une colline que de Combray je ne voyais pas et que dans nos promenades du côté de Méséglise même je voyais mal, voilée qu'elle était par l'éminence où était le château. Ma chambre donnait *ms. Proust a omis de biffer la première version de la phrase.*

1. Ce sera plus tard Tansonville.

Page 742.

a. Depuis Montargis venait précisément *, le premier jet de ms. est copieusement raturé et corrigé. Proust l'a recopié dans la marge, depuis* venait précisément *; c'est le texte que nous suivons. En voici la version initiale :* Montargis [occupé *biffé*] [pris *corr.*] par des manœuvres, [venait de m'écrire combien *add. biffée*] avait peur que sa femme s'ennuie seule à la Rachepelière. [J'allais *biffé*] Avec la permission de ma mère comme transition [d'aller passer *corrigé en* de partir pour] [quelques semaines auprès d'elle *biffé*] [la montagne *corr.*] [avant de partir pour la montagne. Ma chambre *biffé*] [j'allais passer quelques semaines *[auprès biffé] [chez corr.]* de Mme de Montargis *corr.*]. *La reprise marginale de ce passage présente une correction,* j'allais *corrigé en* j'avais été *(« passer quelques semaines chez Mme de Montargis »). À partir de cette correction, l'écriture de Proust est différente sur cette page ; il s'agit sans doute de la rédaction de 1915 (voir la Notice, p. 1006). Proust a justifié sa correction par la note :* le « j'avais été » permettra peut-être d'être plus bref sur Combray.

1. Nous ne reproduisons pas le passage, porté aux folios 63 v° et 64 r° du manuscrit, où est peinte cette indignation ; voir le texte définitif, p. 256-257.

2. Nous ne reprenons pas les développements, qui se retrouvent dans le texte définitif, sur Saint-Loup entretenant Bobby et devenu incapable d'amitié. Le héros attribue au drame de la rupture avec Rachel les nouveaux attachements de Saint-Loup ; mais il est détrompé par Aimé (voir Cahier 50, f° 64 r° et v°, et le texte définitif, p. 263-264).

Page 743.

1. Suit, dans le manuscrit, l'histoire du lift, et la fausseté de l'indice de la manchette de dentelles (voir p. 265).

Page 744.

a. Lecture douteuse ; peut-être est-ce sous .

1. C'est là l'unique apparition de ce nom. Dans *Le Côté de Guermantes* les officiers amis de Saint-Loup ne sont pas nommés.

2. Voir p. 283.

Page 745.

1. Voir *Le Côté de Guermantes II*, t. II de la présente édition, p. 705 : « Sans s'y embarrasser Saint-Loup les sauta adroitement comme un cheval de course un obstacle ».

2. Morel est mis par erreur pour Saint-Loup.

Page 746.

Esquisse XXII

Cahier 55, f° 92 v°, avec ajout sur 93 r° (1915). Voir le texte définitif, p. 269 à 272. Les folios précédents (91 v° à 93 r°) esquissent une conversation avec Gilberte qui aurait pu constituer le finale d'*Albertine disparue*. Cette conversation a été scindée par Proust en deux morceaux, dont le premier figure désormais au début du *Temps retrouvé* (voir l'Esquisse I de cette œuvre, p. 747-749) ; cette partition a brouillé la cohérence de la conversation, qui partait de la lecture du *Journal* des Goncourt, où Gilberte retrouvait des choses « sur papa et sur des gens qu'il a connus autrefois », et qui revenait aux remords qu'elle éprouve à présent pour avoir été cruelle avec son père (voir le texte définitif, p. 272 et n. 1). La disposition envisagée autour de *La Fille aux yeux d'or* en 1914-1915, qui prévoyait d'encadrer *Albertine disparue* entre la conversation avec M. de Charlus et le commentaire : j'ai aimé la Fille aux yeux d'or, mais je ne l'ai pas assassinée, « quoique je crois que j'aurais pu » (voir p. 748), cette disposition déjà incertaine au moment où Proust écrit ce morceau en pensant à en faire un « pendant » de l'ouverture (voir l'Esquisse I du *Temps retrouvé*, p. 749), est finalement écartée au profit d'une autre clôture du roman : Gilberte était « DU CÔTÉ DE MÉSÉGLISE » (voir var. *b*), c'est-à-dire que le désir né à Combray dans l'enfance du héros l'a conduit toute sa vie à la recherche d'aventures alors qu'il aurait très bien pu être satisfait dès sa naissance. Cette clôture-là aussi se trouve abolie par la suppression de la femme de chambre de Mme Putbus — ou du moins atténuée au profit d'une clôture plus générale qui fait se rejoindre le rappel du pays (les deux côtés), des femmes, et de l'oubli de Swann.

a. La première fois à [Combray *biffé*] Tansonville *ms.* ◆◆ *b. En marge de ms., en regard de ces lignes, Proust a noté :* quand je parle du donjon de Roussainville et quand je transporte à Albertine[1] ce que je dis de la femme de chambre de Mme Putbus (ainsi quand j'aurais voulu qu'une paysanne[2]) ajouter : Ainsi résumant ce que j'avais désiré dans ces PROMENADES, AYANT FAILLI ME LE FAIRE GOÛTER DÈS MON ADOLESCENCE, PLUS COMPLÈTEMENT ENCORE QUE JE N'AVAIS CRU ELLE ÉTAIT « DU CÔTÉ DE MÉSÉGLISE ».

1. Voir p. 269-270.
2. Nous n'avons pu découvrir à quoi Proust fait allusion.

Page 747.

1. Nous n'avons pas trouvé ce passage, que Proust indique également dans le manuscrit de mise au net (Cahier XV, f° 75) comme un texte déjà écrit, à recopier : « Cruauté à la mort de son père (le copier du cahier où c'est écrit) » ; et Proust laisse un blanc de deux pages avant le début du *Temps retrouvé*. Voir n. 1, p. 272.

Le Temps retrouvé

Esquisse I

Cahier 55 (1915), ff^os 91 et 92 r^os, 90 et 91 v^os. Voir p. 284-285.

Les premiers brouillons du roman (voir les fragments des Cahiers 1 et 8 donnés dans le tome I de la présente édition, Esquisse III, p. 651-653, et Esquisse IV, p. 656 et suiv.) montrent que Proust avait prévu, très tôt, le retour à Combray ; quelques lignes du Cahier 8[3] peuvent être mises en parallèle avec la description de la chambre de Tansonville[4]. Addition portée sur le manuscrit[5] et destinée, selon toute vraisemblance, à calquer l'ouverture du *Temps retrouvé* sur celle des volumes précédents, elle scinde en deux parties l'épisode du séjour à Tansonville.

Celui-ci a été retravaillé en 1915 et étoffé d'allusions qui le rattachent à l'histoire d'Albertine.

a. Ff^os 91 et 92 r^os de ms. ◆◆ *b.* vous le laisser [je ne l'ai pas fini quand je l'aurai fini je vous le laisserai *biffé*] vous le lirez *ms.* ◆◆ *c. Dans la marge de ms., en regard de ces lignes, apparaît cette note de Proust :* Capital. Dans ce dialogue dire dans une incidente le temps comme l'espace a son étendue, ses distances. Il m'avait éloigné d'Albertine. Elle ne m'apparais-

1. C'est sans doute un lapsus pour « Gilberte ».
2. Voir l'Esquisse XVIII.6, p. 727, 10e ligne en bas de page et suiv.
3. Voir en particulier « chambres de château où l'on se sent presque dans la "nature" encore, où malgré le feu règne dans les angles la fraîcheur humide, parfumée et salubre du parc et de la futaie » (t. I, p. 657).
4. Voir p. 275-276.
5. Voir var. *a*, p. 275.

sait plus que *[un mot illisible]* diminuée ; jamais je ne pourrais plus la rejoindre.

2. Voir, au folio 92 v° du Cahier 55, cette note de Proust : « Quand je dis à Combray CCCapitalissime (et ce ne sera peut-être pas à Combray, ce sera peut-être à la matinée qui clôture l'ouvrage...) »

Page 748.

a. à la hauteur de [mes *biffé*] [mon *biffé*] l'oncle *ms.* ↔ *b.* j'ai su que [des femmes *biffé*] ma fiancée *ms.* ↔ *c.* cela [...] souffrance *biffé ms. Nous rétablissons ce passage, qui est nécessaire au sens.* ↔ *d.* que j'aimais [« Vous l'aimez encore ? — Ah ! non, elle est morte depuis longtemps, dit Gilberte qui crut devoir prendre un air triste *biffé*] « Vous l'aimiez *ms.* ↔ *e.* à la [séquestrer *biffé*] chambrer *ms.* ↔ *f.* demandez pas [cela m'est pénible de me rappeler *biffé*] j'avais *ms.* ↔ *g. Cette réplique est reprise en marge du folio 92 r° de ms., dans une addition précédée d'une note de régie :* Capital. Dans cette conversation qui aura sans doute lieu non à Combray, mais dans la dernière matinée Guermantes, Gilberte me dira : « Si, il y a une personne comme cela qui m'a raconté sa vie, Mlle Vinteuil. — Hélas, elle a peut-être connu mon amie. — Voulez-vous que je lui demande ? — Oh ! non ! il y a bien longtemps. Cela n'a plus d'intérêt. Ce serait trop compliqué à vous expliquer qui c'était.

1. Allusion à l'intérêt pour l'œuvre de Balzac que partagent depuis le *Contre Sainte-Beuve* plusieurs membres de la famille Guermantes, et plus précisément ici, M. de Charlus. Voir aussi *Contre Sainte-Beuve*, Bibl. de la Pléiade, p. 279-285.

2. Il s'agit de la marquise de San Réal et de sa « prisonnière », Paquita Valdès, fille d'une esclave née en Géorgie américaine, personnages de *La Fille aux yeux d'or* (1834), troisième et dernière partie de l'*Histoire des Treize* de Balzac. Née aux Antilles, Paquita Valdès sera amenée à Madrid puis à Paris où la séquestre la marquise. Constamment surveillée, elle vient le dimanche aux Tuileries où elle voit pour la première fois Henri de Marsay. Paquita Valdès est assassinée par la marquise alors que de Marsay s'apprêtait à lui faire subir le même sort. Les deux protagonistes se révèlent être fils et fille du même père, Lord Dudley...

3. On notera que le narrateur prend à son compte un comportement que, dans le texte de l'édition, il attribue plus discrètement à l'amant d'une femme qu'il a connue (voir le texte final, p. 285).

4. Voir *Albertine disparue*, p. 20-21.

Page 749.

a. F° 90 v° de ms. ↔ *b.* du tort ! [Alors ayant entendu dire des phrases semblables à tant d'autres que j'avais entendu prononcer par Mme Swann, par la duchesse de Guermantes, par Mme Verdurin quand il s'agissait de critiquer la conduite d'un indifférent *biffé*] « Je vous dirai *ms.* ↔ *c. F° 91 v° de ms.*

1. C'est-à-dire la visite que fait le narrateur à Mme de Guermantes dans *Albertine disparue*, p. 152.

2. Voici le passage du cahier Vénusté (Cahier 54, f° 6 r°) auquel Proust fait allusion : « Dans ma conversation avec M. de Charlus à moins que je ne puisse avoir une conversation un peu plus tard quand je *commence* à oublier (peut-être quand je vois Mlle de Forcheville chez les Guermantes) je dirai : “Non je suis très triste, j'ai perdu une amie comme je n'aurais jamais cru que je pourrais en avoir. Elle était vraiment pour moi ce que disait Vigny et que quand je lisais Vigny je ne croyais pas pouvoir être apporté par une personne.” C'est une perte dans ma vie. Et cependant je dirai bien plus tard, peut-être à Gilberte à Tansonville (dans ce cas il faudrait supprimer la fille aux yeux d'or) ou bien à une autre personne. Voir je vais indiquer cela en marge de la page de La Fille aux yeux d'or dans le gros cahier bleu ».

Page 750.

Esquisse II

II.1 : Cahier 55, ffos 62 v°, 63 r°, 64 r°, 63 v°, 65 r°-67 r° (1917-1918[1]). Voir p. 287 à 296.

II.2 : Cahier 55, ffos 69 r°-73 r°, 73 v°, 74 r° (paperole), 74 v°, 75-76 ros, 77 r°, 76 v°, 78 r° (printemps 1918[1]). Voir p. 287-295.

II.3 : Cahier 74 (dit « Babouche ») *(1918)*, ffos 77-78 ros, 80 à 83 ros, 81 v°, 82 v°, 83 r°, 80 à 82 ros, 82 v° et r°, 83 r°, 77-78 ros. Voir p. 295-301.

a. Jusqu'à astre dans la nuit *[p. 751, 8e l.], le texte que nous transcrivons a été porté en addition dans ms., au folio 62 v°.* ◆◆ *b.* peindre par [Cotte *biffé*] Chaplin *ms.*

1. Le début de cette Esquisse est postérieur à la rédaction du pastiche proprement dit (voir var. *a*) et à celle du commentaire de ce pastiche (voir n. 2).

2. Voici la note du Cahier Babouche à laquelle Proust fait allusion (Cahier 74, f° 81 v°) : « Peut-être vaudrait-il mieux ne pas faire le morceau sur le pastiche Goncourt, le laisser parler de lui-même. Dans ce cas utiliser avant les différentes parties de ce morceau : au lieu de dire “cette personne que j'avais tant désirée, ce petit Dunkerque que, etc., ce Venise que j'avais tant désiré ce soir-là”, le marquer plus fortement avant, par un plus fort désir au lieu d'aller chez les Verdurin *d'aller dans quelque exposition vénitienne* etc. Je pourrais alors après le Goncourt ou plus loin dire en une seule phrase : les Verdurin, Cottard, le duc de Guermantes. Mais malgré tout je ferai bien de mettre quelque part que je ne savais pas écouter et pourquoi. (Peut-être tout de suite *avant* le Goncourt) (par exemple en disant : comprenant que je ne savais que radiographier, que nos rêves devant toutes les peintures aussi bien celles des maîtres du coloris, que des

1. Les datations de nos Esquisses II.1 et II.2 ont été établies par Jean Milly ; voir « Le Pastiche Goncourt dans *Le Temps retrouvé* », *Proust dans le texte et l'avant-texte*, Flammarion, 1985, p. 186.

écrivains, ne sont que des illusions, je lus cette page : Puis Goncourt. Puis la simple phrase : toutes ces petitesses, tous ces ridicules... Et que tout cela fasse un astre dans la nuit ! Il faudra pourtant garder quelque part le portrait Cotte et Charpentier etc. Peut-être ainsi tout de suite avant Goncourt, dans la même phrase : je savais bien pourtant que la duchesse de Guermantes se faisait peindre par Cotte, que les gens élégants pour les artistes (retrouver le morceau) ce sont les protecteurs, les Charpentier. Je savais que je ne savais écouter ni regarder. Pourtant c'est avec l'étonnement de me rappeler tant de désirs auxquels la réalité avait répondu sans que je m'en doutâsse, sans que je les reconnusse, que je lus cette page. Puis Goncourt. Et même pas petitesses. Peut-être simplement : Cottard, Verdurin, le duc de Guermantes... Et que tout cela fasse un astre dans la nuit ! »

3. Sur Chaplin, Cotte *[2 lignes plus bas]*, et Renoir, voir p. 300, respectivement n. 4, n. 3, et n. 2.

Page 751.

a. Début de l'alinéa dans ms. : [Je *biffé*] [Dîner avant-hier chez *biffé*] Avant-hier ⬥⬥ *b.* critique de la Revue [des Deux mondes *biffé*] bleue *ms.* ⬥⬥ *c.* le [premier *biffé*] seul critique [de son époque *biffé*] qu'il y ait eu *ms.* ⬥⬥ *d. Suivent dans ms. deux lignes de blanc.* ⬥⬥ *e.* invitation [pour le soir même *biffé*] acceptée *ms.* ⬥⬥ *f.* absolument [cessé d'écrire *biffé*] renoncé *ms.* ⬥⬥ *g.* Barberini, [plafond qui n'aurait pas eu équivalent en Europe *biffé*] palazzo ⬥⬥ *h.* ce qui [...] incessant usage *add. ms. (f° 62 v°)* ⬥⬥ *i.* nous [acheminant vers *biffé*] voilà partis *ms.*

1. *La Revue bleue*, fondée en 1863 par Odysse Barot, fut dirigée de 1864 à 1888 par Eugène Yung qui, à partir de 1871, voulut en faire, selon l'expression de Félix Dumoulin, « un grand organe libéral sous un régime autoritaire » (« Histoire de *La Revue bleue* », *La Revue bleue*, 4 octobre 1902, p. 421). La critique d'art n'y fut que marginalement représentée.

2. Le Palazzo Barberini fut construit par le cardinal Francesco Barberini (1597-1679), fondateur de la bibliothèque Barberini en 1627. L'existence du plafond de l'ancien palais dans l'hôtel des Verdurin, ainsi que la margelle du puits qui sert de cendrier, font penser à la réputation de la famille Barberini, à laquelle ressemblent les Verdurin. On reprochait à Francesco et Antonio Barberini de démolir les monuments antiques pour en extraire des matériaux : *Quod non fecerunt Barbari, fecerunt Barberini* (« Ce que n'ont pas fait les Barbares, les Barberini l'ont fait »).

Page 752.

a. par un écrivain de [la vie *biffé*] l'intime de la femme *ms.* ⬥⬥ *b.* Il y a là Cottard *[3e ligne]* [...] autour de la cuisse *add. ms. (f° 63 v°). Après* cuisse , *Proust a omis de refermer les guillemets ; nous les ajoutons.* ⬥⬥ *c.* mais des chrysanthèmes [disposés *biffé*] en des vases *ms.* ⬥⬥ *d.* habitait [rue Montalivet *biffé*] dans *ms.* ⬥⬥ *e.* connaisseur en [choses morales *biffé*] esprits *ms.*

1. *Sic.* Le nom du sculpteur est Viradobetsky.

2. Romans d'Edmond de Goncourt (respectivement 1882 et 1884).

3. Dans le *Journal* du 2 juin 1885 Goncourt paraît prêter foi à une anecdote inventée par Forain et Huysmans, qui prétendirent que les prostituées de Paris portèrent une écharpe de crêpe noir la nuit des funérailles de Victor Hugo. Proust fait allusion à ce passage du *Journal* dans une lettre à Lucien Daudet (11 mars 1915). Il raille aussi ce que dit Goncourt de « l'idôlatrie qu'on a pour son œuvre en Laponie ».

4. Proust fait allusion à l'article de Sainte-Beuve sur le salon de Mme Geoffrin (1699-1777) dans *Le Côté de Guermantes II*, à propos des Guermantes (voir t. II de la présente édition, p. 709).

5. L'anecdote provient du *Journal* (26 avril 1893) ; Proust l'a déjà utilisée dans son pastiche de Saint-Simon (*Pastiches et mélanges*, *Contre Sainte-Beuve*, Bibl. de la Pléiade, p. 57). Dans les deux cas elle est contée par Henry Standish qui est probablement le « M. S. » désigné quelques lignes plus loin.

6. Dans le *Journal* du 21 septembre 1887, la comtesse de Beaulaincourt montre « un collier de perles, avec perles usées, qui viendrait de la femme du duc de La Rochefoucauld, l'auteur des Maximes ».

7. Le *Journal* mentionne, à la date du 26 avril 1893, que le Palais de Kensington demanda quelques-unes de ces perles brûlées par l'incendie.

Page 753.

a. sur quoi Madame [Cottard *biffé*] Verdurin *ms.* ✦✦ *b.* Madame Verdurin [déclare superstitieusement s'être défaite au plus vite de la pierre maléfique et ignorer ce qu'elle est devenue *biffé*] le rendait *ms.* ✦✦ *c. Outre les titres d'ouvrages qui ne sont pas soulignés par Proust, nous rendons par l'italique les mots soulignés dans ms., sans autrement mentionner le fait — à moins que la nature même du mot puisse suggérer une intervention typographique de notre part (voir, par exemple, var. a, p. 757). Voir var. a, p. 758, 4*[e] *fragment, p. 1372.*

1. Jules Oppert (1825-1905) fut nommé en 1874 professeur d'archéologie et de philologie supérieures au Collège de France.

Page 754.

a. Suivent, dans ms., deux lignes de blanc. ✦✦ *b. Suit, dans ms., une ligne de blanc.* ✦✦ *c.* l'auteur [de ces pages sur Manet *biffé*] de ce livre sur [l'école de Barbizon *biffé*] [Manet *biffé*] Whistler *ms.* ✦✦ *d.* par l'amoureux [des jouissances de l'œil *biffé*] de tous les raffinements *ms.* ✦✦ *e.* avec [la fille *biffé*] [nièce *biffé*] [la Madeleine de « Dominique » *corr.*] de Fromentin *ms.* ✦✦ *f.* Charles Blanc [de Sainte-Beuve de Yriarte *biffé*] Burty *ms.* ✦✦ *g.* Puis par un crépuscule [...] des anciens pâtissiers, *add. ms.* ✦✦ *h. Nuits*, du [*Palazzo* Falier *corrigé par biffure et en interligne en célèbre Palazzo*] dont *ms. Nous corrigeons* du *en* d'un *. Le mot Palazzo est souligné par Proust, ainsi que dans la seconde occurrence, à la ligne qui suit.* ✦✦ *i.* dont la peinture [romantique de Whistler et italienne *biffé*] classique *ms.*

Page 755.

a. dans les tableaux de [Canaletto *biffé*] Guardi, *ms.* ↔ *b.* livres, [n'a pas l'air de se douter qu'il a devant lui un écrivain, *biffé*] et *ms.* ↔ *c. Proust a repris la rédaction de son texte, à partir de* lequel , *au folio 73 r° de ms.* ↔ *d.* Saint-Aubin [l'artiste aux « bistrés » qui bavardaient intarissables touches si bavardes qu'elles font oublier les heures à l'attention délicatement chatouillée de l'amateur *add. biffée*] de ces boutiques *ms.* ↔ *e. Au verso en regard de ce passage, on lit dans ms. la note suivante :* Il faudra après ce pastiche dire pour ce qui concerne le petit Dunkerque que j'aurais voulu voir cette boutique. Pourvu qu'elle existât encore. Dire que je n'aurais eu qu'à le demander à Brichot. Et ce papier du XVIIIe siècle à en-tête ornementé, que j'aimerais en avoir. J'irais sûrement revoir les Verdurin pour me le faire montrer. ↔ *f.* aux vagues [taillées *biffé*] *vignettisées* *ms.*

1. Il s'agit de Nephtalie de Courmont, dont Goncourt s'inspira pour le personnage de Madame Gervaisais.
2. Sur Gabriel de Saint-Aubin, voir n. 11, p. 288.
3. Voir n. 10, p. 288.

Page 756.

a. traversée [vraiment décoratoire *add.*] par un vol *ms.* ↔ *b.* Montmorency [aime tant *biffé*] entre-regarde *ms.* ↔ *c.* devant moi [des rouges à la Titien *biffé*] une riche *ms.* ↔ *d. Depuis* une riche bijouterie *[10 lignes plus haut]* , *ce passage est rédigé sur une paperole collée dans ms. sur la moitié inférieure du folio 74 r°. La fin du fragment a disparu avec l'usure de la paperole.* ↔ *e. En regard de ce passage figure, au folio 74 v° de ms., cette note, que Proust a ensuite biffée :* Peut-être cette description doit continuer je ferai bien de voir, en tous cas pendant que j'y pense je profite de placer le morceau si important sur la Normandie, quitte à mettre entre bien des choses, morceau sur la Normandie que je pourrai peut-être amener tout autrement que par la nourriture.

Page 757.

a. Souligné par Proust. ↔ *b.* XVIIIe siècle [et des parcs d'Hubert Robert *biffé*] et d'arbustes *ms.*

Page 758.

a. Nous reproduisons ici quatre fragments qui font suite au pastiche ou paraissent sur les versos de ms. 1) Fragment du folio 77 v° : Quelque part là. Maintenant il faut dire bien haut (ne pas dire bien haut mais c'est le sens.) / Dire le duc d'Haussonville, le duc de la Rochefoucauld, Swann et le Docteur Cottard, à la finesse à la fois scrutatrice et bonne, du regard. *2) Fragment des folios 76 et 77 v^os^ :* Capitalissime : dans le morceau qui précédera ou concluera ce pastiche, quand j'explique l'étonnement que ces gens soient célèbres, ajouter ces deux raisons : car le *temps* engloutit si vite les particularités, les notions, les façons de penser, les célébrités, les gens, que quelques années après tout le monde ignore qu'un Verdurin eut une situation littéraire ou un Swann une situation mondaine. Cet oubli, ce renoncement dont parlent les Mémoires touchant les gens pieux est plus réel qu'il ne semble dans ces mémoires où précisément l'oubli cesse, les contemporains ne se rappellent plus, Verdurin est vraiment inconnu (Brancovan me demandant si Joubert le penseur est parent de celui de Mme Hochon), l'instruction étant une lutte contre l'oubli, contre le temps perdu, mais si partielle, coulant à peine un oubli sur mille, comme les sous-marins allemands. D'autre part cela tient aussi à ce que la vie de tous les jours fait apparaître en petit ce qui ne prend son importance, que réalisé intellectuellement par la lecture de mémoires ou d'œuvres (de sorte que cette importance reprise par les gens hors de la vie, Pompadour, Verdurin, etc., se rattache aussi à la conclusion de mon ouvrage, seule réalité est la réalité intellectuelle. *3) Fragment du folio 81-82* r^{os} *et 81* v^{o} *:* Ceci qui est Kapitalissime pourrait être mis avant ou après <le> pastiche de Goncourt mais mieux dans la dernière partie quand je conçois l'œuvre d'art. Je l'écris comme pour la dernière. Si mis après Goncourt il faut enlever la première phrase. La courte vue que nous avons des autres ne doit pas être celle du romancier mais rendre ce que cette vue a de court en montrant des parties qui lui sont cachées peut être un des objets du romancier. Je m'étais dans bien des circonstances de ma vie rendu compte combien nous allons peu au-delà de la surface des êtres et des faits, et combien cette surface même diffère selon le spectateur. Entre bien d'autres découvertes, un mot de Bloch m'avait fait comprendre un mensonge de Mme Swann et la continuation de son inconduite, une conversation de Charlus m'avait donné la clef de bien des choses obscures pour moi, les récits qu'on m'avait faits du salon Verdurin m'avaient montré un Elstir où je n'aurais pu soupçonner l'homme de génie que j'avais connu, de même qu'inversement je n'avais pas soupçonné à Combray dans le bonhomme Vinteuil le sublime auteur de la Sonate et du Quatuor, ni qu'en fréquentant les Verdurin je n'avais vu ce que m'en apprenait le journal des Goncourt qui d'ailleurs comme peut-être bien souvent l'Histoire, nous peint avec charme et comme des êtres singuliers des gens qui ne furent en rien supérieurs aux médiocres que nous avons connus, tant notre imagination s'exalte sur un livre, si peu l'humanité a à nous fournir. Mais ces découvertes je les avais faites peu à peu. Si la force m'était donnée d'écrire je n'en userais pas avec le lecteur comme la vie en avait usé avec moi. Je montrerais ce que nous voyons de la vie (ma confiance en Albertine, mon mépris de Vinteuil, mon absence de soupçons relativement à M. de Charlus, etc., je cite ces faits de ma vie pour servir d'exemples et faire comprendre ce que je veux dire), je montrerais en un mot cette mince couche de superficie que nous croyons la réalité et au-delà de laquelle nos yeux vont si peu que ce qu'il y a dessous <nous échappe[1]>, et cela ferait le livre, puis tout d'un coup, dans un dernier chapitre, brusquement et vite comme on retourne une ruche d'abeilles pour qu'elles n'aient pas le temps de s'échapper, je montrerais l'autre face, ce qui donnerait la sensation de la faible écorce de profondeur à laquelle nous pénétrons comparativement à ce qui est, comme on montrerait à un homme qui n'aurait jamais vu que ce qui est à deux pas de lui combien sa vue s'étend peu, si on lui découvrait tout

1. La proposition est manifestement incomplète. Nous ajoutons ces deux mots que paraissent appeler la construction et le contexte.

d'un coup tout ce que voit une autre personne située dans un champ de sa vision et qu'il ne soupçonnait pas. En somme, brusquement un second roman qui serait le même vu par d'autres yeux, un épilogue si l'on veut, qui ne serait pas l'épilogue habituel où l'on dit brièvement ce que les personnages devinrent après la fin de l'histoire[a], mais où l'on dirait ce qu'ils étaient pour d'autres, ou ce qu'ils étaient en eux-mêmes pendant le cours de cette même histoire, un second roman, si je suppose l'histoire racontée ici comme un roman, où ce qui apparaît çà et là, serait au contraire resserré, et < apparaîtrait[1] > au lecteur qui n'en soupçonnerait pas plus que moi, tout d'un coup la page des Goncourt, la vraie vie de Charlus, d'Albertine, le génie de Vinteuil et d'Elstir, en une accumulation foudroyante et condensée. Peut-être cette fin depuis « en somme, brusquement un second roman » serait placée tout de suite après [« écorce de profondeur à laquelle nous pénétrons comparativement à ce qui est » *biffé*]. Et *[interrompu] 4) Fragment du folio 74 v° :* il faudra autant que possible ne pas souligner les adjectifs étranges et souligner les *mines drôlettes, le beau [interrompu] Un peu plus haut, au même folio 74 v° :* mettre « il faut le déclarer ».

Page 759.

a. Sans doute [pour certains êtres toute une partie de l'expérience, *biffé*] l'option *ms.* ◆◆ *b.* vu [le port d'Equemavril *biffé*] aucune peinture *ms.* ◆◆ *c. Le mot* fait *est biffé dans ms. Nous rétablissons.* ◆◆ *d.* si [j'avais eu tant de peine à faire coïncider avec ses livres *biffé*] le personnage *ms.* ◆◆ *e.* éclipsés, [les œuvres de Vinteuil, d'Elstir et de Bergotte n'en étaient pas moins là pour dire que le génie *biffé*] cela *ms.* ◆◆ *f. La suite du développement, rédigée au folio 79 r° de ms., a disparu, ce feuillet ayant été arraché.* ◆◆ *g. Le début du passage manque. Il était rédigé au recto du folio 79 de ms., qui a disparu. On lit encore la fin d'une phrase* : Guermantes, de ces [propos *biffé*] historiettes qui me [sembl < aient > *biffé*] charmaient à lire. Je *ms.* ◆◆ *h.* mon [désir *biffé*] imagination *ms.* ◆◆ *i.* couleurs, [de leurs qualités sensibles, *biffé*] ne les voit *ms.* ◆◆ *j.* l'aspect des [triangles, formes linéaires *biffé*] figures *ms.* ◆◆ *k.* car [c'était leur caract < ère > *biffé*] ce qui m'intéressait *ms.*

1. L'allusion paraît renvoyer à la *Théorie des couleurs* (1810), ou au début du second *Faust*.

Page 760.

a. de leurs *[p. 759, 9e ligne en bas de page]* ridicules. [J'étais comme un chirurgien qui sans voir si un ventre est beau ou non *biffé*] [Ou plutôt *[...]* Non. *add.*] Aussi le charme *ms.* ◆◆ *b.* c'était ces gens [qu'on est bien obligé de juger sur leur conversation, sur leur vie, parce que ce ne sont pas des artistes et que ce n'est pas des œu < vres > *biffé*]

a. de l'histoire, *À partir de ces mots, la fin du passage est, dans ms., en addition sur le folio 81 v°.*

1. Nous introduisons ce verbe, nécessaire à la construction de la phrase, et que paraît appeler le contexte.

dont *ms.* ◆◆ *c.* n'ont pas [écrit *biffé*] créé *ms.* ◆◆ *d.* que le sublime portrait [...] modèle, *add. ms (au folio 81 v°), suivie de cette note :* mettre ici tout le verso suivant. Puis après le verso suivant et la marge de ce verso remonter au recto à «eût commandé ». *Nous réalisons le montage indiqué par Proust (voir var b, p. 761). Voir p. 761, 11e ligne.* ◆◆ *e.* peut être [l'élégance féminine *barré*] la noble beauté *ms.* ◆◆ *f.* gens modestes [encore *biffé*] relativement *ms.*

Page 761.

a. académiciens que [les papes et *barré*] les chefs *ms.* ◆◆ *b. Après* l'arrangement , *au folio 82 v° de ms., Proust a noté* suivre au recto au dos , *mais, au folio 82 r°, a omis de faire le raccord ; on lit* le sublime portrait . ◆◆ *c.* de Bergotte, [une Mme de Guermantes Villeparisis *biffé*] un M. de Guermantes fils *ms.* ◆◆ *d.* vers de [Baudelaire *biffé*] Sainte-Beuve *ms.* ◆◆ *e.* sur Mme de [Marsantes si médiocre *biffé*] Gallardon *ms.* ◆◆ *f.* artistes [une Mme de Pompadour, une Mme Récamier *biffé*] ces gens *ms.* ◆◆ *g.* de Balzac [ou de Stendhal *biffé*] leur est dédié *ms.* ◆◆ *h.* des méchancetés, des [incompréhensions *biffé*] sottises, *ms.* ◆◆ *i. Lecture conjecturale.*

1. Philip-Alexius de Làzló de Lombos (1869-1937), peintre hongrois naturalisé anglais en 1914, vécut à Londres où il devint un portraitiste en vogue. Il réalisa en 1909 le portrait de la comtesse Greffulhe et en 1911 celui de la comtesse Anna de Noailles, aujourd'hui au Louvre.

2. Ainsi que le docteur Cottard, Jean-Baptiste Nacquard, et non Macquart, (1780-1854) était membre de l'Académie de médecine. Il fut le médecin et le banquier de Balzac. La dédicace du roman porte : « Cher docteur, voici l'une des pierres les plus travaillées dans la seconde assise d'un édifice littéraire lentement et laborieusement construit ; j'y veux inscrire votre nom, autant pour remercier le savant qui me sauva jadis, que pour célébrer l'ami de tous les jours. » (*La Comédie Humaine*, Bibl. de la Pléiade, t. IX, p. 969). Proust cite les « fleurs du chemin pareilles à celles du *Lys dans la vallée* » dans la « Préface » du *Contre Sainte-Beuve*, à propos du paysage vu du train (éd. citée, p. 213). Voir aussi p. 434.

3. On retrouve ici la formule qui concluait le fragment introduisant la première ébauche (voir p. 751). Les dernières réflexions que nous possédons sur l'articulation du pastiche et du commentaire se trouvent au début du folio 77 r° du manuscrit, où une note trahit de nouveau l'incertitude de l'auteur quant à l'ordre qu'il veut donner aux différentes parties du développement : « Pour introduire (Kapital) dans le dernier Cahier. Mis ici faute de place. Je verrai s'il vaut mieux le mettre ailleurs que dans le dernier Cahier. Ce sont les réflexions sur le pastiche de Goncourt mais que je crois mieux de ne pas mettre tout de suite après le pastiche de Goncourt. » Un ajout postérieur en marge du folio 77 r° renvoie à la note de régie, placée en tête de la première ébauche (voir p. 750-751) : « Depuis j'ai décidé un autre arrangement indiqué dans le dernier ou avant-dernier verso

de ce morceau et indiqué dans le cahier du Pastiche[1], qui consiste à résumer tout cela en une ou deux phrases avant le pastiche après lequel il n'y a plus que ces mots : Les Verdurin, le duc de Guermantes, Mme Cottard, les petits Cottard, le docteur Cottard... "Et que tout cela fasse un astre dans la nuit !" Mais je pourrais garder des réflexions utiles des pages ci-contre et suivantes pour faire la dernière partie. Du reste je peux encore revenir à l'idée de surtout faire comme j'avais dit toutes ces pages dans le dernier chapitre, auquel cas je renoncerais à rien mettre avant le pastiche et où "astre dans la nuit" serait rejeté au dernier chapitre. »

Page 762.

Esquisse III

Cartonnier (achat Proust 26803, lot n° 17, ff^os 8 r° à 12 r° ; 1916). Voir p. 301 à 303 et 348.

Ce texte est rédigé sur des feuilles volantes de petit format. Le thème du salon apparaît dans les feuillets 1 à 7 de ce lot, mais la dernière phrase du folio 7 ne se raccorde pas avec le début du folio 8, où commence le texte que nous transcrivons.

Page 763.

a. des Verdurin [mais il était d'une autre sorte *biffé*] : sans l'avouer *ms.*

Esquisse IV

Cahier 57, paperole collée au folio 56 v°. Voir p. 305 à 309. Cette ébauche figure, sur la paperole, dans un ensemble de notes destinées à la dernière matinée Guermantes, à laquelle se rattache sa seconde partie, que nous transcrivons dans l'Esquisse XLVII.2 (voir p. 918-919) ; nous ne reproduisons ici que ce qui a trait à l'épisode de la guerre.

La note de Proust qui clôt la paperole (voir p. 918-919) annonce d'ailleurs la redistribution du texte de celle-ci entre l'épisode des salons pendant la guerre et la dernière matinée Guermantes.

Les allusions à l'expulsion des ambassadeurs et à l'« Union sacrée », ainsi qu'à l'indécision de la Grèce, situent le passage vers 1915.

b. coupé [pas forcément par la moitié *biffé*] en deux parts, *ms.*

Page 764.

a. dans le précipité [républicain *biffé*] conservateur *ms.*

1. C'est-à-dire le Cahier 55 (voir les deux premières sections de la présente Esquisse, p. 750-758).

1. Voir la lettre sur l'affaire Dreyfus, envoyée à Mme Straus en septembre 1898 (*Correspondance*, t. II, p. 252). Le général Zurlinden, ministre de la guerre, démissionna le 17 septembre, jour où le Conseil des ministres autorisa le garde des Sceaux à saisir de l'affaire Dreyfus la commission de révision. Le général marquis de Gallifet, nommé ministre de la guerre en juin 1899, fut attaqué par la gauche aussi bien que par la Ligue de la Patrie française.

Page 765.

a. Lecture conjecturale.

1. C'est-à-dire si la Grèce allait abandonner la position de neutralité qu'elle adopta au début de la guerre.

2. La Bulgarie, vaincue lors de la seconde guerre balkanique en 1913, s'allia à l'Autriche et à l'Allemagne en 1914.

3. La suite de la paperole concerne le « Bal de têtes », où nous l'insérons (voir l'Esquisse XLVII.2, p. 918-919).

Page 766.

Esquisse V

Cahier 74, ff^os^ 64 r°, 63 v°, 65 r°-67 r°. L'esquisse est postérieure à la précédente. Les allusions aux troupes allemandes, qui occupèrent Soissons jusqu'en 1918, et à la certitude que l'Allemagne devait succomber, situent ce développement vers la fin de la guerre. Voir p. 307 et 348.

a. Lecture conjecturale. ◆◆ *b.* Les événements [...] ailes de la Victoire *add. ms. (ff^os^ 64 r° et 64 v°), dont Proust n'a pas précisé la localisation. Nous l'intégrons dans le texte à l'endroit qui paraît lui convenir.* ◆◆ *c.* uniforme de [soldat *biffé*] médecin principal *ms.*

1. Les « petits cahiers de Kirby Beard » sont cinq carnets offerts à Proust par Mme Straus en 1908. La Bibliothèque nationale en possède quatre. Voir au tome I de la présente édition la description de ces documents, p. CL et n. 5 et p. CLXI.

Page 767.

a. naïveté des [écrivains *biffé*] polémistes *ms.* ◆◆ *b.* contre moi, [un académicien *biffé*] une erreur *ms.* ◆◆ *c.* morales [dif<ficiles> où l'on est difficile pour soi-même *biffé*] qui exigent *ms.* ◆◆ *d.* toujours [en vie *biffé*] [invincible *biffé*] invaincue *ms.* ◆◆ *e.* le même front [d'Ypres *biffé*] à Ostende [à Soissons *biffé*] à Lamy *ms.* ◆◆ *f.* que dans [dix *biffé*] vingt ans *ms.*

1. Gabriel Hanotaux (1853-1944), historien, fut ministre des Affaires étrangères de mai 1894 à octobre 1895 et d'avril 1896 à juin 1898.

Page 768.

Esquisse VI

Cahier 74, f° 140 v°. Esquisse postérieure à 1916. Voir p. 309.

a. Lecture conjecturale. Voir n. 1.

1. Proust se souvient ici de Germaine-Jeanne Aron, dont le nom de jeune fille « disparut » du faire-part de son mariage avec le comte Rafélis de Saint-Sauveur, sa mère ayant épousé entre-temps M. de Faucompré.

Page 769.

Esquisse VII

Cahier 74, f° 25 r° (sans doute 1918 ; voir p. 321) et f° 24 r° (voir p. 316 à 317 et 425).

a. officiers [aristocrates *biffé*] nobles *ms.*

Page 770.

a. Dans *[p. 769, début du dernier §]* [sa bravoure *biffé*] son courage il y avait bien des choses [et d'abord cette habitude de ne jamais se louer, de ne jamais parler de courage qu'ont les gens qui agissent bien au contraire des gens qui agissent mal et qui disent *biffé*] [cette double habitude de politesse qui d'une part le faisait louer les autres et soi-même bien faire sans en rien dire *biffé*] [*[*et pas seulement *[[...]]* seulement en cela *add.]*. Dans le courage *[...]* et ne puis rien dire *corr.*] au contraire d'un Bloch *ms.* ♦♦ *b.* leur part aussi. [comme M. de Charlus, quoique autrement que lui, Robert était *biffé*] En prenant *ms.*

Esquisse VIII

Cahier 74, ff^os^ 115 v° et 89 v°. Voir p. 330 et 331 à 334.

c. définitive les [noms *biffé*] généraux *ms.* ♦♦ *d. Lecture conjecturale.* ♦♦ *e.* cocaïne. [Mais l'épopée est tellement belle que cela ne fait plus rien *biffé*] Mais si tu voyais *ms.*

1. Ce nom, de lecture douteuse, n'apparaît pas dans les conversations de Doncières sur la stratégie militaire (voir *Le Côté de Guermantes I*, t. II de la présente édition, p. 426 et suiv.).

2. *L'Union pour l'Action morale* était une revue bimensuelle fondée en 1892 par Paul Desjardins (1859-1940).

Page 771.

a. grandeur [d'héroïsme *biffé*] passeront pas *ms.* ♦♦ *b.* comme un [malade *biffé*] mourant *ms.*

Esquisse IX

Feuilles détachées du Cahier 74 (dit « Babouche » ; 1918). Voir p. 333-334.

c. l'idée que la [figure qu'on laisse *biffé*] [que la jouissance contient *biffé*] vérité *ms.* ⬥⬥ *d.* les lettres, les [poèmes *biffé*] proses *ms.*

Page 772.

a. Suit, dans ms., cette note : Non, il serait préférable que ce fût Saint-Loup qui écrivît tout cela, dans des lettres dites remarquables que me communiquera Mme de Saint-Loup. Seulement il faudra que cela ait un tour très Saint-Loup. Il pourra dire : « Dis à Marcel ? » Il lira *Ainsi parlait Zarathustra* devant les Boches et leur sifflera le XVe quatuor. (Mettre en son temps qu'il est musicien et amateur de peinture). ⬥⬥ *b. Lecture conjecturale ; voir n. 2.* ⬥⬥ *c. Proust a biffé* croient qu'il se lève. *Nous conservons ce syntagme.*

1. Dans le texte final ces périphrases deviennent « la sanglante aurore » et « le vol frémissant de la victoire ». Voir p. 333. Plus loin, Charlus dénonce « l'aube de la victoire » comme un des accessoires de rhétorique de Norpois (voir p. 375).

2. La lecture de ce dernier mot est conjecturale. Le passage est à rapprocher de celui, dans le texte final, où Saint-Loup, « immobilisé à la frontière d'une forêt marécageuse », s'enchante, dans sa lettre au narrateur, de « certaines oppositions d'ombre et de lumière », lui cite « certains tableaux » et « ne craint pas » de faire allusion « à une page de Romain Rolland voire de Nietsche » (p. 333-334).

3. Dans ce palais, édifié de 1633 à 1664, résida Johan Maurits de Nassau Siegen — d'où son nom. Devenu musée royal de peinture en 1822, il compte en effet dans sa prestigieuse collection, plusieurs toiles de Rembrandt.

4. Vaste cycle romanesque entrepris de 1904 à 1912 par Romain Rolland. L'œuvre décrit la vie tourmentée d'un grand musicien et constitue en même temps un panorama des problèmes spirituels que doit affronter l'homme contemporain.

Page 773.

1. Le principal reproche que Proust formule contre la méthode de Sainte-Beuve est que celui-ci ne s'intéresse qu'à l'homme social. Sur l'effacement progressif des allusions directes à Sainte-Beuve dans *À la Recherche du temps perdu*, voir l'Introduction générale, t. I de la présente édition, p. XLIV.

2. Région des confins de la Champagne et de la Lorraine, où se déroulèrent de sanglants combats. Voir n. 3.

3. Proust fait un rapprochement entre deux œuvres de Rudyard Kipling (1865-1936). Dans *Le Livre de la jungle* (1894-1895), Mowgli, le « petit d'homme », perdu dans la forêt indienne, se voit admis

dans la société des animaux. Quand il est enlevé par la tribu des singes, ses amis, Baloo (l'ours brun) et Bagheera (la panthère noire), viennent le délivrer. Dans *La France en guerre* (1915), Kipling s'insurge contre la « barbarie » allemande. Le « boche » y est qualifié d'« animal dans sa tranchée ». Dans « Frontière de la civilisation », l'un des cinq récits dont se compose ce recueil, Kipling fait dire à un officier français : « [le boche] nous a montré ce qu'est le Mal [...] nous commencions à douter, depuis vingt ans, de l'existence du Mal, et il nous le révèle. » L'allusion à la forêt d'Argonne est sans doute inspirée par le cinquième et dernier de ces récits : « La Vie dans les tranchées sur le flanc de la montagne ».

Page 774.

Esquisse X

X.1 : Carnet 3, ff^os 14 r° et v° et 15 r° et v°. Épisode non repris.

X.2 : Cahier 74 (dit « Babouche ») ; deux feuilles volantes, détachées du Cahier et insérées dans le manuscrit, et f° 89 v°. Voir p. 336-337.

a. centrifuge [emportait vers le Cap *biffé*] portait *ms.* ↔ *b.* charmait [...] les jeunes gens *passage très raturé. Nous en donnons une reconstitution conjecturale.* ↔ *c.* Calais. [Plutôt que l'air glorieux qu'on imagine à un *biffé*] Ne flottait pas *ms.*

1. La « petite ville » est peut-être Mézidon. En septembre 1914, se rendant à Cabourg, Proust s'y arrêta, et rencontra, dans la gare, des blessés anglais. Voir sur ce point le témoignage de Céleste Albaret (*Monsieur Proust*, Robert Laffont, 1973, p. 46), corroboré par une mention identique d'Ernst Forssgren, domestique de Proust (voir *Études proustiennes*, II, Gallimard, 1975, p. 119).

Page 775.

a. la fatigue [la difficulté de se lever pour aller à la garde-robe *biffé*] même quand ils fumaient *ms.* ↔ *b.* reçu et [pouvoir aller et venir *biffé*] n'avoir qu'une *ms.* ↔ *c.* pour venir ici [dans cette caserne *biffé*] approchables *ms.* ↔ *d. Lecture conjecturale. Peut-être le mot est-il* chthoniens.

1. Après le désastre subi par les Boers à Paardebey le 27 février 1900, Bloemfontein, capitale de l'état libre d'Orange, fut conquis, le 13 mars, par les troupes britanniques placées sous le commandement du général Roberts.

2. L'initiale désigne probablement Robert Proust.

3. C'est l'un des lieux où se livrèrent les batailles de l'Argonne.

4. Henri Eugène Gouraud, général français (1867-1946), se distingua entre autres en Argonne et en Champagne, avant de faire échec à Ludendorff, et de conduire les armées du centre sur la Meuse.

5. Ce personnage n'a pu être identifié.

Page 776.

1. Sur cette formulation, voir l'Introduction générale, au tome I de la présente édition, p. XCIV.

Esquisse XI

Cahier 49, f° 42 r°. Voir p. 337.

2. Cette description du vol de l'avion rappelle aussi un passage de *Sodome et Gomorrhe* (voir t. III de la présente édition, p. 417.)

Esquisse XII

XII.1 : Cahier 60, ff^os^ 39 à 41 r^os^ (1920). Voir p. 339.
XII.2 : Cahier 74, ff^os^ 107 v° et 98 r° (1918). Voir p. 346.

C'est sous le titre que nous donnons à la présente esquisse que, dans la table de l'édition Gallimard de *À l'ombre des jeunes filles en fleurs* (1918), est annoncé l'épisode entier consacré à la guerre de 1914-1918. L'importante lettre de Proust à J.H. Rosny aîné, en date du 10 décembre 1919, apporte à la genèse du roman cette précision capitale : « Quand *Swann* a paru en 1913, non seulement *À l'ombre des jeunes filles en fleurs*, *Le Côté de Guermantes* étaient écrits, mais même une partie importante de *Sodome et Gomorrhe.* Mais pendant la guerre (sans rien toucher à la fin du livre, *Le Temps retrouvé*), j'ai ajouté quelque chose sur la guerre qui convenait pour le caractère de M. de Charlus. » Malgré la place importante occupée par Charlus à cet endroit du roman — longue conversation nocturne avec le narrateur, puis épisode de la maison de passe de Jupien —, cette formulation paraît restrictive, car c'est tout un panorama du Paris en guerre que Proust a brossé. Peut-être conviendrait-il, dès lors, de retourner la formule de Proust en notant que Charlus représente une attitude qui sans lui manquerait à cette fresque sociale : celle du germanophile défaitiste. Ainsi campé, le personnage de Charlus pouvait tenir, sur la société du temps de la guerre, des propos qui, à l'époque, auraient pu choquer le public. De cette stratégie témoigne une note de régie du Cahier 74 (f° 102 r°) : « Toutes les critiques de la presse pendant la guerre seront mises dans la bouche de M. de Charlus qui me dira à voix basse à la fois comme s'il n'osait pas employer tout haut une expression si vulgaire, ou hasarder publiquement un si terrible pronostic : "C'est très heureux que nous n'ayons pas encore fait la paix, sans cela nous serions tous boches." Malgré cela il l'était lui-même un peu. »

3. Proust semble avoir destiné ce développement au dernier entretien du narrateur avec Charlus et Jupien ; on en trouve les traces, cependant, dans le passage de la conversation avec Saint-Loup (voir p. 339 et n. 1, p. 765 et l'introduction à l'Esquisse V, p. 766).

4. Sixte de Bourbon-Parme (1886-1934) était le frère de Zita, née en 1892, qui épousa l'empereur Charles Ier d'Autriche (1887-1922).

Celui-ci utilisa le prince pour faire, en décembre 1916 et en mars 1917, à la Grande Bretagne et à la France, des offres de paix, offres qui furent révélées au public par Clemenceau, alors Premier ministre.

Page 777.

1. Fiume (nom italien de Rijeka), principal port de la Yougoslavie et possession hongroise jusqu'à la Première Guerre mondiale, était convoité par les Italiens et fut occupé en octobre 1919 par un corps de patriotes commandé par Gabriele d'Annunzio. Finalement, le gouvernement italien décida d'évincer d'Annunzio de Fiume et, comme le prévoyait un traité secret signé à Londres en 1915, de donner ce port à la Yougoslavie, ce qui fut fait lors du traité de Rapallo en 1920.

2. David Lloyd George (1863-1945), ministre des Munitions en 1915, ministre de la Guerre en 1916, Premier ministre en 1916, se mit d'accord avec Clemenceau en 1918 pour confier la direction unique des armées alliées au maréchal Foch. En 1919, lors du traité de Versailles, il joua un rôle modérateur entre Clemenceau et le président Wilson.

3. George V (1865-1936) accéda au trône en 1910.

4. Lord Lansdowne (1845-1927), ministre des Affaires étrangères après la guerre des Boers, chef du parti de l'Union et « leader » de la chambre des Lords, fut l'un des principaux artisans de l'Entente cordiale et exerça une certaine influence sur Édouard VII et George V.

5. Marie Ernest Paul Boniface de Castellane (1867-1932), dit « Boni », époux de la milliardaire américaine Anna Gould, et qui fit construire, avenue du Bois-de-Boulogne, le palais Rose, fit en effet, en tant que député, un certain nombre d'interventions remarquées en matière de politique étrangère. Ses *Articles et discours sur la politique extérieure* ont été publiés en 1905.

6. Charles Ier d'Autriche (1887-1922) succéda à son grand-oncle, François-Joseph, en 1916. Il abdiqua en novembre 1918, à l'âge de trente et un ans. Prague devint le centre du mouvement nationaliste tchèque en 1918.

7. Ce parallélisme sera noté par Proust dans l'épisode de la maison de Jupien (voir p. 409).

Page 778.

Esquisse XIII

XIII.1 : Cahier 74, ff[os] 99 et 100 r[os], 21 r°, 65 v°, 125 v° ; XIII.2 : Cahier 55, ff[os] 86 et 87 r[os] ; XIII.3 : Cahier 74, ff[os] 67 r° à 69 r° (vers 1916). Voir p. 358-361, 367, 370, 365.

a. Dans la marge de ms., Proust ajoute : et il dit aussi : « Nos ennemis, avec leur manque de finesse habituelle. »

Page 779.

a. Lecture conjecturale ◆◆ *b.* Quand la guerre [toucha à *biffé*] approcha *ms.*

1. Il existe tout un répertoire des « mots » de Degas, notés par ses contemporains. Nous ne trouvons trace de cette formule ni dans *Degas parle*, de Daniel Halévy, ni dans *Degas Danse Dessin*, où Valéry en rapporte de nombreuses qu'il a lui-même entendues ou qui lui ont été rapportées par des familiers du peintre comme Ernest Rouart ou Berthe Morisot (*Œuvres*, Bibl. de la Pléiade, t. II, p. 1163-1240).

2. Allusion aux trois cents Spartiates qui périrent dans le défilé de la chaîne du Callidrome et empêchèrent la défaite des Grecs coalisés contre les Perses.

3. C'est à Carency, dans la Somme, que fut tué le comte Gautier-Vignal le 27 décembre 1914.

Page 780.

a. avait [remplacé *biffé*] relevé *ms.* ◆◆ *b. Lecture conjecturale.*

Page 781.

a. Ce texte est accompagné dans ms. d'une note marginale : Je mets ici faute de place de me rappeler qu'il sera peut-être bon que M. de Charlus me dise que Swann lui a fait apprécier Carpaccio (dans un immense éloge de Swann qui le grandit rétrospectivement et sa situation *[plusieurs mots illisibles]* pour moins étonner que M. de Charlus trouve le Paris de la guerre Carpaccio[1]. ◆◆ *b. tout simplement* le [Prince *biffé*] Furst von Œttingen *ms.* ◆◆ *c.* d'admirer Wagner [et de revoir le Furst von *biffé*] Cela *ms.* ◆◆ *d. En marge de ms., en regard de ces lignes, cette note de Proust :* Peut-être mieux à intercaler dans la scène où je fais croire à Albertine que je veux la quitter.

1. Dans *À l'ombre des jeunes filles en fleurs*, parlant du roi Théodose, Norpois évoque « ce regard si prenant des Œttingen » (voir t. I de la présente édition, p. 454-455).

2. Signé le 10 mai 1871, il mit fin à la guerre franco-allemande.

3. Nous interrompons la transcription à cet endroit, au début du f° 70 r°. La suite du texte concerne la mort tragique de la princesse de Guermantes, amoureuse de M. de Charlus.

Page 782.

Esquisse XIV

Cahier 74, ff[os] 64 r° et 63 v°. Voir p. 387.

a. Tous les arguments [à la décharge *biffé*] en faveur *ms.*

1. Dans le texte final, c'est le narrateur qui fait ce rapprochement (voir p. 342).

Esquisse XV

Cahier 74, f° 80 v° (1918). Voir p. 349.

b. Quand [M. Verdurin *biffé*] [peut-être Swann si je ne parle pas de la mort de M. Verdurin *rédaction interlinéaire*] meurt, *ms. Ces hésitations sont confirmées par une note marginale :* Le mieux serait sans doute si je peux dans le second séjour à Balbec rencontrer dans une auberge Elstir où la fille d'auberge se cache : ce que je lui dis de Swann parut l'attrister vivement bien que depuis tant d'années ils fussent brouillés ensemble. C'est que, et alors suivre. *Le contexte nous amène à conserver* M. Verdurin .

Page 783.

Esquisse XVI

Cahier 74, ff^os 100 et 101 r^os, 100 v°, 101 et 102 r^os, 118 r°. Tous ces fragments sont postérieurs à 1916. Voir p. 369-372.

a. de M. de Norpois : [Dont le moins que je puisse dire *biffé*] C'est *ms.* ♦♦ *b. En face de ce texte, au verso du folio 101, Proust ajoute :* M. de Norpois : Le gouvernement ne bat que d'une aile.

1. La ville fut prise et pillée par l'ennemi en 1914.

Page 784.

a. Ce paragraphe est un ajout en marge du f° 101 r°.

1. La Suède adopta une position de neutralité pendant la guerre.

Esquisse XVII

Cahier 74, f° 21 r° (postérieur à 1920). Voir p. 375 et 422.

Page 785.

a. Les [riches commerçants *biffé*] grandes associations *ms.* ♦♦ *b.* mémoires, non *[deux mots illisibles]* mais où elles déduisaient *ms. Nous supprimons l'articulation* non... mais .

Esquisse XVIII

Cahier 55, f° 87 r° (1915). Ébauche non retenue dans le texte final. À l'époque, Proust n'a pas encore rédigé la mort de Bergotte, qui survient dans *La Prisonnière*.

c. En marge de ce passage, dans ms., apparaissent ces deux phrases, dont Proust n'indique pas la localisation dans le texte : Les gens qui sont pour la guerre sont comme les critiques. Le peuple, qui est pour la paix, juge mieux. ♦♦ *d. Dans ms., Proust a écrit* c'était ce qui eussent *Nous rectifions la forme du verbe.*

Page 786.

Esquisse XIX

Carnet 3, ff^os 56 à 58 r^os (1916-1918 ?). Non repris dans le texte final.

a. que M. de [Guermantes *biffé*] Charlus me dit : *ms.*

1. Allusion à deux tableaux de Carpaccio : *Saint-Georges et le dragon* fut peint vers 1495 pour la Scuola di San Giorgio degli Schiavoni, à Venise ; *L'arrivée de sainte Ursule à Cologne* (1490) est le premier tableau du « cycle de sainte Ursule », inspiré d'une des « vies de saints » de *La Légende dorée* de Jacques de Voragine.

Page 787.

a. dans l'ombre [sur le Bosphore du quai Conti *biffé*] et ce *ms.*

1. Dans l'ensemble des romans « exotiques » de Pierre Loti (1850-1923), la Turquie est représentée dans deux œuvres : *Les Désenchantées, roman des harems turcs contemporains* (1906) et *Aziyadé*, publié anonymement en 1879.

Esquisse XX

Cahier 49, f° 49 v°, continué sur une paperole collée. Voir p. 411-412.

b. résultat *Ici commence dans ms. le texte procuré par la paperole.* ◆◆ *c. La paperole a ici été pliée.*

2. Dans le roman d'Anatole France, *Les dieux ont soif*, (1912), figure un personnage du nom de Brotteaux des Ilettes, ex-financier qui mène, sous la Terreur, une vie misérable. *Les Opinions de M. Jérôme Coignard*, autre roman d'Anatole France, a été publié en 1893.

3. Cette paperole (collée au folio 51 r° du cahier) porte le texte suivant : Telle est la sécurité avec laquelle ces grands seigneurs une fois hors du monde jouent avec le vice. Sécurité qui peut être du reste trompeuse comme le montre de temps à autre un grand scandale — comme l'affaire Eulenbourg par exemple — lequel semble au grand public révélateur d'un état de choses exceptionnel, alors qu'au contraire il n'est que la mise à jour arbitraire et souvent injuste d'une entre mille de ces existences paradoxales contenant toutes en elles les mêmes éléments dangereux lesquels chez celle-là seule ont produit une irrépressible conflagration.

Page 788.

Esquisse XXI

Cahier 74, ff^os 102 v°, 128 v° et 129 r° (1918). Voir p. 421-423.

a. enverjure [C'est ainsi qu'il prononçait envergure *biffé*] Il disait *ms.*

1. Ce sera, dans le texte final, Victor, le « maître d'hôtel ».

Page 789.

Esquisse XXII

XXII.1 : Cahier 74, ff^{os} 107 r°-108 r°, et 96 r°.
XXII.2 : Cahier 60, f° 20 v°.
XXII.3 : Cahier 74 ff^{os} 109 r°-110 r°, 103 r°-104 r°, 105 v°-106 v° et 104 r°-106 r°.

Tous ces fragments sont postérieurs à 1916. Le second fragment de XXII.1, ainsi que XXII.2, paraissent avoir été rédigés vers 1920. Ces ébauches n'ont pas été reprises dans le texte final.

a. musée [luxueux *biffé*] de la guerre *ms.*

1. Sans doute Proust fut-il conscient de l'opinion publique d'une France victorieuse, qui fit entendre son mécontentement lorsque, en 1919, le jury du prix Goncourt préféra *À l'ombre des jeunes filles en fleurs* au roman « patriotique » de Roland Dorgelès, *Les Croix de bois* (voir l'Introduction à *À l'ombre des jeunes filles en fleurs*, t. I de la présente édition, p. 1293-1294).

2. Voir le texte transcrit dans la variante *a*, p. 781.

3. Ce développement semble avoir été rattaché au projet, que l'auteur abandonna, d'introduire un épisode mondain situé dans le milieu Empire de la princesse d'Iéna sur la beauté du mobilier Empire des Iéna et les glorieux souvenirs de l'expédition d'Égypte qu'évoquent ses ornements, voir *Le Côté de Guermantes II*, t. II de la présente édition, p. 807-811.

Page 790.

a. coûtait [trente *biffé*] dix milliards *ms.* ◆◆ *b.* une vie [intérieure *biffé*] spirituelle *ms.*

Page 791.

a. de Combray [qui avait vu 1870 *biffé*] et, lui qui *ms.* ◆◆ *b. Nous donnons de ce paragraphe une transcription partielle. Il est, dans ms., rendu illisible en plusieurs endroits par de nombreuses biffures et surcharges, où l'on relève en particulier* scandales genre Eulenbourg *(voir la Notice de « Sodome et Gomorrhe », t. III de la présente édition, p. 1196 et suiv.).* ◆◆ *c.* prétendaient que [cela ne signifiait rien *biffé*] l'une *ms.* ◆◆ *d.* charmante parisienne [d'ailleurs aussi fine et bonne que jolie fut donc sans aucun effet. <Elle> en eut à d'autres points de vue. C'est ainsi que *biffé*] fut *ms.*

1. Voir *Du Côté de chez Swann*, t. I de la présente édition, p. 90-91.

Page 792.

a. comme aurait pu faire [...] car cela faisait Royer Collard *add. ms.* *(f° 105 v°)* ◆◆ *b.* de garder. [Mais déjà son ton avait cessé d'être celui du grand seigneur *biffé*] Dans *ms.* ◆◆ *c.* glapissant [sa psalmodie M. de Charlus gémit de toutes ses forces : « Mais mon cher, à un point dont vous n'avez pas idée, c'est terrible. Mais je n'oserais pas lui dire bonjour dans la rue *biffé*] sa psalmodie *ms.*

1. Pierre Paul Royer-Collard (1763-1845), universitaire, puis homme d'État, fut président de la Chambre en 1828. Partisan d'une monarchie constitutionnelle, il se rallia en 1830 à la monarchie de Juillet.

2. S'agirait-il plutôt du bataillon thébain dit « Bataillon sacré » ? Plutarque (*Vie de Pélopidas*, chap. XVIII et XIX), ainsi que Diodore de Sicile (*Bibliothèque historique*, XII, 70) rapportent que ce bataillon, composé « d'amants et d'aimés », était un corps d'élite qui se distingua jusqu'à l'occupation de Thèbes par les spartiates, après la bataille de Chéronée en 338.

Page 793.

a. il conclut : [« C'est horrible de le rencontrer *biffé*] [je crains comme la peste *biffé*] « C'est *ms.* ◆◆ *b. Nous reproduisons le premier début, inachevé et barré dans ms., de ce fragment :* S'il y a un lieu commun décrié depuis si longtemps que c'est le décri même de ce lieu commun qui est aujourd'hui périmé, et qui consiste à [dire *biffé*] [exalter *biffé*] déclarer les acteurs qu'on a connus etc. infiniment supérieurs à ceux d'aujourd'hui, il est un autre lieu commun, moins percé à jour qui consiste à croire ◆◆ *c.* recommence [après *biffé*] [pendant *corr.*] la guerre *ms.* ◆◆ *d. Lecture conjecturale.* ◆◆ *e.* Legrandin la [celait *biffé*] pratiquait *ms.* ◆◆ *f. Dans la marge de ms., en regard de cette ligne, Proust a noté :* plaisirs .

1. C'est en 1900 le journal qui avait le plus fort tirage parmi les journaux du soir.

2. De Richard Strauss (1864-1949), seul *Salomé* fut représenté à Paris avant guerre : la première fois en 1907, la seconde en 1910.

Page 794.

Esquisse XXIII

XXIII.1 : Cahier 51, ff^os^ 17 r° à 22 r°. Proust a rédigé cette première ébauche en 1909.

XXIII.2 : Cahier 74, ff^os^ 22 r°-23 r° et 93 à 95 r^os^. Ces deux fragments sont postérieurs à 1916. Voir p. 438-443.

Avec le troisième retour du narrateur à Paris s'ouvre la longue conclusion d'*À la recherche du temps perdu*. C'est en 1910-1911, dans les Cahiers 58 et 57, que Proust en rédigea une première version très développée où s'enchaînent ses deux volets : « L'Adoration perpétuelle » et le « Bal de têtes ».

L'épisode de la dernière rencontre avec M. de Charlus, dont nous donnons ici trois ébauches, n'apparaît pas dans « L'Adoration perpétuelle » de 1911, quoiqu'il ait été rédigé dès 1909 dans le Cahier 51.

a. précipité [argenté *biffé*] métallique *ms.* ◆◆ *b.* convulsion [géologique *biffé*] métallurgique *ms.* ◆◆ *c.* avec [une *biffé*] peine [infinie *biffé*] mais *ms.*

Page 795.

a. surtout [l'effet *biffé*] le signe *ms.*

1. Couturier à la mode. Voir aussi l'Esquisse XXIV, var. *a* de la page 799, p. 1388, et n. 3 en bas de page.
2. On commercialisait sous cette marque (du nom du chimiste allemand, 1803-1873) un extrait de viande utilisé pour corser les potages et les sauces.

Page 796.

1. Allusion au développement rédigé aux folios 1 r° à 6 r° du même cahier : la présence de M. de Guercy dans la cour de l'hôtel de Guermantes s'explique par les inquiétudes des Guermantes à propos de l'héritage que laissera leur tante, la marquise de Villeparisis.

Page 797.

a. Début du § dans ms. : [Ses cheveux blancs ne faisaient qu'un bariolage de *biffé*] [Avec ses *biffé*] [Ses cheveux blancs ne faisaient sur lui qu'un bariolage de plus, et de près lui donnaient avec son fard cet aspect bizarrement composite *biffé*] Comme les arbustes *ms.* ◆◆ *b.* d'hypocrisie [ou de cynisme *biffé*] qui *ms.* ◆◆ *c.* arbustes [multicolorés par l'automne *biffé*] peints *ms.* ◆◆ *d.* successives [de tant de fards et *biffé*] d'expressions *ms.*

1. Voir p. 438.
2. Léon Bailby (1867-1954) fut directeur de *La Presse* (1896-1905) puis rédacteur en chef et directeur de *L'Intransigeant* de 1905 à 1908 et de 1908 à 1922.
3. Voir t. I de la présente édition, n. 3, p. 629, et t. II, n. 2, p. 517.

Page 798.

Esquisse XXIV

XXIV.1 : Cahier 58, ff^os^ 5 v°, 6 r°, 2 r°, 8 r°, 7 v°, 8 à 12 r^os^, 12 v°, 14 r°, 13 v°, 15 r°, 14 v°, 15 r° et v°, 16 r°, 15 v°, 17 r°, 16 à 18 v^os^, 18 r°, 19 r° à 21 r°, 19-20 v^os^, 21 r° à 24 r°[1] (fin 1910).

Nombre des réflexions que l'on trouvera dans cette longue ébauche se trouvent déjà dans les brouillons de « Combray », où, en plusieurs cas, l'explication de la mémoire involontaire suivait immédiatement

1. L'articulation des fragments ici transcrits se modèle sur celle proposée par MM. Bonnet et Brun dans leur édition de ces pages du Cahier 58 (voir *Matinée chez la princesse de Guermantes*, Gallimard, 1982, p. 114-143).

la résurgence du souvenir. « L'Adoration perpétuelle » s'est ainsi constituée à travers une opération de gommages et de déplacements, dont rendent compte les notes de cette première partie de l'Esquisse.

L'inscription du mot « Fin » en tête de l'ébauche annonce que celle-ci est déjà conçue comme la dernière partie du livre et souligne que très tôt Proust en travailla la conclusion.

XXIV.2 : Cahier 57, ff^{os} 4 à 6 r^{os}, 5 v°, 7 à 10 r^{os}, 9 v°, 11 r°, 13 à 15 r^{os}, 14 v°, 15 à 18 r^{os}, 17 v°, 18 r°, 20 à 23 r^{os}, 22 v°, 24 à 37 r^{os}, 37 v°, 38 v°, 38 r° (1911).

Si plusieurs passages de cette ébauche furent retranscrits dans le manuscrit du texte final (voir le chapeau introductif à la seconde section de l'Esquisse, p. 811), d'autres ont été éliminés : les réflexions sur Wagner et l'« Enchantement du Vendredi saint », le passage sur Ruskin et surtout de nombreuses pages consacrées à Bergotte[1].

Manque, en revanche, au texte du Cahier 57 la leçon d'idéalisme[2], tandis que les antécédents littéraires des réminiscences ne sont évoqués qu'à propos de Baudelaire[3].

Page 799.

a. Proust laisse après cette note deux pages en blanc dans ms., espace destiné au développement des « opinions de Bloch » ici annoncé (voir n. 3). Nous donnons ici à présent une seconde version inachevée, de la réfutation des idées de Bloch, rédigée aux folios 2 r° à 6 r° du Cahier 58. Comme l'indique la fin du passage, Proust situe ces réflexions dans la bibliothèque du prince de Guermantes (voir p. 1389, ligne 6) : Or je n'adhérais nullement à ces opinions de Bloch, non pour m'être enfermé égoïstement et paresseusement dans ce qu'il appelait un mandarinat étroit, mais pour avoir me semblait-il dépassé depuis longtemps la hauteur fort moyenne d'esprit où se trouvent les opinions qu'il émettait. Sans même m'arrêter à la double assertion, si démentie par les faits, que pour intéresser le peuple il faut lui parler de sa vie, comme si depuis que le monde existe la peinture du genre de vie, du genre de société, des époques, des continents, où notre condition sociale, notre état de santé, le temps où nous vivons, le pays où <nous vivons>, nous empêchent d'avoir accès — et cette autre si méprisante pour le peuple qu'il admire tant, et si fausse, qui semble considérer la subtilité de l'esprit, la perfection de la forme, comme seulement accessibles aux riches, aux gens du monde, aux jouisseurs, alors que l'on sait combien ils sont simples, plus peuple, plus incapables de goût littéraire et de raffinement que les ouvriers — en évitant les mots et les théories, en me tenant à l'art tel qu'il s'était révélé à moi, non sous son nom, mais intérieurement, comme ces réalités non nommées qui se présentent à nous, je sentais qu'il consistait en une sorte d'extraction sous l'apparence des choses de quelque chose de plus éternel qui est leur réalité et qu'on peut trouver certes tout aussi bien dans les événements de la vie de l'usine, mais tout aussi bien aussi dans les épisodes de la vie de salon, un esprit capable de s'approfondir

1. Voir, respectivement, p. 825-826, 816, 829-830.
2. Voir p. 489-493.
3. Voir p. 498 et 831.

jusque-là, ne recueillant l'apparence des choses, vie ouvrière ou mondaine, qu'en éprouvant plus vivement qu'elle la réaction spirituelle que sa perception produit en lui. Quand un tel esprit, aussi solitaire et personnel à la ferme que dans le salon, trouvait une telle vérité, de même que ce qui lui avait permis de dégager la vérité permanente, c'était le rapprochement d'une identité, de même inévitablement pour recomposer cette identité, cette réalité — et non toute la succession insignifiante des phénomènes de la vie — il fallait le rapprochement de deux termes différents ayant une base commune, c'est-à-dire une métaphore. Je l'avais trouvé par ces sensations du passé, ces visiteurs du passé, ces réminiscences qui m'enivraient, et sans doute ce serait là pour moi l'instrument de l'art. Mais je me gardais de l'ériger en système et de croire qu'on ne pourrait y arriver autrement. Mais je savais que quand on s'écriait devant une de ces épithètes ou ces métaphores : « Ah ! c'est joli », c'était une manière de dire : « C'est vrai », d'une vérité plus profonde que la vérité d'observation, la vérité de synthèse, d'approfondissement, de découverte intérieure. Aussi je riais de la peur que ces gens avaient de la littérature, de la beauté ; moi je l'aimais, j'avais confiance en elle parce que je savais son vrai nom, c'était vérité, une vérité qu'on ne trouve pas rien qu'en ouvrant les yeux sur le chemin, ou l'œil intérieur de l'intelligence, une vérité profonde, cachée, qu'on sent en soi-même, qu'on n'a pas toujours la force de délivrer, qu'il faut recréer peu à peu. Et quand enfin on la trouve, qu'elle est libérée, que ce soit sous les traits du grand seigneur lettré ou de l'ouvrière illettrée ah ! elle est bien toujours la même. Et quand la pauvre bergère[1] dont on nous vante avec raison le roman s'écrie en parlant du *Télémaque* qu'elle allait lire en cachette au bout du grenier sous la solive : « Il me semblait que c'était un jeune prisonnier à qui j'allais rendre visite » (vérifier), elle disait quelque chose d'aussi beau, et de beau de la même manière que quelque chose de Chateaubriand. Anatole France en la lisant aurait pu dire : « Ah ! c'est joli. » Cette vérité que nous ne pouvons trouver qu'en nous-même j'avais senti depuis longtemps que nous ne pouvions la trouver que si nous savions nous-même dépouiller l'homme extérieur, développer en nous etc. (voir sur Sainte-Beuve[2]). L'expression unique devait être écrite sous la dictée de cet esprit qui ne pensait qu'à lui-même, je l'avais bien senti, en écrivant cet article. Or si on cessait d'être soi-même, *[plusieurs mots illisibles]* si en écrivant on pensait à plaire aux yeux du monde, on le serait tout aussi bien en pensant au peuple. En cherchant à être simple pour être compris du peuple (à supposer que le peuple fût moins subtil que les gens du monde raffinés, à propos desquels on joue sur les mots avec le mot raffiné, en supposant que le fait de se faire habiller chez Hammond[3] et de soigner ses livrées ait quelque rapport avec celui de préférer la phrase de Flaubert ou le vers de Baudelaire à la phrase de Paul de Kock ou au vers de Borelli)

1. Il s'agit de Marguerite Audoux et de son roman *Marie-Claire*, Fasquelle, 1910, préface d'Octave Mirbeau. La citation est inexacte : « J'aimais ce livre, il était pour moi comme un jeune prisonnier que j'allais visiter en cachette. »

2. Voir *Contre Sainte-Beuve*, éd. citée, p. 228, où Proust blâme le critique, qui pensait que la vie de salon était « indispensable à la littérature » : « Et comme c'est de la foule (cette foule fût-elle une élite) qu'elle reçoit son expression dernière, cette expression est toujours un peu vulgaire ».

3. Hammond, couturier élégant, est mentionné à la même époque par Proust dans l'allusion aux vêtements portés par Jupien (voir l'Esquisse XXIII, p. 795).

on faisait subir à la phrase sincère une altération aussi grande qu'en cherchant à plaire à tels autres. Écrire pour le peuple, mais c'est un effort absurde et stérile à demander à un écrivain et il est infiniment plus utile de proposer au peuple l'effort de comprendre une œuvre obscure (mais ceci doit venir avant, je finirai par le cœur de la question). Et resté seul dans la bibliothèque, je compris que

1. Dans la version finale, un concert est donné lors de la réception. La mention de *Parsifal* en cet endroit est à rapprocher d'une des nombreuses notes de régie que Proust a rédigées dans les marges du Cahier 57. Au verso du folio 13, l'opéra de Wagner sert de modèle à l'illumination provoquée par la séquence des phénomènes de mémoire involontaire qui vont avoir lieu quelques pages plus loin. On lit : « Capital : De même que je présenterai comme une illumination à la Parsifal la découverte [à propos *biffé*] du Temps retrouvé dans les sensations cuiller, thé, etc., de même ce sera une 2e illumination dominant la composition de ce chapitre subordonnée pourtant à la première et peut-être quand je me demande qu'est-ce qui assurera la matière du livre [(ou quand je renonce à voyager) *biffé*] qui me fera soudain apercevoir que tous les épisodes de ma vie ont été une leçon d'idéalisme (et c'est de cette façon que je rappellerai en une seule énumération germanophilie, homosexualité et pour l'amour je pourrai dire à la Leconte de Lisle ou Olympio Et toi Amour même... » Voir « Tristesse d'Olympio » : *Mais toi, rien ne t'efface, Amour ! toi qui nous charmes !* (*Les Rayons et les Ombres*, Victor Hugo, *Œuvres poétiques*, t. I, Bibl. de la Pléiade, p. 1098). On notera que dans le poème de Hugo, l'amour s'oppose à « l'indifférence de la nature », qui « oublie ». L'amour, au contraire, ne fait pas exception dans le concept de l'« idéalisme » proustien.

2. La mention de l'article du *Figaro* paraît montrer que Proust envisage encore de rattacher la circonstance du retour de son héros dans le monde à la publication de cet article, qui, dans *Contre Sainte Beuve*, était l'occasion de la conversation d'esthétique avec la mère. Une note du Cahier 57, aux folios 1 v° et 2 r°, nous présente ainsi toute l'articulation du chapitre : « *Capital : L'articulation de ce chapitre pourra être* / 1° La parution de l'article me donne désir non pouvoir de travailler et me fait aller dans le monde (Ce 1° sans g<ran>de importance). / 2° (important très) Il peut paraître bizarre que sortir pour aller dans le monde puisse créer impression mais rien n'est qu'en nous, monde qu'en nous, et impressions dues à différences de sensibilité (aller en auto pour un peu de la route). 3° Capital. Le temps retrouvé c'est-à-dire toute l'exposition de l'esthétique dans le buffet. 4° *Capitalissime mais ce temps éternel ne pouvait se réaliser que par une créature soumise au temps, ce qui rendait ma tâche bien périlleuse, j'allais en avoir une preuve en entrant dans le salon.* Et alors bal costumé etc. (dans lequel je pourrai introduire si je veux que le temps changeant pourra servir de cadre au temps retrouvé dans les nombreux <passages> moins précieux du roman en faisant sentir les différences physiques et psycholog<iques> d'intensité selon les chang<ements> de position par rapport aux personnes, les planètes etc.

Et cela finira par Gilberte me proposant de venir à Combray, le bruit de la sonnette de son père et les béquilles du temps (Gilberte et sonnette douteux). / À mettre avant l'arrivée chez la p<rin>cesse (qui est peut-être M^{e} de St Euverte ?) de Guermantes, si c'est le jour où mon article a paru — et après ma joie de l'avoir lu et des télégrammes que j'avais reçus. Malheureusement, je sentis tout de suite que ce petit succès si l'on peut dire que c'en fut un ne m'aiderait en rien à travailler. Car l'encouragement n'est pas l'aide et en communiquant le désir il n'y ajoute pas le pouvoir. <Un> grand n'aurait du reste pas été plus utile. Il développait en moi une satisfaction, des sentiments affectueux pour ceux qui me disaient du bien de cet article, un désir de les voir, d'être gentil pour eux de les remercier, de causer d'eux et avec eux, quelque chose d'analogue à l'amitié, c'est-à-dire quelque chose de superficiel qui produit des conversations attendries, des actions touchantes, mais nullement une œuvre, pourquoi il faudrait au contraire renoncer aux autres et rentrer en soi, car *[plusieurs mots illisibles]*. Le premier résultat de cette joie fut non de me faire rester seul à penser mais de me donner envie de sortir et de voir des gens et pour la première fois depuis longtemps d'aller dans le monde. J'avais reçu une invitation de la princesse de Guermantes : Cela me semble une occasion d'en retrouver. Heureusement le monde n'est un empêchement à l'art que si on le réalise dans mon cas, de même que de grands événements ne peuvent pas nous donner de grandes facultés quoi qu'on dise après les guerres etc. (Citer au besoin Flaubert Correspondance sur la Caussade[1] je crois). Or cette journée allait agir sur moi tout autrement que n'auraient fait les télégr<ammes> que j'avais reçus. Il y avait fort longtemps que je n'étais sorti. Alors suivra l'exaltation que cela me donne avant laquelle il faudrait avoir dit le souvenir des arbres que je vois exactement sans y trouver de beauté. Tout cela se développant en un grand morceau et à cet ennui de ne pas avoir de génie succèdent dès que je me lève (marquer l'opposition par un Mais dès que j'eus pris la résolution de me lever ou dès que je fus prêt à sortir les successives impressions profondes du souvenir (rayon de soleil sur le balcon et girouette serait très bien là. Puis sol du baptistère etc. tout cela causé par exaltation de sortie inaccoutumée. Si c'est l'été penser aux portes reliées au feuillage en fleurs qu'on ouvre en descendant du fiacre découvert en allant prendre des nouvelles d'Hermann rencontre de Paul Goldsmith) l'hôtel Guermantes nouveau pourrait être au Parc Monceau.

1. Dans sa lettre à Louise Colet des 6-7 juin 1853, Flaubert remarque, à propos d'un « volume » de Lacaussade (probablement ses *Poèmes et paysages* de 1852) : « Une réflexion esthétique m'est surgie de ce volume : combien peu l'élément extérieur sert ! Ces vers-là ont été faits sous l'équateur et l'on n'y sent pas plus de chaleur ni de lumière que dans un brouillard d'Écosse. C'est en Hollande seulement et à Venise, patrie des brumes, qu'il y a eu de grands coloristes ! Il faut que l'âme se replie. » Comme Leconte de Lisle, Alfred Lacaussade (1817-1897) était né à l'Ile Bourbon.

3. Proust se contente d'indiquer ici les sources qui lui serviront à développer les arguments de Bloch en faveur d'une littérature sociale. Max Lazard (1876-1953) fut un économiste et professeur d'instruction civique. D'autre part, le 3 décembre 1910, parut dans le supplément littéraire du *Figaro* un article de Beaunier intitulé « La Fonction du poète ». Des vues similaires sont développées par F. Gregh dans un article de *L'Intransigeant* du 4 décembre 1910. Dans le texte final, ces théories, engageant les écrivains à se détourner des sujets frivoles et à peindre les grands mouvements ouvriers sont évoquées à diverses reprises. Voir p. 459-461 et 466-467 (allusion aux ouvrages de Bloch). Mais le discours de Bloch n'apparaît pas. Il a déjà été présenté dans les propos de M. de Norpois sur Bergotte, dans *À l'ombre des jeunes filles en fleurs*. (Voir t. I de la présente édition, p. 464-465).

4. Sur Marguerite Audoux, voir la note 1 au bas de la page 1388. Dans son article cité à la note 3, Gregh louait le roman de celle-ci, *Marie-Claire*.

5. On notera la similitude de ces propos avec cette ébauche du Cahier 26 : « Ceci se mettra plutôt à la fin du livre et sera fondu dans ces deux morceaux-ci : / 1° dans le morceau où je mettrai les phrases qu'il y a sur France, sur Jammes, etc. et comment tout cela se reliera (déjà fait / 2° avec ceci quand je dirai en finissant qu'importe que Marguerite Audoux soit une ouvrière, quand elle dit un jeune prisonnier c'est comme du Chateaubriand. J'ajouterai : qu'importe qu'elle ne soit qu'une ouvrière. Ceux au milieu de qui on vit n'importent pas, puisque personne ne peut nous initier que nous même à ce que nous avons dans un monde intérieur où les autres n'ont pas accès. / C'est[a] nous tout seuls, en nous, qui devons le faire, le trajet pour l<e>quel aucune main ne peut nous aider. Seulement un être plus puissant, Dieu, nous a mis avant notre naissance au point <où> nous devons partir et nous n'avons à marcher que depuis l'arrêt où l'évolution nous a fait descendre et mis à pied. Alors nous avons beau être seuls, ne connaître personne, ne pouvoir avoir appris de personne, pourtant nous faisons le même chemin que nos compagnons du siècle. Marguerite Audoux bergère ne savait rien des arts. Mais la nature l'avait exactement disposée comme une fleur au point exact sur le rameau du Temps où elle naissait, de sorte que son livre brille, tout semblable, entre ceux où il a pris place, de Charles-Louis Philippe[1] et de Gérard d'Houville[2]. Et ayant à traiter par exemple dans son livre le petit épisode d'une vache rêveuse déjà traité par George Sand dans *François le Champi*, il y a entre leurs deux

a. accès [La seule main, qui conduit notre esprit est la main mystérieuse de l'Évolution qui /place *biffé*/ dispose chaque esprit comme une fleur *biffé en* définitive]. C'est

1. Charles-Louis Philippe (1874-1909) est l'auteur de plusieurs romans, dont *Bubu de Montparnasse*, publié en 1901.

2. Marie Louise Antoinette de Heredia, dite Gérard d'Houville, était la fille de José-Maria de Heredia et épousa en 1895 Henri de Régnier. Romancière et essayiste, elle est l'auteur du *Temps d'aimer* (1909) et de *L'Enfant* (1926).

manières de le concevoir ou de le traiter, une certaine distance, une distance qu'exactement avec une justesse mathématique la bergère a respectée et qui est celle du chemin qu'a fait la sensibilité poétique après le romantisme réaliste de George Sand jusqu'à celle de nos plus modernes auteurs, sans que la bergère ait connu le point de départ, ni fait elle-même le trajet, ni connu le point d'arrivée des arts, simplement parce qu'elle reflète à sa manière comme tout cas particulier les lois plus générales de l'espèce et un moment de l'évolution. Aussi si original qu'il faille être pour écrire, si nouveau, est-ce harmonieusement fondu avec ce qui précède et ce qui suit (sans que ces mots aient évidemment une signification exclusivement chronologique). Et tous les peintres que Dieu fit travailler à peindre l'image de sa création, peignent chacun son morceau, peuvent ainsi travailler à un même ensemble qu'on peut imaginer, si refusant la vérité de l'auteur pour ne s'occuper que du rendu d'une réalité objective, on *rentoilait* dans un même panneau (?) la colline de la maison de Jean le rouge de Marguerite Audoux à la prairie où Levine dans Anna Karénine fait la moisson, quoique à cet endroit la fresque paraîtrait plus belle, exécutée avec singulièrement plus de force et d'ampleur. »

6. La note renvoie au compte rendu du *Trust* de Paul Adam, par Albert Hanotaux, dans la *Revue Hebdomadaire* de mars 1910.

Page 800.

a. Lecture conjecturale.

1. Dans le texte final, c'est M. de Norpois qui tiendra ce rôle.

Page 801.

a. dit [Bergotte *biffé*] Elstir. Vous *ms.* ⁂ *b.* vallée [chemin de Méséglise, l'Oise *biffé*] qui *ms.*

1. La réflexion est finalement attribuée à Bergotte ; voir *À l'ombre des jeunes filles en fleurs*, t. I de la présente édition, p. 559, et ici, p. 444.

2. Anne Henry, dans Marcel Proust. *Théories pour une esthétique*, souligne l'influence de Schopenhauer sur l'esthétique proustienne. Elle note « l'état, si souvent décrit par Schopenhauer, du Vouloir souffrant, c'est-à-dire divisé, ennuyé, qui par la grâce de l'art, s'élève jusqu'à une contemplation désintéressée du monde, qui procure seule le bonheur » (ouvr. cité, p. 70).

Page 802.

a. constate [froidement *biffé*] la ligne *ms.* ⁂ *b. Au verso des folios 9 et 10 de ms., Proust a rédigé un autre brouillon de la halte du train :* Hélas ! ce n'était pas qu'en écoutant Bloch que je sentais combien ces discussions d'idées m'ennuyaient. Chaque fois que j'avais essayé de traiter de ces questions dans une étude, la plume me tombait des mains d'ennui, je sentais combien ce que j'écrivais était mauvais. Or c'était un découragement d'autant plus profond pour moi, qu'une remarque faite dernièrement en chemin de fer m'avait montré que cette province purement intellectuelle était la seule où je dusse espérer avoir du talent, si jamais j'avais assez de volonté pour me mettre enfin à écrire. C'était, il y avait un mois environ, le jour où je rentrais à Paris. Le train suivait à la fin de l'après-midi une des vallées qui passent avec raison pour les plus belles de France. Les arbres étaient frappés par la lumière du couchant, ce qui en faisait une de ces scènes qui sont dites les plus belles. Et [la rivière *biffé*] le ruisseau qui longeait la voie était par chance si pittoresque qu'il était rempli de ces fleurs, de ces mousses multicolores, mêlées aux reflets des nuages roses, qu'on ne croirait pouvoir exister que dans une belle description de poète. Pourtant je regardais tout cela d'un œil précis, qui remarquait exactement les bandes de lumière et d'ombre sur le tronc des arbres, qui notait pour moi-même d'une épithète juste la couleur des fleurs d'eau mais avec une indifférence et un ennui dont j'étais moi-même désolé. Le train s'était arrêté en pleine campagne, j'en avais profité pour sortir une feuille de papier et essayer de noter ce que je voyais[1]. ♦♦ *c.* directe [que faute de génie, faute de cette imagination poétique qui faisait, disait-on, trouver beau au poète et me faisait défaut aussi, dans cette faillite complète de moi-même où partant de là elle eût pu sinon me disculper au moins compenser un peu mon absence de sensibilité, de tendresse, de vertu, mon incapacité à jouir par le voyage, par l'ami<tié> *biffé*] Je *ms.* ♦♦ *d.* mémoire [ne différait pas de la réalité *biffé*] me paraissait *ms.*

1. L'invocation aux arbres apparaît dans plusieurs brouillons antérieurs. Notre passage diffère peu d'un fragment du Carnet I (ffos 4 v°-5 r°) rédigé en 1908 : « Arbres vous n'avez plus rien à me dire, mon cœur refroidi ne vous entend plus, mon œil constate froidement la ligne qui vous divise en partie d'ombres et de lumières, ce sont les hommes qui m'impressionnent maintenant ; l'autre partie de ma vie où je vous aurais chantés ne reviendra jamais » (*Carnet de 1908*, Gallimard, 1976, p. 52). Très tôt, cette invocation est liée à la halte du train. Deux de ces ébauches figurent dans le Cahier 26 et dans le « Projet de Préface » du *Contre Sainte-Beuve* comme exemples de phénomènes de mémoire involontaire (voir n. 3, p. 805). Enfin, le Cahier 58 en propose une seconde rédaction aux folios 9-10 vos (voir var. *b* de cette page).

Une note du Cahier 57 (f° 2 r°) prévoyait d'insérer à cet endroit cette réflexion sur la dégradation de la sensibilité du héros : « Avant la serviette[2] au moment des arbres qui ne disent rien : Comme malgré la promesse faite jadis aux aubépines ma vie s'était desséchée depuis Combray. À peine quelques pommiers en fleurs, au regard de toutes les fleurs d'autrefois où j'étais réjoui jusque par les asperges. »

2. Ce thème des « instantanés » de la mémoire apparaît dans l'édition lorsque le narrateur reprend son chemin vers l'hôtel des Guermantes après la rencontre avec M. de Charlus (voir p. 444).

1. Voir p. 433-434, 444.
2. Voir l'Esquisse XXVI, p. 837, 2d §.

Page 803.

a. reconnaître. [Au moment où mon pied se posait de l'un sur un autre moins élevé, un sentiment de bonheur m'arrêta. J'entendis en moi cette même phrase délicieuse que j'avais entendue dans ma promenade à Querqueville quand j'avais aperçu un rideau d'arbres qui m'avaient parlé d'un bonheur que je n'avais pu arriver à me rappeler, que j'avais entendue encore à Rivebelle devant un morceau de toile verte bouchant ma fenêtre, d'autres fois encore en revoyant des aubépines, quand Mme de Guermantes m'avait parlé de *François le Champi*, et qu'alors je n'avais pas encore entendue ce jour d'hiver *biffé*] Cette *ms.*

1. Déjà dans le Carnet 1 (f° 10 v°), on lisait : « Nous croyons le passé médiocre parce que nous le pensons mais le passé ce n'est pas cela, c'est telle inégalité des dalles du baptistère de St-Marc (photographie du Bap <tistère> de St-Marc à laquelle nous n'avions plus pensé, nous rendant le soleil aveugl <ant> sur le ciel » (*Carnet de 1908*, éd. citée, p. 60).

Dans le « Projet de préface » du *Contre Sainte-Beuve*, qui fixe la liste archétypale des souvenirs involontaires, l'épisode des pavés intervient après celui de la madeleine (éd. citée, p. 212-213) : « De même bien des journées de Venise que l'intelligence n'avait pu me rendre étaient mortes pour moi quand, l'an dernier, en traversant une cour, je m'arrêtai net au milieu des pavés inégaux et brillants. Les amis avec qui j'étais craignaient que je n'eusse glissé, mais je leur fis signe de continuer leur route, que j'allais les rejoindre : un objet plus important m'attachait, je ne savais pas encore lequel, mais je sentais au fond de moi-même tressaillir un passé que je ne reconnaissais pas ; c'était en posant le pied sur le pavé que j'avais éprouvé ce trouble. Je sentais un bonheur qui m'envahissait, et que j'allais être enrichi d'un peu de cette pure substance de nous-même qu'est une impression passée, de la vie pure conservée pure (et que nous ne pouvons connaître que conservée, car au moment où nous la vivons, elle ne se présente pas à notre mémoire, mais au milieu des sensations qui la suppriment) et [qui] ne demandait qu'à être délivrée, qu'à venir accroître mes trésors de poésie et de vie. Mais je ne me sentais pas la puissance de la délivrer. J'avais peur que ce passé m'échappât. Ah ! l'intelligence ne m'eût servi à rien en un pareil moment. Je refis quelques pas en arrière pour revenir à nouveau sur ce pavé inégal et brillant, pour tâcher de me remettre dans le même état. Tout à coup, un flot de lumière m'inonda. C'était une même sensation du pied que j'avais éprouvée sur le pavage un peu inégal et lisse du baptistère de Saint-Marc. L'ombre qu'il y avait ce jour-là sur le canal où m'attendait ma gondole, tout le bonheur, tout le trésor de ces heures se précipita à la suite de cette sensation reconnue, et, dès ce jour, lui-même revécut pour moi. » (« Proust 45 », ff^os 2-3 r^os).

2. Le morceau de toile verte est également mentionné au folio 12 r° du Carnet 1 : « Peut-être dans les maisons d'autrefois un morceau de percale vert bouchant un carreau au soleil pour que j'aie eu cette impression » (*Carnet de 1908*, éd. citée, p. 63). Dans le « Projet de

Préface » du *Contre Sainte-Beuve* il est, comme ici, présenté comme un exemple avorté de mémoire involontaire (éd. citée, p. 214) : « Hélas ! parfois l'objet, nous le rencontrons, la sensation perdue nous fait tressaillir, mais le temps est trop lointain, nous ne pouvons pas nommer la sensation, l'appeler, elle ne ressuscite pas. En traversant l'autre jour une office *[sic]*, un morceau de toile verte bouchant une partie du vitrage qui était cassée me fit arrêter net, écouter en moi-même. Un rayonnement d'été m'arrivait. Pourquoi ? J'essayai de me souvenir. Je voyais des guêpes dans un rayon de soleil, une odeur de cerises sur la table, je ne pus pas me souvenir. Pendant un instant, je fus comme ces dormeurs qui en s'éveillant dans la nuit ne savent pas où ils sont, essayant d'orienter leur corps pour prendre conscience du lieu où ils se trouvent, ne sachant dans quel lit, dans quelle maison, dans quel lieu de la terre, dans quelle année de leur vie ils se trouvent. J'hésitai ainsi un instant, cherchant autour du carré de toile verte les lieux, le temps où mon souvenir qui s'éveillait à peine devait se situer. J'hésitais à la fois entre toutes les impressions confuses, connues ou oubliées de ma vie ; cela ne dura qu'un instant, bientôt je ne vis plus rien, [mon] souvenir s'était à jamais rendormi » (« Proust 45 », f° 5 r°).

Dans *Sodome et Gomorrhe*, parlant à Mme de Cambremer de La Raspelière qu'occupent les Verdurin, le narrateur, froid devant les beautés qu'on lui signale, s'exalte devant un morceau de lustrine verte bouchant un carreau cassé qui provoque en lui « des réminiscences confuses ». Voir *Sodome et Gomorrhe II*, t. III de la présente édition, p. 334-335.

3. Assez curieusement, Mme de Guermantes est substituée ici à la mère du narrateur et l'expérience de la madeleine n'a pas eu lieu...

Page 804.

a. encore une fois [les tourbill<ons> *biffé*] l'insaisissable *ms.* ◆◆ *b.* cependant, [comme ces images évoquées par une musique qui semble ne pas pouvoir les contenir, ce pas passant d'un des pavés de cette cour à l'autre, précipitait à mes yeux de plus en plus d'azur aveuglant, de soleil, d'été bienheureux, de fraîcheur, mes lèvres se tendaient, mes yeux étaient éblouis et caressés par l'azur comme par le reflet d'une étoffe somptueuse, une joie bienheureuse m'emplissait, la vie tout à l'heure trop longue me paraissait trop courte, tout d'un coup je me rappelai cette sensation éprouvée en faisant ce pas, c'était une sensation éprouvée dans le baptistère de Saint-Marc sur un dallage brillant et inégal, elle avait réveillé l'autre et toute ma vie à ce moment-là à Venise, tout ce que j'y éprouvai avait suivi. *biffé*] toutes *ms.* ◆◆ *c. Lecture conjecturale.* ◆◆ *d.* qui gisait [inerte *?*] [sous cette *add.*] pierre *ms.*

Page 805.

a. stupide chaque livre *Nous conservons ces trois mots, rayés par Proust dans ms.* ◆◆ *b. Nous avons suivi la lecture de M.H. Bonnet pour la fin du passage sur les sensations (voir « Matinée chez la princesse des Guermantes », Gallimard, 1982, p. 130). Comme lui, nous reproduisons ici en variante l'un des ajouts marginaux, inachevé, et qu'il est impossible d'insérer dans le texte :* Une route brûlante avait fait halte au milieu de la bibliothèque où j'étais et une brise légère jouait avec la pointe des herbes... Mais c'était autour de ce bruit de fourchette qu'elle entourait et dont la succession la faisait trembler comme une atmosphère — la chaleur d'une route qui sentait à la fois la poussière, le drap, la bière et les fleurs, où de petits souffles frais, curieux et silencieux comme des enfants sages passaient et repassaient le long de la halte — au milieu de la bibliothèque où j'étais — d'un train à qui il avait fallu arranger quelque chose, celui que j'avais pris l'autre jour, dont les ◆◆ *c.* celui de la [fourchette *biffé*] cuiller *ms.* ◆◆ *d.* un peu [d'orangeade *biffé*] de champagne *ms.* ◆◆ *e.* marin. [Je fus si long à la reconnaître que dix fois je crus que je n'y parviendrais pas et que, avec le jour où elle m'avait parlé derrière le rideau d'alors, et derrière le morceau de toile verte, je ne saurais pas ce qu'elle me disait. Tout d'un coup, resté seul dans la bibliothèque après le départ du maître d'hôtel, je l<a> reconnus. La serviette que j'avais prise dans mes mains pour m'essuyer la bouche avait cette raideur, cet empois qu'avait la serviette de l'hôtel de Querqueville le premier matin quand devant la mer bleue, dans la chambre hexagonale, grand-mère m'avait dit que notre linge n'était pas déballé et que je ne pouvais pas m'essuyer avec un linge si raide dont je m'étais servi cependant en m'essuyant devant la fenêtre en regardant la mer. Dans ses <plis> aux grandes cassures, elle avait gardé l'azur changeant vert et bleu de la mer qui me rendait cette serviette plus belle que la traîne d'un paon, et mon désir de déjeuner devant la mer et me faisait une soif de ce matin-là etc. Dans ses pans aux grandes cassures qui la dressaient, elle répartissait comme un paon une traîne d'émeraude et de saphir. Je ne revoyais pas seulement la mer ; le bruit de la porte en s'ouvrant avait fait entrer du soleil, celui *biffé*] Au *ms.*

1. Voir p. 446.

2. Le geste de tirer les livres de la bibliothèque amorcera, dans le texte final, l'épisode de *François le Champi* (voir p. 461).

3. Le second phénomène de mémoire involontaire revêt une importance particulière dans la narration, puisqu'il s'oppose à la scène de la halte du train. Alors, le narrateur croyait avoir perdu tout enthousiasme devant les beautés de la nature et n'éprouvait qu'ennui en s'efforçant de la décrire. L'impossibilité de décrire l'objet, soit dans sa contemplation immédiate, soit en le replaçant devant la pensée par la mémoire volontaire, puis sa reviviscence, par le hasard d'une « sensation analogue », sont déjà illustrés par le même motif de la « cuiller », dont nous donnons ci-dessous deux ébauches antérieures. La première est tirée du dossier « Proust 45 » (f° 8 r°) : « Je me souviens qu'un jour de voyage, de la fenêtre du wagon, je m'efforçais d'extraire des impressions du paysage qui passait devant moi. J'écrivais tout en voyant passer le petit cimetière de campagne, je notais des barres lumineuses de soleil sur les arbres, les fleurs du chemin pareilles à celles du *Lys dans la vallée.* Depuis, souvent j'essayais, en repensant à ces arbres rayés de lumière, à ce cimetière de village, d'évoquer cette journée, j'entends cette journée *elle-même*, et non son froid fantôme. Jamais je n'y parvenais et je désespérais d'y réussir, quand l'autre jour, en déjeunant, je laissai tomber ma

cuiller sur mon assiette. Et il se produisit alors exactement le même son que celui du marteau des aiguilleurs qui frappait ce jour-là les roues du train dans les arrêts. À la même minute, l'heure brûlante et aveuglée où ce bruit tintait revécut pour moi, et toute cette journée dans sa poésie, d'où s'exceptaient seulement, acquis par l'observation voulue et perdus pour la résurrection poétique, le cimetière de village, les arbres rayés de lumière et les fleurs balzaciennes du chemin. »

La seconde a été rédigée au printemps 1909 dans le Cahier 26 (ff^{os} 17 r°-21 r°). Elle s'étoffe de réflexions qui font de ce passage une sorte d'embryon de *L'Adoration perpétuelle*, dans la mesure où celle-ci est fondée sur l'illumination et l'analyse de la mémoire involontaire. On notera que la cuiller est ici remplacée par une fourchette, et que le passage se conclut par une allusion à la madeleine trempée dans du thé qui a fait resurgir Combray. Dans les brouillons de *Combray*, ce texte appartient à l'unité narrative consacrée aux promenades solitaires du côté de Méséglise (voir t. I, p. 179, et l'Esquisse LV, n. 1, p. 839). Son déplacement est annoncé par une note au f° 20 v° : « Ces trois pages sur ce sujet sont à [*interrompu*]. Ajouter ceci ou bien mettre à la fin plutôt et je me rappellerai que c'est la même chose que j'ai pensée à Combray. » Voici l'ébauche du Cahier 26 : « Il y avait déjà assez longtemps[a] que nous étions arrivés à Combray cette année-là. Dans le train qui nous avait amenés par un jour extrêmement chaud, on s'était arrêté pendant assez longtemps en pleine campagne pendant que les ouvriers tapaient sur les rails pour je ne sais quel travail. Pendant l'arrêt je regardais par la portière, il y avait sur le chemin des fleurs de toute sorte ; on disait autour de moi que c'était un endroit ravissant, comme en décrivent[b] les poètes. J'essayais de les décrire dans ma pensée, je cherchais une épithète pour chaque fleur. Ce que je trouvais, si brillant ou ingénieux que cela fût, ne me causait aucun plaisir et me donnait une grande impression d'ennui et de médiocrité. Je me disais : oui cet endroit est ravissant, littéraire, mais quelle pauvre chose que la littérature, que la nature, que la vie <!> Ou bien c'est moi qui n'ai pas d'imagination. Comme j'avais tort de me croire poète, que je suis médiocre <!> Et je pensais à une page[c] d'un philosophe que ma grand-mère m'avait lue, disant que les joies de l'intelligence sont plus vives que toutes les autres, que toutes les autres ne comptent pas pour l'artiste et qu'il n'est heureux que s'il arrive à faire consister toute sa vie dans les joies de l'intelligence. Que cela est faux me disais-je, que les plaisirs de l'intelligence sont ennuyeux ! Ce qui m'aide à supporter la vie c'est l'attente d'autres plaisirs où l'art ne sera pour rien et que tout le monde goûte de même, la gourmandise, le monde, l'amour, etc. Et je continuais avec ennui à essayer

a. Début du fragment dans ms. : [Quand *biffé*] [J'étais arrivé depuis *biffé*] Il y avait [peu *biffé*] [quel<ques> *biffé*] [bien *biffé*] déjà assez longtemps

b. comme [on en décrit dans *biffé*] en décrivent *ms.*

c. à une [maxime de Th *biffé*] page *ms.*

d'observer, d'approfondir, d'exprimer cet après-midi et ce paysage. Quelque temps après j'étais allé goûter et travailler dans les bois de Combray où j'apprenais avec mon institutrice le 1er livre de la géométrie. Je me rappelle que je lui avais dit : je vois bien, de démonstration en démonstration, en faisant appel à des théorèmes différents qui n'ont aucun rapport, que deux triangles semblables sont semblables, je vois comment vous le démontrez, mais *pourquoi* le sont-ils ? *Pourquoi* ? Au vrai j'avais passé si longtemps à essayer de faire comprendre mon idée à laquelle je n'avais d'ailleurs jamais repensé, ne m'étant plus occupé de théorèmes, qu'épuisés tous les deux nous avions cessé là le cours. Je regardais la lumière qui baignait les troncs jusqu'à demi-hauteur, j'essayais d'exprimer cela et éprouvais le même ennui et avais aussi profond le sentiment de ma médiocrité et de l'ennui de la littérature que dans le train qui me menait à Combray, où je n'avais pu trouver l'ombre de poésie au beau chemin fleuri. C'était l'heure du goûter, mon institutrice avait apporté des assiettes pour manger de la tarte, nous les sortîmes, je pris une fourchette, je voulus trancher la tarte mais j'avais mal placé ma fourchette qui frappa sur l'assiette. Mon institutrice commençait à me gronder, mais je ne l'entendais plus. Le bruit du couteau frappant l'assiette m'avait donné soudain une impression de chaleur, de soif, d'été, de rivières, où le soir descendait sans rafraîchir l'air, de voyage, qui m'enivrait. C'est que ma mémoire, inconsciente du présent, ignorante au fond de moi des circonstances où je me trouvais, l'ayant trouvé exactement semblable au bruit que faisaient les marteaux des employés du train frappant sur les rails, dans la halte que nous avions faite, envoyait à flots les souvenirs mais de celui-là le rejoindre et se réjouir avec lui. Le paysage observé avec l'intelligence, c'est-à-dire faussement, m'avait paru insipide. Revu[a] plus tard par l'intelligence, c'est-à-dire toujours inexactement, il continuait à me paraître insipide. La nature, le passé me paraissaient ennuyeux et laids parce que ce n'étaient ni la nature ni le passé. Recréée soudain et précisément à l'aide d'une de ces sensations à qui j'avais laissé toute sa vertu en n'y appliquant pas mon attention, le bruit du marteau des employés, elle m'apparaissait vivante, vécue, présente, enivrante et belle. Non seulement je trouvais la nature belle, et que la vie valait la peine que l'art essayât d'en démêler la beauté, mais je sentais en moi une sorte de génie. Je demandai à mon institutrice de rentrer pour que je puisse essayer de décrire ce qui m'avait soudain envahi. Et la crainte me glaçait, la peur d'un accident, la peur de mourir avant de l'avoir décrit. Le paysage du train qui m'avait paru insipide et avait ôté pour moi du prix à ma vie, lui en donnait un si grand maintenant que je marchais effrayé, comme portant une chose précieuse, chargé d'une commission plus importante que moi et qu'il fallait que je fisse. Je pouvais mourir après. Résidant au-dessus de moi-même dans une vérité poétique qui, née de l'accord d'une minute présente et d'une

a. insipide. [Recrée *biffé*] Revu *ms.*

minute passée, était en quelque sorte hors du temps et de l'individu[a], ce qui pouvait m'arriver dans le temps, à moi, m'importait peu pourvu que la vérité extratemporelle dont j'étais depuis un moment le dépositaire enivré fût mise en lieu sûr en des pages durables. À ce moment-là la beauté de la vie et la certitude de mon talent me paraissaient des choses aussi indiscutables que l'insignifiance de la vie et ma médiocrité m'avaient paru dans le train. Depuis j'ai malheureusement passé plus souvent par les heures du train que par les heures où ressuscitèrent[b] dans le bruit d'un marteau ce paysage vu du chemin en chemin de fer, au milieu de ces bois de Combray qui eux-mêmes sont renés[c] d'une tasse de thé. Et comme les heures fréquentes du train sont si moroses, et celles que j'éprouvai ce jour-là du côté de Combray si enivrantes, c'est peut-être dans ce sens-là que sont vrais les mots qui m'avaient paru si faux jusque-là, que les joies intellectuelles sont pour l'artiste les plus grandes de toutes et que la vie est heureuse dans la mesure où il peut obtenir la continuité de ces joies.

4. Voir p. 447.

Page 806.

a. Lecture conjecturale. ◆◆ *b. À la suite de ce texte apparaît dans ms., aux folios 17 et 18 r*[os]*, un passage biffé d'un trait :* Si j'avais dit la perception de la nature, par l'observation ou par le souvenir, fade, si j'avais, en la reparcourant par l'imagination, dit ma vie laide, c'est que ce n'était nullement l'univers que je pensais alors mais une simple découpure volontaire de certaines sensations ; si j'avais encore, en évoquant les tableaux de Venise, ou de Querqueville, déclaré la vie laide, c'est que ce que j'évoquais n'était nullement la vie, mais des abstractions linéaires absolument arbitraires. Elle devait être bien belle au contraire, la vie, pour que ce qui m'en revenait un peu, non plus arbitrairement enduré cette fois, mais tel que cela avait été éprouvé parce que c'était associé à lui, son du marteau sur les roues du train, inégalité des pavés du baptistère, raideur de la serviette de l'hôtel de Querqueville, suffisait pour me plonger dans une joie à laquelle j'eusse tout sacrifié. Que la vie à ces moments-là me semblait belle, et ma pensée qui la sentait dans toute sa beauté, précieuse, et mon talent qui se sentait capable de l'évoquer puissant. *Suivent ces quelques lignes non biffées :* Combien il fallait que la vie fût différente en ses divers moments etc. Suit le passage du temps d'Elstir et de Combray. *Cette note semble renvoyer au développement du v° 16, que nous transcrivons dans le dernier paragraphe de la page.*

1. Voir p. 448. — Ces réflexions étaient, en 1908-1909, intégrées à l'épisode de la madeleine. Voir *Du côté de chez Swann*, t. I de la présente édition, Esquisse XIV, p. 701, début du second paragraphe. La Bibliothèque nationale possède en outre une dactylographie de 48 pages reproduisant la fin de cette esquisse (achat Proust 26893,

a. et de l'individu *add. ms.*
b. les heures [des bois de Combray, ces heures où *biffé*] où ressuscitèrent *ms.*
c. ces bois de Combray qui eux-mêmes [étaient *biffé*] sont renés *ms.*

Carton rouge n° 1, lot n° 8). Intitulée « Extraits du Temps perdu, 1er Volume des Intermittences du cœur par Marcel Proust », elle commence à « Mort à jamais ? C'était possible » (t. I, Esquisse XIV, p. 698). Mais le passage qui va de « Ah ! Nous disons que la vie présente est médiocre » (p. 701) jusqu'à « d'autres attraits que le sien » (p. 701, 14e ligne en bas de page) a été barré au crayon bleu, indiquant qu'à cette étape, Proust a décidé de le transférer au *Temps retrouvé*. Ainsi déplacée du début vers la fin d'*À la recherche du temps perdu*, l'explication de la mémoire involontaire prend évidemment un tout autre sens. Différée depuis l'épisode de la madeleine, elle devient véritablement une *illumination*.

Page 807.

a. que le moindre souvenir [de Combray *biffé*] telle année *ms.* ◆◆ *b. Proust a barré dans ms.* de toutes celles qui l'environnaient *. Nous conservons les mots biffés.*

1. Cette réflexion apparaît déjà en 1908-1909 dans le Cahier 29. Celui-ci contient d'importantes ébauches consacrées à l'élaboration de l'esthétique proustienne, entrecoupées de fragments plus narratifs sous lesquels s'estompera progressivement le projet initial de l'essai critique. Le texte du folio 20 r° que nous donnons ci-dessous, illustre la réutilisation de ces analyses dans la restructuration du *Temps retrouvé* : « Il est probable que quand nous pensons à q<uel>-q<ue> point du passé, nous essayons de *revoir* car c'est la vue qui est le plus près de l'intelligence, or il semble qu'elle ne garde rien du passé. Nous revoyons bien tel parent, tel geste, telle scène, mais c'est pareil à toutes les peintures de notre mémoire. Tandis que si brusquement de telle chose que nous voyons (même dans un album une photographie qui ressemble un peu à Illiers) sans que nous puissions y penser, se dégage brusquement, chimiquement, le passé, alors nous sentons en nous une substance entièrement différente de ce que nous pensions maintenant, substance composée sans doute des parfums d'alors, de <la> proportion de lumière des jours d'alors selon les heures de nos levers et la longueur des rideaux et la clarté des étés et la hauteur des toits, et de tous les débris de rêves et paysages imaginaires que nous portions en nous et du goût que nous imposions aux choses et de notre appétit, du désir de dîner. Si je veux peindre Combray, c'est avec ces couleurs grises, cette odeur de paille et de confiture, ce désir de Venise, cette tristesse de dire bonsoir à maman qu'<il> faudrait que je la peigne. Cela monte intact comme une bulle de gaz qui se détache et monte à travers le liquide sans s'y mêler jusqu'à la surface de la conscience. Mais bien plus que les odeurs, les couleurs, ce doit être la spécificité d'un moment différent de notre vie intérieure qui lui donne sa couleur puisque ce genre d'impressions du différent en dehors du souvenir, il n'y a que certains livres et les rêves qui nous le donnent, c'est-à-dire des choses où la pensée agit seule. »

2. Voir p. 448. Cette phrase apparaît aussi au Cahier 32, f° 25 v°.

Page 808.

a. ou la plage de Querqueville [ou les heures d'azur bienheureuses et d'argent de Querqueville *biffé*] et la félicité *ms.* ↔ *b. À la suite de ce passage, on trouve cette phrase isolée au folio 18 v° de ms. :* Quelle que fût celle de ces causes qui prédominait pour assurer son originalité combien le passé évoqué avec cette vérité scrupuleuse qu'assure seul le jeu indépendant de notre inconscient sans que la fausse aucune intervention de notre volonté, quand le hasard d'une sensation analogue m'en faisait tirer. ↔ *c.* des grèves de Querqueville [qu'il me fallait aller *biffé*] trouver que je venais *ms. Nous supprimons* trouver *, que Proust a manifestement omis de biffer.*

Page 809.

a. Sic. On attendrait un singulier se rapportant à essence *, comme le pronom précédent,* la *. Les deux graphies sont, en fait, d'une lecture douteuse.* ↔ *b. Au recto du folio 19 de ms. se trouve le premier jet, inachevé et barré, de ce passage que Proust va reprendre et amplifier dans les paragraphes qui suivent :* Cette vie ressuscitée je la sentais en moi comme une essence précieuse avec une irrésistible joie. Chose curieuse je ne pouvais pas la retrouver directement mais seulement en une autre chose — ce bruit de marteau dans ce bruit d'assiette, ces impressions de Combray dans un volume d'ici, cette heure de Saint-Marc dans ce pavé de la cour, où certes je ne me serais pas attendu à la rencontrer. Déjà je me souvenais le matin du mariage de Montargis, la lumière du soleil sur la girouette m'avait rappelé Venise et j'avais voulu y retourner. Maintenant je sentais mieux que de même que cette ↔ *c. Lecture conjecturale.* ↔ *d.* m'en était aperçu [à Combray *biffé*] sur le petit pont *ms.*

1. Proust ne retiendra pas cet exemple dans la série des réminiscences. Rappelons que Montargis est l'ancien nom de Saint-Loup. La vision de Venise à Combray est déjà mentionnée au Cahier 3 (f° 43 r°). Elle s'insère dans une série d'évocations matinales du narrateur insomniaque, préalables à la conversation avec maman. De plus, au Cahier 3, le souvenir de l'ange du Campanile déclenche le désir de repartir à Venise. Ici, au contraire, la conclusion du passage mettait en évidence le caractère illusoire d'un tel voyage.

2. Voir p. 449-450. De nouveau, la genèse de ce concept nous ramène aux brouillons de l'épisode de la madeleine. Avant la « remontée » du souvenir, s'intercalait déjà au Cahier 25 (ff^os 10 r°-11 r°) un ensemble de réflexions disséminées dans les pages 78 et 79. Nous donnons de ce texte du Cahier 25 une transcription simplifiée. (On pourra consulter l'édition critique procurée par Luzius Keller dans *Les Avant-Textes de l'épisode de la madeleine*, Jean-Michel Place, 1978) : « C'est qu'en nous il y a un être qui ne peut vivre que de ce qui dans les choses n'est pas soumis au temps. Là seulement est sa subsistance, ses délices, sa poésie. Il languit dans le présent où il ne peut à travers l'observation des sens, trouver l'essence permanente de la vie. Il languit dans le passé considéré par l'intelligence et la mémoire volontaire qui laissent

échapper aussi cette essence, il languit dans la considération de l'avenir que la volonté construit avec des fragments du présent et du passé c'est-à-dire avec de la réalité vidée de tout charme à qui elle achève d'enlever le peu qui lui en reste. Mais qu'un bruit, qu'une odeur, qu'un goût perçu identique à ce qu'il fut réalisé en nous en un instant quelque chose de permanent, qui est perçu à la fois dans le passé et dans le présent, dégage l'essence des choses de la mutilation du temps de l'observation imparfaite ou de son ressouvenir, aussitôt l'homme éternel en nous s'éveille recréé par la nourriture qui lui est offerte. Pour un instant nous exerçons notre fonction, nous vivons dans une partie de nous-même qui en dehors du temps se soucie peu, ne peut se soucier de ses contingences, pour qui la mort est sans effroi, pour qui la seule mort de sa médiocrité ne peut exister puisqu'il est en train de s'abreuver au réservoir de toute poésie, circule librement dans l'essence du monde et dans son ivresse aurait le pouvoir de le recréer. »

Une version plus proche du texte final, mais encore liée à l'épisode de la madeleine, paraît dans un reliquat des dactylographies du *Temps perdu* (Cartonnier, achat Proust 26803, lot n° 8, f° 87 r°) : « Et pourtant, déjà, si je n'ai pu identifier le souvenir, je me suis élevé à la raison du plaisir qui le précédait et que sa "reconnaissance", sa notion claire n'ont pas suivi. Cette raison, c'est qu'en nous il y a un être qui ne peut vivre que de l'essence des choses, laquelle ne peut être saisie qu'en dehors du temps. En elle seulement il trouve sa substance, ses délices, sa poésie. Il languit dans l'observation du présent, où les sens ne lui apportent pas cette essence des choses ; il languit dans la considération du passé, que l'intelligence lui dessèche ; il languit dans l'attente de l'avenir que la volonté construit avec des fragments du passé et du présent qu'elle rend moins réels encore en leur assignant une affectation utilitaire, une destination toute humaine. Mais qu'un bruit, qu'une odeur, déjà perçus autrefois, soient pour ainsi dire entendus, respirés par nous à la fois dans le passé et dans le présent, réels sans être actuels, idéals sans être abstraits, aussitôt cette essence permanente des choses est libérée, et notre vrai moi qui depuis si longtemps était comme mort, s'éveille, s'anime, se réjouit de la céleste nourriture qui lui est apportée. Une minute extratemporelle a recréé, pour la sentir, l'homme extratemporel. »

3. Ce « langage de l'habitude machinale » est évoqué dans le texte final (voir p. 468-469). Mais on en trouve déjà des exemples dans le Cahier 26 (voir *Du côté de chez Swann*, t. I de la présente édition, Esquisse LV, [III], p. 835-836).

Page 810.

1. Voir p. 455-456.

Page 811.

a. Aussi [...] de la conversation. *add. ms. L'ajout, marginal, est sans doute postérieur à la première rédaction.*

1. Voir p. 476.

2. Voir p. 458.

3. Ce mot apparaît au Cahier 27 f° 12 r°, comme une expression d'André Picard (1874-1926), auteur dramatique, ami de Proust qui lui servit de témoin dans un duel. Au Cahier 57 (f° 16 v°), nous le retrouvons attribué à Bloch.

Page 812.

a. un coup d'œil [sur son titre *[*frappé par quelque dissonance *biffé] : François le Champi add.*], j'eus *ms.* ◆◆ *b.* avec elle. [*François le Champi*, c'était ma tristesse d'un soir très ancien de Combray qui était venue à moi. Et au premier moment je ne l'avais pas reconnue *biffé*] Comme le fils *ms.* ◆◆ *c.* il comprend, [il défaille *biffé*] ses yeux *ms.* ◆◆ *d. Dans ms.,* au moment *est partiellement biffé. Après* où *, on trouve en fait* j'avais lisais *, qui témoigne sans doute d'une hésitation entre le plus-que-parfait et l'imparfait, forme que nous retenons.* ◆◆ *e.* quel était cet [inconnu *biffé*] étranger *ms.* ◆◆ *f.* choses, [cette chimère-là est vraie si on la transpose dans le domaine de la seule réalité qui importe, qui soit, dans le domaine de sa sensibilité propre *biffé*] cette *ms.*

1. Voir l'Esquisse XXIV, p. 806.

2. Voir p. 461. L'épisode de *François le Champi*, tel qu'il est rédigé dans *Le Temps retrouvé* est également le résultat d'un « déplacement » remarquable. Dans les cahiers 6, puis 8 et 10, le souvenir de la nuit enchantée suivait immédiatement la lecture, par la mère du narrateur, du roman de George Sand (*La Mare au Diable*, puis *François le Champi* qui prend peu à peu la place du premier) ; voir t. I de la présente édition, Esquisses X, p. 676-677 et XII, p. 694 : « [...] *La Mare au Diable* est resté pour moi un volume à belle couverture orange où les phrases avaient le son de la voix de Maman, et le sujet le mystère de ma pensée de ces années où on ne m'avait jamais permis encore de lire un roman, où je me demandais ce qu'il pouvait y avoir d'extraordinaire, de délicieux, de défendu dans un roman [...] et dont les paysages avaient pour moi autant le charme des paysages du songe, que les paysages que je voyais alors ». Il en était de même dans les dactylographies de « Combray ».

3. Voir p. 463, début du second paragraphe, et t. I de la présente édition, var. *a*, p. 43 (p. 1120 et n. 1 en bas de page).

Page 813.

a. le clair de lune soyeux [qui appuyait son échelle fantastique sur le mur du petit jardin de Combray *biffé*] qui brillait *ms.* ◆◆ *b.* je frémis [de plaisir *biffé*] en pensant *ms.* ◆◆ *c.* reconnue, [portant encore enroulée autour d'elle comme une écharpe aux couleurs célestes la sonorité de la voix bénie qui me le lut *biffé*] Et *ms. La phrase biffée est reproduite quelques lignes plus loin.* ◆◆ *d.* Venise [et à Padoue *biffé*] la même angoisse *ms.* ◆◆ *e. À la suite de cette phrase inachevée, Proust a laissé dans ms. un large blanc, dans lequel s'insèrent un post-scriptum et une note sans doute rédigés après la reprise du texte, qui prolonge la méditation sur les souvenirs involontaires. Cette double intercalation se présente comme suit :* P.S. Sur *François le Champi* dire accessoirement : ce pauvre livre, bien médiocre, et qui pourtant m'avait souvent <fait> trouver du plaisir à remarquer tant de façons de parler paysannes dans le langage de Françoise qui le remettait soigneusement en place quand ma mère l'avait lu et qui me la faisait paraître en cela du moins comme un personnage au dialecte, amicalement noté, de George Sand, tenant dans sa main l'œuvre dont elle est sortie, comme on voit dans la niche de certains porches une petite sainte, tenir dans ses mains un objet minuscule et ouvragé qui n'est autre que toute la cathédrale qui l'abrite. *Suit la note :* Mettre pour Bergotte ou un autre, entre deux phrases : ils n'étaient plus pour moi que de ces livres qu'un soir de fatigue on prend comme un train pour aller se reposer dans l'atmosphère et dans la vision de choses différentes. ◆◆ *f.* consciente, [intellectuelle *biffé*], ma mémoire *ms.* ◆◆ *g. Dans ms., Proust a écrit* ce n'était pas la vie, que les raisonnements *. Nous éliminons la conjonction.*

1. Première version « développée » de « L'Adoration perpétuelle », la séquence textuelle constituée par les Cahiers 58 et 57 est caractérisée par de nombreuses reprises de thèmes, voire d'expressions, d'une ébauche à l'autre. Voir, par exemple, p. 806.

Page 814.

a. de joie [et d'immortalité *biffé*] à Combray *ms.* ◆◆ *b.* reconnaissais. [Pendant des années il n'existait pas, semblait mort, comme ces graines gelées qu'après bien longtemps un peu de chaleur suffit à faire germer *biffé*] Cet *ms.* ◆◆ *c.* une affectation [égoïstement *biffé*] utilitaire *ms.* ◆◆ *d.* qu'un bruit, qu'une odeur [qu'une saveur *biffé*] déjà *ms.*

1. Voir p. 468.
2. Nous n'avons pas trouvé trace de ce passage.
3. Ce paragraphe constitue une reprise du Cahier 58, f° 20 v° (voir p. 809, 2ᵉ §), dans une version presque identique au texte final (voir p. 450-451). Suit une note, postérieure à la rédaction de 1910-11, que nous présentons dans les Esquisses consacrées aux « notes » pour *Le Temps retrouvé* (voir la notule de l'Esquisse XXV, p. 1411, et l'Esquisse XXVIII, p. 841-842). Sa présence à cet endroit du Cahier 57 est relativement exceptionnelle, car les « notes » de 1913-1922 sont habituellement rédigées sur les versos et dans les marges. Ceci suggère qu'à l'époque de la rédaction du texte de 1910-11, Proust avait laissé en blanc la suite de ce recto. Il indique d'ailleurs, sur ce folio 8 r°, que cette note est mise à cet endroit « faute de place ».

Page 815.

a. soudain, [par un détour miraculeux *biffé*] : [expédient merveilleux de la nature *biffé*] l'effet *ms.* ⬥⬥ *b. Suivent, dans ms., 6 ou 7 lignes illisibles sous les ratures et finalement barrées. Après* imagination *, on distingue toutefois, dans l'interligne,* de la goûter en rêve *, addition qui paraît destinée à assurer le raccord du texte.* ⬥⬥ *c.* subterfuge *Après ce mot devait s'insérer une courte addition supralinéaire, où l'on distingue* qui me faisait toucher *, suivi de 3 ou 4 mots illisibles.* ⬥⬥ *d. Ce paragraphe, postérieur à la rédaction principale, est en addition au folio 9 v°. Barré d'une croix indiquant que Proust l'a déjà utilisé (voir n. 2), il est précédé d'une note :* Mettre « et comme inversement avant de s'endormir » avant [«] s'il eût duré un instant de plus [»] qui finira la phrase et ajouter : ⬥⬥ *e.* totales [que ce n'est pas seulement quelque espace coloré de la lagune ou de la mer que nous avons sous les yeux *biffé*] n'obligent *ms.*

1. Le début de ce paragraphe, jusqu'à « à la fois dans le passé » (9e ligne du §), sera transféré presque sans modifications dans le texte final (voir p. 450-451).

2. Voir le texte final, p. 452.

Page 816.

a. Reconstitution conjecturale. ⬥⬥ *b. Nous reproduisons ici une rédaction marginale de ms. qui contient une autre version de ce passage.* Un instant, revoyant avec tant de charme les heures de Combray, de Querqueville ou de Venise, j'avais été successivement tenté de partir pour ces lieux, où il y avait toute une beauté. Mais cette beauté je me souviens que je ne l'avais pas vue quand j'y étais ; retrouverais-je cette heure délicieuse que je voyais ? ; peut-être pourrais-je la retrouver, mais je sentais bien que le quai d'embarquement où je devais descendre, était situé au fond de moi-même.

1. Voir p. 456-457.

Page 817.

1. Voir p. 477. Dans le texte final, ces « souvenirs plus volontaires » deviennent « ces vérités que l'intelligence dégage directement de la réalité ».

2. Voir p. 456-457. Ces impressions obscures qui ne sont pas liées à la mémoire et se distinguent donc des réminiscences proprement dites, apparaissent dans les Cahiers 26 (printemps 1909) et 11 (1910). Voir, au tome I de la présente édition, les Esquisses LV [IV] et LXVII, respectivement p. 839 et 879. Tout le début du paragraphe, jusqu'à « dont nous pouvons dégager l'esprit. » (11e ligne en bas de page), est repris presque textuellement dans le texte final.

3. Allusion à la conversation du début du Cahier 58 — c'est-à-dire la conception d'un art à tendances humanitaires et sociales ; voir la première section de la présente Esquisse, p. 799-801.

4. « Cuiller », dans le texte final (p. 456). L'instrument aura donc été « cuiller », « couteau » et « fourchette ».

Page 818.

a. En regard de la citation qui suit, dans la marge du folio 14 r° de ms., dont ladite citation occupe la dernière ligne, apparaît cette simple parenthèse : (après Berstein) *. Après* Bloch *, on trouve un renvoi au folio 13 v°, où on lit :* Mettre ici : la profondeur ne me semblait pas le privilège exclusif etc. et mettre le développement de la page 707. *On trouve ce texte un peu plus loin dans le Cahier 57, au folio 27 r°, qui porte effectivement, dans sa marge supérieure ; le nombre* 707 *; voir var. a, p. 825.* ↔ *b.* en réalité [qu'un relevé réaliste de lignes et de surfaces, une sensation — de la vue ou d'un autre sens n'est pas pour nous qu'une sensation *biffé*] qu'un tableau *ms.* ↔ *c. En marge de ms., Proust a écrit :* voir si c'est exactement copié *; allusion probable au fait, déjà signalé, que le Cahier 57 s'inspire d'ébauches antérieures relatives à « François le Champi ».* ↔ *d.* du café au lait [ou du thé *biffé*] nous apporte *ms.* ↔ *e.* dans un bol de [faïence crémeuse comme lui *biffé*], blanche *ms. Nous conservons* faïence *, nécessaire à la suite de la phrase.* ↔ *f.* différentes [C'est trop dire que le style assure la durée d'un livre *biffé*] On peut *ms.*

1. On notera que ce paragraphe, ne contient pas encore le terme de « métaphore », que l'on trouve, p. 468, dans le texte final. Pour l'essentiel toutefois, ce dernier reprend de très près cette partie du cahier, comme le prouve l'enchaînement même des paragraphes, jusqu'au milieu de la page suivante (voir p. 467-469). L'idée que l'œuvre d'art ne « commence qu'au style », rapport établi entre des sensations ou des objets différents, qui, dans le texte « définitif », suit la définition de la métaphore, est développée dans ce fragment du Cahier 28 (ff^os 33-34 r^os), que l'on peut dater de 1910 : « Comme la réalité artistique est un *rapport*, une *loi* réunissant des faits différents (par exemple des sensations différentes que la synthèse de l'expression fait naître) la réalité n'est posée que quand il y a eu style, c'est-à-dire quand il y a alliance de mots. C'est pourquoi il n'y a pas de sens à dire que le style aide à la durée des œuvres d'art etc., l'œuvre d'art ne commence à exister qu'au style ; jusqu'alors il n'y a qu'un écoulement sans fin de sensations séparées qui ne s'arrêtent pas de fuir. Il prend celles dont la synthèse fait un rapport, les bat ensemble sur l'enclume et sort du four un objet où les deux choses sont attachées. Peut-être l'objet sera fragile, peut-être il est sans valeur, peut-être sera-t-il bientôt hors du monde. Mais avant il n'y avait pas d'objet, rien. Pour prendre un exemple dans un style précisément sans valeur, dans la Préface de *Sésame et les Lys*, je parle de certains gâteaux du dimanche, je parle de "leur odeur oisive et sucrée". J'aurais pu décrire la boutique, les maisons fermées, la bonne odeur des gâteaux, leur bon goût, il n'y aurait pas style, par conséquent aucun rapport <ne> tenait ensemble comme un fer à cheval *[un mot illisible]* comme des sensations diverses, pour les immobiliser, il n'y avait rien. En disant alors oisive et sucrée je mets <au> milieu de cet écoulement un rapport qui les assemble, les met ensemble,

les immobilise. Il y a réalité, il y a style. Pauvre style, pauvre impression, mais enfin pour quelques mois[a], style. De même par exemple quand dans un tableau de Turner représentant un monument[b] pour parler de l'importance de l'effet de lumière je dis que le monument apparaît aussi "*momentané*". Il y a réalité et style. »

Page 819.

a. une sorte [d'énumération *biffé*] de défilé cinématographique *ms.* ↔ *b.* je m'apercevais [que cette impression nous la laissions tomber au plus obscur de nous-mêmes sans l'avoir même vue *biffé*] que *ms.*

Page 820.

a. Au verso du présent feuillet (f° 17 de ms.), Proust note Ajouter au petit sillon *, et rédige un développement que nous donnons, avec d'autres ajoutages postérieurs à la présente ébauche, dans l'Esquisse* XXVIII, *p. 841.* ↔ *b.* aussi, sûrs *lecture conjecturale*

1. Le « petit sillon », qui désigne la trace individuelle de l'impression provoquée par un objet est, depuis les Cahiers Swann, une formule souvent utilisée par Proust. On la retrouve ici, var. *b*, p. 822, ainsi que dans les notes du Cahier 57 (voir les Esquisses XXVIII, p. 841, et XXXIV, p. 856). Dans le texte final, voir p. 470.

2. Quoique Maria préfigure habituellement Albertine, le présent contexte rappellerait plutôt l'épisode de *Du côté de chez Swann*, où Gilberte prononce pour la première fois le prénom du jeune héros (voir t. I de la présente édition, p. 396).

Page 821.

a. Proust a, dans ms., biffé la fin de la phrase, depuis c'est cela *. Nous rétablissons.* ↔ *b.* notre vie, [notre passé *biffé*] la réalité *ms.*

1. Voir p. 473.

2. La plupart des idées développées dans les pages 821 à 827 sont reprises d'ébauches plus anciennes rédigées en 1908-1909 dans le Cahier 29 (ff^os 53 r° à 57 r°) ; voir, par exemple, n. 3, p. 822.

3. Le Cahier 2 (f° 45 r°) présente un passage similaire, que nous transcrivons ci-dessous : « Qu'importe qu'on nous dise : vous perdez à cela votre habileté. [Ce] que nous faisons, c'est remonter à la vie, c'est briser de toutes nos forces la glace de l'habitude et du raisonnement qui se prend immédiatement sur la réalité et fait que nous ne la voyons jamais, c'est retrouver la mer libre. Pourquoi cette coïncidence entre deux impressions nous rend-elle la réalité ? Peut-être parce qu'alors elle ressuscite aussi ce qu'elle *omet*, tandis que si nous raisonnons, si nous cherchons à nous rappeler nous ajoutons ou nous retirons. »

a. pour quelques [années *biffé*] mois, *ms.*
b. représentant un [château *biffé*] monument *ms.*

Page 822.

a. Entre ce paragraphe et le suivant apparaît dans ms. cette ébauche de phrase, isolée entre deux lignes de blanc : Tandis que les yeux fixés sur une image intérieure ↔ *b.* le petit [sillon *biffé*] trait *ms.*

1. Depuis « il dégagera » (p. 821, 8e ligne en bas de page, c'est, cette fois, presque mot pour mot, la formulation du texte final, p. 468 (voir n. 1, p. 818).

2. Voir n. 3, p. 821.

3. On lisait au Cahier 29 (fo 57 ro) : « Les livres sont l'œuvre de la solitude et les enfants du silence. »

Page 823.

1. Voir, au Cahier 26, fo 16 ro : « [...] quelque clocher filant dans une perspective, quelque fleur de sauge, quelque tête de jeune fille s'imposait à moi. »

2. Voir p. 456. Reprise de la distinction déjà établie, p. 817, 2e §, entre les « réminiscences » et les « vérités nouvelles », assortie de réflexions et d'exemples nouveaux, dont Proust ne conservera que quelques mots. Mais la fin du paragraphe (p. 824), qui, à partir de « L'image rencontrée par hasard », introduit l'idée du caractère fortuit de ces impressions, est reprise *in extenso* dans le texte final (p. 457-458).

Page 824.

a. J'ai bien senti, *[p. 823, 18e ligne en bas de page]* en touchant [...] leur beauté. *add. ms. (fo 23 vo)* ↔ *b. En marge de ms., en regard de ces lignes, apparaît cette note de régie :* quand je dis : « les joies de l'intelligence, c'était cela », ajouter : « ou plutôt ce n'était pas cela mais quelque chose sans rapport avec les mots, quelque chose d'ineffable, d'innommé *Voir p. 801 et 806.*

1. Voir p. 458.

Page 825.

a. privilège *début du folio 27 ro de ms. ; voir l'indication de montage donnée par Proust dans la variante a, p. 818. Nous renonçons, faute d'indication précise, à opérer ce montage, qui consisterait vraisemblablement à placer, soit après* Bloch *, soit après la citation, le paragraphe qui va de* Cette indication exacte *[p. 824, 3e ligne en bas de page] à* il est descendu *[p. 825, fin du 1er paragraphe].*

1. Proust a sans doute oublié que le sujet du verbe est « un de ces écrivains » et a poursuivi sa phrase au pluriel.

2. Proust éliminera du texte final cette référence à « L'Enchantement du Vendredi saint », donné ici comme exemple des vérités dévoilées par l'œuvre d'art. Notons que le motif de « L'Enchantement du Vendredi saint » appartient à l'acte III de *Parsifal*, alors

que le début du Cahier 58 (voir p. 799) nous a annoncé qu'à l'occasion de la matinée aurait lieu la première audition à Paris du second acte de l'opéra.

Page 826.

a. étudiera [tout aussi bien sur le corps d'un imbécile que sur celui d'un grand savant *biffé*]. Sans cela *ms.*

1. Voir p. 477.
2. Dans le Cahier 29 (f° 56 r°), on lit : « [...] la seule manière pour qu'il y ait de l'esprit dans un livre, ce n'est pas que *l'esprit* en soit le *sujet*, mais l'ait fait. Il y a plus d'esprit dans *Le Curé de Tours* de Balzac que dans son caractère du peintre Steinbock. »
3. L'expression apparaît, dans le texte final, aux dernières pages du « Bal de têtes » (voir p. 608). Voir aussi *Albertine disparue*, p. 137.

Page 827.

a. lui. *C'est après ce mot que l'on trouve le signe de renvoi correspondant à celui signalé n. 1, p. 861.* ♦♦ *b.* Je n'aurais voulu [...] mensonge *add. ms.* ♦♦ *c.* de la substance *[8 lignes plus haut]* transparente [...] épithète *add. ms. Cette longue addition est rédigée, en 3 fragments, en marge du folio 32 r° et au folio 31 v°. H. Bonnet et B. Brun ont noté l'état visiblement provisoire de cette rédaction*[1] *; nous adoptons les restitutions qu'ils proposent.* ♦♦ *d.* au soleil couchant [parcelle de vérité *biffé*] — qui nous donne *ms.*

1. Voir, au Cahier 29, f° 57 r° : « [...] nos phrases elles-mêmes et les épisodes aussi doivent être faits de la substance transparente de nos moments les meilleurs. »

Page 828.

a. Nous rétablissons ce mot, partiellement rayé dans ms. ♦♦ *b. Du texte de ce paragraphe, ainsi que du début du suivant, jusqu'à* dont j'avais lu *[var. a, p. 829], il ne reste dans ms. que quelques fragments dans les marges des folios 34 et 35 r*[os]*, Proust en ayant découpé la partie principale pour en faire une paperole constituant le folio 17 du Cahier XIX du manuscrit autographe. Nous reconstituons le texte initial de ces deux pages du Cahier 57 en raccordant aux fragments restés dans ce cahier ceux qui se trouvent sur le folio 17 du Cahier XIX.*

1. Voir, au Cahier 29, f° 55 v° : « C'est en bien plus gros ce que je reproche à Sainte-Beuve, c'est (bien que l'auteur ne parle que d'idées etc.) une critique matérielle, de mots qui font plaisir aux lèvres, aux coins de la bouche. »
2. Voir n. 1, p. 811.

1. *Matinée chez la princesse de Guermantes*, éd. citée, p. 175-176 et n. 2, p. 176.

Page 829.

a. Voir var. b, p. 828.

Page 830.

a. *À Monsieur [p. 829, 4e ligne en bas de page] le prince* [...] ne croit pas. *add. ms. (au folio 38 r°). Le point d'insertion de ce fragment est indiqué par deux notes ; la première, sous forme d'une parenthèse après* je vis une dédicace : *:* (ce qui doit suivre ici est écrit 9 pages plus loin) *; la seconde, en regard du fragment additionnel :* Ceci est quelques pages avant, c'est indiqué en marge. ↔ *b.* motivée. [Je me rappelais aussi une cathédrale posée dans le ciel comme des filets *biffé*] Je *ms.*

1. Une ébauche de cette relecture de Bergotte apparaît dans le Cahier 29, aux folios 62 et suiv. : voir t. I de la présente édition, Esquisse XLV, p. 786-787.

2. On rapprochera ce passage d'un fragment du Cahier 4 (1908-1909), f° 67 v° : « Les beaux livres sont écrits dans une sorte de langue étrangère. Sous chaque mot, chacun de nous met son sens ou du moins son image qui est souvent un contresens. Mais dans les beaux livres tous les contresens qu'on fait sont beaux. Quand je lis le berger de *L'Ensorcelée* je vois un homme à la Mantegna et de la couleur de la *[un mot illisible]* de Botticelli ; ce n'est peut-être pas du tout ce qu'a vu Barbey, mais il y a dans sa description un ensemble de rapports qui était donné ; le point de départ faux et mon contresens lui donnent la même progression enchantée. »

Page 831.

a. chaque jour. [De certains morceaux ne subsiste pour moi que leur rythme sans concours des images que le rythme tenait assemblées, et qui sont entièrement effacées comme ces peintures murales du moyen âge dont il ne reste rien qu'un liséré de couleur qui cerne seulement l'espace vide où elles étaient contenues. *biffé*] De *ms.* ↔ *b.* d'été / [Çà et là *[*je voyais quelque idée / apercevais une idée à une grande profondeur, / je voyais Berg *biffé]* j'apercevais des motifs, une œuvre d'art que je ne connaissais pas, une impression, une idée que j'avais eue aussi et dont j'avais douté et je me sentais fortifié comme par un baiser de ma mère quand je craignais d'avoir mal agi. Le plus souvent il avait saisi cette idée bien plus loin que je ne saurais jamais le faire. Une fois au contraire je vis au contraire qu'il s'était arrêté à un point par où j'avais passé mais que j'avais dépassé. Mais toujours *biffé en définitive*] Le *ms.*

1. Tout ce développement, jusqu'à la fin de l'Esquisse, nous rappelle l'importance du thème de la lecture dans « Combray », et déjà dans la préface à la traduction de *Sésame et les Lys* (1905) recueillie dans *Pastiches et mélanges* sous le titre « Journées de lecture » (éd. citée, p. 160 et suiv.). L'admiration pour Bergotte, mort dans *La Prisonnière*, s'estompera dans le texte final.

2. Voir n. 5, p. 799.

3. S'agit-il d'un lapsus pour « Vigny » ? On peut plus vraisemblablement conjecturer que « portent le nom de "vie de Baudelaire" » se raccordait, non à ce qui le précède immédiatement, mais à un fragment biffé en marge du cahier. Inséré après « poète » (4 lignes plus haut), ce fragment, placé ci-dessous entre crochets, donnerait la reconstitution suivante : « Tous les poètes me semblent ne faire qu'un seul poète [dont la vie intermittente dure autant que celle de l'humanité et dont certaines heures portant] portent le nom de vie de Baudelaire, [...]. »

Page 832.

1. C'est-à-dire celui de Bergotte. On retrouve, dans les écrivains précités, ceux auxquels Proust avait consacré les divers essais du *Contre Sainte-Beuve*. Dans le texte final (voir p. 498-499), la liste, plus sélective, se présentera comme une généalogie de la réminiscence littéraire, qui n'est mentionnée ici qu'à propos de Baudelaire.

2. On trouve un passage identique dans le Cahier 29 ; voir t. I de la présente édition, Esquisse XLV, p. 787.

Page 833.

Esquisse XXV

XXV.1 : Cahier 58, ffos 1 r° et 2 v°. Voir p. 435.

XXV.2 : Cahier 57, ffos 6 v° et 70 v° (1916-1917). Passage non repris.

L'Esquisse XXIV.2, que nous venons de transcrire, est entourée d'une multitude d'ajouts ultérieurs, qui ont fini par envahir tous les espaces disponibles du Cahier 57, entre 1916 et 1917. Il s'agit de fragments narratifs ou analytiques, qui tentent de préciser ou enrichissent de réflexions nouvelles les principaux concepts de l'esthétique proustienne. Tous les fragments du Cahier 57 que nous transcrivons à présent, jusqu'à l'Esquisse XL incluse, appartiennent à cette catégorie.

Nous suivons en général, pour cette strate du Cahier 57, les choix opérés par Henri Bonnet et Bernard Brun[1], mais regroupons les différentes notes selon l'ordre où elles se trouvent dans l'édition. Leur incorporation au manuscrit autographe est par ailleurs fort variable en extension. Parfois Proust n'a retenu qu'une formule, une idée, une phrase. Les passages plus étendus repris dans le texte final ont été également retenus dans la mesure où ils présentaient des variantes significatives par rapport à celui-ci.

Quant au fragment du Cahier 58 que nous transcrivons dans la première partie de la présente Esquisse, il nous semble avoir le même statut que ces ajoutages du Cahier 57. Il est de datation incertaine.

1. *Matinée chez la princesse de Guermantes*, Gallimard, 1982.

a. le vitrail de [Gilbert *biffé*] [Fulbert *corr.*] le Mauvais *ms.*

1. L'épithète « le mauvais » ne convient guère, s'il en est la source historique, au personnage de Fulbert, évêque de Chartres. Fondateur de l'école platonicienne de cette ville, il reconstruisit la cathédrale, incendiée en 1020 par Geoffroy, vicomte de Châteaudun. Au nom de « Gilbert le mauvais » qui apparaît sur la même ligne (voir var. *a*), sera d'ailleurs associé un fait comparable, puisque celui-ci, selon l'abbé Perdreau, a brûlé la primitive église de Combray. Voir t. I de la présente édition, n. 3, p. 104.

Page 834.

a. Sic. Voir n. 1. ↔ *b. Lecture conjecturale ; voir n. 3.*

1. Proust semble hésiter entre plusieurs prénoms. À la ligne précédente, il n'en a inséré aucun.

2. On peut également lire « Mancieux ». Nous ne savons pas à qui pense Proust.

3. « Josèphe Labursa » est de lecture conjecturale ; pour le premier mot, MM. Bonnet et Brun (*Matinée chez la princesse de Guermantes*, éd. citée, n. 2, p. 302) proposent comme alternative « paraphe », qui ferait pendant à « Signature ».

Page 835.

a. que [l'appellation *biffé*] la désignation correcte *ms.*

1. Tout au long de ses rêveries onomastiques, c'est à cette syllabe finale *-antes* que le héros attribue le charme poétique du nom de Guermantes. On notera qu'un peu plus bas ce pouvoir paraît résider dans la syllabe *mantes*, variation qui, en ce passage, semble se motiver d'une synesthésie avec le son des cloches.

2. En réalité, la fonction purement référentielle du nom s'est substituée à son pouvoir poétique lorsque le héros a pénétré dans l'intimité des Guermantes. D'où l'opposition entre le nom actuel et « l'ancien nom de "Guermantes" », qui peut resurgir, comme le montre ce fragment, dans certaines circonstances particulières.

Esquisse XXVI

Cahier 57, ffos 28 v°, 2 v°, 1 v°, 2 r° et 2 v° (1916-1917).

Page 836.

a. minces, sans [racines de vie *biffé*] sans [appendice de velouté de vie inconsciente *biffé*] ces images *ms. Nous supprimons les deux* sans *, que Proust a omis de biffer* ↔ *b. Dans la marge de ms., Proust a porté cette addition :* en la sensation visuelle qu'ils nous firent éprouver *, sans que le point d'insertion soit indiqué.*

1. Voir p. 450. « Insoucieux des vicissitudes de l'avenir », l'être « extra-temporel » né de la réminiscence n'a plus d'inquiétude au sujet de sa mort. Mais la note ajoute à cette explication une remarque nouvelle : l'artiste disparaît dans l'universalité de l'idée qu'il a mise à jour. Proust reprendra cette remarque en énonçant dans le texte final la « loi cruelle de l'art » (p. 615). Voir aussi l'Esquisse XXXIV, p. 857 : méditant sur ce qu'il y a de général dans sa souffrance, l'artiste « anticipe sur l'éternité ».

2. Cette comparaison est reprise plusieurs fois dans les ébauches et figure dans le texte final, p. 478.

3. Voir p. 455.

4. Voir p. 446. Rappelons que dans le texte final, il s'agit du bruit d'une cuiller.

Page 837.

a. Proust a, dans ms., laissé un blanc entre font *et* tours. Nous insérons mille, *qui figure dans le même contexte 5 lignes plus haut (p. 836, dernière ligne) ; voir aussi n. 1, p. 837.* ◆◆ *b.* la première visite [d'Albertine *biffé*] [où j'avais embrassé Albertine *corr.*] ne *ms.*

1. Le point d'interrogation noté par Proust indique son intention de vérifier cette allusion. La comparaison n'a pas été reprise dans le texte final.

2. Voir p. 447.

3. Voir p. 468. L'association du bruit du calorifère et du paysage de Doncières, ici reconnaissable, est mentionnée une première fois dans *Le Côté de Guermantes II* (t. II de la présente édition, p. 642-643). Mais le fragment de notre Esquisse renvoie plus précisément à *Albertine disparue* (p. 494) où à cette association s'ajoute le souvenir d'Albertine embrassée pour la première fois. Dans le texte final du *Temps retrouvé*, l'association est réduite à ses deux composantes initiales par l'oubli d'Albertine. Voir aussi t. II de la présente édition, p. 656-661.

Esquisse XXVII

Cahier 57, ffos 9-10 vo (1916-1917). Voir p. 454-455.

Page 838.

a. Au début du folio 10 vo de ms., immédiatement après une nouvelle note de régie : Suite du verso précédent près de la marge, *Proust a repris* parce que de la, *syntagme que nous supprimons.* ◆◆ *b. Dans ms., Proust a écrit* n'étais plus, *lapsus que nous corrigeons.*

1. Un siècle après le retour de l'exil, Néhémie, échanson à la cour du roi de Perse Artaxerxès Ier, fut nommé gouverneur de Judée (455-433) et releva les murailles de Jérusalem. Ces restaurations, d'ailleurs insignifiantes, provoquèrent la tristesse des anciens et l'hostilité des voisins, en particulier de Tobiyia, gouverneur de la Manitide, et de Sanbalullanb, gouverneur de Samarie. C'est à ceux-ci,

qui le mandaient, que Néhémie, méfiant quant à leurs intentions, fit répondre : « J'ai un grand ouvrage à exécuter et je ne puis descendre ; le travail serait interrompu pendant que je le quitterais pour aller vers vous » (*Livre de Néhémie*, VI, 3). Quand Jacques Rivière, le 26 septembre 1921, lui demande un texte sur Dostoïevski (M. Proust-J. Rivière, *Correspondance (1914-1922)*, Gallimard, 1976, p. 194-195), Proust dans une lettre à Gaston Gallimard réutilise cette citation en s'excusant de ne pouvoir, malgré son intérêt pour cet auteur, interrompre son grand travail en cours (G. Gallimard-M. Proust, *Correspondance*, Gallimard, 1989).

Page 839.

Esquisse XXVIII

Cahier 57, ff^os^ 50 r°, 21 r°, 68 v° et 69 r°, 19 v°, 40 v°, 8 r°, 17 v°, 8 r°, 41 v°, 40 v° (1916-1917).

a. à l'art, [il en était de même pour l'amour *biffé*] (probablement *ms. Nous supprimons la virgule.*

1. Voir p. 455.
2. Voir p. 456.
3. *Ibid.*
4. Selon Henri Bonnet et Bernard Brun, cette remarque laisse supposer que ce texte est parmi les plus récents de ce Cahier. Voir *Matinée chez la princesse de Guermantes*, éd. citée, n. 2, p. 464.

Page 840.

a. On peut hésiter ici entre Sextuor *et* Septuor .

1. Nous interrompons la transcription. La suite du texte est l'ébauche d'un passage qui apparaît plus loin dans le *Temps retrouvé* et que nous présentons dans l'Esquisse XL (voir p. 869).
2. La phrase est reprise dans le texte définitif ; voir p. 456.
3. Bernard Lazare (1865-1903), écrivain et journaliste, milita en faveur de la révision du procès de Dreyfus.
4. Voir p. 456. Cette assertion est une idée fondamentale de l'esthétique proustienne. Elle s'oppose en particulier à tout apriorisme dans le choix du sujet à traiter, donc à cet art à visées humanitaires dont Bloch était le porte-parole dans l'ébauche de 1909. Voir aussi, p. 460 : « la fausseté même de l'art prétendu réaliste ».

Page 841.

1. Voir p. 458.
2. Sur le « petit sillon », voir n. 1, p. 820 ; quant au contenu de ce paragraphe, voir p. 458-459.
3. Voir p. 459-460.

Page 842.

a. sorte de [collaboration constante des deux *biffé*] fécondation *ms.*

1. Voir p. 459. Comme dans le fragment précédent, Proust établit un parallèle entre l'artiste et l'homme de science. Voir *Du côté de chez Swann*, t. I de la présente édition, p. 345, où « l'audace géniale » des découvertes de Vinteuil est comparée à celles de Lavoisier et d'Ampère.

2. Voir l'Esquisse XXXVII, p. 864, 3ᵉ §.

3. Voir p. 459.

Page 843.

a. sur cette chose [vraie *biffé*] des choses *ms.* ✦✦ *b. Dans l'interligne apparaît ici, dans ms., cette ébauche biffée :* je reconnus le Ruskin que j'avais donné à la Princesse de

1. Sur cette allusion à l'article de Pierre Mille, voir l'étude d'Henri Bonnet : « *Le Temps retrouvé* dans les *Cahiers Marcel Proust* », *Études proustiennes, I*, Gallimard, 1973, p. 147-148.

2. Dans son introduction à la *Vie de Jésus* (Michel Lévy frères, Paris 1863, p. LVI), Renan écrit : « Chaque trait qui sort des règles de la narration classique doit avertir de prendre garde ; car le fait qu'il s'agit de raconter a été vivant, naturel, harmonieux. Si on ne réussit pas à le rendre tel par le récit, c'est que sûrement on n'est pas arrivé à le bien voir. »

3. Dans *Le Disciple* (1889), Paul Bourget (voir t. II de la présente édition, n. 1, p. 1025) se livre à une critique du positivisme. Il montre les dangers de l'intellectualisme sceptique auquel il conduit, tout en insistant sur la puissance de la tradition.

4. Vincent-Marie-Alfred Capus (1852-1922) fut journaliste, romancier et auteur de vaudevilles. L'une de ses pièces, *La Châtelaine*, reçoit les éloges de M. de Chevregny qui, en comparaison, trouve *Pelléas* insignifiant. Voir *Sodome et Gomorrhe II*, t. III de la présente édition, p. 472. La présence de Capus dans cette liste assez hétérogène semble plutôt motivée par son rôle dans un groupement constitué pour la défense des humanités et le « réveil de l'idée nationale », dont *Le Figaro* du 1ᵉʳ juin 1911 annonçait la création.

Esquisse XXIX

XXIX.1 : Cahier 57 ; ffᵒˢ 5 vᵒ ; 7 vᵒ, 13 vᵒ, 9 rᵒ.
XXIX.2 : Cahier 74, fᵒ 116 rᵒ.

5. Voir t. I de la présente édition, n. 1, p. 118.

Page 844.

a. En marge de ms., en regard de ces mots, figure cette note de Proust : formule que je pourrais placer dans le morceau sur Romain Rolland. ✦✦ *b. Un blanc de quelques lignes s'étend dans ms. entre ce passage et le précédent.* ◆◆ *c.* fait sourire [le poète *biffé*] l'écrivain *ms.*

1. Il s'agit du Cahier 55.

2. Voir p. 458.

3. Propos attribué à Bloch dans le texte final (voir p. 460).

4. Voir p. 460. Le passage est reproduit presque intégralement dans le texte final.

5. Les trois derniers mots, gommés de la version finale, ont probablement paru redondants quand Proust a ajouté à son développement la formule « Une œuvre où il y a des théories est comme un objet sur lequel on laisse la marque du prix », qui apparaît quelques lignes plus loin (p. 461). Cette phrase a été ajoutée dans une marge du Cahier 57, au folio 41 r°.

6. Joseph-Marie Vien (1716-1809) fut l'instigateur du mouvement néo-classique en peinture et compta David parmi ses élèves.

Page 845.

1. Voir p. 467. Dans *L'Écho de Paris* du 25 mai 1916, Barrès publia le premier d'une série d'articles intitulée « Dix jours en Italie ». Une note de *Mes cahiers*, contemporaine de ce séjour, témoigne de préoccupations identiques et rapporte une anecdote dont Barrès s'est peut-être inspiré : « Marcel Boulenger l'autre jour rappelait utilement un mot profond du chevalier Nigra disant "qu'aux siècles de servitude les Italiens n'avaient plus pour patrie que leurs grands écrivains". Leurs grands écrivains et tous leurs grands artistes. En traversant Piane du Cadore l'autre jour, j'ai vu la même pensée inscrite sur la maison du Titien » (*Mes cahiers (1896-1923)*, Plon, 1963, p. 761). On remarquera à cette occasion que les jugements de Proust sur Barrès sont souvent contradictoires. S'il note, dans le Carnet 1 (f° 15 r°) : « Écrivain sacrifiant à l'aspect intime devient pompier (Barrès) » (*Carnet de 1908*, éd. citée, p. 67), il reconnaît, dans une lettre d'octobre 1911 adressée à l'écrivain, la valeur littéraire du sentiment patriotique qui inspire l'œuvre de Barrès (*Correspondance*, t. X, p. 351).

2. En tête du fragment, une note suggère qu'il s'agit d'un article de Barrès paru à la fin de juillet ou au commencement d'août dans *L'Écho de Paris*, sans préciser la date.

3. D'Annunzio se déclara pendant la guerre le champion de l'action et du patriotisme. Il fut blessé en 1916.

4. Épopée bourgeoise de Goethe, en neuf chants (1797) : Dorothea abandonne son pays lors de l'invasion des armées révolutionnaires françaises et tombe amoureuse d'Hermann, fils de négociants d'Allemagne du Sud. Ils finissent par se marier, malgré l'opposition des parents d'Hermann.

5. Marie-Alphonse Darlu (1849-1921), professeur de philosophie au lycée Condorcet, y eut Proust pour élève de 1888 à 1889.

6. *Leurs figures* est le 3e et dernier volume du *Roman de l'Énergie nationale* (1897-1902). L'œuvre caricature les mœurs parlementaires de 1891 à la fin du siècle, ces « figures » étant celles du pouvoir

dans ses diverses branches. Cette satire des députés corrompus est d'autant plus violente qu'elle a pour toile de fond le drame de la France au moment de Sedan. *Dans le cloaque*, qui date de 1904, est sous-titré « Notes d'un membre de la Commission d'enquête sur l'affaire Rochette ». Nous n'avons pas trouvé mention du *Procès de Rennes* dans la bibliographie barrésienne d'Alphonse Zarach (PUF, 1951).

7. Le thème de l'inceste affleure souvent dans l'œuvre de d'Annunzio (*L'Innocent*, 1888 ; *Le Triomphe de la mort*, 1903) et est parfois explicite (*Peut-être que oui, peut-être que non*, 1910) ; mais Proust fait sans doute allusion à l'amour de Léonardo pour sa sœur Bianca Maria dans *La Ville morte* (1903), pièce de théâtre qui connut, en France, un immense succès.

8. Dans *Les Déracinés* (1897), premier volume du *Roman de l'Énergie nationale*, Mouchefrin et Racadot, deux des sept lycéens de Nancy, qui ont suivi à Paris leur professeur Paul Bouteiller, tuent une riche Arménienne.

Esquisse XXX

Cahier 57, ff^os^ 16 v°, 16 v°, 15 v°, 13 v° (1916-1917). Non repris dans le texte final.

Page 846.

a. On pourrait à la rigueur lire Science.

1. Voir p. 465.

2. *Les Rayons et les Ombres*, « Tristesse d'Olympio », v. 53 et 57-60. Citation approximative du passage suivant :

Que peu de temps suffit pour changer toutes choses.
[...]
Nos chambres de feuillage en halliers sont changées !
L'arbre où fut notre chiffre est mort ou renversé
Nos roses dans l'enclos ont été ravagées
Par les petits enfants qui sautent le fossé.

3. C'est-à-dire au fragment précédent.

4. Voir p. 465.

5. *Ibid.*

Page 847.

a. On trouve ici, dans ms., une indication de renvoi à un fragment inachevé, rédigé en marge du folio 14 r° : j'étais comme ces collectionneurs qui ne lisent jamais le texte de livres anciens ou de prières qu'a illustrés[1] Fouquet mais qui s'extasient devant les merveilleuses enluminures représentant une ville, laquelle est toujours *[inachevé]* Pour ce petit livre devenu précieux pour moi par les illustrations que ma mémoire y avait ajoutées, la ville n'était pas *[un blanc]* mais Venise. C'était entre les pages, de véritables émaux où je voyais scintiller l'eau sublime du gd Canal. ◆◆ *b. Dans ms., Proust a écrit* St Marks Rest.

1. Voir p. 466.

1. Proust a écrit « illustrées » ; nous rétablissons.

Esquisse XXXI

Cahier 57, ff^{os} 35 r°, 41 r°, 15-17 v^{os}, 25 v°, 23 v° (1916-1917).

2. Voir p. 468.

3. Dans le texte final, ce sont « les matinées de Doncières [...] dans les hoquets de notre calorifère à eau ». Voir également l'Esquisse XXVI, p. 837, dernier § de l'Esquisse.

Page 848.

a. d'un beau [livre *biffé*] roman *ms.* ** *b.* les questions mêmes de la [durée *biffé*] [affection *biffé*] [amour même *biffé*] [fidélité *biffé*] fidélité en amour *ms.* ** *c. Suit, dans ms., un blanc d'une ligne et demie* ** *d. De* Déjà le moment vrai *à* ce prolongement extérieur *[var. f], le texte a été biffé de 4 traits verticaux, mais, en face de ce passage, on trouve la mention* rétabli. ** *e.* particularité [qualité *biffé*] qui *ms.* ** *f.* reportons [nous attachant surtout pour le surplus à ce prolongement extérieur *biffé*] Déjà *ms.*

1. Voir p. 468.
2. *Ibid.*

Page 849.

a. des choses [est double *biffé*] pour *ms.* ** *b. Lecture conjecturale.* ** *c. Ce paragraphe apparaît, dans ms., en marge du précédent.*

1. Voir p. 470.
2. C'est-à-dire au folio 17 r° : voir l'Esquisse XXIV, p. 819, milieu du 2e § : « même dans les joies artistiques »... ».
3. Fragment non repris dans le texte final. Il explore toutefois, comme le suivant, la difficulté de « redresser l'oblique discours intérieur » qui va s'éloignant de l'impression centrale.
4. Aucun papier collé ne subsiste à cet endroit du Cahier 57, ni au folio 23 v°, ni au folio 24 r°.
5. Voir p. 469.

Page 850.

Esquisse XXXII

Cahier 57, ff^{os} 25 r°, 4 r° (1916-1917).

a. Fin du fragment dans ms. : de la vérité [qui s'ignore *biffé*] *La fin du texte est rédigée sur une petite paperole et devait s'y prolonger sur un morceau qui a été coupé.*

1. Voir p. 470.
2. *Ibid.*
3. Ce nom est mentionné dans une lettre de Mme Proust à Marcel, datée du 11 août 1890 (*Correspondance*, t. I, p. 148). Une note de Philip Kolb indique qu'il s'agirait d'un certain Adolphe Oppenheim, clubman.

4. Henri-Marie-Thérèse, comte du Pont de Gault-Saussine (1859-1940) était compositeur et écrivain. Dans une lettre à Louis d'Albuféra que Philippe Kolb date de mars 1908, Proust fait allusion à une de ses soirées musicales. Dans une autre lettre, du 1er février 1913, il écrit : « Ainsi Saussine compare anxieusement Wagner, Bach et Chausson dans sa tête, mais au piano semble n'avoir jamais lu que Poise » (*Correspondance*, respectivement t. VIII, p. 76 et t. XII, p. 48). Proust lui a consacré un article dans *Gratis-Journal*, juillet 1893 (*Essais et articles*, éd. citée, p. 358-359).

Page 851.

a. Dans l'interligne de ms., Proust a écrit : Mettre plutôt l'expression de figure après que ces mots indiquent le sens de ce qu'il va dire. ↔ *b.* « je vois une étincelle » [...] la croix *add. ms., dont Proust indique, au folio 4 r°, le point d'insertion par une croix après* s'il m'eût dit *, sans toutefois ménager de raccord final.*

1. Le passage est révélateur du procédé qui consiste à introduire, à partir de réflexions générales ou de souvenirs réels, les personnages d'*À la recherche du temps perdu*, particulièrement les artistes — en l'occurrence, Vinteuil.

Esquisse XXXIII

Cahier 57, ff[os] 7-8 v[os], 26 v°, 11 v°, 15 r°, 24 v° (1916-1917).

c. qui avaient [le plus enthousiasmé la jeunesse étaient des œuvres d'un caractère *biffé*] fait impression *ms.*

2. On comparera cette expression à celle de l'Esquisse XXIV, p. 831, 2e §, 5e ligne et suiv.

3. Les raisons de l'éclipse de Bergotte, plus brièvement mentionnées dans le texte final (voir p. 472), reflètent l'engouement pour la littérature à idées et à tendance humanitaire analysées dans l'Esquisse XXIV (p. 799 et suiv.) ; voir var. *a*, p. 799.

Page 852.

a. Dans la marge en regard, Proust a noté dans ms. : Avant cette phrase dire que cette notion de jeunesse à tendances sociales était décuplée par les enquêtes où la jeunesse disait ce qu'elle était. ↔ *b. On trouve dans la marge de ms. cette indication de Proust :* Dire à propos de cet écrivain, de vieux jeu, il était devenu idole de la jeunesse, de la même façon qu'un modéré est accepté on ne sait pourquoi par le parti socialiste. ↔ *c.* de Bergotte. [En réalité il avait beaucoup moins de talent. *biffé*] Bergotte *ms.*

1. Voir p. 471.

Page 853.

1. Suit cette note de Proust : « voir quatre pages plus loin au verso crayon bleu quelque chose qui peut venir après ceci ou dans les mêmes parages » ; cette note renvoie, comme suite possible à ce développement au folio 11 v°. Nous transcrivons ce passage dans le troisième fragment donné dans cette Esquisse (dernier paragraphe de cette page).

2. Voir p. 471-472.

3. Charles Duran, dit Carolus-Duran (1837-1917) peintre mondain, réalisa d'élégants portraits féminins. Proust écrit « Carolus de Duran ».

4. Peintre, décorateur, dessinateur, graveur et écrivain, Maurice Denis (1870-1943) fut le théoricien du groupe des Nabis. Ses œuvres sont marquées par l'esthétique de l'art nouveau et du japonisme. Il réalisa en 1912-1913 la décoration du plafond du théâtre des Champs-Élysées.

5. Cette note renvoie au fragment que nous transcrivons en tête de la présente Esquisse.

Page 854.

a. prophète [et apocalypse *biffé*] un écrivain [et un livre *biffé*] qui n'apporte *ms.* ◆◆ *b.* certains [goutteux *biffé*] obèses *ms.* ◆◆ *c.* qu'avec [l'intelligence *biffé*] le verbiage *ms.*

1 Voir p. 472.

2. Petrus Borel (1809-1859), auteur de *Champavert : contes immoraux*, *Madame Putiphar*, etc. Proust joue sans doute sur le contraste du « classique » et de l'écrivain « maudit ». Mais le rapprochement des noms eux-mêmes, la connotation archaïque de « Petrus », renforcent le contexte humoristique de l'observation.

3. Ces nouvelles mutations pourront être comparées à l'analyse des changements survenus dans les salons durant la guerre (voir l'Esquisse IV, p. 763-765).

4. Voir p. 472.

Page 855.

a. Proust a en fait écrit, dans ms., nietchéisme ◆◆ *b.* Pour [Elstir *biffé*] Bergotte *ms.* ◆◆ *c. Suit cette note, rédigée dans la marge de ms. :* Quand je nommerai les livres de Bergotte je dirai ces livres qu'illustrait encore l'ombre des pois de senteurs et des capucines que le jardinier [de Combray *biffé*] dépourvu du sentiment de la nature faisait grimper avec trop de raideur au mur treillagé de notre maison de Combray.

1. Paul Dubois (1848-1918), professeur de neurologie à l'université de Berne, est l'auteur d'un ouvrage paru en 1904 : *Les Psychonévroses et leur traitement moral*. Il est déjà cité dans le Carnet I : « Ainsi Dubois défend trop de vin et fait rester longtemps couché ». (f° 12 v°) ;

« Dubois et le vin » (f° 17 r°) ; *Carnet de 1908*, éd. citée, respectivement p. 63 et 70.

2. Le passage est évidemment antérieur à la décision de faire mourir Bergotte dans *La Prisonnière*.

3. Voir p. 474.

Page 856.

Esquisse XXXIV

Cahier 57, ff^os 30 v°, 15 v°, 18 v°, 45 v°, 50 v° (1916-1917).

a. un son de sa voix, [un rayon de soleil *biffé*] une certaine [parole *biffé*] pensée *ms.* ↔ *b. Proust a écrit dans ms.* quand on l'a intellectualisé *Nous supprimons le pronom.*

1. P. 474.
2. Voir le folio 17 r° du présent Cahier (Esquisse XXIV, p. 820 et n. 1).
3. Souligné par Proust. Nous ignorons à qui il fait allusion.
4. Voir p. 473.
5. On se souvient que l'une des principales critiques portées à Balzac est l'insistance et la lourdeur de ses explications. Voir *Contre Sainte-Beuve*, éd. citée, p. 269-270.
6. Voir p. 475.

Page 857.

a. toutes ses plus chères [croyances *biffé*] illusions, *ms.* ↔ *b. Il semble que Proust, après* ces mots *ait répété dans ms.* C'était : . *Nous supprimons.* ↔ *c. Proust a ajouté ultérieurement, au début de ce fragment :* Introduire cette marge.

1. Voir p. 475.
2. Voir p. 476.
3. Voir p. 476 et 484, ainsi que l'Esquisse XXVI, p. 836 et n. 1.

Esquisse XXXV

Cahier 57, ff^os 34 r° et 33-35 v^os (1916-1917). La majeure partie du texte rédigé sur les folios 34 et 35 v^os se trouve dans le manuscrit du *Temps retrouvé*, Proust ayant découpé ces deux pages du Cahier 57, en laissant toutefois une partie attachée au Cahier 57, puis ayant réuni en une paperole, pour les insérer dans ce manuscrit, les textes des rectos correspondants.

4. Voir p. 498-499.

Page 858.

a. m'avait paru [mensonger *biffé*] fausse création *ms.* ↔ *b.* Pas plus [n'en laisserais-je *biffé*] aucun *ms.* ↔ *c. Fin du f° 33 v° de ms. La coupure du texte à cet endroit résulte de l'insertion de la page 34 dans le manuscrit (voir la notule).* ⁂ *d.* qui devrait [ressembler *biffé*] fleurir insensiblement *ms.* ⁂ *e.* des siècles [les œuvres voisines *biffé*] les deux autres *ms.*

1. Voir p. 477.

Page 859.

a. Suit, dans ms., un blanc de deux lignes environ.

1. Jean le Rouge est un personnage de *Marie-Claire*, roman de Marguerite Audoux, (prix Fémina 1910). Ami de l'héroïne, et, comme elle, enfant abandonné, il a été placé à l'âge de douze ans chez un bûcheron. Sauf, peut-être, la vitalité, on voit mal ce qui rapproche ce personnage, relativement secondaire, de Constantin Dmitrievitch Lévine, héros d'*Anna Karénine* de Tolstoï. Véritable force de la nature, Lévine est un propriétaire terrien, plus à l'aise dans son domaine campagnard qu'à Moscou où il suivra quelque temps la jeune princesse Kitty, dont il est amoureux. Rentré dans sa campagne, il reprend ses travaux de paysan tout en entreprenant sur ses domaines une réforme agraire. Le motif apparaît déjà dans le Cahier 26 (ff^os 17-18 v^os) ; voir l'Esquisse XXIV, p. 799 et n. 5.

Page 860.

Esquisse XXXVI

Cahier 57, ff^os 28 v°, 30 v°, 31-33 v^os, 32 v° (1916-1917).

a. Lecture conjecturale.

1. Voir p. 477.
2. Voir *ibid.*
3. Voir *ibid.*

Page 861.

a. relier les [vérités intuitives et les *biffé*] intuitions *ms.* ⁂ *b. Dans la marge de ms., en regard de ces lignes apparaît cette nouvelle rédaction :* Elle assiste, impuissante, à la destruction de notre passé, c'est-à-dire de notre moi, car elle ne peut pas faire de résurrections si nous l'interrogeons sur lui. ⁂ *c.* à une sorte d'[élan nouveau de l'instinct *biffé*] [bond *corr.*], d'élan ⁂ *d.* Elle et [l'instinct *biffé*] la sensibilité *ms.* ⁂ *e.* pas tout [quand l'instinct a recréé le particulier *biffé*]. Entre *ms.* ⁂ *f.* choses, [d'exprimer tout l'être *biffé*] comme *ms.* ⁂ *g.* d'étreindre [...] qui étreint *biffé ms. En l'absence d'une nouvelle rédaction, nous conservons ce fragment.*

1. Après « ici », un signe de renvoi, qui se retrouve au folio 32 r° du Cahier 57 (var *a*, p. 827), indique que le passage que Proust songe à déplacer doit être les deux paragraphes que nous transcrivons dans l'Esquisse XXIV.2, p. 826-827, à partir de « sans doute de telles vérités ».

2. « Vérités que l'intelligence dégage directement de la réalité », dans le texte final, p. 477. Elles s'opposent, non seulement aux réminiscences, mais aux « vérités écrites à l'aide de figures » (p. 457).

Page 862.

a. Après nous sommes *, Proust a ébauché, dans ms., le début d'un mot :* ob . ◆◆ *b. Lecture conjecturale.*

1. Voir p. 479.
2. Voir p. 861, 7e ligne en bas de page.

Esquisse XXXVII

Cahier 57, ff^os^ 6 r°, 44 v°, 39 r°, 41 v°, 38 v°, 36 v°, 27 r° (1916-1917).

3. Voir p. 478.

Page 863.

a. le bruit [du pavage *add.*] de Venise, *ms* ◆◆ *b.* le Monde etc. [Ainsi toute ma vie jusqu'ici aurait pu et n'aurait pas pu être résumée sous ce titre : une Vocation. Elle ne l'aurait pas pu, puisque jamais je ne m'étais senti appelé, puisque la littérature n'avait joué aucun rôle dans ma vie ; et elle l'aurait pu puisque cette vie, je la portais avec moi, qu'elle avait nourri ma pensée sans que je m'en rendisse compte et que quand les livres qui se nourrissaient d'elle mangeraient ce qui en réalité avait d'abord assuré ma propre maturation et ma propre nourriture comme ces aliments que nous mangeons sans nous rendre compte dans certaines graines et qui contiennent l'aliment de la graine elle-même et ont permis son développement *biffé*] Ainsi *ms. En marge de ce texte biffé, Proust note :* N.B. C'est un peu vague, il faudrait ou piocher l'idée chercher graines à albumen et sans albumen dans la botanique de Bonnier ou abréger beaucoup et ne faire qu'une allusion. Une seconde note a été ajoutée en haut du fragment que nous transcrivons à présent : Non, voir au-dessous forme plus intelligente. ◆◆ *c.* dans [les fruits *biffé*] l'ovule *ms.* ◆◆ *d.* le lieu [d'échanges respiratoires *biffé*] de phénomènes *ms.* ◆◆ *e.* rapport avec [ma maturation *biffé*] ce que je produirais. *ms.* ◆◆ *f. Nous proposons cette restitution, ainsi que celle de l'article, 4 lignes plus haut, afin de donner sens à la phrase. Elle figure au bas d'une paperole, à un endroit très abîmé ; il se peut donc aussi que des mots aient disparu entre* graine *et* d'abord. ◆◆ *g. En marge de ms., en regard de ces mots, apparaît cette note de Proust :* Que le littérateur a dans sa tête un album de croquis et un traité anatomique... Rendre à cela plus de dignité.

1. Voir p. 478.
2. Voir *ibid.*

Page 864.

1. Peut-être Proust pense-t-il à la tirade de Brécourt dans *L'Impromptu de Versailles*, scène IV (Molière, *Œuvres complètes*, Bibl. de la Pléiade, t. I, p. 687-688).

2. On peut se demander si « dernier volume » désigne ici le Cahier 57 ou la dernière partie d'*À la recherche du temps perdu.*
3. Voir p. 480.
4. Voir *ibid.*
5. Voir p. 482.

Page 865.

a. nous faire [à jamais *biffé*] entrer *ms.* ↔ *b.* Gilberte *add. ms.*
1. Voir p. 483.
2. Proust orthographie habituellement *Bobby.*

Esquisse XXXVIII

Cahier 60, ff^os 4-5 r^os (1919-1920).

3. Le « Cahier 19 », en fait XIX, est l'un des six cahiers du manuscrit final du *Temps retrouvé.*

Page 866.

a. mais il [laisse *biffé*] livre *ms.*
1. Voir p. 483.

Esquisse XXXIX

Cahier 57, ff^os 35 v°, 17 v°, 43 v°, 20 v°, 50 v°, 48 v°, 17 v°, 30 v° (1916-1917).

2. Voir p. 491.
3. Voir p. 486.

Page 867.

a. Quand je parle de [l' *biffé*] mon esthétique *ms.* ↔ *b.* de temps perdu *add. ms.* ↔ *c. Ce paragraphe est situé dans ms. en marge du précédent.*
1. Voir p. 489.
2. Voir p. 490 et 493.
3. C'est-à-dire le Cahier 54.
4. Voir p. 491.
5. Voir *ibid.*

Page 868.

1. Voir p. 491.
2. Voir p. 493.
3. Voir t. I de la présente édition, p. 387 et 395.
4. Voir l'Esquisse V, p. 771-772.
5. Proust reprend ici divers exemples développés dans le Cahier 74. Voir l'Esquisse V, p. 766.

Page 869.

Esquisse XL

Cahier 57, ff^{os} 27 v°, 3 r°-3 v°, 42 v°, 29 r°, 16 r°, 28 v°, 63 v° (1916-1917). Nous rassemblons ici des fragments que Proust n'a pas utilisés dans sa refonte de « L'Adoration perpétuelle ».

a. comme un hameçon [ou plutôt je fus pris comme un hameçon par *biffé*] le Giotto *ms. La seconde rédaction entre tirets, qui remplace cette biffure, se trouve en marge.* ◆◆ *b.* je m'en souviens de ce [délicieux *biffé*] paradis *ms.*

1. L'œuvre la plus célèbre de Giotto dans l'église de Santa Croce à Florence est la série de fresques représentant des scènes de la vie de saint François d'Assise. Dans la même chapelle Bardi où elles se trouvent, existe cependant un groupe de quatre saints parmi lesquels figure un saint Louis de Toulouse. Vasari notait également, dans le réfectoire, une croix comportant des épisodes de la vie de saint Louis. Elle est aujourd'hui attribuée à Taddeo Gaddi.

Page 870.

a. de qui la [soirée *biffé*] matinée *ms.* ◆◆ *b.* le chemin montant de [Montj<ouvain> *biffé*] Tansonville *ms.* ◆◆ *c.* commencer [le *biffé*] son quatuor *ms.* ◆◆ *d.* différente [et d'un charme encore inconnu *biffé*]. [Elle créait devant moi, elle tirait du silence *biffé*] et de la nuit, *ms. Nous conservons le début biffé, nécessaire à l'intelligence de la phrase.*

Page 871.

a. surnaturel [il avait dit vrai, mais il n'était pas allé assez loin *biffé*] Mais *ms.* ◆◆ *b.* nymphes [belles et *biffé*] divines étrangères *ms.* ◆◆ *c.* de son nom [(ni chez Albertine) *biffé*]. L'Amour *ms.* ◆◆ *d.* parfois [lourde *biffé*] titubante *ms.* ◆◆ *e. En marge dans ms., en regard de ces mots :* Nous n'avons plaisir à descendre respirer dans notre âme que dans les heures où nos souvenirs rafraîchis nous semblent exhaler leur parfum.

1. Il existe plusieurs autres ébauches de ce passage. Voir *La Prisonnière*, t. III de la présente édition, Esquisses XIII, p. 1144-1149 et XVII, p. 1168-1169. Au Carnet 3 (f° 4 v°), nous relevons : « Les notes ces belles étrangères dont nous ne savons pas la langue et que nous comprenons si bien. » La même notation apparaît au Cahier 73. Voir t. III de la présente édition, p. 1144.

Page 872.

a. La reconstitution du dernier mot, manquant, se fonde sur l'examen de la page de « La Prisonnière » (voir t. III de la présente édition, p. 760) *où Proust fait figurer l'exécution du septuor. Voir « Matinée chez la princesse de Guermantes », éd. citée, n. 3, p. 296.* ◆◆ *b. Lecture conjecturale.*

1. Le mot n'apparaît pas dans le texte final. Nous l'avons rencontré dans l'Esquisse XXVI, p. 836, dans un contexte similaire.

2. Voir l'Esquisse XXXI, p. 848-849.

3. Le Cahier 53, 14 v°. Évoquant un chagrin qu'il a fait à sa grand-mère, Proust y écrit : « Alors [...] comme ces rares chariots qui passent dehors et ébranlent tout, mon cœur se mettait à trembler aussi fort qu'un verre qui n'est pas d'aplomb » (f° 14 v°).

Page 873.

1. À la fin du *Lys dans la vallée*, Nathalie de Manerville annonce dans sa dernière lettre à Félix de Vandenesse sa décision de le quitter (*La Comédie Humaine*, Bibl. de la Pléiade, t. IX, p. 1226-1229). Dans *Une fille d'Ève*, Félix est marié à Marie-Angélique, fille du comte de Granville.

Esquisse XLI

XLI.1 : Cahier 51, ff^{os} 68 v° à 64 v°, 65 r°-64 v°, 65 r°-64 r°, 63 v°-62 v°. C'est la première ébauche du « Bal de têtes », rédigée en 1909 ; Proust a pris le cahier à l'envers, d'où ce foliotage décroissant.

XLI.2 : Cahier 57, ff^{os} 40 à 42 r^{os}, 41 v°, 43 à 47 r^{os} ; 46 v°, 48 à 55 r^{os}, 57 à 59 r^{os}, 61 à 65 r^{os}, 64 v°, 65 à 67 r^{os}, 66 v°, 67 à 70 r^{os}, 69 v°, 71-72 r^{os}, 71 v°, 73 r°, 72 v°, 74 r°, 74 v°, 75 r°. Cette seconde ébauche a été écrite en 1910.

Page 874.

1. Dans le Cahier 7, datant de 1908, le père du héros utilise cette expression pour qualifier l'hôtel des Guermantes (f° 40 r°).

2. Le début de cette phrase, jusqu'à ce mot, ainsi que l'allusion au « costume du prince Fridolin » à la phrase précédente, sont repris du Cahier 7 (f° 46 r°).

3. C'est l'un des anciens noms de Charlus. Dans *Le Côté de Guermantes I* (t. II de la présente édition, p. 588), celui-ci invite le héros à le raccompagner à son hôtel en sortant de la matinée chez Mme de Villeparisis. C'est alors qu'ils croisent M. d'Argencourt, que préfigure ici M. de Froidevaux. Voir p. 500.

Page 875.

a. vieillir [Tiens voici le Comte de Guermantes *biffé*] Tiens *ms.*

Page 876.

a. En marge de cette phrase, Proust a rédigé dans ms. le passage suivant, resté inachevé : Tout le monde se réunit dans la grande salle, serrés les uns contre les autres pour écouter une comédie et là où toute cette tapisserie humaine était tendue pour bien voir composée à peu près des mêmes personnages que j'avais vus au théâtre le soir d'abonnement de S.A. la Princesse de *[un blanc]*, je sentis ↔ *b. En marge de ms. apparaît cette notation biffée :* Et la Marquise des Tains. ↔ *c. Au folio 65 r° de ms., se poursuivant sur 64 v°, apparaît cet ajoutage :* Mme de Béthune, qui avait gardé si longtemps dans ses bandeaux blonds son visage noble et sévère, était devenue une méchante vieille dont sous les cheveux blancs le même visage pâle avait pris quelque chose de presque rouge, le nez droit quelque chose de presque crochu, l'œil dur quelque chose de franchement mauvais. Et un petit signe qui jusqu'ici avait passé inaperçu prenait sous ses cheveux blancs une place prépondérante. Chacune faisait à l'âge le sacrifice nécessaire et qui lui paraissait le moins lourd pour tâcher de conserver la personnalité de son charme, non seulement par l'arrangement mais par le régime, comme Mme de Guermantes qui sacrifiait la fraîcheur de sa figure à l'élancé de sa taille, et qui mangeait à peine, faisant de l'exercice constant, se tenant à Inelstad, sacrifiait ses joues, sa figure qu'elle révoquait *[sic]* à la souplesse de son corps. Mais la plupart concentraient tout leur effort dans leur visage, le tendant vers la beauté qui les quittait comme un tournesol vers le soleil. Et pour en recueillir le dernier reflet, pour en prolonger aussi tard que possible l'éclat lumineux qui jadis brillait sans mesure, Mme de Serisaie ne pouvant conserver son petit air mutin, son fier menton, avait élargi son visage, que son poli, son lisse, sa blancheur brillante et crémeuse avait toujours distingué, en faisait une espèce d'ostensoir rond et monumental pour tâcher d'accaparer encore plus de reflet si possible de la flamme disparue. Mme de Mercœur, en avançant les lèvres, en plissant un peu sa patte d'oie le long de son nez, en prenant à jamais un regard vague, câlin et désabusé, tâchait de fixer à jamais le visage de sa jeunesse. Mais quand elle voulait sourire, ses muscles mal coordonnés lui donnaient l'air de pleurer. *Sur le folio 64 v° paraissent également deux fragments isolés dont l'un, que nous reproduisons ici, se rattache visiblement au « Bal de têtes » :* Comme certains arbres encore verts ont toute une traînée de leurs feuilles rougie qui annonce le prochain automne, ainsi dans une chevelure blonde encore, était blanche seulement <une mèche> à une place pour un premier assaut de la vieillesse, qui comme la foudre avait tracé son sillon sans toucher à ce qui était auprès.

Page 877.

a. En face de ce texte, au folio 63 r° de ms., se trouvent deux ajouts sans renvois au texte principal du verso ; voici le premier : Ne pas oublier Kœchlin[1] : Je vis tout d'un coup, debout au milieu de la foule des gentils, un Prophète. C'était l'ancien lévite à barbe blonde. Il avait gardé sa figure rose, ses yeux clairs, son front pur, son air jeune, ses grands gestes, mais son immense barbe était extrêmement blanche. Le jeune lévite était devenu un vieux prophète. *Nous transcrivons à présent le second ajoutage :* En pensant à mon âge, je pensai avec plaisir que la belle jeune femme si aimée qui

1. Le compositeur Charles Kœchlin (1867-1951) fut l'élève de Massenet et de Fauré ; il a consacré à ce dernier une étude critique. Sa musique, à la fois traditionnelle et novatrice, comprend des œuvres symphoniques (*La Nuit de Walpurgis classique*, 1907) et de nombreuses mélodies. Il eut lui-même pour élèves Francis Poulenc et Henri Sauguet. Kœchlin portait effectivement la barbe.

était là avec ses cheveux comme lissés par le flux et enfermés dans des perles, avait un an de plus que moi et sa sœur seulement un an de moins. Cette chose immense qui était mon âge prenant pour moi tant de réalité, qu'un âge voisin du mien, c'était en effet quelque chose qui dans l'abîme des temps était près de moi, près de qui je me sentais, qui m'empêchait d'être tout seul. Aussi la pensée de leur beauté, de leur succès me fut-elle infiniment agréable. Je pensai avec plaisir aux folies que l'amant de l'une faisait pour elle. Car cette puissance pouvait donc m'appartenir, puisque j'étais encore à côté de cet âge, que c'était choses de mon âge et de mon temps. *Enfin, à la suite de l'ébauche que nous avons transcrit dans la première section de la présente Esquisse, Proust a rédigé, toujours en 1909, une seconde ébauche, que nous donnons ci-dessous. Quoique son décor soit celui d'une loge d'opéra, elle s'apparente au schéma du « Bal de têtes ». Le narrateur y retrouve en effet, à des années de distance, des personnages qu'il a autrefois connus. De ces êtres qui l'émerveillaient jadis, l'expérience a fait des personnes communes, voire insignifiantes. En outre, le hiatus temporel n'a pas seulement pour but d'illustrer la désillusion du narrateur. Il donne aussi matière à de nombreuses observations sur les effets de l'âge, la vieillesse et la déchéance physique. Proust a sans doute décidé assez tôt de faire un autre usage de cette scène, comme l'indique une note du folio 61 v° :* Si je ne laisse pas cette scène je mettrai cela quand je vais saluer la princesse le jour où je découvre ce qu'est Fleurus[1]. *L'épisode deviendra finalement la « soirée d'abonnement chez la princesse de Parme à l'Opéra » (voir* Le Côté de Guermantes I, *t. II de la présente édition, p. 336 et suiv.). Il sera alors transformé dans le but de décrire l'art de la Berma. Voici donc la transcription de ce fragment du Cahier 51, porté aux folios 61 v°, 61 r°, 60 à 58 v°s, 59 et 58 r°s, 58 à 55 v°s :* Mme de Guermantes[a] me dit : Vous ne voudriez pas venir jeudi au Théâtre dans la baignoire de ma cousine. Elle m'a dit d'amener qui je voulais. Pour Son Altesse nous ne pouvons pas manquer ni elle ni moi ce serait si gentil de votre part de venir. J'y allai. Hélas ! depuis le temps où je l'y avais vue la première fois tous ces noms étaient morts en moi et ne reflétaient plus que des personnes, pareilles les unes aux autres. Je m'engageai rapidement en pensant seulement à ne pas être en retard dans ce couloir bas et humide où jadis [à côté d'] un homme dont je n'étais pas sûr qu'il fût le Prince de *[un mot illisible]* ni qu'il allât dans la loge de la princesse de Guermantes, j'avais vu planer comme une Déesse la forme d'une vie inconnue[b]. Pourtant en entrant dans la Baignoire de la marquise de Tours[2] où j'avais jadis vu sur le fond d'ombre de la baignoire étinceler dans le demi-jour sa silhouette merveilleuse qui comme un génie gardait ces lieux sombres et les défendait aux vulgaires mortels et où la liberté de ses mouvements, sa causerie, sa gaieté prouvaient qu'elle était chez elle, j'eus plaisir à apercevoir, à peine vieilli, le visage délicieux qui signifiait c'est elle, cette baignoire, qui me paraît une baignoire comme toutes les autres, c'est la

a. Début du fragment dans ms. : [La marquise de Tours me dit : voulez-vous venir jeudi au Théâtre *biffé*] Mme de Guermantes.

b. Je m'engageai [...] inconnue *add. ms. Suit une seconde addition, inachevée :* Mais hélas je ne pouvais plus contempler la duchesse et la princesse de Guermantes comme le jour où le couloir qui menait à [l'avant-scène *biffé*] la baignoire me semblait plus merveilleux que celui des contes arabes qui conduit à des trésors

1. Charlus.

2. Le choix des noms ne paraît pas encore fixé. Cette hésitation se retrouve en plusieurs autres passages de l'ébauche.

sienne, c'est l'antre mystérieux et maintenant c'est moi qui accoudé sur des sombres rochers du fond parmi ces néréides aux bras nus et aux cheveux mêlés de perles, figure pour les gens de l'orchestre le favori des déesses. Mais maintenant je savais que ce n'étaient pas des déesses mais des femmes moins poétiques qu'aucune autre, que leur vie n'avait ni délices ni mystère, qu'il n'y avait rien là d'autre qu'ailleurs, que cette vie délicieuse à laquelle j'imaginais qu'ils participaient n'existait pas, qu'ils venaient là comme moi ou d'autres, moins intelligents seulement et s'ennuyant davantage, pour voir un nouveau spectacle, pour passer le temps, et qu'après avoir dit : « C'est joli cette pièce » et avoir parlé des toilettes des femmes en les trouvant jolies et non mystérieuses, ils se retiraient parce qu'ils étaient fatigués, sans que la vie mystérieuse eût commencé sans qu'elle dût jamais commencer, pareille toujours à ce que j'avais aperçu. De la baignoire je pouvais distinguer la salle tendue comme une immense tapisserie humaine cintrée vers le spectacle. C'étaient les mêmes personnages qu'autrefois ou presque. Mais leur âme affaiblie semblait plus loin derrière leur apparence plus éloignée, déjà se retirant plus faible, ayant bien de la peine à tenir ensemble ces traits qui disaient leur nom. Mme de Chemisey n'était plus là, elle était morte sans connaître la princesse de Beauvoir qui elle était dans la loge voisine pouvant à peine soutenir son diadème, écrasée, tenant son éventail et regardant la scène. Tous ces personnages faisaient toujours les mêmes gestes, mais l'usure de la matière changeait l'expression, comme ces figures de tapisserie ou la détente d'un fil fait que le visage en souriant toujours a l'air de pleurer. Cet immense panorama cintré autour de moi c'était de la génération qui finissait et qui accomplissant toujours ces petites occupations, ne se rendait pas plus compte du voyage qu'<elle>[a] accomplissait par rapport à l'immuable temps, de même que nous nous rendons compte du mouvement de notre victoria ou de notre auto mais <non> du mouvement que pendant ce temps-là la terre sur laquelle nous sommes accomplit autour du soleil. Et pourtant toute cette tapisserie avait pris quelque chose à la fois de lointain, de crépusculaire, de grêle, et aussi de grave, de tremblant, d'à demi enfui déjà, de tendu pour un effort difficile. Je ne savais pas qui était un homme à moustaches blanches, à air grave et sombre dans la loge de la princesse de B. Il était assis derrière elle obliquement, regardant la salle. Pour saluer une personne voisine, il se leva à demi, en un gracieux salut précis. Je reconnus alors le jeune Saint-Preux si gracieux, si fleuri, si poupin. À la sortie toutes ces personnes qui avaient l'air d'aller à quelque plaisir, avaient toutes l'air de s'enfuir, de vite rentrer dans leurs ténèbres. La duchesse de *** passa, sombre, lasse, abandonnant sa main aux mains tendues et s'enfuit le buste cambré vers sa voiture, *[3 mots illisibles]*, entre ses hauts valets de pied (Porgès[1]). Dites-moi, demandais-je à Mme de Guermantes, vous ne pouvez vous rappeler un soir que vous étiez ici. Mais enfin quand vous entriez dans la loge avec cet air assuré et que vous donniez la main avec un regard, attendez, regardez un peu plus sévèrement, voilà comme cela, ah ! non mais si vous riez ce n'est plus cela au duc de Vauban, qu'est-ce que cela voulait dire, ce qu'il y avait dans votre âme à ce moment-là, et que j'aurais

a. Dans ms., Proust écrit qu'il accomplissait . *Nous rétablissons.*

1. Sur ce nom, voir la *Correspondance*, éd. citée, t. VI, n. 3, p. 205.

voulu capter, aimer. Qu'était-ce, à quoi pensiez-vous à ce moment-là ? Elle se mit à rire. « Ah ! ne riez pas ! » « Que dit-il ? dit avec curiosité la princesse de Guermantes qui s'ennuyant partout, croyant comme elle ne me connaissait guère que j'étais peut-être un ennuyeux, quelqu'un d'intelligent. » « Il me fait rire, il me dit des choses stupides et il me défend de rire en même temps. » Il faut que je lui dise à quoi je pensais un soir où l'on jouait P il y a dix ans en disant bonjour à Valbon et à quoi je pensais quand j'avais l'air sérieux, est-ce que je peux me rappeler. » « Moi je vais vous le dire dit la princesse de Guermantes[1], elle avait l'air ennuyé parce que cela l'assommait de passer une soirée avec Valbon. C'était un beau parleur et un homme d'un certain mérite mais l'homme le plus ennuyeux que nous ayons jamais connu avec ses phrases et ses calembours. » « Oh c'était certainement ça. Jamais personne ne m'a tant ennuyée que ce pontife grivois dit la duchesse. Je la regardais désolé en voyant que sous cette apparence mystérieuse que j'aimais se cachaient les mêmes sentiments communs à tout le monde, les plus banales idées. Alors vous croyez que la duchesse se plaît mieux avec moi qu'avec d'Albon[2] dis-je à la princesse de Guermantes. » « Écoutez vous êtes un jeune serin de poser une question pareille interrompit Mme de Guermantes. Je vous dis que je tenais Albon tout ce qu'il y a de plus ennuyeux et vous vous voyez bien que je vous trouve... Demandez à Gisèle[a] ce que nous disions hier ? » La princesse répéta un propos qui m'eût touché quoique je sentisse bien que ce que j'avais de moins mauvais en moi resterait inconnu et incompréhensible à ces deux dames. « Je n'en demande pas tant, dis-je. Mais enfin revenons à d'Albon, car je suis ramené au souvenir de cette soirée où je vous vis lui dire bonjour ; est-ce que vraiment vous auriez sacrifié une soirée que vous deviez passer avec lui pour la passer avec moi. » « Mais cela lui est arrivé souvent me dit la princesse. Plus d'une fois je l'invitai avec d'Albon et elle refusa pensant que vous viendriez peut-être ce soir-là. » « En quoi je me leurrais, homme inconstant dit la duchesse. » Certes l'opinion qu'avait de moi la duchesse de Guermantes était à la fois exagérée et fausse. Mais je me disais qu'on peut réunir la plus haute noblesse, la plus grande richesse, la plus grande beauté, avoir tous les avantages qui semblent vous mettre au-dessus de tout le monde, sur le fait que vous êtes un être pensant il y a quelque chose qui est au-dessus de tous les autres et qui vous fait faire bon marché d'eux, c'est une idée, une opinion, une croyance, en l'intérêt ou la valeur de quelqu'un ou de quelque chose. Et c'est peut-être pour cela hélas ! que tous les avantages qu'on cherche à avoir pour plaire à une femme qu'on aime, sont immédiatement réduits à rien, par l'idée que vous lui inculquez en même temps, qu'elle est supérieure à eux. Je regardais la princesse de Guermantes qui écoutait la pièce et ne trouvant pas grand chose à dire aux autres, M. de Berneux qui s'était fait beau pour venir et fatigué ne tarderait pas à aller se coucher, tous qui s'amusaient si peu qu'un mot insignifiant dit par M. de Tretor les faisait tous rire et je compris que ce que j'avais pris pour les dehors, les coulisses, les portants de la vie

a. demandez à [la princesse *biffé*] Gisèle *ms. Ce prénom serait donc, dans ce passage, celui de la princesse.*

1. Il semble que le narrateur s'adresse ici à la duchesse, non à la princesse, sa cousine. Voir n. 2 en bas de la page 1430.

2. S'agit-il du personnage mentionné plus haut sous le nom de Vauban ?

mystérieuse que ces gens devaient avoir et qu'on ne me laissait pas voir, ce léger masque, cette chose au-dessous d'eux où ils condescendaient devant moi, c'était au contraire cela leur vie, ce qu'eux-mêmes considéraient comme leurs vies, leurs occupations, leurs plaisirs, leurs buts, non pas comme un masque d'incognito dédaigné, mais comme ce vers quoi ils tendaient, ce à quoi ils se sentaient inférieurs, par quoi ils remplissaient leur temps sans se dire que le lendemain ils feraient mieux, que c'était leur but, qu'il n'y avait pas de secret de plus à apprendre, pas d'arrière-plan. Ces bons mots de la princesse de Guermantes, c'était tout ce qu'elle avait, tout ce qu'elle trouvait à dire, elle avait mis cette belle robe pour dîner au restaurant où elle n'avait pas dit davantage et vers dix heures on s'était dit « si on allait au théâtre » et là on ne disait pas plus ; au bout d'une heure on s'en irait et cela n'aurait pas été une heure en dehors de leur vie consacrée à quelque chose qui ne faisait pas partie de leur vie, c'était toujours comme cela. M. de Bernin qui avait mis son monocle au lieu de son pince-nez dans l'intimité et qui faisait quelques réflexions médiocres. « C'est bien représenté, la troupe est assez bonne, les fauteuils sont un peu durs », ne tuait pas le temps ainsi en attendant d'être en scène pour sa vraie vie, c'était cela [sa vraie vie], il commençait même à avoir sommeil et allait bientôt aller dormir pour pouvoir recommencer le lendemain. Heureusement la réflexion des fauteuils durs le conduisit à dire qu'il faudrait dire à Valois (qui connaissait beaucoup les directeurs, les artistes organisant les fêtes théâtrales du monde) de faire changer les fauteuils, le passé de Valois qu'ils connaissaient tous les amusa extrêmement si bien que Mme de Terriane eut le fou rire se cacha derrière son éventail et dut aller au fond de la loge pour ne pas faire scandale. « Oh ! oui il faudra dire cela à Valois, il sera fou, son cher théâtre, je penserai à en parler demain à Lucie. Je dirai que nous étions tous très mal assis. Dans l'entracte on ne savait que dire, on se passa des bonbons. La princesse de Guermantes fit quelques réflexions sur la pièce. Comme elle avait une réputation de femme intelligente et que dans le milieu Guermantes la nouveauté était de dire qu'elle était stupide, Mme de Guermantes qui du reste trouvait que toute chose dite sérieusement, tout grand mot était bête, me regarda du coin de l'œil. Ce fut un commencement pour elle et le lendemain elle raconta la soirée dont je vis que non seulement c'était une vraie soirée de leur vie mais une des meilleures. « Vous ne pouvez vous imaginer ce que nous nous sommes amusés. Floriane[1] a voulu lui faire de grandes phrases sur la pièce, je voyais qu'il ne pouvait pas tenir son sérieux. Il faudra recommencer, on la fera partir en guerre sur de grands sujets. » Pendant cet entracte j'avais eu l'impression que tous s'étaient penchés vers moi comme si, moi qui me croyais indigne d'accéder aux mystères de leur vie, je contenais peut-être en moi quelque mystère que je pusse leur révéler. Mais à tout ce qu'ils me demandaient, dans le sentiment qu'ils ne comprendraient pas un mot si je répondais sérieusement, et ne comprenant même pas leurs questions, je m'étais senti paralysé comme à un examen sur des choses qu'on ne connaît pas et j'étais honteux des bêtises que j'avais dites, au milieu de trois ou quatre choses un peu moins

1. Si, comme le suggère le contexte, c'est la duchesse qui parle, Floriane serait le prénom de la princesse, ce qui paraît contredire un passage précédent (voir var. *a*, p. 1430).

sottes. Mais celles-là avaient passé inaperçues ou paru prétentieuses, tandis qu'on citait avec admiration certains mots idiots que j'avais dits, du moins on l'assurait car je ne pouvais pas me figurer avoir formulé ainsi des choses dépourvues de signification. Je cessai d'ailleurs de protester, car on disait que c'était de la modestie, chacun admirait ces mots, une vieille dame se les fit répéter deux fois pour se les rappeler, le marquis de P sur la porte me dit : « Rappelez-moi donc ce que vous avez dit de si joli, comment était-ce ? » parce qu'il ne voulait pas avoir l'air devant les autres de ne pas en rire, deux duchesses qui me connaissaient à peine m'invitèrent à dîner en me disant : « Nous adorons les gens d'esprit et surtout les historiettes d'autrefois, les recueils de mots », enfin je sus qu'on en parla longtemps dans plusieurs de ces dîners, de ces *[un blanc]* dont j'essayais d'imaginer l'inaccessible mystère, et qui avaient eu pour régal vers lequel ils s'étaient haussés avec ferveur un mot stupide que je n'avais même probablement pas dit[a].

Page 878.

a. Une note précède dans ms. cette ébauche : Avant je reposai le livre, mettre le morceau sur Ruskin que je mets au verso suivant. *Il s'agit du f° 40 v°, où on lit :* Je reconnus le Ruskin que j'avais donné à la princesse . *Reprenant deux ans plus tard le « Bal de têtes » esquissé dans le Cahier 51 — que nous transcrivons dans la première partie de cette Esquisse —, Proust raccorde donc ici sa nouvelle version à la fin de « L'Adoration perpétuelle » rédigée entre temps dans le Cahier 57 (Esquisse XXIV.2, p. 832). L'allusion au livre de Ruskin est toutefois curieuse, puisque c'est toujours bien du livre de Bergotte qu'il s'agit.* ↔ *b.* risquer [cette chose incongrue *biffé*] que *ms.* ↔ *c. En marge de ms., Proust a noté :* Je ne sais pour qui ni si ce sera dans ce chapitre... *Voir la suite de cette note — qui est peut-être contemporaine du texte — dans la section consacrée aux additions au « Bal de têtes », Esquisse LXVIII, p. 973* ↔ *d.* C'est bien [Sainte Marie des L. *biffé*] le Comte de Froidevaux *ms. En regard de cette ligne, en marge, Proust note dans ms. :* Dans les visages changés, dans les yeux éteints et cernés, on dirait que la vie a baissé.

1. Voir en particulier p. 891.
2. Tout le début de cette description de la Matinée reprend l'ébauche du Cahier 7 (1908) déjà mentionnée aux notes 1 et 2, p. 874. Voir p. 499.
3. Voir n. 3, p. 874.

a. En marge du folio 56 r° de ms. apparaît cette rédaction inachevée, dont Proust n'indique pas le point d'articulation : Le prix extraordinaire des toilettes, l'importance attachée à ce que les hommes fussent en habit, les femmes très habillées, la loi inexorable de ne pas manquer à moins d'être malade, intransportable, rendait plus frappant ce à quoi aboutissaient ces dépenses folles, ce risque de santé, cette obligation qu'on se faisait, c'est-à-dire à ne savoir que se dire, à rire indéfiniment d'un mot bête et en partant à se remercier de l'excellente soirée. Il est vrai

Page 879.

a. cela lui donne [quinze *biffé*] [dix *corr.*] ans *ms.* ◆◆ *b.* me paraissent [éteints *biffé*] [moins vifs *corr.*] et *ms.* ◆◆ *c. Ce paragraphe est une reprise marginale au folio 42 r° de ms., se poursuivant au folio 41 v°, qui vient se substituer à deux rédactions successives, au fil du texte, l'une et l'autre biffées. Voici la première de ces rédactions :* Je comprends que c'est lui qui a travaillé aussi dans le Palais de Conte de fées mêlant comme dans les vitraux de Saint-Hilaire des fils de soie dans la barbe et les cheveux de ces hommes et de ces femmes, qui étincellent comme les vitraux de Saint-Hilaire du brillant de leur cascade en une blancheur surnaturelle et [précieuse *biffé*] poétique, et passant ses poudres [argentées *biffé*] grises et noires dans la barbe et contre les sourcils de M. de Bernot et du petit Chemisey qui ont l'air d'avoir rapporté des couleurs nouvelles d'une chevauchée dans l'Invisible. Mais à Combray il avait œuvré avant ma naissance. Tandis que tous ces personnages s'il les a tissés de métal et rendus vagues comme des personnages de tapisserie, c'est pendant que [je vivais *biffé*] j'existais et c'est comme s'il <avait> usé de ma jeunesse et de ma vie pour les peindre, comme si c'était à mes dépens et dans mes forces qu'il était venu prendre ses poudres et sa navette, sa conscience aussi car il a dégagé du corps des enfants que j'ai connus la stature de leurs parents. Une grosse dame à cheveux gris vient à moi. Elle ressemble à Mme de Forcheville. *Nous donnons à présent la seconde rédaction biffée, qui suit la première :* le Temps, [et qui a mêlé de fils d'argent la trame usée non plus de personnages de vitrail ou de tapisserie mais l'univers *biffé*] de personnages vivants qui eux aussi laissent paraître leur usure et leurs yeux estompés comme des personnages des tapisseries de Saint-Hilaire. C'est lui qui a gonflé de ses soies rehaussées d'argent la chevelure de M. Froidevaux, opalisé de ses poudres de <talc *?*> la barbe de M. de *[un blanc]*, assombri de ce crayonnage le coin des yeux et de la bouche du petit Chemisey, fait flotter sur la figure de M. du *[un blanc]* ce bleu de clair de lune. Je reconnais le travail de l'enchanteur. Car c'est un travail magique et ces couleurs qui les irisent, même le petit Chemisey, même M. de Froidevaux semblent les rapporter à l'égal des personnages sculptés au portail de Saint-Hilaire, d'une chevauchée dans l'invisible. ◆◆ *d. Ms. donne en fait* sorties *; nous corrigeons.*

1. Voir, p. 499, le portrait du petit Fezensac.
2. Voir, au tome I de la présente édition, l'Esquisse XXVIII de *Du côté de chez Swann*, p. 739.

Page 880.

a. roses. [Par contre la grande barbe blonde du jeune néophyte protestant à visage rose, puceau aux yeux noirs, inspirés et allègres, avait été remplacée d'un seul coup par une grande barbe blanche. Son visage n'en paraissait que plus rose, ses yeux que plus vifs, ses yeux que plus inspirés et plus noirs comme une branche au milieu de la neige ; je me le rappelais jeune apôtre et je le voyais dressé devant moi au milieu des gentils comme un prophète *add. biffée*] / Et *ms.* ◆◆ *b. Proust semble avoir écrit* s'était entièrement résorbée. *Nous rétablissons.*

Page 881.

a. Mme [de Forcheville *biffé*] Swann *ms.* ◆◆ *b. Depuis* Certaines *[15 lignes plus haut] jusqu'à ce mot, l'extrême confusion du manuscrit rend notre reconstitution largement conjecturale.*

1. Voir p. 558.

2. À cette étape de la rédaction, Gilberte a épousé Montargis, futur Saint-Loup.

3. Voir p. 524.

Page 882.

a. ajouta-t-elle [Peut-être les gens du monde s'imaginent-ils les autres si en dehors de l'humanité qu'ils sont émerveillés de trouver en eux quelque lueur d'intelligence comme dans un animal *biffé*] Et *ms.*

1. Sur ce thème de la « fixité du souvenir », voir p. 565.

2. La tante (en réalité la sœur de la grand-mère) est celle que le héros accompagnait à la Matinée dans la version de « L'Adoration perpétuelle » du Cahier 58. Voir l'Esquisse XXIV.1, p. 799.

Page 883.

a. dont je reconnus le [fier et beau *biffé*] visage régulier *ms.* ◆◆ *b. Dans ms. Proust n'a mis ni point ni virgule après* entrer. *Nous rétablissons.* ◆◆ *c. Nous rétablissons* C'était *rayé par Proust dans ms.* ◆◆ *d.* qui [l'épiait *biffé*] la fixait *ms.*

1. Dans le texte final (p. 566) c'est à Gilberte que le narrateur exprime ce désir.

2. Il semble que cette phrase soit la continuation du dialogue avec Mme de Chemisey — future Mme de Cambremer — dont Proust note plus bas la parenté d'esprit avec Legrandin.

Page 884.

a. En face de ce passage, on trouve cette note marginale : Quand je serai chez Mme de Chemisey elle me dira avec admiration de Mme de Guerman<tes> : elle est amie de Mme de Montyon, n'est-ce pas ? (Puységur, Wagram etc. Clermont Tonnerre, Forceville.) ◆◆ *b. Suivent, dans ms. quatre lignes rayées, où l'on distingue sous les ratures :* me désespérant de voir combien ma grand-mère avait vu clair *, ainsi que cette note en marge :* Mettre cela à ce moment-là : quel triste triomphe j'avais remporté sur cela (suit volonté). ◆◆ *c. En marge apparaît, dans ms., cette note, qui annonce le thème du paragraphe suivant :* Mêler cela à ce que je dis des remous du monde chic différent de celui des Guermantes.

Page 885.

a. entendant Mme [de Montyon *biffé*] de Souvré [— celle que j'avais vu autrefois ouvrir tout grands ses calices à toute graine transportée par les souffles propices *biffé*] dire *ms.* ◆◆ *b.* Quand je parle *[8 lignes plus haut]* de Bloch [...] mouvement de hausse *add. ms. Proust indique par une croix dans le texte l'insertion de cet ajout marginal. L'écriture suggère qu'il est postérieur à la rédaction du texte principal.* ⁂ *c. de* cohérent *à* rien *[p. 886, avant-dernière ligne du 1*er *§], le texte est barré d'une croix. C'est à cet endroit que s'insère la plus longue paperole des cahiers de brouillons, compostée f° 56. Elle compte trois paragraphes que l'on retrouvera plus loin, dans la section consacrée aux additions au « Bal de têtes » (Esquisse LXIII, p. 951-952 ; LXIV, p. 953-954 ; LXVIII, p. 973, 2*e *§).*

1. Voir p. 534.
2. Voir p. 530-531.
3. Voir p. 535.

Page 886.

a. Un [peintre *biffé*] [ministre *biffé*] [homme du monde *biffé*] artiste *ms.*

1. Voir p. 536.
2. Voir p. 535.

Page 887.

a. passé. [Sans doute à tel moment de sa durée le nom de Guermantes en tant qu'assemblage de tous les noms qu'il admettait était comme ces corbeilles de fleurs, ou comme ces armées qu'on renouvelle par le cinquième et qui présentent au milieu de spécimens anciens dans toute leur beauté de jeunes pousses qui n'arriveront à maturité que quand les autres trop sèches seront à leur tour remplacées, mais qui se confondent dans l'ensemble excepté pour ceux qui ne les ont pas encore vues, et qui gardent le souvenir des tiges plus hautes qu'ils remplacent. *biffé*] / Et *ms.* ⁂ *b. Les mots* duc de *sont en bout de ligne dans ms. ; Proust n'a pas indiqué son nom.* ⁂ *c.* de pierres [fausses *biffé*] invisibles mêlées aux [pierres *biffé*] rares [au voisinage *biffé*] à l'armature de qui *ms.* ⁂ *d.* porter. [Ma grand-mère *biffé*] Bloch *ms.* ⁂ *e.* allait [tout à l'heure en défendant si heureusement notre ami malheureux *biffé*], en *ms.*

1. La répétition (voir lignes 2-3) indique que Proust reprend le paragraphe précédent.

Page 888.

a. Suivent deux ébauches : Et elle me [conseillait *biffé*] *et* je songeais combien ; *un ajout marginal procure ce texte inachevé :* ou comme un accident de terrain, château ou colline qui lui apparaissait tantôt à sa droite tantôt à sa gauche, tantôt vu comme dans un creux *[un mot illisible]* au voyageur dans diverses orientations et altitudes de la route qu'il suit, puis apparaît au-dessus d'une forêt, et un instant après émerge d'un fond.

1. Voir p. 549.

Page 889.

a. La phrase est reprise en marge de ms. : Le sourire dans l'ombre d'un homme qui me faisait peur dans son jardin, c'est-il celui de Swann chez qui dans son jardin j'aurais été à Combray tout petit avant qu'il fût marié ?

1. Voir p. 549.

2. Voir, au tome I de la présente édition, *Du côté de chez Swann*, p. 140.

3. Voir *ibid.*, p. 99.

Page 890.

a. le récit [et auxquels *biffé*] [forgés par la conjonction *corr.*] des personnages *ms. Nous rétablissons les deux mots biffés, la correction interlinéaire ne s'intégrant pas dans le reste de la phrase.*

1. Voir, au tome I de la présente édition, *Du côté de chez Swann*, p. 22-23 et 405-409 ; au tome II, *Le Côté de Guermantes II*, p. 870-884 ; au tome III, *Sodome et Gomorrhe II*, p. 88, 98-112.

2. Voir, au tome I, *Du côté de chez Swann*, p. 98-99 ; au tome III, *Sodome et Gomorrhe II*, p. 111, 136-137 ; *Albertine disparue*, p. 165-172.

3. Ces nouvelles références à Mme Swann renvoient à *Du côté de chez Swann*, t. I de la présente édition, p. 74-79, 140-141 et 417-420.

4. Rappel de la rencontre de Saint-Loup à Balbec dans *À l'ombre des jeunes filles en fleurs*, t. II de la présente édition, p. 88 et suiv. Il pourrait s'agir aussi de M. de Charlus, Mme de Villeparisis étant la grand-tante de Saint-Loup. La fin du paragraphe est reprise dans le texte final, p. 550.

5. Dans les cahiers de brouillon, la sœur de Legrandin s'appelle Mme de Chemisey avant de devenir la jeune marquise de Cambremer.

6. C'est le futur Jupien.

7. Le « couple Montargis » désigne Gilberte et Robert de Saint-Loup ; le « couple Chemisey », Mlle d'Oloron, nièce de Jupien, et le petit Cambremer, fils de la sœur de Legrandin. Ces mariages sont annoncés au héros lorsqu'il ouvre sa correspondance dans le train qui le ramène de Venise (voir *Albertine disparue*, p. 234-255.)

Page 891.

a. Proust a écrit dans ms. sont dispersés *. Nous corrigeons.* ◆◆ *b. On trouve dans ms. un point après* Elstir ; *cependant, la phrase, manifestement, continue ; nous corrigeons.*

1. Voir, au tome I de la présente édition, l'Esquisse XLV de *Du côté de chez Swann*, p. 787, début du 2[d] §.

2. Voir p. 551.

3. Dans le texte final, c'est la bille d'agate que le héros donne à Albertine.

4. Voir *Du côté de chez Swann*, t. I de la présente édition, p. 37-43.

5. Voir p. 461-466.

Page 892.

a. Nous reproduisons ici l'ébauche d'une reprise étoffée du début de la phrase, qui, restée inachevée, est rédigée en marge de celle-ci, au folio 66 r° de ms. : Et quand je remontais dans ma mémoire, sans même parler d'une image plus ancienne que toutes les autres que j'avais de certains êtres mais dont je n'étais plus certain, par exemple de Swann avant son mariage etc., — comme les ruisseaux — sans remonter jusqu'à cette nuit où je ne pouvais rien distinguer avec certitude, je retrouvais une première image, la plus ancienne de celles que je me rappelais clairement comme Mlle ◆◆ *b.* oncle. [Heureux passé que celui qui préludait par tant de rêves à des relations si banales. *[Suivent deux lignes en blanc]* Pour Mme de Guermantes. *[Un blanc.]* / Débuts presque fabuleux, chère mythologie de relations devenues si banales. Mme de Guermantes n'était-elle pas devenue pour moi une femme comme toutes les autres, découpée, plus gracieusement peut-être, dans la même argile, ses joues, son nez n'appartenant à aucune personnalité à part etc. Pourtant quand j'étais resté loin d'elle comme cela venait de m'arriver dans mon imagination elle reprenait son charme ancien. *[Suit une ligne de blanc.]* / Cette première image était-elle bien la première du reste ? Pour certains êtres il me semblait en connaître une plus ancienne encore (Swann avant son mariage, ruisseaux). *biffé*] Me *ms.* ◆◆ *c. Une note marginale, dans ms., suggère que Proust hésite à placer ce développement à cet endroit :* il vaudrait mieux mettre tout cela après apparence dans la réalité (ou avant). Heureux passé où je mettais dans ma peine étouffée et douce des commencements fabuleux, Mme de Souvré et les commencements amoureux. Ceci doit être récrit et étoffé et nourri.

1. Nom primitif de Tansonville avant de devenir celui de la propriété des Cambremer, près de Balbec. Voir *Du côté de chez Swann*, t. I de la présente édition, p. 141.

2. Voir n. 5, p. 890.

3. Voir *Du côté de chez Swann*, t. I de la présente édition, p. 129-131.

4. Voir *Le Côté de Guermantes I*, t. II de la présente édition, p. 352-369.

5. Seule la première de ces rencontres subsiste dans *À la recherche du temps perdu*. Voir *Sodome et Gomorrhe II*, t. III de la présente édition, p. 227.

6. Cette note renvoie probablement à l'addition marginale que nous transcrivons dans la variante *a*.

Page 893.

a. Malgré l'alinéa, on peut conjecturer que cette comparaison était destinée à conclure la phrase précédente. ◆◆ *b.* essence, [l'âme d'un nom regardant par les yeux de la duchesse de Guermantes, craignant d'être froissée dans les plis de sa robe et s'élevant dans son cou, donnant à ses regards, à son maintien, à sa toilette une singularité et une fierté délicieuses, et exerçant sur tous les milieux étrangers où elle était plongée *biffé*] l'âme *ms.* ◆◆ *c. Une ébauche différente de la fin de cette phrase, restée inachevée, se trouve au folio 67 v° de ms., en regard de ce passage :* réaction qui changeait la nature des personnes chez qui elle allait, et dont l'effervescence faisait des limites de sa mondanité ducale, de la frange extrême de son regard, du liséré le plus extérieur de ses intonations, de la chute de sa jupe, d'une sorte de lustre, de vernis à la fois insolent et brillant comme l'humidité d'une Vénus à peine émergée des îlots du faubourg Saint-Germain et qui correspondait avec ◆◆ *d. Proust avait d'abord écrit dans ms.* d'un passé brillant comme la *Nous rétablissons la construction demandée par l'adjonction de* aussi *, que Proust n'a pas modifiée.*

1. Voir p. 552.

2. Reprise du passage de la page 892, 16ᵉ ligne en bas de page.

Page 894.

a. à elle ! [Je n'avais jamais osé atteindre cela *biffé*] Et *ms.* ◆◆ *b.* entrer. / [Sans doute dans les circonstances particulières résultant du jeu naturel des hasards de la vie qui avait mis sur mon chemin ces mêmes personnalités *biffé*] / Sans *ms.*

1. La fin de ce paragraphe et le suivant reprennent l'épisode, abandonné dans le texte final, de « Maria la Hollandaise ». Amsterdam restera pourtant un des lieux où le héros imagine les « débauches d'Albertine » (voir *La Prisonnière*, t. III de la présente édition, p. 887, et *Albertine disparue*, p. 15). Hors de ce contexte « gomorrhéen » qui n'apparaît pas dans l'épisode de la jeune hollandaise, des fragments des Cahiers 55 et 53 confirment la liaison de l'ancienne héroïne et du personnage d'Albertine : « Quand je pense qu'Albertine vint habiter à Paris, qu'elle renonça à l'idée d'aller à Amsterdam, disant qu'elle se trouvait bien mieux à la maison... » (Cahier 53, fº 12 rº).

2. Henri Bonnet a identifié ces portraits (voir le *Bulletin de la Société des amis de Marcel Proust*, nº 28, 1978, p. 610) ; il s'agirait des portraits de Marten Soolmans et de sa femme Oopjen Coppit, provenant de l'hôtel Van Loon à Amsterdam et que Proust avait probablement vus à Paris. Voir p. 896 et var. *a*.

3. C'est une graphie proustienne pour l'Herengracht (« canal des Seigneurs »), l'un des canaux en arc de cercle de la vieille ville, bordé de maisons à briques rouges à pignons.

4. Voir p. 553.

Page 895.

a. connaître [Mlle de Quimperlé, *add.*] Madame Putbus *ms.* ◆◆ *b.* rose [les cheveux blonds de Mme de Guermantes *biffé*] quand *ms.*

1. Voir *À l'ombre des jeunes filles en fleurs*, t. II de la présente édition, p. 46.

2. Sur l'amabilité de Saint-Loup dès les premiers jours de sa rencontre avec le narrateur, voir t. II de la présente édition, p. 91-95.

3. *Ibid.*, p. 110-112.

4. Voir *Le Côté des Guermantes I*, t. II de la présente édition, p. 332-333.

5. Voir l'Esquisse XXIV, p. 799. Cet épisode n'est pas conservé dans le texte final.

6. Cette récapitulation des rapports du héros et des Guermantes a été reprise dans le texte final, p. 553.

7. Gilberte Swann, épouse de Montargis, futur Saint-Loup.

Page 896.

a. Depuis le début du §, le texte que nous transcrivons est une reprise rédigée dans ms. sur le verso en regard du premier jet non biffé, que voici : Mais pour d'autres êtres le passé dans mes relations avec eux était gonflé de rêves plus ardents, formés sans espoir où s'épanouissait si richement ma vie d'alors dédiée à eux tout entière que je pouvais à peine comprendre comment leur exaucement était ce mince, étroit et terne ruban, d'une intimité indifférente et dédaignée où je ne pouvais plus rien retrouver de ce qu'avait leur mystère, leur fièvre et leur douceur[1]. Ces grands portraits de Rembrandt qui étaient en face de moi, cet homme en feutre, aux canons, à la canne (voir ce livre[2]) ♦♦ *b.* d'automne [au bord de l'Heerengracht dans la maison de son tuteur *biffé*], marchant *ms.* ♦♦ *c. Les points de suspensions, assez étendus dans ms. après* escalier *et* salle basse *semblent indiquer que Proust envisage d'ajouter une proposition après chacun de ces deux mots.* ♦♦ *d. Nous reproduisons ici une autre ébauche, rédigée dans la marge de ms. en regard de ce passage :* N'y avait-il pas eu une époque où le *[un mot illisible]* plus beau rêve de ma vie, auquel j'aurais sacrifié tout le reste de ma vie, non seulement dans sa médiocrité, mais eût-elle été pleine de faits singuliers, pour aller avec Maria. [Où à un de ces automnes quand Maria partait pour chez sa tante *biffé*] ♦♦ *e. Proust note en marge :* le rappeler. *Veut-il dire qu'il conviendra de rappeler la présence de ce tableau dans l'hôtel de la princesse de Guermantes ?* ♦♦ *f. Proust saute ensuite une ligne et commence une nouvelle rédaction du passage.* ♦♦ *g. Dans la marge de ms., cette note de Proust :* Placer en son temps à un de ses départs le départ de Françoise pour chez ses frères. ♦♦ *h.* invitât, [que tous deux, après avoir passé ensuite la nuit en chemin de fer *biffé*] et nous *ms.*

1. La phrase est incomplète ; voir var. *c.*

2. Voir n. 2, p. 894.

Page 897.

a. j'écrivais l'adresse [le nom *biffé*] sur mes [cahiers *biffé*] livres, chacune *ms.* ♦♦ *b.* ceux que [avant *biffé*] j'avais *ms.* ♦♦ *c.* à [l'esprit *biffé*] la peau irritée *ms.*

1. La description correspond bien au personnage que Proust nomme marquise de Villeparisis.

Page 898.

a. Au verso en regard, Proust a collé cette note : P.S. Il faudra que je soi<s> sorti par exception le jour pour aller à cette matinée, ce qui

1. La phrase qui s'achève ici est fidèlement reprise dans le texte final (voir p. 554).

2. Il s'agit vraisemblablement des *Maîtres d'autrefois* de Fromentin (Plon, 1877), où tout un chapitre est consacré aux « Rembrandt des galeries Six et Van Loon ». Voir en particulier p. 347-348. — Pour l'identification des tableaux qu'évoque Proust, voir n. 2, p. 894.

expliquera peut-être la *vivacité* de mes sensations et le retrouvage du *Temps.* Je pense au rayon de soleil sur le balcon. *Cette note se rapporte, du moins par sa première phrase, au début de « L'Adoration perpétuelle ».* ◆◆ *b.* se refermer sur moi *[8 lignes plus haut]* [et sur cette fille blonde qui y entrait, je pouvais la regarder et m'éloigner d'elle avec plus de calme en me disant qu'un jour ou l'autre la porte inconnue me serait devenue pareille à toutes les autres, aurait perdu son mystère et son charme, et cessant d'être fermée se serait ouverte toute grande devant moi *biffé*] [obligé de suivre mon chemin *[...]* ouverte toute grande devant moi *corr.*]. / Et *ms.* ◆◆ *c.* comme dans le petit jeu [...] des mètres *add. ms.* ◆◆ *d. On trouve dans ms. une reprise non aboutie de ce passage, reprise qu'il est impossible d'intégrer au texte :* au mariage de Montargis j'avais déjà vingt ans — année d'enfance à Combray quand sur le pont de la Vivette je m'apercevais de la différence des paroles prononcées avec l'impression éprouvée ou quand dans mes promenades sur le côté de Guermantes ou de Méséglise, je rapportais une image que j'essayais d'approfondir et cette soirée que je m'étais rappelée tout à l'heure où j'attendais

1. Voir p. 608.
2. Voir l'Esquisse XXIV.2, p. 826 et n. 3.
3. Voir l'Esquisse XXIV.2, p. 816 et n. 2.

Page 899.

a. avec [Maria *biffé*] [Gilberte *corr.*] aux Champs-Élysées *ms.* ◆◆ *b.* je rapportais [...] voir clair. *biffé ms. Nous rétablissons la proposition pour le sens de la phrase.*

1. Sans doute faut-il comprendre que Proust n'a pas la place de transcrire tout son développement sur le Temps, dont nous donnons ensuite deux fragments, d'ailleurs inachevés. La note de régie, rédigée en haut du folio 74 v° du manuscrit, où ces deux fragments figurent, se rapporte plus vraisemblablement au second ; en effet, c'est la fin de ce fragment, à partir de « une rêverie » (3 lignes avant la fin de l'avant-dernier paragraphe de la présente page), qui apparaît dans le Cahier 13, celui que Proust appelle « cahier jaune glissant ».
2. Voir p. 623.

Page 900.

a. Cette phrase et la suivante, jusqu'à cette soirée de *[9 lignes], sont en addition marginale dans ms.* ◆◆ *b.* tout ce passé *Nous conservons pour le sens de la phrase ces trois mots, rayés dans ms.* ◆◆ *c.* tout d'un coup tombaient [s'écroulaient *biffé*], je m'effrayais *ms.*

1. Voir p. 624.
2. Voir p. 625. Rappelons que l'image des échasses apparaît dans la première ébauche du « Bal de têtes » (voir la première partie de la présente Esquisse, p. 877).

Esquisse XLII

Cahier 11, ff^{os} 1 r° à 4 r° (second semestre de 1911). Suite de l'Esquisse précédente.

Page 901.

a. cette conscience même [qui *biffé*] [quand *biffé*] [où *corr.*] elle *ms. Nous rétablissons un* quand *nécessaire à la syntaxe.* ♦♦ *b.* du volume à peu près d'une [orange *biffé*] [amande *biffé*] banane *ms.* ♦♦ *c.* cheveux [me représentant les hommes semblables à des échassiers *biffé*] [comme montés *biffé*] — et l'habitude *ms.* ♦♦ *d.* Or, mort de [l'intelligence *biffé*] l'esprit *ms.*

1. Voir n. 2, p. 900.

2. Allusion probable à Néhémie. Voir n. 1, p. 838. On notera toutefois que Proust fait erreur en attribuant à Néhémie la qualité de prophète. C'est plutôt Jérémie qu'on pourrait appeler « prophète de Jérusalem ».

3. Reprise de la dernière phrase de l'ébauche de 1909, que nous transcrivons dans la première partie de cette Esquisse (voir p. 877).

Page 902.

a. de ces cimes [sur les hauteurs périlleuses *biffé*] perfides *ms.* ♦♦ *b.* n'en plus accorder [à l'intelligence *biffé*] au raisonnement *ms.*

1. Allusion à « Violante ou la mondanité », l'un des récits recueillis dans *Les Plaisirs et les Jours* (1896). Voir *Jean Santeuil*, Bibl. de la Pléiade, p. 29-37.

Page 903.

a. en repos. / [Pour éviter de parler à tant de gens je m'étais mis à l'écart près de la fenêtre, en faisant semblant de regarder quelque chose *biffé*] Évitant *ms.*

1. Gilberte, épouse de Saint-Loup.

2. Robert de Saint-Loup est appelé Charles de Montargis dans les cahiers de brouillons.

Esquisse XLIII

Cahier 57, ff^{os} 34 r° et 33 v°, 52 v°, 49 v° et 50 r°, 43 r°.

La composition des Esquisses XLIII à LXI se modèle sur les principes adoptés pour les additions à « L'Adoration perpétuelle ». Nous y présentons les ajouts qui sont venus gonfler les ébauches primitives du « Bal de têtes », dans l'ordre où on en décèle les traces dans le texte final. L'essentiel de ces ajouts, intégrés au manuscrit de façon plus ou moins fragmentaire, provient des « notes » du Cahier 57 et du Cahier 74 (Babouche). Nous ne tenons pas compte des pages de ce dernier Cahier incorporées au manuscrit lui-même sous forme de paperoles. Les additions destinées au « Bal de têtes » qui figurent dans les quatre derniers cahiers de notes (59 à 62) n'ont pas été retenues ici, puisqu'elles sont postérieures à la rédaction du manuscrit. Exceptionnellement, nous avons fait figurer en notes quelques fragments de ces derniers cahiers lorsqu'ils offraient des similitudes évidentes avec les additions des Cahiers 57 et 74. Les additions au « Bal de têtes » se présentent d'abord sous la forme de compléments et d'expansions. Ils précisent, en de nouvelles formules, le caractère de cette fête, reprennent et multiplient les portraits des invités, mettant en relief la diversité, tant physique que morale, des effets du Temps sur les individus. Plusieurs fragments sont consacrés au héros-narrateur. Confronté à sa propre vieillesse, soumis à la loi commune, il est porteur d'une œuvre qui l'oriente vers l'avenir et dépositaire d'une mémoire qui contraste avec l'oubli général, les erreurs, les déformations que trahissent les propos des autres invités. C'est alors que se développe la grande méditation rétrospective qui, entre les personnages d'aujourd'hui et ceux d'autrefois fait apparaître le travail du Temps comme acteur du grand cycle romanesque. D'autres additions concernent la généalogie des Verdurin, amorcent l'épisode concernant Rachel et la Berma, ou étoffent et nuancent à la fois les mouvements du kaléidoscope social et politique. C'est enfin dans ces additions que paraissent les célèbres définitions du roman, les réflexions sur la nécessité de la solitude, la résolution d'entreprendre la création du livre au moment même où se profile le spectre de la mort, conclusion qui manquait jusqu'alors au « Bal de têtes ».

3. Philippe Crozier était le chef du protocole du président Félix Faure. Il est évoqué par Albert Flament dans *Le Bal du pré Catelan* (Paris, Fayard, 1946).

4. *Briséis*, drame lyrique inachevé d'Emmanuel Chabrier (1841-1894), fut représenté pour la première fois le 8 mai 1899.

5. Voir p. 499.

Page 904.

a. Depuis une fête , la fin de la phrase, soulignée par Proust, se trouve au folio 33 v° de ms. Elle est précédée d'une note de régie : Je remets la formule excellente d'en face (à mettre pour le déguisement de la vieillesse) de peur qu'elle ne soit pas lisible traversant sur Crozier. *Proust a craint en effet que son premier jet, rédigé au folio 34 r°, et surimposé au passage retranscrit dans les premières lignes de l'Esquisse — d'où la formule* traversant sur Crozier[1] *— ne soit pas suffisamment clair. Mais en le recopiant, il y a introduit quelques variantes. C'est pourquoi nous incorporons ce texte à l'esquisse et donnons ci-dessous le premier jet, également souligné par Proust : car une fête vingt ans après est la plus réussie des fêtes travesties la seule où les personnes invitées sous un masque qu'elles ne peuvent enlever nous intriguent vrai<ment> tandis qu'hélas et plus que nous ne voudrions nous les intriguons nous<-mêmes>.* ◆◆ *b.* sera : [Car toute soirée fête mondaine où on va quand on

1. Voir p. 903, 1re ligne de la présente Esquisse.

a passé longtemps sans aller dans le monde devient une fête travestie *biffé*] Pour *ms.* ↔ *c. Les mots* l'univers d'un gâteux *sont en addition infralinéaire dans ms. Les points de suspension et l'espace laissé sur le manuscrit suggèrent toutefois l'ébauche d'une phrase interrompue après* costumé *. En outre, Proust a fait commencer sa parenthèse après* pourrai *, erreur que nous corrigeons.*

1. Voir p. 501-502.
2. Voir p. 500.
3. Il s'agit sans doute d'Arthur Baignères (1834-1913), auteur d'*Histoires modernes* (1863) et *Histoires anciennes* (1869).
4. Le baron Théodore de Berkheim (1865-vers 1930) est mentionné dans une lettre de Proust à Robert de Billy datée de septembre 1906 (voir la *Correspondance*, t. XII, p. 404).

Page 905.

a. les [morts *biffé*] défunts *ms.* ↔ *b.* Peut-être [les pers<onnes> *biffé 1*] [choses les gens qu'ils connaissaient *biffé 2*] avaient-ils continué *ms.*

1. Le peintre Jean-Marc Nattier (1685-1766).

Esquisse XLIV

Cahier 57, ffos 39 r°, 39 v°, 41 v°, 59 v°. Postérieur à 1914.

Page 906.

a. Cette note de régie est elle-même précédée de deux notes postérieures : Faire extrême attention que par extraordinaire il y a là 3 étages de papiers, celui qui est collé en double volet[1] est la fin de ce qui est au-dessus et n'a pas de rapport avec ce sur quoi il se rabat. *et* Ajouter Capitalissime issisime. À vous un de nos plus vieux amis (alors que je restais toujours un des nouveaux 1° par essence et 2° parce que je ne me sentais pas vieillir ajouter : Au fond c'est une chance que vous ne vous soyez pas marié vous auriez pu avoir qui sait des fils tués à la guerre). ↔ *b.* eu *À partir de ce mot, et jusqu'à la fin du paragraphe, le texte est rédigé sur la paperole « collée en double volet » à laquelle Proust a fait allusion dans la note que nous transcrivons var. a.* ↔ *c.* que son père [puissant *add. interl.*] protégera *ms.* ↔ *d.* moins que cela *lecture conjecturale.*

1. Cette phrase apparaît dans le texte final (voir p. 505) ; voir aussi var. *a*, deuxième note, et, p. 908, fin du 1er §.
2. Voir p. 506.

Page 907.

a. Depuis il y a *[5e ligne de la page], le texte que nous donnons est barré en croix dans ms., ayant sans doute été déjà recopié.* ↔ *b.* des choses [...] l'amitié *add. ms.* ↔ *c.* un vague *lecture conjecturale*

1. Voir var. *b*.

1. Jacques Bizet (1871-1922) était le fils de Mme Straus et du compositeur Georges Bizet (1838-1875), son premier mari. Il entra en 1887 au lycée Condorcet où il fut le condisciple de Proust.

2. Voir p. 508. Dans le texte final, ce camarade deviendra Bloch.

Page 908.

a. Dans ms., ce mot est suivi d'un point d'interrogation, que nous supprimons. ⁂ *b.* termes. « [C'est *biffé*] Ce serait *ms.*

1. Ce dernier cahier est le Cahier XX, dernier cahier du manuscrit autographe du *Temps retrouvé*. Cette note doit avoir été rédigée vers 1919.

2. Voir p. 510.

3. Proust n'a pas directement repris les formulations de ce passage dans le texte final. Mais la situation d'exception où se trouve le narrateur, conscient de porter une œuvre en lui, s'y trouve abondamment décrite. Voir p. 510-511.

Page 909.

Esquisse XLV

XLV.1 : Cahier 57 ; ff^{os} 4 v°, 51 r°, 52 v° (1916-1917).
XLV.2 : Cahier 74, f° 113 r° (1918).

a. blanche. [Alors du fond de cet être nouveau dans lequel par une véritable métempsychose il s'était incarné, il était prisonnier, et comme si son moi cherchait à arriver jusqu'au mien, il me dit *biffé*] Alors *ms.* ⁂ *b. Une note de régie court en marge de ce texte dans ms. :* Ce morceau capital pourra être appliqué à quelqu'un d'autre que M. de Cambremer (Desjardins). D'autre part le mot masqué pourrait être réservé pour un autre. Et peut-être même je pourrais m'en tenir ici à métempsychose et c'est quand j'aurais énuméré tout le monde que je mettrais la comparaison avec Homère et je dirais : Toute cette foule se pressait autour de moi comme les morts de l'Odyssée venant dire à Ulysse leur nom et lui rappelant leur passé. (Vérifier dans l'Odyssée). *Voir n. 2.* ⁂ *c. Ce paragraphe a été abondamment utilisé pour la rédaction du manuscrit ; comme d'habitude en pareil cas, Proust l'a barré en croix.* ⁂ *d.* que je [complétais *biffé*] faisais rentrer *ms.*

1. Voir p. 511.

2. Allusion au chant XI de l'*Odyssée*. On notera que la référence à ce chant revient deux fois dans *Le Temps retrouvé* : voir p. 523 et 528.

3. Voir n. 1, p. 907.

4. Allusion à Suzanne Lemaire (vers 1866-1946), fille unique de Mme Lemaire. Proust entretint avec elle une longue correspondance. Sa première lettre à Mlle Lemaire remonte à septembre 1894. Il l'appelle aussi Suzy.

5. Voir p. 511-512.

Page 910.

a. C'est ainsi que [Cottard *biffé*] M. de Cambremer *ms.* ◆◆ *b.* En effet [après m'être étonné que le Temps eût tellement passé *biffé*] dans l'appréciation *ms.* ◆◆ *c. En face de notre texte, au folio 112 v°, on trouve dans ms. ce fragment, destiné sans doute à la même scène :* « Vous êtes étonnant me dit M. de Cambremer » et il ajouta : « Vous restez toujours jeune », expression si mélancolique puisqu'elle n'a de sens que si nous sommes, en fait, sinon d'apparence, devenus vieux.

1. Cette note renvoie aux folios 54 v° et 55 r° du Cahier 57 (voir l'Esquisse LXVII, premier fragment, p. 969-970).

2. Le fragment est repris dans le texte final, non à propos de M. de Cambremer, mais du jeune comte vu autrefois dans la baignoire de la duchesse à l'Opéra. Voir p. 517-518.

3. Raphaël de Ochoa, peintre de genre né en 1858, fut l'élève de Gérôme.

4. Voir p. 511.

Page 911.

Esquisse XLVI

Cahier 57, ffos 52 v°, 53 v°, 62 v°, 14 v°, 45-46 vos, 33 v° (1916-1917).

a. Lecture conjecturale. ◆◆ *b.* métamorphose [qui avait dû nécessiter une sorte d'éclatement *biffé*] un vieillard *ms.* ◆◆ *c. Nous rétablissons ce mot, que Proust a biffé sans le remplacer.* ◆◆ *d.* trop [tard *biffé*] longtemps *ms.*

1. Voir p. 512.

2. Ce personnage anonyme deviendra, dans le texte final, le prince d'Agrigente.

3. C'est le cas de M. d'Argencourt dans *Le Temps retrouvé* ; voir p. 503.

4. Voir p. 515.

5. Voir p. 520.

Page 912.

a. Bérardi) [avait mis à la place du rectangle de sa barbe blonde un rectangle égal aussi soigné, aussi fleuri de barbe de neige blanche *biffé*] avait *ms.* ◆◆ *b.* blanche. [En écoutant la musique *biffé*] Assis à part comme sur un [rocher *biffé*] fauteuil *ms. Proust a omis de biffer* comme *et écrit en marge cette nouvelle correction :* comme il se serait réfugié sur un rocher, *qu'il raccorde à* il faisait ◆◆ *c.* la proclamation [permanente *biffé*] d'une esthétique ; *ms.* ◆◆ *d.* habituelle [rejetant *biffé*] [divisant *biffé*] [écartant *biffé*] rejetant *ms.*

1. On comparera les images qui suivent à celles du passage où la duchesse paraît pour la première fois lors de la dernière matinée. Voir p. 505.

2. Il s'agit, pour les deux premiers personnages cités, du comte Boni de Castellane et du duc de Luynes. Le premier figure dans l'un

des plus anciens brouillons du roman (Carnet 1, f° 37 r°) (voir *Carnet de 1908*, éd. citée p. 97). — Gaston Bérardi, né le 28 octobre 1857, journaliste et conférencier, dirigea *L'Indépendance belge, Le Petit Bleu* et *Le Mouvement économique*. On lui doit aussi diverses publications d'art et de théâtre. Voir, à son propos, la *Correspondance*, t. II, p. 113-114 (lettre à Reynaldo Hahn de la fin d'août 1896).

3. Pâris, fils cadet de Priam et d'Hécube, avait été élevé par les bergers, alors que, craignant une malédiction, Hécube avait fait exposer l'enfant au pied du mont Ida. Il est plus tard choisi par les dieux comme arbitre de la discorde opposant Héra, Athéna et Aphrodite, pour la pomme d'or. Dans l'*Iliade*, Pâris, auteur du rapt d'Hélène, qui provoque la guerre de Troie, est sur le point d'être vaincu par Ménélas lorsqu'il est sauvé par l'intervention d'Aphrodite. Au cours d'un autre combat, après avoir blessé mortellement Achille, il est tué par Philoctète.

4. Dans la mythologie germanique, les trois Nornes, Urd (le passé), Wertandi (le présent), Skuld (l'avenir), sont les divinités du Destin. Au début du *Crépuscule des dieux* de Wagner, elles prédisent la fin des dieux.

Page 913.

a. rafraîchir. [On sentait rien qu'à <la> voir qu'elle connaissait le thème *[*de Kundry *biffé]* d'Amfortas et qu'elle allait rentrer se mettre au lit ; elle avait l'air de la Déesse de la Mélomanie et de la Migraine. Mais cette Déesse était déjà à son crépuscule. Ses cheveux *[*si jolis *biffé]* qui paraissaient d'un si joli bleu quand ils n'étaient que gris, depuis qu'ils étaient entièrement blancs étaient d'un gris sale qui la faisait paraître trop rouge. Un léger tremblement — reste disait-on d'une petite attaque — agitait imperceptiblement sa tête pendant qu'elle écoutait la musique malgré l'immobilité implacable qu'elle appelait et qui voulait dire : « Vous comprenez que je connais Parsifal ! Si j'allais me mettre comme ces jeunes poulettes à exprimer tout ce que je sens nous n'en aurions pas fini. » *biffé en définitive*] Mais *ms. Cette description a été utilisée par Proust dans « La Prisonnière », lors de l'audition du septuor de Vinteuil. Voir t. III de la présente édition, p. 753-755.* ↔ *b.* ressens [autrement que par la névralgie *biffé*] nous *ms.* ↔ *c.* qu'elle était [insensible *biffé*] [artiste *corr.*] et vaillante *ms.*

1. Voir p. 519-520.

2. Dans *Parsifal*, le motif du sacrement, qu'on entend dans le prologue, donne naissance, à l'acte I, au motif de la lance, ou motif de la souffrance d'Amfortas. Ce thème musical accompagne l'arrivée d'Amfortas, porté sur une litière. Il rappelle le malheur qu'il a fait descendre sur l'Ordre et sur lui-même lorsque, devenu roi des chevaliers du Graal, il a voulu conquérir le château de Klingsor, mais a « oublié » aux pieds de Kundry la Sainte Lance, dont le magicien l'a blessé.

3. Gabrielle Réju (1856-1920), dite Réjane, se produisit avec éclat dans de nombreux théâtres parisiens, dans le genre du drame aussi

bien que de la comédie. Elle fut l'interprète de *Germinie Lacerteux* de Goncourt et de *Madame Sans-Gêne* de Sardou.

4. Voir p. 525.

Page 914.

Esquisse XLVII

XLVII.1 : Cartonnier, manuscrit autographe de la Bibliothèque nationale, achat 26803, lot n° 17, ff^{os} 23 r°-24 r°, 24 v°-23 v° (deux feuilles volantes).

XLVII.2 : Cahier 57, paperole collée au folio 56 v°. Nous avons transcrit la première partie de cette paperole dans l'Esquisse IV, p. 763 à 765 ; voir la notule de cette Esquisse, p. 1374.

a. ce qui [me semblait un même instant identique *biffé*] dans mon esprit *ms.* ⁂ *b.* L'ennui [...] vérité. *add. ms.* ⁂ *c.* qui se fait appeler [la Duch<esse> — *biffé*[1]] [Madame *corr.*] de Guermantes [Elle était l'autre jour au théâtre avec Jeanne Granier *biffé*]. Elle me fit *ms.*

1. Voir p. 505.
2. Helen Mitchell, dite Nellie Melba (1859-1931), cantatrice australienne, fit ses débuts à Bruxelles en 1887, chanta ensuite à l'Opéra de Paris, puis dans les théâtres lyriques du monde entier.

Page 915.

a. Cette phrase est sans doute, dans ms., destinée à remplacer les deux phrases précédentes, mais Proust ne les a pas barrées. Le chevauchement des lignes, en cet endroit du brouillon, ne permet d'ailleurs de proposer qu'une reconstitution simplifiée du passage. ⁂ *b.* nommer. [« Ne m'en parlez pas c'est honteux dit plus brutalement Mme de Guermantes *biffé*] « Cela *ms.*

Page 916.

a. inouï, [vous savez qu'elle est bête comme une oie *biffé*] comment *ms.*

1. Une baronne de Timoléon (née Carton) apparaît au Cahier 57, dans la version de 1911 du « Bal de têtes ». (Voir l'Esquisse XLI.2, p. 886.) La présente ébauche est sans doute contemporaine de cette version du « Bal de têtes ».

Page 917.

a. sa nièce [une telle *[un mot illisible]* de contradictions, une colère surtout si manifeste que la pauvre jeune femme n'osait plus rien dire du tout *biffé*] une opinion *ms.* ⁂ *b. Suit une phrase illisible sur le bas du feuillet (f° 23 v°) et le haut du feuillet suivant de ms., où nous ne parvenons*

1. On trouve également, au-dessus de la biffure, la mention « comme nom de guerre », ajout que nous ne pouvons intégrer à la phrase.

à reconstituer que les fragments suivants : ses mouvements même étaient *et* qu'elle saluât une dame, se scandalisât qu'elle n'en saluât pas une autre, et Mme de Montargis. ◆◆ *c.* Je dis que [j'avais eu plaisir à revoir les tableaux <x> (?) d'Elstir *biffé*] j'avais cherché *ms. Le point d'interrogation paraît trahir une hésitation entre le singulier et le pluriel. C'est la première des deux formes que Proust adopte dans la reprise.* ◆◆ *d. Dans l'interligne apparaît ici dans ms. cette addition, dont Proust n'a pas précisé la localisation :* Oui, il est d'une beauté rare. ◆◆ *e. Lecture conjecturale.* ◆◆ *f. Bas du feuillet. La suite manque.*

1. Voir p. 551.

2. Rappelons qu'au début du fragment, le duc se prénommait « Raymond ».

Page 918.

a. à dire. [Elle est enchantée d'être duchesse *biffé*] D'ailleurs *ms.* ◆◆ *b.* qu'elle [est fiancée avec *biffé*] doit épouser *ms.*

1. Voir p. 603-604.

2. Voir p. 571.

3. Ces ajouts au portrait de Mme de Guermantes se retrouvent dans cette paperole du Cahier 74, dit « Babouche » (f° 141 r°), insérée au moment où Proust s'apprête à développer le thème de la liaison entre M. de Guermantes et Mme de Forcheville (Odette). Proust rédige dans le Cahier 74 ce qu'il n'a plus la place d'ajouter dans le cahier 57, dit « cahier trop plein » : « Je mets ici faute de place dans le dernier cahier noir (celui qui commence par serviette) ce qui concerne M. de Guermantes et Mme de Forcheville. Je pourrais sans doute le placer un peu après avoir causé avec Mme de Guermantes (à qui je tâcherai de ne pas faire dire du mal de Gilberte), je mettrai[a] ce mal à quelque soirée antérieure où j'aurai vu la duchesse, peut-être celle du mariage de la fille de Jupien. Tout au plus à cette dernière journée[b] (celle serviette) je pourrais disant à Mme de Guermantes de Gilberte : "Comme elle doit être malheureuse[1]" faire répondre à la duchesse : "Laissez-moi vous dire que je crois qu'elle est enchantée, qu'elle ne l'a jamais aimé et qu'elle ne tardera pas à se remarier" (mais dans ce cas il ne serait pas mal que vers le moment du mariage Mme de Guermantes dise : "Elle l'adore, elle en est touchante". Donc après avoir dans le cahier noir Serviette (le dernier) dit que Mme de Guermantes fréquentait maintenant des actrices etc., je dirai : » La moitié inférieure de la paperole a été découpée.

4. Un fragment du Cahier 60 (ff^{os} 33-35 r^{os}) reprend ce thème, en y ajoutant une caricature de la duchesse vieillie, que l'on pourra comparer à l'Esquisse XLVI, p. 912, 2e §, voire à la mélomanie grotesque de Mme Verdurin, au paragraphe suivant de la même Esquisse. Précédée de cette note : « Dans le volume XX et dernier

a. Gilberte) [et tout au plus *biffé*] je mettrai *ms.*
b. dernière [soirée *biffé*] journée *ms.*
1. Voir p. 603.

NOTE BIBLIOGRAPHIQUE

3. Voir p. 533.

4. Le comte Georges-Alfred de Lauris (1876-1963), ami de Proust, avec qui celui-ci entretint une correspondance suivie.

5. Voir p. 533 ; voir la *Correspondance*, t. VIII, p. 174.

Page 923.

a. Le texte continue désormais au folio 30 v°. Proust le signale en une note qui précède le second tronçon : Suite d'en bas en face (capital). *Selon son habitude, Proust a barré le fragment après l'avoir utilisé.* ◆◆ *b. Ce mot est souligné trois fois dans ms.* ◆◆ *c.* rive, [l'ex-Madame *biffé*] la duchesse *ms.* ◆◆ *d.* qu'on ait [pris de force *biffé*] volé *ms.*

1. Dans le texte final, ces paroles sont prononcées par la princesse de Nassau (p. 557)

2. Proust décrit en ces termes la princesse de Guermantes, sans révéler encore qu'il s'agit de Mme Verdurin. Voir p. 519-520.

3. Voir p. 533. La même explication concernant l'escamotage du nom de Verdurin se retrouve dans le texte final, avec des noms légèrement différents.

4. Voir le paragraphe précédent.

5. Voir p. 533-534. On trouve au folio 72 du Cahier 74 (Babouche) cette note de régie qui suggère que Proust a songé à d'autres substitutions identiques pour illustrer la « transmission des titres » : « Ne pas oublier qu'il faudra à une soirée dire : la duchesse de Guermantes (ou la princesse de Guermantes ou le duc de) et laisser pendant quelques instants croire que c'est l'ancienne ou l'ancien, pour faire sentir la transmission des titres. »

Page 924.

a. la mer [immémoriale *biffé*] qui referme *ms.*

Esquisse L

Cahier 61, ff^os^ 112 r° et 111 v° (vers 1920)

1. Ce fragment a pu être rédigé aux alentours de 1920-1921. Mais Proust semble bien s'en être inspiré pour les pages du *Temps retrouvé* relatives à l'oubli et à l'ignorance des « situations ». D'où sa place dans cette Esquisse.

2. Voir p. 535-536.

Page 925.

a. est-ce ? » [Les années nouvelles *biffé*] [Nos dernières années sont comme un pays nouveau où notre nom n'est pas parvenu *biffé*] Et *ms.*

1. Le prix Goncourt fut décerné à Proust, pour *À l'ombre des Jeunes filles en fleurs*, le 10 décembre 1919. Voir la Chronologie, t. I de la présente édition, p. CXXXIX.

Esquisse LI

Cahier 57, ff^{os} 57 v°, 19 v°, 5 v°, 65 r°, 63 v°, 31-32 v^{os}, 59 v° (1916-1917).

b. L'écriture, pour ce paragraphe, n'est pas de Proust.

2. Voir p. 536.
3. L'abbé d'Hacqueville (mort en 1678), conseiller de Louis XIV et intime du cardinal de Retz, fut un ami dévoué de Mme de Sévigné. Elle l'appelle parfois dans ses lettres *les d'Hacqueville*, en reconnaissance des services nombreux qu'il lui rendait.
4. Voir p. 538.

Page 926.

a. du jour. [Son nom m'était inconnu ce qui compli<quait> *biffé*] [Elle était intelligente, sa conversation me fut agréable mais était rendue difficile et non pas seulement *biffé*] Elle *ms.* ↔ *b.* Cette [soir<ée> *biffé*] matinée *ms. Voir n. 1.*

1. Proust a hésité entre une soirée et une matinée pour sa dernière réception : voir var. *b* ; au quatrième paragraphe de la page, on trouve « soirée ».
2. Voir p. 539-540. Dans le texte final Proust modifiera et étoffera considérablement ces détails relatifs aux origines de Mme de Saint-Loup.
3. Paul Grunebaum-Ballin, nommé auditeur au Conseil d'État en 1894, publia en 1905 un ouvrage intitulé *La Séparation des Églises et de l'État ; Étude juridique sur le projet Briand et le projet du gouvernement*. Dans une lettre à l'auteur datée de janvier 1905 (*Correspondance*, t. V, p. 25-28), Proust commente élogieusement cet ouvrage où il est cité. L'allusion pourrait aussi se référer à son épouse, comparée à un perroquet au folio 39 r° du Cahier 57.
4. Voir p. 539.
5. Voir n. 3, p. 904.
6. S'agit-il du préfet du Tarn-et-Garonne, puis de l'Aisne, mentionné par Proust dans une lettre de novembre 1906 à Mme Catusse (*Correspondance*, t. VI, p. 275-76) ?
7. Le comte Jean de Forceville épousa en 1896 Élizabeth Cahen d'Anvers.
8. Philibert, marquis de Clermont-Tonnerre, membre du Jockey Club, épousa Élizabeth de Gramont (1875-1954). La première lettre de Proust à la marquise de Clermont-Tonnerre est de 1905. Mme de Clermont-Tonnerre publia en 1925 un ouvrage intitulé *Robert de Montesquiou et Marcel Proust*.
9. Voir p. 540.
10. Il s'agit sans doute ici de la nouvelle princesse de Guermantes, Mme Verdurin.
11. Voir p. 540.

En raison de l'abondance de la bibliographie relative à Proust, nous avons été contraints de ne donner qu'un choix. Nous avons relevé les ouvrages les plus importants mais exclu les articles. On trouvera en outre dans cette Note un aperçu de quelques bibliographies étrangères.

I. BIBLIOGRAPHIES GÉNÉRALES

ALDEN (Douglas W.), *Marcel Proust and his French Critics*, Los Angeles, Lymanhouse, 1940.

BONNET (Henri), *Marcel Proust de 1907 à 1914*, 2 vol., Nizet, 1971 et 1976.

CHANTAL (René de), *Marcel Proust critique littéraire*, Montréal, Les Presses de l'université de Montréal, 1967.

GRAHAM (Victor E.), *Bibliographie des études sur Marcel Proust et son œuvre*, Genève, Droz, 1976.

KOLB (Philip) et PRICE (Larkin), *Marcel Proust : textes retrouvés*, Urbana, University of Illinois Press, 1968 (édition française : Kolb (Philip), *Textes retrouvés*, Gallimard, *Cahiers Marcel Proust*, n° 3, 1971).

RANCŒUR (René), « Bibliographie de Marcel Proust », *Études proustiennes*, publiées sous la direction de Jacques Bersani, Michel Raimond et Jean-Yves Tadié, Gallimard : t. I, *Cahiers Marcel Proust*, n° 6, 1973 ; t. II, *Cahiers Marcel Proust*, n° 7, 1975 ; t. III, *Cahiers Marcel Proust*, n° 9, 1979 ; t. IV, *Cahiers Marcel Proust*, n° 11, 1982 ; t. V, *Cahiers Marcel Proust*, n° 12, 1984 ; t. VI, *Cahiers Marcel Proust*, n° 14, 1987.

II. CHRONOLOGIE DES ÉDITIONS D'« À LA RECHERCHE DU TEMPS PERDU »

Éditions préoriginales[1].

Extraits de *Du côté de chez Swann* :

« Au seuil du printemps. Épines blanches, épines roses », *Le Figaro*, 21 mars 1912.
« Rayon de soleil sur le balcon », *Le Figaro*, 4 juin 1912.
« L'Eglise de village », *Le Figaro*, 3 septembre 1912.
« Vacances de Pâques », *Le Figaro*, 25 mars 1913.

Extraits contemporains de la sortie en librairie de *Du côté de chez Swann* (14 novembre 1913) :

« Soirée de musique », *Gil Blas*, 18 novembre 1913.
« Du côté de chez Swann », *Le Temps*, 21 novembre 1913.
« Du côté de chez Swann », *Les Annales*, 23 novembre 1913.

Extraits de *À l'ombre des jeunes filles en fleurs* et du *Côté de Guermantes* :

« À la recherche du temps perdu », *La Nouvelle Revue française*, 1er juin 1914.
« À la recherche du temps perdu », *La Nouvelle Revue française*, 1er juillet 1914.
« Légère esquisse du chagrin que cause une séparation et des progrès irréguliers de l'oubli », *La Nouvelle Revue française*, 1er juin 1919.
« Une agonie », *La Nouvelle Revue française*, 1er janvier 1921.
« Un baiser », *La Nouvelle Revue française*, 1er février 1921.
« Une soirée de brouillard », *La Revue hebdomadaire*, 26 février 1921.

Extraits de *Sodome et Gomorrhe II* :

« Les Intermittences du cœur », *La Nouvelle Revue française*, 1er octobre 1921.
« Jalousie », *Les Œuvres libres*, 1er novembre 1921.
« En tram jusqu'à La Raspelière », *La Nouvelle Revue française*, 1er décembre 1921.
« Étrange et douloureuse raison d'un projet de mariage », *Intentions*, avril 1922.
« Une soirée chez les Verdurin », *Les Feuilles libres*, avril-mai 1922.

Extraits de *La Prisonnière* :

« La regarder dormir. Mes réveils », *La Nouvelle Revue française*, 1er novembre 1922.
« *La Prisonnière* : une page inédite de Marcel Proust », *La Revue rhénane* n° 3, décembre 1922.

1. Voir la Chronologie, t. I de la présente édition, p. CXXXII et suiv.

« Une matinée au Trocadéro. La Mort de Bergotte », *La Nouvelle Revue française*, 1er janvier 1923.

« Précaution inutile : roman inédit par Marcel Proust », *Les Œuvres libres*, 1er février 1923.

« Le Septuor de Vinteuil », *La Nouvelle Revue française*, 1er juin 1923.

Extraits d'*Albertine disparue* :

« Les Mille et Un Matins. Mme de Villeparisis à Venise », *Le Matin*, 11 décembre 1919.

« À Venise », *Feuillets d'art*, 15 décembre 1919.

« Albertine disparue », *Philosophies*, 15 septembre 1924.

« La Mort d'Albertine », *La Nouvelle Revue française*, 1er juin 1925.

« C'est un des pouvoirs de la jalousie... », *La Nouvelle Revue française*, 1er juillet 1925.

Extraits du *Temps retrouvé* :

Des extraits du *Temps retrouvé* ont été publiés, chaque mois, dans *La N.R.F.*, de janvier à septembre 1927.

Éditions originales et réimpressions parues du vivant de Proust.

À la recherche du temps perdu. Du côté de chez Swann, 1 vol., Grasset, achevé d'imprimer par Ch. Colin, à Mayenne, le 8 novembre 1913. Mise en vente le 14 novembre 1913.

À la recherche du temps perdu. Tome I. *Du côté de chez Swann*, Nouvelle édition en 1 vol., éditions de la Nouvelle Revue française, achevé d'imprimer par Bellenand à Fontenay-aux-Roses, le 14 juin 1919. Mise en vente le 20 juin 1919. Réimpression en 2 vol. par Bellenand, le 30 décembre 1919.

À la recherche du temps perdu. Tome II. *À l'ombre des jeunes filles en fleurs*, 1 vol., éditions de la Nouvelle Revue française, achevé d'imprimer par La Semeuse à Étampes, le 30 novembre 1918. Mise en vente le 20 juin 1919 et réimpressions en 2 vol. par Paillart à Abbeville, le 16 décembre 1919 et le 12 août 1920.

À la recherche du temps perdu. Tome III. *Le Côté de Guermantes, I*, 1 vol., éditions de la Nouvelle Revue française, achevé d'imprimer par Bellenand à Fontenay-aux-Roses, le 17 août 1920. Mise en vente le 22 octobre 1920.

À la recherche du temps perdu. Tome IV. *Le Côté de Guermantes, II — Sodome et Gomorrhe, I*, 1 vol., éditions de la Nouvelle Revue française, achevé d'imprimer par Bellenand à Fontenay-aux-Roses, le 29 avril 1921. Mise en vente le 29 avril 1921.

À la recherche du temps perdu. Tome V. *Sodome et Gomorrhe, II*, 3 vol., éditions de la Nouvelle Revue française, achevé d'imprimer par Paillart à Abbeville, le 3 avril 1922. Mise en vente le 28 avril 1922 et réimpression par Paillart, le 10 novembre 1922.

À la recherche du temps perdu. Tome VI. *La Prisonnière (Sodome et Gomorrhe, III)*, 2 vol., éditions de la Nouvelle Revue française, achevé d'imprimer par Paillart à Abbeville, le 14 novembre 1923. Mise en vente le 10 février 1924.

À la recherche du temps perdu. Tome VII. *Albertine disparue*, 2 vol., Librairie Gallimard, éditions de la Nouvelle Revue française, achevé d'imprimer par Paillart à Abbeville, le 30 novembre 1925. Mise en vente le 8 février 1926.

À la recherche du temps perdu. Tome VIII. *Le Temps retrouvé*, 2 vol., Librairie Gallimard, éditions de la Nouvelle Revue française, achevé d'imprimer par Paillart à Abbeville, le 22 septembre 1927. Mise en vente le 18 novembre 1927.

Éditions ultérieures.

Œuvres complètes de Marcel Proust, 18 vol. (15 vol. pour *À la recherche du temps perdu*), frontispices par Hermine David, éditions de la Nouvelle Revue française, « À la gerbe », 1929-1935.

Un amour de Swann, eaux-fortes de Pierre Laprade, éditions de la Nouvelle Revue française, 1930.

À la recherche du temps perdu, 3 vol., 77 aquarelles de Van Dongen, Librairie Gallimard, 1947.

À l'ombre des jeunes filles en fleurs, 2 vol., 50 gravures de J.-E. Laboureur et J. Boullaire, Gallimard, 1948.

Un amour de Swann, 12 aquarelles d'Hermine David, Gallimard, « Le Rayon d'or », 1951.

À la recherche du temps perdu, 3 vol., édition établie par Pierre Clarac et André Ferré, préface d'André Maurois, Gallimard, Bibliothèque de la Pléiade, 1954 :

— t. I, *Du côté de chez Swann — À l'ombre des jeunes filles en fleurs* ;
— t. II, *Le Côté de Guermantes — Sodome et Gomorrhe* ;
— t. III, *La Prisonnière — La Fugitive — Le Temps retrouvé.*

À la recherche du temps perdu, 3 vol., illustrations de Van Dongen, Gallimard, 1957.

À la recherche du temps perdu, 7 vol., illustrations de Grau-Sala, Plaisir du livre, 1961-1963.

À la recherche du temps perdu, 7 vol., illustrations de Philippe Julliand, Gallimard, « La Gerbe illustrée », 1968-1969.

À la recherche du temps perdu, 8 vol., lithographies de Jacques Pecnard, Monte-Carlo, André Sautet éd., 1981-1984.

Un amour de Swann, texte établi par Michel Raimond, illustrations d'André Brasilier, Imprimerie nationale, 1987.

Éditions au format de poche d'« À la recherche du temps perdu ».

Le Livre de poche, édition de Pierre Clarac et André Ferré, 1965-1968.

Folio, édition de Pierre Clarac et André Ferré, Gallimard, 1972.

GF, texte établi sous la direction de Jean Milly, Flammarion, 1984-1987.

Bouquins, Robert Laffont, 1987.

Folio, nouv. éd., reprenant le texte établi sous la direction de Jean-Yves Tadié pour la Bibliothèque de la Pléiade, Gallimard, 1988-1990.

Éditions d'inédits et de brouillons d'« À la recherche du temps perdu ».

Deux fragments sacrifiés (*Albertine disparue*), 5 exemplaires hors commerce, Société générale d'imprimerie et d'édition, 25 mai 1926.

Pages inédites : Le Quintette Lepic. L'Orgue du casino de Balbec (*À l'ombre des jeunes filles en fleurs*), 5 exemplaires, Paillart, Abbeville, 1927.

« Pages inédites : Un dîner chez M. et Mme Verdurin (*Un amour de Swann*) », dans Louis Abatangel, *Marcel Proust et la musique*, Imprimerie orphelins apprentis d'Auteuil, 1937.

« Les Carnets de Marcel Proust, fragments inédits », *Le Figaro littéraire*, 25 novembre 1939.

Un des premiers états de Swann, La Table ronde, avril 1945.

« Les Mystères de la petite phrase de Vinteuil », *Le Figaro littéraire*, 16 novembre 1946.

« Deux inédits de Marcel Proust : "Souvenir d'un capitaine" et "La Mort de Swann" », *Le Figaro littéraire*, 22 novembre 1952.

« La Femme de chambre de la baronne Picpus », *La Nouvelle Revue française*, 1er février 1953.

« Inédit en marge du *Temps retrouvé* », *Bulletin de la Société des amis de Marcel Proust*, n° 5, 1955.

Marcel Proust : Textes retrouvés, Urbana, University of Illinois Press, 1968 ; édition française : *Cahiers Marcel Proust*, n° 3, Gallimard, 1971.

Le Carnet de 1908, édition établie par Philip Kolb, *Cahiers Marcel Proust*, n° 8, Gallimard, 1976.

Matinée chez la princesse de Guermantes, *Cahiers du Temps retrouvé*, édition critique établie par Henri Bonnet en collaboration avec Bernard Brun, Gallimard, 1982.

Albertine disparue, édition établie par Nathalie Mauriac et Étienne Wolff, Grasset, 1987.

Voir également le *Bulletin d'informations proustiennes*, presses de l'École normale supérieure, à partir de 1970, et le *Bulletin de la Société des amis de Marcel Proust et des amis de Combray*, à partir de 1950.

III. CORRESPONDANCES DE MARCEL PROUST

Correspondance générale de Marcel Proust, 6 vol. (classée par correspondants), établie par Robert Proust, Paul Brach et Suzy Mante-Proust, Plon, 1930-1936.

Correspondance de Marcel Proust, 17 vol. parus (classement chronologique), établie par Philip Kolb, Plon, 1970 (t. I : 1880-1895)-1989 (t. XVII : 1918).

Choix de correspondances particulières.

Lettres à André Gide, Ides et Calendes, Neuchâtel, 1949.

Correspondance avec sa mère, Plon, 1953.

Lettres à Reynaldo Hahn, introduction et notes de Philip Kolb, préface d'Emmanuel Berl, Gallimard, 1956.

Lettres retrouvées, Plon, 1966.

Marcel Proust et Jacques Rivière, *Correspondance (1914-1922)*, édition établie par Philip Kolb, Gallimard, 1976.

Marcel Proust et Gaston Gallimard, *Correspondance*, édition établie, présentée et annotée par Pascal Fouché, Gallimard, 1989.

IV. TÉMOIGNAGES BIOGRAPHIQUES

ALBARET (Céleste), *Monsieur Proust*, Robert Laffont, 1973.

BERL (Emmanuel), *Sylvia*, Gallimard, 1952.

BIBESCO (princesse Marthe), *Au bal avec Marcel Proust*, Gallimard, 1928 ; nouvelle édition : *Cahiers Marcel Proust*, n° 2, Gallimard, 1971.

— *Le Voyageur voilé, Marcel Proust*, Genève, La Palatine, 1947.

BILLY (Robert de), *Marcel Proust. Lettres et conversations*, Les Portiques, 1930.

BLANCHE (Jacques-Émile), *Mes modèles*, Stock, 1928 ; réédition chez Stock, 1984.

CATTAUÏ (Georges), *L'Amitié de Proust*, Gallimard, 1935.

— *Proust perdu et retrouvé*, Plon, 1964.

CATUSSE (Mme Anatole), *Marcel Proust, Lettres à Madame C****, Janin, 1947.

CLERMONT-TONNERRE (duchesse Élisabeth de), *Robert de Montesquiou et Marcel Proust*, Flammarion, 1925.

DAUDET (Lucien), *Autour de soixante lettres de Marcel Proust*, Gallimard, 1929.

DREYFUS (Robert), *Souvenirs sur Marcel Proust*, Grasset, 1926.

DUPLAY (Maurice), *Mon ami Marcel Proust, souvenirs intimes*, *Cahiers Marcel Proust*, n° 5, Gallimard, 1972.

FRANCIS (Claude) et GONTIER (Fernand), *Marcel Proust et les siens*, Plon, 1981.

GAUTIER-VIGNAL (Louis), *Proust connu et inconnu*, Robert Laffont, 1976.

GIDE (André), *Incidences*, Gallimard, 1924.

— *Journal, 1889-1939*, Gallimard, 1941.

GREGH (Fernand), *Mon amitié avec Marcel Proust*, Grasset, 1958.

JALOUX (Edmond), *Avec Marcel Proust*, Genève, La Palatine, 1953.

LAURIS (Georges de), *À un ami*, Amiot-Dumont, 1948.

MAURIAC (François), *Du côté de chez Proust*, La Table ronde, 1947.

MAUROIS (André), *À la recherche de Marcel Proust*, Hachette, 1949.

MONTESQUIOU (Robert de), *Les Pas effacés*, 3 vol., Émile-Paul, 1923.

MORAND (Paul), *Le Visiteur du soir*, Genève, La Palatine, 1949.

NORDLINGER (Marie), *Lettres à une amie*, Manchester, éditions du Calame, 1942.

PIERRE-QUINT (Léon), *Proust et la stratégie littéraire*, Corréa, 1954.

PLANTEVIGNES (Marcel), *Avec Marcel Proust*, Nizet, 1966.
POUQUET (Jeanne), *Le Salon de Mme Arman de Caillavet*, Hachette, 1926.
ROBERT (Louis de), *Comment débuta Marcel Proust*, Gallimard, 1925.
— *De Loti à Proust*, Flammarion, 1928.
SACHS (Maurice), *Le Sabbat*, Corréa, 1946.
SCHEIKEVITCH (Marie), *Souvenirs d'un temps disparu*, Plon, 1935.
SOUDAY (Paul), *Proust, Gide et Valéry*, Kra, 1927.
Ouvrage collectif : *Hommage à Marcel Proust*, *La Nouvelle Revue française*, 1er janvier 1923.

V. OUVRAGES CRITIQUES

ABRAHAM (Pierre), *Proust*, Rieder, 1930.
AUTRET (Jean), *L'Influence de Ruskin sur la vie, les idées et l'œuvre de Marcel Proust*, Genève, Droz, 1955.
BARDÈCHE (Maurice), *Marcel Proust, romancier*, 2 vol., Les Sept Couleurs, 1971.
BAUDRY (Jean-Louis), *Proust, Freud et l'autre*, éditions de Minuit, 1984.
BENOIST-MÉCHIN (Jacques), *Retour à Marcel Proust*, Amiot, 1957.
BERSANI (Jacques), *Les Critiques de notre temps et Proust*, Garnier, 1971.
BOLLE (Louis), *Marcel Proust ou le complexe d'Argus*, Grasset, 1966.
BONNET (Henri), *Le Progrès spirituel dans l'œuvre de Marcel Proust*, Vrin, t. I, 1946 ; t. II, 1949.
— *Alphonse Darlu, maître de philosophie de Marcel Proust*, Nizet, 1961.
— *Les Amours et la Sexualité de Marcel Proust*, Nizet, 1985.
BREE (Germaine), *Du temps perdu au temps retrouvé*, Les Belles Lettres, 1950.
BRIAND (Charles), *Le Secret de Marcel Proust*, Lefebvre, 1950.
BRUNET (Étienne), *Le Vocabulaire de Proust*, préface de J.-Y. Tadié, 3 vol., Slatkine, Genève et Champion, Paris, 1983.
CELLY (Raoul), *Répertoire des thèmes de Marcel Proust*, Gallimard, 1935.
CRÉMIEUX (Benjamin), *Du côté de Marcel Proust*, Lemarget, 1929.
CURTIUS (Ernst-Robert), *Marcel Proust*, traduit de l'allemand par Armand Pierhal, éditions de la Revue nouvelle, 1929.
CZONICZER (Élisabeth), *Quelques antécédents d'« À la recherche du temps perdu »*, Minard, 1957.
DANDIEU (Arnaud), *Marcel Proust, sa révélation psychologique*, Firmin-Didot, 1930.
DANIEL (Georges), *Temps et mystification dans « À la recherche du temps perdu »*, Nizet, 1963.
DELEUZE (Gilles), *Marcel Proust et les signes*, P.U.F., 1964, 2e éd. 1970.
DESCOMBES (Vincent), *Proust, philosophie du roman*, éditions de Minuit, 1987.
DOUBROVSKY (Serge), *La Place de la madeleine*, Mercure de France, 1974.
FERNANDEZ (Ramon), *Proust*, éditions de la Nouvelle Revue critique, 1943.

FERRÉ (André), *Géographie de Marcel Proust*, Le Sagittaire, 1939.
— *Les Années de collège de Marcel Proust*, Gallimard, 1959.
FEUILLERAT (Albert), *Comment Marcel Proust a composé son roman*, New Haven, Yale University Press et Genève, Droz, 1934.
FONTANILLE (Jacques), *Le Savoir partagé*, Hadès-Benjamin, 1987.
GABORY (Georges), *Essai sur Marcel Proust*, Le Livre, 1926.
GAUBERT (Serge), *Proust ou le roman de la différence*, Presses universitaires de Lyon, 1980.
GENETTE (Gérard) et TODOROV (Tzvetan) (sous la direction de), *Recherche de Proust*, Le Seuil, 1980.
HENRY (Anne), *Marcel Proust, théories pour une esthétique*, Klincksieck, 1981.
— *Proust romancier. Le Tombeau égyptien*, Flammarion, 1983.
JOUBERT (Claude-Henry), *Le Fil d'or, Étude sur la musique dans « À la recherche du temps perdu » de Marcel Proust*, José Corti, 1984.
LATTRE (Alain de), *La Doctrine de la réalité chez Proust*, 3 vol., José Corti, 1979-1985.
— *Le Personnage proustien*, José Corti, 1984.
LELONG (Yves), *Proust, la santé du malheur*, Librairie Séguier, 1987.
LEY (H. de), *Proust et le duc de Saint-Simon*, Urbana, University of Illinois Press, 1966.
LHOMEAU (Franck) et COELHO (Alain), *Marcel Proust à la recherche d'un éditeur*, O. Orban, 1988.
LONGUET-MARX (Anne), *Proust, Musil : rencontres d'écritures*, P.U.F., 1986.
LOURIA (Yvette), *La Convergence stylistique chez Proust*, Minard, 1957.
LOWERY (Bruce), *Marcel Proust et Henry James*, Plon, 1964.
MASSIS (Henri), *Le Drame de Marcel Proust*, Grasset, 1937.
MATORÉ (Georges) et MECZ (Irène), *Musique et structure romanesque dans la « Recherche du Temps perdu »*, Klincksieck, 1973.
MEGAY (Joyce), *Bergson et Marcel Proust*, Vrin, 1976.
MEIN (Margaret), *Thèmes proustiens*, Nizet, 1979.
— *Proust et la chose envolée*, Nizet, 1986.
MENDELSON (David), *Le Verre et les Objets de verre dans l'œuvre de Marcel Proust*, José Corti, 1968.
MIGUET-OLLAGNIER (Marie), *La Mythologie de Marcel Proust*, Les Belles-Lettres, 1982.
MILLER (Milton), *Psychanalyse de Proust*, traduit de l'anglais par Marie Tadié, Fayard, 1977.
MILLY (Jean), *Proust et le style*, Minard, 1970.
— *La Phrase de Proust*, Larousse, 1975.
— *Marcel Proust dans le texte et l'avant-texte*, Flammarion, 1975.
— *La Longueur des phrases dans « Combray »*, Champion-Slatkine, 1986.
MINGELGRUN (Albert), *Thèmes et structures bibliques dans l'œuvre*, Lausanne, L'Âge d'Homme, 1978.
MONNIN-HORNUNG (Juliette), *Marcel Proust et la peinture*, Droz, Genève, 1951.
MOUTON (Jean), *Le Style de Marcel Proust*, Nizet, 1968.
MULLER (Marcel), *Les Voix narratives dans la « Recherche du temps perdu »*, Droz, 1965.

NATHAN (Jacques), *Citations, références et allusions dans « À la recherche du temps perdu »*, Nizet, 1953.
NATTIEZ (Jean-Jacques), *Proust musicien*, Bourgois, 1984.
NEWMAN (Pauline), *Dictionnaire des idées dans l'œuvre de Marcel Proust*, La Haye, Mouton, 1968.
PICON (Gaëtan), *Lecture de Marcel Proust*, Gallimard, 1968.
PIROUE (Georges), *Marcel Proust et la musique du devenir*, Denoël, 1960.
POMMIER (Jean), *La Mystique de Marcel Proust,* Genève, Droz, 1939.
POULET (Georges), *Études sur le temps humain*, Plon, 1950 (t. I) et 1968 (t. IV).
— *L'Espace proustien*, Gallimard, 1963, 2e éd. 1982.
RAIMOND (Michel), *Le Signe des temps*, SEDES, 1976.
— *Proust romancier*, SEDES, 1984.
RECANATI (Jean), *Profils juifs de Proust*, Buchet-Chastel, 1979.
REVEL (Jean-François), *Sur Proust*, Julliard, 1960 ; Grasset, 1987.
REY (Pierre-Louis), *Marcel Proust*, Birr, 1984.
RICHARD (Jean-Pierre), *Proust et le monde sensible*, Le Seuil, 1974.
RIVIÈRE (Jacques), *Quelques progrès dans l'étude du cœur humain*, Librairie de France, 1927 ; Gallimard, 1985.
ROBERT (Pierre-Edmond), *Marcel Proust lecteur des Anglo-Saxons*, Nizet, 1976.
SOUPAULT (Robert), *Marcel Proust du côté de la médecine*, Plon, 1967.
SPITZER (Léo), *Études de style*, Gallimard, 1970.
TADIÉ (Jean-Yves), *Proust et le roman*, Gallimard, 1971 et 1986.
— *Lectures de Proust*, Colin, 1971.
— *Proust*, Belfond, 1983.
VIAL (André), *Proust : Âme profonde et naissance d'une esthétique*, Nizet, 1971.
ZIMA (Peter Vaclav), *Le Désir du mythe. Une lecture sociologique de Marcel Proust*, Nizet, 1973.

VI. APERÇUS DE BIBLIOGRAPHIES ÉTRANGÈRES

En Angleterre et aux États-Unis.

Hommages :

Marcel Proust. An English Tribute, Londres, T. Seltzer, 1923.
Adam. International Review, Londres, numéros de 1957, 1961, 1966, 1971, 1976.
Marcel Proust. A Centennial Volume, New York, Simon & Schuster, 1971.
Marcel Proust. A Critical Panorama, Urbana, University of Illinois Press, 1973.

Bibliographies :

GIBSON (R.), « Proust et la critique Anglo-Saxonne », *Études proustiennes* IV, *Cahiers Marcel Proust*, n° 11, Gallimard, 1982.

RUSSEL TAYLOR (Elisabeth), *Marcel Proust and his Contexts,* New York, Garland, 1981.

Études :

ALDEN (Douglas), *Marcel Proust's Grasset Proofs*, North Carolina University Press, 1978.

BALES (Richard), *Proust and the Middle Ages*, Genève, Droz, 1975.

BECKETT (Samuel), *Proust*, New York, Grove Press, 1931.

BELL (William Stewart), *Proust's Nocturnal Muse*, New York, Columbia University Press, 1962.

BERSANI (Léo), *Marcel Proust : The Fictions of Life and of Art*, Londres et New York, Oxford University Press, 1965.

BUCKNALL (Barbara), *The Religion of Art in Proust*, Urbana, University of Illinois Press, 1969.

COCKING (J.M.), *Proust*, Cambridge, Bowes & Bowes, 1956.

— *Collected Essays on the Writer and His Art*, Cambridge University Press, 1982.

DERWENT (May), *Proust*, Oxford University Press, 1983.

HINDUS (Milton), *The Proustian Vision*, New York, Columbia University Press, 1954.

JEPHCOTT (E.F.N.), *Proust and Rilke : The Literature of Expanded Consciousness*, Londres, Chatto & Windus, 1972.

JOHNSON (Theodore), *The Painter and his Art in the Work of Marcel Proust*, University of Wisconsin Press, 1964.

KILMARTIN (Terence), *A Reader's Guide to Remembrance of Things Past*, New York, Random House, 1984.

MOSS (Howard), *The Magic Lantern of Marcel Proust*, New York, Macmillan, 1962.

PAINTER (George), *Marcel Proust*, Londres, Chatto & Windus, t. I, 1959 ; t. II, 1965 (en français, au Mercure de France, 1963 et 1966).

RIVERS (J.E.), *Monsters of Time : Sexuality and Sexual Inversion in « À la recherche du temps perdu »*, University of Virginia Press, 1982.

ROGERS (Brian G.), *Proust's Narrative Techniques*, Genève, Droz, 1965.

SHATTUCK (Roger), *Proust*, Londres, Fontana, Collins, 1974.

VOGELY (Maxine A.), *A Proust Dictionary*, Troy, Whiston Publishing Company, 1981.

En Allemagne.

Bibliographies :

CORBINEAU-HOFFMANN (Angelika), *Marcel Proust*, Wissenschaftliche Buchgesellschaft, Darmstadt, 1983.

PISTORIUS (George), *Marcel Proust und Deutschland. Eine Bibliographie*, Heidelberg, 1981.

Quelques études :

HÖRISCH-HELLIGRATH (Renate), *Reflexionssnobismus. Zur Soziogenese des Snob und des Ästhetischen in Marcel Prousts « À la recherche du temps perdu* », Francfort-sur-le-Main, Peter D. Lang, 1980.

JAUSS (Hans Robert), *Zeit und Erinnerung in Marcel Prousts « À la recherche du temps perdu »*, Heidelberg, 1955, 1970.

JOST (Werner), *Räume der Einsamkeit bei Marcel Proust*, Francfort-sur-le-Main, P. Lang, 1982.

KLEINER (Barbara), *Sprache und Entfremdung. Die Proust-Übersetzungen Walter Benjamins innerhalb seiner Sprach- und Übersetzungstheorie*, Bonn, Grundmann, 1980.

ROLOFF (Volker), *Werk und Lektüre*, Francfort-sur-le-Main, Marcel Proust Gesellschaft, 1984.

En Italie.

Bibliographies :

DE AGOSTINI (Daniela), « Marcel Proust en Italie, 1913-1975 », *Bulletin d'informations Proustiennes*, n° 4, 1976.

GIORGI (Giorgetto), « Proust en Italie (1926-1966) », *Bulletin de la Société des amis de Marcel Proust*, n° 17, 1967.

Quelques études[1] :

BONGIOVANNI BERTINI (Mariolina), *Redenzione e Metafora. Una lettura di Proust*, Milan, Feltrinelli, 1981.

DEBENEDETTI (G.), *Rileggere Proust e altri saggi proustiani*, Milan, Mondadori, 1982.

MACCHIA (G.), *L'Angelo della Notte*, Milan, Rizzoli, 1979.

Au Japon.

Études :

INOUE (Kyuchiro), *La Structure de l'œuvre de Marcel Proust*, Tokyo, Kawade-Shôbô-Shinsha, 1962.

ISHIKI (Takaharu), *Maria la Hollandaise ou la naissance d'Albertine dans les manuscrits de « À la recherche du temps perdu »*, doctorat (arrêté du 5 juillet 1984), Paris III, 1986. Publication en japonais : 1988.

SUZUKI (Michihiko), *Essais sur Marcel Proust*, Tokyo, Chikuma-Shôbô, 1985.

USHIBA (Akio), *L'Image de l'eau dans « À la recherche du temps perdu », évolution et fonctionnement*, doctorat de 3e cycle, Paris IV, 1976. Publication au Japon : Tokyo, France Tosho, 1979.

WADA (Akio), *L'Évolution de « Combray » depuis l'automne 1909*, doctorat de 3e cycle, Paris IV, 1986.

YOSHIDA (Jo), *Proust contre Ruskin. La genèse de deux voyages dans la « Recherche » d'après des brouillons inédits*, doctorat de 3e cycle, Paris IV, 1978. Publication de *Genèse du voyage à Venise dans « À la recherche du temps perdu »*, Presses de l'université d'Osaka, 1980, et de l'université de Kyoto, 1982.

1. On se reportera aussi à l'appareil critique de *Alla ricerca del tempo perduto*, par Alberto Beretta Anguissola et Daria Galateria, Milan, Mondadori, 1983.

Exceptionnellement, certains personnages du texte apparaissent dans les états antérieurs sous un nom finalement attribué à un autre personnage du texte. Ainsi *NORPOIS apparaît dans l'index comme forme antérieure de VAUGOUBERT.

Nous avons systématiquement inclus les personnages anonymes à chaque fois qu'ils étaient individualisés par quelque trait ou exerçaient dans le récit une fonction narrative.

Index des noms de lieux.

Les différents lieux d'une même ville — ses rues, ses édifices, ses jardins, etc. —, pourvu qu'ils comprennent un nom propre, figurent comme sous-entrées au nom de la ville. On trouvera ainsi « Champs-Élysées », « Buttes-Chaumont », etc., sous l'entrée PARIS, « Grand-Hôtel de la Plage », « Casino (le) », sous BALBEC. On notera que ces sous-entrées ne donnent pas lieu à une entrée principale avec indication de renvoi. Pour « Champs-Élysées », on se reportera donc à PARIS. D'une manière générale, les monuments et ouvrages d'architecture — « Notre-Dame », « l'Opéra » — sont inclus dans les entrées de ce type. Ils ne figurent pas dans l'Index des œuvres littéraires et artistiques.

On notera que la carte des départements français et, d'une façon générale, les entités administratives ou politiques figurant dans l'index renvoient à l'époque de la fiction proustienne :

BEAUBEC, en Seine-Inférieure ;

BADE, ancien État allemand.

Index des œuvres littéraires et artistiques.

Ont été retenues dans cet index :

a) Les œuvres littéraires et musicales, les tableaux et les sculptures mentionnés par leur titre.

b) Toutes les œuvres littéraires dont un extrait est cité dans le texte ou dans ses états antérieurs. Leur titre figure entre crochets quand il n'apparaît pas :

[Samson et Dalila], de Saint-Saens et F. Lemaire : I, 90.

Les titres inexacts sont entrés sous la forme où ils apparaissent dans le texte. Dans ce dernier cas nous précisons entre crochets le titre exact de l'œuvre mentionnée. Celui-ci figure d'autre part en entrée principale avec indication de renvoi.

Quand une œuvre est à la fois mentionnée dans son ensemble et dans ses subdivisions, celles-ci (lorsqu'elles sont pourvues d'un titre) figurent en sous-entrées au titre général :

Vertus et Vices de Padoue
— Charité
— Envie

Bible (La)
— Ecclésiaste (L')
— Esther (Livre d')

À chaque fois qu'un poème fait partie d'un recueil dont d'autres composantes figurent dans le texte, il apparaît en sous-entrée au titre du recueil.

Les articles définis sont rejetés à la fin, même quand le titre est une phrase.

Ces index ont été réalisés avec la collaboration de George McClintock pour *Le Côté de Guermantes* et de Claire Simonin, de la Bibliothèque de la Pléiade, pour *La Prisonnière*.

YVES BAUDELLE et EUGÈNE NICOLE.

INDEX DES NOMS DE PERSONNES

avec une certaine « Lia » : 482. Confirme involontairement mes soupçons : 483 ; 484. Dans le train, je la surveille : 486-489. M'évite d'être jaloux de Saint-Loup : 493 ; 495. Je décide de rompre : 497-498. Me révèle qu'elle est liée avec Mlle Vinteuil et son amie ! Ma douleur : 499-502. Je veux l'empêcher d'aller à Trieste : 503-505. Je la décide à rentrer à Paris avec moi le jour même : 506-509 ; 510-512. « Il faut absolument que j'épouse A. » : 513-515. À Paris sous le même toit que moi ; sa toilette matinale : 519-521. Sa présence, apaisante pour moi, préoccupe ma mère : 522-524. Règles que lui impose Françoise : 525-526. Développement intellectuel et changement physique : 527-529. Ma jalousie survit à mon amour pour elle : 530-535, 537-539. J'entretiens son goût pour la toilette : 540-542, 546-547, 552-553. Les seringas : 563-564. Elle me cache tout désormais : 565-567 ; 568-570. La bague que lui a donnée sa tante ; devient une femme élégante et intelligente : 571-573. Docile captive à Paris, elle garde le charme de sa vie à Balbec : 575-577. Plaisir de la voir dormir, s'éveiller : 578-582 ; 583. Nos couchers, le repos dans un baiser : 584-586. Sous la douceur charnelle, la permanence d'un danger : 587-589 ; 591. Soupçons nouveaux, nouveaux accès de jalousie : 592-594. Son projet d'aller chez les Verdurin ravive mes inquiétudes ; un être de fuite et de mensonge : 595-599, 601-605. Insinuations de Françoise : 606 ; 607-611. Nos promenades aux aérodromes : 612-613. Je lui parle comme mes parents me parlaient : 614-615. Oublie ses mensonges ; la dame d'Infreville : 616-617 ; 618-619. J'observe de nouveau son sommeil, son réveil : 620-623 ; 624. Le lendemain, compte aller au Trocadéro ; prémonition de sa mort dans un accident de cheval : 626-628. Son goût pour les nourritures criées dans la rue ; son morceau sur les glaces : 633-637. La journée passée à Versailles et le voyage de trois jours en Normandie avec le chauffeur : 638-643. Les mensonges contradictoires : 651. Il faut empêcher qu'elle retrouve Léa au Trocadéro : 652-657. J'y dépêche Françoise la chercher : 658-662. Un mot d'elle m'annonce son retour : 663 ; 664-665, 669, 670, 671. Promenade au Bois, conversations sur l'architecture : 672-674. Ses regards sur les jeunes filles : 675 ; 676. Elle a perdu sa beauté : 678-679 ; 680. Veut-elle secouer sa chaîne ? : 681-682. Son heureuse aptitude au mensonge ; les leçons de dessin, la dame avec qui elle aurait fait quelques pas : 683-687, 695-697. Je lui cache que je vais chez les Verdurin : 698. Résolution de rompre avec elle : 702 ; 707, 712. Charlus juge sa façon de s'habiller : 714-715 ; 727-728 ; 730, 733. La musique de Vinteuil me ramène à mon amour pour elle : 756-758, 767, 769 ; 785, 790, 798. Effroi subit qu'elle ait conçu le projet de me quitter ; simuler une rupture aussitôt rentré : 799 ; 801. Un boulet auquel je suis attaché : 809 ; 811, 825, 830-832. Sa fenêtre allumée : 833-834. A-t-elle deviné ma jalousie ? Sa colère en apprenant que je viens de chez les Verdurin : 835. Avoue le voyage inventé à Balbec : 836-838. Son intimité avec l'amie de Mlle Vinteuil serait elle aussi un mensonge : 839. L'expression « se faire casser le pot » ; une Albertine inconnue de moi : 840-843. Je simule la rupture : 844. A donné sa photographie à Esther : 845. Ma stratégie : 846-849. Voudrait-elle vraiment me quitter ? : 850-851. Avoue un voyage de trois semaines avec Léa : 852-854 ; 855-860. Contente du « renouvellement de bail » ; son sommeil : 861-862. A-t-elle voulu recouvrer sa liberté ? : 863-865. S'arrange désormais pour ne plus être seule ; je suis à moitié rassuré : 866-869 ; 870. Projet de lui offrir une robe de Fortuny : 871-872. Docile et pesante esclave : 873. Au pianola : 874-875. Conversation littéraire : 876-883 ; 884-885. L'inexhaustible espace des soirs où je ne l'avais pas connue : 885-888. Ses sommeils profonds, ses gais réveils : 889. Pourquoi elle est revenue avec moi de Balbec à Paris : 891. Deux traits de son caractère : 892-893. Je veux choisir le moment de la rupture : 894. Le soir de la robe de Fortuny, mes reproches et mes questions : 895-899. Ne me rend pas mon baiser ; pressentiment de la mort : 900-902. La nuit, je crois entendre sa fenêtre s'ouvrir : 903-904. Nos sorties les deux jours suivants ; à Versailles, l'aéroplane ; l'épisode de la pâtissière : 905-909. Ses désirs fugitifs et contradictoires derrière ses mensonges : 910-911 ; 912-913. Au moment où je suis résolu à la quitter, Françoise m'annonce qu'elle est partie : 914-915. Effet sur moi de son départ : IV, 3-4. Sa lettre d'adieux ; comment je l'interprète : 5-6. Indices qui pouvaient présager son départ : 7-8, 11-14. C'est pour la Touraine qu'elle est partie : 15 ; 16. Pourquoi elle est partie et comment la ramener : 17-26, 28-30 ; 31-35. Elle m'écrit après avoir vu Saint-Loup envoyé par moi en mission ; ma réponse : 36-41 ; 42-44. Ses bagues oubliées : 45-48 ; 49. Nouvelle lettre d'Albertine : 50-51. Je

Aliéné qui se prend pour Jésus-Christ : IV, 121.
ALIÉNOR D'AQUITAINE. Voir ÉLÉONORE DE GUYENNE.
ALIOCHA, personnage des *Frères Karamazov*, de Dostoïevski : III, 879, 882.
ALIX, « marquise du quai Malaquais », une des trois « vieilles Parques » liées avec Mme de Villeparisis : II, 493-499.
Ant. *ALLIX : II, 495*a*.
ALLEMAGNE (empereur d'). Voir GUILLAUME II.
ALLEMAGNE (impératrice d'). Voir AUGUSTA-VICTORIA.
ALLEMANS ([Armand du Lau], marquis d') [1651-1726] : IV, 168. Voir aussi LAU (marquis du).
*ALLIX. Voir ALIX.
*ALMÉE : III, 429*a*.
[ALPHONSE XIII] /1886-1941/, roi d'Espagne : II, 803. Titres qu'il revendique comme siens : 879. « Fonfonse » pour notre maître d'hôtel : IV, 308.
Altesses sans beauté (deux) : III, 36-37.
*ALTON (Aimée d') [—] : I, 1027.
*ALTON (les deux) [—] : III, 947.
Amant d'Odette qu'elle quitte le jour où ils devaient partir pour l'Amérique : IV, 598.
AMARYLLIS, personnage des *Idylles* de Théocrite : III, 710.
AMAURY [Ernest-Félix Soquet, dit] /1849-1910/, acteur français : II, 427.
Ambassadeur aimant les femmes à la tête d'un « petit Sodome diplomatique » : III, 74.
Ambassadeur d'Allemagne [prince de Radolin] /1841-1917/ : II, 510. Chez la princesse de Guermantes : III, 48, 54.
Ambassadeur et Ambassadrice [d'Autriche]. Voir HOYOS (comte) et (Mme de).
Ambassadeur de X en France. N'a pas choisi ses secrétaires au hasard : III, 65.
Ambassadeur qui cherche à rencontrer Odette : I, 363.
Ambassadrice d'Autriche : III, 70.
Ambassadrices d'Angleterre : II, 873 ; III, 70.
Ambassadrice d'Espagne : III, 36-37.
Ambassadrice de Turquie. Son ambition mondaine : II, 823-824 ; 826. Trouve sublime la princesse de Guermantes : III, 59-61 ; IV, 549.
AMBOISE ([Louis de Clermont d'A., dit] Bussy d') [1549-1579] : II, 759.
AMBRESAC (les) : II, 238, 240, 698 ; III, 97.
AMBRESAC (demoiselles d'). D'après Albertine, l'une d'elles est fiancée à Saint-Loup : II, 238-240 ; 247.
AMBRESAC (Mlle Daisy d') : II, 238-239, 335. Saint-Loup dément qu'il doive l'épouser : 403 ; 698 ; III, 97.
Ant. *AUBRESSAC (Mlle d') : III, 97*c*.
AMBRESAC (Mme d') : II, 339.
*AMBRUGEAC (les) : III, 995.
*AMBRUGEAC (M. d') [—] : III, 995.
AMÉDÉE. Voir Grand-père (mon).
AMÉDÉE (Mme). Voir Grand-mère (ma).
AMÉLIE. Voir MARIE-AMÉLIE.
AMENONCOURT (comte d') : III, 182.
Américaine, amie de Saint-Loup, auteur d'une lettre qui m'est adressée par erreur : IV, 10.
Américaine, à Balbec : III, 188.
Américaine, maîtresse de Swann : I, 192.
*AMFORTAS, personnage de *Parsifal*, de Wagner : IV, 913.
Ant. *KUNDRY : IV, 913.
AMFREVILLE (vicomte et vicomtesse d') : III, 182.
Ami (un de mes) ; garde ma maîtresse durant mon séjour à Tansonville : IV, 256.
AMONCOURT (marquise d'), fille de M. de Montmorency : II, 768.
Ant. *LAUVILLE (duchesse de) : 768*a*.
AMONCOURT (Mme Timoléon d') : III, 34. Aimable avec Oriane ; ses privilèges littéraires : 66-67.

AMPÈRE [André-Marie] /1775-1836/, mathématicien : I, 345.

AMPÈRE [Jean-Jacques] /1800-1864/, fils du précédent, historien, ami de Sainte-Beuve : IV, 546.

AMPHIÉTÈS : III, 234.

[AMPHION], fils de Zeus et d'Antiope : II, 179.

AMPHITRITE, déesse de la Mer : II, 106.

AMPHITRYON : III, 248.

ANACHARSIS, héros du *Voyage du jeune Anacharsis en Grèce*, de l'abbé Barthélemy : I, 443.

ANASTASIE (la censure) : IV, 347.

*ANASTASIE (grande duchesse) [1860-1897] : III, 1007, 1009.

ANAXAGORE [Ve siècle av. J.-C.] : III, 689.

*ANCENIS (marquis d'). Voir OSMOND (Amanien, marquis d').

[ANDONIUS (Diane d')] /1554-1620/, comtesse de Guiche, favorite de Henri IV, surnommée Corisande : IV, 238.

ANDRÉE. L'aînée de la petite bande. Saute par-dessus le vieux banquier : II, 150 (voir II, 237), 153 ; 233. Je lui suis présenté ; complexité de son caractère : 237-238, 240-242, 247-249 ; 250, 251, 255, 257, 262, 263. Commente le devoir de Gisèle : 264-269 ; 272-273. Promenade aux Creuniers ; est-elle bonne ? : 274-277. Je feins de la préférer à Albertine ; n'est pas dupe : 279-283. Ma prédilection pour elle : 287 ; 288-289 ; 292. Je me suis trompé sur elle : 294-296 ; 297, 617, 648, 664. Au casino d'Incarville, valse voluptueuse avec Albertine : III, 191, 193 ; 194, 197. Mes soupçons sur ses relations avec Albertine : 199-200. J'avoue à Albertine une passion imaginaire pour Andrée : 223-225. Albertine nie avoir des relations avec elle : 227 ; 235-236, 268, 420. C'est elle que j'aime : 497-498 ; 500, 504, 509, 527. Son affection pour moi à Balbec : 529-530. Surveille Albertine : 532, 533, 534. L'incident des seringas : 564 ; 566. Ses défauts se sont accusés ; mes enquêtes auprès d'elle sur les sorties d'Albertine : 568-571 ; 573-575, 588, 593. Je lui téléphone pour qu'elle empêche celle-ci d'aller chez Mme Verdurin ; sa voix : 607-611. Albertine prononce son nom en dormant : 621 ; 626, 638, 642, 643, 656, 661, 682, 730, 837, 851, 852, 864, 866. C'est pour la rejoindre qu'Albertine avait accepté de revenir à Paris avec moi : 890-893 ; 894, 897. J'interroge sur ses relations avec elle Albertine, qui décide de ne plus sortir en sa compagnie : 898-899, 905, 906 ; 910, 914. Je lui demande de venir s'installer chez moi : IV, 51-52, 55, 59-60 ; 87, 91. N'est pour moi qu'un autre nom d'Albertine : 113 ; 117, 123, 125. Sa visite : avoue son goût pour les femmes : 126-130 ; 131-134, 150. Elle oublie Albertine : 175-176. Nouvelle visite ; avoue ses relations avec Albertine et me donne une nouvelle version de l'incident du seringa : 177-182. Ses propos contre Octave, avec qui elle se mariera bientôt : 183-184 ; 185, 186. Principale raison, selon elle, du départ d'Albertine : 187-189 ; 190-192. Une semaine plus tard, l'explique autrement : 193-194 ; 196, 198-199 ; 201-202, 222, 286. Devenue pour moi une amie sincère, a épousé Octave : 310 ; 437. Plus tard, devenue la meilleure amie de Gilberte : 561, 562 ; 565. Voir aussi *SOLANGE.

Ant. *ALBERTINE : II, 283*a*.

Ant. *CLAIRE : III, 199 n. 1, 1060-1063, 1063*a*, 1066, 1083, 1087.

Ant. *GERMAINE : IV, 126*c* (1084-1085).

Ant. *GILBERTE : II, 286*c*.

Ant. *GISÈLE : III, 194*b*.

Ant. *VICTOIRE : III, 199 n. 1.

*ANDRÉE. Voir ALBERTINE et GISÈLE.

ANDRÉE (frère d') : III, 891.

ANDRÉE (grand-mère d'). Andrée profite de son appartement parisien : III, 891, 893 ; IV, 188.

ANDRÉE (mère d') : II, 237, 240, 263. Sa considération pour Albertine : 287-289 ; 297 ; III, 527 ; IV, 194.

ANDRÉE (oncle d') : II, 664.

ANDRÉE (sœur d') : II, 263.

*[ANDROMAQUE]. Voir THÉSÉE (femme de).

ANDROMÈDE : I, 129 ; III, 27.

amour pour Gilberte : 402-403, 435. Norpois le juge sévèrement : 464-467 ; 485. Je le rencontre chez les Swann ; ma déception : 537-539. Sa façon de parler : 540-545 ; 546-547. Ses vices : 548-549. Juge *Phèdre* : 550-552 ; 557-558. Je rentre avec lui ; critique Cottard et Swann : 559-562. Mes parents changent d'opinion sur lui : 563-564 ; 569, 570, 571, 589, 624 ; II, 22, 31. M'écrit : 74. Charlus me prête un livre de lui : 124-126. M. Bloch le connaît de loin : 128-133 ; 153, 166, 394, 419, 452, 507-509, 519, 548, 596-598, 600, 602. Malade, il vient chez nous tous les jours pendant l'agonie de ma grand-mère : 621-624 ; 677, 843 ; III, 12, 75, 101, 127. Le salon de Mme Swann cristallisé autour de B., célèbre et mourant : 141-144 ; 360, 379, 391, 427, 565, 619. La fin de sa vie et sa mort : 687-694 ; 721. Charlus sollicite mon entremise auprès de lui pour Morel, comme s'il était encore vivant : 725-727 ; 741, 844, 861 ; IV, 43, 110, 121, 171, 201, 242. Familier des Saint-Loup : 278 (incohérence, puisque Bergotte est mort dans *La Prisonnière*) ; 298, 299, 300, 344. Comment le style de Morel dérive du sien : 347 ; 418, 444, 450, 464, 468, 472, 492, 513, 541, 542, 552, 554, 568, 583, 618.
Ant. *ELSTIR : I, 559 n. 1 ; IV, 855*b*.
Ant. *JAMES (François) : II, 17*a*.
Ant. *JAMMES (Francis) [1868-1938] : II, 17*a*.
Ant. prénommé *FÉLICIEN : I, 784, 1028.
Ant. prénommé *FICIEN ou *FICIN : I, 1029, 1029 n. 2.
BERGOTTE (ami de), écrivain qui l'a influencé : I, 545-546.
BERGOTTE (frères et sœurs de) : I, 544-545.
BERGOTTE (maîtresse de) : I, 467.
BERGOTTE (Mme) : I, 549.
*BERGOTTE. Voir ELSTIR.
BERGSON [1859-1941] : III, 373-374.
BERLIER [Jean-Baptiste] /1843-1911/, ingénieur : I, 496.
BERLIOZ : III, 490, 726.
BERMA (la) : I, 74. Admirée de Bergotte : 96, 98. Mon père me défend d'aller l'entendre : 386 ; 395, 412. Je peux aller l'entendre dans *Phèdre* : 430-439. Ma déception : 440-443. Jugée par Norpois : 448-449. Son éloge dans le journal : 471-472. J'achète sa photo : 478 ; 479-480. Jugée par Bergotte : 550-551, 557 ; II, 7, 300, 336, 339, 343-352, 354, 356, 465, 709 ; III, 132, 298. Le journal annonce sa mort : IV, 41 ; 103. Goûter qu'elle donne en l'honneur de sa fille et de son gendre : 434, 572 (« pour fêter son fils et sa belle-fille »), 573-575, 576. Débinée par Rachel : 580, 581 ; 590-591. Meurt du coup que lui porte Rachel en lui révélant la démarche de sa fille et de son gendre : 592.
Ant. *A*** (Mme) : I, 1004.
Ant. *B*** (la) : II, 1087, 1088, 1088*a*, 1098, 1099, 1154.
Ant. *BERNHARDT (Sarah) [1844-1923] : I, 992-995, 997.
Ant. *BREMA (la) : I, 1499.
Ant. *BRÉMA (la) : I, 478*a* (1356).
Ant. *C*** (Mme) : II, 1080.
Ant. *K*** (la) ou (Mme) : I, 1001, 1004.
Ant. *S*** (la) : II, 1098.
Ant. *X (la) : I, 1005-1006, 1008.
Ant. *X (la fameuse) : II, 1080, 1091.
Ant. *X (Mlle) : I, 997-998.
BERMA (fille et gendre de la). Exploitent la Berma : IV, 434, 572 (appelés par erreur belle-fille et fils de la B.), 573-576. S'adressent à Rachel pour se faire inviter à la matinée de la princesse de Guermantes : 590-592.
BERMA (médecin du gendre de la), amoureux de sa fille : IV, 573-574.
[BERNADOTTE (Jean-Baptiste)]. Voir SUÈDE (grand-père du roi de).
BERNARD (Nissim), oncle de Mme Bloch : II, 132-133. A connu M. de Marsantes : 134, 573 ; 586 ; III, 178. Entretient un jeune commis de l'hôtel de Balbec : 236-239, 242, 244. Le trompe avec un garçon de ferme : 248-249 ; 252. Allusion à sa mort (?) : 486 ; 562-563. A laissé sa fortune à l'ancien jeune servant du Grand-Hôtel : IV, 316, 517.
BERNARD [de Clairvaux] (saint) [1091-1153] : I, 248.
BERNARD (Samuel) [1651-1739], financier : II, 106, 559.

860. Me donne des informations sur certains actes d'Albertine : 890-891, 893, 895 ; 900, 911, 914 ; IV, 5, 15. Mission dont je charge Saint-Loup auprès d'elle pour faire revenir Albertine : 19-20, 25, 28, 31, 32, 34, 36, 39 ; 46, 48, 50, 51, 53-55. Un télégramme d'elle m'apprend la mort d'Albertine : 58 ; 61, 104-105, 123, 156, 191. Aurait été favorable au mariage d'Albertine avec Octave : 193 ; 194, 196, 199, 222, 246, 247, 284. Est, avec Mme Verdurin, une des reines du Paris de la guerre : 301, 305. S'installe solidement dans le faubourg Saint-Germain : 307 ; 427, 483.

BONTEMPS (amie de Mme) qui a mauvais genre. Ses rencontres avec Albertine : III, 247.

BONTEMPS-CHENUT (les) : I, 503.

BOOZ, personnage biblique célébré par Victor Hugo dans « Booz endormi » : II, 818-819 (Booz-Norpois), 849 ; III, 910.

BORANGE, épicier à Combray : I, 83.
Ant. *ORANGE : I, 79.

BORÉAS, pour Borée, dieu des vents du Nord : II, 135.

[BORÉE]. Voir BORÉAS.

*BOREL (Petrus) [1808-1859], écrivain : IV, 854.

BORELLI ou, plus correctement, BORRELLI [Raymond, vicomte de] /1837-1906/, poète français : I, 237 ; II, 510, 546 ; III, 596.

BORGHÈSE ([Giovanni], prince) : [1855-1918]. Chez Odette : III, 142.

*BORNICHE. Voir JUPIEN.

*BORNICHE (Mlle). Voir JUPIEN (nièce de).

BORNIER [Henri, vicomte de] /1825-1901/, poète dramatique : II, 779, 780.

BORODINE [1833-1887] : III, 883.

BORODINO (prince de), capitaine du régiment de Saint-Loup : II, 372. « Napoléonide » : 373 ; 377, 378, 389, 392, 393, 423. Accorde à Saint-Loup une permission : 425-426. Allusions à divers membres de sa famille : 427-428 ; 429-431, 435 ; 437, 438, 514-515 ; III, 486, 520.
Ant. *MARENGO : II, 1105, 1106.

*BORODINO (duc de). Voir MARENGO (duc de).

BOSCH [Balthazar van den] [1518-1580], peintre flamand, sur le nom duquel Morel fait un jeu de mots : IV, 347.

*BOSCO (Joseph del) [?] : II, 1246*a*.

BOSSUET [1627-1704] : I, 283 ; II, 795 ; III, 802 ; IV, 439.

BOTHA ([Louis], général) /1862-1919/, chef boer : II, 816, 836, 837, 854.

BOTTICELLI (Sandro di Mariano, dit) [1445-1510] : Swann trouve qu'Odette ressemble à ses figures de femmes : I, 220-222, 229, 234, 276, 308, 607.

*BOTTICELLI. Voir GOZZOLI (Benozzo).

BOUCHARD [Charles] /1837-1915/, médecin : III, 349, 439.

BOUCHER (François) [1703-1770], peintre français : II, 116, 315 ; III, 607, 706.
Ant. *OUDRY [Jean-Baptiste] /1686-1755/, peintre et graveur : II, 315*a*.

Boucher (garçon) de ma rue semblable à l'ange du Jugement dernier : III, 644.

Bouchère (la), nièce de Françoise. Voir FRANÇOISE (nièce de).

BOUCHERON [—], joaillier. Fournisseur de la famille de Saint-Loup : II, 454-455, 476, 477, 575.

*BOUCTEAU. Voir ALBERTINE et SIMONET (famille).

BOUFFE DE SAINT-BLAISE [—], docteur : III, 349-350.

BOUFFLERS [duc de] /1644-1711/, maréchal de France : III, 807.

*BOUGUEREAU [William] /1825-1905/, peintre français : II, 743*d*.

BOUILLEBŒUF (Mme), de Combray : I, 57.

BOUILLON (les), parents de Mme de Villeparisis : I, 20 ; II, 70, 839.

BOUILLON (Cyrus, comte de), père de Mme de Villeparisis : II, 68. Recevait de grands hommes : 70, 81-82, 84 ; 489, 490. Par erreur, le père de Mme de Villeparisis est appelé Florimond de Guise : 819. Voir GUISE (Florimond de).
Ant. *VILLEPARISIS (M. de) : II, 82*b*.

BOUILLON (duc de), oncle d'Oriane de Guermantes, frère de Mme de Villeparisis. Me fait penser au notaire de Combray : II, 861-862 ; III, 80, 81.

BOUILLON (Mlle de). Voir VILLEPARISIS (marquise de).

BOUILLON (Mme de), mère de Mme de Villeparisis : II, 84-86.

BRESSANT [Jean-Baptiste-François] /1815-1866/, acteur français : I, 14, 475 ; IV, 339.
*BRETAUX. Voir *BROTTEAUX.
BRETEUIL (Quasimodo de) : IV, 167.
BRETONNERIE (Mme de la). A eu Eulalie à son service : I, 68.
Ant. *BRETONNIÈRE (Mme de la) : I, 708.
*BRETONNIÈRE (Mme de la). Voir BRETONNERIE (Mme de la).
BREUGHEL, en fait Pieter Bruegel, dit l'Ancien [v. 1525-1569] : II, 397.
BRÈVEDENT (saint Laurent de) : III, 283.
*BREYVES (Mme de) : II, 1030.
BRIAND [Aristide] /1862-1932/, homme d'État français : II, 622.
BRICHOT, professeur de la Sorbonne. Au dîner chez les Verdurin : I, 247-250, 253, 256-257 ; jugement de Swann sur lui : 249, 260-261, 281, 542 ; II, 752, 870 ; III, 259, 261. Sa liaison avec sa blanchisseuse rompue par Mme Verdurin : 262. Dans le train pour La Raspelière : 267-269, 272, 275, 277-279. Antidreyfusard : 278. Étymologie : 280-284. Apprend aux fidèles la mort de Dechambre : 286-289. N'en parlera pas devant Mme Verdurin : 291-293 ; 294, 305, 307. Étymologies : 313-317, 320-324 (voir 328-329) ; 325-326, 332. Ironie que cache l'amabilité des Verdurin pour lui : 339-341 (voir 294) ; 343, 345-346, 355 ; 359, 361, 383, 403, 428-430, 432. Critique Balzac : 438-439 ; 440-442, 472. Amoureux fou de Mme de Cambremer : 476-478. Étymologie : 484-486, 490-491 ; 494, 497. Je le rencontre en allant chez les Verdurin ; il me renseigne sur leur ancienne résidence : 703, 706-708. Discussion entre lui, Charlus et moi : 709, 710, 712, 715, 717, 718, 720, 722, 727. À la soirée Verdurin : 731, 732, 733, 743, 748. Accepte à contrecœur d'occuper Charlus pendant que M. Verdurin entreprendra Morel : 784-787. Évoque l'ancien salon de Mme Verdurin : 788-790. Accomplit sa mission : 791-796 ; 798-812 ; 824, 827. Rentre avec moi de la soirée Verdurin ; commente les discours de Charlus : 830-834, 851 ; IV, 76. Semble ne pas connaître les Goncourt : 289 ; 292, 306, 307, 312, 320, 326, 347. Ses articles de guerre : 355, 357, 358, 365. Souffre-douleur des Verdurin : 368-372 ; 373, 385, 463, 517, 560, 569. Voir aussi CHOCHOTTE.
Ant. *CROCHARD : III, 1021, 1021*d*, *e*, 1022, 1029-1030.
Ant. *CRUCHOT : III, 260 n. 3, 1019 n. 2, 1224 n. 2.
Ant. *NORPOIS : IV, 358*a*, 361*a*.
BRICHOT (fille de) et de sa blanchisseuse : III, 477.
BRICHOT (amis ou parents de), par lui invités à son cours pour y voir M. de Charlus : III, 796.
BRICHOT (un des plus savants amis de) : III, 317.
*BRICHOT. Voir JUPIEN.
*BRIEY [comtesse Théodore de] /—/ : III, 1027*b*.
*BRIEY (les) [—] : IV, 769.
BRIGODE [comte Gaston de] /1850-?/ : II, 811.
*BRIGOUSSE (Mlle de) : III, 992, 994.
BRILLAT-SAVARIN [Anthelm] /1775-1826/, gastronome : III, 328.
BRISSAC [Henri-Albert de Cosse, duc de] /1645-1699/, beau-frère de Saint-Simon : III, 807.
BRISSAC (Mme de) : II, 787.
BROGLIE [Victor-Claude, prince de] /1757-1794/, député aux États Généraux : IV, 546.
BROGLIE ([Achille Léonce Charles Victor], duc de) [1785-1870], homme d'État et historien français, a épousé en 1816 Albertine de Staël : I, 21 ; II, 492, 859 ; IV, 186, 546.
BROGLIE ([Albertine de Staël], duchesse de) /1797-1838/, femme du précédent : II, 571, 782, 785 ; IV, 546.
BROGLIE (duc Albert de) [1821-1901], fils d'Albertine de Broglie : IV, 123.
BROGLIE (duchesse de), belle-fille d'Albertine de Broglie. Swann délaisse son salon pour une serveuse de chez Colombin : IV, 543.
BROGLIE (fille du duc de). Voir HAUSSONVILLE (comtesse d').
BROGLIE (gendre du duc de). Voir HAUSSONVILLE (comte d').
BROHAN (Madeleine) [1833-1900], comédienne : I, 74.
*BRONTË (Émilie) [1818-1848] : II, 17*a*.

*CAMBON (M.) : III, 322 n. 11.

CAMBREMER (les). Leur nom étonnant : I, 331, 335-336, 338. Leur prestige à Balbec : II, 47-48, 65, 98, 118 ; 761. Saint-Loup me recommande auprès d'eux ; m'invitent : III, 150-151 ; 181, 182, 201, 204. Ont loué La Raspelière aux Verdurin : 205 ; 213 ; 216, 249, 251. Invités à La Raspelière : 278-279, 284, 285, 287, 303-305, 307, 309, 313, 315, 334, 340, 359, 361, 362, 366-367, 384, 387, 390, 468, 471, 472. Brouille avec les Verdurin : 474-476, 478-479, 481 ; 698 ; IV, 26, 237, 240, 242, 244, 251.
Ant. *CHEMISEY (les) : I, 746 ; II, 996, 1002, 1280 ; III, 1059.

CAMBREMER (marquise douairière Zélia de), née Du Mesnil-La-Guichard (voir III, 182). Dame obscure, mélomane, accompagnée de sa fille à la soirée Saint-Euverte : I, 322 ; 323, 325-326, 338 ; II, 283. L'une des deux survivantes de l'ancien salon Saint-Euverte : III, 69-70. Sa visite de Féterne à des voisins indignes d'elle : 162-164 ; 180. Vient me voir à Balbec ; appelée « Camembert » par le lift : 200 (voir 220, 251). Notre rencontre sur la digue : 201-205, 208-209, 212-215. M'invite : 216-218 (voir 164) ; 219, 220, 251, 252, 275, 279. Sa préférence pour son fils : 304-305 ; 306-307. Vénération et mépris de son jardinier pour elle : 309-310 ; 320. Sa lettre ; la règle des trois adjectifs : 336, 339 ; 356, 365, 367, 399, 473. « Reine du bord de la mer » : 478-479 ; 494 ; IV, 91, 252. Est « toujours admirable » : 512.

CAMBREMER (marquis de), mari de la précédente : I, 338 ; III, 214, 304, 367. (La marquise devenant douairière, il faut admettre que le texte omet de mentionner la mort de celui-ci.)

CAMBREMER (marquis de), fils de la marquise Zélia de C., beau-frère de Legrandin ; habite à Féterne, près de Balbec : I, 67 ; 123, 332, 338. À Balbec : II, 42-43, 47-48, 411, 500, 529, 761. Surnommé « Cancan » par sa femme : III, 213 ; 214-215, 277-279, 304-310, 313-314, 316-317. Les étouffements de sa sœur : 318 ; 320-321, 332-337, 342, 348. Son admiration pour Cottard : 349-351 ; 353-356, 358, 364-368, 473, 474, 479, 480, 482, 483. Son emploi de l'adverbe « justement » : 596. Comment il considère l'affaire Dreyfus : 740 ; 892-893 ; IV, 26, 237, 240, 242, 244, 312. Colonel au ministère pendant la guerre ; apprécié de Saint-Loup : 318 ; 347, 358. Rendu méconnaissable par la vieillesse : 511-512. Voir aussi CAMBREMERDE (marquis de).
Ant. *CHEMISEY (comte de) : I, 745.
Ant. *CHEMISEY (M. de) : II, 914, 1003 ; IV, 884, 885.
Ant. *COTTARD : IV, 910*a*.
Ant. *SOULANGY (M. de) : II, 47*b*.

CAMBREMER (oncle du marquis de) : III, 493-494.

CAMBREMER (sœur du marquis de). Voir GAUCOURT (Mme de).

CAMBREMER (sœurs et belles-sœurs du marquis de). Jalousent l'intelligence de sa femme : III, 215.

CAMBREMER (Renée, marquise de), femme du second marquis de C., sœur de Legrandin : I, 67. Mon père ne peut obtenir de Legrandin de nous mettre en relations avec elle : 128-131. Nouvelle mariée, à la soirée Saint-Euverte ; méprise Chopin : 326. L'incident de la bobèche ; remarquée par Froberville : 331-332 ; 334-335. Swann la lui présente : 337-339. Qu'elle aille à Combray y attire Swann : 374. A été folle de Swann, dit-on : 525. À Féterne : II, 7-8, 42, 47, 65. À l'Opéra : 354-357, 500, 528, 529, 728, 761. Intelligente, selon Saint-Loup : III, 150 ; 163. À Balbec, notre rencontre sur la digue : 200-218. Méprise sa belle-mère : 204. Ses partis pris esthétiques ; son snobisme : 205-211 ; nommée Élodie : 212 ; 213. Saint-Loup a-t-il été son amant ? : 214. A oublié être née Legrandin : 215 ; 216-218. Invitée à La Raspelière par Mme Verdurin : 279-282, 305-308, 314-345 ; 347, 351, 353, 354, 356, 367. Ses impertinences : 368 ; 473, 474, 476. Brichot épris d'elle : 477-478. Explique sa brouille avec les Verdurin : 479-481. Trouve mauvais genre à Albertine : 482 ; 494, 785, 825, 835, 895 ; IV, 26, 77-78, 236, 237, 240, 242-244. Devient indifférente à l'amabilité de la duchesse de Guermantes : 246, 312. Jugée par Saint-Loup : 318 ; 485, 511, 517, 540 (voir 250), 549, 550, 554, 569, 607.
Ant. CAMBREMER (*comtesse de) : II, 339*b*.
Ant. *CHEMISEY (Mme de) : I, 123*b*, 750 ; II, 66*a*, 914, 993-994, 1004, 1075, 1075*b*, 1076, 1076*b* (1890), 1082, 1097, 1101, 1297*a* ; III, 1067 ; IV, 238*a*, *b*, 877*a* (1429), 883, 885, 892, 899, 920, 932, 949.
Ant. *CHEMISY : II, 1234.

*CHALANDON (marquis de). Voir SURGIS (marquis de).
CHAMBORD ([Henri de Bourbon], comte de) [1820-1883] : II, 583 ; III, 545. Voir aussi Henri V.
*CHAMBORD (comte de). Voir PARIS (comte de).
CHAMISSO [Adelbert von] /1781-1838/, écrivain allemand : II, 132.
CHAMPAGNE (Philippe de) [1602-1674] : II, 865.
CHAMPLÂTREUX (Mlle de) [—], puis duchesse de Noailles, belle-mère de la comtesse de Noailles : IV, 299.
Chancelier (le). Voir PASQUIER (duc).
CHANDOS, nom américain : III, 471.
*CHANGE (Mme du). Voir STERMARIA (Mlle de).
CHANLIVAULT (Mme de), sœur de M. de Chaussepierre : I, 338.
CHANLIVAULT (Mme de), tante de M. de Chaussepierre : III, 73.
*CHAOS : I, 642.
*CHAPELLE-MARNIÈRE-SUR-AVRE (Loulou de la) : II, 1025.
*CHAPERAUD (abbé). Voir Curé de Combray.
CHAPLIN [Charles Joshuah] /1825-1891/, peintre de portraits mondains : IV, 300.
CHAPONAY (Mme de) [?-1897] : II, 499.
CHARCOT [Jean-Martin] /1825-1893/, médecin français : II, 597 ; III, 274, 349, 439, 473.
Ant. *HUTINEL [Henri] /1849-1933/ : III, 439*a*.
CHARDIN [Jean-Baptiste] /1699-1779/, peintre français : II, 10, 713 ; IV, 205, 620.
CHARETTE (les) [—], famille légitimiste : III, 143.
CHARLEMAGNE [742-814] : I, 173.
*CHARLEMAGNE (fils de). Voir LOUIS LE GERMANIQUE (fils de).
*CHARLES. Voir CHARLUS.
*CHARLES (Mme). Voir LÉONIE (ma tante).
*CHARLES (mon oncle). Voir ADOLPHE (mon oncle).
*CHARLES. Voir LOUIS LE GERMANIQUE (fils de).
CHARLES. La fille de Françoise fait semblant de croire que c'est mon prénom : III, 125.
CHARLES LE BÈGUE, carolingien imaginaire, défait par son frère Gilbert le Mauvais : I, 104.
*CHARLES LE CHAUVE [823-877] : I, 713, 731, 733.
*CHARLES LE MAUVAIS [1322-1387], comte d'Évreux : II, 506*b*, 1047.
*CHARLES LE MAUVAIS. Voir GILBERT LE MAUVAIS.
*CHARLES LE TÉMÉRAIRE [1433-1477] : III, 1017.
CHARLES QUINT [1500-1558] : I, 3.
[CHARLES III LE GROS] /839-888/, fils de Louis le Germanique, roi de France : I, 60.
CHARLES V [1338-1380], roi de France : II, 728.
CHARLES VI [1368-1422], roi de France : I, 59.
CHARLES VII [1403-1461], roi de France : II, 709 ; III, 707.
*CHARLES VIII [1470-1498] : I, 714.
CHARLES Ier [1600-1649], roi d'Angleterre : IV, 140.
*[CHARLES Ier] /1887-1922/, empereur d'Autriche : IV, 777.
CHARLES X [1757-1836], roi de France : II, 81 ; III, 105, 492, 549.
CHARLEVAL (Mme de) (voir CHAUSSEPIERRE, (M. de)) : III, 73.
*CHARLEY (Charles). Voir MOREL et CHARLIE.
CHARLOTTE (impératrice) [1840-1927], épouse de Maximilien Ier, empereur du Mexique : II, 552.
CHARLUS (Palamède XV, baron de [voir III, 5]), appelé familièrement Mémé. Vit au su de tout Combray avec Mme Swann : I, 34, 98. Aperçu à Tansonville : 140. Ami de Swann : 190, 305. Doit le seconder auprès d'Odette : 306, 310. « Entre M. de Charlus et elle, Swann savait qu'il ne pouvait rien se passer » : 311, 315, 316-317 ; 334, 337, 348. Bon, mais névropathe, est-il l'auteur de la lettre anonyme reçue par Swann ? : 350-352 ; 374, 594. Oncle de Saint-Loup, qui me parle de lui : II, 107-110. À Balbec, me fixe des yeux ; présentations : 110-112. C'est un Guermantes : 112-114. Enchante ma grand-mère : 115-117. Curieux comportement :

118-119. Ses yeux : 120. Hait les « gigolos » : 121. Ses goûts littéraires : 121-122 ; 123. Vient me voir dans ma chambre : 124-126. Jugé par Bloch : 135-136. Je crois le voir à l'Opéra : 337. Parle comme Swann : 356. Vient demander Aimé au restaurant où je déjeune avec Saint-Loup et Rachel : 467 ; 488, 544. Chez Mme de Villeparisis : 560, 563-564. Ses « brouilles intermittentes » : 565-568 ; 573. Je ne réalise pas qu'il est le frère du duc de Guermantes : 574. Mme de Villeparisis paraît contrariée d'apprendre que je dois sortir avec lui : 580. Me tient d'étranges paroles : 581-592. Conversation à son sujet avec Mme de Guermantes ; « Avouez qu'il est [...] par moments un peu fou » : 673-674. Son intérêt pour Bloch : 675-677 ; 703, 705, 709, 715, 718, 734, 738. « Taquin le Superbe » : 755-758, 776 ; 781. Décrit par son frère le duc de Guermantes : 796-798, 800, 808, 812, 829-831. Je me rends chez lui après avoir dîné chez les Guermantes : 836, 840. Son accueil : 841-854 ; 855-857, 866. Sa rencontre avec Jupien : III, 3-11. Longue tirade : 12-15. Cette scène me révèle sa vraie nature : c'est une femme : 15-16, 20, 25. Devient le protecteur de Jupien : 31-32 ; 33. À la soirée de la princesse de Guermantes : 34, 39. Furieux contre moi : 40 ; 43, 45, 48-49. Joue au whist : 52. Refuse de me présenter au prince de Guermantes : 53-54 ; 58-60. Ses révélations à M. de Vaugoubert sur des secrétaires d'ambassade : 63-66 ; 70, 72, 74, 75. Contemple le jeune marquis de Surgis : 87-88. Don Juan, selon Saint-Loup : 90-92. Se fait présenter les jeunes Surgis par leur mère : 93-98. Abominable couplet contre Mme de Saint-Euverte : 98-100 ; 101. Avec les jeunes Surgis et leur mère : 104-106. La princesse de Guermantes amoureuse de lui : 112-114. Basin lui dit au revoir : 115-117 ; 171, 178. À Balbec : 202. Sa première rencontre avec Morel sur le quai de la gare de Doncières : 253-257 ; 272, 285. Accompagne Morel chez les Verdurin à La Raspelière : 294-296 ; 298-300 ; 303-304, 306-308. Prend un instant Cottard pour un inverti : 310-313 ; 314-315, 317, 320, 323-324, 326-327. Ses prétentions d'aristocrate : 332-334, 337-339, 342-343. Qualités artistiques liées à son déséquilibre : 342-345 ; 347-348. Joue aux cartes : 353-355. « Préfère la fraisette » : 356-357 ; 358, 359, 363. Dîne au Grand-Hôtel avec un valet de pied : 375-377. Sa lettre à Aimé : 378-382 ; 391. Dîne avec Morel : 395-400 ; 410, 416, 419, 420, 424. Devenu le fidèle par excellence des Verdurin : 425 (voir 431). Dans le train avec les fidèles : 425-429. S'illusionne sur le secret de ses mœurs : 430-437. Propos sur Balzac : 437-443, 445-446. Orages dans ses relations avec Morel : 447-450. Invente un duel pour faire revenir Morel ; succès de cette ruse : 451-460 ; 461. Tentative manquée de surprendre Morel en flagrant délit d'infidélité : 463-468 ; 474-479. S'intéresse à Bloch ; discours antijuif : 485-493. Va prendre le thé chez Jupien. Fait une scène à Morel à propos de l'expression « payer le thé » : 553-554. Le billet du chasseur : 555. Son rôle dans le projet de mariage de Morel : 556-561 ; 562, 563, 575, 594, 668-669, 686, 694-695. Projets de rupture de Morel, qui est prêt à « passer sa colère » sur le baron : 699-701. C'est lui qui organise la soirée Verdurin : 707. Il y arrive en traînant à sa suite un voyou : 709-711. Sa déchéance se lit sur son visage ; sa science de la toilette féminine ; il aurait pu devenir maître écrivain : 712-715. Détaché des contraintes sociales, affecte les façons qu'il flétrissait autrefois : 716-719. Ouvre la lettre de Léa à Morel ; sa jalousie ; admire cependant les succès féminins de Morel : 720-723. Utilise et sert Morel : 724-726. Aperçu sur la chute future de Charlus : 727 ; 728, 730. Je lis en lui à livre ouvert ; ses manières déplacées : 731-732 ; 733, 735. Le cas de Saintine ; exclusions et brouilles de Charlus : Mme Molé : 736-739 ; 742, 743, 745-747. Échange des propos furtifs avec plusieurs hommes importants partageant ses goûts : 748. Ce qui le perd aux yeux de Mme Verdurin ; fait taire ses invités : 749-753 ; 756, 763. Veut obtenir la croix de la Légion d'honneur pour Morel : 768 ; 769, 770. Ses mots d'esprit à propos de l'invitation d'Éliane de Montmorency ; critique Mme Verdurin : 771-773. Entend régler également les invitations de la soirée de Mme de Mortemart : 774-776 ; 777. Son autosatisfaction ; il irrite Mme Verdurin : 778-783. Malveillance de celle-ci à son égard et jugement de Brichot : 784-787 ; 788, 790. Son commentaire sur le *fa* dièse et la mèche de Morel : 791 ; 792. Apprécie Brichot ; j'ai pitié de lui : 793-795. Porte le titre de prince d'Agrigente ; me remercie de ne pas avoir accepté jadis sa proposition : 796-797 ; 798. Conversation avec Brichot sur l'homosexualité : 799-812 ; 813. Suite aux calomnies de Mme Verdurin, Morel

rompt avec lui ; il est frappé de terreur panique : 814-821 ; 822. La reine de Naples le soutient : 823-825. Tombe malade ; surprenante transformation morale : 826-827. Brichot m'en parle : 831-833 ; 835, 847, 855, 863, 870, 875, 888 ; IV, 160, 161, 164, 168, 177-178, 185, 190, 191. A adopté la nièce de Jupien et lui a donné le titre de Mlle d'Oloron : 236-237 ; 240, 241. Fait la connaissance de Legrandin : 243-245 ; 251, 254, 256, 257, 263, 265, 266, 276, 278, 282, 283, 284, 311, 315, 316, 322, 324-326, 337, 339, 340. Je le rencontre, un soir de guerre, à Paris : 342-345. Objet de la haine de Morel : 346-347 ; 348, 349, 350, 351. Sa germanophilie : 352-368. Ses propos sur la guerre : 372-378 ; 379, 380, 381. Son désir de renouer avec Morel : 382. Peur justifiée qu'il inspire à celui-ci : 383, 384 ; 385, 386, 387, 388. Flagellé par Maurice dans l'hôtel de Jupien : 394-397 ; 399. Surnommé « l'homme enchaîné » : 400 ; 402-407. Son snobisme de la canaille : 409. N'est en art qu'un dilettante : 410 ; 411-412, 417, 418, 419. Arrêté sur dénonciation de Morel, puis relâché : 431-432. Je le rencontre aux Champs-Élysées, convalescent d'une attaque d'apoplexie : 437. Son salut à Mme de Saint-Euverte : 438-440. Énumère ses amis morts : 441 ; 442, 443 ; 489, 491, 494. Comparé au roi Lear : 501 ; 502, 532, 543, 549, 550, 553, 563, 569. Sa ressemblance avec sa mère : 570 ; 571, 572, 593-596. Prétend que la vertu de Mme de Guermantes n'est qu'une légende : 600 ; 607. Voir aussi BRABANT (duc de), CARENCY (prince de), DUNES (prince des), MONTARGIS (damoiseau de), OLÉRON (prince d'), VIAREGGIO (prince de), autres titres de Charlus, et GANDIN.

Ant. *AGRIGENTE (duc d'), un des titres de Charlus : III, 333 n. 1 ; IV, 236 n. 2.

Ant. *CALABRE (duc de), un des titres de Charlus : III, 333*b*.

Ant. *CHARLES (peut-être son prénom) : III, 253*a*.

Ant. *FLEURUS (baron de) : I, 190*a*, 337*a*, 350*a* ; II, 114 n. 2, 145*a* (1406, 1408-1414), 337*b*, 356*c*, 1095, 1095*b*, 1096 ; III, 1024-1025.

Ant. *GROIX (marquis de), un des titres de Charlus : III, 333*b*.

Ant. *GUERCHY (Hubert de) : III, 929, 940, 941.

Ant. *GUERCŒUR (marquis de) : II, 1316, 1323, 1851.

Ant. *GUERCY (M. de, comte de ou marquis de) : I, 190 n. 1, 312*a* (1229), 847, 930, 950 ; II, 920, 922-926, 966, 1051, 1126 ; III, 923-924 ; IV, 677-678, 794, 796, 800, 874, 878, 889, 892.

Ant. *GUERCY (marquis Roffredo de) : III, 919, 923, 934-941.

Ant. *GUERCY (Roffredo de) : III, 981 n. 2 (1825).

Ant. *GURCY (Adalbert de) : II, 993, 1002, 1297*a*, 1303.

Ant. *GURCY (baron de) : II, 1051, 1095, 1248, 1250, 1289, 1293, 1295, 1302.

Ant. *GURCY (marquis de) : I, 21*a* (1015), 98*b*, 190*a*, 670 ; II, 1316, 1317 n. 1, 1323, 1851.

Ant. *GURCY (marquis ou vicomte de) : III, 34*b* (1306), 924, 943-945, 947-948, 956-958, 969, 983, 992, 1000, 1001, 1006, 1022-1030.

Ant. *GURCY (Sigisbert de) : III, 968.

Ant. *HAINAUT (comte de), un des titres de Charlus : III, 333*b*.

Ant. *LAON (prince de), un des titres de M. de Guercy : III, 941.

Ant. *LOUVAIN (comte de), un des titres de Charlus : III, 333*b*.

Ant. *OLÉRON (marquis d'), remplacé par Oléron (prince d') : III, 333*b*.

Ant. *OLORON (marquis d'), remplacé par Oléron (prince d') en tant qu'un des titres de Charlus : III, 333 n. 1 ; IV, 236 n. 2.

Ant. *PALAMÈDE XIV : III, 5*e* (1271).

Ant. *PONT-À-MOUSSON (marquis de), un des titres de Charlus : III, 333*b*.

Ant. *VIAREGGIO (duc de), un des titres de Charlus, remplacé par Viareggio (prince de) : III, 333*b*.

*CHARLUS. Voir CHÂTELLERAULT (jeune duc de).

CHARLUS (Mme de), femme du précédent, née princesse de Bourbon : II, 110, 587, 755, 796. Culte que lui voue son mari : 797 ; III, 92, 344, 747.

*CHARLUS (Mme de). Voir BEAUSERGENT (Mme de).

CHARLUS (ami de). Charlus lui demande d'être son témoin : III, 453, 458.

CHARLUS (ami défunt de), auquel il prétend que je ressemble : III, 380-381.

CHARLUS (ancêtre royal de M. de) : III, 13.

CHARLUS (bisaïeule de M. de), sœur du Grand Condé : III, 807.

EUGÈNE (prince) [1663-1736], homme de guerre : III, 807.
EUGÈNE (prince). Voir BEAUHARNAIS (Eugène de).
EUGÉNIE (impératrice) [1826-1920] : III, 104, 440.
EULALIE. Portrait ; ses visites, grande distraction de ma tante Léonie : I, 68-70, 99-105. Rivalité avec Françoise : 105-107, 116 ; 117. Défunte : II, 251. Françoise l'aime mieux depuis qu'elle est morte : 326 ; III, 148, 186. Jalousie de Françoise à son égard : 606, 660 ; 855, 863 ; IV, 62, 63, 102. Me revient l'image de sa petite chambre où j'avais couché : 459.
EULALIE (sainte) : I, 103.
EULENBOURG [Philippe, prince von] /1847-1921/, diplomate allemand, jugé pour homosexualité : III, 338.
Euménide, déesse bienveillante : I, 494.
EURYCLÉE, nourrice d'Ulysse : III, 377.
EURYDICE : I, 227.
EURYNOME, épouse de Jupiter : III, 88.
*EUVERTE (saint) : III, 106*f* (1379).
*ÉVA, héroïne de « La Maison du berger », de Vigny : III, 1090*d* (1876).
ÈVE, la première femme : I, 4 ; II, 641, 649, 734 ; III, 587.
Évêque de Rodez : III, 243.
Évêque de Rodez (parente de l') qu'a épousée le frère de Céleste Albaret et Marie Gineste : III, 243.
*ÉVREUX (comtes d') : II, 1170.
*ÉVREUX (duc d') : II, 1082, 1097.
*ÉVREUX (duchesse d') : II, 1075, 1082, 1097.
*ÉVREUX (Mlle de). Voir *FONTAINE-LE-POET (Mlle de).
Excellence nouvelle qui remplace un ambassadeur aimant les femmes, à la tête d'un Sodome diplomatique : III, 74.

*FABRE (bâtonnier). Voir Bâtonnier de Cherbourg.
FABRE [Jean Henri] /1823-1915/, entomologiste : I, 122 ; II, 654.
FABRICE DEL DONGO, personnage de *La Chartreuse de Parme*, de Stendhal : II, 405, 671, 720 ; III, 879 ; IV, 131.
FAFFENHEIM-MUNSTERBURG-WEINIGEN (prince von), premier ministre allemand, surnommé « le prince Von », appelé parfois « le Rhingrave » par le narrateur. Son ambition d'entrer à l'Institut : II, 552-560, 570, 571, 573, 580, 724, 798-800, 812, 815-817, 825, 826, 836, 837. Dreyfusard : III, 77.
Ant. *BURG (prince du) : II, 560*a*.
Ant. *SAINT-EMPIRE (prince du) : II, 1247, 1248.
Ant. *TCHIGUINE (prince) : II, 552*d*, 554*a*, 570*a*, 579*b* (1660), 1190-1192.
Ant. *X (prince de) : II, 826*a*.
FAFFENHEIM-MUNSTERBURG-WEINIGEN [princesse von], femme du précédent. À la tête de la coterie la plus fermée de Berlin : II, 554 ; 558.
FAGON [Guy-Crescent] /1638-1718/, médecin de Louis XIV : IV, 580.
*FALCON (Mlle) [1812-1897] : I, 672, 687. Voir aussi MATERNA (Mme).
FALCONET [Étienne] /1716-1791/, statuaire : III, 147.
FALKENHAUSEN (Frédéric Ludwig, baron de) [1869-1936], général allemand : II, 410.
*FALKENHAYN [Erich von] /1861-1922/, général allemand : II, 414*b* ; IV, 559*a* (n. 3).
FALLIÈRES [Armand] /1841-1913/, président de la République : II, 613.
FANTIN-LATOUR [Henri] /1836-1904/, peintre français : II, 571 ; IV, 292.
FARCY (comte de), parent obscur des Forcheville : IV, 538.
FARCY (Mme de), américaine, femme du précédent : IV, 538, 539. (Elle est distinguée de la « charmante amie de Bloch et de Mme de Guermantes » ; mais cette amie de Bloch est elle-même [voir 539, 584] américaine.)
FATEFAIREFICHE (marquis de), dans un propos de Charlus : III, 475.
*FAUCOMPRÉ (M. de) : III, 1068.
FAUCOMPRÉ (Mme de) [—] : IV, 768.
FAURÉ [Gabriel] /1845-1924/, compositeur français : III, 343-344, 773 ; IV, 123.
FAUST (docteur) : II, 210.

Ant. *MONTARGIS (Mme de), remplacée par SAINT-LOUP (Mme de) : IV, *679-680*, 742.
Voir aussi *LUCIENNE.
*GILBERTE. Voir ANDRÉE.
GILBERTE (amie de), à la voix brève : I, 387, 392, 398, 399.
GILBERTE (camarades de), aux Champs-Élysées : I, 388, 392, 400. Chez elle : 491, 495, 498 ; 526, 527, 531, 587.
GILBERT LE MAUVAIS, sire de Guermantes, représenté sur un vitrail de Combray : I, 67, 103-104, 169, 170, 172, 175 ; II, 830 ; III, 769 ; IV, 117, 118, 418, 435.
Ant. *CHARLES LE MAUVAIS : I, 62*a* (1132), 732, 733*a*, 735, 740, 878 ; III, 769*b* ; IV, 834.
Ant. *FULBERT : I, 104*a*.
Ant. *FULBERT LE MAUVAIS : IV, 833.
Giletier de la cour. Voir JUPIEN.
GINESTE (Mlle Marie) [née en 1888], l'une des deux courrières d'une dame étrangère à Balbec, sœur de Céleste Albaret : III, 192, 239-242. Xénophobe : 243 ; 509.
*GINESTRE (marquis de) : I, 938.
[GINESTY (Paul)], directeur du théâtre de l'Odéon de 1896 à 1906 : III, 326.
*GIOLITTI [Giovanni] /1842-1928/, homme politique italien : II, 857*a* (1824, 1826) ; IV, 215, 362.
*GIORGINA : III, 34*b* (1338).
GIORGIONE [v. 1477-1510], peintre italien : I, 384, 385 ; II, 719 ; III, 94, 150, 885.
GIOTTO [1266-1336], peintre florentin, auteur des Vices et des Vertus de Padoue : I, 80, 119-120, 121, 322, 382 ; II, 165, 241, 444 ; III, 895 ; IV, 226.
GIROUX [—], bimbelotier : I, 604.
*GISÈLE, sœur de ma grand-mère : II, 640*a* (1708).
GISÈLE, une des jeunes filles de Balbec. Jugée cruelle : II, 150, 153. Rencontre ; sans doute m'aime-t-elle : 241. Andrée la déteste ; jugement d'Albertine : 242. Repart « potasser » ; projet manqué de l'accompagner : 243-245. Affection d'Andrée pour elle : 249. Sa composition : 264-267 ; 296, 359, 648. Par une confusion de Proust, elle devient la jeune fille qui saute par-dessus le vieux monsieur : 658 ; III, 199, 219, 235. Elle a *justement* quelque chose à dire à Albertine ; sa façon de mentir : 683-685. Accusée de perfidie par Andrée : IV, 129-130. Andrée déclare qu'elle est sa meilleure amie : 177.
Ant. *ANDRÉE : III, 199*a*.
Ant. *BERTHE : II, 296*a*, 300*a* (1481), 301*e*.
Ant. *FERNANDE : II, 659*a*.
Ant. *ROSEMONDE : IV, 989*c*.
Ant. *VICTOIRE : III, 199*a*.
Voir aussi *ROLANDE et *SOLANGE.
*GISÈLE. Voir GUERMANTES (Marie, princesse de).
*GLAMIS (Lord de) : III, 980*a* (1823).
GLAUKONOMÈ, nymphe : II, 65.
Ant. *ALECTO : II, 65*b*.
GLEYRE [Charles-Gabriel] /1806-1875/, peintre suisse : I, 144.
GLUCK [Christoph Willibald] /1714-1787/, compositeur allemand : II, 761.
GODARD (Benjamin) [1849-1895], compositeur français : III, 414.
*GOËLAND (le), yacht de Mme Putbus : IV, 718.
GOETHE [1749-1832] : II, 475, 553 ; IV, 185, 358.
*GOETHE. Voir BEETHOVEN (Ludwig von).
GOFROI (saint) : III, 283.
GOGOL [1809-1852] : III, 880.
*GOHIER (M.) [Urbain], /1862-1951/, journaliste : III, 109*d*.
*GOHRY [—], nom de lecture conjecturale : IV, 897.
GOLAUD, personnage de *Pelléas et Mélisande*, de Debussy : III, 624.
GOLDSCHMID, en fait Goldschmidt [Neville D.] /—/, marchand de tableaux : I, 348.
GOLIATH : II, 584 ; III, 257.
GOLO, personnage de la légende de Geneviève de Brabant : I, 9, 10, 48 ; IV, 503.
*GOLSMITH (Paul) [—] : IV, 799 n. 2.

se faire photographier : 144. Paraît me fuir : 145 ; 146, 151, 156, 157, 166, 167, 173, 178, 185, 186-187. M'irrite : 189, 190 ; 201, 202, 208, 211, 214, 215. Offre à Saint-Loup des lettres de Proudhon : 220-221, 223 ; 243, 258, 260, 284, 303, 305. Ne se porte pas très bien : 310 ; 318, 320, 333. Obtient que mon père me donne une place à l'Opéra : 336 ; 370, 372, 388, 392. Saint-Loup lui demande de me téléphoner : 431. Sa voix au téléphone : 432-436. Mon seul souci est de retourner auprès d'elle : 438. Je la revois ; effet sur elle de la maladie : 438-440, 448, 450, 471, 553, 557, 588. Progrès de sa maladie : 594-604. Sa petite attaque aux Champs Élysées : 605, 607-609. Rencontre du fameux professeur E*** qui accepte de nous recevoir : 610-613. « Votre grand-mère est perdue » : 614-617 ; 618-621. Son agonie : 625-639. Sa mort : 640-641 ; 642, 666, 704, 709, 718, 719, 782, 851, 854. Le professeur E*** se fait confirmer qu'elle est bien morte : III, 41-42 ; 80, 141. Ressuscite dans mon souvenir à ma seconde arrivée à Balbec : 153-156. Je rêve d'elle : 157-160 ; 165-168, 169. Pourquoi elle s'était fait photographier : 171-176 ; 177. Mon chagrin de sa mort diminue puis revient : 178-179, 181 ; 203. Rappel de ses goûts littéraires : 229-231 ; 290, 303, 305, 318, 333, 407, 433, 444, 484, 497, 499, 502. Devoirs que maman lui rend : 506 ; 510. Maman désormais lui ressemble : 513, 515, 523, 524, 527. Je parle à Albertine comme elle me parlait : 586, 587 ; 609, 615-617. Cauchemars la mettant en scène : 631 ; 689, 794, 812, 825, 846, 868, 904, 907, 911 ; IV, 49, 59, 64, 83, 92, 100, 101, 107, 112, 120, 123, 173, 192, 204. Aurait aimé Venise : 208 ; 219, 220, 235. Ce qu'elle aurait pensé du mariage de Gilberte : 237-239, 252-253 ; 260, 295, 299, 320, 466, 481, 482, 491, 493, 494, 553, 566, 607, 616, 617, 621. Voir aussi Grands-parents (mes).
Ant. *CÉCILE : I, 11.
Ant. *HORTENSE (Mme) : II, 630*a*.

Grand-mère (beau-frère de ma), religieux. Durant l'agonie de ma grand-mère, observe si ma douleur est sincère : II, 635.

Grand-mère (cousine de ma) : I, 192.

Grand-mère (cousins de ma) : I, 192-193.

Grand-mère (parents de ma) : II, 640.

Grand-mère (père de ma) : III, 506.

Grand-mère (sœurs de ma). Céline et Flora ou Victoire (voir II, 7) : I, 16-17, 18. Vieilles filles ; leurs aspirations élevées : 21. Remercient Swann par allusions : 22-26 ; 32-33, 34, 96-97, 111, 145, 158, 210 ; II, 7-8. Restent à Combray pendant l'agonie de ma grand-mère : II, 621 ; 639 ; III, 207. Maman va à Combray voir l'une d'elles, très malade : 497, 506, 524.

GRANDMOUGIN [Charles] /1850-1930/, auteur dramatique français : II, 744.

Grand-oncle (mon). Me tirait par mes boucles : I, 4 ; II, 471 (cité par confusion au lieu de ma grand-tante) ; III, 81.

Grand-père maternel (mon), Amédée : I, 6. Les liqueurs lui sont défendues : 11-12. A été l'un des meilleurs amis du père de Swann : 14-15. Tente d'interroger Swann sur ses relations mondaines : 20-27 ; 34, 48, 57. Brouilles avec mon oncle Adolphe : 71, 74, 75, 79. Son attitude envers mes amis juifs : 90-91. Promenade avec mon père et lui à Tansonville : 134-137, 139-142 ; 156, 167, 176. Oppose une fin de non-recevoir absolue aux demandes de Swann : 191, 196 ; 305, 352, 372, 374, 406, 503, 507, 563 ; II, 384. Sa vie de désintéressement et d'honneur : 450 ; 471, 610. L'agonie de ma grand-mère : 636, 637, 639, 861 ; III, 181, 301, 302, 318, 415, 787, 812 ; IV, 530, 539, 540, 563. Voir aussi Grands-parents (mes).

Grand-père (amis de mon) : II, 861.

Grand-père (père de mon). Voir Arrière-grand-père (mon).

Grands-ducs (les) : IV, 167.

Grands-parents [maternels] (mes). Habitent Combray : I, 6 ; 15, 72, 141, 149, 191, 400, 408.

Grands-parents [paternels] (mes) : III, 302.

Grand-tante (ma), cousine de mon grand-père et mère de ma tante Léonie, appelée parfois « ma tante », habite Combray : I, 9. Taquine ma grand-mère : 11-12. Ignore la société que fréquente Swann : 14, 15, 16-18, 20-22. Ma grand-mère n'est jamais du même avis qu'elle : 22 ; 23, 28, 33-34, 40, 48, 52, 63. Son sens des devoirs ; Bloch prétend qu'elle a eu une jeunesse orageuse : 92 ; 98, 99, 110, 117, 304,

561-562 ; II, 10, 22, 258. Soignée par Legrandin : III, 524 ; 830 ; IV, 244, 536. Cette « grand-tante », appelée souvent « ma tante », est parfois confondue avec la tante Léonie (voir LÉONIE, ma tante). Autre incohérence, elle est « cousine de mon grand-père » (I, 48), tandis que sa fille Léonie est « cousine germaine de ma grand-mère » (II, 600).
Grand-tante (neveu de ma). Surnommé « Ni fleurs ni couronnes » ; au chevet de ma grand-mère : II, 636-637, 639.
Grand-tante (nièce de ma), à qui celle-ci lègue toute sa fortune : I, 92.
GRANIER (Jeanne) [1852-1939], comédienne française : II, 785.
*GRAVES (petit prince de) : II, 1169.
GRÈCE (roi de) [Georges Ier] /1845-1913/ : II, 779.
GRÈCE (fils du roi de) [Georges] /1869-1957/, fils du précédent : II, 779.
GRÈCE (nouveau ministre de) : II, 766, 767.
GRÈCE (reine de) [OLGA CONSTANTINOVA] /1851-1926/ : I, 26 ; III, 326.
GRÈCE (roi de). Voir CONSTANTIN, roi de Grèce.
GRECO (le) [1548-1625] : II, 61 ; III, 712 ; IV, 338.
*GREFFULHE (comtesse) [—] : IV, 760, 929.
*GREGH [Fernand] /1876-1960/, poète français : IV, 430*a* (1249), 799.
GRÉGOIRE LE GRAND [v. 540-604], pape de 590 à 604 : III, 634, 644.
*GRESSAC (Guy de). Voir GUERMANTES (Gilbert, prince de).
GRÉVILLE (Henry) [Alice Fleury, dite] /1842-1902/, romancière : I, 585.
GRÉVY (M.) [1807-1891], président de la République de 1879 à 1887. Swann déjeune chez lui : I, 213-214 ; IV, 245.
*GRÉVY. Voir CARNOT.
GRIBELIN [Félix] /—/, archiviste du bureau des Renseignements ; a déposé contre Dreyfus : II, 537.
*GRIÉGEOIS (docteur) : III, 999. Voir aussi *PIÉGEOIS (docteur).
GRIGNAN (Mme de) [1646-1705], fille de Mme de Sévigné : I, 257 ; II, 57, 121-122 ; III, 527.
GRIGRI, surnom du prince d'Agrigente. Voir AGRIGENTE (prince d').
*GRIOLET [?] : IV, 956.
GRISÉLIDIS : III, 27.
*GROIX (marquis de). Voir CHARLUS (Palamède XV, baron de).
Groom de l'hôtel de Balbec : II, 125.
*GROSCLAUDE (Étienne) [1858-1932], journaliste et humoriste français : II, 540*a*.
GROUCHENKA, personnage des *Frères Karamazov*, de Dostoïevski : III, 879.
GROUCHY (comte de) : II, 726, 773-775.
GROUCHY [Emmanuel, marquis de] /1766-1847/, maréchal de France : II, 726.
GROUCHY (Mme de), fille de la vicomtesse de Guermantes : II, 726, 773.
*GRUNEBAUM [—] : IV, 926.
*GRUNEBAUM-BALLIN (Mme) [—] : IV, 863, 968.
GUARDI [1712-1793], peintre vénitien : IV, 288.
Ant. *CANALETTO : IV, 755.
GUASTALLA (Albert, duc de), fils de la princesse de Parme : II, 717, 718, 807-808, 852.
GUASTALLA (duc de), fils des Iéna : II, 807-808, 810, 852.
*GUATEMALA (ministre de) : II, 1301.
GUÉMÉNÉE (les) : III, 139*c* (1413).
GUÉMÉNÉE (M. de) : II, 822.
*GUERCHY (Mme de) : I, 813.
Ant. *FORCHEVILLE (Mme de) : I, 813*a*.
*GUERCHY (Hubert de). Voir CHARLUS (Palamède XV, baron de).
*GUERCŒUR (marquis de). Voir CHARLUS (Palamède XV, baron de).
*GUERCY (le petit) : IV, 685.
*GUERCY. Voir CHARLUS (Palamède XV, baron de) et NORPOIS (marquis de).
GUERMANTES (les). Swann est un grand ami à eux : I, 20 ; 102-103. Legrandin souffre de ne pas les connaître : 125-127 ; 164, 165. Comment je me les représente : 169-170, 172-173 ; 254-255. Tiennent à l'écart Mme de Gallardon, leur parente : 323-324. Leur esprit, leur langage : 328, 331-332, 334, 336 ; 502. Le milieu G. : 504-505 ; 510, 513, 557 ; II, 58, 82, 113-115, 120, 123, 200, 312-316, 319, 322, 323, 328-330, 334, 337, 357, 379, 427, 445, 454, 483, 486, 502, 504, 505, 506, 515, 548, 583, 589,

221, 307, 338-339, 343-344, 358, 432, 434, 458, 473, 545. Son échec à la présidence du Jockey, conséquence de l'affaire Dreyfus : 548-551 ; 695, 711, 716. Est 12ᵉ duc de Guermantes et 17ᵉ prince de Condom : 738 ; IV, 33, 149. Reçoit Gilberte : 159-162. Lit mon article du *Figaro* : 163-164. Ses compliments mitigés : 168-169 ; 219, 237. Laisse entendre que Mlle d'Oloron est fille de Charlus : 244-245 ; 250-251, 252-253, 265 ; 281, 284, 293. Goncourt se souvient de lui comme d'un « charmant bambin » : 294 ; 295, 299, 316, 317, 319, 329, 338. Anglophile pendant la guerre ; tient Caillaux pour un traître puis change d'opinion sous l'influence d'une Anglaise : 361-362 ; 402, 493, 583. Vieilli, toujours aussi majestueux : 584, 589, 590. Trompe la duchesse avec Odette, devenue Mme de Forcheville : 592-593. A perdu pour la seconde fois la présidence du Jockey : 594. Grandi par la vieillesse, n'est plus devant Odette qu'un vieux fauve dompté : 595-597 ; 598, 600, 601, 624. Voir aussi LAUMES (prince des).

Ant. prénommé *ADOLPHE : III, 935 ; IV, 679, 682.

Ant. prénommé *ASTOLPHE : II, 1021-1024, 1212*a*, 1243, 1250, 1265, 1273, 1286, 1302, 1303, 1308 ; III, 968, 971, 1017-1018.

Ant. prénommé *GOMBAUD : IV, 917.

Ant. prénommé *RAYMOND : IV, 915, 916.

Ant. *VILLEBON (comte de) : II, 1170 ; IV, 677 n. 2.

GUERMANTES (cousins du duc de), aiment les arts : II, 332.

GUERMANTES (maîtresses du duc de) : II, 332, 763, 770. « Séquestrées » par le duc : 771-773 ; 866.

GUERMANTES (sœur du duc de) : II, 815. (À distinguer de Mme de Marsantes ; voir ce nom.)

GUERMANTES (fils de la sœur du duc de) : IV, 164.

GUERMANTES (Oriane, duchesse de), princesse des Laumes jusqu'à la mort de son beau-père (voir I, 462), femme de Basin, née Guermantes, a épousé son cousin : I, 102 ; 125. Comment je me la représente : 169-170. Je la vois dans l'église de Combray : 171-176 ; 180, 186, 266, 275, 323-324. Chez Mme de Saint-Euverte : 325-337. Mortifie Mme de Gallardon : 327-330. Médit des Cambremer et des Iéna : 331-336. Avec Swann : 334-337 ; 354, 359, 360 ; 362, 367. Swann rêvait de lui présenter Odette et Gilberte : 461-462 ; 504-505, 510, 559 ; II, 108. Tante de Saint-Loup et nièce de Mme de Villeparisis : 114. Rachel joue chez elle : 142 ; 191. Rêves successifs sur son nom : 311-313. « Suzeraine du lieu et dame du lac » : 314. Ses intimes protègent son mystère : 315. Maintenant notre voisine : 316 ; 317, 322, 324. A la plus grande situation dans le faubourg Saint-Germain : 328-338. Dans la baignoire de sa cousine à l'Opéra : 352-357. Ses promenades matinales : 358-363 ; 367, 368. Sa vie mystérieuse : 369 ; 374, 379, 395, 396, 398-402, 416, 418, 419. Je cherche un prétexte pour la voir : 423-425, 440-443, 445, 451, 481, 492, 493. Chez Mme de Villeparisis : 497, 498, 500-513, 519-521, 524-529, 532-533, 535, 536, 540-541, 544, 546, 549-552, 560. Ne salue pas Mme Swann : 569 ; 572, 573, 580, 586, 588, 589, 603. Ma mère me guérit de mon amour pour elle ; changement de son attitude à mon égard : 666-676, 684, 703-705. Dîner chez elle : 709, 710, 715-719, 722-725, 726-730, 732, 733, 735, 738-745, 747-764, 766-787, 789-825, 827, 828, 831-834, 836-840, 847, 849, 853, 855-859, 861-865, 867-869, 871-884 ; III, 3, 12, 31, 33, 39, 40, 49, 58. Chez la princesse de Guermantes : 59-63, 66-67. Son salon comparé à celui de sa cousine : 68 ; 69-71. Impolie avec Mme de Chaussepierre : 72-73. Ne tient pas à voir Swann : 74-80 ; 81, 82-87, 90, 93, 94, 105, 107. Avec le duc, me ramène : 114-123. Politesse inattendue avec Mme de Gallardon : 119-120. Refuse avec indignation de me présenter à la baronne Putbus : 121-122. Ne parle plus à mon imagination : 138 ; 139, 141, 143, 145-157, 151-152, 214-215, 273-274 ; 295, 307, 308, 313, 340, 400, 401, 409, 417. Appelée Oriane-Zénaïde par une dame : 441 ; 455, 503. Je lui demande des indications pour la toilette d'Albertine ; son art de s'habiller ; sa prononciation et son vocabulaire : 540-553 ; 563, 564-565, 571, 572, 609, 689, 705, 713. Pourquoi Charlus l'a invitée à la soirée Verdurin : 725 ; 735. Son attitude mondaine lors de l'affaire Dreyfus : 738-740 ; 771, 781 ; 783, 790, 793, 810, 825, 835, 871, 872, 905-906 ; IV, 6, 8, 13, 53, 64, 85-86, 88, 117, 132, 133, 145-146. Je retrouve chez elle Gilberte, devenue Mlle de Forcheville : 152-154. S'était longtemps refusée à voir Mme et Mlle Swann : 155-156. Swann mort, se décide à recevoir Gilberte : 157-164. Comment elle lui parle de Swann : 160-162 ; 167-169, 174, 176-177, 192, 200, 245-247, 265, 270. Bruits qui courent sur son divorce : 316 ; 338, 373, 379, 385, 418, 427. Son chagrin inattendu de la mort de Saint-Loup : 429-431 ; 443, 462, 481, 489, 494. Me déclare son « plus vieil ami » : 505-506 ; 507, 508. Son visage vieilli : 515-516 ; 517, 535, 536. Toujours prestigieuse aux yeux de sa famille : 537-538 ; 539, 544, 546, 549, 550, 552, 554, 557, 563, 566-570. A Rachel pour amie : 571. Son antipathie récente pour Gilberte : 572 ; 577, 578, 579, 581. Baisse de sa situation mondaine : 582-583. Étrangeté, pour moi, de ses propos sur le passé : 584-590. Trompée par son mari avec Mme de Forcheville : 592-594 ; 596. Légende de sa pureté, d'après M. de Charlus : 600 ; 601, 602. Dit tout le mal possible de Gilberte : 603-605 ; 606.

Ant. *GARMANTES (comtesse de) : I, 809, 813, 814 ; II, 1101, 1102.

Ant. *GUERMANTES (Floriane, comtesse de). Devient duchesse : II, 316*d* (1536) ; 1021-1025, 1041-1045, 1057, 1070, 1072, 1075, 1076, 1086, 1092, 1190, 1229.

Ant. *GUERMANTES (Rosemonde, duchesse de) : II, 1249, 1251, 1255, 1264, 1265, 1292-1294, 1309 ; III, 971-972, 974.

Ant. *VILLEBON (comtesse de) : I, 21*a* (1103), 685 ; IV, 677 n. 2.

Ant. prénommée *AURIANE : II, 1170.

Ant. prénommée *CLOTILDE : II, 1161.

Ant. prénommée *ÉLODIE, remplacé par Zénaïde : III, 441*a*.

Ant. prénommée *ORIANE-ÉLODIE, remplacé par Oriane-Zénaïde : III, 441*a*.

Ant. prénommée *SEPTIMIE : II, 1026.

GUERMANTES (arrière-grand-père de la duchesse de), faisant partie de la suite du comte de Chambord : III, 545.

GUERMANTES (cousin allemand de la duchesse de), dont elle a hérité un Franz Hals : II, 815.

GUERMANTES (mère de la duchesse de) : II, 815.

GUERMANTES (nièce de la duchesse de). Belle et jeune, semble une « vieille rombière » au concierge d'un restaurant et au personnel d'un hôtel : III, 695. (Est-ce elle qui m'envoie une lettre de déclaration ? : IV, 33).

GUERMANTES (nièce de la duchesse de), qui a épousé un Américain : III, 471.

GUERMANTES (sœurs de la duchesse de) : II, 784, 785.

GUERMANTES (trisaïeul de la duchesse de). A épousé une fille de Louvois : II, 824.

GUERMANTES (duchesse de). Voir GILBERTE SWANN.

GUERMANTES (Elzéar de) : I, 324.

GUERMANTES (Gilbert, prince de), cousin du duc de Guermantes. Son antisémitisme : II, 532. Passe pour un « féodal » : 535, 726, 732, 738, 741, 811, 812, 819, 820, 858, 865-869, 872, 873, 877, 880 ; III, 34. Donne une soirée : 37, 39. Je cherche à lui être présenté : 40, 41, 45, 48, 50, 54. Son accueil compassé : 55 ; 58, 62. Royaliste convaincu : 68 ; 71. A-t-il eu une scène avec Swann ? : 72, 75, 78, 79, 90, 98. Relation de son entretien avec Swann : il est devenu dreyfusard : 101-104, 106-107, 109-111 ; 115, 119, 377, 379. Se rend à La Raspelière : 432. Passe une nuit avec Morel dans la maison de femmes de Maineville : 464. Échec des rendez-vous suivants : 467-468 ; 479-480 ; III, 706. Exclu par Charlus des éventuels invités de Mme de Mortemart : 775-776. Sa réelle perspicacité sur Théodore : 810 ; 811 ; IV, 26. Appelé Voisenon, du nom de son château : 161 ; 359, 360, 434. Donne une matinée dans son nouvel hôtel de l'avenue du Bois : 435, 436, 437, 438, 446, 447, 452, 462, 464, 465, 494. Je ne le reconnais pas tout d'abord, affublé d'une barbe blanche : 497 ; 516. Bloch se fait présenter à lui : 531, 532. Veuf et ruiné par la défaite allemande, s'est remarié avec Mme Verdurin, veuve elle-même du duc de Duras : 533 ; 538, 539, 543, 576, 623. Voir aussi VOISENON.

Ant. *GRESSAC (Guy de), avant de devenir prince de Guermantes : III, 929.

Ant. prénommé *AGÉNOR : III, 992.

Ant. prénommé *ASTOLPHE : II, 535*b*.

Ant. prénommé *BRUNO : II, 820*a*.

Ant. prénommé *GOMBAUD : II, 532*a*, *b*, 866*a*.

Ant. prénommé *HERVÉ : III, 981.

Ant. prénommé *HUBERT : III, 34*b* (1323, 1343).

Ant. prénommé *HUMBERT : II, 812*a*, *b*, 865*a*, 866*a* ; III, 34*b* (1343), 121*a*.

Ant. prénommé *NIVELON : II, 535*b*.

GUILLAUME LE CONQUÉRANT [v. 1027-1087] : I, 104.
GUILLAUME II [1859-1941], roi de Prusse et empereur d'Allemagne : I, 455 ; II, 586-587, 706, 812, 813, 815-817, 836, 837, 854 ; III, 269, 270 (le Kaiser). A reçu Charlus, qui le juge : 337-338 ; IV, 307-308, 318-319, 350, 365, 367, 376, 377, 425. Voir aussi HOHENZOLLERN (le) et (Guillaume de).
GUILLAUMIN [Armand] /1841-1927/, ébéniste : II, 116.
*GUISBOURG (lecture conjecturale) [?] : IV, 872.
GUISCARD [Robert] /v. 1015-1085/, aventurier normand : III, 510.
GUISE (famille de) : II, 829.
GUISE ([Henri], duc de) [1550-1588] : I, 539 ; II, 27 ; IV, 237.
GUISE (duchesse de) [Isabelle d'Orléans] /1871-1961/ : II, 334-335, 822.
Ant. *EU (comtesse d') : II, 822*b*.
Ant. *MILAN (duchesse de) : II, 822*b*.
GUISE (Florimond de), grand-père de Mme de Villeparisis : II, 489, 819 (Mme de Villeparisis est présentée par erreur comme sa « fille »).
Ant. *GUISE (Bruno de) : II, 820*a*.
*GUIZOT [François] /1787-1874/, homme politique et historien français. Voir aussi MICHELET (Jules).
GULLIVER : III, 684.
*GURCY. Voir CHARLUS (Palamède XV, baron de).
*GUSTAUT (M. de) : II, 759*a*.
GUTENBERG [Johannes Gensfleich, dit] /1394-1399 ?-1468/ : II, 435 ; IV, 312.
*GUY. Voir SAINT-LOUP-EN-BRAY.
*GUYAU [Jean-Marie] /1854-1888/, philosophe français : II, 914.
GUYS (Constantin) [1802-1892], dessinateur français : I, 411.

H*** (Mme), aveugle, amie du marquis du Lau : III, 546.
H*** (prince de) : III, 503.
HAAS (Charles) [1832-1902] : II, 866. A fourni quelques traits à Swann : III, 705.
*HACQUEVILLE ([abbé] d') [?-1678] : IV, 925.
HADÈS, dieu des Enfers : II, 105.
HADRIEN [76-138] : III, 388.
HAENDEL [1685-1759], compositeur allemand : III, 723.
*[HAHN] (Reynaldo) [1875-1947], compositeur français : II, 1292*b*.
*HAINAUT (comte de). Voir CHARLUS (Palamède XV, baron de).
*HAINAUT (princesse de) : I, 934, 935.
HALÉVY [Fromental] /1799-1862/, compositeur français : I, 567.
HALÉVY [Ludovic] /1834-1908/, littérateur français : I, 328 ; II, 505, 785.
HALS (Frans) [v. 1580-1666], peintre hollandais : I, 250 ; II, 813-815, 832, 837.
*HAMILCAR [v. 290-v. 228 av. J.-C.] : I, 763.
HAMLET, personnage de Shakespeare : III, 410 ; IV, 231.
*HAMMOND [—], couturier : IV, 795, 1388 n. 3.
HANNIBAL [247-183 av. J.-C.], général carthaginois : II, 411, 710.
*HANOTAUX [Gabriel] /1853-1944/, historien et homme d'État français : IV, 767, 799. Voir aussi TESTIS.
HANOVRE (princesse d'), sœur de Mme de Beausergent et de Mme de Villeparisis : IV, 294.
Ant. prénommée *CÉLIA : III, 798*a*.
HANOVRE ([Georges-Louis], prince d', ensuite roi d'Angleterre [George Ier]) [1660-1727] : III, 343.
HANOVRE (roi de), cousin de M. de Charlus : III, 337.
*HANOVRE-WEININGEN (duc de) : II, 1232, 1232*b*.
[HANSKA (Mme)], puis Mme de Balzac [1801-1882] : III, 439.
HARBOUVILLE (Mme d'). Voir ARBOUVILLE (Mme d').
HARCOURT (les) : III, 475.
HARCOURT [Alphonse Henri Charles de Lorraine-Elbeuf, prince d'] /1648-1679/ : IV, 409.
HARCOURT (Louis [II] d') [mort en 1459], évêque de Bayeux, patriarche de Jérusalem : III, 327.
HARCOURT ([Georges Trévor Douglas Bernard, marquis] d') [1808-1883] : II, 859.

*HARCOURT (Mlle d'). Voir *HAUSSONVILLE (comtesse d').
*HARDEN [Maximilien] /1861-1927/ : IV, 705.
HARDY (Thomas) [1840-1928], écrivain anglais : III, 878.
*HAROLD (mort en 1066) : I, 872.
HAROUN AL RASCHID, calife des *Mille et une Nuits* : IV, 388, 411.
HARPAGON, personnage de *L'Avare*, de Molière : III, 312.
Harpiste qui, à la soirée Verdurin, exécute avec Morel le Septuor de Vinteuil : III, 755-756.
HATZFELDT (Mme d') : IV, 293. Voir BEAUSERGENT (Mme de).
Ant. *HAZEFELD (Mme de) : III, 798*a*.
*HAZEFELD (Mme de). Voir HATZFELDT (Mme d').
HAUSSONVILLE (M. d') /—/, un des premiers seigneurs du royaume avant la Révolution : IV, 546.
HAUSSONVILLE ([Joseph Othenin Bernard de Cléron], comte d') [1809-1884], de l'Académie française, fils du précédent, gendre du duc de Broglie : II, 859 ; IV, 546.
HAUSSONVILLE ([Louise-Albertine de Broglie], comtesse d') [1818-1882], petite-fille de Mme de Staël, épouse du précédent : II, 859 ; IV, 546.
HAUSSONVILLE [comte Othenin d'] /1843-1924/, fils de Joseph Othenin Bernard. Erreur de Mme Bontemps qui le croit duc : IV, 307. Représentant actuel de cette maison : IV : 546.
*HAUSSONVILLE [comtesse Othenin d'] /—/, née Pauline d'Harcourt, épouse du précédent : III, 970.
HAVAS (Agence) : I, 509.
HAVRÉ (duchesse d') : IV, 213. Voir VILLEPARISIS (Madeleine, marquise de) et X (duchesse de).
*HAYDN [Joseph] /1732-1809/, compositeur autrichien : II, 802*a*.
*HAYE (Mme) [—] : I, 1318.
HAZAY (M. du) : III, 148.
Ant. prénommé *ODOARD : III, 34*b* (1312).
HÉBERT [Antoine Auguste Ernest Hébert] /1817-1908/, peintre français : II, 520.
HÉBREUX (les) : II, 339.
*HÉBUTERNE, parent des Cambremer : III, 186*d*.
*HECTOR : I, 440*b* ; III, 1136.
*HECTOR (veuve d'). Voir THÉSÉE (femme de).
*HEDWIGE. Voir GUERMANTES (Marie, princesse de).
HEGEL [Friedrich] /1770-1831/, philosophe allemand : IV, 331.
HÊGÊSO, athénienne représentée sur sa stèle funéraire : I, 550.
*HEILBRONN [Marie] /1849-1886/, cantatrice : III, 348*b*.
HÉLÈNE, femme de Ménélas : IV, 21, 22.
HÉLÈNE, sœur de Mme de Montesquiou : III, 776.
*HÉLÈNE, prénom de l'une des jeunes filles de la plage : II, 999, 1002.
[HÉLÈNE, princesse Petrovic Njegos de Monténégro] /1873-1952/, reine d'Italie : III, 59 ; IV, 215.
HÉLIER (saint), forme régionale pour saint Hilaire : I, 103.
HÉLIOGABALE, empereur à Rome de 218 à 222 : III, 808.
HÉLIOS, le Soleil : III, 488.
HELLEU [Paul] /1859-1927/, peintre français : III, 329.
HELVÉTIUS [1715-1771] et sa femme : III, 742.
HÉLY. Voir CHALAIS (Hély, prince de).
*HENRI. Voir SAINT-LOUP-EN-BRAY (Robert, marquis de) et BLOCH.
HENRI II [1510-1559], roi de France : I, 496, 610.
HENRI IV [1553-1610], roi de France : II, 339, 792, 832 ; IV, 238.
HENRI IV (père d') [Antoine de Bourbon] /1518-1562/, roi de Navarre en 1555 : II, 832.
HENRI V [1820-1883], prétendant au trône de France : III, 492. Voir aussi CHAMBORD (Henri de Bourbon, comte de).
*HENRI V [comte de Chambord]. Voir PHILIPPE VII.
HENRI VIII, roi d'Angleterre : II, 758.

JOUBERT [Joseph] /1754-1824/, moraliste français : II, 86, 499, 839.
Joueur d'échecs réputé, à Féterne : III, 494.
Jour (Le), divinité : III, 234.
Journalistes (trois), au théâtre : II, 475. L'un d'eux est giflé par Saint-Loup : 478 ; 479 (ils sont quatre, sans doute par inadvertance) ; IV, 260.
*JOURNIER-SARLOVEZE. Voir FOURNIER-SARLOVEZE.
JOUVILLE (M. de) : III, 61.
*JOYEUSE (nom de) : I, 888 ; II, 1268.
*JOYEUSE (Claire de) : II, 1251, 1252.
JUAN (don) : III, 90.
JUAN D'AUTRICHE. Voir AUTRICHE (don Juan d').
JUDA (rois de) : II, 198.
JUDET [Ernest] /1851-1943/, journaliste : II, 545.
Juif qui fit bouillir des hosties [Jonathas] : III, 492.
JULES, valet de pied des Guermantes : II, 875-876.
*JULES (ma tante). Voir LÉONIE (ma tante).
JULES II [1443-1513], pape : I, 437.
*JULIE, cuisinière dont Swann est l'amant : I, 901.
JULIEN, erreur de Françoise sur le nom de Jupien. Voir ce nom.
JULIEN. Voir FRANÇOISE (gendre de).
JULIERS (princes de), aïeux de la princesse de Parme : II, 720.
JULIETTE, aimée par Roméo : III, 29.
JULIETTE, nom « monté du fond du souvenir » d'Albertine : IV, 310.
*JULIETTE : II, 928.
*JULIETTE, amie de la duchesse de Guermantes : II, 1024.
JULIOT. Voir JUPIEN.
JULOT, l'un des jeunes gens qui causent dans l'hôtel de Jupien : IV, 390.
JULOT (le grand), soldat dont on est sans nouvelles dans l'hôtel de Jupien : IV, 392.
Ant. *LEON : IV, 392*a*.
Ant. *ROBERT : IV, 392*a*.
*JUNIEN. Voir JUPIEN.
JUNON, femme de Jupiter : II, 357 ; III, 88.
JUPIEN, giletier. A sa boutique dans la cour de l'hôtel de Mme de Villeparisis : I, 20 ; II, 318. Guérit l'ennui de Françoise : 319. Appelé « Julien » par Françoise ; ne me plaît pas au premier abord : 320 ; 321, 332, 333, 366. Sa froideur lors de ma rentrée à Paris : 440 ; 562, 563, 604, 626, 636, 662, 667, 668. Sa rencontre avec Charlus : III, 4, 6-15, 30. Charlus devient son protecteur : 31. Françoise l'apprécie : 32 ; 33, 40, 64, 234, 255, 378. Morel voudrait le supplanter : 396 ; 397. Avec Charlus, tente de prendre Morel en flagrant délit d'infidélité : 464-466. M. de Charlus et Morel vont prendre le thé chez lui : 553 ; 554, 555, 556. Morel lui demande la main de sa nièce : 561 ; 563, 669, 670, 700, 715, 737. Mme Verdurin l'accuse d'être un ancien forçat : 784. En pleurs après l'abandon de sa nièce par Morel : 815 ; IV, 191, 236-238, 242, 245, 250. Odette est sa cousine germaine : 251 ; 253. Indigné de la liaison de Morel avec Saint-Loup : 256-258 ; 278. Fait gérer par un sous-ordre l'hôtel spécial que M. de Charlus lui a fait acheter : 394-397, 399, 402-408. Pourquoi il a pris cette maison : 409-412 ; 413, 415. Ses dons d'intelligence et de sensibilité : 416-417 ; 419, 425, 432. Aux Champs-Élysées, aux côtés de M. de Charlus convalescent : 438, 439, 441. Veille sur M. de Charlus vieilli : 442-443 ; 550, 570, 571, 593.
Ant. *BORNICHE : II, 319*a*, *c*, 321*a* (1538), 579*a*, 1066, 1067 ; III, 11*a* (1274), 936-938 ; IV, 795, 796.
Ant. *BRICHOT : III, 1031.
Ant. *Fleuriste de la cour : II, 318*d*, 1021, 1022.
Ant. *Giletier de la cour : II, 318*d*.
Ant. *JULIOT, brodeur : II, 1030.
Ant. *JUNIEN : III, 784*a*.
*JUPIEN (Mme). Voir JUPIEN (nièce de, parfois fille de).
JUPIEN (nièce de, parfois fille de), [Marie-Antoinette ; voir IV, 250] couturière. Ma grand-mère la prend pour la fille de Jupien (Proust fait lui-même souvent cette

Médecins de Bergotte. Leurs avis contradictoires et funestes : III, 690-691.
MÉDICIS (les) : I, 437, 525 ; II, 496.
MÉDUSE, une des Gorgones : II, 630.
MEILHAC [Henri] /1831-1897/, auteur dramatique français : I, 328 ; II, 342, 505, 785 ; III, 280, 543 ; IV, 586.
*MEISSONNIER [Juste Aurèle] /1695-1750/, orfèvre et ornemaniste français : II, 621c (1696).
*MEISTER (Wilhelm), personnage de Goethe : II, 900, 1153.
*MÉLANIE : III, 34*b* (1333).
*MELBA [Nellie, de son vrai nom Helen Mitchell] /1859-1931/, cantatrice australienne : IV, 914.
MÉLINE [Jules] /1838-1925/, homme d'État français : II, 450.
Mélisande, héroïne de *Pelléas et Mélisande*, de Debussy et Maeterlinck : III, 210, 624.
Mélusine (fée) : I, 555 ; II, 311.
MÉMÉ, surnom de Charlus. Voir ce nom.
MEMLING [Hans] /v. 1430-1494/, peintre flamand : II, 825.
*MEMNON (statue de) : III, 1096, 1097.
MÉNAGER, fermier enrichi de ma tante, se fait appeler Ménager de Mirougrain : IV, 251.
MÉNAGER de MIROUGRAIN (Mme), femme du précédent, descendante des comtes de Méséglise : IV, 251.
MÉNANDRE [342-292 av. J.-C.], poète comique grec : II, 134.
MENDELSSOHN [Félix] /1809-1847/, compositeur allemand : III, 398 ; IV, 214.
[MENDÈS] (Catulle) [1841-1909], dramaturge, poète et romancier français : II, 132.
MENIER, chocolatier [—] : II, 106.
*MÉNILLO (M.) : III, 34*b* (1332).
MENTOR, personnage de l'*Odyssée*, d'Homère : I, 443, 468 (allusion) ; III, 616.
MÉPHISTOPHÉLÈS, personnage de *Faust* : II, 210.
MERCIER (général [Auguste]) [1833-1921] : II, 767.
Mercière de Balbec : III, 162.
*MERCŒUR (Mme de) : IV, 876*c*.
MERCULPH (saint) [490-558], d'origine normande : III, 484.
MERCURE, dieu romain : II, 394.
Mère (ma) : I, 6, 9-11, 13. Tente de parler à Swann de sa fille : 22-24 ; 26. Le baiser du soir à Combray : 27-35. Passe une nuit dans ma chambre : 35-38. Me lit François le Champi : 38-42 ; 43. Me donne du thé : 44. Sa gentillesse avec Françoise : 52-53 ; 64, 71, 74. La dame en rose trouve que je lui ressemble : 75 ; 82, 92, 95, 97, 98, 108. Avec M. Vinteuil : 110-112 ; 113-114, 117, 121, 124. Le snobisme de Legrandin l'amuse : 128-129 ; 132. Me trouve en larmes dans le raidillon de Tansonville : 143. Son chagrin pour M. Vinteuil : 157-158 ; 171-172, 180-183, 305, 389, 390, 400, 404. Sait que j'aime Gilberte : 405. Rencontre Swann : 406-408, 423, 425. Ce qu'elle pense de Norpois : 429-430. Me laisse aller entendre la Berma : 431, 435-436. Reçoit Norpois à dîner : 437, 447, 449, 451, 455-456, 463, 464, 473-476 ; 477, 484, 486, 489. Est-elle l'auteur de ce miracle, une lettre de Gilberte ? : 490-492 ; 498. Ne veut pas connaître Mme Swann : 506-507, 564-565 ; 602, 612. Ne m'accompagne pas à Balbec : II, 6, 8-11 ; 56, 59, 61, 105, 144, 212, 275, 316. Recommande à Françoise de ne pas épier les Guermantes : 319 ; 321-324, 326, 327. Aperçoit la ligne de démarcation me séparant du faubourg Saint-Germain : 330 ; 364, 370-371, 419, 438, 440. Son respect pour mon père : 448-450 ; 562, 597, 599, 600, 603, 604. Au chevet de ma grand-mère : 614-616, 619-621, 625, 629, 631-635, 637-640, 642, 663, 666, 685, 716, 717, 849, 854 ; III, 32, 63, 130, 135. Me rejoint à Balbec ; son culte pour la mémoire de ma grand-mère, à qui elle ressemble désormais : 165-168, 172 ; 175, 176, 182-183, 201-203, 221, 225. M'offre deux versions des *Mille et Une Nuits* : 229-231 ; 240. M'entretient d'Albertine : 318-319 ; 333, 375, 383, 384. Mécontente de ma vie avec Albertine : 406-407. Son sens des castes : 415 ; 444. Je lui annonce ma décision de rompre avec Albertine : 497 ; 501, 505. Ira à Combray voir une tante malade : 506-507 ; 508, 510, 512. Je la prends pour ma grand-mère : 513. Je lui annonce ma décision d'épouser Albertine : 514-515, 519, 520. Hostile à la prolongation du séjour d'Albertine à

la maison : 523-525. M'écrit tous les jours : 526-527, 568, 585, 586, 587, 595, 606. Je reprends son discours : 614-616 ; 618-619. M'envoie une lettre inquiète : 647 ; 658, 695, 716. Sa conception de la charité : 825 ; 846, 855. Autre lettre inquiète : 865-866 ; 895, 900, 904 ; IV, 6, 8, 14. J'écris à Albertine qu'elle consent à notre mariage : 37-38 ; 49, 53, 59, 82-83, 146. M'apporte *Le Figaro* où est publié mon article : 147-148. Mal reçue par la princesse de Parme : 176-177 ; 191. Celle-ci vient la voir le lendemain : 192-193. M'emmène séjourner à Venise : 202-205, 208-209, 213, 219, 224-225. Je lui demande de retarder notre retour : 230. Je la rejoins à la gare au dernier moment : 232-234. Dans le train, commente les mariages de Saint-Loup et du jeune Cambremer : 235-239, 243, 245, 252-254, 320, 405, 424. Va à un thé chez Mme Sazerat : 435. Souvenir de la nuit où elle m'avait lu *François le Champi* : 462-463, 466 ; 494, 509-510, 547, 564, 612, 621, 623.

Mère (amie de ma), admiratrice de Bergotte : I, 93-94, 97.

Mère (amies de ma), viennent lui parler du mariage de Gilberte et Saint-Loup : IV, 240, 254-255.

Mère (cousines de ma) : III, 444.

MÉRIMÉE (Prosper) [1803-1870], écrivain français : I, 328 ; II, 70, 342, 504, 505, 785, 858 ; III, 543, 831.

MERLERAULT (vicomtesse du), sœur du vieux Chaussepierre : III, 73.

MERLET [Gustave] /1828-1891/, professeur : II, 268.

*MERLIN : II, 314 n. 5, 908.

MÉROVÉE [mort v. 458], roi des Francs appelé Merowig par Augustin Thierry : III, 230.

MEROWIG. Voir MÉROVÉE.

*MERTIAN : IV, 994.

Meschorès (les), serviteurs de Dieu : II, 133.

MÉSÉGLISE (comte de), titre usurpé par Legrandin. Voir ce nom.

MÉSÉGLISE (comtes de), autrefois alliés aux Guermantes : IV, 251. Voir aussi LEGRANDIN.

MESSALINE [morte en 48 ap. J.-C.], épouse de l'empereur Claude : II, 295, 495.

Messie (le) : III, 827. Voir aussi JÉSUS-CHRIST.

*METHUEN (Sir Ralph) : III, 1005.

MÉTIS, première épouse de Jupiter : III, 88.

MÉTRA (Olivier) [1830-1889], compositeur français : I, 243.

*METSCHNIKOF [Élie] /1845-1916/, zoologiste et biologiste russe : II, 203*a*.

*METTANCOURT (nom de) : II, 1271.

*METTERNICH [Klemens Wenzel Nepomuk Lothar, prince de] /1773-1859/, homme d'État autrichien : IV, 955.

METTERNICH (princesse de) [Pauline Sandor] /1836-1921/ : I, 466, 467 ; II, 853 ; III, 778.

MEULEN [Adam Franz van der] /1634-1690/, peintre flamand : II, 679.

MEURICE [Paul] /1820-1905/, écrivain français, disciple de Victor Hugo : III, 794.

MEYER [Arthur] /1844-1924/, journaliste, directeur du *Gaulois* : IV, 339.

MEYERBEER [1791-1864], compositeur allemand : III, 345.

MÉZIÈRES [Alfred] /1826-1915/, littérateur et homme politique : I, 428.

MICHEL (archange saint), patron de Charlus : III, 347-348, 427 ; IV, 384.

MICHEL-ANGE [1475-1564], sculpteur, peintre, architecte italien : I, 416, 437, 449 ; II, 286 ; III, 759, 800 ; IV, 518.

*MICHEL-ANGE. Voir PLATON.

MICHELET [Jules] /1798-1874/, écrivain et historien français : II, 583 ; III, 28, 666 ; IV, 370.

Ant. *BARANTE : II, 583*b*.

Ant. *GUIZOT : II, 583*b*.

Ant. *MARTIN (Henri) : II, 583*b*.

Ant. *THIERS : II, 583*b*.

MICHU (la mère), payse de Joseph Périgot (voir ce nom) : II, 855.

Midinette dégingandée qui, au Bois, passe devant moi en riant avec une amie : III, 676-677.

MIGNARD [Nicolas, dit d'Avignon] /1606-1668/, peintre français : II, 850, 868, 869.

MIGNONNE, surnom de la vicomtesse de Vélude. Voir ce nom.
*MILAN (duchesse de). Voir GUISE (duchesse de).
MILDÉ [—], électricien : I, 596.
Militaire en compagnie d'un prêtre dans l'hôtel de Jupien : IV, 407-408.
MILL (John Stuart) [1806-1873], philosophe anglais : III, 315.
*MILLE (Pierre) [1864-1941], écrivain français : IV, 842.
*MILLERAND [Alexandre] /1859-1943/, homme politique français : II, 593*a*.
MILLET [Jean-François] /1814-1875/, peintre français : III, 315.
MINERVE, déesse romaine : I, 468 ; II, 357, 559 ; III, 85, 102, 231 ; IV, 601. Voir aussi ATHÉNÉ (Pallas) et PALLAS TRITOGENEIA.
Ministre, ancien président du Conseil, jadis objet de poursuites criminelles, aujourd'hui bien reçu dans le faubourg Saint-Germain : IV, 526-528.
Ministre d'Angleterre : IV, 217.
Ministre de Belgique : I, 605.
Ministre de Grèce (nouveau) : II, 766, 767.
Ministre de la Guerre : I, 588 ; II, 534, 535, 539 ; IV, 218.
Ministre de l'Instruction publique. Patronne une souscription en vue de faire élever une statue à Vinteuil : III, 768.
Ministre de l'Intérieur : IV, 344.
Ministre de Prusse : IV, 217.
Ministre des Affaires étrangères : I, 452.
Ministre [des Affaires étrangères], dont dépend M. de Vaugoubert : III, 555.
Ministre (jeune) des Affaires étrangères : IV, 211.
Ministre des Postes : I, 458.
Ministre des Travaux publics : I, 502.
Ministre qui a promis que Morel aura sa Croix : III, 783.
« Ministresse » de l'Instruction publique : I, 594.
MINOS, roi mythique de Crète, juge des Enfers : I, 89, 92 ; II, 24, 301. Ant. *THÉSÉE : II, 301*d*.
*MINOTAURE, monstre de la mythologie grecque : IV, 697.
Miramiones (les), communauté de religieuses : IV, 288.
MIREPOIX [Mme de], cousine du duc de Guermantes : II, 536. Voir LÉVIS-MIREPOIX.
MIRIBEL [général Marie-François Joseph, baron de] /1831-1893/ : II, 531.
MISTINGUETT [Jeanne Bourgeois, dite] /1875-1956/, actrice de music-hall : IV, 571.
MITIA, personnage des *Frères Karamazov*, de Dostoïevski : III, 882.
MNÉMOSYNE, cinquième épouse de Jupiter : III, 88, 234.
MNÉMOTECHNIE, déesse parodique : III, 630.
MODÈNE (duc de) : II, 831.
MODÈNE (marquis de), ami de Swann : II, 866 ; IV, 248.
MODÈNE-ESTE (prince de) : IV, 250.
*MOGADOR (Céleste) [—] /Céleste Vénard, dite Mogador/, épouse de Lionel de MORETON, comte de Mogador, actrice, dramaturge, auteur de Mémoires : I, 21*a* (1104).
Moines de Beaubec : III, 283.
MOIRE (la), équivalent grec de la Parque romaine : II, 531.
MOÏSE : I, 276 ; II, 198, 809 ; IV, 582.
MOÏSE, neveu de Lady Rufus Israëls, surnommé « Momo » : II, 674.
*MÔLE (Mlle de La), personnage du *Rouge et le Noir*, de Stendhal : IV, 642.
*MÔLE (marquis de la) : II, 900.
MOLÉ ([Louis Mathieu], comte) [1781-1855], homme d'État français : I, 21, 25 ; II, 70, 82, 86, 490, 510.
MOLÉ (comtesse) : II, 876-878, 882. Empressement de Charlus auprès d'elle : III, 74, 75, 85, 90. Devient la reine du temps ; exhibition tardive de son intimité avec Odette : 143-144 ; 326-327, 358, 726. Les entrefilets calomniateurs que fait faire Charlus causent sa mort (allusion peu compatible avec la suite du récit) : 727. N'a jamais compris l'origine de ce cruel revirement : 738-739, 780-781 ; IV, 156, 168, 263, 339, 344, 370, 385, 617.
MOLIÈRE [1622-1673] : I, 28, 458, 523 ; II, 54, 134, 609, 638, 750, 762 ; III, 39, 42. Seul nom d'écrivain connu de Céleste : 241 ; 354, 399, 457, 807 ; IV, 559, 597.

Contradiction de son caractère : 419-422 ; 427-431. Un grand musicien favorise sa carrière et ses relations avec Charlus : 434-435 ; 437, 440-441. Ses allusions affectueuses à la mémoire de mon oncle : 443-445 ; 446. Orages dans ses relations avec Charlus : 447-453. Réconciliation provisoire : 454-458, 460 ; ses demandes d'argent : 461. Ses rendez-vous avec le prince de Guermantes dans la maison de femmes de Maineville ; l'espionnage manqué de Charlus : 463-468. Colère des Cambremer contre lui : 474-479. Son nom déformé par Mme de Cambremer : 481 ; 492, 495, 527. Scène que lui fait Charlus : 553-554 ; 555. Ses vues sur la nièce de Jupien ; la demande en mariage : 556-561. Le prêt que lui consent Nissim Bernard : 562-563 ; 575, 640. Son « cours d'algèbre » ; fait une scène violente à la nièce de Jupien (« grand pied-de-grue ») : 668-670. Sa folie : 686. Je le rencontre en pleurs, se repentant d'avoir insulté sa fiancée ; ses projets de rupture avec celle-ci et avec le baron ; sa rancune à leur égard : 698-702 ; 713, 716, 718-719. Ses relations avec Léa ; suscite la jalousie et l'admiration de Charlus : 720-723. Charlus vante ses talents musicaux : 724-726. Aperçu sur son ascension future : 727, 728, 730 ; 733-734 ; 735. Il a de meilleures manières qu'autrefois : 746-747 ; 748, 749, 751, 752, 753. Exécute le *Septuor* de Vinteuil à la soirée Verdurin : 756, 761, 768, 769. Mme de Mortemart veut donner une soirée pour le faire entendre : 773-776 ; 777, 778, 779, 780, 782, 783, 784, 785, 787, 789, 791, 792, 794, 795, 805. M. et Mme Verdurin lui font la leçon sur Charlus : 812-819. Il repousse ce dernier : 820-822. Ne peut se faire présenter à la reine de Naples : 823-825 ; 833, 835. Albertine désire le connaître : 875. Charlus lui récite des vers : IV, 177-178. Andrée me révèle qu'il livrait de petites novices à Albertine : 179 ; 185, 241. Révélation de sa liaison avec Saint-Loup, à qui il a écrit des lettres signées « Bobette » : 257, 263-265. Entretenu par Saint-Loup : 278-279, 281-284. Étoile du salon Verdurin pendant la guerre, quoique déserteur : 308-309 ; 317, 337. Poursuit M. de Charlus de sa haine : 346. Finit par s'engager : 347-348 ; 355, 358-360, 373, 382. Sa peur justifiée de M. de Charlus : 383-385 ; 396, 397, 399, 420. Arrêté comme déserteur puis envoyé au front : 431-432 ; 489, 491. Devenu un homme considérable et respecté : 534, 550, 570, 596, 607. Voir aussi MOREAU, MORILLE, MORUE.

Ant. *FÉLIX : II, 1329, 1871 ; IV, 636-639.

Ant. *SANTOIS : II, 1015-1016 ; III, 23 n.1, 255*a*, 256*c* (1487, 1489), 303*c* (1515-1516), 318*a* (1522), 437*b*, 447*a*, 448*a*, 450*a*, 718*a*, 1092, 1108, 1659 ; IV, 178*c*, 241*a*, 261*b* (Bobby), 278*c*, 279*b*, 346*b*, 742 (Bobby), 742 n. 2 (Bobby), 865, 973 (Bobby).

Ant. prénommé *CHARLEY : III, 1160, (voir 1245) ; IV, 778.

MOREL (frère cadet et sœurs de) : III, 422.

MOREL (oncle de) : III, 787, 819 (confusion probable avec le père de Morel).

*MORELL : voir III, 1825.

MOREUL (M.), nom donné à Bloch par Mme Swann : I, 534.

Ant. *DÉCHEBRUNE (M.) : I, 536*a* (1386).

Ant. *ECHEBRUNE (M. d') : I, 536*a* (1385).

MORGHEN [Raphaël] /1758-1833/, graveur italien : I, 40.

MORIENVAL (baronne de) : II, 341, 353 ; IV, 579-580.

Ant. *MORIENVAL (comtesse de) : IV, 945.

MORILLE, déformation du nom de Morel par Mme de Cambremer : III, 481.

*Mormons (les) : II, 723*d*.

*[MORNAND] (Louisa [de]), [—] : III, 20 n. 1.

*MORPHÉE : III, 355*b* (1546).

*MORTAGNE (duchesse de) : II, 1030.

*MORTAGNE (marquis de) : III, 1209.

MORTEMART (les) : II, 730, 829, 831 ; III, 170, 725.

MORTEMART (le petit) : IV, 605.

MORTEMART (Marie-Thérèse de), cousine de Charlus et du duc de Guermantes. À la soirée Verdurin, prolonge les « remerciements » à Charlus : III, 771-772. Compte donner une soirée où jouerait Morel ; tente — en vain — d'exclure son amie Mme de Valcourt de ce projet : 773-776.

MORTEMART (Mlle de) [Antoinette de Rochechouart] [—] : IV, 157.

MORTEMART (vieille duchesse de), née Guermantes : II, 633.

Ant. *ARBACE (Mme d') : III, 973*a* (n. 1).
Ant. *ARBANCE (Mme d') : III, 973*a*.
ORESTE, personnage de la mythologie grecque : III, 499.
ORGEVILLE (M. et Mme de l'), parents de la suivante : III, 92-93.
ORGEVILLE (Mlle de l'), jeune fille bien née qui fréquente une maison de passe : III, 92-93, 120-121, 594 ; IV, 56, 95. Je crois la reconnaître en une jeune fille déjà croisée au Bois, que le concierge de Mme de Guermantes me dit s'appeler Mlle Déporcheville : 143-145. Ce n'est pas elle : 146-147. C'est, en réalité, Mlle de Forcheville : 153, 272 ; 567. Voir aussi ÉPORCHEVILLE (Mlle d').
Ant. *CHAUSSECOURT (Mlle de) : IV, 670.
Ant. *COURGEVILLE (Mlle de) : IV, 665.
Ant. *ORCHEVILLE : II, 1109, 1110 ; III, 974.
Orgiophantes, prêtres du culte de Dionysos : III, 234.
*ORIANE-ÉLODIE. Voir GUERMANTES (Oriane, duchesse de).
ORIENT (jeune princesse d'), épouse d'un des cousins de Saint-Loup : II, 406 n. 4.
*ORIENT (princesse d') : II, 1139.
ORLÉANS (les) : I, 399, 509 ; II, 174, 829, 874 ; III, 106, 492 ; IV : 243 (titre de duc d'Orléans). Voir aussi LOUIS XII.
Ant. *BOURBONS (les) : I, 399*d*.
ORLÉANS (Louis d') [1372-1407], frère de Charles VI, ennemi des ducs de Bourgogne : III, 492.
*ORLÉANS (Charles d') [1391-1465] : III, 34*b* (1307).
ORLÉANS ([Charlotte-Élisabeth de Bavière], duchesse d') [1652-1722], princesse Palatine : I, 532 ; II, 831 ; III, 47, 808. Voir aussi MADAME et PALATINE (princesse).
ORLÉANS ([Philippe], duc d') [1674-1723], le Régent : III, 492 ; IV, 245.
ORLÉANS (duchesse d') [1753-1821], mère de Louis-Philippe : III, 881.
ORLÉANS (duc d') [1810-1842], fils aîné de Louis-Philippe : II, 674, 825.
[ORLÉANS Louise-Marie d'] /1812-1850/, reine des Belges : II, 486.
ORLÉANS (princesse Clémentine d') [1817-1907], fille de Louis-Philippe, devenue par son mariage duchesse de Saxe-Cobourg-Gotha, mère de Ferdinand Ier de Bulgarie : II, 540.
ORLÉANS ([François Ferdinand Philippe], duc d') [1818-1900], prince de Joinville, troisième fils du roi Louis-Philippe et de la reine Marie-Amélie : II, 486, 540, 674.
ORLÉANS ([Henri Philippe Marie], prince d') [1867-1901], fils aîné du duc de Chartres : II, 391, 539, 540.
ORLÉANS (Philippe, duc d') [1869-1926], fils du comte de Paris : I, 428 n. 2, 510 ; II, 137.
*ORLÉANS ([Marie Dorothée Amélie], duchesse d') [—], femme du précédent : II, 1251, 1252.
ORLÉANS ([Isabelle], princesse d') [1878-1961], sœur du duc d'Orléans : II, 822, 826.
*ORLÉANS (duc d'). Voir MONTMORENCY (les).
ORMESSON ([Wladimir] d') [1888-1973], diplomate français : III, 322.
ORNESSAN (M. d'), oncle du grand-duc héritier de Luxembourg : II, 828.
ORNESSAN (arrière grand-mère de M. d'), tante d'Oriane de Guermantes : II, 828.
OROSMANE, personnage de *Zaïre*, de Voltaire : II, 343.
ORPHÉE, personnage mythique grec : II, 434 ; III, 540.
ORSAN (M. d'), ami de Swann : I, 350-351.
Ant. *SALLEMAND (M. de) : I, 350*a*.
ORVILLERS (princesse Paulette d'), fille naturelle du duc de Parme. Son arrivée tardive chez la princesse de Guermantes ; je reconnais en elle la femme qui m'avait fait des avances dans la rue : III, 118-119, 122. (Semble ne faire qu'une avec la princesse de Nassau ; voir ce nom.) Voir aussi femme (grande) qui me fait des avances dans la rue.
OSCAR [II] /1820-1907/, roi de Suède : II, 723, 877.
OSMOND (Amanien, marquis d'), surnommé « Mama », cousin germain du duc de Guermantes : II, 863, 866, 874, 875, 876. Sa mort n'empêche pas M. et Mme de Guermantes d'aller à une redoute : III, 61-62, 123. D'après Charlus, a enlevé Odette et s'est battu en duel avec Swann : 804. Voir aussi MAMA.

Ant. *ANCENIS (marquis d') : 874*a*, 875*d*.
Ant. *VALPURGE (Timoléon, duc de) : 863*a*, *c*, *d*.
*OSMOND (marquise d') : II, 862*b*.
*OSSECOURT (Mlle d'). Voir ÉPORCHEVILLE (Mlle d').
OSSIAN, guerrier poète gaélique : II, 711.
OTGER : III, 485.
O'TOOLE (saint Lawrence) [1120-1180], évêque de Dublin : III, 283.
Ant. *O'TOOT (Lawrence) : III, 283*b*.
Ant. *'TOOT (Lawrence) : III, 283*b*.
*O'TOOT (Lawrence). Voir O'TOOLE (saint Lawrence).
*OTTILIE : II, 1286.
OTTO, photographe parisien : III, 708.
*OUDRY [Jean-Baptiste], peintre français. Voir BOUCHER (François).
Ouvrier électricien : II, 626, 627.
Ouvrière (petite), maîtresse de Swann : I, 214-215, 216, 223, 340.
OVIDE [43 av. J.-C.-16 ap. J.-C.], poète latin : II, 114 ; III, 439 ; IV, 372.

*P*** (duchesse de) : II, 1111.
Ant. *T*** (duchesse de) : II, 1111*a*.
*P*** (marquis de) : IV, 877*a* (1432).
[PADDY]. Voir tigre de feu Baudenord.
PADEREWSKI [Ignace] /1860-1941/, pianiste polonais : III, 289, 294.
Page qui arma Jeanne d'Arc : III, 779.
PAILLARD (M.) : III, 152.
[PAILLERON (Édouard Jules Henri)] /1834-1899/, auteur dramatique français : II, 786 (« pailleronisme »).
*PALAMÈDE XIV. Voir CHARLUS (Palamède XV, baron de).
PALANCY (marquis de) : I, 219, 322 ; II, 343 (marquis de Ganançay), 352.
Ant. *TOUCHES (baron des) : I, 937. Voir aussi *TRANSES (capitaine de).
PALATINE (princesse). Voir MADAME et ORLÉANS [Charlotte-Élisabeth de Bavière] (duchesse d').
PALÉOLOGUE [Maurice] /1859-1944/, diplomate ; ambassadeur à Saint-Pétersbourg : III, 46 (allusion) ; IV, 211, 431.
PALESTRINA [Giovanni Pierluigi, dit] /1524-1594/, compositeur italien de musique religieuse : III, 644 ; IV, 603.
PALISSY (Bernard) /v. 1510-v. 1589/, céramiste français : II, 417 n. 1.
PALLAS TRITOGENEIA [Athéna] : III, 102. Voir aussi ATHÉNÉ (Pallas) et MINERVE.
PAMELA LA CHARMEUSE, surnom d'un client de l'hôtel de Jupien : IV, 394.
PAMPILLE [Marthe Allard, dite] /—/, écrivain, épouse de Léon Daudet : II, 792 ; III, 293, 546.
PAN (dieu) : III, 821.
PANDORE (boîte de) : II, 26.
*PANHARD (automobiles) : II, 1247.
PANURGE, personnage du *Pantagruel*, de Rabelais : I, 457.
Pape (le) : II, 495, 509 ; IV, 339.
Papes (les) : II, 747.
Papes (trois) de la famille de M. de Charlus : III, 14.
*PAPO GUI, surnom utilisé par Mme de Guermantes : II, 809*a*.
PAQUIN [—], couturier parisien : II, 254 ; III, 552.
PAQUITA VALDÈS. Voir Fille aux yeux d'or (la).
Parents (mes) : I, 10. Leur idée des relations de Swann : 13, 16, 19-20 ; 32-34 ; 37, 47, 54, 58, 59, 72-74. Brouille avec mon oncle Adolphe : 78-79 ; 83, 85. Bloch leur déplaît : 91-92 ; 96, 111 ; 124, 134, 142, 143, 147-148, 151, 154, 157, 158. Promenades du côté de Guermantes : 165, 167, 171, 177, 178 ; 379, 381, 396, 399. Je leur parle sans cesse de tout ce qui touche Gilberte : 405-406 ; 413, 423, 424. Me permettent finalement d'aller à *Phèdre* : 434-436 ; 486. Appellent Cottard : 488-490 ; 491, 493, 496, 497, 506, 559. Que je fréquente les Swann ne les enchante pas ; comment tombe leur préjugé envers Bergotte : 562-564 ; 567-568. Voudraient me voir au travail : 569-571 ; 581, 612, 623, 624. S'installent à Saint-Cloud : II,

Patronne d'une maison de passe qui me propose une Juive, Rachel : I, 565-568 ; II, 546.
PATY DE CLAM [Armand Auguste Charles Ferdinand Marie Mercier, marquis du] /1853 ?-1916/, commandant : II, 538, 539, 541, 544 ; IV, 334, 357.
PAU [général Paul] /1848-1932/ : II, 426 ; IV, 332, 376.
PAUL (grand-duc) [1866-1919], frère du tsar Alexandre III : IV, 431.
PAUL (grande-duchesse), épouse morganatique du précédent. Voir HOHENFELSEN (comtesse de).
PAUL (M.). Voir Concierge du Grand-Hôtel de Balbec.
*PAUL (mon oncle). Voir ADOLPHE (mon oncle).
PAUL (saint) : I, 67 ; II, 729.
*PAULUS [Jean-Paul Habans, dit] /1845-1908/, compositeur français : II, 1098 ; III, 567*b* (1713), 572*c*.
Paysan qui prend Basin pour « un English » : IV, 164.
Paysan qui prend Robert de Léon pour un « Englische ». Voir Villageois du Léon.
PEARY [Robert] /1856-1920/, explorateur américain : III, 830.
Pêcheur du Pont-Vieux, à Combray : I, 165.
Pêcheuse (belle) de Carqueville : II, 75-76.
Pêcheuses (petites), livrées à Albertine par Morel : IV, 179.
Pédant (le), personnage du répertoire comique et du *Capitaine Fracasse*, de Gautier : III, 327.
Peintre, à Douville, qui essaie de rendre le grand calme du soir : III, 422.
Peintre (grand), qui a brossé le décor du théâtre que visitent Saint-Loup, Rachel et le narrateur : II, 474.
Peintre qui copie un vitrail de Combray : I, 67, 102.
PELADAN (Sâr) [Joseph Peladan] /1858-1918/, écrivain français : II, 526.
*PELLÉAS, héros de *Pelléas et Mélisande*, de Debussy et Maeterlinck : III, 1085 ; IV, 736.
*PELLIEUX (général de) : II, 540*a*, 1171, 1188. Voir aussi FORCHEVILLE (comte de).
PELVILAIN. Voir ARRACHEPEL.
PEMBROKE (famille de) : III, 471.
*PENHOËT (M. de). Voir *AUBERT (Mme) et STERMARIA (M. de).
*PENHOËT (Mlle de ou du). Voir STERMARIA (Mlle de).
PÉPIN L'INSENSÉ, carolingien imaginaire : I, 104.
PERCEPIED (docteur), de Combray : I, 103. Ironise sur les Vinteuil : 145-146 ; 152, 170. Mme de Guermantes au mariage de sa fille : 171-172. Nous ramène à Combray dans sa voiture : 177-180 ; II, 691, 836 ; III, 523 ; IV, 459, 549, 585.
Ant. *BÉCHU (docteur) : II, 312*a*.
Ant. *BOULBON (du) : III, 5*a* (1270).
PERCEPIED (fille du docteur) : I, 172 ; II, 312, 506.
PERCEPIED (frère du docteur) : I, 103.
PERCEPIED (Mme), femme du docteur : I, 123.
Ant. *LETELLIER (Mme) : I, 123*a*.
PERCIN (général [Alexandre]) [1846-1928] : IV, 311.
PERDREAU (abbé), à Combray : I, 57.
Père (mon), directeur au ministère (voir II, 61), probablement celui des Affaires étrangères (voir I, 428). Discussions avec ma grand-mère ; aime la météorologie : I, 11 ; 13, 22-23. Trouve ridicule le baiser du soir : 27 ; 33, 34. Indulgence imprévue : 35-38 ; 39, 62, 70, 74, 75-77. Brouille avec mon oncle Adolphe : 79. Bloch l'agace : 91 ; 98, 110. Son sens de l'orientation : 113-114. Craint d'avoir fâché Legrandin : 117-118, 120, 122. S'irrite de ses dédains : 124-125. Lui demande en vain s'il connaît quelqu'un à Balbec : 128-131. Promenades à Tansonville : 133-136, 139 ; 142, 144, 157, 160, 163. En faveur auprès des gens en place : 170-171 ; 385, 386, 400, 405, 406, 408, 423, 426. L'amitié de Norpois : 428-430. Ne s'oppose plus à ma vocation littéraire : 431-432 (voir 473-474) ; 435, 437. Dîner avec Norpois : 443-471 ; 473-477, 496, 506, 517, 527, 537, 562-564, 612, 615. En Espagne avec Norpois : II, 6 (voir I, 455 ; II, 61) ; 7, 9, 43, 61, 73. Naïf : 292. Ne se permet pas de sonner les domestiques : 317, 319, 324, 327, 328, 330, 332. Trouve que je suis trop jeune pour aller dans le monde : 333. Me donne une place à l'Opéra : 336, 337. Son

téléphone : 422. Voudrait que je suive ma vocation d'écrire : 447. Cherche l'appui de M. de Norpois : 448-449. Sa vie de désintéressement et d'honneur : 450 ; 481, 486. Opinion négative de Norpois sur l'élection de mon père à l'Académie : 521-523, 562. Agonie de ma grand-mère : 610, 615 (lapsus probable pour « grand-père »), 621, 631-634, 636-640, 651, 718, 817, 818 ; III, 55. L'empereur de Russie voudrait qu'il soit envoyé à Petersbourg : 66 ; 157-159, 175-176, 203. Opinion de Marie Gineste sur sa vie de travail : 242 ; 319, 443, 458, 506-507, 520, 578. Je lui ressemble : 586, 598. Sa froideur, aspect extérieur de sa sensibilité : 615-617 ; 675, 854 ; IV, 146, 238, 465, 494, 547, 564, 623.

Père (vieil ami de mon). Nous parle de la duchesse de Guermantes : II, 328, 330.

*Pères de l'Église : IV, 845.

PÉRI, génie de la cosmogonie iranienne : II, 152.

PÉRIER [Jean-Alexis] /1869-1924/, acteur français : III, 472.

*PÉRIER (Casimir) [1777-1832] : I, 686.

PÉRIGORD (Pauline de) : IV, 507.

PÉRIGORD : II, 880. Voir MONTMORENCY (Adalbert, duc de).

PÉRIGOT (Joseph), jeune valet de pied de Françoise à Paris. Était aussi peu de Combray que possible : II, 309-310, 316, 317. Ne démêle pas l'ironie de Françoise : 324-328. Son goût des citations poétiques : 617-618, 838. Sa lettre : 854-855 ; III, 149-150, 624.

PÉRIGOT (cousin de Joseph) : II, 854.

PÉRIGOT (filleul de Joseph) : II, 854, 855.

PÉRIGOT (Marie, cousine de Joseph) : II, 854, 855.

PÉRIGOT (Rose, sœur du cousin de Joseph) : II, 855.

PERRONNEAU [Jean-Baptiste] /1715-1783/, peintre français : II, 713.

PERSE (shah de) : II, 44.

PERSIGNY [Jean Gilbert Victor Fialin, duc de] /1808-1872/, ministre de l'Intérieur sous le Second Empire : III, 302.

Personnage d'opérette qui déclare : « Mon nom me dispense, je pense, d'en dire davantage ». Voir AGAMEMNON.

Personne blonde (jeune), en culotte courte, préposée aux voitures chez les Verdurin, que Charlus déconseille aux amateurs : III, 748.

Personne que Charlus a aidée à conquérir liberté et toute-puissance : III, 736.

Péruvien (jeune), qui éprouve à l'endroit de Mme de Mortemart une haine atroce : III, 775.

PÉTAIN (Philippe) [1856-1951], général (puis maréchal de France et chef de l'État français) : IV, 332.

*PETIT (Pierre) : III, 43 n. 1 (1356).

Petit Chaperon rouge, personnage des *Contes* de Perrault : III, 647.

Petit Poucet, personnage des *Contes* de Perrault : IV, 499.

PETITE, surnom de la comtesse de Montpeyroux et d'Hunolstein. Voir ces noms.

Petite fille pauvre que j'amène chez moi le jour du départ d'Albertine : IV, 15-16, 27-28, 30.

Petite fille pauvre (parents de la). Veulent porter plainte : IV, 27.

Petits garçons (deux), aux Champs-Élysées : I, 395.

PÉTRONE [mort en 65 ap. J.-C.], écrivain latin : III, 787.

Pharaons : I, 469, 618.

Pharmacien de Balbec : III, 161, 162.

Pharmacien de Combray. Voir RAPIN.

PHÈDRE, personnage de Racine : I, 89, 92, 439-440, 449, 472, 478 ; II, 347, 348, 351 ; IV, 42-43, 489, 576. Voir aussi THÉSÉE (femme de).
Ant. *[ANDROMAQUE], « la veuve d'Hector » : I, 440*b*.

PHIDIAS [v. 490-v. 430 av. J.-C.], sculpteur grec : II, 581 ; III, 832 ; IV, 356.

*PHILÉMON : III, 34*b* (1317).

PHILIBERT, invité de la princesse de Guermantes : III, 48.

*PHILIBERT : II, 1287.

*PHILIBERTE : I, 21*a* (1104).

PHILIBERT LE BEAU [1480-1504], duc de Savoie, mari de Marguerite d'Autriche : I, 291.

Ant. *PHILIPPE LE BEAU [1478-1506] : I, 291*b*.
*PHILIDOR : III, 968.
PHILINTE, personnage du *Misanthrope*, de Molière : II, 243.
PHILIPOVNA (Nastasia), personnage de *L'Idiot*, de Dostoïevski : III, 879, 880, 882.
*PHILIPPE. Voir *ORLEANS (Philippe, duc d').
*PHILIPPE (Charles-Louis) [1874-1909], écrivain français : IV, 799 n. 5 (1391).
PHILIPPE [VI] DE VALOIS [1293-1350], roi de France : II, 728.
PHILIPPE-ÉGALITÉ [Louis Philippe Joseph, duc d'Orléans] /1747-1793/ : II, 873.
*PHILIPPE LE BEAU. Voir PHILIBERT LE BEAU.
*PHILIPPE LE BEL [1268-1314] : III, 34*b* (1304).
PHILIPPE LE HARDI [1245-1285] : II, 812.
PHILIPPE II [1527-1598], roi d'Espagne, sujet de la thèse de Bloch : IV, 553.
PHILIPPE VII : I, 400. Voir aussi PARIS (comte de).
Ant. *HENRI V [comte de Chambord] /1820-1883/ : I, 400*b*.
*PHILOPOEMEN [vers 252-183 av. J.-C.], homme politique grec : II, 540*a* (1644).
Philosophe norvégien, invité des Verdurin à La Raspelière, intéressé par les noms d'arbres : III, 321-322, 326, 365 ; 373-374.
Pianiste (jeune), chez les Verdurin : I, 185, 186, 187, 197. Joue l'andante de la *Sonate* de Vinteuil : 203, 205, 208-210, 215 ; 259, 279, 282, 287, 345, 368. (S'agit-il de Dechambre ? Voir ce nom.)
Pianiste (tante du), fidèle des Verdurin : I, 186, 187, 197, 201, 212, 255, 287, 368.
Pianiste, le premier du temps, dans la loge de la princesse Sherbatoff : III, 272.
Pianiste virtuose, à la soirée Saint-Euverte. Joue du Liszt : I, 323 ; puis du Chopin : 326-327, 329-331.
PICCINNI [Niccolo] /1728-1800/, compositeur italien : II, 761.
PIC DE LA MIRANDOLE [1463-1494], philosophe italien : III, 308.
*PICPUS (baron) : III, 1017, 1017*b*, 1018.
*PICPUS, PICPUS D'OLDANON (baronne). Voir PUTBUS (baronne).
PICQUART (lieutenant-colonel [Georges]) [1854-1914] : II, 407, 531, 537, 538, 593 ; III, 110, 112. Va chez Mme Verdurin : 144, 278 ; 742 ; IV, 376.
PIE IX [1792-1878], pape : I, 478 ; II, 46.
*PIÉGEOIS (docteur) : III, 1002. Voir aussi *GRIÉGEOIS.
PIERRE, chasseur de cercle, auteur du billet tendre reçu par Charlus : III, 554-555.
PIERRE (M.), historien de la Fronde : II, 487, 490, 491, 496, 497, 499, 509-513, 519, 523, 528, 529, 534, 536.
*PIERRE (petit), personnage de *La Mare au diable*, de George Sand : I, 43*a* (1119).
PIERRE (saint) : II, 98.
*PIERREBOURG (Mme de) : IV, 985.
*PIERRETTE : II, 996.
PIERROT, employé de l'hôtel de Jupien : IV, 393.
Ant. *MAURICE : IV, 393*a*.
*PIETRANERA (comtesse) : II, 900.
*PIGNEROLLES (marquis de) : I, 938.
*PINÇAY, nom de lecture conjecturale : IV, 911.
PINDARE [518-v. 438 av. J.-C.], poète lyrique grec : II, 492.
PIPELET (Mme), concierge des *Mystères de Paris*, d'Eugène Sue : III, 739.
*PIPERAND, cafetier à Combray : I, 713, 731.
Ant. *LEDU : I, 731*a*.
*PIPERAND (docteur). Voir PIPERAUD (docteur).
*PIPERAND (Mme) : I, 745.
PIPERAUD (docteur), à Combray : I, 54.
Ant. *PIPERAND : I, 706, 820.
Ant. *QUINQUELAN : I, 706*b*.
PIRANESI [1720-1778], graveur italien : I, 65.
PISANELLO [Antonio Pisano, dit] /v. 1395-1455/, peintre et graveur italien : II, 160, 511 ; IV, 302.
*PLANTAGENÊTS (les) : I, 729.
PLANTÉ [Francis] /1839-1934/, pianiste français : I, 185 ; III, 289.
*PLANTEV<IGNES> [Marcel] /—/, ami de Proust : I, 966*a*, 1022*c*.

258-260. Gilberte cherche à lui ressembler : 261-262 ; 264-266, 270. Sa vague ressemblance avec Gilberte : 280 ; 397, 489, 491, 561, 562. Devenue une actrice célèbre, amie intime de la duchesse de Guermantes, doit réciter des vers à la matinée de la princesse de Guermantes : 569, 571-575. Ce qu'en pense la Berma : 576. Comment elle récite : 577-578. Je ne la reconnais pas, jusqu'à ce que Bloch m'éclaire : 579. Débine la Berma : 580-581 ; 589. Son accueil à la fille et au gendre de la Berma : 590-592 ; 603-605.
Ant. *MAUPRE (Jeanne) : II, 530*a*.
RACHEL (amis de) : II, 422, 454, 742 ; III, 94-95.
RACHEL (propriétaire à Paris de) : II, 422.
*RACHEL [1821-1858], tragédienne française : III, 34*b* (1321).
RACHEPEL (de) : III, 353. Voir aussi ARRACHEPEL.
RACINE (Jean) [1639-1699], poète dramatique français : I, 89. Plaquette de Bergotte sur R. : 98, 395, 402-403 ; 472, 550, 552, 553 ; II, 122 ; 134, 158, 264-267, 350, 351, 562, 584, 648, 855 ; III, 25, 64, 171, 237, 238, 347, 376, 633 (racinien) ; IV, 43, 489.
*RADZIVILL (Mlle) [—] : IV, 236 n. 2.
RADZIWILL, tante d'Oriane de Guermantes : II, 815.
RAMBUTEAU [Claude Philibert Barthelot, comte de] /1781-1869/, préfet de la Seine, créateur des « édicules Rambuteau » : III, 695 ; IV, 329.
Ant. *VESPASIEN : III, 695*a*.
RAMEAU [Jean-Philippe] /1683-1764/, compositeur français. Confondu avec Lully par Proust : III, 624 ; 883.
RAMPILLON (Mme de) : I, 337 ; III, 84.
RANAVALO [III] /1864-1917/, reine de Madagascar (en réalité Ranavalona) : II, 44.
*RANUCE-ERNEST IV, personnage de *La Chartreuse de Parme* de Stendhal : II, 1244.
RAPHAËL [Raffaello Sanzio, dit], peintre italien [1483-1520] : II, 115 ; III, 666 ; IV, 314, 358.
RAPHAËL (archange) : III, 427, 460, 827.
RAPHAËL, prénom de « l'homme le plus sordide du Faubourg » ; sa femme signe « Raphaëla » : II, 725.
RAPIN (M.), pharmacien de Combray : I, 17, 51, 62.
RASPAIL [François-Vincent] /1794-1878/, chimiste et homme politique français : I, 478 ; II, 46.
RASPOUTINE [Grigori Iefimovitch] /1872-1916/, aventurier russe : IV, 356.
RASTIGNAC, personnage de *La Comédie humaine*, de Balzac : II, 826.
RAUDNITZ [Ernest] /—/, couturier français : I, 588.
RAVEL [Maurice] /1875-1937/ : IV, 603.
*RAYMOND. Voir GUERMANTES (Basin, duc de).
*RAYMOND (M. de) : IV, 878.
REBATTET [—], confiseur parisien : I, 593 ; II, 633 ; III, 635.
*RÉBENAC ou REBENAC (duchesse de) : II, 720*a* ; III, 34*b* (1340).
RÉCAMIER (Mme) [Julie Bernard] /1777-1849/, amie de Mme de Staël, puis de Benjamin Constant et de Chateaubriand : II, 709 ; IV, 301, 602.
*RECOULY [Raymond] /1876-1950/, médecin : IV, 919.
REDFERN, couturier français [—] : I, 588.
REDON [Odilon] /1840-1916/, peintre français : II, 197.
Régent de la Banque de France. Sa femme reçoit Albertine : II, 287-289.
RÉGENT (le). Voir ORLÉANS (Philippe, duc d').
REGGIO (titre de duc de) : II, 830.
Régisseur de Tansonville : IV, 334.
Régisseur du théâtre où je vais avec Saint-Loup et Rachel : II, 471.
REGNARD [Jean François] /1655-1709/, auteur dramatique français : IV, 501.
*RÉGNIER [Henri de] /1864-1936/, écrivain français : II, 1058 ; IV, 859.
RÉGNIER (Mathurin) [1573-1613], poète français : II, 63.
RÉGULUS [mort en 250 av. J.-C.], général romain : II, 11.
REICHENBERG (Mlle) [Suzanne Angélique Charlotte, baronne de Bourgoing] /1853-1924/ : II, 723 ; III, 739.
REINACH [Joseph] /1856-1921/, homme d'État français : II, 539, 544, 592. Va chez Mme Verdurin : III, 144, 278 ; 740 ; IV, 492, 542.

*SAINTE-MARIE DES L***. Voir ARGENCOURT (comte d').

SAINT-EMPIRE (prince du) : II, 553. Voir aussi FAFFENHEIM-MUNSTERBURG-WEINIGEN (prince von).

*SAINT-ÉTIENNE (Mlle de) : II, 1026.

SAINT-EUVERTE (M. de) : IV, 601-602.

SAINT-EUVERTE (Diane, marquise de). Donne une soirée : I, 316-317, 322, 325, 329-331, 334-335, 337, 357, 366, 374-375 ; II, 341, 874, 883 ; III, 34. Vient à la soirée de la princesse de Guermantes assurer le succès de sa propre garden-party ; son salon, plus brillant qu'autrefois : 68-71. Ingratitude de Froberville envers elle : 76. Oriane n'ira pas à sa fête : 82-84. Charlus insolent envers elle : 98-100, 106 ; 145, 547 ; IV, 304. Saluée avec empressement et humilité par Charlus : 438-439 ; 556, 571, 601, 602.
Ant. *CAMBREMER (Mme de) : I, *331b*, *337a*.
Ant. *PARME (princesse de) : I, *316c*.

SAINT-EUVERTE (la jeune Mme de), femme d'un des petits-fils de la précédente, née La Rochefoucauld : IV, 601. Nouvel épanouissement, pour moi, du nom Saint-Euverte : 602.

*SAINT-EUVERTE (Mme de). Voir BAUVILLERS.

*SAINT-ÉVERTÈBRE (demoiselle de), personnage dans *Bel Avenir*, de René Boylesve : II, 481 n. 1 (1613).

SAINT-FERRÉOL (famille de) : I, 484.

SAINT-FERRÉOL (Mme de), sœur de M. de Vermandois : II, 552, 560.

SAINT-FIACRE (vicomtesse de) : IV, 523.

SAINT-GÉRAN, chez la princesse de Guermantes : III, 49.

SAINT-HÉREM [François-Gaspard de Montmorin, marquis de] */vers 1640-1701/* : IV, 539.

SAINTINE [Joseph Xavier Boniface, dit] */1798-1865/*, romancier : I, 144.

SAINTINE, ami de Charlus. A fait un mauvais mariage : III, 735-737.

SAINTINE (femme de) : III, 735, 736.

[SAINT-JOHN PERSE]. Voir SAINT-LÉGER LÉGER.

SAINT-JOSEPH (général de) : II, 706, 804, 805, 819-821 ; IV, 327, 430.

*SAINT-JOSEPH (général de). Voir BEAUCERFEUIL (général de), MONSERFEUIL (général de).

*SAINT-JOSEPH (Mme de) : II, *802a*.

SAINT-JOSEPH (fils du général de) : II, 804-805.

SAINT-LÉGER LÉGER [Alexis, dit Saint-John Perse] */1887-1975/*, diplomate et poète français : III, 243.

SAINT-LOUP (les) : IV, 278, 283, 284, 305, 347, 550.

SAINT-LOUP (Aynard de), père de Robert de Saint-Loup. Voir MARSANTES (marquis de).

SAINT-LOUP-EN-BRAY (Robert, marquis de), fils de M. et Mme de Marsantes. De Doncières, où il est en garnison, vient à Balbec voir sa grand-tante Mme de Villeparisis : II, 87. Son élégance ; son apparente morgue : 88-91. Son amabilité : 91. Ses idées avancées : 92-93. Plaît à ma grand-mère : 93-95. Notre amitié : 95-97. Bloch et lui : 97, 99-100, 104, 106-107. Me parle de son oncle Charlus : 107-110, 112-114 ; 115, 116, 120, 122, 124. Dîner chez les Bloch : 128-136. Gaffe de Bloch : 135-136. Jugé par Françoise : 137-138. Sa maîtresse : 139-144 ; 145, 146. Dîners à Rivebelle : 156, 164-166, 171. Son succès auprès des femmes : 174, 175-176, 179 ; 181. Rencontre d'Elstir : 182-185 ; 191. Quitte Balbec : 220-222. Cadeau de ma grand-mère : 221. M'invite à Doncières : 222. M'écrit : 223-224 ; 231, 234. Serait fiancé à Mlle d'Ambresac : 239-240 ; 246, 260-261, 263, 287. M'apprend l'histoire du château de Guermantes : 314-315, 321, 335. Mon séjour à Doncières où il tient garnison : 369-374, 377-380, 385, 388-395. Dîner à son hôtel, où je lui parle de Mme de Guermantes : 397-400. Nous nous tutoyons ; je lui demande sa photographie de Mme de Guermantes, il me la refuse : 401-402. Ses camarades ; conversations sur l'art militaire : 402-418. Une querelle avec sa maîtresse : 419. Souffre de cette brouille : 420-424. Voudrait partir en permission : 425-427 ; 428-429. A écrit à ma grand-mère pour qu'elle me téléphone : 431, 434, 435. Son départ de Doncières ; son étrange salut : 436-437. Je suis désolé de ne pas lui dire

Prénommé *GUY : II, 1850.
Prénommé *HENRI ou *HENRY : I, 937 ; II, 1127*a* ; IV, 665, 685.
Prénommé *JACQUES : I, 937 ; II, 1316.
Prénommé *ROBERT : II, 381*a* (1562).
Ant. *SAINT-LOUP (Charles de) : II, 377*b*, 401*b*, 426*a*, 527*a*, 546*c* (1648).
Ant. *VILLEPARISIS (Guy de) : II, 88 n. 1 (1383), 1850.

SAINT-LOUP (amis de) ; — à Doncières, le seul avec lui qui soit dreyfusard : II, 404, 406 ; — avec qui je dîne à Doncières : III, 252-253, 486 ; — qui aime Mme de Cambremer : III, 336 ; — propriétaires du château de Gourville, invités avec nous à Féterne : 474 ; — marié à la fille naturelle d'un prince souverain : IV, 237 ; — qui entretenait aussi Morel : IV, 534.

SAINT-LOUP (camarade de). Cause longuement avec moi ; ses opinions sur l'affaire Dreyfus sont flottantes : II, 403, 404, 407, 408, 415, 425.

SAINT-LOUP (camarades de), militaires de la garnison à Doncières : II, 416. Insistent pour que je reste à Doncières : 426, 435, 690.

*SAINT-LOUP (Charles de). Voir SAINT-LOUP-EN-BRAY (Robert, marquis de).

SAINT-LOUP (cousin de), a épousé une jeune princesse d'Orient : II, 406.

SAINT-LOUP (frère d'un ami de), élève à la Schola cantorum : II, 406.

SAINT-LOUP (Mme de). Voir GILBERTE SWANN.

SAINT-LOUP (Mlle de), fille de Gilberte et Robert de Saint-Loup : IV, 330, 541. Épousera un homme obscur : 605. Comment les deux côtés des rêves de mon enfance aboutissent à elle : 606-607. Sa beauté ; elle ressemble à ma jeunesse : 609.

SAINT-LOUP (tante de). Voir LUXEMBOURG (duchesse de).

*SAINT-LOUP (vicomtesse de). Voir MARSANTES (Marie, comtesse de).

*SAINT-MARCEAUX [Mme de] /—/ : II, 1254*c* (1945).

SAINT-MAURICE [Gaston de] /—/ : III, 705.

SAINT-MÉGRIN, « mignon » d'Henri III, personnage du *Roi s'amuse*, de Hugo : IV, 379.

*SAINT-PREUX (le jeune) : IV, 877*a* (1429).

*SAINT-PREUX (vicomte de) : II, 1076*b* (1890).

SAINTRAILLES [Jean Poton] /?-1461/, « compagnon de Jeanne d'Arc » : II, 820, 821.

*SAINTRAILLES (Mme de). Voir *MARENGO (duchesse de).

*SAINT-SAËNS [Camille] /1835-1921/, compositeur français : I, 903, 909-911, 913, 918, 935, 941.

SAINT-SIMON [Louis, duc de] /1675-1755/, pair de France, l'auteur des *Mémoires* : I, 25-26, 117, 304, 483, 541 ; II, 127, 368, 563, 590, 712, 728, 750 ; III, 338, 357, 415, 720, 787, 807, 808 ; IV, 110, 168, 409, 411, 539, 540, 620, 621.

SAINT-SIMON (nièce de) ; a épousé en premières noces un M. de Villeparisis : II, 590.

SAINT-VALLIER, père de Diane de Poitiers et Saint-Mégrin, personnage du *Roi s'amuse*, de Hugo : IV, 379.

SAINT-VICTOR [Paul de] /1827-1891/, essayiste français : IV, 287.

SALAMMBÔ, personnage de Flaubert : II, 780.

*SALANDRA [Antonio] /1853-1931/, homme politique italien : IV, 705.

*SALLEMAND (M. de). Voir ORSAN (M. d').

SALOMON : I, 124 ; II, 488 ; III, 171.

SALVANDY (comte de) [1795-1856], homme politique et écrivain français : II, 70, 571.

SALVIATI [1816-1900], mosaïste et verrier de Murano : IV, 210.

SAM (l'oncle) : I, 449.

SAMARY [Jeanne] /1857-1890/, actrice française : III, 327.

SAMSON, personnage biblique : III, 17.

SAND (George) [1804-1876], écrivain français : I, 39, 40-42, 257 ; III, 524, 545 ; IV, 236, 461-463.

SANIETTE, archiviste, « fidèle » des Verdurin. Son portrait : I, 200. Beau-frère de Forcheville : 246 ; 256, 257. Forcheville l'exécute : 272-273, 295 ; II, 870. Revenu chez les Verdurin ; accentuation de ses défauts : III, 265-266, 268, 275 ; 287, 293,

se rend à un thé chez elle : 435. Présente à la matinée chez la princesse de Guermantes ; son nom seul me permet de la reconnaître : 509 ; 553. Son fils est mort : 617. Voir aussi SAZERIN.
Ant. née *PORTEFIN (de) : IV, 699 n. 1.
Ant. *SAZ RAT : I, 707*a*.
Ant. SAZRAT (Mme) : I, 707, 711, 823.
SAZERAT (belle-fille de Mme) : IV, 533.
SAZERAT (cousin). A été premier adjoint à Combray : IV, 255.
SAZERAT (cousine de Mme) : IV, 176.
SAZERAT (fils de Mme) : I, 171 ; IV, 617.
SAZERAT (père de Mme). Ses fredaines ; ruiné par la duchesse de X : IV, 176. Rendu fou, ruiné et abandonné par Mme de Villeparisis : 213.
Ant. *PORTEFIN (M. de) : IV, 699 n. 1.
SAZERIN. Déformation, par Françoise, du nom de Mme Sazerat : IV, 153-154.
*SAZRAT (Mme) ou *SAZ RAT. Voir SAZERAT (Mme).
SCAPIN, personnage de Molière : III, 95.
SCARLATTI [Domenico */1685-1757/* ou Alessandro */1660-1725/*], compositeur italien : III, 345.
SCARRON [Paul] */1610-1660/*, écrivain français : I, 533.
SCHÉHÉRAZADE, conteuse des *Mille et Une Nuits* : II, 406 ; III, 231, 638.
*SCHIFF (Sidney) [1869-1944] : IV, 702.
SCHILLER [Friedrich von] */1759-1805/*, poète et dramaturge allemand : II, 782 ; IV, 369, 416.
*SCHILLER. Voir KANT (Emmanuel).
SCHLEGEL (M. de) [August Wilhelm von] */1767-1845/*, poète allemand : II, 571.
SCHLEMIHL, héros de *L'Histoire merveilleuse de Pierre Schlemihl*, de Chamisso : II, 132.
SCHLIEFFEN (maréchal, comte von) [1833-1913], chef du grand état-major allemand de 1891 à 1905, dont le « plan » a inspiré l'invasion de 1914 : II, 410.
SCHLUMBERGER [Léon-Gustave] */1844-1929/*, historien : II, 510. Voir aussi HUMBERGER.
SCHOLL [Aurélien] */1833-1902/*, chroniqueur français : II, 540*a* (1644).
SCHOPENHAUER [Arthur] */1788-1860/*, philosophe allemand : IV, 318, 569.
SCHUBERT [Franz] */1797-1828/*, compositeur autrichien : II, 666.
SCHUMANN [Robert] */1810-1856/*, compositeur allemand : III, 185, 757 ; IV, 82, 334, 425.
SCOTT (Walter) [1771-1832], écrivain écossais : III, 25.
*SCOTT (Walter). Voir *FRANCE (Anatole).
SÉBASTIANI [Fanny] */1807-1847/* : II, 1272-1273.
SÉBASTIANI (Mlle). Voir PRASLIN (Mme de, duchesse de Choiseul).
SÉBASTIEN (saint) : I, 127.
Secrétaire d'ambassade (jeune), chez la princesse de Guermantes : III, 74.
Secrétaire du baron de Charlus : II, 841, 852.
Secrétaires d'ambassade (jeunes). Chez la princesse de Guermantes, saluent M. de Charlus : III, 64-65, 171.
SEGREV, personnage des *Frères Karamazov*, de Dostoïevski : III, 881.
*SÉLINONTE (princesse de). Voir CAPRAROLA (princesse de).
SELVES ([Justin] de) [1848-1934], homme politique français : III, 321.
*SÉMÉLÉ : III, 4*c* (1268).
SENNECOUR (Mme de), sœur du vieux Chaussepierre : III, 73.
*SEPTIMIE : II, 927-929, 931, 1002. Voir aussi *SOLANGE.
*SEPTIMIE, princesse des... : III, 122*a* (1401).
*SEPTIMIE. Voir GUERMANTES (Oriane, duchesse de).
*SERBIE (reine de) [—] : III, 34*b* (1321).
*SERBON (marquis de) : II, 1082.
Serfs de la Sainte-Vierge, frères mendiants établis rue des Blancs-Manteaux : III, 491.
*SERISAIE (Mme de) : IV, 876*x*.
Serpent, génie de *Salammbô*, de Flaubert : II, 733.
*SERREBRUNE [?] : II, 1297*c*.
SERT [José-Maria] */1876-1945/*, peintre catalan, décorateur des Ballets russes : III, 871 ; IV, 225.

Servant (jeune) protégé par M. Nissim Bernard. Voir Commis du Grand-Hôtel.
Servante, à Doncières : II, 690.
Serveuse chez Colombin, dont Swann fut amoureux : IV, 543.
SETOLD : III, 281.
SÉVIGNÉ (marquise de) [Marie de Rabutin-Chantal] */1626-1696/*, épistolière française : II, 7, 9, 11. Auteur préféré de ma grand-mère ; je la lis : 13-14 ; 54, 57, 86, 94, 121-122 ; 265, 323, 597, 608, 625, 851. Maman la cite souvent, comme faisait ma grand-mère : III, 167, 182, 202 ; 218, 230, 318, 406, 526-527, 647, 865, 880, 881, 911 ; IV, 236, 560.
SÉVIGNÉ [Charles de], fils de la précédente : II, 122 ; III, 406, 647.
SÉVIGNÉ (fille de Mme). Voir GRIGNAN (Mme de).
*SEVIRAC (Mlle de). Voir *VIGOGNAC (Mlle de).
*SEYLOR. Voir SAYLOR.
*SHAHRAZADE, graphie nouvelle pour Schéhérazade : III, 1086.
SHAKESPEARE [William] */1564-1616/* : I, 119, 560 ; III, 23.
*SHELLEY [Percy Bysshe] */1792-1822/*, poète anglais : III, 34*b* (1350).
*SHERBATOF (princesse). Voir SHERBATOFF.
*SHERBATOFF (princesse). Sa vulgarité ; je la prends pour une maquerelle : III, 251-252 ; 267-268. Grande dame russe ; n'ayant aucune relation, elle est la fidèle des fidèles : 269-272, 274-275, 277. Je m'aperçois de ma méprise : 284-287 ; 289-291, 308, 323, 345-346, 425, 428, 431. De quels échecs de snobisme est fait son antisnobisme : 433-434 ; 438, 441, 495. Annonce de sa mort à la soirée Verdurin : 732-733. Mme Verdurin n'éprouve aucune tristesse de sa mort : 743-744 ; 828-829. Serait la meurtrière de l'archiduc Rodolphe : IV, 289.
Ant. *SHERBATOF (princesse) : III, 1026.
SHÉRIAR (sultan), personnage des *Mille et Une Nuits* : IV, 620.
SHERLOCK HOLMES : IV, 39.
*SHRAMECK [?] : IV, 926.
SHYLOCK, personnage du *Marchand de Venise*, de Shakespeare : IV, 545.
SICILE (princes de) : II, 108.
SIDONIA (duc de), grand d'Espagne, chez la princesse de Guermantes : III, 39.
*SIDONIA-TERRANO (Mlle de) : III, 986.
SIEGFRIED, personnage wagnérien : II, 386, 405 (Siegfried-Saint-Loup) ; III, 667.
SIGEBERT [*/535-575/*, roi d'Austrasie] (petite fille de) : I, 61.
*SIGISBERT, un des prénoms de GURCY. Voir CHARLUS (Palamède XV, baron de).
*SILAIS (Mme de) [?] : II, 1297*c*.
*SILARIA (M.) et (Mlle). Voir STERMARIA (M. et Mlle).
*SILÈNE : IV, 636, 637.
SILISTRIE (prince de) : IV, 239.
SILISTRIE (princesse de) : II, 672, 860, 862 ; IV, 240.
Ant. *CITRI (Walpurge, marquise de) : II, 860*a*.
Ant. *TRESMES (Walpurgis, marquise de) : II, 860*a*.
SILISTRIE (fils de la princesse de) : IV, 240.
*SILISTRIE (sœur de la princesse de) : II, 803*b*.
SILVESTRE (Armand) [1837-1901], écrivain français : IV, 177.
SIMBAD, le marin, héros des *Mille et Une Nuits* : IV, 561.
SIMIANE (les) : III, 453.
SIMIANE (Mme de) [Pauline Adhémar de Monteil de Grignan, marquise de) */1674-1737/*, fille de Mme de Grignan : II, 14, 737.
*SIMONE : I, 939 ; III, 1063.
*SIMONE (autre ?) : II, 959, 1002. Voir aussi SIMONET.
SIMONET (famille) : II, 159, 164, 201, 237, 242, 289, 651, 663, 664.
Ant. *BOUCTEAU : II, 960.
Ant. *BOUQUETEAU : II, 960-961.
Ant. *SIMONIN : II, 201 n. 2.
Voir aussi *SIMONE (autre ?).
*SIMONIN. Voir ALBERTINE et SIMONET (famille).
SIMONNET (les) : II, 663-664.
*SISES (Mme) : II, 1166.

*SISYPHE, personnage de la mythologie grecque : IV, 963.
SIX (bourgmestre), peint par Rembrandt : III, 78.
*SIXTOURS (Mme de) : IV, 969.
SKI, diminutif de VIRADOBETSKI (voir IV, 289), sculpteur polonais, fidèle des Verdurin : III, 260, 261. Portrait : 266-267 ; 280, 284, 287. Connaît les mœurs de Charlus : 294-296 ; 313-314, 323-324 ; 330, 339. Fait erreur sur la famille de Charlus : 345-347 ; 359, 425, 428, 429, 432, 434, 435, 440-441, 485, 676. À la soirée Verdurin : 733, 792-793, 805-806, 814, 815, 823, 825 ; IV, 289. Pas plus modifié qu'un fruit qui a séché : 514.
SMERDIAKOV, personnage des *Frères Karamazov*, de Dostoïevski : III, 882.
*SMISS (Mme) : IV, 678.
*SOCQUINCOURT (général de). Voir FROBERVILLE (général de).
SOCRATE [468-399 av. J.-C.], philosophe grec : II, 57 ; III, 18, 344, 439, 710.
SODOMA (le) [Giovanni Antonio Bazzi, dit Il Sodoma] /v. 1477-1549/, peintre italien : III, 727.
Sodomistes : III, 32-33.
*SOLANGE : II, 927, 1001-1004. Voir aussi ANDRÉE.
Ant. *MARIA : II, 1003*b*, *c*.
Ant. *SEPTIMIE : II, 927*a*.
Soldat à qui Napoléon a donné le titre de Tarente. Voir MACDONALD (Jacques Étienne).
SOLÉON (Mme de) : II, 698.
*SOLISKA (Mlle) : III, 961.
*SOLLIER [Paul], docteur : II, 1305*b*.
Sommelier du Grand-Hôtel de Balbec : III, 184, 188, 377.
*SONIA. Voir SWANN (Mme).
*SONNINO ([baron Giorgio] Sidney) [1847-1922] : IV, 702.
SOPHOCLE [496-406 av. J.-C.], poète tragique grec. Sujet d'un devoir : II, 264-267, 648, 782 ; IV, 410.
SOREL (Julien), personnage du *Rouge et le Noir*, de Stendhal : III, 879.
*SOUBISE (nom de) : I, 888 ; II, 832*a*.
*SOUBISE (duc de) [François de Rohan, prince de] /XVIIIe siècle/ : III, 34*b* (1320).
*SOUBISE (princesse de) : III, 139*c* (1413).
*SOULANGY (M. de). Voir CAMBREMER (M. de).
*SOULANGY (Mme de). Voir CAMBREMER (Renée, marquise de).
« Sous-maîtresse » (vieille) de la maison de femmes de Maineville : III, 465 ; IV, 241.
Sous-secrétaire d'État aux Beaux-Arts, homme artiste et snob, invité par Charlus à la soirée Verdurin : III, 768.
Sous-secrétaire d'État aux Finances : III, 247.
Sous-secrétaire d'État aux Finances (femme du). Objet d'une insolence d'Albertine : I, 587-588 ; III, 247.
SOUVRÉ (marquise de). Désire une invitation chez Oriane de Guermantes : II, 745. Sa façon inefficace de me présenter au prince de Guermantes : III, 49-50, 52 ; 54, 57, 264 ; IV, 552.
Ant. *BLANCHE, duchesse de S. : II, 716*c* (1746), 720*a*, 745*a*, 798*b*, 804*a*, 857*a*.
Ant. *MONTYON (Mme de) : IV, 885*a*.
SOUVRÉ (sœur de la marquise de) : II, 745.
SOUVRÉ (mari de la sœur de la marquise de) : II, 745.
*SPARK : I, 543*a*.
SPARTACUS [mort en 71] : I, 334.
Spécialiste (célèbre) des maladies nerveuses, rival de Cottard à Balbec : III, 192-193.
*SPENCER (Herbert) [1820-1903], philosophe anglais : II, 914.
SPENS (Aimée de), personnage du *Chevalier des Touches*, de Barbey d'Aurevilly : III, 877.
SPHINX (le) : III, 88.
SPINOZA [1632-1677], philosophe hollandais : III, 491.
SPITTELER [Carl] /1845-1924/, romancier suisse : IV, 357.
*SPONDE (marquis de) : II, 1302, 1309.

« lâche » : 186-187 ; 196, 198-200. Son rire : 202. La « Patronne » : 203. Troubles que lui cause la musique : 203-211 (voir 186) ; Swann lui plaît : 212. Mauvais effet des relations de Swann : 213-214, 215, 223-225, 236, 244-245 ; 254-256. Dîner avec Forcheville : 247-260. Disgrâce de Swann : 261-284 ; 287, 345. Saura « dégeler Odette » ; 354-356 ; 365, 367-370, 372-373, 424, 499, 513, 584. Ses rapports avec Mme Swann : 589-592. Mme Bontemps ravie d'être invitée chez elle : 592-595 ; 596. J'ai fait sa « conquête » : 597. Méprise : II, 73. Son antisémitisme bourgeois : 549, 750, 870. Révélée à l'aristocratie par les Ballets russes : III, 140-141. Son salon dreyfusiste : 144. À La Raspelière : 180, 185, 190, 235, 249. Les mercredis : 250-251, 259. A brouillé Brichot avec sa maîtresse : 262 ; 263-264, 266, 267, 268. A trouvé la fidèle des fidèles en la princesse Sherbatoff : 269-272 ; 273-275. Affecte d'être au désespoir de recevoir les Cambremer : 277-280 ; 282, 286, 287. Il ne faut pas lui parler de la mort des fidèles : 288-289, 291-293 ; 296, 297. Changements physiques provoqués en elle par la musique : 298 ; 300-304, 308-310, 313, 314, 316, 319-323, 325. Étonnée que Charlus connaisse « Mme de Molé » : 326-327. Critique Elstir : 329-334 ; 336. Critique Brichot : 339-341, 343 ; 344-347, 349. Loue Cottard : 352-353 ; 354-356. Première escarmouche avec Charlus : 357-358. M'invite avec insistance avec mes amis : 359-363 ; 364-366, 375, 384. Promène ses invités : 386-388. Ses goûters : 388-389 ; 390-392, 398, 411, 418-419, 423, 425, 431. Se demande si Charlus et le prince de Guermantes sont du même monde : 432-433 (voir 358) ; 436, 462, 474, 475. Empêche Brichot de revoir Mme de Cambremer dont il est épris : 477 ; 479-481, 484-485, 498-499, 507, 510. Je dissuade Albertine de lui faire une visite : 595, 598, 608-610, 626, 657. Son salon d'autrefois : 706, 708. La soirée Verdurin : 720, 727, 728, 730, 731, 732, 733. Son besoin de faire des rapprochements et son désir de brouiller ; furieuse contre Charlus : 734-739. Construit petit à petit son petit salon : 740-742. Se graisse le nez avant que la musique ne commence : 745-746. Affiche son indifférence devant la mort de la princesse Sherbatoff : 743-744. Se propose d'« éclairer » Morel sur Charlus : 748-749. Méprisée par les invitées de Charlus, à l'exception de la reine de Naples : 750-752. Déesse du wagnérisme et de la migraine : 753, 755-756 ; 768. Aucun des invités ne la remercie au moment de prendre congé : 770-771. Essuie les critiques de Charlus : 772-773 ; 777. Subit la façon de ce dernier : 778-779, 781-783. L'« exécution » de Charlus : 784-787 ; 789, 791, 792, 794, 799, 802, 811, 812-820, 822-823. Impertinence de la reine de Naples à son égard : 823-824. Accepte de faire une rente à Saniette : 828-829 ; 832, 836, 840, 841, 842, 849, 864, 875, 897, 911 ; IV, 76, 129. Selon Andrée, Albertine aurait rencontré Morel chez elle : 179 ; 185, 194, 198, 199, 201, 266. Serait, selon le pseudo-Goncourt, la « Madeleine » de Fromentin : 287 ; 288, 290. Décrite par Goncourt : 291-293 ; 294, 295, 298. Une des reines du Paris de la guerre : 301 ; 304, 305, 307-312, 337. Déchaînée contre Charlus : 343-346. Ne peut empêcher Morel de s'engager : 347-348. Continue de donner des dîners : 351. La tragédie du *Lusitania* face à la saveur d'un croissant : 352. Ses sarcasmes contre Brichot : 368-372 ; 378, 382. Devenue la princesse de Guermantes : 384 ; 417. Je vais à sa matinée : 435, 437, 441, 443, 444, 446, 447, 492, 520, 524, 527, 530. Bloch lui trouve grand air : 532. Comment, à la mort de M. Verdurin, ayant d'abord épousé le duc de Duras, elle a figuré dans le Gotha sous le nom de « Sidonie, duchesse de Duras, née des Baux », puis, de nouveau veuve, a épousé le prince de Guermantes dont elle était la cousine par son second mariage : 533 ; 534, 535, 536, 542, 544, 551. Continue à « faire clan » : 561-562 ; 563, 572, 573, 575, 576. Fait la claque pour Rachel, qui récite chez elle : 578 ; 589, 591, 596, 607, 608.

Ant. *COTTARD (Mme) : IV, 753*a*.

Ant. *DONQUIÈRES (Mlle de) : IV, 923.

VERDURIN (vieil ami de Mme) : III, 296.

*VERDURIN (Maxime) : I, 980.

*VERDURIN (Suzanne) et son frère : I, 980.

Ant. *FORCHIN (Suzanne de) : I, 980*a*.

*VERDURON et VERDUROT. Voir VERDURIN (les).

VERJUS (M. Pierre de). Voir CRÉCY (M. de).

VERLAINE [Paul] */1844-1896/*, poète français : II, 86 ; III, 346 ; IV, 603.

INDEX DES NOMS DE LIEUX

ASNIÈRES, dans la Seine : III, 346.
Assyriens : II, 488.
ASTI, en Italie : I, 22, 25, 26.
ATHÈNES :
— *Académus* (jardin d') : II, 522.
— *Acropole* : : I, 551.
• *Cariatides* : I, 550.
— *Céramique* : I, 550.
— *Érechtéion* : I, 550 ; IV, 575.
— **Parthénon* : II, 930 ; II, 1226*a*.
Athéniens : III, 349.
ATLANTIQUE : I, 380 ; II, 127. Voir aussi OCÉAN.
AUBERVILLIERS, dans la Seine : IV, 205.
*AUBIGNY, nom réel : III, 323 n. 1, 485 n. 1 (1613).
AUBRAIS (LES), gare d'Orléans : III, 13.
AUBUSSON (tapisseries d') : I, 320.
AUGE (pays d'), en Normandie : I, 129.
AUMALE (duché d'), en Seine-Inférieure : II, 879 ; III, 342.
AUMENANCOURT. Étymologie : III, 485.
AUSTERLITZ, champ de bataille napoléonien : II, 410-412, 438 ; IV, 335, 341, 358.
Australiens : IV, 368.
AUTEUIL. Voir PARIS.
AUTRICHE : II, 63, 337, 447, 486, 583, 635, 799, 814, 879 ; III, 70. Pays d'où vient Albertine : 504 ; IV, 227-228, 339, 379.
Ant. *RUSSIE : II, 1095*b*.
Autrichien. M. Verdurin insinue que M. de Charlus l'est : IV, 344.
AUVERGNE. Les Cottard vont y passer les fêtes de Pâques : I, 187.
*AVALLONNAIS : I, 761.
AVEYRON. Étymologie : III, 324.
AVRANCHES, dans la Manche : III, 204, 207. Louise-bonne d'avranches, variété de poire : 399 ; IV, 440.
*AVRANCHIN : IV, 739.

*BAC (abbaye du). Voir BEC (abbaye du).
*BAC (marais du). Voir BEC (marais du).
BADE, ancien État allemand. Odette y passait jadis plusieurs mois : I, 307-308.
BAGATELLE, ferme-restaurant près de Balbec : II, 257 ; III, 231.
BAGDAD : III, 12 ; IV, 388, 560, 561.
*BAGNOLES, dans l'Orne : I, 956*f* ; II, 887.
BAILLEAU-LE-PIN, pays de la mère de Françoise : III, 125.
BAILLEAU-L'ÉVÊQUE, dans l'Eure-et-Loir : IV, 560.
BAILLEAU-L'EXEMPT, terre vassale de Guermantes : I, 165.
*BAINVILLE : II, 987.
BALBEC, station balnéaire sur les côtes de la Manche, entre Normandie et Bretagne : I, 9, 65, 67. Legrandin en parle, sans avouer que sa sœur, Mme de Cambremer, habite tout près : 128-131 ; 155. Rêve sur ce nom ; mon désir d'y aller : 376-382, 386, 434. Norpois en parle : 456 ; 623. J'y pars avec ma grand-mère : II, 3-9, 12 ; 14. L'église ; ma déception : 19-22. Arrivée à B.-Plage : 23 ; 25-27. Les clients du Grand-Hôtel : 35-36, 39-46, 48, 54, 56, 64-65, 67-69. Promenade en voiture dans les environs : 73-74, 77-80, 84. Sa colonie juive : 97-98 ; 108, 112, 135, 140, 142. Les jeunes filles de B. : 144, 146, 153, 155-156, 158-159, 161 ; 166-168, 173, 176, 180-181, 184-185, 187. L'atelier d'Elstir : 190-192. Tableau d'Elstir, pris de B. : 195. Elstir m'explique la beauté de l'église : 196-198 ; 200-201, 221, 223, 231, 233. Personnalités : 237 ; 238, 245-246, 249, 251, 255-256, 260, 268, 280, 293-294. Départs : 302, 304. Souvenir que j'en garde : 305-306. Baie de B. : 328 ; 345, 351, 359, 369-371, 380-381, 390, 402-403, 411, 413. Je dois y aller de nouveau : 423-425 ; 438, 441, 449, 451, 463-464, 474, 476-477, 481-482, 484, 522, 550, 564, 572, 574, 582, 625, 628, 643. Mon désir d'Albertine confondu avec celui de B. : 646-650 ; 652, 655, 658-661, 664, 666, 673, 677, 681-682, 684-685, 688-689, 704, 712, 714,

LA HAYE. Voir HAYE (LA).
LAMBALLE, dans les Côtes-du-Nord : I, 379. Ce qu'évoque son nom : 381.
*LAMY, sur le front durant la guerre : IV, 767.
Ant. *SOISSONS : IV, 767*e*.
LANDERNEAU, dans le Finistère. Du bruit dans L. : II, 536.
*LANDÉVENNEC, dans le Finistère : II, 888.
LANNION, dans les Côtes-du-Nord : I, 379. Ce qu'évoque son nom : 382.
LAON, dans l'Aisne, à plusieurs lieues de Combray. Mlle Swann y va souvent : I, 143-144 ; II, 313.
Ant. *CHARTRES : I, 21*a* (1105), 143*c*, 811-812, 820, 829.
Latins : III, 485. Voir aussi Romains.
Latobriges, peuplade celtique qui vivait près des sources du Danube : III, 280.
LAUMES (LES), en Côte-d'Or : IV, 164.
LEIPZIG (bataille de), en Allemagne : II, 410.
LENGRONNE, dans la Manche. Étymologie : III, 283.
LENS, dans le Pas-de-Calais : IV, 330.
LÉON, pays de Basse-Bretagne : III, 546.
*LERNE, marais d'Argolide : I, 81*a* (1141) ; II, 715*a* (1745).
LÉTHÉ : III, 157.
Ant. *STYX : III, 157*a*.
LEUTHEN (bataille de), en Silésie : II, 411.
Levantins : IV, 388.
LIMBOURG : II, 879.
LISIEUX, dans le Calvados : I, 57.
*LIVRY, nom réel : III, 323 n. 1, 383*a* (n. 2), 485 n. 1 (1308).
LOCTUDY, dans le Finistère. Étymologie : III, 281.
LODÈVE, dans l'Hérault. Étymologie : III, 324.
LODI (bataille de), en Lombardie : II, 410.
LOIGNY, près de Balbec : III, 484.
*LOIR. Voir VIVONNE.
LOIRE, fleuve. Albertine retrouvait une petite blanchisseuse sur ses bords : IV, 105-106, 109.
LONDRES : I, 454, 504 ; II, 51, 500. Le prince Von y a un hôtel : 554 ; III, 17, 33.
— *British Museum :* II, 500.
— *Buckingham Palace :* I, 424 ; IV, 543.
— *Chelsea*, quartier de L. : II, 163.
— **Kensington* (musée de) : IV, 752.
— *Saint-James* (cabinet de) : I, 453.
*LONDRES. Voir BRUNSWICK.
[LORIENT]. Voir ORIENT (L').
LORRAINE : III, 338.
LOUQSOR, en Égypte : III, 34.
LOURDES : II, 699.
LOUVAIN, en Belgique : IV, 400.
LOUVIERS, dans l'Eure : III, 329.
LUCIENNES, nom ancien de Louveciennes : IV, 290.
LUGDUNUM, nom latin de Lyon : III, 282.
LULLÉ-BURGAS (Lüleburgaz), en Turquie, près d'Andrinople. Les Bulgares y battirent les Turcs en 1912 : IV, 283.
LUXEMBOURG (grand-duché de) : II, 341, 625, 704, 718, 822, 823, 826-828.
LUYNES (château de), en Indre-et-Loire : II, 1048.
LYON : I, 17. Étymologie : III, 282.

MACÉDOINE : II, 84.
*Machutoland. Voir Masséchutos.
MADRID : III, 768.
— *Prado*, musée : III, 470.
MAELSTRÖM, courant de mer des îles Lofoten, en Norvège : I, 136.
*MAESTRICHT, aux Pays-Bas : II, 1269.

INDEX DES ŒUVRES LITTÉRAIRES ET ARTISTIQUES

TABLE

Albertine disparue

Le Temps retrouvé

Esquisses

Albertine disparue

Le Temps retrouvé

NOTICES, NOTES ET VARIANTES

Esquisses

Ce volume, faisant partie
d'une nouvelle édition
d'« À la recherche du temps perdu »
de Marcel Proust,
et portant le numéro trois cent cinquante-six
de la « Bibliothèque de la Pléiade »
publiée aux Éditions Gallimard,
a été achevé d'imprimer
sur bible des Papeteries Braunstein,
le 24 juillet 1989
sur les presses
des Imprimeries Maury S.A.
à Millau,
et relié en pleine peau,
dorée à l'or fin 23 carats,
par Babouot à Lagny.

ISBN : 2-07-011164-4.

N° d'édition : 46592. Dépôt légal : Août 1989
Imprimé en France.

Page 927.

1. Il arrive que Proust inscrive dans ses cahiers des notations étrangères au brouillon proprement dit. Cette réflexion humoristique en est un bel exemple. C'est en 1913 que le projet d'un roman en deux volets s'est transformé pour des raisons largement éditoriales, en 3 tomes. Telle paraît être la date de ce fragment.

2. Voir p. 540. Ce dialogue sur la « fille de M. Charlus » et sur l'hypothèse d'un second mariage du baron n'a pas été conservé dans le texte final.

Esquisse LII

LII.1 : Cahier 74, ff^{os} 83 r°-88 r° (1918).
LII.2 : Cahier 57, f° 38 r° (1916-1917).

Page 928.

a. Début du § dans ms. : [Chose curieuse, si je n'aimais plus le monde, si je n'allais plus dans le monde, s'il n'était plus le but de mes désirs et de mes sorties, il s'était en quelque sorte intériorisé dans mon langage, dans mes façons, comme chez Swann. De sorte que *biffé*] Chose curieuse *ms.* ◆◆ *b.* mais même [des mots *biffés*] le choix des termes *ms. Nous insérons la préposition* par . ◆◆ *c.* Tall'rand etc. [Chose assez curieuse *biffé*] [C'est que sans plus me soucier du monde j'étais devenu un homme du monde et étais plus commodément au milieu *biffé*] Sans doute *ms.* ◆◆ *d. Lecture conjecturale.* ◆◆ *e.* vocabulaire, [des gens avec qui je me trouvais comme avec *biffé*] tandis *ms.* ◆◆ *f.* étranger. [Et en effet l'étranger n'est-il pas, ne se décèle-t-il pas, non pas *biffé*] « Pour *ms.* ◆◆ *g. Dans ms., Proust a écrit* quelque soit *Nous corrigeons.* ◆◆ *h.* grammaticale [et livresque *biffé*] de la langue, *ms.*

1. Voir p. 547-548. On notera que Proust a considérablement atténué cette satire en se bornant à indiquer que les origines bourgeoises de Bloch — et celles du narrateur — restent décelables dans le salon.

Page 929.

a. mien. [L'élégance inévitable qui a façonné l'homme du monde qui *biffé*] Bloch *ms.* ◆◆ *b.* d'être [bientôt *biffé*] le plus *ms.* ◆◆ *c.* si [ardent *biffé*] violent soit son [patriotisme *biffé*] chauvinisme *ms.* ◆◆ *d.* mourant [il aura soin de ne pas parler de la même manière à un prince ou à un *biffé*], instinctivement *ms.* ◆◆ *e.* qu'à tel ou tel moment [d'une évolution sociale *biffé*] de l'existence *ms.*

1. La comtesse Raoul de Kersaint, née Blanche de Mailly-Nesle, était la sœur de la comtesse Edmée de la Rochefoucauld. Voir la *Correspondance*, t. XV, p. 316-317, lettre d'octobre 1916 à Mme Greffulhe. C'est probablement à cette époque que Proust rédigea ce brouillon.

2. Élisabeth, comtesse Greffuhle, fille aînée du prince de Caraman-Chimay et de Marie de Montesquiou, tante de Robert de Montesquiou, mariée en 1878 au comte Henri Greffuhle, est l'un des modèles de la duchesse de Guermantes.

3. Épouse du prince de Léon, devenu, après la mort de son père, le 6 août 1893, onzième duc de Rohan, la duchesse de Rohan fut une grande amie de Robert de Montesquiou.

4. Voir p. 547-548.

Page 930.

Esquisse LIII

Cahier 57, ffos 24 r°, 63 v° (1916-1917).

a. C'est à partir du folio 60 que sont développées, sur les rectos du Cahier 57, ces réflexions sur la dégradation du milieu Guermantes et le flou qui s'est instauré dans la « valeur » mondaine des êtres (ce que Proust nomme ici les situations). Rédigée au folio 24 r°, cette note apparaît ainsi comme une addition tardive. ◆◆ *b. En face, au f° 23 v° de ms., une note indique que Proust a songé à une localisation précise de ce passage :* N.B. Ce qui est en marge en face (et n'a aucun rapport avec ci-dessous) devrait peut-être naître du fils Cambremer et du beau velours de ce changement de situation qui marque le temps écoulé pas peut-être à l'endroit du beau velours mais conspirant. *La lecture de ce dernier mot est conjecturale.*

1. Voir p. 547 et 550.

Page 931.

a. Nous rétablissons ce mot, biffé dans ms. ◆◆ *b. Suit un passage confus, que Proust a finalement barré.*

1. Voir p. 547.

Esquisse LIV

LIV.1 : Cahier 57, ffos 66 v°, 60 v°, 63 r° et 62 v°, 51 v°, 61 v°, 70 r° (1916-1917).

LIV.2 : Cahier 74, 118 r° (1918).

2. Voir p. 889.

Page 932.

a. Ce texte est rédigé dans la marge du folio 59 v° de ms., en regard d'un passage dont il paraît être une refonte, et que nous donnons ici : En voyant les deux tableaux, tableaux déposés pourtant en moi-même, si différents que me présentaient les Guermantes autrefois et maintenant, Maria[1] me

1. La référence à Maria indique que ce fragment a dû être rédigé vers 1913.

disant à mon gré toutes les choses que je n'avais pas espéré jamais entendre d'elle (à la loge) et m'ayant présenté comme une chose toute naturelle l'image de cette fille facile dont, quelques années avant, chacun et moi-même eût juré qu'elle était la plus éloignée, la vie m'apparaissait comme ce qui me permettait de rectifier le premier, comme une connaissance comme une conquête, comme un travail chimique finissant par faire apparaître les éléments dont une chose est faite.

1. Voir p. 549.
2. Voir p. 547.
3. Voir p. 550.

Page 933.

a. Lecture conjecturale. ◆◆ *b.* la Berma, [de la princesse de Parme, *biffé*] des visites *ms.* ◆◆ *c. En marge, en regard de ces mots, apparaît dans ms. cette note de Proust :* Très important. ◆◆ *d. Proust a biffé ce mot. Nous rétablissons.* ◆◆ *e.* rationnelle [les Noailles, les Uzès, les La Rochefoucauld, les Gramont *biffé*], et auxquelles *ms.*

1. Voir p. 568.
2. Voir p. 548-549.

Page 934.

a. Un signe de Proust renvoie à une note située dans la marge du folio 64 r° de ms. : C'est probablement ici que prend la suite de deux pages avant au verso à ce signe, les images les plus anciennes ne viennent qu'après. ◆◆ *b.* de drap [gris *biffé*] beige *ms.* ◆◆ *c. Le début du fragment a été arraché dans ms.* ◆◆ *d.* souvenirs [assure la permanence multiple *biffé*] ne laisse que *ms.* ◆◆ *e.* communications [Cueillons le plus simple être que nous avons connu et ce sont trois, quatre lieux différents *biffé*] Nous *ms.*

1. Voir p. 551. L'image est déjà au folio 65 r°. Voir l'Esquisse XLI.2, p. 891, début du second paragraphe.
2. Voir p. 552.
3. Allusion au poème de Victor Hugo, « Tristesse d'Olympio », *Les Rayons et les Ombres : Et comme vous brisez dans vos métamorphoses / Des fils mystérieux où nos cœurs sont liés !* (v. 55-56).
4. Voir p. 608.

Page 935.

Esquisse LV

LV.1 : Cahier 57, ff^os 67 r°, 11 v°, 47 v°, 61 r°.
LV.2 : Cahier 74, ff^os 90 r°.

1. Voir p. 566.
2. Voir n. 1, p. 565.
3. L'indication paraît renvoyer au folio 67 r° du Cahier 57, que nous transcrivons au premier paragraphe de l'Esquisse.

4. Voir p. 565.
5. Voir p. 565-566.

Page 936.

a. incarnée [devant lui *1re rédaction non biffée*] [dans sa femme *2e rédaction interlinéaire*] la *ms.* ↔ *b.* je [chérissais ces formes jeunes auxquelles mes rêves de beauté et de mystère avaient préexisté *biffé*] me donnais *ms.* ↔ *c.* tant de [peines *biffé*] souffrances [certes mon rêve de mystère *biffé*] et j'avais *ms.* ↔ *d.* la carrière [de marbre *biffé*] d'où le sculpteur *ms.*

1. Voir *À l'ombre des jeunes filles en fleurs*, t. II de la présente édition, p. 16.
2. Voir p. 565.
3. Voir p. 566.

Page 937.

a. du pays [qu'elle habitait, soit (quelquefois du pays que j'habitais en pensée et non du pays réel) *biffé*] dont je rêvais *ms.* ↔ *b. La comparaison est reprise dans la marge de ms., puis abandonnée et biffée :* comme Gilberte devant une église de l'Ile-de-France et Mme de Guermantes dans une allée humide où montaient en forme de quenouille des grappes violettes et rougeâtres, mais habitant le pays qu'elles me rappelaient.

Esquisse LVI

Cahier 74, f° III r° (1918).

c. Je ne les [verrais *biffé*] recevrais *ms.*

1. Le Cahier 57. C'est en effet le Cahier où Proust engrange, depuis 1916, en regard de la première rédaction de 1911, les « notes » destinées à « L'Adoration perpétuelle » et, surtout à la dernière matinée. C'est sans doute seulement à partir de 1918, quand tous les espaces disponibles du Cahier 57 eurent été remplis par ces additions successives, que Proust porta ces nouveaux ajoutages dans le Cahier 74.
2. Voir p. 564-565.

Page 938.

Esquisse LVII

LVII.1 : Cahier 60, ff^os 94-96 r^os. Ce fragment a dû être rédigé vers 1920-1921 (voir n. 1).
LVII.2 : Cahier 57, f° 12 v° (1916-1917).

1. C'est le dernier cahier du manuscrit autographe du *Temps retrouvé*.
2. Voir p. 572-575.

Page 939.

a. Ce post-scriptum est biffé dans ms. ↔ *b. Lecture conjecturale.*

1. Voir p. 577-578.

Esquisse LVIII

Cahier 74, ffos 143 ro ; 91-92 ros (1918).

c. celles qui [rayonnaient *biffé*] aboutissaient *ms.* ↔ *d.* autour [d'elle *biffé*] [de ce seul être *biffé*]. L'une me menait [par sa mère et les Champs Élysées *biffé*] à son grand père, *ms.* ↔ *e. Dans ms., Proust a d'abord écrit* avaient fait en quelque sorte suspendre *, puis il a biffé* suspendre *, remplacé par* ajourné *, mais n'a pas biffé* fait *. Nous corrigeons.*

2. Voir p. 606. Cette image apparaissait déjà à la dernière ligne de l'Esquisse LV.2, p. 937.
3. Voir p. 608-609.

Page 940.

a. une [jeune femme *biffé*] [fille *biffé*] [jeune *biffé*] fille [qui en mesurait ainsi la longueur, hélas pour moi aussi *biffé*] avait eu *ms.* ↔ *b.* avait [fait non seulement son œuvre, mais *biffé*] élevé ce gracieux monument, avait fait *corr.*] une œuvre, *ms.*

1. Allusion au souvenir du « geste obscène » de Gilberte dans le jardin de Tansonville.
2. Ce sera la métaphore des « échasses ». Proust s'interroge encore, dans ce fragment, sur l'articulation des dernières pages du livre.

Esquisse LIX

Cahier 57, ffos 13 vo, 14 vo, 5 ro, 5 vo, 21 vo (1916-1917).

c. Lecture conjecturale.

3. Voir p. 609-610.

Page 941.

a. aussi nombreu<x> *Nous maintenons ces deux mots, biffés par Proust dans ms.*

1. Voir p. 610.
2. Voir *ibid.*
3. Voir p. 612.
4. Voir p. 613-614.
5. Voir *La Prisonnière*, t. III de la présente édition, p. 581.

Esquisse LX

Cahier 57, ff^{os} 70 v°, 47 r°, 74 r° et 73 v°, 66 r°, 41 v° et 42 r°.

Page 942.

1. Voir l'Esquisse XXVII, p. 838 et n. 1. Proust fait erreur en attribuant à Néhémie la qualité de prophète.
2. Voir p. 613
3. Voir *ibid.*
4. C'est le folio 73 v°, que nous donnons à la suite. Sur le risque de la mort, voir aussi p. 943, 2e §.
5. Voir p. 617.
6. Voir p. 613.

Page 943.

a. Un jour [qu'elle ignorait être le dernier *biffé*] devant *ms.*

1. Voir p. 616.
2. Voir p. 620.
3. Voir p. 614.
4. Conformément à la note qui clôt ce paragraphe, Proust reprend, dans les lignes qui suivent au folio 66 r° du Cahier — que nous ne donnons pas —, mais sans les développer, les différentes articulations de sa phrase.
5. Voir p. 621.

Page 944.

1. Le Cahier de brouillon gris est le Cahier 56.

Esquisse LXI

Cahier 57, paperole collée au folio 51 v° (1916-1917).

a. des faits [politiques *biffé*] si *ms.*

2. Voir p. 621.
3. Il s'agit très vraisemblablement du peintre Gustave Moreau.

Page 945.

Esquisse LXII

Cahier 57, ff^{os} 47-48 v^{os}, 61 v°, 12 r° et v° (paperole collée sur les 2 faces du feuillet), 63 r°, 12 r°, 52 r° (1916-1917).

Nous avons réuni dans cette dernière section des Esquisses un ensemble de brouillons destinés à la dernière matinée, que Proust n'utilisa pas lors de la rédaction du manuscrit du *Temps retrouvé*. Ils s'échelonnent de 1916 environ à 1922, et sont essentiellement constitués d'ajouts au « Bal de têtes » (Cahier 57), d'ébauches contenues dans le Cahier Babouche (74) d'une importante paperole, concernant Mme Cottard, qui en fut détachée à une date incertaine et d'additions rédigées dans les quatre derniers cahiers de notes (59 à 62), qui sont postérieurs à la rédaction du manuscrit. On retrouve dans ces brouillons les grands thèmes de l'épisode final du roman. Nous nous sommes inspirés de l'ordre dans lequel ces thèmes apparaissent dans le texte final pour procéder à la composition de ces Esquisses.

Comme dans les additions au « Bal de têtes », les brouillons non utilisés contiennent de nombreuses descriptions de personnages marqués par la vieillesse. L'importance des ajouts consacrés à Mme de Guermantes et aux Cottard indique que ces personnages devaient jouer un rôle plus considérable que dans le manuscrit final.

Si l'élimination de M. Bloch père peut s'expliquer pour des raisons de vraisemblance chronologique, il n'est pas toujours facile de déterminer si nous sommes en présence de passages que Proust a volontairement supprimés, ou si le temps lui a manqué pour pouvoir les incorporer au manuscrit. Cette dernière hypothèse devient une quasi-certitude dans le cas des fragments contenus dans les quatre derniers cahiers que, pour cette raison, nous avons regroupés dans l'Esquisse LXXI[1].

À l'encontre, la présence à la réception de Saint-Loup de M. Verdurin et le portrait de Mme Verdurin avant son mariage avec le duc de Duras appartiennent à des états du texte qui n'étaient plus compatibles avec les choix ultérieurs du romancier concernant le destin de ces personnages. D'autres modifications importantes intervenues dans la composition de la « Matinée » s'expliquent par le développement ou le transfert de certains thèmes à d'autres endroits du roman. L'abandon des fragments consacrés à l'audition musicale est liée à la création du personnage de Vinteuil (voir la Notice de *La Prisonnière*, t. III de la présente édition, p. 1685-1690) et aux analyses de son œuvre dans l'ensemble du roman. Quantité d'esquisses sur l'homosexualité ont dû paraître redondantes après que Proust eut rédigé, pendant la guerre, l'épisode de l'hôtel de Jupien. En outre, bien des ajouts sur le kaléidoscope mondain, qui figurent sur le manuscrit du « Bal de têtes », ont été éliminés pour être remplacés par des observations tirées de la période de la guerre et de l'après-guerre. Et c'est sans doute pour insister, malgré le passage du temps, sur la permanence du moi, que Proust a éliminé les esquisses consacrées à ce que le narrateur nomme « mon nouveau caractère ».

a. En regard de ce nom, Proust a porté dans ms. cette note inachevée : Mettre la comtesse de Morienval plus tôt tout de suite après Mme Verdurin, ou

1. Voir p. 983.

2. Voir Kazuyoshi Yoshikawa, « Vinteuil ou la genèse du septuor », *Études proustiennes*, III, Gallimard, 1979, p. 297.

1. Voir p. 983 et suiv.

Page 946.

a. Mme Cottard. [Un jeune homme traversa *biffé*] Cependant *ms.* ◆◆ *b. En marge de ms., cette note :* Bloch serait mieux. Mais je crois que c'est impossible puisque je l'ai rencontré avant. ◆◆ *c.* n'est-ce pas, [Risler surtout *biffé*] Ayant *ms.* ◆◆ *d.* blanc, [n'était plus depuis longtemps professeur de chant. *biffé*] ne trouvait *ms.*

1. La mention de *Parsifal* renvoie aux ébauches de « L'Adoration perpétuelle » et du « Bal de têtes » rédigées en 1910-1911 dans les Cahiers 58 et 57 (voir les Esquisses XXIV.1, p. 798 et suiv. et XLI.2, p. 877 et suiv.). Dans ces versions, toutefois, le narrateur n'entrait dans le salon de la princesse qu'une fois finie l'exécution — d'ailleurs partielle — de l'œuvre de Wagner.

2. Ancien nom de Cambremer. Voir n. 5, p. 890.

Page 947.

a. ornées *À partir de ce mot et jusqu'à la fin du paragraphe, le feuillet est déchiré. Nous reprenons dans les mots entre crochets la reconstitution proposée par H. Bonnet et B. Brun dans leur édition de la « Matinée » (ouvr. cité, p. 314).* ◆◆ *b. Proust spécifie en marge de ms. :* Pour ce qui est au dos[1] ou plutôt pour ce que je dis de la toilette de la chanteuse peut-être à quelques pages de là[2]

1. Le texte final ne conserve aucune trace d'une quelconque maladie d'Aimé, à supposer que le nom figurant ici désigne bien le maître d'hôtel au Grand-Hôtel de Balbec (voir 7 lignes en bas de page).

2. « Charley » apparaît comme prénom de Morel, dans le Cahier 74 (f° 98 r°). Dans la version finale, celui-ci est présent à la matinée en compagnie de sa sœur.

Page 948.

a. Une note, au folio 62 v° de ms., se rapporte à ce passage : Je pourrai faire faire à propos de ce duo que je louerai, les réflexions de Mme de Cambremer, les plaisanteries de la princesse qui seront dites et la duchesse répondra. ◆◆ *b. Proust a noté, en tête du passage, ce post-scriptum :* P.S. D'ailleurs il vaudrait mieux ne faire qu'une seule soirée musi<cale[3]>. Et alors si ce n'est pas à la fin du livre je pourrais pour la matinée de la pr<incesse[3]> entrer quand la musique est déjà finie. *Voir n. 3.*

1. Cette note, située, sur le folio 12 r°, en regard de la description du vieux chanteur et de sa femme donnée p. 946 (dernier §) et 947, semble indiquer l'intention de placer le présent ajout en conclusion de l'épisode du chanteur.

2. Ce fragment a été certainement rédigé durant la guerre de 1914-1918.

1. C'est le folio 12 r°, que nous transcrivons au paragraphe précédent.

2. Nous ne retrouvons pas d'allusion à cette « toilette de la chanteuse » dans les parages immédiats du folio 12, mais au folio 63 r° (voir p. 948, 2e §).

3. Le bord droit de la paperole est déchiré à cet endroit.

3. Le post-scriptum à ce passage (voir var. *b*) suggère que les réflexions suscitées par l'audition musicale, chez le narrateur n'auront pas à être reprises lors de la dernière matinée. Dans le texte final[1], le narrateur pénètre dans le salon à la fin de l'audition musicale ; il y a eu peut-être, comme étape intermédiaire, « l'audition à travers la porte » (voir l'Esquisse XXIV.2, p. 825-826).

Page 949.

Esquisse LXIII

LXIII.1 : Cahier 57, ffos 54 v°, 55 v°, 57-58 vos, 55 v°, 56 r°, 62 r° (1916-1917).

LXIII.2 : Cahier 74, f° 66 v° (1918).

a. En marge de ms. figure cette rédaction malaisée à raccorder : qu'il fût spécial à elle ou caractéristique de sa couturière, ou mélange des deux qui ajoutait toujours à la mode tout en la suivant, ce genre particulier d'enjolivement presque littéraire (il faudra alors ajouter quelques petites choses aux robes passées qui sont très mises ou que ce soit ici sur la princesse) *[deux mots illisibles]*

Page 950.

a. Bergotte, [l'entité de la robe de Mme de Guermantes soit de sa couturière soit *biffé*] une entité *ms.* ◆◆ *b. Lecture conjecturale.* ◆◆ *c. Dans la marge de ms., cette note :* Mettre en son temps l'ombrelle qu'elle avait mettre en son temps. ◆◆ *d. Une note renvoyant dans ms., au folio 55 v° indique que ce fragment est la suite du précédent.*

Page 951.

a. à [la duchesse de Mouchy, une belle *biffé*] une célèbre *ms.*

Page 952.

1. Baudelaire, *Les Fleurs du mal*, « Chant d'automne », v. 28 ; *Œuvres complètes*, t. I, Bibl. de la Pléiade, p. 57.
2. Fragson est cité dans une lettre de Proust à Louisa de Mornand en date du 10 mars 1905 (voir la *Correspondance*, t. V, p. 74).
3. Il s'agit des tableaux d'Elstir entrés au musée du Luxembourg.
4. Comprendre « bottes d'asperges ». Voir *Le Côté de Guermantes II*, t. II de la présente édition, p. 791.
5. Dans *Le Côté de Guermantes II*, le duc se livre à des rapprochements identiques (voir t. II, p. 790-791, et n. 3, p. 790).

Page 953.

a. Lecture conjecturale.

1. Voir p. 496.

Esquisse LXIV

Cahier 57, ff^{os} 56 r°, 62 v°, 52 v°, 67 v° (1916-1917) ; Cahier 74, f° 114 r° (1918) ; Cahier 57, ff^{os} 38 v°, 62 v°, 49 r°, 51 r° (paperole), 14 v°, 59 v°, 71 v°, 68 v° et 69 v°, 67 v° et 68 r° (1916-1917).

1. Dans le texte final, Mme Goupil n'est pas présente à la matinée de la princesse de Guermantes. Les invités de Combray se réduisent au narrateur, à Gilberte, Mme Swann, Bloch et Legrandin.

Page 954.

a. Lecture conjecturale. Dans la marge de ms., à hauteur de ce nom, Proust a noté : je l'aurai connu à Doncières camarade de Saint-Loup

1. Ce personnage est désigné dans *À l'ombre des jeunes filles en fleurs* comme le plus gros « ponte » de Balbec (voir t. II de la présente édition, p. 98).

2. Voir n. 2, p. 912.

3. Ce nom semble désigner un personnage que Proust se proposait d'introduire rétrospectivement parmi le cercle des camarades de Saint-Loup à Doncières. Voir var. *a*.

Page 955.

a. Suit dans ms. cette phrase, biffée : Tout d'un coup je compris que c'était l'âge qui en lui mettant des moustaches argentées, avait aussi attaché à ses pieds des semelles de plomb. ⁂ *b. Fin du § dans ms. :* vie. [Leur visage n'avait pas la fraîcheur que je me rappelais, leurs traits étaient plus durs, leur [expression plus grave contrastait avec le regard juvénile *biffé*] regard dépourvu de l'expression qui m'avait charmé avait quelque chose de plus grave que je ne leur connaissais pas et comme ont quelquefois quand on dort les personnes dont on rêve et qui [n'ont pas leur physionomie habituelle *biffé*] nous regardant autrement qu'ils ne font d'habitude. [Ils avaient l'air de deux hommes mûrs *biffé*] qui leur eussent ressemblé : les traits étaient plus durs, le front se marquait d'une petite ride, [j'étais comme devant un portrait d'eux où tout en les reconnaissant j'aurais pu dire que le peintre n'avait pas fait ressemblant, il ne les avait pas flattés, il les avait vieillis. Et tout à coup je me demandai si en effet ils n'avaient pas vieilli et si le songe où ils m'apparaissaient n'était pas simplement le songe de *biffé*] la vie. *Quoique les biffures ne portent pas sur tous les mots, nous considérons que Proust a voulu biffer l'ensemble du passage.* ⁂ *c. Ce texte est précédé dans ms. de deux notes :* Pour mettre dans le dernier cahier *et* A été placé dans la soirée chez la princesse de Guermantes. Peut-être mieux là. Si reste là, ajouter une phrase ou deux que j'ai déjà mises dans le cahier Guermantes. ⁂ *d.* il eût eu [cinquante *biffé*] quarante *ms.* ⁂ *e. Proust a d'abord écrit dans ms.* d'une dureté involontaire *, puis a ajouté* et d'une fixité *, sans faire l'accord de l'adjectif ; nous corrigeons.*

1. Metternich (Klemens Wenzel Nepomuk Lothar, prince de Metternich-Winnenburg, 1773-1859) appartenait à une vieille famille rhénane remontant au XIVe siècle.

Page 956.

a. Lecture conjecturale.

1. Cet ajout au « Bal de têtes » est sans doute l'un des plus anciens, comme le prouve cette allusion à la tante du narrateur, personnage de la rédaction de 1910-1911 (voir l'Esquisse XXIV.1, p. 799).

2. La scène est reprise dans le texte final (voir p. 511). Mais l'interlocutrice est Mme de Cambremer, qui ne s'aperçoit pas de la vieillesse de son mari. Selon MM. Bonnet et Brun, ce passage semble pouvoir être daté de la fin de 1914 (voir *Matinée chez la Princesse de Guermantes*, éd. citée, n. 3, p. 402).

3. Mme Maurice Sulzbach est mentionnée dans une lettre de Proust à Robert de Billy datée de 1892 (voir la *Correspondance*, t. I, p. 183). Le nom Griolet figure dans la liste des personnes présentes aux obsèques de Mme Proust (*Le Figaro*, 29 septembre 1905) et à celles de Georges Weil, oncle de Proust (*La Presse*, 27 août 1906).

4. Entré au service de Richelieu en 1634, Jean Desmarets de Saint-Sorlin (1595 ? -1676) fut chancelier de l'Académie française. Il fut l'auteur de plusieurs œuvres dramatiques jouées de 1636 à 1642 : *Les Visionnaires, Scipion, Roxane*. Son *Traité pour juger des poèmes grecs, latins et français* (1670) déclencha la « querelle des Anciens et des Modernes ». — Jean Ogier de Gombauld (1588-1666) appartint également à l'Académie, dont il était l'un des membres les plus âgés. Ancien ami de Malherbe, auteur de la tragédie *Les Danaïdes* (1640-1644) et de poèmes, *Les Sonnets chrétiens* (1646), il est mentionné dans *La Comédie des Académistes* de Saint-Évremond (1650).

Page 957.

a. Lecture conjecturale.

1. Rappelons que ce texte est rédigé sur une paperole collée au haut du folio 51 r° du Cahier.

2. C'est-à-dire le « Bal de têtes ».

3. Gaston Arman de Caillavet mourut le 14 janvier 1915 d'une crise d'urémie. Dans la suite du fragment, Proust fait allusion à ses camarades du lycée Condorcet morts à la guerre.

4. Voir p. 334.

5. Dans l'ébauche de 1909 (Cahier 51), Proust avait fait de la dernière réception chez la princesse de Guermantes une *soirée* (voir l'Esquisse XLI.1, p. 874). Il la désigne encore ainsi dans certaines notes du Cahier 57 (voir les Esquisses LI, p. 926 et n. 1, et LXV, p. 960, ainsi que LXVI, p. 966).

Page 958.

a. peut-être [nous nous retrouverions encore, à la fin de la vie, Montargis et moi, causant amicalement, comme autrefois *biffé*] l'un *ms.* ↔ *b. Dans ms., Proust saute ensuite une ligne avant de reprendre sa rédaction.*

1. Cette comparaison est probablement tirée des *Mémoires* de Saint-Simon. Celui-ci note qu'elle s'acquit une familiarité extraordinaire avec le roi et Mme de Maintenon, qu'elle n'appelait jamais que ma tante pour « confondre joliment le rang et l'amitié » ; qu'elle était en particulier « causante, sautante, voltigeante autour d'eux » (*Mémoires*, éd. citée, t. IV, p. 403). Diverses allusions au caractère enjoué de la duchesse (née Marie-Adélaïde de Savoie) figurent également dans les lettres de la princesse Palatine.

2. On rapprochera ce passage des folios 64 et 63 v[os] du Cahier 51, où le narrateur prend conscience de la fuite du temps en évaluant, avec Montargis, le nombre des années qui se sont écoulées depuis leur première rencontre (voir l'Esquisse LXLI, p. 876-877).

Page 959.

a. Début du fragment dans ms. : [M. de Cambremer *biffé*] Je saluai ↔ *b. Ms. procure* dans *Nous rétablissons.*

1. Ce passage diffère notablement du portrait de M. d'Argencourt dans le texte final (voir p. 500-501).

Esquisse LXV

Cahier 57, ff[os] 20 v°, 21 v°-23 v° (1916-1917).

Page 960.

a. L'incohérence de ce début s'explique par le fait que Proust avait d'abord écrit dans ms. Et [quand *biffé*] dans la soirée chez la princesse de Guermantes, celle-ci *Il a ensuite mis un point après* Guermantes *et ouvert une parenthèse qu'il n'a pas fermée et que nous supprimons.* ↔ *b. Proust a porté, en marge de ms. :* Datur hora quieti photographie de Ruskin. *L'allusion à Ruskin est intéressante puisque dans « L'Adoration perpétuelle » déjà (voir var. a, p. 878), Proust semblait hésiter entre un livre de Bergotte et un livre de Ruskin. En outre, l'expression latine apparaît dans « Modern painters ». Voir aussi var. b, p. 962.* ↔ *c.* J'avais [été sévère *biffé*] tâché *ms.* ↔ *d.* délices [mais c'était des délices littéraires et qui nous avaient empêché d'aller jusqu'au bout de la route *biffé*] On *ms.*

1. Voir n. 5, p. 957.

2. L'un d'eux est probablement Francis Jammes. Le second serait-il Péguy ? Sa mort à Villeroy, durant la bataille de la Marne est mentionnée par Proust dans le Cahier 60. Mais la correspondance de Proust et de Lucien Daudet montre que Proust n'appréciait guère l'œuvre de Péguy. Voir aussi p. 961, 7e ligne et suiv.

3. Voir var. *b*.

4. Cette note renvoie au folio 18 v° du Cahier. Nous en donnons ci-dessous la transcription. Comme le présent paragraphe, il permet d'apprécier le revirement du narrateur à l'égard de Bergotte lors de la réception chez la princesse : « Pour Bergotte je dirai dans un cahier précédent, par exemple quand il vient me voir q<uan>d ma g<ran>d-mère est mourante. / Je l'admirais toujours, mais essayais de m'arracher à cette admiration tel un jeune homme pieusement élevé mais poussé par un instinct à chercher la vérité en dehors de ce qu'il désire, de ce qui lui plairait qui fût vrai, n'ose plus s'abandonner à des croyances qu'il trouve trop charmantes, trop humaines. Entre lui et la vie — et la mort — par conséquent entre la vie et celui qu'il lisait, lui aussi élevait des effigies belles et consolantes, le souvenir de toutes les glorieuses œuvres d'art dont son style était nourri. Et la pensée faisant ricochet en quelque sorte de l'une à l'autre ne pouvait pas poursuivre sa route tout droit, aller jusqu'à la réalité même ; elle assemblait en une sorte de jeu de style et d'érudition qui enchantait, qui enchantait trop car la vérité n'était peut-être pas là. »

Page 961.

a. En marge de ms., cette note : Pour la *[un mot illisible]* genre Tentation des images sur mon livre ajouter : [je l'accepterai comme une discipline *biffé*] je le suivrai comme un régime, je le prendrai comme un remède. *De* c'est parce que *[4e ligne de la page] jusqu'à* plaisir *[fin du §], le texte est abondamment raturé. Nous avons dû omettre plusieurs mots non biffés.* ◆◆ *b.* plaisir [une sorte d'attendrissement *biffé*] / Sans doute *ms.*

Page 962.

a. Lecture conjecturale. ◆◆ *b. Au folio 22 v° de ms. figure un texte similaire, barré par Proust :* un effort d'art tout différent presque contraire arrivant au même résultat. Comme quand nous rencontrons au-delà des mers de Chine dans les peintures sur laque des vieux bouddhistes du moyen âge le même art qui fleurissait en Italie avant la Renaissance, nous comprenons qu'il y a dans l'art des primitifs quelque chose de plus essentiel que la fantaisie d'une école de peintres, quelque chose qui correspond à une ligne du plan de la création comme une espèce végétale, de même en nourrissant de la réalité de toute cette littérature contemporaine pour laquelle j'étais bien sûr de ne pas avoir d'idolâtrie les symboles de mon cher Bergotte, je les trouvais plus nourrissants, et je me concédais[a] de m'en enchanter désormais. Il était mort maintenant. Il y avait quelques jours que dans une revue j'avais vu reproduit face à face un portrait de lui à l'âge de quatre ans en petite robe, et une photographie faite quelques jours avant sa mort, avec sa grande barbe blanche au milieu de ces vieilles statues de bois, de ces tableaux qu'il avait tant aimés. Tout au cours d'une vie humaine change la plante humaine depuis l'oignon d'où elle sort jusqu'à l'arbre qu'elle devient immense et voûté[b] laissant pleurer ses longs

a. On croit lire aussi consolais.
b. Lecture conjecturale.

feuillages. / Suivre au verso suivant *L'allusion à la photographie paraît désigner Ruskin, mort en 1900.*

Esquisse LXVI

LXVI.1 : Cahier 57, ff^os^ 6 v° et 7 r°, 58 v°-59 r°, 49-50 v^os^, 53 v°, 65 v° (1916-1917).
LXVI.2 : Cahier 74, ff^os^ 27 r°-30 r°, 117 r°-118 r° (1918).
LXVI.3 : Cahier 57, ff^os^ 71 r°, 60 v° (1916-1917).

c. un peu *lecture conjecturale*

2. La lithographie de Forain (1852-1931) à laquelle Proust se réfère parut dans *Le Figaro* du 29 décembre 1915.

Page 963.

a. en trop <un> beau morceau *lecture conjecturale*

1. Adjectif formé sur le nom de Priam, roi de Troie.
2. Proust utilise plusieurs fois ces exemples des revirements de l'opinion dans les notes du Cahier 57, et dans le Cahier 74 (voir en particulier l'Esquisse XIII, p. 778 et suiv.).
3. Voir l'Esquisse XVIII, p. 785.
4. Comprendre : *Sésame et les lys* et *La Bible d'Amiens.*

Page 964.

a. aurait dit [que Dreyfus *biffé*] à Norpois *ms.*

Page 965.

a. d'où *Ce mot est porté, dans ms., en correction au-dessus d'un* que *non biffé par Proust.* ♦♦ *b.* devant nous [comme des aéroplanes dans le ciel, puissante, *biffé*] inouïe *ms.*

1. Cette parenthèse confirme que le séjour de Proust au Splendide Hôtel à Évian, en septembre 1899, a fourni certains traits à la société des bains de mer du Grand Hôtel de Balbec.
2. Ni la commune de Buc dans les Yvelines, près de Versailles, ni la station balnéaire de Friedrichshafen sur les bords du lac Constance, ne se trouvent sur une élévation qui permettrait cette comparaison avec l'Olympe.
3. L'allusion suggère que ce fragment a été rédigé durant la seconde moitié de la guerre de 1914-18.

Page 966.

a. par [des fils de rois *biffé*] nombre *ms.* ♦♦ *b. Proust a noté en marge de ms. :* Je veux dire de même que le nom de Guermantes si je mets cela à la suite des cinq pages plus loin. *Voir n. 1.* ♦♦ *c. Dans ms., ce paragraphe est écrit en marge du précédent.* ♦♦ *d.* leur rôle [historique *biffé*] fini *ms.*

1. La note renvoie au folio 70 v° du Cahier (voir l'Esquisse XXV.2, p. 835) ; voir également var. *b*.

Page 967.

a. pensée [qui fait tout de même pour ceux qui *biffé*] qui est *ms.*

1. Proust déforme légèrement la célèbre citation du *Discours de la Méthode* : « Le bon sens est la chose du monde la mieux partagée. »

Page 968.

a. Lecture conjecturale ♦♦ *b. La suite manque dans ms. Sans doute une page a-t-elle été arrachée.* ♦♦ *c. Lecture conjecturale* ♦♦ *d.* ou de [vice *biffé*] corruption *ms.*

1. Dans trois lettres de l'été 1907, respectivement adressées à Reynaldo Hahn, à Mme Straus et à Francis de Croisset, (voir la *Correspondance*, t. VII, p. 261, 288 et 292), Proust mentionne un certain Alfred Edwards, qui réside au Grand Hôtel de Cabourg.

2. Nous ne savons pas qui Proust entendait désigner par ces noms qui sont au demeurant de lecture conjecturale.

Page 969.

Esquisse LXVII

Cahier 57, ffos 54 v°, 55 r°, 63 v° et 64 r°, 64 r°, 48 r° (1916-1917).

a. rien du [visage *biffé*] masque *ms.*

Page 970.

1. Voir n. 4, p. 909.

2. Il s'agit du paragraphe précédent. En réalité, il commence dans la marge du verso (et non, comme l'écrit Proust, du recto) en face, c'est-à-dire au folio 63 v° du Cahier, puis se poursuit en haut du folio 64 r°.

Page 971.

a. Dans l'interligne, au-dessus du point final, figure ce mot : céleste.

1. Nicolas Cottin, domestique de Proust.

Esquisse LXVIII

Cahier 57, ffos 21 r° (paperole), 53 v°, 56 r° (paperole), 40 r°, 63 v°, 62 r°.

Page 972.

a. Ou : <l'intro>ducteur. *Les deux leçons sont conjecturales dans ms., la paperole qui porte ce fragment étant déchirée à cet endroit. Il en est de même pour tous les mots situés, comme celui-ci, à l'extrémité des lignes suivantes, jusqu'à* passants inconnus *[5 lignes plus bas]. Nous opérons les restitutions qui nous paraissent s'imposer.* ↔ *b.* fils du [célèbre *biffé*] diplomate *ms.* ↔ *c. Nouvelle déchirure de la paperole.* ↔ *d.* qui déplaisait, ou [parce qu'il *biffé*] par son regard immense avait l'air *ms.*

1. Proust a développé cet épisode dans une addition du Cahier 61 (f° 79 r°) : « Pour les tantes qui ne vous regardent que quand elles ne vous connaissent pas encore et en insistant sur l'importance de ce regard : ajouter car elles ignorent qui vous êtes, le nom, les relations de la personne qui le porte avec une autre qu'on connaît, sont un sujet fréquent de stupéfaction et parce qu'elles ignorent nous pouvons, nous, faire la découverte de ces tantes dans un regard qu'elles n'auront plus ensuite, les vices étant comme l'occasion qu'on laisse échapper si on ne la saisit pas du premier coup. Ce qui donne raison à l'expression de leurs amis : je comprends votre impression je l'ai eue moi-même mais quand on le connaît on change entièrement d'avis, il est tout le contraire. »

Page 973.

a. On peut lire aussi Clérigny *. En addition supralinéaire, Proust note dans ms. :* Si je peux trouver mieux, par exemple un petit Bloch ? Non. ↔ *b.* que [cette jeune asperge *biffé*] ce jeune *ms.* ↔ *c.* beauté) : / [Ce jeune homme *biffé*] Quelqu'un *ms.*

1. Gabriel de Yturri (1864-1905), d'origine argentine, était le secrétaire et l'ami intime du comte Robert de Montesquiou. Le tome V de la *Correspondance* de Marcel Proust reproduit les lettres que Proust adressa au comte en 1905.

2. Abel Hermant (1862-1950) publia en 1909 ses romans *Chronique du cadet de Coutras* et *Coutras soldat*, puis en 1912 *Coutras voyage*. En 1911 fut représenté *Le Cadet de Coutras*, comédie en 5 actes en collaboration avec Yves Mirande et Van Oosterwyck. Voir la lettre de Proust à Reynaldo Hahn en date du 21 février 1911, *Correspondance*, t. XI, p. 248.

3. Ancien prénom de Santois, qui deviendra Charlie Morel

Page 974.

a. Proust avait d'abord écrit dans ms. : Le jeune duc de Chatellerault *. Une note supralinéaire montre qu'il s'est ensuite ravisé :* non car il ne serait plus jeune il faut quelqu'un d'autre ce pourrait être le prince des Laumes *. C'est en effet ce personnage qui paraît dans la suite du fragment ; nous harmonisons.* ↔ *b.* le [duc jeter *biffé*] [jeune *add.*] prince [jeter sur *biffé*] dérouler *ms.* ↔ *c. Le papier est déchiré. Nous reconstituons, suivant la leçon proposée par MM. Bonnet et Brun (ouvr. cité, p. 454 et n. 5).* ↔ *d.* lumière. [Grande déception pour ceux qui sur cette connaissance trop tardive auraient pu bâtir de tels romans qu'ils croyaient impossibles. *biffé*] Ce *ms.*

Page 975.

Esquisse LXIX

Ce texte est rédigé sur une très longue paperole appartenant au fonds Proust de la Bibliothèque nationale, mais non encore classée. Le haut de la paperole est déchiré. L'hypothèse la plus vraisemblable est qu'elle ait été détachée du cahier XX du manuscrit du *Temps retrouvé*, où elle a pu se trouver à la suite d'un béquet collé entre les folios 21 et 22 et portant le titre « à mettre après Mme de Cambremer ou Mme de Saint Loup » ; simple hypothèse, du reste, car l'examen au scanner des 2 fragments ne permet pas, à cause d'une large partie manquante à leur jointure supposée, d'établir une continuité narrative.

Le Cahier 74 contient deux fragments relatifs à l'insertion de cette paperole dans le roman. Le premier révèle l'intention d'enchaîner l'épisode au passage sur la duchesse de Guermantes, que son mari délaisse pour Odette.

1. On rapprochera de ce fragment le début de l'Esquisse LXVII, p. 969.

2. Voir l'Esquisse LXVII, p. 970, dernier paragraphe.

Page 976.

a. du jeune homme, [les ferments *biffé*] les stigmates, *ms.* ◆◆ *b.* s'efforça de [lui *biffé*] survivre [au second *add.*]. *Nous remplaçons* second *par* premier

Page 977.

a. Mais Odette [économ <isait> *biffé*] aimait *ms.* ◆◆ *b. Nous donnons ici cette rédaction marginale que, faute de place sans doute, Proust a porté dans ms. en marge du second paragraphe de notre page 975 :* Si Odette avait gardé ses anciens prix pour Cottard c'est qu'en effet dévorer une fortune pour une femme de peu comme l'avait fait Saint-Loup pour Rachel n'est pas seulement absurde ; mais c'est que la femme à 20 francs à qui on en donne cent mille ne néglige pas malgré cela l'occasion qui se présente de gagner 20 francs en se donnant, comme les millionnaires qui ne négligent <pas> le plus petit profit, ainsi l'on est constamment trompé, vous de même ; les millions qu'on donne ne vous assurent pas là contre et c'est cela qui est si triste. ◆◆ *c.* le sacrifice, [c'est qu'il est tard *biffé*] crédié, *ms.* ◆◆ *d.* être [une nobilité *biffé*] un prince *ms.* ◆◆ *e. En regard de ces lignes apparaît dans ms. cette note de Proust :* Ou bien cela pour Jupien et Charlus et alors grand gosse

1. La citation exacte est : *In medio stat virtus.* Cette idée que « la vertu est au milieu » est sous-jacente à plusieurs passages des textes réunis sous le titre d'*Écrits d'Hippocrate* comme en témoigne cet aphorisme : « Il est mauvais de trop dormir ou de dormir trop peu. »

2. La note montre que Proust a l'intention de reprendre un développement sur Cottard et la baronne Putbus.

Page 978.

a. que la médiocrité [...] changeant *Nous maintenons ce passage, biffé par Proust dans ms.* ◆◆ *b.* puisqu'elle n'était pas ici (*comprendre : à la matinée chez la princesse de Guermantes*), *est une addition.*

Esquisse LXX

Cahier 57, ffos 60 ro (longue paperole collée à la page 59 du Cahier), 64 vo, 66 ro, 53 ro-52 vo, 47 vo-48 ro, 65 vo, 50 vo, 60 vo, 70 vo.

Page 979.

1. C'est-à-dire du « Bal de têtes ».

2. « Chant d'automne » *Les Fleurs du mal*, v. 17-20 : *J'aime de vos longs yeux la lumière verdâtre, / Douce beauté, mais tout aujourd'hui m'est amer, / Et rien, ni votre amour, ni le boudoir, ni l'âtre, / Ne me vaut le soleil rayonnant de la mer.* (Baudelaire, *Œuvres complètes*, t. I, Bibl. de la Pléiade, p. 57).

3. « Au lecteur », *Les Fleurs du mal*, v. 25-28 : *Si le viol, le poison, le poignard, l'incendie, / N'ont pas encor brodé de leurs plaisants dessins / Le canevas banal de nos piteux destins, / C'est que notre âme, hélas ! n'est pas assez hardie.* (*ibid.*, p. 6).

Page 980.

a. Lecture conjecturale ◆◆ *b.* œuvre d'art [ce qui exige *biffé*] pour quoi *ms.* ◆◆ *c.* qualités qui [vont avec *biffé*] ont *ms.*

Page 981.

a. dans une [grotte *biffé*] mine *ms.* ◆◆ *b. Ms. donne* qui n'apprend. *Nous corrigeons.* ◆◆ *c. Dans ms., Proust note en interligne :* quand j'étais allé à Combray je n'avais rien retrouvé aussi bien que par la tasse de thé, Venise moins que la pierre inégale.

Page 982.

1. Émile Mâle (1862-1954) fut l'auteur de *L'Art religieux du XIIIe siècle en France* (1899), de *L'Art religieux de la fin du Moyen Âge en France* (1908) de *L'Art allemand et l'Art français du Moyen Âge* (1917). Pour les emprunts de Proust au premier de ces ouvrages, voir la préface de Proust à *La Bible d'Amiens*, reproduite dans *Pastiches et Mélanges*, éd. citée, p. 96-97, 99. Proust l'appelle « un pur chef-d'œuvre », « le dernier mot de l'iconographie française ».

Page 983.

a. Fin du fragment dans ms. : Guermantes etc. [Peut-être même si ce n'est pas trop difficile ne pas trop mettre nature alors pour ne la révéler qu'ici mais trop compli <qué> *biffé.*]

Esquisse LXXI

Cahier 60, ff^{os} 36-37 r^{os}, 96-98 r^{os}, 114-115 r^{os}.
Cahier 62, ff^{os} 43-44 r^{os}, 50 v°.
Cahier 61, f° 68 r°.
Cahier 60, ff^{os} 118-119 v^{os}, 42-43 r^{os}, 3 r°, 48 r°.
Cahier 62, ff^{os} 44 r°, 52 r°, 71 r°.
Cahier 59, ff^{os} 94-100 r^{os}.

Ces fragments ont été rédigés entre 1920 et 1922, après, donc, la composition du manuscrit du *Temps retrouvé.*

1. Au folio 55 r° du même Cahier 60, on trouve cette note : « Père Bloch n'aime plus à être invité avec son fils parce qu'ils savent les mêmes histoires. »

Page 984.

a. quelques *[3e ligne de la page]* plaintes. [J'étais si absolument certain de ne pas le connaître que pour le forcer à dire son nom je ne dissimulai pas mon étonnement profond. *biffé*] [Après avoir par acquit de conscience *[...]* et n'y avoir trouvé *[*aucune forme humaine analogue répondant à un nom connu de moi *biffé]* dans le tourbillon des années et des pays où j'avais vécu aucune forme humaine analogue répondant à un nom connu de moi, je me résignai *[...]* l'étonnement profond que me causait son salut. *add.*] Il *ms.* ◆◆ *b.* erreur [de la part du saule *biffé*] quand *ms.*

1. Il s'agit du Cahier XX et dernier du manuscrit autographe du *Temps retrouvé.*

Page 985.

a. carré de [Walkyrie *biffé*] vieille *ms.* ◆◆ *b. Sic. On attendrait plutôt* avaient *. La fluctuation des formes temporelles est fréquente dans certains brouillons.* ◆◆ *c. Dans la marge de ms., Proust a noté :* Capitalissime. ◆◆ *d.* Car [c'est une erreur de croire que les traits se *biffé*] comme ces villes qui [sont prises non pa<r> la prise véritable a lieu non par *biffé*] possession. *ms. Nous corrigeons le pronom relatif.*

1. Il s'agit du Cahier XX (voir n. 1, p. 984).

Page 986.

a. même [sans aucun désir de ma part, tout fuyait avec une extrê <me> *biffé*] en *ms.* ◆◆ *b.* XIX ou XX. [Étrange condition de l'homme d'être toujou<rs> obligé de vivre sur deux plans dont chacun supprime en fait la réalité de l'autre *biffé*] J'étais heureux [de paraître intelligent tout à coup *biffé*] que les Guermantes *ms.*

1. Proust fut nommé chevalier de la Légion d'honneur le 23 septembre 1920. Voir Lucien Daudet, « Autour de soixante lettres

de Marcel Proust », *Les Cahiers Marcel Proust*, [illegible], Gallimard, 1928, p. 258.

Page 987

a. contradiction [plus frappante *biffé*] insoluble *ms.* : aussi chez [illegible] *ms.* ↔ *b.* et sans [plaisir *biffé*] sous *ms.*

1. Proust évoquait ce « chatoyant dilettante » à propos de Bergotte dans l'ébauche de 1911 (voir l'Esquisse XXIV.2, p. 829-830). On sait que Proust lui-même a songé à l'Académie à partir de 1920. Voir la Chronologie au tome I de la présente édition, p. CXI. Déjà en 1908, dans le Carnet 1, Proust faisait allusion aux démarches de « Bergson cherchant à être des Sciences morales » (*Carnet de 1908*, éd. citée, p. 113).

Page 988

1. Voir n. 1, p. 984.

2. Dostoïevski passa quatre années au bagne, en Sibérie, de 1849 à 1853. Il témoigne de sa vie de bagnard dans les *Souvenirs de la maison des morts*, parus en 1861. On trouve une allusion très explicite au sentiment rapporté par Proust dans la lettre de Dostoïevski à Mme N. Fon-Vizine, sa protectrice. Cette lettre est écrite peu après la sortie du bagne, en février 1854. On y lit notamment : « Et maintenant je suis content de trouver dans mon âme assez de patience pour longtemps, de ne pas désirer les biens terrestres et d'avoir seulement besoin de trois choses : des livres, la possibilité d'écrire et être seul chaque jour quelques heures ! C'est ce dernier point qui m'inquiète beaucoup. Voilà bientôt cinq ans que je suis sous escorte, au milieu d'une foule d'hommes et pas une seule heure je n'ai été seul. Être seul, c'est un besoin aussi normal que de boire et de manger [...] » La référence à Dostoïevski a sans doute été destinée à illustrer le thème de la solitude nécessaire de l'écrivain dans les dernières pages du *Temps retrouvé*. Rappelons toutefois qu'en 1921 Rivière demanda à Proust un texte sur Dostoïevski (voir n. 1, p. 838). Proust répondit, dans une lettre à Gaston Gallimard, qu'il ne pouvait faire cet essai : « J'admire passionnément le grand Russe, mais le connais imparfaitement. Il faudrait le relire, le lire, et mon ouvrage serait interrompu pour des mois [...] » (G. Gallimard-M. Proust, *Correspondance*, 1989).

3. Nous interrompons la transcription.

4. Voir n. 1, p. 984.

Page 989

a. Dans la marge en regard, cette note de Proust : Après concernant mettre le nom de l'église et de la cavée. ↔ *b.* toute la [nuit *biffé*] matinée, toute la journée, [toute la soirée *biffé*] je *ms.* ↔ *c.* car [Rosemonde *biffé*] Gisèle *ms.*

Albertine disparue

CHAPITRE PREMIER

Le chagrin et l'oubli

« Mademoiselle Albertine est partie ! » Souffrance vive qu'il me faut aussitôt calmer en imaginant qu'elle va revenir (3). Croire que je ne l'aimais plus était une erreur. Le nouveau visage de l'Habitude est celui d'une divinité redoutable (4). Lettre d'adieu d'Albertine (4). Je cherche les moyens de la faire revenir le soir même : argent, yacht, Rolls, indépendance, mariage (5). Les autres désirs disparaissent (6). On ne peut se quitter bien. Essais d'analyse de l'angoisse et des signes précurseurs du départ (8). Avait-elle prémédité sa fuite (10) ? Ma douleur ignore son prochain retour décidé par mon instinct de conservation (12). Mes amours antérieures n'avaient pas la force de l'Habitude (13). Elle doit revenir sans que j'aie l'air d'y tenir (13). Tous mes « moi » doivent apprendre ce départ que les objets familiers me rappellent (14). J'espère Albertine partie en Touraine. Confirmée, la nouvelle me torture (15). J'invite puis congédie une innocente petite fille pauvre (15). Si Albertine est partie pour m'amadouer, je devrais temporiser mais ne lc puis (17). Saint-Loup consent à m'aider (18). Condamné à la simulation, je feins d'approuver le départ et fais agir Saint-Loup sur Mme Bontemps (19). Je lui remets une photographie d'Albertine qui le surprend beaucoup (21). Le regard de l'amant diffère du regard des autres (23). Mensonges successifs à Saint-Loup pour expliquer les trente mille francs proposés aux Bontemps, à Françoise pour lui cacher la brouille qu'elle flaire sans trop y croire et s'en réjouir (25). Colère contre Bloch dont le plaidoyer auprès de M. Bontemps contrecarre les démarches de Saint-Loup (26). Le chef de la sûreté me convoque : je suis injurié par les parents de la petite fille et mon innocence n'est pas admise (27). Assuré que Saint-Loup ne peut échouer, je suis presque joyeux ; puis, sans nouvelles de lui, je recommence à souffrir (28). Une phrase de sa lettre ravive ma douleur (29). Françoise m'annonce qu'on surveille la maison ; bercer des petites filles m'est désormais interdit : j'applique à tort cette impossibilité à Albertine, y voyant la punition de n'avoir pas vécu chastement avec elle (30). Aussitôt le désir passionné qu'elle revienne m'envahit (30). Quelques jours d'attente, les premiers du printemps, me procurent des moments de calme agréable ; à m'en apercevoir j'éprouve une terreur panique ; mon amour frémit devant l'oubli comme le lion devant le python (31). Je pense à Albertine en dormant ; au réveil ma souffrance s'accroît chaque jour (31). Premier télégramme de Saint-Loup : « Ces dames sont parties pour trois jours » (32). Tandis que ma raison attend le retour d'Albertine, mon corps et mon cœur apprennent à vivre sans elle (32). Je reçois une lettre de déclaration d'une nièce des Guermantes et le duc fait une démarche auprès de moi dont je ne tire ni orgueil ni profit (33). Je pense sans cesse à Albertine, tantôt tendrement tantôt avec fureur (33). Je sens que son retour ne me donnerait pas le bonheur ; plus le désir avance, plus la possession s'éloigne (33). Les liens entre les êtres n'existent qu'en pensée ; la mémoire, en s'affaiblissant, les relâche (34). Je me persuade que mon besoin d'Albertine est précieux pour ma vie. Second télégramme de Saint-Loup ; Albertine l'a vu et la manœuvre a échoué (34). Furieux et désespéré, je cherche une autre solution, ne voyant pas que la suppression du désir est la solution la plus ordinaire (35). Un air de *Manon* me rappelle notre amour mais je ne peux confondre les êtres romanesques et la vie (35). Je rappelle Saint-Loup à Paris (36). Albertine me télégraphie que si je lui avais écrit de revenir elle l'eût fait. Assuré de son retour, je ne veux pas avoir l'air de me hâter (36). Ma lettre n'est qu'une traduction ou un équivalent de la réalité désirée (37). J'écris à Albertine : je bénis sa sagesse car lier nos vies aurait pu faire notre malheur ; je suis inconstant et l'oublierai (38). Avant, j'aurais voulu qu'elle décommande la Rolls et le yacht qui lui étaient destinés, mais je les conserverai ; je les pare de citations poétiques (39). Cette lettre feinte était un acte maladroit, j'aurais dû prévoir une réponse négative mais, sûr du contraire, je regrette son envoi (40). Françoise me la rapporte (41). Le journal annonce la mort de la Berma (41). Je pense à *Phèdre* et interprète la scène de la déclaration comme une prophétie des épisodes amoureux de mon existence (42). Je fais mettre ma lettre à la poste (43). Le temps passant, les mensonges deviennent vérité ; ce que j'écrivais à Albertine pourrait se réaliser, comme ce fut le cas pour Gilberte (44). Mais l'oubli efface les heures ennuyeuses et l'image d'Albertine embellit (44). Je la nomme sans cesse (45). Françoise me torture en découvrant deux bagues oubliées, avec la même figure d'aigle (45). Ma souffrance s'éparpille en divers objets, j'envisage de me ruiner puis de me tuer cependant que l'image d'Albertine s'efface (48). Françoise ne croit pas au retour d'Albertine (49). Sa lettre la consterne (50). Albertine propose de décommander la Rolls (50). J'admire comme notre vie en commun l'a enrichie de qualités nouvelles (51). J'appelle Andrée auprès de moi pour brusquer les choses et en informe Albertine en évoquant un projet de mariage (51). J'imagine soudain qu'elle ne veut pas revenir et profite depuis huit jours de sa liberté pour se livrer à ses vices (52). Saint-Loup revient (52). Je surprends sa conversation avec un valet de pied ; ma confiance en lui est ébranlée et son insuccès ne me convainc pas (53). Les détails qu'il me donne alimentent ma jalousie et ravivent mon désir (54). Je décide d'attendre la réponse d'Albertine et d'aller la chercher moi-même si elle ne revient pas (57). Je soupçonne Saint-Loup (57). Comme Swann, je me figure que la mort d'Albertine supprimerait ma douleur (57). Je lui télégraphie de revenir à n'importe quelles conditions (58). Mme Bontemps me télégraphie qu'Albertine est morte (58). Une nouvelle souffrance m'apprend que j'avais toujours cru à son retour, que j'avais besoin de sa présence ; ma vie à venir m'est arrachée du cœur (58). Françoise m'apporte deux lettres d'Albertine, l'une approuvant mon invitation à Andrée, l'autre demandant à revenir (59). Ma vie est changée (60). Albertine n'est pas morte en moi, elle se multiplie à l'appel de moments identiques (60). L'été arrive, un rayon de soleil me déchire, rappelant mille souvenirs de promenades autour de Balbec (61). Le soir m'assaille de sensations que je m'efforce d'écarter (62). Françoise ne simule pas la douleur mais s'inquiète de mes larmes (62). Lente agonie des soirs d'été (63). Une étoile suffit à rappeler les souvenirs. Je crains l'oubli qui viendra (64). L'aube, comme un coup de couteau, réveille l'angoisse du départ d'Albertine (64). Je ne veux plus aller à Venise : l'obstacle de sa présence entre moi et les choses était imaginaire (65). J'ai peur de la venue de l'hiver où je retrouverai le germe de mes premiers désirs (65). Il me faudrait oublier les saisons, renoncer à l'univers (66). Il y aurait aussi les dates anniversaires, le paysage moral s'ajoutant au souvenir des heures (67). Ainsi, quand reviendrait le beau temps, je me rappellerais la douceur et le calme des moments où j'attendais Albertine revenant du Trocadéro, puis de celui où nous allâmes nous promener ensemble. Ce jour, évoqué par la suite sans souffrance, a gardé un éclat inaltérable (68). La tristesse du souvenir prend des colorations différentes suivant la variation des jours et suivant l'évolution des idées que j'eus successivement d'Albertine (69). Il n'y a pas une seule mais d'innombrables Albertines et je suis moi aussi le défilé d'une armée composite (71). Le moi jaloux est contemporain des images évoquées : douleurs d'amputé (72). Souvenir de la rougeur d'Albertine à propos de son peignoir de bain à Balbec (73). J'envoie Aimé enquêter à Balbec (74). La jalousie cesse de me torturer, mon cœur s'emplit de désespoir et de tendresse (74). Ma chambre prend un charme dont la douleur peut, comme l'art, parer les choses insignifiantes (75). Le rappel du premier baiser, au bruit du calorifère à eau, et celui de la soirée avec Brichot me font comprendre que j'avais trouvé dans cette vie crue ennuyeuse la paix profonde que j'avais rêvée (76). Me rappelant l'intelligence et la douceur d'Albertine, je me reproche mon amour égoïste et me sens coupable de sa mort comme de celle de ma grand-mère (77). Ce que nous prisons dans une femme est la projection de notre plaisir à la voir (78). Les autres nous sont indifférents. L'amour seul est divin (79). Albertine au pianola, ses baisers (79). Les souvenirs d'instants si doux m'empêchent d'être désespéré car je ne tiens plus à la vie (80). J'ai connu un bonheur et un malheur que Swann n'avait pas connus (80). Rien ne se répète exactement : la principale opposition (l'art) ne s'est pas manifestée encore (81). Récapitulation de notre histoire (81). J'aurais pu ne pas connaître Albertine, ni, l'ayant connue, l'aimer, et pourtant elle m'est nécessaire (82). Comparaisons avec Gilberte (83). La femme unique et innombrable (85). Ce qui forge la chaîne de l'amour : l'habitude, l'espérance, le regret (85). À partir d'un certain âge nos amours sont filles de notre angoisse (86). La séparation fait découvrir l'amour (87). On n'a pas de prises sur la vie d'un autre être (88). Caractère prophétique de phrases que l'on croit mensongères (88). Peut-être ne m'a-t-elle pas avoué ses goûts parce que j'avais proclamé mon horreur de cela (90). Avait-elle rougi ? Incertitude de la mémoire (91). Effroi à la pensée du jugement des morts (92). Mes curiosités survivent à la mort d'Albertine (92). Le désir engendre la croyance : je commence à croire à l'immortalité de l'âme (93). Je l'imagine vivante mais pareille à l'Albertine de mes rêves (94). Arbitraire de mon enquête sur l'incident de la douche à Balbec ; choses et êtres n'existent que lorsqu'ils se présentent à mon imagination (94). Un seul petit fait peut déterminer la vérité (95). Quand je reçois la lettre d'Aimé, je m'aperçois que je jouais avec des suppositions, je ne croyais pas Albertine coupable (95). Témoignage accablant de la doucheuse (96). Une nouvelle Albertine surgit, j'essaie d'imaginer ses désirs qui me tourmentent (98). La douleur est un puissant modificateur de la réalité ; Balbec et ses scènes familières deviennent un Enfer (99). La jalousie a le pouvoir de nous découvrir la fragilité de nos opinions sur la réalité (100). Je souffre de ne pouvoir lui dire ce que j'ai appris (100). Souvenir bienfaisant de ma grand-mère accusant la doucheuse de mensonge (101). Ma tendresse renaît et accroît ma tristesse (102). La lecture des journaux m'est douloureuse (103). Chaque impression évoque une impression ancienne (103). Ma jalousie se réveille et je décide d'envoyer Aimé en Touraine (104). Je dépense mon argent et ma vie dans une liaison avec une morte (104). Aimé découvre une petite blanchisseuse dont le témoignage — « Tu me mets aux anges » — est cruel (105). La réalité du vice d'Albertine fait d'elle une étrangère et elle n'est plus là pour me consoler (106). La souffrance profonde résiste à l'oubli (107). En Albertine était cachée une autre race ; des baigneuses nues d'Elstir m'aident à imaginer des scènes érotiques et mythologiques au bord de l'eau (108). La communication rétablie me brûle le cœur (109). Nous projetons ce que nous sentons sans nous laisser arrêter par les barrières fictives de la mort (109). Mais l'instabilité des images, le fractionnement d'Albertine en de nombreuses Albertines me sauve (110). L'Albertine bonne est le seul antidote des souffrances que l'autre me cause (110). Si elle m'a menti, c'est pour m'éviter du chagrin. Je lui pardonne (111). Intermittences du souvenir (112). Mes sentiments — besoin d'éprouver un grand amour — et mes sensations mêmes — larmes au vent de printemps — continuent de me faire vivre un passé qui n'est plus que l'histoire d'un autre (113). J'attribue à ma douleur des causes pathologiques (114). Un homme est un être amphibie simultanément plongé dans le passé et dans la réalité actuelle (114). Mais sans m'en apercevoir je guéris, car je finis, à force d'y penser, par trouver l'idée de la mort d'Albertine naturelle (114). Cependant les souvenirs ne se retirent pas également et l'idée qu'elle était coupable me martyrise sans que je puisse être consolé par l'image de sa douce présence (115). Cette idée aussi deviendra habituelle un jour, et donc moins douloureuse (116). Je n'en suis pas encore là (117). Le regret d'une femme n'est qu'un amour reviviscent et obéit aux mêmes lois. Entre des intervalles d'indifférence, mon regret est ravivé surtout par la jalousie et la douleur (118). Un nom, un mot, entrouvre la porte du passé, ou encore les reprises *da capo* du rêve (118). Les rêves défont le travail de consolation de la veille ; leur mise en scène donne l'illusion de la vie (119). Je retrouve Albertine ainsi que ma grand-mère, elles sont mortes et continuent à vivre (120). Répétés, les rêves produisent une mémoire durable ; le jour, je continue à causer avec Albertine (121). La réalité d'Albertine est-elle suspendue à mes sentiments ? Mon attachement pour des personnages imaginaires d'un roman de Bergotte me désespère (121). La fragilité de l'amour m'effraie. Sur la carte j'évite les noms de lieux qui me font battre le cœur (122). Ces lieux sont le décor fixe où a évolué ma vie, c'est moi-même qui suis changé. Les journaux ne sont pas inoffensifs ; tel nom par association en évoque un autre : tout est dangereux et donc précieux (123). Un souvenir ancien, comme celui des Buttes-Chaumont, remonte à la surface avec une puissance intacte alors que l'habitude a émoussé celle des souvenirs auxquels nous avons appliqué notre pensée (123). Chaque souvenir nouveau renouvelle la jalousie (124). J'essaie d'imaginer ce que ressentait Albertine : une fois, j'ai l'illusion de voir ses plaisirs inconnus, une autre fois, de les entendre (125). Andrée vient me voir (126) : elle me semble le désir incarné d'Albertine (127) ; je l'interroge sur ses goûts pour les femmes en feignant d'être au courant (128) ; elle avoue mais affirme qu'elle n'a pas eu de relations charnelles avec Albertine (129). Le cri des petites blanchisseuses (130). Je voudrais, comme dans les romans, trouver un témoin qui me raconte la vie d'Albertine (131). Je cherche des femmes qui lui ressemblent, ou qui lui auraient plu (132). À travers mes nouveaux désirs, c'est Albertine elle-même que je cherche (134). L'idée de l'unicité d'Albertine n'est plus un *a priori* métaphysique mais un *a posteriori*, entrelacement des souvenirs (136). Mon amour et mes regrets auraient pu durer toujours si la psychologie était applicable à des états immobiles (137). Mais l'amour est en moi, et l'âme se meut dans le temps (137). Un jour viendra où j'aurai oublié Albertine (138).

CHAPITRE II

Mademoiselle de Forcheville

Pour atteindre à l'indifférence, il faut traverser en sens inverse tous les sentiments par lesquels l'amour a passé ; mais le progrès de l'oubli est irrégulier (138). Première étape, un dimanche de Toussaint, au Bois (139). Je pense avec douceur à Albertine en fredonnant des phrases de la sonate de Vinteuil (139). Le charme de la mélancolie tient aux progrès de l'oubli (140). Je regarde les jeunes filles (141). Toutes me semblent des Albertines (142). Je suis et perds trois jeunes filles. Je les revois devant ma maison et l'une d'elles, la blonde, me regarde (142). Son regard dissimulé, et son nom, Mlle d'Éporcheville, m'enflamment (143). Sûr d'avoir deviné juste, je vérifie auprès du concierge (144) ; puis, par télégramme, auprès de Saint-Loup que la jeune fille blonde qui m'a regardé est bien l'aristocrate qui fréquente une maison de passe (145). Je la trouverai chez Mme de Guermantes (145). Rage et désespoir quand mon père veut m'emmener quarante-huit heures avec lui hors de Paris (146). La dépêche de Saint-Loup me détrompe (146). Ma mère m'apporte mon courrier (147) ; elle blesse l'amour-propre de Françoise en l'empêchant d'entrer dans ma chambre (148). Mon article a paru dans *Le Figaro* (148). Il est lu par tous ; je tâche de me mettre à la place du lecteur, mon article me charme (150). Je veux aller vérifier si d'autres le lisent comme moi ; l'activité littéraire pourrait remplacer ma vie mondaine (151). Je vais chez la duchesse de Guermantes ; attrait de ce salon, point d'intersection entre la réalité et le rêve (152). La jeune fille blonde m'est présentée à nouveau : je crois ne pas connaître Mlle de Forcheville (153). Nos erreurs sur la représentation du monde (153). Histoire de Gilberte Swann, devenue une riche héritière, adoptée par le second mari d'Odette (154). Swann rêvait de présenter sa fille à la duchesse, mais les tableaux qu'on se fait ne se réalisent jamais (155). Refus de la duchesse, raisons de sa persévérance (156). M. de Guermantes obtient une présentation (159). Progrès rapide de Gilberte chez les Guermantes qui aiment en elle les qualités héritées de son père (161). Propos protecteurs sur l'ancien ami ; accès de sensibilité de la duchesse ; l'adoption de Gilberte accélère l'oubli (162). Dessins d'Elstir, désormais à la mode et appréciés par la duchesse (163). Je parle de mon article ; le duc, violemment étonné, se met à le lire (163). Anecdote du prince des Laumes et du paysan à Paray-le-Monial (164). Gilberte prétend qu'elle ne connaît pas Lady Rufus Israël (164). Honteuse de ses parents, elle tient d'eux ses défauts (165). Combinaisons complexes de l'hérédité morale (165). Gilberte se conduit en autruche ; sa nouvelle signature (166). Dans son snobisme, elle manifeste une intelligente curiosité : ses questions et sa discrétion à propos d'anciens amis de son père (167). Compliments mitigés du duc sur mon article (168). Je refuse une invitation en raison de mon deuil (169). Gilberte partie, la duchesse commente la difficulté qu'il y a à ne pas nommer Swann : il suffit de ne pas penser à lui, proclame le duc (169). Je reçois deux lettres de félicitations pour mon article, l'une de Mme Goupil, l'autre d'un inconnu, et rien de Bloch (169). Je rêve que Bergotte admire cet article (171). Je pense avec désolation que Gilberte hâte et consomme l'œuvre de la mort et de l'oubli de son père (171). Elle a une même action sur moi à l'égard d'Albertine (172). La disparition de la souffrance me laisse diminué (172). Ma vie m'apparaît dépourvue du support d'un moi individuel (173). Fatigue et tristesse accompagnent le changement de moi (174). Seconde étape de l'oubli : conversation avec Andrée, six mois après la précédente (175). Infortunes de Mme Sazerat (176). Visite de ma mère à la princesse de Parme (176). Dans le petit salon, M. de Charlus dit des vers d'amour à un militaire qui est Morel (177). Andrée m'attend dans ma chambre (178). Je lui dis en la caressant ma curiosité pour les plaisirs d'Albertine (179). Elle contredit sans vergogne ses dénégations anciennes (179). Morel racolait pour Albertine des petites jeunes filles du peuple (179). Affreux remords d'Albertine en proie à une sorte de folie criminelle dont elle espérait que je la sauverais (180). J'ai failli la surprendre avec Andrée le jour du seringa (180). L'affreuse vérité arrive trop tard pour me toucher profondément (181). Une phrase, une idée peuvent toujours être réfutées (182). Andrée a pu être sincère parce qu'elle ne craint plus Albertine ; inversement, pour la même raison, elle a pu mentir afin de me peiner (182). Sa gentillesse et sa malignité (183). Anticipation sur son mariage avec Octave, neveu des Verdurin (184) ; sous l'imbécile prétentieux de Balbec, il y avait un artiste de génie (185). Son prestige pour moi ; les chefs d'œuvre ne naissent pas du mérite intellectuel (186). La vraie Albertine devinée dès le premier jour (188). Je ne la croyais pas coupable tant que je l'aimais (188). Le mensonge est essentiel à l'humanité (189). Les charmes d'un être sont ses secrets ; l'amour est lié au soupçon (190). Après le départ d'Andrée, maman m'apprend la visite de la princesse de Parme, exception à une règle (192). J'écris à Andrée de revenir pour l'interroger encore (193). Cause du départ d'Albertine : les Bontemps voulaient la marier à Octave, et c'est pour le rencontrer qu'elle voulait voir les Verdurin (193). Albertine roublarde et victime (194). Les femmes médiocres conviennent aux intellectuels sensibles car leurs mensonges créent pour eux un univers en profondeur (195). Figure insaisissable d'Albertine (196). Innocence de ses relations avec Mlle Vinteuil et son amie (196). Albertine tête brûlée (199). L'amabilité d'Octave à mon égard tenait à son désir de voir Albertine (200). Je le condamne et m'aperçois que la même duplicité me remplissait d'affection pour Saint-Loup quand j'étais amoureux de sa tante (200). Ce jeune homme recherchait peut-être sincèrement l'amitié d'un intellectuel (201). Doute sur les affirmations d'Andrée, sur le sens des rougeurs d'Albertine, tristesse et fatigue (202).

CHAPITRE III

Séjour à Venise

Troisième prise de conscience de l'oubli : le voyage à Venise. Analogies et transpositions vénitiennes de mes anciennes impressions du dimanche matin à Combray (203). Maman ne cache plus sa tendresse (203). La douceur de son sourire est désormais liée dans ma mémoire à l'ogive arabe, joyau d'architecture médiévale (204). Comparaisons entre la Venise magnifique et la Venise misérable : la leçon de Véronèse s'ajoute à la leçon de

Chardin (205). L'après-midi, sans maman, j'explore la Venise obscure à la recherche de filles du peuple (205). Promenades en gondole au soleil couchant avec ma mère ; impressions urbaines et mondaines dans la cité de la mer et de l'art (208). Dîner avec Mme Sazerat dans un palais transformé en hôtel (209). Propos dédaigneux des garçons au sujet d'un vieux ménage : ce sont Mme de Villeparisis et M. de Norpois (209). Leurs mœurs conjugales (210). M. de Norpois s'intéresse à la situation internationale (211). Il présente le prince Foggi à la marquise (212). Mme Sazerat découvre une petite vieille à la place de la beauté fatale qui avait ruiné son père (213). Art diplomatique et ambition secrète du marquis (214). Les journaux évoquent cette conversation et provoquent son courroux (215). Comment, en 1870, il manipulait l'information (216). Albertine enfermée en moi (218). Mon héritage est sérieusement entamé (218). On ne pouvait comprendre à Combray que je me fusse ruiné pour Albertine (219). Pourrai-je ramener à Paris une jeune marchande de verrerie (219) ? Rappels furtifs d'Albertine (219). Arrivée d'une dépêche : Albertine est vivante et veut parler mariage (220). Je ne peux pas plus ressusciter Albertine que mon moi d'alors : l'oubli a dévoré mon amour (221). Je dis que la dépêche ne m'est pas destinée (223). Sorties studieuses avec maman, quand je travaille sur Ruskin, à Saint-Marc (224). Elle demeure dans mon souvenir, drapée dans son deuil, semblable à la femme âgée du tableau de Carpaccio (225). Le manteau d'Albertine, retrouvé dans un autre tableau, me rend un instant mon amour (226). Visite de la chapelle des Giotto à Padoue (226). Comme les figures allégoriques, que Swann m'avait données à Combray, les anges font des actions réelles (227). Une Autrichienne en vacances à Venise m'attire par ce qu'elle a de commun avec Albertine (227). Promenades nocturnes et solitaires dans des lieux enchanteurs (229). En apprenant l'arrivée de Mme Putbus, je refuse de partir avec ma mère (230). Sous l'effet de mon angoisse, Venise cesse d'être Venise (231). Je me précipite à la gare (233). Dans le train, lecture du courrier (234). Gilberte m'apprend son mariage avec Saint-Loup ; la dépêche était d'elle ; son écriture explique la confusion (234).

CHAPITRE IV

Nouvel aspect de Robert de Saint-Loup

Émotion de ma mère à cette nouvelle (235). Elle m'apprend le mariage du petit Cambremer avec Mlle d'Oloron, c'est-à-dire du neveu de Legrandin avec la nièce de Jupien (236). Transgressions de castes choquantes pour la bourgeoisie (237). Ma mère essaie d'imaginer ce qu'eût pensé ma grand-mère (238). Intrigues précédant les mariages (239). Ma tristesse : mon passé s'éloigne de moi ; on la prendra à tort pour un pressentiment (241). Gilberte vedette des salons (243). Équivoques autour des alliances (243). Conséquence des mariages. Le snobisme (244). Legrandin cède la place à un goût moins factice que l'âge rend platonique (245). Mme de Cambremer devient indifférente à l'amabilité de Mme de Guermantes (246). Gilberte, pensant avoir atteint les sommets du faubourg Saint-Germain, se prend de mépris pour les gens du monde et son salon est déclassé (247). Mort de Mlle d'Oloron peu après son mariage (250). Pièges de la lettre de faire-part pour un lecteur non initié (250). Charlus apprécie le jeune Cambremer (251). Reprise des commentaires familiaux dans le train, puis à Paris (252). Sagesse des familles et Muse de l'Histoire (253). Les gens de Combray font des gorges chaudes du mariage de Saint-Loup (254). Je revois Gilberte car je ne l'aime plus (255). Pour aller à Tansonville, je confie ma maîtresse à un ami qui n'aime pas les femmes (256). Gilberte, trompée par Robert, est malheureuse (256). Jupien me révèle que les lettres signées Bobette sont de Morel qui a quitté le baron pour Saint-Loup (256). Indignation de Jupien (257). Mme de Marsantes a imposé la réconciliation (257). Robert eût pu épouser Albertine, pour la même raison que moi, mais avec des buts opposés (258). Conversation avec Aimé à Balbec où je retrouve les Saint-Loup (258). Les goûts de mon ami seraient anciens : scandale du liftier (259). Qui a menti (260) ? Nouvelle interprétation de la rougeur de Saint-Loup (260). Il trouve quelque chose de Rachel à Charlie (261). Gilberte s'efforce de ressembler à Rachel, la croyant encore aimée (261). Ayant trouvé un protecteur en Robert, Odette, d'abord hostile au mariage, s'emploie à le maintenir (262). Comportement déplorable de Saint-Loup durant sa liaison avec Morel (263). Mes larmes pour une amitié perdue (264). Séjour à Tansonville. Promenades et causeries avec Gilberte, la nuit venue (266). Je m'afflige d'éprouver peu d'émotion en revoyant Combray et ses environs : renversement de mes vues de jeunesse (267). Gilberte me révèle ses désirs : j'avais mal interprété son regard, lors de la première rencontre, à Tansonville (269). Je l'avais bien compris, la seconde fois, la veille du jour où nous nous étions retrouvés chez Mme de Guermantes (270). Mon chagrin ayant disparu, je ne cherche pas à revenir sur les circonstances de notre rupture (270). Mais je dois modifier ma vision de la première rencontre et me persuader que le bonheur dont je rêvais alors n'était pas inaccessible (271).

Le Temps retrouvé

À Tansonville. Chez Gilberte de Saint-Loup à Tansonville (275). Dans la fenêtre de ma chambre, la forêt de Méséglise et le clocher de Combray (275). À l'inverse de M. de Charlus, Robert de Saint-Loup a pris sous l'effet de son vice l'aspect d'un officier de cavalerie (276). Ses mensonges (277). Françoise l'estime dans son rôle de protecteur vis-à-vis de Morel (278). Sentiments de Robert pour Gilberte (279), pour Charlie Morel (281). Robert ressemble de plus en plus à tous les Guermantes (281). L'homosexualité chez les Guermantes et les Courvoisier (282). Mes conversations avec Robert se limitent à l'art militaire (283). Gilberte n'est pas plus explicite à l'égard d'Albertine (284).

Le « Journal » des Goncourt. Au lieu de la *Fille aux yeux d'or*, je lis un passage du journal inédit des Goncourt (286). Transcription de ce passage : un dîner chez les Verdurin (287). Leur hôtel (288), Brichot (289), leur salon (289). Le peintre Elstir a été découvert par eux ; Swann (293), Cottard (294).

Prestige de la littérature (295) ! Si je ne sais ni regarder ni écouter comme la lecture du journal des Goncourt me le prouve (296), c'est que je m'attache aux lois psychologiques (297). Et la vérité des mémorialistes n'est pas celle des artistes qu'ils ont fréquentés (298). Le sujet, les modèles, sont secondaires dans l'œuvre d'art (299).

*

M. de Charlus pendant la guerre : ses opinions, ses plaisirs. Après de longues années dans une maison de santé, mon second retour à Paris, en 1916, après celui de 1914 (301). Le Paris de la guerre ressemble au Directoire, ses reines en sont Mme Verdurin et Mme Bontemps (301). Nouvelles modes, nouvelles mœurs (302). La guerre, après l'affaire Dreyfus, a bouleversé les situations mondaines (304). Le salon Verdurin ; anciens et nouveaux fidèles, (307) : Morel, déserteur (309), Octave « Dans les choux », devenu l'auteur d'une œuvre admirable, a épousé Andrée (309). Avances de Mme Verdurin à Odette (310). La nouvelle demeure des Verdurin (311).

Avions dans le ciel d'été à la tombée du jour (313). Mes promenades à la nuit dans Paris me rappellent celles de Combray (314).

Mon premier retour à Paris, en 1914 ; j'y avais retrouvé Saint-Loup, à la déclaration de guerre (315). Il cache ses efforts pour se faire envoyer au front (316). Le faux patriotisme de Bloch (317) ; vrai patriotisme de Saint-Loup (319), comme celui de ses camarades de Doncières (321). L'idéal de virilité des homosexuels, officiers, diplomates-écrivains (323). Le directeur du Grand Hôtel de Balbec est en camp de concentration, son liftier veut s'engager dans l'aviation (325). Le maître d'hôtel tourmente Françoise avec les nouvelles de la guerre (327). Françoise n'a perdu aucun de ses défauts : indiscrétion (328), mauvaise foi (328), goût pour les tournures empruntées au mauvais usage (329). De retour dans ma maison de santé, j'y avais reçu, en septembre 1914, une lettre de Gilberte, réfugiée à Tansonville occupé par les Allemands (330). Saint-Loup, dans une autre lettre, me parlait de la guerre, de l'évolution de ses lois (331), de la mort du jeune Vaugoubert (332). Ses jugements intellectuels et artistiques (332).

Mon second retour à Paris ; nouvelle lettre de Gilberte : elle affirme maintenant qu'elle était à Tansonville pour défendre son château (334). Les combats dans le secteur de Combray (335). Visite récente de Saint-Loup, en permission (336). Ses propos sur la guerre : beauté wagnérienne des bombardements de nuit (337), considérations stratégiques, diplomatiques, où il se montre brillant quoique moins original que son oncle Charlus (338). Tout en me rendant à pied chez les Verdurin, j'admire en peintre l'impression d'Orient produite par le coucher du soleil sur la ville (341). Je rencontre M. de Charlus (343). Il ressemble maintenant à tous les invertis (343). Baisse de sa situation mondaine (343). Malveillance de Mme Verdurin à son égard (344). Il est démodé (345). Cruauté de Morel, auteur d'articles calomnieux (346). Mme Verdurin continue à recevoir, M. de Charlus à aller à ses plaisirs (348). La guerre répète à l'échelle des nations les rapports entre les individus (350). Le croissant de Mme Verdurin le jour du naufrage du *Lusitania* (352). La germanophilie de M. de Charlus (352). Il n'a que sarcasmes pour les articles de Brichot, devenu, comme toute la presse, militariste (357), et m'en fait part (358). Sa brouille intermittente avec Morel (359). Charlus me détaille les absurdités des articles de Norpois (360), de Brichot (365), laisse voir ses propres enfantillages (366). Mme de Forcheville a adapté son anglomanie au discours de l'heure (367). Brichot devenu la cible des railleries de Mme Verdurin exaspérée du succès de ses articles pédants (368). La conversation de Charlus sur la guerre le trahit tout entier (373) ; il est défaitiste par esthétisme (374), respect des traditions (376). Sa dangereuse harangue sur les boulevards où il est suivi par des individus louches (378). Ciel nocturne où continuent d'évoluer les aéroplanes, à la différence de 1914 (380) ; clair de lune (381). M. de Charlus voudrait renouer avec Morel (382). Deux ans plus tard, Morel m'avouera sa peur du baron (383), justifiée par une lettre de celui-ci qui me parviendra après sa mort (384). Retour à la conversation de M. de Charlus, comparant Paris à Pompéi (385). Les soldats de toutes les armées de la guerre résument son idéal de virilité inspiré de l'antique (386). En me quittant, sa poignée de main (388).

L'hôtel de Jupien. Je marche dans un Paris dont la nuit a fait un décor des *Mille et une Nuits* (388). Pour me reposer et me désaltérer j'entre dans un hôtel d'où je vois sortir un officier qui ressemble à Saint-Loup (389). Dans l'hôtel, conversation de clients, militaires et ouvriers (390) ; celle-ci prend un tour inquiétant (391). J'obtiens une chambre ; j'observe un homme enchaîné qu'on fouette : M. de Charlus (394). Arrivée de Jupien, maître des lieux dont Charlus est le véritable propriétaire (394). Les jeunes gens que recrute Jupien, pas assez brutaux au gré du baron, ressemblent tous à Morel (396). Universalité des lois de l'amour (397). Dans l'antichambre de l'hôtel : une croix de guerre y a été perdue (399). Deux clients très élégants (401). Comment l'émotion se révèle dans le langage (401). Jupien me dissimule dans la chambre contiguë au vestibule d'où on peut voir et entendre sans être vu (402). Le baron et son harem de jeunes gens (403), dont l'absence de perversité le déçoit (405). Un mauvais prêtre parmi les habitués (407). Après le départ du baron, Jupien justifie son rôle avec toutes les ressources de son esprit (408), concluant par une évocation de *Sésame et les lys* de Ruskin, que j'avais traduit (411). De nouveau dans les rues ; alerte aux avions (412). Les Pompéiens dans les couloirs du métro (413), toutes classes sociales confondues (414). Nos habitudes, indépendantes de toute valeur morale (415), comme chez M. de Charlus (417) dont les aberrations trahissent l'universel rêve poétique de l'amour (418). À la fin de l'alerte, je rentre chez moi ; Saint-Loup y était venu, cherchant sa croix de guerre perdue (419). Françoise et la guerre ; les tourments que lui inflige le maître d'hôtel (420). Le triomphe de la vertu : les Larivière, cousins millionnaires de Françoise (424). Mort de Saint-Loup, le surlendemain de son retour au front (425). Souvenirs d'une amitié (426). Secret de sa vie, parallèle à celle d'Albertine (427). Françoise en pleureuse (427). Lois de la mort (428). J'écris à Gilberte (429). Le chagrin inattendu de la duchesse de Guermantes (430). Autre conséquence de la mort de Saint-Loup : Morel, arrêté pour désertion et faisant inquiéter par ses révélations M. de Charlus et M. d'Argencourt, est envoyé au front, y gagne la croix de guerre (431). Si Saint-Loup avait survécu... (432)

*

Matinée chez la princesse de Guermantes. L'Adoration perpétuelle. Mon troisième retour à Paris, après la guerre (433). Arrêt du train en pleine campagne, une ligne d'arbres ne suscite plus en moi la moindre émotion : confirmation de mon impuissance à écrire (433). Invitation pour une matinée chez la princesse de Guermantes ; plaisir mondain dont je n'ai plus à me priver, charme retrouvé du nom de Guermantes (434). En route pour l'avenue du Bois (435). C'est aussi un voyage dans le temps, vers les hauteurs silencieuses du souvenir (436). Sur les Champs-Élysées je rencontre M. de Charlus, vieux prince tragique, accompagné de Jupien (437). Son salut à Mme de Saint-Euverte dont il a oublié qu'il la méprisait autrefois (438). Les signes de l'aphasie ; sa mémoire intacte (440). Il m'énumère les noms de ses parents et de ses amis morts (441). Rencontre de la duchesse de Létourville ; elle fait grief au baron de son infirmité (441). Mais celui-ci est resté coureur comme un jeune homme, au dire de Jupien (442). Autre constante : sa germanophilie (443). En arrivant chez la princesse de Guermantes, mon plaisir frivole, la certitude de mon absence de talent (443). Je ne connais pas les joies de l'esprit, comme le croyait Bergotte (444). Dans la cour de l'hôtel de Guermantes, je bute contre des pavés mal équarris : je retrouve la même félicité qu'à d'autres moments de ma vie, en particulier à la saveur de la madeleine (445). Résurrection du souvenir de Venise (446). Dans l'hôtel, nouvelles sensations exaltantes (446). En attendant au salon-bibliothèque la fin d'un morceau de musique pour entrer, je retrouve l'origine de plaisirs identiques, bruit de la cuiller, raideur de la serviette, qui ramènent un instant de ma vie passée (447). Les vrais paradis sont les paradis qu'on a perdus (449). Ces impressions bienheureuses, par l'identité entre le présent et le passé, font jouir de l'essence des choses, en dehors du temps (449). Tandis que l'observation intellectuelle de la réalité déçoit (450). Caractère fugitif de ce trompe-l'œil (452). Mais un autre écho d'une sensation passée (452) me prouve que le plaisir qu'il donne est le seul fécond et véritable (454). Le souvenir permet d'atteindre cette réalité, alors que les voyages ne peuvent recréer le temps perdu (455). Le bonheur proposé à Swann par la petite phrase de la sonate et qui ne lui avait pas été révélé (456). Insuffisance de l'intelligence (457). L'œuvre d'art, seul moyen d'interpréter les sensations, signes d'autant de lois et d'idées (458). Difficultés de déchiffrer ce livre intérieur (458). L'art permet de découvrir notre vraie vie ; inutilité des théories littéraires (459), des mots d'ordre modernistes (460). La découverte de *François le Champi*, dans la bibliothèque du prince de Guermantes confirme mon raisonnement (461). Ce livre suscite en moi l'enfant de Combray (462), car les livres restent unis à ce que nous étions quand nous les lûmes (464). J'aurais été un bibliophile particulier, collectionnant les éditions de mes premières lectures (465). L'idée d'un art populaire comme d'un art patriotique me semblait ridicule (466). La réalité est un certain rapport entre sensations et souvenirs ; l'écrivain l'exprime dans une métaphore (467). Le devoir et la tâche d'un écrivain sont ceux d'un traducteur (468). L'erreur des « célibataires de l'art », ébauches informes de l'artiste (469). Constante aberration de la critique littéraire ; sa logomachie (471). Le meilleur des lecteurs n'est que la pleine conscience d'un autre (473). La littérature de notations est dénuée de valeur (473). La seule vie pleinement vécue, c'est la littérature (474). Les artistes originaux mettent des mondes différents à notre disposition (474). Rendre aux moindres signes le sens que l'habitude leur avait fait perdre (476). Les vérités que l'intelligence dégage directement de la réalité ne sont pas à dédaigner (477). Les matériaux de l'œuvre littéraire, c'était ma vie passée, peut-être résumée sous ce titre : une vocation (478). J'ai fait mon carnet de croquis sans le savoir (479), même contre mon gré (480). Extraire la généralité de notre chagrin (481). Un livre est un grand cimetière (482). Pourquoi l'œuvre est signe de bonheur (483). Le bonheur seul est salutaire pour le corps, le chagrin développe les forces de l'esprit (484). Les idées, succédanés de chagrins (485). Comment on fait son apprentissage d'homme de lettres (486). La souffrance créatrice (487) nous mène à la vérité et à la mort (488). Sens des moindres épisodes de ma vie passée ; la matière de l'œuvre est indifférente, ce que prouve le phénomène de l'inversion sexuelle (489). Les rêves aussi sont un mode pour retrouver le Temps perdu (490). Seule la perception grossière et erronée place tout dans l'objet, quand tout est dans l'esprit (491). Subjectivité de l'amour et de la haine (492). Caractère purement mental de la réalité (493). Mon expérience, laquelle serait la matière de mon livre, me venait de Swann (493), et par là exclut toutes les autres vies possibles (494). La jalousie est un bon recruteur (495).

*

Le Bal de têtes. Retour à la matinée : le maître d'hôtel vient me dire que je pouvais entrer dans les salons (496). Chateaubriand, Gérard de Nerval, Baudelaire m'ont précédé dans le domaine des impressions esthétiques (498). Coup de théâtre qui élève contre mon entreprise la plus grave des objections : ma difficulté à reconnaître le maître de maison et les invités, car tous se sont fait des têtes de vieillards (499). M. d'Argencourt en vieux mendiant (500). Il est la révélation du Temps qu'il rendait ainsi visible (503). Changements plus profonds des caractères (503).

Le temps a passé aussi pour moi (505). La duchesse de Guermantes, le jeune Létourville m'obligent à le constater (505). Entrée de Bloch vieilli (506) ; nous avons le même âge (507). Mon angoisse en découvrant cette action destructrice du Temps au moment où je voulais peindre dans une œuvre d'art des réalités extra-temporelles (508). Entière métamorphose de certaines personnes, telle Mme Sazerat (509). Maintenant je comprenais ce qu'était la vieillesse, découverte qui serait la matière même de mon livre (510). M. de Cambremer défiguré par le masque du Temps (511). Mais la vieillesse avait embelli le prince d'Agrigente (512). Legrandin, sculptural comme un dieu égyptien (513). La vieillesse a fait de certains des adolescents fanés (514), d'autres ont acquis des personnalités nouvelles (515). Changements ataviques (516), familiaux, comme chez Bloch (517). Reconnaître quelqu'un c'est penser un mystère presque aussi troublant que celui de la mort (517). Chez le jeune Cambremer, la ressemblance avec son oncle Legrandin préfigure le vieillard qu'il sera un jour (521). Un ancien camarade, de qui je ne retrouve que la voix (522). Les mesures du temps peuvent être pour certaines personnes accélérées ou ralenties (523). Lutte des femmes contre l'âge (524). Odette, défi miraculeux aux lois de la chronologie (526). L'ancien président du Conseil « chéquard », redevenu ministre, bien des années après (526). Mme de Forcheville avait l'air d'une rose stérilisée (528). Moi qui l'avais tant recherchée, je ne sais plus que lui dire (528) ; elle devait bientôt tomber dans un demi-gâtisme (529). Bloch, maintenant Jacques du Rozier, rendu méconnaissable par son chic anglais (530) ; je le présente au duc de Guermantes (531). Bloch m'interroge sur l'ancienne société mondaine (532). La nouvelle princesse de Guermantes n'est autre que l'ex-madame Verdurin (533). La déférence qui entoure Morel (534). Le faubourg Saint-Germain s'est déclassé ; l'oubli et l'ignorance en sont la cause, comme en politique (535). Le rôle du temps dans ces changements mondains ; l'exemple de la duchesse de Guermantes (537), de Mme de Forcheville (538), méprises comparables à celles que dénonçait Saint-Simon dans ses *Mémoires* (539). Les erreurs d'une nouvelle venue (541) sur Mme Leroi, dont on ne parle plus (542). Charlus, Swann, Bloch sont d'autres exemples des effets du Temps sur les valeurs mondaines (543) : non un phénomène social, mais un phénomène de mémoire (544). Un nom, c'est tout ce qui reste d'un être, même de son vivant (545). Bloch en vieux Shylock ; sa vision du Faubourg n'est pas plus exacte que la mienne quand j'y étais entré (545) ; un jour il aurait les mêmes réactions que moi devant ses changements (546). Lui est devenu bon et discret (547). Les invités de la matinée font ressortir les aspects variés de ma vie (548). Récapitulation de mes différentes perspectives sur Mlle Swann, Charlus, Saint-Loup, Mme de Guermantes (549), leurs rôles différents (550). Images des êtres dans le souvenir, changement dans les idées qu'ils se font les uns des autres, l'exemple de Legrandin, maintenant aimable avec Bloch (552). Relativité du souvenir, ainsi avec Albertine (553). Ce qui subsiste du charme des Guermantes dans ma mémoire et mon imagination (553). Incertitude sur la mort des gens du monde les plus âgés, comme Mme d'Arpajon (554). Toute mort est pour les autres une simplification d'existence (556). Sortie de la princesse de Nassau, courant à son tombeau (557). Je prends Gilberte pour sa mère (558). Je parle avec elle de Saint-Loup et de ses idées sur la guerre (558). Gilberte a maintenant pour amie Andrée (561) ; peut-être parce qu'Octave, son mari, avait été aimé par Rachel (561). Gilberte m'invite à de petites réunions intimes chez elle (563). Mon intention de recommencer à vivre dans la solitude pour mon œuvre (563), et pour des intervalles de repos et de société, je préfèrerai des jeunes filles en fleurs (565), avec qui je demande à Gilberte de m'inviter (566). À la manière d'Elstir, mes justifications esthétiques (566). La duchesse de Guermantes, amie de Rachel venue réciter des vers (569). Son snobisme à rebours (570), son antipathie pour Gilberte (572).

Pendant ce temps, chez la Berma : attente vaine des invités au goûter qu'elle donnait (572). Elle est remontée sur la scène pour sa fille et son gendre (573), en dépit de sa maladie mortelle (574). Seul un jeune homme a préféré son goûter à la fête donnée par Rachel chez la princesse de Guermantes (575).

Le jeu et la diction de Rachel récitant des vers (577). Étonnement des invités (578), approbation de la duchesse de Guermantes, de Bloch ; je reconnais enfin Rachel dans cette vieille femme (579). Elle méprise le talent de la Berma (580). Le temps qui passe n'amène pas forcément le progrès dans les arts (580). Le déclin mondain de la duchesse de Guermantes, semblable à celui de Mme de Villeparisis (582). Les conséquences du renouvellement de ses amitiés, son esprit (582). Elle me confie les infidélités de son mari (583). Contradictions entre ses souvenirs et les miens, sur M. de Bréauté (584), Swann (586) ; ses anecdotes (586), la transformation du passé dans son esprit (587). Je lui rappelle ma première soirée chez la princesse de Guermantes (588). La duchesse de Guermantes prétend qu'elle a lancé Rachel (589).

La fille et le gendre de la Berma se font recevoir par Rachel chez la princesse de Guermantes (590).

La liaison du duc de Guermantes avec Mme de Forcheville (592). Il n'est plus qu'une ruine, mais superbe (594). Odette se moque de lui ; sa déconsidération mondaine (595). Ainsi change la figure des choses de ce monde (596). Le duc de Guermantes est devenu un risible Géronte ; la réclusion dans laquelle il tient Odette me rappelle ma vie avec Albertine (597). Odette me raconte ses souvenirs d'amour, me parle de Swann, de Forcheville, tous deux jaloux aussi (598). La plupart des hommes souffrent par des femmes « qui n'étaient pas leur genre » (599). Des aventures d'Odette, je dégage à son insu les lois de sa vie (600). Je me demande quelle est la véritable duchesse de Guermantes ; son point de vue de femme du monde (600). Une nouvelle Mme de Saint-Euverte (601) : nouvel épanouissement de ce nom pour moi (602). Les reniements de la duchesse de Guermantes (602), ses propos haineux sur Gilberte (603). Celle-ci va me présenter sa fille (605), ce qui me ramène à l'idée du temps passé ; les points les plus différents de ma vie aboutissaient à Mlle de Saint-Loup (606). Dans mon livre, je veux user d'une sorte de psychologie dans l'espace (608). Mlle de Saint-Loup a seize ans (608), elle ressemble à ma jeunesse (609). Aiguillon de l'idée du Temps (609). Que mon livre ne reste pas inachevé (610) ! Comment je le bâtirai, sinon comme une cathédrale, du moins comme une robe, avec l'aide de Françoise (610). Il est grand temps de m'y mettre (612), car je suis à la merci d'un accident (613). Pourtant l'idée de la mort m'est devenue indifférente (615), mais non pour mon livre (615). Malaise un soir où je suis sorti (616). Le moi mondain et le moi qui a conçu mon œuvre (617). Personne ne comprend rien à mes premières esquisses ; je me sers d'un télescope, et non pas d'un microscope (618). L'idée de la mort s'installe en moi comme fait un amour (619). Travailler la nuit, beaucoup de nuits, à un livre aussi long que les *Mille et une Nuits*, ou les *Mémoires* de Saint-Simon (620). La maladie, en me faisant renoncer au monde, m'avait rendu service, malgré l'usure des forces de ma mémoire (621). Donner à mon œuvre la forme du Temps (621), à l'homme la longueur de ses années (622). J'entends encore le tintement de la sonnette dans notre jardin de Combray, annonçant le départ de Swann (623), si lointain que j'en éprouve un sentiment de vertige et d'effroi (624). Marquer mon œuvre du sceau du Temps (625).